omnibus

*Dessin de Berthold Mahn*
*(décembre 1919)*

Georges

# DUHAMEL

## Chronique des Pasquier

Le Notaire du Havre
Le Jardin des bêtes sauvages
Vue de la Terre promise
La Nuit de la Saint-Jean
Le Désert de Bièvres
Les Maîtres
Cécile parmi nous
Le Combat contre les ombres
Suzanne et les jeunes hommes
La Passion de Joseph Pasquier

omnibus

ISBN : 978-2-258-05143-0 N° Editeur : 199
Dépôt légal : mars 1999

# Sommaire

# LE NOTAIRE DU HAVRE

« Miracle n'est pas œuvre. »<br>Laurent Pasquier.

*Les dîners de Chabot sont en général plaisants, même pour un homme qui, comme moi, joue de bon cœur les ermites : peu de monde, et de la meilleure qualité, quelques vieux amis, qui ne se voient plus assez pour être rassasiés les uns des autres, deux ou trois « nouveaux », jamais davantage, et choisis la main haute. On ne dit guère de bourdes, et parfois des choses aiguës. La chère est friande et prodiguée. — J'aurai sans doute l'occasion de faire place, dans mes récits, à l'extraordinaire maîtresse de maison qu'est Mme Chabot. Nous avons le temps. — Enfin, tout est pour le mieux, d'ordinaire. Pourtant la soirée d'hier me laisse de l'amertume.*

*La faute en est sûrement à moi. Il est possible que ce miroir m'ait gâté l'humeur. Nous étions exactement onze personnes, chez Chabot. Le salon n'est ni grand ni petit, de style Directoire, avec des glaces anciennes, au tain brumeux. Onze personnes, dont six au moins sont de vieilles connaissances, voilà qui se laisse assez facilement ordonner et, si j'ose dire, mettre en place. La soirée allait un train raisonnable. Il était dix heures et demie. On fumait beaucoup. Les lumières, à dessein, manquaient de mordant. Mme Chabot n'attendait pas d'invités surnuméraires et nous l'avait déclaré. Et voilà que, lançant vers le fond de la pièce un coup d'œil calme, et même paresseux — je causais sans passion avec Gilbert Anceaume — voilà que j'aperçois, dans la fumée des cigares, une figure inconnue : un type assez fort, de carrure épaisse, large d'épaules et de nuque, la tignasse d'un gris blanc, l'air en même temps robuste et las. Il était de profil et me tournait presque le dos. Je pense : « D'où vient donc ce vieux monsieur ? On ne nous l'a pas présenté... »*

*A ce moment, j'esquisse un geste. Le bonhomme aussi fait un geste. Je reçois comme une pichenette à l'épigastre : le vieux monsieur inconnu, c'était moi, oui, moi-même, entrevu dans un fantasque jeu de miroirs, là-bas, vers le fond de la pièce, parmi les nuages du tabac.*

*J'ai souri, pour moi seul, cela va sans dire. De profil, je me connais mal et, de dos, pas du tout. Je suis resté, pendant la guerre, au moins deux ans sans miroir. Je me rasais, tout debout, sérieusement, devant un mur ou même, quand je le pouvais, devant un panneau de porte, parce qu'il est malaisé de se barbifier face au vide. Encore aujourd'hui, je fuis les miroirs, en partie par indifférence naturelle à leur séduction, en partie, en très grande partie, par discipline anti-héréditaire, expression que j'expliquerai surabondamment dans la suite de mon récit.*

*Pour des raisons conséquentes à cette fameuse discipline, je me suis juré mille fois d'accueillir avec sérénité, peut-être même avec allégresse, en tout cas avec une alliance lucide, ce qu'on nomme « les avertissements de l'âge ». Je ne manquerai pas, quand le temps m'en offrira l'occasion, de faire, à ce sujet, des bilans scrupuleux.*

*Inutile, toutefois, de nier que cette découverte dans le miroir, sans me frapper, sans m'attrister le moins du monde, m'a fait réfléchir, m'a rappelé que le moment était venu de certaines moissons, de certains travaux.*

*J'ai, ce soir, placé devant moi, sur la table, un miroir découvert dans notre sac de voyage. L'examen auquel je me suis livré est parfaitement objectif. Pas de complaisance, bien sûr. Et moins encore de cette cruauté que l'on se réserve à soi-même en se tutoyant avec dégoût et qui est une manifestation ordinaire de l'égoïsme éperdu : « Va, tu n'es qu'un niais, tu n'es qu'un lâche..., etc., etc. » Non, non. Du calme, du détachement, cette tendresse aussi, cette tendresse attentive que je voue naturellement aux objets de mon étude et qui se colore de curiosité, de pitié, de scepticisme, d'ironie, selon les heures. Attitude professionnelle, chez l'homme de laboratoire et, particulièrement, chez le biologiste qu'il faut dire que je suis avant tout.*

*La tête, dans son ensemble, paraît ronde, bien qu'une part de la courbure en soit dérobée par les cheveux qui sont drus, précocement blancs, à peine en retraite sur les tempes. Le front est bombé, les sourcils lourds, le nez court mais épais, la mâchoire solide. Tout cela est visible, avoué, car je me rase le poil. L'ensemble n'est pas beau, assez énergique, assez voisin, si j'ose me permettre cette comparaison, du museau beethovenien. Enfin, ce que ma femme, je ne sais trop pourquoi, décrit ainsi, en riant : « une de ces figures de chien que j'aime tant... »*

*Le teint est coloré, surtout depuis quatre ou cinq ans : bronze, épices, noix muscades. Le cuir est à gros grains, avec des points noirs, que ma femme prend un inexplicable plaisir à extraire au moyen d'une clef de montre, ce qu'elle fait en tirant la langue.*

*Le regard est bleu clair. Il est évident qu'au physique je suis un Pasquier. C'est indiscutable, indiscuté. Ma mère me l'a dit deux cent mille fois. Elle aimait de proclamer ainsi la défaite évidente de son sang et n'a jamais admis la revanche de ce même sang dans l'ordre moral. Comme tous les Pasquier, j'ai donc les yeux bleu-véronique. Ce bleu, qui, chez mon père, était, même dans le sourire, incompréhensiblement froid, est chez moi... mettons « sensible, avec une nuance de naïveté ». C'est le cliché, c'est ce qu'on dit dans mon clan. Je le répète sans commentaires.*

*J'avais un mètre soixante-neuf de taille, il y a dix ans. Je ne me suis pas toisé depuis et ce n'a guère dû changer. Je me tiens droit et ne perds pas un pouce de cette taille honorable et médiocre. J'ai engraissé, un peu, très peu, dans les trois dernières années. C'est assez bien réparti. En sorte que je vois la pointe de mes souliers sans cette gymnastique spéciale qui est d'imaginer que l'on va briser une noix entre ses fesses bien serrées.*

*Voilà pour la bête, et nous y reviendrons au besoin.*

*Si, quittant cette brave carcasse, je dirige vers l'abîme intérieur quelque chose que, faute d'un vocabulaire plus rigoureux, j'appellerai le regard spirituel, j'aperçois — il est bien entendu que toute pudeur est écartée — j'aperçois un jeune homme. Oh ! non pas un chérubin avec des ailerons dans le dos et des boucles angéliques. Non, un vrai, un simple jeune homme, pas trop neuf, mais frais, mais vert. Pas de panache : de la branche.*

*Voilà très exactement le point. Je suis un jeune homme, dans le secret de mon cœur, et, si je rencontre un miroir, je découvre un monsieur plutôt mûr qui tient à la fois et du phoque et du bouledogue.*

*Autre renseignement, autre trait : j'ai fréquenté chez les aînés pendant une part de ma vie, en sorte que, partout, je me sentais « le plus jeune ». Partout où je vais, maintenant je suis... l'un des vétérans, et c'est peut-être que, d'instinct, je recherche, en mûrissant, la société de mes cadets.*

*Rien, dans les précédentes remarques, ne doit, ne peut donner à croire que je veux me rajeunir, que je joue, déjà, les « bien conservés ». J'expliquerai plus tard, et tout à mon aise, les raisons qui m'ont éloigné de cette décevante carrière. Au reste, de quoi me plaindrais-je ? Si la jeunesse est de grimper très vite, en chantant, un raidillon, adieu la jeunesse, bien sûr. Mais si la jeunesse est dans le jaillissement des idées et des images, dans la vivacité de l'observation, dans l'aptitude à grouper les faits, à confronter les signes, dans la recherche de la difficulté, dans l'allégresse créatrice, il me faut déclarer tout net que je ne me suis jamais senti plus jeune et même jamais si jeune.*

*Je sais, en outre, que les gens de ma complexion ont plusieurs jeunesses, que, dix fois déjà, dix fois pour le moins, j'ai senti fondre sur mes épaules la menaçante nuée des misères physiques — je suis ce qu'on appelle encore un arthritique — et que, chaque fois, le chaud soleil a purgé mon ciel et dissipé l'angoisse.*

*L'Académie du Massachusetts vient de me décerner son prix biennal pour les sciences biologiques. Cette distinction, accueillie avec faveur par tout le monde, m'a causé une surprise presque douloureuse. Je mets à part les vingt-cinq mille dollars qui ne sont pas à dédaigner si l'on pense aux incertitudes présentes et futures, mais j'accueille avec une bien concevable inquiétude cette couronne réservée d'habitude à d'illustres valétudinaires momifiés dans leur génie comme dans un sarcophage d'or.*

*... Je viens de relire les pages qui précèdent et je ne suis pas trop content. Cette façon de répéter sous diverses formes que la vieillesse prochaine me laisse indifférent... C'est donner au sujet beaucoup trop d'importance. De la défiance, de la pudeur.*

*Il est temps de le dire, je suis né en 1881. Nous sommes aujourd'hui le 14 mars 1931. J'aurai cinquante ans dans une semaine. Je suis né à Honfleur, par grand hasard, et s'il faut juger hasardeuse cette fantaisie paternelle, phénomène constant entre tous les phénomènes. Mon frère Joseph est né à Nesles, pendant la grande maladie de mon père. Ferdinand a vu le jour à Paris. Ma sœur Cécile est de Rouen et Suzanne, comme Ferdinand, de Paris. Ainsi les graines vagabondes se dispersent au gré du vent.*

*Je vais donner tout de suite un certain nombre de renseignements qui sont indispensables, mais sans perspective, ou encore sans vibration. Si le mot ne prêtait à sourire, on pourrait les appeler renseignements historiques, ils sont secs, ils sont arides.*

*Mon père s'appelait Eugène-Etienne-Raymond Pasquier. Il est né en 1846 et mort en 1922. Il était fils de Charles-Bruno Pasquier que je n'ai pas connu, puisqu'il s'éteignit un an avant ma naissance. Je n'ai pas connu non plus mon grand-père maternel, Mathurin Delahaie, ni mon grand-oncle Delahaie, qui vécut à Paris, dans le quartier du Marais, non loin de l'hôtel de Lamoignon et qui finit par amasser, en pratiquant le commerce de la passementerie, une petite fortune dont je fais tout de suite mention, car elle est un des principaux personnages de mon premier récit.*

*Charles-Bruno Pasquier était jardinier de son état. Je répète jardinier, et non pas « horticulteur » comme dit pompeusement mon frère Joseph quand il consent à parler de son ascendance. Tous les propos publics de mon frère Joseph réclament l'application d'un coefficient correcteur. S'il prononce mon nom en société, ce n'est pas sans gloses amplificatrices ; il dit par exemple : « mon frère Laurent, un prince de la science... » ou « mon frère Laurent Pasquier, l'éminent biologiste de réputation universelle... » ce qui ne l'empêchait pas, dans nos dernières querelles intimes, — les dernières, j'en fais le serment — de parler de « ces gens qui ont l'air de tout savoir et qui ne savent rien... », de « ces médicastres bouffis de vent... » ou encore de « ces gaillards qui croient que tout leur est permis parce qu'ils ont trois ou quatre méchants titres qui d'ailleurs... » Mais laissons Joseph pour l'instant. Mon grand-père Charles-Bruno ne s'est jamais mis en condition. Il était, comme la plupart des Pasquier, indépendant et fort en gueule. Sa légende ne permet pas de l'imaginer « chez les autres ». Issu de paysans très pauvres, il acquit, moitié par son travail et moitié grâce à son mariage, un petit bien dont il vécut. Trois ou quatre hectares d'un seul tenant, dans le bas de Nesles-la-*

*Vallée, où sont les terres maraîchères, sur la rive gauche du ruisseau. Je peux encore montrer la place, bien que cet honnête lopin forme aujourd'hui sept ou huit parcelles, closes de murs ou de haies, avec des bâtisses. Charles-Bruno, si j'en crois la fable familiale, était un esprit inculte, mais inventif et curieux. Bien qu'il tienne encore à l'humus et qu'il en tire subsistance, c'est à partir de lui, dans l'ordre intellectuel, que la courbe s'élève.*

*Je suis donc, moi, Laurent, à deux générations de la bêche et à trois de la charrue. Si je cherche dans mon voisinage, je vois que la plupart de mes amis, de mes pairs, hommes distingués par leurs talents, par leurs mérites, n'ont qu'à regarder derrière eux pour nommer soit un laboureur, soit un tout modeste artisan. Victor Legrand est petit-fils d'herbagers et Vuillaume de vignerons. Les ancêtres de Roch étaient quelque chose comme couteliers et le père de Schleiter a ravaudé de vieilles nippes. Ainsi se formait en France, jusqu'au seuil du présent siècle, une classe de citoyens que je me refuse à nommer classe moyenne, car si moyenne elle demeure dans l'ordre de l'argent, elle brille par l'esprit, le savoir, le désintéressement et les œuvres au premier rang d'une société à laquelle elle prodigue sans compter des maîtres, des chefs, des principes, des méthodes, des clartés, des exemples, des excuses. A plaisir, les démagogues diffament cette élite sans comprendre qu'elle apporte à leurs rêveries une légitimation magnifique. J'aurai, dans la suite de mes récits, l'occasion de parler, et souventes fois, des Schleiter, des Legrand, des Chabot et de quelques autres. Que leur, que notre pensée soit colorée, nourrie par la sève rustique, voilà ce que mille faits et conjonctures s'accordent à prouver.*

*Je causais, le mois dernier, avec mon ami Emmanuel des Combes et lui déclarais, je ne sais plus à quel propos, qu'il m'était impossible de jouir pleinement d'un bien que je ne l'eusse conquis moi-même. Il me fit répéter cette confidence, réfléchit un instant et me dit avec sérénité qu'il ne comprenait rien à mes scrupules et qu'il jouissait, quant à lui, d'autant mieux des biens qu'il les trouvait plus francs de souvenirs pénibles et, si l'on peut dire, moins trempés de sueur. J'allais répondre à des Combes que tout bien temporel est toujours trempé de la sueur de quelqu'un, mais à quoi bon ? Nous ne pouvons peser au même poids les fruits de la terre : la famille d'Emmanuel est de robe depuis le seizième siècle et fut toujours très bien pourvue.*

*Revenons à mes Pasquier. Je me suis toujours demandé par quel hasard mon grand-père avait permis ou voulu qu'entre les prénoms de mon père se glissât celui d'Etienne. J'ai longtemps cru que la gloire du chancelier, contemporain de mon aïeul, expliquait ce choix naïf. La véritable raison est autre, probablement. J'ai découvert, en rangeant la bibliothèque de mon père — elle n'était quand même pas fort considérable — un exemplaire des* Recherches de la France. *Cet exemplaire in-quarto, d'une édition ancienne, porte diverses annotations et même la signature de Charles-Bruno. De toute évidence, il n'existe aucun lien entre l'illustre famille des Pasquier historiques et notre lignée campagnarde. Il est à croire que mon aïeul, glanant ce bouquin dans une vente aux enchères, a tenté de le déchiffrer et d'y chercher quelque lumière sur son patronyme.*

*Pour plusieurs raisons, je n'ai jamais interrogé mon père à ce sujet. Ambitieux d'illustrer à nouveau mon nom, comment aurais-je pu faire état d'un lustre ancien où ma famille n'a point de part ? J'avoue ensuite qu'interroger mon père ne m'a jamais été chose facile, surtout pour démasquer une curiosité de cette nature. Enfin et surtout j'ai précisément observé chez mon père une telle curiosité, mais plus vive et moins discrète que la mienne. Je pense que mon père, incomparablement plus instruit que Charles-Bruno, a dû lire et relire ces* Recherches de la France *pour y trouver quelque clarté magique sur le génie de la famille. Je suis même très sûr que si le duc Pasquier n'était pas mort en 62, mon père aurait fait quelque tentative, au moins épistolaire, pour attirer sur soi l'attention de l'homme d'Etat. Mais en 62, mon père n'avait que seize ans.*

*Il a su, par la suite, que le nom de Pasquier était assez répandu. Dans les débuts de son mariage, il a fait un effort pour prononcer son nom Pâquier à la façon des Pasquier historiques, à la façon des Normands aussi. Comme tout le monde, autour de nous, s'obstinait à marquer l's, mon père a dû renoncer à sa réforme.*

*A cette réforme, sans doute, et non pas à son ambition. Vers sa trentième année, c'est-à-dire bien avant ma naissance, mon père a dû découvrir que Pasquier signifiait pâturage et représentait en somme un nom de lieu. Pendant deux ou trois ans, il s'est fait appeler ou, tout au moins, a tenté de se faire appeler du Pasquier. J'ai trouvé, dans ses papiers, quinze ou vingt articles signés Raymond du Pasquier. Je possède encore divers manuscrits signés de même et, sur l'un d'eux, ce curieux commentaire : « Je dis bien du Pasquier, comme on dit de la Pasture ou des Préaux. » Pour en finir avec cette lubie, j'ajoute que je possède également un extrait de naissance sur timbre, demandé sans doute en vue de quelque formalité administrative et refusé par l'administration parce que mon père avait tranquillement ajouté la particule, dans la pensée qu'elle passerait inaperçue et s'acclimaterait là tout doucement.*

*Ces menus traits donneraient de mon père une idée bien élémentaire s'ils le montraient simplement un peu glorieux, un peu fraudeur. Patience ! Et du calme ! Ayant à choisir entre ses prénoms et rejetant celui d'Etienne qu'on lui donnait volontiers dans son village, mon père s'en tint à celui de Raymond. Je pense que, s'il avait fait plus tôt les quelques études de grec dont il eut besoin, passé la quarantaine, il n'aurait pas méprisé Eugène. Ce fut Raymond qui prévalut,*

*Raymond qui reste attaché pour jamais à cette étonnante figure. Mon père détestait les diminutifs, il a quand même supporté le Ram que ma mère lui donnait en certaines occasions.*

*Ma mère, Lucie-Eléonore, était née Delahaie, — en un seul mot. Ce nom dut faire aussi rêver mon père, car je possède une grande feuille de papier qu'il n'a même pas pris la peine de détruire, il était bien au-dessus de ça, et sur laquelle il s'est livré à toutes sortes d'exercices graphiques. On y voit : Raymond Pasquier de Lahaie... Raymond Pasquier de la Haie... Raymond P. de la Haie. On peut déchiffrer, dans un angle, sous de négligentes ratures, un Raymond du Pasquier de Lahaie. Tout cela de cette grande écriture raide, hautaine, qui peint si mal, n'en déplaise aux graphologues, le caractère de mon père. Dans ces divers exercices, le paraphe vigoureux qui termine d'ordinaire Pasquier se trouve tranquillement greffé sur l'e de Lahaie ou la Haie.*

*Mais revenons à ma mère et à la famille de ma mère pour ces renseignements préalables et quasi administratifs. Ma mère était d'un an plus jeune que mon père. Née en 1847, elle nous a quittés l'an passé. Elle avait deux sœurs qu'elle n'a pas connues et qui n'en ont pas moins joué un rôle extraordinaire dans l'existence de notre famille. Ma mère avait deux tantes et un oncle sur lesquels j'aurai l'occasion de revenir. Avant d'aller plus outre, il me faut, même succinctement, exposer certains faits nécessaires à la clarté de mon récit. Mathurin Delahaie, mon grand-père maternel, et Prosper Delahaie, son frère, exploitèrent ensemble, rue des Francs-Bourgeois, jusqu'en 1848, le petit fonds de passementerie dont j'ai dit un mot déjà. Les deux frères se séparaient sur des questions de politique, si bien qu'après les journées de juin, Mathurin résolut de s'expatrier. C'était le temps où beaucoup de jeunes Français s'embarquaient pour les Amériques. Mathurin, époux d'une femme maladive, déjà père de trois fillettes, venait de passer la trentaine. Rien ne devait, pourtant, arrêter cette âme obstinée. Il vit les fondés de pouvoir d'une grande entreprise péruvienne et signa toutes sortes d'engagements. Il consentit à laisser aux soins de son frère la petite Lucie-Eléonore, ma mère, âgée de quelques mois, et s'embarqua sur un voilier, au Havre, à la fin de l'été. Ma grand-mère, à peine au large, souffrit d'une fièvre infectieuse et tomba paralysée. Dans cette extrémité, Mathurin manifesta la plus froide énergie. Le navire devait faire escale à Bordeaux pour y prendre du fret. Mon grand-père débarqua la malade et la remit aux soins des religieuses de l'hospice. Dans le même temps, il expédiait un message à Prosper, le priant de venir chercher la paralytique et d'en bien vouloir prendre soin, car lui-même allait poursuivre sa route avec les deux fillettes alors âgées l'une de quatre, l'autre de trois ans. Prosper, homme scrupuleux, vint chercher effectivement ma grand-mère qui survécut dix mois à cette atteinte terrible. Mathurin, prévenu par Prosper avec les grandes lenteurs de la poste en ce temps-là, n'écrivit que trois fois, pendant les dix premières années. La première fois pour annoncer qu'il était dans l'obligation de se remarier, la seconde pour envoyer, au nom de la petite Lucie-Eléonore, une somme représentant à peu près cinq mille francs et qui fut soigneusement placée en vue de constituer une dot.*

*Quant à la troisième lettre, incohérente et brève, elle semblait indiquer que Mathurin était en train de faire fortune, qu'il avait pris un associé, mais que l'éducation de ses enfants du premier et du second lit lui donnait de l'inquiétude. Une lettre de l'associé parvint quelque temps après, disant que Mathurin avait été gravement malade d'une fièvre maligne dont ses deux aînées étaient mortes. Prosper fit prendre le deuil à ma mère ; mais l'année suivante, c'est-à-dire en 1867, Mathurin écrivit encore pour annoncer le mariage de deux de ses filles : Aurélie et Mathilde. C'étaient les noms des deux enfants emmenés de France, les deux sœurs de ma mère. Les Delahaie de Paris, dans l'incertitude, écrivirent à Lima une lettre demandant des éclaircissements et qui resta fort longtemps sans réponse. Enfin parvint rue des Francs-Bourgeois un message de l'associé, message confus, dilatoire, écrit en mauvais français, assurant que les deux filles du premier lit étaient bien mortes, que Mathurin était fort malade et ses affaires très embrouillées. On était en 1870, la lettre arriva peu avant le début du siège et Prosper, saisi de mille soucis, remit à plus tard toute correspondance. Quelque temps après la fin de la Commune, il apprit la mort de Mathurin. Divers témoignages, presque tous indirects mais concordants, affirmaient que les deux filles du premier lit étaient effectivement mortes. La seconde femme de Mathurin ne donna jamais signe de vie et n'écrivait probablement pas la langue française. Prosper, de guerre lasse, laissa les choses aller jusqu'au moment où, ayant décidé de faire son testament, il chargea le notaire de sa famille de confirmer, par l'obtention d'actes réguliers, le décès des deux sœurs de ma mère. Nous verrons plus tard les suites de cette histoire.*

*Je reviens encore aux Pasquier. Il me faudra, malgré mon désir de clarifier ce récit, parler parfois de mes tantes et oncles paternels. A vrai dire, je m'embrouille toujours un peu dans ces complications de la parentèle. Il faut qu'on me répète vingt fois les choses : les deux veuvages de tante Anna, ce qu'était Mme Dubourdieu avant que d'épouser l'oncle Léopold, l'échelon exact où se logent les cousins Lescure et comment M. Alfred Cohen s'est installé, par alliance, dans l'extrême banlieue de la famille. Tout cela ne laisse pas de s'embrouiller un peu dans ma mémoire et je comprends alors la réflexion de Victor Legrand qui disait à sa femme, quelque temps après leur mariage : « Toi, ma petite, tu es, par bonheur, fille unique. Tu es seule de la variété. L'image que je me fais de toi n'est pas viciée par toute la séquelle des frères et des sœurs. Tu es pure, à ta façon. »*

*Mes parents ont eu sept enfants : quatre garçons et trois filles. Deux de ces enfants sont morts, à huit jours d'intervalle, en 1884, de la scarlatine, pendant notre séjour à Rouen. J'avais alors trois ans et je ne suis pas sans souvenirs de ces grands événements que furent leur maladie et leur mort. Marthe avait cinq ans et Michel, notre aîné à tous, dix ans tout juste. Je ne vais pas, tout livré que je suis aux soins de l'état civil, peindre ici le deuil et le désespoir de ma mère. Un mot seulement de mon père. Il ne m'a, je crois bien, jamais adressé la parole au sujet de Marthe et de Michel. Je l'ai parfois entendu parler de ces petites ombres à des personnes étrangères, et non d'ailleurs sur le ton de la confidence, mais accidentellement ou pour affaires. J'ai, chaque fois, observé que sa voix changeait de timbre, presque de nature et que, par un phénomène incompréhensible, la prunelle de ses yeux, déjà fort claire, pâlissait à tel point que le visage en était méconnaissable. Deux fois, j'ai surpris les propos de mon père qui disait à des amis en nous désignant d'un coup de menton : « Ces petits-là ne sont pas mal, bien sûr, et même ils ne sont pas sots. Mais les deux que j'ai perdus ! Oh ! des êtres exceptionnels dont on pouvait tout attendre. » Belle occasion pour Joseph d'être jaloux, même des morts.*

*Mon père était, à son ordinaire, ironique, badin, fuyant, insaisissable. J'ajoute qu'il a vécu bien assez pour assister à la réussite matérielle de Joseph, au succès de Cécile et au développement de ma propre carrière. Il n'en a pas moins été sûr que les deux petits morts ont emporté dans les limbes tout le génie de la couvée.*

*Je viens de parler de Joseph et de Cécile, ce qui me ramène aux survivants. Nous sommes cinq, encore assez drus à l'heure où j'écris ces lignes. Joseph et Ferdinand, mes frères, sont mes aînés, le premier de sept, l'autre de quatre ans. Ma sœur Cécile a juste deux ans de moins que moi et la petite Suzanne... Mais quoi ! Suzanne, née en 92, touchera la quarantaine au mois de janvier prochain. Est-ce vrai ? Est-ce possible ?*

*Je le répète, pour achever cet aride tableau : mon père est mort en 1922 et ma mère en 1930. Mon éminent confrère Elie Faure m'a, lors de ce dernier deuil, écrit une lettre admirable, de sa meilleure encre. « J'ai subi, me disait-il, la même douloureuse épreuve et, pour la première fois, j'ai senti, senti physiquement, que plus rien de vivant ne me séparait de la mort. »*

*J'ai tracé plus haut mon portrait physique. Il me reste à compléter la fiche signalétique, quand bien même devrais-je dire des choses qui se trouvent dans les annuaires. Je me suis fait connaître, au moins du monde savant, par mes recherches sur les mutations expérimentales chez les animaux supérieurs. Le laboratoire m'a, de bonne heure, diverti de la médecine à laquelle je dois une grande partie de ma formation intellectuelle. Depuis 1928, j'occupe la chaire de biologie au Collège de France et suis l'un des plus jeunes professeurs de cette illustre maison qui, par mon élection, a manifesté, comme on a dit dans la presse, « son désir de renouveau ».*

*Il est superflu de donner un signalement moral, au seuil d'un ouvrage qui comportera maints portraits, dont le mien. Un mot, un seul, de nature, me semble-t-il, à résumer bien des gloses. J'ai, vers l'âge de trente-cinq ans, c'est-à-dire en pleine guerre, exactement pendant la bataille de Verdun, écrit sur mon carnet de poche la phrase suivante : « Miracle n'est pas œuvre. » Je ne pense pas qu'une phrase puisse jamais représenter tout un homme, son expérience, ses ambitions, sa loi. Pourtant je donne cette maxime comme la principale clef de ma vie spirituelle. Elle prendra sens dès la première partie de ce récit, celle qui concerne mon enfance. Que cette maxime ou devise marque un refus, une volonté opiniâtre, et même une certaine étroitesse rationaliste, je le reconnais. A la méditer amicalement, on comprendra bien vite que mon existence n'a, jusqu'à ce jour, été qu'une persévérante et victorieuse réaction contre un certain nombre de caractères transmissibles — je ne dis pas transmis. Par ce dire, je ne me sens pas en contradiction avec mon expérience de savant, bien au contraire : je me rattache, et même docilement, au déterminisme héréditaire. Le rebours est un des deux visages évidents de l'hérédité. Je ne critique pas non plus, et dès l'abord, mon patrimoine moral et physique. J'ai réagi, soit ! Mais on réagit d'autant mieux qu'il faut lutter contre des puissances plus vives.*

*Je ne répugne pas à jeter quelques lueurs sur ma devise : entre le miracle et l'œuvre, je choisis l'œuvre. Je pense qu'on l'avait compris.*

*J'ai parlé de portraits et notamment de mon portrait. L'un de mes possibles portraits, cela va sans dire. L'homme que je suis avec mon frère Ferdinand, par exemple, ne ressemble en rien à celui que je suis avec ma femme. Et ce Laurent Pasquier est parfaitement étranger à celui que connaît mon ex-ami Victor Legrand. Vérité modeste qu'il n'est pas superflu de rappeler au seuil de cet ouvrage.*

*Au ton de ces premières pages, on pourrait croire que j'entreprends la rédaction d'un journal intime. Il n'en est rien. J'ai l'horreur des journaux intimes. On m'a dit que l'écrivain Carolus Delbœuf s'épuise chaque jour à dicter quinze ou vingt pages d'aveux impitoyables destinés à la postérité. Je juge ces effusions tout à fait contraires à l'esprit scientifique, sans doute, et même à la simple honnêteté. Ce qui rend l'introspection incomparable avec les autres méthodes scientifiques, c'est qu'il est, dans le domaine subjectif, impossible d'observer les faits sans les modifier, sans les altérer, voire, ce qui est plus grave, sans leur donner l'existence. Les « journalistes intimes », si j'ose dire, ne peuvent guère admettre qu'une journée tout entière — et que dis-je ? une semaine, un mois — s'écoule sans apporter une riche moisson de pensées, de sentiments et d'émotions.*

*Leur attitude n'est pas, ne saurait être contemplative. Elle est provocante. De par leur propos même, ces messieurs se trouvent amenés à faire cas d'états d'âme extrêmement ténus, mettons incertains, informes, mettons surtout inexistants, car le mot embryonnaire supposerait une possibilité de devenir, et je veux tout justement dire le contraire. Ce délire de confession donne l'accès de la conscience, et conséquemment du « journal », à des pensées qui n'auraient jamais vu le jour dans une vie morale spontanée, à des pensées qui perdent ainsi toute relation raisonnable avec le reste de l'âme, avec le monde. On imagine les déformations et les perversions que cette pratique favorise. Que si l'on me dit que le but de ces journalistes clandestins est précisément de provoquer en eux de telles déformations et perversions, je me contenterai de hausser les épaules. Le mystère est assez grand en nous et autour de nous pour qu'il ne soit jamais recommandable d'apporter de l'ombre à l'abîme.*

*Que de gens, entraînés par ces débauches de littérature secrète, arrivent à se composer un personnage artificiel que, par la suite, il leur faut nécessairement jouer et soutenir !*

*Je ne songe donc pas le moins du monde à ces écrits que, dans un poème d'ailleurs bien oublié, Joachim du Bellay traitait de « papiers journaulx ». Non ! Je soumets au temps corrosif toute mon expérience humaine. Qu'il fasse et son choix et son œuvre. Je ramasserai le reste. Telles ces feuilles de peuplier que la pourriture automnale a purifiées, réduites à leur nervure nette et fine.*

*Point de journal intime, et donc des mémoires. J'écris ce dernier mot avec beaucoup de réserve et faute d'un mot plus modeste. J'ai, comme tous les hommes de ce temps, pris, à des événements sans mesure, une part pour moi considérable, et, c'est bien sûr, infime au regard de l'historien. J'ai fréquenté des hommes remarquables à qui je ne peux affirmer pourtant que l'histoire fera place. Je me suis tenu, par discipline intellectuelle, à distance des politiques dont on pense, à tort ou à raison, qu'ils sont les principaux artisans de l'histoire.*

*Les mémoires que je me propose d'écrire n'auront donc aucun caractère historique et même aucun intérêt historique si les pensées, travaux et aventures d'un simple citoyen perdu dans la foule se trouvent vraiment dépourvus d'intérêt historique.*

*Qu'il soit permis à un homme blanchi sous le rude harnais de la science, dans la lumière glacée du laboratoire, qu'il me soit permis de considérer avec défiance tout ce que peuvent offrir à l'histoire les mémoires dits historiques. J'ai poursuivi en ce qui concerne ma propre vie et la connaissance qu'en peuvent avoir mes plus proches, j'ai fait, dis-je, mille expériences. Nul doute : l'erreur est la règle ; la vérité est l'accident de l'erreur.*

*Ce disant, je n'entends pas faire, une fois de plus, et combien sommairement, le procès de la vérité dite historique, mais déclarer ma prédilection pour une autre forme de vérité que j'appellerai vérité humaine ou poétique.*

*Chateaubriand, au début des* Mémoires d'outre-tombe, *livre admirable, parle avec force, avec pompe, des documents accumulés, classés, commentés. Ce grand exemple ne saurait me distraire de mon dessein qui est de refouler tous documents pour me recueillir dans le plus libre silence, seul, seul avec les créatures de l'ombre.*

*Nombreux sont les rédacteurs de mémoires qui, donnant à leur propos une raison qui sonne comme une excuse, écrivent en sous-titre : « pour servir à l'étude des mœurs ». Je ne crois pas que le présent écrit puisse servir à rien de tel et même à quoi que ce soit. La littérature française est, dans l'ensemble, une littérature de moralistes. Elle est riche, variée, délectable. Un esprit lettré n'y saurait penser sans humilité, sans orgueil aussi. Mais quoi ? pendant plus de quatre siècles, les Français ont peint les mœurs dans le dessein secret ou avoué de les corriger. C'est une étonnante chimère. Toute peinture des mœurs, quand elle est vigoureuse et brûlante, a quelque chance de confirmer les mœurs et d'exaspérer les caractères. J'admire et vénère Honoré de Balzac, tout en le rendant responsable de la destinée de mon père.*

*Seul un cuistre pourrait imaginer que la présente remarque engendre blâme ou critique. J'entends seulement me purger de toute ambition parasite et définir mon dessein. J'écris ces mémoires non pour édifier ou châtier qui que ce soit, mais pour accomplir un acte de connaissance. J'ajoute un acte d'oubli, car ne vais-je pas sacrifier tout ce que je ne sauverai point ?*

*A ceux qui me reprocheraient de peindre trop souvent de petites gens, de pauvres gens, dont les pensées et les actes ne peuvent nous apporter de puissantes lumières sur le monde, je répondrai d'abord que je ne choisis pas mes modèles, ensuite que je prends l'homme où je le trouve et qu'il est des sociétés instruites et brillantes où cet « homme » que je cherche ne se rencontre jamais. Pour surcroît de raisons, je renvoie mes censeurs à mon confrère biologiste Jean Rostand. Ce jeune savant de mérite, qui est aussi un psychologue attentif, se prononce fort clairement : ce sont les animaux dits inférieurs qui nous ont livré le mot des grandes énigmes ; ce que nous savons aujourd'hui de plus profond sur nous-mêmes, nous le devons à l'observation patiente de moucherons minuscules « dont on peut élever des centaines dans un petit flacon, sur une tranche de banane pourrie... » Cette observation scientifique m'apporte une image efficace.*

*Je possède une mémoire excellente dans laquelle il y a, pourtant, non des lacunes — ce qui serait trop peu dire — mais de véritables déserts, des gouffres de fumeuses ténèbres. Le temps n'est pour rien dans l'approfondissement de ces cavités : j'en distingue déjà dans la journée d'hier. Qu'on n'aille pas insinuer que le « journal intime » a précisément l'avantage de... Hélas, non ! Les renseignements des journaux intimes ne rendent que plus cruellement évidentes ces défaillances temporaires de l'être dans l'être, ces manques, ces pertes de substance morale.*

*C'est donc une histoire discontinue que j'entends restituer. Inutile, pour ce que je veux faire, de quêter chez autrui les matériaux ou l'assistance : mon univers ne coïncide avec nul autre. Je m'efforcerai de respecter l'ordonnance naturelle qui groupe toujours les comparses autour du protagoniste et les menus faits autour des épisodes cardinaux. Ainsi doit s'expliquer le titre du présent cahier.*

*Je crois bien naïf et vainement scrupuleux d'aller chercher des souvenirs dans cette région du passé où la plus habile chimie déclare n'en trouver que des « traces indosables ». On connaît le langage ordinaire de ces explorations : « Mon plus ancien souvenir remonte au temps que... » ou « si je descends au plus profond de ma mémoire... » Assurément, la naissance de Cécile, survenue à la fin de ma deuxième année, a laissé quelques croquis dans mon album : le mur vert pâle sur lequel se découpe un rectangle de soleil, la place du lit de bois, non loin d'une cheminée... Franchement, tout ça n'est rien.*

*En revanche, les souvenirs qui vont de la septième à la douzième année sont, déjà, matière précieuse. Et j'ajoute matière ouvrée. La plupart de ces souvenirs ont été repris, recuits, polis, enchâssés, mis en ordre et en valeur par presque un demi-siècle de méditations, de confidences, de conversations, de querelles familiales et de radotages intimes.*

*Avant de se mettre au travail, je veux encore dire ceci : je suis allé, ce matin, au marché de Pontoise. Un camelot, d'ailleurs très entouré, y vendait la bonne aventure. Son enseigne sur calicot publiait cette promesse : « Jean-Marie Scagliola peut vous dévoiler votre avenir et votre passé. » Personne parmi l'assistance n'avait l'air de remarquer ce qu'il y a d'étonnant dans un tel langage. Cela montre sans doute que la plupart des hommes ont besoin qu'on leur « dévoile » ce passé tout enveloppé de suaires.*

*Il y a, dans le fait d'écrire, et surtout sur un tel sujet, beaucoup de candeur et de présomption. Les gens de ma sorte semblent défendus contre certains rêves. Ils savent, ils sentent, avec une force désespérée, qu'un jour futur, l'homme, le mot d'homme, l'idée et le souvenir de l'homme, tout cela ne signifiera plus rien dans un monde à jamais déserté par les esprits de notre essence. Ces courageux n'en inventent pas moins chaque jour de nouvelles façons et de nouvelles raisons de se priver de tout, de se sacrifier pour des principes et des lois, de construire des monuments et des doctrines, de laisser, à l'avenir sans issue, des témoignages pathétiques de notre grandeur et de notre misère.*

# CHAPITRE PREMIER

Dans la salle à manger, brûlait, dès le crépuscule, notre grosse lampe de cuivre, toujours bien fourbie, toujours un peu moite de pétrole. Nous venions travailler et jouer là, sous cette lumière enchantée. Maman, pour disposer les assiettes du couvert, repoussait en grondant nos cahiers et nos livres.

Ferdinand alignait avec minutie des caractères soigneusement moulés. Il écrivait, le nez sur la page. Il avait déjà grand besoin de lunettes. On ne s'en aperçut que plus tard. Joseph, les coudes sur la toile cirée, faisait semblant de répéter ses leçons, mais il lisait le journal posé devant lui, contre un verre. Cécile jouait sous la table et, de minute en minute, cessant de psalmodier, « huit fois huit » et « huit fois neuf », je cherchais et taquinais du pied la petite sauvage. Nous entendions maman remuer une casserole de fer, dans la cuisine, de l'autre côté du mur.

Joseph bâilla vigoureusement, à plusieurs reprises, et cria : « On a faim ! »

Maman parut dans le cadre de la porte. Elle s'essuyait les doigts à son tablier de toile bleue. Elle dit :

— Votre père est en retard. Mes enfants, nous allons commencer sans lui. Venez vous laver les mains.

Nous passâmes dans la cuisine pour nous laver les mains, sauf Joseph qui haussait les épaules et disait : « J'ai les mains propres. »

Quand nous fûmes assis de nouveau, maman vint avec la soupière. Maman ! Elle était petite, bien faite, un peu grasse, la peau tendue sur le visage plein, un gros chignon non pas dressé sur le sommet de la tête, comme c'était la mode en ce temps-là, mais bas, contre la nuque, et pesant comme un beau fruit. Des bandeaux noirs, si sages !

C'était une soupe aux lentilles. Joseph dit : « Toujours ! »

Nous étions à la fin de l'hiver. Nous n'aimions pas beaucoup la soupe ; mais la bonne chaleur descendait tout le long de la gorge et, un moment après, on la sentait jusqu'aux jarrets, jusqu'aux pieds un peu gourds dans les grosses chaussettes de laine.

De temps en temps, Ferdinand se penchait sur l'assiette pleine de brouet et il y piquait un oignon. Il gémissait : « J'aime pas ça ! » Alors Cécile tendait sa cuiller et criait : « Moi, j'en veux bien. »

Après la soupe, maman posa sur la table le plat de lentilles avec une saucisse. Les deux grands commencèrent de se disputer à qui aurait le plus gros morceau, et pourtant la saucisse n'était pas encore coupée. Cécile chantait, chantonnait. Elle chante encore ainsi. Elle a toujours chanté. Maman coupa la saucisse et les grands se mirent à manger. Maman leva sa fourchette et, tout à coup, s'arrêta, comme pétrifiée. Elle écoutait quelque chose, la bouche ouverte. Elle dit :

— Voilà votre père ! Ecoutez le pas de votre père dans l'escalier.

Mais nous n'entendions rien.

Père entra. Il remuait d'abord les clefs, derrière la porte, puis il faisait jouer la serrure avec vivacité.

Il entra. Les patères se trouvaient dans le petit vestibule. Papa ne s'y arrêta point. Il vint jusque dans la salle à manger. Il tenait une lettre.

— Excuse-moi, Raymond, murmura maman. C'est encore des lentilles. Je t'expliquerai...

Papa ne répondit pas. Il nous regardait avec un sourire en même temps affectueux et ironique. Il n'avait pas quitté son pardessus qui portait un col de fourrure. Il avait son chapeau melon sur la tête. Avec ses longues moustaches blondes, presque rousses, ses yeux bleus, sa belle prestance, il ressemblait à Clovis, au Clovis de mon livre. Il était beau. Nous l'admirions.

Il sourit encore et jeta la lettre sur la table.

— Madame Delahaie est morte, dit-il.

Maman devint toute pâle.

— Est-ce possible ?

— Vois toi-même, répondit papa. C'est une lettre du notaire.

Et il enleva son pardessus. Il avait un vêtement de coupe élégante mais qu'il jugeait fané, ce dont nous ne pouvions nous apercevoir.

Maman dépliait la lettre. Soudain, elle se cacha le visage dans son tablier et se prit à pleurer. Papa souriait, le sourcil dédaigneux.

Joseph s'écria :

— Ne pleure pas, maman. Puisqu'on ne l'aimait pas, c'est pas la peine de pleurer.

Maman posa sa serviette sur la table et dit :

— C'est elle qui m'a élevée, mes enfants.

Papa venait de lisser sa belle moustache et de se passer la main dans les cheveux pour les faire boucler. Il se redressa, fit trois ou quatre fois et très fort : « hum ! hum ! » et s'assit à table. Il avait des manières gracieuses. Un véritable homme du monde comme on en voit sur les images. Il souriait toujours si joliment.

Notre mère tamponna ses yeux et dit :

— Pardonne-moi, Raymond. C'est encore des lentilles. Tu sais pourquoi. Le malheur est qu'on ne peut pas trouver de persil en cette saison.

Père était décidément de bonne humeur. Il haussa les épaules. Il disait volontiers : « Donnez-moi n'importe quoi, pourvu que ce soit cuit à point et que ça ait de l'œil. » Alors maman mettait du persil sur les lentilles, et le plat avait de l'œil.

Papa mangea sa soupe, sans se presser, et dit à ma mère :

— Tu ne prends plus rien ?

— Non, j'ai l'estomac serré.

— Il n'y a vraiment pas de quoi.

Nous étions tous recueillis, dans l'attente d'événements extraordinaires. Joseph avait près de quatorze ans et, par instants, sa voix sonnait, grave et basse, comme celle d'un homme. Il dit :

— Si Mme Delahaie est morte, alors on va hériter...

Papa fit des épaules un geste contrarié.

— Mon cher, mêle-toi de ce qui te regarde.

— Joseph, ajouta ma mère, un homme de cœur ne parle pas d'héritage devant un cercueil.

Le dîner fini, les cahiers rangés, nos parents nous envoyèrent au lit.

Joseph et Ferdinand couchaient ensemble dans un réduit qui prenait jour sur la cuisine. Comme c'étaient de grands garçons, on leur allumait une lampe et ils avaient le droit de lire ou de travailler une heure avant de s'endormir. Ce soir-là, papa n'alluma point de lampe.

— Mes enfants, dit-il, vous allez dormir tout de suite.

— Pourquoi ?

— Parce que c'est comme ça.

Nous couchions, Cécile et moi, dans la chambre de nos parents. Il y avait là deux grands lits de bois disposés presque à angle droit. Maman dormait dans l'un, papa dans l'autre. Nous, les petits, nous couchions alternativement dans l'un et dans l'autre et nous nous querellions un peu pour coucher toujours avec maman, parce qu'une mère c'est plus doux, plus chaud et parce que papa, craignant les coups de pied, nous refoulait dans la ruelle.

Ce soir-là, j'eus beaucoup de peine à m'endormir. C'était « mon tour de papa ». Je me tenais bien serré contre le mur et, le souffle court, j'écoutais ce que je pouvais entendre. Papa et maman avaient longtemps causé à voix basse, dans la salle à manger, puis ils étaient venus se coucher. Papa, les mains croisées sous la nuque, parlait d'un air détaché. De l'autre lit, maman répondait.

— Nous allons commencer par quitter cette cambuse.

— Sûrement, Raymond. Mais n'appelle pas ce petit logement une cambuse. Il a ses commodités. Nous le regretterons peut-être un jour.

— Non. Je veux un appartement de quatre bonnes pièces, au moins. Oui, au moins. D'ailleurs, sans ça, où mettrait-on les meubles ?

— Les meubles, Raymond ! Mais qui te dit que nous les aurons, les meubles ?

— A qui pourraient-ils aller ? Ta tante avait trop le sens de la famille pour donner ses meubles aux hospices. Une chose est sûre, c'est que, d'après le testament de ton oncle Prosper...

— Mais, Raymond, ils avaient tout fait au dernier vivant. Et je suis sûre que Mme Delahaie a modifié les dispositions de son mari.

La voix de maman arrivait, un peu sourde, à travers la nuit feutrée.

— Oh ! Ram, ne va pas te mettre à rêver.

— Rêver ! grondait mon père avec irritation. Je me demande un peu lequel de nous deux s'amuse à rêver. Une chose est sûre : ta tante Alphonsine est morte. As-tu lu la lettre du notaire ? Est-ce un rêve, cette lettre du notaire ?

— Elle est morte, Raymond. Mais qui te dit qu'elle ne m'a pas déshéritée ?

Sur ces mots, j'entendis que ma mère se reprenait à pleurer. Mon père donnait des coups de tête dans le traversin.

— Déshéritée... Déshéritée... Mais non, Lucie, ces gens-là n'avaient quand même pas assez de caractère pour te déshériter.

— Oh ! Ram, ne parle pas si durement d'eux dans un pareil moment.

— Je dis ce qui me plaît. Ils ne m'aimaient pas, ces Delahaie. Leur bête noire, voilà ce que j'étais. Leur bête noire !

— Ils ne pouvaient pas te comprendre, Ram. Tu es travailleur, tu es sobre, et courageux et intelligent, tout, mais pas à leur façon. Et tu ne peux pas t'empêcher de dire des choses et d'avoir l'air de te moquer du monde. Eux, comment voulais-tu qu'ils s'y retrouvent ?

— Tant pis pour eux.

Il y eut un grand silence. Peut-être commençais-je à m'endormir. On entendit Ferdinand tousser.

— Tu dors, Ferdinand ? demanda ma mère. Vous dormez, les enfants ?

Nul ne répondit ; mais je suis bien sûr que, pour le moins, trois paires d'oreilles, dressées, interrogeaient l'ombre.

— Lucie ! souffla mon père.

— Quoi ?

— Je préfère ne pas aller à Honfleur, ni même au Havre, s'il faut y aller. D'ailleurs le notaire ne parle pas de moi. Tu es convoquée seule.

— J'irai seule, dit ma mère avec calme. Je demanderai à Mlle Bailleul de s'occuper des enfants.

— Oui. Pour ce qui est de l'appartement...

— Attendons un peu. Je chercherai dès que je verrai clair dans toutes ces histoires.

Un grand silence encore et, soudain, la voix de ma mère, musicale, ailée, rêveuse :

— On m'a parlé de choses très intéressantes dans les environs de la gare Montparnasse. Tu ne serais pas très loin de ton travail, en somme. Et il paraît que là, on aurait enfin de l'air et même de la vue. Tu dors, Raymond ?

— Non, mais ne te monte pas la tête, Lucie. On verra tout ça plus tard, comme tu viens de le dire.

— Oh ! Raymond, tirer des plans, ça ne fait de mal à personne et ce n'est pas là se monter la tête.

De nouveau, le silence, la nuit plus trouble. De nouveau, des voix languissantes, mêlées dans un interminable duo où reviennent des chiffres, des chiffres, des noms familiers, des noms inconnus, des exhortations, des soupirs. Je m'endors. Je dors longtemps. Je me réveille : le duo continue. J'entends : « Il y a des postes où l'on gagne ce qu'on veut... Après tout, quarante, quarante-deux ans, c'est la fleur de l'âge. » Je ne comprends plus rien. Dormir est bon.

## CHAPITRE 2

Pendant toute la matinée du lendemain, ma mère fit des courses. Mlle Bailleul était notre voisine, une vieille fille solitaire, grande et charnue, qui donnait des répétitions de catéchisme et nous faisait travailler à l'occasion. Elle avait de beaux yeux noirs que j'aimais. Quand mon père l'apercevait dans la maison ou sur le palier, il lui disait des frivolités d'un air distrait. Mlle Bailleul se mettait alors à bégayer. Elle rougissait, son beau regard paraissait presque méchant.

Ce jour-là, Mlle Bailleul vint laver et peigner Cécile. Moi, je me lavais et m'habillais seul. Ma mère avait laissé sur la table une lettre au crayon et des légumes épluchés. Mlle Bailleul lisait la lettre en reniflant. Elle alluma le feu et mit les légumes au pot, comme il était dit sur la lettre.

Maman rentra tard. Si tard même que Joseph et Ferdinand étaient repartis à l'école. Papa ne venait presque jamais déjeuner. L'après-midi Mlle Bailleul me fit lire et écrire. Je n'allais pas encore en classe, à cause de ma santé. Je travaillais à la maison. Cécile chantait, sous la table. Maman cousait ses vêtements de deuil. Elle cousait merveilleusement vite. De temps en temps, elle s'arrêtait une seconde et regardait devant elle. Puis elle donnait, du bout de son dé, un coup sec sur la table et se reprenait à pousser et tirer l'aiguille avec cette vivacité voltigeante au prix de laquelle tous les autres artisans semblent infirmes. Parfois, sans arrêter la course de l'aiguille, maman disait rêveusement : « Sept fois huit... » Mlle Bailleul lançait un net « cinquante-six ! » et ma mère soufflait, déjà repartie parmi ses pensées : « Bien sûr, bien sûr, cinquante-six... » Elle ajoutait : « Cinquante-six... Mon Dieu... mon Dieu ! »

Vers le soir, maman put essayer ses vêtements. Elle me parut bien majestueuse au milieu de tout ce noir. Elle nous servit à dîner et dit :

— Je veillerai jusqu'à minuit, une heure, pas plus, et tout sera prêt pour demain matin.

Sitôt la table débarrassée, maman fit marcher la machine à coudre. Au bout d'un moment, elle se prit à chanter. C'était une espèce de complainte que nous connaissions tous, mais dont je n'ai jamais bien compris les paroles. Il s'agissait d'une femme très belle à qui l'on avait fait une blessure au front.

Papa rentra comme nous venions de nous mettre au lit. Je l'apercevais, assis à quelques pas de la machine à coudre, les jambes croisées, les pouces dans les entournures de son gilet. Il disait :

— C'est incroyable ce que j'ai pu faire de courses aujourd'hui. J'ai vu Chevallereau, pour commencer. Il me conseille formellement de travailler mes examens. Il m'a promis son appui. C'est quelque chose. C'est presque tout.

— Ram, disait ma mère, pense que nous n'aurons peut-être pas d'argent liquide. Méfions-nous des projets.

Papa frappait du pied.

— Je te ferai remarquer, Lucie, que ce ne sont pas des projets, mais des résolutions. D'abord, je ne quitte pas Cleiss. J'ai quand même là quelque chose comme un fixe. Même si Mme Delahaie n'était pas morte, j'allais m'y mettre, à ces examens. Tu dis : pas d'argent liquide ! Admettons même qu'il n'y ait pas d'argent liquide ! Il y a les meubles.

— Ram, tu ne vendrais pas les meubles !

— Pourquoi non ?

— Des meubles de famille.

Mon père haussa les épaules d'un air excédé.

— On en rachète quand on veut, des meubles de famille. Il y en a plein l'Hôtel des Ventes.

— Oh ! ce n'est pas la même chose.

Mais, déjà, maman battait en retraite. Elle soupira :

— J'ai la tête perdue. En tout cas, ma robe sera prête dans deux ou trois heures.

Il y eut un long silence. Je ne pouvais pas m'endormir. Père avait ouvert devant lui une serviette de moleskine. Il en tirait des livres et des papiers qu'il étala sur la table. Il travaillait, les poings aux tempes. De temps en temps, il grattait le sol avec ses pieds, comme un cheval au piquet.

Le lendemain, en m'éveillant, je vis maman qui s'habillait. Elle attachait sur ses reins un petit coussin plein de son qu'elle appelait une tournure. Puis elle enfila sa robe neuve, sa robe de deuil. Puis un manteau à collet. Enfin elle noua sous son menton les rubans de la capote. Elle était prête et nous la regardions tous avec étonnement. Père dit :

— Je vais aller te mettre à la gare.

— Si tu veux, Raymond. Mais ne viens pas me chercher. Je ne sais même pas quand je pourrai rentrer. Deux jours. Trois jours, peut-être plus.

Elle revint dès le lendemain soir. Nous étions à table et père était là. Joseph cria tout de suite :

— Quelles nouvelles ? Quelles nouvelles ?

— Tu es toujours à te jeter sur les choses, dit papa ; laissez votre mère se déshabiller.

Maman souriait, mais elle avait l'air soucieux et fatigué. Elle enleva sa capote, son manteau et mit tout de suite un tablier bleu pour ne pas tacher sa robe neuve. Joseph répétait :

— Dis-nous les nouvelles.

Maman secoua la tête avec embarras.

— Il faut bien t'imaginer, Raymond, que ce n'est pas simple.

— Je m'en doutais, fit papa, en souriant, l'air attentif.

Mais il se contint et poursuivit :

— Rien ne presse. Nous parlerons de tout cela plus tard.

— Oh ! dit ma mère, si les enfants veulent bien se tenir tranquilles...

— Alors, à ton aise.

— Comme je le pensais quand même, Raymond, nous avons les meubles.

— Oui, oui.

Les yeux de mon père, soudain, lançaient du feu.

— Je t'en prie, Ram, ne te mets pas en colère dès le commencement, ou, sans ça, je vais m'embrouiller et je ne me rappellerai plus rien. J'ai la tête perdue. Pour l'argent, tu comprends, ce n'est pas simple du tout. Il y en a la moitié, exactement la moitié qui me revient. Mais attends un peu. Ce n'est pas de l'argent liquide, comme tu dis. Ce sont des titres. Attends encore un peu.

— Je ne dis rien.

— Ce sont des titres d'une espèce spéciale, Raymond. Je toucherai les intérêts, bien sûr, mais je ne peux pas vendre les titres.

— Comment ! Ils sont à toi, et tu ne peux pas les vendre ?

— Que je t'explique, Raymond. Ils ne sont pas exactement à moi, ils sont aux enfants.

— Quel galimatias ! A quels enfants ?

— A nos enfants. Ils sont aux enfants, en nom, et c'est moi qui touche la rente, l'usufruit, comme dit le notaire. Pour les titres mêmes, ils représenteraient à peu près cinquante mille francs...

Joseph sursauta. Ses yeux s'élargissaient. Une goutte de salive lui coula de la bouche.

— Cinquante mille francs, reprit ma mère. Ils représenteraient ça si l'on pouvait les vendre. Mais je te répète, on ne peut absolument pas y toucher jusqu'à ma mort. Tu m'écoutes, Raymond ?

De la tête, mon père fit « oui ». Mais il s'était mis à sourire et il disait, avec une sifflante suavité : « Les mufles ! Les mufles ! »

— Qu'est-ce que c'est qu'un mufle ? demanda Ferdinand.

— Tu vois, dit maman, qu'on ferait mieux de ne pas parler devant les enfants.

Mon père haussa les épaules.

— C'est ce que je te disais. Enfin, continue. Et le reste ?

— Le reste ? Attends que je me rappelle bien. Le reste est divisé en trois parts. Une part, la plus petite, est placée en viager sur la tête de ma tante Coralie et paye tout juste sa pension à la maison de retraite.

Mon père faisait, de la main, un geste impatient.

— Je ne peux pas aller plus vite, poursuivit maman. Je risquerais de tout embrouiller. Le reste, à peu près quarante mille francs, en titres, toujours en titres, est entre les mains du notaire, mais destiné à mes deux sœurs.

— Tes sœurs de Lima ?

— Mes sœurs de Lima.

— Mais puisqu'elles sont mortes !

Maman fit le signe de la croix et murmura :

— Comme tu es impatient ! Ne t'emporte pas, Ram !

— Si tu me dis une fois encore que je suis impatient, je vais me coucher et nous ne reparlerons plus de cette histoire avant la semaine prochaine.

— Allons, Ram, laisse-moi dire. C'est justement le plus intéressant de l'histoire. Il est entendu que mes pauvres sœurs sont mortes. Du moins on me l'a dit, on l'a toujours dit. Les papiers officiels prouvant leur mort ont été demandés par mon oncle Prosper il y a sept ans. Les choses ne vont pas vite, à Lima, paraît-il. Le notaire du Havre m'a dit qu'il écrivait tous les mois pour réclamer ces fameux papiers. Ecoute bien, Raymond, c'est important. Quand le notaire du Havre recevra les papiers établissant que mes pauvres sœurs du Pérou sont bien mortes, la somme déposée à leur nom nous reviendra, directement.

— En titres invendables.

— Justement non. En titres que l'on peut, c'est le notaire qui me l'a dit, vendre tout de suite et dans des conditions avantageuses. Nous aurons même l'intérêt des titres à compter du décès de tante Alphonsine. Je l'ai vue, tu sais, ma tante Alphonsine. Elle n'était pas encore en bière quand je suis arrivée. Et si peu changée ! Si bien elle-même.

— Nous parlerons de ça plus tard, Lucie. Voilà sept ans, dis-tu, que l'on réclame les actes au Pérou. Il n'y a vraiment pas de raison...

— Je sais ce que tu penses, Raymond. Il y a sept ans que l'on fait des recherches ; mais il y a seulement six mois que le notaire a commencé de se fâcher. Et quand il se fâche, cet homme-là ! Tu ne le connais pas : une encolure de taureau, positivement. Alors, ce n'est plus la même chose. Et puis, autrefois, il ne disait pas pourquoi il demandait les actes. Les gens de là-bas pouvaient croire qu'on en voulait à leur argent à eux, peut-être. Maintenant que la tante est morte, le notaire veut liquider la situation, tu comprends. Et il a dit que ça peut demander encore quatre mois, pas plus. Vois-tu, Ram, il ne faut pas s'emballer. Il dit quatre mois. Eh bien ! comptons six mois.

Mon père s'était mis à marcher. Il tournait en rond autour de la table, car la pièce était petite. Il avait les mains nouées derrière le dos, sous les pans de sa jaquette. Il disait à voix basse : « Quelle vengeance ! Quel raffinement de vengeance ! » Et nous restions tous silencieux, au bord de l'angoisse, car nous ne savions pas si notre père allait succomber à la colère ou laisser paraître ce léger sourire méprisant qui nous était ravissement et malaise. Il disait, mordillant le bord de sa moustache :

— A m'entendre, on pourrait croire que j'aime l'argent.

— Oh ! Ram, protesta ma mère avec douleur.

Mon père s'arrêta de tourner autour de la table et nous vîmes que le fameux sourire triomphait.

— Je ne peux pas aimer l'argent, dit-il avec simplicité : je n'en ai jamais eu. Je ne sais pas ce que c'est. Mais que j'en gagne ! Qu'il m'en tombe ! Et vous verrez tous, tu verras, Lucie, l'usage que je suis capable d'en faire. Allez vous coucher, mes enfants.

Nous n'osions pas protester, demander un sursis. Nous étions en même temps fiévreux et recrus. Mon père, d'un geste large, un peu théâtral, nous poussait vers le sommeil, comme un troupeau vers la bergerie. Il s'était assis en face de ma mère et disait :

— Reprends par le commencement, veux-tu ? Nous allons voir ce qu'on peut tirer de ce fatras.

Une fois de plus, nous allions glisser dans l'ombre, bercés par ce ruisselant murmure qui roulait des chiffres, des chiffres, des projets, des soupirs, des rêves ; des grondements et parfois un rire informe, un sanglot.

## CHAPITRE 3

Les quelques scènes que je viens de retracer forment à mon enfance un prélude nébuleux. C'est rue Vandamme que je commence. C'est là que le voile se fend, là que, pour la première fois, se font entendre avec force les trompettes déchirantes de la douleur, de la joie, de l'orgueil.

Nous disons toujours : la rue Vandamme. C'est, en fait, impasse Vandamme que nous avons habité. Quand ma mère était revenue, expliquant avec lyrisme les grâces et les privilèges de cet appartement visité le matin même, père avait froncé le sourcil.

— Jamais, disait-il, je n'irai loger dans une impasse. Quand bien même on m'offrirait toute la maison. Une impasse ! Un cul-de-sac !

Il avait consenti quand même à visiter l'appartement et son humeur s'était adoucie.

— C'est très agréable. Aucun doute. Mais qu'on ne parle pas d'impasse. Nous dirons la rue Vandamme.

La maison ! Elle est, dans mon souvenir, comme un donjon, comme une citadelle, notre acropole : pierre de taille par-devant, rocailleuse meulière sur les hauts flancs aveugles. Assez neuve, et déjà toute poudrée de flammèches et de suie. Carrée, massive, et presque seule encore de son espèce dans ce quartier fait de petites bâtisses provinciales et de masures villageoises.

Une citadelle, certes, un repaire, un creux à nous, ouvert seulement sur les nuages et les clartés du ciel parisien, un asile sacré où toutes les choses de nous, les espérances, les ambitions, les détresses, les discords, les chimères, tous les mystères de la famille vont, pendant des années, fermenter, cuire et recuire dans une brûlante moiteur.

La porte de la rue est ouverte tout le jour. Le soir, elle se referme avec un bruit caverneux et les gens disent le mot de passe avant de trébucher sur les degrés. Dans sa partie inférieure, l'escalier est obscur, même au fort de la belle saison. Un papillon de gaz y languit. L'escalier est de bois. On a dû le cirer au début des temps et, par la suite, se contenter de le brosser à l'eau de Javel : il passe quand même trop de monde. Quand, avec le poing bien serré, on donne un coup sur la rampe, une longue vibration la saisit et s'envole jusqu'au ciel. Un enfant est mort, tout le monde sait cela, pour avoir voulu, l'imprudent, glisser le long de cette rampe, à cheval. L'escalier monte, monte à travers des familles et des familles superposées comme des couches géologiques. On entend ici une mandoline, là un petit chien qui jappe, à droite le poitrinaire qui respire avec tant de peine. Et, déjà, c'est la grosse dame à l'éternelle chanson : « Je t'aime, comprends-tu ce mot ? » Et le tap... tap... du monsieur qui travaille chez lui à des choses incompréhensibles. Et, partout, les machines à coudre et des piétinements d'enfants dans les couloirs et des voix d'hommes et de femmes qui parlent et se querellent à propos des affaires de leur clan. Tout cela si clair à l'oreille fine et distraite du petit garçon. Tout cela très étouffé, très amorti par des murailles, des portes, des vêtements humides pendus à des clous, des épaisseurs d'air domestique dix et dix fois respiré. Et l'on sait ce que l'on mange à toutes les altitudes. L'odeur de l'oignon grimpe comme une bête le long des marches. Elle furette, rôde, s'accroche à toutes les aspérités. Elle va réveiller le vieux garçon qui travaille la nuit durant et qui se lève à trois heures. L'odeur de l'oignon ! Un trou de serrure lui suffit, une fente, un nœud du bois. On dirait qu'elle fait son chemin à travers la brique et le plâtre. Mais l'odeur du hareng frit est farouche et plus puissante encore. Elle arrive, par paquets, comme une troupe d'assaut ; l'odeur de l'oignon prend peur et lâche pied. L'odeur du hareng frit campera là jusqu'à demain. On ne la respire pas, on la touche. Elle est gluante et colle aux doigts.

Un étrange tremblement a saisi la bâtisse. Cela commence par les moellons enfouis sous les caves, dans les entrailles de la terre. Cela gagne, petit à petit, tout le squelette du monstre et ça se propage, ça monte. Des bouteilles grelottent contre le mur d'une cuisine. Des vitres se prennent à chanter. Ici, là, d'autres voix s'éveillent, entrent dans le chœur, une à une. Présent ! Présent ! Présent ! voilà ce que répondent, à droite, à gauche, en haut, en bas, tous les objets inquiets dont la nature est de frémir. Le grondement s'enfle, s'exaspère. Avec une terreur jubilante, la maison tout entière salue le train hurleur qui lui passe contre le flanc, dans le lacis des rails, au nord. Le vent rabat sur nous les escadrons de la fumée. Une fine poudre de ténèbres va pleurer sur les balcons. L'odeur de la houille ardente est entrée par une imposte avec une grosse boule de vent. L'odeur des trains, comme elle est familière ! Nul, ici, ne la salue plus d'une pensée, sauf le petit garçon à tablier noir qui monte l'escalier en suçant une bille.

L'escalier n'est pas désert. Des portes s'ouvrent, des ombres jaillissent. Les gens sont de trois sortes : ceux à qui l'on dit bonjour, ceux que l'on ne connaît pas, et les autres, les ennemis, ceux qu'on aimerait beaucoup mieux ne pas rencontrer.

L'escalier sort du noir. Il se purifie, marche à marche. Il s'évertue en plein ciel vers ces régions bénies où l'odeur du poireau elle-même devient agreste et balsamique. Et, tout à coup, tel un sentier abrupt qui s'épanouit enfin dans les pâturages d'un col, l'escalier triomphe et meurt au seuil d'un large palier. Ce n'est pas un palier semblable à ceux des régions basses. Il est spacieux, propre, visité d'un trait de soleil à certaines heures du soir. C'est, au faîte de l'escalier, comme la fleur au bout de la tige. O sommet ! O lieu de rêve et de poésie ! L'enfant aime de venir, bien que ce soit défendu, s'asseoir au bord de l'abîme, jambes flottantes dans le vide, et d'appuyer sa joue, sa bouche contre un des barreaux de la rampe, fraîche brûlure.

Sur cette clairière céleste s'ouvraient quatre appartements. L'un était vide, je ne l'ai connu que vide. Ma mère obtint, par la suite, d'y dresser la table pour la première communion de Ferdinand. Sitôt la ripaille finie et le coup de balai donné, l'appartement mystérieux fut rendu pour jamais à l'ombre, aux araignées, aux fantômes. L'appartement symétrique était occupé par le vieux ménage Courtois que, dans les premiers temps, nous apercevions à peine. Enfin les deux appartements de la façade ; à droite les Wasselin, à gauche les Pasquier, nous.

Père avait demandé quatre pièces au moins : il y avait quatre pièces. Elles donnaient toutes les quatre, magnifiquement, sur la rue, et, comble d'orgueil, sur un balcon. La rue, le moignon de la rue, qui pouvait y penser d'abord ? Elle était en bas, tout en bas, noyée parmi les ombres infernales. A peine la fenêtre ouverte, l'âme s'envolait sur Paris. Ce n'était pas le Paris clair et bien dessiné qu'on découvre du haut des collines illustres. C'était une immensité confuse de toits, de murs, de hangars, de réservoirs, de cheminées, de bâtiments difformes. A gauche, en se penchant, on apercevait la tour Eiffel enfouie à mi-corps dans ce chaos rocheux, et qui, lors de notre emménagement, était à peine achevée.

Le signe le plus évident de l'ordre et de l'esprit dans ce paysage incohérent, c'était le chemin de fer de l'Ouest. A peine sorti de la gare Montparnasse, alors fort resserrée, il étalait ses membres, déclarait ses emprises, tirait partout des fusées de rails, jetait à droite et à gauche des rotondes, des ateliers, des plaques tournantes, des sémaphores. Il venait comme un torrent d'énergies furieuses, battre le flanc septentrional de notre chère maison.

Mère avait dit : « Cette fois, Raymond, tu auras une pièce pour toi tout seul. Oh ! je te comprends ! Comment faire un travail de tête avec tous ces enfants qui braillent ? » et papa, donc, avait une pièce que l'on appelait le cabinet de travail mais qui, en fait...

Avant de m'abandonner aux délices de notre logis, il me faut sans doute revenir un peu en arrière. Les souvenirs se présentent, une branche de myrte aux doigts, une couronne de roses au front, et, parfois, les mains vides et le front dévasté. Je les chéris, je les redoute. Faut-il, selon leur message, les repousser dans le néant ou les dédier au soleil ? Oh ! Comme je vais être injuste !

Ma mère avait, deux fois, dû retourner à Honfleur. Elle fit même la traversée de l'estuaire pour signer maintes paperasses chez le notaire du Havre. Elle revint un jour, tout était arrangé.

— Au fond, Ram, disait-elle, tu as raison, tu as toujours raison. Les meubles, il y en avait trop, beaucoup trop, même pour un appartement de quatre pièces. Alors, j'ai fait un choix. Et le reste on l'a vendu sur place, aux enchères. Je ne peux pas dire que ça ne m'ait pas fait gros cœur. Il y avait, là-dedans, le secrétaire de tante Victorine. Un bijou ! Mais quoi ! Les enfants n'en auraient fait qu'une bouchée. La vente n'a pas été mauvaise. Tu ne me demandes pas combien j'en ai tiré ?

Mon père souriait, énigmatique. Ma mère lui dit deux mots à l'oreille, et père souriait encore. Ma mère tira de son corsage une petite enveloppe. Papa la saisit au vol, avec légèreté, comme il eût fait d'un papillon. Il disait : « Je pose zéro et je retiens tout. » Maman, saisie, le souffle un peu coupé, murmurait : « Fais bien attention, Ram. » Alors, mon père :

— Oh ! il n'y a pas de quoi entretenir une danseuse.

— Raymond, voilà bien de ces plaisanteries que je n'aime pas.

Mon père se livrait à de rapides supputations.

— Nous en avons pour quatre mois, cinq mois peut-être.

— Attends, Ram. Avec les deux premiers trimestres de rente, avec ce que tu as chez Cleiss, nous irons jusqu'au mois d'octobre. Tu pourras bien tranquillement travailler tes examens.

— En admettant, disait papa, que les démarches du notaire prennent six mois, ce qui est un grand maximum, eh bien, nous pouvons attendre six mois. Il y a le déménagement. As-tu pensé au déménagement ?

— Oui, disait maman, l'œil soudain fixe. J'ai fait tous les comptes, dans ma tête, en chemin de fer ; j'ai compté le déménagement, et deux termes, et la traite Vadier...

— Quelle traite ?

— La traite que tu as signée le 15 janvier.

— C'est bien possible. Et c'est tout ?

— Non. Il faut habiller tous les enfants. J'ai fait les comptes aussi. Je vais t'expliquer, Raymond.

Mon père poussait de longs soupirs.

— Et je pensais qu'on allait avoir un peu d'argent devant soi.

— Mais on en a, Ram. On en aura. Songe : quarante mille francs au mois d'octobre si nous vendons tous les titres, bien entendu. On en fait des choses, avec quarante mille francs ! Des années de tranquillité assurées. Tes examens passés. Des études pour Joseph et même pour Ferdinand s'il y prend goût. Et peut-être des vacances à la campagne. Si Nesles ne te dit rien, on irait ailleurs. Pas cette année, bien sûr ! Quand on aura reçu les nouvelles du Havre.

Mon père faisait, des épaules, un geste vague.

— Pas trop de projets. Te voilà partie, encore une fois.

Maman s'arrêtait, stupéfaite, un fil de cristal entre ses lèvres écartées. L'éternel jeu reprenait flamme, ce jeu que j'ai si bien compris plus tard. Maman était la moins chimérique des créatures. Elle était pétrie de prudence et de crainte. Mais un mot de papa la faisait rêver. Qui croire, grand Dieu ! si l'on ne croit pas cet homme extraordinaire ? Et mère, un mot de papa dans le cœur, s'envolait. Père avait le rêve plus furtif. Le mot lâché, il considérait avec surprise, avec agacement, l'essor de cette âme confiante. Il répétait :

— Pas trop de projets ! Mettons que nous sommes parés jusqu'au mois d'octobre. Voir clair un peu devant soi, c'est déjà quelque chose. Occupe-toi de l'appartement.

Ma mère s'était mise en campagne. Et elle avait trouvé la rue Vandamme. Il y avait eu maints pourparlers mystérieux et, un jour, maman avait dit :

— Les meubles sont arrivés.

Alors, papa :

— On y conduira les enfants demain.

Nous restions muets de contentement et de gratitude.

Le lendemain, tout nous avait transportés. La maison, l'escalier, l'appartement, certes, le balcon, l'énorme lambeau de ciel gris, et surtout, surtout, les meubles inconnus, tous ces trésors solides et brillants qui allaient être à nous, qui étaient à nous.

— Ici, disait maman, tu pourras travailler tranquille, à condition, bien entendu, de fermer ta porte. Tu n'auras plus besoin d'aller dans les bibliothèques.

Joseph poussait un cri :

— Un piano. Il y a un piano !

Il avait soulevé le couvercle sous lequel on lisait, en lettres d'or : « Hirschauer, fournisseur de la cour impériale. » Et, déjà, il posait sa main sur le clavier comme sur une bête inconnue, avec un peu de crainte. Alors, une chose étonnante... La petite Cécile, la petite souris, venait de se glisser entre nos jambes. Et, tout de suite, elle s'était assise sur le tabouret de satin à fleurs. Avec un doigt replié, elle frappait les touches. Le piano rendait des sons très mystérieux, très beaux. Cécile s'était mise à chanter un de ses airs. Et nous ne savions plus si le chant venait du piano ou de la gorge enfantine.

— Oh ! dit maman. Celle-là, c'est une musicienne. Je l'ai toujours dit. Elle portera bien son nom.

Nous nous étions assis, tous, de-ci de-là, sur les sièges empoussiérés par le voyage. Papa disait : « Joue-nous donc cet air de ta mère. Tu sais : *Marie Leczinska...* »

Cécile chantait, jouait, je ne sais trop, comme saisie d'inspiration. Sa main voltigeuse faisait sourdre du vieux meuble perclus des accents célestes. Comme elle avait l'air à son aise ! Comme elle semblait dire : « C'est un piano, mon piano. Je sais ce que c'est. J'ai toujours su ce que c'était... » Père tirait sur sa longue moustache, l'air ému, le bleu de ses yeux voilé, pâlissant. Et ce qui nous remuait le plus, c'était moins encore d'assister à la naissance de l'harmonie souveraine que de voir le moqueur, l'homme insaisissable, l'irréductible, gagné par l'enchantement, tout prêt à demander merci.

Et l'enchantement prit fin. Papa secoua la tête et se remit à sourire. Il disait : « Voyons le reste. »

Le reste était royal. Il y avait une bibliothèque garnie de livres, une vitrine pour des assiettes de faïence, un buffet d'acajou, une commode couverte d'une plaque de marbre pie. Nous touchions toutes ces merveilles, nous aurions voulu les embrasser. Joseph, haletant, nous expliquait le secret suprême :

— Une chose qui est à toi, vraiment à toi, tu peux tout, tout, même la manger, même la casser. Tout.

Il y avait dans leurs cadres ouvragés, des gravures qui, si longtemps, ont servi d'asile à mes rêves. Il y avait deux grands lits de bois, majestueux comme des navires, et entre bien d'autres choses, un monumental baromètre à mercure. Les déménageurs l'avaient couché, pour le transport. Une grosse perle liquide était tombée sur le parquet. Quand nous voulûmes la saisir, elle s'enfuit, comme une bête vivante.

Vingt fois, dans la suite des temps, le grand baromètre a voyagé de gîte en gîte. Vingt fois les déménageurs l'ont couché dans la paille avec des précautions pataudes. Il a dû, vingt fois, saigner ses grosses gouttes de mercure. Il existe encore et continue de marquer la pluie, l'orage et le beau temps, comme tous les autres baromètres, avec une sauvage indifférence.

## CHAPITRE 4

Nous fûmes tous habillés de neuf. Grande affaire et qui mit en état de siège l'appartement à peine installé. En général, Ferdinand reprenait les habits de Joseph, et les habits de Ferdinand, lavés, reprisés, pliés, attendaient dans un tiroir que je fusse en âge de leur donner le coup de grâce. Mais maman voulait que notre début rue Vandamme fût considéré comme une date capitale et nous reçûmes tous des vêtements neufs.

— Oh ! disait-elle, je ne jette pas les vieux. Tu sais bien que je ne jette rien. J'ai fait mes comptes. Avec ce que tu me donnes, ils auront aussi du linge. Pour les chaussures, je dépasserai peut-être un peu ce que tu me donnes.

— Attention, Lucie !

— Il faut absolument aller jusqu'aux chaussures pendant qu'on le peut. Je suis raisonnable, Raymond. Mais, pour ça, tant pis ! Au bout, le bout ! Que les enfants soient propres pour commencer. Je m'arrangerai. Ne te tourmente pas.

Elle partit en expédition dans ces mystérieux « magasins » où les personnes prédestinées parviennent, à travers mille tentations, à dénicher exactement ce qu'elles souhaitent, et à des prix plus avantageux qu'on n'oserait l'espérer. Notre nouvelle salle à manger fut transformée, comme l'ancienne, en atelier de couture et maman commença de rêver sur des patrons de papier gris. Elle avait l'air d'un général qui consulte ses cartes et combine une bataille. De gros ciseaux en main, elle, si vive, réfléchissait longuement avant de tailler à même l'étoffe. Parfois, elle nous criait : « Taisez-vous une minute, mes enfants, que je voie clair. » Nous faisions silence, frappés par la gravité de son accent, de son geste. Et, soudain, avec un bruit crissant et glouton, les ciseaux mordaient le drap.

Joseph devait recevoir un complet de jeune homme, avec, pour la première fois, un pantalon long. Il se montrait plein d'exigence, ne quittait plus maman d'une ligne, car les vacances de Pâques étaient venues. Il réclamait opiniâtrement des revers à la mode, des boutons de fantaisie, des poches innombrables. Maman disait : « Sois tranquille, ce sera comme chez le tailleur. »

Elle savait tout faire : couper les vêtements d'homme, faufiler, piquer, broder, tricoter, passer à la teinture, laver, repasser. Quoi encore ? Eh ! tout, dis-je.

Joseph, rassuré, s'asseyait sur un petit banc et surveillait mère, en dessous, comme un chat dont on prépare la pitance. Ferdinand, dans un coin, s'acharnait à quelque lecture. Cécile et moi, nous organisions notre royaume, sous la table. Parfois, dans le calme du jour, un coup de sonnette retentissait. Père ne devait rentrer qu'au soir, toute la couvée pépiait à l'entour, qui donc venait troubler la paix du nid ? Maman portait la main à son cœur. « Oh ! disait-elle, cette sonnette me tourne le sang. Qu'est-ce qu'on nous veut ? Va voir, Ferdinand ! Non, Cécile ! Non ! Ah ! je finirai bien par trouver. C'est Joseph que je veux dire. » Joseph se levait. Une bouffée d'air étranger entrait dans notre monde. C'était une lettre. « Donne ! criait maman. Peut-être une lettre du Havre... » C'était une lettre de quelque fournisseur. Le silence, un moment troublé, reprenait son vol, plus tendre et plus grave.

— Maman, disait Joseph, quand la sonnette a sonné, ton menton s'est mis à trembler. Qu'est-ce que ça veut dire ?

Pour la sixième fois, maman racontait l'histoire :

— Mes enfants, c'est de famille, mais ça n'a pas toujours été. Ça nous est venu par mon grand-père paternel, Guillaume. Oui, Guillaume Delahaie. Il est mort comme j'étais encore toute petite. On m'a tout raconté. Il avait été soldat pendant les guerres de l'Empire. Pas notre empire à nous, l'autre, le grand. Il avait servi sous Ney, le maréchal, qui le connaissait bien. Quand l'Empire est tombé pour la seconde fois et que le pauvre Ney a été fusillé, votre arrière-grand-père s'est trouvé, par malheur et misère, dans le peloton d'exécution. Le maréchal Ney l'a reconnu et lui a dit : « Tire donc, Guillaume ! N'aie pas peur. » Mes enfants, votre aïeul s'est mis à trembler du menton, tant il était bouleversé. Et il a tremblé du menton tout le reste de sa vie, pour un oui, pour un non. Et les enfants qu'il a eus, par la suite, ont tremblé du menton, ce qui ne s'était jamais vu dans la famille. Mon père, tout le monde me l'a dit, tremblait du menton quand il était en colère. Mon oncle Prosper tremblait aussi, dans les grandes circonstances. Moi, je tremble du menton, comme ça, malgré moi. Pour vous, on ne sait pas encore. Mais je crois que Laurent tremblera. C'est peut-être un Delahaie, bien qu'il ait des yeux Pasquier...

Mes frères et sœurs me regardaient avec un intérêt renouvelé. Je rougissais d'orgueil et j'essayais, mais en vain, de trembler du menton.

Mère se reprenait à chanter. Parfois, elle faisait, à la cantonade, quelque confidence pensive touchant son travail. Elle disait : « Je vais bâtir. » Je savais bien qu'elle allait prendre une aiguillée de fil et coudre à grands points. J'avais toutefois le temps d'imaginer qu'elle pouvait, par magie, faire surgir de la table des murailles, des palais, des tours.

Parfois, une querelle s'enflammait parmi nous, les petits. Nous nous mettions à larmoyer, à ressasser nos griefs. Avec son dé, maman frappait deux ou trois coups sur la table. Elle grondait : « Ah ! Bourdon de Notre-Dame ! » ce qui nous faisait rire. Parfois la querelle expirait en radotages, en revendications rabâcheuses. Ma mère, alors, hochait la tête et disait, l'air fâché : « Ah ! Colonel ! »

Papa, le plus souvent, rentrait pour dîner. Il portait une cravate lavallière, un complet neuf, une serviette bourrée de livres sous le bras. Nous lui disions : « Tu as l'air d'un écolier. » Et cette remarque le faisait sourire. Il posait sa serviette et disait :

— Rien du Havre ?

— Tu sais bien, répondait maman, qu'il faut compter au moins quatre mois.

— Je sais, mais ça pourrait venir plus tôt. Une chance ! Quelquefois, ces affaires-là se décident tout à coup.

— Prends patience, Ram.

— Oh ! de la patience, j'en ai de reste. Le fâcheux, c'est de laisser passer les occasions.

— Quelles occasions ?

— On m'a parlé, aujourd'hui... Je peux te dire qui : c'est Markovitch, le beau-frère de Cleiss. Il m'a parlé d'une affaire extraordinaire. Un placement. Mais songe un peu, Lucie : douze pour cent ! Et tout ce qu'il y a de sûr. Les titres de Mme Delahaie, je veux dire ceux qui sont déposés chez le notaire jusqu'à l'arrivée des nouvelles d'Amérique, ces titres-là, qu'est-ce que ça peut rapporter, je te le demande ? Du trois. Pas plus. Peut-être moins. Les Delahaie étaient des gagne-petit, des gens qui ne voyaient pas plus loin que le bout de leur nez.

— Raymond ! Raymond !

— C'est fini, ne t'inquiète pas. Je n'en dirai pas plus. Cet argent, nous ne l'avons pas demandé : nous n'y pensions même pas. Et voilà qu'ils l'ont pendu devant notre nez comme un bonbon à une ficelle. Quelle humiliation !

— Que veux-tu, Ram ? C'étaient des gens prudents.

— Je déteste les prudents.

— Des gens raisonnables, je t'assure... Tu sais bien, Ram, que je leur donne tort. Mais laissons-les dormir en paix.

Papa grondait, une minute, comme un grand félin courroucé. Nous ne savions plus où nous cacher dans la crainte d'une colère.

L'orage s'éloignait. Papa se reprenait à sourire bleu clair. Nous étions soulagés et, dans le secret de notre cœur, un peu déçus, frustrés d'un spectacle grand et magnifique, d'une somptueuse et terrible manifestation de force.

La voix même de l'innocence, Ferdinand murmurait alors :

— Qu'est-ce que ça veut dire : apicole ?

Papa répondait, d'une voix nette, précise. Nous n'étions pas étonnés : c'était sa fonction. Il savait tout et l'expliquait clairement. Il était notre vivant lexique. J'ai compris, par la suite, qu'il avait fait un effort immense et naïf pour apprendre les mots et leur sens et que, dans ses calculs, c'était bien là le commencement de tout, l'échelon initial, le premier grade nécessaire à l'ascension d'une tribu.

Parfois, l'explication donnée, père disait : « Vérifions ! » Il ouvrait sur la table un tome pesant du dictionnaire de Littré. Tous ceux qui savaient lire venaient se grouper autour de cette bible. Maman s'affolait : « Attention aux épingles ! Attention à mes bâtis ! » Alors père commençait à lire. Maman cessait de se plaindre et toute la famille écoutait, religieusement.

Pendant le dîner, papa revenait sur la querelle, mais pour en sourire.

— Cet argent des Delahaie, nous ne l'avons pas demandé.

— Oh ! bien évidemment, affirmait maman.

— Si nous le touchons jamais, nous le dépenserons sans honte. Et rien ne m'empêchera de dire et de redire que ces Delahaie étaient des pantoufles.

— Mais, bredouillait maman, nous le toucherons sûrement. Tu dis « si », « si »... Maintenant, maintenant, nous sommes bien obligés de compter avec. Que ferions-nous sans ?

Le dîner fini, nous allions au lit. La machine à coudre ronflait et père se mettait au travail. Il avait, sans doute par dévotion pour Balzac, ce que j'ai deviné plus tard, déniché dans une friperie une ample robe de bure. Il s'en vêtait, moitié par jeu, moitié pour conjurer le froid de la nuit. Je couchais encore avec ma mère et l'on faisait un lit pour Cécile sur le canapé du « cabinet de travail ». C'était le nouvel arrangement. Souvent, dans la nuit, Cécile incommodée par la lumière se mettait à rêver tout haut. Papa la prenait et la portait dans le lit de maman. Il m'enlevait, en échange, et venait me déposer sur le canapé de Cécile. Le plus souvent, cette opération ne nous réveillait point et c'était, au matin, grande surprise. D'autres fois, tiré de l'abîme, j'ouvrais les yeux et regardais. Assis dans un petit fauteuil à dossier bref, papa travaillait. Je le voyais tantôt de profil et tantôt de trois quarts. Une lampe à pétrole éclairait la table. Certains soirs, père écrivait des choses qu'on appelait « les articles pour Cleiss ». Il remuait les lèvres, comme un écolier qui répète une leçon. Parfois, je voyais sa tête se pencher, glisser vers sa poitrine. Alors il faisait une chose étonnante : il mettait son poignet au-dessus du verre de lampe et le tenait là longtemps. Une odeur de poil grillé se répandait dans la pièce. Parfois, il tirait de sa poche un canif à manche de nacre et, pour conjurer le sommeil, il se donnait des coups de pointe sur le dos de la main gauche. Il avait, le lendemain, la main rouge et gonflée. Mère le regardait en hochant la tête avec reproche.

J'allais retomber enfin au sommeil quand, à travers l'ombre, arrivait, du fond de l'appartement, un léger « hum ! hum ! »

Papa criait à voix basse :

— Comment, Lucie, tu ne dors pas !

Et la voix de maman, lointaine :

— Non. Je fais mes comptes.

Elle ajoutait, sur le même ton :

— Le combien du mois sommes-nous ?

— Le 19.

— Seulement le 19, Seigneur !

Je ne devais pas tarder à comprendre que, pour les femmes de cette sorte, vivre, c'est se hâter d'arriver à la fin du mois sans avoir beaucoup dépensé, sans avoir entendu le terrible appel du sphinx.

Je l'ai dit, nous étions dans le moment de Pâques. Ces vacances furent marquées par deux faits mémorables. Nous allâmes, un jour, les trois grands, Joseph, Ferdinand et moi, faire avec père une promenade à la campagne. En suivant la rue Vercingétorix, on sortait bientôt de Paris. Il suffisait alors de longer le chemin de fer de l'Ouest pour gagner Meudon et les bois. La banlieue se pâmait sous un printemps léger, bien fait pour donner le vertige à de petits citadins. En arrivant en vue du bois, nous rencontrâmes un sentier gardé par un écriteau sur lequel on pouvait lire : « Passage interdit ». Ferdinand, premier de la bande, s'était arrêté, là-devant, comme au pied d'une muraille.

— On ne peut pas aller plus loin, cria-t-il.

Papa souriait, l'air moqueur. Il étendit la main, toucha l'écriteau dont le bois était vermoulu, et, soudain, l'arracha puis le lança très loin, dans une fondrière.

— Voilà, dit-il en souriant. Le passage n'est plus interdit. Avancez, mes garçons.

Je restais en arrière, clignant des paupières, troublé jusqu'au fond de l'âme.

L'autre événement fut un repas au restaurant. Nous avions fait des courses tout le jour. Papa dit :

— Rien n'est prêt, à la maison. Nous irons manger au restaurant.

— Raymond, dit maman, c'est une folie.

Et papa :

— On verra bien !

Le restaurant était presque désert et la salle peinte en vert d'eau, traversée par un énorme tuyau de poêle.

Maman disait :

— Ça me surprend toujours de manger des aliments que je n'ai pas préparés moi-même.

Nous trouvions tout délicieux et, surtout, de goût étrange.

— C'est un restaurant très chic, murmura Joseph en se rengorgeant.

— Mais non, fit papa, lointain. C'est un restaurant de quatre sous.

Notre grande joie tomba. Maman murmurait :

— Il ne fallait pas le leur dire. Ils ne s'en seraient pas aperçus.

Nous revînmes à pied rue Vandamme. Les vacances étaient finies. Une vie nouvelle devait commencer le lendemain. Nous en causions tous en chœur et papa daignait se mêler à nos propos. Joseph allait entrer au cours complémentaire de la rue Blomet. Nous étions, Ferdinand et moi, casés à l'école de la rue Desprez où l'on nous acceptait pour au moins la fin du semestre. Cécile devait prendre des leçons de musique chez une amie de Mlle Bailleul. Des mois heureux s'annonçaient pour tous. O douce vie ! O le plus bel été de mon enfance ! Comme le navire bien lesté, bien gréé, bien pourvu, se confiait allégrement à la faveur des brises !

## CHAPITRE 5

Mère m'embrassa trois ou quatre fois pour me donner courage. Elle me serrait très fort, humait à petits coups mes cheveux et faisait entendre un léger ronron, comme les gourmets quand ils mangent quelque chose de fin.

Puis maman, d'un coup d'œil, inspecta mon équipement : le tablier de cheviotte noire, le grand béret, la pèlerine à capuchon, mon cartable neuf.

— Ça va bien, dit-elle. Ferdinand est prêt. Vous allez partir. J'ai vu le directeur. On vous attend là-bas. Désiré Wasselin vous conduira. Il est de ta classe, Laurent, et c'est déjà presque un petit homme.

Désiré nous attendait sur le palier, car nous habitions porte à porte. Il avait l'âge de Ferdinand, trois ans de plus que moi, pas davantage ; mais c'était un colosse. De larges pieds, de grosses mains toujours moites, une tête globuleuse, bossuée, avec des yeux noirs, enfouis, au regard désolé. Il devait être laid pour les étrangers, et pourtant il me plut, tout de suite, il me toucha le cœur. Je lui pris la main avec beaucoup de confiance et d'élan. Sa mère était debout contre leur porte. Je la vis à peine, ce matin-là. C'était une personne au visage flétri, assez belle encore, malgré sa mise négligée.

— Votre fils a l'air si doux ! disait maman.

Et Mme Wasselin répondait d'une voix rauque :

— C'est un ange, un ange ! Et pas vicieux comme les autres.

Nous descendions cependant l'escalier. Je me sentais soulevé d'une gratitude exquise pour ce fort garçon dont la patte chaude serrait mes doigts. Ferdinand trottait derrière nous, avec cet air un peu égaré que lui donnait, que lui donne toujours sa myopie. Il dit, à un certain moment :

— Tu es plus grand que moi, Désiré. Et tu es seulement dans la classe de Laurent ?

— Oh ! moi, répliqua Désiré, moi, je suis un mauvais élève.

Ferdinand gloussa doucement. Cette confidence l'étonnait. Il était lui-même considéré comme un élève médiocre et mal doué ; mais il travaillait et il en tirait orgueil, car il ne pouvait, dès cet âge enfantin, concevoir qu'un effort grand et douloureux dût, en bonne justice, demeurer stérile.

Comme nous cheminions dans le brouhaha matinal, il harcelait Désiré de questions :

— Tu ne travailles pas ?

Désiré secoua la tête.

— Non.

— Tu n'aimes pas ça ?

— Non.

— Tu ne comprends pas ce qu'il y a dans tes livres ?

— Si.

— Alors ? fit Ferdinand stupéfait.

Désiré hochait lentement sa grosse tête.

— Ça ne m'intéresse pas.

— Ah ! Et qu'est-ce qui t'intéresse, toi ? Rien ?

— Si.

— Quoi ?

— Des choses, des choses...

Désiré rougit très fort et ne dit plus rien. Les gros camions du chemin de fer de l'Ouest, tirés par des percherons satinés, ébranlaient le pavage. Nous arrivions rue Desprez.

La cour fourmillait d'enfants dont les cris me terrifièrent, ignorant que j'étais encore de l'école et de ses coutumes. Un gringalet grimaçant s'approcha de moi, saisit mon béret et prit la fuite. J'étais perdu. Désiré, sans bouger, fit alors entendre une voix énorme et brutale. Il criait, comme pour appeler un chien :

— Ici, Gabourin ! Ici !

Le gringalet revenait, l'air soumis, presque rampant. Il tendit le béret en prenant maintes précautions pour ne pas recevoir une torgnole. Désiré grondait :

— Va-t'en !

— Toi, tu es fort, soupira Ferdinand, soudain respectueux.

Presque à voix basse, Désiré Wasselin répondit :

— Oui.

Puis il nous entraîna vers un gros homme à barbiche blanche et fit le salut militaire, avant de nous présenter.

— Monsieur le Directeur, voilà les petits Pasquier.

— Bien, dit le gros homme. Charge-toi du plus jeune. Je vais m'occuper de l'autre.

Là-dessus, le directeur introduisit un sifflet d'étain entre les poils de sa barbe, et, gonflant ses joues, siffla.

Etait-ce le sifflet du magister ? N'était-ce pas plutôt le buccin de l'archange ? Comme par magie, les centaines d'enfants qui remplissaient la cour, s'arrêtant de courir et de crier, demeurèrent pétrifiés à l'endroit même où l'appel les avait surpris. Un silence prodigieux remplit l'espace et l'on entendit, au lointain, un charretier qui sacrait, derrière l'écran des maisons, et faisait claquer son fouet.

Un second coup de sifflet, et la foule enfantine commença de marquer le pas, frappant le sol de la cour, en cadence, avec une énergie farouche. Troisième coup de sifflet et chacun des danseurs de cet étrange ballet, orienté subitement, se mit en route, en vertu d'une harmonie préétablie, vers certains points de la cour qui semblaient agir comme des pôles d'attraction. Les différentes classes se groupaient en longues files doubles. Désiré me reprit la main et me conduisit à ma place. J'y parvins comme la cérémonie changeait de tour. Les enfants, ivres de mouvement et de jeu, semblaient encore trop loin du calme. Un coup de sifflet retentit et la cour entière chanta. C'était un chœur à l'unisson, tout fait de voix acides et chancelantes. Pourtant le charme se développait. Les visages, détergés, prenaient, petit à petit, une expression placide et l'on oubliait qui son mal de dents, qui la colère matinale d'un papa, qui l'embuscade et la bataille au coin de la rue de l'Ouest, qui son ventre creux, qui ses galoches percées. L'une après l'autre, les cohortes se mirent en marche. Elles abordaient en chantant l'escalier qui se divise à mi-course ; les unes tournaient à droite, les autres à gauche. Et les coups de sifflet, maintenant pressés, scandaient le heurt des souliers sur les degrés de bois.

J'allais, saisi, écœuré, enivré pour la première fois par l'odeur de l'école, par cette odeur d'humanité misérable, de cendre refroidie, de paperasse, de colle, d'encre, de nourriture et d'eau de Javel, cette odeur dont la seule pensée suffit encore aujourd'hui pour me plonger dans un abîme de tendre tristesse.

Je me dépouillai de ma pèlerine, dans le couloir, comme les autres élèves et je pénétrai, battant des cils, dans le jour blanc-bleu de la classe. Le maître venait de s'asseoir en chaire. C'était un personnage vraiment majestueux. Il portait les cheveux rejetés en arrière, une large barbe grisonnante suspendue à des joues massives. Que je l'évoque, et j'entrevois tantôt un tribun populaire, tantôt une statue de fleuve et tantôt encore le Père éternel des images. La voix était à la mesure de cette noble carcasse : un tonnerre familier qui roulait sur nos têtes et s'allait perdre, au-delà des murailles, dans les profondeurs de la forêt parisienne. J'appris un peu plus tard qu'il s'appelait M. Joliclerc. Il fallait à tout le moins ce nom charmant pour ramener le personnage au respect de l'échelle humaine.

Que M. Joliclerc existe encore, voilà ce dont, hélas ! m'incline à douter l'arithmétique élémentaire dont si bienveillamment il nous expliquait les préceptes. C'est donc à sa mémoire qu'il me plaît de rendre hommage. Il m'a, dès mes premiers pas dans la bataille, donné, de l'autorité, une image à la fois forte et supportable. Merveille ! Supportable est faible. Mettons plaisante et mettons chère. Si, par la suite, beaucoup plus tard, dans le grand débat intérieur que j'ai dû soutenir et qu'il me faudra sans doute raconter, si donc, mis sans cesse en demeure de choisir entre les doctrines de force et les vertus de persuasion, si j'ai pu conserver une position raisonnable, je le dois tant à ma nature que sans doute aux enseignements d'un honnête maître d'école qui faisait avec bonheur et bonhomie bien des choses que je tiens pour les plus difficiles du monde.

La journée commença par une leçon de calcul, science dont je n'avais pas le goût, mais le respect, car maman y faisait chaque jour des invocations soucieuses. Nous devions étudier la division à un chiffre. Plusieurs de ces petites opérations étaient écrites au tableau. Les élèves, à tour de rôle, se levaient, croisaient les bras, et donnaient, des signes exposés, l'interprétation rituelle. « En vingt-huit combien de fois cinq ?... Cela signifie que, si j'ai vingt-huit billes à partager... » Chaque élève devait, de lui-même, changer l'exemple. Vint le tour de mon ami Désiré Wasselin. Il croisa les bras, fronça les sourcils et commença : « En trente-sept combien de fois sept... ? » Il parlait lentement, avec peine, sa grosse tête inclinée de côté, l'air lointain, abandonné. Il était fort en retard dans ses études et le plus âgé de la classe. Il choisit pour exemple les cerises et ne se tira pas trop mal de sa chantante récitation. « ... Cela signifie que mes camarades recevront chacun cinq cerises et qu'il ne m'en restera que deux. » Toute la classe dressa l'oreille. La phrase normale était : « Il m'en restera deux. » Il y eut un silence et Désiré poursuivit d'une voix funèbre : « Mais ça m'est bien égal. » M. Joliclerc levait les bras au ciel. Il renversait la tête en arrière, avec un air d'embarras comique. Nous apercevions les trous de son nez et sa bouche noire, pleine de chicots. Il dit : « Toujours martyr, alors, mon pauvre Wasselin ? Allons, rassieds-toi. Tu auras quand même une bonne note. » Et Désiré se rassit, l'air sombre.

C'était le tour de Gabourin, le chenapan qui m'avait dérobé mon béret. Il avait une mine de rat audacieux. Il prit les fraises pour exemple et termina son couplet d'une voix si réticente que M. Joliclerc s'écria : « Des fraises, oui ! Il t'en reste cinq. Lesquelles prends-tu ? » Gabourin rattrapa, sur le bord de sa lèvre, une grosse goutte de salive et répondit : « Les plus grosses. » M. Joliclerc se prit à rire. La classe, émue, bruissait. Pour la première fois s'affrontaient à mon regard les notions ennemies de qualité et de quantité.

Après la leçon de calcul vint une leçon de choses. J'eus la chance d'être interrogé, mais la douleur de faire une mauvaise réponse. « De quelle couleur est le vin ? » demandait M. Joliclerc. « Combien connaissez-vous de sortes de vin, quant à la couleur ? » Tous les doigts se tendaient, impatients d'un succès facile. « Toi, dit le maître, toi, le nouveau ! Qu'au moins on entende ta voix. » Je me levai en tremblant. « Il y a deux sortes de vin : le blanc et le noir. » La classe entière protesta : « Le blanc et le rouge ! Le rouge, M'sieu ! »

C'étaient des enfants de manouvriers. Ami, ennemi, nourriture et poison, le vin était mêlé sans cesse aux pensées, aux effusions et aux chamailles de leurs familles. Pouvais-je expliquer au bon maître que je ne connaissais pas le vin, que chez nous jamais nous ne buvions de vin, que mon père brassait lui-même dans une futaille, à la cave, une boisson économique tantôt écumante et légère, tantôt inerte et doucereuse ? Je me rassis plein de honte.

La récréation tout entière s'écoula dans cette disgrâce. Nous nous étions réfugiés, Désiré Wasselin et moi, dans un angle de la cour, en marge des tourbillons. Je lui disais dans l'espoir de dissiper les nuages accumulés sur son front : « Tu as très bien récité ta division. » Et il répondait, le regard noir : « Oui. Et tu vois, pour finir, j'ai encore dit quelque chose qu'il ne fallait pas dire. Je me demande pourquoi. »

## CHAPITRE 6

Mon père, comme tous les hommes dont la vie est gouvernée par des passions exigeantes et précises, passions que j'ai découvertes jour à jour, dont j'ai cruellement souffert et que je ne manquerai pas de peindre, si le temps m'en est donné, mon père ne se gaspillait guère en émotions accessoires. Il n'a ni recherché ni connu l'amitié que, bien à tort, il devait juger passion mineure. Il a souffert en outre d'une longue discordance entre ses aspirations et la médiocrité des milieux dans lesquels il lui fallait se débattre. Donc, point d'amis véritables : des « connaissances », des relations, des voisins. Je n'ai pas à mentionner les compagnons de travail : mon père a toujours travaillé seul, conduit, éperonné par une ambition trop opiniâtre pour se découvrir des semblables et signer des alliances. Ma mère, toute à son fardeau, toute à la fièvre sacrée de ses devoirs, n'imaginait le monde, hormis les enfants et l'époux, que peuplé de fantômes inquiétants dont il était quand même préférable de se concilier les bonnes grâces. C'est donc sur nos pas enfantins que la divine amitié fit son entrée dans la maison.

Je ne peux dire que Désiré Wasselin devint mon ami : le verbe devenir suppose un développement, un progrès. Or, dès la première minute, Désiré fut un ami total, accompli, l'ami par excellence. J'ai rencontré, chéri depuis, des amitiés magnifiques dont certaines sont encore l'ornement de mes jours ; nulle ne m'a donné plus de joie, d'orgueil et de souci que celle de Désiré le mauvais élève, Désiré le douloureux.

Il commença par me sauver la vie, ou presque. C'est un épisode légendaire que dix imaginations fécondes ont, pendant longtemps, nourri, car la langue nous est donnée pour inventer l'héroïsme sans lequel vivre nous serait à mépris.

Nous revenions de l'école, un jour du mois de mai. Maman, comme de coutume, nous guettait, du haut du balcon, là-haut, tout en haut, dans le ciel. Ferdinand venait déjà de s'engager sous la porte et moi je musais encore au coin de la rue, faisant valser mon cartable à bout de bras et chantonnant, quand un chien inconnu, un chien étranger à notre monde, exaspéré par mon manège, me sauta férocement à la poitrine et me renversa par terre. J'en étais encore à comprendre et, déjà, Désiré se ruait sur la bête. Il l'avait saisie par le col et tel Hercule-enfant étranglant un monstre, il serrait, les veines du front tuméfiées par l'effort. Maman, penchée sur le balcon, emplissait l'espace d'appels dramatiques. Un charretier mit la bête en fuite. Désiré Wasselin avait été mordu en deux places, à la main et au poignet. Pâle et sanglant, qu'il me parut admirable ! Il me prit dans ses bras, encore que je fusse sain et sauf, et m'emporta dans l'escalier. Toute la maison parut aux portes. Maman pleurait à chaudes larmes en pansant mon sauveteur avec du beurre frais et cette bonne charpie dont elle avait toujours une petite provision.

A compter de ce jour, Désiré Wasselin eut, à toute heure, ses entrées dans notre logis. Il arrivait souvent pendant le repas et s'installait sur un tabouret, le plus loin possible de la table, l'air non point honteux, mais secret et mélancolique. Je lui disais : « Viens plus près, Désiré. Viens près de moi ! » Il refusait obstinément, ce qui m'était incompréhensible, puisqu'il ne craignait pas d'approcher quand j'étais seul. Je finis par savoir que Joseph, qui n'aimait pas mon ami, avait, un jour, à voix sifflante, exprimé cette opinion « que le nommé Désiré ne devait pas se laver les pieds trop souvent et qu'on s'en apercevait... » Le pauvre Désiré avait dû surprendre cette phrase cruelle et en concevoir d'incurables tristesses. Il venait quand même à la maison, car il m'aimait, car il avait aussi, je pense, maintes raisons de fuir son foyer.

A plus de quarante années de distance, le ménage Wasselin m'apparaît comme un couple de cabotins jouant leur vie à la façon d'une pièce tragi-comique.

Grand, non pas grêle, mais plutôt efflanqué, le visage complètement ras, ce qu'on ne voyait, en ce temps-là, qu'aux prêtres et aux acteurs, M. Wasselin avait l'allure et les façons d'un « sacristain patibulaire ». L'expression est de papa.

Les premiers jours, nous l'avions, sans le connaître, dès avant que de l'avoir vu, surnommé M. Prrrt, à cause de cet appel désinvolte qu'il lançait, pour avertir les siens, en faisant rouler l'air entre sa langue et son palais. Parvenait-il à l'angle de la rue, il n'abordait pas la maison sans lancer un prrrt vigoureux. Partait-il au travail, nouveau prrrt, strident comme un sifflet de machine, sans doute en signe d'adieu. Gravissait-il l'escalier sonore, prrrt et encore prrrt. Et, le matin, au lit, pour éveiller sa femme et ses enfants, c'étaient encore des prrrt à percer les murailles.

Les murailles de notre chère maison n'offraient pas au bruit, faut-il le dire ? un obstacle appréciable. L'appartement des Wasselin touchait le nôtre par le flanc, en sorte que tout, de leur vie, nous était sensible. J'allais écrire intelligible et ce ne serait pas tout à fait exact, car, sur l'instant, j'étais fort loin de tout comprendre. Mais ces mots et ces cris bizarres n'eussent-ils pas suffi pour m'ouvrir l'entendement qu'y seraient parvenus, sans doute, les commentaires chuchotés que j'en percevais chez nous.

Cette promiscuité, dès le premier jour, avait inquiété ma mère et fait naître sur le visage de papa cette expression féline que nous connaissions bien, car elle était annonciatrice de colère.

— Laisse, Ram, avait dit maman. Ne va pas t'emporter, surtout : il nous faudrait quitter cette maison, comme toutes les autres, et ce serait bien dommage. Puisque c'est à choisir, amis ou ennemis, prenons-en notre parti. Sans compter ce petit Désiré, qui est un ange, effectivement.

Mon père ne refusait pas volontiers le combat. S'il céda, ce fut pour Désiré. Par la suite, le personnage de Wasselin ne laissa pas de l'amuser. « C'est un bouffon, disait père avec un mépris souriant. Il est insupportable, mais impayable. »

Notre première rencontre de front, avec les Wasselin, eut lieu un dimanche, pendant le repas de midi. Nous entendions, depuis près d'une heure, une violente rumeur de chamaille. Petit à petit, et malgré que nous en eussions, nous avions cessé de parler. Une voix d'homme, basse, caverneuse, lançait des couplets coupés de temps en temps par une autre voix masculine, maigre et plus sifflante. Une femme, apparemment Mme Wasselin, mêlait à la dispute de longues lamentations. Il y eut soudain un terrible bruit de chaises. La grosse voix criait : « Je te maudis ! Fils indigne ! Je te maudis. » Et, tout à coup, la querelle reflua sur le palier. La fourchette en l'air, nous écoutions avec horreur. « Manuel, sanglotait Mme Wasselin, si tu le maudis, il ne reviendra plus jamais. Retire la malédiction, Manuel, retire ! »

— Jamais, s'écriait M. Wasselin d'une voix olympienne. Cette petite fripouille sera trop heureuse de venir encore nous manger dans la main le pain que nous gagnons à la sueur de notre front. Je te maudis, fils indigne !

Une nouvelle explosion de cris et de prières secoua portes et cloisons. Maman, saisie de tremblements, ne se contenait plus. « C'est affreux, Ram ! Ne bouge pas. Je vais aller consoler cette malheureuse femme. »

Mère ouvrit la porte, à demi d'abord, puis en grand. Nous découvrîmes tous la scène. Debout devant sa porte, une main dans son gilet, l'autre agitant la serviette du repas, M. Wasselin prenait des poses tragiques. Mme Wasselin, agenouillée sur notre paillasson, ses jupes bouffant autour d'elle comme dans un tableau de Greuze, poussait des clameurs factices arrosées de pleurs véritables. En voyant s'ouvrir notre porte, un adolescent dégingandé qui ricanait au bord des marches disparut dans l'escalier. « Le coupable s'est enfui. Justice est faite ! » dit M. Wasselin d'une voix grondante et, se tournant vers notre groupe aperçu soudainement, il fit un ample salut. « Quelle honte ! Quelle infamie ! Et en présence d'une famille honorable. Veuillez nous excuser, comme nous pardonnons nous-mêmes à l'enfant indigne. Du calme, Paula ! De la sérénité. De la résignation. Puis-je, Monsieur, vous offrir une tasse de café ? Nous en étions justement au café. »

Papa refusa d'un signe de tête. Maman relevait, avec de bonnes paroles, dame Wasselin encore hennissante et reniflante. M. Wasselin fit, de la serviette, un large salut fleuri. « Viens, dit-il, viens, Paula. Sachons cacher notre douleur. Souffrons en silence. » Il poussa deux ou trois « hum ! » terribles et tira sa femme par le bras. A peine la porte fermée, il fit, soit pour se soulager, soit pour mettre le point final à cette scène, retentir un strident et inexplicable prrrt... prrrt.

En peu de jours, nous sûmes ainsi, bon gré, mal gré, l'essentiel de ce que l'on pouvait savoir sur les Wasselin.

Manuel Wasselin était, au début de cette période, comptable à la *Cour des Flandres*, magasin de nouveautés fondé par une illustre femme d'affaires. Il ne parlait jamais de sa profession sans parodier un vers que notre père nous dit être de Corneille. « *Il est de tout son sang* comptable *à sa patronne* », déclamait le bouffon en insistant sur le mot capital.

En fait, il changeait sans cesse de maison et d'emploi, errait de bureau en bureau, le plus souvent congédié sans procès et cherchant lui-même, quand on le tolérait, d'invraisemblables raisons de fuite. « Je suis fait ainsi, déclarait-il. Je suis un homme libre et volatil. Je suis un insoumis, un impatient. Impatient du joug, jeunes gens ! La vie est faite ainsi et non seulement l'immonde race humaine. Il y a des limaces impatientes et des huîtres qui ne tiennent pas en place. J'aime l'inconnu, l'inexploré. »

Il rapportait, de ses discussions avec les employeurs, des récits extraordinaires qu'il mimait à miracle et qui font partie, depuis, du folklore familial. J'en rirais parfois avec Joseph ou Ferdinand s'il m'arrivait encore de rire, et même d'ouvrir la bouche, en présence de Joseph et de Ferdinand. Mais laissons la parole à M. Wasselin.

— Je crois, commençait-il, que je vais abandonner à quelque esprit moins agile que le mien la comptabilité des *Galeries du Maine*. J'ai eu, ce matin, avec mon chef, cet homme remarquable, un entretien qui, je pense, va le faire rêver pendant toute la fin de sa vie. Imaginez qu'au début de la matinée cet homme remarquable entreprend de me vanter les avantages de mon emploi :

« Monsieur Wasselin, dit-il, vous jouissez ici d'une position stable.

MOI : Assurément, monsieur Duchnoque. (Il ne s'appelle pas

Duchnoque, c'est un nom d'amitié.) Assurément. Et c'est, si j'ose vous l'avouer, ce qui m'attriste.

LUI : Ce qui vous attriste ? Expliquez-vous, monsieur Wasselin.

MOI : Comprenez, monsieur Duchnoque. Tant que je cherchais une place, j'avais de l'espoir.

LUI : Comment ? Quel espoir ?

MOI : L'espoir de trouver une place, monsieur Duchnoque.

LUI : Pas possible ! Et maintenant ?

MOI : J'ai la place, monsieur Duchnoque. Mais je n'ai plus d'espoir. C'est infiniment triste.

LUI : Qu'est-ce qui est triste, monsieur Wasselin ? Je ne comprends pas.

MOI : Je me demande toute la journée ce que j'aime le mieux de l'espoir ou de la place. Ça devient une idée fixe, monsieur Duchnoque. Je finirai par m'en aller.

LUI : Vous en aller ! Vous parlez de vous en aller ! Enfin, qu'est-ce que tout cela signifie ?

MOI : M'en aller ! Hélas, oui ! monsieur le Directeur. Quand je serai parti, je serai sûr de n'être pas resté. Vous comprenez bien que je ne peux vivre dans l'indécision.

LUI : L'indécision ! Quelle indécision ?

MOI : L'indécision de savoir si je resterai ici, monsieur Duchnoque... »

Mme Wasselin levait les bras au ciel. Papa riait, l'air dédaigneux. Le bouffon modulait, le bec en sifflet, un prrrt ironique. De telles conversations avaient lieu, le plus souvent, sur le palier, à la faveur d'une rencontre. Les portes refermées, papa riait sans retenue.

— Il a tous les vices ! Je suis à peu près sûr qu'il boit. J'affirmerais qu'il joue aux courses. En outre, il se ronge les ongles. Curieux bonhomme !

M. Wasselin se rongeait en effet les ongles, avec des mines, des délicatesses d'incisives, de légers grognements de plaisir quand il découvrait un coin d'ongle oublié, une infime bribe de corne dont il pouvait se promettre un quart d'heure au moins de plaisir aigu. Au moyen d'un petit canif crasseux mais tranchant, il attaquait en outre les régions de l'ongle inaccessibles aux dents, s'émincait l'épiderme, se sculptait la pulpe à vif.

Souvent, à peine M. Wasselin de retour, nous entendions la dame pousser des exclamations : « Où as-tu pris tout cela ? Je te dis que tu finiras par te faire pincer. » M. Wasselin ricanait et faisait rouler son bruit favori, ce prrrt qu'il appelait son « cri de guerre ». Il était extraordinairement chapardeur. Il ramenait chaque jour de son bureau toutes sortes de menus objets, des crayons, des cahiers, des enveloppes, des pots de colle, des timbres. Ces larcins n'avaient d'ailleurs à ses yeux pas une ombre d'importance et ne l'empêchaient pas de faire à ses enfants de somptueux discours sur le scrupule et la probité.

Dès la seconde entrevue, il s'était mis en tête de nous convier à quelque repas. « Ce ne sera pas un festin, disait-il. Une simple agape fraternelle pour fêter mon entrée comme teneur de livres à la *Petite Marinière*. Un peu loin, cette *Petite Marinière*, pour un Vandammois convaincu. Je n'aime pas ces bords de la Seine : ça me donne des idées de suicide... Trois fois rien, je vous le dis. Nous mangerons le poulet d'honneur et nous boirons le vin eucharistique. »

Dans les premiers temps, papa et maman donnaient mille raisons à leur refus, peu soucieux qu'ils étaient d'accepter cette invitation saugrenue et d'être ensuite dans l'obligation d'y répondre. Ils comprirent bien vite que l'offre de M. Wasselin était surtout une effusion rhétorique et qu'il ne la jugeait lui-même d'aucune conséquence. Un rite auquel, toutefois, il se gardait bien de manquer. « A quand le poulet d'honneur ? » l'entendions-nous crier s'il rencontrait maman dans l'escalier. Parfois, il me pinçait la joue, préludait par plusieurs prrrt... prrrt... à mi-voix et lançait, l'air résolu : « Dis à tes parents, jeune Eliacin, que c'est pour dimanche. Oui ! Dimanche, sans faute. Je vais acheter la bête et mettre le vin au frais. » Je ne répondais rien, bien sûr, et le singulier homme oubliait tout, à peine le dos tourné. Mais le lendemain, il était ressaisi de sa marotte. Il inventait des détails : « Aimez-vous les escargots ? Il faudrait ajouter une douzaine d'escargots par personne. Tu dis : les enfants ! Non, tu ne dis rien ? Mais les enfants mangeront leur douzaine comme père et mère. Comprends-moi bien, Paula : je veux faire quelque chose de très, très gentil. »

Ce rêve intermittent prenait parfois des formes hallucinatoires. A force d'avoir vanté les vertus du poulet d'honneur, M. Wasselin s'imaginait nous l'avoir fait vraiment manger. Il me rencontra, certain soir, au pied de l'escalier, dans l'ombre, et me dit, jubilant, la salive à la bouche : « Il faudra recommencer, n'est-ce pas, jeune Eliacin ? » Et, comme je restais béant, il ajouta : « Avoue que, pour ce qui est d'être bon, il était bon. Un simple poulet, mais cuit à l'estragon. Ah ! jamais, j'en suis sûr, tu n'avais rien mangé de pareil. Pour le vin eucharistique, tu n'en as pas bu. Ce n'est pas de ton âge. La prochaine fois, ce sera du champagne. Et je t'en donnerai un godet. N'est-ce pas, jeune Eliacin ? »

Il m'appelait « jeune Eliacin », ce qui ne me faisait ni chaud ni froid. En revanche, il ne s'adressait au pauvre Désiré que sur le ton de la plus féroce raillerie. Il lui disait pompeusement « vous », sauf pour lui jeter au visage deux vers de Lamartine, popularisés depuis par Rostand qui les a cités :

*Courage, enfant déchu d'une race divine,*
*Tu portes sur ton front ta superbe origine...*

Souvent, il se contentait d'appeler son fils « enfant déchu ». Il criait : « Va me chercher du tabac, enfant déchu... Remonte une bouteille de bière, enfant déchu... » Plus souvent encore, il criait, avec un terrible accent faubourien, ces mots peu compréhensibles au profane : « Enfant dédèche... Etes-vous prêt, enfant dédèche ? » Il ajoutait tout aussitôt des injures mystérieuses : « avorton... dégénéré... phénomène... sous-produit... » Et Désiré de trembler et de pâlir.

Mme Wasselin prenait alors la défense de l'enfant : « C'est ton fils, s'exclamait-elle. C'est toi qui l'as fait, misérable. Et on ne le croirait pas, car il est cent fois meilleur que toi. C'est un ange. Oui, c'est toi qui l'as fait, car je ne t'ai jamais trompé. Tu l'aurais bien mérité, Mano, et ce n'est pas les occasions qui m'ont manqué, je t'assure. Mais l'idée d'être la femme d'un cocu ! Non, j'ai trop d'amour-propre. »

Sentant grossir l'orage, maman faisait quelque peu de bruit pour que nous n'entendissions plus. Les mots passaient quand même à travers la mince cloison. Wasselin répondait, la voix suave :

— C'est par amour, Paula, que je t'ai épousée. Et si je t'ai trompée, c'est par amour encore. Sache-le, Paula, je ne t'ai jamais trompée qu'avec des femmes qui te ressemblaient, oui, Paula, qui te ressemblaient plus que tu ne te ressembles toi-même. Explique-moi ça, Paula.

— Ah ! gémissait Mme Wasselin, fais ce que tu voudras, misérable, mais laisse tranquille ce pauvre garçon.

— Oui, pauvre ! reprenait Wasselin d'une voix justicière. Pauvre d'esprit ! Heureux les pauvres d'esprit.

— Laisse-le, grondait la mère enfin déchaînée.

— Je n'en rougis pas, j'en souffre. Il est idiot. Soit ! Ce sera ma croix. Toute famille a son idiot, son épileptique, son syphilitique, son tuberculeux, son escroc, sa fille de mauvaise vie. Et les familles qui ne sont pas encore pourvues le seront bientôt. Dieu est équitable !

La voix s'élevait, théâtrale. Et, tout à coup, on entendait un fracas de vaisselle ou de meubles. Une espèce de convulsion secouait planchers et murailles. Désiré commençait de supplier et de gémir.

## CHAPITRE 7

— La rue est faite pour qu'on y passe, mes enfants, et non pour qu'on y joue. Ne vous attardez jamais dans la rue, je vous le demande à genoux. Et méfiez-vous de tout. Méfiez-vous des fiacres et des camions qui écrasent chaque jour à Paris beaucoup de petits enfants. Méfiez-vous des chiens : tu en sais quelque chose, Laurent. Méfiez-vous des ivrognes. Méfiez-vous des gens que vous ne connaissez pas et si quelqu'un vous adresse la parole, répondez poliment : « Oui, Monsieur. Non, Monsieur... » et sauvez-vous, sans en avoir l'air.

Ainsi parlait notre maman qui ne savait pas nous convaincre. Qu'étaient, à nos yeux, les périls de la rue, au prix de ses enchantements ? A peine sortis de l'école, nous flairions comme de jeunes limiers, tout le long des trottoirs chauds, les inquiétantes odeurs de la jungle citadine. J'aimais la rue Vercingétorix, la rue du Château, la rue de l'Ouest et si je ressuscite un jour, fantôme aveugle, c'est au nez que je reconnaîtrai la patrie de mon enfance. Senteurs d'une fruiterie, fraîches, acides et qui, vers le soir, s'attendrissent, virent doucement au relent de marécage, de verdure fanée, d'aliment mort. Fumet de la blanchisserie qui sent le linge roussi, le réchaud, la fille en nage. Remugle de la boucherie qui tient le « bouillon et bœuf », fade et terrible parfum des bêtes sacrifiées ; note résineuse, forestière de la sciure de sapin répandue sur le dallage. Emanations, comme d'un vase, d'une boutique vide que l'on est en train de repeindre. Concert de l'épicerie, aromates, momies d'odeurs, messages de continents perdus au fond des livres. Bouquet chimique du pharmacien qu'illuminent, dès la chute du jour, une flamme rouge, une flamme verte, noyées toutes deux dans des bocaux ronds. Haleine de la boulangerie, noble, tiède, maternelle. J'allais, les narines en éveil, le souffle vite lâché, vite repris.

Vers le bout de la rue du Château, s'élevait, salubre, austère, l'encens des trains et des machines. La rue, en ce temps lointain, était interrompue par un passage à niveau. Les charroyeurs et les cochers s'arrêtaient en jurant devant les barrières que la manœuvre des convois tenait longuement fermées. Plus heureux, les piétons pouvaient, pour gagner la rue du Cotentin et les spacieux déserts du boulevard de Vaugirard, emprunter une passerelle gracile qui sautait d'un bond de chèvre par-dessus les voies ferrées.

J'aimais de m'arrêter au milieu de la passerelle. On apercevait, d'un côté, l'espèce de canal fumeux qui fuyait vers des campagnes, des villes, des provinces en vacance. De l'autre côté, le regard atteignait tout de suite les nefs embrumées de la gare, trous d'ombre, terriers à wagons. A droite, à gauche, on découvrait les ateliers, les butoirs, les cabines des aiguilleurs, les rotondes comparables, selon le moment et le jour, tantôt à des temples charbonneux où des ouvriers adoraient les locomotives divines, tantôt à des écuries dont on tirait, d'heure en heure, un cheval d'acier, luisant, piaffant, prêt à la course.

Parfois, comme nous rêvions là, le monde tremblait tout à coup. Un long train, serpent fabuleux, nous filait entre les jambes. Sa fumée noire, un instant, nous isolait, comme les dieux de l'orage, dans de sulfureuses ténèbres.

Nous revenions, au fil paisible de notre rue Vandamme. Une foule de petits hôtels ouvraient, au ras du trottoir, leurs corridors obscurcis par les vapeurs de la friture. Et, soudain, comme une fanfare, éclatait l'odeur des écuries : sueur des chevaux, crottin torride, fumiers recuits, rafales de l'ammoniaque exaltée par les grands vols de mouches bleues.

Après cette explosion symbolique, la rue s'achevait dans le fade et le doucereux : les bains publics et le lavoir à drapeau de zinc lâchaient au passage une bouffée moite et savonnée. Puis, tout à coup, houleuse comme un bras de mer, s'ouvrait l'avenue du Maine, parcourue par le vent du nord. On apercevait, de l'autre côté, un bref tronçon de rue Vandamme, enclavé par erreur dans le quartier de la Gaîté.

Nous revenions vers nos retraites. J'aimais d'amour la petite rue Perceval au beau nom. On y voyait un jardin comblé de verdures effervescentes. On y entendait, dans le silence du soir, tout le long d'une muraille interminable, les chevaux du camionnage piétiner, remuer des chaînes, broyer l'avoine et donner dans leurs bat-flanc des ruades tracassières. J'aimais le triangle de bitume désert que ménageait notre rue Vandamme, en vue d'une aussi improbable remise à l'alignement. J'aimais aussi l'impasse au sol de macadam, tel celui des routes lointaines.

Remonté dans mes hauteurs, j'allais, un livre aux doigts, m'accroupir sur le balcon où les trains faisaient pleuvoir des escarbilles de velours noir. Le balcon des Wasselin était séparé du nôtre par une grille de fonte à dents. Désiré venait s'asseoir là pour grignoter un croûton saupoudré d'une pincée de gros sel. Comme j'aimais de préférence l'extrémité nord du balcon, d'où l'on voyait mieux les trains, je priais Désiré de m'y rejoindre. Il passait par le palier, grattait à la porte et, moins d'une seconde plus tard, surgissait à mon côté.

Un jour, fronçant les sourcils, mais tranquille et résolu, il fit, pour venir me rejoindre, une chose très effrayante. Il enjamba la balustrade et longea le balcon en dehors, au-dessus du vide... Je fermais les yeux, muet d'angoisse. Mais, déjà, l'étrange garçon se laissait choir près de moi. Il était parfaitement calme.

— Oh ! dis-je, d'une voix défaillante. Sais-tu que tu pouvais mourir ?

De la tête, il fit « oui » et il ajouta simplement :

— Tu ne le diras à personne.

Parfois, troublant nos songeries, des profondeurs de l'impasse, un tintamarre cocasse tout à coup s'élevait. Des musiciens ambulants, cornet à piston, trombone, pilonnaient une romance, une valse, un air d'opéra. Des sous voltigeaient qu'un comparse sans talent cherchait dans les ruisseaux.

Par beau temps, fenêtres ouvertes, les querelles des Wasselin crevaient à la face du ciel. Mon ami avait une sœur nommée Solange, grosse fillasse qui m'inspirait une véritable aversion. Elle travaillait au-dehors, dans un atelier de couture. Elle rentrait le soir, à des heures incertaines, tenait tête à sa mère et de la plus grossière façon, lapait sa soupe avec bruit en y trempant le menton, car elle avait la vue très basse. Elle montrait, fourchette en main, cette mimique des voraces qui regardent en ennemis leur propre nourriture. Observateur infime, je pense qu'elle ne me voyait même pas, occupée qu'elle était toujours de quelque grognante aventure ; mais moi je la contemplais avec cette horreur qui me saisit quand je perçois, chez une créature humaine, la présence de la bête.

Pour Lucien, le jeune voyou que nous avions vu s'enfuir chargé de la malédiction paternelle, il revenait de temps en temps. La famille se réconciliait dans une ripaille mystérieuse dont le pauvre Désiré restait le plus souvent exclu. Et, soudain, de vieilles chicanes détonaient comme des bombes. Pour la dixième fois maudit, le fils indigne reprenait le large. Le comptable, d'une voix sanglotante, flétrissait sa couvée : « Je vois bien, criait-il, je vois bien que vous ne me laisserez pas seul dans l'abîme de l'abjection. C'est ma faute. Le ciel me punit. » Presque tout de suite consolé, il chantonnait des grivoiseries ponctuées de prrrt langoureux.

Certains jours, toute la famille s'envolait. Désiré trouvait porte close et restait assis des heures sur une marche de l'escalier. Un soir que je le trouvai là, nous fîmes la conversation.

— Il n'y a personne, dit-il. On ne répond pas.

— Pourtant, il est au moins sept heures.

— Bah ! ma mère doit être en course.

J'étais encore un fort petit garçon et fis, innocemment, une chose assez surprenante. Je m'étais approché de la porte des Wasselin. Un rayon de jour bleu filtrait par la serrure. Je mis l'œil à cette serrure et, tout aussitôt, faillis pousser un cri de surprise.

— Mais, fis-je, à voix basse, tes parents sont là.

— Ah ! soupira Désiré, placide. Tu les vois ?

— Oui, oui, je les vois très bien.

La porte ouvrait sur l'entrée dans laquelle donnait une chambre.

— Qu'est-ce qu'ils font ? demanda Désiré entre deux bâillements.

— Oh ! je ne sais pas trop. Ton père enlève sa veste. Ecoute : on l'entend rire.

Désiré venait de faire un bond. Il m'écarta de la porte, mit l'œil à la serrure et ne regarda qu'un instant. Quand il se retourna, j'eus peine à le reconnaître : il était pâle et frémissant.

— Qu'est-ce que tu as vu encore ?

— Mais, rien, rien, fis-je, bouleversé.

— Eh bien ! ne regarde plus, gronda l'enfant. Ne regarde plus jamais.

Il me serrait les poignets et dit, plus bas, l'air égaré, vraiment terrible :

— Ne regarde plus. Sinon, je te tuerai.

Cette scène, qui me remplit d'une mystérieuse angoisse mais n'altéra pas mon affection pour Désiré, cette scène fut providentiellement interrompue par l'arrivée de M. Courtois, notre vieux voisin. Il occupait, avec sa femme, le troisième appartement, celui qui donnait sur la cour, côté Wasselin. L'appartement symétrique, de notre côté, je crois l'avoir dit, était vacant.

M. Courtois, en ce temps-là, n'avait sans doute guère plus de cinquante ans. C'était un homme d'une correction stricte et d'une politesse méticuleuse. Il n'en présenta pas moins, dès l'abord, à mon regard, l'inquiétante image de la décrépitude et de la vésanie, image que les événements se chargèrent de confirmer.

M. Courtois portait une jaquette soit de drap, soit d'alpaga gris, selon la saison. Un gilet clair, à fleurettes, et des gants, même en été ce que la rue Vandamme pouvait juger une élégance excessive. Il prisait et cette pratique ne suffisait pas à faire comprendre l'odeur de sa personne, une odeur singulière de cuir de Russie, de vieillard bien tenu, de dent cariée, de fond de ride.

Il se teignait la moustache, qu'il portait toute raide et rebroussée. Il teignait également la pincée de cheveux qu'il appliquait avec art, en éventail, sur un crâne d'une blancheur chimique. Il avait usé sa vie dans une petite boutique d'horlogerie que l'on voit encore aujourd'hui rue de Vanves. Il avait travaillé là jusqu'à la cinquantaine, dans le dessein unique et fervent, comme presque tous les Français, en ce temps-là, de « se retirer », mot dont je suis bien surpris que si peu de gens perçoivent la résonance lugubre : démission, fuite, suicide.

Il s'était donc « retiré », laissant la boutique à son frère et à ses deux sœurs, tous trois célibataires. Si je m'attarde à peindre ici cette collection de fantoches, ce n'est point certes par souci du pittoresque pur, encore qu'un tel souci trouverait à se justifier, c'est que tous ces Courtois ont joué leur petit rôle dans les tracas et les songeries de ma famille.

Courtois le cadet, que tout le monde appelait laconiquement Tole, car il portait le prénom que commençait à peine d'illustrer M. France, Courtois le cadet était bossu d'une manière complexe et, si j'ose dire, selon tous les méridiens. Son torse, monstrueux, en forme de barrique, semblait posé de guingois sur les jambes, et la tête elle-même s'implantait de guingois sur le torse. Le bonhomme était ainsi fait de trois parties qui s'assemblaient à l'aventure et, dès le moindre mouvement, menaçaient de se disjoindre, de reprendre une macabre indépendance. Il imitait son frère en toutes choses, il se teignait le poil, prisait, exhalait déjà, mais imparfaite encore, cette odeur de maroquinerie dont je ne saurais donner la véritable recette.

Il travaillait avec ses deux vieilles filles de sœurs, horlogères d'ailleurs accomplies, qui vivaient la loupe à l'orbite et ne sortaient que le samedi pour venir impasse Vandamme et passer la soirée dans les joies saugrenues d'une « banque » dont l'enjeu était de haricots blancs. Elles se couvraient alors de chapeaux, de voilettes, de jupes à volants, de tournures, de manches à gigot et s'enfarinaient le visage au moyen d'une poudre odorante qui n'atteignait jamais la peau, suspendue qu'elle demeurait dans un duvet exubérant. Nous les appelions les Fées, surnom dont je risquerais de compromettre le charme si j'en disais l'origine et si j'y ajoutais les épithètes ordinaires de mon père.

Nous fûmes, au bout de quelque temps, priés aux soirées du samedi. M. Courtois, l'heure venue, nous attendait sur le pas de sa porte. A tous, petits et grands, il nous serrait la main avec un geste déblayeur qui nous repoussait l'un après l'autre vers la gauche, geste que j'ai retrouvé, depuis, chez un homme politique plusieurs fois ministre, geste qui s'explique sans doute par la discipline épuisante des défilés électoraux.

La « banque » du samedi soir était présidée par Mme Courtois. Merveille du mimétisme, cette dame ressemblait à ses belles-sœurs, à son beau-frère, à son mari. Elle donnait, du clan, la synthèse et la moyenne. Elle sentait le vieux cuir comme les uns et la poudre de riz comme les autres. Elle abritait, sous un filet-front, les prodiges ouvragés d'une coiffure aux bigoudis et au fer chaud.

La chambre où la société se tenait, pour la banque, était ornée, avec intempérance, de peintures à la gouache, œuvres de M. Courtois, représentant toutes des roses, en gerbes, en bouquets, en guirlandes, en couronnes.

Dès le début de nos relations, M. Courtois s'offrit à me donner des leçons de peinture à la gouache et maman, ayant jugé que je marquais des dispositions, accepta de bon cœur. « Tu commenceras, disait M. Courtois, par peindre le bouton vert. Puis je t'apprendrai le bouton rose, puis la fleur épanouie. Les feuilles vont toujours par trois. Une vert clair, l'autre vert foncé, et l'entre-deux mi-partie. C'est une règle absolue. Plus tard, quand tu sauras faire la rose rouge, on essaiera la rose jaune et peut-être la rose pompon. Mais c'est une autre paire de manches. »

Je recueillais avec application cet enseignement vétilleux. Parfois, mon pinceau, s'égarant, rêvassait hors de la règle. M. Courtois se fâchait : « Ce que tu viens de faire là, grommelait-il, se hasardant, dans sa colère, aux injures à la mode, ce que tu viens de faire là, c'est bête comme tes pieds. » Il ne tarda pas, sans doute par économie, à raccourcir la formule. Il disait : « Encore tes pieds ! C'est on ne peut plus tes pieds. »

Je me sentais, les premiers jours, débordant de gratitude, car M. Courtois fournissait non seulement le professeur, mais les couleurs et les pinceaux. Bien vite je compris que, pour les esprits judicieux, toute peine appelle un loyer. La leçon finie, M. Courtois me livrait à sa femme et cette personne, ainsi nantie d'un partenaire, même indigne, s'abandonnait avec frénésie aux délices du jeu de piquet.

Mme Courtois n'était pas une joueuse trop commode. Elle trichait, elle m'accablait d'injures bizarres et comme elle avait, de son sexe, une opinion non médiocre, elle m'accommodait au féminin, ce qui ne laissait pas de me choquer un peu. « Péronnelle ! Petite bécasse, criait-elle. Si tu t'étais seulement défaite de ton pique, à l'heure qu'il est, tu serais maîtresse... »

J'étais toujours trompé, toujours battu ; mais je payais tant bien que mal mes leçons de roses à la gouache et j'apprenais en bâillant que rien ne se donne pour rien.

## CHAPITRE 8

Je ne sais quel onirologue a dit « que l'on ne rêvait pas de compagnie ». Ce savant, sans aucun doute, parlait des songes du sommeil. Mais quoi ! c'est en vain que les magisters prétendent marquer une distinction entre rêve et rêverie. Les mêmes mots, pour un Français, désignent indifféremment les délires du dormeur ou ceux de l'homme éveillé.

Or, vers le milieu de l'été, toute la famille se prit à rêver de compagnie. Quand je parle de ma famille, j'entends, exclusivement, le couple et sa nichée, les six que nous étions alors.

Ce n'était ni de tous les jours ni de toutes les heures. Le phénomène, en général, se déclarait pendant le repas du soir. Papa posait sa fourchette, lançait tout droit devant lui un regard soudain plus clair et disait, d'une voix calme :

— Nous sommes beaucoup mieux qu'avant, mais, quand même, bien à l'étroit.

— Raymond, s'écriait maman, tu ne songes pas à nous en aller ?

— Non, mais je pense à des choses...

— Quelles choses ?

— Nous pourrions peut-être...

Ce pléonasme insidieux, que j'ai surpris sur tant de lèvres, annonçait le déchaînement des images et des hypothèses.

— Nous pourrions peut-être prendre en location cet appartement vacant, l'appartement voisin. Pense : le double de place !

— Mais, Raymond...

— Oh ! pas demain, bien sûr. Dès que nous aurons reçu les nouvelles du Havre. Presque le double de place ! Tu m'entends, Lucie !

Les phrases de cette sorte étaient suivies d'un silence fourmillant. Le regard fixe à son tour, maman partait à réfléchir. Son visage exprimait d'abord la frayeur et même le vertige. Elle avait l'air de mesurer de l'œil un gouffre. On la voyait presque haleter, car elle souffrait d'une imagination vive. Puis, petit à petit, et comme si le gouffre eût été, par magie, comblé, aplani, maman reprenait pied.

— Bien sûr, dès que nous aurons la lettre du notaire... Pour le terme d'octobre, ce serait trop beau. Mais, au mois de janvier, peut-être même au demi-terme...

— Des quarante mille francs, murmurait papa, nous ferons quatre parts, exactement. Quatre parts, quatre ans ! Dans quatre ans, mes examens seront passés et j'aurai mon diplôme. Alors, la route libre ! Avec mes articles, et, bientôt, des remplacements, des occasions, des imprévus, mille petites choses à côté... La tranquillité. Le travail et l'aisance. Dès la première année, les trois parts de réserve seraient placées avantageusement. Il ne faut jamais laisser l'argent inactif, il en meurt. C'est ce que Markovitch me dit chaque fois qu'il me rencontre...

— Ne pourrait-on, proposait maman, faire percer la cloison ?

— Quelle cloison ?

— La cloison de notre chambre, pour mettre les deux appartements en communication.

La cloison ! Nous écoutions, muets de surprise. Faire percer la cloison ! Nous étions à l'âge où les murailles sont comme les figurations de l'immuable et de l'éternel.

— La cloison... répétait mon père. Et pourquoi non, Lucie ? Tu penses que le propriétaire n'aurait rien à nous refuser.

Joseph, à son tour, tombait en transes :

— Nous serons les plus gros locataires de toute la maison. Et, dis, maman, j'aurai ma chambre. Ma chambre pour moi tout seul.

— Mon garçon, demande à ton père. La pièce la plus tranquille serait réservée pour lui. Le travail de votre père avant tout. Je ne tiens pas au salon : nous n'en avons jamais eu, nous pouvons nous en passer. Mais que le piano soit dans la pièce où votre père travaille, il faut bien reconnaître que ce n'est pas possible.

A ce mot de piano, l'innocente Cécile ouvrait l'œil. Toute la famille entrait en éruption : une éruption de projets. Ferdinand présentait des revendications gémissantes au sujet d'une paire de chaussures qui le blessaient. Ferdinand n'a jamais eu que des ambitions modestes, mais, il faut le dire, tenaces. Joseph, élevant la voix, parlait bicyclette, voyages. Maman « tirait des plans » pour nos vêtements d'hiver : elle les voyait chauds, ce qui va sans dire, et même élégants et même nombreux. Puis, d'un coup d'aile, maman s'élevait jusque dans les sphères de l'ameublement, posait des tapis, accrochait des lampes, appliquait des glaces. Papa, bien que réservé, consentait à jeter les fondements d'une bibliothèque exemplaire. Nous nous taisions tous, une minute, avec respect, comme pendant l'élévation, à la messe.

Puis — mais qui donc l'avait lancé ? — survenait le mot de bonne, et, d'abord, de petite bonne. Maman protestait aussitôt : « J'ai tout fait, toujours, toute seule... on ne serait plus chez soi... » Vaines objections. La petite bonne grossissait, grandissait et, soudain, par un miracle de scissiparité, donnait naissance, les bons jours, les jours de grande orgie rêvogène, à deux et même à plusieurs bonnes. Nous n'avons jamais été jusqu'au domestique mâle.

Je viens d'écrire rêvogène et c'est peut-être un barbarisme. Qui l'affirmera ? Nul ne connaît l'étymologie du mot rêve. Il nous est tombé du ciel, à nous autres Français raisonneurs, pour notre rédemption. Mais revenons à mon histoire.

A tout instant chantaient, lancées soit d'une voix grave, soit par une gorge enfantine, les expressions rituelles de l'extase : « ... la lettre du notaire... les nouvelles du Havre... les papiers de Lima... » Maman murmurait : « Que cette somme nous arrive juste dans un pareil moment ! C'est un miracle, un miracle ! »

Petit à petit, les desseins prenaient de l'ampleur et de la fantaisie. Nous glissions à la dissipation, au gaspillage. De dépense imaginaire en dépense imaginaire, nous arrivions aux bains de mer, aux fiacres, aux places de théâtre, aux folies. Alors se produisaient des revirements farouches. Comme tous les prodigues, nous traversions de brusques crises d'avarice. On restreignait les dépenses. On vendait les objets de luxe. La bonne maigrissait, diminuait, redevenait petite bonne. On finissait par la congédier.

Papa, le premier toujours, se lassait des fantômes qu'il avait tirés de l'ombre. Nous sentions au son de sa voix, à la nuance de ses yeux, qu'il redescendait, qu'il allait nous lâcher, revenir au sol. Il regardait maman avec une ironie d'abord souriante, puis glacée, puis rancuneuse. Oh ! comme les rêves d'autrui le trouvaient méprisant, même quand il les avait fait naître, surtout, surtout quand il les avait fait naître. Il disait brusquement :

— Nous allons, en attendant, continuer à tirer le diable par la queue et nous aurons, dès la fin du mois, le plus grand mal à joindre les deux bouts.

Il se passait la main sur le front, poussait un long soupir et quittait la place, nous laissant désemparés.

Il arrivait aussi que le sortilège refusât de s'évanouir. Parfois, la nuit d'été succédait au long crépuscule et nous faisait rêver encore. Un soir, papa dit : « En somme, puisque tout va bien, nous allons mener les enfants à l'Exposition. » Maman, soudain calmée, parlait de son travail, de la vaisselle, de la couture. Elle dut céder, faire toilette à la hâte. Nous eûmes une soirée incandescente et tumultueuse, un délicieux retour ensommeillé sur l'impériale de l'omnibus.

Parfois aussi, profitant des heureuses dispositions de notre père, maman formulait des souhaits bénins mais précis. « Demain jeudi, proposait-elle, je voudrais mener les enfants aux bains. Tu n'y vois pas d'inconvénients ? » Papa sursautait. Il parlait de diplômes, d'influence, de fortune, d'honneurs, et voilà qu'on songeait à des bains. Il approuvait quand même en fronçant les sourcils et disait, pour conclure : « Je ne voudrais pas me mêler de ces affaires Delahaie, mais je te ferai, si tu veux, le brouillon d'une lettre au notaire. Il n'a vraiment pas l'air pressé. Et dire que nous sommes entre les mains de ces gens-là ! »

Le lendemain, nous allions aux bains, emportant dans un panier notre linge et notre savon, car délivrée des rêves, maman retombait à l'économie la plus chaste. Elle prenait deux bains pour quatre et nous savonnait elle-même, à l'exception de Joseph qui devenait vraiment trop grand.

Nos songeries familiales ne manquaient pas de m'escorter jusque sur les bancs de l'école. Je fus, pour M. Joliclerc, un élève bien inattentif. Les questions qu'il me posait venaient m'atteindre et m'étonner au sein des nuées olympiennes d'où je retombais pantois. Un jour, pendant la leçon de géographie, je l'entendis qui grondait : « Je répète, qu'est-ce qu'un havre ? Que signifie le mot havre ? Vous, là-bas, Pasquier, le dormeur ! »

Je me levai, croisai les bras et répondis de la façon la plus naturelle du monde : « Un havre... Un havre... C'est l'endroit où il y a le notaire... » La classe bourdonnait, moqueuse. M. Joliclerc ouvrit sa bouche à chicots et leva des bras étonnés. Puis il me mit un mauvais point, pour le principe, sans colère, car il savait que les enfants, même petits, apportent de chez eux toutes sortes de soucis cachés que l'on peut respecter, bien sûr, sans chercher à les comprendre.

Je me rassis, tout penaud. Le soleil, filtrant par la fente des rideaux de toile et se brisant sur le livre du maître, éclairait noblement son visage et sa barbe grisonnante à travers les poils de laquelle on apercevait la cravate. Je cuvais ma honte en suçant un petit bout de crayon d'ardoise. — Il suffit que j'y pense pour que m'en revienne le goût. — La leçon se poursuivait dans un ronronnement assoupi que troublaient parfois la chute et le roulement d'une bille — cinq mauvais points ! — ou les appels d'un impatient qui sollicitait en claquant des doigts l'autorisation de descendre quelques instants dans la cour.

Le soleil tournait. On ouvrait grandes les fenêtres. J'apercevais le haut des arbres à la frondaison prisonnière et, de l'autre côté, les maisons de la rue de l'Ouest, toutes pouilleuses ainsi, par-derrière. Une femme, près de sa fenêtre, ravaudait des nippes, interminablement. Elle avait d'énormes bras roses. Mon voisin de pupitre, un garçon de neuf ans, souffrait d'un furoncle au menton. Il souffrait en silence, avec résignation, comme j'ai vu souffrir, plus tard, les hommes simples, à la guerre.

Parfois, un petit garçon s'étirait avec bruit et regardait d'un œil stupéfait les enfants, le tableau, les murailles, ce monde incompréhensible. Et parfois toute la classe, désembourbée, saisie par le démon, se prenait à jacasser, à ruer dans les pupitres, à frapper sur les tables, à barboter dans les encriers de plomb au rebord corrodé. M. Joliclerc tonnait, lourdement, orage contre orage.

Nous revenions, côte à côte, Désiré Wasselin et moi. En passant devant la loge de la concierge, il me disait, avec une paisible sollicitude : « On va regarder sur la table de Mme Tesson. Quelquefois qu'elle serait arrivée, votre lettre du Havre. » Comble de confiance affectueuse, j'avais mis Désiré dans notre grand secret. En montant l'escalier, il me demandait parfois ce que nous ferions de l'argent. Il commençait de rêver avec nous, âme fraternelle. Il ajoutait, s'arrêtant au bord d'une marche : « Chez nous, il n'y a pas d'histoire du Havre, pas d'héritage, rien, rien que ce que gagne papa. Et il a bien du mal. » Si petit que je fusse alors, j'étais touché d'émotion : Désiré, battu, méprisé, injurié chaque jour, adorait ce père horrible.

Les leçons et les devoirs rampaient sur la soirée. Quand papa revenait à temps, il nous aidait pertinemment mais avec impatience. Il ne nous tolérait ni légèreté ni lenteur. Et c'étaient des « pantoufles ! » et des « savates ! » à n'en plus finir.

Au milieu d'un commentaire paternel, le clan Wasselin entrait soudain en convulsion. La maison en tremblait de toute son ossature. Le sacristain-histrion se justifiait toujours : « Je vais quitter ces *Comptoirs du Mont Parnasse* et tous ces imbéciles. Je veux bien qu'on me dise que je suis distrait ; mais quand on me dit que je fais des malhonnêtetés, ça me met en colère. Je tiens plus à l'honneur qu'à la vie. Sortez d'ici, enfant déchu ! Ce que je dis ne vous regarde pas. »

Nous restions béants, la plume aux lèvres, l'attention déviée, écoutant malgré nous ces misères. Papa fronçait le sourcil. Quand il était de sang-froid, il jugeait le courroux des autres absurde et scandaleux. Nous avions, maman surtout, grand peur de le voir intervenir, ce dont il ne se privait guère en maintes circonstances comme je le dirai bientôt. Encore qu'il fût aussi peu moraliste que possible, il tâchait parfois à tirer une leçon de ces algarades Wasselin : « De telles vulgarités disparaîtront quand les hommes seront plus instruits. La cause de toute cette bassesse, croyez-moi, c'est l'ignorance. Donc, travaillez, travaillez. Les hommes se disputeront moins quand ils sauront tout ce qu'il faut savoir. »

— Mais, papa, dit un jour Joseph, M. Wasselin n'est pas un ignorant, je t'assure. Il est même très instruit. Il a son baccalauréat et encore un autre diplôme.

Papa fit, de la tête, un mouvement mécontent et il ne répondit rien. Cette remarque l'offensait. C'était vraiment un homme du dix-neuvième siècle, de ce siècle qui n'a pas voulu douter du savoir souverain, de ce siècle qui a fait la sourde oreille aux avertissements de Schopenhauer et s'est plu tenacement à confondre science et sagesse.

Nous eûmes, cet été-là, vers la fin de la période scolaire, nous eûmes, à la maison, une visite imprévue, celle de la tante Anna.

Tante Anna ? C'est « Madame Troussereau » que je devrais dire, c'est « Madame Troussereau » que nous avons toujours dit, à l'exemple de maman. Il ne saurait, avec cette épouse extasiée que fut ma mère, il ne saurait être question de représailles ; pourtant elle répliquait à certaines manies de mon père par des manies réciproques. Papa disait « Madame Delahaie, Monsieur Delahaie ». Même rétrospectivement, même à titre historique, il n'aurait, pour rien au monde, consenti à donner de l'oncle ou de la tante à cette gent détestée, à ces grippe-sous, à ces paltoquets. Je dois dire que jamais, parlant de notre tante Anna, maman n'a dit « ma belle-sœur ». Elle prononçait toujours, pinçant imperceptiblement les lèvres : « Madame Troussereau » ou « Madame veuve Troussereau ». Elle n'aimait pas davantage notre oncle Léopold et l'appelait « l'homme au piston », parce qu'il avait été quelque chose comme chef de fanfare à Nesles-la-Vallée. Papa ne se montrait guère sensible à ce timide talion : les histoires de sa parentèle ne le tourmentaient pas trop.

Nous eûmes donc, un beau jour, la visite de tante Anna, veuve Troussereau. Je la trouvai sur le palier comme je rentrais de l'école. C'était une dame excessivement grosse, au visage couperosé, non pas diffluent, comme le reste de sa personne, mais dur, et couvert de plis serrés. Je ne pouvais la reconnaître, car je ne l'avais presque jamais vue. Elle se nomma, me tendit la joue sans parvenir à s'incliner suffisamment, sonna, pénétra devant moi dans la maison. Ma mère lui fit un accueil décent. La tante prit une chaise mais n'enleva pas ses mitaines. Une conversation s'engagea dont je ne compris pas toutes les finesses, mal rompu que j'étais alors à la diplomatie familiale et à sa dialectique.

Maman se levait parfois pour vaquer aux soins de la cuisine. Pendant que nous étions seuls, tante Anna s'approcha de moi et fit un sourire à plis.

— Qu'est-ce que tu manges là ? dit-elle. Du chocolat ! Tiens, tiens ! Vous ne vous privez de rien. Montre-moi ta tablette.

Je lui tendis ma tablette. Elle la cassa net, en deux et, furtivement, avec une expression d'une gourmandise incroyable, elle en goba le plus gros bout. Comme maman tardait à venir, la tante bâilla, montrant l'intérieur d'une bouche toute noire de mon chocolat.

— Alors, me dit-elle, tu aimes aussi les confitures, mon petit chat ?

Je répondis un « oui » naïf, pensant que, de tous ses jupons et jupes, la tante allait faire surgir enfin quelque friandise cachée.

— Ah ! reprit-elle avec un sourire verdoyant. Tu aimes les confitures, mon petit ami. Eh bien ! quand tu en auras, tu en mangeras.

Là-dessus, chance imprévue, papa fit son entrée. Du bout des lèvres, il baisa la joue fripée de sa sœur. Il avait l'air poli, distrait :

— Alors, souffla Mme Troussereau, vous avez fait votre héritage ?

— Mais non, disait maman. Rien que des meubles, pour l'instant. L'argent viendra plus tard.

La tante fit une moue et mit un lorgnon sur son nez qui était bref et fort impropre à cet usage.

— Des meubles ? reprit-elle. Ceux qui sont ici ? Oui, oui, je vois ce que c'est.

Elle se prit à regarder toutes choses autour de nous. Elle disait, de temps en temps : « C'est assez gentil... Oui... Ce n'est pas si mal... » Mais toute la gymnastique de ses rides signifiait : « Peuh... on me les donnerait, vos meubles, que je n'en voudrais pour rien au monde. »

Ainsi la tante, parfaitement à son aise, passait la maison en revue. Elle avait l'air d'un juge, d'un expert dédaigneux. Papa souriait jaune. Maman, les lèvres pincées, affectait la plus parfaite politesse.

— Je n'ai pas de conseils à vous donner, ma petite Lucie, disait Mme Troussereau ; mais avec votre façon de ranger votre armoire, je me demande comment vous pouvez vous y retrouver.

Maman blêmissait doucement, car elle avait, juste, toutes sortes d'idées héréditaires sur la façon de ranger les armoires. Les Delahaie et les Pasquier se mesuraient du regard.

— Offre quelque chose à tante Anna, dit papa pour couper court.

La tante accepta du thé et prit quatre morceaux de sucre. Elle était, au su de l'univers, une héroïne de l'épargne ; mais pas chez les autres. Elle buvait donc, et sifflait :

— Je ne sais pas ce que vous mettez là-dedans : votre thé a un drôle de goût. Ça tient peut-être à votre eau ou même à votre casserole. Ça ne fait rien, c'est buvable.

Elle dit en partant :

— Tiens-moi donc au courant, Etienne. Ah ! je vois, au visage de ta femme, que, chez toi, on dit Raymond. Comme vous voudrez, mes enfants. Allons, adieu ! Et tiens-moi au courant.

La porte fermée, papa leva les épaules.

— Au courant ? Au courant de quoi ?

Mais maman partait à rire. Elle avait l'air transportée. Elle tomba sur une chaise : le rire la secouait toute et lui tirait des larmes.

— Au courant de quoi ? Vraiment, mon pauvre Raymond, tu n'as donc rien deviné ? Quand il s'agit de ta famille, tu es naïf, naïf. Tiens, je ne suis pas superstitieuse, mais, ce soir, je suis plus contente que je ne saurais le dire. Rien que cette visite de Mme Troussereau me ferait croire que nous allons bientôt le toucher, l'argent du Havre. Oh ! je la connais, Ram : elle a senti l'argent.

## CHAPITRE 9

Les dernières semaines d'école s'abîmèrent dans la somnolence et l'anarchie. M. Joliclerc, exténué, s'endormait au gouvernail. Parfois, il se réveillait pour nous lire une histoire, et la classe retrouvait une âme. Le reste du temps, cinquante cervelles ingénues divaguaient à propos des grands événements qui se déroulaient dans le quartier. Une guerre avait éclaté, fort cruelle, entre notre école et l'école de la rue de l'Ouest. Echappées à la surveillance des moniteurs, les cohortes s'affrontaient dans des venelles presque désertes comme la rue du Texel ou la rue du Moulin-de-Beurre, que l'on était en train de repaver et qui fournissait, de ce fait, cachettes et munitions aux redoutables porteurs de lance-pierres.

Sous la sauvegarde presque paternelle de mon cher Désiré, j'affrontais impunément toutes les embuscades et traversais les lignes de combat sans coup férir. Désiré Wasselin avait reçu de la nature le plus grand don qu'un homme en puisse attendre : le vrai courage, froid, fidèle, sans colère et sans haine. Je dis bien le plus grand présent... Les sociétés modernes, tout enivrées qu'elles sont de je ne sais quelle division dérisoire des besognes et des vertus, laissent croire à la plupart des hommes qu'ils peuvent se reposer du courage sur tels spécialistes stipendiés à cet effet ; puis, saisies de brusques démences, les mêmes sociétés demandent à l'homme dépourvu quelque effrayante contribution de bravoure et de sacrifice. Et j'ai bien dit aussi, parlant de mon Désiré : le vrai courage, sans colère et sans haine, celui qui, pour s'ébranler, n'attend pas le coup de fouet venimeux de la frénésie, celui qui jamais ne ressemble à la peur, car courage n'est pas rage.

La vaillance a bien des visages : Désiré le fort, Désiré le résolu tremblait pour peu que retentît la voix de son père et c'est, je pense, qu'il aimait ce personnage mal aimable.

J'admirais donc le cher Désiré, je me confiais à son bras, je m'en remettais à lui de toutes vertus protectrices et, quand il vint à me manquer, je dus faire, douloureusement, l'apprentissage de certaine adversité, me forger, petit à petit, une carapace et des pinces.

Sous l'aile de Désiré, je rêvais au chaud et à l'aise, je me racontais sans fin ces histoires de l'enfance, fruits duveteux et légers d'une imagination neuve. La plupart de ces histoires avaient trait à la vie et à la mort des fameuses tantes de Lima.

On ne peut dire que les nouvelles de Lima tardaient à venir puisque le temps prévu n'était point encore écoulé, mais l'impatience de notre famille croissait d'heure en heure, à l'approche du succès, de la délivrance. Aux débauches mythiques, aux épanchements de songeries et de projets commençaient à se mêler quelques accès d'humeur. C'est, bien sûr, à papa que je pense, papa seul que je mets en cause, car ses colères ont été l'un des grands soucis de mon enfance.

Elles étaient de plusieurs sortes, mais éclataient de préférence, quels que fussent leur objet et leur caractère, les jours où mon père se trouvait indisposé, déçu, pressé de travail ou de tracas.

Il me faut d'abord dire un mot de phénomènes bénins qui n'étaient pas de vraies colères et qui même, parfois, ne manquaient pas de gaîté, mais pouvaient toujours fournir un principe à la colère parfaite, telle une petite amorce enflamme toute une fougasse.

Je l'ai dit, mon père était, les bons jours, souriant, froid, dédaigneux. Il caressait d'un geste élégant ses belles moustaches flambantes. Il considérait le monde avec une indifférence souverainement philosophique. Il avait de grandes pensées, de grands desseins, une lourde tâche. De quels prix, de quel souci lui pouvait être, je vous le demande, l'agitation de ces fantoches dont il paraît que notre vain monde est peuplé ? C'était là l'état normal et force m'est de reconnaître que normal ne veut aucunement dire « le plus fréquent ». C'est bien dommage, d'ailleurs, car pour mystérieux et distant qu'il me parût en cet état, mon père était alors une divinité courtoise.

Malheureusement, le philosophe descendait parfois de sa colonne et toujours à la poussée de motifs pertinents, indiscutables. Mon père, par exemple, ne pouvait souffrir la laideur. Le spectacle du ridicule, chez les autres, le trouvait intolérant. La réaction était franche, immédiate, peu prévisible. Nous étions dans l'omnibus, un monsieur d'un certain âge, peut-être même décoré de la Légion d'honneur, ce qui, en ce temps-là, représentait presque un signe particulier, se mettait à bâiller, à rebâiller. Mon père, sortant de la réserve, prenait alors la parole. L'attaque, en général, était directe. « Allons, Monsieur, disait-il d'une voix en même temps suave et sifflante, vous n'avez donc pas honte de nous montrer tout ce que vous avez dans la bouche ? » Cette simple question produisait le plus grand effet. Toutes conversations suspendues, l'omnibus, haletant, attendait la suite avec, en même temps, l'espoir et la frayeur d'un scandale. Le bâilleur, stupéfait, bredouillait parfois une excuse, parfois, épouvanté, se levait en hâte, tirait la ficelle et quittait la voiture. Parfois, il protestait avec aigreur, avec noblesse, avec tristesse, avec indignation. Maman saisissait notre père par le bras et gémissait, pleine d'angoisse : « Raymond, Raymond, pour l'amour de Dieu ! » Mon père, d'un geste calme et résolu, écartait cette prière amollissante. Allait-on l'empêcher d'accomplir son devoir, de confesser, de prêcher l'évangile du bon usage ? Il promenait sur l'assistance un regard froid et luisant. Il souriait et prononçait avec une force glaciale : « Quand on est affligé de cette affreuse manie, Monsieur, on prend un fiacre... » La température morale de l'omnibus montait brusquement au plus haut. Les droits et les devoirs de l'individu dans le sein de la société, voilà ce qui se trouvait en débat, et rien de moins. Nous autres, les enfants, nous attendions la catastrophe et feignions, mais en vain, de ne pas connaître l'extravagant défenseur des bonnes manières. En général, tout s'arrangeait : le bâilleur lâchait pied, faisait place nette. Parfois, nous descendions nous-mêmes. Encore dois-je dire qu'à l'occasion mon père nous contraignait à dépasser notre but pour ne point donner à croire qu'il se dérobait et quittait la partie.

Il arrivait aussi que mon père, faute de conviction ou d'élan, n'attaquât pas franchement. Il laissait alors paraître tous les signes de ce que l'on pourrait appeler l'agitation préalable. Il haussait les épaules, hochait la tête, multipliait les « hum ! » et les soupirs. Maman, sentant venir la crise, entrait en agonie et cherchait en vain des diversions. Puis papa, sans encore élever la voix, exprimait le plus clair de sa pensée par quelque mouvement non douteux. A l'homme qui menaçait de s'assoupir, il dédiait un mouvement charitable de la main, comme pour le remettre d'aplomb. Au gaillard qui s'introduisait les doigts dans le nez, il proposait ce geste qui accompagne en général les expressions comme « à bas les pattes ! » A la personne qui se grattait sans vergogne, il avait l'air d'offrir gracieusement assistance. Sous-entendu : « Voulez-vous que je vous aide ? » Et, tout cela, sans la moindre trivialité, bien entendu, puisque le chevalier bataillait pour l'élégance et la bonne tenue.

Mon père ne pouvait supporter les grimaces, ni chez nous, ni chez les étrangers. Rencontrions-nous dans la rue un passant qui regardait le ciel en clignant de l'œil et en montrant les dents, papa lui disait tout net son sentiment sur cette pratique : « Pas de singeries, Monsieur ! Ou vous vieillirez avant l'heure. » Il avait une profonde horreur des tics et ne se retenait jamais de la manifester, surtout dans les endroits publics, sans pitié pour le tiqueur, et en s'efforçant même de rallier à ses critiques tout le reste de l'assistance. Il considérait avec un dégoût non dissimulé certaines disgrâces physiques et ne dédaignait pas de donner des conseils. Comme il était fort bien chevelu, par exemple, il morigénait les chauves, surtout quand ils avaient l'impudeur — le mot est de mon père — de ne pas mettre leur chapeau. « Allons, couvrez-vous, Monsieur ! Est-ce que je montre mes genoux ? »

Rencontrions-nous un quidam d'une laideur excessive, papa levait les yeux au ciel et criait : « Il faut être beau ! Je ne comprends pas... Pourquoi me tires-tu par la manche, Lucie ? Je te répète qu'il n'est pas permis d'être laid comme certaines personnes que je préfère ne pas désigner plus clairement. »

Ces préoccupations esthétiques étaient parfois supplantées par des considérations d'hygiène. Mon père n'a jamais imaginé qu'il pût n'avoir point raison. C'est une chose à laquelle je pense quand il m'arrive d'être sûr, un peu trop sûr, de mon sentiment ou de mon droit. Papa ne pouvait souffrir qu'une femme portât un enfant de manière défectueuse. Il éclatait, pas d'autre mot. « Mais non, Madame ! on ne laisse pas pendre ainsi la tête d'un nourrisson. Vous en ferez un idiot ou un estropié, de ce petit. » La dame s'avisait-elle de protester, elle ou quelqu'un de sa séquelle, papa devenait péremptoire. « Pas d'explication. Je sais ce que c'est que les enfants, Madame, j'en ai eu six. » Je l'ai vu saisir l'enfant et lui donner en grondant une position convenable. Il s'enflammait alors : « Je vais vous le porter jusqu'à votre maison. J'aime encore mieux ça.

Vraiment, on n'a pas idée de pareils maladroits ! » Et il s'en allait, effectivement, le marmot sur les bras.

Il y avait alors, en cet homme extraordinaire, du redresseur de torts et même, chose inimaginable quand on songe à la suite de son existence, du censeur et du moraliste. Je voudrais insister sur le petit mot « alors » : comme tout ce qui est de la vie, les caractères se transforment.

Mon père ne détestait pas les démonstrations à grand spectacle et publiait sans hésiter sa doctrine et ses raisons. Un soir, à la suite d'un accès de rêverie familiale, père décida de nous emmener au théâtre et, naturellement, nous allâmes au plus près, c'est-à-dire à ce petit théâtre Montparnasse qui, je crois, existe toujours et auquel je ne peux penser sans un léger mouvement d'angoisse. On y jouait une pièce dont je ne saurais dire ni le sujet, ni le titre, ni l'auteur, ni quoi que ce soit, sinon qu'à certain moment une femme coiffée « en casque », les mains dans les poches d'un tablier noir, venait pousser des lamentations sur le sort d'un monsieur qu'on avait mis en prison. La salle était toute échauffée par les globes laiteux des becs de gaz et par le souffle d'une grosse foule populaire. Soudain, je vis papa fouiller dans sa poche et sortir son trousseau de clefs. Ce devait être un geste connu de ma mère, car elle devint verte et se prit à trembler. « Ram... pour l'amour de Dieu ! » Mon père avait enfin trouvé la clef creuse qui lui paraissait convenable. Il la mit à ses lèvres et commença de siffler. Un sifflet strident, discordant, opiniâtre. L'actrice s'arrêtait, saisie. En une seconde, la salle entière fut debout. Papa s'était dressé de même, la moustache hérissée, pâle mais encore souriant. « Je ne comprends pas, dit-il dans un soudain silence, je ne comprends pas qu'un théâtre honorable joue de pareilles ordures ! » Il y eut des rafales de cris et, bientôt, de hurlements. « Va-t'en ! » clamaient les galeries. Et même : « On va te sortir ! » Père saisit des deux mains la rampe à velours grenat. « J'ai payé ma place, dit-il. Je m'en irai quand il me plaira. »

Il se rassit dans la tempête. Nous ne partîmes qu'à l'entracte. Chose étonnante, l'algarade n'eut aucune complication au moment de notre sortie. Avec des mots et de la fermeté on tient beaucoup de gens en respect. Papa répétait, tout haut, pendant que nous traversions les groupes : « Je ne comprends pas !... » Oh ! c'est qu'il était peu tendre pour ce qu'il ne comprenait pas !

Je ne sais pas s'il faut, toutefois, donner le nom de colères à ces manifestations publiques et véhémentes de certaines manières de voir. Dans le même ordre de faits, il me faudra sans doute raconter, le temps venu, cette altercation terrible qui nous fit quitter la rue Vandamme et que, dans mon jargon personnel, j'appelle encore « la colère au propriétaire », comme on dit « la sérénade à Marguerite » ou « la Sonate à Kreutzer ».

Ces comparaisons musicales ne sont pas hors de propos. Mon père, dans ses emportements, avait quelque chose d'un artiste. Il perdait rarement le contrôle de son personnage. Il semblait se gargariser de sa voix, de sa maîtrise. Il s'écoutait, c'est bien le mot, et je l'en ai vu sourire, même au plus fort du mouvement. Il ressemblait à ces ténors qui s'essayent dans leur grand air et se demandent, en regardant le public, si ça vaut vraiment la peine de risquer l'*ut* de poitrine. Je ne saurais dire quelles étaient, dans ses éclats, les proportions de vrai courroux, de sport, de curiosité, d'expérimentation et, sans doute aussi, d'habitude. Papa pouvait rester de longs mois sans colère, tels ces virtuoses qui, pressés de soucis accessoires, demeurent toute une saison sans toucher à leur instrument. Ce qui m'a toujours frappé, c'est la brusque chute du phénomène. Telle une bulle de savon — oh ! une bulle bien sonore — la colère s'évanouissait soudain. L'homme terrible se prenait à sourire. Cinq minutes plus tard, il n'y pensait plus, il ne nous gardait pas rancune de ses magnifiques désordres. Il s'étonnait de nous voir pâles et tremblants. Il était, de nouveau, maître de ses nerfs et, tout aussitôt, galant, gracieux, serviable. Il tirait sur ses longues moustaches et commençait de nous dépeindre l'avenir, cet avenir dont il n'a cessé de parler, jusque sur le seuil de la tombe.

Pendant ce fameux été, papa fit donc plusieurs colères démonstratives, exemplaires, et toutes à propos de l'affaire du Havre. Il avait, les premiers temps, ne voulant pas écrire lui-même, dicté des lettres à maman. Le notaire, au début, répondit de brefs billets recommandant la patience. Puis il se lassa de répondre et ce fut le silence complet.

C'est à propos de ce silence que papa commença de faire des « gammes ». Il disait, l'air glacé, mais le poil raide, l'œil décoloré :

— Je vais y aller moi-même.

— Où donc ? haletait maman.

— Poser des questions au notaire.

— Ram, tu ne feras pas ça. Je te connais, Ram. Ce serait épouvantable.

Sur ces mots, papa faisait « hum ! hum ! » et il dédiait à la corporation des notaires en général et à celui du Havre en particulier une de ses plus riches vocalises.

Chose étonnante, lui qui se montrait si profondément choqué par les chamailles des Wasselin, il ne pouvait admettre qu'une colère est une colère, un cri un cri. Il n'aurait souffert aucune comparaison entre ses brillants solos et le triste chœur des voisins. On l'aurait sans doute offensé en lui dépeignant les Wasselin stupéfaits, la bouche ouverte, écoutant M. Pasquier en train de donner de la voix. Il était beaucoup trop sûr du bien-fondé de son courroux, du caractère sacré de sa cause.

Il criait :

— De l'argent ? De l'argent ? Oui, je veux de l'argent. Et pour quoi ? Pour continuer à m'instruire, pour m'élever au-dessus de moi-même, pour devenir un homme supérieur, montrer ce que j'ai dans le sang. Et tout le monde se met en travers de ma route, même cet imbécile du Havre !

— Ne crie pas si fort, Raymond. Si quelqu'un t'entendait et l'écrivait au Havre, ça n'arrangerait pas nos affaires.

— Je l'écrirai bien moi-même.

— Raymond, je t'en supplie !

La voix du chanteur atteignait le registre extrême. Plus rien à faire de ce côté ; il fallait, pour le soulagement, se réfugier dans l'acte. Papa cherchait, d'un œil pâli, presque blanc, un objet friable et qui, quand même, ne fût pas exceptionnellement coûteux. Un jour, comme nous étions à table, il saisit le plat qui était, comme on l'a deviné sans doute, un grand plat plein de lentilles.

— Raymond ! gémit maman. Le déjeuner des enfants.

— Ils mangeront autre chose, dit fermement l'homme superbe. Et, d'un geste très adroit, il jeta le plat par la fenêtre.

Nous habitions au cinquième. La fenêtre donnait sur l'impasse. Il y eut un moment de stupeur, puis on entendit un cri.

— Oh ! Raymond, tu as tué quelqu'un, dit mère avec douleur.

Papa était très pâle. Mais, déjà, Joseph, à plat ventre sur le balcon, inspectait les régions inférieures.

— Il n'y a rien, murmura-t-il. C'est Mme Tesson qui a eu peur et qui a poussé ce cri : elle était sur le pas de la porte.

Papa se calmait brusquement. Maman bégayait encore :

— Raymond ! Pour l'amour de Dieu !

## CHAPITRE 10

A vrai dire, l'amour de Dieu, cet amour auquel maman faisait de si fréquentes invocations, ne tenait plus, dans ce cœur surchargé de soins, une place bien évidente.

Les Delahaie de Paris avaient élevé maman dans la religion catholique. Pour autant que je le sache, ils étaient d'une très honnête et probablement très loyale piété. Ma mère, au moment de son mariage, accomplissait encore avec élan toutes les pratiques du culte et, pendant ma petite enfance, je l'ai vue souvent prier de façon d'autant plus pressante que les tourments ne lui faisaient pas défaut. Par la suite, elle cessa de prier et de fréquenter l'église, sauf dans les occasions solennelles, mariages, fêtes funèbres, où le rite religieux reprend si naturellement son prestige et ses vertus. Je peux presque affirmer que cette désaffection n'eut aucun fondement philosophique : il faut, pour philosopher, des loisirs et de l'exercice. J'ajoute que les malheurs et les deuils d'une existence fort traversée ne suffiraient pas à donner le sens de ce revirement : l'excès de misère et la déception tiennent somme toute un petit rang parmi les causes d'incroyance. C'est la position morale de mon père qui suffit à tout éclaircir. Je me hâte d'ajouter que si mon père avait fait montre d'une irréligion agressive, il eût beaucoup moins sûrement gagné sa compagne, peut-être même aurait-il déchaîné des ardeurs prosélytiques, non un désir de salut mais bien plutôt de sauvetage, quelque chose, si je peux ainsi parler, comme un fanatisme de terre-neuve.

Mais non, mon père marquait, pour les choses de la foi, cette indifférence polie, cet assentiment extérieur que l'on doit considérer, bien plus que les fureurs anticléricales, comme un présage alarmant dans l'histoire d'une religion.

Mon père a fait baptiser ses enfants et les a laissés communier. Il s'est marié, bénévolement, à l'église et son cadavre a, plus tard, traversé l'église, encore, avant de descendre en terre. C'est tout, absolument tout. Pures conventions mondaines. Mon père est demeuré, j'en suis sûr, étranger au grand drame de conscience qui a bouleversé tant d'âmes et enfanté notre monde convulsionnaire. Je suis même tenté de croire que mon père n'a connu ni l'une ni l'autre des deux grandes crises métaphysiques dont tant d'hommes sont saisis, une première fois quand leur est conférée la puissance mystérieuse de créer de la vie, une seconde fois quand cette même puissance commence à se retirer de leurs flancs.

Mon père a donc vécu sans Dieu. Cette remarque n'est pas un jugement. J'ai, moi aussi, vécu sans Dieu, mais non de la même manière et pour des raisons et dans telles circonstances que je remets d'expliquer à plus tard. Je dois faire, du phénomène, une mention, même sommaire. On ne saurait le méconnaître quand on songe au monde moderne.

Environ le temps que nous débutions rue Vandamme, j'entendis ma mère dire à Mlle Bailleul : « Si Raymond va en enfer... oh ! croyez bien, Mademoiselle, qu'il ne fait rien de répréhensible, seulement il ne pratique pas du tout, et je pense que c'est assez grave. Eh bien ! si Raymond va en enfer, j'aime encore mieux aller avec lui que de monter dans ce ciel où je serais toute seule. Pensez, Mademoiselle : toute seule. »

Mlle Bailleul secouait la tête avec désespoir et se lançait dans des explications non pas sentimentales, mais bien techniques. Elle avait, sur l'enfer, des vues médiévales et des renseignements d'une précision hallucinante. Mère hochait les épaules avec politesse, mais n'écoutait pas, déjà rendue à ses inquiétudes, à ses supputations, à ses projets.

— Les volcans eux-mêmes, disait Mlle Bailleul, sont une preuve effrayante de l'enfer. Et le soufre que les volcans vomissent parfois, c'est exactement celui dans lequel les damnés sont plongés par le diable. Du soufre en fusion, bien entendu.

Maman relevait la tête, ajustait des lunettes pour enfiler son aiguille, aspirait l'air entre ses incisives et formulait une remarque telle :

— Si je mourais maintenant, bien sûr, ils auraient tout de suite l'argent...

— Qui ? demandait Mlle Bailleul désarçonnée. Les damnés ? Mais il n'y a plus d'argent en enfer. Si, je veux dire qu'il y en a encore, mais seulement pour donner aux avaricieux le supplice de la tentation.

— Je ne parlais pas de vos damnés, murmurait maman avec une expression d'horreur. Je parlais de mon mari et de mes enfants. Si je mourais maintenant, ils auraient tout de suite l'argent des titres qu'on ne peut vendre qu'après ma mort. Sans compter l'autre, celui que nous espérons, celui de mes sœurs de Lima. Enfin, ils en auraient tout de suite. Mais qu'est-ce qu'ils feraient, mon Dieu ! si je mourais maintenant ! Et je ne parle pas des pauvres petits, je pense même à mon Raymond. Il a l'air, comme ça, jeune et fort. Et, depuis sa grande maladie, il est fragile, très fragile. Si je n'étais pas là pour lui frictionner le dos, il mourrait, Mademoiselle, il ne serait pas long à mourir.

Mlle Bailleul, non pas émue mais déroutée, renonçait à ses peintures de l'enfer et regardait à droite et à gauche d'un air inquiet.

— Où sont les enfants ? demandait-elle.

Mlle Bailleul ne se détachait pas de ses brebis. Depuis notre emménagement rue Vandamme, elle nous rendait de fréquentes visites. Elle s'occupait de Ferdinand qui s'allait préparer pour la première communion. Bien que je fusse encore jeune, elle me couvait déjà, car j'avais passé l'âge dit de raison. Elle me donnait, au vol, mille clartés sur le catéchisme. Le mot de clarté n'est pas trop fort : Mlle Bailleul jouissait d'une foi lumineuse et simplificatrice. Un jour, elle me trouva jouant avec Désiré Wasselin.

— Vous êtes l'ami de Laurent ? lui dit-elle.

— Oui, Mademoiselle.

— Vous êtes baptisé, bien sûr ? Et catholique, j'espère ?

Désiré fit « oui » de la tête.

— Quand avez-vous fait votre communion ? Vous êtes un grand garçon déjà.

Désiré baissa le nez et finit par avouer qu'il n'avait pas encore fait sa communion, que ses parents avaient trop de soucis, que ce n'était pas leur faute... Mlle Bailleul écoutait, l'œil étincelant, les lèvres baignées de salive, ravie à la pensée de cette brebis découverte, de cette douce proie céleste. Elle fit, sur l'heure, une visite aux Wasselin. C'était le soir, M. Wasselin, en pantoufles, reçut la missionnaire. Demeurés sur le palier, devant la porte ouverte, tous deux, le futur catéchumène et moi, nous surprenions des bribes de l'entretien.

— Un pauvre d'esprit, excellente Mademoiselle, modulait le père douloureux. Un pauvre d'esprit, un enfant déchu. C'est dire que le royaume des cieux... Vous connaissez la chanson beaucoup mieux que moi. Ça ne fait rien, si vous pensez que ça peut lui faire une belle jambe... Non, pardon, Mademoiselle, je dis ça, mais je pense à son âme... Vous dites, Mademoiselle, tous les frais... je vous prie de croire que je ne suis pas hors d'état de subvenir aux besoins de ma progéniture, même à ses besoins spirituels. Enfin, nous acceptons, pour les frais, sauf, bien entendu pour le repas de communion... Je vous demande bien pardon, Mademoiselle : pour le repas, je n'ai besoin de personne et je connais mon devoir. Il est bien entendu, Mademoiselle, que vous nous ferez l'honneur et l'amitié d'assister à cette agape... Plaît-il ? Non. Rien. Prrrt.

Même assourdi, même vaporeux, le « cri de guerre » pouvait épouvanter la visiteuse angélique. Il n'en fut rien. Mlle Bailleul tint bon, fixa des rendez-vous, des jours, des heures, arrêta toutes sortes de dispositions.

— Je prendrai Désiré, dit-elle au moment de partir, en même temps que le petit Laurent Pasquier. Ils sont amis, c'est une chose excellente.

Mlle Bailleul, sans plus tarder, commença de nous donner les éléments de l'instruction religieuse. Mon cher Désiré fut tout de suite conquis. Le mauvais élève de la rue Desprez promit, dès le premier jour, d'être un aigle du catéchisme.

A quelque temps de là, comme nous devisions paisiblement sur le balcon, dans la fumée des trains, par une soirée de l'été finissant, Désiré se lança dans une confidence obscure.

— J'ai fait un vœu, Laurent.

— Qu'est-ce que c'est qu'un vœu ?

— C'est une chose que l'on promet, oui, une promesse, une promesse terrible et qu'il faut absolument tenir.

J'écoutais, l'œil grand ouvert. Je ne comprenais pas fort bien. Désiré Wasselin était mon aîné de trois ans. Il connaissait beaucoup plus de mots et d'idées que moi.

— Quelle promesse as-tu faite ? dis-je enfin.

— J'ai fait un vœu, oui. Si papa...

Désiré s'arrêtait, l'air réticent.

— Je ne peux pas t'expliquer ça. Tu es trop petit. Et puis, c'est mon secret, à moi seul. Si papa... devient... enfin, s'il fait certaines choses que je ne peux pas te dire, eh bien ! pour remercier le bon Dieu, je deviendrai prêtre. Tu comprends, Laurent ?

J'étais abasourdi, mais frappé d'admiration par la grandeur du dessein.

— Mais, dis-je enfin, si ton papa... s'il ne veut pas faire les choses que tu penses...

— Eh bien ! je ne serai pas prêtre.

— Que feras-tu, Désiré ?

— Rien. Je ne sais pas. J'aime mieux ne pas y penser.

Je l'ai dit, l'été finissait. Nous l'avions passé sur le balcon et, furtivement, dans les rues de notre quartier. L'été s'achevait. De nouvelles du Havre, point.

— Evidemment, disait papa, je peux renoncer. Cleiss m'a proposé des travaux qui suffiraient à faire bouillir la marmite, mais qui me prendraient tout mon temps. Or je passe en mars mes premiers examens. Renoncer serait une folie, je ne veux pas renoncer. Je... ne... veux... pas. En attendant, si la lettre du notaire n'arrive pas, je vais accepter une partie des travaux dont m'a parlé Cleiss, des choses à faire la nuit.

Papa revenait, le soir, avec toutes sortes de gros livres et j'étais de nouveau réveillé vers le petit matin par les soupirs qu'il poussait en se brûlant la main pour s'empêcher de dormir.

Maman cousait, lavait, reprisait. Parfois, l'œil large ouvert, les lèvres écartées montrant sa denture qu'elle avait blanche et saine, le petit doigt séparé du reste de la main tirant l'aiguille, elle écoutait des choses que nous ne pouvions percevoir. Oh ! des choses familières : le chantonnement du gaz sous la marmite, la fuite susurrante du robinet, sur l'évier, peut-être même le bruit vivant du temps qui coule, du loyer qui grignote comme un rat, minute à minute, les maigres réserves, la plainte imperceptible des souliers qui s'usent, la rumination des petites bouches qui veulent de la nourriture, l'appel de l'impôt, à l'affût. Et que sais-je encore ? Est-ce que l'on ne peut pas entendre, quand on tend une fine oreille, tous les soupirs de la vie qui s'en va, de l'argent qui s'évanouit, de la pensée qui bat de l'aile et s'épuise.

Parfois, maman disait :

— Sûrement, ça va venir. Nous en avons trop besoin. Ça ne peut plus ne pas venir.

Dès ce temps-là, elle ne priait plus de façon rituelle. A mi-voix, elle marmonnait des invocations étranges : « Mon Dieu, que faire ? Les examens de Raymond, toutes les études, je sais que c'est sacré, je sais que c'est pour notre bien. Mais en attendant ça va devenir difficile. Et cette lettre de Lima qui n'arrive pas. Et mes pauvres sœurs de Lima qui ne donnent pas signe de vie. Oh ! je suis folle, je suis folle ! Comment pourraient-elles donner signe de vie, mon Dieu, puisqu'elles sont mortes ? Toutes ces lettres de notaire, ça ne signifie rien. Je ne peux pas leur écrire, à mes sœurs de Lima, puisqu'elles sont mortes. Et pourtant, ce qu'il faudrait, c'est une lettre personnelle, quelque chose qui explique tout, quelque chose qui vienne du cœur. »

# CHAPITRE 11

L'automne de cette année-là fut marqué par plusieurs événements notables.

Tout d'abord, Joseph refusa de continuer ses études. Cette décision jeta notre père en fureur et maman dans un grand trouble.

— Voyons, Joseph, disait-elle, tu parles d'arrêter tes études au moment même que ton père en commence de terriblement difficiles. Et pourtant ton père n'est plus jeune... C'est-à-dire qu'il est encore jeune et même qu'il a l'air tout à fait jeune... Tu sais, Raymond, que je n'ai pas là-dessus les mêmes idées que toi. Enfin, je n'ai pas voulu te blesser. Assurément, tu ne parais pas ton âge, même à beaucoup près. Mais, comprends-moi, Joseph, des études, il paraît qu'avec les progrès de maintenant c'est absolument nécessaire.

Joseph avait le regard rétif d'un cheval qui ne veut pas sauter l'obstacle. Il était grand, assez robuste. Il déployait une grosse voix mâle. Il se prit à gratter le sol avec la pointe de ses chaussures. Papa grondait.

— Si ce n'est pas de la paresse pure et simple, donne tes raisons.

Joseph ne refusait pas de s'expliquer :

— Des raisons, j'en ai beaucoup. D'abord, je ne suis pas fait pour les études. Oh ! je ne suis pas plus bête qu'un autre, mais toutes ces histoires ne me disent rien du tout. Ce n'est pas mon genre. Et je suis même sûr que les trois quarts de ce qu'on apprend, c'est parfaitement inutile, au moins pour ce que je veux faire. Et puis, il faut toujours acheter des livres et des fournitures, même dans cette école où j'étais. Nous n'avons pas les moyens d'acheter tant de choses.

— C'est une mauvaise raison, dit le père avec amertume. Si tu avais vraiment la moindre envie de t'instruire, tu les volerais plutôt, les livres...

— Ram, s'écria maman, ne lui donne pas, même en riant, un conseil de cette espèce.

— Il sait bien ce que ça veut dire. Des livres ! Des livres ! On les ferait sortir de terre, quand on en a vraiment besoin.

Mon père tirait sur sa moustache. Il avait l'air profondément déçu. Alors qu'il se préparait à donner lui-même, pour l'ascension de la tribu, le plus grand effort de sa vie, voilà que, déjà, l'équipe de relève manifestait des signes de fatigue. Il dit enfin :

— Que veux-tu faire ?

Joseph tenta de se justifier.

— Si je poursuis mes études, je resterai bien huit ou dix ans sans gagner d'argent. Tandis que si je commence tout de suite, dans le commerce...

Le grand mot était lâché, le mot vague et prestigieux. En ce temps-là, qui n'est pas fort lointain, on ne disait pas encore « les affaires » avec l'accent spécial qu'on y met aujourd'hui. On disait, de façon plus modeste et plus précise, « le commerce ».

Joseph entra donc dans « le commerce ». Une maison de commission le prit pour deux ans, au pair, en apprentissage. Papa levait les épaules et poussait de grands soupirs. Il n'avait jamais pu se courber sous aucun joug. Les mots d'emploi, d'employé lui donnaient des crises de rage.

J'ai raconté, brièvement, elle ne mérite rien de plus, cette petite scène familiale. Elle fixe un point d'histoire et j'y pense volontiers quand Joseph dit aujourd'hui : « Mes parents m'ont prié d'interrompre mes études. Ils m'ont retiré de l'école en plein succès. Ça ne m'a pas empêché d'arriver, bien sûr : mais imaginez ce que j'aurais donné si j'avais été favorisé comme les autres, je veux dire comme les petits... »

La vie aime l'équilibre : alors même que Joseph signait cette précoce démission, je me révélai, tout soudain, comme un excellent élève. Je n'ai pas lieu de commenter cette transformation. Je me rappelle simplement que toutes choses me devinrent proches, sensibles, transparentes. On a dit de la nature qu'elle ne faisait pas de sauts ! Et si je considère non pas même mes observations de savant et les recherches auxquelles j'ai donné le meilleur de mes forces, mais bien mon histoire et mon expérience personnelles, je ne vois que bonds, que volte-face, que surprises, illuminations et revirements.

L'école de la rue Desprez, où nous nous étions maintenus, devint bientôt pour moi l'un de ces lieux bénis où l'orgueil sème et récolte avec un bonheur constant. Cette allégresse du travail ne me faisait pas oublier les angoisses de la maison. Midi et soir, en rentrant, je m'arrêtais chez la concierge et toquais au carreau. « Non, non, me disait-elle, rien pour Pasquier. » Les jours de vacances, si je jugeais passée l'heure d'une distribution, je descendais furtivement, sur la pointe de l'orteil. Je savais, dès cet âge tendre, que le courrier de la province arrive souvent l'après-midi. Parfois, j'apercevais Mme Tesson dans la cour, en train de brosser des nippes ou de faire la causette. Je lui disais : « Rien pour nous ? » Elle haussait les épaules : « Deux ou trois papiers, peut-être bien. — Mais des lettres ? — Peut-être bien une lettre. Je vais voir ça tout à l'heure. — C'est, murmurais-je en rougissant, que nous attendons une lettre qui viendrait du Havre. » Mme Tesson finit par se rappeler le mot et, en me voyant passer, elle disait, l'air bourru : « Monte seulement, mon petit gars. Encore rien du Havre aujourd'hui. »

Un soir, au début de l'hiver, en revenant de l'école, j'eus comme un éblouissement. La concierge devait être en course : sa porte était fermée. A travers la vitre, j'apercevais la petite table sur laquelle on entreposait le courrier des locataires. La nuit tombait déjà. La loge était fort sombre. Le bec de gaz du vestibule laissait choir un rayon dansant sur les lettres éparses et je vis que l'une de ces lettres portait notre nom : Pasquier. C'était une enveloppe blanche, de format commercial. Dans l'angle, on distinguait deux ou trois lignes imprimées. En écrasant mon nez sur la vitre, je finis par distinguer : *Etude*... mot qui commençait de me signifier quelque chose. Et, plus bas, un autre mot, le mot magique, le mot Havre.

Je sentis mon cœur sauter comme un chevreau. Ferdinand n'était point de retour : il préparait le certificat et suivait un petit cours supplémentaire. Désiré, qui m'avait devancé, montait les degrés lentement en heurtant le fond des marches, notre bruyante coutume. D'un bond, je fus sur lui. « Désiré, fis-je, elle est là ! » Il ne se trompa même pas une seconde sur le sens de cette phrase sibylline. Il dit : « La lettre du Havre ? — Oui, mais Mme Tesson est partie je ne sais où. Je monte prévenir maman. » Désiré m'emboîtait le pas. « Ah ! dit-il, l'air pénétré. Elle est là ! Je l'aurais juré... — Comment pouvais-tu le savoir ? » Désiré fit, tout en montant, un mouvement des épaules comme pour éluder la question, puis il murmura, baissant la tête : « J'ai demandé à Mlle Bailleul de m'apprendre une prière et j'ai prié pour ta lettre. Et, tu vois, elle est arrivée. » Son regard brillait de joie. Nous arrivions sur le palier. Notre porte était close. Personne à la maison, ce qui n'arrivait pas souvent. Je pris la clef sous le paillasson. Elle était enveloppée d'une feuille de papier blanc sur laquelle mère avait écrit : « Si vous avez absolument besoin de moi, je suis au lavoir de la Gaîté. »

— Attends ta mère chez nous, me dit Désiré Wasselin. Ou, si tu vas chez vous et que tu ne veuilles pas rester seul, je te rejoindrai dans un instant.

Je demeurais, le papier aux doigts, perplexe et, sans savoir pourquoi, soudain très triste. J'avais cru deviner que maman allait au lavoir public pendant que nous étions en classe, et cette idée m'effrayait. J'avais, de ce lavoir, une peur déraisonnable. Son haleine, respirée au passage, me soulevait le cœur. De son corridor étroit s'échappait, avec l'odeur, un bruit terrible et confus. Deux gaillards en maillot rayé paraissaient souvent sur le seuil et manipulaient en jurant de hideux ballots de linge sale.

Je pensais à toutes ces choses et n'en pris pas moins une ferme résolution. « Je vais aller dire à maman que la lettre du Havre est chez Mme Tesson. — Si c'est ça, fit Désiré, je vais avec toi. »

Nous descendîmes ensemble. Quelques minutes plus tard, nous passions, la main dans la main, la porte au drapeau de zinc.

Si la gaîté se nourrit de bruit, le lavoir de la Gaîté n'avait pas volé son nom ; mais, vraiment, rien n'était plus triste que le bruit de cette caverne. Dès le seuil, nous fûmes parfaitement abasourdis par un terrible vacarme de battoirs, de cris, de rires et de vapeur sifflante. De grosses lampes embrumées brûlaient au milieu des nuages. Un peuple de femmes besognaient, debout devant des baquets. Tout au fond de la salle, une marmite gigantesque répandait des flots de fumée. Un homme, pareil au démon, y brassait je ne sais quoi. J'eus le sentiment d'entrevoir l'enfer de Mlle Bailleul.

— Qu'est-ce que vous voulez, les gosses ? fit un bonhomme à casquette qui devait être le patron.

Désiré répondit avec beaucoup d'assurance :

— On veut voir Mme Pasquier.

Le bonhomme cria « Pasquier ! » Ce nom, qui fait partie de moi, me parut complètement étranger, méconnaissable.

Maman venait de surgir. Comme elle était petite et humble ! Que son visage était las ! Elle s'efforçait de sourire. Elle s'essuyait les mains à son tablier de grosse toile. Elle dit :

— Qu'est-ce que vous voulez, mes enfants ?

— Maman, fis-je, la lettre est là !

Le visage de ma mère s'éclaira joliment. Elle savait bien ce que je voulais dire. Elle se prit à trembler du menton, si fort que c'était presque drôle.

— J'ai justement fini. Attendez, mes enfants.

Elle remplit un panier en m'expliquant certaines choses :

— Je viens ici pour les draps et d'autres pièces de lingerie que je ne peux ni faire couler ni faire sécher à la maison. Je comprends ton sentiment, Laurent ; mais il ne faut jamais venir ici me troubler dans mon travail, sauf, bien entendu, pour la lettre du Havre.

Elle retira son tablier, couvrit le panier plein, rabattit ses manches et disposa sur sa tête une mantille de dentelle noire. Puis elle prit le panier du bras gauche et me tendit la main droite.

— Maman, fis-je, à peine dans la rue, la lettre était sur la table de Mme Tesson. Je l'ai vue, la lettre, mais je n'ai pu la prendre : Mme Tesson était en course. Je pense qu'elle sera rentrée.

Mme Tesson était rentrée.

— Tenez, fit-elle en bougonnant, la voilà, cette fois, votre lettre.

Maman monta trois marches. Elle tenait le panier d'une main, la lettre de l'autre.

— Oh ! dis-je, lis-la tout de suite.

— Non ! répondit-elle. Chez nous.

L'escalier était long, le panier lourd. L'ascension allait lentement. Parfois, maman froissait la lettre entre son pouce et son index. En arrivant au quatrième étage, elle s'arrêta pour souffler. Elle se prit à hocher la tête.

— La lettre est bien légère, bien mince ! Mon Dieu, si ce n'était pas ça ! Si ce n'était pas ce que nous attendons !

Maman faisait toutes choses avec beaucoup d'ordre. Elle ouvrit la porte, puis alluma soigneusement la grosse lampe de la salle à manger, la grosse lampe de cuivre. Comme elle avait les doigts humides, elle sécha le verre de la lampe avec un torchon bien propre. Puis elle s'assit sur une chaise et ouvrit l'enveloppe du notaire. Je la regardais ardemment et, voyant trembler son menton, pensais à mille choses confuses, à mille êtres inconnus, aux examens de mon père, aux tantes de Lima, à l'aïeul Guillaume Delahaie, à l'exécution du maréchal Ney... « N'aie pas peur, Guillaume... »

— Non, dit enfin maman en secouant la tête.

— C'est bien la lettre du Havre ?

— Oh ! c'est une lettre du Havre. Ce n'est pas la lettre du Havre.

— Mais qu'est-ce que c'est, maman ?

— Un papier qu'il faut signer. Je ne peux t'expliquer. Enfin, ça prouve quand même que cette malheureuse affaire suit son cours.

Maman laissa tomber la lettre sur ses genoux. Elle sentait l'eau de Javel et le savon. Elle avait les mains plissées, macérées par la lessive, et d'une blancheur douloureuse. Dès ce temps, elle portait son alliance à l'auriculaire, car ses doigts avaient grossi.

Maman regardait devant elle, fixement, vers le mur et plus loin que le mur.

— Oh ! fis-je en remuant ma main devant ses yeux, ne regarde pas ainsi.

— Pourquoi ?

— Ça me donne mal au cœur.

Ce soir-là, papa rentra très tard, bien après notre dîner. Il avait dû manger au-dehors et s'installa tout de suite devant sa table de travail. Je couchais depuis quelques jours sur le fameux divan de Cécile. Je m'y tenais bien coi, dormais ou faisais semblant et ne gênais pas mon père.

— Que penses-tu de cette lettre, Raymond ? disait maman.

Papa haussa les épaules.

— Elle signifie clairement que les choses ne sont pas finies. Un pouvoir ! Ils en sont encore à demander un pouvoir ! Nous en avons pour deux ou trois mois, en mettant les choses au mieux. Avec ce que je dois toucher de Cleiss, nous pouvons aller deux mois.

— Mais, Ram, les enfants ont absolument besoin de vêtements d'hiver. Et des chaussures et du linge ! Et le terme dans six semaines ! Nous n'arriverons jamais.

Papa fit un long soupir.

— J'ai pensé, dit-il, à porter, pour nous permettre d'attendre, quelque chose au Mont-de-Piété.

— Je ne dis pas non, mais quoi ?

— Le piano, par exemple.

— Effectivement, le piano.

— Je le ferai enlever demain.

— Note bien, Raymond, dit encore maman, que l'affaire suit son cours, puisqu'il demande un pouvoir. Nous finirons par le toucher, cet argent.

— Oh ! bien sûr, quand nous serons tous morts et enterrés. Mme Delahaie doit bien rire, dans l'autre monde.

Le lendemain matin, quand nous revînmes de l'école, le piano était parti. Cécile, depuis la rentrée, partageait son temps entre ses leçons de musique et les classes de la rue Crocé-Spinelli où je la prenais au passage. Elle dit :

— Où est mon piano ?

Maman soupira, l'air gêné :

— Il est en réparation.

— Mais, dit la petite fille, il n'était pas cassé.

Elle se prit à sangloter. Papa fronçait les sourcils et tirait sur sa moustache. Cécile refusa de déjeuner et même d'aller en classe. Elle s'était réfugiée à plat ventre sous un lit et ne cessait pas de pleurer. Journée misérable. Vers le soir, père eut avec maman un entretien à voix basse :

— Je porterai nos deux montres. Elles sont en or, toutes les deux. Et je reprendrai le piano.

— Mais, Raymond, rien que le transport ! Ça va manger un bon tiers de la somme.

— Tant pis ! Je me suis trompé. Je mettrai aussi ton camée et mon épingle de cravate. Mais je ne peux pas supporter d'entendre pleurer cette petite. Après tout, elle a raison. C'est son goût, son avenir.

Maman hochait les épaules. Papa se remit au travail.

Le lendemain, il y eut des jurons de déménageurs dans l'escalier. Le piano reprit sa place et Cécile sa gaîté. On entendit plus souvent papa nous crier de loin : « Quelle heure est-il, à la pendule ? »

## CHAPITRE 12

Hiver, hiver, tunnel ténébreux ! Le temps gronde, le vent soupire et l'on aperçoit de loin, très loin, peut-être de l'autre côté de la terre, une lueur bleue, éblouissante. C'est là-bas, tout là-bas, que le tunnel s'ouvre enfin sur une saison plus miséricordieuse.

Il faut vivre et patienter. Les nuits sont infinies, visitées de rêves tourmenteurs. Pourtant bien close est la maison : l'air chante en vain sous les portes et fait sonner, par accès, le rideau de fer des cheminées. Le feu prisonnier se meurt dans le creux de la cuisinière. On a laissé toutes les portes ouvertes pour que les dernières bouffées de chaleur arrivent jusqu'au seuil des chambres. Père travaille, roulé dans sa robe de moine. Il répète des bouts de phrase en remuant les lèvres. Tantôt il retient son haleine et tantôt il la libère avec un « han ! » de manouvrier. Il ne sait pas encore très bien faire travailler son esprit sans contracter un peu ses muscles, à la façon de ses ancêtres, les paysans.

Maman coud, dans la salle à manger. Elle va vite, elle est pressée. Je ne saurais vraiment pas l'imaginer nonchalante. Elle sera toujours pressée, même plus tard, dans le paradis, dans le séjour du repos, de ce repos qui ne peut être qu'une espèce de travail agréable et sans surprise, comme de marquer du linge ou de faufiler des ourlets. De temps en temps, maman parle à voix basse, pour elle seule. C'est qu'elle fait ses comptes, ou tire des plans ou compose en secret le brouillon d'une lettre pour Lima, d'une lettre imaginaire.

Les deux frères aînés dorment dans leur chambre et Cécile dans le lit de bois. On les entend respirer, parfois rêver tout haut. C'est la paix. Le monde est sage.

Pourtant, la peur est là. C'est une créature de l'ombre, une fille de la noire nuit. Elle a toutes les ruses, toutes les fantaisies, tous les visages, toutes les formes. Parfois, et c'est terrible, elle n'a ni forme, ni visage.

La nuit d'hiver s'éternise. Maintenant, tout le monde est couché, même le père avec ses soupirs, même la maman qui, dirait-on, se dépêche de dormir pour arriver plus vite aux travaux du matin. L'enfant se lève sans bruit. Il va, pieds nus, tendant les mains, il va jusqu'au vestibule et vérifie, à tâtons, que la serrure est bien fermée, qu'on a poussé le verrou. Une seconde, l'enfant hésite. Que vérifier encore ? Le robinet du gaz ? N'est-ce pas de la cuisine que s'échappe une légère odeur de gaz ? L'enfant glisse comme une ombre sur le carrelage frais encore du dernier lavage. Le petit promeneur nocturne touche le robinet du gaz et s'éloigne, et, soudain, revient. Il n'est pas absolument sûr d'avoir bien senti que le robinet du gaz était fermé tout à fait. O doute ! O scrupule ! Deux fois, trois fois de suite, les doigts assoupis repassent tout autour du robinet, au risque même de l'ouvrir. Et cette dernière pensée détermine une vérification supplémentaire.

C'est tout ? Non. Encore la fenêtre. Elle est fermée. Pour l'atteindre, l'enfant heurte le fauteuil de papa. Presque rien : un bruit imperceptible, comme en doivent faire les revenants quand ils volettent par les chambres. Une voix cependant s'élève, somnolente, enténébrée : « On a bougé ? Qui est-ce qui marche, à côté ? C'est toi, Joseph ? » Silence. L'âme de la mère cède à la torpeur, retombe dans le gouffre. L'enfant cherche, maintenant, la place de son lit. Il a froid. Il claque des dents. Il s'imagine, il se voit errant dans le noir, comme une ombre malade. Il a soudain peur de soi-même.

Le lit ! Le refuge ! La coquille ! Tout est fermé : les ennemis de l'extérieur seront tenus en respect. Restent les autres, les insaisissables, les monstres sans corps, sans forme et sans couleur, les pensées, contre lesquelles on ne peut rien.

Quel est ce personnage couleur de phosphore ? Par quel sortilège est-il entré dans la maison ? Il s'avance étrangement sans remuer les jambes. Il a pour ombre une lumière morte dont toute la chambre est saisie. Il porte une serviette sous le bras, une redingote, une cravate blanche, un lugubre chapeau haut de forme. Il ricane en silence. Il est affreusement muet. Avec le doigt, il écrit sur le mur, en lettres de feu vert : « Je suis le notaire du Havre. »

Il s'effondre. Il se dissout dans la nuit comme un bout de sucre dans l'eau. Derrière lui, surgissent des dames. Oh ! Oh ! Les tantes de Lima ! Elles ont la peau presque noire, à cause du soleil tropical, des lèvres brûlantes de sang, de grands peignes espagnols. Pour les recevoir, l'oncle Prosper sort, tout aplati, de l'album où sont collées les photographies de la famille.

Et maintenant, ce bruit terrible ! Horreur ! c'est un squelette. Il sourit, de toutes ses dents. Il porte un chapeau bicorne et un porte-feuille à chaîne de cuivre, comme les messieurs qui viennent présenter les traites. Il sourit encore et tend la main pour demander de l'argent. Tous les fantômes, rassemblés, tendent la main et demandent en chœur de l'argent, de l'argent, de l'argent, de l'argent.

Et puis, les fantômes s'envolent. Le monde réel donne de ses nouvelles : on a marché dans l'appartement voisin, l'appartement vide où ne vivent que les araignées. On a marché. Voilà qu'on tousse, tout bas, mais distinctement. Et le bruit change encore : c'est une voix d'enfant qui pleure. Oh ! Oh ! On gratte à la muraille. Là, tout contre mon lit, tout contre mon cœur. Mes cheveux prennent soudain comme une vie indépendante. Ils grouillent. Je les sens grouiller.

Diversion rude et souveraine. Ce bruit, dans la rue, au loin. C'est l'appel des pompiers. Encore le feu. Le feu ! L'hiver passé, tout un magasin a brûlé sous nos fenêtres. L'odeur et le chaud des flammes entraient jusque dans la maison. Que ferions-nous, Seigneur ! s'il nous fallait descendre de notre cinquième étage au bout d'une corde, dans le vide, ou même nous précipiter sur des matelas posés par terre, à cet effet ? Brrr ! Ah ! le cri des pompiers s'éloigne. Ce feu-là n'était pas pour nous.

Je fus réveillé, certain soir, non par un fantôme de notaire, mais par une très vive douleur logée dans le fond de l'oreille. Je n'avais pas encore libéré mon premier cri que mère était déjà sur pied. Elle vint au bord de mon lit et me regarda longtemps, d'une façon méditative. Ce regard me soulageait. Pourtant je me repris à pleurer. Maman disait : « Retiens-toi, mon chéri ! N'empêche pas ton père de travailler. » Papa me coula dans l'oreille malade une larme d'huile tiède, puis il se remit au travail. Il avait l'air inquiet. Il tenait sa tête à deux mains et faisait un effort visible pour rassembler son attention et pour penser à son ouvrage. Cela n'allait pas sans peine. Alors, maman m'emporta, roulé dans une couverture, jusqu'au bout de l'appartement. Elle me tenait et me berçait comme on berce un nourrisson en chantant tout bas, tout bas, cette complainte effrayante de la femme blessée au front. Comme je pleurais encore, elle me dit avec passion : « Laisse travailler ton père, je t'en supplie, mon chéri. Et je t'achèterai, demain, quelque chose de beau. Que veux-tu que je t'achète ? » Je cessai de pleurer pour répondre : « Un poisson rouge. »

Le lendemain, au réveil, l'abcès de mon oreille s'était ouvert tout seul. J'avais encore beaucoup de fièvre. Le café bu, l'époux servi, les enfants à l'essor, maman m'habilla chaudement. Elle avait les lèvres serrées et cet air de résolution presque farouche qu'on lui voyait dès que l'un des siens courait quelque péril. Elle m'enveloppa la tête d'un foulard, se vêtit à la hâte et me prit dans ses bras. J'étais déjà long, j'étais lourd. Elle me porta bien courageusement jusqu'au coin de l'avenue et fit signe à l'omnibus.

Que je ferme les paupières, et je revois l'hôpital. Je retrouve même la salle d'attente, avec son odeur, son poêle de fonte, ses banquettes de bois, ses angoisses. Et puis, la salle d'examen. Elle est longue comme un couloir et presque obscure. Les médecins vêtus de blanc sont rangés côte à côte comme les ouvriers d'une fabrique. Ils ont chacun leur lampe, chacun un miroir sur le front, chacun leurs instruments, leur table, leur malade appuyé contre le mur, tel un condamné. On entend, ici et là, une personne qui se plaint, qui dit : « Doucement, Monsieur. Oh ! plus doucement, je vous en prie ! » Et la voix monte et descend comme pour une chanson. Vraiment, on croirait entendre une chanson, et c'est encore plus horrible.

Mon tour vint de souffrir et de chanter aussi. Ma mère me tenait à pleins bras et disait, l'air éperdu : « Je t'achèterai le poisson rouge, mon chéri. Les oreilles, c'est si douloureux ! Le poisson rouge et même autre chose encore. Mais ne bouge pas, pour l'amour de Dieu ! Que le docteur voie bien ! »

Je me retins de pleurer et demandai un oiseau.

Ma guérison ne prit pas moins de deux longues semaines et je dus retourner plusieurs fois à l'hôpital. J'eus mon poisson rouge et mon oiseau. Ils vécurent l'un et l'autre assez longtemps pour mériter une mention dans l'histoire de notre vie. Je pense que, s'ils avaient brusquement reçu le don de la parole, ils auraient eu des opinions personnelles sur le notaire du Havre. Parfois, en rentrant de l'école, je trouvais maman moins triste, l'œil plus vif, les traits détendus. « On pourrait croire, disait-elle, qu'il n'y a rien de commun entre un poisson rouge et nous. Et ce serait une erreur. Pendant les heures où je suis seule, eh bien ! cette petite bête me tient société. C'est du mouvement, c'est de la vie, quelque chose qui, quand même, nous ressemble, si peu que ce soit. L'idée ne me viendrait pas de causer avec la machine à coudre, bien sûr ; mais je parle au poisson, surtout au poisson, vois-tu ? Le serin fait trop de bruit. Il n'a jamais bien l'air d'écouter ce qu'on lui dit. »

Ce que maman pouvait confier au poisson rouge, pendant ses

instants d'abandon, je l'imaginais assez bien, si petit que je fusse alors. L'hiver allait s'achever, pour nous, dans une gêne grandissante. Toutes sortes d'objets venus avec notre héritage quittaient le logement pour une destination à vrai dire non mystérieuse, car les mots de Mont-de-Piété revenaient dans nos entretiens avec une familiarité obsédante. Nous avions vu disparaître les gravures encadrées, les assiettes de faïence, le dessus de cheminée. La pendule, à son tour, partit en excursion. « Ça ne fait rien, disait père avec un grand soupir. On peut voir l'heure, par la fenêtre, aux ateliers du chemin de fer. » Le baromètre, à son tour, faillit entreprendre le voyage. « Oh ! disait ma mère, pour ce qu'on nous en donnera ! » Mon père haussa les épaules et remit le baromètre au mur. Il avait cet air obstiné que dut montrer à ses proches l'illustre Bernard Palissy. Il disait, pour maman, et nous l'entendions aussi : « J'engagerai jusqu'à mon lit, mais je passerai mes examens. Pour les premiers, Lucie, ce n'est plus qu'une affaire de jours. Je ne veux pas finir ma vie dans de vagues petites besognes. Je veux arriver, arriver ! Ça vaut bien quelques sacrifices. Ce qui me désole, c'est d'en infliger aux enfants. » Il ne parlait même pas de maman. Il l'a toujours considérée comme du petit bien.

Ainsi passaient les jours et papa serrait les dents. Nous fûmes donc assez surpris de le voir arriver, un soir, l'œil radieux, la bouche allègre.

— Nous avons, dit-il gaîment, une chance extraordinaire : nous allons être expropriés.

## CHAPITRE 13

Malgré la voix joyeuse et malgré, même, le sourire, cette déclaration tomba dans un silence effaré. La moitié de l'auditoire ne comprenait pas le mot. Le reste s'efforçait à digérer la nouvelle, à découvrir ce qu'elle pouvait comporter de vraiment favorable.

— Quoi ! s'écria d'abord Joseph, on va nous chasser d'ici ?

Joseph était un enfant ; son visage n'en exprimait déjà pas moins toutes sortes de passions fortes. Par un mécanisme obscur, ce jeune et frais visage commença de se contracter, de faire des plis laborieux et ressembla, pendant toute une minute, au visage vieil et défiant de tante Anna Troussereau. Le sourire paternel ne rassurait plus Joseph. Expropriés ! Il remâchait ce mot et le trouvait brutal, gros de déconvenues, de menaces, de visites d'huissiers, de papier timbré bleu.

Père haussa les épaules et s'assit à table. Maman réfléchissait. Comme toujours, elle demandait, pour prendre son élan, quelque peu de temps et de recul.

— Expropriés ! dit-elle. Oui ! Je pense que M. Ruaux, le propriétaire, peut y trouver bien de l'avantage et qu'il va toucher gros ; mais nous, les locataires ? Nous allons être sacrifiés, dans cette histoire. C'est seulement du travail, du tracas en perspective.

Père haussait encore les épaules, mais avec plus d'enjouement.

— On voit bien, Lucie, dit-il, que tu connais mal ces affaires d'expropriation.

— Je te demande pardon, fit maman, méditative. Mes parents Delahaie ont été expropriés, une fois, pour un terrain qu'ils avaient à la Rivière-Saint-Sauveur, quand on y a mis le chemin de fer. Mais ils étaient propriétaires.

Les traits de papa se durcirent.

— Nous ne sommes pas des Delahaie, malheureusement, et nous ne sommes que locataires, nous autres.

— Ram ! Ram ! Qu'est-ce que tu vas chercher ? Delahaie ! Mais je finirai par ne même plus me rappeler que je l'ai été, Delahaie, que je l'ai été jadis, tant je suis devenue Pasquier, comme vous autres. Oh ! Pasquier à ta façon, pas à celle de ta sœur, ni de l'homme au piston, bien sûr. Ce que je t'en ai dit, Raymond, c'est pour te mettre en garde.

Papa souriait de nouveau, mais avec amertume. Il plia le jarret de manière à montrer la semelle de ses chaussures, qui était mince et ulcérée...

— En garde... murmura-t-il. Tu penses que j'y suis, en garde. Encore un mois, peut-être moins, et je ne serai plus présentable. Les jours de pluie, je sens l'eau qui me grimpe jusqu'à la cheville.

— Je sais, dit maman. Je les vois bien, quand je les brosse, le matin, ces malheureuses chaussures.

— Dans un mois, reprit papa, mes premiers examens seront passés. C'est un grand pas, bien sûr. Mais c'est loin de représenter une solution. De l'argent à sortir, encore. Pour le moment, pas autre chose. Qu'est-ce que tu veux que je fasse ?

Toutes les figures, même les plus fraîches, semblaient soudain voilées de crêpe. La lumière de la lampe était maladive, désolée. Maman, dans ce cas-là, revenait toujours la première à la surface de l'eau.

— Heureusement, dit-elle, heureusement que nous allons être expropriés. C'est bien ce que tu disais ?

Papa se reprit à sourire.

— Tu ne m'as même pas laissé vous expliquer la chose. Tu sais, pourtant, Lucie, que je ne m'emballe jamais. Tu le sais.

O puissance de l'amour ! Maman secoua la tête avec flamme et même leva les bras à mi-chemin du ciel pour bien montrer qu'elle savait ce qu'on la priait de savoir et que papa était l'homme du monde le moins capable de s'emballer.

— Il est entendu, reprit cet homme calme, il est entendu que le propriétaire du bâtiment, je parle de notre maison, va recevoir le plus gros de l'indemnité. Mais nous autres, simples locataires, nous avons voix au chapitre. L'expropriation nous porte dommage et ce dommage est toujours évalué de la façon la plus large par une assemblée spéciale qu'on appelle jury d'expropriation. Attends, Lucie, que je t'explique tout.

Nous sentions bien que maman commençait d'entrer dans le jeu. Le peuple de Paris vivait encore dans le souvenir enthousiaste des grandes expropriations faites pendant le Second Empire. On racontait, dans les cafés, dans les omnibus, sous les porches, des aventures légendaires, l'histoire d'un savetier, celle d'un marchand de frites qui n'avaient cédé leur échoppe qu'en échange d'une fortune. On commentait les complots et les ruses des politiques pour attirer sur leurs clients et sur eux-mêmes les averses dorées de l'expropriation. Etre chassé de chez soi par l'armée des démolisseurs, c'était pour une foule de gens le comble du succès. On propageait, sous le manteau, des renseignements magiciens. Des débrouillards, prévenus à temps, s'allaient loger sur la trajectoire future d'une grande avenue vorace. Certains n'avaient vraiment pas de chance : l'expropriation leur passait à deux mètres du nez, quelquefois moins encore, et les laissait torturés de déception pour le reste de leur vie. On en avait vu plus d'un se suicider de dépit, ou même tomber en démence. Les expropriés, cependant, roulaient carrosse, buvaient le champagne et menaient une existence scandaleuse.

— Oui, fit maman, ravalant un excès de salive, ce qui, chez elle, était grand signe d'émotion, oui, Raymond, explique-moi tout. Par qui d'abord, par qui, devons-nous être expropriés ?

— Par le chemin de fer de l'Ouest.

— C'est pourtant vrai, dit maman. Et je n'y aurais pas pensé. Je me demande même comment il se fait que ce ne soit pas arrivé plus tôt.

Elle ne partait pas tout de suite ; mais, quand elle était partie, vraiment, elle y mettait du cœur. Rien, à compter de ce moment, ne lui semblait plus impossible. Mon père aurait dit que nous allions être expropriés par la Tour Eiffel à qui nous faisions de l'ombre, et ma mère l'aurait cru. Le principal était de l'amener à température convenable.

— Depuis longtemps, reprit père, il est question d'élargir la gare Montparnasse et le pont de l'avenue du Maine. Ça, c'est pour plus tard. Ce qu'on va faire tout de suite, ce sont des voies supplémentaires et peut-être même un pont pour la rue du Château, en place du passage à niveau. La Compagnie de l'Ouest achète un morceau de terrain qui longe toute la rue Vandamme. Nous sommes aux premières loges et ça ne va pas traîner.

— C'est merveilleux ! fit maman. Et comment sais-tu tout cela ?

Papa se prit à rire.

— Si je te le dis, avoua-t-il, tu vas tout de suite penser que ce n'est pas sérieux. Je le sais par Wasselin.

— Oui, bien sûr, fit maman de la façon la plus vague.

Elle était un peu déçue. Tout ce qui venait du côté Wasselin, notre Désiré mis à part, lui semblait d'odeur suspecte. Et papa pensait de même, tout au moins à l'ordinaire.

— Wasselin, reprit-il avec force, ne m'inspire aucune confiance. Je dis cela devant vous, les enfants, en vous priant de ne pas le répéter. J'ajoute que, si vous le répétez, ça m'est parfaitement égal : je ne cache pas ma façon de voir. Mais il vaut mieux n'en rien dire, tout au moins en ce moment. Car, pour une fois, les renseignements de Wasselin sont exacts. Je te l'ai dit souvent, Lucie, Wasselin a tous les vices, et le bougre a même celui de faire de la politique.

Le visage de ma mère exprima tout aussitôt l'étonnement et l'horreur. Mon père était, par nature, un « animal antipolitique » et même « apolitique » ainsi que disaient, au siècle dernier, les individualistes, précurseurs de Nietzsche.

Il y a, dans les profondeurs de la mer, des poissons qui vivent en bandes, qui vont, le flanc contre le flanc, l'aileron frôlant l'aileron, et qui, par milliers et millions, remontent les mêmes courants, affrontent les mêmes tourbillons, se livrent aux mêmes ripailles et tombent dans les mêmes filets. Mais, il est, en revanche, de ces nageurs sauvages qui cherchent leur chemin tout seuls, au hasard des sargasses, des bas-fonds et des récifs. Mon père était semblable à ces enragés solitaires, non par calcul égoïste, mais par logique et raison, parce que tout ce qu'il voulait dépendait d'abord de lui-même et que, s'il fallait s'instruire, s'élever, comme il disait, le mieux était encore de commencer tout de suite et de commencer par soi. J'ajoute qu'il nourrissait un de ces orgueils exigeants qui s'accommodent mal du « nous ».

O père, père, comme la lumière du souvenir te va bien ! Comme elle t'éclaire avec indulgence ! Je suis parti dans mon récit le cœur torturé de reproches, malgré la mort et les années. J'avais si grand besoin de me purger de ma rancune, d'assouvir mon ressentiment. Et puis, le récit marche, ô père, mon récit dont je ne suis plus le maître. Le souvenir me verse je ne sais quelle consolation. Je me sens tout prêt, ô père, à célébrer ta louange. Vas-tu donc me tromper encore une fois, père insaisissable ? Vas-tu donc me faire oublier que je n'ai pas pu te chérir ?

De la politique ! Vraiment ! Misérable M. Wasselin ! Il ne manquait plus que ça ! Le visage de ma mère exprimait une réprobation tempérée de pitié. Du moment que notre père méprisait la politique, force nous était de croire que la politique était un exercice disgracieux, malpropre et somme toute damnable.

Déjà, père reprenait :

— Je croyais Wasselin bien incapable de rendre à qui que ce soit un service quelconque. Eh bien ! on ne sait jamais. Il a rendu des services à Saint-Hilaire, le conseiller municipal du quartier. Ils se rencontrent, ils se parlent. Je les ai vus ensemble. Et c'est par ce Saint-Hilaire que Wasselin a le renseignement. Nous allons être expropriés, voilà ! Et dès le mois prochain.

— Mais qu'est-ce que nous pouvons toucher, nous autres, simples locataires ?

— Attention ! Nous ne sommes pas des locataires comme les autres. Je travaille chez moi. Mon appartement est mon local professionnel, quelque chose comme mon atelier. J'entre, de ce fait, dans une catégorie spéciale.

— Oui, et que touchent, par exemple, les gens de cette catégorie ?

— Ça peut faire dix mille francs, peut-être douze mille.

— Attends, murmura maman. Attends que je fasse mes comptes.

Elle fermait l'œil à demi, remuant les lèvres en silence.

— Dix mille, dit-elle enfin. Mais c'est énorme, Raymond. Pense qu'un déménagement nous reviendrait, tout compris, à quelques centaines de francs. Je calcule sur le dernier.

— Je sais, répliquait papa. Et c'est bien pourquoi je dis que nous avons beaucoup de chance.

— Si, par surcroît, nous recevions la lettre du Havre, ce serait presque la fortune.

— Oh ! fit papa, dédaigneux, pour ce monsieur du Havre, nous serions beaucoup moins pressés. Dix mille francs d'avance ! Et sans papiers timbrés, sans chicanes, sans procurations, sans aucune de toutes ces singeries notariales. Ça vaudrait même la peine de se soulager un peu et de lui écrire, à ce personnage du Havre. Une lettre... Oh ! quelque chose de franc et de vigoureux. Toute ma façon de penser.

— Non, Ram ! non, je t'en prie. Ne mets pas cet homme contre nous. Si l'argent du Havre nous tombe, eh bien ! nous toucherons des deux côtés, et ce ne sera pas de trop.

Bouche bée, nous, les enfants, nous assistions à ces pluies d'or.

Nous eûmes, le lendemain même, la visite de Wasselin. Une véritable visite. Il avait mis des gants. Il avait l'air important, affairé, jovial. Il portait sous le bras un dossier de paperasses, un peu trop gros, sans doute, pour une affaire aussi jeune et que, d'ailleurs, il n'ouvrit pas. Il disait à papa :

— Nous avons somme toute le droit et même le devoir de formuler des vœux ou, comme on dit en bon langage, des desiderata. Vous, Pasquier... Permettez que je vous appelle Pasquier, tout cordialement, c'est plus simple. Vous, mon cher Pasquier, je vous inscris pour quinze mille. Regardez : j'écris quinze mille dans la deuxième colonne. Vous dites que c'est beaucoup ? Mon cher, avec les gens de cette espèce, il faut demander un tonneau pour obtenir une bouteille.

Le conseiller Saint-Hilaire me le disait hier encore. Moi, je m'inscris pour douze mille, mon loyer est plus faible que le vôtre et je ne travaille pas à la maison. J'ai vu M. Courtois : il est inscrit pour dix mille. Pas d'enfants, vous comprenez ? Soyons prêts à nous défendre. C'est que nous allons tomber sur des pirates, sur de véritables requins.

Ce fut, pour M. Wasselin, une période brillante. Il avait de grandes pensées, de grands desseins, de grands mots. Il proposa tout de suite de fonder une « Amicale des locataires ». Il écrivait ce titre sur des feuilles de papier, en ronde, en bâtarde, en gothique. Il imaginait des sous-titres : « Groupement solidaire pour la sauvegarde des citoyens touchés par les expropriations imminentes. » Il vagabondait du haut en bas de la maison, recueillant sur chaque palier des signatures bénévoles. Il disait en présentant ses paperasses : « Notre société de défense mutuelle est placée sous le haut patronage de M. le Conseiller Saint-Hilaire, mon ami personnel. » Il persuada tout le groupe de prendre un avocat et proposa M^e^ Mollard « une des gloires du barreau ». Pour invisible qu'il fût, M^e^ Mollard ne travaillait pas gracieusement et demanda tout de suite une petite provision. Les membres de l'« Amicale » versèrent chacun à Wasselin la modique somme de vingt francs.

A quelques jours de là, pendant l'heure du déjeuner, Wasselin pénétra chez nous. Il tenait à la main cette serviette de table qui lui rendait de si grands services dans les mouvements oratoires.

— Venez, dit-il, et regardez ! Je ne dis pas « hommes de peu de foi ! » car ce n'est pas la foi qui vous manque, heureusement. Ça ne fait rien : regardez quand même.

Il ouvrit la fenêtre au vent de mars et nous poussa tous, petits et grands, sur le balcon. Une équipe de terrassiers, portant pioches et pelles, cheminait sur le ballast entre les rails du chemin de fer. Deux ou trois messieurs en chapeau melon, probablement des ingénieurs, prenaient des mesures avec une chaîne de géomètre. Un secrétaire notait des chiffres sur un registre.

— Voilà ! s'écria Wasselin. Voilà les travaux qui commencent. Et l'on peut dire que ça n'aura pas traîné.

Un des ingénieurs se prit à regarder notre maison. Il fit un geste comme pour écarter quelque chose et se tourna vers ses collègues en parlant avec beaucoup de vivacité. L'enthousiasme de Wasselin ne connaissait plus de limites.

— Et c'est par notre maison que va commencer le massacre. Mon illustre ami le conseiller Saint-Hilaire le disait encore ce matin. Regardez, mes enfants, regardez ce vieux quartier qui, bientôt, ne sera plus qu'un souvenir historique, un chantier du progrès. La pioche des démolisseurs fraye la route de l'avenir. Démolir, c'est édifier. Rappelez-vous, jeunes gens, que vous aurez, dans votre enfance, assisté, muets d'étonnement, à cette magnifique expansion des chemins de fer. Je regrette de n'avoir pas, en ce moment, quelques flacons de champagne à la maison. Nous aurions bu, solennellement, aux temps nouveaux. Donnez-moi votre main, Pasquier, votre loyale main d'exproprié, membre actif de l'Amicale des locataires. Non, ne parlez pas de présidence ni de président : ce que j'ai fait n'est rien. Au surplus, je n'ai pas d'ambition terrestre. Je ne cherche pas les honneurs. Mon devoir, je n'ai fait que mon devoir, pour le salut de mes semblables et le bonheur de l'humanité.

Papa n'avait pas ouvert la bouche. Il regardait le manège des ingénieurs et des ouvriers, sur les voies. Il y avait, dans tout cela, plus que du vraisemblable et presque de l'évidence. Wasselin parti, pendant que nous achevions le repas, père dit, le regard accommodé sur l'avenir, c'est-à-dire à l'infini :

— Il faudra s'occuper quand même de chercher un autre appartement. Dans le quartier, autant que possible. Je ne pourrai guère moi-même : je suis, en ce moment, surchargé de besogne.

— Raymond, moi, je chercherai. Chaque jour, entre deux et quatre, pendant que les petits sont en classe, je peux m'absenter quelques minutes.

Mère commença de visiter le quartier. Elle rattrapait le temps perdu en s'infligeant des veillées interminables. Elle disait parfois :

— Boulevard Pasteur, on pourrait avoir cinq pièces en mettant deux cents francs de plus. Avec trois cents francs de plus, on aurait une chambre de bonne. Il ne s'agit pas de bonne, à coup sûr. Pas de folie ! J'en suis guérie pour longtemps. Mais ça pourrait être arrangé pour servir de chambre à Joseph qui sera bientôt un homme.

Wasselin pensait sérieusement à réunir en assemblée générale notre Amicale des locataires pour élaborer des statuts. En définitive, il se contenta de nous faire verser un surcroît de provision : dix francs. En sorte que chacun des membres avait déjà versé trente francs.

Papa disait, le soir, à l'instant de se mettre au travail :

— L'expropriation est une chose avantageuse. Et puis, ça ne se discute pas. Ce n'est pas à prendre ou à laisser. On ne nous demande pas notre avis. Eh bien ! moi qui, d'ordinaire, déménage si facilement, je dois dire que ça me fait quelque chose de quitter cette maison. Je commençais à m'y attacher. Je n'en aurai que de bons souvenirs.

— Es-tu bien sûr, soufflait maman, que la somme, la fameuse somme, nous allons la toucher tout de suite ?

— Voyons, Lucie, sois logique. S'ils nous forcent à déménager, il est pour le moins naturel qu'ils nous donnent l'argent d'abord. Il y a, dans le lot, des gens très bien qui ne pourraient même pas s'offrir un fiacre pour s'en aller ailleurs.

— Quinze mille francs, disait maman. Franchement, j'accepterais la moitié, pourvu qu'on me la donne tout de suite.

— Mais non, Lucie, mais non. Il ne faut pas capituler. Il faut défendre son droit, coûte que coûte, et n'en pas démordre.

— Eh bien ! coupons la poire en deux. Je céderais pour dix mille.

Papa haussait les épaules et retombait à son travail.

Un être que toute cette histoire avait fait sortir de son naturel, c'était mon cher Désiré. Il était presque joyeux, son regard brillait d'orgueil. « Papa, disait-il, tu ne le connais pas bien. Il a l'air, comme ça, de plaisanter ; mais il est très intelligent. S'il avait rencontré des gens capables de le comprendre, il serait devenu sûrement un personnage très célèbre. Tu ne peux pas savoir, tu ne le vois jamais qu'une minute, par-ci par-là. Mais il parle, quand il veut... Il y a de quoi pleurer tellement c'est beau, tellement ça coule. »

Nous arrivions au printemps. Papa subit avec succès le premier de ses fameux examens. Maman nous offrit un bon déjeuner, bien que notre situation se trouvât des plus difficiles. Nous mangeâmes avec joie à cause de l'examen et parce que c'était bon. Maman disait : « Il y a, dans le lapin, même cuit à la bordelaise, avec une idée d'ail, comme celui-ci, il y a toujours une bouchée fraîche et amère. Que celui qui l'aura le dise. » C'était toujours moi qui tombais sur cette bouchée, par malchance.

Les jours du printemps passèrent. M. Wasselin parlait encore de l'expropriation, mais avec moins d'ardeur. Il s'arrêtait dans l'escalier quand il rencontrait un locataire et grondait, l'œil révulsé :

— Ces gens-là sont des flibustiers. Mais, ça ne fait rien. Nous tenons le bon bout. Notre avocat travaille. Je le vois presque tous les jours.

Désiré retombait à la mélancolie. Si nous venions à parler de l'expropriation, son visage se contractait avec une expression douloureuse. Les membres de l'Amicale commençaient, jour à jour, d'oublier cette fable dorée. Nous en discutions, nous-mêmes, de plus en plus rarement. Un jour, en poussant des soupirs, papa dit :

— ... C'est comme cette histoire d'expropriation.

— Oui, murmura maman, qu'est-ce que ça devient ?

Nous en avions vécu, nous en avions rêvé pendant toute une saison et nous en parlions maintenant comme d'une vieille lune.

Des semaines passèrent encore. Le thème de l'expropriation revenait, de loin en loin, dans les propos de la famille ; mais il s'éloignait, il se mourait. On disait : « C'était au moment de cette fameuse expropriation... » Parfois, quelqu'un ajoutait : « Qu'est-ce que peut bien être devenu l'avocat choisi par Wasselin ? — Oh ! il aura mangé la provision. Avec les gens de loi, l'argent va toujours vite. »

Avant de mourir tout à fait, cette histoire eut encore une convulsion bien étrange. Un jour, vers la fin du printemps, comme nous somnolions, côte à côte, au bout de notre balcon, Désiré Wasselin et moi, je le vis soudain tirer de sa poche quelque chose de très petit qu'il tenait dans son poing fermé. Et soudain, la voix tremblante d'émotion :

— Tiens, Laurent, tiens, dit-il, tu donneras ça, ce soir, à tes parents.

Il ouvrit la main toute grande. C'était une petite pièce d'or, une petite pièce de dix francs. Puis il ajouta plus bas :

— Il reste encore vingt francs. Je tâcherai de les avoir. Mais, surtout, surtout, qu'on n'en dise rien à papa, et même rien à maman. Je m'arrangerai tout seul. Rappelle-toi qu'il ne reste plus que vingt francs.

## CHAPITRE 14

La période qui vient maintenant est triste, confuse, mal éclairée. Je voudrais la laisser sombrer corps et biens dans les ténèbres. Si j'en dis quelque chose ici, c'est peut-être parce que les mots ont le terrible pouvoir d'empoisonner les souvenirs et de les tuer à la longue.

Pendant plus de trois mois, le notaire du Havre avait cessé d'occuper le premier plan dans les rêveries familiales. Quand l'expropriation ne fut plus qu'une fumée, le notaire du Havre reparut en scène. C'était vraiment le plus silencieux des notaires. Je ne l'ai jamais vu, je ne sais même plus son nom, mais s'il m'arrive d'y penser, je l'imagine comme un monstre sans bouche et sans oreilles. La propre statue de l'indifférence effrontée.

Maman recommença d'écrire, et plusieurs fois par semaine, des lettres tantôt suppliantes, quand elle les rédigeait seule, et tantôt débordantes de rage quand mon père les avait dictées. Toutes ces lettres tombaient dans un puits sans fond et sans échos. Parfois, si mon père jugeait une épître particulièrement convaincante et de bonne dialectique, il l'envoyait recommandée. Je pense encore qu'avec l'argent des timbres que nous avons achetés pour cette malheureuse affaire, nous aurions pu vivre aisément deux mois en mangeant de la viande chaque jour. Cette remarque dernière pourrait en entraîner d'autres. Je fus, dès ce temps, bien sûr que le régime végétarien, même s'il n'est pas réjouissant, même s'il fait perdre à l'homme son fier coup de mâchoire carnassier, n'est quand même pas incompatible avec une existence laborieuse. Et, franchissant, du coup, l'abîme qui sépare, au regard du philosophe, le physiologique du psychologique, je dirai que l'excès, s'il conduit parfois à l'écœurement, mène aussi souvent à l'amour. J'aurais quelque raison d'être dégoûté des lentilles. Et pourtant non ! Je souhaite souvent d'en manger. Qu'on oublie de m'en servir et j'en demande, j'en réclame. Je répète, après mon père : « C'est du phosphore en pastilles. » Elles restent, pour moi, la nourriture par excellence. Je les savoure avec recueillement, avec piété, avec aussi je ne sais quelle salubre mélancolie.

Laissons là ces méditations gastronomiques. Un jour, dans le courrier... Non ! Que j'abandonne à mon frère Joseph ces expressions pompeuses : nous ne recevions, comme les pauvres gens, qu'une lettre, par-ci par-là, pourquoi donc parler de « courrier » ? La moindre lettre était tout de suite bien visible, bien évidente. Un jour, nous reçûmes une lettre portant la mention imprimée : *Chambre des notaires*. Elle était adressée à ma mère qui la saisit d'une main tremblante. « Mon Dieu ! Qu'allons-nous apprendre ? Quelle chose épouvantable ? Vous allez voir que cet homme du Havre a pris la fuite, emportant tout, notre argent, nos titres et quoi donc encore, mon Dieu ! »

Ma mère ouvrit la lettre et la lut elle-même dix fois, car papa n'était pas là. Nous l'entourions, nous, les enfants, déchiffrant aussi le grimoire. Maman finit par comprendre que papa, sans lui rien dire, avait écrit, sous la signature de Lucie Delahaie-Pasquier, à la Chambre des notaires, pour se plaindre du Havrais, pour dénoncer ses lenteurs, sa mauvaise volonté, son inexplicable silence. Et cet exploit paternel datait au moins d'un mois, si l'on interprétait bien les textes : « *En réponse à votre honorée du...* » La Chambre des notaires, en tout cas, répondait. Une réponse vague, dilatoire, à peine polie, justifiant d'un mot tous les officiers ministériels présents et futurs, recommandant, pour finir, le calme et la patience.

Maman redoublait d'inquiétude : elle était fort prudente et même circonspecte quand il ne s'agissait pas directement de sa nichée, car, alors, le mot de lionne serait faible. Maman, donc, réfléchissait et nous livrait, à demi-mot, une part de ses angoisses. « Si l'homme du Havre apprend ça, c'est fini. Nous sommes perdus. Nous en avons pour dix ans. »

Le soir, quand papa revint, maman lui présenta la lettre.

— Eh bien ? fit papa, la moustache en mouvement.

— Raymond, n'avons-nous pas eu tort ?

Puisqu'il s'agissait d'avoir tort, maman, qui n'était pour rien dans cette démarche extravagante, y prenait tout de suite une part.

Notre père manifesta les signes prémonitoires d'une belle colère-solo.

— Je fais ce que je crois devoir faire pour en finir une bonne fois. L'argent du Havre, je m'en moque. Ce que je ne peux supporter, c'est l'apathie de cet imbécile. Je parle du notaire. Puisque la Chambre des notaires, elle-même, prend fait et cause pour cette canaille, je sais ce qu'il me reste à faire. Je finirai par y aller.

— Où donc ? Au Havre ?

— Non, dit mon père, olympien. Pas au Havre. En Amérique. Quand je serai là-bas, je me renseignerai moi-même.

Minute d'effroi. Je crus que ma mère allait se jeter à genoux pour détourner papa d'un projet en même temps si fol et si grandiose. Elle commença de pleurer. Pendant qu'elle pleurait, papa se reprenait à sourire. Quelques minutes après, il avait oublié l'Amérique et même retrouvé ce calme recommandé si vivement par la Chambre des notaires.

Nous fûmes, cet été-là, soumis à la plus dangereuse des tentations. Je dis nous... oh ! je n'étais alors qu'un frêle petit garçon ; mais je ressentais nos épreuves avec une passion toute fraîche et les misères de mon clan me labouraient jusqu'au fond de l'âme.

Maman reçut un jour une lettre que j'ai retrouvée dans les papiers de la famille. C'est miracle que cette lettre ait résisté pendant plus de quarante ans aux caprices de notre vie aventureuse. Puisqu'elle est là, sous mes yeux, j'irai donc au plus simple et me contenterai de la recopier.

PAUL GLASERMANN
Agent d'affaires.
Avance de fonds. Prêts sur gages.
Enquêtes particulières. Transactions.
Démarches secrètes. Argent de suite.

*Madame,*

*Nous avons appris, par notre service de renseignements, qu'un héritage dont vous êtes bénéficiaire est actuellement l'objet, en France et en Amérique, de recherches litigieuses, recherches qui ne semblent malheureusement pas sur le point d'aboutir et qui peuvent demander encore de longues années avant que vous soit donnée satisfaction. Après examen des dossiers remis à notre cabinet par notre service spécial, nous sommes en mesure de vous présenter la proposition suivante, proposition que vous ne manquerez pas de juger très avantageuse. Nous pouvons nous charger d'accomplir en votre nom et place toutes les démarches nécessaires à la solution prompte et si possible définitive de cette affaire. Ces démarches comportant de grands frais et de grands risques, vous vous engageriez, par écrit, selon toutes les formes légales, à nous abandonner soixante pour cent des sommes à recevoir. Le quart du reste vous serait versé à la signature de notre accord, signature qui pourrait avoir lieu sous dix jours, à compter de votre acceptation verbale.*

*Nous espérons, Madame, que vous apprécierez comme il convient notre proposition et que vous voudrez bien prendre en considération les risques auxquels notre cabinet s'expose dans votre intérêt.*

*Veuillez agréer, Madame...*

Papa relut deux fois la lettre, mot à mot. Il disait, avec un sourire vert : « Les fripouilles, les fripouilles ! Nous vivons environnés de fripouilles. C'est extraordinaire ! »

Ce mouvement d'humeur passé, papa leva les sourcils. Son visage s'éclairait.

— En somme, fit-il, ce serait dix mille francs tout de suite. Il ne faut pas se dépêcher de dire non. Cette affaire du Havre, je commence à n'y plus croire. Dix mille francs que l'on tiendrait, ça vaudrait mieux, Lucie, que ces quarante mille francs dont nous ne toucherons peut-être jamais le premier liard.

— Attends, Ram, dit maman, le visage sérieux. Il me semble que tu te trompes. Ils disent le quart...

— Oui. Le quart de quarante mille francs, ça fait dix mille. Je sais encore compter.

— Non, Ram, tu dois te tromper. Ils disent « le quart du reste ». Soixante pour cent de quarante mille, ça fait... Laisse-moi réfléchir. Ça fait vingt-quatre mille. Il reste donc seize mille. Et le quart de seize mille, ça ne fait que quatre mille. Voilà, Raymond. Voilà tout. Quatre mille tout de suite et douze mille plus tard. C'est une escroquerie, tu vois bien.

Papa calculait très mal et très lentement. Il se fit répéter dix fois ce compte pourtant si simple. Il finit même par le noter sur les marges de la lettre, comme je peux le voir encore. Et, chose poignante à dire, il eut encore une minute d'hésitation. Oh ! il n'était pas avide, mais seulement fatigué, bien qu'il ne l'avouât jamais, oui, ce jour-là, fatigué. Quatre mille francs tout de suite... Et puis il se ressaisit, et ce fut pour éclater.

— Des voleurs de grands chemins ! Des détrousseurs ! Des bandits ! Et je vais le leur écrire. Tout de suite, Lucie, tout de suite !

— A quoi bon leur écrire ? Il suffit de ne pas répondre.

— Si, dit papa, je vais écrire. Et il ajouta, plus bas : « Comme ça, je ne serai pas tenté d'y aller voir, quoi qu'il arrive. Mieux vaut couper les ponts. »

Il écrivit. Il renonçait mal à ce genre d'allégement. Je dois dire que, dans l'année qui suivit, nous reçûmes trois ou quatre propositions de même espèce. Maman disait :

— Tu vois bien, Raymond, tu vois bien : du moment qu'ils veulent tous s'occuper de notre affaire, c'est au fond qu'elle est très bonne. Patientons ! Patientons !

Nous patientions, forcément. Et les jours passaient. Car quoi qu'il arrive, et même quoi qu'il n'arrive pas, les jours passent, les semaines et les mois. Et chaque soir, on se demande comment on pourra résoudre le problème effrayant qu'est la journée du lendemain. Et la journée du lendemain finit par être vécue.

Maman dit un matin, en servant le café :

— Raymond, j'ai une idée.

Papa secouait la tête.

— Une excellente idée, Raymond. Nous allons prendre un pensionnaire.

Papa fronçait le sourcil.

— Pardonne-moi, dit maman. Nous n'avons qu'une pièce possible : c'est le cabinet de travail. Tu t'installeras dans la chambre.

Je sais que tu n'y seras pas à l'aise, mon pauvre Raymond. Mais tu travailles bien partout, quand l'envie t'en tient. Et tu n'imagines pas comme ça m'arrangerait, Raymond. J'ai fait mes comptes, tu peux me croire.

— Un pensionnaire ! Quel pensionnaire ?

Et papa frappait du pied.

— S'il faut tout te dire, Raymond, je l'ai, mon pensionnaire. C'est un M. Laversin, que connaît Mme Tesson.

— Fais pour le mieux, Lucie.

Maman fit pour le mieux. Elle poussa le piano jusque dans la salle à manger, casa la table et les livres de papa dans la chambre qu'on appelait orgueilleusement la grande chambre, qui logeait déjà deux lits et qui n'était, faut-il le dire, qu'une très modeste petite chambre. Elle commanda, chez le serrurier, une clef supplémentaire pour la porte du palier. Ce n'étaient pas de grands frais ; c'étaient quand même des frais. « On n'obtient rien, disait maman, sans une petite mise de fonds. N'importe ! ça marchera très bien. Ce M. Laversin est le pensionnaire modèle : il travaille toute la nuit, dans l'imprimerie d'un journal. Et c'est, dit Mme Tesson, un homme si bien élevé ! »

M. Laversin vint, un jour, avec une petite valise. L'accueil de papa fut correct et glacé. M. Laversin portait les cheveux ras et une barbiche grisonnante. Il avait le teint blême des gens qui dorment le jour. Il était un peu bedonnant, triste d'allure, mais « convenable » ainsi que l'avait annoncé Mme Tesson. Il ne prenait avec nous que le repas du soir, avant de partir au travail. Il dormait le reste du temps et déjeunait entre deux sommes, en sorte que maman n'eut plus un instant de repos. M. Laversin n'était pas d'une exigence excessive. Quand il avait besoin de quelque chose, il frappait du poing la cloison. Maman se levait tout de suite, l'air soumis et l'air inquiet. Elle disait : « Je ne veux pas le faire attendre. Il mène une vie très fatigante ; il a bien besoin de soins. Un vieux garçon, c'est tout de suite pitoyable. »

Nous avions gardé l'habitude, comme avant, comme toujours, de jouer dans la salle à manger. M. Laversin, un jour, donna du poing dans la muraille. « Calmez donc les enfants, Madame. Vous comprenez que je ne peux pas dormir. » Nous fîmes de grands efforts pour parler bas, pour ne plus rire. Quand nous déplacions une chaise, nous nous regardions les uns les autres, effrayés, en nous querellant à voix sourde.

Un jour par semaine, M. Laversin était de repos. Il restait alors dans sa chambre et fumait la pipe. L'odeur du tabac se répandait dans tout l'appartement et nous étions, sans le dire, tristes comme les habitants d'une ville occupée par l'ennemi.

En temps ordinaire, M. Laversin rentrait vers cinq heures du matin. En l'entendant tourner la clef dans la serrure, maman se réveillait parfois et s'agitait dans son lit, ce que je sentais confusément quand je couchais auprès d'elle. Un matin, je l'entendis qui disait, à voix basse mais insistante :

— Raymond ! Tu m'écoutes, Raymond ?

— Oui, oui. Qu'est-ce que tu veux ?

— M. Laversin vient de rentrer.

— Oui. Qu'est-ce que ça peut faire ?

— Raymond, M. Laversin n'est pas seul. Ecoute, on entend deux voix. Raymond, je crois bien que M. Laversin est rentré avec une femme, une dame, enfin, je ne sais pas. Mon Dieu, mon Dieu !

Papa venait de s'éveiller tout à fait. Il se dressait sur son coude et prêtait l'oreille.

— C'est ma foi vrai, Lucie. On entend une voix de femme.

— Raymond ! Mais c'est impossible !

Papa fit, à plusieurs reprises, claquer sa langue contre ses dents.

— Enfin, Lucie, c'est un fait. Puisque cet homme loue une chambre, il est chez lui, dans cette chambre. Il a bien le droit, somme toute, de recevoir quelqu'un et même de recevoir une femme sans nous demander l'autorisation.

— Raymond, je te dis que c'est impossible.

— Quand on prend un pensionnaire, on sait à quoi l'on s'expose.

— Sa sœur, oui, je comprendrais. Mais, à cinq heures du matin, ce n'est sûrement pas sa sœur. Et si c'était une créature ?

— Oh ! dit papa, tais-toi, Lucie. Tu l'as voulu, tu dois le supporter.

— Il y a des choses, dit maman, que je ne supporterai jamais. Ma maison ! Mon foyer ! Que penseraient les enfants ?

— Laisse-moi dormir, Lucie.

Je me rendormis aussi. Maman s'agitait beaucoup et même parlait tout bas. Je ne sais ce qui se passa le lendemain matin, car je dus aller à l'école. Quand je revins, vers midi, j'appris que M. Laversin avait bouclé sa petite valise et nous avait quittés. Je surpris des bouts d'entretien entre mon père et ma mère. « Je ne peux pas dire, avouait maman, qu'il n'a pas été convenable. Il m'a fait observer que sur ce sujet-là, nous n'avions rien prévu. On ne peut pas penser à tout. Imagine, Raymond, qu'il m'a parlé d'hygiène et que c'était son habitude à peu près toutes les trois semaines. Quant à la femme, je l'ai vue. Ce n'était pas absolument ce qu'on peut appeler une créature. Non. C'est égal, je suis bouleversée. Mais il est parti, et même il m'a payé ce qu'il devait. Je l'aurais laissé partir sans réclamer, pourvu qu'il s'en aille. »

Papa haussa les épaules et ce fut tout pour M. Laversin. Mme Tesson ne tarda pas à lui trouver un successeur. C'était un Italien nommé M. Bottone. « Je me défie toujours des étrangers, expliquait Mme Tesson ; mais, celui-là, je le garantis. Et puis, je l'ai prévenu, vous savez, madame Pasquier. Tout ce qu'il voudra, mais pas de femmes. »

M. Bottone a laissé peu de traces dans notre mémorial. Il n'amenait en effet pas de dames et se conduisait en tout avec beaucoup de politesse. Nous n'aurions pas su dire quelle était sa profession. Il recevait, chaque soir, la visite de plusieurs de ses compatriotes et ils s'entretenaient dans leur langue, sachant que nous ne l'entendions point, avec beaucoup de vivacité. Il ne nous resta que trois semaines et partit, fort civilement. Le lendemain même de son départ, nous entendîmes, vers midi, heurter vigoureusement à la porte. C'était un monsieur bien vêtu, escorté de deux sergents de ville. Il apprit avec une contrariété visible que M. Bottone n'habitait plus sous notre toit. « Vous devriez, dit-il, y regarder à deux fois, avant de louer votre chambre à des anarchistes. Nous allons quand même visiter la chambre. »

Nous étions terrorisés et maman tremblait du menton comme son grand-père Guillaume, le jour du maréchal Ney. Au moment de se retirer, le visiteur dit encore : « Vous prenez des pensionnaires ? Avez-vous fait seulement une déclaration en règle ? Vous aurez de mes nouvelles. »

— Tu vois, dit maman le soir, tout se dresse contre nous. Voilà qu'on veut nous empêcher de prendre des pensionnaires.

Papa fermait un œil, à moitié.

— Je n'ai jamais été, Lucie, très partisan du système des pensionnaires ; mais, puisqu'on prétend nous empêcher d'en avoir, alors, je change d'avis. Je veux des pensionnaires. Tu m'entends bien, Lucie, j'en veux !

— Ne t'emporte pas, Raymond. Je vais en chercher un autre.

Les gens de la police nous oublièrent, par bonheur, et maman put dire, un soir :

— Raymond, cette fois, j'ai trouvé. Oh ! l'occasion unique, Une vieille dame ou, plutôt, une vieille demoiselle, une ancienne directrice d'école. Une personne tout à fait bien. Avec une personne âgée, nous n'aurons pas de surprise.

Je crois bien me rappeler que cette perle des pensionnaires s'appelait Mlle Vermenoux ou Vermenouze et qu'elle était auvergnate. Elle passa chez nous plus d'un mois et montra, dès le début, de surprenantes exigences alimentaires. Elle divisait les nourritures en deux catégories : celle des échauffantes et celle des rafraîchissantes. Elle combinait les unes et les autres selon des proportions rigoureusement établies. Elle reprenait ma mère sur un grain de sel, une goutte de vinaigre, un atome de saindoux, un soupçon de farine. Ma mère souffrait en silence et supportait avec résignation les conférences diététiques de cette personne impossible. Mlle Vermenouze avait en outre la passion du beau parler, ce qui la conduisit, un jour, à corriger mon père en notre présence à tous : « Mais non, Monsieur, mais non ! Le verbe aimer, suivi d'un infinitif, demande la préposition. » Mon père se mit à sourire de ce sourire féroce qui nous jetait dans l'épouvante. « Avec ou sans préposition, c'est un verbe, Mademoiselle, que vous n'auriez pas été fâchée de conjuguer au moins une fois, si l'on vous y avait aidée. » O terrible papa ! Comme il tapait cruellement quand il était agacé !

Mlle Vermenouze se redressa de toute sa taille en glapissant des injures. Elle nous quitta dès le lendemain.

— C'est fini, gémissait maman. Je n'en veux plus, je n'en peux plus. Pardonnez-moi, mes enfants. Je le faisais pour votre bien. Mais c'est au-dessus de mes forces. Nous ne sommes pas des gens à nous mêler avec les autres.

Nous avions tous le sentiment que ces étrangers violaient, par leur présence, notre asile, notre lieu sacré, le sanctuaire secret de notre vie, de nos joies et de notre misère. Tant pis ! Tant pis ! Nous acceptions tous de manger moins bien, de marcher avec des chaussures percées, d'avoir moins chaud, de voir moins clair, d'user jusqu'à la corde nos vêtements cent fois reprisés, à la condition d'être seuls, entre nous, du même clan, malheureux, dépourvus, mais purs, mais francs de toute alliance avec des gens d'une autre race.

## CHAPITRE 15

Trente-six mille jours ! Voilà donc le fardeau, le trésor d'un homme qui vivrait cent ans. Les jours ! Qu'ils sont peu, les jours ! Et pourtant, quelle infinité fourmillante ! Quel désert ! Quelle solitude !

J'erre, navigateur perdu, sur les lieux d'un ancien naufrage. Des événements infimes flottent, comme des épaves, flottent de loin en loin.

Ferdinand et Désiré ont fait leur première communion. On a, pour cette solennité, trouvé l'argent nécessaire : père a vu M. Cleiss et demandé, non sans répugnance, un acompte. On a dressé le couvert dans l'appartement vide, avec la complicité de Mme Tesson. On a vu la vilaine tête de Mme Troussereau et quelques autres personnages extraits du monde Pasquier. Il paraît que, pour ces fastes, l'usage est d'inviter, même quand on est très pauvre, toutes sortes de gens que l'on n'aime pas ou que l'on connaît à peine. Ferdinand a reçu, en présents, de tel ou telle, cinq pièces de cent sous qu'il a données à maman, le soir, les dîneurs partis. Maman a pleuré une seconde, et a dit : « Je te remercie. Je te les rendrai plus tard... » Elle n'a pas ajouté : « ... quand le notaire du Havre... » Oh ! nous y pensons toujours, mais nous en parlons beaucoup moins. Nous y mettons de la pudeur.

Mon cher Désiré Wasselin a fait une communion exemplaire. Tout le monde, à commencer par son papa, l'a trouvé laid, mal habillé, ridicule. On admet qu'il soit pieux, mais quand même pas à ce point-là. Il m'a paru très beau, très noble. Je lui ai dit, le soir, après la confirmation : « Alors, c'est décidé, tu seras prêtre ? » Il m'a répondu, l'œil noir : « Non, ce n'est pas encore décidé. Je ne peux rien dire encore. »

Un autre événement surnage, presque de la même saison. Ferdinand a manqué le certificat d'études. Je le revois : il est assis sur une chaise. Il a l'air d'un animal qui a reçu le coup de maillet. Il avait si bien travaillé ! Il n'a pas manqué de courage, mais plutôt de chance et de facilité. Papa le regarde avec un sourire terrible. Ferdinand soupire : « Je recommencerai. » Et c'est vrai qu'il ne craint pas de recommencer. Papa hausse les épaules. Vraiment, quelle dérision ! Vraiment, ça s'annonce très mal : Joseph est « dans le commerce » et Ferdinand est un fruit sec. Les autres sont encore trop petits. C'est donc lui, lui seul, lui, l'homme déjà mûr — il ne dit plus jamais son âge — qui va tenter, contre tout bon sens, la douloureuse, la déconcertante fortune des études. Il faut vraiment qu'on ne sait quel démon vous pique un homme dans le dos ! Tant pis, papa sera seul.

Ferdinand ne peut plus se retenir de pleurer. Nous sommes tous abattus. Quelle humiliation ! Quelle amertume ! Eh bien, non ! maman n'est pas humiliée, et non plus amère. Elle a tout à coup pris dans ses bras le triste enfant vaincu qui pleurait seul sur sa chaise, qui pleurait de ses gros yeux myopes. Elle l'a saisi dans ses bras comme s'il était encore un très petit bébé. Elle le berce et le console. Elle énumère et célèbre les très réelles vertus de l'enfant malheureux.

La voici déchaînée pour jusqu'à la fin des jours, cette passion maternelle, cette passion de justice injuste. Il ne sera pas dit, ô mère, qu'un des enfants de ta chair sera plus malheureux que les autres. On prétend qu'il est mal doué ? Raison de plus, alors, pour le chérir, pour le choyer, pour chanter sa louange, pour le défendre contre tout et contre tous. D'ailleurs il n'est pas mal doué, pas moins intelligent que les autres : il est seulement moins heureux dans ses entreprises, moins favorisé du hasard. Il faut bien qu'il ait, quelque part, ne serait-ce que dans un cœur, la place la plus chaude, la plus douillette, la plus haute.

Les années peuvent venir, et même le siècle nouveau tout chargé de destinées. On dit que Joseph est riche, que la petite Cécile est devenue une artiste incomparable, que la nouvelle, la Suzanne, est d'une beauté radieuse, que Laurent connaît la gloire. Tout cela, c'est très beau, et c'est peut-être même vrai ; mais le cœur maternel, jusqu'à la dernière minute, ne battra que pour la justice, que pour l'équilibre vengeur. Il y aura du moins quelqu'un pour exalter les mérites de Ferdinand, pour citer ses mots, publier son goût, louer ses ouvrages.

C'est ainsi. C'est bien ainsi. Qui donc oserait s'en plaindre ? L'homme juste doit reconnaître qu'on ne peut tout avoir. Et pourtant, à certaines heures, il comprend que l'on peut être jaloux de tout, même de certaine pitié.

Je rêve et je m'égare au milieu des saisons. Vint un nouvel hiver. Il y eut des mois d'allégresse inexplicable, pendant lesquels, sans même savoir pourquoi, nous étions sûrs que les choses allaient miraculeusement se délier. Il y eut des mois maudits pendant lesquels, comble de disgrâce et de fatigue, nous finissions par ne même plus penser au notaire du Havre. Nous vivions comme les bêtes qui marchent en regardant leurs pattes dans la poussière. Un soir, j'entendis papa dire, pour la première fois, cette petite phrase terrible :

— Lucie, je peux renoncer.

Il avait posé non les coudes, mais les deux bras à plat, sur la table. Lui, si fier, si vaillant, si bien mordu d'orgueil, il courbait le dos, il laissait aller sa tête en avant. Il avait veillé trop de nuits. La confiance, tout à coup, s'en allait, comme le sang par une blessure intérieure. Il reprit, la voix plus sourde :

— Je peux abandonner... C'est même le moment, Cleiss m'a parlé d'un travail... Une compilation énorme. Il y en aurait pour quatre ans. Si j'abandonne mes examens, c'est tout de suite l'aisance. Oh ! je sais, ce ne serait pas déshonorant, ce serait seulement... inconcevable, après tout ce que j'ai fait.

Maman étendit les bras et saisit, au ras de la table, les mains de son mari. Elle les secouait, en riant :

— Abandonner ! Mais, Raymond, c'est une idée du soir. Comme il faut que tu sois fatigué ! Demain, tu n'y penseras plus.

Père se redressait déjà.

— Fatigué ? Non, non, je ne suis jamais fatigué. Si j'ai pu envisager la chose, c'est pour te soulager, Lucie.

Maman se reprit à rire.

— Raymond, comme tu es bon ! Mais, moi, je ne compte pas. Ne t'inquiète pas de moi. Je suis, par bonheur, bien portante.

A quelques jours de là, maman revint d'une course en ville avec un énorme ballot qu'elle ouvrait, le soir, sur la table. C'étaient des pantalons d'homme, tout coupés ; il ne restait qu'à les coudre. Maman se mit au travail et veilla, par la suite, une grande partie des nuits. Elle avait trouvé cet ouvrage dans une maison de confection qui tirait bon profit des ouvrières à domicile. Maman disait : « Ce n'est pas très bien payé ; mais ça nous aidera beaucoup. Nous pourrons joindre les deux bouts. Tu comprends, Raymond, toi dans ton cabinet, moi dans la salle à manger. Comme ça, la nuit est moins longue. »

Je lui disais parfois :

— Comme tu couds, maman ! Comme tu couds bien !

Elle répondait :

— C'est ma vie.

Elle aspirait un peu de salive entre ses dents et trouvait le temps de sourire. Il arrivait qu'elle ajoutât :

— Si seulement j'avais une fille en âge de m'aider. On travaillerait ensemble et ce serait quand même plus gai. Mais rien que la petite Cécile et, tout le reste, des hommes.

Les choses allaient leur train. Certains voisins se plaignaient à cause de la machine à coudre qui les empêchait de dormir. Ils finirent par s'y habituer.

Une nuit, je fus réveillé par je ne sais quel cauchemar. Je ne pouvais plus me rendormir. Papa, couché déjà, somnolait à mon côté. Je voyais, de loin, sur le parquet, un filet de lumière venu de la salle à manger ; mais je n'entendais aucun bruit. Ce silence mortel finit par m'effrayer si bien que je me levai sur la pointe de mes pieds nus et marchai vers la clarté.

Maman dormait, assise devant la table, la tête dans son bras reployé. Elle devait être enrhumée, car un fil brillant et limpide descendait de son nez jusque sur son ouvrage. Elle était pâle et respirait mal par sa bouche entrouverte. Comme je lui touchais le bras, elle s'éveilla, m'aperçut et se mit à pleurer. Elle m'avait pris sur ses genoux et me serrait contre elle pour que je n'eusse pas froid, en chemise ainsi, pieds nus. Elle pleurait tout bas, tout bas, et disait des choses sans suite : « Dieu sait que je n'ai pas souhaité la mort de mes pauvres sœurs. Si je l'avais souhaitée, je comprendrais que le ciel me punisse. Mais, puisqu'elles sont mortes, hélas ! qu'on me donne mon dû, Seigneur ! et que ce soit fini. Va te coucher, Laurent. Tu seras fatigué, demain, pour aller à ton école. L'instruction, c'est beau, Laurent, surtout quand on la prend jeune. Mais, comme nous, comme nous, je veux dire comme ton père, c'est vraiment trop cher payer. Tes pieds sont froids, Laurent. Laisse-les encore une minute dans le creux de ma main. »

## CHAPITRE 16

Vers la fin de cet hiver-là, maman tomba malade. Ce fut dramatique et bref. Cela commença de nuit. Papa disait à mon oreille : « Réveille-toi, tout de suite, mon garçon, et va te coucher dans le lit de tes grands frères. » J'ouvris péniblement les yeux. Papa tenait à deux mains une cuvette pleine de sang. Maman s'efforçait de sourire : « N'aie pas peur, Laurent. Je ne suis pas à mon aise et c'est tout. » Réfugié dans la chambre de mes frères, j'entendis jusqu'au matin, papa qui remuait des brocs, cherchait du linge dans l'armoire et faisait chauffer de l'eau sur le gaz, dans la cuisine.

Quand vint le jour, la misérable lumière de février, maman s'habilla non sans effort. Elle murmurait :

— Ce n'est pas ma faute, Raymond ; mais la tête me tourne.

Elle descendit l'escalier au bras de notre père et partit dans un fiacre. Elle resta huit jours à l'hôpital, huit jours pendant lesquels Mlle Bailleul vint nous faire la cuisine et même laver le petit linge.

Nous avons, par la suite des temps, perdu Mlle Bailleul dans la brousse parisienne. Elle doit être bien vieille, si tant est qu'elle vive encore. Elle ne doit plus songer à nous. Je la salue, elle ou son ombre. C'était vraiment une bonne et sainte fille. Elle savait relever ses manches, manier un balai, retrousser les longues robes que l'on portait en ce temps-là. Elle avait, de la charité, un sentiment rustique et populaire que je trouve bien respectable.

Papa, pendant huit jours, prit tous les repas avec nous. Il avait l'air soucieux, mais s'efforçait de faire bonne contenance et même de sourire encore. Un jour, il se leva de table soudainement, et pendant quelques minutes, alla s'enfermer dans sa chambre. Quand il revint, il me parut changé : le menton plus court, la bouche plus creuse. Il s'efforçait de manger encore, mais il ne répondait pas à nos questions. Quand il dit enfin quelques mots, je fus frappé d'horreur. Ce n'était plus sa voix, c'était une voix de vieillard, zézayante et presque infirme. Il me parut soudain que le monde allait s'écrouler. J'attendais une catastrophe. Je me sentis incapable d'avaler une bouchée de plus.

Le repas fini, Joseph nous prit à part :

— Ça vous fait de l'effet, dit-il, de l'entendre parler comme ça. Moi, je sais très bien ce que c'est : il a cassé son râtelier, vous comprenez ? ses fausses dents.

— Mais, fis-je, les larmes aux yeux, c'est impossible, impossible ! Papa n'a pas de fausses dents.

Joseph haussa les épaules.

— Si tu regardais seulement, au lieu de rêvasser, tu verrais papa, tous les soirs, laver son râtelier, dans la cuvette, avec cette petite brosse qu'il y a toujours, dans un verre.

Je ne répondis rien. J'étais désespéré. J'avais toujours trouvé mon père si beau, si jeune ! Je venais d'entrevoir le vieillard qu'il serait un jour et qu'il tâchait de nous cacher.

Deux jours durant, père fut ce triste vieillard. Le troisième jour, il revint et parla comme d'habitude, en souriant sous ses longues moustaches. Mais j'avais perdu confiance.

Le lendemain, maman revint aussi, toute seule, un paquet de linge sous le bras. Elle avait dû subir une petite opération dont on ne nous dit presque rien. Elle était extrêmement pâle et faillit s'évanouir en arrivant à la maison.

— Lucie, dit papa, tu vas me faire le plaisir de travailler le moins possible. Nous t'aiderons tous un peu. Quant à la couture du soir, c'est fini. N'en parlons plus.

Maman lançait autour d'elle un regard de détresse.

— Tu imagines, reprit papa, que j'ai cherché, tous ces jours-ci, une solution raisonnable. J'étudie un projet. Nous en reparlerons quand tu seras reposée. Ce n'est pas à huit jours près.

Je pense qu'environ ce temps mon père, le fier, le dédaigneux, fut tourmenté par Wasselin-le-mauvais-ange. Wasselin, chassé de partout, s'était mis à jouer aux courses, non plus de manière accidentelle, mais avec une persévérance, une assiduité surprenantes chez cet homme « libre et volatil ». Il allait presque chaque jour en banlieue, dressait des listes, pointait des noms, se livrait à des calculs prodigieusement compliqués, consultait des ouvrages, appliquait avec rigueur des méthodes savantes qui changeaient chaque semaine. Bref, il travaillait beaucoup plus qu'il ne l'avait jamais fait dans aucun emploi régulier. Saint et, s'il l'eût fallu, martyr du pari mutuel, il se livrait à des effusions apostoliques et prêchait les infidèles. Il arrêtait mon père sur le palier et tâchait de le séduire : « Je sais, je sais, disait-il, que votre affaire d'héritage vous enrichira tout d'un coup. Mais, en attendant, mon cher. Songez, en attendant ! Ce n'est pas une question de chance ; je sais que vous n'aimez pas ça. Au contraire, c'est absolument mathématique. Vous mettez cent sous, cent malheureux sous et vous touchez dix fois, douze fois la mise. Les mauvais jours, seulement sept fois, six fois. Bien entendu, vous pouvez mettre beaucoup plus de cent sous. »

Papa souriait, secouait la tête, résistait, en définitive. Il a toujours résisté. Il aimait l'aventure, non les jeux de hasard. Je n'ai jamais vu mon père jouer aux cartes, par exemple, ni prendre des billets de tombola. Ses chimères volaient ailleurs. Il était, comme tout le monde, et même beaucoup mieux que tout le monde, capable de se laisser duper, il l'a prouvé bien des fois ; mais il demandait un semblant de raison valable. Il était encore très près de ces paysans bandés contre les hasards du ciel, de la terre et des éléments. S'il avait eu de l'argent, il aurait aimé, je pense, les valeurs dites « à lots », dont il nous parlait souvent, et qui supposent une chance miraculeuse, sans toutefois qu'on doive abandonner le sentiment du capital.

Son projet essentiel, depuis la maladie de maman, était de faire un emprunt. Oh ! pas un petit emprunt ! « Quelque chose, disait-il, d'une bonne importance moyenne, qui nous permette de voir clair. »

Il courut, pendant quelques jours, le monde hideux des prêteurs. Il disait, en rentrant, le soir :

— C'est effroyable, Lucie ! Mme Delahaie avait du génie, dans son genre. Elle a pris toutes les précautions. Imagine bien que les titres, ces fameux titres dont nos enfants ont la nue-propriété, dont, toi, tu as l'usufruit, ces titres qu'on ne pourrait vendre qu'après ta mort...

— ... Si seulement, soupirait mère, si seulement j'étais morte à l'hôpital, vous les auriez vendus, ces titres, et vous auriez de l'argent.

— Ne dis pas de sottises, Lucie. Nous n'aurions même pas pu les vendre. Tu n'as pas bien lu les paperasses. Moi non plus, je ne les avais pas bien lues. Mais les gens d'affaires, ça voit tout. On peut les vendre après ta mort, les titres, bien entendu. Mais à la condition que les enfants soient majeurs. A la condition, pour chacun des titres de douze mille cinq cents francs, que chacun des enfants possesseurs ait atteint sa majorité. Patience : je n'ai pas fini. Reste la question d'un emprunt. En général, il est toujours possible d'emprunter quelque chose sur un titre. Eh bien, même pour un emprunt, il est indispensable, avec tes fameux titres, que le nu-propriétaire ait atteint la majorité, ce qui, pour l'aîné, pour Joseph, demande un peu plus de cinq ans. Avoue que c'est admirable et que je n'exagère pas quand je dis que Mme Delahaie avait une espèce de génie. Quelle race ! Quelle engeance !

Maman soupirait, rose de confusion, et papa repartait en chasse. Il revint un jour, l'air si las, si découragé, que mère posa des questions.

— Qu'est-ce que tu as, Raymond ?

— Rien de plus que les autres jours. J'ai cherché. Je n'ai pas trouvé.

— Qui donc as-tu vu, aujourd'hui ?

— Personne qui t'intéresse.

Faite de méchante humeur, cette réponse n'était pas franche. Maman réfléchit un instant et demanda, la voix douce :

— Par hasard, tu n'aurais pas rencontré Mme Troussereau ?

Alors, père avoua tout, comme un enfant pris en faute, sur le fait.

— Oui, j'ai vu ma sœur Anna.

— Tu n'as pas parlé d'emprunt ?

— Si, j'ai parlé d'emprunt. A qui veux-tu que je m'adresse ? Je ne connais personne, personne. Une sœur, ce serait naturel. Depuis son dernier veuvage, elle vit bien à son aise.

— Oh ! Ram ! Il ne fallait pas. Plutôt mourir de faim, Raymond ! Même les enfants, oui, même les enfants ! Demander à Mme Troussereau ! Quelle honte ! Quelle honte !

Maman sanglotait à sec, avec rage, avec désespoir.

— Ce qu'elle a pu te répondre ! Tu n'as pas besoin de le dire. Je le devine assez bien. Comment veux-tu, maintenant, que j'ose la regarder en face ?

Papa, saoul de rancœur, ne répondit pas un mot.

Quatre ou cinq jours passèrent, et je crois bien que papa commençait à lâcher pied quand maman lui dit, un soir :

— Ecoute, Raymond, j'ai trouvé.

— Qu'est-ce que tu as trouvé ?

— Une personne, pour l'emprunt.

Père fit un geste vague.

— On va nous prêter dix louis. Je vois la chose d'ici.

— Non, dit mère, posément. J'ai trouvé le prêteur. Et nous aurons dix mille francs.

— Qui ? fit père, incrédule.

— Notre voisin, M. Courtois.

Papa secouait la tête.

— Ma pauvre Lucie, tu rêves. Ces gens-là sont terriblement près de leurs sous. Dix mille francs ! Une vraie fortune ! Tu n'as pas regardé Courtois.

— Je te demande pardon, répliqua mère avec beaucoup de calme. Ce n'est pas une affaire en l'air. J'en ai parlé depuis deux jours. C'est même une affaire entendue. Il manque seulement un papier que je vais aller chercher, dès demain, moi-même, au Havre, chez le notaire, et qu'il ne peut me refuser : un extrait du testament concernant l'argent de Lima. Une copie ! Je ne reviendrai que le papier dans les mains et je te donne ma parole que, moins d'une semaine après, nous aurons l'argent.

— Ce serait trop beau, dit mon père. Allons, explique-moi tout en reprenant au commencement.

Et notre mère expliqua tout : les conversations préparatoires, la grande réserve des Courtois, les arguments, la discussion, les mille points soulevés par la dame, par le frère, par les Fées, par toute la bande, finalement les conditions, l'intérêt, le remboursement futur. Oh ! comme elle était habile avec son air ingénu ! Papa disait : « Sais-tu, Lucie, que tu ferais une étonnante femme d'affaires ? »

Et toutes les choses se passèrent comme maman les avait arrangées. J'étais, lors de cet événement, bien jeune, mais point inattentif. On en a parlé, dans la suite, autour de moi, pendant trente ans, en sorte que ma mémoire, avivée constamment, oui, je dis bien, remise à vif, saigne encore pour peu qu'on la touche.

Maman fit le voyage du Havre. Il fallut, pour parer à cette dépense immédiate, engager encore quelque chose, et ce fut la bibliothèque. Je parle du meuble, bien sûr. Pour les livres, nous nous serions fait tuer plutôt que de nous en dessaisir. On les empila dans un coin, le dictionnaire de Littré bien accessible, sur le tas, car on l'ouvrait à chaque instant, comme d'autres ouvrent la Bible.

Ce petit voyage prit deux jours, deux jours pendant lesquels nous retenions notre haleine. Et puis, maman reparut. Elle montrait un visage clair et nous rassura tout de suite :

— J'ai le papier. Un extrait, une copie. Ça ne peut pas se refuser. Si je l'avais demandé par lettre, nous en aurions eu pour trois mois. On sait comment ça se passe, avec messieurs les notaires. Mais, j'étais là, j'étais là ! Je me suis assise dans un coin de l'étude et j'ai dit que j'allais attendre. Alors, quand ils ont compris que je ne m'en irais pas, ils ont fait dresser la copie. Ce matin, on a mis les cachets, la légalisation, je ne sais quoi. J'en ai pour seize francs soixante ! Rien que de ce papier.

— Alors, tu l'as vu, Lucie ?

— Le notaire ? Le notaire du Havre ?

— De qui penses-tu que je parle ?

— Evidemment, je l'ai vu. Oh ! c'est un homme comme les autres, un homme très ordinaire. Je croyais me rappeler qu'il était fort, sanguin, avec une encolure de taureau. Comme on peut se tromper, quand même ! Il est plutôt maigre, plutôt pâle. J'ai pensé, tout à coup, qu'il devait être malade. J'y ai repensé dans le train et je me suis dit que s'il mourait par hasard, ce serait une chose effrayante. Je ne parle que pour nous.

— Oui, oui. Et qu'est-ce qu'il t'a dit ?

Maman hochait les épaules.

— Tu sais que ces gens-là ne disent jamais grand-chose. Ils n'ont même pas l'air de savoir très bien de quelle affaire on leur parle. Ils en ont tant sur les bras ! Il m'a dit que notre affaire à nous n'allait pas trop mal, seulement que le consul de France...

— Le consul de France ! Quel consul ? Voilà maintenant un consul qui se mêle de nos affaires !

— Nécessairement, Raymond. Le consul de France à Lima. Eh bien ! il a changé trois fois en deux ans, et, chaque fois, c'est tout juste s'il ne faut pas tout recommencer. Il paraît même que les frais s'élèvent, sans qu'on y pense, qu'ils s'élèvent, petit à petit.

— Quels frais ?

— Les frais de recherches.

— Oui, oui, dit papa, soucieux. Enfin, tu as le papier. Pour l'instant, c'est le principal.

Ils passèrent la soirée à régler tous les détails de cette affaire Courtois. Le prêt s'élevait en principe à la somme de dix mille francs. Nous prenions à notre charge les frais de timbre, assez peu considérables, et la perte causée par la vente des titres en un temps de moins-value. En d'autres termes, les Courtois vendaient pour dix mille francs de valeurs diverses. Cette vente, tout calculé, moins-value et commission, devait laisser, au cours du jour, neuf mille six cent cinquante francs, et nous donnions reçu pour dix mille. Papa grondait : « C'est incroyable ! » Et maman répondait : « Non ! C'est logique. Ils vendent, c'est à cause de nous, uniquement à cause de nous. C'est donc à nous de supporter la perte. » L'emprunt était consenti par M. Courtois l'aîné d'abord, et par M. Courtois le cadet agissant en son nom et au nom de ses sœurs. L'emprunt devait porter un intérêt de huit pour cent. M. Courtois avait dit : « Notre argent rapporte cinq. Si l'on tient compte du risque, vous pouvez servir huit, et ce n'est pas usuraire. » Il était stipulé qu'au moment de l'héritage, MM. Courtois seraient remboursés immédiatement, c'est-à-dire considérés comme les créanciers les plus favorisés et qu'ils recevraient alors, outre leurs dix mille francs, une indemnité spéciale de cinq cents francs en compensation des aléas qu'entraînerait un nouveau placement. Il était enfin prévu que si l'héritage, fraction Lima, tardait par trop à venir, le prêt serait remboursé, tout au moins pour les deux tiers, dès la majorité de Joseph, par le moyen d'un emprunt sur le titre nominatif dont il avait la nue-propriété.

Papa grinçait des dents. Maman tâchait à le calmer :

— Des choses comme ça t'étonnent, parce que tu n'as jamais eu d'argent, Raymond. Mais chez mon oncle Prosper, où il y avait un peu de bien, on ne parlait que de ça, presque toute la journée : plus-value, moins-value, tant pour cent, garantie, recours en justice, et tout le reste. C'est la vie.

La cérémonie officielle eut lieu huit jours plus tard — le temps de passer les ordres — dans le « cabinet de travail ». Nous vîmes arriver d'abord M. et Mme Courtois, je veux dire Courtois l'aîné. Il était nerveux et sans cesse avançait les lèvres en poussant un petit grognement, ce qui hérissait bizarrement sa moustache teinte d'un noir-deuil. Il s'assit, les mains aux cuisses, sur le tabouret de piano. C'était un tabouret à vis. Parfois M. Courtois virait vers la droite ou la gauche, et la vis travaillait avec un âpre grincement.

Quelques minutes plus tard, les Fées entrèrent à leur tour, suivies de Courtois le cadet. Leurs odeurs de vieux cuir, de patchouli, de peau d'Espagne et de tabac à priser supplantèrent aussitôt les odeurs de notre clan. Nous autres, les enfants, massés derrière une porte, nous avions le sentiment d'être conquis, colonisés.

Maman commença de lire, d'une voix claire, naturelle, calme, le texte cent fois repris pendant les journées précédentes et recopié, pour finir, sur des feuilles de papier timbré. De temps en temps, M. Courtois levait l'index et disait : « Plaît-il ? Voulez-vous recommencer tout le dernier paragraphe ? Ma parole, je deviens sourd. » Mme Courtois se penchait à l'oreille de mon père et murmurait : « Je n'ose pas le lui dire, mais c'est vrai qu'il devient sourd. » Parfois, M. Courtois élevait la main pour qu'on suspendît la lecture. Il pivotait à droite, à gauche, sur le tabouret de piano, fronçait les sourcils qu'il portait touffus et teints et disait : « J'entends très bien grincer la vis. Je ne suis donc pas sourd. C'est que Mme Pasquier parle trop bas. » Et maman élevait la voix.

Une seconde lecture du texte fut ensuite donnée par Courtois le cadet. Les Fées branlaient la tête, à chaque phrase, en mesure, comme certaines gens sensibles à l'audition d'une pièce de poésie.

Ces deux lectures achevées, maman signa, la première : Lucie-Eléonore Delahaie, épouse Pasquier. Elle écrivit, humblement, un Delahaie minuscule et le Pasquier trois fois plus gros. Papa signa le dernier. Il souriait, l'œil lointain.

Alors, avec des gestes prudents, comme s'ils allaient saisir une bête venimeuse ou quelque substance explosive, les deux Courtois fouillèrent en même temps dans la poche intérieure de leur jaquette. Ils avaient, pour plus de sûreté, partagé la somme en deux. M. Courtois le vieux compta d'abord cinq billets de mille francs. Il dit : « A toi, maintenant ! » Courtois le cadet compta quatre mille six cent cinquante francs. Ils avaient posé les billets au milieu de la table et gardèrent pendant quelque temps la main dessus, à plat. Puis ils dirent : « Comptez vous-mêmes. » Notre mère compta les billets et les tendit à papa. Les Courtois lisaient de l'œil le reçu sur papier timbré, avant de le plier et de le mettre dans leur poche.

Pendant une bonne demi-heure, la société fit en sorte de parler paisiblement, comme les samedis de « banque ». Ce n'était pas facile. Toutes les gorges étaient serrées par une angoisse indicible. Et le crâne de M. Courtois, si blanc d'ordinaire, était marbré de plaques rouges.

Les Courtois n'en finissaient pas de s'en aller. Ils jetaient sur toutes nos affaires, sur nos meubles, sur nos personnes, un regard nouveau, terrible, même dans le sourire : le regard de celui qui a, comme il paraît qu'on dit, des droits.

Ils se retirèrent pourtant. Papa rangea les billets dans le tiroir de la table, celui qui fermait à clef. Il chercha pendant longtemps où cacher cette petite clef. Il se résolut, en désespoir de cause, à la laisser sur le tiroir. Nous allâmes, à tour de rôle, voir si la porte du palier était verrouillée avec soin. Toutes les fenêtres du balcon furent closes, et même les persiennes. Et je peux dire que, cette nuit-là, nul de nous ne ferma l'œil, pas même la petite Cécile.

## CHAPITRE 17

Maman voulut, tout d'abord, nous acheter à tous des vêtements et du linge. Il fut ensuite décidé qu'on garderait pour le courant de la maison une somme d'argent liquide, que l'on dégagerait presque tous les objets déposés au Mont-de-Piété, que l'on s'occuperait enfin de mettre en sûreté le reste de la somme, soit environ sept mille francs. Mère, avec modestie, parlait de la Caisse d'Epargne. Papa souriait dédaigneusement.

— Lucie, tu n'y songes pas. La Caisse d'Epargne n'accepte que des sommes très petites : quinze cents francs, à peu près. Il nous faudrait plusieurs livrets à des noms différents et, pour toi, par exemple, des autorisations maritales, des histoires à n'en plus finir. En outre, l'intérêt qu'ils servent est dérisoire, inexistant.

— Oui, mais nous pourrions retirer l'argent au fur et à mesure de nos besoins, facilement.

— Lucie, laisse-moi réfléchir.

— Sois prudent, je t'en supplie.

Papa ne répondit rien. Il était bien résolu, depuis qu'il avait l'argent, à n'en faire qu'à sa tête. Lui qui, si volontiers, criait : « Lucie ! Lucie ! » dans les instants de détresse, il redevenait, avec la prospérité, le maître, le dictateur.

Il fit, sans nous en souffler mot, toutes sortes de démarches et, brusquement, un soir, il nous annonça la bonne nouvelle. Cela se passait, comme toujours, pendant l'heure du souper, et nous prenions, nous, les enfants, nous prenions à l'entretien une part variable, déjà grande pour Joseph et, pour Cécile, toute petite.

— C'est fait, Lucie, dit papa. J'ai trouvé notre placement.

Maman devint tout de suite attentive.

— Explique-moi ton projet.

— Tu te rappelles bien, Lucie, que nous devons servir à nos prêteurs un intérêt de huit pour cent.

— Sois sûr que je ne l'oublie pas.

— Huit pour cent ! Ça va bien. Je veux bien laisser Courtois répéter à tout bout de champ que ce n'est pas usuraire. C'est, en tout cas, terriblement lourd et, je peux le dire, entre nous, à la limite de l'honnêteté. Enfin, passons ! Si nous plaçons cet argent, nous-mêmes, à trois ou quatre, nous ne récupérons pas la moitié des sommes à verser, surtout que nous payons les intérêts pour dix mille et que nous ne pouvons placer que sept mille à peu près. Il m'a donc fallu chercher une affaire exceptionnelle qui nous rapporte au moins de quoi couvrir les intérêts Courtois. Eh bien ! j'ai trouvé, Lucie. J'ai trouvé du douze pour cent.

Maman ferma les yeux.

— Mon oncle Prosper disait que l'argent ne peut pas rapporter au-dessus de dix et même qu'il ne faut pas chercher au-dessus de dix, que c'est aventureux.

— Ton oncle Prosper était peut-être un commerçant adroit, c'était surtout l'homme d'un autre temps, l'homme des petites idées. Tu comprends bien, Lucie, que ce n'est pas du douze pur. Pour obtenir ce douze, il faut additionner l'intérêt et le dividende. Sept d'un côté, cinq de l'autre, du moins pour cette année, car si nous pouvons laisser l'argent, dans quelque temps nous toucherons bien davantage.

— Attends un peu, Raymond. On te donne, à toi, de l'argent pour lequel on te demande huit. Et tu dis que c'est usuraire. Si, si, Ram, tu le dis, tout en disant que tu ne le dis pas. Et, dans le fond de mon cœur, je suis un peu de ton avis. Alors, toi, tu prêtes, à ton tour, l'argent que tu viens d'emprunter.

— Comment ça ? Je ne le prête pas : je le place.

— C'est la même chose. Un placement, c'est un prêt. Et toi qui te plains avec raison d'avoir à donner du huit, voilà que tu prends du douze. Raymond, je ne comprends pas.

— Ce que tu ne comprends pas, c'est que mon argent, celui que je place, que je prête, si tu veux, je le porte à des gens qui le font travailler. Travailler ! Tu vois, Lucie, ce que ça veut dire ?

— Oh ! oui. Je vois. Je comprends. Qu'est-ce que c'est que cette affaire ?

— Une affaire étonnante dont Markovitch me parlait depuis plus d'un an. Le nom ne te dira rien. C'est une affaire industrielle. Tiens, voilà leur papier.

Mon père tendit une feuille sur laquelle on lisait : INCANDA-

FINSKA. *Société pour l'exploitation des brevets Finska. Eclairage par l'incandescence au gaz.*

Maman lisait, le front plissé.

— Oui ? Qu'est-ce que tout cela veut dire ?

— Je te répète, Lucie : une affaire exceptionnelle. Une société par actions.

— On parlait toujours, dit maman, l'air perplexe, on parlait, chez mon oncle Prosper Delahaie, de ces affaires prodigieuses qui n'existent qu'en façade. L'incandescence au gaz ! Vraiment !

Papa se mit à frapper sur la table, en mesure, avec la pointe de ses ongles, ce qui traduisait l'agacement.

— L'incandescence ! Oui, Lucie ! Et je t'affirme que ça se voit, que ce n'est pas une illusion. Je suis allé dans leurs bureaux qui sont, comme tu le penses bien, éclairés par leurs procédés. C'est un éblouissement !

— Enfin, soupira maman, c'est une affaire à voir.

— Mais, Lucie, elle est toute vue.

— Ram, avant de rien décider, réfléchissons quelques jours.

— Lucie, c'est tout réfléchi. Il n'y avait pas de temps à perdre. J'ai eu les actions aujourd'hui pour six cent quatre-vingt-dix. On les paiera demain sept cent cinquante. Alors, j'ai donné les ordres. J'ai même donné l'argent.

Mère se mit à trembler du menton.

— Il faudrait attendre un peu.

— Puisque je te dis que c'est fait, que c'est bien fait. Nous n'avons plus qu'à dormir sur nos deux oreilles.

— Et quand nous aurons besoin d'argent pour la maison, pour tes examens de mai, pour une raison quelconque ?

— Eh bien ! nous vendrons une action, deux actions s'il le faut. Il suffit de s'y prendre quarante-huit heures d'avance.

Maman ne répondit plus rien.

Elle commença de maigrir, de pâlir, de se tourmenter. Elle parlait souvent toute seule, soit la nuit, pendant sa couture, soit quand elle était occupée à la cuisine. Je l'entendais murmurer : « De l'argent qui n'est pas à nous ! Oh ! je ne peux pas vivre comme ça. »

Pourtant, tout allait fort bien. Papa revenait le soir et disait à brûle-pourpoint :

— Sais-tu combien j'ai gagné dans la journée d'hier ? Oh ! je ne parle pas de Cleiss : ça c'est presque négligeable. Non, je pense à l'Incanda, je parle des actions. Sais-tu combien j'ai gagné ?

— Comment pourrais-je le savoir ?

— Cent cinquante francs, Lucie. Ce que je reçois de Cleiss après vingt veillées de travail. Avoue que l'argent, c'est un truc et qu'on est un peu bête de s'user jusqu'à la fibre pour gagner dix à douze francs par nuit.

— Comment calcules-tu, pour cent cinquante francs ?

— Quinze multipliés par dix, c'est simple comme bonjour. Si ça continue comme ça, je voudrais t'acheter quelque chose. Qu'est-ce qui te ferait plaisir, Lucie ?

Maman secouait la tête.

— Je sais bien qu'il y a des gens, et même beaucoup de gens, qui gagnent leur argent comme ça. Laisse-moi te dire, Raymond, que je ne peux pas le comprendre. Cet argent, c'est donc quelqu'un qui le gagne à notre place.

— Non, c'est l'argent qui travaille.

— Réfléchis un peu, Raymond. Ce sont les hommes qui travaillent. L'argent, lui, ne fait rien. Et si ce n'est pas quelqu'un qui le gagne à notre place, peut-être bien, alors...

— Alors ?

— Peut-être qu'il n'existe pas.

— Veux-tu que j'aille le chercher ?

— Oh ! oui, Ram ! Fais ça ! Comme je serais soulagée !

— Lucie ! Pauvre Lucie ! Que tu es bien Delahaie ! Tu ne comprends rien au monde moderne.

A quelques semaines de là, maman demanda de l'argent.

— Il faudrait tâcher, dit papa, d'attendre encore huit ou dix jours.

— C'est que nous touchons au bout. Je ne vais pas pouvoir attendre.

— Il faut attendre, dit papa. L'Incanda, pour le moment, renouvelle son matériel. Les actions baissent un peu. Nous avons été prévenus. C'est une chose tout à fait normale.

Maman devint très pâle.

— Raymond, vends-les tout de suite ! Les actions, toutes les actions !

— Tu es folle, perdre plus de mille francs.

— Tout de suite, Raymond ! Veux-tu que je te le demande à genoux ?

Papa saisit son chapeau, fit deux ou trois fois le tour de la chambre et se dirigea vers la porte.

— Cette scène est ridicule, elle est même inconvenante. Ne t'imagine pas que je vais céder à la peur et liquider mes actions. Je m'en vais, de ce pas, travailler ailleurs, dans un endroit quelconque où, du moins, j'aurai la paix...

Cinq jours plus tard, un jeudi matin, je ne l'oublierai jamais, Mme Wasselin vint quérir Désiré jusque dans la chambre où nous jouions tous deux. Elle tenait à la main je ne sais quel journal dont elle faisait sa pâture. Elle disait, de sa voix rauque et mélodramatique :

— Vous avez vu ? La catastrophe ! Ah ! il y aura des pleurs et des grincements de dents, aujourd'hui, dans beaucoup de ménages.

Maman, qui n'écoutait guère les jérémiades Wasselin, dressa tout à coup l'oreille. Elle avait, pour le malheur, une vertu de divination.

— Une catastrophe, dites-vous ? Une catastrophe de chemin de fer ?

— Mais non. Regardez vous-même. Ah ! ce sont de grandes canailles !

Maman prit le journal, y jeta les yeux furtivement, oscilla sur elle-même et tomba, d'un seul coup, tout de son long, sur le plancher.

Elle était évanouie. Il fallut dégrafer son corsage, lui mouiller les joues d'eau fraîche, lui donner des claques dans les mains. J'étais à demi mort d'angoisse et j'eus pourtant la curiosité de prendre le journal. On y lisait en grosses lettres : *L'Epargne française en péril. Le scandale de l'Incanda-Finska. Arrestation des administrateurs. Les personnalités politiques compromises. Manifestation de la foule au siège de la société*, etc., etc.

Mme Wasselin tenait sur ses genoux la tête de maman. Elle disait, l'air lugubre :

— Alors, c'est que vous trinquez ? Pauvre dame, tout de même. Des soucis d'argent, Dieu de Dieu ! tout le monde en a. Si vous voulez que je vous dise : je sais ce que c'est que la vie et je ne peux imaginer qu'il y ait d'autres soucis, mais, là, de véritables soucis, que les soucis d'argent. C'est ça qui entraîne tout le reste.

Maman reprenait ses esprits et put s'asseoir sur une chaise.

— Vraiment, disait Mme Wasselin, vous auriez perdu des sous dans cette histoire de faillite ?

— Mais non, répliquait maman. Nous n'avons rien perdu, Madame. Je ne connaissais pas cette histoire. C'est seulement la chaleur. C'est seulement le mois de mai.

Nous avions tout compris. Nous, je veux dire Ferdinand et moi. Nous restions muets d'horreur et peut-être d'admiration.

Le reste de la journée, maman s'enferma dans une chambre, ce qu'elle ne faisait jamais. Nous frappâmes deux ou trois fois, pour tromper notre tristesse. Maman répondait : « Si vous n'avez besoin de rien, laissez-moi, mes enfants. Laissez-moi, je suis malade. »

Chose effrayante et rare, ce soir-là, père ne rentra pas coucher. Maman s'assit sur une chaise devant la fenêtre ouverte et passa toute la nuit là, allant de minute en minute sur le balcon pour écouter les bruits de la rue.

Papa ne revint que le lendemain matin. Il n'était ni peigné, ni rasé, ni brossé. Il avait l'air dur et terrible. Maman lui servit du café sans articuler une syllabe.

# CHAPITRE 18

Cette infortune, pour nous si poignante, prélude aux événements d'un été néfaste entre tous, l'été de 91. Les ténèbres de l'hiver jettent sur l'adversité des voiles funéraires qui en sont la hideuse parure naturelle. Mais, quand je suis malheureux, je hais l'été perfide, ses moiteurs, ses orages, ses délices vénéneuses et tout ce cruel discord entre le ciel et mon âme.

Notre salle à manger redevint un atelier de couturière. Maman partait tous les deux jours et rapportait un gros paquet de vêtements qu'il lui fallait coudre, doubler, munir de boutonnières et de boutons.

Nous avions fini, pour ne pas brouiller l'ordre des étoffes, par manger dans la très petite cuisine que je chérissais, sans le dire, parce qu'elle était toujours sombre et qu'elle s'accordait bien à la couleur de nos pensées.

J'avais un peu plus de dix ans. J'étais maigre et même chétif. Je ne mangeais presque rien, peut-être par dégoût de tout au monde, peut-être parce que, déjà, les enfants ont de ces calculs, je ne pouvais m'empêcher de réfléchir, en l'avalant, au prix de chaque bouchée. Certains jours, un flot de sang me montait du cœur au visage, ma bouche s'emplissait d'eau ; je sentais mes dents grincer comme celles d'un jeune animal. J'avais faim, malgré tout, je voulais manger et vivre. C'est alors que j'ai découvert le sens et la force des nourritures simples : le pain, le fromage, le sucre. J'y pense encore, presque chaque jour. Et puis je me sentais ressaisi de langueur. Une fois, par-ci par-là, nous mangions un peu de viande. Supplice écœurant. Tristesse. La grosse bouchée de veau, réduite à l'état de ficelle, et qui ne veut pas descendre, et qui passe d'une joue à l'autre, pendant que les yeux de l'enfant s'emplissent de larmes claires. Heureusement, heureusement, nous avons, cette saison-là, presque oublié le goût de la viande.

Je le répète, j'avais un peu plus de dix ans. Je connaissais, de la vie, bien des choses que beaucoup d'hommes n'ont pas même imaginées, à l'instant de quitter ce monde.

Que je ne sois pas injuste, que je ne sois pas ingrat ! Certains dédommagements nous étaient parfois octroyés. Certains soirs, l'enfant Cécile s'asseyait devant le piano. Pendant une petite heure, toute misère oubliée, nous écoutions notre ange, comme les animaux, jadis, écoutaient Orphée, le chanteur thrace.

J'obtins, cette année-là, mon certificat d'études, de manière précoce et brillante. Papa venait justement de passer des examens et d'y réussir. Il me soulevait dans ses bras et, me juchant sur son épaule, disait, le visage épanoui : « Voici les deux lauréats ! »

Il avait le don d'oubli, ce qui, selon les heures, est grande faute ou grande vertu. Il effarouchait maman par des réflexions telles : « En somme, il est heureux que ces affaires du Havre aient traîné jusque maintenant. Si nous avions touché la totalité de la somme, au lieu d'emprunter aux Courtois, j'aurais peut-être placé, dans cette affaire d'Incanda, trente-cinq ou trente-six mille francs. C'était une si belle affaire ! Et nous aurions tout perdu. »

Car l'affaire de l'Incanda ne laissait plus aucun espoir. Chose étonnante, père en parlait avec un mélange de fureur et de tendresse. Il a toujours, par la suite, du moins chaque fois qu'il l'a pu, trinqué dans ces grands naufrages, dans la débâcle Thérèse Humbert, dans le désastre Rochette. Le génie de ces aventuriers le fascinait bien un peu, malgré qu'il en eût et quoi qu'il en ait pu dire.

Non, que je ne sois pas ingrat ! Nous allions à la dérive, souvent dépourvus et désemparés ; mais nous avions toujours de grands projets, nous cultivions de beaux espoirs, et nos parents nous aimaient. J'inventais, à ce sujet, chaque soir, des actions de grâce et pensais avec douleur à Désiré. Son père, irrité de maintes mésaventures, de maints échecs, affronts et faux pas, s'était avisé de chercher du soulagement en battant son plus jeune fils. Oh ! non plus par caprice, mais avec régularité, deux ou trois fois par semaine, dans une intimité farouche, toutes portes closes et Mme Wasselin préalablement refoulée sur le palier.

Désiré faisait souvent, pour rester muet, un effort courageux. Parfois, il succombait aux larmes. Alors, nous entendions tout. Papa se levait, un peu pâle, sa moustache en hérisson. Il allait frapper à la muraille ou même à la porte et criait d'une voix altérée « : Arrêtez tout de suite, Monsieur, ou je vais chercher la police. A moins que je ne vous corrige de mes propres mains, Monsieur. »

Désiré, le lendemain, me disait avec un sourire :

— Laurent, ce n'est rien du tout. Dis à ton père que ce n'est rien du tout. Papa voulait s'amuser. Il ne m'a rien fait, je t'assure. Il a seulement des ennuis. Il a dû reprendre un emploi, un emploi qui ne lui plaît pas.

Notre principal souci nous venait alors des Courtois. La « banque » était devenue une institution sacrée, quelque chose d'absolument obligatoire. Maman, plantant là ses coutures, devait y figurer, et de même notre père qui n'avait pas une soirée à perdre et que ces séances exaspéraient. Les Courtois prenaient l'habitude, soit le mâle, soit la femelle, soit quelque autre citoyen de la tribu, de pénétrer chez nous, sous un prétexte même futile, comme d'apporter un journal, ou de voir l'heure, ou d'emprunter une allumette, ou même de regarder, avant une promenade, notre baromètre à mercure dont les Fées disaient : « C'est un appareil de valeur. » Mme Courtois, si nous étions à table, c'est-à-dire dans la cuisine, s'appuyait une minute au chambranle de la porte. Elle disait : « Tiens ! vous avez des cerises ! Nous n'y avons pas encore goûté cette année, nous autres. » Maman répondait : « C'est que nous ne prenons pas de viande. » Alors Mme Courtois : « La salade, c'est bon, l'été, mais ça mange beaucoup d'huile. Il faut savoir se priver dans le temps que nous traversons... »

Quand elle était partie, maman murmurait, le souffle court : « Si nous avions encore l'argent, je le leur rendrais tout de suite. »

Nous finissions par nous cacher de tout, aux yeux de nos créanciers. En revenant, le matin, avec ses maigres provisions, maman se dépêchait de passer devant la porte des Courtois. Elle gémissait : « Mes pauvres petits, vous n'avez que de vieux vêtements, et c'est une bénédiction. Si l'on vous en donnait des neufs, je n'oserais même pas vous les mettre, pour ne pas m'attirer une réflexion désobligeante. »

En vérité, je crois que notre imagination malade cherchait, trouvait, inventait, à tout propos et même hors de tout propos, de folles raisons de souffrir. Et les choses en étaient là quand accourut à la traverse un événement ravageur.

M. Courtois devenait sourd. Ses proches l'avaient remarqué. Nous le savions, nous aussi. Il arrivait qu'il pénétrât dans la maison, j'entends chez nous, sans même frapper à la porte. Il était escorté de sa femme et poursuivait, en entrant, une querelle, toujours la même : « Vous permettez, disait-il, que j'aille au tabouret ? » Il s'agissait de notre tabouret de piano dont le grincement, fort aigu, traversait encore assez bien cette surdité grandissante. M. Courtois faisait grincer le tabouret et, se retournant vers sa femme : « J'entends parfaitement le tabouret, criait-il d'une voix victorieuse. Du moment que j'entends le tabouret, c'est donc que je ne suis pas sourd. »

Et Mme Courtois disait :

— Mais, mon ami, personne ici ne pense que tu es sourd.

Le bonhomme tournait le dos et sortait, bien tranquillement, tout fier de sa démonstration.

Nous commencions de trouver cette cérémonie naturelle, mais les choses changèrent d'allure.

Un soir, M. Courtois fit son entrée comme d'ordinaire, en tournant, sans façons, la clef du vestibule. Nous achevions de souper, et pressentant quelque chose d'anormal, nous passâmes aussitôt dans la salle à manger toute pleine d'étoffes, de coupons, de fils, de pelotes, d'épingles. Derrière M. Courtois s'avançait la tribu : la femme, le frère et les Fées. Ils avaient les traits tirés, les mains tremblantes, l'odeur folle. Ils regardaient avec effroi leur chef, maître et seigneur.

M. Courtois ne fit qu'un signe et ne dit qu'un mot : « Je vais au tabouret. » Il ne s'excusa même pas. Il obtint du tabouret divers grincements, il vint dans la salle à manger et s'assit sur une chaise, les mains aux cuisses, le visage d'une pâleur inhumaine, des gouttes de sueur au bout des poils.

— Non, dit-il, je ne suis pas sourd. Ceux qui tâchent de l'insinuer pourraient bien s'en repentir.

Il y eut un instant de silence. Enfin M. Courtois cria d'une voix furieuse :

— Si l'on dit que je suis sourd, savez-vous ce que je vais faire ? Je vais redemander l'argent. Je vais exiger mon argent. Qu'a-t-on fait de mon argent ?

Mme Courtois s'avançait. Elle parlait très doucement, comme on parle aux enfants malades :

— On te le rendra, ton argent. Sois tranquille, mon mignon ! N'est-ce pas, Madame et Monsieur, qu'on lui rendra son argent ? Sois tranquille, mon chéri, va faire tourner le tabouret. Tole, veux-tu ? fais-lui tourner le tabouret.

Courtois le cadet poussait doucement le bonhomme dans la pièce voisine. A peine furent-ils sortis, Mme Courtois et les Fées commencèrent de pleurer.

— C'est affreux, madame Pasquier. Il est devenu fou, depuis cette misère d'oreilles. Il est complètement fou. Qu'est-ce que nous allons faire ?

— Il faut, dit mon père, il faut aller chercher le médecin.

Mme Courtois sursauta. Les larmes délayaient sa poudre. Elle était monstrueusement laide.

— Un médecin ! Vous n'y pensez pas. Si les médecins s'en mêlent, ils voudront me l'enfermer. Je ne veux pas qu'on me le prenne. Je veux le garder, le soigner moi-même.

— Madame, dit maman avec beaucoup de présence d'esprit, je vous comprends très bien. J'en ferais autant à votre place. Enfin, Ram, tu me comprends : il ne s'agit pas de toi. N'appelez pas le médecin. Nous ne dirons rien, bien sûr. Mais si M. Courtois réclame encore l'argent, cela fera des histoires et tout le monde verra bien que M. Courtois est malade.

Mme Courtois s'était arrêtée de gémir. Elle nous lançait maintenant un regard sec et menaçant. Le problème venait d'être posé par maman de façon irréprochable. Mme Courtois mit un peu de poudre et se tourna vers ses belles-sœurs.

— Vous allez me faire le plaisir de vous torcher la figure et de sourire. Compris ? Qu'il ne s'aperçoive de rien. Quant à vous, madame Pasquier, je vais le calmer, pour l'argent. Oh ! je sais comment m'y prendre. Même fou, c'est encore mon mari. Je le connais. Je vous répète que je vais le calmer. Seulement, qu'on ne dise rien au-dehors et qu'on soit gentil avec lui. Vous m'entendez, les enfants ?

Elle jetait un regard à la ronde. Mon père avait disparu. Je pense qu'il était allé se promener dans le quartier. On ne le revit que vers la mi-nuit. Les Courtois, avec des mots, des caresses, des douceurs, emmenaient leur dément qui ricanait et criait : « J'entendrais voler un moustique. J'entendrais tomber une épingle. Je ne suis pas plus sourd qu'un autre. »

La porte refermée, maman se laissa choir sur une chaise. Elle se tordait les mains. Elle disait : « C'est intolérable ! Qu'avons-nous fait pour mériter une punition pareille ? » Elle entrevoyait encore, en tout malheur, un châtiment.

Les jours suivants, M. Courtois fit des apparitions brèves, tantôt seul et tantôt sous escorte. Il allait au tabouret et le faisait grincer longuement. Il disait aussi, l'air bonasse : « Attention à mon argent ! Un mot de travers, pas plus, et je suis homme à le réclamer, mon argent. »

Il tenait aussi des propos de la plus pure démence. Nous commencions, nous, les enfants, d'en rire à la dérobée, car ce n'était pas seulement affreux, c'était quand même assez drôle.

Parfois, saisi de frayeur, je me sauvais sur le balcon. Désiré venait me rejoindre. Nous passions là des heures à communier dans la tristesse. Je disais :

— Est-ce que tu veux toujours te faire prêtre ? Moi, ça me plairait bien.

Et Désiré de répondre :

— Je t'ai déjà dit que non. C'est fini. Je ne veux plus.

## CHAPITRE 19

C'était un jour de la mi-juillet, la veille ou l'avant-veille de la fête nationale, je ne pourrais préciser. Je sais que la poste marchait, puisqu'il y eut, dans la soirée, une distribution de lettres. Je sais que les maisons de commerce travaillaient encore, puisque Joseph était parti, dès sept heures, comme à l'ordinaire. Je sais que, ce matin-là, nous avions été, Ferdinand, Cécile et moi, à l'école. Et je sais même que la quittance du terme n'avait pas été présentée. Mais c'était bien la mi-juillet : à l'effroi de cette journée se trouvent mêlés, vers le soir, des envols de piston, des gloussements d'ophicléides. L'ombre orageuse et brûlante est incendiée de lampions. Une triviale rumeur foraine souille à jamais l'un de mes plus noirs souvenirs.

Joseph rentra vers midi. La maison était calme encore ; les murmures de la rue disaient que tout le quartier commençait de trembler des pattes et s'apprêtait à valser sur les bitumes ramollis.

Joseph arrivait toujours le dernier, car il travaillait au loin. Quand il entra, nous étions tous à table. Il retira son chapeau, s'épongea le front et dit :

— Vous ne savez donc rien ?

Et, comme nous restions béants :

— M. Wasselin est en prison.

A la louange de mes parents, je dois dire qu'ils n'accueillirent pas cette nouvelle avec des « je m'en doutais », ou des « ça ne m'étonne pas ». C'étaient des gens simples et droits, encore bien proches de ce peuple pour qui le mot de misérable désigne indifféremment le coupable et le malheureux.

— Comment le sais-tu ? dit papa.

— La police est en bas, dans la loge de la concierge. Le père Tesson m'a tout dit parce que je voulais entrer, voir s'il y avait des lettres. M. Wasselin est allé, ce matin, à son bureau, dans cette nouvelle maison, *Au Petit Saint-Germain*. Ce matin comme tous les jours. Et c'est dans son bureau même qu'on est venu l'arrêter.

— Qu'est-ce qu'il a fait, mon Dieu ?

Joseph ne donnait pas à croire qu'il serait un homme tendre. Pourtant, il baissa la tête et dit d'une voix effrayée :

— Il a détourné deux mille francs. On dit : détourner. C'est la même chose que voler. Mais voler, voler, c'est trop triste.

Maman soupirait :

— Assieds-toi, Joseph. Il faut quand même que tu manges quelque chose.

Et Joseph répondit :

— Je n'ai plus faim.

Le repas, le semblant de repas s'acheva dans le silence. Maman dit, en terminant :

— Si j'allais chercher Désiré ? Nous pourrions le garder ici.

Papa secoua la tête :

— C'est trop tard. Les voilà.

On entendait, sur le palier, des pas d'hommes. Et puis un coup de sonnette, lointain, maigre, perdu dans le fond d'un autre monde. Et puis la voix de Mme Wasselin. Et puis un cri farouche, un cri de tragédienne à qui l'on viendrait apprendre que son époux est mort, non celui de la tragédie, mais bien celui de la chair.

Nous étions tous debout, l'oreille attentive.

— Ram, dit maman, Ram, s'il faut consoler cette pauvre dame, j'irai, le moment venu. Mais toi, Raymond, tu ne peux rien. Autant vaut sortir, Raymond, et t'en aller à tes cours.

Papa répondit qu'aux approches d'un jour de fête il n'avait rien à faire au-dehors et que les bruits de la rue lui retiraient toute envie de sortir. Il prit un livre et s'assit, tenant sa tête à deux mains. Bien qu'il ne fumât jamais, il alla chercher, dans une boîte, une vieille cigarette toute jaune et se prit à la fumer. On s'aperçut, trois heures sonnées, que nous n'étions pas retournés à l'école, nous les petits, et que Joseph avait oublié son bureau. Nous attendions. Nous attendions quelque chose d'extraordinaire.

Vers trois heures et demie, les gens de la police quittèrent la place. Le bruit de leurs souliers finit par s'abîmer dans le silence anxieux de la maison. Je ne sais ce qu'avait pu redouter maman, mais elle eut un profond soupir.

— Jurez-moi, dit-elle, de ne bouger ni les uns, ni les autres. Je vais voir la pauvre dame.

— Maman, fis-je à mi-voix. Je voudrais parler à Désiré.

— Laisse Désiré tranquille. Si je peux le ramener, il dînera ce soir avec nous.

Maman sortit et tira la porte. Elle revint dix minutes plus tard.

— C'est triste à voir, dit-elle. Ils ont tout bouleversé, dans l'idée de retrouver l'argent. Ça ne peut pas se raconter : le linge au milieu de la chambre, toute la vaisselle par terre, l'édredon décousu et le courant d'air qui fait voler le duvet. Ils ont ouvert les livres de classe des enfants. Ils ont même décroché les gravures et la suspension de la salle à manger. Pourquoi ? On se le demande. Ils n'ont rien trouvé, cela va sans dire. Ces deux malheureux mille francs, M. Wasselin a dû les laisser sur les champs de courses. Ou quoi ? Mon Dieu ! Quoi donc ?

— Et Mme Wasselin ?

— Elle est à plaindre. Elle ne savait rien, c'est sûr. On l'a traitée comme une voleuse. Les grands enfants ne sont pas là. Le fils est un garçon perdu. La fille ne vaut guère mieux. C'est une famille en cendres.

— Et Désiré ? fis-je à voix basse.

— Désiré pleure, derrière le lit. Ni sa mère ni moi-même nous n'avons pu le tirer de là. Pauvre Désiré ! Mes enfants, c'est bien triste. Faites ce que vous pouvez pour passer le temps. Soyez sages. Je vais aider cette dame à remettre de l'ordre. Il faut quand même ranger le linge et la vaisselle. Qu'est-ce que tu fais, Raymond ?

— Moi ? Rien. Tu vois, je travaille.

Maman retourna chez les Wasselin et deux grandes heures passèrent. De temps en temps, papa se levait et sortait respirer sur le balcon. Il avait l'air irrité. Il ne disait pas un mot. Il tirait sur sa moustache et regardait le ciel épais, sourcilleux, chargé de foudre.

Il était plus de dix heures et l'après-midi se mourait quand nous entendîmes sonner à la porte des Wasselin. Nous avions l'oreille en garde et nous retînmes notre souffle. Une voix lourde, lente, disait :

— Je veux voir Mme Wasselin.

— Monsieur, répondit maman, vous feriez mieux d'attendre. Mme Wasselin vient d'être bien cruellement éprouvée.

— Je le sais, et c'est pour ça que je veux la voir tout de suite. Enfin, Madame, je pense que vous devez me connaître. Je suis M. Ruaux, je suis le propriétaire, je suis votre propriétaire.

Papa venait de se lever. Il avançait à pas de chat vers la porte d'entrée. Il se tint là, silencieux.

— Vous comprenez, Madame, disait le visiteur, que je ne veux plus jamais voir la police dans mon immeuble. M. Wasselin est en prison, ce n'est drôle pour personne. Mais Mme Wasselin est là. C'est à elle que je vais parler. Vous pouvez lui dire, Madame, que je lui donne son congé. Et ce n'est pas pour l'année prochaine, c'est pour tout de suite. Je ne veux pas de voleurs dans ma maison.

Le bonhomme élevait la voix. Une espèce de gémissement nous fit comprendre à tous que Mme Wasselin venait enfin de comparaître.

— Pas de voleurs dans ma maison !

C'est alors que, tout doucement, mon père ouvrit notre porte. Je dois dire qu'à cette minute il me parut très beau, très fier. Il a toujours été maigre, mais il était, en ce temps-là, presque aussi maigre que l'illustre gentilhomme de la Manche. Sa longue moustache remuait, comme animée d'une vie propre. Il avait d'assez belles mains, glabres, blanches, nerveuses et dont il jouait. Il ouvrit la porte, bien doucement, puis en grand. Nous étions tous derrière lui, fascinés, émerveillés, avec le sentiment qu'on allait soulever le poids qui nous écrasait la poitrine.

— Monsieur, dit papa posément, vous êtes le propriétaire. Et moi, je suis M. Pasquier. Eugène-Etienne-Raymond Pasquier.

Le propriétaire fit front. Il était massif, de poil gris. Il avait une barbe claire, les pattes en cerceau, le ventre en pointe. Il était parfaitement chauve et je sentis tout de suite que cette dernière disgrâce allait aggraver son cas.

— Vous êtes M. Pasquier ? Eh bien ? Qu'est-ce que ça peut faire ?

— Cela fait, Monsieur, dit papa, que je vous prie de descendre et de ne pas troubler plus longtemps la paix de cette maison.

Le bonhomme devint rouge, puis violâtre, puis noir, et l'on put croire une seconde qu'il allait tomber d'une pièce, écumer, saigner du nez, mouiller ses chausses.

— La paix de cette maison ! Vous parlez de ma maison ! Ma maison, Monsieur, ma maison !

Papa se mit à sourire, son calme devint effrayant et nous comprîmes tous qu'il était parti, sans retour, pour une colère majuscule, une colère telle qu'un homme n'en fait pas trois d'aussi belles dans sa vie.

— Il est possible, dit-il, que cette maison vous appartienne. Mais c'est nous qui l'habitons et nous avons droit à la paix, nous payons aussi pour la paix. Monsieur, vous choisissez l'instant où le malheur s'abat sur une famille pour faire une chose très vilaine. Et vous croyez, Monsieur, que je vous laisserai faire sans vous châtier, à ma façon ?

Petit à petit, mot à mot, mon père élevait la voix. C'était un crescendo bien contenu, une gradation savante. Et le bonhomme Ruaux, saisi soudain d'épouvante, commença de lâcher pied. Il reculait, ligne à ligne, et bredouillait : « Mais c'est inimaginable ! »

— Oui, Monsieur, je vais vous châtier ! Vous ne méritez pas autre chose. Vous êtes laid. Vous êtes gras. Vous êtes ridicule et bête. Vous avez le regard faux. Et même, vous ne vous refusez rien : vous vous offrez d'être chauve !

Cette période ascendante faillit être compromise par la brusque apparition de M. et Mme Courtois. Le peintre-de-roses-à-la-gouache montrait un visage radieux. Il criait : « J'entends ! J'entends ! » comme un autre avait pu crier : « Et moi aussi je suis peintre ! »

Mais notre père était parti. Rien ne pouvait plus l'arrêter. En vain ma mère et Mme Wasselin s'accrochaient aux basques de sa jaquette. En vain Mme Courtois disait : « Vous dépassez les bornes. » En vain les autres locataires, arrachés à leur terrier, commençaient de monter les marches. Notre père était en route pour un chef-d'œuvre de colère.

— Vous vous offrez d'être chauve, d'être ventru, d'être cagneux et, pour couronner le tout, vous êtes méchant, vous êtes ignoblement méchant. Monsieur, vous êtes un mufle ! Vous êtes le modèle des mufles. On le saura, Monsieur, on le saura. Je veux que la maison le sache, que toute la rue le sache, que tout le quartier le sache. Je veux que tout Paris le sache, que le monde entier, Monsieur, sache que vous êtes un mufle. Un mufle doublé d'une canaille, une canaille doublée d'un fauve, un fauve doublé d'un niais...

Le bonhomme battait en retraite. Il descendait les degrés deux par deux, puis quatre à quatre. C'était une fuite, un galop farouche et harcelé. D'un étage à l'autre, les locataires faisaient la haie, les uns stupéfaits, les autres goguenards. Et papa dégringolait sur les talons de sa victime.

— Un niais doublé d'un poltron, car, Monsieur, vous êtes un lâche. Et quelque chose me dit que vous êtes même cocu ! Il suffit de vous regarder pour comprendre, Monsieur, à quel point vous l'êtes, cocu ! Et vous êtes un cocu triste, l'espèce la plus redoutable...

La voix s'enflait encore, mais commençait de s'enfoncer dans les entrailles de la maison. Une minute plus tard, elle éclatait dans la rue. Nous étions tous au balcon, en même temps dévorés d'angoisse et curieusement soulagés. La colère de papa venait de crever à l'air libre. Ruaux, le malotru, tâchait à fuir ; mais l'ange de la justice ne le quittait pas d'une semelle. Une foule surexcitée faisait cortège aux deux hommes. C'était vraiment la plus étonnante colère qu'il nous avait été donné de voir, d'entendre et d'admirer. Le groupe, au bout d'un instant, disparut dans la rue Vandamme. Nous percevions encore les éclats de la voix vengeresse, des mots, des mots, des mots. Enfin, le bruit se perdit du côté de l'avenue du Maine.

Nous restions sur place, assommés. Nous avions vu Jupiter.

Papa ne revint que dix minutes plus tard. Il montait l'escalier posément, en s'éventant avec un bout de journal, car il avait grand chaud. Il donnait des poignées de main à certains locataires demeurés sur son passage pour lui témoigner leur respect, leur estime, leur vibrante admiration.

Mme Wasselin soupirait, sur le seuil de notre cuisine. Maman me souffla, d'une voix défaillante :

— Ne dis rien à ton père. Ce qu'il a fait est d'un bon cœur ; mais c'est épouvantable. Va voir ton pauvre Désiré.

Le jour mourait. Le ciel était bas et noir. Le monde espérait l'orage. Je me glissai comme une ombre dans le logement des Wasselin. Je préfère ne pas raconter ce que je vis en pénétrant dans leur salle à manger...

Quand, au bout d'une petite heure, je repris connaissance, entre les bras de ma mère, j'entendis que l'on disait, à voix basse, autour de moi : « C'est un grand malheur ! Quel malheur épouvantable ! » Alors l'esprit me revint et je revis, devant mes yeux, tel je le revois encore en rêvant, les soirs d'orage, Désiré Wasselin pendu par le cou, à l'anneau de la suspension.

Non ! Pas un mot ! Pas un mot !

Un peu plus tard, dans la soirée, maman ouvrit les fenêtres. On entendait la musique des bals populaires qui tourbillonnaient au loin, sur le boulevard de Vaugirard et l'avenue du Maine.

Maman dit :

— Il faut, quand même, au moins pour coucher ce petit, il faut allumer la lampe à pétrole.

Père alluma notre lampe et dit en s'essuyant les mains :

— Qu'est-ce que c'est que cette lettre ?

— Quelle lettre ? fit maman, la voix morte.

— Cette lettre qui est sur la table.

Mère allongea le bras, sans cesser de me bercer. Elle retournait la lettre avec lassitude. Elle la reposa même un instant et dit à papa, tout bas :

— Sans en avoir l'air, regarde. Le pauvre Laurent s'est mis à trembler du menton. Il tremble même très fort, comme moi, comme mon père et comme le grand-père Guillaume.

Puis elle reprit la lettre et l'ouvrit d'une seule main, maladroitement. Elle l'ouvrit et dit aussitôt :

— C'est une lettre du Havre !

## CHAPITRE 20

C'était la lettre du Havre.

Je vais en parler tout de suite, ne serait-ce que pour tromper l'assaut des ombres, pour disperser le vol des anges blancs et noirs. Il y a, dans les chiffres, une aridité polaire, une sécheresse inhumaine et, de ce fait, reposante, comme doit l'être le néant.

Je vais en parler brièvement, bien que ma mère ait pris toute une nuit pour en débrouiller le jargon, pour en extraire la substance, et bien que je soupçonne mon père de n'avoir jamais tout à fait compris ce mirifique document.

Je vais, en tout cas, donner mon interprétation personnelle, que la suite des événements a justifiée, éclaircie et qu'on peut tenir pour bonne. J'y ajoute quelques détails obtenus, bien des années plus tard, grâce aux relations personnelles que j'ai nouées avec mes confrères de Lima.

Les deux sœurs de ma mère n'étaient pas mortes en 1866, comme avait pu le faire croire une lettre expédiée, vers ce temps, par l'associé de mon grand-père pendant la maladie de ce dernier. Mon grand-père Mathurin avait bien alors perdu deux filles, mais deux filles du second lit, mortes toutes deux ensemble, au cours d'une épidémie. Les deux filles du premier lit, les deux filles venues de France, les vraies sœurs de ma mère, s'étaient mariées en 67, comme d'ailleurs Mathurin l'avait fait savoir à Prosper. L'aînée, Aurélie, était morte en couches, à peu près au bout d'un an, c'est-à-dire en 68. La seconde, Mathilde, avait quitté Lima pour suivre son mari, négociant à Cusco. J'y ai songé souvent, plus tard, en récitant à mes maîtres ou en relisant pour moi-même ces vers de Boileau-Despréaux, ces vers dont l'un est plat, le second d'une mélancolie romantique et le troisième ridicule :

*Le bonheur tant cherché sur la terre et sur l'onde*
*Est ici comme aux lieux où mûrit le coco,*
*Et se trouve à Paris de même qu'à Cusco.*

En 69, soit deux ans après son mariage, cette sœur, qu'il me faudrait, somme toute, appeler ma tante Mathilde, avait quitté sa maison au moment d'un tremblement de terre. Les phénomènes de ce genre sont, paraît-il, assez fréquents dans cette région du monde et les Péruviens savent tous que, dès la première secousse, il faut sortir de chez soi pour n'être pas enseveli sous les décombres. La tante Mathilde avait donc quitté sa maison, comme tout le monde. Le tremblement de terre passé, on avait en vain cherché la jeune femme. Il avait été impossible de la retrouver, morte ou vive.

Il existe un texte de loi, paraît-il, interdisant de dresser un acte de décès régulier pour des personnes disparues, tant que le cadavre n'a pas été découvert et dûment identifié. A défaut d'une telle identification, la mort ne se trouve admise et l'acte délivré qu'après un délai de trente ans, à compter du jour même de la disparition.

Tels étaient les renseignements — je les résume — fournis après de longues et difficultueuses recherches par le consul de France à Lima.

L'acte de décès d'Aurélie ayant été légalement délivré, puis expédié en France, le notaire du Havre, exécutant à la lettre les dispositions testamentaires de Mme Delahaie, mettait à la disposition de ma mère la part dite « part d'Aurélie », soit environ vingt mille francs, en fonds d'Etat. Quant à la part de Mathilde, elle devait rester en dépôt, sous la gérance du notaire, jusqu'en 1899. Et je dois dire qu'à cette époque nous en touchâmes le montant.

Mais, quand la lettre arriva, la lettre que j'analyse, nous étions en 91. La part d'Aurélie, je viens de le dire, consistait en fonds d'Etat, au porteur, et négociables. Le notaire s'offrait lui-même à donner des ordres de vente. Ces titres venaient de subir une légère dépréciation, ce qui ramenait leur valeur, au cours du jour, à dix-neuf mille deux cents francs. En revanche, il fallait ajouter à ce principal les intérêts, trois pour cent, depuis la mort de Mme Delahaie, c'est-à-dire pendant neuf trimestres. Ce qui faisait un total de vingt mille cinq cent cinquante francs.

Cette somme se trouvait grevée de beaucoup de frais notables : frais de succession, frais d'étude, et, surtout, frais de recherches, réclamés par des agences péruviennes. L'ensemble de ces débours s'élevait — j'ai conservé toutes ces affreuses paperasses — au chiffre effarant de sept mille trois cent quinze francs.

Ma mère, pendant bien des jours, considéra ce chiffre en se mordant le bout des doigts.

Elle donnait à l'arithmétique toutes les minutes que lui laissaient les soucis de la maison et la catastrophe Wasselin. Papa disait, en regardant les papiers par-dessus l'épaule de ma mère :

— En somme, ça fait un peu plus de treize mille deux cents francs que nous aurons devant nous.

Mère se retourna, toute raide, et considéra longuement ce compagnon extraordinaire, l'homme de sa vie, l'homme dont elle était devenue, pour toujours, l'ombre fidèle.

— Tu dis, Ram, treize mille francs... Mais tu ne penses donc pas que, là-dessus, nous devons rembourser aux Courtois dix mille francs, plus cinq cents francs, plus un trimestre, à huit, en calculant sur dix mille, ce qui fait deux cents francs. En tout, dix mille sept cents.

Papa leva les bras au ciel. Il commençait d'oublier cet emprunt aux Courtois, le désastre de l'Incanda Finska et la folie du vieux prêteur et les scènes au tabouret.

Maman n'était pas abattue. Je dois même dire que, jamais, nous ne l'avions vue si forte que dans ces jours de détresse. Elle ne disait plus : « Mon Dieu, j'ai la tête perdue ! » Elle avait la tête haute, l'œil limpide, la bouche serrée. Elle commençait de grossir et nous apprîmes bientôt qu'elle devait mettre au monde un nouvel enfant, frère ou sœur. (Ce fut la petite Suzanne, en janvier 92.) Mais notre mère nous a tous portés en pleine course, en pleine bataille.

Maman se dressa donc et dit :

— Ecoute bien, Raymond. Tous comptes faits, restent deux mille cinq cent trente-cinq francs. De quoi préparer l'automne et, bien entendu, de quoi déménager, car il nous faut déménager. M. Ruaux n'a pas attendu : j'ai le congé dans ma poche. J'irai le voir après-demain et j'espère bien arranger les choses pour le terme d'octobre, en admettant toutefois qu'il ne s'avise pas, Raymond, de nous attaquer en justice. Deux mille cinq cents francs, Raymond. Et c'est fini, bien fini. Nous toucherons peut-être, un jour, plus tard, dans bien des années, cette part de Mathilde. Possible. Je ne veux plus y penser. Je ne veux plus, Raymond, c'est fini. Je ne veux plus compter que sur nous, sur nos quatre bras, sur nos deux têtes. Et je t'affirme, Raymond, que ça vaut mieux comme ça.

Papa relevait les yeux.

— Oui, dit-il, ça vaut mieux. Et quelle leçon, ma femme ! Quelle leçon, mes enfants ! Je jure bien que c'est fini. Me remettre encore une fois aux mains de ces aigrefins, de ces prêteurs, de ces voleurs, de ces Incandas, de ces hommes de loi ! Jamais ! C'est fini. C'est fini.

Il fit un sourire étrange. Nous étions tous, à part Cécile, bien assez grands pour savoir que les planètes soupirent, peut-être, dans les espaces du ciel : « C'est fini » et qu'elles tournent quand même.

Papa répétait : « C'est fini ! » Maman dit : « Parle plus bas. Le cercueil n'est pas fermé. Mme Wasselin est seule. Je vais aller passer quelques heures avec elle. Il faut qu'elle dorme un peu. »

J'écoutais toute cette scène de mon lit, de ce grand lit de bois où j'allais languir encore bien des jours et bien des semaines dans la fièvre et l'égarement et d'où je devais enfin sortir, un matin de l'extrême été, guéri, guéri pour jamais, du miracle, des prodiges et des événements magiques.

Quelque chose, en vérité, quelque chose était fini. Un long rêve s'achevait, ce rêve qui, pendant plus de deux ans, nous avait dupés, perdus, rassasiés de nos faims, désaltérés de nos soifs, repus de toutes nos disettes.

Nous repartions, brisés, déçus, saouls de fatigue et de souffrance, mais allégés, allégés quand même. Nous repartions pour d'autres combats que je raconterai plus tard, si la vie m'est conservée, avec la force et le courage.

# LE JARDIN DES BÊTES SAUVAGES

*« C'était vraiment un homme du dix-neuvième siècle, de ce siècle qui n'a pas voulu douter du savoir souverain, de ce siècle qui a fait la sourde oreille aux avertissements de Schopenhauer et s'est plu tenacement à confondre science et sagesse. »*

Laurent Pasquier.
(*Le Notaire du Havre*)

## CHAPITRE PREMIER

Exilés du sable natal, captifs dans quelque aquarium de verre, au fond d'un laboratoire, les convoluta, petits animaux du littoral, continuent, par l'effet d'un avertissement secret, d'obéir au rythme des marées, de descendre à l'heure du flot, de monter quand le jusant découvre les côtes lointaines.

Les mouvements de cette humble nostalgie m'ont rappelé souvent le sort des enfants parisiens qui ne savent presque rien de la marche des saisons, mais la pressentent, mais l'imaginent à l'odeur des averses, à la couleur des nuées, à la flèche de lumière qui, chaque jour, descend plus bas dans le recoin de la cour, au verdoiement d'une feuille d'herbe solitaire, jaillie toute droite entre deux dalles de granit, à la fuite des rayons dans le maquis des cheminées, aux muets élans de la plante domestique dont toutes les feuilles se tournent avec adoration vers la fenêtre.

L'adolescent que j'étais, au début de ma quinzième année, ne se jugeait pas, que je le dise, trop cruellement retranché de la nature.

Nous avions passé les vacances de Pâques à Paris, pour des raisons qu'on ne tardera pas à comprendre ; mais je possédais, par échappées, le Jardin des Plantes, ses plates-bandes pavoisées d'étiquettes, ses teigneuses pelouses d'hiver, ses pavillons délabrés au front desquels tremble le lierre, et, par bouffées suffocantes, les serres chaudes à l'odeur de bain public. Je voyais même, par-dessus les grilles et les pavillons boiteux, les platanes de la Halle aux vins. Pourtant, mon témoin familier du sol et de la vie végétale, c'est ailleurs que je l'avais élu. Je passais, quatre fois par jour, rue Clovis, au pied d'une grosse butte de terre enclavée dans les masures comme un nœud de forêt sauvage : une pente noire, couverte d'arbres et de buissons, une vraie colline prisonnière qui s'épaulait à l'est sur un pesant débris de l'enceinte construite par Philippe-Auguste et qui, partie du trottoir, s'enlevait roidement vers le ciel. — La muraille de Philippe-Auguste se voit encore aujourd'hui, ruine épaisse et sans beauté ; quant au bouquet de forêt sauvage, il a capitulé devant des bâtisses dévorantes. Que sa senteur fugitive, que sa bouffée de verdure, que son refuge de rêverie reçoivent, pour la dernière fois, mon salut reconnaissant.

C'est là que j'épiais le printemps, là que, quatre fois la journée, je lui dédiais au passage un hymne de muette allégresse.

Dès qu'elle a croisé la rue Descartes, à l'enseigne philosophique, la rue Clovis, au nom guerrier, s'engage dans la descente. Elle part bien, elle mériterait une longue carrière ; mais, après le premier virage, Clovis, inexplicablement, cède le pas au Cardinal Lemoine. En deux bonds, ce prélat conduit le passant jusqu'au fond du val de Seine.

L'altitude est un bien. J'entends ce mot au sens paysan : c'est une possession, une propriété. C'est de la force en réserve, une richesse que l'homme prudent ne dilapide pas à la légère. Parvenu sur le trottoir de l'Ecole polytechnique, j'hésitais toujours une seconde avant d'abandonner ma petite fortune d'altitude, avant de choir à la pauvreté des plaines. Cet arrêt bien marqué, je consultais de l'œil Justin Weill et disais ou, parfois, pensais seulement : « On y va ? »

L'infime question posée, Justin ne répondait pas toujours. L'économie de sa vie ne ressemblait guère à la mienne. Il était encore tout chaud du lycée et de nos querelles. Ses oreilles épanouies, mobiles, détachées du crâne, ses oreilles allumées par une dernière bouffée de colère, interrogeaient le vent, comme font celles des chevaux. Ses larges yeux, visités de lueurs intelligentes, s'élargissaient encore pour suivre le vol d'une idée, l'explosion d'une image, la course d'un mot. Ses narines commençaient de battre avec force.

Ce jour-là, comme je restais sur un pied, Justin Weill répondit quand même, d'un air préoccupé : « Oui, descendons. » Et, tout de suite, il se prit à rire. Il écartait déjà ses lèvres toutes luisantes d'éloquence.

— Cette fois, dis-je, c'est enfin le printemps. Des feuilles ! de vraies feuilles !

Nous passions devant mon asile de forêt sauvage. Une odeur de végétation en ruisselait, comme d'une source fluette, jusque sur la chaussée. Je respirais ce message avec dévotion. L'hiver de 1894-95 avait été exceptionnellement maussade et pénible. Les gens de ma sorte, exaspérés d'une si longue attente, insultaient depuis des semaines aux lenteurs du ciel.

Comme s'il eût voulu mettre un terme à mes effusions, Justin fit entendre un « oui » bref et indifférent. Et, tout de suite, jugeant sans doute qu'il m'avait suffisamment fait écho, mon compagnon revint à sa querelle, à sa rougeur, à son tourment :

— Que disait Lyon-Després au censeur ? Réponds, Laurent. Que disait-il, pendant la fin du dessin ?

— Oh ! répondis-je, l'épaule vague, si tu crois que j'écoute les sottises de Lyon-Després.

Justin s'arrêta net avec un trépignement puéril. Nous venions de nous engager sur la pente du Cardinal Lemoine. J'étais en avance d'un pas ou deux. Je me retournai vers mon camarade et le regardai tout à mon aise. Il était de petite stature. Il avait, comme moi, plus de quatorze ans, mais il paraissait beaucoup plus jeune. Il portait encore des culottes courtes, une vareuse croisée, une casquette d'uniforme. Il tenait son cartable à deux mains, contre ses reins, de façon désinvolte et enfantine. La voix était en pleine mue, avec, de temps en temps, des sonorités ronflantes dont Justin profitait pour tirer quelque effet théâtral, car il admirait et imitait à la perfection plusieurs comédiens illustres. Sous une tignasse flambante, le visage au teint transparent brillait d'intelligence et de passion.

Pour moi, un peu plus grand que Justin, sans être de taille élevée, j'avais l'air d'un jeune homme et j'usais les pantalons de mon frère Ferdinand. J'avais la voix grave, déjà formée, un parler plus circonspect et, d'ailleurs, les idées moins promptes.

Justin me poussa, du doigt, contre le mur de l'Ecole polytechnique.

— Ce que Lyon-Després a dit, eh bien, moi, je le sais : moi qui n'étais pas, comme toi, tout près de lui. J'ai deviné, deviné ! Il a dit : « Regardez-moi donc ce sale Juif ! »

— Eh bien, tu n'y es pas, répondis-je en riant, Lyon-Després a dit...

Justin trépignait de rage.

— Sale Juif... Sale Juif... Oh ! rien qu'à leur façon d'avancer les lèvres, rien qu'à leur façon de sourire, je comprends qu'ils parlent des Juifs, je devine qu'ils parlent de moi. Mais Lyon-Després, Laurent ! C'est monstrueux !

— Justin, tu m'agaces. Lyon-Després a dit au censeur, en te désignant du menton, il a dit exactement : « Extraordinaire, le petit Juif ! Il est extraordinaire ! »

Justin devint soudain tout pâle. Il hocha doucement la tête et se reprit à marcher.

— Tu sais, fit-il, que Lyon-Després est juif. Un Juif pur, mais un Juif honteux. L'espèce que j'abomine. Il est Després par sa femme. Je te demande un peu ! Non, mais comment appeler une lâcheté de cette espèce ? Alors, pour faire oublier sa mauvaise juiverie, il parle de moi, Justin Weill, en souriant. Il dit : « Le petit Juif... » Car il est quand même fier de moi, le lâche. Petit Juif ! Laurent, que je vive seulement, et c'est un grand Juif que je deviendrai, un véritable grand Juif.

Pour rejeter sa casquette en arrière, il lâcha des deux mains son cartable qui tomba sur le trottoir avec une détonation.

— Rappelle-toi ce que je te dis, reprit-il d'un accent légèrement dramatique. Un grand ! Un grand ! Ou rien.

Nous arrivions au carrefour de la rue Monge. A quel point le Paris de ce temps-là pouvait être ample, spacieux, libre, voilà ce que ne comprendront jamais les enfants d'un siècle encombré, d'un siècle où toute place est encore trop chiche pour les ébats de la vitesse. Je le répète, même en ses parties les moins pompeuses, Paris offrait alors au promeneur, au passant, des voies et des carrefours que les masses en mouvement n'arrivaient pas souvent à rendre inaccessibles.

— On prend la rue des Boulangers ? fis-je, pour ramener Justin aux soins de l'itinéraire.

Il respira fortement en secouant la tête de manière à me faire entendre que la rue des Boulangers lui semblait une rue bien médiocre pour un futur grand Juif :

— Non, dit-il, faisons un détour. Viens, nous avons le temps.

Il se prit à sourire avec une grâce inquiète et poursuivit, la voix soudain chancelante :

— « Il est extraordinaire... » Extraordinaire ! Toi, Laurent, qui es mon ami, trouves-tu vraiment que je sois extraordinaire ?

Je nourrissais, pour Justin, une admiration fougueuse, intempérante certains jours, et le plus souvent récompensée, car Justin, âme exaltée, m'en vouait une semblable, encore que plus loquace.

— Oh ! dis-je avec une ferme conviction, qui pourrait-on te comparer ? Cherche dans tout le grand lycée.

— Si, Laurent, répondit Justin avec une courtoisie parfaite. Si, toi, Laurent.

Il ajouta, dans un sourire : « Mais toi, tu n'es pas juif. »

Je cherchais encore la formule susceptible d'exprimer mon regret sincère de n'être pas juif, quand Justin reprit avec flamme :

— Vous autres, chrétiens, vous ne pouvez pas mesurer votre misère. Vous êtes des gens sans espoir. Si, Laurent, comprends bien : pour vous, le messie est venu. C'est fini, à tout jamais fini, car il ne viendra pas deux fois. Mais pour nous, Laurent, quel rêve ! Quel avenir ! Je me demande si tu peux comprendre ce que je veux dire. Attendre le messie, c'est quelque chose, Laurent, c'est magnifique. Mais le plus beau, le plus étonnant...

Il écrasa d'un coup de poing sa casquette sur son front qui était large, blanc, bellement sculpté, puis il se mit à cligner de l'œil :

— Le plus beau, c'est de se dire que le messie...

Il attendait, riant à des vols d'anges, la bouche si pleine de salive qu'il en laissa partir une goutte au fil du vent. Et, soudain, avec une indicible gravité :

— Le messie, c'est peut-être moi.

Je me sentis parcouru par un frisson d'enthousiasme.

— Le messie !

— Oui, reprit-il majestueusement. Puisqu'il n'est pas encore venu et puisqu'il doit venir, il n'y a aucune opposition à ce que moi, Justin Weill, fils de Simon Weill...

Il se caressait rêveusement le menton.

— Oh ! je sais bien, poursuivit-il plus bas, tous les petits Juifs de mon espèce ont, au moins un matin de leur adolescence... S'ils n'y ont pas pensé, c'est que ce sont des traîtres ou des pauvres d'esprit. Un matin ! C'est surtout le matin que cette idée me tourmente. Seulement, pour moi, ce n'est pas simple.

Justin Weill fit quelques pas en silence et, soudain, me considérant d'un œil tragique :

— Est-ce que tu es pur, toi ?

Comme j'hésitais à répondre, non que je fisse erreur sur le sens de la question, mais par pudeur, il affermit sa voix :

— C'est grave, Laurent. Comprends-moi bien : est-ce que tu es pur ?

— Non, répondis-je dans un souffle.

Justin s'exclama furieusement :

— Eh bien ! moi non plus ! C'est incroyable : moi non plus.

Nous fîmes encore quelques pas et Justin répétait, l'air soucieux : « Moi non plus. »

Comme je ne disais rien et qu'il avait encore le cœur plein, il ajouta :

— Ce n'est pas tant l'histoire de regarder les femmes. Chez nous autres, on peut être sauvé malgré les femmes. Un rabbin peut avoir une femme. Un prophète même peut avoir une femme. Non ! C'est une chose... une chose qui n'est pas possible pour un messie, enfin qui ne me semble pas possible. Le messie ! voyons ! le messie...

Il se tut et rougit bravement.

Le silence dura plusieurs minutes, ce qui, pour nous, en ce temps-là, semblait une éternité. Comme Justin se taisait toujours, je soufflai, l'air résolu :

— Ça m'est égal de ne pas être pur.

— Pourquoi ? fit Justin en me lançant un regard en même temps naïf et interrogateur.

Je hochai les épaules. Pouvais-je, même à Justin, expliquer comment j'avais, non sans désespoir, pris mon parti de n'être pas pur, à la condition, toutefois, qu'il y eût des êtres purs dans le monde ? Et, de cela, je ne pouvais douter, car il me suffisait de jeter les yeux autour de moi pour être pleinement rassuré.

Comme s'il eût suivi les détours de ma pensée, Justin dit encore :

— Des âmes pures, tu en connais ?

Je fis un imperceptible signe de tête auquel Justin Weill répondit par un adverbe :

— Effectivement.

Puis, avec une courtoisie bien disante et qui sentait un peu la scène, il ajouta :

— Peut-être t'ai-je blessé, Pasquier, toi qui es chrétien ?

— Non, tu ne m'as pas blessé.

— Crois-moi, reprit-il avec l'air de me donner un conseil précieux, crois-moi : pour quelqu'un qui se propose de faire des choses considérables, il vaut mieux se dire — c'est mon oncle Jacob qui parle comme ça — il vaut mieux se dire que le monde n'est pas racheté, enfin, pas encore racheté.

— Mon père, m'écriai-je avec cette flamme qui m'animait toujours quand je confessais les principes du clan, mon père affirme que le monde sera racheté — il ne dit pas racheté, mon père, il ne dit même pas sauvé, il dit perfectionné, mais au fond c'est la même chose — eh bien ! il explique très bien que le monde sera racheté — si tu aimes mieux — par la science.

Depuis quelques minutes, Justin, sautelant sur un pied, poussait devant lui, le long du trottoir, comme au jeu de la marelle, un petit éclat de pierre plate.

— Attends ! cria-t-il en retombant sur ses dix orteils. Attends ! La science, oui ! C'est une tout autre affaire. Ton père, en un sens, a parfaitement raison. Ça dépend du point de vue. La science, Laurent. Tu sais que personne plus que moi ne respecte la science et le progrès...

Il affermit sa casquette, remonta son cartable d'un coup de rein et leva l'index vers le ciel. Jusqu'à la rue Guy-de-la-Brosse, nous devisâmes de la science.

## CHAPITRE 2

La rue Guy-de-la-Brosse, qui est encore un lieu fort calme, était alors un vase de pur silence provincial. Le soleil du soir venait toucher obliquement le front de notre maison et, comme à la prière de cette lueur mélancolique, un chant de piano s'exhalait d'une fenêtre entrouverte dans les hauteurs. Un chant plus délié qu'une vapeur d'encensoir et, comme elle aussi, fuyant, effarouché.

— Monte un instant, dis-je à Justin Weill. Cécile est au travail. Nous l'écouterons sans la déranger. C'est le fameux rondo, tu sais bien : celui que je fredonne tout le temps, même en classe, depuis huit jours.

Le visage de Justin devint soudain rose.

— Non, dit-il, non. Je ne voudrais déranger personne.

Je le saisis par le bras en riant. Il résistait pour la forme et, tout de suite, céda.

— Un instant, rien qu'une minute, soupira-t-il, pour entendre ton fameux rondo.

Nous étions dans l'escalier. Nous montions en heurtant le fond des marches, à la manière des enfants.

— Chut ! dit Justin. Montons plus doucement. Je ne veux pas gêner ta sœur. Je ne veux même pas qu'elle sache que je suis avec toi. La musique, c'est sacré.

— Sûrement, fis-je, en m'arrêtant sur un degré, Cécile n'est pas seule.

— Comment le sais-tu ?

— Je le reconnais à son jeu. Tant mieux, tu feras la connaissance de Valdo.

L'escalier était sombre, mais non à ce point qu'il me fût impossible d'apercevoir les traits de mon ami. Ces traits venaient soudainement de se rembrunir. Il hésita, s'arrêta, redescendit deux ou trois marches.

— Ecoute, Laurent, je reviendrai une autre fois.

— Es-tu fou ? Ta soirée est libre : tu me l'as dit en sortant du lycée.

Justin hésitait, une grimace boudeuse aux lèvres.

— Non, pas ce soir.

Mais il ne se résolvait point à la retraite et reprit, l'accent incisif :

— Quel est donc ce Valdo dont tu parles à tout propos ?

— Je vais te le présenter à l'instant, ou, plutôt, je vais te présenter à lui.

— Pourquoi cette nuance ? gronda Justin, rétif.

— L'âge, Monsieur, l'âge ! Valdo est notre aîné de cinq ou six ans. Valdemar Henningsen, seigneur danois, qui ne connaît pas dix mots de danois. A part cela, parle convenablement quatre ou cinq langues européennes. A vécu partout, sauf au Danemark. Mère de nationalité indéfinissable, peut-être tout simplement française. Père viking — *dixit* Valdemar — et d'ailleurs décédé, enfin, sorti du champ visuel. Vingt ans — c'est de Valdo que je parle — compositeur de musique. Homme extraordinaire. Présentement notre voisin. Habite avec sa mère un cinquième étage, aménagé comme un atelier d'artiste. Professeur bénévole, surnuméraire, exceptionnel de ma sœur Cécile. Initiateur musical, Monsieur, de votre serviteur, Laurent Pasquier. Oh ! je ne suis pas un ingrat. Valdemar est un garçon prodigieux.

Justin se mordait avec force la lèvre inférieure qu'il avait charnue et gonflée de sang. Il empoigna la rampe et fut saisi d'un frémissement dans lequel se mêlaient un trouble sincère et une certaine exagération comédienne. Je le connaissais bien et compris qu'il souffrait à sa façon : tout éloge d'autrui le soulevait d'une fureur jalouse qui demeurait d'ailleurs, à mon regard amical, une noble jalousie.

— Eh bien ! gronda-t-il, va le rejoindre, ton Valdo ! Grand bien vous fasse ! Adieu, Laurent.

— Justin, fis-je en l'empoignant par le bras et en le secouant avec vivacité, Justin, tu n'es plus un enfant. Tu vas me faire le plaisir de monter saluer Cécile et, si Valdemar est là, tu te conduiras comme un gentilhomme.

Justin fourra dans sa poche, d'un geste tragi-comique, sa casquette de collégien et dit, l'air faussement accablé :

— C'est bien. J'obéis.

Nous déposâmes nos cartons et nos livres dans le petit vestibule où brûlait nuit et jour une lampe Pigeon. De la salle à manger, venaient en même temps une rumeur de conversation et la voix, maintenant toute proche, du vieux piano.

— Dans ta chambre ! murmura Justin Weill en me tirant avec énergie par ma veste. Dans ta chambre ! Nous entendrons tout aussi bien et nous ne gênerons personne.

Je haussai les épaules et passai dans notre chambre. Elle était encombrée de deux lits. Dans l'un, le plus grand, je couchais d'ordinaire avec mon frère Ferdinand. Joseph couchait dans l'autre ; mais, depuis le départ de Joseph au régiment, je dormais seul, avec délice, dans le petit lit de l'absent.

Ma chambre s'ouvrait directement dans la pièce qui servait de salle à manger, qui logeait alors le piano et dans laquelle on dépliait, le soir, un lit pour ma sœur Cécile. Marchant avec une prudence exagérée sur la pointe de l'orteil, Justin vint s'asseoir près de la porte et légèrement en retrait. Si peu de bruit que nous ayons fait, l'oreille de la musicienne en fut quand même frappée.

— C'est toi, Laurent ? cria-t-elle soudain, tout geste suspendu. C'est toi ? Tu n'es pas seul ?

— Non, répondis-je. Nous sommes montés tous deux, Justin et moi, pour écouter mon rondo. Cécile, tu sais que ce rondo est mon rondo ?

Cécile s'était retournée à demi. Elle fit, de la tête, un signe vif et gracieux.

— C'est Justin Weill ! cria-t-elle. Oh ! restez, restez, Justin. Mais tant pis ! car je ne suis pas contente de moi. N'écoutez pas, Justin. Ça ne vaut absolument rien.

— Permettez, dis-je en faisant un pas dans la pièce. Il faut maintenant que je présente à Valdo mon ami Weill. Justin, voici Valdemar Henningsen.

Justin fit un pas, le visage empourpré. Lui, si parfaitement à l'aise en toute circonstance, lui si fier et si vindicatif, il avait soudain l'air humble et embarrassé, honteux de ses culottes courtes, de sa petite stature, de son grand nez aux ailes remuantes, de ses cheveux rouges. Ses oreilles trop larges et trop écartées s'étaient éclairées d'incarnat. Il serra la main de Valdemar avec un geste qui manquait de chaleur et de simplicité.

— Vous aimez la musique ? demanda Valdemar.

Justin se redressa.

— Passionnément, bredouilla-t-il. Et, comme s'il eût senti la vanité du mot, il reprit, d'une voix maîtrisée : « Beaucoup. Je veux dire beaucoup. »

— Tant mieux, dit Valdemar avec flegme. Et tout de suite il revint à la petite musicienne.

— Vous allez, dit-il, reprendre tout cela dès le début. Je ne vous arrêterai pas. Je ne vous dirai rien. Nous parlerons quand vous aurez fini. Allez, Cécile, et ne me faites pas souffrir, je vous en prie.

Cécile, toute droite, attendit une grande minute, comme si, d'instinct, elle eût senti le besoin d'une pause préalable, d'une belle marge de silence. Je la contemplais avec plaisir, avec admiration.

L'extraordinaire beauté, je devrais même dire la dramatique beauté de ma sœur Suzanne a, dans la suite des saisons, fait oublier celle de Cécile en son jeune temps. La beauté de Suzanne était — est encore, sans doute — pure, je veux dire sans mélange. L'émotion qu'elle faisait naître, pour complexe qu'elle fût, avait son principe souverain dans l'enchantement du regard. Mais la grâce de Cécile, elle est, dans mon souvenir, toute vibrante et, plus justement, je peux dire tout embaumée de musique. Cécile ressemblait à l'un des anges de Van Eyck, à celui dont on entrevoit le profil, à demi caché par les autres figures séraphiques, au dernier rang des chanteurs célestes. L'œil éclairé d'un large blanc nourri d'azur ; le front bien construit, découvert ; des bandeaux sombres, ce qui nous éloigne un peu du peintre flamand, des bandeaux finalement résolus en deux tresses vigoureuses ; un nez droit, un peu hautain ; une bouche d'un dessin puéril, avec sa lèvre supérieure courte, une bouche, pourtant, toujours prête à se refermer sur quelque pensée secrète ; un col animé du plus gracieux élan. Est-ce là Cécile, toute Cécile ? Oh ! que non pas ! Ce que je ne saurais peindre, c'est la fierté de cette petit fille, son port de jeune Diane. Au point où je prends ce récit, ma sœur Cécile avait un peu plus de douze ans. Elle avait grandi très vite. Sa jupe trop courte dégageait des jambes nerveuses, élégantes. Elle se tenait toujours très droite, elle semblait toujours sur le point de relever un défi. Dans ce visage d'enfant, brûlait un regard attestant la maturité, l'autorité. Je la contemplais avec une tendresse ardente et je pensais, de minute en minute : « C'est une petite fille peut-être ; mais c'est la plus belle des femmes, et c'est une grande artiste, et c'est ma sœur. »

Elle commença de jouer. C'était un rondo de Mozart, le rondo en *la* mineur, un « six-huit » assez lent, hésitant, presque indolent d'abord, avec de flexueuses flammes d'agilité, un rondo qu'on trouve, isolé, dans les recueils de pièces diverses. Après plus de trente-cinq années, que ce chant vagabond vienne à me traverser l'esprit, telle une pensée souffrante qui s'évertue vers l'azur, et me voilà tremblant d'amour, comme aux jours de mon enfance.

Cécile donc se prit à jouer. Elle était devenue une virtuose extraordinaire, un monstre délicieux. Je dirai sans doute plus loin comment les choses et les hommes s'étaient concertés en vue de ce miracle.

Puisque je suis au rondo, qu'au moins je l'entende encore, tout entier, une fois encore, dans le recueillement du souvenir.

Valdemar était resté bien sage pendant la première partie du morceau et, comme il ne nous regardait guère, nous pouvions le considérer tout à notre aise. Il était grand, très frêle, corps et visage de haute finesse, avec, bizarrement greffés sur des jointures légères, de grands pieds, des mains osseuses, qu'on ne comprenait pas tout de suite, dont il semblait d'ailleurs un peu embarrassé, un peu irrité, comme de présents importuns venus d'un parent maladroit. Le visage, encadré d'une barbe vaporeuse, telle en portaient les jeunes gens de ce temps-là, eût été fort agréable aux yeux s'il fût resté plus serein ; mais Valdemar accompagnait toutes ses pensées de grimaces expressives et parfaitement involontaires. Il avait de magnifiques cheveux blonds et bouclés. Son vêtement, de grosse laine claire, montrait une élégance exotique assez remarquable dans une société comme la nôtre. Que je mentionne encore une cravate bleue à pois blancs qui tenait à la fois de l'artiste et de l'écolier. Il demeurait assis, dans une pose en même temps abandonnée et tendue : le genou fléchi dans ses doigts entrecroisés que la pression marbrait de blanc et de rouge. Il suivait le chant du piano avec une attention de toutes les fibres. Parfois, il laissait aller un peu la tête, puis la redressait et la secouait d'un geste furieux.

Ce rondo en *la* mineur se prête à de grandes libertés de mouvement. Valdemar ne marquait pas un rythme rigoureux, ainsi que font maintes âmes simples, facilement asservies aux forces élémentaires. Par une pression secrète, il semblait plutôt guider, escorter dans son essor la jeune voyageuse des sphères.

A l'instant où paraît la tonalité majeure, Valdemar se prit à marcher dans l'étroite pièce. Comme le vieux plancher gémissait un peu, le jeune homme aussitôt s'arrêta ; tous les muscles de son corps et de son visage étaient en action ; ils exprimaient tour à tour l'angoisse, le dépit ou la béatitude.

Les dernières notes envolées, le jeune homme enfonça les mains dans ses poches et commença de tourner autour de la table. Il ne regardait plus Cécile, il n'avait pas même l'air de percevoir notre présence. Il nous donnait le spectacle, qui ne m'était pas encore familier, de ces êtres dont la musique est, en même temps, la nourriture et le poison. Il commença de parler. Il s'adressait non pas à nous, mais au concile des âmes présentes et futures.

— Vous avez entendu ? Un esprit créateur ne peut pas faire plus généreux présent aux autres hommes. Comprenez : il nous donne tout ! Il nous permet de croire que cette page que nous jouons, nous l'inventons en la jouant, et même que nous l'inventons en l'écoutant. Pas de plus grande charité. Qu'il est bon ! Comme il est libéral ! Je joue, et j'ai l'air d'improviser ce que je joue, de trouver les notes, une à une, les accents, les détours, les traits. Il me donne tout : l'œuvre et le secret de l'œuvre. Il consent, pour une minute, que son œuvre soit la mienne, que moi, Henningsen, je puisse m'en emparer comme de ma propre pensée, en faire ma propre pensée. Quelle magnificence ! Ils ne sont pas nombreux les héros qui ont de ces prodigalités. Ils gardent leur génie pour eux, jalousement. Ils nous y convient comme des pauvres à la table de Crésus. Lui, le Mozart, il nous prête son génie pour dix minutes, il nous prête son beau joujou d'enfant riche... Cécile, il me semble que vous avez inventé quelques mesures, par-ci, par-là. Et pourtant, c'est impossible. C'est peut-être moi qui ai inventé quelque chose avec mon oreille, avec mon cœur.

Le jeune homme se laissa choir sur une chaise et, délicatement, de ses grandes phalanges noueuses, il se mit à caresser les mains de Cécile. Il riait maintenant : il avait l'air heureux, comblé.

— Cécile, mon enfant ! C'est bien ! Vous avez joué toute la page avec une parfaite candeur, une parfaite innocence. Ecoutez, Cécile, comment finissez-vous ce trait ?

Il avait poussé sa chaise devant le piano et s'efforçait de reprendre le trait. Il avait les doigts non pas inhabiles, mais lourds et, pour dire juste, insoumis. A deux ou trois reprises, il retraça le dessin mélodique avec fièvre, avec rudesse. Il finit par hausser les épaules, se leva de nouveau, vint vers nous. Il montrait un sourire amer.

— C'est injuste ! fit-il, haussant les épaules. C'est injuste et même ridicule. La musique est une duperie, une tombola. Je suis Henningsen ! Un homme ! J'ai vécu, j'ai souffert. J'ai voyagé. J'ai vu des gens mourir. Tout, tout ! Je suis un artiste, moi ! Cette page-là, je la comprends mieux que personne au monde. Ne riez pas ! Mieux que Mozart, mieux que Dieu ! Et je suis un pianiste misérable. Si je la joue, cette maudite page, si j'essaye de la jouer autrement qu'avec mon cœur, j'ai l'air d'un écolier qui ne sait pas même ce qu'il lit. Mais, écoutez la petite fille ! Ecoutez la petite fée ! Elle a l'air de tout comprendre. Elle n'a qu'à remuer les doigts et elle a l'air d'avoir une âme. Et pourtant, c'est un bébé qui ne comprend rien encore. Injustice ! Injustice !

Il s'adressa soudain à moi, comme s'il eût aperçu ma personne véritable et non plus mon fantôme. Il répétait comiquement :

— Que dis-tu, Laurent, d'une telle injustice ?

Je n'eus pas le temps de répondre. Cécile venait de se lever toute droite, toute pâle et les sourcils en bataille.

— Je comprends tout cela mieux que vous, cria-t-elle. Vous êtes un orgueilleux et un fou. Je vous déteste ! Je vous déteste !

Elle se couvrit le visage de ses mains, se prit à sangloter, puis s'enfuit dans la chambre de nos parents et nous entendîmes, au bruit des clefs, qu'elle s'y enfermait.

Valdemar s'était jeté contre la porte. Plié en deux, il parlait devant le trou de la serrure :

— Cécile, soufflait-il, je me repens, je m'accuse. Je suis un sale orgueilleux. Cécile, c'était pour rire.

Il donna, de la paume, deux ou trois coups sur la porte, puis il vint vers nous, secouant la tête. Il ne pouvait contenir un étrange accent quasi germanique.

— Je lui ferai des excuses. C'est une fée. C'est une personne magique. Vous partez ? Mais pourquoi ? Dans un quart d'heure, elle sera guérie et elle recommencera de jouer, je vous assure. Je la connais comme une mère connaît son enfant.

Justin s'était levé, le visage pourpre, l'œil sombre. Il bredouilla quelques paroles d'adieu, puis se tournant vers moi d'un air suppliant :

— Viens m'accompagner un peu, Laurent.

J'acquiesçai, de la tête. Comme nous traversions le petit vestibule, maman entra. Elle avait, par grande gâterie, pris sur ses bras notre petite sœur Suzanne pour monter le long escalier, en sorte qu'elle était essoufflée. Elle posa l'enfant, se retint de respirer une seconde, comme pour écouter le cœur de la maison et dit :

— Qu'est-ce qu'il y a encore ?

— Oh ! fis-je en haussant les épaules, rien, absolument rien. Valdo s'est disputé avec Cécile, une fois de plus. Ils vont se raccommoder, le temps que j'accompagne Justin.

Maman secouait la tête de gauche à droite, les yeux au plafond.

— Oh ! murmura-t-elle. Cette musique ! Cette musique ! Comme si on n'avait pas assez de soucis sans la musique !

## CHAPITRE 3

A peine dans la rue, Justin fit explosion :

— Il ne me plaît pas, cria-t-il. Pas du tout.

— Oh ! m'écriai-je, pour l'exciter un peu, car je l'aimais dans l'enthousiasme ou le courroux, c'est pourtant le plus beau de tous les rondos de Mozart.

— Il ne s'agit pas du rondo, fit Justin Weill avec dépit. Le rondo, n'en parlons pas : il est admirable.

— N'en parlons pas ? Et pourquoi donc ? Parlons-en.

Justin sortit de sa poche sa casquette à galons d'or dont la visière était toute craquelée. Il s'en coiffa d'un geste furieux.

— Il est violent, grossier et, surtout, incorrect. C'est un rastaquouère.

J'entendais le mot pour la première fois et demandai en riant qu'il me fût répété.

— Rastaquouère ! Je dis rastaquouère ! Un chevalier d'industrie, un aventurier ! Et voilà justement l'homme dont tu tolères la présence auprès de ta sœur ! Tu m'étonnes, Laurent.

L'ombre s'exhalait maintenant du plus creux des rues parisiennes. La gaule à l'épaule, un allumeur de réverbères cheminait d'un pas pressé sur le bord du trottoir, laissant derrière lui une traînée d'étoiles vacillantes. L'heure me parut lyrique et propice aux abandons.

— Oh ! fis-je, tu ne peux pas savoir...

Je marquais l'arrêt, l'air pénétré, la bouche entrouverte. Justin fut admirable d'abnégation : il tendit ses larges oreilles, baissa la tête et m'écouta.

— Oh ! repris-je avec flamme, tu ne peux pas même imaginer ce que représente, pour nous, l'entrée de ce garçon dans notre vie. Tu connais mon père. Tu l'as vu quelquefois. Sois bien sûr que c'est un homme extraordinaire...

— Extraordinaire ! affirma Justin Weill en secouant la tête de haut en bas.

— Un homme, repris-je avec un élan soudain excessif, comme si j'allais entonner l'hymne de la famille, un homme qui a fait tous les métiers, tout tenté, tout essayé et qui s'est mis en tête d'apprendre le grec et le latin à l'âge où les autres hommes commencent à parler de retraite. Ce sont des choses, vois-tu ? que je ne dirais pas à tout le monde. Non que j'en aie honte... mais ce sont nos affaires à nous. Papa ! non ! Imagine, Justin : « *rosa*, la rose », le supin, et le duel et l'aoriste, avec cinq enfants. En fait, à ce moment-là, nous n'étions que quatre, mais papa dit parfois sept, parce que nous devrions être sept, sept enfants.

— Moi, déclara Justin avec un large mouvement du bras, moi je trouve ça très beau.

— Le grec et le latin, c'est déjà de la vieille histoire. Maintenant, c'est la médecine, et il va réussir, Justin ! Un an, deux ans peut-être et il aura son diplôme. Et nous sommes là, tous, fascinés, comme devant un acrobate qui fait du trapèze au cirque. Et maman nous répète : « Aimez votre père, mes enfants, c'est un homme courageux. »

Justin me tendit la main avec une juvénile emphase.

— Il y a de quoi être fier, Laurent !

— Oui, je sais, fis-je, en me rengorgeant un peu. Il y a, sans doute, de quoi être fier. Mais... oh ! comment t'expliquer tout ?

Soulevé soudain par cette rage de confession qui tourmente certains hommes, tous les hommes peut-être, et qui me point encore alors que, mémorialiste à cheveux gris, j'écris ces lignes, je commençai, non sans retours, non sans réticences et allusions mystérieuses, je commençai d'expliquer notre famille, nos secrets, toutes les choses profondes et terribles du clan Pasquier. Certaines histoires m'étaient légères à dire ; mais quand j'en venais à notre pauvreté, aux insolubles embarras si particuliers à nous qu'ils étaient, dans mon cœur, les embarras

Pasquier, la misère Pasquier, quand j'en venais à ces tourments ineffables, je me sentais saisi d'une honte toute semblable à l'orgueil.

— Cinq enfants, Justin ! Toi, tu es fils unique. Fils unique ! Je ne peux pas imaginer ce que ça représente, moi qui ai toujours eu une petite sœur à garder, à faire jouer. Cinq enfants ! Et encore, nous devrions être sept, je te l'ai dit. Il y a eu Marthe et Michel, qui sont morts. Il y a des années de cela, et maman parle d'eux presque tous les jours. Elle pense à eux tous les jours. De temps en temps, elle se trompe, elle m'appelle Michel. Et pourtant, il y a des années ! Avant d'habiter ici, nous étions rue Vandamme. J'aimais notre maison de là-bas, mais il a fallu la quitter, à cause d'une colère de papa. Les colères de papa sont terribles. Quand il commence, quand je sens qu'il va commencer, mon cœur s'arrête et j'ai tout de suite les mains froides, et pourtant nous y sommes habitués. Il me semble bien que, certaines fois, il se met en colère seulement pour s'amuser. Ce n'est pas sérieux. C'est quand même effroyable. Enfin, nous sommes venus rue Guy-de-la-Brosse. On a déménagé. Comme toujours, papa disparaît, à cause de son travail, et c'est maman qui s'occupe des meubles et de tout. Elle parle aux hommes, aux déménageurs, d'une façon si gentille : elle n'a jamais d'histoires. Il vaut mieux que papa ne soit pas là. J'aime ce quartier. Je t'expliquerai : ça sent les livres, l'étude, l'école. C'est un nouveau Paris, plus intelligent que l'ancien et pauvre, malgré tout. J'aime mieux ça : nous sommes pauvres et je ne me sens à l'aise que dans les quartiers où notre pauvreté est d'accord avec le reste. Oh ! que je puisse travailler ferme ! Cinq ans, six ans, et je serai sauvé, je serai un homme. J'ai eu la chance d'obtenir une bourse pour Henri-IV. C'est maman qui s'est occupée de ça. Extraordinaire, Justin ! Maman n'est pas très instruite... enfin, elle est instruite, bien sûr, mais pas comme nous. Elle ne sait rien du latin, par exemple. Eh bien ! elle est extraordinairement intelligente. Elle comprend tout. Pas le latin, mais les choses qui arrivent, ce que font les gens, ce qu'ils disent et même ce qu'ils pensent. Papa ne peut pas s'occuper beaucoup de nous. Il lui faut gagner l'argent pour tout le monde et préparer ses examens en même temps. Et la Faculté, l'hôpital ! Papa dit parfois lui-même que c'est un véritable tour de force. Papa est un homme très intéressant et, chose curieuse, il a très peu d'amis. Et maman n'a pas le temps de s'occuper des étrangers. Il y a deux ans encore, nous ne fréquentions personne, à part les demoiselles Segrédat. Je te dirai : des voisines, des personnes tout à fait bien. Mais Cécile — car c'est à propos de Cécile que je te raconte toute cette histoire — Cécile avait un professeur, depuis la rue Vandamme, une personne qui lui donnait des leçons. Tu comprends : pour le plaisir, car nous ne pouvions pas payer un vrai professeur qui prend de l'argent. Alors il lui est arrivé une chose étonnante. En quelques mois, sans qu'on puisse comprendre comment, Cécile est devenue beaucoup plus forte que son professeur. Et Mme Malezieux

— c'est comme ça qu'elle s'appelait — elle avait l'air d'une poule qui a couvé un œuf de cygne. Alors, un jour que Cécile jouait, toute seule, on a frappé à la porte. Maman est allée ouvrir. Elle faisait une lessive — car elle ne veut laisser personne laver notre linge, elle a ses idées là-dessus — et elle avait un tablier bleu tout mouillé. Je t'affirme que, même petite comme elle est, elle avait l'air respectable, l'air d'une dame. Elle a ouvert la porte et Valdemar est entré. Il habitait la maison, il revenait de voyage, il avait entendu... Tu ne peux imaginer cette entrée de Valdemar. Tu dis un aventurier ? Mais non, Justin. Un prince ! Cinq minutes plus tard, il était assis à côté de Cécile et il commençait de parler comme tu viens de l'entendre parler. Il a trouvé, pour le piano, pour la technique pure, comme il dit, un des amis de sa mère, un grand professeur, le célèbre M. Diétrich. En moins de deux ans, Valdemar et M. Diétrich ont fait de Cécile une véritable artiste. Valdemar est quelque chose comme le professeur... je ne sais pas dire... le professeur de pensée ! C'est assez ça. Il donne à Cécile des conseils. Les grands conseils. Des devoirs aussi, bien sûr, l'harmonie et tout ce qu'il faut. Valdemar est là très souvent. Il reste parfois cinq minutes, parfois une demi-journée. Il dit qu'au mois d'octobre Cécile pourra donner son premier concert public. Il dit que c'est son affaire à lui, Valdemar. Mais surtout, surtout, il nous a fait comprendre la musique, la vraie musique. Même quand il est injuste, même quand il me tape sur les nerfs, même quand il est exaspérant, je ne peux le regarder sans reconnaissance.

Justin baissa la tête d'un air lugubre.

— C'est bien, gronda-t-il. Mettons que je n'ai rien dit.

L'instant d'après, il retira sa casquette, s'essuya le front qu'il avait large et d'un blanc parfait et déclara :

— Ta sœur Cécile est assurément une personne tout à fait remarquable. Elle a peut-être du génie.

Comme nous passions sous un bec de gaz, je pus voir que le visage de Justin venait de s'empourprer.

Les parents de Justin Weill habitaient boulevard de l'Hôpital, en face de la Salpêtrière. Trois frères associés exploitaient ensemble une petite compagnie de fiacres. Outre leurs familles respectives, ils hébergeaient des vieilles tantes, des cousines étranges, venues d'Alsace ou de Pologne, et vivaient là dans une communauté bien close, où j'étais toutefois admis, à titre de visiteur amical.

Je quittai Justin vers la fin de la rue Geoffroy-Saint-Hilaire et revins précipitamment sur mes pas. Comme il m'arrivait souvent dans mes jeunes années, comme il m'arrive encore parfois, j'éprouvais un brusque et poignant besoin de retrouver la maison, de voir si le malheur ne voletait pas à l'entour, de m'assurer que tout était en ordre, en place.

Tout était en ordre, en place. Suzanne jouait dans ma chambre, avec un de ces infimes jouets qui sont les seuls jouets chéris des petits enfants. Père et Ferdinand n'étaient pas encore de retour. Cécile travaillait avec application. De temps en temps, la voix de Valdemar retentissait, égale, sereine. Mère devait s'occuper des aliments, dans la cuisine. Elle me cria : « Laurent, surveille un peu ta petite sœur. »

Je me mis à mes devoirs : un thème latin, ce soir-là. Suzanne rampait entre mes jambes et chantonnait une douce petite chanson baveuse. Parfois, le piano de Cécile s'irritait, lançait quelques vagues écumantes. Je commençais à m'y faire : j'ai, presque toujours, depuis, travaillé dans le bruit, creusé mon silence à même le bruit.

Plus tard, dans la soirée, j'allai voir maman pour lui demander l'heure.

Elle était assise devant la table de la cuisine et ne travaillait pas. En m'apercevant, elle eut un sursaut nerveux et laissa tomber une pomme de terre qu'elle allait peler. Je la regardais comme on peut regarder l'être que l'on connaît le mieux au monde, c'est-à-dire avec une confiance voisine de l'inattention. Ma mère répétait tout bas : « Déjà huit heures ! » Elle avait ramassé la pomme de terre et la pelait en hâte.

Et, tout à coup, j'eus le sentiment que le visage de ma mère était changé. Dans le mouvement des lèvres pour se serrer, dans les deux ou trois plis qui descendaient, à travers le front, vers la racine du nez, dans l'agitation des paupières, dans ce tremblement du menton que je connaissais bien et qui représentait à mes yeux l'indice même du trouble intérieur, dans le frémissement du col où passent et battent des organes si mystérieux, dans la conjugaison de tous ces signes, il me fallait bien distinguer quelque chose de nouveau, de très triste et de très angoissant. Non, ce n'étaient pas les fatigues et les douleurs quotidiennes. C'était une menace extraordinaire et incompréhensible.

Je compris tout cela soudain et je compris presque aussitôt une autre chose non moins surprenante. Ce grand changement n'était pas l'œuvre de la journée : il était accompli, déjà, depuis des jours et des jours. Et je ne l'avais pas encore remarqué, pas encore admis. Je savais qu'il était là, ce changement ; mais, depuis des jours et des jours, j'avais refusé de le savoir, dans le fond de mon cœur.

Devinant que je la regardais, ma mère fit un sourire pénible et qui lui brouilla les traits.

— Huit heures ! dit-elle en secouant la tête. Et Ferdinand qui n'en finit pas d'arriver.

## CHAPITRE 4

Mon père disait, chaque matin :

— Je ne resterai pas un mois de plus dans cette baraque, il n'y a pas assez de soleil.

Tremblants de crainte, nous écoutions ces déclarations menaçantes. Le logis nous plaisait, nonobstant son exiguïté. Nous y avions moulé le petit monde Pasquier, âme et chair. Nous en avions adopté les murailles pour coquille. Trois années ! Répit mirifique dans notre existence nomade. Ces trois années, mon père les avait consumées en des efforts d'esprit si rigoureux qu'ils semblaient appeler tous les muscles à la rescousse et qu'ils faisaient songer à l'effort élémentaire du laboureur et du bûcheron. Le démon de la fugue et de l'aventure avait, pendant ces trois années, fait trêve. L'homme fantasque, instable, s'était accroché provisoirement au roc pour mieux se rassembler sur un unique souci. Mais nous le sentions prêt à tendre l'aile, à s'envoler au moindre souffle, et nous frémissions un peu, car, sur nos cœurs, la fantaisie migratrice n'avait plus grand empire.

— Le soleil, répétait mon père, est le principe de la vie, de l'énergie, de toute énergie. Et, dans cette malheureuse maison, nous ne recevons pas le quart, pas le dixième de notre ration lumineuse normale. Il faut s'en aller.

Père entreprenait un léger discours sur le soleil, origine de l'énergie. Notre père n'était, avec nous, ni très ouvert, ni très démonstratif ; mais il aimait, abeille enivrée, il aimait de nous offrir un peu du miel qu'il allait, non sans grand-peine, butiner dans les écoles et les bibliothèques. Comme toutes les âmes novices, il subissait d'autant plus volontiers la séduction des idées qu'elles ne sont pas, encore qu'il y paraisse, principes d'élan, instruments d'exploration, cimes périlleuses, mais bien, au contraire, résultats encombrants, jalons, citadelles, refuges.

La connaissance des lois naturelles procure aux hommes de cette sorte une satisfaction sans ombre. Il avait bien assez d'apprendre ces lois et souffrait difficilement qu'elles pussent être affaiblies par de nombreuses corrections. Son effort était merveilleusement positif. L'esprit critique, sans lequel toute science est chimérique, mais dont les excès énervent l'invention, n'avait guère crédit dans cette ferveur novice. Je pense encore que, s'il n'avait dû tout apprendre à partir du commencement, il eût, avec une si belle candeur animée de fantaisie naturelle, il eût, dis-je, été capable de quelque chance géniale. Venu tard au festin du savoir, il l'a quitté dans la conviction pieuse et non point sereine, mais péremptoire, mais agressive, que le monde était complètement déterminé par des lois sinon simples du moins simplifiables, du moins en voie de simplification et que l'homme allait, dans un délai fort bref, être maître de ses destinées et, bien entendu, de l'univers.

Il disait, laissant s'exalter dans sa voix un rien de professoral que nous admirions, les uns et les autres, Joseph avec défiance, Ferdinand avec lenteur, Cécile avec politesse, mère avec fièvre, moi-même avec un intérêt combatif, il disait :

— Tout vient du soleil, c'est démontré. Ce que nous mangeons, d'abord. Les haricots, bien sûr ; et le bœuf, parbleu ! Ce n'est pas difficile à comprendre. Mais je dis tout, tout. L'eau de la carafe, Ferdinand ? D'où vient-elle ?

Ferdinand concentrait sur la carafe son regard de myope et répondait sérieusement :

— Du robinet. Eh bien oui, quoi ! Des réservoirs de la ville.

Comme je ne pouvais m'empêcher de rire, Ferdinand me considérait d'un air offensé. Mais papa :

— Du soleil, voyons, Ferdinand ! C'est le soleil qui fait évaporer l'eau de la mer et qui forme les nuages. Et le charbon des machines, c'est le soleil qui, dans les temps anciens... C'est d'une simplicité parfaite. Tout du soleil ! Tout par le soleil !

Ferdinand réfléchissait une seconde et proférait, en conclusion, une de ces formules de comptable dont sa conversation est nourrie :

— Parfaitement exact.

Il acquiesçait, mais il n'avait pas l'air surpris. Papa se montrait un peu déçu, car il admirait sans réserve les arguments et les solutions de la science. Une légère colère improvisée lui servait alors de dérivatif :

— C'est bien pourquoi nous quitterons cette sale baraque où le soleil nous est vraiment trop mesuré.

— Ram, insinuait maman qui maniait avec adresse les mots sacrés, Ram, attends d'avoir ton diplôme. C'est si proche, maintenant !

Déjà, père s'envolait vers d'autres pensées, d'autres projets, non sans avoir, au passage, salué le mot diplôme d'un sourire bleu comme un éclair.

Je dois reconnaître que le soleil nous visitait rarement. Il se montrait, au fort de la journée, dans la cuisine et dans l'ancienne salle à manger que mes parents avaient dû prendre pour chambre, à raison de certains calculs domestiques dont je n'ai plus souvenir. Je me rappelle seulement qu'il fallait, pour gagner la salle à manger, traverser avec les plats la chambre de nos parents. En fin de journée, le soleil caressait les deux pièces ouvertes sur la rue. Nous, les enfants, nous ne songions guère au soleil et les revendications de papa nous surprenaient un peu. Je pense aujourd'hui que, chez cet homme soutenu par une rare énergie et un prodigieux désir de jeunesse, le besoin de soleil fut longtemps la seule marque de l'âge.

Un autre signe dont je parlerai plus tard, et qui m'a beaucoup frappé, fut, au milieu d'une vieillesse non seulement verte mais reniée, le souci constant qu'il eut de sa sépulture, souci qui m'a fait comprendre les coutumes de l'ancienne Egypte.

Mais revenons rue Guy-de-la-Brosse.

Mordant sur le petit vestibule, il y avait encore un réduit transformé, pour notre usage, en cabinet de toilette et qui prenait jour de notre chambre, la chambre des garçons, par une imposte fixe devant laquelle on avait dû poser des rayonnages et qui s'en trouvait aveuglée plus qu'à demi.

Ce réduit était donc fort sombre et nous nous en plaignions. Un matin, j'eus à m'en réjouir. Deux ou trois jours après les scènes que j'ai rapportées déjà, mon père ouvrit la porte de ce cabinet, alors que j'étais en train de m'y savonner de mon mieux.

— Une minute, dis-je, et c'est fini.

Père eut un geste onduleux des épaules.

— Non. Continue. Je pensais seulement...

Lui si volontiers péremptoire, il avait l'accent indécis. Il s'était accoté distraitement au chambranle de la porte et dit encore :

— Si ça ne te fait rien, je vais rester un instant.

— Mais, c'est que...

— Oui, je vois, tu es à ta toilette. C'est justement à ce propos que je voudrais te parler.

Et, soudain, la voix affermie :

— Laurent, mon cher — il avait pris l'habitude, fort désagréable à maman, de nous appeler « mon cher » — Laurent, tu vas bientôt cesser d'être un enfant. Te voici, tout au moins, à l'âge où l'enfant commence de se transformer en homme. Il est temps de te mettre en garde contre certaines aventures. Mon cher, je ne pense qu'à ta santé. C'est en médecin que je dois te donner certains conseils. Est-il arrivé déjà qu'une dame t'adresse la parole dans la rue ?

Le visage de mon père était peu visible dans l'ombre. Je le regardais à la dérobée et j'y distinguais un sourire en même temps sérieux et lointain, un sourire qui m'indisposa. J'eus la certitude que mon père allait parler, là, tout cavalièrement, de certaines choses auxquelles je pensais chaque jour, de certaines choses inexprimables, incommunicables, qui m'étaient absolument personnelles, qui étaient mon secret farouchement gardé.

Mon père était la dernière personne au monde avec laquelle un entretien sur ce sujet me parût souhaitable et même possible. Or la catastrophe semblait assurée. J'attendais, saisi d'une sincère horreur qui se colorait de curiosité et même d'impatience. J'attendais, l'éponge au poing, les mâchoires serrées, tout prêt à fuir, à me rétracter dans les profondeurs.

— Il est possible, reprit mon père, que certaines dames t'aient parlé, le soir, dans la rue.

J'avais tout de suite compris que c'était une question posée par un homme à un homme. Non sans étonnement, je m'entendis répondre :

— Oui, papa, c'est arrivé.

— J'en étais sûr. Tu n'es pas fort grand, mais assez large et de bon aspect. Tu portes des pantalons longs et, le soir, on pourrait te donner dix-huit ans, d'un peu loin. Où cette rencontre a-t-elle eu lieu ?

— A l'entrée du pont d'Austerlitz, devant l'usine des Eaux.

— Oui. Et quel genre de dame ?

— Oh ! fis-je en baissant la tête, elle n'était pas bien belle, plutôt grosse et sans chapeau, avec un tablier à poches. Elle ressemblait à une femme de charge.

— Ça ne fait rien. Pas d'erreur. Et qu'a-t-elle dit ?

— Elle est arrivée tout près de moi. J'ai d'abord cru qu'elle allait me demander un renseignement, ou même une charité. Mais elle a dit...

— Quoi ?

— Qu'il fallait aller chez elle. A ce moment, j'arrivais juste sous le bec de gaz et, alors, elle s'est mise à rire. Elle criait : « Non ! Mais c'est une jeune fille. Parole ! On dirait une mademoiselle. »

— C'est tout ?

Je me sentis rougir. Heureusement, nous étions, père et moi, dans une obscurité fort indulgente.

— C'est tout.

— Bien ! fit mon père d'un ton méditatif.

Il poursuivit presque tout de suite et, cette fois, avec autorité, presque avec légèreté :

— Mon cher, il pourra t'arriver encore, et de plus en plus souvent, d'être abordé, le soir, et non plus par de vieilles dondons, mais par des femmes jeunes, des femmes agréables à regarder. Eh bien, je t'engage vivement à te défier de ces personnes. Je ne te dis pas d'être malpoli ou de baisser les yeux comme un sot. Non, il y a la manière. Ça viendra. Tu es en âge de tout comprendre et mon devoir est de te mettre en garde. Ce que ces dames te proposeraient... Je pense que tu en sais quelque chose. Règle générale : méfie-toi des dames de la rue, des dames qui font métier de leurs charmes — ici père fit une petite grimace et ferma l'œil à demi — tu sais ce que parler veut dire. Maintenant, il pourrait arriver, plus tard, évidemment, beaucoup plus tard, que tu sois assez bête, je veux dire assez faible pour ne pas te défier. Laurent, je ne fais pas de morale. Je te le répète : je parle en médecin, rien de plus. L'hygiène, mon cher, l'hygiène pure et simple. Un garçon de ton âge doit savoir se laver correctement. Comment te laves-tu ? Eh bien ! non ! Ce n'est pas cela du tout. Du courage, mon cher. Tu trembles comme si tu avais peur. C'est absurde. L'eau n'a jamais fait de mal à personne. De l'eau ! De l'eau ! Et du savon. Comme les mains, mon cher, comme les mains. C'est une habitude. Bien. Maintenant, autre chose. Un garçon de ton âge doit commencer à se défier des dames de la rue. Et d'un ! Ecoute la suite. Défie-toi aussi des jeunes filles, oui, des très jeunes filles. Et de deux ! Ça t'étonne ? Possible. Tu me comprendras un peu plus tard. Ah ! Je devrais aussi te parler de certaines rencontres, de certains camarades, mais c'est plus rare qu'on ne le dit et, surtout... Non. On reparlerait de ça s'il y avait lieu. Je le verrais quand même bien. Au revoir, mon cher, et rappelle-toi ce que je t'ai dit : primo, les dames de la rue ; secundo, les jeunes filles. Voilà pour l'instant.

Mon père me fit un léger salut de la main, alluma une cigarette qu'il venait de rouler et s'enfonça dans la nuit du vestibule pour rejoindre sa chambre. Un instant après, j'entendis qu'il sifflait à pleines lèvres.

J'étais si cruellement troublé que je n'arrivais plus à boutonner mes vêtements. Papa sifflait toujours. Qu'il pût siffler avec tant de désinvolture, alors que je me sentais au bord de la détresse, j'en éprouvais de l'humiliation et du ressentiment.

Cécile commença de faire parler le piano. Vers ce temps, elle ne travaillait pas moins de huit heures par jour et s'y mettait dès le matin. Elle s'arrêta bientôt et cria :

— Laurent ! Laurent ! Une minute.

Je sautai sur la clef de ma chambre et la tournai par deux fois.

— Non, dis-je, d'une voix altérée. Je suis en retard et je me sauve.

Déjà l'impatiente secouait la porte.

— Méchant ! Méchant ! Vilain frère, criait-elle avec fureur. J'avais justement quelque chose de beau à te dire.

J'entendis qu'elle se jetait sur le clavier comme sur une vengeance.

Mon cartable sous le bras, je me glissais dans les ténèbres de l'escalier. Voir Cécile, approcher Cécile, la pure, la blanche, alors que j'étais en proie à un trouble inavouable, cela me semblait impossible et sans doute impardonnable.

Le tumulte de la rue, remède souventes fois éprouvé, me rendit un peu de calme et la faculté d'analyse. Rien, dans les paroles de mon père, ne représentait à mes yeux une révélation. Depuis bien des mois, je vivais, j'avançais, escorté de pensées qui m'inspiraient une honte inexplicable, car elle était enivrante. J'avais accepté cette honte et me trouvais résolu fermement à la tenir secrète. Les propos et les plaisanteries de camarades dévergondés, propos que je me défendais d'entendre et auxquels je faisais en sorte de ne pas répondre, ne m'avaient pas encore détourné de croire que j'étais un cas exceptionnel. Quelques allusions ou confidences de Justin Weill n'avaient aucunement altéré cette accablante et exaltante certitude. J'étais un monstre, et je n'avais qu'à en prendre mon parti. Et voici que mon père, l'homme que j'admirais et redoutais entre tous, se mettait à disserter soudain de ces pensées tourmenteuses, avec un tranquille sourire dans lequel il y avait de la bonhomie, sans doute, mais aussi quelque chose d'un peu semblable à de la complicité. Mon père s'aventurait dans les ténèbres souterraines avec une belle tranquillité de professeur : « L'hygiène, vois-tu, mon cher, l'hygiène ! » Comme il avait parlé légèrement des profondeurs terribles ! Et la pureté, la pureté ? Pas un seul mot de la pureté. Pas même une parenthèse. Des conseils, des conseils, comme au débutant qui va, pour la première fois, monter dans une de ces fameuses voitures à pétrole.

En vain, d'une langue inquiète, je cherchais, au fond de ma bouche, une introuvable goutte de salive. L'ordre du monde était en péril et ma position au sein de ce monde perturbé me semblait assez effrayante.

J'abordai la rue Clovis, qui m'allait conduire au lycée. L'incompréhensible sourire de mon père passait et repassait devant mes yeux et je reprenais, dans l'espoir de les éclaircir, tous les détails de cette petite scène mémorable à laquelle j'ai repensé mille et mille fois par la suite et dans laquelle mon père venait de jouer, avec adresse et rondeur, un rôle qu'aujourd'hui je trouve assez difficile.

## CHAPITRE 5

Pour bien raconter, pour bien chanter notre année 1895, je sens que ne me suffit plus la petite flûte de fer-blanc sur laquelle j'ai célébré les saisons de ma première enfance.

Comme ces parchemins qui se trouvent, en certaines de leurs parties, d'une fine transparence cornée, l'histoire Pasquier laisse, parfois, entrevoir l'histoire du siècle. Le monde Pasquier n'est pas si clos qu'on n'y sente errer les clartés, les souffles, les rumeurs de l'univers. Je l'ai dit dans un autre récit, mon père était un assez bon exemple de ce que les philosophes allemands ont appelé « l'animal anti-politique ». Il était beaucoup trop occupé de soi-même pour apporter à la maison l'odeur des événements extérieurs, la vibration des passions publiques. Une partie des grandes nouvelles visitaient notre retraite par hasard, ou même par effraction. Il en résultait, il en résulte encore, dans mon souvenir, une juxtaposition assez incohérente des images, quelque chose de comparable à ce que les photographes nomment surimpression.

Si je m'abandonne aux songes, ce qui, d'abord, comble mon cœur c'est le souvenir de nos querelles, de nos drames, de toutes ces misères Pasquier qui n'ont pas encore cessé de déformer ma vision, et qui sont pourtant mon patrimoine le plus sûr. Mais l'esprit de l'enfant s'entrouvre, bien qu'avec défiance : à travers les colères paternelles sonnent, de temps en temps, inopinés, impérieux, les clairons de Madagascar. Notre famille est consumée par une flamme intérieure. Les grandes puissances de l'Europe achèvent de se partager la terre. Dans le regard de ma mère tremble une douleur poignante.

Paris et la province retentissent chaque matin de la clameur des grévistes, quelque chose de violent, de furieux s'allume sur le visage des hommes qui traversent toute la ville, à pied, bien avant l'aube, pour aller à leur besogne. Cécile joue, sur un grand piano noir, des airs d'une beauté déchirante. Elle s'arrête parfois et j'entends comme des cris et des détonations : les Prussiens ont percé, d'une mer à l'autre, un canal, sous le Danemark. Les Japonais et les Chinois poursuivent une chamaille féroce et sans fin. Je grimpe, tremblant de frayeur, un escalier, rue de Fleurus. Bismarck est malade, malade ou mort. Je vois son portrait, sous un casque hideux, dans un journal du dimanche. Les images des illustrés, avec leurs couleurs cruelles et périssables, ont parfois plus de force que des souvenirs personnels. Ferdinand est assis, tout honteux, sur une chaise. De longues larmes viennent s'égarer dans sa jeune moustache. Cela n'a vraiment aucun rapport avec le président Félix Faure, ni même avec les malheurs de l'Espagne dans une île des lointaines Antilles. Et pourtant tout cela reste confondu, faits et sentiments entrelacés dans une étreinte dérisoire. Père et moi, blêmes tous deux, tous deux les dents et les poings serrés, nous nous regardons en silence, avec défi, avec fureur, dans une chambre sans issue. Les bombes des anarchistes éclatent, de-ci, de là, pour assouvir ou pour accroître mon angoisse. Un été brûlant, haletant, attisé de toute ma colère, pille les jardins poudreux. Parfois, les événements se compénètrent, s'associent. L'histoire entre dans notre logis et s'incorpore vraiment à nos pensées. Pasteur est mort. On en parlera chez nous pendant une semaine. On pourrait croire que papa va nous faire prendre le deuil. Il a trouvé ses dieux et les honore à sa façon. Cécile s'avance, mince et fière, sur un théâtre immense, au milieu des musiciens. Le monde entier regarde la belle petite fille. Tananarive est tombée. Wagner entre dans ma vie comme un corsaire, à l'abordage. Parfois, parce qu'ils sont proches, d'infimes événements me cachent le reste de la terre. Le bruit menu que fait ma mère, dans la cuisine, m'empêche, certains jours, d'entendre le pas des nations qui s'acheminent vers leur destin.

Et, cependant, les grandes passions qui vont pendant bien des lustres, faire virer la roue du monde, s'enracinent, de toutes parts, dans le siècle finissant. Toutes les idées qui vont, pendant bien des années, alimenter, exalter, puis décevoir des millions d'esprits avides, toutes ces idées commencent de couler comme des sources à travers l'été suffocant de l'année 95. Ce monde, si loin de nous, hommes de 1932, ce monde qui n'avait ni notre pas, ni nos goûts, ni notre rythme, ni nos craintes et ni surtout nos plaisirs, ce monde est là, bien proche encore, encore tout chaud, sous une fine couche de cendre.

Que je m'en tienne à mon propos ! Que, fidèlement, je conte l'obscure histoire de nous, l'histoire Pasquier. Je voudrais, pour ce faire avec ordre, rappeler, sous une lumière attentive, les hommes et les paysages.

Maman s'éveillait toujours la première, bien avant le jour en hiver. A travers les derniers nuages de sommeil, nous l'entendions errer doucement dans la maison. Elle traversait notre chambre et elle examinait nos vêtements, notre linge. Elle en prenait souvent une pièce et s'en allait la ravauder dans la cuisine, sous la lueur d'un bec Auer au manchon fragile et délabré. Un peu plus tard, maman descendait dans la rue pour acheter du pain. Elle tirait la porte doucement. Nous savourions en hâte les dernières minutes de néant. A peine de retour, maman nous embrassait pour nous encourager au réveil. Venaient alors les frissons du matin frais, l'eau, l'éponge et la cuvette. Déjà rasé, déjà peigné, père criait, la voix tonnante :

— De l'eau froide, beaucoup d'eau froide, pour durcir l'épiderme. Sans cela, vous aurez des poches sous les yeux et vous serez vieux à vingt ans.

Je viens d'écrire : « la voix tonnante... » En fait, mon père n'avait pas une voix extrêmement forte. Il se déclarait lui-même, non sans regret, « ténor léger ». Pour tempérer ce regret, il se procurait, au prix de petits artifices, l'illusion de la puissance vocale et parvenait parfois à donner pendant quelques instants cette même illusion aux autres.

La toilette finie, les vêtements endossés, toute la famille se réunissait à table. Nous aidions Cécile à reployer son lit, ou, plutôt, nous nous hâtions de le reployer sans elle, car Cécile, avec raison, ménageait ses précieuses mains. L'odeur du café, par vagues, flânait de chambre en chambre.

— Ne bâillez pas ! criait papa. C'est affreux et débilitant. Plus vous bâillez, plus vous ressentez la fatigue. Allons, respirez ! Poitrinez ! Parlez nettement ! Articulez ! Vous ne dites pas « papa », vous dites « vava », par mollesse. Et c'est honteux. On n'a pas le droit d'être fatigué, à votre âge, surtout au saut du lit.

Là-dessus, père bombait le torse et tirait sur ses moustaches flambantes. Il disait, indiquant par une simple inflexion de la voix, que la phrase était destinée à maman :

— J'ai rendu visite à Chevallereau. Quel âge peut-il bien avoir ? Deux ou trois ans de moins que moi, pour sûr. Eh bien ! il est tout décati, tout déplumé. Et le peu qui lui reste est plus sel que poivre.

Là-dessus mon père haussait le ton et s'adressait non seulement à nous, les enfants, mais à la foule des hommes pour une prédication vigoureuse.

— Il faut être jeune et vert. Il ne faut pas se laisser avachir. Quand on est vieux, il est impossible de redevenir jeune. Règle absolue : ne pas se laisser vieillir. Voilà ! Je suis l'apôtre de la jeunesse.

Cet enseignement, dont je ne médis point, nous trouvait en général silencieux, car nous étions tous jeunes, fort jeunes, et la vieillesse nous apparaissait comme une éventualité bien lointaine et même improbable. Il m'arrivait, pendant les explosions de l'éloquence paternelle, de regarder ma mère et j'observais alors qu'elle, toujours si généreuse dans l'assentiment, serrait les lèvres et baissait à demi les paupières quand cette éloquence s'exerçait sur le thème favori, le thème de l'éternelle jeunesse.

Le petit déjeuner pris, ce qui n'était pas fort long, papa se levait et s'éclaircissait la voix par deux ou trois « hum ! » énergiques. Il n'était pas de haute taille ; mais il jetait sur les choses et les hommes un regard bleu-frais, ironique, toujours un peu dédaigneux, et ce regard indéchiffrable faisait paraître mon père plus grand qu'il n'était en réalité, phénomène qui m'a beaucoup frappé dans mon enfance et que je relate sans entreprendre de l'éclaircir. Il avait des cheveux bouclés, d'un blond chaleureux, des traits nets, un teint clair dont il prenait grand soin. Bien qu'il fût alors en pleine maturité, tout le monde s'accordait à lui trouver l'aspect de la jeunesse et, quand l'opinion des autres sur ce sujet captivant tardait à se faire jour, il la sollicitait délibérément. Il portait, comme les étudiants parmi lesquels il vivait, de légères cravates lavallière. Il se plaignait souvent de ses vêtements, qu'il jugeait défraîchis et que je trouvais, à part moi, d'une parfaite élégance.

Tout de suite, la famille se dispersait pour les travaux de la journée. Cette année-là, je l'ai dit, mon frère Joseph était soldat, en garnison dans une ville de l'Est. Ferdinand préparait non sans peine des examens pour entrer dans l'administration. Il accomplissait, en attendant, un stage d'expéditionnaire chez un avoué de la place Vendôme. Parfois, mon père laissait tomber sur Ferdinand son regard pervenche, avec un sourire de paisible mépris, et il disait à mi-voix : « gratte-papier », car il avait gardé, brûlante au cœur, une belle fièvre d'indépendance. La plume lui semblait préférable à la bêche, certes, mais à condition d'être franche de chaînes et de barreaux. S'il souhaitait de s'élever et s'il le répétait sans cesse, il avait l'horreur des servitudes bureaucratiques et n'eût pas considéré comme une élévation de travailler à heures fixes, derrière des portes closes, même au prix d'un traitement princier. Encore qu'il fût incapable d'une longue rancune, il n'envisageait pas sans amertume et sans bouffées d'humeur le destin de ses deux aînés : Joseph dans le commerce et Ferdinand dans les bureaux !

Peu de minutes après Ferdinand, je sortais à mon tour. Je retrouvais Justin Weill au coin de la rue et gagnais le lycée. Père partait pour l'hôpital où il était élève. Mère s'occupait des soins de la nourriture et du ménage. Cécile, avec une indifférence olympienne, s'installait au piano. La petite Suzanne piaillait de pièce en pièce, jouait avec un grain de poussière, léchait avec une application jubilante les moulures des meubles. La maison, ivre de gammes et d'arpèges, entrait dans une paix sonore.

Ferdinand prenait le repas de midi au-dehors, à l'étude : la traversée de Paris en omnibus était un assez long voyage. Papa, pour des raisons analogues, ne rentrait pas déjeuner. Jusqu'au soir, entre les heures du lycée, la maison était mon domaine. Quand je dis la maison, j'entends une partie de la tranche de bâtisse formée par le quatrième étage.

Domaine traversé, domaine envahi. On entendait, à toute heure, les longs doigts de Valdo battre une charge capricante sur le panneau de la porte. Nous allions, mère ou moi, tourner le bouton, car Cécile, une fois au travail, ne se dérangeait jamais. En général, nous tenions toujours fermée la porte du palier. Comme tous les Français, constructeurs d'enclos, nous avions un sens jaloux de notre particulier, le goût des murailles, des serrures et d'une sécurité même illusoire, ce goût que certains peuples étrangers tournent volontiers en dérision.

Valdemar Henningsen, à peine dans la citadelle, plaçait tranquillement la clef à l'extérieur de la porte, ce qui devait lui permettre de circuler plus librement.

— Eh quoi ! disait-il, avez-vous donc peur des voleurs ?

Excellent Valdemar ! Il n'a sans doute jamais compris que si nous poussions — tout au moins maman et nous, les petits — si nous poussions toujours soigneusement les verrous, c'était pour défendre, plus encore que nos hardes et nos meubles, le génie du foyer, les dieux de notre clan.

Guidé, aspiré par la musique, Valdemar entrait sans même frapper dans la chambre où travaillait Cécile. Il ne prenait pas toujours le temps d'un salut : il tirait une chaise, s'asseyait, décrivait dans l'air, avec son index noueux, quelque signe ésotérique. La leçon commençait. Etait-ce vraiment une leçon, au sens étroit du mot ? C'était plutôt, j'y ai souvent songé depuis, une transfusion mystique. Il restait là parfois dix minutes et parfois trois heures. Il s'en allait, revenait, hantait la maison comme un esprit aérien. Parfois, il partait sans avoir dit une syllabe. D'autres fois, il se répandait en propos querelleurs, stimulait, exaspérait l'ange musicien qui devenait alors semblable à quelque juvénile furie.

Deux fois la semaine, Cécile s'habillait avec soin, remplissait un grand carton de cahiers et de livres et s'en allait prendre sa leçon officielle chez le vieux M. Diétrich, qui venait de renoncer à la gloire du virtuose et se consolait avec celle du pédagogue.

Le maître, l'inspirateur véritable, c'était bien, à mes yeux, notre extraordinaire Valdemar, ce feu follet, cet Ariel chargé, par une malédiction dérisoire, de grandes mains et de grands pieds. Si ma sœur Cécile est devenue l'artiste souveraine qu'elle est, au regard du monde, elle le doit certainement à cette âme fugitive et radieuse, à ce grand Valdemar qui lui a fait sûrement beaucoup de bien et, plus tard, beaucoup de mal.

Comment cet étranger, cet homme-oiseau, cet esprit voltigeur avait-il pu, dans une tanière aussi fermée que la nôtre, prendre tant de place, tant d'autorité, c'est ce que je me demanderais encore, si je n'étais fait et même allégrement résigné à toutes les contradictions qui sont l'ordre même de la vie morale. Les mots de séduction et de prestige ont un sens : ils éclairent assez bien le mystère de nos rapports avec Valdemar Henningsen. Le détachement sublime, aérien avec lequel Valdo traitait une part de ma famille n'a jamais risqué, chose étrange, de lui en interdire l'accès, à l'origine de nos relations. Valdemar s'est introduit tout naturellement dans la série des mystères orphiques inaugurés par les premiers essais de Cécile et l'arrivée du vieux piano. J'ai même toujours pensé que, dans l'animosité mal celée de Joseph à l'égard de Valdemar, il y avait une forme superstitieuse du respect. Joseph a pu, par la suite, invectiver contre Valdemar et triompher bruyamment, je suis bien sûr qu'un sourire de Valdemar procurait, dans les commencements, à mon frère Joseph, une espèce de joie humiliante qu'il redoutait et souhaitait avec haine.

Presque chaque jour, Valdo, frappant de la paume sur le vieux piano, disait :

— Ça ne peut pas durer ! Il faut un piano demi-queue, pour le moins. Il est grand temps. Je vais m'en occuper.

Mère levait les bras au ciel. Valdemar poursuivait, avec un geste plein de noblesse :

— J'en fais mon affaire, madame Pasquier. Un mot, et le grand piano est là. Je vous dis que je le tirerai de mon chapeau.

— Où mangerons-nous ? demandait maman tout bas.

Valdemar avait un sourire céleste :

— Manger, manger ! Mais cela n'a vraiment aucune importance.

Cécile assistait à ces débats avec une impassibilité parfaite. Le grand piano viendrait en son temps. Cécile avait remis sa cause aux mains du chevalier. Elle semblait, dès ce temps, sûre de ses destinées.

Je crois que Valdo m'aimait bien. Souvent, il me prenait par le bras et me disait laconiquement :

— Viens.

— Où donc ?

Valdemar avait un geste magnifique pour m'ouvrir l'espace infini du monde.

Nous descendions dans la rue. Mon camarade était plus âgé que moi et beaucoup plus grand. Il me prenait par l'épaule, geste qui m'est, d'ordinaire, insupportable, car j'aime tous les aspects de la liberté, geste que, de Valdemar, je tolérais bien volontiers.

La rue Guy-de-la-Brosse dormait, comme un bras mort, entre la paisible rue de Jussieu et la rue Linné que faisait retentir, ferraillante, hennissante, la course des omnibus. Les platanes de la Halle aux vins poussaient leur jeune feuillage. Parfois, dans une bouffée de vent, nous parvenaient les odeurs et les rumeurs de cette ville secrète, un aigre borborygme de cave, comme d'un estomac d'ivrogne, l'haleine d'un alambic ou d'une bonbonne brisée, le bruit creux des futailles maniées par des tâcherons habiles et, plus loin, du côté de la rue des Fossés-Saint-Bernard, le maillet des tonneliers.

Presque toujours, Valdo m'entraînait vers le Jardin des Plantes. Il ne se plaisait guère aux bosquets ou même aux cages des fauves. Il n'avait de regard que pour des rêves et des pensées et ne daignait pas toujours m'admettre au partage. Parlait-il, c'était, le plus souvent, avec véhémence, de la musique et des musiciens. J'écoutais, religieusement. Il commençait de me faire connaître des dieux que j'ai, pour mon allégement et ma joie, confessés dans la suite des jours.

Valdemar employait, à tout le moins dans notre intimité, un système de valeurs qui tirait de la musique ses principes, ses comparaisons et son vocabulaire. Il regardait le pesant édifice du muséum de zoologie et sifflait avec mépris : « Je donne tout ça pour deux mesures de Bach. » Il appelait l'asthmatique du rez-de-chaussée « quart de soupir », la concierge « point d'orgue ». Jugeait-il tel personnage illustre qu'il avait entrevu, même fantaisie véhémente : « C'est un néant. Il prend Purcell pour un fabricant de vélocipèdes ! »

En ces années, que j'appelle encore les années Guy-de-la-Brosse, Valdemar délirait chaque jour à propos de Wagner : « Ce n'était pas un homme, c'était le démon de la musique. Il avait vécu comme un roi, avec des rois, dans un palais, au fond d'un domaine enchanté. Il avait construit, sur une colline, le vrai temple de l'art où des séraphins soufflaient dans des trompettes d'argent pour célébrer une coupe sublime pleine de sang enflammé. On disait qu'il était mort à Venise ; mais, en vérité, il errait par le monde, comme un conquérant, et versait à ses disciples des breuvages délicieusement empoisonnés. »

Là-dessus, Valdemar entrait en extase. Il murmurait, le visage au ciel : « Moi aussi, je veux errer par le monde ! Il y a des hommes si terriblement enfoncés dans leur vie que rien ne peut les en extraire, ni le flot, ni le feu, ni les bourrasques. Mais moi, moi, moi, je suis une âme voyageuse. Rien ne me retient, pas même ma mère que j'adore. Non, pas même Mme Henningsen. Dans deux mois, je serai peut-être assis au seuil d'une estancia de la pampa, peut-être sur une jonque chinoise, peut-être en prison. Je ne sais pas. Je ne veux même pas savoir. Je suis merveilleusement prêt à tout. »

Il retombait de ces hauteurs en de romantiques mélancolies et, certains soirs, il parvenait à me faire peur. Nous longions l'interminable muraille de la Pitié. Il disait soudain, très profondément effrayé lui-même :

— On n'entend pas les malades. Est-ce possible ? C'est que nous faisons trop de bruit. On devrait les entendre gémir. Et les morts ? Les morts n'ont pas de voix, heureusement. Si les morts pouvaient se plaindre, quel cri, Laurent ! Quelle clameur ! On ne s'entendrait plus vivre.

Quelques minutes plus tard, calmé, guéri, Valdo se prenait à siffler. Il sifflait avec une force, une habileté vraiment exceptionnelles. Il imitait les oiseaux, les instruments de l'orchestre et les bruits de la nature.

Nos rêveries louvoyaient souvent aux abord du jardin botanique de Baillon. C'était un jardin clos de haies épaisses et si hautes que le regard ne les pouvait franchir. Ce jardin occupait alors l'emplacement sur lequel, deux ans plus tard, on devait commencer de construire l'Ecole des Sciences physiques, chimiques et naturelles. Conservé comme un musée de plantes rares par le vieux professeur dont il portait le nom et dont mon père parlait avec révérence, le jardin de Baillon dépendait de la Faculté de Médecine.

En croisant dans les parages, Valdo murmurait, l'œil mi-clos :

— C'est le jardin des filles-fleurs. Il faut entrer là-dedans.

— Mais, Valdo, c'est défendu.

— Pff... Pff...

Il haussait les épaules et commençait de chantonner des improvisations. « Je suis le pur, je suis le vaillant. J'entrerai dans le jardin ! »

Un jour, voyant la porte entrouverte, il me saisit par le bras et m'entraîna dans le jardin mystérieux.

J'ai souvenir d'un espace assez découvert où commençaient de verdoyer toutes sortes de petites plantes souffreteuses et même des arbustes. On voyait encore une serre fermée comme une châsse et dont les vitres étaient laiteuses de buée. Au-delà, le dos des maisons fuligineuses, des lucarnes aveuglées de torchons sales.

Valdemar considérait tout cela d'un œil glacé, presque féroce.

— Ce n'est pas le jardin des filles-fleurs, souffla-t-il, c'est un jardin d'apothicaire.

Et, soudain, la voix corrosive :

— Regarde : voici Klingsor.

Un vieil homme accourait sur nos pas. Il avait l'air triste et mécontent.

— Etes-vous étudiants en médecine ? demanda-t-il.

Je me rengorgeais un peu, fier d'être pris pour un étudiant. Le vieux répéta sa question.

— Non, heureusement, répondit Valdemar avec insolence.

L'archange à cheveux blancs nous montra la porte :

— Alors, déguerpissez.

Valdemar haussa les épaules et m'entraîna, sifflant à pleins poumons.

Presque toutes nos promenades nous ramenaient vers cette petite place sans nom qui bée à l'angle occidental du Jardin des Plantes et sur laquelle donnait alors l'hôpital de la Pitié. Noires, sordides, pareilles à des constructions pénitentiaires, les bâtisses du vieux lazaret s'ouvraient au monde par un portail de forteresse. Les jours de visite, la place attirait les voiturettes des marchands d'oranges et de sucreries. Une foule soucieuse, endeuillée comme les murailles, à demi muette, attendait là, patiemment, quelque froide confirmation de ses angoisses. Un jour, je vis cette foule s'écarter brusquement, comme au passage d'un prince. Une grande pauvresse blonde parut, soutenue sous les bras par des ombres compatissantes. La malheureuse mordait à pleines dents son mouchoir et hurlait sourdement.

En face de toutes ces douleurs, une grande fontaine publique gargouillait avec un bruit d'éternité. Les cochers à chapeau de cuir y puisaient, pour abreuver leurs chevaux pommelés. Les omnibus de Montmartre arrivaient là, dans un jovial tintamarre de vitres. Ils avaient traversé presque toute la ville, fait retentir les quartiers du centre où travaillaient les hommes d'affaires, franchi le fleuve chargé de chalands et de remorqueurs. Les gens qu'ils déposaient au terme d'une si belle course avaient l'air d'explorateurs émerveillés.

A l'ouest de ce forum confus, commençait, commence encore la colline Sainte-Geneviève, avec ses venelles et ses masures cariées que le siècle nouveau, une par une, renverse et pile.

Malgré les réduits puants, la foule clabaudeuse, les sentines et les taudis, cet étrange quartier me signifiait une vie nouvelle. De grandes et puissantes écoles s'y dressaient, sourcilleuses forteresses du savoir. A quelques minutes vers le ponant, je pénétrais au cœur même de la ville spirituelle, la ville des bibliothèques, des laboratoires et des musées. Et nous, nous, les Pasquier, arrivés du quartier de Plaisance comme une tribu d'émigrants aux yeux ouverts, à la cervelle avide, voilà que nous avions audacieusement installé nos lares sur la marche de l'empire sacré.

Beaucoup trop pauvres, au moment de notre arrivée, pour renouveler les peintures du logement ou obtenir du moins qu'elles fussent rafraîchies, nous avions souffert, tous ensemble et chacun selon nos vertus, d'avoir à toucher et à sentir la crasse des autres. Alors maman, jour après jour, s'était mise à lessiver les murailles, les plinthes et tout ce qui pouvait souffrir un traitement tel. Puis elle avait, de-ci, de-là, collé des lés de papier propre. Ce grand labeur, joint aux besognes journalières, lui avait corrodé les mains et l'avait exténuée, mais nous avait, à tous, procuré si grand soulagement que mère en parlait comme d'une fête et en gardait un souvenir béni.

Malgré ces soins purificateurs, l'odeur de nos prédécesseurs était restée, pendant longtemps, embusquée dans les planchers et les murailles. Mère et moi, plus sensibles du nez que les autres, en étions encore affectés. Maman disait parfois : « Ça sent l'habitant. » Moi, je lançais : « Ça sent les autres. » Petit à petit, l'odeur des prédécesseurs s'était évanouie, soit qu'elle eût cessé de nous être perceptible, soit qu'elle eût été finalement supplantée par nos odeurs à nous, par les odeurs de notre vie à nous. Il arrivait d'ailleurs que cette odeur des autres ressurgît, brusquement, du fond de l'oubli. Parfois, elle nous attendait, au retour d'une promenade. Parfois, nous la trouvions assoupie derrière un meuble, retranchée au fond d'un placard. Nous avions tôt fait de l'effaroucher et de la mettre en fuite.

J'ai dit plus haut : « Nous étions beaucoup trop pauvres... » C'est vrai, depuis bien des années, nous connaissions une pauvreté d'autant plus amère qu'elle était éperonnée d'ambition. Pour m'expliquer tout à fait sur ce point, je dois ajouter une remarque où se peint le génie même de notre langue. Dans la pauvreté, nous avons été bien souvent jusqu'à l'adjectif ; nous ne sommes jamais tombés au substantif. J'entends que si nous avons été presque toujours pauvres, en ce temps, nous n'avons, heureusement, jamais été des pauvres.

Les classes finies, je regagnais la maison dans la société de mon cher Justin Weill. Pendant que je faisais mes devoirs avec ce mélange d'application et d'aisance qui fut la marque de tous mes travaux scolaires, nous recevions souvent les demoiselles Segrédat.

Père n'avait que de rares camarades et je sens aujourd'hui que nous savions peu de choses, hors la vie de la maison. C'est dans notre voisinage immédiat que se sont toujours déclarés nos quelques amis. Les demoiselles Segrédat habitaient le logement voisin du nôtre. Elles étaient trois, deux nièces et leur tante, personne antique, presque aveugle, qui ressemblait étonnamment au portrait que Dürer nous a laissé de sa mère. Cette ressemblance est, à vrai dire, devenue plus vive avec les années, car le portrait, toujours présent, supplante un souvenir à l'agonie.

Les nièces approchaient toutes deux de la trentaine. Honorine, l'aînée, était une assez forte fille, un peu pauvre d'esprit, laide, gâtée encore par une prononciation zézayante et postillonneuse. La plus jeune, Thérèse, était imperceptiblement bigle, mais douce de visage, de cœur et de voix, et blanche de peau, ce que soulignait un deuil perpétuel. Elles étaient pieuses toutes trois, la tante avec désolation, la petite avec tendresse, la grande avec frénésie. Elles étaient toutes les trois sensibles à la musique et venaient souvent, subjuguées, entendre Cécile qui n'avait pas toujours l'air de les voir. J'aurai lieu de les ramener dans mon récit.

La nuit renouait toute la famille. En général, père rentrait pour dîner, mais ce n'était pas de règle. Une fois la semaine, au cours du repas, mère donnait lecture d'une lettre dans laquelle Joseph racontait la caserne et demandait un peu d'argent. Père tapait, du bout des doigts, sur la table et poussait un soupir d'une espèce particulière, un soupir qu'on entendait seulement quand il était question d'argent.

Le piano calmé, Cécile écrivait des devoirs d'harmonie, pour nous incompréhensibles. Ferdinand, couché sur la table à cause de sa mauvaise vue, alignait des chiffres, colonne par colonne. Papa, quand il était là, travaillait dans sa chambre, la plume aux doigts et les lèvres en mouvement, car il forçait sa mémoire comme un cheval rétif.

Et puis je m'endormais, dans le lit de Joseph. Pendant l'instant de lucide raison qui suit le coucher et la résolution des muscles, je dénombrais les périls qui pouvaient fondre sur notre foyer, sur cet asile où nous vivions si proches les uns des autres qu'on percevait, la nuit, tous les souffles emmêlés et qu'en écoutant bien on eût distingué les battements de tous les cœurs. Quels malheurs connus ou inconnus pouvaient donc heurter à la porte ? Une traite ruineuse et oubliée ? Un huissier brutal ? Quelqu'une des affreuses, des éternelles surprises de l'argent ? Et quoi donc encore ? La maladie ? La mort ? Fallait-il penser à ces calamités qui tombent du ciel, sortent du sol, accourent du fond de l'étendue ? Fallait-il compter avec le feu, la foudre ? Et quoi de plus terrible ? L'émeute ? La guerre ?

Je retournais toutes ces pensées dans ma tête. Je n'avais rien oublié. J'avais répandu quelques gouttes de sang sur l'autel de tous les démons. Que pouvait-il survenir d'autre ? Rien. Rien, bien sûr.

Alors, prêt pour le sommeil, j'attendais le signal mystérieux. Il arrivait. Je commençais de voir défiler, sous les yeux intérieurs de l'âme, tous mes paysages secrets, avec leurs détails délicats, leur arbre foudroyé, leur maison perdue, leurs abîmes fleuris, leurs gorges de roches sépulcrales, leurs montagnes aux éternels sentiers solitaires, leurs ciels de soie noire, tous ces paysages, connus de moi seul, qui glissaient de plus en plus vite, dans la ténèbre, et dont la vue m'annonçait, m'annonce encore, l'imminente extase du néant.

## CHAPITRE 6

Maman se pencha sur mon épaule et murmura :

— Viens me rejoindre dans la cuisine, Laurent. J'ai quelque chose à te dire.

C'était un jeudi de mai. J'ai souvenir qu'il faisait beau. Cette journée, pour moi, demeure baignée d'une lumière jaune, un peu lourde, maculée d'ombres à l'encre violette, la poignante lumière des soleils qui ont éclairé nos tourments.

Mes devoirs étaient finis. Belle matinée de vacances. A cheval sur une chaise au cannage fourbu, j'écoutais Valdemar et Cécile. Par la fenêtre ouverte, nous arrivait le reflet d'une grande maison blanche, éblouie. J'avais chaud, j'étais bien.

Valdemar, avec la même pathétique maladresse, jouait de quatre ou cinq instruments différents. Il avait, ce jour-là, descendu son violon, un beau violon ancien qu'il disait provenir de Kreutzer et dont il racontait l'histoire non sans une profusion de détails discordants.

C'était donc, ce jour-là, ce que l'on appelait la leçon d'accompagnement. Valdo jouait soi-disant pour faire travailler Cécile, mais il y goûtait un plaisir jaloux, un plaisir grondeur et traversé de déceptions. Il disait :

— Le largo, maintenant. Et du calme ! De la sérénité, bon Dieu ! C'est la plus belle page de Jean-Sébastien. Il a composé cette page-là pour moi, uniquement pour moi, Valdemar Henningsen. Quand les médecins m'enlèveront le cœur, ils trouveront toutes ces notes-là gravées sur la chair de mon cœur. Et si je deviens roi, je défendrai que les autres jouent ce largo. Oui ! Sous peine de mort, ou de torture, ou de je ne sais quoi. Tout doux, Cécile ! Non ! Attendez un peu que je me remette, que je ne tremble plus.

— Pour toi ! fis-je, pendant cette pause. Il a écrit cela pour toi seul ! Vraiment ? Et que pouvait-il bien te dire ?

Valdemar faillit lâcher son violon. Il roulait des yeux féroces.

— Il a voulu me dire les choses du ciel qui ne s'expliquent pas avec des mots. Alors quoi, Laurent ! Toi aussi ! Toi aussi ! Je t'ouvre la porte du temple et tu es encore assez godiche pour demander ce que la musique veut dire ! Et que veut-elle dire, monsieur le nigaud ? Des bêtises, peut-être ? « L'instant où nous naissons est un pas vers la mort. » On m'a fait apprendre tout ça dans vos écoles. Ou des choses fameuses pour jeunes personnes sentimentales... « L'homme est un dieu tombé qui se souvient des cieux. » Pas possible ! Mais, Laurent, Laurent, quand elle te donne, ta mère, tes petits pois ou du pain blanc, est-ce pour te dire que l'homme est un dieu tombé ? Non, Laurent, non, c'est pour te nourrir, pour faire la chair de ton corps et de ton âme. L'homme est un dieu tombé... Je ne dis pas le contraire ; mais c'est autre chose, tout autre chose.

A mon tour, je secouais la tête avec passion.

— Et si cet air que vous jouez là m'explique à moi quelque chose, à moi...

— Non ! cria furieusement le jeune homme. C'est pur de toutes vos idées, de toutes vos sales idées. C'est la vue de Dieu, et c'est assez et c'est tout. Le grand Goethe a parlé de la musique, oui, tu sais... Il dit : « Des hommes vêtus de rouge qui se promènent sur les marches d'un escalier. » Je te demande un peu ! Il a parlé comme une bourrique. Quoi ? Bourrique, ce n'est pas respectueux pour le grand Goethe ? Pardon, Monsieur, pardon ! Mais pourquoi le grand Goethe va-t-il dire des niaiseries et se mêler de nos affaires ? Est-ce donc impossible de ne pas ouvrir la bouche ? Ils croient, les poètes, qu'ils peuvent raconter de tout. Mais non, il n'y a qu'à se taire et à recevoir. Alors, tais-toi, car tu n'es même pas poète.

Il avait replacé le violon contre sa gorge et, comme le piano s'élançait, impatient de la terre, Valdo fit entendre une interminable note suppliante.

Je sentis, à cet instant, que ma mère, survenue à pas de fantôme, par la porte de notre chambre, se penchait vers mon oreille :

— Laurent, soupira-t-elle, viens me rejoindre dans la cuisine, j'ai quelque chose à te demander.

— Tout de suite, maman, tout de suite.

Je répétais « tout de suite » et, dans mon cœur, j'ajoutais avec une voluptueuse langueur : « Un petit instant, mère, encore un petit instant ! »

Que la musique fût comparable à la nourriture céleste, je le sentais bien ; mais étais-je vraiment sot et impur parce que la musique me montrait, à moi, Laurent, toutes sortes d'images vives, parce qu'elle appelait tantôt une pensée, tantôt un vers et tantôt une odeur, parce que, dans son vol, elle rasait souvent la terre et s'y déchirait et s'y blessait avec des cris ?

Ils étaient partis, maintenant, les compagnons de la nuée. Cécile montrait, à son ordinaire, un visage impassible. Elle savait bien qu'elle n'avait pas la première place, qu'elle devait obéir, suivre fidèlement l'autre voix, la dominatrice. Cécile connaissait apparemment le texte, car elle regardait non le cahier, mais quelque chose d'invisible, à travers la muraille. Parfois, son œil redescendait et Cécile avait l'air d'apercevoir ses mains, de contempler avec étonnement le miracle de ses mains, d'assister, étrangère hautaine, à l'œuvre prodigieuse de ses mains. Pendant de longues minutes, elle suivait docilement le guide ; à d'autres moments, ressaisie, insoumise, elle élevait la voix, s'acharnait à son chant, tirait sur ses liens. Une lutte s'engageait entre ces deux âmes farouches. C'était beau. Etait-il possible que cela ne signifiât vraiment rien de plus que la nourriture de l'âme ? Je regardais par la fenêtre et j'apercevais un petit carré de ciel qui ressemblait à cette musique. Un nuage brillant, joufflu, avançait, navigateur, à travers cette page de ciel et, juste, la musique prenait la forme du nuage. Il y avait, de l'autre côté de la rue, une fenêtre énigmatique, à laquelle se montrait, le soir, un pâle visage de femme souffrante. Entre ce visage toujours noyé sous la vitre et les élans du violon, se pouvait-il qu'il n'y eût vraiment aucune concordance cachée ? Et la fleur captive qu'on voyait sur l'extrême bord de la fenêtre, la fleur prête au bond suprême, prête au suicide, ne venait-elle pas, à l'instant même, de pleurer sous les doigts de Cécile ?

« Tout de suite, maman. Tout de suite... » J'irais, bien sûr, j'irais retrouver ma mère dans la cuisine. Mais, une minute, une minute encore ! Se pouvait-il que toute cette musique fût dégagée des pensées humaines, alors que la paix de mon esprit exigeait justement que j'attendisse la fin du chant comme on espère la conclusion d'un raisonnement, d'un plaidoyer, d'une prière ?

L'idée me vint, furtive, que je retardais l'instant d'aller rejoindre mère dans la cuisine comme on diffère, d'instinct, l'effort ou la douleur. Mais non ! Il me faudrait tout simplement courir place de Jussieu et remonter une livre de gros sel ou peut-être un sac de farine, rien de plus.

De nouveau, je sentis un souffle chaud contre mon oreille. Que maman était respectueuse de la musique, de cette musique étrangère, trop savante pour son âme tendre ! Elle aurait pu crier, de loin, sans ménagement, troubler le concert des altitudes. Mais non, elle arrivait, sur la pointe de l'orteil, et elle soufflait tout bas un mot, un seul mot, mon nom seul :

— Laurent !

Valdo venait de lever l'archet. Le repas céleste était fini. Comme on secoue de soi les gouttes de pluie, je me secouai pour laisser tomber toutes les belles gouttes de musique, et je courus dans la cuisine.

Elle était claire, elle ouvrait sur la cour par une fenêtre point trop petite. Je vis donc, dès l'entrée, que ma mère avait encore ce visage soucieux, un peu égaré, que je lui avais découvert un soir d'avril et qu'elle préparait en secret depuis bien des jours. Son menton tremblait finement, comme il lui arrivait quand elle était saisie de quelque chagrin, comme il m'arrive à moi, de même, aux instants graves de ma vie. Ce n'est certes pas le menton dur qui tremble, la sévère charpente de pierre, c'est — il me suffit d'y penser avec force pour que s'ébauche le phénomène —, c'est une délicate vibration des muscles sous la lèvre inférieure.

Ma mère dit, baissant les yeux d'une manière qui ne lui était pas naturelle :

— Tu vas, Laurent, me rendre un petit service.

Sur le bord de la hotte, au-dessus du foyer, étaient rangés des pots de grès. Maman souleva l'un de ces pots.

— Bon, dis-je, c'est pour la farine.

Maman souleva le pot et découvrit un papier. Comme elle était petite, elle avait dû monter sur un tabouret. Elle hésitait à descendre, à me montrer le papier. Elle dit enfin :

— Tu es chaussé, tout prêt. Regarde bien cette adresse, Laurent. Non, ne la copie pas — ajouta-t-elle d'un air effrayé. — Non, toi, heureusement, tu as de la mémoire. Tu vas aller à cette adresse et alors...

Elle s'arrêta, mordant sa lèvre inférieure pour contenir ce menton qui tremblait toujours. Mais pouvait-elle contenir le tremblement de ses épaules, de ses bras, de ses mains, de ses doigts marqués par l'aiguille et le feu, le tremblement de cette lettre même sur laquelle je lisais : *Monsieur Raymond Pasquier, 16, rue de Fleurus, Paris*.

Et soudain, la volonté fit son œuvre. Tout cessa de trembler, les mains, le menton, la voix même et maman dit, l'accent affermi :

— Tu n'oublieras pas, Laurent ? Alors, si la concierge répond : « C'est bien ici », tu diras : « Merci, Madame » et tu reviendras.

Maman me congédiait, du geste. Malgré moi, je restais sur place. J'attendais une explication qui vint, péniblement.

— Il ne s'agit pas de ton père, bien sûr ; mais de quelqu'un qui porte le même nom.

— En ce cas, qu'est-ce que ça peut nous faire ?

— Si, si, Laurent. J'ai peur que cela ne nous cause quelque désagrément, car ton père a ouvert cette lettre, par erreur. Tu comprends ?

Je ne comprenais absolument rien.

— Comment l'a-t-il reçue ? Puisqu'elle était adressée rue de Fleurus ?

Mère eut une réponse étonnante :

— Oui, comment l'a-t-il reçue ? C'est ce que je me demande.

Il y avait, dans tous les actes et les mobiles apparents de mon père, un élément qui me demeurait surprenant, une part de mystère, une ombre que je redoutais toujours d'apercevoir et que j'apercevais toujours, en définitive. En avouant ne pas comprendre quelque chose, mère venait de me ramener à l'ordre normal et presque de me mettre à l'aise, puisque l'ordre normal voulait précisément qu'il y eût toujours en mon père quelque chose d'incompréhensible.

Je secouais déjà la tête en signe d'acceptation. Là-dessus, maman, pensant mieux faire, brouilla tout.

— Dépêche-toi, Laurent. Et si, par hasard, ton père rentrait à la maison, ce matin, eh bien, ne lui parle de rien. Il voudrait aller lui-même là-bas...

— Il y est peut-être allé déjà.

Maman fronçait les sourcils. Elle suivait une autre piste.

— Si tu le rencontrais, là-bas, ton père, sur le trottoir ou sous la porte... Non, non ! il ne faut pas que tu le rencontres.

Le besoin d'éclaircissement recommençait de me poindre, ce besoin qui m'a tourmenté toute ma vie, ce besoin qui représente sans doute, un philosophe l'a dit, le commencement de toute science.

— Quel mal y aurait-il à rencontrer papa ?

— Non ! il n'aime pas que l'on s'occupe de ses affaires. Alors, tu entreras chez la concierge et tu diras : « Est-ce bien ici qu'habite M. Pasquier ? » Alors la concierge te répondra sûrement oui. Tu diras encore : « Un grand monsieur brun, plutôt gros, avec une barbe... »

— Pourquoi ?

— Il ne ressemble pas du tout à ton père, ce monsieur de la rue de Fleurus.

— Tu le connais ?

Maman fit un faible signe de tête. Elle recommençait de trembler du menton. Une lueur trouble et malheureuse dénaturait son regard toujours si net. Elle coupa court :

— Va, mon enfant.

J'allais poser encore une question. Maman détourna la tête. Elle avait un air honteux et implorant que je ne lui connaissais pas.

— Bien, maman.

Deux minutes plus tard, j'étais dehors et je montais la petite rue des Boulangers. C'était mon chemin familier, celui que je faisais quatre fois par jour pour aller au lycée ou revenir à la maison. Le jeudi est un jour magique, un jour chaleureux, sucré, riche de rayons et de parfums. Mon chemin familier éprouvait, comme tout au monde, l'enchantement du jeudi : à le suivre pour mon plaisir, je ne le reconnaissais plus. Pour mon plaisir ? Hélas, ce n'était pas pour mon plaisir que j'allais ainsi, piaffant de dalle en dalle. Un combat s'engageait, au fond de mon cœur, entre un Laurent qui voulait souffrir et un Laurent qui refusait toute souffrance.

La rue du Cardinal — c'est ainsi que nous l'appelions alors, amicalement — la rue du Cardinal s'ouvrit, qui demande un petit effort et s'achève sur une légère victoire. L'idée me vint, en la gravissant, que j'aurais pu prendre Justin Weill pour m'accompagner dans cette excursion. Je repoussai tout aussitôt une telle idée : j'aimais Justin, mais je sentais avec force que l'histoire de la rue de Fleurus cachait un secret trop purement Pasquier pour qu'on pût y associer qui que ce fût, même... oui, même le Dieu des prières.

Le jardin du Luxembourg me fut ivresse et tentation. Toutes feuilles dehors, il s'ébrouait dans la brise avec une confiance contagieuse. Il me donnait envie de muser au long des bassins, d'asseoir sur chaque banc une philosophie paresseuse, de respirer dans chaque pelouse une savane, une forêt vierge dans chaque bosquet, d'oublier, d'oublier enfin cette rue de Fleurus piquée dans mon loisir comme une épine vénéneuse.

La rue de Fleurus était pourtant là. Elle m'attendait au sortir du jardin. Elle était claire et paisible. Je l'eusse préférée obscure et troublée pour m'y faufiler plus à l'aise. Et, tout de suite, les événements se déroulèrent avec une étonnante simplicité.

La concierge du 16 se tenait debout devant la porte. C'était une personne au visage morose, à l'œil soupçonneux, en somme tout le contraire de ce que j'avais pu espérer.

— Madame, fis-je, d'une voix trébuchante, est-ce bien ici qu'habite M. Raymond Pasquier ?

— Hein ? Quoi ? gémit cette dame avec un sursaut de la bedaine.

Le regard qu'elle arrêta sur moi montrait encore plus de curiosité que de hargne. Elle attendit une bonne minute avant de répondre, en sorte que j'eus le temps de reposer ma question.

— Non, non ! soupira la dame en entraînant dans un mouvement des sourcils les mille plis de son visage. Non, je n'ai pas ce nom-là.

Comme je tardais peut-être à m'éloigner, elle répéta, l'air bourru : « Je vous dis que vous faites erreur. »

Cette réponse, qui aurait dû me donner tout apaisement, me jeta dans le désarroi. En vain, le jardin du Luxembourg m'ouvrait ses nobles carrières, en vain les arbres frais vêtus versaient sur mon front, au passage, toutes les senteurs de la sève, le poison infusé dans mon âme commençait d'y tracer son chemin. Muscles ramassés, lèvres closes, je fis un effort douloureux pour appliquer au problème les ressources d'une logique naissante. Cette histoire de lettre était par trop confuse. Qu'il existât un M. Raymond Pasquier autre que mon père, ce n'était pas impossible. Je savais déjà que notre nom était assez répandu. Mais quelle raison pouvait avoir ma mère de s'intéresser à cet autre Pasquier ? Aucune raison raisonnable. Ma mère vivait dans le souci, admirable sans doute mais forcément exclusif, des siens, de ses Pasquier à elle, de son lourd fardeau Pasquier. Et comment aurait-elle pu tenir entre ses mains une lettre adressée à cet homonyme étranger ? Non, non, la lettre ne pouvait être destinée qu'à mon père. Ma mère était assurément incapable de mentir, mais elle pouvait se trouver dans l'obligation de me cacher certaines choses. On ne dit pas tout aux jeunes gens de quinze ans. D'ailleurs elle n'avait pas eu le temps de me donner une explication satisfaisante. Qu'elle fût troublée, cela n'avait pu m'échapper. Oui, troublée et surtout malheureuse, inquiète. Nul doute, cette lettre était destinée à mon père. Alors, cette adresse ? Il n'y avait aucune surcharge, le timbre était normalement oblitéré. Mon père avait donc reçu cette lettre rue de Fleurus. Or on ne l'y connaissait pas. Du moins cette femme, cette concierge le disait. Cette femme devait mentir. Et qu'aurait donc fait mon père dans cette maison inconnue ? A poser cette dernière question, je sentis une douleur précise. Je devais mettre le doigt sur le siège exact du mal. Oui, que pouvait faire mon père dans cette rue de Fleurus, loin de sa maison, de son foyer, de son clan ? De se trouver localisée, la question n'était pas éclaircie. Toute une part de la vie de mon père m'échappait, ce qui n'est pas étonnant quand un homme travaille hors de chez soi, et durement. Ce qui ne m'échappait guère moins, c'était le véritable caractère de mon père. Il m'était impossible de prévoir quoi que ce fût de ses gestes et de ses propos. Plus justement, je pouvais prévoir avec certitude que mon père, toujours, dirait et ferait quelque chose d'imprévu, d'alarmant, d'un peu extravagant et terrible.

Le beau jardin était loin, abandonné, renoncé, malgré ses séductions et ses parures. Tout en contournant le récif du Panthéon, je ruminais une question que je devais me poser mille et mille fois par la suite, une question que je sentais déjà familière à toutes mes fibres : « Allons ! Qu'est-ce qu'il y a encore ? Qu'a-t-il encore inventé ? » Oui, telle était la question qui, plus ou moins bien formulée, s'élevait du fond de mon cœur quand je voyais maman serrer les lèvres jusqu'à les vider de toute couleur, ou quand papa préludait en public à quelqu'une de ces colères théâtrales qui avaient fait, qui faisaient encore la terreur du clan. C'était bien la question que nous nous posions tous avec plus ou moins d'appréhension quand l'homme énigmatique rentrait à la maison, le regard pâle et la moustache érectile. Nul doute, le lendemain, le soir même, nous allions apprendre quelque nouvelle renversante, une inextricable aventure d'argent, une fâcherie désastreuse, un échec querelleur, un conflit, une défaite sur un terrain que nous ne pouvions pas, d'avance, imaginer.

Le tourment marche vite, j'étais déjà rue Guy-de-la-Brosse, déjà dans le noir de l'escalier. A peine eus-je besoin de frôler la porte : ma mère devait attendre et fit aussitôt jouer la serrure. Elle dit à voix basse :

— Eh bien ?

— On ne connaît personne de ce nom-là, fis-je. La concierge l'a bien répété : personne.

— C'est bon, fit ma mère, déçue par la pauvreté du renseignement. Merci, Laurent.

Après quel détour les musiciens se trouvaient-ils ramenés à leur point de départ, je ne pouvais pas le savoir, mais le même chant remplissait encore l'espace de notre maison.

Je passai dans la chambre et m'allongeai sur le lit de Joseph. Je venais de prendre une résolution qui m'apportait un peu d'allégement. Il me fallait, coûte que coûte, connaître le contenu de cette lettre, la lettre sous le pot de farine...

Je passai là dix minutes et sentis bientôt que la musique allait reprendre son empire. Seulement, cet air lent, méditatif qui, une heure plus tôt, signifiait un petit morceau de ciel, un nuage, une fenêtre, un visage de malade, une fleur désespérée, ce même air, maintenant, chantait l'angoisse d'un enfant dans un jardin de mai, les fureurs d'un homme au regard de glace, la détresse d'une femme vieillie dont tremblait, tremblait, tremblait le menton. Hélas ! Je n'étais pas pur. La musique, pour moi, ne serait jamais la sublime nourriture céleste, ou, comme aimait à dire Valdemar, « la société de Dieu et c'est assez et c'est tout ». La musique ne serait jamais que ma fidèle compagne de souffrance.

Là-dessus le chant prit fin. J'entendis que Valdo remettait son violon dans l'étui. Puis il entra dans ma chambre pour regagner la porte du palier.

— Tu étais là ! s'écria-t-il. Ah ! Sournois ! Ah ! Espion !

Tout de suite, il me prit par le bras.

— Monte à l'atelier. Il faut que les rêves changent d'air. Viens saluer Mme Henningsen.

La mère de Valdemar avait quelque peu de fortune, mais elle jouissait d'une certaine renommée comme peintre de miniatures et ne dédaignait pas de mettre à profit son talent. C'était une femme assez grande, belle encore, malgré les poudres et les crèmes dont elle faisait un usage intempérant. Elle portait, rabattue jusque sur les sourcils, cette frange de cheveux qu'on appelait, je n'ai jamais su pourquoi, « des chiens ». De grands yeux travaillés au crayon bleu, ce qui ne se voyait guère alors, dans la société bourgeoise. Au col, un nœud de ruban noir. Des peignoirs à volants, à franges, à dentelles qui l'environnaient d'une nébuleuse mouvante. Fait notable, elle fumait, ce qui scandalisait les petites gens de la maison. Nous avons pu vérifier plus tard qu'elle était française ; mais elle parlait avec un accent étranger, indéfinissable, savoureux d'ailleurs et qui jetait un voile plaisant sur ses libertés de langage. Elle avait, enfin, ce genre artiste copié depuis par une part de la société mondaine, mais avec lequel nous n'étions encore nullement familiarisés.

Nous la trouvâmes au travail, devant la fenêtre, de grosses lunettes sur le nez, une pointe de langue au coin des lèvres, palette et pinceaux aux doigts. Elle inclina la tête à droite, à gauche, considéra son ouvrage en faisant la moue, puis se tourna vers moi avec cet air de hauteur cordiale qui lui était naturel.

— Il n'a pas l'air trop gai, ton jeune copain, dit-elle en allumant une cigarette.

D'une bourrade, Valdemar venait de me pousser sur un divan drapé de cachemire poudreux.

— C'est, dit-il, un enfant triste. C'est un jeune homme qui voit des choses dans la musique, ni plus ni moins que le grand Goethe.

— Valdemar ! fis-je, la voix tremblante. Tais-toi ! Tu ne peux pas comprendre.

— Vraiment ? soupira Mme Henningsen. Et qu'est-ce qu'il ne peut pas comprendre, notre monstre de Valdemar ?

— Vous non plus, fis-je en baissant la tête.

— Quoi ? Moi non plus ? Voyez-vous ça ? Et qu'est-ce que c'est donc ?

Je secouai les épaules avec embarras et dis tout bas :

— La tristesse.

Mme Henningsen retira sa cigarette de ses lèvres et se prit à me flatter la joue du revers de ses doigts.

— Pff ! Pff ! Petite merde ! murmura-t-elle avec un souriant mépris, mais d'une voix caressante.

C'était beaucoup trop pour une seule matinée. Je me mis à sangloter, la tête entre les genoux.

## CHAPITRE 7

Parfois l'argent s'endormait. Pendant quelques jours, quelques semaines, on cessait d'en parler. Nous, les enfants, nous cessions même d'y penser. La nourriture se trouvait disposée sur la table aux heures habituelles, les chaussures montraient au pavé des semelles suffisamment saines, les vêtements rallongés, retournés, rapiécés, repassés, faisaient encore bonne contenance. Sans doute, mère veillait-elle aux rafales. Nous savions bien qu'elle devait observer les alentours, interroger le vent et les étoiles, faire, dans le silence des nuits, maintes supputations prudentes. Mais elle n'en disait rien et nous nous laissions aller au bonheur de vivre comme les personnes pour qui l'argent n'est pas une plaie saignante.

Ces périodes bénies ne duraient jamais bien longtemps. Le démon de l'argent surgissait à l'improviste et nous plantait ses crocs dans la chair vive. Pendant bien des jours, cette douleur secrète était notre principale pensée.

Pour les gens que nous étions alors, on ne saurait parler de fournisseurs, de mémoires... Les grosses dettes sont un privilège de la fortune. Il s'agissait toujours, pour nous, d'une multitude humble et pressante de petits problèmes. Il fallait penser aux billets que l'on avait signés, c'est-à-dire écartés pour trois mois, pour six mois et qui revenaient presque tout de suite à l'offensive, car trois mois et même six mois, cela passe incroyablement vite au milieu des soucis. Il y avait les traites harcelantes des achats dits à tempérament : on payait ainsi les livres de père et même le linge et beaucoup d'autres choses. A dates fixes, — mais rien n'est plus fantasque et même inattendu qu'une date fixe — arrivaient les quittances du loyer et les feuilles de contributions qui changeaient vite de couleur. Il y avait aussi les intérêts du *Capital mutuel*. Et cela vaut un mot d'explication.

Nous possédions, nous les enfants, Suzanne exceptée, car elle était née trois ans trop tard, nous possédions chacun par héritage la nue-propriété d'un petit titre de rente dont notre mère était usufruitière. J'ai raconté, dans un précédent récit, comment une tante de ma mère avait pris ces dispositions compliquées dans le dessein d'empêcher notre père, qu'elle n'aimait point, de dilapider un si modeste patrimoine. J'ai, pendant longtemps, comme tout le monde à la maison, jugé de telles mesures chicanières et même cruelles. Plus tard, je les ai trouvées prudentes et même sages. Aujourd'hui, je sais qu'elles étaient, qu'elles sont toujours inutiles. Le testateur le plus habile ne peut compter avec tous les détours de la loi, ni, surtout, avec les aventures de la société : guerres et faillites des Etats. Mais quoi ! il est dans l'esprit des Français d'ordonner obstinément cet avenir qui leur échappe sans cesse.

Nous ne devions, nous les enfants, nus-propriétaires, entrer en possession complète de nos titres qu'après le décès de notre mère, éventualité à laquelle nous ne pensions jamais. Or, quand Joseph atteignit sa majorité, mon père, pressé d'argent, comme toujours, finit par découvrir une société financière nommée le *Capital mutuel* qui s'offrait à prêter, sur le titre de Joseph, avec le consentement de l'usufruitière et de Joseph lui-même, une somme représentant à peu près le tiers de la valeur, soit quatre mille francs. Ce prêt portait intérêt à six pour cent et cet intérêt était payable par trimestre. Ces échéances exaspéraient mon père : il admettait difficilement qu'on eût à payer quelque chose au sujet d'une somme disparue très vite et sans laisser de trace appréciable. Je dois ajouter, pour en finir avec cet épisode, que Joseph consentit sans détour à cet emprunt, car il observait encore la discipline du clan, mais que, bien des années plus tard, quand je fus majeur à mon tour, il me fit signer un papier par lequel je reconnaissais ma part dans cette dette si la somme ne se trouvait pas remboursée par nos parents — et il n'y avait aucune apparence qu'elle le fût jamais — et devait venir en déduction sur la vente finale du titre. — Je reprends sans le juger le jargon de cet écrit. — Est-ce tout ? Non, certes, mais j'abrège. Ces affaires ont été fortement embrouillées par les emprunts que nous avons dû contracter, dans la suite, sur les titres de Ferdinand, sur le mien, sur celui de Cécile. Heureuse Suzanne qui, n'ayant rien reçu, fut exemptée de ces misères !

Dès l'année 95, on parlait déjà d'un emprunt sur le titre de Ferdinand. Cet emprunt, papa l'envisageait comme indispensable à l'établissement qu'il devrait faire, après l'obtention de son diplôme. Le thème de l'emprunt et le thème du diplôme alternaient dans les hymnes que nous chantions à l'avenir. Il y avait, dans les efforts de mon père, une part de désintéressement sincère : il désirait la science d'abord pour elle-même ; l'orgueil et l'argent ne jouaient pas le premier rôle, en principe, mais l'argent, le cruel argent finissait toujours par venir à l'avant-scène. Je n'en ai que mieux compris, plus tard, la passion désespérée avec laquelle une noble génération de savants a tenté de purifier le savoir de toute souillure d'argent. Encore faut-il dire qu'au siècle dernier, si la science pouvait proclamer le désintéressement de ses œuvres, elle supposait à l'origine un sacrifice au dieu rapace. Les fruits de la science étaient parfois gratuits, ses racines ne l'étaient pas.

Revenons rue Guy-de-la-Brosse. Les thèmes du diplôme et de l'emprunt étaient les plus fréquemment développés ; ils n'étaient pas les seuls. Papa disait parfois, l'œil au plafond : « Encore quatre ans, et nous toucherons la part de Mathilde. Vingt mille francs ! C'est invraisemblable ! Il arrivera, cet argent, quand nous n'en aurons plus besoin, car, à ce moment-là, je gagnerai largement notre vie.

Un instant de silence, et l'offensive se précisait : « Quatre ans ! Et c'est aujourd'hui que nous avons besoin de cet argent. Eh bien ! je suis sûr que le *Capital mutuel* nous prêterait quelque chose là-dessus. »

Ce que nous appelions la part de Mathilde, c'était un morceau d'héritage qui devait revenir à ma mère d'une de ses sœurs, disparue dans un tremblement de terre, à Cusco, en 1869. Faute d'acte de décès, il avait fallu, il fallait — conformément aux dispositions légales — attendre trente ans cet argent qui nous demeurait destiné. Supplice de Tantale. Que mon père y pensât et, tout de suite, il grattait furieusement le bois de la table avec ses ongles, geste affreux qui me faisait mal aux dents.

— Ram ! soupirait maman. Ram ! Raymond ! Ne parlons pas de cet argent. Tu m'as promis de n'en plus parler jusqu'à ce que le moment soit venu. Si nous continuons comme ça, nous n'aurons mangé que des fruits verts.

L'œil de mon père lançait une lueur de glace :

— Je suis assez grand garçon pour parler de ce qui me plaît.

Malgré tous ces calculs, ces espoirs, et ces déboires, malgré les emprunts, les échéances, les encaisseurs et le papier timbré, malgré toutes ces douloureuses misères, il y avait, je le répète, des moments bénis pendant lesquels l'argent s'endormait, au fond de notre vie, comme une douleur lasse d'elle-même.

Or, le soir du jour où j'avais poussé, rue de Fleurus, ma première reconnaissance, notre dîner fut troublé par un extraordinaire caprice du démon familier.

Papa venait de rentrer pour souper. Il s'assit et posa sur la toile cirée de la table deux ou trois enveloppes. Il commença de manger, fendit une enveloppe, en saisit une autre et dit : « Ah ! Lucie, une lettre pour toi. » Il ouvrit la lettre aussitôt, car il était le maître souverain. Il l'ouvrit donc et dit : « En voilà une surprise ! »

Mère avait, ce soir-là, son visage le plus triste. Ce visage, aussitôt, se tordit, pâlit un peu. Elle murmura :

— Qu'est-ce que cela peut être, mon Dieu !

Père souriait :

— Une bonne nouvelle, Lucie ! C'est incroyable et c'est pourtant vrai : une bonne nouvelle !

Mère secouait lentement la tête. Elle n'avait pas confiance.

— Je dis : une bonne nouvelle ! répéta notre père. Tu as bien assez pleuré ta tante Coralie, tu peux prendre la chose comme elle vient. Coralie, elle, était une excellente femme. Elle n'avait que peu, et en viager, c'est sûr. Comment s'y est-elle prise pour mettre ça de côté ?

— Mais quoi ? fit maman d'une voix défaillante.

Papa tournait et retournait le papier.

— Dix-huit cents... Oui. On ne sait jamais avec ces gens de loi. Mais oui, dix-huit cents. Ta tante Coralie a dû faire des prodiges d'économie.

Mère avait enfin tendu la main et saisi le papier. Elle le regardait d'un œil sagace et rougissait par flots successifs.

— C'est incroyable, reprit papa. Quand on attend l'argent, il ne vient pas, et, quand on ne l'attend pas, il tombe.

Il y eut un moment de profond silence. La petite Suzanne but à perdre haleine, reposa son gobelet en soupirant « hon ! » et nous montra ses beaux yeux que l'effort noyait de larmes.

Maman ne regardait pas Suzanne. Elle ne regardait même plus le papier. Les paupières baissées, elle semblait tout occupée à mettre de l'ordre dans ses traits et dans ses pensées.

Des trois tantes de ma mère, Coralie avait été la plus pauvre. Elle venait d'achever ses jours dans une maison de retraite. Et cette petite somme épargnée sou par sou, elle l'offrait, sans détour, sans condition, comme le suprême présent d'une tendresse très vieille mais non pas impuissante, mais non pas stérile.

Papa, le premier, se libéra des images sentimentales.

— Il faut, dit-il, reconnaître que ça tombe à pic.

Le visage de ma mère, petit à petit, perdait toute couleur. Elle ne répondit rien.

— Tu me donneras une signature dès demain, poursuivit notre père d'une voix allègre. Et je ferai le nécessaire.

Comme le silence de maman se prolongeait, père dit encore :

— Je ferai le nécessaire sans tarder. Et l'on peut dire que ça tombe à pic : mes examens viennent dans un mois.

— Je croyais, dit maman sans lever les yeux, je croyais que tu n'avais plus d'examens avant l'automne.

— Oh ! ce sont des examens supplémentaires et dont je ne t'avais même pas parlé pour ne pas t'inquiéter.

Mère dit avec effort :

— Si nous n'avions pas reçu cet argent de tante Coralie, tu t'en serais forcément passé, Ram...

Cessant tous de remuer la fourchette et même les mâchoires, nous écoutions, stupéfaits, ce dialogue si simple. Tous les mots en étaient prononcés avec grand calme d'une part, avec bonne humeur de l'autre ; pourtant nous sentions qu'un événement sans exemple se développait dans la profondeur du clan Pasquier. Papa souriait. Un sourire inquiétant qui lui retroussait la moustache et montrait une canine.

— Raymond, dit maman de plus en plus bas, c'est une chose que nous n'attendions pas, à laquelle nous ne pensions pas il y a une heure, une chose avec laquelle tu n'avais pas compté...

— Alors ?

— Alors laissons cet argent en repos. J'en aurai besoin pour les enfants.

La petite Suzanne elle-même s'était tue, frappée de notre silence. Nous, les trois grands, nous attendions quelque dénouement effroyable : l'éclair et la foudre, une tempête sur Paris, un tremblement de terre et, qui pouvait savoir ? des choses plus directes : notre maison allait se fendre avec un craquement tragique ; nous allions peut-être tous rouler par terre, en proie au mal caduc. L'ordre du monde était bouleversé : maman venait de refuser quelque chose à notre père. Cela s'était passé le plus doucement du monde, mais c'était accompli.

A la pointe de l'ongle, papa grattait une tache, sur la toile cirée. Tous les poils de sa moustache se dressaient, l'un après l'autre. Il attachait sur maman son œil distrait, toujours souriant du même sourire terrible.

Au bout d'un long temps, notre mère leva les paupières. Elle regarda papa, posément, d'une manière si tranquille et si triste que, soudain, l'homme invincible courba la tête.

Et je fus alors bien sûr qu'un monstre inconnu s'avançait à travers notre vie et qu'il allait tout écraser, tout broyer, tout déchirer.

## CHAPITRE 8

Je vais essayer de retracer avec ordre et si possible avec sobriété les événements du lendemain.

Je dormis mal et m'éveillai de très bonne heure. Comme chaque jour, j'entendis maman errer de chambre en chambre, puis sortir pour aller chercher le pain. Quand elle eut tiré la porte, ce qu'elle faisait toujours bien doucement, je sautai du lit et fis quelques pas sur la pointe des pieds.

Nous vivions tous si près les uns des autres qu'il nous était impossible de risquer un geste inhabituel sans qu'il fût remarqué. Ferdinand soupira :

— Où vas-tu ?

Je haussai les épaules et gagnai le vestibule. Une seconde après, j'étais dans la cuisine et, juché sur un tabouret, je soulevais le pot de farine. La lettre était là. Je la saisis, la pliai rapidement et, comme j'étais en chemise de nuit, force me fut de garder la lettre pliée dans le creux de ma main. A ce moment, la voix de mon père retentit de l'autre côté de la cloison.

— C'est toi, Laurent ?

Il était décidément impossible de faire un pas sans être épié. Une seule retraite s'offrait où je pouvais espérer au moins cinq minutes de calme. J'en écartai tout aussitôt l'image comme trop peu noble et même trop peu sûre, car la porte se verrouillait mal.

— Qu'est-ce que tu fais, Laurent ? reprit mon père.

— Je venais voir l'heure au réveil.

— Encore un quart d'heure. Va te coucher.

Je passai ce quart d'heure, immobile, sur le dos, la lettre serrée, moite, un peu ramollie dans ma paume. Je m'habillai de mon mieux sans ouvrir la main droite. Ferdinand dit :

— Qu'est-ce que tu as à la main ? Tu es blessé ?

Je sentis de plus en plus douloureusement à quel point nos vies se compénétraient et, pour la première fois, j'en souffris. Je glissai la lettre dans ma poche. L'idée que je pouvais la faire tomber en tirant mon mouchoir me rendit très malheureux.

Le déjeuner fut rapide. Père avait l'air sombre, distrait. A deux ou trois reprises, il poussa ce long soupir à vocalises que je devrais appeler le soupir de l'argent. Ferdinand partit bientôt, la dernière bouchée dans la joue. Cécile se mit au piano. Je ne sais trop où rôdait la petite Suzanne. J'avais encore une demi-heure devant moi. Je dis à maman : « Veux-tu me faire réciter ma leçon ? » Et, sans attendre la réponse, je lui posai sur les genoux mon *Virgile* grand ouvert.

En ce temps-là, nous apprenions beaucoup de vers latins par cœur. Maman n'entendait certes pas le latin ; mais elle me faisait répéter mes textes et me reprenait, quand il le fallait, avec beaucoup d'application.

Je commence donc :

*Ideirco certis demensum partibus orbem*
*Per duodena regit...*

Maman m'entraîne dans sa chambre et ferme la porte pour que les gammes de Cécile ne nous assourdissent point. Maman a posé mon livre sur le lit. Ainsi, les doigts libres, elle recoud un bouton, le bouton, l'éternel bouton qu'elle recoudra sans fin jusque dans le séjour des morts. Moi, j'ai la main dans la poche de mon pantalon. Je sens la lettre et, d'y penser, j'en bégaye parfois.

*et... t... t... torrida semper ab igni...*

Cécile joue. Je récite. Maman, de temps à autre, aspire la salive entre ses dents. La maison est paisible, comme aux meilleurs jours. Eh bien ! non, la maison n'est pas paisible. Papa marche, dans le vestibule, dans ma chambre, je ne sais où. Il marche autour de nous et son pas signifie la colère. Je le connais, ce pas sec, jamais défaillant et qui trahit tous les mouvements de la pensée. La colère de mon père tourne autour de nous comme une bête sauvage qui chasse. Je ne suis pas seul à le sentir. Ma mémoire trébuche : « *Obliquus quâ... quâ... verteret ordo* ». J'ai dû passer quelque chose d'essentiel et maman ne l'a pas remarqué.

A ce moment, Cécile, rafraîchie par ses exercices préliminaires, commence de jouer une étude pour main gauche, de Chopin, cette étude où se répand une plainte si fière. Je ne sais pas, je ne peux pas savoir, en cet instant, que cette plainte va s'enfoncer dans mon être et qu'elle n'en sortira plus jusqu'à la fin des jours.

*Mundus ut ad Scythiam Rhipaeasque...*

Il s'agit bien du pays scythe et des confins du monde. Papa vient d'entrer dans la chambre. Il dit :

— Où est ma veste bleue ?

— A sa place, Raymond. Je l'ai brossée hier soir.

Papa sort encore une minute et revient. Il n'est ni pâle ni rouge. La colère ne le défigure jamais : c'est une affaire du regard, du poil et de la voix. Le regard devient très clair, presque blanc, la voix s'enfle, la moustache se dresse. Rien de plus, et c'est effrayant.

— Il y avait des papiers dans la poche de cette veste. Il y avait une lettre. Je ne la retrouve pas.

Maman s'est levée. Elle n'est pas de grande taille, au contraire ; mais elle se tient très droite. Elle est nette, parfaitement propre et soigneuse dans son vêtement. Elle regarde père avec un calme que j'admire et elle dit :

— Je vais chercher cette lettre.

Elle sort de la pièce. Que dois-je faire ? Que puis-je faire ? C'est pourtant la minute de faire quelque chose. Je vais crier : « La lettre est dans ma poche ! » Hélas, non, je ne vais pas crier une chose telle. Impossible ! Impossible !

J'entends ma mère qui, dans la cuisine, déplace les objets. Elle doit être émue, malgré sa fermeté. Elle tarde à revenir. Evidemment, elle ne peut pas trouver la lettre, puisque cette lettre est dans ma poche. Je pourrais me glisser dans la cuisine. Absurde ! Père me tient sous son regard. Ah ! Cécile arrive au plus beau de son étude. Le plus beau, le plus cruel aussi. La voix est si basse, si désolée. Elle soupire : « Jamais, jamais plus... »

Et maman qui ne revient pas. Mon père arrête sur mon visage un regard que je ne peux soutenir. Si j'osais le regarder bien en face, une longue minute, je comprendrais peut-être quelque chose de lui. J'oserai, un jour, j'oserai. Il piaffe, comme un cheval ombrageux. Et soudain, il jure, il jure sourdement dans les poils de sa moustache. Je connais ses jurons ordinaires. Mais, oh ! oh ! Est-ce possible ?

Mon père a prononcé, distinctement, avec force, un mot énorme, un mot qui m'entre dans la tête comme une balle explosive. Et, juste, Cécile en est à chanter la phrase la plus noble, celle qui serre le cœur. Eh quoi ! Ce chant et ce mot vont-ils être confondus, enfoncés l'un dans l'autre pour toujours ? C'est monstrueux. Mon père lâche le mot une seconde fois. Quel mot ! Il me fait une profonde horreur. Ce n'est pas vrai ! De telles choses, de telles maisons n'existent pas ! Ce sont des inventions de cervelles malades ou d'enfants vicieux. Et pourtant, si mon père connaît aussi le mot, s'il le prononce...

A ce moment, un grand bruit dans la cuisine. Maman vient de casser un pot, le pot de farine, sans doute. Elle ne peut retenir un gémissement. Elle revient. Elle se dirige tout droit vers le lit et saisit le *Virgile*. Aussitôt, papa :

— La lettre ?

Cette fois, maman est à bout de force. De ses lèvres si blanches, elle dit, mais on l'entend à peine :

— Je ne sais pas.

— Comment ? Tu ne sais pas ? L'as-tu vue ?

— Oui.

— Tu l'as lue peut-être ?

Plus bas encore, maman répond :

— Oui.

— Tu es bien avancée. Et maintenant, rends-la-moi.

— Je ne sais plus, Raymond. Je ne sais plus ce qu'elle est devenue.

Il faut crier la vérité, sortir cette lettre de ma poche. Mais je ne peux pas : je suis paralysé par la honte et la peur.

— Encore une fois, Lucie, rends-moi cette lettre.

Maman est debout contre le lit. Elle pose le *Virgile* et ouvre les deux mains en un mouvement de sincérité qui devrait désarmer le diable.

Papa dit :

— Encore une fois !

Et, soudain, il se détend, comme un ressort prompt et précis. La chambre est si petite qu'il n'a guère plus d'un pas à faire. Il fait ce pas, et il fait, très vite, un autre geste que je ne peux dire, auquel, après plus de trente-cinq ans, je ne peux même pas penser sans un tremblement.

Maman a levé le bras, comme font les enfants. Elle ne recule pas, à cause du lit. Elle respire d'une manière extraordinaire, rauque, épouvantable. Oh ! que Cécile se taise ! Que Cécile s'arrête ! C'est trop horrible !

Mon père a soudain l'air de m'apercevoir. Il prend le *Virgile*, me le tend et gronde :

— Tu es là, toi ! Tu es là ! Mais qu'est-ce que tu fais là ? Vite, vite, au lycée !

Je n'avance pas la main. Je ne sais ce qui va se passer. Je vais peut-être bondir, peut-être mordre. Que signifie tout cela ? Nous étions, hier encore, heureux et paisibles. Mes dents ? Elles grincent. C'est la colère ! Moi aussi, je connais la colère. Je regarde avec haine l'homme que j'aime et admire le plus au monde, l'étonnant, le grand, le père !

Alors il me place le livre entre les mains et me pousse vers la porte. Il dit, d'une voix déjà calmée :

— Mais, va-t'en ! Va-t'en donc !

Et je m'en vais. Comme je suis faible et lâche ! Ma colère, elle aussi, vient de tomber. Ressemble-t-elle tant à celle de... Non ! je ne dirai pas père, je dirai lui, je dirai l'autre, je dirai n'importe quoi sauf père, sauf papa.

Je suis dans l'escalier. Impossible de lire cette lettre : on voit trop peu clair dans ce maudit escalier.

Au bas de l'escalier, il y a Justin Weill. Que faire ? Justin m'attend, comme chaque jour. La lettre restera dans ma poche. A force d'y porter la main, je vais peut-être la déchirer, cette lettre.

Nous montons la rue des Boulangers, la rue du Cardinal. Justin babille. Je parle soudain, d'une voix altérée — mais, vraiment, impossible de me contenir.

— Tu sais comment on appelle ces maisons où les hommes vont, la nuit, pour faire certaines choses avec les femmes ?

Justin s'arrête et me regarde fixement.

— Oui, bredouille-t-il. Bien sûr. On dit...

— Ne le dis pas ! Ne le dis pas ! Ce que je peux t'assurer, c'est que de telles maisons existent. C'est incroyable, mais c'est vrai. Tais-toi, Justin. Au nom de notre amitié, tais-toi !

Justin me donne une grande preuve d'amitié : il se tait.

Voici le lycée, la foule des camarades, la classe. Heures épouvantables. Je récite :

*Mundus ut ad Scythiam Rhipaeasque...*

— Pasquier, dit M. Cortaillod, notre professeur, Pasquier, je vous prie de retirer la main de votre poche quand vous récitez.

Je retire la main de ma poche. Dans le creux de cette main je tiens la lettre pliée en quatre. Quelle imprudence ! Tant pis ! Si M. Cortaillod me disait : « Montrez-moi donc ce papier », eh bien ! je mangerais le papier et je me tuerais avec mon canif.

M. Cortaillod ne demande rien. La classe languit. Et voici le retour et encore Justin.

Je ne rentrerai pas à la maison sans savoir. Au coin de notre rue, je laisse filer Justin et je m'élance, regardant à droite et à gauche. Deux pas, dix pas, cent pas et c'est le Jardin des Plantes. Il y a de bons endroits du côté des cèdres. Il y a même un banc de pierre. Enfin, j'ouvre la lettre, la lettre, la lettre !

Une écriture inconnue. Vingt lignes à peu près incompréhensibles où il est question de Rambouillet et de la rue de Fleurus. On appelle papa Raymond et on lui dit « tu ». C'est signé d'un S. Il y a un post-scriptum : « Jusqu'au 25, le mieux est de m'écrire à l'adresse suivante : Madame Solange Meesemacker, rue du Hasard, à Rambouillet. »

Vingt fois, je retourne entre mes doigts cet inerte papier. Il est plus de midi. Le jardin est silencieux. Deux tourterelles roucoulent dans le feuillage. C'est comme si elles parlaient avec des mots. Je ne peux pas m'empêcher d'y penser. J'entends :

*Viens mon... amour !*
*Viens mon cher... amour !*

La voix s'arrête un peu, d'abord après la seconde syllabe, puis après la troisième. *Mundus ut ad Scythiam, Rhipaeasque...* Meesema, Meesemacker. Oh ! Tout cela ne s'accorde pas ensemble. Comme je suis fatigué !

## CHAPITRE 9

Une période vient maintenant, noire, désordonnée, devant laquelle je sens toute méthode infirme. C'est un nœud de souvenirs, un nœud que je ne pourrai ni débrouiller, ni trancher.

Le grand piano est là. Il est tombé dans notre vie comme un monstre. Je n'étais pas à la maison quand les hommes l'ont apporté.

Je me demande par quel stratagème ils ont pu l'introduire et l'installer au plus profond de notre repaire. La salle à manger en paraît suffoquée. On a transporté les chaises dans la chambre des garçons. Le lit pliant de Cécile et la table sur laquelle nous mangeons sont refoulés dans l'ombre des angles. On circule à travers la pièce comme entre les récits d'un archipel. Le grand piano règne. Il nous a fait, quelque temps, oublier tous nos soucis.

Ferdinand qui ne peut, à cause de sa myopie, voir en entier un objet de cette importance, Ferdinand a considéré le piano, morceau par morceau. Il a étouffé un petit rire nasal et il a dit :

— C'est excessif.

Ferdinand n'a pas formulé d'autres critiques : il respecte jusqu'aux plus obscures volontés du clan.

Maman a réprimé de son mieux un regard d'étonnement et d'inquiétude. Maman est malade. Elle cesse parfois de travailler, s'assied sur une chaise, et reste là deux ou trois minutes, attentive au cheminement d'une douleur.

Notre père a regardé l'hôte encombrant et il a murmuré : « C'est bien. » Il n'aime point la musique, du moins notre musique, celle de Cécile, celle de Valdemar. N'importe ! Il sent que la musique est nécessaire à cette vie supérieure dans laquelle il faudra pénétrer, un jour, de gré ou de force. Mon père... Pendant plusieurs jours, je ne l'ai pas regardé en face. Pour n'avoir pas même à lui répondre quoi que ce soit, je multiplie les ruses. Un matin de la semaine passée, je l'ai baisé sur la joue, je lui ai mis les mains sur les épaules. Nous ne savions ni l'un ni l'autre que c'était la dernière fois, oui, la dernière fois que je l'embrassais de franc cœur.

Cécile s'est assise devant le grand piano, sans émotion visible, avec un léger sourire hautain, ce même sourire qu'elle montrera plus tard quand elle jouera pour les derniers empereurs du monde. Cécile mesure son destin, dès cette époque, avec un sang-froid presque effrayant.

Valdemar est à peine plus véhément que d'ordinaire. Il ouvre un peu le volet de l'instrument et dit :

— Doucement ! Doucement, Mademoiselle. Il faut posséder une grande puissance et ne s'en servir presque jamais. Voilà le mystère de l'art.

Pendant qu'elle joue, il regarde Cécile et me dit :

— Moi, je grimace. Elle, Cécile, ne grimace jamais. C'est la servante des dieux. Elle porte le signe. Il y en a qui montrent le blanc de l'œil, avalent leurs joues, plissent le front, lèvent les sourcils. Non, non, je te dis que cette fille est consacrée. Regarde : elle ne vieillit pas d'un pli, dans les passages difficiles ; elle n'ouvre pas la bouche, elle n'a pas l'air d'avaler de travers, de manquer de respiration ou de retenir une envie de pleurer. Elle verse le breuvage des dieux. Et c'est tout et c'est assez.

J'aime Cécile, ma sœur. Les paroles de Valdemar devraient me combler d'orgueil. Mais non. Je suis trop malheureux pour me réjouir dans le ciel de Cécile.

J'erre dans le Jardin des Plantes. Il fait froid. Le printemps s'est retiré de nous. Qu'une heure me soit donnée pour mon loisir et je viens chercher refuge au Jardin des Plantes, comme si je n'avais plus confiance dans les retraites du clan. C'est vrai, je n'ai plus confiance : on a brisé les tables de la loi. Notre chef, notre maître est maintenant sacrilège. Nous l'admirions, nous le regardions de tous nos yeux avec une tendresse effrayée. Comme le héros qui répond aux sollicitations de la sphynge, comme le chevalier qui combat pour l'amour d'une relique, notre chef, notre maître, depuis bien des saisons, travaille à la conquête de la science. Un jour futur, il sera sûrement un savant. Il est déjà presque un savant : il sait tant de choses étonnantes. Il nous a mille fois expliqué le grand principe : quand les hommes seront moins ignorants, le monde sera moins malheureux. Notre chef, notre maître vient de faire plusieurs choses qu'il est impossible d'estimer sages ou même raisonnables, car elles sont telles qu'on aimerait mieux n'y point penser. Et puis, lui, qui ne peut nous souffrir un mot grossier, il a dit... Tout cela est incohérent, incompréhensible.

Je marche dans les allées du Jardin et, de minute en minute, je m'arrête pour observer un insecte ou une herbe. Comme je suis distrait ! Je ne peux même pas songer à ma douleur avec persévérance.

Pour la rue de Fleurus, je sais à quoi m'en tenir. J'ai relu la lettre dix fois, pesé les choses point par point. J'ai compris, parfaitement compris : je ne suis pas à ce point naïf. Certains détails me restent obscurs et il n'y a malheureusement près de moi personne à qui je puisse m'ouvrir d'un secret, si pesant, si terrible. Je dis terrible et ce n'est pas exagéré. Depuis que je sais ce que je sais, la maison est comme gâtée, ou plutôt, j'y songe comme à une pomme véreuse. D'ailleurs, en ce qui concerne la rue de Fleurus et cette dame S. M., j'ai mon idée, mon plan. J'ai conservé la fameuse lettre. Personne jamais ne me l'arrachera, même pas maman. Qu'a donc maman ? Elle est malade. Elle « couve quelque chose ». C'est ainsi qu'elle dit quand elle nous voit l'œil un peu luisant.

Je me promène dans les allées du Jardin désert. Parfois, pour empêcher mes mains de s'envoler, je les enfonce dans mes poches. Mon agitation est grande. Je suis dans ma quinzième année. On m'appelle « jeune homme ». Je suis un adolescent. Eh bien ! pitié pour moi ! Pitié pour tous les adolescents du monde ! Je ne suis pas heureux. Tout, en moi, est discordance et combat. Mon cœur est d'un enfant, mais j'ai la voix grave d'un homme, les mains, les pieds, les muscles d'un homme. Le poil commence à me pousser aux joues, et pourtant, comme un très petit garçon, j'ai parfois envie d'un gâteau, d'un bonbon. Il paraît que je ne sais rien de la vie et l'on baisse encore la voix pour parler de certains sujets en ma présence, et puis, de temps à autre, on lâche négligemment à mes oreilles des mots, des idées qui font explosion en moi ou qui s'insinuent dans mon esprit comme des parasites venimeux. Je suis impur, je le sais, j'en ai pris mon parti, je le cache avec honte ; mais, heureusement, le monde est pur autour de moi. Si, si, malgré les erreurs, les fautes, les malheurs, je dis que le monde est encore pur, il faut que le monde me soit pur. Je suis faible et, certains jours, ma force m'étonne. Je ne sais rien, mais je saurai tout. Je deviendrai savant, très savant et c'est ainsi que j'effacerai mon impureté. A moins que... Non ! Je veux réfléchir encore. Je sens des élans, des emportements, et tout me retient, tout m'attache. Je crois en Dieu. Oui, je crois encore en Dieu. Depuis quelque temps, ce mot « encore » s'est introduit dans tous mes actes de foi. Il grossit, il me gêne.

Je suis un enfant. Jouer aux billes ne me serait pas désagréable. Alors, pourquoi cette pensée de la rue de Fleurus ? Comment m'y prendre pour bien faire ce que je veux faire ?

Je donnerais avec ardeur cinq ans de ma vie ! Oui, cinq ans, pour en avoir fini de cette odieuse adolescence. Cinq ans et je serai tout à fait un homme ! J'aurai des devoirs qui seront de francs devoirs. J'aurai des droits que nul n'osera tourner en dérision. Je déteste qu'on se moque de moi. Les gens qui rient en me regardant, je voudrais les tuer... Vraiment, je voudrais tuer ? Je suis un enfant tendre et pacifique. Il m'arrive de me moquer de moi-même. C'est à de tels moments que je voudrais aussi me tuer.

Cinq ans ! Et je serai le maître du monde. Cinq ans, et je regarderai le soleil en face. Pour l'instant, je ne peux même pas regarder mon père en face. Je ne le peux pas, car, en vérité, je ne le veux pas. Ça viendra, ça viendra.

Je me revois, errant, dans les allées du Jardin transi. Il fait vraiment froid. Mère a dû rester au lit. Il faut qu'elle soit bien malade. Thérèse Segrédat, notre voisine, la petite, la blanche, est venue soigner maman et faire cuire la nourriture. Thérèse Segrédat murmure en regardant le ciel de la cour : « Ce sont les saints de glace. »

Cécile joue, sur le grand monstre. Notre vieux piano, celui de la rue Vandamme, est parti, on ne le reverra plus. La voix de Cécile a changé. Comme la mienne depuis l'hiver.

Maintenant, je suis seul avec maman, dans leur chambre. Suzanne gratte le pied du lit avec un bruit de rongeur. La maison est silencieuse, je veux dire qu'on parle pas, car le piano de Cécile fait partie de notre silence. Je dis « notre », je dis « nous », et pourtant ces mots me font mal : ils sonnent comme un plat fêlé.

Le silence dure longtemps et, petit à petit, les pensées deviennent visibles. Elles sortent du corps, telles des bêtes d'un rocher marin, et elles rampent dans la triste clarté de la fenêtre.

Je dis soudain :

— Tu ne lui as pas répondu ! Tu ne lui as pas résisté !

Le visage de maman se déprime. Ses joues s'abaissent, comme tirées par une main d'ombre. Elle a l'air d'implorer le ciel pour que je ne parle pas. Trop tard : j'ai parlé. Maman regarde au plafond et dit :

— Laurent ! Ton père ! C'est ton père. Il vous aime. Il nous aime tous. Il a toujours été bon pour toi, pour nous tous. Sois sage et tâche de comprendre. Moi, je comprends bien.

Je fonce à travers la chambre. Oh ! deux pas dans un sens et deux pas dans l'autre. Tout nous est mesuré, l'air, l'espace, l'élan. Tout travaille froidement à nous reployer sur nous-mêmes.

Je parle et c'est d'abord pour moi :

— Il est en train de devenir ce qu'il appelle un homme supérieur et c'est juste à ce moment-là...

— Mais oui, Laurent, il a trop travaillé. Tu sais déjà comme le travail de tête est épuisant.

Nous ne sommes pas d'accord. Nous ne pensons peut-être pas aux mêmes misères. Ce que maman, avec une inflexion de respect, appelle le travail de tête n'a sans doute rien à voir avec la rue de Fleurus. Maman croit que je pense à certaine scène près du lit... *« Mundus ut ad Scythiam... »* Je pense à la rue de Fleurus, et, pour la rue de Fleurus, j'ai mon plan.

Je regarde à la dérobée le visage de ma mère. Deux larmes descendent doucement vers ses oreilles. Elle parle très bas :

— Ne pense plus à tout ça, Laurent. Ce ne sont pas des pensées pour un garçon de ton âge. Il est bouillant, il est vif ; mais il nous aime. Il est bon et c'est le principal. Tu me comprendras plus tard. Encore un mot, Laurent : si tu allais penser, plus tard, que je fais ce que je fais... pour moi. Oh ! comme j'aurais honte ! Comme je serais triste ! Tu te rappelleras, Laurent.

Je ne réponds rien. Je ne promets rien. Je suis résolu fermement à ne pas introduire le mensonge dans cette histoire déjà très compliquée.

Nous ne dirons pas un mot de la lettre. Maman se garde bien de m'en parler et il est clair que je n'en peux rien dire moi-même.

Et, soudain, parce qu'elle est malade, maman se prend à trembler du menton et soupire :

— Comme je suis seule, mon Dieu ! Comme je suis seule !

Je demeure interdit, impuissant. Je lui ai pris la main. Ça ne suffit pas pour étancher cette plainte qui devient puérile, qui sombre dans le balbutiement :

— Seule ! Toujours seule ! Je me disais : j'aurai de grandes filles, un jour. Ce n'est pas seulement pour m'aider à tout, c'est aussi pour être près de moi, à certaines minutes. Et voilà, Cécile, c'est la musique ! Je comprends bien, je comprends tout, mais je suis seule. Toi, Laurent, tu es bon, mais tu es un garçon et tu as des idées qui te tourmentent.

Je lui pose la main sur les cheveux. Une petite demi-heure passe et l'envie me prend de remuer les jambes parce que je suis, en effet, un garçon.

Mère ferme les yeux pour me faire croire qu'elle dort. Alors, je m'en vais. En propres termes, je m'enfuis.

Valdemar est debout contre le grand piano. Valdemar vient d'arriver et tire son violon de la boîte. Il me regarde longuement, curieusement. Enfin, il me pose un doigt sur le front et dit, la voix sérieuse :

— Je vais lui donner le pain et le vin.

Il commence de jouer quelque chose, je ne sais plus quoi. Il peut jouer ce qu'il voudra. J'ai mon plan. J'irai rue de Fleurus.

## CHAPITRE 10

Je m'aperçus bien vite que, passé la porte de la maison, je ne savais presque rien de mon père. Dès l'aube, il nous échappait. Il plongeait aussitôt dans le profond océan parisien. Il n'en émergeait le plus souvent qu'au soir et parfois même fort avant dans la nuit.

Le dimanche n'est pas un jour normal, physiologique, c'est un hiatus, une solution de continuité dans la trame des jours vivants. Je résolus d'attendre un jeudi. Nous étions dans les premiers jours de juin. Il faisait une chaleur orageuse. A tout événement, une pleine journée de liberté me semblait nécessaire. J'avais prévenu ma mère que nous pensions, Justin Weill et moi, déjeuner dans le bois de Clamart, et ma mère, qui commençait de se rétablir, m'avait préparé deux tartines. Dès cet instant, j'avais compris qu'il était nécessaire, bon gré, mal gré, de recourir au mensonge. L'idée qu'il s'agissait d'un honnête mensonge ne me consolait pas tout à fait. Ma mère m'avait prié de prendre une pèlerine — « ce Clamart, mon Dieu ! c'est au diable ! » — et, comme je voulais être léger, vif, peu visible, comme la pèlerine me gênait, mon premier soin fut de la déposer chez notre concierge en le priant de ne rien dire à ma mère pour ne la point inquiéter. Premier complice. Mon autre complice était Justin, que j'avais entrepris dès la veille. J'avais dit : « Justin, tu me verras peut-être demain dans la journée ; mais, je t'en prie, ne viens pas à la maison. Je te raconterai peut-être un jour... C'est sérieux. Ta parole d'honneur. » Et, comme il me regardait avec étonnement, j'avais ajouté : « C'est sérieux, mais ce n'est pas grave et, surtout, ça ne te concerne pas, Justin. Tu peux toujours venir à la maison, sauf demain, parce que, demain... Tu sais que je ne mens jamais... » Justin Weill aimait tout ce qui fleurait l'intrigue et le théâtre. Il m'avait donné sa parole d'honneur et avait bien voulu reconnaître que je ne mentais jamais.

Je quittai la maison plus d'un quart d'heure avant le moment où mon père se mettait en route d'habitude. A cette époque, mon père fréquentait l'hôpital Saint-Antoine et s'y rendait à pied. Je l'attendis donc à l'entrée du Jardin des Plantes, qu'il traversait pour gagner le pont d'Austerlitz. A peine sa silhouette engagée dans la rue de Jussieu, je vins m'embusquer à l'abri d'un pavillon ruineux où moisissait, pour l'étonnement des promeneurs, le squelette d'un cachalot. J'ai, cent fois, dans la suite, revu cet innocent épouvantail et toujours avec émotion : il occupe, entre mes souvenirs de jeunesse, une place doucement ridicule.

La fontaine des otaries versait dans le silence une chanson de cascatelle. Je dus attendre deux ou trois minutes. Il m'en fallait beaucoup moins pour rêver à l'aventure. En ce temps-là, grâce au ciel, les romans et films policiers n'empoisonnaient pas les loisirs des adolescents, mais nous avions Fenimore Cooper, le Dernier des Mohicans, mon frère au visage pâle, les Delawares, la prairie et le sentier de la guerre. Même aux pires instants de ma vie, je n'ai jamais été maître des images et j'ai trouvé, dans leurs jeux, je ne sais quel discordant attrait. Malgré mon chagrin, malgré les mouvements de la rancune, je ne pus m'empêcher d'inventer aussitôt une fable : j'étais le jeune Chingachgook sur la piste de Pied-Noir.

Précisément, Pied-Noir traversa l'espace libre à ma droite et disparut derrière une orangerie au crépi rose vif, bâtiment délicieux qui n'existe plus aujourd'hui. Avec des précautions de trappeur, Chingachgook s'élança sur les traces de Pied-Noir. A vrai dire, les précautions étaient bien superflues : Pied-Noir ne se retourna pas une seule fois. Cependant, j'allais d'arbre en arbre, admirant malgré moi la parfaite aisance de Pied-Noir, qui n'avait certes pas l'air d'un homme poursuivi.

Je me revois, assis sur un banc, devant la porte de l'hôpital. L'arroseur descendait le boulevard Diderot, au pas de son cheval cagneux. Il abandonnait derrière lui une odeur de ruisseau, de crottin lavé, de poussière et de marais. Parfois, j'allais, pour tromper mon agacement, jusqu'à la rue de Chaligny. Une sonnerie de clairon jaillissait derrière une haute muraille et semblait me rappeler à l'ordre. Je revenais alors au pas de gymnastique jusqu'à mon poste d'observation. Le banc, la promenade, et, de nouveau, le banc. L'impatience commençait de me faire trembler. Je courus acheter un journal et m'en applaudis : à l'abri de la feuille déployée, je pouvais épier sans crainte.

Je m'étais mis à lire pour tromper les minutes. Je me rappelle encore cette lecture dérisoire, à fleur d'œil. Le président Félix Faure est en voyage. Une dame qu'on nomme la belle Otero a de graves démêlés avec ses créanciers. La bicyclette jouit d'une vogue excessive : elle empêchera, dit-on, le peuple de lire et d'aller au théâtre. On joue, à l'Odéon, *Pour la Couronne*, cette pièce merveilleuse dont Justin Weill m'a parlé...

Tout à coup, je fis un bond et faillis déchirer le journal. Chingachgook était un médiocre coureur de prairies : il avait bien failli manquer Pied-Noir.

En fait, Pied-Noir descendait fort paisiblement le boulevard en société de deux jeunes gens. La chasse recommençait. J'eus d'ailleurs le sentiment qu'elle allait se terminer aussitôt, que cette longue matinée d'attente aboutirait au moins glorieux des échecs. En arrivant à l'angle de la rue de Lyon, Pied-Noir venait de faire la chose la plus simple du monde, la chose à laquelle je n'avais précisément pas songé. Il venait de lever un doigt vers le conducteur du tramway.

Le tramway Bastille-Montparnasse était alors tiré par deux chevaux indolents. Dissimulé dans l'ombre d'un kiosque, je dus improviser un stratagème hardi.

Pied-Noir vient de grimper à l'impériale. — Comme il a l'air jeune ! Comme il est alerte ! — Il s'est installé tout près du cocher. Je ne le vois plus. Il ne peut me voir. Le tramway démarre au pas. Je prends ma course. Hop ! je saute en marche. Je m'enfourne dans l'intérieur de la voiture. Tout de suite au fond, et le journal déployé. Je suis sauvé.

Boulevard de l'Hôpital. Un petit battement de cœur et de paupière pour la maison de mon cher Justin. Boulevard Saint-Marcel. Boulevard de Port-Royal. Dieu ! que la course est longue. Où va Pied-Noir ? Je le sais. On peut descendre avenue de l'Observatoire, peut-être plus loin, rue Bréa. Il est midi moins dix minutes. Pied-Noir ne descend pas avenue de l'Observatoire. Par-dessus le journal, je risque un œil. Ah ! Pied-Noir est là, sur le marchepied. Il a tiré la ficelle. Il saute. Il s'éloigne. Il se dirige de son pas élégant vers la rue Bréa. A mon tour, maintenant, et la course. Il faut que j'arrive le premier, avec une avance notable.

Quelques minutes plus tard, je débouchais rue de Fleurus. J'étais hors d'haleine et trop bien lancé pour considérer froidement l'aventure dans laquelle je m'allais engager.

Je me rappelle une très petite cour où se mouraient de filandreuses plantes vertes. Chingachgook et Pied-Noir ? Il n'y avait plus, sous la porte cochère, qu'un enfant très effrayé, presque trébuchant d'émotion. La loge de la concierge était à gauche. Cette dame allait-elle sortir, m'interroger, me reconnaître ? D'instinct, je me jetai vers la droite où se trouvait la porte de l'escalier. Elle était fermée. En l'ouvrant, je fis retentir un timbre, ce qui me remplit d'épouvante. Un quart de seconde plus tard, j'étais au premier étage et je m'arrêtais, écoutant mon cœur dont les secousses faisaient, me semblait-il, gronder la rampe, l'ombre, les murs, le monde entier.

Pour simple qu'il fût, mon plan présentait un défaut grave et que je n'avais pas manqué d'imaginer déjà. Une fois encore, je fis en sorte de chasser cette idée démoralisante. D'ailleurs, impossible de reculer. J'avais voulu venir là, j'y étais. J'eus, un instant, l'idée que je m'étais peut-être trompé, que mon père n'allait pas venir rue de Fleurus, qu'il n'avait rien à faire dans cette odieuse rue de Fleurus, que tout cela n'était qu'une espèce de rêve très désagréable. Je commençais de trouver du soulagement dans cette idée quand le timbre retentit au-dessous de moi. Aussitôt, un tout petit mouvement de la tête, un regard plus prompt qu'un vol de guêpe. Hélas ! impossible de se tromper : je venais d'apercevoir certaines bottines à boutons que ma mère cirait soigneusement tous les matins.

D'un seul élan, je grimpai, rasant les murs, jusqu'au deuxième étage. Nouvel arrêt. Nouvelle angoisse. Le pas montait — ce pas que je reconnaîtrai, le jour du jugement, entre des millions de pas. — Il me parut toutefois plus sourd que dans notre maison et je vis que l'escalier où nous étions s'ornait d'un tapis. Le pas, cependant, parcourait le long palier du premier étage. Je pris aussitôt ma course, et gagnai le troisième. Au fur et à mesure que je m'élevais, le défaut de mon plan devenait plus évident et plus dangereux. « Le pas » allait-il m'acculer sur l'extrême palier, au dernier étage de la maison ?

Cette maison était fort calme, plus silencieuse que la nôtre. Des familles entières devaient manger derrière ces portes, derrière ces murs. Il était beaucoup plus de midi. A cette heure-là, Paris mange... « Le pas » venait de s'engager sur le palier du deuxième étage et, plus furtif qu'une ombre, je bondis jusqu'au quatrième. Je levai les yeux avant d'y parvenir et une peur froide me serra le ventre. C'était le dernier palier. Par bonheur, en y arrivant, j'aperçus un petit escalier de meunier qui s'enfonçait dans l'épaisseur de la maçonnerie vers quelque étage perdu. Si « le pas » devait s'arrêter au quatrième, il me restait cette retraite. Et s'il montait encore ? S'il allait au plus haut ? Eh bien ! tant pis, tant pis ! Il me trouverait là, debout contre le mur, debout contre la dernière porte. Qu'il vienne ! Qu'il me batte aussi ! Qu'il me frappe au visage ! Oui, que je sois humilié, vaincu. Et s'il veut me tuer, qu'il me tue ! En ce moment, tout m'est égal.

Je compris soudain que « le pas » s'arrêtait au troisième étage. A droite ? A gauche ? « Le pas » avait, bien évidemment, parcouru tout le palier. Donc, à gauche. Aucun bruit de clefs. Alors, un coup de sonnette ? Non. Oui. Ah ! le bruit d'une porte qui se referme. Vite, il faut descendre. Ciel, à gauche, il y a deux portes, mais le cordon de l'une d'elle remue encore. Noter : la plus petite des deux portes.

Un énorme soupir me vint aux lèvres. Je savais ce que je voulais savoir. La pensée que la porte pouvait s'ouvrir me conseillait la retraite. Je descendis, vite d'abord, puis plus lentement. L'escalier n'était pas sombre : de faux vitraux y répandaient un jour bigarré. Je descendais, soudain ravagé par la pensée jalouse que, chez nous, il n'y avait pas de tapis.

La rue, assommée de soleil. Une promenade lente, dans un ruban d'ombre orageuse. Deux tartines, et la plus imbécile des soifs. Que fais-je là, mon Dieu ? N'est-ce point là ce qu'on appelle d'un mot affreux : espionnage ? Je n'agis que pour le bien et je ne suis pourtant pas très fier de ce rôle. Tant pis, je ne reculerai pas. Je suis — je serai toute ma vie — furieusement entêté. Est-ce une vertu ? Pas l'instant d'y penser. Regarder. Attendre. Epier, oui, bien sûr, épier.

Vers deux heures, j'aperçus certain chapeau panama qui filait à bonne allure. Pas de chaleur, jamais d'accablement pour cet homme extraordinaire ! Mon père se dirigeait vers la ville des écoles et des bibliothèques, vers la ville de sagesse. Par la fenêtre losangique d'une guérite de gardien, je suivais le chapeau panama dans les allées du Luxembourg. Mon père ! Comme il avait l'air tranquille, audacieux et même fier ! Etait-il possible que l'on pût conserver une telle aisance dans l'accomplissement de ces actions que l'on dit coupables ?

Comme il faut toujours à la honte une proie, même ingénue, je me sentis rougir.

Le chapeau panama venait de s'évanouir au loin. Je m'en allais, d'un pied inquiet, vers la fin de mon aventure. L'idée d'être interrogé par la concierge ne me paralysait plus guère. Pour en finir, j'étais prêt à tous les mensonges : « On m'attend chez la dame du troisième. Vous savez bien : Mme Meesemacker. »

La concierge n'arrêta même pas, sur mon modeste personnage, un regard tout embrumé par la digestion. Après la chaleur de la rue, l'escalier me semblait bien frais, propice au recueillement raisonnable, peut-être même aux prudentes capitulations. Mais non ! Une seule chose compte au monde : la volonté, la volonté, la volonté.

Marche après marche, la volonté me conduisait jusqu'au troisième étage. La volonté me fit saisir et tirer le cordon de sonnette. La volonté ne pouvait empêcher de trembler certain menton qui n'est point Pasquier, mais Delahaie, ce menton qui tremble, dans ma famille maternelle, depuis quatre générations, depuis la grande frayeur de mon aïeul Guillaume... « Que vient faire Guillaume Delahaie, soldat de l'Empire, dans l'escalier de la rue de Fleurus ? Je dis volonté, volonté, volonté ! Je ne peux même pas maîtriser les ombres. »

La sonnette est tirée et l'on n'entend personne. La dame est sortie. Cas de force majeure. Lâcheté délicieuse. Non : une porte grince dans les profondeurs. Une chanson fredonnée vient vers moi. Je la connais : c'est une chanson de mon père. « Pour vous obliger de penser à moi... » La porte s'ouvre.

La porte s'ouvrit, en effet, sur une claire petite antichambre. Des lanternes de papier, des nattes peintes, des ombrelles déployées, tout un étalage de ces japonaiseries alors en pleine vogue, voilà ce que j'aperçus d'un coup d'œil, et, au milieu de tout cela, une personne vêtue d'un kimono rose, une dame beaucoup plus grande que moi, blonde, au teint frais, aux bras nus. Elle disait, l'air insouciant :

— Qu'est-ce que c'est, jeune homme ?

— Je voudrais parler à Mme Solange Meesemacker.

Même altérée, ma voix produisit quelque effet sur la dame au kimono rose, car elle dirigea soudain vers moi un large regard fort pénible à soutenir.

— C'est moi.

Elle attendit une seconde et poursuivit :

— Qu'est-ce que vous avez à dire ? Du sérieux ? Alors entrez par ici.

Elle me poussa familièrement dans une pièce et tira la porte sur nous. C'était une manière de salon dont l'aspect me rappela le « genre artiste » de Mme Henningsen. On y voyait un sofa chargé de coussins, des fauteuils dépareillés, un guéridon sur lequel on avait dû manger, car des miettes de pain jonchaient encore le parquet. Sur la cheminée, deux statuettes de plâtre blanc. Une odeur de café, de cuisine, de cigarette et d'eau de Cologne. Malgré cela, nul désordre évident et même une certaine élégance.

Solange Meesemacker me considérait avec une attention croissante. Elle prononça, d'une voix nette, bien timbrée :

— Et maintenant, expliquez-vous, jeune homme.

J'eus le sentiment de pâlir un peu, comme il convient au justicier dans l'exercice de ses fonctions.

— Madame, fis-je posément, je suis le fils de M. Raymond Pasquier.

Les lèvres de la dame se rapprochaient et s'écartaient en silence comme pour articuler : « Be... be... be... » Soudain, elle éclata de rire. Un rire qui lui secouait la gorge et les joues, un rire qui lui faisait venir aux yeux de grosses larmes brillantes, un rire dont je fus, en même temps, offusqué, bouleversé, furieux.

Toute riante encore, elle me saisit par les épaules et me tira vers la fenêtre. Elle disait :

— J'aurais dû m'en douter. Vous êtes sans doute Laurent. Vous ressemblez énormément à votre père.

— Madame, répliquai-je d'une voix étranglée, c'est à ma mère que je ressemble.

Elle secouait la tête de droite à gauche et de gauche à droite. Elle soupirait, calmée, attentive : « Ta, ta, ta. Votre père ! Attendez que je vous regarde. Même la colère ! Seigneur, c'est le père tout pur. Eh bien ! en voilà une histoire ! Asseyez-vous, n'ayez pas peur. Je ne mange pas les petits garçons. »

Elle se reprit à rire, ouvrit la porte, regarda, comme pour s'assurer qu'il n'y avait aux alentours aucune oreille indiscrète et revint vers moi. Elle grondait doucement :

— Ce n'est pas ordinaire. Le petit Pasquier, maintenant ! Il faut avouer que c'est ridicule, ridicule.

Je commençais de rougir et de me sentir mal à l'aise. J'avais tout imaginé, tout prévu, la froideur, l'éclat, même la bataille, tout, sauf le ridicule. Cette dame avait raison, je devais être ridicule. Je le sentais et j'en avais grande vergogne. Qu'étais-je donc venu faire dans cette maudite rue de Fleurus ?

Solange Meesemacker avait cessé de rire. Elle s'assit en face de moi. Elle se tenait très droite et je pense que son busc de corset devait la gêner un peu. Elle s'assit donc et, du bout de l'index, ébaucha le geste de relever une mèche de mes cheveux qui me descendait devant l'œil. Elle disait, la voix grave :

— Ce n'est pas une chose sensée. Non, non, cela ne se fait pas. Un jeune homme bien élevé ne vient pas chez l'amie de son père. Vous me mettez dans une situation impossible. Vraiment, ce n'est pas convenable. Si votre père le savait, nous en entendrions de belles. Votre papa n'est pas un monsieur particulièrement commode. Et vous savez aussi bien que moi qu'il a horreur des situations ridicules.

Elle sourit soudain et poursuivit :

— Voulez-vous une tasse de café ? Pourquoi ne prendriez-vous pas une petite tasse de café ? Il y en a encore un peu dans la cafetière. Ça vous donnerait du cœur. Et vous me diriez peut-être pourquoi vous êtes ici.

Ce déluge de paroles me permettait de me ressaisir. D'une voix plus ferme, je commençai de parler :

— Madame, je suis ici...

Je ne pus aller plus loin : la sonnette de l'entrée venait de retenir. Solange tourna la tête et fronça les sourcils.

— Allons bon ! souffla-t-elle. Voilà des complications. Maintenant il faut que je vous cache, monsieur l'imprudent.

— Inutile, fis-je d'une voix blanche. Qu'il me voie ! Ça m'est égal.

— Taisez-vous donc. A moi, ça ne m'est pas égal. Venez par ici. Et pas de bruit, s'il vous plaît. N'allez pas éternuer à cause du poivre en grain. N'ayez pas peur : je ne vous oublierai pas là.

Elle avait ouvert une porte et me poussa dans un réduit qui sentait le poivre, le camphre et le patchouli. Je n'y passai que deux ou trois minutes, mais jamais je n'en oublierai ni la nuit chaude, ni l'odeur. La porte se rouvrit bientôt et Solange Meesemacker me prit la main. Elle ne riait plus. Elle avait même l'air soucieux.

— En voilà des émotions. Oh ! je ne parle pas du coup de sonnette : c'est le bonhomme du Bon Marché. Qu'est-ce que vous aviez bien pu croire ? Des folies, des horreurs, que je trompais votre père, peut-être. Hélas, non ! je ne l'ai jamais trompé et je voudrais bien qu'il puisse en dire autant de son côté. Allons, vous me faites lâcher des bêtises. Vous êtes un enfant et vous ne pensez pas que je vais vous raconter mes petites affaires. Qu'est-ce que vous voulez ? Qu'est-ce qui vous amène ? N'allez pas me débiter des choses désagréables : je ne suis pas d'une bonne santé. J'ai le cœur fragile.

— Madame, m'écriai-je, soudain debout, ma mère est très malheureuse et je vous assure qu'elle ne le mérite pas. Vous ne la connaissez pas et vous ne pouvez pas savoir...

Solange allait et venait dans la pièce, déplaçant les chaises et, par accès, tapant du pied.

— Je ne la connais pas ? Je ne peux pas savoir ? Mais si, mais si, je la connais. C'est elle qui ne me connaît pas. Moi, je la connais : votre père me parle d'elle à peu près tous les jours. Elle est comme ceci, comme cela. Elle a toutes les vertus, tous les principes. Il n'a que ça dans la bouche, les principes ! Et voilà, votre mère est malheureuse et c'est ma faute, naturellement.

Elle s'était assise près de moi. Elle respirait fort. Je sentis soudain qu'elle allait pleurer. Elle se mit en effet à pleurer.

— Et vous croyez peut-être que tout cela m'amuse, que tout cela me fait plaisir ? Et vous imaginez peut-être que ce sont des scènes supportables pour une femme qui a du cœur ?

Elle m'avait saisi les mains, soudain bredouillante, bafouillante, suffoquée. Elle disait des choses extraordinaires :

— Je n'aimais pas les hommes mariés : ils ont trop leurs habitudes. Mais voilà... Ram ! Oui, je comprends, ça vous gêne de m'entendre l'appeler comme ça. Vous me regardez, vous pensez qu'une blonde qui pleure, ça n'a rien de beau. Ça serait plus grave si je mettais de la poudre. Je ne mets jamais de poudre, votre papa n'aime pas ça. Allons, c'est fini. Moi, je suis plutôt d'un naturel gai.

Elle secoua vivement mes mains et soupira, l'air dramatique :

— Alors, qu'est-ce que vous me demandez ? Qu'elle se retire, qu'elle disparaisse ? Oui, c'est de moi que je parle. Mais, allez-y donc franchement.

A force d'énervement, je me sentais moi-même tout près des larmes. Je soupirai avec ferveur :

— Oui, Madame, oui. Je vous en supplie.

Elle se leva, puis commença de marcher dans la pièce en serrant ses mains l'une contre l'autre.

— C'est décidé. C'est décidé. On ne peut pas dire que ça fasse du bien par où ça passe. Non, je sens que je vais être malade au moins huit jours. Rappelez-vous ce que vous voyez là. Vous ne connaissez pas les femmes. Oh ! vous les connaîtrez un jour, avec des yeux comme ça. C'est fini. Maintenant, je suis forte...

L'entretien eut une fin des plus sentimentales. Solange Meesemacker gémissait : « Je veux que vous gardiez un joli souvenir... » Et moi, tremblant, ivre d'émotion, rassemblant toutes les ressources de mon vocabulaire romanesque, je serrais les mains de la dame et bredouillais : « Quelle reconnaissance, Madame ! Comme c'est noble et beau... »

Elle me prit aux épaules, maternellement, me regarda pendant une minute et soudain :

— L'alliance est signée ? Alors, on s'embrasse.

Eperdu de surprise, je reçus dans les environs du nez un baiser au café. Déjà, Solange me poussait vers la porte. Elle mit un doigt sur ses lèvres, passa devant moi, prêta l'oreille et me fit signe en souriant :

— Filez maintenant. Pour une visite émotionnante, c'en est une. On vous fait sortir en cachette, comme un beau petit ami. Avouez que c'est charmant. Allez, maintenant, au trot, et sans tourner la tête. Et tâchez de ne pas faire de mauvaises rencontres. C'est promis. C'est juré...

Deux minutes de course et j'étais dans la rue. Les premières gouttes de l'orage commençaient de moucheter le bitume. Je courus d'une haleine jusqu'au jardin, jusqu'à ce petit pavillon en forme de parasol sous lequel les bonnes d'enfants venaient abriter leurs charrettes.

Cette entrevue déconcertante ne ressemblait à rien de ce qu'il m'avait été possible de prévoir. J'avais la tête brûlante, la bouche râpeuse. Je ne parvenais pas à mettre de l'ordre entre mille impressions discordantes. Pourtant un espoir joyeux m'emplissait le cœur. Le monde était impur, sans doute, mais non point indigne de rédemption. Je venais d'en faire l'expérience : il suffisait d'avoir une inébranlable volonté, du courage et de toucher à la bonne place.

## CHAPITRE 11

Ce jeune homme qui, d'un pas ferme et gracieux, marche sur le trottoir de la rue des Ecoles, ce jeune homme c'est L. P., le futur homme remarquable. Si les passants étaient doués, à quelque degré, de l'esprit de finesse et de la faculté de pénétration, ils reconnaîtraient L. P. à des signes imperceptibles mais indubitables, ils le regarderaient avec un intérêt respectueux et peut-être même lui feraient-ils un large salut du chapeau.

Il est bien évident que le jeune L. P. n'est encore qu'un personnage faible et inexpérimenté. Mais il donnera sa mesure pour l'étonnement du siècle. Il a, dès aujourd'hui, mené fort habilement une difficile négociation. Il a rétabli l'ordre du monde, le bonheur du clan. Le jeune L. P. possède une méthode admirable et infaillible pour accomplir des actions rares et mériter la reconnaissance attendrie du genre humain.

L. P., d'ordinaire, ne tient pas particulièrement à fixer l'attention des passants. Il a même le plus vif et le plus constant désir de passer inaperçu. L. P. est secrètement sûr d'éclipser, par le jeu de vertus éminentes, la plupart des jeunes gens de son âge, — exception faite pour un certain Justin Weill qui ne connaît rien de la vie, mais qui est quand même un esprit supérieur. — Et pourtant L. P. apporte un soin tout imprégné de modestie à ne point se distinguer des autres jeunes hommes par quelque signe bassement extérieur.

En temps normal, par exemple, L. P. manifeste une vive répugnance pour « les souliers en cuir de Russie ». On appelle ainsi, dans la famille, certaine paire de bottines à boutons d'une belle couleur carminée dont on ne sait plus très bien l'origine et que personne, chose étrange, n'a jamais voulu porter, même aux heures de pire détresse. Joseph a mis, jadis, les bottines dix minutes et il a déclaré que « ça faisait cocotte ». Bourrées de papier, poissées d'encaustique, les chaussures fatales ont attendu, dans un placard, que le pied de Ferdinand fût assez grand. Le temps venu, Ferdinand a boutonné les bottines et déclaré qu'elles lui convenaient à merveille. Il les a portées, un dimanche, pendant toute la matinée. Au retour, il les a retirées, disant qu'il préférait ne pas se faire remarquer. L. P. est, par essence, un jeune homme exempt de préjugés. Il sait que l'achat d'une paire de chaussures représente, pour sa maman, beaucoup de calculs et parfois de privations ; mais ces bottines russes lui inspirent un éloignement indicible. Eh bien ! aujourd'hui, L. P. est si fier, si grand, si délivré de toutes les bassesses du monde qu'il mettrait au besoin — il ne les réclamera pas : il ne faut pas aller follement au-devant du sacrifice — oui, qu'il mettrait les souliers de cuir incarnat. Mieux même, L. P. se sent de force, aujourd'hui du moins, à porter d'un cœur léger le pantalon à petits carreaux qu'on lui a taillé dans un vieux vêtement de son père et qui lui inspire d'ordinaire une horreur souveraine, car il n'y a pas, dans tout le lycée Henri-IV, un seul autre pantalon de cette espèce extravagante.

L. P. n'aura probablement aucun besoin de fournir de telles preuves de grandeur d'âme. Il doit garder sa joie pour lui. Il y est même bien forcé.

L. P. n'a pas encore quinze ans et, pourtant, il a promené, le long des rues natales, de ces tristesses juvéniles qui défigurent l'univers. L. P., si jeune soit-il, a déjà cultivé, sur l'aride bitume parisien, des tristesses romantiques auxquelles il pensera plus tard comme à des modèles de tristesse. Même quand elles sont romantiques, les tristesses de L. P. ont toujours quelques racines dans la plus âcre réalité. Et puis, les tristesses romantiques font souffrir autant que les autres. On en mourrait, certains soirs, n'était le sourire maternel et si la vie n'avait une extraordinaire tendance à patienter jusqu'au lendemain.

L. P. a connu presque toutes les misères de l'argent et de la pauvreté. Maintenant, c'est la misère des passions humaines, comme disent les commentateurs des poètes tragiques. C'est assurément terrible, mais un homme ferme et résolu vient à bout de tout ça comme du reste. L. P. est un homme ferme et résolu. Voilà pourquoi L. P. marche sur le trottoir de la rue des Ecoles avec une si paisible majesté.

De temps en temps, L. P. rumine certains détails d'une scène à jamais mémorable, dans laquelle il a brillé moins par l'éloquence que par une incomparable sobriété. Certains traits de cette scène dramatique ne laissent pas d'inquiéter L. P. et même de l'offusquer.

Qu'il y pense, et le voilà rougissant, comme s'il entrevoyait quelque chose d'un peu louche, d'un peu bas. Mieux vaut n'y pas penser et ne considérer que le résultat final. Un noble résultat.

L. P., de retour à la maison, ne peut dissimuler les effets d'une griserie bien naturelle. Qui le remarquera ? La maison est dans la torpeur. On n'entend rien, pas même le piano de Cécile. Dans le coin le plus retiré de la cuisine, maman fait des calculs sur un très petit papier. Comme sa mère le considère avec une attention soudaine, le jeune héros prononce des paroles dépourvues de sens. Il dit : « Tu verras, maman, tu verras. » La maman de L. P. demande : « Quoi donc, mon enfant ? » L. P. ne sait que répondre pour ne point se trahir. Il se réfugie dans les généralités : « Tu verras, mère, comme on sera heureux. » La maman hoche les épaules d'un air pensif et fait « oui » distraitement, en aspirant l'air au lieu de souffler. Elle sait bien que les enfants, quand ils s'en vont en promenade, découvrent des choses étonnantes, des arbres, des nuages, des rayons, des existences, et qu'ils reviennent parfois un peu ivres, un peu fous. Elle sait cela, mais elle ne peut s'empêcher de considérer le jeune garçon et de lui trouver « un petit quelque chose de drôle » et peut-être une odeur, oui, c'est bien cela, une odeur suspecte. Dieu du ciel, est-ce que déjà... Oh ! ce n'est pas possible !

L. P. a besoin d'un soulagement immédiat, car sa joie commence de se nouer en boule, à mi-chemin de la gorge et de l'estomac. Il ira donc rejoindre Cécile.

Laurent et Cécile sont les maîtres souverains d'un petit royaume fermé. Quand il désire en obtenir l'accès, Laurent dit, presque à voix basse : « Bonjour, toute-sœur ! » Et Cécile comprend que Laurent est en état de grâce.

Laurent et Cécile observent des conventions secrètes. Ils ne chantent ou ne fredonnent jamais que la musique du ciel. Pure et vraie musique. Si l'un ou l'autre se laisse aller — les croyants ont de ces faiblesses — à soupirer quelque rengaine venue du monde inférieur, alors il paiera l'amende. Il y a, dans un tiroir, une tirelire bien cachée. Voilà certes une religion austère avec laquelle on ne plaisante pas.

Quand il n'y a personne pour les entendre, les troubler, les distraire, Cécile et Laurent se racontent « leurs inventions ». Ce sont de ces histoires fabuleuses que l'on ne se dit ordinairement qu'à soi-même et qui font monter aux yeux de petites larmes, telles sans doute en distilla Dieu lorsqu'il imagina l'univers. Des larmes qui piquent le nez mais qui, dans les circonstances normales, ne doivent pas se répandre au-dehors.

Cécile regarde L. P., ce jeune homme magnanime, et elle dit : « Qu'est-ce qui te prend ? » Il faut reconnaître que Cécile manifeste, à l'égard de son frère, une surprenante perspicacité.

L. P. sourit. Il a visité les profondeurs. Il est descendu dans l'abîme des passions humaines et il en est sorti vainqueur. Ce ne sont pas des choses que l'on raconte aux petites filles, surtout à la plus pure des Céciles. Il dit : « J'ai été premier en math... » Cécile regarde encore le cher benêt et hausse les épaules. Les math... ne sont pas admises dans le ciel cécilien.

Alors, comme il faut, à tout prix, offrir quelque chose à la joie, lui donner le pain et le vin, L. P. dit : « Joue-moi ta plus belle musique. »

Cécile hausse encore une fois les épaules. Elle commence, depuis quelques mois, à se faire prier pour jouer devant les Philistins. Pour son blanc-bec de frère, elle dira toujours « oui ».

Cécile s'assied devant le grand piano qui n'est pas sans analogies inexplicables avec certaine baleine dont le squelette règne au Jardin des Plantes. Et Cécile joue, sereinement. L. P. ne saurait dire au juste ce que Cécile a choisi. C'est beau, c'est calme, c'est lent.

L. P. écoute. Il est content et, quand même, petit à petit... Enfin, pourquoi, mon Dieu ! pourquoi ? Est-ce que la joie est déjà finie, déjà perdue ? Elle prend, de seconde en seconde, le même goût que la tristesse. Allons, c'est bien tout. L'épuisante journée est accomplie. Les notes, les accords s'envolent et le jeune héros contient à grand-peine une ineffable envie de souffrir. La tristesse est revenue.

## CHAPITRE 12

Le sentiment de victoire menacée, de joie nuageuse, il devait vingt fois m'abandonner et me ressaisir pendant les orages de juin. L'été de 95, qui s'est achevé dans l'incandescence et la consomption délicieuse, commençait dans le tumulte. Mes pensées y trouvaient, selon les jours, des couleurs, des accents, des thèmes.

Si le poète a raison, si l'éternité réserve à la personne humaine une métamorphose sublime, se peut-il qu'elle fasse, un jour, sortir de l'ombre quelque visage de ma mère que je ne connaîtrais pas encore ? Ne va-t-elle pas plutôt, pour sa besogne d'embaumeuse, élire un des fantômes familiers qui se promènent dans mes songes ?

Je vois trois statues de ma mère. Et le mot de statue n'est pas, je le dis, présomptueux, pour ce que signifiait au monde cette personne humiliée.

La mère de ma petite enfance est, tout entière, assentiment, extase, don et pardon. Parfait don de soi et total pardon de toute offense. Elle est jeune encore, mais courbée vers des travaux sans fin, des douleurs acceptées dans l'enthousiasme et savourées comme les nourritures de l'âme.

S'élève ensuite une figure plus austère. Non pas moins pure, non pas moins tendre, mais roidie contre le vent. C'est le visage de l'été. Toute la ramure est pesante de fruit. Elle va fléchir, craquer peut-être.

Quel effort de chaque fibre pour ne pas laisser périr l'épuisant, le vivant fardeau !

Et c'est plus tard, bien plus tard, que surgit la troisième personne. Elle n'est pas, comme on le pourrait croire, usée par les défaites, ruinée dans sa substance et dans sa foi, mais, au contraire, confirmée dans la majesté des vieilles régences, dans la victoire obstinée des traditions, des mensonges réconfortants, des fables purificatrices.

Que l'éternité choisisse la première ou la dernière de ces images ! Pour l'autre, la souffrante, si je la fais revivre ici, c'est peut-être dans l'espoir de la bercer, de l'endormir, de l'ensevelir enfin dans le consolant sommeil.

Construire un pont, discerner une loi de la nature, composer un livre, ordonner une symphonie, voilà de grands et difficultueux travaux. Faire une famille, la réchauffer sans cesse, l'étreindre jusqu'aux suprêmes démembrements, c'est une œuvre d'art aussi, la plus fuyante, la plus décevante de toutes. Combien de fois ai-je découvert, dans un visage de femme, cette pensée opiniâtre, cette pensée presque toujours muette et qui travaille à tâtons, et qui, souvent, demeure ignorante d'elle-même ?

En ce fameux mois de juin, mon frère Ferdinand parvint à me distraire de mes aventures personnelles. Il avait alors dix-huit ans. Il était beaucoup plus grand que moi, plus grand même que notre père et que mon frère Joseph. Il avait les épaules tombantes, le dos bombé. Sa myopie, l'obligeant à regarder les choses de près, exagérait encore la disgrâce de son attitude. Il n'était guère Pasquier en tout cela, car nous nous tenions fort droits et, selon l'expression de mon père, « nous poitrinions » volontiers. L'âge, en exagérant le disparate spirituel, accuse aujourd'hui de vaines ressemblances extérieures ; mais, au temps de notre jeunesse, Ferdinand représentait assez bien le type aberrant que l'on rencontre presque toujours dans une famille et qui, par ses traits singuliers, émeut la sollicitude maternelle. Il avait le teint blanc, les tempes creuses, une chevelure noire, épaisse et rétive, un nez long, d'aspect fragile, des yeux veloutés, assez beaux, qu'on distinguait d'ailleurs mal à travers les énormes verres biconcaves du pince-nez. Il aimait la lecture des journaux, les plaisirs immobiles, les conversations tièdes, les jeux de mots. Il était appliqué, silencieux et semblait modeste. On oubliait volontiers Ferdinand et il se peut que j'aie même l'air de l'oublier, dans mon récit. Et, soudainement, après de longues bonaces, Ferdinand éclatait. Pendant une minute, pendant une heure entière, Ferdinand était soulevé de frénésie. L'esprit Pasquier, dont Ferdinand paraissait à l'ordinaire si mollement dépourvu, entrait en éruption, parmi les fumées du soufre. On entrevoyait alors les profondeurs de l'abîme Ferdinand. Comme ces vases qui se remplissent goutte à goutte et qu'un siphon brusquement amorcé tarit d'un seul coup, Ferdinand épanchait ainsi d'étonnantes réserves de rancune et de revendications. Les choses rentraient assez vite dans l'ordre. Ferdinand retombait en torpeur. On recommençait de l'oublier. Et, goutte à goutte, sans qu'il en eût lui-même une conscience immédiate, la poche au ressentiment recommençait de se gonfler.

Maman était toujours avertie, par quelque correspondance organique, de l'imminence du phénomène. Il se produisait d'ailleurs, entre les sourcils de Ferdinand, à la racine du nez, une tuméfaction houleuse et douloureuse où j'appris moi-même, instruit par l'expérience, à distinguer l'avertissement du désordre.

Or, pendant ce mois de juin, Ferdinand souffrit de fausses crises, de crises avortées. Dix fois, j'eus la certitude qu'il allait éclater, se répandre et, dix fois, je le vis se refermer. Le mécanisme de sa vie semblait détraqué, détendu ; j'en éprouvais du malaise, car nous vivions fort près l'un de l'autre. Il lui arrivait non seulement de rougir, mais encore de rester rose. Parfois, il arrêtait sur moi des yeux déserts, mouillés d'un feu lointain. Il commença, lui si peu loquace, de me tenir des discours confus, presque poétiques par le tour et le vocabulaire, de me parler du ciel et de la saison. Un jour, il soupira : « Pourquoi m'a-t-on appelé Ferdinand ? Je ne voudrais pas m'appeler Ferdinand. C'est un nom qui me déplaît. » — « Vraiment ? » fis-je, railleur à demi, « et comment voudrais-tu donc t'appeler ? » Il répondit, la voix chancelante d'émotion : « Guy. Ça, c'est un joli nom. Je voudrais m'appeler Guy. » Tout cela m'intriguait ou m'irritait sans parvenir à m'émouvoir. Nous avions chacun nos misères et elles me semblaient incommunicables.

Et puis, un soir, l'accès longtemps différé se déclara subitement. Nous venions de dîner. Père était absent, Cécile au travail. Ferdinand suivit maman dans la cuisine dont il ferma la porte. J'entendis, de loin, deux ou trois éclats de voix, puis une espèce de sanglot. Un instant de silence et Ferdinand, traversant d'un bond le vestibule, se lançait dans l'escalier.

Je courus vers notre mère. Elle était assise, toute droite, entre la table et le mur. C'est là qu'elle aimait, je crois, de penser à ses tourments. Les humbles objets qui l'entouraient, tous compagnons de ses tâches quotidiennes, lui formaient une forteresse, la soutenaient de toutes parts, l'empêchaient de fléchir.

— Qu'est-ce qui lui prend, maman ? Qu'est-ce qu'il a dit ?

Elle fit un geste désolé.

— Il est malade, ce petit.

Et, tout de suite, par une pente insensible, elle revenait à sa plainte : « Comme je suis seule. »

— Mais non, mère, tu n'es pas seule. Je suis là. Je suis près de toi. Qu'est-ce qu'il veut ? Qu'est-ce qu'il demande ?

Elle écarta les bras, faiblement, et dit avec désespoir en baissant la tête :

— De l'argent, bien sûr. De l'argent, mon Dieu !

J'étais exaspéré.

— Bien sûr ? Pourquoi « bien sûr » ?

Mère fit encore un geste pour m'apaiser, m'exorciser peut-être.

Quelques minutes plus tard, la porte s'ouvrait. C'était Ferdinand. Il était calmé. Il était, selon le mot de Joseph, au point mort. J'allais me jeter dans une querelle, mais Ferdinand me fit un sourire bizarre, un sourire que je dirais animal si les animaux souriaient. Je battis en retraite. Un peu plus tard, Ferdinand commença de se déshabiller et, pendant qu'il me tournait le dos, il se prit à chanter, d'une voix fausse, vacillante. Les colères de Ferdinand ne me touchaient pas toujours, et cette chanson me serra le cœur. Sur les tourments inconnus de ce caractère muré, elle m'en fit comprendre plus long que toutes les effusions.

A quelques jours de là, maman me dit :

— Il y a une lettre de Joseph.

Elle ajouta, presque aussitôt :

— Lui aussi me dit que j'ai tort, et que je devrais signer.

— Signer, mère ? Signer quoi ?

— Le pouvoir, pour ton père, le pouvoir, enfin, le papier pour l'argent de tante Coralie. Tu ne vois donc rien, Laurent ? Tu ne fais donc attention à rien ? Comme tu es distrait, Laurent !

— Mais non, je t'assure, maman. Je me rappelle bien.

Maman remuait la tête, parlant aux ombres.

— Joseph me demande de signer. Et Ferdinand me dit la même chose tous les jours. Et Cécile, oui, Cécile, qui ne comprend pourtant rien à la vie, eh bien, elle aussi m'a dit que je devrais signer. Ils sont là, tous, à me pousser. Ils sont là, tous, comme si... Mais, Seigneur ! ce peu d'argent, c'est pour eux, pour eux seuls que je voudrais le garder.

Si j'avais été moins requis par mes démons familiers, moins souvent hanté de mes fables, j'eusse mieux compris sans doute la petite conjuration qui se nouait alors autour de notre mère. Chose remarquable, je suis à peu près sûr que papa n'y prit point part. Les volontés du clan, pour se manifester, trouvaient obscurément des pentes et des issues.

Mère secouait toujours la tête. Elle ajouta :

— Jusqu'à la petite Segrédat, oui, jusqu'à Thérèse qui m'a parlé, — oh, discrètement, la pauvre — de cet argent de tante Coralie.

J'attendais, bouche bée, quelque surcroît de confidence. Une fois encore, maman soupira : « Je suis seule, trop seule... »

Que venaient faire au milieu de mes soucis, les histoires de Ferdinand et l'argent de la pauvre tante ? Toutes mes pensées tournoyaient encore sur la rue de Fleurus. J'avais, les premiers jours, espéré quelque dénouement de style magnanime. Un soir, père m'arrêterait dans le vestibule. Il m'envelopperait d'un regard non plus froid et dédaigneux, mais tendre, mais reconnaissant. Il me donnerait une poignée de main. J'hésitais quant à savoir s'il ajouterait un mot et je me demandais si ce serait « merci » ou « tout est oublié », ou peut-être même quelque chose de plus large : « C'est rudement bien, mon petit ! » On ne sait pas ! Il y a des pères qui trouveraient des choses telles. J'étais, en tout cas, bien sûr que le visage de ma mère allait s'ouvrir, se détendre, redevenir pour toujours ce visage lisse et confiant dont mon enfance avait été illuminée. Et que n'attendais-je pas encore ? Quelles vagues d'harmonie notre famille ressaisie n'allait-elle pas déverser sur le monde ?

Les jours passèrent et l'inquiétude reprit son empire. Mon père, à nuit close, ramenait parmi nous le même sourire bleu, distrait, impénétrable. Rien n'annonçait vraiment qu'il dût m'attirer dans le vestibule pour m'y faire entendre quelque parole de mâle renoncement.

Un soir, comme nous commencions de manger, mon père tira de sa poche et posa près de son assiette une feuille de papier bleu. Nous connaissions tous déjà cette couleur inimitable et nous regardâmes ce papier dans le plus grand silence.

— Qu'est-ce que c'est ? demanda mère, après une minute d'attente.

Papa lui passa la feuille par-dessus la table.

— C'est pour le billet Duchaussoy. Il fallait s'y attendre.

Il ajouta tout aussitôt, la voix sincèrement navrée :

— Je ne peux plus demander le moindre acompte à mon journal. Je ne sais pas, je ne sais pas.

De tels appels, nous en avions entendu mille. Jamais, ils ne tombaient dans le vide. Nous demeurâmes anxieux, sans mot dire.

Le rite ordinaire était le suivant : mère lisait le papier timbré, parfois à deux ou trois reprises. Puis elle le pliait, le serrait dans son porte-monnaie d'un air méditatif et murmurait : « J'irai demain. » Le lendemain, mère mettait des vêtements noirs, ces vêtements qui sont comme l'uniforme du souci. Nous comprenions, à la lenteur de ses gestes, qu'elle réfléchissait, qu'elle préparait jusqu'aux termes de son plaidoyer. Elle s'en allait ensuite dans Paris et restait parfois longtemps absente. Elle revenait presque toujours avec un sourire las, mais satisfait. Elle était allée voir les hommes de loi jusque dans leur réduit, elle s'était fait recevoir, à force de ténacité, elle avait combattu pouce à pouce, usant la patience des uns, désarmant la brusquerie des autres, rayonnante de bonne foi, de volonté, savante aussi, et bonne calculatrice. Oui, je dis bien : savante, habile à ce jeu cruel de la justice et de l'argent.

Ce soir-là, maman ne glissa pas le papier timbré dans son porte-monnaie. Elle le rendit à mon père sans une parole.

Père souriait, ressaisi. Il dit, d'une voix égale :

— Comme tu voudras, Lucie, comme tu voudras.

Mère le regardait en face et ne répondait rien. A notre grande surprise, il ne se mit pas en colère.

Deux jours plus tard, Chingachgook était de nouveau sur la piste de Pied-Noir et cette piste, le plus naturellement du monde, aboutissait à la rue de Fleurus.

Je ne saurais rapporter par le menu les événements qui me déterminèrent à tenter une seconde expédition rue de Fleurus. Pour vifs et cuisants que demeurent ces souvenirs, ils ont été, dans la suite des jours, retouchés, surchargés, déformés par beaucoup d'autres souvenirs analogues, car l'homme que j'entreprends de peindre m'a donné, de la persévérance, une idée détestable, sans doute, mais qui touche, en certains points, aux sphères de la perfection. Ce que je retrouve, et très bien, pour peu que je sois de loisir, c'est le goût de mes colères juvéniles, de mes peurs, de mes déboires. Je me revois dans cet escalier de la rue de Fleurus, montant les degrés non pas en solliciteur en suppliant, en naïf, mais avec la rage aux dents, une belle fringale de menace et d'insulte.

Ce ne fut pas S. M. qui vint m'ouvrir, mais une très vieille dame dont je ne pus discerner ni la condition ni le rôle exact et qui me répondit d'une voix maussade que la personne demandée ne se trouvait pas à la maison. Au même instant, une porte s'ouvrit et Solange parut. Elle était en costume de ville avec de grosses manches soufflées, un chapeau écrasé sous les fleurs de celluloïd, une ombrelle aux doigts.

— Mais si, dit-elle, mais si, madame Mathieu. Je suis là pour ce jeune homme.

— Avec toutes vos complications, soupira la vieille, vous allez me faire passer pour une folle ou pour une menteuse.

Solange haussa vivement les épaules et me poussa dans la chambre où j'étais déjà venu. Elle avait l'air mécontent. Elle retira son chapeau, tapota ses cheveux qui faisaient de gros bourrelets sur le front, tendit le col pour le dégager d'un flot de mousseuse dentelle, se caressa longuement les hanches avec les paumes de ses mains. Elle grondait, à voix basse, des paroles extravagantes ou qui, du moins, me paraissaient telles.

— Folle ou menteuse ? Oh ! les deux ! Voilà les histoires qui commencent. Eh bien ! j'en ai plein le dos. Si cette vieille guenon a pour un liard de comprenette, elle va raconter des horreurs. Qu'on m'accuse de ce qu'on voudra, mais pas de coucher avec les deux. Mon Dieu, que tout ça m'agace !

Elle fit volte-face et vint vers moi :

— Reconnaissez que vous auriez mieux fait de rester chez vous à jouer au nain jaune. Et vous n'avez pas l'air content, par-dessus le marché. Vous auriez peut-être le front de me raconter des sottises. Vous m'aviez pourtant promis de ne pas remettre les pieds ici.

— Et vous, Madame, fis-je, prenant mon élan, vous m'aviez promis autre chose.

Elle s'assit et fit bouffer ses jupes d'un léger mouvement des reins. Elle écartait les bras avec un embarras simulé.

— Tant que je serai ici, vous savez bien qu'il reviendra. Non, vous ne le savez pas ? Vous l'apprendrez, un jour. Vous l'aurez aussi, votre rue de Fleurus, et vous y retournerez.

Elle se prit alors à raconter, moitié pour moi, moitié pour les murailles, une histoire confuse où il était question de Rambouillet, d'un déménagement, de la morte-saison, d'une somme de quatre cents francs, de bien d'autres choses encore. Elle grondait, à certains moments, s'attendrissait à d'autres et soudain me caressait la joue ou me prodiguait de petites tapes sur l'épaule, dont j'étais décontenancé.

— Votre père ne m'a jamais donné d'argent. C'est un principe chez lui et je le comprends. C'est un principe aussi chez moi ; mais les quatre cents francs que je dois à cette vieille bique, ça ne se trouve pourtant pas sous le pied d'un cheval.

Petit à petit, un flot de honte me gagnait le cœur. L'étrange créature continuait de rire et de pleurnicher tour à tour. « Je n'ai qu'une parole, bien sûr ! mais qu'on me laisse le temps. Déménager, c'est vite dit. Quatre cents francs, en voilà une somme ! »

Je ne sais plus comment je sortis de ce marécage. Je me revois marchant dans les allées du Luxembourg. Je mettais en toute hâte un peu d'ordre entre une foule d'idées qui ne me semblaient, pour la plupart, ni claires, ni consolantes. L'argent avait été, jusqu'ici, du moins je le croyais, le seul principe de nos disgrâces. Aussi loin que mon souvenir pouvait remonter dans la nuit, nous avions lutté pour l'argent, contre l'argent. Nous avions lutté, sans réserve, bien serrés les uns contre les autres. Notre infortune était pure de tout calcul bas, de toute pensée égoïste et, je pensais, de tout mensonge... Dans notre pauvreté courageuse, il n'y avait eu, jusqu'ici, que sacrifice mutuel et misère partagée. Ce passé triste et respectable me parut soudain corrompu.

N'importe, il fallait chercher et trouver son chemin, malgré les embûches.

Je fis, avant de rentrer à la maison, une longue marche dans les rues et me lavai le visage et les mains au jet d'une fontaine Wallace. Le parfum de la rue de Fleurus imprégnait, me semblait-il, chaque fil de mes vêtements. Ma mère était, comme moi, fort sensible aux odeurs. Cependant se formait, dans mon esprit, un raisonnement laborieux.

L'occasion que j'espérais ne vint que le lendemain. Je partais pour le lycée. Mère me donnait, au passage, un coup de brosse attentif.

— Maman, fis-je, sais-tu que j'ai réfléchi ?

— A quoi, mon enfant ?

— Eh bien ! je suis bien près de penser que les autres ont raison.

Maman me regardait, vigilante et sans répondre. Je poursuivis, plus timidement :

— Cet argent de tante Coralie, vraiment, nous n'en aurons jamais besoin plus que maintenant. Vois, tout le monde est d'accord.

Ma mère attendait, la brosse en l'air. Elle me jeta, de biais, un bref et pénétrant coup d'œil. Puis son visage prit, soudain, trait par trait, une extraordinaire expression d'entêtement, de refus. Elle secouait la tête et disait :

— Non, Laurent. Non. Je ne veux pas.

## CHAPITRE 13

Au début de juillet, mon frère Joseph vint en permission. Nous ne l'attendions qu'à l'automne. Sa présence apporta tout d'abord de la flamme et même un principe de communion dans notre logis troublé.

Si je devais tracer, de Joseph, un portrait purement 95, j'y aurais quelque peine. Il me faudrait appeler de vains détails extérieurs. L'homme a vraiment peu changé. Même dans l'obscurité des commencements, même dans l'anonymat de l'interlude militaire, il montrait déjà cette pesante autorité, cette violence parfois triviale de la pensée comme du mot, ce mépris de toute valeur étrangère à son système intellectuel, cette ambition jalouse et fascinée, bref tous ces caractères puissants qui, selon les jours, sont ou vices ou vertus. Dois-je dire que ces linéaments n'étaient pas encore, en toutes leurs parties, dégagés du bloc primitif ?

Je commettrais une erreur et une injustice en laissant croire, par exemple, que Joseph n'a pas souffert. Il a, plus vivement que personne autour de moi, souhaité la possession des biens matériels. Une telle passion, quand elle est pure, je veux dire non allégée de quelque espérance étrangère, connaît des ardeurs poignantes et de hideux découragements.

L'impartialité historique est une duperie. L'historien véritable n'est point greffier, mais poète. Il se prend d'amour pour Anne de Boleyn, de haine pour Jane Seymour. S'il ressuscite Philippe II, c'est dans l'âpre dessein de le châtier. Peindre, n'est-ce pas s'assouvir ?

Cela dit, pour mon soulagement, je me sens fort libre à l'égard de Joseph. Il m'a blessé si souvent et si souvent aux mêmes places que je lui suis redevable de maints durillons, salutaires sinon confortables. Ce que je lui pardonne mal, ce que je redoute chez lui, ce ne sont pas les mille traits par lesquels il a montré qu'il ne me ressemblait pas. Non, certes, ce n'est pas cela.

Et maintenant, à mon récit.

Joseph arriva dès les chats. Il avait passé toute la nuit en wagon. Il était un peu charbonneux, un peu poudreux, mais rustique d'allure, tranquille et apparemment franc de nos soucis. Il respirait d'un nez surpris l'odeur de la maison ensommeillée. Et nous tous, les cheveux épars, les traits mal réduits, la bouche paresseuse, nous regardions le voyageur en souriant.

Papa dit, l'air affable, une petite phrase toute simple et qui, pourtant, me fit dresser l'oreille : « Je vais m'arranger pour déjeuner à la maison, ces jours-ci. »

Joseph montra, du nez, le grand piano noir, haussa les épaules avec rondeur et dit : « C'est complètement absurde. »

Le premier déjeuner fut gai. Mère, au prix de calculs astucieux, avait cuisiné des plats délicats. Elle prenait dans son assiette tout ce qui était mangeable et le posait sur l'assiette de Joseph. Elle répétait, en regardant ce rude gaillard, des mots de tendresse couveuse : « Mon petit garçon, mon pauvre petit... » Joseph riait, grondait, piaffait avec assez de bonne humeur et repartait à pérorer. Il commençait, à cette époque, d'introduire dans ses propos des déclarations sommaires, telles que : « Je suis un esprit positif », ou : « Je ne vois que le point de vue pratique. »

Le repas fini, maman regarda Cécile.

— Veux-tu lui jouer quelque chose ?

— Oh ! fit Cécile d'un air lointain, si je pensais seulement que ça l'intéresse.

— Pourquoi, répondit Joseph, pourquoi ça ne m'intéresserait-il pas ? Joue toujours.

Il n'était certes pas agressif, mais en garde, avec, dans le sourire, cette pointe de canine qu'il montrait et montre encore quand nous parlons de nos royaumes, de ces régions de l'esprit dont il s'imaginait sans doute que nous souhaitions de l'exclure et dont il s'est, par entêtement, lui-même interdit l'accès.

Cécile s'assit devant le piano, laissant tomber sur le fort et lourd garçon un sourire de princesse. Elle joua le premier mouvement d'une sonate de Mozart, une de nos sonates préférées. Insoucieuse, je le sentais, de faire quoi que ce fût pour amadouer, pour séduire ou duper l'auditeur, elle joua parfaitement bien cette page difficile et simple. Joseph écoutait. Il n'est certes pas dépourvu de la faculté d'attention. Bien assis sur sa chaise, les mains aux cuisses, le sourcil sérieux, il écoutait donc. Je pense que, secrètement, il n'était pas insensible à l'enchantement d'un art souverain, mais on eût dit qu'il résistait, tout au moins pour la dignité de son personnage. Il prononça, comme Cécile écoutait le dernier accord :

— Aucun doute, c'est bien. Et ne crois pas que je ne comprenne pas ça tout aussi bien que vous autres. Ce n'est pas si difficile que vous avez l'air de le dire. Et maintenant, Cécile, un mot. Gagne de l'argent, ma sœur. Gagne de l'argent avec ça, je veux dire avec ton talent. Et ce sera tout à fait bien. Un point, c'est tout.

Cécile jeta sur Joseph un regard étincelant.

— J'en gagnerai ! siffla-t-elle.

Et Joseph, la voix placide :

— Je ne demande pas mieux.

— Cécile ! m'écriai-je, si Valdemar t'entendait.

Elle me désigna Joseph, d'un mouvement du menton, et sourit pour me rassurer.

Père poussait, dans le silence, un long soupir musical, ce soupir que, précisément, j'appelais, par devers moi, le soupir de l'argent. Il fit une cigarette et dit qu'il allait nous quitter, et qu'il était temps pour moi de gagner le lycée.

— J'irai te prendre un jour ou l'autre, à la sortie, me lança Joseph.

Le soir même, je le trouvai sur la place du Panthéon. Il avait mis des vêtements civils et s'était bien savonné. Il avait l'air non pas élégant — il n'a certes jamais recherché l'élégance — mais correct et soigné. Il méprisait tout ce qui sentait le relâchement, la négligence. Il était monté deux ou trois fois chez Mme Henningsen et il avait dit au retour, avec une moue féroce : « Peuh ! genre artiste ! » expression demeurée, malgré nous, dans notre vocabulaire. On sentait ce Joseph déjà fortifié sur toutes ses positions et prompt à la riposte, prompt à l'attaque.

Il me prit le bras d'un geste qu'il voulait amical et qui l'était, avec un rien de brusquerie. A vrai dire, cette brusquerie, je l'exagérais moi-même par ma propre résistance. Je me suis toujours trouvé, vis-à-vis de Joseph, en état de contracture. Quand nous étions petits, Joseph, conséquent à sa doctrine d'autorité, nous distribuait des taloches. Cette coutume a duré jusqu'à ma douzième année, jusqu'à certaine bataille en règle où j'eus peut-être le dessous, mais qui, du moins, m'assura l'autonomie. De tels souvenirs sont vivaces : j'ai, pendant des années, au moindre mouvement de Joseph, senti mes muscles, malgré moi, se mettre sur la défensive.

— J'espère, dit-il, que tu n'es pas pressé. Car il faut que je te parle.

— Parle.

— Non, tout à l'heure, quand nous aurons plaqué tous tes camarades.

Il ne souriait plus. Il allait, regardant droit devant lui, car il n'est pas de ceux qui méditent la tête basse. Il avait ce visage contrarié qui, chez lui, exprime la tristesse. Il m'entraîna jusqu'aux quais de la Seine et commença tout à trac :

— Qu'est-ce qu'il y a ?

— Moi ? Rien.

— Il ne s'agit pas de toi. Il s'agit de la maison. Qu'est-ce qu'il y a ? Qu'est-ce qui se passe ?

Je me sentis rougir et pris mon air le plus froid pour suivre de l'œil un bateau qui remontait le fleuve en criant.

— Quand j'étais ici, poursuivit-il, je voyais tout, je savais tout.

Mais, maintenant ! Ce n'est pas à cette grande mollasse de Ferdinand que je peux m'adresser. Il n'a point de bon sens. Alors ? Toi, tu n'es encore qu'un gosse, mais tu n'es pas absolument une moule.

— Merci.

— Je dis ce que je pense.

Il fit quelques pas et reprit d'une voix moins rogue où l'on sentait flotter une ombre d'inquiétude :

— Enfin, qu'est-ce qu'il y a encore ?

Il me jeta un regard de biais et lança :

— Une histoire de femme ?

J'étais résolu, depuis le début de l'entretien, à fuir toute confidence. Il n'y avait, dans mes drames intimes, aucune place pour Joseph ; rien, dans mes pensées à la couleur, à la mesure de Joseph. Je fus pourtant pris au dépourvu.

— Comment le sais-tu ? m'écriai-je.

Il haussa les épaules d'un air excédé.

— Qu'est-ce que tu veux que ce soit ?

— Penses-tu que les sujets d'ennui manquent à la maison ?

— Non, trancha le grand garçon, secouant la tête. Non. Je sais ce que je dis. Suffit de regarder maman. Alors, toi, tu sais quelque chose...

— Non. Rien. Si... si... Peut-être. L'histoire, oui, l'histoire dont tu parles, eh bien ! je pense que ça se termine.

Joseph me lança, de côté, un regard inquisiteur.

— Tu n'es pas tout à fait aussi... chose qu'on pourrait le croire. Et qu'est-ce qui te fait penser ça ?

— Peux pas dire. Une impression.

— Une impression ? Parole ! Autrement dit, tu ne sais rien. Et ça n'a d'ailleurs aucune importance. Si cette histoire-là se termine, une autre commencera.

Il se prit à frapper le sol de son pied. Il grondait :

— Faut en prendre son parti ; mais c'est dégoûtant quand même.

— Pourquoi penses-tu que ça recommencera ? Non, ce n'est qu'un...

— Quoi ?

— Je ne sais pas. Un accident.

— C'est ça ! Un égarement, comme on dit dans les feuilletons. Je vois qu'en définitive tu n'es pas très malin, mon garçon. A ton âge, oui, à ton âge, moi, je savais tout, je voyais tout, j'étais au courant de tout.

— A mon âge ! Quand tu avais mon âge, tu ne pouvais rien voir. Il n'y avait rien à voir.

Je devais changer de couleur, trembler un peu. Joseph laissa paraître un sourire de compassion. Il m'avait saisi le bras, triomphant de ma résistance. Il m'entraînait, il accordait son pas au mien. Il parlait d'une voix sourde et d'un air soucieux qu'on ne lui connaissait guère.

— Tant pis ! Il faut que tu saches. Ça va peut-être te désoler, parce que tu es une âme sensible. Que veux-tu ? Il est comme ça.

— Joseph ! Tu ne veux pas dire... Il n'a jamais rien fait...

— Qu'est-ce que tu vas imaginer, maintenant ? Tu es pire qu'une femme nerveuse.

— Il n'a jamais rien fait de très mal.

Joseph haussa les épaules.

— Ne me fais pas rire : je n'en ai pas la moindre envie. Pour lui, tout ça n'est pas mal. Je te dis qu'il est comme ça. Il ne peut pas regarder une femme sans... Je comprends. Je comprends bien. Quand même, à ce point-là !

— A quel point, Joseph ?

Joseph écarta les bras d'un geste large.

— Toutes, ma foi ! Oui, toutes celles qui passent à portée de sa main. Beaucoup dont nous n'avons rien su et d'autres que nous connaissions.

— Mais, Joseph...

— Il n'y a pas de mais. C'est comme ça. La personne de maintenant, je n'en peux rien dire. Je suis à Toul, tu comprends ? Toul ! Une ville moisie, au tonnerre de Dieu. Mais avant, c'était Mme Hemmer.

— Joseph, c'est impossible. Mme Hemmer, la brodeuse...

— C'est parfaitement possible. Et, avant Mme Hemmer, c'était Georgette Duc. Celle-là, tu ne l'as pas connue. Elle n'était pas mal. Et, avant Georgette Duc, la teinturière de la rue Perceval. Je ne me rappelle plus son nom. On ne peut pas se les rappeler toutes. Et, avant Georgette Duc aussi, ou peut-être en même temps, la fameuse histoire avec Mlle Legris. Et, tiens : tu te rappelles Mlle Bailleul ?

— Oh ! fis-je. Mlle Bailleul ! Non ! Non !

— Effectivement, poursuivit Joseph en baissant la voix, celle-là, il n'a pas réussi. Elle était quand même trop pieuse. Mais il a tourné autour pendant des mois et des mois. Qu'est-ce que tu as, Laurent ?

— Rien.

— On en prendrait son parti, si nous étions seuls, nous, les enfants. Si elle... n'était pas comme elle est, malheureuse comme elle est. Encore une fois, qu'est-ce que tu as ? Tu n'es pas une petite fille.

— Je n'ai rien. C'est terrible.

— C'est embêtant, voilà. C'est embêtant qu'il soit comme ça et qu'il n'y ait rien à faire.

Il avait lâché mon bras et fourré les mains dans ses poches. Il regardait devant soi, à l'infini, l'air si sincèrement navré qu'il me toucha le cœur. Puis il repartit, l'accent plus dur :

— Toi, Laurent, tu es ce qu'on appelle un garçon sentimental. Je n'y vois pas d'inconvénient. C'est ta qualité comme ça. Mais je te répète qu'à ton âge, j'avais tout vu, tout compris. Tu fais du latin, du grec. Tu dis que ça développe la faculté d'analyse. C'est possible, c'est bien possible. N'empêche que tu n'es pas observateur.

Mme Hemmer ! Tu ne savais pas Mme Hemmer ? Une histoire qui crevait les yeux. Ça prouve que tu n'es pas observateur. Tu veux devenir un savant. Ce n'est pas plus bête qu'autre chose. N'empêche que tu devrais commencer par comprendre ce qui se passe autour de toi.

Joseph retrouvait un de ses thèmes de querelle. Je ne relevai pas le gant.

— Joseph, murmurai-je, il faut que tu me dises quelque chose.

— Oh ! maintenant, tout ce que tu voudras.

— Joseph, tu l'aimes encore ? Tu peux encore l'aimer ?

Il inclina légèrement sa tête sur le côté.

— Moi ? Oui. Bien sûr. Pourquoi pas ?

— Il nous a trompés.

— Il ne t'a pas trompé du tout. Ce n'est pas toi qu'il a trompé.

— Si ! si ! si ! Je te dis qu'il m'a trompé.

— Il se moque pas mal de tes idées sentimentales. Et moi, eh bien, oui, je m'en moque aussi sache-le. Ce que je lui demande, ce que je lui demanderais, si je pouvais lui parler...

— Mais tu ne peux pas, tu n'oses pas.

— Moi, je suis positif, je ne me bats pas contre les murailles. Mettons même que je n'ose pas. Ce que je lui demanderais, vois-tu ? c'est de ne pas brouiller les choses, d'éviter les imprudences, de ne pas se faire remarquer, de ne pas nous rendre la vie impossible.

— Et le mensonge, fis-je avec désespoir, le mensonge !

Joseph me regardait, surpris :

— Quel mensonge ?

Nous fîmes encore quelques pas et Joseph, avec un geste de magister :

— N'oublie pas, quoi qu'il arrive, n'oublie pas qu'il te nourrit.

— Ça m'est égal.

— Tu dis ça, parce que tu ne sais pas ce que c'est de ne pas manger, je veux dire de ne pas manger du tout.

— Tu ne le sais pas non plus.

— Si. Moi, j'en sais quelque chose.

Il sourit drôlement et prit un air confidentiel.

— Quand j'étais chez Meyer et Greffuhle — rappelle-toi : plus de deux ans —, je ne rentrais pas déjeuner à la maison, à cause des omnibus, et j'avais dix sous pour ce repas. Eh bien ! pendant plus de deux ans, je me suis privé de nourriture. Je laissais les copains filer, et moi, le temps de leur déjeuner, une heure et demie, je tournais autour d'un pâté de maisons. Rue Montmartre, rue du Mail, rue Notre-Dame-des-Victoires, etc. etc. Oh ! Je connaissais toutes les boutiques et je ne marchais pas trop vite pour ménager mes chaussures.

— Oui, fis-je, la volonté !

— La volonté, naturellement, et le reste. Au bout de deux ans, j'avais deux cents francs à moi, bien à moi.

— Deux cents francs ! Qu'est-ce que tu en as fait ?

Joseph rit, cligna de l'œil, puis, d'une voix grave :

— Je les ai mis dans une affaire.

— Et ils existent toujours ?

— Bien sûr ! Moi, je ne suis pas... comme lui. Je ne gaspille pas l'argent. Ils existent, mes deux cents francs, et c'est même tout à fait comme s'ils n'existaient pas.

— Je ne te les demanderai pas, sois tranquille.

— Et tu feras bien, car je ne te les donnerais pas. L'argent placé, c'est sacré. On n'y touche à aucun prix. On l'a, mais c'est comme si on ne l'avait pas. Tu comprendras plus tard, si tu deviens un homme sérieux.

— Je ne sais pas ce que tu appelles un homme sérieux, mais je sais bien ce que je veux. Je veux une vie où l'on ne parlera jamais d'argent, une vie sans papier timbré, sans traites, sans encaisseurs, sans protêts, sans billets, sans hommes d'affaires...

Joseph riait à pleine gorge.

— Le paradis terrestre, avec des serpents qui caressent les petits agneaux. Et de beaux livres de latin et de grec pendus à l'arbre de science.

— Oui, fis-je, les dents serrées, avec le latin et le grec dont tu as bien tort de te moquer.

— Les gens de ton espèce, gronda Joseph enfin saisi de sa querelle, ont tendance à s'imaginer qu'on ne peut pas faire de grandes choses sans avoir, au préalable, récité Virgile par cœur. C'est un point de vue de pion.

— Tu ne sais pas ce que tu dis. Même ceux qui tracent les routes, même ceux qui construisent des bateaux ou des locomotives, ils ont récité Virgile.

— Je te prierai de remarquer, fit Joseph d'une voix insinuante, que tu ferais mieux, tout bien pesé, de ne pas placer la discussion sur ce terrain-là. Si tu fais du latin et du grec, toi, Laurent, c'est que moi, Joseph, moi, l'aîné, je me suis sacrifié pour les autres. C'est un compte qu'il nous faudra régler, un jour à venir. Ne dis pas le contraire, ou je te donnerai des preuves, chiffres en main. Mais nous reparlerons de ça. S'il faut du grec et du latin pour faire ce que je veux faire, sois tranquille : on en aura.

Et, comme je le regardais avec étonnement, il dit encore :

— S'il faut des latinistes pour faire ce que je veux faire, eh bien, j'en achèterai. Les savants de ton espèce, on les achète, comme les autres, comme le reste, et on les fait travailler, comme les autres, comme des employés, comme des domestiques, et puis, quoi... comme tout le monde. Et voilà : j'en achèterai.

— Avec tes deux cents francs ?

— Ils auront fait des petits.

Nous remontions, si je me souviens bien, la calme rue Cuvier. Joseph marcha longtemps sans lâcher une syllabe. Et, soudain, d'une voix tranquille, comme s'il parlait aux anges, il murmura :

— Je m'en fous. Oui, parfaitement, voilà le mot : je m'en fous.

## CHAPITRE 14

C'était un jour de semaine et, pourtant, nous devions manger tous ensemble, à cause de Joseph. Père était revenu de bonne heure et nous n'attendions plus que Ferdinand. Thérèse Segrédat, notre douce voisine, aidait maman à mettre le couvert. Thérèse était petite, ronde en tous ses gestes, laiteuse de teint, toujours vêtue de noir. J'aimais son visage au regard effarouché. Je prenais un indicible plaisir à la contempler, de loin, quand elle ne me voyait pas et que je ne risquais point de l'intimider.

Une fenêtre était ouverte, dans la chambre des parents. De la cour, montait une voix rauque, accompagnée par des violons.

Elle chantait une chanson qu'Eugénie Buffet venait d'apprendre à tout Paris :

*Nous nous rions de toutes choses,*
*Ayant déjà tout éprouvé,*
*Tout rêvé...*

De temps en temps, on percevait, sur le pavé, le bruit d'un sou de bronze.

La sonnette de la porte tinta, Joseph dit : « Voilà Ferdinand. » Et il passa dans l'entrée. Il revint presque aussitôt et murmura : « Maman, c'est l'huissier. »

Il y eut un instant de silence. Maman s'assit sur une chaise, porta la main à sa poitrine, pâlit un peu et répondit avec beaucoup de simplicité :

— Dis-lui d'entrer, Joseph.

— Ils sont trois.

Mère fit un geste vague. Joseph restait immobile et cherchait papa du regard. Notre père était debout contre la porte de la salle à manger. Il se redressa, « poitrina », sourit, tira sur ses longues moustaches dorées et dit :

— Qu'est-ce que tu attends, Joseph ?

Joseph s'enfonça dans le noir du vestibule. On entendit un bruit de souliers. Notre logement était petit. Le vestibule traversé, ce qui se faisait en deux ou trois pas, les visiteurs pénétraient soit dans la chambre des garçons soit, de préférence, dans la chambre des parents, qui semblait moins encombrée. Thérèse Segrédat fit un mouvement pour se retirer. Elle semblait fort émue. Mère dit à voix basse :

— Restez, je vous en prie, Thérèse.

Et Thérèse se tint debout, derrière la chaise de maman, comme une demoiselle d'honneur.

La porte s'ouvrit alors et les hommes de loi parurent.

Le premier, l'huissier, le chef, était un gros personnage encore jeune, membru de long, vêtu d'une jaquette sombre. Il retira son chapeau, un canotier de paille jaune, et s'en servit pour s'éventer. Il avait des mains énormes, couvertes d'un duvet rouge. Il était à moitié chauve et portait, aux joues, ces grosses touffes de poil crépelu mises à la mode, je pense, par l'empereur François-Joseph.

Son principal assistant était un vieillard minable, accoutré d'une longue redingote et d'un gilet à fleurettes tout maculé de morve et d'œuf. L'autre clerc était un enfant à peine plus âgé que moi.

Tous deux portaient de grands portefeuilles de cuir bondés de paperasses.

Ils entrèrent et, comme la chambre était étroite, nous fûmes aussitôt si près les uns des autres que nous ne pouvions plus faire un geste.

— Madame, dit lestement l'huissier, c'est pour l'affaire Duchaussoy.

Et, comme notre mère faisait un signe de tête, il ajouta, le ton plaisant :

— Vous vous en doutiez. Moi aussi.

Papa lâcha le plus fulgurant des sourires. Il dit, pesant chaque mot :

— Monsieur, faites votre travail, et sans commentaire. Je connais la cérémonie et ne supporterai aucune fantaisie désobligeante.

Le gros homme gonfla ses joues, souffla, se tourna vers ses clercs.

— Alors, donnez lecture.

Le vieillard commença de lire un cahier de papier timbré. Par la fenêtre ouverte, entraient les bruits de la cour.

*Et loin des lilas et des roses,*
*Gaîment nous battons le pavé.*

— Ferme la fenêtre, Laurent, soupira ma mère.

J'obéis. La chambre parut aussitôt plus lourdement chargée de contrainte et de courroux. Le vieux clerc marmonnait, papa souriait au plafond, maman baissait la tête, l'huissier remuait son chapeau comme un éventail. Là-dessus, Ferdinand survint. Il bégayait : « Qu'est-ce qu'il y a ? Qu'est-ce qui se passe ? » Joseph lui dit : « Tais-toi ! » Et Ferdinand se tut, regardant l'un après l'autre tous les visages, avec ses yeux de myope qui ne distinguaient rien. Cécile était debout, tout à côté de notre père. Elle semblait parfaitement indifférente, mais sa bouche se serrait sur une belle petite colère Pasquier. Soudain, elle passa la porte et la referma derrière elle. Presque aussitôt le piano se fit entendre.

— Qu'est-ce que c'est ? dit l'homme de loi.

— La musique, Monsieur, fit mon père, le doigt levé, gravement. Nous vous devons l'accès des lieux, nous ne vous devons pas le silence.

Le bonhomme posa son chapeau sur le marbre de la commode. Il soufflait jusque dans les touffes de crin de ses joues :

— Ne faites donc pas le malin. Vous n'avez rien à y gagner. Si vous aviez payé vos dettes, nous ne serions pas chez vous.

— Pas de morale, Monsieur, répondit papa. Si nous n'existions pas, nous autres, les mauvais payeurs, nous autres, les pauvres gens, vous claqueriez du bec, vous et votre séquelle ; vous n'auriez rien à faire au monde. Nous sommes votre raison d'être, nous sommes votre gagne-pain. Vous devriez nous bénir, nous saluer à pieds baisés.

L'huissier haussa les épaules et dit, tourné vers ses gens :

— Ecrivez. Je vais dicter.

La température de la chambre s'élevait petit à petit. Notre père semblait résolu fermement à ne pas se mettre en colère ; mais de la force comprimée s'échappait de lui, comme un fluide, et nous montait à la cervelle. Nous étions tous empoisonnés par cette fureur sans issue. Notre petite sœur Suzanne, à laquelle nous ne pensions plus, commença soudain de pleurer. Maman se couvrit les oreilles de ses paumes. Elle disait :

— Emmenez l'enfant, Thérèse. Elle ne devrait pas être ici.

Et l'huissier, pendant ce temps :

— Une commode en acajou, de style Louis-Philippe...

Thérèse prit Suzanne et quitta l'appartement. De l'autre côté de la cloison, Cécile jouait à plein clavier. Je ne pouvais pas m'empêcher d'entendre ce qu'elle jouait, et j'admirais son sang-froid, son courage aussi. Pour moi, j'avais les yeux brûlants, la respiration courte. Je regardais mon père avec une frayeur religieuse, car je savais ce dont il était capable. Mais il semblait, ce jour-là, parfaitement maître de lui. Son sourire, seulement, prenait une couleur cruelle.

Les gens de loi progressaient pas à pas dans la chambre. Le plus vieux écrivait, sur une planche à laquelle était fixé un petit flacon plein d'encre. Le chef dictait, en grande hâte. Il décrivait nos meubles en quelques mots, et nous avions le sentiment que, par ces quelques mots, il nous confisquait nos meubles, qu'il nous les prenait déjà. Maman demeurait assise, fière, muette, bien droite. Papa toucha ses propres joues à la place même où le gros huissier portait des touffes de barbe, et il regarda le ciel avec un extraordinaire sourire de pitié. Puis il dit, la voix chantante :

— Vous, Monsieur, qui êtes de robe, ou c'est tout comme, vous savez peut-être ce que ça peut coûter, au point de vue légal, s'entend, quand on se laisse aller à certaines libertés. Par exemple : une paire de gifles ?

L'huissier répondit froidement :

— Je ne sais pas, à mille francs près, mais ça peut revenir très cher.

— Dommage, fit mon père, car, en ce moment, je ne suis pas en état de m'offrir une grosse dépense. Monsieur, vous avez de la veine.

— Plaît-il ?

— Oui, c'est à vous que je pensais. Vraiment, vous avez de la veine. Ne cherchez pas : je connais les subtilités de la loi. Je déclare publiquement que je n'ai pas l'intention de vous donner une paire de gifles.

Son œil luisait, glacé.

— Allons, restez donc tranquille, fit le bonhomme en haussant les épaules. Si vous continuez comme ça, vous allez gâter votre affaire.

— Raymond ! dit enfin maman. Pour l'amour de Dieu !

L'huissier murmura : « Permettez », et passa dans la salle à manger. Nous le suivions, serrés les uns contre les autres, sauf notre mère qui n'avait pas quitté sa chaise. Joseph, les mains aux poches, me disait avec froideur :

— Ça ne sert absolument à rien d'exciter ce malotru. Il ne fait que sa besogne. Il faut aller trouver les gens et s'arranger avec eux. Maman m'étonne. Quel changement !

Cécile s'arrêta de jouer. L'huissier disait :

— Ecrivez : un piano à queue. Pleyel. Numéro de série...

— Je vous demande pardon, dit papa, soudain sérieux. Ce piano n'est pas à nous.

— En ce cas vous devez produire une lettre du propriétaire, datant de l'entrée du meuble et réservant tous les droits.

Nous nous regardâmes avec consternation. Nous n'avions même pas notion qu'une telle lettre pût être nécessaire.

— Peut-être, balbutia Joseph, que Valdemar possède une lettre...

Père semblait complètement déconcerté. Il fronçait le sourcil :

— Tu entends, Lucie ?

Mère fit « oui », de la tête.

— Je vous répète, cria papa, que ce piano n'est pas à nous.

— Qu'est-ce que vous voulez que j'y fasse ? dit le gros homme avec ennui. Vous n'avez qu'à montrer la preuve. Vous devriez être en règle, au lieu de faire le fendant, au lieu de vous moquer du monde. Ecrivez : B. 28.016.

— Je ne peux pas vous laisser faire.

— Vous ne pouvez pas m'empêcher. Au reste, soyez tranquille, ce n'est pas moi qui vais l'emporter, tout de suite, sur mes épaules. Après tout, débrouillez-vous. Vous avez la langue bien pendue.

Cécile recommença de frapper le clavier. Papa disait : « Ce n'est vraiment pas possible. » Joseph, les mains aux poches, mordillait sa jeune moustache et moi, tout près des larmes, je lui disais : « Je peux devenir un homme. Jamais, Joseph, je ne veux voir ces gens-là dans ma maison, quand j'aurai une maison. »

Joseph secoua la tête :

— La saisie n'a pas d'importance. On peut toujours arrêter les frais. Ce que je trouve ridicule, oui, ridicule, c'est de se laisser saisir pour trois cent vingt-cinq francs.

Les gens de loi terminaient l'inventaire. Ferdinand soupira : « Ça sent le brûlé. » Je courus dans la cuisine. Des mots m'arrivaient de loin : « Une armoire de noyer ciré, ferrures de cuivre... »

Quand je songe à ce jour d'été, je vois encore une autre scène.

Les gens de loi sont partis. Nous discutons, toutes portes closes, entre nous, entre Pasquier. Nous discutons à voix sourde. Papa, dans un coin, affecte de lire son journal en fumant une cigarette. Maman est assise dans le fauteuil, son visage est contracté. Nous sommes tous, nous, les enfants, rassemblés autour d'elle pour la prier, pour la convaincre. Joseph dit de ces choses que l'on dirait à une malade : « Nous pouvons laisser tout vendre, c'est entendu, c'est convenu. Même le buffet de tante Alphonsine, même l'armoire de noyer. Mais pas le piano de Valdemar ! Nous ne pouvons pas laisser vendre une chose qui n'est pas à nous. » Maman balbutia les mots d'une résistance exténuée. Joseph repart à l'attaque : « Nous savons que cet argent, c'est pour nous que tu voulais le garder. Eh bien ! Nous y renonçons. Signe, maman, signe. Et qu'on n'en parle plus, que ce soit fini. Père et moi, nous ferons le nécessaire. »

Maman dit alors : « C'est fini. Je vais signer. Vous êtes là, tous, autour de moi. Vous me brisez la tête. Ne dirait-on pas, mon Dieu ! C'est affreux. Allons, mettez-vous à table. Puisque je vous dis que je signerai. »

Le repas commence. Nous n'avons pas encore ouvert les fenêtres, comme si nous avions quelque chose à cacher au monde, comme si notre angoisse avait de l'odeur. Chacun, du bout des lèvres, feint de saisir une bribe. Rien ne passe, même pas l'eau. Ferdinand s'en va le premier. Cécile se cache dans un coin. Père et Joseph restent là, couvant maman du regard. Et maman soupire, la voix morte :

— Rends-moi service, Laurent : va promener ta petite sœur. J'écrirai, pour ton lycée. Pardon, Laurent.

Je prends Suzanne par la main. Une minuscule patte brûlante. Pendant deux heures, nous errons, la petite fille et moi, dans ce Jardin poudreux que Cécile enfant appelait le jardin des bêtes sauvages.

## CHAPITRE 15

Le lendemain, Thérèse Segrédat vint nous voir à la fin de la matinée. Elle était en costume de ville. Elle portait des mitaines de tricot noir et un réticule de crêpe. Je l'apercevais, assise à côté de maman, dans la salle à manger où Cécile écrivait sur de grandes feuilles réglées.

Soudain, Thérèse baissa la voix. Elle était moins pâle qu'à l'ordinaire. Elle semblait contenir avec peine un besoin de larmes. Elle dit :

— Madame Pasquier, je suis sortie, ce matin, et je vous apporte l'argent.

Maman regarda soudain Thérèse avec cette fixité léthargique dont, parfois, j'avais grand-peur. Elle murmurait :

— Quel argent ?

Thérèse commença à trembler de tout son corps et tira du réticule une enveloppe jaune, cachetée.

— Il est à moi, Madame, à moi, je vous assure. Et le voilà ! Prenez-le ! Je ne veux pas que vous soyez malheureuse. Je ne veux pas, non, je ne veux pas que M. Pasquier se mette en colère. Alors, prenez, Madame. Prenez ! Je serai si contente.

Elle baissa la tête et se mit à pleurer. Notre mère lui caressait les cheveux, soupirant :

— Pauvre Thérèse ! Pauvre enfant ! Elle ferait comme elle dit. Mais non, je vous remercie. Tout est arrangé, ma gentille Thérèse. L'argent, nous l'avons trouvé. Enfin, ils l'ont. Mon mari, en ce moment, doit faire le nécessaire. Oui, c'est ça, le nécessaire. Pauvre Thérèse ! Je ne peux pas vous expliquer.

Thérèse, maintenant, souriait, le regard au zénith. Elle tenait toujours l'enveloppe entre ses doigts frémissants. Bien sûr, elle ne pouvait pas comprendre les obscures convulsions de notre clan, de notre monde. Elle n'entrevoyait, de loin, que la lueur de nos orages. Elle n'était qu'ignorance, douce ignorance et compassion. Je lui dédiai, de loin, un cantique de gratitude et de tendresse.

Mère la regardait toujours, du même regard attentif. Elle prit l'enveloppe et la replaça soigneusement dans le réticule de crêpe. Thérèse disait, cependant :

— J'y ai pensé toute la nuit. J'ai prié toute la nuit et voilà que vous n'acceptez pas.

— N'ayez crainte, disait maman, l'œuvre vous sera comptée comme si vous l'aviez faite.

Les deux femmes échangèrent encore quelques propos apaisés. Thérèse regarda Cécile et dit :

— Je n'avais jamais remarqué comme vous ressembliez à votre frère, je veux dire à votre frère Joseph, que nous ne voyons pas souvent. Il a l'air très intelligent et, surtout, très énergique.

Cécile se leva sans répondre, jeta la tête en arrière pour laisser tomber ses grandes nattes et vint jusque dans ma chambre. Elle se promena quelques instants entre les lits. Elle jetait de longs coups d'œil au miroir de la muraille. Et, soudain, me montrant un visage décomposé, elle cria tout bas :

— Cette fille est complètement folle.

— Oh ! Cécile, murmurai-je, la voix grosse de reproche et même de dépit, n'as-tu pas entendu, n'as-tu pas compris ce qu'elle vient de faire ? Thérèse est un ange.

L'enfant, comme une jeune cavale, grattait le sol à coups de pied.

— Elle est bonne, mais elle est bête.

Cette colère me bouleversa. Je n'étais toutefois pas sans comprendre Cécile. On me disait alors, souvent, que je ressemblais à l'un ou à l'autre de mes frères, et cette remarque, même présentée parmi d'autres compliments, cette remarque faite, je pense, dans le dessein de me complaire, me causait un vif malaise. Je me suis, depuis ce temps, donné comme règle de ne jamais parler à qui que ce soit d'une ressemblance, même flatteuse, et surtout de parentèle : on ne sait pas ce qui fermente dans le tréfonds des familles.

Ainsi que le disait maman, notre père avait fait, dès le matin, « le nécessaire ». Il y eut, à la maison et peut-être hors de la maison, des conciliabules à l'écart desquels je fus tenu, sans doute à cause de mon âge et peut-être aussi de ce que Joseph appelait « mon absurde sensibilité ». J'appris, plus tard, que Ferdinand avait reçu, de mon père, une somme de cent francs, et je me demande encore quelle éloquence insoupçonnée lui valut cet apanage. Joseph se fit attribuer une somme de deux cents francs, en remboursement partiel de l'emprunt négocié sur son titre. Papa garda le reste, comme il faisait toujours. Quant à mère, elle semblait lasse, étrangère et complètement indifférente à cette ténébreuse petite curée. Je donne ces menus détails pour ce qu'ils jettent de clarté sur certains points de mon récit.

Toute la journée se passa dans une fièvre chuchotante. Père sortit, revint, sortit encore, le tout avec un grand luxe de sourires bleus. Vers six heures, il reparut. Il portait un bouquet de roses et un de ces gâteaux à la crème appelés « saint-honoré ». Il posa le tout sur la table et dit d'un air gracieux qu'il y avait conférence à la Faculté de Médecine et qu'il regrettait beaucoup de ne pas dîner avec nous. Ferdinand, ce soir-là, devait aller au théâtre en société d'un camarade qui l'avait, en outre, prié au restaurant. Joseph restait, mais déclara qu'il sortirait, dans la soirée, « pour ses affaires ».

La chaleur était pénible et le repas fut sans joie. Maman faisait, avec lenteur, des gestes de somnambule. Valdemar parut, comme nous quittions la table. Il avait l'air agité. Il dit à Cécile : « C'est une journée gâchée. Je ne vous ai guère entendue... Et vous n'avez rien fait de propre. Il faut travailler une grande heure. »

Mère débarrassa la table. Valdemar faisait claquer son pouce contre son médius. Joseph regarda tous les visages à la ronde, haussa froidement les épaules et prit son chapeau. Les musiciens s'enfermèrent et, tout de suite, le piano parla. Il ne parlait pas seul. La voix de l'étrange professeur jaillissait, par intervalles. Cécile répondait, s'arrêtait de jouer, s'y reprenait avec fureur. L'éternel combat de ces deux âmes grondait dans le soir de juillet. J'avais pris un livre et ne pouvais lire. Soudain, j'entendis Cécile fermer le clavier. Elle criait, d'une voix vibrante : « Non ! Non ! J'aime mieux laver la vaisselle ! J'aime mieux gratter le plancher avec la paille de fer. Je ne veux pas qu'on me martyrise ! »

Nous étions faits à ces éclats et, pourtant, mère et moi, nous écoutions, le cœur lourd.

La porte s'ouvrit et Valdemar parut. Etait-ce l'effet de la chaleur, il avait l'air d'un homme ivre. Il fourrageait sa chevelure et criait :

— Je suis l'esprit. Moi, moi, je suis le génie. Et, par erreur, par dérision, par malédiction, j'ai des mains de terrassier. Mais elle, la petite fille, c'est elle qui a mes mains. Elle a mon corps. Elle a le corps de mon génie. Alors, il faut qu'elle obéisse.

Il nous aperçut, mère et moi, tous deux assis sous la lampe et dit, riant bizarrement :

— Elle obéira, je le jure. Ou je me trancherai le poignet, rien que pour lui faire comprendre que j'ai besoin de ses mains, rien que pour qu'elle sache qui je suis. Valdemar Henningsen ! Je vais me trancher le poignet.

Il regardait, autour de lui, cherchant une arme, un couteau. Alors nous vîmes une chose extraordinaire : l'impassible, la froide Cécile sortit de l'ombre et se jeta sur Valdemar. Elle lui serrait les mains, puis elle le tint embrassé. Elle gémissait :

— Dites-lui qu'il se calme ! C'est quand il est comme ça que je ne fais rien de bon. Laurent, Laurent, je ne veux pas qu'il me tourmente. Et je ne veux pas non plus qu'il dise des choses effrayantes.

Nous eûmes bien du mal à pacifier nos fous. Enfin, Valdemar partit et Cécile fut se coucher. Nous l'entendions, tout près de nous : elle toussait parfois d'une voix rauque et, parfois, elle se retournait d'un tel bond que les ressorts du lit pliant répandaient une longue vibration sanglotante.

Maman s'arrêtait de coudre. Elle écoutait, d'une manière particulière, repliée, comme si le bruit de toutes ces existences enchaînées, elle l'eût perçu non dans le vaste monde, mais à l'intérieur d'elle-même.

— Maman, dis-je tout bas, pour Cécile, tu sais bien que ce sont des enfantillages.

Elle hocha la tête à petits coups et ne répondit pas tout de suite. Enfin, d'une voix des lèvres, d'une voix à peine exhalée :

— Des enfantillages ? Peut-être. Mais je ne sais plus, je ne sais plus. Mon Dieu ! comme j'aurais voulu que vous restiez toujours des petits, mes tout petits. J'avais du mal ; mais j'étais si heureuse. Je vous écoutais, la nuit, respirer contre moi, et rien ne m'était trop dur. Maintenant, voilà que vous êtes là, avec vos idées, vos tracas, toutes vos histoires à vous que je ne comprends même plus et dont vous ne me dites rien.

Nous retombâmes dans le silence. Je relevais parfois les yeux.

J'apercevais alors ma mère courbée sur sa couture et j'essayais d'imaginer les pensées qui remuaient sous ce visage fatigué. A un moment, la petite Suzanne se prit à geindre. Elle devait faire un cauchemar et respirait avec effort. Maman s'assit près du lit et chanta tout bas cette berceuse de notre enfance à tous, cette complainte naïve et cruelle qui nous a tous effrayés, tous endormis :

*... Si l'enfant se réveille,*
*On lui coupera l'oreille,*
*On la mettra à fricasser*
*Dans un petit pot cassé.*

Suzanne se rendormit. Maman prit la lampe.

— Allons dans ta chambre, Laurent. La petite dormira mieux.

La fenêtre de ma chambre était ouverte. Elle donnait, je l'ai dit, sur la rue. Je me remis à lire et maman reprit son ouvrage. Deux ou trois fois encore, nous entendîmes Cécile se retourner dans son lit et, chaque fois, un ressort se détendait avec un doux son de cloche. Puis le silence vint. Maman soupira : « Onze heures », et je compris, au timbre de sa voix, qu'elle avait dit cela, cent fois, mille fois, dans une solitude mélancolique où j'étais, ce soir, admis.

De longs moments passèrent encore. Il m'arrivait de lire deux ou trois pages de mon livre sans savoir ce que j'avais lu. Alors, je recommençais, ligne à ligne, mot à mot.

Paris bouillonnait au loin, comme une sombre chaudière. A notre droite et derrière nous, on devinait de grandes étendues de silence noir : le Jardin, la Halle, le fleuve. De temps en temps, un omnibus passait, au bout de notre rue, dans un bruit de galopade. A d'autres moments, on percevait le roulement assoupi d'un fiacre maraudeur, à d'autres moments encore, un craquement de semelles sur le trottoir. Maman commença d'aller chaque fois à la fenêtre.

Un peu plus tard, on entendit chanter un coq, du côté de la Halle aux vins. Puis une cloche aérienne. Maman murmura : « Minuit. » Elle ajouta, bientôt : « Mon pauvre Laurent, couche-toi. Tu n'as pas l'habitude, tu serais fatigué, demain. »

— Mère, dis-je, tout à coup, ne t'inquiète pas, pour Ferdinand. Tu sais comme il est tranquille.

Maman mit un doigt sur mon front :

— Tranquille ! On ne sait jamais. Il faudrait être à l'intérieur, pour savoir. Oui, dans son âme, dans son cœur. Il est tard, couche-toi, Laurent. Je vais rester à la fenêtre et je ne me retournerai pas, pour ne pas te gêner.

Je me déshabillai en hâte et me glissai dans mon lit. La fraîcheur de la nuit gagnait maintenant la chambre. Mère prit un châle de cachemire noir et le jeta sur ses épaules. Elle paraissait ainsi plus grande, plus sévère, plus majestueuse, comme une reine de tragédie.

Elle ouvrit la porte de la pièce où dormait Cécile et disparut un grand moment. J'entendais le souffle régulier, profond parfois, de ma sœur. Que faisait mère auprès de Cécile endormie ? A quelle incantation, à quelle ardente prière se livrait-elle au chevet de la jeune servante des Dieux ? De quelle caresse effleurait-elle ce jeune visage possédé ?

Maman revint dans ma chambre, baissa la flamme de la lampe et la cacha derrière une pile de mes livres. Alors, doucement, doucement, dans cet espace étroit où nous ne pouvions même pas jouer, elle commença de marcher, de droite à gauche et de gauche à droite, comme faisaient, là-bas, dans le jardin ténébreux, les bêtes captives, au fond de leur cage.

Paris ronronnait, maintenant, dans l'ouverture de la fenêtre. Chaque fois qu'un bruit, même léger, montait du creux de la rue, maman allait à la fenêtre et regardait dans la nuit. Je ne dormais pas encore et elle dut le sentir. Elle vint jusqu'à moi, se pencha, m'effleura l'oreille de ses lèvres et dit : « Dors donc, Laurent. Non, je ne suis pas inquiète. Ils vont rentrer. » Elle ajouta, mais sa voix était plus ténue qu'un fil : « Un jour, ce sera pour toi, et tu n'y penseras même pas. »

Je finis par m'endormir.

Je me réveillai, dans la nuit, une ou deux heures plus tard. La maison semblait morte. La lampe s'était éteinte, mais le ciel de Paris répandait dans toute la chambre une lumière surnaturelle. J'étais toujours seul dans mon lit et l'autre lit toujours vide. L'ombre de maman se dressait, droite, devant la fenêtre. De ses bras croisés, crispés, elle semblait serrer contre elle quelque chose d'invisible. Elle semblait faire un effort muet, un effort affreux pour empêcher de tomber, de s'écrouler, de se dissoudre dans la nuit quelque chose qu'elle seule pouvait sentir et étreindre.

Je la regardais en retenant mon souffle, et la force d'âme, la volonté m'apparaissaient dans l'ombre, non plus comme des mots, mais comme une personne vivante.

Je ne voulais plus dormir. Je me rendormis quand même.

## CHAPITRE 16

Deux jours plus tard, sa permission finie, Joseph nous quitta. Il me souvient de notre dernier entretien, qui fut animé. C'était le matin. Joseph brossait et revêtait l'une après l'autre les pièces de son uniforme.

— Pourquoi, lui dis-je avec rancune, pourquoi n'es-tu pas rentré plus tôt, l'autre soir, je veux dire l'autre matin ? Qu'est-ce que tu as bien pu faire ?

Il haussa les épaules — c'était décidément son geste de prédilection. — Puis, après un long silence :

— Ne te monte pas la tête. J'étais avec mon ami Valencin.

— Qu'est-ce que c'est que ce Valencin ?

Le cou de Joseph augmenta de volume, ce qui exprimait à merveille le respect, le contentement. Il dit avec une religieuse ampleur :

— C'est un monsieur puissamment riche.

— Oh ! m'écriai-je, furieux, tu ne penses donc qu'à l'argent ?

Joseph me considérait d'un œil dédaigneux.

— Moi, fit-il, je suis logique et, surtout, je suis honnête. Je dis les choses comme elles sont. Il faut toujours penser à l'argent et tout le monde pense à l'argent, car tout repose sur l'argent. Même tes miteux, tes « purées », tes rats de bibliothèque, tes chafouins, tes crâneurs, tes martyrs de la science, eh bien, ils ne pensent qu'à leur traitement, à leur retraite, à leurs sous. Seulement, ils ne le disent pas, parce qu'ils ne sont même pas sincères. Pour mépriser les choses, il faut commencer par les avoir.

— Joseph, m'écriai-je, tremblant de sainte horreur, je jure sur la tête de notre mère...

— Ne jure pas. Tu vas dire une sottise.

— Mon premier billet de mille francs, Joseph, oui de mille francs, de mille francs, je jure de le déchirer en morceaux gros comme des confetti, tu m'entends, et de le jeter dans le feu pour expier ce que tu viens de dire.

Joseph eut un haut-le-corps.

— J'avais bien prévu que tu dirais une sottise. Et quelle sottise ! Si tu fais ça !... Mais tu ne le feras pas. Tu as bien tort de jurer.

Il allongea le col et noua sa cravate.

— Avant que tu ne brûles les billets de mille, nous allons régler notre petit compte.

— Quel petit compte ?

Il était tout à fait calmé. Il baissait un peu la voix. Il me montrait ce sourire en même temps impérieux et commercial où je reconnais encore qu'il va me demander de l'argent.

— Tu n'as pas oublié, Laurent, que nous avons un petit compte ?

Je ne me rappelais rien de tel ; mais je n'étais pas surpris. Avec Joseph, on a toujours un petit compte. Il sortit un carnet, le feuilleta, l'étala dans sa main gauche. Il disait, la voix engageante :

— Voilà, Laurent. Janvier. Deux francs, plus trois francs, plus un franc soixante... ça fait, en tout, six soixante. Entre nous, on ne parle pas d'intérêt.

— Mais qu'est-ce que c'est que ça ? Janvier... Janvier. Je ne vois pas.

— Je te demande bien pardon. A ma dernière perm', nous sommes allés au théâtre, les deux. Nous avons, avant le théâtre, mangé dans un bistro. Le soir, à la sortie, nous avons pris une consommation. Tu peux voir, tout est marqué.

— Mais je suis sûr que maman t'avait donné l'argent pour deux.

— Non. C'était de l'argent à moi. Exactement, c'était de l'argent qu'elle me devait. J'espère bien que tu ne vas pas ennuyer maman avec ça, surtout dans l'état où elle est. (Ici, le visage de Joseph prit une expression sincèrement affligée.) Je trouve même que tu devrais la laisser un peu tranquille, ne pas lui conter des histoires, ne pas lui monter la tête. Sois sûr : j'ai des renseignements. Elle a besoin d'être ménagée.

— Mais, dis-je, vraiment, pour cette histoire de janvier, je ne me rappelle pas...

— Ah ! cria-t-il en frappant du pied, vous êtes tous les mêmes, vous, les désintéressés. Vous faites de la grandeur d'âme avec l'argent des autres.

Je ressentais, comme toujours dans les histoires de Joseph, une telle humiliation que je fus chercher l'argent. Mes minces économies, par bonheur, allaient à peu près jusque-là.

J'ai narré cette petite scène parce que Joseph me l'a jouée non pas une fois, mais plusieurs centaines de fois, et qu'elle peut servir à faire comprendre mon frère. L'argent va, vient, vole. L'argent s'évapore et se perd... Sauf entre les mains de Joseph. Mes six francs soixante, ils vivent toujours, j'en suis sûr. Il existe, quelque part, dans le sous-sol d'une banque, un brave paquet de titres dont la cellule initiale, si j'ose ainsi parler, est formée par mes six francs soixante. Joseph accumule et conserve. C'est une des fonctions humaines. Les vrais hommes d'argent sont tourmentés, à leur manière, par le goût de l'éternel.

Joseph m'a démontré cent fois, par le geste et par le verbe, que les richesses du monde appartiennent effectivement à ceux qui ont l'audace de s'en déclarer possesseurs.

Mais j'espère trouver le temps, plus tard, de raconter Joseph. Pour le moment, qu'il nous quitte.

Il nous quitta. Deux ou trois jours passèrent. La maison tomba dans le calme et j'allais y sombrer quand nous eûmes une singulière alerte. Je revenais du lycée. Il n'était pas loin de midi. Je rencontrai dans l'escalier Cécile et la petite Suzanne.

— Tu vas faire une course ? dis-je.

— Une course. Oui, si l'on veut. Il y a quelque chose là-haut. On s'est débarrassé de moi.

En trois bonds, je fus chez nous. La clef se trouvait sur la porte et je pus entrer sans bruit. De la chambre des garçons, venait la voix de notre père. Elle était solennelle et courroucée : « La première fois, disait papa, que nous commettons l'erreur de te donner un peu d'argent ! Ta première sortie de jeune homme ! Tu nous parles de théâtre ! Et voilà le résultat. Tu peux pleurer, mon cher, il y a de quoi pleurer. »

Un silence trouble suivit. Notre père se reprit à gronder : « A ton âge, et tranquille comme tu l'es, pouvions-nous imaginer que tu penserais à des choses... à des choses incorrectes. Et voilà ! Du premier coup ! Si je connaissais la personne... »

J'entendis Ferdinand protester en hoquetant : « Je ne veux pas qu'on l'insulte ! Elle est irréprochable. »

« N'ajoute pas, criait papa, le ridicule au dévergondage. Si je connaissais la personne, je la ferais pincer pour détournement de mineur. Le mineur, c'est toi, mon cher. En attendant, tu vas forcément rester sage pendant plusieurs semaines et même plusieurs mois. Nous sommes, ta mère et moi, profondément tristes. »

La porte s'ouvrit. J'aperçus Ferdinand assis sur une chaise, les bras pendant jusqu'à terre. Il pleurait. Mon père le regardait d'un air mécontent et choqué. Soudain, Ferdinand cria :

— On ne m'aime pas, ici. Tout le monde me méprise.

Maman s'était précipitée. Elle avait saisi dans ses bras ce grand garçon lamentable. Elle le berçait, le câlinait, disait avec une vibrante douleur :

— Comment peux-tu penser qu'on ne t'aime pas ? Comment peux-tu penser qu'on te méprise ? Mais moi, moi, je suis là. Moi, je ne te fais pas de reproches. Moi, je ne veux que te consoler.

Père m'aperçut et referma la porte. Il commença de faire, à voix un peu doctorale, une leçon sur les dangers de Paris, une leçon qui, petit à petit, devenait pour mon étonnement, édifiante, moralisatrice.

Ferdinand s'apaisait. Père sortit enfin pour chercher diverses herbes à tisanes dont l'odeur douceâtre, pendant des semaines, vogua dans la maison au gré des courants d'air.

Cette scène étouffée, ces propos ensevelis aussitôt dans un silence chagrin, je me sentis oppressé d'un grand malaise et même, à certaines heures, d'une horrible curiosité. Saison maudite ! Le monde, autour de moi, n'était plus que fondrière, orties puantes, ronciers perfides, fuite de reptiles. Oh ! que tout ne me soit pas souillé ! Qu'il me reste quelque refuge et quelque adoration ! Et si je me dégoûte moi-même, si je me recrache et me renie à certaines heures, que je puisse encore compter sur une gorgée d'air glacé, sur un verre d'eau pure, un saint visage, un cœur de cristal !

J'en étais là de ma détresse quand un petit événement me fit rebondir aux nues. Je reçus une lettre. Valdemar me la remit comme nous descendions ensemble l'escalier.

— Tiens, dit-il. J'ai trouvé ça sous une enveloppe à mon nom. Et c'est pour toi, misérable ! C'est pour toi, cachottier ! Comme si j'étais ta soubrette ! Comme si j'avais pour fonction de protéger tes amours ! Sens-la, cette lettre. Ça sent l'aventure. Ça sent les fêtes galantes. Et moi qui te croyais aussi blanc que Parsifal. Quelle désillusion !

Il me mit la lettre sous le nez. Elle sentait la rue de Fleurus. Je la lus, un peu plus tard, seul, dans une allée du Jardin. Elle disait :

*Vous pouvez vous flatter d'être un habile avocat. Tout est fini. Tout est rompu. Ne méprisez pas les femmes et, si vous avez du cœur, pensez parfois avec gentillesse à*

S. M.

Dois-je dire que la lecture de ce petit billet me jeta dans une agitation délirante ? Le monde, en une seconde, reprit flamme et clarté. Les allées du Jardin des Plantes virent, avec une indulgence colorée d'admiration, passer un jeune homme extravagant mais remarquable. Il zigzaguait drôlement, comme les animaux auxquels les expérimentateurs ont enlevé une partie de la cervelle ; mais il donnait quand même le spectacle réconfortant du succès, de la valeur, de l'orgueil calme et surtout de la volonté.

Le fait que la lettre m'était parvenue par l'intermédiaire de Valdemar m'étonnait sans m'arrêter. Ce n'était, au bout du compte, qu'une précaution délicate. Et puis quelque détour romanesque n'était pas pour me déplaire.

Comme un esprit scientifique se manifeste de bonne heure par le goût de la certitude et du contrôle, je tentai, le lendemain même, une expédition rue de Fleurus.

La porte me fut ouverte par la vieille personne morose que S.M. avait appelée, devant moi, madame Mathieu. Elle s'essuyait les doigts à son tablier de toile et, tout de suite, elle cria :

— Partie ! La dame est partie. Et même sans laisser d'adresse. Bon vent ! Bon voyage ! Voilà tout ce que je lui souhaite !

Elle me poussa la porte au nez.

En descendant l'escalier, j'éprouvais le sentiment que peu de choses, à l'avenir, me seraient impossibles.

## CHAPITRE 17

La rage de l'été, maintenant, est sur nous. Quelques pluies sont tombées, les dernières, les purificatrices, et le ciel s'est enflammé. Il va brûler longtemps. Virgile et Salluste sont en vacances. Il n'y a plus, pour moi, que d'immenses journées désertes, des virées dans l'ombre sans miséricorde, au long des ruelles assoupies, un jardin sec où je m'égare avec mes livres et mes rêves.

Paris est vide, sonore, peuplé d'échos, comme une ville abandonnée. On entend toutes les pendules s'appeler dans le silence. Paris appartient aux pauvres qui ne vont pas voir la mer. Je possède amèrement la solitude parisienne. Une ivresse me vient de cette perfection mortelle, de cette radieuse aridité. Que la saison s'éternise et s'exaspère ! Que l'été calcine le monde !

Chaque nuit tombe sur moi comme la dernière nuit de la terre. Un souffle s'élève, lentement, de l'étendue ténébreuse : le souffle suprême de la vie. Je ne suis pas malheureux, mais, à certains moments, je pense avec douceur que je pourrais ne plus être.

Pour soulager un peu le cœur du logis, on laisse, le soir, toutes les portes et toutes les fenêtres ouvertes. J'aperçois, de mon lit, comme au temps de ma petite enfance, mon père assis à son travail. Il ne souffre pas du chaud. Il est alerte, il est agile, même dans l'immobilité. Le vieux froc de bure qu'il revêt, pendant les nuits froides, en l'honneur — j'en pourrais jurer — en l'honneur de M. de Balzac, dont il est lecteur fidèle, le vieux froc pend à la patère. Père a les bras nus, comme les coltineurs des quais. Il « poitrine », pour lui seul. Il lit, il écrit longuement. Parfois, il s'arrête et, de son porte-plume, heurte distraitement ses dents. Je vois les muscles de ses bras qui se contractent, qui se nouent, quand il a de la peine pour arracher les mots. De temps en temps, une vague d'air chaud roule d'une fenêtre à l'autre. La lumière se prend à vaciller. Une voix, celle de maman, dit tout bas : « La lampe file. » Alors, père allonge la main et, soigneusement, règle la flamme.

Père est ressaisi de la ferveur scientifique. Il est allé entendre une conférence de Maragliano sur le traitement de la phtisie par les vaccins. Il est revenu travaillé d'enthousiasme. Il nous en entretient chaque jour, non sans lyrisme. Il chante aussi la louange du sérum antidiphtérique. Il parlera toujours des plus belles découvertes, comme s'il en était l'auteur, avec un charmant orgueil. Quel dommage, vraiment, que je ne puisse plus l'admirer ! Car il m'est désormais interdit de l'admirer.

Maman ne retrouvera plus jamais son jeune visage lisse. Elle fait tout, comme autrefois : elle cuit les aliments, lave et brosse, ravaude et tricote, panse et console, sourit et chante. Quand le maître parle de la science, elle dit, comme autrefois : « Mes enfants, écoutez votre père ! » Que l'un de nous tousse, ou même simplement soupire, et la voici, offrant ses mains magiciennes, son regard plus suave qu'un baume, sa voix chargée de bénédictions. Mais elle est triste. Je ne sais même plus très bien si la tristesse est en elle ou peut-être aussi dans mes yeux. Pourtant, elle devrait être heureuse, puisque « tout est fini », puisque j'ai triomphé, puisque l'ordre est revenu.

Joseph peut railler « mes facultés d'observation », Joseph peut hausser les épaules et grogner : « Il n'y a rien à faire », je sens bien que l'ordre est revenu dans la maison.

Même la musique de Cécile est sage, est pacifiée.

Si j'ose, après tant d'années, raconter les traverses de notre vie sans éclat, c'est que la musique est là, partout présente, jaillissante. Ce noble et riche accompagnement rehaussait toutes nos misères. Il y eut, en ce temps-là, pour chaque instant de chaque jour, pour chacune de nos pensées, des mélodies, des accords, des concerts ineffables.

Que je chante aujourd'hui l'un de nos chants d'autrefois, et l'ombre me rend mes trésors. C'est un nuage vert, une lassitude exquise, une prière au crépuscule, un visage attiré par des mains suppliantes. C'est une senteur voyageuse, un frisson réprimé sous un châle. C'est une plaine en déroute. C'est un archipel diapré surgi des gouffres marins. Qui voudrait se refuser à la fée mélancolique ? Comme au jour du jugement, tous les êtres ressuscitent, et ceux qui dorment déjà sous la cendre, ceux qui semblent les plus lointains sont les plus ardents à revivre, les plus fidèles, les plus sûrs.

C'est par la musique, porte d'azur, que nous sommes sortis de la vraie pauvreté, celle de l'âme. C'est la musique souveraine qui nous a fait entrevoir les vraies dimensions de l'homme.

Et c'est la petite Cécile qui fut désignée par le sort pour, avec des doigts d'enfant, nous donner ce beau baptême. Je ne suis pas jaloux de ma sœur Cécile. J'ai vieilli dans des travaux dont le monde entier veut bien croire qu'ils peuvent servir aux hommes, ce qui signifie, ordinairement, les empêcher de mourir, éloigner les chances de mort. Eh bien ! si j'avais à choisir, si je pouvais, librement, recommencer une vie, ouvrir une carrière et désigner mes vertus, je prierais que me fût accordée celle de la musique dont l'œuvre aide les hommes non pas à ne point mourir, mais à supporter la vie.

Je contemplais Cécile et j'éprouvais, dès cette saison, le sentiment qu'elle n'avait pas la jouissance de son talent, mais bien plutôt la garde et qu'elle en était comptable, pour parler comme Corneille.

Ce long été durant, Cécile travailla sans relâche. Valdemar était radieux et, mieux encore, serein. Mme Henningsen et lui avaient multiplié les démarches, vu les maîtres, fait entendre en plusieurs places notre ange musicien. Cécile jouerait, en octobre, à Paris, dans un grand concert, la chose était décidée. Parfois, Valdo me saisissait le bras et fermait un œil à demi.

— Montons, disait-il, chez madame ma mère. De là-haut, nous écouterons Cécile bien plus tranquillement. Il faut la laisser courir la bride sur le cou.

Nous montions. Mme Henningsen, ennuagée de mousseline et de tulle, peignait ses miniatures avec des pinceaux plus fins que l'ombre d'une aiguille. Elle me passait sur la joue deux doigts qui sentaient la peinture et m'offrait une cigarette que je n'acceptais pas.

Nous nous couchions sur le divan et nous écoutions Cécile. La musique montait vers nous à travers planchers et murailles. Valdemar disait :

— Elle est libre, mais les dieux veillent. Oh ! Oh ! On ne fera pas de Cécile une mécanique. Je suis là pour y parer. Mais il faut qu'elle soit plus habile que personne. Moi, je méprise les virtuoses ; mais je méprise les musiciens qui ne sont pas capables de virtuosité. Donc, pas d'erreur : il faut être virtuose et que ça ne se sente pas. Il faut, surtout, être virtuose sans le savoir.

Il rêvait un petit moment et lançait vers le ciel sa conclusion mystérieuse : « Et c'est tout et c'est assez ! »

Je redescendais chez nous et je trouvais souvent les trois demoiselles Segrédat, les deux jeunes et la tante, assises dans notre chambre, derrière la porte de Cécile. Elles écoutaient, comme à l'église, la bouche entrouverte et les mains croisées sur les genoux. Une perle claire, parfois, pointait aux cils de Thérèse, et je louais la musique libératrice qui nous vaut de tels allégements. Enfin réveillées de l'extase, les demoiselles balbutiaient des excuses et s'esquivaient avec embarras.

Dans les premiers jours de septembre, je reçus une lettre de Justin Weill. Il était à la campagne, près de Jouy-en-Josas, dans ce vallon rendu célèbre par la tristesse d'Olympio. Ses parents habitaient là, pendant la belle saison, une maisonnette assise parmi les bosquets et les fleurs. Justin me priait d'y aller passer huit jours.

Ma joie fut grande. Mère trouva, je ne sais où, une petite valise présentable. Elle reprisa mon linge et repassa mes vêtements. Elle glissa même dans ma poche quelques piécettes d'argent. Et je partis en voyage.

Il n'y avait, je crois bien, pas tout à fait une heure de train. Justin m'attendait à la gare. Il avait le visage et le vêtement d'un homme. Ses cheveux roux, qu'il laissait croître, lui donnaient l'aspect d'un jeune poète romantique. Il m'entraîna tout aussitôt dans la campagne altérée. Sa voix devenait grave et très belle. Et, comme il était déjà tout enivré de littérature, il se servait de cette voix, et fort agréablement, pour déclamer, pêle-mêle, des tirades entières de *la Princesse lointaine* et des vers de Heredia. Puis il parla d'une pièce, *la Figurante*, que la Comédie-Française venait de refuser, ce qui était une honte. Il parla d'un grand écrivain anglais que l'on avait condamné cruellement aux travaux forcés, ce qui était aussi une honte. Il parla d'un poète nommé Verlaine, que l'on finirait par laisser mourir à l'hôpital, ce qui serait une honte plus grande que toutes les autres. Il vivait d'enthousiasme et d'indignation. Il m'avoua que les livres de Paul Verlaine avaient été confisqués par M. Weill père, mais que lui, Justin, les savait déjà par cœur. Il me prenait le bras et murmurait, l'œil sur la ligne d'horizon :

*Je fais souvent ce rêve étrange et pénétrant*
*D'une femme inconnue et que j'aime et qui m'aime...*

Il savait tout, il brouillait tout, il mêlait délicieusement tout. Il commençait d'exercer et d'assouvir une de ces prodigieuses mémoires juives pour lesquelles un seul univers est décidément trop peu.

Je nous revois, revenant tous deux, un soir, sur le plateau de Saclay. Justin m'avait, par la récitation d'un nombre surprenant de poèmes, amené, si je peux dire, à la température convenable et, soudain, il attaqua, dans le registre confidentiel :

— C'est fini, Laurent, c'est fini. Je ne serai pas le Messie.

— Pourquoi ? fis-je, la voix chargée de reproches sincères.

Il secoua la tête :

— J'aime une fille goye. Que le mot ne t'effraie pas. Goye, chez nous, signifie seulement qui n'appartient pas au peuple juif.

Et, comme je me taisais, donnant toutes les marques d'une affliction sincère, il reprit :

— Elle est encore très jeune ; mais je sens que ce sera le grand amour de ma vie. Tu es, Laurent, mon seul ami. Et, par malheur, tu es la seule personne au monde à qui je ne puisse confier mon amour.

Cette déclaration, par sa loyauté, devait m'inspirer de la tristesse et de la gratitude. Je pris la main de Justin Weill, l'étreignis en silence et dis :

— Je te plains du fond du cœur. Courage ! Il faut être pur !

Justin répondit à mon étreinte.

— Ne crains rien. Je saurai souffrir. Tu as raison : il faut être pur.

Je pense que notre silence dura longtemps, pour le moins une minute. Enfin, Justin, l'accent mélodieux :

— Toi, Laurent, tu sembles fort ! Se peut-il vraiment que tu n'aimes personne ? Ah ! cherche au fond de ton cœur.

— Si, fis-je, avec hésitation. Mais elle est beaucoup plus âgée que moi. Elle est pieuse. Elle est blanche et douce. Mais non ! non !

Justin me prit fraternellement par l'épaule. Il espérait une confidence moins succincte.

— Non, fis-je en me dégageant. Non ! Je ne veux aimer personne. L'amour me fait horreur. Tu ne peux pas savoir, ou, plutôt, je ne peux pas te dire... C'est dégoûtant.

Je compris soudain que j'allais trahir le clan, que je ne pouvais plus faire autrement, que mon secret m'étouffait, qu'il me fallait le répandre.

— Parle, disait Justin. Et il cita Musset :

*L'homme est un apprenti, la douleur est son maître.*

— Oh ! fis-je, s'il ne s'agissait que de ma douleur à moi... C'est plus grave. Tu connais mon père...

Je me mis à raconter mon père. Si grande qu'en fût ma honte, je commençai de narrer le drame de mon année. Justin Weill écoutait et son visage exprimait l'intérêt, puis l'enthousiasme.

— Sais-tu, dit-il enfin, pendant une pause de mon récit, sais-tu que c'est extraordinaire ? Je comprends mieux ton père, maintenant. Toute cette histoire de vous deux, c'est épatant, c'est fin de siècle. C'est la vie ardente, déchaînée, Laurent ! C'est la passion avec le masque et le flambeau.

— Eh bien, non ! m'écriai-je, donnant tous les signes de la déception. Non, ce ne peut pas être ça, la passion. Ce n'était pas, comme tu dis, déchaîné : il allait là-bas, tous les jours, de midi à deux heures et, le soir, de cinq à sept. C'est bête à dire, mais imagine un employé, oui, un employé...

— Comment savais-tu les heures ? fit naïvement Justin.

Je me sentais rougir.

— C'est que je l'ai suivi. Ne pense pas : espionné. Non, seulement suivi. Tu le connais peu, Justin. Lui qui déteste toute contrainte, lui qui n'a pas assez de mépris pour parler des bureaucrates, c'est son mot, je peux t'affirmer qu'il allait là-bas, régulièrement, comme d'autres vont à leur bureau. Alors, c'est ça, une vie déréglée ! La passion, la passion ! Il me semble que si ç'avait été la passion, je me serais senti tout petit, j'aurais été... comment dire, épouvanté, enfin plus épouvanté que je ne l'ai été réellement.

— C'est égal, fit Justin avec une nuance de respect, c'est peut-être terrible, mais c'est un père intéressant. Ce n'est pas lui qui mettrait sous clef les livres de Paul Verlaine.

— Eh bien, si, justement. C'est à n'y rien comprendre. Il ne sait pas que je sais tout. Enfin, je suppose encore qu'il ne sait pas, mais tu ne peux imaginer comme il est moralisateur sans en avoir l'air et tout en disant : « Moi qui ne fais pas de morale... » Tu ne peux imaginer ses discours, et comme il parle sévèrement de ce qu'il appelle l'inconduite. Je te dis que c'est à n'y rien comprendre.

Nous marchâmes quelques instants en silence. La nuit tombait, rendant nos épanchements plus faciles.

— Joseph, m'écriai-je soudain, Joseph dit qu'il recommencera. Je parle de mon père. Eh bien ! s'il recommence...

En vain, Justin Weill fit un appel au sang-froid, j'étais lancé.

— S'il recommence, Justin, je quitterai la maison. Ou même, je me tuerai. Quand j'étais petit, j'avais un ami qui s'appelait Désiré Wasselin. Il s'est tué (je l'ai vu, oui, je l'ai vu, pendu, dans leur salle à manger), il s'est tué, je t'assure, pour une faute de son père, une faute épouvantable, évidemment.

Comme nous descendions dans la vallée, Justin me demanda d'une voix grave :

— Quelle mort choisirais-tu ? Le poignard, le poison ou la tour Eiffel ?

Je secouai les épaules. Je n'avais pas encore étudié tous les détails. Justin commença de réciter des vers :

*Eh bien ! oubliez-nous, maison, jardin, ombrages !*
*Herbe, use notre seuil ! Ronce, cache nos pas !*

Nous fîmes ensuite plusieurs projets de suicides jumeaux. Pour finir, nous tombâmes dans les bras l'un de l'autre en nous jurant amitié éternelle.

Cette conversation fut le point culminant d'une semaine héroïque.

Le soir, au dîner, j'entendis pour la première fois prononcer un nom qui devait, par la suite, faire quelque bruit dans le monde. Mme Weill disait :

— Lucie est admirable de courage, une vraie Hadamard !

Et M. Weill répondait, le front soucieux :

— Mathieu Dreyfus va remuer le ciel et la terre ; mais le ciel et la terre sont contre eux.

Deux jours plus tard, je rentrais à Paris.

Notre maison somnolait dans une torpeur musicale. Papa travaillait la nuit, maman rêvait sur des coutures, Ferdinand s'abîmait dans l'absence de soi, Cécile faisait, sans relâche, sonner le grand diable noir.

Septembre tout entier passa dans cette paix qui semblait un brûlant entracte. Un jour, vers le déclin de l'après-midi, Valdemar fit retentir sous ses doigts osseux la porte de notre logement. Nous étions seuls, Cécile et moi. Je fus ouvrir.

— Ta mère n'est pas là ? s'écria Valdo, l'air transporté. Ça ne fait rien. C'est une visite pour Cécile. Toi, tu peux rester avec nous, bien sûr. Attends : je vais le chercher, il est chez moi.

Il monta trois ou quatre marches et se retourna :

— C'est un ami de ma mère, de moi, de nous tous. Ne roule pas des yeux comme ça.

Il revint quelques minutes plus tard. Il disait :

— Je vous remercie infiniment de bien vouloir écouter la petite fille. Je crois qu'elle vous fera plaisir et que vous ne me reprocherez rien.

Il s'effaça pour laisser passer le visiteur. C'était un homme jeune encore, l'air à la fois simple, libre et souriant. La tête était belle et me frappa beaucoup, avec sa barbe légère, son regard féminin, chaleureux, tantôt moqueur et tantôt caressant. Le front surtout m'étonnait, il dominait tout le visage, il prolongeait comme une proue le crâne oblong, casqué de lourds cheveux sombres.

Il s'assit sur l'une de nos pauvres chaises. Il n'avait pas l'air étonné, entre ces deux enfants inconnus. Il traita Cécile comme une dame et lui demanda la permission de fumer une cigarette.

— Cécile, dit Valdemar, jouez la *partita* en *ut* mineur.

Cécile joua, noblement, comme elle jouera sans doute sur les marches de l'Olympe. Une fois, une seule fois, le visiteur étendit un peu la main et Cécile baissa la voix. Le jeune homme au beau front murmurait en souriant :

— Grand merci, Mademoiselle. Ce sont des choses qu'il faudrait écouter à genoux.

Il resta là, quelques instants, silencieux, un peu timide. Puis il s'assit au piano et se mit à chanter, très bas, en frôlant à peine les touches. Nous entendions, au vol, des phrases extraordinaires : « Je cherchais partout dans la maison... Je cherchais partout dans la campagne... et je ne trouvais pas la beauté... » Alors il s'arrêtait et nous regardait en souriant. Valdemar demanda :

— Vous y songez, vraiment, Claude ?

— Je ne songe plus qu'à ça. Mais je prends le temps d'y songer.

Il y avait, sur le piano, des cahiers de papier réglé. Le visiteur nous considéra d'un air amical et moqueur, écrivit quelques lignes et tendit la feuille à Cécile.

— Pour vous, dit-il, en souvenir.

Il partit, nous laissant étonnés, éblouis. A peine la porte fermée, nous regardâmes le papier. On y distinguait à peine une volée de petites notes lancées à la pointe du crayon. Au-dessous, étaient écrits ces mots : « Je suis heureuse, mais je suis triste. » Puis une dédicace gracieuse : « A la servante des Dieux. » Enfin des initiales.

Je ne sais si ma sœur possède encore ce papier qui fut, à mon regard, son premier titre de noblesse. Nous le contemplions quand Valdemar reparut. Il était rouge et semblait content.

— Qui est-ce ? fis-je, naïvement.

Valdemar leva l'index et répondit :

— Un prince.

## CHAPITRE 18

J'allais retourner en classe. Je commençais de préparer mes cahiers et mes livres. Pure, translucide comme un diamant bleu, la nuit d'automne était tombée. Mon père ouvrit la porte. Il avait le visage si grave que maman, tout aussitôt, laissa paraître de l'angoisse.

Mon père se découvrit et dit :

— Pasteur est mort. C'est une grande perte pour le monde.

Nous prîmes notre dîner dans le recueillement. Puis père nous parla des microbes. Il arrivait alors à la fin de ses études et discourait adroitement de maintes choses. Il dit encore :

— Les travaux des grands savants comme Pasteur rendront l'humanité plus sage et plus heureuse.

Je tombai dans une grande rêverie. La confusion des idées me trouvait déjà sensible et me donnait d'obscurs malaises. Papa finit par se lever de table.

— Autrefois, prononça-t-il, la science travaillait à l'écart de la foule. Aujourd'hui, la terre entière suit avec attention l'œuvre des grands savants. Le gouvernement va faire à Pasteur des funérailles nationales.

Mon père se redressa, « poitrina », lança plusieurs « hum ! hum ! » pour s'éclaircir la voix et dit :

— Je me ferai un devoir d'assister à cette cérémonie. Lucie, puis-je te demander de jeter un coup d'œil à mes vêtements noirs ?

Nous élevâmes vers notre père un regard chargé de considération respectueuse.

Les funérailles eurent lieu plusieurs jours après. J'avais repris mes classes et, chaque soir, papa nous entretenait religieusement de la science et de ses merveilles, de la splendeur du génie scientifique. Certaines phrases me plaisaient quand même et je les répétais à Justin Weill qui me récitait, en échange, une profusion de poèmes nouveaux dont beaucoup m'étaient mal compréhensibles.

Le matin du 5 octobre — j'ai bien quelques raisons historiques et personnelles de me rappeler cette date — papa s'habilla de noir et mit un chapeau haut de forme. Il fut, un instant, pour nous, comme la statue de la science. Papa se regardait dans la glace avec de gracieux sourires bleus. La statue de la science n'était pas trop sévère. Notre père prévint maman qu'il ne rentrerait pas déjeuner et non plus dîner sans doute.

Je ne me rappelle plus très bien ce que me fut cette journée pourtant mémorable. Je me revois, vers le soir, au bras de Justin Weill, descendant le boulevard Saint-Michel. Il faisait clair encore. Paris demeurait agité. Les réverbères étaient voilés de crêpe. La foule encombrait les trottoirs du Quartier latin. Cette fête funèbre avait été quand même une fête.

Soudain je m'arrêtai, comme frappé de stupeur. Je venais d'apercevoir mon père, assis à la terrasse d'un café. Il avait ses vêtements noirs et son chapeau haut de forme. Il fumait une cigarette. Il parlait en souriant à Solange Meesemacker qui se tenait auprès de lui.

— Justin, dis-je à voix basse, il faut que tu me rendes un grand service.

— Ordonne, s'écria-t-il, et ce bras t'appartient.

— Justin, quitte-moi tout de suite et remonte le boulevard sans te retourner.

Mon compagnon me regarda, l'air surpris, peut-être déçu. Comme il était fait à mes façons et fort courtois de nature, il eut un geste fatal, sourit et disparut dans la foule.

Il y avait, sur le trottoir, une de ces petites colonnes bariolées par les affiches des spectacles. Je m'embusquai dans son ombre et j'attendis. Les personnes que j'observais ne semblaient pas trop pressées. Enfin Monsieur P. se leva, tendit galamment son bras à S.M. et l'entraîna sur le trottoir. Je les suivis de loin. Je balançais à me faire voir. Je méditais avec rage de troubler leur tête-à-tête, de causer du scandale, enfin de leur rendre un peu de tout le mal qu'ils me faisaient.

Le jardin du Luxembourg venait de fermer ses portes. Le monsieur et la dame prirent la rue de Vaugirard. « Oh ! pensais-je absurdement, ils n'iront quand même pas rue de Fleurus ! Qu'ils n'aillent pas rue de Fleurus ! »

La nuit tombait. Il y avait, devant le Sénat, beaucoup de monde sur le trottoir. A la faveur de la cohue, je vins si près de mes promeneurs que je pouvais distinguer leurs propos. Monsieur P. disait, d'une voix aimable et diserte : « Les grandes expériences qu'il a poursuivies sur le charbon, à mon avis, c'est génial. » Je retins avec peine une rageuse envie de rire. Madame S.M. aussi avait le bénéfice d'un petit cours sur les bienfaits de la science.

Je les suivis encore pendant quelques instants. Je les suivis, pour tout dire, jusqu'à la rue de Fleurus. Ensuite, je descendis sur les bords de la Seine et longeai lentement les quais. J'examinais mes pensées avec beaucoup de calme, beaucoup de lucidité.

J'étais un niais, un aveugle, un imbécile. Joseph avait bien raison. Je ne voyais rien. Je ne comprenais rien. J'avais été berné, dupé, traité comme un petit garçon. Je n'étais, exactement, qu'un pauvre petit garçon. Solange avait menti. La vieille de la rue de Fleurus, également, avait menti. Mon père n'avait pas menti, mais ça revenait au même. Le mensonge était partout et tout le monde se moquait de moi. J'avais, pour la première fois, le sentiment de me heurter à quelque chose de résistant, d'invincible, une muraille contre laquelle un enfant se briserait en vain les ongles, les dents et la tête.

Je rencontrai Valdemar comme je montais notre escalier. Il avait l'air joyeux et s'écria :

— Cécile joue, de demain en huit, son concerto de Mozart. Viendras-tu aux répétitions ?

J'étais à cent lieues de Mozart et tout à fait incapable de le ressaisir au vol.

— Valdemar, fis-je d'une voix qui devait être pathétique et dont je le vis ému, crois-tu, toi, comme tant de gens, que la science...

Je m'arrêtai, honteux de ma question, honteux de moi-même. Valdemar s'était assis sur une marche de l'escalier. Il se tenait à deux mains aux barreaux de la rampe. J'apercevais son beau visage qu'une flamme de gaz éclairait par saccades. Il s'écria :

— Qu'est-ce que tu chantes avec la science ?

— Crois-tu, repris-je, que les hommes seront sauvés par la science ? Je dis « sauvés ». Tu comprends... enfin, crois-tu qu'ils deviendront meilleurs ?

Valdemar secoua la rampe avec une joviale furie.

— Tu me fais rire. Ah ! tu me fais rire. Tu parles comme un journaliste, comme un député, comme je ne sais pas qui. Mais, mon garçon, la science est une chose très intéressante, assurément. Les tours de physique, moi, j'aime beaucoup ça.

— Ils disent, fis-je avec amertume, que la science élève l'homme. Je peux t'affirmer que non. Je ne t'expliquerai pas pourquoi, mais je peux t'affirmer que non.

Valdo rêvassait, maintenant, la tête couchée sur l'épaule.

— Peut-être bien, murmura-t-il, que tu brouilles tout, dans ta cervelle. Je ne sais pas à qui tu penses et même je ne te le demande pas. A part ça, tu as raison. Mais... Connais-tu Severini ? Non. Tant pis et même tant mieux. C'était un ami de ma mère. Nous sommes fâchés, maintenant. Un homme de génie, Laurent. Un chimiste. Il a découvert deux ou trois corps qu'on ne connaissait pas avant lui. Il a chambardé toutes les industries, inventé des engrais, des procédés pour conserver la viande, pour fabriquer le pain, et même pour soigner le cancer. Enfin, des merveilles ! Un bienfaiteur de l'humanité, quoi ! Eh bien, Laurent, figure-toi que Severini martyrisait ses gosses. Il a divorcé trois fois. Il débauche toutes ses bonnes. Il a quatre ou cinq enfants naturels. Il est avare. Enfin, odieux. Ma mère le déteste. D'ailleurs, on s'est fâché. Il faut une cervelle de tatou comme la tienne pour s'imaginer qu'avec des ballons de verre et de petites bouteilles d'acide... Nous en avons connu, des savants, il en venait, autrefois, quand nous donnions des réceptions. Mais, mon petit gars, ils font ça parce que ça les amuse. C'est leur plaisir, leur joujou. Veux-tu que je te dise ?

Valdo colla son visage aux barreaux de fer et regarda songeusement dans la cage de l'escalier.

— La science, personnellement, je m'en tamponne, pourvu qu'elle me fiche la paix. C'est l'art, voyons, c'est l'art qui sauvera, comme tu dis, qui sauvera ces cochons d'hommes. Et s'ils ne veulent pas être sauvés, alors, on les y forcera. Qu'est-ce que tu vas dire encore ?

— Oh ! rien. Ce qui me gêne, c'est... le mot de cochon. Je n'aime pas ce mot-là.

— Tu as de la politesse à revendre, mon ami. Je répète : ces cochons d'hommes. Quand tu les connaîtras mieux...

Malgré que j'en eusse, il me fallut bien sourire : j'étais parfaitement sûr que Valdo vivait dans les nues et ne connaissait rien des hommes.

Nous nous quittâmes là-dessus. Valdo s'en allait dehors et je remontais chez nous.

J'aperçus, au passage, la vieille demoiselle Segrédat, la tante, celle qui ressemblait à la mère d'Albert Dürer. Elle était dans la chambre de mes parents, assise dans l'unique fauteuil. Ses vieilles mains tremblaient sur l'acajou poli. Elle parlait d'une voix faible, mais distincte. Pouvais-je ne pas l'entendre ? Notre logis était si petit ! Il eût fallu, pour ne pas percevoir ce qui se disait dans la pièce voisine, il eût fallu faire un effort dont je me sentais incapable. La vieille demoiselle disait :

— Je sais bien que, pour elle, c'est quand même une solution. Nous avons des revenus plus que modestes. J'espérais la marier. Elle est intelligente et sait tenir une maison. Je pensais même, à la rigueur, la conserver près de moi. Pas par égoïsme, Madame. Je n'ai plus qu'un souffle de vie. Mais voilà, cette décision ! Et brusquement ! Si brusquement ! Rien ne pouvait faire prévoir...

— Peut-être, murmurait maman, va-t-elle changer d'avis. Les jeunes filles ont des mouvements, des impulsions, comme tout le monde.

— Je ne crois pas. Et, ce qu'elle veut absolument, c'est la règle la plus sévère. Elle a vu son confesseur, son directeur de conscience. La plus sévère ! Pourquoi ? Je n'en sais rien. Je vis à côté d'elle et je sens bien qu'elle ne me dira jamais rien, qu'elle ne dira rien à personne.

Il y eut un long silence, puis la vieille demoiselle sortit. Toute résolution balayée, j'allai voir ma mère dans la cuisine.

— Que te racontait, dis-je, la tante des petites ?

Maman leva doucement les bras et ne répondit pas tout de suite.

— Oh ! je peux bien t'en parler, mais tu n'en souffleras pas mot, jusqu'à ce que tout le monde le sache. C'est la pauvre Thérèse qui veut entrer en religion.

— En religion ! m'écriai-je. Enfermée pour le restant de ses jours !

— Oui, dit mère, doucement. Puisque c'est elle qui le demande, Laurent. Ce n'est pas, au bout du compte, plus triste que tout ce qu'on voit.

— Maman, je ne comprends pas.

— Que veux-tu ? mon pauvre enfant. Il y a tant de choses qu'on ne comprend pas.

La soirée fut mortelle. Père ne rentrait pas et j'en étais bien soulagé. Je me couchai tôt, espérant me réfugier dans le sommeil. J'appelais, du fond de l'âme, j'appelais, pour ma délivrance, mes paysages familiers, mes annonciateurs du néant. Ils se firent cruellement attendre.

Au réveil, j'entendis que mon père était chez nous. Je fis, pour ne pas le rencontrer, des efforts non médiocres et que l'on peut imaginer tels, puisque toute notre vie brûlait sur quelques pieds carrés. Je l'entendis se laver, s'habiller, siffler ses airs familiers, raconter, non sans beaux détails, la cérémonie de la veille. Quand je sentis qu'il allait partir, pour ne pas avoir à le saluer, je me glissai dans le vestibule et fis semblant de monter chez Valdemar.

Sur le palier du cinquième, je m'arrêtai un moment. J'entendis notre porte s'ouvrir puis se fermer. Mon père venait de sortir. Il devait rester immobile, au bord de la première marche, pour réfléchir, comme l'on fait souvent. Puis il descendit un peu et alors mon cœur se mit à battre. L'autre porte, à notre étage, venait de s'ouvrir sans bruit. Je vis, en me penchant, je vis Thérèse Segrédat s'avancer jusqu'à la rampe. Elle était blême, elle se couchait sur la rampe et regardait dans le puits. Mon père se retourna, remonta deux ou trois marches. Et puis je vis encore une chose extraordinaire : mon père fit un sourire et envoya, du bout des doigts, un baiser. Thérèse Segrédat pleurait, la bouche contre le bois de la rampe.

## CHAPITRE 19

J'attendis cinq jours, six jours. Vraiment, nous n'étions jamais seuls, jamais tranquilles. A certaines heures, tous dispersés, tous au loin ; à d'autres heures, tous au gîte, serrés flanc contre flanc, comme des poissons dans la nasse.

Et puis, un soir, le moment vint. J'entendis rentrer mon père. J'étais seul à la maison. L'après-midi s'achevait. Je fermai ma chambre du côté de la salle à manger et revins par l'autre porte. Au bout d'un moment, père dit, sans élever la voix :

— Tu es chez toi, Laurent ?

— Oui, père. Peux-tu venir ?

— Pourquoi ?

— Un renseignement.

Il pénétra dans ma chambre. Il était souriant. Il tirait sur ses longues moustaches flambantes. Il « poitrinait ». Tout, en lui, disait l'allégresse, la paix du devoir accompli, la satisfaction et l'entrain.

— Viens, dis-je, s'il te plaît. C'est pour une rédaction.

Il vint jusqu'à la fenêtre et s'y accouda tranquillement. On entendait, dans le lointain, le hurlement des camelots qui vendaient un journal du soir. Il écouta quelques instants, puis se tourna vers moi.

— Qu'est-ce que tu veux, Laurent ?

Et tout de suite, il ajouta, car je devais être fort pâle :

— Mais... mais, qu'est-ce qu'il y a, mon cher ?

— Je t'ai vu, dis-je, l'autre soir, le soir de l'enterrement. Je t'ai vu, sur le boulevard.

Il sourit, d'un air léger.

— C'est bien possible.

— Tu sais ce que je veux dire. Et je t'ai vu, le lendemain, dans l'escalier, avec Thérèse.

Il me regarda fixement, sans répondre, et se dirigea vers la porte. Je venais de la fermer. J'avais la clef dans ma main.

— Je te demande pardon, papa, mais tu ne sortiras pas.

— Je voudrais bien voir ça.

— Non, papa. J'ai fermé la porte, pour être sûr, moi-même, de rester, pour te dire, quoi qu'il arrive, tout ce que je veux te dire.

— Donne-moi la clef, Laurent.

— Impossible, criai-je, et je lançai la clef par la fenêtre.

Il y eut un profond silence pendant lequel nous entendîmes la clef sonner sur les pavés de la rue. Mon père haussa les épaules et se dirigea vers l'autre porte, celle de la salle à manger. Elle était fermée du dehors. Il se tourna vers moi et fronça légèrement le sourcil.

— Evidemment, c'est parfait.

— Je t'ai vu, repris-je, sur le boulevard.

— Et après ?

— Avec Mme Meesemacker.

— Vraiment ? Tu n'es pas discret.

— Et je t'ai vu, dans l'escalier, l'autre matin.

— Tu m'espionnes, ma parole !

— Mme Meesemacker, je peux dire que, maintenant, ça m'est égal. Mais Thérèse ! Thérèse aussi !

Mon père leva la tête et dit d'un air hautain :

— Thérèse est une fille charmante. Je te prie de parler d'elle avec ménagement et respect. Enfin, qu'est-ce que tu veux ? Que signifie cette comédie ?

Chose étonnante, il était calme et c'est moi qui devais donner le spectacle du désordre et de la colère. Il dit, une fois encore :

— Qu'est-ce que tu veux, mon garçon ?

Comme je ne répondais rien, il ajouta, souriant avec un mépris ironique :

— Tu vois bien que tu ne sais pas, toi-même, ce que tu veux. Tu es un enfant nerveux, peut-être même un enfant malade. C'est une chose à voir plus tard. En attendant, cette scène n'est pas seulement ridicule, elle est surtout inconvenante, elle est surtout immorale. Immorale, c'est le mot. Et maintenant que c'est fini, je vais enfoncer la porte ou fracturer la serrure.

— Père, dis-je en m'élançant, je te supplie de changer, de renoncer. Oh ! tu sais bien ce que je veux dire. Nous voulons t'aimer encore et tu fais tout pour que ce soit impossible. Père, il faut que ça finisse.

J'étais tout près de lui. Je le regardais en face, mais je ne le touchais pas. Il se prit à sourire de manière bizarre.

— Vraiment, c'est jouer de malchance. Il y a déjà quelque temps que je n'ai plus d'histoires avec ta mère et voilà que, maintenant, ça recommence, avec les enfants.

— Père, ce ne sont pas des histoires ! Promets-moi que c'est fini, père, ou bats-moi, tue-moi. Ça m'est égal.

Il fit rouler sa tête d'une épaule à l'autre.

— Tu, tu, tu ! Je n'ai pas du tout l'intention de me mettre en colère et je ne vois pas pourquoi tu veux que je te batte. Tu m'ennuies, tu m'inquiètes, et, si je peux dire, tu me déçois. Oui, c'est une vraie désillusion. Ce que tu fais, ce soir, ce n'est pas d'un garçon intelligent. Je suis vraiment désolé, mais je n'ai pas du tout l'intention de te battre. Je n'ai jamais battu personne.

— Oh ! dis-je avec ressentiment, tu as bien battu maman.

Il écarta les bras dans un geste de stupéfaction.

— Allons ! voilà le mélodrame. Qu'est-ce que c'est que cette invention ! Je n'ai jamais battu ta mère. Je ne me le permettrais pas.

— Un matin, près du lit. Je récitais mon Virgile.

— C'est possible, murmura-t-il. Effectivement, je le regrette. Et, ce qui me fâche le plus, c'est que je ne me le rappelle pas. Ce n'est pas charitable à toi de me faire penser à des choses aussi pénibles. Ta mère est une femme admirable.

— Aie pitié d'elle, papa. Tu vois bien qu'elle est malheureuse.

Il glissa les mains dans ses poches et commença de marcher d'une muraille à l'autre.

— Je me demande, disait-il, comment tu peux avoir tant d'idées fausses sur la vie. Ce n'est pourtant pas nous qui te les avons données. Tu parles, comme un enfant, d'une foule de choses et même de gens dont tu ne sais à peu près rien. Tu parles aussi de ta mère d'une façon plus que romanesque et dont le moins qu'on puisse dire est qu'elle n'est pas élégante, qu'elle est même incorrecte. Je ne dis rien en ce qui me concerne. Nous y reviendrons plus tard, quand tu seras vraiment un homme. Plus tard, tu comprendras que les êtres de mon espèce ne sont pas plus mauvais que les autres et qu'ils font simplement un peu moins de singeries. De quoi te mêles-tu, mon garçon ? Est-ce que je provoque du scandale ? Est-ce que je suis un objet de honte ? Alors, à quoi penses-tu ? A l'argent ? Tout est possible. Sache, mon petit ami, que ces choses-là ne m'ont jamais coûté un sou. Pour ça, je suis irréprochable. Mais laissons tout ça de côté.

Je me sentais épuisé, balbutiant, à bout de ressources et tout près de fondre en larmes. Mon père se reprit à parler. Sa voix, petit à petit, prenait un accent pénétré, remontreur et sentencieux.

— Tu demandes que « ça finisse ». Mon ami, je vais y songer. Sois sûr que je ferai en sorte que tout s'arrange pour le mieux. Je vous ennuie le moins possible, tâchez de me traiter avec réciprocité. Ce que je peux te promettre, c'est d'être discret, invisible, de me comporter, enfin, comme un parfait gentleman, de m'arranger toujours pour sauver les apparences. Tu penses que c'est peu. Moi, j'affirme que c'est tout. Je tiens autant que toi à laisser ta mère en repos. Que dis-je ? Autant que toi ? Bien plus que toi, mon garçon. Elle va rentrer, ta mère, et les choses pourraient se gâter par suite de ta maladresse. Tu risques de faire à ta mère une peine infinie. Je ne te le pardonnerais pas, car ta mère est une femme exceptionnelle. Elle mérite d'être traitée non seulement avec respect, mais avec vénération. Je ne connais pas de femme qui lui vienne à la cheville. Tu peux me croire, j'ai de l'expérience et je ne parle pas à tort et à travers. Et voilà, tu nous as mis tous deux, Laurent, dans une situation absurde. Il va falloir, maintenant, s'en tirer avec honneur. Je crois que c'est dans peu de jours le concert de ta sœur Cécile. Comment as-tu pu, mon cher, faire une pareille sottise à la veille d'un jour si grave pour l'avenir de ta sœur ? Tu vois, je suis tout à fait calme. Je ne te fais pas de reproches : à mon avis, tu es malade. Je suis seulement navré. Ta sœur Cécile est une artiste. Il faut l'entourer de prévenances. Quand on vit ensemble, il faut avoir, les uns pour les autres, de la considération et une certaine gentillesse.

Il parla quelque temps encore. Je l'écoutais, tête basse. Puis nous entendîmes un pas dans le vestibule. C'était le pas de Cécile. Papa lui cria gaiement :

— Veux-tu nous délivrer, Cécile ? Nous sommes enfermés ici. Je ne sais pas ce qui s'est passé. Un coup de vent, ou je ne sais quoi. La clef est de ton côté, sur la porte de la salle à manger.

Cécile ouvrit la porte. Elle nous regardait, vaguement, comme des êtres d'un autre monde.

— Et maintenant, me dit mon père, descendons, Laurent, descendons ensemble chercher, dans le ruisseau ou quelque part ailleurs, cette clef que tu as eu le tort de jeter par la fenêtre, dans un mouvement de colère bien peu justifié. La colère, mon garçon, est une passion vulgaire.

Il m'entraîna dans la rue. Il faisait nuit et la chaussée était toute trempée de pluie, car l'été nous avait quittés. Des camelots passèrent en criant : « Prise de Tananarive ! La reine Ranavalo a signé le traité de paix. » Mon père acheta le journal. Puis nous trouvâmes la clef. En remontant l'escalier, papa dit aimablement : « C'est une nouvelle intéressante. »

Il se mit à parler de l'expansion coloniale.

## CHAPITRE 20

Le concert de Cécile eut lieu deux ou trois jours plus tard, par un clair dimanche d'automne.

Dès le petit matin, Cécile essaya sa robe qui était légère, toute blanche, avec une ceinture de ruban noir. La robe essayée, Cécile partit, au bras de père. Ils devaient, avec Valdemar, passer chez M. Diétrich. Ferdinand disparut aussi.

Mère cousait des agrafes à la robe de Cécile. Elle était toute à son devoir et, ce jour-là, son devoir était Cécile. Elle me lançait, pourtant, de minute en minute, un coup d'œil attentif que je sentais passer sur moi.

Je n'avais pas mangé depuis plusieurs jours. J'étais tout habillé, mais étendu sur mon lit et saisi d'une grande lassitude. Maman cousait dans ma chambre, non seulement parce qu'à son dire le jour y était meilleur, mais, je le sentais bien, pour me surveiller un peu. Elle ne parlait pas. Elle n'était pas triste. Elle pensait sûrement à nous, à Cécile, à moi, sans doute. Ce visage tremblant, fourbu, c'était désormais son visage de bonheur.

Et, tout à coup, je l'appelai :

— Maman ! Maman !

Elle répondit, tout bas. Elle avait l'air tranquille, mais je la connaissais bien et la devinais sur ses gardes.

— Qu'est-ce qu'il y a, mon enfant ?

Je m'assis au bord du lit et dis avec passion :

— Maman ! Maman, quittons-le !

Elle fit ce geste familier des couturières qui posent en hâte le dernier point avant de répondre. Elle étala sur ses genoux la belle robe de mousseline et dit en regardant le mur :

— Qui ?

Si j'avais été de sang-froid, si j'avais été raisonnable ou même simplement reposé, j'aurais, à ce point du colloque, tourné court et répondu n'importe quoi. Mais je n'avais, ce jour-là, pitié ni de moi ni de personne.

— Mon père, criai-je. Quittons-le !

Maman repoussa du genou la chaise, la corbeille et la robe angélique. Elle me regarda longuement, longuement, sans ouvrir la bouche. Elle semblait se recueillir, rassembler toutes ses forces pour une épreuve redoutable.

— Quittons-le, maman ! Quittons-le ! Je travaillerai. J'abandonnerai mes études. Nous travaillerons ensemble. Je te promets d'avoir beaucoup de courage. Mais nous serons délivrés.

Mère se pencha vers moi, prit l'une de mes mains et commença de la caresser. Elle ne répondait pas. Elle avait le visage non pas troublé, mais seulement pâle et attentif.

— Nous serons délivrés, maman. Tu ne souffriras plus. Et nous te ferons une belle vie, la vie que tu mérites.

Maman secoua la tête imperceptiblement.

— Pauvre petit, murmurait-elle. Tu ne seras pas heureux avec ta manière de prendre les choses.

— Allons-nous-en, maman. Tu vois bien que nous le gênons.

Elle leva les sourcils avec une expression d'étonnement.

— Mais, qu'est-ce que tu dis, Laurent ? Qu'est-ce que tu vas chercher, Laurent ? Comment une idée pareille peut-elle te venir à l'esprit ? Quitter ton père, Laurent ? Mais pourquoi ? Je te le demande.

— Maman, il nous a trompés.

Elle eut une parole étonnante.

— Trompés ? Que veux-tu dire ? Qui a-t-il trompé ? Il ne m'a jamais trompée : il m'a toujours tout dit ou tout laissé comprendre. Il ne sait même pas mentir : quand il essaie, je le sens ; et il sait que je le sens et ça suffit.

— Oh ! fis-je, saisi de fureur, si tu savais ce que j'ai vu...

— Tais-toi, souffla-t-elle très vite. Je t'affirme que je sais tout. Je ne sais pas à quoi tu penses, mais tu te trompes peut-être et il vaut mieux ne rien dire. Nous en aller, Laurent ! Mais c'est une idée d'enfant. Où veux-tu que l'on s'en aille ? Toute ma vie est ici, près de lui, près de vous. Qu'est-ce que nous ferions, seuls ? Je ne parle pas de l'argent. Nous pouvons travailler. Mais, travailler ne suffit pas. Qu'est-ce que je ferais de moi ? Tu dis que nous le gênons. Pauvre Laurent, tu ne comprends donc rien ? Mais il nous aime, Laurent. Lui non plus ne peut pas se passer de nous. Et c'est comme ça, les familles. Il nous aime, à sa façon. Et même, il n'aime que nous. Le reste, ce sont des caprices. Il est encore jeune d'allure. Il imagine des choses. Tu parles de le quitter, Laurent ! Mais si je venais à disparaître, si je n'étais pas derrière lui, avec une serviette, une flanelle et le baume de Fioraventi pour le frotter, mais peut-être bien qu'il mourrait tout de suite, avec toutes ses bronchites. Il ne peut plus se passer de moi, et voilà que tu me dis de le quitter. Et pour des misères qui finiront bien par disparaître avec l'âge. Ça ne peut pas durer toujours.

— Oh ! fis-je avec ressentiment, s'il te respectait, au moins.

Mère jeta sur moi un regard effarouché.

— A quoi penses-tu, mon enfant ? Ton père m'a toujours respectée, toujours traitée avec douceur.

Je restais bouche béante, si profondément étonné que je ne savais plus que dire. Maman tendit les bras et, malgré ma résistance, m'attira sur ses genoux. Elle me serrait contre elle et murmurait :

— Vous êtes ma vie. Que ferais-je de moi, sans vous tous ? Et voilà que tu m'obliges à dire tout haut des pensées qu'on n'ose pas se dire à soi-même. Parler de tout ça, Seigneur ! à un enfant ! Tu veux donc me rendre folle ?

— Mère, fis-je encore, il travaille, il devient savant et je pensais qu'il serait aussi meilleur. Maman, avoue que c'est terrible.

Elle remua doucement la chaise, comme pour me bercer.

— Mais, ce n'est pas la même histoire. Tu mêles tout, maintenant, les études et la conduite. Oui, je sais, quand j'avais ton âge, moi aussi je demandais l'impossible.

Toute résistance vaincue, je commençai de pleurer. Je disais, entre les sanglots :

— Je m'en irai ! Je m'en irai !

— Oui, bien sûr, tu t'en iras, quand le moment sera venu. Bien sûr, vous vous en irez tous. En attendant, sois donc sage. Puisque, moi, j'ai pardonné, tu peux pardonner aussi, c'est la moindre des choses. A vous entendre, on pourrait croire que nous ne sommes pas une famille unie.

Elle attendit une seconde et répéta fortement :

— Nous sommes une famille unie ! Seulement, quand on vit ensemble, il faut s'aider, se comprendre, il faut se faire des concessions mutuelles et savoir fermer les yeux. Oh ! je ne te reproche rien.

Mais reconnais, Laurent, que tu choisis, pour cette scène malheureuse, tu choisis précisément le jour où ta sœur Cécile doit jouer, devant tout le monde, ce concerto de Mozart qui lui a déjà coûté tant de travail.

— Maman, je n'ai pas choisi.

— Je l'espère bien, mon enfant. Pense à ta sœur Cécile et viens manger un peu. Voilà trois jours que tu ne manges rien. Après, tu verras plus clair. Je t'ai mis de côté une petite part de galette à la cocotte. Je pensais bien que tu avais besoin de prendre un petit quelque chose. Les enfants de ton âge ne se nourrissent pas de soucis. Allons, mon petit Laurent, tu oublieras tout cela. Si l'on n'oubliait pas, on ne pourrait pas vivre.

Elle m'emmena dans la cuisine et me fit avaler un morceau de galette et un bol de café au lait, ce qui m'humilia beaucoup. Tous mes chagrins, avec maman, se terminaient par des bonbons. Celui-ci, le plus cruel de tous, mon premier chagrin d'homme, devait-il s'achever sur une galette ?

Maman disait, fatiguée soudain :

— Un jour, je resterai seule, comme une vieille poule coriace. En attendant, ne me rendez pas la tâche trop difficile, surtout toi, Laurent, qui as tendance à compliquer tout, peut-être à cause de tous les livres que tu lis. Et maintenant que c'est fini, je retourne à mes agrafes.

Elle répéta soucieusement : « Maintenant que c'est fini... »

Le reste de la matinée se passa dans les toilettes et autres préparatifs. Nous prîmes un repas froid. Cécile était fort belle et parfaitement tranquille. A cause de sa robe longue, elle me paraissait plus grande. Valdemar allait, venait, roulait sans cesse de l'un à l'autre logis. Il prodiguait des conseils que Cécile n'écoutait plus.

Justin Weill vint nous rejoindre, comme le déjeuner s'achevait. Il avait obtenu d'assister au concert. Il contemplait Cécile avec ces grands yeux humides que l'on voit aux gens de sa race. De temps en temps, il me tirait à part et me versait dans l'oreille des bribes de strophes enflammées :

*Viens-tu du ciel profond ou sors-tu de l'abîme,*
*O beauté ?*

Quand Cécile se montra, définitivement parée, Justin fléchit le genou, en un geste charmant qui sentait un peu son théâtre, et il demanda la permission de lui baiser le bout des doigts.

Tous les hommes partirent ensemble pour prendre l'omnibus. Maman, Cécile et Mme Henningsen devaient nous suivre en fiacre.

Je revois une salle immense, éclairée de mille visages. Nous étions dans une loge, sur le côté du théâtre. Des hauteurs, tombait un brouhaha de conversations passionnées. Parfois, un léger papier plié en forme de flèche prenait son vol, traversait lentement l'espace et venait, aux applaudissements des galeries, atterrir sur la scène encombrée d'une légion de pupitres et d'instruments.

Les musiciens entrèrent. Je ne saurais dire aujourd'hui ce qu'ils jouèrent tout d'abord. Nous ne pensions qu'à Cécile et nous ne pouvions rien écouter de ce qui n'était pas Cécile.

Elle parut enfin. Elle était extraordinairement petite et je fus saisi de peur. Ce n'était pas la servante des Dieux, mais une mince et blanche fillette perdue parmi les habits noirs. A ce moment, une voix tombée du cintre cria distinctement : « Non ! Assez de petits prodiges ! » Il y eut une minute houleuse. Toute la salle offensée réclamait le silence. Je me sentis défaillir. La barque du clan Pasquier allait-elle faire naufrage, à peine sortie du port ? Je sentais maman, près de moi, toute raide, toute concentrée. Je l'entendis, en rêve, répéter avec son fol entêtement : « Nous sommes une famille unie ! » Et je pense qu'à cet instant, nous étions une famille unie, oui, merveilleusement unie dans l'épouvante.

Cécile me rassura. Comme elle était paisible et même indifférente ! Le chef d'orchestre, un homme à barbe grise, lui tendit gracieusement la main. Elle vint sur le devant de la scène, s'assit et regarda la foule. Tous les musiciens applaudirent. La salle, entraînée, agitait des milliers de mains. Ce n'était plus le moment de défaillir, mais de vivre.

Le chef d'orchestre donna deux ou trois coups de sa baguette. Un large silence régna. Les musiciens partirent, puis tout à coup, j'entendis Cécile.

Qui parle de petit prodige ? Qui donc ne voit, sur la scène, qu'une maigre fillette en blanc ? C'est une femme, c'est une fée, c'est la musique, la musique sublime et familière, la musique enfin descendue parmi nous. Elle est libre, attentive, exacte. Elle est fidèle. Elle va, vient, vole, s'arrête, donne à chacun ce qu'il mérite, s'attriste avec le malheureux, s'enivre avec l'homme comblé. Puis, soudain, d'un coup de jarret, elle s'élance au ciel en soulevant tout le monde. La foule, étonnée, rassurée, enfin conquise, éprouve délicieusement l'innocence de Mozart, cette innocence qui sait tout.

Parfois, Cécile s'arrête ; elle attend, dirait-on, que le peuple des musiciens la rejoigne et l'entoure encore. Elle promène sur la foule, sur ces milliers de visages baptisés, un regard fier et bienveillant, car la servante des Dieux sert aussi parfois les hommes.

Du fond de l'ombre oppressée, s'élève, petit à petit, un soupir de délivrance, un soupir de gratitude, comme en exhale l'âme humaine quand elle reconnaît l'un de ceux qui savent, pour une heure, pour une minute, la délivrer de son fardeau.

## CHAPITRE 21

Le lendemain nous trouva courbatus de gloire. De vieux devoirs nous arrachèrent pourtant du lit, exception faite pour Cécile qu'on laissa dormir, toutes persiennes closes.

Nous prîmes à tour de rôle notre café dans la cuisine. Père vint m'y rejoindre et me tendit une enveloppe.

— Une lettre pour toi, dit-il.

— De qui ?

— Mon ami, je n'en sais rien. Tu es un homme, après tout. Moi, je ne lis pas tes lettres.

Il retrouvait son sourire bleu-éclair. Il était, de nouveau, et pour longtemps sans doute, lointain, sarcastique, insaisissable.

C'était une lettre de Joseph. Malgré l'envie qui me prit alors de la mettre en pièces, j'ai conservé cette feuille. Les hommes de mon état ont le goût de la collection ; cela compte, paraît-il, au nombre des vertus savantes. J'espère bien, dans mes récits, donner quelque place à Joseph, c'est pourquoi je prends la peine de recopier sa prose.

*Mon cher Laurent, disait-il, j'ai réfléchi aux conversations que nous avons eues pendant mon trop court séjour à Paris et j'en suis plutôt mécontent et même inquiet. J'ai su, d'autre part, grâce à mes renseignements personnels, que tu tourmentes notre mère par toutes sortes de mines, de façon de sous-entendus, bref de simagrées. Bien que tu aies une tendance assez forte pour ton âge à te mêler des choses qui ne te regardent pas, je dois, en tant que frère aîné, te rappeler au respect de ce qu'il faut appeler l'esprit de famille, esprit bien honorable, même quand on est, comme je suis, un homme indépendant. Pour ce que j'ai dit de papa, je n'en aurais pas soufflé mot si j'avais pu penser que tu manquais de sang-froid au point où tu en manques. Je ne suis pas sentimental, fichtre non, mais, quand on doit vivre ensemble, il faut de la diplomatie, de la correction, du savoir-faire. Il faut glisser sur mille petites choses et ne pas voir des montagnes où il n'y a que des cailloux. Je me fais un devoir de revenir aussi sur ce que je t'ai déjà dit. Tu parles souvent d'observation, d'analyse et autres balivernes. Tâche donc d'apprendre simplement à regarder autour de toi. Sans ça, tu risques de passer toute ta vie pour un nigaud. Prends modèle sur moi qui ne fais pas le malin, mais qui vois tout, qui sais tout.*

*Autre chose, maintenant. Il paraît que Cécile va jouer dans un concert. Je n'y vois pas d'inconvénient. Tâche de savoir un peu ce qu'on lui donnera pour ça. Cécile est une enfant et nos parents sont, en ce qui touche l'argent, d'une naïveté incroyable. On les roulera sans grand effort. Il y a bien Valdemar Henningsen, mais je n'ai aucune raison de lui accorder ma confiance. Il se peut que Cécile ait réellement du succès. Je ne demande pas mieux, dès que je serai de retour, que de m'occuper de ses affaires. J'en parlerai à papa. Mais, pour le concert en question, il faut tirer la chose au clair.*

*Veuille croire, mon cher Laurent, à mes sentiments distingués.*

Joseph Pasquier.

Je mis la lettre dans ma poche. Je ne savais pas encore que je recevrais, par la suite, un grand nombre de lettres telles où Joseph me parlerait de ses renseignements personnels et de mes devoirs envers ma famille, où Joseph me prodiguerait les conseils et les ordres. Je ne connaissais pas encore fort bien les hommes de cette espèce admirable, les hommes qui voient tout, qui savent tout et qui, peut-être, ne comprennent rien à rien.

Quand je revins du lycée, vers la fin de la matinée, j'appris que Thérèse Segrédat était partie en voiture avec sa tante et sa sœur. Il n'y avait rien d'irrévocable encore, mais Thérèse devait faire une retraite et se préparer au noviciat.

J'allais m'abandonner à cette nouvelle tristesse quand Cécile m'entraîna dans la salle à manger. Là, toutes portes closes, elle me prit par le col et m'étreignit longtemps. Elle ne semblait pas lasse, ni tourmentée d'orgueil, et je crois bien que, de tout le jour, elle ne fit pas, d'un seul mot, allusion à son succès ; mais elle avait, dans le regard, cette lueur bleue, cette lueur de glace étincelante qui est sans doute notre signe et que mon père nous montrait quand il allait céder à quelque mouvement furieux.

— Voilà, murmura-t-elle, que nous sommes trop grands pour nous cacher sous la table. C'est dommage, Laurent. Mettons-nous devant le piano et, si l'on vient nous déranger, je jouerai quelque chose pour qu'on nous laisse tranquilles.

Elle s'assit devant le piano. Avec ses deux grosses nattes, son châle blanc noué sous la gorge, ses longues mains effarouchées, elle était vraiment très belle et je ne pouvais la regarder sans bonheur. Elle s'assit devant le piano, son seul jouet depuis des années, son compagnon, son bourreau. Elle jetait, de temps en temps, sur le clavier, une note, une phrase, un accord, quelque arpège impalpable. Elle hésitait à parler. Et, soudain, sans me regarder :

— Il m'arrive une chose, Laurent, une chose terrible.

— Qu'est-ce que c'est ? fis-je, étonné.

— Je ne peux le dire à personne, sauf à toi, qui es mon vrai frère, mon ami, mon bon ami.

Elle joua distinctement toute une phrase de Bach et, soudain, se tourna, s'appuya contre mon épaule et dit :

— Laurent, je suis amoureuse.

Je crois qu'elle pleurait un peu.

— Sœur, dis-je avec un très sincère désespoir, sœur, ce n'est pas possible. Toi, la dernière, toi, la seule ! Oui, tu es la seule pure. Je ne vois plus que toi au monde. Oh ! Cécile, il ne faut pas. Je ne peux rien te dire, mais si tu savais ce que je sais maintenant ; si tu comprenais seulement ce que c'est que la passion, je suis sûr, Cécile, que tu serais effrayée.

Elle sourit d'un œil.

— Mais, Laurent, je suis effrayée. Et c'est justement pour ça que je me confie à toi. Ecoute ! On a remué la porte.

— Oui, c'est peut-être maman. Si nous voulons être tranquilles, Cécile, fais semblant de travailler, et nous parlerons doucement, à l'abri de la musique.

Cécile commença de jouer. J'étais assis près d'elle. Nous causions à voix basse et le piano, parfois, trahissait notre émotion.

— C'est d'autant plus grave, dis-je, que j'ai bien des raisons de penser qu'il t'aime aussi.

Elle fit un beau sforzando.

— Crois-tu ? Je suis si petite.

— Mais, ma pauvre Cécile, vous êtes tous deux des enfants. On ne marie pas des enfants.

— Oh ! dit-elle, nous vieillirons.

— Enfin, repris-je gravement, as-tu pensé qu'il est juif ?

Un point d'orgue imprévu suivit cette question. Puis le piano repartit.

— Tu es fou ! disait Cécile. Valdemar n'est pas juif.

— Comment cela ? Valdemar ? Mais... alors... Non, Valdemar, c'est encore plus impossible.

— Que vois-tu d'impossible ?

Cécile acheva finement un long trait de sextolets, comme pour me prouver qu'à ses yeux très peu de choses étaient tout à fait impossibles. Puis elle quitta le clavier et me reprit par le cou.

— Tu vois, disais-je, ce n'est que le commencement, et tu es déjà malheureuse.

Elle secoua la tête, m'offrit son plus beau regard, sourit mystérieusement et dit, cherchant les mots parmi ses souvenirs :

— « Je suis heureuse, mais je suis triste. »

## CHAPITRE 22

Tête nue, les mains aux poches, un enfant de quinze ans rôde, à la chute du jour, dans les allées du Jardin. Le soir d'automne est sans grâce. Des nuages couleur de boue se pourchassent à travers l'étendue. Ils perdent en courant quelques gouttes de morne pluie. Parfois, des ménageries assoupies derrière les grilles, arrive, dans un pli du vent, l'inquiétant fumet des bêtes. Des feuilles d'arbres, consumées par la saison dévorante, se soulèvent au moindre souffle et filent comme des rats.

Les pensées du garçon traînent au ras du sol. Que l'esprit les invite, elles retombent aussitôt, honteuses, épuisées.

Le garçon, de temps en temps, s'arrête, frappe du pied, serre les poings au fond de ses poches. Une douleur aiguë le défigure un instant.

« Tout est gâché. Tout est perdu. Le monde entier est aussi dégoûtant, aussi lâche, aussi impur, oui, c'est le mot, aussi impur que moi-même. Je n'étais pas fier de moi. Mais si les autres s'en mêlent, alors, on ne peut plus vivre. Terrible à penser. J'acceptais bien d'être impur, mais à la condition d'être seul... de mon espèce. Et voilà que le monde entier est saisi de frénésie, de saleté, de dégoûtation. Voilà que le monde entier se roule dans la bouillasse.

« Je suis un triste sire et, en outre, je ne suis pas malin. Ils me l'ont tous dit, et chacun à leur manière. Papa d'abord, et maman, et même Joseph, et peut-être même Cécile. Ceux qui ne me l'ont pas dit ont bien raison de le penser, car c'est parfaitement vrai.

« Par leur faute à tous, que suis-je devenu, mon Dieu ! Un espion, un mouchard, un écouteur-aux-portes. Moi qui ne voulais que le bien !

« Comme je suis un pauvre niais, tout le monde s'est moqué de moi. Voilà le plus clair, à coup sûr. Ils m'ont tous plus ou moins dupé. Je ne mérite pas autre chose.

« Je n'ouvrirai plus la bouche. Je ne dirai plus un mot. On ne remue pas le bout du petit doigt sans faire du mal à quelqu'un. « Tu veux donc tuer ta mère ? Tu veux donc gâcher l'avenir de ta sœur ? Tu veux faire souffrir ton frère ? » Mais je ne veux que la paix, je ne veux, grand Dieu ! que la joie, je ne veux que l'harmonie, et c'est moi qu'on accuse de jeter le trouble partout. C'est moi, somme toute, que l'on fait chanter, car c'est un énorme chantage, car, cette vie en commun, c'est un perpétuel chantage. Ils n'ont, les uns et les autres, qu'une pensée, qu'un désir : réduire à l'impuissance tous ceux qui pourraient les empêcher de faire ce qu'ils veulent faire. C'est un énorme chantage et c'est un énorme mensonge. Ils disent tous :

« fermer les yeux » ou quelque chose d'approchant, et ça signifie : mentir. Nous vivons sur le mensonge. Voilà, nous allons désormais vivre, le sourire aux lèvres, sur un perpétuel mensonge.

« Est-il possible qu'elle aussi... Mon Dieu ! Elle qui ne ment jamais, est-il possible qu'elle supporte, qu'elle souhaite, qu'elle appelle le mensonge ?

« Est-ce donc ça, une famille ? Des duperies, des trahisons, des querelles, des chantages et des mensonges ! Cela vaut-il vraiment tant d'amour, tant de peines, tant de travail, tant d'angoisses ? Car ils ont beaucoup travaillé, car ils ont beaucoup souffert, car elle nous a donné, car elle nous donne beaucoup d'amour. Et même lui, et même lui...

« Que ferait-on de tant d'amour, que ferait-on de tout l'amour et de toute la tendresse et de tout le travail du monde, s'il n'y avait pas toutes les familles du monde pour s'en repaître et au besoin pour en crever ! C'est probablement ainsi. La famille est un monstre inventé pour dévorer tout l'excès d'amour du monde.

« Je sais bien, il y a Cécile.

« Cécile est une folle !

« Cécile partira de nous. Elle est désignée, la première. Qui sait s'il y en aura d'autres ? Nous, nous allons rester attachés à de petites besognes, des besognes au ras du sol. Nous, nous ne servons pas les Dieux. Nous, si nous devons monter, ce sera seulement marche à marche. Nous, nous ne serons pas enlevés au ciel par un aigle. Mais nous, qui est-ce donc ? C'est moi, moi, Laurent, qui, dans le fond de mon cœur, ai formé le projet d'être, un jour futur, un savant.

« Eh bien ! ça non plus n'est pas pur. Il y a même là-dedans quelque chose qui sent mauvais. Vraiment, est-ce que tous ces gens qui parlent, dans les banquets, sur l'avenir de la science, sur l'amélioration de l'humanité par la science, vraiment, est-ce qu'ils vont tous, de cinq à sept, dans leur petite rue de Fleurus ? Est-ce qu'ils trompent leurs enfants, est-ce qu'ils désespèrent leur femme, est-ce qu'ils discourent, le soir, sur les beautés de la science dans certaines maisons dont le nom est décidément impossible à prononcer ? Ou bien, est-ce que je confonds tout ?

« Je travaillerai, bien sûr. Mais on m'a, pour longtemps, gâté l'eau de ma fontaine. On m'a, pour longtemps, sali tout ce que j'aimais au monde.

« Qu'est-ce qui reste ?

« Maman, quand même.

« Qu'est-ce qui reste ? La tristesse. Mais ce qu'il y a de plus triste, c'est que la tristesse elle-même, elle n'est pas assez fidèle. Certains jours, elle s'évapore. On ne peut pas compter sur elle.

« Qu'est-ce qui reste ? L'amitié. Assurément, l'amitié.

« Qu'est-ce qui reste ? La musique. La musique ! Et c'est tout et c'est assez, comme dit mon futur beau-frère. »

Le garçon se met à sourire. Il s'arrête et rêve un moment. Les gros nuages, désemparés, vont bientôt faire naufrage. Maintenant, c'est la pluie. De temps en temps, les bêtes captives, là-bas, du fond de leur cage, envoient vers le ciel parisien un rugissement désolé.

Soudain, le garçon sursaute. On vient de lui toucher l'épaule. C'est un gardien à capuchon dont on ne voit que la barbichette. Il dit :

— On ferme ! Voyons ! On ferme ! Vous êtes sourd, ma parole ! Et le tambour ? Vous n'avez pas entendu le tambour ? Non, non ! Ne partez pas par là.

— C'est que je vais rue Guy-de-la-Brosse.

— Tant pis, mon ami ! Faut sortir place Valhubert. Vous tournerez tout autour du jardin. Ça vous fera réfléchir. Ça vous fera le caractère.

Le garçon prend son élan. Non ! Il ne veut plus rien entendre. Est-ce que le gardien aussi va lui faire la morale ? Est-ce que le gardien aussi va lui donner des leçons ? Il rentrera rue Guy-de-la-Brosse. Il couchera dans sa niche, il mangera sa pâtée, il fera sa besogne, il sera sage, comme les autres, c'est-à-dire lâche et menteur. Mais, pour l'instant du moins, pour cette minute du moins, la paix ! oui, la paix et le silence ! La solitude et la pluie sur le visage. Sans ça, eh bien, on ne sait pas.

# VUE DE LA TERRE PROMISE

# CHAPITRE PREMIER

Cécile arriva la première. Elle n'allait pas à Paris tous les jours, et même, en cette fin d'été, ses voyages étaient assez rares. Elle n'avait pas d'heures fixes, comme nos deux frères aînés. Elle arrivait tantôt par le train, tantôt par le tramway. On entendait ses talons, sur les marches, devant la porte. Elle entrait, droite, grande, un peu frêle, tenant d'une main, rassemblés, les longs plis de sa robe, de l'autre le sac à musique. Elle saluait ceux qui se trouvaient là. Sa voix absente, aérienne, passait par-dessus nos têtes et tirait tout de suite au large. Cécile n'embrassait que maman.

Un peu plus tard, on entendit Ferdinand parler au chien, dans la cour. Ferdinand était fort myope et n'aimait pas les surprises. Dès le portail, il appelait le barbet pour mieux se mettre en garde contre les sauts et les effusions de la bête. Maman dit :

— Sept heures vingt-cinq !

Ferdinand s'arrêtait toujours au seuil de la salle à manger. Il frottait ses pieds sur le tapis-brosse et promenait dans la pièce un regard lent, émoussé. Il disait les grandes nouvelles du jour, dès avant que de quitter son pardessus :

— Le congrès socialiste sera quelque chose d'inouï. Il paraît qu'on y entendra Vera Sassoulitch, qui a tué, dans l'ancien temps, le préfet de Saint-Pétersbourg. Je comprends l'hospitalité française ; mais il y a des limites.

En gravissant l'escalier, Ferdinand parlait encore et commentait le journal.

Il travaillait dans les bureaux d'une administration du côté de la Bastille et revenait le soir, en train, à l'heure où Paris, saisi d'un accès de fièvre, s'exprime comme un organe contractile et refoule par toutes ses bouches le peuple des banlieues. Notre frère Joseph travaillait dans le centre de la ville. Il ne rentrait pas tous les soirs à Créteil, car il pouvait coucher sur un sofa, dans son bureau. Il prenait, d'ordinaire, au Louvre, un lourd tram à vapeur qu'on appelait « la bouillotte » et qui n'était pas fort exact.

Mère dit, pour la millième fois, de sa voix méditative :

— En général, c'est Joseph qui revient le premier.

Le silence reprit possession de son empire. Un vrai silence provincial que perçait, de loin en loin, le cri d'une locomotive en transes. Un ample silence, humide, frissonnant, sublimé par la respiration des jardins, des prés, des bosquets, des maisons engourdies dans la fraîche soirée de septembre.

Paula Lescure se mit debout. Son étroit visage de pensionnaire monta dans l'ombre où somnolaient les régions hautes de la salle. Je compris qu'après les heures de couture, Paula Lescure s'étirait, invisiblement, et, comme elle faisait toutes choses, sans le plus petit bruit. Elle murmura :

— Ma cousine veut-elle que j'aille chercher la boisson ?

Paula vivait avec nous depuis plus de quatre mois. Elle nous adressait la parole à la troisième personne, d'une voix non pas servile, mais soumise et presque glacée.

— Allez, mon enfant, dit mère. Et, tout aussitôt, elle s'écria : « Voilà Joseph ! »

Joseph n'entra pas tout de suite. Nous l'entendions, dans le vestibule, s'ébrouer, gronder, frapper de la semelle. Puis il monta dans sa chambre. Notre père, à cette heure, devait être dans un réduit dépendant de son cabinet et qu'on appelait, pompeusement, le laboratoire. Il y passait de longues heures à manier des éprouvettes, des flacons, des tubes de verre. Il composait toutes sortes d'élixirs, des baumes, des embrocations qu'il essayait sur lui-même avec une belle témérité.

— Maintenant, murmura notre mère, je vais tremper la soupe.

Une minute plus tard je l'entendis qui devisait avec Paula, dans la cuisine. L'odeur insidieuse du poireau se répandait, soudain plus hardie, dans les chambres et l'escalier, et cet appel muet rallia la famille.

Je me souviens, c'était un soir de l'année 1900, un soir de la fin septembre. La famille était au complet, c'est-à-dire que nous étions huit : ma mère, mon père, nous les enfants : Joseph, Ferdinand, Cécile, Suzanne, moi-même et, pour finir, Paula Lescure, notre cousine. Ma petite sœur Suzanne n'avait guère plus de huit ans. Elle se tenait au bout de la table, entre ma mère et Paula. Ma mère ne voulait pas prendre la place du milieu, la vraie place de la dame. Si, depuis la fin du printemps, elle acceptait, par devoir, l'assistance de Paula Lescure, il lui fallait, vingt fois durant le souper, pour satisfaire à de vieilles coutumes quasi rituelles, aller à la cuisine, tourner les roux, piquer le feu, chercher les plats et les pots. Avec un entêtement dont nul de nous n'aurait osé lui demander les vraies causes, elle se refusait une servante et c'était bien à contrecœur, sur notre prière à tous, qu'elle avait laissé Paula, pâle sous un tablier de satinette noire, introduire au salon les patients qui venaient consulter le docteur.

Le bruit des cuillers sonnant sur la faïence éclaira le début du repas. C'était un soir semblable aux autres soirs et, pourtant, nous sentions, nous savions même que ce soir-là sans doute serait bien différent des autres. On entendait : « Encore un peu de sel... Merci... Le pain, s'il te plaît... Non, c'est assez. » Un calme attentif pesait sur les âmes assemblées. Et, soudain, notre père essuya ses longues moustaches rougeoyantes. Il ne les suçait point, comme faisaient volontiers les moustachus de son temps. Il les lissait avec un coin de sa serviette, puis les tordait d'un geste rêveur et détaché. Ferdinand boucha l'une de ses narines avec le pouce et renifla pour soulager un éternel rhume de cerveau. Il dit en nasillant :

— Cécile, te voilà dégommée. Sais-tu qu'on a découvert un petit gosse de trois ans qui compose de la musique et joue comme père et mère ? Il s'appelle Pepito Ariola, ou quelque chose dans ce genre...

— Ferdinand ! souffla notre mère.

— Quoi ? Hein ? Qu'est-ce qu'il y a ? dit Ferdinand en regardant tout à l'entour d'un air interrogateur.

— Votre père veut vous parler.

Papa souriait faiblement, l'air lointain, dédaigneux.

— Nous écoutons, prononça Joseph en considérant son assiette.

Paula Lescure se leva. Nous comprîmes aussitôt qu'elle voulait se retirer, sans aucun doute par discrétion. Elle était de taille moyenne, le buste bien pris dans une robe de drap qui lui comprimait la gorge. Une grande natte de cheveux châtains se tordait au-dessus de sa nuque. Elle baissait les yeux d'un air froid qui voulait dire, qui disait : « Je sais que je n'ai pas le droit... »

Cécile haussa les épaules et déclara, la voix tranquille :

— Je ne vois pas pourquoi Paula n'écouterait pas, comme nous autres.

Père ne répondit rien. Maman fit « oui », de la tête.

— Que ma cousine, dit Paula, me permette d'aller chercher les œufs à la coque et les légumes.

Il y eut une minute d'attente. Armé d'un bout de pain, Joseph attrapait les miettes, autour de lui, sur la table, et les mangeait, une par une. La petite Suzanne dit, presque bas, mais avec force : « Je ne veux pas de carottes... J'en aurai pas, des carottes !... » Et, soudain, notre père commença de parler.

— Il s'agit, mes enfants, dit-il, de l'argent de votre tante Mathilde. Nous devions, comme vous le savez, toucher cet argent à la fin de l'année dernière. Grâce à la diligence de messieurs les hommes d'affaires, nous n'aurons attendu qu'un an après la date légale. J'ai reçu, ce matin même, une première tranche, la moitié. Le reste viendra ces jours-ci.

Il y eut une petite pause et notre père ajouta, d'une voix bien contenue :

— Un peu plus de dix mille francs tout de suite, et le reste dans une semaine. Vous voyez que votre mère et moi nous ne voulons rien vous cacher.

— Mais, dis-je, nous savons tout ça. Je ne vois pas... Je ne comprends pas... Pourquoi cette cérémonie ?

Joseph, allongeant le bras, me posa la main sur l'épaule.

— Un peu de patience, dit-il. Tu peux continuer, papa.

Il y eut un instant de répit pendant lequel on entendit les bruits de la table. Puis, de nouveau, tout s'arrêta. La petite Suzanne elle-même cessa de boire et de manger.

— Vous savez tous, dit papa, que je ne peux pas songer à rembourser les emprunts que nous avons faits sur les titres de Joseph et de Ferdinand. Si lourd qu'en soit l'intérêt, nous ne pouvons pas nous priver d'argent liquide, puisque nous avons la chance d'en voir tomber un peu.

— Oui, m'écriai-je avec agacement, qu'on ne rembourse pas les emprunts ! Je suis même tout consentant à ce qu'on fasse, dans dix-huit mois, un emprunt sur mon titre, en attendant le tour de Cécile.

— Laurent ! Laurent ! souffla ma mère d'une voix chargée de reproche.

L'œil de mon père lançait des éclairs nacrés. Il respira profondément.

— Mon cher, tu n'en sais rien. D'ici là, ma position peut devenir plus que brillante. Le tout est de commencer, de se mettre à pied d'œuvre. Enfin, revenons à notre affaire. Joseph et Ferdinand, supposant, sans doute à tort, que l'emprunt fait sur leur titre pourrait n'être pas remboursé, même plus tard — c'est leur sentiment —, nous ont demandé tous les deux de leur consentir, sur cet argent de la tante Mathilde, une avance assez considérable.

Joseph heurta la table avec le manche de son couteau.

— Je te demande pardon, papa ; mais ce n'est pas ça du tout.

— Comment ! M'avez-vous, oui ou non, demandé l'un et l'autre une avance de deux mille francs ? ce que je me permets de juger exorbitant.

— Ram, dit notre mère vivement, il ne s'agit pas d'une avance, puisque c'est un remboursement, c'est-à-dire tout le contraire.

— Un remboursement de quoi ?

— Des sommes que nous avons empruntées sur les titres de Joseph et de Ferdinand, à la majorité de chacun.

Mon père hocha la tête et tira sur ses moustaches. Il commençait de s'irriter et son regard pâlissait.

— A vous entendre, fit-il, on dirait que je ne comprends rien.

— Tu vas comprendre, dit Joseph.

Il venait de poser, à plat, ses deux fortes mains sur la nappe. Il semblait, ce faisant, tout dominer, tout éclaircir. Il reprit, articulant les mots avec beaucoup de force :

— La question est mal posée. Premièrement : les emprunts. Que papa se refuse à rembourser l'emprunt qu'il a fait sur mon papier...

— Mais c'était pour la maison, vous en avez tous profité.

— Ne compliquons pas les choses. Nous ne sommes pas les parents. Les dépenses de la maison, c'est vous que ça regarde. Donc, si papa se refuse à rembourser cet emprunt, après tout, c'est son affaire et je ne m'en étonne pas. Comme, en définitive, le montant de cet emprunt doit venir en déduction sur mon argent à moi, je demande non pas un véritable remboursement personnel, mais une somme de garantie, voilà le mot, exactement. Trois mille francs sur quatre mille trois cents. C'est modeste. Un point et ce n'est pas tout.

— Moi, s'écria Ferdinand, il s'agit de mon mariage. Je demande la parole.

— Laisse-moi finir, dit Joseph. Cette somme de trois mille francs, dont j'ai le plus pressant besoin pour mes affaires — mais c'est une question personnelle, et je n'en parle même pas, par pure discrétion —, cette somme est donc une simple fiche de garantie. Je m'offre à la reverser, si papa rembourse jamais la société prêteuse, c'est-à-dire s'il restitue jamais les quatre mille trois cents francs au *Capital Mutuel*. Comprenez-vous ?

— Non, dit froidement Cécile.

— Ça prouve, répliqua Joseph, que les affaires d'argent c'est quand même plus compliqué, plus délicat, autrement dit, que la musique.

Cécile haussa les épaules et Joseph poursuivit aussitôt :

— Vous allez toucher, en deux fois, à peu près vingt-deux mille francs. Si, si, avec les intérêts. J'ai tous les calculs en poche. Je considère donc mon affaire des trois mille francs comme une affaire réglée.

— Mais, dit Ferdinand, la mienne ?

— Tu parleras à ton tour. Pour moi, je n'ai pas fini. Je juge le moment venu de régler une autre affaire.

— Quoi ! dis-je, il n'y a plus d'affaire.

— C'est ce que nous allons voir.

Joseph baissa la voix et se mit à parler plus lentement. Nous l'écoutions, les uns et les autres, avec une irritation colorée de respect.

— Vous connaissez mon premièrement. J'en arrive au deuxièmement. J'estime que, n'ayant pas fait d'études, comme celles qu'ont faites, que font encore Laurent et Cécile, ayant, dans une certaine mesure, été sacrifié, je dois profiter de l'occasion véritablement exceptionnelle qui nous est offerte aujourd'hui pour demander, en toute justice, une indemnité correspondante. Un petit instant de patience. J'ai fait tous les comptes, au plus juste. Je peux montrer mon bordereau.

Cécile se mit à rire.

— Ça, dit-elle, c'est un mot malheureux.

Joseph mordit sa moustache et il y eut un instant de silence orageux. Papa grattait la nappe avec la pointe de ses ongles.

— Cécile ! murmura maman. Vous m'aviez pourtant promis...

Chaque fois que revenait, dans nos entretiens, un mot ayant le moindre rapport avec l'affaire Dreyfus, il semblait qu'aussitôt un abîme s'ouvrît sous nos pas et divisât la famille : d'un côté, Cécile et moi, tous deux dreyfusards avec frénésie, de l'autre, Ferdinand,

Joseph et, en renfort, à l'occasion, notre père. A force de supplications, ma mère avait obtenu que « l'Affaire » serait, à la maison, écartée de tous nos entretiens. Pourtant, parfois, un nom, une idée, moins même, une intonation, enfin je ne sais quel souffle traversait nos chamailles et les esprits, aussitôt, se cabraient comme des insectes en position de combat.

— C'est à croire, gronda Joseph, qu'il n'y a plus moyen de parler. Tant pis ! je continue. Je suis tout à fait raisonnable en évaluant à deux mille francs, au moment où nous en sommes, les dépenses engagées par la famille pour Laurent et pour Cécile. Je dis deux mille francs par tête.

— Oh ! s'écria maman, l'air soucieux, pour Laurent, c'est encore possible, bien qu'il ait eu toutes les bourses. Mais pour Cécile, tu sais bien que nous n'avons presque rien payé. J'ajoute même que, depuis trois ans, oui, depuis son voyage en Belgique, Cécile nous a donné, à moi, à la maison, beaucoup plus de deux mille francs sur l'argent de ses concerts...

— Mère, dit Cécile, le regard éclatant, tu m'avais pourtant promis de ne le dire à personne. Non, non, Joseph a raison. J'ai du talent, il n'en a pas, cela mérite une indemnité. Je vote pour les deux mille francs.

— C'est extravagant ! dit papa, frappant le bord de la table avec ses doigts repliés. C'est inimaginable ! « Je vote pour les deux mille francs... Je demande la parole... premièrement, deuxièmement... » On se croirait à la Chambre. La politique des journaux finira par vous tourner la tête. Trois mille par-ci, deux mille par-là. Trois mille ailleurs. Et encore quoi ? Si je vous écoutais tous, il ne resterait rien.

— Le calcul est le calcul, fit Joseph avec sang-froid. Je demande, je peux demander cinq mille francs, c'est mon droit.

— Oui, dit mère. Et Ferdinand ? Il n'a pas fait non plus d'études, Ferdinand.

— C'est-à-dire, bredouilla Ferdinand, que j'en ai fait moins que Laurent, mais que j'en ai fait quand même.

— Attendez, cria Joseph. Le cas de Ferdinand est simple.

— Pourquoi dis-tu que c'est simple ? répondit Ferdinand, l'air vexé. Je réclame la parole.

— Mon Dieu, mon Dieu ! gémit notre mère, vous n'allez pas vous disputer.

— Je me demande, gronda Joseph, pourquoi tu nous en empêcherais. Mais toute dispute est inutile.

Du plat de ses deux mains, il frappa fortement la table.

— Laissez-moi donc parler : je suis le seul, ici, le seul à comprendre quelque chose aux affaires d'argent.

— Joseph, soupira maman.

— Je dis, je répète : le seul. Ferdinand n'a pas fait d'études. Soit !

— Je te demande bien pardon. Ah ! non ! je te demande pardon. Des études, j'en ai fait. Je n'accepte pas de passer pour un ignorant.

— Qu'est-ce que tout ça signifie ? Des études, moi, Joseph Pasquier, je n'en ai pas fait, somme toute. Et je ne suis pas un ignorant. Mais puisque tu déclares en avoir fait, alors, ton cas est réglé. Tu entres dans la catégorie de Laurent et de Cécile.

— Enfin, s'exclama notre père, vous allez me mettre en rage. Tu sais pourtant bien, Joseph, que les classes de Ferdinand n'ont pas coûté très cher, en définitive.

— Je le sais, répondit Joseph, et j'allais tout mettre au point. Mais vous m'empêchez de parler.

— Eh bien ! parle, soupira notre père en remuant la tête de gauche à droite et de droite à gauche d'un air excédé. Parle ! C'est inimaginable !

Joseph regarda gravement toute la famille en tendant les mains, paumes en dessous, comme pour pacifier les âmes.

— Je veux bien reconnaître, dit-il, que Ferdinand n'a pas fait d'études ou, du moins, qu'il n'en a pas fait de très coûteuses ni de très longues. Il a pourtant été notablement avantagé.

— Mais en quoi donc ? fit maman qui se dressait toujours pour venir au secours de Ferdinand.

— Oui, en quoi ? demanda Cécile.

— C'est simple, répondit Joseph. En ce qu'il n'a pas fait de service militaire. Et ce sera le troisièmement de mon petit discours. Oui, je sais, Ferdinand est myope. Il y a des cas où certaines infirmités sont de véritables chances. Ferdinand ayant été exempt de service militaire, je peux considérer que j'ai, exclusivement, droit à l'indemnité de deux mille francs.

— Je t'en prie, m'écriai-je en me levant de table, je t'en prie, père, donnons-lui ses cinq mille francs et qu'il n'en soit plus question.

— Une minute, articula Joseph. Je veux mes cinq mille francs, bien sûr, et je veux qu'on me les donne avec le sourire, gracieusement, comme une chose due.

— C'est admirable ! disait père. « Donnons-lui ses cinq mille francs ! » C'est le partage de la Pologne. Cinq mille francs pour Joseph, trois mille pour le mariage et l'installation de Ferdinand...

— Parfaitement, coupa Joseph. Cinq et trois huit. Huit de vingt-deux... Je dis bien vingt-deux : j'ai en main la copie des comptes du notaire... Huit de vingt-deux, restent quatorze mille. C'est une somme considérable.

— Non, dis-je en forçant ma voix pour dominer le tumulte. Non, ce sera seulement treize mille, car, puisque tout le monde se sert, je demande aussi quelque chose.

Cécile me prit par le bras.

— Oh ! laisse-les, soupira-t-elle. Pas toi, Laurent, pas toi !

— Cécile, soufflai-je très bas, Cécile, je t'expliquerai.

Mon père avait un peu pâli. Les poils de sa moustache s'agitaient lentement, dans l'air, comme des pattes de faucheux.

— C'est ridicule, ridicule. Vous êtes des hommes et des femmes. Nous aurions dû, tout simplement, vous traiter comme des enfants. Cette scène est inconcevable.

— Papa, fis-je, la voix tremblante, je te demande pardon. Joseph l'a démontré, je n'ai pas droit à ce partage puisque j'ai reçu ma part. Eh bien ! quand même, solennellement, je te demande mille francs, en acompte sur l'argent que nous tirerons de mon titre.

— Mais, dit père, qu'en feras-tu ?

— Papa, j'en ai besoin pour mes études, car moi, je poursuis des études. Je jure, en plus, devant vous tous, que je ne veux pas faire un mauvais usage de cet argent. J'ajoute que je m'engage à le rendre, à qui vous voudrez, soit quand je gagnerai quelque chose, soit quand on fera l'emprunt sur mon titre...

— Mais on ne fera peut-être pas d'emprunt.

— Enfin, je m'engage à le rendre. Je peux signer un papier.

— Ça, c'est toujours préférable, dit Joseph posément. J'allais transiger à quatre mille cinq ; seulement, puisque Laurent s'inscrit pour mille francs, je resterai donc à cinq mille et je demande un reçu de Laurent. C'est moi qui le conserverai. Si, si, le papier, ça se perd. Vous déménagez souvent.

— Papa, dis-je encore plus bas, non seulement je te supplie de me donner ces mille francs, mais de me les donner tout de suite.

— Ce soir ! fit maman. Pourquoi ?

Elle avait cet air anxieux, débordé, hagard, que nous lui voyions, maintenant, au milieu de nos querelles.

— Ce soir, fis-je, absolument.

Il y eut un grand silence. Paula Lescure commença de débarrasser la table. Elle était, parmi nous, comme une ombre indifférente, une créature de l'autre monde. Pourtant, elle écoutait tout, j'en étais sûr.

Nous étions, selon nos caractères, les uns rouges, les autres pâles. Père faisait claquer ses ongles contre l'ongle de son pouce. Il dit :

— Si j'avais su... Si j'avais su...

— Quoi ? demanda Joseph. Qu'est-ce que tu veux dire, papa ?

— Eh bien ! si j'avais su, je n'aurais rien dit.

Joseph haussa cordialement les épaules.

— Allons, allons, papa, tu rêves. Pas d'enfantillages. J'ai vingt-six ans, Ferdinand vingt-trois. Les autres, à part Suzanne, ont aussi voix au chapitre. Quand il s'est agi d'emprunter sur nos papiers, nous n'avons pas poussé des cris. La famille, c'est la famille. Au fait, en ce qui me concerne, je suis moins pressé que Laurent. Je prendrai l'argent demain.

— Nous parlerons de ça plus tard, maugréa père, l'accent boudeur. Cet argent ! Ne dirait-on pas ! Je n'ai même pas eu le temps de le voir.

— Eh bien ! montre-le, dit Ferdinand.

— C'est ça, montre-le, dit Joseph.

— Moi, dit Cécile, ça m'est égal, je vais chez moi travailler.

— C'est inconcevable, répéta notre père.

Maman hochait la tête.

— Pourquoi ne pas le leur montrer ? On dirait, à les entendre, qu'ils ne savent pas ce que c'est.

— C'est toujours curieux à voir, fredonna Joseph.

Notre père se leva d'un air en même temps furieux et intéressé. Il sortit de la salle et revint, au bout d'un moment, portant une grande enveloppe. Il en tira neuf billets bleuâtres, deux larges billets de cinq cents francs et quatre billets de cent francs.

— Le compte y est, fit Joseph.

Nous nous étions tous assis.

— Vraiment, Laurent, dit mon père, nous allons parler de cela. Tu me dépasses. Vous me dépassez tous.

— Papa, fis-je, d'une voix étranglée, j'aurai vingt ans dans six mois...

— Oui, dit Joseph. Il est mineur ; mais entre nous, ça ne fait rien. Puisqu'il va signer un papier. Même entre nous, suffit que les comptes soient en règle.

— Nous parlerons de ça tout à l'heure, dit encore mon père en remettant les billets dans l'enveloppe. C'est une scène renversante.

Maman me regarda, longuement, minutieusement. Elle me posa la main sur le front et dit tout bas :

— Veux-tu qu'on en parle demain ?

— Non, fis-je, les dents serrées. Ce soir !

Une fine pluie de sons perlés tomba soudain sur nos têtes. Cécile commençait de jouer.

## CHAPITRE 2

Une demi-heure plus tard, j'étais dans le jardin, les mains aux poches et tête nue. Je ne connais rien de meilleur, après une querelle de famille, que le spectacle du ciel et surtout du ciel nocturne. Un souffle humide et frais charriait de grands nuages déchirés qui devaient recevoir, de loin, le rayonnement de Paris et qui s'animaient de flammes roses. Entre eux, avec eux, voyageaient des vols d'étoiles, des clartés laiteuses, des trous d'ombre, des abîmes bleus. Le vent avait passé sur la ville et sur les champs, il sentait, par bourrasques, la fumée, la terre ouverte, les feuilles malades ; il venait de l'ouest et, parfois, dans un majestueux remous, il répandait une odeur ineffable que je n'avais encore sentie qu'une seule fois avec évidence, mais que je salue et reconnais tout de suite quand elle parvient ainsi jusqu'aux vallons de l'intérieur, la poignante odeur de l'eau, de l'océan.

Vraiment, c'était une belle soirée, à la couleur de mon âme.

Une lumière pointa dans la chambre de Joseph et j'entendis la fenêtre s'ouvrir. Le gaillard aimait bien l'air. Un instant après, je vis le feu rouge d'une cigarette. Alors, soudain résolu, j'appelai, entre haut et bas : « Joseph ! »

Il dit, de sa grosse voix mâle :

— C'est toi, Laurent ? Qu'est-ce que tu veux ?

— Te parler, me promener. Tu ne te couches pas tout de suite ?

— Fichtre non. Et alors ?

— Viens te promener avec moi.

— En voilà une fantaisie !

— Tu ne veux pas, Joseph ?

— Je n'ai pas dit que je ne voulais pas. Je me demande ce qui te tracasse. Enfin... Ça va. Je descends.

Je fis le tour de la maison. Une minute plus tard, Joseph ouvrit la porte. Il avait pris un foulard et ce chapeau melon qu'il ne quittait jamais et qu'il estimait « sérieux ».

— Ah ! fis-je, tu crains de t'enrhumer ?

Il haussa les épaules.

— Moi, je ne sors pas nu-tête. Je ne suis pas un hurluberlu, je ne suis pas un fantaisiste, un artiste, un esprit distingué...

A cet instant, maman parut dans l'entrebâillement de la porte. Elle faisait effort pour nous apercevoir au milieu de l'ombre et dit :

— Vous n'allez pas sortir encore ?

— Maman, nous allons nous promener.

— Pourquoi ? Pourquoi, mes enfants ?

— Sois tranquille, dit Joseph, nous n'irons pas au café.

Pendant que nous foncions dans le noir, la voix inquiète, désolée, répétait :

— N'allez pas trop loin, mes petits. Sortir ! Sortir ! Quelle idée !

Nous avions atteint la rue. Naturellement, la pente nous menait à la rivière. Quelques secondes encore et nous aperçûmes l'eau noire où dansaient les lueurs nocturnes. Joseph dit placidement :

— Tu as ton itinéraire ?

— Non, ma foi, non.

— C'est un tort. Dès que l'on fait un pas, il faut savoir où l'on va. Nous suivons le bras du Chapitre ?

— Non. Allons plutôt du côté du pont de Saint-Maur.

— Ça m'est égal, puisque je suis sorti pour te faire plaisir.

— Tu es bien gentil, Joseph.

Nous tournâmes vers la gauche. Un sentier longeait la rivière, mais il était mal visible et, d'accord, nous prîmes la route. Nous marchions d'un assez bon pas. Pendant une grande minute, nous gardâmes le silence. Enfin, Joseph, à voix couverte :

— Tu l'as, ton billet de mille ?

— Tu le sais bien que je l'ai.

— Je veux dire : tu l'as sur toi, là, comme ça, dans ta poche ?

— Naturellement. Où veux-tu que je le mette ?

— Dans ta poche ? Ah ! Pas prudent, mon ami, pas prudent.

— Je me demande pourquoi.

— Dame, la nuit, en banlieue. On ne sait jamais. Non, pas prudent ! C'est encore une fantaisie dans ton genre. Enfin, ça ne me regarde pas.

— Non, ça ne te regarde pas.

— Je dis que ça ne me regarde pas. Je le dis par politesse et par esprit de conciliation. Ce n'est pas à toi de le répéter. C'est bon ! Parlons d'autre chose.

Joseph siffla, doucement, une marche militaire. Puis il dit :

— Comment va Mlle Strohl ?

— Pas trop mal. Elle t'intéresse ?

— Pourquoi pas ? Tout m'intéresse. Hélène Strohl est une personne qui semble avoir du caractère. Ce n'est pas si fréquent que ça dans le petit monde où tu vis.

— « Petit monde » est admirable !

— Enfin, Laurent, estimes-tu que ce soit le grand monde ?

— Heureusement non.

— Alors, si ce n'est pas le grand, c'est le petit. Un petit monde. Des savants, des penseurs, des intellectuels. J'appelle ça du petit monde.

— Bien, Joseph. Et que voulais-tu me dire au sujet de Mlle Strohl ?

— J'ai dit ce que je voulais dire. Qu'est-ce que tu tiens dans ta main ?

— Mon billet de mille francs.

— Je m'en doutais, malgré le noir. C'est absolument idiot.

— Je me demande ce qu'il y a d'idiot, quand on possède un billet de mille francs, à le tenir dans sa main.

Joseph baissa la voix, mais il parlait avec force.

— D'abord, si tu parles d'argent, tu n'as pas besoin de crier.

— Je te croyais plus courageux.

— Mon garçon, je suis aussi courageux que toi. Probablement davantage, bien qu'il n'y ait pas de contrôle. Mais, quand il s'agit d'argent, le courage n'a rien à voir. Les précautions s'imposent.

— Eh bien ! calme-toi, dis-je en riant. Je vais le mettre dans ma poche, mon billet.

— Ça vaut mieux. Montre-le-moi, d'abord.

— Pourquoi ? Tu sais comme c'est fait. D'ailleurs, on n'y voit goutte. Non, je ne te le montrerai pas.

— Garde-le. Puisque tu fumes, donne-moi une cigarette.

Joseph me prit une cigarette et poursuivit, la voix plus calme :

— Qu'est-ce que tu penses en faire, Laurent, de ces mille balles ?

— Je te promets que tu le sauras.

— Parce que, vois-tu, Laurent... Mais que je t'explique d'abord.

Dire que tu as eu tort, ce soir... A parler franchement, non ! L'argent, il faut l'attraper quand il y en a. Et, chez nous, c'est plutôt rare. Celui-là, de tante Mathilde, nous l'attendions depuis... avant d'être nés. Bon. Mais ce n'est pas tout de l'avoir. Il reste à le garder. Ça, c'est le plus difficile. C'est énormément difficile. Tous les gens sérieux te le diront.

La voix de Joseph, dans l'ombre, prit une inflexion presque suave, presque caressante. Il reprit, suçant les mots :

— Si tu ne l'emploies pas tout de suite, le billet, tu peux me le confier, Laurent. On trouve de bons, de très bons placements, quand on a de l'expérience. Je dis du six, du vrai six et même du sept pour cent. Et pas des placements comme papa !

Joseph se prit à rire, mais sans éclat, sobrement.

— Non, poursuivit-il, pas des placements de rêveur. Car, au fond, nous avons bien fait d'exiger des sommes tout de suite, pendant que l'argent était là. C'est toujours ça de sauvé. Le reste, il va le gaspiller, le vaporiser, pas l'ombre d'un doute. Quel dommage ! Non, quel dommage ! Et il n'y a rien à faire. Je peux tout lui proposer, le meilleur et le plus sûr. Il ne suivra que ses marottes. Allons, où vas-tu, maintenant ?

Nous arrivions au pont de Saint-Maur. Il était faiblement éclairé par deux ou trois becs de gaz. A leur clarté sautelante, on apercevait la Marne, les berges pelées par place et les bateaux des pêcheurs. Un petit escalier de pierre descendait au bord de l'eau. Je m'y engageai, sans hâte. Joseph, tout à ses calculs, me suivait docilement.

— Si tu me le prêtes pour un an, je pourrai te donner six. Tu comprends : soixante francs. Si tu me le prêtes pour six mois, dame, je ne donnerai que quatre et ça ne fera que vingt francs. Maintenant, si tu désires participer à une affaire, une véritable affaire, avec des risques à partager, comme de juste...

Nous étions sur le bord de l'eau. On entendait le bruit soyeux de la rivière fendue par les piles du pont. Devant nous, éclairé par la lueur aérienne d'un réverbère, un ponton de bois, amarré pour les pêcheurs, dansait mollement à deux ou trois mètres de la rive. J'étais excellent sauteur. Je pris soudain mon élan et retombai sur le ponton. Joseph s'arrêta net au milieu d'une phrase. Je l'apercevais maintenant, sur la rive, les mains aux poches, son chapeau melon sur la tête. Il vociférait doucement :

— Voilà ! C'est du Laurent tout pur ! Et pourquoi ? Je te le demande.

— Alors, fis-je, en me penchant un peu, tu ne viens pas me rejoindre ?

— Non, moi, je ne suis pas timbré. D'ailleurs, si tu restes là-dessus, je vais te fausser compagnie.

— Pas tout de suite, Joseph, écoute. J'ai quelque chose à te dire.

— Tu choisis bien ton endroit !

— Je le choisis mieux que tu ne le crois.

— Tu as des idées de suicide ?

— Non, tout le contraire, des idées de vie, Joseph. Ecoute-moi bien, écoute-moi bien. Tu ne te rappelles peut-être pas qu'un jour... oh ! c'est vieux, tu faisais ton service militaire, ce fameux service qui vaut deux mille francs... nous habitions rue Guy-de-la-Brosse... un jour, nous nous sommes disputés, toujours au sujet de l'argent. Tu disais des choses dégoûtantes, des choses épouvantables. Enfin, tu salissais tout ce que je respecte au monde. Alors, j'ai juré, devant toi, que mon premier billet de mille francs...

J'entendis la voix de Joseph. Une voix rauque, furieuse. Il était penché sur l'eau. Il criait sourdement :

— Toi, tu vas faire une folie. Toi, Laurent, tu vas faire une mauvaise action. Ah ! nom de Dieu ! Ça n'a pas de nom.

— ... Alors, Joseph, j'ai juré que mon premier billet de mille francs, je le jetterais dans le feu, pour expier tes paroles, tes pensées, oui, tout ce que tu disais de la pauvreté, du désintéressement, des idées pour lesquelles on peut vivre et même mourir.

Joseph se mit à crier. Il remuait, sur la rive. Mais il était assez lourd et ne pouvait pas sauter. Il arracha, des deux mains, une grosse motte de gazon et me la jeta sans m'atteindre. Il criait :

— Imbécile ! Imbécile ! Je te donnerai des claques.

Je continuai de parler. J'étais soulevé d'une ivresse magnifique.

— Mon premier billet, Joseph ! Le voilà. Regarde-le bien. Je ne le jetterai pas dans le feu. J'y ai songé ; mais je ne veux pas que tu te brûles les mains. Alors, regarde, Joseph ! Je le déchire en deux. Et maintenant, en quatre. Et maintenant en huit. Et encore et encore. Qu'est-ce qu'il y a ? Tu ris, Joseph ?

Joseph s'était mis à rire. Il dit, entre deux hoquets :

— Ça ne prend pas. Ça ne prend pas. Ce n'est pas le vrai billet.

— Pas le vrai ? Bien, mon vieux. J'en garde un tout petit bout. Tu pourras contrôler. Et quant au reste, allez, ouste ! à la rivière ! Maintenant, retire-toi de là, je vais sauter sur le bord.

Joseph semblait soudain calmé. Il se tenait bien droit, les mains aux poches, respirant fort. Je ne voyais pas son visage, mais l'imaginais assez bien. Il dit :

— Tu mériterais que je te foute dans l'eau. Ah ! ne saute pas tout de suite, ça vaut mieux.

J'avais pris déjà mon élan. Je vins tomber dans l'herbe, à deux pas de mon frère aîné. Tout de suite, il fut sur moi. Il m'avait saisi le poignet et me secouait avec fureur. Je ne l'avais jamais vu si peu maître de lui. J'étais au comble de l'émotion et moi-même prêt à la violence.

— Mille francs ! disait-il. Mille francs ! Sais-tu que c'est presque un crime. Tu n'as donc pas assez d'imagination pour te représenter tout ce qu'on peut avoir avec mille francs ?

— Je me demande, répondis-je en m'éloignant de quelques pas, je me demande ce que j'aurais pu acheter pour être, seulement de moitié, aussi content que je le suis.

— Alors, c'est tout, tu t'en retournes ?

— C'est tout, c'est parfaitement tout. Je m'en vais à la maison.

— Mais, dit-il, en titubant, et l'argent, et la galette ?

— Ah ! fis-je en revenant vers lui, tu as la berlue, Joseph. L'argent, il est dans l'eau, dans l'eau. On dirait que tu n'as pas encore compris.

Joseph repoussa, d'un coup de poing, son chapeau melon sur sa nuque. Il défit son foulard, le plia, le mit dans sa poche et respira deux ou trois coups jusqu'au fond. Il bégayait un peu :

— C'est une chose incompréhensible. Tu as fait ta blague et maintenant tu files comme un voleur. Attends, attends, je te suis. Tu ne t'en tireras pas comme ça. Ce ne sont pas des idées saines, pas des idées de chez nous, pas des idées françaises. Ça vient de tous ces brindezingues, de tous ces loufoques avec lesquels tu te baguenaudes. Mille francs ! Tu dis que tu aimes ta mère. As-tu réfléchi, pour maman, à ce que ça représente, mille francs ? Tu l'as vue travailler, maman ?

— Joseph, pas de sentiment. J'ai tout pesé, pendant cinq ans. Tu sais que j'ai la mémoire longue. Pour ce qui est de maman, tu peux lui raconter la chose, si tu le veux.

— Non, fit-il en hochant la tête. Non, je ne lui raconterai rien. C'est une affaire entre nous. Une affaire qui n'est pas finie. Ces mille francs, après tout, étaient-ils complètement à toi ?

— A qui penses-tu qu'ils étaient ?

— Du moment que tu n'en voulais plus, ils retombaient dans la communauté, pour être juste.

— Ils étaient à toi, peut-être ?

— En partie, certainement. Du moment qu'ils n'étaient plus à personne, ils étaient un peu à moi. Et même beaucoup à moi : malgré tout, je suis ton frère.

— Oui, et j'en suis bien désolé.

— Mon petit garçon, ça, c'est à voir. Tu viendras peut-être, un jour, me demander de l'argent avec un joli sourire et la bouche en croupion de poule. Alors, je te rappellerai que tu me les as pris, mes mille francs.

Je me sentais suffisamment détendu pour sourire. Joseph répétait avec une obstination bafouilleuse :

— En somme, tu n'en voulais pas, puisque tu les as jetés. Alors, pourquoi les as-tu demandés ? Qu'est-ce que je dis ? Exigés ! Et tu n'en voulais pas !

— Mais si, mais si, j'en voulais.

— Pour quoi faire ?

— Pour faire ce que je viens de faire. Pour sacrifier mille francs, il me fallait mille francs. Tu ne comprends pas ?

— Eh bien ! non, je ne comprends pas. Du moins, je ne comprends pas ça. Mille francs ! Tu aurais pu, à la rigueur... ce ne sont pas des choses que j'approuve, et même je déteste les chichis de ce genre-là... N'importe, tu aurais pu les verser, si tu avais été un véritable humanitaire, un vrai philanthrope, quoi ! comme tu laisses croire que tu es, tu aurais pu les verser à une œuvre de bienfaisance. J'en connais d'intéressantes. Ah ! cette fois, tu es coincé. Qu'est-ce que tu trouves à répondre ?

— Non, non, Joseph. Pour que le sacrifice ait tout son prix, toute sa valeur, il fallait faire... ce que j'ai fait. Pour les pauvres gens eux-mêmes, pour ceux qui ont besoin d'argent, qui meurent à cause de l'argent, il fallait que le billet fût complètement détruit, enfin un geste absolu.

— Tu dis comment ?

— Ab-so-lu.

Nous étions maintenant sur la route. Jaillis des ténèbres humides, trois ou quatre feux lointains nous blessaient le fond de l'œil. Nous marchions côte à côte et, presque à chaque pas, dans la nuit, nos épaules se touchaient. Joseph dit, la voix lugubre :

— On s'entendra jamais, nous deux.

Puis il souffla brusquement, tel un chat qui va griffer. Et, soudain, il repartit à pousser des grondements. Il m'avait pris par le bras, comme s'il eût craint de me perdre. Il parlait d'un ton rabâcheur qu'on ne lui connaissait guère :

— Veux-tu que je te dise ? Eh bien ! je comprends maintenant. Papa ? Tu ne l'aimes point. Ah ! tâche au moins d'avoir le courage de ton opinion. Il t'inquiète, papa. Dis-le, il te fait peur. On ne sait jamais ce qu'il va imaginer. Et puis, il y a des choses que tu ne lui pardonnes pas. Si, si, mon garçon : tu es un homme sensible, et, pis encore, un délicat, un homme de beaux sentiments. Alors, certains jours, papa, tu le détestes, mon cher, et même il te fait horreur, surtout pour les histoires de femmes : Solange, et aussi Thérèse... je sais tout, j'ai ma police. Et, l'année dernière, la dame au bureau de tabac ! Enfin, il te fait horreur. Tu ne l'avoues pas, parce que tu es instruit et que les gens instruits comme toi ne savent plus parler franchement. Eh bien ! écoute-moi, Laurent : ce que tu viens de faire, oui, les mille francs, le sacrifice, les grands mots, etc., mon cher, c'est du papa extra-pur, de l'essence de papa. C'est une de ces folies qu'il aurait sûrement inventées s'il avait appris plus jeune tout ce que tu te donnes beaucoup de mal pour apprendre. Ça t'embête, mais tant pis ! La vérité avant tout.

Je venais de secouer Joseph d'un rude mouvement d'épaule. Je ne voulais plus rien entendre. Je filais à grands pas. Alors, Joseph s'élança, courut deux ou trois secondes, me ressaisit par le bras et reprit, la voix tranquille :

— Que je te dise encore une chose. Les mille francs... tu les regretteras. Tu verras si je me trompe.

## CHAPITRE 3

Le lendemain, je partis dès le jour pour Paris. En ce temps-là, Créteil était encore aux frontières de la nature végétale. Passé la place de l'Eglise, notre tramway s'engageait sur la longue route d'Alfort. C'était une voie pavée, large, presque déserte que, parfois, faisaient sonner les tombereaux des charroyeurs. Avec ses ruisseaux, ses rails, ses trottoirs, une telle route sentait la rue : elle était, dans sa substance et sa structure, comme une émanation, un rameau pierreux de la ville. Pourtant, elle offrait encore, à sa droite et à sa gauche, maintes échappées sur les champs. Une vraie terre besogneuse, avec des horizons, des charrues, des meules, des chevaux et des paysans qui labouraient, emblavaient, moissonnaient, enfin résistaient pouce à pouce, comme les derniers tirailleurs de la province en déroute. Le voyageur apercevait aussi les verdures d'un cimetière et de gros bouquets de feuillage noués lâchement par le ruban gris d'un mur. Venaient ensuite les masures et les clos des maraîchers, personnages hybrides, à demi paysans, ouvriers à demi, qui, derrière des murs jaloux, torturaient d'étroits lopins et leur faisaient, à force d'eau, de fumier, de cloches et de châssis, rendre d'énormes fardeaux de légumes qu'ils portaient eux-mêmes, la nuit, dans des carrioles somnolentes, jusqu'aux Halles de Paris.

Avant les derniers maraîchers, commençait la ville véritable. Elle poussait une avant-garde hideuse de pavillons rabougris, de bicoques disparates, de cabanes titubantes, faites de douves de tonneaux et de lambeaux de carton. La nature avait parfois des regains, des fantaisies. On découvrait de vieux jardins d'arbres vénérables, ou même un champ prisonnier. Puis revenaient les guinguettes, les tonnelles, les bistros minuscules à la façade enluminée qui s'empanachait de fusains. Plus loin, se répandait le butin des chiffonniers dont les huttes semblaient pâturer les tessons et les escarbilles. Et, soudain, présentant aux terrains vagues ses falaises de meulière brute, surgissait un immeuble de quatre étages, avec un épicier perdu, des fenêtres à brise-bise, de la literie rose tendre qui respirait sur des balcons. Puis, des chantiers et, délectable, l'odeur d'une colline de sciure fraîche. Puis, de nouveau, par légions, des cabanes rapiécées, grelottantes même au soleil, teigneuses, cyniques, inconsolables.

Dès Alfort commençait la ville continue, la ville dure et cohérente. Pourtant, au long des avenues, des boulevards ou des quais, revenait, par taches, par plaques, telle une mauvaise pensée, telle une maladie tenace, la détresse de la banlieue. Souvent, après un grand morceau de ville propre et soignée, s'ouvrait un nouvel ulcère, une sombre cour des miracles, avec des cahutes pourries, des montagnes de détritus, des meutes d'enfants vermineux, des hommes et des femmes farouches, des odeurs d'Orient lugubre, pluvieux, haineux, maudit. Et quand on approchait des portes, quand on commençait d'entendre parler, rire et chanter Paris, alors éclatait la « zone », le grand camp de la misère qui, de partout, investit la ville illustre et magnifique.

Ainsi donc, à chaque voyage, avant d'atteindre le lieu de mon travail, de mes soucis, de mes pensées, il me fallait, au gré du tramway brimbaleur, traverser toute cette pouillerie, en recevoir les reproches et les avertissements. Je ne m'y suis jamais fait.

Parfois, par dégoût, peut-être aussi par honte, quand je n'étais pas trop pressé, je quittais le tram à vapeur dès le pont de Charenton et j'achevais le voyage en bateau-mouche.

Ces petits bateaux étaient alors une des grâces de Paris. Les jours de semaine, au départ, ils naviguaient à peu près vides. Bons refuges de mélancolie que hantaient, comme des ombres, quelques passagers frileux.

Etait-ce de mélancolie que j'avais faim, ce matin-là ? Non, certes. Il me fallait de la joie, de l'enthousiasme, et surtout de l'apaisement, je dis bien, de la rémission. Ma promenade avec Joseph m'avait rempli d'orgueil et, pour des raisons qu'il me faudra donner quand même, rempli d'inquiétude aussi. Parfois, l'inquiétude cédait, je me sentais promu chevalier du génie, de l'abnégation, de l'honneur : j'avais confessé ma foi, proclamé le triomphe de l'esprit sur la matière. J'avais fait, à la plus noble des causes, un sacrifice considérable. Je ne le regrettais pas, je ne le regretterais jamais... Pourtant, mieux que personne, j'en pouvais mesurer l'étendue, puisque, en cette fin de saison, le vêtement que je portais se tenait avec peine aux limites de la décence et presque de la propreté. Mes chaussures étaient percées, volontiers hydrophiles. Quant à mon chapeau, quant à mon linge... Tant pis, j'étais pour longtemps, par la force de la pensée, vêtu, chauffé, nourri. J'avais tenu ma promesse, rempli, enfin... oui, rempli mes engagements.

Une cloche prit l'essor et le bateau démarra. Nul voyage, semblait-il, ne pouvait, mieux que celui-là, me confirmer dans ma grandeur. Le bateau, quelques instants, divisait en longs plis verts l'eau nonchalante de la Marne. On passait sous le pont du chemin de fer, puis sous une passerelle allègre et, tout de suite, on parvenait au confluent du fleuve et de la rivière. Un vaste paysage aquatique, ivre de ciel, un carrefour de bourrasques, un congrès de lumières, une conjoncture de puissance, une fête géographique permanente, intelligible principalement aux âmes ennoblies par des actions difficiles.

Entrevue dans l'éloignement, la ville était basse, éparse, presque villageoise. Elle se montrait, à cette époque, vierge des walhallas de ciment qu'on y admire aujourd'hui. Les berges s'inclinaient vers le courant en belles pentes paresseuses sur lesquelles on voyait, comme dans les vieilles estampes, déambuler des promeneurs, dormir un tâcheron, vagabonder un chien. On ne sentait plus, du bateau, la disgrâce des hommes et des choses. On apercevait des maisonnettes plaisantes qui pouvaient être des auberges, les demeures des bateliers, des calfats, des passeurs d'eau. Point n'est besoin de s'éloigner beaucoup pour défigurer le réel et pour partir en rêverie. On pouvait imaginer des voyages, des Danubes, des Volgas, des fuites, des expéditions, des conquêtes.

Alors venait un grand et gros pont couronné de fumée, de réverbères, de convois. Et, tout aussitôt, sur la rive, fourmillaient des milliers de tonneaux, tous les trésors de Bercy. Je saluais, au passage, ces boissons insipides : j'avais bu d'un vin plus fort. J'étais debout, à l'avant — je disais, au fond de mon cœur, à la proue. C'était un de ces bateaux découverts que l'on avait lancés pour l'Exposition. Un vent presque marin tourmentait mes songeries. « Oui, vraiment, j'avais bien fait. On parlait trop souvent d'argent, chez nous, chez les Pasquier. Malgré son grand effort et malgré sa victoire, papa lui-même était gagné par les promesses de Mammon. Ferdinand se consumait dans de petites convoitises. Joseph, oh ! Joseph ! Il était prêt à donner son âme pour l'anneau de Fafner. Son âme ! Il l'avait déjà donnée, le malheureux ! Cécile était admirable, sans doute, et déjà si loin de nous, déjà sortie de notre jeu — Cécile était en péril, avec ce mariage impossible. Restait la pauvre maman. Oh ! elle n'était pas coupable, seulement fascinée, seulement tiraillée, seulement écrasée de tout. Etait-ce ainsi, par ces chamailles, ces petits comptes, ces chipotages, qu'il convenait de célébrer notre entrée dans la terre promise ? Car c'était la terre promise. Notre père avait touché le but de sa vie. Nous commencions une vie nouvelle. Nous accédions, enfin, dans les vertes vallées de l'intelligence. Et c'était pour y quereller à propos de sous et de liards. Quelle honte ! Non, il était grandement temps de faire quelque chose d'extraordinaire, de rédempteur, de purificateur. C'était fait... du moins en partie... »

A ce point de mes réflexions, je sentis que l'inquiétude allait empoisonner ma joie. Une inquiétude toute semblable au remords. « C'était fait ? Non, je n'étais pas quitte. Il y avait quelque chose qui demandait révision. Ah ! que c'était difficile ! »

A ce moment, nous croisâmes un train de chalands. Notre bateau se prit à danser. De grands coups de sifflets sourdaient des gares couchées tout le long du fleuve. Entre les jambages du pont d'Austerlitz apparurent Notre-Dame et les hautes maisons des îles. Le cœur me sauta dans la gorge. Le paysage s'élevait à la mesure de mon tourment. Le fleuve, avant de se partager, se gonflait, semblait prendre une respiration heureuse. J'apercevais, sur la gauche, oasis de souvenirs, les arbres du Jardin des Plantes, de notre cher jardin des bêtes sauvages, où campait déjà l'automne. Les rives, chargées de convois, de chevaux, de foules en marche, dialoguaient par-dessus les eaux. Le petit bateau s'engagea dans le passage, entre les îles, entre les quais pareils à de hautes forteresses de grès et de granit, et, soudain, s'ouvrit aux yeux, récompense délicieuse, féerie, magie, mirage, le cœur, le milieu, le sanctuaire de la ville par excellence, une plaisante et noble assemblée de tours, de temples, de palais, de ponts ailés, de maisons doctes, d'hôtels austères, de bâtisses folles, de toits fumeurs, d'arbres captifs, de jardins et de statues, un sublime concert d'eau, de ciel et d'œuvres humaines qui toutes avaient une histoire, un sens, une destinée, enfin Paris, bien sûr, ou pour mieux dire, le Paris d'un garçon de dix-neuf ans qui vient de faire une chose assurément difficile, assurément belle et méritoire, mais dont il n'est pas très content pour certaines raisons sur lesquelles il sera nécessaire de s'expliquer tôt ou tard.

## CHAPITRE 4

Léon Schleiter est mon aîné de beaucoup. Si j'en crois les annuaires, il devait avoir vingt-sept ans à l'époque où prend mon récit. Il habitait, rue Saint-Jacques, en face de la Sorbonne, une maison qui s'accrochait comme une gale fuligineuse au flanc du Collège de France et qu'une sage rectification a, depuis, fait disparaître.

C'était, pour un jeune savant de la qualité de Schleiter, une demeure très misérable. On y fleurait, connaissant l'homme, dès le corridor d'entrée, une sorte d'affirmation politique ou plus exactement sociale qui me pénétrait de respect, presque d'enthousiasme. Un escalier étroit, branchu comme une artère, s'élevait dans le milieu de la baraque et distribuait en tous sens des galeries tortueuses, coupées de marches, sur lesquelles s'ouvraient une foule de menues alvéoles. Des ouvriers gîtaient là, des femmes du pays latin, des vendeurs à la petite voiture, un peuple assez paisible. L'escalier prenait jour sur une courette vêtue de suie veloutée. A chaque palier, les habitants pouvaient, par la fenêtre, répandre leurs eaux ménagères dans des plombs dont, au passage, on respirait le souffle ammoniacal.

Il était surprenant de rencontrer, en plein cœur du quartier savant, cette masure insolente qui devait avoir vu passer, au temps de sa jeunesse, les pèlerins en route pour la Corogne et Saint-Jacques de Compostelle. On peut, encore aujourd'hui, découvrir, entre l'Ecole Polytechnique et le Collège de France, dans l'ombre de Sainte-Barbe et de Louis-le-Grand, sous le regard du Panthéon, des églises, des bibliothèques, un des plus odorants réduits de la misère parisienne.

Léon Schleiter, maître et camarade, était alors préparateur en Sorbonne, au laboratoire de physiologie, et assistant de M. Dastre. Nous admirions fort Schleiter. Il avait soutenu, l'année précédente, une thèse non pas brillante mais, exactement, monumentale sur la structure des graisses phosphorées dans les œufs d'oiseaux. A nos yeux, cet ouvrage, presque en son entier fait de chiffres et de formules chimiques, représentait la charte de notre science, la somme de toutes les idées raisonnables sur la vie. A vrai dire, dans cet ouvrage, Schleiter se bornait encore à développer les idées de M. Dastre. Il y apportait un dogmatisme intempérant que nous trouvions magnifique, encore qu'il nous valût toutes sortes de rebuffades : Schleiter n'était pas un tendre.

Il était fils d'un petit tailleur de la rue d'Aboukir. Il avait vu son père, assis à l'orientale au bord de l'établi luisant, se racornir et se consumer sous une lumière de cave. Il avait mené longtemps, dans l'odeur des vieilles nippes, une existence torturée d'ambition. Et, d'effort en effort, par le jeu de puissances obscures et de hasards éclatants, le petit garçon du tailleur s'élevait, maintenant, très vite, dans la nouvelle gloire des temps, la gloire scientifique.

Je dis s'élevait et non s'épanouissait : il y a, dans le mot et dans l'idée d'épanouissement, quelque chose de souple, de libre, enfin quelque chose d'heureux qui me semble incompatible avec la personne de Schleiter. J'aurai sûrement l'occasion de revenir à Schleiter, dans ces pages et les suivantes. Il a tenu et tient encore une place dans mon univers. Je dois, en son honneur, dévier un peu mon récit. Léon Schleiter, à cette époque, était maigre, de haute taille, bistre de cuir et noir de poil, avec la moustache et la mouche. Il avait le visage mince, aplati latéralement, en sorte que, dans le souvenir, il se présente de profil. Il portait un binocle sur un long nez membraneux. Ce nez, la structure germanique de son nom, la rigueur de ses opinions pendant l'affaire Dreyfus le faisaient traiter de juif par ses adversaires. Il répétait volontiers : « Je regrette de n'être pas juif. » Il ajoutait tout aussitôt : « Malheureusement, je ne le suis pas. » Il avait été, il était, il est encore dreyfusiste. Ainsi disait-il alors, pour protester contre ce qu'il appelait les désinences péjoratives. Au moment où s'ouvre le présent récit, Léon Schleiter venait de se jeter, avec une passion sèche et noire comme sa personne, dans la politique socialiste, nuance Guesde, ou plutôt nuance Schleiter, c'est-à-dire dans un socialisme d'extrême-gauche qu'il imprégnait de syndicalisme.

Je ne voudrais pas, dans le choix des mots et la démarche des phrases, laisser croire, même un seul moment, que je juge sans complaisance le personnage et la destinée de Schleiter. Il est aujourd'hui de ces savants assez nombreux, somme toute, qui ont, de bonne heure, déserté le laboratoire et le délicieux tourment de la connaissance pour les aventures de la vie publique. Je me suis longtemps demandé, songeant à Léon Schleiter, si l'ivresse de la popularité, la passion de l'influence, ou même le jeu des idées pouvaient vraiment faire hésiter un homme de haute culture entre deux destinées, deux carrières, deux fortunes, celle du savoir et celle du pouvoir, j'entends de ce pouvoir évident, sensible, grossier, qu'est le pouvoir public. A la réflexion, il me semble bien que les vrais savants quittent la recherche quand ils n'en retirent plus rien. Je reste dans l'ordre moral. Les mathématiciens surtout, j'y ai pensé bien souvent à propos de Paul Painlevé, voient, comme certains lyriques, leur génie tari de bonne heure. Ils se jettent alors dans l'action parce que la méditation n'a plus à leur narine qu'une odeur de cendre froide.

Ces réflexions ne nous écartent pas trop du biologiste Schleiter. Il a, des premiers, appliqué la rigueur mathématique aux sciences de la vie. Bien qu'il fût au principe de cette grande révolution, M. Dastre disait de Schleiter et de nous tous, en ce temps-là : « Je me fais l'effet d'une poule qui a couvé des canards. » Schleiter était un mathématicien égaré dans l'observation des êtres vivants. Il a vite perdu la flamme de son génie. Je suis sûr qu'il en a souffert et c'est sans doute la raison de ses ardeurs politiques et de sa froide austérité.

Je ne pensais guère à ces choses en gravissant, ce matin-là, l'escalier de la rue Saint-Jacques. J'étais tout à mes combats, tout à mon orgueil. Il me fallait une sanction, l'assentiment d'un homme de ma caste morale. Et voilà pourquoi je venais frapper chez Léon Schleiter.

Il était déjà debout et vint ouvrir aussitôt. Il disposait, dans cette masure extravagante, d'un logement assez confortable, comportant deux chambres, une cuisine, un semblant de vestibule. Les chambres donnaient sur la rue Saint-Jacques et les murailles de la Sorbonne, horizon vertueux qui faisait oublier tant bien que mal l'ombre et les odeurs de l'escalier. Le logis de Schleiter était en outre fort propre et d'un ordre sourcilleux. Il vint donc m'ouvrir lui-même, le rasoir aux doigts, car il était en train de se faire la barbe.

— C'est une charmante surprise, dit-il d'un ton sec et serré que je connaissais assez bien et qui ne me déroutait guère, car il exprimait, chez Schleiter, la plus grande ouverture du cœur. Et qu'est-ce qui me vaut ce plaisir ?

— Oh ! fis-je, l'accent détaché, rassurez-vous : rien de grave.

— Rien de grave, sans doute ; mais quelque chose de sérieux ?

— Non, Schleiter, non, rassurez-vous.

— Je suis rassuré par principe et presque par définition. Asseyez-vous dans ce fauteuil. Si vous le permettez, je vais en finir avec cette barbe. Vous savez que c'est un supplice, car j'ai le poil très dur. Alors ? Visite matinale, tout simplement ? C'est parfait.

— Ce n'est pas ce qu'on appelle une visite. Je pensais venir au labo, sachant que vous y seriez.

— Et quelque pressant besoin vous a fait devancer l'heure. Bien.

Attendez une seconde que je me trempe la tête dans l'eau. Et maintenant, je vous écoute.

— Schleiter, dis-je en me levant, je vous affirme que c'est une chose sans importance.

— Oh ! je le vois bien, je le vois bien, rien qu'à votre calme exemplaire. Alors, vous préférez ne pas rester assis ?

— C'est-à-dire qu'un peu de mouvement...

— Croyez-moi, Pasquier, faites un petit effort et restez dans le fauteuil, ne serait-ce que par discipline, pour maîtriser vos nerfs.

— Je ne suis pas nerveux. Excusez-moi, Schleiter.

— Mon cher, je ne fais que ça.

— Vous connaissez mon frère aîné ?

— Je le connais... C'est beaucoup dire. Je l'ai vu trois ou quatre fois.

— Je voudrais vous déclarer tout d'abord que mon frère aîné, Joseph, est un garçon remarquable.

Schleiter se tourna vers moi, rajusta son binocle, me considéra pendant une minute avec beaucoup d'attention et dit, la voix mince :

— Vous donnez, sans doute, en ce moment, une démonstration de ce que peut l'esprit de famille, oui, même sur un jeune homme indépendant et d'intelligence critique. Voyez-vous, Pasquier...

— Ah ! fis-je en sortant du fauteuil, j'ai fait, hier soir, une chose dont il faut absolument que je vous parle.

Schleiter avança la main, l'index un peu relevé.

— Attention, dit-il. Attention ! Vous êtes bien agité, mon cher.

— Evidemment, fis-je, baissant la tête. Je tâcherai de tout vous dire. C'est une chose étonnante.

— Toute réflexion faite, reprit Schleiter, pendant qu'il en est temps encore, je vous prie, mon petit, de ne rien me dire du tout.

Malgré l'aimable « mon petit », qu'il imitait de M. Dastre, cette phrase me laissa stupide.

— Ne rien vous dire... je vous assure... Enfin, qu'est-ce que vous croyez ?

— Je ne crois rien, je ne crois rien. Je vous vois très excité. Je pense, autant que je puisse me livrer aux hypothèses, que vous avez fait quelque chose dont vous n'êtes pas très content. Alors, parce que j'ai de l'expérience et que je m'intéresse à vous, mon petit Pasquier, je vous dis : faites-moi la grâce de garder votre confidence.

— Pourquoi donc ? Imaginez-vous que j'ai fait une action malhonnête ?

— Je ne dis pas ça, certainement. Je suis même sûr du contraire. Je crois pourtant que vous me remercierez d'avoir dit ce que je viens de dire. Si vous parliez, en ce moment, vous le regretteriez ce soir. Croyez-moi, mon petit : je connais les hommes. Quand on doit travailler ensemble, il faut beaucoup de réserve. Et maintenant, allons au labo, puisque c'était votre idée et que je ne vais pas autre part. Allons, calmez-vous, Pasquier. Attendez, je vais fermer la porte.

Il avait pris, à la patère, le chapeau de feutre noir et léger qui était alors chez les gens de science la coiffure d'uniforme, en petite tenue. Il me poussa par l'épaule.

— Ça vaut beaucoup mieux comme ça. Si nous voulons vivre ensemble et travailler utilement, méfions-nous, mon petit, méfions-nous de l'intimité, des secrets, des confessions, de tout ce batifolage. C'est du romantisme, Pasquier, ce n'est pas du laboratoire.

Nous étions dans l'escalier au carrelage cahoteux. A chaque fenêtre, les plombs nous envoyaient un souffle de dent cariée. Schleiter regarda vers le ciel et dit :

— Il va pleuvoir encore. C'est un automne lamentable.

## CHAPITRE 5

Le laboratoire de physiologie occupait, occupe encore l'angle méridional et oriental de la Sorbonne. Les salles de travail regardaient soit la rue Saint-Jacques, soit la morose rue Cujas, soit une cour intérieure où se lamentaient les chiens promis aux expériences.

Pendant nos longues vacances, le laboratoire était désert. On y faisait, à petit train, le lessivage des peintures, toilette à laquelle notre maître, le professeur, attachait beaucoup d'importance. L'équipe Schleiter, composée de Vuillaume, de Roch, d'Hélène Strohl et de moi, revenait parfois se mettre au travail dès l'extrême fin de l'été. Schleiter aimait la discipline et trouvait les vacances amollissantes. Un septembre laborieux l'enchantait : point d'élèves, peu de bruit. Les peintres achevaient leur tâche et pliaient déjà bagage. « Schleiter a raison, disait Roch. C'est un moment si calme qu'on attraperait, au vol, une des lois de la nature, comme ça, sans le faire exprès. »

Dans le bourg de la banlieue dont il était maire, M. Dastre demeurait alors à composer, en rêverie, son traité de la taille des arbres, ce beau traité de jardinage qui n'a jamais vu le jour. Nous savions qu'au milieu d'octobre le maître reviendrait parmi nous, bienveillant, attentif, courtois, tels on veut imaginer les gentilshommes de légende.

— Si vous permettez, me dit Schleiter, je vais prendre mon café noir.

Je le suivis dans un bar du boulevard Saint-Michel. Il n'était certes pas avare, mais strict dans ses dépenses. Il dit :

— Voulez-vous du café ?

Je refusai, prétextant que j'en avais eu chez moi. En fait, le parfum du café me donnait grande envie d'en prendre, mais je restais humilié de notre entretien récent. Nous remontâmes vers la Sorbonne.

— Votre amie, Mlle Strohl, disait Léon Schleiter, doit être au labo de bonne heure. Elle me fait des tracés.

Cette nouvelle me remplit d'un contentement que je ne manifestai point. Comment donc avais-je pu, même l'espace d'un instant, compter sur ce noir Schleiter, sur le cœur de Schleiter, sur son esprit de finesse, alors que j'avais Hélène ?

Hélène était, depuis deux ans déjà, ma condisciple et mon amie. Elle était venue de Belfort, sa ville natale, pour préparer à Paris une licence qu'elle avait obtenue, en même temps que moi, pendant la session d'été. C'était alors une belle fille, droite, un peu plus grande que moi. Elle était blonde, avec des traits bien dessinés, un teint frais mais non fragile, cet air d'allègre santé que l'on voyait, sur les affiches, aux jeunes femmes de Chéret. Elle marchait à grands pas et portait des jupes à la cheville, ce qui, pour l'époque, était assez cavalier. Sur ses beaux cheveux en couronne, elle piquait lestement un petit canotier de feutre. Tout cela, qui contribuait à lui donner, selon son vœu, une allure libre et masculine, ne l'empêchait pas d'être femme, très belle et volontiers rieuse.

Je viens, en faisant ce portrait, de fermer les yeux avec force, pour mieux retrouver, derrière cent images successives, notre Hélène de ce temps-là.

Hélène était au travail, serrée dans une blouse neuve encore durcie d'empois. Elle avait le regard fixe et les lèvres frémissantes d'une personne qui calcule intérieurement. Elle me fit quand même un geste amical en me montrant un tabouret. Une belle clarté froide baignait le travail d'Hélène. J'apercevais, sur une tablette de liège, une grenouille crucifiée. Le mollet de l'animal avait été disséqué. Sur un muscle mis à nu, tiré par un fil de soie, étaient piquées des aiguilles électriques. L'appareil enregistreur tournait à la droite d'Hélène. Un trait fin comme un cheveu se propageait sur le cylindre noirci. Hélène tenait le chronomètre d'une main et de l'autre un crayon.

— Hélène, fis-je, à voix basse, je suis heureux de vous voir ce matin. Je ne peux pas vous dire à quel point je désirais votre présence.

Hélène sourit, baissa ses paupières ornées de longs cils couleur tabac et ne répondit pas tout de suite. Puis, la voix calme et chantante :

— Bonjour, Laurent ! Qu'est-ce qui vous arrive, mon petit ? Huit... neuf... Vous avez le regard bleu clair, comme Monsieur votre... Attendez ! Dix, onze, douze... comme Monsieur votre père quand il n'est pas à la bonne. Ah ! il ne faut pas dire cela ? Ce que vous pouvez être... Treize, quatorze... Vous allez me faire gâcher toute mon observation... susceptible. Oui ! Ce que vous l'êtes, susceptible ! Laissez-moi tranquille un instant. Je ne sais plus ce que je fais... Allez ! tournez-moi le dos.

Hélène se remit à compter. Parfois, elle s'arrêtait, la bouche entrouverte, et j'apercevais ses dents qui étaient belles à voir. Alors elle secouait la tête. J'affectais de me tourner et distinguais, affichée sur le mur, la sage maxime de M. Dastre : « Ici, chaque objet a une place. Prière de remettre chaque objet à sa place. »

— Hélène, dis-je tout à coup. Je suis très malheureux. Non, non, ne m'écoutez pas. Je ne suis pas très malheureux. Peut-être même suis-je très heureux. Attention ! Votre grenouille n'est donc pas curarisée ? Qu'est-ce qui lui prend ? Je n'aime pas ces convulsions.

— Ne vous inquiétez pas, homme sensible. Faites seulement le nécessaire pour vous retenir de parler. Vingt-cinq. Oui, oui, vingt-cinq. Je ne sais plus où j'en suis. Vous êtes insupportable. Si Schleiter venait, il vous traiterait d'artiste, de fantaisiste, et encore je ne sais plus de quoi. Et il aurait raison.

— Oh ! soufflai-je, dans une moue. Schleiter est avec les chiens. Ecoutez-les râler, les chiens. Hélène, il faut que je vous parle.

— Eh bien ! mon petit, c'est tout simple. Nous sortirons ensemble. Jusque-là... Quarante-deux. Oh ! Vous me portez sur les nerfs. Enfin, quand vous étiez dans les surrénales, moi, je ne vous tracassais pas. Quarante-quatre... Non ? Vous ne voulez pas que nous sortions ensemble ?

— Si, oh ! si, mais pas ce matin. Plus tard.

— Je pense bien. J'en ai pour jusqu'à trois heures. Après, eh bien ! après, invitez-moi donc à goûter. Oh ! nous ne ferons pas de folies.

— A trois heures. Merci, Hélène. Est-ce que je peux rester quand même ?

— Non, Lau. Non. Travaillez. Allez aider Schleiter. Enfin, je vous dis que si vous restez là, je vais faire des bêtises. La paix, mon petit Laurent, la paix !

— Hélène, pas Schleiter ce matin. C'est un homme très intelligent, mais c'est une cervelle hémi-perméable. Je me comprends, je sais ce que je dis. Ce matin, il m'exaspère. Je vais à la bibliothèque.

— Allez au diable, mon petit Lau.

— Oh ! Hélène, si vous saviez...

— Eh bien ! n'allez pas au diable. Allez à la bibliothèque et, surtout, ne revenez pas. Vous êtes gentil, Laurent. Je vous aime beaucoup, Laurent.

Je haussai les épaules et m'en fus dans la bibliothèque. Je passai là près d'une heure à feuilleter les bulletins en prenant de très vagues notes. Puis je sortis sans bruit et filai d'une seule haleine jusqu'au boulevard de l'Hôpital.

Mon ami Justin Weill habitait chez ses parents, qui dirigeaient une petite compagnie de fiacres et vivaient en communauté, avec deux frères et leur famille. A cet instant de septembre, Justin devait être aux champs près de Jouy-en-Josas. Comme j'avais mes entrées dans la demeure familiale, je gagnai directement le bureau de M. Weill.

C'était un Israélite replet, petit, chauve, à lunettes d'or, toujours vif et d'humeur gaie. Il m'aimait comme le meilleur et le plus sincère ami de son fils.

— Monsieur Weill, dis-je en entrant, pensez-vous que Justin vienne à Paris aujourd'hui ?

M. Weill secoua la tête.

— Non, mon ami. Justin travaille. Et ne va pas croire qu'il s'agit du doctorat en droit. Non. Un drame shakespearien, en cinq actes et trente-sept tableaux, quelque chose d'époustouflant ! Bien entendu, je ne sais rien, nous ne savons rien, ni les uns, ni les autres. Et il y faut de la bonne volonté pour ne rien savoir, pour ne pas l'entendre déclamer dans tous les coins les vers de son *Ezéchiel*. Ça s'appelle *Ezéchiel*. Et même, ce n'est pas mal, bien que je ne m'y connaisse guère. Tu n'as pas l'air très réjoui.

— Monsieur Weill, dis-je tout à trac, j'ai fait la sottise de quitter Créteil, ce matin, sans emporter d'argent. Pouvez-vous me prêter vingt francs ?

M. Weill se prit à rire, ouvrit sa caisse et me tendit un louis d'or. Il disait :

— Veux-tu davantage ?

— Non, fis-je, merci, Monsieur. Je le rapporterai demain ou après-demain.

M. Weill fit le geste d'un homme qui n'est pas pressé. J'étais déjà dans la rue ; déjà, le sang refroidi, je m'en retournais à pas lents vers le quartier des écoles. Un Laurent faisait, dans le fond de mon cœur, des comptes assez misérables qu'un autre Laurent repoussait avec mépris.

Je déjeunai, pour quatorze sous, non pas chez notre petit traiteur de la rue Thénard, — je craignais d'y rencontrer Schleiter ou quelque autre de mes copains, mais dans un bistro du quai. Ensuite, je fis, tout seul, une promenade assez morose en affrontant sans succès diverses pensées discordantes. Enfin, vers trois heures, je regagnai la Sorbonne. Un ciel pesant, venu de l'Ouest, frôlait le faîte des maisons. Hélène m'accueillit par un rire.

— Eh bien ! dit-elle, c'est fini. Schleiter m'a même gratifiée de quelque chose d'analogue à une mention honorable. Et ce n'est pas votre faute, Laurent. J'ai presque mal à la tête. Où m'emmenez-vous ?

— N'importe où. Par exemple, au Luxembourg.

— C'est une solution commode.

Nous marchions côte à côte le long de la rue Soufflot. Hélène portait, pour la rue, un long vêtement imperméable qu'on appelait waterproof et que je trouvais d'une élégance accomplie. Elle tenait sous le bras une serviette de cuir, bien sage, pleine de livres. Elle dit :

— Qu'est-ce qu'il y a, Laurent ?

— Il y a, fis-je tout bas, que je suis très malheureux.

Elle me regarda furtivement et sourit à peine.

— Avec vous, dit-elle, tout est possible, même ça.

— Hélène, repris-je aussitôt, vous savez que j'aurai vingt ans à la fin de l'hiver qui vient.

— Je sais, mon petit, je sais. Et même, ce n'est pas charitable de me rappeler ainsi que je suis votre aînée de deux ans. Voilà ! Presque une vieille dame.

Je ne répondis pas tout de suite : je digérais le « mon petit ». Décidément, M. Dastre avait contaminé tout le monde.

— Hélène, repris-je enfin, vous êtes vraiment mon amie. Il faut m'écouter en amie.

Nous venions de passer la grille du Luxembourg. Hélène eut alors un de ces gestes gracieux dont elle n'était pas avare. Elle me prit la main et la secoua, la pressa, la garda finalement une minute dans la sienne. Elle souriait :

— Nous avons l'air de deux amoureux. C'est délicieux et sans danger.

— Hélène, dis-je tout à coup, je vous raconterai plus tard mon histoire d'hier, une histoire qui n'est pas simple. Mais j'ai, d'abord, mille choses à vous dire. Promettez-moi de ne pas vous moquer de moi. Je suis à l'âge... Comment dire ? C'est presque ridicule.

— Mais non, mais non, fit Hélène en fermant à demi les yeux. Mais non, ce n'est pas ridicule.

— Ce que je sens plus fort que tout, c'est un grand besoin d'amour. Voilà ! Pas d'autre mot. Un grand, un vrai, un terrible besoin d'amour.

Hélène s'arrêta, la tête basse. Elle était soudain sérieuse et rougissait par bouffées. Elle murmura :

— Je crois que je comprends très bien.

— Et voilà, repris-je en frappant le sol du pied, voilà ce qui me désespère, c'est que je ne peux pas aimer, que, moi, je ne dois pas aimer, enfin, que je n'en ai pas le droit.

Hélène releva la tête.

— Expliquez-vous, Laurent, parce que je ne comprends plus.

— Venez, fis-je en lui prenant le bras et en l'entraînant dans l'allée. Comment vous expliquer les choses cachées de ma vie ? Dire que l'amour me fait horreur, croyez-vous que cela ne me déchire pas ? Alors, vous qui devinez tout... Si, Hélène, vous êtes la femme la plus intelligente du monde... Vous êtes venue chez nous, vous connaissez mon père. C'est un homme admirable, par certains côtés. Pourtant, je me suis juré, voilà déjà quatre ou cinq ans, de faire tout le contraire, rigoureusement tout le contraire de ce que faisait, de ce que fait toujours mon père.

Il y eut une petite pause. Hélène dit, doucement :

— Votre père a des maîtresses ?

— Comment le savez-vous ?

Hélène hocha les épaules.

— Mon Dieu, ça peut se deviner.

— Eh bien ! c'est parfaitement exact. Non, je ne devrais pas dire ça : c'est une expression de mon frère Ferdinand.

— Vous n'aimez pas Ferdinand ?

— Si, mais laissons Ferdinand. J'en parlerai tout à l'heure. Oui, mon père a des maîtresses et il n'y a rien à faire.

— Je me demande vraiment ce que vous voudriez faire.

— Oh ! je suis une mauvaise tête. J'ai fait plusieurs tentatives. Rien à faire. Papa, c'est une muraille. On ne peut rien contre lui. Une muraille. Il est impossible. Il est effrayant. Il a plus de cinquante ans et il ne songe qu'aux femmes, ou plutôt il ne songe qu'à la femme. Je ne peux pas tout dire. Certaines fois, il y aurait de quoi rire. Il nous faudrait une servante, à la maison, maintenant que nous sommes des bourgeois, comme dirait Schleiter. Eh bien ! nous savons tous qu'une servante, même laide, serait probablement impossible. Il a fallu trouver autre chose... Laissons cela. Penser aux femmes ! Moi aussi, je pense aux femmes. Et je me demande parfois si je ne suis pas, moi, Laurent, par une dérision du sort, tout le portrait de mon père. Et c'est désespérant, parce que mon père me révolte et même parce qu'il me dégoûte... Je sais que c'est inavouable. Et ce n'est pas tout : Cécile ! Cécile, c'est une autre histoire. Je ne devrais pas la nommer tout de suite après... Cécile, vous l'avez entendue. C'est une personne du ciel, comme disait autrefois l'impossible Valdemar. Ce n'est peut-être pas sensé de parler ainsi de ma propre sœur. Ce n'est sans doute pas très modeste. Mais quoi ! Cécile a du génie. Elle est fière, elle est hautaine. Elle vit parmi nous comme une envoyée, comme un être d'une autre race. Quand elle joue, le monde entier se tait pour l'entendre. Je vous assure, même Paula Lescure dans la salle à manger, — mais Paula n'a pas besoin de se taire, elle ne fait jamais de bruit —, même le cheval, dans l'écurie, même cette petite bestiole qui fait tic, tic, tic, dans la charpente. Eh bien ! Cécile va se marier. Une véritable catastrophe. Avec qui ? Je vous le demande. Avec un roi d'Orient, avec un mage, un enchanteur ? Non ! Elle va finir par épouser Valdemar Henningsen. Je vous en ai parlé cent fois, mais je ne vous ai pas tout dit. Valdemar nous a tirés de l'ombre. Nous ne savions rien, ou presque. Nous étions, Cécile et moi, de très pauvres enfants. Il nous a tout révélé : la musique, les belles choses... et l'orgueil, surtout l'orgueil. Nous habitions la même maison. Lui, c'était un artiste. Il venait, il descendait, il faisait travailler Cécile. Il était pour moi comme Ariel, comme un archange, avec les clefs et le flambeau. Il était extraordinaire, avec ses grandes mains maladroites, ses discours. Joseph disait : un esthète ! Qu'est-ce que vous avez, Hélène ?

— Vous ne sentez pas qu'il pleut ?

— Si. Allons sous le refuge. Eh bien ! ce garçon étonnant, qu'est-ce qu'il est, aujourd'hui ? Est-ce que j'avais mal compris ? Est-ce que j'avais mal vu ? Joseph me dit volontiers que je ne suis pas observateur. Qu'est-ce qu'il est, ce Valdemar ? Un raté, un fou, un malade. Oui, c'est surtout cela. Un neurasthénique ! Et Cécile va l'épouser. Je pourrais presque affirmer que Cécile ne l'aime pas, ou plutôt qu'elle ne l'aime plus. Vous n'êtes pas trop mouillée ? Hélène, Hélène, j'ai le sentiment que je vous dis des sornettes, enfin que toutes ces misères ne peuvent pas vous intéresser.

Nous étions sous le refuge et nous y trouvions seuls. Une grosse pluie verticale, pesante, acharnée, s'abattait sur le jardin. Et, soudain, nous entendîmes l'orchestre militaire — nous devions être un jeudi — qui se prit à jouer, pour les arbres, pour les bosquets trempés, pour les chaises ruisselantes. Il jouait une valse de *la Traviata* :

*Buvons...ons, buvons...ons à la...a...a...a folie*
*De ce vin qui nous enivre.*

Un air que je détestais, que je trouvais risible et qui, dans mon souvenir, a pris, avec les années, une beauté presque déchirante.

Je regardais Hélène avec une tendre angoisse et j'eus, l'espace d'un éclair, le sentiment confus que je devais me tromper, que je faisais fausse route, que j'étais en train de gâcher, de manquer quelque chose, peut-être une destinée, peut-être une grâce unique, et qu'il n'y avait, quand même, aucun moyen de faire autrement, que j'étais lancé comme un bolide, comme une comète et qu'il ne dépendait plus de moi de n'aller point où j'allais.

— Oui, repris-je sourdement, je suis prisonnier d'eux tous. Voilà ! Je ne suis pas libre. Ils m'enchaînent, ils m'écrasent. Vous parliez de Ferdinand ? Il va se marier, Ferdinand. Ils vont tous se marier. C'est comme une épidémie. Vous ne connaissez pas Claire. Vous n'y perdez pas trop. Une vraie femme pour Ferdinand. Ça parle bas, dans les coins, le futur ménage, toute la journée du dimanche. Alors, vous pensez : l'amour ? Ouiche ! Ça parle interminablement de la chambre en noyer ciré, de la moquette clouée, du service de Baccarat, enfin de ce qu'ils appellent « le nid ». Je vous demande pardon, mais ça me dégoûte, ça me dégoûte !

J'avais le sentiment désespéré que je disais de moins en moins ce que je voulais dire. Là-bas, derrière des épaisseurs de pluie, entre les marronniers macérés, le trombone reprenait, seul, avec un entêtement chagrin :

*Buvons...ons, buvons...ons à la...a...a...a folie.*

Alors Hélène releva la tête et, d'un mouvement ailé, secoua ses vêtements. Je crois bien qu'elle souriait. Elle disait, entre haut et bas :

— Mon pauvre Laurent, ce n'est pas inextricable. Il me semble que si vous aimiez quelqu'un, vous ne penseriez même pas à toutes ces histoires des autres. Vous m'aviez promis du thé. Ce ne sera pas superflu.

Comme nous partions sous la pluie, le moment me sembla venu

d'aborder enfin le plus obscur de ma confidence. Etait-ce le temps, l'averse, le hasard, je ne sais quel malaise, peut-être la rougeur d'Hélène, les choses, une fois encore, ne se présentèrent pas comme je l'avais espéré, et les mots trahirent aussi. L'idée me vint, à la minute décisive, de tenter une expérience. Sans doute même cette expérience voulait-elle être tentée, envers et contre mon cœur. Je m'entendis ainsi parler :

— Hélène, hier soir, j'ai fait une folie. Oui, une chose déraisonnable.

Hélène me regardait d'un air un peu lointain. De grosses gouttes de pluie se formaient au bord de son feutre. Elle murmura :

— Qu'avez-vous fait ?

— Je me suis querellé, hier soir, avec mon frère Joseph.

Hélène haussa les épaules. J'hésitais un peu sur la pente.

— J'avais un billet de mille francs ou, plus exactement... enfin, ça faisait mille francs en tout. On venait de me donner cette somme après bien des discussions. Il faudrait tout vous dire : une affaire d'héritage. Alors j'ai déchiré le billet et je l'ai jeté dans la Marne, pour montrer à Joseph...

Hélène attendit une minute et, comme je ne disais plus rien, elle demanda, la voix calme, déliée, lointaine :

— Pour montrer... quoi ?

— Rien, Hélène, absolument rien. D'ailleurs, les choses ne sont pas aussi simples que je pourrais vous le dire. Tenez, entrez par ici. On va nous donner du thé, des gâteaux, ce que vous voudrez.

La chaleur du thé me descendit dans la gorge sans me soulager le cœur. Un grand malaise m'était venu. Je parlais profusément, je parlais de tout. Je disais :

— J'ai rencontré Boissonnas, l'élève de Schulhof, l'astronome. Il y a de quoi hurler. La moitié des astronomes disent que la terre a deux milliards d'années, les autres seulement trois cents millions. Et les mathématiciens ! C'est encore pis. Tout est remis en question. Aucune certitude possible. Deux et deux ne font plus quatre. Les parallèles peuvent très bien se rencontrer. Quel désordre ! Quelle misère ! Il n'y a qu'une seule chose dont on soit à peu près sûr. Non, non, ce n'est pas le néant. C'est la douleur. Je méprise les sciences exactes, ou, du moins, je m'en défie, malgré Schleiter et ses pareils. Les sciences dites exactes sont une énorme duperie. Mais j'ai pitié de la vie. Vous verrez, Hélène, vous verrez, j'inventerai une physiologie nouvelle : la physiologie de la douleur. C'est la seule réalité.

Nous étions sortis de nouveau. J'avais retiré mon chapeau qui était à larges bords, car j'avais résolu de n'imiter point Schleiter.

Nous commençâmes de marcher le long des rues, au crépuscule. Hélène était conciliante, accommodante, maternelle, oui, c'est bien le mot, maternelle. Elle me saisissait le bras quand je me lançais sur la chaussée, au mépris des camions et des fiacres. Elle m'écoutait encore ou, du moins, faisait semblant. Vers six heures et demie, je me rappelle que nous errions le long du square Notre-Dame. Je disais, la voix amère :

— Boissonnas m'a rappelé, d'abord, que les planètes de notre système tournaient toutes dans le même sens, c'est-à-dire à l'opposé des aiguilles d'une montre. C'est rassurant, n'est-ce pas ? C'est un ordre, quelque chose qui met l'esprit en repos. Eh bien ! pas du tout. On a découvert une planète qui s'appelle Uranus et qui tourne à contresens. Et tous ses satellites aussi tournent à contresens. Ah ! je vous affirme, Hélène, quand je songe à cela, j'ai vraiment envie de mourir.

— Pauvre Lau ! dit Hélène. Vous n'êtes pas simple, oh ! pas du tout.

— Qu'est-ce que vous faites, Hélène ? Vous voulez me quitter ?

— Bien sûr. Il le faut, mon petit. Allons, allons, du courage. Chacun sa vie, Laurent.

Sur cette maxime sévère, Hélène eut un élan auquel je devais rêver plus d'une fois, au long des jours. Elle se pencha vers moi très vite et me posa dans les cheveux un baiser léger, léger, dont je ne sus pas tout de suite qu'il avait un parfum d'adieu.

Quelques minutes plus tard, je marchais, le long de la Seine, mon grand chapeau sous le bras. Au coin du pont d'Austerlitz, je fis halte sous un bec de gaz et j'écrivis le petit billet suivant que j'avais presque oublié quand, en 1918, Mme Weill me le rendit avec beaucoup d'autres papiers :

*Justin, mon cher Justin, tu es mon seul ami. Au nom de la poésie, de l'amitié, de l'amour, de tout ce que nous chérissons, viens me voir à Créteil, demain. Arrange-toi pour rester quelques jours avec ton malheureux*

Laurent, qui est abandonné des hommes,
des Dieux et des Idées.

M. Weill, par chance, n'était pas encore parti. Il se faisait, tous les soirs, pendant les mois de vacances, conduire par un de ses fiacres jusqu'à la place Denfert et partait, en train, pour Jouy, retrouver toute sa famille.

Il me fit présent d'une enveloppe, se chargea de ma lettre après l'avoir ostensiblement cachetée, fit deux ou trois jeux de mots, à quoi, d'ailleurs, il excellait, et monta dans sa voiture.

De cette soirée pluvieuse, je me rappelle encore un certain nombre d'images : un dîner nauséabond que je pris dans un « bouillon », non loin de la place Maubert ; puis des rues, des trottoirs, des grilles de jardins obscurs, un café de la Bastille, aux environs de minuit. Enfin, plus tard encore, la petite gare enfumée d'où l'on partait pour Saint-Maur. Il n'y avait plus qu'un seul train, vers une heure et demie. J'étais crotté jusqu'à l'âme, sale, farouche, irrité. Je tombais de sommeil et dormis dans le wagon. De la gare de Saint-Maur jusqu'à la rue du Moulin, je marchai comme un automate. Enfin j'aperçus notre porte et j'entendis le barbet gronder derrière le battant. Je n'avais pas la clef de la rue, car je ne rentrais jamais à pareille heure. Je demeurai, une grande minute, immobile, sur le trottoir. Le chien, qui m'avait flairé, respirait au ras du pavé, mais n'aboyait plus. Alors, toute proche de moi, comme le souffle de la nuit, je perçus la voix de maman :

— C'est toi, Laurent ! Comme il est tard !

Elle parlait vraiment très bas, pour ne pas réveiller ceux qui dormaient dans la maison. Et, tout aussitôt, je l'entendis qui manœuvrait la grosse clef. La porte s'entrouvrit. L'ombre était maintenant merveilleusement calme et froide. Ma mère me serrait contre elle et disait :

— Je me doutais bien que ton tour viendrait aussi ; tu es mouillé, trempé. De quoi prendre du mal. Viens, j'ai du lait chaud sur le feu, avec une goutte de café.

Elle m'entraîna dans la salle à manger. Une petite lampe Pigeon brûlait au milieu de la table sur laquelle, entre les repas, comme aux jours de notre enfance, comme au temps de la rue Vandamme et de la rue Guy-de-la-Brosse, on étendait une toile cirée toute fissurée, tout écailleuse. Ma mère apporta le lait dans une tasse de porcelaine qui lui venait de sa tante. Pendant que je buvais, ma mère me regardait, sans trop en avoir l'air, pour ne pas m'irriter. Elle risqua, la voix timide :

— Dis-moi quelque chose, Laurent. Peut-être que je comprendrai. Même si c'était une histoire de ton âge. Même si c'était une histoire... oui, une histoire d'amour.

Je posai la tasse, me levai d'un seul bond et répondis, la voix dure :

— C'est tout ce que tu voudras, maman, sauf une histoire d'amour.

Je montai dans mon grenier en butant au bord des marches. Il y avait, sous une porte, un petit fil de lumière : Paula Lescure lisait, jusqu'à l'aube, jusqu'à s'en user les paupières, des romans à couverture illustrée qu'elle cachait, pendant le jour, sous le matelas de son lit.

## CHAPITRE 6

Notre maison de Créteil, je l'ai revue, et pour la dernière fois, il y a cinq ans environ, en 1927, au hasard d'une promenade. Ce revoir m'a serré le cœur. La maison m'a paru chétive, ruineuse, mal exposée. Des chiens, dans le jardin galeux, clabaudaient à l'écho de leurs voix, ce qui toujours m'afflige comme l'image désespérante de presque toutes nos querelles. Du linge séchait dans la cour, sans vent, sans ailes, sans espoir. Une longue fissure descendait sur la façade, comme au front hideux de la maison Usher. On ne voyait pas les habitants : on entendait seulement, quand les roquets reprenaient souffle, la voix morose et scolaire d'un vieillard qui devait épeler le journal pour quelque compagne aveugle.

Je suis repassé, l'an dernier, dans cette venelle de Créteil. La maison avait disparu. Sur le terrain, retaillé par les lotisseurs, croissaient de ces bicoques où le génie moderne se manifeste avec intempérance et, somme toute, naïveté. Pour une fois, cette effervescence architecturale m'a donné du soulagement. Je n'avais plus à reconnaître, dans une masure flageolante, la somptueuse, l'orgueilleuse demeure de nos commencements.

C'est bien en 99 que nous sommes venus nous installer à Créteil. Raymond Pasquier, mon père, avait obtenu, dès le milieu de l'année 98, ce diplôme de docteur en médecine qu'il avait, que nous avions tous, avec lui, sinon plus que lui, souhaité comme le salut, comme la grâce et la récompense, comme la clef et le drapeau d'une vie nouvelle. Cette même année de 98, Ferdinand, mon second frère, ayant atteint sa majorité, mes parents avaient fait, pour faciliter notre établissement dans la terre promise, un emprunt dont j'ai parlé dès le début de mon récit.

A l'instant de revenir, pour la clarté, sur ces misères, je me sens saisi d'amertume, peut-être même d'ennui. J'ai toujours détesté les chiffres. J'ai fait de beaux efforts pour les chasser de ma vie. Vont-ils reprendre du venin, alors que, le cœur en repos, je tâche à raconter notre histoire ? Non, j'y reviendrai, par bribes, au hasard, ou quand il faudra. Je dirai, si d'aventure mon récit l'exige ou seulement le souffre, cette longue passion de mon père pour s'élever — c'était son mot — par le savoir, et comment nous avons vécu pendant ces années de bataille. Je veux tout de suite parler de notre maison de Créteil. Ne suis-je point parti pour cela ?

Son diplôme obtenu, mon père fit d'abord quelques expériences dans le plus pur style Pasquier. Il alla reconnaître des postes et voir s'il pourrait s'y implanter. Nous attendions, à Paris, l'instant de le rejoindre. Le problème n'était pas simple et la vie du clan Pasquier parut, dès ce moment-là, formée d'intérêts divergents, difficilement conciliables. Tout nous liait, nous les enfants, à quelque canton de Paris. Joseph y avait mis en train ce qu'il appelait des « affaires ». Ferdinand tenait un emploi ; en outre, ayant échappé, grâce à son excessive myopie, aux servitudes militaires, il s'était fiancé de bonne heure. Je poursuivais, de mon côté, des études en Sorbonne. Cécile, dans la première fleur de sa renommée, ne pouvait s'éloigner de la grande ville. Seule, alors, Suzanne restait dans les jupes maternelles. A tout cela, je pense que mon père ne songeait pas une seconde. Il avait son diplôme en poche. Il sentait le vent, il vibrait comme un voilier, comme un oiseau, comme une créature mobile qui va prendre l'air, enfin, donner sa mesure, gagner les plus hautes régions de la vie, de la fortune. Notre mère devinait merveilleusement bien les destinées et la marche des événements. Je me rappelle qu'à ce moment, vers le début de l'année 99, elle avait l'air non pas hésitant, non pas désemparé — elle ne l'était vraiment jamais dans les circonstances graves — mais au contraire tendu, le front bas, les yeux mi-clos. Et puis, soudain, un jour, il fut question de Créteil et notre ciel s'éclaircit. Je compris, à regarder le visage de ma mère, que le problème était non certes résolu, mais hardiment différé, que le clan resterait uni jusqu'à de nouvelles échéances, que le génie du foyer venait de trouver un moyen de faire patienter tout le monde.

Créteil c'était, sinon Paris, du moins la chaleur de Paris, le rayonnement de Paris. Nous pouvions, nous tous, les enfants, sans renoncer à nos étoiles, à notre sens, à notre vie, nous pouvions patienter encore un peu sous les ailes de la couveuse. Notre père, dès l'aube d'un tel projet, marqua du contentement, presque de l'allégresse : il parlait toujours de départs, mais je pense qu'il dépérissait sitôt qu'il perdait de vue la flèche de Notre-Dame.

Maman vint à Créteil, y fit une savante prospection, trouva même, dans la grande rue, certaine maison décente, sans doute étroite de pignon, sans doute privée de jardin, mais bonne pour un docteur. — J'ai toujours pensé que ce titre, réservé, chez nous, Français, dans le parler courant, aux médecins, exclusivement, n'avait pas été de peu pour séduire et décider à l'effort un homme naturellement glorieux.

Mon père vint donc visiter la trouvaille maternelle et, sur place, en pleine rue, sans même franchir le seuil, il fit une colère cardinale, démonstrative, avec effets de voix et mots à l'emporte-pièce, pour bien affirmer que jamais il n'accepterait de gîter dans cette espèce de cabane à lapins, dans cette boîte à sel, dans cette cage à mouches, dans cette maison d'épicier dont on avait le sentiment, ce sont ses propres termes et je cite sans commentaire, « qu'elle serrait les fesses et qu'elle était constipée ».

Là-dessus, mon père se mit lui-même en campagne, marchant sec et parlant haut. Il découvrit, après deux heures de recherches rondement menées, la maison, notre maison, celle de la rue du Moulin.

— Mais, Ram, lui dit maman, jamais les gens ne viendront là. C'est presque en dehors de la ville.

— Les gens viendront ! s'écria mon père. Et ceux qui ne viendront pas, ce sera tant pis pour eux.

Je dois dire que la maison fit à nos yeux grand effet, que pour une fois, nous nous liguâmes avec notre père et que les objections de maman ne nous parurent d'aucun prix.

La maison était alors, si j'en crois mes souvenirs, sinon ravalée de frais, du moins fort avenante. Elle montrait, avantage insigne, des fenêtres sur toutes les faces : mon père n'a jamais pu souffrir — et je l'approuve en cela — les maisons qui, dans deux ou trois directions de l'espace, tournent des murailles fermées, des visages de refus.

Outre la cour, qui comportait de menues dépendances auxquelles Joseph, tout de suite, donna le nom de « communs », il y avait un jardin de dimensions médiocres, assez bien planté, somme toute agréable et que nous trouvions royal. Joseph sentit, j'en suis sûr, le mot de parc lui grouiller au bord des lèvres. S'il ne le prononça pas, c'est qu'il eut sans doute l'idée de le réserver pour lui, pour son avenir à lui, pensant qu'il serait un jour le premier des Pasquier qui saurait avoir un vrai parc.

J'espère bien, de ce jardin, raconter mille choses. Ne nous hâtons pas trop.

La maison comportait un rez-de-chaussée, un étage et un grenier spacieux sur lequel on avait pris trois chambres mansardées.

Au rez-de-chaussée, nous avions la salle à manger, la cuisine, un salon où l'on faisait attendre la clientèle et où elle n'attendait jamais fort longuement, comme je le dirai plus tard, un cabinet dans lequel mon père donnait ses consultations, enfin ce réduit qualifié laboratoire, parce que mon père y manipulait de petites bouteilles.

Quatre chambres, séparées deux à deux par un couloir, formaient le premier étage. Dans l'une couchaient les filles. Déjà Cécile, toute dévorée de son travail, tolérait assez mal la présence et les jeux de l'innocente Suzanne. En face, logeaient nos parents. Joseph et Ferdinand s'étaient, dès le début, et même avant, sur les croquis, adjugé les deux autres chambres de l'étage. A ce moment de ma vie, j'éprouvais un si vif et si poignant désir de solitude que je n'avais pas combattu pour me réserver une place dans l'une ou l'autre de ces chambres. Avec un peu de colère, un peu d'enivrement aussi, je m'étais réfugié dans une des mansardes, au grenier. Elles étaient lambrissées très bas, recevaient peu de jour, peu d'air, se révélèrent brûlantes en été, sibériennes dès novembre. Du moins, je m'y trouvais seul.

Maman disait, chaque soir : « Cette passion d'être seul ! Il t'arriverait quelque chose là-haut, je n'en saurais rien. Je ne t'entends pas respirer. Cette passion d'être seul ! »

Une autre de ces mansardes fut, dès l'été 1900, prise par Paula Lescure. C'était une cousine assez éloignée appartenant au monde Pasquier, c'est-à-dire « côté paternel ». Après maintes délibérations, nous l'avions fait venir de son Vexin natal pour aider aux soins du ménage et soulager un peu maman.

La troisième des mansardes était réservée pour une domestique et n'a presque jamais servi, du moins à cet usage. Il arrivait que mon cher Justin Weill y passât la nuit, quand il venait à la maison. Joseph disait sérieusement : « C'est la chambre d'amis. » Car Joseph, esprit positif, — il aimait à le déclarer — était vivement ébloui par les mots et les images.

Telle était notre maison et telle, je dois le dire, elle fut pour nous tous, au début, l'objet d'un orgueil sans mesure. Nous avions, pendant si longtemps, vécu de la vie étouffée du menu peuple de Paris ! Nous avions, pendant tant d'années, manqué d'espace, de lumière et même d'air respirable ! Pendant toute notre vie, le jeu de nos pensées, autant et plus que celui de nos membres, avait été comme étouffé par les portes, par les murailles et surtout, surtout par la présence à notre droite, à notre gauche, au-dessus et au-dessous de nous, en face de nous, derrière nous, dans tous les sens, à tous les plans, par la présence d'autres hommes, d'autres familles, d'autres âmes. Et voilà que, tout à coup, — oh ! nous n'étions qu'en banlieue, pays des petites maisons, des petits jardins, des petits rêves et des ambitions malingres, — voilà pourtant que, soudain, nous pouvions nous desserrer, mettre un peu d'espace limpide entre les membres du clan, et jeter une belle marge entre nous et l'étranger. Ce fut, pour tous, un soulagement délicieux, sauf pour notre mère qui pressentait là, de ses sens déliés, une ébauche de dénouement, une première trêve de l'étreinte, un inquiétant prélude à l'essaimage, à la dispersion.

Je le répète, pour papa, pour nous les enfants, la joie fut sans ombre. La surprise la plus vive me fut donnée par le changement de ce qu'il faudrait appeler le régime des bruits.

Dans nos logements parisiens, j'avais toujours distingué plusieurs familles de bruit. Il y avait d'abord nos bruits, les bruits Pasquier, ceux de notre clan. Sans doute, devrais-je appeler d'abord les très infimes rumeurs de ma vie personnelle, le jeu du cœur attentif, le glissement du sang dans les vaisseaux, le souffle de la poitrine et ces choses que l'on perçoit au plus calme de la nuit : le travail secret de toute fibre, la vibration sonore des muscles qui se contractent, le tintement des paupières serrées pour implorer le sommeil, ce tintement que seuls connaissent les vétérans de l'insomnie. Les bruits secrets de la bête, mêlés aux cris silencieux de l'âme, je ne les oublie certes pas : ne vont-ils pas m'escorter jusqu'aux frontières de la mort ? Ils se fondaient alors dans l'harmonie du concert Pasquier. De celui-ci, je connaissais tous les timbres, tous les styles : la marche de l'un, la toux de l'autre, le sourd grognement de Joseph avant de se racler la gorge, les soupirs ténorisants de mon père, le dé à coudre de maman frappant rêveusement la table, la façon qu'avait Ferdinand de gratter le sol, sous sa chaise, ou de renifler avec passion, ou de ruer dans son lit, les rires de Suzanne enfant. Et, plus haut encore, les voix, les voix que je reconnaîtrai dans mille ans, quand la trompette de l'ange m'aura tiré de la tombe. Et le piano de Cécile, non pas roi du bruit, mais bien roi souverain du silence, mage et Dieu de mon silence. Oui, les mots, les cris, les appels, tous les chants que la nuit éteint. Alors c'est le dialogue des choses familières, le tremblement d'une assiette dans le buffet, les déchirements de l'armoire et de la commode, les craquements du vieux lit, quand vient le froid, à l'aube, toutes les plaintes du bois torturé par un travail intérieur. Et, plus loin, autour, la course hennissante de l'eau dans les conduites, les bruits qui filent comme des rats au plus creux des encoignures. Mille autres choses encore : une mouche qui rêve, une fleur qui perd un pétale, un trait d'air qui filtre sous une porte, se trouve soudain prisonnier, s'affole et cherche issue. Et tout cela, c'est notre domaine. On entend, aux frontières, le bruit des charpentes arthritiques et, au-delà, au-delà, commence la vie des autres : les bruits des voisins connus, des clans dont on ne peut pas ne pas tout savoir : le traînassement des chaussons, la querelle quotidienne, les variations de l'amour, les rythmes du petit métier, les doléances du malade. Et, plus loin, encore plus loin, la vie des maisons voisines, la rue, torrent de bruit, et Paris, océan de bruit, et le monde entier, en rond, venant battre notre rive, le monde que j'écoutais, jour et nuit, la bouche ouverte, les doigts écarquillés, car je ne saurais pas vivre sans écouter, écouter, écouter, oui, écouter tout ce qui peut s'entendre, et le reste, surtout le reste.

C'est ainsi que j'avais vécu pendant plus de dix-huit ans. Alors, nous étions venus dans cette rue de Créteil. Soudain, les bruits Pasquier s'étaient trouvés presque isolés des bruits du monde. Un bel anneau de silence était tombé soudain entre l'univers et nous. C'était d'ailleurs un silence non pas interplanétaire, mais vivant et impur, visité de pépiements, de vols d'oiseaux, d'insectes taraudeurs. Un très beau silence quand même. J'y nageais avec délice, chaque soir, dans mon grenier. Ce fut peut-être ma plus vive délectation pendant nos premiers mois de Créteil, et c'est pourquoi j'y pense encore, sans doute pour, une minute encore, retarder le récit que je me suis promis de faire.

## CHAPITRE 7

Mon ami Justin Weill n'avait pas grandi beaucoup, depuis les jours de notre adolescence. Au moment où prend ce récit, il avait à peu près vingt ans. Il savait que, tel Simon Weill, son honoré père, il resterait un homme de petite stature et il palliait naturellement cette légère disgrâce par un goût charmant de l'élévation morale, du lyrisme et de l'essor. Il montrait cette beauté matinale des jeunes Juifs, cette beauté précaire qui n'attend pas, pour s'alourdir, les fardeaux et les flammes de midi. J'ai songé mélancoliquement à Justin en lisant, des années plus tard, les vers chaleureux d'Henri Franck :

*Toi, juif aux cheveux roux et à la voix chantante,*
*Tout tremblant de nerveuse et tendre intelligence...*

Les grandes oreilles de Justin étaient maintenant cachées par une chevelure admirable, rétive, solaire. Il avait des yeux longs, d'un noir brumeux, une voix non seulement chantante, mais d'un timbre émouvant. Une voix très belle, trop belle peut-être. Les hommes qui jouissent d'une telle voix en sont eux-mêmes les esclaves enchantés et si, d'aventure, ils sont poètes, ils se trouvent finalement déroutés par la gloire du comédien.

C'est ainsi que je revois Justin, dans la cour de notre maison, le lendemain de ma promenade avec Hélène. Justin n'avait pas balancé, sitôt mon appel reçu, sitôt déchiffré mon billet. Il arrivait de Jouy, par la route, à bicyclette. Il portait une culotte bouffante, une veste quasi-boléro, le tout de bonne laine anglaise, une cravate cerise et un canotier de paille. Il marchait dans la cour, à mes côtés, pétrissant son mouchoir d'une main petite, inquiète, marquée de taches de son.

— Ecoute, dit-il, c'est très beau. Mille francs ! Un billet de mille francs ! Et tu l'as déchiré, mis en miettes, jeté dans l'eau !

— Attends, Justin, je veux te confesser encore quelque chose.

— C'est bien, Laurent, c'est très beau ! Tu permets à ton vieil ami de te dire le fond de sa pensée. Tu sais que je suis incapable de te cacher quoi que ce soit. Mille francs, c'est un beau geste. Et vois-tu, Laurent, mon avis est que même ce n'est pas assez. Ce n'est pas mille francs qu'il fallait détruire, c'est dix mille francs, cinquante mille francs, cent mille francs...

— Oui, oui, je le sais bien, repris-je. Mais je n'avais pas une pareille somme. Pense un peu, déjà, mille francs ! D'ailleurs, Justin, sois fraternel : j'ai quelque chose à te dire. C'est grave... J'en suis malade.

— Tu ne les avais pas, je le sais. Mais tu les auras un jour. Si ! Si ! pense donc ! Un savant de ton envergure ! Eh ! il faudra y revenir. Un sacrifice géant, une hécatombe, un autodafé de billets. Voilà ce qu'un homme comme toi...

— Ah ! fis-je, tais-toi, Justin. Tu me remplis de honte.

Je ne suis pas bien sûr que Justin, tout à sa ferveur, songeait à me demander la raison de cette honte. Il n'en eut d'ailleurs pas le temps : mon père sortait de la maison. Il descendit deux ou trois marches, s'éclaircit la voix, regarda le ciel.

— Eh ! dit-il. C'est le beau temps, ou presque. Je vais prendre la « sans chevaux ». Si le cœur vous en dit, jeunes gens ?

Nous acceptâmes avec dignité, sans marquer le moindre enthousiasme, bien que la proposition ne fût pas pour nous déplaire.

Mon père disparut dans le couloir.

— J'ai besoin de te parler encore, dis-je tout bas à Justin. Attendons, veux-tu ? Jusque-là, pas un mot, surtout devant qui tu sais.

Mon père venait de reparaître. Il portait un chapeau de soie haut de forme qu'il retirait de temps en temps pour, d'une caresse du coude, en lustrer le poil. Il avait abandonné sa lavallière chérie et se nouait sous le menton une cravate de piqué blanc. Il ne détestait pas, d'ordinaire, la redingote ; toutefois, pour honorer cette douce matinée d'arrière-saison, il avait tiré du placard une jaquette gris souris qui l'amincissait et le grandissait un peu. « Dans cette profession, disait-il, le vêtement long est de rigueur. Il faut inspirer confiance. » Ce n'était pas mal pensé. La médecine, à renier toute particularité d'accoutrement, perd un peu de son prestige et, nécessairement, de son efficacité, erreur que la magistrature n'est pas encore près de commettre.

Cette sévère tenue, que mon père portait allégrement, se trouvait en outre tempérée par des gants citron qui sentaient un peu la benzine et par des bottines jaunes, d'un jaune étonnant, nutritif, qui faisait songer à des sauces, à des gâteaux, aux mandarines de Noël.

— Ton père est vraiment très bien, me dit à voix basse Justin, en relevant les sourcils. Plus de cinquante-trois, n'est-ce pas ?

— Ah ! non, fis-je. Pas un mot là-dessus ! Nous parlerons de ça un autre jour.

Cependant, je regardais mon père d'un œil mi-clos, attentif. Il venait d'ôter son chapeau qu'il avait posé, coiffe au ciel, sur le bord de la fenêtre. Ses cheveux, d'un blond chaleureux, divisés par une raie latérale, ne se décidaient aucunement à blanchir et semblaient au contraire parcourus par des vagues de patine bronzée. Il avait de longues moustaches félines, flambantes, et qu'on eût dites, comme les antennes des insectes, animées d'un mouvement propre. Dans son regard, d'un bleu presque tendre pour peu qu'il voulût sourire, passaient des reflets argentés, des lueurs froides que j'ai guettées longtemps, non sans malaise. Il n'était pas très grand, mais agile et vif. Nul n'aurait dit de lui qu'il était un petit homme. Il paraissait sinon parfaitement élancé, du moins sur le point de prendre son élan.

Il nous considéra pendant une seconde avec ce sourire cordial et dédaigneux dont, vers ce temps, je commençais à tolérer la piqûre.

— Jeunes gens, dit-il, veuillez ouvrir la porte. Nous allons sortir la machine.

Notre maison avait été construite vers le milieu du XIXe siècle, à l'ancienne mode : entre cour et jardin. La cour, je ne sais si je l'ai dit, se trouvait, comme il se doit, sur le devant et donnait, par une baie charretière, dans la rue du Moulin, à l'endroit même où la chaussée commence de s'incliner vers la rivière. A droite et à gauche de cette cour, qu'il me faudrait plus justement nommer courette, s'ouvraient les fameux « communs » de Joseph : deux bâtisses employées l'une comme remise et l'autre comme écurie. Au fond de ce dernier réduit, nous entendions Cham piétiner une maigre litière. Mon père avait ainsi nommé notre cheval parce que la bête était de robe noire. Et comme papa ne détestait pas la plaisanterie, nous voyant, un jour, Justin Weill et moi, flatter l'innocent canasson, il avait dit, la voix railleuse : « Voilà Sem, Cham et Japhet. » Cette petite phrase, apparemment anodine, laissait perler, vers 1900, un venin antidreyfusard auquel nous étions fort sensibles. Nous avions, Justin et moi, rougi d'un même cœur, et Justin, la voix vibrante, avait aussitôt répondu : « Soyez tranquille, monsieur Pasquier, nul de nous ne se moquera du patriarche. » Réplique dont mon père avait éprouvé la verdeur, car, loin de jouer les pères nobles, il se fût donné plutôt pour le frère de ses enfants. Mais revenons à mon récit.

Nous ouvrîmes donc la remise. On y voyait, près du boguet avec lequel mon père faisait d'ordinaire ses courses, une mécanique extraordinaire que nous considérâmes aussitôt avec respect et curiosité. La dernière fantaisie, la dernière folie de mon père.

— Jeunes gens, aidez-moi, dit-il, en ôtant sa jaquette.

Tirée, poussée, la voiture « sans chevaux » vint au grand jour. C'était une sorte de phaéton à deux places dont les hautes roues portaient un galon de caoutchouc noir. Devant la place du conducteur s'offrait, à l'extrémité d'une tige verticale, une manette de direction qui tournait sur un secteur en forme de cadran solaire. Le moteur était à l'arrière, entre les deux roues majeures, dans un gros coffre de bois peint en rouge vif avec filets noirs. Ce coffre s'ouvrait par deux volets obliques, semblables à la porte des caves dans certains pays vignobles. Deux belles petites lanternes, avec bougeoirs à ressort et réflecteurs étamés, donnaient à croire qu'une sortie nocturne ne serait pas impossible.

— Ne vous installez pas tout de suite, fit mon père : il faut soigner la mécanique.

Il prit une burette, une loque, un bidon de benzine et commença de tourner autour de la voiture en nous donnant maintes explications.

— C'est une voiture à pétrole, disait-il, avec un moteur Daimler, le vrai moteur du progrès. Ce n'est pas le tout dernier modèle, sans doute. On fait, aujourd'hui, des voitures plus élégantes. Je ne m'y fierais pas : la mécanique est sacrifiée au luxe. Avant tout, la sécurité. Tenez, regardez, jeunes gens, comment se fait la mise en marche. Simplicité parfaite : je dévisse le robinet, je tourne le commutateur, et, maintenant, j'empoigne le volant de départ.

Il avait ouvert la cage du moteur. On apercevait confusément toute une triperie métallique et, surtout, un lourd volant de fonte placé dans le sens des roues et que mon père saisit à pleine main. Il retint son haleine et fit un geste énergique pour imprimer au volant un mouvement de rotation. La machine renifla longuement, éternua, puis lâcha quelque chose comme un aboiement.

— N'ayez pas peur, dit mon père, ce genre de moteur s'appelle, en propres termes, moteur à explosions. S'il pète, c'est qu'il va marcher.

— Oh ! déclarâmes-nous dignement, nous n'avons pas du tout peur. C'est même assez intéressant.

Une dizaine de fois, mon père lança le volant sans résultat. Le moteur toussait, râlait, renâclait sans se décider. Et, soudain, il partit : « Tap, tap, tap » et la voiture se mit à trembler tout entière, avec un bruit de fusillade. Mon père, toujours souriant, remettait sa jaquette, son haut-de-forme, ses gants jaunes. Il dit :

— Laurent, tu monteras derrière. On va placer le coussin. Ton ami se mettra près de moi.

Nous disposâmes, sur le coffre du moteur, un coussin de cuir noir. Un petit marchepied et deux poignées de fer concouraient à mon équilibre. Mon père et Justin prirent place. La voiture, tournant sur elle-même comme un chien qui cherche à se mordre la queue, se dirigea vers la sortie.

Nous avions beau, Justin Weill et moi, marquer de la réserve à tout ce qui concernait les extravagances modernes en général et les expériences du Dr Pasquier, mon père, en particulier, l'idée de traverser Créteil dans cet équipage étrange nous donnait quelque plaisir. Je m'étais assis un peu de biais, pour surveiller notre cheminement. La rue du Moulin n'offre pas un sol fort égal. Quand la voiture ayant, roue après roue, achevé l'exploration de quelque fondrière, regrimpait de l'autre côté, je me cramponnais avec force pour ne pas vider les arçons ou ce qui m'en tenait lieu. Mon père, bien droit, bien calme, le haut-de-forme assuré, la dextre sur la manette, la senestre sur la hanche, semblait parfaitement maître de cette force tempétueuse. Comme nous arrivions sur la place de l'Eglise, il souleva son couvre-chef et salua plusieurs personnes d'une façon fort élégante.

— Je ne suis pas vindicatif, dit-il, — et cela nous fit sourire, car il était passablement vindicatif, — mais je voudrais rencontrer cet imbécile de Blottier pour lui montrer, confraternellement, qu'au point de vue des idées, je suis plus jeune que lui.

A cet instant précis, et sans aucune raison sensible, comme un cheval qui prend peur à la vue d'une brouette, notre voiture fit un écart à droite et monta sur le trottoir. Elle y roula quelques mètres et vint donner du museau contre la boutique du pharmacien.

— La manette de direction est un peu trop délicate, fit mon père, mais ça n'a pas d'importance, car je voulais, justement, passer chez le pharmacien. Tirez la voiture avec soin, mes garçons, et replacez-la sur la chaussée.

Nous fîmes de notre mieux pour exécuter cet ordre. Une petite foule de badauds s'était rassemblée pendant ce temps et quand mon père, de retour, remit la machine en route, nous dûmes prier les curieux de nous livrer passage. La course reprit. Il faisait une douce et molle matinée d'automne. De grands nuages semblaient chercher dans la campagne le point convenable pour lâcher une averse indolente. Mon père dit :

— S'il pleut, Justin, tu ouvriras le parapluie qui est dans l'étui d'osier, à ta gauche.

A ce moment la pluie tomba. Justin, déployant le parapluie, se mit en mesure de protéger mon père et le chapeau de soie de mon père. Nous avions quitté les maisons. Une grande plaine fraîchement labourée se montrait sur notre droite. On y voyait, par milliers, briller les éclats de verre et les tessons de pot. Les araignées, de motte en motte, avaient déjà tendu de fins cheveux de lumière. La pluie hésita, s'arrêta. Le sol dévalait vers un hameau dont on apercevait les maisons et les vergers. La voiture avançait en égrenant un joli chapelet de détonations qui s'amortissaient dans l'étendue. Parfois, quelque détonation manquait à l'appel ou bien faisait long feu. Mon père souriait avec un sang-froid que, dans le fond de mon cœur, je jugeais assez remarquable. Il disait :

— Cette voiture peut faire dix-huit et même vingt ou vingt-deux kilomètres à l'heure. Mais je ne la connais pas encore assez pour lui demander le maximum. Ah ! le pavé est mouillé. Moteur admirable, je vous l'ai dit. Le frein, malheureusement, ne m'inspire pas la même confiance.

Nous venions de nous engager dans la partie la plus déclive de la côte. La voiture sentait la pente et bondissait de bosse en trou. Mon père saisit le frein dans sa main droite et murmura :

— Il serait préférable de ne pas prendre le mors aux dents.

Nous avions cessé toute conversation, tels des expérimentateurs au moment critique de l'épreuve. De toutes mes forces, je m'agrippais aux poignées et je sentais mes orteils, touchés de vertu préhensile, étreindre le marchepied, à travers le cuir de mes brodequins. Mon père murmura, d'une voix calme :

— Nous dépassons peut-être le vingt-quatre ou le vingt-cinq à l'heure. Sentez-vous le vent de la course ?

Puis il ne dit plus rien et je pense que nous fûmes, tous, saisis d'une légère angoisse. Nous arrivions au tournant de la route. Devant nous se présentaient un petit fossé, un talus modeste, quelques pieds carrés de chaume, enfin le mur d'une propriété derrière lequel jaunissaient des touffes d'acacia.

J'entrevis tout cela dans une sorte d'illumination. Mon père prononça, la voix blanche : « Je tourne la manette à droite, puisqu'il faut aller à gauche. » J'entendis cette phrase raisonnable, froidement mécanique et, soudain, la voiture, au lieu de virer vers la gauche, se dirigea vers la droite, piqua dans le petit fossé, monta sur le talus, s'allégea, d'un coup de reins, de ses trois passagers et fonça vers la muraille.

Malgré la brutalité du choc, nous nous relevâmes tous trois aussitôt. Je vis mon père courir après son haut-de-forme, le ramasser, en lisser le poil d'un geste du coude et se tourner vers nous, souriant :

— C'est, dit-il, le phénomène du dérapage. Pas de bobo, jeunes gens ?

Nous le rassurâmes d'un mot. J'étais étourdi quelque peu, mais intact, et Justin de même. Toutes nos pensées se tournèrent vers la machine et mon père eut un cri de triomphe :

— Je vous disais bien que le moteur était admirable. Ecoutez : il tourne encore. Par malheur, la direction est endommagée. Oui, fort endommagée, même. Il va nous être impossible de continuer cette course. Aidez-moi, garçons. Attendez ! Allons par ordre. J'arrête le moteur. Bien. Il s'arrête. J'examine le train avant. Il faut, voyez-vous, traiter cette mécanique exactement comme un malade. Ah ! la transmission est rompue et l'essieu faussé. Il se peut même que le frein... Allons, tant pis ! Réfléchissons une minute.

— Voulez-vous, monsieur Pasquier, fit Justin, qu'en unissant nos efforts nous tirions la machine jusque sur la route ?

Mon père haussa les épaules :

— Tu n'y penses pas ! Une voiture de cette espèce pèse au moins trois cents kilos. Non. Attendez jeunes gens ! Vous allez garder la machine. Je vais à la maison chercher le cheval et les cordes. Assurément, ce ne sera pas un retour bien glorieux. Tant pis ! Si les gens s'avisent de rire, je leur montrerai ma façon de penser.

Mon père n'était pas homme à remâcher une décision. Il déploya son mouchoir, battit les pans de sa jaquette pour les débarrasser de quelques mousses et brindilles qui s'y accrochaient encore, fit le geste rituel de lisser son « huit-reflets » et s'éloigna, disant : « Je suis ici dans vingt minutes. »

Un calme délicieux tomba. La campagne de Créteil était une campagne incertaine. On entendait à tout instant siffler les trains de Saint-Maur ou de Choisy, parfois la plainte pressante des remorqueurs de la Seine ou de la Marne. D'un fort lointain venait, limpide et précise, une sonnerie de clairon. Nous avions, en outre, le sentiment, peut-être hallucinatoire, d'entendre, vers l'orient, la respiration orageuse de Paris. L'été de 1900, pluvieux et maussade, avait flétri de bonne heure les frondaisons. Pourtant montait, de la terre, un mystérieux parfum poignant et sépulcral. Un laboureur, au loin, parlait à ses chevaux, comme au premier jour de l'Histoire. Nous éprouvions cette paix l'un et l'autre et, de nouveau, prêtions l'oreille à nos rêves. Justin tenait entre ses dents une tige de graminée et la coupait en petits morceaux qu'il soufflait d'un air pensif. Il soupira :

— Mon père et mes oncles disent que ces machines peuvent devenir quelque chose et qu'il faudra sans doute, un jour, changer nos fiacres... Grosse dépense en perspective.

Comme je ne répondais rien, il retomba dans le silence.

— Justin, fis-je au bout d'un instant, tu ne m'as pas laissé t'expliquer quelque chose que j'ai là, sur le cœur.

Je vis que Justin se méprenait au sens de mes paroles. Il fit un sourire tendre et murmura :

— Je suis venu parce que tu m'avais appelé. Mais je sens que je vais rester, que c'est indigne.

— C'est pour moi, fis-je, que tu es ici...

— Oh ! je n'attendais qu'un mot, au risque d'être indiscret, au risque d'être ridicule, puisque les fiançailles seront officiellement annoncées après-demain. Je n'attendais qu'un mot et je suis venu, Laurent.

— Justin, mon vieux, dis-je en lui saisissant la main, j'ai longtemps défendu Valdemar. Il représentait à mes yeux toutes sortes de choses sacrées : l'inspiration, la musique, l'art enfin. Je ne suis pas injuste, crois-le bien : Valdo représentait la musique comme toi tu représentes la poésie, la pensée. Enfin, entre vous deux, je me sentais déchiré. Quel que fût le choix de Cécile, je savais que ça n'irait pas tout seul. Rappelle-toi, rappelle-toi la rue Guy-de-la-Brosse et notre Jardin des Plantes. Mais aujourd'hui, Valdemar me fait horreur. J'ai cru longtemps qu'il buvait, avec son regard, ses colères, ses tristesses et les scènes qu'il nous faisait. Et ce n'est pas d'aujourd'hui. Vingt fois il a menacé de s'ouvrir les artères et de se couper le poignet parce qu'il n'arrivait pas à jouer aussi bien que Cécile. Un jour, il s'est enfoncé un canif dans le talon de la main. Des folies, des folies ! Et pourtant, non, il ne boit pas. Il est malade.

— Oh ! s'écria Justin, l'œil flamboyant, on ne laissera pas Cécile épouser ce malheureux.

— Justin, répondis-je, pesant les mots, je ne sais pas ce qui pourrait empêcher Cécile de faire ce qu'elle veut faire. Mais je te promets, solennellement, de m'opposer de toutes mes forces à ce mariage.

Justin me prit les mains et me les serra sans répondre. Un peu plus tard, il dit :

— Voilà ton père. Et il y a une autre personne.

— C'est, fis-je, M. Herbelot, l'homme qui vient en journées pour bouchonner le cheval et laver la carriole.

Les deux sauveteurs approchaient, tirant le cheval par la bride. Cham, en 1900, était un animal encore très jeune, de bon courage et de bon poil. Mon père, conducteur distrait, l'avait couronné dès les premiers jours, en sorte que le pauvre bourrin saignait souvent des genoux et portait tout le temps des emplâtres de goudron. En apercevant l'automobile, Cham se mit à hennir et jeta de côté des regards inquiets. Déjà, déroulant les cordes, le bonhomme Herbelot improvisait un attelage.

— Ne l'attachez pas trop court, dit mon père, qu'il ait du jeu.

Les cordes nouées, Herbelot prit le cheval par la bride et commença de lui parler. L'animal faisait entendre un souffle court et anxieux. Il roidit ses jambes et l'automobile aussitôt vira sur les roues arrière. Le cheval se mit à trembler et, soudain, comme il s'ébranlait, entendant derrière soi cliqueter cette machine effrayante, il prit peur, se cabra, lança quelques ruades, enfin, crinière au vent, partit au galop dans la plaine en emmenant toute la ferraille.

Alors les choses se gâtèrent. Herbelot, papa, Justin et moi nous lançâmes à travers les labours. Papa n'avait pas quitté son haut-de-forme. Il trottait comme un chevreuil et ne se laissait pas distancer. Le paysan soufflait un peu. Nous poussions tous ensemble des cris dont le cheval semblait fort excité. Il bondissait dans les sillons. La machine, à sa remorque, roulait, tanguait, pirouettait. Pour finir, elle se retourna. Notre cheval, hors d'haleine, s'abattit sur la terre grasse. Nous le rejoignîmes bientôt et nous hâtâmes de trancher les cordes.

— La bête n'a pas grand-chose, disait Herbelot. Mais la machine est gâtée. Ce doit être une grosse perte.

— Ça, dit mon père, nous verrons. Je l'ai prise sous condition et ne l'ai pas encore payée. Au besoin, je plaiderai. Je ne veux pas qu'on se moque de moi. En tout cas, je vais la rendre.

— Ça vaudra peut-être mieux, fis-je. Elle ne me semble pas au point.

Mon père haussa les épaules et me regarda sans douceur.

Nous retournâmes à Créteil. Mon père marchait devant, avec Herbelot et la bête. Nous allions, Justin et moi, d'une allure plus nonchalante. Quand il me parut que la distance était suffisante entre les groupes et que les voix ne portaient plus, je saisis Justin par le bras et l'étreignis avec force.

— Justin, je t'ai fait venir pour te confier quelque chose, et je n'ai pas encore tout dit.

Justin tournait vers moi son beau regard étonné.

— Ecoute, dis-je. Ecoute bien. Ce n'est pas un billet de mille francs que j'ai jeté dans la Marne. C'est seulement cinq cents francs. Comprends-tu : seulement cinq cents. J'avais deux billets de cinq cents. Alors, à la dernière minute, j'ai été, comprends-moi bien, épouvanté. Le sacrifice m'effrayait. J'ai seulement jeté cinq cents francs.

Justin me regardait sans répondre et je vis qu'il rougissait.

— Les autres cinq cents francs, je les ai conservés, pour les détruire aussi, puisque je l'avais juré. Je les ai si bien conservés que j'ai emprunté, hier, un louis de vingt francs à ton père. Mais, comment te l'avouer, Justin ? Je ne peux pas me décider à les sacrifier aussi. Alors, je me dégoûte, je me dégoûte. Je suis peut-être pire que Joseph. Car, lui, il est d'une seule pièce. Mais moi, moi ! J'ai parlé de geste absolu, oui, j'ai dit le mot ab-so-lu. Alors, je me demande si je suis autre chose qu'un menteur et un saligaud.

Justin réfléchissait encore. Et moi, je n'avais pas tout dit.

— Vois-tu, Justin, cinq cents francs, c'est déjà considérable. Quand même, je ne suis pas fier. Je sais que je peux encore jeter les derniers cinq cents francs ; mais je ne crois plus que j'aurai le courage de le faire ! C'est trop terrible.

Justin secoua la tête et même il se prit à sourire.

— Garde-les, dit-il enfin. Non ! Il vaut mieux les garder. Seulement...

Comme je le considérais avec un peu d'angoisse, il ajouta, plus bas :

— Seulement, ne dis rien à Cécile.

Il commença de m'expliquer toutes les raisons supérieures que j'avais de garder ces cinq cents francs en réserve. Il parlait avec flamme, avec esprit, avec des inventions de mots et d'arguments.

Il était très bon, Justin Weill, très bon et très intelligent.

## CHAPITRE 8

Charles Nicolle m'a dit un jour, parlant de notre collègue Vuillaume : « Il aurait donné sa vie, soyez sûr, il la donnerait encore, avec élan, pour faire une grande, une véritable découverte. » Dès qu'il aborde un tel sujet, Nicolle devient grave. Il a pourtant, mieux que personne, déjoué les caprices de l'esprit créateur. Il a souvent reçu la visite de l'ange.

Cette passion des savants en quête d'illumination, je la connais, je l'éprouve, je l'ai durement éprouvée. Sa vie ! Qui de nous ne la donnerait pour arracher un fragment, un éclat, une parcelle au noir diamant de la connaissance. Créer, en définitive, est la seule joie digne de l'homme et cette joie coûte beaucoup de peine. Nous autres, gens de la recherche, nous souffrons à notre manière qui n'est pas trop romantique. Nous savons qu'il nous faut parfois séduire l'inspiration, lui tendre des pièges, lui montrer « des lits pleins d'odeurs légères ». Nous savons aussi que, parfois, la chance ne dédaigne pas l'homme endormi. Et nous nous assoupissons volontiers dans de petites besognes médiocres. Nous rampons sur notre chemin en espérant l'heure du bond, l'heure de l'envol surprenant.

J'ai vu des hommes comme Vaxelaire, des hommes qui jouissent aujourd'hui d'un grand crédit, d'une situation honorée, passer des semestres entiers à calculer ce qu'il entre, chaque jour, aux Halles, de calories sous forme de poissons, de viandes ou de légumes, avec de sérieuses rubriques pour les salsifis et les concombres. J'ai vu Frédéric Vaxelaire vieillir en prenant par milliers et par dizaines de milliers des mesures de « conductivité électrique », des mesures, des mesures, encore et toujours des mesures. Vaxelaire n'est point un sot. C'est même un homme instruit. Il espérait sans doute qu'après tant de vides efforts, ces montagnes de chiffres accoucheraient un jour ou l'autre et mettraient enfin au clair une petite souris, une souris de vérité. Les montagnes ont grossi tout en restant bréhaignes. Vaxelaire n'a pas de génie. Il le sait, probablement, et j'aime à croire qu'il s'en est consolé, qu'il a trouvé quelque thème d'oubli. Cette souffrance des savants stériles, on la connaît mal, hors de notre profession, et surtout on ne la prend guère en pitié. La plupart de ces chercheurs infortunés sont trop fiers pour se plaindre. Ils sont aussi trop naïfs. Ils se réfugient dans l'érudition qui les trompe comme elle trompe tout le monde : entre le trouveur et l'érudit, le peuple ne voit point l'abîme.

Les artistes sont plus loquaces. Leur nature est intolérante, et donc leur souffrance évidemment intolérable. Que l'inspiration les dédaigne, ils se mettent à crier. Leurs cris, parfois, sont si poignants qu'ils ressuscitent le génie. Mes collègues du laboratoire, même quand je les sens désespérés de leur sécheresse, ne m'inspirent pas une compassion très vive : ils n'élèvent guère leur tourment jusqu'aux mots, et c'est une sage prudence ; ils trouvent très vite asile dans l'enseignement, dans l'administration, dans les honneurs. En revanche, la pitié, je l'ai ressentie, forte et tenaillante en voyant souffrir Valdemar Henningsen.

J'ai dit, dans un autre récit, et rappelé dans ce cahier ce qu'un tel compagnon avait été pour Cécile et moi. Il habitait, avec sa mère, la maison même où j'ai vécu mes années d'adolescence, rue Guy-de-la-Brosse. C'était alors un de ces êtres qui semblent avoir, dès le premier matin, reçu l'onction sacrée. Il était, à mes yeux, et sûrement aux yeux de ma sœur musicienne, la vivante image du génie. Grand, bel à voir, avec sa claire chevelure ondoyante, son teint pâle et cette encolure cambrée qui faisait dire à Mme Henningsen : « Il a de la branche, mon garçon ! », il nous avait, nous, pauvres enfants encore ensevelis dans l'ombre inférieure, il nous avait délicieusement éblouis. Il fut, plusieurs années durant, notre maître, notre archange. Disgrâce unique, l'archange avait de grands pieds et des mains pesantes, dont il souffrait sans retenue. Les mains, surtout, exaspéraient une âme vraiment musicienne qu'elles ne pouvaient que trahir. Il nous avait, dès le premier jour de notre voisinage, ouvert les portes célestes, nourris d'ambroisie, introduits aux vrais dieux. Mme Henningsen, peintre de miniatures et veuve d'un Danois lettré, jouissait d'une petite fortune et, surtout, de relations précieuses dans un monde inconnu de nous. Valdemar était reçu chez Fauré, chez Chausson. Il était le zélateur et l'ami de Claude-Achille Debussy. J'ai raconté d'ailleurs comment il avait, un jour de l'année 95, amené dans notre logis, le prince des musiciens français. Enfin Valdemar avait découvert notre Cécile et je pense encore aujourd'hui que, dans la gloire de Cécile, dans le rayonnement si pur de Cécile, on doit sentir errer le fantôme pathétique de Valdemar Henningsen, musicien blessé, musicien trahi.

La passion de Valdemar pour Cécile ne ressemblait vraiment en rien à l'image que peut se faire de l'amour une âme élémentaire. Valdemar n'a jamais aimé que le génie, et mieux encore, son génie. Il l'a poursuivi, furieusement, en lui-même, puis en Cécile. Il a, de bonne heure, compris qu'il ne serait jamais qu'un exécutant médiocre et il s'en est mal consolé, bien qu'il eût des ambitions plus brûlantes. Jour après jour, j'ai compris qu'il adorait en Cécile une hypostase parfaite de son être enchaîné, de son être à lui, Valdemar Henningsen.

Il disait, avec une ferveur colorée d'extravagance : « C'est elle qui a mes mains... Alors il faut qu'elle obéisse ! » Cécile avait obéi longtemps, non sans goût et non sans écarts. Ainsi, de bonne heure, s'était répandue, parmi nous, une sorte de légende familière sur les fiançailles musicales de Valdemar et de Cécile. Jusqu'à sa quinzième année, si j'en crois les rares confidences que cette silencieuse n'a sans doute faites qu'à moi seul, Cécile accueillit un dessein tel, non pas avec l'exaltation d'une petite fille émerveillée, mais avec la gravité d'une femme attentive et mûre. Cette histoire me troubla jusqu'au fond du cœur : je connaissais l'amour charmant que mon ami Justin Weill éprouvait aussi pour Cécile. Entre les deux rivaux, j'étais sincèrement déchiré.

Pendant l'hiver de 97, Valdemar fit jouer, aux Concerts Lamoureux, un petit poème symphonique intitulé *Spleen* et qui portait en épigraphe le fameux vers de Baudelaire :

*Je suis comme le roi d'un pays pluvieux...*

L'œuvre fut accueillie de façon courtoise : Valdemar comptait, dans la société cultivée, sinon des partisans, du moins de bons amis. Je n'oublierai pourtant jamais l'effarement douloureux qui se peignit sur le visage du compositeur dès les premiers applaudissements. « Tu peux être content, lui dis-je, c'est un succès. » Nous étions dans une loge assez obscure. Il me pinça cruellement le gras du bras et me répondit à voix basse : « Fous-moi la paix ! je t'en prie, fous-moi la paix ! » Ce qui me donna de l'étonnement, car Valdo cédait moins volontiers que Madame sa mère aux facilités du « langage artiste », comme on disait à la maison.

Encore qu'il eût bien des chances de convaincre un éditeur, Valdemar, malgré mes instances, jeta le manuscrit de *Spleen* dans un fond d'armoire. Ce manuscrit est, aujourd'hui, en la possession de Cécile. Je l'ai relu, bien des années après le concert, et je l'ai mieux jugé : c'est d'un écolier de Claude-Achille, et d'un écolier qui renchérit sur son maître. Ce que je n'avais pas compris tout de suite, Valdemar, lui, devait l'éprouver avec force et désespoir. Il n'était pas de ceux qui trouvent, dans l'imitation, le chemin de leur vertu personnelle. Au moment du fameux concert, il avait, si je ne me trompe, vingt-deux ou vingt-trois ans. J'eus alors le sentiment qu'il venait de recevoir confirmation de certaines terreurs secrètes. Il avait toujours été violent et lunatique ; il devint, en quelques mois, inquiétant, insupportable. Il s'enfermait des jours entiers, criant qu'il travaillait, qu'il allait travailler, qu'il allait quand même falloir qu'on le laissât travailler. Comme il habitait au-dessus de chez nous, je l'entendais aller et venir, frapper du pied, renverser des chaises, bâiller longuement. Puis c'étaient de longs silences pendant lesquels je suis sûr qu'il devait dormir. Puis il bégayait au piano quelque petite phrase informe. Puis il prenait le violon ou le violoncelle, car il jouait passablement de trois ou quatre instruments. Puis il ouvrait et fermait les fenêtres. Puis on l'entendait jurer ou casser quelque chose. Puis, de nouveau, d'interminables silences.

Au sortir de ces retraites, il se montrait non pas sombre, mais agressif et verbeux. Il s'installait devant le grand piano de Cécile et se livrait à des improvisations frénétiques, nourries de réminiscences qui n'étaient pas toujours inconscientes ni même involontaires. Il devenait alors odieux. « Qu'est-ce que vous avez ? disait-il en se tournant vers Cécile. Vous avez l'air de penser que ce n'est pas de moi, peut-être ? C'est de moi, et c'est admirable. Vous entendez, Cécile ? Admirable ! Et je m'y connais. Moi, au moins, je suis un artiste. » Ensuite, pendant des semaines, il tombait en langueur, affectait de ne s'intéresser plus à quoi que ce fût, grondant à tout propos d'une voix nasonnante et molle : « Mais non, mais non, vous savez bien que je ne fais plus de musique. Je vous ai dit cent fois que je me moque de la musique et de tous vos musicâtres. A quoi bon ! La musique est finie. On ne fera plus rien de bon maintenant. C'est la basse époque. » Dès ce temps, il m'irrita fort. Il se mit à brûler tout ce qu'il avait adoré, tout ce qu'il nous avait fait adorer, reniant ses amis, ses maîtres, ses dieux, bredouillant, ânonnant des imprécations nébuleuses : « Tous des veaux ! Tous des cochons ! Vous aimez ça, vous ? Ça vous juge ! Quelle misère ! » Il nous regardait avec mépris, d'un œil trouble, chargé de regrets, d'invectives, de chamailles. J'eus alors, mais comme un jeune garçon qui n'est très sûr ni de son expérience, ni des analogies, j'eus alors, souvent, l'idée que Valdemar buvait. Je le répète, je n'avais pas une connaissance approfondie des dérèglements de ce genre et il me parut assez vite que je devais me tromper.

Alors vint une éclaircie. Valdemar écrivit une pièce pour piano qui s'appelle *Interlude en fa mineur* et que Cécile, après tant d'années, me joue, parfois, sans commentaires, quand nous sommes seuls tous deux. Je pense qu'au fond de sa détresse Valdemar connut la joie ravageuse de la visitation. L'*Interlude* est presque un chef-d'œuvre. Je le sentis tout de suite et Valdemar le sentait mieux que personne, avec, toutefois, la frayeur d'un amant dédaigné qui reçoit, comme une aumône et sans espoir d'avenir, une heure de la femme chérie.

Chose étrange, cette fleur égarée — je parle de l'*Interlude* — rendit Mme Henningsen à peu près folle d'orgueil. Elle avait, jusque-là, vécu dans la certitude placide que son fils était un être trop exceptionnel pour qu'il eût le moindre besoin de se manifester. L'excellente dame se prit à célébrer le génie de Valdemar alors que ce génie, à l'instant de succomber, lançait une suprême étincelle.

Mme Henningsen fumait beaucoup, se fardait avec rage, s'enveloppait de costumes d'une fantaisie arrogante, accablait le monde musicien de sarcasmes et nous traitait, nous autres Pasquier, les humbles amis de son fils, comme des serfs émancipés. Elle portait un face-à-main et se donnait l'air de regarder les visiteurs à la loupe, ce qui, je veux le croire, était, chez elle, façon de miniaturiste. Elle disait : « Tous ces gens-là, nos compositeurs à la mode, sont de tout petits couillons. Valdo les mettra dans sa poche. N'est-ce pas, Valdo ? » Elle avait une voix de contralto, l'accent moitié slave et moitié germanique, bien qu'elle fût parisienne. Elle proférait des mots fort grossiers avec une distinction parfaite et réservait l'intonation faubourienne pour prononcer des remarques précieuses ou des jugements artistiques. Elle disait, à tout instant, quand elle recevait de leurs amis : « Valdo, mon cher, joue-leur ton machin... tu sais, ton *Interlude*. » Valdemar dut le jouer deux ou trois fois de bon cœur. Puis il bouda, puis il se fâcha. « Toujours l'*Interlude* ! grondait-il. On dirait que je n'ai fait que ça. » Un jour, il se prit à rire et répéta : « Je n'ai fait que ça. Bien évidemment, que ça ! » Et, soudain, il blêmit, bleuit, prit une colère convulsive au cours de laquelle il brisa sur les tapis d'Orient les petites lampes à pétrole toujours odorantes et transpirantes que l'on fixait, avec des manchons à ressorts, dans les bougeoirs du piano.

En de tels cas, Mme Henningsen mettait son chapeau et nouait sa voilette qu'elle aspirait et pinçait entre ses lèvres serrées. Elle descendait dans la rue avec son chien, livrant l'atelier, l'appartement, la maison entière aux fureurs de son garçon. Parfois, je descendais moi-même et j'apercevais, sur le trottoir, la dame vêtue de mousseline, de tulle, de crêpe vaporeux, qui regardait, d'un air méditatif et intéressé, le griffon, au bout de sa laisse, en train de lâcher parcimonieusement de l'eau.

Ses colères épuisées, Valdo retombait à l'indolence. Un jour, il me saisit par le col et commença de sangloter contre mon épaule. Il disait, parlant de soi, peut-être par pudeur, à la troisième personne, il disait : « Rien ! Absolument rien ! Il ne fera jamais rien. Et il le sait, il le sait. »

Deux ou trois jours plus tard, le soulagement se frayait des avenues. Valdemar avait découvert un petit maître inconnu du XVI^e^ siècle italien. C'était sa merveille, c'était son Baruch. Il en parlait une semaine. Il nous conviait au festin avec une ferveur tyrannique. Et quand il avait réussi, quand il nous avait fait aimer l'objet de son engouement, alors, il le vomissait, le déchirait, le reniait, tâchait à nous convaincre d'ignorance et de mauvais goût.

Cécile, dans toutes ces querelles, montrait une froideur extrême. Je pense que, dès ce temps, elle avait jugé Valdemar. Quand il fut question, pour nous, de l'émigration à Créteil, Valdemar eut des transports. Il commença par déclarer que la carrière de Cécile allait se trouver perdue. Il ajouta que ce serait bien fait, que Cécile ne méritait pas autre chose, qu'elle était hautaine et glacée, qu'elle ne comprendrait jamais rien à la pure souffrance de l'artiste.

Cécile écoutait, droite et sévère, ces folies qu'elle avait, cent fois, entendues de la même bouche. Elle écoutait et sa lèvre supérieure tremblait sur ses dents éclatantes. Alors, comme toujours, Valdemar se mit à genoux, pour finir. Il demanda son pardon avec de grands éclats d'orgueil. Malgré moi, j'assistais souvent à leurs tristes scènes d'amour. Valdemar disait : « Tu peux aller dans ce Créteil. Je t'y suivrai, je te suivrai partout. Et dans deux ans, exactement deux ans, je t'épouserai. Jure-moi que je t'épouserai. »

Il serrait, autour des genoux de Cécile, une étreinte qu'elle dénouait, d'un doigt calme, obstiné. Encore blême de colère domptée, elle répétait, serrant les mâchoires : « Mais oui, nous nous marierons, puisque je vous l'ai promis. »

Dès que nous fûmes à Créteil, les choses changèrent d'allure. Une, deux, trois fois la semaine, Valdemar venait nous voir ou, pour mieux dire, voir Cécile. Il n'était plus notre voisin, l'Ariel de la maison, le génie voltigeur que l'on rencontrait dans l'escalier. Ce qu'il avait de singulier, d'excentrique, d'anormal pour tout dire, devint aussitôt plus visible. Joseph disait : « C'est un esthète ! » Là-dessus, Joseph levait le regard au ciel et feignait de tenir une fleur imaginaire entre le pouce et l'index de la main gauche.

Sans doute parce que le cadre de notre vie venait de se transformer, j'eus alors, de Valdemar, une vue plus claire, plus cruelle. Il commençait de se négliger un peu. Lui, si soigneux jusque-là dans le choix de son vêtement, marqua d'étranges faiblesses. Il tolérait les plis, les taches, la poussière. Il abandonnait au hasard et son linge et ses cravates. Il exhalait une odeur sucrée de tabac d'Orient et de pharmacie. Un jour que j'en fis la remarque, il répondit avec un regard sournois : « Tu sais bien que l'on me soigne. Tu sais bien que je suis neurasthénique. Alors, ne me tourmente pas. Ne t'occupe donc pas de moi. »

Il s'asseyait sur une chaise et glissait à d'inconcevables rêveries. Son regard semblait dormir, un regard à larges pupilles, ouvertes sur des abîmes bleus. Parfois sa bouche s'entrouvrait et la lèvre abandonnée laissait glisser une longue et pesante goutte de salive. Ses colères devenaient plus rares. Il avait l'air indifférent, lointain, surtout lointain. Et c'est vers ce temps-là que je le pris en horreur.

Petit à petit, notre famille, le clan Pasquier, sans relâcher son étreinte, s'aérait, se déployait. Ferdinand et Joseph n'ont jamais amené grand monde à la maison. Joseph qui, depuis, a connu tout Paris, Joseph n'a jamais eu d'ami véritable. Il n'était d'ailleurs aucunement tenté d'introduire dans notre intérieur des gens avec lesquels, à cette époque de sa carrière, il nouait et dénouait toutes sortes d'obscures petites affaires. J'ai quelque raison de croire qu'il ne devait guère, au-dehors, parler de nous, sinon dans un dessein de prestige et de publicité : « Mon père, le docteur... Ma sœur, cette artiste universellement admirée... Mon jeune frère, un savant du plus grand avenir... » Si j'ai gravé, dans mes tablettes intimes, cette maxime rigoureuse : *Ne pas vouloir passer pour ce que l'on n'est point*, c'est en songeant à Joseph, c'est pour prendre, à toute force, le contre-pied de Joseph.

Donc, Joseph n'amenait presque personne à la maison. Ferdinand, quand il vit paraître mes camarades, eut des velléités de concurrence. Il invita, certain dimanche, un jeune homme de son bureau. Joseph n'en fit qu'une bouchée. Le jeune homme, épouvanté, ne reparut plus. D'ailleurs Ferdinand venait de se fiancer et ce phénomène fut marqué non par l'exubérance, l'appétit d'azur, le prélude au vol nuptial, mais par le reploiement, le chuchotement, la retraite, bref le catimini dans toute sa perfection.

C'est donc moi qui, vers ce temps, et j'y reviendrai plus loin, attirais à la maison des amis, des camarades. Valdemar montrait une bien étrange figure au milieu de cette jeunesse. Encore que je fisse au mieux pour qu'il ne rencontrât pas Justin, bien souvent la conjoncture se trouvait inévitable. Elle m'irritait beaucoup. Valdo n'était pas bon joueur. Rival heureux, il ne trouvait dans son succès ni l'apaisement, ni même une raison de courtoisie, de mesure. Il reprenait flamme, engageait des discussions diffluentes sur l'art et la poésie. Justin s'animait. Il me fallait veiller à l'orage et faire des prodiges de manœuvre. Heureusement, dans ces controverses, Justin se montrait gentilhomme ; il ne tolérait jamais qu'elles glissassent à la laideur.

Mme Henningsen, depuis notre installation à Créteil, ne nous avait fait qu'une ou deux visites et s'était montrée d'ailleurs on ne peut plus désagréable. La persévérance de son fils dans un dessein qu'elle jugeait et déclarait absurde lui donnait beaucoup d'humeur. Le moment vint où Valdemar, avec un entêtement moins ardent que maladif, parla de fixer une date, de prendre des dispositions définitives pour son mariage, et je compris que nous allions vers des temps difficiles.

Valdemar avait alors un peu plus de vingt-six ans. Il participait de la petite fortune maternelle, ce qui simplifiait quelque peu l'idée d'un établissement. Notre père, à ce propos, marquait la plus souriante indifférence. Il nous a nourris, veillés, protégés somme toute longtemps ; je ne peux certes, à son sujet, évoquer le libre poisson qui sème sa graine au hasard ; mais il avait toujours l'air de dire : « Mes enfants, débrouillez-vous. Moi, je me suis bien débrouillé. Tout s'arrange, et j'en suis une vivante preuve. Quant à vos petites affaires, à vos sentiments, à vos amours, faites comme il vous plaira. Et surtout, ne vous occupez pas plus de moi que je ne m'occuperai de vous. »

Si mon père pensait ainsi, et j'ai tout lieu de le croire, ma mère, en revanche, vivait dans une alarme permanente, l'œil mobile et l'oreille au guet. De tous ses enfants, c'était assurément Cécile qu'elle pouvait le moins comprendre. Cécile a dû l'intimider, ce que n'ont fait ni Suzanne avec sa beauté, ni Joseph avec son argent, et ni moi-même.

Que ma mère ait mesuré la misère de Valdemar, je pourrais l'affirmer. Alors, avec un sens étonnant de la tactique et du péril, ma mère s'efforçait de temporiser. Elle invoquait à tout propos l'extrême jeunesse de Cécile, repoussait toute décision dans un avenir assez lointain pour laisser place à la surprise, au fait nouveau, à tel événement sauveur.

Malgré cette conduite avisée, les choses allèrent leur train et, quelques jours après les événements que j'ai déjà racontés, Mme Henningsen, sur les instances de son garçon, vint à Créteil pour une démarche que nous appelions, à voix basse, « la demande officielle ».

Elle arriva dans un fiacre, à la fin de l'après-midi. Valdemar était là depuis le matin. Il avait déjeuné chez nous, se traînant de pièce en pièce et de la maison au jardin, écoutant d'une oreille distraite les exercices de Cécile qui ne lâchait point le piano. Mme Henningsen arriva donc et la « demande officielle » fut la scène la plus vague et la plus ridicule du monde. Ferdinand se promenait sur le bord de la rivière avec sa fiancée. Joseph était allé voir les jeunes gens du pays jouer une partie de ballon au pied, ce qui était une coutume anglaise alors dans sa fleur chez nous. Sereine à désarmer les démons, Cécile était en train de lire d'impalpables pièces de Couperin qu'elle appelait « musique du dimanche ». Mère et Paula Lescure cousaient, dans le salon, ce qui n'était pas ordinaire. J'écoutais Cécile, en tétant, à joues distraites, une petite pipe de merisier. Mme Henningsen entra, la canne en main, comme les marquises pour toile de Jouy. Elle soufflait un peu, car elle commençait à prendre de l'embonpoint. Cécile descendit tout de suite et mon père, qui faisait dans le jardin une de ces promenades ravageuses dont je parlerai bientôt, vint nous rejoindre au salon. Paula Lescure se leva pour préparer le thé. Affaissé, jambes éparses, sur le canapé Louis-Philippe, Valdo regardait une mouche qui marchait au plafond. Tout le monde manifestait une grande gêne. Mme Henningsen tenait son face-à-main plié, les deux verres l'un sur l'autre, et le portait à son œil droit en fronçant fort le sourcil, ce qui n'allait pas sans grimace. Elle commença par des propos grognons sur le pavé de Créteil, puis, brusquement, elle dit, se tournant tout d'une pièce :

— Alors, Cécile, c'est sérieux. Tu veux absolument épouser mon fils ?

Cécile est naturellement blanche. Ceux qui l'ont vue sur la scène du concert connaissent bien cette pâleur radieuse, ce beau front de marbre candide qui, pendant l'élévation de l'âme, trouve la force de se purifier, de pâlir encore. Cécile pâlit parfois, elle ne rougit jamais. Or, ce jour-là, je vis Cécile rougir. Une rougeur violente, d'un seul jet. Une de ces rougeurs qui font mal à l'œil qui les regarde. Cécile rougit ainsi.

— Madame, dit-elle, je ne veux rien. Je ferai ce que Valdemar voudra.

Mme Henningsen éclata de rire. Son rire était humide et s'achevait en toux, car la dame fumait beaucoup trop et souffrait souvent de la gorge. Elle hoquetait :

— Ce que voudra Monsieur Valdemar ! Comme c'est joliment dit ! Petite résignée, va ! Petite sacrifiée ! Enfant martyr ! S'il le faut, nous l'épouserons, ce Valdemar. Que faites-vous, mademoiselle Pasquier ?

Mme Henningsen, qui nous avait vus tout enfants, Cécile et moi, nous tutoyait et, parfois, nous disait « vous » avec une emphase théâtrale. Elle répéta :

— Non, mais que faites-vous, Mademoiselle ?

Cécile était, de nouveau, fort calme. Pourtant, elle montrait son regard Pasquier, un regard d'un bleu polaire et qui n'annonçait pas la paix.

— Madame, répondit-elle, si Valdemar veut que je l'épouse, eh bien ! je l'épouserai. Je ne lui dois pas moins. Comme c'est tout ce que je peux dire et que je l'ai dit, je vais sortir d'ici, avec votre permission.

Et Cécile sortit, très vite. Valdemar avait noué puis dénoué ses longues jambes. Il semblait percevoir les mots avec un léger retard. Il cria, la voix furieuse :

— Maman, tu vas tout gâcher, comme tu fais toujours et partout.

Il quitta la pièce en courant.

— C'est admirable, s'écria Mme Henningsen. Voilà ce grand dadais qui me dit des sottises ! Et moi qui ne pense qu'à lui dans cette méchante histoire.

Papa souriait, et son sourire lui découvrait les canines. Je sentais que, de lui, nous n'avions rien à craindre : Mme Henningsen le déconcertait un peu. Il souriait donc et pianotait, l'air gêné, sur les bras de son fauteuil. J'étais d'ailleurs beaucoup trop ému moi-même pour observer très attentivement mon père. Mme Henningsen mit un doigt dans son jabot, en fit mousser toutes les dentelles et dit, traînant sur les syllabes :

— Inutile, chère Madame, de vous cacher que je trouve ce mariage absurde.

— Comment l'entendez-vous, Madame ? fit posément notre mère.

Il y eut un froid profond. Les deux dames se mesuraient du regard. J'admirais beaucoup ma mère en des circonstances telles : son humble visage fatigué, gonflé, creusé de mille plis souffrants, se durcissait fibre à fibre, prenait de la majesté, de la beauté sévère. Elle attendait, surveillait les moindres mots, parlait avec une surprenante douceur.

— Vous êtes une bien trop bonne mère, prononça Mme Henningsen, pour ne pas savoir qu'on fait toutes sortes de rêves, quand on songe à ses enfants.

Maman secoua la tête du haut en bas, sans rien dire. Mme Henningsen reprit, la lèvre serrée, haussant le ton petit à petit :

— J'aime beaucoup votre Cécile. C'est une petite fille très douée. Mais quoi ! des enfants doués, j'en ai rencontré pas mal. Valdemar fera ce qu'il voudra, bien sûr. Il est plus que majeur. Et rien ne m'empêchera de penser que ce mariage, pour lui, représente une mésalliance.

Pour prononcer ce beau discours, Mme Henningsen avait pris cette voix d'impératrice que je ne lui pouvais souffrir. Je sentis que j'allais éclater. Ma mère avait levé l'index d'une manière imperceptible. Elle ne répondit pas tout de suite. Je vis que son menton tremblait et qu'elle s'efforçait d'arrêter ce tremblement.

— Madame, dit-elle tout bas, je ne sais si les grands services que vous avez pu rendre à Cécile vous donnent le droit de nous insulter aujourd'hui. N'importe, je vous répondrai que s'il était en mon pouvoir de convaincre Cécile, tout serait fini ce soir, car j'estime, moi aussi, pour des raisons assez différentes des vôtres, j'estime que ce mariage est une folie. Ne souriez pas, Madame. Je n'ai pas l'intention de vous renvoyer la balle. Je pense, de toute façon, que le mariage ne pourrait être fixé avant le printemps prochain.

Mme Henningsen haussa les épaules.

— Laissez-moi vous dire, répondit-elle, que je vous trouve bien chatouilleux, ici, tous autant que vous êtes. Qui parle d'insulter personne ? Je dis ma pensée, tout net, mais je ne veux pas vous blesser.

— Eh bien ! fis-je en me levant et en criant très fort, si vous ne vouliez pas nous blesser, vous l'avez quand même fait. Comment ! Il s'agit de Cécile ! Mais, Madame, un roi, vous entendez ? un roi ne ferait pas une mésalliance en épousant ma sœur Cécile. Ce serait tout le contraire, Madame...

La visiteuse éleva son face-à-main, m'examina pendant quelques secondes et se prit à rire.

— Voyez-moi ce petit coq ! Qu'est-ce donc qui te prend, mon cher ? Sais-tu que tu nous embêtes, avec tes mouvements de cœur, tes élans, tes histoires, tes effusions, ta belle âme ?

— Soyez sûre, Madame, que je ne vous embêterai pas, comme vous dites, beaucoup plus longtemps.

Pendant que je tirais la porte, j'entendis Mme Henningsen qui disait en s'esclaffant :

— C'est la symphonie-départ. Vraiment, je mets tout le monde en fuite.

Je m'en fus dans le jardin. La fin du jour était morose. J'épuisai ma colère en marchant dans les allées. Valdemar devait être à consoler Cécile, à la quereller sans doute. J'allais frappant du pied, le front chaud, les dents crissantes. Et, soudain, comme je passais devant cette officine qu'on appelait le laboratoire et dans laquelle mon père entreposait ses instruments, ses éprouvettes et ses fioles, j'entendis un léger bruit. La porte était entrebâillée. Je la poussai tout doucement et j'aperçus Valdemar. Il me tournait presque le dos. Il avait ouvert l'armoire où se trouvaient rangées les drogues. Il tenait un flacon dont il transvasait le contenu dans une petite bonbonnière. Cette besogne l'absorbait si bien qu'il ne m'entendit point entrer.

— Qu'est-ce que tu fais là ? lui dis-je.

Il eut un mouvement nerveux et se ressaisit tout de suite :

— Rien. Je m'amuse. Je regarde.

A ce moment, j'aperçus l'étiquette du flacon et j'eus le cœur serré. Le regard de Valdemar, sa démarche, ses tristesses, ses fugues, ses impatiences, ses rêveries, tout m'apparut soudain dans une terrible lumière.

— Oh ! fis-je, d'une voix tremblante, mais tu es fou ! Tu es fou !

Il rusait encore et s'efforçait de rire.

— C'est pour un ami. Sois sûr que je ne me pique pas. Sois sûr que ce n'est pas pour moi. C'est pour un ami, Laurent.

Je le regardais, gravement, des larmes au bord des paupières. Alors, changeant de ton, me meurtrissant les poignets, il se prit à vociférer :

— Jure-moi que tu ne diras rien. D'abord, je n'en ai pris qu'une fois, rien qu'une petite fois. Jure, Laurent, jure ! Veux-tu que je me mette à genoux ? Veux-tu que je me traîne par terre ? Si tu dis quelque chose, on voudra me priver de tout, me coller dans une maison de santé, me guérir, enfin, je ne sais quoi. Si tu dis quelque chose, Laurent, je me tuerai, et ce sera ta faute, oui, ta faute à toi, Laurent. Jure que tu ne diras rien.

— Non, répondis-je en secouant la tête, je ne peux pas te jurer ça.

— J'affirme, disait-il, que je n'en chipe jamais ici, chez ton père, que c'est la première fois. Non, la deuxième fois, pas plus. Tâte mes poches : pas de seringue. Si jamais Cécile apprend quelque chose, je saurai de qui ça vient. Tiens, je vais me mettre à genoux. Je vais me traîner par terre devant toi.

Il se mit à genoux. Il répétait : « Ne dis rien ! » et je ne savais comment faire pour l'empêcher de crier.

## CHAPITRE 9

Notre maison, chaque dimanche, était secouée d'un accès de fièvre. Le lundi ramenait la paix. Mes frères gagnaient Paris où j'allais moi-même souvent, car je préparais déjà la reprise de mes études. Dès sept heures, mon père était à sa toilette. Il y donnait le plus grand soin, dont j'étais, sans en rien dire, exaspéré. La « doctrine de l'éternelle jeunesse », que mon père professait avec une intempérance accrue de saison en saison, trouvait là ses applications pragmatiques.

Il avait installé dans sa chambre une large table à expériences. Il y disposait les pots de crème, les flacons de vinaigre, les alcoolats, les onguents, le tout plus ou moins de sa façon. Il prenait aussi des pilules, des gouttes, des élixirs dont il variait la formule et dont il chantait merveille en s'offrant volontiers comme exemple démonstratif. Il se faisait la barbe avec un rasoir à l'ancienne mode et, pendant cette opération, la tribu retenait son haleine, car il sacrait beaucoup, défendait qu'on l'approchât à moins de quatre mètres, ne répondait mie aux questions même pressantes, tirait d'une éraflure et d'une seule goutte de sang la matière de fumantes querelles. Le rasoir au fourreau, mon père s'aspergeait d'eau froide, pour « tonifier l'épiderme », puis il passait des crayons, des cristaux d'alun, des pâtes adoucissantes, s'armait d'une pince, faisait la chasse aux poils follets, aux points noirs, aux menus boutons, aux peaux mortes, aux dartres errantes. Avec toutes sortes de petites brosses et de pinceaux, il appliquait, sur sa moustache et sa chevelure, des huiles, des eaux, des essences qu'il préparait en secret et qui l'enveloppaient, pour tout le jour, d'une tenace odeur d'officine. Il n'en a jamais souffert : il n'avait point d'odorat. Puis il s'éclaircissait la voix avec deux ou trois gargarismes. Je le surprenais parfois au fort de cette alchimie. Si j'en étais furieux, c'est que, malgré nos discords, je ne pouvais souffrir l'idée que cet homme extraordinaire glissât jamais dans le ridicule. Mais, en cela comme en tout, il n'entendait pas conseil.

Parfois, les soins surabondants lui gâtaient l'épiderme et lui donnaient des rousseurs. Il en demeurait consterné : il n'a jamais conçu que l'excès fût une faute. Il attribuait ces petites déconvenues à l'intervention maladroite de quelqu'un d'entre nous.

Toutes ces assurances prises contre « l'irréparable outrage », il descendait au jardin et, là, devenait un autre homme. Mon père, fils de petites gens, mi-paysans, mi-jardiniers, s'était détourné de la terre pour « s'élever par le savoir », comme il disait volontiers. A peine eut-il un jardin, le désir de gratter le sol aussitôt le tourmenta. Il bêchait, il binait, il sarclait, bientôt ruisselant de sueur, la chemise bouffante au-dessus du pantalon, dédaigneux du soleil, du vent, des ondées, saisi de fureur géorgique. Il oubliait l'heure, négligeait ses devoirs, jetait notre mère en transes. Elle arrivait au jardin, une serviette dans la main gauche et, dans la main droite, un flacon de baume à la térébenthine. Le laboureur consentait, non sans grondements et sarcasmes, à se laisser bouchonner. Il retournait à sa toilette, se livrait quelques instants encore à son génie cosmétique et s'habillait pour sortir.

Outre les remontrances de maman, le jardin valut à mon père bien des noises avec nous autres. Ce jardin nous avait plu, dès le premier regard. Il était, somme toute, petit, mais non sottement tracé. Il était surtout assez libre, avec ses quelques grands arbres, une pelouse qui prenait le meilleur de l'espace et même une allée bordée de jeunes tilleuls. Mon père eut vite fait d'exercer sur cette nature une espèce de tyrannie. Il déambulait, sécateur en main, l'air tantôt méditatif et tantôt inquisiteur. S'il se prenait à rogner, le ravage était grand. Quand nous revenions, le soir, nous avions quelque raison de pousser des cris de fureur : il ramenait un bosquet à l'aspect d'un plumeau, réduisait les espaliers en squelette élémentaire, attaquait les grands arbres avec l'échelle double, bref s'intéressait à tout, même aux plantes grimpantes, au lierre, à la vigne folle. Il donnait à cette chirurgie des prétextes rationnels et je l'ai vu s'escrimer sur les lilas en consultant une encyclopédie rustique. Un jour, pendant notre absence, il fit tomber un des grands arbres, avec la complicité du tâcheron Herbelot. Malgré les difficultés, l'opération fut menée à bien, si j'ose ainsi parler, en une seule matinée. Le soir, il nous expliqua, non sans sourires bleu-pervenche, que cet arbre empêchait de fleurir un rosier du meilleur effet. Le rosier tenait dans un pot et l'arbre était un érable panaché, le plus noble seigneur du jardin. Ce fut la seule fois de notre vie où Joseph, Cécile, Ferdinand et moi-même nous trouvâmes parfaitement d'accord, au moins dans la réprobation.

Papa, d'ailleurs, poursuivit obstinément ses expériences mutilatrices. Il prenait, à désherber, un plaisir dont j'ai pu souvent, de loin, observer les étranges détours. Il commençait, rêveusement, se penchant, de-ci, de-là, arrachant un vague séneçon, un mouron rouge, une moutarde, toutes proies qui ne résistent guère. Il apercevait alors quelque adversaire plus tenace : une renoncule, une oseille sauvage, et s'acharnait à l'extraire. Parfois c'était un liseron à la racine interminable, parfois une quintefeuille, parfois un pissenlit qui n'entendait pas céder. Alors il s'agenouillait et commençait de fouir. D'une main, de l'autre, il saisissait les chiendents, les euphorbes, les herbes folles. Il semblait bientôt soulevé de rage purificatrice. Il ne voulait évidemment pas s'en aller avant d'avoir guéri de tous les parasites la plate-bande qui s'offrait là. Puis, je l'entendais jurer. Il s'arrêtait une seconde et je comprenais qu'il venait de commettre une erreur, de détruire une bonne plante : une salade ou un fraisier. Il se remettait à l'ouvrage, sarclant avec frénésie. Puis c'était un nouveau juron : une autre bonne plante sacrifiée. Alors, il entrait en rage et commençait d'arracher tout, les bonnes plantes et les mauvaises, d'un même geste déblayeur.

On comprend qu'à ce régime notre jardin souffrit beaucoup. Mon père n'entendait rien à nos représentations, considérait l'espace désert où s'ébattait son talent et disait, la voix vinaigrée : « Je me donne pourtant beaucoup de mal pour vous faire un jardin propre, et vous n'êtes jamais contents. » Il retournait alors, pour une heure, à ses drogues, à toute cette petite cuisine qui le divertissait encore. Puis il prenait son haut-de-forme et, soit à pied, soit en voiture, allait visiter ses clients.

Les visites, malheureusement, ne le surmenaient pas trop. Ce premier accomplissement d'un rêve si longtemps choyé fut, pour mon père comme pour nous, une amère déconvenue. Nous autres, les enfants, nous ne l'éprouvions qu'à demi : nous avions nos voies à tracer, nos désirs et nos travaux. Malgré la discipline du clan, nous sentions le vent dans nos ailes. Mon père, après une vie bourdonnante et voltigeuse, avait soudain le sentiment d'être enchaîné jusque dans ses loisirs. Et les loisirs ne manquaient point. La clientèle était rare. Il y avait, dans le pays, deux confrères soupçonneux, que mon père ne laissait pas de traiter cavalièrement et qui s'employaient de leur mieux à le ruiner de crédit. Il y travaillait lui-même par son goût des caprices, des esclandres, de la bravade. Tout cela lui valait de longues heures de solitude piétinante qu'il partageait entre ses fioles et son jardin. En cette épreuve comme en toutes, ma mère fut sage. Elle disait : « Vous êtes bien pressés ! Une réputation, ça ne se fait pas en six mois. Il faut, Ram, que tous ces gens aient le temps de te voir à l'œuvre. Nous avons attendu dix ans que tu aies ton diplôme. Il en faut au moins deux ou trois pour que tu aies du succès. » Ces bonnes et consolantes paroles apportaient du calme et ne faisaient point finances. Nous vivions petitement. L'héritage de tante Mathilde, suspendu pendant trente ans, par une chance de la loi, venait donc de tomber à point.

Parfois, père se découvrait quelque raison d'aller à Paris. Il attelait le cheval et semblait soudain délié. On ne le revoyait que le soir. Il apprenait alors que la boulangère avait accouché sans lui, qu'il était venu trois personnes à la consultation, chiffre presque prodigieux, qu'on l'avait demandé pour Bonneuil, mais que les gens, las d'attendre, étaient allés chez un confrère. Alors il faisait une colère à grand orchestre, qualifiait avilissante et vexatoire cette profession qu'il avait si passionnément souhaitée, saisissait le sécateur, exécutait sur les arbustes du jardin quelque taille de cette variété que j'appelais radicale parce qu'elle arrivait très vite à la racine, se réfugiait, pour finir, dans le laboratoire où nous l'entendions fredonner, d'une voix soudain rafraîchie, cette chanson mystérieuse qu'on chantait en son jeune temps :

*Chico,*
*Chicocando,*
*Batifol et ripenpette.*
*Chico,*
*Chicocando,*
*Batifol et ripenpo.*
(Je ne garantis pas l'orthographe.)

Il faisait des stations méditatives devant le baromètre à mercure qui nous avait suivis depuis ma petite enfance dans nos établissements divers et qui perdait à chaque étape de grandes larmes frémissantes.

Il commençait, soi-disant pour le jardin, de s'affecter de la pluie, de la sécheresse, du vent d'est et du vent d'ouest. Parfois, je l'apercevais, arrêté devant un mur où grimpait un polygonum. Il m'adressait un petit signe de l'œil et me montrait une chenille qui se déplaçait dans le feuillage en faisant, par des rapprochements successifs de la tête et de l'arrière-train, des espèces de pas arqués. Il disait, avec un de ces sourires azurins qui ne manquaient point de charme : « Qu'est-ce que tu penses qu'elle veut ? Se nourrir ? Peuh ! C'est vite fait. Elle veut surtout avancer, c'est bien cela, foutre le camp. Comme moi, mon cher, comme moi. Non, je ne resterai pas longtemps dans ce sale pays. »

A de telles confidences furtives se bornait notre intimité. Deux minutes plus tard, il donnait de la voix dans la remise ou les étages. Une minute encore, et c'était le laboratoire. J'entendais le refrain railleur qui faisait vibrer les bouteilles :

*Chico,*
*Chicocando...*

Dans cette paix mal supportée, le dimanche arrivait du moins comme une diversion. Nous étions tous réunis et nous recevions souvent la visite de mes camarades. Mon père, bien qu'il ne l'avouât point, y prenait plaisir, parce qu'il trouvait là du mouvement, de la vie, de la jeunesse.

Claire Baraduc, la fiancée de Ferdinand, venait souvent dès le matin. C'était alors une petite personne presque fluette, et j'ai peine à l'évoquer telle, voyant ce qu'elle est devenue. Ferdinand l'avait rencontrée dans son administration où elle occupait un emploi. Elle possédait le brevet supérieur, une petite dot de quelques milliers de francs en obligations turques et un trousseau préparé pièce à pièce, depuis l'enfance, trésor dont Ferdinand parlait avec orgueil. Claire montrait un sourire plaisant, de beaux cheveux, des dents saines. Ai-je tout dit ? Non, sans doute. Elle portait un pince-nez qui voilait de beaux yeux de chien, dorés, grands, sous d'épais sourcils. Papa l'appelait « ma fille », par provision, et lui disait, d'une voix galante, maintes plaisanteries compliquées auxquelles Claire n'entendait rien et dont je sentais qu'elles étaient aux limites de l'inconvenance. Ferdinand, dès cette époque, se montrait fort jaloux. Les gaillardises de papa l'irritaient d'autant plus qu'il n'y comprenait goutte, pas plus que Claire et que nous autres. Il n'était pas toujours de force à cacher son agacement et, comme il manquait de souplesse, il montrait tout de suite les dents. Il disait : « Je t'ai déjà prié de laisser Claire tranquille. » Claire, effarée, perdait son lorgnon, papa se redressait, « poitrinait » paisiblement et disait, en tirant sur ses belles moustaches de soie : « Mon cher, ne laisse pas croire à cette enfant qu'elle va épouser un butor. Les gens de ta génération ne savent pas parler aux dames. » Ferdinand se prodiguait en colères postillonnantes.

Un jour, papa saisit la petite Claire par la taille et dit, l'accent léger : « Ma parole, c'est une fausse maigre. » Ferdinand pâlit et j'eus vraiment peur d'un éclat. Déjà, M. le Docteur Pasquier, notre père, parlait d'autre chose.

Le plus souvent, Ferdinand s'emparait de Claire et la bloquait dans un coin. Là, retranchés tous deux dans une myopie jumelle et vraiment inexpugnable, ils se prenaient à chuchoter. Je commençais de comprendre, dès le temps de ces fiançailles, que si l'âme d'un homme est un domaine secret et difficilement accessible, il est une retraite mieux close et plus ténébreuse encore et que c'est l'âme d'un couple.

Ce fut par hasard, au début, que certains de mes camarades entrèrent dans notre maison. J'avais, pour ce qui touchait le clan Pasquier, un amour-propre maladif. Justin mis à part, je redoutais d'amener des amis chez nous, à l'idée qu'ils pourraient juger ma mère, mon père et même Joseph, et même Ferdinand. Je confesse volontiers cette faiblesse orgueilleuse : je m'en suis assez bien guéri. Longtemps, dans ces réunions, j'ai montré piètre figure, tout occupé que j'étais de concilier, au fond de mon cœur, beaucoup de sentiments contraires.

Un dimanche, en me promenant au bord de l'eau, j'aperçus l'équipe Schleiter — tous mes compagnons de travail — qui canotait sur la Marne. Il me fallut monter dans une des barques, travailler de l'aviron, chanter avec tout le monde. Il y avait là Roch, Vuillaume, Hélène Strohl, Chabot et Schleiter, notre capitaine, solennel même en maillot de bain. Vers le soir, dans l'enthousiasme, je les conduisis chez nous et ma mère leur fit du thé. Ils revinrent, par la suite. Joseph nous accompagna plusieurs fois dans nos parties. Joseph manquait de légèreté, mais il jouissait d'une grande puissance musculaire et s'attirait ainsi la considération d'intellectuels qui, pourtant, n'étaient pas encore gagnés par les frénésies sportives. Au cours de ces rencontres, Joseph m'étonnait beaucoup. Il épiait mes compagnons avec une curiosité railleuse et ne perdait jamais une occasion de les surprendre en mauvaise garde et de leur pousser une botte. C'étaient des gens d'une autre caste et, malgré qu'il en eût, je suis sûr que Joseph éprouvait un respect superstitieux pour ce qu'il ne comprenait pas. Il ne l'avouait guère et comme, à cet étrange respect, se mêlait beaucoup d'aversion, il attaquait volontiers et cherchait l'avantage. Il redoutait, entre autres, l'intelligence acérée de Schleiter et se refusait pourtant à lui marquer la moindre considération. Il ne disait pas « Monsieur », politesse des plus vagues, il disait « vous » en traînant sur la diphtongue. Schleiter, un jour, articula, de sa voix sèche et cinglante :

— Si vous ne trouvez pas mon nom, vous pouvez toujours m'appeler « mon cher maître ».

— C'est vrai, répondit Joseph avec une fausse bonhomie. C'est vrai, vous avez l'air d'un huissier de province.

Les deux adversaires se regardèrent une seconde. Ils souriaient froidement. Je fis dévier l'entretien en me jetant à la traverse. L'idée que Schleiter pouvait férir Joseph et l'atteindre aux points sensibles m'indisposait assez vite.

Eugène Roch laissera trace dans l'histoire des sciences biologiques. Son œuvre est aujourd'hui connue de tous et je n'ai pas lieu d'en parler dans cette chronique non des faits, non même des idées, mais, si j'ose dire, des âmes. La vraie tragédie de Roch, on ne la trouve pas dans ses livres : elle s'est jouée sur son visage. Roch était, physiquement, d'une laideur extrême et, surtout, incompréhensible. Je n'ai guère vu, dans ma vie, que deux laideurs de cette sorte. La seconde est celle d'un homme que j'ai rencontré, jadis, en Finlande, à Helsingfors, dans la petite église russe. Cet homme avait des traits réguliers, le teint blanc, sans rien d'anormal, certes, et pourtant il était si laid, d'une laideur interne si sauvage et même si cruelle que je n'y ai pu résister et qu'il m'a fallu sortir pour ne point céder au malaise. La laideur de Roch était un peu différente. Roch n'avait pas des traits hideux et non plus aucune de ces affections de la peau dont la vue soulève la répugnance. Il ne jouissait pas d'une de ces laideurs sympathiques, saines, amusantes, pittoresques dont les femmes sont curieuses. Non, il était laid d'une laideur morose et inanalysable. Je me suis toujours défendu soit de voir dans cette laideur le témoignage involontaire d'une âme souillée, soit de chercher, à la façon des romantiques, une antithèse poignante entre des traits malheureux et des vertus sublimes. Ce dont je suis sûr aujourd'hui, c'est que Roch a patiemment lutté contre son visage. Il a lutté sans espoir et sans relâche. Chose remarquable, il a triomphé. Aujourd'hui, la vieillesse lui donne tout apaisement. Il n'est point un horrible vieillard. Le temps, en usant son visage, a finalement usé cette laideur indue. Le temps fait d'autres miracles, et qui parfois sont iniques. La mère de mon ami Justin, Mme Simon Weill, qui fut, en son jeune temps, une très belle personne, est aujourd'hui, malgré toute une vie de noble dévouement et de souffrance courageuse, est, dis-je, une vieille Juive informe, d'une laideur décourageante, repoussante, dérisoire, et qu'un étranger ne manquerait pas d'imputer à des vices dégradants, ce qui, je peux l'affirmer, serait erreur.

Quoi qu'il en soit, Eugène Roch, en l'année 1900, était si curieusement laid que, lors de sa première visite chez nous, ma petite sœur Suzanne, alors dans sa huitième année, ouvrit la bouche toute grande et se prit à pleurer. Elle ne dit pas pourquoi ; elle ne le savait pas fort bien elle-même. Roch fut sans doute le seul à saisir, douloureusement, la raison de ce chagrin.

Vuillaume travaillait avec nous au laboratoire de M. Dastre. Il nous venait de la philosophie, qu'il avait abandonnée sitôt après l'agrégation. Il a fait, depuis, comme nous tous en vérité, des embardées en médecine. Puis il a tâté des lettres. C'est de lui que parle

Nicolle : « Il aurait donné sa vie... » Vuillaume est aujourd'hui professeur au Collège de France. Il accomplit, somme toute, une belle carrière, hantée de hautes ambitions toujours chéries, toujours déçues. Vuillaume était, en 1900, un grand garçon de vingt-sept ans, aux cheveux précocement gris, à la figure délicate. Il avait le bord des paupières avivé par une légère blépharite. Cela donnait à son regard une inquiétante sensibilité : il avait toujours l'air de vouloir pleurer ou sourire.

Chabot ne faisait pas régulièrement partie de notre équipe à la Sorbonne. Il était interne en médecine, mais travaillait souvent chez M. Dastre comme physiologiste amateur. Petit, les traits énergiques et fatigués, la peau fragile et le poil rare, il donnait, dans tous ses propos, la mesure d'un esprit droit, ferme, raisonnable. C'est avec étonnement que je l'ai vu, par la suite, s'enfoncer dans le labyrinthe de la psychiatrie. Il y a, dans la fréquentation des fous, un subtil vertige. Les véritables aliénistes ne sont pas, ne peuvent être des hommes de froide raison. Si Chabot a pris cette route, c'est qu'il y avait sans doute, dans le cristal de cet esprit logicien, quelque mystérieuse faille, quelque déchirure secrète.

De Schleiter et d'Hélène, j'ai déjà beaucoup parlé. Que le goût des portraits ne m'écarte pas trop de mon propos, de ma chronique.

Dans les premiers jours d'octobre, il y eut un dimanche clair, celui qui, si je m'en souviens, suivit la visite de Mme Henningsen. Les canotiers, à ma prière, vinrent goûter chez nous et, tout de suite, prit flamme une grande chamaille politique. Je me la rappelle, entre plusieurs, parce que les événements en ont bien souvent, depuis, du moins à mon regard, avivé le souvenir. Un congrès de la paix avait occupé les esprits, après le congrès socialiste ou peut-être en même temps. Ce congrès de la paix avait été présidé par Charles Richet dont Vuillaume était élève. On y avait vu bien du monde, et même Alexandre Millerand qui, je pense, était ministre et que Schleiter appelait sévèrement « l'hérésiarque ».

— Jean de Bloch, disait Vuillaume, démontre, chiffres en main, que la guerre est impossible.

— Ce n'est pas tout à fait cela, répliqua Chabot. Il affirme seulement que, les risques étant immenses et le bénéfice nul, on ne peut pas faire la guerre. Ce n'est pas la même chose. Qu'en pensez-vous, Schleiter ?

Schleiter prit cette voix funèbre, solennelle, cette voix « placée », comme diraient les comédiens, et qu'il réservait toujours aux débats politiques.

— L'énormité du risque, prononça-t-il, n'empêchera sûrement pas la société bourgeoise de faire encore la guerre. Et la guerre nous délivrera de la société bourgeoise. Pas d'autre solution. Il n'y aura de paix que dans l'ordre socialiste.

— Pouvez-vous nous expliquer, demanda posément Joseph, ce que vous appelez un bourgeois ?

— Vous ! répliqua Schleiter. Il ajouta tout aussitôt, non pour atténuer cette parole, mais pour étendre la portée de son verdict :

— Vous, et Monsieur votre père, et Chabot, et Vuillaume, et Roch, et Mlle Strohl et quelques autres encore.

— Et, bien entendu, vous-même, ajouta Joseph.

Schleiter haussa les épaules.

— Si ça peut vous faire plaisir et si vous considérez ça comme une chose désagréable. Moi aussi, bien entendu.

— Attendez un peu, dit papa. Vous faites de moi, si je comprends bien, un bourgeois. Ça ne me vexe en aucune façon. Ça me fait seulement rire, car je dois vous avouer que je n'ai jamais eu d'argent.

— L'argent ne fait pas grand-chose à l'affaire. La bourgeoisie, c'est d'abord un état d'esprit.

— Bourgeois si vous voulez, je ne dis pas le contraire, poursuivit papa. Savez-vous, monsieur Schleiter, que nous arrivons seulement ? Les gens de mon espèce en sont à leurs débuts. C'est tout juste, après tant d'efforts, si nous sommes en selle, et vous parlez déjà de nous remettre par terre. Laissez-nous souffler un peu.

— Oh ! dit froidement Schleiter, ce n'est ni vous ni moi qui choisirons l'heure.

— Père, m'écriai-je avec feu, tu ne peux pas comprendre.

Papa s'animait au débat. Il tira sur ses moustaches.

— Pas comprendre ! s'exclama-t-il. Vous me faites rire. A vous entendre, je ne pourrais plus rien comprendre, ni vous, avec vos idées, ni Joseph avec les siennes. Pas comprendre ! Ce n'est pourtant pas difficile. Les hommes de mon espèce ont lutté des pieds et des mains pour sortir de la misère et vous venez leur déclarer qu'ils ont eu tort et qu'ils doivent immédiatement redescendre de l'échelle. J'estime ça très maladroit. Vous, monsieur Schleiter, vous et vos semblables, vous rêvez d'une société dans laquelle l'Etat se chargera de faire le salut de tout le monde. Eh bien ! je me demande où sera le mérite. Je trouve beaucoup plus beau de se débrouiller tout seul.

Sentant qu'on l'écoutait, père parut soudain troublé.

— Et je peux même vous assurer que ce n'est fichtrement pas commode.

Schleiter leva l'index.

— Mon propre père, dit-il, était ouvrier tailleur.

— Et vous, s'écria Joseph, vous êtes quelque chose comme docteur en Sorbonne. Alors, de quoi vous plaignez-vous ?

— Mais, dis-je, il ne s'agit pas de l'un ou de l'autre de nous. Tu ne saisis rien du tout à la pensée de Schleiter.

Joseph s'était mis debout. Il glissa dans les poches de son pantalon deux poings fermés et pesants.

— Minute ! s'écria-t-il. Minute ! Tu dis que je ne saisis rien, que papa ne comprend rien, que personne, au bout du compte, ne comprend rien. C'est ce que nous allons voir. Savez-vous ce que c'est que le Romanée-Conti ? Savez-vous ce que c'est que la langouste à la mongole ? Savez-vous ce que c'est que le caviar noir, en grains ? Non ? Je vais vous l'expliquer. Le Romanée-Conti, c'est un vin de Bourgogne fait avec des grains de raisin qui sont choisis un par un, vous comprenez, un par un, comme des bijoux, comme des perles. Et quand l'année est douteuse, le vin n'est même pas vendu. Et quand l'année est excellente, on garde le vin un quart de siècle en le soignant comme un dieu, avant de le mettre sur la table. Et d'un ! La langouste à la mongole, c'est une denrée délicate, et, pour bien la préparer, il faut que des Chinois crèvent et que les Hindous cuisent et que les Sibériens gèlent et même que des pêcheurs se noient, ce qui fait partie de leur métier. Et de deux ! Le caviar noir, en grains, c'est une espèce de hors-d'œuvre qui vaut deux cents francs le kilo ou quelque chose comme ça. Et de trois ! Suivez-moi bien, tous autant que vous êtes. Je dis que vous pouvez changer le monde, le régime, les lois, tout le bazar, il y aura toujours quelqu'un pour boire le Romanée-Conti, toujours quelqu'un pour manger la langouste, toujours quelqu'un pour s'envoyer de belles tartines de caviar.

— Oh ! fis-je avec navrement, Joseph, tu es abominable.

— Et toi, poursuivit-il, en tournant autour de la table, toi, tu es ridicule avec tes idées humanitaires. Soyez sûrs de ce que je vous dis : elle veut, la langouste, elle veut être mangée, et de préférence à la mongole. Et le Romanée-Conti, je dis qu'il veut être bu. Alors je me suis bien promis de goûter à ces bonnes choses quand elles passeront à ma portée. Et j'en parle, car je suis franc et je n'aime pas les chichis. Ah ! vous crachez sur l'argent. Ah ! vous faites la petite bouche. Je peux vous affirmer que l'argent n'a pas tout dit. Un jour, on trouvera le truc pour acheter même le talent. On endormira les gens, on leur fera dans la tête une petite opération et on leur donnera du talent, de l'intelligence, tout ce qu'ils voudront. Et comme il faudra de l'argent pour acheter ça, comme le reste, l'argent aura le dernier mot. Pensez-y, vous, là-bas, vous qui travaillez sur les bêtes avec des aiguilles et des piles, vous le révolutionnaire, ce sera peut-être vous qui découvrirez ce truc-là, car vous travaillez pour nous, sans le vouloir, sans le savoir. Laurent, tu vas étouffer. Bois une tasse, mon garçon.

Il y eut un profond silence et l'on entendit soudain Paula Lescure, assise dans un coin de la pièce, qui s'était mise à rire. Puis, presque en même temps, Hélène battit des mains.

— Qu'est-ce qu'il y a ? dit Schleiter. Qu'est-ce qu'il y a, mademoiselle Strohl ? Vous trouvez ça drôle, peut-être ?

Hélène répondit crânement :

— Non, je trouve ça très épatant.

Schleiter prit une petite pipe et la bourra pensivement. Il disait, de sa voix sèche, en considérant Joseph :

— Vous avez l'air calculateur et raisonnable. N'importe ! vous êtes un possédé. Oui, monsieur l'homme d'affaires. Et même, vous ferez des folies. Vous, vous et vos semblables. Vous ferez d'énormes folies. Et le jour où vous tomberez, avec tous ceux qui vous ressemblent, vous nous entraînerez tous en même temps. Quand je dis nous, je parle des intellectuels, des bourgeois de l'intelligence, des innocents, si vous préférez.

Joseph eut un long éclat de rire et fit encore volte-face.

— Oh ! répliqua-t-il à Schleiter, je ne me fais pas beaucoup de bile à votre sujet. Quelque chose me dit que vous saurez vous débrouiller et que vous en tâterez aussi.

— De quoi ? demanda Schleiter.

— De la langouste ! fit Joseph. De la langouste à la mongole.

## CHAPITRE 10

Un jour de la fin d'octobre, notre père, en descendant de boguet, vers la tombée de la nuit, m'aperçut à la fenêtre de Cécile : j'entrais souvent chez Cécile et j'y passais de longues heures à m'enivrer de musique. Notre père, aussitôt, me héla :

— Laurent, viens donc m'aider.

Il apportait, dans sa voiture, un paquet volumineux, de forme irrégulière et dont je ne pouvais guère imaginer la substance, tout enveloppée qu'elle était de papiers et de chiffons.

— Qu'est-ce que c'est que ça ? lui dis-je.

Papa sourit, ne répondit pas et se mit à siffloter.

— C'est curieux, repris-je en l'aidant à transporter le ballot dans la remise, on dirait un harnachement. Le nôtre est encore bon.

Je ne me servais guère de la voiture et ne conduisais jamais le cheval. Pourtant, je disais « le nôtre », parce que, depuis l'enfance, mère ne nous apprenait guère les pronoms et les adjectifs que dans cette forme plurielle. Maman fut réellement stupéfaite quand elle découvrit que Joseph disait instinctivement « mon nom, ma maison, mon dîner ».

Notre père haussa les épaules et murmura :

— Ce n'est rien qui t'intéresse. D'ailleurs, tu le verras bien.

Je « le vis », quelques jours plus tard. La fenêtre de la mansarde où je couchais béait sur un grand ciel vide. En me tenant debout, je découvrais le jardin que fermait une muraille, puis un grand terrain vague déprimé par une fondrière où l'on venait, de loin, jeter des ordures et des plâtras, puis des champs cultivés qui s'éloignaient en ondulant, vers la route de Saint-Maur. Je contemplais ce paysage, un matin, en m'habillant, quand j'aperçus tout à coup un spectacle insolite. Vêtu de la redingote qu'il considérait alors comme un attribut de la profession médicale, coiffé du chapeau de soie, haut de forme, qu'il mettait assidûment pour aller voir ses pratiques, mon père venait soudain d'apparaître dans le terrain vague. Il avait, pour ce faire, forcé la porte percluse qui se trouvait dans un angle de la muraille et devant laquelle on poussait d'ordinaire une provision de fagots. Derrière papa marchait le père Herbelot tirant Cham non par la bride, mais par une longue et forte corde qu'il tenait roulée à son bras. Je n'avais pas encore eu le temps d'examiner en détail l'équipement de notre cheval, quand je vis papa lui grimper sur l'échine, ce qu'il fit d'ailleurs avec beaucoup de vivacité. Mon père installé, Herbelot commença de parler à la bête.

— C'est très facile, criait mon père. Mais tâchez donc de vous arranger pour qu'il ne baisse pas la tête comme ça. Je ne vois plus rien devant moi. C'est désagréable.

Le bonhomme Herbelot, il m'en souvint alors, avait fait son temps dans le train des équipages, et il en parlait volontiers. Il semblait enchanté d'avoir à démontrer les rudiments d'un art qu'il était d'ailleurs trop vieux pour pratiquer en personne. Il tenait la longe d'une main et, de l'autre, serrait un fouet dont il caressait l'animal. Celui-ci semblait stupéfait d'être promu soudainement au rang de cheval à toute fin. Il essaya de se cabrer. Mon père ne quitta pas l'arçon. Il riait même de bon cœur. Des paysans qui labouraient les champs voisins s'arrêtaient pour le regarder. Mon père cria :

— On dirait que ces croquants n'ont jamais vu de cavaliers !

Puis il mit pied à terre et poursuivit, la voix claironnante :

— Pas plus de quatre ou cinq leçons, et je sortirai tout seul. Je ferai mes visites à cheval.

Il me parut, les jours suivants, que l'on pouvait attribuer à cette nouvelle lubie l'excellente humeur de mon père. La maison était fort paisible. J'allais chaque jour à Paris où j'avais repris mes études. Le soir, j'écoutais Cécile travailler au clavecin, car elle venait depuis peu de se mettre au clavecin. Mes frères étaient occupés d'affaires dont je ne savais rien. Ma mère s'épuisait à mille besognes obscures. Un soir, j'entendis un bruit étrange, soupir ou sanglot, enfin un de ces bruits humains qui me font tout de suite courir un friselis d'inquiétude à la surface de la peau. Cela ne pouvait venir que de chez Paula Lescure. La nuit était fort noire. J'écoutais, bouche bée. Je me rappelais le rire extraordinaire de Paula pendant que Joseph pérorait. Que savions-nous de Paula ? Rien, vraiment, ou peu de chose. Elle vivait parmi nous comme une étrangère. Elle ne se mêlait jamais à nos entretiens du soir. J'eus le sentiment qu'elle était peut-être malheureuse au milieu de nous. Puis j'imaginais des romans : cette petite sotte de province allait se toquer de Joseph. Elle le regardait parfois, furtivement, d'un œil noir et mouillé. Alors, ce serait un mariage ? Sûrement non, elle était pauvre. Alors, quoi ? Je divaguais.

Le lendemain, il me parut que notre petite cousine avait les yeux rouges et fatigués, ce qui se pouvait expliquer par ses fringales de lecture. J'en dis deux mots à papa que je rencontrai dans la cour à l'instant de m'en aller. Il rit, l'air insouciant :

— Malheureuse ? Elle serait malheureuse ? Je me demande pourquoi. Tu te fais des idées, mon cher.

Il siffla nonchalamment son « chico, chicocando », puis il dit :

— Ça passera, ne t'inquiète pas. Des idées de femme, peut-être. Ça passera. Tout passe, tout casse, tout lasse, etc., comme dit Chose. Il n'y a que moi d'éternel. Car, vraiment, mon cher, il y a des moments où je me sens éternel. Mais oui, mon cher : je regarde le ciel et je sais bien que je le verrai toujours. Impossible autrement.

Il se reprit à siffler, de façon, cette fois, langoureuse et caressante. Il caressait l'éternité, l'œil pâli par la vivacité des rêves.

J'eus tout lieu de supposer qu'il poursuivait gaillardement son école d'équitation et j'avais cessé d'y penser, quand, un soir, en rentrant à la maison, je perçus dès la porte le bruit d'une vive querelle.

— Non, maman ! criait Joseph. Le respect n'a rien à voir ici. Quand papa fait une bêtise, je dis : papa fait une bêtise. Et ce qu'il vient de faire, c'est, malheureusement, une monstrueuse bêtise.

— Allons, dis-je en poussant la porte, qu'est-ce qu'il y a encore ?

Père était debout, le dos au buffet. Nous avions gardé la coutume de nous tenir dans la salle à manger, même entre les repas. Le salon nous semblait un territoire hors du clan, une enclave pour les étrangers, les visiteurs, les malades. Père était donc debout, les pouces dans les entournures de son gilet. Il avait l'air souriant, tout à fait content de soi.

— Tu, tu, tu ! Il n'y a rien, mon ami, souffla-t-il en gonflant les lèvres. Il y a, tout bonnement, un garçon mal élevé qui se permet de me faire des remontrances.

Joseph, les mains aux poches, les épaules hautes, fit un tour complet sur les talons.

— Laurent, dit-il, tu ne connais rien aux affaires sérieuses, mais au moins, tu sais lire et tu comprendras peut-être. Ecoute donc. Ecoutez tous.

— C'est trop fort ! s'écria papa. Je veux m'expliquer moi-même. C'est vraiment monumental ! Comme je n'ai jamais eu d'argent, enfin, quoi ! rien, des miettes, de la poussière... Comme je n'ai jamais eu d'argent, jamais je n'ai pu faire ce que je voulais, jamais je n'ai pu mener à bien une opération profitable. Aujourd'hui qu'il nous vient un peu d'argent, voilà mes enfants qui m'embêtent. Avouez que c'est révoltant.

— Je ferai remarquer, hasarda Ferdinand, que je n'ai rien dit encore.

— Oui, mais tu n'en penses pas moins.

— Mes enfants, dit mère, laissez votre père s'expliquer.

— Je ne refuse pas de m'expliquer, en déclarant tout d'abord que je ne dois de comptes à personne.

— Comment ! s'exclama Joseph. Tu fais, sur nos petits titres, des emprunts considérables que tu ne rembourseras jamais...

— Tu m'as demandé une garantie.

— Bien sûr, une petite garantie, à défaut d'un remboursement auquel je ne crois guère... Et tu dis d'un ton détaché que tu ne dois de comptes à personne ! Allons, laissons ça de côté. Passons à l'explication.

— Oui, murmura maman, dis-nous bien tout.

— Je n'ai rien à cacher. C'est d'une simplicité parfaite. J'ai fait, dans ma vie, deux ou trois mauvais placements. Non, enfin... il s'agissait, à vrai dire, de placements excellents et qui sont devenus mauvais parce que la politique s'est introduite là-dedans et que les pouvoirs publics se mêlent toujours de ce qui ne les regarde pas. Je me suis juré, par la suite, de ne plus acheter de valeurs. Non, non, plus jamais de papiers.

— Et c'est pourquoi, coupa Joseph, tu as acheté un terrain.

— Naturellement ! Un terrain, un très beau terrain. Et ça, c'est une affaire admirable. Le papier, ça s'envole. Un terrain, c'est là ! C'est là pour jusqu'à la fin du monde.

— Attends un peu, reprit Joseph. Ne regardons pas si loin. Je pense, maman, que tu sais de quel terrain il s'agit.

— Ton père vient de nous le dire.

— Comme toujours, il en parle quand l'affaire est conclue.

— Bien sûr, s'écria papa. C'était pour vous faire une bonne surprise.

Joseph haussa les épaules et saisit sur la table une petite liasse de papiers. Il l'ouvrit devant maman.

— C'est vrai, l'affaire est conclue. Je viens d'y jeter un coup d'œil. Toi, maman, tu n'as rien vu ?

— Oh ! moi, je ne savais rien. Ne nous mets pas la mort dans l'âme, Joseph. Un terrain, c'est raisonnable.

— Ces papiers, dit Joseph, moi je les ai feuilletés. Je viens d'y passer une heure et c'est suffisant. Prix d'achat : dix mille francs. Avec les divers frais, mettons onze mille cinq. Ah ! tu ne pensais pas aux frais ? Ce que c'est que d'être grand seigneur. Onze mille cinq. Eh bien ! papa, ton terrain, je ne t'en donne pas deux mille francs. Tu m'entends bien ? Pas deux mille.

Papa se prit à rire.

— Ça prouve que tu n'es pas généreux.

— Il ne s'agit pas de moi. Ça prouve que tu t'es fait rouler, et de façon magistrale.

Maman saisit la main de Joseph.

— Que dis-tu ? C'est impossible !

— Ecoute, maman. Toi, du moins, tu es raisonnable. Toi, tu aurais mérité d'avoir un petit peu d'argent. Le terrain en question est ce qu'on appelle un fonds enclavé.

— Voyons, fis-je, de quel terrain parlons-nous ?

— Tu le sais bien, dit doucement Ferdinand d'une voix presque spirituelle, c'est le terrain où papa monte à cheval tous les matins.

— Certainement, déclara père. C'est le terrain contigu à notre jardin.

— Allons par ordre, reprit Joseph. C'est le terrain contigu à la maison de M. Givry, maison dont nous sommes, dont tu es, toi, docteur Pasquier, l'humble locataire.

— En somme, dit papa, propriétaire ou locataire, je ne vois pas la différence. Tant que j'aurai cette maison, je suis tranquille.

— Tu n'as même pas de bail. La maison peut t'être enlevée dans les six mois.

— Six mois, ce n'est pas si mal. Et je ne vois pas le danger.

— Nous y arrivons, hélas. C'est un terrain enclavé. Bien. As-tu lu toutes les pièces ?

— Les pièces, mon garçon ! Ce sont des choses qu'on ne lit jamais.

— Vraiment ? Moi, je les ai lues. Ce terrain enclavé, les cultivateurs voisins, qui l'emploient comme dépotoir, l'abordent par leur terre ; mais il n'y a pas de servitude sur eux.

— Mon garçon, c'est du terrain à bâtir... Et puis, il n'y a pas d'exemple qu'on ne puisse pas entrer chez soi.

— Laisse-moi parler, papa. Ce terrain jouit en effet d'une servitude ancienne sur le fonds de M. Givry, parfaitement, sur notre jardin, sur ce jardin dont nous sommes les locataires.

— Alors, fit maman, l'œil mi-clos, tout n'est peut-être pas perdu.

Joseph, du plat de la main, donna sur la table un grand coup.

— Le notaire aurait vraiment pu, puisque tu n'y connais rien, se donner la peine de t'expliquer que cette servitude, consentie au moment de la fragmentation d'un domaine, en 1864, n'a jamais été demandée. Comme il y a plus de trente ans, elle est perdue.

— Mon Dieu ! murmura maman, mon Dieu, Joseph, tu me fais peur.

— Je dis, répéta Joseph, que ce terrain, par surcroît, ne vaut rien, qu'il est gâté par une fondrière marécageuse, qu'il est loin des voies carrossables...

— Il jouit, dit papa, d'une vue délicieuse.

— Pff ! Laissons la vue tranquille. Je récapitule : le terrain ne vaut rien en soi. Pour comble, il est enclavé. La servitude de passage qui permet de l'exploiter est actuellement éteinte par prescription trentenaire.

— C'est incroyable ! s'écria notre père. Comment sais-tu tout cela ?

— C'est mon métier, fit Joseph, c'est mon métier de savoir ça. Vous savez tous quelque chose. Est-ce que vous vous imaginez que je ne sais rien, par hasard ?

— Enfin, demanda maman, est-il légalement possible de posséder un terrain et de ne pas pouvoir y entrer ?

— Non, sans doute. Mais il faudra plaider. Ça coûtera les yeux de la tête : dix fois la valeur du terrain. Et ça durera vingt-cinq ans.

— Mais, objecta mollement papa, puisque cette servitude est prise sur notre jardin.

— Sur un jardin dont tu n'es que le locataire, et même un locataire sans bail, sur un jardin que son propriétaire, M. Givry, ne laissera pas abîmer. Enfin, imagine qu'on t'ait demandé, le mois dernier, un bon quart de ton jardin. Imagine que le terrain ait été acheté non par toi, mais par un autre gogo, par un autre niais.

— Joseph, m'écriai-je alors, Joseph, tu dépasses les bornes.

— Toi, fit Joseph en me regardant bien en face, toi, tu n'as guère le droit de parler.

— Je me demande, hasarda Cécile, très silencieuse jusque-là, je me demande pourquoi Laurent n'aurait pas le droit de parler, dans cette ridicule histoire.

— Nous avons, répondit Joseph, une conversation très sérieuse à laquelle ne doivent pas se mêler ceux qui jettent l'argent dans l'eau.

Maman se prit la tête à deux mains.

— C'est à devenir folle. Qui parle de jeter l'argent dans l'eau ? Qui jette l'argent dans l'eau ?

— Les imbéciles, répondit Joseph d'une voix énigmatique.

Il y eut un bref silence et l'on entendit papa murmurer d'une voix rêveuse :

— Mais alors, mais alors, ce notaire est une canaille.

— Et le vendeur une crapule, ajouta Ferdinand.

— Ta, ta ta ! gronda Joseph. Ne lâchez donc pas les grands mots. Ces hommes-là font leurs affaires. A nous de nous méfier. Canaille ! Crapule ! Non ! Ce sont les autres, en ne se défendant pas, qui provoquent les canailleries. Je ne sais pas si tu as vu qu'il y a, sur ce terrain, une très ancienne hypothèque dont on n'a pas fait la purge. Rien de plus délicat que les prêts hypothécaires.

— Quoi ! dit papa, tu connais ça, toi, les prêts hypothécaires ?

— Et comment ! glapit Ferdinand. Des prêts hypothécaires, mais il me semble qu'il en fait. Vous pourriez le savoir.

Il y eut un instant de silence.

— Je n'en fais pas, reprit Joseph en haussant les épaules. Je n'en fais pas, mais j'en ferai. Dès maintenant, je m'en occupe. Ce n'est pas honteux. Vous n'avez pas besoin d'avoir l'air étonné.

— Mais, pour prêter de l'argent...

— Il est préférable d'en avoir. Bien. Revenons à notre affaire. Il y aurait mille choses à en dire de cette malheureuse affaire. Tu n'as pris de précautions ni pour l'écoulement des eaux, ni pour les canalisations du gaz et de tout le reste, pour rien, enfin, pour rien.

— Oh ! fit notre père ébranlé, si c'est comme ça, je plaiderai.

— Et tu y passeras ta vie. On voit bien que vous n'avez jamais rien possédé. Vous croyez que c'est facile de posséder quelque chose ! C'est un métier. C'est un métier très difficile et très chanceux. Un métier qu'on n'apprend pas, d'ailleurs, à cinquante-quatre ans.

— Ça, dit papa vexé, c'est une parole inutile.

Maman se tenait les tempes entre ses paumes serrées :

— Attends, Joseph. Explique-moi les choses. Mon Dieu ! c'est épouvantable.

— Ce n'est pas épouvantable, nasilla lentement Ferdinand, c'est seulement, comme toujours, on ne peut plus ridicule.

— Voilà, sifflait mon père, j'ai fait des pieds et des mains pour devenir un gentilhomme, et mes enfants sont des mufles. Je ne parle pas pour toi, Cécile.

— C'est heureux ! m'écriai-je, rouge d'indignation.

— Et ni même pour toi, Laurent.

— En ce cas, pas d'erreur, dit Joseph, lâchant les paperasses. Le compliment est pour nous.

— Avoue, fis-je, que tu l'as mérité. Tu as peut-être raison, dans cette histoire de terrain, mais tu as raison bassement.

— Sois bien sûr, mon cher, que j'aimerais mieux avoir tort.

J'étais lancé, j'étais mordu. Je ne pris même pas en considération cette parole raisonnable.

— Tu as raison bassement. Tu parles de l'argent d'une façon que je dis basse. Tu donnes ta vie à l'argent. Je comprendrais peut-être s'il s'agissait de milliards, de chiffres astronomiques. Il y a une poésie de l'énorme. Il y a quelque chose de vertigineux dans les chiffres gigantesques. Mais tu t'immoles, tu t'avilis pour gagner mille francs par mois, peut-être moins, je ne sais pas. Et voilà ce que je trouve d'absurde.

Joseph avait quitté la table. Il marchait de long en large, et soufflait comme un tigre. Il se contint quand même et répondit, la voix étranglée :

— Attends ! Attends seulement ! Un jour, je t'épaterai. Tu comprends ? Je t'épaterai. Je te ferai tomber à genoux et peut-être même à plat ventre.

— Je t'affirme, dis-je entre mes dents, que je te pardonnerais tout, si j'étais au moins bien sûr de...

— Sûr de quoi ?

— Sûr de ne pas te ressembler.

Ma mère s'était levée. Elle me saisit à bras-le-corps. Elle nous regardait tous avec désespoir. Puis elle me lâcha, tendant les mains comme pour nous exorciser, comme pour chasser de nos cœurs tous ces démons ennemis.

— Ah ! dit-elle avec douleur, si vous voulez vous fâcher, attendez que je sois morte.

— Mais non, maman, s'exclama Joseph. Pourquoi veux-tu donc nous empêcher de nous fâcher ? Vous, entre gens de votre âge, est-ce que vous avez attendu ? Voyez-vous l'oncle Léopold ? Fréquentez-vous encore la tante Anna ? Fâchés ! Vous l'avez toujours été, vous autres de votre famille.

— Tais-toi, Joseph, dit papa. Si votre mère s'est fâchée avec les gens de ma famille, c'est par amour pour vous.

— Possible, gronda Joseph. Quoi qu'il en soit, l'exemple est là. Nous ne connaissons plus personne de tout votre parentage. C'est au Père-Lachaise qu'on prend des nouvelles de la famille. Maman disait, l'an passé : « Céline doit vivre encore, puisqu'elle n'est pas ici. » Est-ce vrai ? N'est-ce pas vrai ?

— Hélas, gémit notre mère, ce n'est pas la même chose. Qu'y a-t-il de commun entre ces gens et vous, vous mes petits à moi ?

— Allons, allons, s'écria Ferdinand, on sait que tu nous aimes bien.

Mère se dressa toute droite et dit, la voix désolée :

— A quoi me sert de vous aimer, si je n'ai pas pu faire que vous vous aimiez entre vous ?

Ferdinand était soudain blême, saisi d'une inexplicable colère :

— Non, dit-il, n'en demande pas trop.

Mais Joseph semblait apaisé. Il prit maman par la taille, la fit doucement asseoir. Il riait, la voix ronde, parodiant, sans le savoir, une réplique illustre.

— Bah ! bah ! On ne se hait point. Il ne faut rien prendre au tragique.

Je rattrapai Cécile au pied de l'escalier et voulus lui saisir les mains. Elle se déroba sans brusquerie. Dès cette époque, elle saluait de la tête et ne serrait plus la main de personne, pour mettre à l'abri des gens exaltés ses doigts fluets et magiciens.

— Cécile, fis-je tout bas. J'en ai assez, assez ! Tu es ma seule famille. Tu es mon frère, ma sœur, mon père, toute ma vie. Laisse-moi t'accompagner ou je vais crever de tristesse.

Cécile m'emmena dans sa chambre et joua de la musique pendant un long moment. Quand nous redescendîmes pour souper, Joseph et maman discutaient à voix basse en feuilletant les paperasses. Maman avait, comme presque toujours, l'air las et désespéré. Je l'entendais murmurer : « Tu as raison. C'est terrible. On est à la merci de ces gens... » Papa lisait le journal, tranquillement, en caressant ses belles moustaches.

## CHAPITRE 11

Une après-midi brumeuse, quelques jours après la Toussaint. Clarté funéraire. Il n'y a pas de vent, le ciel est immobile. La Marne coule sans un pli. Justin et moi, nous marchons à pas lents sur la berge solitaire. Parfois une feuille de platane, toute recroquevillée, tombe dans l'eau. Elle flotte comme une barquette, tourne deux ou trois fois sur elle-même et dérive, la queue en l'air, saisie par des forces que nous n'avions pas devinées et qui besognent quand même.

Longtemps enseveli dans le silence universel, l'entretien se réveille.

LAURENT. — Il n'a jamais rien lu de toi, Valdemar ?

JUSTIN. — Ne cherche donc pas à l'excuser.

LAURENT. — Je n'en ai pas la moindre envie. Comment la chose est-elle partie ?

JUSTIN. — Brutalement, comme toujours. Il m'a regardé par côté, de ce regard morne et déteint qu'il a maintenant et qui me fait mal au cœur. Il a dit — pas à moi précisément, mais comme s'il parlait pour les murailles — il a dit : « Les Juifs n'ont pas l'imagination créatrice. Ils ont le génie du trafic ; mais ce ne sont pas des artistes. Leurs musiciens sont médiocres, et pourtant ils aiment la musique. Alors, pour le reste, poésie, peinture, sculpture, franchement, ce n'est rien du tout. » Il avançait la lèvre inférieure, d'un air méprisant, méprisant.

LAURENT. — C'est idiot !

JUSTIN. — Je te crois que c'est idiot. Que lui aurais-tu répondu, puisque tu trouves ça idiot ?

LAURENT. — Je lui aurais dit qu'il n'était lui-même qu'un artiste manqué.

JUSTIN. — Bah ! Il ne s'agit pas de lui, mais de nous, Laurent, de nous. Eh bien ! tu n'aurais rien dit et c'est ça le plus grave. Tu m'aimes bien, moi, Justin. Et tu n'aurais rien trouvé à dire parce que tu es comme les autres, parce que tu n'as pas confiance, au fond, dans notre génie et que tu n'aurais su que dire.

LAURENT. — Tais-toi donc ! J'aurais cité Henri Heine et Gustave Kahn.

JUSTIN. — Et après tu aurais pris un air gêné comme si tu voyais le fond du sac. Moi, je lui ai dit : « Monsieur, les Juifs ont les plus grands poètes de tous les temps et de tous les pays. Tout le monde a lu leurs ouvrages. On les lit partout, à l'heure où je vous parle. On les a traduits dans toutes les langues de la terre. Vous en avez été nourri et vous êtes un ingrat. La Bible, Monsieur, la Bible ! Voilà ce qu'ils ont fait, nos poètes. »

LAURENT. — Mon vieux, c'est une riposte épatante.

JUSTIN. — Je te crois qu'elle est épatante. Il avait l'air assommé.

LAURENT. — Qu'est-ce qu'il a répondu ?

JUSTIN. — Il a bredouillé : « La Bible, c'est bien vieux ! » Alors, j'ai quand même eu le dernier mot. J'ai déclaré qu'avec ou sans le consentement de Valdemar Henningsen, j'étais, moi, Justin Weill, un poète juif et que j'espérais bien devenir un très grand poète juif.

LAURENT. — C'est-à-dire un très grand poète français.

JUSTIN. — Forcément.

LAURENT. — Pourquoi, forcément ?

JUSTIN. — Puisque je ne sais plus l'hébreu.

LAURENT. — Tu l'as donc su ?

JUSTIN. — Non, c'est une façon de parler. J'aurais dû dire : « Puisque nous ne savons plus... »

LAURENT. — Oui, je comprends.

Un grand moment de silence. Nous allumons nos pipes.

LAURENT. — Je ne peux rien te dire encore de certaines choses que je sais. J'ai pitié de Valdemar. Qu'il soit un artiste stérile et malheureux, c'est déjà terrible. Et ce n'est pas le plus triste.

JUSTIN. — Il n'y a rien de plus triste.

LAURENT. — Si, mais ne me demande pas de t'expliquer... Mon vieux, je t'en parlerai, un jour. Je veux trouver d'abord le moyen d'en parler à Cécile, et je ne sais pas comment m'y prendre. Non, non, ne m'interroge pas. Tout au moins à ce sujet. Tu n'es pas vexé ?

JUSTIN. — Moi, j'ai confiance en toi. Si tu ne me dis rien, c'est que tu ne peux rien me dire.

LAURENT. — Un jour, chez nous, là-bas, dans notre ancienne maison, rue Guy-de-la-Brosse, j'avais rencontré Valdemar dans l'escalier. Il faut te dire que j'étais désespéré, oui, dégoûté de tout. Ce qu'on peut être coco, mon vieux, à cet âge-là. Je m'imaginais qu'en devenant savant, en s'instruisant, si tu aimes mieux, un homme devait aussi devenir très bon et très intelligent. Je te dirai, entre parenthèses, que ça m'a duré longtemps, cette maladie-là. C'est Schleiter qui m'a redressé, définitivement redressé ! Moins par ce qu'il a pu me dire que par sa façon d'être. Enfin, laissons cela. Je reviens à Valdemar. Nous causions, dans l'escalier, et je lui disais mes bêtises. Alors, il s'est mis à rire. Il m'a raconté l'histoire d'un citoyen de leurs amis qui était un chimiste de grande valeur, une cervelle magnifique et, à part cela, un parfait salaud. Il criait, Valdemar, en secouant les barreaux de la rampe : « C'est l'art qui sauvera ces cochons d'hommes. »

JUSTIN. — C'est une pensée raisonnable, exprimée vulgairement.

LAURENT. — Non, ce n'est même pas une pensée raisonnable. L'art ne sauvera rien du tout.

JUSTIN. — Prends garde, mon vieux, c'est grave !

LAURENT. — Qu'est-ce que ça veut dire : sauver ? Je te le demande.

Pense à Valdemar. Il ne vit que pour l'art. Il ne comprend que l'art. Il ne s'intéresse qu'à l'art. Alors, quelle défaite, mon vieux ! Il n'est pas méchant, Valdemar. Il est égoïste, il est vaniteux, il est rageur et il ment. Tout ça même ne serait rien : il est malheureux. Est-ce qu'on peut dire qu'un bonhomme est sauvé du moment qu'il est malheureux ? C'est exactement le contraire. Moi je dis qu'il est damné.

JUSTIN. — Tu prends un mauvais exemple : tu disais toi-même, tout à l'heure, que Valdemar était un artiste manqué.

LAURENT. — Voilà bien le plus terrible : il donnerait tout au monde pour être un grand artiste, et l'art ne veut pas de lui. C'est comme une femme qui ne ferait pas même attention...

JUSTIN. — Va, va, tu peux parler. Ça ne fait rien.

LAURENT. — Pardon, mon vieux. Tu dis : un mauvais exemple. Il n'y a pas de bon exemple. Regarde un peu Wagner. Celui-là, c'est un grand artiste, c'est un dieu de la musique. Eh bien ! il paraît que c'était un très sale type, un caractère impossible. Je parlais de ça, l'autre jour, à Vuillaume, qui vient avec moi, le dimanche, au concert. Il m'a dit, d'un air supérieur : « Qu'est-ce que ça peut bien me foutre. Prenez toujours votre plaisir. Wagner, l'homme, je m'en bats l'œil. Wagner, pour moi, c'est une abstraction créatrice. » Malheureusement, moi, je ne m'en bats pas l'œil.

JUSTIN. — Il y a des exceptions.

LAURENT. — Voilà le plus abominable, c'est que ce sont des ex-cep-tions.

JUSTIN. — Pense à Beethoven.

LAURENT. — Toujours Beethoven. Bien sûr. On dirait qu'il n'y a que lui. Evidemment, si je pensais que Beethoven n'ait été qu'un simple mufle — sois tranquille, je ne le pense pas — je cracherais sur tout ce que j'aime encore au monde. Non, pas sur tout, sur presque tout.

JUSTIN. — Sais-tu que c'est effrayant !

LAURENT. — Le plus extraordinaire, c'est que je devrais être désespéré, après ce que je viens de te dire. Pourtant, c'est tout le contraire. Je n'ai aucune raison d'espoir et je suis plein, mais absolument plein d'espoir. Comment arranges-tu ça ? Il y a des matins où je sors de la maison et l'espoir m'étouffe, m'étrangle, me rend fou. J'ai envie de rire et de chanter, de m'envoler par-dessus le mur. Et je ne crois plus en rien ! Avoue que tout cela est vraiment incohérent. Regarde Vankemmef ! Un catholique pratiquant, convaincu, j'ajoute même irréprochable. Connais-tu rien de plus triste que Vankemmef ? Il croit à l'éternité. Il est sûr de l'éternité. Je le plains, car ce sera une éternité à la Vankemmef, tout à fait saumâtre. Vankemmef a mieux que de l'espoir. Il a une certitude et je dirai même une certitude absolue. Moi qui n'ai aucune certitude, je suis beaucoup plus... joyeux que Vankemmef. Ce doit être une affaire de sécrétions internes.

JUSTIN. — Qu'est-ce que tu dis ?

LAURENT. — Une idée de physiologiste. Ça signifie que c'est peut-être une question organique. Surtout ne t'imagine pas que je me moque de Vankemmef. Non. Je n'envie pas sa foi. Pour lui, Dieu est un vieil oncle, un de ces vieux oncles à qui l'on n'a plus rien à dire. Quand ils sont ensemble tous les deux, Vankemmef et Dieu, ils doivent se mettre à bâiller, puis à lire le journal, puis à se curer les dents. J'aime mieux la solitude que le Dieu de Vankemmef. Je n'envie pas la foi de Vankemmef, ça ne veut pas dire que je n'envie pas une autre foi.

JUSTIN. — Toi, Laurent, tu y retourneras.

LAURENT. — Il n'y a vraiment aucune chance.

JUSTIN. — Oh ! je ne te le reprocherais pas.

LAURENT. — Reproche ou non, je répète que c'est tout à fait improbable.

Silence.

LAURENT. — Je ne t'ai jamais raconté comment ça s'est passé pour moi ? Bien plus simplement qu'on ne le dit dans les romans, je t'assure. Nous avons reçu, chez nous, ce qu'on peut appeler une bonne éducation religieuse ordinaire. Baptême, catéchisme, première communion. Modèle courant. Avec un autre mari, maman serait peut-être devenue une sainte selon l'Eglise. Mais papa ! Tu commences à le connaître. Tout ce qu'on voudra, pourvu qu'on ne l'embête pas. Enfin, je le répète, nous avons reçu, les uns et les autres, de l'instruction religieuse. Rien de fanatique : quelque chose de calme et de réglementaire. Je priais, n'en doute pas. Je priais sans indiscrétion. De petites choses : pour la maison, pour la famille, pour qu'arrive la lettre du notaire, pour que papa réussisse à son examen, pour que maman guérisse ou pour que Cécile donne un beau concert. Ne ris pas. C'est comme ça qu'on apprend aux enfants la pratique de la prière. Tu comprendras qu'à ce régime je ne voyais pas souvent Dieu, je n'avais pas souvent le sentiment de la présence. Et puis, un jour, je l'ai vraiment éprouvé. C'était pendant les années Guy-de-la-Brosse. Pendant l'hiver 95-96, exactement. J'avais eu de terribles démêlés avec mon père à cause de... sa conduite. Je t'ai raconté quelque chose de tout ça. Je vivais dans une grande exaltation nerveuse. A ce moment-là, je priais de façon pressante et même parfois menaçante. Un soir, je suis entré, vers neuf heures, à l'église Saint-Etienne-du-Mont. Il y avait beaucoup de lumière. Il faisait chaud. Cela sentait bon. Un prêtre récitait tout haut je ne sais plus quelles litanies. On entendait la foule répondre avec un bruit de mer calme. Je n'avais encore jamais vu la mer ; mais j'ai compris plus tard que c'était tout à fait ça. J'étais derrière un pilier, tout seul, bien assis sur une chaise. Je me sentais faible, maigre, misérable, désespérément petit. Je tenais dans ma main droite mon poignet gauche et il était si mince que j'avais pitié de moi-même, et pitié de tout le monde. On m'aurait touché l'épaule, poussé du coude ou simplement regardé, je me serais mis à pleurer. J'ai d'ailleurs pleuré un peu. Je ne saurais dire combien cet état d'extase a duré. Car, petit à petit, cela tournait à l'extase, c'était à la limite de la douleur et de la joie. Et un moment est venu où j'ai senti Dieu comme s'il était là. Ce qui me rendait cette évidence plus poignante, c'est que j'avais le sentiment inexplicable d'un adieu, d'une séparation prochaine. J'avais le sentiment que c'était la dernière fois qu'une chose telle se produisait et que j'allais quitter pour toujours l'asile tutélaire. Et cette douceur, cette joie, cet amour, ce n'était même pas pour me retenir. C'était comme au moment d'une séparation, quand on s'embrasse très fort et qu'on sait parfaitement bien qu'on ne se verra plus jamais.

JUSTIN. — Et après ?

LAURENT. — Après ? J'étais comme quelqu'un à qui l'on a fait une opération. Et pourtant, rien de tragique. Je te le répète, ça s'est passé très simplement. M. Dastre disait, l'autre jour, en souriant, que la seconde crise métaphysique, celle de la cinquantaine, est de beaucoup la plus terrible. Il a probablement raison. Nous avons le temps de voir ça. La réaction est venue presque un an plus tard. Alors, l'antireligion à outrance, l'anticléricalisme aussi, surtout que l'affaire Dreyfus venait compliquer le tout. Le besoin frénétique de perdre son pucelage de toutes les façons possibles, même au sens exact du mot. Au sens exact, je l'ai perdu... trois fois... N'en parlons plus.

JUSTIN. — Tu ne m'avais jamais rien dit de ça.

LAURENT. — Ah ! Non ! A personne. Et surtout pas à toi, mon vieux.

JUSTIN. — Oui, je comprends. Pas à moi.

LAURENT. — Et maintenant, calme plat, au point de vue métaphysique du moins, comme dirait M. Dastre. Je pense à Dieu comme on penserait à un ami qui serait mort. Parfois, quand je me réveille, car c'est en général au réveil que ces pensées-là me tourmentent, et surtout si j'ai le malheur de dormir dans la journée, parfois je me dis qu'un monde avec Dieu ne serait pas plus absurde que notre monde sans Dieu, que notre monde raisonnable. Je ne peux pas dire que je ne sente pas quelque chose qui serait le besoin d'une éternité, au contraire, mais je le sens avec mon corps, oui, plutôt qu'avec mon esprit. Tant pis ! Il faudra quand même tâcher de vivre, le mieux possible.

JUSTIN. — Je te dis que tu y retourneras.

LAURENT. — Et moi, je te dis que non. C'est fini. Je n'ai pas même un véritable regret. Tout cela est triste.

JUSTIN. — Oui, c'est triste.

LAURENT. — Me comprends-tu tout à fait ?

JUSTIN. — Peux pas dire. Nous autres, dans ma famille, on ne pratique pas non plus. Mais pour être comme je te vois, athée comme tu l'es, il faudrait des circonstances extraordinaires. Il faudrait que moi, Juif, j'aie fait, par exemple, la folie de me convertir d'abord à votre religion. Il n'y a vraiment aucune chance.

LAURENT. — Ecoute encore. L'autre jour, pendant une discussion, ma mère a dit une parole, une très belle parole. Elle nous a dit : « A quoi me sert de vous aimer puisque je n'ai pas pu faire que vous vous aimiez les uns les autres. »

JUSTIN. — Oui, c'est une belle parole.

LAURENT. — Je ne crois absolument plus à la divinité du Christ. Mais je crois à la grandeur de certaines idées, et je dis que cette belle parole est une parole chrétienne. Tu me permets de parler de ça ?

JUSTIN. — Attends, mon vieux. Attends un peu. Tu dis : « Cette belle parole est une parole chrétienne. » Soit. Et la preuve que tu comprends très bien que tu dis une chose maladroite, c'est que tu me demandes, à moi Justin Weill, la permission de la dire, cette bêtise.

LAURENT. — Ce n'est pas une bêtise.

JUSTIN. — La bêtise, la bêtise, tu ne comprends donc pas où elle est ? Alors, tu t'imagines peut-être que nous autres, Juifs, nous en sommes encore à la loi du talion. Tu t'imagines peut-être que nous sommes, en morale, des sauvages du désert. Il y aurait de quoi se mettre en colère. Mais les idées marchent pour tout le monde, mon vieux, pour les Juifs comme pour les autres. Comment ! tu me connais depuis huit ans, tu connais les miens, tu es notre ami sincère et tu t'imagines peut-être que nous ne sommes pas capables de rendre le bien pour le mal, de dire : « Aimez-vous les uns les autres », et de tendre la joue gauche quand nous avons été frappés sur la joue droite, ce qui nous arrive plus souvent qu'à n'importe qui !

LAURENT. — Justin, mon vieux, tu perds la boule.

JUSTIN. — Non, je ne perds pas la boule. Je suis seulement furieux. Et voilà : tu es dreyfusard, tu es, comme on dit, prosémite, loyalement prosémite. Et tu as l'air de penser que nous sommes en retard de vingt siècles. Alors, comment nous aimes-tu ? Comme des bêtes curieuses ?

LAURENT. — Je n'ai rien dit de tout cela.

JUSTIN. — Tu ne l'as pas dit, mais tu le penses. Tu es notre ami, et tu ne comprends rien à nous.

LAURENT. — Si, si. Je comprends très bien que vous êtes follement susceptibles.

Justin sourit.

JUSTIN. — C'est vrai, nous sommes susceptibles. Nous avons sujet de l'être.

LAURENT. — Pas avec un ami. Je suis ton ami.

JUSTIN. — On ne peut être susceptible qu'avec ses amis.

Il fait nuit. Retour silencieux. Pipes. Justin me prend le bras pour finir la promenade.

## CHAPITRE 12

Novembre rampe dans la pluie. La banlieue, décharnée, montre un squelette rachitique. Les gens qui vont à Paris reviennent de méchante humeur. Ils ont, comme toujours, des histoires à raconter. Ce sont des histoires maussades qui respirent la laine mouillée, les chicanes de tramway, les longues attentes sur les trottoirs parcourus par la rafale. Nous ne sommes pas les rois, mais les esclaves maugréants d'un triste pays pluvieux.

Cécile a voyagé douze jours. Elle a donné des concerts en Belgique, en Hollande et à la cour d'Angleterre. Elle voyage avec une dame qui prépare et règle tout très habilement.

Valdemar a crié qu'il accompagnerait Cécile et, pour finir, il n'a pas quitté Paris. Il vit dans la langueur. A certaines heures, il s'agite, manifeste une grande angoisse et disparaît brusquement. Quand il revient, il sourit, son grand front rasséréné.

Au retour de Cécile, il y a eu des conciliabules. Joseph s'est beaucoup démené. Je suis certain que Cécile a dû lui confier de l'argent. Je ne saurais dire pourquoi cette pensée m'irrite un peu.

Cécile a dormi quatorze heures. Silence. Je me promène dans la maison en lisant la vie de Pasteur, *Histoire d'un savant racontée par un ignorant*, livre qui vient de paraître et dont mon père dit merveilles. Notre malheureux jardin est défiguré par l'automne : on n'ose même plus le regarder. Il y a, sur une commode, un bocal rond, plein d'eau trouble. De petits poissons y nagent. Ce sont des épinoches que Ferdinand a pêchées, un des derniers beaux jours.

Les poissons passent, l'un près de l'autre, comme les promeneurs dans la rue. Ils n'ont pas l'air de se voir et, soudain, deux longs poignards se roidissent à leurs flancs. La nageoire dorsale se dresse, hérissée de dards aigus. Les yeux jaillissent des têtes. Un nuage de couleur vole sur les flancs métalliques. Cette colère muette est affreuse. Elle me fait, je ne sais pourquoi, songer aux continuelles querelles du clan Pasquier, à nos querelles qui, pourtant, ne sont pas silencieuses. Je me sens saisi de honte.

Papa souffre d'une bronchite. Il ne veut pas rester au lit et roule, en pestant, de sa chambre à son officine. Il est vêtu de cette vieille robe de bure qu'il porte par habitude, et sans doute aussi par vénération pour Honoré de Balzac dont il admire le génie. Il tousse, rougit, crache avec fureur, va jusqu'à la fenêtre et regarde la pluie tomber sur la vallée de la Marne. Il s'ennuie fort. Il dit parfois : « Je me suis moqué des bureaucrates, et voilà ! je suis beaucoup moins libre qu'un employé de bureau. Je suis lié comme un chien de garde. » Il n'a pas tort, cet homme subtil. Il a, pendant bien des années, rêvé de la science, de la science libératrice, d'une profession miraculeuse, faite d'imprévu, de nouveauté, d'incessantes découvertes, d'inventions, de coups de vent, de belles bourrasques, et voilà que la nouvelle vie est plus morne que l'ancienne, réglée comme celle d'un captif. Ainsi donc la science ressemble à la bureaucratie. Quel mécompte !

Hélas ! qu'il s'ennuie donc, mais qu'il reste tranquille ! Qu'il gaspille son peu d'argent, ça n'a pas grande importance, pourvu qu'il se calme enfin, pourvu qu'il ne songe pas à des folies... d'une autre espèce. Il a l'air apaisé, parfois. Il passe des semaines entières sans parler d'une course à Paris. La bronchite même a du bon, si j'ose dire, peut-être parce qu'elle a pour effet de l'humilier un peu.

Cécile s'est réveillée de son long somme, telle une jeune déesse, le visage radieux. Elle a joué du clavecin. La nuit d'hiver est venue. Cécile est nette, calme, belle, oui, belle comme peut l'être Psyché, belle comme la pensée qui plane et ne retombera jamais. Je voudrais que Cécile fût heureuse. Et même si c'était impossible, même si Cécile devait souffrir et gémir dans son abîme, j'ai décidé qu'elle serait heureuse au moins dans le fond de mon cœur. Mon besoin de joie et de pureté s'appelle Cécile. Il faut qu'il en soit ainsi pour le salut du monde. Il faut, pour vivre, s'imaginer que le bonheur et la paix règnent au moins dans une âme.

Ce n'est assurément pas l'heure pour parler à Cécile. Non, certes. Et voilà comme je suis : impossible de patienter quand une pensée me taraude.

Je vais parler à Cécile.

J'en suis encore à chercher comment engager l'entretien, quand, soudain, Cécile cesse de jouer. Je suis assis derrière elle. Je n'ai pas encore dit un mot, je n'ai pas même soupiré — je ne soupire jamais, par animadversion contre certains soupirs que j'entends trop souvent, autour de moi. — Donc, je n'ai pas même soupiré. Pourtant, Cécile s'arrête. Ses doigts légers retombent dans les plis de sa robe. Elle dit, sans se retourner :

— Qu'est-ce que tu veux, Laurent ?

Ce ne me semble pas extraordinaire. Entre Cécile et moi c'est presque toujours ainsi. Même au péril d'orgueil, je dis, songeant à Cécile : « Nous deux, nous sommes vraiment de même sang. »

— Qu'est-ce que tu veux, Laurent ?

Comme je suis embarrassé ! Cécile était en plein vol, et ce qu'il me faut lui dire est laid, est triste, est vraiment épouvantable.

— Sœur, je songe à ce mariage.

Cécile fait « non » de la tête. Elle ne veut pas me laisser parler.

— Ne me tourmente pas, Laurent.

— Cécile, il faut que tu m'écoutes.

— Non, non, Laurent. Tu ne pourras rien me dire qui me fasse changer d'avis.

— Je suis bien sûr du contraire.

Cécile s'est tournée vers moi. Je ne crains pas de voir soudain fuser son regard Pasquier. Elle ne se met jamais en colère avec moi, même quand je suis injuste, même quand je suis ridicule. Elle dit cette parole étrange :

— Tout ce que tu pourras me dire, Laurent, je le sais.

Si je n'étais pas l'obstiné, le maladroit, le balourd que je suis, je baiserais les doigts de Cécile et je regagnerais ma chambre. Hélas ! je ne suis qu'un pauvre sot et mon amour, mon jaloux amour fraternel, bien loin de m'inspirer, me retire toute bonne grâce. Je vais foncer comme un buffle.

— Alors, tu sais qu'il est malade ?

— Oui. Raison de plus pour le soigner.

Je veux frapper un grand coup.

— Sais-tu, Cécile, ce que c'est que la morphine ?

Le visage de Cécile n'a presque pas bougé. Ses yeux se dérobent une seconde. Elle dit, la voix sévère :

— Cela aussi, je sais cela.

— Alors, sœur, c'est impossible.

— Eh bien ! je le guérirai.

— C'est une tâche au-dessus de tes forces. La musique y périra.

Cécile a maintenant les lèvres blanches et tremblantes. Elle dit :

— Tout m'est égal.

Je ne comprends plus rien à rien.

— Tu l'aimes donc à ce point ?

Cécile arrête sur moi son large regard de turquoise. Elle secoue la tête de droite à gauche et de gauche à droite, avec impatience.

Et voilà que, tout à coup, du fond de la maison, monte un grand bruit de querelle. J'entends crier papa, j'entends parler maman. Une voix inconnue s'élève ; une voix rude et triviale. Je quitte Cécile et me jette dans l'escalier. Vraiment, la maison était trop calme ! Il y avait vraiment trop longtemps que le drame nous dédaignait ! Qu'est-ce que ce peut être encore ?

Ils sont dans la salle à manger. Un homme grand, massif, charnu parle, son chapeau sur la tête.

— Je vous ai vendu cette voiture en bon état. Vous prétendez me la rendre après l'avoir démolie. Je dis que vous paierez.

— Et moi, Monsieur, réplique papa, je dis que votre voiture était inutilisable.

Mon père a commencé par donner toute son haleine. Puis il s'est mis à tousser. Je sens qu'il va faiblir. Le gros homme fait un pas et reprend, criant plus fort :

— Mon argent, Monsieur, mon argent !

Papa riposte avec mollesse :

— Je ne vous donnerai pas d'argent. Reprenez votre mécanique. Je n'ai pas d'argent pour vous.

Alors le gros homme se prend à hurler.

— Ah ! vous n'avez pas d'argent et vous achetez des voitures ! Vous paierez, nom d'un chien !

— Monsieur, crie maman, je vous en supplie !

Alors papa fait une chose que je ne lui ai jamais vu faire et qui me remplit de vergogne : il recule de trois pas. L'homme avance de trois pas. Mon père passe derrière la table. C'est honteux et inquiétant. Le gros homme frappe sur la table. Papa redonne de la voix, mais il n'est pas de taille. Le gros homme émet de véritables rugissements. Paula Lescure ouvre la porte et jette sur cette scène un coup d'œil impassible.

— J'ai des renseignements sur vous. Oui, vous êtes un mauvais payeur. A moi, on ne la fait pas. Je vous mettrai sur la paille.

Le gros homme commence à tourner autour de la table. Papa tourne aussi, pour que la table, toute la table demeure entre lui et l'ennemi. Il est bien évident que mon père, que le personnage terrible, irréductible, vient de rencontrer son maître, c'est-à-dire un homme capable de crier plus fort que lui. Il en a l'air interdit. Maman essaye en vain de se faire entendre. Le gros homme donne sur la table de prodigieux coups de poing. Père me fait pitié, comme un champion vaincu. Je vais intervenir. Comment ? hélas ! comment ?

— Monsieur, permettez-moi de vous faire observer...

Tout soufflant, le gros homme, une seconde, me dévisage.

— Vous êtes deux. C'est bon ! Moi, j'en fais dix comme vous.

Maman va crier, crier. C'est alors qu'entre Joseph. Il s'exprime d'une voix terriblement basse et forte :

— Qu'est-ce que c'est que ce boucan ?

Le gros homme, aussitôt, cesse de tourner autour de la table. De l'œil, il soupèse Joseph. Et Joseph dit, l'accent courroucé :

— Sortez d'ici tout de suite.

L'effet est instantané. Le gros homme était plus fort que papa. Joseph est visiblement plus fort que le gros homme. Tout le mystère de la puissance et du prestige m'apparaît dans un éclair. Une simple question de savoir qui peut parler le plus fort. Le gros homme a l'air tout penaud, il dit, bégayant un peu :

— C'est pour l'argent qu'on me doit.

L'effet de voix obtenu, Joseph parle maintenant comme il doit parler à son bureau.

— Eh bien ! dites ça poliment, ou vous aurez de mes nouvelles ! Venez par ici. Et tirez donc votre chapeau : il y a une dame ici.

Joseph ouvre la porte et l'homme sort en bredouillant. Maman tombe sur une chaise. Je préfère ne pas regarder le visage de papa. Je remonte au premier étage. Cécile est debout derrière la porte de sa chambre. Elle dit :

— Qu'est-ce que c'est ?

— Un créancier.

Nous demeurons silencieux. Le temps n'est plus où Cécile jouait majestueusement du piano pendant une visite d'huissier. Une certaine forme de laideur la glace jusqu'à l'âme, je le sens bien. Elle fait deux ou trois pas, revient vers moi, me met un doigt sur la poitrine et souffle :

— Valdemar, un jour, m'a dit que je lui devais mon talent. Il faut payer ses dettes, Laurent, tu m'entends bien.

Je l'entends, hélas ! Je l'entends. Je baisse la tête et murmure :

— Pas au prix de ta vie.

— Si, si. Au prix de ma vie. Si je ne le faisais pas, ce serait un mauvais début et je perdrais confiance.

Que répondre ? Je ne trouve rien à répondre. Je regarde Cécile avec frayeur, avec admiration. Oui, oui, je payerai mes dettes, comme Cécile. Et que ferai-je encore ? Tout le contraire, bien sûr, de ce que l'on fait dans cette malheureuse maison.

Nous restons là, très longtemps. Le gros homme a dû partir. On entend la voix de Joseph, placide, qui débite des chiffres. Après, on n'entend plus rien, sinon la pluie sur le zinc au bord de la fenêtre.

Comme papa doit être humilié ! C'est sa première défaite, du moins à ma connaissance. Comme il doit souffrir ! Malgré tout, je souffre pour lui. Cécile, par chance, n'a rien vu.

Et, soudain, encore des cris. C'est la voix de Ferdinand. Je m'élance, malgré que j'en aie. Je suis moins fort que Cécile qui s'assied froidement, devant sa table. Je me jette dans l'escalier et j'y rencontre Joseph. La scène est dans le corridor. Ferdinand a perdu son chapeau. Il est là, debout devant Claire qu'il écarte d'une main. Il dit des choses incohérentes : « Tu veux me rendre ridicule. » Et, soudain, j'aperçois notre père. Il rit en lissant ses moustaches. Ferdinand n'a plus la maîtrise de ses gestes. Il s'avance, la main levée. Il dit : « Je te défends ! Tu m'entends ! Je te défends ! » Nous nous précipitons, Joseph et moi, pour arrêter le bras de Ferdinand. Son lorgnon tombe et se brise. Claire se prend à pleurer. Je demande à Ferdinand : « Enfin, qu'a-t-il fait ? » Ferdinand suffoque de rage. Il dit : « Je lui ai défendu d'embrasser Claire comme ça. Non, non, pas comme ça ! »

— Tu as peut-être mal vu.

— Non ! Je ne suis pas si myope.

A l'autre bout du couloir, Joseph morigène papa. Mais papa reprend de la flamme. Il dit : « Moi, je ne suis pas une moule. Un baiser sur les yeux ! Eh bien ! quoi ! C'est un hommage à la beauté. »

Voilà l'homme ! Je le croyais humilié, parce que, moi, je l'étais.

Je parviens à calmer Ferdinand. Je suis triste à mourir. Tout est laid. Tout est ridicule. Tout est bas, désespérément. Et je n'ai pas encore vingt ans. J'ai rêvé d'une vie belle et noble. Je languis parmi les querelles, je patauge dans la sottise.

Je voudrais être seul, seul depuis longtemps, seul pour longtemps.

Je voudrais marcher tout seul sur une petite route, au milieu des blés, au printemps. Ça viendra peut-être. Patience !

## CHAPITRE 13

L'hiver soulève sa paupière de malade. Et, tout de suite, elle retombe, et, tout de suite, c'est la nuit.

Nous ne serons plus jamais heureux comme au temps de notre enfance. Nous savons trop de choses, nous sommes empoisonnés. Si je n'avais pas Cécile, je m'en irais, oui, je m'en irais d'eux tous. Non de maman, bien sûr, et non plus de l'innocente petite fille. D'ailleurs, je m'en irai quand même. Il y a des jours où je me sens tourmenté par le désir de posséder mon âme à moi tout seul, d'être délivré, d'être pur. Oui, délivré, même d'amour.

Je regarde les épinoches tourner dans leur prison de verre. Il paraît que ces bestioles construisent des nids admirables. Pourquoi ? Pour mieux sortir leurs poignards et les grandes épines de leur dos ? Parfois, songeant à notre maison, je dis tout bas : la maison des épinoches.

Les petits poissons nagent dans une eau laiteuse et trop peu souvent renouvelée. Nous autres, pour l'instant, nous nageons dans le sirop noir de la paix. Oui, telle est, en ce moment, notre paix.

Semblable au navigateur qui traverse un champ de mines, je me dis : « Tout à l'heure, nous allons toucher... Nous serons jetés en l'air, écartelés, dispersés. Notre famille éclatera. »

Je vais à Paris presque chaque matin. J'ai toujours moi-même ordonné mon travail. Et qui, vraiment, ici, pourrait m'être de conseil ? Je me trouve seul, au milieu du clan. Quand je passe des examens, personne ici n'est en peine ; mes succès, aux yeux de tous, sont la chose la plus naturelle du monde. Amertume du bon élève. Quand, après je ne sais quel petit concours, Ferdinand est entré dans son administration, mère a fait un dîner. Pour un peu, ç'auraient été les drapeaux et les lampions. L'arithmétique familiale, chez nous, du moins, est simple : il suffit de multiplier la portion naturelle de chacun par assez d'amour maternel pour qu'en définitive « ils reçoivent tous autant l'un que l'autre ».

Je ne suis pas très fier des pensées que je pense. Il me faudra beaucoup de temps pour comprendre que l'injustice est encore à mon profit, dans ce malheureux partage.

La pluie est maîtresse du monde. Nous sommes au mois de décembre. Le siècle s'achève dans une moisissure glacée. La Marne est grosse et déserte. Les canotiers ont perdu le chemin de la maison. Parfois je vais au concert, avec Roch et Vuillaume. Nous attendons une couple d'heures sur le bitume de l'avenue Victoria. Ensuite, c'est l'orgie. Je suis en ce temps de la vie où quelque chose de trouble se mêle amèrement à toutes joies, même aux plus nobles. J'aime la musique, en cet hiver, comme il me semble que certains hommes doivent aimer le vin. La musique n'est plus une fin, mais un moyen. Un moyen pour quelle fin ? Je ne sais trop. L'oubli, peut-être. Tout cela n'est pas très beau.

Parfois, du haut du cintre où nous dormons notre plaisir, j'aperçois, dans une loge, là-bas, près des musiciens, j'aperçois ma sœur Cécile. Elle est chez elle, dans ce temple. Des fidèles viennent lui rendre hommage. Nous nous retrouverons, ce soir, à la maison, sans doute. Nous aurons l'air de nous retrouver. Cécile est déjà partie. Elle vogue, toutes voiles déployées.

Je rêve à ces choses, au laboratoire, cependant que je m'assoupis dans ces fades petites besognes qui sont mon pain quotidien. Une découverte ! Est-il possible que ce ne soit pas un rayon qui tombe, un éclair qui fend la nuit ?

Chose extraordinaire, Joseph est venu, plusieurs fois, me voir au laboratoire. Il arrive, salue tout le monde et cherche une place pour son chapeau melon qu'il traite avec ménagement, comme un attribut sacré de la personne joséphienne. Puis il nous regarde les uns et les autres avec un sourire sceptique, un sourire qui voudrait bien paraître courtois sans être dupe. Il échange quelques paroles aigres-douces avec Schleiter, dit un mot à Hélène, feint de s'intéresser à mes recherches. Il est poli, somme toute. Au demeurant, terriblement Joseph. Que Vuillaume s'offre à lui débarrasser un siège, il tranche : « Inutile. Merci. Je n'accepte aucun service. » — « Pourquoi ? » fait uniment Vuillaume. — « Non, croyez-moi, les services, un jour ou l'autre, ça se paye, et plus cher que ça ne vaut. Non, pas de services : des marchés. » Il parle ainsi, le monstre, et le plus grave, c'est que c'est faux, car il a une manière bien à lui pour demander et obtenir toutes sortes de menus services et, surtout, pour faire glisser une grande part de ses obligations sur les épaules des autres.

Joseph est un cracheur d'apophtegmes. A Schleiter qui lui demande, par dérision : « Et l'argent ? » il répond, les dents au clair : « L'argent, l'argent, c'est un truc. Oui, c'est un truc à trouver. Après, ça va tout seul. »

Je ne suis pas bien sûr que, le truc, il l'ait déjà trouvé. Je ne sais rien de ses affaires ; du moins, rien directement. C'est Ferdinand, à qui, pourtant, je ne souffle pas mot de la famille, c'est Ferdinand qui se charge de me tenir au courant de Joseph. Ferdinand est très myope, sauf en ce qui touche notre frère Joseph. Ferdinand, pour Joseph, a beaucoup mieux que de la clairvoyance. Disons de la divination. Quand je suis avec Ferdinand, nous n'avons guère qu'un sujet d'entretien intime, et c'est Joseph. Il me faut reconnaître qu'au prix de Ferdinand, je suis aveugle et sourd. Pour aborder ce grand sujet,

Ferdinand prend une voix spéciale, sa voix « joséphienne », qui est confidentielle, nasillante, colorée d'un rien de moquerie et de quelque révérence. Il dit : « Tu sais que son employé — car Joseph dispose d'un employé — lui coûte cent soixante-quinze francs par mois. Seulement Joseph lui retient quatre francs vingt-cinq pour la retraite. La retraite ! Je trouve ça monumental... Joseph a gagné mille six cent cinquante francs pendant le mois de novembre... Joseph s'est mis dans les frais, pour son bureau : des chaises art nouveau. Oui, moi, j'aime mieux l'ancien... Chez moi, je n'aurai que de l'ancien... » Ferdinand rêve et reprend : « Je ne m'y connais peut-être pas encore comme les vrais marchands de meubles d'époque ; mais j'ai du goût. Claire et moi, nous avons du goût. On ne peut pas nous retirer ça... » Puis il retourne à Joseph : « Tu sais, le prêt hypothécaire comme voudrait le faire Joseph, ce serait excellent : on a une garantie et on touche un gros intérêt. Seulement, Joseph n'a encore qu'un tout petit capital. Alors il bricole : il arrange des prêts pour les autres. Sais-tu combien il a ? Non ? Eh bien ! moi, je le sais... »

Ce que je sais, ce que je vois quand même, et fort bien, c'est que Joseph a l'air d'une bête robuste qui chasse. Non, certes, il n'a pas encore trouvé « le truc ». Parfois, il semble inquiet, il grogne, il gronde, il renifle. On dirait qu'il cherche une issue. Ferdinand commente, dans l'ombre : « Il a été sur le point de trouver un associé du genre qui lui conviendrait. Le type a eu le nez creux : il s'est débiné. »

Joseph est sombre et silencieux. Parfois, en famille, il s'abandonne à quelque petit mouvement oratoire, orné de ses mots favoris : « Il n'y a pas de contrôle... Ça ne se soutient pas... Allons par ordre... Premièrement... Deuxièmement... » Tout de suite, il retombe à ses tracas. Ferdinand, aussitôt, se saisit du crachoir. Si Ferdinand, seul avec moi, ne sait parler que de Joseph, en famille il est inépuisable, encyclopédique : il commente le journal. Il a longtemps péroré sur l'Exposition universelle en virtuose du renseignement. Maintenant, c'est le Transvaal, c'est le président Krüger, de qui Ferdinand connaît toutes les démarches, toutes les pensées.

En ce qui touche Claire, sa fiancée, Ferdinand est inabordable. Parlez de Claire avec faveur, et Ferdinand est jaloux. Critiquez tant soit peu Claire, et Ferdinand sera furieux. Ne dites rien de Claire, et vous verrez un Ferdinand vexé qui ne souffre pas l'indifférence à la vue d'une question telle.

Je ne déteste pas la petite Claire et ne la détesterai jamais, encore que Ferdinand fasse le possible et l'impossible pour me la rendre odieuse.

Ferdinand ne laisse à personne et même pas à Claire le soin d'expliquer Claire. C'est son devoir, à lui, Ferdinand. Il dit : « Tu sais que Claire ne mange pas de salsifis... Claire ne peut pas souffrir la graisse, à cause de son foie... Claire est extravagante : elle prend la salade sans assaisonnement... Claire n'emploie jamais le savon pour se laver la figure... » Là-dessus, Ferdinand regarde l'assemblée d'un air en même temps intrépide et soupçonneux. Il répète, la voix jubilante : « Non, jamais de savon sur la figure. C'est un principe. »

Ferdinand est irritable. Il entend chanter dans les rues une chansonnette à la mode :

*Sois gentille avec Ferdinand,*
*Et ce soir, ce soir en rentrant...*

Ferdinand exècre cette chanson et n'est pas loin d'imaginer que Paris tout entier a fomenté quelque complot. Il souffre de rages en cyclone qui le laissent hébété. Père, quand il est de loisir et qu'il se trouve d'humeur à faire une démonstration, père « exécute une colère » pour expliquer à Ferdinand que la colère est inconvenante et détestable.

Sa bronchite en sommeil, notre père a repris flamme. Il invective contre la pluie et parle de s'en aller en Afrique équatoriale, aux Indes, aux Philippines. Il dit : « Je me suis trompé, voilà tout. J'étais fait pour devenir explorateur. Je finirai dans la peau d'un explorateur. » Le lendemain, changement de thème. Une lecture aventureuse a fait ce beau miracle : il sera marin. Mère a des battements de cœur. Il dit : « On peut gagner des fortunes... » Il nous explique, avec une abondance folle de détails et d'exemples, comment se gagnent les fortunes. Il dit : « Mon cher, c'est tout simple... » Tout est simple, pour ce rêveur. Que passe encore un jour et le soleil se lève ailleurs. « Je suis allé donner une consultation chez Domange, au bout de Sucy, celui qui fait le plant de choux, exclusivement. Ça n'a pas l'air très malin. Eh bien ! il gagne ce qu'il veut. Il a deux chevaux, deux voitures. Une situation à tout casser... » Et le nouveau docteur déclare : « Je vais flanquer tout en l'air et m'installer maraîcher. Je respecte la science, mais je ne veux pas m'ennuyer. »

Il retourne à la vitre et contemple encore la pluie. Quelques instants plus tard, il murmure, la voix sucrée, mélodieuse : « Si jamais je suis nommé président de la République... » Il ne poursuit pas au conditionnel, mais au futur. Ferdinand souffle, du nez : « Tu ne fais pas de politique. » Alors, papa : « Quelle importance ? On peut très bien me nommer président de la République sans que je fasse de la politique. » Et le voilà président de la République. Il en parle, une heure durant. Puis il va dans son cabinet, débrider les furoncles d'un patient. Il revient content de soi. « C'est le plus noble des métiers ! Mais je ne suis pas fait pour attendre. Je n'aime pas les accouchements. Je suis un homme d'action. Je suis le contraire d'une limace. Je suis un homme capable de passions vives... »

Il épluche les petites annonces. Il écrit toutes sortes de lettres. Et maman n'est pas tranquille. Un jour il a laissé traîner sur la table du salon ses nouvelles cartes de visite : Docteur Raymond du Pasquier.

Il correspond longuement avec une maison qui porte, sur ses enveloppes, l'inscription : *Institut national des recherches héraldiques.* Je l'entends qui dit à maman : « Nous sommes peut-être nobles. Mais oui, sans le savoir. Il vaut mieux se renseigner. Ça ne coûte que deux cents francs. Avoue que c'est pour rien. » Ma mère est épouvantée : l'argent est rare. Elle fait des comptes et, par allusion aux valeurs héritées de sa tante Delahaie, elle murmure : « Si je mourais... » Papa sursaute : « Mourir ! quelle idée ! Est-ce que l'on meurt ? » Puis il songe à l'argent et pousse de longs soupirs ondulatoires, mélodieux et désolés. Je les ai toujours appelés « les soupirs de l'argent ». On les entend d'ordinaire quand les difficultés majeures sont en vue.

Il dit à Ferdinand :

— Ton frère fricote dans les prêts hypothécaires. C'est un métier odieux.

— C'est à lui qu'il faut dire cela.

— Mais, reprend père, il a donc de l'argent ?

— Probable qu'il en a un peu.

— Alors, pourquoi m'en a-t-il demandé ?

— Je ne sais pas. Ça le regarde.

— S'il a de l'argent, il devrait bien m'en prêter. Oui, pourquoi pas ? Un prêt hypothécaire, s'il le veut.

— Sur quoi ?

— Sur la maison.

— Elle n'est pas à toi.

— Ah ! Alors sur le terrain.

— Il paraît qu'il ne vaut rien.

— Ce n'est pas encore prouvé. Alors, sur le cheval, sur la voiture, sur mes livres. Qu'il me prête dix mille francs et j'irai m'installer en Algérie. Du soleil ! du soleil ! de la lumière ! comme disait je ne sais plus qui. Je suis une créature du soleil. Je me demande ce que je fais ici.

Il arrive un jour en tenant sous son bras un paquet dont s'échappe une odeur inquiétante.

— Qu'est-ce que c'est que ça ?

— Un blaireau.

— Vivant ?

— Non, mort. Je l'ai acheté pour une bouchée de pain, au père Herbelot.

— Qu'est-ce que tu veux en faire ? demanda Joseph, le soir.

— Des blaireaux pour ma barbe.

— Ah ! oui ! Il y a de quoi en faire dix. Et un blaireau, ça dure dix ans.

— Mon petit, je les userai. Bien sûr, à la condition de foutre le camp d'ici. Je m'ennuie ! Je m'ennuie !

Je l'ai surpris, un jour, grimpé sur une échelle, en train de pendre un cadre.

— La corde s'est cassée, dit-il. A rester toujours en place, on ne sait plus rien de ses affaires. Autrefois, quand je déménageais souvent, je surveillais les cordes et ces choses-là n'arrivaient pas.

— Mais, papa, nous ne sommes ici que depuis seize ou dix-huit mois.

— Tu es fou, mon garçon ! Seize ou dix-huit mois ! Tu veux dire seize ou dix-huit ans. J'en aurais des cheveux blancs, si j'étais un homme vulgaire.

Il se prend à siffler, pour montrer au monde entier qu'il n'est pas un homme vulgaire.

Quand je suis exaspéré, je me noie dans mes lectures. J'ai découvert Ibsen, Nietzsche et Tolstoï. Je sombre, et j'oublie tout, pendant une heure. J'ai grand besoin d'oublier tout. Je lis : « Je suis un voyageur et un grimpeur de montagnes. Je n'aime pas les plaines et il me semble que je ne puis pas rester tranquille longtemps. » Tiens, tiens ! Pourtant père n'a pas lu Nietzsche.

Je suis descendu jusqu'à la cuisine pour y prendre je ne sais plus quoi. J'aperçois Paula Lescure. Elle me tourne le dos. Elle est penchée sur l'évier. Mon Dieu ! Elle vomit avec de très grands efforts. Comme elle a l'air de souffrir !

J'approche et dis doucement :

— Qu'est-ce que vous avez, Paula ? Voulez-vous que j'appelle maman ?

Elle a les yeux cerclés de mauve. Les lèvres gonflées, tavelées. Elle me fait grand-peine. Elle répond :

— Mon cousin sait pourtant que j'ai mal à l'estomac. Inutile de prévenir personne. Non, absolument personne.

Il est évident que la pauvre fille est malade. Je remonte dans ma chambre et replonge dans mes lectures. De temps en temps, quand tout le monde est là, je perçois une ébauche de querelle. Maman dit : « On vous a instruits et c'est comme si l'on vous avait instruits à vous disputer, hélas ! à vous détester. » Elle fait des prouesses diplomatiques pour rétablir, un instant, d'impossibles équilibres.

Et, tout à coup, éclate un intermède céleste. Cécile nous a réunis, dans sa chambre, un soir. La petite Suzanne se tient debout, devant le clavecin. Elle chante, d'une voix fragile, la pastorale de Haydn : « Enfant, sois belle en tes atours et prompte au fin sourire... » Cécile est là, derrière la petite fille, et dessine dans le silence une dentelle délicate avec ses doigts magiciens. Cécile avait préparé cela, sans nous en rien dire. C'est un moment si pur que les « bêtes sauvages » elles-mêmes rentrent leurs griffes et rampent en ronronnant. Toute la soirée, la maison sera bénie. Mais quoi ! cette grâce impalpable pourrait-elle sauver le monde ?

De quoi puis-je me plaindre, puisque j'ai Cécile ? Hélas ! Je ne suis pas digne de Cécile tous les jours.

Car les repas sont terribles.

Ce pourrait être la cène, le festin de communion. Ils sont tous là, ceux du clan. Ce n'est pas le festin de communion.

Ferdinand a, toute l'année, de terribles rhumes de cerveau. Il fait, avec son nez, surtout quand il mange et qu'il a la bouche occupée, des bruits extraordinaires par l'invention et la variété. Je comprends que, bientôt, Joseph, incommodé, ne pourra plus celer son agacement. Et c'est Ferdinand lui-même qui, soudain, s'écrie, d'une voix mordante : « Joseph ! mouche-toi, mon cher. On ne s'entend plus manger, tu fais vraiment trop de bruit. »

Joseph, avec la pointe de son ongle auriculaire, s'arrache d'entre les dents des fils de nourriture. Il les regarde et les mange. Cette pratique a le pouvoir d'exaspérer notre père. Il finit par faire, à ce sujet, une déclaration générale, mais ferme : « C'est à peine convenable. Je vous achèterai des cure-dents. »

— Que veux-tu ? souffle Joseph avec perfidie, moi je sens mes dents : elles sont à moi.

Il y en a un qui ramasse les miettes avec une lichette de pain, et qui finit, enhardi, par chasser sur les territoires limitrophes. Un autre ouvre la bouche dix bonnes secondes trop tôt et montre sa langue toute chargée de nourriture. Un autre coupe son pain, comme un paysan, en petits cubes réguliers qu'il dispose à sa gauche. Un autre fait « fioup... fioup... » à chaque lampée de potage. Si l'un dit : « Donne-moi de l'eau », il y a toujours une voix qui répète ou qui traduit : « Ton frère a demandé de l'eau. Vous comprenez ? Il veut de l'eau. » On entend, presque aussitôt : « Ne te balance pas, tu me donnes mal au cœur », ou : « Ne racle pas le parquet avec tes pieds. Ce n'est pas tolérable. » « Ne bois pas plus d'un demi-verre, ça fait mal à l'estomac. — Qu'est-ce que ça peut bien te faire ? Je bois comme il me plaît. » « Je n'aime pas la tête de veau. C'est mou. Ça me dégoûte. — N'en dégoûte pas les autres. »

Alors commence la discussion quotidienne au sujet du chien qui devient sourd, de la chatte qui est voleuse, au sujet de la cuisine au gaz, de la politique socialiste, de la composition du celluloïd ou du pégamoïd.

Ils mettent leurs coudes sur la table. Ils parlent en mangeant et veulent qu'on les comprenne. Ils n'aiment pas les choses que j'aime. Ils aiment les choses que je n'aime pas. Et pourtant, ce sont mes frères, ce sont les miens, ceux de mon clan. Et, malgré tout, je les aime.

Alors ! Alors ! Que la foudre tombe, Seigneur !

# CHAPITRE 14

Il ne faut pas appeler la foudre.

Nous avancions lentement à travers le mois de décembre comme sur une mer de bitume. Un soir, après dîner, j'étais dans la chambre de Cécile et je regardais le feu.

Il faisait, au-dehors, un froid humide et hargneux. Chez nous, un gros poêle à feu continu brûlait toujours dans la salle à manger. En outre, par de tels temps, chacun se débrouillait dans sa chambre. Nos parents allumaient une grille de coke, à cause des bronchites de papa. Cécile avait un feu de bois. Elle vivait en serre chaude et c'était un lieu bien étrange que cette chambre où s'entassaient deux lits, un petit bureau, un piano à queue et un clavecin. Mes frères jouissaient d'un poêle à pétrole qu'ils se passaient d'une chambre à l'autre, non sans calculs grondeurs : « Garde-le jusqu'à vingt-cinq. Après, tu me le rendras, jusqu'à moins le quart. Mettons nos montres d'accord... » Pour moi, je n'avais aucun moyen de chauffer ma mansarde. Ma mère me glissait chaque soir un cruchon dans mon lit et, s'il faisait trop froid, j'allais rêvasser ou même lire chez Cécile.

Ce soir-là, j'étais donc chez Cécile qui travaillait au clavecin. Je l'écoutais peut-être avec mes oreilles, et bien plutôt avec mon cœur en regardant mourir le feu.

Joseph ouvrit la porte et dit :

— Venez tous les deux chez moi.

— Pourquoi ? demanda Cécile.

Joseph répondit gravement :

— Pour faire une partie de cartes.

J'ai toujours eu l'horreur des cartes. Pour Cécile, elle n'a jamais connu d'autres jeux que ceux de l'art. Nous eûmes aussitôt le sentiment que Joseph ne plaisantait pas.

— Que veux-tu ? répéta Cécile.

Joseph jeta dans le couloir un coup d'œil furtif, se retourna vers nous, ferma la paupière gauche avec énergie et dit en pesant sur chaque syllabe :

— Très im-por-tant.

— C'est bien. Nous y allons.

Cécile prit un grand châle de cachemire dont elle s'enveloppait toujours pour sortir de son étuve, et nous gagnâmes la chambre de Joseph. Il y avait, en effet, une table toute préparée, une lampe et quatre chaises. Ferdinand nous attendait. Le poêle à pétrole donnait, dans un angle, une molle pédale d'orgue.

Cécile dit :

— *Mi* bémol. C'est *l'Or du Rhin.*

Elle sourit sans conviction et frissonna légèrement.

— Voilà, commença Joseph, de sa voix naturelle qui faisait gronder toute la maison ; je vais vous apprendre un nouveau jeu qui vient d'Angleterre et qui sera bientôt le jeu de tous les gens distingués.

Là-dessus, il ferma la porte et poursuivit tout bas :

— Maman est encore à la cuisine. Dans deux minutes peut-être, elle va monter, avec papa qui fait je ne sais quoi, par là, du côté de ses petites bouteilles. Alors, s'ils ouvrent la porte, nous jouons aux cartes. C'est très grave.

— L'endroit, fis-je, n'est pas très bon, si c'est vraiment... un secret.

— Que veux-tu ? Nous n'avons pas le choix. Ainsi donc, nous jouons aux cartes. Ferdinand, c'est toi qui donnes. Tu distribues les cinquante-deux cartes une par une. Non, pas comme ça. Dans l'autre sens.

Il baissa tout aussitôt la voix :

— Ecoutez-moi bien tous trois. Paula Lescure est enceinte.

Il y eut un instant de silence. On entendit le pas de maman dans l'escalier. Elle parlait à papa, disant : « Toutes les portes sont fermées ? Même celle de la rue ? »

— Comment le sais-tu ? demanda Ferdinand.

— Je le sais, voilà le fait. Paula Lescure est enceinte de plus de quatre mois.

— Ça, dit Ferdinand, je m'en doutais.

— Non, tu ne t'en doutais pas. Ne fais pas le malin. Personne ici ne s'en doutait, sauf moi.

— Joseph, lançai-je soudain, est-il bien nécessaire de parler de ça devant Cécile ?

Cécile me prit par le bras :

— Laurent, tu es ridicule.

— Oui, plutôt, affirma Ferdinand.

Soudain, Joseph reprit, de sa grosse voix naturelle :

— Quand toutes les cartes sont données, vous rangez chacun votre jeu, par couleurs et par valeurs.

La porte venait de s'ouvrir. Mère nous regardait avec étonnement.

— Que faites-vous là, tous les quatre ?

— Je leur apprends un jeu nouveau qui vient d'Angleterre. Quelque chose d'épatant.

— Regarde, Ram, dit ma mère : les voilà qui jouent aux cartes. Il paraît que c'est un jeu nouveau. Pourquoi ne pas t'asseoir près d'eux, cela te distrairait un peu.

— Non, non, s'écria Joseph. Papa n'aime pas les cartes. En outre, il faut un silence complet. C'est un jeu de réflexion.

— Amusez-vous, mes enfants, dit notre père en haussant les épaules.

Une seconde encore, maman nous regarda tous quatre. Elle avait l'air incrédule, presque alarmé. Elle hocha la tête et soupira :

— C'est si rare qu'ils trouvent quelque chose pour s'amuser tous ensemble. Je vais coucher Suzanne.

— Tire la porte, dit Joseph. Que notre peu de chaleur nous reste.

Quelques instants, on entendit mère aller et venir dans la chambre voisine. Joseph disait :

— D'après la force de votre jeu, d'après le nombre et la qualité des cartes, vous faites votre plan de bataille. Il est bien entendu que nous sommes deux par deux : je joue avec Ferdinand, et Laurent avec Cécile. Alors c'est à moi de parler. Attendez que je réfléchisse.

Il poursuivit, plus bas, comme nous entendions s'éloigner le pas maternel :

— Encore quelques semaines et ça va se voir. Ça se voit déjà, malgré tout ce qu'elle peut faire.

— Eh bien ! dit brusquement Cécile, ça me la rend plus sympathique.

— C'est une affaire de sentiment, et nous ne pouvons pas faire de sentiment ici. Ce qu'il faut, c'est prendre une décision, et la prendre tout de suite.

— Quoi ! s'écria Cécile en blêmissant, vous n'allez pas la chasser. Même pour une servante, ce serait abominable. Et c'est notre petite parente, notre cousine. Non, je ne veux pas, je ne veux pas.

Joseph posa son jeu sur la table et le posa retourné, comme si la partie de cartes eût été une partie sérieuse. Puis, les lèvres serrées :

— Et toi, Laurent, qu'est-ce que tu dis ?

Je répondis, baissant la tête :

— Rien.

— Tu ne dis rien ! Tu ne dis rien ! fit douloureusement Cécile. Et moi je veux que Paula reste. Il y aura un petit enfant dans la maison, et ce ne sera pas malheureux. Elle n'est pas trop gaie, la maison.

— Chut ! dit Ferdinand, on va t'entendre.

Cécile nous regardait avec des yeux chargés d'angoisse.

— Eh bien ! Qu'est-ce que vous avez tous ?

— Comprends bien, Laurent, reprit Joseph ; si j'ai jugé bon de vous mettre tous au courant, même Cécile, oui, même Cécile, c'est qu'il est absolument nécessaire que notre accord soit complet. Pas de fausses manœuvres, pas de questions maladroites, pas d'étonnements intempestifs. Nous devons, tous les quatre, ne faire qu'un seul bloc.

— Mais qu'est-ce qu'il y a donc de si terrible ? dit encore Cécile d'une voix morte.

Joseph avança la tête et nous l'imitâmes, en sorte que nos cheveux se touchaient au-dessus de la table.

— Cécile, murmura-t-il, sois raisonnable une minute. Je peux t'affirmer que l'auteur de... enfin de la situation est une personne de la maison. Tu devrais me comprendre à demi-mot. Ce n'est sûrement pas moi, Cécile.

— Ni moi non plus, ajouta Ferdinand. Moi je suis fiancé !

— Oui, nous savons. Tu devines bien que ce n'est pas Laurent. Comprends-tu, ma pauvre Cécile ? Comprends-tu ?

Cécile ne répondit pas et, soudain, deux larmes rondes lui sautèrent des yeux et tombèrent sur la table.

— Je l'avoue, murmurait Joseph, c'est assez épouvantable. Laurent, lui, est payé pour savoir à quoi s'en tenir. Pour toi, c'est à peu près du nouveau.

— Vraiment, dit Ferdinand, je suis bien sûr que ça se voit. Je commençais d'ailleurs à le remarquer. Mais comment as-tu, Joseph, eu la certitude, car en somme...

Joseph secoua les épaules.

— Elle me l'a dit, mon garçon. Je le lui ai fait dire. Voilà. Vous savez pourtant bien que moi, je vois tout, je sais tout. Ne t'inquiète pas, Cécile. Je ne brutalise personne. D'ailleurs, c'est une caboche, cette Paula, malgré ses airs de pensionnaire. Elle m'a regardé dans les yeux, comme si elle allait me tuer, et elle m'a répondu : « oui ». Et si je dis « près de cinq mois », c'est qu'elle me l'a elle-même fait savoir... Alors, vous comprenez bien, le carreau est plus fort que le trèfle et le pique est plus fort que le cœur et le carreau.

La porte venait de s'ouvrir et maman nous regardait.

— Qu'est-ce que vous faites ? demanda-t-elle. On ne vous entend même pas.

— On réfléchit, dit Joseph. C'est difficile, un jeu comme ça.

— Vous êtes là, tous les quatre, à chuchoter.

— Mais oui. C'est un jeu anglais qui demande un calcul fou.

— Vous devriez vous reposer, au lieu de vous fatiguer la tête.

— C'est très amusant, mère. Allons, allons, va te coucher.

— Ça sent le pétrole, chez toi, Joseph. Ce n'est pas sain.

— Ah ! maman, tu nous troubles. Je ne sais plus où j'en suis. Tu comprends, Ferdinand, que, d'après ta plus forte couleur, tu vas tâcher de... Vous avez entendu se refermer la porte ? Oui ? Moi, je n'ai pas bien entendu. Vous voyez que le problème, en somme, est assez simple. Premièrement, que maman ne sache rien. Vous êtes bien d'accord là-dessus. Bon. Deuxièmement, que Paula disparaisse de la maison, et que ça ne traîne pas.

— C'est incroyable ! s'écria Ferdinand. Ils n'étaient jamais seuls.

Joseph heurtait ses dents, à petits coups de langue, avec impatience.

— Maman, dit-il, fait son marché toute seule. Une vieille habitude. Et puis, il y a eu, pendant l'été, plusieurs courses de maman, à Paris, chez l'homme d'affaires, au sujet de l'héritage... l'argent de la tante Mathilde. Et puis, et puis, ça n'a pas d'importance. Le résultat est là. Je reprends : premièrement, que maman ne sache rien. Alors, il faut aller vite.

— Moi, souffla Ferdinand, j'ai idée qu'elle doit flairer quelque chose.

— Impossible ! objecta Cécile. Elle ne serait pas aussi calme.

— Ne vous tracassez donc pas, fit Joseph avec autorité. Sans doute, elle est sur le point de savoir et de comprendre, mais ce n'est pas fait encore. Il y a des tas de choses qu'elle a failli savoir et qu'elle a, pendant longtemps, fait effort pour ne pas savoir.

— Elle a le nez fin, chuchota Ferdinand.

Cécile eut un geste d'impatience.

— Je suis de l'avis de Joseph. Il faut qu'elle ne sache rien. Alors ?

— Alors, j'escamote Paula. C'est mon deuxième point.

— Escamoter Paula. Comme tu parles, quand même !

— Ah ! non ! Pas de querelles sur les mots. Voici mon plan de campagne. Demain, Ferdinand, tu t'arranges pour que maman t'accompagne à Paris. Pas à tortiller. Le prétexte est simple. Il s'agira, par exemple, de choisir quelque chose de ton ménage, de ton mobilier.

— Mais c'est déjà tout choisi. Rien que de l'ancien.

— Mon cher, ne nous fais pas douter de ton intelligence. Tu vas emmener maman jusqu'au magasin du Louvre, pour lui faire choisir, par exemple, un service à café que nous t'offrons, tous ensemble, Laurent, Cécile et moi. Je fixerai le prix tout à l'heure.

— Evidemment, je vous remercie. Evidemment, c'est un bon prétexte.

— Inutile de nous remercier, bien que ce soit de tout cœur. Pendant ce temps, papa fera ses visites au-dehors. On va l'appeler à Brévannes. J'ai la lettre dans ma poche. Bien. Dès qu'il sera parti, Paula recevra, pour la forme, un télégramme dans lequel on lui dira que sa tante est très malade, pas une tante de notre côté, bien sûr. Quelque chose d'incontrôlable, une tante du monde Lescure. Pour tout cela, Paula ne dit pas non.

— Comment viendra le télégramme ? demanda gravement Ferdinand.

— Le voilà, répondit Joseph en tirant un brouillon de sa poche. Il a été mis ce soir, dans un endroit convenable, par mon employé.

— C'est terrible, murmura Cécile. On dirait une exécution. Ça me soulève le cœur.

— Préfères-tu que maman sache ? Préfères-tu un beau, un grand, un magnifique et dégoûtant drame de famille ?

— Et dire, gémit Ferdinand, que ce n'est pas la première fois qu'il nous met dans des situations terribles !

— C'est, gronda Joseph, absolument inutile, entre nous, de l'accuser. Vous n'accusez pas le vent, vous n'accusez pas le soleil, vous n'accusez pas la marée ? Compris ? Seulement, il n'est pas défendu d'ouvrir son parasol, ou de fermer les volets ou de construire une digue. On se défend comme on peut. Est-ce que tout est entendu ? Il faudra, bien évidemment, que Laurent et Cécile restent à la maison.

— Pourquoi ?

— Pour garder la maison. Parce que moi, je conduirai Paula Lescure à la gare et que la maison sera vide. C'est parce que Paula restait que maman pouvait s'absenter.

— Et qui portera les bagages de Paula ?

Joseph, pour toute réponse, prit la table par le bord, entre le pouce et l'index, et la souleva sans difficulté.

— C'est vrai, gloussa Ferdinand. Tu es, comme on dit, costaud. Que voulais-tu demander, Cécile ?

— On ne peut quand même pas la renvoyer dans sa famille.

— Tu sais bien qu'elle n'a quasiment plus de famille. C'est même pour ça qu'on l'a prise ici.

— Alors, c'est encore plus triste. C'est même révoltant. A-t-elle de l'argent pour... je ne sais pas... pour se loger ?

Il y eut un grand silence et je dis, tout à coup :

— Moi, je donnerai cinq cents francs.

Joseph se tourna vers moi.

— Cinq cents francs ! Où les prendras-tu ?

— Ce n'est pas une question discrète. Je donnerai cinq cents francs.

Joseph me considérait, l'œil attentif et soupçonneux.

— Et moi, dit Cécile, je donne aussi cinq cents francs.

— Admirable ! gronda Joseph. Vous allez lui faire des rentes. Enfin, vous êtes de belles âmes, tous les deux. Ça vous regarde.

Cécile était défigurée par la violence de ses pensées.

— Non ! nous ne sommes pas de belles âmes. Nous sommes de pauvres gens et nous avons peur de tout.

— Pas de sentiment, Cécile. Ne nous attendrissons pas.

— Ça ne vous fait rien, à vous, de penser que le petit enfant qui va naître, en somme, c'est...

— C'est un petit enfant. Un point, c'est tout. Un petit enfant qui ressemblera sans doute à beaucoup de petits enfants.

— Ce n'est pas cela que je voulais dire.

— On peut avoir l'esprit de famille, Cécile, mais pas à ce point-là. Je répète : ne nous attendrissons pas. Nous connaissons tous nos rôles. Si maman n'est pas couchée, tu devrais bien, Ferdinand, t'entendre avec elle pour demain matin. Pas de discussion possible. Sois persuasif. Laurent et Cécile n'ont qu'à demeurer à leur poste. Je me charge de tout le reste.

Il y eut encore un instant de silence. Les lèvres de Cécile tremblaient.

— C'est égal ! murmura Ferdinand. Cette Paula, tout de même ! Elle était là, silencieuse, effacée. On ne pensait pas à elle.

— Oui, reprit Cécile, nous n'y pensions pas assez. Il y a de notre faute, sûrement, sûrement.

— Vous n'y pensiez pas ? dit Joseph. Vous aviez tort. Moi, j'y pensais. Pas tous les jours, bien sûr ; mais j'y pensais souvent. Inutile d'épiloguer, maintenant que le mal est fait. Vous me remettrez l'argent, ce soir même, autant que possible. Dans une affaire de ce genre, je ne donne pas de reçu. Vous comprenez bien pourquoi : je ne suis qu'un intermédiaire.

Cécile haussa les épaules.

— Encore un mot, bégaya Ferdinand... Heu... Qu'est-ce qu'il va dire, lui ?

— Ça, répondit Joseph, ça m'est complètement égal. Il n'y a qu'une question pour nous : que maman ne sache rien.

— Sois doux, fit encore Cécile.

Joseph donna, sur la table, deux ou trois coups assourdis.

— Très doux, très poli, je te le promets.

— Oui, souffla Ferdinand, poli comme l'employé des pompes funèbres.

— C'est idiot, ce que tu dis là. Je répète l'essentiel : que maman ne sache rien.

Nous approuvâmes d'un signe de tête et nous séparâmes là-dessus.

Je passai la matinée du lendemain dans la chambre de Cécile, bon poste d'observation. Maman dit qu'elle devait sortir avec Ferdinand et qu'elle nous laisserait Suzanne. Elle partit en effet. Un peu plus tard, notre père attela son boguet, mit un gros pardessus et s'en fut en sifflotant. Un peu plus tard encore, Joseph, qui venait de quitter la maison, revint, un télégramme aux doigts. Nous attendions, Cécile et moi, dans la chambre surchauffée où babillait la petite Suzanne. Il y eut, à travers la maison, un bruit de pas et de portes. Nous n'osions sortir de notre repaire, dans la crainte de troubler Joseph.

Un peu plus tard encore, nous aperçûmes Joseph et Paula dans la cour. Joseph portait deux valises. Il pleuvait légèrement. Paula ouvrit un parapluie qui nous la cacha presque entière. Comme ils poussaient la porte de la rue, nous entendîmes Joseph qui parlait :

— Si ça ne vous fait rien, nous passerons par Saint-Maur.

La réponse de Paula se perdit dans le vent d'hiver.

Cécile soupira :

— Joseph est terrible.

— Oui, fis-je, il sait ce qu'il veut.

Nous restâmes sans parler, ni lire, ni faire quoi que ce fût pendant une petite heure. Enfin, Joseph revint.

Il monta nous voir tout de suite. Il avait l'air mécontent.

— Va jouer dans la salle à manger, dit-il à l'enfant Suzanne.

Quand nous fûmes seuls, tous les trois, Cécile demanda :

— Comment cela s'est-il passé ? Tu n'as pas été trop dur ?

Joseph secoua la tête.

— Ça s'est passé... presque trop bien.

— Trop bien ? Que veux-tu dire ?

— Elle a ri. Vous comprenez ? Au moment de monter dans le train, elle s'est mise à rire.

— Tant mieux ! s'écria Cécile. Imagine qu'elle ait pleuré. J'en étoufferais de honte.

— Je ne pense pas comme toi, dit Joseph, l'œil rêveur. Ça ne me dit rien de bon, cette façon de se moquer du monde.

Maman revint, vers une heure après midi. La rude voix de Joseph bourdonnait au pied de l'escalier.

— On m'a remis le télégramme à l'instant de monter dans le tramway. Alors, je suis revenu. Je l'ai même aidée à porter ses bagages. J'irai à Paris tantôt. C'est une matinée perdue.

— Enfin, disait maman de sa voix méditative, si vite ! si vite ! Et sans attendre mon retour. C'est presque incompréhensible. Que dis-tu de cela, Raymond ?

Papa venait de rentrer. Il répondit, entre haut et bas :

— Evidemment, c'est étrange. Bah ! il faut s'attendre à tout.

Nous écoutions, Cécile et moi, bouche bée. Nous n'osions même pas descendre, saisis d'une frayeur absurde.

## CHAPITRE 15

Ce drame à voix basse jeta la maison dans la stupeur. Nous évitions, nous les enfants, d'en dire mot, même entre nous.

Deux ou trois jours plus tard, maman posa son ouvrage d'un air soucieux et murmura :

— Paula n'a pas encore écrit. C'est bien incompréhensible.

Notre père lança d'une voix distraite :

— Mme Herbelot viendra, trois heures, chaque matinée, à partir de lundi.

Tout retomba dans le silence.

Un dimanche vint. Il apportait une diversion véhémente.

Joseph était allé de bonne heure à Paris et devait revenir avant la fin du jour. Il revint en effet et j'entendis, dans la rue, le bruit d'une vive discussion. Encore que l'éclat de voix ne fût pas une rareté dans la vie que nous vivions, je courus à la fenêtre. Joseph avait poussé le battant du portail et il en tournait la grosse clef. Puis il traversa la cour et pénétra dans la maison. Une personne demeurée sur le trottoir et que la porte nous cachait commença de pousser des cris. Ferdinand dit :

— C'est Valdemar. On reconnaît très bien la voix de Valdemar.

Joseph entra et dit, sans s'adresser à personne :

— J'ai rencontré M. Henningsen, dans le tramway. Je ne sais ce qui lui prend et je préfère ne pas le savoir. Il m'a tenu des propos d'homme ivre. Il sent l'éther ou quelque saleté de ce genre. Il s'est montré grossier, violent, incorrect à tous points de vue. J'ai pris sur moi de lui fermer la porte au nez et de le laisser dehors tant qu'il sera dans cet état. Je ne veux pas me trouver avec lui. C'est clair : s'il entre, je m'en vais.

Il y eut un instant de silence et Ferdinand, d'une voix moqueuse, hasarda :

— C'est la dictature.

Cécile saisit son grand châle à franges et sortit tout aussitôt. Nous la vîmes traverser la cour. Elle criait, de sa voix frêle, perdue dans l'espace glacé : « Etes-vous là, Valdemar ? » Puis elle tourna la clef. C'était une serrure ancienne, toute gémissante et engourdie. Cécile avait beaucoup de peine à manœuvrer la clef.

Joseph haussa les épaules et monta s'enfermer chez lui. Quelques instants plus tard, Cécile reparut, suivie de Valdemar. Il avait perdu son feutre. Ses cheveux étaient collés en grandes mèches par la pluie. En outre, il avait dû vomir et son vêtement en gardait la souillure. Il retira son pardessus. Cécile, se tournant vers moi, dit :

— Montons dans ma chambre. Venez, Valdemar, montez.

Péniblement, Valdemar gravit les degrés. A peine dans la chambre, il s'assit au piano.

— Vous feriez mieux, dit Cécile, de ne pas jouer de musique aujourd'hui.

Valdemar esquissa, de la main, un geste désinvolte. Il était, à chaque instant, soulevé par des hoquets au relent pharmaceutique.

Il commença de tourmenter le clavier. Jamais il n'avait été bon pianiste, mais sa mémoire était grande : il jouait, imparfaitement, une foule de pièces classiques. Il commença donc, ce jour-là, de jouer, en dérision, toutes sortes de phrases, de traits que nous tenions pour les versets de notre Bible, pour les commandements de notre religion.

— Valdo, fis-je avec douceur, Valdo, si l'un de nous osait faire ce que tu fais en ce moment, tu le traiterais d'impie.

Il tourna vers moi son regard nuageux.

— C'est beau, les néophytes ! s'écria-t-il. Toutes ces blagues-là, c'est moi qui vous les ai fait comprendre. Tu n'espères pas m'en remontrer, petit garçon, avec tes grandes phrases.

Le châle de Cécile venait de glisser à terre. Elle se tenait debout, le regard chargé de courroux. Elle souffla :

— Valdemar, taisez-vous !

Comme Valdemar s'acharnait, Cécile, défigurée, saisit un gracieux vase dans lequel se consumait quelque pâle fleur de serre apportée de Paris et, soudain, avec violence, elle le brisa sur le plancher. Elle était livide, vraiment terrible à voir, et nous regardait tous avec le regard décoloré de notre père. Elle disait :

— Vous ne comprenez que ce langage. Allez-vous enfin vous taire ?

Valdemar lâcha le piano.

— C'est bon, dit-il, je vais me tuer.

Cécile éclata de rire.

— Allez-y !

Valdemar dans l'escalier, Cécile se jeta sur moi. Elle me serrait les poignets :

— Suis-le, je t'en prie, Laurent. Assez de laideur et de bassesse. Va, Laurent. Cette vie me fait horreur.

Je rejoignis Valdemar dans la cour et le suivis sans parler. Deux minutes plus tard, nous étions au bord de la Marne. Son regard m'atteignit de biais.

— Tu penses que je vais me tuer ?

— Non, fis-je, malheureusement.

— Tiens, tiens ! Voilà de la franchise ! Sais-tu qu'il y a du nouveau ? Ma mère veut m'enfermer. Elle prétend que j'ai bu toute la bouteille d'élixir parégorique. On ne m'enferme pas comme ça. Je suis sorti de chez nous en dévissant la serrure. Il y a de quoi rire, n'est-ce pas ?

— Oh ! m'écriai-je, si tu voulais te soigner et guérir !

— Guérir de quoi ? Me soigner pour quoi ? Comment, toi aussi, Laurent, tu t'imagines que je suis malade, tu crois peut-être que je me pique ? Mon cher, c'est complètement faux. Sain comme l'œil, je suis sain comme l'œil.

— Tais-toi, Valdo, ne mens pas.

— Je ne mens pas. Je ne mens jamais. Je déteste le mensonge.

— Valdemar, songe à la musique. Tu m'as dit souvent : « Une seule chose est sacrée, la musique, et c'est tout et c'est assez. » Voilà comme tu parlais.

— Mon cher, tu n'entends rien à la musique, laisse-moi te le dire. Sais-tu seulement que j'achève un opéra ? Non ? Trois actes et un prologue. Ça s'appellera *les Amours jaunes*. Attends. Non, je me trompe. Le vrai titre, c'est *Une saison en Enfer*. Beau sujet. Et pas de cordes : rien que des instruments à vent et à percussion, avec trois glockenspiels, bien entendu.

Il se prit à divaguer.

Quelques jours plus tard, je ne pus m'empêcher de raconter à Justin Weill certains détails de cette scène.

— Je suis, dis-je, absolument sûr que Cécile ne l'aime plus.

— S'il en est ainsi, s'écria Justin, c'est encore plus triste que tout.

Justin commençait alors de briller parmi les nouveaux zélateurs de l'école symboliste. Il me parut, sur le moment, que sa réponse était colorée d'emphase, ou, si l'on veut, d'éloquence, ou mieux encore de littérature, comme on disait dès ce temps-là. Je devais comprendre assez vite qu'une société de malotrus et de mufles appelle sans doute littérature toute expression élevée d'une âme noble et délicate et que sans un souffle de cette littérature, sœur de la politesse, la vie retombe assez vite à la goujaterie et à l'abjection.

J'en étais à méditer sur les chances d'éloigner le misérable Valdemar, quand Cécile me ramena, brusquement, à d'autres soucis. Elle me dit, un soir, tout bas :

— Quel âge peut avoir papa ?

— Attends... 1846... Alors, bientôt cinquante-quatre.

— Cinquante-quatre ! C'est impossible.

Cécile réfléchit quelques instants et, soudain, la voix fléchissante :

— Et quel âge avait Paula ?

— Cécile, dis-je, ne sens-tu pas comme ta question est extraordinaire ? Pourquoi dis-tu « avait » ? Imagines-tu qu'elle est morte ?

Cécile se couvrit les yeux de ses mains.

— C'est affreux. Non. J'ai dit « avait » peut-être seulement pour moi. Pour me permettre d'espérer que ce cauchemar était fini. Mais, j'ai pitié, sois sûr. J'ai pitié.

J'attendis un grand moment et dis encore ceci :

— Vingt-deux ou vingt-trois ans. Je ne peux rien affirmer.

— Tu lui parlais, toi, quelquefois ?

— Non. C'était presque impossible. Elle ne répondait rien. Je lui ai dit bien souvent : « Vous n'avez donc pas faim ? Vous ne mangez rien. » Elle répondait : « Je n'aime pas ça. Je n'aime pas ce qu'on mange ici. » Il m'arrivait de lui demander son avis sur les petits événements de la maison. Elle me répondait : « Ça ne me regarde pas. »

— Moi non plus, je ne lui parlais guère. Oh ! nous avons eu tort. Nous avons dû manquer à quelque chose, Laurent. Nous avons, de l'esprit de famille, une idée trop étroite, oui, vraiment, presque sauvage.

— Cécile ! Cécile ! Qui donc eût pu prévoir une chose pareille ? Et puis, on ne sait pas...

— Que ne sait-on pas ? hélas !

— Figure-toi que Joseph se soit trompé.

En fait, j'étais tourmenté par le sentiment confus, enfantin, opiniâtre, que Joseph avait pu se tromper. Je regardais papa, le soir, pendant le dîner de famille. Il avait, comme aux plus beaux jours, l'air souriant et dédaigneux. Rien ne trahissait même, en lui, le dépit d'une volonté contrariée. Il tirait d'un doigt léger sur ses moustaches de feu. Il apostrophait l'un ou l'autre avec aisance et ironie. De pied en cap, il était lui-même, comme hier et comme toujours, avec une innocence désarmante. Et si, dans tous ses propos, par toute son attitude, il blessait la vérité, il le faisait, je suis obligé de le reconnaître, de manière si naturelle qu'on en venait à douter du sens de la vérité, puis de l'existence même d'un semblant de vérité.

Un soir, Joseph dit :

— Pas de nouvelles de Paula ? Non. Et ce n'est pas étonnant. N'en sois pas inquiète, maman. J'ai pris des renseignements. Oui, tu n'as pas besoin de sourire, Ferdinand. J'ai fait prendre des renseignements par mon service ordinaire. Paula Lescure est tombée malade en arrivant chez sa tante... Une pleurésie, paraît-il.

Je regardais mon père, pendant ce petit discours. Il mangeait le potage et ne cilla même pas.

Ferdinand commença de parler du Transvaal et de ce qu'il appelait « les événements de Chine ». Par je ne sais quel détour, il revint à Dreyfus. Le mot explosif éclata dans le silence. Le char de notre famille semblait tout à fait embourbé.

— Pourquoi, dis-je à Joseph en présence de Cécile, pourquoi donc as-tu raconté cette histoire de pleurésie ? Sais-tu vraiment quelque chose ?

Il hocha la tête avec impatience.

— Pour une fois, je ne sais rien. Il faut ruser un peu... sans ça maman s'étonnerait. Je suis sûr qu'elle s'étonne déjà.

— Mais lui, l'as-tu regardé ? C'est extraordinaire, Joseph. Pas un mouvement sur son visage.

— Ça prouve qu'il est... mettons très fort.

Je compris que Joseph n'avait pas l'intention de poursuivre l'entretien. Il eût été difficile de ne pas remarquer, environ ce temps, un grand changement dans les allures de Joseph. Encore qu'il eût pris, dans toute l'histoire de Paula Lescure, la conduite des opérations, il semblait impérieusement requis par ses affaires personnelles. Survinrent des jours orageux pendant lesquels je sentis que Joseph devait livrer quelque chose comme une bataille. Et puis, tout se dénoua. Joseph sortit de Joseph. Oui, certes, comme un insecte dépouille sa dernière enveloppe larvaire pour se montrer dans sa forme parfaite, le vrai Joseph apparut, celui que l'on voit maintenant et que tout Paris connaît. Je n'abuserai pas des mots en écrivant qu'il augmenta brusquement de volume, qu'il prit, en quelques jours, de l'éclat, de la magnitude, comme diraient les astronomes. Il avait une instruction générale très incomplète ; il faisait souvent des fautes qu'il sentait obscurément et sur lesquelles il glissait avec une sorte de prudence. Il ne modifia certainement pas son langage — il ne l'a d'ailleurs jamais amélioré depuis, — mais il manifesta soudain cette assurance orgueilleuse, cette force initiale de propulsion, cette maîtrise dans l'erreur qui dévie, au moins pour une seconde, toutes les certitudes et toutes les lois, même celles de la grammaire.

J'étais beaucoup trop soucieux pour suivre dans ses moindres phases une telle métamorphose. Ferdinand ne voulut m'en laisser rien ignorer. Un matin, comme nous partions ensemble à Paris, par le même train, il soupira, la voix juteuse :

— Tu sais, Laurent, son truc...

— Quel truc ? Le truc de qui ?

— Le truc de Joseph. Allons, tu me comprends bien. « L'argent, qu'il disait, c'est un truc... » Eh bien ! il l'a trouvé.

— Vraiment, fis-je, et tu crois ça ? Tu crois qu'il suffit d'un truc ?

— Que veux-tu ? C'est à croire. Sais-tu combien il a gagné, dans les dix derniers jours ? Eh bien ! je vais te le dire. Il a gagné dix mille francs.

— D'un seul coup !

— D'un seul coup. C'est dégoûtant, à un certain point de vue. Mais c'est épatant quand même.

— Et comment a-t-il fait ?

— Ce n'est pas de la magie pure et simple. Non, c'est une opération. Tu penses : une opération ! Ce que je peux t'affirmer, c'est qu'il a gagné dix mille francs. Alors, maintenant, ça va rouler.

— Dix mille francs ! C'est quand même considérable !

— Bien sûr, mais c'est comme ça. Et sais-tu qu'il a un coffre ? Je veux dire un coffre-fort. Oh ! pas chez lui, pas dans son bureau. Pas si bête. Non, à la banque, rue du Louvre. Tu ne sais pas ce que c'est qu'un coffre ?

— Non, pas très bien.

— Moi, je suis allé voir son coffre. Il m'a emmené voir son coffre. Il ne m'a pas montré l'intérieur, évidemment. Il n'est pas très communicatif pour les détails. Je dois d'ailleurs dire que, pour les dix mille francs, il ne m'en a même pas ouvert la bouche. C'est une affaire qu'il préparait depuis six mois et qui s'est déclarée tout à coup... Le coffre, c'est vraiment très bien. Tu passes d'abord au guichet et tu donnes une signature, parce que, tu comprends, les précautions s'imposent : la sécurité, le contrôle, etc., etc. Il faut montrer patte blanche, présenter sa clef, enfin, tous les salamalecs. Après, tu descends à la cave. Pour Joseph, c'est dans la cave. C'est d'ailleurs très propre, tout à fait distingué. De belles peintures, un tapis, de la tenue, quoi ! Et alors, il y a une grille, oui, comme pour les bêtes sauvages. Tu te rappelles Cécile qui parlait des bêtes sauvages ? Tu donnes un petit papier, et un gardien ouvre la grille. Un gardien en uniforme. Tu comprends qu'on ne met pas n'importe qui. Alors, tu vois les coffres. Il n'y a que cela, tout le long des murailles. Ce sont des coffres énormes, comme des armoires. On les ouvre et, dedans, il y a une infinité de petits coffres pour les particuliers comme toi et moi. Oui, pourquoi pas moi ? Je vais prendre aussi un coffre. Je ne vois pas pourquoi je ne prendrais pas un coffre. Tu regardes ça et rien qu'à la pensée qu'il y a, là, des millions et des millions, ça te fait quelque chose dans le ventre. Alors, tu donnes ta clef. Le gardien l'introduit dans la serrure et il tourne une autre serrure avec sa clef à lui, pour que tu puisses te servir de la tienne...

— Ça me paraît bien compliqué.

— C'est comme ça. D'ailleurs, avec l'argent, on ne prend jamais trop de précautions. Pour ça, Joseph n'a pas tort. Alors, tu fais ton chiffre.

— Quel chiffre ?

— Un chiffre que tu fais en tournant de petites vis. Je ne peux pas tout t'expliquer, ce serait trop long. Quand tu as fait le chiffre, la clef tourne... elle ne tourne pas toute seule, c'est toi qui la tournes... et la porte s'ouvre. Mais il ne m'a pas laissé regarder dans l'intérieur. Il m'a dit : « Chacun ses affaires. » Ça se comprend, ça se comprend. Et puis, ça m'est égal : je sais ce qu'il y a dans l'intérieur.

Ferdinand resta quelques instants sans mot dire et reprit, le regard voilé :

— C'est sûrement un bon truc, son truc à Joseph.

— Puisqu'il s'agit d'un truc, pourquoi ne t'en sers-tu pas ! fis-je en regardant Ferdinand.

Il gonfla légèrement le col.

— Je ne dis pas que, plus tard... Dame, il y a le risque. Il faut la mise de fonds. Mais je ne dis pas. Je verrai.

Nous arrivions à Paris et l'entretien s'arrêta là.

De cette période mémorable, je me rappelle encore ceci : Joseph, un soir, m'arrêta sur le palier du premier étage et, soudain, baissant la voix :

— Il m'est venu à l'idée que, pour l'affaire des mille francs...

— Quelle affaire ? dis-je, le sourcil rétif.

— Le fameux billet de mille francs, le billet jeté dans la Marne. Eh bien ! j'ai vaguement en tête que, pour cette affaire-là, tu t'es peut-être foutu de moi. Ça ne fait rien, ça ne fait rien. Inutile de protester. Ça prouverait seulement que tu n'es pas aussi bête que tu en as l'air, parfois. Ne cherche pas de réponse : je ne demande pas de réponse. Bonne nuit, mon garçon, bonne nuit.

## CHAPITRE 16

Comme la maison est calme ! Joseph a pu se tromper. Il y a, dans toute cette aventure de Paula, trop de choses incompréhensibles. Notre père est parfaitement serein et même allègre, malgré ses ennuis d'argent. Il a de gros ennuis d'argent. Il a reçu du papier timbré, pour l'affaire de l'automobile. Et il a fallu payer. On a payé, non sans mal. Il parle de plaider, pour le malheureux terrain. Maman tâche à l'en décourager. Il dit parfois : « Encore plus d'un an avant que Laurent ne soit majeur... » Je comprends fort bien le sens de cette sollicitude. C'est un prélude à l'emprunt que l'on fera sur mon titre. D'autres fois, il dit : « Je me demande pourquoi Joseph ne me prêterait pas de l'argent. Je lui en ai donné, alors qu'il me prête celui que je lui ai donné. » Il ajoute des considérations sévères sur les professions libérales : « Nous avons peiné dix ans pour nous élever par le savoir. C'est une duperie pure et simple. »

Là-dessus, il prend son chapeau, enfile son pardessus, et va voir ses malades. Et c'est d'autant plus étonnant qu'il n'a pas de malades à soigner, ou, du moins, très peu.

De Paula, pas un mot. Le seul indice qui pourrait donner raison à Joseph, c'est le soin vigilant avec lequel notre père évite la moindre allusion à Paula Lescure. Mais c'est un signe bien incertain. Il a peut-être oublié Paula. Dès qu'il ne voit plus les gens, il les oublie, il les abandonne.

L'énigme n'est plus chez papa. Je sais que tout ce qu'il fera me doit être énigmatique ; alors, il n'y a plus d'énigme, tout au moins en ce qui le concerne. C'est maman qui m'inquiète. Elle ne sait sûrement rien : si vraiment elle soupçonnait quelque chose, elle devrait être au désespoir et je le remarquerais bien. Elle n'est pas au désespoir. Elle est comme engourdie. On dirait qu'elle fait effort pour ne pas se réveiller tout à fait jusqu'à des jours moins troubles.

Nous voici, tous les deux, seuls, près du poêle. Et c'est elle qui noue l'entretien. Elle rêve à haute voix :

— Evidemment, ce diplôme, ce n'est pas ce que nous pensions, du moins ce que pensait ton père qui aime les illusions.

Comme je ne réponds pas, elle continue sans hâte.

— Ça ne fait rien, ça ne fait rien. Il ne s'est pas trompé, quoi qu'il dise. Il y aura vous autres. Et vous, ce sera tout à fait bien. La science, comme il disait ! Eh bien ! toi, tu réussiras. Tu prendras sans doute les choses plus doucement, plus patiemment.

Cette paisible prophétie ne me fait pas encore sortir du silence. Mère soupire et continue :

— Tu voulais t'en aller, un jour. C'était rue Guy-de-la-Brosse. Oui, des idées d'enfant. Qu'est-ce que tu aurais fait, mon pauvre Laurent ? Tu serais, aujourd'hui, je ne sais quoi, petit clerc dans une étude ou commis dans un magasin. Eh bien ! tu as ta licence et ce n'est pas fini. Tu vois ! Tu vois ! Il faut attendre. Ce n'est pas que pour nous les choses marchent trop bien. Malgré tout, ça marche quand même. Quand je ne veux pas que vous vous fâchiez, je sais ce que je fais, Laurent.

Elle soupire encore et reprend son ouvrage : car jamais elle ne cesse de ravauder, de tricoter, d'agiter ses mains toutes déformées déjà. Je la regarde, sans trop d'application, pour ne pas l'effaroucher. Elle s'est beaucoup appesantie, surtout dans ces dernières années. Et pourtant, ce soir, je lui trouve de la majesté, je ne sais quelle grandeur antique. Eh oui ! elle représente, humblement, sans presque le savoir, des lois plus vieilles que l'homme, les lois mêmes de la vie élémentaire.

— Oui, dis-je au bout d'un long moment. Toi, du moins, tu as des principes. Toi, tu sais où tu vas, tu sais ce que tu veux. La famille ! A tout prix !

Elle retire ses lunettes, car, maintenant, pour coudre, elle a besoin de lunettes. Elle me regarde en souriant avec timidité.

— Oh ! la famille, c'est bien grand, c'est bien vague. Non, ma famille, voilà tout. Je ne vois pas beaucoup plus loin. J'ai tant de choses à faire.

Le silence, une fois encore, nous effleure de ses mitaines. Et puis, je lance, à voix légère :

— Sais-tu ce que Joseph a dit, ce matin, devant moi ?

— Je ne sais pas, Laurent. Ce dont je suis bien sûre, c'est que ce n'est probablement pas très méchant. Il y a du bon, chez Joseph.

— Non, ce n'est pas très méchant, ce n'est que drôle. Nous étions dans le tramway et Joseph payait sa place. Il a donné deux sous de pourboire au conducteur. Oui, tu as bien entendu. Et il a dit, en se gonflant, ma parole, comme un pigeon : « Tu n'imagines pas, Laurent, comme c'est agréable de se comporter en grand seigneur. »

Mère a très bien écouté, non sans un peu d'inquiétude. Soudain, elle se met à rire, un léger rire de petite fille.

— Ah ! dit-elle, ça me rappelle Mme Troussereau, votre tante Anna, que nous ne voyons plus guère. Un jour, nous étions chez elle. C'était à l'époque où je portais ta sœur Cécile. Ferdinand m'accompagnait. Ce devait être l'heure du goûter. Alors Mme Troussereau donne à ton frère une très petite tartine de pain sec, hésite un peu et ajoute quoi ? Un radis noir. Elle avait l'air ravi. Elle disait : « Ici, c'est la maison du Bon Dieu ! » Bien entendu, j'ai retiré le radis sans en avoir l'air. On ne donne pas de radis noir à un enfant de cinq ans... Oui, Ferdinand devait avoir cinq ans. Elle ne vous donnait jamais rien. Mais si, par hasard, elle vous avait donné un caillou, un vieux bouchon, moins même, un pépin de pomme, elle en parlait pendant des mois, elle donnait aussi une foule de conseils pour utiliser le caillou, le bouchon, le pépin de pomme... Joseph ! Je ne dis pas non : il est un peu le neveu de Mme Troussereau. Mais il a ses qualités. Vous ne vous ressemblez pas. On ne se ressemble pas toujours entre frères, entre sœurs. Je ne parle pas pour mes pauvres sœurs de Lima, je ne les ai pas connues. Vois du côté de ton père. Il ne ressemble en rien à son frère Léopold. Vous nous avez, l'autre jour, reproché, mais oui, reproché de ne pas fréquenter ce Léopold. C'était un homme terrible et il n'a pas dû changer. C'était même un méchant homme. Avec sa première femme, ils battaient les enfants. Et pas comme tu pourrais le croire : une taloche par-ci, par-là. Non, de vraies séances de coups. Ils y pensaient, ils en parlaient d'avance. Et, le samedi soir, ils s'enfermaient chez eux, là-bas, à Nesles, dans la maison qui leur vient du grand-père Bruno Pasquier. Et ils battaient les petits. Ils s'y mettaient tous deux, le père et la mère. Et les voisins faisaient le signe de la croix et s'arrêtaient de manger. Et quand on demandait au pauvre enfant Albert : « Qu'est-ce que tu as, près du sourcil ? » il répondait : « C'est un coup. » Des bêtes féroces, voilà ! Tu vois qu'on peut être des frères et ne pas se ressembler du tout.

Nous retombons au silence, puis maman parle encore.

— Ce qu'on devient ! Ce qu'on devient ! Qui peut le dire ?

Je regarde mère au visage. A quoi pense-t-elle ? Va-t-elle se livrer à quelque ample considération sur la chute des empires et les tribulations de la fortune ? Non, sans doute, mère ne lit pas les journaux, son univers est tout petit. Elle fait un sourire d'une grande naïveté, un sourire qui s'arrête aux murailles de la maison.

— Ce qu'on devient ! reprend-elle. Regarde justement Joseph. Il n'avait pour ainsi dire pas de nez quand il était petit. Un pois chiche et moins encore. Et voilà qu'il a pris gros nez, le pauvre. C'est à ne pas le reconnaître. Toi-même, quand tu étais enfant... Oui, vous faites la grimace, dès qu'on aborde cette question. Eh bien ! tu avais la voix plutôt délicate et des mains de chérubin, comme Cécile. Et maintenant, on dirait qu'on t'a remplacé par un autre. Ça ne fait rien : tu es toujours mon fils.

Elle rêve et même elle sourit.

Evidemment, elle ne sait rien : sinon, je ne crois pas qu'elle pourrait encore sourire.

Je regarde Suzanne qui joue à la décalcomanie, au bout de la table. Que deviendra donc aussi cette chaude petite bête vivante ?

Un jour passe et me voici dans la paix du laboratoire. L'après-midi s'achève. Nous causons, Schleiter et moi.

— Pensez-vous, lui dis-je, qu'un jeune homme de mon âge, licencié, comme je le suis, pourrait, sans quitter ses études, bien entendu, trouver une occupation qui lui permette de vivre, de façon même très modeste ?

Schleiter balance sa longue face noire.

— Ce n'est pas impossible. Je ne vous ai donc jamais dit que, de dix-sept à vingt-trois ans, je recevais quarante francs par mois, ce qui représentait d'ailleurs, pour mon père, un sacrifice considérable ?

— Alors ?

— Alors, mon petit, j'ai gagné le reste. Il y a bien des moyens. J'ai donné des leçons. J'ai composé des ouvrages que je ne signais pas moi-même. Voyons, mon petit, c'est l'enfance de l'art.

— Schleiter, j'aurai besoin de vos conseils.

— Vous rêvez d'indépendance ?

— Peut-être bien. Sais pas encore.

— C'est dans l'ordre. Il y a toujours un moment où le cordon ombilical commence à se dessécher.

— Je ne rêve pas d'indépendance, je rêve de... sérénité.

— Une chose est fonction de l'autre. Tenez, voici Monsieur votre frère.

Joseph, en effet, vient d'entrer. Il retire son chapeau melon, pose son parapluie sur l'évier et dit :

— Nous rentrerons ensemble. Il faut que je te parle. Un instant, veux-tu ? Deux mots à dire à Mlle Strohl. Un simple renseignement.

Qu'y a-t-il encore ? Que veut Joseph ? Et ce renseignement... De quel renseignement peut avoir besoin Hélène ? J'ai pris mon pardessus. Joseph siffle, avec une légère grimace :

— A quel régime soumettez-vous les chiens pour les faire hurler comme ça ?

— Vous êtes bien sentimental, module Schleiter.

Joseph hausse les sourcils.

— Avec les hommes, je ne crois pas. Avec les bêtes, c'est autre chose.

Et puis nous voilà dans la rue. J'attends que Joseph commence. J'attends qu'il prenne l'offensive. Il ne se presse point. Comme nous arrivons au tram, il dit :

— J'ai vu Paula Lescure.

— Ah ! Et que se passe-t-il ?

— Devine où je l'ai vue ?

— Je ne peux pas le savoir.

— A Créteil. Elle est à Créteil. Tout bonnement. Tout simplement. Elle est installée à Créteil. Deux chambres et une cuisine. Au bout de la grande rue. Toute la rue le sait, car il vient passer là deux heures le matin et deux heures le soir. Tu ne dis rien ?

— Qu'est-ce que tu veux que je dise ? Je trouve tout cela effrayant.

— Tu ne savais peut-être pas encore ce que c'est qu'un homme. Bon. Tu commences à le savoir. J'ai parlé à Paula Lescure. Inutile de te dire où. Ce serait trop compliqué. Je lui ai parlé, poliment. Sais-tu ce qu'elle m'a répondu ? Non ? Elle m'a dit : « Vous m'avez fait assez de mal, tous autant que vous êtes. » Voilà ! Je ne sais ce que nous avons pu lui faire. La situation à Créteil est perdue et personne au monde ne pourrait la rétablir. Restent deux points : premièrement, que maman ne sache rien, et c'est de moins en moins facile. Deuxièmement, je ne veux pas de scandale. Il faut quand même que ça cesse, parce que ça me gêne beaucoup.

Le tramway s'époumone le long des quais déserts. Puis, c'est une banlieue ténébreuse qui gémit sous les étreintes de l'hiver et de la nuit.

Joseph se penche vers moi, car nous avons des voisins. Il murmure :

— Tes cinq cents francs et les cinq cents francs de Cécile... Voilà, mon garçon, à quoi ils auront servi : deux pièces et une cuisine. On le tiendrait peut-être par l'argent, ce serait un bon moyen. Mais vous lui en donnez, de l'argent. Résultat : deux pièces et une cuisine.

## CHAPITRE 17

— Je t'assure, Joseph, qu'il n'est pas nécessaire que Cécile soit là.

— Si, si, je veux Cécile. Justement pour l'humilier, lui. Dans un quart d'heure, maman va sortir pour aller aux provisions. Le joyeux dîner de Noël que nous aurons, ce soir ! Maman va prendre Suzanne. Suzanne, depuis ce matin, la tanne pour des bougies de couleur. Dès qu'elles seront parties, j'appellerai papa.

— Arrangeons-nous, Joseph, pour que ce n'ait pas l'air d'un tribunal.

— Laurent, voilà comme tu es. Autrefois, dans certaines affaires d'une importance beaucoup moindre, tu faisais toutes sortes de chichis qui même ont failli troubler la vie de la maison. Aujourd'hui, je te trouve d'une indulgence inconcevable.

— Je ne suis pas indulgent, hélas ! ou, du moins, pas encore. Mais je pourrais te retourner tout ce que tu viens de me dire : autrefois tu jugeais tout cela comme des choses sans conséquence et voilà que, maintenant, tu montres toutes tes griffes.

— C'est qu'aujourd'hui cela me gêne. Je ne veux pas de scandale. Allons, ne perdons pas notre temps. Dès que maman sera sortie, venez ici tous deux, Cécile et toi. Moi, je me charge de papa.

J'allai frapper chez Cécile et commençai, parlant bas, de la préparer un peu.

— Joseph est décidé, Cécile. Et Ferdinand pense de même. Ils disent que c'est la seule façon d'éviter de plus grands malheurs. Ils veulent que tu sois là. J'ai fait l'impossible pour les en dissuader.

— Ils ont raison. Je préfère être avec vous, bien que ce soit effrayant. Non pour l'accuser, crois-le. Pour que ce ne soit pas... ignoble.

— Sœur, tu es admirable.

— Non, non, pas admirable, mon pauvre Laurent, mais triste, triste à crier.

— Nous nous consolerons, Cécile. La musique nous reste.

— Laurent, je vais peut-être dire une parole sacrilège. La musique ! J'ai cru longtemps qu'elle me protégerait de tout. Je vivais dans la musique et j'étais comme dans une citadelle, au plus épais des nuages. Je vis toujours dans la musique, mais je sens bien que je ne suis plus invulnérable. Tout me fait mal.

— Moi non plus, sœur, je ne suis pas invulnérable ! Il n'y a pas de refuge. Ah ! voilà maman qui s'en va, voilà Suzanne et maman qui sont parties. Allons, Cécile, c'est l'heure.

Cécile prit son châle et nous passâmes tous deux dans la chambre de Joseph. Nous y trouvâmes Ferdinand. Il était, dès le matin, peigné, lavé, bien vêtu, ce qui n'était pas sa coutume des jours fériés. Il avait mis un col blanc et montrait, dans toute sa personne, quelque chose de cérémonieux et d'endimanché. Il nous fit signe de nous asseoir et, pendant plusieurs minutes, nous restâmes attentifs aux rares bruits de la maison. Enfin, nous entendîmes des pas dans l'escalier.

— Je vais te montrer, disait Joseph, mes fiches de renseignements au sujet de ton terrain.

Ils entrèrent tous deux ensemble, très vite. La porte refermée, papa nous aperçut. Il portait sa robe de bure. Du col à capuchon, la tête sortait, droite, vraiment très jeune encore avec les cheveux dorés et bouclés, les moustaches ardentes, un peu folles, et ce sourire vagabond, ce sourire insaisissable qui semblait toujours voltiger, toujours méditer quelque fuite, ailleurs, ailleurs, ailleurs. Je le regardais de toutes mes forces et je sentais que je ne pouvais pas le haïr, et je désespérais même de jamais pouvoir le comprendre, lui qui m'avait engendré, lui qui m'avait tiré du plus intime de sa substance. Il fit de la tête un salut qui ne manquait ni de grâce, ni de hauteur et dit :

— Charmante réunion. Mes petits, laissez-moi seul avec Joseph.

— Non, papa, trancha Joseph. Nous avons à causer tous ensemble. Prends une chaise et je commence.

— Mon cher, je croyais que tu m'avais fait monter pour me parler du terrain.

Il s'efforçait encore de garder ce ton léger qui nous avait toujours déroutés et séduits.

— Père, j'ai changé d'avis. Nous allons parler de Paula.

Le sourire bleu véronique venait de virer au clair.

— C'est la deuxième fois que je tombe dans un tel piège. A l'avenir, je me méfierai.

— A l'avenir est admirable, dit tranquillement Joseph. Je vois que tu fais des projets. Non, papa, ne t'en va pas. Fais-nous même l'amitié de t'asseoir une minute. Nous sommes réunis non pour disputer, crois-le, mais pour discuter, ce qui n'est pas la même chose, et pour discuter proprement.

— Ni dispute, ni discussion. Je ne vois pas de quel droit vous vous mêlez de mes affaires. Moi, je ne tourmente personne, moi je ne me mêle des affaires de personne. Je m'ennuie déjà beaucoup dans ce Créteil, et vous voulez probablement m'y rendre la vie impossible. Jamais je ne me permettrais, moi qui suis un homme expérimenté, de vous reprocher quoi que ce soit, et vous vous réunissez tous les quatre pour me faire de la morale. C'est une prétention comique.

— Pas de morale, dit Joseph. Je me moque de la morale. Moi, je ne suis pas Laurent. Je répète : pas de morale.

— Alors, qu'est-ce qui te prend ?

— Je dis, papa, que tu nous gênes. Tu comprends bien : moi, particulièrement, tu me gênes.

— Veux-tu m'expliquer en quoi ?

— Je ne veux pas de scandale. Premièrement, pour mes affaires, qui pourraient en souffrir. Deuxièmement, pour la réputation de la famille, parce que je vais me marier.

— Tu vas te marier ! m'écriai-je. Tu n'en as jamais parlé.

— Maintenant, j'en parle. Tu vois, père, que je limite le débat. Je ne dis même rien de maman, pour ne pas mêler à notre entretien des considérations sentimentales auxquelles tu n'es pas fort sensible. Je dis : pas de scandale ! Et Ferdinand dit comme moi.

— Bien sûr, murmura Ferdinand, je vais me marier aussi.

— Eh bien ! mes enfants, mariez-vous, mariez-vous !

— C'est prodigieux ! s'écria Joseph. Nous ne te demandons pas ta bénédiction. Nous te demandons la paix. Ce n'est pas exagéré.

— La paix ! C'est vous qui la troublez, la paix.

— Enfin, papa, c'est monstrueux. Installer cette personne à Créteil même et... dans l'état où elle est. A dix minutes de la maison. C'est jouer avec la poudre. Créteil ? Pourquoi Créteil ?

Père eut une réponse désarmante.

— Pour faire des économies, de temps et même d'argent.

Nous nous regardions tous quatre, tout à fait décontenancés, sentant, confusément, que la scène déviait, qu'elle n'était pas du tout ce que nous voulions qu'elle fût, que l'homme insaisissable, une fois de plus, nous glissait entre les doigts.

— Vous voyez bien, dit Cécile, que cette discussion est à peu près insensée et sûrement inutile. Comment, Joseph, il s'agit d'un malheur, d'un très grand malheur, d'une chose à laquelle on ne peut songer sans désespoir et sans honte, et tu ne trouves qu'une chose à dire : que ça nous gêne, que ça te gêne. Non, non, laissez-moi sortir.

— Evidemment, dit papa. C'est le mieux que tu puisses faire. Toi, Cécile, une jeune fille ! Je me demande un peu ce que tu fais ici. Les jeunes filles d'autrefois étaient plus réservées.

— Attends encore un instant, Cécile, grommela Joseph. On peut quand même s'entendre et prendre une décision.

Cécile se mit à sangloter.

— Non, disait-elle, non. On ne pourra jamais s'entendre. Tout ce que vous dites n'est rien. Vous parlez de décision, d'affaires, de scandales, de je ne sais quoi. Tout cela est misérable. Tout cela est mortellement triste. Taisons-nous, taisons-nous. Le mieux est de se taire.

— Nous nous en irons ! m'écriai-je. Nous quitterons cette maison, sûrement, Cécile et moi.

— Eh bien ! mes enfants, partez. Je ne dis pas le contraire. Mais partez discrètement, sans mélodrame. Tu vois, Joseph, le danger de mêler une enfant nerveuse à des querelles ridicules.

— Ça ne fait rien, gronda Joseph. J'irai quand même jusqu'au bout. Je ne te demande qu'une chose, une chose simple et réalisable : que Paula parte de Créteil.

— Elle partira si je le veux, si je le peux, mon ami.

— Je saurais t'y obliger.

— Mon cher, je te demande comment.

Joseph éclata soudain.

— Méfie-toi ! Je suis puissant. J'ai des relations. Je suis riche.

— Tu es riche, soupira mon père. Tu es riche à vingt-sept ans. Mon ami, tu as de la veine !

Joseph était debout, le dos contre la porte. Il dit avec fureur :

— Ne me mets pas au défi ! Ne te moque pas de moi !

Petit à petit, notre père retrouvait son sourire moqueur.

— Je ne me moque pas de toi. Je dis seulement que je t'ai bien mal élevé. Pour moi, c'est un crève-cœur.

A ce moment, nous entendîmes frapper doucement à la porte.

— Ouvrez ! disait maman d'une voix à peine perceptible.

Il y eut un moment de silence mortel.

— Voilà ! fit papa très bas. Voilà ce que tu cherchais.

— Ouvrez ! répétait maman.

— Une seconde, souffla Joseph. Allons, promets-nous, là, tout de suite, qu'elle va quitter Créteil.

— C'est ce que j'appelle, répondit mon père, abuser d'une situation. Je ne promets absolument rien. Tu me fais de la peine, Joseph.

La porte sonna soudain sous des coups de poing pressés. Mère criait maintenant :

— Ouvrez ! Ouvrez ! Je veux entrer. Que faites-vous, dans cette chambre ?

Cécile écarta Joseph et tourna la clef. La porte s'ouvrit aussitôt. Notre mère fit deux pas, nous regarda tous les cinq. Un regard insoutenable. Le regard du malheureux qui est pendu par les mains au-dessus d'un abîme, qui a résisté longtemps mais qui ne résiste plus et se décide à lâcher prise. Elle fit encore un pas, et tomba sur le plancher.

— Vous l'avez tuée, s'écria Cécile.

— Non, dit papa. C'est seulement un accès nerveux. Elle en avait de semblables, autrefois, quand elle était jeune femme. Allez me chercher de l'eau, du vinaigre et une serviette.

Ferdinand se jeta dans l'escalier. Nous nous tenions tous à genoux. Maman était froide et très blanche. Ses pieds et ses mains étaient tordus dans une attitude inhumaine. On entendait ses dents grincer. Un gémissement lent et confus s'échappait de ses lèvres. Papa commença de lui dégrafer son corsage. Nous fûmes tous saisis de honte et Cécile, retirant son châle de cachemire, l'étendit sur la malade. Père disait, d'une voix sincèrement apitoyée :

— Elle vous a nourris au sein, même la petite Suzanne. Chez elle, c'est un principe. Je vous répète que c'est une simple crise nerveuse.

Non, ce n'est pas mortel. Ce n'est même pas très dangereux ; mais c'est pénible, sans aucun doute. Et vous pourrez dire, mes enfants, que vous l'aurez voulu ; vous pourrez dire que vous aurez fait ce qu'il fallait faire pour en arriver là. Cécile, cherche un oreiller. Glisse-le-lui sous la tête. Et remouillez-moi la serviette. Vous vous imaginez qu'on fait ce qu'on veut, dans la vie. Vous changerez d'opinion. Allons, ne pleure pas, Cécile. Quand elle reprendra ses sens, il faudra montrer bon visage. Bien. Doucement, doucement. Qu'est-ce que tu dis, Joseph ? Que je vous ai encore une fois mis dedans ! Quel langage, mon garçon ! N'insiste pas, ce serait irrespectueux. Pour ta mère, bien entendu. Je ne parle pas pour moi. Je n'ai plus d'illusion à votre sujet. Non, plus la moindre illusion.

## CHAPITRE 18

Le mémorialiste raconte que, le lendemain de son arrivée dans l'île de Sainte-Hélène, l'empereur se prit à siffler un air de vaudeville. Et Las Cases en semble étonné. Si cette belle insouciance est la marque des caractères fortement trempés, je veux croire que mon père — toute comparaison suspendue — n'était pas d'un métal médiocre.

Le lendemain de ce jour funeste, quelques instants après midi, je sortis dans le jardin pour y humer le vent d'hiver. Il était frais et tendre. Pour la première fois depuis bien des jours, la pluie semblait se désintéresser de nous. Sur un firmament de lait, de gros nuages démarrés s'en allaient à la dérive. Je marchais, oppressé, dans la petite allée de tilleuls. Et, soudain, j'entendis la voix de mon père. Il était enfermé dans son laboratoire dont les fenêtres étaient closes. Il chantait, allégrement, sa chanson ésotérique :

*Chico,*
*Chicocando,*
*Batifol et ripenpette...*

De temps en temps, il s'arrêtait et, pour s'éclaircir la voix, lançait un « hum ! » sonore qui faisait trembler les vitres.

Notre mère, depuis le matin, n'était pas sortie de sa chambre. Je l'y allai voir. Elle était couchée, une compresse d'eau froide sur la tête. Elle sourit faiblement.

— Ce n'est rien, mon petit Laurent. Je ne sais ce qui m'est arrivé. Je vieillis un peu, Laurent.

Elle ne dit rien de plus. Je la regardais, sans insistance trop sensible, et compris, alors, qu'elle ne savait peut-être rien ou qu'elle savait peut-être tout, mais qu'elle ne parlerait pas.

Il me fallut bien des années pour admettre un tel silence et pour en mesurer la tristesse et la grandeur. Si je l'ai méjugé d'abord, c'est que j'étais un enfant, c'est que je sortais, enivré, de la lecture d'Ibsen, c'est peut-être aussi qu'il fallait, à ma grand faim de solitude et de fuite, des raisons, même empoisonnées.

Je dis à maman que j'allais sortir et je sortis en effet. Nous étions, si je ne me trompe, le lendemain de Noël. La Sorbonne était fermée. On ne m'attendait nulle part. Je ne souhaitais que l'épuisement, gage de sommeil.

Comme je remontais la rue du Moulin, je rencontrai le facteur qui me tendit une lettre.

— C'est, dit-il, pour quelqu'un de chez vous.

La lettre était pour moi. J'en reconnus l'écriture aussitôt et fus saisi d'un malaise qu'il m'aurait été, sur l'instant, bien impossible d'expliquer, mais que j'éprouve encore avec force quand j'évoque cette journée.

J'eus le singulier courage d'attendre dix minutes au moins avant d'ouvrir cette lettre. Je m'étais engagé dans la longue rue d'Alfort. Elle était brumeuse, infinie, ouverte à même l'hiver. Je finis par lire la lettre.

*Mon cher ami Laurent*, était-il écrit, *je vous connais depuis plus de deux ans et j'ai pour vous beaucoup d'estime, beaucoup d'affection aussi. Pour être tout à fait scrupuleuse, il me faudrait ajouter que cette affection était presque de la tendresse. J'ose à peine l'écrire, ce mot, non certes que la tendresse vous soit une chose étrangère, mais parce que j'ai la conviction presque désolée que ma tendresse ne vous serait pas de grand prix et que vous ne vivez pas sur la même planète que moi. Vous vivez, mon cher Laurent, dans un monde imaginaire d'idées et de sentiments très nobles, bien entendu, mais où vos meilleurs amis finissent par désespérer de trouver une petite place. N'importe ! La seule personne à qui je veuille apprendre tout de suite ce qui m'arrive, Laurent, c'est vous, et pour beaucoup de raisons.*

*Je vais me marier, Laurent. Quelque chose me dit que cette nouvelle ne doit pas vous trouver absolument insensible. La décision est d'hier. Vous reconnaîtrez, mon ami, que je n'ai pas attendu beaucoup pour me confesser. Ce qui rend cette confession plus nécessaire à mes yeux, c'est que j'épouse votre frère, oui, votre frère Joseph.*

*Mon cher Laurent, n'allez pas croire que nous aurions pu, Joseph et moi, parler plus tôt. Il fallait se résoudre. Aujourd'hui, je suis résolue et cette lettre même va rendre ma résolution tout à fait définitive. Je sais ou je crois savoir que vous ne vivez pas, avec votre frère Joseph, dans une entente parfaite. Je dois pourtant vous rendre justice : chaque fois que vous étiez en différend avec Joseph et que vous entrepreniez de me parler de lui, vous finissiez toujours par faire son éloge. Avouez que c'est une référence. Je ne peux croire que vous étendiez l'orgueil à toute votre famille.*

*Pendant la fin de cette année, j'ai eu beaucoup d'occasions de rencontrer votre frère et de causer avec lui. C'est assurément un caractère très ferme et un homme très intelligent. La demande qu'il m'a faite et que je sens soutenue par un sentiment loyal m'a remuée, mon cher Laurent. Moi, je ne vis pas, comme vous, au milieu des ombres. J'aurai vingt-trois ans bientôt. Je suis un peu votre aînée. Je dois songer à faire ma vie, comme dit précisément Joseph.*

*Mon ami, je serais désespérée que cette nouvelle vous causât le moindre déplaisir. Avec vous, on ne sait jamais. Je vous aurais peut-être abordé de vive voix et j'en avais formé le projet. Mais quoi ! Vous êtes inabordable : vous m'eussiez sans doute interrompue pour discourir de musique ou de poésie, pour parler d'Uranus qui tourne en sens contraire de toutes les autres planètes... Je n'étais pas assez sûre de vous trouver libre de vos fantômes ordinaires. J'ai donc préféré l'écrit.*

*Comme, en vérité, je ne peux croire que cette lettre décousue vous donne la moindre peine, je me dispenserai de tout ce qui pourrait ressembler à des consolations. Je veux quand même vous dire que, malgré des différences évidentes, je distingue, entre votre frère et vous, du moins à certaines minutes, des ressemblances très jolies, parfois à peine perceptibles, mais qui ne me déplaisent point, au contraire, puisqu'elles laisseront passer, dans ma nouvelle existence, le souvenir vivant d'une amitié dont vous ne douterez plus jamais.*

*Je cherche comment vous appeler, au moment de fermer ma lettre. Eh bien ! c'est tout à fait simple :*

*Adieu, mon petit frère !*

Hélène.

Je mis la lettre dans ma poche et continuai de marcher. Un peu plus tard, j'obliquai vers la gauche et m'engageai dans des rues bordées par d'interminables murailles aveugles. De temps en temps, je tirais la lettre de ma poche et murmurais : « Qu'est-ce que ça peut bien me faire ? Pourquoi pas ? oui, pourquoi pas ? » Et je continuais de marcher au hasard.

Il pouvait être quatre heures et la nuit tombait déjà quand je m'arrêtai contre un bec de gaz, au milieu d'une ruelle toute barbouillée de charbon. Par-dessus les murailles, j'apercevais des réservoirs à gaz. De l'autre côté de la rue, de petits bâtiments d'usine se montaient les uns sur les autres dans une bousculade hargneuse. Deux tuyaux de cheminée lançaient l'un des pinceaux d'une fumée verte, l'autre des bouffées d'une vapeur orangée. La rue sentait, selon les mouvements du vent, tantôt le gaz d'éclairage et tantôt le bonbon anglais. Je fis encore quelques pas et l'odeur changea soudain. C'était un puissant remugle de fonderie, de charogne cuite.

Je m'adossai contre un mur et sentis que j'allais pleurer. La rue était déserte. Je ne me retins plus de pleurer.

Un peu plus tard, un ouvrier survint, sur une bicyclette. Il s'arrêta devant moi, me regarda d'un air gêné, puis il dit :

— Viens prendre un coup de blanc. C'est moi qui paye.

Comme je secouais la tête, il gronda :

— Tu veux pas. Tu as tort. Je sais ce que je dis.

La nuit commençait de noircir. Je me remis en marche. Je songeais : « Ce n'est sûrement pas à cause d'Hélène. Alors, c'est l'énervement. De toute façon, c'est honteux. »

Une lente méditation se déroulait dans l'ombre. « Il y a quelque chose d'inexplicable chez moi. Je me destine à la science et mes maîtres, mes amis, mes compagnons de laboratoire estiment que je suis un bon observateur. Hélas ! Ce n'est pas vrai. Sûrement, ce n'est pas vrai. Si j'étais ce qu'on appelle un bon observateur, je verrais tout, je saurais tout, j'aurais l'œil ouvert sur tout. Il y a quantité de choses que je ne vois pas, que je comprends trop tard, quand je me cogne le nez dessus. Qu'est-ce que tout cela signifie ? Une grande part de la vie m'échappe, se passe en dehors de moi. Et je veux étudier la vie, je veux justement devenir un biologiste, c'est-à-dire un observateur de la vie. Pourtant, certaines choses qui sont vraiment mon bien, ma nourriture à moi, ah ! je les sens, je les perçois, je les comprends aussi bien que personne au monde, mieux que personne au monde. Seulement, je ne vois pas tout. Hélène a raison : je vis parmi les fantômes. Je rêve. Je ne sais que rêver. Schleiter dit qu'il ne faut pas rêver, au laboratoire. Si Schleiter a raison, ma vie est bien manquée. Schleiter peut se tromper... »

La pluie commença de tomber un peu avant huit heures du soir. J'étais au fond d'une avenue, devant de hautes bâtisses.

— Qu'est-ce que c'est que ça ? demandai-je à un passant.

— Ça, Monsieur, c'est l'hospice de Bicêtre.

Je me rappelai soudain que Chabot devait être interne là. Cette idée m'apparut comme une bouée de sauvetage. J'entrai, je demandai la salle de garde et j'y courus. La pensée que Chabot pouvait se trouver absent me fut, pendant une minute, injuste et insoutenable.

Chabot était là. Son fin visage fatigué brillait au milieu des autres. Il me considéra d'un œil amical, me nomma, me fit asseoir, dit :

— Rapportez la soupe et qu'on donne un verre à Pasquier.

Dix minutes plus tard, j'étais ivre de bruit, ivre de mots et peut-être même de vin.

Au dessert, un infirmier fit savoir à Chabot qu'on l'appelait pour un malade.

— Viens avec moi, dit-il. Ça vaut la peine d'être vu.

C'était une salle de vieillards. Elle était éclairée par des veilleuses débiles, en sorte que, tout d'abord, on n'apercevait que les lits, que les ombres blanches des lits. L'odeur était farouche. Une odeur de tanière, une odeur de fauves perclus. Petit à petit, l'œil s'accoutumait aux ténèbres. On apercevait alors, sur les lits, les vieux hommes étendus. La plupart étaient maintenus, des deux côtés, par de grosses planches qui les empêchaient de tomber. Presque tous dormaient déjà, mais d'un sommeil hanté. Ils soupiraient, grondaient, riaient, gémissaient confusément. Ils se débattaient, en rêve, contre les spectres de leur vie.

Chabot vit son malade et fit une piqûre. De retour à la salle de garde, je bus encore un verre de vin.

— Tu ne peux pas savoir, lui dis-je, quel service tu m'as rendu.

— En t'invitant à dîner ?

— Non. En me montrant l'enfer, là-bas, l'enfer des vieux hommes.

Pour m'en retourner à Créteil, il fallait maintenant faire un voyage tortueux et, d'abord, passer par Paris. N'importe ! Je me sentais merveilleusement fort et léger. Je répétais de seconde en seconde : « Je n'ai pas encore vingt ans. Je n'ai pas encore vingt ans. Alors, je veux vivre ! »

## CHAPITRE 19

10 janvier 1901.

*Mon cher Justin, je vais tâcher de répondre à ta lettre, non pas absolument point par point, car j'ai beaucoup de mal à mettre mes pensées en ordre, mais au hasard de la plume. Mme Henningsen a eu les plus grands torts. La pauvre femme aimait certainement son fils. Elle l'aimait à sa manière. Elle aurait dû, dès le début, consulter les spécialistes. Quand elle y a pensé, le mal était bien trop profond. Les derniers mois, c'étaient des querelles terribles. Ils se sont même battus. Certains jours, elle disait : « Je vais te faire enfermer ! » D'autres jours, elle gémissait : « Tu en auras, mon petit ! Je t'en trouverai. Quand je devrais en voler. Quand je devrais coucher avec le droguiste. Tu en auras, puisque tu aimes ça ! » J'ai su toutes ces folies et beaucoup d'autres encore par les voisins, par les gens qui habitent maintenant notre ancien appartement, sous l'atelier des Henningsen.*

*Pendant la fin décembre, elle enfermait son fils à clef, soi-disant pour le guérir. S'il souffrait de la « disette », il devenait furieux. Je crois t'avoir déjà raconté qu'il était sorti, certain dimanche, en dévissant la serrure. Il nous était arrivé dans un tel état que Joseph ne voulait même pas le laisser pénétrer dans la maison. Alors, Mme Henningsen a, comme on dit, coupé les vivres. Valdemar a volé de la drogue, d'abord dans l'officine de mon père, qui s'en est aperçu trop tard, puis chez un pharmacien qu'il a menacé d'abattre à coups de revolver et qui, terrorisé, n'a déposé plainte qu'après la catastrophe. Ça, nous ne le savions pas. Nous ne pouvions pas le savoir et c'est sûrement vrai. Les journaux ont publié tant de choses abracadabrantes qu'il faut se méfier.*

*Tu sais que le soir de la Saint-Sylvestre, nous dînons toujours en famille. C'est une tradition. Peut-être un jour futur passeras-tu cette fête avec nous. On soupe. On attend le coup de minuit pour saluer l'année nouvelle, on s'embrasse et chacun va se coucher. Je pense que si nous manquions cette petite cérémonie, maman serait très malheureuse : elle vit de fidélité. Et il y a beaucoup de chance pour que tout cela dure encore, malgré ce que j'appelle « notre explosion ».*

*Valdemar était invité, cette année comme les années précédentes, bien que maman m'ait dit, deux ou trois fois : « Ce mariage ne se fera pas. » J'avais grand-peur que Valdemar n'arrivât dans un état pitoyable : nous n'en pouvions plus de drame. Pour moi, de toutes mes forces, je souhaitais un peu d'ordre et de repos. Comme je n'allais pas à Paris ce jour-là, j'ai prié Ferdinand de prendre Valdemar à la fin de l'après-midi et de le ramener lui-même, de le surveiller, en quelque sorte. Pour Cécile, pour moi, pour nous tous, je souhaitais que le dernier jour de l'année fût un jour de recueillement. Ferdinand a très bien compris. Sans grands détails, je lui avais expliqué diverses choses.*

*Dès sept heures, nous étions tous réunis, sauf, bien entendu, Valdemar et Ferdinand. Il n'est pas encore question de H. S. dans ces petites fêtes. Je te reparlerai de H. S. un peu plus loin. Père était là, bien sûr. Redingote, gilet blanc et fleur à la boutonnière : il s'habille, en de telles circonstances. Maman causait avec la petite Claire. Et nous attendions. Je ne saurais te dire à quel point cette réunion était triste. Une seule personne avait le courage de faire des plaisanteries. Passons, passons... De lui, rien ne m'étonne plus. Je sais que, maintenant, je vivrai dans l'attente douloureuse de quelque nouvelle folie.*

*Vers huit heures, mère a commencé d'entrebâiller la fenêtre et d'écouter les bruits de cette rue où l'on n'entend aucun bruit. Papa disait : « Tu perds toute notre chaleur. Ils arriveront, ils arriveront. Il n'y a que la fortune qui n'arrive pas. » A huit heures et demie, Claire pleurait. Maman l'a prise dans ses bras et, comme il y avait quelqu'un pour marquer plus d'inquiétude qu'elle-même, notre pauvre mère est devenue très sage, en apparence du moins. Je la connais bien et je devinais son tourment. Il faut te dire que, de mon côté, j'étais assez malheureux. Cécile m'a beaucoup étonné. Peut-être sous l'effort de la volonté, Cécile était redevenue, comme au temps de notre enfance, fière, froide, étrangère. Je peux te dire que, pendant ces derniers mois, Cécile a beaucoup souffert, elle a beaucoup participé... Pardonne-moi, Justin, mais nous parlerons plus tard de Cécile. Je reviens à cette soirée du 31 décembre.*

*Nous avons attendu jusque vers dix heures et demie. Papa disait : « Moi, j'ai l'estomac le plus accommodant du monde. » Oui, voilà ce qu'il disait. A dix heures et demie, Joseph a pris son chapeau melon en grognant : « Je vais aller au-devant des retardataires. » J'ai fait observer que nous ne pouvions pas savoir s'ils arriveraient par Saint-Maur ou par le tramway de Créteil. Joseph a répondu : « Ça ne fait rien. » Il est sorti dans la rue en fumant une cigarette. Je commençais à m'inquiéter beaucoup.*

*Il était plus de onze heures, peut-être onze heures et demie quand nous avons entendu parler dans la rue du Moulin. Je suis sorti tout de suite. Joseph et Ferdinand venaient d'entrer dans la cour. Ferdinand disait : « C'est un malheur épouvantable ! » et Joseph répondait : « Allons, allons, du calme, inutile d'effrayer Cécile ! » « Tu en parles à ton aise, reprenait Ferdinand. Toi, tu n'arrives pas de là-bas. »*

*Ferdinand est entré. Maman s'est jetée sur lui. Claire le pressait d'un autre côté. Nous posions tous des questions. Un tumulte indescriptible. Cécile s'est levée sans une parole. Et Ferdinand avait vraiment l'air bouleversé. Il faut te dire que, pendant sept ans, Valdemar a fait partie de notre vie. D'ailleurs, tu le sais bien. Ferdinand a balbutié : « Valdemar ne viendra pas. Comprends, Cécile : un accident... » Cécile est montée chez elle sans prononcer un mot. Maman est allée la rejoindre un peu plus tard et a commencé de lui donner des détails. Je n'ai revu Cécile que le lendemain matin. Il est possible, oui, je le sais maintenant, que la mort d'un être nous donne en même temps une douleur très profonde et un affreux soulagement.*

*Les journaux ont, comme toujours, montré beaucoup de fantaisie. Non, Valdemar n'a pas joué de musique jusqu'à la minute du drame. Il ne jouait plus depuis déjà bien des semaines, les voisins me l'ont affirmé. Tout s'est passé d'une façon très prosaïque. Mme Henningsen est rentrée vers la fin de l'après-midi. Comme toujours, il pleuvait. Mme Henningsen était de méchante humeur et parlait haut. Valdemar a crié tout de suite qu'il était invité, qu'il voulait sortir. Il a demandé de l'argent. Il devait être, depuis deux jours, dans un état de « privation » complète. Tu sais ce que je veux dire. Valdemar criait beaucoup. Les voisins, épouvantés par le ton de la dispute, sont sortis dans l'escalier. Et, tout de suite, ils ont entendu les coups de feu. Puis la porte s'est ouverte et Mme Henningsen est venue tomber sur le palier de son étage. Elle avait une balle dans le ventre. Pour Valdemar, il râlait quand on est entré chez eux et il est mort tout de suite.*

*Tu as su que Mme Henningsen avait été transportée au plus près, c'est-à-dire à la Pitié. Elle a été opérée par Terrier qui est un maître.*

*Mais les choses vont très mal. Elle est au dixième jour et Terrier pense qu'on ne la sauvera pas. Je ne l'ai pas vue, cela va sans dire : on ne laisse entrer personne. Il paraît que la pauvre dame a toute sa conscience et qu'elle parle de son fils avec beaucoup de tendresse et même de raison. Elle se juge seule coupable. Hélas ! coupable de quoi ? L'idée m'est venue que nous prenons volontiers sur nous certaines fautes pour enlever au destin une part de son horreur et de sa stupidité. Je te demande pardon, Justin, pour cette petite divagation philosophique : on se soulage toujours un peu, en s'efforçant d'expliquer ce monde inexplicable.*

*Mon frère J. est décidément un homme très dur. Après avoir écouté le récit de Ferdinand, il a dit, les dents serrées, la petite phrase un peu folle que Valdo répétait souvent : « Et c'est tout et c'est assez ! » Mon père a cru devoir le rappeler à l'ordre. « Un peu de pudeur, Joseph. Si l'on disait ce que l'on pense, il n'y aurait plus moyen de vivre. »*

*Maman, j'ai dû l'écrire, était auprès de Cécile. Joseph a proposé de manger quand même un morceau. D'ailleurs, il a donné l'exemple. Je peux avouer que je ne l'ai pas suivi. J'étais rassasié de tout, même de vivre, ce soir-là. Nous sommes restés ensemble, parce qu'il y avait du feu. Et, soudain, la pendule a sonné. Joseph a dit : « L'année est finie ! » « Ce n'est pas seulement l'année, a repris Ferdinand, c'est le siècle, c'est le dix-neuvième siècle. » Nous avions tous l'air accablés, sauf papa, bien entendu. Il a chantonné : « Alors, on en commence un autre ! » Tout cela, très allégrement. Un peu plus tard, il a dit : « On s'embrasse, d'habitude. » Et il se tournait vers Cl. Je n'ai même pas le courage d'écrire les noms en entier.*

*Je t'avais, avant ton départ, dit quelque chose, — oh ! à toi seul, Justin, tu peux bien le penser — je t'avais dit quelque chose de P. L. Mon frère J., qui sait tout, m'a raconté que cette personne avait accouché prématurément d'un enfant non viable, chez une sage-femme de Saint-Mandé. Cette nouvelle, malgré ce qu'elle a de triste, aurait pu me donner de l'allégement. Mais quoi ! Je suis sûr maintenant que, ce drame-là terminé — si tant est qu'il se termine —, la personne que tu sais en fera naître d'autres. Il serait bien étonné s'il surprenait une telle parole. Il produit naturellement des drames, comme un arbre produit des fruits. Et il ne les sent même pas, il ne les comprend même pas. C'est nous seuls qui souffrons.*

*Ferdinand va se marier dans les derniers jours du mois. Joseph un peu plus tard. Je ne t'ai presque rien dit, l'autre jour, au sujet de H. S., et je sens que tu te trompes tout à fait, mon vieux Justin. Je n'ai jamais eu pour H. S. qu'une amitié très pure. Je ne comprends même pas, à la réflexion, pourquoi la nouvelle de ce mariage a pu me bouleverser autant, car elle m'a vraiment bouleversé. Tout est en ordre aujourd'hui. Joseph sait ce qu'il veut et il a ce qu'il veut. Il me semble que le jour approche où, moi aussi, je saurai ce que je veux, tout ce que je veux.*

*Je voulais avec force une première chose : elle est réalisée. Je t'écris dans une petite chambre, au dernier étage d'une maison, rue du Sommerard, 31. Je te donne tout de suite l'adresse pour le cas où tu aurais le temps de m'écrire avant la fin de tes vacances, que je souhaite apaisantes.*

*C'est fait : j'ai déménagé. Ça s'est passé très simplement. J'ai dit chez nous que mon travail ne me permettait plus de rentrer chaque soir à Créteil, et c'est peut-être vrai. Je conserve ma chambre à la maison, toujours, bien entendu. En fait, c'est fini. Je suis séparé, séparé. Je n'ai plus qu'une chose à faire, maintenant, me guérir d'eux tous.*

*Je ne saurais te dire avec quelle ivresse j'ai monté, dans ce perchoir où me voici, mon lit, ma table et ma chaise. Huit jours que je suis ici ! C'est comme une seconde naissance, et dont j'ai le sentiment, parce que, de la première naissance...*

*Je m'aperçois que je ne sais rien, que je ne connaissais rien, que je ne comprenais rien. Je ne connaissais qu'eux. Ils me fermaient l'horizon, ils me bouchaient le ciel, le cœur, toutes les avenues de la vie. Et maintenant, c'est fini. Je ne peux pas le croire encore. Je suis sûr que c'est très bien ainsi : à l'idée de ne plus les voir, de ne plus les porter — c'est exactement le mot — je commence de les aimer mieux.*

*Schleiter a du bon. Tu sais qu'il m'avait promis de me trouver quelque chose : un travail intelligent et suffisamment payé. Cet homme sec a des principes : il promet peu et tient ses promesses. Il a cherché ce qu'il me fallait et il a trouvé. Je vais gagner cent soixante-quinze francs par mois, ce qui me suffit tout à fait. Ce n'est pas déshonorant, comme travail, et même, ça m'intéresse. Il s'agit d'une encyclopédie populaire dont je suis, dès maintenant, le collaborateur scientifique attitré, pour les choses de la biologie, de la physiologie, etc. Mettre des notions complexes à l'échelle des âmes simples, c'est un travail dangereux, mais qui n'est pas sans attrait. Ça me prend toutes mes soirées, entre huit heures et onze heures à peu près. J'ai une grille de fonte, dans la cheminée, et je fais mon feu moi-même. Je m'y prends si curieusement et je me donne tant de mal en préparant mon feu que j'attrape chaud pour une heure. Alors le feu est inutile.*

*Je te raconte ces bêtises, parce que je viens justement de rallumer cette fameuse grille.*

*Encore un mot de Cécile. Tu es, mon vieux, la seule personne au monde, la seule personne devant qui j'ose à peine prononcer le nom de Cécile. Excuse la maladresse de ton ami.*

*Cécile est partie, avant-hier, pour l'Autriche, avec cette dame qui est, en somme, son manager, comme disent les massacreurs de Boers. Cécile va jouer à Vienne, devant le vieil empereur. Et puis, ce seront des concerts dans toute l'Autriche-Hongrie. Je ne veux pas te cacher que j'ai pleuré, avec Valdemar, toute une part de ma jeunesse ou plutôt de mon enfance. Pourtant, à la pensée que Cécile est... délivrée, oui, délivrée de ce fardeau, de cette idée qu'elle avait, qu'elle se forçait d'avoir, à cette pensée, je suis heureux, je ne peux dire autrement.*

*Elle va, dès son retour, s'installer, seule, à Paris, dans un petit appartement, du côté du parc Monceau. Encore un mois et la maison sera presque vide. Je ne peux quand même y songer sans un serrement de cœur. C'est l'époque de la déhiscence, comme dirait M. Bonnier : le fruit s'ouvre et les graines sautent. Ça vaut beaucoup mieux comme ça. Nous ne pouvions plus que nous meurtrir et nous étouffer l'un l'autre.*

*Je vais peut-être blasphémer, Justin, mais si quelqu'un peut me comprendre, c'est toi, toi seul, mon vieux. Maman est une sainte, c'est vrai. C'est une sainte... oh ! comment dire ? Une sainte des petites choses. Je ne peux m'expliquer mieux. Il y a des jours où je rêve d'une plus large sainteté, non pas plus chaude, bien sûr, non pas plus rayonnante, c'est impossible. Alors ? Tu vois, je le disais bien : je blasphème, je blasphème.*

*Je suis allé, hier, à Créteil, en visite, exactement. Je n'y ai passé qu'une heure. Je ne peux te dire l'émotion que j'ai ressentie. C'est presque banal, mais je reviens à ma comparaison. Je parlais de déhiscence. Tu as vu parfois une écorce de châtaigne, une gousse vide. Oui, c'est quelque chose comme ça.*

*Pourtant, il y avait Suzanne. Maman était en train de lui apprendre à lire. Elle recommence tout avec cette petite fille. Elle a fait de grands efforts pour ne pas pleurer, et même elle n'a pas pleuré. Elle me disait : « N'oublie pas de m'apporter ton linge. On blanchira tout ici, et je te le raccommoderai. »*

*Au moment de me quitter, elle a laissé paraître un sourire si triste et pourtant si courageux qu'il a fallu que je me sauve.*

*Je pense qu'elle est là-bas, avec cet homme extraordinaire, et qu'elle se dit, peut-être, comme moi, comme nous tous, comme Cécile, au fond de l'Autriche : « Qu'est-ce qu'il va faire maintenant ? Que va-t-il inventer, maintenant ? »*

*Non, non, je ne veux plus y penser jusqu'à demain. Je sais, je crois savoir qu'ils vont déménager. La situation, à Créteil, est devenue impossible. Il cherche un nouveau poste dans la région parisienne... Non, je t'ai dit que c'est fini jusqu'à demain.*

*Parlons d'autre chose, mon vieux.*

*Je songe qu'il y a deux mois, nous devisions encore, gravement, en nous baguenaudant au bord de la Marne, de la rédemption du monde par la science ou par l'art, ou par je ne sais quoi ! Oh ! je ne ris pas, crois-le bien. L'art garde une place honorée dans mon esprit, je lui demande encore enthousiasme, consolations et clartés ; pour la science, je vais lui consacrer ma vie, mais sans rhétorique, Justin, sans trémolo, sans champagne, sans main sur le cœur, pour la seule passion de comprendre quelque chose à ce monde extravagant.*

*On nous a farci la cervelle d'une foule d'idées qui sont respectables, sans doute, mais passablement niaises. Et maintenant, nous voilà quand même au pied du mur, et il va falloir grimper. Il est triste, à vingt ans, d'être nu comme je le suis, dépourvu comme je le suis. Pourtant, je ne manque pas de courage. Au contraire. Car, mon vieux, il s'est produit dans mon cœur une grande révolution. J'étais, il y a quinze jours, tout à fait désespéré. Voilà que tout est changé. Comment ? Je ne saurais le dire. Je veux vivre, je veux vivre pour moi. Je veux aimer. Je veux jouir de la beauté du monde. Je veux me sauver tout seul. Enfin, j'ai tout un programme qui comporte trois parties essentielles.*

*La première concerne l'amour ; la seconde, la liberté ; la troisième, la gloire. Je t'expliquerai tout ça quand tu seras de retour. Mon feu s'est encore éteint. Le pétrole baisse dans la lampe. Je ne veux pas commencer mon siècle, notre siècle à nous, avec une mèche qui fume et des cendres refroidies dans mon premier foyer.*

*Dépêche-toi de me revenir.*

*Ton frère librement choisi,*
Laurent Pasquier.

# LA NUIT DE LA SAINT-JEAN

## *Préambule*

par Laurent Pasquier

*J'étais encore aux armées quand, en décembre 1918, Mme Simone Weill m'écrivit une lettre fort triste dans laquelle il était question de papiers personnels de son fils, mon ami Justin. Mme Weill achevait alors de mettre ces papiers en ordre.* « J'ai trouvé, *disait-elle*, bien des choses qui vous concernent, mon cher Laurent, vous et ceux de votre famille. Je pense vous donner une grande preuve d'affection en vous offrant certains de ces précieux souvenirs. Outre la correspondance, il existe quatre ou cinq gros cahiers que Justin a rédigés au front, de 1916 à 1918, et pendant ses mois d'hôpital. Je ne sais si mon fils les destinait à la publication et c'est bien peu probable : ces cahiers ne concernent que des personnes vivantes pour la plupart et les noms y figurent, partout, en toutes lettres. Une chose, entre autres, m'étonne : Justin parle de lui-même à la troisième personne et se met en scène avec beaucoup d'objectivité. Il ne s'agit donc pas d'une sorte de journal intime. Justin rédigeait un tel journal. Je le possède et l'ai lu. Les cahiers en question représentent donc, à mes yeux, un essai romanesque. Justin n'a jamais cessé, vous le savez bien, Laurent, de cultiver la poésie ; mais, dans les dernières années, il essayait d'assouvir son goût pour la poésie en écrivant des romans. Du moins il s'exprimait ainsi quand il voulait bien me faire des confidences. Je vous envoie ces cahiers, mon cher Laurent. Je ne peux vous les donner. Je vous les communique de grand cœur. Je souhaite que leur lecture éveille en vous de beaux et touchants souvenirs. Vous me les rendrez plus tard, quand vous en aurez votre saoul. »

*Ces cahiers, je les ai donc trouvés chez moi, pendant l'armistice, en 1919, quand j'ai pu revenir à Paris. Il est superflu de dire que je les ai lus avec beaucoup d'émotion parfois, beaucoup d'intérêt toujours. C'est, en effet, non pas un roman, mais la matière d'une succession de romans. Justin songeait sans doute à mettre cette matière en œuvre, ce qu'hélas il n'a pu faire. Dans ces pages brûlantes, écrites pour la plupart sous le feu de l'ennemi, Justin, pressé par la vérité, n'a pensé, pas même un instant, à regrouper les traits, à changer les noms propres, à recomposer les événements, à se livrer enfin à la véritable besogne du romancier. Sans doute réservait-il pour l'avenir cette nécessaire intervention des artifices.*

*J'ai longtemps rêvé sur ces pages et, toutes réflexions faites, j'en ai recopié, dans mes mémoires personnels, un fragment considérable. Il se peut qu'un jour je transcrive ou que j'utilise le reste. La chose est encore en suspens dans mon esprit. Le morceau que je viens d'introduire dans mon propre travail forme, somme toute, un tableau dont les parties sont suffisamment cohérentes et dont l'ensemble est bien de nature à servir mes desseins. La narration de Justin concerne une époque de ma vie sur laquelle je savais bien qu'il me serait fort difficile de m'exprimer librement, je veux dire certains événements de l'année 1905. La collaboration de Justin, qui fut le meilleur ami de ma jeunesse, vient à point pour me soulager. J'ai lieu de croire que ces cahiers, rédigés au fil de la plume, n'ont jamais été relus. Je me garderai bien de dire que je les ai corrigés. Non. J'ai cru bon d'y mettre un peu d'ordre et d'en revoir un peu le texte, de faire, en somme, ce que Justin n'eût pas manqué de faire à point nommé. En plusieurs endroits, Justin, parlant de soi-même, écrit fort sérieusement : « l'historien... » Ce mot ne m'a pas fait sourire. Je tiens que le romancier est l'historien du présent, alors que l'historien est le romancier du passé.*

*J'ai, selon mon habitude, coupé le récit par chapitres, ce qui me permet de m'y mouvoir et de m'y retrouver. J'insiste sur un point : cette relation, Justin l'a composée en 1916 et 1918. Il ne savait pas, sur les personnages en scène, bien des choses que nous savons aujourd'hui, nous autres, les survivants.*

*En parlant de soi-même à la troisième personne, Justin Weill a dû vouloir éviter les redoutables servitudes qui s'attachent au moi haïssable. Je n'ose pas affirmer qu'il y soit parvenu. Je perçois trop souvent le timbre de sa voix et je devine sa réserve, même dans le tour impersonnel.*

*Je ne porte aucun jugement sur l'image qu'il donne de moi. Dirai-je tout au plus que c'est une œuvre de l'amitié ? Les traits sont naïfs et purs, en somme assez effacés. Je ne me reconnais pas toujours.*

*Je me suis demandé cent fois, en transcrivant ces pages, si Justin avait réellement tenu le rôle de « meneur de jeu » qu'il semble s'attribuer dans toute la fin de l'ouvrage. A la réflexion, en pesant tout, ligne après ligne, je ne découvre pas d'erreurs. Ce qui pourrait, en dernière analyse, paraître non pas arbitraire mais sujet à discussion, c'est de moi que Justin le tient et c'est dans nos conversations qu'il en a trouvé la substance. Justin a bien connu Laure. C'est sûrement d'elle-même qu'il a reçu certaines confidences.*

*Cette histoire, si jamais elle se trouvait publiée, jetterait assurément quelque lumière sur le destin de Renaud Censier qui fut mon maître amical et qui est mort à Séoul, en Corée, à la fin de l'année 1906. Bien que Justin s'appliquât, dans la suite de notre vie, à ne parler que rarement de Renaud, j'ai su qu'après les événements rapportés dans ce récit, Justin avait entretenu avec M. Censier, une correspondance régulière. Je le répète, j'ai eu vent de cette correspondance, je n'en ai pas eu communication. Justin ne m'a jamais montré les lettres de M. Censier. J'ai su, de même, que, par l'intermédiaire de Renaud Censier, Justin était entré en relations personnelles avec l'abbé Guillaume C. On a même dit, environ l'année 1908, que Justin s'allait convertir, ce dont, je suis sûr, il n'a jamais été question.*

*J'ai su, comme tout le monde enfin, qu'arrivé au Japon, après un assez long voyage, en septembre 1905, c'est-à-dire pour la signature du traité de paix, Renaud Censier avait voulu fonder un institut scientifique à Séoul pour y étudier les épidémies qui ravageaient alors la Corée. Renaud Censier venait d'intéresser à son dessein le marquis Ito, gouverneur du pays, quand il a contracté lui-même une infection mortelle. Telle est du moins la légende. Je préfère ne pas penser qu'elle pourrait n'être pas vraie.*

## CHAPITRE PREMIER

— Pourquoi veux-tu me faire voir ce bonhomme ? soupira Laurent.

Il avait bien déjeuné. Les vapeurs du kirsch et du moka, remontant des profondeurs, attaquaient et dissipaient toutes ses pensées. Contre cette chimie capiteuse, Laurent luttait sans roideur, soucieux qu'il était d'éclaircir un étrange problème : « C'est curieux, songeait-il, cette cuisine que l'on mange maintenant chez Joseph, c'est, en plus cossu, bien sûr, la propre fille de la cuisine de maman, de la cuisine de chez nous. Quelle filiation mystérieuse ! On ne sent guère la personnalité d'Hélène. Et pas davantage celle des domestiques. Seulement un peu plus de beurre, plus de linge, plus de vin. Mais c'est le goût de chez nous. Il y a une façon d'accommoder le bœuf en sauce que je reconnaîtrai dans mille ans. Et même le goût et la consistance du bœuf. Comme on devient sensible, après cinq années de bistro ! Quelles pensées ! Quelles pensées ! Est-ce que Joseph m'aurait grisé ? Oh ! je veux dire saoulé, car je garde mon jugement sur tous et sur chacun, cela va sans dire... »

Il répéta, faisant la moue :

— Tu tiens absolument à m'emmener chez ton bonhomme ?

— Oui, dit Joseph, et tu ne le regretteras pas.

L'escalier était spacieux ; Joseph prit le bras de Laurent.

— Je te conduirai moi-même, après cette visite, à la Faculté de médecine, à la Sorbonne, ou à l'hôpital, comme tu voudras. Et je te répète que tu ne regretteras rien. Regarde, j'ai pris le coupé, plutôt que l'automobile. Question de nuances, Laurent, pour le cas où le bonhomme regarderait par la fenêtre. Et il regardera. Installe-toi, mon petit Laurent. Tu as ta serviette ? Parfait. Quand nous serons là-bas, tu peux ne rien faire du tout. Tu peux aussi, de temps en temps, prendre une note, une adresse, un ordre que je te donnerai pour la frime. Aucune importance. Excuse-moi, mon petit Laurent, mais le principal est que tu aies l'air inoffensif, inexistant. C'est comme ça qu'on entend tout, comme ça qu'on peut tout comprendre. Qui songe à se défier de toi ? Personne. Tu n'es pas Laurent Pasquier, le jeune et distingué — si, si, on le dit déjà — le jeune et remarquable — on dit peut-être remarquable — collaborateur de Renaud Censier — c'est bien Censier, avec un C ? Je te l'ai demandé cent fois, je finirai par le savoir. — Tu n'es pas Laurent Pasquier. Non, pendant dix minutes, un quart d'heure, tu es un petit sot de secrétaire — je mets sot par politesse, pense un autre mot si tu veux — un pauvre petit garçon devant qui un personnage considérable ne doit éprouver aucune défiance.

— Comment l'appelles-tu ? fit Laurent avec un sourire.

— Levêque. Urbain Levêque, tout simplement. Ça ne te dit rien ? C'est que tu ne lis pas les journaux. Tu vois, je ne me rappelle pas toujours les tiens, les Censier, les Vuillaume, les Roch, enfin, tes gars à toi. Mais, pour les miens, pas d'erreur. Question de catégories. Oui, il s'appelle Urbain Levêque. Avec un nom comme ça, il est presque obligé de faire de la politique anticléricale. Il en fait. Tu n'auras pas même à lui adresser la parole. Quant à moi, ne t'étonne pas : je l'appelle monsieur le ministre.

— Est-il ministre ?

— Non, pas en ce moment. Il a été sous-secrétaire d'Etat ou quelque chose du même goût dans un remaniement du cabinet Waldeck, il y a cinq ans, six ans, je ne sais plus au juste. Mais on les appelle toujours « monsieur le ministre », même s'ils l'ont été seulement vingt-quatre heures. Moi, je les appelle « monsieur le ministre » rien que s'ils en ont envie. Et tous ils en ont envie. Permets, Laurent, permets à ton frère aîné de te donner un conseil utile. Quand tu t'adresses à quelqu'un, à un zèbre, à un palotin, enfin à un monsieur très bien, c'est-à-dire à un type quelconque, donne-lui toujours tous ses titres, et même ceux qu'il n'a pas. Et ne crains pas d'exagérer. On n'exagère jamais. Quand j'étais à Toul, au service militaire, je vérifiais, pour lui faire plaisir, les calculs de l'officier d'administration. Tu sais, pour ce calcul, je ne craignais personne, en ce temps-là, comme toujours. L'officier avait un galon, tu m'entends, un seul. Et les gens de cette espèce, on les appelle « monsieur l'officier ». Moi, je l'appelais « mon lieutenant », et je sentais que le nombril lui en frétillait d'orgueil. Un jour j'ai dit « mon capitaine », peut-être par erreur, peut-être pour voir. Il faut toujours voir. Et il n'a pas pipé. Il avalait ça comme de l'orgeat. Un jour — il faut toujours essayer, avec prudence, bien entendu — un jour, j'ai dit « mon commandant ». Tu vois l'ascension, mon cher. Tu la suis de l'œil. J'ai glissé « mon commandant ». Il a frissonné, parole ! Il a eu l'air de recevoir un coup de vent. Alors, j'ai recommencé. Tu t'imagines peut-être qu'il a dit : « Vous faites erreur. » Ouiche ! Il a dit, la voix filante comme de l'huile : « Vous pouvez, après tout, m'appeler "mon commandant", je suis, pour l'heure, commandant du détachement. » Le détachement ! Nous étions deux, lui et moi. Mais quel succès ! J'aurais peut-être été jusqu'à colonel. Par malheur, quelques jours plus tard, l'officier a permuté. Dommage.

— Tu sais, fit Laurent, qu'une scène tout à fait analogue a été composée par Molière. Ce que tu viens de me raconter là, c'est dans *le Bourgeois gentilhomme*, à quelques mots près.

Joseph éclata de rire, puis il reprit avec naturel :

— Eh bien ! tu vois, moi aussi je suis un poète.

Il y eut un instant de silence. Les sabots du cheval frappaient les pavés en mesure et Laurent se laissait glisser dans une tolérante paresse. Joseph reprit, l'accent méditatif :

— Je l'appellerai « monsieur le ministre ». Ne t'étonne pas si tu m'entends l'appeler aussi « monsieur le président ». D'abord, il est vice-président de la Chambre, en sixième ou septième rang. Mais quand bien même il ne le serait pas, rien à craindre. En France, tu peux toujours appeler le type à qui tu t'adresses : « monsieur le président ». En France, un coco quelconque est toujours président de quelque chose : président de la Mutuelle des garçons de café, président des anciens élèves du collège Sainte-Radegonde, président d'une société pour le relèvement des filles perdues, ou pour les petits Chinois...

— Ainsi, dit Laurent en riant, je suis donc le seul Français à n'être président de rien ?

— Toi, tu es un original. Mais, patience, mon cher, ça viendra. Tu n'y couperas pas. Ah ! minute. Une chose sérieuse : cite-moi deux ou trois noms de peintres.

— Pourquoi ?

— Tu verras. Va toujours.

— Eh bien ! Rembrandt, Raphaël, Rubens.

— Non, c'est quand même trop connu.

— Alors, Ruysdael, Giorgione...

— Non, ceux-là, je ne me les rappellerais pas. Et je ne veux pas faire de blagues. Enfin, quelque chose de marquant, mais qui, pourtant...

— Qu'est-ce que tu dirais de Vélasquez ?

— C'est à voir. Explique un peu.

— Un Espagnol.

— Non... Oui... Ah ! Vélasquez, ça me va. Qu'est-ce qu'il a fait ?

— Bien des choses. Beaucoup de portraits.

— Oui, quelle époque ?

— Dix-septième. Imagine le temps d'Henri IV, de Louis XIII. Mais, pourquoi ?

— Diable ! Ça pourrait mal tomber. Non, pas Vélasquez. Trouve-moi plutôt un Français. Un gaillard, si possible, qui ait fait un peu de tout. Et pas trop de l'ancien temps.

— Delacroix.

— Non. Que ça ne fasse pas songer, même de loin, à la Légion d'honneur. Ils en ont les oreilles rebattues.

— Alors, Corot, Courbet...

— Attends. Courbet, ça me va.

— Si tu consentais à m'expliquer...

— Dans un quart d'heure, tu comprendras. Ah ! voici la rue de la Pompe. Une demi-seconde pour le recueillement, comme on dira, mercredi, aux funérailles du regretté Pignault-Lelong. Tu ne peux savoir comme la partie est grosse et grave. Où va le cocher ? Alfred ! Alfred ! je vous ai dit au 103 *bis*.

Avec sa chevalière d'or, Joseph heurta la vitre de la voiture et le cocher serra les guides. Joseph sauta sur le trottoir. D'un coup de gants, il épousseta sa jaquette qui était de coupe excellente. Sans être de haute taille, Joseph était un peu plus grand que Laurent. Il avait des traits robustes, presque pesants, et la moustache rognée, ce qui lui donnait l'allure d'un officier britannique. Comme tous les gens du clan Pasquier, il montrait des yeux bleu-véronique. Sourcils un peu trop touffus et cheveux châtains, en brosse. Il était vêtu de noir, avec soin, presque avec recherche. Il portait un chapeau melon.

— Je passerai devant toi, souffla-t-il. Tu comprends que c'est le jeu. Ah ! il y a un ascenseur. En général, je préfère mes jambes. Tant pis, prenons l'ascenseur, pour la dignité, tu comprends. La maison, remarque-le, est bourgeoise, mais sans luxe inconvenant. Intérieur modeste, austère, je vois ça d'ici, mon fils. Ah ! maintenant, plus un mot.

Les deux frères furent introduits dans un salon dont le meuble était couvert de housses grises. Une filandreuse plante verte jaillissait d'un cache-pot de peluche, entre deux fenêtres à draperies. Chargé d'étoffes, harnaché comme un palefroi, un piano somnolait dans un angle et faisait entendre une vibration miaulante quand les voitures ébranlaient le pavé de la rue. Un grand tapis à fleurs, discrètement mité, par places, s'efforçait d'étouffer les bruits de l'étage inférieur où grondait un sourd vacarme de rires et de conversations. Les visiteurs attendirent là, dans une immobilité que désavouait le regard de Joseph. Un regard non certes capricieux, mais vif et comme préhensile. Enfin, la servante reparut et fit un signe de la tête.

La pièce dans laquelle pénétrèrent Joseph et Laurent était grande, carrée, tapissée de moquette grenat. Au centre, une table Empire, avec appliques de bronze, toute chargée de paperasses. Aux murs, quelques tableaux, quelques gravures. Deux corps de bibliothèque, avec des vitres grillagées derrière lesquelles on apercevait des brochures captives, empilées de face et de champ. Quelques sièges garnis de reps rouge. Une lumière sourde, comptée. Un fort remugle de cigare froid. Derrière la table et tournant le dos aux fenêtres, un homme d'une soixantaine d'années, de stature médiocre, vêtu d'une redingote noire, sans décoration. Les cheveux gris et presque ras. La moustache lourde et roulée. Un binocle à ruban de soie. Bref, la silhouette d'un clerc d'huissier, studieux, myope et solennel.

— Permettez, monsieur le ministre, dit Joseph en saluant net, permettez que mon secrétaire... A moins que vous ne préfériez...

M. Urbain Levêque secoua la tête et montra deux sièges, l'un devant son bureau, l'autre entre les bibliothèques. Joseph s'assit, ouvrit son portefeuille et, tout de suite, attaqua.

— Je pense, monsieur le ministre, que M. Mairesse, en vous annonçant ma visite, vous en a dit l'objet.

Le vieil homme fit, du nez, un petit signe qui se pouvait interpréter comme une affirmation. Il y eut un léger silence et Joseph repartit tout de suite, tel un escrimeur dispos qui se trouve bien en garde.

— M. Mairesse m'a rapporté les propos sur lesquels s'est terminé votre entretien, propos qui sont demeurés dans mon esprit, d'abord parce qu'ils vous font le plus grand honneur, monsieur le ministre, ensuite parce qu'ils expriment à merveille le fondement moral de l'entreprise à laquelle je voudrais vous intéresser. Rappelez-vous, monsieur le ministre : « Je suis prêt à seconder toute initiative susceptible de favoriser l'expansion de notre industrie nationale et de procurer du bien-être aux classes laborieuses... » A un mot près, ce sont vos propres termes. Rappelez-vous, monsieur le ministre.

M. Urbain Levêque fit un sourire.

— Je ne peux pas dire, articula-t-il d'une voix très douce, presque faible, je ne peux pas dire que je me rappelle avoir prononcé les paroles que vous rapportez ici ; mais puisque M. Mairesse déclare les avoir entendues, c'est probablement que je les ai prononcées.

Il sourit encore et, soudain, tel un organiste qui, tirant un des jeux de son instrument, lève les écluses du bruit, il poursuivit, d'une voix volumineuse, timbrée, ronflante, qui devait être sa voix professionnelle :

— Quoi qu'il en soit, vous savez que je suis toujours prêt à me rallier à toute proposition qui satisferait à la fois l'idéalisme et l'intelligence raisonnable.

Il articulait avec rigueur, mais prononçait les *l* comme des *n*, en sorte qu'on entendait « n'idéanisme », « n'intennigence »... Chaque fois qu'il se disposait à parler, soit fort, soit doucement, il préludait en faisant claquer sa langue contre le palais de caoutchouc qui charpentait son dentier.

Il fit un sourire encore et reprit sa voix flûtée pour dire :

— En deux mots, monsieur Pasquier, en deux mots, rappelez-moi l'essentiel de l'affaire.

— Il s'agit, monsieur le président, dit Joseph en tirant un dossier de son portefeuille, il s'agit d'un projet de loi déclarant d'utilité publique les travaux de la Roumagne. Vous n'êtes pas sans savoir, monsieur le président, que la Société hydroélectrique de la Roumagne, société qui m'a, présentement, confié ses intérêts, doit établir un barrage sur le cours même de la rivière, immédiatement en aval des villages dits Courvoisy-le-Grand, Courvoisy-le-Petit, et du hameau de la Fourche. Tout ça, c'est dans l'Aveyron, monsieur le président, comme vous le savez. Le barrage établi, la vallée sera submergée sur une longueur de trois kilomètres et sur une largeur de deux cents à quatre cents mètres. Les trois petites agglomérations — vraiment très petites, monsieur le président — sont donc appelées à disparaître pour être reconstituées plus haut, conformément à l'hygiène, à l'esthétique et au confort. Nous avions d'abord pensé qu'un simple décret nous assurerait l'autorisation d'exproprier les riverains, comme cela s'est produit en 92, pour l'usine du Janage. Malheureusement, les travaux ont été jugés un peu trop considérables et la loi de 1870 nous oblige à demander la reconnaissance d'utilité publique. C'est une pure formalité, cela va sans dire. Le progrès est une chose qui ne se discute pas. Comme vous le déclariez tout à l'heure, monsieur le président, l'idéalisme et la raison, n'est-ce pas ? Tout est là. Eh bien ! l'idéalisme, la raison, le progrès seront toujours le mot d'ordre d'un gouvernement qui n'aurait point à compter avec les sophismes de l'opposition.

Il y eut un bref silence. M. Urbain Levêque fit claquer sa langue contre son palais avec un bruit gourmand et appliqué, puis il murmura :

— Le progrès, évidemment, le progrès. Ça ne se discute pas.

— Monsieur le président, nous arrivons au nœud de l'affaire. Le projet de loi, vous ne l'ignorez pas, est imprimé et distribué. La commission a désigné comme rapporteur M. Tubœuf, qui est de mes meilleurs amis. Le dossier a été déposé sur le bureau de la Chambre pour venir en discussion mercredi.

— Mercredi, fit le vieil homme de sa voix parlementaire, mercredi, j'aurai l'honneur de présider les débats de la Chambre.

— Précisément, monsieur le ministre. Vous devinez que nous ne l'ignorons pas.

Il y eut un bref silence. M. Urbain Levêque semblait soudain parfaitement impénétrable. La propre statue du silence à binocle et de la dignité moustachue.

— Vous pensez bien, monsieur le président, dit Joseph avec rondeur, que nous ne vous faisons pas l'injure de douter un seul instant de votre bienveillance, puisqu'il s'agit d'améliorer le sort des masses laborieuses, de procurer du travail à des milliers d'ouvriers, d'amener la prospérité dans une contrée jusque-là presque misérable, enfin d'ouvrir les voies à une industrie d'avenir. Nous ne doutons même pas du sentiment général de l'assemblée. Je suis bien sûr, monsieur le président, que vous avez pris connaissance de l'ordre du jour.

De la tête, le petit bonhomme fit un signe presque imperceptible. Il avait soudain l'air non certes rétif, mais sérieux et concentré. Joseph eut un sourire ingénu.

— Il n'est sans doute pas nécessaire, modula-t-il, dès que l'on sent tout le monde d'accord, d'occuper longuement la Chambre dans le meilleur de son action avec une affaire entendue. Le projet, tout bien calculé, doit venir en discussion vers la fin de l'après-midi. Ne croyez-vous pas, monsieur le président, qu'il serait raisonnable de placer notre affaire au commencement de la séance ? Je vous en prie, monsieur le président, ne répondez pas tout de suite. Jetez un coup d'œil au dossier. Formez tranquillement votre opinion.

Joseph, d'un geste aisé, naturel, venait d'étaler le dossier sur la grande table Empire. Il se trouvait ainsi debout et, au lieu de se rasseoir, il se détourna d'un air loyal et désintéressé, noua ses mains derrière son dos et commença d'examiner attentivement les tableaux pendus aux murailles.

Un silence tomba pendant lequel, immobile dans son asile, entre les deux bibliothèques, Laurent perçut le grondement souterrain de la rue. Le vieil homme, cependant, d'une main frêle et fripée, fourrageait dans la paperasse. Parfois, comme s'il allait prendre la parole, il détachait de la mâchoire sa langue, avec un claquement. Parfois encore, du bout des ongles, il battait sur la table une charge distraite et réticente. Puis le silence retombait.

Joseph, soudain, fit entendre un grognement délicat. Le vieil homme leva la tête. Joseph considérait avec une attention extrême un tableautin fort sombre, en pénitence dans l'encoignure des murailles. Il s'approchait, se penchait, se reculait tour à tour, tantôt fermant les paupières, tantôt s'abritant avec la main contre un improbable excès de jour et tantôt modelant dans l'espace, avec le pouce de la main droite, de voluptueux demi-cercles.

— Monsieur le ministre, dit-il en tournant soudain vers le vieillard un visage radieux, monsieur le ministre, vous êtes, à ce que je vois, un véritable collectionneur. Vous savez que ce tableau représente une petite fortune.

Le vieil homme leva les sourcils dans un mouvement si vif que son binocle battit de l'aile.

— Ce tableau ? dit-il. Attendez un peu ! Voyons...

Le visage de Joseph exprimait une admiration jubilante.

— Ah ! s'écria-t-il, monsieur le ministre, sur ce chapitre-là, permettez-moi de vous dire qu'on ne peut guère m'en remontrer. Non, non, monsieur le ministre. Pas même un homme de votre rang et de votre mérite. Voilà le plus joli Courbet que j'aie vu depuis longtemps.

Le vieil homme venait de rajuster son binocle. De nouveau, son regard et son visage s'immobilisaient.

— Quel dessin, monsieur le ministre ! Et quel coup de pinceau ! Un Courbet de la bonne époque. Je vais peut-être faire une chose qui va vous indisposer ; mais, entre amateurs, il me semble que l'indulgence est naturelle. Si j'osais, monsieur le ministre, je vous dirais, laissant là pour un instant la politique et les affaires : permettez-moi de décrocher cette petite merveille pour l'amener au plein jour. Vous n'y voyez pas d'inconvénient ? Merci. Quel artiste, ce Courbet ! C'est vraiment un morceau de maître, monsieur le mi...

— Etes-vous sûr, fit le vieillard, êtes-vous sûr, monsieur Pasquier, que ce tableau soit de Courbet ?

Joseph souffla prudemment sur l'envers du tableautin, pour en chasser la poussière, puis il le posa sur une chaise et tourna vers le petit homme un regard d'une candeur parfaite.

— J'en suis si moralement sûr, monsieur le président, que si vous aviez la moindre envie de vous en dessaisir — oh ! les collectionneurs se lassent de tout, même des chefs-d'œuvre, je sais déjà ce que c'est — si vous pouviez, sans trop de chagrin et par amitié pour moi, vous défaire de ce bijou, je serais prêt, monsieur le président, à vous l'acheter tout de suite.

Il y eut un bref silence. La voix de Joseph baissa de ton, mais elle restait calme et chaude.

— Allons, monsieur le ministre — et c'est mon cher maître que je devrais dire au connaisseur, à l'homme de goût — allons, soyez indulgent pour une passion que vous connaissez. Aidez un jeune amateur à former sa galerie. Je sens que je vais en rêver, de ce Courbet. Je sens, monsieur le ministre, que je vais en perdre le boire et le manger. Vous êtes l'homme des pensées généreuses : l'idéalisme et la raison. Laissez-moi, mon cher ministre, emporter ce bibelot. C'est un caprice, une folie. J'en donnerai ce qu'on en voudra.

Joseph saisit le tableau, s'en fut près de la fenêtre et dit, entre ses dents, mais en détachant bien les syllabes :

— Vingt mille francs, par exemple.

Le vieil homme refermait le dossier, page à page. Il tira son mouchoir d'un geste prompt et si curieusement calculé qu'en sortant de la poche extérieure de la redingote, le mouchoir produisit une légère détonation, comme un drapeau qui claque au vent. Puis il se moucha posément, une narine après l'autre, puis il remit son mouchoir dans sa poche, suivant certains rites secrets, puis il dit avec un rire aimable :

— Vous êtes un enfant, monsieur Pasquier. Mais puisque vous aimez les tableaux, je veux bien vous faire plaisir. Allons, prenez celui-ci.

Joseph s'inclina, très vite. Il portait déjà la main à la poche de sa jaquette.

— Vous me comblez, monsieur le président. Je voudrais pouvoir vous dépeindre la joie de ma maison, la joie de ma femme, qui aime aussi la belle peinture. Si vous permettez, monsieur le président, j'emporte mon trésor tout de suite. Je me doutais aujourd'hui que j'allais faire une folie : j'avais pris l'argent sur moi. Je ne sais, monsieur le président, comment vous exprimer ma gratitude. Oh ! pas de chèque, cela va sans dire. Pour mes tournées d'amateur, je n'emporte pas de chéquier : tous les marchands n'acceptent pas les chèques. La somme est là, sous enveloppe. Ah ! il y a encore une chose que je vais vous demander : c'est un journal, monsieur le président, pour envelopper ma trouvaille. Non, merci pour la ficelle : ma voiture est à la porte. Laurent, reprenez les dossiers !... Mercredi, j'aurai le plaisir d'assister à la séance. Courbet, monsieur le président, quel artiste ! Quel génie ! Ne prenez pas la peine, je vous en prie : je commence à connaître le chemin, n'est-ce pas, monsieur le mini...

Une fois dans l'escalier, Joseph ne dit plus rien. Il descendit les degrés en silence, héla son cocher, s'installa.

— Alfred ! cria-t-il, aux Champs-Elysées, et rondement, s'il vous plaît.

Il était rouge. Son regard lançait des flammes claires, azurées, comme celui de son père, le Dr Raymond Pasquier. Quand la voiture déboucha sur la place du Trocadéro, il enleva son chapeau melon, s'éventa deux ou trois fois et dit avec une réelle douceur :

— As-tu seulement tout compris ?

Laurent secoua la tête de manière évasive.

— Non, probablement pas tout.

Joseph respirait encore avec force, comme un homme qui vient d'accomplir un exercice athlétique.

— Mercredi, fit-il en fronçant des sourcils sérieux, mercredi, entre onze heures et deux heures, on enterre le regretté Pinault-Lelong. Paix à son âme ! Il y aura des discours. Beaucoup de bavards. Un tiers du Parlement au Père-Lachaise. C'est précisément pourquoi M. Urbain Lévêque aura, ce jour-là, les honneurs de la présidence. D'ailleurs, dans cet établissement — c'est de la Chambre que je parle — il n'y a jamais personne pour le début des séances. A deux heures et demie, ces messieurs du cortège se mettront à table. A quatre heures, ils arriveront au Palais-Bourbon en s'essuyant la barbe et en rotant. Mais, à quatre heures, il y aura longtemps que la Société hydroélectrique de la Roumagne sera reconnue d'utilité publique. Les amis du progrès, de notre progrès à nous, ne vont pas au Père-Lachaise. Compris ?

Laurent remuait rêveusement la tête de haut en bas et de bas en haut.

— Parmi les amis du progrès, j'en pourrais citer trois ou quatre — mais je ne les citerai pas — qui recevront chacun dix actions de la S.H.R. Il faut encourager les amis du progrès.

— Comme tu es cynique ! murmura Laurent.

— Hein ? Attention, fit Joseph en ouvrant de grands yeux limpides. Attention. Tu fais erreur. Ce n'est pas moi qui suis cynique. Ce sont les autres, Laurent. Moi, je fais mon métier, rien de plus. Ce n'est pas le diable que je trouve cynique lorsqu'il tente le pécheur, c'est presque toujours le pécheur qui me dégoûte. Le diable m'amuse ou m'intéresse. Et même, au fond, le pécheur... il ne me dégoûte pas, car je suis plein d'indulgence. Au fait, que dis-tu de l'intérieur de M. Urbain Levêque ? L'austérité, mon cher ! La vertu civique dans sa poussière originelle et dans sa parfaite odeur de « renfermi ». Tu sais que ce vieillard possède à Saint-Raphaël un véritable palais avec des palmiers et des mimosas par centaines. Qu'est-ce que tu veux dire, Laurent ? Tu viens d'ouvrir la bouche.

— Non, rien... Je pense que tu dois avoir tes raisons.

— Parle quand même.

— Tu ne lui as pas demandé de reçu.

— C'est vrai. Pas de pièce de caisse : ma société me fait confiance.

— Sans doute. Et à lui ? Tu lui fais confiance ? Es-tu sûr que, mercredi...

— Mon cher, il peut mourir demain, ou mercredi matin. Et, en ce cas, ma société trinquera de vingt mille francs. Mais on ne meurt pas tous les jours.

— Il n'est pas question de mourir. Il peut manquer de parole.

Joseph secoua la tête, lentement, d'une épaule à l'autre.

— Non, crois-moi. Il y a, dans ces trucs-là, quelque chose qui vaut l'honneur. Comprends, mon cher. Il ne peut pas me tromper : il sait trop bien qu'on se reverra. Il sait bien qu'il peut en retomber encore.

— De quoi ?

Joseph, pour toute réponse, fit le geste de frotter son pouce contre la seconde phalange de son index.

La voiture s'engageait dans l'avenue des Champs-Elysées. Paris, qui venait de pavoiser pour le jeune roi d'Espagne, gardait un air d'apparat. Joseph respirait avec ferveur la brise chaude qui sentait le pavé de bois, la créosote, le crottin lavé, le cheval bien tenu, le cuir et même l'huile brûlée, car, aux équipages, aux fiacres, aux omnibus pataués, se mêlaient de meuglantes automobiles.

— Je pense maintenant, dit Joseph, que tu commences à comprendre.

— Oh ! répondit Laurent avec un onduleux mouvement des épaules, un homme politique vénal, une affaire habilement machinée, voilà, si tu veux que je te l'avoue, de ces choses dont on peut ne pas avoir une expérience précise et personnelle, mais dont on a, en quelque sorte, une connaissance indirecte, infuse. Je me dis, depuis une heure, que tout cela se passe à peu près comme je pouvais l'imaginer. Pourtant, il y a une chose que je ne comprends pas encore.

Et, comme Joseph ne soufflait mot, l'air sombre et presque hargneux, Laurent reprit, l'accent paisible :

— Pourquoi tenais-tu si fort à m'emmener chez ce vieux bougre ?

Joseph haussa les épaules et ne répliqua pas tout de suite. Quand la voiture atteignit la place de la Concorde, il dit, le regard indifférent :

— Où veux-tu que je te conduise ? A l'hôpital Boucicaut ? Bien. A l'hôpital Boucicaut ! Non, non, ce n'est pas trop loin. Ma journée est gagnée, Laurent.

Et soudain, d'une voix violente, toute remuée de passion :

— Ne crains rien, mon petit Laurent, je ne te propose pas alliance. Je ne compte même pas t'offrir un placement avantageux pour tes économies.

— Je n'ai pas d'économies.

— Tant pis pour toi ! Ça viendra, comme les présidences et comme pas mal d'autres choses encore. Il vaut quand même mieux que ça vienne. Non, Laurent, je ne te propose rien. Je ne veux même pas te séduire, et je sens bien qu'avec des trucs dans le genre du truc d'aujourd'hui, je m'y prendrais plutôt mal. Laurent, tu vis dans un monde qui m'est à peu près inconnu : des médecins, des artistes, des savants. Bon ! Nous ne sommes pas des frères ennemis — ne dramatisons rien, Laurent. — Nous sommes des frères étrangers. Depuis quelque temps, tu me sembles plus sage, plus sérieux, plus mûr. Ce n'est pas parce que je te fais des compliments qu'il faut prendre un air rogneux. Bon. Tu penses, depuis des années, que tu sais une foule de choses auxquelles moi, ton frère Joseph, je ne puis absolument rien comprendre. Et c'est vrai. Mais tu n'as peut-être jamais pensé que moi je sais aussi des choses étonnantes, extraordinaires, devant lesquelles toi, mon ami, toi, le savant, tu es un tout petit garçon. Oh ! Laurent, je ne cherche pas à t'éblouir. Et pourtant je ne veux pas que tu te trompes à mon sujet. Tu crois depuis toujours que j'aime l'argent pour l'argent. Eh bien ! ce n'est pas même vrai. J'ai toujours aimé l'argent et je ne m'en suis pas caché. Je ne suis pas un avare. Les avares sont des malades : je suis sain comme un œuf du jour. Je veux de l'argent pour créer, je veux de l'argent pour jouir, parce que, moi, j'aime la vie. Moi aussi, je suis un poète, moi aussi je suis un artiste : c'est toi qui, tout à l'heure, me l'as déclaré sans le vouloir. Je suis un poète à ma façon. Pas comme Justin Weill, bien sûr, dont je ne dis aucun mal, dont même je ne pense aucun mal, note-le, entre parenthèses. Je ne suis pas non plus un inventeur comme papa, un souffleur de nuages, un sculpteur sur fumées. Moi aussi, je me raconte des histoires, et ce n'est pas avec des mots. Mes histoires, je les fais, pour de vrai, avec des hommes et des billets de banque. Voilà ! Je suis un créateur. Qu'est-ce que c'est qu'un créateur ? C'est celui qui fait paraître quelque chose là même où il n'y avait rien. C'est tout moi !

Joseph se prit à rire. Laurent, un peu pâle, disait entre ses dents :

— Et moi aussi, j'aime l'argent. Il est possible que, moi aussi, j'aime l'argent. C'est bien pourquoi je n'en veux pas.

— Tais-toi, fit gaîment Joseph. Tu as le regard des Pasquier quand ils vont commencer à se dire des choses irréparables, comme ils n'ont pas cessé d'en dire depuis une vingtaine d'années. Si tu te mets en tête d'expier tous les péchés de la famille, mon cher, tu n'auras pas la vie facile. Ecoute-moi plutôt, Laurent : je te le demande comme un service personnel. Tu n'as pas, j'en suis sûr, la moindre idée de la « Balia Karaidin ». Non, et ça ne m'étonne pas. C'est le contraire qui m'étonnerait. Eh bien ! la Balia, Laurent, est une société ottomane qui possède et qui exploite des mines de plomb argentifère. Maintenant, n'en parlons plus. Maintenant tu en sais assez. Si tu te lèves un peu, Laurent, tu peux voir le derrière de mon cheval. Il est beau, n'est-ce pas ? Il est velouté. Tu dis que c'est un fameux derrière de cheval. Et moi je dis que c'est de la Balia. Sur quoi sommes-nous assis ? Sur des coussins de plumes, ou de crin, ou de je ne sais quoi ? Non, sur de la Balia, mon petit. Et le cocher, là, Alfred, avec sa belle redingote havane. Tu penses que c'est un bonhomme. Non, Laurent, tout ça, c'est de la Balia. Il y a, quelque part, à cinquante kilomètres d'ici, une certaine maison qu'on pourrait appeler un château, avec dix hectares de parc, de jardin et de prairies. Tout ça, c'est encore de la Balia. Et tu ne vas pas croire que ces métamorphoses-là, ça se fait d'un coup de baguette. Non, mon garçon. Ecoute, ça vaut la peine. C'est beau comme une page d'Histoire. Le 24 février 1904, par exemple, un monsieur que je ne nommerai pas et que tu aurais quand même tort de croire fabuleusement riche — surtout à ce moment-là — fait achat de 200 Balia. Chacune de ces Balia vaut un peu plus de 600 francs, ce qui fait, en gros, 120 000 francs. Mais ce monsieur n'a quand même pas 120 000 francs. Alors, il en dépose 30 000 comme couverture. Et ces 30 000 francs, c'est beaucoup, beaucoup de travail et toute une réputation. Tout ça, c'est classique, Laurent, tout ça, c'est du feuilleton, du fait divers ou quelque chose d'aussi bête. Mais ce qu'on ne sait pas très bien, mon ami, c'est ce qui se passe dans la cervelle du monsieur aux trente mille balles. Je veux bien croire qu'il faut de la vertu pour découvrir un sérum. Papa nous racontait Pasteur, et l'expérience des moutons, du charbon, les heures d'attente. Qu'est-ce que c'est que ça, des heures ! Pour le monsieur dont je te parle, ce sont des semaines d'attente. Et le cœur qui se trémousse comme un cheval de cirque. Et il y a de quoi. Imagine que le 20 février, la Bourse avait l'air d'un endroit où vient de passer un cyclone. On disait tout bas : « Vous savez ? Port-Arthur ! » Car, Port-Arthur, ça compte. Rien n'est étranger à rien. Et voilà le moment que le monsieur a choisi pour engager la plus grande part de ce qu'il possède. Pas tout : la plus grande part. Et ne t'imagine pas qu'il montre à sa femme, le monsieur, un visage ravagé, comme fait un artiste peintre qui a manqué son effet de neige. Non, il s'exerce à sourire et il parle comme si le plomb argentifère lui était parfaitement indifférent. Et voilà le mois de mars qui arrive, et les feuilles aux marronniers. Mais le monsieur ne regarde pas les marronniers. Il compte 683... 730. Et c'est le mois d'avril. Et il n'y a pas de printemps, en 1904. Il y a quelque chose comme une route qui monte, qui monte et quand même pas aussi vite qu'on le voudrait. Et voilà 990, avec le 14 juillet. Et tout à coup, ça passe 1 000. C'est là, mon garçon, qu'il faut serrer les guides, et les coudes et des dents et tout ce qui peut se serrer encore. C'est là qu'il faut du caractère. Parce que maintenant, l'envie de vendre te chatouille la plante des pieds. Je vois que tu m'écoutes, Laurent.

L'œil mi-clos, les lèvres serrées, Laurent écoutait son frère. Il fit effort pour sourire et dit soudain :

— A ta place, j'aurais vendu.

Joseph éclata de rire.

— Qui te dit qu'il s'agit de moi ? Ah ! tu aurais vendu, Laurent ! Comme tu as l'âme sensible ! Le monsieur dont je te parle n'a pas vendu. Pourquoi ? Parce qu'il a des renseignements précis, bien sûr, ensuite parce qu'il cultive avec passion des qualités, des vertus, comme tu dis volontiers, qui comptent dans la vie humaine : un parfait dédain des états d'âme et des entraînements de la foule, et puis le sang-froid, le courage. Voilà pourquoi, si tu veux que je te le dise, voilà pourquoi je ne ferai jamais gagner d'argent à Ferdinand. Il est fait pour le 3 %. Il commence à suer des tempes — tu sais qu'il perd ses cheveux — dès que la cote fléchit, dès même qu'elle tarde à monter. Il est jugé, notre frère.

— Laisse Ferdinand tranquille, gronda Laurent. Et alors ?

— Ah ! tu veux savoir la suite. C'est comme dans les romans. Alors, mon garçon, voilà le mois d'août. Il fait chaud et on ne prend pas de vacances. Et ça fait 1080. Et, là-dessus, une assemblée extraordinaire de messieurs très bien décide d'échanger chaque action de 500 francs contre cinq actions de 100 francs. Ces petites actions-là, c'est plus maniable, mon ami, ça peut grossir d'une façon plus naturelle.

— Et ça grossit ? fit Laurent en frappant le tapis de la voiture à coups de talon.

— Mais oui, mon petit frère, ça grossit. Ça repart à 329 et voilà déjà 422. Et... ça retombe à 402. Et le monsieur allume une cigarette, Laurent. Et ça remonte à 422. Et ça redescend à 407. Brrr. Et voilà le printemps de notre année 1905. Et boum ! 520. — Il a plu ce jour-là. — Et 582. Ça, c'est le mois dernier.

— As-tu fini ? fait Laurent qui respirait avec peine.

— Presque fini, mon garçon. Le temps d'arriver à 600. Et ça y est.

— Tu as vendu ?

— Oui, mon cher, il a vendu.

— Tout ?

— Tout, fit Joseph, d'une voix lugubre.

— Et tu n'as pas l'air content !

Joseph eut un sourire de biais.

— Ça monte encore un peu. L'opération n'est pas parfaite. Il faut vendre exactement à la veille de la grande baisse.

— Pourquoi ? demanda Laurent. Pour que l'acheteur soit réduit immédiatement au désespoir ?

— Oui, c'est la règle du jeu.

Joseph n'était pas essoufflé par ce flux de paroles, mais calme et souriant. Laurent, au contraire, avait les traits tirés et son menton tremblait un peu. Il dit :

— Alors, les deux cents multipliés par cinq, ça fait mille. En tout, mille à six cents...

— Moins le découvert. Mais tu ne calcules pas mal, mon ami, pas mal du tout. Tu as des dispositions. Nous sommes tous les enfants de la pauvre Mme Pasquier, qui a beaucoup calculé. Oui, tous, même Cécile, l'angélique. N'est-ce point ici, ton hôpital ?

— Si, dit Laurent avec effort. Viens avec moi jusqu'au labo.

— Si je t'ai raconté tout cela, dit encore Joseph, c'est parce que ce serait quand même trop facile de mépriser des gens dont on ne sait quasiment rien.

Laurent haussa les épaules, mais sans humeur.

— Oui, dit-il, le succès rend susceptible. Autrefois, tu disais de tout, et surtout de l'opinion : « Moi, je m'en fous, je m'en fous. »

— Possible, fit Joseph. Aujourd'hui, je ne m'en fous plus.

— Tu veux qu'on t'admire, Joseph !

— Non, non, ça, ce sont des mots à vous, des mots pour intellectuels. Je veux seulement qu'on me connaisse, que toi, mon frère, tu me connaisses. Voilà ton laboratoire. En somme, tu fais ta médecine, mais sans lâcher ton labo. C'est surtout ça qui t'intéresse. Dis donc, si M. Censier est là, est-ce que tu peux me présenter ?

— Volontiers, fit Laurent.

La pièce dans laquelle ils entrèrent prenait jour, par de grandes baies vitrées, d'un côté sur des jardins, de l'autre sur la rue des Cévennes. Une jeune fille travaillait devant la table de faïence. Elle tourna la tête à l'entrée des deux hommes, se leva d'un bond léger et vint leur serrer la main.

— Le patron ? demanda Laurent.

La jeune fille tendit la main.

— Chez lui, avec Blomberg. Je crois bien qu'ils ont fini. Blomberg va s'en aller.

— Attends une minute, fit Laurent.

Pendant que Laurent revêtait sa blouse de travail, Joseph saisit un livre jaune qui traînait sur la table et se mit à le feuilleter. Puis, tout à coup, l'œil brillant :

— Qu'est-ce que c'est que ça ? C'est ce Nietzsche dont tu parles tout le temps ?

Laurent fit oui, de la tête.

— Regarde ! Je tombe là-dessus, dit Joseph d'une voix dont il s'efforçait en vain de voiler l'éclat. Regarde ! Ecoute, plutôt. Il dit, ton philosophe : « L'homme est quelque chose qui doit être dépassé. » Tu vois, je tombe là-dessus.

— Eh bien ? fit Laurent en souriant.

— A sa place, j'aurais plutôt mis « quelqu'un ». Il dit « quelque chose ». Mais ça n'a pas d'importance. A part ça, je suis d'accord. Ça me va. Ça me botte. Je marche.

Laurent se prit à rire et peut-être se disposait-il à répondre quand Renaud Censier parut. C'était alors un homme très grand, maigre et d'aspect timide. Il était accompagné d'un vieillard chétif aux longs cheveux blanchissants. Tous deux devisaient encore.

— Patron, dit Laurent en faisant quelques pas, voulez-vous me permettre de vous présenter mon frère Joseph dont je vous ai souvent parlé ?

Renaud Censier, s'inclinant de manière imperceptible, serra la main de Joseph qui disait de sa grosse voix :

— J'espère avoir, Monsieur, l'occasion de vous revoir ailleurs et sans doute prochainement.

Sur cette parole mystérieuse, Joseph se retira, entraînant son frère. Quand ils furent dans l'escalier, Joseph reprit, entre haut et bas :

— Il est bien ! Tout à fait bien ! C'est un homme célèbre, n'est-ce pas ?

— On le dit, répliqua Laurent.

— J'aime les gens qui réussissent, déclara Joseph avec une réelle ferveur.

Il descendit encore plusieurs marches, en remonta la moitié, saisit la rampe d'une main et la secoua vigoureusement.

— Le tableau, l'as-tu regardé ?

— Quel tableau ?

— Celui du vieux zèbre. Enfin, enfin, le Courbet...

— Oui, je l'ai vu, dans ta voiture.

— Tu n'en donnerais pas cent sous ?

— Oh ! si, peut-être cent sous. Oui, à peu près cent sous.

Joseph riait de bon cœur.

— Sais-tu, mon cher, dit-il, que je ne le trouve pas si mal, à la réflexion ? Sais-tu qu'il me donne envie de me monter une collection. Pourquoi pas ? Il faut protéger les arts. J'aurai une collection. Tu verras, Laurent, tu verras.

Il descendit très vite presque tout l'étage et, soudain, se penchant, cria :

— Laurent, attends encore un peu.

— Oui, je suis là, que veux-tu ?

— Iras-tu faubourg Saint-Antoine ? Tu te rappelles que c'est aujourd'hui qu'ils emménagent. Est-ce que tu passeras les voir ?

— Peut-être... sans doute ! Pourquoi demandes-tu cela ?

— Parce que j'irai peut-être aussi. Je ne peux rien affirmer. Mais si tu y vas, Laurent, et que tu rencontres papa, ne parle pas de la hache. Pas même une allusion.

— Oh ! murmura Laurent, il n'y a plus rien à dire. Pourquoi cette recommandation ?

La voix de Joseph s'éloignait dans l'ombre.

— Parce que, dit-il encore, ça retomberait sur maman. Comme toujours. Comme toujours.

## CHAPITRE 2

Blomberg venait d'enlever son feutre et le faisait tourner distraitement au bout de son index roidi.

— Vous avez de la chance. Oui, Censier, on peut dire que vous avez de la chance.

Il parlait d'un air absorbé, sans arrêter longtemps sur son interlocuteur un regard légèrement bigle et comme captif au milieu d'un réseau de rides.

Il secoua la tête :

— Tout vous réussit, mon cher. Alors, je dis que vous avez de la chance. Vous avez du mérite, cela va sans dire, de la constance, de la méthode. Mais vous avez aussi de la chance, je suis bien obligé d'y revenir. La chance est partout, même dans les sciences, surtout dans les sciences. Il y en a qui cherchent vingt ans de suite et qui ne trouvent rien de valable.

Il redressa l'échine, secoua les longs cheveux qui graissaient le col de sa redingote et dit encore :

— Je ne parle pas pour moi. Moi, je ne me plains pas.

Renaud Censier hochait les épaules, d'un air bénévole et gêné. Blomberg poursuivit, la voix nuageuse :

— Dix ans que Pasteur est mort ! Les grands pastoriens sont finis. Ils ne feront plus rien. Croyez-moi, je les connais, et même je les respecte. Ils sont desséchés. Mon cher Elie mis à part. Lui, c'est la flamme ! Lui, c'est le génie !

Il avait l'âge de Metchnikoff et vivait dans l'ombre de cet homme extraordinaire, imitant ses façons de parler, copiant, sans le vouloir, la silhouette fameuse, mettant en jeu naïvement, pour mieux admirer son modèle, les quelques centaines de muscles, qui, par leurs accords concertés, donnent à l'homme son attitude et son allure.

Renaud Censier posa sur le bras du vieillard une main longue, fine, un peu sèche.

— Soyez sûr, Blomberg, dit-il, que je suis profondément touché par ces marques de sympathie...

Il s'exprimait avec lenteur, séparant les phrases, les mots et parfois même les syllabes, réservant à tout instant, dans le discours, d'inexplicables silences dont on avait le temps de penser qu'ils seraient définitifs. Tous ceux qui l'ont connu vers ce temps, c'est-à-dire environ l'année 1905, revoient parfois en songerie ce visage maigre, bronzé, jeune encore, sur lequel tranchaient une chevelure d'un gris brillant et une fine barbe d'uléma. Il n'avait pas, eût-on dit, le col très souple, en sorte que la tête bougeait peu, toujours tardivement. Les yeux, fort prompts, viraient d'abord, découvrant le blanc qui luisait dans la peau brune.

— Oui, oui, reprit Blomberg avec un entêtement plein de rancune, la maison de Pasteur tombera. Je ne m'en réjouis pas : je l'annonce et le déplore. Et c'est vous qui poursuivrez l'œuvre, hors de la grande route tracée. Oui, c'est à vous l'avenir. Vous avez cinquante ans...

— Cinquante-deux.

— Vous entrez dans la décade majeure. J'espère vivre assez pour applaudir à vos triomphes.

Renaud sourit faiblement.

— Ne parlez donc pas de triomphes ! Plus je vais, plus j'ai le sentiment d'avancer dans le provisoire et non dans l'éternel. Vous avez la bonté de parler de mes succès... Dois-je vous dire, Blomberg, que je n'aime pas à voir les journaux, l'opinion, les étrangers s'emparer de mes idées, les dénaturer, les faire servir à toutes sortes de causes qu'au fond de mon cœur je réprouve ? Des triomphes ! Mais non ! Que je trouve parfois une idée capable de servir à d'autres... comment dirai-je ? de marchepied ! Voilà ce que c'est que la science. Moi, Blomberg, j'avance en franc-tireur. Je ne suis pas et ne veux pas être un chef d'école. Je vis et je travaille presque seul : deux ou trois jeunes camarades et je n'ai jamais souhaité rien de plus. Vous parlez de chance, Blomberg, et vous avez sans doute raison, mais je ne me sens bien que dans l'ombre. Je suis obscur, par vocation. Je ne serai jamais, malgré les publicistes, qu'un très obscur homme célèbre. Tenez, êtes-vous superstitieux ?

— C'est selon, c'est selon...

— Mon cher, fit Renaud Censier, riant tout à fait, mon humble nom de paysan ne pourra jamais donner un bon adjectif. Il y a des prédestinations.

— Celui de Metchnikoff non plus, dit Blomberg, en remuant la tête. Ça, c'est une plaisanterie, ça ne veut rien dire.

Il s'était assombri soudain et ses rides se regroupaient en un sourire douloureux. Il avait travaillé trente ans dans l'espoir d'accrocher son nom à quelque planche de salut. Il avait découvert, dans les cellules animales, et décrit interminablement des corpuscules protoplasmatiques auxquels il attribuait un caractère parasitaire, et qu'il appelait avec candeur, dans ses notes et communications : blombergias ou corpuscules de Blomberg. (Il avait beaucoup bataillé pour que le mot blombergia eût les honneurs de la minuscule.) De là, par la suite, à tirer une théorie, il n'y avait guère qu'un pas et Blomberg avait publié un gros mémoire sur ce qu'il appelait le « parasitisme universel » ou doctrine de Blomberg, non sans avoir tâtonné autour de blombergien... blombergisme. Par malheur, le vieil homme était presque tout seul à célébrer les offices de sa gloire, en sorte qu'à la moindre allusion, même incertaine, il s'assombrissait, ne sachant s'il devait subodorer ou l'hommage ou la raillerie.

Le visage de Censier n'exprimait aucune dérision, Blomberg se rasséréna.

— N'alliez-vous pas sortir ? fit-il.

— Si fait.

— Alors, sortons ensemble.

Censier dit quelques mots à Laurent et à la jeune fille qui colorait des préparations devant la fenêtre. Il prit son chapeau, ses gants. Enfin, avant de pousser la porte, il promena dans tout le laboratoire un regard rêveur et minutieux.

— Je n'envie personne, grommelait Blomberg, trébuchant dans l'escalier. Mais si j'enviais quelqu'un, eh bien ! mon cher, ce serait vous.

Une demi-heure plus tard, le palabreur abandonné, Renaud Censier s'engageait dans la calme rue Vaneau. Elle était presque déserte. Un fiacre à roues caoutchoutées s'éloignait au petit trop d'une rosse dont on percevait la respiration misérable. L'ombre, déjà, grimpait aux murs. L'après-midi, recrue, commençait de lâcher pied devant le soir. Renaud Censier cheminait, ses belles mains nouées derrière le dos, la tête basse, les yeux au sol. Il s'arrêta bientôt devant la porte d'un hôtel à la façade enfumée. Il réfléchit longuement, puis tira le bouton de cuivre. Après quelques minutes d'attente, la porte s'ouvrit.

— Mme d'Eguson n'est pas chez elle, murmurait un domestique au regard morose.

Renaud secoua la tête.

— C'est l'abbé Châtellier que je viens voir.

Le valet baissa les yeux une seconde et dit, l'air indifférent :

— Monsieur veut-il que je l'accompagne ?

— Non. Je connais le chemin.

Renaud d'abord monta les degrés d'un large escalier. Une odeur de pierres, de crypte, de sépulture poussiéreuse s'élevait des marches usées. Les murs étaient creusés de niches dont certaines contenaient encore quelque statue. L'escalier gravi, Renaud suivit un couloir sur lequel s'ouvraient de vastes salons démeublés. On apercevait des lambeaux de tapisserie et des tableaux ténébreux. A l'extrémité du couloir, on devinait un réduit dont la porte était béante.

Renaud fit halte et toussa. Quelques secondes passèrent, puis une ombre parut dans l'ouverture de la porte. C'était un prêtre en soutane. Il était coiffé d'une petite calotte noire. Il se tenait d'une main au chambranle de la porte et, de l'autre, ramait doucement dans l'espace obscur.

— Qui vient ? demanda-t-il d'une voix paisible.

— Un ami, souffla le visiteur.

Le prêtre eut un rire léger.

— Qui pourrait encore me découvrir un ennemi ? C'est toi, Renaud. C'est ta voix, Renaud. Une voix que j'entends rarement. Ce n'est pas un reproche. Entre. Assieds-toi. Il y a un fauteuil près de ma chaise. C'est là que s'assoit la bonne dame quand elle vient ici travailler le matin. Attends, je vais m'asseoir aussi. La fenêtre est ouverte. Il doit y avoir encore un peu de soleil sur le haut du mur. Je sens l'odeur du soleil.

Renaud s'assit dans le fauteuil et il y eut un moment de silence. On voyait, dans la cheminée, les restes d'un feu de bois depuis longtemps refroidi. Le vent avait soufflé, sur le marbre et sur le parquet, des traînées de cendre blanche. La fenêtre était ouverte sur une cour intérieure et, comme le disait le prêtre, le soleil illuminait un large morceau de muraille. Un passereau tombé du ciel voleta quelques instants dans cette prison de pierre et vint même se poser sur l'appui de la fenêtre.

— Encore un ami, fit l'abbé. Je le connais. Il me rend visite presque chaque jour. Je ne lui fais pas peur. Tu vois, je ne suis pas tout à fait abandonné.

— Aperçois-tu l'oiseau ? demanda Renaud tout bas.

L'abbé secoua la tête.

— Non. Tu sais bien, toi, savant, toi, médecin, que depuis déjà longtemps je ne distingue plus que l'ombre et la clarté, le jour et la nuit. C'est tout.

Il ajouta, presque aussitôt :

— C'est bien ainsi, Renaud. Je travaille, je travaille. La bonne dame vient, avec les cahiers. Je dicte et je crois qu'elle écrit.

— Pourquoi dis-tu : je crois ?

— Comment t'expliquer, Renaud ? Ce qu'elle me relit, ensuite, ressemble si peu à ce que j'avais pensé. Comment va ta femme, Renaud ? Comment va ton fils ? Tu ne réponds rien ? Je sais, oui, je sais.

— Que veux-tu que je te dise ? fit Renaud avec effort. Je ne pouvais vivre avec Marie-Thérèse. Je n'ai pas de mauvais sentiments pour elle et je souffre de ne pas voir davantage mon garçon. Nous nous entendions mal. Rends-moi cette justice, Guillaume : je n'ai pas voulu divorcer. Nous vivons ainsi, séparés depuis plus de dix ans. Je ne peux pas t'expliquer tout. Je suis un homme peu sociable, mon ami.

Le prêtre leva lentement son regard absent. Il secouait la tête comme pour dire : « Je ne te juge pas. » Renaud Censier se reprit à parler, par saccades, par éclats et tronçons de phrases, avec de brusques arrêts dans lesquels il semblait perdre le souffle.

— Vraiment, disait-il, nous n'avons pas été, mes sœurs et moi, instruits à la tendresse, à l'abandon. Ma mère nous a tous élevés de cette façon roide que tu sais et qui, chose étrange, me semble quand même, encore aujourd'hui, la seule possible. Que veux-tu ? Guillaume, je suis un provincial. Mes collègues s'étonnent parce que je porte volontiers un vêtement court, un veston, et, dans mon laboratoire, une blouse de coolie chinois. Ils me dépeignent comme un original. Mais, moralement, je resterai toujours sanglé dans ma tunique du petit collège. Non, nous n'avons pas été dressés à l'ouverture du cœur, à la simplicité. Il y a des mots que je ne pourrais même pas prononcer : ils s'arrêteraient dans mon cou. Rappelle-toi, Guillaume, quand un de mes oncles, au sortir du repas, avait une miette de pain dans la barbe, je devais, pour l'en informer, dire d'un air sérieux : « Mon oncle, Michel est à la gare. » Il répondait : « Ah ! Ah ! fort bien », et il se passait solennellement les doigts dans le crin.

L'abbé fit entendre un rire enfantin. Renaud, déjà, repartait :

— Je n'ai tutoyé personne, dans ma vie, sauf toi, Guillaume. Je crois bien n'avoir embrassé qu'un homme fraternellement, joue contre joue. Et c'est toi, Guillaume.

L'abbé Châtellier dit soudain :

— Comme tu es jeune, mon ami !

— Oh ! murmura Renaud, tu ne me vois pas, permets-moi de te le dire. Chaque jour, maintenant, j'ai la visite.

— Quelle visite ?

— La visite du vieillard. Il reste parfois une seconde, parfois une heure, parfois plus longuement encore. Il vient habiter une jambe, un doigt, une jointure, un organe interne, et, pis encore, une de mes pensées.

— De quoi te plains-tu ? fit gravement le prêtre, ta vie est belle, Renaud. Ta vie est selon tes œuvres.

L'abbé venait d'arrêter sur le visiteur son regard brumeux, immobile, et, devant ce regard absent, Renaud baissa les yeux.

— Que sais-tu de ma vie ? dit-il péniblement. Il ajouta, cherchant ses mots : Si j'étais mort il y a quatre mois, j'aurais eu certainement une belle vie. Oh ! pas un chef-d'œuvre de vie, mais une noble et forte vie, malgré les erreurs et la mésentente avec Marie-Thérèse, et cette séparation qui, déjà pour moi, est l'histoire d'un autre temps. Malheureusement, je ne suis pas mort il y a quatre mois.

L'abbé reprit d'une voix calme :

— On dit que tu es en train de faire des découvertes, de trouver des choses utiles et secourables. Les journaux parlent de toi. Souvent, la bonne dame, en dépliant les feuilles, me lit quelque chose de toi.

Renaud laissa tomber sa tête :

— J'ai manqué ma vie, Guillaume. Non pas la vie du savant : celle de l'homme, la vie de l'homme. Je ne peux t'expliquer, mon ami. J'ai trahi mon personnage. Oui, c'est à peu près cela. Je n'ai pas tenu mon propos.

Il y eut un grand silence. Et, de nouveau, Renaud :

— Crois-tu que l'on puisse recommencer une vie ? Comprends-moi bien : la recommencer aux premières pages.

— Pauvre ! murmura l'abbé, tendant la main dans le vide, recommencer la vie ! n'en as-tu point assez d'une ?

Renaud Censier, la tête entre ses paumes, les yeux au sol, parlait maintenant comme pour soi-même.

— J'étais dans une profonde retraite.

— Tu sais bien qu'il n'y a pas de retraite.

— J'avais la paix.

— Et tu ne l'as plus ?

— Non.

— C'est vrai, Renaud. Je t'entends respirer. Tu n'as pas la respiration d'un homme heureux. Tu ne dis plus rien ? Tu ne réponds pas ?

— Si, pardon. J'ai secoué la tête pour dire non. Pardon. Comprends-moi, père ! Tu sais, Guillaume, quand nous étions au collège, il m'arrivait de t'appeler « père », pour rire.

— Je sais, je sais, mécréant.

— Comprends-moi, père, poursuivit Renaud en se levant d'un air agité, les hommes de mon espèce, quand ils n'ont jamais fait de fautes — oui, de vraies fautes, de véritables fautes — les hommes de mon espèce sont terriblement désarmés. Un biologiste dirait : de tels hommes ne sont pas immunisés, ils sont vulnérables. Que penserais-tu de moi, si je faisais une folie ?

L'abbé joignit les mains et sa lèvre inférieure se mit à trembler finement.

— Attends, attends, je te prie, Renaud...

— Sache-le, Guillaume, disait le savant entre ses dents serrées, sache que je ne l'ai pas faite, ma folie. Alors, je sens bien que, maintenant, je ne peux vivre que dans le remords ou le regret. Ou le remords d'avoir cédé, ou le regret de n'avoir pas cédé.

Une fois encore, l'abbé tendit la main dans le vide.

— Renaud, dit-il, puis-je t'entendre en confession ? Réponds-moi, mon bon ami. Le puis-je ?

— En confession ? répétait Renaud sourdement. Non, bien sûr. Pas en confession.

— Alors, alors, ne me dis rien, car, sans Dieu, je ne suis qu'un homme très misérable, indigne de te conseiller.

— Je n'ai pas encore fait ma folie, reprit Renaud. Calme-toi, père, calme-toi. Je n'ai songé qu'à souffrir. Je n'avais vraiment pas dû souffrir assez, dans cette vie que j'ai eue.

— Pourquoi parles-tu si bas ? demanda l'abbé Châtellier.

— Parce que j'ai honte.

— Honte de souffrir, mon ami ?

— Non. J'ai honte de souffrir comme je souffre et de ce que je souffre. Mais, sois tranquille, Guillaume, je ne te dirai rien. Ce n'est même pas pour ça que je suis venu te voir.

Il y eut un profond silence, puis Renaud repartit, d'une voix ferme :

— Réponds-moi, Guillaume. Puis-je, seulement pour me soulager, faire comme si je croyais ? Puis-je appeler au secours ? Est-il possible, honnêtement, de supposer le problème résolu ? Et si je fais comme si je croyais, seulement pour souffrir un peu moins, seulement pour retrouver le sommeil, n'est-ce pas une imposture, puisque je ne crois pas, puisque je ne peux pas croire ? Tu ne réponds pas. Tu as bien raison. Tu ne peux pas répondre ?

Lentement, plusieurs fois, l'abbé fit « non » de la tête.

— Je crois à l'âme, dit Renaud. Je ne peux pas ne pas croire à l'âme. Et je voudrais, bien sûr, que mon âme fût immortelle. Mais je ne peux pas croire à l'immortalité de mon âme. Je voudrais et je ne peux pas. Les vrais croyants oseront-ils dire que je pèche par orgueil ? Ciel ! Je pèche sans doute, et c'est par humilité. Je n'ai pas le fol orgueil de croire mon âme immortelle.

Le prêtre écoutait, sans répondre, la tête inclinée en avant. Renaud Censier, debout contre la muraille, parlait d'une voix sourde et déchirée :

— Je ne peux pas, Guillaume. Tout me dit que c'est impossible. Je suis ce qu'on appelle un rationaliste. Je suis aussi un homme très malheureux. Une seule chose me soulagerait, maintenant, une chose absurde : que cette âme souffrante, au moins, fût immortelle, qu'il y ait ainsi quelque espoir de rémission. La raison ! Que me fait la raison, si je suis malheureux à mourir ?

L'abbé ouvrit enfin ses lèvres tremblantes.

— Peut-être n'es-tu pas encore assez malheureux.

— Tais-toi, Guillaume. A certaines heures, ça s'élève comme le vent. Et ça souffle. Ça souffle noir.

Il fit deux ou trois pas dans la chambre étroite et encombrée. Il disait :

— Il n'y a pas d'hommes forts. Il n'y a que des hommes épargnés, oubliés.

— Par qui ? Par quoi ? demanda l'abbé. Tu blasphèmes, Renaud. Tu blasphèmes les saints. Tu blasphèmes les plus belles rêveries de cette humanité dont tu parles tout le temps.

Renaud revint vers la fenêtre, s'assit près du prêtre et lui saisit les mains.

— Crois-tu que je puisse prier ?

L'abbé fit « oui » de la tête. Avec ardeur, il ajouta :

— Mais moi, moi, je prierai, je n'ai plus que cela maintenant à faire. Je ne peux faire que cela. Où vas-tu, Renaud ?

— Je m'en vais. Merci, père. Pardonne-moi, je suis venu troubler ton silence. Pardonne-moi, je ne suis pas fier. Sais-tu que, parfois, je suis presque en repos, et, soudain, le désespoir tombe, les ailes étendues, les griffes ouvertes. Et, si je suis seul, je commence de gémir comme un boulanger ou comme un bûcheron.

Le prêtre avança les mains, rencontra les cheveux de Renaud et se prit à lui caresser les joues de ses doigts légers. Il bégayait :

— Ne crois pas à de l'orgueil, Renaud, Renaud, mon frère. Si tu savais : moi aussi, je suis torturé de tentation et de péché. Moi qui ne suis plus rien ; moi qui suis retranché du monde. Mais, j'ai pitié, Renaud, j'ai pitié.

# CHAPITRE 3

A la dérobée, Justin Weill regarda ses mains. Elles étaient soignées, mais courtes et disgracieuses, semées de taches de rousseur. De petites touffes de poil doré croissaient sur le dos des phalanges. Charnu, le bout des doigts cernait l'ongle de toutes parts et menaçait de l'enfouir. En outre, Justin transpirait légèrement de la paume. Il ne l'ignorait pas, il en souffrait secrètement et faisait, pour dissimuler cette infirmité, des efforts d'autant plus laborieux que le jeune homme aimait les poignées de main franches, copieuses, un peu théâtrales.

Il rougit et soupira :

— Nous autres, Juifs, nous ne sommes pas extrêmement adroits de nos mains. Oh ! je sais, nous avons de grands musiciens, des virtuoses, de bons joailliers, des tailleurs habiles. Il nous manque je ne sais quoi. Ne dis pas le contraire, Laurent.

— Je ne dis pas le contraire. Je pensais que vous avez donné de bons médecins, en grand nombre, et très peu de chirurgiens. Tu vois que j'abonde dans ton sens.

Justin rougit de nouveau, sans chercher à le dissimuler. En présence de Laurent, ami sûr, ami fidèle, il éprouvait à se juger, à juger ceux de sa race, et surtout dans les petites choses, une amère délectation qui se muait en dépit pour peu qu'on vînt à l'approuver.

— C'est sans doute, dit Laurent, que vous n'aimez pas l'effort musculaire. Voilà ce que c'est que de se spécialiser dans l'effort intellectuel.

— Je te demande bien pardon, fit Justin, l'œil enflammé, un de mes cousins qui a visité le Maroc, en février, avec l'ambassade au Sultan, disait qu'il existe là-bas un village, Sefrou, je crois, enfin quelque chose comme ça, où, depuis longtemps, les coltineurs sont juifs. Et, tous, des gaillards musclés, splendides, paraît-il. Des modèles de perfection anatomique.

Justin se mit à sourire et poursuivit plus bas :

— Je suis ridicule à m'emballer. N'empêche que nous ne sommes pas très adroits. Je te regarde, je regarde Laure, je vous suis tous deux de l'œil, avec vos petits morceaux de verre, vos aiguilles, vos flacons, et tu me permettras quand même de dire que je vous admire.

La jeune fille qui travaillait auprès de Laurent tourna légèrement le col et fit un sourire. Elle avait des dents radieuses, une grande bouche épanouie, un regard sérieux et puéril. Elle dit, secouant l'épaule comme pour chasser une mouche :

— Vous, Justin, si vous continuez, vous allez me faire casser une lamelle, et je vous maudirai.

Justin Weill fermait à demi les yeux, comme saisi d'un nouveau tourment.

— Ça vous amuse, d'obéir ? dit-il enfin. Les Juifs obéissent, bien sûr ; mais, au fond, nous n'aimons pas ça. Nous ne sommes pas des êtres véritablement disciplinés.

— Ah ! dit Laurent avec un rire cordial, comme on voit bien que tu reviens de Palestine ! Le problème juif te tourmente. Il va t'empoisonner.

Justin se leva, mit les mains dans les poches de son pantalon et fit quelques pas entre les tables.

— Ce problème-là tourmente la France depuis dix ans. Il n'a pas fini, crois-moi, de bouleverser le monde. Alors, moi, moi, bien sûr...

Il n'acheva pas. Il se contentait de hocher la tête avec passion. La jeune fille murmura, l'œil au microscope :

— Obéir ? Mais oui, j'aime ça. N'aimez-vous pas ça, Laurent ?

— Attention ! fit Laurent, le front plissé. Je suis bon gré, mal gré, un Pasquier. Comment vous dire ? Les gens de ma famille ne sont pas de trop bonnes têtes. Mais, pour l'instant, j'obéis de bon cœur, parce que le patron me plaît, parce que c'est un type, un vrai maître.

La jeune fille se tourna gravement vers Justin Weill et dit, levant les sourcils :

— Voilà !

— Oui, voilà quelque chose que je sais maintenant, poursuivit Laurent. J'aime Censier, j'aime le patron. Il y a, dans l'obéissance, quand elle est libre et enthousiaste, une sorte d'ivresse, d'élan, de don. Cela fait du bien. Cela rassure. Cela réchauffe le cœur.

Justin venait de saisir Laurent aux épaules et il le secouait avec émotion.

— Tu es meilleur que moi, disait-il. Si, si ! Pardonnez-moi, Laure. Pardonne-moi, toi aussi, Laurent. Je viens d'être soumis à rude épreuve, depuis le début de l'année. Ce voyage m'a bouleversé. Que fais-tu, Laurent, tu t'en vas ?

— Oui, dit Laurent qui retirait sa blouse. Oui, mes parents déménagent. Ce n'est pas un événement extraordinaire. C'est un événement quand même, et, pour ma mère, un gros souci. Je vais aller voir un instant ce qui se passe là-bas.

— J'avais mille choses à te dire, murmura Justin, l'air déçu.

— Suis-moi. Nous parlerons sur l'omnibus. Et tu viendras dîner avec Laure et moi, chez Papillon. Laure, il est encore possible que le patron revienne ce soir. Il n'a pas dit où il allait. Vous lui parlerez pour l'étuve, et pour les repiquages, enfin pour tout.

Une fois encore, la jeune fille montra son grand sourire enfantin. Elle ressemblait à Freia. Elle ressemblait à l'image fragile et menacée de l'immortelle jeunesse. Elle sourit et pencha vers la table sa nuque où frisaient des mèches légères.

— Oui, dit Justin plus tard, comme les deux jeunes gens sortaient de l'hôpital. Oui, l'omnibus ! Quelle bonne idée ! J'ai faim de Paris. Imagine un peu : j'ai faim et soif de Paris. Cinq mois d'absence ! Et j'ai senti que je ne pouvais plus vivre sans Paris.

Ils passaient devant une boulangerie dont la vitrine était bordée de hauts miroirs. Justin, presque malgré lui, se regarda dans l'un d'eux et ses traits exprimèrent du dépit. Il se trouvait trop petit, surtout trop bref de jambes. Il n'aimait ni sa chevelure braisoyante, ni ses grandes oreilles, ni même ce beau regard oriental, humide, embrumé qui donnait à son visage du charme et de la douceur.

— Pourquoi m'aimerait-on ? fit-il soudain. Moi, je ne m'aime pas. Ah ! non, je ne m'aime pas !

Et, secouant la tête comme pour disperser l'essaim des images, il reprit avec ferveur :

— Cette passion de Paris, c'est une chose grave, Laurent. Songe que je suis parti là-bas, encore tout meurtri, tout fourbu. Je suis de ceux que l'Affaire a rendus vraiment malades. Mille fois, le soir, serrant les paupières pour me forcer à dormir, mille fois, j'ai crié : « C'est là-bas qu'est ma vraie patrie ! »

— Et alors ? fit Laurent, comme Justin retombait au silence.

— Eh bien ! je devais me tromper.

— Tu n'as pas aimé Jérusalem ?

Justin leva l'index.

— Tu verras ! Tu verras, plus tard. A moins d'être Patagon ou Papou, on ne peut voir Jérusalem sans être bouleversé. Pourtant, pourtant... c'est difficile à débrouiller. J'ai vu la vallée de Josaphat. Comme c'est beau, Laurent ! Quelle mélancolie ! C'est la vallée de la mort et de la résurrection. C'est bien là que les peuples seront jugés... Mais non...

— Oh ! misérable ! Comment te suivre avec tous ces « oui », tous ces « non » ?

— Jérusalem est peut-être la patrie de ma vie éternelle, ce n'est pas la patrie de ma vie terrestre.

Les trois chevaux de l'omnibus, levant leur croupe écumante, venaient de prendre le galop. La voiture fit, sur la place d'Italie, une entrée triomphale qui semblait servir à merveille les pensées de Justin et même son élan oratoire.

— J'aime trop Paris, reprit-il. Malgré l'Affaire, et peut-être à cause de l'Affaire, et même en dehors de l'Affaire. Regarde comme c'est beau ! Comme c'est, en même temps, vivant et ordonné, même ce quartier populaire. Je pense comme ça, maintenant. Est-ce Paris qui a fait ce miracle, ou nos professeurs du lycée Henri IV ? Quelle est la cause de ce changement ? Je te le demande. Voilà ! Je ne serai pas sioniste, comme mon oncle Samuel et comme notre ami le poète André Spire. Mon grand-père s'appelait Abraham. Ecoute bien, Laurent : tout cela veut dire quelque chose. Mon père s'appelle

Simon. Moi, je m'appelle Justin. Mon premier garçon, je l'appellerai peut-être François. Mais non, je n'aurai pas d'enfants...

Laurent prit Justin Weill par l'épaule et l'étreignit cordialement.

— Tu me feras l'amitié de croire, reprit Justin, sourcils froncés, tu me feras l'amitié de croire que je parle sans amertume. Cécile est libre. Elle me connaît depuis plus de dix ans. Mais pourquoi m'aimerait-on ? Je suis laid, je suis lourd, je n'ai pas de chance. Note que mes parents n'ont rien fait pour me détourner d'un projet dont ils ne savent pas grand-chose, qu'ils devinent seulement. Mon père a dit : « D'abord, tu pourrais voyager. » Ce qui n'est pas mal pensé. Quant à ma mère... Je l'ai entendue parler un jour à l'une de mes tantes, et elle disait une chose étrange. Elle disait : « Pour accepter de telles idées, nous n'avons pas encore reçu des gages suffisants... » Elle ne parlait pas de Cécile, bien sûr, ni de vous autres, les Pasquier. Je crois qu'elle parlait... de la France, de l'Occident, je ne sais trop. Allons, laissons ça de côté.

Dans un grand bruit glorieux de vitres, de ferrailles, de coups de fouet et de cavalerie, l'omnibus descendait maintenant le boulevard de l'Hôpital. Justin respirait profondément l'air illuminé d'une poussière chaude et vivante. Laurent dit :

— As-tu seulement été jusqu'au mur des lamentations ?

Justin rougissait avec une grande facilité. Il rougit donc et répondit aussitôt :

— Pourquoi non ? Tu n'imagines pas que j'ai déchiré mes vêtements et pris mes cheveux à poignées. Pourquoi me poses-tu cette question ? J'ai vu le mur... en touriste. Je dois te dire que la plupart des Juifs que j'ai rencontrés en Palestine me déconcertent, oui. Et je ne te cacherai pas, à toi Laurent, que même certains me dégoûtent un peu. Surtout les jeunes couples, avec le chapeau rond, les boucles de cheveux devant les oreilles, les culottes courtes et la saleté, oui, la saleté. Enfin, tout ça changera. Je me demande encore pourquoi tu m'as posé cette question.

— Ne te monte pas la tête. Je ne suis pas juif, moi ; mais, si je séjournais à Jérusalem, il me semble que j'irais au mur des lamentations et que j'y passerais un grand moment à... réfléchir.

— Sois tranquille, trancha Justin, j'y ai été, je te l'ai dit, et j'y ai réfléchi. Ne crains rien : j'ai réfléchi.

Les deux amis cessèrent de parler. La lourde voiture venait de s'engager sur du pavé de bois. Une sorte de silence grondant et martelé succédait au tintamarre. L'impériale de l'omnibus était maintenant presque déserte. Justin se prit à siffler. Les deux amis étaient installés derrière le siège du cocher. Justin sifflait distraitement. Soudain, à l'autre extrémité de la banquette, un sifflet s'éleva qui reprenait et poursuivait l'air esquissé par Justin.

— Entends-tu ? fit Laurent tout bas.

— Oui. C'est le *concerto en si bémol*, de Haendel. Tu sais, celui qu'a joué Cécile l'automne dernier, au Châtelet. Comme c'est extraordinaire !

A l'autre extrémité de la voiture, un jeune homme se levait pour descendre. Il avait un chapeau de feutre sur de longs cheveux bouclés, une barbe brune et légère, des lunettes d'acier, le regard attentif et distrait des myopes. Il sourit, toucha le bord de son feutre et disparut dans l'escalier.

— Tu le connais ? demanda Laurent.

— Non, fit Justin d'un air extasié. Non, et c'est ça l'admirable. Je ne le connais pas, et c'est pourtant mon frère, mon compatriote véritable. Le *concerto* de Haendel en *si* bémol majeur ! Je te demande un peu ! Tu diras : le hasard. Eh bien ! non. Moi, je dis : la civilisation. Notre civilisation. Je n'ai pas pleuré devant le mur des lamentations, bien sûr ; mais, ce soir, sur cette impériale d'omnibus, pour un peu, je pleurerais. Vive Paris ! Vive Paris ! Qu'est-ce que tu fais, Laurent ?

— Vite ! vite ! disait Laurent, il faut descendre. Regarde, là, sur le trottoir.

— Qu'y a-t-il ? Je ne vois rien.

— La commode en acajou ! La commode Louis-Philippe, celle de ma mère. Oh ! je la reconnais. C'est le déménagement, notre déménagement. Ils n'ont pas encore fini. Vite, Justin, descendons.

## CHAPITRE 4

— C'est bien notre commode, fit Laurent. Les tiroirs ne sont pas là, sans cela je te montrerais le tiroir aux berlingots. Une fois, j'avais peut-être dix ans, je souffrais d'une otite, d'une inflammation d'oreilles. Maman m'a donné un berlingot à la menthe. J'ai dit, ce jour-là : « C'est bon ! » Depuis, il y a toujours des berlingots pour moi dans ce tiroir de commode. Le malheur est que je n'aime plus les berlingots. Mais je sens bien qu'il y en aura, pour moi, toujours, même dans la vallée de Josaphat. Ah ! Ah ! Voilà le fauteuil Voltaire. Mon Dieu, comme il est petit, et surtout, décoloré, sur le trottoir, au jour de la rue. On le reconnaît à peine. Ne crois pas, Justin, que je me laisse aller à un attendrissement ridicule.

— Ce serait assez naturel.

— Non, j'ai horreur de tout ce qui peut rappeler, de près ou de loin, les tableaux de Greuze et les émotions familiales. L'escalier n'est pas trop large. Il est aussi plutôt sombre. Le quartier ne me déplaît pas. Je ne sais si tu as remarqué : c'est une partie vraiment calme de ce terrible faubourg. A deux pas de la place du Trône, comme on disait autrefois, la place de la Nation, enfin. Mais l'escalier est triste. C'est une maison bourgeoise et pourtant, il y vient chaque jour des gens qui éprouvent le besoin de faire des dessins et de crayonner sur les murs. Attends, les déménageurs vont nous empêcher de passer. Ah ! C'est le vieux piano, celui de la tante Delahaie. Tu sais, Justin : « Hirschauer, fournisseur de la cour impériale. » Il avait cédé la place au grand Pleyel de Cécile. Où pouvait-il être, alors ? Sans doute au Mont-de-Piété. Maintenant, le voilà revenu. C'est le piano du miracle. Figure-toi que Cécile était une toute petite fille, presque un bébé. Nous étions venus voir les meubles qui nous tombaient en héritage. Cécile a découvert le piano. Jamais, autant que je puisse dire, elle n'avait vu de piano. Elle s'est assise et elle a joué, tout de suite. Papa se retenait pour ne pas pleurer. Il n'est pas sentimental, certes non ; mais c'était Cécile ! Et Joseph ouvrait la bouche : on lui voyait la langue. Et Cécile avait l'air de charmer des... enfin elle m'a fait songer à Orphée. J'ai tout de suite deviné que Cécile serait une grande artiste. Le troisième étage, c'est bien haut pour la profession de médecin. C'est papa qui a dû choisir. Il y a, dans toutes ses décisions, quelque chose qui passe à côté du bon sens. Il est vrai que, maintenant, il a une nouvelle lubie. Je te raconterai cela. Voilà donc l'appartement. Bonjour, mère !

Vêtue d'une robe grise, à fronces, une mantille de dentelle épinglée sur ses cheveux qui commençaient de blanchir, Mme Pasquier dirigeait le travail des déménageurs.

— Comme tu es gentil, Laurent ! Et vous aussi, Justin ! C'est admirable. Et Ferdinand qui est ici depuis plus d'une demi-heure !

— Que fait-il ?

— Tu l'entends, il plante des clous, dans la chambre, avec Suzanne. Sois juste, Laurent : pour les clous, Ferdinand est extraordinaire. Même dans les murs de brique. Il a le tour de main, que veux-tu ? c'est un don.

— C'est vrai, fit Laurent avec un rire. Pour les clous, Ferdinand est extraordinaire. Mais quoi ! La pendule de bronze ! Elle est donc revenue, maman ?

— D'où veux-tu qu'elle soit revenue, mon garçon ?

— Du Mont-de-Piété, ma foi. Je crois qu'elle y a passé la moitié de son existence.

— Laurent, fit Mme Pasquier en baissant la voix, à t'entendre, que pourrait-on croire ? Je sais bien qu'il n'y a que Justin ; mais songe aux déménageurs. Le Mont-de-Piété. Vous avez une façon de parler des choses. Mon Dieu ! Qui est-ce qui monte là ? C'est Joseph ! Il ne manque plus que Cécile.

— Elle viendra ! claironna Joseph en agitant son chapeau melon. Elle viendra ! Je l'ai vue, il y a deux heures à peine. Et tout le monde sera là, sauf papa, bien entendu.

— Mes enfants, votre père est à sa Goutte de lait, pour la consultation. Et puis, vous savez, je préfère qu'il n'arrive pas tout de suite et qu'il n'ait surtout pas à s'expliquer avec les déménageurs. Un mot, mes garçons. Si votre père arrivait pendant que vous êtes ici, je vous demande en grâce de ne pas parler de la hache.

— Sois tranquille, dit Joseph, haussant les épaules avec une rondeur bourrue.

— Qu'est-ce que c'est que cette hache ? fit Justin à l'oreille de Laurent.

Laurent ne répondit pas. Il s'écriait, les bras au ciel :

— C'est la bibliothèque ! Tu te rappelles, Joseph, quand nous étions rue Vandamme, cette bibliothèque me semblait le plus beau meuble du monde. Voilà Ferdinand et Suzanne ! Tu te rappelles, Ferdinand, l'effet que nous avait produit cette bibliothèque. Et, au bout du compte, c'est une très petite bibliothèque.

— Mais non, dit Mme Pasquier. Je t'assure que c'est toujours une très belle bibliothèque.

— Toi, Suzanne, poursuivait Laurent, tu ne peux rien te rappeler du tout : tu n'as pas connu la rue Vandamme.

Ferdinand distribua des poignées de main, puis, de l'index, il gratta légèrement le bois de la bibliothèque.

— C'est de l'acajou plaqué. Claire et moi, nous ne pouvons pas supporter l'acajou, surtout l'acajou plaqué.

— C'est étonnant, fit Justin à voix basse. C'est étonnant, c'est admirable...

— Quoi ? demanda Laurent, cette horreur de l'acajou plaqué ?

— Non ! Non ! Comme Suzanne devient belle.

Pour monter sur l'escabelle et planter des clous, Ferdinand avait enlevé sa veste. Il était long, mince, de taille molle et fléchie. Il portait un vêtement noir que le Dr Pasquier appelait avec dédain « l'uniforme des bureaucrates ». La myopie de Ferdinand était si grande et il considérait toutes choses de si près qu'il semblait renoncer au bénéfice de la vue pour s'en remettre à l'odorat. Il déclara, de nouveau, d'un air profond : « Je ne comprends pas qu'on puisse aimer l'acajou plaqué », puis il regarda toute la société comme s'il était tourmenté par l'envie de pondre un œuf.

— Tu n'es pas juste pour l'acajou, murmura Mme Pasquier. De notre temps, c'était le roi des bois. Mes enfants, je ne vous demande pas de m'aider : vous n'êtes pas vêtus pour ça. Mais ne gênez pas ces messieurs, je veux dire les déménageurs.

— Tu vois, Justin, expliquait Laurent, voici les caisses de livres. Les livres de papa ! Tiens : *le Chevalier de Faublas*. Papa m'a vivement grondé parce que je lisais ce livre. J'avais quatorze ou quinze ans. C'étaient ses lectures à lui... Miséricorde ! Notre Littré !

— Oui, dit Joseph. Votre Littré ! Le livre sacro-saint de la maison.

— Comme il est vieux, comme il est fourbu ! murmurait Laurent. Papa l'ouvrait, sur la table, pour nous expliquer les mots. Et maman soupirait, parce que cela dérangeait ses coutures. Attention ! le baromètre !

— Messieurs, disait Mme Pasquier, mettez le baromètre bien droit, dans un coin, à cause du vif-argent. Ferdinand, prépare un clou.

— Papa, fit malicieusement Suzanne, a pris l'habitude, maintenant, de tapoter le baromètre avec la pointe de l'ongle, pour le faire marcher plus vite. Il arrive même à papa de donner de petits coups d'ongle sur le verre de tous les tableaux et même sur les photographies de famille, et même sur la photo de la *Vénus* de Milo, pour lui faire marquer le beau temps.

— Par ici, Messieurs, par ici, cria Mme Pasquier. La table de la salle à manger ! Ecartez-vous, les enfants.

— Tu vois, Justin, murmurait Laurent avec un sourire, Cécile et moi, nous avons passé sous cette table une bonne part de notre enfance. Nous étions bien, là-dessous, pour raconter nos histoires. C'était notre royaume enchanté. Il doit y avoir encore certaine barre transversale, pour entreposer les rallonges. Nous cachions, sur cette barre, nos provisions secrètes : trois morceaux de sucre, un vieux biscuit, deux tablettes de chocolat. Quel refuge ! Ecoutez un peu, vous autres.

— C'est Cécile ! s'écria Mme Pasquier. C'est le pas de Cécile.

Et Cécile parut, blanche, droite, fluette et pourtant majestueuse dans sa longue robe noire à volants. Elle aperçut tout de suite Justin, fit un gracieux signe de tête, murmura : « De retour, enfin ! » puis elle embrassa Mme Pasquier et dit à tous un mot.

— Sœur, murmurait Laurent, nous regardions notre table, le vaisseau de nos voyages. Tu sais que le piano est là ! Cécile, joue-nous quelque chose.

— Tu es fou, Laurent, fit Cécile avec un sourire amusé.

— Si, si, reprenait Laurent. Il faut célébrer la journée. Rappelle-toi, quand nous avons reçu la visite de Debussy... Nous n'avons appris que beaucoup plus tard le nom et la grandeur du visiteur. Nous pensions que ce n'était qu'un prince. Et tu as si bien joué ! Sœur, joue-nous quelque chose.

— Et rappelle-toi, fit Joseph, le jour, rue Guy-de-la-Brosse, où tu jouais pendant la visite de l'huissier.

— Oh ! soupira Laurent, nous parlions de Claude Debussy. Il ne faut pas tout mêler.

— Je me rappelle très bien, déclara Ferdinand. L'huissier et papa se disputaient à cause de la saisie. Et Cécile jouait comme un diable.

— Mes enfants, dit Mme Pasquier, quelqu'un qui vous entendrait pourrait croire que nous recevons des huissiers tous les huit jours. Et les portes sont ouvertes ! Et les voisins ne nous connaissent pas encore ! Attendez, Messieurs, attendez. Ça, c'est un panier de vaisselle. Doucement, doucement. Et dans la cuisine, s'il vous plaît.

— Cécile, murmura Justin d'une voix grave et pressante, Cécile, je me joins à Laurent. Jouez quelque chose, même sur ce mauvais piano que vous ne pouvez pas renier.

— Je me demande, murmura Mme Pasquier, pourquoi Justin dit « ce mauvais piano » ! Il n'est pas mauvais du tout. C'était le meilleur facteur de pianos de l'empire.

Cécile ne répondit pas : elle cherchait de l'œil un siège. Alors Joseph saisit une lourde caisse de livres, la souleva sans effort et la posa devant le piano. Laurent retira sa veste qu'il étala sur la caisse. Suzanne ouvrit le piano dont elle époussetait les touches avec son mouchoir. Et, soudain, tout le monde s'assit, qui sur une commode, qui sur un panier, qui sur un paquet de tapis.

— Chopin ? murmurait Ferdinand.

Laurent suggéra :

— Mozart ?

Justin soupirait, timidement :

— Peut-être que Beethoven...

Cécile sourit, leva la main et joua le choral de Bach en *sol* mineur.

Un instant, on entendit la voix de Mme Pasquier qui disait tout bas :

— Arrêtez une minute, Messieurs. C'est ma fille, vous comprenez, Messieurs.

Et les déménageurs, s'essuyant le front, écoutaient, béants de surprise. Cécile joua le choral en *sol* et Laurent dit avec gravité :

— La nouvelle maison est baptisée. Ce choral sera notre air pour le faubourg Saint-Antoine. Rappelle-toi, Cécile : tu nous as donné des chants pour chaque acte de notre vie, pour chaque saison, pour chaque événement, pour chaque pays, chaque rue, chaque demeure et même chaque chambre.

Justin s'était levé, pâle et frémissant d'admiration.

— Cécile, vous avez restitué le règne de l'ordre. Qui peut encore songer au désordre et à la poussière ?

— Moi, dit naïvement Ferdinand. La poussière me fait tousser.

Il y eut un silence pendant lequel on entendit le pas et les propos des déménageurs qui redescendaient l'escalier.

— Vous n'avez même pas visité l'appartement, grondait Mme Pasquier. Voilà donc la salle à manger. Ici, le salon, où les clients de votre père attendront. J'espère qu'il y en aura suffisamment pour qu'on doive les faire attendre. Cette médecine, à coup sûr, c'est une profession honorable ; mais on n'est jamais chez soi. Un coup de sonnette, et voilà les étrangers qui entrent et qui s'asseyent devant le guéridon de tante Alphonsine. Je me demande parfois ce qu'elle dirait, ma tante Alphonsine, si elle revenait au monde et voyait un monsieur avec un panaris ou une fluxion qui met ses coudes sur le guéridon d'acajou... Ici, le cabinet de consultation. Et ici, mes enfants... que voulez-vous ? il a fallu sacrifier une pièce. Il dit : son laboratoire. En réalité, c'est la pièce où il fait ses inventions. En ce moment, c'est pour les accidents de chemin de fer. Et aussi pour l'appareil à retirer la poussière des tapis. C'est ça qui use tant d'eau. C'est à cause de la trompe qu'est arrivée cette malheureuse histoire de la hache. Surtout, mes enfants, n'ayez pas l'air d'en sourire : ça le met hors de lui. Par ici, nous avons la chambre de Suzanne. Ma pauvre Suzanne, tu auras bien le temps de te regarder dans tous les miroirs. Cela devient déraisonnable : elle se regarde même dans le couvercle des casseroles, dans le fond de sa cuiller, où pourtant on ne se voit pas beau. Et elle se tire la langue. Comme c'est drôle, une petite fille. Ferdinand, tu ne leur as pas dit comment allait Claire. Où donc est passé Ferdinand ?

— Claire est encore malade ? fit Joseph avec une feinte compassion.

— Oui, oui, ça ne va pas fort, et Ferdinand non plus. Votre père a commencé de les droguer sérieusement. Il a inventé, pour eux, une pilule spéciale et ça leur réussit bien, surtout sur l'intestin. Il leur fait aussi un peu d'électricité... Messieurs, Messieurs ! Ah ! ils vont briser le buffet. Regardez, mes enfants ! Le buffet !

Mme Pasquier commença de pousser des soupirs angoissés. Les déménageurs manœuvraient à grand-peine un lourd corps de buffet et le meuble semblait en péril. Joseph, d'un coup d'œil, embrassa la scène. Il fit trois pas et, sans quitter ses gants ni son chapeau melon, remit d'un coup d'épaule et les coltineurs en équilibre et le fardeau dans la bonne voie.

— Comme tu es fort, mon fils ! dit Mme Pasquier avec admiration.

— Ce n'est pas tout ça, s'écria Joseph. Passons aux choses sérieuses. Cécile, connais-tu Rostand ?

Cécile secoua la tête et se prit à rire.

— Non, je ne connais pas Rostand.

— Dommage, fit Joseph. Nous y reviendrons tout à l'heure. Où est Justin ? Ah ! le voici. Mon cher, vous êtes un poète, un manieur de mots, alors vous allez m'aider. Je veux, moi aussi, baptiser ma maison. On vous a peut-être parlé de ce châ... de cette maison, enfin de ce domaine que je viens d'acquérir. Vous le connaîtrez bientôt. Je veux lui donner un nom. Sur les papiers, cela s'appelle les Aubiers, ce qui ne signifie rien pour moi. Je veux quelque chose de personnel. Trouvez-moi donc un nom, mon cher.

— A votre place, fit Justin, j'appellerais cette maison la Pâquellerie.

— Répétez. Répétez un peu.

— Oui, la Maison des Pasquier. Je dis bien la Pâquellerie, ou quelque chose comme ça.

Joseph se mit un doigt sur le bout du nez. Il répétait :

— Pâ-quel-le-rie ! Pâ-quel-le-rie !

Et, soudain, l'air jovial :

— La Pâquellerie ! Adopté. Au bout du compte, vous êtes un lettré. Ces trucs-là, c'est votre affaire. Moi, j'ai le respect, le culte des compétences. A condition, bien entendu, qu'elles ne m'embêtent pas. Mesdames, Messieurs, j'ai l'honneur de vous annoncer que, dans une ou deux semaines, on pendra la crémaillère, en ma maison de la Pâquellerie et en grande solennité. Les fêtes dureront quatre ou cinq jours. Prenez vos dispositions et demandez vos congés, car vous êtes tous invités. Je veux quelque chose d'épatant, quelque chose de grandiose, et j'entends y mettre le prix. Alors, tu ne connais pas Rostand ?

— Tu veux inviter Rostand ? flûta Ferdinand, l'air ironique. Tu as la folie des grandeurs. Rostand ! Fichtre !

— Pourquoi pas ? Je veux donner une vraie fête et je ferai bien les choses, je te le promets. Je veux des savants, des artistes, des gens notables, connus, considérés, des gens dont on parle beaucoup dans les journaux.

— Tu te fais des illusions, dit Ferdinand, l'air ambigu. Rostand se moque bien de toi. Rostand peut aller chez des empereurs et des rois. Même avec de l'argent, on n'a pas tout ce qu'on veut.

— Ça, dit Joseph, c'est à voir. Si je n'ai pas Rostand, j'aurai quelqu'un du même tonneau. On en reparlera. Laurent, mon ami, permets-moi de te dire deux mots à l'oreille.

Joseph entraîna Laurent dans l'embrasure d'une fenêtre et se mit à parler bas :

— Mon petit Laurent, disait-il, je veux avoir M. Censier. C'est un savant de valeur, c'est un personnage, il est membre de l'Institut. Mon petit Laurent, il me faut M. Censier. Pour ma publicité, tu comprends ? C'est tout un plan, tout un programme, une façon à moi de considérer les affaires.

Laurent se prit à rire.

— Tu ne vas pas m'acheter un Courbet ? Tu ne vas pas me proposer une commission ?

— Pourquoi pas ? poursuivit Joseph, l'air sérieux. Pour commencer, je t'invite, complètement, gracieusement, sans aucun frais de participation. Tout pourrait se calculer, même les services de cet ordre.

— Sais-tu, fit Laurent, les lèvres minces, sais-tu, Joseph, que j'ai bien envie de ne même pas aller chez toi ?

Mais Joseph n'écoutait plus, saisi déjà par d'autres pensées.

— Les parents viendront, bien sûr, et même à la place d'honneur. C'est un principe absolu. Ça fait partie du tableau. A part ça, je suis plutôt mal avec père. Cette histoire de la hache m'a mis les nerfs en vrille. Il n'aura pas un sou, tu m'entends ? pas un sou pour ses inventions, ses brevets, ses micmacs, ses folies. Même s'il trouvait quelque chose d'extraordinaire, le mouvement perpétuel, la machine à cueillir les mirabelles, je ne lui donnerais pas un sou.

— Pour autant que je le connaisse, il ne te demandera rien.

— Sans doute. Il a d'ailleurs tiré cinq ou six mille francs de Cécile.

— Comment le sais-tu ?

Joseph eut un mouvement des épaules et, soudain, baissant la tête :

— Je sais toujours tout, et n'en parlons plus. Autre chose : il paraît que je ne suis pas généreux. C'est une opinion qui circule dans la famille et que, je pense, tu partages avec les autres. Ça va. Je ne me lamente pas. J'aime encore mieux passer pour un égoïste que pour un imbécile. Eh bien ! avec lui, tu m'entends ? avec papa, ça m'aurait vraiment fait plaisir d'être un peu généreux. J'aurais voulu le gâter, lui faire bâtir quelque chose, le mettre comme un coq en pâte. Mais, vraiment, il n'y a pas moyen. Si je lui donnais une maison, il y amènerait des femmes, il installerait ses deux ou trois ménages hors série dans le voisinage immédiat, il se chamaillerait tout de suite avec Pierre ou avec Paul, il nous mettrait dans le pétrin, une fois de plus. Au fond, si je lui en veux, c'est surtout pour ça, c'est parce qu'il nous empêche de faire quoi que ce soit pour lui, pour eux, si tu préfères. Il n'y a vraiment pas moyen. Ce serait bafouer la raison. Tu connais mon précepte : la raison avant tout. Ah ! Justin, mon bon ami, j'ai aussi deux petits mots à vous dire. Tu dînes chez ton Papillon, Laurent ? Je n'ai pas fini avec toi. J'irai te voir à la fin du dîner.

— Quelle activité !

— Mais bien sûr ! Je ne suis pas un rêveur. Faut vouloir ce que l'on veut.

Joseph lâcha Laurent et prit Justin par le bras. Mme Pasquier disait :

— La suspension ! Prenez garde ! Ah ! Monsieur, l'abat-jour de verre sur votre tête, comme un chapeau ! Ce n'est vraiment pas raisonnable. Alors, tu t'en vas, Laurent ? Je ne t'ai pas vu, pour ainsi dire.

Elle s'approcha de Laurent et lui glissa dans la main un petit sac de papier.

— Tu les mangeras ce soir, pour te faire digérer, avant de t'endormir. Si tu rencontres ton père, dans l'escalier, c'est possible... Tu sais ce que tu m'as promis.

Quelques minutes plus tard, Laurent et Justin descendaient bras dessus, bras dessous, le long faubourg Saint-Antoine. De toutes les portes cochères s'exhalait une agressive odeur de térébenthine et de vernis. On apercevait, dans les cours, sous les hangars, dans les boutiques, dans les chambres et jusque sur les trottoirs, des carcasses de lits, des charpentes d'armoires, des squelettes de fauteuils, des fantômes de chaises ou de bancs. Le soir tombait. Le travail venait de cesser dans les fabriques. Le vent léger chassait au ras du sol des vols de sciure et de fins copeaux. Un peuple aux mains corrodées qui fleurait le bois de sapin, l'encaustique et les teintures, se répandait sur la chaussée.

— Le déménagement continue, dit en souriant Justin.

Laurent lui tendit un cornet.

— Tu ne veux pas un berlingot ? Non ? Voilà : va falloir que je les mange seul et j'aurai mal à l'estomac.

— Sais-tu, dit encore Justin, que ton frère Ferdinand est la seule personne au monde qui me fasse baisser les yeux. Quand il dit : « Je n'aime pas l'acajou plaqué », ou : « Les trains les plus confortables sont sur le réseau du Nord. Aucune discussion possible : je m'y connais bien dans les questions ferroviaires », ou encore : « Nous préférons le chauffage au gaz, c'est plus onéreux, mais plus sain », quand il dit des choses de ce genre, je ne peux le regarder en face, et je crois bien que je me sens rougir. Il donne vraiment une belle image de la certitude absolue.

Laurent haussa les épaules et ne répondit pas tout de suite.

— C'est extraordinaire, soupira-t-il enfin, parlant aux ombres, quand j'ai quitté Créteil pour venir vivre seul, dans ma chambre de la rue du Sommerard, je pensais que c'était fini, que la famille était en miettes. Quelle erreur ! On n'imagine pas ce qu'une famille a la vie dure. Voilà : nous sommes tous partis, chacun de son côté, sauf Suzanne, bien entendu, puisqu'elle n'a guère que treize ans aujourd'hui. Nous sommes tous partis et la famille a continué. C'est comme ça, et c'est presque incompréhensible. Elle a continué, elle continue, et, qui mieux est, elle ne se porte pas trop mal.

— Oui, dit Justin, on dirait même que le vent est à l'optimisme.

— Tu as parfaitement raison. Ma belle-sœur, Hélène, parle parfois en riant de constituer un syndicat des conjoints. Claire, la femme de Ferdinand, ne répond même pas. Elle est Pasquier, déjà, jusqu'à la fibre. Elle doit regretter de ne pas avoir, elle aussi, la tache de famille. Elle l'aura peut-être un jour, à force d'y penser.

— Qu'appelles-tu la tache de famille ?

— Une tache de naissance que nous avons tous sur l'épaule ou sur les reins. Une tache ! Il y a des gens qui n'en seraient pas plus fiers que ça. Pour nous, la tache de famille a toujours été grand sujet d'orgueil.

— Si j'étais vraiment orgueilleux, dit Justin, entre haut et bas, je crois que je me serais guéri, après la visite que j'ai faite à Robert de Montesquiou, pour une affaire touchant la poésie. Je te raconterai cela. Ne crains rien : je n'oublierai pas. Tu parlais de la tache de famille.

— N'importe ! Tu dis : un vent d'optimisme. C'est cela, c'est bien cela. Joseph, tu l'as compris, a fait ce qu'on appelle de brillantes affaires. Ça ne l'a pas énormément transformé. Toutefois, il est saisi, depuis, d'une faim d'admiration. Il en veut et on lui en donne, de l'admiration. La famille est, dans l'ensemble, plus heureuse ; mais Joseph est toujours Joseph, papa est toujours papa, Ferdinand toujours Ferdinand et même de plus en plus Ferdinand.

— Attends ! Et Cécile toujours Cécile.

— Oui, c'est la consolation. Nous causions, Joseph et moi, au début de l'après-midi. Sais-tu ce qu'il m'a dit ? Non, bien sûr. Il m'a dit : « On pourrait croire que tu veux expier tous les péchés de la famille. » Joseph se moque évidemment. Pourtant il ne peut savoir à quel point il est près de la vérité.

Laurent secoua pensivement la tête et poursuivit :

— J'ai passé presque toute mon enfance à lutter en moi-même et hors de moi-même contre des forces farouches : le caractère de mon père, le caractère de Joseph. Ne parlons que de ceux-là. Sais-tu pourquoi je luttais, surtout en moi-même ? On ne lutte pas contre le néant. On ne lutte que contre des réalités. Entre quatorze et quinze ans, j'ai compris que mon père avait ce qu'on peut appeler poliment le goût des femmes. Je ne dis pas la passion... Passion signifie souffrance. Mon père n'a jamais souffert. Ce qui m'a troublé le plus — je ne l'ai dit à personne, je ne t'en ai même pas parlé — c'est que toutes ces femmes après qui mon père courait, toutes elles m'avaient troublé, je les avais désirées, enfin elles me tourmentaient. Il a fait des pieds et des mains, sans succès d'ailleurs, sans succès, pour coucher avec une excellente personne qui s'appelait Mlle Bailleul et qui s'occupait de nous quand nous étions enfants. Si tu veux que je te le dise, Mlle Bailleul est la première créature qui m'ait donné des désirs charnels. J'avais douze ou treize ans, je ne sais plus ; mais, quand j'y pense, ça me chauffe encore les reins. Plus tard, il y a eu Thérèse. Tu l'as connue, Thérèse la douce. L'histoire de père avec Thérèse, je crois que je n'ai jamais pu la lui pardonner, car j'avais pour Thérèse beaucoup plus que de la tendresse. Un jour — je te l'ai raconté — je suis allé voir, en coup de tête, une femme que mon père avait, du côté de la rue de Fleurus. Ce que je ne t'ai pas dit, c'est que, les mois suivants, j'avais la plus grande peine à ne pas penser à cette femme. Et même Paula Lescure ! C'est incroyable. J'ai cru qu'elle me faisait horreur. Eh bien ! ce n'était pas cela. C'est après l'histoire de Paula que j'ai compris à quel point je ressemblais à mon père. Sais-tu ce que j'ai tenté ?

— Non, mais je m'en doute un peu.

— Est-ce que je me ferais comprendre, si je disais que j'ai tenté de noyer le poisson ? Oui, j'ai tenté de me dégoûter, mais là, tout à fait, tout à fait. Que je te dise, auparavant, une chose assez curieuse. Mon père m'inspirait une véritable aversion avec ses histoires de femmes, eh bien ! j'ai découvert que, de mon côté, je lui faisais le même effet. Il a vu ma puberté avec une espèce de répugnance, avec une espèce de pruderie, lui qui, de toute sa vie, n'a jamais connu la pudeur. Il me faisait des sermons. Qu'il me vînt du poil sous les bras, il ne pouvait vraiment le souffrir. Il y aurait eu de quoi rire si j'avais été capable de rire en ce temps-là. Je venais de découvrir que toute la pureté de l'enfant, c'est sa conviction désespérée qu'il y a sans doute, qu'il y a sûrement des cœurs purs dans le monde et que lui n'en est pas, hélas !... Allons, je reviens à mon histoire. En cinq ans, j'ai eu huit femmes, et pas huit passades, non, huit liaisons dont tu as bien su quelque chose... Laissons cela. Un soir, vers minuit, j'entre au

*Vachette* avec une certaine Carmen. Et sais-tu qui je vois à la table voisine ? Mon père, avec Paula Lescure. Je crois que j'aurais cassé toute la boutique, ce qui n'aurait été ni juste, ni sensé. Environ ce temps, je faisais aussi des colères dans le plus pur style Pasquier. La ressemblance était frappante. Un jour, en omnibus, j'aperçois un monsieur qui avait un tic de la paupière. Et je me mets à l'imiter, pour me moquer de lui, à la façon de papa. J'en ai, par la suite, été malade, oui, de tristesse, pendant toute une soirée. Quelle période ! Il y a, dans la jeunesse de tout homme, un moment terrible où il est livré, sans défense, en proie aux pires dangers. Ce moment-là, je l'ai connu.

Laurent demeura quelques instants sans parler. Alors, Justin, d'une voix sérieuse :

— Je pense que tu es injuste. Je dis que tu es injuste. Il vous a tous élevés, et même assez bien élevés. Ne dirait-on pas, à t'entendre, que c'est une espèce de monstre ? Quel ressentiment, mon ami !

— Ce que je lui reproche, murmura Laurent, touche à la moelle même de l'être, je lui reproche... d'être ce que je suis. Attends : je lui reprochais... car aujourd'hui, Justin, je ne lui reproche plus rien. Je suis calme, je suis guéri. J'ai trouvé mon contrepoison et mon refuge.

— Quel refuge ?

— Je ne peux pas tout dire, même à toi, non, même à toi. Je ne suis plus un enfant et je n'abuse pas des mots. Mon refuge ? Un sentiment désintéressé, parfaitement pur et, par cela même, sans espoir.

— Va, va, mon ami, je sens ce que tu veux dire.

— Oui, tu peux le sentir. Et voilà, je suis tranquille, en paix, en repos et déjà depuis des mois. Chose admirable, je n'en veux plus à personne. Je suis même décidé à ne plus leur chercher querelle, à les aimer tous, Joseph, papa, Ferdinand, Claire et les autres, et tout le monde. Qui mieux est, je les comprends. Joseph, lui, sait ce qu'il veut, toujours, parce qu'il veut des choses simples. Moi, je ne sais pas toujours ce que je veux : ce que je veux est infini.

Les deux amis firent encore quelques pas. Puis Justin prononça gravement :

— Nous sommes les derniers romantiques. Une génération viendra qui se moquera de nous.

Un peu plus tard, Laurent reprit avec une calme ferveur :

— Pour oublier la maison, l'ancien chez-nous, il me faudrait avoir un chez-moi, fonder un foyer, créer mes traditions. Eh bien ! tu m'entends bien, Justin : je ne ferai rien de tel. Je me suis trop bien jugé. Je sais à quoi m'en tenir.

## CHAPITRE 5

Comme le jour perdait son éclat, Laure Desgroux tourna la molette de la petite lampe à charbons. Une lueur jaillit du cylindre noir et s'en vint nager, captive, dans une sphère pleine d'eau bleutée.

La jeune fille se redressa, gonfla son buste, leva les bras, bâilla comme une enfant, fit un long soupir qui lui mit aux yeux des larmes bénignes, puis, sagement, elle s'inclina, de nouveau, sur le microscope. Par la fenêtre, on apercevait un jardin mélancolique. Des malades en capote bleue s'y promenaient, humant les tiédeurs du couchant. Le silence était grand. Parfois, une voiture qui passait dans la rue prochaine ébranlait les murailles, et la flamme bleue, prisonnière, se prenait à palpiter.

Le garçon de laboratoire entra, traînant des pantoufles. Il avait subi, jadis, dans l'hôpital même, une opération redoutable ; puis il s'était marié, pendant sa convalescence, avec son infirmière. Il vivait là, maintenant, dans ce monde retranché du monde, telle une plante effrayée qui ne peut plus quitter la serre. Il dit :

— Pas besoin de moi ? Fini, Mademoiselle ?

Il parlait d'une voix sans timbre qu'il semblait s'arracher du ventre au prix d'un mortel effort. La jeune fille montra le sourire de sa belle bouche mobile.

— Non, non, plus besoin de vous.

— Alors, j'emporte les bêtes.

Il saisit à bout de bras deux cages pleines de souris blanches aux petits yeux de rubis. Les bestioles perçaient le silence de cris fins comme des aiguilles.

Une seconde encore, on entendit les savates du garçon qui rampaient dans les couloirs. Puis le calme revint et la lueur de la lampe commença, petit à petit, de gagner sur celle du jour.

Un grand moment passa. Parfois, la jeune fille, à doigts délicats, tâtonnants, rattrapait une épingle en train de glisser du chignon et la repiquait en place. Parfois elle se redressait pour frotter ses yeux fatigués, et parfois elle fredonnait un air de la solitude, un de ces chants sans paroles, sans histoire et sans fin que nous gardons pour nous seuls.

Laure enfin se retourna et faillit crier d'étonnement.

Sévère en ses vêtements noirs, Censier se tenait debout, près de la porte, au fond de la pièce.

— Vous êtes là depuis longtemps ? dit la jeune fille.

De la tête, Renaud répondit « oui ». Puis il s'avança, jeta ses gants et son chapeau sur une table et, finalement, s'assit. Laure Desgroux semblait faite à ces manières silencieuses, pourtant elle arrêtait sur le savant un regard chargé d'inquiétude.

Il s'efforçait de sourire. Deux grandes rides tourmentées se propageaient sur ses joues creuses. Les commissures de sa bouche se déprimaient, par accès. Il regardait la flamme bleue danser dans la prison liquide.

— Vous avez travaillé ? dit-il.

— Mais oui, comme toujours.

— Je devrais vous remercier, vous féliciter peut-être, et je crois que je vous envie.

— Vous travaillez beaucoup, dit-elle. Il me semble que vous n'avez jamais tant travaillé qu'en ce moment.

Renaud haussa les épaules, aspira profondément l'air chargé d'odeurs familières : celle de l'essence de girofle, celle de la benzine, celle de l'alcool, et il dit :

— Je suis fatigué.

— Vous venez de faire une longue course ?

Il hocha la tête et murmura cette réponse étrange :

— Non, je suis fatigué de moi. Ce soir plus que les autres soirs.

Laure se tourna tout à fait. Renaud Censier n'était pas de ces hommes que l'on entend souvent se plaindre. La jeune fille dit avec élan :

— Peut-on vous soigner, Monsieur ? Puis-je vous servir à quelque chose ?

Tête basse, Renaud regardait ses mains jointes qu'il tenait serrées entre ses genoux.

— Non, dit-il. Non vraiment, ça ne se soigne pas.

La nuit noire était venue. La jeune fille commença de ranger les préparations dans un coffret de sapin. Elle écrivait, sur chaque lame, un chiffre, un mot, avec beaucoup de soin. De temps en temps, elle jetait sur le savant un regard attentif, confiant, étonné. Il se reprit à parler d'une voix basse, timide, aux inflexions maladroites. Il disait :

— Un moment vient où des pensées que l'on croyait familières, apprivoisées, domptées, prennent à nouveau du venin. Il faut, plusieurs fois dans sa vie, éprouver les vérités les plus simples. Vous êtes jeune et pourtant vous pensez parfois qu'un jour futur, un jour perdu dans l'avenir, le soleil se lèvera sur un monde où vous ne serez plus. Vous pensez à cela en souriant, vous y pensez sans conviction, bien sûr, sans amertume, comme à une éventualité presque improbable. Et vous avez raison. J'y pensais ainsi jadis. Aujourd'hui, de telles pensées me visitent de nouveau. Elles ont la force d'une obsession : je ne peux m'en délivrer. Que je regarde une rivière, et je pense qu'un jour prochain, elle coulera, elle continuera de couler, sans moi, sans moi, Renaud. Un jour, la mer fera son bruit sur les côtes — j'aime tant le bruit de la mer, il contient tous les bruits et toutes les musiques du monde — eh bien ! elle fera son bruit et je ne serai plus là. Un jour, bientôt, oh ! bientôt, les saisons passeront sur les forêts et je ne serai plus qu'un souvenir vacillant dans le cœur de quelques êtres. Vous souriez ! Vous faites bien. Mais il faut beaucoup de souffrances pour que de telles pensées prennent tout à coup le visage et le pas de la certitude.

— Je ne souris pas, dit Laure. Je crois que vous êtes trop jeune pour parler de la vieillesse.

— Je ne suis pas un homme usé, je le sais, je le sens. Je peux vivre encore vingt-cinq ans, comme feu ma mère, ou trente ans, comme mes oncles paternels qui sont encore de ce monde. Que me fait ce vague espoir ? J'ai reçu l'avertissement.

— Quel avertissement, Monsieur ?

Renaud Censier ne répondit pas. Il commença de marcher dans le laboratoire. Il avançait avec lenteur et précaution, contournant les meubles, les chaises, les appareils. Il reprit enfin, s'efforçant à nouveau de sourire :

— Je ne devrais pas parler de cela, surtout à vous. Pardonnez-moi, je suis épuisé par l'insomnie. Je ne dors plus. Je ne sais plus dormir. Je donnerais un doigt de ma main pour une vraie nuit, complète, une vraie nuit d'absence, de néant.

Il y eut un long silence. Renaud regardait la jeune fille en souriant d'un air embarrassé.

— Pardonnez-moi, dit-il encore. La souffrance était installée dans le printemps. Il va falloir maintenant qu'elle s'habitue à l'été, qu'elle s'arrange avec les jours longs, la chaleur, les rues sans ombre, enfin toutes sortes de choses qui peuvent se transformer, elles aussi, en misères.

Saisie dans ce regard étrange, la jeune fille baissa les yeux et demanda, tout bas :

— Pourquoi souffrez-vous ?

Le savant courba le dos et répondit, dans un souffle :

— Je veux probablement des choses que je ne peux pas avoir. Voilà ! J'étais un roi. J'étais vraiment un des rois du monde. Je faisais avec délice le travail que j'aimais. Il paraît que je le faisais bien et je le faisais dans cette solitude que je chéris par-dessus tout. Je ne désirais rien. J'étais heureux. Qu'est-il arrivé, juste ciel ! Maintenant, je suis un pauvre. Je suis un misérable. J'ai dédaigné, j'ai méprisé des forces qui se vengent aujourd'hui. Je peux vivre encore vingt ou trente ans, c'est maintenant que je renonce à la vie. Vous ne comprenez pas, et c'est naturel. Je vous dis des paroles qui n'ont de sens que pour moi seul. Cela me fait du bien de les dire, malgré tout.

Il se passa, plusieurs fois, ses longues mains sur le visage. Laure hochait la tête d'un air confus et perplexe.

— Vous n'êtes pas heureux, murmura-t-elle, et le monde entier vous admire.

Renaud Censier haussa les épaules. Il s'assit de nouveau, avança lentement ses mains dans la clarté, les posa sur le bord de la table et se prit à les considérer avec attention.

— J'ai des taches noires sur les mains, dit-il. Regardez : sur le dos des mains. Oh ! ce n'est pas une maladie. Ce sont des taches... comment dire ? des taches de vieillesse. Elles sont peut-être là depuis deux ou trois ans. Je ne les avais jamais remarquées.

Il se leva de nouveau, fit quelques pas dans la pièce et, soudain, d'une voix dénaturée par l'émotion :

— Ces taches-là, je n'ai commencé de les voir que depuis quatre ou cinq mois, depuis que je vous connais.

Un silence trouble tomba. Renaud se tenait debout, roide, immobile. Il reprit enfin :

— Je serais soulagé de croire que vous ne m'en voulez pas de ce... de cette confidence.

La jeune fille cacha son visage dans ses mains et répondit, d'une voix d'écolière :

— Non, Monsieur.

Le savant repartait, l'accent sourd et pressant :

— Vous pourriez m'en vouloir. Moi, je m'en veux. Je me suis promis cent fois, solennellement, religieusement, de ne pas dire ce que je viens de vous dire. Que pouvaient me faire, il y a six mois, ces petites taches sur les mains ? Et cette barbe grise et ce visage usé dans le fil et dans la trame ? Qu'est-ce que tout ça pouvait me faire, avant vous, avant vous ? J'étais assoupi dans un bonheur profond : mon travail, la science, la paix et quoi encore ? ma carrière. Vraiment, c'était trop beau. Vraiment, c'était trop simple ! Maintenant, je suis réveillé. Je vous en supplie, ne commencez pas à pleurer. J'ai déjà bien assez de honte. Vous êtes la vie ! On ne peut vous voir sans bonheur, sans enthousiasme. Et voilà : vous m'avez été envoyée pour me faire comprendre qu'on ne recommence rien. Vous êtes la jeunesse même, et vous m'apportez l'avertissement de la mort. Allons, essuyez vos yeux. Que penserait-on à vous voir ? Que je vous ai grondée peut-être, que je suis un bourreau d'enfants. Ne répondez rien, je vous prie. Essuyez vos yeux. Et puis... et puis, laissez-moi seul. Je n'aime rien tant que votre présence. Alors, retirez-la-moi. Je ne mérite pas autre chose. Laissez-moi, mon enfant. Il est tard. Allez ! Allez retrouver vos camarades. Allez retrouver les jeunes gens de votre âge.

Maintenant, Renaud Censier est seul. On aperçoit, par la fenêtre, les lumières de l'hôpital. Elles sont faibles, elles sont dolentes. Elles semblent souffrir, comme toutes les âmes en ce séjour de souffrance. La petite lampe à arc soupire dans son cylindre noir. De temps en temps, elle trébuche. On pourrait croire qu'elle tousse et qu'elle se plaint. Son reflet nage et se balance dans la sphère d'eau bleue. Le laboratoire n'est éclairé que par ce reflet. Des ombres confuses, difformes, s'accumulent dans les angles. Renaud ouvre un tiroir. Il y prend une pipe de terre, longue et fragile. Puis il la bourre de tabac noir et commence de fumer.

Il songe :

« Je n'ai même plus envie d'être heureux. L'ange de la paix surgirait, le bonheur entre les mains, je lui tournerais le dos. J'ai seulement envie de souffrir et de me torturer. Les angoisses de l'adolescence ne m'ont pas trouvé plus faible, plus désemparé, devant le monde et devant moi-même. Quel amer regain ! Certains jours, certains soirs, je suis fatigué de souffrir, incapable même de souffrir convenablement. Alors, j'attends, immobile, j'attends le retour du flot. La force revient, elle finit par revenir, et la souffrance avec elle. »

— Qui est là ? Qui va là ?

Renaud s'est levé, d'un bond. Il vient de parler tout haut et sa voix fait vibrer les flacons et les éprouvettes. Il se rassied et retourne à ses pensées.

« Non, il n'y a personne. Maintenant, il m'arrive très souvent de parler haut. Naguère encore, je me moquais de ces rêveries. Est-il une misère dont un homme puisse jamais se moquer ? Comme je suis ingrat ! J'ai eu ma part. Elle était belle. Elle était magnifique. Je pourrais m'en saisir encore. Mais non, il me semble que je n'ai rien eu. J'ai le choix, sans doute. Ou finir, ou continuer. Vraiment, ai-je le choix ? Je vais peut-être devenir un vieux savant semblable à tous les vieux savants, attentif à ses maladies, à ses manies, à sa gloire, attentif à ses querelles et à ses ambitions, comme le pauvre Blomberg. Vraiment, n'aurais-je pas le choix ? Si je vis, je sais que je guérirai de cette affreuse maladie. Guérir ! Je ne peux même pas imaginer que le monde redeviendra clair, qu'il redeviendra même supportable. Que veut dire ceci ? »

La lampe soupire. Elle décroît et s'éteint. La sphère bleue disparaît dans l'ombre.

« C'est vrai, pense Renaud. J'aurais dû tourner la molette et rapprocher les charbons. Ils se consument et se séparent, comme tout, comme tout. Tant pis ! Ce noir fait du bien. Quelle commune mesure entre cette petite fille et l'inconcevable tourment ? Elle semble la cause de tout et il y a de grands moments où j'arrive à l'oublier. »

Renaud tire deux ou trois bouffées et la pipe s'éteint aussi.

« Je veux renoncer, bien sûr. Mais suffit-il de vouloir ? Suffit-il de s'écraser le cœur, à nu, entre les mains ? Seigneur ! Je ne sais plus ce que je veux, voilà le plus clair. Seigneur ? Pourquoi Seigneur ? Allons, allons, pas d'imposture. Ne mêlons pas l'idée de Dieu à ce petit drame de la terre. »

## CHAPITRE 6

— Alors, tu me disais : la hache ? Cette histoire de hache ? « Pas un mot de la hache ! Pas même une allusion ! » Sais-tu que c'est effrayant ! Vous parlez tous comme Charles d'Angleterre. Sais-tu que c'est tragique !

Laurent riait de bon cœur.

— Non, dit-il. C'est seulement un peu ridicule, comme tout ce qui concerne mon estimable famille. Puisque tu en es à forger des mots, puisque tu as, aujourd'hui même, inventé Pâquellerie, j'ai bien envie de te dire que cette histoire de hache n'est, au bout du compte, qu'une pasquiérade ou, mieux, une crise de pâquerite. Je te laisse à choisir. Oh ! les colères de mon père sont plus rares qu'autrefois. Je ne dis pas qu'il se contient : je ne l'en crois guère capable ; mais il se défie de lui-même, de ses forces, de sa résistance vocale. Il a manqué deux ou trois colères à grand spectacle. Tu vois ce que je veux dire ? Occasions magnifiques, circonstances particulièrement favorables, public nombreux et chauffé à point. Pour un artiste de sa trempe, quelque chose comme le concerto, le récital de colère. Eh bien ! il a tourné court, il a cané, deux ou trois fois. Depuis, il se défie. Il faut qu'il se sente en voix. Et puis, devant nous, ses enfants, il hésite, il tergiverse. Nous avons été ses premiers admirateurs, ses admirateurs épouvantés. Ensuite, nous avons grandi. Parfois, Joseph prend sa grosse voix, sa voix d'Hercule de la Halle, et il dit, oh ! très gentiment : « Papa, si tu as vraiment l'intention de nous faire peur, préviens-nous. » Et papa se met à siffler, puis à parler de la pluie et du beau temps. Je crois que, dans leur particulier, il fait encore, et pour maman toute seule, des colères confidentielles. Avec maman, ça réussit toujours, il retrouve toujours ses meilleurs effets. Maman tremble toujours, et je ne suis pas très sûr qu'elle pourrait se passer de cette délicieuse frayeur.

— Et l'histoire de la hache ?

— J'y arrive. Un peu de patience. Je t'ai dit que, maintenant, la grande lubie de mon père, c'est pour les inventions. Il exerce toujours la médecine et même il en tire subsistance, tant bien que mal ; mais toute sa puissance de rêverie, qui n'est pas trop misérable, est tournée vers les inventions. Le malheur, c'est qu'un véritable inventeur doit, pour sauvegarder sa fortune éventuelle, prendre des brevets, des brevets. La situation matérielle de mon père était, ces années dernières, un peu moins inquiétante qu'autrefois. C'est alors qu'il a découvert les brevets d'invention et, depuis ce moment-là, c'est-à-dire depuis trois ans, maman vit dans les transes. Je ne parle que de maman. Un brevet, ça ne coûte pas très cher, je ne sais pas au juste, peut-être cinquante francs. Le terrible est que papa se révèle comme un inventeur très fécond. Il a des idées toute la journée. Il en a tant que je finirai par prendre en horreur l'ingéniosité. Papa ne fait plus un pas sans rêver d'un appareil, il n'emploie plus un objet sans songer à l'améliorer. Parfois, il regarde sa cuiller, le moutardier, l'encrier, la brosse à ongles, oui, l'un quelconque de ces ustensiles que l'on pourrait croire inventés définitivement, pour jusqu'à la fin du monde ; il les regarde en rêvassant et maman, aussitôt, remue la tête, pousse des soupirs d'angoisse et se tourne vers nous comme pour crier au secours. Alors papa sourit, lisse d'un doigt ses moustaches qu'il ne teint pas encore et qui sont toujours miraculeusement blondes. Il sourit et ça y est : il vient d'inventer quelque chose. Il a découvert les inventions à cinquante-cinq ans comme d'autres découvrent au même âge la littérature ou l'érotisme. Les premiers temps, il déposait lui-même ses brevets. Les résultats étaient effrayants. Ou bien il ne faisait pas le dépôt dans le bureau convenable, et c'était la « nullité » comme ils disent dans leur jargon. Ou bien il ne déposait qu'un exemplaire, et il paraît qu'il en faut deux. Alors, il recommençait ; mais les deux exemplaires qu'il avait rédigés lui-même n'étaient pas parfaitement identiques. Parfois même, il avait oublié je ne sais quel détail graphique dans le duplicata du dessin ou dans le bordereau des pièces. Une fois, je me rappelle, il n'avait fourni que trois signatures au lieu de quatre. Imagine un peu les colères, les explosions de sarcasme, les diatribes justicières. Père est naturellement fraudeur. On lui dit que la requête doit être établie sur une feuille de papier de 29 à 34 centimètres sur 20 à 22 centimètres. — Je crois bien que c'est ça. Je devrais le savoir par cœur. Il en a bien assez parlé. — Il suffit que mon père connaisse les dimensions obligatoires pour qu'il ait envie d'enfreindre le règlement. C'est un aspect de son caractère. Alors, il envoyait sa requête — j'en parle au passé ; maintenant tout est changé — il envoyait sa requête sur un papier de 28 centimètres. Exprès, par curiosité.

— Et la requête était rejetée ?

— Naturellement. C'est incroyable, mais c'est ainsi. Les gens du bureau ont l'œil. Ils ne doivent penser qu'à ça. Enfin, la première année a été vraiment effroyable. Ensuite, il a découvert les offices de brevets.

— Et alors, tout s'est arrangé ?

— Oh ! non. Ce serait trop simple. Il existe, paraît-il, des offices très sérieux, des maisons de confiance. De telles maisons, on dirait que papa les sent de loin et s'en écarte avec répugnance. Il est presque infailliblement attiré par les faiseurs, les escrocs, les canailles. Il a besoin d'être dupé, d'être grugé. C'est le fond de sa nature. Il a donc fait alliance avec un cabinet véreux, et, depuis, c'est la grande folie. Il prend des brevets non seulement pour la France, mais encore pour le Kamtchatka, pour le Honduras, pour la Zambézie, pour des pays impossibles. C'est un besoin, une maladie. Il oublie de renouveler ses brevets à temps. Alors, c'est la déchéance, c'est de l'argent gaspillé. Il rédige à petites soirées un « Manuel du parfait déposant ». Que dis-tu de cette littérature ? Et il a des procès, une infinité de procès. Alors maman prend sa capote et son manteau à collet. Elle va, comme toujours, s'arranger avec les gens d'affaires. Père a découvert des choses qui avaient été découvertes une bonne vingtaine de fois. Tu sais peut-être que l'Etat ne garantit rien : il enregistre, il donne une date. Moi, je ne savais pas tout cela ; je commence à m'y intéresser, par la force des choses et parce que maman... Sais-tu, Justin, que ce qu'il avait inventé pour empêcher les accidents de chemin de fer, eh bien ! ce n'était pas si mal. Non. Je dois aussi te dire qu'aucun des brevets de mon père n'est encore exploité régulièrement. Ça ne lui fait rien, pourvu qu'il invente et qu'il dépose. Quant à son invention du nettoyage des tapis par aspiration...

— Ah ! soupira Justin, levant les bras au ciel, je ne connaîtrai jamais l'histoire de la hache.

— Cette invention pour aspirer la poussière des tapis, elle me semble paradoxale, et pourtant, il est possible que des gens plus avisés... Imagine un appareil à faire le vide. Le plus simple assurément, c'est la trompe à eau. Tu connais le système. Père en me rendant visite, un jour, au laboratoire, a vu la trompe à eau. Il a tout de suite louché dessus. Huit jours plus tard, il commençait des expériences, chez lui, là-bas, rue d'Alésia, dans leur ancien appartement. Le débit du robinet était sans doute un peu faible. Papa a fait venir les plombiers. Beaucoup de gâchis, évidemment. Depuis les inventions, maman y est habituée. Elle passe toutes ses journées à nettoyer, à essuyer, parfois même à éteindre les commencements d'incendie. Papa fait donc installer deux robinets considérables qui débitaient à merveille. Il reprend ses expériences et ça dure au moins quinze jours. Les locataires s'étonnaient un peu parce que les conduites chantaient, ronflaient... Enfin ce boucan que fait l'eau dans les maisons à Paris. Un jour, on sonne, à la fin de l'après-midi. Maman va ouvrir la porte et dit : « Vous désirez voir le docteur ? — Non, répond le visiteur. Je suis le propriétaire. »

— Alors, dit Justin, l'air attentif, c'est encore une histoire de propriétaire ?

— Toujours ! On ne saurait imaginer la haine de papa pour la race des propriétaires. Le drôle est que Joseph entre maintenant dans la corporation ennemie, puisqu'il achète des bâtisses.

— Et que dit le propriétaire ?

— Il dit qu'il veut voir papa. Mais papa, qui travaille, ne consent pas à paraître. Maman, qui commence à trembler, s'efforce de calmer le propriétaire. Le propriétaire exprime à haute voix, sur le palier de l'étage, toutes sortes de doléances touchant la consommation d'eau.

Et ça dure au moins dix minutes. Et maman devine que papa s'agite, dans la chambre aux inventions, et le propriétaire discute, calcule, raisonne. Ça ne finit plus. Et soudain, père vient de pousser la porte. C'est lui ! Le voilà sur le palier. Maman ne peut retenir un cri d'horreur. Père a une hache à la main. Comprends. Jamais papa, même dans les pires débordements, jamais papa n'avait encore immolé de propriétaire.

— Tu me donnes froid dans le dos.

— Attends encore une seconde. Papa montre la hache avec un geste justicier. Il parle. Il consent à prononcer la sentence. Il dit : « Vous vous plaignez de l'eau, Monsieur, vous vous plaignez pour peu de chose. Vous allez maintenant vous plaindre pour quelque chose de sérieux ! » Là-dessus, papa brandit la hache et il en donne, à toute volée, un coup dans la canalisation, dans la colonne montante qui passe là, contre le mur. Une trombe d'eau jaillit. Papa se range tranquillement, chasse quelques gouttes de liquide égarées sur le revers de sa jaquette et déclare : « Maintenant, vous pouvez crier. » Le propriétaire ne s'en fait pas faute. La maison est en rumeur, bientôt en révolution. L'eau dégringole en cataractes dans la cage de l'escalier. Le propriétaire est pâle. Papa tire sur ses moustaches. Maman crie comme une folle. Deux ou trois minutes encore et l'on entend les pompiers qu'on est allé prévenir. L'eau descend, les pompiers grimpent, des lamentations s'échappent de toutes les portes. Enfin, le tableau connu, l'atmosphère de catastrophe, ce que Joseph appelle « du papa tout pur, de l'essence de papa ». C'est tout, je t'en donne ma parole.

— Oh ! dit Justin, je trouve ça très suffisant.

— Une fois de plus, il a fallu déménager. Et c'est pour ça qu'ils sont en train de s'installer dans ce faubourg Saint-Antoine. Il paraît qu'il vaut mieux ne pas parler devant papa de cette histoire de hache. Il paraît que ça l'indispose.

Justin se prit à rire.

— Oui, disait-il en serrant le bras de Laurent, oui, c'est un père mal commode, mais il n'est pas ennuyeux. Il est même divertissant. Avoue qu'il a de l'imprévu.

— Nous en reparlerons un jour, fit Laurent, le sourcil en bataille. Nous en reparlerons s'il devient ton beau-père.

Justin lâcha le bras de Laurent et se rembrunit soudain.

— Nous voilà chez Papillon, dit un instant plus tard Laurent. Entre, mon vieux Justin, et descendons dans la spélonque. Ah ! c'est déjà presque plein.

Il retira son chapeau, jeta les yeux à la ronde et dit encore l'air inquiet :

— Il est sûrement plus de huit heures et demie et Laure n'est pas encore là. C'est incompréhensible.

## CHAPITRE 7

Le restaurant Papillon ouvrait, sur la rue de la Huchette, au ras du trottoir étroit, une salle décorée de faux marbres et que prétendaient soutenir deux maigres colonnes peintes de cannelures en trompe-l'œil. Des artisans, des cochers, des employés mangeaient là des ratatouilles et commentaient les gazettes. Par un escalier en vrille ouvert dans le fond de la salle, on descendait au sous-sol.

Le mot descendre est, dans le sentiment populaire comme dans la langue poétique et le patois des savants, à jamais compromis avec les idées d'avilissement, de défaite et de trépas. Il est donc, à l'historien, difficile d'expliquer en vertu de quel phénomène paradoxal les clients de Papillon, lorsqu'ils descendaient l'escalier, éprouvaient la certitude enivrante de la noblesse, du succès, de l'enrichissement et, pour tout dire, de l'élévation.

La salle inférieure était pourtant chétive, basse, mal ventilée, parcimonieusement éclairée. Ce n'était qu'une sorte de caverne — les médecins l'appelaient, entre eux, « la spélonque » — mais cette caverne était alors un des hauts lieux de l'esprit sur la rive gauche de la Seine.

Léon Schleiter trônait dans la spélonque. Le célibat, la médiocrité de son traitement à cette époque et l'austérité de ses convictions politiques le vouaient à la cuisine des traiteurs. Il ne l'a délaissée que pour celle, fastueuse et morne, des tables ministérielles. Là comme ailleurs, il continue de picorer, au gré d'un estomac débile.

Chabot, Vuillaume, Eugène Roch, tout enivrés de Le Dantec, élaboraient, chaque semaine, dans cette cave alimentaire, quelque nouvelle définition de la vie. Testevel y entretenait la flamme des lettres pures. Victor Legrand y rendait ses oracles sur toutes les questions de philosophie biologique. Laurent, Laure et parfois Justin ne détestaient pas d'y absorber, pêle-mêle, des nourritures incertaines et des opinions véhémentes. Tout ce monde vivait chichement et s'habillait à petits frais rue Saint-André-des-Arts, chez Latreille, fripier en renom.

Laurent s'assit près de Justin et dit, regardant vers la porte :

— Laure devrait être arrivée. Elle n'avait pas tant à faire.

Schleiter s'interrompit de pérorer pour s'intéresser un instant aux nouveaux venus.

— Que devient, dit-il sèchement, l'illustre M. Censier ?

Laurent fronça le sourcil :

— Schleiter, faites-moi plaisir : je respecte M. Dastre, votre patron. Ménagez M. Censier.

— Alors, c'est la grande passion ?

Laurent haussa les épaules. Déjà Léon Schleiter fonçait vers d'autres escarmouches.

— Avez-vous seulement lu, disait-il, la fameuse motion de Sembat, à la suite de l'attentat des anarchistes contre le roi d'Espagne ? Non ? Moi, je l'ai découpée. Lis-la donc, Testevel, toi qui possèdes une voix magnifique.

Testevel fit entendre un grognement et saisit le bout de papier.

— « La Chambre, commença-t-il aussitôt, la Chambre, affirmant le caractère inviolable de toute existence humaine, déplore en conséquence tout acte meurtrier, quels qu'en soient la forme et le motif... »

— C'est épatant, s'écria Roch. C'est net et indiscutable. Et c'est opportun. Le duc Serge en février, le roi d'Espagne en juin... Il faut prendre position dans une question aussi grave. Donne-moi le pot de moutarde...

— Laissez donc lire jusqu'au bout. Continue, Testevel.

— « ... constate que l'origine véritable des attentats remonte aux sévices dirigés contre les travailleurs et au refus brutal des libertés politiques... »

— Je ne comprends pas, dit Laurent, ce qui a pu retenir Laure. Elle doit venir, bien sûr. Je n'ai vraiment pas très faim.

— Elle viendra, murmura Justin. Tu es toi-même souvent en retard. Ce laboratoire est au diable.

Testevel achevait la lecture.

— « ... mais dans des mesures de justice sociale qui, seules, peuvent en faire disparaître la cause. »

— Moi, je trouve ça excellent, dit Eugène Roch.

Schleiter donnait de secs petits coups de tête.

— C'est tiède, c'est calme. Ça ne compromet personne. Ça ne fait de mal à personne.

— Tu tiens absolument à faire du mal à quelqu'un ?

— Nous vivons, déclara Vuillaume d'une voix grave, une des époques les plus extraordinaires de l'Histoire. Le monde est rempli de grands événements.

— Toutes les époques sont extraordinaires, lança Legrand de sa voix glacée.

— Ah ! s'écria Laurent, la voici !

Laure venait de paraître au bas de l'escalier. Elle posa le cartable dans lequel elle rangeait ses livres et s'assit, avec un faible sourire, à la droite de Laurent.

— Comme vous êtes en retard ! dit le jeune homme. Il ne vous est rien arrivé ?

— Rien, répondit-elle dans un souffle.

La jeune fille se mit à manger d'un air distrait, presque égaré. Le bruit des conversations remplissait maintenant la caverne. Laurent repoussa l'assiette et cessa de manger.

— Le plus regrettable, disait Schleiter de sa voix sans vibration, le plus amer, quand on avance dans la vie, c'est de comprendre qu'il n'y a plus rien à faire pour réconcilier les classes et qu'il est parfaitement ridicule de rêver encore de cette réconciliation. J'annonce le crépuscule des universités populaires où les bourgeois sentimentaux viennent jouer à la fraternité.

— Tu te condamnes toi-même, s'écria le calme Vuillaume.

Schleiter haussait les épaules.

— Non ! pas de fusion possible, pas de flirt entre les classes ! Un bourgeois, un vrai bourgeois, ou bien il donne son argent, tout son argent — ce qui ne s'est jamais vu — et c'est réglé : il n'est plus un bourgeois. Ou il garde son argent et, alors, même s'il fait de la politique socialiste, même s'il roucoule dans l'ombre de Jaurès, il peut dire tout ce qu'il veut : il n'est jamais qu'un bourgeois.

— Et vous, Schleiter ? demanda Roch.

— Donnez-moi un riz au maigre... Moi, je suis un homme du peuple. Je n'ai pas du tout d'argent. Je suis parfaitement pur en face de la révolution. Les vrais révolutionnaires méprisent l'intelligentsia. Ils s'en servent, et voilà tout. Dites donc, Pasquier, à propos d'argent, il paraît que Monsieur votre frère s'est fait remarquer, à la Bourse. Vous m'entendez, Pasquier ?

Laurent n'écoutait pas. Il regardait attentivement Laure et serrait les lèvres.

— Qu'a donc Laure ? dit tout bas Justin. On pourrait croire qu'elle a pleuré.

Laurent fit, des épaules, un mouvement d'impatience.

— M'avez-vous entendu, Pasquier ? reprit Schleiter imperturbable. Nous parlions de votre frère Joseph, le jeune et brillant financier.

Laurent fit front, une seconde.

— Gardez votre salive, Schleiter : mon frère doit passer, dans un instant. Vous l'allez voir en personne.

Et, tout de suite, Laurent retomba dans le silence.

— Vous avez tort, disait Victor Legrand, se tournant vers Schleiter, vous avez tort de ne faire aucune distinction entre la bourgeoisie d'argent, dont je suis loin d'approuver toutes les fautes, et la bourgeoisie cultivée, cette forte élite bourgeoise qui fait la grandeur d'un pays. Si vous supprimez jamais cette élite, il faudra la reconstituer sous un nom ou sous un autre. Un pays ne peut vivre et travailler sans une classe intelligente qui lui fournit des maîtres et des chefs et qui connaît, depuis longtemps, les traditions, les recettes, si vous aimez mieux. Ne parlez pas de la Russie : elle n'a pas d'élite bourgeoise.

— Laure, disait à mi-voix Laurent, ne suis-je plus votre ami ? J'ai le sentiment que vous souffrez, qu'il est arrivé, depuis que je vous ai quittée, quelque chose qui vous afflige.

— Non, répliqua nettement la jeune fille. Il n'est rien arrivé. Ne me donnez que de l'eau.

— ... On dirait, grondait Legrand, que vous ne savez pas, vous, Schleiter, et mieux que personne, ce que c'est que de se tirer tout seul de l'ombre inférieure. C'est une aventure poignante.

— ... Je n'ai pas tout à fait trente ans, répétait Vuillaume avec opiniâtreté. J'ai pourtant vu, durant ma vie, plus de réformes sociales que le monde n'en avait enregistré en vingt siècles.

— Je sais, je sais, disait Schleiter. C'est l'argument que l'on met en jeu, d'ordinaire, pour paralyser la seule idée agissante : l'idée de révolution. Vraiment, Pasquier — je vous parle, mon petit — vous n'avez pas l'air, ce soir, d'accorder le moindre intérêt aux seuls problèmes intéressants pour les hommes de notre époque.

— Mais non, s'exclamait Legrand. Il y aura, plus tard, des sociétés où l'on jouera *l'Internationale* aux distributions de prix ; et de bons prolétaires bourgeoisants écouteront *l'Internationale*, découverts, après avoir palabré sur les immortels principes de... de...

— Mettons de 1906, pour ne pas trop perdre de temps, cria Schleiter dans le vacarme.

— ... Mon cher, marmonnait Testevel qui mangeait et buvait beaucoup, mon nom veut probablement dire « Tête de veau ». Je le sais. Je m'en fous, et j'espère bien m'en arranger tout seul, sans révolution. Tiens ! Voilà le frère de Pasquier.

L'entretien dégénérait, comme chaque soir, en chamailles singulières quand Joseph tomba dans la spélonque. Joseph était souriant. Il avait le sang sous la peau, le teint éveillé, le poil brillant. Il salua, du chapeau, largement, la société, puis vint tout de suite à Laurent et s'assit derrière lui, à califourchon, sur une chaise.

— Sais-tu, dit-il avec un petit rire du ventre, sais-tu que nous avons failli nous fâcher une fois de plus, Ferdinand et moi ? Cette fois, à cause de leur chien.

— Ferdinand et toi ? Pourquoi ? Que peut te faire ce chien ?

— Tu n'écoutes pas un mot de ce que je te dis.

— Si. Pourquoi se fâcher à propos de chien ?

— Ils veulent absolument que le chien soit de la fête.

— Quelle fête ?

— Tu es insupportable avec ta distraction. Je parle de la fête que je donne dans quelques jours, chez moi, à la Pâ-quel-le-rie. Tu ne m'écoutes pas, Laurent.

— Mais si : la Pâquellerie... Alors, Ferdinand ? Oui, j'ai compris. Ils veulent emmener leur chien. Qu'est-ce que ça peut te faire ?

— Je déteste ce chien. Et maintenant, c'est fini. On n'a plus les Ferdinand sans le chien.

— Tu es un frère admirable ! Tu veux absolument Ferdinand ?

— Je ne le voudrai pas toujours ; mais, pour cette fois, je le veux.

— Oui, je comprends : la famille ! Peut-être vas-tu même exhumer la tante Anna, l'oncle Léopold ? Et qui encore ?

— Pourquoi pas ? J'y ai pensé.

— Tu ne manques pourtant pas de gens à épater, dit Laurent avec un sourire sans fiel.

— Le plus difficile, crois-moi, c'est encore d'épater les gens de sa famille. Le reste n'est rien. Enfin, je verrai, pour leur chien. A quoi penses-tu, mon cher ? Tu ne m'écoutes pas. Tiens, je vais parler à Justin. Tu m'agaces, mon petit Laurent.

Laurent s'était penché vers Laure. Il disait :

— Quand vous en aurez assez de tout ce bruit, nous sortirons et je vous accompagnerai jusqu'à votre porte. Je suis sûr que vous êtes souffrante.

Un moment, la voix de Victor Legrand retentit, nette, presque dure, dans une sorte de silence.

— ... Les idées sociales protectrices vivent un siècle, un siècle et demi tout au plus. L'idée de monarchie absolue n'a pas régné plus d'un demi-siècle, et elle a été épuisée. L'idée de la nation-patrie dure depuis 89. Je dis qu'elle tire à sa fin. Mais ne vous imaginez pas, vous, Schleiter, en particulier, que vos idées, si jamais elles s'emparent du monde, dureront toute l'éternité. Elles donneront de l'espoir aux hommes pendant soixante ou cent ans, et puis elles s'useront, comme les autres.

Schleiter contint avec peine un mouvement d'humeur. Victor Legrand parlait avec autorité. La vigueur même de son élocution suffisait à rendre l'assistance attentive, miracle dont Schleiter paraissait offensé.

Debout dans un angle de la caverne, Joseph tenait à deux mains Justin Weill par les revers du veston. Il grondait :

— Laurent n'a pas l'esprit de suite. Avec vous, mon petit Justin, avec vous, on peut causer. Laurent n'a même pas l'air de comprendre que cette fête, ma fête de la Pâquellerie — j'ai bonne mémoire, vous le voyez — c'est un événement pour moi.

— Si vous tenez à ce qu'il vienne, murmura tout bas Justin, invitez Laure Desgroux, notre camarade.

— Ah ! parfaitement, parfaitement, répondit Joseph, l'accent rêveur. Mais oui, j'aime beaucoup la jeunesse.

La spélonque s'emplit soudain d'une grande rumeur de querelle. La voix de Victor Legrand luttait contre le tumulte.

— ... Croyez-moi, criait-il, on découvrira bientôt que ce pope Gapone est un policier déguisé, oui, quelque chose comme ça. En Russie, on ne sait jamais. La trahison est si mêlée, là-bas, à l'air respirable qu'on ne peut jamais reconnaître ni ce qu'on pense, ni qui l'on sert. Le tzar n'est peut-être lui-même qu'un agent provocateur.

— Vous êtes fou, cria Vuillaume. Le pope Gapone était à la tête de l'émeute, sous le feu de la troupe...

Joseph haussa les épaules.

— Ces gens me font rire, dit-il à Justin. Ils auraient une idée plus juste de la marche des événements s'ils venaient, chaque jour, passer une petite heure à la Bourse. C'est là, et là seulement que se fait la véritable politique. Laurent, écoute-moi, Laurent. Une minute, avant de t'en aller. J'ai écrit à M. Censier.

— Déjà ! Tu ne perds pas de temps.

— Mais sans doute. Pourquoi donc attendre ? Puisque mon choix est fait.

— M. Censier ne viendra pas. C'est un solitaire, un sauvage.

— Mon petit Laurent, je compte sur toi pour le décider. Je crois t'avoir dit déjà que je veux une belle assemblée. Quatre ou cinq jours de fête. La vie de château. Des notes dans les journaux et des photos dans *l'Illustration*. Et huit jours après, des articles sur les travaux de la Roumagne. Je m'occupe de tout cela... Ah ! mademoiselle Desgroux me fera le grand honneur. Laurent vous expliquera, Mademoiselle... Très heureux, vraiment, Mademoiselle.

De nouveau, les hurlements remplissaient toute la caverne. Cette fois, Schleiter avait repris la maîtrise de l'entretien. Il disait, l'accent sépulcral :

— La Russie est notre alliée. C'est entendu. Mais la Russie est battue. Les journaux français ont pour elle quelques paroles amicales et vaguement méprisantes. Le Japon n'est pas notre allié ; mais le Japon est vainqueur. Toute la presse retentit de louanges pour le Japon. Moralité : il faut être vainqueur.

— Ici, je suis de votre avis, s'écria Legrand avec un rire sec. Il faut toujours être vainqueur. C'est plus sûr.

— Je n'inviterai pas Schleiter, fit à ce moment Joseph.

— Oh ! souffla Laurent, je ne te le demande pas.

— Non, grommelait Joseph, je l'ai vraiment dans le nez. Hélène ne l'aime pas non plus. Si j'invitais Schleiter, je ne pourrais m'empêcher de l'engueuler. Chez moi, ce serait disgracieux. Du côté scientifique : toi, Mlle Desgroux, M. Censier.

— Oh ! comme tu es entêté ! M. Censier ne viendra pas.

— C'est ce que nous verrons. Connais-tu Delcambre ?

— Le peintre ? Non, je ne le connais pas.

— Il viendra. Je l'ai prié de faire le portrait d'Hélène, avec les enfants. Delcambre, c'est tout à fait bien. Tu t'en vas ? Veux-tu que je te reconduise. Où tu voudras, bien entendu. Ma voiture est à la porte.

— Non, merci, dit Laurent. J'ai surtout besoin de prendre l'air. Nous allons, Justin et moi, accompagner Laure jusque chez elle. A bientôt, Joseph.

Quand ils furent sur le trottoir, les trois jeunes gens cheminèrent d'abord en silence. L'image de Joseph semblait harceler encore Justin :

— Il est sûr, murmura-t-il, que la gloire de Cécile, que ton travail et ta réputation, à toi, Laurent, ne sont en quelque sorte que des atouts dans son jeu à lui, Joseph. Il a vraiment le don de simplifier, de clarifier l'univers.

Laurent tardait à répondre. Il jetait parfois un bref regard sur le visage de la jeune fille qui, maintenant, n'exprimait plus qu'une très profonde lassitude. Il dit, soudain, comme s'il répondait de très loin à la réflexion de Justin :

— Les idées de gratuité, de générosité, de spéculation pure ! Qui nous aurait parlé de ça, dans ma famille ? Oh ! je ne leur reproche rien. Ils étaient bien trop occupés à vivre, à se débattre, à sortir de ce que Legrand appelle l'ombre inférieure. Il faut de grands loisirs pour arriver au libre jeu des idées. Il nous a fallu les inventer, les découvrir et les hisser dans la lumière, ces idées. Il nous a fallu les chercher en gémissant. Où ? Dans les livres, en nous, dans la vie, dans l'entretien des maîtres. M. Censier m'a fait comprendre bien des choses.

La jeune fille, un instant, releva la tête et jeta sur ses compagnons un regard effarouché.

— De qui parles-tu ? fit Justin. De toi, de toi seul. Tu dis : il nous a fallu. Je sais, il y a Cécile. Mais Cécile ne vit pas sur la même planète que nous.

Laurent hocha la tête sans répondre. Un peu plus tard, les jeunes gens s'arrêtèrent devant une maison du boulevard Saint-Germain. Laurent se découvrit.

— Je pense, Laure, dit-il, que vous n'êtes pas à votre aise. Je ne vais pas dormir tranquille.

La jeune fille répondit, l'accent presque irrité :

— Non, dormez : je suis très bien.

Elle disparut dans le couloir. Laurent demeurait pensif.

— Je rentre chez moi, travailler, murmura-t-il. Une belle nuit, en face de Paris. Je n'ai pas fermé ma fenêtre depuis les vacances de Pâques. A bientôt, cher Justin.

Il ajouta :

— Je ne suis pas tranquille : Laure a sûrement quelque chose.

En quelques pas, le jeune homme regagna la rue du Sommerard. Le gaz était éteint dans l'escalier que Laurent gravit lentement. Il aimait ce puits cylindrique et sonore que la verrière du sommet éclairait insensiblement. Il en savourait chaque soir et l'ombre et le tournoiement d'où lui venait une griserie. A tâtons, il ouvrit sa porte. A tâtons, il traversa la chambre et vint jusqu'à la fenêtre profondément encaissée dans les lambris. La nuit était laiteuse et claire : une belle nuit de turquin. On apercevait Paris, non de très haut et de très loin comme on le voit de la cime des collines ou des édifices illustres, mais plutôt comme le nageur émergeant découvre et la crête des vagues et l'énormité de la mer. De la foule délirante des toits, des murailles, des cheminées, émergeait seule une ville gothique : Cluny d'abord, puis Saint-Séverin, Notre-Dame, la Tour Saint-Jacques, la Sainte-Chapelle, d'autres fantômes encore, au loin. Et ces ombres glorieuses, seules visibles, seules sauvées, semblaient, au regard du jeune homme, célébrer le triomphe d'une pensée persévérante sur la multitude confuse des mouvements et des élans fugitifs.

Laurent alluma sa lampe, ouvrit ses cahiers et s'assit. Il songeait, paisiblement :

« Je suis calme et résolu. J'ai l'éternité devant moi. Je sens maintenant que j'accomplirai quelque chose de grand. Il a fallu cet amour pour me ramener sur ma route et me faire trouver mon Orient. Que le monde est riche et magnifique ! Comme j'ai le cœur plein ! Comme j'aime la vie ! »

Laurent releva la tête. L'air était si calme qu'une fibre de duvet, une longue et frêle poussière, traversa la clarté de la lampe, tranquillement, en ligne droite, comme si elle avait un but et savait ce qu'elle faisait.

## CHAPITRE 8

— Ecoutez, dit Cécile, écoutez les dernières variations. Haendel y est délicieux. Et j'espère que vous avez de l'argent dans votre poche, car vous allez encore entendre le coucou. C'est le plus simple et le plus monotone des chants d'oiseaux. Il a pourtant frappé tous les musiciens qui n'ont pas fini de nous en expliquer le sens, à leur façon.

Cécile se reprit à jouer et Justin retomba dans un ravissement douloureux. Il était dompté, mais non paisible. Sachant que nul ne pouvait le voir, il se mordait avec rage le bout des doigts, le dos du poignet. Quand le rythme le saisissait, il avançait le menton, serrait et relâchait les mâchoires. Les ailes de son grand nez se contractaient en mesure. Et tout cela travaillait à le défigurer.

— Votre frère Joseph, dit-il enfin, quand les doigts magiciens s'arrêtèrent de voltiger, votre frère Joseph, que j'ai revu hier soir, vous l'avais-je dit ? croit que l'on peut tout obtenir par le travail.

Cécile eut un rire léger.

— Ne vous moquez pas de Joseph. Interrogez plutôt notre Laurent. Il n'est pas loin de penser — oh ! bien malgré lui — comme Joseph.

— Moi, dit Justin solennellement, je crois au don, je crois à la grâce, je crois au signe sur le front. Je respecte et j'aime en vous cette vertu miraculeuse qui vous a été confiée je ne sais par qui, par les anges.

— Me ferez-vous l'injure de croire que j'ai tout reçu et que je n'ai pas fait un grand et long travail, que je n'ai pas pris beaucoup de peine, que je n'ai pas enduré, que je n'endure pas chaque jour encore le supplice de la contrainte ?

— Vous avez appris à vous servir de vos ailes ; mais vous avez reçu des ailes. Permettez que je les admire : il n'y a rien de plus merveilleux pour les pauvres créatures de la terre.

— Vous ne ririez point de Joseph, dit Cécile en levant l'index, si vous connaissiez mieux toute l'histoire de notre enfance.

— Je crois la connaître assez bien et je ne ris pas de Joseph.

— Nous avons, pendant des années, vécu de rêves, de projets, de vapeurs, de reflets dans l'eau. Il faut sans doute plaindre les hommes qui n'ont jamais tâté de ces nourritures fabuleuses. Mes frères — je parle surtout de Laurent et de Joseph, et de Ferdinand quand même, bien sûr — mes frères ont fait cent fois, en secret ou en public, le serment de ne jamais céder aux séductions des mirages, des fumées, des loteries, des jeux de hasard. Ils tiennent leur parole, chacun à sa façon. Ou ils croient la tenir, comme Joseph, qui est un grand rêveur, quand même, et qui joue en croyant construire.

— Et vous ? dit brusquement Justin.

— Moi ? Pourquoi parler de moi ?

— Avez-vous fait un serment tel ?

Cécile secoua la tête et ne répondit rien.

— Vous, dit Justin avec ferveur, vous n'aviez aucun besoin de faire des serments, de prendre des résolutions, de vous proposer des préceptes et de redresser le destin. Ne craignez rien : j'aime Laurent comme un frère. Je ne le diminuerai pas.

Cécile fit, de la main, un signe d'accord.

— Nous venons de loin, dit-elle après un silence.

— Oui, reprit Justin, j'imagine : des siècles de paysans ou de petites gens de la rue. Des centaines d'hommes rudes, incultes, qui ne savaient pas exprimer leurs pensées et qui n'avaient sans doute qu'un petit nombre de pensées. D'obscures passions temporelles écrasées sous des fardeaux. Et, tout à coup, voilà Cécile !

— Oui, certes, et Laurent et les autres...

— Excusez-moi. Je dis : « voilà Cécile », parce que... vous le savez bien...

Justin rougit, fit le tour de la chambre en nouant et dénouant ses mains et, soudain, d'une voix basse, ardente, suppliante :

— Cécile ! Voulez-vous, maintenant, m'épouser ? Voulez-vous que je...

Il s'arrêta soudain. Le visage de Cécile, toujours si pur et si paisible, exprimait l'angoisse et la douleur. Deux larmes lui jaillirent des yeux. Ses lèvres se prirent à trembler.

— Pardon, pardon, gémissait le jeune homme. Je n'ai rien dit, je n'ai rien demandé. Ne m'empêchez pas de vous voir. Ne m'empêchez pas de vous entendre. Que deviendrais-je si vous vous retiriez de moi tout à fait ? Oubliez que j'ai parlé. Je ne veux pas vous perdre tout à fait.

Il était à genoux. Il avait saisi dans ses mains le bord de la robe, de la longue robe à volants. Et il le serrait et le tordait dans un geste d'adoration respectueuse.

— Ne me dites pas de partir.

— Mais non, mais non, je ne vous renvoie pas, soupirait Cécile d'une voix tremblante. Vous êtes mon meilleur ami, après Laurent, bien sûr, après mon frère Laurent. Moi non plus, je ne veux pas vous perdre. Mais ne me demandez rien : je ne sais rien, je ne veux rien dire. Si vous saviez comme on peut aussi souffrir...

— De quoi ? De ne pas aimer ?

Cécile remua la main comme pour dissiper un nuage.

— J'ai voyagé, reprit Justin. J'ai passé cinq grands mois hors de France. J'ai vu le pays de mes ancêtres et je leur ai demandé conseil en vain. Ma vraie patrie est où vous êtes. Pourquoi me repoussez-vous ? Est-ce parce que je suis juif ?

Le visage de Cécile devint grave :

— Je ne sais pas. Je ne crois pas.

— Vraiment ? Vous n'en êtes pas sûre ?

La voix de Justin cessa de trembler. Il parlait maintenant avec vigueur et véhémence.

— Qui mieux que moi, Cécile, saura vous admirer ? Songez-y dans vos instants de solitude. Le monde entier vous admire. Alors, trouvez un autre mot pour moi. Nous autres, Juifs, nous comprenons la musique mieux que les autres hommes. Votre génie. Cécile, je le comprends mieux que personne, je le comprends mieux que vous ne le comprenez vous-même.

Il frappa ses poings l'un contre l'autre et poursuivit avec amertume :

— On nous a reproché — mais d'abord, c'est faux, c'est faux — de n'être plus capables de produire de grands artistes. Eh bien ! en admettant même que cette pensée absurde soit vraie, je dis : que seraient les grands artistes si nous n'étions pas là, nous autres, Juifs, pour les comprendre et les célébrer ? Nous sommes l'enthousiasme du monde. Quand vous jouez à Paris, à Londres, à New York, dans une de ces grandes cités intelligentes, vous savez bien qu'un tiers des âmes qui sont venues vous écouter sont de ferventes âmes juives.

Cécile remuait la tête, doucement, comme pour bercer et cet amour et cet orgueil. Justin dit encore, plus bas :

— Si vous m'acceptez un jour, si vous voulez m'épouser un jour, je deviendrai un grand poète.

Il était à genoux et levait sur la jeune fille un regard chargé d'attente. Cécile se prit à sourire. Elle posa ses mains fragiles sur la tête du jeune homme. Elle laissa même ses doigts glisser dans l'épaisse chevelure dorée. Elle disait :

— Vous savez bien, Justin, que je n'aime aucun autre homme. Je pense parfois avec terreur que je suis peut-être incapable d'amour. Pourtant, j'aime votre amour. Il est bon. Il me tient chaud. Parfois, j'ai si grand froid au cœur. Si votre amour m'était retiré, je me sentirais moins riche, je serais même, sûrement, moins bonne musicienne, mais je ne sais pas mentir. Ne me demandez pas de mentir, mon cher Justin, mon pauvre ami. Ne tremblez pas. Je suis là, je suis toujours votre fidèle.

Le jeune homme avait saisi les belles mains de Cécile, timidement, comme des objets précieux, et il se les posait sur le front, sur les yeux. Il gémissait encore, tout bas :

— Un verre d'eau ! Une goutte d'eau ! Une seule parole de Cécile et je redeviens un poète.

Cécile, petit à petit, s'éloignait, se roidissait. Elle dit soudain, d'une voix presque désespérée :

— J'attends, mon ami, j'attends. Je ne sais pas qui j'attends, je ne sais pas ce que j'attends. Mais je sens bien que j'attends. Je ne dis pas que ce n'est pas vous.

## CHAPITRE 9

Quelques jours plus tard.

Une sordide venelle de la banlieue sud, entre Montrouge et Malakoff. Renaud Censier et Laure Desgroux sortent d'une maison misérable. Tous deux tiennent, de chaque main, par l'anse de cuivre, de ces boîtes de bois dans lesquelles les gens de laboratoire rangent, pour les transporter, les flacons, les éprouvettes, les tubes de bouillon, le microscope. Le jour est à son déclin. Il fait chaud. Le ciel est sombre. Renaud, tourné vers l'intérieur de la masure, parle à des personnes invisibles.

RENAUD. — On viendra demain chercher votre malade pour la conduire à l'hôpital où je pourrai la surveiller. Il fallait, dès ce soir, faire les prises de sang et les premiers examens. Nous ne regrettons pas d'être venus. C'est important. Au revoir... Mademoiselle Desgroux, n'avons-nous rien oublié ?

LAURE. — Non, Monsieur.

RENAUD. — J'aurais dû prendre une voiture et la garder. Les tramways sont encore loin. Vous n'êtes pas trop embarrassée ?

LAURE. — Non, Monsieur. Je suis contente de marcher un peu. Tout cela ne pèse pas très lourd.

RENAUD. — La pluie ne sera pas pour nous. Marchons, puisque vous le voulez bien. Nous en serons réduits à ne faire aucun geste.

Il ne faut pas surtout que les bouillons de culture mouillent les tampons d'ouate.

LAURE. — Je sais. Ne craignez rien.

RENAUD. — Nous n'avons eu que la fatigue de l'orage. Nous n'en aurons pas l'allégement.

LAURE. — Je pense que le cas de cette femme est tout à fait caractéristique.

RENAUD. — Tout à fait. On ne devrait jamais parler comme je vais le faire quand il s'agit d'une maladie : mais, pour le chercheur, ce cas est probablement providentiel. Nous saurons cela dans deux jours et la question sera réglée.

LAURE. — Comme c'est beau de faire ainsi une étonnante et grande découverte !

Renaud secoue la tête avec embarras.

RENAUD. — Je ne la fais pas. Elle se fait sans moi, presque malgré moi. Dix années de travail obscur qui entrent en éruption, qui explosent tout à coup. Et moi, je rêve déjà d'autre chose. Je souhaite et désire autre chose. Vraiment, cette rue est interminable. Vous n'êtes pas fatiguée ?

LAURE. — Non. Il n'y a rien de plus beau que d'inventer, d'éclaircir soudain ce que les hommes n'avaient jamais pu comprendre. Pardon, Monsieur, je m'explique très maladroitement.

RENAUD. — Vous vous exprimez très bien. J'ai cru ce que vous venez de dire pendant toute ma vie. Et maintenant...

LAURE. — Maintenant ?

RENAUD. — Je pense que la seule belle chose, la seule bonne chose du monde est de gagner, de conquérir d'autres êtres.

LAURE. — Vous pouvez les conquérir par la force de votre pensée.

RENAUD. — Ne parlez pas comme les magazines. Excusez-moi : je suis brutal.

LAURE. — Il faut dire ce que vous avez envie de dire.

RENAUD. — Je ne songe plus à m'en empêcher. Attendez une seconde, Laure. J'ai oublié de retirer ces lunettes que je mets, maintenant, pour travailler, et je ne vois quasiment rien.

LAURE, *souriant*. — Je vous conduirai, comme Antigone conduit Œdipe.

RENAUD. — Voilà un admirable présent de l'indicatif. C'est vrai : Antigone conduit toujours Œdipe, depuis des siècles. Une âme vulgaire aurait employé l'imparfait.

LAURE. — Je ne vous comprends pas très bien.

RENAUD. — Vous n'avez même pas besoin de comprendre. Mes lunettes retirées, je vois. Je suis presbyte, ce qui veut dire vieil homme.

LAURE. — Pourquoi tenez-vous à voir clair, puisque je suis là ?

RENAUD. — J'ai plaisir à vous regarder.

Laure baisse la tête et marche sans rien dire. On entend gronder l'orage sur Boulogne et Saint-Cloud. De temps en temps, une rafale de vent, ronde, folle, hurlante, passe en roulant. Elle arrache de tristes odeurs aux masures, aux ruisseaux, aux jardins galeux.

RENAUD. — Si vous n'étiez pas là, cette rue serait vraiment lugubre. Oui, j'ai plaisir à vous regarder. Vous, justement. Pas une autre. J'imagine parfois une autre jeune fille qui vous ressemblerait tout à fait. Mais il lui manquerait un cil à l'œil gauche, un seul, ou cette petite veine mauve qui descend au milieu de votre poignet. Ou quoi ? Cette infime lueur à la pointe de l'oreille. Et ce ne serait pas vous. Pourquoi tournez-vous la tête ?

LAURE. — Vous allez me rendre honteuse. Je tiens ces deux boîtes et je ne peux même pas me cacher.

RENAUD. — Vous avez de très grands yeux extraordinairement écartés.

LAURE. — Mais non, c'est impossible. Mon père me disait toujours que j'avais de très petits yeux et qu'ils finiraient un jour par tomber l'un dans l'autre.

RENAUD. — Votre père se moquait de vous, affectueusement, bien entendu.

LAURE. — Mon père est mort.

RENAUD. — Je le sais. Et votre mère s'est remariée.

LAURE. — Oui. Je me défendrais toute seule si j'avais à me défendre.

Renaud et la jeune fille longent le mur d'un cimetière, un mur dont la fin se perd dans le crépuscule.

RENAUD. — Je crois que nous sommes égarés.

LAURE. — Ça m'est égal.

RENAUD. — C'est une chose terrible, c'est une chose divine qu'il puisse venir à l'homme tant de bien et tant de mal par la présence d'une autre créature de son espèce. Tant de joie et de douleur rien qu'à regarder un autre être. Je peux, dans cinquante mille ans, ressusciter d'entre les morts, je reconnaîtrai votre fantôme, le souvenir de votre ombre sur un mur. Je retrouverai les gouttes d'air que vous avez respirées. Votre tête est singulièrement faite. Les pommettes sont hautes, le front large est paré d'une lueur que l'on doit voir la nuit. La bouche est grande et pleine de lumière, elle aussi.

LAURE. — Non. Je ne suis pas si belle que ça.

RENAUD. — Vous êtes beaucoup plus belle que ça. Ne voulez-vous pas vous reposer un instant ?

LAURE. — Je ne suis pas fatiguée.

RENAUD. — Toutes les choses du monde ont changé de couleur.

LAURE. — C'est l'orage.

RENAUD. — Sûrement, c'est l'orage. Avez-vous lu *le Père Serge* ?

LAURE. — Non, Monsieur. Qu'est-ce que c'est ?

RENAUD. — Un récit de Tolstoï. Avez-vous lu *Faust* ?

LAURE. — Non. Je l'ai vu jouer à l'Opéra.

RENAUD. — Connaissez-vous ce passage de Maeterlinck dans lequel il peint ces âmes qui pleurent éternellement parce qu'elles ne sont pas nées en même temps ?

LAURE. — Je n'ai pas lu ce livre. Excusez-moi, Monsieur, je ne sais rien ou presque rien. Jusqu'ici, je n'ai fait que préparer des examens. Je vais lire, maintenant.

RENAUD. — Nous n'avons pas bu le même lait.

LAURE. — Je boirai ce qu'il faudra boire.

RENAUD. — Vous ne me rattraperez jamais. Je le sais. J'y pense chaque jour et chaque minute de chaque jour. Un poète a dit : « Nous ne faisons pas notre ombre du même côté. »

LAURE. — Ce n'est ni juste, ni possible. Si nous regardons la même lumière, nous ferons notre ombre du même côté.

RENAUD. — Nous ne regardons peut-être pas la même lumière. Attention ! Le pavé de cette petite place est abominable. Et je ne peux même pas vous prendre une part de ce que vous portez. Faites attention, mon enfant.

LAURE. — Ne m'appelez pas « mon enfant ».

RENAUD. — Pourquoi ?

LAURE. — Cela me fait mal. Cela me blesse.

Laure et Renaud marchent en silence pendant un grand moment, les bras roidis par leurs fardeaux. On commence, ici et là, d'allumer les becs de gaz.

RENAUD, *encouragé par l'obscurité, mais d'une voix amère et obstinée.* — J'ai vraiment appris beaucoup de choses. Je sais beaucoup de choses. J'ai même inventé beaucoup de choses. Et tout cela est promis au néant. Un jour prochain, je soignerai mes jointures, mes bronches, mes artères, et vous serez là, belle et rayonnante, à côté d'une momie. Vous parlerez du ciel, des saisons, des horizons, de l'avenir, et je penserai à mes épaules, à mon foie, à mes varices — vous ne savez pas que j'ai des varices ; elles ne sont pas énormes, mais j'en ai. — Je ferai, comme les vieillards, toutes sortes de soupirs, de geignements, de bruits avec mon nez, avec ma respiration. Vous me prendrez tout doucement en horreur. Vous voudrez rire ou danser et vous aurez tout à fait raison. Il y a des jours où je ne saurai même plus comment se produit le rire. Vous voudrez parler et je serai, juste à ce moment-là, tourné vers le silence, vers les profondeurs de la nuit, vers l'angoisse de Dieu.

Laure pose les deux boîtes sur le trottoir, serre ses mains l'une contre l'autre et s'écrie d'une voix irritée :

— Et si je vous répondais que tout cela m'est égal ? Et si je vous répondais que je ne veux pas autre chose ?

RENAUD. — Tous les pavés de cette rue me sont témoins que je vous ai dit ce que je devais vous dire et que vous ne m'avez pas repoussé.

Laure reprend ses deux boîtes et se remet en marche avec une sorte de rage. Elle dit : « Vous me torturez et je sais bien que vous ne me voulez pas de mal. »

RENAUD. — Je ne suis pas absolument sûr de ne vous pas vouloir de mal. Et c'est ce qui me désespère.

LAURE. — Je ne suis qu'une jeune fille, une enfant, comme vous dites ; mais il me semble que vous ne prenez pas la vie d'une façon assez franche. Je suis pourtant si contente quand vous voulez bien me parler. Si contente et si fière.

RENAUD. — Vos amis, vos camarades, les jeunes gens avec qui vous travaillez et vivez ne vous parlent jamais d'amour ?

LAURE. — Non, Monsieur.

RENAUD. — Ne m'appelez donc pas monsieur.

LAURE. — Comment voulez-vous donc que je vous appelle ?

RENAUD. — Je ne sais pas. Je ne sais vraiment pas.

Silence. On aperçoit les feux de la barrière.

RENAUD. — Voilà Paris. Nous allons enfin trouver une voiture. Irez-vous chez M. Pasquier, Joseph Pasquier, je crois, le frère de notre ami Laurent ? Irez-vous chez lui, la semaine prochaine ?

LAURE, *avec décision.* — Si vous y allez, j'irai.

RENAUD. — Merci. Nous allons passer sous un réverbère. Puis-je vous demander de sourire encore une fois ?

LAURE. — Ce n'est pas difficile.

Elle pose les boîtes, retire son chapeau et sourit.

## CHAPITRE 10

Le domaine des Aubiers, devenu, par décision de Joseph, domaine de la Pâquellerie, s'étendait entre l'Oise et le pied des collines sur lesquelles vient mourir la forêt de Carnelle.

La maison, belle et grande bâtisse du dix-huitième siècle, plusieurs fois remaniée par ses propriétaires successifs, a été totalement détruite dans un incendie, pendant l'hiver de 1912. Joseph Pasquier a dû soutenir, contre de puissantes compagnies d'assurances, un procès qu'il a mené rudement et gagné. Il a vendu la terre et, presque tout de suite, acheté Le Mesnil-sur-Loire. Dès ce moment, c'est-à-dire avant la guerre, il possédait trois immeubles dans Paris et, sur la côte méditerranéenne, cette propriété de Cavalaire où, suivant des calculs qui ressemblaient à des caprices, il recevait une société disparate dans laquelle, avec étonnement, se rencontraient le meilleur et le pire.

Joseph était alors parfaitement sûr qu'avec de l'argent et de la volonté l'on obtient tout ce qu'il est possible d'obtenir. Les événements ne semblent pas encore l'avoir désabusé, ce que l'historien constate avec exactitude, sinon sans malaise. Joseph a tranquillement invité, pour les besoins de sa politique personnelle ou de son empire financier, toutes sortes de gens illustres, qu'il n'avait, en principe, aucune chance de séduire et qui sont quand même venus. Jamais Joseph n'a fait une invitation de hasard ou de pure courtoisie. Sa règle formelle, en ces sortes de choses, est que chaque flûte de champagne, chaque rondelle de foie gras doit rapporter, en définitive, au moins quinze du cent. Pour tortueux que soit le chemin par lequel peut se manifester le bénéfice, les familiers de Joseph affirment qu'il s'est toujours manifesté. Cette méthode suppose un choix, souvent inexplicable au regard de l'observateur, et pourtant rigoureux : tout le monde n'est pas invité chez Joseph. Des personnages d'une valeur indéniable, qui ne lui peuvent servir de rien, chercheraient en vain à forcer des portes qu'un certain nombre de canailles ou de mazettes ont trouvées largement béantes. On se moque parfois, dans Paris, des réceptions de Joseph, mais on y va. Les gens du monde n'attendent pas d'avoir quitté la place pour critiquer cruellement le décor, la chère et la compagnie. Ils acceptent quand même et font au besoin de petites bassesses pour provoquer une invitation dont ils ne devinent presque jamais, quand elle arrive, le sens et les desseins secrets.

Revenons en 1905 et à cette Pâquellerie qui marque les commencements d'une grande passion immobilière et dans laquelle Joseph allait donner les premiers témoignages de sa puissance et de son ambition.

Dès qu'il avait senti la chance lui répondre non plus avec parcimonie mais avec magnificence, Joseph s'était mis en campagne. Il était alors tourmenté par le désir de posséder un domaine à Nesles, dans le pays natal des Pasquier. Nesles est une petite ville gracieusement logée au creux d'une vallée bocagère dont les beautés auraient pu suffire à justifier le choix de Joseph. Ce choix, pourtant, venait de causes plus obscures et moins aisément discernables. Les enfants Pasquier avaient, dans leur jeune temps, passé de-ci, de-là, quelques jours de vacances à Nesles. Ils y comptaient encore des débris de parentèle : des cousins et, surtout, l'oncle Léopold et la tante Anna, que Mme Pasquier détestait chaudement, qu'on apercevait parfois, lors des solennités familiales, aux mariages, aux funérailles, aux festins de première communion, et qui vivaient de petites rentes, à vingt-cinq pas l'un de l'autre, dans les affres d'une fâcherie sans cesse avivée par le voisinage et l'oisiveté. Le nom des Pasquier jouissait, à Nesles, d'un crédit assez modeste : Raymond Pasquier, père de Joseph, avait quitté la ville fort jeune ; mais il aimait d'y revenir. Il méditait de s'y faire construire une sépulture. Lui qui semblait ne s'intéresser qu'à soi-même, il s'intéressait encore à ce berceau de sa tribu. Pour tous les Pasquier de Paris, Nesles demeurait donc la campagne par excellence, l'endroit où l'on rêve de revenir planter sa tente, un nid de souvenirs friands dont la plupart sont illusoires, le lieu du monde où, pour la première fois, on a senti l'odeur des prés fauchés et de la boulange rustique. Enfin les Pasquier de Paris, au regard des Neslois, avaient été longtemps de petites gens sans prestige, des enfants dégénérés, perdus. Et voilà que, tout à coup, s'annonçait une belle revanche. Obscurément, Joseph comprenait qu'avant d'étonner le monde il lui fallait d'abord obtenir la soumission de Nesles, imposer à Nesles, d'abord, la gloire et le succès du fils Pasquier, des enfants Pasquier. Cette passion de Nesles, dont Cécile et Laurent n'étaient point tourmentés, n'épargnait ni Ferdinand, ni même la jeune Suzanne. Elle déconcertait, par sa vivacité, la femme de Joseph, Hélène, qui, dans ses rares instants de rébellion, lorsqu'elle cherchait à férir son mari, lui disait en pinçant les lèvres : « C'est étonnant comme vous êtes restés de Nesles, vous autres... »

Joseph haussait les épaules et n'en faisait qu'à sa guise. Il voulait revenir à Nesles en châtelain, en seigneur. Dès la hausse de la Balia Karaidin, il avait battu la vallée. Malheureusement, il n'y avait, dans toute la région de Nesles, aucun château sans maître. Pas la moindre maison châtelaine. Rien que des bicoques négligeables. Pas même quelque large terrain à bâtir. Joseph était d'ailleurs trop impatient pour bâtir, et surtout trop habile comptable. Il grondait et ne trouvait rien.

Il possédait alors et conduisait au besoin lui-même une automobile merveilleusement ostentatrice et mitraillante au moyen de laquelle il avait inspecté toute la région. Ces recherches avaient abouti, finalement, à la découverte du domaine des Aubiers qui n'est guère, à vol d'oiseau, qu'à dix kilomètres de Nesles. Joseph, en signant les actes, espérait encore, par le rayonnement de sa gloire, frapper la patrie de ses ancêtres. Il devait s'apercevoir presque tout de suite que les petites villes comme Nesles sont étonnamment sourdes et myopes : il faut tout leur crier dans l'oreille et tout leur mettre sous le nez.

Joseph, pour se consoler de cette déconvenue, savoura sans tarder ce que l'austère langage des légistes ne craint pas d'appeler la jouissance.

Les deux façades principales de la maison regardaient l'une au nord, vers la rivière, l'autre au sud, vers le village et la forêt. L'ancien corps de logis ne comportait qu'un étage et des combles mansardés. On y avait ajouté, sous le Second Empire, deux ailes qui donnaient à l'édifice plus de lourdeur que de majesté. Les ailes avaient l'une et l'autre deux étages, ce qu'il n'est pas superflu de noter, si l'on veut bien comprendre certaine partie de ce récit. En tout, une vingtaine de chambres et, au rez-de-chaussée, des locaux de réception ouverts de plain-pied sur une large et basse terrasse.

Joseph, depuis l'enfance, apportait, dans le désir de la propriété temporelle, cette ferveur de langage et de pensée que les hommes réservent d'ordinaire pour l'amour ou la religion. Il disait : « J'aurai une cave, j'aurai un verger, j'aurai une ferme avec des paysans et des bêtes. J'adore les belles bêtes. J'aurai des écuries, j'aurai des forêts avec des arbres de quatre cents ans. Oui, des arbres poussent pour moi, quelque part dans le monde, depuis des siècles ! Quoi de plus beau qu'un grand arbre ? J'aime tout et je veux tout. J'aurai tout ce qu'on peut avoir. » Il ajoutait parfois, avec un sourire tourné vers l'intérieur de l'être : « Les choses que l'on peut avoir, il n'y en a pas tellement au bout du compte. » Il disait encore : « Je veux une allée de grands arbres. Je ne vieillirai pas sans posséder une allée de grands arbres... Qu'est-ce que vous avez à rire ? Quand vous la verrez, mon allée, vous n'aurez plus envie de rire. »

La véhémence et l'ingénuité de tels désirs ont, tout au moins chez de tels êtres, une vertu d'incantation qui peut solliciter et forcer le destin. Joseph eut son allée de grands arbres. Elle s'ouvrait sur la route de Viarmes et conduisait le visiteur jusqu'aux portes de la maison. La façade méridionale, cernée par le parc, avait peu de vue. Vers l'Oise, il n'y avait qu'une grande pelouse, en sorte qu'on découvrait la plaine et le village de Bruyères, au loin, sur la ligne d'horizon. Il y avait encore un potager à l'abandon, que Joseph, tout de suite, fit labourer, emblaver et dont l'histoire mériterait une relation minutieuse qu'elle obtiendra peut-être un jour.

Joseph avait acheté la maison toute meublée, non sans avoir longuement chicané sur les roulettes des fauteuils, le tain des miroirs et le cannage des chaises. L'affaire, en définitive, se trouvait excellente. Pourtant, à peine l'eut-il conclue, Joseph subit une de ces brèves crises d'angoisse pendant lesquelles, même au fort de la réussite, il avait soudain peur de manquer de tout. Il s'enfermait alors une journée entière dans son cabinet et comme jadis sa mère, Mme Pasquier, mais avec moins de pressantes raisons, il passait des heures à faire et vérifier des additions réconfortantes et des multiplications consolatrices. Il s'enferma donc, cette fois-là comme les autres, reprit ses comptes, découvrit qu'il avait su mener à bien une opération lucrative et qu'il ne restait plus qu'à la pousser jusqu'aux conséquences extrêmes. Il commença tout aussitôt de mettre la maison en bon état, besogne dans laquelle il fut secondé par une manière de secrétaire, personnage déjà cité dès le début de ce récit et que Joseph appelait familièrement « son homme de défiance », titre que le bénéficiaire acceptait avec un sourire de bedeau. En général, Joseph ne laissait pas de commenter, au moins d'un mot, de tels épanchements vocatifs. Il disait par exemple : « Monsieur Mairesse, vous n'avez, chez moi, que l'autorité que je vous donne, et je ne vous en donne aucune. Compris ? » Il ajoutait gravement, sous le regard onctueux de M. Mairesse : « Moi, Joseph Pasquier, je n'ai confiance en personne. Et, comme ça, je ne suis jamais déçu. C'est la véritable philanthropie. » M. Mairesse approuvait de la tête, bien qu'il sût que cette franche confession était fort contestable, que Joseph n'avait effectivement confiance en personne et que cela ne l'empêchait pas de se plaindre en toute occasion de la façon dont l'univers le payait de ses bontés.

Pendant tout le mois de mai, puis le début du mois de juin, Joseph et M. Mairesse firent divers prodiges pour mettre la Pâquellerie en état de recevoir des invités de bonne étoffe. Nonobstant de tels soucis, Joseph, comme on l'a vu, poursuivait toutes sortes d'affaires délicates et même les acheminait vers le succès. Puis Joseph, nous l'avons vu de même, fit en hâte quelques invitations. Il était encore timide et n'invita pas Rostand, comme il en avait eu le dessein. Il en exprima sincèrement le regret quelques jours plus tard, devant ses hôtes. Enfin, la maison fut prête et M. Mairesse rejoignit son poste dans ce que Joseph appelait « les bureaux de Paris ».

Hélène vint, dès le 15 du mois de juin, s'installer à la Pâquellerie avec ses deux enfants, la nurse et les domestiques. Les invités de Joseph étaient attendus pour le 23. Le temps était limpide, le soleil chaud, le vent modéré, la campagne abandonnée aux effusions végétales.

## CHAPITRE 11

Joseph de bon matin, fut éveillé par un malaise délectable qui lui tuméfiait le jabot, s'agitait comme un parasite indocile et n'était, tout bien jugé, que l'orgueil-de-Joseph.

Le châtelain de la Pâquellerie se leva sans tarder pour donner de l'air à son orgueil.

Claire et Ferdinand devaient arriver dès le matin. Ils avaient obtenu l'un et l'autre, de leur administration, des vacances régulières qu'ils espéraient, sans trop le dire, passer à la Pâquellerie. Ils arrivèrent par Beaumont où Joseph leur envoya l'automobile.

— Bien qu'ils amènent leur sale chien, je veux faire les choses grandement, s'écria-t-il en tordant sa main droite dans un mouvement combiné d'hélice et d'envol.

Hélène accueillait de telles déclarations avec un sourire amical et ironique. Elle commençait alors une troisième grossesse dont elle était fort soucieuse et dont Joseph disait tranquillement : « Ce sera la dernière. Moi, je ne suis pas comme papa, je ne fais que ce que je veux. » Hélène avait toujours admiré l'intelligence de Joseph et son pouvoir d'action, tout en se réservant ce qu'elle nommait elle-même « un droit d'examen et de jugement », droit qui, dès les premières années, parut sans grande efficace. Hélène était plus cultivée que Joseph, et beaucoup plus fine, au début. Cette finesse, petit à petit, a perdu la pointe et le fil. Hélène, aujourd'hui, ressemble fort à son époux. Joseph pourrait s'en réjouir s'il n'estimait ce phénomène le plus naturel du monde.

Claire et Ferdinand arrivèrent donc vers la dixième heure de cette mémorable journée. L'orgueil-de-Joseph se jeta sur ses proies gémissantes et commença de s'y faire les dents.

— Comment trouves-tu ma maison ? Comment trouves-tu mon domaine ? fit impatiemment l'homme comblé, pendant que Claire et Ferdinand tiraient leurs bagages des profondeurs du phaéton. Est-ce que ça vous plaît ? Non, vraiment, vous ne dites rien ? Ça ne vous plaît pas ? Eh bien ! mes enfants, vous êtes difficiles. Qu'est-ce que c'est que ça ? C'est le panier de votre toutou. Croyez-moi, cachez l'animal et qu'on ne l'entende pas. J'enferme bien les miens. Car ici, j'ai trois chiens. Vous ne les verrez même pas. Je ne veux ni chiens, ni chats dans la maison. L'odeur du chien, le plat du chat, voilà ce que je déteste par-dessus tout. Alors, la Pâquellerie ne vous dit rien ? Dommage.

— Laissez-nous regarder un peu, fit Claire d'une voix dolente.

Claire avait beaucoup épaissi dans son bonheur de serre chaude. Elle montrait de larges reins, de gros bras à la chair jaune et grenue comme celle des oies de Noël, un visage tendu que soulevaient les os du nez et du menton. Elle était, comme son mari, myope avec véhémence et, semblait-il, avec passion. Tous deux ne pouvaient découvrir l'univers que fibre à fibre, au prix d'un effort minutieux.

— Ça ne fait rien, dit Joseph. Ce matin, nous n'avons pas le temps de nous lancer dans le tour du propriétaire. Je vous montre votre chambre et Ferdinand va, tout de suite, nous donner un coup de main.

— Je m'en doutais, siffla Ferdinand. Tu veux que je plante des clous. J'ai justement apporté tout mon matériel d'amateur, mon système à tamponner, enfin tout ce qu'il me faut.

Joseph se prit à rire.

— Celui qui pense aux petites choses, même au milieu des grands événements, celui-là est assuré d'un bel avenir. C'est moi qui te le dis.

— Ça va ! gronda Ferdinand d'une voix soudain rétive. Fais l'impossible, je t'en prie, pour ne pas me dire de choses désagréables en présence de ma femme.

— Compris ! Je ne te les dirai que dans la plus stricte intimité.

Ferdinand se mit à planter des clous et Claire à défaire ses bagages. L'orgueil-de-Joseph connut soudain une minute de misère et même de défaillance. Le jeune homme commença de monter et de descendre les étages, d'inspecter les chambres, d'y compter les serviettes et les verres à dents, d'essayer, ici et là, les sonnettes électriques. Puis Joseph s'aperçut qu'il n'y avait pas de fleurs dans les chambres et l'orgueil-de-Joseph ne fit qu'un bond jusqu'au jardin où travaillaient une paire de tâcherons.

A peine dans les allées du jardin, Joseph souffrit une cruelle humiliation parce que la mauvaise herbe était encore maîtresse des plates-bandes. Joseph mit bas la veste, s'empara d'une binette, ce qu'il n'avait jamais fait de sa vie, et résolut de gratter lui-même cette terre qui était « sa terre ». Il fut surpris d'y prendre un plaisir un peu rageur, mais glouton et voluptueux. Il songeait : « C'est à moi ! Tout cela est à moi ! On ne peut pas manger la terre. C'est fâcheux. J'en mangerais volontiers, pour voir, puisque c'est à moi... »

Ferdinand survint là-dessus, demandant un avis. Il était en manches de chemise. Il considéra Joseph attentivement, de près, et dit :

— Ce que tu ressembles à papa !

— Et toi donc ! grommela Joseph.

— Moi ? C'est vraiment impossible. On ne me l'a jamais dit.

Joseph se redressa, jeta la binette et dit avec simplicité :

— Sais-tu, mon cher, que, pour toi, ressembler à papa, ce ne serait déjà pas si mal ? De quoi te plaindrais-tu ?

Et comme l'adversaire demeurait à méditer sa blessure, Joseph ajouta :

— Tu sais, quand les invités seront là, même les petits amis de Laurent, je te prie de mettre ta veste. De la tenue, Ferdinand. Sans cela où irions-nous ?

— Mais toi ? dit Ferdinand suffoqué.

— Ne t'inquiète pas de moi : je serai irréprochable. Pour les clous, demande au chauffeur. Et qu'on n'entende pas votre chien.

Ferdinand s'en fut à la besogne. L'orgueil-de-Joseph recommença de parcourir la maison, la terrasse et le jardin, découvrant avec désespoir un grand nombre d'imperfections.

Vers midi, la voiture amena de Beaumont le Dr Raymond Pasquier, avec Mme Pasquier, Cécile et la jeune Suzanne. Joseph était, d'habitude, à l'égard de Monsieur son père, plutôt ferme, plutôt rude. Il fut soudain très lâche et mendia des éloges que le Dr Pasquier, enfin saisi de l'avantage, ne donnait qu'avec réticence.

— Est-ce que cela te plaît ? demandait Joseph.

Le docteur prit un air rêveur et répondit :

— C'est un peu grand. Oh ! ce n'est pas une critique ; mais ça manque d'intimité.

— Comment ! s'écria Joseph, meurtri. Et toi qui parlais toujours d'habiter des palais, d'être administrateur colonial, ministre, ou président de la République...

Le docteur tira posément sur ses belles moustaches solaires.

— Tu vois comme on peut se tromper, répliqua-t-il avec un sourire distrait.

Cécile et Suzanne étaient déjà dans leurs chambres à reconnaître les lieux. Mme Pasquier retira sa capote de paille noire, embrassa longuement Joseph et dit :

— Avez-vous des choses à coudre ? Hélène a-t-elle besoin de moi ?

L'orgueil-de-Joseph, sous la chaude caresse maternelle, reprit aussitôt griffes et dents.

— Oui, maman, murmura-t-il. Nous avons toutes sortes de choses à coudre, bien sûr. Mais, dans ta chambre seulement. Que le monde ne te voie pas !

— Quel monde ?

— Mes invités.

— Il y aura beaucoup d'invités ? demanda Mme Pasquier, visiblement craintive.

Joseph haussa les épaules.

— Non, pas beaucoup pour cette fois. Je me suis trouvé pris de court.

Mme Pasquier soupira :

— Tant mieux ! Dis à ta femme que je peux me mettre tout de suite au travail. Même avant le déjeuner.

Ce premier repas, que Joseph, pompeusement, appelait « déjeuner intime », réunissait toute la famille moins Laurent, et fut, pour l'orgueil-de-Joseph, l'occasion d'exercices acrobatiques et de rétablissements vigoureux. La table était dressée dans la salle à manger. Par les fenêtres ouvertes, on apercevait les pelouses fraîchement fauchées, les bords de la rivière, la plaine agricole et les hameaux pâmés de chaleur. Le service était fait par le chauffeur et une sorte de valet de chambre, tous deux vêtus de dolmans blancs, ce que Joseph déclara n'être que de la « petite livrée ». Pendant une éclipse du personnel, le nouveau châtelain murmura, cherchant en vain à contenir les accents de triomphe :

— Tu te rappelles, maman, tu te rappelles, Cécile, quand nous habitions rue Vandamme, autrefois, il y a longtemps, et que nous attendions la fameuse lettre du notaire, la lettre qui ne venait jamais...

— Je te demande pardon, coupa le docteur, cette lettre a fini par venir.

— Enfin, elle y a mis le temps... Il nous arrivait de rêver à des choses extraordinaires, de rêver, par exemple, que nous pourrions prendre une bonne et même un domestique mâle.

— Tu dois te tromper, soupira Mme Pasquier. Jamais nous n'avons pensé à prendre un domestique... comme tu dis.

— Et quand bien même on y aurait pensé, fit tranquillement le docteur, où veux-tu donc en venir, Joseph ?

Joseph eut un mouvement d'humeur et de dépit.

— A ceci que, maintenant, les domestiques, eh bien ! on les a. Chut ! Silence ! Inutile de parler de cela devant eux.

Suzanne fit entendre un rire de tourterelle, un rire si jeune et si pur qu'il rétablit l'équilibre de l'entretien et le calme au fond des cœurs.

Mme Pasquier déclara que le vin était fort bon. Excité par cet encouragement bénin, l'orgueil-de-Joseph tenta de nouvelles sorties. En vérité, cet orgueil était un animal récalcitrant que son maître ne maîtrisait pas toujours au moment opportun. Quand on apporta le rôti, Joseph dit, d'une voix profonde :

— Je me suis sacrifié pour mes frères et pour mes sœurs. Vous voyez bien, aujourd'hui, qu'il y a quand même une justice.

Cécile battit des paupières et fit un sourire boréal. Ferdinand rougit un peu.

— Je ne vois pas encore, fit-il, en quoi tu t'es sacrifié. Tu parles peut-être pour Laurent, mais Laurent n'est pas ici.

— Votre frère, s'écria Mme Pasquier, veut probablement dire qu'il a renoncé, par exemple, aux études et qu'il a reçu moins d'instruction que les autres.

— Moins d'instruction ! tonna Joseph. Ça, c'est une chose à voir. Suis-je apparemment moins instruit ?

— S'il ne s'agissait pas de ça, fit le docteur, on pourrait se demander en quoi consiste le fameux sacrifice.

Joseph tendit le col et s'apprêtait à foncer quand Cécile dit froidement :

— Est-ce que cela va recommencer ?

Cette simple phrase imposa, pendant quelques minutes, un silence qui ressemblait au recueillement. Hélène souriait avec lassitude. Elle avait proposé, dans les débuts de son ménage, en manière de plaisanterie, de fonder, avec Claire et les beaux-frères ou belles-sœurs à venir, un syndicat des conjoints. Elle avait abandonné bien vite un projet si téméraire et si futile et, dans les querelles du clan, se contentait de sourire et de hausser les épaules. Le silence dura donc et Joseph le rompit enfin pour prononcer une parole mystérieuse.

— Ou bien, dit-il, on n'a rien de ce qu'il faut, et alors on est pitoyable. Ou bien on a tout le nécessaire et même davantage, et alors on est dégoûtant. Il faudrait pourtant choisir.

Cette phrase ne reçut aucune réponse. L'orgueil-de-Joseph recommença de faire des gammes et des exercices d'entraînement.

A quatre heures, Justin, Mlle Desgroux et Laurent arrivèrent ensemble. La chaleur était vive et Laure semblait en outre souffrir de ses yeux blessés par la grande lumière. Les trois jeunes gens gagnèrent leurs chambres pour y faire un peu de toilette et l'orgueil-de-Joseph s'évertua pendant quelques instants dans une arène presque déserte. Le jeune châtelain avait revêtu, pour l'après-midi, un vêtement d'étoffe anglaise, couleur purée de châtaigne. A Ferdinand, qui le considérait de près, il dit : « C'est beau, les belles étoffes, la vraie soie, la laine véritable. » Il ajouta tout aussitôt : « Je ne parle pas pour moi, car, au fond, je suis très simple, je n'ai quasiment pas de besoins », ce qui était un affreux mensonge. Une seconde plus tard, le stoïque financier donna les raisons secrètes de cet ascétisme verbal en citant brusquement Nietzsche pour lequel il avouait quelque passion. « Je pense, dit-il, je pense, comme Zarathoustra, que l'homme doit être surmonté. N'est-ce pas ton avis ? »

Ferdinand secoua les épaules de manière évasive et répondit :

— Il n'y a pas de contrôle. Où est papa ? Que fait papa ?

— Je ne sais pas. Il a pris son chapeau, sa canne et il est parti se promener. Le domaine est pourtant assez grand.

— Oui. Et que fait maman ?

— Elle ourle des serviettes de table, dans leur chambre, ou peut-être des rideaux.

— Oui. Qui donc attends-tu, maintenant ?

L'orgueil-de-Joseph ne répondit pas tout de suite. Le jeune homme n'attendait plus que deux invités, illustres à vrai dire. Il redoutait d'ailleurs l'arrivée d'un télégramme qui pouvait réduire encore cette espérance à néant. Pendant les minutes où les choses ne paraissaient pas devoir marcher trop mal, quand Joseph avait le sentiment fugitif, mais enchanteur, d'un service harmonieux et d'une maison bien ordonnée, il se prenait à regretter amèrement de n'avoir pas, coûte que coûte, montré plus d'ambition, de n'avoir pas invité, par exemple, Mme du Gast, dont les exploits sportifs éblouissaient alors l'Europe, de n'avoir pas décidé Justin Weill à tenter quelque démarche auprès du comte de Montesquiou, voire auprès de M. Etienne Lami, que l'Académie française venait d'élire contre M. Maurice Barrès au fauteuil du célèbre M. Eugène Guillaume. A de telles minutes, Joseph pensait qu'il avait été follement timide, qu'il aurait dû, peut-être, écrire à Catulle Mendès, le grand poète, et — pourquoi non ? — rendre visite, pour les inviter, à des hommes politiques renommés, alors au pouvoir, tels MM. Dubief ou Ruau ; peut-être même — une autre fois, il verrait plus large ou viserait plus haut — tâcher de séduire quelque surprenante vedette, par exemple le président du Conseil, l'éminent M. Rouvier... Mais Joseph avait dû se résoudre très vite. Les derniers jours, il avait songé sérieusement à Théry, le coureur ; mais Théry était en train de disputer la coupe Gordon-Bennett, sur le circuit d'Auvergne.

L'orgueil-de-Joseph parvint à mettre en déroute ces vaines et fâcheuses pensées. Le jeune homme répondit :

— Nous serons, pour cette fois, dans une société triée sur le volet. J'attends encore Arthur Delcambre, un grand peintre, comme tu sais, et le patron de Laurent, un savant de première classe, une espèce de Pasteur, le professeur Renaud Censier.

Ferdinand fit entendre un petit sifflement admiratif.

— Ils arrivent par Chantilly, dit encore Joseph. Le trajet est moins long et la voiture ira les prendre. C'est tout pour aujourd'hui. La prochaine fois, on fera mieux.

Ferdinand eut alors une réflexion pleine de sagesse et d'inconvenance qui montrait le fond de sa pensée.

— La finance, c'est bien scabreux. On ne sait pas ce qui peut arriver.

A quoi l'orgueil-de-Joseph répondit avec beaucoup de vigueur :

— Rappelle-toi, mon petit, que l'Empire a duré, en tout et pour tout, onze ans, et que Napoléon a eu le temps de donner des royaumes et des fortunes à ses frères et à ses sœurs. Voilà ! Tiens-toi-le pour dit.

Ferdinand s'efforçait de se le tenir pour dit quand Joseph ajouta gaîment :

— Gagner de l'argent, ce n'est rien. Le tout est de conserver l'argent. Personne jamais n'y réussit. Eh bien ! je serai le seul. Moi, je garderai l'argent.

Cette petite escarmouche économique et financière fut interrompue soudain par l'arrivée de Laurent et de Laure, de Cécile et de Justin. Les jeunes gens venaient de visiter le parc et s'en déclaraient enchantés. L'orgueil-de-Joseph accueillit avidement cet hommage. Il dit avec bonhomie :

— C'est la nature en liberté. En face de mon bureau, quai d'Orsay, à Paris, il y a un arbre... le pauvre ! Il pousse des feuilles vertes en automne, parfois. Il ne sait même plus ce qu'il fait. Il ne comprend plus rien à rien. Ici, nous pouvons apprendre à vivre, de nouveau. Quelle heure est-il, Ferdinand ?

Ferdinand tira sa montre.

— Il est déjà cinq heures, dit-il. Mais inutile de t'inquiéter.

— Mon cher, je ne m'inquiète pas.

— ... Le train de tes invités n'arrive qu'à cinq heures douze en gare de Chantilly.

— C'est vrai, murmura Laurent, tu es le grand spécialiste dans les questions ferroviaires.

Ferdinand se rengorgea silencieusement. Il ne voyageait presque jamais, mais il connaissait par cœur l'indicateur des réseaux et ses variations saisonnières.

L'orgueil-de-Joseph avait donc encore le temps de tourner sur place et de faire feu des quatre pieds. Quelques minutes plus tard, on entendit le châtelain de la Pâquellerie qui disait, d'une voix grosse de reproches et de rancune :

— Enfin, papa, d'où viens-tu, je te le demande ? Tu es en nage, c'est absurde.

— Mon cher, sifflotait le docteur, je suis allé reconnaître les environs de ton domaine. Tu ne comptes pas nous chambrer, je pense. Tu sais que j'aime la campagne, les flâneries, la liberté.

— Marche dans les allées, papa. Fais comme tout le monde, enfin.

— Dans les allées ? Tu y tiens ? Quelle idée, mon garçon ! Vois-tu, moi, j'appartiens à la catégorie des gens qui veulent toujours descendre un peu avant l'arrêt, ouvrir la porte de l'ascenseur, tourner les becs-de-cane, appuyer sur les boutons électriques, pour voir, mon cher, pour voir...

— C'est vrai, dit tout bas Laurent à Laure, mon père se dépeint lui-même avec assez d'exactitude. Quand nous étions petits, jadis, il nous avait emmenés en promenade, à la campagne. Nous avions rencontré par hasard un écriteau portant « Passage interdit ». Mon père a tranquillement arraché l'écriteau. Il disait en souriant : « Ce passage n'est plus interdit, marchez, mes enfants. » Mais que peut lui conter Joseph ?

Joseph avait pris le bras du docteur et l'entraînait dans une allée. Il disait, tout bas, en appuyant sur les mots :

— Comprends-moi bien, papa. Fais ce que tu voudras. Je ne peux t'en empêcher, et je n'en ai surtout pas le temps. Mais, pas d'histoire, tu m'entends bien, pas d'histoire auprès de chez moi.

Et le Dr Pasquier répondait avec un sourire céleste :

— Mon garçon, tu me connais mal. Je suis toujours parfaitement correct et vous n'avez rien à craindre.

Là-dessus, Joseph prit le pas de course, car l'automobile venait de s'arrêter devant la maison. Deux personnes en descendirent. L'une était Renaud Censier, l'autre une espèce d'Hercule à la tignasse rousse et roide qui s'appelait M. Delcambre.

Joseph, tout en courant, poussait un soupir de joie : l'assemblée serait au complet, tous les invités étaient là.

Joseph pensait sincèrement que ses hôtes étaient réunis pour satisfaire et célébrer cette personne opiniâtre qu'il a bien fallu nommer tout au long l'orgueil-de-Joseph. Ce qu'il ne pouvait savoir, ce qu'il n'eût même pas, sans doute, accepté de savoir, c'est que tous les invités apportaient à la Pâquellerie leurs soucis, leurs passions, les plus avouées comme les plus secrètes, leurs rêves et leurs drames intimes, enfin toutes sortes de pensées dont la moindre pesait plus lourd, pour l'âme qui en était saisie, que l'immense orgueil-de-Joseph.

## CHAPITRE 12

Maintenant la nuit de juin descend sur la Pâquellerie. Le dîner s'est heureusement passé. L'orgueil-de-Joseph n'a pas reçu de blessure trop sérieuse et si, par accès, il souffre et s'irrite, c'est qu'il regrette encore les invitations éclatantes par lesquelles il aurait pu transformer en fête mondaine cette réunion de famille élargie.

La société prend le frais sur la terrasse. Le lent crépuscule joue dans le ciel avec un croissant de lune. Sur terre, il cède le pas, petit à petit, aux lumières de la maison.

Tout le monde parle et, bientôt, tout le monde se tait, car M. Delcambre raconte une histoire. M. Delcambre est un géant de tournure flamande. Ses cheveux épais et roides sont divisés par une raie médiane — et divisés n'est pas mal dit, car ils ont l'air, ces cheveux, de s'entendre assez mal et de se chamailler d'une rive à l'autre. — La face est large, entièrement rasée, ce qui n'est pas ordinaire en cette année 1905. Le menton est lourd, noyé dans un collet de graisse. Les narines et les oreilles sont rembourrées de crin fauve. Le ventre échappe à l'étreinte d'une forte ceinture de cuir qu'on aperçoit sous le gilet de velours gris à fleurettes. M. Delcambre a des mains énormes dont il joue délicatement. Parfois, dans le feu de la narration, il se met debout, une seconde, et fait un effet de reins ou de mollet, comme le chanteur Mayol. Il a l'air d'un faune obèse qui cacherait ses pieds fourchus sous des bottines de chevreau. Ce colosse rustique est un artiste recherché, car il peint les femmes du monde, et du monde le meilleur, d'un pinceau négligent, insolent, habile et même audacieux.

Or, il raconte une histoire. Il dit, riant aux éclats :

— Figurez-vous que, dans le train... Oh ! je n'étais pas avec vous, monsieur Censier. Qu'auriez-vous pensé de moi, si vous aviez vu mon petit manège ? Enfin, grâce au ciel, je n'étais pas avec vous. Il y avait, dans mon compartiment, en plus de deux messieurs dépareillés, une famille de quatre personnes, de braves gens pour jeu de massacre : le père, la mère, une tante et une petite fille de douze ans. Non, peut-être onze ans. Non, peut-être dix. Enfin, pas une demoiselle comme mademoiselle Suzanne... — c'est Suzanne, monsieur Pasquier, le nom de mademoiselle votre plus jeune sœur ? — Et, puisqu'il faut le dire, beaucoup moins jolie que mademoiselle Suzanne.

— Monsieur, Monsieur ! souffla Mme Pasquier, si vous dites encore des choses pareilles en présence de cette enfant, vous allez la rendre folle.

— C'est bien possible, Madame, mais la vérité avant tout. Enfin, cette petite fille était très jeune, plutôt laide et l'œil vif. Ça, l'œil noir et vif. Alors le train se met en marche et je commence de lire toutes les sornettes qu'un certain M. G... vient de publier, dans *le Gaulois*, sur l'exposition de mon confrère Albert Besnard à la Galerie Petit. Vous n'avez pas lu ces âneries ? Non ? Je vous en félicite. Le train roule à bonne allure. De temps en temps, j'écarte un peu mon journal et je regarde la petite fille. Oh ! en tout bien, tout honneur.

— Mon Dieu ! souffle Mme Pasquier, je l'espère bien : une petite fille.

— Attendez la suite, dit Delcambre en éclatant de rire. Je regarde la petite fille et la petite fille me regarde. Il fait chaud, très chaud, dans le train. Les deux messieurs dépareillés et les parents de la petite fille s'éventent, soupirent et s'endorment. La petite fille n'a pas la moindre envie de dormir. Elle examine l'envers de mon journal avec ses grands yeux noirs et, quand j'écarte un peu mon journal, c'est moi qu'elle examine avec les yeux noirs. De beaux yeux, ma parole ! De vrais yeux de femme dans un petit visage chiffonné de gamine. Nous nous regardons, comme ça, une dizaine de fois, fixement. Une fois de plus et voilà que j'éprouve le besoin de communiquer ma pensée à la petite fille. Oh ! presque rien : je ferme un œil. Elle ne bouge pas. Alors, je recommence à fermer un œil, sans rire, par-dessus *le*

*Gaulois*, par-dessus le journal si vous aimez mieux. Et ça dure encore, comme ça, plusieurs minutes. Tout le wagon dort, maintenant, toutes les têtes se balancent. Il n'y a plus que la petite fille et moi qui vivons, face à face. On passe à Gonesse. Frrr. A Survilliers. Frrr. Pas d'arrêt, pas de distraction. Alors, j'écarte le journal, je regarde la petite fille et je lui fais une petite grimace. Oh ! le plus sérieusement du monde.

Delcambre s'arrête. La société sourit. Mme Pasquier dit tout bas :

— Pourquoi faire une chose pareille ? Comment peut-on faire une chose pareille ?

Delcambre a repris de l'élan. Il poursuit :

— Je remets le journal en place. Inutile de dire que je ne lis plus rien. J'écarte le journal une fois encore. Je regarde la petite fille et je lui tire la langue.

Le Dr Pasquier se prend à rire. On entend aussi un rire étrange, long, cascadant, cristallin qui est le rire de Suzanne Pasquier. M. Arthur Delcambre déguste son succès et reprend le récit.

— Le train commence à s'engager dans la forêt. Je lis toujours le journal. C'est-à-dire que je ne lis rien, mais que, de minute en minute, j'écarte le papier. Chaque fois, d'un air grave et sévère, je tire la langue à la petite fille. Son visage est toujours sérieux, impassible, presque dur. Et soudain, grand boucan. Le train serre ses freins. Nous allons arriver en gare de Chantilly. Les gens du compartiment ouvrent l'œil et reprennent flamme. Alors la petite fille se lève, très droite, bien résolue. Elle m'arrache le journal des mains, d'une seule poignée, magnifique, et...

— Et quoi ? dit la voix musicale de Suzanne, dans un silence profond.

— Et elle me crache à la figure. Vlan ! Tout le compartiment est en rumeur. Les parents se confondent en excuses ahuries. Je suis obligé de les rassurer, de leur expliquer, comme je peux, que c'est la chaleur, que ce sont les nerfs, d'intercéder pour la petite fille...

— Il est temps ! Il est grand temps, soupire Mme Pasquier avec une sincère horreur.

Sur la terrasse de la Pâquellerie, l'assistance est en effervescence. Joseph essaie de raconter une histoire qui n'est pas semblable à celle de M. Delcambre et qui, pourtant... Le Dr Pasquier est secoué d'un rire muet, fort étrange. Il change son fauteuil de place pour se rapprocher du narrateur qui, lui, rit à mentons déployés, puis reprend une seconde fois toute la fin de son récit en insistant sur les détails : « ... le bruit des freins. Brrr... Les parents se réveillent et voilà que la petite fille... Vlan ! Sur la joue ! Et quel regard ! Et quelle colère ! Non, à vrai dire ce n'était pas de la colère. C'était moins simple que ça. Et elle n'a rien dit à personne. J'en étais sûr d'avance. C'était une affaire entre nous deux. D'ailleurs, on ne l'aurait pas crue. Pensez : un homme de mon âge. »

L'assemblée se dénoue et commente un instant encore ce que

Delcambre appelle maintenant « une expérience psychologique ». Le peintre entreprend, pour le Dr Pasquier, auditeur friand, de conter d'autres histoires, et, ce faisant, il baisse la voix. Joseph se rapproche un instant de Renaud Censier. Il voudrait s'assurer que les histoires de peintres n'offensent pas les savants. Il dit : « C'est le genre artiste, n'est-ce pas, monsieur le professeur ? Vous savez peut-être, par Laurent, que ma femme a fait une licence ès sciences et travaillé dans le laboratoire de M. Dastre. J'ai le respect et même le culte de la science. Il m'arrive de me disputer à ce propos avec mon frère, votre élève. Il appartient à une génération de sceptiques, d'esprits distingués, bien sûr, mais qui suivent les idées du temps et méprisent l'intelligence. Je sens bien qu'un jour à venir, moi, profane, moi fils et frère de scientifiques, je serai peut-être le seul de la famille à prôner l'intelligence, la science, et, surtout, le progrès... Qu'est-ce que tu veux, maman ? »

Maigre, long, silencieux, Renaud sourit, dit quelques mots à Laure Desgroux et disparaît avec la jeune fille dans le noir des allées. Mme Pasquier a saisi Joseph par le bras. Elle dit très bas, en regardant de tous les côtés d'un œil inquiet :

— Comment n'as-tu pas vu que nous étions treize à table ?

— Pas possible ! souffle Joseph.

— Mais si ! confirme Ferdinand. Sept et deux neuf, et quatre treize.

— Eh bien ! qu'est-ce que cela peut faire ?

Mme Pasquier hoche la tête et soupire :

— Il y a des gens qui en sont tourmentés. Moi-même, cela me serre le cœur.

Joseph réprime un mouvement d'impatience.

— Eh bien ! à partir de demain, nous mettrons la nurse à table. Mais, sans les enfants, c'est un peu ridicule, et les enfants sont trop petits.

— C'est égal, murmure Mme Pasquier, nous avons quand même été treize. Dis-moi, Joseph : ce monsieur... je ne sais pas comment tu l'appelles... C'est probablement un grand peintre, et tu as bien fait de l'inviter ; mais on ne peut pas dire qu'il soit tout à fait comme il faut.

— Pour ça, non, glousse Ferdinand avec un léger rire de la ceinture. Il est tout, sauf comme il faut.

Ferdinand distille une voix languissante et prononce « comifaut ». Joseph gratte le sol d'une semelle irritée.

— Vous savez pourtant ce que c'est. Vous avez pourtant, des années, supporté Mme Henningsen et feu son garçon. Tous ces gens-là, c'est le genre artiste.

— Sans doute, nasille Ferdinand. Mais regarde M. Censier.

— Ah ! lui, c'est le genre savant.

— Facile à dire. Et moi, alors ?

— Toi, tu es le genre Ferdinand. Alors, de la tenue, mon cher, de la tenue. En voilà bien assez sur cette question. N'ayons pas l'air de chuchoter dans les coins. J'espère que Justin va décider Cécile à nous jouer quelque chose.

Joseph se résorbe dans le groupe général. On l'entend bientôt qui dit :

— Moi, monsieur Delcambre, je suis parti de rien, je suis parti de zéro.

Mme Pasquier élève une voix faible, mais obstinée.

— Joseph, tu n'es pas juste. C'est très désobligeant pour ton père et pour moi, ce que tu dis là.

Justin s'est approché de Cécile et il implore :

— Un peu de musique, s'il vous plaît. Un verre d'eau pour votre poète. Une goutte de rosée pour ces gens qui ne savent même pas qu'ils ont soif.

A longs traits anxieux, Cécile respire la nuit. Elle répond brusquement :

— D'ordinaire, Laurent réclame aussi de la musique. Mais ce soir, il rêve. Il n'est pas avec nous.

Laurent semble soudain remonté des abîmes. Il s'éveille :

— Qui vient de prononcer mon nom ?

Cécile dit, très lentement :

— Ce n'est que moi, rien que moi.

Elle étend une main légère et caresse les durs cheveux et le grand front bombé de son frère, comme pour en chasser les rêves.

A la faveur d'une accalmie dans les propos, on entend soudain la voix de M. Delcambre qui glisse des paroles surprenantes dans l'oreille du docteur :

— Moi, j'aurais voulu posséder une puissance génitale épatante, indéfinie. Féconder douze vierges, comme Hercule, ce n'est pas extraordinaire, somme toute. Mais leur donner du plaisir à toutes les douze, ça, c'est autre chose.

Mme Pasquier, qui n'est pas très sûre d'avoir entendu, pousse un « hum ! » tout pareil à un gémissement et murmure : « Où sont mes filles ? » Le Dr Pasquier, dans l'ombre, tire sur ses moustaches crépitantes. Il dit :

— Moi, je connais quelqu'un qui... Pas besoin de chercher bien loin...

Et, tout à coup, la voix furieuse de Ferdinand :

— Papa !

Le docteur hausse les épaules et module :

— Quoi donc encore ?

— Ça va bien. Tu m'as compris. Claire, monte chercher ta jaquette, on sent tomber la fraîcheur.

Le docteur a déjà changé de monture. Il explique :

— Je parle en médecin. Un corps, ça s'use, pour peu que ça serve.

Mais, si ça ne sert pas, ça s'use encore davantage. Comme tout, comme tout !

Cécile sourit avec effort et répond à Justin Weill :

— Deux ou trois minutes encore. Quand M. Censier reviendra. J'aime beaucoup le visage grave de M. Censier.

Renaud Censier se promène sous les arbres de la grande allée. Il marche auprès de Laure Desgroux. Il parle très bas.

— Je suis venu pour être près de vous. Oui, c'est pour être avec vous que je suis venu chez ces gens que je ne connais pas. N'est-ce pas un peu ridicule ? J'ai toujours vécu une vie solitaire et je ne sais que dire en société.

— Ne dites rien. Vous êtes tout à fait au-dessus et en dehors du ridicule. Vous êtes un personnage extraordinaire et c'est tout.

— Il me semble que cette grande estime que vous avez pour mon savoir me relègue dans un cachot. Vous serait-il possible de me considérer comme un homme ?

— J'oublie parfaitement, ce soir, que vous êtes un grand savant. Soyez tranquille, je peux regarder l'homme en face.

— En ce cas, souffrez que je vous donne encore quelques renseignements. Je n'ai pas été ce qu'on appelle un bon mari. Je ne suis pas un bon père. Je ne peux être qu'un mauvais amant. Vous ne répondez rien ?

— Ce ne sont pas des questions. Je n'ai pas lieu de répondre.

— O logique surprenante ! Il fait sombre, Mademoiselle, sans cela je vous montrerais une grosse artère qui se tortille sur ma tempe...

— Je la connais très bien, peut-être mieux que vous.

— ... Je vous montrerais une fois de plus ce teint noir, cette risible barbiche grise, tout ce malheureux visage qui me fait honte et que je déteste.

— Si vous m'offensez encore une fois...

— Je ne vous offense pas, chère Laure...

— Si ! vous m'offensez en votre personne.

— Comme vous dites bien les choses difficiles à dire !

— Taisez-vous, Monsieur, je vous en prie, et marchons plutôt en silence.

Renaud et Laure font quelques pas. Soudain, ils aperçoivent l'eau noire de la rivière sur laquelle luisent de sourds reflets d'étain. Renaud se reprend à parler d'une voix qu'il voudrait impassible.

— Vous le voyez, j'ai fait, loyalement, une dernière tentative. Depuis des mois, je me regarde avec épouvante. Parfois, je suis au travail, seul, le soir, au milieu de mes livres. Je me sens calme, prêt pour l'éternité, vraiment. Et, soudain, votre image prend son vol à travers moi. Et c'est terrible ! C'est, surtout, indicible. La sueur me jaillit du front. Je sens les poils de mes poignets qui se dressent comme les moustaches du chat. Ils se dressent à me faire mal. Ecoutez encore : votre présence est, pour moi, presque moins redoutable que l'idée de votre présence. Dites-moi : ce n'est pas naturel. C'est sûrement le signe d'une imagination souffrante. Je souffre. Revenons vers la maison. Je crois qu'on nous appelle.

— Je n'ai rien entendu.

— Si. Quand j'étais petit garçon et que j'allais au catéchisme, l'abbé nous disait : « Haïssez votre péché. » Hélas ! je ne hais pas mon péché.

— Pourquoi parlez-vous de péché ?

— Parce que je suis malheureux. Non ! je ne hais pas mon péché. J'aime encore mieux mon péché que mon âme, que mon repos, que mon salut et même que cette éternité en laquelle je ne peux croire.

Encore quelques pas et les deux promeneurs vont sortir de l'ombre, surgir en vue de la terrasse. Le savant dit soudain, plus bas encore :

— Si je ne guéris pas de vous, si je ne parviens pas à guérir, vous ne me ferez pas souffrir. Pardonnez-moi, j'ai peur, non de vous. J'ai peur de moi, de ce qu'il y a dans la profondeur de moi.

Laure lui pose la main sur le bras et dit tranquillement :

— Comment pourrais-je vous faire souffrir ? Et pourquoi, Monsieur, pourquoi ?

— Maintenant, dépêchons-nous. J'entends la voix de notre ami Laurent. Aimez-vous Laurent Pasquier ?

— Je l'aime beaucoup.

— Je vais vous quitter sans trop en avoir l'air. Peut-être aurons-nous la chance d'un entretien plus tranquille.

— Comment ? Et où ? je vous prie.

— Je vous expliquerai. Mlle Cécile Pasquier va nous jouer de la musique. Attention ! Qui va là ?

Justin est soudain tout près de Renaud. Il tend le col pour distinguer les visages dans l'ombre et dit :

— Je vous cherchais. Venez, Monsieur. Venez, Laure. On reste sur la terrasse. Laurent vous cherchait aussi. Laurent, voici M. Censier.

C'est Laure qui se trouve assise auprès de son ami Laurent. Un rayon, venu de la salle voisine où brûle un buisson de lampes, éclaire à moitié le visage de la jeune fille. Ce visage est tendu sous l'effort de la pensée. Laure soupire :

— La calme soirée !

Laurent incline faiblement la tête et ce « oui » signifie « non ». Laure dit encore :

— Qu'avez-vous, Laurent ? Vous semblez inquiet.

— Non, pas inquiet. Je ne sais pas moi-même. Je devrais être content, paisible, et j'ai le cœur serré comme s'il y avait un poids mortel suspendu sur moi, sur nous, sur le monde.

— Oui, dit Laure, très bas. Je suis moi-même oppressée. Je pense que c'est la chaleur.

— Ce n'est pas seulement la chaleur.

— Ecoutez, Laurent. Votre sœur commence de jouer. Que joue-t-elle ? N'est-ce pas le son du clavecin ?

— Oui. Ce sont les variations Goldberg. Sûrement, c'est la voix de Jean-Sébastien. J'ai bien peur que nos invités ne comprennent pas cette œuvre étonnante où il n'y a rien à comprendre.

Cécile a fait éteindre la lumière. Ses doigts sont libres dans l'ombre. Vraiment, ils n'ont, pour guides, que la ferveur et le génie. Et ils commencent de distribuer la nourriture à toutes ces âmes assemblées. Plusieurs de ces âmes sont pauvres, sont indociles. Il faut que la musique, à deux ou trois reprises, vienne les saisir et les délier. Elles cèdent, petit à petit, elles succombent à l'enchantement. Il y a, pour chacune de ces âmes dissemblables, une phrase, une note qui lui fut très exactement destinée. La voix du vieil archange cherche dans la nuit, s'oriente et vient enfin se poser, comme une colombe, sur une épaule contractée, sur une tête rebelle.

Le Dr Pasquier retient son haleine et sourit en baissant le front. Autrefois, il ne goûtait que les opérettes d'Offenbach. Il en chantait volontiers les airs d'une voix de tenorino. Mais Cécile est venue. Elle joue des musiques savantes auxquelles on ne résiste pas. Le Dr Pasquier écoute l'âme de sa fille. Il se rappelle tout à coup un chemin creux dans lequel il allait s'amuser, quand il était petit garçon, là-bas, près du village de Nesles, et qu'on appelait « la cavée ». On apercevait, très loin, très haut, tout au bout du chemin, un trou rond et brûlant. C'était la lumière du plateau tout incendié de soleil. Parfois, un moucheron sortait de l'ombre et valsait, en extase, dans le rayon d'or. Une extraordinaire odeur de champignons et de sureau se promenait dans la cavée, comme une personne vivante. Que ce souvenir est lointain !... La nurse d'Hélène est une belle garce, bien râblée. Elle n'a pas l'air farouche. Joseph nous fera mourir de rire : cette fille est de Périgueux et il veut qu'on l'appelle miss... Non, non ! Le chemin creux. Encore le chemin creux. Tiens, maintenant, c'est une odeur de fraises des bois...

Justin est immobile, tête basse et les doigts enfoncés dans ses cheveux rouges. Il voudrait pleurer, sangloter à plein cœur. Les variations Goldberg ? il connaît cela comme une prière. Il attend sa page préférée. Elle vient. Et Justin pense précisément à des choses absurdes. « Briser le verre au fond du seau, cela se fait encore, dans la famille. On l'a fait, la semaine dernière, au mariage de Simone Cohen... Que dirait Cécile ? Mais non ! Jamais on ne brisera de verre pour Cécile et Justin. Ah ! Ciel ! cette phrase fait mal. Elle est lourde, obstinée. Elle entre dans le cœur comme une charrue. J'aime Cécile ! J'adore Cécile ! Je lui expliquerai toutes les choses. Le mur des lamentations, par exemple... Il y a là une grandeur qu'elle ne peut pas ne pas comprendre, malgré la différence des races... »

M. Delcambre a croisé les jambes et glissé ses mains énormes dans les poches de son pantalon. Il va profiter de cette musique pour penser à certaines affaires... « Le portrait de Mme de Chenôve ne marche pas mal. Quand la dame reviendra des eaux, deux séances, trois peut-être, et ce sera fini. Ce sont des gens qui... On pourra demander dix mille. J'ai pris mes renseignements. Elle a du talent, cette grande fille Pasquier, avec son air froid. Pas mal, quand même, ce qu'elle fignole par-ci, par-là. Oui, je demanderai dix mille ou, pour le moins, huit mille... Hein ? » Brusquement, M. Delcambre vient d'apercevoir un paysage de montagnes neigeuses et M. Delcambre en est bouleversé. On aperçoit le paysage par la fenêtre d'une chambre. Dans la chambre, il y a un lit et, dans le lit, un garçon de quatorze ans qui est en train de mourir d'une tumeur de la hanche, compliquée de pleurésie. M. Delcambre sent quelque chose d'affreux qui remue dans sa poitrine. Depuis dix ans que l'enfant est mort, M. Delcambre s'est défendu de penser à certaine douleur ; sans cela, on ne pourrait pas vivre. Il serre ses grosses mâchoires et gémit, intérieurement, des choses incohérentes : « Rien que du rose et de l'ivoire. C'est une couleur terrible. Si je pense encore une fois aux joues de mon garçon, je vais casser quelque chose et ces gens vont croire que je suis devenu fou, peut-être... »

Joseph éprouve un soulagement miraculeux. L'orgueil-de-Joseph, repu, dort comme un lion dans la poitrine du jeune châtelain. Joseph respecte le talent de Cécile et le célèbre, à l'occasion. Il perçoit tout à coup des tableaux séduisants et divers : « M. Loubet, président de la République, répond au discours de M. Joseph Pasquier, le jour de l'inauguration solennelle du barrage de la Roumagne... M. et Mme Joseph Pasquier, en villégiature à Rome, sont reçus par les souverains italiens... Neuf cent, neuf cent cinquante mille, sans compter les aciéries du Centre. Ce paquet-là, n'y toucher à aucun prix. C'est comme s'il n'existait pas. Qu'est-ce qui sent bon comme ça ? On dirait l'eau de fleur d'oranger. Non, c'est le seringa, c'est mon seringa. Ou quoi ? Une odeur vraiment épatante... Pour la Roumagne, je prends trois parts de cent chacune, comme entrée de jeu. Ah ! quelle odeur ! Et c'est la première fois que je la remarque. »

Laure Desgroux a laissé tomber son menton sur sa poitrine. Elle aperçoit, devant elle, une mer d'un bleu brillant, d'un bleu de pierre précieuse. Au loin, ce bleu devient noir, si bien que le fond de la mer et du ciel demeure plongé dans une ténèbre poignante. On voit un escalier de pierre et une barque fragile qui danse au pied de l'escalier. Parfois, passe un coup de vent et la barque tournoie sur elle-même comme une toupie. « Mon Dieu ! Qu'est-ce que cela veut dire ? Si je me mets à trembler, Laurent va penser que je suis malade et on voudra me soigner. J'aperçois une feuille là-haut, dans le ciel clair. Ce doit être une feuille de peuplier : elle remue et, pourtant, il n'y a pas de vent. Mon Dieu ! comme je voudrais être à la place de cette feuille ! Non, pas la barque ! Non ! Je suis à la place de la feuille. Oh !

comme je suis bercée ! Et maintenant, on dirait les cloches, le dimanche matin... »

Hélène est affalée dans une grande bergère. Elle a chaud et sa grossesse l'accable. Pourtant, cette musique lui plaît et devrait la soulager. Hélène est trop lasse, elle ne pense à rien. Elle a parfois le sentiment qu'elle compte les globules de son sang, qu'elle compte, une par une, les fibres de sa chair la plus secrète. De temps en temps, Hélène sourit faiblement et accueille des images fort humbles : « Les sorbets étaient assez bien réussis. Joseph, pour dimanche, demande un coq au vin. Ce n'est pas un plat pour une société nombreuse... » Tout de suite, Hélène retombe à la torpeur. Elle entreprend une conversation mystérieuse, sans phrases, sans mots, avec le petit être inconnu qui va bientôt remuer entre les os des hanches, le petit parasite intime, l'hôte sacré. Et l'on ne sait pas où l'enfant se forme : dans le ventre, ou dans la conscience, peut-être...

Laurent fait de longues inspirations qui l'apaisent et le soulagent. Il se prend à sourire comme s'il venait d'apercevoir une vérité radieuse. Il songe : « On ne peut pas me retirer cet amour. Je suis riche. Comment n'ai-je pas découvert cela plus tôt ? C'est si simple, c'est si vrai. Ah ! voici que l'aria revient. C'est comme le couronnement d'un prodige. Il me semble que les cœurs se sont arrêtés de battre. »

C'est fini. La dernière note s'éloigne dans les profondeurs de l'espace. Cécile fait encore un présent à toutes ces âmes. Elle donne le limpide et beau silence qui suit l'essor de la dernière note.

Une fois encore, le miracle est accompli. Les bêtes sauvages ont rentré leurs griffes. Certaines sont consolées, d'autres ne sont que domptées, d'autres encore engourdies. Orphée s'envole dans les ténèbres.

Quelqu'un soupire. On ne saura pas qui c'est. Une chaise craque. Le charme est rompu. Justin voudrait s'enfuir dans le parc et savourer seul son tourment. Il ne peut que rester en place et murmurer un timide « merci ». Un peu plus tard, une voix s'élève, hésitante, saccadée. C'est la voix de Renaud Censier. Il dit :

— Pour avoir fait une telle œuvre, j'accepterais volontiers d'être amputé d'une jambe. Oui, je donnerais bien une jambe. Mais, attention, attention ! amputé sous anesthésie, et proprement, proprement, bien entendu. Je donne un membre, mais je ne suis pas assez sûr de moi pour donner aussi la douleur.

Cette remarque tombe dans l'étonnement général. Un instant plus tard, Ferdinand murmure à l'oreille de sa femme :

— C'est un original, ce monsieur. Tu ne trouves pas ? Il n'a pas l'esprit clair.

# CHAPITRE 13

Le lendemain est le jour de la Saint-Jean. Le printemps chancelle et succombe. L'été pose un pied fiévreux sur l'herbe des prairies.

Dès que la chaleur de midi semble vouloir se retirer, M. Delcambre s'installe sur la terrasse, à l'ombre de la maison, et réclame ses modèles.

Hélène s'en vient, dolente, s'asseoir dans un fauteuil. La nurse, non loin de là, surveille les enfants et les offre à leur mère, pendant quelques minutes, quand le peintre l'exige. La petite fille et le bébé glapissent à tour de rôle. M. Delcambre n'en a cure. Il a fait préparer une toile de belles dimensions et mène grand train son esquisse. Le ciel de la Saint-Jean laisse tomber sur la Pâquellerie une lumière enflammée. Les hôtes de Joseph Pasquier sortent bientôt de la demeure, supputant le soir et le frais. Tout le monde vient, discrètement, contempler et juger les premiers essais de M. Delcambre. Des couples, des groupes se forment qui devisent à voix basse et s'éloignent par les allées. Toute une partie du jardin, plantée de hauts buis et de charmes, imite les labyrinthes italiens. On s'y perd une seconde et l'on se retrouve tout de suite.

Ferdinand passe au bras de Claire. Tous deux parlent très bas. Leur vie est un perpétuel chuchotement, un murmure étouffé dont on ne surprend presque rien et dont on a le sentiment qu'il ne s'interrompt jamais, pas même pour le sommeil. Autrefois, quand Ferdinand était jeune garçon, il existait un mystère que Laurent et Justin appelaient, entre eux, l'abîme-Ferdinand. Nul ne pouvait jamais deviner exactement ce qui se préparait dans les profondeurs de l'abîme. De temps à autre, Ferdinand s'abandonnait à quelque violente colère dans la meilleure tradition Pasquier, et l'abîme-Ferdinand livrait alors un peu de son secret. Aujourd'hui, l'abîme-Ferdinand s'est creusé, ramifié. C'est l'abîme conjugal, et nul ne sait plus jamais ce qui se cache et se mitonne dans les ténèbres de l'abîme. Non que Ferdinand soit silencieux, d'ailleurs. Il poursuit, avec Mme Pasquier, d'étonnantes conversations que Justin appelle en souriant « les dialogues des morts, ou les civilités bourgeoises ». Ferdinand dit, par exemple, d'une voix recueillie :

— Tu sais, maman, nous ne referons pas les peintures de l'appartement, cette année.

— Ah ? dit Mme Pasquier avec sollicitude. Vous ne pensez pas refaire les peintures de l'appartement cette année ?

— Non, Claire et moi nous avons décidé qu'il valait mieux ne pas refaire l'appartement cette année.

— Oui, vraiment, Claire et toi ?
— Non, pas cette année.
— Ah ! oui ! Vous pensez que cela vaut mieux ?
— Oui, nous pensons que c'est préférable.
— Ah ! Alors, vous ne le referez pas cette année !
— Non. Peut-être l'année prochaine.
— Vraiment ? Ce serait pour l'année prochaine ?
— Ce n'est pas encore dit.
— Ce n'est pas dit ?
— D'ici l'année prochaine, on a le temps.
— Le fait est qu'on a le temps.
— Alors, ce n'est pas dit.
— Non, ce n'est pas dit ?
— Non.
— Non.

Survient une légère pause et Ferdinand reprend la scène au début avec des variantes facultatives.

Mme Pasquier apporte à de tels entretiens beaucoup de bonne volonté, beaucoup de tendresse. Parfois, Claire s'en mêle. Ferdinand et Claire se partagent les répons rituels.

Ferdinand parle d'une voix molle et obstinée. Il ne prononce pas toutes les lettres. Il ne dit pas « s'il te plaît », mais « site plaît ». Il ne dit pas « du sucre », mais « du suc ». Pour Ferdinand, la chaleur de juin n'est pas « terrible », elle est « terib ». Les gens qui prononcent toutes les lettres sont, au goût de Ferdinand, des poseurs ou des faiseurs. Il module « Domoilsel », ce qui signifie « Donne-moi le sel » et « encemenci » quand il veut dire « en ce moment-ci ».

De temps en temps, Ferdinand tire de sa poche un calepin. Il écrit quelques lignes dessus avec un crayon dont il mâchonne le bout et au moyen duquel, à d'autres instants, il se gratte et se cure l'oreille. La peau de ses mains est rouge, brillante, glacée aux jointures. Si l'ange gardien de l'abîme pouvait révéler ce que Ferdinand écrit sur son calepin, le monde entendrait de surprenantes révélations, notamment sur la température de la région parisienne et sur la circulation ferroviaire.

Claire et Ferdinand ne jouissent pas d'une bonne santé, du moins à leur estime. Ils se soignent conjointement et se plaignent de même. Parfois, Claire dit : « Je souffre des reins. » Ferdinand la considère avec sollicitude et gémit : « Et moi, donc ! » Ils apportent et disposent devant leur assiette, à table, une foule de flacons, de tubes et de boîtes dont ils se partagent sourcilleusement le contenu. Ce partage ne va pas sans petits mots d'affection. Claire interpelle Ferdinand au féminin et le nomme « ma choute ». Ferdinand se penche vers Claire et répond : « Oui, mon mignard. » A haute voix, Claire profère soudain :

— Ne prends pas de viande en sauce, Ferdi, c'est échauffant.

Joseph lance vers l'abîme-Ferdiclaire un regard courroucé que le couple ne perçoit même pas, à cause de la myopie.

Dans les profondeurs de l'abîme conjugal vit, dissimulé soigneusement, un être que l'on entend parfois aboyer à l'étouffée, que Ferdinand sort et promène, chaque soir, dix minutes, dans l'ombre, et qui est l'objet d'un culte ésotérique.

Ferdinand ne lit qu'un journal, toujours le même. Il sait le lire. Il sait en extraire toute la moelle substantifique. Il n'a pas reçu, depuis qu'il est à la Pâquellerie, ce journal nourricier et n'a pu se le procurer. Ferdinand est inquiet, interdit. Que penser du monde ? Que dire du monde ? Au reste, le monde existe-t-il encore ? On n'oserait pas l'affirmer.

Quand on offre quelque chose à Ferdinand, il dit : « C'est pour ne pas vous refuser. » Si, pendant les palabres, une personne, même distinguée, fait quelque remarque accessoire, un peu étrangère au propos, Ferdinand proteste en termes imagés. Il dit : « C'est pas la sauce ! » Joseph s'efforce alors de couvrir la voix de Ferdinand, mais Ferdinand répète la moindre de ses phrases, dix ou douze fois, avec une constance admirable.

Claire et Ferdinand passent donc au bras l'un de l'autre. Ils promènent l'abîme. Ils viennent contempler les travaux de M. Delcambre. Ils s'éloignent sans dire un mot. Quand ils sont hors d'ouïe, le chuchotement recommence. Si l'ange s'avisait d'écouter, il entendrait la voix de l'abîme. Ferdinand filtre les mots entre les poils de sa moustache. Il murmure :

— Joseph dira ce qu'il voudra : ce monsieur ne sait même pas dessiner. Quelle époque !

— C'est bien vrai, répond Claire. On se demande si c'est Hélène, ou si c'est un phoque, une locomotive. Et ça doit coûter très cher. Ça m'étonne de Joseph.

Un bref silence ronronnant et Ferdinand repart, plus bas :

— Je t'ai déjà dit que Joseph a osé me demander de surveiller ma tenue et de ne plus me promener en manches de chemise dans le couloir. Oui ! Eh bien ! le professeur, le savant... Tu vas le voir tout à l'heure. Il est sorti dans le parc avec une espèce de caraco qu'il appelle une blouse chinoise. Est-ce que c'est de la tenue ?

— Dame, Joseph te répondra que c'est le genre savant.

Claire et Ferdinand font quelques pas sans rien dire, serrés amoureusement l'un contre l'autre. Une voix monte encore de l'abîme. L'ange lui-même ne saurait plus dire si c'est la voix de l'homme ou celle de sa compagne. Elle chante : « Il faudra, l'hiver prochain, essayer quand même si le coke marche aussi bien que l'anthracite. Pourquoi pas, après tout ? »

Le chuchotement s'éloigne. L'abîme se referme sur ses trésors.

D'autres abîmes s'entrouvrent ailleurs, qui ne sont pas moins secrets et recèlent d'autres misères.

Laurent a détaché du rivage le canot acheté par Joseph en même temps que tout le domaine. Laurent navigue, avec Laure, sur une Oise couleur de fiel où rampe l'ombre d'un nuage.

Le jeune homme porte un costume de toile blanche. Il est nu-tête et couronné de durs cheveux en broussaille. Il n'est pas de haute stature, mais semble robuste et vif. Son visage est illuminé d'un regard couleur bourrache, débordant de franchise et de naïveté. Il rame sans hâte, en mesure, et dit :

— Que pensez-vous de mon père ?

La jeune fille sourit à belles dents. Et ce beau, ce frais sourire s'épanouit jusqu'au rire.

— Il me plaît beaucoup, dit-elle.

Laurent laisse tomber les rames et semble réfléchir. Il reprend, dans un souffle :

— Cela vaut peut-être mieux.

— Quoi ! Vous n'en êtes pas sûr ? Espériez-vous, par hasard, que votre père me déplairait ?

— Non, non. Je ne dis rien de tel. Je vous parlerai de mon père. Plus tard, plus tard.

— Nous n'aurons peut-être jamais d'instant meilleur ni plus tranquille.

Le jeune homme ferme les paupières et son menton se prend à trembler. Laurent veut parler. Il va se résoudre à parler. Eh bien, non. Il serre les lèvres, baisse le front et rame avec énergie.

— Savez-vous, dit Laure, que votre père m'a raconté, le plus gaîment du monde, une foule de choses extraordinaires qui, peut-être, étaient des compliments, mais auxquelles je n'ai rien compris du tout ?

De belles gouttes de sueur perlent aux tempes de Laurent. Il tire sur les avirons et répond, d'une voix entrecoupée par l'effort :

— Je n'ai pas choisi mon père.

— Oh ! fait Laure en souriant, vous auriez pu choisir moins bien.

— Je ne sais. Si j'avais choisi, si j'avais pu choisir, j'aurais voulu...

— Qui donc, Seigneur ?

— Un homme comme le patron, par exemple, un homme du caractère de M. Censier.

Le sourire de la jeune fille, tout à coup, s'est replié. Laurent ne peut rien voir : il rame en conscience.

— Vous savez pourtant bien, prononce Laure lentement, que le patron a un fils et qu'il ne le voit jamais.

— C'est vrai, murmure Laurent, les sourcils froncés. C'est vrai. Le monde est plus malheureux, plus pitoyable et moins intelligent qu'on ne saurait l'imaginer.

Laurent rame, sans plus rien dire. Laure trempe une main dans la rivière et se la pose, toute mouillée, sur le front. Quelques minutes encore et Laurent reprend haleine.

— Je vais ramener la barque. La réverbération de l'eau vous donnerait mal à la tête.

Laure n'exprime aucun avis. Le jeune homme pousse la barque au rivage.

Deux ombres, cependant, glissent dans les allées du labyrinthe. Cécile parle d'une voix paisible :

— Si j'aimais quelqu'un, si j'aimais d'amour, il me semble que je serais jalouse.

— C'est naturel, répond Justin. Tout cœur qui aime est jaloux de ce qu'il aime.

— Non, ce n'est pas cela que je veux dire. Je serais jalouse... de moi.

— Cécile, je ne comprends pas.

— C'est très difficile à comprendre. Je serais jalouse de moi-même, de me voir aimer quelqu'un.

Justin tourne la tête et se mord cruellement la main gauche. Ah ! qu'il emporte le morceau ! Que cela saigne jusqu'à l'épuisement, jusqu'à l'agonie. Cécile s'est reprise à parler.

— Je me marierai quand même, plus tard, probablement. Bien sûr, je ne resterai pas seule. Un jour, Laurent se mariera, lui aussi. Je finirai par l'imiter. Mais Laurent ne veut pas se marier pour l'instant. Il me l'a dit cent fois. Je le comprends assez bien.

Justin semble tout à coup gagné par la sombre énergie vocale des bègues. Il répète en haletant :

— Vraiment, vous dites que si Lau... Laurent se, se... Ah ! je crois que je vais devenir fou.

— On nous appelle, Justin. Ce doit être mon frère Joseph.

Joseph arrive à grands pas. La noire odeur des buis tourbillonne dans son sillage. Il passe et dit, sans s'arrêter :

— Vous n'avez pas vu papa ? Non ? Il est parti depuis trois heures d'horloge. On se demande ce qu'il peut faire dans ce pays où il ne connaît personne.

Sur la terrasse, où l'ombre grandit, le peintre Delcambre laisse reposer ses modèles et prend un rafraîchissement. Il raconte une histoire en se donnant de belles claques sur les cuisses.

— Ah ! vous n'avez jamais entendu parler de Mme Charroux. Pas possible ! C'est une femme de soixante et quelques années. J'ai fait son portrait en 99 ou en 1900, je ne me rappelle plus. J'ai fait son portrait dans sa chambre à coucher, bien entendu. N'ayez pas peur, madame Pasquier, c'est une histoire très convenable. J'en connais aussi de convenables. Mme Charroux a quelque peu de fortune. On dit : Mme Charroux, en fait, c'est une vieille demoiselle. Figurez-vous qu'elle est tombée malade à l'âge de neuf ans. C'est bien cela, en 53, un an après le coup d'Etat, du moins à ce que disent ses proches. Moi, en ce temps-là... Mais ne parlons pas de moi. Je ne suis quand même pas si vieux. Alors, elle est tombée malade et les médecins l'ont mise au lit. Elle y a passé toute sa vie. Vous m'entendez ? Toute sa vie. On la soignait comme un enfant, tellement elle paraissait faible. Elle habitait au second étage, dans sa belle maison de Garches. Elle est restée dans son lit pendant cinquante et un ans. Et, tout à coup, l'hiver dernier, le feu a pris à la maison.

Delcambre ménage un silence et jouit un instant de son effet.

— Alors ? demande Hélène.

— Alors les pompiers ont dressé leur échelle contre la fenêtre de la chambre, parce que l'escalier était impraticable. Et savez-vous ce qu'on a vu ? Mme Charroux est sortie du lit, pour la première fois depuis cinquante et un ans. Elle a prié les pompiers de bien vouloir la laisser tranquille. Et elle est descendue toute seule, par l'échelle, gaillardement. Et elle n'est pas descendue en tournant le dos, comme nous ferions, vous ou moi. Non ! en avant, comme si elle n'avait fait que ça depuis 1853. Elle est descendue en avant, comme j'ai l'honneur de vous le dire.

Le peintre rit aux larmes et reprend palette et pinceaux.

— Encore une minute, une seule minute, Madame. Bientôt, il fera trop sombre. M. Censier porte une blouse d'un bleu superbe. Regardez-le, là-bas, tout au fond de la grande allée.

Renaud Censier, juste à ce moment, disparaît sous le couvert des arbres. Il chemine à pas lents, auprès de Laure Desgroux.

— J'ai, dit-il, travaillé toute la matinée.

— Avez-vous dormi ?

— Non, je ne sais plus dormir. On peut vivre sans dormir. Je suis en train d'en faire l'épreuve. A dire vrai, je sommeille un peu, le matin. Mais alors commence une autre vie, une autre torture. La vie de ces idées terribles qu'on a dans le demi-sommeil.

— Puissiez-vous dormir la nuit prochaine !

— J'ai justement le projet de ne pas dormir la nuit prochaine.

— Pourquoi ?

— Je vous dirai cela bientôt. Il faudra que je fasse composer une thèse par un de mes élèves sur le besoin de crier quand on est malheureux. Vous avez remarqué, peut-être, que, si je ne dors pas, je mange. Les jeunes hommes perdent volontiers l'appétit, mais ils dorment. Les hommes de mon âge mangent encore et perdent le sommeil. Voilà. Je crois, Mademoiselle, que je suis très malade. Que je voie seulement passer une robe de certaine couleur, que je voie flotter un ruban, que je voie un rayon de jour baiser une joue veloutée, mon cœur se met à battre de manière désordonnée. Je suis malade et j'ai honte. Vous ne dites rien. Vous avez raison.

Laure serre entre ses doigts une tige d'herbe, la jette et présente ses mains, comme une coupe, devant le visage de Renaud.

— Respirez !

— C'est l'origan. Que de souvenirs ! Que d'années ! Que d'étés déjà ! Vous ne pouvez savoir.

— Allez-vous imaginer que je n'ai pas de souvenirs ? J'ai plus de vingt et un ans.

— Taisez-vous ! Taisez-vous ! Laissez-moi savourer une minute entière le goût du désespoir.

Renaud baisse la tête. Son visage est sombre et crispé. Il se reprend à parler :

— Savez-vous que, dans cette maison, j'habite juste au-dessus de vous ? Juste à l'extrémité de l'aile qui regarde vers l'ouest et les grands arbres du parc ?

— Je le sais.

— Qu'y a-t-il au-dessous de votre chambre ? La cuisine, je pense.

— Oui, les cuisines ou l'office. Je ne sais trop.

— Eh bien ! n'oubliez pas de fermer votre porte.

— Je la fermerai sûrement. C'est une habitude ancienne, de fille seule, d'orpheline.

— Et si, malgré cette porte fermée, vous receviez une visite...

— Quelle visite ?

— La visite d'une ombre bleue.

— Par où me viendrait cette visite ?

— Par la fenêtre, qu'il faut nécessairement laisser ouverte à cause de la chaleur. S'il vous arrive de recevoir une telle visite, je pense que vous n'aurez pas peur et que vous ne crierez pas.

— Non.

La jeune fille regarde fixement Renaud, secoue la tête encore une fois et répète avec énergie :

— Non. Je ne crierai pas.

## CHAPITRE 14

Joseph prit Laurent par le col et lui dit, bouche contre oreille :

— Suis-moi jusqu'à la pelouse. Il faut que je te dise un mot.

La soirée avait été lourde et le dîner presque maussade. M. Delcambre, seul, avait soutenu l'entretien en racontant une foule d'histoires saugrenues. On l'entendait encore qui disait, non loin de là, dans une allée de verdure :

— Croyez-moi, monsieur Weill. Ils prétendent que la chair étouffe l'âme. Les malheureux ! Comme il faut qu'ils aient l'âme chétive ! Moi, plus je mange et plus je bois, moi, plus je fais l'amour, et plus mon âme se trouve forte et nourrie, plus elle est riche, plus elle veut vivre. Vous me comprenez ? Plus elle est âme, à mon avis, plus elle est pure. Voilà comme je suis.

Justin répondait, l'accent distrait :

— C'est une singulière solution au redoutable dualisme.

— Dualisme si vous voulez. Je m'en fous. C'est comme ça.

Joseph haussa les épaules et fit rapidement quelques pas, entraînant Laurent par le bras.

— Sais-tu, dit-il enfin, que papa, hier et aujourd'hui, est sorti, après le déjeuner, soi-disant pour reconnaître les abords, et qu'il est resté, chaque fois, plus de trois heures absent ?

— C'est possible, fit Laurent, et cela ne m'étonne guère : il est terriblement indépendant.

— D'accord. Et toi, tu es terriblement naïf.

Laurent haussa les épaules :

— Que vas-tu m'apprendre encore ?

— Quelque chose de désagréable, n'en doute pas. Notre père est indépendant et moi, je suis très curieux. J'ai pris l'automobile, sur le coup de cinq heures, et j'ai poussé diverses reconnaissances dans les environs.

— Oui. Et alors ?

— Paula Lescure est à Beaumont, à l'hôtel, au bord de l'eau. Tu n'as pas même l'air d'écouter ce que je te dis.

Laurent frappa du pied le sol avec impatience. Joseph repartait, écumant de rage.

— Paula ! Toujours Paula ! Ma bête noire ! La plus collante et la plus remuante de ses maîtresses. Et voilà ! Je pends la crémaillère dans ma maison. Je veux que toute ma famille soit présente. C'est vraiment notre fête à tous. Et que fait alors papa ? Il fait venir cette Paula Lescure et l'installe à cent pas d'ici. Et dès le premier jour ! Et que faire ? Que faire ?

— Il n'y a absolument rien à faire.

Joseph se reprit à parler d'une voix sourde et contenue :

— Il m'a gâté tout mon plaisir. Mais ça, c'est son habitude, et je n'en parle même pas. Ce qui me semble plus grave, c'est qu'il va nous couvrir de ridicule dans ce pays où l'on nous connaît à peine et où les gens nous regardent un peu comme des phénomènes. Moi, je ne peux plus lui parler. Je lui ai déjà vingt fois pour le moins fait la grande scène, le grand jeu. Toujours sans le moindre résultat. Mais toi, Laurent ! Il te craint un peu. Tu n'ouvres pas souvent le bec. Tu l'intimides. Alors, dis-lui quelque chose.

— Je tâcherai, fit Laurent. Taisons-nous : voici Justin.

— Oui, criait Justin dans l'ombre. Je te cherche. Je viens de me débarrasser du raseur, je veux dire du peintre. Vous avez fini, tous les deux ?

— Mais oui, mais oui, grommela Joseph. Je vous laisse philosopher. N'oublie pas, mon petit Laurent !

— Qu'est-ce que tu as ? fit Justin quand les deux amis furent seuls. Tu sembles préoccupé.

— Oh ! Des histoires de papa. Les éternelles complications de papa. Je te raconterai... plus tard.

— Je vois que je tombe tout à fait mal.

— Mais non, mais non. Que veux-tu ?

— Je veux te parler sérieusement. Allons jusqu'à la rivière. Laurent, Laurent, je t'adjure de prendre ton courage à deux mains et de m'écouter de toutes tes oreilles.

— Toi aussi ! Toi aussi ! Pourquoi me pousses-tu donc ?

— Asseyons-nous un instant. Là, dans cette espèce de bosquet. Il y a un banc de pierre.

— Dépêche-toi, Justin : je suis à bout de patience.

— Laurent, je crois que tu ne me caches rien de ta vie profonde et même de ta vie sentimentale. Les choses que tu ne me dis pas, c'est qu'elles me sont perceptibles et que je peux les deviner sans confidences, sans discours superflus.

Dans l'ombre, Laurent fit oui de la tête.

— Tu m'as, reprit Justin, parlé d'un sentiment très fort et très pur qui, depuis bien des mois, a transformé ta vie, mais que tu veux garder secret.

Une fois de plus, Laurent approuve, d'un signe.

— Les raisons de ton secret, tu me les as fait comprendre et je les trouve très nobles...

— Continue, Justin. Tu les trouves très nobles, mais...

— Très nobles, mais puériles et surtout dangereuses.

— Dangereuses ? fit Laurent, l'oreille attentive.

— Ah ! que tu es gentil et naïf.

— C'est la deuxième fois qu'on me le dit ce soir même. Où veux-tu en venir ?

Justin se mit debout et posa ses mains sur les épaules de son ami.

— Il faut te marier, Laurent, dit-il avec solennité.

— Pourquoi ?

Justin se pencha, baissant la voix :

— Parce que si tu n'épouses pas Laure, mon ami, on va te la prendre. Peut-être est-il déjà trop tard.

D'un coup de reins, Laurent fut debout. Il avait saisi Justin par les coudes et le secouait avec force.

— Que sais-tu ? Qui t'a parlé ?

— Nul ne m'a parlé, mais j'ai vu. Qui mieux est, j'ai surpris des mots, des bouts d'entretien, hier soir encore.

— Comment ! Ça se passe ici ? Enfin, qui ? je te le demande.

— Il ne s'agit ni de Joseph, ni de Ferdinand, ni de l'invraisemblable M. Delcambre, comme bien tu le penses, ni de ton père et ni de moi. Voilà !

— Tais-toi ! C'est impossible.

— Je suis assez de cet avis. Cela semble... impossible.

— Tu as dû te tromper. Tu as pu te tromper.

— Je suis parfaitement sûr de ne m'être pas trompé.

— Allons-nous-en d'ici. Viens. Il faut que je remue. Il faut que je me réveille.

— Que vas-tu faire ?

— Rien. Absolument rien. Tâcher peut-être de mettre un peu d'ordre dans mes idées.

— Attends ! fit Justin tout bas. On marche et on parle dans l'allée derrière les arbres. C'est la voix de M. Delcambre. A qui en a-t-il, ce bavard ?

— Tais-toi ! Tais-toi, souffla Laurent.

Des pas se rapprochaient dans la nuit. Laurent et Justin entendirent soudain la voix du colosse, tout près d'eux. Elle était, cette voix, sucrée, souriante. Elle disait :

— Que voulez-vous faire dans la vie ?

La nuit fut traversée, illuminée par le rire de Suzanne.

— Moi, Monsieur, chantait l'enfant, je veux être comédienne. Je veux faire du théâtre.

— Vous n'avez pas tort, fichtre, ma petite fille. Et vous aurez du succès, car vous êtes à ravir.

Suzanne riait de plus belle.

— Savez-vous que tout le monde me le dit ? Je finirai par le croire.

— Si ça ne vous ennuie pas trop, je ferai votre portrait. Et vous savez, pour le plaisir. Ça ne coûtera rien à vos parents.

— Ma mère ne voudra jamais.

— Eh ! nous ne le lui dirons point. Ça se passera entre nous. Vous avez bien des heures où vous sortez toute seule...

Les pas et les voix s'éloignaient. Laurent serrait le bras de Justin.

— C'est à devenir enragé, cria-t-il. Qu'est-ce que tout ce monde a bu ?

— Il n'est peut-être pas inutile, murmura Justin, de dire deux mots à ta mère.

— Oui. Deux mots à papa d'un côté, deux mots à maman de l'autre. Ah ! Tonnerre ! Je vais commencer par mon père. Allons-nous-en, Justin. J'ai besoin de boire un verre d'eau. Je vais aller à la cuisine. Joseph m'a chargé d'une mission... C'est ridicule et révoltant : je ne sais même pas que dire. Il n'y a, surtout, rien à dire. Tournons par l'allée des buis. Je ne veux rencontrer personne. Je vais passer par la porte de l'office. Tu n'as pas soif, Justin ?

— Non, souffla Justin. Attends que j'ajoute une chose : on n'a pas le droit d'être triste quand on n'a pas fait tout ce qu'il fallait pour être joyeux.

— Oui, je comprends. Attends-moi, je te prie, une minute. Je ne me sens pas encore prêt pour les éternelles explications familiales. J'ai besoin de ta présence pendant un instant encore.

Laurent poussa la porte de l'office et Justin demeura seul, face à la nuit de juin qui était parée d'étoiles. Justin commençait de rêver quand il en fut empêché par un bruit de sourde querelle. Laurent sortait de l'office, accompagné du Dr Pasquier.

— Mon cher, disait le docteur de sa voix des meilleurs jours, si tu l'avais fait exprès, ce serait d'une indiscrétion renversante. Mais tu ne l'as pas fait exprès. Ce n'en est pas moins pénible.

— Tais-toi, père, tais-toi ! Cela vaut mieux, grondait Laurent.

— Comment, mon garçon ! je suis en conversation familière avec une fille charmante... Qu'est-ce qui est là ? C'est Justin ?

— Oui, c'est moi, fit Justin, je te demande pardon, Laurent, et à vous aussi, monsieur Pasquier.

— Mais restez, restez, mon cher. Vous êtes un galant homme et je n'ai rien à vous cacher. Laurent est un peu maladroit, comme toujours, comme toujours. Il me trouve en conversation cordiale avec cette femme aimable. Comment l'appelle-t-on, déjà ? La nurse — c'est bien le mot ? — la nurse des enfants de Joseph.

— Oh ! gronda Laurent furieux, tu parles de conversation cordiale : tu la tenais sur tes genoux.

— Mon cher, n'exagère rien. Je prononce très mal l'anglais. On dit la « neurse », n'est-ce pas ? Je me demande pourquoi ces gens, les Anglais, s'obstinent à parler étranger, au lieu de parler français, comme moi, comme tout le monde. Enfin, marchons pour la « neurse ». Eh bien ! tu n'as rien à craindre. Tu es un homme et je ne vois pas pourquoi je ne te dirais pas la vérité. Donc, entre nous, rien à craindre au sujet de cette demoiselle : en ce moment, j'ai le cœur pris.

— Tais-toi, papa, reprit Laurent. Tais-toi, ou je vais crier. Excuse-moi, Justin. Papa dit, il ose dire je ne sais quoi... qu'il a le cœur pris. Ce serait à mourir de rire si ce n'était pas tragique. Et Joseph, aujourd'hui même, l'a rencontré, près de Beaumont, avec cette personne qui s'appelle Paula Lescure et dont je t'ai raconté l'histoire. Une histoire, hélas ! qui dure depuis cinq ans.

Le docteur écartait les bras d'un air d'embarras comique.

— Paula ! Mais c'est naturel. Cinq ans ! Tu ne vas pas, maintenant, me reprocher d'être fidèle. Ce serait à ne plus s'y reconnaître. Je suis un homme capable de plusieurs fidélités. Voilà ce que les gens de votre génération ne pourront jamais comprendre. Je ne voudrais pas vous froisser, mon petit Justin, mais les jeunes gens d'aujourd'hui ne comprennent rien aux femmes. Nous, c'était une autre affaire. C'était même la grande affaire. Et les femmes s'en rendaient compte. Elles ont du flair, à ce point de vue. Je ne sais, mon garçon — c'est à toi, Laurent, que je parle — si tu jettes jamais les yeux sur ta camarade... Comment l'appelles-tu ? Laure ? Un petit nom ravissant. Tu ne la regardes pas de trop près, mon cher, et tu as tort : elle est charmante. Sois sûr qu'elle me regarde, moi, sans indifférence, parce que je fais des frais, parce que je lui rends l'hommage qu'elle mérite. Oh ! je ne vais pas jusqu'à dire... Mais je t'affirme qu'une jeune fille — une véritable jeune fille — sent merveilleusement bien tout. Elle sent que j'ai, pour elle, une admiration... éclairée. Parfaitement ! Eclairée ! C'est le mot. Elle le comprend, d'une manière ingénue. Que veux-tu ? mon cher, l'amour, c'est une vocation, c'est une carrière. On ne s'improvise pas amoureux d'un jour à l'autre.

— Tais-toi, papa ! Tais-toi !

— Je me demande pourquoi, mon garçon, tu veux m'imposer silence alors que je parle de choses que je connais à merveille. La passion, je sais ce que c'est. A condition, toutefois, qu'on ne fasse pas de mélodrame. Non, non, de la pudeur. Pas de larmes. Pas de désespoir. La passion, c'est le désir. Un point, c'est tout. Croyez-en, mes garçons, un homme plein d'expérience. Ferdinand, qui n'y connaît rien — Ferdinand est un bon garçon, mais un peu sot, un peu niais, un peu bureaucrate, en un mot — me fait de temps en temps une scène ridicule et dit que je suis immoral. Pff... je suis a-mo-ral, mes garçons — vous entendez : *a*, privatif. — Il vaut mieux ne pas avoir de morale que d'en avoir une mauvaise. C'est plus prudent. Moi, je suis prudent.

— Ah ! soupira Laurent d'une voix navrée, tu parles comme Ferdinand, tu viens de parler comme Ferdinand.

— C'est bien possible, après tout, reprit le docteur, conciliant. Vous avez tous quelque chose de moi. Joseph lui-même, quoi qu'il en pense. Et toi, Laurent, bien entendu. Vous dites tous, à chaque instant, vous faites tous, par-ci, par-là, des choses que je pourrais dire ou faire si j'avais plusieurs existences. Ferdinand n'est pas exclu. Mais moi, je vous prends comme vous êtes. Et je ne perds pas mon temps à vous faire la leçon.

— Tu as raison, papa, je ne perdrai plus mon temps.

— Allons, tant mieux ! fit le docteur d'un ton léger et goguenard. Attends ! encore un mot. Je vais à Paris demain et je voudrais consulter mon traité de Farabeuf, que je t'ai donné quand tu es entré à l'Ecole et que tu ne m'as pas rendu. Prête-moi ta clef, mon cher, je veux dire la clef de ta chambre. Je te la rapporterai demain soir. Merci, mon garçon, merci. Oui, je vais à Paris, demain, surveiller mon remplaçant. Pour le reste, n'en parlons plus. Ce qui est dit est dit. Je déteste le rabâchage. Crois-moi : le malheur des gens de votre génération, c'est de n'avoir pas compris que la frivolité est une chose sérieuse. Je parle aussi pour Justin. Allons, bonsoir, mes enfants.

Le docteur esquissa de la main un salut bénin et cordial, puis il disparut dans l'ombre.

— Il n'y a rien à faire, dit Laurent d'un ton lugubre. Je vais tâcher de voir maman, au sujet de la petite. Une bonne nuit, Justin.

Mme Pasquier était assise sur le côté de la terrasse qui regardait vers la rivière et vers la plaine enlunée. Laurent s'assit auprès d'elle et, pendant quelques minutes, il demeura silencieux. Mme Pasquier dit soudain :

— J'attends le serein, mais il ne vient pas. On étouffe. Quelle chaleur ! On ne sait plus ce qu'on pense. Je suis toute chose.

Laurent ne soufflait mot. Un moment plus tard, Mme Pasquier murmura :

— J'ai été, pour votre père, une épouse et une maîtresse...

Laurent se dressa, furieux.

— Oh ! s'écria-t-il, c'est à croire que toute la maison devient folle ! Pourquoi me dis-tu... des choses comme celles que tu viens de me dire ?

Mme Pasquier bégaya :

— Qu'est-ce que j'ai dit ? Je ne sais plus.

— Ecoute, maman, trancha le jeune homme, fais l'impossible pour que le peintre, le géant, le satyre alcoolique, M. Delcambre, enfin, n'adresse plus la parole à Suzanne.

— Tu n'as pas besoin de me le dire ! gémit Mme Pasquier. Je vais surveiller l'enfant. Ce monsieur ne m'inspire aucune confiance. Heureusement, Suzanne est couchée. Je suis allée l'embrasser dans son lit.

Mme Pasquier demeura quelques instants sans rien dire, puis elle ouvrit un cornet qu'elle tenait dans sa main.

— Non, dit-elle, ce n'est pas un berlingot. Je ne sais pas si tu peux voir. C'est un hanneton que Suzanne m'a donné. Je veux bien croire que cette année ce n'est pas la bonne année. Mais, qu'il est petit, mon Dieu ! De mon temps, les hannetons étaient plus gros. N'en parle pas à Joseph : il a trop tendance à croire que je critique sa maison, que je ne trouve pas mal du tout, au contraire. Mais c'est un hanneton ridiculement petit. Tiens, voilà notre Joseph.

— Il est onze heures et demie, dit Joseph, apparu soudain. Nous pourrions aller nous coucher.

— Es-tu bien sûr, demanda Mme Pasquier, d'avoir fermé toutes les portes ?

Joseph haussa les épaules.

— Tu penses toujours, maman, être dans un logement parisien. Ici, c'est presque une province. Ah ! Laurent, as-tu fait ce que je t'ai prié de faire ?

— Non, soupira Laurent. J'ai bien essayé, mais j'y renonce.

Il se mit debout, les bras ballants, et dit, d'un air accablé :

— Je voudrais renoncer à tout.

Joseph, une fois encore, fit front avec fureur :

— Je connais la chanson, mon vieux. Je connais ton couplet sur le renoncement. Et pataboum et pataboum ! Le renoncement, c'est très beau ; n'empêche que si l'humanité ne vivait que de cette viande creuse, elle serait encore dans les cavernes, elle n'aurait rien conquis et les philosophes de ta sorte ne pourraient pas philosopher. Allons, montons nous coucher. Père doit aller à Paris, demain, pour voir son remplaçant ou quelque chose de ce genre. Mais ne t'inquiète pas, maman, nous ne serons que douze à table : la nurse a son jour de congé. Laurent, tu tombes de sommeil et tu me marches sur les pieds.

— De quoi parles-tu ? fit Laurent.

— Je dis : allons nous coucher.

## CHAPITRE 15

Jusqu'à mi-hauteur, la chambre était ornée de boiseries sculptées, peintes en gris. Une toile de Jouy rose, au dessin pastoral, couvrait le reste des murailles et fournissait les tentures d'une alcôve à l'ancienne mode. Une petite lampe électrique veillait, sur la table de nuit, dans un abat-jour de soie, et donnait une faible lumière. Par la fenêtre ouverte, Laure apercevait les arbres noirs et bruissants du parc, tout proches en cet endroit et, au-dessus, la nuit de juin, le ciel vivant, peuplé de lueurs.

Un papillon entra, duveteux, ébloui, qui vint se poser, en extase, sur l'étoffe de l'abat-jour. La jeune fille demeurait debout, pensive, au milieu de la chambre. Elle portait une longue chemise de nuit verte, une chemise de pensionnaire, fermée au col et aux poignets.

Il était beaucoup plus de minuit. Le silence était profond. Laure entendit soudain le bruit infime d'un insecte qui travaillait dans la boiserie ou dans la carcasse d'un vieux meuble. L'insecte travaillait par intervalles réguliers et faisait, mais petitement, le bruit du marteau-piqueur que l'on entend au fond des mines.

Un long moment, Laure prêta l'oreille à ce témoignage d'une existence sans doute elle aussi traversée d'angoisses, de douleurs poignantes, de joies ineffables. Puis la jeune fille s'étendit en soupirant sur le lit. L'alcôve était peu profonde et les rideaux en demeuraient ouverts. Le visage tourné vers la fenêtre, Laure pouvait contempler le ciel. Une grosse étoile parut à l'extrême bord de l'espace nocturne et commença de naviguer dans l'abîme phosphorescent. De temps en temps, un souffle passait que l'on ne sentait guère dans le creux de la maison ; mais tous les arbres du parc, en même temps, répondaient à cet appel, tantôt par un hennissement et tantôt par une prière.

La maison, maintenant, semblait tout à fait endormie. L'oreille au guet, Laure entendit, très loin, très loin, comme perdu dans les entrailles de la terre, le cri d'un petit enfant qui se réveille et veut téter, puis, presque aussitôt, l'aboi d'un chien, promptement réprimé. Le silence reprit alors possession du monde et Laure crut un moment qu'elle venait de s'assoupir. Nul bruit de l'étage supérieur, pas même un craquement du parquet, pas même un frôlement... Laure était tout à coup seule, à la proue d'une barque, en route vers un horizon de saphir et de diamant noir. La jeune fille ouvrit les yeux et s'efforça de regarder l'étoile qui, lentement, déclinait vers la cime des arbres. Et, soudain, l'étoile disparut. Une ombre noire et mouvante entrait dans l'aire de la nuit. Laure sentit qu'elle allait trembler. Elle ferma les poings et tint les mâchoires serrées.

L'ombre se dressait, très grande, sur le bord de la fenêtre. Elle se ploya, se pencha, vint tomber sans bruit dans l'orbe de la veilleuse et s'avança vers l'alcôve.

— Vous pouviez vous tuer, dit la jeune fille, à voix basse.

— Non. Vous voyez, souffla Renaud, que je ne suis pas mort.

— Comment êtes-vous descendu ?

— En suivant le paratonnerre, qui passe dans l'angle des cheminées. Regardez, j'ai les mains pleines de rouille. Laissez-moi les tremper dans l'eau du broc. Je veux me présenter devant vous avec de belles mains propres. Voilà. J'ai sali les serviettes. Pardon pour le voyageur tombé du ciel.

— Vous avez les pieds nus.

— Oui, pour mieux sentir les choses et les saisir au besoin. De grâce, ne regardez pas mes pieds. Ne me faites pas honte.

— Je les trouve très intelligents et très vifs.

— Non, ce sont des pieds qui ont déjà beaucoup vécu, beaucoup marché, beaucoup souffert. Ils sont durs, ils sont usés, ils sont chargés de veines noires. Ne regardez pas mes pieds. Ne me faites pas honte.

— Qu'est-ce que c'est que ce vêtement ?

— C'est une blouse de coolie chinois. Et le pantalon aussi est un pantalon de pauvre ; mais je suis bien ainsi pour voltiger dans l'altitude. Ne bougez pas, je vous en prie. Je vais m'asseoir près de vous, par terre, sur le tapis. Soyez tranquille : nul ne peut nous entendre et nul ne peut nous voir.

— Je suis parfaitement tranquille, dit Laure avec un faible sourire, et elle se prit à claquer des dents.

— Vous avez froid ? Est-ce possible ?

— Je n'ai pas froid. Je suis seulement... étonnée.

— Nul ne peut nous voir et les arbres du jardin ne songent pas aux pauvres nous. Je ne veux pas compromettre mon amie Laure Desgroux. Vous n'avez pas peur, je pense.

Lèvres serrées, la jeune fille, farouchement, secoua la tête. Un peu plus tard, elle dit, d'une voix imperceptible :

— Je ne veux pas avoir peur. Vous ne pouvez pas me faire de mal.

Renaud secoua la tête.

— Non. J'ai bien réfléchi.

— Pourquoi cette réflexion ?

— N'y pensez pas, je vous prie. Je voudrais chanter, peut-être, un chant que nul ne percevra, un chant pour vous et pour moi. La moitié de la terre dort ou fait semblant et, sur l'autre moitié, là-bas, de l'autre côté du monde, les hommes, en ce moment, se débattent dans une guerre barbare et souffrent comme des damnés. Mais ici, nous n'entendons rien. Nous sommes de très pauvres êtres. Nous succombons sans résistance à l'enchantement d'une belle nuit. Sentez-vous monter les parfums ?

— Oui, je reconnais celui des œillets blancs.

— Il parle fort. Il méprise les autres. Il est presque indiscret, presque insolent. Ne vous fait-il pas songer à l'essence de girofle qui restera toujours, pour moi, l'odeur de notre travail, le sérieux parfum de mon élève Laure Desgroux, l'amère odeur d'un amour impossible ? Attendez ! Attendez ! Le vent vient de jeter dans la chambre une senteur qui nous arrive de plus loin : celle des buis et des genévriers.

— Je sens autre chose encore.

— Oui, c'est le chèvrefeuille. Il est presque à l'agonie. C'est le dernier souffle de son printemps. Il grimpe sous votre fenêtre. J'ai dû le fouler tout à l'heure. Je m'approche un peu, voulez-vous ? Je veux vous contempler de plus près. Je veux m'enivrer de la privation de vous. Si je ne vous fais pas horreur et si vous le permettez, je vais poser une main sur votre genou droit. Doucement, ma main sur ce genou qui va vous porter pendant des dizaines et des dizaines d'années dans votre gracieuse vie. Souffrez que je laisse ma main une minute, une seule minute. Elle vous offensera moins que le regard des autres hommes, que le brutal regard des autres hommes. Je ne suis plus un enfant : je ne vais pas laisser ma main sur votre genou. Je pourrais l'abandonner aux rêves, je pourrais même l'oublier là. On se lasse de tout, Mademoiselle, même du vertige. Non, c'est fini, c'est fini. Je vais maintenant mettre ma tête au bord du lit. Je cherche une position supportable à ma misère. Il faudra vous rappeler, plus tard, quand vous serez sauvée de moi, il faudra vous rappeler que ce genou, vous me l'avez donné, Mademoiselle, et qu'il m'appartient, en rêve, pour toujours, et qu'il m'appartiendra, même quand le prince aura passé. Car il viendra, plus tard, bientôt, il viendra...

La jeune fille s'était dressée à demi. Elle s'appuyait sur son coude et fit le signe du silence.

— Ecoutez ! Ecoutez, dit-elle. Qui est-ce qui chante dans les arbres ?

Venu du plus épais de la nuit, trébuchait un chant d'oiseau, un chant court et maladroit.

— C'est le rossignol, fit Renaud.

— Est-ce possible ? murmura la jeune fille. On dit qu'il chante si bien.

— Hélas ! il ne sait plus chanter. Le mois dernier, il étonnait la nuit. Les voyageurs s'arrêtaient et retenaient leur haleine pour écouter le magicien. Et maintenant, c'est fini. Toute la nature est verte. Même les arbres qui se décident les derniers sont entrés dans le concert. Les fleurs n'ont plus le courage de se refermer le soir. Le rossignol ne sait plus que dire. Vous fermez les yeux ?

— Je vous écoute.

— Ecoutez-moi, cette nuit. Vous ne m'entendrez pas toujours.

— Je voudrais vous entendre toujours.

Renaud secoua la tête.

— La mort est sur mes talons. Je ne l'ai jamais senti comme je le sens maintenant. Pourquoi remuez-vous la main ?

— Vous allez vous abandonner à des pensées qui me font mal.

— Alors, dites-moi de m'en aller. Renvoyez-moi.

— Je ne vous renvoie pas.

— Puisque vous ne me renvoyez pas, je vous donnerai tous vos noms : annonciatrice de l'hiver, lumière du soir, étoile de la tristesse. Et je vous nommerai encore, pour toujours, pour toujours : Laure-qui-m'a-réveillé-de-la-vie ! Laure-qui-m'a-rendu-le-don-des-larmes !

La jeune fille posa ses doigts sur la bouche de Renaud et un long moment passa, pendant lequel retentit le petit bruit de l'insecte obstiné qui travaillait dans le bois sec. Puis Laure dit d'une voix indistincte :

— Je sens une autre odeur.

— C'est l'haleine des tilleuls. Elle est caressante et sucrée.

— J'ai froid.

— Je vais tirer les couvertures et vous border comme un enfant.

— Parlez encore.

— Je parle, mais seulement avec mon cœur. Ecoutez bien.

— J'entends.

Un grand silence tomba, traversé par le cri d'un oiseau de nuit qui décrivait de grands cercles au-dessus des arbres, dans l'espace de cristal bleu. Renaud étendit le bras et tourna le bouton de la veilleuse. Aussitôt, dans le cadre de la fenêtre, le ciel parut presque blême. La grosse étoile allait bientôt disparaître derrière les frondaisons du parc. Renaud demeura longtemps, à genoux, contre le lit, la tête reposant dans la paume de la jeune fille.

Un peu plus tard, un souffle frais passa sur les cimes de la futaie. Toutes les feuilles réveillées firent entendre une sourde plainte. Un peu plus tard encore, très bas, très bas, Renaud appela :

— Laure !

L'appel tomba dans un profond silence : la jeune fille s'était endormie.

Alors, avec des gestes lents et attentifs, Renaud Censier se releva, puis il vint jusqu'à la fenêtre.

La courte nuit de juin s'achevait. Déjà le crépuscule de l'aube ressuscitait le monde transi. La maison, touchée par le froid, s'éveillait avant les hommes. On entendit craquer un meuble, puis la charpente du toit, puis le métal des gouttières, tout le mystérieux travail de la matière inanimée. Puis une mouche somnolente sortit des rideaux et traversa la chambre, d'un vol ivre de sommeil.

Renaud, avec des gestes de voleur, se penchait à la fenêtre et, de l'œil, mesurait l'abîme quand, soudain, au-dessous de lui, sur la terrasse dallée, parut un fantôme blanc. Renaud fit un mouvement pour se retirer dans l'ombre et, tout de suite, il comprit. C'était un grand papier d'emballage abandonné par les domestiques à l'entrée d'une remise. Le vent du matin l'avait mis en route et il s'avançait, par sursauts. En passant devant la fenêtre, il s'arrêta, déconcerté, dans une syncope de la brise. Puis il se dressa, tout debout, comme sur d'invisibles jambes, et parut considérer attentivement Renaud. Ensuite, il se remit en marche et disparut derrière l'angle du bâtiment.

Une seconde, Renaud tourna son visage vers les profondeurs de la chambre. Il monta, tout debout, sur l'appui de la fenêtre, tâta longuement la muraille pour y retrouver ses prises et, silencieusement, s'envola.

## CHAPITRE 16

Vers onze heures du matin, Joseph arriva de Beaumont dans l'automobile. Il avait pris place à côté du chauffeur et se tournait fréquemment pour adresser la parole à deux messieurs inconnus dont l'un portait une serviette de cuir et l'autre un volumineux appareil photographique.

— Croyez-moi, monsieur Bourgelat, articulait Joseph avec une souriante fermeté, si la jeune finance veut remplir sa mission et revivifier le capital, ce colosse aux pieds d'argile, elle doit entretenir commerce et même lier partie avec les forces spirituelles du pays et du monde entier. Quand nous « mettrons en eau » le barrage de la Roumagne, comme disent les spécialistes, la France entière devra célébrer cet événement à l'égal d'une fête civique. Des mathématiciens et des physiciens illustres en parleront au public dans une presse enfin éclairée. Des écrivains d'élite, des membres de l'Académie chanteront dans leurs articles et dans leurs livres les prodiges de la fée industrielle. Le temps n'est plus où les savants et les artistes travaillaient dans l'ombre, méprisant les hommes d'affaires qui leur rendaient bien leur mépris. D'ailleurs, au point de vue esthétique, le barrage de la Roumagne doit être une merveille d'art. Tous les peintres dignes de ce nom voudront représenter en peinture notre barrage qui s'élèvera dans un site forestier absolument délicieux. Ils trouvent bien naturel de peindre le pont du Gard. Alors ? Inutile d'attendre que le barrage soit en ruines. Je vais vous montrer des plans et même des photographies. Tenez, monsieur Bourgelat, puisque nous sommes à bon port, — c'est ici la Pâquellerie, — un joli nom, n'est-ce pas ? Monsieur — je vais commettre quelques indiscrétions qui peuvent jeter de la lumière sur tout ce que je vous disais dans la voiture. Vous êtes ici dans la maison d'un simple agent d'affaires, un de ces humbles artisans qui coordonnent des efforts souvent égarés, épars, et qui les font s'harmoniser en vue d'un plus grand succès. Un très modeste homme de finances et d'entreprises. Eh bien ! que voyez-vous, là-bas, dans cette allée de grands arbres ? Deux promeneurs qui devisent paisiblement. Quels sont ces promeneurs ? Je vous le demande. L'un est mon ami le professeur Renaud Censier, une des gloires de la science, le plus illustre des enfants spirituels de Pasteur. Et quel est le jeune homme qui marche à côté de lui ? Un de vos confrères, monsieur Bourgelat : le poète Justin Weill. Il n'est pas aussi connu que vous et il n'écrit pas, comme vous, à *l'Illustration* et au *Temps* : il est encore trop jeune. Mais il collabore au *Mercure de France*, à la *Revue Blanche*, enfin à des organes appréciés. Touchant, n'est-ce pas ? cette rencontre de la science et de la poésie.

— Je pense, dit M. Bourgelat, qu'on pourrait saisir l'occasion pour prendre une bonne photographie du professeur Censier et même de mon jeune confrère. Comment dites-vous qu'il s'appelle ?

— Justin Weill. Une photographie ? L'idée me semble excellente. Attendez un instant que ces messieurs arrivent à portée d'objectif. Tenez : ce personnage extraordinaire qui se promène au bord de l'eau, tout au bout de la pelouse, vous l'avez sans doute identifié.

— Excusez-moi, pas de si loin.

— C'est pourtant une silhouette bien connue des Parisiens. Le peintre Delcambre. Lui-même ! Il fait, en ce moment, le portrait de ma femme. Un homme d'un esprit étourdissant, infernal.

— C'est intéressant, murmura M. Bourgelat. Nous pourrions prendre aussi une photographie de M. Delcambre, palette en main, par exemple, en face de Mme Pasquier.

— Ce ne me semble pas impossible. Entendez-vous le piano ?

— Ma foi, je ne suis pas connaisseur, mais j'entends, en effet, le piano.

— Saluez ! dit gravement Joseph. C'est Cécile Pasquier, notre sœur, première pianiste, première claveciniste de France et probablement du monde. Je pourrais vous présenter encore mon frère Laurent, l'élève le plus brillant et le plus estimé du professeur Censier. Je pourrais vous présenter encore... Mais à quoi bon ? Voilà, Messieurs, ce que doit être aujourd'hui la maison d'un homme d'affaires : un carrefour de l'intelligence. Ah ! monsieur le photographe, préparez votre appareil, voici le professeur Censier et notre ami Justin Weill.

— Je n'ai pas encore l'honneur de connaître M. Censier, dit tout bas le journaliste ; mais que je le trouve pâle ! Est-ce là son visage ordinaire ?

Renaud Censier poursuivait, depuis quelques instants, avec Justin, une conversation, non certes animée, car les promeneurs parlaient bas et à de rares intervalles, mais qui semblait avoir pour eux deux quelque ardent intérêt, car le savant était en effet très pâle, le jeune homme, au contraire, rouge et fort agité.

— Je sais, Monsieur, disait Justin, je sais que vous avez montré toujours à mon ami Laurent beaucoup de bienveillance et même plus : de l'affection. Il faut le décider, Monsieur, et l'aider, en quelque sorte. Il est très malheureux, tourmenté par des idées honorables, mais absurdes. Qui peut lui porter secours ? Ce n'est pas moi, Monsieur. Je n'ai ni l'âge, ni l'autorité nécessaires. Mais il me semble que vous, qui êtes son maître et son modèle, vous serez naturellement son conseiller et son protecteur, si j'ose dire.

Renaud Censier mit sa longue main devant sa bouche et répondit d'une voix mal timbrée :

— Je vous remercie, monsieur Weill, de la confiance que vous me témoignez. J'ai grand-peur d'accepter un rôle pour lequel je ne suis pas fait.

A ce moment les deux promeneurs découvrirent le groupe formé, dans l'ombre des arbres, par Joseph, le journaliste et le photographe dont l'appareil braqué d'avance venait d'entrer en action. Le visage de Renaud Censier exprima tout aussitôt une vive contrariété. Joseph s'excusait gaîment :

— Pardonnez-moi, monsieur le professeur. C'est la rançon de la gloire.

Il y eut une minute de trouble et de propos éparpillés, pendant laquelle survint Laurent. Il avait les traits contractés. Il semblait tout à fait incapable de sourire et même d'articuler une parole intelligible. Justin lui dit à l'oreille :

— M. Censier veut te parler.

Laurent fronça les sourcils et son menton commença de trembler. Quelques minutes plus tard, Renaud et Laurent cheminaient dans les allées du potager où la solitude était grande. Le visage de Renaud Censier était sévère, presque froid. Le savant cueillit un brin d'origan et se prit à le mâchonner.

— Vous désirez me parler, Monsieur ? dit enfin Laurent.

Renaud Censier tourna les yeux avant de tourner la tête, en sorte qu'une lueur nacrée s'éveilla dans ses orbites caves.

— Qui vous l'a dit ? murmura-t-il.

— Mon ami Justin Weill.

Renaud haussa faiblement les épaules.

— M. Weill, dit-il enfin, s'est peut-être un peu hâté.

Le silence retomba. Quelques minutes plus tard, Laurent dit d'une voix ferme :

— Si vous n'avez rien à me dire, me permettez-vous de vous adresser la parole ?

Renaud Censier leva la main, sans répondre. Il avait soudain cet air fier, un peu farouche, dont ses élèves étaient frappés et surtout intimidés. Laurent dit, avec émotion et beaucoup de simplicité :

— Voulez-vous que je m'en aille ?

— Où ? demanda Renaud Censier.

— En Afrique, en Orient, en Australie, je ne sais pas. Plus loin, si c'est possible.

Renaud hocha la tête et ne répondit rien. Il se reprit à marcher. Laurent le suivait avec un léger retard. Puis le visage du jeune homme exprima tout à coup une très grande violence toute semblable à la colère, semblable à l'enthousiasme aussi. L'accent grave, il demanda :

— Voulez-vous que je me tue ?

Renaud Censier frappa le sol d'un talon impatient. Laurent repartait déjà :

— Ne vous y trompez pas, Monsieur. Cela ne veut pas dire : « Vous allez faire en sorte que je finirai par me tuer. » Non. Cela signifie : « Je me tuerai volontiers pour vous, parce que je vous admire, parce que je vous respecte et même parce que je vous aime. »

Renaud s'arrêta soudain, se tourna tout d'une pièce, prit le garçon aux épaules, à deux mains, fortement, et l'attira contre lui sans répondre.

## CHAPITRE 17

Cette scène, qui devait laisser dans l'esprit de Laurent un souvenir vivace et poignant, fut suivie de plusieurs autres scènes d'importance fort inégale, non moins brèves pour la plupart et que l'historien souhaiterait de rapporter dans l'ordre, avec toute la précision et la concision souhaitables, pour difficile que ce soit.

Quand Laurent, regagnant sa chambre, traversa le salon dont les persiennes étaient closes et que le piano de Cécile ornait de guirlandes sonores, le jeune homme hésita longuement et finit par s'arrêter derrière l'ange musicien.

Cécile, au bout d'une minute, cessa de jouer, ferma le piano, se tourna vers son frère et dit :

— Que veux-tu ? Que me veux-tu ?

Cécile, ce matin-là, n'avait pas le visage olympien que ses fervents aiment de lui voir sur la scène. Elle se mordait les lèvres et semblait courroucée. Laurent fut pris au dépourvu par le ton de la jeune fille.

— Sœurette, je voulais te dire quelque chose.

Cécile frappa du poing sur le couvercle du piano qui rendit un gémissement.

— Non, dit-elle, en secouant sa belle tête aux nattes serrées, tu sais que je déteste ces façons de parler : sœurette, frérot. Non, non ! Je t'appelle frère et tu m'appelles sœur. Tu me nommes Cécile et je te nomme Laurent.

— Cécile, murmura le garçon, que dirais-tu, si...

— Si... quoi ? fit l'ange d'une voix dure.

— Ah ! c'est difficile à raconter. D'ailleurs, il n'y a rien à raconter. Que dirais-tu, s'il m'arrivait... oh ! plus tard, plus tard, sans doute, de me marier, par exemple ?

Cécile devint blême et déchira d'un seul coup le petit mouchoir de batiste dont elle s'essuyait les mains avant de toucher le clavier. Puis elle éclata de rire.

— Oh ! criait-elle avec rage, tout le monde est fou, aujourd'hui. Tout le monde est fou dans cette maison. Ce que je dirais, Laurent ? Mais que cela m'est égal, que cela ne me regarde pas.

Ses yeux lançaient de froides lueurs. Elle ouvrit de nouveau le clavier, se tourna tout d'une pièce et dit, sans regarder Laurent :

— Avec qui ? Je te le demande. Avec cette fillette, peut-être ? Avec cette écolière qui n'a même pas l'air de savoir que tu existes ?

— Mais, sœur, bredouillait Laurent, ce n'est pas encore fait, c'est même loin d'être fait...

Cécile se prit à jouer, nettement, sans une défaillance. Elle parlait encore. Elle disait, les dents serrées : « Et moi, je resterai seule, toujours seule. Ah ! fais ce qui te plaît. Va-t'en, Laurent ! Va-t'en ! Laisse-moi seule, mon ami. »

Elle sanglotait à sec et jouait, pendant ce temps, un air calme et méditatif que Laurent ne connaissait pas.

Elle ajouta, sans s'arrêter de jouer :

— Allons, va-t'en ! Maman t'appelle.

Mme Pasquier, en effet, appelait, dans le vestibule, et Laurent, tête basse, quitta le salon, confus et bouleversé. Mme Pasquier prit Laurent par la taille et l'entraîna dans l'escalier. Elle commençait alors de priser un peu de tabac et il en tombait toujours quelques grains sur son corsage. Laurent n'osait pas chasser d'une pichenette ces grains égarés, par crainte des aiguilles que Mme Pasquier piquait, naguère encore, dans l'étoffe, sur sa poitrine.

Mme Pasquier monta jusqu'au premier étage, fit asseoir Laurent près d'elle, sur une banquette, et lui glissa quelque chose dans la main.

— Tiens, dit-elle, voilà pour toi. Dis-moi si cela te plaît ?

C'était une petite boîte en carton qui contenait un cure-dent d'argent.

— Merci, maman, dit le jeune homme complètement désemparé.

— Il m'a semblé, murmurait la mère, il m'a semblé que tu étais un peu triste. Alors, j'ai pensé, j'ai cru...

Laurent fit effort pour sourire.

— Dis-moi, maman, demanda-t-il, quand il t'arrive d'être triste, crois-tu qu'un cure-dent d'argent, même joli comme celui-ci, pourrait te guérir et te consoler ?

Mme Pasquier leva les bras :

— Mais, Laurent, soupira-t-elle, mes tristesses, à moi, mes

chagrins, ça ne peut pas ressembler aux vôtres. Il n'y a aucune comparaison.

Elle ajouta tout aussitôt, soulignant sans artifice la marche de ses pensées :

— J'ai si grand-peur, mon Laurent, que tu n'aimes plus ton père ! Oh ! je crois que tu l'aimes encore. Il serait impossible de ne plus l'aimer. Mais si tu venais à l'aimer seulement moins, j'en aurais du désespoir.

Comme Laurent ne répondait pas, elle ajouta, d'un ton conciliant :

— Tu sais qu'en ce moment, il est vraiment très gentil. Alors, ne sois pas dur avec lui. Pour l'amour de moi, Laurent.

Laurent n'eut pas à répondre. Joseph montait l'escalier quatre à quatre. Il dit, avec un rire sincèrement cordial :

— Le journaliste reste à déjeuner ; mais ne t'inquiète pas, maman, nous ne serons pas treize : j'ai fait mettre un couvert de plus et retenir le photographe. C'est bien pour te faire plaisir.

Mme Pasquier arrêta sur Joseph un regard de gratitude. Puis elle prit le bras de Laurent pour gagner la salle à manger. Elle disait, baissant la voix :

— Je n'ai rien à faire, ici. Joseph ne veut plus que je couse : il dit que tout est cousu. Alors, les journées sont longues. Je commence à m'ennuyer.

On allait se mettre à table quand Cécile envoya dire qu'elle se trouvait souffrante et ne viendrait pas déjeuner.

— Si j'avais su, gronda Joseph, j'aurais laissé le photographe. Impossible de s'en tirer. Nous sommes encore treize. Pauvre maman !

Mme Pasquier, à la ronde, jetait des regards épouvantés.

Le déjeuner fut sans vie. Joseph ne s'en aperçut pas, tout abandonné qu'il était aux rêveries de la publicité. M. Delcambre raconta quelques histoires horribles, mais il n'avait pas le docteur pour lui fournir une bonne réplique et l'entretien languissait. Le café bu, la société se dispersa dans les jardins et dans les appartements. Une torpeur orageuse s'empara de la Pâquellerie.

Vers la fin de l'après-midi, Cécile fit tenir à Justin Weill un billet écrit au crayon et qui ne portait que ces mots : « Je suis dans le salon. Venez. »

Justin se trouvait dans sa chambre et travaillait à son journal intime. Il glissa le billet dans sa poche et descendit en hâte. Le salon était vide, obscur. Cécile, à l'entrée de Justin, se leva sans bouger de place. Elle portait cette longue robe de mousseline blanche qu'elle revêt encore aujourd'hui pour paraître et jouer en public. Elle avait l'attitude et le visage d'une reine offensée. Justin demeura quelques minutes sans trouver une parole à prononcer. Puis il dit, naïvement, comme dans les tragédies :

— Vous m'avez fait appeler ?

Cécile dit « oui », de la tête. Elle semblait résister encore à des mouvements intérieurs. Elle prononça très vite :

— Vous m'avez souvent demandé de m'épouser. Eh bien ! si vous êtes encore dans les mêmes dispositions, j'accepte, Justin. Prenez-moi. Je vous déclare que j'accepte.

Elle s'exprimait avec une feinte fermeté. Mais des larmes brillaient sous ses paupières et coulèrent sur ses joues blanches.

Pendant une grande minute, Justin garda les yeux au sol. Puis il releva la tête, attacha sur Cécile un long regard courageux et répondit gravement :

— J'ai souhaité, pendant dix ans, de toutes mes forces, d'entendre un jour cette parole. Je vous remercie, chère Cécile, pour votre pensée généreuse. Mais, moi, je n'accepte pas.

Il était, à cette minute, vraiment beau d'orgueil blessé, vraiment beau de désespoir. Il salua d'un geste qu'il voulait un peu théâtral et qui l'était, en effet. Il salua fièrement et s'en fut à reculons, comme à la vue d'une princesse.

Le jardin, par bonheur, était désert. Justin, pendant quelques minutes, se promena dans les allées, épongeant son front en sueur. Petit à petit, l'effroi s'emparait de son esprit : il venait de manquer, à la sollicitation d'un orgueil imbécile, il venait de manquer l'occasion terrible mais unique, celle qui ne se représenterait pas deux fois. Quelle folie ! Et quelle détresse ! Ne valait-il pas mieux accepter cette Cécile tourmentée, blessée, furieuse, mais l'accepter quand même, quitte à la soigner, à la conquérir fil à fil, par une vie entière de patience et d'adoration ?

Justin s'arrêtait, regardait fixement le sol à ses pieds et repartait à rêver : « Elle ne me connaît pas, malgré les années. Qu'elle puisse me voir, me juger, et je la gagnerai, je saurai la mériter. J'ai fait une belle folie ! Mais, mais, peut-être n'est-il pas trop tard. »

Justin se mit en route, décidé soudainement à s'humilier, à redemander, genoux en terre, cette offrande qu'il venait de refuser.

Comme il approchait de la maison, Justin fut saisi de frayeur. Cécile jouait, au piano. C'était un chant calme, avec des arrêts, des reprises, des développements lents et réfléchis, les tours et les dessins d'une pensée dégagée de tout combat temporel. Une page de Jean-Sébastien, pure, glacée, mathématicienne. Justin l'écoutait avec épouvante, songeant à cette fille qu'il venait de quitter quelques minutes plus tôt, en proie à tous les désordres d'un cœur irrésolu et offensé.

Mais Justin ne pouvait plus résister à la pression de ses sentiments. Il allait entrer, se jeter aux pieds de Cécile et crier : « Pardon ! J'accepte ! Avec reconnaissance, avec félicité ! Cécile ! Cécile de ma vie ! »

Justin Weill ouvrit la porte et vint, d'une seule haleine, se placer derrière Cécile. Il attendait la mesure suprême pour s'élancer et s'offrir. Soudain, Cécile se retourna, fit un beau sourire affectueux, saisit les mains du jeune homme et dit :

— Comme je vous remercie, Justin, de n'avoir pas accepté ce que je vous offrais dans un mouvement d'humeur ! Comme vous êtes bon, mon ami !

Justin chancela légèrement, ouvrit la bouche pour chercher une respiration introuvable et prit la fuite à grands pas.

Il se réfugia dans sa chambre qui se trouvait au premier étage, sur la face méridionale de la maison, et où, depuis le matin, malgré les persiennes closes, s'accumulait toute la fièvre d'un jour de juin. Sa veste et ses chaussures jetées de-ci, de-là, Justin s'étendit sur le lit, à plat ventre, les membres épars. Il était soudain saisi d'une fatigue démesurée. Il comprenait que le jour de l'arrachement était venu, qu'il fallait, coûte que coûte, égorger un rêve déjà vieux de dix années, qu'il allait vraiment commencer de souffrir et que c'était effrayant.

Bientôt, la chaleur fut telle, sur le lit, que Justin se mit debout. Puis, comme il ne savait que faire de ce corps désorienté, Justin s'assit sur une chaise et resta là, les bras ballants. Au bout de quelques minutes, il s'aperçut avec horreur qu'il dodelinait de la tête, comme sa tante Rachel et comme sa mère, Mme Simon Weill. Il aimait sa mère et sa tante. L'image de la vieillesse n'en fut pas moins devant ses yeux. Il en eut le cœur déchiré.

Il sentait, petit à petit, se former, dans les profondeurs, une certitude affreuse : le monde entier n'était qu'un funèbre et discordant concert de destinées manquées, reniées et quand même subies. Justin se sentit très faible, plein de pitié pour lui, plein de pitié pour tous les hommes.

A ce point de ses réflexions, le jeune homme entendit, dans la pièce voisine, un sourd bruit de voix aux prises. Cette chambre était occupée par le ménage Ferdinand que Justin, dans ses accès de gaîté moqueuse, appelait l'abîme-Ferdiclaire. Il disait à Laurent, depuis le début du séjour à la Pâquellerie : « Je couche au bord d'un abîme et parfois, j'en ai le vertige. »

De l'abîme-Ferdiclaire montait, nuit et jour, une rumeur indistincte, le « chant de l'abîme ». Et, soudain, cette rumeur, à l'oreille de Justin, devenait intelligible. Ferdinand parlait haut, criait presque, avec une fureur déchaînée. Il disait : « Je ne veux même pas qu'il te regarde. Papa, lui, je ne peux rien dire. Mais l'autre ! Je le trouve négligé, bohème et d'une grossièreté dégoûtante. On me dira que c'est un grand peintre. Eh bien ! tant pis ! Je m'en fous. Non, je ne veux même pas qu'il te regarde. Arrange-toi pour qu'il ne puisse pas. Non, pas même un simple regard, ou je me fâcherai ! je me fâcherai ! Tu ne sais pas ce que je peux faire. » Une voix mouillée répondit : « S'il me regarde encore une fois, je dirai que je suis malade et je remonterai dans la chambre. » La réponse vint, si bas qu'elle était presque imperceptible : « C'est ça. J'aime encore mieux ça. Et maintenant, ne pleure plus : tu vas faire aboyer le chien. »

Le dîner, ce soir-là, fut un peu retardé, car on attendait le docteur. Il arriva, souriant, radieux, infatigable malgré la chaleur qui devenait, d'heure en heure, plus orageuse. Il arriva, tirant sur ses belles moustaches safranées, et fit, avec M. Delcambre, tous les frais de l'entretien.

— Imaginez, racontait le peintre, que le Grand-Duc Cyrille, comme je faisais son portrait, regarde mon télescope, car je vous l'ai dit, j'ai une lunette d'amateur. Alors le Grand-Duc me dit : « Quel plaisir pouvez-vous prendre à regarder dans cette machine ? » Je lui réponds : « Excellence, quand je mets l'œil à la lunette, il me semble que je sens tourner le monde et le ciel, avec leur mouvement magnifique. » — « Ah ! Ah ! répond le Grand-Duc, moi, pour que ça me fasse le même effet, il me faut au moins deux bouteilles de champagne. » — « Ma foi, je réponds, Excellence, le champagne ne nuit pas, au contraire. »

Tout aussitôt, M. Delcambre se lança dans une autre histoire. Il mangeait et buvait à merveille ; mais, plus encore que de viandes et de vins, il avait faim et soif d'auditoire et de succès.

Le succès, ce soir-là, tardait à se décider. La société restait muette. Laurent contemplait son père et songeait : « Le seul qui soit heureux de vivre ! Oui, oui ! Il est probablement le seul. Il se moque de tout, de tout, et je crois qu'il n'aime personne. Je crois même qu'il ne déteste personne. »

Le jeune homme fut tiré de cette méditation par le bruit des voix, soudain presque animées.

— ... Une chose qui ne serait qu'à moi, qui ne pourrait être qu'à moi, disait Joseph, cela vaudrait vraiment la peine. D'ailleurs, le mot de propriété... Moi, je ne suis pas linguiste.

Le peintre Delcambre éclata d'un rire sonore.

— Allons, allons ! s'écria-t-il, on commence à vous connaître comme un habile financier, et c'est la vérité pure. Mais, au fond, vous n'êtes qu'un rêveur, vous aussi...

— Pourquoi dites-vous « vous aussi » ? prononça le docteur à l'occasion d'un silence.

Cette question délicate n'obtint aucune réponse. Joseph rougissait et se rembrunissait de minute en minute. Il songeait : « En somme, je dépense, ici, de l'argent, beaucoup d'argent. Et je perds peut-être mon argent et mon temps. Et puis, tout ça m'est égal. C'est drôle comme tout m'est égal. » Pour la première fois, peut-être, le sentiment de la vanité des biens temporels infusait son venin dans le dur esprit de Joseph.

Comme on sortait de table, Laure Desgroux se trouva seule, un instant, sur la terrasse, à côté de Renaud Censier. La nuit était déjà parfaite. La jeune fille leva vers le savant son visage blanc, lumineux, et murmura gravement cette phrase énigmatique :

— Je ne dormais pas. Vous avez cru que je dormais.

Renaud Censier ne répondit rien et s'éloigna, seul, à grands pas, dans les allées du parc.

Le soir n'apportait aucun allégement à la chaleur. Le ciel était couvert. Un orage grondait au loin, vers le sud-ouest, vers Pontoise. Justin, Laure et Laurent quittèrent la terrasse ensemble et commencèrent de marcher au hasard, dans l'ombre consolante. Tous trois sentaient fort bien que les paroles ne pouvaient leur apporter ni rémission, ni lumière, aussi restaient-ils silencieux. Au bout de longues minutes, dans un élan de charité, Justin, pour ne pas laisser le silence assurer par trop son empire, dit : « L'orage sera sur nous dans une heure, peut-être moins. » Laure et Laurent, par un « oui » chargé de gratitude, firent entendre à Justin qu'ils comprenaient sa pensée.

De pas en pas, les trois jeunes gens arrivèrent au bord de l'Oise, près du ponton de madriers où l'on attachait la barque. Les jeunes gens, d'un commun accord, se laissèrent choir dans l'herbe et, soudain, Laurent dit, tout bas :

— Il y a quelqu'un dans la barque.

L'Oise reflétait le ciel chargé de nuages lactescents. A contre-jour sur ces lueurs, on apercevait la barque, et, dans la barque, une ombre immobile.

Laurent demanda :

— Qui est là ?

Au bout d'un grand moment, la voix de Renaud Censier retentit sous la voûte des aulnes.

— C'est moi, disait-il, c'est moi.

Il ajouta bientôt :

— Je vois trois personnes. Qui est avec vous, Laurent ?

— Laure et Justin.

— C'est bien ainsi.

Le silence retomba. Les jeunes gens, saisis d'inquiétude, n'osaient ni bouger, ni parler. Le silence dura longtemps, et, soudain, Justin cria :

— Attention, Monsieur, la barque s'en va.

— Je sais, dit placidement Renaud. La chaîne est détachée.

D'un seul mouvement, les jeunes gens s'étaient dressés. Laure s'avança jusqu'au bord de la rivière et dit :

— Qu'y a-t-il ?

— Il n'y a rien, fit Renaud. Vous êtes arrivés tous trois comme j'hésitais encore. Et maintenant, je m'en vais. C'est la chose la plus simple du monde. La grille du parc est fermée. Alors, je vais passer l'eau.

— Où allez-vous ?

— De l'autre côté de l'eau, d'abord. Et puis, plus loin, chez moi, par exemple. Ailleurs, sûrement. Je ne sais pas encore.

On entendit le bruit des rames. La barque, saisie par le courant, s'éloignait sensiblement du rivage. La voix de Renaud s'éleva de nouveau, calme et forte.

Elle appelait :

— Laurent !

— Je suis là.

— Laurent, reprit Renaud Censier, puis-je vous confier Laure ?

— Oui, Monsieur, répondit Laurent.

A ce moment, une des rames frappa l'eau très fortement et Laure fit entendre un cri. Laurent lui saisit le bras.

— Ne craignez rien, disait Renaud. Je suis obligé de ramer pour ne pas céder au courant. Laurent, vous m'excuserez auprès de votre frère, de vos parents et des autres. Vous direz ce que vous voudrez : un télégramme, un message, quelque chose de très urgent... Cela n'a pas beaucoup d'importance. Il doit y avoir aussi, dans ma chambre, une valise. Vous me la renverrez un jour. J'attacherai la barque au ponton du passeur et vous la reprendrez demain. Comme cela, je crois que c'est tout.

La voix se propageait, nette et paisible, dans la nuit, au ras de l'eau. Un train passa, tous feux allumés, loin du côté de Bruyères, et son grondement couvrit un peu la voix de Renaud Censier. Serrés l'un contre l'autre, les trois jeunes gens fouillaient l'ombre de tous leurs yeux. Le premier éclair de l'orage enflamma soudain l'espace. L'embarcation venait de toucher l'autre rive. La nuit se referma, plus épaisse. Les lumières du train se perdaient vers le nord. La voix de Renaud Censier retentit encore, lointaine, irréelle. Il disait :

— Je m'en vais, maintenant, à pied, dans la plaine. Je trouverai bien mon chemin. Adieu, vous trois !

Justin seul répondit : « Adieu ! »

## CHAPITRE 18

Le lendemain, de bonne heure, après une explication confuse dont Joseph demeura perplexe et fort courroucé, Laure et Laurent gagnèrent Beaumont et y prirent le train pour Paris.

Les deux jeunes gens se tenaient fraternellement l'un près de l'autre ; mais leurs visages étaient soucieux et leur inquiétude manifeste.

— Nous irons d'abord quai de Bourbon, dit Laurent, comme le train s'arrêtait en gare du Nord.

Renaud Censier habitait, au bord de la Seine, un ancien appartement que Laurent connaissait pour y être venu souvent. Une vieille domestique à moitié sourde tenait le ménage du savant et lui faisait la cuisine.

Laure et Laurent prirent un fiacre. Paris, quitté depuis trois jours, leur semblait une ville étrangère. Assis dans la voiture découverte, ils ne savaient plus que se dire et se demandaient vainement ce qu'ils allaient apprendre et faire. L'idée de rencontrer Renaud les remplissait tous deux d'angoisse. La crainte de ne pas le voir les tourmentait bien davantage encore. Parlant comme pour soi-même, Laurent dit, entre ses dents : « Il faut ! » Et Laure approuva, de la tête.

Ils gravirent ensemble les trois étages de la vieille maison, et Laurent tira la sonnette. A l'idée que Renaud pouvait surgir devant eux, ils se regardèrent avec des visages effrayés. Laurent répéta : « Il faut ! »

Après plusieurs coups de sonnette, la porte s'ouvrit enfin et la vieille servante parut. Elle avait des bigoudis, des lunettes et une mantille. Elle semblait furieuse. Elle cria tout de suite :

— M. Censier est parti.

— Oui, nous savons, dit Laurent, qu'il est en villégiature.

— Non, non ! Il est revenu, cette nuit même, sans bagage, sans chapeau, trempé comme un chien. Et il a refait une valise et il a juste pris du café. Il est parti ce matin, sur le coup de huit heures.

— Où est-il allé, Madame ?

— Il a dit des choses folles. Il a dit le Japon. Je vous demande un peu. Et il doit envoyer des adresses et aussi de l'argent. Et quelle idée ! Quelle idée ! C'est encore la guerre, par là-bas. Il a toujours eu le goût de faire des extravagances. Mais, quand même, le Japon ! Et comme ça, tout à coup ! Ce n'est pas bien raisonnable.

Laure et le jeune homme, pour la première fois depuis le matin, se regardaient en face et s'interrogeaient des yeux. Laure dit avec décision :

— Allons au laboratoire.

Ils retrouvèrent la voiture. La course promettait d'être longue. Un moment, Laurent pensa : « Il faut que je parle à Laure, que je lui ouvre mon cœur, que je lui explique tout et qu'elle m'explique tout aussi. » En réfléchissant un peu sur ce généreux propos, le jeune homme s'aperçut qu'il ne pouvait rien dire, qu'il ne saurait pas que dire et surtout qu'il n'y avait rien à dire.

Au trot paresseux du carcan, la voiture traversa plus de la moitié de la ville.

L'odeur du laboratoire prit les jeunes gens à la gorge comme l'odeur même de leur jeunesse, de leur vie, de leur drame. Le garçon de service à la voix malade soignait les animaux et leva les bras au ciel : « Tout va bien, dit-il, mais on serait quand même assez content de vous revoir. Non, pas de nouvelles du patron. D'ailleurs, on n'en attendait pas. Vous le savez mieux que personne. »

Quelques minutes plus tard, Laure et Laurent se retrouvèrent sur le trottoir de la rue de Lourmel. Ils étaient déconcertés. Laurent dit :

— Allons chez moi. J'aurai peut-être une lettre.

Ils remontèrent en voiture et se firent conduire jusqu'à la rue du Sommerard.

— Montons, murmura Laurent. Quand je reçois des lettres, la concierge les glisse sous la porte. Montons et nous pourrons nous asseoir et réfléchir. Vous serez indulgente, Laure ; c'est une chambre de garçon. Elle est propre, mais très modeste.

Ils montèrent les trois étages avec le sentiment qu'ils avaient épuisé les chances d'apprendre quoi que ce fût au sujet de Renaud Censier.

Laurent fit passer Laure et referma tout de suite la porte, car la fenêtre était ouverte et le courant d'air soufflait fort. A peine la porte poussée, Laurent se mit à trembler de rage et d'étonnement. La chambre apparaissait dans le plus étrange désordre. Le lit était ouvert et les draps souillés. Une cuvette d'eau savonneuse traînait par terre, sous la table. De longs cheveux de femme, roulés autour d'un bout de carton, nageaient dans le broc. Une odeur de poudre de riz et d'eau de toilette flânait à travers la pièce. Laure jetait, sur ce tableau, un regard terrorisé. Laurent saisit sur la table un papier mis en évidence et piqué d'une épingle. C'était une feuille d'ordonnance sur laquelle étaient tracées quelques lignes : « Ta fenêtre ne ferme pas. Je t'inventerai, quand j'en aurai le temps, un système de fermeture automatique intéressant conjointement la fenêtre et la porte, pour éviter les courants d'air. »

Laurent se tourna vers Laure et dit avec désespoir :

— Pardonnez-moi. Quelqu'un à qui j'avais prêté ma clef est venu, hier, dans cette chambre. Je ne peux vous dire qui c'est. Je suis trop triste et trop honteux. Je ne peux pas vous expliquer. Et ce qu'il y a de pis, c'est que c'est toujours la même chose. Ils ne changeront jamais, ni les uns, ni les autres.

La jeune fille oscilla comme si elle allait s'abattre. Puis elle se prit à sangloter. Laurent la saisit dans ses bras et commença de pleurer aussi avec une sorte de rage.

# LE DÉSERT DE BIÈVRES

# CHAPITRE PREMIER

Le chemin qui, venant de Jouy, longe le val de Bièvres sur la rive gauche est étroit et nonchalant. Il s'insinue, à flanc de colline, entre les murailles et les haies de riches propriétés bourgeoises. Parfois, à la faveur d'une venelle, d'une grille, d'un verger bâillant aux brises, l'œil s'échappe vers les collines boisées de la rive méridionale, et le voyageur, un instant, aperçoit le fond du val avec les prés et les jardins où la rivière se prélasse, ignorante encore de sa misère prochaine et de l'obscure destinée que lui réserve Paris.

C'est un paysage courtois, sans grandeur mais non sans grâce, propice à de patientes pensées, à des félicités placides, à des travaux, à des retraites. C'est là, s'il faut en croire la légende, que s'est exhalée, jadis, la tristesse d'Olympio. Le poète aurait peine à retrouver maintenant le silence de ses songeries. Pareils à des nids de frelons, les aérodromes installés sur les plateaux du voisinage lancent tout le jour dans le ciel des essaims de machines grondantes. La route de la rive droite porte, comme des fruits, toutes sortes de villages neufs. Mais le chemin qui court, au nord, entre les domaines bien clos, est encore à peu près tel qu'il apparaissait, par une assez triste soirée de janvier 1907, aux yeux de quatre jeunes gens qui se dirigeaient, en causant tous ensemble, vers la petite ville de Bièvres.

Il avait plu pendant toute la matinée. La route était mouillée mais non fangeuse. Aux approches de la nuit, un vent plus froid venait de nettoyer le ciel, et les quatre jeunes hommes, levant le nez, secouant leurs manteaux, semblaient accueillir cette rémission avec un sensible soulagement. Ils étaient vêtus comme peuvent l'être, de tout temps, des étudiants pauvres ou des employés mal nantis. Deux d'entre eux portaient la barbe en collier, ainsi qu'il était de mode pour la jeunesse à cette époque. L'un de ceux-ci, le plus grand, le plus robuste en apparence, dit soudain d'une voix boudeuse :

— Villégiature pour millionnaires ! Rien dans notre genre par ici !

Le plus petit de la bande, un garçon au visage frais, rasé comme celui d'un acteur, à la chevelure flambante et bouclée, au grand nez palpitant, et qui, parfois, courait un peu pour se remettre au pas des autres, fit entendre un rugissement.

— Il faut chercher, bon sang ! Toi, Larseneur, tu dis : pays de riches ! Attends seulement de voir le village : un trou, des marchands de haricots, des bricoleurs, des retraités, le bout du monde.

Il avança la lèvre inférieure d'un air mécontent et reprit, après un instant de silence :

— Il faudrait quand même se décider. La région de Bonneuil, de Saint-Maur, de Créteil, Laurent ne veut pas en entendre parler.

— On m'y connaît, fit celui qui venait d'être mis en cause et qui se trouvait être le moins grand des deux barbus. On m'y connaît... cela signifie qu'on y connaît ma famille, enfin, que mon père... Oh ! rien de très grave, bien sûr. Mais je n'ai jamais envie de retourner dans ces patelins où mon père s'est manifesté. C'est une superstition. Et toi, Justin, tu peux me comprendre mieux que personne.

— Sans doute. Je ne dis pas le contraire. La banlieue nord, Sénac l'a, je ne sais pourquoi, en horreur. Il dit qu'elle sent la colle forte, à cause de Saint-Denis. Et c'est tout à fait injuste, parce qu'il y a, vers Gonesse ou Pierrefitte, des coins épatants où l'on cultive les arbres à fruits et qui vous plairaient au printemps. Nous avons vu Le Vésinet, Bougival, Saint-Germain, et nous n'avons rien trouvé, rien, du moins, à notre goût.

— Eh bien ! oui, quoi ! On est difficile. Quand on ne possède rien, on peut être très difficile.

— Evidemment !... Versailles, c'est tout le contraire de ce que nous cherchons. C'est beau, c'est magnifique ; mais ce n'est pas la solitude, ce n'est pas la Thébaïde. Moi, j'espérais que, par ici... Autrefois, mes parents louaient une villa, dans le bout de Jouy. Qui est-ce qui peut me donner du feu ? Voilà le vent qui recommence et les nuages qui rappliquent.

— A quelle heure est le train ? demanda celui qui n'avait rien dit encore.

C'était un garçon délicat, à la taille fragile, aux épaules basses. Il montrait une tête fine, des traits précocement fatigués, des paupières cernées de mauve, des rides mobiles qu'accentuait le dessin d'une petite moustache. De temps en temps, il retirait son chapeau pour en secouer les gouttes de pluie et il découvrait deux bandeaux de cheveux blonds, appliqués sur un crâne étroit, en partie dégarni déjà. Ses mains étaient fines et blanches. Son vêtement, luisant mais propre, attestait de la recherche.

Il ajouta, comme pour expliquer sa question :

— Alice rentre à sept heures, sept heures et quart au plus.

— Tu as mille fois le temps. Des trains, il y en a beaucoup.

— Attention ! Attention ! dit le plus grand des deux barbus, l'homme à la voix grondeuse. J'ai, à six heures et demie, une leçon que je ne peux manquer.

— Enfin, Larseneur, il faut aller jusqu'au bout de cette recherche, ou nous aurons perdu notre après-midi, une fois de plus.

— Mais non, mais non, Justin. La balade, c'est déjà quelque chose.

— Ah ! soupira Justin d'une voix dramatique, vous êtes comme des veaux lâchés. Deux heures de grand air et cela vous rassasie. Ce qu'il faut, ce que nous voulons, c'est une liberté totale, une vie noble, harmonieuse ! On pourrait croire, à certains moments, que vous l'oubliez. Vous êtes tous à vous plaindre, à maudire la société qui vous mesure durement la place. Vous pliez les reins comme des esclaves fouettés. Et quand on vous propose un plan précis, un programme indiscutable, vous commencez tout de suite à chercher la petite bête.

Larseneur joignit les talons, une seconde, porta les doigts au bord de son feutre et dit :

— Oui, mon adjudant !

Justin venait de s'arrêter. Une respiration rapide agitait ses grandes narines membraneuses.

— Armand ! cria-t-il d'une voix grosse de reproche.

— Tu sais, dit encore Larseneur, qu'il va me falloir veiller une bonne partie de la nuit et copier des milliers de notes pour payer cette promenade.

— Oui, oui, s'écria Laurent, nous le savons, et c'est bien pourquoi une idée comme celle de Justin mérite considération.

— Mon idée ! N'exagère rien. C'est notre idée à tous, reprit Justin. Oui, je sais, Armand, que tu vas travailler une partie de la nuit pour payer cette balade. Je voudrais... Mais non. Je suis fâché avec ma famille. C'est peut-être absurde. Pour faire ce que nous voulons faire, il fallait cette fâcherie. Ah ! nous arrivons au village. Comme la petite place est belle ! Et plus belle encore en été, quand la verdure fait explosion.

— Peut-être, fit Larseneur. En attendant, la nuit va tomber et nous ne verrons plus rien. Et puis voilà que la pluie recommence.

— Un nuage qui passe, tout au plus. Nous avons encore un moment de clarté. Par là, ça monte vers l'église. Ici, la route de Paris. C'est une route magnifique ! Elle s'élève doucement, doucement, jusqu'au plateau de Châtillon. On découvre les vergers, les genêts jaunes au printemps et, tout à coup, Paris, en bas, dans la plaine où le vent chasse toutes les fumées dans le même sens. J'ai fait le voyage vingt fois, à bicyclette et même à pied. Attendez, ce chemin-là va dans la forêt de Verrières. Ah ! vous sauriez, vous sauriez ce que c'est qu'une feuille de chêne quand elle commence à sortir et qu'elle est toute rose. Et l'odeur de fraise mouillée, même quand il n'y a pas de fraises. Il ne fait pas encore trop sombre. Nous pouvons chercher encore.

Les quatre jeunes hommes commencèrent d'errer en devisant dans les rues de la petite ville. Elles étaient désertes. Les lampes, au fond des maisons, s'allumaient de place en place. Une paix mortelle grelottait dans les courettes et les jardinets ruisselants. De grosses perles enivrées d'une lumière pure et poignante tremblaient à la pointe des branches. Bernard Jusserand, le grand jeune homme aux mains fluettes, releva le col de son pardessus et se prit à frissonner.

— Comme c'est triste, ce pays !

— Mais non, mais non, disait Justin d'une voix chaleureuse. Mais non ! Moi, je ne suis pas, comme toi, Bernard, un philosophe, un sage de carrière, mais je serais capable de me représenter la lumière, oui, la lumière de l'aurore, même au fond d'une cave, même au fond d'une tombe. Venez, venez par ici.

— Où nous emmènes-tu, Justin ?

Justin, le nez en mouvement, semblait, tel un chien de chasse, flairer le vent des ruelles.

— Par là, dit-il, on retourne vers la gare. Laissez-moi réfléchir une demi-seconde. Par là, c'est le vieux moulin...

— Tu connais très bien le pays.

— Non, pas très bien. Marchons quand même.

— Tu as une idée ?

— Je ne sais même pas. Suivez-moi.

— On dirait un cul-de-sac.

— Suivez-moi donc. Je suis venu déjà, voici près de quatre ans. On apercevait une grille, tout au bout d'un long mur...

Les jeunes gens venaient de s'engager sur une route humide et sombre dont l'extrémité se perdait dans les vapeurs du crépuscule. D'un pas soudain rapide et comme somnambulique, ils longeaient une muraille ruineuse que les vignes folles et les viornes devaient, à la belle saison, couvrir d'une fourrure bourdonnante. De l'autre côté du mur, on apercevait des arbres, grands, nus, l'air de spectres, avec des gaines de lierre funéraire et des boules de gui dans la ramure. Encore que l'on fût assez près de la petite ville, un silence presque solennel, un silence de planète morte errait sur la terre transie.

— Maintenant, j'en ai plein les pattes, dit soudain Larseneur.

Il avait parlé tout bas et il acheva dans un souffle comme s'il eût vraiment eu peur de troubler une solitude surnaturelle. Nulle voix ne répondit. Justin avait pris les devants. Il allait vite, le col tendu, les sourcils froncés, ses larges oreilles agitées de secousses, comme celles des animaux. Il finit par s'arrêter devant une grille branlante. Il en saisit à deux mains les barreaux mouillés et dit, dans un souffle :

— C'est tel qu'il y a quatre ans. Eh bien ! que pensez-vous de cela ?

Les quatre jeunes hommes, rassemblés maintenant, regardaient sans mot dire ce que le mur d'enceinte leur avait caché jusque-là. C'était un grand jardin, complètement décharné par l'hiver et dont on apercevait encore, malgré l'ombre croissante, les profondeurs et les retraites. Au centre d'un espace libre s'élevait une bâtisse flanquée, à la manière de beaucoup de maisons bourgeoises, au siècle dernier, de deux ailes basses surmontées par des terrasses à balustres. La maison semblait spacieuse et montrait de nombreuses fenêtres. Elle était encadrée par deux arbres que la brume faisait paraître gigantesques : un sapin compact et un platane dont le tronc squameux ruisselait et luisait comme un monstre aquatique. Plus loin, dans la région basse du parc, miroitait l'eau dormante d'une mare ou d'un bassin. Les persiennes de la maison étaient closes, sauf l'une d'entre elles qui pendait, à demi descellée, et qu'un souffle d'air fit claquer faiblement. Le crépi des murailles, autrefois rose, était ulcéré par larges places. D'entre les branches du sapin, un couple d'oiseaux noirs prit soudain l'essor en criant. Puis le silence retomba, parfait, définitif, et les quatre jeunes gens, le visage à la grille, demeurèrent là sans parler, un long moment, pendant lequel un vol de pluie glacée traversa l'étendue.

— Elle est à louer, encore, comme il y a quatre ans, finit par dire Justin.

Il ajouta, d'une voix recueillie :

— C'est toujours une maison comme celle-ci que j'ai vue dans mes rêves.

— Mais tu la connaissais, cette maison-là ?

— Nous l'avions visitée, il y a quatre ans, pour un frère de ma mère. C'était beaucoup trop grand pour lui. Je ne l'avais quand même pas oubliée. J'y songeais en venant ici.

Il fit une pause, étreignit plus fort les barreaux de la grille et dit avec recueillement :

— Moi, je trouve cela magnifique.

— Assurément, dit une voix. Puisque tu connais la maison, dis-nous ce qu'il y a, dans le prolongement, à droite.

— A droite ? Sous la terrasse ? Attends, mon ami, que je te le dise. Eh bien ! c'est l'atelier. Oh ! il y a de la place. La machine y serait à l'aise et les casses et tout le matériel. Mais oui, c'est notre atelier, cela crève les yeux.

— Et de l'autre côté ?

— Symétriquement ? Sous l'autre terrasse ? Ce ne peut être que la salle de musique. C'est bien ton avis, Larseneur ? La salle de réunion, la salle des expositions. On devrait l'appeler salle des beaux-arts.

— Mais la bibliothèque ?

— N'aie pas peur. C'est grand. Il y a plusieurs belles pièces au rez-de-chaussée.

— Evidemment. Et le réfectoire ?

— Ne parle pas de réfectoire : ça sent le collège et les ratatouilles.

— Mettons la salle à manger. Il faut quelque chose de clair. J'ai toujours rêvé de voir du soleil sur la table, sur la nappe, sur les plats et les verres. Et cela ne m'est pas arrivé souvent. Rue de La Condamine, c'est un caveau. Oui, du soleil dans la salle à manger !

— Bon ! Où est le midi ?

— Là-bas, devant et un peu vers la gauche.

— Tu sais que Jusserand veut une chambre au midi, à cause de ses crises de rhumatisme.

— Non, non, je vous assure. Je prendrai ce que l'on me donnera.

La seule chose à considérer, dans mon cas, est qu'il s'agit d'un ménage, puisque ma femme viendrait, puisqu'elle est convertie et qu'elle ne demande pas mieux.

— Le soleil doit se lever là-bas, tout à fait sur la gauche, au-dessus de cette tour.

— Ce n'est pas une tour, c'est sûrement un château d'eau.

— Un château d'eau, si tu veux. Le soleil, aussitôt levé, touche la salle de réunion, le temple de la musique, le domaine de Larseneur.

— Impossible. Il atteint d'abord les étages supérieurs de la maison, où nous aurons nos chambres.

— A propos de chambres, j'en demande une au nord.

— Pourquoi ? Regarde comme c'est grand ! Il y a sûrement une multitude de chambres. Pourquoi en prendre une au nord ?

— Pour la joie de laisser les plus belles chambres aux autres.

— C'est à voir. Il ne faut pas que ce soient toujours les mêmes qui aient la gloire de se dévouer. Alors, tu disais : le soleil ?

— Il descend, au fur et à mesure qu'il monte.

— Comprends pas. Ah ! si, si. Tu veux dire que sa lumière descend petit à petit sur les étages inférieurs. La salle de réunion, la salle à manger, la bibliothèque... Mais, la bibliothèque, cela pourrait se passer de soleil.

— Je me demande pourquoi. La bibliothèque, c'est le sanctuaire de l'esprit. De la lumière partout !

— Bien. D'accord ! Alors le soleil gagne la bibliothèque et, de là, il passe sur l'atelier. A ce moment-là, c'est un embrasement. Toute la maison grille et bourdonne. C'est le moment du plein travail. Et, sur le coup de midi, dzing, dzing, drelin, drelin, baoum, baoum, la cloche, la cloche !

— Il y a une cloche ?

— Bien sûr. Tu ne voudrais pas qu'il n'y en eût pas. Et tout le monde va boustifailler. Nourriture saine, abondante, savoureuse. Rien à voir avec Papillon. Des choses franches : du gigot, du bœuf mode, mais avec tout ce qu'il faut : le pied, la couenne et les lardons...

— Moi, je suis végétarien.

— Tu auras ton menu pour toi. Liberté parfaite. Et, après le déjeuner : divertissements champêtres. Exercices physiques. Chœur mixte. Musique en plein air.

— Et le travail ?

— C'est essentiel. Il a ses heures. Mettons que l'on retourne au travail.

— Et le soleil ?

— Il continue de circuler autour de la maison.

— Bien. Mais le potager ? Il y a sûrement un potager. Moi, je suis absolument pour le travail de la terre. C'est le principe de tout. Vous savez ce que dit Tolstoï ?

— Pour le travail de la terre, le mieux sera de se lever de bonne heure.

— C'est vrai : à la campagne, il faut se lever de bonne heure.

— As-tu pensé seulement à la salle de lecture, pour nos lectures du soir ?

— Cela pourrait se faire dans la salle de musique, dans la grande salle des fêtes.

— Moi, je ne suis pas de cet avis. C'est trop grand, la salle des fêtes. Ça manque d'intimité.

— Es-tu sûr que ce soit trop grand ?

— J'en suis absolument sûr. Il faut trouver quelque chose d'intime où la voix garde toute sa chaleur, où l'on puisse entendre tomber un poil.

— C'est à chercher. Et l'atelier pour les peintres ?

— Pour les peintres ? Tu vois large : « les » peintres !

— Pense à l'avenir.

— Ils peuvent peindre chacun chez soi.

— Non, non. Question d'éclairage. Je verrais un bel atelier là, dans le haut, vers la droite. Les fenêtres sont plus larges, à moins que je ne me trompe. Vois-tu ? Là, près des grosses branches de l'arbre qui a l'air mort.

— Il a l'air mort, mais il ne l'est pas.

Il y eut un silence assez long, puis une voix hésitante demanda :

— Tu le vois encore, l'arbre, toi ? Moi, je ne vois vraiment plus rien.

Il y eut encore un silence et l'on entendit Jusserand qui claquait doucement des dents.

— Qu'est-ce que tu as ? fit Laurent.

— Je crois que j'ai seulement froid. Je suis très sensible au froid.

— Ma parole, soupira Justin, c'est la nuit noire. Ma parole, on ne voit plus rien.

— Vas-tu retrouver le chemin ?

— Oh ! sans difficulté. Comme c'est drôle ! Il me semble que j'ai rêvé. Le soleil ? Le soleil ? Vous pouvez dire que je l'ai vu. Que c'est épatant, tout de même ! Attendez, les gars, c'est par là. Et ne nous séparons plus. Il s'agit de ne pas se perdre.

Pendant quelques minutes, les quatre amis piétinèrent dans l'ombre. De temps en temps, avec un grognement, un soupir, l'un d'entre eux mettait les pieds dans une flaque. Puis Larseneur s'arrêta pour allumer sa pipe et la lueur, une seconde, illumina les gouttes de pluie. Enfin, Justin reprit avec une calme ferveur :

— Nous commencions à désespérer. Et, tout à coup, nous tombons là-dessus. Quelle chance ! J'en avais le pressentiment. J'y pensais depuis midi. Je ne peux pas vous dire à quel point cela me plaît. C'est cela, cela et pas autre chose.

— Tu es sûr que c'est à louer ?

— Sûr. J'ai vu l'écriteau. Malheureusement...

— Malheureusement quoi ?

— Je n'ai pas pu lire l'adresse. Elle était toute brouillée par les pluies. Non, faudra revenir. Tournez à gauche, maintenant, et nous allons être à la gare. Nous aurons bientôt un train.

Quelques minutes plus tard, les quatre jeunes gens montaient, en gare de Bièvres, dans un vénérable wagon qui fleurait la bergerie. Ils se trouvèrent aussitôt, peut-être pour se réchauffer, serrés les uns contre les autres, les genoux mêlés aux genoux, l'épaule touchant l'épaule, oreilles et bouches luttant contre le tumulte du train. Une flamme incertaine éclairait la voiture et l'huile dégorgée par le quinquet tremblait avec des lueurs jaunes au creux du globe de verre enchâssé dans le plafond. Les jeunes gens se mirent à fumer. Ils se regardaient l'un l'autre avec une ardeur amicale. Et, soudain, Jusserand, le long jeune homme au visage mince, dit d'un air inquiet :

— Et si c'était inhabitable ?

— Oh ! répondit une voix, suffirait de travailler. Nous remettrons tout en état.

— Et si c'était trop cher pour nous ?

— Nous saurons bien nous débattre, quand il s'agit de sauver une idée comme celle-là...

— Et, s'il ne voulait pas, le propriétaire, nous faire un bail convenable, sous prétexte, par exemple, que nous sommes trop nombreux, enfin que ce n'est pas une location normale ?

Il y eut un moment d'angoisse et une voix qui pouvait être celle de Justin Weill domina le bruit du train :

— Allons, allons ! Bernard ! Homme de peu de foi !

## CHAPITRE 2

Cette journée d'hiver, cette journée qui fut au commencement de tout, j'ai voulu la revoir encore dans la clarté légendaire qui restera, pour nous autres, la clarté de cette année-là. Ce Laurent qui pourchasse un rêve, au milieu de ses compagnons, dans le crépuscule d'hiver, je peux, sans un trop gros effort, l'apercevoir hors de moi-même, comme l'image vive et poignante d'une créature étrangère dont pourtant toutes les pensées me resteraient fraternelles. Et maintenant je vais reprendre la plume du mémorialiste pour conter cette aventure qui nous a tous meurtris, désespérés et quand même éblouis. Il me faudrait, pour bien faire, donner sur moi-même et les événements de ma vie des renseignements que je n'ai ni l'envie, ni le courage de consigner avec ordre. Bah ! je n'en dirai que trop ! Je n'espère plus de me peindre ; mais plutôt de m'oublier.

Justin, quelques jours après cette fameuse course de Bièvres, nous avait fixé rendez-vous chez une fripière de la rue Saint-André-des-Arts. Si l'on veut bien considérer comme un rêve ce que j'ai conté jusqu'ici, prenons que mon récit commence.

C'était un endroit lugubre et que nous connaissions bien, car nous y venions parfois pour y acheter des hardes. Deux couples de mannequins embusqués dans la vitrine refoulaient à gestes compassés l'aigre lumière matinale. Le cœur de la boutique était obscur. De toutes parts, les vêtements pendus à des clous, à des patères, à des crocs, semblaient solliciter non les bonnes grâces du chaland, mais la compassion du fossoyeur. L'ombre sentait le mouton, le coton, le camphre et le caoutchouc. Un ouvrier tailleur, à croupetons sur son établi, agitait, avec des soupirs et des claquements de mandibule, de longs ciseaux pareils à des instruments de torture.

Jean-Paul Sénac, à moitié dévêtu, debout devant un comptoir, frissonna, bâilla sans mesure et dit, l'accent funèbre :

— Toi, Pasquier, toi qui es médecin, tu m'avoueras que ce n'est pas sain de rester debout quand on a de l'albumine.

J'étais, ce jour-là, fort soucieux pour des raisons que je dirai peut-être si la chance m'en est donnée. Je répondis en haussant les épaules :

— Ce serait mauvais si tu avais de l'albumine ; mais puisque tu n'en as pas...

— Tu m'étonnes, fit Sénac de sa voix molle et obstinée. J'ai toujours eu la certitude que j'en avais.

— C'est une pure question de chimie.

— Mais non, pour moi, c'est une question de sentiment.

Tel était Sénac, et nul n'y pouvait rien. Je retombai dans mon silence. On entendit, un instant, la fripière gémir dans son arrière-boutique et Jean-Paul Sénac se reprenait à bâiller quand Justin Weill s'écria, d'une voix que l'impatience faisait chanceler :

— Quand tu seras là-bas, Sénac, avec nous, devant les casses, il faudra bien que tu restes debout, comme tout le monde.

Sénac laissa deux ou trois fois rouler sa tête d'une épaule à l'autre :

— Je n'ai jamais dit le contraire.

Et, tout de suite, il ajouta, d'un ton plaintif :

— Je ferai comme les autres, assurément, si toutefois je ne crève pas demain d'une fluxion de poitrine. On gèle dans cette cave.

Justin Weill éleva la voix :

— Madame Eugène, cria-t-il, ce n'est jamais qu'une location. Ne laissez pas mourir de froid ce jeune homme sensible.

Jean-Paul leva les bras au ciel :

— Une location ! Une location ! Je ne dis pas le contraire. Mais je ne veux quand même pas me couvrir de ridicule. Non ! J'exige quelque chose de correct, ou je ne marche pas, pour la délégation.

Justin Weill se prit à piaffer :

— Alors, bats la semelle ou fais de la gymnastique suédoise.

Il soufflait entre ses dents, comme un chat courroucé, puis il se tourna vers moi, se forçant à sourire :

— Qu'est-ce que tu as ? Tu es un peu blanc. Tu ne vas pas flancher, toi, le plus solide ? Tu ne dis rien, aujourd'hui.

Je ne voulais rien dire et me contentai de secouer la tête. A ce moment, la vieille femme sortit en hennissant d'entre les nippes accrochées à la muraille.

— Voilà, soupira-t-elle. On ne peut pas trouver mieux. Vous n'essaierez le pantalon que si le reste vous convient.

Jean-Paul Sénac fit une grimace d'horreur.

— C'est fou ! C'est fou ! C'est la chienlit !

— Minute, siffla Justin, l'air sévère. Minute !

Il retira son pardessus et parut drapé d'une redingote gris de fer, aux revers de satin miroitant. Justin était de petite stature. Il avait, dans les derniers temps, beaucoup grossi. Les traits de son visage avaient pris de la pesanteur et de l'autorité. Ses cheveux longs, couleur de flamme, étaient rejetés en arrière. Il avait les mains trop potelées, les phalanges trop velues, les pieds trop longs et non point parallèles pendant la marche et le repos, mais divergents. Le ventre commençait, chez ce tout jeune homme, à soulever le gilet qui était de velours noir, et croisé. Tel, et malgré la disgrâce de proportions malheureuses, Justin Weill respirait l'intelligence, la volonté toujours en éveil, l'attention prompte et soutenue. Il ne prêtait point à rire.

Comme beaucoup d'hommes petits, il portait des chaussures à grands talons. Il se dressa, se roidit, bandant tous ses muscles pour ne pas perdre une ligne de sa taille. Il disait, les dents serrées :

— Si tu veux crier à la chienlit, ne te gêne pas, Jean-Paul. J'ai fait le nécessaire pour avoir un vêtement convenable à me coller sur le dos. Et Laurent s'est débrouillé pour dénicher, lui aussi, une redingote. Toi, Sénac, tu n'as, pas plus que Larseneur et même que Brénugat et même que Testevel, la moindre idée de ces gens que nous devons aller voir. L'autre jour il m'écrit, le Prince des orchidées, notre bonhomme de tantôt, d'aller le rejoindre, pour parler un peu, dans sa loge, au théâtre Sarah-Bernhardt. J'y vais. J'arrive en avance, d'au moins dix minutes, ce qui est ridicule et ce que je ne ferai plus jamais. J'attends. Au bout d'un moment, entre un monsieur en frac. Il s'assied sur un fauteuil sans rien dire. Et la pièce commence. Le Prince des orchidées s'annonce au milieu du premier acte. Il ne me voit pas tout de suite et finalement, d'un air distrait : « Ah ! Monsieur Weill. Enchanté ! Venez, venez que je vous présente à Monseigneur le duc de Vendôme... » Oui, quelque chose comme un prince du sang. Je vous ferai observer que tout cela ne me trouble guère...

— Je l'espère bien, vociféra Sénac.

— ... Une seule chose me gênait : je n'étais pas en habit. Et pour cause. Il ne faut à aucun prix donner à rire aux gaillards de cette espèce.

— Mais Justin, dit Sénac d'une voix dolente, c'est avec cette défroque-là que je vais leur donner à rire. Mon veston est impossible, il est sale, il est troué, mais il n'est pas ridicule. Tandis que cette requimpette !

— Attendez, disait la fripière qui passait la main, à plat, sur les reins de Jean-Paul Sénac. Attendez ! La redingote est très bien. Je vous affirme qu'elle n'a rien de ridicule.

— Je ne dis pas qu'elle va mal, riposta Sénac, l'accent boudeur. Mais elle est d'un ton beaucoup trop clair. J'ai l'air d'un propriétaire d'écurie de courses, d'un cercleux, d'un vieux marcheur.

Justin s'était pris à tourner autour de notre ami, l'œil mi-clos, la lèvre inférieure, qu'il avait grosse et fendue, avancée d'un air méditatif.

— Mais non, mais non, disait-il. C'est parfait. Tu n'as pas l'air d'un grand-duc. Tu es convenable, voilà tout. Change tes affaires de poche. Oh ! tu n'auras pas le temps d'en prendre l'habitude. Une après-midi, c'est tout, et on vous la rend, votre pelure, madame Eugène.

La vieille dame montrait un sourire à chicots.

— Je ne suis pas pressée de la reprendre. Et si votre ami veut la garder, monsieur Weill, ce sera comme pour vous : trente francs le vêtement complet, les retouches comprises. Maintenant, passez derrière le comptoir, pour essayer le pantalon.

Sénac fit en grognant ce qu'on le priait de faire. Justin Weill, les poings fermés, semblait malaxer une résistance chimérique.

— Il s'agit, marmonnait-il, de savoir si nous avons une volonté.

Sénac s'était remis debout et tirait sur le pantalon avec des gestes moroses et mécontents. Il gémissait, entre les poils de sa longue moustache d'un noir mat : « Nous avons décidé de nous retirer du monde, ce que je trouve très épatant ; mais, pour commencer, nous allons voir toutes sortes de gens du monde. Nous voulons vivre en ermites, en solitaires, ce qui est tout à fait de mon goût, et nous allons d'abord faire des risettes et des courbettes aux gens que nous voulons fuir justement parce qu'ils nous dégoûtent. C'est incompréhensible. Nous méprisons les politiques et nous prenons leur avis. Je demande qu'on m'explique ça. Un truc dans le genre du nôtre, pour être pur, il faudrait le réaliser dans l'ombre, dans le silence, dans le mépris de tout le reste. Et, quand on aurait réussi, quel enseignement ce serait pour les jeunesses futures ! Nous sommes des individualistes, et même des libertaires, et même des anarchistes, tout comme M. Barrès, seulement nous avons l'air, pour être ce que nous sommes, d'en demander l'autorisation à tous les snobs, à tous les paltoquets, à tous les pontifes du monde. Comprends pas. »

— Qu'est-ce que tu dis ? demanda Justin, l'accent distrait.

Sénac baissa la tête et répondit lâchement :

— Rien. Je ne dis rien. Je dis que le pantalon va, mais que la redingote me remplit de honte. J'ai l'air d'être déguisé en chef du protocole, en arbitre des élégances.

— Pas d'importance, répond Justin avec obstination. Attends : tourne-toi. Penche-toi. Redresse-toi. Lève les bras. Mais non, c'est convenable. C'est correct. Tout à fait ce que j'ai demandé.

Il se pencha vers moi, m'enveloppa d'un regard chaleureux que je connaissais bien et dit :

— Comment trouves-tu ce vêtement ?

Sans même attendre la réponse, il poursuivit aussitôt :

— Tu n'as pas l'air à ton aise et c'est fâcheux pour tout ce que nous avons à faire aujourd'hui. Alors, madame Eugène, le jeune homme vous rapportera les frusques dès ce soir. Nous réglerons la chose ensemble. En attendant, gardez ses nippes et, si le cœur vous en dit, passez-les à la ravaudeuse : ça ne leur fera pas de mal. Et maintenant, allons briffer. Jusserand nous attendra vers trois heures au métro de la Porte Maillot. Testevel est chez Papillon. Mais nous ne sommes pas en avance.

— Et Larseneur ? demanda Sénac.

— Il n'a pas pu se libérer. Pas d'importance. Cinq sur sept, il n'y a rien à dire. Larseneur n'est pas follement décoratif.

— S'il t'entendait !

— Je le lui ai dit cent fois. Il se néglige. Il pense que, pour un artiste, c'est plus nature. Tant pis ! je ne suis pas un artiste, dans ces conditions. Sortons, maintenant. J'ai très bien entendu ce que tu disais tout à l'heure, Jean-Paul. Eh bien ! oui, nous allons faire quelque chose de très beau, de très grand — du moins c'est notre pensée profonde et c'est notre conviction à tous — et nous sommes obligés pour arriver à nos fins de commencer par toutes sortes de sales corvées. Nous allons fausser compagnie aux hommes du XXe siècle. Mais nous ne pouvons pas le faire sans leur assentiment et même sans leur aide. Tout cela parce que nous sommes pauvres. Si nous étions riches, nous n'aurions probablement aucune envie de faire ce que nous voulons faire. Nous avons la volonté de soustraire notre belle vie, notre jeune vie, à toutes les vilenies de l'argent ; mais, pour y parvenir, il nous faut justement de l'argent, un peu d'argent. Tu comprends ? Vous comprenez ? Voilà le vrai de la chose. Nous autres, nous ne faisons pas de politique, notre expérience est humaine. Mais songez aux politiques : si jamais Schleiter, ce socialiste, arrive à son but, s'il parvient jamais à détruire le capital, comme il dit, il faudra que cette destruction soit financée par quelqu'un. Dépêchons-nous. Si nous faisons attendre Testevel, il est capable de foutre le camp. Ce n'est pas facile de mettre d'accord toutes ces mauvaises têtes. Mais si nous avions affaire à ce qu'on appelle de bonnes têtes, il n'y aurait rien à espérer pour notre truc. Ça ne les intéresserait pas. Notre idée n'intéresse pas les satisfaits, les endormis. Cette maison de Bièvres, dire que tu ne l'as pas vue, toi, Sénac !

Justin semblait fort exalté. Il me saisit par le bras et s'écria, sautant d'une idée à l'autre comme il faisait volontiers :

— Qu'est-ce que tu as donc ce matin ? Je ne te trouve pas bonne mine. Leur as-tu seulement parlé de notre maison de Bièvres, à ceux qui ne l'ont pas vue ? Il est maintenant près d'une heure et demie. Avez-vous encore faim ? Moi, je ne sais plus. Moins je mange, plus j'engraisse. Tu veux dire quelque chose, toi, Sénac ? Tu veux peut-être rouspéter ? Ecoute, Sénac. Ecoute, Jean-Paul Sénac. Je ne suis pas un tortionnaire. Nous ne sommes pas des illuminés. Nous n'avons pas le désir de t'entraîner contre ton gré. Si notre projet te rebute, ah ! dis-le, mon cher, dis-le. Tu nous laisseras partir tout seuls, et nous t'aimerons quand même.

Sénac fit deux ou trois mouvements de déglutition, haussa les épaules et modula d'une voix douce, obstinée :

— J'ai gardé la redingote pour te faire plaisir ; mais ça me déplaît et je te préviens que je n'enlèverai pas mon pardessus chez le Prince des orchiblèches.

Justin pâlit de colère.

— Tu parles comme s'il s'agissait de moi, encore de moi, toujours de moi, et comme si tu tenais à me contrarier personnellement. Mais il s'agit de nous tous et, mieux encore, il s'agit d'une idée.

— D'accord ! Mais une idée de cette espèce n'a rien à voir avec une redingote gris-perle. Je ne quitterai pas mon pardessus.

— Alors il ne fallait pas endosser la redingote. Tu vas quand même quitter le pardessus pour manger, chez Papillon.

— Non, surtout pas chez Papillon. On me connaît là-dedans. Dieu, qu'il fait froid sur cette garce de place ! Et voici la grêle, maintenant. Tu dis, Justin, que vous pouvez marcher sans moi ? Mais non, j'en suis, du truc. Et avec enthousiasme. Encore la grêle ! Et vos gibus ?

Un vent bourru poussait de gros nuages qui, de temps en temps, lâchaient quelques bordées de grêlons.

— Ce n'est pas de la vraie grêle, dit Justin, c'est du grésil, de la saleté. Mais c'est mauvais pour les gibus. Je vais ouvrir le riflard. Et maintenant, tous les trois, relevons le bas de nos pantalons. Nous devons jusqu'au soir rester impeccablement propres. Encore deux cents pas et nous sommes au port.

Nous avancions, sous la rafale, serrés les uns contre les autres. Et, quelques minutes plus tard, nous entrâmes chez Papillon.

— Ouf ! soupirait Sénac, ce n'est pas une bonne journée pour aller en procession consulter les hommes illustres.

Justin frappa le sol du pied, peut-être pour secouer les gouttes de pluie, plus sûrement encore pour exaucer la colère que lui donnaient les propos de Sénac.

— Allons, descendons, dit-il. Bonjour, Pap. Ça sent le civet dans votre cambuse. Bonjour, Françoise. Testevel est encore là ! Quelle merveille !

La petite salle du restaurant était presque vide, à cette heure. Le sol en était poudré de ce sable dit « sable à lapins » qui crie finement sous les semelles. Au fond, s'ouvrait l'étroit escalier spiral par lequel on descendait dans cette espèce de cave sans jour et presque sans air où nous aimions de nous rejoindre pour manger et disputer. Les médecins, les scientifiques appelaient ce réduit la spélonque. Les lettrés, les philosophes disaient volontiers la caverne, en souvenir de Platon.

Il était plus d'une heure et demie : les hôtes ordinaires de la spélonque étaient venus et repartis. Testevel, assis devant un verre de café, devisait au bout de la table, avec un personnage qui, dès notre arrivée, recula sa chaise d'un pas.

— Je commençais à désespérer, dit Testevel d'une voix tragique.

Et, tout de suite, il se prit à rire. C'était un jeune géant au poil clair, à la carnation translucide. Un sang prompt et chaleureux injectait au moindre propos ses yeux bordés de cils presque blancs. Un faux col de celluloïd l'obligeait à tendre le cou qu'il avait large et bref. Sur son menton glabre, un peu lourd, on voyait une fossette où croissaient des fils de barbe que le rasoir n'atteignait pas. Il se mit debout et parut sanglé dans une longue jaquette de serge.

— Tu vois, dit-il, j'ai fait des frais. Et maintenant, que je vous présente : voici Monmerqué, oui, Gabriel Monmerqué, dont je t'ai déjà parlé, car il pourrait nous rendre les plus grands services.

Le visage de Justin devint attentif et froid. L'espace de quelques secondes, il considéra le nouveau venu qui s'était levé sur ces mots. C'était un homme de beaucoup plus âgé que les camarades assemblés dans la caverne. Il avait atteint ou franchi la quarantaine. Sa barbiche courte, largement accrochée sur les joues, était grise, et gris aussi les cheveux ras, épars sur un gros crâne luisant. Les traits étaient fatigués, le teint blême et comme anémié dans l'ombre. Il avait de belles mains aux ongles longs, aux gestes méticuleux. Il n'était pas ventru, mais largement étoffé. Son vêtement gris se montrait fort modeste. Un lacet noué sur le col puissant fermait la chemise et tenait lieu de cravate.

— Nous sommes très touchés, Monsieur, dit Justin d'une voix méditative, oui, très touchés et des conseils que vous voulez bien nous promettre et des précieux renseignements...

— Il a trouvé notre homme, coupa Testevel. C'est un gars nommé Picquenart...

— Permettez... fit Monmerqué, je crois que Jules Picquenart répondrait assez bien à ce que vous souhaitez. Je vous le présenterai. C'est un excellent ouvrier.

— Il faut vous avouer, fit Justin, que notre projet est encore loin d'être mûr.

Une brusque et faible rougeur se répandit sur le grand front de l'étranger. Il murmura d'une voix sourde, nasale, voilée par l'accent lyonnais :

— Laissez-moi vous dire, Monsieur, que je ne suis pas pressé.

— Mais je pense bien, dit Justin. C'est nous qui sommes pressés et l'idée que vous voudrez bien nous assister, nous rendre service...

— Attendez, dit Monmerqué d'un air sombre, les services que je peux vous rendre ne seront peut-être pas de votre goût.

— J'espère, Monsieur, dit Justin soudain décontenancé, j'espère que je ne vous ai pas blessé le moins du monde.

Monmerqué fit un rire du nez :

— Si vous m'aviez blessé, je serais déjà parti. D'ailleurs je m'en vais, maintenant. Non, non, je ne vous en veux pas de m'avoir fait attendre. Je ne vous attendais pas : je causais avec Testevel. Je n'attends jamais personne. Je vais vous laisser discuter vos affaires.

— Vous savez, Monmerqué, s'écria Testevel, qu'il nous serait agréable de discuter devant vous, avec vous, comme avec un futur collaborateur.

— Certainement, reprit Justin. Il sera même nécessaire d'étudier les conditions d'une pareille collaboration.

Monmerqué rougit de nouveau, en coup de vent. Ses traits s'assombrirent et il se prit à secouer la tête :

— Je ne sais ce que vous entendez par ce mot de « conditions ». Mais j'ai le sentiment que vous faites erreur et que vous me connaissez mal.

— C'est le plus désintéressé des hommes ! déclara Testevel.

— Allons, allons, n'embrouillez pas les choses, dit encore l'étrange personnage. Et maintenant, je vous quitte.

Justin venait de bondir.

— Jean-Paul ! Pas d'apéritif aujourd'hui. Non et non ! je te le demande. C'est le comble !

Jean-Paul arrêtait la servante par le bord du tablier. Il prit un air sombre.

— Rien qu'un très petit pernod.

— Non ! Je te le demande comme un service personnel. Excusez-moi, monsieur Monmerqué.

— Oui, je vois, murmura Monmerqué d'une voix rêveuse. Vous êtes, vous, pour la discipline. Je ne dis pas que vous avez tort. Moi, je ne suis pas discipliné. Au revoir, Messieurs. Ah ! permettez...

De la poche intérieure de sa veste, il tirait un petit paquet qu'il développa lentement de ses belles mains attentives et qui contenait cinq ou six porte-plume coupés dans une tige de roseau, dans un rejet de coudrier, une ronce légère et nacrée, une baguette de frêne poli et qu'il avait garnis de plumes d'oie taillées avec soin.

— Permettez, reprit le visiteur, permettez-moi, en signe d'alliance... oh ! sans engagement aucun, de vous offrir ces bibelots, bien nécessaires à des gens de notre espèce. Je les façonne en me promenant dans les bois, le mercredi, qui est mon jour de liberté. Cette fois, adieu, Messieurs.

Les porte-plume distribués, il se coiffa d'un petit feutre rond et disparut aussitôt dans l'escalier en vrille.

— Eh bien ? demanda Testevel. Comment le trouvez-vous ?

— Il est étrange, fit Justin. Il n'a pas l'air commode. Il faudra reparler de ce gars-là. Dépêchons-nous, maintenant, de manger quelque chose. Tu lui as bien dit, Testouche, eh ! tu m'entends, Testebiche, Testibroche, tu lui as bien dit qu'il ne s'agissait pas du tout d'un groupement politique ?

— Je l'ai dit, mais ça ne fait rien. Le moindre geste, aujourd'hui, prend un sens politique. Monmerqué est un pur intellectuel, c'est-à-dire un anarchiste, oui, un anarchiste résigné. Notre affaire l'intéresse. Il ne le dit pas, mais je le sens.

— Nous sommes peut-être des individualistes, murmura Justin, mais l'ordre nous est nécessaire. La discipline, comme dit justement ton Monmerqué !

Justin parlait entre ses dents, les sourcils froncés, la tête basse. Jean-Paul Sénac tourna vers lui des yeux intelligents, mais lourds et voilés.

— Cela signifie peut-être que tu veux m'empêcher aussi de boire du vin ?

Justin haussa les épaules.

— Pour le vin, je ne voulais rien dire. Mais, puisque tu prends sur toi d'en parler, je t'avouerai que je te trouve absurde. Et tu vas boire tout cela ?

Jean-Paul Sénac baissa la tête et répondit :

— Je te promets, Justin, je vous promets à tous, solennellement, que c'est la dernière fois. Non, je veux dire que quand nous serons là-bas, à Bièvres ou ailleurs, je ne boirai plus que de l'eau.

— Mon pauvre Jean-Paul, soupirait Justin, si seulement tu n'étais pas obligé de te priver de tout et du reste. Et puis, si tu supportais toutes ces saletés...

— Je te demande pardon, cria Sénac soudain cabré. J'ai la tête solide. Rappelle-toi, Laurent, le jour du congrès. Rappelez-vous le repas chez l'oncle de Jusserand.

— Ne parlons pas de ce jour-là, c'est préférable.

— Attention ! fit soudain Justin Weill qui semblait courir d'une pensée à l'autre. Attention ! Quand nous serons chez le gentilhomme, ne lancez pas à tort ou à travers des mots comme anarchiste ou individualiste.

— Des mots, ne ne sont pas des bombes.

— Sans doute, mais il ne comprendrait pas le sens très particulier que nous autres nous donnons à de tels mots. Il ne faut même pas lui faire de confidences du genre sentimental, lui dire par exemple que nous voulons sauver notre jeunesse. Tenons-nous-en à des généralités sur l'art, la poésie, la pensée. Rien non plus qui touche au social. Avec Antoine, avec Richet, avec Bergson lui-même, nous pourrons tenir un autre langage. Et maintenant, qu'on nous donne le café ! Tu vois, Jean-Paul, que la bouteille y a passé. C'est effrayant !

Sénac eut un rire gloussant, bas, presque sournois.

— Qu'est-ce que tu veux ? gémit-il. J'ai une dyspepsie chronique, et, sûrement, une maladie de reins. J'ai des difficultés d'argent et des peines de cœur. Je me suis fâché, petit à petit, avec tous mes amis, sauf avec vous autres. Je hais le régime politique et, particulièrement, le gouvernement Clemenceau. Je suis sûr que nous aurons la guerre. Je ne fais pas le travail que je voudrais faire. Et surtout, surtout je ne sais pas pourquoi je suis au monde et je ne crois pas en Dieu.

Testevel abattit son poing sur l'épaule de Sénac :

— Mais tu es un poète, bon sang de sort !

— Oui, dit Sénac. Et, sans cela...

Il fit un geste des bras, un geste un peu dramatique, un peu vague. Justin haussait les épaules d'un air soudainement amusé.

— Sauf le respect que je te dois, dit-il, voilà des boniments qui appellent le coup de pied au cul. Et maintenant, en route. Tu n'as pas quitté ton pardessus, ô le plus entêté des Sénac !

— Non, j'ai honte. Et puis j'ai froid.

Quelques minutes plus tard, nous nous introduisions avec un visible souci de nos frusques dans une voiture du métro. Justin et moi nous portions des chapeaux de soie hauts de forme, Testevel un feutre marron, Sénac un vaste melon à bords plats. Debout, serrés l'un contre l'autre dans la foule, nous continuions de causer avec passion. Le voyageur qui, par hasard, eût prêté l'oreille à notre entretien, n'aurait pas sans étonnement entendu les bribes de phrases qui surgissaient puis se perdaient dans le grondement du tunnel : « Il n'y a qu'un moyen, pour des intellectuels, d'éviter les compromis et les chemins de descente... Expliquons bien, surtout, que le monde souffre de la confusion des valeurs et que nous voulons restaurer la pureté... Je lui ai dit que notre jeunesse entendait prendre elle-même l'initiative de sa destinée... Le travail manuel, c'est en quelque sorte une loi sacrée... Comme représentant des arts plastiques, Brénugat, c'est parfait... Il est marié... Jusserand aussi est marié. Les femmes sont indispensables à l'harmonie d'une société comme la nôtre... Les économistes affirment que deux heures de travail assidu suffisent pour régler les questions matérielles et nous pouvons en donner quatre, cinq à l'extrême rigueur... Ce qu'il faut définir, c'est le statut des esprits libres dans la société moderne... Sénac, tu sens le vin et l'oignon de façon inconvenante... »

Nous descendîmes au terminus de Maillot. Parvenu sur le trottoir, Justin dit, l'accent navré : « Nous sommes, nous-mêmes, en retard de quinze minutes et Jusserand n'est pas là. Jusserand est incorrigible. »

Sénac revenait à sa question :

— Quel besoin de rendre visite au Prince des orchidouilles ?

— Tu n'as pas encore compris, répondit froidement Justin, qu'il nous faut rassembler quelque chose comme une clientèle ?

— Oui, mais si nous avons quelque chose comme une clientèle — c'est un mot de boutiquiers — nous ne sommes plus indépendants. Tout est manqué.

Justin fit front, la tête dans les épaules :

— On n'est jamais indépendant, d'abord. Ensuite, je me demande quel plaisir tu peux prendre à jouer les idiots. Voyons, Jean-Paul, tu es instruit, tu as même quelques diplômes. On te considère déjà comme un poète de talent, comme un écrivain bien doué. Tu gagnes misérablement ta vie en servant de secrétaire à un personnage politique dont tu fais les articles et même les livres, ce qui prouve de plus que tu n'es pas incapable de jugeote, sans cela le nommé Coualieux t'aurait, depuis longtemps, jeté dehors. Enfin, tu es notre ami, ce qui est un titre de noblesse. Et tu passes sournoisement ton temps à poser des questions qui pourraient nous faire croire que tu n'as pas plus d'intelligence qu'une sauterelle.

Sénac eut un rire humble, un petit rire de la ceinture. Il soupirait en remuant les sourcils :

— Voilà quand même Jusserand.

Bernard Jusserand venait en effet de paraître. Testevel dit en l'abordant :

— Comme on voit que tu es marié ! C'est sûrement Alice qui t'a noué ta cravate. Quelle femme, mon gars ! Quelle femme !

Jusserand souriait, se rengorgeait, distribuait des poignées de main.

— Et maintenant, dit Justin Weill, nous en avons pour dix minutes et nous devons, surtout, surveiller le bas des pantalons. Il faut être impeccable. Il n'y a pas cent façons d'inspirer confiance.

## CHAPITRE 3

— Des larbins, mes enfants, des larbins ! Et de l'uniforme ! Je veux dire de la livrée ! Une véritable garde du corps. Une milice larbinière. Et l'air sérieux de Justin : un chat qui fait dans la cendre. Et la bobine de Laurent qui n'a pas dit trois syllabes et qui était plutôt pâle ! Et Sénac, homme du monde jusqu'au bout de ses ongles en deuil ! Et moi, Testevel, qui faisait des mines, et des petites moues et des soupirs. Sans parler de Jusserand que le marquis a commencé par faire poireauter dix minutes.

— Si vous commenciez, proposa Brénugat, le peintre, par nous expliquer un peu ce que c'est que ce marquis. Larseneur et moi, nous demandons à tout savoir.

— Et, par exemple, que signifie cette histoire Jusserand ?

Frêle et la taille fléchissante, son mince visage agité de secousses nerveuses, Jusserand s'était mis debout pour protester avec plus d'énergie :

— Il n'y a pas d'histoire Jusserand. Je n'étais pas annoncé. Une erreur de correspondance.

— Non, dis-je. On attendait quatre personnes. C'est ce qu'a fait remarquer le valet en ouvrant la porte.

— Quatre, cinq, six ! Quelle importance ?

— Le marquis de Fonfreyde a reçu les quatre visiteurs attendus et il a fait attendre Jusserand, seul, une dizaine de minutes, dans un salon qui ressemble à un musée historico-ethnographique.

— C'est une mesure vexatoire.

— Mais non, c'est l'étiquette.

— Je me demande un peu ce que des gens de notre sorte ont à voir avec l'étiquette.

— Si vous parlez tous à la fois, nous ne comprendrons rien. Moi, je n'ai rien compris encore.

— Larseneur a raison, fit Justin. Passez-moi la boîte d'allumettes. Je vais préparer le thé.

— Et moi, dit Testevel, je vais laver la vaisselle.

— Qu'est-ce que vous avez mangé ?

— Des œufs sur le plat.

Testevel, d'une main, tenait une petite poêle et la torchait attentivement de l'autre, avec un bouchon de papier. Cette opération accomplie, Testevel suspendit la poêle à un clou planté dans le mur, puis, avec soin, il disposa, entre le mur et le bord de l'ustensile, une mince bande de buvard plusieurs fois repliée. A ces menues besognes ménagères, il appliquait, avec une délicatesse de vieille fille maniaque, son grand corps, ses membres gourds, ses mains rougeaudes et poilues, toute son encombrante personne. Pour finir, il aspira la salive entre ses dents rapprochées et rit avec jubilation.

— Ça y est, dit-il, la vaisselle est faite. Et maintenant, allons par ordre. Si je me trompe, vous le direz. Le marquis de Fonfreyde est une figure parisienne du coloris le plus brillant. C'est en outre un poète et un gentilhomme brocanteur.

— Et un spécialiste de la bougrerie.

— Ça, mon cher, tu n'en sais rien. Il s'est montré très convenable.

— N'aurait plus manqué que cela. Ah ! mais !

— Assez ! dit Brénugat en trépignant de rage. Vous continuez d'embrouiller tout et nous ne saurons jamais rien.

— Qu'est-ce que signifie cette visite ? ajouta Larseneur avec entêtement. Quel rapport entre nous, notre idée, notre œuvre et le personnage impossible que vous êtes allés voir ? Toi, Sénac, explique-nous cela, puisque tu étais de la bande.

— Non, non, demande à Justin. Pour moi, toutes ces visites me semblent superflues et terriblement embêtantes.

Justin venait de verser l'eau bouillante dans la théière. Il gonfla ses joues de vent, souffla sur la flamme d'alcool, releva brusquement les sourcils et dit avec une ferveur frémissante :

— Vous êtes mes amis, tous, mes chers amis. Je vous connais et je vous aime. Nous allons sans doute faire ensemble une chose admirable. Mais, vraiment, vous n'avez pas l'air de voir le fond du problème.

— Oui, mon adjudant !

— Assez, Larseneur. Assez de cette plaisanterie. Le fond du problème est simple. D'abord, il nous faut de l'argent.

Jean-Paul Sénac fit la moue.

— L'argent, ça se trouve toujours.

Justin jeta sur Sénac un regard presque cruel.

— Tu n'as pas l'air de quelqu'un qui en a trouvé beaucoup. Allons, laissez-moi parler. D'abord, il faut de l'argent. Ensuite, il nous faut du travail. Nous allons vivre à l'écart du monde. C'est très bien. C'est magnifique. Mais il nous faut, je vous l'ai dit cent fois, de l'argent pour mettre l'affaire en route et des clients pour la faire vivre. Nous devons, résolument, frapper à toutes les portes. Je frappe. Nous frappons. Ce n'est pas toujours drôle. Sur les conseils de Schleiter, j'ai vu Mme Gratz.

— Encore une millionnaire !

— Sauf erreur, il faut chercher l'argent chez ceux qui le possèdent.

— Ce n'est pas sûr. Et alors ? Mme Gratz ?

Justin haussa les épaules.

— N'en parlons plus. Elle a dit qu'elle nous enverrait des billets pour l'Opéra. C'était une mauvaise manœuvre. Nous en ferons beaucoup d'autres. J'ai demandé, toujours par Schleiter, une entrevue à Clemenceau.

— A Clemenceau ?

— Parfaitement. Schleiter n'est pas la complaisance incarnée, mais puisque le voilà chef de cabinet de Viviani, c'est quand même assez naturel de le mettre à contribution. Il a vu Clemenceau et m'a raconté la scène. Clemenceau lui a demandé : « Qu'est-ce qu'ils veulent, vos jeunes amis ? » — « Monsieur le Président, fonder un phalanstère pour y gagner leur vie en travaillant de leurs mains. » Clemenceau a considéré Schleiter sans rire et il a répondu : « Qu'est-ce que vous voulez que ça me foute ? » Puis il a regardé par la fenêtre un grand moment. Enfin, il s'est retourné tout d'une pièce. Il a dit : « On m'avait parlé de vous comme d'un garçon sérieux. » Vous pensez bien qu'après cela nous n'aurons plus rien de Schleiter.

— C'est bien fait ! hurla Sénac. Pas le moindre contact avec les politiques. Voilà ma devise.

— C'est entendu, reprit Justin d'une voix exaspérée. Aucun

contact avec qui que ce soit. Nous n'avons pas le sou. Nous ne demanderons rien à personne et nous réussirons quand même. C'est prodigieux !

Il y eut un instant de silence. Testevel dit enfin :

— Allons, raconte Fonfreyde à ceux qui n'étaient pas là.

— Je veux bien, soupira Justin. Mais il faudrait pourtant s'entendre. On dit : pas de politiques. On dit : pas de gens du monde. Certains déclarent : pas de commerçants. Alors, vraiment, je ne sais plus. Fonfreyde ! Je l'avais vu déjà deux fois. Il a beaucoup de relations et même une certaine renommée. Il peut nous trouver tout au moins du travail. Il ne nous a pas mal reçus.

— A cela près qu'il a fait poireauter Jusserand.

— Mettons qu'il est vétilleux. Tous ceux qui sont venus tantôt reconnaîtront quand même qu'il n'est pas désagréable.

— Il nous a reçus dans une pièce non chauffée.

— C'est parce que Sénac avait refusé d'enlever son pardessus.

— Pourquoi ? demanda Larseneur.

— Pour des raisons ridicules. Ne revenons pas là-dessus. Les gens de cette espèce — je parle de Fonfreyde — ont des idées sur les convenances. Chez Fonfreyde, c'est réglé : on passe entre les mains de trois valets successifs qui vous regardent comme ils regarderaient des bêtes curieuses, qui, chacun, donnent un coup de cloche et vous font progresser de dix mètres. On attend dans un grand salon, et, pour finir, on est reçu. Le personnage est courtois.

— Oh ! il a gardé sa casquette et un plaid sur les épaules.

— Et un autre sur les genoux.

— C'est peut-être un vieillard.

— Mais non. Il a dans les cinquante ans.

— Il est fardé comme une maquerelle.

— Fardé ? Fardé ? Pourquoi ?

— Ça, mon cher, ça le regarde. Vigny se maquillait bien.

— Vigny était un poète.

— Fonfreyde aussi est un poète. Ce n'est pas un très grand poète. Enfin, il a connu Verlaine.

— Vraiment ? Il a connu Verlaine ?

— Il l'a même hébergé.

— C'est plutôt une bonne note.

— Non, dit Sénac. Il faut voir ce que Verlaine en aurait dit.

— Tu as la rancune tenace.

— Dame ! Il a fait une chose qu'on ne peut lui pardonner.

— Qu'est-ce qu'il a fait de si grave ?

— Il nous a offert une collation au champagne.

— Avoue que ce n'est pas criminel.

— Si, parce que, lui, il n'a rien bu ni rien mangé. Il nous a regardés faire.

— Et toi, tu as bu et mangé ?

— Oui, mais la mort dans l'âme. Ce qu'il a fait là, c'est à peine convenable.

— Il a peut-être l'estomac délicat.

— N'importe ! J'ai l'estomac délicat et dans une circonstance telle j'aurais fait un petit effort.

— Tout cela n'est rien, reprit Justin. Nous lui avons exposé notre projet, loyalement.

— Vous lui avez bien dit que nous voulions acquérir l'indépendance en travaillant de nos mains ?

— Parfaitement. Et que nous avions choisi de devenir imprimeurs.

— Et que nous voulions aller vivre comme des ermites dans une solitude rustique ?

— Nous avons dit tout cela. Nous avons même expliqué, avec une foule de détails, que nous étions tous pauvres, que nous vivions tous plus ou moins de petits métiers, que nous pensions assurer notre existence matérielle en donnant quelques heures par jour de travail manuel et que, le reste de notre temps, nous entendions le consacrer à la pensée, à l'art, à la philosophie, à tout ce qui peut embellir et même ennoblir la vie.

— Et qu'est-ce qu'il disait ?

— Il se frisait la moustache. Il n'avait pas l'air convaincu. Il a répondu finalement, comme tout le monde : « C'est une idée folle. » Puis il a dit encore : « Mais alors, il vous faut de l'argent. » — « Oui, de l'argent et du travail. » — « Pour le travail, on verra plus tard, quand vous serez à pied d'œuvre. Pour l'argent, je vous présenterai volontiers à quelques millionnaires de mes amis. »

— Voilà ! Voilà ! chanta Sénac. La grande question, c'est toujours de faire donner par les autres et de ne rien donner soi-même.

— Il ne faudrait quand même pas, dit une voix pensive, à la faveur d'un bref silence, il ne faudrait quand même pas, pour réaliser notre rêve d'indépendance, commencer par tendre la main, et, somme toute, par mendier. Seigneur ! que tout est difficile !

— Et alors ? demanda Brénugat.

— Eh bien ! reprit Testevel, on a fini par s'en aller. Il était gentil, le Fonfreyde. Il commençait à s'attendrir. Il gémissait sur sa pauvreté, sur la difficulté des temps. Il nous faisait traverser des salons gigantesques, pleins de vitrines, d'objets d'art, de bahuts, de reliquaires. Il ouvrait les uns ou les autres et en sortait parfois une pièce rare, entre le pouce et l'index : « Voici le lacrymatoire d'Agrippine. Voici le peigne et le miroir de Cléopâtre. Ni plus ni moins. Cette petite veste de soie, Marie-Antoinette la portait le 13 janvier 1776. Voici le bistouri d'or avec lequel le chirurgien Félix opéra la fistule du Roi... » Il nous a montré, par la fenêtre, le bain de marbre rose où Mme de Pompadour en personne... oui, mon ange ! Il avait des gants de peau blancs qui n'étaient pas boutonnés et qui lui retombaient jusque sur les phalanges. Et, j'oubliais, une fleur énorme au revers de sa jaquette, à quatre heures de l'après-midi.

Il y eut un assez long silence pendant lequel en entendit Larseneur et Brénugat suçoter leurs pipes éteintes. La chambre de Testevel, où se tenait notre assemblée, se trouvait sous les combles d'une vieille et haute maison de la rue Gay-Lussac. C'était une pièce fort basse de plafond, en partie lambrissée. Par la fenêtre sans rideaux, on apercevait les toits, les clochers et les dômes, ce soir-là couverts de neige, de la colline Sainte-Geneviève. La lueur de la ville montait et s'allait perdre dans un ciel chargé de frimas. Mais la petite chambre était chaude. Un feu de houille rougeoyait dans le creux de la cheminée. Testevel, de temps en temps, saisissait un morceau de charbon, au moyen d'un bout de papier, pour ne pas se salir les doigts, et le lançait dans le foyer. Assis, qui sur le lit, qui sur les tabourets de bois ou sur des sièges de hasard, nous étions là tous les sept, fumant, buvant des verres de thé, devisant avec passion. Justin me regardait d'instant en instant avec inquiétude parce que je ne disais rien. Il était bientôt repris par la fièvre querelleuse, la controverse, les projets.

— En somme, disait Testevel, ce que nous ne pouvons pas leur expliquer, tout uniment, à ces illustres paltoquets, à ces boyards, à ces nababs, à ces virtuoses de la prostitution, à ces dinosaures de la finance, à tous ces hommes éminents qui se foutent pas mal de nous, comme de tout et comme du reste, ce que nous ne pouvons absolument pas leur expliquer, parce que c'est trop simple, c'est que nous voudrions vivre.

— Oui, et que nous avons assez des sales petites besognes dans lesquelles nous gaspillons le meilleur de notre jeunesse.

— Et que nous avons soif d'air pur, de travail harmonieux...

— De liberté, de liberté !

— Tout cela, disait Jusserand, tout cela, c'est très raisonnable.

— C'est mieux que raisonnable : c'est juste et c'est humain.

A ce moment de nos entretiens se produisait presque toujours un phénomène dont nous n'avions pas une conscience immédiate, mais qu'un observateur vigilant eût sans doute appelé : le phénomène de l'envol. L'un d'entre nous regardait par exemple avec une soudaine fixité quelque fleur du papier mural, une des taches du plafond, ou même la fumée des pipes et disait d'un air pénétré :

— Puisqu'il suffirait de quatre heures, le travail de l'imprimerie pourrait se faire le matin. Comme cela, dès midi, nous serions délivrés.

— Attends ! Ne dis pas : délivrés. Il ne faut pas laisser croire, il ne faut même pas penser qu'un travail librement choisi serait pour nous une servitude.

— D'accord, mais pense à Brénugat. Pour un peintre, l'essentiel est de prendre la lumière quand elle vient, quand elle est bonne. Il n'y a pas d'heures régulières.

— ... Pendant la belle saison, les exercices physiques auraient lieu sur une des pelouses.

— Et même pendant l'hiver. L'air vif est un stimulant délicieux.

— Un exercice excellent et profitable serait de cultiver la terre. Nous pouvons très facilement produire des légumes et des fleurs.

— Et même, s'il y avait trop de fleurs, comme nous serions près de Paris, nous devrions tâcher d'en vendre.

Depuis un instant déjà, l'on ne savait plus très bien qui parlait et qui se taisait. Les voix se mariaient comme dans une fête chorale. On s'étonnait parfois, s'entendant parler soi-même, d'avoir envie de se répondre.

— Il faut chaque jour une séance de musique au moins. C'est un des rites du culte. Toute la tribu est rassemblée, comme dans un temple.

— Ce serait assez joli si l'on s'appelait la Tribu.

— « Imprimerie de la Tribu. » Qu'est-ce que vous dites de ça ?

— Moi, j'aimerais mieux la Ruche.

— Mon vieux, tu n'y penses pas : on aurait l'air d'une épicerie coopérative.

— Moi, j'aimerais le Monastère, ou la Trappe, ou la Chartreuse, quelque chose qui fasse penser aux ordres contemplatifs.

— Contemplatifs ! Tu es bon. Et le boulot, mon ami ? Nous sommes, avant tout, un organisme de travail.

— Pas seulement de travail. De rêve aussi, de libre rêve.

— Ce qu'il faut surtout marquer, c'est l'idée d'une retraite, d'une séparation, d'un retranchement du monde.

— Voulez-vous la Thébaïde ?

— *La Thébaïde ou les frères ennemis*. C'est impossible.

— Attendez. Que diriez-vous d'un mot comme « Solitaires » ?

— En souvenir de Port-Royal ?

— Eh bien ! oui, mon vieux. Pourquoi pas ?

— Ah ! ce serait assez beau. Ce serait même assez grave. « Imprimerie des Solitaires. »

— Moi, dit lentement Justin, j'accepte le mot de « solitaires ». Il me convient tout à fait. Mais alors, pour le lieu, il serait indiqué de le baptiser : Le Désert.

— « Imprimerie du Désert. »

— Penses-tu que l'on comprendra bien ?

— Oh ! cela, répliqua Justin, cela m'est tout à fait égal. Pour les gens ce n'est qu'un mot. Pour nous, c'est tout un programme. C'est presque une doctrine, presque une philosophie.

— Oui, murmura Testevel, c'est un peu romantique, mais cela ne me déplaît pas.

Il saisit un gros morceau de houille, le disposa dans le brasier, regarda longuement la flamme voleter de-ci, de-là, et se prit à répéter : « Imprimerie du Désert... Imprimerie du Désert. » Ah ! ça dit ce que ça veut dire. Il faut quand même avouer que ce serait une chose épatante.

Il y eut un long moment de silence et Justin s'écria tout à coup :

— Bernard, lis-nous quelque chose.

— Je veux bien. Que voulez-vous entendre, ce soir ?

— Peut-être une scène de Shakespeare, une belle scène de *la Tempête*.

— Une page de La Boétie !

— Un grand morceau de Pascal, c'est le moment ou jamais.

— Non, lis-nous plutôt quelquc chose qui nous parle vraiment de nous, qui nous parle de l'évasion.

— Attention ! Attention ! de l'évasion dans la vie.

— Oui, de l'évasion dans la vie. Lis-nous *le Bateau ivre*.

Nous fîmes aussitôt silence et Jusserand se mit debout. Il avait une voix très grave, et qu'on n'aurait pas attendue, à voir sa chétive personne. Il lisait lentement, sans emphase, mais avec une pieuse ardeur, tel un officiant qui célèbre, aux catacombes, les rites d'une religion honnie. Il disait :

*J'étais insoucieux de tous les équipages,*
*Porteur de blés flamands ou de cotons anglais,*
*Quand avec mes haleurs ont fini ces tapages,*
*Les Fleuves m'ont laissé descendre où je voulais.*

Le menton dans la main, l'œil mi-clos, la lèvre humide, nous écoutions avec recueillement l'hymne à l'amère, à la mystérieuse liberté, le beau chant que nous savions tous par cœur, comme une prière bien-aimée.

## CHAPITRE 4

Mal réveillés de cette austère griserie, nous nous retrouvâmes, une heure plus tard, dans les ténèbres frissonnantes de l'hiver parisien. Nous ne descendions pas « des fleuves impassibles », nous n'étions point « hélés par d'ineffables vents », et nous ne pouvions en aucune manière entretenir l'illusion de suivre « la houle à l'assaut des récifs ». Le bateau ivre échouait momentanément sur un bas-fond. Rassemblés au bord du trottoir, à l'endroit où la rue Gay-Lussac, après s'être élevée lentement, franchit le dos de la colline — très petite victoire sensible au pas de l'homme fatigué —, nous piétinions dans la neige fondue et balancions à nous séparer, à nous enfoncer, solitaires, au plus noir de notre nuit.

Testevel, au sortir de sa tiède petite bauge où devaient flotter encore les nuées d'un tabac amical, allait, dans les bureaux d'une gazette, tenir, une partie de la nuit, son emploi de correcteur. Il vivait là, dans la rumeur et le remugle des machines, en société d'hommes étranges, lunatiques, irrités par les tâches nocturnes et dont certains — comme l'étrange Monmerqué — employaient à cette besogne un savoir monstrueux, sourcilleux et tatillon. Armand Larseneur pensait que, dès l'aube du jour, il lui faudrait, un cartable de moleskine au poing, courir de quartier en quartier pour enseigner les rudiments de la musique à des marmots somnolents et renifleurs. Larseneur supportait des charges pour nous obscures parce qu'il n'en parlait guère et qui l'obligeaient en outre à travailler chez lui, le soir, au service d'éditeurs voraces. Jusserand était sans emploi, ce qui ne laissait pas de l'entretenir dans un état de nervosité douloureuse. Il avait, trois ans plus tôt, obtenu de manière brillante un diplôme de licencié ès lettres. Il s'était marié tout de suite avec une fille admirable, de quatre ans plus âgée que lui, qui travaillait durement, approvisionnait le ménage et s'enivrait d'abnégation. Cependant, le jeune homme cherchait une situation convenable ou qui du moins lui parût telle. Il la cherchait avec inquiétude et hauteur. Elle tardait à se rencontrer. Brénugat vivait de son art et en tirait quelque orgueil. Il devait pourtant « s'aider » — c'était sa propre expression — en donnant, trois fois la semaine, des leçons de dessin aux pensionnaires d'un marchand de soupe. Il était marié, déjà père d'une petite fille. Il se montrait glorieux de cette famille qu'il n'arrivait à nourrir qu'au prix de peines extrêmes. Jean-Paul Sénac, je l'ai dit, végétait dans l'ombre d'un politicien nommé Coualieux qui le tyrannisait quand il n'avait pas quelque besoin précis de son humaniste à gages, mais qui le couvrait de blandices quand approchait le moment de rédiger un rapport ou de prononcer des harangues.

Nous étions donc là, devisant, sautant d'une jambe sur l'autre au coin de la rue des Ursulines, et mal prêts pour la solitude. Jusserand se prit à tousser et sortit un lourd foulard dont il s'enveloppa la gorge. Les malaises de Jusserand nous faisaient sourire une seconde et nous inquiétaient bientôt : nous aimions ce grand garçon consumé d'un orgueil dont il nous donnait naïvement le spectacle et où nous reconnaissions tous l'une de nos communes misères. Jusserand partit donc se coucher et nous nous séparâmes enfin.

— Viens, dis-je tout bas à Justin Weill, viens m'accompagner jusqu'à ma porte.

Une seconde, Justin me regarda :

— Laurent, dit-il, tu es malade.

— Non, je ne suis pas malade. Je suis triste.

Justin me toucha l'épaule de sa main, sans trop appuyer. Il avait de ces élans légers, de ces élans musiciens qui me plaisaient et m'avaient, dès les lointains commencements, séduit. Nos discords n'étaient jamais envenimés et la colère elle-même, entre nous deux, gardait quelque chose de véniel et de tendre. J'aimais sa façon de marcher à mon côté. Plutôt que marcher, je devrais dire sautiller et bondir. Court de jambes et déjà menacé par l'embonpoint, il avait la légèreté des gros hommes avant l'asthme et les trébuchements du cœur. Il m'escortait donc en parlant sans arrêt. Il faisait de très petits pas, se laissait distancer, saisi qu'il était de quelque image obstinée. Puis il courait un peu, me rattrapait, me pinçait le bras parce qu'avec le vêtement il attrapait toujours un brin de peau. Puis il se jetait devant moi pour m'empêcher d'avancer, me retarder un peu, me garder à sa merci. Bafouillant soudain, la bouche pleine de salive, la mèche lyrique, il me saisissait alors par le revers ou par un bouton de mon paletot. Je le sentais prêt à me prendre le nez ou le menton, tels ces enfants qui veulent coûte que coûte nous faire tourner la tête, nous contraindre à l'attention.

D'ordinaire, il pourchassait, ensemble, trois ou quatre idées, courait de l'une à l'autre, et s'étonnait qu'on ne le suivît pas toujours et même qu'on ne l'eût pas précédé, tant les enchaînements de ses songeries lui semblaient logiques et surtout nécessaires. Il disait :

— Ne crois pas que je ne les connaisse pas, ne crois pas que je ne les juge pas. Et ne crois pas, surtout, que je ne me juge pas moi-même. Brénugat est une brute, une brute magnifique, évidemment. Larseneur est amer, mais fort : avec lui, on peut s'entendre et travailler. Jusserand est un tempérament féminin, c'est-à-dire qu'il faut se méfier. Oh ! je ne parle pas de leur talent, de leur esprit. Je ne pense qu'aux caractères. C'est avec les caractères que nous aurons à nous débattre... Il n'y en a pas un seul qui ait le sentiment de l'argent, de ce que vaut l'argent, de ce que représente l'argent. Ils se croient désintéressés, mais c'est parce qu'ils n'ont rien. Je comprends assez bien Sénac lorsqu'il dit que tous les gens illustres ne nous donneront pas un radis. Les gens qui savent la valeur de l'argent ne le donnent pas, comme cela, à tort et à travers... Testevel est faible, avec ses allures de bon géant. Au fond, rien ne se présente comme on l'avait d'abord souhaité... Le Monmerqué de Testevel, ce Monmerqué qu'il nous a sorti, notre Testebraque, eh bien ! c'est sûrement un caractère de cochon, parole ! Ne marche pas si vite, Laurent. Je monterai dans ta chambre avec toi. Je ne t'empêcherai pas de dormir. Vois-tu ? il faut que je te parle. Ou plutôt, si, tu dormiras et je te parlerai très doucement. Il faut que je vide mon sac, ou je vais devenir enragé... Sénac m'inquiète. C'est probablement la figure la plus curieuse de toute la bande, des autres, enfin je ne parle pas de nous deux. Mais c'est du sable mouvant. Ah ! évidemment, on peut regretter que Chabot ne soit pas du truc, bien que ce soit, lui aussi, un coco très peu maniable. Roch et Vuillaume, n'en parlons plus : ils ne songent qu'à leur carrière, avec une retraite au bout. Que peut-on espérer de gars comme ceux-là ? Que faire avec des gars qui n'ont pas encore trente ans et qui ne désirent pas quelque chose d'énorme, d'étonnant, d'extraordinaire ? Que peut-on attendre de ceux qui sont contents de leur vie ? Une minute, mon petit Laurent. Je sais bien que la rue est en pente, mais tu files, tu files. Attends que je te dise. Ecoute-moi, pour une fois, car c'est grave : le sacrifice est consommé. Je sais parfaitement que je n'épouserai pas Cécile. Dix-huit mois que je me laboure le cœur en long et en large. Résultat : je suis capable de parler de ça posément. Je ne serai pas ton beau-frère, Laurent. Je serai seulement ton frère.

Il avait, sur ces derniers mots, ralenti sa marche, au point que je l'entendais parler à deux ou trois pas derrière moi. Il fit un bond, me saisit le bras et poursuivit d'une voix timide, chaude et vraiment amicale :

— Toi non plus tu n'auras pas celle que tu aimes. Je le sais. Tu ne m'as pas dit grand-chose, mais je sais tout, qu'elle est malade et partie et même perdue pour toi. Voilà : nous sommes désormais deux vrais frères dans la tristesse. Alors nous allons sortir de cette épreuve et faire quelque chose de grand, quelque chose de rare. Nous ne sommes pas de ceux que le malheur abat. Non, certes. Ce qui m'ennuie, c'est de te voir cette figure. Attends ! Nous allons monter ensemble. Si tu préfères que je m'en aille, je m'en irai. Tu te coucheras, si tu veux. Je peux aussi prendre un livre. Je ne te dérangerai pas, je te tournerai le dos. Moi, je ne sais plus dormir. Toujours une idée qui me tarabuste. Et il faudra, finalement, trouver l'argent. J'ai pensé à plusieurs choses. J'ai des allumettes. Je peux, si tu le veux, allumer ton poêle à pétrole. Oui, il faut trouver l'argent. Maintenant, je suis très pauvre. Ce n'est pas une pauvreté d'opérette. Ma famille, qui m'a tout passé jusqu'ici, est résolue à ne point me passer ce qu'ils appellent ma folie. Alors, une rupture complète, avec conseil de tribu, malédiction et mot d'ordre à la parentèle. Je vais donc dire adieu à toute mon ancienne vie... Mais, qu'est-ce que tu as, Laurent ? Oh ! ce n'est pas naturel. Je ne suis pas médecin, mais trembler comme tu trembles, c'est sûrement une chose anormale. Qu'est-ce qui te prend, Laurent ?

Je m'étais assis sur mon lit et je frissonnais si fort que je l'ébranlais tout entier.

— Je crois, dis-je avec effort, que je vais quand même être malade.

— Qu'est-ce que c'est, à ton avis ?

Je haussai les épaules. J'avais résolu fermement de ne rien dire à Justin.

Justin me prit par la taille et me fit tenir debout.

— Tu ne peux rester là, dit-il, dans cette chambre sans feu.

— Conduis-moi tout de suite à l'hôpital. On me connaît dans le service de Letulle, et on m'y donnera un lit.

Cessant soudain de babiller, Justin me saisit par la taille, ferma la porte sur nos pas, me soutint pendant la longue descente de l'escalier, héla bientôt un fiacre qui tournait à l'angle de la rue des Ecoles et, retirant son pardessus, me le jeta sur les épaules.

A peine le fiacre en mouvement, je recommençai de trembler.

— Justin, fis-je à voix basse, n'allons pas à l'hôpital. Non. Conduis-moi chez mes parents, quai d'Austerlitz. C'est quand même là que j'aime encore mieux me trouver si je dois... aller très mal.

Les secousses de mes mâchoires m'empêchaient de parler. Chaque fois que nous traversions la lueur d'un réverbère, Justin me regardait attentivement.

— Qu'est-ce que ce peut bien être ? disait-il. Je n'ai jamais vu personne frissonner d'une telle façon. Tu dois bien avoir une idée : ce sont des choses que tu connais.

Je fis un signe de la tête et fermai les yeux avec force. Je ne pouvais rien dire à Justin des causes de cette maladie.

## CHAPITRE 5

Mes parents habitaient alors cette bâtisse cubique et massive que l'on peut voir encore à l'angle du quai d'Austerlitz et du boulevard de la Gare. Mon père avait consumé toute l'année 1906 en joutes oratoires contre un propriétaire vindicatif. Pourvu d'un adversaire à sa mesure, mon père s'était surpassé. Le faubourg Saint-Antoine devait longtemps retentir de ces querelles fastueuses. Mon père avait quand même dû quitter la place et il était venu planter sa tente au bord du fleuve, dans ce quartier populeux, parcouru de vents salubres. Il avait dit aussitôt, comme il disait chaque fois : « Voilà mon pays ! C'est ici que je me sens à l'aise. Lucie, nous allons nous installer pour toujours. » Il avait d'ailleurs fait d'heureux débuts et groupé tout de suite un rudiment de clientèle. L'appartement, qui prenait jour sur le quai, était agréable, sinon fort grand. Outre le cabinet de consultations, un salon, une salle à manger, il comportait deux chambres — une pour les parents, une pour ma sœur Suzanne — et un réduit dans lequel on pouvait dresser un lit.

Je n'ai qu'un souvenir très brumeux de mon arrivée quai d'Austerlitz et des premiers temps de cette maladie qui fut la grande ou pour mieux dire la seule maladie de ma jeunesse. Je me vois tremblant avec fureur sur un lit que ma mère a garni de draps frais. J'entends la voix de Justin qui donne ou, du moins, s'efforce de donner des explications. Mon père est là, réveillé dans son premier somme. Il a un fixe-moustaches qui le défigure et que je ne connaissais pas, car il ne s'en sert que la nuit. Cet homme extraordinaire me regarde en souriant. Le sourire froid, détaché, railleur, le sourire qui m'a, si longtemps, donné du malaise, est soudain coloré d'une sorte de tendresse. Le père se prend à manipuler des tubes, des fioles et des seringues. Il m'introduit entre les lèvres une cuiller contre laquelle mes dents font un bruit enragé. Presque tout de suite, vient la chute dans des profondeurs ténébreuses. Sentiment d'être au plus creux de l'abîme et de ne pouvoir aller plus bas. De temps en temps on me roule dans un drap mouillé. Je me réveille pour frissonner et, tout de suite, je retombe aux profondeurs. Elles sont hantées de rêves qui rampent. Parfois, j'aperçois une porte, une porte fermée. J'éprouve une peur obsédante de voir sourdre par le trou de la serrure une dévorante et liquide flamme bleue qui est mon ennemie.

Il y a des moments de délire calme et le délire, alors, ressemble à la raison. Mon maître Renaud Censier est mort en Corée, il y a quelques semaines. Tous les journaux en ont parlé. Mais seul je sais le sens de cette mort... Laure Desgroux est partie, malade et malheureuse, dans une clinique des Alpes. Je ne la reverrai jamais. La tempête a passé sur nous. Ah ! voici que ma mère me lave les mains et le visage. Odeur de l'alcool camphré. Ma mère n'a pas les traits fatigués, mais tendus et contractés, tout au contraire. Elle serre les lèvres et ne parle guère. Comme elle a l'air attentif ! Parfois, elle me soulève, car elle est encore forte, aussi forte qu'un homme. Ah ! j'entends la voix de mon père. Il jure avec douceur. C'est lui, c'est sûrement lui qui me pique la cuisse. Toujours les drogues ! Ah ! Ah ! l'odeur de l'éther. C'est une odeur de mon travail, une odeur du laboratoire... On verra, sur le cahier du laboratoire, on verra que j'ai fait cette injection... Tout est écrit. Seulement, je n'ai pas dit à qui j'avais fait l'injection. Le garçon n'a rien vu. M. Hermerel ne peut manquer de consulter le cahier. D'ailleurs, il manque une dose. Comme c'est drôle, de délirer. Voici justement M. Hermerel, mon patron. Et il cause avec mon père. Quel rêve extraordinaire ! Il suffit de penser aux gens pour les faire surgir. J'entends très bien. M. Hermerel dit : « Je pourrais, à la rigueur, le transporter. On le prendrait tout de suite à l'hôpital de l'Institut. Et vous pensez bien que, si je dis ce qu'il en est, on le traitera de façon particulière. Mais il y a les risques d'un tel transport : il est bien faible. Non, laissons-le. Je reviendrai demain, je reviendrai tous les jours, vous le pensez bien... Je vais faire une prise de sang. »

Et, de nouveau, je plonge. On est bien, au fond de l'abîme. Il est doux de penser qu'on ne peut aller plus bas. Quel repos dans la profondeur ! Quelle paix dans le parfait désespoir ! Maintenant, c'est Justin qui parle. Il dit : « Vous verrez, madame Pasquier, nous lui préparerons une belle convalescence. » Maman souffle : « Ne parlons pas encore de convalescence, Justin ! » De temps en temps survient une surprenante rémission. Je n'aime plus la vie. J'ouvre les mains, j'abandonne, je renonce. Je suis délivré de tous les fardeaux. C'est le propre goût de la mort.

Les fardeaux revinrent, avec la vie, au bout de plusieurs semaines. Nous étions en février. Il faisait un hiver froid et lumineux. Aveuglante de clarté laiteuse, la fenêtre de ma chambre est encore, après tant d'années, peinte sur le fond de mon œil. Plusieurs médecins, dont mon père, assemblés autour de moi, déclarèrent un jour que j'étais hors de danger, qu'il ne me restait qu'à me rétablir et que ce serait assez long.

Environ ce temps, je m'aperçus que j'étais couché dans la chambre de mes parents et que j'occupais leur lit. Je fis de lentes supputations compliquées pour aboutir à cette conclusion fort simple qu'ils avaient dû s'accommoder tous deux du réduit dont j'ai parlé tantôt et qui manquait d'air et de jour. Je me hasardai, un matin, à en remercier mon père. Il détourna la tête, donna, comme pour en chasser quelque poussière, une chiquenaude à ses longues moustaches de chanvre rouillé puis il dit, d'un air narquois :

— Je ne m'en étais même pas aperçu. Je suis un peu distrait, mon cher.

Il venait volontiers s'installer, non loin de mon lit, sur un sofa décoloré. Pendant quelques minutes, il lisait le journal ou rêvassait, les yeux au plafond. Puis il roulait adroitement et collait d'un coup de langue une cigarette qu'il irait fumer ailleurs. Ses doigts, sur le bois du meuble, battaient une charge nerveuse qui démentait l'apparent abandon de son attitude. Et, soudain, il se dressait et commençait de marcher dans la chambre en jetant de brefs coups d'œil au miroir de la cheminée. Il devait avoir, alors, un peu plus de soixante ans. Il était toujours chevelu, toujours blond, toujours en bataille, toujours vibrant comme un ressort prêt à l'action. Il apportait parfois sous son bras un pesant cahier recouvert de toile bise et disait, me le montrant :

— Vous lirez cela, plus tard, beaucoup plus tard, évidemment, et vous en serez stupéfaits.

Le génie des inventions et des brevets qui, pendant presque un lustre, avait tourmenté mon père, s'était épuisé brusquement dans le courant de l'année 1906. Eperonné d'une ambition toute neuve, mon père écrivait ses mémoires. Il faisait parfois, avec tranquillité, des allusions inquiétantes à ce grand travail.

— Restif et Casanova sont des enfants, disait-il, et surtout des vantards. J'ai lu tous ces gens-là, tu penses ! — et le « tu penses » avait le ton d'une remarque de spécialiste.

Au début de l'après-midi, les jours ouvrables, il attendait ses clients, ses malades, en bâillant et en sifflant dans son cabinet de travail d'où me venaient, à la faveur des courants d'air, d'épaisses bouffées d'iodoforme et de phénol. Puis, l'heure passée, quelque mystérieux signal le requérant, il saisissait son haut-de-forme, son pardessus, sa canne, et la maison, soudain, tombait dans un calme parfait, car Suzanne, alors élève au Conservatoire, dans la classe récemment donnée à Sarah Bernhardt, ne rentrait que tard au logis.

Je commençais d'aller mieux et même de prendre un semblant d'intérêt aux visites et entretiens. Parfois, pendant mes heures de solitude, toutes les potions bues, tous les soins donnés, ma mère venait coudre à côté de moi. Il arrivait qu'elle m'adressât la parole en appelant, comme toujours, tous ses enfants avant de retrouver mon nom : « Ferdinand, Cécile, Joseph... Ah ! non, voyons, c'est Laurent que je veux dire... » Le plus souvent, elle s'abandonnait, peut-être parce que j'étais faible, facilement ému, somme toute accessible, elle s'abandonnait à de monologuantes confidences. Elle rêvait tout haut en ravalant à chaque minute un peu de salive. Elle rêvait de son jeune temps et, presque chaque jour, me racontait dans les mêmes termes ses fiançailles, la visite de son futur, ses noces, les premiers temps de son mariage. Elle se heurtait alors, ainsi voguant au fil de ses souvenirs, à des pensées incommunicables, sans doute, car elle s'arrêtait soudain, la bouche ouverte, le regard accommodé sur quelque objet lointain, obscur et douloureux.

La voix de Justin fut la bourdonnante fanfare de ce retour à l'existence. Au début, il venait chaque jour, s'asseyait au pied de mon lit et se prenait à parler avec une ivresse volubile. Parfois, maman manœuvrait pour le tirer hors de la pièce. Il ne la voyait même pas et continuait d'extravaguer. Je l'écoutais au gré de mes forces. Il disait :

— J'ai vu Antoine. A l'Odéon, bien entendu. Je lui avais demandé rendez-vous en me recommandant de Lucien Descaves. Il n'a répondu qu'à ma troisième lettre, et encore, au bout de quinze jours. Mais il m'a répondu par télégramme. Et même, il fallait venir tout de suite. L'Odéon, c'est admirable ! On répète dans tous les coins. De tous côtés, tu entends des gaillards qui gueulent. Corneille, Racine, les romantiques, les modernes ! Ça pète, ça fuse, ça coule de toutes les portes. Ah ! on travaille. Et le moindre des employés, l'accessoiriste, le concierge, a l'air fier et important, comme si le sort du monde était entre ses mains. Et Antoine, tu crois le voir partout, tu le rencontres trois ou quatre fois avant d'être vraiment devant lui. C'est le dessinateur, c'est l'électricien, c'est n'importe qui, mais tout ce monde-là ressemble au patron. Et il y a toujours dix ou quinze poètes dans le couloir qui attendent avec des manuscrits plein les poches, plein les mains, plein le cœur. Je t'affirme que c'est grand, que c'est grandiose !

Justin Weill avait le goût et le don de l'imitation. Il se mettait debout, enflait le souffle, tournait la jambe, rassemblait immédiatement tous les muscles de son visage et jouait avec enthousiasme le personnage dont il parlait.

— Antoine ! Antoine ! disait-il, imagine une voix de fer-blanc qui passe tout entière par le nez parce que la bouche se tortille pour maintenir en équilibre une cigarette opiniâtre. Il fait, toutes les dix secondes, avec ses mains, un geste de chien qui nage, mais c'est pour remonter ses manchettes qui ne sont pas boutonnées et qui lui tombent sur les doigts. Il a deux petits yeux clairs, d'un bleu frais, presque froid. Il vous les montre, brusquement. Il vous les pose brusquement sur la cervelle. Quelle surprise ! On ne sait plus où se fourrer. Et il dit : « C'est épatant, ce que vous cuisinez dans votre coin, là-bas.

Moi, j'aime ça. Marchez, marchez. Et puis, écrivez-moi des pièces : je vous les jouerai. Voilà ce que je peux faire pour vous. Et maintenant, suis pressé. Venez avec moi. Je vais à la répétition. Descaves m'a dit que vous étiez un poète. Eh bien ! ça vous intéressera. » J'y suis allé, tu penses ! On commençait à répéter *Florise*...

*La vie ! Elle ressemble à ce jour dont tu vois*
*Tomber le soir tremblant sur la cime des bois !*

Je ne peux pas te dire que j'aime cela. Entre nous, c'est mauvais, c'est très mauvais. Antoine a l'air de dormir, dans un des fauteuils d'orchestre. Et, tout à coup, il commence d'engueuler les acteurs. C'est effroyable ! Je voulais le voir, il fallait le voir. Je ne sais s'il pourra vraiment nous être utile. Figure-toi que Sénac m'accompagnait dans cette visite. Il avait du coton rose dans les oreilles. Il dit que c'est à cause du vent. Je trouve cela un peu dégoûtant. Au sortir de l'Odéon, moi, j'étais dans l'allégresse. Et lui, Sénac, il voit une pierre sur le trottoir et il se met à jouer à la marelle, avec sa canne et son melon et sa serviette sous le bras. Il n'a pas le sens des réalités. Est-ce que je te fatigue ? Non ?

Là-dessus, Justin tirait de sa poche un petit calepin sur lequel il consignait toutes sortes de notes mystérieuses. Il disait, en appuyant le bout de son crayon sur ses dents, d'un air pensif :

— Il faut dix mille francs, en chiffres ronds, pour les grosses dépenses. La machine, le caractère, le loyer... Et encore, avec des paiements échelonnés.

Puis il repartait à des récits postillonneurs.

— J'ai vu Bergson. Il fallait absolument faire une visite à Bergson.

Comme il s'arrêtait, la bouche ouverte, je sortis de la torpeur et finis par lui demander :

— Et que t'a dit Bergson ?

— C'est extraordinaire, murmura Justin en secouant lentement la tête, il nous a écoutés pendant cinq ou six minutes, pas plus, et après...

— Après ?

— Il a commencé de nous expliquer avec une clarté merveilleuse tout ce que nous voulions faire. Je ne savais plus que dire. Il n'y avait plus rien à dire. Figure-toi que Sénac est insupportable. Il a la manie argotique de chambouler la fin des mots. Nous commençons tous à prendre cette même manie. Dans l'escalier il parlait, à voix haute, de l'*Essai sur les données immédiouilles de la consmuche*. Je te demande un peu. Et puis, quand il s'est trouvé devant Bergson, il a été terriblement intimidé. Il en était pâle. Je voyais trembler tous les poils de sa moustache. A part cela, il ne respecte rien, ce qui ne veut d'ailleurs pas dire qu'il soit courageux. Et, tout à coup, il sort d'une voix plaintive des confidences qui ont l'air gentilles et que je trouve révoltantes. Il me dit : « Si ce n'était pas pour toi, je ne me lancerais pas dans cette histoire... » J'ai envie de lui tirer les cheveux, de lui donner des coups de savate dans les gencives.

Justin continuait de me narrer et les événements et ses rêves. Je ne les distinguais pas toujours les uns des autres. Pour moi qui remontais de loin, la passion de mon ami tantôt m'effrayait un peu et tantôt me semblait inintelligible.

Parfois, ma sœur Suzanne, revenue de bonne heure à la maison, répétait l'un de ses rôles dans la chambre voisine. Les deux voix, celles de Suzanne et de Justin, se répandaient, discordantes, dans l'appartement trop étroit. Elles m'indisposaient jusqu'à la souffrance. Suzanne qui était alors dans le premier éclat de sa beauté, Suzanne qui, vers ce temps, était toute joie futile, ivre jeunesse, fleur heureuse, se croyait des vertus expresses pour la tragédie la plus austère. Elle imitait Sarah Bernhardt avec, disait-elle modestement, plus de jet et plus de sang — c'étaient là des mots que je ne sais plus quel journaliste lui avait versés dans l'oreille. Elle se voyait Bérénice et se lamentait sur les exigences de l'empire et sur la grandeur du renoncement. Certain jour, importunée au milieu de ses soupirs par le monologue de Justin, elle ouvrit la porte, un livre à la main. Elle avait les cheveux — ces cheveux blonds Pasquier d'une chaleur et d'une lumière incomparables — elle avait, dis-je, les cheveux roulés tout autour de la tête en un bourrelet vaporeux dans lequel courait une torsade de mousseline fauve. Un mince ruban presque noir, à plat sur la peau du col, lui était parure parfaite. Elle était un tout petit peu plus grande que moi et de proportions délicieuses. Elle mit le livre, de force, entre les mains de Justin et lui demanda la réplique — je veux dire celle de Titus. Il la donna sans déplaisir et même avec assez d'accent, tout remué qu'il était alors d'un renoncement non feint. Les deux voix, accordées tout à coup, roulaient dans ma tête malade. Les acteurs ne tardèrent pas à m'oublier tout à fait. Ma mère, enfin, les vint chasser.

Souvent, et presque chaque jour, M. Hermerel me rendait visite. Jean Hermerel avait pris la succession de Renaud Censier au laboratoire de l'hôpital Boucicaut. Il commençait alors de se faire connaître par ses recherches sur les maladies à pneumocoque et sur la vaccination de ces maladies. Il a poursuivi, par la suite, à l'Institut Pasteur, ces travaux qui l'ont rendu célèbre. Il venait donc me faire visite et posait à mon père de rares questions en général techniques. Il me considérait ensuite sans rien dire, d'un œil qui se voulait froid et que je sentais amical. Il était fort peu loquace. Il dit, un jour :

— Il faudra beaucoup de repos.

Je répondis de manière ambiguë que je pensais justement demander un long congé. M. Hermerel fit de la tête un signe d'assentiment.

Justin montrait moins de réserve. Il me pressait chaque jour, à mi-voix, pour n'être pas entendu de mon père dont il craignait, avec raison, les fureurs.

— Commence, disait-il, par te libérer un an. Si tu as des examens à passer, tu feras quand même le nécessaire et nous te faciliterons les choses. Un savant, un médecin, il en faut évidemment un dans notre groupe. Mais, quand tu auras goûté de cette vie-là, quand tu auras passé la première année avec nous, tu nous seras gagné pour toujours. Pense donc, voilà résolu le problème de la vie en société ! C'est l'harmonie, l'équilibre, l'accord parfait du corps et de l'esprit, des mains et du cerveau.

J'écoutais en souriant. Justin s'arrêtait et repartait d'une voix soudain hésitante.

— Oh ! ce n'est pas que les encouragements nous soient prodigués. C'est drôle de voir comme tout le monde est prudent et comme, au fond, les gens sont peu curieux. J'ai parlé à Paul Adam. Il est gentil. Gros, barbu, l'air considérable. Il sait tout. Il fait un effort méritoire pour avoir l'air de s'intéresser à la jeunesse. Il habite un appartement princier et, pendant l'été, des châteaux avec cour d'honneur, miroir d'eau, perspectives et tout le bataclan. Il nous aidera, c'est entendu. Il nous donnera du travail. Au fond, nous ne demandons pas autre chose. L'argent, il faudra que je le trouve tout seul. Ne souris pas : j'ai des idées. Si je n'avais pas « des idées » je ne me serais même pas laissé partir dans cette espérance. Je ne peux guère compter sur les autres, sinon pour le tout début, et seulement pour le courant de la maison. Jusserand n'a pas cinq cents francs d'avance. Brénugat aura tout juste de quoi payer leur déménagement. Le métier de peintre est ruineux : il exige un matériel. Larseneur a mille francs et les versera sans hésiter pour la caisse-popote. Tu sais, il parle tout le temps, Larseneur, de ses charges personnelles. C'est tout bonnement sa mère qui est infirme et dont il paye la pension. Mais il ne faut jamais y faire allusion : il a peur d'avoir l'air sentimental et, tout de suite, il se hérisse. Chose curieuse, Testevel est à la tête d'une petite fortune : il apportera deux mille francs. Il travaille dur — la nuit, c'est pénible — mais il gagne régulièrement.

— Tu sais, dis-je, qu'en rassemblant tout ce que j'ai pu mettre de côté depuis trois ou quatre ans, je disposerai, moi aussi, de deux mille francs, à peu près.

Justin prenait des notes sur son fameux calepin. Il me saisit les doigts et les serra.

— Oh ! dis-je, ce n'est pas un acte de générosité, puisqu'il s'agit de nous, de nous tous. Je voudrais être riche, comme mon frère Joseph.

Justin Weill dressa l'oreille une seconde. Mais il tendait, déjà, la voile à d'autres souffles.

— Sénac, dit-il, est toujours à sec et, quand il a quelques sous, il les boit. Cela m'inquiète, vois-tu ? Ah ! au fait, que je te dise : j'ai voulu prendre l'avis d'un homme du métier, car, en somme, nous allons être imprimeurs et même éditeurs. Bien entendu, Sénac proteste quand on parle de compétences. Il dit que nous ne devons imiter personne, que notre entreprise doit être absolument originale. Des boniments ! Je me demande si Sénac, malgré ses grandes qualités, n'est pas un esprit faux. Enfin, ne parlons pas de Sénac : il est exaspérant... J'ai donc vu Vallette, le directeur du *Mercure de France*. C'est un personnage intimidant, par sa simplicité même. Je suis allé le voir un matin, en m'excusant d'arriver de bonne heure. Il était neuf heures, à peu près. Il m'a répondu paisiblement : « Vous pouvez venir plus tôt si le cœur vous en dit. Je suis à ma table de travail depuis plus de quatre heures déjà. » Il n'est pas de grande taille. Il est même un peu fort comme beaucoup de sédentaires. Mais il a l'air robuste, massif sans pesanteur. Quelque chose de rassurant, de fixe : un rocher. Ses cheveux sont déjà gris et grise aussi sa moustache. Le regard est jeune. C'est un regard qui voudrait être sceptique, et qui est, d'abord, humain. Vraiment, il m'a beaucoup plu. C'est tout le contraire d'un bonhomme à effusions. Il vous laisse parler sans lâcher une syllabe. De temps en temps, il vous regarde. Oh ! sans dureté, mais aussi sans faiblesse. Ce regard dit simplement : « Marchez, marchez toujours. Et ne dites pas de sottises. Surtout, tâchez d'être clair. J'aime les esprits précis. » J'ai fait de mon mieux pour être un esprit précis, et ce n'est pas toujours commode. Alfred Vallette écoute merveilleusement bien. Quelle force ! J'en peux parler, Laurent, moi qui n'écoute, au fond, personne, puisque je ne m'écoute pas toujours moi-même. Alfred Vallette écoute, attend, et, quand on a vidé son sac, alors il réfléchit et donne en deux mots son avis.

— Il t'a découragé ? fis-je, comme Justin se taisait et tombait en rêverie.

— Eh bien ! non, certes non. Quand une idée l'intéresse, son œil brille, tout à coup, et on sent que cet homme d'aspect froid est quand même plein de flamme. Il a dit : « Si l'on considère tout cela sous le jour des affaires, sous le jour commercial, votre projet ne tient pas debout. Ça ne fait rien, essayez quand même. D'abord, c'est la seule façon de vous purger une bonne fois des idées de cette sorte. Et puis, si vous y perdez un peu de temps et d'argent, vous y ramasserez peut-être de beaux souvenirs. Essayez donc et quand vous serez à pied d'œuvre, si vous avez besoin d'un avis de spécialiste, peut-être serai-je en mesure de vous le donner. » C'était la première fois que l'on nous parlait avec cette sagesse tranquille. En quittant la rue de Condé, j'étais enivré d'espoir. Il faut se jeter à l'eau. Je ne peux plus reculer.

Justin s'arrêta de parler une minute, puis il dit, l'air indifférent :

— Ton frère Joseph est-il en France ?

J'avais, quelques jours auparavant, reçu la visite de Joseph.

— Oui, fis-je. Il est à Paris.

La conversation n'alla pas outre. Je pensai même, sur l'instant, que Justin Weill, qui n'avait aucune raison sensible de me parler de Joseph, avait prononcé le nom de mon frère dans le dessein naïf et maladroit de m'amener à lui donner quelques nouvelles de Cécile qui faisait alors une grande tournée de concerts en Amérique du Nord. Je ne dis rien de Cécile et Justin n'insista pas.

Deux ou trois jours plus tard, comme je m'essayais à manger, nous reçûmes un télégramme. Il portait très exactement mon nom. Ma mère en fut alarmée. Nous ne recevions, chez nos parents, que de très rares télégrammes. Ceux qui nous parvenaient avaient presque toujours une signification grave. Ma mère ouvrit donc en tremblant celui-ci. Puis, elle me le tendit. Je lus : « Grande nouvelle. Nous aurons Bièvres. Ton ami, le solitaire... »

— Ah ! fis-je en souriant, c'est une folie de Justin.

Ma mère n'était pas fort instruite de nos projets. Elle murmura :

— Je devine bien que vous cuisinez quelque chose. Mon Dieu, qu'allez-vous imaginer encore ?

Elle était faite, et de longtemps, aux extravagances de son mari, mais tout ce que nous tentions, nous autres, les enfants, la jetait dans l'angoisse et même dans l'épouvante. L'âge commençait de l'alourdir. Elle nous eût empêchés de vivre pour mieux nous marquer son amour. Elle ne se consolait pas de ne nous point pouvoir garder sous son aile de couveuse. Elle rêvait parfois de maladies, oh ! bénignes, il va sans dire, qui, nous ramenant au bercail, nous rendraient à sa tendresse. La crise terrible que je venais de traverser l'avait, en somme, et dans ce sens, moins effrayée qu'assouvie. Il n'est passion qui ne se pervertisse avec les années et le jeu. Ma mère, dès ce temps et sans se l'avouer, nous eût préférés souffrants et remis à sa sauvegarde que vigoureux et à l'essor. Elle avait sacrifié sa vie pour nous donner des âmes fortes et, maintenant, vieillissante, facilement effrayée, elle regrettait presque de ne pas nous voir timides, faibles, dociles à son appel.

Deux ou trois jours passèrent encore et Justin reparut. Il avait l'air sombre et inquiet. Il dit :

— Nous signerons le bail la semaine prochaine. Il faut que tu en sois. Oui, je sais que tu ne peux bouger encore. N'importe ! J'ai des tuyaux. Tu nous donneras une procuration. Je t'expliquerai. Ça marchera très bien. Coûte que coûte, il faut que cela marche. Tu sais que je suis retourné là-bas.

Son regard s'éclaira soudain. Il poursuivit :

— C'est exactement mon rêve. Je veux dire notre rêve.

Je commençais alors de m'asseoir sur mon lit. Un sang plus prompt me réchauffait les membres. Avec la vie revenaient toutes sortes de pensées urticantes. Je me sentis soudain rougir et ne pus m'empêcher de murmurer :

— Justin, je suis sûr que tu as vu mon frère Joseph.

Il ne fit aucun effort pour se dérober.

— Comment le sais-tu ?

— Je te le dirai plus tard. Oh ! Justin, Justin, il fallait voir le monde entier, mais pas Joseph. Tu pouvais consulter des marabouts, des voyants, des tireuses de cartes, des princes de la science ou des affaires, n'importe qui, mais il fallait laisser Joseph en dehors de notre projet.

— Je me demande, bredouilla Justin stupéfait, je me demande à quoi tu peux deviner que j'ai vu Joseph.

— Si je n'en avais pas une preuve manifeste, je le sentirais à ton air, à ta figure, à je ne sais quoi d'embarrassé, d'inquiet que je perçois dans tes propos. Et pourtant, tu connais Joseph ! J'espère bien que tu ne lui as pas demandé d'argent. Si tu l'avais fait, je douterais de ton bon sens.

Justin rougit à son tour. Il répondit avec franchise :

— Pardonne-moi, mais c'est son métier. Les questions d'argent, il les connaît quand même beaucoup mieux que personne, mieux que nous en particulier. Il n'était pas idiot d'aller lui demander conseil.

— Il ne fallait pas ! Il ne fallait pas ! C'est mon frère, peut-être ; mais ce n'est pas un être de notre espèce. Il y a, entre lui et moi, plus de différences qu'entre un oiseau et un crocodile. Ah ! Justin, tous nos projets sont empoisonnés. Je ne peux te dire comme je vais être inquiet et malheureux. Comme il a dû rire — à l'intérieur de la bête, évidemment — et surtout quand tu lui as parlé, à lui qui est au moins millionnaire, de nos pauvres petits calculs, de nos économies, du modeste magot de Testevel, de ce que je donnerai moi-même.

— Comment sais-tu que je lui ai parlé de tout cela ?

Sans répondre, je sortis une enveloppe de sous mon oreiller et la tendis à Justin Weill. C'était une lettre de Joseph, reçue précisément le matin même. *Mon cher Laurent*, y était-il dit, *je vois avec plaisir que tu vas mieux. Je crois même savoir que tu te disposes à t'associer à une tentative dont je ne sais pas grand-chose, mais que je trouve extrêmement intéressante. Nous en reparlerons. J'ai pensé, puisque ta santé ne te donne plus de gros tracas, que nous pourrions, comme nous le faisons de temps en temps, régler nos petits comptes. N'oublie pas, mon cher Laurent, que tu me dois toujours mille quatre cent quatre-vingt-dix-huit francs et des centimes, ta part du second emprunt, fait il y a huit ans sur mon titre nominal, alors que nous étions à Créteil. Assurément, cette somme n'est pas fort importante, du moins pour toi qui es exempt de charges et qui as une tendance idéaliste à mépriser les questions matérielles. Pour moi, qui traverse en ce moment une période assez difficile, il m'est nécessaire de rassembler toutes mes forces et de faire feu de tout bois. Je suis sûr que, dans ces circonstances, tu tiendras à t'acquitter. Je t'en remercie d'avance et suis ton bien dévoué. Joseph Pasquier.*

P.-S. — *L'intérêt triple, à six, comme convenu, s'élève maintenant à 498 francs. Nous mettrons 490 en chiffres ronds. Je te l'ai dit souvent, il ne faut pas laisser traîner les comptes éternellement. L'intérêt alourdit les plus petites dettes.*

La lettre était tapée à la machine à écrire et portait, dans le coin, les repères de la dactylographe, plus un macaron rouge où se trouvait imprimée la mention « pièces jointes ». Un bordereau fort compliqué complétait en effet le message.

Justin retourna lentement la lettre en tous sens et dit :

— Je ne comprends pas.

— Rends-moi ces papiers, repris-je. Tu es fils unique, Justin. Il y a des mystères humains qui te seront éternellement inexplicables. J'ai reçu cette lettre ce matin et j'ai tout de suite compris que tu avais vu Joseph et même que tu lui avais dit imprudemment que j'avais des économies. La manœuvre n'a pas tardé, comme tu le vois.

Justin se prit à marcher dans la pièce, tête basse et les mains aux poches.

— Si tu lui dois de l'argent... car tu lui dois cet argent...

— Tais-toi, dis-je. On croirait que tu ne le connais pas. Chaque fois qu'il peut penser que j'ai quelque argent, il présente une note de frais. Un « petit compte », comme il dit. Il me réclame des choses étranges : la moitié d'un dîner que nous avons pris ensemble au restaurant, dans notre jeunesse, un pourboire qu'il a donné pour moi, paraît-il, à l'employé d'un grand magasin, une cotisation que je dois à des sociétés dont il m'a mis de force, une part des étrennes qu'il verse, en notre nom à tous, à des gens qu'on ne connaît pas. Cette somme, les mille quatre cents francs, il me l'a réclamée trois fois et je l'ai payée sûrement deux fois déjà. Et je te répète qu'il est millionnaire... C'est même comme cela qu'il est devenu millionnaire. Et tous les gens de son métier le considèrent, d'ailleurs, comme un virtuose.

Justin ferma les paupières et fit en secouant la tête :

— Eh bien ! voilà, j'ai eu tort de... Que je te le dise, Laurent, je l'ai chargé d'une opération. Il n'y a pas d'autres mots. Quand j'ai quitté ma famille, j'emportais comme réserve, comme poire pour la soif, une paire de boucles d'oreilles en diamants que m'avait données ma grand-mère Goldenstein et qui m'appartiennent en propre. Eh bien ! je veux à tout prix faire notre maison de Bièvres. Les diamants, je m'en moque. Elle disait, ma grand-mère : « Ce sera pour ta femme. » Mais je ne me marierai point. Il faut faire Bièvres, ou je sens que je tomberai malade. Alors, j'ai porté les diamants à Joseph et je lui ai dit que j'en voulais dix mille francs. Tu comprends que je suis dans une situation difficile. Je connais des joailliers. Je ne peux aller chez aucun. Tous, des Blumenfeld et des Kahn, tous des amis de ma famille. Ils me tromperaient, eux aussi, et ils me trahiraient en outre. On saurait, dans tout le clan Weill, que j'ai vendu les diamants. Ce seraient des cris et des malédictions. Alors, mieux vaut Joseph.

— Il t'a donné les dix mille francs ?

— Non. Il m'en a promis neuf. Il a dit : en deux versements.

Il y eut un profond silence. J'étais maintenant très rouge et le front couvert de sueur. Je m'entendis prononcer :

— Ecoute-moi bien, Justin, ou tu ne feras pas Bièvres et tout sera manqué pour toujours. Ecoute-moi bien : exige dix mille tout rond, et d'un seul coup, oui, d'un seul coup. Sans cela, garde les pierres. Tu comprends bien que si Joseph te propose neuf mille... Ah ! c'est affreux, Justin, mais il faut que je délivre ma conscience... Si Joseph t'en propose neuf, c'est qu'il en tirera pour le moins seize ou dix-huit mille. Voilà.

Justin vint tout près de mon lit et me mit la main sur la tête. Il avait l'air soudain calme, souriant, affranchi.

— Joseph donnera les dix mille, dit-il, et en une seule fois. Je le jure. Tu as bien fait de parler. Sois sans crainte, je ferai tout en règle. Joseph est Joseph ; mais moi, je suis toujours juif. Rien à craindre. Et puis ne parlons plus de cela. Ne te rends pas malade. Et maintenant, que je te dise quelque chose de Bièvres. Tu sais que j'y suis retourné deux fois, avec les copains, et une troisième fois, tout seul. Cette fois-là, j'ai fait la route à bicyclette. C'était beau ! Je ne peux pas te raconter tout. Il y avait un brin de soleil d'hiver. Et les platanes, dans la plaine de Châtillon, quelle grâce, quelle force ! Dans quelques jours, nous allons commencer l'installation et les déménagements. Nous allons commencer sans toi. Larseneur apporte son piano. Les livres, nous les mettrons en commun. Et, dès que tu seras guéri... C'est trop beau, c'est trop beau ! Je n'en dors plus. Je n'en mange plus. A propos, on nous a présenté le fameux Picquenart. Une chouette figure d'ouvrier. Je suis en train de tout combiner avec lui, pour le matériel. Tu verras, Laurent, tu verras ! La semaine prochaine, la machine sera choisie et commandée. C'est une vie nouvelle, mon vieux ! Peux-tu me donner du papier : je vais dessiner un plan de la maison.

Justin commença de faire toutes sortes de croquis en s'embrouillant vingt et vingt fois dans les proportions et l'ordonnance. Le désir qu'il avait des choses tenait, à certaines minutes, de l'hallucination.

Il m'écrivit, le lendemain, car il ne pouvait me venir voir, une lettre brève, rédigée comme un bulletin de victoire. Je l'ai gardée. Je la relis parfois. Elle se termine ainsi : *La question de la nourriture est presque résolue, grâce au potager, qui est vaste, et au verger qui comporte de nombreux arbres en plein rapport. J'ai trouvé tous les renseignements auprès des spécialistes de l'endroit. On pourra même avoir, au prix d'un très petit effort, des poules, des lapins, peut-être un cochon, peut-être une chèvre. On peut songer à une vache, car elle donnerait du fumier, m'a-t-on dit, plus qu'elle ne coûterait de nourriture...*

Dois-je avouer que, la première fois, je lus cette lettre charmante sans songer à La Fontaine ?

C'est également vers ce temps, vers la fin de février, que se place un autre entretien dont force m'est de faire une mention, même sommaire. Les visites de Justin s'espaçaient, car Bièvres, de jour en jour, devenait une réalité plus pressante. Un soir, Justin fit une apparition furtive. J'étais seul dans la chambre. Un bec de gaz à manchon incandescent ronronnait au chevet du lit. Je lisais avec un trouble extrême le livre de Tolstoï sur Shakespeare.

Justin avait le visage éclairé d'un mystérieux sourire.

— Un mot, dit-il. Un mot seulement. Mais il faut que tu l'entendes.

Il se pencha vers moi et poursuivit, plus bas :

— J'ai vu M. Hermerel, ton patron, et nous avons parlé. Je sais maintenant que tu as essayé sur toi-même le nouveau vaccin au sujet duquel M. Hermerel avait de grandes inquiétudes. Et c'est à cause de cela que tu es tombé malade.

Comme je ne répondais rien, il dit encore à mon oreille :

— Jure-moi, Laurent, que tu n'as pas fait cela parce que... parce que... Je comprends que l'on puisse avoir envie de mourir...

Je me tournai vers la ruelle en secouant les épaules.

— Tu as bien tort, dis-je, de te mêler de choses dont tu ne sais rien.

Si je rapporte ici ce bout de conversation, c'est pour rendre intelligible une partie de mon récit que je ferai, sans doute, à contrecœur, quand le moment en sera venu, mais que je ne peux pas ne pas faire.

## CHAPITRE 6

La maison de Bièvres, louée dans les derniers jours de février, devint presque aussitôt le lieu d'une belle effervescence. J'en ai manqué les premiers jours, mais ils m'ont été narrés, si bien que je ne sais plus trop si je ne les ai pas vécus.

La bâtisse, inhabitée depuis un lustre pour le moins, était alors dans un état de délabrement qui, sans doute, eût déconcerté des esprits moins ambitieux de refaire le monde à leur goût. Justin Weill, dans sa grand-hâte, vint s'y installer le premier, dès la signature du bail. « Les réparations, disait-il, nous nous en tirerons nous-mêmes et nous coucherons sur le chantier. Coller du papier propre, planter des clous, donner quelques coups de pinceau, ce n'est quand même pas sorcier. »

Il avait rassemblé ses hardes, quelques meubles, quelques livres et, les ayant confiés aux soins d'un déménageur, il vint les attendre, au jour dit, dès après le déjeuner. C'était la fin février. Il faisait un froid brumeux. Justin débarqua seul à Bièvres, un trousseau de clefs dans sa poche. Il pensait d'abord recevoir ses meubles, puis refermer la maison et s'aller coucher soit à l'auberge, soit même à Paris, dans ma chambre de la rue du Sommerard, car il avait donné congé, fermement, de son logis parisien.

Justin ouvrit la grille et parcourut, l'ivresse au cœur, le chemin couvert de feuilles pourries qui touchait la maison sur la face septentrionale. Une lourde valise à chaque main, rouge, recru d'effort, il regardait cette demeure décrépite et mélancolique et, déjà, par la pensée, il la voyait comme elle allait être bientôt : chaude, débordante de vie, de voix humaines et de musiques. Il percevait déjà les rumeurs de l'atelier au travail, le tintement des casseroles dans une cuisine illuminée, la respiration des chambres, les propos et les chants des compagnons assemblés, le crépitement des grosses bûches dans l'âtre de la salle commune. Le parc lui-même, le parc morose et frileux, Justin le voyait déjà paré de verdures, de fleurs, éclairé de francs visages, de jeux, de fêtes fraternelles.

Il vint jusqu'à la porte principale et, l'ayant ouverte, il se mit en devoir d'inspecter seul, d'un œil calme, ces lieux qu'il avait déjà visités à trois reprises avant de signer l'engagement.

La maison était certes grande, et moins pourtant que nous ne l'avions jugée, à la suprême lueur du crépuscule, le soir de la découverte. C'était une maison bourgeoise, ce n'était ni un palais, ni une caserne. Le rez-de-chaussée, remanié plusieurs fois au long du siècle, comportait une très grande salle flanquée de deux autres pièces d'un emploi difficile. Elles servaient chacune de vestibule à des constructions spacieuses, greffées de part et d'autre sur le bâtiment central, dispositif qui nous avait frappés dès le premier jour parce qu'il amplifiait noblement les façades. Ces deux ailes, surmontées de terrasses à balustres, étaient éclairées par de larges baies mais n'avaient point de cheminées. L'une d'elles avait servi comme jardin d'hiver ; le plancher en était gâté par les arrosages. La cuisine, claire, plaisante, se trouvait ainsi qu'une autre chambre d'usage indéfini, sur la façade septentrionale que la maison montrait d'abord au visiteur et qui n'était pas la plus belle. A l'étage, on comptait six chambres dont quatre fort bien exposées. Celles de l'est et de l'ouest donnaient, par une porte-fenêtre, sur les terrasses dont je viens de faire mention. Enfin, sous les combles, se trouvaient encore trois bonnes pièces lambrissées où l'on ne pénétrait, malheureusement, qu'en traversant le grenier.

Justin allait de chambre en chambre, réveillant les araignées, poussant les persiennes arthritiques, livrant au plein jour la poussière et les moisissures. Il posa ses valises au premier étage et continua de faire crier les parquets et de visiter les placards, de tâter les escaliers, de l'orteil et du talon. Loin de l'affliger, toute cette vétusté l'enflammait d'ardeur et d'entêtement. Il avait été, dès la première heure, saisi, pour cette maison, d'un goût passionné qui ressemblait à l'amour dans ce qu'il a d'exclusif, d'égaré, d'opiniâtre. C'était cette maison-là qui lui plaisait, et nulle autre. Elle était ruineuse et sale. Eh bien ! on la réparerait, on en ferait la toilette. Quel plaisir eût-on pris à se loger benoîtement dans une coquille toute prête, toute nette et tout encaustiquée ? Non, ce qu'il fallait, c'était justement cette ample masure dont, par la force de l'amour et de l'intelligence, on finirait par faire un temple. Ainsi pensait Justin en inspectant fiévreusement les corridors, les placards et les encoignures qui fleuraient, de-ci, de-là, le bouquet mort, le vieux livre, le bois vermoulu, la cendre, la fumée froide et, parfois, relent plus mystérieux, l'eau de toilette démodée ou les produits pharmaceutiques.

Comme les déménageurs tardaient à paraître, Justin descendit au parc. Il était à l'abandon. Les allées ne se distinguaient plus des anciennes pelouses sur lesquelles se dressaient les tiges mortes et rouillées, mais roides encore, de l'oseille sauvage. Il y avait d'assez beaux arbres. Un bras de la Bièvre alimentait un bassin vaseux que Justin, dans son cœur, caressa tout aussitôt du nom de miroir d'eau. Il poursuivit sa promenade. Un léger brouillard donnait de la profondeur à toutes les échappées de vue. Dans le bas du domaine, séparé du parc par une haie d'arbustes, s'étendait le potager. Il était défiguré par la brousse. Une maisonnette aux croisées sans vitres avait dû servir, en des temps meilleurs, de logis pour un jardinier. Par-dessus la muraille du sud, on apercevait le fond du val et la route qui s'élève, escortée de boqueteaux, vers le plateau de Saclay.

Justin en était là de son exploration quand il crut entendre le roulement d'une voiture et le pas des timoniers. Il remonta bien vite jusqu'à la grille. La route était déserte. Justin regagna la maison et se reprit à l'inspecter. Un peu plus tard, la pensée lui vint que la voiture pouvait n'arriver qu'à la nuit et qu'il manquait de luminaire. Il ferma les portes, courut d'un trait jusqu'au village, acheta deux paquets de bougies et plusieurs boîtes d'allumettes. Il regagna la chambre où se trouvait son bagage, s'assit sur une des valises et commença de faire des plans et des comptes, dans l'espoir de tromper l'attente. Il allait y parvenir quand tomba le crépuscule. De gros flocons de neige erraient paresseusement dans l'espace glacé. Justin sentit le froid. Il descendit au parc, trouva du bois mort, quelques bûches sous un appentis, deux ou trois bottes de paille dans le pavillon du jardinier. Il revint à la maison, alluma du feu non sans peine et se tint à croupetons, les yeux cuits par la fumée, pour souffler sur la flamme incertaine. Puis il courut à la grille, comprit que la soirée passait, que le déménageur ne viendrait plus ce jour-là, fut saisi d'une réelle angoisse et, brusquement, se roidit, décidant qu'il allait coucher là, tout seul, sans lit, sans dîner, dans une solitude profonde, et que ce serait une sorte d'épreuve, une veillée purificatrice, une retraite solennelle au seuil de la grande aventure.

Il ferma toutes les portes et les persiennes des fenêtres, alluma deux bougies pour mettre un semblant d'ordre dans le contenu de ses valises. Comme le feu, enfin lancé, illuminait toute la chambre, il éteignit les bougies, s'étendit sur le sol et disposa sur lui tout ce qu'il possédait de vêtements.

Il demeura longtemps ainsi, le cœur gonflé d'un grand besoin de larmes héroïques, regardant, au plafond, palpiter la lueur des braises, écoutant les souris qui travaillaient petitement dans la charpente des murailles. Je pense qu'il s'endormit, mais qu'il fut, bien avant l'aube, réveillé par le froid mortel de cette masure oubliée. Justin, quand il me contait cette première nuit du Désert, ne me donnait jamais de ces détails lyriques auxquels il avait naturellement plaisir. Il fronçait les sourcils, baissait la tête et murmurait à voix basse : « Les heures les plus importantes de ma vie, je t'assure. »

Le déménageur n'arriva que le lendemain, à la fin de la matinée. L'exaltation de Justin s'allait muer en courroux. Il fit monter ses meubles dans la chambre même où il avait passé la nuit et qui se trouvait au premier étage, à l'extrémité ouest. Puis il congédia les voituriers et fut se restaurer en hâte, chez un débitant du voisinage, car il attendait Larseneur pour le début de l'après-midi.

Larseneur parut à l'heure fixée. Il arrivait avec son déménagement, assis sur ses malles, à l'avant de la voiture. Il avait eu des difficultés au moment de faire emballer son piano, pour lequel il réclamait sans cesse des précautions, des égards et qu'il couvait de l'œil avec une tendresse vindicative. Larseneur était grand, vigoureux, barbu et sombre. Ses longs cheveux bouclés retombaient sur une encolure puissante. Tel, il ne ressemblait guère à ces créatures ombrageuses, irascibles, tourmentées auxquelles, d'ordinaire, le démon de la musique réserve ses bonnes grâces. Nous qui le connaissions bien, nous savions que, dans cette charnure vigoureuse, habitait une âme chagrine et perpétuellement effrayée.

Armand Larseneur descendit de la voiture et commença tout aussitôt de songer à son piano. C'était un « crapaud » de bonne marque et de forme agréable. Larseneur l'avait acheté d'occasion, au prix de rudes sacrifices. Il représentait le plus clair de la fortune temporelle du musicien et son instrument de travail. S'il fallait le confier à des mains inexpertes, le jeune homme grimaçait de souffrance. Il collabora lui-même à la descente de voiture, puis il parcourut les pièces où régnait une température polaire en grondant des choses folles à propos de l'humidité, du régime des vents, de la position des fenêtres. Le voiturier et son aide attendaient, les bras ballants, tout prêts à la chamaille. Enfin le piano fut entreposé dans la grande salle du rez-de-chaussée.

— C'est provisoire, disait Larseneur.

Et il tira de ses bagages tout ce qu'il avait de vêtements pour en envelopper, avec des soins de nourrice, la caisse de bois sonore.

Les autres meubles de Larseneur furent posés au hasard dans une chambre du premier étage. Le soir même, les deux amis décidèrent de camper sur place et de coucher tous deux dans le lit de Justin, qui venait d'y mettre des draps. Ils firent un grand feu de bois, dînèrent de pain et de fromage, burent quelques verres de vin rouge et finirent par s'endormir, malgré l'exaltation, les projets lancinants et l'espoir tout pareil à une douleur névralgique.

Bernard Jusserand et sa femme, Alice, arrivèrent le troisième jour, et, presque en même temps, le couple Brénugat. Il y eut un moment de confusion et l'on s'aperçut qu'il fallait prendre des dispositions fermes au sujet du logement. Les déménageurs entassaient — ce n'était pas fort considérable — pêle-mêle, dans les pièces du bas, les meubles des deux ménages. Justin réunit un conseil autour d'un broc de thé brûlant. Ce fut une minute magnifique. Les jeunes hommes rivalisaient de générosité, si bien que l'on put croire, au début, que les chambres les meilleures allaient rester inoccupées et finiraient par échoir aux ouvriers de la onzième heure. Brénugat, faisant observer que la froide lumière du nord est préférable pour les peintres, obtint, mais non sans débat, la chambre du premier étage située au-dessus de la cuisine, l'une des moins bien exposées. Sa femme, Florence, assistait à ces généreuses querelles, avec le sourire apathique d'une personne que les extravagances des artistes trouvent parfaitement blasée. C'était une blonde aux paupières lourdes et cernées, à la carnation fragile. Elle était frileuse, souffrait d'un perpétuel rhume de cerveau qui lui gâtait la prononciation des voyelles nasales et sortait parfois de son apathie pour lâcher avec innocence quelque mot non pas grossier, mais naïvement insolite. Elle était plus âgée que son mari. Ils avaient, je crois l'avoir dit, une petite fille de trois ans qui restait à Paris, aux soins d'une amie, et qui devait venir à Bièvres quand l'emménagement serait achevé.

Pourvu que son piano fût l'objet d'égards exceptionnels, Armand Larseneur faisait montre d'une abnégation parfaite. Il n'y avait, à l'étage, que deux chambres mal exposées. Brénugat prenant la première, Armand exigea la seconde. Justin la réclama tout aussitôt. Une passe d'armes s'ensuivit qui fut des plus édifiantes. Brusquement, Justin céda. Mais il commença, sans rien dire, de retirer ses meubles et ses nippes de la chambre qu'il occupait depuis deux jours. Il les transporta dans la pièce du rez-de-chaussée, symétrique de la cuisine, et où l'on parlait d'installer l'administration, le bureau. « C'est tout simple, disait-il, je suis un peu le comptable. Je logerai dans notre bureau. »

Bernard Jusserand, de sa belle voix musicale, demandait en toussotant qu'on lui fournit l'occasion de quelque généreux sacrifice. Il finit par céder aux objurgations de sa femme et s'installa, non sans protestations, dans la chambre dont Justin se retirait et qui se trouvait presque chaude, au sein de la maison transie.

Je ne peux sans émotion évoquer ici pour la première fois la touchante figure d'Alice Jusserand. C'était, à l'époque où prend ce récit, une très belle personne au doux visage courageux. Elle portait de grandes nattes d'écolière qu'elle roulait en gros macarons sur ses oreilles, ce qui n'était certes pas la mode du temps et contribuait à lui donner une figure originale. Elle était toujours vêtue, d'ailleurs, en dehors de toute mode, comme les grandes dames du XVIII^e^ siècle agonisant, pendant les angoisses de la Révolution : longue jupe étoffée, taille serrée sous la gorge, bonnet et châle croisé. « Alice, disait Sénac, est toujours en grande toilette pour aller à la guillotine. » Elle avait les traits perpétuellement tirés par le travail et les veilles. Elle donnait des leçons dans plusieurs écoles libres, car elle était instruite. En outre, elle s'occupait, au logis, d'ouvrages de traduction. Nonobstant ce surmenage, c'était, je le répète, une aimable personne : beau giron, gracieux corsage. Elle était de ces épouses qui reprennent, auprès de leur mari, toutes les fonctions maternelles. Jusserand se laissait faire avec des mouvements d'humeur mal joués, car il était gagné, de longtemps, aux menus soins, aux boules chaudes, aux tisanes, aux caresses protectrices.

Ces dispositions prises, trois chambres restaient libres sur la façade ensoleillée. On résolut de réserver les deux du milieu pour Testevel et moi-même, celle de l'est pour Sénac.

— Vous verrez, dit Larseneur avec un sourire ironique, vous verrez : Sénac est capable de nous déclarer que le soleil le gêne et qu'on l'a mis là par brimade.

Sénac arriva deux jours plus tard et ne dit rien de tel. Ce devait être un des tout premiers jours de mars. Le val de Bièvres était couvert de gelée blanche. Sénac arriva par le train, le matin, son chapeau melon sur l'oreille et son parapluie sous le bras. Il avait mis aux bagages deux grosses malles et un lit de fer pliant.

— C'est tout, dit-il à Justin qui l'accueillit sur le quai. Je suis l'ennemi du luxe, l'ami de la simplicité monastique.

Il trouva la maison retentissante du bruit des marteaux et du sifflet des travailleurs : on avait sans retard commencé de coller des papiers propres sur les murs et de repeindre les boiseries. Une salubre odeur de térébenthine se propageait de porte en porte. Les copains, vêtus de blouses, besognaient sur les échelles. Florence et Alice chantonnaient dans la cuisine.

Pour cette activité, pour cette joie, Sénac eut un coup d'œil sévère.

— Quoi ! dit-il. La machine n'est pas encore là ? Picquenart n'est pas arrivé ? Et moi qui pensais vous trouver tous au travail ! Quelle déception !

Il prit possession de sa chambre et commença de vider ses deux malles dont l'une contenait toutes sortes de médicaments. Il disposa sur la cheminée, avec un soin méticuleux, des bocaux, des flacons et des boîtes. Puis il se plaignit du froid.

— Je vais bien trouver, dit Justin, de quoi te faire une flambée.

— Et la servante ? dit Sénac. On a parlé d'une servante.

Il avait l'air maussade, presque agressif. Justin répondit, avec une surprenante humilité :

— Nous cherchons une servante dans le pays. Je ne l'ai pas encore trouvée, mais cela ne tardera pas.

Sénac s'en fut visiter la maison. Il mordillait sa grosse moustache noire et disait des choses très désagréables. A force de bonne humeur, on finit par le faire rire.

La grande pièce du rez-de-chaussée avait, après conciliabule, été nommée salle à manger. Larseneur, qui la jugeait la plus saine, la plus sèche, exigeait que son cher piano y reçût une place définitive. On achevait de coller, dans cette même pièce, un papier gris très présentable et Brénugat clouait à la muraille des reproductions de Carrière représentant l'une Verlaine, l'autre une maternité.

Sénac sortit de son gousset un monocle attaché par un cordonnet de soie. Il considéra les tableaux et dit à Brénugat, stupéfait :

— Toi, tu es sûrement un peintre, dans toute la force du terme. Je me demande alors comment tu peux aimer ces navets.

Jean-Paul Sénac se remit en route et poursuivit son voyage critique. La maison était à la joie et toute gonflée d'enthousiasme. Elle n'eut pas trop de peine à digérer Sénac. Deux heures plus tard, garni d'un bifteck aux pommes, un bleu d'ouvrier sur le râble et perché au sommet d'une escabelle, Sénac badigeonnait les croisées en fumaillant des cigarettes.

La survenue de Testevel, qu'on attendait seulement pour le lendemain, dénoua soudain chez Justin les ultimes inquiétudes. Il vivait, depuis quelques jours, dans une fièvre d'anxiété. Il redoutait les défections de la dernière heure. Voyant tomber ses craintes, il décida de s'abandonner au bonheur.

Testevel avait courageusement donné congé de sa chambre et renoncé, sans objection, à un emploi lucratif. Il apportait avec soi son petit mobilier bien tenu qui sentait, dès ce temps-là, le vieux garçon de carrière, le célibataire de vocation. On lui fit un accueil lyrique.

Justin me raconta ces événements mémorables, cinq ou six jours plus tard, dans le petit train de Bièvres. Il était venu me chercher, car j'étais encore assez faible, et pour donner apaisement aux dernières craintes de ma mère.

— Tes meubles sont arrivés, disait-il. Ils sont en place déjà. Nous t'aiderons à t'installer. J'ai moi-même choisi ta chambre. Et surtout, ne crois pas que nous te laisserons travailler, dans les commencements. Il faut te reposer d'abord. Il faut respirer à pleine poitrine l'air de la liberté. Nous aurons la machine et le matériel cette semaine. Et ne crains pas le froid, j'ai fait du feu dans ta chambre depuis deux ou trois jours. Testevel va te prêter son fauteuil de cuir. A compter de ce soir, nous sommes tous réunis et la nouvelle vie commence.

## CHAPITRE 7

La nouvelle vie commença.

Je vais m'efforcer, rassemblant tous mes souvenirs, d'en composer une relation ordonnée. J'y aurai sans doute grand-peine.

Justin fit, l'un des premiers soirs, et non sans timidité, certaine proposition qui parut surprendre presque toute l'assistance. « Nous allons vivre, disait-il, comme des moines au monastère. Il nous faudrait sans doute établir une règle, et surtout en ce qui concerne l'emploi de notre temps. »

Il y eut un instant de profond silence, puis Larseneur murmura : « Il a toujours été convenu que notre règle essentielle serait la liberté. Nous sommes assez raisonnables... » Une discussion joyeuse et confuse commença sur cette réplique. Sentant qu'il ne pouvait compter sur l'assentiment général, Justin n'insista pas. Testevel disait, avec son large rire : « Nous ne sommes pas si nombreux : un mot, un regard et nous voilà tous d'accord. » — « Mais oui, poursuivit Jusserand : nous sommes ensemble tout le jour. Nous formons une assemblée perpétuellement délibérante et nous faisons notre loi au fur et à mesure de l'usage. »

Cette formule parut heureuse et tout le monde l'adopta.

La machine devait arriver quelques jours plus tard. Il fut convenu que l'attente serait entièrement consacrée à la mise en état de la maison et tout le monde s'y employa dans la fièvre et les transports.

Dès le point du jour, on entendait remuer des casseroles dans la cuisine. Les deux femmes, levées tôt, commençaient de préparer le petit repas du matin. L'odeur du pain rôti et du café s'élevait d'un étage à l'autre, passait sous les portes mal jointes et tourmentait les dormeurs. C'étaient aussitôt des cris et des ruades dans les cloisons.

Il fallait alors réveiller Sénac, et ce n'était pas petite affaire. Le premier jour, Sénac, sans le vouloir, plongea toute la maisonnée dans l'angoisse. On avait bu le café, on s'allait mettre au travail et Sénac ne donnait encore aucun signe de vie. Ses persiennes étaient closes. La porte était verrouillée. Les amis se hasardèrent à frapper au panneau. Silence profond. Nouveaux appels. Même silence. La chambre semblait désertée. Au bout d'un instant, toute la tribu se trouvait rassemblée dans le couloir. Brénugat, qui était assez brusque, rompit l'attente générale en donnant dans la porte deux ou trois violents coups de poing. Le silence retomba. Nous en étions effrayés et nous attendions, bouche ouverte, espérant un signe de vie. Brénugat recommença de heurter la porte en poussant de grands appels.

Alors, mais alors seulement, nous perçûmes la voix de Sénac. Il balbutiait quelques mots égarés. Il finit par venir tourner la clef. Il avait l'air d'un animal à qui l'on a enlevé une partie de la cervelle. Il était encore tout empoisonné de sommeil.

Tel était Sénac. Il s'endormait tard et difficilement. Mais il tombait alors dans un sommeil effrayant, un de ces sommeils qui donnent idée de la mort. Il nous fallait, chaque matin, l'en arracher à grand tumulte. Et c'était d'autant moins facile que, malgré nos objurgations, Sénac s'obstinait à fermer sa porte à clef, prétendant que, sans cette précaution, il ne pourrait s'endormir. Je n'ai jamais vu d'autre exemple d'un sommeil aussi profond et aussi triste. Sénac sortait de cet abîme, titubant, les traits pâteux, l'esprit et le corps encrassés pour une partie du jour. Il m'a souvent avoué que, pendant l'heure qui suivait ce réveil terrible, la vie lui paraissait odieuse et privée de sens. Il lui fallait, chaque jour, guérir de sa nuit ainsi que d'une maladie. Les premiers temps, Alice Jusserand lui prêta un réveil à double timbre que l'on plaçait dans une assiette et qui propageait un bruit de fin de monde. Sénac ne l'entendait point. Il finit par le casser dans un de ces gestes incohérents qu'il faisait toujours pour échapper à l'abîme de chaque nuit.

Sénac enfin sur pied, le premier déjeuner pris, nous nous jetions au travail. Nos accoutrements étaient fort disparates : blouses de peintres ou de paysans, cottes bleues, vestes de treillis. Larseneur exhibait une vareuse de velours à côtes, toute blanchie par les lavages et qui miroitait bellement. Jusserand, dans la crainte des rhumes, portait tout le jour, même au coin du feu, un gros cache-nez de laine et une calotte de chanoine. Dès le matin, nous entendions retentir la clochette de la grille. Jusserand sautait de l'échelle et disparaissait aussitôt. Jusserand, dès les premiers jours, avait déclaré bien haut : « Je n'ai pas donné mon adresse. Je suis retranché du monde. C'est fini ! La solitude ! » C'était sans doute un vœu sincère et Bernard Jusserand d'ailleurs recevait très peu de lettres. Il n'en avait pas moins une extraordinaire passion de nouvelles. En entendant sonner à la grille, il courait, songeant au facteur. C'était parfois un commerçant, parfois le boulanger, parfois la bouchère, avec sa rosse et sa chignolle. Jusserand revenait, furieux. Parfois c'était quand même le facteur. Il y avait toujours quelques lettres et des paperasses. Jusserand les rapportait sans chercher à dissimuler son extrême curiosité. Il disait : « Je n'ai rien, c'est extraordinaire. » — « Mais, répliquait Sénac, puisque tu dis que tu n'as pas donné d'adresse... » Jusserand haussait les épaules. Il était tout entier tourné vers l'avenir, vers les signes et les surprises de l'avenir. Il regardait le courrier des autres sans dissimuler son envie. Il touchait les lettres, les retournait, les flairait. On sentait qu'il devait se retenir de les ouvrir. Il lui arrivait parfois de ne même pas se retenir. Il disait : « Tu as une lettre de Schleiter, je reconnais l'écriture. Cela nous intéresse tous. Tu permets ? » Nous étions trop joyeux pour lui reprocher ces vétilles.

Il avait été décidé que nous prendrions une servante pour aider aux travaux du ménage et de la cuisine. Il s'en présenta plusieurs et nous finîmes par en arrêter une qui se nommait Mme Guincher mais qu'à sa demande même nous appelions Mme Clovis, du prénom de son mari, dont, d'ailleurs, elle était veuve. Nous ne l'avons pas gardée trop longtemps parmi nous ; je dois pourtant en dire quelque chose pour donner de la maison, dans ses commencements du moins, une image point trop incomplète. Mme Clovis était une grande femme osseuse, aux cheveux rares, tirés, noués finalement en une crotte de petit chignon, à la longue face bise toute semée de taches de son. Vêtue de noir par tous les temps, elle portait un châle sur les épaules et cachait sous son tablier de grandes mains tannées qui n'étaient pas maladroites.

Nous ne pouvions pas la loger. D'ailleurs elle possédait une bicoque où elle élevait deux de ses petits-enfants, car elle était déjà grand-mère. Elle venait dès le matin et s'en allait après la soupe. Cette espèce de paysanne avait du génie pour tout ce qui concernait l'interprétation des signes et la diagnose des états d'âme. Elle n'était pas à la maison depuis huit jours qu'elle en savait, sur nous tous et sur chacun, plus que nous autres, insouciants, ne voulions nous-mêmes en savoir. Elle nous appelait Monsieur Laurent, Monsieur Armand, Monsieur Jean-Paul... Elle connaissait nos pensées avant même qu'elles ne fussent mûres. Elle disait : « Monsieur Justin ira plus que probablement à Paris, ce soir. Il prendra le train de 2 h 23. » Elle entendait tout, elle devinait tout et elle parlait de tout avec une audace tranquille et obstinée. « Monsieur Jean-Paul n'est pas d'une forte santé. Fâcheux, parce qu'il a un trou sous le nez. Oh ! je vois cela à son urine. C'est moi qui vide son vase. » Elle s'intéressait particulièrement à la vie intime des ménages. Elle disait, parlant de Brénugat : « Monsieur Raoul a tort de brutaliser sa dame. Pas sa faute à cette petite femme si elle supporte mal ses époques. Faut de la douceur. » Elle connaissait la place de toutes choses dans la maison et, quand l'imprimerie commença de travailler, nous la voyions parfois fouiner mystérieusement dans les casses et tourner en reniflant autour de la machine. Elle gémissait tout le jour sur le temps, les événements et les hommes : « On n'aurait rien à manger, si ça continuait comme ça. Il n'y avait presque plus de bon monde. Il n'y avait plus de saisons. Toujours trop d'eau, trop de sécheresse, trop de soleil et trop de vent. » Chaque soir, elle faisait un paquet qu'elle emportait sous son tablier : vieilles croûtes, épluchures, os et bribes de nourriture, objets hors d'usage, chiffons, bouts de ficelle, feuilles de papier, nippes et ferrailles. Elle acceptait tout, emportait tout et entassait des horreurs, des rognures, des objets sans nom dans toutes les pièces de son étrange masure, où je l'allai voir un jour. Tout ce que nous pouvions, par hasard, donner à d'autres, il semblait qu'on le lui volât. Elle calomniait doucement, d'une voix paisible et appliquée, tous les gens du pays que nous devions rencontrer ou dont nous pouvions, quelque jour, requérir quelque service.

Elle vit avec une fureur jalouse arriver chez nous le très pitoyable Mignon-Mignard.

C'était une trouvaille de Testevel. Il était allé chercher du tabac, un soir, à la tombée de la nuit. Il revint escorté d'un chien perdu qu'il avait ramassé sur la route. Il disait, en faisant claquer sa langue contre son palais : « Viens, Klebs, viens, Toutou de mon cœur. » Sénac, apercevant la bête, s'écria d'un air convaincu : « Voilà Mignon-Mignard ! » et, pour long qu'il fût, le nom resta. La bête était minable, de poil blond, avec de grandes zones chauves où la peau se montrait à découvert, en sorte que la couleur générale était d'un rose fané, maladif. Il boitait légèrement de l'avant et marchait un peu de travers. Sénac disait : « Le cul voudrait arriver avant la tête, mais la tête ne veut quand même pas. » Il mangea ce qu'on lui donnait avec autant d'étonnement que d'appétit. Il était sociable, naïf, persévérant dans ses défauts et parfaitement incorrigible. Justin dit, le premier jour : « Il nous fallait un chien de garde, c'est une recrue excellente. » Repue, la bête fut donc placée dans le jardin. Mignon-Mignard n'accepta pas cette brusque disgrâce, après tant de protestations amicales. Il s'en vint gratter aux portes. Le soir venu, Mignon-Mignard se mit à hurler à la mort. Les âmes les plus sensibles en furent ébranlées. Il y eut une belle dispute, une dispute amicale et chaleureuse. Sénac plaida la cause du roquet en une allocution pleine d'appels à la tendresse. La porte fut ouverte et Mignon-Mignard introduit. Il n'avait pas la vocation du chien de garde. La sonnette de la grille ne l'intéressait aucunement. Il escortait les visiteurs avec une politesse flâneuse et ne jugeait pas qu'il pût y avoir entre eux la moindre différence. Il levait à tout propos la patte droite, puis la patte gauche. Et quand, par hasard, il avait oublié l'un des deux gestes rituels, il revenait sur ses pas, tout comme s'il eût songé : « Mon Dieu ! que je suis étourdi ! » et il accomplissait aussitôt l'acte complémentaire avec un résultat parfois léger, mais toujours net. Il fit un jour le simulacre d'honorer de cette façon le piano de Larseneur. Déjà le musicien, outré, dénouait sa ceinture de cuir pour un geste justicier. Mignon-Mignard détala en poussant des cris de terreur. Même pris en faute, il avait toujours l'air de dire : « Enfin, qu'est-ce que vous avez à me reprocher ? Je suis un chien et je fais mon métier de chien. Il faudrait quand même s'entendre. »

Il avait le regard triste, la queue réservée. Il aimait les caresses avec une sorte de passion et venait, pour en recevoir, se frotter contre nos mollets et nos mains. Sénac se montrait d'une générosité suspecte. Il commençait par flatter l'animal en l'appelant : « Mon chien perdu, ma brosse à puces, mon petit crève-misère » et il ajoutait encore des choses confuses : « Sent-pas-bon, patte-en-vrille, escarbille à poil, obscène petit quadrupède, mon klébiche, ma canouillette », etc. etc.

L'animal se renversait sur le flanc pour mieux recevoir les tendresses. Petit à petit, Sénac s'animait au jeu et serrait un peu les dents. Ces effusions se terminaient presque toujours par une brève et inexplicable raclée. Il nous fallait intervenir pour séparer Sénac de son cher souffre-douleur.

Je crois pouvoir affirmer que Mignon-Mignard n'aimait personne d'entre nous ; mais il chérissait Sénac et ne le dissimulait pas. Pour Sénac les jappements attendris, les bonds, les coups de langue, la larme au coin des paupières, les fêtes et les monologues de la queue.

Quand, plus tard, beaucoup plus tard, le marquis de Fonfreyde vint nous rendre sa première visite, il s'écria d'une voix suraiguë : « Eh quoi ! un chien pour dix personnes ! » — « Ben, ben, gronda tout bas Larseneur, quel usage imagine-t-il qu'on en fait ? » D'ailleurs, ce chien, trouvé par Testevel et que nous avions tous adopté, ne fut jamais que le chien de Sénac. Mais laissons le chien pour l'instant. Je tâcherai d'y revenir.

Les soucis financiers, qui devaient par la suite hanter toutes nos pensées, harcelaient déjà Justin. « Heureusement, disait-il, que nous aurons le potager. Dès que nous serons bien en route, il faudra songer au potager. » Il m'y entraînait de temps en temps. Les bordures de buis qui limitaient les carrés avaient crû démesurément. Il allait falloir les tailler, avant de retourner la terre. Les quenouilles et les espaliers réclamaient aussi la visite du sécateur. Déjà les bourgeons formés commençaient de grossir. Qu'allait-on couper là-dedans ? Justin, soucieux une minute, s'abandonnait au lyrisme. « C'est épatant, disait-il, cette accumulation du travail par les hommes et la nature ! Nous n'avons rien planté et nous récoltons quand même. Nous mangerons ces fruits, nous admirerons ces fleurs. Nous jouirons de l'ombre que les autres ont préparée, comme l'annonçait le vieux de la fable... » Il tournait vers moi son regard soudain attentif et tâchait de m'entraîner à l'allégresse. « Avoue, avoue, disait-il, que la vie est quand même une belle chose. »

Il y eut, à la fin de la seconde semaine de mars, des gelées assez brutales. Sénac, aussitôt, se lamenta : « Nous n'aurons pas de fruits, c'est clair. Tout est gâché, tout est perdu ! » Brénugat, qui n'ignorait point les choses de la terre, affirma que ces gelées d'hiver n'avaient aucune importance. Jean-Paul Sénac n'écoutait rien, tout enivré de se plaindre. Mais les gelées eurent soudain un résultat plus précis. L'eau distribuée dans la maison provenait d'un réservoir cimenté que nous avions, le premier jour, pris pour une tour romantique. Ce réservoir était alimenté par un bélier établi sur une très petite chute, dans le bas de la propriété. Nous l'avions fait remettre en marche, dès avant l'installation, et nous percevions son battement placide quand il nous arrivait de passer dans l'extrême fond du jardin. Au sortir du réservoir, la conduite était à nu sur une longueur d'un demi-mètre. Elle était entourée d'un très épais manchon de paille et de chiffons que Testevel avoua, plus tard, avoir arraché par mégarde pour allumer un feu. Quand les gelées survinrent, la conduite fut bloquée. Pendant trois ou quatre jours, nous dûmes dresser des échelles, faire la chaîne et puiser l'eau après avoir brisé la glace. Cette petite mésaventure fut prétexte à réjouissances. Larseneur travaillait alors à un drame lyrique dans lequel un certain burg à donjon jouait le principal rôle. Larseneur, selon un exemple illustre, avait composé lui-même le livret de son drame. Il y multipliait, par amour de son maître élu, les inversions et les germanismes. Juché sur le réservoir, un broc dans chaque main, il chantait d'une voix ronflante des choses extraordinaires : « Makalas, tu veux l'aimer, toi, Girlamire ? » Nous écoutions ces choses extraordinaires non seulement sans effroi, mais encore d'une oreille complaisante et séduite. Parfois, l'un de nous disait : « C'est aussi beau que du Wagner. Ça ressemble à *Tristan.* » Larseneur fronçait le sourcil. « J'aime *Tristan*, dit-il un jour. Mais ce que je veux faire, ce sera beaucoup plus wagnérien que *Tristan.* »

Le soir, la journée finie, les camions de peinture bien rangés dans un réduit, nous allumions un grand feu dans l'âtre de la salle commune et Larseneur se mettait au piano. Parfois, Jusserand prenait un livre et nous faisait une lecture. Quand la lecture durait longtemps, Florence Brénugat se prenait à bâiller et s'approchait de la porte. Elle disait avec candeur des phrases que Jusserand déclarait « inconsidérées ». Elle disait : « Assurément, c'est beau, mais c'est trop creusant pour moi. » Elle allait se jeter au lit. Un soir, Brénugat, l'ayant escortée, rapporta une mandoline et commença de jouer avec beaucoup de sérieux quelque chose qu'il dit être *la Marche algérienne*. Il y eut un moment de stupeur. Brénugat continuait de jouer dans un silence scandalisé. Le morceau fini, le peintre déclara simplement : « Bien sûr, j'aime la grande musique ; mais au fond j'aime aussi celle-là. » Le silence devint terrible et Brénugat s'en aperçut. Il posa la mandoline et bourra sa pipe. Larseneur montrait un visage profondément offensé. Testevel intervint, conciliant : « La mandoline est un instrument populaire... » Cette concession, qui ne pouvait satisfaire personne, fut mal interprétée par le mandoliniste : « Populaire si tu veux, mais c'est plus difficile que tu ne le penses. Tu n'as qu'à essayer. »

Il y eut des conversations à voix basse. On entendait, en prêtant l'oreille : « Brénugat est un bon peintre. C'est un artiste, à coup sûr. Mais il est un peu brute. Toute son éducation est à faire. » — « On la fera, disait Justin. Il ne faut pas le heurter de front. Il est assez susceptible. »

Larseneur l'était davantage encore. Pendant plusieurs jours, il prit un visage rétif et refusa d'ouvrir le piano sacré.

Cependant la maison, nettoyée, grattée, badigeonnée, retrouvait figure vivante. Elle était presque habitable quand la machine arriva.

## CHAPITRE 8

C'était une « Minerve » à pédale, suffisante pour imprimer une feuille entière, mais « en blanc », c'est-à-dire d'un seul côté. Justin l'avait achetée d'occasion, sur les conseils compétents de Gabriel Monmerqué, dont j'ai déjà dit quelques mots, et de l'ouvrier Picquenart. Entre cette simple machine et la grande presse à retiration qui imprime la feuille des deux côtés à la fois, Justin avait longtemps balancé. Finalement, et par crainte d'une trop lourde dépense, Justin avait opté pour la machine « en blanc ». Il cherchait à s'en consoler : « Nous ne sommes pas des industriels, disait-il, ce que nous voulons d'abord, c'est faire du travail d'artisans. »

Nous reçûmes le même jour la machine et le matériel. Et, le même jour aussi, Gabriel Monmerqué nous amena Jules Picquenart. C'était un garçon de petite taille et qui ne payait pas de mine. Il était maigre, noiraud, marqué par la petite vérole et, de surcroît, brèche-dent. Chose remarquable, il ouvrait souvent cette bouche gâtée pour un sourire d'une grande gentillesse et qui lui gagna tous les cœurs. Monmerqué nous avait dit : « Prenez, c'est l'homme qu'il vous faut. » Nous devions, plus tard, apprécier cette juste parole. Jules Picquenart posa ses affaires dans une des chambres lambrissées du second étage. Il enfila très vite un bleu, lissa d'un coup de peigne ses cheveux qu'il tenait toujours luisants de pommade et vint avec Monmerqué s'occuper du matériel. Nous ne savions absolument rien de notre futur métier. Justin tenait, sans d'ailleurs donner ses raisons, à ce qu'entre les deux pièces d'ailes on choisit pour atelier celle que l'on apercevait à droite en arrivant de la rue. Elle se trouvait, nous ne tardâmes pas à le voir, la plus éloignée du bureau, et ce n'alla pas, dans la suite, sans quelque incommodité. Je connaissais bien Justin et je finis par comprendre que, fidèle à ses rêves, il voulait que l'atelier fût là où, dès le premier soir, il l'avait imaginé.

C'était une grande salle presque carrée, pourvue de trois belles fenêtres. Nous y avions monté, la veille, un poêle assez confortable dont le tuyau, nécessairement, s'échappait par une des baies, ce qui nous semblait affreux et que nous déclarions provisoire. Une moitié de l'espace fut réservée pour la presse, dont les entours devaient rester libres. Les casses furent montées de l'autre côté, tout le long de la muraille. Deux ouvriers robustes et faits comme des poussahs assemblaient et calaient les lourds organes de la machine. Picquenart donnait des ordres. Nous étions là, béants d'étonnement et de curiosité, peut-être un peu honteux de notre ignorance. Monmerqué fumait une petite pipe Jacob et regardait tout, en silence. De temps en temps,

Picquenart lui demandait un avis qu'il donnait en peu de mots, de sa voix sourde et nasale.

Une très grosse lampe de cuivre fut abreuvée de pétrole et suspendue au plafond. Vers la fin de l'après-midi, nous pûmes nous rendre utiles et nous en fûmes soulagés. La machine était en place, les monteurs l'avaient fait marcher à vide. Nous avions, pour la première fois, entendu le bruit qui, pendant des mois, allait rythmer nos pensées. Picquenart ouvrait des caisses et les vidait avec soin.

— Est-ce que l'on garde les caisses ? demanda-t-il.

— Pourquoi ? répondit Justin. Non, non, nous en ferons du feu. Il faut brûler nos vaisseaux.

Picquenart commença de déballer toutes sortes d'objets que nous rangions, selon ses indications, au fur et à mesure. Pour la première fois, nous entendions des mots qui ne devaient pas tarder à frapper familièrement nos oreilles. Picquenart disait : « composteur, forme, galée, typomètre... » Nous répétions comme des écoliers. Les ouvriers, cependant, installaient le massicot. Il allait falloir, partout, poser des rayons, planter des clous, dresser des tables, trouver la place du marbre, faire des boîtes pour les pinces, les clefs, les taquoirs et les chasse-griffes, suivre enfin toutes les traditions d'un art vénérable. Jusserand, à chaque découverte, poussait des exclamations chromatiques où sa belle voix faisait merveille, des chapelets de oh ! et de ah ! comme dans les pièces de Maeterlinck. Il disait :

— Regardez ! Oh ! Oh ! Oh ! C'est un monde. Oh ! Oh ! C'est tout un monde !

Gabriel Monmerqué souriait. Il avait passé toute sa vie dans le vacarme des presses et, plus tard, dans le grondement des rotatives qu'il avait d'ailleurs en exécration. C'était un correcteur à la vieille marque. Il possédait de belles clartés sur l'histoire et les destinées de cet étonnant métier d'imprimerie dont il demeurait une sorte d'allié obscur. De temps en temps, il saisissait des brucelles, un décognoir, une broche et maniait rêveusement ces objets entre ses beaux doigts délicats aux ongles longs. Vers le soir, il nous dit au revoir sans accepter de partager notre repas. Comme Justin l'en pressait, il répondit tout net : « J'ai dit non », et il s'en fut, dans la nuit. Il grognait : « Je reviendrai dans quelques jours, quand vous aurez besoin de corriger vos premières épreuves. »

La journée du lendemain fut tout entière employée à classer le caractère. Sur les conseils de Monmerqué, nous avions pris de l'elzévir de dix points et de sept points, l'un pour l'impression normale, l'autre pour les notes et additions. Nous avions de l'italique et, en outre, un assez bon choix de caractères accessoires : médicis, égyptienne, antique. Dès le début, Monmerqué nous donna l'amour de l'elzévir et, d'abord, la façon de le distinguer. « Ce n'est peut-être pas, disait-il, le plus lisible de tous, mais c'est le moins grossier. Il fait des pages plus grises que le caractère romain, mais il est plus délié, plus aristocratique. Il appuie moins. C'est, de tous les caractères, celui qui donne le plus d'air et d'aisance à l'esprit. » Nous tâchions de comprendre ces sentences mystérieuses et classions les petits morceaux de plomb que Picquenart tirait de leur enveloppe et nous passait en les nommant. Si la machine était, comme je l'ai dit, d'occasion, le caractère était neuf. Il avait cet éclat métallique un peu voilé du plomb vierge. Picquenart nous donnait les paquets et nous chargeait de les ranger, selon l'ordre traditionnel, dans les petites loges des casses, que l'on appelle cassetins. Tout le monde se mit à la besogne et je pense que, dans notre ardeur, il y avait ce goût du jouet neuf, ce goût qui ne quitte jamais l'homme, pas même au seuil de la tombe. Nous avions vraiment grande envie de savoir promptement manier ces instruments dont nous ne connaissions rien, nous qui, pourtant, depuis notre enfance, avions commerce avec les livres. Les repas nous semblaient trop longs et si nous acceptions, le soir, d'aller enfin nous mettre au lit, c'est que Picquenart, fatigué, nous en exprimait le besoin.

Les repas se prenaient en commun dans la grande pièce du rez-de-chaussée, la seule de cet étage, avec l'atelier, que nous parvenions à chauffer. Nous eûmes, au sujet de Picquenart, un petit conciliabule et nous décidâmes d'offrir à l'ouvrier de partager notre table. « Il est pour l'instant notre maître, disait Justin, mais qu'il vive avec nous : cela vaut mieux. Nous lui parlerons de ce que nous aimons. Nous lui donnerons nos goûts. Nous ferons de lui, vraiment, notre compagnon, notre frère. Après ce qu'a dit Monmerqué, m'est avis que nous pouvons être tranquilles. » Cette opinion prévalut et Picquenart, dès le premier jour, devint notre commensal. Il était simple et peu bavard, assez timide par surcroît, sauf à l'atelier qu'il aimait et où il donnait sa mesure. Il eut donc la table assurée — j'écris le mot pendant que je l'ose —, son logement au second étage et, en outre, un salaire sur lequel nous étions tout de suite tombés d'accord et qui se trouvait fort modeste.

Dès que le matériel fut en exacte ordonnance, Picquenart nous donna notre première leçon. Nous étions tous autour de lui, devant une fenêtre émerveillée par la froide clartée de mars. Nous tenions tous un composteur de la main gauche et nous faisions de notre mieux pour bien saisir, de la main droite, le caractère dans les cassetins, pour sentir ses encoches, le faire virer justement et le glisser à sa place. Jusserand, de temps en temps, poussait des « oh ! oh ! oh ! » d'admiration et de plaisir. Les yeux de Justin brillaient. Raoul Brénugat n'avait pas la comprenette fort prompte ; il demandait des explications en plissant son front qui était bas et volontaire. Puis, toutes explications données, nous gagnâmes chacun nos places et nous nous mîmes en devoir de composer quelques lignes. Une cigarette valseuse au coin de sa bouche à chicots, Picquenart passait derrière nous et nous versait des conseils d'une voix doucement parigote. On entendait, de temps en temps, siffler ou jurer l'un des apprentis : « Où est le P, crénom d'une biche ? » « Baoum ! j'ai tout foutu par terre ! »

Jusserand jouissait de doigts fins et d'une grande agilité. Il eut, le premier, fini de composer quatre lignes. Picquenart, d'un geste adroit, les porta sur la galée et les noua d'une ficelle. Puis il retourna le tout, glissa le rouleau chargé d'encre, saisit une feuille de papier, une brosse et fit une épreuve.

Nous la passions de main en main. Elle était pleine de fautes, mais lisible, malgré tout. Le miracle était accompli. Jusserand regardait la feuille et disait : « C'est enfantin ! Oh ! oh ! oh ! C'est d'une simplicité sublime ! Jamais je n'aurais cru ce beau métier-là si facile. »

Picquenart souriait cordialement de toute sa bouche édentée. Il commençait à nous connaître et haussait un peu les épaules, mais de manière à n'indisposer personne. Sénac disait : « Le travail manuel, au fond, c'est délicieux et amusant. »

Personne ne pensait le contraire.

## CHAPITRE 9

Les jours suivants, Picquenart nous apprit à réunir assez de lignes pour former des pages entières, puis à grouper toutes les pages dans une forme. Nous étions soulevés d'ardeur. Nous nous exercions à manier les objets et les mots, à connaître les caractères « par le corps » et « par l'œil », à retenir la place des cassetins, à saisir, selon les besoins, « l'espace fine » ou « l'espace forte ». L'ancienne typographie est un art d'exactitude : il arrivait qu'une ligne mal justifiée, c'est-à-dire mal composée, s'échappât de l'ensemble et se répandît sur le sol. C'étaient des cris et des jurons. L'apprenti, plein de honte, s'employait à redistribuer dans sa casse les caractères emmêlés. On se moquait du maladroit.

Dès qu'une forme fut pleine et serrée au moyen de coins, Picquenart, à notre grande frayeur, la souleva d'un geste adroit, sans laisser tomber un signe, et la porta sur la minerve. Les rouleaux étaient gras d'encre. Picquenart se mit en place et commença de pédaler. Nous regardions, béants d'orgueil, les premières feuilles imprimées s'échapper de la mécanique.

Le repas qui suivit cette expérience fondamentale nous parut un véritable repas de communion. Justin fit paraître à point deux bouteilles de champagne. Il en but une goutte et fut soudainement ivre. Il se penchait à mon oreille et se répandait en confidences : « Je suis fils unique, me disait-il. Je n'ai jamais connu, comme toi, les mystères de la famille. Eh bien ! maintenant, je les comprends. Tu m'as souvent dit que ta mère souhaitait vous avoir toujours tous autour d'elle. Elle voulait vous entendre respirer, sentir toutes vos chaleurs se rejoindre. Eh bien ! je comprends tout cela. J'apporte dans l'amitié la même ferveur absurde. Je suis heureux parce que nous mangeons tous à la même table et du même plat, parce que nous allons dormir dans la même maison, parce que nous sommes des frères selon l'esprit. Toi, Laurent, je sais que tu ne t'entends pas avec tes frères selon le sang. Ça ne fait rien. Tu n'aimes pas tes frères, mais tu aimes la fraternité. Dis-moi que tu aimes la fraternité. »

Je lui donnai cette assurance et nous retournâmes à nos composteurs. Justin et moi, nous avions deux casses adossées et nous nous trouvions par conséquent face à face. Je pouvais, de ma place, observer toute l'équipe. Jusserand, de nous tous, était sans conteste le plus adroit. Il avait des doigts très fins et il apportait à ce travail, où les femmes excellent, une habileté de nature. Par malheur, il était nerveux. Je voyais les muscles de son visage se contracter sous la pression des pensées et des images. Il avait toujours l'air, comme les lapins, d'user ses dents les unes contre les autres. Je tremblais quand je le voyais s'emparer d'une clef, d'une pince ou d'un taquoir, car il avait le don de déposer négligemment les objets dans des endroits impossibles dont il ne gardait pas le moindre souvenir. Il nous fallait tous, alors, organiser des battues et Justin entrait en rage.

Bernard Jusserand avait encore une particularité bien féminine : le mot « gauche », pour lui, signifiait très exactement « droite », et quand il parlait « d'ouvrir » une porte ou une fenêtre, cela signifiait « fermer ». Ce n'était pas une chose de hasard. Il apportait une sorte de précision dans ce renversement des termes, et quand il disait : « Montons », nous savions qu'il fallait descendre. Il ne nous en étonna pas moins par son adresse manuelle. Larseneur était jaloux de Jusserand, car il avait des doigts de musicien, des doigts fort prompts et déliés. Mais l'adresse a mille visages.

Testevel, qui depuis plusieurs années travaillait comme correcteur, avait des vues sur le métier ; toutefois, il était lent et lourd. Il ne devint jamais habile. Sénac n'était pas maladroit ; il était irrégulier. A chaque instant, il posait le composteur et s'absentait quelques minutes. Il absorbait, tout le jour, des médicaments variés, des sels de soude, des poudres de rhubarbe. Il était tout préoccupé des caprices de son intestin et nous donnait à chaque instant, à ce sujet, des renseignements minutieux que nul ne lui demandait.

Picquenart allait de l'un à l'autre et distribuait le travail. Il apportait à ce rôle beaucoup de modestie. Sénac disait parfois : « Il se met vraiment trop de pommade. Et puis, vous n'avez pas vu ? Quand il veut graisser une vis, il se la colle dans l'oreille ; moi, je trouve ça un peu répugnant. » Pauvre Sénac ! il était impitoyable pour les autres. Quant à nous, pour la première fois de notre vie nous avions un contact intime et prolongé avec un artisan et nous étions émerveillés.

Brénugat était un bon peintre, il avait de fortes mains dont il se servait avec légèreté pour gouverner la brosse ou le crayon. Nous espérions beaucoup de lui. Cependant il était toujours saisi de quelque soin accessoire. Il fit venir sa fillette, ainsi qu'il était entendu. Dès qu'elle fut là, Brénugat manifesta le désir de s'installer, avec sa femme et l'enfant, dans les deux chambres lambrissées, libres encore, au second étage. Elles communiquaient et formaient une sorte de petit appartement. « C'est naturel, disait le peintre. D'abord, nous sommes plus nombreux, alors il nous faut plus de place. Ensuite, nous vous dérangerons moins. Un « salé », ça fait du boucan. »

Assuré de l'assentiment général, Brénugat passa deux longues journées à déménager ses meubles, à planter des clous dans les murs, à disposer des rayonnages. Puis, mis en goût de menuiserie, il assujettit une barrière à la porte du grenier, car il craignait que la fillette ne tombât dans l'escalier. Entre-temps, il descendait à l'atelier, cherchait son composteur, se penchait sur la casse en plissant le front, s'efforçait de dompter une mémoire indocile et grondait : « C'est pas tout ça ! Faut s'y remettre. Où c'est, bon Dieu de bon Dieu, où c'est donc qu'est le Z ? »

A vrai dire, entre tous ces visages, nul ne me touchait plus que celui de Justin Weill. Il connaissait alternativement des minutes d'ivresse parfaite et des heures d'anxiété. Il me prenait à chaque instant par le bras et me glissait dans l'oreille des confidences alarmantes. « La question financière, disait-il, me donne bien du tracas. Il faut trouver du travail avant d'épuiser les réserves. Cette maison est un gouffre... »

Il se livrait, dans le réduit qu'il avait pris pour chambre et qui se trouvait aussi représenter le « bureau », à des calculs compliqués auxquels, vers ce temps, il était, je dois le dire, presque le seul à s'intéresser. Ce bureau était assez sombre et fort humide, par surcroît, car il prenait jour à l'ouest et se trouva, dès le printemps, plus aveuglé qu'ombragé par la ramure d'un grand platane. Justin couchait dans un angle, sur un très petit divan. Le reste de l'espace était occupé par une table et par la provision de papier qu'on nous livra presque aussitôt. A tout instant, Justin, Picquenart ou quelqu'un des autres pénétrait dans cette pièce pour y chercher des paperasses. La porte se refermait seule au moyen d'un gros ressort tordu. Ce ressort produisait, en travaillant, un bruit musical qu'on n'entendait pas là même où il prenait naissance, mais loin, en l'air, dans l'étendue, phénomène mystérieux que je n'ai jamais éclairci, mais dont je conserverai le souvenir aussi longtemps que je vivrai.

De temps en temps, Justin disait, assez timidement, dans le tumulte du repas :

— Il faudrait parler des comptes et nommer un trésorier.

— Oui, mon trésor, s'écriait Testevel.

Et les choses en restaient là. Justin retombait à des supputations solitaires. Deux fois par semaine, il allait à Paris et disait, le sourcil nuageux : « Il faut voir la clientèle. » Il fallait d'abord la susciter. Ce n'était pas chose facile.

Nous composions un appel pathétique, à répandre par le monde. Le travail de l'imprimerie nous montrait maintenant chaque jour des difficultés nouvelles. De temps en temps l'un d'entre nous, ayant commis quelque faute, voyait, en la soulevant, s'effondrer toute une page. L'atelier hurlait au « mastic » ! Il y avait grand tumulte. Il fallait ensuite remettre en place tout le caractère emmêlé. C'est une besogne fastidieuse. Distribuer des caractères en ordre, ce n'est déjà pas fort drôle, mais débrouiller le mastic, c'est désagréable et c'est lent. Tout le monde se dérobait, et parfois même le coupable. Picquenart passait des soirées à réparer nos erreurs.

Un jour, Justin revint de Paris, le visage transfiguré : « J'ai du travail. Nous avons enfin du travail ! Cette fois, nous sommes sauvés ! »

C'était bien du travail, en effet : deux livres à composer. L'un pour M. de Fonfreyde, l'autre pour un amateur dont je ne sais plus le nom. Nous étions débordants d'allégresse et fort intimidés pourtant.

Ce jour-là était un très beau jour de « l'extrême hiver printanier », comme dit le poète Paul Fort. Il était peut-être trois heures de l'après-midi. Justin n'avait pas déjeuné. Les femmes lui firent des tartines. Il commença de nous conter ses démarches parisiennes. Nous l'écoutions, le bec ouvert, toutes cigarettes éteintes, quand Sénac fit un grand cri.

— Mais, il fait beau ! Il fait très beau ! Vous n'avez pas l'air de vous douter qu'il fait un temps radieux. Et nous sommes là comme des taupes. Allez, ouste, au jardin ! Je demande une heure de repos. Je rétablis le culte du soleil. Justin, prends ta lichette, le litre et le camembert ! Il faut entonner, en chœur, l'hymne des Solitaires, le chant national du Désert. Allez, et plus vite que ça !

Deux minutes plus tard, nous étions tous au jardin : nous l'avions, depuis plusieurs jours, oublié tout à fait, abandonnés que nous étions aux délices du travail nouveau.

C'était vraiment une de ces soirées exquises où l'on peut croire que c'en est fini de l'hiver et non pas pour quelques saisons, mais pour la fin de l'éternité. L'ombre semblait encore fraîche et bleue, mais le soleil se montrait tiède et la brise toute caressante. Ce furent aussitôt des hourras. Testevel, découvrant que l'herbe nouvelle commençait de verdoyer, l'annonçait à l'univers par des mugissements de taureau.

— Appelez les femmes ! dit Sénac. Il faut qu'elles participent.

Alice et Florence, qui travaillaient dans la maison, accoururent aussitôt. Alice Jusserand marquait un peu d'inquiétude. Elle avait entendu des cris et redoutait quelque soudaine querelle. Rassurée, elle se pendit au bras de son mari-enfant. Elle n'avait, en tout temps, pour lui, que des pensées maternelles ; mais quand elle lui prenait le bras, elle se laissait aller à s'alanguir, à trébucher, pour lui mieux manifester sa confiance, son abandon, son amour.

Elle aperçut, au pied d'un mur, sous les feuilles craquantes et les mousses, quelques pâles violettes au parfum imperceptible. Nous vînmes tous respirer les premières fleurs de notre printemps. Il y eut d'autres découvertes : les dagues des narcisses, les tiges pourpres des pivoines. Nous connaissions tous très mal les choses de la nature. C'était une initiation.

Sénac, allongé sur le dos, se prit à composer son hymne. Ce garçon triste était capable de brèves débauches de joie.

— Ecoutez, criait-il, écoutez le silence du Désert ! J'entends le vent qui chante dans les herbes sèches au sommet de la muraille. J'entends soupirer un oiseau noir dont je ne sais pas le nom. J'entends grincer une carriole sur la route de Saclay. J'entends crier un coq dans le haut du village. J'entends voler un pigeon qui s'en va vers l'Orient. J'entends un laboureur qui parle à ses chevaux. Et c'est tout, mes enfants, c'est tout. Et quand je relève le nez, je vois les bourgeons qui brillent sur le versant de la colline et je vois, dans le fond du val, une belle garce en peignoir qui se penche, la croupe au vent, les seins pendants sous la chemise et qui regarde avec amour quelque chose dans son jardin. Et cependant, comme des fourmis dans leurs galeries souterraines, les foules parisiennes cheminent dans les profondeurs du métro qui sentent le goudron et la verveine industrielle. Pendant ce temps, les hommes de Paris bâillent dans les bureaux et les fabriques, en attendant l'heure de la soupe aux poireaux et aux pommes de terre. Ils ont des maisons pleines d'ombre. Il y a des coins lugubres où s'accumule une odeur à pleurer. Leurs enfants jouent et bavent dans des encoignures comblées de ténèbres. Un ennui profond rêve et grelotte dans le fond des corridors. Mais nous, les hommes libres, nous vivons au Désert. Et nous ne demandons à la société qu'une chose. Allons, répétez en chœur : nous ne lui demandons qu'une chose, et c'est qu'elle nous foute la paix ! Amen !

L'assistance partit à rire. Justin m'avait saisi le bras. Il murmurait à mon oreille :

— Ce n'est quand même pas si simple.

— Bah ! fis-je. Laisse-le dire. C'est une si belle journée et nous sommes tous si contents !

Là-dessus, Testevel entreprit de faire une démonstration de jiu-jitsu, sport auquel il excellait. Brénugat fut, à deux reprises, ainsi, mis hors de combat. Il s'en montrait suffoqué. Par un jour moins solennel, il eût éprouvé de l'humeur.

Jusserand joua, non sans adresse, au diabolo.

— C'est un exercice admirable, criait-il, essoufflé déjà. Tous les muscles du corps travaillent et, le lendemain matin, tu pisses de la moutarde, tu excrètes toutes les impuretés de ton corps. Je veux, sans tarder, me mettre à scier du bois, au moins une heure chaque jour, comme le recommande Tolstoï. Pas, Alice ? Je commencerai la semaine prochaine.

Il y eut encore des courses à pied et des épreuves de saut en hauteur. On s'aperçut, cependant, que Picquenart continuait de travailler à l'atelier. On l'alla chercher de force. Il disait : « C'est pas sérieux. » Testevel expliqua sérieusement qu'il fallait n'être pas sérieux. Justin me montrait avec ravissement une plante qui soulevait une motte de terre pour saillir en pleine clarté. Il murmurait avec flamme : « La résurrection de Lazare ! Notre naissance à la vie nouvelle. »

Cependant Larseneur et Jusserand, assis au faîte du mur d'où l'on dominait le vallon, semblaient deviser gravement :

— Que dites-vous ? cria Justin.

— Nous sommes, répondit Larseneur, en train de nous demander si le moment n'est pas venu de nous suicider de joie.

Le moment n'était sans doute pas venu, car ils continuèrent de vivre et même réclamèrent à boire.

Un peu plus tard, Picquenart dit : « Quelle heure est-il et quel jour sommes-nous ? »

Une clameur générale couvrit cette demande indiscrète. Sénac monta sur un banc et s'écria, l'accent solennel :

— Nous ne voulons plus, comme les hommes vulgaires, nous occuper du jour, de l'heure et du mois. Seules nous intéressent les saisons et, seul, le rythme de la nature. Tout ce qui se passe en dehors d'ici nous est parfaitement égal. Nous ne lirons plus les journaux.

La réponse à ce singulier défi vint quelques minutes plus tard. Nous entendîmes sonner à la porte de la rue. Mme Clovis parut bientôt, poussant devant elle un jeune homme que nous ne connaissions pas.

Il nous dit son nom et ses desseins. C'était un journaliste qui, mis en éveil par les gens que nous avions consultés, venait solliciter une interview. Il pensait la publier dans *Paris-Journal* dont il était l'un des rédacteurs.

Nous prîmes un air un peu froid, mais nous étions enchantés. Le journaliste but du thé, visita l'imprimerie, admira la maison, couvrit plusieurs pages de notes et se répandit en effusions laudatives.

Pendant deux ou trois semaines, nous achetâmes, sans nous le dire, chacun de notre côté, le fameux *Paris-Journal*. L'article ne parut pas et nous en fûmes bien déçus.

Cette belle journée de mars marqua le début de ce que Sénac appelait nos mystères dionysiaques. Nous en demeurions pantelants. Le soir, avant de se coucher, Justin disait, la voix trouble :

— Ça ne reviendra plus. Non. Ça ne peut pas revenir. C'était trop beau. Et voilà ! C'est fini. Rien ne revient. Ah ! vrai, nous sommes trop heureux ! Il va sûrement nous arriver quelque chose. Vois-tu, Laurent, même si on devait plus tard se séparer, se détester — ce qui me semble impossible — eh bien ! rien qu'au souvenir de cette journée, on aurait le cœur encore chaud, on pourrait reprendre espoir.

## CHAPITRE 10

Sans retard, nous commençâmes à composer le livre de Fonfreyde. Ce nous parut un travail tout aisé, très bon pour des débutants, car c'était un livre de vers. La composition typographique des vers, quand ils n'excèdent pas la ligne, présente moins de petits problèmes que la composition de la prose. Nous allions assez lentement ; mais, comme nous étions nombreux, la besogne avançait quand même. Justin s'exerçait à la mise en « formes » sous les ordres de Picquenart que Sénac appelait Picquemuche, Picquebarbe ou Picquenouille, ce dont l'ouvrier ne se fâchait point, car il était d'humeur bénigne.

Nous n'étions guère au travail avant neuf heures du matin : nous avions, les uns et les autres, mille petites choses à régler, et le soin de notre ménage. Il avait été décidé que chacun ferait son lit — du moins les célibataires — et balayerait sa chambre. Le soir, nous restions à l'atelier jusqu'à l'heure de la soupe. « C'est provisoire, disait Justin. C'est pour débrouiller le commencement. » — « Oui, s'écriait Brénugat, car il faudra, le plus tôt possible, réserver notre liberté afin de travailler pour nous. » Justin soupirait à voix basse : « Mais en travaillant à l'atelier, il me semble que nous travaillons pour nous... » En fait, pendant le premier mois, nous donnâmes sans discuter beaucoup de notre cœur à ce métier tout nouveau qui, d'ailleurs, nous amusait.

Un matin, le café pris, comme nous allions à l'atelier, Jusserand parut, son maigre torse recouvert d'un maillot de canotier.

— Je vais, dit-il, scier du bois. Je désire absolument commencer ma journée par un travail pénible. Je vous l'ai dit, sur ce point, je suis disciple de Tolstoï.

On avait fait venir des bûches pour alimenter les foyers. Jusserand se prit à les scier en deux.

— Les bûches, fit observer Justin, sont coupées déjà pour entrer dans les cheminées, alors c'est du travail perdu.

— Tu ne comprends pas, répondit Bernard Jusserand, que je ne fais pas ce travail pour lui, mais pour moi. Ce travail est absolument gratuit. C'est un geste dans l'absolu.

Justin secouait la tête.

— La prochaine fois, dit-il, nous prendrons les bûches entières et tu donneras deux traits, puisque aussi bien tu veux scier du bois.

— Si ça peut te faire plaisir, répliqua Bernard haletant.

Il avait les épaules étroites et de longs bras fort grêles. Au bout d'un petit quart d'heure, il était couvert de sueur. Il se précipitait alors dans les bras de sa femme qui l'attendait avec un flacon d'eau de Cologne et des serviettes chaudes, puis le bouchonnait longuement. Ensuite, il changeait de linge, buvait une tasse de thé, se rhabillait de pied en cap et descendait à l'atelier en déclarant, l'air satisfait :

— Oh ! oh ! oh ! oh ! Je suis comme délivré de mon corps pour une journée entière.

Par malheur, Jusserand, qui avait la peau fort tendre, gagna des ampoules à ce jeu. Puis il finit par se donner un coup de scie. Il se fit, à la paume gauche, une plaie que je dus soigner et qui s'enflamma quand même. Bernard fut hors de combat, si j'ose ainsi parler, pendant une bonne semaine. Il en profita pour travailler à certain essai philosophique dont il nous parlait avec beaucoup de flamme et qu'il nous lisait par bribes. Il rêvait, je ne sais pourquoi, de prendre un pseudonyme. Il nous en proposa plusieurs.

— Que penseriez-vous, disait-il, de Pierre de Braqueville ?

Aussitôt, Sénac s'abandonnait à des variations sur Braquebiche, Braquemart et Braquemouchette. Jusserand haussait les épaules et, quelques instants plus tard, il revenait à la charge.

— Je songe à quelque chose comme Pierre de Créquy.

Et Sénac, impitoyable, se mettait à chantonner : « Créquy, Créquignolle, Créquempette. »

— Vraiment, dit un jour Larseneur, ton nom est un très beau nom. Jusserand, cela sonne très bien.

Jusserand haussa les épaules et continua de rêver. Sans doute, comme beaucoup d'autres, espérait-il, en changeant de nom, changer d'âme, changer de rêves, de vertus et de pouvoirs.

La main de Jusserand guérit. Il revint à l'atelier et se remit au travail en poussant, toutes les cinq minutes, les oh ! oh ! oh ! maeterlinckiens qui donnaient à sa belle voix l'occasion de faire des gammes.

Quand nous eûmes composé trois feuilles entières, nous en tirâmes, à la machine, de belles épreuves, et Justin, qui se chargeait des « relations extérieures », les porta fièrement à M. de Fonfreyde. Il revint, l'oreille basse. Le client n'était pas content. Il avait trouvé des fautes. « La mise en page, disait-il, enlevait tout esprit à son texte. Les lignes, par transparence, ne se superposaient pas. C'était du travail fort grossier qu'il demandait que l'on recommençât. »

— Il n'a pas tort, disait Picquenart. Il n'y a qu'à recommencer.

— A ce compte-là, fit observer Larseneur, nous n'aurons pas de bénéfice.

Brénugat plissa le front, leva les épaules et grogna :

— Ce travail d'imprimerie, ça vous a l'air très facile et ce n'est pas facile du tout.

Une autre voix s'éleva :

— Non, non, ce n'est pas difficile, mais c'est plutôt monotone.

L'entretien dura sur ce ton jusqu'au repas, qui fut mélancolique. Il y eut de grands silences pendant lesquels on entendait le bruit du pain que l'on rompt, ce bruit qui ne ressemble à nul autre et que nous reconnaîtrons si nous l'entendons en rêve quand nous serons parmi les ombres.

Une voix dit, tout à coup :

— La viande est joliment dure.

Justin rougit. Toutes les critiques, il les prenait pour lui.

— Moi, dit-il, j'aime mieux la viande dure : au moins on la sent passer. Mais le filet, par exemple, c'est comme si on ne mangeait rien.

Sénac fit « hum » et soupira. C'était vraiment une heure maussade. Justin montrait un visage offensé. Il me dit, en sortant de table :

— Nous mangeons trop. Je mange trop. La réplétion me répugne. Il y a dans la réplétion quelque chose d'ignoble et, quand il s'agit de moi, ce m'est particulièrement insupportable.

Il avait, dès ce temps-là, de ces accès d'austérité qu'il ne celait pas assez.

Nous retournâmes au travail. Et, soudain, tout s'éclaira. Soudain, tout nous parut simple. Picquenart vérifiait ses repères et recommençait les tirages. Un rayon miséricordieux s'en vint jouer sur les feuilles blanches. L'atelier en fut ébloui. Testevel se prit à chanter une chanson de son répertoire :

*V'la l'biau temps*
*Pourvu que ça dure !*
*V'la l'biau temps*
*Qu'ça dure longtemps !*

C'est vrai, le ciel souriait. Tout nous parut sauvé. Le mois de nos commencements s'était achevé comme une fête. Avril s'ouvrait. Nous cédions à ses prestiges, sauf toutefois Sénac dont la vie ne s'accordait pas sans réserve à l'allégresse végétale. Il avait de beaux instants pendant lesquels on pouvait le croire heureux et même à l'unisson des autres ; et, tout de suite, il retombait. Il prenait ce que Testevel appelait « son air funèbre ». Sa moustache devenait plus noire et plus terne, son regard s'embrumait. Il ne cessait guère de parler, mais sa voix semblait éteinte, voilée de crêpe, comme un tambour de funérailles. Il regardait le ciel radieux et disait :

— Tout cela se paiera ! Un beau temps comme celui-là, ce n'est pas naturel. Il en faudra, des semaines de pluie, pour compenser cette journée claire. Que je songe seulement à cela, et le soleil me rend malade. C'est trop triste. C'est trop triste !

Il sortait dès le matin et faisait le tour du parc. Il y avait de fortes gelées blanches. Le « miroir d'eau » portait un plumage de vapeur. Sénac regagnait la maison en se soufflant dans les doigts. Il gémissait, la voix morte :

— Les arbres à fruits commençaient de partir. Cette fois, tout sera gelé. Vous verrez ce que je vous dis. Nous n'aurons pas une prune.

La chambre de Sénac semblait participer de l'homme et s'accorder avec lui pour exprimer des sentiments. Quand Sénac était « au noir », sa chambre exhalait jusque dans le corridor une abominable odeur de pharmacie. Il nous faisait de longs discours sur la constipation.

A midi, le soleil était chaud et nous allions jouer comme des enfants. Testevel, grand, gros et lourd, s'étendait sur la mousse et restait souvent sans rien dire, en proie à la béatitude.

— Tu es en train de méditer, lui criait, de loin, Sénac.

— Non, répondait Testevel avec candeur, en ce moment je ne pense à rien.

Et Sénac, la voix sifflante :

— Eh bien ! justement, Testouille, méditer, c'est ça. Méditer, c'est ne penser à rien.

Un soir, avant le dîner, Justin me tira par la manche.

— Viens, dit-il. J'ai à te parler.

Il m'entraîna dans son bureau dont il alluma la lampe. Ses doigts tremblaient.

— Ecoute, me dit-il tout bas, il se passe une chose inquiétante : notre provision de vin a presque disparu. Je vois très bien ce que l'on boit à chaque repas. Je tiens des comptes. Eh bien ! il y a au moins deux litres par jour qui filent je ne sais pas où. Qu'est-ce que tu penses de cela ?

Comme je restais silencieux, Justin reprit, appuyant sur tous les mots :

— Ces deux litres de vin, il y a quelqu'un qui les boit.

— Mais enfin, qui soupçonnes-tu ?

— Sénac, soupira Justin. Ce ne peut être que Sénac.

— Alors, il faut lui en parler.

Cette pensée nous tortura tout un soir. Il était près de minuit quand Justin vint dans ma chambre.

— Il faut lui en parler, dit-il. Allons le trouver, veux-tu ? Il y a de la lumière chez lui. Tu sais qu'il s'endort très tard.

Nous allâmes, non sans hésitations, frapper à la porte de Sénac.

Il était au lit, le torse serré dans un gros chandail de laine, et il lisait à la lueur d'une bougie, car il était, de nous tous, le plus humblement installé. De telles visites étaient assez selon notre coutume et Sénac n'en marqua pas d'étonnement. Pendant quelques minutes, nous causâmes de choses diverses. Mais la voix de Justin vibrait. Et soudain il dit, tout à trac :

— Une chose incompréhensible, c'est qu'il y a, chaque jour, au moins deux litres de vin qui filent sans qu'il soit possible de savoir qui les a bus.

Sénac baissa les yeux et fit un vague sourire. Il ne répondit rien, d'abord. Puis sa grosse moustache noire se mit à frémir.

— Et alors, souffla-t-il, vous pensez que c'est moi, que ce ne peut être que moi ?

Nous n'osions plus proférer une syllabe. Le visage de Sénac apparut soudain défait, non pas furieux, mais bien dénoué, tous les muscles détendus. Et brusquement, l'étrange garçon se prit à pleurer avec de gros sanglots grondeurs. Il gémissait :

— Si je buvais deux litres par jour, je serais plus heureux que je ne le suis. Voilà, je me prive du moindre plaisir, et vous m'accusez tout de suite, vous me traitez comme un voleur ! Quelle tristesse ! Quelle tristesse !

Nous ne savions que dire et que faire pour le consoler. Justin lui demanda pardon.

Toute la journée du lendemain, Justin fureta dans la maison. Il ne soufflait mot à personne. Sénac, un gros cache-nez blanc noué autour de la gorge, travaillait sans ouvrir la bouche, ce qui n'était pas son habitude. Il avait cet air douloureux que l'on voit aux grands incompris.

Comme le dîner commençait, Justin demanda la parole et se leva pour parler, à l'étonnement général.

— Mes chers amis, dit-il, j'ai commis une grave injustice et j'ai même offensé l'un de vous. Si, si, laisse-moi parler, Sénac, laisse-moi parler, Laurent. Je veux une confession publique. Depuis plus d'une semaine, j'ai noté qu'il manquait chaque jour, à l'office, au moins deux litres de vin. Et j'ai soupçonné l'un de vous, j'ai soupçonné Sénac. Je suis convaincu de son innocence. Non seulement parce qu'il la proclame, ce qui suffirait, mais encore parce que j'ai découvert la coupable.

Ici, Justin baissa la voix.

— C'est cette vieille toupie de mère Clovis qui, tous les soirs, dans son paquet de débris et de saletés, emportait nos litres de vin. J'ai des preuves, j'ai toutes les preuves. Sénac, je te fais des excuses, je les fais solennellement. Et j'ai même acheté sur mes fonds personnels deux bouteilles de Malaga que nous allons boire ensemble comme le vin de la communion.

Il y eut des cris et des bravos. Sénac recevait les hommages de tous et donnait des poignées de main. Justin vint l'embrasser. Une demi-heure plus tard, nous étions tous gais, mais Sénac était ivre, parfaitement ivre. Il avait mauvais estomac. Il alla vomir dans le parc. Mme Clovis fut congédiée sans commentaire et, par la suite, nous n'eûmes pas de plus redoutable ennemie dans la région. Pour Sénac, à compter de cette aventure, il se reprit à boire. Il s'absentait souvent, pendant dix ou quinze minutes, et filait jusqu'au village. Il en revenait l'œil brumeux et l'haleine lourde. Il se mettait alors à parler des femmes en des termes particuliers. Mais je reviendrai là-dessus.

Environ ce temps, Larseneur fit, à la réunion du soir, une proposition qui, tout de suite, retint l'attention de tous.

— L'hiver s'achèvera bientôt, dit-il, on va donner les derniers concerts. Sans manquer à la discipline du Désert, nous pourrions aller tous, en caravane, dimanche prochain, par exemple, chez Colonne ou chez Lamoureux. Je vous fais bien de la musique ; cela ne suffit pas. Moi, personnellement, j'ai faim d'orchestre, j'ai faim pour un vrai festin de musique.

L'approbation parut d'abord générale, mais Justin secouait la tête.

— Je ne suis pas de cet avis, disait-il. Nous allons retourner dans le siècle. C'est mauvais pour l'état d'âme.

Comme Larseneur protestait, Justin eut un suprême argument.

— Il faudra garder la maison, veiller les feux, enfin faire la soupe.

Les femmes dirent qu'elles pouvaient rester. Brénugat, mélomane médiocre, affirma généreusement qu'il se passerait de concert sans grand dommage. Une lutte de générosité se dessinait. Ce que voyant, Justin soudain déclara qu'il voulait garder la maison, qu'il tenait absolument à ce que cet honneur lui fût réservé et à lui seul. La conversation déviait. Testevel, énorme et lent, répétait d'un air têtu :

— Si c'est un honneur, je reste. Je ne vois pas pourquoi ce ne serait pas mon tour.

Il fallut parlementer beaucoup et Justin triompha, non sans peine, je dois le dire. Il refusa ma société, tâcha même de décider les femmes à suivre leurs époux. Mme Brénugat préférait passer la journée en ville chez des parents qu'elle avait. Finalement tout le monde partit.

Nous eûmes un beau concert : Wagner et Beethoven. C'était, à cette époque-là, notre nourriture essentielle. Brénugat n'était pas habitué aux fêtes dominicales. Jusserand et Larseneur essayaient de l'enflammer. Jusserand était d'une nervosité parfaite. Il ne pouvait, au concert, maîtriser ses soubresauts. Il marquait le rythme avec toutes les fibres de sa chétive personne. Alice Jusserand le regardait amoureusement, comme s'il eût participé du génie des compositeurs.

Nous trouvâmes, en rentrant le soir, un Justin pacifié. La maison était chaude à point et la soupe fumait dans la cuisine, une soupe que Justin avait inventée tout seul et qui n'était pas immangeable. Il fut gai toute la soirée.

Il ne l'était pas toujours. Il me demandait souvent de rester avec lui le soir. Nous allions à l'atelier aider le pauvre Picquenart qui réparait les mastics, distribuait le caractère, corrigeait notre travail et faisait toutes les corvées.

Nous restions là des heures dans la lueur jaunâtre de la grosse lampe plafonnière. Nous fumions des cigarettes. Picquenart nous recommandait de ne pas porter à la bouche les doigts souillés par le plomb. Il disait : « Faites attention, ou vous aurez des coliques. » Justin, dans cette paix nocturne, se laissait aller à des confidences grondeuses : « Cette maison est un gouffre !... Ils sont tous très épatants, c'est entendu, mais ils ne ferment pas les portes, ils ne ferment pas les placards. Ils n'ont aucune discipline. Ce qui me dégoûte le plus, c'est que, moi non plus, je ne les ferme pas, les portes. Ils sont incorrigibles. Je suis incorrigible. Nous sommes tous incorrigibles. Sauf toi, Laurent, sauf toi. Je ne parle pas pour toi. Et quand je leur dis quelque chose, ils répondent : « Oui, mon adjudant ! » Je ne peux pas t'expliquer à quel point cela me vexe. Tu dors, Laurent ? En tout cas, tu ne m'écoutes pas. »

Je l'écoutais d'une oreille. Le silence de la nuit m'était un enchantement. Je ne m'en rassasiais point.

## CHAPITRE 11

Le printemps vint. Le printemps fit, dans notre monde, une très suave explosion. Nos arbres commencèrent de manifester leurs vertus. Nous ne connaissions pas nos arbres. Le parc nous semblait fort beau dans son austérité hiémale. Il prit soudain son visage de richesse et nous fûmes émerveillés. Il avait, sans nul doute, été dessiné par un habile architecte et les essences en avaient été choisies par un horticulteur judicieux. Des feuillages de couleurs vives et variées surgirent et se prirent à jouer dans les moindres souffles du vent. Il y avait là des hêtres, des coudriers et des pruniers pourpres, des érables panachés, des frênes pleureurs à la grâce abandonnée. Les conifères, heureusement disposés, jetaient sur le tableau de profondes ombres bleues et les acacias balançaient à la face des nues leur opulent plumage doré.

Nous avions, les uns et les autres, poussé parmi les fumées et les ténèbres de la grande ville. Tout nous étonnait, tout nous était prétexte à divertissement. J'avais, pour mon compte, eu la chance de quelques vacances à Nesles-la-Vallée, dans le pays de mon père, et, plus tard, le fameux séjour de Créteil. Je n'y avais rien vu, rien senti, rien compris. La découverte de la nature, de la terre, des prodiges végétaux, je la fis brusquement, à vingt-six ans, dans notre jardin de Bièvres. C'est là, dans ce clos sauvage, que, pour la première fois, j'entrevis avec une enthousiaste horreur le sens et la logique inhumaine de cette vie dont nous sommes à jamais les esclaves. C'est dans notre clos de Bièvres que j'ai vraiment regardé pour la première fois les plantes germer et se battre, les gousses lâcher leurs graines à l'appel d'un rayon brûlant, les araignées travailler au ras du sol avec une patience opiniâtre, les fourmis installer au pâturage le placide troupeau des pucerons domestiques.

Le verger, qui n'avait pas été taillé depuis longtemps, fit néanmoins une floraison généreuse. Les gelées matinales commencèrent de nous donner des alarmes, Sénac y trouvait prétexte à de brèves crises de désespoir. A chaque instant, et sans rien dire, il posait le compositeur sur la casse et sortait. Il revenait au bout de quelques instants et lançait d'une voix lugubre : « Tout est rousti. Les dernières fleurs n'ont pas tenu contre le froid d'hier matin. » Nous étions bien déçus.

Les jours passèrent et Sénac changea de chanson. Il revenait de ses reconnaissances en disant : « Des fruits ! C'est dégoûtant. Vous verrez qu'il y en aura de sauvés. » Et, comme nous le regardions sans comprendre, il revenait à la charge : « Mais oui, la gelée devrait être aussi sévère pour tout le monde. Eh bien ! pas du tout. C'est à n'y rien comprendre. Elle tue les trois quarts d'un bouquet et elle respecte le reste. Pourquoi ? Je vous le demande. C'est une injustice révoltante. »

— Je ne vois pas, disait Brénugat, pourquoi tu parles d'injustice. Ces fruits-là, tu les mangeras.

Sénac haussait les épaules et jetait sur Brénugat un regard lourd de commisération.

Il n'en continuait pas moins de quitter l'atelier à chaque instant, soi-disant pour aller surveiller la végétation. Justin s'en irritait. Il fit d'abord à mi-voix des observations tempérées. Sénac lui rit au nez et l'appela garde-chiourme. Justin pâlit et se tut.

Brénugat, qui aimait la terre, déclara qu'il était temps de préparer les semis. Il retourna soigneusement une planche bien exposée, dans un angle des murailles. Il y sema ses graines et disposa des étiquettes. Mignon-Mignard, sensible aux grasses odeurs de l'humus éventré, fouilla frénétiquement les semis de Brénugat. Le peintre saisit une trique et rossa la misérable bête. Sénac voulut s'y opposer. Rosser Mignon-Mignard était son adorable privilège. Il traita Brénugat de brute préhistorique. Deux partis se formèrent aussitôt que Sénac, par la suite, appelait les Prominouches et les Antiminouchards. Le chien, durant ces chamailles, regardait toute l'assistance d'un air triste et obstiné : « Gratter la terre, c'était l'une de ses fonctions. Pourquoi voulait-on l'en empêcher ? » Je ne sais plus lequel de nous fit remarquer, ce jour-là, que Mignon-Mignard avait le regard de Sénac et qu'il commençait de lui ressembler. Sénac emporta, pour finir, la bête galeuse dans ses bras, comme un enfant, en lui murmurant des mots tendres et en la pinçant un peu, sournoisement, à des places bien étudiées. Le chien poussait de petits cris dont on ne savait pas au juste s'ils exprimaient le plaisir ou s'ils trahissaient la souffrance.

Nous étions, à ce moment-là, fort pressés par l'atelier. Nous commencions de tirer le bouquin de Fonfreyde. Picquenart nous initiait à la connaissance des papiers. Les mots de « raisin », de « cloche », de « couronne » ou de « jésus », prenaient pour nous des sens nouveaux. Chaque jour, l'un de nous s'exerçait à manœuvrer la presse. Mais, chaque jour aussi, le soleil gagnait en force et le potager nous posait des problèmes plus pressants.

— Nous n'aurons rien, disait Brénugat, si nous ne faisons pas un gros effort pour nettoyer toute cette brousse.

Nous étions assez inquiets. Il fut enfin décidé qu'on laisserait l'imprimerie pour un jour, deux jours peut-être, et qu'on ferait sur le jardin ce que Brénugat appelait « un gros effort ».

On s'aperçut, cette décision prise, que nous n'avions point d'outils : tout juste une bêche et un rateau trouvés sous un appentis et rouillés jusqu'à l'âme. Il fallut en acheter d'autres. Justin poussait de grands soupirs. Le thème du « gouffre » recommença de sonner à nos oreilles.

Nous achetâmes des instruments, quelques bêches, pioches et binettes, et le travail commença. Nous n'avions pas la manière. Jusserand disait : « Scier du bois n'est rien. Nous allons tous demain nous réveiller avec des courbatures fébriles. Pour moi, je me connais... » Justin besognait avec une sorte de rage et, le soir du premier jour, un dixième du terrain se trouvait à peu près nettoyé. Brénugat l'emblavait à mesure : haricots et pommes de terre. Il attendait d'avoir du plant pour repiquer de la salade.

Le travail reprit dès le lendemain matin. Nous étions tous fourbus, mais n'osions trop rien en dire. Sur les carrés délaissés, la renoncule était maîtresse. Depuis quelques jours, le liseron, sorti des profondeurs du sol, commençait de lui disputer l'empire. Nous n'en finissions pas d'arracher les interminables racines de la terrible plante. Et, soudain, Sénac se dressa, puis dit en s'épongeant les tempes :

— Que d'ennemis ! Que d'ennemis ! Vraiment, faut se défendre contre trop de gens et de choses. Si c'est ça, la vie, eh bien ! moi, j'abandonne. Oui, ça me dégoûte, j'abandonne la vie aux autres.

Nous ne savions que répondre. Sénac jeta sa bêche et se prit à considérer une tige de liseron qu'il tenait entre deux doigts.

— Après tout, disait-il, je ne sais pas pourquoi vous voulez nous faire détruire le liseron. C'est bien plus beau que tout le reste. Au point de vue esthétique, je vote pour le liseron.

Justin serrait les lèvres et se reprit à bêcher. Les autres s'étaient mis à rire. Sans rien dire, Sénac regagna l'atelier et nous l'entendîmes, de loin, qui faisait marcher la presse. Un quart du potager fut mis à peu près en culture et, comme l'imprimerie ne pouvait pas attendre, nous décidâmes, du moins pour cette saison-là, de limiter nos ambitions agricoles.

Nous reçûmes, quelques jours plus tard, la visite de Monmerqué. Le curieux homme passait d'ordinaire son mercredi, jour de repos, à marcher à travers la banlieue dans une solitude farouche et franchement misanthropique. Il arriva, la tête basse, ses belles mains nouées derrière le dos, tout prêt à renoncer, pour nous autres du Désert de Bièvres, à son humeur insociable.

Il commença par nous offrir force porte-plume. Il en tirait de toutes ses poches et les essayait amoureusement avant de s'en dessaisir. Il possédait une écriture élégante et peu lisible que je reconnaîtrais encore aujourd'hui entre toutes les écritures du monde. Il venait d'errer longuement sur le plateau de Châtillon. Le vent et le soleil avaient dû le purger de maintes pensées nocturnes. Il nous parut presque gai, tout au moins ouvert et confiant. Il examina notre installation, critiqua certains dispositifs, donna des conseils avec une modération excessive, des réticences, des détours, de soudaines humilités suivies de brusques mouvements de hauteur. Il demanda la permission de fumer alors que nous fumions tous, alluma sa pipe de Jacob et jeta les yeux sur un papier que lui passait Testevel. C'était une épreuve de l'appel que nous avions rédigé dès les premiers jours du Désert, un morceau lyrique, enflammé, que nous voulions répandre à Paris et dans la province pour exposer notre dessein.

Monmerqué tira de son gousset une tige de roseau sur laquelle était montée une fine et translucide plume d'oie. Il commença de corriger l'épreuve. Elle était pleine de fautes. La plume de Monmerqué voltigeait de gauche à droite, traçant toutes sortes de signes. Il avait un œil admirable, distinguait du premier coup un défaut du caractère, une cassure, un encrassement, une justification médiocre, un O à l'envers, un interligne trop fort d'un point. Il nous apprenait incidemment ce que c'est qu'une ligne creuse et que, dans les parties de textes composées en petites capitales, les substantifs seuls ont les honneurs de la majuscule. Il ajoutait en souriant :

— Vous avez ici Testevel, et Testevel connaît tout ça. Parlons donc d'autre chose. Vous permettez... Ce ne sont pas des critiques. Il dit, le père Hugo :

*... l'homme, une espèce de maure,*
*Saisit un pistolet qu'il étreignait encore...*

C'est une légère absurdité. S'il étreignait encore le pistolet, il n'a pas besoin de le saisir. Et je respecte le père Hugo. J'ai pour lui une admiration énorme, ce qui veut dire hors de la norme. Le principal est de se demander si ce que l'on vient d'écrire exprime exactement ce que l'on pense. La plupart des auteurs pèchent tantôt contre le bon sens et tantôt contre le goût. Voilà toute la grammaire. Voyons, vous écrivez : « Fortement taillé en pleine pâte. » Eh bien ! on taille le bois ; mais la pâte, on la pétrit. Vous écrivez : « Un modèle que le lecteur connaît beaucoup mieux que nous-mêmes. » Nous-mêmes est sujet et régime. Comprenez-vous ? Il faut écrire, si je vous entends bien : « Un modèle que le lecteur connaît beaucoup mieux que nous ne le connaissons nous-mêmes... » C'est plus lourd, mais c'est précis. Ce n'est pas de la grammaire, c'est de l'honnêteté ! Et que vois-je, maintenant ? « Un avis que nous partageons entièrement. » Impossible ! Entre le mot entièrement et le mot de partage, il y a opposition : dès qu'une chose est partagée, elle cesse d'être entière. Du moins, c'est ma façon de voir. Voulez-vous parler d'un partage qui intéresse la totalité de l'objet ? En ce cas, c'est très mal dit. Et maintenant, attention. Vous parlez d'une « pêche véreuse ». Mettez donc plutôt une pomme : c'est moins joli, mais c'est plus juste. La pêche est rarement véreuse. Quant à votre image des fourmis, cela mérite examen. Vous écrivez : « ... Comme des fourmis traînant leurs œufs. » Je vous demande bien pardon : les fourmis ne traînent pas leurs œufs ; elles les portent. Ce n'est pas la même chose. Elles les portent devant elles. Ne donnez pas à croire, vous qui vivez à la campagne, que vous n'avez jamais pris le temps de regarder une fourmilière. Tout cela ne signifie pas que je n'aime point votre appel. C'est une page courageuse et généreuse, assurément. Mais il est déjà difficile d'écrire tout seul. Les textes que l'on rédige à plusieurs ne tiennent jamais debout. Attendez, je n'ai pas fini. Vous écrivez : « Les encouragements nous viennent de toute part » au singulier. Ce n'est pas une faute. On met, paraît-il, indifféremment le singulier ou le pluriel. Il faut se faire une règle, au moins pour soi-même. Il ne faut jamais rien abandonner au hasard. Pour moi, j'écrirais, par exemple : « Il en peut venir de toute part », avec part au singulier, et cela signifie de n'importe quel côté. En revanche, j'écrirai : « Il en vient de toutes parts » avec parts au pluriel, et cela signifie qu'il en vient de tous les côtés. Je le répète, c'est une règle que je me donne, que je me donnerais si j'avais lieu de me la donner. Cela m'est égal que Littré, qui est pourtant un de mes dieux, ne fasse aucune différence entre « à nouveau » et « de nouveau ». Moi, je vois une différence et je m'impose une règle. « De nouveau » veut dire « derechef » et « à nouveau » veut dire « à neuf ». « Je repeins ma maison à nouveau... » Si vous aimez vraiment la langue vous ne direz pas indifféremment « aimer à » et « aimer de »...

Monmerqué s'arrêta soudain, rougit, fit dans l'air un geste étrange, comme pour chasser un fantôme, puis il reprit, de sa voix sourde et nasale :

— Ne faites pas attention à tout ce que je viens de dire. Tout cela n'a pas d'importance.

Nous étions stupéfaits et, je dois l'avouer, tous un peu vexés. Jusserand entreprit seul une défense de notre texte. Elle fut assez piteuse. Monmerqué n'attaquait plus. Il disait, timide soudain :

— Vous réfléchirez. Je peux me tromper. Moi, je ne suis pas un écrivain.

Il partit à la chute du jour et refusa, cette fois encore, de partager notre dîner.

— Il est terrible, soufflait Jusserand.

Testevel hochait la tête.

— C'est, dit-il, un homme extraordinaire. Il sait tout. Il connaît la langue mieux que personne en France. Mais il n'écrit pas et même il ne peut pas écrire. Il a la maladie du scrupule. Il faut, pour faire une œuvre, quelle qu'elle soit, par exemple pour écrire, il faut une espèce d'innocence. Il faut être un peu brute et bondir, les yeux fermés. Notre vieux Monmerqué, c'est tout le contraire d'une brute.

Testevel, une seconde, rêva, le regard au plafond et il ajouta, pour finir :

— Monmerqué n'a qu'un plaisir : se promener, le mercredi, tout seul, dans la campagne, rêver aux choses qu'il aime et couper des porte-plume dans des baguettes qu'il cueille en route. Il n'est pas avare de ses porte-plume. Je suis monté un jour, chez lui, justement pour lui demander une paire de porte-plume. Il n'a pas dit non. Il est allé les chercher dans une petite chambre dont il a laissé la porte ouverte. Et j'ai vu, j'ai vu ! La chambre était pleine, du plancher jusqu'au plafond, de boîtes de bois ou de carton et toutes les boîtes étaient, elles-mêmes, pleines de porte-plume jusqu'au bord. A part cela, Monmerqué n'aime qu'une chose au monde : la langue française. Pourtant, il n'écrira jamais. Il sait trop bien ce qu'il ne faut pas faire.

Il y eut un instant de silence. Puis Jusserand lança quelques vocalises sur oh ! oh ! et sur ah ! ah ! et il dit, l'accent pénétré :

— Moi, je trouve cela tragique.

Nous retournâmes à nos casses, à notre presse, à notre lent travail d'apprentis. Jusserand marquait une agilité précoce ; il parvint assez vite à « lever », comme on dit dans ce métier, plus de douze cents signes à l'heure. Il n'en était pas peu fier.

Mais les causes de distraction étaient fréquentes et nous les jugions impérieuses. Un matin, Larseneur pénétra dans l'atelier en criant : « J'ai vu un lièvre dans le parc. » Une minute plus tard, abandonnant qui le massicot, qui le typomètre et qui les brucelles du correcteur, nous organisions, dans notre domaine, une battue méticuleuse. Nous nous partagions l'espace, de la muraille de l'ouest à celle du levant et, lentement, la canne en main, nous explorions les bosquets, les buissons et les touffes d'herbe. Nous atteignîmes ainsi la partie basse du jardin sans découvrir ombre de lièvre. Larseneur était acharné.

— Je suis parfaitement sûr d'avoir vu filer la bête.

— Tu t'es trompé, fit Sénac. Et, personnellement, je le regrette. J'aurais volontiers mangé un bout de lièvre en civet.

— Cherchons encore, proposait Larseneur.

— Non, implora Justin Weill, retournons à l'atelier. Ce devait être le chien que tu as pris pour un lièvre.

Nous remontâmes vers l'atelier. Nous flânions un peu en route. On entendait un bruit étrange comparable à celui que feraient deux grosses branches grinçant l'une contre l'autre. Brénugat nous expliqua :

— C'est un oiseau. C'est le rossignol-creusard.

Nous demeurâmes longtemps à épier cet animal. Il était invisible. Que la matinée était belle ! Justin dit :

— Nous aurons beaucoup de mal à payer le prochain terme.

— Ne parle pas de terme, dit Jusserand d'une voix théâtrale, c'est presque un sacrilège.

Justin ne pouvait pas ne point songer au terme et j'y songeais aussi, car il m'en parlait souvent. A certaines heures, occupés tous deux, au bureau, de besognes bénévoles qui toutes étaient nécessaires, nous entendions le bruit régulier de la presse et Justin exultait :

— Cela va bien, me disait-il. J'ai eu trois nouvelles commandes. Je dis « j'ai ». C'est une façon de parler. Cela signifie : « Nous avons. » Le travail avance quand même. Dans quelques jours, deux livres sortiront de l'*Imprimerie du Désert*. Les copains s'y mettent.

Nous étions sur le point de succomber à l'espérance. Mais, soudain, le bruit de la machine cessait et Justin plissait le front.

— Qu'est-ce qui se passe ? Qu'est-ce qui leur prend ?

Quand le silence durait, Justin courait à l'atelier. Les copains étaient rassemblés devant la fenêtre ouverte.

— Qu'est-ce qu'il y a ?

— Rien. On écoute chanter un oiseau. Brénugat dit que c'est un merle et moi je suis certain que c'est une fauvette. Aucune comparaison.

Justin haussait les épaules et soufflait entre ses dents :

— Allons, travaillons, travaillons !

A quoi Sénac répondait :

— Nous ne travaillons que trop. On avait dit trois ou quatre heures...

— Oui, plus tard, seulement plus tard, quand nous serons habiles.

La discussion s'égarait dans des calculs dérisoires.

A d'autres moments, Testevel et Larseneur ayant décidé de changer de chambre, les deux amis passaient des heures à coltiner leurs meubles. Le troc, finalement, leur déplut et les meubles retournèrent à leur place primitive. Sénac murmurait :

— Je déménagerais bien. J'ai trop de soleil où je suis. Dans deux mois, ma chambre sera franchement inhabitable, à cause du soleil.

Et comme Justin l'adjurait de rester où il se trouvait, Sénac répondit : « Entendu, mon adjudant ! » Dont Justin fut ulcéré.

Il me faisait, à moi seul, des confidences chuchotées. « Je ne peux rien dire, puisque c'est moi qui ai fait le plus gros apport d'argent. Tu sais pourtant bien, toi, Laurent, que je l'ai fait d'une manière désintéressée. Dis-moi, Laurent, que tu ne doutes pas de mon désintéressement. »

Je n'en doutais point et le dis.

Un matin, entre dix et onze heures, Justin, observant que Brénugat n'avait pas encore fait à l'atelier la plus furtive apparition, s'écria : « Il est peut-être malade. Je vais me mettre à sa recherche. »

Il revint au bout de peu, l'air sombre et les lèvres tremblantes. Il saisit son composteur et se prit à travailler.

— Eh bien ! demanda Testevel, tu l'as trouvé, Brénugat ?

De la tête, Justin dit « oui ».

— Il est malade ?

— Non.

— Que fait-il ?

— Il peint. Il peint une grande toile, dans le bas du jardin.

— Elle est bien, sa peinture ?

Justin haussa les épaules.

— Sans doute. Il a beaucoup de talent. Mais il sait que le travail presse. Il ferait mieux de nous donner un coup de main.

— Tu le lui as dit ?

— Je l'ai dit.

— Et qu'est-ce qu'il a répondu ?

Justin, suffoqué, tardait à poursuivre.

— Il m'a répondu : « Regarde bien cette lumière. Tu la vois, cette lumière ? Par une lumière comme ça, moi, mon vieux, faut que je peigne. Et je me fous de tout le reste. » Je lui ai dit, très doucement : « Mais moi, crois-tu que je trouve le temps d'écrire, je veux dire d'écrire pour moi ? Depuis près de quatre mois, je n'ai pas écrit une ligne. »

— Et alors ?

— Alors, Brénugat a pris une belle touche de jaune de cadmium (c'est lui qui m'a dit que c'était du jaune de cadmium) et il m'a répondu froidement : « C'est probablement que tu n'avais rien à dire. Autrement, il faut que ça sorte. »

Justin pâlissait de fureur. Et tout le monde se prit à rire. Les brutalités de Brénugat avaient toujours un effet tel.

Nous voulions oublier le monde et nous y parvenions, à certaines heures. Ce que voyant, le monde commença de s'intéresser à nous. Nous reçûmes des visites. Chose étrange, quand on songe à notre condition, à l'humilité même de notre entreprise, à la faiblesse avouée de nos ressources, chose étrange, dis-je, ceux qui les premiers vinrent flairer notre désert appartenaient presque tous à ce que Testevel appelait le syndicat des tapeurs. L'idée d'une organisation syndicale n'était pas de pure fantaisie. Ils devaient se connaître et se passer le mot.

C'étaient, pour la plupart, des hommes rejetés par les professions libérales. Ils avaient l'air misérable d'intellectuels affamés, linge crasseux, vêtements en loques, binocle à verres fêlés, serviette sous le bras, longs cheveux, barbes aux poils agglutinés par des débris alimentaires. Ils déclaraient, le plus souvent, s'intéresser aux tentatives sociales et demandaient à visiter la maison. Ils déploraient ouvertement de ne pouvoir participer à nos travaux, à notre vie, et, soudain, parlaient de leur misère et nous demandaient de leur prêter quelque argent. Le premier d'entre eux nous émut. Nous fîmes une collecte. Le visiteur emporta cinquante francs, ce qui, pour nous, était une somme considérable. Il revint huit jours après et n'attendit pas dix minutes pour manifester son dessein. Nous étions consternés. Nous cédâmes encore. Larseneur maugréait : « Nous aussi nous sommes pauvres ; mais ces gens-là savent bien qu'il faut s'adresser aux pauvres. Les pauvres seuls sont capables de donner. »

Il y en avait qui venaient par couples. Ils exécutaient, en ce cas, une sorte de numéro, récitaient des vers, citaient des écrivains célèbres et s'en déclaraient les amis. Nous eûmes l'imprudente pensée de les garder à notre table. Ils buvaient énormément, mangeaient avec fureur, postillonnaient dans les plats, enfin se moquaient de nous. Nous cherchions quelque moyen de les pousser dans la rue.

Un autre nous trompa trois fois et, trois fois, s'en fut exaucé. Par malheur pour lui, la troisième fois, en encaissant notre obole, il eut le tort d'exécuter un sanglot professionnel qui nous indisposa beaucoup.

Un autre encore, en nous quittant, ayant reçu certain demi-louis pour lequel nous nous étions tous saignés à grand-peine, dit, avec un clignement de l'œil : « Allons, merci. Et souvenez-vous que les pauvres n'ont pas d'honneur. » Nous en demeurâmes atterrés.

Un soir, pendant le dîner, la nuit close déjà, nous entendîmes sonner à la grille. Mme Clovis n'avait pas été remplacée : les femmes s'occupaient de la table et nous nous partagions au petit bonheur les autres corvées domestiques. Brénugat s'en fut ouvrir. Il revint un moment plus tard. Il avait l'air intéressé.

— Imaginez, dit-il, qu'il y a là, dehors, un type assez peu ordinaire. Il demande si nous pouvons le laisser coucher ici pour la nuit, pas davantage.

— Allons bon ! dit Testevel, encore un du syndicat.

— Non pas, fit notre peintre. Je ne l'ai vu qu'assez mal, mais c'est une tête étrange. Je le trouve curieux.

Les deux femmes commençaient de manifester des craintes. Justin fut soudain très ferme.

— S'il demande l'hospitalité, donnons-lui l'hospitalité. Ce n'est pas nous qui pouvons refuser cela.

Brénugat retourna chercher le visiteur nocturne.

C'était un homme d'une trentaine d'années, maigre, les traits énergiques, le visage rasé, les cheveux coupés très court. Il avait des yeux noirs qui, parfois, louchaient furtivement. Ses mains étaient assez fines, sales, et non calleuses. Il portait un vêtement gris sans âge et une casquette de drap. Nous lui donnâmes une chaise et un couvert au bout de la table. Il mangea sans hâte en maîtrisant tous ses gestes. Nous faisions de notre mieux pour demeurer naturels et causer entre nous comme à l'ordinaire.

Notre convive dit soudain :

— Vous êtes des libertaires ?

— Pas exactement, dit Justin. Nous sommes des esprits libres et nous travaillons de nos mains pour garder notre liberté.

Le visiteur eut un indescriptible mouvement des épaules, un mouvement qui marquait de la surprise et du mépris. Il n'y eut plus moyen de lui arracher un mot. Nous avions, dans la salle commune, un coffre de bois qui servait de sofa. L'homme dit :

— Puis-je coucher ici ?

— Certainement, dit Larseneur. Voulez-vous une couverture ?

— S'il vous plaît.

Nous le laissâmes seul en bas et gagnâmes chacun nos chambres. Nous n'eûmes pas un bon sommeil. Nous ne possédions rien de précieux et ne craignions point le vol, mais nous avions le sentiment qu'une destinée farouche, exceptionnelle, mystérieuse, traversait notre chemin.

Justin monta dans ma chambre. Il me parlait à voix basse.

— C'est peut-être un évadé de prison. C'est peut-être un criminel. Et pourtant, l'hospitalité !... Nous lui devons l'hospitalité.

L'homme partit, le lendemain matin, de bonne heure, sans dire un mot, sans même nous remercier. Celui-là ne reparut pas. Pendant plusieurs jours, nous achetâmes les journaux et cherchâmes quelque indice, quelque mot, quelque nouvelle, qui nous fût un éclaircissement. Nous ne découvrîmes rien de tel. Le visiteur d'un soir était à jamais ressaisi par le ténébreux univers.

## CHAPITRE 12

Justin ouvrit la porte de l'atelier, jeta sur toutes choses un regard sévère et s'écria :

— Ici comme ailleurs ! C'est incroyable !

Nous étions tous assemblés, tous au travail, sifflotant et chantonnant, dans la fumée des pipes. Larseneur leva le nez et demanda :

— Que vois-tu d'incroyable ?

Justin ne répondit pas tout de suite. Il hésitait visiblement. Il se résolut quand même.

— Si, dit-il, dans une œuvre comme la nôtre, c'est presque une question morale.

— Mais de quoi parles-tu ? s'écria Testevel.

Justin leva les bras au ciel :

— De la poussière. Nous sommes installés depuis trois mois et quinze jours. Nous ne possédons pas grand-chose : quelques meubles dans les chambres, quelques tableaux, quelques livres, le piano de Larseneur, des tables, des chaises, une paire de fauteuils et le matériel d'imprimerie. Eh bien ! tout est gris de poussière. Notre maison est la maison de la jeunesse, le temple de l'avenir. Ouais... on dirait bien plutôt le royaume de la poussière. Je ne peux pas vous expliquer à quel point cela me choque. Je viens du bureau : la poussière est partout. Il y en a sur les paquets de papier, sur l'encrier, sur les cartons, sur la moulure des murailles. Dans la salle commune, même chose. Sur le piano, c'est un duvet... Tu sais très bien, Larseneur, que ce n'est la faute de personne. C'est comme cela, voilà tout. Sur les livres, c'est une fourrure. Ici, dans l'atelier, c'est exactement pareil. Tout ce que les doigts ne touchent pas vingt fois le jour est déshonoré par la poussière. Je ne blâme personne. Les femmes ont bien assez d'ouvrage avec la cuisine.

— Certainement, fit Brénugat. Florence ne se plaint pas mais elle est très fatiguée.

— Et alors ? demanda Sénac. Et alors ? Que demandes-tu ?

Justin écarta les bras du corps avec embarras.

— Je ne demande rien. Seulement, je trouve cela très lamentable. La poussière, c'est le signe de la tristesse, de la vieillesse et du découragement.

— Alors, tu proposes une corvée de nettoyage ?

— Oh ! fit Justin, en général, je ne suis pas de ceux qui proposent d'abandonner l'imprimerie. Mais, vraiment, contre la poussière, il faut tenter quelque chose. Qu'est-ce que vous en dites, les gars ? Un coup de torchon magistral ?

Le projet fut adopté. Les balais, les plumeaux et les chiffons entrèrent en danse. Nous avions ouvert toutes les fenêtres et nous y allions de bon cœur. L'adversaire était en déroute. La matinée tout entière fut consacrée à cette véhémente offensive. Puis, nous mangeâmes un morceau.

— C'est fait, dit enfin Jusserand. Mais nous sommes noirs comme des mineurs. Il faudrait pouvoir prendre un bain.

— Si nous travaillons bien, dit Justin conciliant, nous ferons installer, plus tard, une salle de bains et de douches.

Testevel se frappa le front.

— Moi, je me baignerai tantôt. Dans le bassin ! Pourquoi pas ? Il fait chaud. La chaleur est même orageuse. Qui est-ce qui marche pour un bain froid ?

Quelques minutes plus tard, nous étions réunis autour du miroir d'eau. C'était un bassin rectangulaire entouré de tous côtés d'une belle marge de pierre fort gâtée par les gelées. Il y avait à peu près quatre-vingts centimètres d'eau et cette eau n'était pas stagnante : un bief de la rivière, je crois l'avoir déjà dit, traversait notre bassin. Mais les dalles du fond disparaissaient sous la vase, sous les feuilles et les mousses. Testevel, en costume de bain, plongé dans l'eau jusqu'au ventre, agitait avec ses pieds une boue plus noire que la poix. Il disait, d'un ton engageant :

— Puisque nous sommes au nettoyage, nettoyons aussi le bassin.

— Je ne dis pas non, soupira Justin ; en ce cas, la journée est perdue.

— Justement, puisqu'elle est perdue.

— C'est-à-dire qu'elle n'est pas encore perdue, si nous retournons...

Il fut tout de suite évident que la journée serait perdue. La chaleur nous inclinait à cette besogne aquatique. Les uns trouvèrent des caleçons dans le fond de leur garde-robe, les autres en improvisèrent. On prit des pelles et des seaux. Larseneur connaissait le jeu des vannes : il fit baisser le niveau. Après plusieurs heures de labeur, notre bassin fut nettoyé. Sénac demeura sur la rive. Il divaguait à haute voix :

— Si j'étais raisonnable, je me mettrais aussi dans l'eau. Je n'ai pas de rhume de cerveau.

— Justement ! s'écria Testevel. C'est le bon moment.

Sénac jeta sur Testevel un regard cordial et méprisant.

— Mes rhumes de cerveau, à moi, ne sont pas comme ceux des autres. Ils ont un caractère métaphysique, ni plus, ni moins.

Il tournait autour du bassin et parlait comme pour lui seul, avec une sorte de passion.

— Il faut, disait-il, il faut avoir des rhumes de cerveau. Autrefois, j'en avais beaucoup, à peu près un chaque mois. C'étaient des rhumes ordinaires. Après cela, je suis resté dix-huit mois sans en avoir un seul et celui qui est enfin venu était un rhume extraordinaire, terrible comme dix-huit rhumes ensemble. Il faut avoir des rhumes de cerveau ! C'est évident. Et voilà, justement, que je recommence à n'en plus avoir. On ne peut pas vivre tranquille.

Brénugat n'avait pas compris grand-chose à ce raisonnement tortueux. Il dit, l'air bougon :

— Si tu tiens à prendre un rhume, n'hésite pas. C'est l'occasion.

Sénac s'était arrêté, l'index tendu, un œil clos. Il articula d'une voix sépulcrale :

— Et la lâcheté ? Tu ne songes pas à la lâcheté, peut-être...

Et il se reprit à tourner autour de la pièce d'eau en disant :

— Non, non, je ne suis pas tranquille.

Comme la nuit allait venir, le bassin se trouva propre et Larseneur ouvrit de nouveau la vanne d'amont.

— Et maintenant, grondait Jusserand, nous n'avons plus qu'une chose à faire. C'est d'aller nous nettoyer.

Nous regagnâmes tous nos chambres. Nous étions sur les degrés quand nous fûmes arrêtés par un grand et dramatique soupir de Justin.

— Qu'est-ce qu'il y a ? lui demandai-je.

— Oh ! rien, dit-il, pas grand-chose. Et c'est quand même incroyable : la poussière est revenue.

C'était vrai : nous avions détourné les yeux pendant quelques minutes et la poussière était revenue.

La maison, pendant ces jours, nous parut quand même plus propre et plusieurs d'entre nous se prirent à parler de la « fête ». C'était un vieux projet du temps de nos rêveries. On avait déclaré, dès le début : « Il faudra donner une fête. »

Curieux à dire, c'était Sénac, le mélancolique, Sénac, l'homme aux crises de noir, c'était lui qui réclamait toujours avec le plus d'insistance des divertissements, des réjouissances, des démonstrations d'allégresse. Il délirait sur ce thème, tout le jour, à l'atelier : « Ce sera la fête des lettres et des arts. Il faut un orchestre, des acteurs, des danses. On installera la scène sur le terrain de tennis, puisqu'il n'y a plus de grillage. Les spectateurs, dès le milieu de l'après-midi, seront à l'ombre des grands arbres. Nous dresserons une tente pour les artistes dans l'allée des tilleuls. Et le soir, bal champêtre, des lanternes vénitiennes, peut-être un feu d'artifice. Pensons aux invitations. Ce sera la grande fête du printemps. »

— Mais, objecta quelqu'un, le printemps se termine.

— Eh bien ! ce sera la fête de l'été. Nous dresserons un buffet. Rien que des mets rustiques : jambons et saucisses, viandes froides, pâtés de gibier.

— Du gibier au mois de juin ?

— Pourquoi pas ? Vous voyez petit. Donc, pâtés de venaison, pâtés de poisson. Pâtisseries variées : tartes, galettes, brioches.

Sénac ne manquait pas d'une certaine forme d'imagination. Il s'arrêtait, la bouche ouverte. Une larme de salive fluide brillait à sa lèvre inférieure. Il posait le composteur pour songer plus à son aise. Justin Weill haussait les épaules avec une froide fureur :

— Et l'argent ? Vous ne pensez jamais à l'argent.

Malgré cette remarque et bien d'autres non moins sages, l'idée de la fête prit corps. Pourvu d'ailleurs qu'elle fût modeste, raisonnable, peu dispendieuse, pourvu que les pâtés, les tartes et les jambons demeurassent à l'état de décoration verbale, Justin n'était pas, en principe, contraire à de tels projets. Il avait un égal amour pour le rêve et pour le réel. D'où ses tourments, d'où ses combats. Il fut, petit à petit, gagné par le commun délire. Picquenart nous disait, chaque jour :

— On peut penser à la fête et travailler, malgré tout. J'envoie deux bouquins au brochage. Ça commence à bien marcher. Ce n'est pas le moment de ralentir.

Picquenart prêchait pour les mouches. Sur ces entrefaites, nous reçûmes la visite de Schleiter. J'ai parlé de Léon Schleiter en de précédents récits. Il avait été longtemps l'un des habitués de la caverne à Papillon. Il était notre aîné à tous, et, depuis des années déjà, louchait vers la politique. Viviani l'avait pris comme chef de cabinet dans le ministère du Travail que l'on venait de créer. Il était sec d'âme et de corps, tranchant d'esprit et de visage, ironique, un peu hautain. Nous lui fîmes visiter la maison et l'imprimerie. Il disait :

— C'est tout à fait bien. J'en toucherai quelques mots au ministre.

Nous vous donnerons du travail. Si, si ! Je vous assure. C'est dans les choses possibles.

Sénac aussitôt commença de parler de la fête et toute la bande prit flamme.

— Une charmante idée, murmurait Justin ; mais il ne faut quand même pas que ça finisse par nous mettre tous hors d'état de travailler.

Schleiter avança les lèvres et fronça les sourcils d'un air capable :

— Nommez une commission.

— Pourquoi ? demanda Larseneur.

Schleiter avait, de longtemps, cette élocution facile qui suffirait, chez nous du moins, pour mener un homme à la conquête du pouvoir.

— De deux choses l'une, fit-il. Ou vous êtes une dictature, ou vous êtes une démocratie.

Justin dit avec chaleur :

— Nous ne sommes pas une dictature.

— Cela vaut mieux, reprit Schleiter. Vous êtes donc une démocratie, c'est-à-dire un groupe de gens qui se gouvernent eux-mêmes. En ce cas, vous n'échapperez pas aux lois du parlementarisme. Vous ne pouvez évidemment pas vous occuper tous ensemble des relations commerciales, du jardin, du ravitaillement, des fêtes. Alors, nommez des commissions et, pour chacune d'entre elles, un président de commission. Si votre œuvre se maintient, vous y arriverez sûrement.

Nous ne pouvions nous empêcher de sourire. Toutefois, quand Schleiter fut parti, Sénac se reprit à rêver :

— Il a tout à fait raison. Il connaît toutes ces histoires beaucoup mieux que nous. Nous voulons nous occuper de tout, et tous en même temps. C'est enfantin. C'est idiot. Je suis d'avis qu'il faut nommer une commission des fêtes et divertissements. Et il faut nommer un président. Toi, Justin, par exemple.

Justin haussa les épaules avec humeur.

— Mais non. J'ai trop de choses à faire. Mais, si tu veux, toi, Sénac.

Personne ne disait le contraire. Sénac accepta tout de suite. Testevel et Larseneur ne refusèrent point de former la commission. Ils commencèrent de parler à voix basse et de se promener dans le parc en « prenant des dispositions ». Justin disait : « Ils négligent un peu l'imprimerie. Cependant nous, du moins, nous pouvons travailler tranquilles. Schleiter n'a pas absolument tort. »

Nous n'étions pas tenus à l'écart des débats de la commission ; mais elle délibérait au large. Il arrivait que des bribes de phrases nous parvinssent. Sénac criait tout à coup : « Enfin, je suis le président et tu n'as pas la parole. »

Un jour, de bon matin, j'entendis marcher la presse. Je descendis de ma chambre en fumant une cigarette, cette cigarette d'après le sommeil qui est de goût incomparable. Sénac, seul, devant la minerve, se tirait des cartes de visite dont il avait composé le texte :

JEAN-PAUL SÉNAC
PRÉSIDENT DE LA COMMISSION DES FÊTES
*Le Désert*
*Bièvres (Seine-et-Oise)*

Il me dit : « Ce peut être utile pour les journaux et les visiteurs. »

Les visiteurs, je dois le dire, se trouvaient plus nombreux de semaine en semaine. M. de Fonfreyde vint nous voir. Il voyageait dans une limousine automobile de grand luxe, avec un secrétaire à l'allure de sous-officier qu'il appelait Remy et qu'il traitait en despote.

Je le revois, assis sur un fauteuil au milieu de notre atelier. Il portait une redingote beige de coupe excellente. Ses gants de peau blancs retombaient, déboutonnés, sur ses doigts. Une fleur fraîche s'épanouissait à sa boutonnière. Il avait les cheveux teints, la moustache teinte, les yeux faits au crayon bleu, les joues blanches et roses de fard.

Il disait : « C'est intéressant. J'écrirai pour vous un article dans un grand journal parisien. Mais le travail est très mauvais. Je ne reconnais pas mon texte. Remy ! Où êtes-vous ? Remy ! Remy ! »

Sa voix virait à l'aigre. Remy lui présentait des feuilles. Il en saisit une au hasard et lut à haute voix quelques-uns de ses poèmes qui racontaient les amours, le martyre et l'agonie d'une jeune personne. Il se gargarisait des allitérations qu'il avait semées partout :

*Elle eût voulu manger des mangues !*
*Ainsi la mort tend ses appâts*
*Pendant qu'oublieuses nos langues*
*Rêvent de tromper le trépas...*

S'interrompant soudain, le marquis déclara que la plupart des feuilles étaient insuffisamment encrées. Qu'il n'acceptait point ce travail et qu'il nous fallait le reprendre presque de bout en bout.

Le tirage était fini. Nous allions envoyer les feuilles au brocheur. Justin bégaya quelques mots au sujet du papier perdu. Hélas ! M. de Fonfreyde, sa sentence prononcée, passait à d'autres exercices. Il traversa la salle commune, examina les tableaux de Brénugat, manifesta le désir d'en recevoir quelques-uns à titre de présent, puis s'arrêta soudain devant une tapisserie qui décorait l'une des murailles. C'était un ouvrage ancien, fort gâté de trous et de mangeures. Cette tapisserie appartenait à Justin qui l'avait exposée là parce qu'elle montrait encore des parties d'une grande finesse.

— Confiez-la-moi, dit Fonfreyde, je vous la ferai réparer. Je connais de bons artisans.

Il emporta la tapisserie. Que je le dise tout de suite, car je pourrais l'oublier, nous ne la revîmes jamais. Nous eûmes, par la suite, beaucoup trop de soucis pour songer à cette vieille chose. Il arrivait que Justin dît parfois avec un sourire : « Au fait ! Et ma tapisserie ! » Alors, Sénac élevait une voix gonflée de rancune : « C'est un millionnaire ! Il l'a fait réparer et il l'a vendue un bon prix. C'est comme cela que l'on devient millionnaire. Et, quand on a la chance de l'être, c'est comme cela qu'on peut le rester. »

Sénac vouait à Fonfreyde une exécration élective. Il parodiait, à la volée, les vers du fameux bouquin.

*Elle eût voulu manger des frites,*
*Avant le suprême faux pas.*
*Mais comme elle avait la gastrite*
*Elle ne les digérait pas.*

Les vers de M. de Fonfreyde ne nous inspiraient aucun sentiment d'admiration. Sénac, en toute liberté, pouvait s'acharner sur sa victime. Il haussait le verbe d'un ton :

*Elle eût voulu bouffer des nouilles !*
*— C'est des appétits révoltants. —*
*Ainsi se souillent les arsouilles.*
*O rêve ardent du poil aux dents !*

Lâché dans cette carrière, Sénac était inépuisable. Il fallait pour le réduire au silence, lui jeter à la tête deux ou trois tomes du Bottin, les éponges, les taquoirs, les vieux chiffons, la balayette. Il poursuivait alors ses exercices à voix basse.

Il nous apparut bien vite que le marquis de Fonfreyde était un client détestable et que sa pratique menaçait de nous coûter fort cher. Nous eûmes, en compensation, quelques menus succès. Nous achevâmes d'imprimer et livrâmes à leur auteur deux petits livres, les premiers qui parurent sous notre firme : *Imprimerie du Désert*. Nous passions avec Justin la plupart de nos soirées à rédiger force lettres. Justin me disait :

— Tu vois, ça marche, ça marche. J'espère, Laurent, que tu ne regrettes rien. Tes études, c'est important. Tu les finiras plus tard, quand la maison d'ici sera lancée. Si tu n'es pas fatigué, tu vas écrire les adresses et coller les timbres. Nous porterons demain matin toutes ces lettres à la poste. On ne devrait pas se plaindre, puisque le travail arrive. Eh bien ! c'est incompréhensible : nous sommes en déficit. Tout va bien, mais dans deux mois, nous n'aurons plus un sou en caisse. C'est absolument incompréhensible. Cette maison est un gouffre.

Pourtant, selon l'expression même de Justin, le travail arrivait. Il arrivait même si bien que nous nous trouvâmes soudain dans le plus grand embarras. Commande nous fut faite d'une petite brochure qu'il fallait, sans discussion, livrer pour le 15 juillet. Tout notre caractère était alors sur le marbre, immobilisé pour bien des jours.

— Il faudrait, proposa Picquenart, acheter un supplément d'elzévir, ou de n'importe quoi. Mais il faut du caractère.

Justin me montra ses calculs. Nous ne pouvions faire aucune dépense de cette sorte.

— Peut-être, disaient les copains, mais nous n'allons quand même pas refuser une commande à l'heure même où nous mettons tout en œuvre pour en obtenir d'autres.

— Comment faire ?

— Comment faire ?

— On peut encore, dit Picquenart, on peut, au moins, pour une fois, prendre un façonnier.

— Qu'est-ce que c'est qu'un façonnier ?

— Ben, un bonhomme qui fait le travail, mais qui ne le signe pas. Et c'est nous qui mettons notre marque sur la couverture.

— Etes-vous sûr, demanda Justin, pensif, qu'on peut faire une chose pareille sans... sans déloyauté ?

— Oh ! répondit Picquenart en ouvrant sa bouche gâtée pour un sourire indulgent, tout le monde fait des choses comme ça, dans le commerce et l'industrie.

Il fallait se décider, à peine de perdre la commande. Justin fut chargé du soin de trouver un façonnier, puisqu'il était, en somme, président de la commission des affaires extérieures.

Et puis nous n'y pensâmes plus, sauf Jean-Paul Sénac, devenu soudain le plus vétilleux des hommes.

— Je suis tolérant, disait-il, et je n'ai pas de préjugés. Mais cette affaire du... façonnier, enfin je ne sais plus comment vous appelez cette espèce-là, eh bien ! c'est déshonorant. Je pèse mes mots. Je répète : déshonorant. Moi, ça me coupe pieds et pattes.

## CHAPITRE 13

Tout bien pesé, la commission des fêtes proposa le 8 juillet, qui était un dimanche, et ce jour fut accepté. Nous n'avions que fort peu de temps pour esquisser notre programme et préparer le domaine. Tout le monde se mit à l'œuvre et, comme il faisait chaud, la nervosité générale fut bientôt extrême.

Testevel possédait un baromètre anéroïde qu'il avait, généreusement, accroché dans la salle commune. Nous allions, les uns et les autres, consulter à chaque instant le capricieux appareil. Il se comportait de manière à bafouer notre confiance. Enfin, il parut se fixer. Le ciel, d'ailleurs, était pur et le vent bien placé. Notre fête allait être heureuse. Jean-Paul Sénac, cependant, ne cédait point à l'optimisme. Il s'asseyait à califourchon sur une chaise, le menton collé au dossier et, pendant de longues minutes, il contemplait le baromètre tout comme s'il eût voulu l'hypnotiser.

— Il est au beau, soupirait-il, toujours au beau. Ah ! j'en ai assez ! Puisqu'il doit finalement redescendre, eh bien ! qu'il descende tout de suite et que du moins ce soit fini. Qu'on soit fixé. Qu'on soit tranquille !

Sorti de ces méditations météorologiques, Sénac harcelait Testevel. En tant que membre de la commission, ce dernier s'était mis, tout seul, à nettoyer, à préparer l'ancien terrain de tennis, choisi pour lieu principal des divertissements champêtres. Testevel était taillé comme un taureau, mais lent et méticuleux. Sénac venait le relancer huit ou dix fois l'heure et le harcelait à la manière d'une guêpe. Nous entendions, de loin, les éclats de leurs querelles. Testevel criait : « Tout m'est égal. J'ai un nom ridicule, c'est entendu. Mais qu'on ne passe pas les bornes. Je veux bien qu'on m'appelle Testemiche et Testeboule, et Testefrick, et même Testefiche ou Testefifre ou Testefoutre. Mais je ne supporterai pas que l'on m'appelle Testicule. Non, non, je ne le supporterai pas. »

Testevel n'osait pas heurter Sénac de front. Même aux instants de révolte, il employait, vague et prudent, le pronom personnel « on ». Nous savions très bien, nous autres, que ce « on » ne voulait et ne pouvait désigner que Sénac. C'est vers ce temps que Jean-Paul Sénac entreprit d'appliquer à Testevel les méthodes amicales dont, jusque-là, Mignon-Mignard avait été le seul bénéficiaire. Sénac flattait Testevel et le rudoyait tour à tour, mais d'une manière si nettement élective que la victime favorite ne pouvait pas n'être point flattée. Sénac, à tout propos, soufflait à voix basse dans l'oreille de Testevel des confidences délicates. Il en profitait pour tirer les cheveux de son copain préféré, pour lui pincer l'oreille. Il était venu se placer, à table, tout près de lui. Il pouvait, ainsi, le mieux plaisanter, lui pousser le coude au moment qu'il allait boire, lui reprocher ses goûts et ses façons de manger. La victime enfin jetée dans les transports de la rage, Sénac lui demandait pardon. Il avait tout de suite les yeux pleins de larmes. Tout de suite sa moustache tremblait. Il fallait lui serrer les mains, l'absoudre et le consoler. Testevel grondait : « Sénac est insupportable », pourtant il était sensible à cette aigre-douceur, à cette cynique tendresse. Sénac eut, avec Testevel, comme avec Mignon-Mignard, un succès paradoxal.

Il n'en parut pas comblé : il redoubla d'amertume. Nous faisions, en vue de la fête, la toilette de la maison et celle aussi du jardin. Sénac, un balai dans les mains, pourchassait les araignées, les cloportes et les fourmis. Il écrasait, d'un seul coup, sauvagement, tout être vivant qui lui tombait sous les yeux. Jusserand, disciple de Tolstoï, du moins en ce temps-là, se déclarait offensé des cruautés de Sénac. Celui-ci levait les sourcils avec une grande innocence.

— Oui, j'ai tué l'araignée. Pourquoi ? Tu demandes pourquoi ? C'est le plus grand bien que je puisse lui faire. Elle ne s'y attend pas. L'opération dure un vingtième de seconde. C'est total et complet. La vraie mort, la bonne mort, celle que je souhaite à tout le monde, et, pour commencer, à moi-même.

Jusserand n'était pas convaincu. Tout au contraire, il vantait l'exemple des fakirs qui époussètent le sol devant eux pour ne risquer point de molester une puce. Jusserand déclarait chaque jour : « Moi, je suis végétarien. Maintenant, c'est décidé. Je ne consens pas à vivre de la mort des bêtes. Alice ! fais-moi le régime. »

Jusserand mangeait son régime. Il commençait, pour dire vrai, par manger tout son régime : les pommes de terre, le riz, les lentilles et la salade. Puis il tournait un œil curieux vers le fricot de tout le monde et, son « régime » dévoré, le disciple de Tolstoï tâtait du régime des autres. Il disait : « C'est dégoûtant. Oh ! oh ! oh ! je ne suis pas fier. Mais, à partir de ce soir, c'est absolument fini. Mon régime et rien autre chose. Tu me comprends bien, Alice ? »

Jusserand avait l'odorat fort délié. Dont il déclarait tirer plus d'ennui que de plaisir. Il travaillait, à l'atelier, tout près de Larseneur et il disait à mi-voix : « Oh ! oh ! oh ! oh ! C'est peut-être la chaleur, mais ce n'est pas une excuse. » Larseneur finit par demander quelques éclaircissements. Jusserand répondit tout net : « Il faudrait te laver les pieds, surtout maintenant que tu portes des espadrilles. » Larseneur fut ulcéré de cette recommandation. Il disait : « J'ai pris un bain la semaine dernière dans le bassin. S'il veut que je change de place, eh bien ! je changerai de place. »

La fête approchait, nonobstant ces querelles. Nous allâmes, un soir, chez Sénac pour parler des programmes et des invitations qui n'étaient pas toutes lancées. Il était près de minuit, mais nous savions parfaitement que Sénac s'endormait tard.

Nous le trouvâmes sur son lit, vêtu d'un gilet de flanelle et d'un pantalon de coutil. Les bras noués derrière la tête, il regardait tressauter la flamme de sa bougie. Du plafond pendait, tout gluant, un long ruban de papier sur lequel, avant de mourir, vibraient une douzaine de mouches. Les fenêtres étaient fermées, malgré l'extrême chaleur, car Sénac redoutait les papillons et les moustiques. Il nous pria de nous asseoir sur sa malle, l'ameublement de sa chambre ne s'étant point amélioré. Puis, comme Justin ouvrait la bouche, il nous fit signe d'écouter.

— Qu'est-ce que c'est ? demandai-je.

Sénac haussa les épaules :

— Vous entendez, murmura-t-il, ces craquements et ces soupirs et vous demandez ce que c'est, âmes candides ! On voit bien que vous avez la chance d'avoir des chambres habitables. Ces craquements et ces soupirs signifient que Brénugat fait l'amour. Et c'est tous les soirs comme cela. C'est même comme cela presque tous les matins et parfois même nous avons des manifestations hors série après le déjeuner. Je veux bien reconnaître que Brénugat est d'une constitution généreuse, particulièrement robuste. Je veux bien reconnaître que

Florence a de remarquables dispositions pour la musique vocale. Mais je peux vous assurer que ce n'est pas un climat favorable à la méditation solitaire. Vous deux, vous vous en moquez pas mal, vous êtes des anges de sagesse. Vous êtes des pierrots lunaires, des cœurs blessés, des chastes de la grande espèce. Moi, cela commence à me chatouiller le rêvoscope, cela commence à me réveiller le rigologène. Des solitaires ! Ça va bien. Des ermites, je marche encore. Mais pas de tentations, pas de tentations, ou alors, je ne réponds plus de moi. Il va falloir, pour commencer, prendre des permissions.

— Oh ! dit Justin, personne ici ne t'en empêche.

Sénac rêvait en regardant les mouches battre de l'aile sur le ruban visqueux. Il murmurait :

— ... Ou peut-être, c'est à voir, des délassements à domicile.

— Allons, allons, fit Justin, parlons sérieusement.

Nous parlâmes sérieusement de la fête et du programme.

— Je ne sais pas, dis-je un peu plus tard à Justin, comme nous regagnions nos chambres, je ne sais pas si, de mon côté, j'inviterai qui que ce soit.

— Pourquoi donc ? je ne comprends pas. Il faut inviter ta famille.

— Oh ! ma famille, c'est beaucoup. Suzanne, oui, puisqu'elle doit venir jouer une pièce avec ses amis du Conservatoire. Les autres...

— Il faut inviter tout le monde. Tu penses que tes parents sont peut-être un peu curieux de voir ce que tu fais ici. Nous ne devons pas nous cacher, mais, tout au contraire, nous manifester fièrement. Pour une fois, le Désert va s'ouvrir aux yeux étrangers. Il faut inviter Ferdinand, et même Joseph, même Joseph.

Justin s'arrêta, me posa la main sur l'épaule et dit d'une voix très calme :

— Il faut inviter Cécile. Je te connais, Laurent, Tu ne veux inviter personne pour m'épargner la vue de Cécile. Eh bien ! invitons Cécile. Je vais la prier moi-même. Je suis guéri. Le Désert a fini de me guérir. Je ne veux plus qu'une seule chose : réussir dans notre entreprise.

Il ajouta, non sans soupirs :

— Et tu vois, ce n'est pas commode. Je ne sais pas comment payer le terme de juillet. Nous avons la chance de trouver du travail, nous travaillons et pourtant je n'arrive pas à équilibrer le budget. Il doit y avoir quelque chose de faux dans le principe de l'affaire. Tu tombes de sommeil. Allons nous coucher.

Malgré qu'il en eût, ses craintes lui gâtaient l'humeur. Il chipotait sur toutes les dépenses et gémissait, les joues en feu : « Je sais bien que j'ai le vilain rôle. Il faut quand même que quelqu'un d'entre nous consente à le jouer. Allons à l'économie, ou c'est le naufrage. »

Ces observations raisonnables n'étaient pas du goût de tout le monde. Jusserand criait, non sans oh ! oh ! et sans ah ! ah ! : « Moi, je n'ai qu'une passion, la passion de la grandeur. Je ne comprends qu'une chose au monde : la grandeur. J'ai une horreur naturelle de la mesquinerie. N'est-ce pas, Alice ? Il vaut mieux être un grand quelque chose, et même un grand criminel, que d'être un petit vertueux, une petite perfection. Oh ! oh ! oh ! Je préfère un grand échec à une petite réussite. Ne faisons pas les choses de manière étriquée. N'achetons pas la bière en canettes. Prenons franchement un tonneau avec un truc pour la pression. »

Justin Weill, exaspéré, répondit non sans dureté :

— La grandeur ! la grandeur ! Il y en a qui finissent par être de grands médiocres.

La température morale montait et tournait à l'orage. Larseneur, antiminouchard déclaré, revenait du jardin en criant :

— C'est le royaume de la crotte ! Ce malheureux chien mange trop. Il nous coûte les yeux de la tête. Un seul cabot, et le parc tout entier est franchement imprésentable. Il se multiplie, le chien, et il a le génie de l'excrément.

— C'est bien, fit Sénac d'une voix glaciale. Je m'engage à payer tout seul la nourriture de la bête.

Là-dessus, Larseneur, à voix sourde, se plaignait de Brénugat dont la mandoline — à son dire — empoisonnait tout silence. Jean-Paul Sénac, cherchant de l'œil qui férir, apercevait Testevel et le morigénait aussitôt.

— J'ai trouvé de tes cheveux sur la brosse, encore une fois. Je ne peux pas te cacher que je supporte tout mais pas des cheveux sur la brosse.

— Ecoute, balbutiait Testevel, cette brosse, elle est à moi. Et c'est toi qui m'as demandé si tu pouvais t'en servir.

— Justement. C'est parce qu'elle est à toi que la courtoisie t'impose de la nettoyer soigneusement avant de me la passer.

La chamaille pouvait durer. Quelque autre souci surgissait à la traverse. Justin disait :

— Pourvu du moins que cette fête ne soit pas tout à fait manquée ! Si nous nous couvrons de ridicule, ce sera pour notre affaire une publicité déplorable.

— Oui ! Et pourvu qu'il fasse beau ! Le baromètre commence à baisser,

Le jour venu de la fête, il faisait un aimable temps. Nous étions tous fort irrités. Justin crut bon, pendant le petit déjeuner, de soulever ce qu'il appelait : « une question d'ordre intérieur ».

— Je demande, fit-il gravement, quel est celui qui a oublié de nettoyer les dabliouci.

Il y eut un instant de silence et Brénugat dit enfin :

— Qu'est-ce que c'est que les dabliouci ?

— Oh ! dit Justin sévèrement, vous me comprenez parfaitement. Je parle du petit endroit.

— Ah ! tu prononces à l'anglaise !

— Parfaitement, à l'anglaise. Eh bien ! nous allons avoir des visites et les dabliouci du rez-de-chaussée sont dans un état révoltant.

— Nous autres, dit Brénugat, nous habitons au deuxième.

— Moi, soupira Sénac, je n'ai pas encore eu la chance de parler anglais ce matin.

Larseneur était tout pâle et, soudain, il éclata :

— Je tiens à déclarer que je suis hors du débat. J'ajoute aussitôt que le coupable est un mufle. Cela dit, j'affirme que cette inquisition est parfaitement intolérable. Justin, nous t'estimons et t'aimons tous ; mais tu devrais renoncer à ce rôle de sous-off.

Justin se leva sans rien dire, quitta la table et sortit.

C'est ainsi que débutait le dimanche de notre fête.

Or, il arriva ceci que la fête fut très belle. Il vint près de deux cents personnes et le ciel resta clément. Nous avions invité quelques naturels du pays, pour la plupart des pauvres gens. Nos autres visiteurs étaient des Parisiens. Le parc se montrait aimable avec ses fraîches verdures. Larseneur avait accepté que, traité comme une châsse, le piano fût porté dehors. Nous avions, dans la salle commune, exposé des tableaux et des dessins confiés par de jeunes peintres. L'atelier semblait d'une propreté parfaitement appétissante. Picquenart, endimanché, c'est-à-dire vêtu de noir, se tenait devant la minerve et tirait, pour les offrir aux visiteurs, comme on fait chez Plantin, des exemplaires d'un compliment que nous avions improvisé la veille, en grande hâte, et qui n'était pas mal tourné. Sénac lui susurrait à l'oreille des douceurs de sa façon : « Picquetruc, mon cher, vous avez l'air d'un croque-mort. » Le bon Picquenart, heureusement, était imperturbable. En bref, tout allait pour le mieux et nous ne savions plus très bien ni les uns ni les autres comment les choses se trouvaient faites et même qui les avait pu faire. Les invités, la maison vue, se répandaient dans le parc. Quand l'ombre des arbres fut assez longue, la représentation commença. La commission des fêtes avait, nous dûmes en convenir, bien mérité notre confiance. Nous entendîmes d'abord une scène de cet opéra que composait Larseneur. Deux artistes, amis du musicien, la chantèrent enlacés : c'était une scène d'amour. Il y était question de glaive, de philtre et d'un serment prêté sur le bouclier des ancêtres. Finalement, Makalas et Girlamire tombaient dans les bras l'un de l'autre. Nous écoutions, nous du Désert, tout étonnés de voir qu'à force d'entendre Larseneur nous chanter ses propres œuvres nous les savions déjà par cœur. Nous applaudîmes avec rage et le public obtempéra.

Vint ensuite une représentation d'*Arlequin poli par l'amour*. Ma sœur Suzanne jouait Sylvia, rôle qui lui convenait à merveille : elle n'a jamais pu jouer que son propre personnage. Elle était délicieuse à voir. Je dirai, le moment venu, les effets particuliers qu'une telle beauté produisit sur deux de nos solitaires. Laissons cela pour l'instant.

Quand je songe à ce dimanche de juillet, j'ai grand-peine à mettre en ordre les images qu'il m'a laissées. Dois-je l'avouer ? j'étais depuis plusieurs jours fort inquiet à la pensée que ma famille et mes amis du Désert allaient se trouver réunis. Quels que fussent les jugements portés par les uns sur les autres, je me sentais très malheureux, très sensible, très vulnérable. Un acteur de l'Odéon, envoyé par André Antoine, déclamait un poème de Sénac, un poème que nous savions tous par cœur et que nous aimions :

*Nul ne me connaît, nul ne m'aime,*
*Ni mes compagnons ni mon chien,*
*Ni mon désespoir et ni même*
*L'ennui métaphysicien.*

*Rien qui m'allège et me soulage,*
*Pas même ce rayon soudain,*
*Si triste, et pas même l'orage*
*Qui du moins t'abreuve, ô jardin.*

J'écoutais, mais en surveillant de tous mes yeux le visage de mon frère Joseph. Le poème de Jean-Paul Sénac me semblait soudain très pauvre et presque ridicule, parce que je l'entendais avec l'oreille de Joseph. Et, cependant, Joseph applaudissait, saisi d'une parfaite bienveillance. Joseph ne prenait probablement pas la peine de se former une opinion sur le poème de Sénac.

Il y eut, dans mes soucis, une éclaircie magnifique. Cécile, pressée de tous, consentit à s'asseoir au piano, ce que n'avait pas prévu la commission des fêtes.

Cécile avait alors vingt-quatre ans. Elle revenait d'Amérique, chargée d'une jeune gloire. Elle montrait encore à tous son visage d'ange musicien ; mais deux petits plis fins, tracés comme avec une aiguille, descendaient de chaque côté de sa belle bouche immobile. Elle joua de ces légères pièces pastorales composées par Couperin pour des bergères d'opéra. Tous mes tourments s'envolaient, l'avenir et le passé se faisaient miséricorde.

Le reste de la soirée s'abîme dans un gai tumulte. J'entends mon père me dire : « J'espère pourtant, mon ami, que tu vas reprendre tes études. Il faut avoir l'esprit de suite. » Il avait passé toute sa vie à changer de but et de route. Il me fit, en trois points, l'éloge de la constance.

Joseph donnait à Justin des conseils compétents pour la gestion d'un capital : « Un dixième en fonds d'Etat, un dixième en valeurs françaises à revenu fixe, deux dixièmes en hypothèques, de préférence, bien entendu, sur des immeubles de rapport et dans deux régions différentes. Mais cela, je vous le trouverai... » Pauvre Justin ! Il écoutait avec une belle patience.

J'entends encore parler ma mère. Elle regarde un grand jasmin qui croît contre la maison. Elle dit : « Il est beau, votre jasmin... beaucoup moins beau quand même que celui de Créteil. Tu ne te rappelles pas, Laurent, notre jasmin de Créteil ? »

Je vois passer Suzanne, escortée de Testevel. Elle a une étonnante façon de sourire en faisant briller ses yeux. C'est un simple jeu des paupières, mais c'est irrésistible et Testevel est ébloui. Il marche comme un éléphant qu'une fée tiendrait captif au moyen d'un fil de la Vierge.

Des gens passent, des visages surgissent. Jusserand, avec chaleur, démontre l'art des vers à une dame entre deux âges que je ne connais pas et qu'il appelle baronne. Sénac souffle à mon oreille : « Tout marche presque trop bien. Il va se passer quelque chose. »

Les images se bousculent. On mange, on boit sous les arbres. Et puis Larseneur allume des lanternes vénitiennes. Une voix de femme s'élève qui chante, à même la nuit, une chanson de Bilitis. Est-ce la fatigue ou la joie, toutes mes pensées s'apaisent. J'ai grand désir d'être heureux. Est-il possible d'être heureux ?

## CHAPITRE 14

C'est fini. La fête est finie. Elle commence à s'éloigner de nous. Nous en parlerons longtemps. Nous ferons de beaux efforts pour aviver nos souvenirs. Mais la fête est bien finie.

Elle nous a tous, et vraiment je ne saurais dire pourquoi, laissés pantelants de fatigue. Brénugat a les plus grandes peines à nous entraîner au jardin pour cueillir les haricots verts avant qu'ils soient immangeables.

Le jardin a triste figure : le passage d'une armée d'invasion ne l'aurait pas plus maltraité. Tous nos invités étaient d'une civilité parfaite et pourtant ils ont écrasé les branches des arbres, cueilli, pour les emporter, les fleurs qui poussent au hasard et qui nous ravissent quand même. Ils ont, en se promenant, piétiné le potager, mangé nos prunes encore vertes, décroché l'unique brugnon que, depuis bien des semaines, nous caressions du regard comme un signe ou un symbole. Ils ont laissé, dans tous les coins, des papiers et des bouts de cigarettes. Nous trouvons, au hasard de nos explorations, un gant, deux mouchoirs, une ombrelle, un réticule, un chapeau.

Brénugat nous harcèle et nous voilà tous ou presque accroupis dans les haricots. Le peintre dit :

— Semer, cela représente déjà beaucoup de travail. Mais récolter, ceux qui pensent que c'est seulement un plaisir, ils se mettent le doigt dans l'œil.

Cette parole profonde n'étonne personne. Sénac se redresse, il s'étire et lance cette déclaration :

— J'ai d'autant plus de mérite que je n'aime pas les haricots verts.

La querelle des végétariens et des carnivores se rallume aussitôt. Jusserand fait des prosélytes. Larseneur accepterait de se nourrir de légumes, exception faite, toutefois, pour les haricots verts qu'il ne peut décidément pas souffrir. Justin se rallie volontiers à la thèse végétarienne ; Justin accepte, en principe, tout ce qui favorise la restriction de nos dépenses. La controverse donne lieu à maintes considérations de nature humanitaire. Sénac n'y prend qu'une faible part. Il se contente de loger, dans les silences, des remarques languissantes.

— On devait avoir des poules, des canards et des lapins. Je n'aime pas énormément le lapin et je déteste le canard. J'aime surtout les viandes rouges. N'importe, j'aurais quand même, de temps en temps, mangé un bout de lapin, peut-être un morceau de canard. Bernique ! On a parlé, comme toujours, mais on n'a rien fait. Comme toujours, comme toujours.

Justin proteste avec rage. Jean-Paul Sénac baisse les yeux. Il se tait une minute et, bientôt, il recommence à bougonner dans sa moustache :

— Moi, je mange de la salade pour enlever le goût du gras. Faut-il encore qu'on l'ait, le goût du gras. Si ça continue comme ça, nous ne mangerons que de l'herbe. D'ailleurs, d'ailleurs, la salade, il n'y en aura pas trois feuilles. Les limaces ont tout briffé. Que d'ennemis ! Oh ! Que d'ennemis ! Les gens qui parlent de cultiver un jardin me font rire. Qu'on me le montre celui qui parvient à tirer quoi que ce soit d'un jardin. C'est impossible.

Sénac se tient fort bien à table. Il souffre de l'estomac, du moins il le dit, et cela ne l'empêche pas de jouer de la fourchette. Repu, Jean-Paul Sénac tourne à l'ascète. Il gronde :

— C'est humiliant ! Nous sommes des travailleurs de l'esprit : mieux encore, nous sommes des esprits, et cependant il nous faut penser sans cesse à notre subsistance matérielle, à notre nourriture, comme des animaux. Quelle humiliation ! Quelle abjection !

Justin, pour une fois, approuve, lui qui vit surtout de chiffres, de calculs et de soucis.

Fort de cette approbation, Sénac ouvre toutes les fenêtres pour faire des courants d'air : quand il a mangé, l'odeur de la cuisine l'offense. Puis, soudain, il se gratte avec vigueur :

— Je m'en doutais, nous avons pris des aoûtats, des bêtes de haricots, des cirons, si vous aimez mieux. Et il y a des gens qui se plaignent parce qu'ils n'ont pas de jardin ! Ils ne connaissent pas leur bonheur.

Jean-Paul Sénac n'est pas un violent, comme Brénugat ; il n'a pas une voix avantageuse, comme Jusserand ; il n'est pas beau, comme Larseneur ; il n'est pas fort, comme Testevel, mais il prend, jour à jour, une grande place dans la maison, une grande place dans nos esprits. Il donne une forme précise et parfois même impitoyable à toutes sortes de pensées qui demeureraient confuses dans les cervelles des autres. C'est notre enfant terrible. D'ailleurs, il parle tout le temps, il ne peut pas ne pas parler. Le travail de l'atelier a pour musique obligatoire le ronron de Jean-Paul. Il arrive, presque chaque jour, que nous parlions de la fête. Justin n'a, de cette fête, que des souvenirs heureux. Pourtant, il bougonne un peu. Justin a trop de soucis, ce qui lui gâte l'humeur. Il dit : « Ne pensons plus à la fête. Le présent nous réclame : vivons dans le présent. »

— C'est préférable, siffle Sénac. Il y a plus de présent que d'avenir, dans notre affaire.

Et, comme tout le monde se tait sur cette remarque inquiétante, Sénac reprend :

— Nous pensions, en venant ici, que nous pourrions travailler trois ou quatre heures par jour, c'est-à-dire beaucoup moins que dans le civil...

— Dis dans le siècle, propose Jusserand.

— Dans le siècle, si tu préfères. Eh bien ! le résultat est surprenant. Nous travaillons beaucoup plus ici que dans ce que tu nommes le siècle. Moi, je n'ai jamais tant travaillé de ma vie.

— Impossible, dis-je, impossible de faire moins si nous voulons joindre les deux bouts.

Sénac ouvre de grands yeux.

— Les deux bouts ! les deux bouts ! On pourrait les laisser tranquilles, les deux bouts, sans chercher obstinément à les mettre l'un sur l'autre. C'est une superstition bourgeoise.

Et, soudain, le voilà qui repart dans une envolée.

— Si notre truc réussit, nous sommes sauvés, le problème est résolu. Mais attention, attention ! nous nous sauvons tout seuls. Eh bien ! non ! C'est le monde entier qu'il faut sauver. Même si notre affaire marche bien, je ne serai jamais heureux, moi, jamais satisfait, jamais tranquille, parce que, moi, je pense aux autres.

Justin ne dit rien. Il ronge une grande tristesse. Les copains sifflent et fument. Jusserand se plaint des guêpes. L'amoureux de la grandeur pousse des oh ! oh ! et des ah ! ah ! Il esquisse de ronflantes colères vocales. Quand on a une belle voix, il faut s'en servir.

Personne, à vrai dire, même pas Sénac, n'ose parler franchement de notre grande humiliation. Car nous venons d'éprouver une grande humiliation. Nous avons donné, je l'ai dit, certain travail à un « façonnier » — c'est le mot de Picquenart. Or, ce façonnier a fait une besogne vraiment inacceptable. Et, cette besogne inacceptable, nous allons l'accepter. Nous ne pouvons pas ne point l'accepter, vu l'état de nos finances. Et notre firme est là-dessus ! Horreur et désolation ! Nul n'en parle franchement, mais on se querelle à voix basse.

— Vous la connaissez, vous autres, cette petite imprimerie Schwartz ?

— Qui est-ce qui nous a déniché ça ? C'est vous, Picqueboule ?

Picquenart secoue la tête et sourit de toutes ses gencives noires. Justin lève les yeux et dit :

— C'est moi. Nous ne connaissions personne. Moi, je me rappelais que mon père faisait autrefois tirer dans cette maison l'en-tête de ses factures et des cartes de visite. Je ne pouvais pas prévoir qu'on nous livrerait un si mauvais travail. Je suis le premier désolé.

Pauvre Justin ! Il a mille et mille raisons d'être désolé ! Il s'efforce vainement de lutter contre des pensées venimeuses. Il me dit, quand nous sommes seuls :

— C'est vrai, je suis responsable. Je voudrais avoir l'argent pour faire à n'importe quel prix recommencer cette brochure. Je ne peux pas. Je n'ai plus rien à moi. Et s'il n'y avait que ça !

Il s'arrête, baisse la voix, et, soudain, le rouge au front :

— J'ai pris cette maison Schwartz au hasard parce que je la connaissais un peu. Mais les autres, les copains... je suis sûr, tu m'entends, parfaitement sûr que, quand ils sont seuls ensemble, ils pensent et ils disent que j'ai choisi cette maison parce que c'est une maison juive et qu'étant juif moi-même... Allons, avoue, avoue, Laurent, qu'ils ont eu cette idée-là.

Je me mets en devoir de le rassurer. Je le fais avec d'autant plus d'ardeur que les copains, précisément, ont eu des idées telles et qu'ils ne m'en ont rien caché. Sur tout ce qui touche à sa qualité de juif, Justin Weill fait preuve d'une sensibilité qui frise la divination.

Pour troublante qu'elle soit, l'affaire du « façonnier » est finalement supplantée dans notre pensée. Nous avons d'autres soucis.

Le soir de la fête, Sénac, sans prévenir personne, a donné une interview qui vient enfin de paraître dans un journal de Paris. La feuille passe de main en main. L'article est assez aimable. Toutefois, à le lire, on pourrait croire que Sénac est en quelque sorte le capitaine de la bande et qu'il fut, à l'origine, un mécène et un inspirateur. Brénugat frappe de la main sur le journal déployé.

— C'est peut-être une erreur, mais c'est fâcheux et, surtout, ce n'est pas juste. Ici, nous sommes tous égaux et l'idée du Désert est notre idée commune.

Sénac hausse les épaules. Il se dérobe, il s'évade :

— Pas ma faute. C'est dégoûtant. Ces sacrés journalistes, ils ne comprennent jamais rien.

Il nous annonce, pour détourner l'entretien, qu'il va prendre, un jour ou l'autre, une petite permission.

— La chasteté, c'est une belle chose, à la condition, toutefois, qu'on n'en devienne pas idiot.

Il me saisit par le bras, me tire dans une allée déserte et dit, remuant les narines :

— Il faut que je change d'air. Tu n'as pas remarqué, Laurent, l'odeur de Florence, la femme à Brénugat ? C'est-il que tu n'aurais pas de nez ? Mon ami, je la renifle à cent mètres. Ce qu'elle sent ? Oh ! c'est tout simple : elle sent la femme, rien de plus, mais à la vingtième puissance. Non, non, ça ne m'excite pas. Et même ça me dégoûte un peu. Ce ne devrait pas être permis.

Il s'évente avec son mouchoir, comme pour chasser les arômes. Il fait une belle chaleur, un peu orageuse, un peu moite. Le dimanche, la colonie tout entière va se promener. Nous ne sommes point las de notre domaine ; nous commençons néanmoins à regarder vers l'horizon. Nous cheminons à travers les villages que le grand soleil aveugle. Sénac murmure :

— Il y a des murs partout. Ah ! ce n'est pas la forêt vierge. Allons, bon ! encore des grillages ! Vous ne pouvez pas comprendre comme la vue d'une muraille m'attriste.

— Que veux-tu ? dit Larseneur, pour avoir un pays plus sauvage, il aurait fallu s'en aller très loin de Paris.

— Justement, soupire Sénac, il fallait avoir le courage de s'en aller très loin de Paris.

Il s'arrête à la grille de toutes les propriétés et dit, l'accent nostalgique :

— C'est là qu'on aurait été bien. Parlez-moi d'une maison ! Parlez-moi d'un potager ! Et quelle exposition magnifique ! Ah ! je vous l'ai toujours dit : nous nous sommes trop pressés. Pour des affaires comme la nôtre, il faut de la réflexion, du calcul et de la jugeote. Il faut se laisser le temps de voir venir, de voir venir...

Justin n'entend pas toujours ces réflexions de Sénac : il les devine, il les subodore. Et Justin devient très triste. Il a encore de grands transports d'enthousiasme, des moments pendant lesquels il s'écrie : « Je ne peux t'expliquer à quel point je suis assoiffé d'amour humain, de tendresse humaine. » Presque aussitôt, il se prend la tête à deux mains et dit : « Non, non, ne pensons qu'à l'argent et à la comptabilité. Le terme est payé. C'est fait. Mais, dans un mois, nous n'aurons pas de quoi manger. Veux-tu voir les comptes ? »

Il fait un plongeon dans les comptes, revient à la surface et, soudain, d'une voix pleine de ressentiment : « Je me demande pourquoi nous avons pris Sénac avec nous. Ce n'est peut-être pas très chic de ma part. Nous parlons toujours, entre nous, des grandes qualités de Sénac. Ce besoin de s'exciter sur les mérites des copains ! Eh bien ! il y a des jours où je me demande ce que cela veut dire : les grandes qualités de Sénac. Il n'a que des qualités négatives. »

Quand Justin est très triste, il est aussi très injuste. J'essaye de le calmer. Et lui, ses cheveux roux soulevés d'un regain d'ardeur : « Que veux-tu ? C'est l'unanimité que j'aime et que je demande. Une seule voix discordante, et le monde me déplaît, me dégoûte, me fait horreur. » Là-dessus, il repart à gronder parce que le bruit de la presse vient de s'arrêter soudain, parce que les solitaires, tous en costume de bain, galopent vers le miroir d'eau. Il finit par s'adoucir quand j'exprime le désir d'aller me baigner moi-même. Et, comme il fait très chaud, il vient se baigner aussi.

Il voudrait, de toute son âme, être un conciliateur. C'est un rôle qui lui plaît et qu'il joue avec grâce.

Brénugat qui, en tant que président de la commission du jardinage, est résolument antiminouchard, se querelle avec Sénac et demande que le cabot, grand fouilleur de terre, soit mis à la chaîne. Sénac frappe sur sa cuisse, avec sa main droite, à plat, et il esquisse un geste d'une parfaite irrévérence. Puis il traite Brénugat de tortionnaire et de barbare asiatique. Justin prend le peintre par la taille, l'entraînc à l'écart, le calme, lui prodigue des flatteries et des consolations.

— Une société comme la nôtre, Brénug, ne peut vivre que de concorde et de tolérance mutuelle. Toi, tu es un chic type. Tu es, en plus, un type costaud et même puissant. Il faut laisser notre Sénac débiter ses sornettes. Il est comme ça. C'est sa nature. Prenons-le comme il est. Tout cela n'a pas d'importance. Montre l'exemple de l'intelligence conciliante et pardonne-lui ses erreurs.

— Assurément, bafouille Brénugat, je ne suis pas un énergumène et je sens les choses comme toi. Tu me croiras si tu veux, mais tout ce que tu me dis là, je le disais justement ce matin à Sénac, à propos de...

— A propos de quoi, vieux frère ?

Brénugat ne sait pas mentir. Il se trouble, rougit un peu et dit :

— A propos de Schwartz. Sénac est furieux parce que...

Le front de Justin se plisse. Il répète lentement :

— Parce que ?

— Parce que, lâche Brénugat, il disait que les Juifs ont toujours de bonnes raisons pour travailler ensemble. Je t'affirme qu'il n'y mettait pas de méchanceté. Ce sont des choses comme tout le monde en dit. Tout ça n'a pas d'importance. Il faut — tu le déclarais toi-même — laisser Jean-Paul raconter ses bourdes. Enfin, quoi, la tolérance ! Tu comprends ? La tolérance !

Brénugat retourne au jardin. Justin souffre et ne fait même aucun effort pour le cacher. Je dis, au bout d'un grand moment :

— Que veux-tu ? J'ai fui ma famille parce que j'avais l'horreur de toutes les petites bassesses, de toutes les petites méchancetés, de toutes les petites jalousies. Et ce que je retrouve ici, ma foi, c'est la même chose. Il faut croire que les hommes ne savent pas vivre autrement.

— Il faut, dit Justin solennel, il faut une règle venue d'en haut. Il faut la Loi.

— Même avec une règle d'en haut, même avec la Loi, ils ne savent pas.

— Alors mieux vaudrait mourir.

Je frappe du pied avec impatience. Justin est fils unique et donc il ne sait rien des hommes. C'est une opinion qui se forme au fond de mon cœur.

Et, tout à coup, une petite nouvelle vole à travers la maison et circule de bouche en bouche : Alice Jusserand, la douce, va reprendre à Paris l'emploi qu'elle avait quitté pour venir vivre au Désert. Elle aura un train, de bon matin, chaque jour. Elle rentrera le soir. La décision est irrévocable. Jusserand donne aux copains des clartés sur cet arrangement : « Il y a, dans un ménage, des dépenses inévitables et qu'on ne peut demander à la collectivité. Le vêtement, par exemple. Je n'ai même plus un complet à me mettre sur le dos. C'est une mesure de convenance personnelle, rien de plus... »

Rien de plus, il va sans dire. Et pourtant, toute une soirée, nous sommes assaillis par maintes et maintes pensées que nous n'osons pas dire.

## CHAPITRE 15

Dès le lendemain, ces pensées vinrent au grand jour.

La mère Clovis, je crois l'avoir dit, n'avait pas été remplacée. Brénugat nous fit entendre que sa femme ne pouvait, seule, se charger de la cuisine. Florence avait le soin de sa fille, de son mari, d'elle-même. Sans élan, mais sans mauvaise grâce, elle avait jusqu'à ce jour assisté la bonne Alice dans le rude travail de la cuisine et de la table. Puisque Alice quittait la partie, Florence Brénugat se déclarait vaincue. Elle pleurait en reniflant. Le peintre montrait ce visage terrorisé de l'homme qui, chaque soir, affronte dans la chaleur du lit quelque chuchotante et sanglotante scène de ménage.

Jusserand fit une proposition :

— Nous pourrons bientôt, sans aucun doute, engager une cuisinière. En attendant, et de manière toute provisoire, mangeons chacun chez nous.

Je croyais que cette idée serait repoussée de tous. Or, elle rassembla tout de suite une grande majorité. On eût dit que les copains, sans trop l'avouer franchement, avaient désir de retrouver leur libre solitude, leurs petites manies, leurs goûts personnels. Je leur prête un tel sentiment car je l'éprouvais moi-même. Justin seul protesta. Il ne cessait de répéter : « Faites bien attention ! C'est grave ! » On avait l'habitude, au Désert, de voir Justin ramer contre les courants et les brises. Chose douloureuse à dire, il ne parlait que de concorde et de communion, mais, presque toujours, il s'opposait à l'opinion générale. Si je ne l'avais assisté, je pense qu'il aurait, dès ce temps, vécu dans un isolement farouche. Jusserand, pour le calmer, répétait : « C'est provisoire. » Et la décision fut prise.

Il en résulta, tout de suite, une légère perturbation dans le rythme du travail. Nous commençâmes de tirer chacun de notre côté, à l'heure des provisions. Justin, comme trésorier, nous allouait de petites sommes.

Il apparut bientôt que nous avions tous des réserves secrètes et qu'elles allaient intervenir selon nos penchants et nos caprices. Testevel, qui faisait partie du groupe des carnivores, cuisinait dans sa chambre, sur un réchaud à l'esprit de bois, des rôtis dont le fumet allait plus loin provoquer et scandaliser l'odorat des végétariens.

Très vite, Sénac soumit au méticuleux Testevel des propositions d'alliance : « Nous ferons popote ensemble ! » Et Testevel accepta. Le bon géant cuisinait et Sénac allait aux provisions. Il en profitait pour prendre en chemin divers apéritifs. Il n'en disait rien à personne ; son haleine le trahissait.

Alice Jusserand, chaque soir, préparait avec amour de petits plats que Bernard mangeait froids le lendemain. Que je le dise tout de suite, afin de ne l'oublier point, Jusserand, vers cette époque, fit d'assez fréquentes absences. Il allait à Paris dans le milieu du jour. Il ne partait presque jamais par le même train que sa femme et s'arrangeait le plus souvent pour revenir avant elle. Il nous disait : « Je vais là-bas pour des affaires de famille. Qu'Alice n'en sache rien. Inutile de l'inquiéter. » Nous tâchions d'observer cette consigne.

Justin, Larseneur, les Brénugat, Picquenart et moi-même, nous nous succédions à la cuisine pour y préparer nos repas. L'un de nous allumait le feu dont les autres profitaient. On entendait parfois des réflexions naïves : « Ah ! vous mangez de l'andouillette, vous autres. Fichtre ! vous vous mettez bien. » Parfois, Sénac lâchait pour une heure son Testevel nourricier, à la suite d'une chamaille. Il nous disait, avec rancune :

— Il m'a dit, Testemufle : « Laisse-moi les pommes de terre frites et je te donne tout le pâté. » C'est juste de pommes frites que j'avais envie aujourd'hui. Et maintenant, c'est fini, j'en aurai envie tout le restant de mon existence. C'est une envie rentrée. Qu'est-ce que vous mangez là ? Du hareng ? Drôle de goût. Passez-moi donc un bout de votre hareng, pour voir.

Justin soupirait, en piquant dans une assiette quelque tranche de saucisson : « Ils disent que c'est provisoire. Moi, moi, je sais bien que c'est définitif et que c'est déplorable. »

Sur ces entrefaites, surgit à la traverse un événement très minime dont je préférerais ne rien dire et dont, en mémorialiste exact, je dois quand même parler.

Je reçus, un jour, au courrier du matin, une lettre dont la lecture me bouleversa. Jusserand, grand spécialiste de la correspondance, me l'avait remise en disant : « C'est du Dr Hermerel. Si, si, tu peux en être sûr. Son nom est sur l'enveloppe. »

Je la lus à l'atelier et me sentis rougir.

*Mon cher ami*, disait M. Hermerel, *je sais que vous allez bien et que vous vous rétablissez dans une retraite champêtre. Nous ne vous oublions pas. J'ai fait, avec le Professeur Letulle, une démarche à votre sujet. Nous avons vu M. Briand, ministre de l'Instruction publique, et nous lui avons raconté comment vous avez éprouvé sur vous-même, au péril de votre vie, le vaccin anti-pneumococcique. Mon cher ami, vous allez recevoir la croix de la Légion d'honneur et soyez sûr que le monde scientifique tout entier s'en réjouira. Le ministre a voulu que toutes les formalités fussent abolies. Vous allez faire partie de la promotion de juillet, qui est un peu en retard. Votre nom fera l'objet d'une citation spéciale. Ne me laissez pas sans nouvelles. A vous de tout cœur.*

Hermerel.

Je retournais la lettre entre mes doigts tremblants. Jusserand, qui m'observait dit :

— Mauvaises nouvelles ?

Je mis la lettre dans ma poche et tournai le dos pour cacher ma rougeur.

Deux jours de suite, je ruminai cette nouvelle extraordinaire sans en parler à personne et pas même à Justin Weill. Le matin du second jour, Jusserand, qui lisait le journal avec une passion mal celée, s'écria tout à coup :

— Tiens, c'est énorme ! Il y a un Laurent Pasquier, même nom et même prénom, qui vient de recevoir le ruban rouge.

Jusserand lisait encore, son mince visage entre les feuilles, et, soudain, il s'exclama :

— Mais, pas possible ! Mais, c'est toi ! L'élève de Jean Hermerel... Le laboratoire de Boucicaut... La grande maladie. C'est toi. Ah ! cachottier !

Nous étions à l'atelier, endroit des réunions plénières depuis que nous avions cessé de prendre nos repas en commun. Je sentis que tous les visages étaient tournés vers moi. Je n'osais regarder personne.

— Ah ! cachottier, répétait Jusserand plus bas. Tu le sais depuis deux jours. — Si, si, la lettre que je t'ai remise avant-hier, c'était ça. — Tu le sais depuis deux jours et tu ne nous as rien dit !

Justin avait posé son compositeur. Il vint jusqu'à moi et il m'embrassa joliment. Puis les autres dirent leur mot. J'écoutais mal. J'aurais voulu, sans savoir pourquoi, me dissimuler sous terre.

— Si cela peut te faire plaisir... fit Sénac en hochant la tête.

Et Testevel ajouta :

— C'est une nouvelle qui s'arrose !

L'entretien retomba tout de suite. Il y eut un silence gêné, puis un froid persistant. Je donnai quelques explications qui ressemblaient à des excuses et, pour finir, je balbutiai : « C'est une grande surprise et surtout, c'est trop, beaucoup trop. Vous savez bien tous que je n'ai rien demandé de tel. »

— Nous le pensons bien, dit Larseneur, ces choses-là, cela s'accepte ; cela ne se demande pas.

Sénac avait tourné la tête :

— Tu dis cela s'accepte ? Franchement, c'est une chose à voir. Nous aimons tous Laurent. Ce n'est pas une raison pour ne pas considérer le phénomène avec ce que j'appellerai la rigueur expérimentale. Nous sommes des esprits libres. Nous n'attachons et ne devons attacher aucune ombre d'importance aux distinctions officielles. Chacun de nous fait ce qui lui plaît. Je peux quand même déclarer qu'à la place de Laurent, je n'aurais pas accepté. C'est unc question de principe.

— Allons, dit Brénugat, assez ! Foutons-lui la paix quand même et qu'il n'en soit plus question. Il nous payera le champagne, puisque c'est l'usage. Moi, je ne juge pas ces choses-là du point de vue philosophique, comme Sénac. Je pense plutôt que les rubans, les médailles, les honneurs, c'est pour les vieux. Ça les console de ce qu'ils ne peuvent plus faire l'amour. Les gens de notre âge ont heureusement d'autres plaisirs.

— Mais, fis-je, tout désemparé, puisque je vous répète que je ne savais rien et que c'est une surprise.

— Nous le pensons bien, dit Jusserand. En ce qui te concerne, c'est l'évidence. Et c'est quand même comme cela que l'on pourrait justifier beaucoup de choses, beaucoup de calculs, beaucoup de petites ambitions. Ah ! il faut faire attention.

Le silence retomba sur ces mots. J'étais soudain très malheureux. J'avais le sentiment de la culpabilité et même et surtout de la honte.

Il y eut, tout le jour, des entretiens à voix basse dont je me sentais exclu. Justin ne disait rien, soucieux comme à son ordinaire. Le soir, pendant que nous nous promenions dans le parc, après le souper, il souffla, hochant la tête :

— Bah ! ils s'y habitueront. Au fond, c'est très étonnant pour nous tous. C'est très heureux, bien sûr, et nous en sommes tous fiers puisque c'est la récompense d'une action méritoire. Mais c'est très loin de nos préoccupations ordinaires. Il faut qu'ils s'habituent à cette idée, les autres. Ils s'y habitueront. Ils ont d'abord cru que cela te faisait plaisir et c'est ce qui les choquait un peu.

— Justin, fis-je tout à trac, et si je te disais, à toi, que cela m'a fait plaisir.

Justin s'arrêta et me regarda fixement.

— Vraiment ? Cela t'a fait plaisir ? Tiens ! Tu m'étonnes, tu m'étonnes. Enfin, tout est possible.

— Attends, dis-je encore. Cela m'a fait plaisir sur le moment. Maintenant, c'est fini, c'est gâté, c'est perdu. Cela ne me fait plus aucun plaisir et c'est même tout le contraire.

Nous parlâmes d'autre chose. Cet épisode, que je rapporte parce qu'il n'est pas sans intérêt pour l'intelligence de mon récit, eut d'autres conséquences. Je reçus beaucoup de lettres et d'abord de mes parents. Mon frère Joseph m'expédia certain petit billet que j'ai conservé dans une liasse et que je vais transcrire ici.

*Mon cher Laurent*, disait-il, *j'ai comme tout le monde appris la nouvelle et je m'en suis réjoui. Tu es bien jeune et j'espère que cela ne te tournera pas la tête. Je pensais figurer aussi sur la promotion du Commerce. On m'a joué un mauvais tour, une fois de plus. Je t'affirme que cela ne me frappe pas beaucoup. Il ne faut accorder à ces choses-là qu'une attention très modeste. Le principal est d'abord de se comporter comme un honnête homme, ensuite d'acquérir des biens plus substantiels. Il y en a qui font les malins avec leurs décorations et qui sont incapables de trouver une situation convenable. Je suis bien sûr que nous sommes du même avis et que tu ne te laisseras pas éblouir par un petit colifichet. A ta place, je ne la porterais pas, cette décoration, etc., etc.*

Le conseil de Joseph me parut judicieux. Je l'ai longtemps suivi. Mais je reprends mon récit.

Dans les premiers jours d'août, mes parents vinrent s'installer, pour les vacances, au petit village d'Igny, qui est en aval de Bièvres, à quelques minutes de marche. Mes parents possédaient, depuis notre installation de Créteil, un surcroît de mobilier qui ne trouvait pas sa place dans un logis parisien, qui moisissait au garde-meuble et dans lequel j'avais puisé pour garnir ma chambre du Désert. Mon père, depuis longtemps, rêvait d'une maison de campagne, d'abord parce qu'il avait gardé le goût de la terre et du jardinage, ensuite, et je ne tardai pas à le comprendre, parce qu'entre deux maisons, celle de la ville et celle des champs, il retrouverait plus aisément sa liberté de manœuvre, des prétextes pour s'absenter, des occasions toutes naturelles de s'évaporer, de s'enfuir. Il avait, lors de la fête, déclaré le pays délicieux. Il l'explora sans me rien dire, découvrit, dans le bas d'Igny, une maisonnette assez propre, la loua pour trois ans et y fit porter les meubles. Huit jours plus tard, ma mère et Suzanne y venaient prendre leurs quartiers, avec Ferdinand et Claire, ma petite belle-sœur.

Je ne saurais laisser croire que cet établissement me causa le moindre plaisir. Si l'idée de voir ma mère et Suzanne la rieuse m'était d'un réel agrément, je redoutais, instruit par une douloureuse expérience, quelqu'une des complications dramatiques dont mon père avait le génie. Il fit en sorte, au début, de me rassurer un peu. Il allait à Paris tous les jours de la semaine pour y tenir son cabinet et pour expédier quelques visites. Ces jours-là, je ne le voyais pas. Le dimanche, il passait au Désert de bonne heure, dans la matinée. Il était rasé, poudré, parfumé. Sa chevelure fauve avouait un léger vernis de brillantine. Il souriait ironiquement dans ses longues moustaches de chat. Il portait sa veste sur son bras, car la chaleur était déjà vive et, comme il méprisait les bretelles, sa chemise bouffait un peu au-dessus de la ceinture. Il faisait, dans cet appareil, le tour de notre jardin. Je le suivais, saisi d'une crainte confuse. Il s'en tenait, ordinairement, à de vénielles boutades, à des remarques tracassières. Il tirait de sa poche un petit sécateur et taillait les arbustes à sa fantaisie. Ou bien, il arrachait des plants dans les carrés de Brénugat. Je finissais par lui dire :

— Papa, je te demande pardon. Fais ce que tu voudras dans le jardin d'Igny ; mais ici, ne touche à rien. Je te le demande comme un service personnel.

Il laissait tomber sur moi son regard d'azur hivernal.

— Es-tu chez toi, oui ou non ?

— Je suis chez moi, sans doute, mais je n'y suis pas seul.

— Cela signifie, par conséquent, que tu n'es pas chez toi sans pourtant être chez les autres. Tant pis, mon ami, tant pis ! Quand je vais chez ton frère Joseph, à la Pâquellerie, il me prie de ne toucher à rien, justement parce qu'il est chez lui et qu'il veut tout faire à sa tête. Et, quand je viens ici, tu préfères que je ne touche à rien parce que tu n'es pas chez toi.

— Ce n'est pas tout à fait si simple. Je suis quand même chez moi. Tu ne sais pas ce que c'est que la propriété collective ?

— J'aime autant ne pas le savoir. Quelle heure est-il ? Dix heures. Alors, mon garçon, je m'en vais.

Il ne partait pas tout de suite. Il trouvait le temps de dire au passage, à Jean-Paul, quelque insolence délicate, de débiter des galanteries obscures à Florence ou même à la tendre Alice. Florence avait, le dimanche, des bas très fins à travers lesquels on apercevait ses jambes couvertes de longs poils bouclés. Elle portait, pour la campagne, une robe courte, villageoise, qui découvrait ce curieux dispositif. Le visiteur s'attardait à des remarques gauloises. En présence d'une femme, il faisait tout de suite « des frais », il faisait tout de suite ce que je lui entendis, un jour, appeler « le minimum ». Il avait l'air de penser : « Après tout, on ne sait jamais », comme ces gens d'affaires qui traitent en client toute personne de rencontre.

Il s'en allait, pour finir, et l'idée que mes camarades pouvaient le juger sans douceur me torturait longuement.

J'eus le sentiment très net, du moins dans les premiers temps, que cette intrusion de ma famille au Désert allait provoquer de la part des solitaires des remarques désobligeantes. Et les choses tournèrent bientôt de manière à dissiper mes craintes. Suzanne s'ennuyait beaucoup dans la maisonnette d'Igny. Elle venait l'après-midi, pénétrait dans l'atelier et se prenait à bavarder, à réciter des poésies de Laforgue, à commenter les pièces que l'on avait représentées à Paris, pendant l'hiver, à singer Sarah Bernhardt. Elle était beaucoup plus jeune que moi, je la traitais en petite fille et je lui dis, un jour :

— Suzanne, tu nous empêches de travailler sérieusement.

Testevel et Larseneur protestèrent d'une seule voix.

— Mais non, mais non, disaient-ils. C'est un rayon de soleil. Restez, Mademoiselle.

Suzanne resta, puis revint. Et je veux bien reconnaître qu'elle était si fraîche et si gaie qu'on ne pouvait la regarder sans plaisir. Je la rencontrais à toute heure du jour, dans les allées de notre parc, avec l'un de ses deux soupirants. Larseneur lui disait : « Vous avez une très belle voix. » Il tâchait de lui faire apprendre le rôle de Girlamire dans son fameux opéra. Vers ce temps, il écrivit pour elle deux ou trois *lieder* que nous avons tous fredonnés et que j'ai, depuis, plusieurs fois, entendus dans les concerts.

Un soir, en entrant dans ma chambre, je surpris une conversation de Larseneur et de Testevel. Leurs voix étaient sans douceur.

— Qu'est-ce que tu viens me chanter là ? criait Testevel. Je l'ai connue bien avant toi.

— Cela ne veut rien dire, mon vieux. Et ce n'est même pas vrai. Il y a bien plus de deux ans que Laurent me l'a présentée. On me recevait dans la famille.

— Ça va bien. Fous-moi la paix.

Ils venaient d'entendre le bruit que j'avais fait en ouvrant ma fenêtre.

Et puis, tout sembla s'arranger et j'oubliai cette querelle.

Cécile vint me voir un jour et ce me fut une grande joie. Cécile manquait à ma vie, surtout depuis le Désert.

Justin accourut la saluer avec cette courtoisie très noble et un peu théâtrale que j'avais admirée chez lui dès notre première rencontre. Et, tout de suite, il se retira.

J'emmenai ma sœur Cécile se promener sous les grands arbres. Elle me dit :

— Tu es content ? As-tu la paix ? As-tu trouvé ce que tu cherchais ?

Comme je ne répondais rien, elle ajouta, la voix changée :

— Je commence à comprendre que je vais rester vieille fille.

Elle essayait de sourire, mais ses traits étaient crispés. Elle se tenait droite, l'encolure soudain rétive, pleine d'orgueil et de refus.

— Sœur, lui dis-je, il y a dans cette maison un homme qui t'aime encore et que tu as désespéré.

Elle secoua la tête et ses yeux s'emplirent de larmes.

— Non, disait-elle. Non, c'est fini. Je n'ai pas pu et j'en ai été aussi malheureuse que lui. A ma façon, il va sans dire. Ah ! vous ne me connaissez pas. Toi non plus, Laurent. Il y a deux ans, à la Pâquellerie, chez Joseph, pendant cette nuit de juin où vous étiez tous fous, as-tu pu croire que je ne souffrais pas ? Oh ! tu ne songeais pas à moi. Est-ce que tu penses vraiment que je suis séparée du monde ? Eh bien ! non, c'est terrible, mais j'attends, j'attends, comme toutes les femmes. Comprends bien, j'attends quelqu'un et, quand je donne un concert et que j'ai fini de jouer, je regarde dans la salle et je cherche, oui, je cherche en me disant qu'il est peut-être là. Non, non, je ne resterai pas vieille fille.

Je l'avais prise par l'épaule et la serrais contre moi, ne sachant que lui répondre. Alors elle murmura, tout bas, une chose extraordinaire :

— Nous disions autrefois : « La musique et c'est tout et c'est assez. » Je sais, maintenant, que la musique ne suffit pas.

Nous revînmes à la maison sans prononcer une parole et Cécile me quitta.

Malgré toutes ces distractions, l'imprimerie allait son train. Il y avait des moments miraculeux où la besogne se trouvait faite. Nous avions quelque raison de nous demander par qui et, cette question posée, nous devions adresser à Maître Picquenart une petite action de grâces. Un soir, comme nous devisions assez mollement de nos comptes et du budget, le trésorier perpétuel, Justin Weill, nous fit une révélation.

— Vous n'avez pas l'air de savoir, s'écria-t-il tout à coup, que, depuis plus de six semaines, Picquenart n'est plus payé, parce que nous n'avons pas d'argent. Eh bien ! le plus beau, le plus chic, c'est qu'il reste quand même, qu'il travaille plus que nous tous et qu'il ne réclame rien.

Picquenart souriait, l'air gêné :

— Mais non, mais non, disait-il, ça vaut pas la peine d'en parler.

Cet héroïsme silencieux frappa tous les compagnons pendant une soirée entière. Par la suite, nous en vînmes à le trouver naturel et nous n'y pensâmes plus. Sénac avait presque chaque jour un accès de mélancolie qu'il ne dissimulait guère. Il faisait craquer les articulations de ses doigts et disait d'une voix maussade :

— Au fond, qu'est-ce qui peut nous arriver, en mettant les choses au mieux ? C'est simple : il peut nous arriver de ranger toute notre vie de petits bouts de plomb dans des composteurs. C'est un travail de forçats.

Un débat s'engageait là-dessus qui tournait tout de suite à l'aigre. Justin, recru de fureur, ne disait presque plus rien. Jusserand prenait le parti de morigéner le lunatique. Il entraînait Sénac au jardin et lui parlait longuement. Il venait ensuite nous rendre compte de la scène.

— Je lui ai déclaré : « Tu ne devrais pas dire des choses aussi bêtes et aussi décourageantes. Tu es le plus intelligent d'entre nous, le plus doué, l'esprit le plus original. »

— Vrai, tu lui as dit tout ça ?

— Oui, pour l'amadouer. Et, le plus drôle, c'est qu'il n'a pas dit le contraire.

— Tu pensais qu'il allait dire le contraire ?

— Dame ! Il aurait dû protester. Eh bien ! non. Il a pris ça pour de l'argent comptant.

— Il paraît que ce n'était pas de l'argent comptant ?

— Si, mais il aurait dû protester. Dans ces cas-là, on proteste.

Nous éclations tous de rire. Quelques minutes plus tard, une autre bombe partait. Larseneur et Brénugat fonçaient comme de jeunes taureaux. Le musicien, plus tard, nous disait en haussant les épaules :

— Brénugat est une brute. Il est très gentil, mais c'est une brute. Je l'aime bien, mais c'est quand même une brute. Et puis, il ne comprend rien à la musique. Je lui siffle *l'Enchantement du Vendredi Saint*. C'est comme si je sciais du bois. Il croit que c'est *la Valse bleue*.

Là-dessus commençait une grande controverse sur la pureté, sur la pureté de l'esprit, la pureté de l'art, etc., etc. Jusserand disait : « Oh ! oh ! oh ! Il faut, pour faire une grande œuvre, une pureté parfaite. Moi, je suis pour la pureté. »

Là-dessus Sénac, revenu et croyant que nous parlions de l'amour, commençait à donner des symptômes d'agitation.

— Moi, disait-il, je n'embrasse pas n'importe qui. Par pudeur ? Non, pas par pudeur : parce que je suis un vrai sensuel. A mon sens, voilà ce que j'appelle exactement la pureté. C'est le contraire de la confusion. Le seul impur, c'est celui qui confond les catégories, en amour aussi bien qu'en art.

Une discussion telle, certain jour, menaçait de s'éterniser quand Testevel, qui travaillait à la presse, fit entendre un terrible hurlement. Il venait de se faire pincer deux doigts dans la mécanique. Je l'examinai tout de suite. Les plaies étaient souillées d'encre. Je n'avais presque rien pour les traiter convenablement. Effrayé par la vue du sang, Jusserand nous avertit qu'il allait tomber faible. Il fallut s'occuper de lui en même temps que du blessé. Minute pénible. Je réussis, en définitive, à panser Testevel avec des matériaux provisoires. Justin s'en fut chercher une voiture et je conduisis le blessé à l'hôpital de Versailles, laissant tout le monde, au Désert, dans une grande consternation.

## CHAPITRE 16

Je pus, dès le soir même, ramener Testevel. Le chirurgien de l'hôpital avait l'espoir de lui conserver ses doigts ; mais le blessé souffrait encore. Pendant trois ou quatre semaines il allait être hors d'état de nous assister en rien.

— Il existe, paraît-il, dit Sénac, une loi sur les accidents du travail...

Justin secouait la tête avec impatience.

— Cette loi ne joue pas pour nous. Nous n'avons pas de patron et Testevel n'est l'employé de personne. Nous sommes indépendants. Tu m'entends bien, Jean-Paul, in-dé-pen-dants. Cela signifie que nous ne pouvons compter que sur nous-mêmes.

— Et si Testevel avait perdu, par exemple, un bras, l'usage d'un bras ?

— Il aurait perdu son bras et nous ne pourrions rien y faire.

Cette déclaration tomba dans un profond silence.

J'avais apporté de Versailles un matériel de pansement. Les premières douleurs passées, Testevel retrouva sa gaieté naturelle. Il portait sa main en écharpe et se promenait dans le parc. Il ne s'y promenait pas seul. Suzanne venait chaque jour et lui tenait société. Larseneur tomba dans une profonde mélancolie. Peut-être rêvait-il, en secret, à quelque accident heureux. Mais de tels accidents restent le fruit du hasard. Larseneur, en outre, avait pour ses mains musiciennes toutes sortes de ménagements que nous comprenions fort bien.

Sous la fenêtre de la cuisine se trouvait un banc de pierre qui s'adossait à la maison. Un jour que, seul devant l'évier, j'épluchais quelques vagues légumes en rêvassant, je surpris soudain les bribes d'un entretien, ce qui me fit dresser l'oreille.

— Quand vous dites que vous ne m'aimez pas, soupirait Testevel, je me demande si ce n'est pas pour sauver mon avenir.

Et, câline, la voix de Suzanne :

— Oui ! c'est peut-être pour cela.

— En sorte, reprit le garçon, que, quand vous me parlez ainsi, je ne sais pas si c'est par générosité ou par indifférence.

Il y eut un instant de silence et Suzanne répondit d'une voix pénétrée, d'une voix de troisième acte :

— Mon cher ami, dites-vous que c'est par générosité.

Je connaissais assez bien ma petite sœur Suzanne et ces propos n'étaient pas de nature à m'inquiéter. Je la voyais, en imagination, ouvrant un beau sourire solaire et fermant à demi les paupières pour mieux faire briller ses yeux. Mais Testevel interprétait les moindres mots, les moindres signes, dans le sens le plus favorable. Il était radieux et ne le cachait pas. Il avait dû renoncer à cuire les entrecôtes et les escalopes pour lui-même et pour son compère. Sénac, affamé, ne décolérait plus. Il errait par la maison en récriminant sans retenue : « Ah ! ça ne va pas ! Ça ne va pas ! Si nous sommes ici pour avoir faim et soif, mes petits enfants, c'est le comble ! »

Comme nul ne répondait, le mélancolique Jean-Paul revenait à la charge :

— C'est incompréhensible ! Quand nous vivions chacun de notre côté, nous avions tous de quoi manger et de quoi boire. Et maintenant que nous sommes réunis — l'union fait la force, je vois cela — nous sommes réduits à crever littéralement de faim. Dis-moi pourquoi, Larseneur.

— Que veux-tu ? C'est qu'alors chacun de nous travaillait pour gagner sa vie.

— Tu en as de bonnes ! Et maintenant, on ne travaille pas, peut-être ? Moi, je ne fais que ça, je ne fais que ça. Tous les soirs, j'ai des courbatures.

Il travaillait modérément, il va sans dire. Dès qu'il avait fait quelque chose, si peu que ce fût, il prenait à témoin l'univers tout entier. Puis il retombait en mélancolie :

— En somme, nous rêvions d'une vie noble, et voici la réalité : aligner de petits bouts de plomb, des centaines de petits bouts de plomb.

— Mais, s'écriait Jusserand, ces petits bouts de plomb, c'est un symbole.

— De quoi ? je te le demande. Un symbole de la pensée, peut-être ? De la pensée de Fonfreyde, de Tartempouille et de Montenbroche ? Moi, je ne suis pas sûr que ce soit cela, la pensée.

Et il reprenait sa complainte :

— J'ai faim et soif. Voilà le plus clair.

Brénugat soupirait :

— Un gigot de chien, par exemple.

Jean-Paul Sénac fit un bond :

— Qu'est-ce que tu dis ?

— Je dis qu'un gigot de chien, ce doit être dur, malheureusement.

— Oui, soupira Larseneur, et ça doit sentir la niche.

Sénac tremblait de fureur :

— Vous êtes des brutes sanguinaires, avec vos grands airs de pureté. Former des pensées pareilles ! Tu les entends, Maminouche ? Tu les entends, mon sans-pudeur ? Mais ne crains rien, ne crains rien. Ils me passeront sur le corps avant de toucher un seul poil de ta petite peau dégoûtante, de ta petite personne adorée, mon seul compagnon de misère.

Quand il avait prodigué de grandes tendresses au cabot, Sénac devenait lyrique et, par une transition pour nous peu compréhensible, il se prenait à parler des femmes et de l'amour.

— J'ai quitté Margot-la-piquée — c'est moi qui l'appelais comme cela — parce qu'elle avait la manie de m'embrasser en appuyant sur la gorge, à une place... toi, Laurent, qui sais l'anatomie... il doit y avoir des nerfs qui passent par là. Cela me portait au cœur et ça me donnait toujours une bizarre petite douleur du côté de la tempe gauche — c'est drôle, un corps. Oui, j'ai quitté Margot. Après, j'ai eu une bossue. Vous me croirez si vous voulez, il faut faire des expériences.

Un sourd grognement courait au ras des casses. L'atelier tout entier criait : « Assez ! assez ! on ne demande pas de confidences. »

Mais Sénac élevait la voix avec obstination :

— La langue française est belle, mais pauvre. Elle ne serait rien sans l'argot. Le malheureux écrivain dispose en tout et pour tout d'un seul mot pour désigner la femme. En argot, il y a cent mots et, ce qu'il y a de plus chic, c'est que tous ces mots d'argot ne sont pas synonymes. Fichtre non ! Margot-la-piquée, par exemple, était exactement ce que j'appelle un choléra. Un choléra, c'est une petite femme brune, pas très soignée de sa personne, avec des ongles en deuil, et maigre, surtout maigre, à montrer les os des hanches et les côtes et tout le bazar. La même personne qui serait grasse, on l'appellerait un boudin. Si, par hasard, elle est plus grande, pas très grasse et mal peignée, c'est un raquin qu'il faut dire. La taille au-dessus encore, avec un brin de fesse, un brin de téton et puis tout à l'avenant, alors, ça devient très bath et c'est proprement une gonzesse. Et si la gonzesse est vraiment maousse, houlpète, à l'arnache autrement dit, alors, c'est une ménesse, quelque chose de tout à fait bien, l'article vraiment supérieur. Une ménesse qui prend de la bouteille, ça tourne vite en rombière, surtout si l'encolure commence à gagner en largeur. Et quand une rombière engraisse en gardant de la fermeté, c'est déjà presque une pétasse. Mais, malheur ! si ça ramollit, nous tombons dans la poufiasse, horreur, et dans la grognasse, et on ne sait plus où l'on va !

Justin haussait les épaules et criait avec fureur :

— As-tu fini ? as-tu fini ?

— Mais non, je n'ai pas fini. Des mots, j'en cite une dizaine et je vous dis qu'il y en a cent et que c'est une richesse épatante. Tiens, je crache par la fenêtre parce que mon mégot jute. Eh bien ! en argot, je connais cinq mots pour dire crachat et je répète que ces cinq mots ne sont pas des synonymes. Vous ne voulez pas les connaître ? C'est que vous n'êtes pas curieux. C'est que vous n'aimez pas la langue. Et puis, vous n'aimez pas non plus le peuple. Vous êtes, au fond, vous autres, des anarchistes mâtinés d'aristocrates.

Parfois, au meilleur du travail, Sénac, sans raison sensible, disparaissait brusquement. Nous sûmes qu'il allait boire au petit *Café de la Gare*. Il courtisait la patronne et disait : « Ce n'est pas une ménesse, ce n'est pas une pétasse. Exactement, une moukère. »

Comme, un jour, il s'attardait dans cette société damnable, Justin dit à Larseneur :

— Va le chercher, vieux frère. Moi, je ne peux pas. D'abord, parce que cela me rend malade de colère, ensuite parce qu'il m'a pris en grippe et qu'il ne fait jamais rien de ce que je peux lui demander.

Larseneur partit et revint seul.

— Il est là-bas, dit-il. Mais il ne veut pas céder. Il est profondément saoul. Il est debout, devant le comptoir et... C'est embêtant quand même.

— Quoi ? De quoi parles-tu ?

— Il est debout devant le comptoir. Il récite à la patronne des poèmes d'amour. Il est si totalement saoul qu'il a fait pipi tout le long de son pantalon et, par terre, sur le carrelage, il y a une petite mare. Il ne s'en aperçoit pas. Il continue de parler d'amour. Pas moyen de l'arrêter.

— Allez-y, s'écria Justin, allez-y et ramenez-le, par honneur pour nous tous, pour la maison, pour l'idée !

Nous allâmes chercher Sénac et parvînmes à l'arracher à ces délices qu'il osait qualifier baudelairiennes. Justin commença de faire, d'une voix mal contenue, des allusions à ce qu'il appelait l'abjection de Sénac. Sénac en riait. Il chantait à pleine gorge :

— Je vois dans cette maison deux espèces de bonshommes : les vertueux et les dépravés. Je demande que l'on me nomme président de la commission des dépravés. Je mettrai ça sur mes cartes.

Quand il était en pleine crise, il débitait à Florence, d'une voix insolente et canaille, toutes sortes d'énormités. Brénugat restait longtemps calme. Pour finir, il articulait :

— Nous allons entendre le joyeux bruit des gifles.

Brénugat était de taille moyenne et bâti comme un hercule. Sénac se taisait soudain. En manière de vengeance, il se plaignait de l'enfant que, pourtant, nous n'entendions guère. La petite fille de Brénugat était d'une sagesse exemplaire. Pour peu qu'elle commençât de pleurer, de rire, ou de chanter, Sénac disait :

— Les enfants, c'est très joli. A part ça, leur climat n'est pas celui de l'intelligence pure.

Le peintre prit une rage.

— Je ne sais pas, criait-il, ce que vous appelez l'intelligence, vous autres, mais ça ne me dit rien qui vaille. Si c'est cela l'intelligence, j'aime encore mieux être un imbécile. Je vais m'en aller loger dans la maison du jardinier. Au moins, là, nous serons tranquilles.

Nous fîmes, Justin et moi, le possible et l'impossible pour détourner Brénugat d'un projet si téméraire. Nous n'y parvînmes pas, hélas ! Il était fort entêté. Pendant quatre ou cinq jours, il peina dans la masure pour la rendre habitable. Il boucha certaines fenêtres, mit des bouts de vitres aux autres et finalement s'installa, non sans pousser des soupirs de soulagement et, disait-il, de délivrance. Il ne revint à l'atelier qu'après une grande semaine. Il déclara, pour s'excuser :

— En somme, je reste le seul à m'occuper du potager. Comme ça, je serai sur place.

Sénac allait répétant : « Bon débarras ! bon débarras ! Les barbares sont refoulés. L'Attique aux Athéniens ! »

Nous touchions à la fin d'août quand survint un événement qui, dès qu'il nous fut sensible, occupa toutes nos pensées.

Depuis plusieurs semaines, les absences de Jusserand devenaient par trop fréquentes. L'esprit même de notre association nous interdisait de lui faire à ce sujet un semblant de réprimande. Toutefois nous le plaisantions et même nous tâchions de donner à nos propos un goût de blâme et de reproche. Un jour, l'un d'entre nous fit observer que, depuis une grande semaine, Alice n'était pas venue, comme elle faisait d'habitude, passer les nuits au Désert. Et, soudain, le drame éclata.

Nous étions à l'atelier, vers la fin de l'après-midi, quand Jusserand parut. Il arrivait de Paris. Il était fort bien vêtu d'un complet d'étoffe anglaise, tout neuf et que nous ne lui connaissions pas. Il fut accueilli par une salve de brocards : « Encore une journée de loupée ! Au composteur ! Au composteur ! Quelle élégance, Messieurs ! »

Jusserand avait le visage dur, obstiné, d'un enfant qui a fait une faute. Il haussa les épaules et murmura :

— Sénac, je voudrais te parler.

Je me demande encore aujourd'hui pourquoi, cherchant un confident, Bernard avait eu la pensée de s'adresser à Jean-Paul. Plus encore qu'un confident, il souhaitait un avocat.

Sénac s'essuya les mains et sortit avec Jusserand. L'entretien ne fut pas très long. Quand Sénac revint parmi nous, il se prit à siffloter. Il faisait un visible effort pour avoir l'air dégagé, désinvolte et même sceptique. Je finis par lui demander :

— Bernard t'a-t-il donné l'adresse de son tailleur ?

Sénac secoua la tête :

— Non. Je la lui demanderai.

— Alors, que t'a-t-il dit ? Est-ce qu'on peut le savoir ?

Sénac commença de rouler une cigarette. Puis il répondit soudain, d'une voix faussement légère :

— Bernard Jusserand se marie. Je suis chargé de vous le faire savoir.

Il y eut quelques sourires. Pourtant, nous sentions tous, à l'accent même de Jean-Paul, qu'il se passait quelque chose de grave.

— Il se marie ! Avec Alice ? Il n'était donc pas marié ? Ah ! le sournois, le petit lâche... Il aurait bien pu nous le dire... Ici nous vivons en marge de la société... Marié ou pas marié, pour nous c'est la même chose... C'est bien extraordinaire !

Sénac alluma sa cigarette, souffla la fumée par les narines et dit très, très doucement :

— Le fâcheux, c'est que Jusserand ne se marie pas avec Alice.

Il y eut, sur ces mots, un moment de silence mortel.

— C'est impossible, dit naïvement Larseneur. Sa femme, c'est Alice. Ils portaient tous deux une alliance.

— C'est impossible, reprit Sénac, oui, c'est impossible, et c'est quand même comme ça. Ah ! j'oubliais d'ajouter que Bernard, à cette occasion, se retire du Désert. Il donne sa démission.

— Voyons, voyons, fit Justin devenu soudain tout pâle. Je ne comprends pas. C'est incompréhensible. Bernard n'était pas marié avec Alice ? Et nous ne le savions pas et il ne nous en a jamais rien dit ? Mais, s'il ne l'épouse pas, c'est qu'il en épouse une autre.

— Apparemment.

— C'est impossible ! s'écria Justin avec une froide fureur. Où est Jusserand ? Dans sa chambre ?

— Non, dit Sénac. Il a repris, sans perdre une minute, le train de cinq heures dix-sept que vous venez d'entendre siffler. Mais il viendra. Vous le verrez : il viendra chercher ses frusques. Il avait quelque scrupule à vous faire, sur un tel sujet, une conférence publique. Il m'a pris comme intermédiaire, c'est tout.

— C'est impossible, répétait Justin. Il ne peut pas faire une chose pareille. C'est monstrueux, et c'est idiot. Pour commencer, il va sûrement mourir. Qui donc le frictionnera trois fois par jour ? Qui lui préparera ses régimes ? Et quand il veut lire ses œuvres à haute voix, qui l'écoutera et lui dira des choses tendres ?

— Je ne sais pas, fit Sénac. Si j'en crois ce qu'il m'a raconté, Jusserand n'est pas sans excuses.

— Il n'y a pas d'excuses.

— Hum ! Il ne faut pas s'emballer. D'abord, il a parlé de passion. La passion, c'est quelque chose d'éminemment respectable.

— Fous-nous la paix avec la passion, s'écria Brénugat. Et dis-nous plutôt qui Jusserand doit épouser.

— Il épouse la baronne.

— Quoi ! Cette dame avec laquelle il se promenait toujours, le soir de la fête ?

— Exactement. Oh ! c'est une personne très bien.

Justin avait le visage dur. Il dit :

— Je vais aller lui parler.

— Mon vieux, tu perdras ton temps. Et puis, tu ne le trouveras pas ! Tu penses bien qu'il n'est pas d'humeur à discuter sur l'article. Il est même très agacé, oui, très agacé contre nous tous.

— Contre nous ? Qu'avons-nous fait ?

— Oh ! rien. Il pense peut-être à ce que nous pouvons penser et cela ne doit pas lui plaire. Toi, qu'est-ce que tu penses, Laurent ?

— Moi, fis-je avec effort, je voudrais être juste, modéré, raisonnable. Je trouve cette histoire désespérante ; mais je ne me crois pas le droit de faire des reproches à Jusserand et de jeter même une paille en travers de son destin. A part cela, je suis très triste. Je commençais d'aimer Alice comme une sœur.

Justin secoua la tête avec violence :

— La passion n'est pas une excuse. Les passions, on les surmonte. Je vais écrire à Bernard.

— Et tu perdras ta peine. Et puis ce n'est pas si simple. Jusserand m'a dit, en substance : « J'ai du génie ! » Oh ! il n'a pas prononcé le mot, mais il n'y avait aucun doute. Il pense donc : « J'ai du génie et je ne veux pas consumer ma vie tout entière dans l'attente d'un événement heureux qui pourrait ne pas se représenter deux fois. Il se présente et je l'accepte. Je joue ma chance, parce que je suis, somme toute, responsable de mon génie. » Voilà, résumée, la thèse de Jusserand. Cela peut se défendre.

Il y eut un moment de silence général et puis une question fut posée, je ne saurais dire par qui :

— Cette dame, cette baronne, a-t-elle de la fortune ?

Sénac, de la tête, fit oui. Et le silence retomba. Nous travaillâmes sans rien dire pendant plus d'une heure. Après quoi, j'allai me promener seul au jardin. Justin vint m'y rejoindre. Il disait, entre ses dents :

— Je lui parlerai. Je lui dirai ce que je pense. Rien ne me fera croire qu'il a vendu son âme pour un morceau de brioche, pour une place en taxi, pour un vêtement d'étoffe anglaise...

— Oh ! répondis-je enfin, vendre son âme, ça le regarde. Mais il y a une autre âme à laquelle on peut penser.

Les trois jours qui suivirent furent empoisonnés, pour nous, par ce drame Jusserand.

Le quatrième jour, qui était un mercredi, nous eûmes la visite d'Alice.

Ma sœur Suzanne se promenait dans le parc avec son amoureux blessé. Nous étions à l'atelier où la besogne pressait, d'autant qu'il manquait deux travailleurs. Testevel introduisit Alice au milieu de nous et Suzanne, sentant qu'il se passait quelque chose d'extraordinaire, demeura dans le jardin.

Je vois encore la scène, qui fut brève et déchirante. Le bon Picquenart offrit un tabouret de bois. Alice s'assit une minute. Elle faisait, je le compris bien, un effort surhumain pour surmonter sa détresse. Et, tout de suite, elle dit de ces choses qu'une amante au cœur généreux trouve toujours à de telles heures : « Je suis d'accord avec Bernard. Son destin et son œuvre sont en jeu. Son œuvre doit passer avant tout... »

Elle ne parlait pas de passion. Elle cherchait, éperdument, quelque raison raisonnable : « Il ne faut pas lui en vouloir. Nous resterons bons amis. Je vous donnerai l'exemple. Nous avions dit, dès le début, que nous nous laisserions, l'un à l'autre, une liberté totale. Le principal, pour moi, c'est que Bernard soit heureux. »

Elle trouva, ce disant, la force de sourire.

— Alice, s'écria Justin, qui renonçait mal à ses mouvements de colère, m'autorisez-vous à voir Bernard, à lui dire tout ce que je pense, à lui faire comprendre, enfin...

Alice secouait la tête.

— Je vous demande, au contraire, de ne rien essayer de tel. Ma résolution est prise. C'est moi-même qui...

L'entretien fut interrompu par l'entrée de Suzanne. Elle avait la voix et l'accent que prennent les ingénues pour dire que le petit chat est mort.

— Il y a, dehors, dit-elle, un monsieur qui veut vous parler. Il a frappé, mais si doucement que vous ne l'avez pas entendu.

— Dis-lui, Suzanne, fit Justin, qu'il attende un petit instant.

Toutes nos pensées, de nouveau, se tournèrent vers Alice. Elle était au bout de son effort et souhaitait de rester seule pour glaner, dans la chambre, ce qu'elle pouvait y prendre. Justin, au nom de tous, l'embrassa fraternellement. Elle commença de pleurer.

— Venez, disait Larseneur, venez vivre avec nous. Vous êtes aussi notre amie. Tout au moins venez nous voir.

Suzanne, à cet instant, entra de nouveau dans la pièce.

— Le monsieur, dit-elle, a répondu qu'il préférait s'en aller.

— Eh ! s'écria Testevel en jetant l'œil par la fenêtre. C'est Monmerqué. Diable ! Je le connais, nous l'aurons, sans le vouloir, profondément blessé.

— Que veux-tu ? répondit Brénugat, c'est une circonstance trop grave.

— Oh ! pour Monmerqué, rien n'y fait. Vite, courons après lui. Je vous dis que je connais l'homme.

Alice nous fit comprendre qu'elle allait monter dans sa chambre et qu'elle préférait demeurer seule. Nous courûmes, tous en bande, sur les pas de Monmerqué. Nous le rattrapâmes à la grille.

— Excusez-nous, fit Justin hors d'haleine. Nous ne savions pas que le monsieur, c'était vous, et nous étions autour d'une amie qui est malheureuse.

Monmerqué se retourna, montrant un visage glacé.

— Cela ne fait rien, souffla-t-il. Vous direz tout ce que vous voudrez, vous avez eu tort. Je ne retourne jamais dans les maisons dont on m'a, même une seconde, refusé la porte. Je ne peux souffrir d'avoir l'air d'un importun.

— C'est absurde, dit Sénac : nous vous faisons des excuses. Nous ne pouvions pas savoir.

Monmerqué venait de s'arrêter, au moment de franchir la grille. Il avait les traits durcis, l'air triste et obstiné.

— Les excuses n'y font rien. Si j'essayais de revenir, je penserais, malgré moi, que vous m'avez mal reçu. Non, non, c'est fini. Adieu !

— Ah ! dit Larseneur avec rage, personne, dans tout cela, ne met de bonne volonté.

Monmerqué leva les épaules. Un terrible entêtement se lisait sur son visage clos :

— Non, vous m'avez laissé attendre et vous m'avez mal reçu. Ce ne sont pas des choses que l'on se fait entre amis. Tant pis ! Vous n'y penserez plus dans deux heures. Mais quand j'ai décidé quelque chose, j'ai la fierté de m'y tenir. Je regrette. C'est fini. Je ne reviendrai plus ici.

Nous restions stupides. Monmerqué noua ses mains derrière son dos et s'en fut sans tourner la tête.

— Je vous l'avais bien dit, soupira Testevel. Vous ne le connaissez pas. Et, le plus triste, c'est que, pendant bien des jours, il va souffrir de son côté. C'est une nature très malheureuse.

Nous revenions vers la maison. Justin saisit la calotte qu'il portait à l'atelier et soudain il la jeta par terre avec fureur.

— Mais qu'est-ce que tout cela veut dire ! criait-il. Mais est-ce que les hommes sont fous ! Alice, Bernard et maintenant Monmerqué. Monmerqué, pour une bêtise ! Trois amis d'un seul coup. Si ça continue comme ça, qu'est-ce que nous allons devenir ?

## CHAPITRE 17

Justin Weill est assis dans le petit bureau poudreux dont il a fait son campement. Une paire de lunettes chevauche le nez aux grandes narines membraneuses. Justin porte un foulard au col, parce que les matinées de septembre sont déjà fraîches. Il a l'air — mais je ne lui en dirai rien — d'un vieux juif compteur de sous.

Il compte, en effet, il compte. De temps en temps, il laisse ouverte sa bouche aux grosses lèvres humides. Il rêve et soupire :

— Les affaires ne vont pas mal. Nous travaillons bien, malgré l'accident de Testevel et le départ de Bernard. Nous avons des commandes. J'ai trouvé des commandes. On nous paye tant bien que mal et la situation financière est cependant déplorable. C'est qu'il doit y avoir une faute cachée dans l'organisation de notre affaire. Il ne s'agit même pas de lutter avec les maisons concurrentes, puisque nous avons des commandes. Cela doit tenir à nous, à notre façon de travailler. Même en allant à l'économie, cette maison est un gouffre. Je vais tâcher de m'arranger avec le proprio pour qu'il nous donne un peu de jeu : le terme d'octobre est proche.

Il se remet au travail, puis regarde par la fenêtre, à la poursuite d'un chiffre et, soudain, il pousse un cri :

— C'est Jusserand ! Il est dans le parc ! Il se promène avec Jean-Paul.

Et nous voici tous deux cachés derrière les rideaux, à suivre de l'œil Jusserand et son compagnon. Nous ne voudrions pas l'avouer : notre cœur bat plus vite et nous sommes très émus.

— J'ai réfléchi, dit Justin, et je ne lui parlerai pas. Pourtant, rien que de le voir, j'en ai le cœur à l'envers. Il nous a tous trahis en même temps, Alice et nous autres.

Les minutes passent et je me sens gagné par l'inquiétude :

— Est-ce qu'il va partir sans même nous serrer la main ?

Il vaudrait peut-être mieux que Bernard eût ce triste courage. Il vient nous serrer la main, d'un air distrait et détaché. Pour cette opération, il extrait ses doigts agiles de beaux gants couleur beurre frais qu'il porte non boutonnés, tout comme M. de Fonfreyde. Nous voudrions plaisanter, trouver à dire quelque bourde. Hélas ! le cœur nous manque. Nous sommes terriblement muets. Le front de Jusserand s'assombrit. Il a fait venir de Paris une paire de coltineurs qui lui déménagent ses hardes. Il essaye, mais d'une voix fausse, de pousser, en exhortant les bonshommes, ces « oh ! oh ! oh ! » et ces « ah ! ah ! ah ! » qui nous ont longtemps réjouis.

Puis il recommence de déambuler au bras de Sénac dans les allées du jardin. Enfin, il s'en va, il s'enfuit.

Nous ne sommes pas soulagés. Un poids terrible va peser tout le jour sur notre poitrine. Jean-Paul, goutte à goutte, distille ses commentaires !

— Il dit que nous ne pouvons pas le comprendre. C'est exactement cela : il joue les grands incompris, les héros poursuivis par la fatalité tragique. A l'entendre, il est le gaillard qui veut vivre au ban de la société, le réprouvé, le damné.

— C'est beaucoup trop, gronde Brénugat en haussant les épaules. Il voudrait nous faire croire que son affaire n'est pas simple. Et, justement, c'est tout simple.

— Lui as-tu dit, soupire Testevel, qu'on ne lui en voulait pas ?

— Je l'ai dit, répond Sénac, et le plus curieux, c'est que ça n'a pas semblé lui faire plaisir du tout. J'ai même eu l'impression que je lui retirais quelque chose. Il a soif de tempête, le petit frère, soif de vitriol et de sang. Nous lui donnons de l'orgeat, de bonnes paroles et notre bénédiction. Je pense qu'une engueulade l'aurait mis beaucoup mieux à son aise.

Justin fronce les sourcils :

— Il n'est pas digne de l'engueulade. Gardons ça pour ceux que nous aimons.

Sénac s'incline gracieusement et le silence retombe. Un peu plus tard, Justin reprend, comme pour lui-même :

— Il avait du génie, Jusserand, sans aucun doute, puisqu'il n'avait rien fait encore. Quand il commencera de travailler vraiment, il cessera d'avoir du génie. Il n'aura plus qu'à faire la conquête du talent. Et c'est déjà difficile.

Nouveau silence. Puis encore :

— Il avait une trop belle voix. Quand on a une voix pareille, il faut être Shakespeare. Il n'était que Jusserand.

Nous ne répondons rien. Nous regardons avec mélancolie Bernard Jusserand s'enfoncer dans l'imparfait de l'indicatif.

Je fais popote avec Justin. Nous cuisons vaguement, sur le feu commun, de vagues lambeaux de bidoche que nous venons mastiquer dans la chambre de Justin, entre les caisses et les paquets de papiers sur lesquels neige la poussière.

— C'est triste, soupire Justin. Cela ressemble à ces bureaux morts dans lesquels on ne fait rien. Et pourtant, je travaille. Et c'est justement pour cela que je n'ai pas le temps de nettoyer ma cambuse.

Justin travaille, certes, et beaucoup plus que nous tous. Il trouve même le temps d'aller à Paris pour y rendre quelques visites et pour y traiter des affaires. Il dit en revenant :

— J'ai déjeuné chez la comtesse Gratz. Elle m'avait invité pour m'entendre parler de ce qu'elle appelle « notre délicieuse utopie ». Est-ce qu'il n'y a pas de quoi pleurer ?

— Au moins, glisse Jean-Paul, tu as eu la chance de manger à ta faim.

— Mais non, ne crois pas cela. On mange mal, chez les gens du monde, et presque toujours des repas économiques. Tous ces gaillards-là ont mal au foie. Oh ! Je n'ai pas mangé grand-chose. En outre le larbin qui passait les plats et qui me soufflait dans le cou sentait la dent cariée. Cela m'a coupé la chique.

Justin part à bourgonner. Il a perdu toute bonne grâce. Il gourmande Testevel qui recommence à cuisiner de petits plats dans sa turne :

— Tu manges trop. Tu vas sombrer dans la matière.

Testevel fait de naïfs aveux.

— C'est vrai, je mange trop et ça me dégoûte moi-même. C'est à cause de cette grande carcasse qui réclame. Quand je n'ai plus faim, je prends des résolutions admirables. Et tu n'imagines pas comme je suis sûr de moi, dans ces moments-là, comme je me sens affranchi. Et puis, les heures filent. Je me mets à table. La faim est revenue. Je me dis : « Passe pour cette fois, ce sera la dernière. » Et ça recommence et c'est toujours la même chose.

Justin lâche Testevel et cherche une autre proie. Il s'acharne sur Sénac :

— Jean-Paul, gronde-t-il, ne fera jamais rien de bon.

— A quoi vois-tu cela ?

— Il marche sur le contrefort de ses chaussures. Il transforme tout de suite un chausson en savate, en babouche.

— Ah ! dis-je en riant. Tes ancêtres en portaient, des babouches.

— Peut-être, mais pas à l'âme. Sénac a l'âme en savates. Il n'a pas le sentiment de l'effort.

Justin baisse la voix et dit avec rancune :

— Tu as remarqué, peut-être, que, depuis près de deux mois, le grand platane qui pousse près de la maison a toutes ses feuilles roussies, brûlées, d'un côté. Je sais maintenant ce que c'est. Sénac n'a pas de pisse-pot. Il se lève le matin et il asperge notre arbre. Il finira par le faire crever. Tout cela pour ne pas se déranger.

Justin parle de Sénac avec une sorte de haine méprisante :

— C'est le mauvais génie de notre entreprise. Je l'ai senti dès le début.

Je tente de le calmer. Il ne veut rien entendre. Il est tatillon, tyrannique. Il surveille nos sorties, nos entrées, nos repos et nos jeux. Il rêve encore d'imposer une discipline. Il dit :

— Testevel n'est pas rentré coucher la nuit dernière. Qu'est-ce que cela signifie ?

— Il est allé voir sa famille.

— Il aurait dû me prévenir.

Testevel sent peser sur lui la réprobation. Je l'entends qui souffle à Sénac :

— Il paraît que le sous-off est mécontent.

Jean-Paul ferme une paupière à moitié.

— Peuh ! répond-il, les juifs tiennent rarement l'emploi de sous-officier. Ils sont généraux tout de suite, ou bien soldats furtifs.

Justin n'a rien entendu. Pourtant, il vit l'oreille ouverte. Et il se plaint :

— Ils ne m'aiment pas. Tous, ils jabotent, je le sens bien. Ah ! nous parlons des femmes, nous disons : « Si les femmes s'en mêlent, avec leur mauvaise langue ! » Mais, nous aussi, les hommes, nous sommes bavards et méchants.

Il arrête sur moi, quelques instants, un regard presque bigle tant il est chargé de fureur :

— Quand les gens m'ont fait souffrir, ou quand ils m'ont blessé, comment t'expliquer ce qui se passe en moi ? Je rêve tout de suite qu'ils sont morts, que j'ai le pouvoir magique de les supprimer, de les effacer de ma vie. J'ai déjà tué Sénac, ainsi, une bonne vingtaine de fois. Est-ce que ce n'est pas affreux ?

Il fait le geste de chasser les papillons noirs :

— Voilà ! Je me suis piqué. Regarde, cela saigne. Il y avait une épingle dans ces paperasses. Quand il y a une épingle quelque part, c'est toujours pour mes doigts. Une fatalité ! C'est que, vois-tu, je suis un imbécile. Et, puisque tu m'écoutes, tu es aussi un imbécile. Nous sommes tous de regrettables imbéciles. Tu vois, je suis en proie au plus noble désespoir. Mais si j'avais seulement un furoncle à la nuque, ou un petit mal blanc, je ne penserais qu'à mon furoncle, à mon mal blanc. Vive le furoncle, Laurent !

Il sourit, s'apaise et dit tout bas :

— Pardon. C'est cette longue souffrance pour Cécile, c'est cela qui m'a gâté le caractère.

— Ah ! Justin, dis-je en soupirant, tu n'étais pas ainsi autrefois.

Et le voilà qui repart à souffrir :

— Si, mais autrefois tu m'aimais.

Nous avons encore de bonnes heures, tous ensemble ; pourtant l'habitude est prise de la colère, l'habitude est prise des jugements corrosifs. Justin a beaucoup de peine à souffrir Brénugat, qu'il trouve obtus et borné.

— Nous ne l'entraînerons jamais. C'est un bon peintre, c'est-à-dire un œil et une main. Rien de plus. Nous l'ennuyons sans profit. Il a vingt-six ans et il a déjà renoncé à l'effort intellectuel. Dès que nous parlons ou lisons, il commence de s'endormir. Il fait d'inutiles efforts pour rassembler ses traits en déroute. Il essaye de réfléchir, le pauvre, et les rides de son front, tu n'as pas vu ? lui font comme un paquet de nouilles à la racine du nez...

Justin s'arrête et rougit.

— C'est immonde ! C'est immonde ! Je suis aussi méchant que Sénac.

Entre Sénac et Brénugat s'éternise une querelle non point sourde, mais loquace et même bruyante. Brénugat n'est guère jaloux, mais il ne peut souffrir les façons qu'a Jean-Paul de regarder Florence et de lui tenir, à la faveur d'une rhétorique bien personnelle, toutes sortes de propos orduriers mêlés de considérations philosophiques. Brénugat, dans le débat, est vite à court d'arguments et même de vocabulaire. Il bégaye une menace mystérieuse et fort à la mode : « Tu vas te faire enlever le ballon ! » Sénac se frappe la cuisse et dessine avec des variantes et des fantaisies ce geste irrévérencieux dont je crois avoir parlé déjà.

Parfois, Brénugat, saisi d'un accès de cordialité, s'écrie :

— La paix avant tout ! Il a tous les torts. Eh bien ! vous allez voir, je vais lui tendre la main et même lui faire des excuses.

Il commence d'exécuter ce beau programme, s'échauffe petit à petit, retombe en mâle fureur et dépasse de beaucoup ses premiers excès de langage. Il hurle :

— Non, non, tu n'es qu'un voyou. Je voulais te faire des excuses et voilà que je fais tout le contraire. C'est ta faute, c'est ta faute. A cause de toi, je partirai d'ici. Cela finira par craquer.

Sénac regarde le peintre avec une insolence parfaite.

— Un mot de plus, dit-il froidement, et je m'en vais pour la nuit à l'hôtel de la gare. Au moins, là, j'aurai la paix.

En fait, Sénac consacre une bonne part de ses journées au restaurant de la gare. Il y entraîne Testevel et fait à voix haute de belles déclarations sur ce qu'il nomme la technique de la soulographie. « Le goût et le parfum ne suffisent pas. Il faut lamper à grandes gorgées. La bête veut être bien sûre qu'elle absorbe, qu'elle enfle et se transforme. La bête ne se contente pas d'une caresse. Elle veut l'amour total. Elle demande la possession épuisante, le sentiment de l'invasion, de la plénitude. Et après, il n'y a plus que la mort. »

Testevel tâche à suivre ces conseils compétents. Le résultat est déplorable. Justin lui crie avec mépris : « Je le dirai à la petite Suzanne. »

Sénac a déjà sous les yeux des poches mauves et translucides. Il est sale avec lyrisme. Il a l'air de suer la crasse, de la produire, de la sécréter, exactement, de la faire sourdre des profondeurs de son être. Il se promène en égrenant de légers chapelets de ces bruits qu'il appelle « bruits inconsidérés ». Il traîne un violent rhume de cerveau et ne se lasse pas d'en esquisser l'étiologie : « Nous habitons dans un trou. La maison est mal exposée. Cette pièce d'eau nous dispense une humidité redoutable. Nous périrons de rhumatismes. Il aurait fallu trouver quelque chose là-haut, sur la route de Versailles ou sur le plateau de Châtillon. Nous finirons par crever. Ce sera la solution. »

Il me dit toutes ces choses quand il est loin de Justin qu'il redoute un peu, malgré tout. Nous allons parfois ensemble acheter des provisions. Et c'est pendant une de ces courses — sommes-nous donc dimanche ? je finis par ne plus savoir — que je fais soudain une rencontre. Oh ! une très pénible rencontre. Mon père marche sur le chemin, nous allons l'atteindre. Il n'est pas seul. Il donne le bras à quelqu'un. Hélas ! C'est Paula Lescure, cette maîtresse qu'il a depuis sept ans et qui même n'est pas sa seule maîtresse. La route n'est pas très large. Nous passons si près les uns des autres que nous pourrions nous toucher. Et père nous dit bonjour avec une désinvolture admirable. Pour moi, je suis désespéré. Bièvres soudain me fait horreur. J'ai voulu fuir mon ancienne vie : elle me poursuivra partout. Je marche en me mordant les lèvres, sans dire une syllabe.

— Le savais-tu ? dit Sénac.

— Non, je ne le savais pas.

— Mon vieux, tu es le seul. Nous le savions tous, au Désert. On ne t'en a jamais rien dit parce que, sur cette question, tu es un peu clergyman. Le Dr Pasquier a fait venir cette dame au début du mois d'août et il l'a logée dans une petite maison, du côté du bois de Verrières.

Je ne réponds même pas. Je rêve, confusément. Les hommes sont incorrigibles. Je suis, sans doute, moi-même, incorrigible à ma façon. Jean-Paul, cependant, donne sur la conjoncture une opinion tolérante :

— Ton père, au moins, dit-il, c'est ce que j'appelle une nature, et c'est même un rigolo. La vie doit être amusante avec les gens de cette espèce.

Nous revenons au Désert et c'est pour apprendre une désolante nouvelle. Justin Weill et Larseneur sont en grande conversation. Ce n'est pas une querelle. Cela se passe presque à voix basse. Justin se tourne vers nous et dit, le souffle coupé :

— Larseneur veut s'en aller. Vous comprenez ? Il nous quitte. Il prétend qu'il ne peut plus remplir ses obligations.

Larseneur écarte les bras du corps. Il a l'air triste et buté.

— Je vous l'ai dit : c'est ma mère. Je consens à vivre de pain et de fromage. Ça ne me fait vraiment rien. Mais je dois gagner de l'argent pour ma mère qui est malade.

Il continue sur ce thème. Je ne l'écoute pas. Je sais qu'il parle de sa mère et qu'il pense à Suzanne. Il ne connaît pas bien Suzanne. Il s'imagine que Testevel, son rival, pourrait être un rival heureux. Il souffre et devient, jour à jour, neurasthénique.

Saisi soudain de courroux, il s'écrie en regardant ses pieds :

— Au fond, l'imprimerie, c'est bien, mais ce n'est pas mon affaire. Pour moi, somme toute, ce n'est rien de sérieux. Mon vrai travail, c'est la musique, la création. Tout le reste est du temps perdu, et je m'en fous.

— Il est regrettable, siffle Justin d'une voix aigre, il est regrettable que tu n'aies pas compris cela dès le début.

Larseneur tourne la tête et s'éloigne sans rien dire. Je le connais. Je sais qu'il songe à la petite Suzanne. Il est fait pour souffrir. Il souffrira.

Justin lâche, dans un souffle :

— Encore un ! Encore un ! Et, malheureusement, un des meilleurs. Si, du moins, c'était Sénac. Il ne s'en ira pas, celui-là ! Qu'est-ce que nous allons devenir ?

## CHAPITRE 18

L'automne était arrivé quand la voix de Larseneur déserta le concert du monde. Notre musicien avait promis de venir passer les dimanches à Bièvres. Il vint, mais son âme était ailleurs. Mes parents avaient fermé la maisonnette d'Igny. Nous cessâmes de recevoir la visite de Suzanne. Testevel aussi connut l'ennui. Testevel recommençait à manier le compositeur. Ses doigts blessés demeuraient gourds. Le grand garçon pensait qu'il allait rester infirme. Il se manifestait en tout comme un disciple de Sénac, buvait, sans virtuosité, mais avec application, montrait à critiquer les hommes, les choses et les événements, une verbeuse diligence et une joviale balourdise.

Justin avait obtenu des délais indéfinis pour le terme d'octobre qui demeurait donc impayé. Grâce à cet allégement, il était ressaisi d'espoir : « Nous allions nous redresser, récolter de belles commandes, éblouir la clientèle, chercher d'autres adeptes, repeupler la maison. » Il y avait des jours où ces extravagances enivraient nos jeunes cœurs. Il y avait même des jours où l'automne et ses prestiges nous relançaient, par quel miracle ! au sommet de l'enthousiasme. Le parc était d'or et de carmin. Brénugat brossait des toiles qui sont demeurées, pour nous tous, de poignants souvenirs. Il disait : « Composez, les gars. Moi, c'est trop beau : il faut que je peigne. Je me rattraperai ce soir. »

Nous étions peu, devant les casses. Le gros poêle avait été rallumé, car l'atelier sentait l'humide. L'achat d'un sac de houille soulevait de grands problèmes et de véhémentes discussions. Justin nous expliquait :

— Si je n'avais pas obtenu l'indulgence du propriétaire, nous aurions dû fermer boutique. Et, comme nous allons toucher au port, ce serait vraiment la guigne.

Au seul mot de propriétaire, Jean-Paul Sénac écumait :

— Tu parles d'indulgence ! Le mot est à frémir. Voilà, nous dépendons de l'indulgence de ce monsieur, nous dépendons de la bienveillance d'un requin. Voilà notre fameuse liberté.

— Tu n'es pas raisonnable, fit Justin, et tu manques de gratitude. Le propriétaire pourrait nous mettre à la porte et faire saisir le matériel. Il nous donne au contraire de grandes facilités et tu le traites de requin.

Sénac se mit à rire :

— J'ai des idées sur le requin. Un homme peut être charitable, doux, clément, vraiment humain en tout, sauf dans le domaine dont il a fait sa carrière. Là, forcément, il est une bête qui prend, donc un rapace, ou, comme j'ai l'honneur de te le dire, un requin.

Justin exécrait la dialectique sénacienne. Il fronça les sourcils.

— Et les saints ? Que fais-tu des saints ? Est-ce à moi, qui suis juif, de te rappeler les saints ?

Sénac n'était jamais pris sans vert. Il répondit de sa voix obstinée :

— C'est justement là que la concurrence est terrible. Dans l'ordre de la sainteté, les plus grands sont des requins aussi : ils veulent tous être à la droite du Père et il n'y a qu'une place. A mon avis, le vrai saint, le modèle du renoncement, c'est celui qui renoncerait, par exemple, à la sainteté. Je suis peut-être celui-là.

Justin cessait de répondre. Sénac, sur ce thème amer, multipliait les variations : « L'homme épatant », expliquait-il à Testevel, auditeur béant, « l'homme admirable, somme toute, c'est celui qui, lorsqu'il a trouvé quelque chose de bon à prendre, referme sa patte dessus, comme tout le monde, comme tout le monde, mais la referme avec élégance, la referme sans que cela se voie. C'est ce qu'on peut appeler le requinisme inapparent, le requinisme mondain. »

Testevel avalait ces billevesées comme paroles d'évangile. Dont Justin restait furieux.

Le pauvre Testevel s'en fut raconter un jour à Florence Brénugat que Larseneur était parti pour fuir le caractère exécrable du sous-off. Le propos, après quelques détours, vint aux oreilles de Justin. Le pauvre en fut navré si grièvement qu'il alla trouver Testevel.

— Expliquons-nous, lui proposa-t-il. Rien ne vaut une franche et ferme explication. Je te connais depuis longtemps, mon vieux, et je ne te crois pas capable d'avoir imaginé toi-même une telle canaillerie.

— Et pourquoi donc ? s'écria l'autre.

— Oh ! parce que toi, tu es bon.

Testevel battait des paupières. Il était soudain vexé :

— Bon ! Mais non ! Pas si bon que ça !

Quand nous étions seuls, Justin, recru de considérations sur le budget, les fournisseurs, la nourriture et la clientèle, retombait en proie aux tortures de l'amitié :

— Je ne sais plus par où les prendre. J'aurais tout donné pour les aimer comme des frères. On ne peut pas me reprocher le manque de dévouement.

Avec une maladresse de noyé, Justin, dans les querelles, faisait état de ce dévouement que nul ne jugeait discutable.

— Que veux-tu ? mon cher, s'écriait soudain le très brutal Brénugat, on préfère, ici, que tu sois un peu moins dévoué, mais que tu nous foutes la paix un peu plus. J'en ai marre des gens dévoués !

Sénac se hasardait rarement à des combats corps à corps. — Je devrais dire âme contre âme. — Il préférait les manœuvres médiates, le carambolage par la bande, la navigation entre deux eaux. Il fermait un œil à moitié, montrait Justin d'un mouvement du composteur et soufflait :

— Moi, je suis dreyfusard par raison, et antidreyfusard par goût. Tout pour Dreyfus, c'est entendu, mais à condition que les juifs ne nous empoisonnent pas l'existence. Justin est un esprit distinguiche, charmiblèche et même aristocratouille et tout cela n'empêche pas qu'il commence à me graboter le zanzibar.

Jour à jour, la colère s'accumulait, comme la soif et la faim. A certaines heures, elle exigeait assouvissement. Après de véhéments assauts, Justin cédait, s'humiliait.

— Je cède, m'avouait-il dans le silence revenu. Je cède et ça m'est égal d'avoir cédé. Ça m'est égal d'être méprisé. Ça m'est égal de passer le dernier dans les portes, d'aider les autres à mettre leur pardessus, et même de me prosterner et même de recevoir des coups de pied au cul. Tout cela n'a pas d'importance. Tout cela ne peut m'empêcher d'être Justin Weill. Voilà ! La seule chose terrible, pour moi, serait de n'être plus Justin Weill.

A d'autres moments, son orgueil cherchait de nouvelles carrières.

— Non, non, je suis un lâche, comme tous les copains d'ici. Je n'ai d'énergie que pour me brosser les dents. Dame ! pour me brosser les dents, je ne manque pas de courage. Pour le reste, je suis un mollusque. Je ne vois autour de moi que des mollusques, des limaces, oui, des limaces, des moules et encore des moules. Ah ! nom de Dieu ! Une grande canaille ! Un grand criminel ! Qu'on me montre un vrai monstre, quelque chose de dur et de vigoureux.

Il avait, à de tels moments, cette éloquence virulente des prophètes de sa race qui furent tous des pamphlétaires lyriques. Descendu de ces cimes arides, il retombait à l'amertume, à la mélancolie :

— Il y a une conspiration contre moi. Tu le sais, toi, Laurent. Ils disent tous que je suis insupportable. Alors, je vais me retirer. Je vais donner ma démission. Comme cela nul ne pourra plus dire que je suis un juif ambitieux, un arriviste et un dominateur. C'est entendu. Je vais me retirer.

Je m'évadais de tels entretiens l'âme lourde et les membres rompus. Je m'efforçais, un jour, en vain, de cuver une disgrâce telle quand j'entendis sonner à la grille. J'étais seul dans le jardin. En général, et faute de règle, nul de nous n'allait ouvrir. Les visiteurs finissaient, quand ils en avaient envie, par pousser la porte de fer et par trouver leur chemin. Comme la sonnette appelait pour la seconde fois, je m'en fus jusqu'à la porte. C'était la fin de l'après-midi. Je ne saurais dire si nous avions passé la Toussaint. Je me rappelle seulement que les peupliers n'avaient pas encore perdu toutes leurs feuilles et je voyais ces feuilles, d'un or maladif, trembler à des souffles pour moi presque insensibles. Une brume légère s'accumulait par couches horizontales, avec les fumées du village, dans le fond de la vallée.

J'aperçus, en approchant de la grille, une longue et noire silhouette et, tout à coup, je compris que c'était un prêtre. Nous sortions d'une de ces querelles dont j'ai déjà trop parlé. J'avais les joues brûlantes, les yeux injectés de sang et le cœur chargé de rancune contre mes amis, contre moi-même et contre le monde entier.

J'ouvris la grille à demi. C'était un assez jeune prêtre, à peine plus âgé que moi si j'en jugeais sur l'apparence. Il avait un visage rouge, aux traits rustiques, une grande carrure osseuse, des mains maladroites dont il ne savait que faire et de gros souliers à clous noués par des lacets de cuir.

— Que voulez-vous, Monsieur ? lui dis-je.

Il fit un ou deux pas et pénétra dans le jardin. Il s'efforçait de sourire et préparait laborieusement une phrase qui ne se formait point.

— Ah ! fis-je avec amertume, vous venez sans doute pour le denier du culte ou pour vos œuvres. Je regrette, Monsieur, ici nous ne sommes pas riches et surtout nous ne sommes pas de vos paroissiens.

Le jeune prêtre secoua la tête et répondit d'une voix de paysan :

— Je ne suis pas le curé de Bièvres. L'abbé Gray, le curé de Bièvres, est malade, à la clinique. Je ne suis que le remplaçant. Oh ! je ne viens pas vous demander de l'argent.

— Alors, pourquoi venez-vous ?

Le jeune prêtre fit, des épaules, un mouvement indécis.

— Oui, fis-je durement, vous venez pour voir ce qui se passe dans cette maison. Les gens du pays ont parlé. C'est une maison mystérieuse. Alors, vous venez jeter un coup d'œil. On vous a peut-être envoyé.

Le visiteur fit, de nouveau, ce mouvement des épaules qui devait suppléer, sans doute, une élocution laborieuse.

— Non, dit-il enfin, non. Je vous ai vus, dans la rue, vos camarades ou vous-même, et j'ai pensé que, peut-être, nous pourrions parler ensemble.

— Vous vous ennuyez, ici ?

Il fit un singulier sourire.

— Je n'ai pas le temps de m'ennuyer. Mais je ne connais personne. Et puis, on m'a parlé quand même, vous n'avez pas tort de le croire. Ce que vous tentez ici, ce n'est pas ordinaire.

— Ah ! fis-je avec ressentiment, ne vous faites pas d'illusion.

Nous cherchons notre chemin. Si vous voulez que je vous le dise, nous ne l'avons pas trouvé. Nous venons de nous disputer une fois de plus.

Le jeune homme écarta les mains.

— Ça, rien d'étonnant. On se dispute partout un peu. Au séminaire, autrefois, je me suis disputé souvent... Cela ne vous ferait rien, Monsieur, si nous marchions ? Il ne fait pas fort chaud.

Il avait de longues jambes raides qu'il mit tout de suite en route. Je le suivis dans les allées. Cette visite imprévue m'intéressait soudain.

— Marchons, si vous voulez, lui dis-je. Nous pouvons même causer. Vous tombez mal, monsieur l'abbé. Ce n'est pas une maison pour vous que cette maison où vous êtes. Ici nul ne croit en Dieu. Moi, j'ai cru, mais c'est fini. Et même, comment vous dire ? Je respecte trop l'idée de Dieu pour la rendre responsable d'un monde aussi absurde.

Le prêtre ouvrit la bouche. Il me regardait en silence et semblait très étonné. Nous allions l'un près de l'autre et, soudain, saisi par un besoin d'épanchement, de confidence, je me pris à monologuer :

— C'est fini. Oui, pour moi, c'est fini depuis dix ans. Les premiers temps, si vous voulez le savoir, j'en avais comme de la rage, une rage de destruction. J'aurais voulu me faire du mal à moi-même et faire du mal à Dieu en moi, faire du mal à l'idée de Dieu en moi... Dans ma famille, nous avons tous été élevés religieusement, sans excès... Et puis, la rage a fini par s'épuiser. Maintenant, je suis très calme. Je ne crois plus. Je ne peux plus croire et je ne croirai plus jamais. Je ne souhaite même pas que le don de croire me soit jamais rendu. Mais je sens bien que c'était beau, cette promesse d'un amour éternel, d'un revoir éternel, d'un repos éternel. Si Jean-Paul Sénac m'entendait — vous ne connaissez pas Sénac, évidemment ; c'est un de mes amis d'ici. C'est un esprit sceptique et même cruel, mais curieux —, eh bien ! si Sénac m'entendait, il se mettrait peut-être à rire. Cela m'est parfaitement égal. Au fond, voyez-vous, monsieur l'abbé, j'en suis au point de penser que, dans un monde aussi incohérent, l'existence de Dieu ne serait pas une chose plus folle que la non-existence de Dieu.

Le jeune prêtre s'arrêta, me saisit par le bord de ma veste avec une familiarité pleine de gaucherie.

— Répétez, dit-il, répétez. Vous parlez trop vite.

Je répétai, non sans peine. Le visiteur écoutait, puis il secoua la tête.

— Vrai ! murmura-t-il, vous ne croyez pas au Christ ? Vous dites que vous ne croyez pas ! Et si je vous donnais la preuve, alors, vous seriez obligé de croire.

— Qu'est-ce que vous appelez la preuve ?

Mon interlocuteur baissa la tête et regarda fixement le bout de ses gros souliers.

— Si je vous dis : j'ai vu le plus gros diamant du monde, au

Louvre. Ou : j'ai entendu chanter les Bénédictins, à Solesmes, avant la séparation. Vous me croyez, n'est-ce pas ? puisque j'ai vu et puisque j'ai entendu et puisque je ne mens pas.

Il releva les yeux, me regarda paisiblement et dit :

— Et si je vous dis : Dieu existe parce que je l'ai vu et entendu. Alors, vous êtes bien obligé de me croire.

Il y eut un long silence. J'étais profondément déçu. Je ne le serais certes pas aujourd'hui dans une circonstance telle, mais je l'étais ce jour-là. Sans me l'avouer à moi-même, j'attendais, j'attendais quelque révélation surprenante et le petit paysan ne trouvait à me dire que cette phrase enfantine ou qui, du moins, me paraissait telle.

— Ah ! fis-je avec ressentiment, et c'est tout ce que vous voulez m'apprendre ?

Le jeune homme répétait avec une sorte d'entêtement :

— Puisque je vous dis que j'ai vu et entendu !

Je frappais le sol du pied. Puis nous fîmes quelques pas sans rien dire. J'étais triste et mécontent. Je dirigeais, sans en avoir l'air, nos pas vers la grille de la rue. Alors le jeune prêtre me regarda. Ses gros yeux de faïence claire étaient pleins de larmes. Il dit, d'un air honteux :

— Puisque je suis absolument sûr.

Je lui serrai la main et le poussai dehors.

Une minute plus tard, je rouvris la porte et courus dans la ruelle, derrière le visiteur.

— Je vous remercie, murmurai-je. Si j'étais capable de croire, je pense que vous m'auriez convaincu.

Je n'osais pas lui dire que, dans le fond de mon cœur, je saluais seulement ses larmes et qu'elles étaient, à mon égard, plus puissantes que toute preuve.

Comme je regagnais l'atelier, Sénac soupira, d'une voix onctueuse :

— Notre Laurent va se convertir. Il mène une vie édifiante. Il fréquente les ratichons.

Il y avait, près de la machine, un grand pot dans lequel trempait l'éponge qui servait à mouiller les feuilles de papier. Je pris l'éponge toute ruisselante et je l'envoyai tout droit sur le nez de Sénac.

De moi, Sénac ne pouvait guère s'attendre à des mouvements de cette sorte. Il commença de s'essuyer les joues et la moustache avec le pan de sa blouse. Il soupirait :

— La religion ne lui vaut rien. Il va devenir enragé, comme les autres, comme nous tous.

Deux jours de suite, je vécus dans le souvenir de cette étonnante visite et j'y songeais encore quand survint mon frère Joseph.

Il avait l'air furieux et mordait sa moustache rognée à l'américaine.

— Ma voiture est là, fit-il. Vite, mets un vêtement propre et suis-moi. Pas une minute à perdre.

— Qu'est-ce qu'il y a ? Mère est malade ?

— Mais non. Il s'agit de papa. Tu devrais bien t'en douter.

Je t'expliquerai ce qui se passe, tout à l'heure, en roulant. C'est excessivement sérieux.

— Dis-moi quand même quelque chose.

— Va t'habiller. Et prends ta brosse à dents. On ne sait jamais. Ne roule pas des yeux de veau. Je te dis que c'est assez grave.

Je montai dans ma chambre où Justin vint me rejoindre.

— Puisque tu pars avec ton frère, vois donc un peu s'il n'y aurait pas moyen de lui emprunter quelque chose. Oh ! cinq cents ou mille francs, pas davantage, pour faire notre fin novembre. Pardonne-moi, je parle de ça, mais je sens, à ta figure, que ça ne va pas, chez vous. Alors, n'oublie pas l'argent. On donnera des intérêts et même un gage : le matériel d'imprimerie, par exemple.

Pauvre Justin. Il ne songeait qu'au Désert. Il en perdait parfois le sens.

Quand nous fûmes dans l'automobile, Joseph commença de parler. Il ménageait ses effets :

— Je ne te dirai pas tout. C'est inutile, tu vis avec des idées, des rêves, des blagues. Tu n'es pas dans le réel. Tu sais peut-être quand même que, pendant les deux mois d'été, père a logé Paula Lescure à Bièvres, du côté de l'église. Je lui ai dit que c'était trop près d'Igny et que cela risquait d'être découvert par maman, c'est-à-dire de faire des drames. Sais-tu ce qu'il m'a répondu ? Non. C'est énorme. Il m'a dit : « Laissez-moi tranquille. Je veux mes commodités. Et puis, je n'ai pas le temps de faire des kilomètres. » A Paris, il a trois ménages. Il va passer une heure, chaque jour, dans chacun des deux ménages illégitimes. Je me demande ce qu'il y fait. Car enfin, il a soixante-deux ans. Tant pis ! Laissons Paula Lescure. Ce n'est d'ailleurs pas pour ça que je suis venu te chercher.

— Dis-moi quand même pourquoi. Tu me fais bouillir.

— Tu sais ou plutôt tu ne sais pas que papa, sans me prévenir, a signé un billet... Je ne peux pas t'expliquer cela : tu ne comprends rien aux affaires. Imagine que papa s'est avisé d'imiter ma signature. Ce qu'on appelle un faux. Oh ! il m'a prévenu à temps. Je n'avais plus qu'à payer. Deux mille francs, à peu près. La carte forcée. J'ai payé, ne t'inquiète pas. Pour dire vrai, il a pris la chose comme un service à me demander. Bref, il s'est foutu de moi, ce qui n'est pourtant pas facile. Je te répète que j'ai payé. Je lui revaudrai cela. Je tiens même tout de suite à te dire que je ne supporterai pas cette dépense-là tout seul. C'est entendu avec Cécile. Nous couperons la somme en trois, Ferdinand et Suzanne restent en dehors, il paraît. Je le mettrai sur ton compte. Et ne parle pas devant maman ; elle entend tout à demi-mot. Deux ménages en ville, sans compter le ménage légitime, ça mange beaucoup de galette. Mais ce n'est pas pour cela que je t'emmène aujourd'hui. Ne te mets pas en colère. Tu n'as pas de sang-froid, c'est fâcheux pour un jeune savant et surtout pour un médecin... Papa est au petit parquet, depuis onze heures du matin.

Cela ne te dit rien. Je m'explique. Papa est arrêté ; maintenant tu piges. Il s'est disputé ce matin, sur le boulevard de l'Hôpital, avec un agent — parfaitement, un sergent de ville — qui brutalisait une marchande des quatre-saisons. L'esprit chevaleresque, toujours ! La querelle a mal tourné. Papa, tout de suite, a traité l'agent de cocu et même il a levé sa canne — oh ! cette canne ! si je pouvais la brûler, la détruire, la faire disparaître ! — Résultat, le commissariat d'abord, et non sans résistance. Là, papa s'est refusé formellement à décliner son identité. Les gens du commissariat l'ont fait conduire au petit parquet, près de la Sainte-Chapelle, dans le Palais de justice. Il a fini par se nommer, quand on a prévenu le juge d'instruction de service. Là-bas, on croit que c'est un fou. On parle de le transférer à l'Infirmerie spéciale. J'ai tout su par téléphone. J'ai un mot d'Urbain Lévêque, le vice-président de la Chambre, ce bonhomme à qui, tu te rappelles, j'ai acheté une croûte pour la somme de vingt mille francs... Il n'est d'ailleurs pas mal du tout, ce tableau. Je l'ai fait expertiser. Alors, nous allons au petit parquet. Nous y serons vers trois heures, avant l'interrogatoire, et je vais arranger cela. Je ne peux pas me passer de toi, s'il y a des complications. Tu ne dis rien ?

— Eh ! fis-je, il n'y a rien à dire.

Joseph cessa de parler pendant plusieurs minutes. Je le regardais à la dérobée. Il ressemblait étrangement à tante Anna, cette sœur de notre père que nous avions tous en horreur. Il ouvrit de nouveau la bouche. Il parlait comme pour lui-même.

— Ce n'est pas un père de tout repos. Ah ! fichtre non ! Maman non plus, c'est drôle à dire, n'est pas très raisonnable. Les parents, ça ne s'étonne de rien. Je croyais qu'à la longue ils comprendraient qui je suis, ce que je suis devenu. Bah ! Vas-y voir ! Ils ne songent qu'à leurs affaires, à leur temps, à toutes les histoires de leur vie à eux. Attends, je vais dire au chauffeur de prendre des bidons d'essence. Voilà comme je suis : j'aime les réserves. Quand je n'ai que vingt litres d'essence dans ma voiture, je commence à être inquiet. Quand il ne reste sur la table qu'une demi-bouteille de vin, je ne me sens pas tranquille. Il faut que je voie une autre bouteille toute prête, à côté de moi. J'exècre la pauvreté. Pour les deux mille francs, tu vois, ta part sera de six cent soixante-six francs, sans les frais, bien entendu.

— Ah ! fis-je avec un amer sourire, et Justin qui me parlait, le pauvre, de t'emprunter de l'argent.

— Tiens, tiens. Moi, je pensais vous dire : « Si votre affaire marche bien et si vous mettez de l'argent de côté, alors confiez-le-moi. Je chercherai des placements. » Ah ! Justin t'a demandé ça. Eh ! mais, je ne dis pas non. C'est à voir. Il ne faut jamais dire non. Voici le Palais de justice. Suis-moi. Et surtout ne t'éloigne pas.

## CHAPITRE 19

Nous commençâmes par attendre fort longtemps, sur une banquette de bois, dans un couloir. Joseph, avec sa manche, lustrait le feutre de son chapeau melon. Il disait, de temps en temps :

— Urbain Lévêque est très puissant. Il sera peut-être garde des Sceaux, si le cabinet vient à tomber. La lettre qu'il m'a donnée doit faciliter les choses.

Comme l'attente se prolongeait, Joseph se pencha vers moi. Sa voix était rauque et fervente :

— Le monde, c'est, en réalité, vingt sociétés différentes et séparées par des cloisons étanches. Il faut conquérir les clefs qui permettent d'ouvrir le plus grand nombre de portes. Ici, ce n'est pas comme à la Bourse. Ici, on ne me connaît pas. Mais, un jour, on me connaîtra. Ecoute bien ce que je te dis. Un jour, plus tard, quand je viendrai par ici, les portes s'ouvriront toutes seules et les gens, du plus petit au plus huppé, me salueront à cul ouvert. Et même, je ne viendrai pas : je me contenterai de téléphoner mes ordres. Voilà.

Comme Joseph disait ces mots, un employé surgit qui le cherchait.

— Tu vois, dit-il : elles s'ouvrent quand même, les portes ; mais on m'a fait patienter. Eh bien ! tout ça changera. On me dit de passer tout seul. Alors, reste ici. Je peux avoir besoin de toi. N'aie pas l'air neurasthénique. Il faut être beau joueur et sourire, même dans les pires moments.

Il tira sur les revers de sa jaquette, remonta le col de son pardessus pour le remettre en juste place, s'éclaircit la voix en toussant deux ou trois fois et disparut derrière l'employé.

Je regardais, par les fenêtres, le ciel gris que la lumière allait bientôt abandonner. La pluie de novembre tombait. On alluma, dans les couloirs, un bec de gaz asthmatique. Joseph tardait à revenir. Malgré moi, je comptais les minutes.

Joseph reparut enfin. Je l'entendis pérorer dans l'ouverture d'une porte. Il disait :

— J'étais bien certain, Monsieur, que vous auriez à cœur d'arranger cette malheureuse affaire. Pour les suites, oui, je comprends, vous ne pouvez rien dire encore. Enfin, nous verrons plus tard. Tous mes remerciements, Monsieur.

— C'est fini, me souffla-t-il au passage, l'affaire est dans le sac. Va m'attendre à la voiture. Il y en a pour dix minutes.

J'attendis non pas dix minutes, mais une bonne demi-heure. Il faisait nuit noire quand Joseph reparut, accompagné de notre père. Ils parlaient tous deux, à voix basse, avec une sourde animation.

— Mais enfin, disait papa, de quoi vous mêlez-vous ? Comment ! Et Laurent est là ! C'est parfaitement incroyable ! Puisque tu as ta voiture, eh bien ! reconduis-moi du moins jusqu'à la maison. Comme cela, tu ne te seras pas dérangé pour rien du tout.

— Tu penses bien, dit Joseph avec une sourde fureur, tu penses bien que je ne vais pas te laisser prendre le tramway dans l'état où ces gens t'ont mis.

— Mon cher, ces malandrins deviennent, à l'occasion, de redoutables bêtes fauves. Et sois sûr que, pour ce qui est du cocu, je n'ai rien exagéré. La tête du cocu dans toute sa perfection. Pour les cocus, j'ai le flair ou, comme on dit, l'intuition. Je ne retire pas une syllabe de tout ce que j'ai pu dire. Mon cher, tu ne peux pas comprendre : tu n'assistais pas à la scène.

— Heureusement ! soupira Joseph.

— Non, tu n'assistais pas à l'algarade. Une algarade magnifique ! Je peux, d'ailleurs, t'affirmer que tout le boulevard de l'Hôpital me donnait son approbation. C'était presque triomphal. Attention, ne me pousse pas. J'ai quelque chose qui me fait mal. Je ne suis pas sûr de n'avoir pas une côte plus ou moins cassée. Le pardessus est hors d'usage. Cette espèce de cocu, je parle du sergent de ville, m'a, je peux dire, manqué d'égards. Tiens-moi mon chapeau haut de forme. C'est malheureusement un chapeau tout à fait perdu. Il ne faudrait jamais avoir le moindre rapport avec des gens de cette espèce. Un manque d'éducation complet.

Il respirait avec effort. Je le voyais, de temps en temps, lever la main pour lisser sa belle moustache dont tous les poils, irrités, tâchaient à retrouver une espèce d'indépendance. Mais ses doigts tremblaient, malgré qu'il en eût. Il se roidissait de son mieux pour sourire et plaisanter.

— Vraiment, reprit-il encore, de quoi vous êtes-vous mêlés ? Je ne vous demandais rien.

Joseph haussa les épaules. Nous arrivions quai d'Austerlitz. Mon père monta les degrés avec une peine évidente. Je l'avais pris sous le bras et il ne protestait pas, ce qui me parut d'un pronostic fâcheux.

Maman nous attendait sur le palier, la porte grande ouverte. Et, tout de suite, sans dire un mot, avec cette espèce de résignation muette et sévère qu'elle avait les grands jours d'orage, elle se mit à la besogne.

Papa se laissait dévêtir en poussant, de temps à autre, un gémissement de douleur. Ma mère avait la main sûre et légère. Elle posait des serviettes chaudes, appliquait l'alcool camphré, glissait un tricot sec. N'était-ce pas la centième fois qu'elle disputait à la maladie, peut-être même à la mort, ce vieil enfant intraitable ?

Dès qu'il fut dans son lit, notre père entreprit de raconter, une fois encore, le magnifique esclandre dont il se montrait fort glorieux. Puis il se prit à tousser. Nous l'adjurâmes de se taire. Il y consentit enfin.

— Laurent, me dit Joseph, en me poussant dans l'antichambre, ta place est maintenant ici. D'abord parce que tu es médecin ou presque médecin : les malades, c'est ton métier. Ensuite parce que maman ne peut pas rester toute seule et que, moi, j'ai mes affaires, des affaires qui n'attendent pas. Je n'ai jamais bien compris ce que tu farfouilles à Bièvres. Personnellement, je crois que tu perds ton temps. Cela ne me regarde pas. N'en parlons plus. Je reviendrai demain. J'ai fait ce que je pouvais faire. Chacun son tour. A toi, maintenant.

Il s'esquiva sur ces mots et je retournai m'asseoir dans la chambre du malade. Il venait de s'endormir. Ma mère dit :

— Il veut se soigner lui-même avec ses pilules, ses infusions et ses liniments. Tu feras venir un médecin, Laurent, un excellent et sûr médecin. Il faut que ce médecin ait bon caractère et qu'il puisse entendre au besoin des choses désagréables.

— Je ferai venir Chabot. Il est interne, et c'est mon ami. Je pense qu'il sait tout comprendre.

Chabot vint le lendemain et il parut fort inquiet.

— Il a une côte fêlée, me dit-il. En outre, j'entends des râles. Il y a de la congestion. J'ai bien peur qu'il ne nous fasse une pneumonie traumatique ou quelque chose comme ça. Je viendrai deux fois par jour. Ne le quitte pas une minute. Il faut trouver le moyen de lui donner un bain chaud.

L'appartement du quai d'Austerlitz n'avait point de salle de bains. La salle de bains était un luxe, en cette année 1907. Nous fîmes venir une baignoire. Deux hommes en maillot rayé montaient, avec de grands seaux de cuivre rouge, l'eau chaude qu'ils avaient apportée dans un réservoir de tôle. Mon père ne refusa pas le bain, mais il jurait, d'une voix haletante.

Le bain donné, le malade marqua du soulagement. La maison tomba dans le silence. On entendait un orgue de Barbarie qui jouait, à l'angle du quai, parmi les bourrasques de novembre, le grand air de *Cavalleria rusticana*. Cette mécanique lamentable avait deux notes brisées et la mélodie se trouvait entrecoupée de silences et d'accès de suffocation. J'étais assis sur une petite chaise, un livre aux doigts, et je regardais le visage de mon père. Il fermait les yeux. Je devinais qu'il luttait contre le mal, sans aucune bonne humeur, mais avec une confiance, une véhémence, une conviction, un amour de la vie que je ne pouvais pas envier, car je ne les comprenais pas.

Cinq ou six jours passèrent dans l'inquiétude. Chabot venait chaque matin, examinait le malade qui s'efforçait en vain d'improviser une colère. Chabot tournait alors vers moi son fin visage fatigué par les veilles.

— Je ne peux rien dire encore. Attendons.

Pendant que je l'accompagnais dans l'escalier, un jour, il ajouta :

— Cela peut s'arranger, mais c'est grave. Je ne serai tranquille que si la fièvre tombe, et elle ne veut pas tomber.

Je voyais Cécile chaque jour. Joseph passait le matin. Ferdinand et

Claire, sa femme, rendaient visite au malade à la sortie de leur bureau, c'est-à-dire à la fin du jour. Vint un dimanche et nous nous trouvâmes tous réunis. Nous devisions, nous, les enfants — sauf Suzanne, il va sans dire —, nous devisions à voix basse, dans le cabinet de consultations. Et, soudain, Ferdinand proféra une chose étonnante :

— Il ne va pas fort. La preuve, c'est qu'il demande à voir Paula Lescure.

Il y eut un grand moment de silence. Puis, Joseph lança tout bas, dans un souffle :

— Voir Paula ! C'est phénoménal ! Et comment sais-tu qu'il veut voir Paula ?

Ferdinand regarda Claire et celle-ci fit un signe imperceptible qui signifiait : « Tu n'as plus qu'à continuer. »

— Je le sais, dit Ferdinand, parce qu'il me l'a dit.

— Je vois, gronda Joseph, qu'il a bien choisi son ambassadeur.

— Il n'a pas si mal choisi, reprit Ferdinand. J'ajoute que, ce qu'il demande, au fond, eh bien ! je le comprends. Vous dites qu'il est très malade. Il va peut-être mourir. C'est presque une question d'humanité...

Ferdinand parlait de sa voix nasillante à laquelle il s'efforçait d'imprimer un accent de sentimentalité dramatique.

— C'est insensé ! fis-je soudain. Tu parles comme si maman n'existait pas. Voyons, Ferdinand, réfléchis une seconde. Tu nous vois introduire ici la maîtresse de papa, sous prétexte qu'il est malade ? Et que ferait notre mère ? Et que dirait notre mère ? La lecture des mauvais romans te gâte l'imagination. As-tu pensé vraiment à ce que dirait maman ?

Claire et Ferdinand échangèrent un long regard et Ferdinand reprit enfin :

— Je ne peux rien affirmer, mais j'ai presque la certitude que maman ne dirait rien et qu'elle s'arrangerait pour supporter cela aussi. Bien entendu, elle ne resterait pas là.

Alors Cécile, qui n'avait pas encore parlé, se jeta dans le débat. Elle était froide et terrible.

— Eh bien ! non, dit-elle. Eh bien ! non ! Cette femme ne viendra pas. Je ne veux pas. Je ne le supporterai pas. Que papa fasse ce qu'il voudra, ça m'est égal. Nous en avons tous assez souffert. Maintenant, c'est comme si j'avais toute une partie du cœur insensible, brûlée, morte. J'ai donné de l'argent à papa, malgré les avis de Joseph. Ce que l'argent est devenu, je ne veux même pas le savoir. Mais que cette femme vienne ici, je ne le supporterai pas. Je resterai plutôt à la porte pour la battre et la chasser.

— Comprends-tu, dit Ferdinand, qu'il y a des circonstances où nous devons tout pardonner ? Papa va peut-être mourir.

Cécile nous regarda tous. Elle était défigurée par la colère, toute pâle, presque laide.

— Eh bien ! qu'il meure ! Il ne verra pas cette femme.

D'une même voix, Joseph et moi, nous nous écriâmes :

— Cécile a raison !

Maman parut sur ces derniers mots. Elle nous regardait tous d'un air soupçonneux. Elle dit :

— Laurent, ton père te demande. Il me semble qu'il va mieux.

Le lendemain, je reçus une lettre de Justin Weill.

*Vieux frère*, m'écrivait-il, *tu m'as dit, dans ton dernier billet, que ton père était malade et j'en suis bien désolé. Que la tranquillité vous soit promptement rendue ! J'ai hâte de te revoir ici. Ce n'est pas pour te donner des nouvelles favorables. Je suis triste à périr et je ne sais plus que faire. Brénugat nous a quittés, vendredi dernier, avec sa femme et sa petite fille. Je ne peux te dire à quel point je suis désespéré. Je pensais qu'un jour Sénac finirait par s'en aller. Mais Brénugat ! J'avais en lui toute confiance. Il ne travaillait pas beaucoup pour l'imprimerie. Il était assez sauvage et, somme toute, inintelligent ; mais il avait du cœur et il se contentait de peu pour lui et sa petite clique. Et, tout à coup, il m'a déclaré qu'il voulait partir et qu'il allait s'en aller tout de suite. Il a dit, mais c'est un prétexte, que la maison du jardinier où ils vivaient les derniers mois ne peut se chauffer suffisamment et qu'ils allaient crever de froid. Je le répète : c'est un prétexte. Il s'en va parce qu'il ne peut plus supporter le terrible Sénac. Les disputes devenaient de plus en plus fréquentes. Quelle tristesse ! Sénac a trouvé cela très drôle. Il chante, depuis deux jours, ce qu'il appelle une cantate de délivrance. Je peux bien te l'avouer, j'ai fait de grands efforts pour retenir Brénugat. Je me suis même humilié. J'ai promis je ne sais quoi, des choses assurément que je ne peux donner. Brénugat était inflexible et sa femme encore plus butée que lui-même. Pour finir, je me suis mis en colère et c'est absurde. En sorte que nous nous sommes quittés sans même nous serrer la main. Sénac dit que c'est parfait et qu'il vaut mieux aboutir à ces situations franches. Ah ! Sénac, lui, est fidèle ! Il ne s'en ira pas, le misérable. Enfin, l'imprimerie marche très mal. Il y avait une commande urgente. Nous la faisons exécuter par un imprimeur de Versailles. C'est une abomination. Reviens, je t'en prie, dès que la santé de ton père cessera de te tourmenter. J'ai besoin de te sentir là.*

*Ton frère en solitude et en amertume.*

Justin W.

Je mis la lettre dans ma poche. Le malade venait de passer une nuit très mauvaise. Il recommençait de gronder, il esquissait des colères et faisait des effets de voix, entre deux quintes de toux.

J'écrivis, pour Justin, un billet très bref disant qu'il m'était impossible, pour l'instant, d'aller à Bièvres, mais qu'à la moindre éclaircie, je sauterais dans le train.

Je venais de porter ce billet à la poste — c'était le lendemain matin — quand, montant l'escalier qui se trouvait assez obscur, j'entendis, au-dessus de moi, le bruit d'une porte que l'on ferme, puis un pas saccadé. Je me mis à monter plus vite, saisi d'une confuse inquiétude. Et, soudain, je vis mon père.

Il était tout habillé : redingote et pardessus. Il était rasé, coiffé, le haut-de-forme sur la tête. Un flot de sang brûlant lui colorait les pommettes. Il tenait la rampe d'une main et, de l'autre, une paire de gants.

— Qu'est-ce qu'il y a ? lui dis-je. As-tu donc envie de te tuer ?

Il fit ce sourire bleu pâle qui me donnait du malaise.

— Mon garçon... dit-il. Hum... Hum... C'est fini. Je suis guéri. Je n'ai plus de température. Dix jours de lit, c'est excessif. Ça ne m'arrivera plus jamais.

— C'est fou ! m'écriai-je. Tu risques ta vie.

— Pff... je ne risque rien du tout. Je me sens parfaitement bien. Et je m'en vais prendre l'air. Allons, range-toi, mon garçon.

— Je ne comprends pas que maman ait pu te laisser sortir.

— Mon garçon, ta mère est allée faire quelques provisions. Ta mère est une personne extrêmement pusillanime sur les questions de santé. Je suis taillé pour vivre cent ans. Laisse-moi passer, mon cher.

— Ah ! dis-je, tu vas aller chez cette femme. Tu vas risquer ta vie pour aller chez cette femme.

Il déplaça légèrement son épingle de cravate et dit avec simplicité :

— De laquelle parles-tu ?

— Probablement de Paula.

Il poussa deux ou trois « hum ! » vigoureux dont l'escalier retentit et il reprit avec un sourire :

— Dix jours, mon cher, dix jours que je ne suis pas allé chez Paula. C'est trop. C'est beaucoup trop. Et la politesse ? Que fais-tu de la politesse ? Me prendrais-tu, par hasard, pour un grossier personnage ? Allons, mon cher, à midi ! Nous déjeunerons ensemble. Et tu diras à ta mère que je me sens parfaitement bien et que je vais voir mes malades. Arrange cela, mon garçon. Tâche d'avoir un peu de tact.

## CHAPITRE 20

La porte de la grille était fermée à clef, ce qui m'étonna beaucoup : il nous arrivait rarement de la fermer, même le soir. Il me fallut donc sonner.

Il était, je me le rappelle, un peu plus de trois heures après midi. La pluie tombait depuis le matin. Une pluie de novembre, paisible et glacée. A travers la grille, j'apercevais la maison et, soudain, elle me parut telle que nous l'avions découverte, par ce crépuscule de janvier où notre rêve avait soudain trouvé sa voie et son visage. Les persiennes étaient presque toutes ouvertes et l'on voyait encore des rideaux à la plupart des fenêtres. Pourtant la maison semblait inanimée. Le parc était, de nouveau, clair et froid, sans profondeur. Toutes les feuilles gisaient à terre. Seul témoignage de la saison vivante, des grappes de baies rouges achevaient de se flétrir dans la ramure des sorbiers. Une feuille de platane, suspendue par un invisible fil d'araignée, tournait sur elle-même, à l'abri du petit auvent sous lequel était fixée la clochette du portail.

J'allais sonner de nouveau quand je vis Justin sortir de la maison. Il portait une blouse de peintre, toute souillée d'encre et de graisse. Il arborait, ce jour-là, un tarbouch qu'il avait rapporté, naguère, de Jérusalem et qu'il montrait seulement les jours de mélancolie, quand il s'ennuyait et grondait : « Ma patrie n'est pas ici. Je finirai par m'en aller, par retourner en Asie. »

De loin, il me fit un signe, un geste amical de la tête. Il avançait, sans trop de hâte, les mains dans les poches, à cause de la pluie. Quand il fut près de la grille, je vis qu'il avait les traits tirés et qu'il ne s'était pas fait la barbe, en sorte qu'un duvet roux lui courait sur les mâchoires. Il portait, à la pommette droite, une tache verte et violette un peu plus large qu'un écu.

— Excuse-moi, dit-il, en faisant tourner la clef. J'ai fermé parce que je suis seul.

— Tu es seul ? Où sont les autres ?

— Je te le raconterai tout à l'heure. Donne-moi d'abord des nouvelles de ton père.

— Oh ! répondis-je, mon père va bien. C'est presque incroyable à dire. Nous l'avons jugé perdu. Chabot lui-même parlait de faire venir ses patrons pour une grande consultation, comme on en organise à la dernière extrémité. Nous étions tous très inquiets. Et, soudain, il a fait un bond. Oui, il a sauté dans la vie. Il disait : « La crise est libératrice ! » Il a pris sa redingote, son haut-de-forme et sa canne. Et frrrt... il a filé. Il est allé... Je te dirai cela. N'en parlons plus pour l'instant. A midi, pendant le déjeuner, il parlait d'écrire un libelle contre ce qu'il appelait les excès de la clique policière. Il n'avait plus besoin de moi. Je devais même le gêner un peu. Alors, je reviens. Mais pourquoi es-tu seul, ce soir ?

Justin refermait, derrière moi, la porte de la maison.

— Conserve ton pardessus, dit-il. Je n'ai pas allumé de feu. Je n'ai que du bois humide. Et puis le courage me manque. Oui. Tu me regardes avec étonnement ? C'est pourtant la vérité : je suis au bout de mon courage. Oh ! je travaille, je compose... Je voudrais finir quelque chose avant, avant de...

— Dis-moi quand même où sont les autres ?

Justin baissa la tête et je le vis, d'un doigt qui tremblait un peu, fouiller dans un cassetin pour y saisir une lettre.

— Il n'y a plus... d'autres, dit-il d'une voix basse et calme. Voyons, quel jour sommes-nous ? Jeudi, je crois. Nous sommes bien jeudi ? N'est-ce pas vendredi dernier que je t'ai écrit cette lettre ? Non, c'est samedi, après le départ de Brénugat. Non, c'est dimanche. Ah ! je ne sais plus comment je vis. Je ne sais même plus si je vis. Eh bien ! Sénac est parti, lundi dans la matinée. Il a emmené Testevel qui le suit comme son ombre et qu'il va tout à fait corrompre. Il a emmené Mignon-Mignard. Oh ! je n'ai pas protesté. J'aurais voulu le voir emmener tout avec lui, la maison, le pays et la terre et le monde entier. Il faut que je t'explique les choses. A peine Brénugat parti, Sénac a chanté ce qu'il appelait sa cantate de délivrance. Et puis, tout de suite, il s'est pris à bâiller et à gémir. Il disait : « Je voudrais fumer des cheveux dans une petite pipe en os... On s'ennuie dans cette baraque ! » Tu comprends qu'il n'avait plus personne à tourmenter. Testevel, c'est une baudruche, il ne résiste jamais. Quant à moi, rien à faire : depuis déjà bien des semaines, je n'adressais même pas la parole à Sénac. Il ne travaillait presque plus : une heure par-ci, dix minutes par-là, quand il était fatigué de se traîner d'une chambre à l'autre. Et figure-toi qu'il se plaignait, ce qui est le comble. Il se plaignait de n'être pas libre, d'être moins libre que chez Coualieux, son ancien patron, le député. Finalement, ils sont partis.

— Mais Picquenart ? Où est Picquenart ?

Justin releva la tête, respira longuement et dit avec un soupir :

— Picquenart ! Picquenart ! Quel chic type ! Il se nourrissait, comme moi, depuis quatre ou cinq semaines, de haricots et de fromage. Et il ne se plaignait pas.

— Mais où est-il en ce moment ?

— Il est parti pour Paris, hier matin. Il va chercher du travail. C'est moi qui l'en ai prié. Je ne peux quand même pas abuser plus longtemps de cet honnête homme.

— Attends, Justin, dis-je encore. Qu'est-ce que tu as sur la joue ? Cette espèce d'ecchymose ?

Il contint mal un mouvement d'humeur.

— Oh ! j'ai eu de la visite. Brénugat est revenu hier, pour chercher des toiles à lui qu'il avait exposées dans la salle commune. Tu l'as traversée, la salle commune ? Les murs sont nus. C'est funèbre. On voit la place des tableaux : le papier y est plus sombre. Il n'était pas à la bonne, le peintre. On s'est même disputé. Je lui ai dit : « Emporte tout ! » Il a répondu : « C'est à moi. » J'ai dit encore : « Tu es un pilleur de cadavres... »

— Mais, murmurai-je avec douleur, vous ne vous êtes pas battus ?

Justin, de la tête, fit : « Si ».

Puis, comme j'allais m'asseoir sur une chaise, il étendit la main :

— Ne t'assieds pas là-dessus.

— Pourquoi ?

— C'est la chaise à Sénac.

— Et qu'est-ce que cela peut faire ?

Justin montrait un sourire coloré de répugnance.

— Il se mettait les doigts dans le nez. Oh ! il doit se les mettre encore. Et ce qu'il en tirait, il le collait sous sa chaise, oui, contre le bois de la chaise. Je le voyais très bien. Cela me dégoûtait tellement que je faisais l'impossible pour ne pas lui laisser voir que je le voyais. Mais, quand il reviendra, car il reviendra sans doute chercher quelques bricoles, eh bien ! je lui dirai cela et tout le reste. Oh ! Sénac est un être abject ! Et il pense être un poète, un esprit supérieur ! Supérieur à qui, à quoi ?

Justin, petit à petit, sortait de la torpeur. Il détendit soudain son bras avec rage et lança loin de lui le composteur qu'il venait, tout en devisant, de remplir et de bloquer.

— Voilà ! C'est fini ! C'est fini ! La semaine dernière encore, je voulais recommencer, chercher de nouveaux compagnons, aller voir mon père et le supplier, à genoux, de me prêter un peu d'argent. Non, je suis trop fatigué. Tu comprends bien ? C'est fini !

Il était là, debout dans l'atelier glacé, les mains vides, les bras pendants, les cheveux en désordre et cette large ecchymose verte sur son visage enflammé. Je le saisis par les épaules.

— Que vas-tu faire maintenant ? Vas-tu revenir à Paris ?

— Oui, dit-il, avec les miens, avec ceux de ma bande, jusqu'au pogrome final, jusqu'au massacre ou à l'expulsion. J'étais arrivé, non sans mal, à me dégager de ma famille. Quelle ironie ! Il a fallu que j'en refasse une. Et combien triste ! L'homme est incapable de vivre seul et il est incapable aussi de vivre en société. Comment faire ? Comment faire ?

Il se dégagea de mon bras, fit quelques pas dans l'atelier en touchant les uns après les autres tous les objets, d'un doigt distrait. Il murmurait :

— Tu vois, au début de notre séjour ici, je disais : « C'est trop beau ! Nous sommes trop heureux ! Il va nous arriver quelque chose. » Il est arrivé quelque chose. Je commence à croire qu'on a encore plus besoin de changement que de bonheur. Quand le bonheur dure trop longtemps... Mais je ne dis que des sottises. Le bonheur n'a pas duré trop longtemps. Ils m'ont tout empoisonné dès le début. Ils m'ont gâté toute joie.

Tout à coup, Justin s'empara d'une lourde barre de fer qui nous servait de levier pour déplacer la machine. Il la fit tournoyer en l'air et, saisi soudain de fureur, il commença de frapper les casses, faisant voler de tous côtés les petits morceaux de plomb. Il criait :

— Aide-moi donc ! Aide-moi donc ! Puisque c'est fini, brisons tout et qu'il n'en soit plus question. Qu'il ne reste rien, rien, rien, pas même un souvenir.

Non sans peine, je finis par lui reprendre la barre. Il haletait, le visage décomposé par la douleur :

— Laisse-moi, je veux tout casser.

— Tu n'y penses pas ? lui dis-je. C'est une petite fortune. Tu peux encore la donner.

— A qui ?

— Mais à Picquenart.

Il se calma tout de suite. Il disait :

— Tu as raison. Je suis odieux. Pardonne-moi, mon pauvre Laurent. Et même, prête-moi la main. Nous allons tout ramasser et tout remettre en place. Comme je suis bête et méchant ! Je ne vaux pas mieux que les autres. Est-ce qu'il y a beaucoup de mal ? Tu n'as rien reçu, j'espère ? Il en a volé partout. Oh ! je suis impardonnable.

— Attends un moment, lui dis-je, il faut allumer la lampe.

— Non, il n'y a plus de pétrole.

— Est-ce qu'il reste des bougies ?

— Oui, un demi-paquet, chez moi.

Nous ramassâmes, à la lueur des bougies, les poignées de caractères que Justin avait dispersées. Nous étions à croupetons. La flamme des bougies dansait et nos ombres informes rampaient au pied des murailles. Justin, très calme, très las, parlait presque à voix basse. Des bribes de phrases incohérentes où se marquait le désordre de sa pensée. Il disait : « Jules de Goncourt est mort à temps. Il en a eu de la chance ! Tu comprends que, s'il avait vécu, les deux frères auraient fini par se haïr. Tu vois bien que je suis malade. Oui, toi, tu es un frère véritable. Je n'ai rien à te reprocher... Je ne suis pas toujours juste avec toi. Je suis seul à le savoir... Il y a, pour chaque homme, une quantité de joie fixée. Les uns la dépensent en mille petites parties. Moi, je gaspille tout d'un seul coup... J'ai brisé complètement une des casses. C'était la casse de Sénac, naturellement. Comment ai-je pu croire que Sénac était mon ami ?... Il reste, dans la cuisine, un bout de pain et un demi-camembert. Et puis, nous ferons du café. J'ai du tabac. Avec le tabac, on peut se dispenser de nourriture. Il y a moins de dégâts que je ne croyais tout d'abord. Je me suis emporté comme une brute, comme un simple Brénugat, pas autrement... J'ai cru, vers le début de mars, que nous étions sauvés. Pff... les hommes ne veulent pas être sauvés. On est sauvé pour une heure, pour dix minutes. Et il faut recommencer. Ce doit être cela que les théologiens appellent le péché originel... Si tu as faim, il faut le dire. Moi, je n'ai plus jamais faim... Quelle aventure, quand même... J'ai cassé beaucoup de lettres ? Je suis un type impossible. »

Quand l'atelier fut en ordre, nous allâmes à la cuisine et nous mangeâmes un morceau. La vapeur du café montait dans l'ombre humide. Justin, entre deux bouchées, reprenait son monologue.

— Il y a des traites impayées. Je ne sais pas comment tout cela va s'arranger. Il faudra probablement consulter l'honorable Simon Weill, mon père. Il débrouillera nos affaires, bien qu'il m'ait presque maudit. Nous n'étions pas en société régulière. C'est moi qui signais les traites. Je vais peut-être aller en prison.

Comme je tentais de le rassurer, il dit avec une sorte de rancune bientôt colorée de tendresse :

— Oh ! toi, Laurent, tu n'y as jamais bien cru, à cette histoire du Désert. Tu n'as peut-être marché que pour me faire plaisir. Je n'ai jamais eu le sentiment que tu y allais de ton voyage, que tu étais vraiment parmi nous de toute ton âme. Ne proteste pas. C'est la vérité. Je te remercie quand même d'avoir été près de moi. Si tu n'étais pas là, ce soir, je serais seul, comme hier. J'ai passé la nuit tout seul, comme au début, en février. Je ne sais si tu as encore faim, mais il n'y a plus rien de mangeable. Nous n'avons plus qu'à nous coucher. Ne serait-ce que pour avoir chaud. Je suis botté de glace jusqu'à la moitié des cuisses.

Il me prit par le bras et dit, d'une voix déchirée :

— Viens coucher dans ma chambre. On va descendre ton matelas. Comme ça, nous pourrons parler.

J'allai chercher mon matelas et le descendis sur mon dos. Justin éclairait les marches, une bougie dans chaque main. Il dit, citant le poète avant la lettre et même avant l'œuvre :

— Le vent se lève !

Le vent commençait, en effet, de soupirer sous les portes. Une persienne détachée claqua contre la muraille. Justin haussa les épaules.

— Et moi qui leur disais, toujours, de bien fermer leurs persiennes... Bah ! Laissons cela. Tant pis !

Je fis mon lit par terre entre les paquets de papier, dans le bureau de Justin. Il rêvait, l'œil au plafond, et, soudain, il mit un doigt sur ses lèvres :

— Ecoute ! On a bougé dans la chambre de Larseneur.

— Non, fis-je. Tiens-toi tranquille. Il ne faut pas s'affoler.

— Oh ! je ne m'affole pas, je vis très bien avec les fantômes. La nuit dernière, j'étais seul et je les entendais tous. Ils toussaient, ils se mouchaient, ils parlaient à voix basse. Ils déplaçaient les meubles. Ils versaient de l'eau dans les brocs. Sénac a même chanté...

Comme nous nous glissions dans nos lits, il soupira, d'une voix lente :

— Tout cela est assez misérable. De petites trahisons. De petites faiblesses. Des lâchetés minuscules. Ce n'est pas de la tragédie. En somme, personne, personne n'est mort. Tout le monde est désespéré, voilà tout.

Je ne savais que répondre et je ne répondis rien. Justin souffla les bougies. Un grand moment plus tard, j'entendis un bruit étouffé qui n'était pas le bruit du vent. Je compris que Justin sanglotait, la tête sous sa couverture. J'allai jusqu'à son lit, à tâtons, dans l'obscurité. Je cherchais à le consoler. Il dit :

— Couche-toi près de moi. Tu vas attraper la mort. Cette chambre est terriblement humide. Non, ce n'est rien, ce n'est rien. Si je pleure un bon coup, je m'endormirai peut-être. Je voudrais tant m'endormir. Non, tu ne me gêneras pas. Au contraire. Dis-moi, Laurent, pourquoi donc as-tu le cœur pur, toi ? Pourquoi as-tu la grâce, alors que moi, je ne l'ai pas ?

— Mais, fis-je, tu te trompes tout à fait. Je n'ai pas la grâce, comme tu dis. Au contraire : je me dégoûte et me déteste.

— Vraiment ? Vraiment ? répétait-il. Au fond, c'est peut-être plus sage et c'est aussi plus humain de dériver vers soi-même un peu de l'immense dégoût, de l'immense détestation. Écoute. J'aurai, dans cinq ou six ans, l'âge auquel Jésus est mort. Vous croyez, vous autres, que vous le comprenez, Jésus ! Mais non, c'était un des nôtres, un petit juif, comme moi. Seulement moi, je n'ai rien fait, je n'ai rien fait de grand, je n'ai pas bouleversé le monde. J'échoue dans une toute petite chose. Elle me paraissait quand même, à moi, cette petite chose, très grande et belle et symbolique.

Il commençait de s'agiter. Bientôt il sortit du lit.

— Excuse-moi, dit-il, j'ai envie de pisser. Ce n'est pas honteux, sans doute. C'est quand même humiliant pour un homme qui souffre. Une seconde, s'il te plaît... J'aurais pu dire uriner, parce que c'est plus scientifique, ou même faire pipi, comme les gens bien élevés ! Bah ! Nous sommes des animaux. Je suis un animal désespéré.

Il vint s'allonger de nouveau. Deux ou trois heures passèrent et je crus même, un instant, qu'il venait de s'endormir. Soudain, d'une voix claire, dans le silence de la nuit, il dit, ne doutant pas de me trouver l'oreille ouverte :

— Au fond, l'idée d'une association humaine qui ne serait pas subie, mais demandée, mais acceptée avec joie, ce n'est pas absurde. Nous sommes des intellectuels, nous autres, c'est-à-dire de mauvaises têtes. Notre échec ne prouve rien pour la foule des autres hommes. Tu m'écoutes quand même, Laurent ? Tu ne dors pas, je pense ?

Je ne dormais pas. J'écoutais. Et je commençais à comprendre que Justin n'était pas guéri des rêves ni même à bout de courage. Il parla longtemps encore. Le sommeil nous délivra comme le soleil allait poindre.

# LES MAÎTRES

## CHAPITRE PREMIER

Quand je songe au vacarme dans lequel tu vis, dans lequel, pour mieux dire, cher Justin, tu as librement et courageusement choisi de vivre, je me sens un peu honteux de ma retraite et de ma paix.

Je peux t'avouer pourtant que ce grand calme où je me réfugie à certaines heures sert à merveille les pensées qui me hantent depuis l'hiver dernier. Je voudrais t'envoyer par poste un peu de mon silence. Mais quoi ! peut-être refuserais-tu ce message, homme extravagant !

Pendant des heures et des heures, je reste immobile, assis devant ma table. J'apprends à me recueillir, à faire le moins possible de gestes inutiles, comme nous l'enseigne le patron. L'œil au microscope, le crayon en main, je dessine ou prends des notes. J'entends, toutes les cinq secondes, une goutte d'eau qui tombe du robinet dans le cristallisoir en imitant le cri musical du crapaud, ce cri que nous écoutions, le soir, à Bièvres, pendant la belle saison. Rappelle-toi comme c'était beau, cette goutte d'ocarina, d'une pureté d'autant plus touchante qu'elle était, qu'elle est, veux-je dire, exhalée par un animal humble et repoussant. Voilà peut-être une confidence un peu romantique, mais je ne songe guère à Bièvres qu'avec une émotion extrême. Comment avons-nous pu nous tourmenter les uns les autres et nous rendre si malheureux ? Tout était si beau, si pur, en dépit de la misère et des querelles. Il n'y a pas encore un an que ce rêve a pris fin et il me semble que j'ai déjà tout oublié de nos détresses. Je ne pense qu'à nos élévations, à nos enchantements, à notre joie.

N'en parlons plus, puisque tu le désires et puisque tu me le demandes avec tant d'insistance dans toutes tes lettres. Oublions les crapauds et leur flûte nocturne. Je te disais donc, cher Justin, que le silence est fort grand autour de moi, et mieux encore, en moi. J'entends soupirer doucement la fine flamme de gaz qui veille sous l'étuve à thermostat. J'entends aussi les lapins sautiller autour de moi. De temps à autre, une femelle, irritée par l'assiduité d'un mâle, frappe bizarrement les carreaux du sol avec ses pattes de derrière. Je les laisse errer autour de moi pour mieux les observer, pendant certaines recherches. Le laboratoire est désert — je ne voulais pas écrire ce mot légendaire, pardonne-moi, Justin, s'il revient involontairement sous ma plume. — Fauvet ne rentrera qu'après le 1er octobre. M. Chalgrin travaille chez lui, tantôt dans son laboratoire, tantôt dans ce petit bureau solennel et inconfortable où il m'a reçu quand je me suis présenté, le premier jour. Il vient me voir de temps en temps, et surtout à la chute du soir. Il me pose deux ou trois questions touchant nos recherches et, tout de suite, il se met à rêver tout haut et à dire des choses admirables. Je retiens mon haleine. Il parle longtemps, parfois. Je l'écouterais plus longtemps encore. Pendant la matinée, je suis seul et serai seul ainsi jusqu'au retour de Fauvet et de Sternovitch. Dès novembre, nous aurons sans doute d'autres collaborateurs et c'en sera fini de mon beau silence.

Il était peut-être dix heures, ce matin, quand Joseph est entré. Je ne l'attendais pas. Il ne s'annonce point, en général. Si quelque chose le pique, il arrive, il se manifeste. Tu connais mon frère Joseph. Eh bien ! tu ne l'aurais pas reconnu, ce matin, en le voyant pousser la porte du labo. Tu n'as pas vu Joseph depuis sept ou huit mois. Il a sans doute un peu grossi. Il n'a pas plus de trente-quatre ans et déjà ses cheveux grisonnent, ce qui lui vaut les brocards de papa chaque fois qu'ils se rencontrent. A part cela, le gaillard est robuste et même massif. Une belle mâchoire, la plus robuste mâchoire de toute la famille. Une vague de graisse monte du col et commence à dissimuler l'ossature. Mais c'est une graisse ferme, une graisse de bonne qualité. Le nez est gros sans être long. Un peu le nez de maman. A part cela, presque rien de Pasquier dans ce visage. L'œil est plus sombre que le nôtre. De temps en temps, phénomène inexplicable, la prunelle pâlit et Joseph nous regarde pendant une minute avec le regard pervenche de mon illustre père. La moustache est rognée court. La bouche est saine, bien dessinée. Elle n'est pas encore avilie... Pardonne-moi ce langage. Il est impossible que le visage de Joseph ne finisse pas, un jour, par trahir l'âme. Pour l'instant, c'est encore une belle bête, une forte bête.

Comment te dire l'impression que m'a donnée Joseph en entrant ce matin dans mon laboratoire ? Il est entré sans frapper. — Il entre partout sans frapper. — Imagine donc un Joseph qui voudrait bien avoir l'air accablé, mais qui n'y parvient guère, parce que sa constitution ne s'y prête pas. Imagine un Joseph qui voudrait avoir les épaules basses et qui, pour résister à un tel phénomène, commencerait par remonter les omoplates et contracter tous ses muscles. C'est cela : quand Joseph relève les épaules, c'est qu'il devrait les baisser. Imagine un Joseph qui a probablement des raisons secrètes d'être triste et qui n'arrive à obtenir de son visage qu'une de ces tristesses conventionnelles que l'on devrait appeler : tristesses pour enterrements. Imagine encore un Joseph qui voudrait parler bas, avec des trémolos dans le grave, et qui ne peut s'empêcher de placer la voix, de donner tout le souffle et de faire, comme à l'ordinaire, frémir la verrerie sur les étagères.

Il s'est assis. Il a pris des dispositions pour laisser tomber sa tête sur sa poitrine, effort qui s'est traduit, je ne sais comment, par un mouvement du col plein d'insolence et de fanfaronnade, et il m'a dit d'un air en même temps sépulcral, goguenard et furieux :

— Tu sais que ça ne va pas du tout ?

— Qu'est-ce qui ne va pas ? La santé ?

Joseph a fait un geste vague et légèrement dramatique :

— Oh ! si ce n'était que la santé !

— Je ne vois vraiment pas ce qu'il pourrait y avoir de plus grave.

Joseph m'a considéré pendant une seconde avec un mélange de commisération et de curiosité, puis il a poursuivi :

— Je passe en courant et je ne peux pas rester. Viens déjeuner chez les parents, à midi et demi, et nous causerons, tous ensemble. Tout le monde sera là.

— Même Cécile ? Même Ferdinand ?

— Mais oui. Tout le monde. C'est très sérieux. A tout à l'heure, Laurent. Je remonte dans ma voiture.

Au moment de refermer la porte, il s'est retourné soudain pour dire, d'une voix mystérieuse et dramatique, cette phrase qui demandait un commentaire :

— Car j'ai encore ma voiture.

Et, tout de suite, il est parti. J'entendais résonner sous ses talons le vieil escalier du Collège.

Le silence est retombé. Il m'a quand même fallu bien des minutes pour entendre, de nouveau, chanter la goutte d'eau dans le fond du cristallisoir et soupirer l'étroite langue de feu sous l'étuve de cuivre irisé. Depuis longtemps, Joseph ne me trouble plus, tu le sais. Il m'étonne encore. Il dévie encore mes pensées ordinaires. Il ne les oriente pas : il ne fait que les dévier.

Enfin le silence est revenu et mes pensées ordinaires ont repris leur course. Les lapins ont recommencé, sournoisement, de se battre. Hélas ! les lapins ne sont pas, comme on le croit souvent, de doux et timides rongeurs ; ce sont des bêtes féroces, comme tous les êtres vivants. Le mâle suit la femelle et l'importune. Si la femelle n'est pas bien disposée, elle manifeste son impatience en frappant le sol avec ses pattes de derrière — comme nous, mon vieux, comme nous, — si le mâle insiste, la femelle le mord, et sois bien sûr qu'elle ne le mord pas n'importe où : elle tâche d'atteindre le malheureux dans le siège même du désir. Il arrive qu'elle l'émascule, d'un seul coup. Alors la bête blessée pousse des cris terribles et le silence du laboratoire en est transpercé. En vérité, mon cher ami, si je débine les lapins, si je les juge sévèrement, c'est peut-être parce que je suis obligé de les tourmenter un peu, de leur faire des piqûres. Plus tard, j'élèverai un lapin expiatoire que je laisserai vivre tranquille et mourir de sa belle mort. Quand Sénac vient ici, pour travailler avec M. Chalgrin, et qu'il assiste aux combats de mes animaux, il grogne : « Rien qu'à voir vivre tes lapins, je suis sûr que nous aurons la guerre. » Je peux d'ailleurs te dire que Joseph, qui me semble mieux placé que Sénac pour juger les événements — la Bourse est un excellent observatoire, — Joseph ne croit pas à la guerre. L'empereur d'Allemagne a fait, ces jours derniers, comme tu l'as vu sans doute, une petite démonstration publicitaire à la frontière d'Alsace. Joseph dit que c'est de la frime. Sénac est moins optimiste. Il soupire, il gémit : « Nous finirons par avoir la guerre. On finit toujours par avoir la guerre. Il n'y a pas d'exemple qu'une période de paix ne se soit pas terminée par la guerre. » Sénac me fait rire. Il te ferait rire aussi, cher Justin, si tu le voyais. Et tu le reverras. Et tu finiras par oublier toutes les chamailles et par regarder Sénac sans humeur et sans rancune.

Je suis bien content d'avoir pu caser Sénac au secrétariat de M. Chalgrin. Sénac m'en a d'ailleurs témoigné une réelle gratitude. Il n'a pas eu de vacances, tu le penses bien, puisqu'il a pris son service en mai dernier. Il dit, quand je le vois, il dit d'un air pénétré : « L'année dernière, à pareille époque, j'étais un homme libre et je regardais fleurir les haricots... » A part cela, je crois qu'il travaille et se tient tranquille. Je ne le vois pas tous les jours. Il a son petit bureau chez le patron, rue d'Assas.

A midi, j'ai fait enfermer les bestioles dans les clapiers et je suis allé boulevard Pasteur. Tu sais que, depuis trois mois, mon père a quitté le quai d'Austerlitz et qu'il est venu s'installer boulevard Pasteur. Il est ravi : « Nous en avons fini avec les marécages, dit-il en gonflant sa poitrine. Nous en avons fini avec l'insalubre climat des vallées. Ici, c'est presque la montagne. En outre, le nom me plaît. Pasteur a toujours été mon modèle et mon type. Boulevard Pasteur, cela sonne clair. Quand je pense qu'il y a des malheureux pour aller se loger rue Pirouette ou cité Vacheron. C'est à pleurer. Rue Fessart, au moins, c'est drôle, ça sonne bien, ça ne manque pas de bouquet ; mais passage Gatbois ! Qu'est-ce que c'est que ce Gatbois ? Qu'est-ce qu'il a fait, ce Gatbois ? Un palais, tu entends ? Un palais ! On me donnerait en toute propriété un palais rue de la Cossonerie ou rue Biscornet que je n'en voudrais pas. Il faut avoir le courage de ses impulsions et de ses répulsions. »

Je ne t'en dis pas davantage : tu connais papa. De nous tous, il est le seul qui ne change pas, le seul qui ne puisse pas changer. Le seul qui soit réduit, somme toute, à ne pas changer.

L'appartement des parents est assez agréable. Il donne d'un côté sur le boulevard, de l'autre sur une cour sonore qui reçoit, amplifie et propage tous les secrets des locataires.

Joseph ne m'avait point trompé : la famille était au complet quand je suis arrivé. Nos parents nous réunissent quatre fois par an de cette manière. Mais il s'agissait d'une réunion exceptionnelle et maman nous a prévenus tout de suite que le déjeuner ne serait qu'une improvisation. Elle avait l'air inquiet. Elle regardait Joseph avec une attention silencieuse, comme elle nous regardait, jadis, quand nous avions la fièvre. Et elle soupirait, de temps en temps, à mi-voix : « Que vas-tu nous dire ? Je voudrais quand même bien comprendre... »

Nous avons fini par nous rassembler dans le salon où mon père fait patienter ses pratiques. Nous étions tous assis en rond, comme chez le notaire. Tu n'as peut-être pas vu Ferdinand depuis la fête du printemps, à Bièvres. Il a grossi d'une manière presque inquiétante. Claire, sa femme, ne demeure pas en reste. Elle était vraiment menue, jadis, avec de petits os, des charnières fragiles. Le bonheur l'a, si j'ose dire, soufflée. La pointe du menton et l'os du nez soulèvent et tendent la peau en émergeant des chairs. Ce sont les seuls linéaments sensibles dans ce visage. Par malheur, cet épanouissement n'est point allégresse. Les deux époux sont torturés par la crainte des maladies. Papa les soigne, sans défaillance. Il leur administre une foule de remèdes fantaisistes qui finiront bien par faire effet, c'est-à-dire par déterminer quelque maladie véritable. J'ai longtemps espéré que Claire aurait un enfant, ce qui les détournerait d'eux-mêmes et pourrait, dans une certaine mesure, les sauver, les guérir de leurs imaginations. Je n'y compte plus guère. Ferdinand est follement jaloux. Il serait peut-être jaloux de son enfant, oui, de ce que, du moins, l'enfant lui prendrait de la femme. En sorte que ces deux êtres sont condamnés à vivre et à vieillir dans l'horreur d'une intimité si close et si farouche qu'elle ne laisse à peu près rien transpirer d'elle-même au-dehors.

Suzanne était présente au concile. Elle n'avait guère plus de deux ans quand tu es venu pour la première fois chez nous, rue Guy-de-la-Brosse. Est-ce possible ! Suzanne a dix-sept ans aujourd'hui et c'est une femme accomplie. Sa beauté m'inquiète. Je te raconterai, quand je serai moins pressé par les faits, je te raconterai les démêlés de Suzanne et du triste Testevel. Oh ! ce n'est pas fini ! Testevel n'est pas au bout de ses peines. Laissons-le, pour l'instant.

Cécile était là, je pense l'avoir dit, et je me suis assis près d'elle, sur le canapé Louis-Philippe. Nous étions tous réunis. Nous attendions tous la fameuse communication de Joseph. Alors Joseph a décroisé les jambes, il a fait plusieurs fois « hum ! hum ! » et il a dit, d'une voix solennelle, presque caverneuse :

— Je suis ruiné.

Cette singulière communication a été suivie d'une demi-minute de silence, ce qui n'est pas mal pour la famille Pasquier. Enfin, père a murmuré :

— Je ne comprends pas très bien ce que tu veux dire.

Joseph a haussé les épaules et il a répété, séparant les syllabes :

— Je suis ruiné. Vous saisissez : rui-né. Tout simplement.

Maman s'est mis une main sur la bouche et tout de suite elle a eu les yeux rouges. Elle soupirait : « Pauvre petit ! » Papa s'est ressaisi très vite. Il tirait sur ses moustaches cuivrées et il a repris avec beaucoup de calme :

— Tu dis : ruiné ? Voyons, cela signifie peut-être qu'il ne te reste rien du tout.

Joseph secouait la tête :

— Fort probablement, rien du tout.

— Eh bien ! mon cher, a dit papa d'une voix suave, ce n'est pas si terrible que tu as l'air de le croire. Moi, je ne possède rien du tout, je n'ai jamais rien possédé. Et je t'affirme que l'on vit très bien.

— Attention ! Attention ! Et Joseph enflait le souffle. Il y a une différence énorme entre n'avoir rien du tout et n'avoir plus rien du tout.

— Je peux t'avouer, a dit encore papa, que ce me serait très agréable d'être ruiné, ça prouverait du moins que j'aurais eu quelque chose à perdre. Tout le monde n'a pas la chance de pouvoir être ruiné.

— Je ne dis pas le contraire, a répliqué posément Joseph.

Alors, maman :

— Ram, sois sérieux. Il faut que Joseph nous explique tout cela en détail.

— C'est presque impossible. En tout cas, c'est fort compliqué. Vous n'avez jamais rien compris aux affaires.

— Mais enfin, ta maison de Paris... Et le château, la Pâquellerie, comme tu dis, et le reste, car il me semble que ce n'est pas tout.

Joseph a fait un effort sincère et infructueux pour baisser la tête et il a dit :

— On essaiera de sauver la Pâquellerie du naufrage. C'est surtout pour cela que je tenais à vous voir tous. La Pâquellerie, c'est notre maison de famille.

Je dois te faire observer, cher Justin, que l'entretien, jusqu'à cet instant, restait clair, intelligible et mesuré. Soudain, comme il est de règle chez nous, tout le monde s'est mis à parler en même temps et j'ai eu l'impression que Joseph espérait, escomptait ce tumulte-Pasquier. Il s'est pris à donner des explications techniques, des explications si claires que l'obscurité, tout aussitôt, s'est répandue sur les faits et les êtres. Père partait à divaguer pour son compte. Il parlait très fort et disait : « As-tu seulement joui de ton argent pendant que tu le possédais ? Moi, si j'avais eu de l'argent, j'aurais vécu comme un prince ! » Ferdinand réclamait d'un air important des renseignements sur les convulsions de la Bourse. Nous étions tous debout, sauf Cécile. Joseph avait l'air, non d'un monsieur qui vient de se ruiner, mais d'un financier qui a réussi un coup de maître. Il faut croire que ce genre d'audace est nécessaire dans un tel métier. Maman disait, avec obstination : « La maison que tu as dans le Midi, est-ce qu'elle est perdue aussi ?... » Et Joseph, avec beaucoup de force et de naturel : « Je ne peux rien dire encore. J'ai peut-être perdu plus que je ne possédais. Je suis peut-être couvert de dettes. C'est ce qu'on saura bientôt. » Chose étonnante, il avait l'air, ce disant, de nous distribuer de bonnes et heureuses nouvelles. Et, tout à coup, maman a murmuré : « Il faut quand même aller manger. Nous continuerons à table. Tu vas nous expliquer tout. » Pendant que nous passions, à la file, dans le couloir, père a lancé d'une voix flûtée : « Eh bien ! mon cher, tu me disais autrefois des masses de sottises quand je perdais mille ou deux mille francs. Qu'est-ce que nous pourrions te dire aujourd'hui ? » — « Aucune comparaison, grondait Joseph d'une voix paisible et ferme, l'argent que je perds, il est à moi tout seul. » — « Et le mien, il n'était pas à moi, peut-être ? » — « Non, il était à nous tous. Et puis, perdre deux mille francs, c'est à peu près sans intérêt. »

Nous avons déplié les serviettes sur cette sentence lapidaire et le repas a commencé, non pas dans la gêne, mais dans un grand tapage, car le clan était en éruption. Tu sais que, dans ces cas-là, je ne dis pas grand-chose. J'étais assis à la gauche de Cécile. J'avais, à ma gauche, Suzanne qui se contemplait dans le fond de sa cuiller, poussait de petits cris d'horreur en s'y trouvant déformée et disait, d'une voix bien posée, bien placée, trop basse à mon avis pour son physique gracieux : « Ce doit être épatant d'être ruiné. Il a toutes les veines, ce Joseph ! » Et elle répétait en se mettant une main sur la poitrine : « Monsieur, vous êtes ruiné... Ruiné ? Qui ? Moi ? Non ! » Je ne sais si Suzanne deviendra jamais une grande comédienne, mais elle aime follement cet étonnant métier, et elle n'est pas sans dons. Je devisais à voix basse avec Cécile. Elle ne pouvait s'empêcher de prêter l'oreille à la conversation. Tu la connais : elle a du génie, elle vit dans le ciel, et pourtant elle s'intéresse toujours aux misérables affaires et aux querelles de la famille. Joseph avait entrepris une véritable conférence de spécialiste sur les aciéries du Centre et le barrage de la Roumagne. Il expliquait comment il faut s'y prendre pour se ruiner richement. Ferdinand pérorait, posait toutes sortes de questions auxquelles Joseph répondait parfois avec le plus cordial mépris. Père monologuait à peu près seul, de son côté. Maman tâchait, comme toujours, à mettre un peu d'ordre dans ce pandémonium. Et, malgré tout, on entendait de temps en temps fuser une de ces réflexions de toujours, une de ces réflexions que nous ferons encore dans dix mille ans, quand nous nous retrouverons parmi les ombres : « Non, je ne peux pas tolérer le maquereau froid, c'est un poisson gras. » Ou bien : « Moi, c'est le merlan. Je ne comprends pas que l'on puisse aimer le merlan. » Ou encore : « Comment, papa, tu coupes le pain avec ton couteau ! » — « Qu'est-ce que ça peut bien te faire ? » — « Oh ! ça m'est égal, mais ce n'est pas distingué. » Et puis, tout de suite, Joseph repartait à discourir. Il a dit, d'un air à moitié tragique :

— C'est triste, car la famille commençait à s'élever.

— Peuh ! a murmuré papa, soufflant dans sa moustache vaporeuse. Une fortune, cela se refait.

— Tu en parles à ton aise.

Cécile souriait, soudain détachée du clan, elle souriait de son sourire d'archange et je comprenais son sourire. Je songeais à la rue Vandamme, à nos commencements. Suzanne alors n'était pas même née. Cécile, que le monde entier admire, posait pour la première fois ses mains sur le piano, comme un dompteur de vocation qui caresse un tigre à la première rencontre et le fait s'agenouiller. Joseph tournait chaque jour autour d'un pâté de maisons, entre midi et une heure, au pas accéléré, pour faire l'économie d'un repas. Et papa, qu'il ne faut quand même pas oublier, préparait des examens, la nuit, et se piquait le dos des mains avec son canif pour s'empêcher de dormir. Oui, la famille s'est élevée, mais nous ne sommes pas encore sur les cimes et Joseph parle trop fort. Joseph a trop de penchant à croire que la famille s'élève grâce à lui.

Cécile a compris mes pensées : elle a posé sa main sur mon poignet avec une légèreté presque immatérielle et elle a souri. Je crois que je n'ai plus prêté le moindre intérêt au reste de la conversation.

T'ai-je dit qu'Hélène était absente ? Elle n'aurait probablement pas changé la couleur, le ton de l'entretien. Elle commence à penser en tout comme son mari, comme Joseph. Elle lui prend ses formules et répète ses mots. C'est étrange ! C'était une fille intelligente et vive. Elle n'a pas lutté longtemps. Elle a été josephifiée en deux saisons. Tu sais qu'ils n'élèvent pas leurs enfants eux-mêmes, ce qu'elle souhaitait tant. Joseph avait une nurse ; il va sans doute remettre sa progéniture aux soins de la vieille maman Pasquier, maintenant qu'il est « ruiné ». Enfin, laissons cela.

Je commençais d'oublier tout à fait la ruine de Joseph et les propos sur les valeurs industrielles et les valeurs immobilières, quand j'ai entendu Ferdinand, qui venait de palabrer longuement à voix basse avec Claire, déclarer soudain, pendant un semblant de silence :

— Nous, en rassemblant tout, nous pourrons te faire cinq mille francs.

Il a soufflé très fort et regardé la tablée d'un air considérable. J'ai compris tout de suite ce que signifiait cette réunion de famille et l'insistance de Joseph. J'ai dit à Cécile :

— Je crois que l'on va te frapper d'une forte amende, chère Cécile.

Elle a levé les épaules et souri.

Après le déjeuner, comme nous étions retournés dans le salon jaune, Ferdinand m'a pris à part. Oh ! n'essaye pas d'évoquer le mince et long jeune homme aux cheveux indociles et au lourd regard tâtonnant des années Guy-de-la-Brosse. Vois plutôt un monsieur jeune encore, mais riche d'un embonpoint sérieux, avec deux petites flammes de carmin aux lobules des oreilles. Il m'a donc tiré dans un coin. Lui qui, pendant des années, a parlé de Joseph avec une sourde et rancuneuse amertume, il débordait soudain de sympathie, de compassion, de tendresse. Il avait des larmes dans la voix. Il nasonnait : « On ne peut quand même pas l'abandonner dans cette situation tragique. C'est notre frère. Moi, je fais mon devoir, tout mon devoir. Je me saigne aux quatre veines. Toi, Laurent, tu n'es pas homme à te dérober devant le devoir... Papa, qui avait trois mille francs en réserve, vient de les donner. Cécile ira jusqu'à dix mille ; Cécile est une véritable capitaliste. Suzanne, elle, n'a que son titre en nue-propriété.

Joseph parle de trouver une combinaison pour faire un emprunt avant la majorité. Suzanne, d'ailleurs, ne dit pas non. C'est terrible, ces métiers d'argent. »

Ferdinand reniflait et me regardait de façon pressante.

Nous sommes partis ensemble, Joseph et moi, car il allait dans le quartier des écoles. Il avait l'air un peu las, tout à coup. Il m'a dit :

— La voiture m'attend. Nous pouvons nous en servir encore.

Et il a, tout de suite, ajouté, comme le cardinal Mazarin :

— Il va falloir quitter tout cela.

Je ne sais pourquoi, sur ces mots, il s'est mis à sourire. J'ai eu le sentiment qu'il secouait la fatigue, bandait les muscles et reprenait flamme.

— Tu sais, a-t-il encore soupiré en montant dans la voiture, il paraît que Napoléon, le jour de son couronnement, a dit à son frère, celui qui s'appelait comme moi : « Joseph ! Si notre père nous voyait ! » Quelle naïveté ! S'il avait pu les voir, le vieux Bonaparte, il n'aurait pas été du tout ébloui. Il aurait dit : « Allons, dépêchons-nous, vous allez encore nous faire déjeuner en retard. » Ça ou quelque chose d'analogue.

— Mais, ai-je murmuré, je ne sens pas le rapport. Voyons, Joseph : le couronnement de l'empereur, d'un côté et, de l'autre, un monsieur qui vient de se ruiner ; car, si j'ai bien compris, tu as perdu ta fortune.

Joseph ne m'écoutait qu'à demi.

— Je suis fixé, maintenant, a-t-il dit avec un gros soupir. Il est impossible d'épater sa famille. Moi, je n'épaterai jamais ma famille. Je ne vous arracherai jamais un soupir d'admiration, à vous tous, les Pasquier.

— C'est trop fort, mon pauvre Joseph ! Pourquoi tiens-tu donc à nous épater ? Et pourquoi, surtout, espères-tu nous épater en te ruinant ?

Joseph a haussé les épaules et il a regardé par la portière, comme s'il désespérait de me faire comprendre quoi que ce fût.

Il m'a posé devant le Collège de France et il est allé tout de suite à ses affaires. Moi, je me suis enfoncé dans le merveilleux silence du labo. Que l'on vende ou que l'on ne vende pas la villa de Nice, la maison de Paris et les barrages de la Roumagne, et toutes ces choses auxquelles je ne comprends rien, au fond, cela m'est assez égal, et même la Pâquellerie, que Joseph dit être « une propriété de famille », mais où il se montre le maître absolu, tyrannique, et sur laquelle nous n'avons pas le moindre droit. Non, tout cela ne me touche pas. Ce qui me semble quand même triste, c'est l'échec de Joseph. Il ne croit qu'à une seule chose : l'argent. Si l'argent vient à défaillir, quel néant ! Comme il doit être malheureux ! Chose étrange, il a l'air plus surexcité que malheureux. Comprends pas.

Je peux quand même te dire que je me suis inscrit pour mille francs. Tout ce que je possède à l'heure actuelle. Joseph m'a remercié, sobrement, non sans une certaine chaleur. Il disait : « Ça se tassera, ne crains rien, ça se tassera. » Ces mille francs sur lesquels il ne comptait guère, ils avaient l'air de lui faire plus de plaisir que les dix mille francs de Cécile, qui lui donne toujours de l'argent, pour des placements, à ce qu'il dit... C'est quelque chose d'assez obscur, ces placements que fait Joseph au nom de Cécile, depuis dix ans.

J'étais parti pour te raconter ma vie au laboratoire avec M. Chalgrin. Une fois de plus, les Pasquier ont tout brouillé. Pardonne-moi, cher Justin. Je fais le serment de ne plus rien te dire de ma famille. Non, non, dégageons-nous, épurons-nous, élevons-nous dans l'essentiel. Ton fidèle.

21 septembre 1908.

## CHAPITRE 2

Eh bien ! non. Si Joseph s'imagine qu'il lui suffit de se ruiner pour me distraire de ma route et de mes soucis ordinaires, il se trompe et je ne te dirai plus rien de lui. D'ailleurs, je ne sais rien de nouveau, sinon qu'il s'agite beaucoup. Une fois de plus, il m'a contraint de m'intéresser à lui. J'en éprouve un peu d'irritation, un peu de rancune. Le mieux que je puisse faire pour Joseph est donc de ne pas parler de lui, et rien ne m'est plus facile.

Je suis tout à fait de ton avis, cher Justin : au sortir du Désert, il n'y avait pour nous qu'un petit nombre de solutions au problème de vivre. Nous avons fait une expérience malheureuse, mais belle et respectable. Nous avons tenté, nous autres, jeunes hommes consacrés aux besognes de l'intelligence, de nous unir pour vivre ensemble et pour gagner notre vie en travaillant de nos mains. Nous avons échoué. Les raisons de cet échec demandaient un examen critique auquel nous nous sommes livrés l'un et l'autre avec beaucoup de rigueur. Tu as souffert, non pas plus que moi sans doute, mais de manière plus prompte et plus brutale. Et, très vite, plus vite que moi, tu as trouvé délivrance et consolation. J'admire d'autant plus ton nouveau dessein que tu détestes le bruit. Ne proteste pas : tu nous demandais toujours, au Désert, de bien fermer les portes, de ne pas laisser les persiennes battre dans le vent, de ne pas crier d'un étage à l'autre, requêtes raisonnables et que nos compagnons ne comprenaient pas toujours fort bien. J'ai quelque peine à t'imaginer dans le tumulte forcé de ta vie actuelle.

J'ai peut-être souffert moins que toi, sur l'instant, après la dislocation, après le démembrement de notre communauté. C'est plus tard que les regrets et l'inquiétude m'ont tourmenté. Je ne peux parler de désillusion : dans cette affaire, je me suis senti plus cruellement déçu de moi-même que des autres. Ce qui dominait, dans mon désarroi, c'était un véhément besoin de grandeur. Il me semblait que, pendant cette pathétique et misérable aventure, j'avais perdu l'exacte notion de l'homme, de ses mesures et de ses pouvoirs. Tu vas rire, Justin ; mais, après mon retour à Paris, j'ai cherché parmi mes lectures, en tâtonnant comme un aveugle, et, d'instinct, je me suis jeté sur Plutarque, j'ai relu, j'ai dévoré Plutarque. Ce n'est pas très équitable et je le comprends. Juger nos copains, Testevel, Sénac ou Jusserand, qui sont d'excellents garçons et qui seront peut-être plus tard des hommes remarquables, les juger en raison de Caïus Gracchus ou de Pélopidas, en raison de toute cette imagerie d'Epinal, je reconnais de bon cœur que c'est manquer de charité d'abord et surtout de bon sens.

Mais quoi ! j'avais un grand appétit d'héroïsme, je voulais « respirer le souffle des héros », comme dit Romain Rolland. Bien que tu saches tout, il se peut que ce nom ne te dise rien. C'est celui d'un type qui faisait — il en fait peut-être encore, je ne sais — des cours d'histoire de l'art à l'Ecole Normale. Fauvet, qui a suivi ces cours, m'a donné à lire plusieurs bouquins de ce gars-là, dont une *Vie de Beethoven*. Epatant ! Sénac, contre son habitude, n'éreinte pas Romain Rolland, il en dit même du bien, mais il lui reproche d'avoir eu quelque chose comme un prix de l'Académie pour sa thèse. Qu'est-ce que ça peut bien foutre, si la thèse est bonne !

Cher Justin, alors que tu décidais, de ton côté, d'aller vivre parmi les humbles, je me suis promis de respirer le souffle des héros. Tu m'as souvent dit, pendant nos entretiens, au Désert, que le Messie, pour vous autres Juifs, ce n'était pas exactement un homme, mais la somme de tous les hommes qui ont porté en eux, à travers les siècles, une étincelle de la flamme sainte. C'est une idée admirable. Ce que je crois, c'est que, chez certains êtres disgraciés, l'étincelle est vraiment très faible, trop faible. Ceux qu'il faut rechercher et suivre, ce sont les grands, ce sont les hommes en qui l'étincelle est une vraie lumière, capable de dissiper, au moins un instant, nos ténèbres. De tels hommes existent. Reste à les reconnaître et à les approcher. Pasteur, dont mon père parle avec tant de lyrisme, est sans doute une figure pour les Plutarque de l'avenir. J'ai connu M. Dastre, j'ai connu Renaud Censier, et M. Hermerel, qui est un bougre de premier ordre, bien qu'un peu silencieux à mon goût. Je voudrais connaître des bonshommes comme Rodin ou comme Anatole France. Malheureusement, ces gens-là sont isolés dans leur gloire et ma profession ne me donne aucune chance de toucher jamais le bord de leur redingote. Il en est d'autres. J'en veux nommer d'autres : Roux, Chalgrin, Richet, Rohner ! Comment peut-on penser sans enthousiasme que ces gens-là respirent en même temps que nous sur la terre ? Et c'est pourtant l'exaltante vérité. Justin, cher vieux frère, il n'y a que deux solutions, je te l'ai dit : ou vivre, comme tu le fais, au milieu des petits, ou vivre comme je veux le faire, dans le rayonnement des grands. Tout le reste est de la faribole et du temps perdu.

Si tu étais là, devant moi, avec ton grand nez, tes cheveux indociles — que tu as peut-être fait couper, bien que tu ne m'en dises rien — et tes yeux qui regardent choses et gens avec une si pressante curiosité — reconnais que le croquis est un peu sommaire, mais amical — si tu étais là, près de moi, je n'oserais peut-être pas t'ouvrir mon cœur avec tant d'abandon. Mais tu es loin, tu ne peux me couper la parole, et s'il t'arrive d'être distrait en me lisant, je ne le vois pas, ce qui me laisse mon sang-froid. Tu as déjà compris que je suis en bonne santé morale. Quand j'ai fait sur moi l'essai du vaccin de M. Hermerel, dont il y avait bien des raisons de se défier, c'est peut-être que je ne voulais plus vivre. Tu l'as senti. J'étais jeune, cher vieux frère, j'étais horriblement jeune. Maintenant, je tiens à la vie. Je ne le dis pas sans honte, mais je dois le dire. Le temps de la langueur et du détachement est fini : je tiens à la vie. C'est que je deviens vraiment un homme, c'est que je commence à prendre de la patine. Dans les guerres, on fait d'abord tuer les jeunes et l'on dit, naturellement, que les vieux ne peuvent plus faire campagne. C'est possible. Nous verrons peut-être cela plus tard. Ce dont je suis sûr, c'est qu'on fait tuer les jeunes d'abord parce que les hommes très jeunes ont, plus que les autres, le hautain mépris de la vie. Les jeunes hommes consentent plus volontiers que les vieux à mourir. Les jeunes hommes n'aiment pas encore la vie. Ils vieilliront, ils connaîtront toutes les douleurs, toutes les hontes, toutes les détresses ; chose terrible à dire, ils se prendront à aimer cette vie misérable et ils n'auront plus la moindre envie de mourir.

Je trouverais tout cela désespérant si j'étais encore un tout frais garçon ; mais comme je sens, ici et là, certaines fibres qui se durcissent, je commence à délaisser le point de vue sentimental pour le point de vue scientifique, et c'est un grand allégement.

A propos, parle-moi donc moins brièvement de cette demoiselle bobineuse — c'est bien ce que tu m'as dit ? — qui me semble tenir dans tes pensées une place non petite. En revanche, mon ami, et confidence pour confidence, je te ferai les plus belles déclarations sur le rôle du foie dans la production des agglutinines.

Cette idée de rechercher les agglutinines — cela ne te dit rien, mais fais comme si tu comprenais — cette idée m'est personnelle. En ce moment, presque toutes les idées qui fermentent dans mon esprit viennent du patron. Je l'avoue sans vergogne, je l'avoue même avec fierté. Nous avons, surtout au Désert, où nous étions entre mauvaises têtes, entre anarchistes pour mieux dire, nous avons cultivé des idées absurdes sur l'originalité. Nous avons aussi perdu le sentiment de l'obéissance et ce serait un grand malheur si cette perte était irréparable et définitive. Sois rassuré quant à moi. Je fais des progrès dans l'individualisme — je t'expliquerai comment et pourquoi ; je plaiderai ma cause à ton regard — je fais donc des progrès dans l'individualisme sauveur ; mais, sur la première page de tous mes cahiers, j'ai écrit, pour moi seul, et au moyen de signes secrets, cette maxime laconique : « Obéir d'abord. » Ne t'imagine pas qu'en acceptant cette sentence j'abandonne provisoirement mon libre arbitre. Cela signifie, dans mon esprit : « Choisir ses maîtres, après mûre réflexion, et leur obéir. » Tu voudras bien noter que j'ai dit « ses maîtres » et non « ses chefs ». L'idée du chef ne m'est pas absolument étrangère, pourtant elle m'est moins sensible que celle du maître. Je veux apprendre — c'est-à-dire prendre, saisir — je veux m'accroître, peut-être parce que j'appartiens à une famille en pleine poussée de sève, en pleine ascension, comme dit Joseph qui, lui, confond l'ascension et la richesse. Ce que je demande, ce n'est pas de me délivrer de toute responsabilité, ce n'est pas de marcher les yeux clos, ce que je demande, c'est de la nourriture, de la substance. Je veux un enseignement.

Je sais très bien qu'un vrai chef est aussi un maître puisqu'il enseigne, par exemple, le courage, l'esprit de décision. — Toi, Justin, qui viens de te mettre volontairement à l'école de la discipline, toi, Justin, tu as sans doute les qualités d'un tel chef ; n'en doute pas, malgré les déceptions du Désert. — Mais que ferais-je d'un chef, moi qui ne suis pas homme d'action ? Non, non, ce que je demande, ce sont des maîtres.

Tu vas sûrement penser : pourquoi « des » maîtres ? Un seul maître, si c'est un vrai maître, ne suffit-il pas ? Sois bien sûr que j'ai délibéré sur ce point. On peut se tromper dans la recherche des maîtres. Je crois prudent d'avoir des éléments de comparaison, d'abord. C'est la méthode romaine transposée dans l'ordre non plus du gouvernement, mais de la connaissance : *consules ambo*. Tu le comprends, je te dévoile, et sous condition d'un secret absolu, mon plan, ou, mieux encore, ma méthode.

Des éléments de comparaison et, par conséquent, des éléments de contrôle. Je dis contrôle et non critique. Je ne vais pas jusqu'au mot « critique ». Justin, j'ai besoin d'admirer, voilà, voilà, voilà ! Et quand bien même je devrais me tromper, c'est l'admiration qui m'importe, et l'admiration que j'éprouve, encore plus que son objet.

Si Jean-Paul Sénac lisait cette lettre, je pense qu'il aurait une crise de nerfs. Il est dépourvu de la faculté d'admiration d'une manière presque tragique pour un poète. Il m'a fait, hier, une de ces confidences qui montrent le fond de l'abîme : « Tout le monde, m'a-t-il dit, me trouve un sale caractère, mais on me juge intelligent. Ce n'est pas vrai, je suis bête. Je ne le dis à personne. Moi seul, je suis assez intelligent pour comprendre combien je suis bête. »

C'est une chose étrange de voir cet esprit sec et torride en présence d'un homme comme le patron. Tu sais que je parle de M. Chalgrin. Oh ! je regrette que ce beau mot de patron soit compromis dans la phraséologie des querelles sociales. Quand Schleiter parle des patrons et du patronat, il prend un air dogmatique et fanatique, tout comme s'il allait prononcer l'excommunication majeure. Je te reparlerai de Schleiter, qui tourne tout à fait au politicien depuis qu'il vit dans l'ombre de Viviani. Pour moi, le mot patron veut toujours dire modèle et surtout père, c'est-à-dire celui qui protège et même celui qui engendre. Dans la société médicale, que j'aime vraiment de tout cœur, l'élève appelle son maître « monsieur ». Tu ne peux imaginer comme ce simple mot est beau, comme il est noble et respectueux quand il est adressé par un jeune homme à celui qui l'instruit et le guide. Si les rapports deviennent plus cordiaux entre le maître et le disciple, celui-ci, dans les instants d'intimité, ne dit plus « monsieur » et se permet de dire « patron ». C'est ainsi que je parle à M. Chalgrin et, bien que ce ne soit pas l'habitude au Collège, il souffre cette appellation en souvenir de sa vie dans les hôpitaux. Je crois même qu'elle le touche et qu'il y voit un signe de vénération filiale.

Je vais préparer ici ma thèse de doctorat ès sciences. Pour ma thèse de médecine, que je passerai presque en même temps, je souhaite de travailler chez Nicolas Rohner, sans quitter d'ailleurs ma place au Collège. Je t'ai parlé de deux maîtres, et tu vois où je te conduis.

J'ai sollicité la place de préparateur actuellement vacante dans le laboratoire du professeur Rohner. J'attends la décision. C'est une fonction très mal payée, mais qui me permettra d'approcher un des hommes les plus intelligents de ce temps et de travailler dans son atmosphère. A certains indices, je pense que le patron met très haut M. Rohner. Il l'a souvent cité dans ses ouvrages, et toujours avec éloge. Il parle des travaux de Rohner avec la plus grande considération. Je ne lui ai pas dit que j'espérais être nommé chez Rohner, non que j'aie le désir de lui cacher quoi que ce soit, mais par timidité.

D'ailleurs, rien ne presse. M. Rohner est en Russie. Il est allé là-bas pour étudier le choléra. Tu ne sais peut-être pas que le choléra fait actuellement de grands ravages en Russie. Il s'est d'abord propagé le long de la Volga. Maintenant, il désole Saint-Pétersbourg. On a nommé une commission de savants pour aller observer l'épidémie. Rohner s'est proposé tout de suite. Tous ceux qui le connaissent le dépeignent comme un homme du plus froid courage. Quelle belle chose que cette fraternité des peuples par la science ! — Voilà que je me mets à parler comme le Dr Pasquier, mon père. — Le choléra dévaste la Russie ; aussitôt un grand savant français se présente et dit : « Me voici ! »

J'ai peut-être tort de te raconter cette histoire. Tu es encore bien capable de prendre le train et de te précipiter en Russie, homme enthousiaste. Heureusement pour ceux qui t'aiment, je crois que tu n'as pas le sou.

Quand Joseph a entendu parler de cette épidémie, l'autre jour, il a haussé les épaules et il a dit sur l'alliance franco-russe quelques mots d'une terrible brutalité. Quelque chose comme : « Très bien, donnez-nous vos millions et nous vous donnerons notre choléra. »

Sur ces questions franco-russes, Joseph et Sénac s'entendent assez bien et c'est extraordinaire. Sénac ne peut souffrir ni Sternovitch, ni les autres Russes qui viennent travailler chez M. Chalgrin. Il dit dans sa moustache : « Ces gars-là veulent racheter le monde, construire une société nouvelle, et ils ne sont pas foutus de coudre un bouton à leur habit... » Chose étonnante, Sénac porte un habit auquel il manque plusieurs boutons. Sénac est terrible, et surtout pour ceux qui lui ressemblent.

Sénac s'assied parfois sur un tabouret, en face de moi, en attendant M. Chalgrin, et il dit : « En somme, qu'est-ce que vous cherchez, vous autres ? Vous cherchez à empêcher les hommes de mourir. Quelle sale blague ! Si la science empêche les hommes de mourir, on ne saura plus que leur donner à manger. Ils seront obligés de se faire la guerre et de s'entre-tuer. Ce sera du propre. »

Quand nous parlons des prouesses de Wilbur Wright, Sénac hausse les épaules et se met à gronder : « Toutes ces belles découvertes seront exploitées par des ambitieux et des détraqués. En somme, vous, les savants, vous êtes les principaux instruments du désordre universel. »

Comme c'est triste ! Sénac me ferait horreur, si je ne le connaissais pas. Mais je le connais ! Tu m'as plusieurs fois prié de ne pas te parler de Sénac. Pourquoi ? C'est une figure étrange. C'est un être qu'on ne peut abandonner à son destin sans compassion. Et puis, j'ai plusieurs fois déjà fait le serment de ne plus te parler de ma famille. Si je ne te parle plus de mes compagnons, je n'aurai plus grand-chose à t'écrire. Et je peux bien t'avouer que cette correspondance m'est douce et profitable, parce qu'elle me permet non seulement de m'épancher, mais encore et surtout de mettre mes idées en ordre. Apprends à connaître mon égoïsme.

Parle-moi un peu moins des doctrines et un peu plus des personnes, dans ta prochaine lettre. Kropotkine me plaît, c'est entendu ; mais j'aimerais savoir quelque chose de tes compagnons d'atelier et, surtout, que tu fusses moins secret avec ton vieil ami au sujet de cette jeune fille... A bientôt. Je t'embrasse. *Vale*.

29 septembre 1908.

## CHAPITRE 3

A trois ou quatre reprises, pendant le printemps dernier, avant ton départ, je t'ai dit : « Viens au Collège, à la fin de la matinée ou de l'après-midi, et tu verras peut-être M. Chalgrin. » Tu n'as pu venir, tu n'es pas venu. Je le regrette. Me voici dans l'obligation d'essayer de te montrer, avec beaucoup de mots, bien des aspects que tu aurais embrassés d'un coup d'œil, le temps d'un éclair.

Les portraits que tu as vus, dans les journaux, donnent de M. Chalgrin une idée très imparfaite. D'ailleurs, le patron répugne à se laisser photographier. Sur toutes ces images, il a l'air sévère et presque dur. Rien de moins juste. Et ne va pas non plus t'imaginer de la roideur et de la timidité, non, mais une réserve exquise et que je souhaiterais d'observer moi-même en toute circonstance. Sur les photographies, — et je ne sais pourquoi — il semble grand. Il n'est pas fort grand, il est mince ; et note bien que mince ne signifie pas fluet. Si le mot d'aristocrate pouvait reconquérir son beau sens étymologique, je dirais de M. Olivier Chalgrin que c'est un aristocrate. Je me suis demandé parfois s'il descendait de l'architecte Chalgrin qui a justement construit le Collège de France où nous travaillons aujourd'hui. Je n'ose poser une question à ce sujet. Et c'est d'ailleurs sans importance.

Le visage est rasé, très pâle, creusé de nobles rides. Il ne porte des lunettes que de manière exceptionnelle. Je crois qu'il y répugne, et non pour soigner son personnage temporel — il ne s'en soucie guère — mais pour justifier, en dépit des années, son idéologie de savant. Il dit volontiers : « Un homme de laboratoire, un chercheur, est d'abord un animal bien doué qui doit tout voir, tout entendre, tout sentir. » En vérité, le patron a des sens prodigieusement déliés. Il ne dédaigne pas de les manifester parfois, pour la confusion de ses élèves : il ne laisse rien échapper. Un grain de poussière qui tombe, il l'entend ; l'ombre d'un cheveu sur la muraille, il la voit. Il devine le passage des gens, à la trace. Il dit parfois : « M. Sénac est venu ce matin vous rendre visite. » J'avoue que, pour Sénac, le mélange alcool-tabac est timbré de manière si personnelle qu'un odorat commun suffirait à dépister la bête.

M. Chalgrin porte assez longs des cheveux bouclés, soyeux, d'un gris presque blanc. Ils viennent effleurer le col de la blouse, et sois bien sûr qu'ils n'y laissent pas pleuvoir des pellicules : tout cela est parfaitement net et savonné, sans vaine élégance. Je voulais aussi te parler des mains que je trouve d'une grande beauté. La peau commence à briller un peu, aux jointures, car le patron doit avoir cinquante-six ou sept ans, si j'en crois le dictionnaire encyclopédique, mais la vivacité de ces mains et leur finesse m'enchantent. Jamais de geste inutile ou démesuré : une harmonie qui suffirait à justifier l'empire des magiciens et des magnétiseurs.

Je pense que si le patron lisait, par hasard, cette lettre, il n'en serait pas trop content. Il se fait une idée très claire et très nécessaire de ce que j'appelais tout à l'heure son personnage ; mais il ne caresse point cette idée avec amour, il ne lui marque pas la moindre complaisance. Il dit parfois qu'il faut se bien connaître pour se mieux oublier.

Tous ces travaux attestent un surprenant esprit de suite, et pourtant il est distrait. Pour mieux dire, il se laisse apparemment distraire, il s'abandonne volontiers à la distraction. Parle-t-il, et, à chaque instant, il découvre des échappées, des bifurcations, des voies latérales. Il s'arrête, revient sur ses pas, repart, s'évade, s'envole, s'arrête encore, s'agenouille, moralement, si j'ose dire, regarde une chose invisible pour nous et la regarde si bien qu'il a l'air de s'endormir, à cela près que le regard veille, un regard velouté, brun-gris, tantôt insistant et tantôt mobile, un regard d'une douceur parfaite et pourtant difficile à supporter quand il se fixe et se concentre.

Il est venu me voir, hier matin. J'examinais au microscope des coupes du foie dans lesquelles j'ai mis en évidence les cellules de Kupffer par une technique nouvelle. Le patron m'a regardé travailler pendant quelques minutes et il a dit soudain :

— Voulez-vous me permettre, Pasquier, de jeter un coup d'œil à vos préparations ?

Il s'est assis à ma place, sur le haut tabouret, dans le plein jour de la fenêtre. Il est vraiment d'une pâleur presque surnaturelle et qui m'inquiète beaucoup : certes, ce n'est pas le jaune éburnéen du cancer ; c'est bien plutôt la pâleur parcheminée de certains cardiaques. Et, de temps en temps, ce visage parfaitement blanc pâlit encore, comme s'il n'y avait point de limite dans la décoloration.

Il a déplacé la platine du microscope, imperceptiblement, pour parcourir de l'œil la préparation. Il disait : « Que c'est étonnant ! » Puis il s'est mis à sourire et il m'a regardé : « Je ne suis pas de ceux qui trouvent tout logique, tout naturel et tout explicable. Non, certes, non. »

Il a fait un demi-tour sur le tabouret et il a poursuivi, en souriant toujours, comme s'il y avait un rapport évident entre les parties de cette méditation brisée :

— Vous savez, mon ami, que je viens d'être élu président de la Société des Etudes rationalistes. J'appartenais depuis longtemps à cette vieille société. Comment ne serait-on pas rationaliste, Pasquier ? Les gens de mon âge ont été nourris de ce lait amer et substantiel. Comment ne serait-on pas rationaliste, mon ami ? Si nous sommes enfin délivrés de toutes les superstitions misérables et de tous les fanatismes répugnants, c'est quand même à la fermeté d'un sage rationalisme que nous le devons. Je suis beaucoup plus vieux que vous, Pasquier. J'ai vraiment assisté aux convulsions suprêmes des chimères. Oh ! je dis : convulsions suprêmes... Elles renaîtront, elles renaissent tous les jours. Elles renaissent parfois dans des cervelles admirables. Voyez Claude Bernard, qui toute sa vie avait combattu victorieusement le vitalisme, l'animisme et toutes les doctrines d'erreur, eh bien ! Claude Bernard s'est mis, sur la fin de sa vie, à rêver, et, malheureusement, à rêver au hasard. Il a préparé secrètement un travail contre les idées de Pasteur, un travail qu'on ne peut d'ailleurs pas dire achevé, un travail qu'il n'a pas fait imprimer avant de mourir, mais que Berthelot a déniché ou fait dénicher dans la table de nuit du défunt et qu'il a publié, froidement. C'était en 78, au milieu de l'été, j'avais vingt-sept ans. Vous ne pouvez imaginer la colère de Pasteur qui, douze ans auparavant, avait écrit sur Bernard une étude pleine d'éloges éblouissants. Pasteur a vidé la querelle, ainsi qu'il faisait toujours. Oh ! il l'a non seulement vidée, mais récurée comme un pot. Nous suivions en haletant tous les actes de ce drame, car, pour nous, c'était un drame... Faites attention, Pasquier, vous piquez vos lapins dans la veine marginale, et c'est bien : mais il y en a un, là-bas, dont je vois l'oreille par transparence ; il a fait un hématome qui est en train de s'infecter... Pasteur a triomphé, comme toujours, et les rêveurs ont renoncé pendant quelque temps à rêver. Avez-vous jamais réfléchi, mon ami, à ceci que Pasteur, ce vrai croyant, cette âme religieuse, a été l'un des plus puissants agents du rationalisme ? Pasteur est la logique rationaliste en personne, dans le moindre de ses ouvrages. Et il y a des gens pour penser qu'en somme le monde est simple... Je vous disais que l'on m'a nommé président de la Société des Etudes rationalistes. J'ai longtemps hésité, mon ami, avant d'accepter cet honneur assez accablant, et si j'ai fini par dire oui, c'est avec une arrière-pensée.

Le patron a commencé de faire un certain mouvement de la mâchoire, un mouvement de rumination. En général, chez lui, c'est ainsi que se manifeste l'inquiétude. Puis il a sifflé doucement quelques mesures de *Parsifal*, exactement le thème de la Cène. Pourquoi ? Pourquoi ? Je ne saurais le dire. Enfin, il a repris son monologue d'une voix plus basse.

— Avez-vous remarqué, mon ami, que vos animaux sont sensibles à la musique ? Tous les animaux sont sensibles à la musique. Les poissons eux-mêmes et c'est légendaire. Vous savez que le poisson-chat perçoit très bien le sifflet. Je ne parle pas des serpents, que la musique fait osciller. Mais l'homme, Pasquier, l'homme ! Voyez les choses froidement : le son est une vibration, et même une vibration fort grossière. J'admets que la rencontre et la perception des ondes sonores puissent exercer une influence plus ou moins favorable sur la cellule vivante, sur cette substance prodigieuse dont nous ne savons presque rien ; mais a-t-on tout dit quand on a parlé d'une impression favorable ou défavorable ? Est-ce que de tels mots correspondent de manière quelconque à ce monde infini de joie et de douleurs qui s'éveillent en nous simplement parce que les ondes sonores ont fait vibrer notre tympan ? Et qu'on ne parle pas d'associations d'idées et de souvenirs ; ce n'est pas résoudre le problème. Vous produisez, avec un tube ou une corde, quatre ou cinq sons consécutifs et me voilà tantôt en extase et tantôt au plus sombre du désespoir. Des gens comme Vaxelaire s'obstinent à ramener tout cela, vous le savez, à des questions de chimie biologique, à des équations, à des courbes. C'est enfantin.

Nouvel arrêt. Le patron secouait doucement la tête et moi j'attendais, je le laissais chercher, à tâtons, dans cette riche pénombre. Il a dit encore :

— Je suis un homme du XIXe siècle et le XIXe siècle restera le siècle du rationalisme triomphant. Je m'en réjouis. On n'est jamais tout à fait raisonnable dans le triomphe et la raison elle-même n'a pas triomphé de façon modeste et mesurée. Cela se comprend assez : tant de siècles d'oppression et de tyrannie barbare ! Tant de prisons, tant de bûchers ! Mais quoi ! On peut venger Isidore ou Sosthène, on ne venge pas Galilée : on l'honore et on le continue. Le rationalisme a fini par l'emporter. Le malheur est qu'un certain nombre de bons esprits, enivrés par le succès, ont pensé que la raison pouvait expliquer tout, devait expliquer tout. Mon ami, voyez comme la conjoncture est délicate. Admettre dès le principe que la raison n'expliquera pas tout, c'est renoncer d'avance et c'est donner prise à la chimère, je le sais bien. Mais déclarer que la raison permet de tout expliquer, c'est créer une superstition nouvelle, c'est instaurer, par excès de présomption, une nouvelle forme d'ignorance et de barbarie. Pasquier, je parle comme si j'étais seul, comme s'il m'arrivait de parler quand je suis seul.

J'ai dû sourire, car le visage du patron s'est éclairé d'une lumière affectueuse.

— Vous, Pasquier, vous êtes un homme du XXe siècle. Je ne dis pas que le rationalisme ne connaîtra pas de nouveaux combats et même de nouvelles angoisses. Il faut recommencer toujours : il n'y a pas de triomphe définitif. Pourtant je crois que l'humanité va transporter son besoin de conflit, de choc et d'éclat sur d'autres terrains. Les différends sociaux deviennent chaque jour plus graves. Ils vont prendre le caractère qu'ont eu jadis les luttes religieuses. Le rationalisme est assez sûr de ses positions actuelles pour se montrer non pas tolérant, mais tout simplement sage. La connaissance rationnelle peut reconnaître sans honte qu'elle n'est pas la seule possible et qu'il y a d'autres voies, qui sont peut-être dangereuses mais qui conduisent quand même quelque part. Le rationalisme est assez fort aujourd'hui pour faire la paix. Vous m'entendez ? Je souhaite, si vous voulez toute ma pensée, que le rationalisme ne se considère plus comme l'adversaire-né de la connaissance intuitive ou religieuse ou même mystique ou poétique. Ce serait une grande œuvre pour le XX^e siècle. Ce pourrait être l'œuvre des hommes de votre âge. Moi, moi, j'annonce une œuvre telle. Et c'est pour l'annoncer avec plus d'autorité que j'ai fini par accepter de présider cette vieille société où il y a beaucoup de gens de grand mérite qui s'en tiennent à leur catéchisme rationaliste, qui sont inflexibles et aveugles, comme leurs ennemis, et qui sont même fanatiques à leur façon, sans le savoir.

Le patron s'est retourné vers le microscope et il a recommencé d'examiner mes préparations. Il disait, en tournant les vis d'un doigt léger :

— Berthelot est mort, l'an passé... Comment ne sentons-nous pas que le moment est venu de mourir ? Pourquoi ne sommes-nous pas avertis par la nature, qui fait bien d'autres choses mystérieuses ? Pourquoi ne sentons-nous pas que la minute suprême est venue et que nous allons commencer de nous survivre et même d'entraver le cheminement de notre propre pensée ?

J'écoutais. J'attendais je ne sais quel beau surcroît de confidences. Et voilà que Sénac est entré, portant une serviette pleine de paperasses. Le patron s'est levé tout de suite. Il était déjà libre, vacant, prêt à de nouveaux labeurs. Il souriait, il allait rire. Il disait :

— Vous m'appellerez demain pour me montrer vos nouvelles coupes. Demain, demain... Vous savez, peut-être, Pasquier, qu'en langage bengali, demain et hier sont exprimés par un seul mot. Ces gens sont bien enviables. A part cela, un petit trait de cette sorte suffit à expliquer la conquête anglaise et bien d'autres choses encore. Le rationalisme est un corset très dur et très lourd, mais qu'il ne faut pas rejeter. Je suis toujours rationaliste... Allons, monsieur Sénac, venez dans la bibliothèque.

Ils sont partis. Te l'avouerai-je, vieux frère ? je maudissais Jean-Paul Sénac. Il avait bien besoin de tomber là, entre nous deux ! J'étais si content !

Je te raconte cette scène pendant qu'elle est encore chaude au plus secret de mon cœur. Je te la raconte mal. Tu ne peux imaginer comme c'était épatant. Beaucoup plus libre et plus simple que tout ce que je pourrais te dire. Je signe tout net :

L. P., rationaliste du siècle nouveau.
Ou mieux : L. P., néorationaliste.

2 octobre 1908.

# CHAPITRE 4

Fauvet est revenu de voyage. Nous sommes encore loin du cours ; mais nous avons tous du travail et nous savons que le patron est toujours à l'œuvre : quinze jours de vacances, quinze jours loin de son laboratoire et il doit commencer de souffrir. Fauvet prépare sa thèse. Un beau sujet : l'influence des vibrations musicales sur les micro-organismes. C'est sûrement une idée de M. Chalgrin qui, l'autre jour, il me semble te l'avoir écrit, m'a parlé de l'influence de la musique sur les êtres vivants. Je n'attendais pas Fauvet avant la fin d'octobre. Et voilà mon précieux silence gâté. Ce n'est pas que Fauvet soit fort bruyant : c'est un monsieur trop délicat ! Il se montre même, en ce moment, moins hautain que naguère et presque empressé.

J'ai porté, hier, à Joseph les mille francs qui représentent, à l'heure actuelle, la totalité de mon capital. J'y allais de bon cœur, crois-le bien. Malheureusement, Joseph a été intolérable, ou, pour mieux dire, josephissime. Il y a des jours tels, où il semble être la proie du démon joséphique. Il m'avait invité à déjeuner, non sans observations désobligeantes : « Nous mangerons nos derniers sous... Il faut finir en beauté... Si, si, viens... Une folie de plus ou de moins... »

C'était un déjeuner très simple et confortable. Il m'a semblé qu'il y avait un peu moins de domestiques dans la maison. Joseph m'a dit : « Je les congédie par fractions, pour ne pas donner l'éveil. Et, surtout, pas un mot de toutes ces histoires à Hélène. Elle ne sait rien, ou presque. Merci pour les mille francs. C'est toujours quelque chose dans la situation presque tragique où je me trouve. Le principal est que ça se passe bien et que l'on ne m'enlève pas ça ! »

Du doigt, ce disant, il montrait sa boutonnière. Tu sais — qui ne le sait pas ? — qu'il a été décoré de la Légion d'honneur, en janvier. Chose étrange, lui qui me conseillait si vivement de ne porter aucune décoration, il fait le plus grand cas de la sienne et l'exhibe de manière fort ostensible. Il dit, de temps en temps : « Maintenant, c'est au tour de papa. Je m'en occuperai, ne crains rien. J'en fais mon affaire... » Il parle ainsi, mais il n'est pas du tout pressé de réussir et de perdre l'avantage qu'il croit avoir acquis grâce à cet ornement.

Tu le vois, je ne suis jamais dupe de Joseph. Je ne veux d'ailleurs lui procurer aucune raison de se moquer de moi. Je lui ai donné les mille francs, mais je ne lui ai pas dit que j'avais renoncé, nécessairement, à m'acheter un pardessus d'hiver neuf et un poêle à gaz. J'ai pris, au contraire, l'air lointain de quelqu'un qui n'attache pas une grande importance à une somme aussi modeste.

La conversation, pendant le déjeuner, a roulé sur les choses utiles et les choses inutiles. Belle occasion, pour Joseph, de dire des énormités. Il regarde sa femme et vocifère d'une voix comique :

— Toi, ma chère, qui es ce qu'on appelle une femme instruite, en somme, tu ne sais presque rien d'utilisable. Tu as une licence de chimie, de physiologie, je ne sais même plus, et tu serais embarrassée pour faire cuire un œuf sur le plat.

Et, tout à coup, d'une voix caverneuse :

— Il y a pourtant des circonstances affligeantes où une femme du meilleur monde peut être obligée de faire cuire elle-même ses œufs sur le plat...

Il soupire. Hélène est merveilleusement calme. Elle sourit et il se creuse dans sa joue droite une très belle petite fossette que j'avais remarquée jadis. Elle a sensiblement engraissé. Son teint de blonde se colore beaucoup, surtout après le repas. J'ai demandé pourquoi les enfants n'étaient pas là. Joseph a dit, avec un geste théâtral :

— Chez maman ! Ils y sont à merveille. Cette nurse représentait de grands frais.

Nouveau soupir, clignement de l'œil gauche à mon adresse. Et, tout de suite, Joseph a repris :

— Tout cet enseignement de la Sorbonne, c'est pure vanité. Les licenciés connaissent des formules et des chiffres. Mais quand il s'agit de préparer par exemple l'aspirine ou le sulfate de soude pour la consommation véritable, on s'adresse à de braves bougres de manœuvres que l'on instruit sagement dans des écoles spéciales, qui savent très bien, eux, comment se cuit la popote et qui mènent tout le travail. Vous autres, vous êtes des objets de luxe, des personnages représentatifs, des manieurs d'idées, des symboles de la science, rien d'autre.

Hélène a dit : « Oh ! moi ! » Et, de nouveau, sourire à fossette.

Après bien des années, je suis toujours confondu par ce mariage. Mon frère Joseph plaisante, non sans lourdeur ; il essaye de cacher son respect superstitieux des choses intellectuelles ; mais il est quand même très fier des connaissances et des diplômes de sa femme. Tout cela ne laisse pas de le tracasser. Il cherche toujours à reprendre l'avantage par quelque détour. Hier, il disait, pendant que nous achevions de manger :

— Moi, je ne suis pas comme toi, Laurent, un homme de science, un virtuose de l'esprit d'observation. Mais je crois au progrès, tout naïvement. D'ailleurs, vous, les savants, vous travaillez toujours pour nous autres, les hommes d'affaires. Oui, vous, tous autant que vous êtes, même les astronomes. Toi, tu coupes des pattes de mouche en rondelles microscopiques et tu dis : la science pure ! Mais tout cela se terminera par un produit chimique, des usines et des actions que nous serons chargés, nous autres, d'acheter et de vendre et qui donneront une existence réelle à toutes vos bonnes blagues.

Il commençait de rougir et de s'enflammer. Il buvait et mangeait avec ardeur, non sans, de temps à autre, lâcher un soupir énorme et prendre pour une minute son visage d'enterrement. Il maniait sa fourchette avec une sorte de lyrisme. Il a recommencé de pérorer.

— C'est comme ton ami Sénac, avec ces choses qu'il écrit et qu'il publie dans les revues ou les journaux, je ne sais même plus... Faire des romans, faire des vers, faire des découvertes scientifiques ! Peuh !... J'en ferais, si je voulais. Tu ris ! Attends une seconde. Je vais, moi, t'imaginer un sujet de conte pour les journaux. Je vais te faire une découverte scientifique, là, tout de suite, avec ma fourchette et la bouteille de vin. Attendez seulement une seconde. Et puis, non, zut, je m'en fous. J'aime encore mieux faire de l'argent. C'est plus difficile et c'est quand même plus sérieux.

Dans le couloir, comme je m'en allais, vraiment excédé, il s'est calmé tout de suite et il s'est mis à rire. Il regardait le petit fox-terrier qui courait, car l'appartement de ce ruiné est magnifique et spacieux. Il disait :

— Vois mon chien. Il est sage : il trotte sur trois pattes. Il met une patte de côté pour ses vieux jours. C'est vraiment le chien d'un économiste.

Economiste ! Il ne dit rien de moins, maintenant qu'il est ruiné.

Je regardais le vestibule, les tapis, les meubles — je sais que la maison entière lui appartient, ou du moins lui appartenait encore il y a quinze jours — et j'avais honte, un peu, de mes misérables mille francs, de cette goutte d'eau que je venais d'apporter dans ce Sahara. Il a dû comprendre mon regard. Il a dit, plissant le front :

— J'ai des soucis terribles, Laurent. Les gens qui ne possèdent rien du tout ne savent pas à quel point ils sont heureux ! Mais tu sais, tes mille francs, ils sont en sûreté, ne crains rien. Je te les rendrai, tu peux y compter. Et je te servirai même un très bel intérêt. Attends seulement que j'aie payé mes dettes.

Sur ce mot, il s'est redressé. Il est redevenu rigide et sanguin. Il s'est trouvé, de nouveau, si j'ose dire, en érection. Il prononce : « mes dettes » avec l'accent même de la possession, comme d'autres diraient « mes biens ». Je connais mal les affaires de Joseph et je me demande ce que peuvent être ces fameuses dettes.

J'allais ouvrir la porte pour m'enfuir, il m'a rattrapé par le bras. Il parlait bas, comme pour s'excuser, et il souriait d'un sourire terrible : « Moi, a-t-il commencé de m'expliquer, moi, quand je bois, quand je mange, quand je fais l'amour, eh bien ! le plaisir que je prends est mille fois plus fort que celui que ressentent les autres hommes. » Il serrait les dents. Il croyait ce qu'il disait.

Alors, sans transition :

— Je t'ai fait porter un panier de poires. Des poires. Des poires de la Pâquellerie ! Avoue qu'elles sont bonnes, les poires de la Pâquellerie.

Il m'a fait apporter des poires, c'est la vérité même, et il m'en a déjà parlé plus de dix fois. Et il veut que je lui en parle chaque fois que je le vois et que je donne des détails sur le goût, l'arôme, le moelleux, le juteux... Chaque fois qu'il fait un cadeau, c'est ainsi. Il ne fait pas de cadeaux souvent, grâce au ciel !

Il ne m'a pas laissé partir tout de suite. Il bougonnait, dans l'entrebâillement de la porte : « Je veux sauver la Pâquellerie. C'est pour cela que j'ai battu le rappel de votre côté. Et pourtant, quand je suis à la Pâquellerie, je voudrais être à Beaulieu, et quand je suis à Beaulieu, j'ai envie d'être au Mesnil. C'est idiot. Les gens qui n'ont qu'un logis ne connaissent pas leur bonheur. Enfin, enfin, tout cela va finir. (Gros soupir.) Pourvu que l'on sauve la Pâquellerie. Pense donc ! Le berceau de la famille, Laurent ! »

J'ai fini par prendre la fuite. J'allais manquer de calme. Le berceau de la famille ! Ça, c'est une trouvaille, pour une propriété qu'il a depuis trois ans.

Je devais avoir le sang à la tête, comme toujours après un entretien avec Joseph. Comment t'expliquer mes sentiments ? Je ne comprends rien à Joseph. Je dois même te le peindre très mal. Il m'est parfois odieux et je le plains. Et puis, je vais tâcher d'être tout à fait sincère et de vider le fond de mon cœur. Je croyais me trouver en état de pureté parfaite vis-à-vis de la fortune de Joseph. Je ne l'enviais certes pas et j'y songeais parfois avec une raisonnable horreur, car enfin, cet argent des financiers, il est toujours gagné durement par le labeur des foules obscures qui souffrent dans l'ombre inférieure. Je faisais donc un léger effort pour ne point songer à cette fortune inquiétante, et j'y parvenais, ordinairement. Eh bien ! depuis que je sais que Joseph est ruiné, j'éprouve un certain sentiment de regret. Oui, oui, cela m'ennuie qu'il ait perdu tout cet argent. Cela m'affecte d'avoir lieu de plaindre Joseph. Je pensais bien qu'il ne manquerait aucune occasion de me demander quelque chose : de l'argent, de l'attention, des livres, une recommandation. Voilà qu'il faut aussi lui donner de l'intérêt, presque de la pitié. Il est insatiable.

Pour me purger l'esprit, après ce déjeuner, comme rien ne m'appelait impérieusement au laboratoire, comme je souhaitais quelques heures de méditation paisible, j'ai fait une chose que je dois absolument avouer, d'abord parce que je me suis promis de ne plus rien te cacher jamais, ce qui pourrait être une façon de ne me plus rien cacher à moi-même, ensuite parce que tu comprendras, j'en suis sûr, le sentiment qui m'animait.

J'ai pris le train, à la gare du Luxembourg, et je suis allé à Bièvres, comme cela, tout seul, en pèlerinage.

J'ai d'abord eu du mal à détacher ma pensée de Joseph. Il me fait souffrir, il m'humilie. Quand je le vois, quand je le quitte, je me demande avec angoisse, avec obstination, si vraiment je ne lui ressemble pas un peu. Je finis par découvrir des éléments de ressemblance et c'est pénible.

Dans le train, j'étais donc loin de me sentir en état de grâce. Quand il m'arrive de souffrir, j'essaye toutes sortes de méthodes. Je me dis, par exemple : « Si ce n'était pas moi... Si cette souffrance était tombée sur un autre... Allons, faisons comme si ce n'était pas moi... » Malheureusement, cela ne réussit presque jamais et je dois me débattre avec mon tourment jusqu'à ce qu'il s'endorme.

Je suis arrivé quand même à Bièvres, et là, tout à coup, je me suis senti délivré, oui, délivré de Joseph, car d'autres ombres ont commencé de tournoyer autour de moi. Elles m'ont accompagné jusqu'au terme de mon voyage. Il faisait une belle journée d'automne, tendre et parée de brumes translucides. Toutes les odeurs semblaient à la minute exquise de l'accomplissement. Demain, sans doute, elles seront déjà gâtées par la pourriture et la mort. J'ai suivi le mur, notre mur, jusqu'à la grille. Il y a, comme autrefois, un écriteau. La maison est à louer. Les clefs sont déposées chez la mère Clovis, notre ancienne femme de ménage. C'était jouer de malchance. Impossible d'aller demander les clefs à cette vieille toupie : elle aurait, sur ma visite, sur ce retour, imaginé des fables effrayantes, de saugrenus romans policiers. J'ai fait le tour du domaine. Dans le fond, à l'endroit où la clôture est basse et ruineuse, j'ai pu sans difficulté monter sur le mur et m'asseoir au sommet. Quelle émotion ! Je voyais tout : le potager, le parc, la maison, la masure du jardinier où Brénugat était venu s'installer à la fin de l'histoire, et le petit hangar sous lequel Jusserand, disciple de Tolstoï, sciait du bois le matin, et le château d'eau sur lequel nous avions dû grimper, pendant les gelées, et au sommet duquel Larseneur nous chantait son fameux opéra : *Makalas et Girlamire*. J'entendais le battement du bélier qui marche toujours. Il me semblait que les fenêtres de l'atelier allaient s'ouvrir et que tu allais paraître en frappant dans tes mains pour nous appeler au travail. Alors j'ai fait une chose absurde et qui m'a paru toute naturelle. J'ai crié : « Justin ! » dans le silence de la soirée. Et il s'est produit un phénomène extraordinaire : tu m'as répondu. Oui, oui, je ne divague pas. Il doit y avoir à cet endroit un écho que nous n'avions jamais remarqué, me semble-t-il, et qui se forme sur la maison. Tu m'as répondu. Cela signifie, même pour un rationaliste, que, de la maison, m'est parvenu soudainement une sorte de cri. Et c'était ta voix.

J'ai sauté par terre et je suis parti. Je ne regrettais pas d'avoir fait mon pèlerinage. Mes idées commençaient de se décanter, de se clarifier. Nous avons tâché de vivre ensemble, entre amis, et nous y avons trouvé les plus grands déboires. Au fond, nous ne nous connaissions pas et nulle règle supérieure ne nous permettait de « nous voir en Dieu », comme dit un philosophe. Nous nous sommes vus tels que nous étions, avec amertume, et nous en avons souffert. On ne choisit pas sa famille — et c'est bien regrettable —. Je commence à comprendre qu'on ne choisit pas non plus ses amis. On les a reçus, on les garde, on les porte, on les subit, et c'est comme cela. Pour ma consolation, je crois que l'on choisit ses maîtres. Je suis sûr que l'on peut et que l'on doit choisir ses maîtres.

Je suis allé prendre le train à Massy. J'ai traversé la forêt de Verrières que l'automne commence à illuminer. Quel silence ! Un oiseau chantait sous la voûte des arbres, un oiseau solitaire. Et on aurait dit la sonnette de l'élévation dans une église abandonnée.

En arrivant chez moi, j'ai trouvé une lettre m'annonçant que j'étais nommé préparateur de M. le professeur Rohner, qui dépend de la Sorbonne, mais dont les laboratoires sont à l'Institut Pasteur.

Quelle nouvelle ! J'aurais dû te la dire tout de suite, mais je la gardais pour la bonne bouche. Elle m'a fait rêver toute la nuit. Comme j'ai bien fait d'aller à Bièvres pour célébrer mon dernier loisir ! Je vais avoir maintenant, entre mes deux patrons, une vie chargée de soins.

J'ai annoncé la chose à M. Chalgrin ce matin. Il s'y attendait et savait que j'avais fait une demande. Il m'a dit simplement : « M. Nicolas Rohner est un savant du plus grand mérite. » Comme c'est beau, ce concert harmonieux des intelligences dans l'empyrée !

Je t'écris chez moi, dans ma chambre. Si je criais très fort ton nom, est-ce que tu me répondrais ? Je ne le crois pas, tu me négliges et me fais attendre tes lettres.

Ton frère fidèle.
15 octobre 1908.

## CHAPITRE 5

Mais non, cher Justin, je n'ai pas donné ton adresse à Sénac. Et s'il sait que tu t'es fait embaucher comme simple ouvrier dans une filature de Roubaix, ce n'est pas moi qui le lui ai dit. Non que j'évite de prononcer ton nom et même de lui parler de toi. Mais en général je le laisse venir. Pour être franc, je me défie, je suis prudent. Et c'est pourquoi tes reproches me touchent et m'offensent un peu.

Aussi bien, puisque Sénac sait la chose et puisque tu sais qu'il la sait, ne va pas t'imaginer qu'il prend ton histoire à la rigolade. Il en a paru, tout au contraire, surpris et remué. Oui, oui, je dis bien remué. Ce n'est pas une âme insensible, c'est une âme naturellement malheureuse. Différence profonde. Il m'a dit, en suçotant sa grosse moustache noire — car il s'est mis à sucer sa moustache et, comme cela, le pauvre est complet — il m'a dit : « Il paraît que Justin s'est fait ouvrier d'usine... » Alors, moi : « Comment le sais-tu ? » Il a hoché la tête de façon vague et son œil s'est allumé d'une vraie flamme : « Je ne trouve pas ça drôle. Je finirai peut-être un jour par me lancer dans un truc de cette sorte. Il faut faire des expériences. Il faut tout essayer... »

Je le regardais avec un peu de compassion. « Tout essayer ! » Dans sa bouche, c'est affligeant. Sans attendre, il repartait à divaguer. Il disait : « Justin, c'est un caractère de chien, mais c'est un gaillard qui sait ce qu'il veut. » Je te rapporte le propos en bloc. Tel, à mon regard, c'est un bel hommage. Et quand je pense que, pour Sénac, tu es un caractère de chien ! Admirable !

Là-dessus, il s'est repris à parler de Bièvres, ce qu'il fait chaque jour et non sans trémolos, reniflements et mouvements de déglutition. Et voilà ! Voilà ! Si nous avions réussi, nous serions là-bas, en proie à la terne besogne quotidienne, aux difficultés du succès, aux palabres et aux querelles. Et nous gémirions. Mais nous avons échoué. L'échec laisse au rêve beaucoup de champ, beaucoup de jeu. Comme nous avons échoué, le Désert prend dans notre esprit des couleurs délicieuses. Petit à petit, il passe au rang de souvenir sublime. Voilà bien une consolation qui ne va pas sans paradoxe. En y songeant, je me demande ce que pouvait être le paradis perdu. N'est-ce pas parce qu'il fut perdu qu'il est devenu paradis ? La vie est ainsi toute faite de contrastes déconcertants. L'accoutumance et l'immunité, ce serait vraiment trop beau, ce serait aussi trop simple. Alors, nous avons l'anaphylaxie. Comprends-tu ? Ne comprends-tu pas ? Cela signifie que la vie s'habitue aux poisons, aux substances étrangères et finit par les tolérer, à moins que ce ne soit tout le contraire et que l'organisme, au lieu de s'habituer, soudainement se révolte et préfère périr. De quelque côté que l'on se tourne, on ne voit que contrastes, antagonismes et chicanes.

Nous voilà bien loin de Sénac. Et c'est tant mieux !

J'ai rendu visite à M. Rohner. Je lui avais demandé rendez-vous pour me présenter et pour lui annoncer ma nomination. Je t'ai fait lire son grand bouquin sur les *Origines de la Vie* et je sais que, pour un esprit de cette qualité, tu n'as que sympathie. Je pense que l'homme t'étonnerait beaucoup.

Je l'avais vu cent fois de loin, car j'ai suivi ses cours. Ce matin, je l'ai vu de tout près. Quelle surprise ! Certains appareils nous donnent l'illusion de la proximité. Belle cause d'erreur : la proximité absolue nous permet seule, à nous autres, animaux infirmes, d'entreprendre une opération de connaissance. Voir à dix ou douze mètres de distance un monsieur qui disserte derrière la paillasse aux expériences, assurément, c'est quelque chose. Mais vivre, ne serait-ce qu'une minute, dans le rayonnement direct d'un être, d'un homme, se trouver brusquement le prochain de cet homme, son prochain dans l'espace et dans le temps, distinguer le grain de sa peau, le luisant de sa joue, le poil qui lui point imperceptiblement sur la mandibule, sentir son odeur, oui, oui, je dis bien, l'odeur de ses vêtements, de sa chair, de sa vie, percevoir non seulement le timbre de sa voix, mais le rythme de son haleine et, parfois, recevoir son souffle chaud sur le front ou sur la main, prendre le regard à la source, quand il n'est ni refroidi ni dénaturé par la distance et les spectacles accessoires, quand on peut éprouver le perpétuel mouvement de la pupille, des muscles moteurs, des paupières et mille autres phénomènes plus secrets, plus mystérieux encore et non moins riches, voilà, je t'assure, une fameuse aventure. Tu le vois, je me déclare sans scrupule comme un disciple de Chalgrin.

M. Rohner était dans son labo, c'est là qu'il m'a reçu. Je t'ai raconté qu'il vient de Russie où il a été soigner les cholériques et par conséquent étudier le choléra sur place. J'espérais qu'il m'en dirait quelque chose. Hélas ! il n'a rien dit, ce qui m'a navré, mais aussi m'a paru tout simplement héroïque. Voilà un homme qui s'en va travailler au milieu d'une effroyable épidémie. Il revient et c'est comme s'il était allé passer le dimanche à Villeneuve-Saint-Georges pour manger de la friture. J'aime cette simplicité, bien que ma curiosité en pâtisse.

Le professeur Nicolas Rohner, à première vue, n'a pas l'air d'un savant qui s'applique avec minutie aux recherches de la biologie. A le voir, on le prendrait pour un militaire, un général de l'artillerie ou du génie, par exemple. Il est de petite taille, sans embonpoint, sans épaisseur. Il se tient droit. Les cheveux sont presque blancs, taillés court, en brosse dure. Il porte la moustache et la mouche. Les traits ne sont pas très alourdis et le teint a même une certaine fraîcheur, une certaine jeunesse. Le regard mérite une mention particulière. Il m'a déconcerté. C'est le propre regard de mon père, un regard de nacre azurée, un regard frais, froid, légèrement ironique. Par bonheur, et sans qu'il soit possible de savoir pourquoi, ce regard se réchauffe parfois et le professeur fait alors un sourire de séduction, ce qui ne va pas sans apporter quelque soulagement au partenaire.

Il n'était pas en blouse, mais en jaquette. Il doit fumer beaucoup, car sa moustache en est colorée. L'index et le pouce de sa main droite sont également jaunis. De son vêtement, de sa personne s'exhale une très délicate odeur de benjoin.

Alors que le laboratoire de M. Chalgrin est tout simple, modeste, ombré même, ici et là, d'une fine poussière qui est comme le sceau de la rêverie, le laboratoire de M. Rohner est astiqué, fourbi, luisant. M. Chalgrin est, par le cœur, très près de Pasteur qui a fait ses plus belles découvertes dans l'humble logis de la rue d'Ulm. Chez M. Rohner on sent, au contraire, je ne sais quoi d'américain, de nickelé, d'étincelant. Ne vois, dans mes peintures, rien qui ressemblerait à l'ombre d'une critique. Je crois sincèrement que le génie peut se manifester sans pompe et sans éclat. Je pense aussi que la mesquinerie, si naturelle à certaines de nos administrations, en France, peut paralyser l'esprit et le réduire au désespoir. Tu noteras que je m'efforce d'être impartial.

Nous avons longuement parlé de mes projets. Je devrais dire : j'ai longuement parlé... M. Rohner écoute. Parfois son visage se ferme et on a le sentiment pénible de pérorer pour une muraille. A d'autres moments, il fait jouer son sourire de séduction et tout s'éclaire. Les recherches que je veux poursuivre chez M. Rohner pour ma thèse de médecine, sur le polymorphisme de certaines bactéries pathogènes, ont, je crois, retenu son intérêt. Il est le maître incontesté de la question et le premier biologiste qui se soit efforcé d'appliquer aux organismes microscopiques les vieilles idées de Hugo de Vries sur les mutations. Je te parle un langage un peu hermétique. Excuse-moi, il traduit mes pensées de tous les instants. Ne retiens de ces confidences qu'une chose essentielle, c'est qu'en divisant mes capacités de travail, moitié chez M. Chalgrin, moitié chez M. Rohner, je suis un plan mûrement préparé.

J'ai dit à M. Rohner que je préparais une thèse de doctorat ès sciences au laboratoire de biologie du Collège de France. Il a fait un sourire discret et m'a répondu qu'il estimait beaucoup la personnalité de M. Chalgrin. Quelques phrases, rien de plus. J'étais tout ému de voir ces deux grands bougres se saluer, de loin, au passage, avec tant de noble simplicité.

Pour finir, il m'a fait visiter son domaine. J'aurai un laboratoire, tout petit, mais pour moi seul. Il n'y a pas un grand nombre d'élèves, en sorte qu'on pourra mener à bien d'utile besogne. Actuellement, les laboratoires sont à peu près vides. J'ai fait la connaissance d'une grande fille brune, pâle, au regard triste, à la voix basse et grave, qui exerce des fonctions d'assistante et qui m'a paru très sympathique. Sa situation doit être des plus modestes, mais elle a beaucoup de grâce et de dignité. Je ne me rappelle plus son nom.

J'avais prévenu ma concierge que je repasserais à la maison, vers la fin de la matinée, avant de retourner chez Papillon, car, en définitive, je suis redevenu le client mélancolique de la cave à Papillon. Par malheur, on y mange mal et la plupart des copains se sont enfuis.

Comme j'achevais de monter mon escalier de la rue du Sommerard, j'ai trouvé Testevel assis sur les marches.

Testevel me fait beaucoup de peine. Cet immense gaillard a l'air d'une loque. Il a le regard fatal de quelqu'un qui est tombé dans les passions, comme disait naguère Brénugat. Loin de se faire valoir, de soigner sa personne et sa mise, il se néglige. Il est mal rasé. Les ongles sont ternes et charbonneux. Lui si vigilant autrefois, il ne brosse plus ses vêtements. Il semble se vautrer dans la frénésie sentimentale. J'en parle avec un peu d'amertume et d'inquiétude, parce qu'il s'agit quand même de ma sœur, de Suzanne. Oh ! je ne suis pas fort inquiet pour Suzanne : elle n'épousera jamais Testevel.

Elle a des vues sur sa carrière, sur le théâtre, sur la condition d'artiste. Elle se moque de Testevel comme d'une pomme. Elle lui donne, mille fois le jour, à tout propos, de petites claques dont certaines sont presque des gifles. Elle n'hésite jamais à le charger de mille courses impossibles. Il a repris son travail de correcteur : il est maintenant au *Matin* et il y passe une partie de la nuit. Il se lève tard. Il devrait se lever tard. Suzanne exige qu'il vienne l'attendre de bonne heure sur le trottoir du boulevard Pasteur et qu'il l'accompagne jusqu'au Conservatoire. Il s'essouffle. Il devient blême et misérable. Suzanne a retenu les fantaisies de Sénac ; elle appelle Testevel de vingt petits noms ridicules : Tétard, Tétiche, Testambouille, etc. Il est ravi certains jours et désespéré le reste du temps. J'ai dit quelques mots à Suzanne. Elle a ri, joliment, avec tant de cruelle innocence que j'ai fini par rire aussi. Elle a des exigences et des caprices. Elle a ordonné, par exemple, au malheureux Testevel de porter des cravates Lavallière. Il est arrivé le lendemain avec un nœud à pois blancs. Elle a commencé de tirer sur les bouts de la cravate pour la dénouer, d'un coup sec, en passant. Il a refait le nœud. Elle l'a défait vingt fois. Et, toujours, un éclat de rire. J'étais furieux : c'est ma sœur. Je lui ai fait des observations. J'ai cru que Testevel allait me dévorer. Il grondait : « C'est la vie ! C'est la jeunesse ! Tu deviens bougon. Tu ne comprends donc plus rien ? »

Il m'attendait en fumaillant sur les marches de mon escalier. Il m'a dit :

— Si tu vas chez Papillon, nous irons manger ensemble.

Dans la rue, en redescendant, j'ai vu qu'il avait une barbe de quatre ou cinq jours pour le moins. J'ai fait une allusion à ce... dispositif. Il m'a répondu avec un sourire béat :

— On m'a prié de laisser pousser ma barbe. Je crois que cela m'ira beaucoup mieux. Et puis, cela cachera ce petit trou que j'ai au milieu du menton.

Hélas ! Que dire ? Il faut que Testevel aille jusqu'au terme de cette fâcheuse maladie. Je te répète : on ne peut rien faire entendre à Suzanne. Elle rit et vous regarde avec de beaux yeux pleins d'eau pure. Je suis un mauvais mentor et me retire déconcerté. Laissons Testevel à son destin.

Je suis heureux d'apprendre que tu reviens à la poésie et même que tu travailles, au sortir de l'atelier, malgré l'assourdissante fatigue. Je te trouve bien discret sur tes promenades avec cette ouvrière, Mlle Marthe... Si j'avais une histoire de cette sorte à te raconter, j'en emplirais mes lettres.

Je vais retourner à mon travail.

M. Rohner possède une élocution extraordinairement nette, comme toute sa personne. Il m'a pourtant semblé qu'il prononçait, en parlant du patron, Chapegrin, ou Chategrin, je ne sais plus. Pourquoi ?

C'est peut-être une faute d'audition chez moi plutôt qu'une faute de prononciation chez lui. Sans importance.

Je retourne à mes bouquins. Ton frère en solitude.

L.P.

20 octobre 1908.

## CHAPITRE 6

Je t'écris dans le feu d'une colère dont je ne peux me rendre maître. Peut-être, en narrant mon histoire, parviendrai-je à me délivrer. Je le souhaite. La colère me rend malade, elle m'empoisonne. Je respire mal, mon cœur bat au hasard, mes articulations sont pleines de sable, je me sens l'estomac houleux et j'ai la langue sèche parce que les glandes salivaires sont frappées de stupeur.

Et tout cela pour trois fois rien, comme tu vas le voir. C'est contre moi-même que je suis en colère.

Je sortais de chez Papillon, vers une heure de l'après-midi, et je m'apprêtais à traverser le boulevard Saint-Michel quand j'ai rencontré M. Mairesse-Miral. Nous nous sommes serré la main et j'ai d'abord pensé que c'était tout à fait suffisant.

Je t'ai parlé quelquefois de M. Mairesse-Miral et tu l'as vu pendant notre fameux séjour à la Pâquellerie, il y a deux ans. M. Mairesse-Miral est le secrétaire, le factotum, la créature de Joseph. Veuille remarquer au passage comme les mots sont adaptés à leurs emplois ordinaires : M. Mairesse-Miral est un secrétaire à qui la moindre prudence conseille de ne livrer aucun secret ; en outre on l'appelle factotum parce qu'il ne fait presque rien, du moins presque rien d'essentiel. Joseph le présente ainsi : « C'est mon homme de défiance. » Et M. Mairesse-Miral accepte le titre avec un sourire verdoyant. Je suis bien obligé de croire que M. Mairesse-Miral est habile à certains travaux obscurs pour lesquels, dans les métiers de finance, on a toujours besoin de collaborateurs.

Il était donc là, sur le trottoir, et j'allais le quitter sans regret quand je me suis senti touché de commisération.

M. Mairesse-Miral n'est jamais vêtu de manière somptueuse. Il prise et son gilet est semé de grains de tabac et tout empesé de morve. Il a des bajoues, des mentons de rechange, des fanons, tout un attirail de lard et de peau qui lui pend sous la mâchoire. Les yeux sont gros, à fleur de visage ; l'un d'eux a la pupille très dilatée, l'autre l'a punctiforme, ce qui ne laisse présager rien de bon pour l'avenir du sujet. Le poil — moustache et chevelure — est rare et voltigeur, mais teint avec application. Le personnage fait parfois de vains efforts pour inscrire un monocle dans la bouffissure de ses paupières. Sa voix est grave et rouillée. Il porte des guêtres chamois toutes festonnées d'éclaboussures. Je ne le crois ni sot, ni maladroit. C'est probablement un bonhomme faible devant certains plaisirs. Il a dû commencer par une toute petite saleté et le reste a suivi. Joseph travaille, hélas ! à l'avilir en le chargeant sans doute des saletés qu'il ne veut pas prendre à son propre compte. Il peut te paraître que je suis aujourd'hui sans indulgence. Tu vas comprendre pourquoi. J'enveloppe donc M. Mairesse-Miral d'un regard attentif et compatissant et je lui dis :

— Cela ne va pas trop bien, Monsieur ?

M. Mairesse-Miral met la main devant sa bouche, étouffe deux ou trois borborygmes et répond :

— Hélas ! non, cela ne va guère.

— J'ai peur de connaître la raison de vos ennuis, lui dis-je avec douceur.

— Vraiment ? Et pourquoi non, en effet ?

— Je sais que vous allez probablement quitter le service de mon frère. Soyez sûr, monsieur Mairesse-Miral, que je compatis de tout cœur aux difficultés que vous éprouvez.

M. M.-M. — tu me permettras de temps en temps cette abréviation — lève les sourcils, déplie les bouffissures de son visage, laisse tomber son monocle et dit :

— Quitter M. Pasquier ! Par exemple ! Je me demande pourquoi. Non, il n'est pas question de quitter M. Pasquier. Quand je parle de mes ennuis, c'est surtout aux troubles de l'estomac et de l'intestin que je pense, voyez-vous ? monsieur Laurent.

J'hésite un quart de seconde. Il me semble quand même impossible que Joseph ait pu laisser ignorer l'état de ses affaires à l'homme de main qui vit et rampe dans son ombre. Je poursuis prudemment :

— On m'a dit et je croyais savoir que mon frère se disposait à modifier le train de sa maison et l'organisation de son affaire.

M. Mairesse-Miral tire à grand bruit de ses poumons asthmatiques deux ou trois mucosités et me prend par le bras.

— Monsieur Laurent, me dit-il, nous sommes très mal sur ce trottoir pour parler du génie financier de Monsieur votre frère. Faites-moi l'honneur d'accepter un café-crème. Si, si, je sais ce que je fais : ma trésorerie est assez satisfaisante. Il me semble, monsieur Laurent, que vous manquez de clartés sur une personne qui vous touche de près et qui est une des plus curieuses figures du siècle nouveau, si je ne m'abuse.

Il me pousse, il me tire et me voilà bientôt assis à la terrasse du *Vachette*, dans l'encoignure des verrières, côté musée de Cluny. M. Mairesse-Miral sourit, redistribue les paquets de graisse qui nous dérobent son visage, imprime le monocle dans l'épaisseur de la motte et dit placidement :

— Me ferez-vous l'honneur, monsieur Laurent, de m'expliquer pourquoi Monsieur votre frère songe à modifier la marche de sa maison ?

— Mais, dis-je avec un peu d'humeur, vous devez le savoir beaucoup mieux que moi : parce que mon frère est ruiné.

M. M.-M. ferme un œil — celui qui reste dépourvu de monocle — serre une bouche à fronces et murmure :

— Ah ! Bien ! Bien ! Très bien ! Je vois ce que c'est.

Légère toux, râles variés. Récurage de la gorge. M. M.-M. roule et allume une cigarette en répétant : « Je vois, je vois parfaitement... »

Puis il touche un des boutons de mon gilet avec le dos de sa main, ramène la main vers lui en la fermant à demi et poursuit, d'un ton confidentiel :

— Monsieur Laurent, il me semblerait manquer à tous mes devoirs si je ne profitais pas de cette rencontre pour vous apporter quelque apaisement au sujet de votre frère. Mais, attention ! Attention ! Ce que je me permets d'exiger respectueusement de vous, c'est une discrétion absolue. Vous n'avez pas l'intention, vous, jeune homme au noble cœur, de provoquer la disgrâce de Jean Mairesse-Miral et de le réduire ainsi à la misère et au désespoir. Donc, votre parole. Je l'ai ! Merci. Vous savez que je nourris pour Monsieur votre frère une saine admiration. Pouvez-vous me dire de qui vous tenez les tuyaux touchant la ruine de M. Joseph ?

— Mais, fais-je en haussant les épaules, de lui, de lui seul.

— Parfaitement ! Tout s'éclaire. Encore une question, Monsieur. A quelle date M. Joseph a-t-il jugé nécessaire de vous faire part de cette fâcheuse nouvelle ?

— Je ne sais plus au juste. C'était à la fin du mois dernier. Attendez, je me rappelle, maintenant : ce devait être le 21. C'était un lundi matin, oui, le 21.

— Vous m'étonnez, vous m'étonnez : on ne se ruine pas un lundi dans le métier de Monsieur votre frère.

— Pourquoi ?

— Le lundi, la Bourse est fermée depuis près de deux jours. Allons, monsieur Laurent, je commence à comprendre. Permettez-moi de vous rassurer d'une manière presque complète. Les affaires de M. Joseph sont bonnes et sa position financière n'a pas subi, dans ces derniers temps, de changements considérables. Vous avez l'air étonné.

— Monsieur Mairesse-Miral, vous devez vous tromper. Nous avons eu, le 21 septembre, une solennelle réunion de famille au cours de laquelle Joseph nous a déclaré qu'il était ruiné et qu'il allait sans doute sortir de cette aventure chargé de dettes énormes.

M. M.-M. sourit, prend une prise de tabac, l'aspire, fait le geste de chasser une mouche ou de disperser des arguments frivoles et reprend plus bas :

— Il vous a dit cela, sans doute, et vous l'avez cru, ce qui est naturel : M. Joseph Pasquier possède le don admirable de faire croire ce qu'il dit et de croire ce qu'il veut croire. Mais soyez-en sûr, cher Monsieur, je connais la fortune de Monsieur votre frère. Elle est saine et bien gérée. Rien à craindre. Oh ! il y a les surprises, les à-coups, les faux pas. Ils sont infiniment rares dans la vie de Monsieur votre frère. Et c'est tant mieux, car il les supporte très mal. Voyons, tâchons d'analyser la conjoncture. Le vendredi 18 septembre, les Barrages de la Roumagne — une valeur excellente et dont Monsieur votre frère est proprement le créateur — ont subi un tassement brusque et tout à fait injustifié — peut-être cette histoire de sécheresse dans les bassins de la Roumagne, mais c'est une plaisanterie : il pleut tous les jours là-bas. J'y vais parfois en mission, je sais ce que je dis. — Monsieur votre frère a perdu, sur le papier, une somme que je peux évaluer à trente mille francs, pas un louis de plus. Je peux bien vous avouer qu'il a été d'une humeur massacrante. A l'heure actuelle, il est possible d'envisager un prompt rétablissement de cette valeur honnête. Vous me regardez, vous semblez surpris...

— Mais enfin, monsieur Mairesse-Miral, et l'immeuble de Paris, et la villa de Beaulieu, et le château du Mesnil...

— Eh bien ! cher Monsieur, toutes ces propriétés sont en bon état, je peux vous l'affirmer. Ça me fait plaisir de vous réconforter un peu. Attendez, monsieur Laurent, laissez-moi vous poser une question qui n'est pas indiscrète, après ce que nous venons de dire. Savez-vous si M. Joseph a, pendant cette réunion de famille dont vous avez eu la bonté de me parler tout à l'heure, fait au sein de sa propre famille ce que nous appelons un appel de fonds, dans notre jargon professionnel ?

J'ai secoué la tête de haut en bas et M. Mairesse-Miral s'est mis à rire, ce qui ne va pas sans conséquences dramatiques, parce qu'il s'étrangle et qu'une sorte de tempête ravage les plis de son visage et de son cou.

— Ah ! disait-il, c'est admirable ! Je ne connais personne qui lui vienne à la cheville. Quel homme ! Il est parfois terrible, mais il m'intéresse et, dans une certaine mesure, il m'enthousiasme. Rooh ! Rouh ! Hum, Ham, Hi hi ! — Ici, quinte de tous et quinte de rire ! — J'ose à peine vous demander l'importance de cet appel, le chiffre des capitaux rassemblés en ce jour mémorable. Mais je ne crois guère me tromper en disant que le chiffre doit être sensiblement égal à celui de la perte subie. Oh ! je connais M. Pasquier. C'est un homme de doctrine. Chaque perte doit être sans retard compensée par une rentrée équivalente, obtenue par un moyen quelconque. L'homme qui accepte de perdre un louis sans une compensation précise et immédiate, cet homme est fait pour les catastrophes. Monsieur Laurent, vous m'étonnez, vous avez l'air affecté. Je pensais vous apporter des nouvelles rassurantes. Savez-vous que Monsieur votre frère est un maître, un génie, à sa manière, oui, je dis bien : le génie de la galette ?

Il riait encore et reprenait des pincées de tabac. Comme il n'avait pas l'air pressé de quitter la place, j'ai payé les consommations et je l'ai planté là, non sans entendre encore diverses propositions pertinentes et lyriques sur le génie de la finance.

J'avais un moment devant moi, je me suis précipité dans l'omnibus. Je suis allé rue de Prony, voir Cécile. Je me sentais quand même très agité. Non pour l'argent, inutile de te le dire. Mais je ne comprenais pas et j'aime à comprendre. Joseph nous a dit qu'il était ruiné. A-t-il pu vraiment se moquer de nous à ce point, de nous qui sommes pauvres, très pauvres à côté de lui ? L'omnibus roulait et je retournais dans ma tête des pensées furieuses : le génie financier existe peut-être, mais c'est un génie vulgaire et odieux. Il y a des pays qui n'ont jamais produit un homme remarquable, jamais un artiste, un savant, un poète, et qui produisent régulièrement des gagneurs de sous, des manieurs de papiers, des accumulateurs d'argent. Non ! Non ! ce génie-là, je le renie, je le recrache.

Cécile était chez elle et travaillait au clavecin. Il m'a semblé que j'apportais dans cet asile de pureté parfaite une bouffée de pensées empoisonnées. Cécile a tout de suite compris que je n'étais pas en selle. Elle a laissé ses mains sur les touches et m'a dit en souriant :

— Allons ! Qu'est-ce qui peut bien te mettre la figure à l'envers ?

Je n'en attendais pas davantage pour éclater :

— Joseph s'est moqué de nous !

Cécile a levé les épaules et s'est tournée vers moi d'un air soudain résigné. Elle disait :

— Oui, oui, je crois savoir pourquoi tu dis cela.

— Tu sais ! Tu sais ce qu'il a fait ! Et tu souris et tu pardonnes ! D'abord, comment le sais-tu ?

Cécile faisait des épaules un mouvement évasif. J'ai commencé de marcher dans la pièce en grondant :

— Il est riche et puissant. Il a voulu posséder de l'argent et des biens. Il en possède. Il nous méprise, il se moque de nous et, pour finir, il joue une comédie épouvantable, inexplicable, et nous soutire en s'amusant les quelques sous que nous possédons les uns et les autres. Oh ! ce n'est pas pour ce peu d'argent, Cécile, tu me connais. Mais quelle humiliation ! Et comme il a dû rire ! Comme il nous a bafoués ! Cécile, c'est intolérable !

Cécile avait les mains jointes sur ses genoux, dans cette position d'attente et de prière qu'elle prend souvent, même au concert, en face du public. Elle portait la dernière robe blanche de la saison. Elle a laissé ma colère galoper et, tout à coup, avec beaucoup de sagesse dans la voix :

— J'ai su presque tout et j'ai compris le reste. On m'a même donné des renseignements. Il y a toujours quelqu'un pour donner des renseignements. Voyons, Laurent, sois juste : Joseph est un malade. Si l'on te disait à l'instant que les expériences de Pasteur ne sont que des impostures, tu serais fou de désespoir, parce que tu crois à la science. Et si l'on nous prouvait à tous deux, ce qui est bien impossible, que le *concerto en la* de Mozart est l'œuvre d'un obscur aliéné alcoolique, nous serions désorientés et quand même très malheureux parce que nous avons foi en l'art. Joseph ne croit qu'à l'argent. Il n'est pas un homme fort et puissant comme il se l'imagine. Il est faible et misérable. Oh ! je le connais mieux que toi. Chaque fois qu'il souffre, il vient me voir. Cela t'étonne, mais c'est ainsi. Ce n'est pas pour me demander de la musique, c'est pour s'épancher, à sa façon. Tu connais mal Joseph. Il souffre, comme tout le monde. Quand il perd cent francs, lui qui est millionnaire, il se croit soudain le plus dépourvu des hommes. Il a perdu quelque chose comme trente mille francs et il s'est jugé ruiné. Il a tout de suite vu les enchaînements d'échecs et de déconfitures. Il était fou d'angoisse. Il est venu me raconter sa catastrophe et il a fini par me convaincre. Moi aussi, je le voyais ruiné. Je l'ai plaint. Je le plains encore. Il vit dans l'opulence, mais aussi dans le soupçon et la terreur. Les jours qu'il n'a fait aucun profit, il commence de trembler et d'imaginer des méthodes nouvelles, il est saisi par le sentiment de l'indigence et la peur du manque. Il y a des moments où, avec tous ses châteaux, ses maisons, ses valeurs, ses coffres pleins et toutes les autres richesses que nous ne connaissons même pas, il y a des moments où il est aussi dénué qu'un pauvre du trottoir.

Cécile parlait, bien droite, calme, vraiment très simple, comme pourrait parler Minerve, la mère des arts. Une Minerve compatissante, une sagesse toute de douceur. Elle a dit, pour finir, avec un sourire étrange :

— Il paraît que cela s'arrangera. En définitive j'espère bien qu'il n'aura rien perdu, et même qu'il aura peut-être gagné quelque chose.

— Tu l'espères ?

— Mais oui, puisque c'est son mal et qu'il n'a pas d'autre façon de l'apaiser un peu.

Je me suis mis à rire. Et, comme Cécile avait triomphé, elle a, pour célébrer cette victoire amicale, joué une petite pièce de Haendel, une sarabande légère et mélancolique, mais d'une noble et charmante élégance. Puis elle m'a offert le thé. Nous achevions de le prendre et il était de très bonne heure quand Richard est arrivé avec ses boîtes, ses cultures et ses cahiers d'expériences. C'est très drôle ce matériel dans le salon de Cécile. Elle ne marque aucune mauvaise humeur. L'idée de Richard Fauvet est quand même intéressante. A mon sens, on aurait pu faire tout cela de manière plus simple, au laboratoire. Mais Richard tient essentiellement à ce que le « bain musical » soit donné dans des conditions artistiques tout à fait exceptionnelles. Il dit : « Le même air, joué par M. Tartempion et par Mlle Pasquier, n'a pas du tout les mêmes propriétés sur nos oreilles et sur notre sensibilité d'homme. Si nous voulons étudier l'influence de la musique sur certaines cultures d'organismes élémentaires, il nous faut tout de suite aller à l'art le plus élevé. » Il vient donc et il note : « Concerto de Vivaldi. Telle tonalité. Tant de minutes. Clavecin. » « Mazurka de Chopin en mi. Tant de minutes. » Ce qui, je peux bien te l'avouer, me semble un peu ridicule. Cécile montre une patience d'ange. D'ailleurs, elle joue sans s'occuper de rien et même sans jamais regarder les manigances de Fauvet. M. Chalgrin, pris à témoignage devant moi, a dit avec de fins sourires : « Il faut toujours essayer. »

J'ai laissé la musicienne et l'expérimentateur. Dans la rue, la colère m'a repris. Elle me tient encore. Il est possible que Joseph soit malheureux à sa manière, mais il me fait horreur. Pas d'autre mot. J'aurais dû dire : « Tu as perdu ta fortune ? Au point de vue social, c'est justice toute pure, et pour toi-même, ô Joseph ! c'est une excellente leçon. » J'aurais dû parler ainsi et lui tourner le dos. Au lieu de cela, je me suis laissé petit à petit attendrir, circonvenir et duper. Difficile à digérer quand même. Je tiens à rendre hommage à monsieur le financier. Il se plaignait l'autre jour de ne pouvoir épater sa famille. Rappelle-toi, ce sont ses propres termes. J'ai le sentiment que cette fois le résultat est atteint.

Je fais, de nouveau, le serment de ne plus jamais te parler de l'exécrable Joseph. J'ai manqué de pureté. Cette ridicule histoire me rappelle à l'ordre. Je veux que toute ma vie soit désormais un hymne aux maîtres que j'aime et vénère. Je veux vivre en paix. Je sais que cela est difficile et pourtant j'y arriverai. Je crois avoir déjà conquis la paix du cœur. Je saurai mériter la paix de l'esprit.

Salut et fraternité.

L. P.

23 octobre 1908.

## CHAPITRE 7

Vivre en paix n'est pas facile. La dernière visite de Sénac m'a jeté dans un grand trouble.

Je pense que tu vas bondir, froisser ma lettre, lancer des imprécations et gronder : « Pourquoi revois-tu Sénac ? Abandonne donc le triste Sénac à son destin, etc., etc. »

Vieux frère, je revois Sénac parce que c'est un des nôtres. Je le juge, crois-le bien, je le pèse et le mesure sans aveuglement, mais j'éprouve pour lui, depuis plusieurs années, quelque chose comme de la curiosité cordiale. Je me sens plein d'indulgence. Il n'est dépourvu ni de sensibilité, ni d'esprit. Il est malheureux et c'est quand même un poète.

Veuille bien noter que je revois tous nos amis du Désert. Si nous nous étions séparés pour toujours, notre échec aurait eu quelque chose d'inexpiable et d'empoisonné. Non, je les revois et parfois même avec plaisir. Je les revois tous, sauf Jusserand. Il nous évite, il ne veut plus nous connaître, il ne nous aime plus. Est-ce parce qu'il est devenu riche ? Non, sans doute. Je crois plutôt qu'il souffre de quelque remords et qu'il ne peut prendre sur lui de nous pardonner sa faute.

Pour les autres, ils sont au même point que Sénac. Cela signifie qu'ils parlent de notre aventure avec des tremblements et des soupirs de regret.

Que j'en revienne à Sénac. J'ai senti tout de suite qu'il avait quelque chose à me dire, quelque chose de précis et de préparé. Quand Sénac entend faire une communication de prix il commence par tourner le dos à son objet et par deviser au hasard. Il s'est donc mis à bâiller et à discourir de cette voix molle que tu connais. Il se plaignait de sa santé, qui n'est pas si mauvaise qu'il veut bien le dire. Il gémissait :

— Qu'est-ce qui se passe dans cette boutique ? Qu'est-ce qui se passe dans ma bougresse de carcasse ? Tu me croiras si tu le veux : un jour je pisse au moins trois litres et le lendemain cinquante gouttes. Et sans raison, sans raison. Cela change tous les jours, c'est à n'y rien comprendre.

Il a bâillé de nouveau, puis il s'est passé la main sur le front. Il soupirait :

— Je perds mes cheveux. C'est quand même un peu tôt. Je suis allé chez le coiffeur hier. Il m'a dit : « C'est du beau petit cheveu. Dommage qu'il n'y en ait guère. » Je ne suis pas susceptible, mais c'est vexant.

Le fait est que Sénac devient chauve. Je le regardais pendant qu'il s'épanchait ainsi, je le regardais et, soudain, je l'apercevais avec son visage futur, avec son visage de vieillard. Oui, le premier d'entre nous, Sénac m'a montré, l'espace d'une seconde, son visage de déclin, et j'en étais tout attristé.

Sa confidence majeure ne devait pas être encore à température convenable, parce qu'il a continué de tourner autour du pot. Il m'a vanté la vie solitaire. Il a trouvé dans le bout de la Tombe-Issoire une retraite surprenante, une bicoque mal close qui comporte deux vagues pièces, qui a dû servir d'atelier à un peintre et qu'on loue à bon compte parce que nul n'en voudrait. C'est au fond d'une impasse. A l'entour, il n'y a guère que des écuries désaffectées, des magasins, des terrains vagues. Sénac vit là, depuis la chute de notre Désert, avec le chien Mignon-Mignard et une cage où grelotte un vieux pigeon mâle. Sénac a découvert la volupté de la solitude. Il s'enivre de silence, d'immobilité, de désenchantement. Il en parle parfois avec un certain lyrisme. Reconnais que ce n'est pas d'une âme tout à fait vulgaire.

J'en étais là de mes observations sur le visiteur quand il a murmuré soudain :

— Quelle drôle d'idée d'aller travailler comme préparateur chez Rohner, quand on est un des meilleurs élèves de Chalgrin !

Je te ferai remarquer, Justin, que je ne me permets presque jamais de dire Chalgrin tout court, ou Rohner tout sec. Mais Sénac n'est pas fier : il tutoie volontiers les grands personnages.

Je n'ai rien répondu tout d'abord. J'attendais une autre attaque. Elle est venue, lentement.

— Moi, disait Sénac, je ne me mêle point de ce qui ne me regarde pas. Pourtant, d'ordinaire, tu n'es pas maladroit, toi, Laurent. Tu sais même assez bien t'y prendre pour organiser ta vie. Est-ce que tu l'as fait exprès ? Est-ce pour les observer ? En ce cas, ça vaudrait la peine. A moins encore que Chalgrin ne t'ait prié de t'introduire dans l'autre place. Et en ce cas, je n'ai rien dit.

Je viens de te faire plusieurs déclarations en faveur de Sénac. Je n'en suis que plus à l'aise pour t'avouer que le ton de ses paroles m'a vivement indisposé.

Nous nous trouvions seuls, à cette heure, dans le laboratoire. Le garçon était à nettoyer les clapiers et les chenils. Je ne disais rien, et comme Sénac en éprouvait un peu de gêne, il a continué de parler. Des bribes de phrase, qui m'égratignaient ou me déchiraient au vol.

— Tu es dans ce milieu-là depuis déjà des années. Moi, je ne suis pas du métier. Je vois tout cela comme un scribe. N'importe ! La bisbille Rohner-Chalgrin, c'est une chose dont on parle, à voix basse, il va sans dire. Tu n'es pas un naïf. C'est que tu as ton idée. Cela ne fait rien. Laurent, méfie-toi. Ces deux messieurs se détestent. Et le pire est qu'ils n'en montrent rien. Ce doit donc être assez grave. Moi, j'aime beaucoup M. Chalgrin. Les rapports que nous avons, je les trouve on ne peut plus agréables. Et, tu sais, Laurent, je n'oublie pas que tu m'as procuré cette place dans un moment où je n'avais rien et où j'étais assez fatigué de tirer le diable par la queue. Qu'est-ce que tu regardes là ?

Je venais de remarquer, sur la joue et le cou de Sénac, une longue estafilade qui n'était certainement pas un coup de rasoir. Et, comme je pointais l'index, il a poursuivi :

— C'est le chat de Mme Chalgrin. Une curieuse bête, couleur ventre de taupe, demi-angora. Oh ! nous sommes très bien ensemble. Un matou, que je te le dise. Nous nous entendons, d'ordinaire. Mais parfois, quand je le caresse, il m'allonge un coup de griffe... Moi, j'aime beaucoup M. Chalgrin. Je ne comprends presque rien à ce qu'il me fait copier — j'entends les travaux scientifiques. — Je vois passer des idées qui m'étonnent, oui, qui me frappent. Il n'est pas nécessaire d'être spécialiste pour piger quelque chose à une belle réfutation, par exemple, pleine de flamme et de vigueur, avec une pointe de méchanceté. Dis-moi, Laurent, les *Origines de la Vie*...

— Oui. Eh bien ?

— C'est un bouquin de Rohner ?

— Mais oui, et c'est un bouquin très épatant.

Sénac s'est mis à rire. Et je me demandais ce qu'il allait me raconter, je me le demandais non sans un peu d'angoisse et même de répugnance quand est survenu Sternovitch. Sois tranquille, je n'ai pas l'intention de lâcher Sternovitch dans notre correspondance. Sternovitch est un Juif russe qui vient parfois ici pour y faire certaines recherches. Si je t'ébauche son portrait, tu vas tout de suite crier que je tombe dans l'antisémitisme. Et pourtant tu sais que je t'aime, toi, Juif, ami fraternel. Mais, vraiment, vous avez le cuir trop irritable, vous êtes impossibles. Je ne peux rien dire d'un Juif sans que tu prennes cela pour toi. Il faut quand même être juste. Toute l'amitié, toute l'admiration que je te porte ne peuvent pas m'empêcher de trouver Sternovitch, en propres termes, puant de suffisance et d'orgueil. Il est persuadé que les peuples occidentaux sont des peuples arriérés et misérables, des peuples qui ne savent ni penser, ni créer quoi que ce soit, ni même organiser, ni même administrer les biens qu'ils ont reçus du ciel. Il est persuadé qu'un jour futur lui et ses pareils, tous plus ou moins marchands et usuriers, parqués aujourd'hui dans quelque sordide bourgade des steppes, ils organiseront le monde et nous apprendront à mettre nos idées en ordre et à gouverner nos affaires sous leur bienveillante direction. Voilà ! Tant pis ! Tu n'es aucunement responsable de Sternovitch ; ne perds pas à le défendre un atome de ton courage.

Sternovitch est donc entré dans le laboratoire au moment même où j'attendais de l'illustre Jean-Paul Sénac un surcroît de confidence. Alors, Sénac s'est levé. Je suis resté seul à ma table. Les deux visiteurs ont commencé de s'asticoter comme ils font d'ordinaire. Je les entendais de loin. Sénac avait tiré de sa serviette un bloc de papier et le Russe disait, en roulant derrière les gros verres de ses lunettes deux yeux luisants que la réfraction fait paraître extrêmement petits :

— Alors, vous, les Français, vous avez besoin d'avoir des raies sur le papier pour marcher droit !

— Non, répondait Sénac avec l'air d'un chat qui vient d'apercevoir une mouche. Non, pas toujours. J'écris habituellement sur un papier dit écolier et qui ne porte pas de raies.

— Ah ! oui, répondait Sternovitch, c'est ce papier dont les feuilles ne sont même pas attachées.

— Parfaitement. Nous autres, Français, nous n'avons pas besoin d'attacher le papier pour tenir les idées en respect.

— Alors, pourquoi vous servez-vous aussi de ce papier qui porte des lignes ?

— Pour écrire à côté des lignes, sifflait Sénac sur un ton goguenard. Nous autres, nous mettons des lignes pour ne pas les suivre. Comprenez ?

Sternovitch a tout aussitôt parlé d'indiscipline. Cela devenait idiot. J'ai laissé les deux bougres se chamailler ainsi pauvrement. J'étais mécontent et inquiet. Pourquoi ne pas t'avouer que, depuis quatre ou cinq jours, M. Chalgrin ne m'avait à peu près rien dit, lui qui me traite en ami plutôt qu'en élève. J'ai commencé de compter les fois que M. Chalgrin avait traversé le laboratoire sans m'adresser la parole et même sans avoir l'air de me voir et je me suis senti soudain très malheureux. A ce moment, les querelleurs ont cessé de quereller. Sénac se préparait à passer dans la bibliothèque. Il est venu me serrer la main et il a dit, à mi-voix :

— N'aurais-tu pas remarqué, mon cher, que, dans le gros bouquin de Rohner où le monde entier comparaît, notre maître Chalgrin n'a même pas les honneurs d'une toute petite citation ?... Ah ! je m'en vais. Il est temps. Nous reparlerons de cela plus tard, si du moins nous y pensons.

La matinée a été morose. J'avais le sentiment qu'un poison dénaturait mes pensées. La certitude m'était venue que M. Chalgrin me battait froid, que j'avais dû faire une maladresse énorme et difficilement réparable. J'en voulais à Sénac de m'avoir éclairé, oui, je lui en voulais de m'avoir, en somme, rendu ce triste service.

A la fin de la matinée, M. Chalgrin est venu dans le grand laboratoire. Il s'est assis près de moi. J'étais plein d'inquiétude et de trouble. Il m'a regardé travailler sans rien dire, tout d'abord. Puis, de cette voix légère et presque dématérialisée :

— Est-ce que vous perdez du temps, Pasquier ?

J'étais tout à fait surpris. Je me suis senti rougir et j'ai répondu :

— Je ne crois pas. Non, patron.

— Ah ! Ah ! Vous êtes un bûcheur et vous avez raison. Pourtant, il faut savoir perdre du temps. La vérité nous touche parfois dans le loisir quand nous ne pensons à rien et que nous sommes parfaitement ouverts, que nous sommes accessibles.

J'étais bien étonné : M. Chalgrin est un grand travailleur. Je me demande s'il prend le temps de dormir. Et, tout à coup, cette question ! Il a dit encore :

— On parle toujours de l'observation dans la science. On devrait, n'était la pudeur, parler de contemplation. Ce sont les choses et les êtres que l'on ne regarde pas, à qui l'on ne demande rien, qui vous livrent leur secret.

J'attendais un commentaire. Alors M. Chalgrin s'est levé, m'a tendu la main et a dit encore :

— Depuis quelques jours, il me semble que nous avons très peu causé. Excusez-moi, mon ami. Mon travail me tourmente beaucoup. Je suis amené, petit à petit, à des suppositions telles que je préfère ne vous en rien dire. Vous les trouveriez étranges, peut-être déraisonnables. Allons, à demain, Pasquier !

J'ai répondu, comme d'habitude :

— Au revoir, patron.

M. Chalgrin allait sortir. Il est revenu très vite et m'a dit, en souriant :

— J'aime ce mot de patron. Mais j'espère bien, Pasquier, que vous le gardez pour moi seul. Enfin, vous me comprenez...

Je dois dire que ces derniers mots m'ont replongé dans le trouble.

J'arrange mon temps de façon telle que je peux donner à peu près toutes les matinées au Collège et le reste du jour à l'Institut. Il me semble que je commence à comprendre M. Rohner. Il m'intimide. Il m'intimidera toujours. Ses jugements sont, faut-il dire ? sans appel. Hier soir, il m'a parlé de M. Hermerel chez qui je travaillais avant le Désert et que, tu le sais, j'aime beaucoup. J'ai répondu :

— C'est une intelligence admirable !

M. Rohner a gardé le silence en souriant. J'ai repris :

— Ne le croyez-vous pas, Monsieur ?

Et le professeur, avec un geste vague :

— Mais si, puisque vous le dites.

J'étais tout à fait désarçonné ; j'ai poursuivi quand même, avec beaucoup de flamme :

— M. Hermerel m'est toujours apparu comme un savant d'une intelligence exceptionnelle.

M. Rohner a froncé légèrement les sourcils, qu'il porte longs et broussailleux.

— Allons, allons, disait-il d'une voix en même temps séduisante et sèche, ne parlez pas à tort et à travers des intelligences admirables. Cela ne court pas les rues.

J'ai grand-peur que le terrible Sénac n'ait mis son doigt indiscret sur des plaies cachées. J'écoutais, hier, de loin, le professeur Rohner deviser avec un de ses collègues des sciences. Il articulait, de sa voix sans vibration :

— C'est un rêveur et un esprit essentiellement irrationnel. Que vient-il faire aux Etudes rationalistes ?

Et j'ai soudain eu peur. Pourvu que ces paroles ne concernent pas le cher patron ! Ne t'ai-je pas dit que l'on venait de le nommer président de la Société des Etudes rationalistes ? J'avoue que je me perds dans ces nuages et ces ténèbres. Fauvet est arrivé comme j'allais me retirer. Il est avec moi presque aimable et même presque amical. Pendant que je me lavais les mains, j'ai dit, mais avec beaucoup de détachement :

— Saviez-vous que le patron eût des histoires avec M. Rohner ?

Fauvet a haussé les épaules.

— Des histoires ! Qui vous a raconté cela ? Non. Je ne vois pas.

Je n'ai pas insisté. Sénac doit se tromper. Ce qui m'inquiète, c'est qu'il vit quand même très près de M. Chalgrin, c'est qu'il fait la correspondance et tape à la machine bien des écrits qui ne sont même pas publiés et dont je ne sais rien.

A propos de Fauvet, je veux te faire des reproches. Tu ne connais pas Fauvet, et tu lui marques une hostilité presque hargneuse et qui me choque un peu. Sache-le, Richard Fauvet n'est pas de mes intimes et n'en sera probablement jamais. C'est un monsieur d'une essence bien différente de la nôtre. Un garçon de la plus exquise distinction, un homme de goût. Un homme qui a, pour mieux dire, le monopole du goût et qui le manifeste dans le moindre de ses gestes et dans la moindre de ses paroles. Nous autres, mon cher Justin, nous sommes des béotiens et des sauvages à côté de M. Fauvet qui est le pur entre les purs.

Allons, Justin, que ce petit croquis te rassure au sujet des sentiments que je nourris à l'égard de Fauvet. Ce n'est pas un collègue désagréable. Il ne m'inspire qu'une sympathie des plus réservées.

Et puis, zut ! Je suis las et inquiet. L'idée que des hommes comme Chalgrin et Rohner pourraient s'opposer et même se combattre ne me semble pas inhumaine : on a vu des choses telles dans le temple de la science. Mais l'idée qu'ils pourraient ne pas s'estimer, ne pas s'admirer, m'offense et me déconcerte. Ils sont intelligents au suprême degré, que diable ! Ils n'ont qu'à lire, à réfléchir et à comprendre. Qui pourrait mieux qu'eux le faire ?

Ton Laurent désorienté.

30 octobre 1908

## CHAPITRE 8

Calme ineffable ! Olympienne sérénité ! Telle est maintenant ma vie, cher Justin. Note pourtant que ce beau calme ne signifie certes pas mollesse et que rien n'est plus loin de la froideur que cette sérénité vivante à laquelle je m'élève petit à petit. La véritable sérénité n'est pas absence de passion, mais passion contenue, élan maîtrisé. Je travaille à me réduire, entends bien : à me dominer. Tu sais que M. Rohner est, décidément, une figure très étonnante. Je suis bien sûr qu'il te plairait. Je t'ai dit qu'il était de petite taille. C'est peu sensible, car il se tient très raide. Je crois même qu'il porte une ceinture, une manière de corset. Il dit : « Le ventre, ce n'est pas une simple affaire de graisse et d'avachissement, c'est une déformation morale. On prend du ventre quand l'esprit se relâche et consent à la décadence. » M. Rohner ne consent point. Il fait, matin et soir, de la gymnastique suédoise. Il observe un régime alimentaire très rigoureux et qu'il ne désespère pas d'imposer au monde entier. Il porte une jaquette strictement boutonnée, ce qui le fait paraître encore plus droit. En semaine, il se coiffe d'un petit chapeau rond, un feutre noir et léger. Il a toujours une canne. Il dit : « La canne et la poche font partie de la physiologie humaine. La canne et la poche sont des annexes de l'organisme. Ma canne prolonge ma sensibilité tactile et musculaire de quatre-vingt-cinq centimètres. Elle prolonge et elle transforme toutes mes sensibilités, sauf la sensibilité thermique. Je perçois, avec ma canne, des sensations que je n'obtiendrais pas avec ma main. Ma canne est une tige de résonance. C'est une antenne facultative, une antenne amovible, qui ne souffre pas et que l'on remplace en cas d'accident. Notre civilisation est quand même plus astucieuse que celle des insectes... Je ne comprends pas comment un homme intelligent, d'esprit investigateur, peut se passer d'un bâton. Quant aux poches, normalement, avec mon pardessus, j'en ai vingt-trois, pas une de moins. Et toutes ont un usage précis. La poche est un réservoir non spécialisé, c'est un réservoir délivré de la servitude du sphincter. On ne peut pas mettre n'importe quoi dans nos réservoirs naturels : l'estomac, la vessie, l'ampoule rectale ; et ils sont terriblement soumis à nos émotions. La poche est admirablement libérée des émotions. Une preuve manifeste de l'infériorité des femmes, c'est l'absence de poches dans leur accoutrement. »

M. Rohner n'est pas féministe. Il est veuf depuis quatre ou cinq ans. Il ne parle presque jamais de sa femme, sinon avec beaucoup de réserve et brièvement.

Il ne porte aucune décoration, bien qu'il soit, m'a-t-on dit, officier de la Légion d'honneur. Cette simplicité m'a fait réfléchir. J'ai eu la chance un peu choquante d'être décoré, à vingt-six ans, dans les circonstances que tu sais. Je répudie ces signaux ostentatoires. A l'exemple de M. Rohner, je me présenterai désormais avec une boutonnière nette.

Le professeur Nicolas Rohner est un travailleur exemplaire. Il possède une faculté d'application qu'on ne peut pas ne point lui envier. Il est capable de fixer son attention pendant huit ou dix heures de suite, ce qui me semble prodigieux. Il sait se reposer, aptitude non moins remarquable : il joue aux cartes ou fait des patiences. Il l'avoue et même il en recommande la pratique. Il dit : « Quand je joue aux cartes, je suis à peu près sûr de ne pas penser à autre chose. »

Il est enfin d'une économie très vétilleuse, vertu que je ferai tout le possible pour comprendre et priser.

J'essaie, tu le vois, de composer un portrait. Ce n'est pas facile, car, chaque jour, j'apprends à mieux connaître l'homme et de nouveaux traits paraissent qui m'inclinent à corriger tous mes croquis antérieurs.

Notre garçon de laboratoire est resté deux jours absent parce que sa femme accouchait et que ce n'allait pas très bien. M. Rohner a grondé :

— C'est, paraît-il, une présentation de la face. Mauvaise présentation. Pour bien passer, pour aller vite, l'enfant doit foncer en avant, tête basse, comme le nageur agile, comme l'homme dans la vie.

J'ai pris quelque temps pour digérer cette sentence. Au début, je la trouvais brutale. Par la suite, elle m'a séduit. Et là, je dois te confesser un scrupule. Je t'ai dit que M. Rohner a des yeux d'un bleu pâle, des yeux azur Ile-de-France qui me rappellent parfois le regard de mon père. Eh bien ! dans certains de ses propos, il me semble que le professeur Rohner s'exprime comme le ferait mon frère Joseph, si toutefois Joseph était mille fois plus instruit qu'il ne l'est. Or, ce qui, chez Joseph, me déconcerte et me révolte, me devient, chez M. Rohner, thème d'étonnement et d'admiration. Je vois là, cher Justin, un effet de la culture et du génie. La dureté de Joseph, tempérée d'humanisme et de philosophie, deviendrait peut-être de la vigueur, de la grandeur. Mais Joseph est mon frère. On ne peut rien passer aux siens : ils nous entrouvrent et nous éclairent le fond de nos propres abîmes.

Tu le vois, M. Rohner n'est pas un esprit tout en nuances et en finesses comme M. Chalgrin. C'est une nature fortement constituée, probablement plus robuste que celle de mon bon patron.

M. Rohner était au travail, hier soir, et j'étais allé chez lui pour lui demander un conseil quand, sans répondre à ma question, il m'a dit, tout à trac : « Les tentations de trahir le rationalisme, de nous en détourner, même par la pensée, même une seconde, sont des pièges qu'il nous faut éviter avec rigueur. J'ai lu la communication que vous avez bien voulu me confier. Vous y citez les phrases par lesquelles Charles Richet termine son ouvrage sur l'anaphylaxie, ces phrases qui, malgré tout, laissent la porte ouverte au finalisme. C'est une citation fâcheuse. Richet est un savant de grande valeur, mais s'il commence à déraisonner, il faut tout de suite le planter là. Cette idée que l'espèce pourrait marquer sa volonté de refuser toute modification par les substances étrangères... Cette volonté de l'espèce de se gouverner d'une certaine façon en sacrifiant au besoin les individus, c'est une vue d'idéologue. Attention, monsieur Pasquier ! Nous n'avons qu'un instrument sûr, fidèle et maniable : notre raison. Le reste est faillible, dérisoire, aveugle. Le reste nous ramène à la barbarie tâtonnante. Alors, pas de compromis. Tout se doit expliquer, pour nous autres hommes, par la raison et seulement par la raison. Vous me comprenez bien : s'il y a d'autres explications, je ne veux même pas les entendre, je les abandonne à la méditation des mollusques, des annélides et autres animaux inférieurs. Ces explications ont abusé les hommes pendant quatre ou cinq mille ans. Nous sommes enfin délivrés, nous autres, les responsables. Alors, pas de chicanes et pas d'atermoiements ! Celui qui, dans les conditions actuelles de la science, ne marche pas bien droit en regardant le but risque encore de tout compromettre. Appelez-le, selon les cas, traître, lâche ou imbécile. »

Quelle froide passion ! Quelle voix incisive, acérée ! J'étais non pas ébranlé, mais à peu près convaincu. Malgré la moustache et la mouche, M. Rohner ressemble à Robespierre. J'imagine que l'Incorruptible devait parler ainsi, de cette même voix obstinée, glacée, qui jamais ne monte d'un ton et ne déraille jamais. Il doit d'ailleurs être doué d'une grande perspicacité, car, en ce moment, je ne cesse de penser aux problèmes du rationalisme dans l'époque moderne, et, juste, il me touche au vif.

L'arrivée de M. Roux a brusquement interrompu notre entretien. Tu as vu M. Roux sur les gravures des illustrés. Quelle figure déconcertante ! L'austérité, la maigreur ascétique de cette figure ! Il n'a pas encore soixante ans, je pense. Il porte les cheveux ras, arrondis sur le front, une barbiche semblable à celle des huguenots du XVIe siècle ; on l'imaginerait sans peine avec une fraise au col. Il n'a pas de fraise, mais un épais cache-nez de pion. Ses vêtements sont noirs et plus que modestes. Il porte de gros souliers, des croquenots de vicaire. Je le vois souvent, chez l'économe, où il monte la garde une partie du jour, surveillant ce qui se passe, les gens qui entrent, les gens qui sortent. Quel regard vigilant ! Je suis allé, l'autre semaine, lui porter un dossier, dans son cabinet de travail. Il se tenait devant une table toute nue, longue d'un mètre, large d'une coudée. Il était assis sur une chaise de paille, les pieds posés sur un petit tapis-brosse à trois francs. On se serait cru dans le parloir d'une congrégation pauvre. Je ne te cacherai pas que j'en demeure frappé d'un respect glacial. J'étais dans l'antichambre même de la science : la science du XIXe siècle, inflexible, sincère et chaste.

M. Roux et M. Rohner ont commencé de parler. Je devinais qu'il était question du congrès des sciences biologiques dont les travaux commenceront à Paris, vers la fin de l'hiver. M. Rohner disait :

— Vous n'avez pas accepté la présidence et je le regrette, car tout s'en trouverait simplifié. Pour le discours, je vais réfléchir. Permettez-moi de réfléchir. Je n'aime pas à partager les responsabilités...

Les deux interlocuteurs se sont éloignés sur ces mots, en sorte que je n'ai pas entendu la fin de l'entretien. Je suis retourné dans le grand laboratoire. J'ai travaillé avec Mme Houdoire, cette jeune femme dont je t'ai parlé dans une de mes lettres et qui remplit ici des fonctions de laborantine, comme dit Sternovitch. Elle est d'excellente famille. Elle n'a pu, malheureusement, faire des études régulières. Elle a été mariée, quelques mois, puis son mari l'a quittée pour je ne sais quelle aventure. Elle a dû se chercher une place. Elle s'occupe des cultures et des étuves, elle prend la température des animaux, fait parfois les piqûres, tient les registres. Elle est dévouée, muette et triste. Cheveux très noirs et peau mate. De beaux yeux voilés, pleins de mélancolie. Elle me plaît beaucoup. Ne va pas imaginer quelque amourette. Non, une franche sympathie humaine, colorée d'un peu de tendresse. J'ai dit : « muette », parce que Mme Houdoire ne parle guère. Mais, quand elle s'y trouve obligée, elle fait entendre une belle voix de contralto, vibrante et poignante comme un violon dans le grave.

Tu le vois, je fais en sorte de te peindre ce monde qui m'entoure. Que cette manière de parler ne te donne pas à croire que je me considère comme le centre de quoi que ce soit. Non, non, je me sens devenir modeste, oui, modeste avec frénésie. Tout orgueil me fait horreur.

M. Rohner a traversé le grand laboratoire avec M. Roux et l'a reconduit jusqu'à la porte. Puis il est revenu vers moi, l'air soucieux. Il faisait craquer les articulations de ses doigts. C'est un bruit qui m'est pénible. Il m'a dit :

— Vous connaissez M. Schleiter ?

— Oui, Monsieur, j'ai travaillé naguère avec lui chez M. Dastre.

— Vous allez avoir le plaisir de le rencontrer. Il fait une enquête à l'Institut, une enquête demandée par son ministère. Il doit être à l'étage au-dessous. Nous aurons sa visite dans deux ou trois minutes.

M. Rohner a fait un rire sec et il a poursuivi :

— C'est chez Dastre que M. Schleiter a fait sa thèse, autrefois, sur les graisses phosphorées dans les œufs d'oiseaux. Je me rappelle très bien. Excellent ouvrage. Depuis, M. Schleiter est tombé dans la politique. Nous entendrons parler de lui. Que M. Schleiter ne laisse pas trop de regrets à ses anciens collègues et maîtres ! Quand un homme de bonne culture se tourne vers la politique, c'est qu'il est inutilisable dans la profession qu'il avait semblé choisir, c'est qu'il n'est plus bon à rien. L'Etat est gouverné par le rebut de toutes les carrières honorables.

Les yeux de M. Rohner lançaient des flammes pâles. Il serrait un peu les dents et cela me déconcertait plus encore que le sens de ses paroles. Il a poursuivi, avec une sorte de rage :

— Notez-le, Pasquier, je parle ici des gens qui ont quand même une culture fondamentale. Mais les autres ! Quelle misère ! On ne devrait pas laisser les hommes sans instruction parvenir aux magistratures de l'Etat. Il devrait y avoir des études et des concours. Au fond, le peuple méprise la culture, car il voit qu'elle n'est pas nécessaire pour occuper les plus hautes places ; il comprend que l'on peut s'en passer. Ainsi le pouvoir tombe aux mains les moins dignes. Malheureusement, les gens qui aiment leur métier et l'exercent avec talent n'acceptent pas de le quitter pour devenir les valets de la racaille électorale. Ce peuple sait bien qu'un homme pris au hasard ne peut pas, en quatre ou cinq mois, et pas même en quatre ou cinq ans, devenir un savant, un chirurgien, un artiste. Mais il sait que le premier venu peut, grâce à la politique, s'asseoir un jour ou l'autre dans le fauteuil des maîtres et qu'une fois dans ce fauteuil il pourra se faire obéir non seulement des valets, mais des savants aussi, des chirurgiens, des professeurs, des généraux, des artistes, de ceux qui ont donné leur vie pour apprendre à connaître quelque chose et à faire correctement un travail déterminé. Tout cela n'est pas fort gai.

Ces propos m'ont laissé perplexe. Je sais que M. Rohner fréquente les couloirs des ministères et qu'il tourmente les hommes politiques d'une foule de requêtes et de récriminations. Alors ?

M. Rohner aurait peut-être continué sur ce ton ; à ce moment, Léon Schleiter est entré. Voilà deux ans qu'il a quitté la Sorbonne. Il est en congé. Il saisit toutes les occasions de revenir voir ses anciens camarades. Je ne sais si c'est par nostalgie ou pour se faire admirer.

Il est toujours aussi noir, aussi maigre et funèbre. N'importe ! je ne l'ai pas retrouvé sans un certain plaisir. Nous avons causé de la Sorbonne, de sa visite au Désert, l'an passé, de nos condisciples et maîtres. Puis il a parlé politique. Il est chef du cabinet de Viviani. Il est beaucoup plus à gauche que son patron, beaucoup plus à gauche que Jaurès et Guesde, ses marabouts. Il campe dans l'antichambre des ministres, mais c'est pour y attendre et y préparer la révolution. Il est tombé tout de suite dans l'esprit « patronage révolutionnaire ». Il parle de la révolution comme les autres parlent du bon Dieu, avec une componction savonnée, juteuse.

Il est parti. M. Rohner s'est calmé. Nous avons retrouvé et j'ai goûté de nouveau cette sérénité olympienne dont je crois t'avoir entretenu dès le début de ma lettre.

Tu vois que ma vie est paisible. Une chose, une seule, a pu m'indisposer ces jours derniers. Sénac est venu me voir à l'Institut où il n'a que faire. Il n'en finissait pas de s'en aller.

Sénac est un extravagant. Que je te le dise pendant que j'y pense : toutes ses insinuations de l'autre jour sont dépourvues de sens et de substance. M. Rohner m'a dit, la semaine dernière : « Je viens de recevoir une lettre de M. Chalgrin. Oui, une lettre vraiment empressée. Il s'agissait d'un point de technique. Vous voudrez bien le remercier, je vous prie. » Il m'a semblé que le vent dispersait tous les nuages de mon ciel. J'en ai ressenti du plaisir.

Ton vieux copain fraternel,

Laurent l'olympien.

15 novembre 1908.

## CHAPITRE 9

C'est vrai, Justin, j'ai l'air de négliger notre correspondance et tu as raison de t'en plaindre. Excuse-moi. Il se passe en ce moment, sous mes yeux, un drame très obscur et dont j'ai beaucoup de mal à débrouiller les origines et les péripéties. Ma belle sérénité du mois d'octobre est en déroute. Je vis d'inquiétude et d'appréhension.

Pour bien faire, il faut que je remonte à certain entretien que j'ai eu, voici dix jours, avec Sénac. Comme il s'agit d'événements pénibles, tu ne seras pas trop étonné d'apprendre que Sénac s'y trouve mêlé. J'allais écrire « compromis ». Je me suis retenu, quand même.

J'étais à l'Institut, il y a dix jours environ, quand Sénac est arrivé. Les cours et les travaux pratiques allaient reprendre. Je préparais l'installation des élèves. J'ai, comme tu peux l'imaginer, beaucoup de travail. Quand Sénac vient me voir, c'est une heure au moins que je dois considérer comme sacrifiée. Et si, par malheur, il a bu, c'est alors pendant plus de deux heures qu'il me faut le supporter, le réconforter, le reconstruire. Ce jour-là, Sénac avait bu. Si je n'avais pu le distinguer à son regard, à son odeur, au tremblement de ses doigts, au timbre de ses nasales, à son articulation ruminante, je l'aurais senti sans faute à la nature de ses propos. Quand il est ivre, Sénac invective contre les ivrognes et il accuse d'ivrognerie tous ceux dont il a lieu de parler. Il a commencé par dauber sur Sternovitch :

— Il est raide quatre fois par semaine, rétamé jusqu'à l'orteil. C'est un Juif russe et tout à fait russe par le schnick. Vraiment, la proportion d'alcooliques incurables, dans le peuple russe, est trop forte pour qu'on laisse la Russie jouer jamais un rôle notable dans la politique du monde. Hum ! Hum ! Je ne peux sentir les gens qui boivent.

Il rotait avec obstination et empestait tout le laboratoire. Alors il a commencé de se plaindre :

— Ma vie est loupée ; mais je n'ai pourtant pas envie de casser ma pipe. Ma vie est une torture, Laurent, tu peux me croire : je m'y connais. Ce qu'il y a d'abominable, c'est que j'aime encore mieux cela que rien du tout. J'irai sans doute en enfer, comme disent les bonnes âmes. L'enfer, c'est toujours quelque chose : c'est quand même une forme de l'éternité. J'aime encore mieux l'enfer que le néant. L'enfer, c'est la vie qui dure. D'ailleurs, si tu veux que je te le dise, je ne crois ni à l'enfer, ni à rien, et pas même au néant. Tu m'as bien entendu ? Je ne crois pas même au néant.

Ouf ! Quand Sénac est sur ce ton, j'ai besoin de toute ma patience. J'ai fait comme si je n'entendais rien et j'ai continué d'aller d'une table à l'autre. Ma blouse n'était pas boutonnée. Sénac me suivait, pas à pas, rotaillant toujours. Il a tiré le bord de ma blouse et il a gloussé, l'œil soudain brillant :

— Ah ! Ah ! tu ne portes plus ta décoration.

— Qu'est-ce que ça peut bien te faire ?

— Ça ne me fait rien, mais, d'ordinaire — je ne parle pas pour toi — c'est un symptôme : les gens qui ne portent pas leur décoration, c'est qu'ils attendent le grade supérieur et qu'ils ne sont pas contents de ne pas l'avoir reçu. Regarde Rohner, il ne porte plus son bouchon depuis que Chalgrin a décroché la cravate. Il n'y a pas à se tromper.

— Tais-toi, ai-je dit, soudain très en colère. Tu es incapable de comprendre qu'à certains moments de la vie on se sent pur, affranchi de tous les honneurs.

Sénac s'est pris à rire et s'est introduit le bout de l'index dans le nez. Il murmurait :

— Allons, tu n'es pas si naïf ! Ceux qui refusent les honneurs sont encore les plus orgueilleux, les plus enragés de distinction. Ils réclament l'honneur de mépriser les honneurs. Oh ! tu finiras par comprendre.

Et, tout à coup, sans transition, comme s'il profitait de mon humeur pour en venir aux questions essentielles :

— Ecoute, Laurent, je ne suis pas allé chez le professeur Chalgrin, ce matin, et j'aime mieux te dire que je n'irai plus.

J'ai senti que ma colère changeait d'objet et de front, qu'elle se jetait d'un seul élan dans une direction nouvelle :

— Qu'est-ce que tu as fait encore ?

La phrase était dure et je pensais que Sénac allait accepter le combat, se défendre et contre-attaquer. Pas du tout. Il a baissé les yeux et il a dit, avec un sourire de sacristain :

— Non, je ne peux plus y retourner, à cause du chat.

Je pense t'avoir dit que, sur ma prière, M. Chalgrin a pris Sénac, au printemps dernier, comme secrétaire. Sénac sait taper à la machine. Il connaît la sténographie. Avant le Désert, il était, tu t'en souviens, secrétaire d'un politique, un bonhomme nommé Coualieux. Cette petite place, chez M. Chalgrin, c'était pour lui le pain assuré. M. Chalgrin écrit beaucoup. Il a besoin de quelqu'un pour lui tenir ses fiches, faire des recherches dans les bibliothèques, lire et classer les articles intéressants, recopier les manuscrits. C'est un travail agréable, non seulement parce que la société du patron est la plus vivante qui soit et même la plus nutritive, mais parce qu'il n'y a pas d'heures fixes. Rien d'une besogne de bureau. Beaucoup de jeu, beaucoup d'indépendance. Enfin tout ce qu'un gaillard comme Sénac pouvait rêver dans ses moments d'optimisme.

Il a repris, sans lever les yeux :

— Je n'ai rien fait. Je te dis que c'est à cause du chat. Je ne veux pas revoir ce chat.

— Quelles que soient tes raisons, je déclare qu'elles sont absurdes.

— Tu n'en sais rien. Moi, je les trouve excellentes.

Je m'étais assis sur le bord d'une paillasse et je jouais nerveusement avec ma règle de verre. Sénac était devant moi, comme un coupable. Il cherchait d'une main tâtonnante un tabouret d'élève, un tabouret bas sur lequel il s'est assis. Il pouvait, dans cette position, se dispenser de lever les yeux vers moi. Il regardait mon genou et il s'est mis à se tirer du fond de l'être des choses pitoyables, telles qu'il est sans doute le seul à pouvoir en inventer.

— Tu sais qu'il s'appelle Minos. Beau nom pour un chat. Et quand j'écrivais, à ma table, dans la bibliothèque, il venait tourner autour de moi, se frottait à mon pantalon, faisait toutes sortes de câlineries. Si bien que je finissais par le prendre sous les aisselles et par le hisser sur mes genoux. Il restait là, très longtemps. Parfois même je l'oubliais. Parfois il ronronnait pour demander une caresse. Alors je lui grattais le crâne ou je lui passais le doigt sous la mâchoire. Si le doigt glisse un peu plus bas on sent la trachée-artère, grosse comme une plume d'oie, avec ses anneaux de cartilage.

Sénac s'est arrêté de parler et j'ai dû le pousser un peu : « Qu'est-ce que tout cela veut dire ?... Explique-toi... Je ne comprends pas... » Alors, il a continué :

— As-tu jamais tué un chat ? Non. Eh bien ! tu n'es pas curieux. Tu sais que c'est très difficile. Il y en a qui les mettent dans des sacs et qui les tuent à coups de bâton. Le chat saute, siffle, hurle. C'est terrible. Il y en a qui les pendent. Et quand le chat est mort, tu ne peux imaginer comme il est long et lourd. Ah ! non, ce n'est pas commode. Je sentais la trachée-artère... Avoue que c'est une tentation. Je me disais qu'en serrant... Seulement il faut une technique. J'entrevoyais une technique. Serrer tout l'arrière-train, fortement, entre les genoux, immobiliser d'une main les deux pattes de devant et, de l'autre, eh bien ! se débrouiller avec la trachée-artère... Tu comprends, ce qui m'intéresse, Laurent, c'est la difficulté. Rien de plus. Etrangler un chat sans se faire griffer, reconnais que c'est un tour de force. Et alors, justement, comme j'étais sur le point d'accomplir... la chose... Je ne faisais qu'y penser, rien de plus, je n'avais même pas commencé à serrer les genoux. Je te répète que c'était seulement quelque chose comme un désir... Alors le chat Minos a poussé un cri terrible. Je ne l'avais même pas menacé, même pas serré. Il a poussé un cri effrayant et il m'a donné un très vilain coup de griffe. Là, vise mon poignet. Tout comme s'il avait pu deviner une pensée qui n'était même pas très sûre, même pas très décidée. Et puis, il a fait un bond. Frrt ! Il était sur la cheminée. Il me regardait, comme un homme aurait pu le faire. Et, pour finir, il est parti en haussant les épaules. Parole !

Nous connaissons bien Sénac. Et je dois pourtant t'avouer que cette confidence m'a jeté dans un affreux malaise. Je cherchais que lui répondre, quand il s'est repris à parler :

— Qu'est-ce qui serait arrivé, si j'avais tué cette bête ? Qu'aurait dit Mme Chalgrin ? Qu'aurait-on pensé de moi, si l'on m'avait vu paraître avec ce gibier dans la main ?...

— Enfin, ai-je dit en levant les épaules, tu ne l'as quand même pas tué ?

Sénac secouait la tête.

— C'est à peu près la même chose. Je ne retournerai plus chez Chalgrin. Tu comprends, je ne veux pas que cette bête me regarde encore. Je ne le supporterais pas.

Il avait l'air buté. J'avoue qu'il m'a fait pitié. J'allais, pour finir, le consoler, comme toujours. Mais il a pris son chapeau et il s'en est allé, le malheureux, en suçotant sa moustache noire. Et j'ai commencé de chercher où l'on pourrait bien le caser, car, enfin, il faut qu'il vive. Mon Dieu, que je suis bête ! Je ne songeais qu'à cette ridicule et odieuse histoire de chat, à la situation perdue, à des bêtises, en somme.

Quelques jours ont passé dans ces menus ennuis. J'évitais de parler de Sénac à mon patron. Je songeais : « M. Chalgrin finira toujours bien par m'en dire quelque chose. »

Tout s'est d'abord passé comme je m'y attendais ; et j'ai senti presque tout de suite que le drame n'était pas simple. M. Chalgrin m'a demandé, mardi ou mercredi dernier :

— Votre ami Sénac est-il malade ? Voilà près d'une semaine qu'il n'est pas venu travailler. Faites-moi l'amitié, Pasquier, d'aller prendre des nouvelles.

Le patron, ce disant, avait l'air soucieux. Je voyais les fibres de ses paupières se contracter finement, ce qui, chez lui, je le sais, est un signe de fatigue. Il a soudain prononcé des mots incompréhensibles :

— Je mets M. Sénac hors de cause. Il est de vos amis, c'est une garantie suffisante. D'ailleurs, j'ai les trois copies.

Sentant que ces bouts de phrases restaient pour moi dépourvus de sens, le patron s'est ressaisi. Sa voix n'en tremblait pas moins d'émotion.

— Avez-vous lu, m'a-t-il dit, le dernier numéro de la *Presse médicale* ?

— Non, patron, pas encore.

M. Chalgrin semblait saisi d'hésitation. Il a fait un grand effort sur lui-même pour se contraindre au calme, et je crois qu'il a souri. Mais ce sourire était douloureux et m'a bouleversé. Alors, il a poursuivi plus bas :

— Vous connaissez sans doute, Pasquier, l'ouvrage de M. Rohner sur les *Origines de la Vie*, un livre dont on a beaucoup parlé pendant la dernière saison.

— Oui, patron, je le connais.

— Il y a des parties excellentes, dans cet ouvrage. On y trouve aussi des hypothèses fantaisistes, des affirmations aventurées. M. Rohner abuse de la dialectique rationnelle et il finit par tomber dans l'idéologie, ce qui ne va pas sans ridicule pour un avocat réputé de l'expérimentation stricte. Rappelez-vous, Pasquier, le grand laïus de la préface : « Chaque fois que se trouveront rassemblés, dans les proportions requises, le carbone, l'azote, l'oxygène, l'hydrogène, le soufre et les quelques éléments accessoires, chaque fois que les conditions physiques nécessaires à la synthèse des albumines vivantes se trouveront reconstituées, les phénomènes de la vie, ces phénomènes qu'il nous est encore impossible de déterminer avec exactitude mais que nous déterminerons un jour prochain, ces phénomènes, dis-je, recommenceront d'apparaître et de se développer, de modifier le milieu nutritif et de produire des organismes soumis à toutes les lois de l'évolution progressive ou régressive par mutations ou variations brusques des caractères spécifiques... » Oh ! je cite de mémoire. Le texte est assurément meilleur : M. Rohner est un excellent écrivain. Eh bien ! toutes ces propositions, qui ont produit beaucoup d'effet, sont d'un esprit systématique...

M. Chalgrin s'est arrêté de parler pendant une longue minute. Je ne devinais pas du tout le sens de ce soliloque. Je ne voyais surtout pas le rapport entre cette diatribe et les petites histoires de Sénac. Je doutais même qu'il y eût le moindre rapport. D'une voix plus basse, plus réticente, le patron s'est remis à parler :

— Je n'aime pas l'ouvrage de M. Rohner. Soyez persuadé, mon ami, que je me suis gardé de lui en rien dire. Je crois même lui avoir écrit une lettre des plus élogieuses. Je n'en réservais pas moins mon indépendance critique : M. Rohner est de ces biologistes gâtés par la contagion mathématicienne. M. Rohner, avec son rigorisme, est de ces rêveurs qui s'imaginent qu'un jour ils feront passer dans un tube de l'hydrogène, du carbone et le reste de la recette, qu'ils mettront le tube à l'étuve et que, vingt-quatre heures après, ils trouveront dans leur cuisine quelque chose qui sera très exactement l'hématozoaire de Laveran ou peut-être, qui sait ? sa majesté le bacille de Koch en personne. Ces messieurs sont très sérieux, mais il y a de quoi rire... C'est un retour offensif et scientifiquement moderne de la génération spontanée. Imaginez-vous, Pasquier, que j'ai rédigé, pendant l'automne, à propos du livre de M. Rohner, un mémoire que je n'ai pas la moindre intention de publier. Je ne suis pas un polémiste. C'est pour moi, pour moi seul, que j'ai composé ce mémoire, pour la satisfaction de ma conscience. Et je n'en parle à personne. Voilà justement pourquoi je ne comprends pas le ton de cet article de M. Rohner dans le dernier numéro de la *Presse médicale*.

Comme le patron ne se décidait pas à s'exprimer plus clairement, j'ai pris sur moi de lui dire, avec beaucoup de respect :

— Monsieur, je ne comprends pas.

— Evidemment, vous ne pouvez pas comprendre. Croyez bien, mon bon ami, que si je vous parle à vous, en particulier à vous, de cette pénible affaire, ce n'est pas seulement par amitié ; c'est parce que vous connaissez M. Sénac, parce qu'il est de vos amis et, je crois, depuis longtemps. Je dois vous dire, Pasquier, que j'ai fait copier le manuscrit de mon texte par M. Sénac, en trois exemplaires.

Le patron venait encore une fois de s'arrêter. Avec la pointe du médius, il s'écrasait la lèvre supérieure, ce qui est, chez lui, signe de grande perplexité. J'écoutais, plein d'angoisse.

— Attendez, Pasquier. Attendez, mon ami. M. Sénac a fait cette copie à la maison. En trois exemplaires, je vous l'ai dit. Les trois exemplaires sont entre mes mains et ils n'en sont point sortis. Ils n'en sortiront qu'après ma mort, si même il ne m'arrive pas de les détruire avant. Vous le voyez, je suis sur une fausse piste. M. Sénac est hors de cause et j'aurais mieux fait de ne pas prononcer son nom. Reconnaissez quand même que la conjoncture est troublante. Dans ce fameux article de la *Presse médicale*, M. Rohner répond à toutes mes critiques. Il ne saurait me mettre en cause, puisque je n'ai rien publié, mais il imagine un contradicteur idéal auquel il prête des pensées et des paroles qui sont les miennes, terme pour terme. Je suis provisoirement seul à comprendre ce qu'il y a de blessant dans cette manœuvre et de venimeux dans cette rhétorique.

Le professeur Chalgrin, petit à petit, s'échauffait à parler ainsi. Mais il ne rougissait pas, tout au contraire. De grandes plaques couleur d'os se formaient sur ses joues et sur son front. Oui, je dis bien, il semblait que l'on aperçût, à travers la peau diaphane, la substance élémentaire, minérale, de l'armature. J'ai murmuré :

— Patron, Jean-Paul Sénac est un honnête homme. Je ne crois même pas que l'on pourrait lui reprocher une distraction, une légèreté dans une affaire aussi grave.

M. Chalgrin, ressaisi de soi-même, a souri, non sans grâce :

— Mais oui, je n'en doute pas. Surtout, Pasquier, faites-moi l'amitié de n'aller pas vous mettre martel en tête. Je cherche, et je songe à tout. Car la coïncidence est un peu plus que troublante. Allons, mon ami, travaillons. Savoir quelque chose, au fond, c'est notre seul recours contre le désespoir et l'anéantissement.

Je peux bien t'affirmer que je me trouvais très loin de cette sagesse reconquise. Au moment même où j'avais pris la défense de Sénac, je m'étais senti tourmenté par de très affreux soupçons. J'ai travaillé, mollement. Après le déjeuner, j'ai gagné l'Institut et j'ai fait des pieds et des mains pour ne pas rencontrer M. Rohner. Vers six heures, j'ai pris le tramway et je suis allé chez Sénac.

Il était là.

Je te l'ai dit, c'est au fond d'une impasse pavée. A l'entrée, il y a des ateliers de menuiserie qui dégagent une odeur funéraire de sciure et de sapin frais. Puis un marchand de chevaux, puis un marbrier, puis des écuries sans locataires, puis un terrain vague, enfin la masure de Sénac. En y parvenant, je ne pouvais m'empêcher de penser que ce goût de l'isolement est quand même le signe d'un caractère anormal.

Avant même de frapper, je me suis trouvé salué par un concert d'aboiements. Je m'attendais à revoir Mignon-Mignard, l'ineffable chien du Désert. Il n'était pas seul. Sénac, la porte entrouverte, m'a prié de faire attention à son nouveau pensionnaire, une sorte de berger allemand d'allure famélique et dont l'un des yeux, bleu faïence, semble recouvert d'une taie laiteuse. L'animal, paraît-il, n'est ni franc, ni commode.

Je me suis assis sur le divan dont Sénac doit faire son lit. Il est très proche du sol et je me sentais soudain dans une posture incommode.

— Tu vois, m'a dit Sénac, ici, c'est vraiment la solitude. Ici, Laurent, c'est le comble du Désert, c'est bièvrissime ! Tu me comprends. Quelquefois, le soir, en faisant cuire notre soupe, car nous mangeons tous la même chose, les cabots, le pigeon et moi, je me dis avec délice que personne au monde n'a la moindre raison de penser à moi. Quelle admirable légèreté ! Quelle délivrance ! Dès que les chiens sont endormis, je sens mes oreilles qui chantent. Oui, c'est l'hymne vibrant au silence absolu. Je songe qu'il y a des gens qui écoutent respirer leur gosse ou tourner leur usine, des gens qui savent qu'on va les appeler et leur demander quelque chose, un service, un conseil. Pff... Je suis magnifiquement pur. Ma montre même est arrêtée. Je ne la remonte plus, pour qu'elle me foute la paix.

J'avais envie de lui dire : « Tu vois que moi, je pense à toi. N'as-tu rien fait, Jean-Paul, pour me forcer à penser à toi ? » Je me suis contenu de mon mieux et j'ai dit, d'une voix très ferme :

— Il faut que tu reprennes au plus tôt ton travail chez le professeur Chalgrin.

Sénac a levé les sourcils et, comme nous étions éclairés par une petite lampe à pétrole posée sur la table de nuit et que Sénac était debout, cette mimique a dessiné sur son visage toutes sortes d'ombres fantastiques.

— Tu m'entends ? ai-je dit encore. Je te prie de retourner travailler chez M. Chalgrin.

Je n'attendais de Jean-Paul Sénac aucun mouvement de colère. Il se met rarement en colère. Il gronde, il grommelle, il bavote et se lamente. Au contraire de tout cela, voilà qu'il s'est pris à rire.

— Ah ! non. Ah ! non, disait-il, nous ne sommes plus au Désert. La discipline, c'est fini. La caserne, on n'en parle plus, mon petit père.

— Sénac, ai-je dit, je te demande comme un service personnel de retourner chez M. Chalgrin.

— Un service personnel ? Et pourquoi ?

Il parlait si paisiblement, il semblait de si bonne foi que j'hésitais à me lancer dans le vif de l'affaire. Je m'y suis décidé quand même.

— Figure-toi, mon pauvre Jean-Paul, que M. Chalgrin a bien des raisons de penser qu'un travail qu'il souhaitait de ne point faire connaître, s'est trouvé, je ne sais comment, communiqué à certains de ses adversaires. La meilleure, la seule façon de lui prouver que tu n'es pour rien dans cette espèce de trahison, c'est de retourner chez lui, malgré l'histoire du chat, et quand bien même tu devrais faire un effort désagréable. Tu me comprends, Sénac ?

Il écoutait, sans rien dire. Je me rappelais cette visite que nous lui avons rendue, l'année dernière, à Bièvres, quand on avait volé le vin et que nous voulions le confondre, car nous pensions que c'était lui. Souviens-toi : il avait pleuré. Nous étions désespérés. Nous lui faisions des excuses. Et, pour finir, il a triomphé, puisque la coupable, en définitive, était la femme de ménage, l'effrayante mère Clovis. Je m'attendais à voir Sénac pleurer dans sa moustache et m'accabler de reproches. Mais non, il a pris un air sournois. Il bredouillait :

— Qu'est-ce que c'est que ce baroufle ?

— Oh ! ai-je dit de bon cœur, je sais que tu es hors de cause. M. Chalgrin me l'a donné à entendre. Il possède les trois copies que tu as faites en sa présence. Mais, si tu le quittes maintenant, avoue que toutes les suppositions restent possibles. Il ne faut point le quitter.

Alors Sénac s'est pris à rire. Je ne pouvais pas m'y attendre. Il a ri si longuement que les chiens ont aboyé. Il faisait froid, dans cette masure. C'était réellement une minute déplaisante.

— Trois copies ! disait Sénac. Eh bien ! si tu veux le savoir, j'en ai fait une quatrième. Seulement, garde cela pour toi. Les savants, qui savent tout, ne sont pas observateurs. M. Chalgrin a l'air de regarder les choses et les gens. En réalité, M. Chalgrin ne voit rien. Quatre copies, voilà ce que j'ai fait.

J'ai cru que j'allais bondir sur le malheureux, le saisir aux épaules, le secouer, le battre.

— Alors, c'est toi ! c'est donc toi ! Est-ce possible ? Et pourquoi ? Je me demande pourquoi.

J'étais si peu maître de moi que les chiens se sont mis à gronder. Mignon-Mignard, que je te le dise tout de suite, ne m'a même pas reconnu. Quant à l'autre, c'est un fauve, un fauve qui ne mange pas à sa faim. Sénac a levé la main, paume en dessous :

— Attention ! Tu vas te faire mordre.

— Mais pourquoi, je te le demande, pourquoi as-tu fait cela ?

Alors Sénac, avec beaucoup de naturel :

— Pourquoi ? Mais, tout naturellement, pour voir... Vous autres, vous n'êtes pas curieux.

— Comprends-tu que c'est beaucoup plus grave qu'un vol ? C'est quelque chose comme un crime !

Il se promenait dans la turne, ses deux mains dans les poches de son pantalon, les épaules remontées, l'air obstiné, le regard au sol. Les deux cabots le suivaient.

— Oh ! n'abusons pas des grands mots. Moi, j'aime les expériences. Moi, je suis plus curieux que vous autres. Un vol ! Un crime ! Il ne serait pas question de tout cela si tu ne t'en étais pas mêlé.

J'ai fait de mon mieux pour garder le silence et retrouver le calme.

Sénac marchait toujours de long en large et son ombre se baladait sur les murailles. J'ai fini par dire, à voix basse :

— C'est affreux. C'est inqualifiable. Mais ça ne fait rien, Sénac, tu ne peux pas, pour le moment, quitter M. Chalgrin sans signer cette saloperie. Alors, tu vas revenir, et rester, jusqu'à nouvel ordre. Tu le feras, quand ce ne serait que pour moi.

Sénac a repris sa voix plaintive. Il gémissait :

— Quand ce ne serait que pour toi ! Vous êtes tous les mêmes : vous ne pensez qu'à vous. L'égoïsme, voilà votre règle de conduite.

Il a continué sur ce thème, quelque temps, d'un ton morose et sentencieux. Je ne le lâchais pas et nous avons pris rendez-vous. J'ai quitté l'affreux ermitage bien plus soucieux qu'à mon arrivée. Les chiens m'aboyaient aux chausses.

En redescendant la rue de la Tombe-Issoire, j'essayais de comprendre la conduite de Sénac et j'en étais presque malade. Car, en somme, aucun doute possible : il a dérobé l'une des copies du mémoire de M. Chalgrin et il l'a communiquée à qui tu sais. Et il n'a pas fait cela pour de l'argent ou pour une ambition personnelle. Il a fait cela « pour voir ».

Je ne te dis rien de plus. Je suis très las, presque accablé. Oh ! je devrais repousser Sénac du pied, me détourner de lui avec horreur. Je ne peux pas. Je ne peux plus. Je suis presque son complice et je n'ai qu'une façon d'arranger les choses, c'est de surveiller le misérable, de ne pas le quitter de l'œil.

Enfin, je l'avoue bien bas : il me fait encore pitié. Je ne peux pas l'abandonner dans l'état de... maladie où je le vois aujourd'hui. Je viens d'écrire maladie ; ma première pensée, un peu romantique, avait été d'écrire : dans l'état de péché mortel.

Ton Laurent.

17 novembre.

## CHAPITRE 10

Justin, mon ami, tu ne mérites pas ton nom, tu n'es pas juste. Tu me pries, dans ta dernière lettre, de ne plus te parler des Juifs. Tu dis : « Je sais que tu m'aimes, je sais que tu nous aimes. Pourtant, je préfère le silence. Tu n'arrives quand même pas à oublier que je suis juif. » Eh ! cher Justin, comment pourrait-on l'oublier ? Etes-vous si parfaitement invisibles qu'il soit facile de ne pas vous voir ? Etes-vous des personnes si miraculeusement silencieuses qu'on puisse ne pas vous entendre ? Si je parle de toi, de vous, et même, ajouterai-je, d'eux, tu te prends à gémir. Mais si je ne disais plus rien d'eux, de vous et de toi-même, tu pousserais bien d'autres cris. Alors, laisse-moi vivre et deviser librement. Et s'il te prend fantaisie, dans cette franche correspondance, de dire quoi que ce soit des « goym », sois sûr que je prêterai l'oreille. Je ne suis pas très inquiet : tu ne diras rien de nous en tant que « nous ». Vous n'avez pas encore fini, vous autres Juifs, de vous étonner vous-mêmes et parfois de nous inviter, parfois même de nous contraindre, à partager cet étonnement.

J'ai le sentiment que tout ce que je répands dans mes lettres ne t'est pas de grand prix, que tu souhaiterais m'entendre parler, non de mes modestes soucis, mais des grands problèmes qui tracassent l'Europe. Hélas ! Justin, tu es un idéologue, un sociologue et un prophète. Moi, je me débats au milieu de difficultés humaines qui me cachent parfois les éclatantes perspectives intellectuelles ou politiques dans lesquelles ton esprit se promène avec une si belle agilité. La tension entre le kaiser et l'Angleterre, la visite faite au tsar par le prince héritier de Serbie, voilà des phénomènes graves, je suis bien de ton avis. A te lire, je me sens un peu honteux de te narrer seulement, et avec tant d'application, une querelle plus ou moins sourde entre deux honorables savants de laboratoire.

Je te remercie de l'intérêt affectueux que tu portes aux miens et de la sollicitude avec laquelle tu me réclames de leurs nouvelles. Je jure, dans chaque lettre, de ne plus parler de ma famille, de laisser retomber dans le néant les misérables histoires de Joseph ou de Ferdinand et, dans chacune de tes réponses, tu m'interroges et tu me presses de ne rien te laisser ignorer. C'est bon. Je ferai de mon mieux pour te satisfaire.

Comme tu l'imagines, j'ai gardé soigneusement pour moi ce que m'avait conté M. Mairesse-Miral. Je plains trop les gens qui, d'une manière quelconque, dépendent d'un gaillard comme Joseph. J'ai résorbé ma colère et je n'ai rien dit. Joseph jouit de l'impunité exceptionnelle dont jouissent partout les effrontés. Il a cessé de parler de sa ruine. Quand je le vois — je ne peux guère ne pas le voir, à cause de maman — il se répand en lamentations sur les épreuves épouvantables qu'il a dû subir et sur la peine qu'il prend pour remonter la pente. Il pousse des soupirs et combine des jeux de rides pour exprimer son épuisement. Pense donc ! Il était ruiné. Il avait tout perdu. On allait le pousser au ruisseau avec les balayures et les vieux mégots. Et nous, les imbéciles, nous écoutions ces doléances d'un cœur compatissant et nous grattions le fond de nos poches. Et puis, tout s'arrange. Grâce à notre aide opportune, le colosse redresse les reins. Joseph a dit au dernier déjeuner de famille : « La finance, voilà ce que c'est. Une gorgée de rhum, ce n'est pas grand-chose, mais avalée au bon moment, ça peut vous sauver un bonhomme. » La gorgée de rhum, c'est nous, les imbéciles, qui l'avons cordialement versée. Ferdinand, qui d'ordinaire est terrible pour Joseph, vit maintenant dans la béatitude : Joseph se l'est attaché pour longtemps. Au lieu de l'éblouir, il lui a demandé un service. Ferdinand en exulte. Il est le sauveur, l'ange gardien, le dieu de la machine. Il dit : « Heureusement que nous étions là ! Je commence à croire que nous arrangerons les affaires de Joseph. »

Mais Joseph est déjà loin. Il nous a joué — il s'est peut-être joué à lui-même — une farce violente, dans sa couleur favorite. Et, pour lui, c'est fini. D'autres travaux, d'autres comédies l'appellent. J'ai dû pourtant lui parler des trois mille francs de papa. Car ces trois mille francs devaient avoir une tout autre destination.

Tu sais que mon père a plus de soixante-deux ans. Tu le connais, c'est la vie même. Non pas la vie sage et patiente, mais la vie folle, véhémente et capricieuse. Il n'a presque jamais trois mille francs devant lui. Il ne peut pas. Quelque chose, en lui, s'oppose à l'accumulation paisible d'une somme de cette importance. Toute sa puissance est centrifuge. Il faut qu'il disperse, qu'il éparpille, qu'il risque et qu'il perde. Or, il était arrivé quand même à rassembler une somme de trois mille francs. Dans quel dessein ? Cherche. Je te mets au défi de trouver.

Lui qui ne songe qu'à « poitriner », à jouir, à bouger, à vivre, il est, depuis quelque temps, saisi d'une idée opiniâtre. Et pourtant... Il a deux ou trois faux ménages. Il fait feu des quatre pieds. Il se signale chaque semaine par une engueulade publique, un scandale, une émeute. Il change tous les deux ans d'appartement et d'horizon. Il a le jarret frémissant, l'encolure cambrée, la moustache crépitante. Il dit : « Jamais fatigué. Je vivrai cent ans, pour le moins. » Et, tout de suite, il se met à parler du théâtre, dont il raffole, des chanteuses, des danseuses, des courtisanes célèbres. Il chante, d'une voix de tête, les opéras de son temps. Il donne la réplique à Suzanne quand elle répète ses pièces, et seulement dans les rôles d'amoureux, il n'en voudrait pas jouer d'autres. Il fait la cour à ses belles-filles qui ne le détestent pas et, s'il leur donne un baiser, il s'arrange, instinctivement, pour le glisser sur les yeux, près des lèvres ou à la naissance du cou... Eh bien ! cet homme fringant songe obstinément à se faire construire un tombeau. C'est en vue de ce tombeau qu'il avait, non sans mal, économisé les trois mille francs. Il a déjà fait achat de la concession, au cimetière de Nesles, car il veut reposer, plus tard, dans le village de ses pères.

J'ai su, par maman, où ils en étaient de cette affaire. Ils ont des plans, un architecte. Voilà, cher Justin, la grande entreprise qui va peut-être les réunir après tant de trahisons, de conflits et de drames. Maman parle du « tombeau » comme d'une maison de campagne. A l'entendre, j'ai soudainement compris les mystères de l'ancienne Egypte, j'ai compris que la mort oriente et gouverne toutes les actions de la vie. La métaphysique est une occupation bourgeoise, aristocratique. Je peux m'y adonner quand le vent m'y pousse. Mais papa n'a pas eu le temps. Il était tout occupé de s'élever et de combattre, de s'instruire et de chercher pâture. Et voilà que, tout à coup, la métaphysique prend cette étrange revanche. Ce goût, ce besoin d'un tombeau, chez un homme aussi vivant, c'est une forme élémentaire du tourment métaphysique.

J'ai senti que papa ne renoncerait pas facilement à son rêve égyptien et je suis intervenu, très durement, l'autre jour. J'ai pris Joseph dans un coin et je lui ai dit, les yeux dans les yeux :

— Moi, je ne te demanderai rien, jamais rien, tu m'entends ? Mais ces trois mille francs des parents, il faudra quand même les rendre. Il faudra, Joseph ! Il faudra !

Joseph a mis la main sur sa poitrine.

— Mon ami, pour qui me prends-tu ? Cet argent-là, c'est de l'argent sacré.

Tout de suite, il a commencé de parler de la Pâquellerie dont le parc est inondé, pour peu que l'Oise déborde. J'ai vu le moment où il me faudrait plaindre le dolent Joseph.

Ah ! non, Justin, je t'en prie, laissons ma famille dans l'ombre reposante. Que te dirais-je ? Que Larseneur a recommencé de fréquenter la maison, qu'il sort parfois avec Suzanne et que Testevel est tombé dans un morne désespoir. Non, non, laissons-les vivre, tous. Une seule chose me tourmente, si tu veux le savoir. Il y a longtemps que mon père n'a pas perpétré quelque belle extravagance. Il y a longtemps qu'il ne m'a pas fait souffrir. Je commence à être inquiet. Cette longue trêve n'est quand même pas naturelle. Elle ne me dit rien de bon.

Te voilà satisfait, Justin. Tu voulais des nouvelles du clan, et tu les as reçues. Elles ne sont point trop fâcheuses, au bout du compte. Je voudrais en dire autant de tous les êtres qui m'entourent. Sénac est retourné chez M. Chalgrin, je l'ai su ; mais comme il ne venait plus au Collège et que j'étais, tu peux l'imaginer, soucieux de ses agissements, je suis allé le voir.

C'était un peu avant midi. J'ai trouvé Sénac dans son impasse, devant le portail du marchand de chevaux. Il faisait une assez maussade journée d'hiver, toute bruineuse et piquante. Sénac, vêtu d'un maigre waterproof couvert de taches, son chapeau melon rejeté en arrière, la moustache pendante, était, au grand jour du ciel, assez misérable. Il a notre âge, à deux ou trois ans près. C'est effrayant. Ses yeux sont cernés de mauve et ses paupières gonflées d'une bouffissure transparente. Il se rase la barbe, mais avec négligence, en sorte qu'il a le menton bleu. Ses mains semblent toujours mal lavées, ses ongles ternes et crasseux. A l'idée que je l'ai chaudement recommandé, naguère, à M. Chalgrin, je me sens saisi de vergogne.

Il était là, sur le petit trottoir de l'impasse, et contemplait les maquignons qui faisaient courir des chevaux dans la cour.

— Regarde un peu, m'a-t-il dit, regarde cette comédie. Tu ne comprends pas ? C'est très drôle. Le patron maquignon, celui qui porte la blouse bleue et la grande casquette de soie, a la bouche pleine de gousses d'ail, ce qui ne l'empêche pas de parler. Quand il veut exhiber un animal, il tire une gousse de sa bouche et il l'enfonce d'un geste adroit dans le derrière du canasson. C'est comme j'ai l'honneur de te le dire. Il paraît que les bêtes deviennent fringantes parce que l'ail les asticote. Moi, je trouve ça drôle.

Il s'est mis à rire, de ce rire sombre et maladif qui s'empêtre tout de suite dans les poils de sa moustache. Puis il m'a pris par le bras et nous avons gagné la rue. Je voulais lui parler encore de cette chose épouvantable... de cette indélicatesse, enfin, je ne sais comment dire. J'étais très embarrassé, très ému. Mon menton s'est mis à trembler, ce qui est chez moi un signe héréditaire de grande émotion. Je me suis lancé quand même.

— Tu sais, Jean-Paul, ai-je dit, que cette... chose que tu as faite pourrait avoir des conséquences très graves.

Il m'a regardé, d'abord, avec un peu d'étonnement.

— Ah ! non ! disait-il. Ah ! non ! tu ne vas pas m'embêter. Tu ne vas pas me faire de la morale. Il faut avoir le courage de ce qu'on pense. Il faut forcer les gens, même quand ils s'appellent Chalgrin, à savoir ce qu'ils veulent. Tes deux bonshommes se détestent et ce n'est pas d'aujourd'hui. Alors, qu'ils le sachent et même qu'ils le disent. J'aime les situations franches.

Il me regardait, il osait me regarder. Car son œil n'est pas fuyant, tout au contraire. Il vous cherche, il vous retient avec une fixité morne et obstinée. En sorte que l'on éprouve soi-même le besoin de détourner les yeux, de fuir comme fuirait un coupable. Il continuait de pérorer.

— Moi, j'aime les expériences. Je crois que je te l'ai dit.

— Quel intérêt avais-tu à faire une expérience telle ?

Il s'est pris à toussoter :

— Et toi, quel intérêt as-tu à piquer des cochons d'Inde ? Encore un peu, tu me ferais rire.

J'ai senti que tout entretien raisonnable serait impossible. Je venais de toucher le mur. Oui, je dis bien, le mur fermé, sourd et abrupt derrière lequel vit un être. Ah ! cher vieux, que sont les obstacles de la nature, les montagnes, les océans, les forces en mouvement, le vent et les marées, que sont vraiment ces obstacles au prix de ceux que nous trouvons dans le caractère des hommes ? Voilà une grandiloquence que tu voudras bien me pardonner. Puis-je m'exprimer autrement ? Chaque jour de ma vie, je me suis heurté non pas à des hommes de chair, mais à des murailles d'obstination. Il est plus facile de détourner un fleuve, de franchir la mer, d'arrêter le vent que d'empêcher Joseph, mon père, Sénac et tous les autres, oui, tous les millions d'autres, d'être ce qu'ils sont, de penser ce qu'ils ne peuvent point ne pas penser. Je regardais Sénac et j'étais étreint par le sentiment de l'irréductible et de l'irrachetable. Non, non, le sacrifice du Christ est illusoire puisqu'il est admis, dès le début de l'aventure, que les anges des ténèbres ne peuvent pas être sauvés.

Pardonne cette rêverie. Je redescends à Sénac. Je cherchais à tâtons quelque conclusion provisoire. Je n'ai trouvé qu'une niaiserie. J'ai dit :

— As-tu seulement pensé qu'il ne s'agit pas des hommes mais aussi de la science ?

Sénac s'est mis à glousser doucement :

— Laisse donc la science tranquille. Les histoires de tes patrons, ce sont des histoires d'honneur, d'amour-propre et d'orgueil, rien de plus. Les orgueilleux, moi, je les déteste. Je voudrais les aplatir, leur montrer leur sottise et leur néant.

Il a reniflé longuement et a dit en me serrant la main :

— Moi, moi, je peux me vanter de n'être pas orgueilleux.

Tout cela va tourner très mal. Je commence à comprendre qu'il y avait, depuis longtemps, entre M. Chalgrin et M. Rohner, une animadversion qui ne paraissait guère. Si je l'avais senti plus tôt, je n'aurais pas souhaité d'occuper cette position qui va probablement devenir très difficile, cette position qui consiste à se tenir sur deux chaises, au risque de n'être assis ni sur l'une, ni sur l'autre et de choir entre les deux. Ma situation officielle est désormais chez M. Rohner, et depuis longtemps mon cœur est chez M. Chalgrin. J'aime et respecte M. Chalgrin, mais je respecte aussi M. Rohner et je les admire tous deux, car ce sont deux esprits épatants.

Tu sais que, le mois dernier, il s'est produit en Westphalie une catastrophe minière. On a dû parler de cela dans le Nord où tu vis et dans les milieux ouvriers. La France veut établir une station d'essais, à Liévin, pour étudier les accidents de cette sorte. Il faut réunir 400 000 francs. Le conseil des houillères voudrait constituer un comité de patronage où figureraient de grands savants, ce qui est bien naturel. On est venu, lundi, pressentir M. Rohner. Il était au travail et je me trouvais près de lui avec les autres préparateurs. Les envoyés du conseil présentaient leur requête. Le professeur souriait d'un air bienveillant et faisait craquer les articulations de ses doigts. Il murmurait : « Mais oui, de grand cœur, c'est une chose des plus honorables. Considérez que c'est entendu. » Et là-dessus, on lui a tendu la liste. Je la lisais par-dessus son épaule. Il a jeté un coup d'œil et il a dit sèchement :

— Eh bien ! je réfléchirai. Laissez-moi copie de cette liste. Il faut quand même savoir avec qui l'on se trouve.

Deux rides profondes se tordaient de chaque côté de sa bouche. Il avait quitté ce ton militaire qui lui est propre et que j'aime bien, pour prendre une voix soupçonneuse, hargneuse, assez cruelle. J'avais eu le temps de voir que le professeur Chalgrin devait être, et même avait accepté d'être vice-président du comité. J'ai tout compris. M. Rohner a coupé court à l'entretien et les visiteurs sont partis, passablement déconcertés. M. Rohner s'est mis à causer avec les deux autres préparateurs dont l'un est Vuillaume, que tu connais, et l'autre un petit bonhomme très vif et malicieux qui s'appelle Sauvignet. Et, soudain, d'une voix souverainement dédaigneuse, M. Rohner a dit, entre diverses remarques :

— C'est bien assez scandaleux de voir aujourd'hui la Société des Etudes rationalistes présidée par un monsieur qui tient du mythomane et de l'illuminé.

Vuillaume et Sauvignet ont ri. Je ne leur en veux pas. Ils n'ont pas les raisons que j'ai d'honorer M. Chalgrin. La phrase m'a quand même semblé dure. Le professeur parti, nous avons parlé, sans réserves, entre nous, les préparateurs. Mes deux collègues sont assez curieux du tour pris depuis quelques jours par la querelle des deux « vieux », comme dit volontiers Sauvignet. C'est peut-être qu'ils ne savent pas ce que j'ai le pénible avantage de savoir. Autrement, la querelle est ancienne et semblait devoir rester décente, comme il arrive si souvent quand deux hommes de même carrière finissent par se prendre en grippe. M. Rohner accuse Chalgrin de faire du rationalisme à l'eau de rose, d'évoluer vers un thomisme d'amateur *(sic)*, de pactiser, de mener la Société des Etudes à la scission et au désordre. M. Chalgrin reproche à Rohner de faire du rationalisme primaire, de la philosophie de pion et de ramener la doctrine dans les voies de l'intolérance et du jacobinisme.

Tu me suis, cher Justin, et tu crois, d'un seul coup d'œil, découvrir la nature idéologique du différend. Eh bien ! ce n'est quand même pas cela le fond du fond. On ne découvre jamais le fond du fond. Il y a toujours autre chose.

J'ai revu Schleiter, avant-hier, et tout à fait par hasard, en traversant le couloir transversal de la Sorbonne. Je lui ai parlé, non sans prudence, de cette lutte d'idées entre Rohner et Chalgrin. Il s'est mis à rire, de ce rire invisible qui semble se produire dans les profondeurs de la bête, et il m'a donné son sentiment sur la haine que mes deux patrons nourrissent l'un pour l'autre. Car il paraît que c'est une espèce de haine, rien de moins. M. Chalgrin est de l'Académie des Sciences depuis 1906. Il y est entré deux ans après M. Rohner et on dit que ce dernier a fait de sensibles efforts pour lui en barrer le chemin. Ils y sont tous deux maintenant ; mais ils affectent, les trois quarts du temps, de ne pas se reconnaître pendant les séances. En outre, le professeur Rohner ne cite M. Chalgrin qu'en estropiant son nom. Il dit Chapegrin ou Chategrin. Je l'avais déjà remarqué sans très bien comprendre ce que cela pouvait signifier. Hélas ! Hélas !

Schleiter a parlé longtemps. Je l'écoutais, tête basse. Ainsi, donc, il n'y a pas de pures querelles d'idées. Il n'y a que des querelles de personnes, il n'y a que des querelles de sentiments et de passions. Quand deux amants, deux parents, deux amis se fâchent, ils invoquent les idées, ils appellent à la rescousse les doctrines et les philosophies ; mais le nœud du discord n'est pas souvent dans l'esprit : il est dans la chair et le sang. Oh ! je m'en doutais, parfois. J'ai reproché bien des choses à mon père, dans l'ordre philosophique, par exemple de se faire de la science une représentation absolue et puérile, de confondre naïvement la science et la sagesse, de ne pas s'intéresser à Schopenhauer ou à Nietzsche, de mépriser les valeurs que je tiens pour essentielles. Bah ! tout cela ne pèserait pas lourd si mon père avait fait en sorte que je pusse l'aimer, simplement, de tout mon cœur. Les idées sont la parure de nos haines ou de nos amitiés, mais l'affectivité toute pure nous détermine et nous gouverne, même quand nous avons l'honneur d'être Rohner ou Chalgrin.

Cet entretien de Schleiter m'a laissé mélancolique. Je peux t'affirmer, Justin, que ces découvertes affligeantes ne modifient pas gravement la respectueuse admiration que je nourris pour des maîtres choisis ; pourtant elles me retirent cette belle sérénité dont je te parlais naguère.

Il est bien évident que les manigances de Sénac ont contribué sans nul doute à la crise. J'en suis encore à me demander comment Sénac a pu s'y prendre pour accomplir ce qu'il appelle « son expérience ». M. Rohner n'est pas d'un abord très facile. Je tâcherai d'interroger habilement Sauvignet qui me semble assez futé.

J'ai lu l'article de la *Presse médicale*. Pour un esprit non prévenu, c'est irréprochable. On pourrait croire que M. Nicolas Rohner discute avec des ombres, sous un portique. Pour moi qui commence à connaître les divers éléments du procès, l'article rend un autre son. Il n'est pas un mot qui ne soit dirigé contre les idées de M. Chalgrin et même, oui, sans trop chercher, contre les habitudes et la personne de mon cher patron. Ausculte un peu des phrases telles : « Il est possible à certaines personnes, par ailleurs bien respectables, d'imaginer que la biologie de l'avenir pourra somnoler dans les laboratoires poudreux, mal équipés et mal conduits en attendant les bonnes grâces de l'inspiration poétique. Pour nous, biologistes du XXe siècle, nous sommes sûrs que les phénomènes de la vie doivent être observés au grand jour froid de la raison, observés et non rêvés, avec toutes les ressources d'un appareillage impeccable, avec le mandat impératif d'une nation confiante et disciplinée, etc., etc. » Je n'en recopie pas davantage. Tout l'article est de cette encre.

Ce qui contribue sans doute à nourrir une telle discussion, c'est la bien regrettable affaire du congrès des Sciences biologiques. Je ne sais si je t'en ai parlé : j'ai tant de choses à te dire. Ce congrès doit se réunir à Paris, vers la fin de l'hiver. Ce n'est pas un congrès régulier. Il est tout à fait exceptionnel et se propose, en groupant des savants appartenant à diverses branches de la science, de montrer avec éclat que la biologie se fonde aujourd'hui sur la chimie, la physique, la physiologie, la médecine, enfin mettons sur tout, pour ne rien oublier.

On avait d'abord proposé la présidence à Berthelot qui, non seulement était un très grand savant, mais qui était aussi ancien ministre, ce qui toujours flatte, chez les Français, je ne sais quel goût pervers du décorum politique. Malheureusement, Berthelot est mort. On a pressenti M. Roux qui jouit en ce moment d'une grande faveur populaire. M. Roux s'est dérobé. C'est un homme froid, réfléchi, qui sait très bien ce qu'il veut et très bien ce qu'il ne veut pas. Après diverses palabres, on a proposé la chose à mon patron, Olivier Chalgrin, membre de l'Institut, membre de l'Académie de Médecine, professeur au Collège de France, président de la Société des Etudes rationalistes, etc., etc. M. Chalgrin a, je dois le dire, accepté sans barguigner. Il y aura, le premier jour, une séance d'inauguration à la Sorbonne, avec musique militaire et, le soir du second ou du troisième jour, un énorme banquet au palais d'Orsay. Les organisateurs ont prié M. Rohner de faire le discours du banquet. M. Rohner n'a pas encore accepté, parce qu'il espérait tout simplement la présidence du congrès. Les choses en sont là pour l'instant.

Voilà ! Voilà ! C'est terrible. Sois bien sûr que je ne suis pas déçu. Je n'ai point d'illusions absurdes. Je sais que les hommes ne sont que des hommes, quand bien même ils sont très grands. Mais tout cela me choque et me fait souffrir un peu. En ce moment, le patron doit ruminer quelque chose. Je crois qu'il veut répondre à l'article de la *Presse*. Il y travaille sans arrêt. Quand je vais dans son bureau, je le trouve au milieu de mille petits papiers. Lui qui, d'ordinaire, écrit avec une facilité parfaite, il revient sur toutes les phrases, il les aiguise, il les affûte. Il ne me parle plus de Sénac. J'ai seulement remarqué depuis quelque temps qu'il ne lui donnait rien à copier d'essentiel. M. Chalgrin est très bon. Il pourrait, il aurait pu mettre Sénac à la porte, sans le moindre commentaire. Il n'en a rien fait. J'avoue que je ne sais plus ce qu'il me faut souhaiter. L'autre jour, Sénac a traversé mon laboratoire, au Collège, en sortant de la bibliothèque. Il s'est penché vers mon oreille et il a dit tout bas :

— Tu vois, je viens encore ici, mais ça me coûte beaucoup. C'est pour te rendre service.

Comment t'expliquer le malaise que me donne cette situation mensongère ? Ce matin, comme j'allais montrer des courbes à M. Chalgrin et lui demander son avis, il a levé vers moi son beau visage blanc et m'a dit à brûle-pourpoint :

— Je ne crains pas la critique. Je tâche même d'en profiter. Elle me fait aisément souffrir parce qu'elle trouve tout de suite le point sensible. Il n'est pas nécessaire de parler longuement de mes fautes pour me convaincre et me désespérer. Je suis tout de suite convaincu, je suis tout de suite de l'avis de mon adversaire. Je n'ai pas grand effort à faire pour confesser mes manques et mes erreurs.

Il avait l'air de souffrir et j'ai détourné la tête, car je sentais les larmes me brûler les yeux.

Nous avons travaillé, le calme est revenu. J'ai cru, pendant un grand moment, qu'il était revenu pour toujours, que cette histoire de querelle était un cauchemar absurde, que j'allais de nouveau pouvoir travailler en paix entre mes deux maîtres choisis. Ces deux hommes, je les connais dans leur personne et dans leurs ouvrages : ils cherchent tous deux la vérité, tous deux avec passion, tous deux avec désintéressement. Alors, tout espoir n'est pas perdu. Pour moi, ma ligne est droite : même s'ils restent séparés, je veux m'efforcer de les comprendre et de les aimer tous les deux.

7 décembre 1908.

## CHAPITRE 11

Mais oui, M. Chalgrin a répondu. Si je ne t'en ai pas écrit plus tôt, c'est que cette réponse, que j'attendais avec impatience, m'a quand même un peu déconcerté. Quand je parle d'une « réponse », tu comprends ce que je veux dire. Il ne s'agit pas d'un duel à grand orchestre. Les gens qui peuvent comprendre la nature et les mobiles du conflit ne sont pas en nombre. Il n'en reste pas moins que les amis de M. Chalgrin attendaient, de lui, une vraie riposte, que la riposte a fini par se produire et qu'elle nous a déçus.

L'article de M. Chalgrin a paru dans la *Revue des Deux Mondes* où le patron écrit volontiers. Je comprends son intention. Il n'a pas voulu rendre coup pour coup dans la *Presse médicale* où il a bien des sympathies. Ç'aurait été quand même une façon trop visible de relever le gant. Alors il a choisi la *Revue des Deux Mondes* et ce n'est pas très adroit, d'abord parce que cela ne laisse pas d'aggraver le tour un peu littéraire de son travail, ensuite parce que c'est porter devant un public non préparé un différend qui semblait devoir se régler en vase clos, dans les milieux spécialisés, enfin parce que le choix de la *Revue des Deux Mondes* va donner des armes à ceux qui, comme M. Rohner, reprochent à M. Chalgrin d'incliner vers le théisme et l'antirationalisme.

La substance même de l'article pouvait nous déconcerter. C'est une sorte de pamphlet, assez laborieux dans le début, contre ce scientisme scolaire qui... contre ce rationalisme de clocher dont... Ah ! cher Justin, j'ai souffert à lire ces vingt ou trente pages que l'on sent trop mijotées, trop bien recuites. Je me disais à chaque instant : « Je ne suis qu'un jeune homme et pourtant il me semble que j'aurais mieux plaidé la cause, que j'aurais été plus franchement au but. » Il y a, vers la fin de l'article — si la *Revue* te tombe entre les mains ne manque pas d'y jeter les yeux — une assez belle phrase que je voudrais te recopier : « De toutes les nations du monde, la France est donc la première, et c'est vraiment son honneur, à considérer les fruits de la science avec sagesse et dignité : sans illusion, d'abord, et sans désespoir non plus. » Mais cette phrase elle-même a produit mauvais effet. Je connais les idées du patron. Il a donné toute sa vie à la recherche scientifique : il a le droit de n'être pas dupe et de tout juger de haut. N'empêche que les gens de notre âge commencent à dire, entre eux, que c'est une attitude humiliée, que le triomphe de la science exige une foi sans réserve, que le doute n'est pas un bon levier pour soulever des montagnes et que le devoir actuel est justement de soulever des montagnes.

L'article de M. Chalgrin est en outre mal tombé pour certaines raisons que je te dirai plus tard. Ce qui m'afflige, c'est de sentir qu'il se forme secrètement deux partis adverses, dans le monde scientifique. Je sens bien que j'exagère et qu'il faudrait dire dans le petit monde fermé des sciences biologiques. Le monde scientifique ! Il est divisé, comme toute société, par maintes cloisons étanches. Tu m'as dit souvent qu'il en était de même dans le monde littéraire, que les écrivains de théâtre ne s'intéressaient pas aux romanciers et que les romanciers n'attachaient aucune importance aux éclats des poètes. C'est tout semblable dans les sciences. Les physiciens et les chimistes s'évertuent sous une cloche, les astronomes vivent dans le firmament, les mathématiciens dans la forêt des signes, et nous, les gens de la vie, nous bataillons dans notre coin, entre nos étuves et nos animaux, et nous fermons l'oreille à ce qui n'est pas de chez nous. Une des grandes pensées de M. Chalgrin a été longtemps et, je crois, est encore de faire, à la faveur de la biologie, une alliance encyclopédique des sciences. Avoue que cette pensée est belle, mais n'espère pas trop de la voir triompher.

Je te disais qu'il se formait, dans l'ombre, deux sectes, deux coteries. Elles ne se manifestent pas encore au grand jour, mais elles travaillent en profondeur. Si je déclare que l'œuvre du mal trouve toujours des aliments, des concours, des complicités, ne va pas t'imaginer que je succombe au pessimisme. Certaines bonnes œuvres rassemblent aussi des adhésions, je ne l'oublie pas. Mais l'entrain, l'appétit, l'esprit d'invention avec lesquels, d'ordinaire, les hommes les plus paisibles s'associent à une entreprise de division, de médisance, de malfaisance et d'anéantissement, voilà ce que je suis en train de découvrir, non sans horreur.

Ne crois pas que je veuille réhabiliter Sénac à tes yeux, si je te dis qu'il n'est pas tout à fait aussi venimeux qu'il souhaiterait de le paraître. J'ai tiré des renseignements de mes deux collègues : Vuillaume et Sauvignet. Sénac ne s'est pas introduit chez M. Rohner au crépuscule, cachant sous un manteau couleur de muraille le dactylogramme soustrait à M. Chalgrin. La vérité est beaucoup moins romanesque. Jean-Paul connaissait depuis longtemps Vuillaume qu'il avait rencontré chez moi. Par Vuillaume il a touché Sauvignet, le garçon à mine de renard dont je crois t'avoir parlé. Sauvignet est le fils de ce grand botaniste dont tu ne sais peut-être même pas le nom et qui a, pendant dix ans, tyrannisé l'Académie des Sciences. Il est mort en 1906. Le fils est encore ce que l'on appelle en médecine un fils de patron. Il connaît tout le monde, appelle familièrement les vieillards par leur prénom, possède un effrayant arsenal d'anecdotes et se présente sans détour comme un spécialiste du scandale. Chose étrange, ce n'est pas un mauvais garçon, il est même serviable. Mais il ne peut se passer de faire rire et, pour ce beau résultat, il immolerait sa famille et ses alliés.

Je crois qu'il nourrit pour Rohner un attachement très sûr, toutefois l'idée d'un combat le remplit de passion sportive. Il a senti que Sénac savait des choses piquantes. Il l'a invité quelque part à dîner et il l'a saoulé, ce qui n'est pas trop difficile. Sénac a fait le malin, il a parlé des idées de M. Chalgrin, des écrits secrets de M. Chalgrin. Sauvignet a mis Sénac au défi de montrer les fameuses notes. Sénac les a tirées de sa poche, toutes froissées, toutes crasseuses, et Sauvignet a copié, sur la table du restaurant. Par la suite, Sénac a vu personnellement M. Rohner. Tout le mal était fait et M. Rohner n'a rien demandé de plus.

En apprenant ces détails que Sauvignet distille d'une voix aigrelette, j'ai pensé que je devais m'expliquer de nouveau avec le triste Jean-Paul. Car, en somme, son cas n'est pas si grave. Il a péché par faiblesse, par fanfaronnade, par orgueil, je ne sais. A la réflexion, j'ai décidé de ne rien dire. Si je m'avise de prendre Sénac à part et de lui donner une moitié d'absolution, il va se mettre en rogne, affirmer qu'il sait ce qu'il veut, qu'il a fait « une expérience » et qu'il est bien plus dégoûtant, bien plus criminel, bien plus ignoble que je ne saurais le croire.

Sauvignet parle de toutes ces choses avec une passion guillerette. Il a déjà baptisé les partisans. Il dit : « Je soupçonne Roch d'être Rohnerophile. Pour Nicolle, il est Chalgrinotrope. Vous, Pasquier, vous qui voyez les deux, vous êtes ambivalent. Profitez-en, mon cher, cela ne pourra pas durer. Quant à des gars comme Schleiter, ils sont immunisés par une complète indifférence. Ils sont impolarisables. » Le fait est que Schleiter, la dernière fois que je l'ai vu, m'a dit d'un air supérieur : « Faites comme moi ; ne vous mêlez pas de ces histoires de chapelles. Il y a longtemps que j'ai perdu l'espoir de concilier des gens qui ne peuvent pas s'entendre. »

Je viens de prononcer le nom de Nicolle. Tu sais ou plutôt tu ne sais pas qu'ils sont deux, les Nicolle : Maurice et Charles. C'est de Charles que je parle. Il est ami de M. Chalgrin ; mais nous ne le voyons guère parce qu'il dirige depuis quelque temps l'Institut Pasteur de Tunis. Il a quarante ou quarante-cinq ans, je ne peux dire au juste. Il est long, mince, flexible. Un petit nez bref, une moustache.

Des cheveux rares et légers. Une grande douceur un peu effarouchée, car il est très dur d'oreille. Le sourire est coloré d'ironie et de tendresse. Il a l'air d'un saint de vitrail sagement vêtu en professeur et retouché par Dickens. Avant de partir pour Tunis, il a travaillé chez M. Chalgrin qui l'aime et l'écoute volontiers. Il a passé près d'une semaine à Paris et j'ai cru qu'il allait calmer le patron, l'incliner à la conciliation. Ils se voyaient tous les jours et M. Chalgrin recommençait de sourire. Malheureusement, Nicolle est parti. Nous sommes retombés tout de suite dans les murmures et les commérages. Affreux à dire, Justin, ces hommes instruits, ces hommes éminents et parfois géniaux parmi lesquels j'ai le privilège de vivre sont tourmentés comme les autres par d'absurdes potins, ragots et cancans. M. Chalgrin sent que ce n'est pas digne de lui. Je vois bien qu'il en souffre. La sérénité lui échappe. Trop de gens travaillent des griffes et des dents à mettre en poussière cette pauvre sérénité.

Je te disais tantôt que la réponse de M. Chalgrin n'était pas trop bien tombée. Tu vas me comprendre. Il y a trois ou quatre semaines, Rohner a publié un mémoire qui fait en ce moment beaucoup de bruit dans la presse et même dans le grand public. Je vais tâcher de t'expliquer en trois mots ce que contient ce mémoire et tu sentiras tout de suite que ce n'est pas sans importance. Rohner a cultivé certaines moisissures banales sur des milieux soigneusement préparés et à certaines températures. Après plusieurs repiquages, il a trouvé dans ses cultures du bacille tuberculeux ou du moins un bacille ayant tous les caractères du bacille tuberculeux. Il a repiqué ce bacille sur d'autres milieux et il a obtenu des formes nouvelles, des formes arrondies, des *cocci*, comme nous disons, qui jouissent de propriétés particulières et même de propriétés pathologiques intéressantes. Je peux t'affirmer que ces recherches sont de nature à bouleverser la science et qu'elles ont soulevé dans nos milieux scientifiques un intérêt ardent. Je dois même ajouter qu'à mes yeux ce sont des travaux d'une portée incalculable. L'opinion s'en est emparée. Rohner a pris soin de recevoir les journalistes de la grande presse et de leur communiquer des textes qu'il prépare lui-même et qui, pour ne rien te cacher, contiennent des éloges délicats, ingénieux et répétés à l'adresse de M. Rohner, de la technique de M. Rohner, du génie inventif de M. Rohner. Enfin, depuis quelque temps, M. Rohner a les honneurs de la vedette et je pense que, dans les journaux du Nord, on n'a pas manqué d'en dire quelque chose.

Reconnais que c'était un mauvais moment pour attaquer les idées de Rohner et que Chalgrin l'a senti. Je m'aperçois que, petit à petit, je fais comme Sauvignet et comme les autres. Je dis Rohner, je dis Chalgrin. Sois bien sûr que le respect n'est pas moins grand dans mon cœur. Je cède à la pression générale.

Chose pénible à noter et qu'il me faut noter quand même, ce succès de Rohner — car c'est un véritable succès — a choqué, je devrais même dire blessé mon cher patron. Il est arrivé, l'autre jour, au Collège, en froissant un numéro du *Matin* entre ses doigts. Il nous a dit :

— M. Rohner donne des interviews aux publicistes. Ce n'est ni sérieux ni convenable. Voilà quelque chose que l'on n'aurait pas fait il y a vingt ans.

Il avait raison. Les idées des savants finissent toujours par atteindre la foule et il le faut ; mais ce n'est peut-être pas aux savants de travailler eux-mêmes à cette vulgarisation.

Ce qui m'a navré, c'est que, deux jours plus tard, j'ai vu venir au Collège un collaborateur de *l'Echo de Paris*. Il a demandé l'honneur d'un entretien au patron qui l'a reçu tout de suite et qui l'a gardé plus d'une demi-heure. Le gaillard a publié un article dans son journal. Le patron avait l'air de s'en excuser. Il disait : « Il s'agit à peine de moi. Il ne s'agit même pas du tout de moi. Je n'ai parlé que de mes idées et de cette vieille maison sur laquelle il faut quand même ramener l'attention du public. »

Nous étions dans le grand laboratoire, à la fin de la matinée. Le patron s'est assis à côté de moi, comme il fait souvent. J'ai senti qu'il était agité, qu'il allait me parler de Rohner, qu'il n'aurait pas le courage de ne pas me parler de Rohner, encore et toujours.

— Vous l'avez lu, m'a-t-il dit, vous l'avez lu, ce fameux mémoire ?

J'ai eu peur. J'ai senti que s'il me faisait l'honneur de me demander mon avis, je ne pourrais pas m'empêcher de lui avouer que je trouvais le mémoire de M. Rohner tout à fait intéressant. Il n'a pas demandé mon avis. Il s'est mis à parler d'abondance, avec une passion blanche toute semblable à la colère.

— Vous verrez, Pasquier, vous verrez, qu'avec son rationalisme si parfaitement intransigeant, si purement expérimental, Rohner va revenir à la génération spontanée. Il vient de porter un coup à l'idée de spécificité. Si je le comprends bien, il va fabriquer du bacille de Koch, et puis après n'importe quoi avec n'importe quelle saleté. Il n'a plus, ensuite, qu'à donner la recette chimique de sa moisissure. Et nous voilà tout droit à la génération spontanée. L'œuvre de Pasteur est ruinée. Du moins c'est Rohner qui le croit. Mais il a tort de le croire. Il n'a qu'une pensée : être plus grand que Pasteur. Eh bien ! non, il n'y est pas encore.

Il a tiré de sa poche son petit carnet de notes et l'a feuilleté en mouillant son doigt. Il disait :

— Vous n'avez pas lu les vieux auteurs ? Vous n'avez sûrement pas lu Van Helmont. Lisez-le, cela vaut la peine. C'est du Rohner, mot pour mot. Ecoutez ce qu'il disait, le bonhomme du XVIIe siècle : « Si l'on comprime une chemise sale dans l'orifice d'un vaisseau contenant des grains de blé, le ferment sorti de la chemise sale, modifié par l'odeur du grain, donne lieu à la transmutation du froment en souris après vingt et un jours environ. » Vous le voyez, Rohner ne dit pas autrement, avec sa façon de transformer n'importe quoi en quelque chose. Mon cher, je suis triste en lisant les sottises de Van Helmont. Nos belles communications qui ressemblent à des bulletins de victoire feront rire nos arrière-neveux comme nous font rire aujourd'hui les niaiseries des vieux physiciens.

J'avais le sentiment que le patron lâchait Rohner, qu'il regagnait, purifié, les sphères philosophiques dans lesquelles il se meut d'ordinaire avec tant de liberté. Il a refermé son carnet en faisant claquer l'élastique.

— Cela ne fait rien. Nous piétinons, nous trébuchons, mais nous avançons quand même, la science avance, presque malgré elle. Un jour, on pourra non seulement guérir les maladies, mais encore bouleverser les règles normales de la vie, déterminer le sexe à volonté, créer des êtres asexués, des races de pygmées ou des races de géants. Quelle puissance ! Et qu'en fera-t-on ? Voilà ce que je me demande. Nous ne pouvons pas nous arrêter. La science est comme une maladie, une maladie qui progresse en transformant le monde et en le dévorant aussi.

J'avais bonne raison de croire M. Rohner oublié. Eh bien ! il n'en était rien. Le patron a mis soudain l'index sur sa lèvre supérieure, à la racine du nez, et il a dit cette phrase étonnante :

— M. Rohner est très intelligent. Je suis à peu près sûr qu'il se trompe, qu'il fait fausse route ; j'admire quand même son intelligence et je ne vous cacherai pas, mon ami, que certains jours il m'arrive de l'envier, oui, de souhaiter un peu cette forme d'intelligence.

Et tout à coup, d'une voix lointaine :

— Je ne vous ai jamais dit que nous avons été, jadis, condisciples en rhétorique, au lycée Henri IV, M. Rohner et moi. Oh ! c'est une vieille histoire. Dès cette époque, il ne pouvait pas me souffrir. Il y a sans doute en moi quelque chose qui l'indispose. Et vous savez, Pasquier, que c'est bien la centième fois que, sans trop en avoir l'air, il me dit des choses désagréables. Que Vaxelaire ou Richet soient aujourd'hui célèbres et même couverts d'honneurs, cela lui est bien égal. Mais ce qui m'arrive d'heureux, à moi, il ne peut le supporter, cela doit lui faire du mal.

Le patron s'est levé, m'a tourné le dos et il disait en s'en allant :

— Nous allons reprendre toutes ses expériences, n'est-ce pas, mon ami ? Nous commencerons demain. Et s'il s'est moqué du monde, eh bien ! nous le dirons tout haut. Pasquier, vous n'oubliez pas que nous devons dîner ensemble après-demain soir, si je ne me trompe.

Au sortir de cet entretien, j'ai fait un serment, dans le secret de mon cœur. Je me suis juré que, plus tard, beaucoup plus tard, si je devenais un maître à mon tour, je ne me laisserais jamais engager dans une querelle aussi funeste avec un homme que j'aurais quelque raison de considérer comme un esprit de grande valeur. Mon serment fait, je me suis aperçu qu'il répondait assez mal à la présente conjoncture. Malgré ses affirmations courtoises, M. Chalgrin ne tient pas M. Rohner pour un esprit de grande valeur, et Nicolas Rohner n'a pas de son rival une idée plus généreuse.

Tout cela demeure insoluble et je ne saurais te dire à quel point il m'est pénible de vivre balancé comme je le suis chaque jour de l'admiration au déplaisir, du respect à la pitié, car, certains jours, ils me font pitié, tous les deux.

Le patron réunit à dîner ses collaborateurs, une ou deux fois par trimestre. D'ordinaire, le dîner est très gai. M. Chalgrin parle beaucoup. Il a voyagé, connu des hommes illustres, observé les mœurs, retenu mille et mille traits. Le dîner de l'autre jour a manqué d'allégresse. L'intérieur de M. Chalgrin t'étonnerait beaucoup. C'est terriblement provincial : cache-pots, housses, plantes vertes, velours à pompons. Ce n'est pas le portrait du patron, c'est le portrait de sa femme. Cela sent le chat, dès la porte. Le matou de Mme Chalgrin, celui qui lit si bien dans la pensée de Sénac, est un animal au fumet puissant. On dirait, à fleurer ses traces, qu'il a mangé des asperges. Par bonheur, M. Chalgrin ne fume pas, à cause de son cœur. On imagine difficilement ce que donnerait le tabac greffé sur ce remugle animal.

Que ce petit tableau ne t'incline pas à croire que je n'aime pas la maison de M. Chalgrin. Si, si, je m'y plais, d'habitude. Mais la soirée de l'autre jour a fini par m'indisposer. Les gens qui se trouvaient là n'ont parlé que de la querelle, de l'article, de la réponse, de la re-réponse, de la présidence du congrès, des discours à prononcer, de la présence du président de la République à la séance d'ouverture, ou au banquet, ou au gala. C'était assez lamentable. Mme Chalgrin, qui a dû être très belle, est une personne affectée pour qui certains phénomènes comme les congrès et certaines institutions comme les académies sont des réalités capitales, ce qui, au regard d'un garçon de mon âge, est assez peu compréhensible et même assez agaçant. Je dis « un garçon de mon âge » parce que, sur ces questions, M. Chalgrin parle en souriant avec douceur. L'âge n'y fait rien, je t'assure. Je peux vieillir, ce que je ne souhaite guère : je ne penserai jamais autrement.

Il paraît que M. Rohner fait démarche sur démarche pour obtenir du comité la présidence du congrès, car, par suite de la mort de Berthelot et du refus de M. Roux, la question demeure en suspens. Pourtant, la date approche, et tout le monde commence à s'agacer un peu. Les conversations allaient leur train, chez le patron. Mme Chalgrin a dit soudain avec beaucoup d'aigreur :

— C'est tout simple : si le professeur Rohner doit prendre la parole à ce congrès, mon mari n'y paraîtra pas.

M. Chalgrin hochait la tête :

— Mais si, mais si, disait-il, je ne peux pas n'y point paraître. Il ne faut pas se laisser aller à des mouvements d'humeur. Réfléchis un peu, Charlotte.

Mme Chalgrin ne semblait pas disposée à réfléchir.

Je suis rentré chez moi, seul, tout attristé, presque malheureux.

Pourtant, il y a des moments où le discord est suspendu. Le patron travaille, nous travaillons dans une paix profonde. J'oublie la misère des âmes. Je ne songe qu'aux grandes idées qui nous éclairent et nous guident. Et puis, soudain, tout repart, tout se gâte. Il faut peu de chose : une visite, une lecture, un mot ; moins encore, un souvenir, une pensée, une image, un rien.

Tu vas croire, Justin, que, malgré mes résolutions et ma réserve naturelle, je me laisse contaminer. C'est vrai. Je m'aperçois, ce disant, que je suis gagné, possédé, que je réponds mal à tes lettres, que je ne te dis pas combien elles me touchent et m'intéressent. Au surplus, j'hésite parfois à te dévoiler toute ma pensée. Tu m'as, à plusieurs reprises, prié de te donner des nouvelles de ma famille. Je l'ai fait, à contrecœur. Je vois bien que cette partie de mes lettres ne répondait pas à ton attente. Ah ! Justin, soyons francs : ton intérêt pour le clan Pasquier est sincère, mais ne crois pas que je sois aveugle. Quand tu me demandes avec insistance des nouvelles de nous, je sais de qui tu veux que je te parle et si je ne t'en parle pas, je vois que tu n'es pas content.

Justin, mon ami, mon frère, laisse-moi te dire que tu n'es pas raisonnable. Tu m'entretenais l'été dernier d'une jeune fille, une demoiselle Marthe, une ouvrière, avec laquelle tu prenais plaisir à te promener. J'en étais vraiment heureux. J'espérais que tu étais... guéri, ô le plus opiniâtre des hommes. Je vois bien, aujourd'hui, que tu souffres encore et j'en suis plus affecté que mécontent.

Tu me reproches de ne plus parler de Fauvet. Et, pour peu que je parle de Fauvet, tu me reproches de l'appeler Richard ; tu trouves que c'est trop familier. Tu me fais, par lettres, de vraies scènes de jalousie.

Je crois pourtant t'avoir dit tout ce que je pouvais te dire au sujet de Richard Fauvet. Il n'est pas et ne sera jamais mon ami, du moins mon intime ami. Il a beaucoup insisté pour être admis chez Cécile et pour y entreprendre quelques expériences qui, d'ailleurs, n'avancent guère. Cécile se plie au jeu parce qu'elle croit que cela me fait plaisir. Pour moi, je ne peux lui dire que ce m'est indifférent car je ne veux quand même pas désobliger Richard Fauvet. Et c'est tout, c'est tout, absolument tout. Il n'y a pas de quoi souffrir. Es-tu, dis-le-moi, cher Justin, capable de ne pas souffrir ?

Ton Laurent.

28 décembre 1908.

## CHAPITRE 12

C'est vrai, je te parle de ton amie, Mlle Marthe, avec d'autant plus de liberté, d'autant plus d'innocence que je suis, en ce qui la concerne, réduit aux conjectures. Ne te mets donc pas en colère. Ne monte plus sur tes grands chevaux. Il s'agit, m'expliques-tu, d'une très pure amitié. Tant pis, mon ami, tant pis ! Si tu m'avais dit tout uniment que cette jeune personne était ta maîtresse, crois bien que cela ne m'aurait pas effarouché, mais réjoui. Méfie-toi, Justin : nous avons décidé qu'une sincérité parfaite serait le principe et la règle de toute notre correspondance. Je respecte cette convention. Tâche donc d'agir de même, avec autant de naturel.

Je ne t'ai pas caché que je prenais du plaisir à regarder Catherine Houdoire. Tu as peut-être oublié déjà que Catherine Houdoire est cette jeune femme qui travaille chez Rohner, comme assistante. — Sternovitch dit laborantine ; c'est un mot nouveau que je trouve assez gracieux, mais qui n'est peut-être pas français. — Tout le monde ici l'appelle Mme Houdoire. Nous sommes très bons amis et, moi, je l'appelle Catherine quand nous sommes seuls et que nous devisons intimement. Elle est, je te l'ai peut-être écrit, sans famille et séparée de son mari. Nous avons ensemble de calmes entretiens, colorés d'une réelle tendresse. Je t'ai fait comprendre que je ne l'aimais pas. Non, je ne l'aime pas. Ce qu'il y a entre nous, c'est précisément « une très pure amitié ».

Mme Houdoire fait, en ce moment, pour le patron, des « passages ». — Ciel ! je viens de nommer M. Rohner : le patron ! Que dirait mon pauvre et cher M. Chalgrin s'il m'entendait ? — Je reviens aux « passages ». Il y a eu, récemment, dans la banlieue sud, une curieuse épidémie de certaine maladie qui n'est pas la scarlatine mais qui donne régulièrement une angine, une néphrite, c'est-à-dire une maladie des reins, et une endocardite, c'est-à-dire une maladie du cœur, assez grave, parfois mortelle. Nous avons été voir les malades, les uns sur place et les autres dans les hôpitaux. M. Rohner a fini par isoler une sorte de streptocoque — tu sais, tu devines qu'il s'agit d'un microbe — et ce streptocoque ou, pour être plus exact, ce microcoque, donne de bonnes cultures, mais il faut le faire passer sur l'animal vivant pour lui garder sa virulence. Je m'excuse de ce jargon : si je ne te dis pas tout cela, tu ne peux ni comprendre ma vie, ni même t'y intéresser. Le fameux virus tue le cobaye en cinq jours. Dès le quatrième jour, on prélève un peu de sang sur l'animal malade et on l'injecte à un animal sain qui contracte la maladie. Les animaux présentent régulièrement une néphrite et une endocardite, comme l'homme. C'est une affaire très intéressante et sur laquelle M. Rohner est fort échauffé. Catherine Houdoire « fait des passages », c'est-à-dire que, tous les jours, elle pique des bestioles. Je viens de te donner ce qu'on appelle, dans le style journalistique, des précisions. Et c'est maintenant que la sincérité parfaite doit jouer son rôle. Je regarde Catherine Houdoire, pendant qu'elle travaille. Je la regarde avec une entière liberté d'esprit. Je jouis vraiment de ce que tu te plais à nommer l'amitié très pure. Son travail fini, nous engageons quelque lente conversation. Je contemple ce beau visage mélancolique, et, soudain, je vois qu'il se passe au coin de la narine ou à l'extrémité du sourcil quelque chose de tout à fait naturel, un frémissement, une légère inflexion des traits. Et, soudain, en moi, dans les profondeurs de moi, se prend à remuer une force violente et terrible qui est comme un démon, non pas un démon étranger, qui est mon démon à moi. C'est un besoin de saisir cette douce et aimable femme, de la saisir aux hanches ou aux épaules, de la couvrir de caresses et de baisers, de m'emparer d'elle comme d'une proie. Et pourquoi ? je te le demande. Pour me délivrer du démon en l'assouvissant et pour, de nouveau, pouvoir considérer le monde en général et Catherine Houdoire en particulier avec le regard de la très pure amitié. Tu le vois, tout cela n'est pas simple : je crois t'avoir dit que je n'aime pas Mme Houdoire, que je ne l'aime pas d'amour. Il est difficile d'être un pur esprit et de nourrir de pures amitiés.

Laissons cela. Je dois, non sans dépit, te dire que M. Rohner a reçu la cravate de commandeur de la Légion d'honneur... ouf ! Il était en tête, sur la promotion de janvier. A peine la nouvelle connue, M. Rohner a tout de suite arboré son fastueux insigne.

Si cela peut lui faire plaisir, j'en suis enchanté ; pourtant je ne saurais te cacher que j'éprouve une grande déception. Je croyais que M. Rohner méprisait les honneurs. Il s'estimait, tout au contraire, insuffisamment honoré. Crois bien que cela ne me rend pas injuste. Note même que je m'exprime avec une parfaite modération. Sauvignet, l'élève chéri de M. Rohner, est moins réservé dans les termes. Il a dit, en lisant les journaux : « Il était temps ! Le Vieux avait, de cet ustensile, une envie presque obscène. Il en aurait fait une maladie. » Cette façon de parler me choque. Malgré leurs faiblesses, nos maîtres sont nos maîtres. Je n'en fais pas moins le serment de me défier des honneurs. C'est d'ailleurs le conseil amical que tu m'as donné, l'an passé, quand, sur l'intervention de M. Hermerel, on m'a décoré, ce dont je reste encore bien confus.

M. Chalgrin a envoyé, je l'ai su par Sauvignet, une carte de félicitations à M. Rohner. Mon cher patron est beau joueur. Cela n'a pas désarmé Rohner qui, d'une part, s'est dispensé de répondre et qui, d'autre part, intrigue avec ardeur pour que la présidence du congrès ne soit pas donnée à Chalgrin. Note que Rohner ne demande plus la présidence pour lui. Tout le monde sent qu'il ne l'aura pas et il le sent aussi. Mais il serait très heureux d'empêcher Chalgrin de l'avoir. Il a donc lancé le nom de Richet.

Richet est un caractère admirable : il ne se prêtera pas à quelque manœuvre discourtoise. Le comité doit se réunir ces jours-ci pour voter. Rohner s'agite d'une manière que je ne peux m'empêcher de trouver affligeante. Il a poussé l'un de ses élèves, que tu connais, d'ailleurs, mon ami Roch, à publier un article orné d'allusions perfides aux derniers travaux de M. Chalgrin. Je verrai Roch et je lui dirai ce que je pense de cette manœuvre.

On a fait signer à M. Chalgrin, la semaine dernière, une protestation, une supplique en faveur des Persans condamnés à mort pendant la dernière crise politique. Le texte signé par M. Chalgrin et que l'on a télégraphié, paraît-il, au gouvernement persan, a été publié chez nous par les journaux avancés. M. Rohner — je suis obligé de penser que c'est lui — a découpé ce texte dans les feuilles et il l'a sans retard fait parvenir à tous les membres du comité, assaisonné de commentaires pour donner à entendre que M. Chalgrin est un esprit dangereux et qu'il est en outre franc-maçon ! Je peux t'affirmer que ce n'est pas vrai : M. Chalgrin n'est pas franc-maçon. S'il l'était, il ne s'en cacherait pas. Il est justement, dans sa philosophie, tout le contraire de l'esprit maçonnique. Il signe souvent des manifestes, des appels, des protestations. Il ne sait pas résister et il est naturellement très généreux, très charitable.

Ce qui m'engage à penser que M. Rohner est l'instigateur de ces petits messages anonymes dont je viens de te parler, c'est qu'il dit à qui veut l'entendre : « M. Chapegrin est une bonne âme. Il signe pour demander la grâce de gens qui n'existent même pas. Les fameux condamnés à mort sont des épouvantails et des marionnettes inventés par les pires politicailleurs. M. Chassegrin a le cœur bien sensible. »

Je commence à connaître M. Rohner. Quelle curieuse figure ! C'est un homme de grande intelligence. Nul mieux que lui n'est capable de diviser la difficulté en parcelles et d'attaquer chacune de ces parcelles pour la résoudre comme il est recommandé dans le *Discours de la Méthode*. Et pourtant cette intelligence corrosive ne me séduit pas toujours ; le plus souvent, elle m'indispose. Je me suis d'abord demandé pourquoi. Peut-être ai-je enfin compris. M. Rohner n'a pas le culte de l'intelligence, il a le culte de son intelligence. Il est parfaitement sûr que lui seul est intelligent et que les autres hommes sont plus ou moins doués pour la stupidité. Ce dédain, il ne le réserve pas au vulgaire, il l'étend libéralement aux esprits réputés pour leurs mérites, pour leurs travaux, pour leur ingéniosité. M. Rohner méprise indistinctement tous les autres savants et ne laisse jamais perdre une occasion de manifester son mépris. Je n'ai pas encore, des hommes, une expérience approfondie ; mais il me semble que méconnaître à ce point l'intelligence chez les autres, c'est pécher contre l'esprit.

M. Rohner s'exprime d'une voix mate, sans vibration ; je crois t'avoir déjà dit que cette voix me fait penser à ce que devait être l'éloquence de Robespierre. M. Rohner n'élève presque jamais le ton. Parfois, son accent devient, en même temps que goguenard, encore plus glacé, s'il est possible. Deux rides profondes se creusent de part et d'autre de sa bouche dont les commissures s'abaissent et se tordent. A de tels moments, le mépris qu'il éprouve pour le monde entier semble se colorer de dégoût.

Pour nous autres, les petits, il est volontiers cordial, sans chaleur, et indulgent, avec sarcasme. Devant lui, je ne peux m'empêcher de faire une attention extrême à ce que je dis. Jamais d'abandon, jamais d'élan. Ce pourrait être, somme toute, une chance de bonne discipline. Mais il y a quelque chose qui me gêne beaucoup et que je voudrais t'expliquer : M. Rohner ne me grandit jamais. Tout au contraire. Si je quitte son entretien avec le sentiment de n'avoir pas été ridiculement au-dessous de moi-même, je peux m'estimer satisfait. Il a le don, pour tout dire, de diminuer, de réduire et de mater son interlocuteur, si modeste soit ce dernier. Il est possible qu'il considère ces opérations de réduction et de dressage comme des succès, comme des victoires. Il me déclare, par exemple : « Vous, Pasquier, vous avez surtout de la mémoire. Si, si, je sais ce que je dis : la mémoire est votre qualité dominante. C'est, d'ailleurs, malgré tout, une très honorable qualité. » Je cite un propos entre mille. Inutile d'insister. Tu as compris. On s'habitue à cet esprit. En réalité, dans la société de M. Rohner, je me sens plus chétif, plus misérable que d'ordinaire, je ne me sens surtout pas très heureux.

Et M. Rohner, je ne te le dirai jamais assez, est d'une intelligence exceptionnelle. Il a des idées. Il est travailleur avec acharnement.

C'est le sens critique fait homme. Il dessèche admirablement ceux qui restent longtemps dans son entourage immédiat. Il paraît que feu Mme Rohner a été torturée de toutes les façons par ce mari difficile, avant de s'effacer dans un néant qui doit aujourd'hui lui sembler paradisiaque. Le sens critique de M. Rohner s'exerce avec bénignité sur la propre personne de M. Rohner. Il est sûr qu'un jour futur il obtiendra la synthèse des albumines vivantes, c'est-à-dire qu'il fabriquera de la vie et même qu'il obtiendra ce qu'il aura décidé d'obtenir comme être vivant, au choix. En conséquence, il méprise la vie et la matière vivante. Mais quand cette matière vivante s'appelle Rohner, il ne la méprise plus du tout. Il l'admire et la respecte. Il ne doute pas, au fond de son cœur, de la divinité d'une matière vivante portant « l'indice Rohner », « le coefficient Rohner ».

Il a grand soin de sa guenille et se montre plein d'exigence à l'égard de tout ce qui intéresse d'une manière quelconque son inestimable personne. Il est professeur titulaire à la Faculté, membre de l'Académie des Sciences, président de plusieurs sociétés savantes, et couvert de décorations. N'empêche que, s'il lui arrive un petit accroc, une légère mésaventure, une perte d'argent ou même un manque à gagner, il se croit déshérité, trahi, abandonné de tous. Il proteste et jure, de sa voix polaire. Je crois t'avoir dit qu'il était fort économe. Les jours passent et j'ai bien peur que cette vertu n'ait peut-être un autre nom. On a fait, dernièrement, une collecte pour un garçon de laboratoire qui vient de tomber infirme. Rohner a donné cinq francs, non sans marquer la contrariété la plus vive. Il disait : « Ces choses-là, c'est l'Etat que cela regarde. Nous n'allons quand même pas, avec nos maigres traitements, jouer au bureau de bienfaisance. »

Il fume beaucoup. Dès qu'il est privé de fumer par un rhume, par un coryza, il regarde ceux qui fument avec agacement et envie comme s'il se trouvait, lui, Rohner, l'objet d'une grande injustice.

On lui demande assez souvent de faire partie de quelque comité de personnalités notables. Il accepte en rechignant et se plaint d'être excédé. Mais qu'on ne lui demande rien, alors il gronde qu'on l'oublie toujours et que c'est scandaleux.

Faut-il tout dire ? Cet homme d'un esprit critique si mordant est superstitieux. Il ne l'avoue pas, mais nous le sentons tous et je le vois à bien des traits. Il ne veut pas allumer sa cigarette en troisième à la même flamme. Il touche du bois quand il redoute quelque éventualité fâcheuse. Il porte en breloque une amulette arabe dont il ne se séparerait pour rien au monde. Charles Richet l'a prié comme invité d'honneur au fameux banquet des Treize. Rohner a d'abord accepté, puis il s'est fait excuser, à la dernière minute.

A propos de Richet, que je te raconte une histoire. Je suis entré l'autre jour dans l'amphi de l'école pratique. Charles Richet donnait son cours. Grand, maigre, un œil à moitié clos par une grimace bien sympathique, la main dans la poche-gousset de son pantalon, il allait, de long en large, devant le tableau noir. A certain moment, et comme le préparateur venait de couper la tête d'une grenouille pour je ne sais quelle expérience, Richet s'est précipité sur la tête de la bestiole : « Attendez, attendez, disait-il, je vais détruire la substance cérébrale qui reste dans ce débris. Inutile de laisser de la douleur derrière nous. » Il a fait ce qu'il venait de dire, de ses doigts attentifs.

J'étais touché, car tout cela était dit et mis en pratique avec une simplicité parfaite.

Ne crois pas que je cherche une opposition facile. Charles Richet est très grand, et dans plusieurs dimensions de l'esprit. Rohner est grand aussi, je te l'assure, malgré le portrait que je viens d'esquisser. Je vois ses manques et, si je les signale, c'est un peu par représailles, car je trouve Rohner terrible avec mon bon et cher patron. M. Chalgrin reconnaît parfois que Rohner est un homme d'intelligence exceptionnelle. Générosité sans réciproque. M. Rohner marque à tout propos qu'il tient M. Chalgrin pour un parfait imbécile. — J'hésite à écrire le mot, tant il me blesse et m'offusque. — Il a des réflexions d'une perfidie exquise. Il siffle, par exemple : « Pour une belle carrière, c'est une belle carrière. M. Chalgrin est de ceux qui n'ont rien fait pour ne pas arriver. »

Je détourne la tête comme si je ne comprenais pas et je m'esquive à la première porte ouverte. Ma position devient de plus en plus délicate. Pourrai-je la conserver longtemps ? Je ne sais. J'ai parfois le sentiment que M. Rohner espère faire parvenir à M. Chalgrin, par mon humble intermédiaire, quelques-uns de ses messages les plus venimeux. Il calcule mal et, s'il découvre un jour qu'il s'est trompé, je crois qu'il m'en voudra beaucoup.

Allons, ne te méprends pas sur mes propos. Je te répète que M. Rohner est un homme de haute valeur. M. Chalgrin aussi est un homme admirable. Mais quelle dissemblance ! Oui, je sais, plus tard, quand ils seront morts tous deux et que les siècles auront passé, les deux crânes, les deux vases de pierre, se ressembleront peut-être. En ce moment, autour de ces vases, dans ces vases palpite la matière vivante et, dans cette matière, grondent les âmes, ces deux âmes adverses qui ne peuvent pas ne point se faire souffrir.

Je me dépêche de fermer cette lettre. Il fait très froid dans ma turne. La nuit avance et je suis las.

Ton L.

## CHAPITRE 13

Malgré les expressions de répugnance que tu multiplies dans ta dernière lettre, à l'adresse de Jean-Paul Sénac, j'entends bien que tu voudrais savoir quelque chose de lui. Je vois bien que mon silence te donne de l'inquiétude. Je comprends même que ton aversion n'exclut pas la charité, qu'il ne faut d'ailleurs pas confondre avec l'indulgence. Et je peux te dire tout de suite que la charité me semble opportune puisqu'il s'agit de Sénac.

Je suis resté plusieurs jours sans le voir et j'en étais étonné, car il vient parfois déjeuner chez Papillon, d'autres fois il monte dans ma chambre, s'il apprend de ma concierge qu'il a chance de m'y trouver. Il vient aussi me voir à l'Institut, où je ne lui fais pas trop bon accueil, ce dont il se console avec Roch, Vuillaume et Sauvignet, avec Sauvignet surtout, qui ne laisse pas d'expérimenter sur Jean-Paul ses virus intellectuels.

Je suis donc resté plusieurs jours sans nouvelles de Sénac et j'y songeais, un matin de la semaine dernière, en cherchant je ne sais plus quoi dans la réserve du matériel. Il y avait là des verres, des tubes, des ampoules, des mortiers, des capsules, des éprouvettes. Au milieu de tout cela, une grande cuve de porcelaine blanche dont on ne se sert jamais. Je la regarde au passage et j'aperçois, dans le fond, une araignée. J'imagine qu'elle était tombée là, par hasard, au cours d'un exercice de voltige, et qu'elle ne pouvait plus s'en évader, que ses pattes ne mordaient pas sur l'émail de la cuve et qu'elle ne pouvait compter sur aucun secours extérieur. Elle a fait, en me voyant, quatre ou cinq pas, de cet air brusque, décidé, terriblement intelligent des araignées. Puis elle est retournée de la même allure, au plus creux de son abîme. Je l'imaginais ou, pour mieux dire, je m'imaginais, seul, perdu, sans voix, sans ami, dans un désespérant paysage de porcelaine aux frontières infranchissables. Et j'en étais là de ma rêverie quand Sternovitch est venu me chercher pour je ne sais plus quelle raison qu'il disait pressante. J'ai suivi Sternovitch, mais je pensais à l'araignée et, chose impossible à t'expliquer, je pensais en même temps à Sénac. J'y pensais si bien qu'à midi j'ai pris l'omnibus et je suis allé chercher Sénac dans le fond de son impasse. Secrètement, j'espérais de ne pas le trouver, non par lâcheté, je t'assure, mais parce que cette solitude qu'il chérit m'effraie pour lui. Je ne peux sans malaise l'imaginer aux prises avec ses pensées.

Sénac, hélas ! était chez lui. Je crois qu'il avait dû battre ses chiens, ou les caresser peut-être, car il était plein de poils. Il m'a dit, tout uniment :

— Tu peux entrer, je t'attendais.

— Tu m'attendais ! Pourquoi ?

Des épaules, Sénac a fait un mouvement vague et, tout aussitôt, sans transition :

— Tu sais que Chalgrin m'a plaqué, oui, congédié, comme un simple domestique.

M. Chalgrin ne m'avait rien dit. Qu'aurait-il pu me dire ? J'ai murmuré :

— Je ne le savais pas.

Alors, Sénac :

— Il m'a fait parvenir un mois d'appointements, ce qui prouve qu'il est dans son tort. N'importe, grâce à cette insolente libéralité, nous mangeons, les cabots, le pigeon et moi. Nous allons manger quelque temps.

Il y avait, sur la table, une bouteille d'eau-de-vie blanche, de cette saleté que les débardeurs appellent du casse-pattes. Je n'ai pu me retenir de la montrer du doigt :

— Tu manges et tu bois, Jean-Paul !

Il a pris son ton raisonneur :

— Impossible de vivre sans poison. L'homme est un animal qui ne peut pas ne pas s'empoisonner. Même les sauvages, tu m'entends bien. Les Chinois, c'est l'opium ; les Arabes, le haschisch ; les autres, en Amérique, la coca, la kola, toutes sortes de saloperies. Nous, les blancs, c'est l'alcool et le tabac. Et voilà ! Ceux qui ne prennent rien, c'est qu'ils s'enivrent de leur salive, comme disait Vallès, c'est qu'ils se saoulent de leur propre venin, avec leurs idées, avec leurs manies. Pas moyen de faire autrement.

Il n'avait pas l'accent goguenard, mais soudain si triste que je l'ai pris par le bras et que je l'ai secoué.

— Non, non, disais-je. Tout cela est idiot. Viens déjeuner avec moi. Tu connais bien, par ici, un caboulot raisonnable.

Nous sommes partis, tous deux, tandis que les chiens hurlaient et sautaient contre la porte. — Ils ont enlevé toute la peinture, à l'intérieur, avec leurs ongles. — Sénac murmurait, d'une voix chevrotante :

— Si tu me fais un reproche, un seul petit reproche, Laurent, je me jette la tête contre le mur. Non ! Je veux qu'on me laisse tranquille avec ma misère.

— Mon pauvre Jean-Paul, je ne suis pas venu pour te faire des reproches, au contraire.

J'ai commencé de lui parler très doucement dans l'espoir de le calmer :

— Vois-tu, mon vieux, il ne faut rien exagérer. Tu as eu tort, dans cette malheureuse histoire Chalgrin. Mais j'ai bien réfléchi, tu ne voulais pas faire ce qu'on appelle une indélicatesse, même pas une indiscrétion. D'ailleurs, sans toi, sans ton intervention, le conflit Chalgrin-Rohner aurait peut-être éclaté quand même.

Je parlais ainsi, contre mon sentiment profond, dans le dessein de l'apaiser, et, soudain, j'ai compris que je faisais fausse route, que le démon de l'orgueil ne se laisserait pas endormir et lier. La moustache noire de Jean-Paul s'est prise à trembler. Il a rougi faiblement :

— Eh bien ! non, disait-il, n'essaye pas de me faire passer pour un enfant de chœur qui a bu par distraction tout le contenu des burettes. Non, non, je suis un cochon. Moi, d'abord, j'ai une conscience. Les autres font le mal, d'instinct et sans y rien comprendre, comme les animaux. Non ! Moi, je comprends ce que je fais. Je suis un cochon, c'est entendu. Mais je ne l'ignore pas. Nous sommes tous plus ou moins des cochons ; moi, je suis le seul à dire que je ne suis qu'un cochon.

J'étais si bien déconcerté que je ne trouvais rien à répondre. Nous sommes entrés chez un petit traiteur et nous nous sommes attablés dans l'arrière-boutique, déserte à ce moment-là. Durant tout le repas, Sénac a parlé, seul, avec une bien triste volubilité. Ce long monologue tournait autour de la même pensée. Il proférait d'une voix mouillée les aphorismes du plus pur sénacisme :

— Je suis capable de pensées basses. Ce n'est pas juste. Attends, attends que je m'explique. Toutes les choses que je pense, vous les pensez sûrement aussi, vous autres, les vertueux, seulement vous n'y comprenez rien. Vous êtes pleins de complaisance pour vous-mêmes, vous jugez toutes vos abominations avec mansuétude et ravissement. Moi, je vois clair et j'éprouve pour ma personne morale une véritable haine. J'ai dit : ce n'est pas juste ! Qu'est-ce que cela signifie ? Cela signifie, mon cher, que je n'ai pas la chance d'être, comme les autres, aveugle et satisfait.

Quand nous nous sommes quittés, un peu plus tard, dans la rue, Sénac a dit encore :

— Je serais tout aussi capable qu'un autre de faire de bonnes actions. Tiens ! je vais partir pour Messine, j'aiderai à soigner les sinistrés, à reconstruire la ville. Parole ! Je vais partir. Il ne faudrait pas me mettre au défi.

Il avait le regard noyé, la bouche pleine de salive. Je l'observais à la dérobée, pour ne l'exciter en rien, et il me semblait apercevoir, en regardant ce visage d'homme malade et malheureux, le démon de l'orgueil acharné sur sa victime.

Je suis parti le long des trottoirs, et j'ai longuement réfléchi. Que faire ? Peut-on sauver Sénac ? N'est-il pas trop tard ? J'y pensais avec tant de force que j'éprouvais le besoin de m'adresser à quelqu'un, de former, phrase à phrase, une sorte de véhémente prière. Allons, n'abusons pas des termes. Prier est un verbe transitif.

Le soir, en revenant de l'Institut, j'ai fait, que je te le dise quand même, un saut jusqu'au Collège. Je possède une clef du laboratoire. Je suis allé à la réserve et j'ai regardé la cuve de porcelaine. L'araignée était toujours là, plongée dans sa méditation d'araignée. J'ai retourné la cuve et la bête a pris la fuite.

Malheureusement, pour Sénac, ce n'est pas aussi facile. Ce jour était d'ailleurs un mauvais jour. En sortant de chez Papillon, le soir, vers huit heures, j'ai trouvé Testevel qui m'attendait en arpentant le trottoir, sous la pluie. Il m'a demandé s'il pouvait m'accompagner jusque chez moi. J'ai fait semblant de lui rire au nez. J'étais quand même assez troublé. Testevel, notre géant au visage rose, était hirsute, blême et défiguré par un collier de barbe. Il avait mis des vêtements noirs. Il marchait à mes côtés et soufflait comme un asthmatique. En arrivant rue du Sommerard, il a retiré son feutre et s'est essuyé le front.

— En somme, disait-il, ce n'est pas la peine que je monte pour ce qui me reste à te dire.

Alors, avec de grands efforts, Testevel a murmuré :

— Je quitte la France. Je pars demain pour Saïgon.

— Pour Saïgon ?

— Oui, je serai rédacteur en chef d'un journal du pays. Quoi qu'il arrive, je ne peux pas être plus misérable qu'ici.

Je restais immobile, sous un bec de gaz, regardant la pauvre figure de notre vieux camarade. Il se tirait avec peine des bribes de phrases du fond de l'être.

— Je lui ai écrit.

— A qui ? mon pauvre ami.

— A Suzanne. Je ne veux pas la revoir. Ma cabine est retenue. J'ai mon billet de chemin de fer. Les traités sont signés. Non, je ne veux pas revoir Suzanne. Quant à Larseneur, ça ne lui portera pas chance.

Je cherchais des consolations et, soudain, j'ai vu notre Testevel se redresser, se déplier, fibre à fibre. Il a poussé un long soupir et il a dit avec beaucoup de calme :

— On va tâcher de redevenir un homme.

Je peux t'avouer qu'à ce moment Testevel m'a paru très respectable. Je voulais lui serrer la main pour ne pas m'attendrir, mais il m'a très simplement embrassé. Puis il est parti, les mains nouées derrière le dos. J'apercevais les deux doigts qui lui restaient raides depuis qu'il se les est fait pincer dans la presse, au Désert. Il ne s'est jamais tout à fait rétabli. Il est infirme à demi.

En remontant chez moi pour y passer la soirée à travailler de mon mieux, je me disais que le monde n'est pas construit pour l'équilibre. Le monde est désordre. L'équilibre n'est pas la règle, c'est l'exception. Et je faisais le serment de travailler pour l'ordre et l'équilibre. Que de serments ! Tu vas sourire.

Toutes ces histoires tombent fort mal. Je suis dans un moment de grand travail. Que je te le dise tout de suite, le patron a repris toutes les expériences de Rohner, — tu te rappelles qu'il s'agit de la transformation d'une certaine moisissure en un bâtonnet présentant les caractères du bacille tuberculeux et qui lui-même se transforme en éléments arrondis, en cocci, pour employer le terme exact. — Or, les essais du patron ne concordent aucunement avec les observations présentées dans le mémoire de Rohner, en sorte que M. Chalgrin se prépare à publier une sévère critique dudit mémoire. Je peux t'avouer, de façon confidentielle, que je fais, pour mon propre enseignement, des recherches en ce sens et sans en rien dire à mes chefs. Les résultats sont troublants. Chez Rohner, à l'Institut, je réussis mes expériences et je les rate chez Chalgrin. Faut-il voir là quelque influence du climat moral, de la conviction, je ne sais trop.

M. Chalgrin m'inquiète. Il souffre de cette querelle. Il a des accidents cardiaques pour lesquels il ne veut consulter personne et qui ne laissent pas d'altérer son caractère. Il exige qu'on l'aime, car c'est un sentimental. Il en devient tyrannique. Il travaille avec ardeur et je crois qu'il est sur le point de découvrir quelque chose de considérable. Il va tous les jours dans les hôpitaux. J'attends, pour te parler de cela, qu'une certitude se fasse jour. Je souffre de voir cet homme si calme, cet homme que j'ai bien des raisons de mettre si haut, s'abandonner à des mouvements d'humeur qui ne sont pas dignes de lui. Parfois, il nous dit, sans le moindre préambule :

— J'en suis à me demander si je vais continuer à le saluer. L'autre jour, à l'Académie, ce monsieur a fait semblant de ne pas me voir. S'il ne me salue pas le premier, je ne le saluerai plus.

M. Chalgrin ne refuse pas le combat, mais il ne me semble pas trop bien armé pour prendre l'avantage. Il plaisante, il tâche à sourire. Il n'y parvient pas toujours.

J'ai lu, je ne sais où, que Victor Hugo traitait Goethe, en paroles, avec une parfaite désinvolture. Il disait : « Goethe ? Qu'a-t-il fait ? *Les Brigands* ? » Et quand on lui disait que *les Brigands* étaient de Schiller, il s'esclaffait : « Vous voyez, il n'a fait que cela et ce n'est même pas de lui. »

J'ai longtemps pensé que ces propos ridicules étaient prêtés par la chronique scandaleuse à notre poète, mais que Hugo n'avait pu les prononcer, parce que les grands hommes savent mieux que les autres reconnaître la beauté, la vérité, le mérite. Hélas ! Je ne sais plus que penser. M. Chalgrin dit parfois : « Que M. Rohner serait heureux s'il trouvait quelque chose, s'il faisait vraiment une petite découverte ! » De telles phrases me blessent. Rohner est brutal, il a mauvais caractère ; mais il a fait des travaux qui le classent au premier rang. Tout le monde l'admet, sauf M. Chalgrin. Il y a trois ou quatre hommes qui peuvent comprendre aujourd'hui la valeur des travaux de Rohner, et M. Chalgrin est un de ces trois ou quatre hommes !

S'il devine, s'il croit deviner que l'on hésite, si peu que ce soit, à l'encourager dans l'injustice, mon cher patron devient nerveux. Lui qui est naturellement tendre, il se prend à parler sec. Je n'oserais pas risquer le moindre reproche. Je me contente de le regarder avec douleur. Il l'a senti, l'autre jour, il a fait effort pour sourire et m'a dit cette phrase qu'il considérait peut-être comme une excuse :

— Pasteur, lui non plus, n'était pas toujours commode avec nous autres.

Il a compris ce que ce « lui non plus » supposait d'immodestie. Il a souri, d'un air gêné, puis il a, de la main, ébauché un geste vague.

Il attendait les décisions du comité, pour le congrès, en répétant volontiers : « J'ai beaucoup trop de travail. Je demande que l'on m'oublie. » Pourtant, il avait des battements de cœur et se renseignait indirectement sur l'opinion des uns et des autres. Ce congrès, je te l'ai dit, groupe diverses sociétés savantes et les délibérations du comité restaient assez obscures jusqu'à ces derniers jours.

Elles sont terminées et il faut que je t'en parle pour te rendre intelligible cette étrange comédie.

Nous étions réunis, hier, dans le laboratoire de M. Rohner, Vuillaume, Sauvignet et moi. Roch est entré, son chapeau à la main, son paletot sur les épaules, les souliers fort boueux, comme un homme qui vient de trotter dans le patouillat, à bonne allure. J'ai tout de suite compris que M. Rohner attendait l'arrivée de Roch. Ses traits se sont crispés. Il a fait cette grimace qui lui tire les coins de la bouche et qui le rend méconnaissable. Il n'a dit qu'un très petit mot :

— Alors ?

Roch a haussé les épaules et a répondu d'une voix qu'il voulait indifférente, peut-être pour atténuer le coup :

— M. Chalgrin est nommé.

Je suis obligé d'avouer que le visage de M. Rohner est devenu soudain très laid. J'étais profondément surpris de voir un homme d'un tel caractère abandonner ainsi toute maîtrise de soi. Avec son index gauche, il remontait les poils de sa mouche entre ses dents et les mordait. Il a crié :

— C'est un intrigant ! Nous le savions ! Il n'est entré à l'Académie des Sciences que parce que je l'ai bien voulu. Si je m'y étais opposé sérieusement, il serait encore à la porte. Mais puisqu'il veut la guerre, eh bien ! ce sera la guerre. Je le briserai, comme... comme...

M. Rohner cherchait, de l'œil, quelque objet fragile et il s'est emparé d'une petite bouteille vide qui se trouvait sur la table. Il répétait :

— Je le briserai comme cette bouteille !

Il a jeté la bouteille par terre, d'un geste furieux. Et il s'est passé la chose la plus ridicule du monde : la bouteille a rebondi deux ou trois fois et ne s'est point cassée. Finalement, elle a roulé comme une bille jusqu'à l'angle de la pièce.

Nous avions tous envie de rire, et nous faisions de grands efforts pour n'en rien laisser paraître.

Je n'ai pas fait partir cette lettre hier. J'ouvre l'enveloppe à la hâte pour te dire une nouvelle qui me touche vraiment au cœur.

Catherine Houdoire est malade. Elle a pris cette maladie dont je t'ai parlé, cette maladie que M. Rohner étudie sur le cobaye. Comme elle n'a pas de famille, nous l'avons fait admettre à l'hôpital Pasteur, où l'on a pu lui donner une chambre d'isolement. Elle a une grosse angine, avec une fièvre élevée. J'ai prévenu M. Rohner. J'étais bouleversé. Je ne le cachais pas. M. Rohner a tiré sur les articulations de ses doigts et il a dit tout simplement : « Elle va faire une néphrite, d'abord, puis une belle endocardite. » J'attendais d'autres paroles. Un mot de sympathie, peut-être. M. Rohner n'a rien ajouté de plus. Je ne peux te dire comme je suis triste et tourmenté.

## CHAPITRE 14

Pendant toute notre jeunesse, nous avons, l'un et l'autre, vieux Justin, et pour des raisons différentes, invectivé contre la famille, ses lois et sa tyrannie. Je pense aujourd'hui que Catherine Houdoire serait très contente d'être tyrannisée par quelque opiniâtre et jacassante famille. Il n'en est malheureusement rien. Elle a perdu ses parents de bonne heure et s'est trouvée remise aux soins d'une cousine dont elle ne parle pas sans effroi. Puis elle a tenté divers métiers, puis est venu le mariage avec un aventurier et, maintenant, cette solitude, cet abandon qui m'ont ému dès le premier regard.

Je vais la voir chaque jour au début de l'après-midi. Je retourne souvent lui faire une courte visite avant de quitter l'Institut. Elle parle naturellement peu. L'angine, qui n'est pas terminée, la rend encore plus taciturne. Elle a beaucoup de fièvre et, le soir, de fines gouttelettes de sueur se forment sur ses tempes et ses narines. Elle me regarde avec un faible sourire à demi fraternel, à demi maternel : elle a, je pense, cinq ou six ans de plus que moi. Je lui ai, deux fois, apporté des fleurs. J'en apporterais bien chaque jour ; seulement, on me connaît à l'Institut. C'est une maison terriblement sérieuse et peu sentimentale. J'ai honte de jouer les amoureux, puisque je ne suis qu'un ami.

Le premier soir, au moment de me retirer, j'ai vu, sur le drap, la longue main de Catherine : c'est une main de travailleuse, mais une main très bien faite, belle et pleine de noblesse. J'ai saisi cette main et l'ai baisée, affectueusement. Catherine l'a retirée tout de suite. Elle disait, d'une voix altérée par la maladie :

— Vous êtes fou ! Vous voulez donc tomber malade ?

J'ai souri, j'ai secoué la tête ; toutefois, en m'en allant, je suis retourné dans mon laboratoire et je me suis lavé la bouche et les lèvres, puis je me suis brossé les mains. Je te le dis pour ne te rien cacher. Nous sommes terriblement déformés par notre métier, nous autres. Le baiser au lépreux... Oui, je comprends qu'on ait une sincère envie de le donner, ce baiser. Je comprends qu'on ait aussi l'impérieux besoin de prendre ensuite les précautions rituelles. Entends-moi bien : nous savons, nous ne pouvons pas ne pas savoir ce que nous risquons parfois. L'héroïsme total, que j'admire par-dessus tout, bénéficie ingénument de l'ignorance.

Chaque soir, maintenant, je baise la main de Catherine et, en sortant, je tire de ma serviette une petite compresse imbibée d'alcool... Pardonne-moi, Justin. Tu vois que je ne te cache rien.

Catherine est soignée par Lespinois qui est un homme de grande valeur. N'empêche que Rohner vient presque chaque jour. Je pense que la sympathie humaine est pour bien peu dans cette sollicitude. Rohner ausculte le cœur et recherche l'albumine. Il fronce un peu le sourcil et dit, chaque fois : « Rien encore. » Il devrait être satisfait ; il a l'air agacé, presque colère. Je vois bien que, pour lui, cette expérience imprévue ne marche pas comme il l'entendait et il n'en fait pas mystère.

Je te l'ai dit, si ma situation officielle est à l'Institut, je me plais au Collège et j'y passe mes matinées. J'y reviens parfois le soir et surtout le dimanche. J'ai cru, pendant plus d'une semaine, que les choses allaient s'arranger, qu'un miracle allait se produire, que l'orage querelleur allait se dissiper, se dissoudre, déserter notre ciel. M. Chalgrin semblait heureux ou, plus exactement, affranchi. Je t'ai dit qu'il poursuit en ce moment des travaux de haute importance. Il est sur le point de trouver non pas une méthode pour traiter la coqueluche, mais une méthode pour prévenir cette odieuse maladie, une méthode prophylactique. J'espère que ces mots, que je ne peux pas ne pas employer, ne te découragent pas de me lire. M. Chalgrin dit que tout acte thérapeutique — encore le vocabulaire — est une bataille et qu'une bataille coûte cher, même à celui qui la gagne. Pour détruire l'ennemi, c'est-à-dire le germe infectieux, il est parfois nécessaire de ravager le territoire envahi. La plupart des médicaments actifs sont terribles : ils apportent le calme ou le salut, mais à quel prix ! Certains réveillent toutes nos misères avant que de nous délivrer. Ils traversent l'organisme à la poursuite de l'adversaire, pillant, brûlant et dévorant tout sur leur passage, comme une troupe de soudards. Le patron ne dit pas qu'il faut se détourner de la thérapeutique, certes non, car il y aura toujours des malades à soigner ; toutefois il pense que l'avenir des sciences médicales est dans la prévention des maladies, que la prévention ne tire aucune traite sur l'organisme, que c'est une victoire remportée hors des frontières, qu'elle satisfait en même temps la science et la morale, qu'elle représente la charité suprême, celle qui n'a pas lieu de racheter et de sauver, puisqu'elle anéantit le péril même avant l'offensive.

Ces recherches sur la coqueluche vont durer plusieurs mois encore. Rien n'en doit être publié. La discrétion nous est, naturellement, recommandée. Si je t'en dis quelque chose, cher Justin, c'est donc en secret et pour te faire aimer M. Chalgrin. Le virus de la coqueluche est, comme celui de la rougeole, de la scarlatine, de la variole et de beaucoup d'autres maladies, un virus filtrant. Cela signifie que le microbe est très petit, invisible dans l'état actuel de la science optique, si petit qu'il passe à travers les filtres les plus fins. Rien de plus émouvant que ce combat contre un ennemi qu'on ne peut apercevoir, qu'on ne peut même pas cultiver *in vitro*, contre un ennemi tout aussi insaisissable qu'une pensée ou que le génie du mal en personne. Excuse mon enthousiasme, vieux frère : j'admire M. Chalgrin, je l'aime et je voudrais te faire partager ou tout au moins mesurer ma ferveur et ma joie.

Nous travaillons donc. Je poursuis mes essais en vue de ma thèse et je fais, pour le patron, toutes sortes de menues recherches. M. Chalgrin, quand nous sommes ensemble, referme parfois le cahier de notes, me regarde d'un œil un peu trouble parce qu'il s'est désaccommodé sous l'effort des pensées, et il se prend à sourire.

— Oui, dit-il, on travaille, on peut travailler. Pour nous, c'est le principal. Voyez-vous, Pasquier, il n'y a pas de bon régime politique. Tous ont leurs vices et leurs inconvénients. Le meilleur, à mon sens, ou plutôt le moins mauvais, c'est celui qui gêne le moins l'individu, celui qui laisse l'individu libre d'exercer avec fruit ses vertus cardinales.

S'il est en veine de confidence, le patron repart, d'une voix presque insensible, tant elle est légère et voletante. Il dit :

— Travailler est la seule manière de rendre la vie supportable. Il n'y a pas de repos. Les esprits de bonne étoffe se reposent en travaillant. Le péril, pour les hommes de notre état, c'est l'administration. Vous ne comprenez pas bien, mon ami, parce que vous êtes encore trop jeune. Vous allez avancer dans la vie et on va commencer à vous pousser à des places dont certaines sont honorifiques et d'autres matériellement avantageuses. Vous serez conduit à prendre des directions, des présidences... La science a besoin d'être administrée, je le sais ; mais l'administration étouffe le génie créateur. Voyez M. Roux, il ne fait plus rien et c'est un grand malheur. Il dirige une maison illustre, il mène, dans les champs de la connaissance, paître un troupeau de chercheurs, mais il n'est plus un chercheur. Censier déclarait un jour devant moi que si l'on se laisse gagner par l'administration, c'est que l'on n'a plus rien à dire, c'est qu'on a perdu le flair et le sens de la découverte. Je n'en suis pas sûr du tout. On est conduit là par le besoin d'argent, par le besoin de gloire, de considération, de titres et de rubans. On pense, on croit que l'on pourra sauver la flamme admirable, l'étincelle du génie, et l'on s'embourbe jour à jour dans une foule de besognes qui vous paralysent, vous étouffent et qui, surtout, vous deviennent presque nécessaires. On prend aussi l'habitude, Pasquier, d'être appelé M. le président, ou M. l'administrateur, ou M. le directeur. On se plaît au pouvoir temporel. On dit chaque jour : « Je ne désire plus rien » et, chaque jour, une autre raison se présente de solliciter ou d'accepter quelque nouvelle charge. On hésite à peine. On accepte. Les académies elles-mêmes, vous le comprendrez plus tard, mon ami, les académies, qui sont de très honorables et glorieuses compagnies, représentent un des plus brillants appâts du démon administratif. Attention ! Sauvons la recherche ! Qu'elle vogue, le nez au vent, légère, inconnue, méconnue, seule précieuse, seule enviable !

Voilà de ces paroles que j'écoute d'une oreille séduite, car elles me confirment dans toutes mes résolutions. Ce que je ne comprends guère, c'est que le patron n'en continue pas moins d'accepter des directions, des présidences, des charges et des fauteuils. Il doit y avoir, dans la vie des hommes vieillissants, des mystères que je ne suis pas pressé d'éclaircir, des mystères que j'aimerais mieux ne jamais approcher et résoudre.

Je me laisse aller à te rapporter pêle-mêle toutes sortes de traits, de mots et de pensées qui peuvent sembler disparates. Cher Justin, tu m'aimes assez pour, dans cet apparent désordre, trouver le fil conducteur, saisir le fil de ma vie.

Je viens de te raconter au présent, tant mon cœur les souhaitait durables, de belles heures illuminantes qui déjà s'éloignent, se perdent. La journée de lundi dernier a été marquée par un petit événement qui n'a frappé sans doute personne et qui me contrarie quand même beaucoup. Ces deux messieurs, Chalgrin et Rohner, se sont vus à l'Académie des sciences et ne se sont pas salués. Sauvignet m'a raconté l'incident le soir même, car il accompagne presque toujours M. Rohner aux séances ; il porte la serviette, les documents, les appareils au besoin. Il paraît que M. Chalgrin était arrivé le premier et qu'il y avait encore peu de monde quand Rohner est entré. Il est allé saluer Richet et Picard. Il a dû passer, pour ce faire, à deux mètres de Chalgrin. Il n'a même pas eu l'air de l'apercevoir. Je vais parfois, en modeste spectateur, dans cet endroit pour accompagner mes patrons. Je sais qu'entre confrères on ne se salue pas toujours, surtout si l'on se trouve occupé. Mais Rohner a dû — je le connais, le monstre — aggraver cette négligence de quelque maligne ostentation.

Dès le lendemain matin, j'ai senti que Chalgrin était blessé, que l'armistice était rompu, que la querelle reprenait flamme. Le patron a passé la matinée à mettre au point la notice dans laquelle il raconte certaines expériences qui semblent infirmer les idées de Rohner sur le polymorphisme microbien — tu vois ce que je veux dire, il s'agit des transformations de certaines moisissures microscopiques. — Le patron ne refuse pas de lutter ; il le fait sans ardeur. Le voici, de nouveau, triste et même abattu. Parfois, il sort d'une songerie et dit tout à trac : « Vous savez qu'il ne doit même pas se relire... » Je comprends qu'il s'agit de Rohner. Le patron ne prononce plus jamais le nom de Rohner. Il dit : il... le... lui... Cela montre la place que cette absurde chamaille occupe dans ses pensées. J'ai d'ailleurs observé, chez Rohner, quelque chose d'analogue. Dans les commencements, il affectait d'articuler le nom de M. Chalgrin en l'estropiant ; maintenant, il ne le prononce même plus, il dit : « ce monsieur » ou même « le biologiste amateur » ou encore « notre rationaliste à la flan... ». Rohner parle de Chalgrin avec un mépris outrageant ; toutefois il ne s'exprime par écrit, jusqu'à l'heure actuelle du moins, qu'avec une stricte et perfide prudence.

Je lui ai dit, hier — entends-moi, c'est de Rohner que je parle — je lui ai dit que la pauvre Catherine semblait, d'après ce que déclare Lespinois, faire une localisation pleurale, autrement dit une pleurésie. M. Rohner a levé les sourcils d'un air étonné, furieux. Il grondait : « Pourquoi ? C'est presque impossible ! C'est tout au moins absurde ! » Que ce biologiste est loin de la vie, de la vie vivante et souffrante !

M. Chalgrin me fait de la peine. Il murmurait, hier, parlant comme pour lui-même : « Un homme supérieur ! Un homme supérieur ! Qu'est-ce que cela veut dire ? Supérieur à qui, à quoi ? » Un moment plus tard, il nous a dit — Fauvet et Sternovitch étaient là — il nous a dit avec lassitude :

— Il y a des gens qui envient mon existence ! Ils ne savent pas ce que c'est que mon existence.

Ce soupir de faiblesse m'a presque irrité. J'ai crié soudain :

— Patron, vous n'êtes pas juste ! Vous avez tant d'amis, tant d'admirateurs ! Tout le monde parle de vous avec affection et respect, avec éloge et confiance.

Il a haussé doucement les épaules :

— Oh ! les éloges !

Il a dû comprendre que ses paroles offensaient, blessaient, au fond de mon cœur, l'image que je me fais de lui. Quelques instants plus tard, après le départ de Sternovitch et de Richard, il est venu me rendre une petite visite. Il disait :

— Je ne suis pas bien, depuis quelques jours. Je devrais surveiller ma tension. Il faudra que je me soigne. D'Arsonval me conseille d'essayer la haute fréquence.

Et, tout à coup, sans le moindre souci de lier les idées :

— S'il se présente à l'Académie de Médecine, — vous savez de qui je parle, — il n'aura pas de plus sûr appui que moi-même. Je sais qu'il me hait. Moi, je ne le hais point et je mets la justice avant tout.

J'écoutais sans interrompre, même d'un mot, même d'un sourire, ces réflexions brisées. Le patron a dit encore :

— Je suis président de la Société des Etudes rationalistes. Cela ne signifie aucunement que j'oublie mes origines chrétiennes. Je ne crois pas en Dieu, Pasquier, mais le Christ est la plus belle œuvre de l'humanité. Des millions et des millions d'hommes ont mis des milliers d'années pour faire un Dieu, pour composer, de tous leurs rêves et de toutes leurs espérances, un Dieu. C'est un phénomène respectable. Ceux qui ne le comprennent pas sont de médiocres observateurs. Aujourd'hui, le christianisme est en péril. Il s'est encombré de trop de choses. Il traîne avec soi toutes les fables orientales de l'Ancien Testament, comme si l'on devait sauver tout ce sublime bric-à-brac. C'est une grande faute. Il faut sauver l'essentiel. Il faut sauver cette idée d'un dieu humain et charitable qui s'est cristallisée dans les âmes au prix de tant de souffrances. Et, pour sauver l'essentiel du christianisme, s'il faut consentir à sacrifier quelques vieilles légendes barbares, vraiment, qu'est-ce que cela peut faire ?

Il a continué de rêver, pour lui seul, et son regard m'a quitté.

Voilà. Je vais achever cette lettre. Catherine m'inquiète. Cette maladie risque de l'affaiblir beaucoup, peut-être même de lui gâter tout à fait la santé, de compromettre son avenir. Je ne peux supporter la détresse que je lis dans son regard. Au revoir, mon vieil ami. Que la paix soit avec toi !

Ton Laurent.

*P.-S.* — Ta lettre arrive et j'ajoute un mot à celle que j'allais t'envoyer. Comment sais-tu que Richard Fauvet sort avec Cécile et en quoi cela peut-il t'alarmer ? Fauvet aime la musique, je pense te l'avoir dit. Il voit Cécile pour des expériences qui traînent un peu, mais que Cécile tolère à ma prière et qui même pourraient devenir intéressantes : Fauvet n'est pas loin de croire que certaines de ses colonies obéissent, dans leur développement, à une sorte de phonotropisme positif. Le patron lui-même hoche la tête et dit que c'est intéressant. Il est tout à fait possible que Cécile et Fauvet aient été tous deux au concert. Moi qui vis à Paris et qui vois souvent ma sœur, je ne sais rien de ces sorties. Toi qui t'es volontairement éloigné de tous tes amis pour vivre, selon tes vœux, humblement, parmi les travailleurs, tu sais tout ce qui se passe ici, tu t'agites et tu t'exprimes avec beaucoup d'amertume au sujet de faits qui n'ont aucune importance. Sais-tu seulement qu'après la chute de notre phalanstère de Bièvres, Sénac a composé plusieurs poèmes en l'honneur de Cécile et qu'il allait les lui porter et les lui lire ? Cécile a beaucoup d'admirateurs et d'amis. C'est tout à fait naturel. Justin, Justin, je voudrais oser te dire que tu n'es pas raisonnable.

## CHAPITRE 15

Eh oui ! ma lettre est en retard. Pardonne-moi, pardonne-moi. M. Rohner est en train de me faire comprendre que la plus belle des vertus, c'est la charité, dont il est cruellement dépourvu. Je devrais être reconnaissant à M. Rohner pour cette leçon paradoxale. Je devrais même éprouver à son endroit une juste indulgence, je devrais me montrer charitable avec cet homme dur. Eh bien, non ! Je commence à détester Rohner, sentiment d'autant plus curieux que Rohner m'étonne, m'intimide et continue de m'inspirer une réelle admiration. C'est une intelligence pure. Le monde affectif, pour lui, se limite à sa personne qui est douillette, irritable, susceptible de certains sentiments et de certaines passions ou émotions comme la rancune, le mépris, la haine, la colère. Que le reste du monde soit tourmenté par l'amour, le désir, la tristesse, la rage, le désespoir, voilà ce qu'il ne peut même pas comprendre. Les penchants, les passions et les émotions des autres sont de curieux phénomènes, presque toujours gênants et désagréables dont il se fait une représentation intellectuelle et strictement objective. Jamais il ne bénéficie du miracle de la sympathie, jamais il ne hante, en pensée, l'âme et la chair des autres êtres, et s'il s'efforce, une minute, de le faire en vue de quelque démonstration, il a l'air de résoudre un problème d'algèbre et non de communier.

Il ne semble pas comprendre que Catherine est très malade. Il s'écrie simplement : « Pas d'endocardite ! Pas de néphrite ! C'est tout à fait anormal. » Si je lui dis : « Elle souffre », il répond sèchement :

« Mais oui, on souffre toujours dans des histoires comme cela. Qu'on lui donne des calmants. Pas de morphine, surtout. Je veux une néphrite pathologique et non médicamenteuse. »

Je ne sais si tu comprends. C'est assez épouvantable. Rohner pense que la morphine pourrait donner de l'albuminurie. Or, l'albuminurie qu'il attend, je devrais même dire qu'il espère, ne doit être due qu'au microbe et non au médicament. Pour lui, cette grave maladie n'est qu'une expérience qu'il ne faut point laisser corrompre par des éléments accessoires.

La pauvre Catherine a dû subir une petite opération à cause de la pleurésie. Il a fallu ouvrir la poitrine. J'ai peur, depuis deux jours, que l'un des genoux ne soit pris. Il est gros et douloureux. La fièvre demeure élevée.

Catherine accepte toutes ces disgrâces avec une résignation qui me confond et me déchire mieux que les cris et les doléances. Elle est là, toute blanche, dans son lit, ses beaux cheveux divisés en deux grosses nattes qu'elle ramène sur sa poitrine. Tu ne connais pas l'hôpital Pasteur. Ce sont des pavillons tout neufs, construits selon les idées du maître. Les chambres, très claires, sont vitrées du côté du couloir, en sorte que les malades sont exposés aux regards dans des cages transparentes. Ce n'est pas trop intime pour ceux qui souffrent, mais cela permet une surveillance attentive. A l'intérieur, et dès la porte, sont pendues des blouses qui ne quittent pas la chambre du malade et que les médecins revêtent quand ils viennent faire leur visite.

J'arrive donc, et, chaque jour, j'aperçois, avant d'entrer, Catherine dans sa verrière. Elle fait un sourire mélancolique et pourtant heureux. Je suis son seul ami. Roch et Vuillaume viennent parfois jeter un coup d'œil. Ils singent le professeur et discutent longuement, au pied du lit, sur ce que Rohner appelle dès maintenant les localisations anormales. Car, je dois te le dire, cette maladie est la propriété de Rohner, ce microbe, mal connu jusqu'à la récente épidémie, est le microbe de Rohner. Il le désigne, dans ses papiers, sous le nom de *S. Rohneri,* ce qui signifie : streptocoque de M. Nicolas Rohner. Propriété rigoureusement exclusive.

Si Rohner attrapait demain une belle angine, avec ou sans endocardite, avec ou sans néphrite, ce serait un grand malheur pour la science ; mais enfin, ce serait dans l'ordre. Nous avons choisi cette carrière et nous en connaissons les risques. M. Rohner recevrait la plaque de grand officier de la Légion d'honneur ou quelque chose de ce genre et tous les journaux publieraient ses bulletins de santé. Mais Catherine ! Elle ne voulait pas la gloire. Elle ne l'aura d'ailleurs pas. C'est une martyre très obscure. Je respecte le général qui meurt à l'ennemi. C'est le but qu'il avait choisi, librement, à son existence. Devant l'humble laboureur qu'on appelle et qu'on jette au feu, il me semble que le respect ne suffit pas. Il faudrait s'agenouiller et se frapper la poitrine.

Lespinois dit que les localisations sont heureuses dans une maladie comme celle de Catherine et que nous avons moins à redouter le danger d'une septicémie générale. Puisse-t-il avoir raison ! J'aurai peut-être la joie de te donner bientôt des nouvelles plus rassurantes.

Cette maladie de Catherine m'aura quand même éclairé sur le caractère de mon maître Rohner. Si je m'abandonnais à mon penchant naturel, cet homme extraordinaire me ferait prendre en horreur l'intelligence pure, les œuvres et les pompes de l'intelligence pure. Ce serait injuste. L'intelligence est un des signes de l'homme et notre guide ordinaire dans la cohue des phénomènes. Pourtant, je commence à saisir les sentences mystérieuses de Chalgrin qui dit souvent : « La raison ne saurait tout expliquer... Il faut se servir de la raison avec prudence, comme d'un instrument admirable, mais exceptionnel dans la nature, et parfois même dangereux. » M. Chalgrin, c'est clair, marche dans le même sens que Bergson. Il est intéressant de voir des esprits venus de régions différentes de la connaissance cheminer, dans le même temps, vers le même point de l'horizon. Les phrases de M. Chalgrin, que je viens de citer, ne signifient aucunement qu'il faille renier la raison. Elles signifient que la vie elle-même reste inexpliquée et que vouloir, par exemple, déboucher une bouteille avec une lunette d'approche, serait une manœuvre maladroite ou, justement, déraisonnable. Toute la position de M. Chalgrin s'explique en quelques mots : « La raison, instrument admirable, est-elle un instrument universel, est-elle notre seul instrument ? »

Rohner ne comprend jamais la cause de ses échecs. Comme il ignore les vertus de la sympathie humaine, il ne sent pas lui-même qu'il n'est pas sympathique. Il sait — mieux que personne — qu'il a fait des travaux remarquables, qu'il est, somme toute, un des grands savants de l'heure. Il pense que cela devrait suffire pour lui gagner la tendresse générale. Il ne sait pas, il ne sent pas qu'il est dur, sec, méfiant. Il ne comprend peut-être pas qu'il n'a pas d'amis véritables. Il n'a que des confrères, des collègues, des élèves et des « relations ». Il devinait que la présidence du congrès ne lui serait pas offerte, et il espérait quand même, sans l'avouer, sans se l'avouer, que ses mérites finiraient par emporter l'assentiment général et que, dans ces conditions... Il a été bien déçu. Chose étonnante, cet homme, tout de calcul et de froides supputations, cache très mal ses mouvements d'humeur. Il dit, depuis l'élection de Chalgrin : « Un véritable savant ne doit pas perdre son temps hors du laboratoire. Je connais un certain biologiste de salon qui réussit dans les congrès, dans les banquets et les palabres, mais qui n'est peut-être pas capable de faire un repiquage sans gâter ses cultures. » — Je me permets de te dire, au vol, que rien n'est plus injuste qu'une insinuation telle : l'adresse de M. Chalgrin fait notre admiration, et, dans l'ordre technique, c'est l'homme le plus habile que j'aie rencontré jusqu'ici. Que cette question d'habileté ne te déroute point trop : un biologiste doit être ingénieux opérateur, à peine de tout gâter. On fait de la biologie avec son cerveau et avec ses mains. Pasteur, vieux et infirme, gouvernait les mains de ses élèves et, quand ces mains s'égaraient ou balbutiaient, Pasteur grondait, sans indulgence.

M. Chalgrin a, tu le sais, publié ses dernières expériences sur le fameux « polymorphisme ». Il en a fait une communication à l'Académie de Médecine. Le texte de cette note est d'une réserve exemplaire ; toutefois, Rohner s'est senti mordu. La note n'a pas encore paru dans le bulletin, mais les journaux en ont donné la substance. D'où fureur de Nicolas Rohner. Bien qu'il ne soit pas nommé dans le texte de Chalgrin, il vocifère et postillonne : « C'est moi, c'est moi seul qu'il vise. Il ne perdra rien pour attendre la riposte. » Il prépare cette riposte et la mitonne comme une cuisine empoisonnée. Il a fait répandre le bruit que Chalgrin devenait presbyte, qu'il ne voyait même pas les dépôts dans le fond des tubes, qu'il ne voulait pas porter de lunettes pour faire le joli cœur devant les dames qui suivent son cours et que c'était le fait d'un savant mondain, non d'un homme de laboratoire.

Le patron devrait mépriser ces ragots et ces vilenies. Non, il s'en afflige. Il prête l'oreille aux propos des bavards et des traîtres, car tout notre monde scientifique est maintenant dans la querelle. On est, selon la classification de Sauvignet, rohnerophile ou chalgrinotrope. A la Sorbonne, au Collège, à l'Institut, à la Faculté, dans les hôpitaux, de petits conflits se déclarent. Chacun allume à ce brasier de petites disputes personnelles. Sauvignet fait des recrues, ce qui ne l'empêche pas de parler avec cynisme de celui qu'il appelle familièrement « le Vieux ». Sauvignet ne me plaît guère et si je ne le lui dis pas, les yeux dans les yeux, d'homme à homme, c'est pour ne point aggraver une situation qui n'a que trop de tendance à s'aggraver toute seule. Rohner et Chalgrin sont comme des gladiateurs dans l'arène. La multitude, tout autour, hurle pour les exciter, car la multitude se plaît aux spectacles cruels.

Rohner manifeste à tout propos je ne sais quel goût de la mystification la plus grossière, mystification de salle de garde et de carabin. Il fait publier — car si ce n'est lui, qui est-ce ? — de petites notes dans les journaux, annonçant que M. Chalgrin serait nommé inspecteur général des maladies épidémiques — poste qui n'existe pas, — qu'il vient de recevoir les insignes de commandeur de l'Ordre impérial de l'Ours blanc, qu'on songe à lui donner le prochain prix Nobel, qu'on va créer, pour lui d'un jour à l'autre, un ministère de l'Hygiène publique, etc., etc. La semaine dernière, on a téléphoné au Collège pour demander confirmation d'une commande surprenante : un wagon de pommes du Canada, pour des expériences sur les moisissures... Jamais, tu le penses bien, M. Chalgrin n'avait rien commandé de tel.

Tout cela ne laisse pas de l'inquiéter et de le fatiguer — c'est de

Chalgrin que je parle. — Il a des moments d'abattement. Il dit : « J'aurai bientôt cinquante-sept ans. C'est un très mauvais passage. Evidemment, je pourrais, avec un peu de patience, aller outre et devenir un vieil homme, résolument. Je ne m'en sens pas le courage. » Ces propos me blessent. Mon sentiment sur de telles questions est très ferme : j'espère ne pas vieillir et je fais des vœux, chaque jour, pour sortir décemment du monde quand j'aurai dit ce que je veux dire et fait ce que je crois avoir à faire. M. Chalgrin est, dès maintenant, un vieil homme. Alors, qu'il s'y résigne et qu'il ne gémisse pas. A de tels moments, il ne m'inspire pas de la pitié, mais une sombre irritation. Et pourtant, c'est mon maître, celui que j'aime et dont je sens qu'il m'aura vraiment formé. Je le voudrais parfait, tout simplement. Ce n'est, au bout du compte, qu'un détour de l'amour-propre, un nouveau piège de l'orgueil. Oui, comprends bien : de mon orgueil à moi, Laurent.

Pour oublier ces misères et même — oh ! pardon ! — pour détacher ma pensée de la pauvre Catherine, je me réfugie dans le cercle de mon microscope comme dans un monde sublime.

Tu n'as peut-être jamais, cher Justin, regardé dans un microscope. Si tu te penchais sur l'oculaire, tu serais intéressé par la clarté, par les couleurs, par les figures étranges que l'on te montrerait, tu ne comprendrais pas tout de suite qu'il s'agit en effet d'un monde.

J'ai parlé de refuge et cela donnerait à penser que dans l'éclatante lumière du microscope tout n'est qu'ordre et sérénité. N'en crois rien. C'est la vie, avec toutes ses hideurs et ses tristesses, avec ses luttes, ses meurtres et ses écroulements. C'est la vie, notre vie, notre chère vie bien-aimée. Je pense que, parmi ces êtres éphémères, à peine visibles, misérables entre tous les êtres, il y a des Chalgrin, des Rohner, des Laurent, des Sénac, des Joseph et des Justin. Seulement j'ai, par rapport à cette vie, la position d'un dieu. Ne crois pas, à me lire, que c'est une position d'indifférence et de détachement. Non, certes. Si Dieu existe, il est savant et responsable. C'est bien pourquoi, dans mes moments de désespoir, je souhaite qu'il n'existe pas. Si Dieu existe, il est pour quelque chose dans notre joie et dans notre misère, comme je suis moi-même pour quelque chose dans la vie de mes colonies, dans le succès ou dans l'échec de mes infimes bâtonnets, de mes cellules microscopiques. Et je ne me trouve pas détaché, tout au contraire. Quelquefois, en tournant les vis pour déplacer la platine, je sens mon cœur qui s'émeut, qui se met à battre plus vite. Je ne suis pas un dieu glacé. Je suis un dieu qui tâtonne, qui cherche, hésite et souffre. Un dieu très humain, très faible et très inquiet.

Laissons cela, vieux frère, et retombons parmi les hommes. Tu as reçu, me dis-tu, des nouvelles de Testevel. Moi de même : une carte, de Port-Saïd, une carte pleine de courage.

Ce que Testevel ne sait pas, ce que Testevel ne doit pas savoir, c'est que, maintenant, Larseneur souffre à la place de Testevel. Le tour de

Larseneur est venu. Je l'ai sur le dos plusieurs fois la semaine. Suzanne lui reproche d'avoir poussé Testevel au désespoir. Testevel apparaît dès maintenant dans une lumière de légende. Il était fort, il était bon, il était doux. Il était même beau, il était même séduisant. Larseneur commence de composer des complaintes, des lieder désespérés. Ses dernières œuvres sont d'ailleurs excellentes. Suzanne m'inquiète. Elle ne semble comprendre ni son pouvoir, ni son action. J'ai, par hasard, l'autre jour, ouvert *Don Quichotte* et j'y ai trouvé ces lignes que je te recopie sans commentaires : « Considérez d'ailleurs que cette beauté, je ne l'ai ni demandée, ni choisie ; c'est un don gratuit du ciel. Et de même que la vipère ne saurait être accusée du venin qu'elle porte, si mortel soit-il, puisque c'est la nature qui le lui a donné, de même je ne mérite point de blâme pour être belle. »

La vipère ! Le venin ! Pauvre petite Suzanne, pauvre gentille sœur Suzanne !

*Vale*. Ton Laurent.

## CHAPITRE 16

Catherine est morte. C'est fini. La voilà délivrée de tout, des tourments de l'attente et des angoisses de la fin, de la peine et de la joie, du soleil et des ténèbres, de l'ignorance et du savoir, de nous tous et d'elle-même. Le tendre regard effrayé ne m'appellera plus jamais dans l'ombre du laboratoire. La belle voix grave et chancelante ne racontera plus jamais ces mélancoliques histoires d'enfance qui étaient tout son trésor. C'est fini, la pauvre Catherine a cessé d'être triste.

Elle est morte vendredi soir. Je savais, depuis le mercredi, qu'elle allait sûrement mourir. L'arthrite du genou, tout d'abord, a dominé la scène, comme on dit dans le langage éloquent des médecins. Puis, de nouveau, Lespinois a parlé de septicémie. Pour finir, ont éclaté des symptômes nerveux et tout s'est précipité.

J'avais prévenu Rohner. Il est arrivé, l'air brusque et goguenard, ce qui ne se justifiait guère. Il n'a dit qu'un mot : « Le cœur ? » J'ai fait signe de la tête pour donner à entendre que le cœur était hors de cause. Il a haussé les épaules et m'a poussé dans le couloir. Il mâchonnait les poils de sa mouche et tirait sur ses doigts, l'un après l'autre, pour en faire craquer les articulations. Il m'a dit, d'un air entêté :

— L'endocardite est inévitable. D'ailleurs, nous verrons bien là-bas.

Il a fermé un œil aux trois quarts et m'a quitté sur ces paroles. Je n'ai pas compris tout de suite. J'étais surtout blessé par le ton de M. Rohner : nul mouvement de compassion, pas un mot de regret, pas un regard pour cette fille silencieuse qui fut quand même la servante de notre temple et qui est l'holocauste de notre religion. Puis, soudain, j'ai songé au professeur Leluc dans le service de qui j'ai travaillé pendant un an à l'hôpital Boucicaut. C'est un excellent homme et un médecin très savant. Les maladies l'intéressent peut-être plus que les malades. Il hésite toujours à faire, au lit du patient, un diagnostic formel. Il dit : « Nous verrons cela plus tard, là-bas... » Pour nous, ses élèves, « là-bas » cela signifie la salle où les corps, enfin soulagés de la vie, livrent sous le couteau tous les secrets de leur misère. Cette disposition d'esprit oriente toutes les pensées du maître. Apercevant un beau jour certain malade fourvoyé qui s'apprêtait à pousser la porte de l'amphithéâtre, le professeur Leluc s'écria, d'une voix prévenante et paternelle, en écartant le pauvre bougre : « Non, non, mon ami. Pas encore ! »

Avec son « là-bas », Rohner m'a rappelé soudain la phrase rituelle de Leluc, et j'en ai senti du malaise.

J'ai passé la nuit de jeudi à vendredi dans la chambre de Catherine, près de la religieuse. J'ai dit que c'était pour observer les symptômes. En vérité, c'était pour servir et pour honorer jusqu'à la fin cette affection presque sans histoire, cette affection qui n'aura pas vécu beaucoup plus de trois mois et qui va maintenant s'endormir au fond de mon cœur, entre les souvenirs innocents que je peux évoquer sans rougir. Catherine délirait depuis la veille et ne me reconnaissait plus. Je suis sorti deux ou trois fois, pendant la veillée, dans le jardin de l'hôpital, pour aspirer un peu d'air. Il faisait une nuit froide, étouffée, silencieuse, une nuit où toutes les questions chaviraient et coulaient à pic.

Catherine a vécu presque toute la journée de vendredi. Je suis allé jusqu'au Collège et n'y ai passé qu'une minute. Personne, au Collège, ne connaissait Catherine et n'avait la moindre raison de s'intéresser à elle.

Le soir tombait quand la délivrance est venue. Tu n'as peut-être jamais fermé les yeux d'un mort, mon cher Justin. C'est un geste de charité, surtout pour les survivants. On l'accomplit, en général, avec le pouce et l'index d'une seule main. Il faut ne pas se presser et peser sur les paupières un certain temps. J'ai fermé les yeux de Catherine et la sœur a noué un mouchoir pour lui tenir la bouche fermée.

Je souhaitais de faire la veillée funèbre, mais je n'avais aucun prétexte et les religieuses auraient pu s'en étonner. Je suis allé prévenir M. Rohner. La majesté de la mort est quand même quelque chose de fort, car le Vieux a tiré de son âme aride un mot de miséricorde, un pauvre mot de confection. Il a dit : « C'est un malheur. » Puis, très vite, il est retombé dans ses pensées de maniaque.

Il a jeté sa cigarette et s'est frotté les mains — crois bien que je n'exagère pas. — Il murmurait :

— Intéressante autopsie en perspective !

J'ai balbutié :

— Mais, Monsieur...

Il m'a regardé, pendant une grande minute, de cet œil bleu, de cet œil froid dont je ne peux supporter la lueur. Puis, détachant toutes les syllabes :

— Nous ferons cette autopsie ensemble, vous m'entendez bien, Pasquier. On m'a dit que Mme Houdoire n'avait aucune famille. Personne donc ne va réclamer le corps et nous ferons l'autopsie, tous les deux, dimanche matin. Je vais prévenir Lespinois.

J'ai dit encore, faiblement :

— Monsieur, je dois vous avouer...

Rohner a pris soudain ce ton sarcastique et revêche qui doit être une de ses réactions de défense — quelque chose de comparable à l'attitude spectrale des insectes attaqués.

— Qu'est-ce que vous devez m'avouer ? Que vous avez couché, peut-être, avec Mme Houdoire. Quand bien même cela serait...

— Mais non, Monsieur, je vous assure.

— Ne vous défendez pas. Quand bien même ce serait, cela ne peut vous empêcher de remplir votre fonction. Pas de sentimentalité, mon cher. Il s'agit de la vérité scientifique et tout le reste ne pèse rien. Croyez-moi, laissez la romance et les attendrissements à des biologistes de boudoir que je préfère ne pas nommer et qui feraient mieux d'abandonner la recherche et d'apprendre la mandoline. Comment ! nous sommes depuis deux ou trois mois sur le point d'isoler et de définir une maladie nouvelle, une véritable entité morbide ; nous avons une occasion assurément regrettable, mais tout à fait exceptionnelle, peut-être même unique, de mener à bien certaines observations, puisque des lois absurdes nous interdisent encore l'expérimentation sur l'homme, la seule qui nous permettrait de marcher à coup sûr. Et voilà M. Pasquier, mon préparateur, qui commence à battre des paupières et qui fait la petite bouche. M. Pasquier veut-il me laisser croire qu'il s'est trompé de carrière ? Allons, mon cher, vous serez là-bas dimanche, à dix heures du matin.

Il m'a tourné le dos. Toi, Justin, qui es un poète, un philosophe, un esprit libre et solitaire, tu te demandes peut-être pourquoi je n'ai rien dit. Tu ne sais pas ce que représente pour nous, jeunes hommes, apprentis de la médecine ou des sciences, notre patron, notre maître. Tu ne peux comprendre que, pour nous, les mots de respect et d'obéissance ont encore un sens très fort, que ces gens peuvent nous faire, d'un mot, d'un regard, parfois rougir, parfois trembler et parfois même pleurer. Tu ne peux comprendre que, malgré toute sa dureté, M. Rohner, qui n'a jamais trouvé le chemin de mon cœur, trouve parfois le chemin de ma raison et que, si j'étais troublé, je ne savais que répondre. J'ai donc baissé la tête et je n'ai rien répondu.

J'ai longtemps hésité, vieux frère, à te raconter la suite. Elle peut te sembler pénible. Si tu es mon ami, tu dois connaître mon existence dans sa grandeur et sa tristesse. Vous autres, vous tous les autres hommes, vous qui n'avez pas choisi d'expliquer la vie, mais de vivre, vous qui vous servez de votre corps avec violence et naïveté sans comprendre les secrets de cette étrange mécanique, vous qui parlez des passions avec éloquence et avec orgueil sans connaître et même le plus souvent sans regarder le support matériel de toute cette belle folie, vous qui pouvez oublier pendant des heures entières, pendant des journées, des mois, des années peut-être, l'effrayante humilité de notre condition, la confraternité de l'homme, des animaux et des plantes, vous qui, depuis des siècles et des millénaires, avez tout fait pour éloigner l'idée de la mort, pour l'évincer de votre décor social et même du vocabulaire, vous autres, vous êtes heureux ! Vous parlez du cœur avec lyrisme et j'en fais parfois autant ; mais vous n'avez jamais tenu dans votre main le cœur d'un homme vivant. Vous dites : « C'est un beau cerveau » ; mais vous n'avez jamais vu vivre et palpiter la substance à demi liquide où se forment les pensées. Le sein n'évoque pour vous que des idées d'amour ou de maternité. La bouche, pour vous, n'est que gourmandise ou baiser. Vous pouvez penser au coude sans songer à la synoviale et même vous ne pensez pas au coude, vous ne l'avez jamais palpé, jamais regardé de près, ignorants, heureux ignorants ! Le pied est fait pour vous porter vers le travail, vers le combat, la gloire ou le jeu. Pour nous, c'est un ensemble compliqué d'organes fragiles, susceptibles, tous, d'une foule de désordres. Vous dissertez sur la chair avec un lyrisme ingénu ; mais vous ne savez pas ce que c'est. Parfois, saisi de quelque réminiscence, vous voilez un peu l'ardeur de votre regard et vous parlez de poussière, vous parlez de retourner en poussière... Non, la poussière est sèche, propre, lointaine. Elle viendra sûrement, mais nous n'y sommes pas encore.

Cher Justin, pardonne-moi : cette semaine douloureuse m'a nourri d'amertume. Je sais qu'un jour, je ne serai plus jeune. Je vieillirai, je m'endurcirai. Je ferai peut-être comme nos maîtres, comme tous ces vieux hommes qui ont passé tant d'années dans la contemplation de la matière vivante et qui devraient être affranchis des ambitions terrestres, mais qui, tout au contraire, par une déconcertante faveur de l'oubli nécessaire, élaborent des projets, entreprennent de grands travaux, construisent des théories, prêchent des doctrines, créent des écoles, recrutent des disciples, recherchent les honneurs et dissertent sur l'avenir.

Je serais sûrement plus calme si le Vieux avait laissé partir la pauvre Catherine tranquille. Que je te le dise tout de suite, nous avons fait, dimanche matin, ce que nous devions faire.

Je suis arrivé, comme toujours, en avance. J'imagine de méritoires efforts pour arriver en retard et je n'y parviens jamais. Aussi bien souhaitais-je cet instant de solitude. La salle « spéciale » est petite, car l'hôpital est petit. Elle est hypogée. On y descend par un escalier fort étroit, et les corps y arrivent en suivant le réseau des couloirs en sous-sol. La salle prend jour, faiblement, par des impostes ouvertes dans le haut des murailles ; aussi ne peut-on travailler qu'à la lumière artificielle.

Il n'y a qu'une seule table.

Catherine était là.

Pauvre Catherine, mon amie ! Par la faute du Vieux, le voilà pour jamais, dans mon souvenir, ce corps blanc, froid, mutilé.

Nous sommes restés seuls, elle et moi, une bonne dizaine de minutes. Le garçon sifflotait et traînait la savate au rez-de-chaussée. J'étais saisi d'une pitié parfaite pour Catherine, pour moi, pour nous tous et peut-être même pour le Vieux, pour Rohner. — Tu vois, maintenant, moi aussi je l'appelle le Vieux. — Il y avait deux ou trois mouches d'hiver qui tournoyaient au-dessus de la table. J'étais plein de pitié pour les mouches aussi, pour toute vie, et même pour les microbes qui étaient la cause innocente de ce malheur, pour les microbes qui devaient commencer à s'étonner du froid, leur œuvre, du froid qui n'allait pas manquer de les tuer à leur tour. Cher Justin, je repensais à mon enfance chrétienne et je me disais des choses folles. Un dieu qui a souhaité de se sacrifier pour les hommes, vraiment, quoi de plus naturel ? Comment ce dieu pourrait-il sans douleur supporter le spectacle de son œuvre ? Je te raconte mes pensées, même quand elles sont absurdes. Non, non, je ne suis pas encore endurci.

Et puis, j'ai songé soudain à des vers profanes de Verlaine. Je ne pouvais pas ne pas les murmurer en regardant la table :

*Riche ventre qui n'a jamais porté,*
*Seins opulents qui n'ont pas allaité...*

Cet hymne dans cette cave ! Je t'assure qu'il est très difficile, à certaines heures, de ne penser que ce que l'on voudrait penser.

Rohner est arrivé, en tablier et en blouse, la calotte sur le crâne. Il a demandé des gants, il a mis des sabots pour ne pas salir ses souliers et il a prononcé la dernière parole humaine que Catherine lui ait inspirée :

— Pauvre Mme Houdoire ! Une belle fille, quand même.

J'ai compris que son démon le ressaisissait tout de suite. Il a dit avec entrain :

— Allons, prenez le couteau. Dépêchons-nous, mon cher.

N'attends pas que je te rapporte tous les détails de cette triste besogne. Le Vieux était comme un limier qui cherche quelque chose et qui ne trouve rien. Car les reins étaient tout à fait normaux, du moins au premier examen, celui que l'on fait à l'œil nu.

Le Vieux, petit à petit, commençait de s'irriter et il ne cachait pas son agacement. Il grondait :

— Il faut voir aussi l'intérieur des ventricules. Tous les malades, à Bicêtre et à Gentilly, montraient des lésions de l'endocarde au niveau des valvules. Allons, donnez-moi les ciseaux. Comment ! il n'y a rien ! C'est vraiment incompréhensible. C'est presque une expérience de laboratoire. Elle devrait être démonstrative et voilà qu'elle est atypique. On peut dire que nous n'avons pas de chance. Mais, attendez, attendez ! Nous emporterons les pièces et nous ferons faire des coupes. Il est à peu près impossible qu'il n'y ait rien du tout. Cela renverserait mes calculs.

Il était acharné, si brutal et de si mauvaise humeur que j'ai commencé de le regarder avec une véritable haine. Il était mécontent de ne pas trouver ce qu'il cherchait et j'ai vu le moment où il allait s'en prendre à ce corps misérable, à cette chair abandonnée.

Je me prenais à serrer les dents. Quelque chose que je connais et que j'exècre, la colère-Pasquier, la colère blanche et sifflante, se déroulait et se tordait à l'intérieur de mon être. Je pensais : « Un mot, qu'il dise encore un mot et je vais éclater, pour sa grande stupeur ! Je vais d'abord lui dire merde, le traiter de vampire et de nécrophage, puis lui tirer les cheveux et peut-être même lui cracher au visage. Ce sera tout à fait abominable et j'aurai l'air d'un aliéné. Mais je ne peux plus résister... »

Par bonheur, le Vieux m'a tourné le dos. Il disposait les pièces anatomiques dans des bocaux pleins de formol ou de solution picrique. Il se calmait, tout doucement. Il murmurait :

— Vous verrez qu'à l'examen microscopique nous trouverons, malgré tout, la néphrite et l'endocardite.

J'ai cru, dès le début, qu'il chercherait du côté du système nerveux, puisque les accidents mortels ont été des accidents nerveux. Il n'a même pas eu l'air d'y songer. Et, soudain, j'ai compris qu'il était tout entier en proie à l'idée fixe, qu'il ne cherchait pas la vérité, mais seulement la confirmation de ses songeries et qu'il allait faire en sorte de trouver cette confirmation, coûte que coûte, qu'il allait interroger les tissus de telle manière que les tissus, tourmentés, répondraient n'importe quoi.

J'étais profondément troublé. Je me rappelais soudain que Pasteur aussi fut un entêté, un illuminé, un possédé. L'expérience fondamentale sur laquelle repose tout le traitement de la rage, tu ne sais peut-être pas qu'on n'a jamais pu, qu'on n'a peut-être jamais osé la refaire. Ce fut probablement un coup de chance, un coup de génie, un de ces hasards prodigieux réservés aux hommes exceptionnels qui ne peuvent pas avoir tort. Mais Pasteur était humain !

Le Vieux continuait de ranger les pièces, dans le formol, sur des matelas de coton. Je songeais douloureusement : « Pour qu'une vérité prenne corps, faut-il vraiment qu'elle avance ainsi, véhémente et aveugle, par le monde, réduisant, dénouant, tranchant tout sur son passage ? »

Le garçon est arrivé, apportant la grande aiguille et la ficelle, l'éponge et le seau plein d'eau. Du fond de mon cœur, j'ai dit adieu.

Nous sommes sortis ensemble, le Vieux et moi. Dans le jardin, il a grogné, de sa voix froide et caustique :

— S'il m'arrivait de mourir demain, d'une maladie prise au labo, je demande, monsieur Pasquier, je demande que l'on fasse mon autopsie et je souhaite qu'elle rende service à la cause de la science.

Ce disant, avec la pointe de l'index, il esquissait, sur le devant de sa blouse, le tracé d'une incision imaginaire et il accompagnait ce geste d'un bruit expressif et faux : « Crrrac ! »

Il est allé tout droit dans son laboratoire. Je ne l'ai pas suivi. Ma colère était tombée, elle tournait en chagrin, en désolation. Je me disais en remontant le boulevard Pasteur : « S'il faut cette froide passion pour devenir un grand savant, je demande à rester un humble, à rester un ignorant. Je veux désapprendre à lire... »

Puis le soulagement est venu : je songeais à Chalgrin.

Chalgrin peut-il suffire à me consoler de Rohner ?

Allons ! assez pour aujourd'hui.

22 février 1909.

## CHAPITRE 17

C'est vrai, je ne t'ai pas écrit depuis plus de trois semaines. A quoi bon ? J'étais découragé, dégoûté, tout endolori de rancune et pas trop content de moi.

J'ai, pendant ces trois semaines, amèrement douté de la vérité scientifique et même de la vérité tout court. Pour me consoler, me guérir, j'ai recherché, dans la bibliothèque de l'Institut, les travaux de Pasteur. Quelle ardeur, quel souffle, et, surtout, quelle admirable logique ! Et puis, quel style magnifique, nombreux, riche de fortes cadences ! Un style que ne pourraient renier ni Bossuet, ni Pascal. Ces lectures m'ont réconforté. Elles m'ont surtout permis d'apercevoir mon maître Nicolas Rohner sous un jour plus équitable.

J'ai fait effort pour me recueillir dans le deuil et la pensée de Catherine. J'y suis parvenu parfois. Nous ne sommes pas tous les jours dignes de nos morts. Et puis, il faut bien t'avouer que le duel Chalgrin-Rohner n'a pas cessé d'agiter notre monde et qu'il nous est presque impossible de n'y pas penser.

Le Vieux, je te l'ai dit souvent, déteste les politiques et ne se prive pas de répandre en paroles son dédain et son animadversion. A la fin de l'année dernière, quand il attendait la cravate et désespérait de l'obtenir, il improvisait de véhémentes diatribes contre les parlementaires. Cela ne l'empêchait pas d'aller deux ou trois fois par semaine rue de Grenelle, de harceler le ministre et les chefs du cabinet. On a fini par lui donner la cravate. Il continue de vitupérer les politiques, mais il fait de grands éloges de Briand, qui est actuellement quelque chose comme garde des Sceaux, qui jouit d'une grande influence à l'Instruction publique et dont M. Rohner est l'ami. Il espère en tirer peut-être quelque nouvelle parure, quelque nouvelle faveur.

Je t'ai dit qu'il avait déclaré d'abord ne vouloir accepter que la présidence du congrès, et nulle autre charge ou mission. Il n'a pas eu la présidence. On lui a demandé, par la suite, de prononcer un grand discours, après le dîner d'honneur. Il a tout de suite consenti. Pendant quelques jours, les organisateurs ont pu croire que les difficultés Rohner-Chalgrin se trouvaient momentanément résolues. C'était bien de l'optimisme.

Il avait été décidé, dès le commencement, que le président de la République assisterait à la séance inaugurale qui aura lieu dans le grand amphithéâtre de la Sorbonne. C'était une chose entendue, acceptée, réglée d'avance. M. Rohner, qui ne recule devant rien, a fait d'étonnantes démarches pour que le président Fallières ne vienne pas à la Sorbonne, mais préside le banquet. Tu sais ou, du moins, tu devines, qu'à la Sorbonne c'est M. Chalgrin qui doit prendre la parole et se trouver sur le pavois. Les intrigues de Rohner ont finalement échoué. Tout aussitôt, Rohner a commencé d'accommoder le président Fallières au vitriol. Le pauvre président est soudain devenu, selon le tour de l'entretien et selon l'inspiration, « cette grosse vessie de suif », « Sa Majesté la Graisse », « la prostate hypertrophique », « le lipôme au grand cordon », « l'éléphant de la République », etc., etc. Nous avons pensé que la rogne du Vieux s'allait répandre en paroles et finalement s'épuiser.

Tout cela se passait pendant le milieu de l'hiver. Maintenant, le congrès approche et le programme est publié. Nous avons soudainement appris que le fameux banquet où doit parler Rohner sera présidé par Clemenceau. C'est un coup de maître. Clemenceau est médecin. Il est chef du gouvernement. C'est une personnalité beaucoup plus marquante que le bon M. Fallières. Je sais, par Sauvignet, que Rohner a mis tout en œuvre pour décrocher Clemenceau. Il avait tâté Briand, mais Briand ne sera pas libre. Alors il a joué l'autre carte et, pour finir, il a gagné la partie, sa partie. Tu peux croire qu'il n'a pas le triomphe muet. Il dit : « M. le président Falguère *(sic)* est un modèle de magistrature adipeuse. Si nous jugeons au poids, il mérite la première place. Dans un congrès de savants, il peut compter sur un succès de rire. Au contraire, le président Clemenceau, voilà ce que j'appelle un homme. »

Pour Sauvignet, M. Rohner est toujours « le Vieux » et j'en arrive à parler de même, sans gaîté de cœur, crois-le bien. M. Rohner, malgré sa moustache grise et sa dure brosse de cheveux blancs, est loin de paraître un vieillard. Il a peut-être cinquante-sept ou huit ans, pas davantage. Il se tient droit, il est vert et ne prêche certes pas le renoncement.

Il paraît que, vers la cinquantaine, les hommes font une espèce de maladie, de crise, qui est tantôt purement physiologique, tantôt psychologique et surtout métaphysique. Je te l'avoue tout net, Justin, j'espère bien mourir avant de parvenir à cet âge dangereux. Je l'ai dit un jour à Schleiter, qui n'est pourtant pas de beaucoup notre aîné, mais qui a des vues sur la birbification. Il m'a répondu d'un ton sentencieux : « Attendez seulement d'y être et si vous tenez absolument à mourir, il sera toujours temps de le déclarer. » Oh ! je ne parle pas de suicide. J'espère une bonne chance, un accident, une belle petite mort subite, quelque chose qui viendra à point pour m'épargner les misères du moins-être.

Je ne connais pas très bien l'histoire de M. Rohner. C'est un homme qui a beaucoup travaillé, sans nul doute. Il n'y a pas, dans ces existences laborieuses, place pour de grandes aventures sentimentales, du moins je le suppose. M. Rohner a fait, comme les autres, ce que Sauvignet appelle le « délire des quinquas », et cette maladie se présente chez lui d'une manière un peu ridicule. Cet homme sec et d'aspect militaire — colonel en retraite — louche sur toutes les femmes, se contorsionne et fait des grâces. Il se regarde dans les miroirs, au passage, donne une chiquenaude à sa moustache, passe une main complaisante sur sa brosse de cheveux courts. Avec nous, les jeunes, il n'est pas très ouvert ; mais nous l'écoutons parler à certains de ses pairs ou de ses amis, et il parle assez haut pour être entendu de tous. Il ne lui déplairait pas de donner à entendre qu'il a de chauds appétits et même des passions, qu'il est ce que Sauvignet nomme en arrondissant le bec « un grand génital ». Il disserte des choses de l'amour en connaisseur et en curieux, ma chère ! Il disait l'autre jour, en voyant passer Mme Spaleanu, dans le couloir : « Je n'aime pas les bas de femme mal tirés. Cela suffirait à m'empêcher d'aborder. » Une délégation de personnes du monde est venue vendredi visiter l'Institut. M. Rohner faisait des effets de jambe, inventait des madrigaux laborieux, marchait sur la pointe des pieds pour paraître un peu plus grand qu'il n'est. C'était assez humiliant pour nous, ses élèves, pour nous qui, même si nous ne l'aimons pas, demandons à le respecter. Le thème de l'éternelle jeunesse et la question : « Quel âge peut-il avoir ? » me sont devenus odieux pour des raisons que tu connais. Ce thème et cette question tiennent pourtant une place énorme dans les entretiens de M. Nicolas Rohner.

On commence, à l'hôpital, des essais de bains lumineux. Le patient est plongé dans une baignoire d'eau limpide qui présente, à l'une des extrémités, une fenêtre éclairée par une forte lampe électrique devant laquelle on glisse des plaques de verre diversement colorées. M. Rohner assistait aux premiers essais. Il avait fait venir, pour mettre dans le bain, non pas un malheureux podagre, mais une belle fille potelée que l'on apercevait sous des flots de lumière tour à tour pourpre, dorée, azurée, verdoyante. M. Rohner se penchait sur cette magie scientifique avec beaucoup d'intérêt et risquait des observations ponctuées de remarques gauloises.

Toutes ces fantaisies qui m'irritent fort chez mon père devraient m'amuser chez Rohner. Elles m'amusent, en effet, mais elles m'agacent aussi. Quand je l'entends disserter à voix haute sur ses mérites génitaux, je ne peux m'empêcher — c'est bien lui qui m'y invite — de me le représenter en train de faire ce dont il parle, avec sa moustache et sa mouche, avec son allure de colonel autoritaire et sa façon de dire : « A revoir... » comme s'il vous disait « Rompez ». Alors, j'éclate de rire, mais je ne suis pas content. Note que cet homme qui sait tout, qui a tout lu, tout compris, cet homme qui est savant de façon presque monstrueuse, cet homme dit obstinément « à revoir », « escayer » pour escalier, et il prononce « un espèce de » quand il s'agit d'un objet du genre masculin. Exemple fréquent : un espèce de crétin.

Il a la coquetterie de toutes les choses sexuelles. Je ne sais plus qui, l'autre jour, parlait de pédérastie. Il a pris son air compétent. Il disait : « Mais non, mais non, je vous assure. C'est très intéressant... Il ne faut pas juger de ces choses à la légère et sans renseignements personnels. »

Non, je ne suis pas content. Ce méchant homme, à mes yeux, incarne malgré tout l'intelligence triomphante. Je ne veux pas que, par sa faute, l'intelligence me devienne odieuse et dérisoire tout comme la stupidité.

Je vais lâcher Rohner un peu. Je sens que, si je me laissais aller, je perdrais le juste équilibre. Je sens que je m'acharnerais sur cette proie rebelle et coriace. D'ailleurs, tu m'invites à la modération, car tu me sembles, en ce moment, fort sensible à l'indulgence. Dans tes dernières lettres, tu trouves, pour parler de Sénac, des expressions d'une exquise bénignité. Je crois même comprendre que vous avez noué, Sénac et toi, quelque chose comme une correspondance amicale. Ne proteste pas : je peux produire des preuves accablantes.

Dans une lettre du 10 février, tu m'as écrit, froidement, toi, Justin : « Sans la maladie de Mme Houdoire, tu ne m'aurais peut-être rien dit de cette liaison qui tient, je le sais, tant de place dans ta vie... » Admirable ! Je ne t'ai rien caché de cette amitié douloureuse. Catherine jamais n'est venue chez moi. Je ne suis jamais allé la voir chez elle. Nous ne sommes jamais sortis ensemble. Et c'est toi, toi, Justin, qui peux donner asile à des pensées de cette nature, toi qui vis volontairement loin de nos agitations et de nos petites misères, toi qui t'es retiré de notre monde futile pour partager les souffrances des hommes au travail. Je ne t'en veux pas, car j'imagine assez bien de qui te viennent ces clartés extravagantes sur nos chétives personnes.

Dans la même lettre, page 6, tu dis : « Surveille donc Suzanne. Avec Testevel, il n'y avait rien à craindre, mais Larseneur est sournois. » Je sais que tu n'as pas encore pardonné à Larseneur d'avoir quitté Bièvres des premiers. Mais que sais-tu de ses relations avec ma sœur Suzanne ? D'où te vient cette défiance ? Je le devine maintenant. Elle est, si j'ose dire, signée.

Enfin, dans ta dernière lettre, tu te répands en propos malveillants contre Richard Fauvet. Voilà donc un garçon que tu n'as jamais vu, dont tu ne sais à peu près rien, car je ne t'en ai presque rien dit. Or, tu me parles de Fauvet avec des précisions de détective. Tu connais ses goûts, ses habitudes, ses manies, sa façon de se vêtir et la couleur de ses cravates. Ce n'est pas moi qui t'ai révélé tout cela. Qui l'a fait ? Ah ! Justin, Justin, tu pourrais rougir. Je comprends que l'on souffre, mais sans l'assistance et le secret renfort d'un homme que l'on méprise.

Je ne suis pas jaloux de ce regain de sympathie pour Sénac. Mes lettres ne te suffisent donc pas ? Tu as besoin des fiches d'un indicateur ! Je te plains et je passe outre. Sache d'ailleurs que je ne dirai rien à Sénac de cette dispute entre nous, de cette dispute qui me navre. Il n'arrivera pas à nous lancer l'un contre l'autre.

Je ne lui dirai rien car, malgré tout, je le plains. Je l'ai vu plusieurs fois ces temps derniers. Je te conterai même bientôt quelque chose d'assez piquant en ce qui touche son avenir. Je veux d'abord t'instruire sur les états d'âme de ton nouveau collaborateur et policier intime. Je ne sais si tu te rappelles qu'un jour, au Désert, pendant une controverse avec Jusserand qui faisait l'éloge de la grandeur, tu avais vertement répliqué : « La grandeur ! Oui ! La grandeur ! Il y en a qui finissent par être de grands médiocres. » Cette phrase, qui m'est demeurée dans l'esprit, doit aussi tourmenter Sénac. Il a — c'est lui qui le dit — l'horreur de la médiocrité. Il paraphrase la maxime de Jusserand : « Je préfère un grand échec à une petite réussite. » Il voudrait, le malheureux, être un grand quelque chose, un grand n'importe quoi. Comme il ne lui est pas facile d'être un grand philosophe, ou d'être un grand poète — car tu sais qu'il n'écrit plus, il juge ceux qui continuent d'écrire avec une grande insolence, mais il a cessé d'écrire, — comme donc il lui est difficile d'être grand par le travail ou la vertu, le pauvre se berce encore de l'illusion qu'il pourrait être une grande canaille, ou, comme il dit, « un grand salaud ». Eh bien ! ce n'est même pas vrai. Sénac n'a pas l'étoffe d'une grande canaille. Et parce que j'en suis sûr, je prends soin de le désespérer à ce sujet. Quand il a deux ou trois verres dans le nez, qu'il commence à se frapper la poitrine et à s'accuser frénétiquement, je le regarde en souriant et lui réponds avec beaucoup de gentillesse : « Mais non, mais non, mon pauvre Jean-Paul. Tu t'imagines que tu es un salaud, mais tu n'es qu'un bon garçon gâté par l'oisiveté, pour l'instant, et, chroniquement, par l'alcool. » J'aimerais assez de le museler tout à fait. Et pourtant, je n'insiste guère dans la crainte de le blesser au bon endroit et de le pousser à faire une vraie saloperie pour laquelle, quoi qu'il dise, il n'est quand même pas de taille.

Voilà, cher Justin, peint au vif, le malheureux de qui tu reçois et peut-être même à qui tu demandes ce qu'on appelle dans l'administration des « renseignements confidentiels ». Je sais que je suis distrait, pourtant tu voudras bien penser que je ne suis pas aveugle.

Pour te rassurer quand même sur le très misérable Jean-Paul, je veux te dire qu'il va sans doute avoir une situation sociale. Il a très vite bu les subsides octroyés par mon cher patron. Je lui ai, les semaines suivantes, donné quelques petites sommes, car, enfin, il faut qu'il mange. Il a été notre compagnon, notre ami. Je commence à comprendre que nos amis, nous ne les avons pas choisis, et qu'il nous faut les accepter, les tolérer, les subir, comme les gens de notre famille, comme tous les fardeaux envoyés par le sort. Je ne dis pas cela pour les petites sommes d'argent, d'ailleurs très modestes, que j'ai données à Sénac ; non, non, mais, tu l'as bien compris, pour le grand fardeau moral qu'il impose à tous ses amis.

J'en étais à chercher quelque moyen de lui trouver, sans désobliger personne, la niche et la pitance, quand, un jour de la semaine dernière, mon frère Joseph m'a dit :

— Je m'intéresse à ton ami Sénac. Je songe même à l'employer.

Cette petite phrase m'a fait dresser les poils sur le dos de la main. Quelle collusion ! Elle me semble en même temps extravagante et fatale. Elle n'est pas tout à fait arbitraire : Joseph a rencontré Sénac au Désert et, parfois, chez moi, parfois chez le bistro *Papillon*. Au premier regard, il me semblait que Sénac était de ces hommes que Joseph ne voit même pas ou qu'il repousse du pied, comme on ferait d'une limace. Eh bien ! non, Joseph a vu Sénac et même il l'a distingué. De le savoir, j'en ai ressenti beaucoup plus que du malaise. Par la suite, la fameuse collusion m'a semblé logique.

Sénac est incapable d'un travail sérieux. Or, Joseph est un de ces chefs qui ne tolèrent, dans leurs bureaux, que des esclaves irréprochables, diligents, scrupuleux, zélés. Si Joseph a jeté les yeux sur Sénac, c'est probablement qu'il attend de lui certains offices auxquels on n'ose pas songer. Tout cela m'attriste beaucoup. M. Mairesse-Miral et Jean-Paul Sénac ! Seigneur ! Quel attelage ! Vraiment, me serais-je trompé ? Sénac aurait-il quand même l'étoffe d'un bon salaud moyen, sinon d'un maître salopard ?

Puisque j'en suis à Joseph, que je t'en chante un couplet. Je lui ai dit, ce même jour qu'il m'avait parlé de Sénac :

— Et cette ruine ? Elle se porte bien ?

J'esquissais un sourire que j'aurais voulu léger, mais qui, bien malgré moi, devrait se crisper quelque peu. Joseph m'a regardé droit dans l'œil avec une parfaite et désarmante innocence. Il murmurait :

— Quelle ruine ? Que veux-tu dire ? Le coup des Barrages de la Roumagne, peut-être. Mais non, mais non, tout va très bien. Vous avez une façon de parler, vous autres ! Vous ne pesez pas vos mots. La ruine ! La ruine ! Si des étrangers t'entendaient, tu pourrais, sans le vouloir, me porter un grand préjudice. Attention, Laurent, attention ! Je ne suis pas superstitieux, mais je n'aime pas la plaisanterie.

Il m'a grondé — tu peux me croire — pendant deux ou trois minutes.

Si tu tiens à être rassuré sur le compte de Joseph, sache que ses affaires vont à merveille. Il n'a pas remboursé les trois mille francs des parents, car il a lui-même acheté la concession et traité directement avec le marbrier. Il dit : « J'y serai de ma poche. Bah ! si ça leur fait plaisir... » Je pourrais pourtant t'affirmer qu'il a dû, sur l'achat et la commande, faire un léger bénéfice dont nous ne saurons jamais rien. Pour Ferdinand, il a laissé son magot « dans les affaires ». Il touche des intérêts et il en est tout glorieux. Il n'imagine pas très bien qu'il ne verra plus jamais ce que l'on appelait jadis, fortement, le principal. Que veux-tu ? Ferdinand est myope. Si myope qu'il lui est arrivé, l'autre jour, au théâtre Sarah-Bernhardt, de se trouver devant une glace, de ne pas se reconnaître et de se saluer, deux fois, gentiment, pour se laisser passer, avant de comprendre l'erreur.

Je ne quitterai pas Joseph sans te raconter encore une petite histoire de lui. Je la tiens de sa femme, Hélène.

Ils étaient invités tous deux, un soir du mois dernier, à souper chez les Voekler, les grands marchands de chocolat, qui ont une propriété non loin de la Pâquellerie, à Saint-Martin du Tertre. Hélène et Joseph avaient passé deux jours à la Pâquellerie pour surveiller les ouvriers qui travaillent dans le domaine et pour « jouir un peu de leur bien », comme dit parfois Joseph avec une sorte de fièvre toujours renaissante et toujours désabusée. Le dîner était à neuf heures. Joseph et Hélène sont partis, passé la demie de huit heures, lui en smoking, elle en toilette de soirée, robe décolletée, fourrure, enfin tout le tralala. Ils avaient pris la limousine et Joseph conduisait lui-même. La nuit était très froide et sans brouillard. Ils ont monté la côte pour traverser la forêt. Joseph était très gai, mais il ne pouvait parler à sa femme enfermée dans la bagnole. Hélène l'entendait siffler. Et, tout à coup, dans la lumière des phares, voilà qu'est apparue une biche, une belle biche au jabot blanc. Alors Joseph, saisi de frénésie, a foncé sur cette proie. La biche a pris la fuite, comme il arrive souvent, paraît-il, sans parvenir à s'évader de la lumière des phares. Joseph a poussé le moteur. Par bonheur, les bas-côtés de la route étaient gelés, car la voiture faisait des embardées presque à frôler les arbres. La voiture avait l'air, comme son conducteur, d'un fauve déchaîné. Hélène avait très peur et même elle poussait des cris. Pour finir, Joseph a rejoint la biche et lui a passé sur le corps. Alors, il a serré les freins et il est descendu. Hélène m'a dit qu'à ce moment, il avait vraiment l'air terrible. Il a retiré son pardessus et il a ramassé la biche qui avait le ventre ouvert et les intestins dehors. Il ne voulait pas la laisser là, mais l'emporter. Hélène tâchait de l'en dissuader. Il ne se possédait plus. Il a pris la biche à pleins bras et l'a jetée dans la voiture. Il soufflait et respirait rauque. Alors ils se sont aperçus tous deux que la voiture était pleine de sang, que Joseph avait les mains rouges et le smoking tout souillé, que la belle robe d'Hélène avait reçu des éclaboussures. Joseph semblait dégrisé, très triste, très mécontent. Ils sont revenus en hâte jusqu'à la Pâquellerie. Ils ont téléphoné qu'ils arriveraient en retard. Joseph a caché la biche : il voulait la manger quand même. Il était très ennuyé, car les chasses de la forêt appartiennent justement aux Voekler. Il a fallu changer de toilette, nettoyer la voiture. Ils sont arrivés très tard, la soirée a été lugubre et je crois avoir compris que Joseph a manqué l'affaire qu'il avait en vue avec le chocolatier.

C'est Hélène qui m'a raconté cette histoire. De temps en temps, elle sourit et une fossette charmante se creuse au coin de sa joue. Je peux, à de tels moments, croire qu'elle juge son mari. Je n'en suis pas sûr. A force de vivre avec lui, je sens bien qu'elle finira par lui ressembler tout à fait.

Je me suis cent fois promis de ne plus parler de Joseph. Cette fois, c'est bien fini. Je l'abandonne, je le plaque, avec sa biche, sa fortune, sa ruine et ses créatures au nombre desquelles je ne verrai pas sans horreur le poète Jean-Paul Sénac.

Le congrès des Sciences biologiques va commencer la semaine prochaine ce qu'on appelle « ses travaux ». Faut-il te l'avouer, je ne crois pas beaucoup aux travaux des congrès. Le travail créateur, le travail véritable s'accomplit dans la solitude. On ne fait, de compagnie, que palabrer sur des points de style, sur des détails de forme, et encore toute solution ferme exige la retraite et la méditation. Je me sens, petit à petit, devenir individualiste. Notre expérience du Désert et ce que je vois chaque jour, c'est bien assez pour me donner la haine de toute délibération publique et pour me renvoyer dans la retraite exacte et féconde, celle où l'homme est parfaitement seul. Je sais que je vais te faire hurler. Toi, tu es, malgré le Désert, l'homme de la communauté. Puisses-tu n'y point perdre à jamais tes raisons de confiance en l'homme et tes suprêmes espoirs ! Je ne te cherche pas querelle, mon bon et cher ami, je te raconte, comme je le peux, les démarches de mon esprit et même et surtout ses faux pas. Ajouterai-je que je suis un individualiste tolérant et discipliné ? Je n'oublie jamais qu'il me faut vivre en société. Je considère, par exemple, les congrès avec un scepticisme irréductible ; néanmoins, je ne refuserai pas de participer aux congrès, si j'ai lieu de le faire plus tard. Je dois même, pendant celui-ci, présenter un petit travail, sous le couvert de M. Chalgrin. J'ai, de surcroît, accepté d'être au nombre des jeunes gens qui se partageront la besogne matérielle du congrès et qui, durant les cérémonies, joueront en quelque sorte le rôle de garçons d'honneur et porteront un brassard pour se désigner à l'attention des multitudes.

M. Chalgrin a fini de rédiger son discours. Je sais que c'est une très belle page. M. Chalgrin pourrait être heureux, car, en somme, tout lui sourit. Eh bien ! je le trouve triste. Je pense que cette discorde le tourmente et finira par l'épuiser. Rohner est fait pour la chamaille ; il s'y meut avec aisance et promptitude, on pourrait même dire avec allégresse. Mon cher patron, tout au contraire, est visiblement malheureux et même à bout de résistance. Certains jours, il semble hors d'état de prendre une décision. Il dit : « Qu'est-ce qu'il faut faire ? Qu'est-ce que l'on pourrait bien faire ? » Et il ajoute en secouant doucement la tête : « Je dois vous avouer, mon ami, que je ne sais pas du tout que faire et même qu'il me serait doux de ne rien faire de tout cela. »

Je suis sûr que cet homme pacifique et délicat donnerait tout pour avoir la paix. Je me suis demandé souvent ce qui pouvait le retenir. Je pense que le caractère de Nicolas Rohner est peu favorable à la conciliation. Il y a sûrement des raisons beaucoup plus secrètes. Je vois parfois Mme Chalgrin et je crois te l'avoir dépeinte, un peu sommairement sans doute. Je commence à comprendre le rôle de Mme Chalgrin dans la vie de mon bon patron. Ce n'est pas une personne bassement intéressée. Elle ne ressemble en rien à Mme Vaxelaire qui est follement prodigue et contraint son savant de mari à gagner de la galette par tous les moyens possibles. Non, c'est une personne très altérée de considération. Je suis sûr que, sans elle, M. Chalgrin n'aurait jamais accepté toutes sortes de corvées qui l'importunent et le fatiguent. Mme Chalgrin est une personne qui ne plie pas, qui ne plie jamais. Il se peut que le duel Chalgrin-Rohner soit un duel entre M. Rohner et Mme Chalgrin. Ah ! Seigneur ! Qu'il est difficile de comprendre quelque chose à nos maîtres ! M. Hermerel, que j'aime tendrement et dont je t'ai souvent fait l'éloge, M. Hermerel a, lui, pour compagne, une femme admirable à qui, sans aucun doute, il doit le meilleur de son inspiration et même la dignité de sa vie. Je suis individualiste, je viens d'avoir l'honneur de te l'expliquer ; mais je comprends quand même très bien qu'un homme, c'est un ensemble inextricable d'âmes, de forces et d'influences. Allons, je vais dormir. Je commence à divaguer.

Ton frère réconcilié, s'il fut jamais mécontent.

L. P.

15 mars 1909.

## CHAPITRE 18

Je te l'ai dit cent fois, les cérémonies officielles m'inspirent une sorte d'horreur. J'avais fait jadis le serment — encore un serment et, qui pis est, un serment trahi bien vite — de ne me fourvoyer jamais dans ces kermesses de la vanité. J'avais même pris la liberté de dire, non sans beaucoup de circonlocutions, mon sentiment là-dessus à mon cher patron Olivier Chalgrin. Il me regardait en souriant avec indulgence, avec lassitude aussi. Puis il a parlé de Pasteur qui était très décoré, très chamarré, très officiel et qui, quand même, était Pasteur. Pour finir, le patron a dit en me posant sur l'épaule sa belle main, blanche et légère, qui commence à peine de se nouer aux jointures : « Attendez encore vingt ans et vous verrez, vous comprendrez qu'on ne peut pas faire autrement, que nous devons montrer aux multitudes une science non point humiliée, mais militante et victorieuse, une science qui déclare ses besoins et connaît son empire. Nous ne pouvons pas déléguer les professionnels du faste et de la représentation. Force nous est donc de comparaître en personne et de prêcher publiquement notre foi. »

C'était presque sans réplique, et cela ne m'a pas convaincu. J'ai quand même pris ma petite part au congrès et joué mon rôle de garçon d'honneur. Jusqu'à la dernière minute, j'étais d'humeur maussade. Puis mes sentiments se sont quelque peu modifiés et je dois, pour être juste, tâcher de t'en faire en même temps le commentaire et l'aveu.

Je pense t'avoir expliqué, cher Justin, que je remplissais, avec Vuillaume, Roch, Fauvet, Sternovitch et pas mal d'autres, les fonctions de commissaire. J'avais un brassard brodé aux initiales du congrès : C. S. B. J'étais en habit, s'il te plaît, un habit loué chez Latreille, rue Saint-André-des-Arts. Je suis arrivé, comme il se devait, en avance et j'ai commencé de piloter les bougres, bonzes, pontifes, magnats et autres grands seigneurs des sciences et de la politique, au fur et à mesure qu'ils se présentaient pour prendre place, les uns sur l'estrade et les autres dans la salle. Je connaissais quelques-uns de ces messieurs pour les avoir aperçus à la Sorbonne, à la Faculté de Médecine, à l'Institut, au Collège ou dans les hôpitaux. La plupart me semblaient infiniment respectables ; mais quand je les ai vus s'avancer devant moi, dans leur tenue de gala, certains dans des uniformes comiques avec, le long de la cuisse, une épée constellée de pierreries, d'autres en toge, d'autres en habit noir, arborant des rubans coloriés en sautoir, des brochettes, des festons, des chapelets de croix et de médailles, des étoiles de diamants collées à la place du foie ou de la rate, je ne sais même plus ; quand je les ai vus se présenter ainsi comme des vitrines ambulantes, comme des ostensoirs et des châsses, je dois dire que je suis devenu rétif et que j'ai laissé choir sur ces maîtres vénérés un coup d'œil cruel et glacé. Je songeais, en les conduisant à leur place avec un empressement de page ou plus simplement d'huissier, je songeais : « Tout cela n'est pas la science, quoi qu'en dise le patron. La science vit laborieusement, sous une blouse pleine de taches, sous une blouse déchirée, dans le fond des laboratoires. La science avance en trébuchant, non pas sous le poids des honneurs, mais dans l'angoisse et les ténèbres. La science ne triomphe pas sous les ors, les émaux et les pierres précieuses, elle cherche en gémissant. Ce soir, la science n'est pas ici, parmi cette multitude travestie et parfumée. »

Telles étaient mes réflexions pendant que je guidais les vieux maîtres vers leur fauteuil, dans lequel ils se laissaient choir comme des gens qui n'ont plus les articulations très libres. Puis sont venus les politiques de moyenne dimension. Cependant, la grande salle s'emplissait. On entendait croître, de minute en minute, un énorme souffle humain. Puis la musique de la garde a soudainement retenti. Par bonheur, de toute la soirée, elle n'a joué que de belles choses, un peu mêlées, mais belles : *Allegretto de la septième symphonie, Antar*, de Rimsky, *Ouverture des Maîtres*, etc. Enfin, de la musique véritable. Je dois te dire que la musique exerce sur mes nerfs une action en même temps exaltante et sédative. J'ai senti que la musique, même cette musique un peu brutale, sans cordes, sans moelleux, allait, comme toujours, dévier mon jugement. Et j'en étais là de ma méditation ambulante quand la salle entière s'est levée et que la *Marseillaise* est partie comme une bombe.

Cher Justin, tout ce qui va venir n'est pas trop compréhensible. Tu sais que, d'ordinaire, je ne suis pas très « Marseillaise ». Je trouve toujours assez drolatique de voir d'honorables bourgeois se mettre sur leurs fumerons et retirer leur huit-reflets pour entendre exécuter un hymne révolutionnaire, plein d'appels aux armes, plein de sang et de fureur, plein de meurtres sacrés. C'est le sort des chants révolutionnaires de s'assoupir en définitive dans la friture des fêtes foraines, dans le tumulte des comices ou la puanteur des banquets. Nous avons entendu chanter l'*Internationale*, rappelle-toi, dans le *Grand Soir*, au théâtre des Batignolles, et cela nous a fait courir un frisson au creux des reins. Mais je sais bien qu'un jour on exécutera l'*Internationale* devant de braves bourgeois en gibus et en habit, qui bavasseront pendant des heures pour célébrer les immortels principes de l'an dix-neuf cent et quelque chose, — ne cherchons pas trop. — Voilà, voilà ! tu comprends donc pourquoi, quand je suis maître de moi, je ne suis pas « Pom, pom, pom, pom... ».

Eh bien ! chose vraiment surprenante, cette *Marseillaise* du congrès m'a bouleversé. Je n'en saurais dire la raison. C'était violent et terrible. M. Fallières est entré là-dessus. Je ne l'ai pas trouvé ridicule du tout. Je serrais les dents et les poings. Je devais être un peu pâle. Décidément, il faut se défier de la musique, de la divine musique, de notre chère et consolante musique.

Derrière M. Fallières sont entrées toutes les personnes que l'on appelle, je me demande pourquoi, des personnalités. Il y avait là des ministres que je serais bien en peine de te nommer, et enfin nos maîtres. J'étais un peu vexé de voir que nos maîtres, ces hommes extraordinaires dont le nom retentira dans les siècles, marchaient, comme toujours, derrière certains politiques dont le nom disparaîtra dans six mois. Chez nous, en France, il paraît que c'est la règle. A la réflexion, je trouve que c'est très bien et que le vrai mérite donne ainsi publiquement des marques de modestie.

Je redoutais beaucoup d'apercevoir mon cher patron dans son déguisement verdâtre de membre de l'Institut. Je dois confesser encore que M. Chalgrin m'a paru soudain très beau, très élégant et de noble allure. Il est possible que ce soit un damnable effet de la musique. Je constate, je ne juge pas.

Tout le monde s'est assis. La musique a continué de jouer pendant quelques instants. J'avais gagné ma petite place et je contemplais le spectacle. Il me semblait magnifique. Il y avait des tribunes pleines de militaires en uniforme, d'autres tribunes bruissaient de jeunesse. Les toilettes étaient somptueuses. L'estrade ruisselait de flammes et d'étincelles. J'étais peut-être complètement intoxiqué : je me sentais envahi non seulement d'indulgence mais aussi d'admiration pour ces pompes, pour ce faste. Je me disais que les hommes ont parfois besoin d'oublier, dans quelque débauche de luxe et de splendeur, qu'ils ne sont que des animaux très misérables, des organismes fragiles et dominés par le besoin, par la peur et la tristesse. Je pensais que sous ces broderies, sous ces diamants, sous ces galons et ces dorures, il y avait des muscles comme tous les muscles, des organes composés d'éléments délicats, des glandes en train de sécréter, des cellules nerveuses à moitié fluides, et quoi encore ? des vessies plus ou moins pleines — car la vessie joue un certain rôle chez ces messieurs et c'est elle qui, parfois, bien avant l'estomac ou les jointures, sonne le tocsin d'alarme. — Je me disais que toute cette foule faisait, en somme, un effort méritoire pour oublier sa condition temporelle et que cette volonté d'oubli n'allait quand même pas sans grandeur.

Tu vois qu'à ce moment-là, j'étais à moitié conquis et presque à résipiscence.

Les discours ont tout gâté. On ne devrait jamais parler dans les cérémonies de cette nature. La musique suffirait bien à troubler les meilleures cervelles. Malheureusement, je dois être seul de mon avis. La règle est de bavardage. Ainsi l'esprit critique peut se ressaisir et même exercer sa fonction, son implacable fonction.

J'ai commencé de m'ennuyer. La science, dans les discours, devient tout de suite emphatique et boursouflée. Que d'idéologies ! Que de déclarations vaines ! Les choses les plus sûres et les plus sensées prennent, par le discours, un caractère de vérité électorale. Dans les meilleurs moments, cela ressemble aux apophtegmes et boniments naïfs de Monsieur mon père sur la libération de l'humanité, apophtegmes honorables, mais dont je suis rassasié. M. Chalgrin, comme président du congrès, a fait un magnifique laïus qui m'a cruellement déçu. Comprends-moi bien : toutes les idées exprimées par M. Chalgrin, dans cette harangue, sur les transformations nécessaires du rationalisme, sur la collaboration des sciences et sur l'avenir de la biologie, toutes ces belles idées, je les connais, ou mieux encore, je connais leur visage intime et vivant. J'ai, plein de ferveur, épié leur naissance et leurs premiers jeux. M. Chalgrin m'a fait parfois l'honneur d'essayer devant moi ses thèmes, d'exécuter ses gammes et ses exercices. C'est ainsi que je les aime, les idées, dans leur verdeur naturelle. Habillées, parées, fardées pour ce public officiel, elles ne m'ont fait aucun plaisir.

En revanche, elles ont dû prodigieusement irriter Nicolas Rohner. Voilà, certes, un monsieur qui ne prend pas la peine de cacher ses sentiments. Il en serait bien incapable. Il était à la table d'honneur, et assez loin du centre, ce qui semblait l'affecter beaucoup. Il ne cessait de remuer, de faire craquer les articulations de ses doigts, de donner des chiquenaudes aux poils de sa mouche. Pendant le discours de M. Chalgrin, il n'a pu s'interdire de manifester soit l'ennui, soit la désapprobation. Il secouait la tête, il bâillait, il s'éventait, si j'ose dire, d'un geste insolent avec la feuille du programme, il tripotait la croix de sa cravate ou le pommeau de son épée, car il était en grand costume.

Alors, soudain, pendant que les applaudissements faisaient frémir toute l'ossature de la bâtisse, je me suis pris à penser à Catherine, à mon amie, la pauvre Catherine Houdoire, qui est morte obscurément, sans *Marseillaise* et sans discours. Oh ! je ne formulais pas une revendication pour la très humble servante de la science ; mais j'ai pensé qu'il ne fallait quand même pas l'oublier dans ce tumulte. J'ai cessé de prêter l'oreille aux discours des discoureurs et j'ai passé, pieusement, tout le reste de la soirée avec le souvenir de Catherine.

Les deux journées suivantes ont été, comme tu l'imagines, remplies par les séances du congrès, des promenades à travers Paris, des thés, des conférences et des harangues. Ce que j'attendais avec un peu d'inquiétude, c'était le fameux banquet du palais d'Orsay, le banquet où devait parler M. Nicolas Rohner, mon savant maître.

Cette soirée a commencé par une histoire si ridicule que j'ai scrupule à la narrer, bien qu'il me faille absolument le faire.

Le dîner ne comportait pas moins de deux cents convives. Il y avait là des Français en grand nombre, des Anglais, des Allemands, des Américains du Nord et du Sud, quelques Italiens, quelques Russes, une pincée de Scandinaves, des Suisses, des Belges, un trio de

Japonais, enfin des délégués de tous les instituts biologiques du monde.

M. Rohner est arrivé de bonne heure et il a demandé tout de suite à voir le plan de la table qui se trouvait exposé dans un petit salon d'attente. M. Rohner a regardé le plan, très vite, et il a dit qu'il désirait parler aux membres du comité d'organisation. Plusieurs étaient arrivés déjà, que l'on a rassemblés non sans peine. Rohner avait l'air irrité ; son regard, d'un bleu polaire, lui pâlissait les joues. Il soufflait dans sa moustache et tirait sur ses doigts comme s'il eût voulu les arracher. Les membres du comité sont arrivés l'un après l'autre, et, tout de suite, le Vieux a commencé de tempêter à voix couverte. Nous, les jeunes commissaires, nous écoutions, sans rien dire, massés dans l'ouverture des portes. Nous n'avons que trop vite compris la cause de cette algarade.

La table d'honneur devait être naturellement présidée par Clemenceau. A la gauche de Clemenceau devait s'asseoir M. Chalgrin, président du congrès, et, à la droite, M. Bouchard, président en exercice de l'Académie des Sciences. Sur le bord opposé de la table d'honneur venaient, perpendiculaires, s'attacher les autres tables, en sorte que les places en vue, n'étant que d'un seul côté, se trouvaient assez peu nombreuses. On avait fait l'honneur de plusieurs d'entre elles à quelques hôtes étrangers. M. Rohner, sans être au bout de la table, était quand même assez loin du siège présidentiel.

Il a commencé par dire qu'il allait se retirer, car il ne pouvait consentir à ce que la science fût humiliée en sa personne. M. Perrier a posément fait observer que tous les convives étant des savants de mérite, la science était tout à fait hors de cause et n'avait à redouter aucune humiliation. Le Vieux a rétorqué tout aussitôt qu'il avait charge, ce soir-là, de prononcer le grand discours, qu'il se trouvait donc jouer un rôle essentiel dans la cérémonie, qu'il entendait obtenir la place digne de ce rôle et que s'il ne l'obtenait point, il préférait se retirer en emportant son discours. Quelqu'un — M. Dastre, je pense — a tout aussitôt répondu, citant une phrase fameuse, que toutes ces chicanes, à ses yeux, n'avaient aucune importance et que la place occupée par M. Rohner devenait tout aussitôt une place d'honneur.

Ces paroles conciliantes n'ont produit aucun effet. M. Rohner a dit à Roch : « Demandez au garçon qu'il m'apporte mon vestiaire. Je vais aller dîner chez moi. » La situation était des plus embarrassantes, parce qu'on avait besoin — du moins, c'est ce que l'on disait — du discours de M. Rohner et qu'on ne pouvait quand même pas le laisser prendre la fuite avec son discours sous le bras. Donc, ces messieurs se sont rassemblés devant le plan de la table. Rohner s'est assis sur un fauteuil, l'air féroce et le poil raide, et il a commencé d'attendre en se curant les ongles avec le coin de sa carte d'invitation. A deux reprises, on est venu lui proposer une place plus avantageuse. Il a chaque fois refusé, furieusement, d'un coup d'épaule. Il grondait : « J'en ai par-dessus la tête. Je ne veux pas qu'on se moque de moi. J'ai fait preuve de bonne volonté en acceptant de prononcer ce discours. Je ne souffrirai pas qu'on abuse de mon esprit de modération et de concorde. »

Pendant ce temps, les convives se répandaient dans les salons ou cherchaient leur place à table. Pour en finir avec une discussion si pénible, on est allé voir M. Chalgrin qui tenait le crachoir aux Belges. Les organisateurs l'ont pris à part et lui ont demandé, non sans embarras, s'il consentait à se laisser déplacer pour mettre fin à certaine discussion délicate avec l'orateur du jour. Mon cher patron a d'abord haussé les épaules. Il a répondu bientôt : « Que l'on me loge où l'on voudra, tout cela m'est parfaitement égal. » Puis il a paru comprendre à qui sa place allait être donnée. Il a battu des paupières et dit d'une voix frémissante : « Je laisse volontiers mon siège ; mais je veux que le geste soit remarqué. Je demande en conséquence un couvert au bout d'une table. Mettez-moi parmi mes élèves. Là, du moins, je serai tranquille et je ne m'ennuierai pas. » M. Dastre, qui est vraiment un homme de bonne volonté, a tâché de lui faire comprendre qu'on ne pouvait, lui, Chalgrin, président du congrès, le caser au bout d'une table sans qu'il s'ensuivît un scandale. Mon cher patron s'obstinait et ne voulait rien entendre. « Si, si, je dois être au milieu de mes assistants. Comme cela, tout le monde verra de quel côté est le bon sens. » Pour finir, il a cédé, car il était déjà très las. Il a haussé les épaules et accepté la place attribuée primitivement à Rohner.

Les organisateurs ont poussé de grands soupirs et ils ont recommencé de voguer à travers les groupes en attendant Clemenceau qui se trouvait fort en retard. Je peux t'avouer que j'étais assez curieux du visage de Rohner. Deux rides creuses et méchantes se tordaient sur son visage, de part et d'autre de sa bouche. Il riait, seul et tout haut, en cheminant parmi la foule. Je croyais qu'il était content, qu'il jouissait de son triomphe, et je le suivais, béant d'étonnement et peut-être d'horreur, comme les Barbares dont parle Flaubert.

Il a gagné la salle du banquet, puis, bientôt, la table d'honneur. J'ai pensé qu'il voulait prendre possession de sa place et j'allais le lâcher de l'œil quand je l'ai vu soudain faire une chose étonnante. Je t'ai dit que Clemenceau devait avoir à sa droite le président de l'Académie des Sciences et à sa gauche M. Chalgrin, c'est-à-dire M. Rohner selon la convention dernière. Or le Vieux, parvenu près des places d'honneur, a lancé de tous côtés un coup d'œil prudent. Il a rapidement pris la carte portant son nom et l'a mise à la droite du fauteuil présidentiel, puis il a, vice versa, vivement changé l'autre carte avec un geste de prestidigitateur. Pour finir, il s'est assis. En sorte que, quand Clemenceau est arrivé, Rohner se trouvait à sa droite et ne sourcillait même pas. Les organisateurs se sont aperçus trop tard du subterfuge. Il n'y avait plus rien à faire. Le président de l'Académie des Sciences a déplié sa serviette sans prononcer une syllabe et j'ai compris, en regardant mon maître Nicolas Rohner, quelle force était, dans le monde, l'obstination des effrontés.

Les cuillers ont commencé de tinter contre la faïence, puis, pendant une grande heure, le turbot sauce tartare et le filet de marcassin ont paru — mais ce n'était qu'une apparence — jouer un petit rôle sur la scène. J'étais à l'extrémité d'une des tables secondaires, l'une de celles qui tombaient vers le centre de la table d'honneur. Je pouvais, de ma place, apercevoir M. Chalgrin, M. Rohner et « toutes les huiles », comme disait Sauvignet qui me faisait vis-à-vis. M. Chalgrin semblait calme et parfaitement apaisé. Rohner avait l'air de déchirer non des nourritures, mais des adversaires. De temps en temps, il riait, pour lui seul et dans son verre. Puis il se reprenait à mordre à belles dents de son râtelier. Chaque bouchée s'appelait Chalgrin.

L'heure est enfin venue du champagne et de l'éloquence. Clemenceau a parlé trois minutes, pas davantage, d'un air bourru, mais flatté. Clemenceau est médecin, malgré tout. Il a dû garder l'empreinte. Je crois qu'il méprise presque tout le monde. Il ne méprise peut-être pas les gens d'entre lesquels il est sorti, ceux auxquels il est redevable de ses disciplines premières.

On a beaucoup applaudi. Puis Rohner a pris la parole. Je sentais que le Vieux ne pouvait manquer de s'escrimer contre son ennemi détesté. Ce que nous avons entendu devait dépasser mes craintes. Imagine une minutieuse et corrosive réfutation du discours prononcé par M. Chalgrin dans la séance inaugurale. C'est d'autant plus étonnant que, cette fois, Sénac n'est pas en cause et que M. Rohner ignorait quatre jours auparavant le texte de M. Chalgrin. Dans la haine comme en amour, il y a de surprenantes divinations. N'oublie pas, pour tout comprendre, que Rohner n'a même pas une seule fois prononcé le nom de Chalgrin. Tout le monde connaît la querelle et pouvait subodorer la perfidie des allusions. Nous étions dix ou douze, tout au plus, nous les petits, les fidèles, à voir voler toutes les flèches, à compter toutes les blessures. M. Rohner, je dois le dire, malgré sa mimique excessive, est un habile orateur. Il a fini par obtenir un succès dont il jouissait d'une façon par trop visible. J'étais d'autant plus dégoûté que certains effets oratoires me divertissaient moi-même parfois ; j'étais d'autant plus écœuré que les mêmes gens qui, quatre jours auparavant, avaient applaudi mon cher patron à tout rompre applaudissaient du même cœur les thèses de son adversaire. Et les hommes qui se trouvaient là n'étaient pas ceux de la place publique. C'était la fine fleur de la société savante.

M. Chalgrin souffrait. Je te raconterai la suite de cet absurde festin de cannibale, un jour de la semaine prochaine. Pour ce soir, mon individualisme fait des progrès si considérables et montre des exigences telles qu'il me faut m'enfoncer dans une solitude parfaite où mon plus cher ami lui-même ne saurait avoir accès.

## CHAPITRE 19

J'avais à te donner des nouvelles de grande importance, j'avais à te raconter les événements qui, je peux le dire, m'ont bouleversé pendant toute une semaine et me bouleversent encore. Je ne te raconterai rien, du moins aujourd'hui, parce que tu te plais à tout embrouiller, parce que ton dernier message m'a mis hors de moi, parce que tu ne lis peut-être même pas ces longues lettres dont je m'arrache les syllabes du cœur et du ventre, ces lettres que tu me réclames à toute force et qui ne répondent sans doute guère à tes soucis les plus brûlants.

Je ne vais pas, cette fois, m'attarder aux formules oratoires : « Qui t'a dit ?... Qui t'a pu dire ?... » Je sais que, malgré mes avis, tu reçois et même tu sollicites des lettres de Jean-Paul, qui est décidément une âme basse et perdue. Tout cela n'est digne ni de toi, ni de moi-même, et ni surtout des personnes que tu fais ainsi surveiller.

Pour comble à ses mauvaisetés, Jean-Paul Sénac t'a donc appris que ma sœur Cécile allait épouser Fauvet. Un autre que Justin Weill, un homme courageux et fier, se dirait d'abord que Sénac est une canaille et repousserait le poison qui lui vient de ce côté. Un homme raisonnable et fort se dirait en outre que Cécile Pasquier a presque vingt-six ans, que c'est une très grande artiste et qu'elle a tout comme une autre le droit de faire ce qui lui plaît. Un homme de sens rassis se dirait même, pour finir, que ces avis officieux sont peut-être fantaisistes.

Car, enfin, moi, Laurent, je ne sais rien de certain. Je vois ce que tout le monde peut voir. Je vois que Cécile ne repousse pas Fauvet et qu'elle sort parfois avec lui, ce que nous savons l'un et l'autre depuis déjà bien des semaines. Cécile ne me cache rien, du moins je le crois, du moins je veux le croire. Le jour qu'elle décidera fermement de se marier, je le saurai sans doute avant tout le monde et je te le dirai, Justin, au risque de te faire souffrir, parce que je connais ta vie, que j'ai vu grandir ton amour, que je veux croire tes plaies cicatrisées, malgré les apparences, enfin parce que je t'estime.

Cette dernière vilenie de Sénac aura du moins, en ce qui me concerne, produit un résultat. J'ai décidé carrément de rompre avec Sénac, de l'abandonner à sa malveillance, à ses cauchemars, à sa misère, à ses cabots, à son casse-pattes, à sa solitude bilieuse. Et comme je déteste les sanctions platoniques, je suis allé jusqu'à l'impasse. C'était ce matin, mardi. J'étais encore tout remué de ce qui s'est passé, hier, à l'Académie des Sciences, entre Rohner et mon patron — scène que je te raconterai plus tard, bientôt sans doute, quand je te sentirai capable de m'écouter paisiblement. — J'étais, au souvenir de ces derniers jours, ému, tour à tour, de colère et d'admiration, mais j'avais ta lettre en poche et je marchais d'un bon pas, tout à mon désir de liquider Sénac, d'en finir avec Sénac, d'ouvrir et de vider l'abcès.

Il n'était pas beaucoup plus de huit heures et demie du matin. Les maquignons, à l'entrée de l'impasse, commençaient de sortir les bourrins et de leur distribuer des coups de botte en leur parlant ce rude jargon chevalin qui déchire la gorge et les oreilles, mais que les bêtes entendent. Plus loin, les menuisiers commençaient à tirer des planches, à longs coups de leur varlope, de beaux copeaux odorants. Plus loin, c'était le silence et, tout au fond du silence, la turne de Jean-Paul Sénac.

Elle était comme la source et le principe du silence : le glaçon dans la glacière, le brandon dans la fumée. J'ai frappé deux ou trois fois. Les chiens se sont mis à hurler ; la porte est restée close. J'ai pensé que Sénac était sorti de grand matin et j'allais me retirer quand un doute m'est venu. Tu te rappelles qu'à Bièvres le réveil de Sénac était, pour nous tous, chaque jour, une véritable épreuve. Sénac s'endormait tard et non sans difficulté. Il était presque impossible de l'arracher à son dormir, à l'abîme de sa nuit. Il sortait de là titubant, ahuri, le poil terne et la pupille embrumée. C'était, chaque matin, pour nous tous, un problème, une angoisse, une entreprise que de réveiller Sénac. Je me suis rappelé tout cela comme j'allais prendre la fuite. J'ai donné, dans le battant de la porte, deux ou trois coups de pied et j'ai fini par surprendre, malgré les cris de la chiennaille, un pas humain, des bruits humains.

Sénac est venu m'ouvrir. Il était en chemise de nuit. Il montrait ses jambes un peu torses et couvertes de poils noirs. Il avait l'air d'un mouton qui a un ver dans la cervelle et qui va se prendre à tourner.

Il m'a dit :

— Je n'ai pas chaud, tu permets que je me recouche ?

Il s'est glissé dans son lit et, comme je ne disais rien, il a commencé de discourir d'une voix molle sur des histoires politiques dont je n'ai pas la moindre idée : la grève des postiers, les armements de l'Angleterre. Je le regardais avec attention, sans toutefois ouvrir la bouche. Alors il s'est répandu, comme tu sais qu'il fait toujours, en propos vagues et rabâcheurs : qu'il n'était pas du tout fait pour moisir dans la paperasse, qu'il détestait Paris et plus généralement la France, qu'il aurait voulu voyager au Tibet, avec Sven Hedin, ou partir sur le *Nimrod*, avec Shackleton, pour le pôle Sud, qu'il se sentait tout à fait capable de réussir comme explorateur...

Mon silence devait le gêner, car il a cessé de parler, m'a jeté un coup d'œil en dessous et m'a dit :

— Tu sais peut-être que je travaille chez ton frère Joseph, maintenant ?

J'ai fait signe que je le savais, et je n'ai pas ouvert la bouche. Après un long silence, Jean-Paul a dit en soupirant :

— Alors, qu'est-ce que tu veux ?

J'étais maître de moi, très calme, sans colère et même sans rancune. J'ai répondu tout aussitôt :

— Tu peux fricoter à ton aise avec mon frère Joseph ; cela m'est parfaitement égal. L'affaire du manuscrit Chalgrin m'a douloureusement surpris. J'ai fait tout mon possible pour te démontrer à toi-même que tu n'étais pas une canaille, mais seulement un bavard, seulement un maladroit. Et voilà que tu recommences, voilà que tu fais souffrir des gens qui ne l'ont pas mérité, des gens qui ne te veulent aucun mal. Sénac, tu es une sale bête. Je suis venu pour te le dire et je m'en vais, c'est fini. Je ne viendrai plus jamais, je ne veux plus jamais te voir.

Je pensais qu'il allait gouailler et je me levais déjà pour gagner la porte et partir, quand il s'est mis à trembler, comme un paludéen, sous sa couverture souillée. Et voilà qu'une fois de plus je me suis senti très triste, car, avec ce damné garçon, jamais on ne sait au juste ce qu'il faut dire ou ne pas dire. Il tremblait de tous ses membres et gémissait :

— Ce n'est pas vrai ! Ce n'est pas vrai ! Je ne suis pas une fripouille, je ne suis pas un sale type. Je finirai par vous le prouver. Je dis seulement que personne ne m'aime ; personne ne pense à moi, ou bien c'est pour m'avilir et pour me faire du mal.

Il s'est appuyé sur son coude et j'ai vu que d'affreuses larmes lui sautaient des yeux. Il m'a dit, plus posément, des choses extravagantes :

— J'aurais pu, par exemple, épouser ta sœur Cécile. Mais vous étiez tous contre moi.

J'étais suffoqué d'étonnement. Sénac a fait, autrefois, quelques poèmes pour Cécile. J'avais toujours pensé que c'était en honneur de la musique plutôt que de la musicienne. On ne comprend presque jamais ce qui s'agite dans la profondeur des âmes.

Il s'est essuyé les yeux avec le dos de sa main et il a recommencé de trembler et de gémir :

— Je ne suis pas une canaille, malgré ce que pense de moi ton frère Joseph. Il faut quand même que je vive. Il faut que je gagne ma vie. Si j'étais né riche, comme tant d'autres, j'aurais été sûrement un autre homme, un homme gai, honnête et respectable.

J'étais quand même arrivé, pas à pas, tout près de la porte et les deux cabots me suivaient en flairant le bas de mon pantalon. Alors j'ai fait une chose très cruelle et très nécessaire : j'ai levé les épaules, j'ai dit : « Adieu ! » Rien de plus. Je m'en suis allé pendant que les chiens, sur mes pas, recommençaient de clabauder.

Je te raconte ces misères, parce que tu m'y contrains et pour te sauver de pensées qui ne peuvent que te faire du mal.

Cette journée, qui commençait péniblement, s'est continuée dans l'inquiétude. M. Chalgrin n'a pas fait au Collège la plus furtive apparition. Son absence me tourmentait pour des raisons que je t'expliquerai tout à loisir un autre jour. Je suis allé déjeuner chez Papillon, puis je suis monté chez moi, rue du Sommerard, avant de me rendre à l'Institut. La concierge, au passage, m'a dit d'une voix sévère :

— Je pensais que vous étiez là-haut. Je viens de laisser monter une dame.

— Une dame ! Quelle dame ?

— Je ne sais pas, moi, je ne sais pas : elle est venue deux ou trois fois, rien que dans la matinée. Pour finir, elle est là-haut.

J'ai commencé mon ascension. J'étais si préoccupé de la tragédie Chalgrin-Rohner que, dès les premières marches, la dame était oubliée. La pensée m'en est revenue quand j'ai vu, sur le palier, une personne inconnue qui m'a fait un large sourire. Imagine une femme de quarante à cinquante ans — je ne suis pas très habile à ce genre de diagnostic — grande, large et même pesante, avec un énorme chapeau cloche tout alourdi de feuillages, une jaquette bordée de peau de lapin, une robe de huit mètres de tour, un col de dentelle remontant jusqu'aux oreilles, un sac, un parapluie, maquillée comme une patronne de maison close et l'air avenant d'une marchande à la toilette. Elle a ramené son sourire à des proportions humaines et m'a dit :

— J'allais m'en aller. J'ai quand même bien fait de venir.

— Mais, Madame, qui êtes-vous ? Je n'ai pas l'honneur...

Elle a ri, vigoureusement :

— Vous n'avez pas bonne mémoire. Allons, rappelez-vous quand même. Voyons, Mme Solange... Permettez que j'entre un instant. Mme Solange Meesemacker, l'amie de votre papa.

Nous venions d'entrer dans ma chambre et, soudain, la mémoire m'est revenue. Je t'ai raconté, jadis, mon histoire avec cette dame. Elle était une des maîtresses de mon père aux environs de 1895, alors que nous habitions rue Guy-de-la-Brosse — tu t'en souviens ? — près du jardin des bêtes sauvages... Elle avait écrit à mon père — c'est de Solange que je parle — certain billet que ma mère avait trouvé dans la poche d'un veston qu'elle était en train de brosser. J'étais allé chez cette dame — on est bête à quatorze ans — pour l'adjurer de se séparer de mon père et de nous laisser vivre en paix. Elle me l'avait promis, non sans comédies, non sans larmes, et je crois même qu'elle m'avait légèrement bécoté, comme cela, sans y attacher la moindre importance. J'avais été très fier de ce succès diplomatique, et j'avais découvert plus tard que mon père et dame Solange continuaient de se revoir et qu'on m'avait tout simplement couillonné, comme un pauvre gosse que j'étais... Je t'ai raconté tout cela, pendant nos promenades à Jouy. Comme c'est loin ! Comme c'est vieux !

Et voilà ! Tout à coup, j'ai senti que la vieille histoire allait s'adjoindre un chapitre et que rien n'est jamais fini. Je pense, à tête reposée, que j'aurais dû tranquillement ouvrir la porte et faire à la visiteuse un geste énergique et précis. Mais non, je suis un garçon timide et d'une politesse exemplaire. J'ai poussé l'une de mes deux chaises et Mme Solange s'est assise.

Elle a regardé posément mon mobilier de garçon et elle a dit quelque chose de professionnel et d'original comme : « C'est très gentil chez vous... » Puis elle a commencé de bavarder avec une charmante aisance : « qu'elle regrettait beaucoup d'avoir perdu mon père de vue, que mon père était un monsieur de la plus grande distinction, qu'il n'était sans doute pas très généreux, mais seulement parce qu'il n'était pas très riche, que, pour rien au monde, elle n'aurait eu l'idée d'aller, même dans une circonstance difficile, risquer de troubler par une démarche indiscrète le ménage de M. Raymond Pasquier — on a du cœur quoi qu'il y paraisse, — mais qu'elle avait gardé le meilleur souvenir du jeune M. Laurent, qu'elle avait eu mon adresse tout à fait par hasard et qu'en souvenir de mon père et de ma visite rue de Fleurus, j'aurais peut-être la bonté de lui rendre un petit service, parce qu'elle se trouvait alors terriblement désargentée, enfin qu'elle saurait me prouver sa reconnaissance d'une manière ou d'une autre... »

Elle parlait, elle parlait, et, petit à petit, dans les traits de cette vieille femme, je retrouvais la belle fille dont l'odeur, m'avait, jadis, presque ému, presque enivré.

Je suis allé jusqu'au tiroir de la commode et j'en ai tiré quelque chose comme un billet de cinquante francs que j'ai tendu, sans rien dire, et qu'elle a pris.

Elle s'est levée tout de suite et m'a saisi la main. Elle riait de la façon la plus naturelle du monde. Elle a regardé mon lit et puis a fermé l'œil gauche avec une force si parfaitement expressive que l'orifice palpébral a soudain reconquis pour moi sa dignité de sphincter.

Je dois manquer d'aptitudes pour les complications incestueuses de ce type exceptionnel. J'ai dit que j'étais pressé, que j'avais beaucoup de travail, et Mme Solange est partie.

Elle reviendra, j'en suis sûr. En descendant les marches, dix ou quinze minutes plus tard, j'ai retrouvé dans l'escalier cette odeur de peau d'Espagne qu'il faudra chasser de ma chambre à force de courants d'air.

J'ai dîné boulevard Pasteur, chez mes parents. C'était le repas mensuel où se réunit toute la famille. On est venu vers neuf heures, chercher mon père pour un accouchement. Il s'est levé tout de suite.

Il est toujours vif et courageux. Il piaffe et ronge son frein comme une bête de sang.

A peine était-il parti, maman m'a tiré par le bras et m'a doucement entraîné jusque dans le vestibule. Pour tout ce qui touche à nos relations intérieures, à nos rapports entre nous, membres de son clan, elle possède une sensibilité fort aiguë, presque maladive. Elle avait dû sentir qu'entre mon père et moi, Laurent, une ombre avait passé. Tout bas, mais avec insistance, elle a dit la vieille chanson :

— Qu'est-ce qu'il y a ? Comme je suis triste ! Il me semble, Laurent, que tu n'aimes plus ton père.

Pauvre maman, qui comprend tout et qui ne sait rien ! J'ai répondu de bon cœur :

— Mais si, mais si, j'aime papa, comme toujours, tu peux me croire. Il n'y a rien de nouveau, tu peux dormir tranquille.

Au fond, je ne mentais pas. Je ne déteste pas mon père. Je l'aime « comme toujours » et pas autrement que toujours. Je t'écrivais, au début de l'hiver : « Il y a longtemps que mon père n'a pas donné de ses nouvelles, il y a vraiment longtemps qu'il n'a pas fait quelque chose d'énorme. » Il me suffisait d'attendre. Je commence à comprendre que je le porterai toute ma vie, que je ne peux compter sans lui, qu'il est dans toutes mes pensées, qu'il est en moi, dans ma chair et dans mon âme et qu'il est préférable d'en prendre mon parti. Je répondrai de toutes mes fautes et de toutes mes erreurs. Ce n'est pas assez, je répondrai de toutes les fautes et de toutes les erreurs de mon père. Il me faudra, tout ma vie, songer à ses dettes, à ses maîtresses, à ses amis — il en a très peu — à ses ennemis — il les sème et les décourage — à ses goûts, à ses passions, à ses aventures, et sans doute à ses maladies qui survivront en moi quand il sera parmi les ombres.

Ce n'est pas cette lettre-là que je voulais t'écrire. C'était une tout autre lettre, tout éclairée, toute glorieuse. Tant pis, je ne t'admets, ce soir, qu'à partager mes ennuis. Tu ne mérites rien d'autre.

Mardi soir, 6 avril 1909.

## CHAPITRE 20

Tu n'auras pas attendu trop longtemps la lettre que je voulais t'écrire ; mais les événements ont encore marché plus vite que moi. La lettre heureuse, tu ne la recevras jamais, cher Justin. Entre la plume et l'encrier une ombre noire a pris son vol.

Le congrès s'est terminé voici presque deux semaines. Les assemblées de cette sorte sont toujours très épuisantes pour ceux qui se trouvent y jouer un rôle de premier plan. Je n'étais donc pas sans inquiétude à l'endroit de mon patron. Je faisais des vœux ardents pour qu'il retrouvât le calme du laboratoire et qu'il fût vite ressaisi par le rythme du travail. Les recherches sur la coqueluche sont loin d'être terminées. Sternovitch et Fauvet vont chaque matin dans les hôpitaux. M. Chalgrin, parfois, les accompagne. Il faut, pour mener à bien des expériences de cette sorte, une discipline qui est, en même temps, chaîne et bienfait, astreinte et bonheur.

Le congrès s'est donc séparé. Les étrangers sont partis. Le silence est revenu dans les instituts et les écoles. J'ai d'abord pensé que les combattants d'hier allaient, à la faveur de la retraite, dénombrer et panser leurs blessures. Contrairement à mes prévisions, M. Chalgrin ne semblait pas anéanti par cette épreuve exhaustive. Il venait au Collège et passait tout son temps en conférences, en parlotes avec des amis ou des confrères, parfois même avec nous autres. Je le sentais encore très exalté, très malheureux, travaillé sourdement par des idées de représailles, de recours à l'opinion, de justice et de châtiment. J'imaginais Mme Chalgrin pratiquant sur le pauvre grand homme des inoculations virulentes et j'étais très affligé.

C'est vers le milieu de la semaine dernière que le salut est venu, pas à pas, heure par heure, et, avec le salut, la résolution magnifique. Ne crois pas que je cède à l'orgueil si j'affirme ici que j'ai tout deviné, tout compris, l'un des premiers et peut-être le seul, oui, le seul. Je ne suis certes pas le plus brillant élève d'Olivier Chalgrin ; mais je l'aime et le vénère. J'ai toujours espéré de lui des pensées et des actes à la mesure de son âme. Il est donc bien naturel que la naissance de ces pensées, que la genèse de ces actes ne me soient pas demeurées insensibles.

M. Chalgrin s'est d'abord enfermé dans son cabinet de travail, tout seul et des heures durant. Il n'a reçu qu'une seule visite, celle de M. Dastre. Il a dit en l'accompagnant à la porte, mercredi soir : « Je vous affirme que je consens de bon cœur à m'humilier devant tout le monde ; mais devant lui, c'est difficile, devant lui, c'est impossible. Somme toute, c'est l'encourager à redoubler d'effronterie, de discourtoisie, d'orgueil. En outre, s'il voit que je cède, il aura la certitude que le bon droit est pour lui. Je ne peux pas imaginer qu'un geste d'apaisement va le faire changer de nature. Non, croyez-moi, mon ami, s'abaisser devant un homme de ce caractère, c'est abaisser en même temps la bonne foi, c'est préparer de nouvelles querelles, de nouvelles dupes, de nouvelles victimes. »

Dastre n'est pas revenu. Mon cher patron est retombé dans sa méditation solitaire. Le mot retombé n'est pas juste. Je sentais que, de jour en jour, sa méditation s'élevait et l'élevait en même temps, qu'il soutenait une lutte dont il allait bientôt sortir, je n'aurais pu dire comment. J'avais la certitude intime qu'il n'en pouvait sortir que de façon noble et sage. Il a commencé de sourire comme il souriait autrefois, quand il était pur de toute colère et de tout ressentiment. Il est devenu de nouveau mon maître, mon patron, mon cher modèle. Il s'arrêtait souvent dans le grand laboratoire, aux heures où je m'y trouvais ; il s'asseyait derrière mon tabouret et il se prenait à parler comme pour lui-même. Il a dit : « Les hommes ont à lutter contre toutes les forces de la nature et contre une infinité d'autres êtres vivants. Eh bien ! cela ne suffit pas, il faut qu'ils se lancent les uns contre les autres et qu'ils s'entre-dévorent. Nous qui formons l'élite de la société, nous devrions donner au moins l'exemple de la concorde. Il faut croire que c'est vraiment très difficile de donner un tel exemple. Ce n'est peut-être pas complètement impossible. C'est un sujet sur lequel il m'arrive de réfléchir. »

Je n'ai rien dit, je ne pouvais rien dire. J'ai regardé mon maître avec une telle chaleur, avec un tel enthousiasme qu'il n'a pas pu n'en être pas touché.

Il m'a demandé, le lendemain :

— Etes-vous libre lundi ? Pouvez-vous m'accompagner à l'Académie des Sciences ?

J'ai répondu :

— Mais oui, patron. Je n'ai pas de travaux pratiques et, pour le reste de mes affaires, je peux très bien m'arranger.

La question n'avait rien pour me surprendre ou m'alarmer. Il m'est arrivé plusieurs fois d'accompagner mes patrons, soit à l'Académie des Sciences, soit à la Société de Biologie, soit encore à l'Académie de médecine. Je portais les documents, les livres, les préparations. J'ai donc répondu, tout d'un trait, tout uniment, d'un cœur allègre. Et j'ai senti presque aussitôt que le patron n'avait pas tout dit.

Il était sept heures du soir. Je venais de monter au Collège pour y surveiller mes animaux et pour y prendre leur température, ce que je fais toujours moi-même, avec le plus grand soin. Le laboratoire était silencieux et très pauvrement éclairé par une lampe assez chétive. Je me demande encore aujourd'hui si l'heure, l'ombre, le silence ont été pour quelque chose dans le besoin d'amitié que M. Chalgrin semblait éprouver soudain. Ces hommes, que l'on voit très grands, entourés d'une foule d'amis et d'admirateurs, ont parfois des minutes de solitude et de défaillance. Ils ont parfois besoin d'une oreille vacante. Enfin, je cherche des raisons parce que je me sens très indigne et que la pensée d'avoir été, pendant ces quelques minutes, le confident de mon maître me remplit de confusion. Il m'a mis la main sur l'épaule. Il disait, d'une voix très basse :

— Vous savez que j'avais un fils. Il est mort à l'âge de quinze ans, d'une broncho-pneumonie. Il aurait aujourd'hui votre âge, à peu de chose près. S'il était là, près de moi, ce soir, je crois que je lui parlerais comme je vous parle en ce moment. Oh ! certes pas dans le dessein de lui donner une leçon ou un exemple. Je suis terriblement indécis, mon pauvre ami. Je crois pourtant que j'ai fini par trouver mon chemin dans toutes ces absurdes misères. Vous savez qu'il s'agit de cette malheureuse querelle avec M. Rohner. Je voudrais être bien sûr que, dans cette affaire, tous les torts sont de mon côté. Ce serait beaucoup plus facile. Malheureusement, je ne le crois pas. Pour mieux dire, je n'en sais plus rien. N'importe, je veux en finir. Vous savez que M. Rohner affecte de ne pas me saluer. La situation est nette. Nous avons passé vingt fois l'un près de l'autre, pendant les dernières semaines, et M. Rohner a fait comme s'il ne me voyait pas. Je ne peux pas vous dire que j'ai trouvé une solution très admirable. Je cherche et vais à l'aveuglette. J'ai résolu de me rendre lundi prochain à l'Académie des Sciences. M. Rohner y viendra. Je suis même à peu près sûr qu'il doit y faire une communication. Eh bien ! je l'aborderai, je lui tendrai la main, et même, s'il le faut, je lui adresserai la parole. Voilà, ce n'est pas grand-chose ; mais, si je n'en faisais rien, j'aurais le sentiment d'être au-dessous de moi-même et j'en souffrirais beaucoup. Et puis, il ne s'agit pas d'être au-dessous ou au-dessus de soi-même. Il faut prendre une décision et je n'ai trouvé que celle-là. C'est que, voyez-vous, Pasquier, on est très pauvre et dépourvu quand on veut faire le bien. Ce n'est pas comme pour le mal, où tout est vraiment plus facile. Quoi qu'il arrive, c'est fini, je peux vous l'affirmer, je ne sens plus d'animosité pour personne. Je refuse tout nouveau combat. Je cède, vous comprenez, je renonce. Je fais la paix.

Il cherchait ses mots et les aventurait sans hâte, revenant sur chacun d'eux, non pas comme un infirme qui trébuche au hasard, plutôt comme un inspiré qui découvre son chemin vers le jour, vers l'issue. J'assistais à cet enfantement, moi, Laurent, dans le plus exact silence. Je commençais à comprendre que les pensées les plus simples doivent être, par chacun de nous, repensées, à nouveau, pour retrouver en chacun de nous leur force originelle. Je comprenais aussi que cet acte de recréation des vérités élémentaires exige toujours un effort démesuré, pour mieux dire un effort de commencement du monde.

M. Chalgrin répétait rêveusement : « Je fais la paix. Je la donne et je la demande... »

Il est possible que, dans la vie des peuples, cette morale que je voyais reprendre vie sous mes yeux soit maladroite et périlleuse. Je n'en sais rien, je ne suis pas et ne serai jamais un conducteur d'hommes. Dans la vie des esprits, dans la vie des âmes, il m'a toujours semblé que c'était la seule morale efficace et même possible, celle à laquelle nous arrivons après tous les déboires, tous les mécomptes et toutes les fautes.

Je ne me suis pas permis de prononcer une parole. M. Chalgrin a dû comprendre quels étaient mes sentiments, car il m'a pris par le col et il a posé légèrement sa joue contre ma joue comme si j'eusse été ce fils qu'il venait d'évoquer et de prendre à témoin.

Tout cela, c'était samedi. J'ai passé la journée du dimanche — celle de dimanche dernier — tout seul, à me promener dans les rues et les jardins. Je n'ai vu personne. J'aurais inventé bien des détours pour éviter une rencontre. Je suis allé jusqu'à l'Institut et, plus tard, jusqu'au Collège pour y surveiller mes bêtes. Le lendemain, lundi dernier, j'ai passé la matinée au laboratoire du Collège. Le patron n'est pas venu. Je sentais qu'il ne viendrait pas. Il m'a fait porter un mot pour me donner le rendez-vous. J'ai su, par la suite, qu'il était sorti tout seul et j'ai compris qu'il achevait, dans cette belle solitude, de se ressaisir de la paix, de se reconquérir lui-même, de se purger de toute pensée parasite.

Je l'attendais à trois heures dans la cour de l'Institut. Il est arrivé quelques minutes en retard. En quittant le fiacre, il m'a prié de porter sa serviette et nous avons commencé de gravir l'escalier.

Ce qui s'est passé ensuite, je vais tâcher de te le raconter dans l'ordre et sans beaucoup de mots.

Il y avait du monde, en haut, dans la salle des bustes. M. Chalgrin s'est avancé très vite à travers les groupes. Il cherchait M. Rohner. Il marchait comme un homme qui ne veut pas se laisser distraire avant d'avoir atteint le but.

M. Rohner était assis sur une des banquettes de velours qui se trouvent sous les fenêtres. Cinq ou six de ses confrères étaient rassemblés en ce point et devisaient tous ensemble. Ils ont vu M. Chalgrin s'approcher d'un pas si ferme qu'ils se sont tous écartés. M. Chalgrin s'est arrêté devant Rohner. Il était alors dans le plein jour des fenêtres et, comme je le suivais, j'ai pu voir qu'il était fort pâle, plus pâle que de coutume, et que ses lèvres frémissaient. Il s'est fait, dans cet endroit, un silence presque terrible, et M. Chalgrin, sans rien dire, a tendu la main.

Je connais bien M. Rohner. Il avait son visage raviné par de lentes et roides grimaces. Il avait ce regard bleu-blanc qui n'est pas un regard humain, mais bien plutôt celui de quelque bête cruelle.

Il a considéré longuement la main de M. Chalgrin et il n'a fait, pour la prendre, pas même l'ébauche d'un geste. Il est resté là, comme une statue, la statue de la détestation.

M. Chalgrin n'a pas retiré sa main. Il attendait, il attendait, la respiration coupée. Il attendait et j'ai compris qu'il n'avait pas encore fini, qu'il avait encore quelque chose à faire, qu'il lui restait, si j'ose dire, à tendre l'autre joue et que c'était très pénible et que c'était même déchirant, mais qu'il ne reculerait point.

Il a dit, d'une voix très faible, nette et bien articulée :

— Monsieur Rohner, s'il a pu m'arriver de vous offenser dans mes paroles ou mes écrits, sachez que je le regrette et que je suis venu ce soir vous en demander pardon.

M. Rohner s'est levé. Toute sa petite personne était rigide, bandée, sans défaillance et sans tremblement. Il a fait, avec sa tête, le signe de la négation. Il a mis les mains dans les poches de sa veste et posément, sans un regard, il est parti. Je l'ai vu presque aussitôt qui pénétrait dans la salle des séances.

Un grand silence régnait maintenant dans la salle des bustes. M. Chalgrin a laissé retomber sa main et s'est retourné vers la porte. Il est sorti en trébuchant. Je le suivais comme son ombre et, pour descendre les degrés, je lui ai tendu le bras.

M. Chalgrin n'a pas de voiture. J'ai dû héler un fiacre. Je voulais monter avec lui, l'accompagner. Il m'a signifié qu'il préférait rester seul. Je n'avais plus rien à faire dans cette maison solennelle. Je suis parti au hasard. Je n'étais pas du tout désespéré. Je n'avais pas du tout, en pensant à mon cher patron, le sentiment d'un échec, mais au contraire celui de la victoire, de la seule victoire possible, et j'aurais voulu chanter.

J'ai trouvé ta lettre en rentrant à la maison, le soir de ce grand lundi, c'est-à-dire avant-hier. Tu peux comprendre maintenant pourquoi ta lettre tombait mal.

Ma journée de mardi, je te l'ai racontée tout au long dans ma lettre d'hier soir. Je peux bien t'avouer que Sénac et dame Solange, voilà qui ne s'accordait guère à la marche de mes pensées.

De toute la journée d'hier, je n'ai rien su de mon cher patron Chalgrin. On papotait, à mots couverts, dans les laboratoires, sur la scène de la veille, la scène de l'Institut. Je ne voulais rien entendre et je n'ai rien entendu.

Ce matin, je suis allé jusque chez M. Chalgrin, car j'étais quand même trop inquiet.

L'appartement était dans le plus grand désordre et sentait la pharmacie. Mme Chalgrin a traversé le vestibule en peignoir, en bigoudis, le visage creux, la bouche mince. Elle n'a pas eu l'air de me voir. La bonne, que je connais bien, m'a dit que mon cher patron était revenu lundi soir avec un grand mal de tête et qu'il avait dû se coucher, qu'il avait eu, dans la nuit, quelque chose comme une attaque et que les médecins pensaient qu'il était paralysé, mais qu'il ne fallait pas le dire.

J'ai couru chez Legry, qui connaît mon patron depuis la petite enfance et qui le soigne au besoin.

Je sais, maintenant, je sais. M. Chalgrin a fait un ictus avec hémiplégie droite. L'hémorragie doit être considérable, car il est encore dans le coma. Legry n'ose pas se prononcer. Mme Chalgrin s'oppose à ce qu'on publie les nouvelles. C'est un vœu dérisoire. Demain, tout Paris saura...

J'ai trouvé, sous ma porte, en revenant chez moi, ce soir, une lettre où je reconnais l'écriture de Sénac. Eh bien ! qu'elle reste là. Je ne la jetterai pas ; mais je ne veux pas la lire tout de suite. Le monde est assez confus. Il ne faut mêler quand même ni les idées, ni les hommes. Tu vas peut-être penser que je ne mets pas en œuvre la leçon que j'ai reçue. Je ne sais pas. Je verrai. Sénac ne m'a pas offensé. C'est beaucoup plus grave : il me dégoûte et me désespère. Est-ce que l'on peut empêcher cela ? Est-ce que l'on peut pardonner cela ?

Mercredi, 7 avril 1909.

## CHAPITRE 21

J'avais d'abord pensé qu'au reçu de mon télégramme tu te dégagerais pour un jour et viendrais jusqu'à nous. Tu n'es pas venu. Je ne t'en fais pas reproche. Il me semble même comprendre toutes les raisons de ton absence et de ton abstention. Je sais que tu m'aimes toujours de la même amitié fraternelle, pourtant nous arrivons à l'âge où force nous est d'opter pour les problèmes élus. Et s'il est à ton retranchement des raisons plus douloureuses, plus secrètes, tu sais bien que je les connais et même que je les éprouve.

A la faveur d'une grande journée de retraite dans mon petit laboratoire — celui de l'Institut — je vais t'apprendre ce que tu ne sais pas encore.

Cette lettre de Sénac, j'aurais dû l'ouvrir tout de suite. J'ai eu tort et tu m'en vois désespéré. Mauvaise humeur, lassitude, tout cela ne signifie rien. Mille billets inutiles ne me décourageront plus jamais d'ouvrir le mille et unième. On ne sait jamais ce que porte une lettre. C'est peut-être un appel, un cri. C'est peut-être le soupir suprême d'une âme encore suspendue à l'extrême bord de l'abîme, au-dessus des ténèbres et des fumées de son propre abîme.

Que veux-tu ? J'étais excédé de Sénac. J'étais même tourmenté par la peur de la contagion, oui, la contagion du néant. Sénac m'a dit un jour : « Je ne crois à rien, même pas au néant. » Cette phrase extravagante signifie justement qu'il était obsédé par le sentiment du néant, qui peut nous torturer tous à certaines heures et qui, lui, ne le lâchait point.

Et puis, j'étais loin de Sénac. Toutes mes pensées demeuraient au chevet de M. Chalgrin. Et puis, et puis le besoin romantique de me prouver à moi-même que j'étais capable de rigueur et de suite dans le ressentiment... Une semaine a passé, plus d'une semaine peut-être. Etrange à dire, c'est Joseph qui m'a donné l'alarme. Il est venu me voir au laboratoire, ce qu'il fait parfois quand il a, non certes du temps à perdre, mais une pensée qui le tracasse. Au moment de s'en aller, il m'a dit tout soudain :

— Je n'ai pas vu Sénac depuis quatre ou cinq jours. Et il ne m'a pas fait tenir le moindre billet d'excuse. Je n'aime pas beaucoup cela. Même d'un hurluberlu, j'attends un peu plus d'étiquette *(sic)*.

Joseph est parti donc et cette phrase est demeurée dans un coin de ma mémoire comme un parasite bien toléré qui ne donne pas encore de trop vives démangeaisons. C'est la nuit que je m'en suis souvenu. C'est la nuit que toutes les idées prennent leur visage d'angoisse. Comme je ne dormais pas trop bien, j'ai fini par allumer ma lampe et par chercher la fameuse lettre. Elle disparaissait déjà sous un grand amas de paperasses. Je l'ai tout de suite ouverte. Elle était écrite au crayon et ne contenait que trois ou quatre lignes. J'ai reconnu l'écriture de Sénac, déformée, presque illisible.

« Ce n'est pas vrai, ce n'est pas vrai, Laurent. Je ne suis pas une canaille. Et même je vous le prouverai à tous, à ton frère Joseph et à toi surtout. Attends, attends seulement que je rassemble mon courage. » Il avait signé ce billet de son initiale, un S, dont la queue s'enfuyait en se tortillant jusqu'au bas de la page.

J'ai soufflé la lampe et me suis recouché tout de suite. C'est un peu plus tard que la lettre de Sénac a commencé de fermenter dans le demi-cauchemar. Quand l'aube est venue, j'étais tout à fait réveillé. Je savais. Tu comprends bien : je savais.

Pour ne pas arriver trop tôt, j'ai fait le chemin à pied en remontant la rue Saint-Jacques, puis la rue de la Tombe-Issoire. Quand je suis entré dans l'impasse, il était à peu près huit heures. Je me suis bien gardé d'interroger qui que ce fût. Sénac n'avait pas de voisins. Il n'adressait jamais la parole aux ouvriers menuisiers ni sans doute aux maquignons. Et puis, je te l'ai dit, pour arriver au fond de l'impasse, il faut traverser une zone vraiment désertique : écuries, remises, terrains vagues, masures abandonnées.

Je pensais qu'au bruit de mes pas les chiens allaient hurler. Je n'ai d'abord entendu que le grincement des griffes sur le bois de la porte. Ils n'ont donné de la voix qu'en m'entendant frapper. Ils n'aboyaient pas à pleins poumons. C'était plutôt une lamentation aiguë, entrecoupée, très effrayante. Enfin, j'ai cru comprendre qu'il n'y avait qu'une seule bête. J'ai frappé, de nouveau, très fort, et, de nouveau, de nouveau, pendant cinq grandes minutes, car je songeais au sommeil de Sénac, à son terrible sommeil ordinaire.

J'ai finalement cessé de frapper et le chien a cessé de se plaindre. A ce moment-là, j'ai vu, sous la porte, passer le coin d'une lettre. Je ne sais si c'est une faute, mais j'ai tiré la lettre. J'ai reconnu ton écriture. La lettre était timbrée du 10 avril. Elle devait être là depuis six jours pour le moins. Je l'ai reglissée sous la porte.

Il fallait sans hésiter prendre une détermination. Je suis sorti de l'impasse et j'ai commencé par marcher doucement en pesant toutes mes pensées. Puis j'ai pris un fiacre et je suis allé boulevard du Montparnasse, chez Vuillaume. Il sortait à peine du lit. Je t'ai dit que Sénac voyait assez souvent Vuillaume. Nous prenions, autrefois, tous ensemble nos repas chez Papillon. Vuillaume est un garçon sérieux, un peu flegmatique, un peu lent. Il est résolu fermement à faire une belle carrière. Il n'est pas trop susceptible d'élan. Quand même on peut lui demander un service. Je lui ai dit toutes mes craintes au sujet de Jean-Paul Sénac et qu'il fallait prévenir la police, puis faire ouvrir la porte, que nous serions peut-être rassurés et que je le souhaitais du fond du cœur ; mais qu'on ne pouvait plus attendre. Vuillaume a dit : « Je te suis. » Il a presque tout de suite ajouté : « Nous devrions prendre Roch. Il habite avenue du Maine. »

C'était assez raisonnable. Nous sommes allés chercher Roch et, de là, chez le commissaire. Il était à peu près neuf heures et l'on nous a fait attendre. Une chose aussi simple paraissait très difficile à ces messieurs. Alors, Roch a dit qu'il connaissait M. Lépine et qu'il allait téléphoner. Les choses ont changé de tournure. On nous a donné deux agents et un flic en civil. Ce n'était pas encore assez. Il fallait un serrurier. Nous l'avons pris en route. Il était au moins dix heures du matin quand nous sommes arrivés dans l'impasse. On a frappé plusieurs fois et, comme le serrurier commençait à chercher ses passe-partout dans la trousse, le flic en bourgeois a dit : « Ça ne sent pas bon. » Nous avons tous en effet reconnu qu'une odeur très inquiétante rôdait dans le fond de l'impasse. Je pensais encore que ce pouvait venir des chiens. On entendait toujours hurler, de l'autre côté de la porte, et toujours une seule des bêtes.

Pour finir, la porte a cédé. Nous sommes entrés ensemble.

L'odeur nous a sauté tout de suite au visage.

Sénac était sur son lit, presque nu, noir et si gonflé qu'il était méconnaissable. Les chiens avaient déchiré les draps et la chemise. Une des jambes du cadavre était à demi dévorée. Tout cela, nous l'avons découvert dans une sorte de bousculade. Les agents avaient peur des chiens. Or, l'un des chiens était mort. C'était le nouveau pensionnaire, le berger allemand, la bête féroce. Mignon-Mignard vivait encore. Nous avons bien vu que le chien nouveau venu, celui que j'appelle, à tort sans doute, la bête féroce, était mort de faim. C'est Mignon-Mignard seul, sa gueule en portait témoignage, qui a mis les crocs dans le cadavre de son maître. Je ne peux penser à ce trait sans horreur. Sénac aimait les bêtes, pourtant il y avait dans cet amour quelque chose de trouble et de cruel, quelque chose, pour nous, de peu compréhensible. Mignon-Mignard vivait encore et même cette bête minable montrait les dents et grondait. Un des agents l'a tué, tout de suite, d'un coup de revolver.

C'est à ce moment-là que nous avons découvert, sur la table, près du lit, le flacon d'aconitine. Je l'ai reconnu tout de suite. C'était un flacon du Collège. La solution d'aconitine, à un pour mille, dont le patron se servait pour étudier l'effet de ce poison sur le cœur. Le flacon avait disparu vers la fin de l'automne. Le patron pensait qu'il avait été brisé, mais que le garçon ne voulait pas le dire. Il manquait beaucoup de liqueur dans la bouteille. L'aconitine exerce d'abord une action vomitive et nous avons bien vu que Sénac avait vomi. La dose était si forte que, malgré les vomissements, elle a pu se trouver mortelle. Sur la table, près du flacon, se trouvait un bout de papier. Sénac avait écrit, toujours au crayon : « J'ai chipé l'aconitine chez M. Chalgrin, au début du mois de décembre, avant d'être renvoyé. » Un peu plus bas, il avait ajouté : « Je vais en boire la moitié, ce doit être suffisant. » Et toujours l'S, l'initiale, avec une longue queue bouclée.

Si Jean-Paul a volé ce flacon dès le mois de décembre, c'est, tu le comprends bien, Justin, que l'idée du suicide était très ancienne chez lui. Je ne dis pas cela pour diminuer ce qui représente à mes propres yeux ma part de responsabilité dans ce malheur et peut-être même la part de responsabilité de... Joseph, oui, de Joseph, dont je ne sais trop que penser. Ne crois pourtant pas, je t'en prie, qu'une parole un peu brutale aurait pu suffire à déterminer ce malheur. Non, non, sans ma sévérité, dis-toi, laisse-moi te dire, que Jean-Paul serait mort quand même, qu'il en était à ce point de négation et de refus où la mort seule semble possible et nécessaire.

Les agents nous ont priés de sortir. Ils devaient retourner au commissariat, poser les scellés, accomplir enfin toutes les formalités d'usage. Nous sommes sortis tous les trois. Vuillaume, qui souffre de blépharite chronique, a toujours l'air de pleurer. Il ne pleurait pas. Il était, comme Roch et comme moi-même, à peu près muet d'affliction.

Il y avait, dans un angle des masures, un lilas protégé du vent et qui commençait à fleurir. Nous l'avons vu tous trois ensemble et nous l'avons regardé comme des naufragés regardent une bouée dans la tempête.

Le corps de Sénac a été transporté le jour même à la morgue. Le billet trouvé sur la table et le flacon d'aconitine ont simplifié bien des choses. On a délivré tout de suite le permis d'inhumer. Savais-tu que Sénac avait un frère ? Il n'en parlait jamais. Nous l'avons vu, le jour de l'enterrement. C'est un brave garçon, chauve, à grosse moustache. Il pleurait et racontait en reniflant d'absurdes histoires de leur enfance, des histoires que nous n'imaginions que trop bien : Jean-Paul arrachait les ailes des mouches, il se donnait des claques devant la glace, tout seul, pour se faire pleurer, il se retournait les paupières pour effrayer les copains. Pauvre Jean-Paul ! Que la paix soit avec lui !

L'enterrement a eu lieu mardi dernier, au cimetière de Bagneux. Il faisait une douce matinée de soleil fragile, un temps de pardon.

Si j'étais sûr que Sénac jouit vraiment de ce néant auquel il disait ne pas croire, si j'étais sûr que le fantôme douloureux de Sénac ne sortira pas de Bagneux, si j'étais sûr que le triste génie de Sénac a vraiment déserté le monde... N'avait-il vraiment que cette manière atroce de nous faire connaître son message, de nous signifier notre erreur ? Eh bien ! non, je ne le crois pas.

M. Chalgrin va mieux. C'est ainsi que s'expriment Legry et Dieulafoy dans les bulletins de santé publiés par la grande presse.

J'ai, par faveur exceptionnelle, obtenu de rendre visite à mon cher patron, chaque matin. M. Chalgrin est en effet sorti du coma vers le quatrième jour. L'hémiplégie droite est complète et l'aphasie non moins grave. J'ai rencontré Georges Dumas qui connaît bien mon patron. Il pense que l'hémorragie doit être considérable. On ne peut pas encore se prononcer sur l'avenir, mais Dumas a peu d'espoir. Mon patron ne parlera sans doute plus. Il semble reconnaître les visages et c'est tout. Nous ne saurons peut-être jamais ce qui vit encore dans cette âme. Serait-il favorisé d'une amélioration organique sensible, il est à craindre que l'intelligence ait reçu des blessures inguérissables. Nous ne pouvons même pas savoir s'il a quelque idée de son état et s'il en est affligé. Lui qui aimait de laisser jouer ses sens avec une subtile allégresse, le voilà, pour longtemps peut-être, enfermé dans la prison de chair vive, en attendant les bonnes grâces de la délivrance. Lui dont l'esprit volait et planait sans chaînes et sans frontières, le voilà désormais muré dans l'ombre d'un caveau. Je pense avec douleur que les recherches en cours ne seront jamais terminées. Nous autres, les élèves, nous ferons ce que nous pourrons. Il nous faudra beaucoup de temps pour devenir à notre tour des maîtres, si du moins nous sommes désignés pour devenir des maîtres.

Suivant la coutume du Collège, on va conserver à M. Chalgrin sa chaire et son traitement. Mon patron n'a pas fait fortune. On ne le laissera quand même pas végéter et périr dans la misère.

M. Nicolas Rohner a publié ces jours derniers un mémoire sur le *Stroptococcus Robneri* et sur la maladie nouvelle dite maladie de Rohner. Il paraît que Catherine Houdoire est morte d'une endocardite et d'une néphrite, caractéristiques toutes deux et vérifiées au microscope, sur les coupes histologiques.

M. Rohner travaille beaucoup, avec une sorte de rage. Il ne fait pas la moindre allusion au terrible coup qui frappe M. Chalgrin. Je commence à bien connaître M. Nicolas Rohner et je peux t'affirmer qu'il est, malgré cette fringale de labeur, malgré les communications aux Sociétés savantes et les notes dans les journaux, je peux t'affirmer qu'il est complètement désorienté, désemparé. On croirait qu'il a perdu, avec son adversaire, le sens même de la vie, le juste sens de l'équilibre. Je me dis, à le regarder, qu'il en pourrait très bien mourir. Il faut beaucoup de temps pour couver, nourrir et choyer une haine de belle taille. Si M. Rohner ne trouve personne à détester, il se peut qu'il soit perdu.

Je me résigne assez bien à l'idée de travailler, s'il vit et s'il persévère, avec ce rude et méchant homme. Il m'apprendra sûrement quelque chose. Je ne lui demanderai que ce qu'il peut me donner.

Tu le vois, je deviens sage. Qu'un maître nous enseigne à colorer une préparation et à inoculer correctement un virus, vraiment, ce n'est pas rien et cela devrait nous suffire ! Mais non. Nous voulons que notre maître soit un saint et un héros ! Nous lui demandons tout et, quand il a donné tout, nous lui demandons le reste, au risque d'être déçus s'il ne peut nous contenter.

Je commence à voir le monde avec un peu plus de sang-froid. Les hommes admirables ! J'ai pensé, pendant huit jours, qu'ils étaient une réalité dans la mesure où nos besoins et nos rêves sont des réalités. Ce n'était pas même juste. Le pessimisme rejoint souvent l'optimisme dans la niaiserie verbeuse et la passion des généralités oratoires. Des hommes admirables ! Il y en a. J'en ai connu. J'en connais. Ils ne sont pas admirables partout et toujours. Ils sont admirables quand les circonstances les portent et que l'inspiration les visite. Tant mieux pour ceux qui sont là. Il faudrait se contenter de ce que l'on possède. L'absolu ! La perfection ! Les saints des vitraux ! Les héros des livres d'images ! Oui, c'est très beau, c'est très touchant. J'apprends tout doucement à vivre avec des êtres imparfaits qui ont parfois de belles heures, parfois des minutes éblouissantes. Ce n'est pas toute la journée qu'on voit la flamme au fond de l'œil et le signe entre les sourcils. Les grands hommes se détestent les uns les autres presque toujours, surtout quand ils se trouvent lâchés dans la même carrière. Les grands hommes se plaignent amèrement d'être méconnus de la foule, de la malheureuse foule qui a déjà si grand-peine à comprendre, une fois de temps en temps, les vérités élémentaires. Ils se plaignent d'être méconnus, mais, entre eux, ils ne font presque jamais rien pour se voir dans une saine lumière et pour se rendre justice.

N'importe ! Je ne quitte pas la partie. Ne te méprends pas, vieux frère, au son de mes paroles. Les grands hommes se chamaillent ; la pensée marche quand même. Le monument du savoir s'édifie, malgré les querelles. Toutes les feuilles sont gâtées, tous les arbres sont malades, mais la forêt est magnifique.

Des hommes admirables ! J'en ai cherché, j'en cherche encore. J'en trouve : tantôt des miettes et tantôt de très beaux morceaux. Mon cher patron Chalgrin était un homme admirable presque toute la semaine. Et Rohner ? Eh bien ! Rohner, il est admirable quand je le regarde à la loupe et en détail. Il faut chercher sans défaillance. Il faut arracher tous les masques, ouvrir toutes les portes, contourner tous les obstacles et soulever toutes les pierres. Oh ! je ne suis pas déçu. S'il m'arrivait un jour d'être déçu... Mais non, je ferai mon optimisme de toutes mes déceptions.

Figure-toi qu'hier, pendant plus d'un bon quart d'heure, j'ai pu voir un homme admirable. Tu te demandes qui c'est. Eh bien ! je te le donne en mille. C'était — car cela n'a pas duré, l'imparfait est de rigueur — mon père, l'honorable Dr Raymond Pasquier. Il est venu me chercher à l'Institut et m'a prié de l'accompagner chez un de ses malades. Voilà une chose qu'il fait rarement. Il pratique la clinique pure, à l'ancienne mode. Nous, médecins de laboratoire, il nous considère un peu comme des dilettantes. N'importe, il s'était mis en tête de nous demander un examen de sang et même une hémoculture.

Je suis allé faire la prise. C'était rue du Cotentin, au bord de notre ancien quartier. Une rue où l'on entend nos trains de la rue Vandamme. Imagine de très pauvres gens qui vivent à six dans un logement de deux pièces. J'ai fait ma prise de sang. Mon père était très calme, silencieux, respectueux. Il me laissait accomplir les rites de notre magie qui n'est pas tout à fait la sienne. La prise faite et mes tubes rangés, mon père est entré en scène — le mot dit bien ce qu'il veut dire. — Il a longuement examiné sa malade et de façon très adroite. Puis il s'est mis en colère parce qu'elle était mal couchée. Il a voulu refaire le lit, tout de suite, à sa façon. Il fouillait dans l'armoire, engueulait la fille aînée, bousculait le mari, mouchait les marmots. Pour finir, il a balayé la chambre et ouvert les fenêtres. Je ne sais si les malades aiment beaucoup ces manières, mais quand mon père, au moment de sortir, a repris son chapeau haut de forme, la chambre était en ordre, la malade respirait mieux et reposait dans un lit propre. Il y avait, à la muraille, un morceau de glace grand comme la paume, maintenu par deux ou trois clous. Mon père, en passant là-devant, n'a pas pu s'empêcher d'y jeter un coup d'œil et de donner une caresse à ses longues moustaches d'aurore. Voilà ! C'était fini. Le quart d'heure de grandeur s'éloignait déjà dans l'histoire. L'homme retombait soudain sur ses quatre pattes. C'est ainsi qu'il restera jusqu'à la prochaine victoire.

Je n'ai pas revu dame Solange. Oh ! je la verrai revenir. L'avenir de mon père ne me tourmente pas trop en ce moment et son passé me fait la grâce de se tenir en repos. Voilà ce que j'appelle un concert de chances.

Je ne te dis rien, Justin, du mariage de Cécile avec Richard Fauvet. Je sais que Cécile a dû t'écrire. Elle m'en a parlé, l'autre jour, après son concert. Quant à Richard, il ne m'a pas fait l'honneur de me confier quoi que ce fût de cette extravagante histoire.

Je t'écris de mon petit laboratoire dont la fenêtre unique donne sur les verdures naissantes. La centrifugeuse tourne et bourdonne derrière moi. Les cobayes remuent dans leur cage et me considèrent avec leur petit œil vif et intelligent. Si je les regarde, moi-même, avec un peu trop d'attention, leur cœur, je le sais, se prend à palpiter plus vite. Ce sont des animaux très sensibles. Nous les tourmentons, au nom de la famille humaine à laquelle ils n'appartiennent pas. Il faut limiter sa patrie si l'on ne veut pas mourir.

Il fait un beau jour de printemps. Les narcisses vont refleurir dans le jardin de l'Institut.

# CÉCILE PARMI NOUS

*Etes-vous, parmi nous, à ce point étrangère ?*
Jean Racine.

# CHAPITRE PREMIER

Les puissances, folles ou sournoises, toutes les puissances du monde, celles qui roulent, celles qui piaffent, celles qui cheminent à pas sourds, celles qui voyagent en hurlant, celles aussi qui veillent, inertes depuis des siècles, mais n'attendent qu'un signal pour chanceler et pour choir, celles qui ont des voies tracées, des règles et des barrières et celles qui voguent à l'aventure comme les corsaires de l'ombre, toutes les forces redoutables qui hantent la ville des hommes, elles ne pourront rien aujourd'hui, contre l'enfant aux paupières diaphanes, contre le petit roi, contre le petit dieu qui sommeille, les bras en croix, dans le creux du berceau roulant.

Ce précieux fardeau qu'elle ne voulait, ce soir, abandonner à nul autre, Cécile va, parmi les rumeurs, les grondements, les fracas, en le poussant droit devant elle. Pour Cécile donc la joie de protéger, cette joie qui, de toutes, est la plus noble, la plus exaltante aussi. Pour Cécile encore l'orgueil sans pareil d'avancer comme une déesse dans un univers soumis. Pour Cécile, dès que la rue monte, le tendre effort des bras sur la nacelle soudain plus lourde.

Cécile a visité, maintenant, toutes les nations de la terre ; elle a joué de la musique devant les princes, les rois et les empereurs. Cent fois, elle a senti les foules heureuses la saluer, la remercier en criant et en haletant. Mais, au prix d'un petit enfant, que valent toutes les autres gloires ? Cécile a créé des chants, elle sait inventer des airs qu'elle trouve au fond de son âme. Elle donne à la musique des grands maîtres une vie telle que tous ceux qui l'entendent sont aussitôt saisis d'un délicieux orgueil. Depuis qu'elle a mis au monde une petite créature humaine, Cécile juge bien frivoles toutes ses anciennes raisons de fierté.

La jeune femme songe aux heures solennelles de la souffrance comme aux plus belles heures de sa vie. Elle n'avait pas peur. Elle n'était pas anxieuse, mais bien plutôt transportée de ferveur et d'espérance. Ce n'est pas comme une victime qu'elle s'est remise aux mains de la matrone et du praticien, mais comme une prêtresse qui va recevoir le message des anges. Elle a chanté longtemps, puis chantonné. Un peu plus tard, même ses cris, car il faut bien crier pour ne pas mettre à mépris la voix des écritures saintes, même ses cris et ses soupirs s'achevaient comme les phrases d'un hymne. L'enfant ! L'enfant ! Voilà ce qu'elle attendait, ce qu'elle avait toujours cherché.

L'enfant qu'elle souhaitait, ce n'était pas un enfant semblable à tous les autres, c'était, très exactement, l'enfant qui lui a été donné, celui qu'elle veut, ce soir, promener elle-même, en dépit des gronderies de la sévère Félicienne. Le miracle s'est produit, et Cécile a reçu non pas un enfant, mais son enfant, celui qu'elle attendait, celui qui, de tout temps, était préparé pour elle, l'enfant avec qui, mille et mille fois, elle s'était promenée dans les vallées élyséennes, où luit doucement la lumière perlée des songes.

Cécile ne voulait pas, d'abord, pour son fils, de ce prénom d'Alexandre qui lui semblait trop long, trop intimidant, trop compromis dans l'Histoire, c'est-à-dire dans l'histoire des autres. Cécile devait se tromper. Elle en convient de bon cœur. Elle reconnaît aujourd'hui qu'Alexandre est bien le prénom naturel et prédestiné de son enfant. Seulement Alexandre se prononce, au fil des heures : Sandry, Sandriouche, Dryno, Driouchette et Babiouche.

Ces petits noms d'amour, personne au monde ne les connaît. Pas même Laurent qui est, depuis trois ans, un frère insupportable.

Cécile qui, jadis, ne faisait pas volontiers l'aumône d'une parole, même à ses plus chers amis, s'arrête volontiers, maintenant, pour dire à une personne presque inconnue des phrases d'une pénétrante originalité, telles que : « Il a vingt-cinq mois, tout juste » ou « Il marche bien. Si je le mets dans sa voiture, ce n'est pas parce qu'il est malade, c'est pour mon plaisir... »

Cécile chemine par les rues et s'enivre de la joie d'être non plus une fée de la musique, un être admirable et un peu monstrueux, mais une femme semblable à toutes les autres femmes, une femme qui ne redoute plus de présenter au vent d'hiver deux mains délicates, ces deux mains que Cécile, autrefois, tenait à l'abri de toute offense, comme des objets précieux.

Cécile est invulnérable ; elle jouit, et elle le sent bien, d'une immunité merveilleuse. Il y a sans doute des choses auxquelles il est préférable de ne point penser... Cécile secoue la tête, redresse le col et regarde en souriant l'être surnaturel qu'elle pousse devant elle, dans cette petite voiture. Cécile marche et, pour la laisser passer, les voitures s'arrêtent, les piétons s'effacent, les gardiens de la paix font de larges signes avec leurs bras. Les foules s'écartent. Le monde entier s'incline avec sollicitude.

## CHAPITRE 2

L'accordeur était venu le matin même et, pourtant, Cécile, une clef aux doigts, interrogeait les clavecins. Elle passait de l'un à l'autre, la tête inclinée, l'oreille attentive, et de temps en temps, pointant l'index vers le plafond, elle demandait le silence et semblait suivre, l'œil mi-clos, la fuite d'une onde à travers l'étendue.

La salle de musique avait été construite, deux ou trois ans plus tôt, selon les vœux de Cécile et pendant la grossesse de la jeune femme. Elle prenait jour sur le jardin. On y voyait trois pianos et trois clavecins disposés sur une estrade. On accédait à l'estrade par une seule marche. Et cela suffisait pour que cette partie de la salle eût le caractère de l'autel, du lieu élevé. Les bruits de la rue ne parvenaient guère dans cette retraite. Le plus faible soupir des cordes y pouvait naître, chercher sa route, accomplir son fragile destin.

Laurent suivait Cécile pas à pas, l'air soucieux et obstiné. Il dit soudain, à la faveur d'un long silence :

— Sœur, j'ai fait un rêve, l'autre nuit.

Et comme Cécile attendait, le regard arrêté dans quelque angle d'ombre, un pli d'inquiétude et presque de souffrance entre les sourcils, le jeune homme poursuivit avec une sorte de hâte :

— Oh ! ce n'était pas un cauchemar, je peux te l'affirmer. Je ne te raconte pas mes cauchemars, d'ordinaire, et c'est préférable. Non, un rêve. Je me promenais dans une campagne inconnue et tout à coup, au milieu d'un bosquet de tilleuls, j'apercevais la tombe de Franz Schubert. Tu vois bien que c'est un rêve. Tu vois bien que c'est absurde comme tous les rêves, puisque je ne sais même pas où est la tombe de Schubert. Ce qu'il y a de sûr, c'est que la tombe aperçue au milieu des tilleuls était bien la tombe de Schubert. Le silence était grand. Alors, je me suis mis à parler, dans mon rêve, et je disais : « Maître, maître, m'entendez-vous ? » Et Schubert ne répondait rien. Et je recommençais à crier : « Maître, rappelez-vous ! Nous sommes les neveux des arrière-neveux de ceux que vous avez connus. Mais nous vivons toujours de vous, nous vivons toujours des trésors que vous nous avez laissés. Rappelez-vous, mon maître, tous les chants que vous avez composés pour nous et pour les enfants de nos enfants... » Pardon, Cécile, tu ne m'écoutes plus.

— Si, si, j'écoute et même j'attends la suite.

— Alors, comprends bien, Cécile : tout à coup, dans mon rêve, j'ai entendu la voix de Franz Schubert qui montait du fond de la terre. C'était une voix tout ensommeillée, triste et vraiment très lointaine. Elle soupirait : « Que veux-tu ? Que me veux-tu ? Que faut-il que je me rappelle ? » Et moi j'étais ployé en deux, le visage touchant presque l'herbe. Je disais : « Rappelez-vous ce que vous avez fait pour nous. Voulez-vous que je chante *la Jeune Fille et la mort* ? Voulez-vous que je chante *Am meer* ? Vous rappelez-vous l'*andante* du trio à trois bémols ? » La voix de Schubert est encore sortie de la tombe. Elle était plus triste et plus sourde. Elle disait : « Je ne me rappelle plus très bien. Non, non, c'est trop lointain, maintenant. J'ai maintenant d'autres pensées que je ne peux même pas vous dire. Non, non, je suis trop loin de toi, trop loin de vous, trop loin de toutes les choses d'une vie que je ne comprends plus, que je ne veux même plus comprendre. Va, passant, laisse-moi dormir. »

Laurent baissa la tête et toussa légèrement. Cécile, au bout d'un instant, dit sans le regarder :

— C'est tout ?

— Oui, c'est tout.

— Pourquoi m'as-tu raconté ce rêve ?

— Oh ! fit Laurent, avec un geste embarrassé des épaules, je l'ai raconté pour le raconter, rien de plus.

— Cela m'étonne. Tu ne fais presque rien sans quelque obscure raison. Vous êtes tous ainsi, vous autres, les intelligents. Et moi, je cherche à comprendre, alors que je devrais lever les épaules et vous tourner le dos. Ne proteste pas, ne te défends pas. Ton rêve, tu me l'as peut-être raconté pour me prouver que la vie éternelle est impossible. Comme si les preuves pouvaient quelque chose ! Comme si tes rêves avaient le moindre sens ! Tu es un savant et moi je suis une ignorante. Si, si, pour la philosophie, je ne suis qu'une ignorante.

— Cécile ! cria Laurent en frappant du pied le sol de l'estrade, ce qui tira de tous les instruments de musique une plainte longue et harmonieuse.

— Eh bien ! oui, appelle Cécile ! Elle viendra, elle répondra. Elle est encore vivante. Oh ! je suis toujours la même Cécile, la Cécile à qui maman donnait autrefois dix sous pour aller acheter, rue de l'Ouest, un morceau de savon blanc. Vous, je veux dire toi, Laurent, et d'autres encore, l'intelligence est en train de vous transformer et de vous corrompre. J'ai toujours le sentiment que tu vas me tendre un piège...

Elle s'arrêta, près d'une minute, et poursuivit, plus bas :

— ... Surtout depuis trois ans, depuis... depuis le mariage.

La salle de musique était médiocrement éclairée par une seule lampe de pupitre. Laurent vint se placer tout debout devant sa sœur. Il cherchait à lui prendre les mains, mais elle les dérobait avec adresse et les cachait derrière son dos, comme à la fin des concerts, pour les sauver, ces mains expertes, pour les sauver de l'enthousiasme brutal de la foule.

— Mais non, mais non, disait-il, mais non, sœur ! Pourquoi te tendre des pièges ? Ne veux-tu plus que je te dise mes pensées ?

— Si tes pensées doivent me faire souffrir, ne peux-tu les garder pour toi seul ?

— Je t'ai toujours dit mes pensées. Autrefois, tu ne refusais pas de souffrir avec moi.

— Mais maintenant, tout est changé.

— Il est impossible que tout soit changé. Ecoute encore, Cécile, je ne comprends pas le ciel.

— Laurent, Laurent, laisse-moi vivre en paix.

Mais le jeune homme, d'une voix opiniâtre :

— Moi, je ne méprise pas l'homme, et voilà pourquoi l'idée de votre ciel m'est presque intolérable. Imagine, Cécile, ma sœur, qu'ils sont là, tous les bienheureux, comme dans une académie ou comme dans une citadelle. Tous, ils ont triomphé des épreuves de la terre. Ils ont été, malgré les défaillances, des hommes admirables. Ils ont baisé les lépreux au visage, soigné les pestiférés, enduré le martyre. Et, à partir du moment où ils ont leur billet pour le ciel, c'est fini, c'en est fini de la charité, comme de toutes les autres vertus. Ils sont les élus, les heureux. Et ils jouissent de leur bonheur. Et ils vont en jouir pendant le reste de l'éternité, tranquillement, égoïstement. Et il n'y en aura pas un seul pour aller trouver Dieu le Père ou, mieux encore, le pauvre Jésus, Jésus le douloureux, et pour lui dire en tombant à genoux : « Seigneur, permettez-moi de descendre en enfer, pour y soigner, pour y consoler les damnés. » Comprends bien, Cécile, soigner les malheureux, consoler les malheureux, voilà ce qu'ils ont fait toute leur existence, les saints. Et je ne peux pas imaginer qu'ils vont soudain renoncer à leur vocation et dire : « Maintenant, c'est fini. J'ai gagné mon fauteuil et ma retraite. » Non, non, c'est une idée insupportable. Pense à Vincent de Paul, ma sœur. Eh bien ! je suis sûr que Vincent de Paul est en enfer, à l'heure actuelle, et qu'il y soigne les suppliciés. Sans cela, il n'est plus Vincent, mais un petit rentier médiocre. Si j'étais Dieu...

— Laurent, Laurent ! Tu vas parler comme l'Arkel de *Pelléas* et tu vas dire, toi aussi, de nobles sottises.

— Si j'étais Dieu, je ne souffrirais pas les arrivistes du ciel, ceux qui veulent à tout prix une place au paradis.

— Laurent, tu deviens fou.

— Je ne sais si tu comprends ce qu'il y a d'égoïste dans l'expression « faire son salut ». Ça sent le « chacun pour soi », le « sauve qui peut », l'« après moi le déluge ». Malheureusement, ceux qui ne veulent que « faire leur salut » sont des égoïstes et ceux qui veulent faire le salut des autres sont des tortionnaires ou des indiscrets, des zélés, des arrivistes aussi, à bien regarder.

Cécile saisit la clef d'accordeur et se mit à l'agiter en l'air avec fureur.

— Pourquoi, disait-elle, pourquoi viens-tu toujours me raconter tes rêveries, tes sottises, tes imaginations ridicules ? Les saints font ce qu'ils peuvent. Mais moi, moi, je ne suis pas une sainte.

La tête dans les épaules, ses gros sourcils en mouvement, Laurent grondait :

— Rappelle-toi maman, rue Vandamme. Elle disait à Mme Bailleul : « J'aime encore mieux accompagner mon mari dans l'enfer que de m'en aller au ciel, toute seule au ciel où je n'aurai rien à faire... » Comprends bien, Cécile...

Le jeune homme continua de parler quelque temps encore, d'une voix sourde, insistante, légèrement rabâcheuse. Cécile, des larmes plein les yeux, se contentait de répéter en secouant la tête :

— Je t'ai déjà dit que moi je ne suis pas une sainte. Alors, ne me tourmente pas !

Laurent, d'une main tâtonnante, cherchait son chapeau, jeté au hasard sur un siège. Il dit encore :

— Où est Richard ? Où est ton mari ?

— Il est souffrant.

— Comme toujours.

— Oui, comme toujours. Et moi, pardonne-moi, Laurent, mais je vais avoir à sortir.

— C'est bien, j'ai compris, je pars.

Le jeune homme quitta la pièce en soufflant et en grognant d'un air bourru.

## CHAPITRE 3

— Tu me feras l'amitié de croire, dit le Dr Raymond Pasquier, comme Laurent se préparait à replier sa serviette, tu me feras l'amitié de croire que si je t'ai prié de venir, ce n'est pas pour te raconter des balivernes. Ne te hâte point. Nous n'avons pas fini. Que serait un repas sans fromage, mon cher ? Il me semble que je t'ai dit cent fois mon sentiment sur ce point. Tu es un biologiste, mon expérience devrait te séduire, et pourtant je crois que tu n'y comprends pas grand-chose : la vie t'intéresse moins que les doctrines. Fâcheux, fâcheux, mon ami.

Le Dr Pasquier souleva délicatement la cloche à fromage, la fit vibrer d'une chiquenaude pour en éprouver le cristal, considéra d'un œil avivé le plat qu'elle recouvrait et dit, avec un sourire qui faisait frémir ses belles moustaches félines :

— Il paraît que les vignerons du Bordelais parlent, pour le raisin, de la pourriture noble. A mon avis, le mot est faible. Pourriture sacrée me conviendrait mieux.

— Ram ! dit Mme Pasquier d'un air contrarié. On dirait que tu prends plaisir à mettre ensemble des mots qui ne devraient jamais se rencontrer.

M. Pasquier choisissait et disposait avec soin sur son assiette, dans un ordre calculé, de petits morceaux de fromage. Il dit, la voix gravement jubilante :

— La vie est une pourriture sacrée. Nous ne pouvons vivre sans faire alliance avec les forces souveraines de la putréfaction. Seulement, nous disons fermentation, par décence, peut-être par peur. Moi, je n'ai pas peur. J'aime la vie, donc j'aime la pourriture sacrée.

Regarde bien ce que je mange et sers-toi, mon garçon, si le cœur t'en dit et si tu n'es pas une mauviette comme mon gendre... comment l'appelles-tu ? Faubert, Fouchet... Je ne saurai jamais. Le mari de Cécile, enfin. Regarde, il y a là des fromages de vache, de chèvre et de brebis. Les uns sont diffluents, larmoyants, pressés de se répandre. D'autres sont ambrés, translucides, réduits déjà par une sévère consomption. En voilà qui sont cornés, secs et durs comme des pierres savoureuses. Non, mais regarde, compare et sers-toi, ne serait-ce que pour me donner une opinion avantageuse de ma progéniture. Les fromages les plus frais ne sont pas nécessairement les plus naïfs. Il y en a qui sont, dès l'égouttoir, dès le lait, si l'on peut dire, touchés, hantés par une effervescence démoniaque. D'autres attendent l'extrême vieillesse pour s'abandonner aux microbes rares et précieux. Et tout cela rivalise de parfum, d'imprévu, de fantaisie, d'invention. Pense, Laurent, les microbes ! Des milliards d'êtres vivants qui ont tous une certaine façon de vivre, des habitudes et de l'imagination, à leur manière. Eh ! Eh ! Les gens qui ne comprennent rien au fromage parlent de délicatesse... Ce n'est pas de leur côté qu'est la délicatesse, mais du mien.

Le gourmet venait de lamper un trait de vin et reposait sa timbale. Il fit claquer sa langue et dit :

— Je n'ai pas encore eu le moyen de me constituer une cave. On en parlera plus tard, si mes projets portent fruit, et je ferai vieillir des vins.

— Ram, fit Mme Pasquier d'un air inquiet, tu ne m'as pas encore parlé de ces projets. Ne vas-tu pas te lancer dans quelque nouvelle extravagance ?

Le Dr Pasquier se leva, remplit sa poitrine d'air, se donna deux ou trois coups de poing dans les côtes pour faire sonner la cage thoracique et se prit à moduler diverses onomatopées et clameurs.

— Extravagance ! Houm ! Humm ! Extravagance ! criait-il. Voilà comme vous parlez, gens de peu de foi. Vous dites extravagance et moi je dis esprit d'entreprise, initiative, courage, innovation, curiosité, vitalité. Vous-mêmes, les enfants, qui devriez me bénir, vous me considérez avec une circonspection toute voisine de l'ingratitude. Et, puisque j'ai l'occasion de vous le dire, eh bien ! je le dis. Tout le monde m'a trouvé ridicule quand l'idée m'est venue de commencer des études et d'apprendre *rosa-la-rose* à quarante-cinq ans passés. Je sais, je comprends : j'ai moyennement réussi jusqu'à l'heure actuelle. Mais si je ne m'étais pas décidé, une bonne fois, si je n'avais pas commencé mes études, malgré les trembleurs et les pisse-froid, où seriez-vous aujourd'hui, vous autres ? Toi, Laurent, tu serais peut-être employé de commerce et ta sœur Cécile serait dans la nouveauté, dans la mode, ou dans quelque chose du genre. Elle montrerait un certain talent sur la mandoline et on dirait d'elle : « Avec un peu de travail, elle aurait gagné du renom. » Il faut qu'à certain moment quelqu'un donne le signal et se dispose à partir. C'est ce que j'ai fait. Après, le reste marche tout seul. D'ailleurs, je considère que, pour moi, tout n'est encore qu'au commencement. Tu verras ! Tu verras ! Vous verrez tous !

Le Dr Pasquier s'éclaircit la voix par quelques « hum ! » éclatants et regroupa ses traits pour ce fameux sourire lointain et dédaigneux qui, dans les temps anciens, indisposait si fort Laurent et toute la couvée.

— Mes enfants, dit-il encore, je suis enchanté de vos triomphes et je ne demande qu'une chose, c'est de songer enfin à mon triomphe personnel. Vous avez tous du succès. Suzanne elle-même, la dernière venue, s'est taillé l'année dernière une charmante gloire avec cette pièce, d'ailleurs ennuyeuse et ridicule, de M. Henry Bataille. Ton frère Joseph est riche comme Artaxerxès... Cécile est une princesse de la musique. Rien de plus mérité, je vous l'accorde. Pour toi Laurent, on commence à parler de toi dans les journaux. Tu perces, mon cher. C'est ton tour. Et vous voudriez m'empêcher de me faire une carrière, moi aussi... Je vais t'accompagner un peu, mon garçon, et nous continuerons l'entretien sur le boulevard. Lucie, fais-moi l'amitié de croire que je suis absolument de sang-froid et que Laurent est un compagnon de tout repos. Je marche avec lui dix minutes, une demi-heure peut-être, et je reviens sans regarder ni à droite ni à gauche.

Comme le père et le fils descendaient l'escalier, le docteur reprit d'un ton grondeur et scandalisé :

— Ton frère Joseph est étonnant. Il m'a dit l'autre jour que je pourrais me contenter de votre gloire. Joseph est bon ! Joseph est excellent ! A qui est l'argent de Joseph, je te prie de me le dire ? A Joseph tout seul. Et votre gloire, comme il dit ? Elle est à vous. Je ne vous la dispute pas, juste ciel ! Au contraire. Mais qu'on ne vienne pas me mettre des bâtons dans les roues si j'essaye à mon tour de faire un départ, d'abattre mon jeu, de donner toute ma mesure. J'en ai assez ! J'en ai assez de tirer le diable par la queue. Et maintenant, je vais changer toute ma vie.

— Que vas-tu faire ? dit flegmatiquement le jeune homme.

— Mon cher, je vais gagner de l'argent. Rien de plus simple.

— Et par quel moyen, papa ?

— Par le plus élégant, mon garçon. Je m'étonne seulement de n'y avoir pas pensé plus tôt. Car, en somme, la médecine est une profession perdue. Il faut tous les jours mettre son doigt dans la bouche des gens, ou dans l'œil, ou autre part, enfin tu me comprends. Ce n'est même plus de la science, au train où vont les choses. Eh bien ! non, je donne un coup de barre et je change toute la voilure.

— Que vas-tu faire ? dit une fois encore Laurent avec le calme de quelqu'un qui n'en est pas au premier entretien de cette sorte.

M. Pasquier fit le geste de caresser ses belles moustaches avantageuses et dit, d'une voix sucrée, filante, roucoulante :

— Je vais devenir un grand écrivain, peut-être un grand auteur dramatique ou peut-être un grand romancier. C'est à voir.

Et, comme Laurent ne cillait point, le docteur poursuivit, campant son haut-de-forme un peu de biais, à la fois sur l'œil et sur l'oreille :

— J'ai commencé. Je te montrerai bientôt le premier de mes ouvrages. C'est on ne peut plus agréable comme travail. Quant aux résultats, tu les connais : des gens comme les Dumas ont gagné des fortunes. Sardou, ça ne se chiffre plus. C'est tout bonnement astronomique. Rostand, qui a du nerf et du bagout, eh bien ! il vit comme un millionnaire. Et même ce M. Bataille dont je juge le talent très vulgaire et très peu distingué. Dire que je suis venu jusqu'à l'âge où je me trouve sans avoir envisagé cette solution, la plus simple de toutes. Ah ! Laurent, le malheur est que la vie vous empoigne et ne vous laisse même plus le temps de rêver, ce qui est la seule chose intéressante.

M. Pasquier se rengorgea, dans son paletot à col de loutre. Il continuait maintenant de monologuer pour lui-même. Il disait : « Les enfants ! C'est très bien, c'est parfait ! Ils arrivent et ils vous bousculent. Si, si, mes petits ! Vous n'en avez pas l'air, mais c'est comme ça. Moi, moi, je ne suis pas las. Je n'en ai pas encore assez de la vie. Alors, que les enfants patientent et même qu'ils me fichent la paix. »

— Mais papa, murmura Laurent, je ne pense pas avoir jamais pu t'empêcher de faire ce que tu voulais faire.

— Non, somme toute non, concédait le docteur avec de petits coups de tête. Ce n'est pas que l'envie vous en ait manqué, mais vous n'avez pas réussi. Je parle surtout de ton frère Joseph qui se manifeste comme un gaillard assez redoutable, assez vorace et peu commode. Je ne peux pas te dire non plus que j'éprouve un irrésistible attrait pour l'autre, je veux dire mon gendre. Comment l'appelles-tu ? Le mari de Cécile ? Voilà trois ans que ça dure et sa tête ne me revient pas...

La pensée de ce gendre ne devait pas retenir longtemps l'attention du docteur, car il ajouta soudain :

— Une chose m'inquiète, mon cher, c'est que je n'ai pas déménagé depuis plus de quatre ans. J'allais dire un siècle. Mais non, j'ai consulté mes livres de bord et même mon journal intime. Quatre ans ! C'est grave ! Vais-je m'assoupir dans la mollesse ? Je te dis que c'est grave ! Si je croyais cela, je ferais les bagages demain et frrrt, je prendrais la poudre d'escampette. Attends, attends un peu. Laurent. Tu n'as, je crois, jamais rien compris à mes goûts personnels. Regarde un peu, là, sur la gauche ! Ah ! mon cher, tu ne sauras jamais regarder une femme avec chic et légèreté.

Le docteur, saisissant le bras de Laurent, fit deux ou trois fois claquer sa langue.

— Mon cher, nous sommes entre hommes et je peux parler franchement. Cette petite qui vient de s'arrêter sur le bord du trottoir, elle n'est pas mal, mais ce n'est pas du tout mon genre. Non, je n'aime pas les pommes vertes. Ce qui me plaît, ce qui me charme, c'est la femme complète, c'est la fleur épanouie. Prenons un exemple. Ta belle-sœur Hélène. Quel âge peut-elle bien avoir aujourd'hui ? Ton âge, à peu près. Je ne me rappelle jamais ton âge. Enfin, mettons trente à trente-cinq. Eh bien ! c'est une femme parfaite. C'est une femme vraiment à point. Grande, bien en chair, sans excès. Et le sang sous la peau. Ton frère Joseph ne s'en occupe guère. Il a tort. Imagine qu'un jour Hélène rencontre une personne qui s'y connaisse. Pourra-t-on dire, franchement, que ce bougre de Joseph ne l'aura pas mérité ? Maintenant, au revoir, mon garçon. Je vais rentrer au logis et travailler à mon livre. Quelque chose de stimulant, je te prie de le croire. La vie, plus vraie que nature. A bientôt, mon cher garçon.

Pendant quelques minutes, immobile sur le trottoir, Laurent regarda s'éloigner la silhouette fringante et cambrée de M. le docteur Pasquier, son père.

## CHAPITRE 4

« Mairesse, dit Joseph Pasquier, montrez-moi d'abord les photographies. » M. Mairesse-Miral venait d'extraire de son ample serviette de cuir un léger dossier que Joseph saisit au vol et qu'il se prit à feuilleter d'un œil parfois attentif et parfois, mais furtivement, rêveur. C'était une collection de photographies découpées et collées sur de larges feuilles blanches. Presque toutes ces images représentaient des membres humains portant des plaies béantes, des têtes éclatées comme sous l'effet d'une explosion interne, des cadavres déchiquetés par des blessures barbares.

— Evidemment, murmurait Joseph en pinçant les lèvres, évidemment, c'est effroyable et cela fera le plus grand effet. Attendez, Mairesse, vous parlerez tout à l'heure. Laissez-moi regarder toute la collection.

Au-dessus de chacune des photographies, on voyait un numéro d'ordre et une indication manuscrite : 297. Fantassin turc blessé par une balle bulgare du type Z. — 298. Cadavre turc. Tchataldja. Effet de la nouvelle balle bulgare du type Z. — 299. Plaie du crâne par balle du type Z. Andrinople. Civil turc...

— Oui, oui, oui... reprit Joseph en faisant claquer l'ongle de son pouce contre ses dents du haut. Et pour l'authenticité, pas de blagues, n'est-ce pas, Mairesse ?

— Oh ! fit M. Mairesse-Miral en insérant entre les plis de son visage un monocle qu'il laissait ordinairement pendre au bout d'une ganse de moire. Oh ! monsieur Pasquier, vous pouvez être parfaitement tranquille. Le dessus du panier est irréprochable. Ce sont d'abord les trois documents qui m'ont été communiqués par un ami de M. Pierre Loti. Vous savez que M. Pierre Loti est turcophile. Je suis personnellement autorisé à publier ces photographies pour servir la cause turque en flétrissant la barbarie bulgare. Les dix numéros suivants proviennent d'un article de *la Presse médicale*. Ce sont des photos prises par les chirurgiens de la mission internationale. On donnera la référence, bien naturellement. La reproduction n'est pas interdite et, jusqu'ici, c'est resté dans le monde professionnel. Pour la suite, c'est authentique aussi, vous le pensez bien, Monsieur. Mais dame, ça vient d'un peu partout. Certaines du Mexique et d'autres de Chine. Et les retouches sont insignifiantes. Ce que je vous garantis, c'est que personne au monde ne pourrait prouver que cela ne vient pas de Constantinople. D'ailleurs...

— Bien ! Bien ! dit Joseph. Laissez-moi réfléchir une minute.

Il s'était mis debout et commença de parcourir son cabinet. C'était une pièce spacieuse, meublée dans le goût munichois et dont les hautes fenêtres donnaient sur la rue du Quatre-Septembre. Joseph portait une jaquette. Il en relevait les basques pour se nouer les doigts sur les reins. Il parlait entre ses dents d'un air préoccupé.

— En somme, disait-il, les livraisons de la *Craig and Websters* n'ont commencé qu'en octobre. Il faut que toutes les photos soient datées de novembre. Attention, pas avant, n'est-ce pas ? Aucune erreur ! C'est capital. Je vous ferai remarquer, Mairesse, que je me moque des Bulgares et même de leur commande. Mais ils ont essayé de me mettre dedans. Ils m'ont retiré le marché sans discussion, comme des mufles. Ils me doivent de l'argent qu'ils espèrent bien ne pas me payer, ce en quoi je vous fous mon billet qu'ils se trompent. Je serai payé jusqu'aux derniers leva, jusqu'aux derniers stotinki ! Je vous répète que je me bats l'œil de cette commande. Mais le principe d'abord. Vous ne savez pas la différence que leur a consentie la *Craig and Websters* ? Non, vous ne pouvez pas le savoir. Elle tourne autour de vingt leva par caisse. Une bouchée de pain. Ce n'est pas une question de prix. C'est un truc de gens qui ne veulent pas payer. Une ruse de marchands de tapis. Eh bien ! ils payeront. Il faut, pour commencer, que les affaires avec la *Craig and Websters* soient arrêtées immédiatement et les contrats résiliés. Après, vous verrez Moutkourof revenir frapper chez nous, avec des sourires. Vous êtes sûr de votre petit bonhomme ? Comment s'appelle-t-il ?

— C'est Gaston Délia.

— Connais pas.

— C'est que vous ne lisez pas *le Miroir Universel.*

— Effectivement, effectivement, ruminait Joseph, l'air soucieux. Attendez, Mairesse.

— Monsieur !

— Il est tout à fait possible que votre M. Délia soit une crapule.

— Oui, Monsieur.

— S'il nous fait une saleté, — vous me comprenez, Mairesse, — eh bien ! ce n'est pas à lui que je casserai les reins.

— Sans doute.

— C'est à vous, Mairesse.

— Oui, Monsieur.

— Ça n'a pas l'air de vous frapper.

— C'est peut-être la cinquantième fois que vous me le promettez, Monsieur. Je commence à prendre l'habitude.

Joseph partit à rire et tendit le doigt vers la porte.

— Eh bien ! s'il est en bas, allez le chercher. Ah ! une minute encore. Il faut que *le Miroir Universel* lui paye son papier, d'abord, et raisonnablement, sans cela, que Délia menace de porter le paquet à *l'Illustration.* Si vous aviez été homme à tout arranger dans une brasserie, entre copains, le Délia vous aurait remercié avec des larmes aux yeux. Mais vous ne savez pas. Il faut que je m'en mêle. Il faut que je fasse tout moi-même. Non, vraiment, je ne suis pas aidé. C'est pourquoi le petit bonhomme va venir ici. Et il va flairer l'argent. C'est lamentable ! Et si ce n'est pas un idiot, il va en demander, de l'argent. Alors, vous savez, à la dernière extrémité ! Et seulement s'il rue dans les brancards. Et encore pas plus de cinq cents. Et payables après la publication de l'article. Délia, ce n'est pas une signature. On me dirait Richepin, on me dirait Sardou, on me dirait Jean Aicard, ça me frapperait. Ce sont des signatures. Mais Délia ! Autre chose, Mairesse. Il faut qu'il rende les photographies dans les deux jours. Maintenant, j'aime mieux qu'il pense que je porte aux Turcs un intérêt sentimental. Expliquez-lui, en montant, que nous sommes amis intimes, Nazim Pacha et moi. Encore une chose. Il faut que le papier passe tout de suite, vous m'entendez, tout de suite. Juste le temps de clicher. Imaginez qu'ils l'arrêtent tout à fait, cette guerre. On ne sait jamais, avec toutes les chinoiseries des diplomates. L'armistice traîne un peu. Eh bien ! si la guerre s'arrête, j'aurai fait des frais pour rien... Ce qu'il faut bien monter en épingle, c'est le côté humanitaire de tout le truc. Pensez, des balles explosives ou c'est tout comme ! Au fond, c'est scandaleux... Dépêchez-vous, Mairesse, et remontez plus vite que ça.

Deux minutes plus tard, M. Mairesse-Miral pénétrait de nouveau dans le cabinet de Joseph Pasquier, en compagnie d'un jeune homme d'aspect chétif, enveloppé d'un pardessus trop long dont les manches lui cachaient les mains. Joseph jeta sur le visiteur un regard bref et corrosif, le temps d'apercevoir le profil de rongeur, les yeux malins et clignotants, la luisante mèche plaquée sur un crâne étroit, les traits fatigués, souffreteux. Joseph tendit la main au jeune homme et le poussa devant la table avec cette cordialité brutale qu'il mettait à toutes choses.

— Si, si, disait-il, asseyez-vous, monsieur Délia. M. Mairesse m'a beaucoup parlé de vous. D'ailleurs je lis vos articles et je les aime. Vous êtes un défenseur de la justice et de l'humanité. J'aime ça. M. Mairesse vous a dit que je pouvais mettre à votre disposition — et c'est seulement parce que M. Mairesse est votre ami — une documentation du plus haut intérêt concernant l'armement bulgare. Enlevez votre pardessus, monsieur Délia. Non, vous préférez le garder ? A votre goût. Asseyez-vous franchement. Nous en avons pour un bon quart d'heure. Vous êtes un homme de métier et vous pensez bien que je ne vais pas vous le dicter, votre article. Mais je voudrais vous développer, dans l'ordre, toutes les idées principales. M. Mairesse va vous donner du papier. Installez-vous. Prenez vos aises. Le titre, d'abord. Il est essentiel. Je vous propose celui-ci : *La vérité sur les balles explosives employées dans l'armée bulgare*. N'oublions rien. Vous savez que la presse allemande a publié, la semaine dernière, des articles sur les blessures causées aux soldats turcs par certaines balles bulgares. Les journalistes allemands ont même reproduit quelques documents photographiques assez démonstratifs. On va s'occuper de la chose à La Haye et cela fait du bruit à Londres, parmi les plénipotentiaires de l'armistice. Les Bulgares vont se trouver dans une mauvaise posture morale. Ils ne l'auront pas volé, mais il s'agit d'abord de voir clair. La vérité avant tout. Puisque vous prenez des notes, dites-moi si je vais trop vite. Il est certain que, jusqu'au début de novembre, les plaies causées par les projectiles bulgares étaient parfaitement normales et n'avaient donné lieu à aucune protestation. Puis, tout à coup, les médecins turcs ont signalé des catastrophes et les reporters ont fait circuler le bruit que les Bulgares employaient des projectiles prohibés, ce qui est une fâcheuse preuve de sauvagerie. Eh bien ! Monsieur, les faits sont, en même temps, beaucoup plus graves et beaucoup plus mystérieux. Ecrivez, écrivez. — Il faudra souffler, amplifier un peu, faire mousser, disposer à l'entour un peu de littérature, de bonne littérature. Vous n'êtes pas en peine. C'est votre métier. — A première vue, on pourrait, en effet, croire que, dans les derniers mois de la guerre, l'armée bulgare a fait usage de balles explosives. Et, malgré les apparences, ce n'est pas vrai. De l'enquête à laquelle plusieurs de mes amis se sont livrés sur place, il résulte de façon formelle que l'armée bulgare n'a pas failli, dans ces derniers temps, à ce qu'on appelle les lois de la guerre, au moins dans l'esprit, au moins dans l'intention. Mais elle s'est servie d'un matériel défectueux, ce qui revient au même dans les faits. Les balles de mousqueterie employées par l'infanterie bulgare — vous savez sans doute que l'arme normale est un Mannlicher, modèle 92 —

les balles employées dans ces derniers temps sont des balles d'ordonnance à chemise de maillechort de fabrication défectueuse. Ne craignez pas de donner des détails. Développez, amplifiez, dénichez des documents accessoires. Le maillechort est un alliage de cuivre, de zinc et de nickel. Par malheur, le maillechort employé pour les balles bulgares du dernier modèle est trop faible en nickel, métal coûteux comme vous le savez. C'est, proprement, une malfaçon. Cette malfaçon a des conséquences épouvantables, puisque les blessés turcs portent des plaies comme celles que vous pouvez voir sur nos documents photographiques. Notez en outre que les blessés survivants sont rares. La plupart périssent, mutilés de façon dramatique, dans des souffrances impossibles à décrire. Vous comprenez ?

— Oui, Monsieur.

— Résultat, la faute n'en est pas au combattant bulgare dont la bravoure légendaire et les sentiments de l'honneur ne font même pas question. La faute en est à des industriels sans scrupules qui sont en train de déshonorer la guerre. Voilà, monsieur Délia, des phrases qui me semblent assez suggestives et que vous pourriez, sans hésiter, introduire telles quelles dans votre article. Bien. Pensez à l'effet moral que doit produire sur votre public cette extraordinaire collection de photos — j'allais dire cette admirable collection. Mais le mot est dangereux. Bien qu'il puisse y avoir de l'admirable dans l'horrible, comme a dit je ne sais plus qui. — Prenez le dossier, monsieur Délia. J'aimerais, si vous n'y voyez pas d'inconvénient, lire le brouillon de votre article demain. M. Mairesse va vous rejoindre à l'étage inférieur. Permettez, monsieur Délia, j'ai lieu de retenir M. Mairesse pour quelques communications étrangères à notre projet. A demain, Monsieur, et mes salutations sincères.

Le petit bonhomme, déjà, s'effaçait dans la pénombre de l'escalier. Joseph saisit M. Mairesse-Miral par l'épaule et le fit pivoter sur les talons.

— Vous allez rejoindre votre journaliste et continuer de l'endoctriner, Mairesse. Vous avez vu le style, le ton, le mouvement. Ces choses-là, Mairesse, c'est vous qui devriez les mener d'un bout à l'autre. Le petit bonhomme est minable. Nous lui donnons pour rien un article à sensation. Alors, ne parlez pas d'indemnité supplémentaire. Il n'osera rien réclamer, il est trop chétif. Il faut que l'article passe jeudi prochain. Et, tout de suite, deux numéros à la légation bulgare. Un service à tout le corps diplomatique. Un service particulier, sur bonnes feuilles, à toute la presse. La Bulgarie ne pipera pas. Mais les commandes à la *Craig and Websters* seront plus que probablement compromises. Vous savez que cette histoire de nickel est tout à fait vraisemblable. Nous, nous leur fournissions de bonnes balles faites à Karlsruhe avec tout le nickel nécessaire. Vous savez que l'Allemagne est un pays producteur de nickel. Vous me regardez, Mairesse. Vous avez l'air étonné, mon cher. C'est incroyable ! Vous savez que c'est l'Allemagne qui fournit les munitions à la Turquie. Elle ne peut pas les fournir directement à la Bulgarie. Alors, c'est nous qui nous chargeons de faire parvenir à Sofia la bonne camelote allemande. La *Craig and Websters* va sentir passer le coup. Ce qui me fait plaisir, dans une affaire comme celle-là, Mairesse, c'est qu'au point de vue de l'humanité, elle est irréprochable. Moi, je ne demande qu'à rester en règle avec l'humanité, n'est-ce pas ? J'ai trois enfants et, au bout du compte, je ne suis pas plus méchant qu'un autre et je suis même un père plutôt tendre. Je ne souhaite la guerre pour aucun pays. Personne ne souhaite la guerre. Mais puisqu'elle est déclarée, puisqu'elle existe et qu'il y a des gens qui en tirent de l'argent, je ne vois pas pourquoi je n'en prendrais pas ma part. Ne vous y trompez pas, Mairesse...

M. Mairesse-Miral laissa tomber son monocle et salua, en s'inclinant avec une légère exagération.

— Je n'ai pas à me tromper, Monsieur. J'admire, tout simplement.

Joseph était fait aux flatteries du vieil homme. Il les attendait comme un tribut réglementaire et ne laissait pas d'en jouir une seconde, au passage.

— Et maintenant, dit-il, qu'on fasse entrer l'inventeur, le type qui m'embête depuis trois semaines avec son appareil pour remplacer les bouchons de liège par je ne sais quelle saleté ; enfin, vous savez bien, le maniaque, l'imbécile qui va encore me faire perdre trois minutes.

## CHAPITRE 5

Un large peigne en main, Justin Weill s'efforçait de rejeter en arrière et de lisser en la mouillant un peu sa chevelure couleur de flamme.

— Est-ce possible ? fit Laurent. Tu perds tes cheveux, vers les tempes.

Justin se retourna d'un mouvement brusque et dit avec amertume :

— Je ne vois pas pourquoi je ne perdrais pas mes cheveux comme un autre. Est-ce parce que je suis juif que je n'aurais pas le droit de perdre mes cheveux ? Est-ce que les Juifs ne vieillissent pas comme les autres hommes ? Est-ce que nous n'avons pas, comme les autres, des veines, des artères et du sang qui charrie des poisons ? Est-ce que nos poisons ne sont pas semblables aux poisons de tous les autres hommes ? Oui, je perds mes cheveux et j'engraisse. Comme je ne suis pas très grand, c'est déplorable. J'ai cessé d'être un petit Juif pour devenir un gros Juif. Je n'ai pas eu la chance d'être désigné pour la catégorie « Juif maigre et grand » qui existe aussi.

— Une chose évidente, murmura Laurent, c'est que tu prends petit à petit un caractère exécrable.

Justin haussa les épaules avec ostentation. Il commençait de brosser sa veste et, de temps en temps, avec la pointe du canif, il raclait quelque petite tache d'un air appliqué.

— Rappelle-toi, dit-il d'une voix plus basse : quand nous avions quatorze ou quinze ans, je te faisais des confidences. Je te disais même que je n'étais pas sûr de n'être pas le messie, que le messie, pour nous, devait encore venir et qu'il n'était pas prouvé que ce ne serait pas moi, et qu'en tout cas, je n'entendais pas rester un petit Juif, mais que j'étais sûr de devenir un grand poète juif et même un grand Juif tout court. Voilà : je suis seulement devenu un gros-petit-Juif. Et, ce qu'il y a de plus grave, c'est que j'en ai pris mon parti. Je serai un Juif comme les autres, comme la foule des autres. Un petit Juif français qui cherche péniblement sa voie, son étoile et sa destinée. Et pendant ce temps, les années passent. J'ai déjà vécu une très grande part de ma vie. Peut-être la moitié. Peut-être beaucoup plus de la moitié. J'ai trente-deux ans ! D'ailleurs, nous avons le même âge tous les deux.

La chambre de Justin était étroite et pauvrement meublée. Laurent se leva, fit deux pas, toucha la muraille du doigt et dit sans douceur :

— Je te plains ! Je te plains ! Tu as si grand besoin d'adversaires que tu en cherches à tout prix, même en ton meilleur ami. Ah ! n'insistons pas, je te le demande. Que faisais-tu là quand je suis arrivé ? Des vers ! Mais, Justin, si tu recommences à travailler, tu es sauvé, tout va bien ! Rien n'est perdu !

Sans répondre, Justin saisit sur la table un feuillet couvert de lignes raturées et de croquis informes. On y pouvait lire, avec de l'attention, deux strophes à peu près achevées :

*Golfe d'ombre et de silence,*
*O chambre ! O paix sépulcrale !*
*Le flot ronge les épaves*
*De mes songes naufragés.*

*Je n'ai pas conquis le monde*
*Et ni même un cher amour.*
*Je n'ai pas conquis mon âme,*
*Je ne me suis pas conquis.*

— Mais, dit Laurent à mi-voix, avec une émotion sincère, il me semble que c'est bien, que cela part bien...

— Ce n'est pas un départ, soupira Justin. Je ne sais pas si je t'ai dit que ma dernière petite plaquette de prose, *Essai sur la répartition des biens temporels*, a eu très mauvaise presse. Paul Souday a fait quatre ligne dans *le Temps*. Il a parlé de « démagogie intellectuelle » et de « socialisme de bazar ». Ce n'était pas long. Quatre lignes !

Mais il a encore eu la place de dire que les gens de ma sorte finiraient par compromettre les causes les plus raisonnables. Voilà !

Et Justin poursuivit, l'accent funèbre :

— Ce qu'il y a d'agréable dans les mauvais articles, c'est que l'on n'est pas obligé de remercier.

Laurent commençait de rire quand, soudain, Justin Weill, ressaisi de fureur, se prit à vociférer :

— Injustice criminelle ! Il n'y a pas d'autre mot. On nous accuse volontiers de tout prendre et c'est justement le contraire. Nous vous avons tout donné. Les fables sur lesquelles vous vivez, ce sont des fables à nous. Les mots et les images ! Tout vient de nous, tout est dans le Livre. Si vous voulez exprimer la joie, vous criez *Alleluia !* et c'est un mot hébreu. Si vous formez un vœu, vous dites : Ainsi soit-il, ce qui se prononce *Amen*, et c'est encore un mot hébreu. Ayez le courage de prétendre que le mot Jérusalem ne vous touche pas jusqu'aux fibres du cœur. Nous vous avons tout donné, même votre Dieu, ce qui signifie le Dieu de vos religions officielles.

— Je ne t'ai jamais dit le contraire, répondit Laurent avec humeur. Et je me demande pourquoi...

— Comprends-moi bien, fit Justin s'efforçant à sourire et tournant soudain vers Laurent ses beaux yeux embrumés, son nez aux grandes ailes remuantes, sa bouche humide et charnue, comprends-moi bien : je suis sûr que tout ce qui se passe en ce moment, cette guerre des Balkans, ce micmac européen, toutes ces saletés, toutes ces chamailles, cela va se retourner contre nous. Je suis sûr que nous serons encore une fois les victimes...

— Oh ! vous ne serez pas les seules victimes.

— Excuse-moi, Laurent, nous avons l'habitude, nous autres, de sentir le malheur de loin et de crier sans attendre. C'est ce que je disais, hier encore, à Chérouvier. Tu connais à peine Chérouvier. Ce n'est presque pas croyable. Le plus grand esprit de ce temps ! Et, qui mieux est, grand esprit et grand cœur. Un homme, un homme dans toute la force du terme. Oui, je sais, tu te défies des maîtres, depuis les histoires que tu as eues avec tes patrons, avec Rohner, avec Chalgrin et quelques autres...

— Attention ! Attention ! soupirait Laurent, ne me fais pas dire ce que je n'ai jamais dit, ce que je n'ai pas même pensé. Je suis toujours obéissant et fidèle. J'ai toujours des maîtres. J'aime toujours mes maîtres. Je salue en eux des idées, les idées que je me fais de certaines choses...

Justin eut un rire juvénile.

— Des symboles, autrement dit. Mais, un jour, nous irons ensemble chez Noël Chérouvier et tu verras un homme. Le malheur est que cela ne t'intéresse peut-être pas. Laurent, Laurent, nous n'allons plus dans le même sens. Tu es en train d'assister à un extraordinaire chambardement social et tu n'as même pas l'air d'y faire attention. Nous sommes de vieux amis et nous nous aimons toujours, c'est clair ; mais nous ne sommes plus bouleversés par les mêmes choses. Rappelle-toi cette fameuse lettre que tu m'as écrite, après la mort de Sénac. Tu disais : « Nous arrivons à l'âge où nous devons choisir les problèmes qui nous intéressent et prendre nos décisions. » Tu disais cela ou quelque chose d'approchant. Ça ne te déchire donc pas de constater cette séparation et de penser qu'un jour nous nous séparerons tout à fait. Les amis finissent toujours par se séparer. Il y en a qui ont la chance de mourir avant.

Laurent saisit Justin par les épaules et se prit à le secouer avec une rage cordiale.

— Justin ! disait-il. Justin, tu es malade et tu deviens exaspérant. Mais oui, nous travaillons chacun de notre côté, chacun dans notre terrier, dans notre trou de mine, parce que maintenant nous sommes des hommes. Et il y a des choses de moi que tu ne connais pas du tout. Je ne te le reproche pas. Je trouve cela naturel.

— Explique-moi ces choses, cria Justin de cette voix dramatique, un peu sanglotante, qu'il retrouvait parfois comme un souvenir de son adolescence. Explique-moi ce qui t'intéresse. Moi, je ne demande qu'à te suivre.

— Oh ! fit Laurent en secouant la tête. Si je te parlais des coquilles sénestres du *Bullinus* et du *Physopsis*...

— Oui, je vois, grondait Justin Weill en souriant : tu es un savant, un monstre de laboratoire. Tu ne penses plus à l'homme.

— Je te demande pardon, fit gravement Laurent. Un jour, je t'expliquerai tout au long en quoi les coquilles sénestres et les plantes grimpantes posent à l'homme des problèmes effrayants qui méritent de retenir les esprits les plus élevés.

— Explique-moi cela tout de suite.

— Tout de suite, sur le pouce, pour vider l'affaire en cinq sec et qu'il n'en soit plus question. Non, vieux frère, je t'expliquerai ça plus tard, un jour où tu seras vacant, franc, délivré.

— Délivré de quoi ?

— De toi-même.

— Crois bien, fit Justin, que je ne songe pas à contester l'importance de tes problèmes. Et pourtant, Laurent, tu ne peux nier qu'il existe une hiérarchie des questions et que, dans l'état actuel du monde, cette hiérarchie est déterminée par l'urgence. As-tu vu le dernier numéro du *Miroir Universel* ?

— Non, non, je ne l'ai pas vu.

— Par conséquent, tu n'as pas lu l'article sur les balles explosives.

— Quelles balles explosives ?

— Les balles explosives employées par les Balkaniques. Attends ! C'est beaucoup moins simple que cela ne paraît. L'emploi des balles explosives est formellement interdit par la convention internationale de Genève. Un peuple civilisé ne se permettrait sûrement pas d'employer des balles explosives. Or, il est démontré maintenant que certains trafiquants de munitions ont livré récemment à l'armée bulgare des balles d'un modèle apparemment réglementaire mais dont la fabrication est défectueuse et qui se comportent en réalité comme de redoutables balles explosives.

— Attends ! Attends ! Ne nous emballons pas.

— Pourquoi veux-tu m'empêcher de m'emballer, comme tu dis ? Tu n'as pas l'air de saisir la gravité du problème, au point de vue humain.

— Si, mais moi, je suis médecin. Je peux t'affirmer que presque tous les projectiles, s'ils rencontrent un os, par exemple, au milieu des tissus, ou s'ils ont au préalable ricoché sur une surface dure, se comportent à peu près comme des projectiles explosifs ou, du moins, comme on croit en général que se comportent les projectiles explosifs.

— C'est impossible. Tu n'as pas vu les photographies. Elles sont abominables et convaincantes.

— Je connais la question et je t'affirme qu'une balle ordinaire peut faire des plaies terribles. Ce qui est grave, ce n'est pas la question de manquer ou de ne pas manquer aux conventions internationales...

— Ah ! dit Justin en secouant la tête. Vous êtes tous les mêmes, vous autres, les gens de laboratoire. Je te l'ai dit, je te le répète, Laurent, tu perds de vue le vrai problème humain. Tu sais que Chérouvier va publier un article sur cette histoire des balles mutilatrices et qu'il pense même à faire circuler une protestation.

— Si je le connaissais, Chérouvier, dit Laurent en secouant la tête, je lui conseillerais de se renseigner sérieusement.

— Mon pauvre ami, nous n'allons pas nous aviser de donner des conseils à Chérouvier.

— Mais, dit Laurent, pourquoi pas ?

Justin, qui s'efforçait à marcher de long en large dans l'espace étroit de la chambre, s'arrêta soudain en face de Laurent. Il le regarda longuement, de ses yeux brillants de fureur, puis il dit, la voix frémissante :

— Laurent !

— Quoi !

— Qu'il n'y ait pas d'erreur entre nous ! C'est impossible ! Dis-moi, là, franchement, les yeux dans les yeux, que tu n'admets pas un instant, pas un seul instant, l'idée des balles explosives.

Laurent haussa les épaules.

— C'est absurde ! Tu penses bien que je suis tout à fait de ton avis. Mais...

— Mais...

— Non, rien. Les hommes ne peuvent pas se comprendre. Et c'est tout aussi terrible que les balles explosives.

— Comme tu es raisonnable, Laurent !

— Oh ! je ne suis pas raisonnable avec tout le monde. La semaine dernière encore, on m'a traité de fou.

— Qui ?

— N'importe !

— Qui ? Je te le demande.

— Ma sœur Cécile.

— Je m'en doutais.

Justin tourna le dos et s'en fut à la fenêtre. Au bout d'un long moment, il dit, la voix soudain calme :

— Comment vont-ils ?

— Eh ! mais, pas mal. Bien, même. Je ne sais trop.

— Tu le vois parfois, lui, Fauvet ?

— Oui, je le vois, sans exagération.

— Pourquoi ? Tu ne l'aimes pas ?

— C'est un pur intellectuel.

— Ce qui signifie ?

— Rien. Je suis un intellectuel, moi aussi, à tout prendre.

— Tu n'aimes pas les intellectuels ?

— Non.

— C'est franc.

— Oui. Dis-moi, Justin, mon père s'est mis en tête d'écrire un livre, un roman, et d'être un grand écrivain. Il ne dit pas un écrivain, il dit un grand écrivain.

— Encore un intellectuel !

— Peut-être. Il m'a raconté, en partie déjà, le sujet de son livre. J'ose à peine te dire que cela me semble très intéressant, très vivant.

— Pourquoi pas ?

— Songe qu'il a soixante-sept ans. Je le lui ai dit, avec les précautions d'usage. Il m'a répondu que Cervantès avait cinquante-huit ans quand il a publié *Don Quichotte*, que l'illustre écrivain espagnol était alors complètement usé par la vie ; mais que lui, Raymond Pasquier, se trouvait dans une forme excellente et que, pour la souplesse des tissus et l'agilité des neurones, il s'estimait comparable à un homme de quarante ans. Il m'a d'ailleurs prié...

— De quoi donc ?

— De lire son manuscrit. Et comme je ne suis pas compétent, je te demanderai d'y jeter un coup d'œil avec moi.

Justin Weill se prit à rire.

— Je t'aime assez pour faire des choses plus difficiles. Si ça peut t'être agréable...

## CHAPITRE 6

Parvenue sur le palier du premier étage, Cécile s'arrêta quelques secondes. Un bruit de voix et de rires, étouffé par les cloisons, les portes et les tentures, parvenait jusque dans la paix à demi ténébreuse de l'escalier. Cécile s'appuya de l'épaule à la muraille. Elle sentait, petit à petit, l'attention lui nouer les sourcils qu'elle avait presque noirs, mobiles et d'un dessin très pur.

La maison de la rue de Prony comptait deux étages et des combles habitables. Au rez-de-chaussée, se trouvaient les lieux de réception et la salle de musique. Jusqu'à son mariage, Cécile avait vécu seule au premier étage avec Félicienne, la servante sans reproche et sans défaillance. Plus tard, après la naissance du petit Alexandre, Cécile, abandonnant à son mari l'appartement de leurs débuts, s'était retirée au second étage avec la servante et l'enfant. Elle avait là sa chambre, toujours surchauffée dans la saison mauvaise, un piano d'étude, le clavecin préféré, des livres, des partitions.

Richard Fauvet avait aussitôt bouleversé la partie de la maison qu'il pouvait désormais considérer comme son domaine personnel. Il avait fait installer un petit laboratoire, une bibliothèque à la place de l'ancienne chambre de Cécile, un fumoir confortable dans lequel il recevait, deux ou trois fois la semaine, des amis et des élèves. Pendant ce remaniement et, un peu plus tard, pendant l'installation de la salle de musique, Fauvet, pour fuir la maison que les ouvriers occupaient, s'en allait avec sa troupe de fidèles palabrer au parc Monceau. C'était pendant l'été de l'année 1910. Les amis de Fauvet, alors fort échauffés par le lancement de leur revue, s'installaient pour deviser dans cette partie du parc où s'élèvent les gracieuses colonnes de la Naumachie. Le groupe avait naturellement trouvé là son nom : Groupe de Monceau. Dans la presse et les cénacles, on les appelait encore les Moncéliens ou les Philosophes du Parc, appellation que Richard goûtait entre toutes. C'est en contemplant les arcades légères de la Naumachie qu'il avait, environ ce temps, trouvé le titre de sa revue : *les Cahiers du Nouveau Portique*. L'expression, par la suite, avait subi des métamorphoses familières. Quand Richard était souffrant, il téléphonait à ses amis et collaborateurs : « Impossible de faire portique. » Et les Moncéliens, en s'abordant dans les couloirs de la Sorbonne ou dans les laboratoires du Collège de France, demandaient avec le plus grand sérieux : « Fera-t-on portique demain ? Que dit Fauvet ? Comment va Fauvet ? »

Aux conciliabules des Moncéliens, on rencontrait d'ordinaire des amis et des contemporains de Laurent : Vuillaume et Roch, parfois le physiologiste Victor Legrand, parfois même Schleiter que la politique absorbait chaque jour davantage. On y voyait également Emmanuel des Combes, Siegfried Léon et deux jeunes filles, Simone Vèze et Eva Gonnon, que Richard avait quelque raison de considérer comme ses ferventes disciples. Le plus souvent, les arcades et les lierres du parc étaient abandonnés pour le fumoir de la rue de Prony. Ce fumoir présentait une particularité remarquable, c'est que l'on y fumait fort peu. Il convenait de ménager la poitrine de Fauvet, harcelé par des crises d'asthme.

Cécile, d'un mouvement lent, venait de se détacher de la muraille. Elle fit un pas, avança la main vers le bouton de la porte, puis elle recula cette main, puis elle l'avança de nouveau. Pour finir, elle ouvrit la porte et pénétra dans le fumoir d'un pas vif.

— Ah ! dit Richard Fauvet au milieu d'un soudain silence, voilà sans doute une visite que nous n'osons pas souvent espérer et que nous n'avons presque jamais l'honneur de recevoir. Allons, soyez humaine, Athéna, puisque vous êtes entrée, puisque vous avez daigné prendre la peine de pousser la porte, asseyez-vous une minute, Athéna. Non, non, ne froncez pas les sourcils, je vous en conjure. Pour moi, vous n'êtes pas Euterpe, vous êtes mieux, beaucoup mieux, vous êtes Minerve, la sage, vous êtes Athéna, mère des arts.

Cécile fit un mouvement imperceptible des épaules et s'assit, toute raide, sur l'extrême bord du sofa de cuir. Les regards s'étaient soudain tournés vers elle et la conversation semblait interrompue. Cécile ne rougissait pas, mais de petites taches roses venaient d'apparaître, clairsemées, sur ses joues et ses tempes.

— Vous connaissez tout le monde, reprit Richard, et les présentations me semblent parfaitement superflues. Vous tombez, chère Athéna, dans un moment de l'entretien qu'il n'est pas exagéré de dire pathétique. Connaissez-vous l'illustre M. Noël Chérouvier ?

De la paupière, Cécile fit un signe affirmatif.

— Vous ne vivez pas sur la terre, Athéna, mais vous connaissez Chérouvier. Il n'y a pas à dire, c'est la gloire ! La gloire pour Chérouvier. Pour vous, l'affaire est entendue depuis longtemps.

Le jeune homme venait de s'emparer d'une règle de cristal fluorescent dont il se servait comme un chef d'orchestre de sa baguette. Il était assis dans un fauteuil de bureau, derrière la table chargée de paperasses. Une longue robe de chambre doublée de soie l'enveloppait jusqu'aux chevilles et un foulard blanc se nouait lâchement à son col. Il semblait de petite stature, mais bien proportionné. Il se reprit à parler. La voix était sèche, mate, sans vibration, précise et percutante.

— M. Chérouvier, que nous appelons, entre nous, selon les circonstances, Jérémias, ou l'Indigné de carrière, ou le Prophète de la Contrescarpe, à cause de son domicile, ou le Vain Généreux — v.a.i.n. oh ! ce n'est pas très spirituel, mille excuses, Athéna — M. Chérouvier a publié, hier, dans *Paris-Journal*, un article de sa façon que vous avez eu la charité de ne pas lire, chérie, mais qui pose à notre regard un problème dont le moins que l'on puisse dire est qu'il se montre, je le répète, pathétique.

— Attendez ! Attendez ! fit Emmanuel des Combes, Mme Fauvet n'a peut-être pas eu connaissance de l'article paru dans *le Miroir Universel.*

Des Combes était un grand garçon à la figure loyale et franche, tout entière déterminée par un gros, grand et candide nez d'acteur. Il attachait sur Fauvet un regard attentif dans lequel on percevait souvent une nuance d'admiration extasiée.

— Il faut quand même, dit-il de sa belle voix ronde et sympathique, il faut quand même remonter aux sources. *Le Miroir Universel*, journal illustré des plus populaires, a publié, jeudi, un article accompagné de nombreux documents photographiques sur l'effet quasiment explosif produit, pendant les semaines qui ont précédé l'armistice, par certaines balles de fusil employées dans l'armée bulgare.

— Parfaitement, reprit Fauvet. Cet article n'a pas manqué d'enflammer le très combustible M. Chérouvier qui vient de publier, à son tour, un article par lequel il convie le monde intellectuel tout entier, rien de moins, à protester contre ce qu'il appelle le déshonneur de la civilisation. A l'heure actuelle, probablement, tous les chevaliers de l'humanitarisme doivent être en mouvement et j'imagine volontiers que notre beau-frère, Laurent Pasquier, circule dans les hôpitaux et les laboratoires, une liste aux doigts.

— Ne parlez donc pas de Laurent quand il n'est pas là pour vous répondre, fit Cécile avec roideur.

— Ce que je dis n'est pas offensant pour Laurent dont je connais les remarquables qualités et à qui je dis toujours tout ce que je crois devoir dire. Mais ne désertons pas la question véritable. Comprenez-moi, Athéna, les gens de l'espèce de M. Chérouvier vont si bien faire qu'ils finiront par embrouiller définitivement un débat que, nous autres, nous nous efforçons de purifier et d'élever sans cesse. La question des balles explosives mérite d'être examinée par les spécialistes. Elle ne nous intéresse pas. Ce qui nous intéresse, et au plus haut point, c'est la manie qu'a Noël Chérouvier de mêler des éléments sentimentaux, des éléments parasites au problème de la civilisation qui est une affaire d'intelligence pure.

— On m'a dit, fit à la faveur d'un silence le jeune garçon nommé Siegfried Léon, on m'a dit que le poète grec Matsoukas rend de fréquentes visites à l'armée d'Epire et qu'il harangue les troupes en campagne.

— Le premier devoir de l'esprit, déclara Richard Fauvet, est, pour se trouver sans cesse apte à remplir sa fonction essentielle, de conserver ce que j'appellerai la faculté d'option. Le second devoir de l'esprit est de n'accepter jamais d'être dupe. Le troisième devoir de l'esprit est d'éviter avec soin les pièges qui peuvent soit l'entraîner dans l'humiliation, soit le précipiter dans la servitude. Je me suis demandé, mon cher des Combes, lequel de nous devait répondre à Chérouvier pour fixer nos positions. Si vous n'y voyez pas d'inconvénient, j'écrirai l'article : il est tout préparé dans ma tête, et nous arriverons à temps pour le prochain numéro de la revue. Mais que faites-vous, Athéna ?

Cécile venait de se lever, l'air calme, le visage détendu. Richard Fauvet reprit, d'une voix paisible et nette :

— Je ne méprise pas la naïveté. Je dis seulement qu'elle est le plus dangereux adversaire de l'intelligence, de l'intelligence qui comprend tout, qui pèse tout et qui choisit. Vraiment, vous voulez nous quitter, chérie ? Vous ne pouvez savoir à quel point j'en suis fâché.

— Excusez-moi, Richard...

— Cécile, si vous nous faisiez parfois l'amitié de prendre part à nos entretiens, vous diriez sans doute, pour notre enchantement, des phrases délicates et profondes dont nous ferions notre profit. Ne protestez pas, Athéna. Je ne suis pas musicien, moi, et pourtant, parfois, il me semble que la mission m'est confiée de comprendre et d'expliquer ce que vous faites si bien, vous, de célébrer vos trouvailles et de déceler vos erreurs. Ne froncez pas les sourcils, chère, vous êtes la première musicienne du monde et vous vous trompez parfois, par exemple quand vous faites une petite crise de sentimentalité, quand vous subissez ce que nous pourrions appeler un léger accès de chérouvisme. Une seconde ! Une seconde ! Permettez-moi, Cécile, de vous dire trois mots en particulier.

Le jeune homme, esquissant un signe de la main vers l'assistance, accompagna Cécile jusque sur le palier et tira délibérément la porte sur ses pas.

— Athéna, chérie, disait-il d'une voix tout à coup douce et cajoleuse, vous êtes la plus glacée des divinités bienfaisantes. Il y a là, chez moi, des gens qui vous admirent et même qui vous aiment. Vous n'avez eu, ni pour les uns, ni pour les autres, la charité d'un regard, d'un mot, d'un sourire.

— Pardonnez-moi, Richard, fit Cécile en écartant les bras avec un embarras mal déguisé. Je ne sais que dire, dans vos discussions. Je me sens terriblement maladroite, presque déplacée. Et je crois prudent de m'abstenir.

— Si vous aviez été plus charitable, reprit Richard en cherchant ses mots, je vous aurais peut-être demandé... Mais non, n'y pensons pas.

— Dites toujours, fit Cécile. Si, mon ami, dites.

— Oh ! rien, Athéna, une aumône.

Il parlait précieusement, en s'efforçant de prononcer le *th* de façon zézayante, comme font les Grecs.

— Vous n'avez même pas remarqué cette jeune fille, mon élève à la Sorbonne, Simone Vèze.

— Mais, mais, je la connais. Il me semble que je la connais.

— Vous pourriez savoir qu'elle n'est pas ignorante en musique. Elle a même un talent charmant. Que la première pianiste du siècle donne quelques conseils... oh ! je ne dis pas des leçons, c'est beaucoup trop... Mais quelques conseils...

Cécile venait de se mettre à rire.

— Pourquoi riez-vous ? fit Richard, l'air sévère et vexé. Je vous demande une chose toute simple. N'allez pas vous mettre en colère.

Cécile haussa franchement les épaules et saisit la rampe de l'escalier.

— Il n'est pas question de colère, disait-elle en secouant la tête. Avec vous, Richard, je ne me mettrai jamais en colère. Ou plutôt si ! Ecoutez-moi bien, Richard : je ne me mettrai en colère, devant vous, qu'une fois. Une seule fois !

— Ce qui signifie ? demanda Richard, l'air attentif et ironique.

— Cela signifie qu'il y a certaines choses — deux ou trois choses, pas davantage — que je ne veux pas que vous fassiez. Vous êtes le plus libre des libres esprits, Richard ; mais il y a deux ou trois choses au monde que vous ne devez pas faire et que vous ne ferez pas.

— Par exemple ?

— Vous le verrez bien, le moment venu, s'il doit jamais venir.

Cécile descendit l'escalier sans se retourner. Elle entendit au bout d'un moment se refermer la porte du fumoir. Elle traversa le salon, pénétra dans la salle de musique, jeta tout autour d'elle un coup d'œil calme et scrutateur, revint sur ses pas, retraversa le salon, gagna la salle à manger, regarda le vase de faïence ancienne qui décorait la desserte, le prit d'une main légère et le lança dans l'angle du plancher où il se brisa en mille fragments.

Après quoi, Cécile fit deux ou trois grandes inspirations. Qui l'eût aperçue en cette minute aurait été surpris de voir battre les ailes de son nez à coups précipités, cependant que le blanc des yeux rougissait de manière intolérable.

Enfin Cécile toussa comme quelqu'un qui va perdre le souffle, puis elle regagna l'escalier qu'elle gravit en courant. Elle franchit sans ralentir son allure le palier du premier étage, monta jusqu'au second, pénétra, courant toujours, dans la nourricerie, saisit à pleins bras le petit garçon qui jouait sur le tapis et se mit à lui mordiller les cheveux en murmurant toutes sortes de syllabes confuses : « Biouche ! Biouchou ! Biounette ! A moi seule. Ma... Ma... Dis tout bas, tout bas : Ma... Ma..., ma minouche... Ma-ti, sandi, dino, noti, notout, mon amour, mon âme. Pince-moi le nez. Tords-moi l'oreille. Arrache mes cheveux. Arrache une grosse poignée de cheveux. Bon. Bon. Bibab... Boubab... Brrrrr... Brrrrou... Brrraou... Tilili-pom-pom. Fini. C'est fini. Mama est guérie. »

## CHAPITRE 7

Avec une patience hargneuse, toujours déconcertée mais toujours en éveil et toujours renaissante, Richard Fauvet cherchait, depuis plus de dix ans, son chemin dans le luxuriant chaos des connaissances humaines. Il avait passé, de bonne heure, et de manière fort brillante, une licence de philosophie. Puis, soudainement touché de quelque lueur secrète, il avait commencé les études médicales et pris en même temps des inscriptions à la Faculté des sciences. Pourvu d'une licence ès sciences naturelles, il s'était, après plusieurs années d'effort, détaché de la médecine pour se consacrer aux recherches de laboratoire. Sur les conseils d'Olivier Chalgrin, il avait fait ensuite approuver par la Sorbonne une grosse thèse de doctorat. A peine donnée à la biologie cette magistrale preuve d'intérêt, il avait longuement intrigué pour obtenir, au laboratoire de psychologie expérimentale, une place de création récente et notablement rémunérée. La place conquise, non sans peine, il venait soudain de faire un début dans les lettres en publiant de brefs essais et en fondant le Groupe de Monceau, puis *les Cahiers du Nouveau Portique*. Bien qu'il dédaignât de fournir à qui que ce fût, même à ses familiers, la moindre clarté sur ses desseins et ses cheminements, il professait volontiers une doctrine dite de « l'investigation inconditionnée » qui pouvait justifier toutes les sautes d'humeur, tous les caprices, éventuellement même tous les abandons, tous les échecs.

Il était de ces esprits glacés qui, pour s'animer et fournir quelque étincelle, ont besoin de la friction, plus souvent même du choc excitant des autres esprits. En échange de ce bienfait, il leur marquait d'ailleurs moins de gratitude que de souriant mépris. Suscité, mis en branle, il se prenait à briller. La conversation lui versait une ivresse dont il tirait de beaux effets, ce qui ne l'empêchait pas de vanter à chaque instant les avantages de la solitude et les faveurs d'une retraite dont il avait secrètement l'horreur. Il ne pensait qu'en parlant et il possédait, de cette gymnastique aventureuse, une si mûre expérience qu'il se lançait dans maintes phrases avec l'espoir, jamais déçu, que l'enchaînement des mots finirait par lui procurer tous les bénéfices du raisonnement et, pour peu que le hasard y mît de complaisance, lui permettrait quelque trouvaille dont il n'était pas prouvé, préalablement, qu'elle ne serait pas géniale.

Il souffrait, sans en rien dire, de sa grande aridité. Il avait eu longtemps l'espoir, à nul être humain confessé, que la présence, l'influence, peut-être même l'amour de Cécile, artiste douée à miracle, le féconderait, le transformerait, mieux encore, le dénouerait, ferait jaillir quelque fontaine de ce terrain rocailleux. Il avait, pendant des mois, pendant des années, poursuivi la plus savante et la plus insinuante des cours. Le succès brusque, inopiné, presque déroutant pour lui, de ce long investissement l'avait jeté, les premiers mois, dans de violents transports d'orgueil. Bientôt recru d'un effort si périlleux, vite assuré que rien, pas même la chance d'une telle union, ne pourrait modifier la structure intime de son âme, il avait retrouvé ses palabres, ses exercices d'« investigation inconditionnée », ses recherches zigzagantes, et ce qu'il appelait aussi, dans le jargon moncélien, les gammes et les arpèges de l'intellectualité pure.

Richard possédait un arsenal, renouvelé avec parcimonie, au fil de l'actualité, d'idées, de sentences et de vocables. Le jeu favori, pour les philosophes du Parc, était non point de mettre axiomes et doctrines à l'épreuve des événements, de vivifier les dogmes par l'observation et l'expérience, mais, au contraire, d'inscrire à toute force les matériaux de la vie dans les gabarits d'une idéologie vétilleuse et d'écarter avec dédain ce qui ne semblait pas se prêter à cette pratique.

Des esprits naturellement généreux et humains, tel Emmanuel des Combes, avaient été, dès les premières conjonctures, séduits, éblouis, soumis par les tours et les prestiges du sec et cynique rhéteur. Richard rassemblait des disciples qu'il appelait ses amis, car il faisait, de la terminologie affective, un usage ostentatoire, parfois mêlé de raillerie. Le chef du *Nouveau Portique* vivait au milieu d'une cour, docile à son appel et soumise à sa parole. Il aimait la société des jeunes femmes qu'il traitait avec une insolence caressante et qu'il enveloppait, pendant les exercices dialectiques, de gestes délicatement peloteurs.

Bien que Cécile ne se mêlât jamais des délibérations du *Portique*, il arrivait qu'elle en perçût les échos ou qu'elle eût soudain, même pendant quelque entretien intime, à se prémunir contre la phraséologie moncélienne. Elle se défendait avec une âpre ardeur.

— Cécile, soupirait Richard, vous n'avez pas de défauts. C'est très intimidant pour les autres. Avouez même que c'est un manque. Vous souffrez d'un défaut de défauts et vous nous faites souffrir un peu, nécessairement, nous les faibles.

Et, comme la jeune femme faisait paraître un sourire polaire :

— Non, vous n'avez pas de défauts, reprenait Fauvet, et ce n'est guère charitable. J'ai des défauts, moi, Athéna, mais c'est par pitié pour les autres.

— Vous me désobligez beaucoup avec ce surnom d'Athéna.

— Vrai, comme vous êtes difficile ! Je n'en connais pas de plus beau. Vous n'êtes jamais allée à l'Institut de France ? Non, sans doute, grâce au ciel ! Qu'iriez-vous faire dans cette galère ? Eh bien ! au pied de l'escalier, il y a une Minerve qui vous ressemble.

— Etes-vous sûr, dit un jour, soudainement, Cécile, au cours d'un entretien tel, êtes-vous sûr de n'être pas un homme léger ?

Richard haussa les épaules et saisit au vol un des poignets de Cécile.

— Ne craignez rien, murmurait-il. Vos mains sont les trésors du monde, je ne les abîmerai pas. Léger ? Non, sincèrement, je ne crois pas. Mais malade, oui, Cécile, assurément.

Richard souffrait de suffocations que certains médecins attribuaient à l'asthme, d'autres à l'emphysème, et qu'il expliquait volontiers, pour ses amis et ses élèves, en les imputant à ce qu'il appelait des phénomènes de l'ordre anaphylactique... Adroitement ressaisi d'un de ses thèmes familiers, il soupirait d'une voix fléchissante et d'accent sincère :

— Cécile, vous êtes bonne, si, si, vous le cachez bien, mais c'est indiscutable. Vous êtes bonne et vous avez pour votre misérable compagnon un sentiment que je peux dire... cordial. Vous le voyez, je n'exagère rien et pèse mes mots au plus juste. Malheureusement, vous ne croyez pas à mon mal. Vous admettez à l'occasion que je suis intelligent, que je dispose d'une honnête culture, que j'entends même quelque chose à la musique, à votre musique ; mais vous ne semblez pas comprendre que je suis un homme malade. Cécile chérie, j'ai la certitude interne que je vous donnerai quelque jour une démonstration péremptoire et terminale de cette maladie dont vous finirez bien, ce jour-là, par reconnaître l'existence.

— Vous voudriez m'inquiéter, disait Cécile en souriant, que vous ne vous y prendriez pas autrement.

— Vous riez ! Vous avez ri ! s'écriait le jeune homme. Vous ne pouvez pas dire le contraire : vous avez ri. C'est douloureux pour moi. Vous exprimez la souffrance, par votre jeu d'artiste, mieux que personne au monde, et j'ai parfois le sentiment que vous l'exprimez comme pourraient le faire les dieux, qui ne l'ont jamais ressentie.

— Qu'en savez-vous ?

— J'en suis presque sûr. Moi, poursuivait-il en baissant la voix et l'accent pénétré, je souffre plus et mieux que personne. C'est un privilège amer, je vous prie de le croire. Que je pense avec force à un point quelconque de mon corps et il devient tout de suite douloureux. C'est absurde et c'est ainsi.

Et, comme Cécile, adoucie, lui passait un doigt léger dans les cheveux, il s'attendrissait tout à fait :

— Cécile, murmurait-il. N'êtes-vous pas mon bon ange ? Vous avez épousé un infirme qui ne peut se passer de vous.

— Soignez-vous sérieusement, disait encore Cécile.

Richard levait les bras au ciel :

— Mais non, mais non, gémissait-il. Je suis à moitié médecin. Si je n'ai pas continué, c'est que je n'avais pas confiance. La thérapeutique est la cause de presque toutes nos misères. Tenez, autrefois, quand j'avais mes crises, je toussais d'abord, longuement. Maintenant, je ne tousse plus. C'est à n'y rien comprendre.

— C'est probablement bon signe.

— Non, non, c'est très inquiétant. On ne comprend pas ce que cela veut dire. Ne souriez pas, Athéna. Je ne saurais vous expliquer à quel point cela me vexe de vous voir sourire à mes misères.

Il recomposait ses traits pour un rictus ironique. Il avait un beau visage, régulier, au teint mat, coupé d'une fine moustache. Deux pattes légères, frisottantes, descendaient des tempes jusqu'à mi-chemin des joues. Quand il parlait, la pointe du nez remuait, accompagnant les mouvements de la lèvre supérieure.

Cécile retournait à sa musique et Richard à son travail, c'est-à-dire à la solitude qu'il ne supportait pas sans peine. Il avait toujours mille petites choses à faire qui le divertissaient longtemps du recueillement laborieux. Il numérotait tous les actes qu'il entendait accomplir afin de n'en oublier aucun. La superstition de l'ordre le torturait sans relâche. Allait-il se mettre au travail ? Il délibérait d'abord s'il valait mieux se débarrasser de certaine lettre urgente, ou se lancer franchement dans son rapport, ou procéder, premièrement, à une lecture annotée. A ce point du débat intérieur, il se rappelait qu'il était plus sage d'aller se laver les mains. Il se préparait à le faire, quand son regard tombait sur le dictionnaire grand ouvert depuis le matin au milieu de la table. Ranger le dictionnaire, d'abord ! Il s'y employait en soupirant. A peine le dictionnaire en place, le jeune homme apercevait ce petit bouquet de fleurs que l'on plaçait là, chaque jour, sur le bord de la tablette. Le bouquet était agréable ; mais l'eau n'en avait point été changée depuis la veille. Elle exhalait une légère odeur de fermentation végétale. Il irait changer l'eau lui-même, puisque la chose était à faire. Le bruit du robinet lui rappelait qu'il avait soif. Il posait le vase à fleurs pour aller quérir un verre, et, comme il avait la coutume d'essuyer toujours le verre avant d'y porter les lèvres, il retournait dans sa chambre pour y prendre une serviette. En la cherchant, il pensait, non sans amertume, qu'il est absolument impossible de travailler quand on veut faire tout ce qui doit être fait.

Cependant, avec lenteur, la journée s'enfonçait dans le néant.

## CHAPITRE 8

Cécile et son frère Laurent sont assis, côte à côte, sur une dure banquette dans la salle de musique. De l'autre côté de l'estrade, les élèves de Cécile forment un groupe attentif et intimidé. Au milieu de l'estrade, une jeune fille est immobile devant le piano. Elle est de petite stature, avec des mains aux doigts brefs et robustes. Tout son visage exprime la ferveur. Son cœur doit battre ardemment sous le corsage à guimpe de dentelle. Ses pieds chaussés de souliers plats pèsent déjà sur les pédales. Cécile fait un signe du doigt, et la jeune fille commence à jouer.

Ses traits, déjà contractés, ont changé presque tout de suite. Ils sont soudain décomposés par l'effort et par on ne sait quel désir secret. Ce n'est point une débutante : elle a, pendant des années, tourmenté son instrument. Ceux qui l'entendraient pour la première fois lui trouveraient bien du mérite. Et Cécile, pourtant, la contemple avec pitié, peut-être même avec douleur. La bouche de la jeune fille se durcit et se tord petit à petit : ses joues se creusent. Entre ses dents serrées filtre une respiration haletante. On sent qu'elle est angoissée, qu'elle va buter contre un obstacle inévitable, qu'elle ne peut pas ne point buter. Alors Cécile se lève et vient se placer, debout, derrière la jeune fille ; l'haleine de Cécile fait palpiter un ruban que la jeune fille porte noué dans ses cheveux. Cécile dit, tout bas, des paroles de magicienne. Elle dit : « Respirez, Marie, respirez profondément. Oui, plusieurs fois de suite. Pour me faire plaisir, Marie... Détendez-vous, pour l'amour de moi, pour ne pas me fâcher, Marie. »

Marie de Ferras cède, fléchit, succombe sous la prière mystérieuse. Puisque Cécile est là, derrière elle, Marie de Ferras va peut-être se tirer du long trait de la troisième page... Mais elle souffre, elle souffre. Elle voudrait pousser un cri, laisser sourdre un gémissement. Est-il possible qu'elle n'ait pas le don, elle qui a tant d'amour ? Est-il possible qu'entre son âme et sa chair il existe cet affreux divorce ? Est-il possible qu'elle comprenne si bien tous les conseils de la jeune Madame et qu'elle soit dans l'impossibilité d'exprimer avec ses doigts ce qu'elle sent si parfaitement bien avec son cœur ?

A force de contention, Marie de Ferras est devenue presque laide. Elle le sait, elle le sent et c'est probablement pourquoi, deux fois de suite, elle vient de commettre des fautes contre lesquelles, depuis plusieurs jours, elle avait pris des précautions si douloureuses. Mais, ça ne fait rien, ça ne fait rien. Avec de la volonté, Marie deviendra quand même une artiste, une grande artiste. Avec de la volonté, tout est possible... Oh ! mon Dieu ! voici la troisième faute... Il est trop tard. Elle est faite. Et pourtant, pendant des heures, Marie avait préparé cette page. Tant pis ! On recommencera.

C'est fini. Voici le point d'orgue et la double barre. Les dernières vibrations s'élancent, gagnent le large. Marie de Ferras est toute rouge, tremblante devant le piano. Elle tourne vers Cécile un regard chargé d'anxiété. Cécile, de sa main fraîche, touche les joues brûlantes de la pauvre Marie et elle prononce, avec douceur, des paroles qui veulent être réconfortantes, encourageantes, des paroles de compassion que Marie de Ferras accepte avec une gratitude assoiffée mais dont elle n'est pas dupe.

Maintenant, c'est le tour de Gertrude Schmutz. Elle est tout de suite assise et déjà ses doigts commencent à galoper sur les touches. Cécile ne peut s'empêcher de rire :

— Mais non, mais non, Gertrude. Avant de produire un son, avant même de préluder, faites le silence autour de vous, faites le silence en vous, purifiez le monde entier par un grand et calme silence. Gertrude, je vous l'ai dit cent fois, la musique est l'art du silence. Ne craignez pas d'abuser de notre attention. Nous qui vous écoutons, nous avons besoin de silence, nous autres, autant que vous-même. Et maintenant, partez, Gertrude.

Gertrude Schmutz est une grande fille au corsage plat, aux bras longs. Elle montre un joli visage dont tous les traits tantôt trahissent et tantôt affectent la sensibilité. Sa lèvre supérieure est sans cesse en mouvement, couvrant et découvrant une belle denture, blanche et large. Elle joue une polonaise de Chopin. Et, tout de suite, elle commence de se tordre et de chantonner. Elle joue bien, aisément, avec un talent déjà mûr. Mais il semble qu'elle appelle à la rescousse toutes les fibres de son être. Elle se penche, elle se redresse. Elle laisse filer de longs soupirs. Elle fait, avec les doigts, une gymnastique intempérante qui prolonge la fin des sonorités par un dessin dans l'espace. Ce n'est pas à la nature qu'elle doit livrer combat : ses muscles obéissent aisément. Mais on sent bien qu'elle rêve à des émotions violentes. Elle voudrait les communiquer et, tout d'abord, être sûre de les ressentir elle-même.

Et voilà que Cécile est terrible, sans toutefois cesser de sourire. Elle est demeurée debout à côté de son élève. Elle l'interpelle à voix basse pendant que le bruit va son train. Elle dit : « Vous vous gargarisez. Vous ne m'écoutez pas. Vous ne vous écoutez même pas, vous tâchez de vous étourdir, de vous assourdir. Vous ne pensez qu'aux temps forts, si bien que ce n'est plus le rythme, c'est le squelette du rythme... Il faut d'abord penser à ce que l'on joue, je suis bien de cet avis, seulement vous y pensez d'une façon sentimentale. Vous devriez y penser d'une façon musicale. Si vous ne comprenez pas ce que je veux dire, ma petite Gertrude, c'est que vous n'êtes pas musicienne. Je ne peux vous l'expliquer mieux... »

Gertrude Schmutz alors s'arrête. Elle a l'air étonnée, mais non inquiète. Elle sourit, de ses dents blanches. Et elle n'attend qu'un signe pour repartir. Elle repart même avant le signe. Et elle incline le buste en avant et puis elle se redresse en exprimant l'effort. Elle se penche à droite, à gauche. Elle lève en l'air des mains crispées qu'elle va laisser fondre soudain, tels des oiseaux prédateurs. Elle se reprend à chanter. A certains moments même, elle fait avec sa gorge autant de bruit qu'avec ses mains. Elle piaffe. Elle met sa chaise en mouvement. Et Cécile finit par rire, gaîment, à gorge déployée. Tout le monde rit, en définitive, et c'est toujours ainsi avec Gertrude Schmutz.

— Non, non, dit encore Cécile. Vous me prendrez la *Partita*. Bach seul pourra vous guérir. Je vais vous charger de chaînes. Attendez quand même un instant.

Cécile s'est assise au piano. Elle pose un doigt, deux doigts sur le clavier. Quelques notes ! Ces notes, elles devraient être usées, flétries depuis que les hommes chantent, depuis qu'ils frappent sur des cordes ou soufflent dans des tubes sonores. Mais non, elles sont toujours neuves comme au premier jour de la création. Ce ne sont pas les sons de tout le monde, c'est l'âme de Cécile, c'est la vie et la substance de Cécile.

Cécile joue la première page de la fameuse polonaise. Et, tout en jouant, elle parle comme pour elle-même. Elle dit :

— Il y a des jours bénis, des jours tels que, si nous heurtons un cristal, il rend un son qui s'accorde juste à notre chant intérieur. Ah ! Gertrude, vous aimez la musique, sans doute, mais vous ne la respectez pas. Attendez ! Attendez ! Gertrude.

Cécile joue encore quelques mesures et tout le monde se tait.

Ce que nous entendons jouer est presque toujours moins beau que ce que nous aimons en rêve. Ce que nous entendons jouer, même par de grands artistes, nous laisse bien souvent une secrète et amère déception, car nous vivons, dans nos rêves, avec la musique des sphères. Mais quand Cécile joue, c'est aussi beau que dans nos rêves, et, tout à coup, c'est plus beau.

Cécile s'arrête, secoue la tête, et fait signe à Maxime Giard. C'est un garçon de quinze ans. On dirait qu'il attend la fin de la leçon pour se mettre à jouer aux billes. Il sourit d'un air boudeur et son visage enfantin est rose, avec des joues rondes. Il noue, sous son menton creusé d'une fossette, une lavallière bleu marine à pois blancs. Il s'assied devant le piano d'une manière un peu lourde et presque indifférente. Il attend le signal et part au juste moment. Il joue une sonate de Mozart. Cécile s'est assise près de lui, de manière à pouvoir le regarder presque en face. Elle fait, de temps en temps, un signe imperceptible de la bouche ou du sourcil. Parfois, elle lève un doigt. Parle-t-elle, c'est pour dire des choses très mystérieuses. « Plus lointain. Encore plus lointain... Oui, oui ! un peu moins frais. Ecoutez, Maxime, plus d'ombre, avant les doubles croches... » Et, tout naturellement, l'enfant traduit avec ses doigts ces recommandations étranges. L'ombre, le lointain, la fraîcheur, tout devient compréhensible et sensible. Entre Cécile et le garçon, un langage secret se noue, comme entre deux êtres de la même race, élevés dans le même climat. Cécile sait bien que le jeune garçon, malgré son gros nez, ses joues un peu lourdes, son buste un peu trop long, son front sans beauté, a reçu la grâce parfaite. Pour lui, tout est simple, même la douleur. Pour lui, tout est accessible, même ce qu'on nomme en musique les profondeurs de la pensée, car l'abîme de Mozart n'est pas celui d'Aristote. Cécile grondera peut-être, par un honnête sentiment de la justice distributive. Elle dira, l'air mécontent : « Maxime, vous ne travaillez pas assez... » Bah ! Cécile sait, depuis le premier jour, depuis la première entrevue, que l'enfant à la grosse tête ronde a reçu tous les dons, même celui du travail, sans lequel tous autres ne sont que vapeurs et fumées.

Cécile est retournée s'asseoir auprès de son frère. Elle regarde le petit groupe des élèves et dit, d'une voix égale :

— Au tour de Mlle Vèze... Ce qu'il faut jouer, Mademoiselle ? Mais, ce que vous avez préparé, tout simplement.

Simone Vèze est une fille maigre que l'on pourrait, malgré son nom, prendre pour une israélite. Elle a des yeux admirables qui sont brumeux, sombres, mouillés et qui chavirent aisément sous l'effort des émotions. Ses mains sont tout de suite moites et elle les essuie sans cesse avec un petit mouchoir qu'elle pose au bout du clavier. Comme Cécile semble attendre, Mlle Vèze commence de jouer, sans maladresse et de manière un peu scolaire, une rhapsodie de Liszt.

D'un pas insensible, Cécile est venue se placer au bout du piano. L'assistance, petit à petit, sent que la jeune fille lutte contre un malaise insurmontable. Et pourtant Cécile ne dit pas un mot, n'exprime pas, même d'un frémissement de la paupière, une critique, un jugement.

Simone Vèze fait une faute, puis deux, puis trois. Des gouttes de sueur se forment sur ses tempes et sur les ailes de son nez. Elle détache parfois du clavier un regard plein d'angoisse qui tourne autour de Cécile et retombe sur le clavier. Et voilà que Mlle Vèze joue de façon déplorable et qu'elle trébuche à chaque note et que, soudain, cachant son visage entre ses mains, elle se met à sangloter, ce qui la défigure et la rend presque hideuse.

Cécile n'a pas même bougé. Cécile n'a pas fait un geste. Elle prononce, d'une voix très calme :

— Vous comprenez, Mademoiselle, que je ne peux rien dire. Il faudra recommencer, Mademoiselle. Un jour où vous serez un peu plus maîtresse de vous.

Simone Vèze cherche à tâtons son mouchoir et s'éloigne en trébuchant. Cécile est toujours très droite, immobile, au bout du piano dont le bois luisant reflète son visage.

Un peu plus tard, la salle de musique désertée par les élèves, Laurent commence de marcher, doucement, les mains aux poches. Il dit :

— Quand j'étais petit, la musique me faisait voir des choses... Je te l'ai dit souvent et tu te moquais de moi. Je dois être en progrès, sœur. La musique, pour moi, ne se traduit plus en images. Mais elle me caresse l'âme, ou me blesse, ou me ronge. Elle me soulage et me rend heureux, ou bien, c'est fort différent, elle aggrave toutes mes tristesses, elle enflamme et envenime tout ce que j'ai dans le cœur. Tu ne dis rien ?

— Non, répond Cécile, non, je ne dis rien.

Comme son frère la regarde avec insistance, elle poursuit :

— Tu sais bien que, moi, je ne suis pas sentimentale. Tu sais que, de toute la famille, je n'ai jamais embrassé que maman, et encore dans les grandes occasions. Je déteste les gens à histoires, les trembleurs, les larmoyeurs. Je déteste aussi les autres, comment dire ? les gens à idées.

Cécile erre sur l'estrade, ferme les claviers, range les partitions d'un air las. Elle murmure, sans regarder Laurent :

— Quand nous étions petits, nous pensions, toi et moi, que la musique pourrait suffire à tout, nous donner tout, nous tenir lieu de tout. Oui... Ecoute, Laurent. Je n'ai vécu que de Bach et de Mozart, de Haendel et de Couperin. Mais je suis, depuis deux jours, harcelée d'un misérable air de la rue, un air ignoble qui me dégoûte et me répugne. Voilà, c'est que je ne suis pas pure. On n'a que ce que l'on mérite.

## CHAPITRE 9

Comme la nuit de janvier était humide et parcourue de bourrasques, Laurent releva d'abord le col de son pardessus, puis il vint s'abriter dans l'encoignure d'une porte. Il apercevait, de l'autre côté de la rue, baignée à la base dans la lueur d'un lampadaire, la maison qu'il venait de quitter. Laurent savait que Cécile allait sortir et que l'attente ne pouvait être longue. Une seconde, une furtive seconde, il pensa que ce qu'il faisait là n'était sans doute pas d'une discrétion exemplaire ; puis il haussa les épaules et se remit au guet en battant la semelle à la façon des écoliers.

Quelques minutes plus tard, Laurent vit la porte s'ouvrir, et Cécile parut dans la clarté du trottoir. Elle avait un long manteau noir que Laurent connaissait bien. Un chapeau large de bords et une grosse voilette dissimulaient ses traits.

Elle se mit tout de suite en route de ce pas rapide, ailé, qu'au temps de leurs jeunes ans Laurent disait comparable à la démarche de Niké, à la danse de la victoire. Elle tenait les plis de sa jupe rassemblés dans la main gauche. La main droite était glissée dans un très petit manchon. Elle était non pas très grande, mais élégante et mince. Le moindre de ses mouvements respirait la décision, l'élan, une volonté sans faille. Cécile remontait la rue de Prony en tournant le dos au parc. Elle ne marchait pas comme une personne qui cherche sa direction, mais avec une parfaite certitude.

Laurent la suivait de loin, attentif à ne pas la quitter de l'œil et soucieux de ne point se laisser voir ; mais Cécile marchait vite et ne se retournait point.

Elle vira presque tout de suite dans une petite voie silencieuse, puis elle traversa un large boulevard parcouru des vents, enfin Laurent la vit s'engager dans une rue qui devait être la rue Brémontier. A ce moment, Laurent tourna la tête pour éviter une voiture. Et comme, le péril passé, le jeune homme, de nouveau, regardait droit devant lui, il sentit que Cécile avait disparu.

Laurent fit encore quelques pas en reniflant d'un air pensif. Il se trouvait maintenant devant l'église Saint-François-de-Sales. Elle est petite, sans beauté. On dirait d'une église de bourgade introduite là, par force, entre les hautes murailles aveugles des bâtisses parisiennes. Une minute, Laurent demeura sur place à méditer un parti. Puis il entra dans l'église.

Elle était, à cette heure, fort sombre et silencieuse. Des bouquets de flammes fragiles tremblotaient au fond, dans le chœur. Quelques pauvres gens se chauffaient sur les bouches de chaleur dont l'haleine sent la pierre chaude, la poussière et le renfermé. Un instant, Laurent chercha, d'un œil ébloui par l'ombre. Puis il aperçut Cécile. Elle se tenait debout, dans la nef, tout près de l'allée centrale. Elle avait posé son manchon sur une chaise et demeurait droite, les bras pendants, les mains ouvertes. Elle regardait vers le chœur dont les murailles sont ornées de peintures évanescentes, naïvement azurées.

Sur la pointe des pieds, Laurent regagna la porte, puis il sortit de l'église et s'éloigna dans la rue, poursuivi de mille pensées.

Maintenant, Cécile est seule ou presque seule, debout parmi les chaises. Elle regarde les lumières de l'autel d'un œil qui ne cligne point. Elle qui, tout le jour, chantonne, comme aux jours de son enfance, quelque interminable chanson qu'elle invente note à note et parfois syllabe à syllabe, elle ne chantonne plus. Les anges qui volent dans l'ombre, s'ils veulent bien prêter l'oreille, ils entendront les pensées que Cécile forme laborieusement dans le secret de son âme.

Et voilà ce que dit Cécile :

« Seigneur, prenez-moi comme je suis. Si vous ne pouvez vous débrouiller avec ce cœur misérable, qui le pourra ? Qui le voudra ? Alors, Seigneur, acceptez-moi telle que je suis et ensuite, à nous deux, nous tâcherons d'arranger tout.

« Seigneur, je ne suis pas malheureuse. Je ne suis pas encore malheureuse, permettez-moi de vous le faire observer, car ce n'est pas sans importance. Il me semble seulement que je fais mauvais usage de ce que vous m'avez donné. Alors, acceptez-moi tout de suite, avec mon petit, s'il vous plaît, puisqu'il fait partie de moi.

« Seigneur, je suis pleine d'orgueil et encore d'une autre chose que je ne veux même pas nommer. Si vous ne m'aidez pas, je vais peut-être devenir méchante. Alors, aidez-moi. Je ne vous promets pas de me guérir tout de suite ; mais cela viendra certainement : je ferai de grands efforts. Ah ! ne tardez pas trop : je suis terriblement libre.

« Seigneur, je ne me suis pas mariée chez vous pour diverses raisons que je vous expliquerai plus tard. N'y pensons pas en ce moment.

« Seigneur, je supporterai tout ce que vous me demanderez, sauf certaines choses que vous ne me demanderez pas parce que ce serait injuste et que vous n'êtes pas injuste.

« Seigneur, je serai modeste dans ma vie et dans l'art où vous m'avez comblée. Mais il y a des choses sur lesquelles il m'est impossible de céder, des choses dont je ne peux supporter l'humiliation. Seigneur, ayez la bonté de ne pas me demander cette humiliation-là. »

Un grand silence tombe sur Cécile. Les anges de l'ombre peuvent prêter l'oreille, ils n'entendront plus rien. La jeune femme regarde toujours droit devant elle. Ses longs cils noirs ne bougent pas. Elle attend, immobile. Et le silence est profond. Alors, voilà que l'étrange prière recommence :

« Seigneur, nul ne m'a montré le chemin de votre maison. Nul ne m'a tirée, nul ne m'a poussée. Je viens seule, toute seule, avec le petit enfant contre mon cœur. Seule avec lui. Si vous ne voulez pas de moi, Seigneur, vous avez bien le moyen de me le faire comprendre. » De nouveau, le silence. La jeune femme est toujours debout, toujours bien droite, et ses yeux grands ouverts reflètent les flammes chancelantes de l'autel. Alors, une fois encore, la voix sans haleine s'élève du fond de l'âme :

« Oh ! je reviendrai ! Je reviendrai ! Vous finirez bien par répondre. Seigneur ! je suis entêtée, je suis affreusement entêtée ! »

Pendant un long moment encore, Cécile reste immobile, interrogeant l'ombre. Puis elle s'en va, sans tourner la tête, elle s'en va de ce pas qui semble à tout instant sur le point de quitter la terre.

## CHAPITRE 10

— Nous sommes en avance, dit Justin. Rien à faire avant quatre heures. Chérouvier est l'homme le plus exact du monde. Jamais une lettre sans réponse. Jamais un rendez-vous au petit bonheur. Il a l'air d'un bohème, je préfère te le dire tout de suite. D'ailleurs, tu connais les photos et surtout le fameux buste qu'a sculpté Rodin. Mais cette figure de grand anthropopithèque velu ne révèle rien de l'être intérieur qui est net, strict, d'une simplicité parfaite. A quoi travailles-tu, Laurent ?

— Je ne travaille pas. Ou plutôt, si : je travaille à ne rien faire.

— Depuis quand ?

— Depuis trois jours.

— C'est long.

— C'est terriblement long. Oh ! je compte pour rien la surveillance de mon service. Le personnel est dressé : cela marche tout seul. Je ne compte pas non plus les piqûres aux cochons d'Inde ou l'examen de quelques préparations, la coloration de quelques microbes, enfin des blagues. Je n'ai rien fait depuis trois jours. J'attends.

— Et ton patron ?

— M. Blot ? Oui, eh bien ?

— Qu'est-ce qu'il dit de cela ?

— Tu es un enfant. D'abord, il n'en sait rien. Quand je ne travaille pas, cela ne se voit pas. Je te répète que j'expédie de petites besognes, je remue, je change les objets de place. Mais l'esprit ne bouge pas, il attend. M. Blot, s'il en devinait quelque chose, ne dirait rien parce qu'il sait à quoi s'en tenir. Lui, quand il est saisi d'inertie, ça dure six mois, parfois plus. Alors, il prend des mesures de conductivité électrique, ou il compte interminablement des gouttes de réactif, à la pipette, ou il fait des graphiques à n'en plus finir. Mais moi qui le connais un peu, je souffre avec lui. Je compatis.

— Oh ! je sais, je comprends, soupira Justin. Pour un écrivain, c'est aussi pénible.

Laurent enlevait sa blouse et la rangeait dans l'armoire avec des gestes de somnambule.

— Voilà, dit-il, ce que nous ne pourrons jamais, ce que nous n'oserons jamais faire entendre aux autres, aux travailleurs manuels. A leurs yeux, nous aurions l'air de paresseux. Un savant, un vrai savant, pour les pauvres gens de l'usine, de la terre ou de l'atelier, c'est un monsieur qui passe une grande part de sa vie à consulter des appareils, à regarder dans le microscope, à disséquer des animaux, à exécuter toutes sortes d'opérations délicates et compliquées. Un savant légendaire, pour l'ouvrier, pour l'employé, c'est un personnage qui fait des découvertes considérables, patiemment, depuis le matin jusqu'au soir et parfois même du soir jusqu'au matin. Comment nous y prendre pour expliquer à ces braves gens si confiants et si naïfs, à ces braves gens qui travaillent si durement, eux, huit, dix ou douze heures par jour, que la découverte, à proprement parler, c'est une minute, une seconde, même pas, le temps d'un éclair, et qu'un savant n'est pas ébloui par cet éclair toutes les semaines, mais trois ou quatre fois dans sa vie, et que, le reste du temps, il travaille assurément, et de manière assidue, et en appliquant toutes ses facultés, et que, pourtant, il lui faut attendre la visitation, il lui faut attendre que le vent de l'esprit se lève et qu'il est impossible de déterminer cette brise quand elle ne veut pas souffler. Nous n'oserons jamais expliquer aux travailleurs manuels que perdre du temps, cela fait partie de notre tâche, à nous autres, et que c'est une occupation très nécessaire et très pénible. Et le plus regrettable, c'est qu'il est impossible, à première vue, de distinguer celui qui perd son temps d'une manière féconde et profitable de l'autre, du simple fainéant, de celui qui perd son temps sans espoir et sans honneur. Et maintenant, allons-nous-en. Jusqu'à la place de la Contrescarpe, il faut bien une demi-heure, même en marchant d'un bon pas.

— Oh ! chuchotait Justin Weill en trottant auprès de Laurent, nous avons tous nos misères. Depuis deux jours et sans savoir pourquoi, je dis, toutes les dix secondes, à l'intérieur de moi-même : Po-po-ca-te-petl... Po-po-ca-te-petl ! Cela s'arrête un instant et, toc, ça recommence. Le Popocatepetl est une montagne du Mexique. Je me moque du Popocatepetl comme d'une guigne, comme d'une mouche. Mais, de temps en temps, un mot sans rapport avec mes pensées, celui-là ou un autre, s'introduit dans la mécanique et il m'obsède pendant deux ou trois jours. Et soudain, il s'en va, c'est fini, je suis guéri. Note que tout cela ne m'empêche pas de penser à des choses sérieuses et même à des choses terribles. As-tu lu l'article de ton beau-frère dans *les Cahiers du Nouveau Portique*, l'article sur Chérouvier ?

— Tu m'obligerais beaucoup en appelant Richard Fauvet autrement que mon beau-frère.

— Est-ce, oui ou non, ton beau-frère ?

— Tu sais bien, Justin, que s'il est devenu mon beau-frère, c'est contre mes conseils, contre mon goût, contre ma volonté. Tu sais même que je prends grand soin de ne plus jamais te parler ni de Cécile, ni de Fauvet.

— Ça n'a plus grande importance. Je suis très bien cicatrisé. Je ne me marierai jamais, du moins il y a peu de chances. Cécile n'a pas voulu de moi, c'est compréhensible. Si, contre toute prévision, je finis par prendre femme, ce sera sans aucun doute une fille de ma race. Je me sens redevenir intégralement juif. Et puis, laissons cela de côté. Je te posais une question qui est demeurée sans réponse. As-tu lu l'article de Fauvet ?

— Je l'ai lu.

— Tu n'es pas indigné ?

— Je suis indigné.

— Oui, je vois, tu es indigné de manière bourgeoise et placide.

— Justin !

— Je sais ce que je dis, malheureusement. Ce n'est pas un fossé qui se creuse entre nous, Laurent, c'est un abîme. Laisse-moi résumer les faits : un peuple qui se dit civilisé fait, dans une guerre injuste, usage de balles explosives. Un philosophe, un homme de cœur admirable, Noël Chérouvier, publie un article pour stigmatiser cette barbarie et mettre en mouvement toute l'élite française. La réponse est presque immédiate : M. Richard Fauvet, intellectuel incorruptible, traite publiquement Noël Chérouvier de pipelet humanitaire, de pédagogue au cœur sensible, de bavard intempérant, etc., etc. Et toi, Laurent Pasquier, beau-frère involontaire mais résigné, tu trouves tout ça naturel. Ah ! je ne te reconnais pas !

— Tu peux dire ce que tu voudras, soupira Laurent en haussant les épaules, tu ne me feras pas sortir de mes retranchements, aujourd'hui.

Les deux amis marchèrent un long moment côte à côte sans parler. Noël Chérouvier habitait un appartement de proportions médiocres dont les fenêtres s'ouvraient sur la petite place provinciale dite de la Contrescarpe. Le visiteur qui s'aventurait à la recherche du maître dans cette maison modeste, hantée par des employés, des retraités, de petits fonctionnaires, le visiteur devait d'abord gravir trois étages d'un escalier noir et sonore, parcouru comme un puits de mine par un furieux courant d'air. La sonnette enfin trouvée puis mise en mouvement, on entendait haleter une vieille servante poussive. Une porte s'ouvrait dans l'ombre et le visiteur, dès le premier pas, trébuchait contre des livres. Il y en avait partout, sur les meubles, sous les meubles, sur des rayonnages précaires qui ployaient et demandaient merci, sur le sol, par piles et par tas, dans l'ouverture des portes qu'on ne songeait plus à clore, entre les bras des fauteuils, dans le giron des canapés. Une odeur de cendre, de cuisine et de tabac errait avec nonchalance par les gorges et les crevasses de ce paysage confus. Et, tout à coup, dans la lueur d'une fenêtre à festons de velours, M. Noël Chérouvier dressait sa haute silhouette, la main tendue. Il était maigre et robuste, avec de grands doigts velus qu'il allongeait sans arrêt pour prendre les livres à poignées et pour les changer de place. Ses cheveux étaient gris et rares, mais, sur les arcades sourcilières à l'architecture massive, s'accrochait une énorme et buissonneuse végétation. Deux flammes de poil lui sortaient des oreilles comme des moustaches. Large, longue, exubérante était aussi la barbe, mêlée de noir et de jaune. Au milieu de tout ce crin, fleurissait un sourire très doux, très vivant, coloré de quelque malice. De cette étonnante carcasse se dégageait un relent de tabac noir, non point léger et fugitif, mais acide, pénétrant, exhalé, semblait-il, par la substance même des tissus imprégnés jusqu'à la fibre depuis un demi-siècle.

Noël Chérouvier professait en Sorbonne l'histoire de la philosophie. Il avait guerroyé dans la presse, dès le début de l'Affaire. Depuis, et bien qu'il se défendît de céder aux pressions politiques, il était sollicité de formuler son avis dans toutes sortes de querelles. On avait voulu lui offrir, à la Ligue des Droits de l'Homme, une éclatante présidence. Il avait toujours refusé. « Non, non, disait-il, je suis individualiste et, par nature, solitaire. C'est comme cavalier seul que je peux rendre service. Qu'on me laisse les mains libres et je remplirai mon devoir. »

Il fit trois ou quatre pas au-devant des visiteurs et, tout de suite, allongeant hors d'une veste trop courte des poignets à l'ossature saillante, il commença de saisir les livres à pleines mains pour débarrasser les chaises.

— Je suis content, disait-il, de vous voir, mon cher Weill. Content aussi de voir l'ami dont vous m'avez tant parlé. Asseyez-vous, monsieur Pasquier. Votre visite me touche beaucoup. Je suis très bien renseigné. Je sais que vous êtes chef de service à l'Institut National de Biologie. C'est un beau titre et une belle place. Je sais aussi que vous n'avez pas voulu signer la protestation que j'ai rédigée ces jours-ci et qu'on a fait circuler dans les milieux intellectuels. Croyez bien que je ne vous en veux pas. Je comprends tout. Weill m'a dit que vous aviez des idées scientifiques sur l'effet désastreux que peuvent produire les balles ordinaires. Vous êtes en contradiction avec ce qu'écrivent la plupart de nos chirurgiens militaires. Croyez bien, monsieur Pasquier, que je n'agis pas à la légère. Je me suis documenté. J'ajoute que l'article du *Miroir Universel* est farci d'images irréfutables et d'ailleurs obsédantes. Un homme de ma sorte, après avoir lu cet article, n'avait plus qu'une chose à faire, et je l'ai faite aussitôt.

— Mon cher maître, dit Justin, vous avez sauvé l'honneur de l'intelligence française.

— Ne m'appelez pas « mon cher maître », dit le vieil homme en riant. Vous allez m'intimider. Il me semble que j'aurais démérité de moi-même si je n'avais pas élevé la voix. A quoi peut servir le crédit que l'on veut bien m'accorder dans les milieux universitaires et littéraires, si ce n'est à faire connaître la désespérante vérité ? Car tout cela, mon cher Weill, est assez épouvantable. La guerre est, dans son essence, un phénomène monstrueux... Eh bien ! cela ne suffit pas. Il faut que des criminels se permettent d'insulter aux lois que, péniblement, dans l'intervalle de deux crises, les hommes tâchent d'établir pour limiter les effets de leur propre férocité. Eh bien ! il ne sera pas dit que nous autres, nous qui sommes, par vocation et par devoir, les témoins de notre époque, les vrais responsables, en somme, il ne sera pas dit que nous aurons fermé les yeux et gardé le silence. Il ne sera pas dit que nous nous serons contentés, comme le Romain Pilate, de nous laver les mains. Nous n'empêcherons peut-être rien, mais nous aurons tout d'abord donné à notre conscience quelque chose comme un allégement. Ça ne suffirait d'ailleurs pas. Il n'est pas du tout prouvé que nous n'obtiendrons pas aussi quelque chose comme une victoire. Je sais de bonne source que la légation de Bulgarie a déjà fait plusieurs démarches au quai d'Orsay. Voilà un symptôme.

— Nous avons, s'écria Justin, réuni plus de cent cinquante signatures. Et j'ai l'honneur d'en avoir récolté quarante-quatre à moi tout seul : Anatole France, Charles Richet, Lucien Herr, Lapicque, Seignobos...

— C'est magnifique ! dit Noël Chérouvier en tirant d'un air pensif sur les longs poils de sa barbe. Oh ! cela peut nous consoler d'une certaine sorte d'attaques.

— Monsieur, s'écria Justin en rougissant d'un seul jet, Monsieur, je vous ai dit dès le début que mon cher ami Pasquier se trouvait, bien malgré lui, le beau-frère de ce Fauvet...

— Oh ! dit le vieil homme en agitant devant ses yeux sa main aux doigts écartés, j'imagine volontiers que votre ami, puisqu'il est votre ami, d'abord, et puisqu'il a cette loyale figure, et enfin puisqu'il vient me voir, n'est pour rien dans les insultes de ces malheureux pédants.

Laurent baissa la tête.

— Les gens dont vous parlez, dit-il, ne me demandent pas mon avis. Si j'avais pu les empêcher...

M. Chérouvier fit effort pour sourire.

— Je devrais être immunisé, soupira-t-il. Eh bien ! mon cher Weill, figurez-vous qu'il n'en est rien. Depuis trente ans que je bataille avec la plume et la parole, depuis trente ans que je reçois des coups, je devrais avoir le cuir tanné. Les insultes devraient glisser sur ma peau comme sur une cuirasse. Mais non, je suis toujours vulnérable. Il y a toujours des flèches qui me blessent et qui m'empoisonnent. J'en suis honteux. Je devrais le taire. Je vous le confesse à vous, Justin Weill, parce que je vous aime assez pour me montrer tel que je suis. Et je ne me cache même pas de votre ami Pasquier, puisque je sais que vous l'aimez.

Justin leva vers son maître un regard chargé de flamme. Mais déjà le vieil homme, tous ses traits assouplis, voguait vers un autre horizon.

— Ma place, disait-il, sera toujours à égale distance des deux adversaires et, si force m'est de choisir, toujours avec le vaincu. Je sais qu'il y a peut-être, dans cette vocation, beaucoup d'orgueil et même de naïveté. Tant pis. Telle est ma nature. Je ne pourrai jamais m'empêcher de corriger la balance, de jeter le peu que je vaux, le peu que je représente dans le plateau du malheureux.

Comme Chérouvier se taisait, Laurent dit, entre ses dents :

— Et vous ne craignez jamais, Monsieur...

— Quoi ?

— De vous tromper, par exemple.

M. Chérouvier partit à rire.

— Monsieur Pasquier, grondait-il, vous êtes un homme de laboratoire, un savant, un chercheur de raisons et de preuves. Eh bien ! tranquillisez-vous : on ne se trompe jamais quand on demande un peu plus d'humanité dans les relations entre les peuples, on ne se trompe jamais quand on demande la grâce d'un condamné à mort.

— Et si, dit Laurent, d'une voix sourde, si le condamné à mort n'existe pas, par exemple ?

M. Chérouvier riait de plus belle.

— Il vaut mieux demander mille fois la grâce d'un fantôme, même au péril de passer pour un monsieur ridicule, que de laisser périr un innocent.

Le vieil homme venait de se lever, comme pour donner à entendre que l'audience était finie. Pendant que les deux amis tâchaient à retrouver leur chemin parmi les archipels de bouquins, les promontoires de papiers, les récifs de brochures, M. Chérouvier tenait à Justin toutes sortes de propos affectueux :

— Travaillez-vous, mon petit Weill ?

— Mal, Monsieur, très mal en ce moment.

— Alors, je vous plains. Nous autres, qui sortons tout de nous-mêmes, nous avons des façons de souffrir que ne peuvent même pas comprendre les autres hommes. Quand je sens que la source jaillit, je suis volontiers optimiste. Et si je la sens tarir, aussitôt tout me devient impossible et funeste. Nous sommes des égocentristes et c'est presque inévitable. Si l'inspiration m'abandonne, la lumière du ciel se ternit, la vie se retire du monde, le mouvement même des planètes est touché de paralysie. C'est une condition pénible. Il faut travailler, Weill, travailler à tout prix. Il faut apprendre à rester seul dans une chambre, comme disait Pascal. Allons, je vous verrai demain. A bientôt, monsieur Pasquier.

A peine sur le trottoir, Justin prit le bras de Laurent.

— Où vas-tu, maintenant ?

— Chez moi, rue du Sommerard.

— Permets que je t'accompagne. Alors, comment le trouves-tu ?

— C'est sûrement un honnête homme.

— C'est tout ce que tu consens à dire ?

— Cela ne te suffit pas ?

— Moi, je le nomme : notre conscience et même notre lumière !

Les deux jeunes gens allaient, d'un pas pressé, dans la nuit éblouie de lumières et de brouillards. Au bout d'un long moment, Justin reprit, l'accent grondeur :

— Ce qu'il y a de plus grave, à mon avis, dans ton cas, c'est que tu me parais avoir perdu la faculté d'enthousiasme.

— Tu finiras par m'exaspérer. Je n'ai rien perdu de tel. Seulement, je sais des choses...

— Tu vas m'expliquer, sans doute, une fois de plus, que les balles ordinaires font des plaies épouvantables, alors que, comme l'ont démontré tous les chirurgiens militaires, les balles normales, quand elles ne sont pas mortelles, font des plaies parfaitement propres et sont, la plupart du temps, je ne dis pas inoffensives, mais c'est tout comme. Tu vas m'expliquer sans doute quelque nouvelle sottise. En somme, tu es sûr d'en savoir plus que tout le monde.

— Non, dit nettement Laurent, la tête dans les épaules, prêt à faire front. Mais je suis sûr de savoir quelque chose que tu ne sais pas, quelque chose que M. Chérouvier ne sait pas, quelque chose que vous ne saurez pas parce que je ne vous le dirai pas.

Le visage de Justin Weill exprima soudainement une ardente et puérile curiosité.

— Laurent, je t'en supplie, raconte-moi ce que tu sais.

— Non !

— Laurent, au nom de notre amitié !

— N'invoque pas une amitié que tu blesses et que tu méprises. Si je te dis ce que je sais, ce sera pour me justifier, d'abord, ensuite pour te faire un peu mal, car tu ne mérites pas autre chose. Enfin, je n'ouvrirai la bouche que si tu prends l'engagement de ne jamais répéter, surtout pas au père Chérouvier, ce que je vais te dire.

— Je le jure, souffla Justin Weill.

— Bien. Alors, montons chez moi. J'allumerai le poêle à pétrole.

Quelques minutes plus tard, les deux amis se retrouvaient face à face dans la chambre de Laurent. La fenêtre sans rideaux donnait sur un ciel embrasé par la lueur de Paris. Laurent nettoyait la mèche d'une petite lampe grésillante.

— Je t'ai déjà parlé, dit-il, de M. Mairesse-Miral.

— Oui. Va tout de suite à l'essentiel.

— Le personnage de M. Mairesse-Miral est plus utile que tu ne le crois pour l'intelligence de mon histoire.

— Bon. Et alors ?

— Comme tu es impatient ! M. Mairesse-Miral est le secrétaire particulier de mon frère Joseph.

— Je me demande ce que ton frère Joseph peut bien venir faire au milieu de la guerre balkanique.

— Tu as tort de te le demander. Mon frère Joseph est partout. Il suffit de l'y apercevoir. Et puis, ne m'interromps plus ou je ferme le bec tout à fait. M. Mairesse-Miral est le secrétaire particulier de mon frère, son factotum, son âme damnée, son éminence grise.

— Et après ?

— Silence ! M. Mairesse-Miral, que je rencontre quelquefois, me dit, sous le sceau du secret, toutes sortes de choses curieuses concernant mon frère Joseph. Comprends bien : c'est la vengeance de M. Mairesse. Il adore mon frère, son bourreau, et il le déteste en même temps. Alors, pour se soulager, il vient me raconter certaines affaires de Joseph. C'est comme cela qu'il m'a raconté l'histoire de l'assurance, dans l'incendie de la Pâquellerie, et, avant l'histoire de la fausse ruine de Joseph, et, autrefois, l'histoire du barrage de la Roumagne, et d'autres histoires encore. Bien. Maintenant, nous arrivons à la guerre balkanique.

— Il est temps.

— L'intervention de M. Chérouvier, intervention que je trouve parfaitement respectable, est tout entière fondée sur l'article paru dans *le Miroir Universel*.

— Sans doute, mais Chérouvier a pris des renseignements.

— D'accord. L'article du *Miroir Universel* est au commencement de tout. Il est signé Gaston Délia, ou quelque chose de semblable. Mais il a été, presque mot pour mot, dicté à Gaston Délia par mon frère, Joseph Pasquier. Voilà ! Voilà ! Voilà !

— Attends, murmura Justin d'une voix réticente. Je ne comprends pas très bien.

— C'est naturel : tu es malin, mais pas assez malin pour piger les choses de cette espèce-là. Maintenant, allons par ordre : M. Joseph

Pasquier, dès le début de la guerre balkanique, a fourni à la Bulgarie des munitions provenant d'Allemagne.

— D'Allemagne ? Attends, je m'embrouille. Pourquoi d'Allemagne ?

— L'Allemagne ne pouvait fournir en même temps, ouvertement, des armes à la Turquie et aux adversaires de la Turquie. Pour ces derniers, il fallait un intermédiaire, et la firme Joseph Pasquier a servi d'intermédiaire, tout simplement. M. Joseph Pasquier ne fabrique pas lui-même des munitions. Il ne fabrique, d'ailleurs, exactement rien.

— Continue ! Continue ! C'est effrayant.

— Mais non. C'est tout simple. Un mois avant l'armistice, la Bulgarie a fait affaire avec une firme anglaise. Ce qui signifie que M. Joseph Pasquier a perdu le marché.

— Mais les balles explosives ?

— On y arrive. Un peu de patience. Joseph Pasquier a cherché le moyen de jouer un sale tour aux fournisseurs anglais. Il a fait constituer, par M. Mairesse-Miral, un dossier de photographies établissant que les nouvelles balles bulgares étaient l'objet d'une malfaçon et qu'elles produisaient des effets quasiment explosifs.

— Oui, oui, je commence à comprendre. Mais alors, ces photographies...

— ... Sont, pour plus des deux tiers, empruntées par M. Mairesse-Miral à d'intéressantes collections particulières et n'ont pas de rapports précis avec la guerre balkanique. Bien. Si l'armistice est rompu, M. Joseph Pasquier a des chances de retrouver son marché, parce que l'opinion publique a commencé de se mettre en branle. Songe que cent cinquante intellectuels, M. Noël Chérouvier en tête, viennent de signer un manifeste !

— Ils ont eu raison quand même !

— Oui, je ne les désavoue pas. Mais je pense que tout cela, c'est un coup de Joseph Pasquier. Et ça me dégoûte ! Ça me dégoûte !

— Attends ! Attends ! dit Justin. Je vais écrire un article.

— Non, mon vieux, tu n'écriras rien.

— Je me demande bien pourquoi.

— Parce que tu m'as promis de ne pas ouvrir la bouche, et parce que j'ai promis moi-même de ne rien raconter de tout cela ; parce que je ne peux pas jouer un sale tour au triste Mairesse-Miral.

— Ce vieux singe est sans importance.

— Enfin, parce que cela ne servirait à rien. Mon frère démentirait tout. Si, cela servirait sans doute à quelque chose : à jeter le discrédit sur toutes les initiatives des honnêtes intellectuels dont tu as sollicité, toi, Justin, la signature.

— Pourquoi n'as-tu rien dit, tout à l'heure, à Chérouvier ?

— J'étais venu pour lui parler. Et puis, je n'ai pas osé. Comment te faire comprendre ? J'ai eu honte.

— Ainsi tu es en quelque sorte le complice de Joseph.

— Toi aussi, maintenant. Et c'est toi qui l'as voulu.

— Moi aussi. Je l'ai voulu. J'irai tout raconter à Chérouvier.

— N'en fais rien, je t'en conjure. Pour Chérouvier d'abord, qui est un honnête homme, et par conséquent une force qu'il ne faut pas discréditer.

Justin errait par la chambre en se tordant les mains avec un vrai désespoir.

— Oh ! grondait-il, c'est à devenir enragé. Où est le devoir ? Où est la voie ? Est-ce que nous autres, qui nous croyons le sel de la terre, nous ne sommes que des instruments entre les mains des canailles, des escrocs et des dégoûtants ? Où est le devoir, Laurent ?

Laurent haussa les épaules.

— Il faut voir clair et chercher.

Justin était venu se coller le front à la fenêtre. Il regardait, dans le ciel, respirer la lueur de Paris.

— Une société semblable, dit-il avec amertume, ne peut pas vivre. Alors qu'elle meure tout de suite ! Qu'elle change ! Qu'on recommence tout !

Comme Laurent ne disait rien, Justin s'efforça de sourire.

— Je te demande pardon, dit-il. Un Juif, il faut toujours qu'il prophétise et qu'il maudisse. Chez nous, c'est dans le sang.

— Tu n'imagines pas, je pense, que les Juifs n'auraient pas leur part dans cet affreux chaos ?

— Oh ! je sais ! je sais ! Nous avons annoncé nous-mêmes, les premiers, que le temple serait détruit. Nous jugeons les autres peuples, mais nous nous jugeons aussi. Laurent ! Où est le devoir ?

## CHAPITRE 11

Le Dr Pasquier faisait sauter avec force éclats de rire un petit garçon sur ses genoux. L'enfant battait des mains et criait : « Encore ! Encore ! »

Le docteur, en société du jeune acrobate, exécuta plusieurs exercices de voltige et dit, posant l'enfant par terre :

— Cette semaine, tu le vois, Laurent, nous avons le petit Jean-Pierre. La semaine dernière, c'étaient Lucien et Finette. Tu remarqueras, mon ami, que Joseph ne nous oublie pas et qu'il nous fait toute confiance. Nous avons toujours chez nous deux de ses mioches ou les trois. En échange, car Joseph est un esprit équitable, il nous donne de bons conseils pour nos placements d'argent. Le seul malheur est que je n'ai jamais l'occasion de placer de l'argent. C'est même tout le contraire. Pour ce qui est des crapauds à Joseph, je t'avouerai que ça me fait plaisir. J'ai toujours aimé les enfants.

Le Dr Pasquier ferma fortement l'œil gauche et siffla d'un air guilleret :

— Je les ai toujours aimés. Je les aime, comprends-moi bien, depuis l'instant précis où nous commençons à faire quelque chose en leur faveur — tu vois ce que je veux dire — jusqu'au jour où ils se mettent à devenir de grandes personnes raisonnables. Dame, après, c'est moins drôle. Des gosses, ici ? Tant qu'on en veut ! Ça m'amuse, ça me ravigote. Mais à la condition que toute cette marmaille ne m'appelle pas grand-père. Ça sent les rhumatismes, les foulards, la chaise percée, la chancelière, la tête branlante, bref, tout ce que je déteste. Alors, ils m'appellent grand-Ram. Ça, c'est gentil, c'est copain, ça ne fleure pas le corbillard. Maintenant, va jouer, mon petit gars. Nous avons des choses à nous dire, ton oncle Laurent et moi.

Le Dr Pasquier ouvrit un tiroir, y prit un volumineux cahier et s'écria :

— Voilà l'objet !

— Quel objet ? demanda Laurent.

— Mon garçon, voilà le chef-d'œuvre ! Et je ne dis pas ça en plaisanterie. Ou bien je n'y connais rien, ou bien c'est un petit chef-d'œuvre.

— Mais, papa, je n'en doute pas.

— On ne le dirait guère à te voir. Tu as l'air de sortir du coma. Je sais que la distraction est un privilège du monde scientifique. Mais, dans le genre distraction, tu dépasses le raisonnable. Alors, voilà le chef-d'œuvre ! Tu ne vas pas le lire ici. Je préfère que ta mère... Elle n'a pas des vues particulièrement indulgentes sur l'art des belles-lettres. Et puis, il y a autre chose. J'ai voulu faire recopier mon manuscrit par une agence, en trois ou quatre exemplaires...

— C'est en effet plus prudent.

— Malheureusement, je suis tombé sur des pirates, comme toujours. Ils me demandaient deux cents francs. Je leur ai déclaré : « Oui, mais seulement si j'attrape le grand prix de l'Académie. » Ils m'ont ri au nez. Je me suis trouvé dans l'obligation de leur faire une scène et de leur dire à voix haute un certain nombre de vérités. Hum ! Hum ! Ensuite, j'ai fait copier mon travail par une personne de mes amies. C'est pourquoi je crois préférable de ne pas laisser ce manuscrit entre les mains de ta mère. Enfin, tu m'entends.

— Mais maman ne connaît pas l'écriture.

— On ne sait pas. On ne sait jamais. Tu vas mettre ce cahier dans ta serviette. Et si tu vois quelques fautes d'orthographe, aie la courtoisie, mon garçon, de ne pas me les attribuer. Je déteste les fautes d'orthographe. Bien. Tu liras cela, tranquillement, le soir, chez toi, pour te distraire, et tu me diras tout net quels sont, à ton avis, les passages les mieux venus. Maintenant, il faut que je t'en parle, pour te préparer un peu. Le titre, d'abord ! Il est joli. Tu vois : *le Vent dans les voiles*. Au fond, ce titre-là, c'est le rêve de toute ma vie. Frrrt...

Blll... Psst... Le vent se lève et l'on s'envole. Qui sait si ce n'est pas mon tour ? Il y en a qui, pour leur début, gagnent une petite fortune : quarante ou cinquante mille francs. Enfin, revenons à l'histoire dont je t'ai déjà parlé. C'est l'histoire d'un bonhomme qui s'appelle Poutillard. Qu'est-ce qu'il y a ? Ça ne va pas ?

— Dame, ce n'est pas très heureux. On dirait un nom de vaudeville. Ça donne tout de suite le sentiment d'un nom inventé.

— Mon garçon, ce n'est pas possible, c'est justement le nom d'un bonhomme que j'ai connu.

— Raison de plus pour t'en défier. Imagine que ce bonhomme te poursuive en justice.

— Eh bien ! mon cher, je plaiderai. Au fait, rien à craindre : le vrai Poutillard est mort il y a douze ans. Et puis, laissons cela de côté. Si tu m'interromps toujours, je ne pourrai pas te faire comprendre ce que j'ai voulu peindre. Ce Poutillard est le fils de petites gens à la solde d'une famille noble, pendant le Second Empire. Mais ça, c'est sans importance. J'en parle parce qu'il faut toujours donner les antécédents héréditaires, comme en médecine, tu comprends bien ? Grâce aux patrons de son père, Alfred Poutillard fait des études de droit. Il est étudiant à Paris, licencié, presque docteur. Le livre commence en juillet 1870. Poutillard vit dans une joyeuse société d'étudiants au Quartier latin. Je te promets que cette partie de mon roman n'engendrera pas la mélancolie. Et Poutillard a des ennemis, parce qu'il a chipé la maîtresse d'un camarade. Imagine quelque chose dans le goût de Murger, mais plus vivant, plus corsé. Alors voilà que les ennemis de Poutillard ont l'idée de lui faire une farce. Ecoute-moi bien, Laurent, nous entrons dans le vif de l'affaire. Après une petite querelle pendant laquelle Poutillard se laisse aller à des excès de langage, peut-être même à des sévices, le principal ennemi de Poutillard le provoque en duel. On désigne des témoins. Je te recommande particulièrement la scène des témoins.

— Mais, papa, si tu me racontes l'histoire, je n'aurai plus la moindre surprise.

— Pourquoi donc ? Chaque fois que je la raconte, elle m'amuse de nouveau. Il faut que tu saches que ce duel est une plaisanterie, mais une plaisanterie sinistre. L'affaire doit se vider, le lendemain, au bois de Boulogne. Les témoins ont préparé, en secret, des pistolets chargés à blanc. L'adversaire de Poutillard est un mystificateur. Mais Poutillard ne sait rien. Il arrive sur le terrain. On lui donne son pistolet. On compte les pas. « Allez, Messieurs ! » Poutillard tire, n'importe comment. Et vlan ! son adversaire tombe la face contre terre, dans l'herbe. Poutillard est épouvanté. Il veut se précipiter au secours de sa victime. Les témoins l'en empêchent, le font monter dans un fiacre et lui expliquent en chemin qu'il va être arrêté, jeté en prison, traduit en justice et que le mieux pour lui est de filer en Belgique. On est le 7 juillet. Retiens bien cette date. Poutillard prend un billet, monte dans le train et, le soir même, il couche à Bruxelles dans un petit hôtel, près de la gare du Nord. Les copains de Poutillard, pendant ce temps, se payent une pinte de bon sang. A peine Poutillard dans le fiacre, la victime s'est redressée sur ses jambes. Tout cela n'était qu'une farce pour embêter Poutillard. Et pendant que le malheureux Poutillard roule dans le train de Bruxelles en se mordant les poings, les copains de Poutillard vont prendre un déjeuner fin à l'île de la Grande-Jatte. Il est bien convenu, entre eux, qu'après huit ou dix jours d'attente on fera revenir Poutillard. Mais voilà tout à coup que, le 15 juillet, la guerre est déclarée, la guerre avec l'Allemagne. Personne, du coup, ne pense plus à Poutillard. Et comme le malheureux Poutillard était mobilisable — je t'ai dit qu'il était pauvre, enfin tu verras tout ça — bref, Poutillard est déserteur. Il ne rentre pas en France. Il n'ose plus... Je remarque, mon garçon, que tu commences à m'écouter.

— Mais oui, c'est intéressant, comme peut l'être une destinée.

— Une destinée, tu as dit le mot. Ici, Laurent, commence la plus belle partie du livre, celle dont je t'ai déjà parlé. Je ne t'expliquerai pas tout. L'essentiel est de savoir qu'Alfred Poutillard devient, sous le nom de Van de Viese, un grand homme d'affaires belge. Il fait partie, malgré sa jeunesse, de la conférence internationale de 1876. Il entre dans les bonnes grâces du roi Léopold qui le nomme chef de mission et l'expédie au Congo. Là, Van de Viese, alias Poutillard, fait la rencontre de Stanley. Magnifique portrait de Stanley, dans mon bouquin.

— Tu n'as pas connu Stanley.

— Evidemment non, mais le dictionnaire Larousse, tu penses peut-être qu'il est fait pour les mouches. Mon cher, avec le dictionnaire Larousse en sept volumes, celui qui a des images, tu as connu Stanley, Timour, Gustave-Adolphe et pas mal d'autres. Tous les gens qui font ces romans extraordinaires que tu lis le soir, en bavant, jusqu'à ce qu'il n'y ait plus une goutte de pétrole dans ta lampe, tous ces gens ont pioché le dictionnaire Larousse. Et tu me feras l'amitié de croire que je ne suis pas plus bête qu'un autre. Mais revenons à Van de Viese. Il accomplit en trois ans, au Congo, une carrière mirobolante. Il se taille un empire, devient quasiment le roi d'un peuple entier de nègres et surtout, il amasse une fortune immense.

Le Dr Pasquier arrêta sur Laurent un regard pâle, azurin, dont les pupilles étaient accommodées à l'infini. Puis il sourit et dit, la bouche pleine de salive :

— J'aime beaucoup les personnages qui font des fortunes immenses. C'est drôle, mais ça me fait plaisir comme s'il s'agissait de moi. Je n'aurai peut-être jamais d'argent, bien que quelque chose, là, me dise le contraire. Du moins, j'aurai eu du plaisir avec toute la galette de mon Poutillard. Et maintenant, je continue. Alors, c'est la grande vie ! Van de Viese possède un harem. Deux cents femmes au moins. Je peux en rajouter. Pourquoi pas une pour chaque jour ? Poutillard, enfin je veux dire le gouverneur général Van de Viese, possède une puissance d'amour formidable. J'aime les personnages de roman qui ont une puissance d'amour formidable. Et, tout cela, dans les palmiers, le paysage tropical. Tu vois bien ?

— Mais comment as-tu fait pour peindre le paysage tropical ? Ton dictionnaire Larousse est bon pour un type historique. Mais la nature tropicale...

— Mon ami, tu ne vas pas te figurer que je suis allé passer mes journées dans la serre du jardin des Plantes. Et l'imagination ? Qu'est-ce que tu fais de l'imagination ? Des palmiers ! Mais je n'ai qu'à fermer les yeux et je les vois, les palmiers, comme si j'y étais. Non, je n'ai pas visité les Tropiques. Ce n'est pourtant pas que l'envie m'en ait manqué. Si j'avais été seul au monde... j'aurais été explorateur. Oh ! je ne vous fais pas de reproches : vous êtes là, je ne m'en plains pas. C'est comme ça, voilà tout. Oui, je te parlais de l'imagination. Moi, quand je regarde un plumeau, je vois tout de suite un cocotier. Ah ! l'imagination ! Ecoute un peu, ce matin, pendant que je me rasais, je songeais à ces milliers de petits bouts de poil que j'étais en train de couper. Tu sais que le poil est d'une structure très résistante. Ça ne se détruit pas vite. Alors, il ne t'est jamais arrivé de les suivre, par l'esprit, tous ces petits morceaux de toi qui partent avec l'eau de toilette, qui gagnent l'égout, qui vont à la Seine, etc., etc. ? Moi, il m'arrive de les suivre, par la pensée. Ça m'occupe une partie du jour, et le soir... eh bien ! le soir, je me réveille au Japon. Enfin, assez pour les poils. Revenons à Poutillard, c'est-à-dire à Van de Viese. Je vois, mon cher garçon, que tu m'écoutes d'une oreille assez favorable. Qu'est-ce que ce sera quand tu liras le texte même. Le gouverneur général Van de Viese rentre en Belgique. Il a, malheureusement pour lui, l'idée de quitter le navire à Bordeaux. Un désir secret de revoir la France. Il descend donc à Bordeaux et il est en train de déjeuner au *Chapon fin*...

— Décidément, tu sais tout.

— Mon cher, c'est mon métier, c'est le métier de romancier. Pense qu'avec le Bottin et le guide Joanne il y a des centaines et des centaines de romans à composer, et des romans tous plus originaux les uns que les autres.

— Mais qu'arrive-t-il, pendant que ton bonhomme déjeune au *Chapon fin* ?

— Je vois que tu t'intéresses à l'histoire de Poutillard. Bien. Ce qui arrive, me dis-tu ? Tout simplement, la police ! Poutillard, dit Van de Viese, a été dénoncé à la police française par l'amant de sa femme, car je ne t'ai pas dit qu'il était marié à une Américaine ; mais tu verras ça dans le livre.

— Et le harem des deux cents femmes ?

— Aucun rapport avec le mariage. Voilà donc les policiers qui viennent pour coffrer Poutillard, inculpé de désertion à l'étranger. Alors Poutillard se lève et il les engueule, mon cher. Non, mais une engueulade de première classe, une engueulade « tout laine », une engueulade « pur porc », quelque chose comme une engueulade « angora ». Je peux t'avouer que je m'en suis donné à cœur joie. Et Poutillard, avant de se laisser mettre les menottes, dit, je te prie de le croire, tout ce qu'il pense de la société. Moi, j'aime beaucoup les personnages qui engueulent la police. Tu comprends bien : ça me soulage. Alors commence le grand chapitre de la prison... Qu'est-ce que tu veux, Suzanne ?

Suzanne Pasquier venait d'entrer, d'un mouvement tout naturel, dans le cabinet de son père. Elle était, comme Cécile, un peu plus grande que Laurent. Elle ne ressemblait pas, comme Cécile, à Minerve, mère des arts, mais bien plutôt à Cypris au sortir de l'adolescence.

— Suzanne, dit le docteur, quand voudras-tu consentir à frapper discrètement avant de tourner le bouton et de pousser la porte ? Songe que c'est ici le cabinet d'un médecin. Tu pourrais, à l'improviste, me trouver en train d'examiner un malade. Pour une jeune fille comme toi, c'est presque toujours un spectacle extrêmement inconvenant. Sans parler des malades qui n'aiment pas beaucoup montrer leur nez à des profanes.

Suzanne se mit à rire :

— Oh ! s'écria-t-elle, tu dirais que je suis ton infirmière. Si seulement tu m'offrais un costume d'infirmière ! Je crois que cela m'irait bien.

— Et alors, Poutillard ? demandait encore Laurent.

— Non, soupira le docteur avec une grimace ennuyée. Suzanne a coupé mon effet. Non, je ne peux pas continuer à te raconter mon livre devant Suzanne. D'abord parce que ce n'est pas convenable pour une jeune fille. Ensuite parce que je le lui ai déjà raconté. En gazant, bien entendu. Non, Laurent, emporte le manuscrit et ne dis rien à ta mère. Toute réflexion faite, Suzanne, laisse-nous quand même un instant, ton frère et moi.

Et comme Suzanne se retirait, l'air boudeur, le docteur vint s'asseoir à côté de Laurent.

— J'ai pour principe, disait-il, de ne pas me mêler de vos affaires à vous autres. Mais, enfin, on m'a dit — tu n'as pas besoin de savoir qui — on m'a dit que mon gendre, tu sais, Fauvet... au bout du compte, je n'en ai qu'un de gendre, et ça me suffit. On m'a donc dit que ce Fauvet... C'est très difficile à raconter et c'est même incroyable... Il paraît que ce garçon, dont la tête ne m'est jamais revenue, se permet de tromper sa femme.

— Je me demande, fit Laurent, l'air furieux, qui t'a dit une chose pareille ?

— N'importe, je le sais. Et je ne peux pas t'expliquer à quel point cela me vexe. C'est même vexant pour nous tous. Si encore ce garçon était un Don Juan, un type d'homme fait pour cela. Mais non. Il est sans prestance. Et puis, on m'a même dit qu'il était tout le temps malade : l'asthme, l'emphysème, des crises d'étouffement. Le comble du ridicule.

— Enfin, papa, dit Laurent, il y a des gens qui trompent leur femme et que tu ne critiques pas, pour lesquels même tu es d'une extraordinaire indulgence.

— Mon cher, si tu dis ça pour moi, je te ferai remarquer que c'est très désobligeant, tout au moins en ce qui me concerne. Et en ce qui touche ta mère, c'est beaucoup plus qu'incorrect. Ta mère est une vieille personne qui a droit à votre respect. Enfin, il ne s'agit pas de nous. Je te parlais de Cécile. J'avais tort. Tu ne comprends rien au sentiment de la famille ! Ah ! la famille ! Voilà un beau sujet.

— Pour quoi ?

— Pour un roman. Autre chose, mon ami. Tu ne connaîtrais pas quelqu'un qui me prêterait quatre mille francs ?

— Quatre mille francs ! C'est énorme.

— Nous en reparlerons plus tard. Je te le dis une fois encore : que le manuscrit du bouquin ne sorte pas de ta serviette. Sois discret, mon cher garçon. Si tu vois Suzanne en t'en allant, ne lui parle pas de son titre.

— Quel titre ? Elle fait aussi un roman ?

— Non, son titre de rente, le titre qu'elle doit avoir, comme vous tous.

— C'est possible. Je ne sais pas.

Laurent, en quittant le docteur, se mit en effet à la recherche de Suzanne. Elle était dans sa chambre et répétait un rôle, debout devant l'armoire à glace.

— Suzanne, murmura le jeune homme, le visage soudain sérieux. Je ne veux te dire qu'un mot.

Suzanne tenait une brochure à la main. Elle regarda Laurent d'un œil absent et gémit, la voix délicieuse :

*Je sais qu'en vous voyant, un tendre souvenir*
*Peut m'arracher du cœur quelque indigne soupir...*

— Suzon, reprit Laurent en fronçant les sourcils. C'est sérieux et même c'est grave.

La jeune muse continuait, l'œil vers le grand miroir :

*Que je verrais mon âme en secret déchirée,*
*Revoler vers le bien dont elle est séparée...*

— Ma petite Suze, dit Laurent tout à trac, as-tu l'intention d'épouser mon ami Roch ?

La voix de Suzanne expira dans la surprise :

*Mais je sais bien aussi que, s'il dépend...*

— ... Quelle question ! dit-elle en ouvrant de grands yeux.

— Suzanne, je t'ai promis de ne pas parler longtemps. Je te demande — pour le savoir — si tu as l'intention de jouer avec Roch le jeu que tu as joué d'abord avec Testevel, puis avec Larseneur, enfin le jeu d'une coquette.

Suzanne ferma son livre et regarda Laurent de ses yeux soudain brillants de grosses larmes véritables.

— Une coquette ! Une coquette ! Mais qu'est-ce que j'ai fait, Laurent ?

— Allons, disait Laurent, troublé. Je t'en prie... si Joseph ou Ferdinand nous voyaient, ils ne manqueraient pas de dire que je suis insupportable. Et le plus grave, c'est peut-être que je suis insupportable. C'est bon ! Je ne te dis plus rien. Je m'en vais. N'en parlons plus.

Suzanne, à travers ses larmes, recommençait à sourire. Elle soupira, d'une voix merveilleusement brisée :

*Je fuis. Souvenez-vous, prince, de m'éviter ;*
*Et méritez les pleurs que vous m'allez coûter.*

Laurent n'entendait plus. Il s'enfonçait, tête basse, dans l'ombre du vestibule.

## CHAPITRE 12

Le valet en livrée verte à boutons d'or se tenait debout devant la table depuis plus de cinq minutes, et, comme il n'osait point parler, Joseph sortit enfin, des livres qu'il consultait, un nez non pas lourd, mais solide et puissamment inséré sur la charpente du masque.

— Qu'est-ce que c'est ? Qu'est-ce que vous voulez encore ?

La voix était mâle, un peu basse, parfaitement bien timbrée. Le domestique répondit en arrondissant les épaules :

— C'est M. Ferdinand Pasquier. Il dit qu'il a rendez-vous.

— C'est possible. C'est bien possible. Alors, faites-le entrer. J'attends ensuite M. Mairesse, avec une autre personne. Vous leur direz de patienter. Et maintenant, dépêchons-nous.

Ferdinand venait d'apparaître dans l'entrebâillement de la porte. Comme toujours dès qu'il lui fallait affronter son frère Joseph, il faisait visiblement effort pour se mettre en garde, pour se redresser, pour porter le regard au-dessus de la ligne d'horizon, pour renvoyer dans l'arrière-train une bonne partie du ventre qui commençait de lui poindre. Mais il était presque aussitôt forcé, par sa grande myopie, de rendre à son encolure une courbure habituelle, et, presque aussitôt, le ventre, un instant vaincu, revenait gonfler le gilet et tirer sur les boutonnières. Ferdinand souhaitait depuis longtemps d'entrer le chapeau sur la tête dans le cabinet de Joseph, mais il n'y parvenait point. Saisi dès le seuil par on ne sait quel respect, il se découvrit tout de suite, cette fois-là comme les autres.

— Assieds-toi, dit Joseph. Je suis content de te voir. Qu'est-ce qui me vaut l'avantage de ta visite ?

— Mais, murmura Ferdinand, tu m'as donné rendez-vous.

— C'est, ma foi, bien possible. Te rappelles-tu pourquoi ?

— Oui, je viens toucher l'argent.

— Quel argent, mon bon ami ?

Ferdinand remonta son pince-nez aux verres épais et tira de sa poche un petit calepin.

— Ce n'est pas compliqué, fit-il. Deux années d'intérêt à quatre, cela fait exactement quatre cents, plus une année, au même taux, d'intérêt des intérêts, cela fait quatre cent huit.

— Admirable ! dit Joseph. Le compte est parfaitement exact. Vois comme nous sommes d'accord.

Joseph ouvrit un tiroir et saisit une enveloppe cachetée sur laquelle était écrit : *Février 1913. F. P. 408 francs.*

— Attends seulement une seconde, reprit Joseph Pasquier. Je dois, pour la bonne règle, faire établir un reçu. Les droits de timbre, tu le sais, sont à la charge de la personne qui bénéficie du reçu. Il faut avouer que ce texte n'est pas très clair. Car, en somme, dans la circonstance, le bénéfice est uniquement de ton côté. Nous verrons tout cela plus tard. Ne t'inquiète pas, tu l'auras, ton enveloppe. J'aime payer. Chez moi, payer, c'est une passion. Quand je paye, il me semble que je m'allège, que je me purifie. Je te le répète, c'est une passion.

Ce disant, d'un geste calme, Joseph déposa l'enveloppe dans le tiroir qu'il repoussa du genou.

— Voilà probablement, fit-il, la seule part de ta petite fortune dont tu obtiennes un rendement.

Ferdinand se prit à souffler entre les poils de sa moustache. Les mots de « petite fortune » le flattaient, malgré qu'il en eût ; mais il affectait pourtant de protester en bougonnant :

— Ma fortune ! répétait-il. Mais non, je n'ai pas de fortune.

Joseph appliqua sur le bois de la table une main ferme et musculeuse :

— A partir d'une certaine somme, on ne peut plus parler d'économies, il faut, quoi que tu en penses, employer le mot de fortune. Tu possèdes, à l'heure actuelle, trente-deux mille francs...

— Comment le sais-tu ?

— Je me demande plutôt comment je pourrais ne pas le savoir.

— Je ne t'en ai jamais parlé.

— Tu ne parles que de ça. Seulement, tu ne t'en rends pas compte. Trente-deux mille francs, c'est une fortune, j'ai le regret de te l'affirmer. Et j'ajoute, avec un égal regret, une fortune mal employée. Si je mets à part cette somme de cinq mille francs...

— Que je t'ai prêtée en 1908...

— Pardon, que tu m'as confiée. Que veut dire le mot anglais *trust* ? Le mot *trust* signifie confiance. Je n'ai pas besoin de m'expliquer davantage. Quant à tes fameux cinq mille francs, tu me feras l'amitié de croire que je n'ai pas besoin de cinq mille francs.

— Mais, dit timidement Ferdinand, il me semble qu'à ce moment-là tu disais en avoir besoin.

— Tu m'étonnes, mon ami. Tu n'as pas très bonne mémoire. Méfie-toi : la mémoire, c'est le secret du succès. Les Juifs le savent bien. Pour eux, la mémoire est la vertu cardinale. Et, chose curieuse à dire, les gens qui, avec les Juifs, font le plus grand cas de la mémoire, eh bien ! ce sont les Jésuites. Réfléchis une seconde...

Ferdinand n'écoutait pas cette intéressante remarque. Il essuyait avec embarras le verre de ses binocles, puis il dit, non sans hésitation :

— Alors, à ton avis, comment devrais-je employer ce que je possède ?

Joseph ouvrit le dossier qui se trouvait devant lui.

— Mon vieux Ferdi, dépêchons-nous. Je n'ai pas dix minutes à perdre. Mais je peux quand même trouver deux ou trois minutes, si tu veux bien ne pas tourner indéfiniment autour du pot. Ces cinq mille francs mis à part, il te reste donc à peu près vingt-sept mille francs dont je préfère ne pas savoir ce que tu fais présentement.

— Je t'affirme que c'est très sage.

— Oui, oui, sage, tu as dit le mot : caisse d'épargne, caisse de prévoyance, etc., etc. Pour les gens de ton espèce, pour les gens de la catégorie B, comme je les nomme dans mes fiches...

— Pourquoi B ?

— Laisse-moi continuer. Pour les gens de ton espèce, la méthode, à mon avis, est déjà celle des fortunes moyennes. Un dixième en fonds d'Etat français ou garantis par le gouvernement français. Un autre dixième en valeurs françaises à revenu fixe. Deux dixièmes et demi en actions françaises de premier ordre...

— Mais comment savoir qu'elles sont de premier ordre ?

— Mon cher, ça, c'est mon métier. J'ai l'honneur de te répéter que le mot *trust* signifie confiance. Je continue : deux dixièmes et demi en actions ou obligations étrangères de premier ordre.

— Mais...

— Quoi ?

— Non, rien. Je te demande pardon.

— Tâche de ne pas m'interrompre. Deux dixièmes en hypothèques. Je te ferai remarquer que, pour cela, ton magot est encore un peu jeune ; mais il devrait grossir assez vite. Alors, les hypothèques, de préférence au nombre de deux, et sur des immeubles de rapport situés dans deux régions différentes. Tu n'as pas l'air de comprendre, mais tu y réfléchiras à tête reposée et tu verras que j'ai raison. Et maintenant, ce n'est pas tout. Il me paraît avantageux, pour un capitaliste de la catégorie B, de consacrer les revenus annuels, faudrait-il y rajouter quelque chose, à souscrire une assurance sur la vie, une assurance mixte, d'une durée à fixer. Si tu ne meurs pas trop tôt, à l'âge de soixante-six ans, par exemple, tu récupères, je suppose, une somme de cent mille francs...

— Attends une seconde.

— Oui.

— En me soignant bien, je peux vivre, sans doute, plus de soixante-six ans. Tu sais, c'est l'avis de papa et c'est aussi l'avis de Laurent, qui connaissent bien ma santé.

— En ce cas, mon ami, tant mieux. Si tu meurs plus tôt, ce qui serait très fâcheux, la personne désignée — je pense que ce serait ta femme — recevrait tout de suite cent mille francs. Et je peux t'affirmer que cette somme sera versée. Je serai là et j'aurai l'œil.

— Tu seras là... Tu penses sérieusement que je mourrai avant toi ?

— Ce n'est pas sûr, fit Joseph, mais c'est quand même probable. Et maintenant, mon petit Ferdi, la consultation est donnée.

— Et si, dit Ferdinand pensif, et si je te les confiais...

— Quoi donc ?

— Mes économies.

— Mon ami, ça ne prend plus. Plusieurs fois déjà tu m'as dit que tu me donnerais ton argent pour le faire fructifier, et tu t'es défilé toujours. Ne dis pas non, tu as eu peur. Alors, maintenant, c'est fini. Je ne te ferai plus jamais la moindre proposition.

— Ecoute, murmura Ferdinand avec un regard suppliant. Tu peux me jurer, Joseph, sur la tête de notre mère...

Joseph se leva tout d'une pièce et mit solennellement le doigt sur la boutonnière de sa veste où rougeoyait la rosette de la Légion d'honneur.

— Ferdi, fit-il sévèrement. Pas un mot de plus. Tu m'as compris.

Ferdinand baissa la tête et reprit d'une voix plaintive :

— Je t'apporterai le tout, mardi de la semaine prochaine. Cela fera vingt-sept mille six cents. Plus cinq mille que tu as déjà.

— Je vois : trente-deux mille six cents.

— Ensuite, soupira Ferdinand, pour les quatre cent huit francs que tu dois me donner...

— C'est tout à fait inutile, trancha Joseph Pasquier, de gaspiller des frais de timbre. Puisque tu places le tout, laisse-moi les quatre cent huit francs.

— Et si j'avais besoin d'argent ?

— Oh ! dit Joseph avec un geste accommodant, je te prêterais quelque chose.

— Je pense, reprit Ferdinand, que tout cela va te causer un peu de tracas, pour trouver des placements exceptionnels.

— Mais non, pas plus de tracas qu'il ne faut. Toute la petite cuisine sera fricotée, sous mon contrôle, bien entendu, par M. Mairesse-Miral, que tu connais depuis douze ans. C'est lui qui s'occupera des courses.

— Sera-t-il nécessaire, le moment venu, que je le remercie, que je lui fasse un cadeau ?

Joseph Pasquier écarta les bras du corps, dans un geste ennuyé.

— Méfie-toi des cadeaux. Moi, je n'en fais plus, et pour cause. Autrefois, j'en faisais beaucoup. Si, si, je t'assure, j'adorais faire des cadeaux. Malheureusement, les gens n'étaient jamais contents : je leur offrais des bonbons et ils auraient préféré des fleurs. Je leur donnais des cigares et ils n'aimaient pas le tabac. Alors, bernique, c'est fini. Plus de cadeaux. Si tu t'avises d'en faire, tu mets ceux qui n'en font pas dans une situation délicate. N'en parlons plus ; ne me gâte pas mon personnel.

Comme Ferdinand, convaincu, se repliait vers la porte, il ajouta, non sans hésitation...

— Dis-moi, Joseph, cette méthode...

— Quelle méthode ?

— Ta méthode de placement, est-ce que tu l'emploies pour toi ?

— Oh ! moi, moi, répliqua Joseph, c'est tout à fait différent.

— Tu n'es probablement pas dans la catégorie B.

Joseph secoua la tête.

— Non, dit-il. Moi, pour l'instant, c'est la catégorie R.

— Diable ! diable ! grommelait Ferdinand.

— Mais oui, mon cher, c'est comme ça. Une minute encore, veux-tu ? Ne fronce pas les sourcils : il ne s'agit ni de toi, ni de ton argent. Vas-tu souvent chez Cécile ?

— Nous y allons dîner à peu près une fois par mois.

— Oui... Je peux bien t'avouer que Cécile m'inquiète. M. Fauvet a fait ce qu'on appelle une excellente opération. Son traitement n'équivaut pas au tiers de leurs dépenses communes : j'ai des renseignements très sûrs, tu peux me croire. Ce que je dois te dire d'une manière tout à fait confidentielle, c'est que Cécile ne place plus d'argent, ce qui est, à mes yeux, un symptôme détestable. Ce Richard est très dépensier. Je n'irai pas jusqu'à prétendre qu'il se fait entretenir, mais il y a quand même de ça. Le ménage gaspille donc beaucoup et Cécile gagne moins qu'elle ne gagnait autrefois. L'état d'âme n'y est plus : elle s'occupe de son enfant. C'est assez naturel, mais sa vie d'artiste en souffre. Dans les milieux musicaux, tu sais ce qu'on dit : artiste mariée, artiste perdue. Ah ! ce serait épouvantable !

— Et alors ? dit Ferdinand. Vas-tu parler à Cécile ?

— Pour rien au monde. Seulement, il me semble nécessaire de

prévenir la famille. On dira ce qu'on voudra, moi, j'ai l'esprit de famille. Allons, au revoir, à mardi ! Toutes mes amitiés pour Claire.

Ferdinand congédié, Joseph Pasquier sonna pour appeler le domestique.

— J'espère que Mairesse est là, dit-il, avec la personne que j'attends. Faites-les monter tous les deux.

Ce fut, quelques secondes plus tard, M. Mairesse-Miral tout seul qui pénétra dans la pièce.

— Navré, disait-il, navré, Monsieur. Mais Gaston Délia se fait attendre un peu.

Joseph Pasquier fonça droit sur le vieil homme tête basse, tel un bélier.

— Vous avez les balles ? Montrez-moi d'abord les balles.

M. Mairesse tira délicatement de sa poche un très petit paquet enveloppé de papier de soie. Il commença de le déplier, lentement, de ses doigts gras aux mouvements non dépourvus d'une certaine délicatesse. Il en tira, pour finir, cinq petits objets de métal qu'il aligna posément dans la paume de Joseph.

— Tiens, tiens ! murmurait M. Pasquier, ce n'est pas plus compliqué que ça ?

— Oh ! Monsieur, fit Mairesse-Miral d'une voix onctueuse, vous n'imaginez pas, je pense, une réserve de coton-poudre, avec un détonateur, un système d'horlogerie et tout un bataclan. Mais non, c'est beaucoup plus simple. Il s'agit de fendre la chemise de maillechort dans sa longueur ou même d'en couper la pointe. Voyez ici les deux types. Que le projectile rencontre un obstacle, qu'il atteigne, par exemple, un corps humain, et tout aussitôt le plomb contenu dans l'intérieur, et dont la densité est supérieure à celle de l'enveloppe, jaillit par les ouvertures. La balle aussitôt se déforme et fait dans les chairs du sujet des ravages extraordinaires. L'orifice d'entrée est gros comme une tête d'épingle, l'orifice de sortie plus large que les deux mains...

Joseph Pasquier tournait à grands pas dans l'espace libre de la pièce. Il avait l'air d'un fauve piégé, d'un possédé, d'un malade.

— J'ai vu Moutkourof, grondait-il. Cet animal ne m'a parlé que de la pièce de Lavedan. Pas un mot de la commande. Il y a de quoi devenir enragé, avec ces satanés Balkaniques. Alors, je vais les chatouiller, un peu plus fort, au bon endroit. Ou bien ils finiront par céder et j'attraperai la commande — car l'armistice sera rompu, les Balkaniques ouvrent la bouche trop grande : les Turcs ne marcheront pas. — Ou bien ils continueront avec la firme anglaise, et je leur aurai donné pas mal de fil à retordre. Dites-moi : pas d'erreur possible, les balles que vous avez là sont bien du modèle english ? Oui. Et qui les a tailladées ?

— C'est un de mes bons amis, un serrurier de la plaine Saint-Denis.

— Vous êtes sûr de ce gaillard-là ?

— Parfaitement sûr. Un socialiste antimilitariste. Il sait, sans grand détail, du moins c'est ce que je lui ai dit, qu'il s'agit d'humanité, que le but de toute l'histoire est de punir la barbarie.

— Oui, oui, oui, oui, murmurait Joseph, l'œil nuageux. Vous allez faire entrer le journaliste. Atten... dez...

— Vous savez, Monsieur, qu'il a demandé quatre cents francs et que j'ai dû les lui donner.

— Pas étonnant. Il a flairé la galette. C'est votre faute, Mairesse. On ne peut pas compter sur vous. Ah ! un mot encore, Mairesse. Mon frère Laurent m'a parlé des balles explosives. Pourquoi justement à moi ? Vous trouvez cela naturel ?

— Parfaitement naturel, Monsieur. Tout le monde en parle, à Paris, M. Fauvet, votre beau-frère, a fait un article très dur pour éreinter Chérouvier.

— Çà, rugit sourdement Joseph, M. Fauvet ferait beaucoup mieux de s'occuper de ses affaires.

— Tout le monde en parle, reprit M. Mairesse-Miral avec un sourire de jubilation. Un manifeste à tout casser, signé par plus de cent cinquante savants, hommes de lettres, professeurs, artistes, etc., etc. Oh ! c'est du travail de premier ordre. Et que disait M. Laurent ?

— Des choses qui pourront servir si cet idiot de Moutkourof se décide un jour ou l'autre à me passer la commande. Allons ! qu'est-ce que vous faites là ? Filez !

Quelques secondes plus tard, M. Gaston Délia fit son entrée chez Joseph. Il portait un vêtement neuf. Ses cheveux, plaqués sur le crâne, exhalaient un délicat parfum de brillantine. Il clignait encore des yeux, non plus comme un homme ébloui par une lumière trop vive, mais comme un rusé partenaire qui dissimule de son mieux diverses raisons de sourire. Joseph lui saisit les mains et les secoua longuement.

— On peut le dire, gloussait-il, on peut le dire que vous avez du talent. Et pour le succès, avouez que cela dépasse toutes les espérances. Pensez, monsieur Délia, plus de cent cinquante hommes de génie qui vous emboîtent le pas. Toute l'université ! Toute la société littéraire ou scientifique.

— Exception faite pourtant, fit le visiteur avec un sourire navré, du groupe Moncélien qui est, me dit-on, dirigé par votre beau-frère.

— Dans une affaire aussi grave, déclara Joseph Pasquier, les liens de la parenté n'ont aucune importance. Si Richard Fauvet se trompe, s'il bafoue les lois sacrées de l'humanité et les défenseurs de ces lois, Richard Fauvet n'est plus pour moi qu'un étranger et nous n'avons plus, ni vous ni moi, la moindre raison de le ménager. S'il faut frapper, frappons donc. Et maintenant, monsieur Délia, je vous ai fait venir pour vous parler d'une intéressante nouvelle. Asseyez-vous une minute. Le Comité des Amis de la Turquie, actuellement en voie de formation, et dont nous espérons bien proposer la présidence à M. Pierre Loti, de l'Académie française, vient d'être informé que certains fantassins balkaniques ont effectivement fait usage de balles explosives. Le gouvernement bulgare n'y est pour rien, il va sans dire. On a découvert que des soldats isolés entaillaient les projectiles du modèle réglementaire, soit à l'extrémité, soit longitudinalement, ce qui est possible en raison de la mauvaise qualité du maillechort anglais. Il ne faut pas dire « anglais », mais il faut que ça se comprenne. Vous n'ignorez d'ailleurs pas que, pendant les événements du Transvaal, les Britanniques avaient justement la réputation d'employer des projectiles ayant subi cette préparation. Le résultat est lamentable. Dès que la balle heurte un obstacle, le plomb sort par les entailles et se répand dans les chairs en tournoyant et en giclant. Les quelques projectiles que vous pouvez voir ici, sur la table, ont été saisis sur des prisonniers bulgares que les Turcs, il va sans dire, ont immédiatement passés par les armes. En somme, par sa négligence, l'état-major bulgare favorise, chez ses troupiers, l'épanouissement des instincts les plus sauvages. Vous le voyez, voilà qui ne laisse pas d'infirmer un peu les dernières informations dont vous avez fait un si brillant usage. Il y a lieu de publier un article à grand orchestre en donnant la photographie des balles ainsi préparées et qui nous sont communiquées par les soins de l'état-major turc. Malheureusement, il vous est assez difficile de faire ce nouvel article, après le bruit soulevé par votre intervention dans *le Miroir Universel*. J'ai pensé qu'un de vos amis...

M. Gaston Délia cessa de cligner les paupières.

— Oh ! dit-il avec décision, l'article peut paraître après-demain dans *le Télégramme*. Il sera signé Rodrigue Lauer.

Joseph Pasquier fit un signe de tête et poursuivit aussitôt, d'un air songeur :

— Allons par ordre, mon cher. Premièrement, le lieu : *Télégramme*. Deuxièmement, la date : après-demain. Troisièmement : Rodrigue Lauer. Quatrièmement : la photo. Vous rendrez les balles à Mairesse dès qu'on aura pris le cliché. Cinquièmement : le titre. Voici ce que je vous propose : *Du nouveau dans le drame des balles explosives*. J'avais pensé d'abord *dans la tragédie*, mais il faut garder le mot pour une occasion plus forte. Il y a un sixièmement : que M. Noël Chérouvier soit couvert de fleurs. Il n'y en aura jamais trop. Penser que des gens de cette envergure sont nos contemporains et même nos compatriotes, ça me donne un coup au cœur. Alors, allez-y franchement, parlez de la charité, de l'honneur, de la noblesse des armes. Tâchez de trouver, pour finir, une petite phrase en latin. Je n'y connais pas grand-chose ; mais je suis sûr que, pour les trucs de cette espèce, il existe toujours un boniment en latin.

## CHAPITRE 13

Vers huit heures, un rayon de lumière blême, ayant franchi tous les obstacles, venait enfin tourmenter l'âme du dormeur. Richard Fauvet s'éveillait en réprimant un soupir. Et, tout de suite, il se posait la question de chaque matin : « Qu'est-ce qu'il y a qui ne va pas ? Que m'a-t-on fait de si désagréable hier ? Qu'est-ce qui me pique ? Qu'est-ce qui me gêne ? »

Il se tournait et se retournait dans une torpeur somnolente en dénombrant toutes ses raisons de mécontentement ou d'amertume. Il avait des réveils inquiets. C'était le seul moment du jour où il ressentait avec une impitoyable lucidité la sécheresse de sa nature. Dessaisi de ses sophismes protecteurs, dépourvu comme un crustacé pendant les instants de la mue, il était alors à plaindre et se considérait en secret avec une compassion sincère.

A peine le pied hors du lit, il commençait de se reprendre. Malheureusement, avec la station verticale survenait presque chaque jour un premier accès de suffocation. Quand l'accès ne semblait pas se décider, Richard y pensait avec une appréhension si soutenue qu'elle finissait par être déterminante. Il toussotait, graillonnait, tâtait de mille manières sa gorge et ses bronches ; il se mettait en position de suffoquer, si bien que la crise ne pouvait plus ne pas se produire. Le malade en éprouvait à la fois des affres et du soulagement, l'absence de tout accès se présentant à son regard comme une anomalie d'un pronostic défavorable.

Se baigner, se raser, se vêtir enfin, autant d'actions qui, pour Fauvet, n'étaient point de mince importance. L'objet dont il avait besoin, savon, brosse, épingle de cravate, semblait toujours animé d'une maligne indépendance. Fauvet retrouvait le souffle pour lâcher des gémissements : « On m'a pris mon rasoir... Qu'a-t-on pu faire de ma pâte dentifrice ? Hier encore, j'avais un petit miroir très commode. Qui donc a bien pu me le briser ? »

Pour finir, Cécile, requise, organisait des battues. Elle montrait, dès le matin, un pâle et paisible sourire.

— Athéna, disait Richard, vous allez encore une fois me remplir de confusion. Vous avez un flair admirable pour trouver les objets égarés. Vous triomphez facilement. Somme toute, le miroir était à sa place et il n'était pas brisé. Avez-vous donc du plaisir, chérie, à me rendre ridicule ? Si vous aviez un peu d'amitié pour moi, vous ne trouveriez pas si vite ce que je crois avoir perdu. Ne froncez pas les sourcils : vous êtes, depuis quelque temps, d'une patience angélique et même presque inquiétante.

Alors venait le premier déjeuner, et Richard parcourait les journaux d'un œil agile. Les vapeurs du sommeil se trouvaient tout à fait dissipées : Richard jugeait les hommes et les événements avec une allègre rigueur. Puis le moment arrivait de prendre quelques décisions.

— Je sais, disait le jeune homme, je sais que vous n'aimez pas le monde, Cécile, et pourtant cette invitation de la comtesse Gratz... Vous savez que c'est une femme d'un esprit éblouissant.

Cécile essayait de rire.

— Je ne vois pas pourquoi, disait-elle, vous n'iriez pas tout seul chez Mme Gratz, si vous vous y plaisez tant.

Sur des phrases de cette sorte, Richard partait en bataille. Sa bouche s'étirait, s'amincissait, une lueur fusait de ses yeux, une lueur verte, froide, furtive.

— Vous me ferez l'amitié de croire que, si je vois volontiers les gens du monde, je ne suis pas leur dupe. Je suis, par métier, un observateur de la vie. Je dois donc accomplir ma mission. Vous avez, Athéna, une aptitude étonnante à vous emparer du beau rôle. Quelle figure fais-je maintenant ? Celle du néophyte ébloui qui torture, en l'entraînant dans la société mondaine, sa jeune femme désabusée, riche d'un talent prodigieux, et précocement blasée sur toutes les gloires du siècle.

— Mais non, ripostait Cécile d'une voix égale et conciliante. Si je déteste le monde, c'est d'abord que je ne m'y amuse pas.

— Chère Cécile, il ne s'agit pas de s'amuser, mais de s'instruire.

— Justement, je n'y apprends rien. A part quelques méchancetés qui sont parfois amusantes une seconde, au moins pour les spécialistes, tout ce que j'entends là n'a vraiment aucun rapport avec la vie, la vraie vie des âmes vivantes. Et puis, Richard, comment vous dire ? j'ai presque de l'horreur pour les nourritures qu'on me donne dans toutes les maisons de ces gens. Je déteste le filet de sole en sauce et pourtant j'aime bien la sole quand je la mange à la maison comme on la préparait chez mes parents, quand par hasard on en mangeait. Je déteste le poulet en gelée qu'on apporte tout préparé de chez le restaurateur. Tous ces plats sont aussi loin de la vie que les propos des convives. On se penche, alternativement, vers son voisin de droite, puis vers son voisin de gauche, cinq minutes d'un côté, cinq minutes de l'autre. On dit, presque fatalement, des choses que l'on ne pense pas, ou l'on écoute avec un sourire en bois les boniments d'un monsieur célèbre qui joue sa scène favorite, comme un acteur de music-hall, et qui n'est venu que pour ça. Mais je ne trouverai pas drôle que vous alliez chez Mme Gratz. Moi, j'aurai la migraine.

— Non, non, sifflait Richard, les traits soudain contractés. Vous savez bien, Cécile, ce que cette invitation signifie. Ce que veulent voir ces gens, ce n'est probablement pas moi, qu'ils ne connaissent pas encore, c'est le mouton à cinq pattes. Oh ! le plus délicieux, Cécile, de tous les moutons à cinq pattes !

Un léger silence tombait. L'éternelle querelle allait reprendre flamme, celle que Cécile entre toutes autres redoutait. Elle disait précipitamment :

— Nous irons chez Mme Gratz.

— Allons, chantonnait le jeune homme, vous aimez vous faire prier. C'est un défaut bien étonnant chez une artiste de votre mérite.

Trois ou quatre fois par semaine, Richard se rendait à la Sorbonne et il y passait alors une grande partie de la journée. Il était assez peu bavard en tout ce qui pouvait toucher ses fonctions universitaires et il se lamentait seulement, par des propos allusifs, sur la nécessité fâcheuse où peuvent se trouver parfois les serviteurs de l'intelligence d'avoir à gagner leur vie comme les autres mortels. Lui parlait-on de ses collègues, il se prenait à rire. « Tous des gens bien remarquables, disait-il en levant l'index. Chacun d'entre eux n'a qu'une pensée : avoir vu le premier les phénomènes intéressants, avoir ouvert la bouche le premier, avoir fait la première communication, se présenter le premier aux portes de l'avenir. Ce qui domine toute la société scientifique, c'est cette fièvre de priorité. Alors, ces messieurs parlent, parlent. Ils n'écoutent jamais rien ni personne... »

Richard ajoutait avec une conviction manifeste : « Je suis peut-être le seul à ne jamais parler de moi. C'est une affaire de discipline intellectuelle. »

— Vous n'aimez pas vos confrères, vous ne les estimez donc pas ? lui demanda Cécile un jour.

— Vous vous trompez, chérie. C'est précisément parce que je les aime, ces braves gens, c'est précisément parce que je les estime que je voudrais qu'ils fussent moins vaniteux et moins bêtes.

Pour montrer sans plus attendre sa parfaite ouverture de cœur, Fauvet se répandait alors en éloges hyperboliques sur ceux qu'il nommait ses élèves, sur les philosophes du Parc, sur le petit clan moncélien, sur les jeunes filles ou jeunes femmes qui participaient fidèlement à ce que l'on appelait déjà les Mystères du *Portique*.

Malgré les agitations d'une vie si chargée de soins, Richard ne laissait pas de porter à la musique un intérêt exigeant. Il était vraiment sensible à la magie des sons, il éprouvait même, pour le talent de Cécile, une admiration sincère, tout empoisonnée d'envie. Il ne s'en cachait guère et disait parfois avec un geste caressant du dos de la main : « Vous êtes, chérie, la seule personne au monde, la seule, vous m'entendez ? dont il m'arrive d'envier les dons et même la destinée. » Il ajoutait en secouant pensivement la tête : « Ce n'est pas un petit éloge, Athéna... »

Il avait, pendant leurs courtes fiançailles et dans les commencements de leur union, rêvé de remodeler Cécile, de l'assujettir à ses songeries d'intellectuel inquiet, d'en faire, en même temps, son disciple, son truchement, sa messagère. A mesurer, avec le temps, le peu d'empire qu'il avait pris sur la jeune femme, à sentir cette âme rebelle rejeter sans cesse le joug, il avait éprouvé, il éprouvait encore beaucoup plus que du dépit, peut-être une vraie souffrance. Il cherchait à s'en consoler. Il cherchait même l'occasion de quelque subtile revanche. Il avait une bonne mémoire et disposait adroitement de quelque érudition. Il écoutait parfois Cécile jouer dans un cercle d'amis telle page de Haendel, de Bach ou de Mozart, et il disait alors en hochant la tête :

— C'est très beau, chérie, et nous vous remercions à genoux, comme il convient. Je ne vous ferai qu'un reproche. Vous rendez toujours hommage aux mêmes dieux. Méfiez-vous : ils ne sont pas inusables. Toujours Bach ! Toujours Couperin ! Toujours le même Haendel. C'est à croire que l'humanité n'est pas capable de varier sa nourriture. Vous êtes la première pianiste et claveciniste du siècle, tout le monde s'accorde à le reconnaître. Mais vous ne croyez, comme dit Nietzsche, qu'à ce qui fait votre succès. Ne protestez pas, chère, c'est la stricte vérité.

— Oh ! je ne proteste pas, disait Cécile imperturbable.

— Vous ne protestez pas, mais vous persévérez dans votre honorable erreur. Pourquoi ne jouez-vous jamais rien, par exemple, du prodigieux Simon de Mahaut ? C'est, sans aucun doute possible, le plus grand musicien du monde. Je vous procurerai ses œuvres qui sont, malheureusement, à peu près introuvables. J'irai les copier moi-même à la Nationale, sur le manuscrit.

Simon de Mahaut était, au dire de Richard, un musicien français de la fin du XV^e^ siècle. Bien qu'il se trouvât, avouait le jeune homme, complètement inconnu, ce n'en était pas moins un génie extraordinaire qui laissait loin derrière lui Bach, Mozart et Beethoven.

Cécile fermait le clavecin et Richard parlait longuement de maître Simon de Mahaut. Entre deux suffocations, Richard citait des thèmes en les chantonnant de sa voix juste, un peu grêle. Il lui arrivait parfois de découvrir le clavier pour donner, d'un seul doigt, une légère démonstration. Cela n'allait jamais très loin : l'œuvre de Simon de Mahaut, bien qu'elle fût considérable, était à l'état de grimoire. Mais qu'elle vînt à être connue et la hiérarchie des gloires en serait bouleversée. Richard, de phrase en phrase, improvisait alors ce qu'il appelait une glose. Il aimait assez la musique pour en parler sans lourdeur, sinon sans impertinence. Il disait : « On ne se fait pas entendre au moyen de l'instrument, mais avec la force d'âme. L'instrument est secondaire, encore qu'il soit de grand sens. Ce qui compte avant tout, c'est l'ardente volonté d'être entendu, d'être compris. » Pour peu que l'assistance ouvrît une oreille docile, Fauvet conservait le crachoir. « La musique, disait-il, avec un geste de lassitude exquise, la musique, c'est un secret. C'est une minute, une seconde où, par miracle, nous entrevoyons le ciel. Le reste n'est que remplissage. Oh ! ne dites pas le contraire : il y a des déchets dans les plus grands musiciens comme dans les plus grands poètes. Mais l'élixir véritable ne nous est donné qu'au compte-gouttes. »

Cécile écoutait ses spécieuses divagations avec un sourire céleste. La compagnie dispersée, Fauvet venait vers Cécile et la prenait par le col : « Vous êtes intimidante, Athéna ! Si, si, vous le savez bien : vous n'avez que du génie. C'est une vertu terrible pour ceux qui vous environnent. Ils ne peuvent quand même point passer leur vie à genoux. »

Et comme Cécile, d'un doigt léger, dénouait peu à peu l'étreinte, le jeune homme ajoutait, l'accent méditatif : « Goethe n'a jamais aimé que des sottes. Il faut croire que le vieux bougre savait à quoi s'en tenir et qu'il avait ses raisons. Nous sommes loin de compte, chérie. »

## CHAPITRE 14

Il arrive, au long de la longue journée, que Cécile, furtivement, se trouve seule : le petit enfant est au parc avec Félicienne, Richard est aux soins de sa gloire, les élèves ont pris l'essor. La maison est presque vide. Cécile, depuis un grand moment, a cessé de chantonner cette mélodie insensible qui est, tout bas, tout bas, la musique de sa vie. Alors la jeune femme prête l'oreille ; elle semble prendre un instant mesure de la solitude. Et voilà qu'elle se met à parler toute seule et c'est comme si les paroles débordaient soudain de son cœur : « Vous que je n'ose même pas nommer, permettez-moi de penser à quelque chose, à quelqu'un qui ne fera pas défaut. Naguère encore, je vous parlais debout avec impatience. Je me suis mise à genoux pour vous attendre et vous m'avez aperçue, j'en suis certaine maintenant. Dès que je prête l'oreille, dans le silence de la nuit, j'entends le bruit des ailes, je sens la fraîcheur et le vent des ailes sur ma joue. Même si vous m'aviez donné un de ces compagnons qui font oublier les rêves, j'aurais appelé vers vous parce que l'heure a sonné. Croyez, je vous en prie, croyez que je ne viens pas seulement parce que je suis malheureuse. Non, non ! J'aurais trop grand-honte. Je ne suis pas très malheureuse. J'ai trente ans. Je n'ai que trente ans. Il me reste une longue vie pour apprendre à vous connaître. »

Cécile pousse un soupir et voilà qu'elle parle encore, mais d'une voix presque insensible : « Seigneur, pardonnez-moi, je n'aime pas l'intelligence. »

On entend une porte battre dans les profondeurs de la maison. Cécile écarte les mains, comme pour briser l'enchantement. Et la voilà qui s'envole, mince, longue, brûlée d'une flamme secrète, la voilà qui s'envole à tous les devoirs de la vie.

Richard Fauvet est, depuis peu, saisi de fureur ambitieuse. On l'a vivement sollicité, non certes d'abandonner son *Portique*, mais de donner, en signe d'alliance, quelque écrit à la *Nouvelle Revue Française*. Il vient donc d'y publier un petit pamphlet contre Bergson, pamphlet qu'il mijotait depuis des mois et qui est intitulé : *Onésime, ou le manuel du parfait anti-intellectualiste*. L'article, repris en brochure, a rencontré l'accueil le plus flatteur. C'est ce qu'on appelle un succès. Fauvet reçoit des lettres, jusqu'à huit ou dix par jour, ce qui, dans ses propos, se traduit par « des centaines ». Les journaux donnent de la voix. Une rumeur de renommée se propage dans les cénacles. On parle avec éloge de ce jeune philosophe qui est, d'ailleurs, un savant. Richard reçoit beaucoup de papier et s'en déclare excédé. Il se plaint à Cécile et lui demande assistance. Cécile est soulevée d'une passion de dévouement. Elle fait de sincères efforts pour jouer les secrétaires. Elle recopie des brouillons, elle répond aux lettres dont Richard se déclare assailli. Les correspondants, aussitôt, se retournent vers Cécile. C'est bientôt Cécile qui reçoit le plus grand nombre de lettres. Richard n'ose rien dire, mais il est un peu vexé. Il y a d'ailleurs, dans le visage de Richard, dans la disposition naturelle des traits de Richard, quelque chose d'indéfinissable et qui semble traduire une perpétuelle vexation. Il dit : « Vous êtes bonne, chérie. Je vous dis mille fois merci. Mais je vais vous délivrer de toutes ces menues corvées. »

Là-dessus, Richard apprend qu'un chroniqueur peu connu a publié, sur la fameuse petite brochure, un article très sévère, presque discourtois. Voilà, d'un seul coup, tous les éloges oubliés. Il est clair que Richard ne peut souffrir la moindre censure. Il dit, les traits douloureux, à ses amis du *Portique :* « Vous n'imaginerez jamais ce que je peux être insulté. C'est un mascaret de boue ! »

Sur ces entrefaites, le bruit retombe et s'éteint. Le public lettré commence à se désintéresser d'*Onésime* et de Richard pour suivre une autre marotte. La source d'éloges tarit et tarit, en même temps, le ruisselet de critiques. Richard devient amer : « Paris est odieux, maugrée-t-il. On est tout de suite oublié... »

Cécile, qui connaît de longtemps le phénomène, tâche de verser un peu de baume sur des plaies si chatouilleuses.

— Mais non, dit-elle, je vous assure que vous avez marqué des points. C'est un très beau résultat.

Richard secoue la tête d'un air maussade :

— N'essayez pas de me bercer. Je juge l'événement sans la moindre passion. Dès qu'on ne monte plus, Athéna, on commence de descendre.

Cécile fait un effort loyal pour se persuader, en secret, que ce n'est pas le propos d'une âme vulgaire. Richard, déjà, cherche à renouer la querelle favorite :

— Pour vous, les musiciens, dit-il, ce n'est pas la même chose. Le succès vient très vite. Ce n'est pas vous, chérie, qui pouvez dire le contraire. Vous n'avez qu'à poser les mains sur le clavier et votre public se pâme, il roucoule, il soupire. Et dès que vous avez fini, ce sont des applaudissements à décrocher les lustres, et vous ne pouvez même pas vous en aller en paix. Il faut revenir saluer dix fois, douze fois et même davantage. Un succès mérité, chérie, je suis bien d'accord ; mais quand même un peu scandaleux quand on songe aux autres formes du mérite. Nous autres, savants ou philosophes, qui s'occupe de nous ? Qui nous lit ? Qui nous aime ? Le moindre assentiment nous demande un effort exhaustif. Ah ! nous ne sommes point gâtés. Et pourtant... pourtant...

Cécile répond avec une douceur dont elle est surprise elle-même :

— J'abandonnerais bien tout cela, je vous assure, Richard, s'il était en mon pouvoir de vous en faire profiter.

Richard frappe le sol du pied.

— Mais non. Vous détournez la question. Nous demandons notre dû. Nous ne demandons pas l'aumône.

Les jours passent et, soudain, voici une nouvelle imprévue. L'Académie des Sciences vient de décerner à Vuillaume le prix Fanny-Emden. C'est une fondation récente et dont on a beaucoup parlé dans les milieux scientifiques. Ce prix doit récompenser le meilleur travail traitant des influences psychologiques sur l'organisme des êtres vivants. Fauvet avait fait acte de candidature, officiellement, avec sa thèse. Et voilà que le prix est donné à cet animal...

Vuillaume est, pour Richard, un ami de huit ou dix ans. Vuillaume fait partie du *Portique*. Il assiste aux réunions, il collabore à la revue. Il n'a pas même pris la peine de parler à Fauvet de cette candidature qui se trouve, qui s'est trouvée devenir un acte de rivalité. Richard souhaitait justement d'obtenir ce prix pour alimenter la revue dont l'impression est coûteuse. Richard est parfaitement sûr que son travail personnel « sur la sensibilité des organismes élémentaires aux vibrations musicales » est évidemment supérieur aux petits essais de Vuillaume, esprit timide, esprit circonspect.

Richard Fauvet fait de louables efforts pour oublier cette disgrâce qui est, peut-être, une offense. Il espère qu'une longue nuit lui rendra la sérénité. C'est malheureusement tout le contraire. On dirait que la chaleur du lit envenime cette douleur et finit par l'exaspérer. « Vuillaume est un faux camarade. Il sourit, d'un air débonnaire ; mais il prépare sournoisement des coups de sa façon. Le pire, c'est qu'il faut malgré tout écrire à ce discourtois concurrent, faire contre mauvaise fortune bon cœur, féliciter l'adversaire. Ça, c'est quand même excessif. »

Richard s'agite dans la moiteur du lit. S'il ne s'endort pas au plus vite, il va sûrement souffrir d'un accès de suffocation. Le jeune homme se lève et cherche un comprimé de véronal. Il n'en faut pas moins pour assoupir jusqu'au jour toutes les douleurs de l'envie.

A force de contention, Richard dissimule à Cécile la nature et la raison de son supplice. Vaguement, Cécile devine qu'il se passe quelque chose, que les bêtes de l'ombre s'agitent dans le fond de leur fosse.

Richard, tout compte fait, n'écrira pas à Vuillaume. Il le félicitera de vive voix à la prochaine occasion. Et, quand l'occasion se présente, Richard dit, non sans effort, en pinçant très fort le bec : « Vous ne nous aviez rien dit de votre candidature. Vous êtes un peu cachottier. Mes compliments. »

Vuillaume sent, de manière obscure, que ces paroles ont un goût de cendre et qu'il vient sans doute de perdre une amitié qui lui plaisait.

Richard sait bien que la cicatrisation de cette plaie dérisoire va demander plusieurs jours et qu'il suffit de patienter. La chose est difficile. Tout semble se concerter pour irriter l'homme sensible. Il s'est fait à la main gauche une coupure peu profonde. Cette coupure est située dans l'intervalle de deux doigts. C'est un endroit peu exposé, semble-t-il. Richard a d'abord pensé que cette petite blessure ne le gênerait pas beaucoup. Quelle erreur ! Il comprend dès le début que nul point du corps ne jouit de privilèges particuliers. La malheureuse coupure semble intéressée dans tous les gestes et presque dans toutes les pensées. Même l'histoire de Vuillaume fait resaigner cette écorchure. Tout est douleur, tout est prétexte à douleur.

Cécile observe Richard avec une sincère sollicitude. Richard voudrait pouvoir rendre Cécile responsable de cette petite blessure. C'est malheureusement impossible, même en cherchant bien. Nouveau sujet de colère.

Cécile apprend de bon cœur le métier d'infirmière. Ses mains, les nobles mains que Cécile autrefois portait comme on porte des reliques aux jours de procession, Cécile ne craint plus de les risquer dans le tourbillon de la vie. Richard pense avec raison que toute cette malheureuse « histoire-Vuillaume » va sans doute se terminer par quelque terrible accès d'asthme. Il soupire :

— Chérie, voulez-vous me préparer des compresses chaudes ? Vous, chère Cécile, vous et non Félicienne. Je déteste cette vieille fille.

Cécile, de tout son courage, s'arrange pour ne rien entendre. Elle prépare des compresses qui lui brûlent le bout des doigts.

Richard se lève et recommence de naviguer par la chambre. Le vent de février s'est arrêté de souffler. Un soleil miséricordieux éblouit le petit jardin.

— La nature est implacable, dit le mélancolique. Ces trois jours de beau temps, nous allons les payer par un terrible retour de l'hiver. Il ne faut jamais s'abandonner aux délices de la confiance.

Et voilà que, tout à coup, Cécile souffre de la grippe. Elle gardera le lit deux jours. Richard n'ose rien dire, mais il est consterné. Est-il possible que Cécile se permette d'être aussi une créature de chair infirme, et non pas un pur esprit ?

Toute la maison, pendant deux jours, est orientée vers Cécile. A l'idée que l'on s'occupe forcément moins de lui, Richard éprouve du dépit et ne songe guère à le celer.

Cécile est très vite remise. Rien ne pourra l'empêcher de chercher le devoir et de s'acquitter de la dette. Et même, l'heure venue d'écouter certaines implorations, quand le regard de l'homme se voile de brouillard et que la voix chancelle, Cécile ne résistera point. Parfois, Richard la considère, une seconde, attentivement, et murmure dans un souffle : « Que se passe-t-il, chérie ? Il y a des choses de vous, des mouvements, des mots, des refus, des abandons que je ne comprendrai jamais. »

Cécile hoche les épaules pour montrer qu'elle non plus ne se comprend pas toujours. Elle dit, surprenant au vol un regard de son mari :

— Par amitié pour moi, Richard, marquez un peu d'indulgence à ma pauvre Félicienne.

Richard fait un sourire qui lui découvre les canines. Félicienne est la seule personne du clan sur laquelle il n'ait aucune sorte d'empire. Depuis le premier jour, entre les deux époux, couve une sourde chamaille dont Félicienne est l'enjeu. Richard devine, chez Cécile, une résistance opiniâtre dès que Félicienne est en question. Il temporise. Il manœuvre. Il siffle, imperceptiblement :

— Vous aimez mieux cette vieille fille que la paix de votre maison.

Cécile n'a pas l'air d'entendre. Elle se lève et adjure les puissances du sous-sol : « L'infusion de Monsieur ! Vite, l'infusion de Monsieur ! »

L'infusion survient dans un arôme de tilleul. Cécile emplit elle-même la tasse de porcelaine. La pensée de Cécile s'élève avec la vapeur vers les régions supérieures. « Seigneur, songe la jeune femme, ayez la bonté de m'expliquer pourquoi je n'aime pas l'intelligence. »

## CHAPITRE 15

— Avant de venir ici, je suis allé saluer M. Chalgrin. Tu sais ? Mon ancien patron.

Cécile, de la tête, fait un signe amical. Déjà Laurent repartait :

— Je vais lui rendre une visite une fois par mois, à peu près. C'est terrible.

— Qu'est-ce qui est terrible ? L'état de M. Chalgrin ?

— Tout ! L'état de M. Chalgrin, d'abord, il va sans dire. C'était un homme des plus généreusement doués. Et voilà qu'une petite artère s'est rompue, dans sa cervelle. Et c'est fini pour toujours. Il est assis dans un fauteuil. Il regarde le visiteur d'un œil encore vivant où l'on croit voir passer comme un reflet de son regard véritable. Il semble toujours sur le point de parler. On pourrait croire qu'il va respirer profondément, ouvrir la bouche et nous expliquer le monde, comme il faisait autrefois. Mais il ne dit plus qu'un seul mot, il ne sait plus dire que l'affreux petit mot « Non ! » en secouant la tête d'un air irrité, découragé, dédaigneux. Assurément, c'est triste. Et il y a quelque chose de plus triste encore.

— Quoi donc, Laurent ?

— La première année, je lui rendais visite à peu près chaque jour. J'avais pris la résolution de n'y manquer jamais. Jusqu'à la fin, jusqu'à la mort. M. Chalgrin n'est pas mort. Alors je me suis arrangé pour y aller deux fois par semaine, puis, bientôt, une fois seulement, puis une fois tous les quinze jours et, maintenant, je n'y vais plus qu'une fois par mois environ. Je pense que si M. Chalgrin ne meurt pas tout de suite, je finirai peut-être par n'y plus aller du tout. Ce n'est pas ma faute, je t'assure. Et c'est précisément ce que je trouve terrible.

Grave, le visage immobile, Cécile écoutait son frère. Elle était assise au piano. D'instant en instant, elle esquissait une arabesque sonore, invention ou réminiscence, et cela faisait si peu de bruit que cette musique semblait tracée en filigrane dans le silence. Laurent sourit de plaisir. C'était une coutume de leur jeune temps, ces grandes conversations où tous deux communiaient et que la musique escortait en contrepoint avec des grâces illuminantes et tutélaires. Chaque fois que le jeune homme retrouvait ainsi le bel ange musicien, tout pareil à cette figure séraphique dont on entrevoit le profil au dernier rang des chanteurs, dans le retable de Van Eyck, il était saisi d'espoir. Cécile allait renaître, redevenir elle-même, la fière, l'intraitable, la souveraine d'un monde enchanté. A l'idée que cette créature aérienne qu'il avait toujours adorée, respectée, traitée comme une déesse pourrait s'enfoncer doucement dans une existence étouffée, aux côtés d'un maniaque, d'un esprit sec et sceptique, Laurent s'abandonnait souvent à des mouvements de fureur. Mais que Cécile, assise comme autrefois, comme toujours, devant le clavier magique, avec son profil en même temps sévère et enfantin, voulût bien écouter son frère et qu'elle se reprît, comme autrefois, à caresser les cordes pour broder à fils ténus, autour de la pensée de ce garçon mal commode, pour enluminer leurs rêves, pour enrichir leur communion, et Laurent se reprenait à chanter des actions de grâce. Il parlait, il parlait, impatient de tout dire, de célébrer, de sceller leur alliance fraternelle.

— Oh ! reprit-il, un homme, même un grand homme, dans l'immensité du monde... Ecoute, sœur...

Cécile écoutait et cependant ses mains voletaient sur les touches pour en tirer tantôt quelques accords funèbres, tantôt quelque bondissante mélodie.

— Ecoute, sœur, poursuivit Laurent, écoute cette phrase de Nietzsche :

« La douleur dit : passe et finis ! Mais toute joie veut l'éternité. » Voilà ce que souhaitent les hommes. Et pourtant, si quelque chose devait survivre de nous, il me semble que ce ne serait pas notre joie. Notre joie peut disparaître, elle a reçu tout son destin, elle est en soi-même un accomplissement. Mais toutes les tristesses, toutes les souffrances des hommes, voilà, sœur, quelque chose qui ne peut s'évanouir à jamais. Depuis des milliers et des milliers d'années que les hommes souffrent, que tous les êtres vivants souffrent, les uns en silence et les autres en criant, cela forme, ne crois-tu pas ? comme un affreux trésor dont on n'imagine pas qu'il pourrait disparaître sans laisser de trace. L'idée que toute cette douleur ne recevrait pas, un jour, plus tard, allégement et pardon, c'est une idée qui m'épouvante. Ce n'est pas la joie qui remplit l'espace infini, le silence éternel, dont parle Blaise Pascal. Non, non, le monde est plein d'une douleur qui crie, qui demande, à travers les siècles, justice et réparation.

Laurent reprit haleine. La musique de Cécile ne s'était point interrompue. Elle disait à merveille, mieux que les mots impuissants, la joie qui s'évapore et la douleur qui ne veut pas s'enfoncer dans l'éternité sans avoir connu l'apaisement, la rémission. Mieux que les mots, l'onde mélodieuse cheminait dans le grand désert qui sépare les âmes. Mieux que les mots, la musique faisait sourdre et durer des lueurs au fond de l'abîme.

Laurent Pasquier était de taille médiocre. Il se tenait bien droit, mais il avait le col bref, la tête assez volumineuse, les épaules musclées, en sorte que toute son attitude exprimait le repliement, la résistance, la volonté de méditation. Il rasait depuis peu sa barbe et sa moustache, montrant sa forte mâchoire, le cuir à large grain, la bouche remuante et naïve. Il fronça les sourcils et de gros plis se formèrent sur son front.

— Sœur, dit-il, j'ai grandi dans les laboratoires du nouveau siècle. Je ne crois pas à l'immortalité de l'âme. Et pourtant, je ne peux penser que toute la douleur du monde sera perdue, à jamais.

Un chant tranquille, plein d'espoir, s'élança des mains de Cécile et monta droit vers le ciel comme une fumée de village au soir d'un jour paisible.

— Oh ! ne crois pas, poursuivit le garçon, ne crois pas que nous autres, les hommes de la recherche, nous soyons sûrs d'un ordre. Celui qui demande un ordre est certainement très malheureux chez nous. L'an passé, je voyais beaucoup Lehureau qui travaillait non loin de moi, à l'Institut. C'est un spécialiste de la physiologie végétale. Il s'occupait avec prédilection des plantes grimpantes. Quelle confusion ! La plupart des plantes grimpantes s'enroulent vers la gauche, en sens inverse des aiguilles d'une montre ; mais beaucoup de plantes s'enroulent en sens opposé. Pourquoi ? Oui, pourquoi ? Chaque espèce a son sens habituel, mais il y a des individus qui font exception. Pourquoi encore ? Il y en a qui s'enroulent partie à droite et partie à gauche. Tout cela ne signifie rien à des esprits de notre sorte. Tiens, les vrilles de la vigne... Elles font six tours dans un sens, puis neuf ou dix tours dans l'autre, puis trois tours de nouveau dans le sens de leur début... J'ai cru que Lehureau en deviendrait enragé. Lui, il cherchait un ordre, il voulait trouver une loi. Mais le monde vivant n'a ni sens, ni loi ! J'ai travaillé pendant deux ans à côté de Fischer qui s'intéresse aux mollusques. J'espère que je ne t'ennuie pas... Tous les coquillages, au premier abord, sont dextres, c'est-à-dire qu'ils s'enroulent dans le sens des aiguilles d'une montre. Un ordre ! Voilà donc un ordre ! Eh bien ! non, il existe quelques espèces dont la coquille est senestre. Elle tourne en sens inverse. Je parlais de cela, l'autre jour, à Justin Weill. Il s'est presque moqué de moi. Mes problèmes ne l'intéressent pas. Il ne pense pas que l'on peut être bouleversé parce que le *Bullinus* et le *Physopsis* viennent insulter à l'ordre du monde, à ce qui tout au moins peut passer pour l'ordre du monde.

Laurent se prit à sourire. Cécile n'avait pas cessé de promener ses doigts sur les touches du piano. La jeune femme ne se plaisait point à de puériles imitations, mais elle écoutait si bien, avec une si loyale attention qu'à l'entendre on voyait en rêve s'élancer les plantes et s'accrocher ici et là les vrilles de la vigne folle et s'enrouler finement la coquille du limaçon.

— Il n'y a pas d'ordre ! reprit Laurent avec une soudaine rage. Moi qui suis médecin, je sais des choses désespérantes. Tous nos muscles travaillent en contraction et se reposent dans la détente ; mais il y en a quelques-uns pour qui c'est tout le contraire. Et ne crois pas que les astronomes soient plus tranquilles dans leur ciel. Je connaissais jadis un élève de Schulhof, un type appelé Boissonnas. Il m'a dit que toutes les planètes du système solaire tournaient dans le même sens, qui n'est pas celui de la montre, mais que la planète Uranus ainsi que ses satellites tournent juste en sens opposé. Quand j'ai su cela, j'ai cru, pendant deux ou trois jours, que j'allais me suicider. J'en ai parlé, vers ce temps, à une jeune fille pour laquelle j'éprouvais une certaine sympathie. Elle m'a dit : « Chacun sa vie » et elle m'a tourné le dos. Non ! Non ! tu ne sais pas qui c'est. Oh ! si je te disais tout... enfin, tout ce qui m'occupe !

La voix de Laurent faiblit et le jeune homme commença d'hésiter, de bégayer : Cécile ne le suivait plus. Elle semblait soudain emportée non par les rêveries de ce frère obstiné, mais par une pensée tout autre, plus sereine, plus volontaire aussi. Quittant l'improvisation, les détours de la course vagabonde, elle montait maintenant d'un vol calme et régulier et, tout à coup, retentit un chant tranquille, un chant fervent, la *Cantate de la Pentecôte*. Chaque note allait d'un pas ferme vers son but. Toute l'âme de Cécile disait : « Je n'accepte pas de vivre dans un monde privé de sens. Je ne peux vivre sans ordre, Laurent. Ecoute l'ordre du monde. »

Vint un moment de silence. Laurent ouvrait et fermait les mains d'un air soucieux et embarrassé.

— Je comprends, fit-il soudain. N'imagine pas une seconde que je pourrais ne pas comprendre... Je sais que nous sommes séparés.

Cécile s'arrêta de jouer.

— Que sais-tu ? demanda-t-elle.

Laurent regarda la jeune femme avec une franchise provocante :

— Je sais, reprit-il. J'étais presque sûr... Mais, un soir, je t'ai suivie...

— Tu n'as pas honte ?

— Non, dit Laurent vivement. Je n'ai pas honte puisque je suis ton frère, puisque je t'aime et que je veux savoir.

— Tu n'avais qu'à me poser une question, Laurent, j'aurais répondu.

Laurent marchait, de-ci de-là. Cécile se mit à gronder, l'accent chargé de reproches :

— Laisse-moi donc mener ma vie comme je crois devoir le faire. Laisse-moi chercher de mon mieux.

— Impossible, sœur. Ta vie ne t'appartient pas. Tu as reçu de la nature trop de dons pour en disposer toute seule. Tu appartiens à ceux qui t'aiment.

Et comme la jeune femme venait de lui tourner le dos, Laurent éleva la voix :

— Quand nous étions encore enfants, je t'appelais l'Envoyée, la Messagère, la Servante des héros, la Musicienne de l'Olympe...

— Et tu ne m'appelles plus ainsi ?

De la tête, Laurent fit « non ». Puis il reprit plus bas :

— Pourquoi l'as-tu donc épousé ?

Cécile fit, de la main, un geste de lassitude.

— Oh ! dit-elle, je commence à te connaître. Il y a longtemps, quand j'ai failli me marier avec Valdemar Henningsen, tu es devenu presque enragé. Un jour, je me souviens, tu étais là, derrière moi, pendant que je travaillais au piano. Tu ne disais rien, mais j'entendais ton âme remuer, je l'entendais se plaindre.

— Je ne songeais qu'à toi.

— Et plus tard, quand j'ai décidé ce mariage avec Richard, tu as commencé de manœuvrer dans l'ombre pour faire échouer le projet. Les gens qui te connaissent mal pensent que tu es une âme naïve et amicale, moi je sais que ce n'est pas vrai.

— Et toi, Cécile ! On pourrait penser à te voir que tu es douce et angélique. Mais non, je te connais, tu es violente et terrible.

— Si j'étais vraiment violente, je t'aurais chassé déjà.

Laurent secoua la tête :

— Si tu me dis que tu l'aimes, je ne te croirai pas. Et si je me trouvais un jour dans l'obligation de te croire, je ne sais ce qu'il me faudrait penser de toi.

— Laurent, Laurent, es-tu encore assez humain, es-tu encore assez raisonnable pour te représenter ce que tu fais en ce moment, pour comprendre le rôle absurde que tu t'amuses à jouer ?

— Je ne m'amuse pas, dit Laurent avec amertume, et je ne joue pas un rôle.

— Comme tu es jaloux, Laurent !

— Es-tu bien sûre, Cécile, de n'être jamais jalouse ?

Les traits de Cécile, les beaux traits purs, tout à coup se durcirent.

— Va-t'en ! gémit-elle. Va-t'en !

— Tu es jalouse et orgueilleuse ! Tu n'aimes ni ton mari, ni ton mariage, mais il t'est presque insupportable de penser que Cécile a pu se tromper.

— Je te dis que ce n'est pas vrai.

Laurent, soudain calmé, soupira :

— Je sais bien que je suis odieux.

— Hélas ! fit encore Cécile. Tu viens ici me torturer. Tu détestes mon mari et... comment te dire mes pensées ? tu lui ressembles quand même. Vous avez, malgré tout, pris les mêmes habitudes. Vous êtes formés aux mêmes disciplines. Vous êtes, et c'est triste, ce qu'on appelle des hommes intelligents. Comment peux-tu trouver étrange que je désire autre chose ?

Cécile jetait sur son frère un regard calme, apaisé. Elle vit soudain que le menton du jeune homme tremblait nerveusement comme aux instants d'émotion vive.

— Un jour, dit-il, un jour du temps jadis, j'ai décidé qu'il fallait qu'une âme fût heureuse, au moins une, et que ce serait toi. Oui, je voulais qu'une âme fût heureuse au monde pour démontrer, du moins, que le bonheur était possible.

— Je te le dis encore une fois : je ne suis pas malheureuse.

— Tu vivais parmi nous, mais tu n'étais pas mêlée à nous. Tu nous versais la musique, tel un breuvage de vie. Et maintenant, tu es tombée parmi nous, sur la terre, dans nos tristesses. Eh bien ! je te dirai toujours tout ce que je dois te dire. Tu n'arriveras pas à me décourager, à m'éloigner, à me chasser. Je resterai près de toi malgré toutes les rebuffades.

— Et moi, fit Cécile doucement, moi, je prierai pour toi.

— Qu'est-ce que cela veut dire, prier ?

— Tu le sais bien, pauvre garçon. Cela ne signifie pas que je vais demander à Dieu qu'il veuille bien penser à toi comme pourrait le faire maman. Non, cela signifie, pour moi, que je vais penser à toi dans la société de mon Dieu, cela signifie que je vais penser à toi de la façon la plus haute qui soit en mon pouvoir. Et maintenant, laisse-moi seule.

# CHAPITRE 16

De minute en minute, avec un geste d'écolier, Laurent Pasquier remontait la serviette qu'il tenait contre sa hanche droite, la pesante serviette gonflée de papiers et de livres.

Le jeune homme suivait le trottoir. Tête basse, l'air soucieux, il marchait à pas pressés. Il roulait dans sa tête toutes sortes de pensées confuses qu'exaltait encore la chaleur de la course : « J'expliquerai tout à Cécile. Je lui ferai comprendre que je me trouve sans doute séparé d'elle, puisqu'elle est maintenant croyante, mais que j'ai ma façon à moi de prier et de souffrir, et que cette façon est, malgré tout, respectable. Je n'accepte pas l'idée d'être séparé de Cécile. Que va-t-il donc me rester ? L'amitié de Justin m'est précieuse et nécessaire ; mais il s'irrite de tout. Il devient ombrageux et inquiet. Moi-même, je manque de sérénité. Je ne veux pas le laisser voir. Mon âme est une brûlure à vif... Qu'il fait chaud ! Quel singulier hiver ! Il paraît que les amandiers fleurissent dans les jardins. Comme je vis loin de la terre... Quelle heure est-il ? Oh ! je serai quand même en avance de cinq minutes. Voilà que l'estomac de nouveau se contracte et me tiraille. Quatre mois déjà que je me prive de dîner, simplement pour éprouver ma résistance physique et morale. Ce n'est pas héroïque ; c'est peut-être simplement idiot et prétentieux. Quelque chose me dit que c'est encore une œuvre de l'orgueil et que la vie est plus simple, que la véritable humilité, sans doute, est de ne pas songer, fièrement, à son âme, pas même pour la châtier. Oui, mais en suivant cette voie-là, ne risque-t-on pas de succomber à toutes les complaisances ?... Chacun vit en solitude avec ses démons familiers... Il existe, chez certains insectes, des parties d'organes qui se forment séparément et qui viennent s'emboîter, s'accrocher avec exactitude comme si tout avait été préparé par une intelligence supérieure. Tentation du finalisme... Si M. Nicolas Rohner, mon ancien maître, connaissait mes pensées, avec quel mépris ne me regarderait-il pas ? Non, non, la nature est désordre. Rien n'y est l'effet d'un plan préalable. Presque tout y blesse ma raison... Ah ! Ah ! Voilà déjà la place de la Bastille. Cécile veut un ordre ! Elle dit qu'elle sent un ordre. Le désir d'ordre est le seul ordre du monde... Justin déjà ! »

Justin Weill tournait pensivement autour de la colonne, dans la lueur des lampadaires. Il dit, la voix acérée :

— Tu es en retard.

— Mais non, mais non, fit Laurent, je suis en avance de cinq minutes. Regarde l'horloge de la gare.

— Peut-être, reprit Justin ; mais comme tu es toujours en avance d'un bon quart d'heure et que j'en ai pris l'habitude, alors cinq minutes seulement, c'est une sorte de retard.

— Arriver toujours en avance, murmurait Laurent, c'est une forme de l'inexactitude. Je fais de grands efforts pour tâcher d'être à l'heure juste. Et voilà que tu n'es pas content.

Justin secouait la tête et se prit à grogner.

— Les vieux amis, s'ils ne se disputaient pas, ils n'auraient plus rien à se dire.

— Mais si, mais si, Justin, moi, j'ai mille choses à te dire ; malheureusement je ne suis pas bien sûr qu'elles puissent t'intéresser.

Justin fit un geste évasif et détourna l'entretien.

— Dépêchons-nous, dit-il, nous entendrons au moins la fin de la pièce, et surtout je pourrai t'expliquer ensuite ce qu'il faut penser de cet étrange milieu. Dépêchons-nous, je te prie.

— Mais, Justin, je suis en sueur.

— C'est que tu manges trop.

— Oh ! soupira Laurent, scandalisé, vraiment, Justin, c'est un peu fort !

Justin Weill, déjà, changeait de route et d'orient.

— Vous avez, dit-il, habité par là, vous, les Pasquier ?

— Nous, dit Laurent avec simplicité, nous avons habité partout. Grâce à l'humeur de mon père, j'ai laissé des souvenirs dans tous les quartiers de Paris et dans bon nombre de provinces françaises. A propos de papa, j'ai quelque chose à te dire...

— Et moi, coupa Justin, j'ai besoin de te parler de ta sœur Suzanne... Oui, je me rappelle, vous avez habité par ici, je veux dire au moins tes parents. J'étais venu avec toi le jour de l'emménagement. Cécile, à notre prière, a fait chanter le vieux piano de son enfance. Nous étions tous assis sur des caisses ou sur les meubles, dans la poussière. Les déménageurs écoutaient fascinés, comme les animaux par le musicien thrace. Tout cela, c'est l'ancien temps.

— Que veux-tu me dire de Suzanne ?

— Plus tard ! Nous arrivons. Ah ! mais, c'est la foule des grands jours ! Pense donc : une pièce à thèse.

— Je voudrais savoir, pour Suzanne...

— Je te dis que nous en reparlerons plus tard. Entrons, maintenant. Nous sommes en plein cœur du faubourg Saint-Antoine. J'espère que je vais dénicher le petit père Gagnepain et que je vais pouvoir te présenter à lui. Toutes les choses de cette espèce reposent sur un homme dévoué. L'Université populaire du faubourg Saint-Antoine, c'est l'œuvre de Gagnepain. Ne me lâche pas d'une semelle.

Les deux amis venaient de s'engager sous une porte cochère toute pareille à celles, innombrables, qui, le long du vieux faubourg, soufflent au nez du promeneur les odeurs salubres des vernis, du sapin résineux et de la térébenthine, parfois mêlées au fumet vénéneux de la colle forte. Au portail commençait un large corridor qui s'enfonçait tout droit dans l'épaisseur des bâtisses et que des groupes d'ouvriers, pour la plupart en costume de travail, les mains tannées par les cires et les essences, animaient d'un bruit de paisible et joviale chamaille. On apercevait à droite, à gauche, au passage, des salles de réunion, des rayons de bibliothèque. De jeunes hommes jouaient, d'autres lisaient, les doigts crispés dans la tignasse.

— Tu comprends, disait Julien, qu'ils ne sont pas tous au théâtre. On a représenté trois ou quatre fois cette pièce et ceux qui l'ont déjà vue laissent la place aux autres.

Tirant son ami par le coude, Justin se frayait une route à travers les groupes. De temps en temps, il serrait une main, saluait d'un clignement de l'œil, d'un geste familier soit du doigt, soit du chapeau.

— On me connaît ici, disait-il. J'y viens donner des conférences. Le poète Apollinaire en a fait une, l'autre jour, sur la poésie moderne, avec le concours d'artistes prêtés par Antoine, le directeur de l'Odéon. J'y suis venu, naturellement. Ah ! voilà le père Gagnepain. Quelle honnête figure !

Le père Gagnepain était un vieux petit homme à la moustache blanche et rognée, l'air d'un ancien contremaître, paternel et vigilant.

— Ah ! dit-il, vous arrivez seulement pour entendre la fin. Vous allez voir : ils sont contents. Ils écoutent bien et même ils y pigent quelque chose. La science, vous comprenez ! C'est un sujet qui leur travaille la comprenette. Et vous verrez, c'est bien joué. Léonie est épatante. Votre ami, dites-vous, est justement un jeune savant. Ça fait plaisir de le voir ici. Je vais vous trouver deux places. Dites donc, mon petit Weill, si vous avez des copains qui veuillent bien nous dégoter des bouquins pour notre bibliothèque, vous savez que j'accepte tout. Expliquez-leur : la meilleure façon de libérer le peuple, c'est d'abord de l'instruire. Le reste se fera tout seul.

Suivant le vieil homme qui les tirait par la main, les deux amis pénétrèrent dans la salle de spectacle. C'était un long boyau rempli d'une foule confuse dont on percevait tout de suite la moite et forte odeur. Il y avait là des femmes qui tenaient leurs enfants endormis dans leur giron, de jeunes hommes, en grand nombre, de vieux travailleurs qui reployaient en avant, pour mieux entendre, leurs oreilles capitonnées de poil blanc. Par-dessus les têtes, on apercevait, tout au bout de ce corridor, les lumières de la scène. Une jeune actrice expliquait, en montrant sa poitrine, qu'elle allait sûrement mourir, mais qu'elle ne regrettait point de se sacrifier pour la science.

— Tu sais, dit Justin tout bas, c'est *la Nouvelle Idole*. Tu l'as peut-être lue déjà.

— Non.

— C'est de l'Ibsen pour les pauvres. N'importe ! Ils partiront d'ici avec le sentiment d'avoir fait un effort pour s'élever au-dessus d'eux-mêmes. Je te dirai tout à l'heure ce que je pense de tout ça.

Deux ou trois spectateurs firent « chut », sans acrimonie, pour prier

Justin de se taire. Puis un nourrisson perdu dans l'épaisseur de la foule se prit à crier, à demander le sein. Puis toute l'assemblée partit en applaudissements parce que l'acteur arrivait à la fin d'une période sonore. Le silence enfin retomba. Les deux amis, serrés l'un contre l'autre, au milieu de cette multitude à la chaleur généreuse, se sentaient, petit à petit, gagnés par un bien-être qui ressemblait à l'ivresse du vin.

Une demi-heure plus tard, comme ils cheminaient côte à côte, sur le trottoir du faubourg, Justin commença de parler.

— Il vient, disait-il, il vient de tout, même des gens du monde, même des dames patronnesses dans le terrier du père Gagnepain, et tous s'en vont souriants, parfaitement sûrs que la révolution est un phénomène bénin qu'on finira par arranger avec des distributions de lainages, des dons aux bibliothèques et des matinées à bénéfice dans les théâtres de la périphérie. Ces bonnes âmes se trompent. Qu'est-ce que tu as ? Tu ne dis rien ?

— C'est sans doute, répondit Laurent, que je n'ai rien à dire. Je suis un biologiste de carrière. Je me défie des idéologues. Je suis certain, maintenant, que, malgré toutes les inventions, malgré toutes les révolutions, malgré toutes les doctrines, il y aura toujours des gens pour souffrir dans l'ombre inférieure et faire, avec peine et douleur, des choses qu'ils ne veulent pas faire et qu'on les forcera de faire.

— Voilà, dit Justin roidement, un propos que j'ai déjà, me semble-t-il, entendu tenir autrefois à ton frère Joseph. C'est beau, l'esprit de famille !

— Ne montre pas les dents, Justin, tu ne me feras pas sortir de mon assiette. Il est tout à fait possible que Joseph ait dit un jour quelque chose d'analogue. Seulement Joseph, je le sais, a pris, dès le début, son parti de l'injustice. Moi, je ne m'en consolerai jamais.

— Il y a quand même une façon de se consoler de l'injustice et c'est de travailler à la détruire. Connais-tu, au moins de nom, le philosophe allemand Marx ?

— Non, non, je ne le connais pas.

— Mon vieux, c'est un personnage dont tu entendras parler. Sois bien sûr aussi que toutes les gentillesses du père Gagnepain et de ses honnêtes semblables, tout cela c'est, dès maintenant, de l'histoire ancienne. Le temps du sentimentalisme est fini. Nous pénétrons, bon gré, mal gré, dans un nouvel âge du monde. L'âge de l'économie pure. Mais laissons cela de côté...

— Je voudrais quand même savoir, murmura Laurent, ce que tu pensais me dire au sujet de la petite Suzanne.

— Attends encore un peu, je te prie. Veux-tu prendre un café-crème ou quelque chose de ce genre ?

— Oui... Non... Ça m'est égal.

— Asseyons-nous là, si tu veux, à la terrasse de ce café, derrière le brasero. On ne se croirait pas aux premiers jours de mars, mais au cœur du printemps. Tu sais que les attaques contre Chérouvier continuent dans une certaine presse. Je ne parle pas de la grande presse d'information. L'article du *Télégramme* a produit le meilleur effet et je pense que ton frère Joseph doit en être encore éberlué. Non, c'est la petite presse de parti qui s'acharne sur Chérouvier.

— Pourquoi me dis-tu cela ?

— Chérouvier est trop âgé pour se défendre lui-même autrement que par la plume, mais il a des amis.

— Pourquoi, Justin, me dis-tu tout cela, à moi ? Parle-moi plutôt de Suzanne.

— Je te dis ce que je pense parce que tu es mon ami, parce que j'ai besoin d'un témoin, parce que, si tu n'étais pas là, je parlerais peut-être aux arbres.

— Et Suzanne ?

— J'y arriverai, crois-le. J'y arrive, sans qu'il y paraisse.

Un léger silence tomba. De temps en temps, la molle brise aux senteurs marines, celle qui, parfois, venue de l'ouest, apporte jusqu'au cœur de la ville le sel et l'humidité des solitudes océaniques, la molle brise, de temps en temps, s'engageait entre les paravents vitrés de la terrasse et chassait vers les amis la chaleur du brasero et sa vapeur sulfureuse.

— Et Suzanne ? dit encore Laurent avec timidité.

— Sois sûr, dit Justin gravement, que l'amitié seule m'engage... enfin... que c'est par devoir...

— Mais va donc, va toujours, s'écria Laurent d'une voix irritée.

— C'est très difficile à dire. Suzanne est délicieuse, je ne la crois pas méchante...

— Non, non, elle n'est pas méchante.

— Mais elle est belle et coquette. Son histoire avec Testevel, et, plus tard, cette longue tragi-comédie avec le misérable Larseneur...

— Je sais, je sais tout cela. Tu vas me parler de Roch. J'en ai dit deux mots, il y a quelque temps, à la petite Suzanne.

— Eh bien ! non, je n'allais pas parler de Roch. Je ne savais même pas qu'il y eût une histoire Roch.

— Alors ?

Justin tourna la tête et dit très vite :

— Il existe un monsieur, un seul, avec qui Suzanne n'a pas le droit de s'amuser.

Laurent rougit brusquement :

— Qui ? souffla-t-il.

— Je ne peux pas le dire. Et puis, ça ne me regarde quand même pas. Tu verras. Tu réfléchiras.

— Tu ne veux pas me dire qui ?

— Tu trouveras bien tout seul. Pas un mot de plus, je te prie. Veux-tu manger quelque chose ?

— Non, merci, mange si tu en as envie.

— J'en ai envie, dit Justin, et pourtant je m'en abstiendrai.

— Pourquoi ?

— Je vais te faire une confidence. Depuis le mois de décembre, je ne mange plus, le soir, pour m'éprouver, pour me contraindre.

— Il faut avouer, fit Laurent, que c'est bien extraordinaire.

— Quoi ? dit Justin avec candeur. Ce que je viens de te dire ?

— Ce qui est extraordinaire, c'est que, depuis quatre mois, je fais exactement la même chose que toi. J'allais même t'en parler, et j'hésitais.

— Pourquoi ?

— Parce qu'il me semblait que c'était, chez moi, quelque chose comme un vestige de l'éducation chrétienne.

— Oui, oui, et tu ne m'en as pas dit un mot parce que tu t'imagines peut-être que nous sommes incapables, nous autres Juifs, de cultiver les idées de privation, de sacrifice et de renoncement.

Laurent haussa les épaules :

— Je finirai par ne plus te parler de rien : tu prends tout en mauvaise part. Quant à la petite Suzanne...

— Je n'ai plus un mot à te dire au sujet de Suzanne. Laurent, je vais m'en aller. Je dois écrire mon article. Il faut que je gagne ma vie, une vie que je n'aime pas. Avant de me laisser partir, dis-moi que tu me pardonnes.

— Quoi donc, mon pauvre vieux ?

— J'ai le sentiment que je deviens tout doucement un ami très désagréable et difficile à porter.

— J'étais justement sur le point de te faire une remarque analogue.

Justin saisit la main de Laurent et la secoua de toutes ses forces.

Quelques instants plus tard, sa lourde serviette sous le bras, Laurent reprenait le chemin de la colline Sainte-Geneviève. Toutes colorées de fatigue, les pensées du jeune homme s'élançaient en se heurtant comme des animaux captifs : « Qu'a-t-il voulu me dire avec cette histoire de Suzanne ? Il y a de longs moments où j'avance comme un aveugle. Je ne vois rien en moi, ni au-dehors... Quand Justin m'a proposé de manger, j'ai bien failli céder, car j'avais faim, j'ai encore faim. Et si j'avais cédé, quelle humiliation devant lui qui, justement, s'applique à cette espèce de pénitence... Mon Dieu ! qu'il fait chaud, qu'il fait lourd, on se croirait au mois de mai... Il veut défendre Chérouvier ! Qu'est-ce que signifie tout cela ?... Je viens de penser : "Mon Dieu !" La force de l'habitude et surtout du vocabulaire. Il y a un étrange enivrement dans la destruction de tout Dieu au fond de nous, dans cette purgation rationaliste. Il y a une métaphysique nouvelle dans l'absolue destruction de toute métaphysique... Ah ! Ah ! Un petit pas de plus et cette voiture m'écrasait. Je finirai par me faire écraser, ce qui simplifiera considérablement les choses... Il parle de défendre Chérouvier autrement que par la plume... »

Pendant cinq ou six minutes, Laurent marche comme un fantôme, toute pensée suspendue. Et, tout à coup, la machine recommence de fonctionner : « J'ai une petite douleur du côté du nerf sciatique poplité externe. Depuis des siècles de siècles, le nerf sciatique a pris et repris naissance des milliards de fois dans le corps périssable des hommes, et, des milliards de fois, il s'est consumé pour retourner en poussière. N'importe ! C'est toujours lui. Depuis des milliers d'années, le nerf sciatique poplité externe, qui justement me fait mal, a retrouvé son chemin entre les muscles et tous les autres organes. Toujours le même chemin. Qu'est-ce que tout cela veut dire ? Qu'est-ce que signifie donc cette histoire au sujet de Suzanne ? »

La silhouette du jeune homme s'éloignait dans la pénombre du boulevard Saint-Germain.

## CHAPITRE 17

— J'espère, articula Richard, j'espère ne pas vous fâcher, Athéna, en vous avouant que demain je ne déjeunerai pas ici.

Comme Cécile restait muette, Richard Fauvet dit encore, avec un sourire de biais :

— Vous ne répondez rien, chérie ?

— Non, fit paisiblement Cécile. Il n'y a rien à répondre. Vous êtes libre. Nous nous sommes épousés, il y a plus de trois ans, sous le régime que vous appeliez alors et que j'appelais moi-même le régime de l'indépendance parfaite. Je vois que vous ne l'avez pas oublié.

Richard examina pendant une grande minute ses mains qu'il faisait assidûment soigner par la manucure. Puis il dit, articulant bien les mots :

— J'aurai le plaisir de déjeuner avec quelqu'un que vous connaissez fort bien.

— Déjeunez avec qui bon vous semble, Richard ; mais épargnez-moi vos confidences. Vous le comprenez, je vis, je travaille et je fais de mon mieux.

— Voir vos lèvres blanchir, voilà ce qui m'est pénible, chérie. Prenez garde, je ne vous appellerai plus Athéna, mais bien plutôt Melpomène.

— Epargnez-moi vos plaisanteries. Je ne pense pas vous avoir jamais caché mes défauts, qui sont grands, je préfère vous les montrer et me trouver ainsi libre d'être selon ma nature.

— Chérie, je ne vous ai jamais fait et ne vous ferai sans doute jamais qu'un reproche, c'est d'éprouver très peu... non, non, je ne vais pas prononcer de grands mots... c'est d'éprouver, mettons, très peu d'amitié pour l'homme que vous avez librement choisi comme compagnon.

— Richard, je vais vous parler dans la simplicité du cœur : quittez ce ton d'ironie glacée. Je ne saurais vous dire à quel point il me blesse.

— Je ne mets aucune ironie dans cet entretien qu'il ne tiendrait qu'à vous d'humaniser, chérie. Je vous ai dit tout uniment que je ne déjeunerais pas avec vous demain midi, rien de plus, et voilà tout de suite le drame.

— Vous êtes quand même trop intelligent pour abuser de votre éloquence envers une personne qui n'en fait pas métier.

— Et vous, chère Cécile, vous êtes sans doute trop justement orgueilleuse pour me faire, à moi très infime, l'honneur d'une scène de jalousie.

Cécile se leva toute raide et fit un mouvement pour gagner la porte.

— Je vous défends, disait-elle d'une voix défaillante, je vous défends, Richard, de prononcer ce mot devant moi.

Richard Fauvet tendit la main et saisit la jeune femme au poignet :

— Chérie, murmurait-il, vous manquez à nos conventions. Vous répudiez le régime de l'indépendance parfaite. Vous m'étonnez. Il y a peut-être des choses de votre vie dont je pourrais me sentir surpris et même blessé. Réfléchissez bien, Cécile. Il y a des choses de vous qui sont, pour un esprit de ma sorte, plus graves qu'une trahison.

— C'est vrai ! répondit Cécile en se retournant vers le jeune homme. Puisque vous voulez le savoir, je vous abandonne souvent pour quelqu'un au prix de qui, malgré toute votre intelligence, vous êtes moins qu'un grain de poussière.

— C'est probablement vrai ; mais vous avez grand tort d'affaiblir ces considérations sublimes par des comparaisons en quelque sorte quantitatives.

— Je parle comme je sais.

— Et peut-on vous demander de quand date cette belle ferveur religieuse ?

— Si vous voulez le savoir, elle date très exactement du premier mois de notre mariage.

— Chérie, la colère vous inspire des répliques peu chrétiennes, des répliques dont l'indulgence et la charité sont singulièrement absentes.

— Que voulez-vous, Richard ? en vous écoutant parler, dans les débuts de notre vie commune, l'idée m'est venue presque tout de suite que la vérité devait être très loin de vous.

— Quel singulier raisonnement !

— Oh ! ce n'était pas un raisonnement. Alors, je me suis mise à chercher tout à l'opposé de vos opinions ordinaires.

— Vraiment ! Voilà une confidence pénible pour moi, mais à coup sûr intéressante. Reconnaissez, Athéna, que je ne me suis jamais permis la moindre observation.

Le jeune homme avait repoussé le fauteuil et marchait dans la chambre, les doigts en mouvement, le visage contracté, les lèvres minces.

— Voilà, disait-il, une confession qui n'est pas fort agréable aux oreilles du compagnon que vous avez bien voulu distinguer. Oh ! je me demande parfois pourquoi vous l'avez distingué.

Cécile fit front, soudainement.

— Je vous le dirai sans doute un jour. Ne demandez pas à le savoir, car c'est fort simple. Attendez, attendez, Richard. Je crois que la colère est finie. Je crois que je vais retrouver le calme. J'étais presque tranquille, oui, j'étais dans un grand repos, et voilà que vous avez senti le défaut de la cuirasse. J'ai vécu, toute ma jeunesse, dans la société d'un homme léger. Ne cherchez pas : c'est de mon père que je parle. Il était beaucoup moins instruit, beaucoup moins intelligent, beaucoup plus instinctif que vous, et c'est pourquoi je l'aime encore, c'est pourquoi nous l'aimons tous, bien qu'il nous ait tous fait souffrir. Mais j'ai l'expérience de certaines douleurs et, quand vous prononcez certains mots, je souffre non seulement pour moi, mais pour plusieurs autres cœurs.

— Sachez-le bien, chérie, c'est avec votre frère Joseph que je déjeunerai demain.

— C'est possible, je n'en doute même pas. Déjeunez avec qui vous voudrez. Faites ce que vous voudrez. Humiliez-vous, si cela vous plaît, dans la société des petites sottes que vous introduisez chez moi et même à qui vous me priez de donner des leçons de musique. Tout cela m'est indifférent ou presque indifférent. Mais il y a des choses que vous ne devez pas faire, que vous ne pouvez pas faire. Vous êtes un esprit infiniment libre et vous vous croyez sans loi. Tant pis ! Je vous l'ai dit un jour et je vous le répète aujourd'hui : il y a certaines choses que je ne vous laisserai pas faire.

— Peut-on savoir, Athéna, quelles sont les choses défendues ?

— Vous me l'avez déjà demandé. Je crois vous avoir répondu que vous n'auriez aucune peine à le deviner vous-même. Qu'est-ce qui vous prend, Richard ?

— Vous vous en doutez, chérie ! Vous imaginez pourtant que les scènes de cette sorte ne sont pas bonnes pour un homme toujours souffrant, toujours malade. Non, non, ne prenez pas la peine, je vais me coucher sur ce divan... Je respire déjà mieux. Que disions-nous, chérie ?

— Je voulais vous faire une prière, Richard. Ne prononcez jamais devant moi le mot de jalousie. Il me blesse. Il me fait mal. Quand j'étais jeune fille, je pensais, je disais que je ne pourrais jamais être jalouse que... de moi-même.

— C'est très joli, Cécile, mais je ne comprends pas très bien.

— Probablement parce que c'est une pensée obscure et peu compréhensible en effet. Mais je l'éprouvais ainsi. Comment vous expliquer que le mot seul de jalousie suffit à me remplir de honte ?

Le jeune homme s'allongeait sur le divan de cuir en poussant quelques gémissements.

— C'est extraordinaire, disait-il, vous êtes plusieurs dans votre famille, dans votre clan, comme dit Laurent, à nourrir sur l'humanité des vues... voyons, comment les appeler ? Des vues... mettons légendaires. Mais non, mais non, ma pauvre amie, l'humanité est très différente de ce que vous imaginez. Beethoven, le modèle des héros... Mais non, lisez les textes. Le grand Beethoven était tout le contraire d'une âme vraiment généreuse. Bach, votre saint patron, ma chère, était un bon gros sans intérêt. Wagner, dont par hasard je porte le prénom, s'est toute sa vie comporté comme une sale bête. Et les autres à l'avenant. La vraie charité, Athéna, la voilà ! Permettez-moi de vous le dire. Elle consiste à juger les hommes avec modération, avec équité. Allons, bon, voilà que je vous ai blessée, une fois encore, sans le vouloir.

Cécile tendit la main dans la direction de l'étage supérieur :

— Excusez-moi, dit-elle. Il faut que je vous quitte : l'enfant se réveille. Quoi que vous puissiez dire ou faire, vous n'arriverez jamais à me retenir quand cette petite voix m'appellera.

— A vous croire, soupira le jeune homme, on pourrait penser que je ne l'aime pas.

— Je ne sais trop. Vous n'aimez qu'une seule personne, Richard, et vous l'aimez bien.

Richard commença de gronder, mais Cécile s'était enfuie.

La voici debout, maintenant, dans la chambre du petit Alexandre ; elle regarde l'enfant et elle dit avec frayeur :

— Mais qu'est-ce qu'il a, Félicie ?

La servante et la mère se jettent à genoux sur le tapis. L'enfant est étendu là, parmi les jouets qu'il vient d'abandonner. Il s'est renversé sur le dos, les petites jambes reployées, et il pousse un long cri sanglotant. Un grand cerne bleu se dessine autour de ses yeux d'où glissent des larmes claires.

— Qu'est-ce que c'est, mon Sandry ?

— Il était là, dit la servante. Il jouait paisiblement et tout à coup il s'est mis à crier.

Les deux femmes, immobiles, regardent le petit garçon. Un long moment passe et la rémission tombe soudain. La douleur a quitté cette petite proie fragile. Déjà l'enfant se déplie. Le sourire vient de renaître au coin de la tendre bouche. Alors Cécile saisit à pleins bras le corps du petit garçon. C'est bon. C'est chaud, c'est douillet. Quel fardeau précieux ! Comme il est lourd et léger ! Comme il s'applique bien étroitement à la poitrine de la mère.

Cécile regarde avec transport cette petite créature qui n'existait pas, naguère, et qui est apparue soudain et qui remplit maintenant si bien tout l'espace de l'univers. Cécile regarde la bouche, d'une matière si précieuse, la joue ronde où va sécher la dernière trace de larmes, les yeux si purs et si paisibles qui ne clignent presque jamais, et l'oreille au fin duvet, comme la feuille de la menthe.

— Parle, parle, mon Sandry.

L'enfant se reprend à babiller. Cette voix de l'enfant, c'est la voix par excellence. Celle qu'on entend, parfois, dans le silence de la nuit quand le petit garçon rêve. Celle qui marque, le matin, l'arrivée de la lumière et le réveil de la vie. Celle qui chantonne, le soir, la chanson balbutiante, la chanson qui précède le sommeil et le célèbre déjà, la chanson qui, pour cet innocent, ressemble à une prière.

## CHAPITRE 18

Joseph Pasquier jetait sur la personne de M. Mairesse-Miral un regard empreint du plus cordial mépris. Puis, soudain, il partit à rire :

— Mairesse, dit-il, vous n'êtes pas présentable. J'avais d'abord pensé vous retenir à déjeuner. Vraiment, c'est impossible. Vous vous négligez, mon cher. Il y a de l'œuf sur votre gilet, ma parole, et encore je ne sais trop quoi : des traces de café ou de vin. Vous prisez. C'est votre affaire. Mais ça se voit beaucoup trop. On dirait que vous avez un nid de puces dans la moustache. Comprenez-moi bien, Mairesse : vous devenez de moins en moins utilisable.

M. Mairesse-Miral s'était mis tout naturellement au garde-à-vous, comme pour une revue d'habillement. Il fit un sourire douloureux et répondit à la troisième personne, ce qui pouvait passer, chez lui, pour un signe d'émotion.

— Monsieur Pasquier, bredouillait-il, sait que j'ai de petits défauts, mais que je suis fidèle et discret. Si monsieur Pasquier abandonne un vieux serviteur, le vieux serviteur n'a plus qu'à tomber dans une vie d'expédients, peut-être même dans la vulgaire canaillerie. Monsieur Pasquier sait fort bien que, pour rester un honnête homme, je suis prêt à tout, même à faire une petite malhonnêteté.

— Ah ! dit Joseph, si vous m'obligez à rire, maintenant... Avouez, Mairesse, que ce n'est pas loyal.

— Monsieur, on fait comme on peut, dans l'extrémité où je me trouve.

— Mon pauvre Mairesse, j'ai quand même pour vous une espèce de sympathie, mais vous êtes dégoûtant. Regardez-vous une seconde. Regardez-vous dans la glace. Est-ce que je peux vous envoyer dans le cabinet d'un ministre ? Est-ce que je peux vous charger de quelque mission d'importance ? Non, non, toutes les choses graves, il faut que je m'en charge moi-même. Quant au personnel des bureaux, on ne doit pas mêler ces gens aux démarches délicates. Je finirai par chercher un autre homme de confiance. Un garçon jeune, correct et bien mis. N'allez pas vous imaginer, Mairesse, que ma vie est drôle !

Elle est effroyable, vous m'entendez ? Effroyable ! Oh ! vous ne pouvez pas comprendre...

Joseph Pasquier fit un demi-tour et revint s'asseoir dans son fauteuil américain.

— Puis-je vous demander, Monsieur, murmurait le bonhomme, comment s'est passée l'entrevue avec le prince Moutkourof ?

— Mais, comme je l'avais prévu, Mairesse, et pas autrement. Moutkourof est venu me voir quatre jours avant la rupture de l'armistice. Il était très gentil, je vous assure : la bouche en croupion de poule et le dos rond, dès la porte. Nous tenons la commande et je peux vous assurer que la commande n'est pas mal... Tout cela doit filer maintenant, par trains entiers, à grande vitesse, dans la vallée du Danube. Vous voyez : le beau Danube bleu. Bien entendu, le Moutkourof a poussé des gémissements à propos des campagnes de presse. Il n'a pas tout à fait tort. Il faut jeter des cendres, vous comprenez, Mairesse. Le silence ! Les voiles de l'oubli. Et puis d'abord, régler son compte au citoyen Chérouvier. Je vais m'occuper de la chose. Encore un mot, Mairesse. Combien avez-vous donné, en tout et pour tout, à votre Délia ?

— Sept cents francs, Monsieur. Une fois quatre cents, une fois trois cents.

— C'est énorme. Alors qu'il se tienne tranquille. Vous pouvez lui faire entendre, en admettant qu'il reçoive, pour finir, une bonne mornifle dans la grande presse d'opinion... — ce sont des choses, Mairesse, qui peuvent très bien arriver — vous pouvez lui faire entendre que je veux qu'il ne rouspète pas. Tranquille comme un rat mort. Donnez-moi le numéro de la *Gazette chirurgicale*. Si votre Délia s'avisait de se montrer récalcitrant...

— Mais, Monsieur, pourquoi l'appelez-vous « mon Délia » ? Depuis quatre ou cinq minutes, je ressens à son sujet un sincère éloignement.

— Mon cher, vous n'êtes guère sérieux. Pas le temps de plaisanter. Si votre Délia se permet seulement de sourire ou d'élever la voix, dites-lui qu'il se fera casser les reins. Enfin, ne lui dites pas cela, mais arrangez-vous pour qu'il comprenne à demi mot. Encore une fois, donnez-moi le numéro de la *Gazette chirurgicale*. Vous savez que mon beau-frère Fauvet ne m'inspire aucune tendresse. Ce n'est pas une raison pour ne pas tirer de lui tout ce qu'on en peut tirer. Je lui ai donné rendez-vous au restaurant. Je n'aime pas qu'il vienne ici. Ni chez moi, d'ailleurs, ni chez moi. Il regarde les meubles, les tableaux, les tentures, d'un air malin, malin, et il fait une petite moue comme pour dire : « Peuh... Peuh... » Les hommes de cette espèce-là ont toujours le sentiment de posséder le secret du bon goût. C'est un esthète, un faiseur. Moi, j'ai toujours vu les choses qui étaient de bon goût la veille devenir de mauvais goût le lendemain. Alors, je ne crois pas au goût. L'argent, dame, c'est autre chose. Jusqu'à nouvel ordre, un louis d'or, c'est un louis d'or... Mairesse, vous savez que je ne vous cache rien, bien que vous ne soyez pas à prendre avec des pincettes — la pure vérité, mon cher. — Le docteur Pasquier, mon père, veut m'emprunter quatre mille francs. Et pour quoi faire, Seigneur ? Oh ! je m'en doute.

Joseph Pasquier, d'un air rêveur, enfilait maintenant son pardessus, puis il se noua sous le menton un épais foulard de soie. Cependant, il continuait de murmurer, comme à soi-même :

— Quand on se prête de l'argent, entre personnes de la même famille, ça finit toujours par des fâcheries. Alors, non, ma foi, non. Je ne veux pas me fâcher avec mon père.

Cinq minutes plus tard, Joseph cheminait sur le trottoir de la rue du Quatre-Septembre, dans la direction de la Bourse. Il portait un chapeau melon au feutre impeccable, un gros pardessus de ratine, pincé à la taille, comme ceux des demi-solde, et qui s'ornait, au revers, d'une large et flamboyante rosette de la Légion d'honneur.

Il était beaucoup plus de midi. Le restaurant de *la Colonnade*, rue Vivienne, se trouvait à moitié désert. Le meilleur de sa clientèle était, depuis un grand moment, à trépigner dans le tumulte de la Bourse. Joseph avait fait retenir une petite table dans une encoignure paisible, sorte de diverticule, de fjord où l'on pourrait deviser à l'aise, loin des oreilles indiscrètes.

En attendant son convive, Joseph composa le menu. Il aimait la bonne chère et il avait une façon toute personnelle de concilier la gourmandise et la plus stricte économie. Il disait volontiers : « J'aime l'argent, assez pour n'être pas avare. Le véritable avare manque tous les jours à gagner, par mauvais calcul. » Il disait encore : « Il faut du temps pour comprendre vraiment les bonnes choses : le vin, la nourriture, les bons cigares, les bonnes voitures et tout le reste. Il faut du temps et de l'étude, autant que pour un doctorat ès sciences ou pour l'agrégation de philosophie dont ils font tant de chiqué. » Joseph avait enfin un sens accompli de la partie à jouer, de la mise de fonds, des risques et du rendement. Il appliquait ces rares vertus aux entreprises les plus graves comme aux plus épisodiques.

— Vous nous donnerez des huîtres, dit-il. Deux douzaines. Puis des pieds de porc farcis, puis un châteaubriant, puis le plat de fromages, avec une part de tarte pour finir. Quelque chose de simple et de robuste. Bien. Avec ça, deux vins, pas plus : une bouteille de Château-Chalon, une bouteille de votre Clos de Tart. Pour finir, un dé à coudre de moka très fort, très noir, très chaud. Ça va. Voici mon invité.

Richard Fauvet s'avançait, conduit par le maître d'hôtel. Il avait l'air attentif, réticent, mais cordial. Il se demandait les raisons de ce rendez-vous et n'arrivait pas à les deviner trop bien. Depuis son mariage, il avait assez peu vu Joseph et se le représentait volontiers, à travers les propos de Cécile ou de Laurent et les articulets des gazettes, comme le type du publicain, cynique, intelligent, gueulard et dont il était prudent de se méfier quelque peu. Il se rappelait aussi deux ou trois prises de bec, survenues chez le Dr Pasquier, à l'occasion des repas de famille, et dans lesquelles il avait toujours, en Joseph, senti l'adversaire irréductible. Il fut assez surpris de trouver, ce jour-là, un homme au visage mélancolique, à la voix basse et lointaine, aux gestes désabusés, et qui disait, avec un sourire déférent :

— Asseyez-vous, mon bon ami. Nous allons manger tout de suite. Oh ! J'imagine votre existence de travail et je suis le premier à comprendre combien votre temps est précieux.

— Le fait est, dit Richard, que je suis, en ce moment, débordé par la besogne.

Il était, sans vouloir se l'avouer, flatté par le ton de Joseph, par la réelle timidité que marquait soudain ce brutal, cet ogre, ce terrible gagneur d'or.

— Oui ! Je sais, dit Joseph. Je connais vos polémiques. Et ne croyez pas surtout qu'elles me laissent insensible parce que, moi, je suis jusqu'au cou dans les affaires et qu'il s'agit, avec vous, d'idées, de haute philosophie. Non, non, je sais que nous autres, les gens de finance, nous obéissons toujours, en définitive, aux grands mouvements de pensée, aux grands courants, enfin à ce que vous appelez, vous autres, les lois de l'esprit. Buvez du Château-Chalon, mon cher, avec les huîtres. C'est un vin qu'on ne trouve pas partout. On a replanté le vignoble avec du plant de Tokay. Une fois qu'on le sait, on le sent.

Pendant une longue minute, les deux convives piochèrent du trident au creux des coquilles.

— On ne se voit jamais, reprit enfin Joseph, et je finis par en souffrir. Les réunions de famille, c'est très joli pendant les cinq premières minutes, et ça devient tout de suite odieux, surtout pour les gens comme vous, intellectuels et sensibles. Alors, voilà, j'ai voulu vous avoir à moi, simplement, pendant une heure, vous écouter, vous comprendre. Et rien de meilleur, pour cela, qu'un déjeuner modeste et substantiel, en tête à tête, dans le calme.

Joseph se remit à manger et à boire, avec, pour son partenaire, toutes sortes d'attentions nuancées et délicates. Cela dura jusqu'aux dernières bouchées du rôti. Richard commençait à rougir sous l'effet de la réplétion et la vapeur des breuvages lui brouillait légèrement la vue. Il s'assouplissait, il se dénouait peu à peu, posait sur la vie des hommes d'argent et de bourse une foule de questions subtiles, presque insidieuses à son gré, questions auxquelles Joseph répondait par des boutades, par des sentences rondes, parfois même naïves, dont Richard partait à rire. Il avait le sentiment de mener, sans qu'il y parût, une très habile enquête sur ce milieu singulier qu'il connaissait à peine.

— Oh ! voyez-vous ? soupirait Joseph, il ne faut rien exagérer.

Les déceptions sont terribles. Je connais des centaines de gaillards qui gagnent huit cent mille francs par an pendant deux ou trois heures. Et c'est tout. En admettant même qu'on arrive à posséder quelque chose, il faut tellement se défendre que c'est à se dégoûter de tout. Depuis l'incendie de la Pâquellerie, je me bats, mon cher ami, avec les compagnies d'assurances. Et je ne suis pas au bout. Il y aurait de quoi pleurer. Il faut pouvoir garder la maîtrise de ses affaires. Ou bien vous en avez peu, je parle des affaires, et ça ne vaut vraiment pas la peine ; ou bien vous en avez beaucoup, et alors vous en avez trop, elles risquent de vous échapper. Mon cher, nous sommes dans l'intimité, entre hommes, et je peux parler librement. Il faut voir le bout du bout. L'argent, c'est comme l'amour, c'est comme tout. Vous dépensez, vous dépensez sans regarder au fond de la bourse, et, un jour, crac, vous trouvez la dernière pièce de vingt francs. Après, c'est fini, c'est fini. Vous ne connaissez pas le Clos de Tart ? C'est, avec le Romanée-Conti, le meilleur cru de la Bourgogne. Allons, n'ayez pas peur. On est si fatigué, parfois, qu'il faut bien reprendre courage.

Richard Fauvet prêtait une oreille clémente à ces généralités rudimentaires. Il commençait de penser que ce beau-frère un peu voyant, un peu bruyant, était, au bout du compte, un assez brave lourdaud non tout à fait dépourvu, malgré sa réputation, d'une pointe de sentimentalisme.

— Au fond, disait Joseph, je méprise l'argent, parce que je sais trop ce qu'il peut signifier dans un monde comme le nôtre. Mais si jamais les utopistes s'avisent de supprimer l'argent, plus exactement s'ils essayent de supprimer l'amour du gain, la passion du gain, eh bien ! croyez-moi, Richard, l'effet sera sûrement effroyable. La plupart des hommes dérivent leurs mauvais instincts vers cette fureur du gain. Le jour qu'on les en empêchera, ils n'auront plus de recours que dans le crime. S'ils ne peuvent plus s'enrichir, ils se dévoreront entre eux.

Richard trouvait, sans l'avouer, la remarque intéressante et se promettait de la noter, le soir même, sur ses tablettes. A ce moment, on apporta les fromages.

— Il faut, dit gaîment Joseph, que vous preniez du fromage, puisque vous êtes de la famille. Mon père, le docteur, nous a, dès le jeune âge, donné du goût pour les fromages.

Et, tout à coup, sans transition, comme s'il risquait d'oublier quelque propos essentiel :

— Je vois que nous allons nous séparer et que je ne vous aurai peut-être pas dit ce que je pense de votre campagne.

— Quelle campagne ?

— Oui, je sais, vous en menez toujours plusieurs de front. Vous êtes un vrai polémiste. Moi, je parle de votre campagne au sujet de cette comédie des prétendues balles explosives.

— Oh ! fit Richard Fauvet, ma position est très simple. Je prétends que le véritable intellectuel, celui pour qui la fonction intellectuelle est une sorte de sacerdoce, doit se tenir à l'écart de toute querelle politique, à peine de déserter sa mission et de tomber au rang des prédicateurs du forum.

— Je me permets, dit Joseph, moi qui ne mérite en rien le titre d'intellectuel mais qui place plus haut que tout les choses de l'intelligence, je me permets d'être absolument de votre avis. Vous avez été sévère pour un certain Chérouvier... Non, non, je ne vous reproche rien. Voilà d'ailleurs une question que je connais assez bien. Jamais, entendez-vous ? jamais l'armée bulgare n'a fait usage de ces balles dites explosives. J'ai les renseignements les plus sûrs.

— D'où les tenez-vous ? dit Fauvet avec candeur.

Joseph Pasquier ferma l'œil d'une façon suggestive.

— Je les ai, parce que — ne le dites pas — je suis conseiller financier de la légation bulgare. Mais la question, malheureusement, est beaucoup plus compliquée. Vous, Richard, vous avez étudié la médecine, autrefois. Vous savez, mieux que personne, que les balles ordinaires, quand elles rencontrent un obstacle à l'intérieur du corps humain, basculent, se retournent, font une cabriole en somme, et sortent en déchirant les chairs et la peau sur une étendue considérable.

— C'est vrai, murmura Richard. Et qui est-ce qui vous a dit ça ?

— Mon Dieu, mais c'est Laurent, mon frère, votre beau-frère. Il a même laissé chez moi, l'autre jour, après déjeuner, un numéro de la *Gazette chirurgicale* que j'ai là, dans ma poche, et dans lequel on voit toutes sortes de photographies prêtées par les chirurgiens de la mission internationale et qui prouvent que les balles normales font des effets effrayants dans certaines conditions. Tenez, regardez, mon cher, voyez les photographies.

— Effectivement, murmura Fauvet d'un air préoccupé.

Une seconde, il venait de sentir que l'entretien perdait son caractère vagabond, qu'il prenait même un tour étrangement précis, que, malgré son accent bonhomme, Joseph parlait plus net. Mais, dans tout ce qu'il entendait, le jeune homme ne trouvait rien que de raisonnable et il cessa de résister.

— Le malheur, poursuivit-il, est qu'avec une seule de ces misérables étincelles, je veux dire avec un mot imprudent, on peut mettre fort bien le feu à tout un grand pays, peut-être même à tout un continent.

— Alors, s'écria Joseph, dites-le, une fois pour toutes, et qu'il n'en soit plus question. Que la paix revienne, sinon sur les champs de bataille, du moins dans les esprits.

— Mais je l'ai dit, je l'ai dit.

Joseph se pencha par-dessus la table et fit un sourire.

— Vous avez dit des choses excellentes, mais vous n'avez pas tout dit. Vous savez, le fameux article, l'article du *Miroir Universel*, je peux vous affirmer qu'il a été inspiré à certain petit monsieur que je préfère ne pas nommer par une grande firme anglaise de munitions et d'armements.

— Diable ! diable ! siffla Fauvet. Quelle singulière histoire !

— Le fond de cette histoire est simple, reprit posément Joseph... Avec le moka, après le moka plutôt, il faut prendre, pour le parfum, un petit verre de mirabelle... Bien. Le fond de l'histoire est simple : il s'agit de faire perdre à la France ses alliances et ses amitiés. Et ce qui est extraordinaire, c'est qu'avec la meilleure volonté du monde les intellectuels français se trouvent en quelque sorte au service de l'étranger. Voilà, toute lumière faite, le fin du fin qui...

— Attendez, fit Richard Fauvet. Laissez-moi vous poser une question. Vous savez que, dans cette affaire, je me suis trouvé très violemment attaqué.

— Je le sais, vous le pensez bien.

— Me permettez-vous de me servir des renseignements que vous venez de me donner pour en faire un nouvel article ?

— Impossible ! s'écria Joseph. Ce sont des renseignements de source diplomatique, de ces renseignements comme nous en avons souvent, nous autres, les gens de finance. Impossible ! A moins, toutefois, que vous n'y apportiez la plus sévère discrétion. Aucune allusion à la firme anglaise, bien entendu. Pour Chérouvier et sa bande, là, vous pourriez taper. Je n'y vois pas d'inconvénient.

— C'est, dit Fauvet, ce qui m'intéresse le plus.

— En somme, la question est simple. Innocenter les Bulgares qui ne sont pour rien dans toute cette lamentable histoire. Puis saler les intellectuels qui se mêlent de tout sans même savoir ce qu'ils font et qui compromettent la France aux yeux du monde entier. Enfin, la leçon donnée, le silence, le calme, la dignité dans la tristesse et qu'on ne parle plus de rien.

— Cela pourra, calculait Fauvet, paraître au *Nouveau Portique* dans le numéro d'avril.

— Vous m'étonnez, dit Joseph. Le numéro d'avril ! Mais, mon pauvre ami, la guerre sera finie. Personne ici ne saura plus ce que c'est que cette histoire des balles explosives. Non ! Non ! un homme de votre valeur aurait tort de mépriser la grande presse. Aux graves questions les grands auditoires !

Richard réfléchissait, soudainement désarçonné.

— Ecoutez-moi, dit Joseph. Si vous portez avant deux jours votre article à *l'Echo de Paris* — oui, franchement ! Une très grande baraque. Pourquoi pas ? — eh bien ! on vous le prendra. J'ai des amis dans la maison. Dites-moi seulement que je peux leur téléphoner.

Richard serrait les dents :

— Vous pouvez téléphoner.

— Attention, c'est sérieux, ne me faites pas déranger mes amis pour rien.

— Je vous répète que vous pouvez téléphoner.

Quelques instants plus tard, les deux hommes s'en allaient en devisant sur le bitume des boulevards.

— Je vous assure, modulait Joseph, que, dans toute cette affaire, Laurent s'est bien comporté. Et je ne dis pas cela parce que c'est mon frère. Non, Laurent est un savant, comme vous. Il ne dira jamais rien qui puisse blesser la science. Seulement, c'est un hurluberlu, une tête brûlée, un maboul. Et puis, il est un peu sournois. Dame, il est même assez sournois. Enfin je ne peux pas cacher qu'il est un peu hypocrite. Il joue les chastes, par exemple, et il a des maîtresses comme tout le monde. Il joue volontiers les purs, et il se laisse gagner, parce qu'il est faible sur certains points, comme tout le monde. Mais je l'aime bien quand même. C'est mon frère. Et je connais ses qualités. Il dit qu'il méprise l'argent. C'est parce qu'il n'en a pas. Quand il commencera d'en avoir, il cessera d'être désintéressé, comme tout le monde, quoi ! comme tout le monde !

## CHAPITRE 19

Comme aux jours de ses débuts, comme au temps des longs travaux, des tricots et des coutures, des veillées interminables, Mme Raymond Pasquier portait toujours une dizaine d'aiguilles piquées dans le tissu de son corsage. Elle saisit l'une des plus fines et tenta de l'enfiler, s'y reprit à plusieurs fois sans y parvenir et soupira :

— Suzanne, enfile-moi cette aiguille, je te prie.

La jeune fille laissa fuser un joyeux éclat de rire.

— Mais, maman, je ne sais pas.

— Si, ma petite fille, tu sais. Dis que tu l'as oublié ; mais ne dis pas que je ne te l'ai pas appris. Même Cécile, en son jeune âge, savait tenir une aiguille. Pour une femme, c'est aussi nécessaire que de respirer ou de marcher sur ses jambes.

Suzanne mouilla le fil entre ses lèvres, prit l'aiguille et l'enfila.

— Que me disais-tu, reprit Mme Pasquier, qu'est-ce que cette affaire de titre ? Qu'est-ce que t'a dit ton père ?

— Il paraît, m'a dit papa, que je possède, comme Cécile et comme les frères, un titre de rente de douze mille cinq cents francs qui nous vient d'un héritage du côté de ta famille...

— Continue, ma petite Suzette.

— Papa sait parfaitement que ce titre ne peut être vendu, parce que tu en touches l'intérêt, c'est du moins ce qu'il m'a expliqué. Mais on peut faire, en donnant ce titre en garantie, un emprunt. Papa m'a dit qu'il avait déjà fait des emprunts sur tous les titres des enfants...

Mme Pasquier leva les yeux au ciel avec une expression de commisération sincère.

— Continue, Suzanne ! C'est presque incroyable.

— Papa m'a dit que j'étais majeure, que l'emprunt était désormais possible, qu'il produirait à peu près quatre mille francs et que justement...

— Ton père, soupira Mme Pasquier, est un homme remarquable et d'une grande intelligence ; mais il y a des choses très simples sur lesquelles on ne peut rien lui faire entendre. Ton père va rentrer tout à l'heure, ma petite Suzette, et je lui expliquerai tout, au sujet de ce fameux titre.

— Si cela fait plaisir à papa, tu sais que je ne demande pas mieux. Je lui ai déjà donné deux mille francs, l'année dernière, quand je jouais au Gymnase.

— Mon Dieu ! mon Dieu ! Comment pourrons-nous jamais vous rendre tout cet argent ? Les affaires de ton père vont si doucement, si doucement. C'est un médecin de grand talent, tout le monde le reconnaît ; mais il est beaucoup trop franc pour la clientèle ordinaire. Il est trop vif et cela ne plaît pas à tout le monde. Ecoute, ma petite fille, je voulais te dire quelque chose, pendant que nous sommes seules.

— Qu'est-ce que c'est, Grand-Luce ?

Depuis la naissance de leurs premiers petits-enfants, le Dr Pasquier s'était opposé vigoureusement à laisser introduire dans la famille les mots de grand-père et de grand-mère qui lui inspiraient une vive horreur. Il avait été convenu que la nouvelle génération dirait Grand-Ram et Grand-Luce. Ces noms avaient fait fortune et maintenant tout le monde les employait, même les amis de la famille, même parfois les serviteurs.

Grand-Luce prit donc une respiration profonde, fit d'un air pensif deux ou trois nœuds au bout de son aiguillée de fil et murmura :

— Je sais bien, Suzette, que ton métier n'est pas un métier comme les autres. Tout change. De mon temps, jamais une demoiselle de la bonne société n'aurait voulu devenir actrice. Mais tout est changé, je le vois bien. Ne ris pas. On dirait qu'en présence de toutes les questions sérieuses que pose l'existence, tu ne sais que deux choses : rire et pleurer. Ecoute-moi bien, Suzette. De mon temps, nous aimions la plaisanterie. A vrai dire : pas moi, guère moi. Ce n'est pas que je n'aurais pas voulu rire, mais notre tante Alphonsine était plutôt sévère. L'oncle Prosper était aussi un monsieur à l'ancienne mode. Quand même, autour de nous, on ne détestait pas la gaieté. Tante Coralie, par exemple, tu ne peux imaginer comme elle était vive et moqueuse. Et elle n'avait pas froid aux yeux, comme vous dites. Il venait des messieurs, à la maison, des représentants de commerce, des fournisseurs pour l'équipement militaire — tu comprends : la passementerie — eh bien ! tante Coralie leur tenait tête et leur clouait le bec ; mais sans jamais, jamais passer les bornes. Oh ! tante Coralie, c'était une gaillarde, une forte fille. Pauvre Coralie, elle ne s'est pas mariée et, sur la fin, elle est devenue triste. Elle avait du regret. Elle ne savait pas ce que c'est : tous les soucis, toutes les déceptions. N'importe, elle est devenue triste.

— Ecoute, Grand-Luce, dit Suzanne d'une voix tragique, moi, je ne me marierai jamais. Je ne veux pas me marier et même je ne peux pas me marier.

— Ça, ça, ma petite fille, je me demande vraiment pourquoi.

— Maman, une artiste ne doit jamais se marier.

— Quelle idée ! Ton père avait un vrai tempérament d'artiste, et ça ne l'a pas empêché de se marier, ma petite, et d'avoir sept enfants. Tu sais, je pense toujours aux deux morts. Pour moi, cela fait toujours sept.

— Moi, répéta Suzanne en regardant vers l'armoire à glace, moi je ne me marierai pas.

— Je ne dis pas non, Suzette, c'est ce que nous verrons plus tard. Mais que tu te maries ou non, fais attention, mon enfant.

— A quoi, chère petite mère ?

— C'est difficile à t'expliquer, ma Suzette. Tu ris beaucoup...

— Moi ! dit Suzanne en mettant la main sur son cœur. Moi, qui suis toujours si triste.

— Si, si, ma Suzette. Si, tu aimes rire et c'est de ton âge. Mais il y a des fois où c'est dangereux.

— Tu vas peut-être aussi me parler de Roch.

— Roch ? Non, je ne pensais même pas à celui-là. Tu vois, cela fait un de plus. Non, je ne pensais pas à Roch.

— A qui donc ?

— Tu verras, ma Suzette. Tu comprendras bien toute seule. Attends que je te regarde. Quand tu étais petite fille, on disait : elle est trop jolie, ça ne durera pas. Et les années ont passé. Maintenant tu es une femme.

— Oui, dit Suzanne en se jetant aux pieds de Mme Pasquier de manière à faire largement bouffer sa robe. Oui, mais, maintenant, je suis laide. Oh ! je le sais bien, je le sais bien...

Suzanne, la tête dans les jupes de sa mère, affectait un désespoir théâtral. Mme Pasquier soupira :

— Mais non, mais non, tu n'es pas laide. C'est même tout le contraire. Alors, fais attention, mon enfant. Je pense que tu ne voudrais causer de peine à personne. Relève-toi, j'entends ton père. J'entends le pas de ton père. Il y a quelqu'un avec lui. C'est probablement Laurent.

En l'honneur d'un mois de mars clément et déjà fleuri, le docteur avait sorti de l'armoire un pantalon à petits carreaux, une lavallière de couleur tendre et un pardessus de demi-saison de la forme dite raglan. Il n'était certes pas de ces hommes qui s'accrochent une fois pour toutes aux coutumes de leur jeunesse. Il avait, petit à petit, remisé la redingote, le haut-de-forme et la cravate blanche. Il venait de faire raccourcir ses longues moustaches gauloises. Il laissait boucler ses cheveux qui ne se décidaient pas à blanchir et qu'il encourageait un peu dans cette noble résistance en les oignant soir et matin d'un cosmétique de sa façon. Il ténorisait encore, mais plutôt à la cantonade pour ménager les ressources de son coffre emphysémateux. Il fit une entrée magnifique :

— Tu n'as pas encore lu la fin de mon livre, Laurent ? Laisse-moi te dire que tu n'es pas curieux.

— Mais, papa, j'ai tant de travail.

— Le travail n'est pas en cause. Les gens de votre âge manquent d'entrain, d'appétit, de mordant, enfin, oui, de mordant. Si je le lisais, mon bouquin, moi je n'en ferais qu'une bouchée. Je ne m'endormirais pas avant de connaître la fin. Sache-le, mon cher, la fin est d'un genre tout à fait philosophique. Je t'ai raconté comment Poutillard était en train de faire, au restaurant du *Chapon fin*, un gueuleton à tout casser...

— Non, non, nous étions à l'histoire de la prison.

— Ça, je ne te l'explique pas. Tu verras toi-même. C'est de la psychologie, comme dit ce farceur de Paul Bourget qui n'a pas plus d'imagination qu'une marmotte et qui est froid comme un poisson. Non, ne dis pas le contraire : les scènes d'amour de Bourget, mon garçon, pour quelqu'un qui sait ce que c'est que l'amour...

— Ram, gémit Mme Pasquier, songe que ta fille est ici.

— Je sais ce que je dis et je ne dépasse pas les bornes du langage académique. Et puis laissons Bourget tranquille. Ça me fait penser aux ordonnances : dix gouttes de Bourget le soir dans une infusion chaude. Pff... Pff... Alors, écoute, Laurent. Poutillard est libéré, grâce à l'intervention du roi des Belges. Il y a une scène, avec Cléo de Mérode. Hu ! Hu !

— Es-tu bien sûr, pour les dates ?

— Les dates, mon cher, je m'en moque. Dans mille ans, les petits anachronismes n'auront plus de signification. Si je te dis que Ramsès II a épousé la reine Apsetsitou, tu es bien obligé de me croire, puisque personne n'en sait plus rien. Moi, je travaille pour l'avenir. Bref, Poutillard est libéré. Il n'a perdu ni sa fortune, ni son crédit, au contraire. Il a même quelque chose de comparable à l'auréole du martyre. D'ailleurs, la prison, pour les gens qui ont de grandes idées, est un admirable lieu de travail et de méditation. Alors, Poutillard veut se venger.

— Dis donc, père, j'ai déjà lu ça dans *Monte-Cristo*.

— Tu n'y es pas, mon garçon. Ecoute seulement la suite. Poutillard veut se venger des gens qui, en 1870, lui ont joué cette sale blague, tu sais, l'histoire du faux duel et le train pour la Belgique. Poutillard veut se venger. Il traque ses ennemis, les anciens copains du Quartier latin. Il les réduit à l'impuissance et, finalement, il les a tous à sa merci. Toute cette partie du livre est menée de main de maître. Alors, au moment où Poutillard va tirer de ces canailles une vengeance terrible, il pense tout à coup que si ces gaillards-là ne l'avaient pas forcé, par un stratagème déshonnête, à prendre le train pour Bruxelles, il n'aurait probablement eu, lui, Poutillard, qu'une vie très misérable, une vie de clerc d'huissier. Il pense même que, selon toute vraisemblance, il aurait été tué pendant la guerre de 1870 ou pendant la Commune. Poutillard découvre qu'il doit sa belle carrière à ses mystificateurs. Comment se venger d'un bienfait ? Poutillard renonce à toute vengeance. Il pardonne à ses ennemis et même il les intéresse dans une affaire de coprah qui rapporte des fortunes et dont lui, Poutillard, préside le conseil d'administration. Tu comprends ?

— Mais oui, mais oui, dit Laurent. C'est un sujet très vivant.

— Eh bien ! mon cher, les éditeurs parisiens, qui sont plus ou moins des pantoufles, n'en veulent pas, de mon Poutillard. Ils font la petite bouche. Ils parlent de leurs difficultés. L'un d'eux a osé me dire qu'on ne débute pas à mon âge. J'ai cru que j'allais lui coller ma main sur la figure.

— Ram ! souffla Mme Pasquier dans un soupir angoissé.

— Pour finir, j'ai mis le doigt sur un bonhomme intelligent. Celui-là comprend ce que c'est que la bonne littérature. Il a lu mon manuscrit et sais-tu ce qu'il m'a dit ?

— Ma foi non, dit Laurent, c'est difficile à deviner.

— Il m'a dit qu'on n'avait rien écrit de mieux depuis *la Princesse de Clèves*. Je te ferai remarquer que je ne suis pas dupe d'un peu d'exagération. Tu sais comme j'aime Balzac et Flaubert et quelques autres... J'ai protesté. La modestie, n'est-ce pas ? Eh bien ! non, il y revenait. Et il avait des raisons, des raisons d'homme du métier. Enfin c'était très troublant. J'ai bien vu que mon roman lui plaisait, l'enchantait, l'enthousiasmait. Malheureusement, pour le faire paraître, il dit que je dois l'aider, il me demande quatre mille francs.

— Raymond, s'écria Mme Pasquier en marchant vers son mari, Raymond, c'est de la folie.

— Laisse-moi parler, je te prie.

— Comment s'appelle cet homme ? Ce doit être une canaille.

— C'est un parfait honnête homme. Il s'appelle Angibeaud. Il m'a fait observer très posément que ce n'était qu'une petite avance, une simple mise de fonds, que je rentrerais sûrement dans les frais. Il m'a dit — écoute bien, Lucie — que j'aurais même à n'en pas douter un grand prix littéraire qu'on appelle le prix Goncourt, qu'il en faisait son affaire, qu'il parlerait pour moi aux messieurs de l'Académie... Mais, ma pauvre Lucie, tu as tort de te tourmenter : pour donner quatre mille francs à Angibeaud, il faudrait au moins les avoir.

— Nous ne les avons pas, Raymond.

— Je le sais, fit le docteur d'un air sombre. Je tiens tellement à mon idée que j'ai vu Joseph. Et tu sais, Lucie, tu sais que demander quelque chose à Joseph, ce n'est pas très agréable.

— Pauvre petit ! soupira Mme Pasquier, il fait un métier si pénible.

— Oui, oui. N'empêche qu'il est millionnaire et que c'est mon garçon. Sais-tu ce qu'il m'a répondu ? Il m'a répondu que prêter de l'argent aux personnes de sa famille, c'est aller de gaîté de cœur au-devant des fâcheries.

— Reconnais, Ram, qu'il y a du vrai là-dedans.

— Mais, dit doucement Suzanne, il me semble qu'autrefois, vous lui en avez prêté, de l'argent : l'année qu'il s'était ruiné.

— J'y ai songé, dit M. Pasquier avec beaucoup de franchise ; malheureusement, je ne me rappelais plus très bien si, cet argent, c'était moi qui le lui avais prêté, ou lui qui me l'avait prêté. Avec Joseph, on ne sait jamais.

— C'était nous, dit Mme Pasquier, mais il nous l'a rendu, tu sais, en payant le monument funéraire.

— Oui, non, peut-être. Bah ! Laissons Joseph tranquille. J'ai pensé à Ferdinand. Ne pousse pas de soupirs, Lucie : Ferdinand vient de confier toutes ses économies à Joseph. C'est comme un fait exprès. Laurent n'a pas un sou de côté. C'est le genre anachorète. La pauvreté, la chasteté, la science et le désintéressement.

— Papa, je t'en prie.

— Je ne me moque pas, mon garçon. Je constate. Reste Suzanne.

— Je t'ai donné mes deux mille francs, l'an dernier, dit la jeune fille.

— Je ne l'oublie pas, crois-le bien, et si je trouvais à emprunter six mille francs, je t'en rendrais deux mille et je garderais le reste. Malheureusement, sur ton titre, comme sur ceux de tes frères et sœur, on ne me prêtera guère que quatre mille. Car tu m'entends, Lucie, j'ai pensé au titre de Suzanne.

Mme Pasquier venait de prendre soudain ce visage fermé, serré, lèvres jointes, regard fixe, qu'elle retrouvait toujours dans toutes les circonstances graves.

— Pauvre Raymond, dit-elle tout bas. Tu n'as oublié qu'une chose, c'est que Suzanne n'a pas de titre.

— Comment ! Tous les enfants ont eu leur titre en même temps.

— Ram, poursuivait Mme Pasquier, aie la patience de réfléchir une seconde. Mme Delahaie, ma tante, est morte en 89. Elle nous laissait, en principal, une somme de cinquante mille francs, divisée en quatre titres de douze mille cinq cents chacun dont j'avais l'usufruit et les quatre enfants la nue-propriété.

— Comment les quatre enfants ? J'ai cinq enfants, nom d'une pipe.

— Ram, n'oublie pas que ma tante Delahaie est morte en 89 et que Suzanne est née en janvier 92. Ma tante Delahaie n'a pas pu penser à Suzanne.

— Ah ! gronda le docteur, ces Delahaie n'avaient donc rien prévu !

— Comment peux-tu dire une chose pareille ! C'étaient des modèles de prévoyance.

— Ils avaient tout prévu, gronda le docteur, sauf ceci : que j'étais quand même capable de faire de nombreux enfants. Alors, c'est fini, ce titre ! Et moi qui déjà venais de mettre en branle *le Capital mutuel*... Je sais qu'il reste Cécile. Mais j'ai beaucoup de répugnance à laisser comprendre quoi que ce soit de mes affaires à ce sacré garçon... comment l'appelles-tu, mon gendre ?

Comme personne ne répondait à cette question tâtonnante, le docteur se prit à marcher de long en large en parlant pour les murailles.

— C'est trop fort, grondait-il. On dirait que tout complote pour m'empêcher de percer, de prendre mon vol, de débuter avec éclat. On dirait que tout le monde se ligue pour me boucher l'avenir. Et voilà pourtant un bouquin qui devrait partir tout seul avec son titre épatant : *le Vent dans les voiles*. Si la déveine continue, je vais le changer, mon titre. J'appellerai ça : *Vent debout*. Je ne suis pas superstitieux, mais ça peut modifier les choses. Le principal, dans la vie, c'est de persévérer.

— Oh ! soupira Mme Pasquier d'une voix faible et scandalisée. Comment peux-tu dire cela, toi, Ram, qui changes tout le temps ?

— Eh bien ! oui, répondit le docteur avec un sourire ingénu. Je peux me vanter d'avoir toujours persévéré dans le changement. C'est quand même une des formes de la persévérance.

## CHAPITRE 20

Mme Charlemagne dessina d'un doigt attentif les plis de la jupe à fronces et dit, avec sa voix sans dents :

— C'est fini pour vous, mon petit. Maintenant, je vais chez Pascal. Et après, chez la patronne qui veut me parler, paraît. Et puis, tout ça rangé, il faudra que j'attrape le dernier métro. Quelle vie, mon Dieu, quelle vie !

— Pauvre Charlemagne ! soupira Suzanne, sincèrement apitoyée.

— Vous en avez pour une demi-heure avant la sonnette du quatre, bougonnait encore l'habilleuse. Je vous mignotterais bien un peu plus tard, mais il n'y a pas moyen. Trois changements en dix minutes, et cette garce d'à côté qui crie toujours après moi. Restez bien sage, mon petit.

Toute froide en ses atours de théâtre, Suzanne venait de prendre un livre et commençait à déclamer à mi-voix :

*Jugez de ma douleur, moi dont l'ardeur extrême,*
*Je vous l'ai dit cent fois, n'aime en lui que lui-même...*

— Tiens, dit Mme Charlemagne au moment de tirer la porte, vous avez de la visite.

Suzanne laissa retomber le livre et se tourna tout d'une pièce, avec un geste majestueux.

— Richard ! s'écria-t-elle. Vous êtes dans la salle ? Comment ne vous ai-je pas vu ? Cécile est-elle avec vous ?

Richard Fauvet commença par fermer la porte, fit trois pas, s'inclina par jeu devant la jeune fille, scintillante dans son fastueux vêtement de cour, et lui saisit la main qu'il baisa.

— Je vais tâcher, disait-il, de répondre, dans l'ordre, à toutes vos questions. D'abord, je suis effectivement dans la salle. Ensuite, vous ne m'avez pas vu parce que vous ne m'avez pas cherché : je figure au troisième rang des fauteuils d'orchestre et bien en évidence. Enfin, je suis seul.

— Pourquoi, dit Suzanne, boudeuse, pourquoi n'avez-vous pas amené Cécile ?

— Cécile a vu la pièce, petite sœur.

— Vous l'avez vue, vous aussi.

— C'est justement pourquoi l'envie m'est venue de la revoir, ou plutôt de vous revoir, car la pièce en elle-même...

— Je pourrais croire, dit Suzanne, que c'est une pensée charmante et je n'en suis pas bien sûre.

— Pourquoi, Mademoiselle ma sœur ?

— Il y a, dans toutes vos paroles, un ton de moquerie, de plaisanterie, de persiflage, plutôt, comme dirait M. Truffier qui est un grand lettré et qui m'a donné mes premières leçons.

— Quelle erreur, Suzanne ! Je suis l'homme le plus sérieux du monde et le plus mélancolique. Votre loge est ravissante et vous avez une vue royale.

— Oui, sur le quai. Savez-vous, Richard, que ce n'est pas désagréable ? Je passe ici beaucoup de temps. Je ne suis pas du troisième acte, où Mme Sarah Bernhardt tient la scène presque sans arrêt. Alors, dans le jour, je regarde voguer les bateaux et, le soir, j'étudie mes rôles.

Le jeune homme portait un smoking, une chemise blanche, molle, à parure de perles. Il était rasé de près, chaussé et ganté avec quelque élégance. Il se promenait dans la loge, touchant d'un air distrait les meubles et les menus objets rangés devant le miroir.

— Qu'est-ce que c'est que cela ? fit-il.

Suzanne partit à rire.

— C'est ma patte de lapin.

— Une vraie patte ? A quoi sert-elle ?

— A passer la poudre et les fards sur le visage et le cou.

— Voilà, dit Richard, une patte de lapin qui n'est pas à plaindre.

Suzanne avait saisi la patte de lapin et, d'un geste furtif, elle mit au nez du visiteur une petite touche de rose vif.

— Oh ! dit-elle en riant, vous avez l'air d'un clown.

Richard se frottait le visage, avec un sourire piqué.

— Méfiez-vous, dit-il, Suzanne, méfiez-vous, je me vengerai.
— Vous savez, dit la jeune fille, que le trois est commencé. Vous allez manquer la grande scène de la patronne.
— Comment vous dire, petite sœur, que je ne suis pas venu pour voir jouer Mme Sarah, que j'admire néanmoins de la manière la plus sincère ? Non, non. Je suis venu pour vous et, si vous le voulez bien, je vais passer avec vous le temps de ce troisième acte.
— En ce cas, dit Suzanne, il faut m'aider à répéter. Je travaille, en ce moment, *Bérénice*, que je dois jouer au printemps. Prenez la brochure et donnez-moi la réplique.
— J'espère, dit Richard, que vous allez me confier le rôle de Titus.
— Non, Monsieur, sûrement non. J'en suis à la scène du premier acte et vous ferez Antiochus.
— Tant pis ! Notez d'ailleurs, ma petite Suzanne, que, si j'étais Titus, je ne renoncerais pas volontiers à une Bérénice de votre apparence.
— Vous n'êtes pas Titus. Allons, commencez là :

*Il a repris pour vous sa tendresse première ?*

— Attendez, dit Richard en posant son chapeau. Il faut que je me mette dans l'atmosphère et dans le mouvement. C'est une scène pleine de flamme et de passion. Tout à fait ce que j'aime...

*Il a repris pour vous sa tendresse première ?*

— A moi maintenant :

*Vous fûtes spectateur de cette nuit dernière*
*Lorsque, pour seconder ses soins religieux...*

Suzanne s'était dressée, tout debout devant la glace, et déclamait avec passion. Elle avait une voix non pas très puissante, mais chaude et musicale. Elle était naturellement faite pour jouer Iphigénie ou Aricie, mais elle rêvait toujours de jouer Phèdre, Roxane et surtout Bérénice sur les malheurs de laquelle elle aimait de s'attendrir. Elle dit, avec beaucoup de gravité :

*Il m'en viendra lui-même assurer en ce lieu.*

— J'espère bien, chantonna Richard, qu'il ne viendra pas de sitôt et qu'il va nous laisser tranquilles, ma petite sœur Suzanne et moi.
— Si vous m'interrompez toujours, dit la jeune fille mécontente, je ne pourrai jamais travailler sérieusement.
— Attendez, Suzon ! Me voilà sérieux comme un pape :

*Et je viens donc vous dire un éternel adieu.*

Là, je suis bien obligé de faire une parenthèse. Je n'ai pas du tout l'intention de dire adieu à ma délicieuse petite sœur.
Déjà Suzanne enchaînait :

*Que dites-vous ? Ah, ciel ! quel adieu ! quel langage !*
*Prince, vous vous troublez et changez de visage !*

Allons, dépêchez-vous, Richard ! C'est un travail lamentable. Vous ne m'aidez pas. Vous me paralysez.

— Comment ! Comment ! Attendez que je m'enflamme :

*Madame, il faut partir.*
*— Quoi ! ne puis-je savoir*
*Quel sujet...*
*— Il fallait partir sans la revoir.*

Je peux vous avouer, ma petite sœur, que je suis comme Antiochus et que je n'aurais pas le courage de partir sans vous revoir.

— Laissez-moi tranquille. Je ne sais plus où j'en suis...

*Que craignez-vous ? Parlez : c'est trop longtemps se taire.*
*Seigneur, de ce départ quel est donc le mystère ?*
*— Au moins souvenez-vous que je cède à vos lois...*

Ça, ma petite Suzette, c'est plus vrai que vous ne pourriez le croire... Dites-moi, Suzon, vous n'allez pas me faire dégoiser toute cette tartine-là ?

— Non, non, allez tout de suite au dernier vers.

— Justement, il est épatant, le dernier vers :

*Mon cœur faisait serment de vous aimer sans cesse.*
*— Ah ! que me dites-vous ?*

— Je vous dis, ma chère Suzon, quelque chose qui mériterait d'être considéré de près.

— Vous êtes insupportable.

— Ne pleurez pas, je continue :

*Je me suis tu trois ans...*

— Vous ne savez pas lire, Antiochus dit « cinq ans ».

— Oui, mais, pour moi, c'est seulement trois ans.

*Je me suis tu trois ans, Madame, et vais encore me taire plus longtemps.*
*J'ai de ma sœur Suzon goûté les tendres charmes.*
*Que Suzon me regarde et je lui rends les armes.*

La jeune fille se prit à rire.

— Ah ! disait-elle, avouez que ce n'est pas très drôle ; les gens qui vous entendraient pourraient vous prendre pour un plaisantin, vous qui êtes un monsieur très savant...

*Mais de mon amitié mon silence est un gage ;*
*J'oublie, en sa faveur, un discours qui m'outrage.*
*Je n'en ai point troublé le cours injurieux...*

— Vous venez de me promettre le silence, s'écria Richard en riant. Voilà quelque chose entre nous comme une petite complicité.

— Aucune complicité. Je dirai à Cécile que vous ne songez qu'à rire.

— Ça l'étonnera beaucoup. Suzon, ne dites rien à Cécile.

— Et pourquoi, monsieur le traître ?

— Parce que Cécile est trop intimidante.

— Et moi, je ne vous intimide pas ?

— Non, non ! Vous, vous m'enthousiasmez. De quelle étoffe est votre manteau ? De taffetas ?

— Richard, je suis pleine d'épingles. Si vous vous permettez de mettre la main sur mon costume, vous serez puni tout de suite, car vous vous piquerez. Et, comme vous êtes douillet...

— Je ne suis pas douillet, je suis sensible.

— Continuons à répéter, je vous prie.

— Voilà, Bérénice de mon cœur :

*Et c'est ce que je fuis. J'évite, mais trop tard,*
*Ces cruels entretiens où je n'ai point de part.*

Tralala, tralala, turelure lonlaine...

*Madame, le seul bruit d'une mort que j'implore*
*Vous fera souvenir que je vivais encore.*
*Adieu.*

Assurément, c'est beau, mais c'est un peu rasoir.

— Comment, s'écria Suzanne avec indignation, comment pouvez-vous proférer de telles énormités ? Je vous déteste. Je dirai à Cécile que vous outragez l'œuvre des poètes.

— Vous seriez infiniment bonne, petite sœur, en ne mêlant pas le nom de Cécile à cette tragédie. Cécile ! Comment vous expliquer ?

Le jeune homme, la brochure aux doigts, vint s'asseoir tout près de Suzanne. Il soupira d'une voix douce, voilée :

— J'aime Cécile, je la respecte, je l'admire. Mais je me demande parfois...

— Que vous demandez-vous, monsieur le philosophe, monsieur le raisonneur ?

— Si je ne me suis pas trompé...

— Trompé ? Je ne comprends pas.

— Oui, oui, trompé dans... dans mon choix. Ce n'est peut-être pas Cécile que j'aurais dû épouser.

Suzanne partit d'un rire contraint.

— Il parle de choix ! Voyez-moi le fat ! Cécile est une princesse, Monsieur.

— Oh ! je le sais. On me l'a dit mille fois depuis que j'ai l'honneur d'avoir pénétré dans votre famille. Savez-vous, Suzon, que je ne me résigne pas facilement au rôle de prince consort ? Oh ! j'apprécie l'honneur qui m'est fait, mais pas au point d'abdiquer ma personnalité, ni de renoncer à mes penchants.

Rougissante, soudain, la jeune fille s'écria :

— Cécile a laissé tomber son regard sur vous... Savez-vous qu'à vous entendre j'ai failli vous donner une petite claque ?

— Cela m'aurait permis de vous baiser le bout des doigts.

— Je vous le défends bien.

— Pourquoi ? Vous êtes ma sœur. J'ai le droit de vous embrasser deux ou trois fois par an. C'est peu.

— On va sonner pour le quatrième acte. Ne pourrions-nous parler d'autre chose ?

De minute en minute, le visage du jeune homme se colorait, s'échauffait. Il prit ses gants, son chapeau et commença de tourner cérémonieusement autour de la jeune fille.

— Savez-vous, Suzon, que mon article d'hier a bouleversé tout Paris ? Mon article de *l'Echo* ?

— Non, je ne sais pas. Quel article ?

— Vous ne lisez rien. Vous êtes une petite fille. Racine est un grand poète ; mais il faut quand même, de temps en temps, lire le journal.

## CHAPITRE 21

Le silence du laboratoire était si pur, si paisible que Justin Weill ne put retenir un long soupir d'amertume.

— J'aurais dû faire de la science, comme toi, murmurait-il. Ma vie aurait eu un but et j'aurais vécu dans la paix.

— Qu'est-ce que tu viens me chanter ? grogna Laurent. Ta vie a un but, et un but admirable : tu as opté pour les lettres...

— Je ne sais pas si je peux croire que j'ai opté, j'ai parfois le sentiment de besogner, tel un ver, au fond d'un trou. En outre, il faut que je gagne un peu d'argent. Comment te dire, Laurent, que je n'aime plus la vie ? Voilà, très exactement, le malheur qui m'est arrivé.

Justin baissa la tête. A de telles confidences, il apportait, naguère encore, une pointe d'affectation théâtrale. Cette nuance qui, presque toujours, suffisait à ramener quelque gaîté dans l'entretien, s'était, pendant les dernières années, affaiblie puis évanouie. Dans la poignante et pesante mélancolie qu'exprimaient le visage et les mouvements du jeune homme, l'ostentation juvénile n'avait plus la moindre part. Justin, et il se plaisait à le souligner lui-même avec une pénible ironie, devenait un gros monsieur à la taille brève, aux traits lourds, à l'encolure épaisse et lasse.

— Tu te fais des illusions, murmura Laurent, sur la paix du

laboratoire et sur le bonheur des gens qui s'évertuent dans cette paix. Nous nous sommes donné pour tâche d'expliquer le monde, comme vous, les littéraires, mais à notre manière et avec nos moyens. Sans relâche, nous cherchons les causes et les raisons, et je veux bien reconnaître que c'est une belle visée. Malheureusement, tous ceux qui, parmi nous, s'efforcent d'expliquer le monde élaborent une théorie et s'enferment presque tout de suite dans leur théorie comme dans une citadelle. Aussitôt, ils deviennent aveugles, sourds, insensibles, et ils ne voient plus le monde.

Justin écarquilla les doigts, puis écarta les bras du corps en signe d'incertitude et de détresse. Sur la table de faïence reposait un cristallisoir plein d'un liquide jaune d'or dans lequel nageait quelque chose d'informe.

— Qu'est-ce que c'est que cela ? fit Justin Weill en se penchant sur le vase.

— Tu ne le sais pas ?

— Non, non, je ne vois pas bien, dit Justin, toujours incliné vers la surface du liquide.

— C'est le larynx d'un homme, fit tranquillement Laurent.

Justin ne put réprimer un mouvement de dégoût et de recul.

— C'est impossible, disait-il.

— C'est non seulement possible, mais c'est évident. Voilà le cartilage thyroïde, le cartilage cricoïde. Ici, c'est l'épiglotte et, dans le fond, les cordes vocales. Je vais donner un coup de ciseau et te montrer les cordes vocales.

Laurent avait saisi la pièce anatomique à pleine main et, l'ayant égouttée, commençait de la diviser dans la longueur.

— C'est impossible, murmurait Justin. Et il y a eu un homme autour de cette chair décolorée ! Un homme ou une femme ! Et cette chose, l'année dernière, le mois dernier peut-être, avait un nom !

— C'est un larynx d'homme, déclara Laurent, cela se voit. La fiche dit : homme de soixante ans. Le nom n'est pas mentionné. Le nom est resté en route. Il est déjà perdu. Mais cette chose, comme tu le dis, avait un nom. Cet objet était quelqu'un d'entre nous. Il est passé, dans le petit orifice que tu vois là, des milliers de mètres cubes d'air qui ont entretenu la vie pendant soixante ans. Et ces petits replis que tu vois là, ces cordes, ont parlé, chanté, gémi pendant soixante ans. Et l'épiglotte s'est inclinée des millions de fois pour empêcher le bonhomme d'avaler de travers, et, des millions de fois, cet orifice-là s'est fermé pour permettre l'effort. Et la toux a fait vibrer et sauter tout le misérable système. Et maintenant, je vais l'inclure dans la paraffine et le couper en tranches minces pour chercher ce qui m'intéresse.

— Comment une chose pareille a-t-elle pu faire si long usage ? soupirait Justin. Ça n'a même pas la précision d'une montre, d'une bonne mécanique... C'est vague et mou. Non, non, je préfère n'y pas toucher. Garde-le et laisse-moi voir. On dirait que c'est mal fait et bien faible pour l'effort que cela doit fournir.

— Oui, dit Laurent, quand nous regardons, nous autres médecins, l'homme vivre et souffrir, nous sommes souvent tentés de dire qu'il est mal construit. Avec notre raison raisonnante, nous ne pouvons pas nous empêcher de voir l'appropriation des organes à l'effet. Les rationalistes les plus stricts sont obligés, cent fois par jour, de pécher par finalisme, parce que nous n'imaginons pas, au fond, que le moindre des phénomènes pourrait être dépourvu d'une fin. Nous avons tous, en pensée, reconstruit vingt fois l'oreille, ou l'appareil digestif, ou l'appareil rénal. Mais quoi ! l'homme, l'homme, même au point de vue finaliste, ce n'était pas œuvre aisée. Il fallait que la machine fût pourtant capable de progresser, de marcher, pour trouver sa nourriture. Et elle marche. Il fallait que les organes des sens fussent rassemblés à l'avant de cette carcasse marchante. Et ils y sont rassemblés. Il fallait que la mécanique pût recevoir ou prendre des matériaux de restauration et d'énergie. Elle le peut... Et rejeter les substances usées. Et elle le fait. Il fallait que toute cette machine vivante, composée de milliards de cellules, eût même quelque plaisir à subsister et qu'elle fût avertie du péril par la douleur et qu'elle se montrât susceptible de se perpétuer dans l'espèce. Alors, reconnais-le, toutes ces conditions se trouvent remplies, tant bien que mal. Et si certains organes nous semblent imparfaits, c'est peut-être que nous ne sommes pas encore au point culminant de l'aventure. En outre, l'idée de perfection est une des obsessions de notre esprit inquiet. Nous cheminons avec angoisse au milieu de l'incompréhensible. Je l'ai dit cent fois, Justin, mais tu ne m'écoutes pas toujours.

— Je ne saurais t'expliquer, murmura Justin, à quel point la vue de ce morceau d'homme, tout décoloré, tout fané, me rend triste et me dégoûte. Il me semble que si j'avais dû vivre, comme toi, au milieu de ces lamentables débris, je serais mort de désespoir.

— Tu parles comme un enfant. Tu te serais habitué, comme les autres, comme nous tous. Et tu aurais vécu pour le mieux avec des problèmes plus lancinants que le mal de dents. Depuis quelques mois, je suis littéralement torturé par la question de la forme chez les êtres organisés. Mais cela ne t'intéresse pas...

— Si, si, Laurent, continue. Aujourd'hui, ça me bouleverse...

— ... Simplement parce que tu as vu un morceau d'homme dans ce vase. Il faut aux esprits de ta sorte des sollicitations soudaines. Je te parlais de la forme... On imagine volontiers des lois purement mécaniques pour la matière inanimée. La sphère, par exemple, est la forme inévitable d'une masse liquide ou gazeuse abandonnée dans l'espace. Mais la matière vivante... Voilà les cellules qui se multiplient à partir de l'œuf. Et, toujours, elles vont pousser dans le même sens, se replier au même endroit. Toujours, en un point déterminé, les cellules, à un moment déterminé, vont engendrer quelque chose comme un poil ou comme un ongle, ou comme une glande. Pourquoi ? Et à telle place, dans le pelage ou le plumage, une tache du même rouge ou du même gris, toujours la même. Pourquoi ? Je le demande. Il est impossible d'expliquer ces choses, et ces choses sont l'essentiel, et ces choses sont les seules qu'on voudrait vraiment comprendre. Et quand les cellules se seront multipliées jusqu'à toucher certaines limites invisibles qui sont les limites de l'espèce, elles s'arrêteront, comme si, réellement, elles avaient rencontré un obstacle consistant. Et, ailleurs, elles ménageront une fossette, et ailleurs un petit canal. D'où vient cette propriété mystérieuse, inintelligible ?

— Tu ne peux savoir, dit Justin, à quel point ce que tu me dis me trouble et me rend malheureux.

— Tu es un enfant, je te le répète. C'est notre pain quotidien, à nous autres, gens du laboratoire.

— Hélas ! non, je ne suis pas un enfant. Je suis un homme tout à fait sur le point de perdre le sens de la vie et qui cherche à se raccrocher, avec des gestes de noyé.

— Justin !

Laurent tendait des mains amicales, mais Justin Weill se détourna brusquement comme pour cacher son visage. Il fit quelques pas et commença de réciter à mi-voix les vers de ce petit poème qu'il avait composé naguère :

*Je n'ai pas conquis le monde*
*Et ni même un cher amour.*
*Je n'ai pas conquis mon âme,*
*Je ne me suis pas conquis.*

*Ambition, ma richesse !*
*Désir blessé de m'offrir !*
*De l'amer vin de ma treille*
*Il faut m'enivrer tout seul.*

A percevoir les tremblements de cette douleur fraternelle, Laurent fut saisi de compassion. Il suivit Justin et le prit par le col d'un geste affectueux, en silence.

— Non, non, bredouillait Justin, je ne parle pas de Cécile. Avec le temps, je crois que j'ai fini par me guérir. Mais l'idée qu'elle pourrait souffrir me rend presque fou de rage. Allons, c'est fini, c'est fini, parlons d'autre chose.

Pendant un long moment, les deux amis gardèrent le silence. Puis, Laurent, soudain timide :

— J'avais promis à mon père de te montrer son roman.

— Mais oui, mais oui, prononça Justin d'une voix raffermie. Pourquoi ne m'en as-tu rien dit ?

— C'est très embarrassant. Mon père m'a raconté le sujet de son livre et je m'y suis laissé prendre. Il raconte avec tant de naturel et tant de vivacité que le sujet du livre m'a paru très amusant. Je t'en ai dit quelque chose et tu as reconnu toi-même que l'anecdote était drôle, qu'elle ne manquait pas de couleur. Je dois même ajouter qu'une fois de plus mon père m'a fait illusion, une fois de plus il m'a trompé. J'ai pensé qu'il avait écrit sinon un chef-d'œuvre, comme il se plaisait à le proclamer, du moins une œuvre animée, quelque chose enfin qui pouvait lui ressembler. Eh bien ! à moins d'une erreur de ma part, c'est tout le contraire. Cette histoire, qu'il raconte avec tant de verve, semble rédigée par un écolier maladroit. Si tu permets, je vais seulement t'en lire une page : tu es un homme de métier et tu jugeras mieux que moi.

De son éternelle serviette de cuir noir, Laurent venait de tirer un cahier. Il l'entrouvrit et commença de lire :

« La marquise de Sartrouville éprouvait beaucoup de sympathie pour la famille du majordome dont toute sa lignée avait reçu de loyaux services, malgré la condition plus que modeste de ces braves gens, généralement attachés à leurs maîtres dont ils avaient jadis suivi les traces à l'heure de l'émigration qui restait un des plus nobles souvenirs de famille et, à leur avis, quelque chose comme un de ces titres de noblesse qui ne sont pas le privilège exclusif d'une classe de la société.

« Ces Poutillard, aimait à dire le marquis, vous verrez qu'ils sont si dévoués que quand, au jour du jugement, le chancelier du paradis fera l'appel et criera Sartrouville, ils se présenteront derrière nous pour entrer par la même porte... A quoi la marquise ne manquait jamais l'occasion de répliquer : N'oubliez pas, mon ami, que si vous êtes Sartrouville par le sang, vous êtes un peu Poutillard par le lait que vous avez sucé, dans votre premier âge, de cette digne et plantureuse nourrice, comme aimait à me raconter la comtesse, votre mère, qui regrettait si amèrement de n'avoir pu allaiter ses enfants et particulièrement l'héritier d'un nom illustre, à cause d'une fièvre pernicieuse qu'elle avait contractée par suite de l'émotion provoquée dans toute la noblesse française à la chute de la monarchie de Juillet.

« Grâce à la puissante protection du seigneur de Sartrouville, le jeune Alfred Poutillard, grandi dès le premier âge dans l'ombre de la demeure de cette famille historique... »

Laurent reprit haleine.

— Il n'est pas nécessaire d'aller plus loin, dit-il. Comme c'est drôle ! Il raconte l'histoire à merveille, je peux te l'affirmer, et, dès qu'il prend la plume...

— Oui, murmura Justin en hochant la tête, dès que l'art doit intervenir, tout devient difficile. Avoue que c'est assez naturel.

— Le fâcheux, reprit Laurent, est qu'il s'est mis en tête de publier ce chef-d'œuvre. Il est tombé sur un éditeur du nom d'Angibeaud qui lui demande une participation de quatre mille francs.

— Je connais cet Angibeaud, fit Justin. C'est un corsaire. Car l'édition d'un bouquin de cette importance matérielle ne doit guère coûter plus de six ou sept cents francs, il me semble. J'en parlerai à ton père. Je pourrai même, à l'occasion, lui donner de bons tuyaux.

— Justin, tu es un ange.

— Non, je ne suis pas un ange, mais, malgré vos différends, j'ai toujours eu, pour ton père, une sympathie très vive.

— Oh ! fit Laurent, tu parles de nos différends... Crois bien que je ne déteste pas mon père. J'ai seulement toujours peur de le voir se livrer à l'une de ces fantaisies qui ont empoisonné jusqu'ici notre existence. On ne peut lui demander d'être autre que le voici. Je le considère en biologiste, non comme mon progéniteur, mais bien plutôt comme un être d'une espèce distincte de la mienne. Tout change. Nous mûrissons. Papa reste immuable. On dirait que, petit à petit, il sublime son personnage au long des années. C'est sa façon de vieillir. Et tu sais, je prononce le mot de vieillir pendant qu'il n'est pas là...

Laurent s'arrêta, sentant que Justin n'écoutait plus : le jeune homme allait et venait dans le laboratoire, l'air perplexe. De temps en temps, il posait le bout de l'index sur la crête de son nez aux larges ailes palpitantes et il s'exerçait à loucher.

— Iras-tu, dit-il soudain, au prochain concert de Cécile, dimanche après-midi ?

— Sans aucun doute, dit Laurent. Nous avons deux loges voisines pour toute la famille. Veux-tu venir avec nous ?

— Non, dit Justin brusquement. Non, je n'irai pas avec vous. Mais je pense aller au concert. Non, je n'irai pas avec vous.

— C'est bon, poursuivit Laurent avec un geste évasif. Tu feras ce que tu voudras.

— Non, je ferai ce que je pourrai. Maintenant, parlons d'autre chose. Penses-tu souvent à la mort ?

— Quelle question ! Un biologiste, du moment qu'il étudie la vie, étudie nécessairement la mort.

— Oui, tu penses à la mort en savant : A + B + 3 CH = O.

— Tu te trompes. Je pense à la mort en homme et même... comment t'expliquer ? Il m'est arrivé de mourir. Tu vas comprendre. Dans mon enfance, peu de temps avant de te connaître, j'avais un ami qui s'appelait Désiré Wasselin.

— Tu m'en as déjà parlé. Il s'est suicidé, n'est-ce pas ?

— Oui, il s'est pendu parce que son père avait volé deux mille francs et avait été mis en prison. J'aimais Désiré Wasselin. Sa mort, un jour, je l'ai sentie, je l'ai éprouvée, je l'ai, si l'on peut dire, vécue : la corde autour du col, les efforts, les dernières pensées, la langue qui sort entre les dents, tout. Ce ne sont pas de ces choses que l'on éprouve plus d'une fois. Je n'ai jamais retrouvé ça. Je ne suis mort qu'une seule fois de la mort de Désiré. Comprends-tu ce que je veux dire ?

— Je comprends très bien. Moi, je meurs presque chaque jour et ce n'est pas en rêve, je t'assure, c'est le matin en m'éveillant, quand je vois toute ma journée devant moi.

Laurent frappa vivement ses deux mains l'une contre l'autre.

— Jamais plus, s'écria-t-il, je ne te parlerai de biologie. Tu n'as pas la tête assez solide. Tu es un poète. Tu manques par trop de sang-froid.

## CHAPITRE 22

— Jamais, dit le Dr Pasquier, nous ne tiendrons tous dans cette bonbonnière. Parlez-moi des loges de l'Opéra ! C'est royal. On pourrait s'y faire servir à souper. Et il y a, dans le fond, un divan pour les rêveurs et les amoureux. Mais ici, nous serons serrés comme des dattes dans une cassette.

— Ram, fit Mme Pasquier, nous disposons de deux loges. Pourtant, j'avoue qu'il m'est agréable d'avoir mes enfants près de moi. Je suis fière de mes enfants.

Richard Fauvet demeurait debout dans l'ouverture de la porte.

— Si vous le permettez, dit-il, j'irai dans la loge voisine. Donnez-moi seulement Suzanne, pour me tenir société.

Mme Pasquier roulait des yeux inquiets.

— Non, non, laissez-nous Suzanne.

— Maman, reprit le jeune homme, donnez-moi la petite sœur. Elle connaît beaucoup mieux que moi la musique et les musiciens. J'ai besoin de ses avis.

Suzanne faisait le geste de s'éventer avec son programme.

— Ce n'est pas souvent, fit-elle, qu'on vous trouve aussi modeste.

— Allez, dit le Dr Pasquier, nous poursuivrons l'entretien par-dessus la cloison qui n'est pas insurmontable. Pour me plaire à la musique, il faut que j'aie toutes mes aises.

La salle commençait de s'emplir. Richard fit asseoir Suzanne au premier rang de la loge encore vide et prit place à côté d'elle.

— Quelle foule ! Quelle foule ! disait-il en regardant le grand théâtre où s'accrochaient de toutes parts des grappes et des festons d'auditeurs. Les musiciens ne connaissent pas leur chance. Que de ferveur ! Que d'empressement ! Nous autres, philosophes ou gens de pensée, nous ne pouvons jamais compter sur pareille affluence. Descartes viendrait ici pour donner une lecture du *Discours de la Méthode*, il n'y aurait pas cent personnes.

— C'est étonnant, dit Suzanne avec ingénuité. On pourrait croire, à vous entendre, que vous êtes jaloux.

— On aurait tort de le croire. Je me borne à constater un fait, une réalité sociale. Regardez, on ne sait plus où mettre les nouveaux arrivants.

— Vous savez bien que c'est toujours ainsi quand Cécile paraît au concert.

— Oui, je commence à le savoir. Soyez sûre que j'en suis très fier.

— Pourquoi posez-vous votre main sur la mienne, Richard ? Ne trouvez-vous pas qu'il fait très chaud ?

— Non, je suis assez frileux. Je me sens votre frère, devant la loi, comme disent les Anglais. J'ai le devoir de vous protéger. J'affirme ce devoir, qui est aussi un privilège, en posant ma main sur la vôtre. Je ne connais rien de plus doux que votre main, Mademoiselle ma sœur.

— Regardez sans en avoir l'air dans la direction de l'avant-scène, côté jardin. Connaissez-vous ce monsieur barbu qui porte des cheveux épais, presque noirs ? C'est Claude Debussy. Quand Cécile avait quatorze ou quinze ans, Debussy est venu la voir à la maison. Nous étions alors presque très pauvres. On m'a raconté cette visite. Je ne peux me la rappeler, j'étais trop petite. Pourquoi mettez-vous votre chaise si près de la mienne ? Je vous assure qu'il fait très chaud... Attendez, j'aperçois quelqu'un... Tenez, derrière Fauré.

— Je ne connais pas Fauré.

— Ce personnage à cheveux blancs, à la belle tête somnolente. Derrière lui, c'est Justin Weill. C'est exaspérant, on dirait que Justin Weill s'applique à ne pas regarder de notre côté.

— Vous m'obligeriez beaucoup, petite sœur, en n'attirant pas l'attention de ce monsieur Justin Weill.

— C'est un ami d'enfance de Laurent. Je l'ai toujours connu.

— Je le connais aussi, mais je préfère ne pas le reconnaître.

— Pourquoi ?

— Je ne sais comment vous expliquer, Suzon, que je ne l'aime pas.

— Comment ? Ah ! oui, je comprends. Que la vie est compliquée ! On ne peut parler de personne devant personne.

— Vous vous trompez. On peut toujours parler de Suzon devant Richard.

— Reculez-vous un peu. C'est très gênant. Vous savez que tout le monde vous regarde. Ce doit être à cause de cet article que vous avez publié la semaine dernière dans *l'Echo de Paris*.

— Peuh ! Les gens qui sont ici se moquent pas mal de moi. C'est vous qu'ils regardent, ma très belle sœur, et ils ont bien raison.

— J'entends maman qui tousse. Je crois qu'elle n'est pas contente de me savoir avec vous.

— Pourquoi ? Vous m'étonnez. Votre mère a l'esprit de famille. Elle ne peut trouver drôle que je me plaise dans la société de notre petite sœur. J'ai, depuis trois ans, assisté, sans erreur possible, à tous les concerts que Cécile a donnés à Paris. Jamais je n'ai vu si brillante assistance. Qu'allons-nous entendre ? Je devrais pourtant le savoir.

— Le concerto en ré mineur, d'abord. Puis le concerto brandebourgeois pour violon, flûte et piano, puis... regardez donc le programme. J'entends Laurent, il vient d'arriver dans la loge des parents.

— Nous le verrons après le concert. Si j'allonge le bras, je peux toucher la jaquette du docteur votre père. Nous ne sommes pas dans une île déserte, rassurez-vous.

— Je suis toute rassurée. Vous ne me ferez jamais peur.

— Voyez-vous ça ! Méfiez-vous, belle téméraire ! Regardez, Suzon, les gens se préparent à recevoir leur plaisir. Ils se calent dans leur fauteuil, ils tâchent d'oublier leur corps. Ils se mettent vraiment en position de... Ne craignez rien, je ne dis, devant les jeunes filles, que ce que je veux bien dire. La musique, pour tous ces gens, ce n'est pas un plaisir intellectuel, c'est quelque chose comme un vice, oui, un vice que l'on peut avouer.

— Oh ! s'écria Suzanne, vous n'êtes pas musicien !

— Heu... Il s'agit de s'entendre. Un peu moins que Baudelaire et un peu plus que Goethe.

— Vous choisissez généreusement les termes de comparaison.

— Petite sœur, l'esprit vous vient. Un jour, vous serez redoutable.

— Taisez-vous : voilà Cécile.

— Et on ne peut plus vous parler quand Cécile entre en scène ?

— Non ! maintenant, c'est la musique.

— Vous êtes intoxiquée, comme les autres.

— Silence ! Applaudissez !

— Suzette, vous comprendrez que, par modestie, on n'applaudit pas sa femme.

Cécile vient de paraître et suit une étroite venelle entre les violons de l'orchestre. Elle porte cette longue robe toute blanche qui, depuis le premier jour, depuis le premier concert qu'elle a donné, petite fille, est son vêtement sacerdotal. Une chaude rumeur d'accueil, d'amitié, de confiance, monte aussitôt de la multitude. Les mains jaillissent, frémissantes, et travaillent toutes ensemble pour un immense applaudissement.

Il y a quinze ans déjà qu'entre Cécile et cette foule fut scellée l'arche d'alliance. Des musiciens habiles, il en est, par le monde, sans doute plusieurs centaines, peut-être des milliers. Ils ont tous reçu des dons admirables, tous ont travaillé durement pour obtenir de leur nature quelque faveur inouïe, quelque grâce incomparable. Ils ont trouvé des fervents, suscité des disciples, on les aime, on le leur marque, on sait les remercier et les récompenser. Mais la foule musicienne, celle qui réunit, aux grands jours, les savants et les néophytes, les maîtres et les écoliers, les pauvres et les riches, les princes et les mendiants, cette foule a compris, dès le début de l'aventure, qu'il n'y aurait qu'une Cécile.

Les sons appartiennent à tous, ils sont à la merci de tous. Que l'on heurte le clavier, et la mécanique travaille. Les cordes, frappées du marteau ou grattées par la plume, se prennent toujours à vibrer. Mais que Cécile pose les mains sur les touches de l'instrument et, ce que l'on entend, ce n'est pas un son, c'est, dirait-on, l'âme même de Cécile. Et bientôt, nous ne savons plus si ces pures harmonies se produisent dans l'instrument ou dans la substance de notre être.

Les gens qui viennent écouter Cécile chérissent tous la musique, mais ils n'ont pas tous la même âme. Tous apportent avec eux leur fardeau de joies ou de peines. Voilà que la joie de l'un trouve à s'accomplir soudain ; voilà que la douleur de l'autre s'enrichit, s'épure, devient intelligible et belle.

Ces gens qui sont assemblés dans la caverne du théâtre, ils ont éprouvé, tout le jour, des limites et des contraintes, ils ont mesuré leur faiblesse, leurs manques, leurs défaillances et leurs hésitations. Et, tout à coup, un être humain, fait comme eux d'argile misérable, leur donne le sentiment d'une pensée, qui serait sans erreur, sans faille, sans tache, sans obstacle et qui s'élancerait, parfaite, vers les clartés d'une autre vie. Tous les hommes, toutes les femmes se recueillent dans une paix profonde. Ils savent que, pour un temps, la délivrance va leur être accordée.

Cécile a fait, avant de s'asseoir, ce très léger mouvement du col que tous ceux qui l'aiment attendent comme le signe même de l'amitié. Maintenant elle est assise et tout de suite l'orchestre part. Cécile commence à jouer. Le piano bâille vers la foule, tel un monstrueux coquillage, et ceux qui sont au ras de la scène voient les doigts de la jeune femme reflétés dans le bois luisant du couvercle ainsi que dans un sombre miroir.

Cécile ne regarde pas ses mains. Elle ne regarde pas non plus la baguette du chef d'orchestre. Les yeux de Cécile cherchent, dirait-on, quelque chose dans la pénombre de la salle. Il semble soudain que Cécile ait vu ce qu'elle cherchait. Alors elle fait effort pour se reprendre, et le beau regard, dompté, revient naviguer, tout droit, parmi les reflets de l'ébène, parmi les lueurs de l'ivoire. Le visage de Cécile est ordinairement immobile, impassible, comme celui d'une statue. Tous ses amis le savent. Aujourd'hui, le visage de Cécile se contracte et souffre.

— Vous jouerez ce soir, petite sœur, vous serez à votre théâtre ? demande Richard tout bas.

— Mais oui, je joue tous les soirs. J'aurai à peine le temps de dîner après le concert. Pourquoi me parlez-vous ? Il faut écouter Cécile. Comprenez combien c'est beau.

— Une oreille pour Jean-Sébastien Bach, et l'autre oreille pour Suzanne. Vous n'imaginez pas comme votre jolie voix s'accorde, en contrepoint, avec la musique de l'ancêtre.

— Taisez-vous, je vous en prie. Je ne suis pas aussi intelligente que vous et je ne peux écouter et parler en même temps.

Cécile s'est arrêtée une seconde, puis elle a commencé de faire entendre un chant très lent, très grave, qui devrait être serein, qui devrait être d'une mélancolie céleste. Et voilà que le chant n'est ni serein ni céleste. Il devient petit à petit haletant, farouche, et bientôt déchirant et sourdement furieux. Tout le peuple du théâtre sent obscurément qu'il se passe quelque chose d'extraordinaire et d'inquiétant. Mille poitrines commencent à respirer péniblement. Une sourde angoisse va s'emparer de toutes ces âmes qui ne comprennent pas ce qui tourmente l'âme de Cécile, mais qui sentent que Cécile souffre et qui ne peuvent pas ne pas souffrir avec elle.

— Permettez, dit Richard, que je passe mon bras sous le vôtre, petite Suzon, comme cela ; bien doucement, comme le frère et la sœur qui se promènent sur une route, dans la campagne, au matin.

— Non, non, laissez-moi. Je suis sûre que Cécile est malade. Ecoutez, vous ne sentez pas ? Vous ne devinez rien ?

— Je connais très bien Cécile et je vous affirme que tout est parfaitement normal. Qu'est-ce que c'est que ce parfum que je respire dans votre fourrure ?

— C'est le trèfle incarnat. Je vous prie de vous taire et d'écouter tranquillement.

— Ce que vous me demandez est au-dessus de mes forces.

— Cécile vous a regardé, Richard, j'en suis certaine.

— Mais non, Cécile se moque bien de moi. Elle ne pense qu'à sa gloire.

— Croyez-moi, vous vous trompez. Cécile est habituée à cette gloire. On dirait que vous êtes jaloux.

— Non, je ne suis pas jaloux. Cécile est insaisissable. Cécile ne m'aime pas.

— Je ne peux pas écouter... Taisez-vous.

— Laissez-moi vous prendre la main et je me tiendrai bien sage.

Cécile vient soudain de se libérer, de s'élancer, toutes amarres rompues, dans le dernier mouvement du premier concerto. Soulagement de s'abandonner aux fureurs de la vitesse. Et, tout à coup, c'est l'arrêt. La salle entière reprend haleine. Les applaudissements font un bruit d'orage qui ne veut pas finir. Cécile s'est retirée derrière un portant, dans la coulisse du théâtre. Elle ne voit rien, elle n'entend plus rien. Elle est ivre de pensées qu'elle ne peut plus contenir, qui ne se laissent pas maîtriser.

Il faut recommencer, déjà. Non, Cécile ne regardera plus dans la salle. Elle est tout entière avec ses mains, tout entière avec le prodige de ses doigts. Eh bien ! non, une prière fait son chemin, obstinément, dans la forêt des harmonies : « Seigneur, pourquoi me demandez-vous la seule chose que je ne voulais pas donner ? Pourquoi m'imposez-vous la seule épreuve que je ne voulais pas subir ? Seigneur, ayez la grande bonté de me rendre indifférente et glacée pour le restant de mes jours. Seigneur ! Ne laissez pas un sentiment honteux régner sur mon cœur. Seigneur ! Seigneur ! »

L'orchestre vient de se taire. Cécile va demeurer seule, Cécile va jouer toute seule cette longue, longue cadence qui dure plusieurs minutes. Non, Cécile ne regardera pas dans la salle. Il faut que, pour la grande méditation, elle soit seule en tête à tête avec l'ombre du vieux magicien Bach. Et Cécile s'élance, elle se jette d'un seul mouvement à travers l'espace infini du silence.

Là-bas, dans l'ombre de la loge, Richard vient de s'incliner une fois encore vers les cheveux de la jeune fille. Il prononce, tout bas, tout bas, de sa voix caressante, des mots que personne n'entend.

Alors Cécile fait une chose extraordinaire. Elle est au milieu du chant, peut-être au milieu d'une mesure, et elle s'arrête, tout à coup. Elle s'arrête et jette vers la salle un regard chargé d'angoisse. La multitude attend, attend, en proie à on ne sait quelle frayeur inexplicable. Le silence dure une minute entière, une minute interminable. C'est comme si l'ange de la musique avait perdu la mémoire.

Là-bas, dans le demi-jour, deux têtes s'éloignent l'une de l'autre... Alors, avec lenteur, avec peine, Cécile Pasquier retrouve son chemin parmi les notes. Le peuple du théâtre pousse un long soupir. Puis, tout à coup, c'est la folle course du dernier mouvement, l'espèce de charge guerrière.

Quelques instants encore et Cécile est seule, enfermée à double tour dans la loge pleine de fleurs. Elle respire par secousses comme quelqu'un qui va sangloter. Elle entend des gens qui passent en parlant dans le couloir. L'un d'eux dit tout haut : « Vous n'y étiez pas ? Moi, je venais d'entrer dans le foyer. Le petit homme aux cheveux roux l'a regardé droit dans les yeux et il lui a donné tout à coup une paire de gifles. Il paraît que c'est à cause d'un article paru dans les journaux. Un article sur la guerre balkanique. Il a fallu les séparer. L'autre était blanc comme un mort. »

## CHAPITRE 23

Il était près de huit heures du soir quand Richard Fauvet regagna la rue de Prony, escorté de ses amis Emmanuel des Combes et Eugène Roch. Comme la servante le prévenait que Cécile, souffrante, ne descendrait pas dîner, le jeune homme, sans répondre, lui jeta son chapeau, son manteau, ses gants au passage et fut avec ses compagnons s'enfermer dans le fumoir.

L'entretien dura peu. Des Combes et Roch donnèrent plusieurs coups de téléphone et se retirèrent tout de suite, l'air sévère et perplexe.

Un grand silence tomba sur la maison. De l'étage supérieur arrivaient, par bouffées, d'imperceptibles rumeurs de voix, parfois un rire d'enfant, puis un bruit régulier comme peut en produire un siège sur lequel une personne se berce et dont les pieds viennent rythmiquement battre le sol feutré par les tapis.

Le jeune homme prêta l'oreille pendant quelques minutes. Des rougeurs fugitives naissaient et mouraient sur ses joues blêmes. De sa bouche dure, serrée, s'échappait parfois une respiration sifflante. Il prit la peine de se regarder dans le miroir, de lisser avec la paume les mèches de sa chevelure, de rajuster sa cravate, puis il gagna, d'un pas pressé, l'étage supérieur.

Richard, le plus souvent, frappait à la porte de Cécile d'un doigt rapide, puis il entrait sans même attendre la réponse. Il fit ainsi, mais la porte était fermée à clef, de l'intérieur, et refusa de s'ouvrir.

Un long moment, le jeune homme resta debout sur le palier, devant cet obstacle muet. Enfin il cria, l'accent courroucé : « Cécile ! » Presque aussitôt la voix de Cécile retentit derrière la porte. Elle était si proche que l'on pouvait imaginer Cécile debout contre la muraille.

— Que voulez-vous, Richard ? disait cette voix très basse et très calme.

— Cécile, je veux vous parler.

— C'est impossible, impossible. Je ne vous verrai de deux jours. Il faut que je me prépare à l'idée de vous revoir.

— Cécile, gronda le jeune homme, je vous prie d'ouvrir cette porte. L'heure est grave, je vous assure.

— Je le crois, Richard, je le crois, mais je n'ouvrirai pas ma porte. Et si quelqu'un l'ouvre tout à l'heure pour les besoins de la vie, je vous demande, Richard, de ne pas en profiter.

— Cécile, je veux entrer tout de suite.

— Je vous prie de n'en rien faire.

— Je vais aller chercher le serrurier. Je ferai sauter la serrure.

Il y eut un moment de profond silence et la voix de Cécile retentit de nouveau, toujours basse, toujours égale.

— Si vous employez la force pour entrer chez moi, ce soir, contre mon gré, je dois vous assurer que je me tuerai devant vous au moment même où vous passerez la porte. Je le ferai.

Le jeune homme se courba soudain. Il parlait d'une voix très douce, devant le trou de la serrure.

— Je suis, disait-il, à l'une des heures les plus dramatiques de ma vie. Il faut que je vous explique...

— Plus tard, vous me parlerez plus tard.

— Et si plus tard est trop tard ?

— Je n'y peux rien. Il faut attendre.

Richard ne put maîtriser un mouvement de fureur.

— Dites-moi ce que je vous ai fait.

— Vous avez fait cette chose que vous ne deviez pas faire. Je vous avais prévenu.

Le jeune homme frappa du pied deux ou trois fois, sur le plancher, et le vaisseau de l'escalier rendit un frémissement sonore. A ce moment, le téléphone vibra dans les profondeurs de la maison. Richard Fauvet redescendit.

De nouveau, le silence. Richard se promenait à grands pas furieux dans l'espace libre du fumoir. Aux servantes déconcertées qui vinrent demander des ordres il déclara qu'il n'avait pas faim et qu'il attendait encore des visites, mais que ce n'était point sûr.

Vers dix heures du soir, un coup de timbre retentit dans le vestibule. C'était, apportée par un exprès, une lettre cachetée à la cire et dont la suscription portait le nom de Cécile. Richard considéra quelques instants l'enveloppe et l'écriture qu'il ne reconnaissait point. Il dit, avec un geste las : « Portez cette lettre à Madame. » Puis il prit un cachet de véronal et se jeta sur le divan.

Cécile était encore dans sa belle robe de concert. Elle avait longtemps chantonné pour endormir le petit garçon. Elle regardait d'un œil calme la fidèle Félicienne qui passait d'une chambre à l'autre, expédiant les petites besognes du soir.

Cécile ouvrit l'enveloppe sans hâte. Elle avait d'anciennes raisons d'en connaître l'écriture. On ne voyait, sur la feuille, que peu de lignes, mais tracées d'une main ferme et volontaire.

« Madame, chère Cécile, mon amie, ne craignez rien, je vous en prie, pour l'homme dont vous avez accepté le nom. Je ne lui ferai pas de mal. Je ne me défendrai pas. Mais si la mort veut de moi, je suis obligé de vous dire qu'elle sera la bienvenue. Votre ami malheureux, JUSTIN. »

Cécile était debout, devant la cheminée, où voletaient encore les dernières flammes d'un feu de bûches. La lettre entre ses doigts tremblants, la jeune femme revoyait, en souvenir, l'écolier aux cheveux rouges, au grand nez, à la bouche mobile qui venait, rougissant et bredouillant, s'asseoir pendant des heures, près du piano, dans le creux de l'étroit logement, là-bas, au temps du Jardin des bêtes sauvages. Elle revit l'étudiant disert, enthousiaste, romantique, trop bref de stature, peut-être, mais beau de cette beauté biblique, orientale, étrangère, des jeunes israélites au sortir de l'adolescence. Dans le silence de cette soirée douloureuse, Cécile entendit la voix chantante, trop bien timbrée, trop théâtrale, qui, longtemps et toujours en vain, et parfois même avec une sourde irritation, l'avait priée d'amour. Puis Cécile se rappela le temps de la Pâquellerie, quand le jeune homme gémissait : « Je comprends mieux votre génie que vous ne le comprenez vous-même... Acceptez-moi, aimez-moi, et je deviendrai un grand poète. » Tout aussitôt, Cécile entendit une voix douloureuse, offensée, qui criait encore, par-dessus le désert des années mortes : « Ma vraie patrie est où vous êtes. Pourquoi me repoussez-vous ? Est-ce parce que je suis juif ? » Mille autres souvenirs jaillissaient, comme autant de lueurs, des cendres d'un si long amour, de cette passion sans espoir, sans joie, sans récompense et pourtant fidèle, encore, saignante et brûlante encore.

Petit à petit, les mains de Cécile retombaient le long de sa robe. Alors, des yeux de la jeune femme jaillirent deux larmes brillantes qui rebondirent sur sa robe et tombèrent sur le tapis.

La nuit passa, pour toutes ces âmes anxieuses, dans le silence et l'insomnie. Au matin, Richard se vêtit avec recherche, lut les journaux dont plusieurs mentionnaient l'incident de la veille, fit venir une voiture et partit en donnant l'adresse d'un armurier du centre.

A peine le jeune homme sorti, survinrent plusieurs visiteurs. Les servantes avaient reçu des consignes rigoureuses et gardaient porte close. Vers onze heures, presque au même instant, arrivèrent Laurent et le Dr Pasquier. Ils furent introduits dans le vestibule, apprirent que Fauvet n'était pas à la maison et que Cécile, malade, ne pouvait recevoir personne, pas même son père, pas même son frère Laurent, qu'elle leur demandait pardon, mais qu'elle avait grand besoin de recueillement, de silence et d'obscurité.

Les deux hommes, debout au pied de l'escalier, écoutèrent ce message et n'osèrent passer outre. Puis ils se mirent à deviser, d'abord à voix basse, enfin de façon plus animée.

— Je me demande, soufflait le docteur, comment ce garçon, mon gendre, a pu s'aviser de donner des claques au petit Weill.

— Mais, papa, c'est exactement le contraire, c'est Justin qui a souffleté Richard, hier, à la fin du concert.

— Ah ! tu m'en diras tant ! Ça ne m'étonne qu'à moitié. Je trouve Richard très insolent dans sa façon de regarder. Oui... oui... on ne donne pas assez de claques.

— Qu'est-ce que tu dis, papa ?

— Je dis, mon cher, qu'on ne donne pas assez de claques.

— Parle plus bas. C'est invraisemblable...

— Si j'avais, reprit le docteur en s'efforçant de baisser le ton, si j'avais donné toutes les claques que j'ai eu envie de donner dans mon existence, mon cher, ç'aurait été une véritable pluie de claques. Mais je me suis retenu. Alors, ils vont se battre en duel ?

— C'est malheureusement possible.

— Pourquoi malheureusement ? Je suis le plus pacifique des hommes, mais j'aurais beaucoup aimé me battre en duel, — pan ! pan ! fendez-vous ! — et embrocher une demi-douzaine d'adversaires. Tu vois, en écrivant l'histoire d'Alfred Poutillard, je ne pouvais pas m'imaginer que je me trouverais tout à coup si près de la réalité.

— Oh ! fit Laurent, pensif, ce n'est pas la même chose.

— Assurément non, l'histoire de mon Poutillard est beaucoup plus pittoresque. Tu sais, mon cher, qu'en venant ici je suis passé chez Joseph. Je pensais l'amener avec moi. Sais-tu ce qu'il m'a répondu ?

— Non, vraiment non, je n'imagine pas souvent les réactions de Joseph.

— Il m'a répondu qu'il était préférable, dans un moment si délicat, de s'abstenir de visite, que c'était l'élémentaire discrétion. Dis-moi, Laurent, l'as-tu lu, toi, cet article de *l'Echo de Paris* ? Je comprends très bien qu'on se batte, mais pas pour des histoires de Turcs, de Balkaniques et de philosophie. On se bat pour la gloire, pour les femmes et pour l'amour.

— Chut ! Tu ne peux t'empêcher de parler fort. Allons-nous-en, papa.

— Si tu veux, mon cher. Nous n'allons pas rester plus longtemps dans ce corridor. Puisqu'on ne peut pas voir Cécile, allons-nous-en, mon garçon. Il faut que je rassure ta mère. Elle ne lit pas les journaux. Je vais toujours lui dire que l'affaire est arrangée.

Le père et le fils s'éloignèrent en devisant dans la matinée que traversaient les fugitives clartés de mars. Le silence, de nouveau, ronronna dans la maison. Richard ne revint qu'à la tombée de la nuit et il eut, avec Roch et des Combes, ses témoins, une dernière entrevue. Justin Weill avait choisi, pour le représenter, un vieil ami de leur jeune temps, le Dr Chabot, qui venait d'achever l'internat des hôpitaux, et l'un de ses confrères de lettres, un grand garçon qui semblait avoir passé la quarantaine, qui montrait un visage en même temps osseux et tendre, un beau regard loyal, inquiet, fraternel. Il s'appelait Léon Bazalgette et venait de se faire connaître par des traductions du poète américain Walt Whitman.

Bazalgette et Chabot avaient fait de sincères efforts pour réconcilier les adversaires, mais ni Fauvet, ni Justin n'avaient admis l'idée d'une médiation. Finalement, la rencontre parut inévitable. Elle fut fixée au lendemain matin et Richard Fauvet, se jugeant avec raison l'offensé dans cette affaire, choisit le pistolet.

On était au lundi soir et le lendemain du concert. Fauvet, revêtu de sa longue robe de chambre, son foulard de soie blanche au col, parfaitement maître de lui, une lueur glacée dans les yeux, monta de nouveau jusqu'au second étage. Il ne prit même pas la peine de mouvoir le bouton de la porte et se contenta de crier d'une voix très claire et sèche : « Cécile, m'entendez-vous ? »

Un silence mortel suivit pendant lequel Richard étreignit la rampe et la secoua rageusement. Puis il cria de nouveau, sans hâte, en séparant bien les mots pour être entendu :

— Cécile ! Je me battrai demain matin, au pistolet, avec M. Justin Weill. Je ferai tout ce que je pourrai pour tuer M. Weill.

Le silence revint et on entendit la voix de Cécile, un peu faible, mais très nette, qui disait :

— Que Dieu ait pitié de vous ! Que Dieu ait pitié de nous tous !

— Refusez-vous de me voir ? dit encore le jeune homme.

— Je ne peux pas, Richard ; mais je vais prier pour vous.

Fauvet haussa les épaules et descendit s'enfermer dans son cabinet de travail.

La rencontre eut lieu le lendemain matin, dans une propriété privée qu'un parent d'Emmanuel des Combes possédait à Boulogne. Jusqu'à la dernière minute, M. Chérouvier avait fait de vains efforts pour décider Justin Weill à présenter des excuses. Justin refusait de faire des excuses et Fauvet n'acceptait pas d'en recevoir.

Le directeur du combat, escrimeur de grand renom, dut, à la demande expresse de Fauvet, disposer les adversaires à la plus courte distance prévue par les lois du duel. Justin était calme et sombre, Richard nerveux, pâle, les canines au ras des lèvres. On entendit les mots rituels : « Attention ! Feu !... » Les bras se levèrent ensemble. « Une... deux... trois... » Au troisième commandement, Justin leva tranquillement la main et tira vers les nuages, cependant que Richard, ayant ajusté avec soin, tirait au corps et manquait le but.

Les pistolets furent remplacés. Long dans son pardessus au col doucement râpé, le visage décomposé de répugnance et de colère, Léon Bazalgette jurait tout bas :

— C'est absurde et révoltant ! C'est presque un assassinat. On ne peut pas recommencer.

Le directeur du combat lui fit observer qu'une seconde reprise était prévue, d'accord avec les combattants. La cérémonie recommença. Au troisième commandement, Justin leva le bras et tira vers le haut des arbres. Fauvet venait au même instant de décharger son arme. Justin fit un pas en avant et tomba sur le côté.

Chabot et le chirurgien s'étaient aussitôt précipités pour examiner le jeune homme. Justin disait : « Je suis sûr que ce n'est rien. La hanche. Une égratignure... » Le chirurgien, d'un coup de ciseau, divisait les vêtements que le sang poissait déjà.

— Non, disait-il, ce n'est pas grave. Une simple plaie en séton.

— Acceptez-vous, dit le directeur du combat, l'idée d'une réconciliation ?

— C'est inutile, fit Justin.

Le directeur du combat se hâtait d'un groupe à l'autre.

— M. Fauvet, dit-il en revenant vers les témoins de Justin Weill, M. Fauvet refuse aussi l'idée d'une réconciliation. Tout est fini, Messieurs. Faites avancer la voiture.

## CHAPITRE 24

L'abbé Scholaert secoua d'abord sous le portail sa pèlerine pesante de pluie, puis il poussa la porte et, tout de suite, il respira l'odeur familière de son église, l'odeur d'encens, de cire consumée, de pierre et de cave tiède. A nuit close, l'abbé voyait mal clair, juste assez pour se diriger le long des maisons. Mais, dans l'église, il était chez lui, il connaissait la place des piliers, les marches des chapelles, l'entrée de son confessionnal ; il devinait les chaises errantes, les tâtait et les écartait de la main.

Face aux lointaines lampes du chœur, il mit un genou à terre, dit quelques mots de prière et se releva en soupirant parce que le rhumatisme commençait de lui déformer les jointures.

A ce moment, une ombre longue et légère se dressa devant le prêtre. Une voix à peine sensible murmurait : « Mon père ! Je vous attendais. »

L'abbé tendit le col avec ce mouvement anxieux des gens que la vue trahit. Il disait, bégayant et reniflant :

— Mademoiselle... Madame... Que voulez-vous ?

— Mon père, vous ne connaissez pas mon visage. Mais vous me reconnaîtrez peut-être plus tard. Je suis une de vos pénitentes. Je vous attends depuis longtemps.

— Mon enfant, vous savez que ce soir je ne confesse pas.

Le vieux clerc se défiait un peu de ces âmes tourmentées, scrupuleuses, qui ont, de la pénitence, un besoin maladif et qui le poursuivaient parfois, aux moments que, recru de fatigue, il souhaitait le repos pour faire oraison, pour s'assoupir peut-être dans la paix d'une longue prière murmurante.

— Ce n'est pas l'absolution que je viens vous demander, mon père, c'est un conseil.

Le vieil homme fit, des épaules, un geste naïf et las ; il cherchait à différer un peu l'instant d'un effort qu'il ne mesurait pas bien, mais qui l'effrayait pourtant.

— Demain, Mademoiselle, Madame, demain, voulez-vous ? Après ma messe...

— Mon père, c'est urgent et grave.

— Alors, venez. Nous irons à la sacristie, je crois qu'il n'y a personne.

La sacristie était déserte en effet. L'abbé Scholaert paraissait résolu soudain. Bègue et bougon, peu soucieux de déguiser le rustique accent du Nord qui lui restait de son enfance passée dans la Flandre française, le prêtre cherchait des chaises d'une main tâtonnante, en disant des paroles vagues que la visiteuse n'écoutait même pas.

— Cette sacristie est triste. Mais bientôt la nouvelle église sera tout à fait terminée. Nous serons beaucoup plus à l'aise. Asseyez-vous, mon enfant.

Cécile commença de parler et, tout de suite, le vieil abbé secoua la tête.

— Je vous connais. Oui, je reconnais votre voix. Pardonnez-moi, la journée est longue et, le soir, je suis très las. Qu'il me soit possible de vous donner ce que vous attendez de moi !

— Mon père, je suis mariée, mais non pas devant l'Eglise. Mon père, je pourrais, je devrais chanter des actions de grâces : le ciel m'a comblée de ses dons. Mon père, cela aurait pu me suffire. Excusez-moi. Je dis les choses sans ordre. Je suis musicienne...

Le vieil homme leva la main.

— Ne prononcez pas votre nom. J'aurai plus facile à juger si je ne sais pas votre nom. D'ailleurs, je ne sais rien du monde.

— Mon père, je me suis mariée hors de l'Eglise. Je ne pensais pas à Dieu. Personne autour de moi ne pensait vraiment à Dieu.

— Pourquoi, demanda le prêtre, ne m'avez-vous rien dit en confession ?

— Je ne savais pas qu'il fallait le dire.

— Aimez-vous votre mari ?

— Pardonnez-moi, mon père, j'ai pensé que je finirais peut-être par l'aimer.

— Vous ne l'aimiez pas au moment de l'épouser. Pourquoi l'avez-vous épousé ?

— Mon père, comment vous dire ? Je voulais un enfant. Je n'imaginais même pas que je pourrais vieillir sans avoir un petit enfant.

— Pourquoi donc avez-vous choisi ce mari-là plutôt qu'un autre ?

— Je n'ai pas choisi, mon père. Il y a des filles que l'on voit heureuses, adulées, entourées d'amis. Et l'on croit qu'elles n'ont qu'à choisir, à étendre la main. Mon père, ce n'est pas vrai.

— Il y a peut-être des choses que vous ne me dites pas.

— C'est que je ne les comprends pas.

— Vous avez un enfant, maintenant ?

— Oui, mon père, un beau petit garçon.

— Que voulez-vous encore ?

— Mon père, je n'aime pas mon mari. Je pense même qu'il me fait horreur. Puis-je me séparer de lui ? Je ne suis pas mariée selon l'Eglise, mais seulement devant la loi.

L'abbé serrait les mains l'une contre l'autre d'un air mécontent et malheureux.

— Pourquoi demandez-vous conseil à un vieux prêtre ignorant ? Pourquoi ne consultez-vous pas les docteurs de la loi ?

— Mon père, ce n'est pas aux docteurs que je m'adresse, mais à Dieu.

L'abbé Scholaert baissa la tête et resta silencieux un long moment :

— Attendez, mon enfant, bégayait-il à mi-voix. Au point de vue du droit canon, les textes sont formels, vous n'êtes pas mariée. Vous pourriez vous séparer de votre époux. Mais...

— Mais quoi, mon père ?

— Mais vous avez quand même choisi cet homme pour compagnon. Vous devez vous humilier et vivre de votre mieux avec le père de votre enfant. Pourrez-vous l'épouser un jour selon l'Eglise ?

— Mon père, c'est impossible, il ne voudra jamais.

— Vous savez que l'Eglise a prévu toutes les détresses et qu'elle peut, même ainsi, ne pas vous abandonner, sanctifier votre union.

Cécile demeurait silencieuse. Le prêtre attendit un moment et murmura :

— Que Dieu vous aide à souffrir ! Il vous aidera.

— Et si je ne peux pas...

Le vieux prêtre fit des épaules un geste de tristesse.

— Pour souffrir, on peut toujours. Je vous assure que l'on peut toujours.

L'abbé Scholaert se prit à tousser, longuement, difficilement, comme un vieil homme que tenaille un rude catarrhe incurable. Il disait, entre deux accès :

— Ma pauvre enfant ! Que c'est douloureux ! Je voudrais pouvoir étendre les mains et vous renvoyer contente. Pardonnez-moi, je ne peux pas. Mais la paix vous sera donnée. Revenez me voir, mon enfant, revenez bientôt !

Cécile, debout dans la lueur de la lampe, attendait, attendait et ne se décidait pas à s'en retourner, toute seule, à travers les ténèbres de l'église.

## CHAPITRE 25

Il était plus de huit heures du soir. Cécile, ayant refermé la porte de sa maison, commença de gravir les degrés de l'escalier sans allumer les lampes.

Elle parvenait au premier étage et la lueur tombée de la verrière supérieure éveillait faiblement le bois de la rampe et les cadres de la muraille, quand une main, surgie de l'ombre, saisit la jeune femme à l'épaule.

— Cécile, disait la voix de Richard, voulez-vous m'accorder, ce soir, la grâce d'un entretien ?

La voix, en dépit des mots, n'était pas suppliante, mais ironique et corrosive.

— Si vous le voulez, répondit simplement Cécile.

— En ce cas, faites-moi l'amitié d'entrer dans mon cabinet de travail.

Le jeune homme tirait Cécile par le bras et, tout aussitôt, la lumière tomba du plafond, cruelle, éblouissante.

— Vous n'allez pas rester debout, dit Richard. Prenez place dans un fauteuil. N'avez-vous point dîné ?

— Non, je n'ai pas faim.

— A votre aise, mon amie.

Cécile venait d'entrevoir que Richard était en smoking et tout prêt à sortir, car son chapeau, ses gants et son manteau semblaient l'attendre, en bon ordre, sur la table. Comme s'il répondait à la pensée de sa femme, le jeune homme dit en s'asseyant au bord du divan :

— Je ne suis pas pressé, veuillez le croire. Mais j'aurai le regret de ne point passer ici la fin d'une soirée que, d'ailleurs, vous ne m'auriez probablement pas consacrée.

— Je ne sais comment vous dire, prononça la jeune femme d'une voix lasse, je ne sais comment vous dire que votre raillerie, oui, cette façon moqueuse que vous avez de me parler, m'afflige et me semble sans objet. Après ces deux jours de retraite, je n'ai pas l'intention, croyez-le, de vous chercher querelle.

Richard, fermant à demi les paupières, observait la jeune femme. Il n'avait point cet air dolent, accablé qu'il affectait d'habitude, mais il semblait, au contraire, ne pouvoir dominer une vive surexcitation nerveuse.

— Vous savez sans doute, fit-il brusquement, que je me suis battu ce matin et que je n'ai pas eu la chance de tuer M. Justin Weill.

— C'eût été, voulez-vous le reconnaître, une chance très horrible.

— Nous ne jugeons pas l'événement sous le même jour. Au surplus, je n'ignore pas que M. Weill a été de vos amis.

— Je connais Justin depuis dix-sept ou dix-huit ans, répondit Cécile avec simplicité. Ne cherchez point à me blesser à propos de cette amitié, ce serait indigne de l'homme intelligent que vous êtes.

Richard écoutait, moins attentif aux mots qu'à l'accent. Tout, dans l'attitude et dans les réponses de Cécile, marquait non seulement la fatigue, mais encore une volonté de conciliation, de fléchissement, de concorde.

— Richard, dit-elle soudain, si je vous prie de rester à la maison, ce soir, prendrez-vous cette prière en considération ?

— Je ne saurais dire, fit le jeune homme, que cette prière — le mot est de vous, Athéna — ne me touche pas. Elle semble marquer un désir d'armistice auquel je commençais à ne plus croire.

Richard venait de se lever. Il ne pouvait dissimuler une sorte de joie âcre et brûlante, à l'idée qu'il était encore victorieux, dans ce duel comme dans l'autre, que Cécile allait céder, que peut-être il arriverait à fléchir cette âme rebelle et si bien défendue.

— Je me demande, fit-il soudain, quel plaisir vous pourriez éprouver à me retenir à la maison, ce soir, contre mon gré, alors que je ne suis pas même assuré de jouir du sommeil si vous me laissez seul.

— Il ne s'agit pas de plaisir ; mais j'ai réfléchi, pendant ces amères journées. Si nous voulons continuer de vivre ensemble, il nous faut trouver une règle et faire de notre mieux pour nous y tenir. Le premier sacrifice que je vous demande est faible.

— Ne l'appréciez pas, je vous en conjure. Seul celui qui consent le sacrifice a qualité pour en prendre la mesure. Je note, Athéna, que vous venez, en deux mots, d'envisager une séparation et de répondre, provisoirement peut-être, par la négative. C'est une solution qui me touche plus que je ne saurais dire et si j'y vois un effet de cette belle foi religieuse...

— Je vous en prie, ne faites pas intervenir ma foi religieuse dans cet entretien.

— Vous n'êtes pas conséquente avec vous-même, Cécile. Quand je vous ai prévenue, hier au soir, que j'étais à l'heure la plus dramatique de ma vie, vous n'avez pas laissé de faire intervenir votre religion : vous m'avez pieusement répondu que vous alliez prier pour moi.

— Qu'avais-je à faire d'autre, Richard ? Comment vous dire que je ne pouvais souhaiter ni votre défaite, ni votre succès, et que la prière est le seul remède à de telles angoisses ? Voyez comme je suis calme, Richard, et comme je suis patiente. Vous ne m'entraînerez pas hors de la voie que je me suis tracée. Je vous ai posé une question. Je vous ai fait une demande et vous ne m'avez pas encore répondu.

— Quelle demande, Athéna ?

— Il est impossible que vous l'ayez oubliée déjà. Je vous ai demandé de ne pas sortir, ce soir, de consacrer ainsi la trêve entre nous deux. En somme, je vous demande un gage. Il est modeste. Tout vous incline à me le donner. Vous venez de vivre une journée très épuisante. Vous êtes de santé fragile et, depuis trois ans, vous n'avez cessé de me le dire. Restez ici. Reposez-vous. Soignez-vous.

Richard se prit à rire.

— J'admire, disait-il, le souci que vous prenez de ma santé. Je vais très bien. Je ne sais comment vous faire entendre que je ne me suis jamais si bien porté.

— Oui, dit Cécile en fermant doucement les poings, la dureté vous réussit.

— Méfiez-vous, Cécile, je vous sens sur le point de sortir de ce beau calme dont vous me donnez depuis un quart d'heure le spectacle édifiant. Mais quoi ! Vous n'allez pas vous obstiner dans un caprice. Que vous importe de me savoir ici ou là ! Vous êtes une femme supérieure, Cécile ; mille fois vous me l'avez fait comprendre et sentir. Les jeux de la jalousie sont tout à fait indignes de vous.

— Je vous ai déjà demandé, reprit Cécile en serrant les mâchoires, de ne jamais prononcer ce mot devant moi, ce mot que vous venez de dire. Je ne comprends pas quelle sorte d'affreux plaisir vous pouvez prendre à me torturer et même à m'humilier ainsi.

— Je ne saurais vous humilier en prononçant le mot de jalousie. Vous ignorez tout de cette triste passion.

— Détrompez-vous. J'ai connu des malheureux qui souffraient de jalousie et leur souffrance m'inspirait une véritable horreur.

— Une horreur tout à fait objective, Athéna. Vous n'avez aucune raison d'être jalouse de ce petit monsieur sans talent, sans esprit et sans importance que vous avez eu le grand tort de prendre pour mari.

Cécile se leva, fit deux ou trois pas au hasard, non vers la porte, mais vers la muraille, vers des images qu'elle était seule à percevoir.

— Vous avez raison, dit-elle âprement, on ne peut être jaloux de quelqu'un qu'on n'aime point.

Richard fit, pour sourire, un effort qui le défigura.

— Quelle belle franchise ! soupirait-il. Il ne faut pas beaucoup vous pousser pour obtenir la vérité.

Il y eut un grand moment de silence, puis le jeune homme dit encore :

— Il n'est pas facile d'être votre mari, Cécile.

— Pensez-vous qu'il soit aisé d'être votre femme ?

— Pourquoi donc m'avez-vous choisi ? Car il y a de votre faute. Vous pouviez m'écarter, me décourager, vous ne l'avez quand même pas fait. Allons, répondez, cette question mérite réponse.

Comme Cécile restait silencieuse, le jeune homme reprit avec rage :

— Vous m'avez laissé peu d'illusions. Vous n'avez jamais voulu me tutoyer, même aux instants où l'on peut espérer quelque mouvement d'abandon. Pourquoi m'avez-vous épousé ? Pour mes œuvres et mes travaux ? Vous ne les connaissez guère. Pour mon humble nom ? Vous ne le portez pas. Pour avoir une compagnie que vous semblez dédaigner ? Pour la fortune ? Je n'en ai pas et vous en avez une immense. Pourquoi ? Je vous le demande une fois encore.

Cécile fit, des épaules, un geste las et répondit, comme pour elle-même :

— J'étais, au fond, trop heureuse. Je jouissais des dons que j'avais reçus. Je n'avais presque jamais l'occasion de souffrir. Je souffrais, obscurément, peut-être, de ne pas souffrir.

— Et vous avez compté sur moi pour assumer cette mission délicate de faire souffrir Cécile.

— Non, non, taisez-vous. Je pensais vous avoir montré, Richard, que je voulais... Non, non, laissez-moi ne rien dire.

— Il est trop tard, Cécile. Il est vraiment trop tard. Achevez votre pensée.

— Comment n'avez-vous pas compris que je voulais un enfant ? Notre destin à nous autres, est de créer l'enfant.

— Oui, oui, dit doucement Richard, et vous aviez besoin d'un... mettons d'un associé.

— Ne cherchez pas, je vous en prie, les expressions humiliantes.

— Certes non, poursuivit le jeune homme avec le même pâle sourire. J'en suis à me demander si cette espèce de choix n'est pas, en même temps, honorable et, permettez le mot, dérisoire. Pourquoi moi, Cécile ? Ne craignez plus de me blesser, j'ai de bons durillons aux places les plus exposées.

— Je ne songe pas à vous blesser. J'ai réfléchi, croyez-le bien. Je me disais que vous étiez intelligent. Je ne vous connaissais pas comme je vous connais aujourd'hui... Je pensais que, chez nous, les

Pasquier, nous étions trop instinctifs et qu'un enfant pourrait tirer bénéfice de cette sorte d'intelligence qui est en vous et dont je pensais être vraiment dépourvue et que... j'ai parfois admirée.

— Et vous vous êtes dit tout cela ? fit Richard en remuant rêveusement la tête.

— Je crois avoir pensé tout cela. Je n'en suis même pas très sûre.

— Avez-vous aussi pensé, poursuivit Richard en relevant les yeux, avez-vous pensé que cet enfant n'est point uniquement à vous et que j'aurais le droit, un jour futur, peut-être même un jour prochain, d'en réclamer la possession ?

— Oh ! répondit Cécile avec un regard bleu pâle, ce froid regard Pasquier qu'elle ne pouvait plus contenir, si vous deviez jamais essayer de me prendre mon enfant, sachez bien que je vous tuerais. Je suis, moi, très adroite de mes mains, et je ne vous manquerais pas.

Richard venait de se lever à son tour et, pendant une longue minute, les deux époux restèrent debout face à face.

— Et maintenant, dit Richard, il me semble que cet entretien a bien assez duré. Permettez-moi de prendre congé.

Cécile ne semblait pas avoir entendu. Ses sourcils qui étaient sombres et nettement tracés remuaient comme des bêtes vivantes. Elle haletait :

— Je ne vous en veux plus que d'une chose : c'est d'avoir excédé ma patience, de m'avoir fait quand même céder... oui, de m'obliger enfin à m'avouer vaincue. Richard, une fois encore, ne sortez pas.

— Je me demande ce qui pourrait désormais m'en empêcher.

— Ecoutez, dit Cécile. Ecoutez bien, Richard : je ne sais où vous allez...

— Vous ne pouvez pas le savoir et, vraiment, que vous importe ?

— Mais, si vous allez où je pense... êtes-vous sûr de ne pas créer un conflit tout à fait contraire au but que vous poursuivez ? Comprenez-moi bien, Richard.

— C'est difficile.

— Etes-vous sûr, en rompant avec votre femme, de ne pas rendre impossibles certaines rêveries, certaines ambitions dans lesquelles vous avez peut-être le triste courage de vous plaire.

— Voilà des subtilités auxquelles vous me permettrez d'avouer que je ne comprends pas grand-chose. Et qui parle de rompre avec ma femme ?

— Ne sortez pas, Richard.

— Je ne saurais vous dire, Athéna, combien m'est intolérable l'idée d'être attaché. Laissez-moi donc sortir, Athéna, donnez-moi congé.

— Ne m'appelez pas Athéna. Ce nom me déplaît et ne me convient pas. Une fois encore, Richard, je vous demande de rester ici, ce soir.

— Je sortirai, Cécile. Il m'est désormais nécessaire de me prouver à moi-même que je suis un homme libre.

— Si vous sortez d'ici, maintenant, Richard, vous ne reviendrez pas, vous ne pourrez revenir, je ne vous laisserai pas revenir.

— Vous m'étonnez, Cécile. La loi vous donne tort, je pense que vous le savez.

— La loi n'a pas de sens dans le drame qui nous tourmente. Ne sortez pas, Richard.

— Et moi, je vous dis : laissez-moi donc aller, de votre plein gré.

— C'est impossible, Richard.

— Au revoir, Cécile.

— Non, non, Richard, c'est adieu que vous venez de me dire.

Le jeune homme saisit son chapeau et son manteau, fit un léger salut de la tête et se lança dans l'escalier.

Quelques secondes plus tard, Cécile entendit se fermer avec un bruit de caveau la pesante porte de la rue. La jeune femme réfléchit un moment puis gagna l'étage supérieur.

— Félicienne, dit-elle, donnez-moi mon vêtement noir, ma toque et ma fourrure.

Comme Cécile, ainsi vêtue à la hâte, se disposait à sortir, elle dit encore :

— Qu'est-ce que c'est, Félicienne ? Ecoutez, le petit chantonne, mais ce n'est pas sa voix habituelle. On ne dirait pas qu'il chante. Pourquoi ne dort-il pas encore ?

— Je vais aller voir, Madame.

Déjà Cécile descendait en courant les degrés de l'escalier.

Il était plus de neuf heures du soir et Cécile eut quelque mal à trouver une voiture. Elle dut marcher jusqu'au parc Monceau, puis jusqu'au boulevard Malesherbes. Elle courait presque, les lèvres serrées, tirant jusqu'à les déchirer sur ses gants qui refusaient de se boutonner.

Elle finit par apercevoir un taxi maraudeur et elle cria, la voix défaillante :

— Au théâtre Sarah-Bernhardt.

La course était longue et la jeune femme eut le temps d'ajuster sa voilette, de fermer jusqu'au bas son long manteau, de contenir les battements de son cœur et de mettre dans ses pensées l'ordre, sinon la mesure.

Au guichet du théâtre, elle obtint une baignoire d'avant-scène dont elle fit monter le volet, puis elle s'installa dans l'ombre et commença d'inspecter la salle. Presque tout de suite elle aperçut Richard au milieu de l'orchestre. Le jeune homme semblait pâle et nerveux. Il portait au revers du smoking une grosse fleur de gardénia.

Dès le début du second entracte, Richard se leva, dit quelques mots, d'un air fort animé, à deux ou trois personnes qui l'arrêtaient au passage et s'engagea dans le couloir. L'absence fut longue. Cécile avait retiré ses gants. Elle s'aperçut tout à coup que le rideau venait de se lever sur le troisième acte et que Richard n'était pas à sa place.

Avec ses brefs ongles de pianiste, Cécile commença de gratter la rampe de bois qui la séparait de la salle. Le bruit qu'elle faisait, et non la douleur, finit par la réveiller de l'espèce de léthargie où elle se trouvait engloutie.

A la fin du troisième entracte, Richard reparut soudain. Cécile vit tout de suite qu'il avait, pendant l'absence, perdu le beau gardénia crémeux qui décorait sa boutonnière.

La jeune femme se leva, sortit dans le couloir désert et partit en trébuchant. Elle s'aperçut, au bout d'un long moment, qu'elle avait quitté le théâtre, qu'elle marchait le long de la Seine et qu'un vent froid s'était levé, mouillé d'aiguilles de grésil. Une voiture errait devant les grilles du Louvre. La jeune femme l'arrêta.

Un quart d'heure plus tard, elle ouvrait d'une clef hésitante la porte de sa maison. A peine avait-elle pénétré dans l'ombre du vestibule, elle eut le sentiment que la maison ne dormait pas. Presque aussitôt, elle entendit, tombé des hauteurs, un cri, un long cri d'enfant, ce cri jamais encore perçu mais que toute mère imagine et qu'elle reconnaît aussitôt comme l'appel même de sa chair.

Cécile se lança dans l'escalier en ramassant à deux mains les plis de sa longue jupe.

## CHAPITRE 26

Les yeux grands ouverts, le visage blanc, les lèvres décolorées, l'arête du nez fine et luisante, le petit garçon élevait, du fond de son lit, vers le visage maternel, un regard sérieux, fixe, effrayé. Il tenait la jambe droite repliée, sa main droite, au-dessus du drap, ramait avec des gestes tâtonnants.

Cécile, un long moment, soutint l'effort de cette interrogation silencieuse. Aucune plainte, aucun élan. L'enfant semblait se recueillir dans l'attente d'un nouvel assaut de la mystérieuse douleur.

La jeune maman n'avait pas pris le temps de retirer ses vêtements d'hiver encore imprégnés par l'air glacial de la nuit. Le petit garçon frissonna puis, tout à coup, il ouvrit une bouche aux lèvres distendues, une bouche dans le fond de laquelle on voyait trembler la langue, et il se reprit à gémir et à pleurer. Cécile, en hâte, quittait son manteau, arrachait toque et voilette, jetait ses gants au hasard. Puis elle se mit à genoux devant la nacelle blanche.

— Depuis quand, Félicienne, depuis quand souffre-t-il ?

— Il commençait de se plaindre au moment que vous partiez.

— Il fallait me rappeler.

La servante ne répondit rien. La crise, une fois encore, semblait s'éloigner. De nouveau, les yeux ouverts, l'air attentif, l'enfant s'immobilisait dans l'attente.

— Vite, dit Cécile, téléphonez au Dr Joire, et, s'il ne répond pas, allez le chercher, ramenez-le, tout de suite. Je reste près du petit.

Un long moment passa pendant lequel on entendit un bruit d'appels et de sonneries, puis le grondement de la porte, dans les profondeurs de la maison. Le silence tomba. Félicienne était partie. De temps en temps, l'enfant cessait de se plaindre et, dans le calme profond, Cécile percevait, à travers planchers et tentures, la voix des deux servantes qui veillaient à la cuisine, espérant, peut-être, ou des ordres, ou des nouvelles.

Il était une heure du matin quand l'enfant commença de vomir. Les efforts qu'il fit alors entraînèrent un redoublement des souffrances et Cécile allait s'abandonner à l'angoisse quand le docteur arriva.

C'était un vieux praticien timoré, aimable, aux gestes méticuleux. Il était allié, de loin, à la famille de Fauvet et avait même engagé le jeune homme, quelques années auparavant, à des études médicales que Richard, esprit inquiet, venait de déserter bien avant leur achèvement. Le docteur habitait aux environs et se montrait de bon conseil.

Il entreprit d'examiner le petit garçon, ce qui n'allait pas sans peine. L'enfant n'était pas d'âge à répondre aux questions. Il se contentait, de ses petites mains maladroites, de saisir les doigts du médecin pour les écarter en criant. Puis il se remit à vomir.

— C'est embarrassant, disait le docteur en mordillant sa moustache blanche. Il n'a pas beaucoup plus de 38°. Mais le pouls est assez rapide. Il n'y a quand même pas lieu de s'affoler pour une colique. Je le reverrai demain.

Il prescrivit des compresses fraîches et une potion calmante dont il rédigea la formule soigneusement en laissant paraître sur sa figure de barbon une petite lippe d'écolier.

Comme le docteur quittait la chambre, Richard se montra dans l'entrebâillement de la porte.

— Que se passe-t-il ? murmurait le jeune homme.

— Docteur, dit Cécile, ayez la bonté d'expliquer à mon mari que le petit garçon est malade, qu'à votre avis ce n'est pas grave, et que je vais veiller ici. Mon mari doit avoir un très grand besoin de repos. Priez-le de se mettre au lit.

Cécile entendit les deux hommes qui parlementaient sur le palier. Le vieux praticien grondait :

— Je sais tout. J'ai lu les journaux du soir. Vous n'ignorez pas que vous êtes passible de poursuites judiciaires. C'est une bien extraordinaire folie. Si vos parents vivaient encore, ils vous feraient de grands reproches et ils auraient raison. Pour l'enfant, c'est assez peu clair ; nous verrons demain matin ! Allez vous coucher tout de suite.

Les deux voix s'enfonçaient petit à petit dans l'escalier, puis le silence régna. Un peu plus tard, Félicienne revint avec une bouteille. L'enfant but la potion, difficilement, entre deux accès du mal, et ne tarda pas à vomir le peu qu'il en avait pris. Cécile, à genoux devant le lit, s'efforçait d'appliquer et de maintenir des compresses que l'enfant repoussait ou arrachait en pleurant.

Les heures de la nuit passèrent lentement ainsi, tantôt dans les gémissements et tantôt dans la torpeur. Il y eut, à l'heure des premières voitures, comme la ville commençait de se dégourdir en grognant, une accalmie plus longue, eût-on dit, que les autres, et Cécile espérait l'allégement, mais l'enfant gardait les yeux ouverts dans l'ombre. Et soudain revint la douleur.

D'instant en instant, le cerne des paupières se creusait, blêmissait. L'arête du petit nez allait s'amincissant. Les narines battaient avec rapidité. Cécile eut soudain le sentiment d'un grave et terrible péril. Elle pria Félicienne de lui donner du papier et une plume. Et là, toujours à genoux, s'appuyant au lit de l'enfant, elle écrivit ce billet :

« Cher Laurent, mon petit Sandry est malade, peut-être même très malade. Viens avec Félicienne. Viens tout de suite. J'ai grand besoin de toi. CÉCILE. »

Félicienne, une fois de plus, boutonnait sa longue pèlerine. Cécile dit :

— Tâchez de trouver une voiture et dépêchez-vous, mon amie.

La servante revint une grande heure plus tard. Elle ramenait Laurent.

Le jeune homme, sans un mot, marcha jusqu'au lit de l'enfant. Il resta là quelques minutes, attentif, silencieux, puis il tira le drap, doucement, très doucement, et regarda le petit corps, la poitrine haletante, le ventre dur et immobile. D'un doigt léger, il effleurait la peau moite, et l'enfant, tout aussitôt, de pousser de nouvelles plaintes.

— Sœur, dit Laurent, je ne suis pas chirurgien...

— Pourquoi dis-tu « chirurgien » ?

— Parce que, si je ne me trompe, c'est affaire de chirurgien.

— Mais, s'écria Cécile, le Dr Joire est venu cette nuit même, il n'a pas parlé de cela.

— Sœur, je peux me tromper...

— Non, non, murmurait Cécile, si quelqu'un se trompe, ce n'est probablement pas toi.

Elle restait là, devant ce lit, les mains jointes, le souffle court, les yeux dilatés, visiblement sur le point de succomber à la détresse.

— Ils ne sont pas très nombreux, dit pensivement le jeune homme, ceux qui sont capables de résolution dans la chose à laquelle je pense. Mais il faudrait se hâter.

Cécile tendit les mains.

— Va, Laurent, dépêche-toi !

Deux longues heures passèrent encore. Il faisait déjà grand jour quand Cécile entendit une voiture s'arrêter devant la porte, puis des pas pressés sur les marches.

— Excusez-moi, Monsieur, disait la voix de Laurent, mais l'affaire me semble grave.

Le visage de l'homme qui parut alors, Cécile devait le revoir, au long de toute une vie, dans les longues nuits sans sommeil où l'âme, inlassablement, fait comparaître hommes et choses et reconstruit, trait pour trait, touche par touche, ombre après ombre, l'histoire de ses épreuves.

Il était d'une taille à peine au-dessus de la moyenne, vigoureux et vigilant, les muscles toujours en éveil comme ceux d'un animal merveilleusement adroit et ménager de ses gestes. Il tenait la nuque fléchie de manière insensible, dans la position de celui qui regarde, qui observe et même qui épie. Le col semblait peu mobile, mais les yeux viraient très vite sous des sourcils épais, des yeux toujours en mouvement, toujours en éveil. Il portait des cheveux drus, soignés, lustrés et une courte barbe où brillaient déjà quelques fils gris. Le visage et l'attitude, tout exprimait une volonté tendue, sans distraction souhaitée, sans défaillance possible.

Il prit à peine le temps de saluer Cécile et ne s'arrêta que devant le petit malade. Deux belles mains circonspectes entrèrent aussitôt en action.

— Aucun doute, disait le chirurgien d'une voix nette, précieuse, un peu grêle. Aucun doute, mon pauvre ami.

Et soudain, tourné vers Cécile :

— Veuillez vous retirer, Madame. Une minute seulement.

Puis, à Laurent, de nouveau :

— Pasquier, vous avez raison ; mais il est beaucoup trop tard. Qui donc a vu l'enfant d'abord ?

— Un vieux médecin de famille.

— C'est très fâcheux, mon pauvre ami. On a perdu plusieurs heures. Ah ! voici que l'enfant recommence à vomir. Il est trop tard, Pasquier. Deux ans et trois mois, dites-vous... D'abord, c'est assez rare. Et c'est presque toujours très grave. Porter l'enfant à la clinique, vous comprenez que c'est maintenant presque impossible. Veuillez appeler votre sœur.

Cécile n'avait point encore quitté ses vêtements de ville. Elle venait sans doute de prier car, sur ses traits fatigués, rayonnait une lueur de courage et d'espérance.

— Docteur, dit-elle en s'avançant, est-ce qu'il ne va plus sourire ?

Pour poser une question en même temps si simple et si anxieuse, le visage de la jeune femme s'efforçait laborieusement à composer un sourire plus douloureux que des larmes. Le chirurgien se recueillit un long moment. Ce qu'il avait à dire lui paraissait amer.

— Madame, prononça-t-il enfin de sa voix stricte et serrée, la maladie dont souffre votre petit enfant exige une opération.

Cécile ouvrit les mains, paumes en avant :

— Opérez-le, Docteur. Je vous le remets, je vous le confie.

— Madame, reprit le praticien en détournant les yeux, comment vous dire que l'opération, pour être bienfaisante, aurait dû être exécutée dès hier soir, après les premières douleurs ?

Cécile se prit à trembler de tout son corps.

— Opérez-le, Docteur. Si vous l'opérez tout de suite, je suis sûre qu'il est temps encore.

— Je ne sais pas, Madame. Il faudrait transporter l'enfant à la clinique et le transport me semble désormais bien dangereux en lui-même.

Cécile se jeta soudain sur les mains de ce magicien sévère ; elle les avait saisies dans les siennes et les secouait avec passion.

— Tout de suite ! Docteur, opérez mon enfant ici, dans cette chambre, tout de suite. Vous ne pouvez pas refuser, Monsieur. Vous ne pouvez pas me le laisser mourir. C'est mon enfant, Monsieur, mon seul enfant.

Le chirurgien hochait la tête à petits coups. Pour accoutumé qu'il fût aux infortunes de la chair et de l'âme, la douleur de cette jeune femme le remuait visiblement. Et, soudain, comme s'il eût, dans ses belles mains patriciennes, soupesé les chances ultimes, il prit une décision.

— Je serai dans une heure ici. Impossible d'aller plus vite. Pasquier, préparez la chambre. Sortez les meubles que vous pouvez sortir. Des draps propres sur le reste. J'apporte ma table, j'amène mes aides. C'est pour vous que je le fais, Pasquier, pour votre sœur et pour vous.

Il ajouta, beaucoup plus bas :

— Nous avons une chance ou deux contre cent. Pas plus, vous m'entendez bien, pas plus. Reconduisez-moi jusqu'à la porte.

Comme les deux hommes descendaient l'escalier en grande hâte, ils se heurtèrent à Richard. Le chirurgien ne s'arrêta pas.

— C'est le mari ? grondait-il. Qu'est-ce qu'il est ? Qu'est-ce qu'il fait ? Pourquoi n'était-il pas là ? Vous me direz tout ça plus tard. Et puis, faites bouillir de l'eau. Enfin que rien ne manque. L'enfant est intransportable. Mais, opérer dans cette chambre, c'est absurde, c'est déraisonnable. Mon cher, nous allons agir comme mon maître Terrier à ses glorieux commencements.

Laurent, une minute plus tard, en remontant l'escalier, rencontra Richard qui l'attendait, appuyé contre la rampe. Le jeune homme avait dû prendre, pour obtenir le sommeil, une forte dose d'hypnotique. Il avait la langue épaisse, les traits gonflés, les yeux collés. Il saisit Laurent par l'épaule et dit avec effort :

— Qu'est-ce qu'il y a ? Qui sort d'ici ?

— C'est le Dr Gosset, répondit Laurent très vite. Dépêchez-vous de vous habiller. On opère le petit Alexandre, dans une heure à peu près. Comprenez-moi bien, Richard : votre enfant est très malade.

## CHAPITRE 27

Un peu avant onze heures, les chirurgiens se mirent à l'œuvre.

— Sœur, fit Laurent, il faut t'en aller, maintenant : tu ne peux rester ici.

— Laurent, Laurent, tu ne veux pas que je quitte mon petit.

— Il faut le quitter, Cécile. Il faut être sage et t'en aller attendre en bas, avec les autres.

Cécile regarda vers la table sur laquelle reposait le petit corps. Quelques gouttes d'anesthésique avaient suffi : l'enfant dormait déjà. Cécile avait le sentiment de son impuissance mais, pourtant, aussi, l'idée opiniâtre que tant qu'elle serait là pour veiller l'enfant, pour le regarder, pour le tenir à la surface de la vie, l'enfant ne pourrait pas mourir.

— Qui va rester ? demanda-t-elle.

— Moi, je reste, fit Laurent.

Seule dans l'escalier, Cécile commença de descendre les marches, puis elle s'arrêta et se mit à genoux. Un poignant silence régnait maintenant là-haut, dans cette chambre étouffée où se livrait le combat pour le salut de cette créature fragile qui représentait, aux yeux de Cécile, tout avenir et toute vie.

Une lente prière sans mots se formait laborieusement dans le cœur de la jeune mère, une prière faite de soupirs, de cris réprimés, de promesses, d'élans, de prosternations. Puis vinrent des pensées délirantes, les vœux absurdes qui tourmentent les malheureux au plus sombre de l'épreuve : « Seigneur, la vie ! la vie seulement. Si vous le voulez, je renoncerai à tout. Je ne jouerai plus de musique. Je peux me couper les mains. Je peux me crever les yeux. Seigneur ! laissez-le-moi, même infirme. Je le soignerai très bien. Je le rendrai heureux quand même. »

De la verrière aménagée dans la toiture tombait une lumière blanche, la froide lumière de mars et, de temps en temps, un vol de pluie ou de grêle venait cingler les carreaux.

De longues minutes passèrent. Cécile s'aperçut qu'à la pointe de l'ongle elle s'efforçait de gratter une petite tache du tapis. Le bruit menu qu'elle faisait lui rappela soudain l'odieuse soirée au théâtre et cette rampe de bois qu'elle avait égratignée furieusement, dans sa colère. Etait-ce vraiment la même femme qui attendait, à genoux, sur les marches de l'escalier, que les hommes blancs, là-haut, eussent achevé leur office ?

Puis vint un instant de calme, une rémission miraculeuse. La jeune mère cessait de résister. Elle connut soudain, de façon sensible et presque charnelle, avec ses lèvres, avec sa bouche, le goût du renoncement, la saveur du sacrifice.

La porte de la chambre s'entrouvrit soudain. Sûr de n'avoir pas même à faire un pas, à élever la voix, Laurent disait :

— Tu peux entrer.

La voix n'était ni triomphante, ni même paisible. Cécile ne put s'y tromper.

— Madame, murmura le chirurgien, nous avons fait de notre mieux. Je voudrais pouvoir vous rassurer. Je n'en ai pas le droit, Madame.

L'enfant avait été reporté dans son lit. Il dormait d'un sommeil que Cécile ne connaissait pas et qui lui parut terrible. Elle s'agenouilla près du lit. Le chirurgien se rhabillait et parlait à Laurent, tout bas, mais non point si bas que Cécile ne pût entendre.

— Une perforation, disait-il, avant la quatorzième heure ! Le péritoine envahi. Des phénomènes toxémiques. Nous autres, nous n'arrivons que quand on nous appelle. Il faudra bien qu'un jour le plus humble des praticiens sache reconnaître à temps cette effrayante maladie. Vous me donnerez sans faute un coup de téléphone, chez moi, entre trois et quatre heures. Au revoir, Pasquier. Nous avons fait le possible...

Les voix se perdirent bientôt derrière la porte. Quand Laurent revint, il souffla, dans l'oreille de Cécile :

— Ton mari veut voir l'enfant.

Cécile remua la tête, faiblement, pour dire oui. Debout derrière la jeune femme, Richard demeura quelques instants, son dur visage contracté par une souffrance à laquelle il semblait mal préparé. Il faisait de pénibles efforts pour avaler sa salive.

Las de contempler ces deux douleurs dissemblables qui ne pouvaient ni s'apaiser, ni s'unir, Laurent finit par entraîner Richard.

— Descendez chez vous, disait-il. Nous avons tous notre rôle dans ces heures difficiles. Occupez-vous des parents, de nos amis. Je vais rester près de Cécile et vous donnerai des nouvelles.

Laurent, sur la pointe des pieds, gagna la chambre de la jeune femme. Il s'assit dans un fauteuil et commença de rêvasser. Il s'aperçut après un long moment que ses pensées tournaient toujours dans le même cercle : « Donnez-moi cette petite vie, songeait-il, donnez-la-moi non seulement pour ma sœur Cécile, mais aussi pour moi, pour qu'il me soit possible de continuer à vivre et à travailler, pour que je garde encore le sentiment de l'avenir, pour que je ne perde pas confiance... » Cette méditation vagabonde s'achevait dans la colère, dans les menaces et la désolation. « Comme c'est extraordinaire, pensa Laurent, je n'ai point la foi, je ne crois plus en Dieu depuis longtemps ; mais je demande encore, j'exige encore, je suis encore capable de prière. »

Il fit une rapide excursion dans les étages inférieurs de la maison. Le Dr Pasquier et Mme Pasquier venaient d'arriver. On entendait, à la cantonade, bourdonner la grosse voix de Joseph. Mme Pasquier avait retiré sans mot dire sa capeline et son chapeau. Elle avait les lèvres serrées, le regard fixe, deux grandes rides aux coins de la bouche, cet air sérieux et obstiné qu'on lui voyait, depuis toujours, dans les conjonctures notables. Elle monta l'escalier, vint s'asseoir près de Cécile et resta là comme une personne qui a rejoint sa vraie place et retrouvé le rôle de toute son existence. Elle savait, mieux que personne, arranger un oreiller, déplisser un drap avec la paume de la main, dissimuler une lumière, disposer une boule d'eau chaude. Mais qu'aurait pu faire l'ange de la douceur lui-même au chevet de cette humble créature blessée ? L'enfant parfois se plaignait et parfois tombait dans la somnolence. Il ramenait alors le drap sur son visage. A chaque respiration, une mèche de cheveux dorés palpitait insensiblement.

Les heures de la journée se consumaient dans la torpeur. Laurent descendit l'escalier pour chercher, une fois de plus, dans le mouvement, un remède à la tristesse. Comme il arrivait au rez-de-chaussée, devant la porte du salon, il perçut le murmure d'une conversation paisible.

— ... Ce n'est pas l'homme de science, disait rêveusement Joseph, non, malgré ce que l'on pourrait croire, ce n'est pas le savant qui a dominé le siècle. Non, le vrai créateur, croyez-moi, c'est l'homme d'argent, je dis bien, le capitaliste. Autrefois, les hommes d'argent n'étaient guère que des usuriers. Pendant tout le XIXe siècle, ils ont été les vrais créateurs, les rassembleurs d'énergie. Sans les grands manieurs d'argent, qu'auraient fait les hommes de science, je vous le demande ? Ils seraient morts d'ennui dans le fond des laboratoires. C'est ce que j'ai parfois le courage d'expliquer à mon frère Laurent.

— Comment va le petit malade ? fit une voix inconnue.

— Malheureusement, répondit Joseph, il paraît qu'il ne va pas bien. J'en ai le cœur à l'envers, car vous savez, j'ai des enfants et je ne suis pas fait autrement que les autres. Quant à vos renseignements, je vous les enverrai demain. L'argent, l'argent... il est ma foi bien possible que l'argent disparaisse, en tant que signe, en tant que puissance. Mais, bah ! il a duré des milliers d'années, il durera bien encore autant que moi, Joseph Pasquier. Et maintenant, je m'en vais, je retourne à mes affaires. Je téléphonerai ce soir.

Laurent remontait les marches de l'escalier. « Je suis bien sûr, songeait-il, que Joseph est venu là, poussé par une sympathie sincère. Mais tout s'épuise et maintenant Joseph retourne à son tourment, à cette passion qui le consume et finira par le détruire, un jour, plus tard, dans l'avenir... »

Laurent regagnait le chevet du petit malade. L'enfant venait de vomir. Un vomissement noir dont la mère et la grand-mère se montraient très effrayées.

La nuit commençait de tomber quand Cécile comprit que l'enfant allait mourir, que toute prière était vaine, que tant d'amour, tant d'espoirs, tant de projets et de rêves allaient sombrer tout à coup au terme de cette journée horrible. Alors elle commença de se promener dans la chambre, les bras noués, la chevelure défaite, la gorge secouée de sanglots qui ne trouvaient point issue.

De longues heures passèrent encore, puis l'enfant se prit à hoqueter, puis il ouvrit la bouche comme un poisson pêché, puis vinrent des convulsions.

Longtemps après la minuit, Suzanne arriva du théâtre, avec la voiture de Joseph. La maison semblait engourdie dans une paix surnaturelle. La jeune fille, qu'on avait cherchée tout le jour, venait enfin d'être avertie par un billet du docteur. Suzanne poussa la porte et se lança dans l'escalier, sentant à chaque degré croître son inquiétude. Comme elle atteignait le second étage, une porte s'entrouvrit et Cécile parut. Elle prit Suzanne à pleins bras, l'étreignit longuement, joue contre joue, bouche contre oreille.

— C'est fini, disait-elle, c'est fini. Mon petit garçon est mort.

## CHAPITRE 28

Venu de l'ouest, un grand vent chargé d'ombres et de nuées courait au ras de la terre. De belles vagues de clartés retroussaient l'herbe d'avril.

Au sud, par-dessus la jeune frondaison des marronniers et des platanes, on apercevait les maisons de la ville. Des sonneries de clairons, perdues dans l'éloignement, pétillaient ou s'éteignaient selon les sursauts de la brise.

Cécile achevait d'emplir à la borne-fontaine un léger broc de fer-blanc.

— Je te remercie, dit-elle, de m'avoir accompagnée.

— Veux-tu, demanda Laurent, que je te porte quelque chose ?

— Non, je n'ai besoin de rien ; mais je suis très contente de te sentir près de moi.

— Quelle paix ! dit encore Laurent. On se croirait à la campagne.

— Oui, l'herbe pousse entre les tombes.

La jeune femme s'éloignait, portant le broc d'une main et de l'autre une petite pelle. Son éternelle serviette bourrée de livres et de papiers contre la hanche, Laurent suivait, en silence.

Parvenue devant le tertre, Cécile commença de creuser la terre.

Dans chaque trou, elle plantait une touffe de myosotis. Elle s'était agenouillée sur les cailloux et la mousse. Comme elle se prenait à parler, Laurent s'accroupit bientôt de l'autre côté de la tombe.

— Maman, disait la jeune femme, voulait que mon petit garçon fût enterré là-bas, à Nesles, dans ce caveau qu'ils ont bâti, dans leur tombeau de famille. Mais je n'ai pas voulu, non, je n'ai pas voulu. Qu'aurait-il été faire, là-bas, tout seul et si petit, dans ce monument de granit ? Et puis, c'est trop loin. Je veux venir tous les jours.

Un merle jaillit d'entre les tombes, un vermisseau dans le bec, et prit l'essor à grand bruit d'ailes. Cécile, une seconde, le suivit d'un œil absent, puis elle se reprit à parler.

— C'est le premier de nous tous qui s'en va, le plus petit de nous tous. C'est lui qui a, le premier, entendu la voix qui nous appellera tous, à notre rang, que nous ne pouvons pas prévoir. Laisse-moi faire, Laurent, je verserai l'eau moi-même. Il y a de petites joies, même dans l'extrême détresse.

Cécile arrosait, au pied, les touffes de myosotis.

— Oui, dit-elle, je viens ici tous les jours, et c'est pourquoi j'ai choisi le cimetière le plus proche. Je viens chaque matin et, quand je ne suis point ici, mon âme y est, près du petit corps qui est en train de se défaire.

De longues larmes tranquilles commencèrent de couler sur les joues de la jeune femme.

— Oh ! disait-elle, je n'oublie pas ce que tu m'as dit un jour de tes visites à ton vieux maître Chalgrin. Non, je n'oublie pas l'oubli. Je sais qu'un temps viendra, plus tard, où mes visites seront plus rares et, comment t'expliquer, Laurent, je ne peux y penser sans honte. Il paraît qu'il y a des sauvages, là-bas, dans les mers du Sud, qui ne consentent pas à se séparer de leurs morts. Nous qui sommes des gens civilisés et raisonnables, nous laissons nos morts se débattre seuls dans l'abîme. Moi, moi, il me semble que je ne suis plus sur terre, mais avec l'enfant, dans l'abîme, et que je vais le suivre à travers toutes les étapes de la dissolution.

Cécile se releva, fit tomber d'un geste machinal les brins de mousse et les graviers qui restaient collés à sa jupe. Puis elle parla de nouveau. Elle semblait, à s'épancher, trouver un amer allégement.

— Il est possible, dit-elle, que la lumière d'ici, je veux dire la lumière du monde, brille pour moi de nouveau. Je ne peux y croire. Il me semble que le monde est mort, que la lumière est morte, que j'assiste, impuissante et stupéfaite, au triomphe de la mort. Les petits enfants, Laurent, ne devraient pas mourir. Maintenant, allons-nous-en. Je sais que ta journée est chargée de travail.

— Mais non, sœur, je reviendrai, si je ne t'importune pas.

— Ecoute, dit la jeune femme, pendant qu'ils cheminaient dans les allées du cimetière, on dit que pour nous autres, les musiciens, il n'est pas nécessaire de connaître la vie. Je croyais, naguère encore, qu'il nous suffisait, à nous autres, d'imaginer la souffrance. Eh bien ! ce n'est pas vrai.

Les deux jeunes gens firent quelques pas en silence, puis Laurent dit tout à coup :

— J'ai vu ton mari...

Cécile fit, de la tête, un léger signe attentif.

— Il accepte, dit Laurent, l'idée de cette séparation. Il est d'ailleurs très abattu. Je pense qu'il lui faudra quelque temps pour se ressaisir.

— Dis-lui bien, reprit Cécile, que je ne lui en veux plus. Je ne le déteste plus ; mais je ne veux plus le revoir. Je ne me remarierai jamais. Si Richard veut rester ainsi, j'accepte. S'il préfère retrouver sa liberté complète, celle du nom, celle de la loi, je la lui rendrai volontiers. Je ferai ce que l'on voudra. Tout cela m'est bien égal.

Les deux jeunes gens, maintenant, s'acheminaient dans les rues des quartiers du nord, dans les rues toutes chargées de mangeailles, toutes bruissantes d'un obscur et fourmillant labeur. Ils devisaient paisiblement, et, de minute en minute, pour traverser les chaussées, Laurent, comme au temps jadis, prenait Cécile par le bras.

— Peux-tu, dit la jeune femme, me donner des nouvelles du pauvre Justin ?

— Il a trompé les médecins : il a été très malade. La blessure s'est enflammée, il a fallu la débrider d'un orifice à l'autre. Il porte à la hanche une grande plaie qui finira sûrement par se cicatriser, mais qui le fait encore souffrir. Il a touché, ces jours derniers, un héritage, quelques billets de mille francs, et je suis un peu inquiet... C'est assez difficile à dire, mais j'ai peur qu'il n'ait prêté de l'argent à...

— A qui, Laurent ?

— A papa, tout simplement, parce que papa m'a dit qu'il allait enfin publier son fameux livre... Mais tout cela n'a pas d'importance. N'écoute pas ces misères. Je te demande pardon de t'en avoir parlé. Sais-tu que papa m'a bouleversé, le soir de ton petit garçon ? Il a pleuré, longtemps, des larmes véritables. Il n'a pas encore fini de nous étonner. Il ne nous a pas encore dit tout ce qu'il peut nous dire.

Le jeune homme, une fois de plus, saisit le bras de sa sœur. Il parlait maintenant si bas que Cécile l'entendait à peine.

— Qu'es-tu venue faire parmi nous, Cécile ? Qu'es-tu venue faire au milieu de nos misères ?

Cécile ne répondit pas tout de suite à cette question surprenante, mais elle dit, après un moment :

— Ne va pas t'imaginer, Laurent, que ceux qui cherchent Dieu, c'est qu'ils ne veulent plus souffrir. Je ne cherche plus. J'ai trouvé. Je suis sûre d'avoir trouvé. Pourtant, je n'ai jamais tant souffert que depuis cette rencontre. Je souffre autrement, voilà tout. C'est presque inexplicable. C'est une façon nouvelle d'endurer toute souffrance.

Laurent montra soudain ce regard pressant et naïf qui, dans l'homme accompli, laissait refleurir l'enfant.

— Penses-tu, demandait-il, que la douleur puisse avilir une âme ?

— Moins que la joie, fit Cécile, sûrement moins que la joie.

Un peu plus tard, elle dit encore :

— Je ne suis en aucune façon une âme métaphysicienne. Je ne demande pas à mon Dieu d'avoir créé ce monde incohérent. Tu vois, Laurent, je ne suis pas selon les livres des docteurs. Mais ils ne me rejetteront pas, j'en suis sûre. Je ne demande à mon Dieu que de me permettre de l'aimer. Je lui demande aussi la grâce de souffrir sans honte et sans désespoir et, plus tard, demain peut-être, une autre grâce : celle de mourir sans regret. Je ne suis pas bien savante. Je sens que mon cœur est encore tout plein de contradictions. Mais qu'on me laisse chercher, trébucher, faire mes faux-pas. Je finirai par suivre toute ma route.

— Nous autres, murmurait Laurent, nous autres, gens de la science, nous avons aussi nos dieux, nos rites, nos dogmes, nos lois et d'étonnantes liturgies. Les hommes se sont imaginé qu'ils pourraient vivre sans dieux, mais les plus sages commencent à comprendre que c'est impossible.

Les deux jeunes gens, ainsi devisant, venaient de s'arrêter devant une petite église, basse, humble, presque villageoise, serrée sur les deux flancs par de hautes bâtisses moroses.

— Je connais cette maison, dit Laurent. Sœur, je t'y ai suivie un soir, et tu ne le savais pas. J'ai fait cela parce que je t'aime.

— Entre avec moi, s'écria Cécile.

— Non, sœur, ce n'est pas possible. Oh ! j'y ai songé cent fois. Cent fois, je t'ai dit, en rêve : « Prends-moi, emporte-moi. » Mais non, ce n'est pas possible. J'ai bu, dès le commencement, des breuvages qui m'ont empoisonné pour le restant de mes jours. Il faut maintenant que je me débatte avec cette pesante raison qui ne me comble pas, mais qui m'a donné des habitude tyranniques et dont je sens bien que jamais je ne pourrai me délivrer. Mais je t'envie, sœur, je t'envie. Il me semble que je vois s'élancer un beau navire et que je reste seul, sur le quai, en agitant un mouchoir.

Cécile avait saisi la main de son frère et la balançait lentement, comme font les enfants pour s'inviter à la course.

— Non, répéta Laurent, non, Cécile. Nous allons nous séparer. Nous sommes déjà séparés.

— N'en crois rien, dit la jeune femme. Je vais entrer seule dans l'église, puisque tu ne veux pas m'y suivre ; mais je ne me sépare pas de toi. Rien ne peut, à l'avenir, me séparer de toi.

Laurent fit, avec les épaules, un geste de lassitude, puis il se détourna sans hâte et s'en alla, suivant, comme au temps de son enfance, la bordure du trottoir, pendant que l'éternelle serviette pleine de papiers et de livres lui battait contre le flanc.

# LE COMBAT CONTRE LES OMBRES

# CHAPITRE PREMIER

Entre l'écurie de brique, où l'on entend tout le jour les chevaux donneurs de sang piétiner la litière et mastiquer leur pitance, entre l'écurie bruissante et la sévère bâtisse où règnent les laboratoires, un jardin naïf s'entrouvre, un espace ébloui de ciel et de végétations tendres.

Pour l'homme soucieux, pressé, qui chemine d'une porte à l'autre, serrant des cahiers sous son bras, cet étroit lé de sol élémentaire est toujours un lieu d'attente, de songe et de rémission.

L'homme pressé n'est pas à tel point pressé qu'il ne s'arrête une seconde et ne pose un orteil distrait sur la margelle du bassin où voguent deux cyprins dorés dans une débâcle de nuages. L'homme soucieux n'est pas soucieux de telle sorte qu'il n'ébauche un sourire en apercevant tout à coup, parmi la fuite des poissons, des clartés et des météores, certaine image mouvante qui est, proprement, son image.

Le vent d'avril est si brutal et les nuages volent si vite que le soleil s'allume et s'éteint tour à tour, comme la lampe d'un phare. Le paysage urbain que le rêveur entrevoit est, selon le jeu des nuées, ou lugubre ou radieux.

L'homme vêtu d'une blouse blanche cherche son image dans l'eau toute ridée par la bourrasque. Ce n'est pas la contemplation de Narcisse. Ni complaisance, ni langueur. Est-ce vraiment cette figure-là que le méditant aurait choisie s'il avait jamais pu choisir ? Ce qu'il aurait voulu, c'était une longue face pâle, un peu osseuse, presque ascétique, et non pas ce masque charnu, mâchoire carrée, nez bref et fort, et non pas ces joues pleines dont, chaque matin, le rasoir décape le cuir à gros grain. Il souhaitait un regard sombre, nocturne et velouté, comme celui, par exemple, de son cher ami Justin, et, ce qu'il a reçu du sort, c'est le regard bleu véronique de sa famille paternelle. Les mains sont fines et même élégantes. Elles jurent avec l'ensemble un peu lourd du personnage. Ce sont des mains d'intellectuel, des mains qui manifestent les pensées plus promptement qu'on ne le fait avec les muscles du visage, des mains à la peau blanche et vulnérable. Il aurait aimé, jadis, de réunir les mérites de l'athlète et du clerc, d'avoir des membres puissants aux ordres d'une cervelle ingénieuse. Il paraît décidément que ce n'est pas facile. Il paraît que l'on se trouve, en fin de compte, et même au début de tout compte, dans l'obligation d'opter. Il a, voici déjà longtemps, accepté d'être une intelligence à l'œuvre ; mais il regrette encore toutes les gloires animales, toutes les solutions héroïques aux problèmes de la carcasse.

Il a, depuis quelques semaines, achevé sa trente-troisième année : il est donc un homme jeune. Mais il sait que, depuis huit ans, le dernier point d'ossification a fini de se bloquer dans l'épaisseur de l'armature. Il a, depuis huit ans déjà, pris toute la taille qu'il devait prendre. Un mètre et soixante-neuf centimètres : ce n'est pas une trop fière stature. Il y a déjà huit ans qu'il est un « sujet adulte », comme diraient les zoologistes. Et déjà, des cheveux gris — oh ! peu nombreux mais très francs — commencent de se déclarer dans l'épaisseur de la tignasse. Déjà, des étincelles d'or s'allument, au moindre sourire, dans les failles de la denture. Il y a déjà de place en place, dans l'organisme, des cellules qui sont usées et que rien ne restituera. Les cils tombés, l'autre hiver, à cause d'un compère-loriot, ils sont partis pour toujours. Il y a, sur l'étui des chairs, toutes sortes de plis profonds qui ne s'effaceront jamais, des calus et des cicatrices qui sont comme la signature indélébile des combats, des travaux et des jours.

Trente-trois ans ! Comme il se sent jeune ! La machine pourtant n'est plus neuve. Trente-trois ans déjà ! Pourtant, c'était bien hier que, vêtu d'un tablier noir, une bille gonflant sa joue, les chaussettes mal tirées sur des mollets maigres, il se glissait dans la rue pour aller au bureau de poste chercher un timbre à deux sous qui, pendant le chemin de retour, lui poissait le bout des doigts.

Trente-trois ans ! Est-ce possible ? Oui, c'est parfaitement possible. Et même, c'est fort bien ainsi. Ce n'est pas « trente-trois ans déjà » que le rêveur en blouse blanche doit compter, c'est « trente-trois ans seulement ». Distinction illuminante ! Dans vingt ans, oui, dans vingt ans, il n'aura que cinquante-trois ans, ce qui doit être le sommet d'une belle vie laborieuse. Et dans quarante ans, s'il y va, sera-t-il beaucoup plus vieux que ses maîtres Dastre ou Richet dont le monde entier admire encore l'intelligence rayonnante ?

C'est un immense champ de vie qui reste à labourer. Et, pourtant, que signifie l'étonnant changement de rythme qui, depuis près d'un lustre, brouille toute supputation ? Il semble que les années se mettent à tourner bien plus vite que naguère et que jadis. On dit que, pour les vieillards, le temps n'a pas même valeur que pour les adolescents. Trente-trois ans ! Ce n'est pas forcément le milieu de la course. Les journées sont encore bien longues ; mais les années commencent de valser avec fureur et de sombrer tour à tour dans le ténébreux abîme. Il y a déjà plus d'un an que Cécile a perdu son petit enfant. Plus de trois ans que Laurent a présenté ses deux thèses de doctorat, thèse de sciences, thèse de médecine. Il y a cinq ans au moins que le triste Jean-Paul Sénac s'est retiré dans la mort. Cinq ans que le professeur Chalgrin est tombé paralytique. — Ne faudrait-il quand même pas lui faire une petite visite, bien qu'il soit aussi distant et insensible qu'un cadavre ? — Il y a longtemps, longtemps, que les amitiés du « Désert » se sont dénouées dans l'amertume.

Malgré cette bousculade effrayante des événements et des êtres, quelque chose ou, mieux, quelqu'un ne cesse de vivre et de croître. Ces pauvres gens qui, environ l'année 1890, espéraient un héritage problématique pour s'évader de l'ignorance, pour sortir de l'ombre inférieure : ils ont longuement rampé sur les flancs de l'aride montagne ! Oh ! ce n'est pas cet héritage, ce n'est pas cette poignée d'argent tout de suite grignotée, dévorée par les rapaces et les parasites, ce n'est pas ce viatique incertain que les gens du clan Pasquier attendaient pour s'élever dans la lumière. N'était-ce pas plutôt quelque appel silencieux, tel celui qui dit aux plantes que le moment est venu de fleurir et de fructifier ? N'était-ce pas un ordre secret, tel celui qui fait comprendre à l'oisillon engourdi que l'heure sonne enfin de briser la coque de l'œuf et d'écarquiller les paupières ? Cette famille de jardiniers, d'artisans rustiques, de paysans, qui donc a pu lui faire signe, du fond de la destinée ? Elle avait besogné, de longs siècles durant, dans la profondeur du peuple ; et voici qu'elle se dégage, voici que, petit à petit, elle se délivre et se prépare à donner toute sa mesure. Car c'est ainsi que la France va chercher sans cesse, au plus profond du terroir, des réserves de substance neuve. Encore un effort, encore une génération, et l'arbre Pasquier fera peut-être s'épanouir quelque fleur miraculeuse. Allons, pourquoi cet espoir absurde ? Que demander encore à la souche qui a donné Cécile, la musicienne ?

Le front de Laurent Pasquier, ce front bombé, lumineux, se plisse par vagues soucieuses. L'effort de sa lignée va-t-il s'arrêter en lui ? Il n'a pas encore fondé un foyer. Il chérit la solitude autant qu'il la redoute. Il a déjà des habitudes et presque des manies de vieux garçon. Se peut-il que la poussée de sève qui monte du fond des âges vienne se tarir en lui ?

Le jeune homme hausse les épaules. Il pense, en remuant les lèvres : « J'aime la vie, même quand elle me blesse, même quand elle me désespère. Que pourrait-il m'arriver qui me fît dévier de ma route ? Toutes mes ambitions sont déclarées, toutes mes ambitions se présentent en pleine lumière. Je fais le métier que j'aime. Tout le monde s'accorde à dire que je le fais loyalement. Si je ne suis pas heureux, cela ne regarde que moi. Je n'ai pas même le droit de m'en plaindre à qui que ce soit. »

D'un vif mouvement de l'échine, le jeune homme à la blouse blanche vient de se rejeter en arrière. Comme l'esprit vole hardiment ! Cette lente songerie n'a pas duré la moitié d'une minute. Le nuage qui voguait, toutes voiles dehors, à la rencontre du soleil, il ne l'a pas encore atteint. L'abeille un peu engourdie qui visite les tulipes n'est pas encore sortie de la première corolle. La bulle d'air, montée des profondeurs du bassin, n'a pas encore eu le temps d'expirer à la surface. Laurent Pasquier, très vite, passe sur les plis de son front cette blanche main de savant dont il voudrait être fier et dont il est plutôt honteux. Puis il se reprend à marcher.

S'est-il arrêté vraiment sur la margelle du bassin ? Seuls pourraient l'affirmer les insectes patients et fragiles pour lesquels une seconde du temps des hommes est un long siècle d'histoire. Seules doivent le penser les infimes bestioles inconnues pour qui l'éclair de nos orages est un interminable jour.

## CHAPITRE 2

De temps en temps, la porte du laboratoire s'ouvrait. Laurent tournait aussitôt la tête, en un geste qui manifestait de l'agacement, de l'inquiétude et même un peu d'anxiété. Une blouse blanche traversait alors le laboratoire. C'était un garçon porteur d'une cage ou d'un bocal ; c'était l'un ou l'autre des deux élèves qui poursuivaient des recherches sous les ordres de Laurent ; c'était une femme de charge avec ses balais et ses brosses. Un moment diverti, le chercheur, non sans peine, rassemblait son attention dans la belle et froide clarté que lui prodiguait la fenêtre. A la mobilité de son regard, au délicat frémissement de ses oreilles bien ourlées et parcourues d'un sang prompt, l'observateur le moins alerte aurait tout de suite compris que le jeune homme attendait quelque message.

La personne qui poussa la porte n'était probablement pas celle que Laurent espérait. C'était un homme d'une soixantaine d'années, grand, portant assez bien une pointe de bedaine, serré dans une redingote aux coutures lustrées, les pieds caparaçonnés d'énormes brodequins à lacets de cuir. Il portait, sur des cheveux teints en noir, une calotte cylindrique. Ceux qui le voyaient pour la première fois cherchaient d'instinct, entre ses gros doigts blêmes, la férule du magister.

M. Pierre-Etienne Larminat, directeur de l'Institut National de Biologie, n'était pas un savant. Sa formation scientifique semblait même fort incertaine, encore qu'il en parlât volontiers avec une gravité qui touchait à la componction. Issu de l'Université bien avant la saison des diplômes, il s'était tout de suite jeté dans la politique et il avait obtenu, pendant une des premières législatures de la Troisième République, un mandat dont il n'avait d'ailleurs jamais, comme on dit dans le style parlementaire, sollicité le renouvellement. A peine sorti de la Chambre, M. Larminat avait entrepris, avec une patience inventive et toujours victorieuse, le siège de toutes les places vacantes, pour lesquelles il se trouvait toujours posséder, par miracle, la somme des aptitudes indispensables. Il était alors de ceux dont, à chaque changement de ministère, à chaque bouleversement des pouvoirs, de bonnes âmes parlent avec une fraternelle sollicitude : « Et Larminat ? Que va-t-on faire de Larminat ? Il faut trouver quelque chose pour Larminat. On ne peut pas laisser sans rien un homme tel que Larminat. » Il était toujours parfaitement apte à prendre ce que l'on voulait bien lui donner : la conservation d'un domaine, la direction d'un théâtre subventionné, un grand service administratif de création toute récente, une situation cardinale dans l'Assistance publique, une inspection exceptionnelle, un commissariat en vue de quelque exposition future. Vers le début du siècle, il avait fini, car c'était un homme d'ordre, par s'orienter avec prédilection vers « l'administration scientifique ». Il alimentait alors une campagne de presse en faveur de ce qu'il appelait l'indépendance des fonctions administratives. Il disait, il écrivait et surtout il faisait écrire que les savants ne sont jamais que des administrateurs médiocres et que, pour un piètre résultat, ils désertent leur génie et manquent à leurs promesses essentielles. Cette doctrine, qui n'était pas indéfendable, faisait de jour en jour du chemin dans les esprits. Quand on avait édifié l'Institut National de Biologie, M. Larminat s'était trouvé choisi, presque sans concurrent, comme directeur général et il s'était installé dans ce fromage considérable avec le sentiment qu'il atteignait au faîte de sa carrière et qu'il pouvait enfin consacrer la fin de sa vie à une œuvre digne de son prestigieux mérite.

M. Larminat ne s'était pas assoupi dans cette position éminente. Il y pratiquait, avec beaucoup de discrétion, une politique personnelle dont le catéchisme tenait en deux articles. Le premier consistait à critiquer inlassablement l'Institut Pasteur qu'il jugeait abandonné « aux mains de savants assurément admirables, mais sans grandes vues pratiques », le second article, dont M. Larminat ne parlait guère mais que toutes ses actions illustraient, concernait ce qu'en termes enveloppés de sourires il appelait « la mentalité des scientifiques ». Le directeur de l'Institut national avait sous ses ordres une trentaine d'hommes remarquables, chercheurs et professeurs, pour lesquels il nourrissait un mépris tout semblable à la rancune. Il disait avec des sourires et des mines apitoyées : « Ce sont de grands enfants, de lamentables enfants. » Parlait-il à quelque politicien de son personnel savant, il se prenait à pousser des soupirs : « Ils ont, soufflait-il, du talent, peut-être même du génie, je ne dis pas le contraire ; mais ils ne comprennent jamais rien, ils ne savent rien ou pas grand-chose, ce qui signifie, plus justement, qu'ils ne savent que ce qu'ils savent. En outre, ils sont vaniteux, susceptibles sans mesure et, qui pis est, énormément vindicatifs. Ce n'est pas une petite chose que de les mettre d'accord et de les faire marcher au pas. »

Quand M. P.-E. Larminat prenait la parole en public, ce qui n'était point trop rare, il parlait de la science avec une émotion telle que l'on voyait trembler ses joues et les poils de sa moustache. Malheureusement, M. Larminat souffrait d'un curieux défaut de prononciation qui retirait beaucoup de majesté à ses harangues : il prononçait les *s* comme des *f*, à la façon d'un écolier perdu dans un de ces livres anciens où les deux lettres se ressemblent. Il disait : « L'inftitut nafional... Affeyez-vous. Fortez d'ici. » C'est peut-être à cause de cette légère infirmité que M. Larminat avait dû, de bonne heure, déserter la politique active pour se consacrer exclusivement, selon sa propre expression, au rôle de « grand serviteur de la société ».

Vers le début du siècle, alors même qu'il commençait de monopoliser les fonctions para-scientifiques, M. Larminat avait jugé qu'il n'était pas trop tard pour se choisir un personnage, un type physique, une silhouette. Il avait, ingénument, choisi le propre type de Pasteur, mort depuis quelques années. Il avait taillé sa barbe en carré, laissé pendre sa moustache, adopté les lunettes étroites à grêle monture métallique. Il affectionnait les cols droits, ouverts et cassés, nouait largement sous son menton une cravate de satin noir et portait en évidence une grosse rosette de la Légion d'honneur. Il attachait à cet insigne l'importance la plus vétilleuse, mesurait les hommes selon leur grade dans l'ordre national et commençait toujours l'examen d'un visiteur par une inspection furtive mais soigneuse de la boutonnière révélatrice.

M. Larminat déposait entre les paumes de ses interlocuteurs une main moite et bouffie qu'il ne pensait plus à retirer, en sorte que les partenaires, gênés, tournaient et malaxaient longtemps entre leurs propres doigts, avec un peu d'effarement, cet objet inerte, abandonné, qui fleurait le cuir humide et le tabac à priser.

Instruit par l'expérience, Laurent se dégagea tout de suite pour chercher une chaise que le directeur général refusa, comme toujours, car il entendait profiter de toute sa taille et aimait de pérorer debout.

— Je sais, dit M. Larminat, que vous avez perdu votre principal garçon de laboratoire...

— Oui, monsieur le directeur.

— Et que vous lui cherchez un remplaçant. Il se trouve que j'ai votre affaire.

— Donnez-moi qui vous voudrez, monsieur le directeur, mais un homme fait à ce travail et qu'il ne me soit pas nécessaire de reprendre à l'A.B.C.

M. Larminat ne souffrait pas l'ombre d'un empiétement sur ses prérogatives directoriales. Il prit un air étonné, souleva sa barbiche par une secousse de la mâchoire et montra sa grosse pomme d'Adam qui, brusquement, plongeait derrière la cravate, surgissait d'un bond, puis retournait aux profondeurs.

— Monsieur Pasquier, dit-il, vous me ferez l'honneur de croire que je connais mieux que personne les besoins de mes services et de mes collaborateurs. Au surplus, l'homme en question nous vient de la Sorbonne. Il a travaillé trois ans chez le professeur Dousserin. Nous avons des références.

— Tant mieux, monsieur le directeur.

— Je viens de donner audience, un peu rapidement, à l'un de vos amis, M. Roch.

— C'est en effet mon ami. Je le connais, monsieur le directeur, depuis quatorze ou quinze ans.

M. Larminat retira ses lunettes et, les ayant essuyées sur l'angle de son cache-nez, les conserva quelques instants entre le pouce et l'index. Il avait le tic d'allonger le bras droit par secousses moelleuses, tout comme s'il eût voulu dégager sans arrêt sa manchette. Il faisait de méritoires efforts ou pour maîtriser son tic ou pour en incorporer les effets dans quelque geste naturel, ce qui ne manquait pas d'attirer tout de suite l'attention des observateurs même les plus distraits.

— M. Roch, poursuivit le directeur, sollicite l'honneur de prendre rang parmi le personnel scientifique de l'Institut national. Hum ! Vous ne le saviez pas ? M. Roch, qui est votre ami, ne vous en avait rien dit ? C'est curieux.

Laurent rougit, puis, tranquillement, se prit à rire.

— Roch, fit-il, est un ami excellent et un garçon de valeur. Il n'a sans doute rien voulu me dire avant de vous avoir présenté ses devoirs et sa requête.

— C'est en effet plus convenable, dit M. Larminat avec majesté. Ne prenez pas la peine de m'accompagner, monsieur Pasquier.

Redoutant toujours quelque manquement à la stricte discipline, le directeur avait coutume de rappeler leurs devoirs à tous ses subordonnés en se donnant l'air, par exemple, de les en exempter. A ceux qui ne se découvraient pas assez tôt, il disait : « Non, non, gardez votre chapeau, je vous prie. » A ceux qui continuaient de fumer en sa présence, il déclarait sans préambule que l'odeur du tabac ne l'incommodait point, au contraire. Laurent comprit le langage du bonhomme et l'escorta donc jusqu'à la porte.

— Vous recevrez, aujourd'hui même, la visite de votre nouveau garçon de laboratoire, disait M. Larminat en posant sur la rampe de l'escalier une main mollusque. N'oubliez pas, je vous prie, qu'il m'est chaudement recommandé.

Un instant, le jeune homme suivit, sur la muraille de l'escalier, l'ombre lentement tournoyante du vieux cuistre. Puis il demeura penché dans le vide, épiant les bruits de la bâtisse ; enfin, comme s'il eût soudain découvert, à certaine inquiétude secrète, un remède plus efficace que cette attente au bord de l'ombre, il gagna son cabinet de travail, minuscule pièce encombrée de livres et dont la fenêtre prenait vue sur la grande allée centrale de l'Institut. Le jeune homme haussa les épaules pour se marquer à soi-même un ironique désaveu. D'un pas ferme, il regagna sa place au laboratoire, s'assit, le front nuageux, devant le microscope et recommença d'examiner les petites lames de verre sur lesquelles, de temps à autre, il posait, avec délicatesse, une larme d'huile brillante. A ce moment, et comme une récompense immédiate à tant d'honnête résolution, la porte du laboratoire s'entrouvrit et une jeune fille parut.

Elle était petite, fine, prise des pieds au col dans un étroit manteau gris, ourlé de fourrure légère. Un chapeau cloche jetait de l'ombre sur les traits que l'on devinait pourtant bien dessinés, sérieux, sur les belles boucles sombres et sur les grands yeux d'or chaud, ouverts entre des paupières à longs cils, des paupières qui, comme celles des petits enfants, semblaient ne pas savoir cligner.

Laurent n'avait fait qu'un bond. Il disait, la voix changée, toute chantante d'émotion :

— Je vous attendais un peu.

— Vous le voyez, je suis venue.

— Oh ! N'allez pas croire que c'est, de ma part, un caprice, même amical. J'ai toujours pensé qu'une personne qui, comme vous, s'occupe d'œuvres sociales doit connaître quelque chose à la vie des laboratoires. Je vous expliquerai tout, si vous le voulez bien ; mon travail, mes projets, ma vie...

La jeune fille se prit à rire.

— Monsieur le savant, pensez que je ne suis peut-être pas assez calée pour comprendre quoi que ce soit à toutes ces choses étonnantes. Qu'est-ce que c'est que cet appareil ?

Laurent rougit, déconcerté.

— Mais si, mais si, bredouillait-il, si vous m'écoutez un peu, vous verrez comme c'est facile. Cet appareil, c'est un microtome, seulement je ne peux pas commencer par le microtome, ce serait absurde. Mon domaine est très beau, très grand, et je ne vous cacherai pas que j'en suis fier. Cette petite pièce, à droite, c'est mon cabinet personnel, c'est là que j'écris, que je lis, que je réfléchis, que je pense, par exemple, à mes amis.

— Ah ! dit gaîment la jeune fille, si vous pensez à vos amis au lieu de faire de belles découvertes, vous ne méritez ni la confiance de vos chefs, ni l'admiration des multitudes.

— N'ayez pas trop d'illusions : on ne fait pas une découverte tous les jours. Il faut, pour qu'une seule idée heureuse vienne à maturité, beaucoup de grise besogne et beaucoup de rêveries. Il n'est même pas inutile de penser aux gens que l'on aime, cela donne du courage. Ici, c'est mon laboratoire personnel et, de l'autre côté, celui de mes assistants. Je n'ai pas encore le droit de parler de mes élèves, le mot m'effarouche un peu. Il me semble que je suis moi-même toujours un élève. Ici, mon tableau noir, comme à l'école.

— Elève Laurent Pasquier, fit la jeune fille avec une feinte gravité, veuillez passer au tableau noir et y écrire une maxime, une devise, enfin quelque chose de très beau.

Laurent saisit un morceau de craie et il écrivit au tableau en s'arrêtant sur toutes les lettres : « Jacqueline », puis, au-dessous : « Jacqueline Bellec, mon amie. »

— Et après ? dit la jeune fille.

Laurent tourna la tête :

— Après ? Non. Ce serait trop long. Je ne suis pas un esprit brillant. Il me faut beaucoup de temps pour exprimer ce que je pense.

Une minute, les deux jeunes gens demeurèrent face à face et Laurent rougit une fois encore, en souriant. Puis il se reprit à parler.

— Ne croyez pas, disait-il, que vous avez tout vu de mon royaume. Ma fonction est des moins simples. Le service que je dirige est un service de préparation des vaccins et des sérums, service auquel est attaché un laboratoire de recherches. Comprenez bien : pour que la recherche soit utile, il faut d'abord qu'elle soit désintéressée, il faut d'abord qu'elle soit parfaitement gratuite. Ce n'est pas une idée très claire pour le grand public.

— Monsieur le professeur, vous ne parlez pas pour le grand public, mais pour Jacqueline Bellec, c'est-à-dire pour un très petit, très petit public, un public très ignorant et très confiant.

— Ne vous moquez pas de moi !

— Et pourquoi non, monsieur Pasquier ? Mon père dit toujours que la moquerie est un très précieux excitant, qu'elle nous force, mieux que le reproche, aux examens de conscience.

Laurent secoua la tête d'un air embarrassé, puis il détourna l'entretien.

— Les salles où se fait la préparation des vaccins sont à l'étage inférieur. Oh ! nous jouissons d'une installation modèle. Voici les monte-charge et la petite fenêtre à guillotine par laquelle je peux surveiller mon personnel et lui donner des ordres. Maintenant, ce n'est pas tout. Regardez par cette baie. Voici les écuries où sont traités les chevaux dont nous tirons le sérum. Ce petit jardin fait aussi partie de mon empire et j'en choisis moi-même les fleurs. Tout cela serait bien sévère sans un petit peu de terre et de verdure.

— Attendez, dit la jeune fille. Vous avez parlé d'abord d'un domaine, puis d'un royaume, puis d'un empire. Il me semble que vous succombez à tous les vertiges de l'orgueil.

La jeune fille se reprit à rire. C'était un rire limpide et musical. Laurent demeura déconcerté, rougissant une fois encore, de cette rougeur fugitive qu'il ne pouvait maîtriser et dont il avait grand-honte. Il serrait ses mains l'une contre l'autre et bredouillait en souriant :

— Non, ne vous moquez pas de moi, parce que... comment vous dire ? Je serais tout de suite avec vous, tout de suite de votre avis. Je me connais vraiment trop bien. Il ne faut pas ne pas m'aimer, car j'ai une terrible aptitude à être de l'avis de ceux qui ne m'aiment pas. Oui, comprenez-moi bien, une affreuse aptitude à me détester d'autant mieux que je me connais assez bien...

La jeune fille écoutait, le visage soudain sérieux. Elle retira son gant, allongea le bras et, délicatement, amicalement, elle posa sur la joue du jeune homme la fine pulpe de son index.

## CHAPITRE 3

Cette limousine qui venait de s'arrêter entre l'angle de la rue du Havre et la porte du lycée Condorcet, Laurent l'aperçut de loin et la reconnut tout de suite. Elle était mi-partie gris perle et bleu canard. Un chauffeur et un valet de pied resplendissaient derrière le brise-bise, dans une livrée assortie aux couleurs de la carrosserie. Joseph sauta sur le trottoir et se tint quelques minutes immobile. Puis Laurent le vit remuer la main comme pour donner des ordres et s'engager enfin dans l'escalier du métro.

« Allons, pensa le jeune homme, Joseph a ses vêtements noirs, ses vêtements de pauvre. Pas l'ombre d'un doute : il a dû faire une riche affaire et rafler encore des sommes folles. »

Les affaires de Joseph étaient, au su de tout Paris, particulièrement brillantes, surtout depuis les derniers rebondissements de la campagne balkanique. Mais Joseph était torturé de superstition. Tous ceux qui le connaissaient bien et qui pouvaient l'observer de près avaient remarqué, pendant les dernières années, d'assez curieux changements dans le caractère de l'habile publicain. Il affectait de redouter les détours de la chance ; il portait un fétiche d'or au milieu de son trousseau de clés, ne hasardait jamais quelque réflexion sur la réussite sans chercher d'un œil inquiet un morceau de bois à tâter, se défiait du nombre treize, même dans les pièces comptables, prononçait, vingt fois par jour, une formule magique et préservatrice empruntée à une langue orientale et qui sonnait à peu près comme « Poum-askara », ce que le partenaire entendait toujours fort mal, car Joseph redoutait de laisser autrui s'approprier ses recettes et il parlait dans sa moustache, afin de ne se point trahir. Enfin, il possédait un vieux complet de cheviote noire, tout râpé, presque hors d'usage, et qu'il portait deux ou trois jours de suite chaque fois qu'il venait de mener à bien une opération profitable. C'était sa manière à lui de désarmer le destin, de se mortifier, de s'humilier. S'il n'allait pas, comme Polycrate, tyran de Samos, jusqu'à jeter son anneau d'or dans la mer, il essayait toutefois de s'imposer une petite privation, de s'interdire certaines des apparences de la fortune en renonçant, de façon temporaire et même furtive, aux beaux vêtements d'étoffes anglaises, aux magnifiques brodequins de box-calf, aux gants de peau de porc, aux énormes foulards de soie blanche que l'on fabriquait exprès pour lui et qui coûtaient les yeux de la tête. Cette mesure de pénitence avait d'ailleurs deux sortes d'effets : en même temps qu'il donnait carrière à ses élans superstitieux, Joseph ne désespérait pas d'abuser les observateurs superficiels sur le résultat de ses entreprises et l'étendue de sa fortune.

Tout cela, Laurent l'avait appris de M. Mairesse-Miral, secrétaire particulier de Joseph Pasquier. Mais Laurent oubliait parfois ses sources et pensait avec complaisance à sa propre pénétration psychologique.

« Je suis distrait, pensa Laurent, tout le monde m'en fait grief. Dans une foule de circonstances, je me comporte comme un aveugle ou, tout au moins, comme un benêt. Mais quand il s'agit de Joseph, j'ai du flair, je devine tout. Quand il s'agit de papa, je subodore à distance la moindre de ses prouesses. Rien d'étonnant ! Ils m'ont assez fait souffrir tous les deux... Où donc est passé Joseph ? »

A ce moment même, Joseph surgit sur le trottoir de la rue d'Amsterdam, juste à côté de Laurent.

— Tu m'attendais depuis longtemps ? fit-il.

— Non, répondit Laurent, j'arrive à l'instant même. Tu n'as pas gardé ta voiture ?

Joseph eut un geste vague.

— Ma voiture ? Quelle voiture ? Non, je suis venu en métro.

« C'est extraordinaire, songea Laurent, tout de suite un mensonge. Pourquoi ce mensonge ? A vrai dire, j'en suis un peu responsable. N'ai-je pas commis moi-même un petit mensonge en lui laissant croire que j'arrivais à l'instant et que je ne l'avais pas vu sortir de sa limousine ? »

Joseph, entraînant Laurent, commençait de monter la rue d'Amsterdam. Le jeune homme demanda :

— Pourquoi m'as-tu fait venir ?

— Je te répondrai tout de suite, articula posément Joseph, premièrement : que jamais je ne te dérange pour rien, deuxièmement : qu'il s'agit d'une chose sérieuse, troisièmement : que je ne te retiendrai pas plus d'une heure, quatrièmement : que, malgré tes airs rébarbatifs, il ne m'est pas désagréable de te voir, de temps en temps, dans une relative intimité. Non, jamais je ne te dérange pour rien : je connais trop le prix du temps. Même le temps des rêveurs, cela vaut quelque chose.

— Allons, allons, n'attaque pas.

— Ce n'est pas une attaque. Je ne méprise pas les rêveurs, et moi aussi je rêve, à ma façon, quand cela me chante.

Joseph saisit le bras de Laurent d'un mouvement cordial et si naturel que le jeune homme en demeura surpris. « J'ai dû me tromper, songea-t-il. Quand il a des mouvements d'amitié, c'est, en général, qu'il souffre, qu'il a besoin de se faire plaindre. On ne sait vraiment que penser avec ce gaillard-là. »

— Tu me connais mal, petit frère, murmurait Joseph Pasquier en laissant aller sa tête sur son épaule, d'une manière confidentielle et dolente.

Joseph était plus grand et plus large que son frère. Il avait un cou musclé, une large face énergique, ornée d'une moustache sombre, rognée à l'américaine, des yeux d'un bleu boréal, insistant, inquiétant, une voix puissante, grave et qui, soudain, s'était prise à frémir.

— Tu crois me connaître, reprit-il, et tu ne me connais pas, d'abord parce que tu ne m'aimes pas.

— Allons, dit Laurent, l'air gêné, pas de sentimentalité.

Joseph releva la tête, regarda quelques instants, entre le faîte des maisons, couler le fleuve de ciel et dit paisiblement :

— Je voudrais faire quelque chose d'inattendu, quelque chose d'extraordinaire.

— Tiens, tiens, fit Laurent : tu t'ennuies ?

Joseph secoua la tête d'un air étonné.

— M'ennuyer ? Non, vraiment non, cela ne m'arrive jamais. Et pourtant...

Il modifia, d'un coup de pouce, l'aplomb de son chapeau melon et poursuivit :

— Je ne m'ennuie pas, mais je voudrais faire quelque chose d'imprévu, quelque chose qui serait d'abord imprévu de moi-même, évidemment.

— Quoi ?

— Je ne sais pas, je ne peux pas dire. Quelque chose qui me donnerait du plaisir.

— Alors, s'écria Laurent avec amertume, cela ne t'amuse donc plus de gagner de l'argent ?

Joseph fit un petit bruit sec et répété en aspirant l'air entre sa langue et ses dents du devant :

— Tss, tss, tss ! mon pauvre Laurent, permets-moi de te dire que tu te fais, de l'argent, une idée absurde. Il n'y a que ça qui compte, c'est entendu, je te l'ai dit mille fois, puisque avec ça tu peux avoir tout le reste ; mais cela et le reste, eh bien ! il y a des moments de la vie où l'on se dit que ce n'est peut-être pas tout. Attends un peu, tu marches quand même trop vite et cette sacrée rue est en pente.

Laurent regardait son frère de côté, d'un air perplexe et intéressé. Il dit en souriant :

— Tu prends un petit peu de ventre.

— Oui, dit Joseph en hochant la tête, cela prouve que je ne suis pas un vrai riche. Les vrais riches, ça mange, ça boit, ça dévore, ça n'a pas mal à l'estomac et ça reste maigre. Moi je ne suis qu'un amateur.

— Félicitations à l'amateur, dit Laurent. On m'a parlé de vingt millions, sans compter les biens immeubles.

Joseph saisit Laurent par le bras :

— Veux-tu te taire, malheureux ! Qui est-ce qui t'a dit ces bêtises ? Tu parles ! Tu lances de ces mots ! Et le plus grave, c'est que l'on pourrait t'entendre. Motus ! D'ailleurs nous arrivons.

— Mon cher, tu ne m'as toujours pas dit où tu entendais me conduire.

— Oh ! tu le verras bien toi-même.

Les deux frères venaient de s'arrêter, dans le haut de la rue d'Amsterdam, en vue de la place Clichy, devant une maison bourgeoise, d'apparence ancienne et modeste. Laurent souffla soudain d'une voix inquiète :

— C'est une histoire de papa ?

Comme Joseph ne répondait rien, Laurent frappa deux ou trois fois le sol du pied.

— Je parierais que c'est encore quelque chose d'horriblement désagréable.

Joseph secoua lentement la tête.

— Je ne sais pas. Nous ne savons pas. Il ne faut pas s'emballer.

Du doigt, il désignait une plaque émaillée fixée sur le côté de la porte et sur laquelle on pouvait lire :

INSTITUT DU PROFESSEUR DE NESLES

3e ÉTAGE

TOUS LES MATINS, DE NEUF HEURES À MIDI

— Nous allons monter, dit Joseph. Regarde bien tout. Le premier point est de voir clair. Il se peut que ce soit quelque chose de net et même d'honorable.

— Mais comment as-tu découvert cela ? souffla Laurent.

— Et mon service de renseignements ? Et puis, moi, je lis les journaux. Moi, je sais tout. C'est mon métier.

L'escalier, garni d'un tapis élimé, montait dans une pénombre poudreuse.

— Mais, dit encore Laurent, qu'est-ce que nous allons faire ?

— Eh bien ! nous allons passer quelque chose comme une inspection. Avec lui, tu le sais bien, on a toujours lieu de se méfier et, par conséquent, de se renseigner. Voici le troisième étage. Suis-moi et ne prononce pas un mot.

Sur le palier, étroit et long, s'ouvraient deux portes dont l'une portait une réplique de la plaque du portail.

— Tu vois, murmura Joseph. Il ne s'est pas foulé pour trouver son pseudonyme. Le nom du village natal. C'est comme ça que j'ai tout découvert. Bon. Je tire sur la sonnette.

On entendit vibrer un timbre, puis des pas secs et pressés. Enfin une jeune fille à jupe entravée vint ouvrir la porte et fit pénétrer les visiteurs dans une sorte d'antichambre.

— C'est pour passer ensemble ou séparément ? demanda-t-elle.

— Ensemble, murmura Joseph.

— C'est bon, dit la jeune fille, entrez d'abord dans le salon. Je vais prévenir le professeur.

Les deux frères furent introduits dans un très petit salon qui prenait jour sur une courette charbonneuse où deux catalpas s'efforçaient de faire éclater leurs bourgeons. Le milieu de la pièce était occupé par un guéridon Louis XV sur lequel étaient posés des prospectus et des brochures. Quatre ou cinq sièges dépareillés comblaient le reste de l'espace libre. Aux murs, quelques gravures du XVIIIe siècle : *le Billet doux, la Leçon de musique.*

Tout de suite, l'attention de Laurent fut attirée par une brochure dont plusieurs exemplaires étaient éparpillés sur la table. Il en saisit un et lut :

PROFESSEUR GUILLAUME DE NESLES
Docteur en Médecine
LE SECRET DU PRESTIGE PERSONNEL

En sous-titre, on voyait encore :

DEVENEZ PUISSANTS ET RICHES.
COMMENT S'Y PRENDRE POUR RÉUSSIR DANS LA VIE.
LA TIMIDITÉ N'EST QU'UNE MALADIE.
L'AVENIR EST AUX AUDACIEUX.

Entre les brochures, foisonnaient des prospectus sur lesquels Laurent vit ces mots, en caractères gros d'un pouce :

LA TIMIDITÉ VAINCUE.
TRAITEMENT EN DIX SÉANCES
PAR UN PROFESSEUR MÉDECIN.

— Ah ! murmura Laurent tout bas. Je me doutais que c'était grave. Je me doutais que c'était encore une catastrophe.

Joseph haussa les épaules et répondit, dans un souffle :

— On ne sait pas. Tiens-toi tranquille.

A ce moment, une porte s'ouvrit et le Dr Pasquier parut. Il était vêtu d'une blouse blanche, pincée à la taille et fort bien coupée. D'une main soignée, il tirait sur ses longues moustaches flavescentes qui, malgré les progrès de l'âge, refusaient vaillamment de blanchir ; sa chevelure, divisée par une raie médiane, formait sur le front deux bandeaux de couleur indécise, mais incurvés, mais ailés, mais délicieusement voltigeurs, à la façon du ténor Capoul que le docteur avait beaucoup admiré dans son jeune temps. Les yeux d'azur matinal éclairaient un sourire tout coloré d'ironie et d'impertinence.

— Ah ! bien, dit-il avec enjouement, deux clients d'un seul coup, voilà ce que j'appelle une chance. Alors, mes enfants, vous souffrez de timidité. Parole ! c'est une intéressante nouvelle. Et vous voulez peut-être une leçon...

— Allons, papa, fit Joseph, trêve de plaisanterie, veux-tu ?

— Mon cher, si nous ne plaisantions pas un peu, je me demande ce que nous pourrions faire, car je ne vois vraiment pas ce que vous venez chercher ici.

— Mais, papa, nous venons te voir, le plus simplement du monde.

— En ce cas, mes chers garçons, passez dans mon cabinet. Je m'en voudrais de mettre ma dactylographe au courant de nos petites histoires. Allons, entrez tous les deux.

Le docteur, soulevant la portière d'une main, poussa Joseph et Laurent dans la pièce assez spacieuse et parcimonieusement meublée qu'il venait d'appeler son cabinet.

— Asseyez-vous, dit-il avec un de ces longs soupirs musicaux qui préludaient jadis à toutes les chamailles du clan. Asseyez-vous. Si vous avez l'intention de me faire, une fois de plus, une scène de famille, ce que vous admettrez que je trouve extravagant, nous devons commencer assis, ce qui nous permettra de nous lever dans les grands mouvements oratoires.

— Papa, bredouilla Laurent, nous ne sommes pas venus pour te faire une scène, mais seulement pour savoir, seulement pour comprendre.

— Toi, mon cher, trancha le docteur, tu pourrais t'inscrire pour un traitement complet dans mon institut, car tu ne me sembles pas encore avoir vaincu ta timidité naturelle. Articule, articule, mon garçon. Tu ne sais même pas très bien dire papa. Tu retires à la consonne *p* une grande part de sa force explosive. P... P... Serre les lèvres, puis desserre-les brusquement.

— Soyons sérieux, dit Joseph. Nous sommes venus...

— Oh ! je le vois, je le vois. Vous êtes venus non pas exactement pour me surveiller, mais pour savoir ce que je fais dans cette rue d'Amsterdam. Vous avez pensé que j'avais imaginé ce que vous appelez sans doute une nouvelle folie et vous êtes venus, comme vous le dites, mettre dans mes petites affaires un nez filial, respectable et bourgeois. Et vous pensez peut-être que votre père pourrait manigancer quelque chose d'un peu déshonorant et vous n'êtes pas très tranquilles. Eh bien ! mes chers garçons, permettez-moi de vous déclarer que vous me faites rire.

Le Dr Pasquier se prit à marcher de long en large, les mains glissées dans la ceinture de sa blouse, tous les poils de sa moustache hérissés maintenant et mobiles comme des pattes d'araignée. Il grondait :

— C'est à croire que vous n'avez qu'une pensée : m'empêcher de vivre ma vie et de courir ma chance. Je veux surmonter les premiers obstacles. Je veux gagner de l'argent, m'entendez-vous ? Après, on saura qui je suis et je donnerai toute ma mesure.

— L'an dernier, dit Joseph, tu voulais écrire des livres, devenir un grand homme de lettres. Tu as même publié un roman.

— Mon cher, je me suis fait rouler par une espèce de pirate. A vrai dire, il a tenté de me rouler mais il n'y a pas complètement réussi... Pour briller dans les lettres, il faut d'abord être riche, donner des dîners, des soupers, recevoir des danseuses, des princes et des diplomates, se présenter chez les éditeurs dans des calèches à deux chevaux, enfin jeter l'argent par les fenêtres. Vois Sardou, avec ses palais, ses domaines, sa valetaille. Vois Rostand, qui vit comme un nabab. Pense à Bataille, cet anémique, il paraît qu'il fait, à table, asseoir ses invités sur des fauteuils de marbre blanc, ce qui doit leur donner des rhumes, s'ils ont la poitrine sensible. Tous ces gaillards-là, mon cher, ils ont réussi dans les lettres parce qu'ils avaient de l'argent. Voilà ! Pour gagner de l'argent, il faut commencer par en avoir, et ce n'est pas toi, Joseph, qui me diras le contraire.

— D'accord, mais...

— Mon garçon, il n'y a pas de mais. J'ai donc trouvé une idée. Ce ne sont pas les idées qui me manquent à moi.

— Et tu vas abandonner la carrière littéraire ?

— Du tout ! Je vais gagner d'abord de l'argent, faire une petite fortune et me lancer de nouveau dans la carrière littéraire, avec des munitions. Ne croyez pas que je n'aie pas l'esprit de suite. Je l'ai, au suprême degré. Pour écrire mon second livre, il me faut voyager un peu. Si ! la documentation directe ! J'ai l'esprit de suite. A ma place, il y a des gens qui seraient découragés. Eh bien ! moi, c'est tout le contraire : plus je rencontre d'obstacles et plus j'ai besoin de sauter. J'ai donc trouvé une idée...

Le docteur s'arrêta devant ses fils, caressa d'une main rêveuse son menton soigneusement rasé, baissa la voix et poursuivit avec une espèce de jubilation :

— Une belle idée, je vous assure. Si seulement j'avais eu des fonds ! Si j'avais pu m'installer boulevard Haussmann ou même aux Champs-Elysées, dans une maison avec ascenseur et tapis de luxe ! Si j'avais pu m'acheter un mobilier moderne avec bureau américain, si j'avais eu le téléphone, si j'avais eu les moyens de faire de la publicité, beaucoup plus que je n'en fais...

M. Pasquier partait en rêverie. Laurent dit à mi-voix :

— Tu es docteur en médecine. Il me semble que la dignité de la science...

— Ta, ta, ta... s'écria M. Pasquier. Mon pauvre Laurent, tu ne sais pas ce que tu dis. T'imagines-tu, par hasard, que je fais du charlatanisme, que je pense uniquement à l'argent ? Mon garçon, tu me connais mal. J'ai travaillé la question. J'ai mis au point une méthode. Ce que je fais est aussi scientifique et souvent même plus sérieux que ce que font les autres professeurs, à la Sorbonne, par exemple.

— Alors, papa, pourquoi ne pas conserver ton...

— Non, Laurent, grogna Joseph. Laisse-le parler, pour une fois. Ce qu'il dit n'est pas si mal.

— Pourquoi, reprit obstinément Laurent, pourquoi ne pas conserver ton vrai nom et donner à tout cela un caractère... enfin, un caractère...

— Mon cher, dit le docteur avec un sourire angélique, je l'ai fait par égard pour vous, pour me sentir plus libre dans mes entournures. J'avais d'abord pensé m'appeler Pasquier de Nesles. Vous auriez peut-être crié. J'ai mis Professeur de Nesles, car je ne veux pas vous cacher que la particule a du charme, du cachet, de la tenue... Entrez ! Que voulez-vous, Mademoiselle ?

La jeune fille à jupe entravée que le docteur nommait sa dactylographe venait de se montrer dans l'ouverture d'une porte.

— Monsieur le professeur, disait-elle, il y a quelqu'un au salon.

— Est-ce pour une consultation ?

— Oui, c'est un jeune homme de vingt-cinq à trente ans. Il dit qu'il a lu l'annonce.

Le docteur se recueillit une seconde et soudain prononça, l'œil brillant :

— Veuillez, Mademoiselle, donner des blouses à ces messieurs, qui sont de mes connaissances. Vous allez, tous les deux, prendre des blouses et vous asseoir ici et là. Vous aurez l'air de tenir un carnet de notes, de rédiger une ordonnance, de mettre les fiches à jour ou même d'être mes élèves. Ah ! vous avez voulu voir ! Eh bien ! vous allez voir que je n'ai rien à cacher. Faites entrer ce jeune homme.

Joseph et Laurent enfilèrent des blouses et se postèrent aux deux extrémités du bureau. La jeune dactylographe revenait, poussant devant elle un garçon au poil doré, au visage frais, couvert de taches de rousseur.

— Asseyez-vous, fit le professeur.

Le jeune homme s'assit sur une chaise, au milieu de la pièce. La dactylographe se retirait discrètement.

— Ces messieurs sont mes assistants ordinaires, dit encore le professeur. Bien. Asseyez-vous mieux que cela. Sur les deux fesses, Monsieur, c'est essentiel. Comment vous appelez-vous ? Répétez... Répétez encore. Le premier principe est de savoir dire son nom. Je n'ai pas très bien compris. Vous avez dit Jules Baubiache.

— Oui, Monsieur, Jules Baubiache.

— Cela ne dépend pas de vous, mais ce n'est pas un nom favorable pour une personne timide. C'est un nom qui ne vous aide pas. Jules est un prénom malheureux. Il a été porté par César, c'est entendu, mais il est déconsidéré par le jargon militaire. Il faudra changer cela. Rien ne vous empêche de vous appeler César Baubiache, par exemple. Et Baubiache, qui est un peu ridicule, devient aussitôt truculent et gaillard. Bien. Quelle est votre profession ?

Le jeune homme baissa la tête une seconde comme pour prendre de l'élan, et dit encore :

— Employé de banque.

— Oui. Et vous voulez suivre un traitement contre la timidité ?

— C'est-à-dire... oui, parfaitement...

Le jeune homme n'était pas bègue, mais il semblait, de temps en temps, s'arrêter devant certains mots avec un véritable découragement, reculer et bondir à l'aventure.

— Le traitement, dit M. Pasquier, est un traitement méthodique et il comprend trois parties. La première partie comporte des exercices pratiques, soit, en tout, dix leçons que je vous donnerai moi-même. La seconde partie consiste en la lecture d'un ouvrage dont je suis l'auteur, ouvrage qui concerne le prestige personnel, ses raisons, ses différentes modalités. Enfin le tout est complété par une médication spéciale, administrée sous forme de pilules et de vin fortifiant, car la timidité n'est qu'une maladie et doit être attaquée par tous les moyens thérapeutiques. La secrétaire vous a dit les conditions du traitement. Si nous sommes d'accord, nous allons commencer tout de suite.

Le jeune homme remua la tête avec énergie, deux ou trois fois. Il faisait de nombreux efforts pour déglutir la salive qui lui remplissait la bouche, et ses mains, posées à plat sur ses genoux, tremblaient visiblement.

— Monsieur Baubiache, dit le docteur, la première leçon concerne l'entrée en matière, le salut, la poignée de main, les propos initiaux. Vous allez me faire le plaisir de sortir de cette pièce. Ramassez d'abord votre chapeau. Vous allez sortir de cette pièce et faire une entrée convenable. Vous frappez. Je réponds. Vous pénétrez dans la pièce et vous vous présentez. Bien. Bien. Oui, Entrez !

Le jeune homme, suivant les indications du maître, après être sorti dans le couloir venait d'entrouvrir la porte. Le docteur, planté au milieu de la chambre, une règle à la main, donnait des ordres avec des gestes de dompteur :

— Bien, bien, ou plutôt, pas trop mal. Le chapeau, un peu plus de côté. Pas sur l'oreille, mais un peu de côté. Alors, vous entrez. Faites, je vous prie, quatre pas nets et résolus. Recommencez. Tendez le jarret, Monsieur. Bien. Et souriez. Quand je dis souriez, cela ne veut pas dire : ouvrez la bouche. Cela veut dire ayez l'air aimable, avenant, rayonnant. Bien. Pas trop, pas trop. Arrondissez le bras et tendez-moi la main. Attention ! largement ouverte, la main. Vous ne transpirez pas de la paume. C'est une chance. Les timides, souvent, transpirent de la paume. Et c'est peut-être même ça qui finit par les rendre timides. Serrez la main que je vous tends. Ne craignez pas de me faire un peu de mal. Que tout cela respire la franchise, la spontanéité, la force naturelle. Bon, vous venez de faire une entrée cordiale. Vous allez maintenant faire une entrée résolue et même conquérante. Attendez toutefois que j'aie crié : « Entrez ! » et pénétrez dans la pièce d'un mouvement vif. Un tout petit peu plus de bruit avec vos talons ! Bien. Maintenant, faites deux ou trois fois « hum ! » Non, non, vous avez l'air d'un asthmatique. Faites « hum ! » comme quelqu'un qui désire affermir sa voix. Portez le pied droit en avant et donnez, discrètement mais fermement, deux ou trois petits coups de genou, comme vous allez voir que je fais.

Le docteur lança trois ou quatre « hum ! » éclatants et tendit nerveusement le jarret.

— Tout cela n'est pas trop mal. Maintenant élevez la voix et présentez, par exemple, une offre de service.

Le jeune homme pâlit un peu, eut deux ou trois mouvements de déglutition et murmura quelques paroles indistinctes :

— Monsieur, je voudrais... pour une place...

— Ah ! non, disait le docteur. Ça ne va plus du tout. Pour les gestes, c'est passable, encore qu'il y ait bien à redire. Mais pour l'élocution, tout est à recommencer. D'abord, pas de postillons, vous m'entendez. Crachez délicatement dans votre mouchoir avant de commencer l'entretien. Les postillons sont très défavorables aux entretiens intimes. Ensuite, du montant, du mordant, de l'attaque. Pour faciliter les choses, je vais, et de manière tout à fait exceptionnelle, vous mettre aux exercices de la quatrième leçon, aux exercices de l'algarade. Comprenez bien ce que je veux dire, Monsieur, vous allez me faire des reproches, me dire des choses très désagréables. En un mot, Monsieur, vous allez m'engueuler. Simplement pour développer en vous les vertus agressives, l'élocution de combat.

— Mais, dit le jeune homme devenu soudain cramoisi...

— Mon cher ami, ne craignez rien, vous entendez bien que ce n'est là qu'une fiction destinée à développer chez vous des dispositions martiales dont vous me semblez tout à fait dépourvu. Allons, n'ayez pas peur. Supposez que je viens de vous refuser une place que vous sollicitiez et tâchez de m'intimider à mon tour. Songez qu'ici comme en toute chose, la meilleure façon de vaincre votre timidité naturelle c'est d'intimider l'adversaire ou, si vous préférez, le partenaire. Voilà ! je suis assis dans mon fauteuil de bureau et j'attends votre attaque.

Le jeune homme tourna deux ou trois fois son chapeau entre ses doigts frémissants. Il faisait de grands efforts pour dominer son trouble et il balbutia d'une voix blanche :

— Vous m'aviez promis une place... C'est pas bien... J'espérais heu... heu... que vous pourriez penser à moi... Non, c'est vraiment fâcheux.

Le Dr Pasquier bondit hors de sa cathèdre. Il riait et frappait ses mains l'une contre l'autre.

— Ce n'est pas ça du tout. Permettez-moi de vous donner le ton, le mouvement et même des indications vocabulaires. Asseyez-vous à votre tour et maintenant prenez de la graine. Je commence : « Mossieur, j'ai fait à la maison que vous dirigez l'honneur de solliciter une place parmi ses collaborateurs. A cette demande, Mossieur, vous avez pensé d'abord pouvoir répondre par un silence inconvenant, puis, à la suite d'une démarche plus pressante, par ce qu'on appelle une fin de non-recevoir. Eh bien ! Mossieur, sachez que je me félicite de ne pas entrer dans une maison qui jouit sur la place de Paris d'une réputation désastreuse. Sachez que je me félicite particulièrement de n'avoir pas à saluer comme mon chef direct et personnel quelqu'un que je tiens pour un voyou et pour un mufle, car vous êtes un mufle, Mossieur, et je pourrais en dire encore bien davantage, Mossieur... »

Ici, le Dr Pasquier s'arrêta soudainement, baissa la voix, fit un sourire, ressaisit son sang-froid avec une merveilleuse aisance et dit en pirouettant :

— Dans les cas graves, vous pouvez aller jusqu'au mot de cocu, qui sonne bien et qui produit le meilleur effet. Mais, choisissez les têtes. Vous allez recommencer l'exercice et m'adresser un discours bref et bien senti. Même par fiction, je vous en prie, ne faites pas, à mon sujet, usage de ce mot de cocu : je crois que je ne pourrais le supporter. Ce serait au-dessus de mes forces. Allons, du courage, mon cher !

Le jeune homme se leva, cracha dans son mouchoir, fit deux pas en avant, jeta son chapeau par terre et dit en devenant soudain tout pâle :

— Vous m'aviez promis une place. Vous ne me l'avez pas donnée. Vous êtes un sale type, un voleur, un escroc, un apache. Je ne sais... je ne sais... je ne sais pas ce qui me retient...

— Halte-là ! cria le docteur en levant une main autoritaire. Halte-là, c'est beaucoup mieux. Mais ne vous emballez pas. J'ai remarqué déjà qu'avec les novices le quatrième exercice est un peu périlleux. Méfiez-vous aussi du mot de voleur. Il n'est pas sans conséquence. Dites par exemple : « Je pourrais vous appeler voleur, mais je ne le fais pas », comme cela, vous restez irréprochable au regard de la justice. Ah ! vous êtes un vrai timide : vous devenez tout de suite violent. Je vais, à cause de cette disposition, vous prescrire, pour commencer, l'ordonnance n° 2. Celle qui ne contient pas de noix vomique. Pouvez-vous revenir dès demain ?

— Oui, monsieur le professeur.

— Tant mieux, nous passerons très vite à des exercices plus nuancés. La sixième et la septième leçons concernent les relations avec les femmes... J'entends les relations sociales et courantes. Pour les autres relations, je ne pourrai vous donner que des conseils discrets. C'est d'une délicatesse extrême. La dernière leçon est consacrée au départ, je veux dire à l'art si particulier de sortir d'une pièce, de faire ses adieux, de quitter, par exemple, sa maîtresse ou son ami. Vous verrez, c'est passionnant. Je ne vous cacherai pas que le début est assez heureux. Soyez tranquille : vous n'êtes pas incurable. Ma dactylographe va vous remettre l'exemplaire de la brochure, l'exemplaire qui vous est destiné. Pour les honoraires, c'est également à la dactylographe que vous aurez affaire. Avouez que vous vous sentez déjà beaucoup plus à l'aise.

Le jeune homme éclata de rire.

— C'est pourtant vrai, dit-il, c'est pourtant vrai que je suis mieux.

Le docteur posa sur l'épaule du jeune homme une main paternelle et dit :

— J'en ai vu de cent fois plus difficiles que vous et qui, aujourd'hui, entrent dans le cabinet d'un ministre aussi tranquillement que chez le marchand de tabac. A demain, monsieur Baubiache. Balancez légèrement votre chapeau de la main gauche, mettez une demi-seconde votre main droite dans la poche du pantalon. Retirez-la sans brusquerie et tendez-la-moi, d'une manière souple et détachée, comme vous me voyez faire à moi-même. Du chic, de la simplicité. Allons, ce n'est pas mal. Au revoir.

Le jeune client parti, le docteur gagna sans rien dire un lavabo logé dans le fond de la pièce et commença de se laver les mains. Comme Joseph et Laurent ne soufflaient pas mot, le docteur se prit à chantonner d'une voix légère *la Déesse et le Berger* dont le grand air avait été jadis l'un des plus brillants succès de Capoul :

*Il se peut que parfois*
*Sous ses pas je recueille*
*Une fleur qu'elle effeuille,*
*Rêveuse, entre ses doigts,*

*La goutte d'eau dans une rose...*
*Désaltère l'oiseau joyeux...*

Le docteur se retourna prestement, saisit la serviette éponge pour s'essuyer les mains et dit avec modestie :

— Les timides ! Je commence à les connaître. Il y en a qui sont incurables, même par la méthode des exercices. Ce sont les sadiques de la timidité. Ils doivent y prendre plaisir. D'autres sont de faux timides. Une leçon, deux leçons, et ils deviennent comme des lions. Vous ne dites rien, mes garçons.

— J'écoute, fit Joseph, bourru. Je ne pense pas, en tout cas, que ce n'est pas intéressant.

— Et quant à toi, Laurent, poursuivit le docteur, tu juges sûrement que tout cela, ce n'est pas très scientifique.

Laurent secoua les épaules avec mauvaise humeur.

— Je trouve que, pour un médecin, pour un médecin véritable, c'est un peu de la comédie.

Le docteur leva les bras.

— Mon cher, c'est de la comédie au même titre que tout le reste de la science. Sache-le pourtant, mon garçon, je me donne beaucoup plus de mal, je dépense beaucoup plus de nerf, je mets beaucoup plus de moi-même que le confrère du coin qui monte chez son patient, fait une piqûre et écrit au galop trois lignes d'ordonnance. Reviens, dans huit jours, observer ce petit bonhomme et tu m'en diras des nouvelles. Tu remarqueras le changement. Tu verras son œil, tu verras son jarret et tu crieras au miracle. Il faut savoir qu'avec les femmes, j'entends avec les timides du sexe féminin, le traitement est plus difficile et beaucoup plus chanceux. Il y en a qui sont améliorées en une seule leçon et qui réussissent tout de suite l'exercice de l'algarade, pour peu qu'on leur tende la perche.

Joseph retirait sa blouse, puis il se prit à marcher en baissant la tête et en fronçant les sourcils.

— En somme, papa, disait-il, tu parles de l'influence personnelle, du moyen de réussir... A t'entendre, on pourrait croire...

M. Pasquier allongea le bras posément :

— Attends ! Attends ! souffla-t-il. Tu vas dire une rosserie, peut-être même une bêtise. Tu vas dire que je prétends enseigner aux autres une méthode pour arriver, et que je pourrais commencer par me l'enseigner à moi-même. Tu vois que je ne devine pas trop mal les pensées de mon fils Joseph. Veuille comprendre, mon garçon, que je n'ai pas encore réussi, mais que ma méthode est d'hier, que je commence à l'appliquer pour mon propre compte et que j'ai l'avenir devant moi.

Le docteur fit effort pour reprendre *la Déesse et le Berger* :

*La goutte d'eau dans une rose...*

puis il haussa les épaules et murmura :

— Les professeurs, c'est toujours comme ça. Ils enseignent des choses qu'ils ne peuvent pas faire eux-mêmes. J'ai pris jadis des leçons de chant avec un premier ténor de l'Opéra qui était tombé professeur justement parce qu'il ne pouvait plus chanter. A part ça, mes garçons, vous avez l'air, tous les deux, terriblement empaillés. Vous êtes venus pour voir. Ce n'était pas d'une discrétion exemplaire. N'importe, vous avez vu. Je vais même vous prier de me laisser à mon travail, car j'espère un autre client et je viens d'entendre sonner. Allons ! Adieu ! Et sans rancune. Joseph, mon cher, une poignée de main plus large, puisque tu as aussi la chance de ne pas transpirer des paumes. Et toi, Laurent, un sourire, quelque chose de gracieux. Il faudra que tu viennes, un jour, pour la dixième leçon. Ça ne te fera pas de mal et je te la donnerai gratis.

Les deux frères descendirent un étage entier sans prononcer une parole. Puis Joseph s'arrêta sur le palier, souffla par le nez d'un air grognon et dit à voix basse :

— La maison est miteuse, tout à fait mal choisie. Regarde sur cette porte : *Mlle Bouchette, modiste*... Et là, cette carte de visite : *Monsieur Ceci, retraité*... Tout cela sent la dèche. Comment veux-tu monter une affaire sérieuse dans des conditions pareilles ? As-tu remarqué, là-haut ? Le vestibule est peint en faux marbre, et c'est signé, dans un coin. Où la gloriole va-t-elle se nicher ? Je te demande un peu.

Joseph secoua les épaules d'un geste découragé, puis il se reprit à descendre.

— Ce n'est pas comme cela qu'on peut gagner de l'argent. Le mobilier est terriblement kiki. Les fauteuils ont l'air de faire la retape et de vous pousser leur mauvais coussin sous la croupe. Tout cela est purée, tout cela est, une fois encore, manqué. Il n'y a qu'un détail passable : la dactylo. Elle est charmante.

— Oui, dit Laurent avec un battement de paupières. Elle est même beaucoup trop bien. C'est inquiétant.

— Il ne faut rien exagérer, reprit Joseph en baissant encore la voix. Je connais, à papa, deux ménages en outre de son ménage légitime. Ça doit quand même suffire à un homme de soixante-neuf ans. Non, ce qui m'inquiète, c'est de voir notre honoré père qui, pour une fois, a vraiment une idée épatante et qui va pourtant la louper.

Les deux frères étaient maintenant dans la rue et commençaient de dériver avec la foule du trottoir, une foule serrée, pressée, caquetante qui descendait comme un fleuve la rue d'Amsterdam, la rue exaspérée par le rugissement des tramways.

— Il est midi, soupira Joseph. Tous ces gens-là vont manger. Tout Paris va se mettre à table et les types qui sont sur le haut de la Tour Eiffel ou sur la terrasse de Montmartre doivent entendre le bruit des mâchoires et de tous les nez qui reniflent.

Laurent n'écoutait pas cette improvisation lyrique. Il dit, l'air ennuyé :

— Tu trouves épatante cette idée de papa ? Moi, je la trouvais ridicule.

— C'est qu'elle touche un peu, malgré tout, à ton métier, même de loin, et qu'elle te vexe, qu'elle t'humilie, comme vous dites, vous autres gens cultivés. Tu sais que je ne m'emballe pas facilement. Je répète : l'idée de papa, c'est une idée épatante parce qu'il peut se montrer lui-même, qu'il ne doit pas s'embêter, qu'il a trouvé l'occasion d'exploiter ses dons naturels. Ce truc-là, c'est comme les instituts de beauté : les femmes auront toujours envie d'être belles, même quand elles n'auront pas de quoi manger. Et les hommes, c'est la même chose. Ils ont toujours envie d'être malins, d'être chics, de faire les zigs. Je te répète que c'est une idée épatante.

Comme Laurent ne soufflait mot, Joseph reprit, avec un regard de côté :

— Je ne dis pas que je n'ai pas envie de donner un bon coup d'épaule, pour une fois, à notre père, oui, de financer son truc, enfin de le commanditer d'une manière un peu sérieuse.

Laurent continuait de marcher et n'avait pas l'air d'entendre.

— Oh ! je sais, fit Joseph, l'accent pénétré, tu n'as jamais aimé papa. Tu lui en veux. Une vieille rancune. Une dent. Ne dis pas le contraire.

Laurent leva les épaules et continua de marcher en silence.

— Autrefois, reprit Joseph, je t'aurais demandé de m'aider, puisque c'est ce qu'on peut appeler une bonne action. Je t'aurais demandé quelque chose comme une participation aux frais. Maintenant, je sais à quoi m'en tenir. Et puis, je sais aussi que tu n'as pas le rond. Reconnais quand même que cela valait bien une heure de ton précieux temps, mon garçon.

Laurent s'arrêta net et tendit la main.

— Je prends la rue de Berlin, dit-il, au revoir, Joseph.

— Déjà, déjà, fit Joseph d'un air dépité. Et moi qui pensais t'emmener déjeuner à la maison. Oh ! pour savoir partir, tu sais partir. Tu n'as pas besoin de leçons. Allons, au revoir, mon ami.

A peine Laurent avait-il fait dix pas dans la rue de Berlin qu'il entendit courir derrière lui.

— Attends, soufflait Joseph. Je voulais te demander quelque chose. Penses-tu seulement à la guerre ?

— Quelle guerre ?

— Tu en as de bonnes ! La guerre avec l'Allemagne, mon vieux, comme toujours, comme toujours. Quelle est ta situation militaire ?

— Allons bon, grommela Laurent. Tu disais, autrefois, que nous n'aurions pas la guerre.

— Mais nous ne sommes plus autrefois. Ah ! vous êtes tous les mêmes, vous autres. Vous ne pensez pas à la guerre. Vous êtes des penseurs de profession ; mais, en fait, vous ne pensez à rien. Si tu savais lire les journaux entre les lignes et même sur les lignes, tu verrais que les symptômes inquiétants sont innombrables : l'empereur d'Autriche est malade ; le roi d'Angleterre va débarquer à Paris. Pourquoi ? C'est clair comme le jour. Tu n'as pas vu ce qui vient de se passer à Abbazia ? Les Italiens, les Autrichiens et les Allemands s'entendent comme larrons en foire. Ils ont déclaré que l'unité de vue était complète entre leurs trois gouvernements. Tout cela sent le chambard. La rente française est à 86,57. Je connais ces questions-là et je te dis : prends bien garde ! Tu ne m'écoutes pas. Tu as tort. Tant pis pour toi, mon pauvre vieux. Moi, j'ai fait mon devoir, je t'ai prévenu.

## CHAPITRE 4

Cher vieux Justin, je te connais depuis vingt ans. C'est inimaginable, comme dirait Monsieur mon père qui a beaucoup d'imagination et qui, par conséquent, admire volontiers ce qu'il ne pourrait imaginer tout seul. Il y a donc déjà place dans ma vie pour cet objet considérable : une amitié de vingt ans. Il y a vingt ans environ qu'au sortir du lycée Henri-IV, tu t'es mis à m'expliquer, un soir, sur la place du Panthéon, que les mots français qui provenaient d'un verbe latin étaient formés, en général, du supin, et non pas de l'infinitif ou de l'indicatif, comme un vain peuple pourrait croire. Aucun de mes professeurs ne m'avait jamais mis le nez dans cette évidence philologique. Depuis ce jour mémorable, j'ai considéré ton savoir avec un respect coloré d'admiration. Longue amitié, respect, admiration, tout cela me donne bien le droit de te dire qu'en ce qui concerne ma position politique — style Justin Weill — tu raisonnes comme une solive. Je n'ai jamais eu de position politique, je n'ai pas de position politique, j'espère ne jamais avoir, dans l'avenir, ce que tu appelles une position politique. A l'égard des problèmes que la vie me soumet, j'entends n'avoir qu'une position humaine. Boum ! Au creux de l'estomac ! Tu as neuf secondes pour reprendre haleine.

Tu es déjà touché par la maladie du forum : tu veux prouver que ta pensée et ton action suivent une ligne unique et fermement définie... « Citoyens, l'homme que j'étais sous le ministère Grévy, je n'ai pas cessé de l'être..., etc., etc. » Heureusement pour toi, heureusement pour ceux qui t'aiment, tu es plein de gentilles contradictions. Tu disais il y a trois ans : « Je ne ferai jamais de journalisme. J'aime mieux rester un poète pauvre que devenir un journaliste fastueux. » Tes amis t'ont proposé la rédaction en chef de ce noble canard, de ce très puissant canard *l'Eveil de l'Ouest*, et tu as accepté tout de suite ; et tu avais, pour ce faire, des raisons si pertinentes que je t'ai conseillé moi-même d'accepter. Tu m'as quitté pour cette Loire-Inférieure que tu ne tarderas pas à relever de son infériorité, homme de toutes les vertus. Tu disais, pendant l'été de 1910 : « Je ferai peut-être de la politique mais je ne me ferai jamais inscrire à un parti. » Cher vieux gueulard ! tu as été reçu par Jaurès — une heure et demie d'entretien particulier, oui, Madame — et tu t'es inscrit, dès le lendemain, au parti socialiste unifié. N'écume pas ! Ne déchire pas ma lettre ! Tu es ainsi, je t'aime ainsi. Et je pourrais continuer ma tirade. Quand nous avions vingt ans, tu me disais avec de l'eau dans les yeux, avec de l'eau dans la bouche : « La persuasion, la persuasion seule ! » Et puis, nous avons été vivre dans notre Désert de Bièvres, nous avons fait, comme tant d'autres, notre petite expérience de vie phalanstérienne et, quand nous sommes sortis de là, tu tapais du poing sur la table et tu criais : « L'autorité ! Je ne comprends plus que l'autorité ! » Aujourd'hui, nous voici revenus à l'onction, à l'homélie. Tu m'écris : « Sois doux, prudent et juste. » Et pourquoi ce message apostolique, mon petit père ? Pour une histoire dont tu ne sais à peu près rien et dont j'ai eu le tort de te dire deux mots à la hâte, dans l'extrême fin de ma dernière lettre.

Ce qui me fait penser, vieux frère, que la politique est en train de te tournebouler la cervelle, c'est que tu te lances dans des généralisations aventurées. Un mauvais ouvrier n'est qu'un mauvais ouvrier, rien de plus. Un mauvais ouvrier n'est pas le peuple : il est la plaie et la misère du peuple. J'admire certains effets du syndicalisme, à la condition que le syndicalisme ne perde pas la notion de qualité, à la condition que le syndicalisme ne s'avise pas d'additionner des pommes avec des pierres.

Un mauvais garçon de laboratoire, c'est tout autre chose qu'un mauvais ouvrier, c'est une espèce de traître dont la science, qui connaît déjà tant de chances d'erreur, doit se défier.

Je t'ai dit que M. Birault était un mauvais collaborateur. Là-dessus, tu m'exhortes à l'indulgence, ô homme sensible ! Je te reconnais bien là. Notre vieille amitié ressemble à un vieux ménage. Tu es toujours soucieux de rétablir l'équilibre. Quand je suis à plat, tu me dis : « du nerf ! » et dès que je fais preuve de nerf, tu soupires « du calme ! » C'est merveilleux ! J'ai écrit, comme ça, en courant, que mon nouveau garçon de laboratoire avait l'air d'un propre à rien — comme cela, presque sans commentaire — et tu me réponds par une tartine, d'ailleurs lyrique, sur les rapports du capital et du travail. C'est très exagéré, d'abord parce que je ne représente en aucune manière le capital, et parce que, d'autre part, Hippolyte Birault travaille trop peu et trop mal pour mériter de jouer le rôle de figure symbolique dans cet orageux duo.

Je serais peut-être moins sévère pour ce Birault qui est l'indigne objet de notre querelle s'il ne m'avait été recommandé, même imposé, par cette ganache de Larminat, mon directeur général.

Il y a une dizaine de jours que M. Larminat m'a fait savoir qu'il m'avait déniché le modèle des collaborateurs et que ce sujet exceptionnel venait de chez Dousserin, qui est professeur à la Sorbonne. Hippolyte Birault s'est présenté le jour même, au début de l'après-midi. Je sortais du restaurant où j'avais déjeuné tout seul. Je peux t'affirmer que j'étais bien tranquille et que je ne souffrais pas de l'estomac : treize ans de gargote ne m'ont pas encore trop endommagé à cet égard. Bref, j'allais me mettre au travail quand j'entends frapper. La porte s'ouvre et je vois paraître un assez gros monsieur — quarante-cinq ans, peut-être plus, peut-être moins, je ne saurais dire —, un paquet sous le bras, enveloppé dans un journal, et, sur la tête, un chapeau melon semblable non pas à l'admirable tiare de mon frère Joseph, mais bien plutôt à la suave coupole de ces messieurs les flics en bourgeois. Pour compléter l'image, une imposante paire de souliers à clous. Là-dessus, le type fait un pas, referme la porte, retire son chapeau melon et esquisse un sourire. Je termine mon examen d'un coup d'œil : je vois de grosses moustaches tombantes, des cheveux pommadés, rares mais longuets et ramenés en arrière, des joues couperosées, un ventre respectable, un petit bourrelet de chemise entre le gilet et le pantalon et je rectifie mon jugement : au type flic en civil, je substitue le type bistro. Le bonhomme fait un second sourire, inexplicablement huilé par la brillantine de ses cheveux, et je songe : « C'est un placier. Il vient me proposer des articles de lingerie ou des pâtes pour l'entretien des cuivres. Comment a-t-on pu laisser ce gaillard-là pénétrer jusqu'à moi ? » Là-dessus, troisième sourire, accompagné d'un battement de paupières tel que je songe : « Ce n'est pas un monsieur de la secrète ni un patron de bistro, c'est un marchand de tapis. » Je demande :

— Que désirez-vous ?

Le visiteur s'incline, salue et dit :

— C'est moi le nouveau garçon de laboratoire.

Je suis bien obligé de t'avouer que ma première impression n'a pas été très favorable. J'attendais un garçon de laboratoire depuis quinze jours, j'avais un pressant besoin d'un garçon de laboratoire. J'ai seulement pensé : « Le voilà donc ! Eh bien ! tant pis ! » Pour corriger ce jugement sommaire, j'ai dit quelque chose d'aimable, je ne sais plus trop, une phrase de bienvenue. J'ai même ajouté, sur un ton cordial : « Quand prenez-vous votre service ? » Là-dessus, nouveau sourire :

— Aujourd'hui même, mon cher maître.

Je me suis senti rougir. D'abord je ne suis pas à l'âge où l'on peut recevoir justement le titre de maître. Ensuite c'est une chose qui ne se fait jamais dans nos milieux. Jamais, absolument jamais, un garçon de laboratoire n'appelle son patron « mon cher maître ». Je te le répète : j'ai rougi. J'ai senti presque aussitôt que le type observait ma rougeur avec une curiosité qui m'a vraiment déplu. J'ai répondu, non sans un peu de brusquerie :

— Je vous serai reconnaissant de ne pas m'appeler « mon cher maître ».

Le bonhomme a pincé les lèvres, pris un air vexé, puis il a remué les oreilles comme un cheval et il a dit :

— Tant pis ! Tant pis ! Ce que j'en faisais, c'était pour vous marquer de la considération. Comment dois-je vous appeler ?

— Appelez-moi monsieur, tout simplement.

— Bien, Monsieur.

Une demi-minute de froid, pendant laquelle je boutonne et déboutonne ma blouse. Puis je me décide à parler :

— Comment vous appelez-vous ?

Le type fait un de ses sourires à la brillantine et répond, la bouche en cœur :

— Birault... Hippolyte Birault.

J'en suis à incliner la tête, de l'air attentif d'un homme qui range soigneusement quelque chose dans sa mémoire, quand mon bonhomme s'avise d'ajouter :

— On ne m'appelle pas Hippolyte, on m'appelle Bob, on m'a toujours appelé Bob.

J'ai, de la tête, esquissé un léger mouvement de négation, mais je n'ai rien répondu. J'ai l'horreur de certaine familiarité. J'ai dit très vite :

— Allez mettre votre blouse. Le vestiaire est ici, à gauche. Après quoi, je vous ferai visiter le service.

Hippolyte Birault a salué, d'un geste du melon, et il a fait, une fois de plus, ce sourire que je connais assez bien maintenant et que j'ai beaucoup de mal à supporter. Un sourire ironique et condescendant, un sourire qui signifie : « Vous êtes docteur, chef de service et le reste ; mais je suis plus âgé que vous, j'ai mille fois plus d'expérience que vous. Je veux bien être un modèle de politesse, mais je suis bien obligé de vous considérer comme un gosse. »

Je l'entendais, dans le réduit, qui remuait et soufflait comme un buffle. Puis, un bruit inhabituel, semblable à celui que l'on fait en laissant tomber des chaussures que l'on vient de retirer, puis, de nouveau, des soupirs, des geignements. Enfin la porte du réduit s'ouvre et je vois paraître M. Birault en manches de chemise, en espadrilles et en tablier bleu, le véritable tablier du marchand de vin. Je dis encore :

— Pourquoi n'avez-vous pas mis la blouse ? Elle doit être à votre taille.

Birault répond avec rondeur :

— Je ne mets jamais de blouse, c'est un principe. Le tablier suffit.

Et, comme il suivait la direction de mon regard arrêté sur les espadrilles, il a distillé un nouveau sourire :

— Les chaussures font trop de bruit. Dans un laboratoire, il faut du calme.

Je n'ai rien répondu. Comment t'expliquer, mon cher ami, que je n'ai pas osé protester ? L'idée d'avoir à côté de moi, toute la journée, un aide vêtu comme un mastroquet m'était tout à fait désagréable. J'ai pensé, un peu lâchement : « Nous verrons cela plus tard. »

J'ai commencé de montrer mon laboratoire au nommé Birault. Je te ferai remarquer, Justin, que le garçon qui m'est normalement attaché ne sort pas du bâtiment dans lequel je me tiens d'ordinaire et où tu es venu me voir plusieurs fois. Il n'a rien à faire dans le service des sérums, par exemple, que je dirige également, et qui est complètement séparé du pavillon principal. Je me disais, en commençant de promener mon bonhomme dans le labo, qu'il ne faut pas trop se fier aux impressions premières, que les gaillards à la Birault sont parfois des modèles de dévouement, qu'une adaptation mutuelle est toujours nécessaire et qu'elle veut une longue pratique. Enfin, je cherchais à me rassurer.

J'ai d'abord montré mon laboratoire personnel. J'expliquais :

— Ici, les centrifugeuses. Faites attention à celle-ci qui peut traiter un litre de liquide à la fois et qui tourne très vite...

M. Birault souriait, avec ses cheveux si j'ose ainsi parler, et il disait simplement :

— Oui, oui, je sais. Ayez pas peur. Marchez seulement ! Je connais tout ça.

Il regardait les étuves qui sont de construction toute récente, et il chantonnait :

— Ah ! oui ! Je n'aime pas beaucoup ces nouveautés. J'aime mieux comme chez M. Dousserin. Mais ça ne fait rien, on s'arrangera.

M. Hippolyte Birault a longuement considéré la ménagerie provisoire, celle où sont entreposés les animaux d'expérience qui doivent rester en observation. Il disait :

— Tiens ! Vous faites comme cela, ici ? C'est drôle. Chez nous, je veux dire chez Dousserin, on s'y prenait autrement, j'aimais mieux la manière de chez Dousserin.

La visite a continué. M. Birault avait l'air de passer une inspection. Il me disait : « A votre place, j'aurais pas mis le vidoir dans ce coin. Ce n'est pas commode... A votre place, je ferais comme chez le professeur Dousserin, je mettrais les bouilloires sous la hotte, rapport aux vapeurs. » Et puis, sans transition : « Le professeur Dousserin, celui-là, c'est un vrai savant. »

J'ai eu envie de dire : « Pourquoi n'êtes-vous pas resté chez le professeur Dousserin ? » mais je ne l'ai pas dit, je n'ai pas osé. Nous allions d'une pièce à l'autre et, chaque fois que je me lançais dans une explication, le bonhomme Birault reprenait son refrain : « Je vous dis que ça me connaît. Ayez pas peur. Marchez seulement. »

Nous sommes descendus au service des vaccins, où j'ai deux bons collaborateurs, et où mon garçon personnel a toujours mille choses à faire. J'ai dit, très sévèrement :

— Ce qui se fait ici, monsieur Birault, exige beaucoup de conscience.

Il a pris cet air moitié souriant, moitié vexé qui est son air habituel et il m'a répondu :

— Pour la conscience, je ne crains personne.

Puis il a recommencé de me donner des conseils. Je n'ai pas un sens trop sourcilleux de la hiérarchie, pourtant il y a des points sur lesquels je me trouve plutôt sensible. Je suis, depuis six ou sept ans, spécialisé dans les questions qui touchent le pneumocoque et la vaccination anti-pneumococcique. M. Birault m'a fait entendre que, pour le pneumocoque, il savait tout ce qu'il est humainement possible de savoir, tirade ponctuée d'innombrables « mon cher monsieur » et de non moins innombrables « marchez seulement ! »

Que te dire de plus ? En m'en allant, le soir de ce jour-là, j'ai rencontré dans le jardin l'exquis M. Larminat, mon directeur. Il m'a dit :

— Vous avez reçu votre nouveau garçon. C'est un sujet de premier ordre.

J'ai répondu :

— Peut-être, monsieur le directeur. Nous verrons, avec le temps.

J'allais m'éloigner quand M. Larminat a prononcé d'une voix juteuse :

— C'est extraordinaire, mais j'ai reçu trois ou quatre lettres au sujet de ce garçon. Il est très pistonné.

Quand M. Larminat parle de ce qu'il appelle le piston, ses yeux se mouillent et des centaines de rides confidentielles apparaissent sur tous les points de son visage encore libres de rides normales. Pour comble de ridicule, M. Larminat prononce « piftonné... »... « fe garfon est piftonné », en sorte que le mot piston, déjà si pénible, devient presque intolérable.

Mon cher vieux Justin, voici dix jours que M. Hippolyte Birault travaille sous mes ordres. Cette expression est pleine d'audace, car M. Birault ne reçoit d'ordres de personne. Dix jours ! Je commence à m'habituer à l'odeur de ses espadrilles, qui laissent sur les carrelages du labo de larges empreintes humides. Je m'habitue moins volontiers à son sourire.

Il arrive, le matin, dix ou quinze minutes après l'heure réglementaire. Je suis déjà, depuis longtemps, au travail. Je l'entends qui gronde, à la porte :

— Traverser la moitié de Paris, à mon âge, pour venir gagner un salaire misérable, c'est une pitié. Si Mme Bob n'y fait pas opposition, je finirai par déménager.

Il se déshabille et se déchausse en poussant de longs soupirs. L'opération achevée, il manifeste sa joie comme une poule qui a pondu un œuf. Il siffle ordinairement *le Missouri, Sole Mio* et *Sur les bords de la Riviera*. Je voulais lui interdire ce genre d'exercice. A la réflexion, je n'en ai rien fait. Je me console en disant qu'un peu de liberté, de gaîté ne saurait nuire à la discipline du laboratoire. Pur sophisme ! Si je ne dis rien, c'est uniquement par manque de courage. D'ailleurs, inutile de parler de gaîté pour M. Birault : je ne connais rien de plus lugubre que ce personnage.

J'ai voulu voir ce qu'il savait faire. Je l'ai prié de me confectionner des pipettes, ce qui est l'enfance de l'art pour un homme de son état. Il m'a cassé plusieurs mètres de tubes sans rien obtenir de convenable. Je lui ai dit :

— Vous savez un peu travailler le verre ?

Il m'a répondu :

— Mon cher monsieur, je savais cela quand vous étiez encore au sein de votre nourrice.

N'empêche que j'ai dû jeter toutes les pipettes. Il me dit, vingt fois par jour, avec la plus jubilante modestie :

— J'espère que vous êtes content de mes services. Des Birault, ça ne se trouve pas sous le sabot d'un cheval.

Je le surveille de mon mieux. J'ai toujours peur qu'il ne fasse quelque énorme sottise. Ce qui pourrait me rassurer, c'est qu'il ne fait pas grand-chose. L'œil qui le cherche le surprend toujours au repos : il est en train de se gratter la tête, ou de se frotter les reins, ou de rouler une cigarette, ou même de lire le journal, ou de tailler interminablement un de mes crayons. Il ne fait pas grand-chose, mais il change quand même les objets de place, en sorte que je suis toujours à mettre de l'ordre derrière lui. Un second collaborateur de cette espèce, et je n'aurai plus du tout le temps de travailler. Il se plaint de souffrir de rhumatismes. Quand il faut monter les étages, c'est des genoux qu'il dit souffrir, et quand il doit porter quelque fardeau, voilà qu'il souffre des épaules. Il se tourne vers moi et gémit :

— Si c'était un effet de votre bonté, vous pourriez pas me donner un petit coup de main ?

Alors je lui porte ce qu'il doit me porter. Ça va quand même plus vite. Hier, il m'a prié, avec toutes sortes de gémissements, de l'aider à passer les manches de son pardessus. Je l'ai fait, car j'ai pitié des gens qui souffrent. Pendant toute l'opération, il sécrétait un sourire si curieux que je me suis senti quelque peu couillon. Il me dit souvent, quand il est assis : « Passez-moi donc le cristallisoir, mon cher monsieur. Pardon, excuse, c'est rapport aux genoux... » je passe le cristallisoir. Il est possible que cette douleur du genou ne soit pas feinte. Pourtant, quand sonne l'heure de la sortie, il redevient merveilleusement ingambe. De temps en temps, il fait entendre de petits bruits suspects. Aussitôt, il remue une chaise ou il se prend à chanter très fort pour donner le change.

Il sort à tout propos de la pièce. Quand on lui demande où il va, il répond avec un de ses ineffables sourires au cosmétique :

— Je vais cueillir des nouilles.

Il ajoute parfois en riant :

— Je vais cueillir des nouilles avec une échelle double.

S'il n'est pas de bonne humeur, il fait un geste de l'index et dit, d'une voix funèbre :

— Et la prostate ! Vous ne pensez pas à la prostate, mon cher monsieur. On voit bien que vous, la prostate vous laisse tranquille.

A dix heures du matin et à quatre heures de l'après-midi, M. Birault casse la croûte. Il fait alors cuire de petits fricots à lui, sur la flamme d'un de mes becs Bunsen. Une fois, il a fait revenir des oignons. J'ai cru que j'allais hurler ! Je n'ai rien dit ! J'ai dû rougir, pâlir. Il a senti que j'étais plutôt inquiet et mécontent, il a murmuré, la bouche en cœur :

— Mon cher monsieur, faut bien que je mange.

Cela semblait sans réplique. Mais l'odeur de friture et de ragougnasse, dans mon laboratoire ! J'y pense comme à une profanation.

Il vient quelquefois regarder ce que je fais. Il se tient debout, derrière moi, ce qui m'est intolérable, et, tout à coup, il demande, l'air aimable :

— Qu'est-ce que vous buzoquez là ?

Buzoquer ? En voilà un mot ! Il sent que je ne comprends pas et il traduit :

— Qu'est-ce que vous bricolez ? quoi !

Je ne réponds rien. M. Birault prend son air offensé.

En somme, j'ai toujours le sentiment d'être dans mon tort.

M. Birault, par toutes ses attitudes, par toutes ses réflexions, me fait entendre que je suis un chef gourmé, sévère, cérémonieux, dépourvu de cordialité et d'humanité. Reconnais que c'est assez pénible.

Je suis allé, l'autre jour, jusqu'à la Sorbonne. Je voulais parler au professeur Dousserin et lui demander quelques renseignements confidentiels au sujet de Birault. Par malheur, le professeur Dousserin est en Amérique du Sud. J'ai seulement aperçu Gilbert Anceaume. Il a dit : « Ah ! c'est vous qui l'avez, ce gars-là ! » Il a éclaté de rire et il s'est sauvé parce qu'on l'appelait au téléphone. Je n'ai pas osé reprendre l'entretien. J'y retournerai.

Vuillaume vient me voir souvent. Vuillaume est un copain délicieux. Hier il a regardé le Birault et il m'a dit :

— Tu as une patience d'ange. Il y a longtemps que j'aurais foutu ce gaillard-là à la porte.

Je ne peux pourtant pas prendre une telle mesure pour une simple raison de convenance personnelle.

Je ne t'aurais rien dit de cet étrange... collaborateur si tu ne m'avais pas agacé — le mot n'est pas trop fort — avec les recommandations, objurgations, considérations sociales dont ta lettre est toute gonflée.

Si tu voulais comprendre quelque chose aux petits ennuis dont j'ai le tort de te parler si longuement, il te faudrait savoir ce que représente, à nos yeux, un garçon de laboratoire vraiment digne de sa fonction. Les grands maîtres, les Pasteur, les Richet, les Berthelot, sont entourés d'une foule d'élèves enthousiastes qui ne demandent qu'à se dévouer. Il y a toujours, auprès d'eux, quelqu'un pour veiller dix nuits de suite, s'il le faut, pour attendre, avant d'aller dîner, la fin d'une réaction, pour offrir sa carcasse à telle ou telle inoculation scabreuse, pour passer des heures auprès des animaux d'expérience, afin de noter les symptômes d'une infection. Ce rôle est joué par des disciples qui sont eux-mêmes de grands savants. Ainsi Roux dans l'ombre de son illustre patron. Mais, pour que tout marche heureusement, même dans ces laboratoires illustres, il faut de loyaux serviteurs, de braves bonshommes obscurs qui ne connaîtront jamais la gloire et qui font ce que les savants ne peuvent pas faire ou ne savent pas faire, qui sont là comme les moellons dans la bâtisse, comme l'eau dans la conduite, comme le feu sous les réchauds. Pour nous, modestes chercheurs, pour nous, débutants qui, hier encore, vivions dans le rayonnement des maîtres, notre garçon de laboratoire, c'est beaucoup mieux qu'un serviteur : c'est l'égal d'un secrétaire, c'est un ami, c'est un témoin, c'est parfois une partie de notre conscience.

Je veux bien reconnaître que le métier n'est pas trop bien payé. J'ajoute qu'il n'est pas sans danger — rappelle-toi la pauvre Catherine Houdoire à qui l'on pourrait élever une statue : celle du martyr anonyme. Comme ceux qui soignent les malades, ceux qui choisissent un métier tel doivent savoir ce qu'ils font. Je pense bien que, là comme partout, il y a des égarés, des gens qui sont venus par hasard, ou par erreur, parce qu'ils voulaient un gagne-pain et qu'ils ont pris n'importe quoi. Ceux-là ne doivent pas se plaire parmi nous et finissent par nous quitter pour chercher fortune ailleurs. Ceux qui restent avec nous, c'est qu'ils sont marqués du signe. Ceux-là savent très bien que leur nom ne sera jamais gravé sur les marbres des instituts et des écoles. Ils savent néanmoins que, sans eux, la science serait infirme et ils en éprouvent un très légitime orgueil qu'ils ne manifestent guère, mais que nous respectons et dont nous tenons compte.

Il y avait, à l'hôpital Saint-Louis, alors que j'y travaillais sous les ordres du vieil Hallopeau, un garçon de salle nommé Gaston que le patron consultait toujours pour les diagnostics difficiles, qui donnait son avis, rondement, sans hésiter, et qui ne se trompait guère. Il y avait, au laboratoire de M. Renaud Censier, un Auvergnat dont je ne me rappelle même plus le nom, ce qui est de l'ingratitude. Il savait non seulement inclure les pièces anatomiques, les couper, en colorer les coupes, ce qui n'est pas sorcier ; mais il regardait les coupes au microscope et me disait en hochant la tête : « C'est du sarcome, et même quelque chose de très méchant. » Ce n'était pas du tout une parole à l'aventure.

Les hommes de cette trempe, s'il nous arrive de les appeler familièrement par leur petit nom, nous ne leur en donnons pas moins un très noble rang dans notre estime, celui des collaborateurs. Ceux-là, nous pouvons les prier de veiller en notre absence et de faire, à telle heure, telle piqûre ou telle opération. Nous avons en eux une confiance d'autant plus grande que nous les savons désintéressés. Ne t'y trompe pas, le mot désintéressé ne comporte pas la moindre nuance d'ironie. Ce noble mot signifie que ces bons serviteurs n'ont pas l'intention de tirer un parti personnel de ce que nous leur faisons faire : ils servent, ils accomplissent leur devoir. Ils n'ont pas toujours bon caractère et c'est assez naturel ; nous leur pardonnons tout, à cause de leurs vertus. Ils savent qu'ils auraient pu, qu'ils pourraient sans doute encore gagner un peu plus d'argent ou donner moins d'heures s'ils prenaient un autre métier, s'ils travaillaient, par exemple, dans une usine. S'ils restent avec nous, c'est qu'avec ses servitudes et ses contraintes, la vie qu'ils mènent à nos côtés leur semble belle, honorable, enfin digne d'être vécue. Voilà mon petit père, ce que sont les véritables assistants de laboratoire. Les autres sont des tâcherons, des hommes de peine ou, si tu préfères, de simples salariés.

Je ne suis pas timide avec toi, Justin ; mais je suis terriblement timide avec les effrontés, avec tous les Birault, avec tous les Larminat, tous les Joseph... Car le monde est plein d'effrontés. Joseph m'a fait remarquer, l'autre jour, que je rougissais comme un enfant pour un oui et pour un non. Ce n'est pas charitable de me l'avoir fait remarquer, parce que je ne pensais jamais à cette malheureuse disposition de ma nature et, maintenant, je ne peux plus n'y pas penser. Or, il suffit que j'y pense pour que je reparte à rougir, même quand je suis seul, même sans raison. On peut être le maître de ses muscles, on n'est pas maître de ses vaisseaux, on n'est pas le maître des pensées et des images. Voilà tout le secret de la timidité.

A propos de Joseph, il faut que je te dise quelque chose et je ne suis pas fâché de terminer cette lettre un peu amère par une vue plus reposante, plus humaine.

Mon père vient de se lancer dans une entreprise nouvelle. Je n'ai pas le temps de t'expliquer tout au long en quoi consiste cette entreprise mirobolante. Si bizarre que cela puisse te paraître, cette lubie de mon père n'est pas sans rapport avec la timidité... Oh ! il ne s'agit pas de la timidité de mon père, certes non, mais de la timidité en général, de la timidité considérée au point de vue pathologique. Ne cherche pas à comprendre, c'est trop compliqué : nous en parlerons tranquillement quand tu viendras à Paris. Sache toutefois que cette entreprise de mon père, pour atteindre un développement convenable, exige une mise de fonds non médiocre, dix ou douze milliers de francs pour le moins. Sais-tu qui va prêter cet argent à mon père ? Je te le donne en mille. C'est Joseph. L'affaire est en train de se conclure, dans le plus grand secret d'ailleurs. Pour la première fois, Joseph, mon frère, entreprend une opération qui ne semble pas dominée par la rapacité pure. Il affecte de soutenir son personnage et dit volontiers qu'il est sûr de ce qu'il fait, au point de vue financier, que l'idée de papa lui paraît excellente, que c'est un placement rentable — son propre mot. Il s'exprime ainsi, mais je le trouve étrange, depuis quelque temps. Je n'irai pas jusqu'à dire qu'il est plus confiant, plus sensible, ce serait très exagéré ; il est moins continuellement agressif. Il parle, à l'occasion, de certaines valeurs morales. Il en parle dans un style de boursier ; enfin, il en parle. C'est très extraordinaire. J'ai d'abord pensé qu'ayant amassé, pendant ces quinze dernières années, une fortune réellement énorme, et ayant acquis de grands biens matériels, il commençait à loucher vers les biens spirituels et qu'il ne désespérait pas de s'en payer quelques-uns, à des prix de faveur. L'hypothèse n'est point absurde ; mais c'est peut-être plus simple.

Nous avons été formés par la psychologie des classiques méditerranéens. Psychologie terrible ! On nous a fait comprendre que les caractères sont irréductibles, inflexibles ou mieux irréversibles. C'est peut-être un peu bien théorique. Depuis deux ou trois ans, je pratique les écrivains russes et je me sens tout ébranlé. Ne crois pas que de simples lectures suffiraient à me faire changer d'opinion sur les hommes. C'est avant tout la vie qui me guide et me détermine. Mon père m'a longtemps semblé le modèle des caractères à la mode classique. L'idée qu'il pouvait s'assouplir, plier, changer, dans une mesure quelconque, cette idée me paraissait démente. Quand je songeais à lui, je disais tout haut : « la muraille ». Et pourtant, depuis deux ou trois ans, je note des modifications profondes. Il devient plus doux, plus sage et même plus raisonnable malgré ses imaginations. Je continue, par principe, à le bouder, à lui marquer de la rancune ; mais il y a des jours où je suis sur le point de céder, des jours où je le trouve presque charmant, des jours où je me fais, à son sujet, toutes sortes de reproches. J'ai peut-être été trop rogue, trop sévère, trop puritain, comme tu me le disais parfois. Joseph prétend que papa n'a pas moins de deux faux ménages, et il cite les adresses. Il est possible que Joseph exagère.

Tu le vois, je suis tout prêt à signer la paix, tout prêt à ouvrir les bras et à tomber à genoux.

Joseph aussi, certains jours, me semble s'être amélioré, mieux encore : élevé. Te le dirai-je ? Ferdinand lui-même, en certaines occasions, me donne l'impression d'être plus affectueux, d'être plus vif, plus ouvert, meilleur en un mot. Ces jours-là je me fais de grands reproches. J'ai sans doute été trop dur et trop exigeant avec eux tous, je les ai peut-être aimés, dans les commencements, d'une manière maladroite, aveugle et dangereuse. Et j'ai dû les irriter. Les indifférents sont des sages.

Il n'y a qu'un seul être, dans tout notre clan, qu'un seul être qui me semble incapable de changement. C'est ma mère. Immuable dans l'âme, car pour ce qui est du corps, elle vieillit beaucoup en ce moment. L'autre jour, j'ai regardé son visage de près, de très près. J'avais peine à le reconnaître. J'en étais effrayé. J'apercevais une très vieille femme. Il me semble parfois qu'elle porte, à elle seule, tout le fardeau de la vieillesse, oui, pour elle et pour son extravagant mari.

Assez pour aujourd'hui, mon cher conseiller privé. Et pourtant, un mot encore. Toi qui connais bien la politique socialiste, le parti socialiste, le monde socialiste, sais-tu quelque chose de Hyacinthe Bellec, le député, le rédacteur en chef du *Courrier populaire* ? Ne va pas concevoir de folles espérances. Ne t'imagine pas, par exemple, que je succombe au démon de la place publique. Non pas ! Je connais un peu Mlle Bellec ; c'est une jeune fille très remarquable. Il ne me déplairait pas de savoir quelque chose du père Bellec, que je n'ai jamais vu, qui, de loin, me paraît un bonhomme assez sectaire. Je ne veux pas dire intimidant, car j'ai juré de me guérir de la timidité, de m'en guérir tout seul. Je t'expliquerai plus tard pourquoi la timidité tient en ce moment une telle place dans mes pensées.

Adieu. Conserve-toi pour ceux qui t'aiment.

Ton Laurent.
25 mai 1914.

## CHAPITRE 5

Comme l'escalier devenait très étroit et très sombre, Laurent dit, le plus naturellement du monde :

— Voulez-vous mon bras, ou ma main ? Puis-je vous aider ?

— Ce n'est probablement pas nécessaire, murmura la jeune fille. Je connais les escaliers des cathédrales. C'est toujours au moment où l'on ne voit plus rien, au moment où l'on se sent perdu, c'est toujours alors que la lueur apparaît et vous console. Comme dans la vie.

— Comme dans la vie ! répéta Laurent. Voilà qui n'est pas d'une âme découragée.

— Certainement non. Je suis toujours sûre qu'au moment de la pire détresse une lumière me sera donnée.

— Par qui ?

La jeune fille s'arrêta, soufflant un peu, puis elle murmura très vite :

— Je vous expliquerai cela plus tard. Voyez, je ne me trompais guère, voici le jour.

Elle se reprit à gravir les degrés. Quelques instants encore et les deux jeunes gens parvinrent sur le haut de la tour.

— Oh ! dit Jacqueline, que c'est beau ! Quelle récompense !

— Oui. C'est un spectacle incroyablement exaltant. La première fois que je suis monté tout seul ici, j'ai ressenti un si grand enthousiasme, j'étais soudain si content, si clair que j'ai formé tout aussitôt le projet d'y monter chaque jour et d'y passer cinq minutes, pas plus, pour voir en moi-même et regarder le monde face à face. J'habitais alors dans le voisinage, presque dans l'ombre de Notre-Dame, ce n'était donc pas un vœu déraisonnable. Malheureusement, le lendemain je n'ai pas trouvé le quart d'heure nécessaire pour l'ascension, la méditation et la descente. Ni le lendemain, ni les jours suivants, d'ailleurs. J'ai pensé : je monterai faire ma prière sur la tour une fois par semaine seulement. J'étais bien résolu. Mais les choses ne s'arrangent pas toujours comme on le voudrait...

— Et alors ?

— Alors, voilà : je ne suis pas monté sur la tour depuis plus de dix ans ! Que j'y monte encore quatre ou cinq fois dans la fin de ma vie et je n'aurai pas à me plaindre.

— Savez-vous, dit Jacqueline, que cette histoire est très inquiétante ? Vous ne tenez donc point vos promesses ?

— Je ne répondrai pas à cette question. Je vous demanderai seulement de monter plus haut encore.

— Où voulez-vous monter ? Dans les nuages ?

— Sur le toit de plomb. Il semble en pente roide, pourtant il colle très bien au pied. Venez, n'ayez pas peur. Prenez à pleine main la tige du paratonnerre. Et maintenant respirez, regardez Paris. Ecoutez aussi, car cette immense rumeur laborieuse, c'est le souffle et la respiration de Paris. C'est une très grande ville. Si elle s'étalait au milieu d'une vaste plaine, comme d'autres grandes villes du monde, on n'en verrait pas les limites ; mais vous pouvez découvrir presque partout les collines vertes, la campagne. Quelle bonne leçon de modestie ! Paris ne peut pas s'enivrer de sa grandeur. Quand les Romains célébraient un de leurs chefs, il y avait toujours près du triomphateur un esclave qui répétait sans arrêt : « Souviens-toi que tu n'es qu'un homme ! » La glorieuse ville triomphe, mais, de partout, les arbres et les herbes lui disent, avec leurs millions de voix, que les plus grandes villes du monde ne sont pas infinies. Partout d'ailleurs, la nature végétale crève la pierre et le bitume. Partout des arbres, partout des jardins, partout de somptueux espaces vides. La plus grande beauté d'une ville n'est pas dans les édifices, elle est dans l'espace libre entre les édifices. Les grands artisans de villes sont des sculpteurs d'espace.

Le soir approchait. Une longue et large nuée s'étendait dans le ciel occidental, et, soudain, le soleil glissa sous cette masse et fit jaillir de toutes parts des flammes et des étincelles d'argent.

— Tâchez, reprit Laurent, tâchez de regarder le fleuve, s'il ne vous aveugle pas. Voyez toutes les églises, couchées le long de la Seine comme des vaisseaux dans le sens du courant. Toutes regardent vers l'est par leur chevet et vers le ponant par leur portail. Ce que cette ville nous offre d'abord, ce sont toutes ses églises. Il paraît qu'en Egypte il ne reste que des temples et des tombeaux. Ici, ce que l'on voit d'abord, ce sont toutes ces prières de pierre noble. Le reste, le reste est moins évident, moins clair. Oui, je sais, il y a la Tour Eiffel. Ce n'est pas une œuvre d'art, c'est un signe graphique, c'est une figure d'algèbre. Je vois aussi l'Hôtel-Dieu parce qu'il est à nos pieds. J'y ai travaillé, jadis, au début de mes études. Je vois aussi la Sorbonne, à cause de son observatoire qui ressemble à un clocher sans flèche. Je ne vois pas l'Institut Pasteur : il est perdu parmi la masse des constructions laborieuses. Je ne vois pas mon Institut de Biologie. Il est là-bas, quelque part vers le sud. Il rampe au ras du sol, parmi les réalités effrayantes. Il n'est pas encore près de s'élever tranquillement vers le ciel, comme une église. En cherchant bien, je distingue l'emplacement des écoles où j'ai travaillé. Que puis-je encore découvrir ? La maison de mes parents ? Ce n'est plus pour moi la maison. Mon père déménage trop souvent. Je ne reconnais que les meubles. Comment penser à une poignée de vieux meubles un peu ridicules en cherchant son lieu, son foyer dans cette immensité de pierre ? Asseyons-nous, voulez-vous ? Ce n'est pas merveilleusement confortable, mais on peut regarder à l'aise. Mettez votre bras autour du paratonnerre.

Il y eut un grand moment de silence pendant lequel on entendit monter des profondeurs non plus une rumeur confuse, mais mille bruits, mille sons séparés et distincts. On percevait le roulement de chaque voiture, les fers de chaque cheval, le pas de chaque piéton, le cri de chaque marchand, l'appel d'une mère, le sifflet d'une machine, le grincement d'une porte qui se ferme, le ronron d'un moteur, le soupir d'un violon, le tintement d'une cloche, peut-être celui d'une pièce de monnaie et, soudain, la grêle voix des enfants qui jouaient dans le square de l'évêché, leurs cris, leurs chansons, leurs mots, presque le souffle de leur haleine.

— C'est extraordinaire, dit la jeune fille. C'est ainsi, me semble-t-il, que Dieu doit entendre les bruits de la terre. Il doit, comme nous en ce moment, distinguer la plainte de l'un, le cri de colère de l'autre, la joyeuse chanson du troisième. Encore un peu et je pourrais dire : il y a un passant qui boite, il y a un pauvre qui pleure, il y a un employé qui se dépêche car il a peur d'être congédié, il y a un petit garçon qui ment pour la première fois.

De nouveau le silence, puis Laurent reprit avec une sorte d'insistance :

— Cette grande ville, où j'ai passé toute ma vie, elle n'aurait un sens pour moi que si je pouvais montrer du doigt un point dans le chaos et dire : là est mon foyer, là est ma chère maison, c'est là que vont toutes mes pensées, c'est vers cet endroit béni que je me tourne quand je cherche mon chemin.

Laurent parlait maintenant presque bas. La jeune fille le regarda soudain, face à face, gravement, sévèrement.

— Vous m'avez, dit-elle, montré votre domaine, ou mieux votre royaume, et même votre empire ; vous le voyez, je n'oublie rien. C'est très beau. Je voudrais pouvoir en faire autant. Et je n'aurai jamais une meilleure occasion de vous montrer le mien. Oh ! de loin, de très loin ! Mais non, vous ne pourrez pas le voir. Presque tout nous en est caché par la colline de Montmartre. Beaucoup de personnes qui s'occupent d'œuvres sociales travaillent dans des bureaux ou tricotent dans des ouvroirs. Moi, je fais des visites. Vous ne m'avez jamais demandé pourquoi je ne suis pas élégante.

— Mais, fit Laurent surpris, je vous trouve très élégante, Jacqueline. Je n'imagine même pas que vous pourriez être vêtue autrement que vous ne l'êtes.

La jeune fille s'était mise debout. Elle regardait vers l'horizon et tendit une main hésitante.

— Mon domaine est par là, entre Saint-Denis et Pierrefitte. Vous êtes un savant et aussi un médecin et vous connaissez beaucoup de misères humaines ; mais vous ne connaissez pas tout. Un jour, je vous emmènerai. Je vous ferai porter quelque chose. Il ne faut pas que vous ayez l'air d'un amateur ou d'un curieux. Ils n'aiment pas du tout cela. Il y en a qui pourraient vous injurier. Ils ne sont pas toujours commodes. Je ne vois pas beaucoup les hommes ; je vois surtout les femmes, surtout les mères, celles qui ont accouché dans un cadre de planches rempli de paille, comme les bêtes ; et il arrive que le bébé soit quand même très beau, très doux, avec un gros duvet sur son crâne en pointe, un gros duvet comme du velours. Je vous expliquerai ma tâche. Vous quittez le tramway dans la grande rue. On dirait une ville comme les autres et, soudain, vous tombez dans les fondrières et les montagnes de débris. Parfois, il y a un beau verger, inexplicable, plein de pêchers en fleurs. Et, à côté, ce tas de vieilles boîtes et de carton goudronné, c'est là que je vais, c'est une maison. Parfois ils ont un poêle et ils ont fait de la cuisine. Il n'y a rien de plus triste que des pommes de terre frites refroidies, gelées dans la friture. Rien de plus triste que le litre de vin noir, si haut, si sale. On dirait qu'il va toucher le plafond de la cahute. Rien de plus triste que le papier où restent collées les croûtes de fromage. Si, je me trompe, il y a beaucoup de choses plus tristes. L'odeur de la caisse où dorment deux petits enfants qui ont la coqueluche, le lit de la vieille femme dépeignée, sans draps, sans feu, sans pain, sans tisane chaude. Et on a souvent apporté le sucre et le tilleul ; mais, pour trouver un peu d'eau, il faut faire un demi-kilomètre dans les tessons de pots et dans les ferrailles rouillées. Je ne sais pas pourquoi je vous raconte tout cela.

Laurent retira son chapeau :

— Racontez encore, dit-il d'une voix bouleversée. Vous parlez fort bien.

— Vous viendrez un jour avec moi. Un jour que j'aurai quelque chose de lourd à porter : un poêle à pétrole ou des lainages, ou une caisse de lait condensé.

Elle s'arrêta de nouveau, regarda le jeune homme en face et dit avec simplicité :

— Vous comprenez tout de suite que c'est un très beau travail et qu'il m'est presque impossible, maintenant que je le connais de penser qu'il pourrait m'arriver de ne plus le faire.

Elle releva soudain le col de son manteau et reprit en tremblant un peu :

— J'ai froid. Allons-nous-en, je vous prie. Un coup d'œil encore. C'est très beau. C'est la première fois que je viens ici. Je ne mettrai pas dix ans à revenir.

Elle tâchait de rire, mais ses lèvres frémissaient. Tout son menu visage exprimait la détermination.

Et pourtant une minute plus tard, dans l'escalier de pierre, quand les deux jeunes gens abordèrent la spire ténébreuse, Laurent entendit une voix presque enjouée, presque gaie qui chuchotait :

— Donnez-moi votre bras, maintenant. Je ne voudrais pas tomber, ni me salir à la muraille.

Laurent tendit un bras dans l'ombre et sentit bientôt une chaude et confiante pression répondre à la sienne. « C'est incompréhensible, songeait-il. Tout à l'heure, avec les mots, avec la voix, elle a dit « non ». Impossible d'entendre les choses autrement. Et, en ce moment, je me trompe sans doute, mais avec ce bras, avec cette petite main dégantée qui me serre très fort, il me semble qu'elle parle un autre langage. »

Jusqu'au pied de la tour, les deux jeunes gens gardèrent le silence et depuis longtemps ils marchaient côte à côte sur le trottoir quand Jacqueline demanda :

— Etes-vous contrarié ? Je vous trouve bien soucieux.

Laurent hocha pensivement la tête.

— C'est vrai, dit-il.

Et, tout aussitôt, il ajouta, s'efforçant de sourire :

— Vivre n'est pas facile. Dix fois par jour, je tombe en arrêt devant des problèmes qui me remuent jusqu'au fond du cœur et qu'il faudrait pouvoir prendre tout uniment, tout simplement. Etes-vous de ces gens qui savent se faire servir ?

La jeune fille éclata de rire.

— Quelle question ! Il est plus difficile d'obéir que de commander.

— Non, non, c'est une erreur. Pour moi du moins.

— Chez nous, dit Jacqueline, c'est très simple. Je vis avec mon père. Ma mère est morte. Je suis fille unique. Nous avons une bonne depuis quinze ans. Mon père l'appelle « citoyenne » moitié sérieusement, moitié pour rire. Mon père est, vous le savez, un vieux militant socialiste, un ami de Guesde et de Jaurès. Moi, j'appelle notre bonne « Marie », parce qu'elle s'appelle Marie. Et nous faisons toutes les deux ce que nous avons à faire.

— Décidément, fit Laurent en frappant ses poings l'un contre l'autre avec un désespoir comique, je n'ai pas le don de simplifier les choses. Les rapports entre les hommes me semblent toujours compliqués d'une manière effrayante. Mon frère Joseph dit volontiers que je ne suis pas un chef. C'est bien possible. Mon frère Joseph, lui, ne s'embarrasse pas de grand-chose. Il a un vieux secrétaire, espèce de bohème avili, qu'il terrorise, qu'il tient en esclavage et qu'il garde depuis des années. C'est le seul. Pour ses employés, pour ses domestiques, et ils sont nombreux, il les traite comme des chiens et les décourage toujours. Il ne conserve jamais une cuisinière plus d'un mois. Pendant huit jours, il déclare que c'est une perle. Le dixième jour, il commence de l'insulter... il n'y a pas d'autre mot. C'est horriblement désagréable à voir et à entendre. Quand Joseph attrape quelqu'un en ma présence, je rougis tout de suite de honte. Il me semble que tous les coups sont pour moi. Pardon ! Tout cela ne peut vous intéresser.

— Ce qui m'intéresserait, fit Jacqueline, c'est probablement ce que vous n'avez pas encore dit, ce que vous avez dans l'esprit et qui vous tourmente.

Laurent souleva son chapeau et s'en éventa deux ou trois fois de suite, à grands coups.

— Je rencontre souvent, dans l'Institut, reprit-il, des garçons, des ouvriers, des bureaucrates. Ils me connaissent tous. Ils savent très bien qui je suis. Ils voudraient me saluer, et ils en sont empêchés par l'orgueil, le maudit orgueil, parce qu'ils sont de pauvres hommes inquiets qui ne peuvent pas prendre les choses simplement. Alors...

— Alors ?

— Oh ! rien de plus naturel. Je fais les avances. Je salue, le premier, et je dis, à voix haute : « Bonjour, Monsieur ! » Les voici délivrés, dénoués. Ils deviennent mes amis. J'ai pris sur moi de faire les premiers pas. Avec ce damné Birault, c'est moins simple.

— Qui est Birault ?

Laurent fronça les sourcils.

— Birault, criait-il, c'est un personnage impossible qui, s'il continue, risque de me gâter l'existence. C'est un sale type, un type odieux.

— Oh ! s'écria Jacqueline en riant, je n'ai pas l'intention de dire le contraire.

— Birault, reprit Laurent, est mon nouveau garçon de laboratoire. Ne parlons pas de cet individu, je vous en prie.

— Je n'ai aucune raison d'en parler : je ne le connais pas. Je ne l'ai jamais vu.

— Pardon ! Vous êtes la sagesse même. J'aime beaucoup mon travail, j'aime cette vie que je me suis faite. Le désordre m'inspire une profonde horreur.

— Il me semble, dit la jeune fille, que vous avez été sur le point de perdre votre sang-froid.

— C'est possible ! Cela ne m'arrive pas souvent, mais c'est possible. Vous ne savez pas que nous tous, les Pasquier, nous devons compter avec le démon de la colère ! Même Cécile ! Son beau visage devient alors terrible et souffrant, presque méconnaissable. Moi, je suis le plus calme de tous et, quelquefois, pourtant, je me sens chanceler, je succombe. Il se creuse, au milieu du ventre, un vide affreux et destructeur. Le monde change de lumière.

— Taisez-vous. Donnez-moi votre main. La nuit va bientôt tomber. Quel est ce quai désert ?

— C'est le quai Saint-Bernard. Le Paris de mon enfance. Voilà le jardin des bêtes sauvages, comme disait Cécile, le jardin où je venais jouer et même souffrir quand j'avais quinze ans.

— Ne pensez-vous pas, dit encore la jeune fille, que nous pourrions marcher pendant un grand moment sans rien dire ? Un peu plus doucement, voulez-vous ? Un peu plus paisiblement.

## CHAPITRE 6

M. Larminat ouvrit la bouche et toussota d'un air important. L'odeur de son haleine, qui sentait la carie dentaire et le clou de girofle, parvint, par-dessus la table, jusqu'aux narines de Laurent.

— Veuillez attendre, dit le vieil homme, et prenez un siège.

Laurent ne semblait pas en humeur de suivre ce conseil. Rouge, l'œil allumé d'une lueur azurée, les cheveux dressés en bataille, il se tenait au milieu de la grande pièce, devant le bureau directorial sur lequel M. Larminat, domptant tous ses tics avec majesté, allait s'incliner de nouveau.

Pour s'exhorter au calme, Laurent s'efforça de regarder par les fenêtres.

Sur une pelouse pâmée de plaisir, l'arroseur automatique répandait en tournoyant une pluie dans le nuage de laquelle on voyait naître et mourir les couleurs de l'arc-en-ciel. Des gouttes d'eau étincelaient à la pointe des herbes. Plus loin, deux jardiniers dépotaient des géraniums pour en composer une corbeille. Laurent contempla quelques instants ce tableau pacifique, sentit un peu d'allégement et ramena son regard sur la personne de M. Larminat.

Le directeur signait des pièces administratives. Loin d'expédier en hâte cette besogne, il y apportait grand soin, écrivait son nom avec une lenteur laborieuse, l'ornait, pour finir, de divers points, traits et parafes ouvragés. De temps en temps, il succombait à son tic, allongeait le bras droit en deux ou trois secousses, comme pour rattraper sa plume au vol. Puis, redevenu maître de ses muscles, il recommençait à signer les paperasses avec une patience d'enlumineur. La main était blême et bouffie. Une grosse chevalière à camée étranglait l'un des doigts. Avec l'ongle de l'auriculaire, courbe, corné, interminable, tel celui d'un mandarin, M. Larminat explorait fréquemment son conduit auditif.

Il finit par poser la plume, changea de lunettes, leva vers le jeune homme un regard olympien et dit :

— Je vous écoute.

— Monsieur le directeur, je crois devoir vous mettre au courant de graves incidents survenus dans mon service et à la suite desquels je vais me séparer d'un de mes employés...

— Continuez.

— Vous n'ignorez pas que j'assure la préparation de certains vaccins demandés par nos correspondants de l'étranger.

Le directeur fit, de la tête, un signe autoritaire et calme pour montrer qu'il n'ignorait rien. Laurent se reprit à parler :

— Nos correspondants du Portugal nous ont priés de leur préparer d'urgence des ampoules de vaccin. Il s'agit d'une forme de méningite à pneumocoque dont on a observé plusieurs cas à Porto et qui semble affecter un caractère épidémique.

— Je sais, je sais, fit M. Larminat en étendant la main comme pour donner sa bague à baiser.

— J'ai demandé une souche qui m'est parvenue en temps voulu ; je l'entretiens par passages sur la souris et j'ai préparé deux séries de cinq cents ampoules, c'est-à-dire deux vaccins différents. Dans une série, la culture est atténuée par tyndallisation, c'est-à-dire...

— Continuez, je vous entends parfaitement.

— Dans l'autre série, la culture est atténuée par l'iode ioduré. Pour aller au plus court, monsieur le directeur, je vous dirai donc que je viens de faire détruire les mille ampoules et qu'il me faut tout recommencer.

— Expliquez-vous.

— Les opérations de tyndallisation et d'ioduration sont parfaitement réglées et remises, d'ordinaire, au garçon de laboratoire.

— C'est très embêtant, dit M. Larminat dont le front commençait de se rembrunir.

— Sans nul doute, monsieur le directeur. Nous avons un grand retard que je ne suis même pas sûr de rattraper. Le virus, je vous l'ai dit, est conservé par passages et ces passages doivent être régulièrement assurés par le garçon. C'est lui qui fait les piqûres et surveille les animaux...

M. Larminat venait de repousser, d'un coup de rein, le fauteuil directorial. Il retira ses lunettes et fit un geste dans la direction de Laurent :

— Attendez un peu, grogna-t-il. C'est très embêtant tout ça. Je déteste les histoires.

— Monsieur le directeur, la chose est simple. J'observe, depuis un mois, le nouveau garçon de laboratoire.

M. Larminat se prit à marcher, de long en large, derrière son bureau.

— C'est la troisième fois que vous m'adressez une plainte au sujet de cet employé. La première fois, à cause de sa tenue. — Avouez, monsieur Pasquier, que ce n'est là qu'une vétille. — La seconde fois — j'ai, soyez-en sûr, une excellente mémoire — parce que vous accusiez M. Birault de dérober des animaux de laboratoire, particulièrement des lapins. Je connais ce genre de griefs. Il repose presque toujours sur des racontars indignes d'un service bien tenu.

— Monsieur le directeur, j'ai observé avec soin le collaborateur dont je viens de me séparer...

— Dont vous venez de vous séparer ? Attendez, monsieur Pasquier, tout cela me semble très fâcheux, très désagréable.

— Je sais, monsieur le directeur, que cet employé bénéficie de chaudes recommandations et qu'il jouit d'une faveur particulière à l'Institut.

M. Larminat eut un haut-le-corps.

— Personne, dit-il avec majesté, personne ici ne jouit de faveur particulière, pas même les chefs de mes services.

— C'est fort possible, monsieur le directeur. Je me permettrai toutefois de vous faire observer que, dans l'espace de plusieurs années, j'ai pris sur moi, deux fois déjà, de congédier des collaborateurs insuffisants et que cela n'a pas fait la moindre difficulté.

— Aucune comparaison. Cette fois, l'inculpation est grave.

— Justement, monsieur le directeur, très grave. Imaginez que je me sois trouvé souffrant, que je n'aie pas procédé, ce que je fais toujours par surcroît de prudence, à des inoculations de contrôle...

— Auquel cas le médicament était inactif ?

— Non pas inactif, monsieur le directeur, mais dangereux, très dangereux. Les ampoules que je vais faire détruire sans retard tuent la souris en quelques heures, car il s'agit d'un virus préalablement suractivé.

— Je sais, je sais, fit M. Larminat en ramenant sa barbe entre ses mandibules d'un geste qui trahissait une énorme perplexité.

Le vieil homme fit quelques pas dans la pièce et tendit enfin vers Laurent sa main modelée dans le suif.

— Attribuez-vous à la malveillance, dit-il, le fait regrettable que vous avez cru devoir me signaler ?

— Pardon, monsieur le directeur, s'écria Laurent en rougissant vivement. Je ne peux croire que vous mettiez en doute l'opportunité de ma démarche.

M. Larminat fit le geste de chasser une mouche.

— Ne nous égarons pas. Attribuez-vous à la malveillance les manœuvres de M. Birault ?

— Non, certainement non, monsieur le directeur.

— Alors vous les attribuez, ce qui est beaucoup moins grave, à la négligence.

— Pas uniquement.

Le vieil homme fit un sourire inattendu qui défripa son visage.

— Ni la malveillance, ni la négligence ! Alors quoi ? Il boit.

— Non, monsieur le directeur, pas de manière anormale, pas de manière excessive.

— Ni la malveillance, ni la négligence, ni la boisson. Qu'est-ce que c'est donc ?

— L'orgueil, monsieur le directeur.

— L'orgueil ?

— Sans aucun doute. M. Birault n'a sûrement pas l'intention de nuire à nos correspondants portugais et il se moque pas mal de la méningite à pneumocoque. M. Birault est persuadé qu'il sait tout. M. Birault est de ces êtres à qui je ne peux rien apprendre, à qui personne sans doute ne pourra jamais rien apprendre. Quand je commence d'expliquer une technique à M. Birault, il me répond avec une certaine bonhomie : « Je sais tout cela... C'est simple comme bonjour... J'ai fait des choses plus difficiles... Ayez pas peur ! »

— Alors, M. Birault exécute correctement vos prescriptions.

— Je pense vous avoir expliqué, monsieur le directeur, que M. Birault croit tout savoir, qu'il ne consent à se plier à aucune discipline et qu'il fait tout au petit bonheur, avec une admirable autorité. Il m'est impossible de compter sur M. Birault pour un travail de quelque importance.

M. Larminat remit ses lunettes, visita longuement son oreille droite avec l'ongle-curette de son petit doigt et répéta deux ou trois fois :

— C'est très embêtant !

— Permettez-moi de vous faire observer, reprit Laurent, que la question n'est, malgré tout, pas grave, qu'un employé pris à l'essai pendant un mois peut être congédié sans grand dommage s'il ne convient pas aux besoins du service...

— Savez-vous, dit pensivement M. Larminat, que cet employé m'arrive ici avec les plus brillantes références ?

— C'est peut-être, monsieur le directeur, qu'on a souhaité très ardemment se débarrasser de lui en l'expédiant chez les autres.

— Ne prêtez pas à vos confrères un sentiment si peu noble.

— Monsieur le directeur, vous n'ignorez pas que je peux, par la fenêtre à guillotine ouverte près des monte-charge, surveiller le travail de mes subordonnés à l'étage inférieur. J'ai très bien observé M. Birault. Je porte un jugement très ferme. D'autre part, j'ai recueilli, depuis un mois, des renseignements précis. M. Birault a peut-être de bons certificats, mais il a mauvaise réputation.

Comme le vieil homme demeurait songeur, Laurent dit encore :

— Outre la perte de temps, outre la perte probable de la souche portugaise, car je crois vous avoir dit qu'elle me semble perdue, cette malheureuse histoire ne va pas sans représenter un dommage matériel non médiocre.

M. Larminat fit deux ou trois mouvements des bras, comme pour poursuivre dans l'air une pensée en fuite, et il ne répondit rien.

— Il me semble vous avoir déclaré, s'écria soudain Laurent dont la voix, petit à petit, s'échauffait et s'altérait, je crois vous avoir dit, monsieur le directeur, que j'ai pris sur moi de congédier ce mauvais collaborateur.

— Je pourrais vous répondre, articula M. Larminat, que vous avez excédé vos pouvoirs.

Le vieil homme s'arrêta, regarda furtivement Laurent, devina peut-être la montée de la colère dans ce bleu regard d'eau lucide et fit en haussant les épaules :

— N'en parlons plus. Vous pouvez disposer, monsieur Pasquier.

M. Larminat ne désespérait pas de faire régner, dans ce qu'il appelait « sa maison », une discipline militaire et il en adoptait volontiers le langage.

Laurent salua, de la tête, car le vieil homme ne lui tendait pas la main. Il fit demi-tour et se retira. Il allait fermer la porte, quand le directeur dit, de la voix la plus solennelle :

— Veuillez prier l'employé en question de passer à mon cabinet.

« C'est extraordinaire ! songeait le jeune homme en traversant les jardins pour regagner les bâtiments de son service. C'est extraordinaire ! Qu'est-ce que ça peut bien lui faire, à ce vieux crocodile ? Il ne ferait pas plus de potin s'il était question de dégommer le président de la République. »

Laurent pénétra dans son laboratoire en coup de vent. Il aperçut tout de suite M. Birault qui, debout devant la table centrale, semblait absorbé dans la confection d'un gros paquet : nippes, journaux, espadrilles, casseroles et bouteilles.

— Monsieur Birault, dit le jeune homme, vous voudrez bien, en vous en allant, passer au cabinet de M. le directeur général.

Tout de suite, Laurent détourna la tête et gagna la petite pièce tapissée de livres qu'il appelait son cabinet de travail. De ce refuge, il pouvait, par un simple mouvement de l'œil, surveiller les allées et venues de M. Birault. Le bonhomme ne se hâtait guère de ficeler son ballot. Il poussait des soupirs, comme à l'accoutumée. Il gémissait tout haut des bribes de phrases : « Gnia plus de respect ! Plus de reconnaissance ! A quoi bon se décarcasser. Toujours l'ingratitude... » Le paquet bouclé, tant bien que mal, il vint se placer dans l'ouverture de la porte et s'écria d'une voix larmoyante :

— Mon cher monsieur, vous me direz quand même au revoir.

Laurent fit face et tendit la main.

— Il ne peut y avoir d'erreur, monsieur Birault, dit-il. Après un mois d'expérience, j'ai le sentiment que nous ne sommes pas faits pour collaborer.

Le bonhomme exécuta soudainement deux ou trois sanglots de théâtre.

— C'est dur, dit-il. Je commençais à vous aimer bien et même à vous passer tous vos défauts.

Du pied, Laurent frappa le sol deux ou trois fois de suite. Tout lui déplaisait, de cette scène. Il dit, l'accent sévère :

— Au revoir, Monsieur.

— Vous me donnerez quand même un bon certificat, fit le bonhomme en esquissant un de ses plus huileux sourires.

Laurent, interloqué, tardait à répondre.

— Non, non, dit-il enfin. Dans votre intérêt même, je préfère ne pas vous délivrer de certificat. Au surplus, vous n'êtes pas resté assez longtemps à mon service.

Le bonhomme Birault se reprit à pleurnicher :

— C'est triste, gémissait-il, c'est triste de se quitter comme ça, mon cher monsieur. Sans rancune, mon cher monsieur.

Il finit par s'en aller. Laurent respira deux ou trois fois de suite, profondément, et fit effort pour s'attacher à sa besogne.

Il était environ quatre heures de la soirée. C'était toujours, pour Laurent, l'instant le plus calme et le plus utile de la journée, l'instant de recueillement efficace. Le jeune homme, sentant qu'il avait quelque peine à rassembler ses idées, se répétait avec force : « C'est une affaire très simple. Ce garçon ne fait pas bien son travail. Il est parti. C'est fini, n'en parlons plus, comme dit le directeur. Et remettons-nous au travail. »

Laurent en était là de ces secrètes objurgations à soi-même quand il entendit la porte du laboratoire s'ouvrir avec douceur. Apparurent d'abord quelques mèches huilées à la brillantine, puis un bout de front couperosé, puis ce qu'il faut de visage pour faire un sourire, enfin toute la personne de l'extraordinaire M. Birault.

Le bonhomme lâcha le bouton de la porte, dit avec rondeur : « Coucou ! le voilà ! », fit quatre ou cinq pas dans la pièce et tendit à Laurent une lettre cachetée.

Laurent reconnut immédiatement l'écriture de M. Larminat. Non sans malaise, il ouvrit l'enveloppe et commença de lire.

La feuille portait d'abord l'indication manuscrite : *Note de service*. Puis l'adresse :

M. LE DIRECTEUR GÉNÉRAL
DE L'INSTITUT NATIONAL DE BIOLOGIE
À M. LE DOCTEUR LAURENT PASQUIER, CHEF DIVISIONNAIRE

et, au-dessous, quelques lignes de cette écriture ouvragée, contorsionnée, laborieuse, propre à M. Larminat.

*J'ai l'honneur de vous faire savoir que j'ai soigneusement, moi-même, interrogé M. Hippolyte Birault. Il me semble intéressant à bien des égards et de mérite indiscutable. Je pense qu'avec un peu d'indulgence et de justice tout pourrait encore s'arranger et je vous prie de bien vouloir faire le nécessaire.*

Suivait la signature de M. Larminat, avec tous ses points et ses parafes, sans formule de politesse, à la mode militaire.

Laurent resta quelques minutes au milieu du laboratoire, immobile et méditant. Puis il comprit que, dans sa main, le papier devait trembler, trembler de rage, et que cela pouvait se voir. Il gagna son bureau, saisit une feuille, écrivit soigneusement en tête : *Note de service* et commença de rédiger une réponse :

M. LE DOCTEUR PASQUIER, CHEF DIVISIONNAIRE
À M. LE DIRECTEUR GÉNÉRAL
DE L'INSTITUT NATIONAL DE BIOLOGIE

*J'ai l'honneur de vous rendre compte qu'après mûres réflexions et en considération des responsabilités particulières attachées à mon service, il m'est impossible de conserver comme garçon de laboratoire une personne qui ne possède aucune des qualités requises pour cet office.*

Sentant qu'il commençait de serrer les mâchoires, le jeune homme, bien vite, cacheta la lettre et la tendit à Birault.

— Portez ce pli, dit-il, à M. le directeur général.

Le bonhomme fit un sourire.

— Alors, c'est fini, dit-il, pour toujours ?

Comme Laurent ne répondait rien, le grotesque exécuta toute une gamme de sanglots et de soupirs.

— Quand même, gémissait-il. Je commençais à vous aimer, parole ! Je serais devenu fidèle comme un chien. Birault, c'est quelqu'un, mon cher monsieur.

La porte se referma de nouveau. Laurent s'assit devant sa table, enfonça ses deux mains dans sa chevelure et répéta silencieusement :

— Assez ! Assez ! C'est fini ! N'en parlons plus. N'y pensons plus. La paix, bon Dieu ! La paix !

## CHAPITRE 7

Ceux qui ne le connaissaient pas, Eugène Roch les étonnait par sa parfaite laideur. Ce n'était certes pas une laideur bestiale : Roch était un homme cultivé, sociable, somme toute de bonne façon. Etait-ce alors une de ces laideurs pittoresques pour lesquelles, dit-on, les femmes ont des faiblesses et même des prédilections ? Non pas : Roch était laid sans éclat, sans trouvailles et sans rareté. Une laideur morose et comme humiliée ; un assemblage arbitraire de traits qui ne paraissaient pas faits pour former, par leur rencontre, un visage humain. Une carnation languissante, un regard sans couleur affirmée, une gesticulation toute composée de contretemps, de retards et d'erreurs : pour comble, une voix triste et mal timbrée. Enfin, un de ces concours de chances désastreux qui pourraient, à la longue, paralyser l'âme la mieux trempée, mais qui n'avaient pas produit un effet tel sur Eugène Roch.

Quand il était venu pour la première fois dans la famille Pasquier, environ l'année 1900, au temps de Créteil et des promenades en canot sur la Marne dominicale, Suzanne, alors petite fille et déjà parée des grâces les plus heureuses, Suzanne s'était soudain prise à pleurer. Personne, alors, n'avait deviné, pas même l'enfant, la raison certaine de ces larmes. Eugène Roch, instruit par d'autres épreuves, et terriblement sensible à l'effet qu'il produisait, seul avait compris et souffert.

Longtemps plus tard, avec l'opiniâtreté des gens qui ne désespèrent de rien, même pas de leur visage, Roch avait fait à Suzanne, devenue rayonnante jeune fille, une cour persévérante, inlassable, dont Suzanne aimait à rire. Econduit, le garçon, finalement, s'était retiré, non sans se réserver le jeu de quelque nouvelle offensive. Il écrivait souvent à la jeune fille et ses lettres, bien troussées, parlaient plus clair que son visage. Il envoyait de petits présents. Il apparaissait dans le champ visuel de Suzanne, sans prévenir, et avec prudence. Il allait, par exemple, l'attendre à la sortie du théâtre ou l'accompagnait au restaurant. Il espérait, avec une vigilance de chien, un revirement que rien, à son regard, ne disait improbable.

Comme il faisait toujours, Eugène Roch entra dans le laboratoire de Laurent d'une manière hésitante et détachée. Ce n'était jamais tout de suite qu'il retirait son pardessus et son chapeau. Il attendait qu'on l'en priât. Il avait l'air de se trouver là par hasard. Il ne pouvait sûrement pas rester plus d'une minute. Puis la conversation se nouait, non sans détours, et le visiteur, d'un œil errant, cherchait une chaise. Il tirait sa blague et commençait de rouler une cigarette en s'y prenant à vingt fois, parce que le papier crevait, parce que le tabac était trop sec, parce qu'il s'y trouvait des bûches infumables. Enfin, voyant que Laurent, toute patience usée, ne pouvait plus s'empêcher de loucher vers ses préparations et ses livres, Roch finissait par ouvrir la bouche. C'était une lente ribambelle de phrases dévertébrées, sans liaison apparente. Les pensées de Roch semblaient, comme les traits de son visage, peu faites pour constituer un tout cohérent. Mais l'observateur attentif, d'un propos à l'autre, finissait par distinguer le fil conducteur, presque invisible et finement insistant.

Roch disait des choses agréables et même amicales. Il les murmurait d'un ton boudeur, gros de reproches sous-entendus. Il bougonnait :

— Toi, tu as toutes les chances. Oh ! ne dis pas le contraire. Tout te réussit, même tes erreurs, même tes fautes. C'est un don comme ça, voilà tout. C'est une grâce.

Là-dessus, Roch tirait un couteau de poche et commençait de se gratter les ongles d'un air rêveur. Il marmonnait :

— La croix à vingt-six ou vingt-sept ans, sans discussions, sans histoires. Fichtre ! Tu sais qu'il y a des patrons, des quinquagénaires qui sont encore à l'attendre, la croix. Beaucoup de gens ne te pardonneront jamais cela. Ce sont des mufles, mais c'est dans l'ordre. Faire des envieux à vingt-six ans, c'est dangereux, et c'est beau. Oui, je sais, tu as essayé sur toi le vaccin d'Hermerel... Ne proteste pas, tout le monde est au courant aujourd'hui. N'importe, voilà ce que j'appelle une chance, puisque tu n'en es pas mort.

Il secouait d'une chiquenaude la cendre de cigarette qui s'égarait sur les revers de son veston et il poursuivait, l'accent plaintif :

— Il va quand même falloir que je m'en aille... Toutes les chances et, le mieux, c'est que c'est mérité. Tu as maintenant le secrétariat du *Journal de Biologie*. Mazette ! Je parle du *Journal*, je sais ce que je dis. Un type comme Beauvisage : quarante ans et des titres sérieux, eh bien ! il aurait accepté le *Journal de Biologie*. Comprends-moi bien, je ne dis pas que tu fais trop de choses, mais il y a des gens qui le disent. Il faudra quand même que je m'en aille, je ne suis venu qu'en passant. On m'a raconté que tu pourrais être nommé membre adjoint au Comité des Recherches. Ça, c'est quelque chose de remarquable.

Laurent écoutait d'une oreille en tournant un agitateur dans le fond d'une éprouvette. Il songeait : « Ce n'est pas cela qu'il veut dire. Ce n'est pas pour cela qu'il est venu me voir. Ça, c'est la sauce. Où est le poisson ? Sacré Roch ! »

Le palabreur recommençait de discourir, les yeux au plafond.

— Je te ferai remarquer, Laurent, que je ne me plains pas. Pourquoi veux-tu que je me plaigne ?

— Oh ! s'écria Laurent, je ne le veux pas. J'en serais même désolé.

— Je ne me plains pas : je constate. Moi, je suis une sorte d'ermite. Ce qu'il me faut, c'est le calme et la méditation. Une vie comme la tienne, avec toutes ces vaines responsabilités, tout ce mouvement, tout ce bruit, et même les honneurs — oh ! c'est le commencement, tu verras — une vie comme la tienne, eh bien ! ça ne me conviendrait pas. Moi, j'aime la tranquillité. Je suis un homme de solitude.

Laurent hochait doucement la tête. Il n'était point irrité, mais plutôt saisi d'une réelle compassion. Il bredouillait, en écartant les bras du corps, d'un air embarrassé :

— Que veux-tu, mon pauvre ami ? Chacun va selon ses goûts.

— Oui, oui, c'est ce que je dis toujours quand on t'attaque devant moi. Car, tu peux me croire, je te défends toujours. Je suis même le seul à prendre ton parti.

— Merci, mon vieux.

— Ne me remercie pas, c'est un besoin de mon caractère. Ah ! Il va falloir que je m'en aille. Je suis venu en courant. Et même ce n'est pas à toi que j'en voulais, c'est à ton directeur général.

— A M. Larminat ?

— Oui, à Larminat. J'ai pensé que je ne pouvais pas monter jusqu'à l'I.N.B. sans venir te voir une seconde, en passant, à la volée, dans ton beau service. Et maintenant, je m'en vais. Attends que je roule encore une cigarette. Ce qu'il faut pour un type comme moi, pour un chercheur de laboratoire, c'est un fixe confortable. Je ne dis pas un petit fixe. Non, j'ai horreur de la médiocrité. Un fixe qui vous mette l'esprit en repos. Moi, je suis pour la fonctionnarisation complète du savant. C'est la seule manière de purifier la science. D'ailleurs, qu'est-ce que tu es ici ? Un fonctionnaire. Un point, c'est tout. Et moi-même, à l'I.P. ? Un assez petit fonctionnaire. Ah ! au fait...

— Au fait ?

— Tu as trouvé quelque chose, il me semble, sur les agglutinines. Mais tu n'as rien publié encore.

— Non, je n'ai rien publié.

— Tant mieux, parce que je vais publier mon ours le mois prochain. Je pensais bien que tu ne voulais pas me couper l'herbe sous le pied. Et même... Il faut que je prenne la fuite.

Comme Laurent ne disait rien, le visiteur fit un sourire.

— J'ai ta parole, en somme, et ça suffit. Les questions de priorité, ce n'est pas à négliger dans la science d'aujourd'hui, qui est une vraie foire d'empoigne.

Laurent ne put s'empêcher de sourire. Depuis les années de leurs commencements, Roch était tourmenté de façon presque maladive par cette absurde question de la priorité. Il avait grand-peur d'être trahi et devancé. Même à ses meilleurs amis, il cachait jalousement ce qu'il appelait « ses idées ». Il écrivait chaque semaine aux journaux professionnels deux ou trois lettres revendicatrices pour affirmer ses droits de préemption sur tel ou tel sujet d'étude et pour rappeler tous ses travaux antérieurs, avec citations innombrables et mentions bibliographiques.

Roch tendit à Laurent non la main droite, mais l'index de la main droite, suivant ainsi l'exemple de leur maître à tous deux, M. Nicolas Rohner, qui, lui, tendait en général deux doigts : l'index et le médius. Puis Roch se mit à tripoter le bouton de la porte. Il essayait de raconter sur les rivalités secrètes de l'Institut Pasteur et de l'Institut National de Biologie, une histoire farcie d'anecdotes si parfaitement allusives que Laurent n'y pouvait rien entendre. Embossé dans l'ouverture de la porte dont il calait le battant avec sa hanche, le visiteur faisait de longues inspirations et murmurait : « Tu vas me mettre en retard », puis il lâchait la porte et gagnait les premières marches de l'escalier. Puis il revenait, agrippait Laurent par un des boutons de sa blouse et grognait : « Je ne suis pas sûr que tu m'écoutes, Pasquier. Tu sais tout faire, mais tu ne sais pas écouter. Ah ! cette fois, je me carapate. »

En général, il finissait par s'en aller. Il arrivait qu'il revînt, après quelques minutes, pour un supplément de palabre, pour chuchoter, d'un air indifférent, une bribe de phrase dont il n'était pas toujours facile d'imaginer les origines, les tenants et les aboutissants.

Ce jour-là, Roch lâcha la rampe, se retourna, baissa brusquement la voix et dit :

— Qu'est-ce que tu as bien pu faire à Larminat ?

Accompagnée d'un clignement d'œil, la question avait été posée si vite que Laurent l'entendit à peine. Il se pencha sur la cage de l'escalier et répéta, non sans étonnement :

— A Larminat ?

Mais, cette fois, Roch était bien parti. Son pas faisait déjà retentir le corridor désert qui traversait la bâtisse au ras du sol. Laurent leva les épaules avec embarras : « Que veut-il dire avec cette histoire de Larminat ? pensa-t-il. Quel étrange copain ! J'ai le sentiment qu'il a pour moi de l'affection. La manière de me témoigner cette affection me déconcerte un peu. Et puis, tant pis ! Tant pis ! La paix et le travail ! »

Laurent, la plume aux doigts, ouvrit l'un des gros registres dans lesquels il consignait le résultat de ses expériences. La paix intérieure, qu'il appelait de tous ses vœux, semblait, ce jour-là, sourde et rétive. Impossible de fixer cette attention défaillante. Impossible de combler cette espèce de vide qui sépare parfois l'intelligence de son œuvre. Impossible de trouver le moindre intérêt à des pensées pourtant familières et mille fois caressées. Impossible même de découvrir des mots pour exprimer des vérités mille fois considérées face à face. Eprouvant la détresse de l'esprit qui cherche sa voie et qui attend son heure, Laurent se prenait à envier l'humble peine des travailleurs manuels que la matière même enseigne, contraint, dirige et parfois console.

Pour la vingtième fois, le regard du jeune homme s'égarait, par la fenêtre, vers les verdures et les perspectives du jardin quand il eut soudain la sensation d'apercevoir, à cinquante pas de lui, parfaitement évident et tangible, l'un des objets de son mécontentement et de son inquiétude.

Planté bien droit au milieu de l'allée, le chapeau melon rejeté en arrière, quelques mèches luisantes abandonnées au vent de mai, la couperose avivée par une transpiration profuse, le ventre prêt à basculer par-dessus la ceinture, M. Hippolyte Birault se tenait au milieu de l'allée, dans un franc et chaud rayon de soleil. Il portait, sous le bras gauche, un volumineux paquet enveloppé de papier journal. De la main droite, il tenait une enveloppe jaune.

« Allons bon ! pensa Laurent, le bonhomme a sans doute oublié quelque chose il y a huit jours. »

Après une légère pause méditative, Birault venait de se remettre en route. Laurent l'entendit monter sans hâte l'escalier de bois. Les souliers à clous heurtaient le fond des marches et, de temps à autre, le grotesque poussait un geignement de valétudinaire. Il s'arrêta derrière la porte, frotta ses pieds au paillasson, frappa trois ou quatre fois, puis tourna le bouton.

Comme Laurent ne soufflait mot, le visiteur fit un sourire, essuya sa moustache du revers de la main et soupira :

— Mon cher monsieur, c'est encore moi, tout simplement. C'est toujours moi.

Il y eut un bref instant de silence, puis M. Birault reprit :

— Je ne suis pas mort et on ne peut quand même pas me tuer.

— Que désirez-vous, monsieur Birault ? fit Laurent avec beaucoup de calme. Vous avez peut-être oublié quelque chose ?

M. Birault partit à sourire :

— Oui, s'écria-t-il, j'ai oublié de rester.

Le bonhomme venait de poser son paquet sur une table. Il s'épongeait le front et disait d'un ton de reproche :

— Eh bien, vrai ! Moi qui pensais vous surprendre ! Pour un vieux serviteur, voilà ce qui peut s'appeler un accueil plutôt frais.

— Que désirez-vous ? reprit Laurent imperturbable.

Hippolyte Birault tendit l'enveloppe jaune qu'il tenait à la main. C'était un pli de M. Larminat, une note de service particulièrement laconique : trois lignes ornées de la fameuse signature.

*M. Hippolyte Birault est, à compter de ce jour, affecté comme garçon de laboratoire adjoint au service de préparation des sérums. Division Pasquier.*

Le jeune homme tournait et retournait, entre ses doigts, avec étonnement, ce message inattendu. M. Birault s'éventait en faisant pivoter son chapeau melon entre le pouce et l'index. Il toussa, ravala quelque mucosité tenace, composa laborieusement son sourire le plus onctueux et commença de monologuer :

— Avouez, mon cher monsieur, qu'on ne pouvait pas se quitter comme ça. Reconnaissez que ce serait quand même trop triste. Vous n'avez jamais pu, passez-moi l'expression, vous n'avez jamais pu blairer le pauvre Birault. Ça fait d'autant plus mal au cœur que je vous ai montré de l'amitié, de la patience, de la gentillesse enfin, et tout et tout. Dame, je n'ai pas été payé de retour. Ce sera le chagrin de ma vie. Alors, je quitte votre service personnel, et j'entre au pavillon des sérums. Boum ! Tout est en ordre. Je ferai mon boulot tout seul, dans mon coin, comme un petit ange. Et on ne se parlera plus, sinon pour les besoins du service. Je ne vous dirai pas que ça ne fait pas pitié. Mais, quoi ! faut se faire une raison... Finies les mamours, mon cher monsieur.

— Veuillez m'attendre, fit Laurent en ouvrant vivement la porte.

Le jeune homme descendit d'abord l'escalier en courant, puis il modéra son allure, glissa dans la poche de sa blouse la note directoriale et s'arrêta quelques instants au bord de l'allée, dans l'ombre des jeunes tilleuls, pour respirer posément. Il songeait avec application : « Il ne faudrait quand même pas que cette ridicule histoire pût m'empoisonner l'existence. Toutes les querelles domestiques sont telles : affligeantes de près, insignifiantes de loin. Il ne faut pas qu'un Birault m'empêche de travailler. Alors, du calme et de la fermeté ! »

M. Larminat était en conférence et Laurent dut attendre une dizaine de minutes dans l'antichambre à fauteuils de velours vert. La muraille s'ornait d'un tableau fumeux, offert par l'Etat, et représentant une dame nue, penchée sur un moribond : *la Science au service de l'Humanité*. Pour la vingtième fois, Laurent examinait cette œuvre d'art quand l'huissier le vint prévenir que le directeur l'attendait.

M. Larminat, debout derrière son bureau d'ébène, semblait prêt pour l'escarmouche et, sans attendre, il attaqua.

— Ne pensez-vous pas, monsieur Pasquier, que la plupart de nos discussions peuvent se régler par échange de notes manuscrites ? Il m'est pénible de penser qu'un homme de votre valeur perd son temps dans une antichambre.

Les oreilles de Laurent s'allumèrent d'une bouffée de sang.

— Monsieur le directeur, dit-il d'un trait, je n'y perdrais pas mon temps si vous ne m'y laissiez pas attendre.

Le vieil homme fit un geste bénisseur et soudain baissa le ton :

— Vous le voyez, monsieur Pasquier, la fâcheuse affaire Birault se trouve enfin réglée à la satisfaction générale. J'ai cru comprendre que vous n'aviez pas de sympathie pour cet honnête travailleur, alors, je vous en délivre sans toutefois le jeter dehors.

— Monsieur le directeur, je n'ai ni bon ni mauvais sentiment à l'égard de M. Birault. Après un mois d'épreuve, j'estime qu'il est tout à fait impropre au travail du laboratoire. J'estime en outre, et c'est beaucoup plus grave, que M. Birault, à cause de certains défauts constitutionnels, représente, dans un service comme le mien, un élément inquiétant et dangereux.

— Monsieur Pasquier, même entre nous, pesez les mots que vous employez. J'ai eu l'occasion d'interroger longuement M. Birault. Il n'est pas sot. Il sait même beaucoup de choses. Peut-être un peu trop familier. Mais c'est à vous de maintenir les distances. Au surplus, vous n'aurez plus avec lui un contact de tous les instants.

— Il ne s'agit pas de moi, monsieur le directeur. Il s'agit du bon fonctionnement de mon service, de la rigoureuse technique à laquelle doivent se plier tous mes collaborateurs. Il s'agit de la santé des malades pour qui nous travaillons ici tous ensemble.

M. Larminat leva majestueusement des mains épiscopales.

— Il me semble, dit-il, que vous ne craignez pas de me donner, sur mes devoirs, quelque chose comme une leçon.

Laurent ne répondant rien, il y eut entre les deux hommes un long silence orageux, puis le directeur reprit, d'une voix plus basse et plus calme :

— J'ai d'abord pensé que vous étiez le seul chef divisionnaire de l'Institut capable de m'assister, de me comprendre, de m'aider à faire régner ici l'ordre et l'équité.

— Pardonnez-moi, Monsieur, fit Laurent avec opiniâtreté, je suis chargé d'une responsabilité fort lourde et que j'accepte avec joie et fierté. Mais j'entends être le maître de choisir mes collaborateurs. Si vous tenez absolument à employer M. Birault, placez-le, monsieur le directeur, dans un autre service que le mien.

— Vous ne pesez pas ce que vous dites, monsieur Pasquier. Ou ce garçon est un bon sujet et vous n'avez alors aucune raison de le rejeter, ou c'est un mauvais sujet et vous n'auriez pas le front de le passer à l'un de vos collègues, comme une pièce de fausse monnaie.

Déconcerté par cette argumentation, Laurent resta silencieux, la bouche ouverte, les joues brûlantes de rougeur. Il se sentait soudain un peu honteux et très maladroit. Il murmura :

— Le pavillon des sérums est au complet. J'ai là deux préparateurs, un palefrenier, deux garçons de laboratoire.

— C'est bien pourquoi, dit M. Larminat avec une sereine majesté, c'est bien pourquoi j'ai mentionné : « garçon de laboratoire adjoint ».

Laurent baissait la tête et fronçait les sourcils :

— Monsieur le directeur...

— Monsieur Pasquier ?

— Je n'ai l'intention ni d'enfreindre vos ordres, ni de donner ma démission.

— Heureusement, monsieur Pasquier.

— Je ne vous cacherai pourtant pas que je suis résolu à empêcher M. Birault de prendre la moindre part aux travaux du pavillon. Si l'Institut peut s'offrir d'appointer un employé inutile, je n'y vois pas d'inconvénient.

M. Larminat fit entendre un léger rire du nez.

— Malgré les allusions incorrectes de votre dernière phrase, il me semble, monsieur le chef divisionnaire, que vous commencez à regarder ce très petit problème avec sagesse et philosophie. Réfléchissez un peu, je vous prie. L'alternative est pour moi fort simple : ou laisser provisoirement ce garçon à ne rien faire, ce qui n'a guère d'importance, ou mécontenter gravement une personne — et pourquoi ne pas tout vous dire ? — un ministre à qui l'Institut doit beaucoup. Au surplus, le temps se chargera d'arranger tout, d'assouplir tout et de jeter un peu d'eau fraîche sur les natures trop ardentes. Je vous souhaite, monsieur Pasquier, de n'avoir jamais l'écrasante mission de faire régner la concorde entre les hommes. A vous revoir, monsieur Pasquier.

Pendant qu'il cheminait, tête basse, dans l'ombre des tilleuls, Laurent se disait en serrant doucement les mâchoires : « Le vieux m'a sans doute roulé. Mais ça ne fait rien. Il ne faut pas que cette ridicule histoire finisse par m'empêcher de faire ce que je dois faire. A tout prix, j'aurai la paix. »

## CHAPITRE 8

Cher Justin, ne me fais pas dire ce que je n'ai pas dit. La lecture des romanciers russes m'a semblé troublante, parce qu'elle m'a troublé, je l'avoue simplement. Elle ne m'a quand même pas rendu tout à fait idiot. L'idée que les hommes sont parfois capables de sortir de leur naturel apparent, d'accomplir soudain avec éclat des actions imprévues, de renoncer au crime, par exemple, et de tomber à genoux en se frappant la poitrine, cette idée me semble non seulement belle mais encore reposante et réconfortante. Si de telles révolutions peuvent se produire dans les âmes, c'est peut-être qu'à la fin les hommes doivent se lasser de leurs propres défauts, de leurs propres vices. A commettre toujours les mêmes crimes, les mêmes saletés, ils doivent éprouver un mortel ennui. Te le dirai-je ? si je fais jamais quelque chose de bien, ce sera sans doute pour m'amuser, me divertir un peu, me reposer de toutes les mauvaises pensées qui me tourmentent ordinairement. Tu le vois, ce que je te proposais dans ma dernière lettre, c'est une image tempérée, latinisée, de la psychologie rédemptrice à la russe. Sois bien sûr que je n'abandonne jamais l'esprit critique. Je devrais même ajouter que je ne l'abandonne pas assez. Quant aux exemples que je me suis permis de te signaler, ils sont bien propres à me faire réfléchir. Je t'ai dit que mon père, qui m'a si longuement torturé par les effets de son caractère, par ses folies, ses colères, ses coups de tête, je t'ai dit que mon père tout doucement devenait raisonnable, aimable, charmant, oui, charmant, je ne trouve pas d'autre mot, c'est ainsi. Joseph continue lui aussi de m'étonner. Il a prêté douze mille francs à papa, pour cette nouvelle affaire dont je te parlerai quand tu viendras à Paris. Joseph me dit : « J'ai donné douze mille francs... » Il ne faut pas se tromper sur le sens des mots : c'est un prêt. Joseph a fait signer un papier à papa. Joseph ne fera jamais rien sans papiers, sans engagements, sans écritures. Il n'en reste pas moins que — prêt ou don — Joseph s'est dessaisi d'une somme considérable. Il a sorti cette somme de sa poche. Même si c'était dans un pur dessein de divertissement, au sens pascalien du mot, ce n'en serait pas moins bouleversant. Joseph, d'ailleurs, n'entend donner à ce geste aucune publicité, discrétion qui, comme tout le reste, me semble miraculeuse. Joseph m'a prié de ne raconter cette histoire à personne, et particulièrement pas à maman, ni à Cécile, ni à Ferdinand, qui pourtant finiront bien par le savoir. Tu le vois, nous sommes quand même loin de la confession publique et de la rédemption à grand spectacle.

Je te parle de Joseph et de mon père parce que tu me fais l'amitié de m'interroger à leur sujet, pourtant je dois avouer que je ne pense pas à eux tous les jours. L'affaire Birault devient très irritante, elle commence à tenir dans mes pensées une place vraiment excessive. Birault est ce garçon de laboratoire au sujet duquel, cher Justin, tu m'as écrit quelques niaiseries. Birault n'est rien, crois-le bien, rien qu'un vague bonhomme insupportable, comme on en rencontre tant ; mais il est au principe d'un « phénomène Birault » dont le développement me semble incompréhensible et terriblement désagréable.

J'ai gardé ce pauvre type un mois dans mon laboratoire et j'ai tenu compte, crois-le bien, de tes conseils évangéliques. J'ai fait preuve d'une patience exemplaire. Le bonhomme est bavard, incorrect, presque insolent : tant pis ! je fermai les yeux. Il me volait des animaux de laboratoire, des cochons d'Inde et surtout des lapins : j'ai patienté ! Les choses se sont tout à fait gâtées quand j'ai compris que ce mauvais serviteur non seulement ne connaissait pas son métier, mais encore qu'il était brouillon, maladroit, vaniteux, ignorant. J'ai dû détruire des préparations qui m'avaient coûté beaucoup de travail et qu'attendaient certains de nos correspondants étrangers. Alors, j'ai pris sur moi de mettre le gaillard à la porte et je m'en suis expliqué le jour même avec Larminat.

Pour un psychologue tel que toi, Larminat serait sans doute un beau sujet d'étude. J'avoue que je le comprends mal. Ce personnage dirige avec une autorité sourcilleuse l'Institut National de Biologie, qui est une très grande boîte. Il entend que tout marche au doigt et à l'œil, ce que je comprends assez bien. Il nous parle à tout propos de nos responsabilités, et il n'a pas tort. Il s'est mis en tête de m'imposer un collaborateur impossible. Il m'a prié de le reprendre, j'ai refusé. Il a fini par affecter Birault au service des sérums et il a osé me parler, pour expliquer son insistance, d'un ministre qui, d'un ministre dont... Que vient faire la politique, l'affreuse politique, au milieu de nos vaccins et de nos sérums ? Que vient faire la politique dans nos débats qui sont purement scientifiques et humains ? En vérité, si la politique parvient à s'introduire dans toutes nos œuvres et dans toutes nos pensées, c'est que la France est bien malade. Je suis un homme discipliné. Je n'avais, pour Larminat, aucune tendresse ; je le respectais comme mon chef. Maintenant, je le méprise et mon travail même, mon travail que j'aime tant, me semble, de ce fait, un peu gâté, moins beau, moins pur.

Nous avons eu, Larminat et moi, une explication orageuse au sujet de cette affectation de Birault au service des sérums et j'ai pris, devant le Vieux, la résolution ferme de supporter le Birault mais de ne lui donner aucune besogne, de le tenir, somme toute, à l'écart du service où il fera simplement figure de parasite. Le directeur a paru soulagé par ce dénouement et nous nous sommes séparés sur des paroles pacifiantes, des paroles que du moins il voulait telles et qui puaient affreusement la petite combine.

En somme, Birault ne faisait à peu près rien pendant son séjour à mon laboratoire personnel. Puisqu'il paraît qu'il me faut le tolérer, la chose la plus simple était bien de l'exempter officiellement de tout soin. J'ai signifié cette mesure au dit Birault. Il s'est d'abord mis à rire, puis il a haussé les épaules, puis il a prononcé en soupirant des paroles sentencieuses et désabusées. Ce qu'il y a de remarquable dans les récentes métamorphoses de la rhétorique Birault, c'est l'apparition du pronom impersonnel *on* ; et ce qu'il y a de plus curieux c'est qu'il s'en sert presque en même temps pour lui et pour moi. Il m'a dit :

— Alors, on n'a plus confiance. Entre Français ! C'est malheureux tout de même. Et pourtant, on faisait l'impossible pour bien accomplir son devoir...

M. Birault a continué par diverses considérations sur le devoir et la dignité du travail. Mais j'ai pris la fuite.

Pendant une dizaine de jours, j'ai pensé que les choses allaient se stabiliser ainsi. La saison avance : il commence à faire très beau, très chaud. Le bonhomme Birault se tenait assis à la porte du pavillon. Il fumait sa pipe et lisait le journal. Quand je passais près de lui, il se mettait debout dans un grand bruit de papier froissé ; puis il me regardait avec un sourire indéfinissable, à la fois narquois et bovin. Ses gros yeux à fleur de tête s'emplissaient d'une eau trouble que les gens sensibles pourraient prendre pour des larmes, ce en quoi ils se tromperaient. Il me disait alors : « Bonjour, mon cher monsieur. » Je saluais d'un mot, d'un signe de tête, et je ne peux te cacher que j'éprouvais une sorte d'inquiétude : la peur de me tromper. Mais non, mais non, mais non ! Nous ne pouvons pas, nous ne devons pas tolérer près de nous des collaborateurs indignes, même quand ils sont « piftonnés par un miniftre ».

Je pensais en outre que Birault, à mon laboratoire, volait couramment des lapins mais qu'au service des sérums il ne me volerait probablement pas un cheval, ce qui est une consolation négative.

Les choses ont recommencé de se gâter il y a quelques jours. Birault est venu me voir un matin. Il était en costume de travail, c'est-à-dire qu'il avait ses espadrilles et son tablier bleu. Il m'a dit en remuant les oreilles à la façon d'un animal, ce qu'il fait fort bien :

— Mon cher monsieur, ça ne peut plus durer.

Comme je le regardais avec un peu d'étonnement, il a repris, non sans soupirs, geignements et récurages de gorge :

— On veut me réduire au désespoir. C'est l'humiliation, c'est la honte, mon cher monsieur. Ça ne peut pas durer. C'est la première fois qu'on se plaint des services de Birault.

Et, soudain, quittant le pronom impersonnel, il a déclaré :

— Je veux travailler, comme les autres. Je veux gagner mon pain, comme les autres, en faisant mon travail.

Tu me suis bien, tu comprends bien et tu vois comme toute la suite de ces minuscules événements est logique. Ce bonhomme, quand il était dans mon laboratoire, ne voulait rien faire. Contraint de le garder, je l'ai purement et simplement exempté de travail. Et aussitôt le voilà qui veut travailler.

J'ai ouvert la porte, sans un mot, et M. Birault est sorti en poussant des grognements. Les jours suivants, M. Birault a commencé de s'agiter. Le service des sérums comporte un grand laboratoire de préparation, relié aux écuries par un passage couvert. M. Birault parcourait le laboratoire, touchant à tout, déplaçant les récipients, proposant ses services aux préparateurs qui ne savaient comment les refuser et qui m'en ont parlé, deux ou trois fois, d'un air assez gêné, car leur tâche est des plus délicates et demande le calme.

Cette petite comédie touchant au ridicule, je suis allé, de nouveau, trouver M. Larminat. Il ne m'a pas reçu. Je lui ai fait tenir une note de service à laquelle il n'a pas répondu. Je n'ai jusqu'ici rien dit à mes collègues parce que si jamais on me retirait le Birault pour le coller à l'un d'entre eux, ils pourraient s'imaginer que je suis pour quelque chose dans ce détestable cadeau. Je n'ai donc rien dit à l'Institut, mais j'ai raconté tout au long cette histoire invraisemblable à Vuillaume qui vient me voir souvent et que je juge de bon conseil. Tu connais un peu Vuillaume : il est mon aîné de beaucoup ; nous nous tutoyons depuis la Sorbonne. Avec ses cheveux déjà gris, sa voix musicale, sa haute taille fléchissante, il a l'air très doux, mais il est très ferme dans ses opinions. Il a le bord des paupières rougi par une perpétuelle blépharite, ce qui donne à son regard quelque chose de sensible, d'inquiet. C'est pourtant un homme de jugement et j'ai toute confiance en lui.

J'ai raconté tout au long, à Vuillaume, l'absurde histoire de Birault et mes démêlés avec mon directeur. Vuillaume a dit :

— Les gens comme Larminat ont une peur terrible des politiques dont ils sont les esclaves ; mais il y a une autre puissance dont ils ont également grand peur...

— Quelle puissance donc ?

— La presse.

— Vraiment, me suis-je écrié, je ne vais pas mettre la presse en branle pour une misérable histoire de mauvais employé.

— Pourquoi non ? disait Vuillaume en donnant de petits coups de tête. Dans l'ordre scientifique, tout est grave et doit être considéré gravement. Il est inadmissible qu'un service comme le tien soit menacé de trouble parce que Larminat est acoquiné à des politiciens plus ou moins véreux, plus ou moins tyranniques.

— J'entends bien, mais je ne connais personne dans la presse parisienne.

— Ça ne fait rien, m'a répondu Vuillaume, tu vas réfléchir à ce projet. Si tu veux écrire un article, il ne faut pas le donner aux journaux professionnels, aux revues de science ou de médecine : cela n'aurait pas d'écho. Ce qu'il faut atteindre et mettre en branle, c'est l'opinion publique.

— Je ne peux pas critiquer mon propre directeur dans un article de la grande presse.

— D'accord, mais tu peux très bien publier une étude sur les conditions matérielles et morales de la recherche scientifique, sur le rôle de nos collaborateurs subalternes et, notamment sur ceux qui assistent les techniciens dans la préparation des remèdes. Fichtre ! C'est un sujet magnifique... Et le Vieux aura la frousse.

J'étais, je l'avoue, très ébranlé, très hésitant. Vuillaume continuait de parler et je sentais que les idées me venaient en foule. En somme, la grande presse est une force considérable que l'on peut requérir pour la défense d'une juste cause et tu ne diras pas le contraire, ô rédacteur en chef de cette illustre feuille de chou qui prétend réveiller l'Ouest, rien de moins. Pendant que je remuais toutes ces pensées dans ma tête, Vuillaume disait :

— Si tu te décides pour un recours à l'opinion publique, ce que je trouve tout à fait naturel, je te conseille d'éviter l'interview et d'écrire toi-même un article en pesant tous les termes.

— Où publier cet article ? C'est très difficile de faire accepter un article dans un grand journal.

— Non ! Ce n'est pas difficile quand on a quelque chose à dire, quelque chose d'intéressant, et quand on connaît quelqu'un.

Comme j'hésitais encore, Vuillaume a poursuivi :

— Moi, je connais quelqu'un, un des principaux rédacteurs de *l'Assaut*. Ce n'est pas un très, très grand journal, mais c'est un organe de combat, un organe d'opinion.

Là-dessus, Vuillaume s'est levé pour partir. Au moment de lui serrer la main, j'ai murmuré :

— Ce serait quand même extravagant de mettre la presse en mouvement parce qu'un sacré Birault gâte mes préparations et que je ne parviens pas à me débarrasser de ce bonhomme.

— Oh ! s'est écrié Vuillaume, la presse est souvent mise en mouvement pour des choses moins importantes. Il ne faut pas avoir un respect trop vétilleux de la presse. Elle fait beaucoup de mal. Raison de plus pour lui donner la chance de faire parfois un peu de bien. Réfléchis et n'oublie pas que je suis à ta disposition.

J'ai laissé partir Vuillaume et j'ai pensé tout d'abord que c'était un de ces projets comme on en fait volontiers dans une conversation à bâtons rompus, et qui ne méritent pas de passer à l'exécution. Le restant du jour, je me suis surpris à mettre des phrases bout à bout, presque malgré moi. J'ai compris que, même si je ne le publiais pas, cet article aurait du moins l'avantage de me purger, de me contraindre à formuler avec précision mes idées sur cette grave question des collaborateurs obscurs de la science. J'étais si bien engagé, si brûlant que, le soir même, j'ai composé mon article, entre neuf heures et minuit. Je ne suis pas écrivain et, en général, la rédaction d'un simple mémoire me donne beaucoup de mal ; pourtant l'article en question a jailli d'un seul coup et le titre aussi d'un trait : *Les auxiliaires de la science.* Ah ! cher Justin, que n'étais-tu donc à mes côtés ! Tu m'aurais tiré d'embarras, car l'article composé, je l'ai gardé deux jours entiers dans ma serviette, incapable que j'étais de prendre une résolution.

Entre-temps, j'ai reçu la visite de Roch. Il vient d'ailleurs me voir presque chaque jour. Quel drôle de type ! Je ne comprends presque jamais les raisons de ses pensées, les mobiles de ses actes. Je connais Roch depuis quinze ans. Il me demeure très mystérieux et même — comment dire ? — il ne m'intéresse pas. Il n'est représentatif de rien. Il est seul de son espèce. Il m'ennuie un peu.

Roch m'a dit, après toutes sortes de travaux d'approche :

— Il paraît, Pasquier, que tu es une forte tête et que tu entretiens dans cette maison l'esprit d'indiscipline.

De tels propos me déconcertent. Il m'est presque impossible de savoir s'ils représentent un avertissement amical ou une insinuation malveillante. Je n'ai donc rien répondu. Roch a repris, après un petit moment :

— On m'a dit que tu voulais écrire quelque chose dans les journaux, sur la vie des laboratoires.

— Qui t'a dit cela ? Vuillaume ?

— Non, je n'ai pas rencontré Vuillaume.

— Alors qui ?

— Je ne sais plus. Ça n'a pas d'importance.

Que dire ? Est-il possible que j'aie fait moi-même l'indiscret ? C'est possible. Souvent, nous sommes sûrs d'avoir gardé le silence sur telle question qui nous tourmente et nous avons parlé presque sans le savoir, presque malgré nous... Déjà Roch se reprenait à palabrer :

— Méfie-toi, Pasquier. Ta situation est trop belle pour que tu la risques à faire des imprudences.

Je ne savais que penser. Ce conseil de sagesse ne peut être un conseil déloyal.

Cher Justin, tu m'as beaucoup manqué pendant toute cette période. Il me semble que tu m'aurais donné quelque précieux avis, toi qui connais très bien la société des journalistes.

Bref, j'ai fini par porter l'article. Il fallait me délivrer. Je t'enverrai cet article dès qu'il paraîtra. Tu le trouveras peut-être mal écrit ; sois pourtant sûr que j'en ai pesé tous les termes.

*L'Assaut* est un journal très lu, du moins Vuillaume l'affirme, et je vois, en effet, dans l'autobus ou le métro, beaucoup de gens qui ont cette feuille entre les mains. Je m'attendais, en allant porter mon article, à trouver un bâtiment magnifique avec des valets de pied à boutons d'or, comme chez mon frère Joseph ! Eh bien ! c'est très différent. J'ai dû monter au troisième étage d'une vieille maison de la rue Montmartre. L'escalier, très obscur, sentait le blaireau. Dans l'antichambre, il y avait une dizaine de types qui attendaient, l'air perplexe, en bâillant, en se fourrant les doigts dans le nez, en se regardant de travers et en lisant d'un œil distrait les derniers numéros du fameux canard. J'ai fait passer la lettre que m'avait donnée Vuillaume. J'ai été reçu par un petit bonhomme de vingt-cinq ans environ. Des cheveux crépus, un monocle, l'air considérable. Il a pris le papier et m'a retenu trois minutes. Il a jeté sur mon article un regard ultra-rapide. Puis il m'a poussé vers la porte en souriant : « C'est exactement ce qu'il faut ! C'est magnifique ! Mes compliments ! »

J'achète *l'Assaut* depuis trois jours. L'article n'a pas encore paru. J'en ai gardé une copie que je relis de temps en temps pour me bien persuader que ce n'est ni maladroit, ni mauvais, ni même injuste.

Mon travail personnel, mon travail du labo, souffre beaucoup de ces complications misérables. Il y a des moments où je ne sais plus ce que je fais, d'autres où je pense à Larminat de la façon la plus injurieuse. Le travail intellectuel est affreusement soumis aux influences extérieures : une querelle, une contrariété, un mal de tête, une crampe, un furoncle et tout est remis en question.

De la patience ! De la patience ! comme dit à tout instant une personne... cette jeune fille dont je t'ai parlé déjà. Tu sais, Justin, que je suis réservé, même avec toi, sur les questions sentimentales. Et pourtant je ne saurais te dire combien cette jeune fille me plaît et comme elle me touche le cœur. Pour la première fois de ma vie, me semble-t-il, j'ai envie de protéger quelqu'un, de travailler pour quelqu'un, de souffrir pour quelqu'un, de conquérir la gloire pour quelqu'un. Elle est incroyablement douce et pourtant résolue, ferme et sage comme une héroïne de Shakespeare. Je suis plus âgé qu'elle de neuf ans et j'ai le sentiment d'être, auprès d'elle, un petit garçon maladroit et ignorant.

Je voudrais la réchauffer quand il fait froid, lui mettre un tiède manteau sur les épaules, prendre ses mains dans mes mains, porter pour elle des fardeaux, appeler le soleil quand il pleut, arrêter le vent quand il souffle, détourner du chemin qu'elle suit tout ce qui peut offenser ou gêner ou déplaire.

Assez ! Ne va pas croire à quelque accès de lyrisme de ma part. Je suis parfaitement de sang-froid et même, pour l'instant, très triste et très nerveux.

Ton fidèle

Laurent P.
Le 8 juin 1914.

## CHAPITRE 9

Laurent posa le rasoir, essuya la mousse de savon qui lui mouillait le bout des doigts, courut à sa table de travail et, pour la vingtième fois, reprit les feuillets de son article. N'avait-il pas oublié, dans la première page, certaine tournure douteuse, voire incorrecte, qui ferait sourciller les lecteurs délicats ? A cette pensée, un frisson d'agacement lui courait au creux de l'échine. Pour la vingtième fois donc, il recommença de lire les phrases, une à une, lentement, à voix haute, cherchant les fautes, soupesant les arguments, marquant la courbe et la cadence de chaque paragraphe. Il savait déjà par cœur la plus grande partie du texte, ce qui, d'ailleurs, le fit sourire. L'article débutait par une période un peu lente, un peu gauche, que Laurent, faute d'expérience, n'avait pu ni diviser, ni suffisamment éclaircir :

*La place éminente que la science a prise, depuis le* XIX^e^ *siècle surtout, dans la vie des sociétés civilisées, la science la doit non seulement à la beauté, à la grandeur des résultats obtenus, mais encore à la noblesse et à la pureté de la vie que mènent les serviteurs du savoir, à l'abnégation dont ils font preuve, à leur esprit d'indépendance vis-à-vis des pouvoirs publics et, pourtant, à la discipline sévère et presque religieuse qu'ils font régner dans les temples du nouveau culte, c'est-à-dire dans les laboratoires.*

« C'est élémentaire, c'est grossier, pensait le jeune homme en hochant la tête. N'importe ! cela dit ce que je veux dire. Le fâcheux, c'est qu'après avoir répété le mot *science*, dès le début, j'ai dû mettre *savoir* pour ne pas avoir à écrire *science* une troisième fois. Diable ! Ce qui me gêne aussi, d'ailleurs, c'est peut-être le retour disgracieux, et que je n'avais pas remarqué tout d'abord, de l'article *la* dans ces cinq ou six premières lignes. Et puis, l'épithète *éminente* ne signifie rien ici. J'aurais dû mettre *considérable*. Mais *considérable* est plat. Fichtre ! Tout cela n'est pas commode quand on n'est pas spécialiste. Heureusement que la suite va mieux... »

L'article continuait par des réflexions sur les aptitudes au travail scientifique et sur la discipline nécessaire dans les laboratoires. Puis venaient quelques bons développements sur les collaborateurs subalternes des savants, sur les mérites et les devoirs des serviteurs obscurs que Laurent appelait justement les *auxiliaires de la science*, titre qui lui parut, pendant une minute, tout à fait excellent.

*Cette condition des auxiliaires*, lut encore le jeune homme, *n'est pas un petit métier de hasard, c'est une véritable carrière. Cette carrière suppose, comme toutes les carrières, une vocation, le libre choix, de hautes vertus telles que l'obéissance, la patience, le dévoue-*

*ment, la fidélité. C'est pourquoi toutes les influences extérieures sont préjudiciables à l'accomplissement harmonieux du travail scientifique. C'est pourquoi la politique et le favoritisme, par exemple, doivent suspendre leur activité déplorable au seuil du laboratoire comme au seuil de l'hôpital. C'est le bien de l'humanité qui est en jeu. Tolérer un mauvais serviteur dans le temple, c'est non seulement compromettre la recherche, mais encore c'est faire courir de réels dangers aux membres du corps social.*

Laurent, emporté par sa lecture, scandait les mots en donnant de petits coups de paume sur la table. « C'est un peu solennel, un peu sublime, pensa-t-il en riant, mais les allusions seront claires pour le Vieux. Et s'il ne comprend pas, c'est qu'il ne veut pas comprendre. Alors, tant pis pour lui ! Voyons le reste. »

Venaient alors des vues précises et même techniques sur le rôle des auxiliaires dans les laboratoires de recherches et de production. Toute la fin de l'article était consacrée à l'examen d'un problème rendu fameux par les campagnes de M. Pierre-Etienne Larminat, celui de l'administration de la science. Sans nommer personne, Laurent prenait parti pour l'affranchissement total des hommes voués à la recherche et à la découverte. Il terminait son étude par une évocation de la science future. Elle devait être, elle serait sans aucun doute, *une science libre de s'administrer elle-même, de gouverner son domaine, de choisir sereinement ses méthodes de travail, ses voies et ses serviteurs.*

Laurent ferma quelques instants les paupières. Tout cela ne lui paraissait assurément pas trop nouveau, pas trop bien écrit, mais juste et raisonnable. Tout cela n'était pas même très agressif. Le jeune homme acheva de se vêtir, puis il se surprit à hausser les épaules : « J'aurai, pensa-t-il, perdu trois ou quatre jours à ressasser mon sacré papier. J'en ai du moins profité pour mettre mes idées en ordre. Rien n'est inutile. Quant à cette brute de Larminat... » Et, tout à coup, maître de lui : « Non ! murmura Laurent, non, pas d'injures ! Attention ! Je veux m'arrêter toujours quand je comprends que je commence à serrer les poings et les dents. »

A peine dans la rue, Laurent prit le pas de course. Parvenu devant la porte du marchand de journaux, il eut honte de son impatience. Les feuilles du journal étaient exposées sur une claie en fil de fer. La tiède brise d'été soulevait doucement cette voilure de paperasse et en faisait sourdre un léger parfum de pâte humide, d'encre chimique et d'excréments. Laurent chercha de l'œil et considéra quelques instants *l'Assaut*, avec son titre en gothique rouge. Pour se punir de sa hâte, le jeune homme décida de n'acheter point le journal avant d'avoir atteint la place Denfert-Rochereau, c'est-à-dire avant d'avoir parcouru plus de la moitié de la route, ce qu'il fit bien sagement.

A l'entrée de l'avenue d'Orléans, Laurent acheta le journal dans un kiosque, le déplia sans trop de hâte et sentit soudain une bouffée de rougeur lui monter au visage : il venait d'apercevoir son portrait, au milieu de la deuxième feuille. C'était une photographie qui le représentait en blouse, dans le jardin de l'Institut, une photo tirée naguère par un camarade et que Laurent avait presque oubliée. « Qui donc a pu leur procurer ce portrait ? songeait Laurent avec mécontentement. Je n'ai pas demandé de portrait, je ne voulais pas de portrait... » A ce moment, une seconde vague de fureur lui chauffa les oreilles. Il venait de lire, au vol, les lignes imprimées sous l'image :

*Le Dr Laurent Pasquier, le jeune et célèbre savant à qui nous devons ces suggestives confidences.*

Presque en même temps, il aperçut le titre de l'article, la présentation de l'article et il eut un sentiment confus de honte et de trahison. Les mots : *auxiliaires de la science* étaient à peine visibles, composés en petit caractère, comprimés entre deux traits noirs. Au-dessous s'étalait, en lettres voyantes, énormes, un titre que Laurent n'avait point écrit et qu'il ne lut pas sans malaise : *Il faut purger la science des arrivistes et des profiteurs*. Le texte était divisé en plusieurs petits paquets et chacun d'entre eux avait reçu quelque sous-titre tapageur. Enfin, Laurent comprit, du premier coup d'œil, que diverses phrases, et des plus nécessaires, avaient été supprimées, d'autres composées, inexplicablement, en italique ou en caractère gras, que son article, altéré, défiguré, mutilé, paraissait, à son regard, à peu près méconnaissable.

Une grande minute, le jeune homme demeura tête basse, les bras pendants, à méditer quelque parti. Résolu soudain, il sauta dans une voiture et se fit conduire boulevard du Montparnasse chez Vuillaume.

Il n'était guère plus de huit heures et demie. En montant l'escalier, Laurent pensa que Vuillaume était marié, qu'une visite si matinale pouvait paraître indiscrète et que Vuillaume était sans doute incapable de remédier à ce que Laurent, dans sa fureur, considérait comme un abus de confiance.

Vuillaume habitait encore son très modeste appartement de garçon. Introduit dans la salle à manger, Laurent pouvait, à travers la mince cloison, entendre Mme Vuillaume quereller une petite fille qui ne consentait point qu'on la peignât. De temps en temps, la voix grave et lente de Vuillaume mettait une note de violoncelle dans ce concert familial. Laurent partait en songeries : « Voilà bien la science moderne et son désintéressement ! Moi, je suis seul, je peux me contenter de deux petites chambres. Mais Vuillaume ! Il est plus âgé que moi. C'est un homme de valeur. Il a fait des travaux de premier ordre. Et il accepte, sans murmurer, de vivre, avec les siens, dans un appartement qui semblerait misérable à un jeune vendeur des Galeries Lafayette. Eh bien ! c'est admirable, n'en déplaise à Joseph. Et c'est ainsi que la science doit vivre pour rester pure et vraiment grande. »

Vuillaume parut enfin, affublé d'une robe de chambre à ramages. Et tout de suite il dit avec aménité :

— Que t'arrive-t-il ?

— Une catastrophe. Excuse-moi de te déranger si tôt...

— Une catastrophe ? Quelle catastrophe ?

— Vois toi-même.

Laurent tendit le journal et Vuillaume le déploya sans hâte.

— Eh bien ! dit-il, ton article vient de paraître.

Laurent fit un bond, sur place.

— Ils ont changé le titre, coupé des paragraphes entiers, arrangé mon texte pour le tape à l'œil. C'est affreux et déshonorant. Je suis tombé dans un traquenard. Je sais bien que ce n'est pas ta faute. Dis-moi ce que je dois faire.

— Attention ! Attention ! murmura Vuillaume en fermant à moitié ses yeux dont les paupières enflammées semblaient voiler un perpétuel sourire. Attention ! Tu parles comme un gosse. L'article a paru, c'est le principal. Et il est bon, malgré les coupures. Quant à la grosse manchette, quant aux sous-titres voyants, quant aux caractères gras, tout cela, mon vieux, c'est la presse moderne et il faut en prendre son parti. Toi, Pasquier, tu es sincère dans l'indignation, je le vois bien ; mais les autres ! Bah ! Bah ! ceux qui font les dégoûtés, c'est qu'ils pensent tout simplement que la presse les oublie trop. Quand ils voient leur photographie en bonne place, crois-moi, mon vieux, ils sont très contents et très fiers.

— Mais je ne voulais ni photographie, ni réclame personnelle. C'est absolument contraire à la ligne de conduite que je me suis fixée.

— Sans doute, sans doute, murmurait Vuillaume en parcourant les colonnes du journal d'un œil vagabond. Toi, je te le répète, tu es pur. Mais, au fond, cette méchante feuille, c'est une image très exacte de la conscience moyenne, de l'homme ordinaire, de l'homme tout court.

— Mais je n'ai pas fait mon article pour l'homme ordinaire. Il sera lu par nos collègues, par nos maîtres, par nos élèves.

Vuillaume se prit à rire.

— Allons, disait-il, du calme ! Tu sais bien que, dans toutes les pensées des hommes, il y a du mélange : du meilleur et du pire. Qu'est-ce que c'est qu'un imbécile ? C'est un pauvre type qui ne dit que des sottises. Et qu'est-ce que c'est qu'un homme intelligent ? C'est un gaillard qui dit des sottises comme les autres, mais qui, de temps en temps, exprime une pensée cohérente et juste. De temps en temps, je le répète, et pas plus souvent. Un esprit, même supérieur, c'est toujours un affreux mélange. La presse donne, de ce mélange, une image qui nous paraît immonde, simplement parce qu'elle est loyale, fidèle et mélancolique.

Vuillaume parlait sans élever la voix, sur le ton de cynisme léger qui convient aux entretiens du sage dans l'époque moderne. Laurent lança deux ou trois coups de tête dans le vide.

— Possible ! possible ! grognait-il avec embarras. Mais tout cela me dégoûte. Ce journal me dégoûte. Mon article me dégoûte. J'ai honte.

— Allons, dit encore Vuillaume, pas de grands mots, mon vieux. Pense que ce journal jouit d'une collaboration très brillante. Metchnikoff lui-même y a donné des articles de vulgarisation sur la phagocytose. Tu vois que tu es, anachroniquement, en bonne compagnie. L'an dernier, pendant la guerre balkanique, *l'Assaut* a publié un magnifique message d'Anatole France. Tu aurais tort de faire la petite bouche.

— C'est égal, murmura Laurent, il faut téléphoner au type.

— A quel type ?

— Au type du journal, celui qui m'a reçu.

— Pourquoi ?

— Pour lui demander des explications.

Vuillaume fit, des sourcils et des épaules, un geste de courtoise compassion.

— Si cela peut te faire plaisir... Si cela peut surtout te calmer. Je n'ai pas le téléphone. Donne-moi dix minutes et je sortirai avec toi. Nous irons téléphoner au bistro de la rue Delambre.

Pendant que les deux amis descendaient l'escalier, un quart d'heure plus tard, Vuillaume dit encore avec une douceur lénifiante :

— Tu as tort de te faire du mauvais sang. La presse a des lois que nous ne connaissons pas, nous autres. Dis-toi qu'en général les gens, les types de la foule, ne comprennent rien ou pas grand-chose. Pour leur faire pénétrer quelque vérité dans la cervelle, il faut que tout soit simplifié, que les arguments soient démesurément grossis, que la difficulté soit divisée en beaucoup de fragments, ce qui, penses-y bien, est un des articles de la méthode cartésienne. Nous allons téléphoner ; mais, à cette heure, il n'y aura personne. Réfléchis : neuf heures !

— Excuse-moi, fit Laurent, l'air honteux et obstiné.

Le téléphone était dans l'arrière-boutique d'un traiteur. L'odeur des viandes et du chou stationnait déjà dans l'angle d'ombre où les deux amis se tenaient pour manœuvrer l'appareil. Vuillaume fit un premier appel au journal. Il n'y avait, dans les bureaux, qu'une secrétaire indolente qui répondait en bâillant, au hasard, par monosyllabes.

— Demande-lui, fit Laurent, le front plissé, la mâchoire dure, demande-lui le numéro du type qui m'a reçu.

— De Ricardi ?

— Oui, de Ricardi.

— Si ça peut te faire plaisir, murmura Vuillaume d'un air détaché.

Ils finirent par obtenir, après diverses tentatives, l'adresse et le numéro du journaliste.

— Allô ! disait Vuillaume de sa voix égale et chantante. Allô ! mon cher ami, je vous téléphone au sujet de l'article de M. Pasquier. Vous savez qu'il n'est pas content, M. Pasquier.

Il n'y avait qu'un récepteur. Laurent crut entendre rire dans l'appareil et commença de gratter le sol comme un cheval qui va ruer. Une conversation, inintelligible pour Laurent, s'engageait à travers l'espace. Vuillaume murmurait des mots, des bouts de phrase : « Mais oui... Mais parfaitement... C'est ce que je lui ai dit... C'est un début. Il faut comprendre... Il tenait à vous téléphoner... Allô !... Excusez-moi... »

Vuillaume se détacha de l'appareil et dit à Laurent :

— Veux-tu lui parler toi-même ?

— Non, non, répondit Laurent, l'air effarouché.

— Pourquoi non ?

— Je l'engueulerais peut-être.

— En ce cas, trancha Vuillaume, le mieux est de s'abstenir.

Il se tourna vers l'appareil et reprit l'entretien : « Je vais lui rapporter tout ce que vous m'avez expliqué. Excusez-moi de vous avoir dérangé si tôt... Mais oui, mais oui, moi, je comprends parfaitement. »

Vuillaume remit l'appareil au croc et les deux amis regagnèrent la rue.

— Qu'est-ce qu'il a dit ? demanda Laurent, l'air sombre.

— Oh ! il a été très net. Il a dit qu'il avait fait pour le mieux.

— J'ai entendu rire.

— Sois raisonnable. Tu ne voudrais quand même pas l'entendre pleurer.

— J'ai le sentiment qu'on s'est moqué de moi.

— Mais non ! Tu deviens par trop irritable. Il a dit que personne n'aurait lu ton article, fait comme il était. Habilement troussé, par des gens du bord, il sera lu de tout le monde. C'est l'évidence même. Il y a des lois pour la presse, comme pour la physique et la chimie.

— Pardonne-moi, dit Laurent, j'ai bien le sentiment d'être un peu ridicule.

— Non, fit Vuillaume. Tu n'es pas ridicule, tu es seulement sensible et, passe-moi le mot, un peu naïf, j'ajouterai même assez nerveux. Tu verras que ton article produira le meilleur effet.

Il reprit, accentuant tous les mots :

— Moi, Pasquier, je n'y suis pour rien. Ce que j'ai fait, c'est dans le dessein de te rendre service, de t'être, somme toute, agréable. Quant à se disputer avec des gens comme Ricardi, tu n'y songes pas, mon cher, c'est excessivement dangereux.

— Je le sais, fit Laurent, soudain confus et boudeur.

— Si tu veux, dit encore Vuillaume, de sa voix douce et conciliante, nous irons, cet après-midi, à la Société des Recherches, c'est le jour. Je te parie que tu seras très bien accueilli.

Comme Laurent hésitait encore, Vuillaume ajouta :

— Tu ne peux guère faire autrement que d'y aller. Tu aurais l'air de te cacher. Je passerai te prendre au labo, et nous partirons ensemble.

Laurent serra, non sans émotion, la main que lui tendait Vuillaume.

Le laboratoire parut à Laurent anormalement calme. Il finit par se rassurer en pensant que personne, à l'Institut, n'avait encore lu *l'Assaut*, que, d'ailleurs, l'article, même travesti, paraîtrait fort raisonnable, qu'une seule personne au monde pouvait en comprendre le sens et y discerner des allusions expresses et que cette personne, en raison de son caractère, ne se risquerait peut-être pas à donner signe de vie.

Or, durant toute la matinée, M. Larminat s'abstint de se manifester. Laurent déjeuna, solitaire, dans un petit restaurant proche de l'Institut, puis il revint au laboratoire et travailla distraitement jusqu'à l'arrivée de Vuillaume.

La journée était radieuse et chaude. Laurent dit, en inspectant la rue :

— Nous allons prendre un fiacre ouvert, puisqu'il s'en trouve un. Cela va nous reposer, nous aérer.

— Tu sais, dit Vuillaume, pendant que la voiture roulait sur les boulevards fraîchement arrosés, tu sais que ton article est accueilli par tout le monde avec la plus grande faveur. J'ai vu Charles Richet. Il m'a dit : « Pasquier est un honnête homme. Faites-lui mes compliments. Son article est parfait de ton et de forme. » Textuel. J'ai vu Desbarres. Il m'a déclaré qu'il trouvait ton papier admirable, tout simplement. Nous avons parlé de toi pendant plus d'une demi-heure. Il paraît que tu fais revivre, peut-être sans le savoir, le vieux conflit qui a, très longtemps, opposé le corps de santé militaire à l'intendance. Toujours la même chose : la science veut s'affranchir des prétendus administrateurs qui cherchent toujours à la mettre en tutelle. As-tu vu Larminat ?

— Non.

— Larminat fera comme tout le monde quand il aura lu l'article. Il viendra te féliciter. J'ai déjeuné tout à l'heure avec Chartrain. Il s'est écrié : « Ce petit Pasquier, il voit clair et il a du courage. » Tiens, voilà Blot. Je vais régler la voiture : va saluer le petit père Blot. J'aperçois le numéro de *l'Assaut* qui montre le nez hors de la poche de son veston.

M. Blot, maître de conférences à la Sorbonne, était un bonhomme au visage candide, luisant, enluminé de couleurs fraîches, pourvu d'une barbiche blanche et mousseuse.

— Je ne savais pas, dit-il que vous écriviez si bien. Ah ! mais, nous avons besoin de gaillards de votre trempe. Tout ce que vous dites de nos rapports avec l'administration, c'est excellent, Pasquier. Moi, j'applaudis des deux mains. Je me suis battu toute ma vie pour des questions de cette sorte.

Laurent buvait les paroles du vieux maître et une délicieuse sensation de soulagement et d'orgueil s'épanouissait dans sa poitrine.

— Montons, veux-tu ? dit Vuillaume en prenant Laurent par le bras. Nous resterons un quart d'heure, tout au plus. La seule chose importante, c'est de prendre la température morale de cette honorable assemblée.

La séance était commencée. Debout près du bureau, un membre de la société lisait une communication d'une voix faible et presque inintelligible. Seuls, quelques sourds, massés au premier rang, écoutaient en ramenant en avant, d'une main inquiète, leur oreille ouatée de poils blancs. Pareils aux Hébreux qui font retentir le temple de leurs querelles et de leurs accords, les familiers du lieu s'entretenaient par petits groupes, les uns à voix couverte, les autres sans baisser le ton. Parfois, le président heurtait la table, avec un crayon, pour obtenir un silence que personne, pas même l'orateur, ne semblait souhaiter sérieusement.

Laurent aperçut tout de suite le professeur Rohner, son maître de naguère, debout tout au fond de la salle. Petit de stature, mais raide et sec, avec sa mouche et sa moustache, son air de colonel en retraite, sa serviette de maroquin sous le bras, le vieil homme fit à Laurent un signe de tête amical.

— On m'a montré votre article, dit-il. Ce n'est pas mal du tout. Je vois avec plaisir que vous savez tirer parti des idées que vous m'avez entendu développer cent fois devant vous. Oh ! ce n'est pas un reproche. Ce que je demande, avant tout, c'est que les idées cheminent.

M. Rohner, d'habitude, était avare de louanges. Laurent, rouge de confusion, s'efforçait d'improviser un remerciement convenable, quand Vuillaume le vint tirer par le pan de son veston.

— Gazzoni veut te voir. Il a lu l'article, ce matin. Il dit que c'est admirable. Il dit que c'est définitif.

Poussé par Vuillaume jusque dans le couloir, Laurent reçut les compliments de Gazzoni, personnage squelettique, à l'étrange voix bitonale, et qui répétait en se penchant vers l'oreille de Laurent :

— Je sais qui vous avez visé... Si, si, ne dites pas le contraire. Lorilleux est un véritable garde-chiourme. Lorilleux est notre ennemi à tous. Alors j'applaudis des deux mains. C'est définitif, pas d'autre mot.

Malgré le quiproquo, Laurent commençait de se sentir sérieusement ébranlé. « J'ai sans doute eu tort, songeait-il, de me tourmenter. Ces sacrés journalistes connaissent leur métier et savent ce qu'ils font. Si j'avais laissé mon petit titre à l'eau de rose, l'article aurait peut-être passé complètement inaperçu. Pour être entendu, même des élites, il faut élever la voix, il faut crier et taper du pied. C'est bien étrange ! »

Là-dessus, Laurent fut empoigné par le vieux M. Chartrain qu'il rencontrait chaque semaine au *Journal de Biologie* et qui lui marquait toujours la plus chaude bienveillance. Le brave homme clignait de l'œil de manière confidentielle.

— J'ai dit à votre ami Vuillaume ce que je pensais de l'article, souffla-t-il très bas. Je n'ajouterai qu'une chose : ce que vous avez fait là, c'est très chic et très courageux. Croyez-en un homme d'expérience.

— Mais, Monsieur, je ne vois pas qu'il y ait le moindre courage...

Le vieillard fit une grimace en serrant les lèvres l'une contre l'autre, puis il se prit à murmurer :

— Si, si, je sais ce que je dis. Il y a toujours du courage à dire ce que tout le monde pense.

Un peu plus tard encore, comme Laurent allait partir, il rencontra, sur les degrés de l'escalier, le célèbre professeur Desbarres, espèce d'Hercule au cou puissant, à la grosse tête léonine.

— Bravo ! dit simplement le colosse. J'aime les gens qui parlent net. J'aime aussi la polémique. Et si vous venez à vous battre, nous serons tous avec vous, n'en doutez pas, mon cher Pasquier.

Quand ils furent côte à côte, dans la confuse petite rue qui joint le boulevard Saint-Michel à l'Ecole de Médecine, Vuillaume prit le bras de Laurent et dit, l'accent paternel :

— Tu vois que tout le monde est content. Tu vois que tout le monde t'approuve. Tu vois qu'il ne faut pas s'en faire. La puissance de la presse est incroyable. Ta cause est bonne, alors tout va pour le mieux. Mais si ta cause était mauvaise, eh bien ! ce serait le même prix.

— Il me reste, dit Laurent, à vider ma querelle avec Larminat.

— Larminat est semblable aux autres. Quand il aura lu l'article, il viendra te féliciter. Il sera doux comme un agneau.

Laurent regardait Vuillaume avec des yeux brillants de gratitude. En remontant, seul, un instant plus tard, le boulevard Saint-Michel, il s'abandonnait sans remords au sentiment de la victoire. « Etre un serviteur de la science, tel était sans aucun doute le but unique de sa vie ; mais devenir aussi l'avocat de la science, son apôtre, son prophète, aborder sereinement les grands problèmes moraux et philosophiques de la science, les résoudre sans passion, avec noblesse et fermeté, telle était peut-être sa destinée à lui, Laurent Pasquier. Il avait déjà fait des travaux fort remarqués. Tout le monde s'accordait à lui prédire une carrière admirable. Cela ne lui suffisait pas. Ce qu'il pouvait souhaiter désormais, n'était-ce pas beaucoup plus grand, beaucoup plus beau ? Devenir l'un des sages de la tribu, l'une des consciences de la corporation... » Il dénombra, tout de suite, plus de vingt sujets d'articles. Toute une campagne magnifique ! Un livre, peut-être, dans lequel il exposerait ses vues sur le rôle de la science dans la société future !

A ce point de sa rêverie, Laurent s'aperçut qu'il avait suivi, par distraction, le chemin non du laboratoire mais de son logis. Il abordait la rue Gay-Lussac. Deux pas encore il allait atteindre sa maison. Il décida de ne point monter les étages, et de prendre seulement le courrier qui l'attendait chez la concierge. Celle-ci lui remit en effet quelques journaux, quelques paperasses et un télégramme arrivé dans l'après-midi.

Laurent ouvrit le télégramme sans hâte : il n'attendait aucune nouvelle pressante. Une fois, deux fois, il lut, sans bien comprendre, le texte de la dépêche. Ce texte tenait en quelques mots :

*Je te conseille de ne pas publier article si tu peux encore revenir sur décision. Lettre suit.* Justin.

« C'est extraordinaire, pensait Laurent en glissant dans sa poche ce message par trop sibyllin, c'est extraordinaire ce que Justin, qui est un journaliste, un polémiste professionnel, peut se montrer circonspect et même timide en certaines occasions. Tant pis ! Son avertissement vient trop tard. Je me demande quelles raisons il peut avoir de me déconseiller une publication qui se révèle dès maintenant tout à fait opportune. Drôle de corps que notre Justin ! »

Laurent prit l'autobus et regagna l'Institut National de Biologie. Dans le jardin, il rencontra l'un de ses collègues, Pierre Hurel, un élève de Roux, personnage taciturne qui semblait comme son maître, tout à fait incapable d'effusion. Il garda longuement la main de Laurent dans la sienne et dit, d'une voix mordante mais sourde :

— J'ai lu votre truc, et je pense avoir compris. Je m'en voudrais de ne pas vous déclarer que je suis de tout cœur avec vous, surtout contre cette ganache.

D'un mouvement de la mâchoire, il désignait un point de l'horizon, quelque part, derrière les arbres du côté, sembla-t-il à Laurent, du pavillon directorial.

Laurent répondit trois ou quatre mots vagues et cordiaux, puis il gagna son service en hâte. Il apprit là que son frère Joseph Pasquier l'avait à trois reprises demandé, dans la soirée, au téléphone, et qu'il avait insisté pour que Laurent le rappelât.

Laurent décrocha l'appareil et, les formalités accomplies, entendit la voix bien connue.

— Viens tout de suite, disait Joseph, viens me rejoindre chez maman, chez papa, boulevard Pasteur.

— Est-ce véritablement urgent ?

— Plus urgent que je ne peux dire.

— Il n'y a personne de malade ?

— Non, pas de malades, pas de morts, et pourtant je t'affirme que c'est terriblement grave.

— Explique-toi.

— C'est impossible au téléphone. Je t'attends boulevard Pasteur.

Joseph venait sans doute de couper la communication. L'appareil ne répondait plus. Laurent reprit son chapeau.

« Il est dit, grommelait-il en descendant l'escalier, il est dit que je ne travaillerai plus, que toutes les forces du monde conspireront pour m'empêcher de travailler. Pas de malades, pas de morts... Alors, qu'est-ce que ce peut être ? »

## CHAPITRE 10

Mme Pasquier était assise dans le vieux fauteuil Louis-Philippe, au milieu de la chambre, et, contrairement à son habitude, elle ne se leva pas en voyant entrer Laurent. Le jour tombait, il faisait chaud, l'unique fenêtre était ouverte sur la fosse cubique d'une cour intermédiaire à plusieurs immeubles. On entendait les conversations des familles réunies pour le repas du soir et les nasillements de deux phonographes qui semblaient se lancer, adversaires, à la conquête du silence.

Joseph était debout devant la commode couverte d'une plaque de marbre pie. Tout de suite il cria, de cette voix appuyée, chantante, que l'on prend d'ordinaire pour parler aux enfants ou même aux malades :

— Tiens ! Quelle surprise ! voici Laurent qui nous fait la faveur d'une petite visite, en vitesse, comme ça, sur le pouce, entre deux merveilleuses découvertes scientifiques.

Ce disant, Joseph regardait son frère en clignant de l'œil d'une manière si convulsive que Laurent, stupéfait, jugea prudent de ne pas dire un mot. Il fit deux ou trois pas, baisa sa mère au front, s'assit d'un air embarrassé sur une chaise basse, garnie de peluche rouge, qui avait un pied trop bref et dont, tout de suite, il éprouva le clochement familier, puis il commença de s'éponger le front.

D'habitude, Mme Pasquier, en reconnaissant, dès l'entrée, le pas d'un de ses enfants, poussait un cri joyeux : « Tiens ! C'est Cécile ! Tiens ! C'est Joseph ! » Elle ne manquait jamais de les appeler tous avant de trouver le nom convenable. Puis elle tendait la joue et si, d'aventure, le visiteur, ayant posé ses lèvres sur cette joue, se retirait trop vite, la vieille dame disait d'un ton brusque : « Et moi ? » marquant ainsi qu'elle entendait, en rendant le baiser reçu, rester la stricte gardienne des traditions et des rites. Laurent, ce jour-là, fut étonné de voir sa mère immobile et comme pétrifiée dans le vieux fauteuil d'acajou.

— Tu n'es pas souffrante ? dit-il.

— Non, non, fit Mme Pasquier, et, tout de suite, elle recommença de serrer les lèvres et de regarder avec application les tiroirs de la commode et le cache-pot de faïence posé sur le marbre pie.

— Je vais allumer la lumière, dit Joseph en frottant une allumette.

Mme Pasquier fit entendre une protestation confuse. Déjà l'allumette flambait, déjà le gaz commençait de chantonner dans la tulipe de verre trouble. Le petit galon de ciel que l'on voyait au-dessus des toits, en haut de la fenêtre, sembla soudain s'éteindre et tous les vieux meubles comparurent dans la lueur crue du bec Auer. Les papiers de la tenture, avec leurs longues traînées de poussière noire, le miroir de la cheminée, avec son tain sourd où brillaient des étincelles de mercure, le haut lit recouvert d'une ample pièce de dentelle que gonflait l'édredon rouge, les objets posés sur les tablettes, sur la cheminée, sur le guéridon branlant, tout disait, ce soir-là, non pas la sécurité d'une vieille retraite placide, mais l'étonnement et l'angoisse. L'extraordinaire silence de la vieille dame immobile aggravait en l'humanisant la stupeur de toutes choses.

— Ferme la fenêtre, Joseph, dit Mme Pasquier d'une voix à peine perceptible.

A ce moment, le timbre de l'antichambre retentit dans le bourbeux silence. On entendit un bruit de voix et la servante vint frapper à la porte.

— C'est pour chez le tapissier, dit-elle. Il demande après le docteur.

Mme Pasquier se leva, toute raide, et s'en fut parlementer dans le vestibule.

— Finiras-tu par m'expliquer, murmura tout bas Laurent, ce que signifie tout cela ?

— Un peu de patience, gronda Joseph. Dans quelques minutes nous sortirons ensemble et je te raconterai tout.

— Où est papa ?

— Ne parle pas de papa, tout au moins pour le moment.

— C'est incompréhensible !

Joseph prit un air bonhomme et sentimental :

— Maman va revenir. Dis-lui des choses gentilles, des choses qui viennent du cœur.

Laurent haussait les épaules. Mme Pasquier rentra.

— Ce n'est rien, soupira-t-elle. Ce n'est rien.

Elle regagna son fauteuil. Elle portait une robe noire non serrée à la taille, ce qui la faisait paraître plus petite. Une collerette de piqué blanc donnait à ce costume quelque chose de si sombre et même de si funèbre que le jeune homme n'y put tenir.

— Où est papa ? dit-il.

Mme Pasquier desserra les lèvres et dit très vite :

— Il n'est pas encore de retour.

Tout de suite, le silence retomba. Laurent regardait le visage de sa mère et songeait à cette petite Lucie-Eléonore que l'on voyait ainsi, les lèvres serrées, le regard fixe, la tête bien droite, tous les muscles tendus pour l'affreux effort d'une longue vie, sur une photo jaune et brouillée, au commencement de l'album caché dans l'armoire à glace. Etait-ce bien la petite Lucie-Eléonore, cette vieille femme au visage flétri, aux yeux gonflés mais sans larmes, aux narines ombrées de tabac, aux cheveux rares et incolores ? « Oui, oui, pensait Laurent, c'est la même âme, la même créature inquiète et souffrante. Même façon de contracter les lèvres à l'heure du péril, même façon de se tenir droite, même façon de regarder venir la vie, même façon de souffrir. »

Laurent en était là de cette muette contemplation quand il vit qu'avec ses deux mains posées sur sa jupe, Mme Pasquier, nerveusement, faisait sans arrêt le geste de plisser l'étoffe pour un ourlet imaginaire et de coudre, de coudre, de coudre, avec ses mains toujours petites, aux doigts durcis et piqués par plus d'un demi-siècle de travaux sous la lampe.

Joseph s'était pris à pérorer de manière joviale et volubile. « Le ministère est tombé, disait-il. On parle du vieux Ribot. C'est honorable, mais c'est terne... »

« Qu'est-ce que signifie tout cela ? pensait amèrement Laurent. Et qu'est-ce qu'a pu faire papa ? Ah ! voilà Joseph qui s'en va. »

L'un après l'autre, les deux fils vinrent embrasser Mme Pasquier. Elle semblait maintenant insensible, indifférente ou, mieux, absente.

— Je reviendrai te voir demain, dit Joseph en lui donnant dans le dos de petites tapes balourdes, affectueuses, embarrassées. Et peut-être que Laurent pourra venir aussi. N'est-ce pas, Laurent ?

Une seconde fois ils piétinèrent dans le vestibule obscur. Puis ils furent dans l'escalier.

— Tu vas m'expliquer, maintenant... dit Laurent agressif.

— Attends encore une minute. Je vais renvoyer ma voiture et nous marcherons ensemble, cela me détendra les nerfs.

Quelques instants plus tard, les deux frères déambulaient sur le large trottoir médian du boulevard de Vaugirard.

— Alors ? fit Laurent d'un ton bref. Qu'est-ce que c'est que cette mise en scène ? Qu'est-ce qu'il y a ? Qu'est-ce que tu veux ?

— Il y a, dit Joseph en marquant soigneusement tous les mots, il y a que notre père est parti, depuis quatre jours.

— Parti ? Père est en voyage ?

Joseph s'arrêta, saisit Laurent par les revers de son veston, le secoua deux ou trois fois avec une fureur contenue et dit en serrant les mâchoires :

— Veux-tu voir un idiot ? Regarde un idiot. Veux-tu voir un jobard ? Eh bien ! regarde un jobard. Veux-tu voir un malin qui s'est fait rouler ? Eh bien ! regarde-moi, regarde Joseph Pasquier !

Doucement, mais avec fermeté, Laurent travaillait à dénouer les doigts de Joseph.

— Ne parle pas toujours de toi, fit-il avec humeur. Dis-moi quelque chose de papa ; je commence à perdre patience.

Joseph baissa la tête d'un air contrit, presque cafard.

— Voilà ce que c'est, soufflait-il, que de jouer au cœur généreux. Voilà ce que c'est que de faire le magnanime. Pour la première fois de ma vie, j'ai donné de l'argent à papa. Tu le sais, ce n'est pas une petite somme. Je lui ai donné douze mille francs. Tu m'entends bien, douze fois mille francs, douze fois un billet de mille francs. Et dès qu'il a eu l'argent, eh bien ! il a pris la fuite.

— Mais où donc est-il parti ?

— En Algérie.

— En Algérie, au mois de juin ?

— Oh ! il n'a pas peur du soleil. Il n'a pas peur du chaud.

— Il n'est pas parti tout seul ?

— Evidemment, pas tout seul.

— Avec qui ?

— Avec la dactylographe, la demoiselle à jupe entravée.

— Ça, je te l'avais prédit.

— Oui, toi qui ne comprends rien d'ordinaire, toi, tu l'avais prédit. Cela signifie peut-être que je suis un imbécile.

Joseph éclata de rire.

— Voilà ! je suis un imbécile. C'est la première nouvelle. Il ne me manquait plus que ça ! Je me suis offert d'être un imbécile. Cela coûte douze mille francs. Maintenant, j'ai tout éprouvé.

Joseph exécuta, sur place, une petite colère trépignante. Laurent, soudain sérieux, le regardait à la dérobée. Il y avait, dans l'accent de Joseph, dans ses gestes, dans son allure, quelque chose d'incompréhensiblement faux, quelque chose d'artificiel et de choquant. Le frère aîné venait de fouiller dans la poche intérieure de sa veste. Il en tira, délicatement, une carte-lettre qu'il ouvrit en soufflant dessus.

— Mais enfin, disait Laurent, comment as-tu su tout cela ?

— Par ce billet, tout simplement. Il est daté de Marseille. Tu peux en prendre connaissance.

Laurent reconnut tout de suite cette grande écriture anguleuse et raide qui peignait si mal, à ses yeux, le caractère paternel. Il n'y avait que quelques lignes :

*Mon cher Joseph*, disait le docteur, *je n'aurai sans doute pas deux fois l'occasion de réaliser un vieux rêve, celui de visiter la planète et, pour commencer, notre admirable colonie nord-africaine. Je pars. Il faut savoir rompre ses chaînes et suivre son destin. Mets-toi à ma place et tu m'approuveras. Je rapporterai de là quelque ouvrage remarquable au moyen duquel j'attraperai le grand prix de l'Académie. Cela me permettra de te rendre l'argent. J'ai dit à ta mère, pour le premier soir, que j'allais voir un malade en province. Je compte sur vous tous pour entourer votre mère de dévouement et d'affection : vous avez toujours été des enfants irréprochables, malgré votre penchant à me faire de la morale.*

*Je vous donnerai des nouvelles et je vous embrasse tous le plus cordialement du monde.* R.P.

Laurent replia la feuille et marcha quelques minutes sans rien dire. Joseph continuait de bougonner d'une façon ostentatoire et même théâtrale.

— Cette fois, marmonnait-il, vous ne pourrez plus dire, vous autres, que je suis un égoïste. J'ai donné douze mille francs. Mais quelle leçon ! quelle leçon !

— C'est incroyable ! murmura Laurent. C'est incroyable ! Et cela fait maintenant quatre jours ! Et maman n'a prévenu ni l'un ni l'autre de nous, les enfants. Elle a dû penser, peut-être, en ne le voyant pas revenir, qu'il avait été blessé, victime d'un accident...

Joseph secoua la tête.

— S'il avait été victime d'un accident, elle l'aurait deviné tout de suite, et elle aurait remué ciel et terre. Rappelle-toi, quand il a été gardé à la Préfecture, pour avoir apostrophé les agents de police, elle a tout de suite compris qu'il y avait quelque chose d'anormal. Ils vivent ensemble depuis quarante-trois ans ! Elle le connaît mieux qu'il ne se connaît lui-même. Elle a dû sentir de loin ce coup de maboulisme.

— C'est extravagant.

— Non, je t'assure, c'est tout simple. Passé une certaine heure, et malgré le billet, malgré l'histoire du malade en province, elle a dû comprendre, tout à coup, que le moment du fameux départ était venu, le moment de ce départ qu'elle attendait, qu'elle redoutait depuis quarante-trois ans.

— Oui, fit Laurent, c'est bien possible.

— Et si elle n'a pas voulu nous en parler, reprit Joseph...

— Ça, coupa Laurent, je comprends. Je la connais quand même très bien. Elle ne veut pas nous amener à juger sévèrement papa. Elle préfère jouer cette comédie : « Il n'est pas encore rentré. » C'est tout à fait du maman.

— Le triste, dit Joseph, c'est que ça ne peut pas durer.

— Elle espère, peut-être, qu'il va revenir d'une heure à l'autre.

— Malheureusement, elle se trompe. Il a douze mille francs à manger. Il en a pour plusieurs mois, même en mettant les bouchées doubles. Il faut une certaine habitude pour gaspiller l'argent.

— Et comment as-tu deviné que la petite dactylo...

— Ça, mon ami, c'est ma police.

— Pourquoi, fit Laurent après un moment de silence, pourquoi n'as-tu pas prévenu les autres ?

Alors, Joseph :

— Suzanne est insaisissable, surtout depuis qu'elle vit seule. Cécile est en Suède. Ferdinand... Je te demande en quoi l'on peut compter sur Ferdinand. Tu ne vas pas trouver drôle que je t'aie dérangé dans une circonstance telle ?

Laurent hocha la tête.

— Si tu m'avais expliqué tout cela au téléphone... Je ne savais quelle contenance prendre. Tu m'as fait une recommandation absurde : « Dis-lui des choses gentilles... » Tu sais bien qu'il suffit qu'on demande un effort semblable pour qu'il soit impossible d'ouvrir la bouche et de prononcer une syllabe.

— Tu manques d'imagination.

— C'est possible. Tout cela est triste. Je me sens affreusement fatigué.

— Tu sais, dit soudain Joseph, que maman est sans un sou. Papa n'a pas douté une minute que nous ferions le nécessaire.

— C'est en effet la moindre des choses.

Joseph, de nouveau, saisit Laurent par les revers de la veste.

— Ils n'avaient aucune réserve, tu dois bien t'en douter. Tout à l'heure, avant ton arrivée, je lui ai glissé, à maman, un billet de cinq cents francs.

— Qu'est-ce qu'elle a dit ?

— Rien, absolument rien. C'est une petite provision. Je lui expliquerai, plus tard, que c'est en notre nom à tous. Tu comprends bien que je ne serai pas toujours la poire de la famille, la seule poire.

— Joseph !

De nouveau, le silence tomba. Les deux frères, maintenant, contournaient le Luxembourg. Les verdures du jardin embaumaient la nuit d'été.

— J'irai, dit Laurent, dîner le plus souvent possible avec elle.

— Oui, toi, tu es garçon seul...

Et, soudain, comme ressaisi de son démon, Joseph murmura, pendant que mille petits plis se tortillaient sur son visage :

— Attention ! Attention ! Si tu vas dîner tous les soirs avec elle, ta quote-part se trouvera nécessairement plus élevée.

— Joseph, dit Laurent d'une voix basse, Joseph ! tu me dégoûtes.

Joseph donnait des coups de tête, comme un cheval qui encense :

— Je ne vois pas pourquoi, disait-il, je serais l'imbécile plus d'une fois dans toute ma vie.

Laurent ne répondait rien. Joseph ajouta, d'une voix sentencieuse :

— Les gens qui n'ont pas à se débattre avec des enfants et avec des vieillards ne savent pas ce que c'est que la vie. Je ne dis pas cela, crois-le bien, parce que tu es célibataire.

Ils marchèrent encore un moment sans parler, puis, comme ils débouchaient dans la rue Gay-Lussac, Joseph, soudain, sourit de façon conciliante :

— Tu as un joli talent d'écrivain.

— C'est-à-dire ?

— Je pense à ton article, à ton article de *l'Assaut*. Tu aurais dû me proposer cela pour mon journal.

— Quel journal ? Tu as donc un journal ?

Joseph leva les bras au ciel.

— Décidément, tu ne sais rien. Si j'avais le cœur à rire en ce moment, j'éclaterais de rire. Tout homme, dans ma position, a nécessairement un journal à lui. Oh ! bien sûr, mon nom n'est pas sur la première page et ni même sur la dernière. N'importe ! tu es le plus distrait des savants. Moi, je l'aurais bien publié ton article, dans *le Moniteur.* C'est un papier qui aura le plus joli succès. Qu'est-ce que tu veux dire, mon garçon ?

Laurent leva lentement une main :

— Rien. Je suis triste et fatigué.

— Alors, va dormir ! Au revoir !

Laurent monta, sans hâte, les six étages de l'escalier. Il se sentait las et découragé. Il songeait, d'une marche à l'autre : « Pour travailler, pour faire sereinement une œuvre, une grande œuvre, il faudrait ne voir personne, ne s'intéresser à personne, n'aimer personne. Mais, alors, quelle raison aurait-on de faire une œuvre ? Encore un problème insoluble. Il n'y a que des problèmes insolubles. »

## CHAPITRE 11

Laurent dormit d'un sommeil orageux, empoisonné par un de ces lents cauchemars à reprises qui résistent aux réveils, à la raison, au jour lui-même. Laurent avait la sensation de se heurter, dans un crépuscule incolore, à toutes sortes de personnages qui ressemblaient tantôt à Larminat, tantôt au Dr Pasquier, tantôt à Joseph ou à Roch. Le jeune homme s'enfonçait alors dans de muettes et interminables querelles et toujours les partenaires se dérobaient, se transformaient en vapeurs, en fumées, en colonnes de poussière. Alors le dormeur ouvrait un œil, se retournait dans son lit et pensait avec force : « Cette journée misérable n'a quand même pas été mauvaise. A la Société des Recherches, tantôt, je n'ai vu que des visages approbateurs. Joseph lui-même était tout miel et tout sucre, au sujet de mon article. Pour maman, nous allons réfléchir... Je n'aime pas ce regard qu'elle ramenait obstinément sur les tiroirs de la commode. Quant à papa... Eh bien, ça y est ! il a fini par faire une folie de première grandeur. Depuis le temps qu'on l'attendait... C'est presque un soulagement. »

Débarbouillé, rasé, mais l'esprit encore tout obscurci des vénéneuses vapeurs du sommeil, le jeune homme descendit dans la rue et prit, au passage, le courrier qui comportait, lui sembla-t-il, plus de lettres que les autres jours.

Laurent avait accoutumé de faire à pied le chemin de l'Institut. C'était, au seuil de chaque journée, la chance qui s'offrait à lui d'une solitude active, animée, aérée, à la faveur de laquelle ses idées se décantaient et se classaient naturellement. Tout de suite, il reconnut l'écriture de Justin Weill et cette lettre-là fut celle qu'il ouvrit la première.

*Mon télégramme*, disait Justin, *mon télégramme venait de partir — trop tard, hélas ! trop tard, et c'est ma faute — quand les journaux de Paris sont arrivés à la rédaction. J'ai vu que ton article était passé dans* l'Assaut. *J'en ai ressenti plus que du malaise, plus que du mécontentement, quelque chose comme de la fureur. Les gens de ton espèce devraient y regarder à deux fois avant de se jeter dans ce cercle infernal. Je te connais depuis vingt ans. Je t'aime assez pour te dire ce que je pense. Presque tout me déplaît dans cet article. Le titre d'abord. Qu'est-ce que c'est que ce style d'affiche électorale ? Quelque chose me fait croire que tu n'as pas trouvé ça tout seul. On a dû te chambrer, te chauffer, te conseiller, toi, Laurent Pasquier ! toi le pur, toi le chevalier ! Je n'aime pas non plus la division en petits paragraphes avec des étiquettes raccrocheuses. Nous faisons cela, maintenant, quand nous publions la prose d'un ministre dégonflé, qui veut occuper ses loisirs. Nous partageons ordinairement son ragoût en plusieurs bols alimentaires, pour faciliter la déglutition. Avec ces messieurs, ça va ; mais, s'il s'agit de toi, ça me dégoûte. Je ne sais si tu as pris soin de considérer le cadre dans lequel on t'a placé. Cet article, qui contient assurément des pensées très justes et très nobles, des pensées dignes de toi, cet article est coincé entre un fait divers répugnant — encore une femme coupée en morceaux, comme ton malheureux chef-d'œuvre — et une réclame ignoble pour un produit qui donne de la gorge aux personnes trop maigres. Est-il possible que tu n'aies pas été sensible à cette espèce de promiscuité ?*

*Je sais mieux que personne que la presse du monde entier est engagée désormais dans cette confusion foraine et je n'y vois pas de remède. Ne t'avise pas surtout de me retourner mon reproche. Ne t'avise pas de me renvoyer à cette feuille de chou occidentale que je broute, faute de mieux et la mort dans l'âme, oui, la mort dans l'âme. Moi, je peux écrire des niaiseries ; moi, je peux m'avilir, moi, je peux me compromettre. Je suis dès maintenant, en effet, compromis dans toute cette sale cuisine. J'ai fait le sacrifice de mon orgueil. Ma vie est manquée. Tout ce qui est de moi me semble affreusement indifférent. Mais je n'ai rien sacrifié en ce qui te concerne. J'ai reporté sur toi toutes mes espérances et toute ma ferveur. C'est bien ce qui me permet de te chercher noise en parfaite franchise.*

*Crois-moi, Laurent, tu es un peu trop... Parsifal pour te mêler à ce qu'on appelle, chez nous, les choses de « l'opinion ». Les braves petits poissons de ton espèce doivent ne pas trop se promener sur la grand-route des requins. A propos, j'ai lu, dans le dictionnaire de Littré, que ce mot de requin venait de* requiem, *parce que, tu le comprends sans peine, celui qui voit le requin, n'a plus qu'à dire son* requiem. *Cela m'avait paru très simple et très beau. Malheureusement, les spécialistes les plus calés disent que c'est une explication fantaisiste. En principe, dès qu'une étymologie me paraît séduisante, j'apprends qu'elle est fausse. C'est à désespérer du savoir.*

*Je te raconte cela pour te distraire un peu. J'espère que tes difficultés avec les Birault et les Larminat vont prendre fin et que tu retrouveras sans déplaisir le pur et hautain silence de ton laboratoire.*

*Ton frère mélancolique :* Justin.

Laurent lut, puis relut cette lettre en fronçant les sourcils. Il se prit à grogner, à jurer ; mais il ne pouvait, sans douceur et sans émotion, évoquer cette amitié si fervente, si fidèle, et qui trouvait, pour s'exalter, des accents si généreux. « Non ! Non ! pensait-il pourtant, Justin exagère. Son optique, c'est curieux, est déjà celle du provincial et, depuis longtemps, celle du malade. J'ai bien vu l'accueil que l'on m'a fait hier : tout le monde est avec moi, tout le monde sera pour moi. Sauf Larminat. Et encore ! En ce qui touche Larminat, rien n'est sûr. Il va peut-être filer doux. D'ailleurs je me moque de Larminat. Voyons maintenant les autres lettres. »

Elles étaient au nombre de cinq. Trois d'entre elles portaient des signatures familières à Laurent, celles de Victor Legrand, de Gilbert Anceaume et de Sternovitch, tous camarades ou collègues de Laurent. Ces trois lettres, avec des nuances personnelles, apportaient au jeune homme un chaleureux tribut d'assentiment et d'éloge. Les deux autres émanaient de correspondants inconnus que la lecture de l'article avait contentés et même ravis et qui le déclaraient non sans élan.

Tout en cheminant parmi la foule matutinale, sur le trottoir déjà tiédi par le soleil, Laurent relisait ces lettres, pour lui si délicieuses : « Non, non, pensait-il, Justin prend, bien à tort, ombrage. Au surplus, c'est fini. J'ai dit ce que j'avais à dire. Je retourne dans ma solitude. Seule, la solitude est sainte ! comme le proclame Alfred de Vigny. »

En arrivant au seuil du pavillon, au moment de s'engager dans le couloir sonore qui conduisait à l'escalier, Laurent aperçut Vial et Mommajour, les préparateurs du service des sérums, deux excellents garçons éprouvés par quatre années d'une collaboration sans ombre, deux visages ouverts, naïfs, deux larges mains tendues sans arrière-pensée.

— Monsieur, dit Mommajour qui parlait le plus aisément et à qui un énorme accent provençal facilitait toutes les franchises, Monsieur, on vous serait reconnaissant, Vial et moi, de nous débarrasser du citoyen Birault qui finira par nous rendre notre besogne impossible.

Laurent dressa l'oreille. Il avait fait, pendant les jours passés, de grands efforts pour oublier Birault et il commençait d'y parvenir.

— Mes enfants, répondit-il en riant, je vous comprends à merveille. Malheureusement, la décision ne m'appartient plus. Allez voir vous-mêmes le directeur général, je vous en donne volontiers l'autorisation. Allez le voir et décidez-le. C'est lui seul que cela regarde.

Les deux gaillards se retiraient, l'air hésitant et confus. Laurent gravit les degrés, puis gagna son laboratoire. Il fut bien surpris, dès la porte, d'apercevoir Eugène Roch.

« Allons, bon ! pensa-t-il avec bonne humeur, voilà sans doute l'annonciateur des catastrophes. »

L'annonciateur ne semblait pas pressé de livrer son message. Il parlait de la *Joconde*, qu'on avait retrouvée enfin et remise à sa place au Louvre, de Schleiter que jetait en rage l'échec momentané de Viviani, son patron, pour constituer un ministère ; il parlait de la fameuse méthode inventée par un médecin dalmate qui traitait les névralgies dentaires par des inhalations d'huile de moutarde... Et, soudain, baissant la voix jusqu'à murmurer pour la pointe de ses chaussures :

— On ne te reproche pas tes idées, qui sont défendables, on te reproche d'en appeler au grand public sur des questions qui ne regardent que les initiés.

La phrase venait de tomber comme cela, tout doucement, sans préambule et presque sans résonance. Et, déjà, Roch s'apprêtait à discourir sur d'autres sujets, peut-être du voyage de Maurice Barrès en Orient, peut-être de la révolte albanaise ; mais Laurent lui mit la main sur l'épaule et dit avec simplicité :

— Qui donc me fait ce reproche ? Toi, peut-être ?

Roch eut un léger mouvement de retraite.

— Non, pas moi, tu le sais bien. Les autres.

— Les autres ? Qui ? Dis-le.

— Mais à la Société des Recherches, par exemple...

— Ah ! J'y étais hier, et tout le monde semblait d'accord pour me donner raison.

Roch releva la tête et fit front furtivement.

— J'y suis allé aussi, comme tu venais de partir. Je te dis cela, Pasquier, pour te mettre quand même en garde. Et tout le monde pensait qu'il faut se défier des journaux, dans les querelles scientifiques.

Laurent détourna les yeux avec malaise. « Quinze ans ! songeait-il. Quinze ans qu'il me tourmente de cette manière. Et je ne peux même pas savoir s'il m'aime ou s'il me déteste. Et le pis est qu'il n'en sait peut-être rien non plus. »

Roch s'était levé pour partir et, comme d'habitude, il commençait de se dandiner d'une jambe sur l'autre en cherchant son chapeau, ses gants, sa canne et sa serviette. Il vint soudain vers Laurent, lui prit la main, la serra de manière vraiment amicale. Il bredouillait :

— Jusqu'ici, Pasquier, tu n'as connu que des succès et même des succès faciles. Maintenant, tu pourrais voir ce que c'est que les embêtements. Moi, j'aime mieux te prévenir.

Il tourna vingt fois sur lui-même avant de quitter la pièce. Le bruit de ses pas s'allait perdre dans l'éloignement que Laurent, comme toujours, restait, la tête basse, à se demander ce qu'il fallait penser et du visiteur et du message.

Le jeune homme ouvrit au hasard un des gros registres dans lesquels, depuis longtemps, il consignait ses réflexions pendant les longues heures qu'il passait à surveiller les animaux d'expérience, à épier les progrès d'une réaction, à suivre, l'œil au microscope, la morsure des colorants sur maintes formes invisibles. Dans l'angle d'une page pleine de chiffres, on pouvait distinguer cette phrase écrite au vol :

*Pouvoir de la vie. Pour fabriquer un émail, il faut du sable, du plomb, de la potasse, de la soude et, parfois, des oxydes métalliques ; il faut un four capable de produire des températures élevées. La petite cellule vivante fait l'admirable émail des dents, à la température de l'organisme, avec ce qu'elle peut trouver dans le sang et dans les humeurs.*

Laurent tomba dans une profonde rêverie : « Voilà ma route, pensait-il. J'ai donné mon existence à la recherche de la vérité. C'est une ambition magnifique. Je me suis promis d'interroger les mystères de la nature. Justin a mille fois raison. Je ne vais pas gaspiller mes forces à batailler contre les ombres, contre les larves et les fantômes. Allons ! ouste ! au travail ! »

Laurent en était là de cette méditation libératrice quand la porte du laboratoire s'ouvrit, donnant passage à M. Larminat. Le directeur général avait revêtu, pour célébrer la saison chaude, une courte jaquette d'alpaga qui miroitait dans le jour bleu de la fenêtre. Il tenait à la main un canotier de paille ceint d'un ruban noir. Il venait sans doute de prendre le déjeuner du matin et, de minute en minute, une grande secousse du diaphragme l'ébranlait tout entier, tandis que se propageait dans l'air une aigre allusion à l'arôme du café.

D'un geste solennel, mais en deux ou trois étapes, le directeur tendit, comme un objet respectable, une main gélatineuse dans laquelle il parut que tous les doigts de Laurent allaient laisser leur empreinte. Un moment, le jeune homme, voyant un sourire s'étaler sur la barbe jaunâtre de son chef, eut le sentiment que, comme Vuillaume l'avait annoncé, Larminat, peut-être, venait apporter des félicitations. Mais le directeur ouvrit la bouche et, tout aussitôt, à l'intonation, au débit, à l'expression du visage, Laurent comprit que la partie restait à jouer et de manière imprévisible.

— Vous seriez sans doute surpris, prononça lentement le bonhomme, si je ne vous disais rien de cet article que vous avez cru bon de publier dans un journal, hier matin. Un très brillant article, je ne prétends pas le contraire.

Comme Laurent ne répondait rien, le directeur mit la main devant sa bouche pour dissimuler ses perturbations digestives, puis il se reprit à parler.

— Vous avez lâché la bride à vos nerfs, monsieur Pasquier. Je vous croyais plus sage et, permettez-moi de le dire, plus intelligent. Ne rougissez pas. On peut être un très honorable biologiste et manquer tout à fait du sens de la vie sociale.

Le bonhomme accentuait les mots forts en faisant chaque fois un léger mouvement de la tête. Comme les politiques, il poussait la voix sur la fin des phrases. Sa taille élevée, sa corpulence, la lenteur de son élocution, tout semblait devoir donner à cette semonce une certaine solennité. Mais, en entendant parler du « fenf de la vie fofiale », Laurent se mit à cligner des paupières et le bonhomme s'en aperçut. Un sourire mécontent et bilieux se forma sur son visage. Il se reprit à pérorer avec une sorte d'onction :

— Je n'ai pas eu d'enfants, monsieur Pasquier ; pourtant je pourrais être votre père. J'ai trente ou trente-cinq ans environ de plus que vous. Le double de votre âge. Non, je n'ai pas d'enfants, mais, en réalité, tous mes subordonnés sont mes enfants. Laissez-moi vous soumettre un bon et profitable conseil. Laissez-moi vous épargner, mon cher ami, des épreuves inutiles et parfois même douloureuses.

C'était la première fois, après quatre années, que M. Larminat, abandonnant le vocabulaire officiel, s'avisait d'user, envers un de ses collaborateurs, d'une expression apparemment cordiale. Le jeune homme en ressentit du malaise et de l'inquiétude. Rétif, l'oreille frémissante, il attendait la suite de ce discours sans faire le moindre mouvement.

— Vous avez été maladroit, laissez-moi vous le dire. Tout le monde sait, et le journal d'ailleurs le mentionne, que vous faites partie de notre Institut national. Pour un homme qui sait lire, vos critiques s'adressent à l'Institut national, c'est-à-dire à son directeur. S'il vous semble nécessaire de mettre en évidence tels ou tels défauts de cette grande maison, c'est donc que je ne les vois pas moi-même, c'est donc que je n'en ai pas souci, c'est donc que je ne fais pas mon devoir. Voilà ce que signifie votre article. Pouvez-vous dire le contraire ?

Brusquement, de la tête, Laurent fit « non ». Le bonhomme repartait, sans hâte, avec une sorte de logique :

— Les arrivistes, les profiteurs dont vous parlez dans votre titre, est-il possible de penser qu'ils sont absolument sans rapport avec, — parlons franc, — le directeur de l'Institut national ?

— Monsieur, dit Laurent dans un élan, de tels mots ne sont pas de moi. J'ai, bien à contrecœur, et sans avoir été prévenu, dû signer là quelque chose que je n'avais pas écrit.

— Oui, oui, modulait M. Larminat, ce sont de ces malheurs qui sont presque inévitables dans le journalisme. Il n'en reste pas moins, monsieur Pasquier, que vous avez commis non seulement une maladresse, non seulement une imprudence, mais encore une incorrection.

— Monsieur !

— Calmez-vous, mon cher ami. Vous avez donné carrière à vos nerfs. C'est fort bien. Il vous reste à réparer tout ce mauvais travail.

Le directeur introduisit dans son oreille l'ongle du petit doigt et fit, de son pertuis auditif, une exploration méticuleuse.

— Vous savez, reprit-il, que, dans l'armée française, les officiers ne peuvent rien publier sans avoir sollicité de leurs chefs une autorisation écrite. Vous savez que, dans le clergé, dont je suis pourtant loin d'approuver les pratiques, la règle de l'*imprimatur* est encore plus rigoureuse...

Laurent s'était mis à marcher de long en large. Le vieux mentor le suivait de l'œil et tournait la tête, insensiblement, pour accompagner le jeune homme dans cette promenade. Il reprit le fil de sa semonce :

— C'est la première fois qu'un de mes collaborateurs se permet de porter devant l'opinion publique, même de manière allusive, un de ces différends qui peuvent toujours survenir entre un directeur et ses subordonnés.

— Monsieur...

— Laissez-moi parler, je vous prie. C'est bien mon tour. J'ai toujours admiré le chirurgien qui vient de s'apercevoir qu'il s'est trompé, qui le reconnaît publiquement et qui répare le désordre qu'il a causé lui-même. Vous êtes formé, je le sais mieux que personne, à la discipline scientifique...

— C'est-à-dire ?

— C'est-à-dire qu'une rectification me semble absolument nécessaire pour mettre les choses au point.

M. Larminat répéta deux ou trois fois « abfolument néfeffaire ». Puis il ajouta :

— J'en ai préparé tous les termes.

Laurent s'arrêta net et fit front :

— Une rectification, dit-il, que vous avez l'intention de faire paraître sous votre nom ?

M. Larminat leva la main dans un geste bénisseur et murmura d'une voix filante :

— Pardon ! sous votre nom à vous, monsieur Pasquier. Pour qu'une telle note porte son plein effet, elle doit paraître sous votre nom à vous.

— Et vous pensez, gronda Laurent, enroué de colère, que je vais, aujourd'hui, me déjuger publiquement ?

— Ce n'est pas moi, cher monsieur, qui vous ai mis dans cette situation absurde.

— Et vous pensez, continua Laurent, que je vais me déjuger en signant, pour comble d'humiliation, un texte dont je ne suis même pas l'auteur ?

— Ce sont des choses qui arrivent, soupira M. Larminat. Ne venez-vous pas de m'expliquer vous-même, que vous avez signé, dans les colonnes de ce journal, un titre que vous n'aviez pas écrit ? Ce sont là de ces pentes sur lesquelles on peut glisser.

Laurent fit deux, trois, quatre pas. Les poings en boules, les cheveux hérissés, le visage incandescent, il arrivait sur le bonhomme à telle allure que celui-ci eut un mouvement de retraite et se glissa derrière la table.

— Vous excitez, disait-il encore, vous excitez votre personnel à la désobéissance. J'ai reçu, ce matin même, une incroyable visite de deux de vos préparateurs...

Laurent, soudain calmé, fit le geste de jeter quelque chose par-dessus son épaule.

— Ne comptez pas sur moi, dit-il, pour désavouer un texte que le monde scientifique tout entier approuve, sans la moindre réserve.

M. Larminat eut un mouvement de déglutition qui fit paraître, à fleur de col, sous la barbe en mouvement, une pomme d'Adam rocheuse et tout de suite dissimulée.

— Ça, monsieur Pasquier, fit-il en tournant le bouton de la porte, ça, c'est ce qui nous reste à voir.

Laurent, demeuré seul, commença par enlever sa blouse et par déboutonner sa chemise. Puis il se tint la tête sous un robinet d'eau froide et s'offrit une longue ablution pour mettre en fuite jusqu'aux dernières vapeurs de la colère. Enfin il éprouva le besoin de rire et de crier. La situation, du moins, devenait claire. Puisqu'il allait devoir se battre, il se battrait. Et ce ne serait pas contre le ridicule et insaisissable Birault, mais contre cette vieille ganache venimeuse de Larminat. Au reste, que pouvait Larminat ? Laurent avait été nommé, quatre ans plus tôt, au concours. Il avait la certitude parfaite de défendre une cause honorable. Ses maîtres, ses collègues, ses amis, ses élèves, tout le monde serait avec lui, si le conflit prenait un tour aigu. Ces réflexions eurent pour effet de procurer au jeune homme une paix voisine de la béatitude. Il travailla tout le jour avec bonheur et avec profit. De temps en temps, il revoyait en pensée le visage pétrifié de sa mère et décida d'aller, le soir même, lui tenir société en dînant avec elle. Il avait trop longtemps souffert des extravagances du docteur. Pour inquiétante que fût cette dernière et scandaleuse toquade, Laurent avait formé la résolution farouche de ne plus souffrir au sujet de ce père impossible. Une seconde, il se rappela certaine digression épistolaire sur la psychologie rédemptrice des romanciers slaves et il s'injuria, deux ou trois fois, en termes familiers et blagueurs. Puis, il succomba sans peine aux délices du travail.

Il faisait encore jour quand il pénétra dans le petit appartement du boulevard Pasteur. Mme Pasquier était assise, comme la veille, toute seule au milieu de sa chambre. Deux grosses rides semblaient gravées sur ce vieux front, naguère encore toujours pur, toujours lisse, même au jour des grandes épreuves.

— Je suis venu, dit Laurent, te demander à dîner.

Mme Pasquier se mit debout, avec des gestes d'automate, puis elle desserra les lèvres.

— Nous mangerons seuls, dit-elle d'une voix morte : ton père est en voyage.

Laurent n'eut pas le courage d'épiloguer sur ce propos en inventant des commentaires artificieux.

Pendant le repas, qui fut bref, Mme Pasquier dit soudain :

— Je ne pouvais pas savoir... sans cela, nous aurions commandé ton gâteau d'amandes.

Laurent fit en sorte de sourire. Il avait, un jour déjà bien lointain, adressé de grands éloges à certain gâteau d'amandes. Mme Pasquier, depuis, servait un gâteau d'amandes à chaque visite de Laurent. Le jeune homme avait fini par prendre en grippe cette friandise, mais il n'osait rien en dire et mangeait toujours la grosse part qu'on lui posait sur son assiette.

Mme Pasquier retombait tout de suite au silence. Laurent, entre deux bouchées, regardait le triste visage défait et il songeait :

« Je ne peux même pas lui parler de sa misère. Nous vivons sur un mensonge, comme toujours et comme partout. Elle a peur, si nous venons à parler, de m'entendre juger mon père ! Elle sait pourtant bien que je dois savoir quelque chose et même que je sais qu'elle le sait. »

Un peu plus tard, épuisé par cette scène muette, le jeune homme se dit encore : « Autrefois, maman aurait compris, sans un mot, sans un geste de moi, que j'ai présentement des soucis. Elle n'aurait pas pu les mesurer ; mais elle en aurait souffert. Elle serait venue me mettre la main sur le front, ce qui m'irritait un peu, jadis, et ce qui, pourtant, était sa façon de me protéger contre les forces adverses et même contre mes démons. Aujourd'hui, elle ne pense qu'à sa douleur. Père est parvenu, enfin, à faire une chose difficile et qui semblait impossible : il a si bien torturé cette pauvre vieille femme que la fibre maternelle est, dans ce malheureux cœur, comme usée et détendue. Non ! Non ! n'exagérons rien. Si elle me voyait souffrir... Pourtant, autrefois, autrefois, autrefois, elle n'avait pas besoin de voir. Il lui suffisait d'un souffle, d'un regard fugitif, d'une pensée. »

Le dîner pris, la table desservie, Laurent, incapable de supporter plus longtemps cette atmosphère de silence et de consomption, embrassa Mme Pasquier, promit de revenir bientôt et parla de son travail pour se retirer en hâte. Comme il descendait l'escalier, il faillit se heurter à son frère Ferdinand.

— Je te cherchais, dit celui-ci. Je vais t'accompagner quelques pas, car j'ai bien des choses à te dire. Je reviendrai passer ensuite une minute avec mère. Une minute seulement : nous n'avons pas dîné. Claire doit être inquiète déjà.

La nuit tombait. Ferdinand s'épongea le front et fit entendre un long soupir.

— Quelle aventure épouvantable ! dit-il en secouant la tête. Mais tu ne connais pas tout.

Ferdinand devenait, avec les années, terriblement « faiseur d'histoires », comme Suzanne aimait à dire. Laurent prit cet air hermétique, réticent qu'il réservait toujours à ses deux frères.

— Qu'est-ce qu'il nous reste à savoir ?

Ferdinand se rengorgea, pour marquer à Laurent qu'il disposait d'une importante nouvelle :

— J'ai vu Paula Lescure.

— Paula Lescure ?

— Oui, notre petite cousine. Toi, Laurent, tu vis dans les nuages. Mais Paula Lescure existe encore. Elle est toujours la maîtresse de papa. Cela dure depuis Créteil, c'est-à-dire depuis quatorze ans. Tu ne la reconnaîtrais pas. Elle était presque maigre autrefois. Aujourd'hui, c'est une personne un peu large, bien en chair, les manières bourgeoises.

— Oui, et alors ?

— Elle est venue nous voir à la maison, Claire et moi. Sais-tu qu'elle a beaucoup pleuré ? Papa lui a tout juste envoyé une carte postale et je crois qu'elle n'a pas d'argent. Mais ce n'est pas tout...

— Ah ! ce n'est pas tout ?

Ferdinand semblait soudain céder à la jubilation. Il regarda Laurent avec pitié, puis il se mit à parler à la manière de Joseph, qu'il imitait volontiers, surtout dans les occasions pathétiques :

— Non, ce n'est pas tout. Toi, tu n'es qu'un rêveur, tu ne fais attention à rien, comme tous les savants.

— Assez, dit Laurent furieux. Dis ce que tu as à dire.

— Eh bien ! j'ai vu Marie Puech.

— Explique-toi, je t'en prie. Qui est Marie Puech ?

— L'autre maîtresse de papa. Rappelle-toi, la blanchisseuse qu'ils avaient faubourg Saint-Antoine.

Laurent frappa du pied le trottoir.

— Qu'est-ce que c'est que cette comédie ? Et Marie Puech est toujours là, depuis le faubourg Saint-Antoine ?

— Tu sais bien qu'elles ne peuvent plus le quitter et qu'il en a toujours une ribambelle à ses trousses. Marie Puech est venue me voir et elle a pleuré aussi. Qu'allons-nous faire ? Il faut prendre une décision.

Laurent regarda son frère en face, d'un œil glacé.

— Oui, répétait Ferdinand. Marie Puech aussi, à l'heure actuelle, est sans nouvelles et sans argent. Papa est terrible.

— Je regrette, fit Laurent, mais la douleur de maman suffit à ma capacité de compassion.

— Tu es toujours le même, soupira Ferdinand d'une voix mélodramatique. Tu parles de beaux sentiments, mais tu as le cœur sec.

— Ah ! grondait Laurent tout bas, il y a de quoi devenir fou. Papa file pour l'Algérie en laissant derrière lui un gâchis épouvantable. Il file, dare-dare, avec une personne à qui force nous est de donner le numéro quatre. Eh bien, mon cher Ferdinand, je suis obligé de t'avouer que je ne veux à aucun prix entendre parler ni de Mme Paula Lescure, ni de Mme Marie Puech, ni de la demi-douzaine qu'il nous reste à découvrir.

— Moi, dit Ferdinand avec componction, moi je trouve que, dans un sens, nous sommes un peu responsables. Il y a des liens.

Laurent haussa les épaules. Il sentait de nouveau l'exaspération l'étouffer.

— Va donc raconter à Joseph ces émouvantes entrevues.

Ferdinand restait campé sur le bord du trottoir. Il sentait que son histoire venait de faire long feu, dont il était bien vexé.

Laurent lui prit la main, très vite.

— Tu ne connais pas l'île Saint-Pancrace ? fit-il. Non ! Eh bien, moi non plus. Mais c'est une île déserte dans l'océan Antarctique, ou quelque part de ce côté. Je voudrais y vivre seul, y vivre et y mourir tout seul. Au revoir, mon petit Ferdinand.

« Voilà, voilà ! pensait Laurent en arpentant, à longs pas, la rue de Rennes, un peu plus tard. Voilà ! Vivre, c'est cela. Toute cette merveilleuse chimie des millions de cellules, toutes ces opérations délicates qui mettent en jeu des forces prodigieuses que nous finirons par connaître, après des siècles d'étude, tous ces mystères qui, de temps en temps, s'illuminent dans la lueur de nos microscopes, toute cette féerie est déclenchée, entretenue, depuis les origines, et perpétuellement renouvelée pour aboutir, en définitive, à la fripouilleuse sottise de Larminat ou à la niaiserie sentimentale et larmoyante de mon malheureux Ferdinand. Ah ! vivement, l'île déserte !... Allons bon ! Je me trompe de chemin. Je ne sais plus où j'ai mis mon mouchoir. Je crois que j'ai perdu mes clefs. Je ne comprends plus ce que je fais. Ils finiront tous par me rendre idiot. Vivement l'île déserte ! »

Laurent fit encore quelques pas et il ajouta pour lui-même : « Deux jours sans lettre, sans même un billet. Elle doit être accablée de travail. L'île déserte, évidemment... Mais il faudrait d'abord lui en parler de cette fameuse île déserte. Il faudrait même lui expliquer tout ce qui me choque, tout ce qui me tourmente. »

## CHAPITRE 12

Elle avait dû monter si vite qu'elle en était encore haletante et un peu pâle. Elle s'était assise sur le tabouret de piano, parce qu'il était très haut, très mobile, très inconfortable et que, dans cette minute amère, elle ne souhaitait rien de plus accueillant. C'était un vieux siège à pivot. Chaque fois que la jeune fille remuait, la vis d'acier faisait entendre une sorte de plainte sifflante.

Laurent jeta son chapeau sur la table et se mit à marcher dans la chambre. Il bégayait, d'une voix étranglée :

— Pardonnez-moi, Jacqueline, chère Jacqueline. Je ne suis pas encore habitué à ce genre de blessure...

La jeune fille avait l'air calme. Elle faisait même, pour sourire, un effort persévérant ; et, cependant, du bout de ses doigts, elle boutonnait, déboutonnait et reboutonnait sans arrêt sa petite jaquette de toile écrue.

— Je ne sais, murmura-t-elle, mais il me semble que rien de tout cela ne peut vous atteindre.

Et comme le jeune homme, arrêté soudain, lui jetait un regard plein de supplication et d'anxiété, Jacqueline ajouta :

— S'il y avait vraiment de quoi vous blesser, j'aurais bien des raisons d'en souffrir avec vous et même autant que vous.

Les traits de Laurent se détendirent une seconde et, tout de suite, il se reprit à marcher dans la chambre trop étroite.

— Merci, merci, soupirait-il. Comme vous avez joliment dit cela ! Comme vous savez dire les paroles gracieuses et nobles ! C'est le journal de ce matin. Je parle du triste journal — pardon — de Monsieur votre père. Vous savez que, naguère encore, il m'arrivait de rester un mois entier sans lire les journaux, et maintenant... Ah ! maintenant, je fouille dans les feuilles imprimées comme un chiffonnier dans la boîte. Non. Je ne me mettrai pas en colère. Qu'allez-vous penser de votre ami ? Mais, vraiment, deux flèches de suite, et si cuisantes. Marault-Lambert, vous ne le connaissez pas et cela vaut mieux. Il est très répugnant à voir, avec ses yeux chassieux, son teint de cocher ivrogne, son ventre en pointe. On sait qu'il est envieux et méchant. Vous riez ? Non, non, je suis très au-dessous de la vérité. Je n'ai jamais eu de démêlés personnels avec Marault-Lambert. Nous nous serrions la main. Et, tout à coup, cette attaque ! Vous n'avez pas lu le billet du *Nouvelliste* ? Il ne faut même pas le lire.

— Mais non, dit Jacqueline en s'efforçant encore de sourire. Mais non, sûrement non, je ne le lirai pas.

Un instant, Laurent s'arrêta, les lèvres entrouvertes, le regard perdu dans un angle d'ombre, entre les meubles. Il avait le sentiment qu'une fois de plus il se laissait aller à plaider et que ce n'était sans doute pas nécessaire. Ç'avait toujours été sa manière à lui de parler aux femmes. Il avait le cœur ivre d'amour et, toujours, il partait à discourir, à raconter ses travaux, ses querelles. Jadis, ainsi, du temps qu'Hélène Strohl n'était point encore sa belle-sœur, il avait passé des heures, dans le jardin du Luxembourg, à se plaindre interminablement, pendant une grosse pluie d'orage. Et de quoi, juste ciel ? De ce grand besoin de tendresse et de caresses qui bouillonnait dans sa poitrine, sans doute ? Non, mais des anomalies astronomiques, de la rotation d'Uranus et de plusieurs autres admirables sottises. Et même chose, plus tard, avec la pauvre petite Laure Desgroux. Et même aventure encore avec cette belle fille blonde, au regard ironique et tendre, qui lui avait donné beaucoup d'elle-même et qui, finalement, un jour, avait disparu comme un rayon de lumière dorée... C'était peut-être, chez lui, Laurent, un aspect de la confiance et de la passion, c'était peut-être aussi un véhément désir de possession totale. Oui, posséder non seulement un jeune corps, mais encore un esprit docile et patient que l'on modèle comme un vase et dans lequel on peut verser toutes ces idées qui empêchent l'homme de dormir.

Une minute, Laurent s'arrêta, retenant son haleine. Mais quoi ? trouverait-il jamais visage plus attentif que ce beau visage sérieux et délicat ? Trouverait-il oreille plus accueillante que cette gracieuse petite oreille, toute de porcelaine lucide, que l'on apercevait sous les grosses boucles de soie sombre ? Et Laurent se reprit à marcher et à parler.

— Le billet de ce pauvre bougre a paru mardi dernier. Savez-vous ce qu'il me reproche ? Il me reproche d'intervenir sans mandat. Il me reproche de traiter avec arrogance les humbles serviteurs du savoir, sans lesquels, dit-il, comme si je ne le savais pas, nous serions, nous les chefs, des généraux sans troupes. Je lui ai envoyé une lettre pleine de réprimandes courtoises. Il ne m'a même pas répondu. J'en étais à me demander ce qu'il fallait faire, car je ne suis pas un polémiste, je me trouve très dépourvu. Et, tout à coup, ce matin, voici l'article du *Courrier populaire*, le journal de votre papa. Et ça, c'est un coup dur. L'article n'est pas signé.

Il y avait, par terre, un de ces tapis d'Orient que l'on appelle tapis de prière et que Justin Weill avait rapporté, jadis, d'un voyage en Palestine. Laurent se laissa tomber soudain sur ce tapis, devant la jeune fille.

— Pardon ! Pardon ! balbutiait-il. Vous ne me faites pas si souvent la grâce d'une visite. Et vous êtes venue chez moi. Je devrais être heureux. Je devrais vous regarder comme une reine, la reine de mon univers, et je ne devrais vous dire que des paroles de dévotion. Et voilà que je me lamente. Et voilà que je vous raconte toutes les misères dont j'ai grand-honte. Je souffre, pardonnez-moi.

Jacqueline posa sa main sur la tête du jeune homme. Mais il n'avait pas tout dit. Aurait-il jamais tout dit ? Pouvait-il renoncer à cisailler la chair vive pour débrider toute la plaie ? Il reprit, d'une voix plus basse :

— Nous avons été très pauvres. Nous sommes venus de loin. J'ai joué, pendant toute mon enfance, avec les petits de la rue. Maman nous le défendait ; pourtant c'était un plaisir incomparable. J'ai pêché les petits morceaux de verre, dans les ruisseaux. Ceux qui ne l'ont jamais fait ne savent pas, ne peuvent pas savoir comme c'est beau, pour un garçon de dix ans, l'eau d'un ruisseau de Paris. Et puis, nous

nous sommes élevés. Mais, vraiment, je suis toujours près des pauvres gens, toujours avec les pauvres gens, toujours accablé de leurs fardeaux et torturé par leurs souffrances. Et voilà qu'on me reproche de parler avec dédain des humbles travailleurs. C'est idiot ! C'est révoltant ! Ah ! pardon, encore une fois.

Il avait l'air si déconfit que la jeune fille se prit à rire.

— Ne vous retenez pas, dit-elle ; mon père signe ses articles, ce n'est donc pas lui votre adversaire.

— Je ne pensais pas à Monsieur votre père. Sait-il quelque chose de moi ?

— Mais, sans doute, fit Jacqueline. Je lui ai parlé de vous. Oh ! je n'affirmerais pas qu'il entend tout ce que je lui dis. Lui aussi, c'est un possédé.

— Lui aussi ?

La jeune fille ne répondit pas. Elle semblait se recueillir.

— Jamais, dit-elle gravement, il ne me viendrait à l'esprit de critiquer ce que fait mon père. Je ne pense pas comme lui sur bien des sujets, mais je l'admire beaucoup.

Laurent secoua la tête, pour marquer son assentiment, et, soudain, changeant de voix, changeant de regard, il s'écria :

— Line, chère Line, épousez-moi, je vous en prie. Prenez-moi comme je suis, avec tous mes défauts, avec tout mon amour. Epousez-moi, Line chérie, je ne peux vous regarder sans que le cœur me saute dans la gorge.

Elle semblait effrayée de cette soudaine véhémence. Pourtant, elle continuait de promener un doigt léger dans la chevelure du jeune homme. Il recommençait à supplier, en levant des yeux embrumés vers le doux visage sérieux :

— Epousez-moi. Je suis sûr, m'entendez-vous ? que la vie nous sera belle, sûr que vous ferez quelque chose de cette mauvaise tête, sûr que je peux vous rendre heureuse.

Il l'avait saisie aux genoux, dans un mouvement non pas brutal, mais ardent, pressant, volontaire. Elle ne se défendait pas, elle ne songeait pas même à desserrer cette étreinte. Elle était seulement devenue un peu plus blanche. Une grosse larme voyageait entre les longs cils soyeux.

— Oh ! dit-elle d'une voix très faible, vous ne me déplaisez pas.

Elle reprit haleine et poursuivit, plus bas encore :

— Si je vous disais que je ne vous aime pas, ce serait mentir, sans doute. Mais non ! non ! Vous savez bien que je ne peux pas.

Et, comme il la regardait, soudain, fixement, d'un œil effrayé, Jacqueline reprit, baissant la tête, recomposant tout son visage avec un air d'entêtement puéril et presque désespéré :

— Je me suis promis, toute petite fille encore, que j'accomplirais une chose grande et difficile, que je me consacrerais à une de ces entreprises qui demandent une vie entière, que je ferais le sacrifice de ma vie, oui, que je donnerais toute ma vie à une œuvre de charité. Ne m'enlevez pas mon courage.

Laurent saisit la petite main qui lui frôlait le visage. Il allait poser une question et il n'osait pas, et il cherchait, les lèvres entrouvertes, et il ne se décidait pas à parler. Pourtant, elle répondit soudain à cette question silencieuse :

— Non, non. Je ne suis pas croyante. C'est une pensée, en moi, qui s'est formée toute seule. Dans notre maison, vous l'imaginez assez bien, on ne parle jamais de certaines choses. Mais...

— Mais quoi, chère Line ?

— Je n'ai pas de religion. Je ne sais rien des religions. Mais comment vous expliquer ? Je ne suis jamais seule. C'est tout. C'est tout ce que je sais.

Le jeune homme détournait un visage inquiet, soudain lourd et malheureux. Elle ajouta :

— Je voudrais tant faire quelque chose de bien ! Ce n'est pas vous, Laurent, qui m'empêcherez de faire quelque chose de bien.

— Oh ! soupira le jeune homme. Etre heureux, c'est faire quelque chose de bien.

— Si je renonce, si je renonce maintenant, disait le petit visage tout contracté d'obstination, j'aurai toujours le sentiment d'une défaite, d'un échec. Même si je devais être heureuse. Il y aurait toujours quelque chose de grand que j'aurais abandonné pour faire mon bonheur à moi.

Laurent sombrait maintenant dans une rêverie amère. Il se rappelait le long amour blessé de Justin Weill pour Cécile. Il avait assisté, parfois, au temps de leur adolescence orageuse, à certaines scènes muettes, à certaines scènes de supplication et de refus dont il souffrait encore, à travers les années, et pour sa sœur et pour son ami, pour ces deux âmes dessaisies. L'idée qu'il lui faudrait peut-être lutter sans fin et sans espoir lui étreignait le cœur. La jeune fille ajouta :

— Ne parlons pas de l'avenir, je vous en prie. Je ne veux pas ne plus vous voir. J'ai trop de plaisir à vous voir.

Elle se pencha, vite, très vite, et mit sur la tempe du jeune homme un baiser d'oiseau, une caresse imperceptible, mais si tiède et si tendre qu'elle acheva de le bouleverser.

Elle tournait déjà sur le vieux tabouret de tapisserie dont la vis fit entendre un long gémissement. Puis elle essaya de rire.

— Je vais vous jouer de la musique.

— Attention ! s'écria le jeune homme. C'est le premier piano de ma sœur Cécile. Nos parents me l'ont donné quand j'ai quitté ma chambre d'étudiant pour m'installer ici. Je leur ai dit que, peut-être, Cécile viendrait me voir. Et c'est vrai, Cécile vient parfois et elle consent à jouer sur le vieux piano en souvenir de notre enfance.

— Vous le voyez, dit Jacqueline, j'ai tous les courages, toutes les audaces. Moi qui joue comme une écolière, je vais jouer, quand même, aujourd'hui, sur le piano de l'archange.

— Ne vous moquez pas de nous.

— Mais non ! Je ne me moque pas. Même si je fais des fautes, vous aimerez mes fautes et je n'en aurai pas honte. Quand je fais des fautes, je m'arrête et je dis : non ! Et je reviens en arrière, et je recommence.

— Line, vous n'allez pas me faire rire ? Depuis quelque temps, j'en ai perdu l'habitude.

— Je vais vous jouer un petit air que j'ai appris autrefois et dont je ne connais même pas l'auteur, un air qui, peut-être, n'a pas d'auteur. Mais quand je ressusciterai, dans deux mille ans, et qu'on me demandera s'il me plaît d'entendre une musique et quel air il me plaît d'entendre, c'est celui-là que je choisirai. Asseyez-vous encore à mes pieds. Vous m'intimidez beaucoup moins ainsi, frère de Cécile Pasquier.

## CHAPITRE 13

Cher vieux frère, tu m'as fait parvenir, ces jours derniers, deux lettres bien différentes et de substance et de ton. L'une était injuste, mais très belle, très « toi ». J'ai trouvé l'autre confuse, ironique et bien irritante, car tu sembles tout à coup t'exprimer comme le font mes ennemis. Oui, c'est le mot : il paraît que j'ai des ennemis. Au risque d'y passer la plus grande partie de la soirée, je voudrais répondre à tout cela. Je voudrais, par la même occasion, te faire savoir où s'en trouve mon affaire, car on parle maintenant d'une affaire Pasquier. C'est exaspérant, mais c'est ainsi.

Je commence à comprendre pourquoi mon fameux article, le premier — je dis le premier parce que j'en ai plusieurs autres tout prêts dans mon tiroir — je commence à comprendre pourquoi ce malheureux article, après avoir obtenu tant d'approbations, a soudainement soulevé tant de colères. Ce n'est pas à cause de son contenu, c'est parce qu'il a paru dans *l'Assaut*, journal d'extrême-droite, ce que je ne savais que très vaguement. Ne dis pas le contraire, Justin, si cet article t'a choqué, s'il t'a même irrité, c'est peut-être pour cette raison, ce que tu ne voudras jamais reconnaître.

Je ne lis pas toute la presse, mais, à ma connaissance, il n'a pas, jusqu'à ce jour, paru plus de quatre articles sur mon affaire. Le premier, correct dans la lettre, mais terriblement sournois, est d'un nommé Marault-Lambert, chef de service au laboratoire de la ville. Ce sale type est mon aîné de beaucoup ; il ne jouit pas d'une très bonne réputation dans les milieux scientifiques, et pourtant, depuis son entrée en scène, il y a des gens qui commencent à me tourner le dos. C'est inexplicable ! Le jeu de Marault-Lambert consiste à dire, avec une politesse apparente mais fielleuse, que je n'ai pas qualité pour parler au nom de la science et que tout marche pour le mieux dans les laboratoires français. Le billet se termine par un petit couplet démagogique où le gaillard montre ses ambitions. Je sais qu'il a été candidat aux dernières élections législatives.

L'article de Marault-Lambert me restait encore sur l'estomac quand a paru l'éditorial du *Courrier*. Celui-là m'a vraiment fait mal. Tu l'as lu. Chose affreuse, j'ai le sentiment que tu ne le condamnes pas tout à fait. Est-il possible que la politique en arrive à gâter un cœur tel que le tien ? La politique me dégoûte ! L'auteur anonyme de ce papier s'exprime sur un ton doctrinal qui devrait faire bondir le poète Justin Weill, mon cher et fidèle ami. Tu n'as rien oublié, je pense : « Pourquoi M. Pasquier prétend-il refuser à la politique l'accès du laboratoire, de l'hôpital et de l'école ? La politique est la science de la vie en collectivité, la science des sciences. La politique doit, à ce titre, contrôler toutes les activités de l'homme et les plus élevées tout d'abord. » Si cette phraséologie ne te fait pas dresser les poils sur le gras des jambes, je ne te reconnais plus. Je ne peux te cacher que cet éreintement m'a d'autant plus irrité qu'il s'est trouvé paraître dans le journal de Bellec. Je t'ai dit quelque chose de mes sentiments pour Jacqueline Bellec. A l'idée que la politique pourrait intervenir entre Jacqueline et moi, je sens que je vais devenir enragé. Mais laissons cela pour l'instant.

Il m'était impossible de ne pas répondre à cet article du *Courrier*. J'ai fait une réponse. Elle n'est pas fort longue, mais elle m'a pris trois ou quatre heures. Pour un homme qui est, en temps normal, déjà surchargé de besognes, trois ou quatre heures, c'est hors de prix. Ma réponse était raisonnable. J'en avais tout examiné de près, jusqu'aux virgules. Je disais, en substance, que mon article de *l'Assaut* avait été mal interprété, que la discipline scientifique n'est humiliante pour personne, que nos collaborateurs subalternes étaient presque toujours nos amis, enfin toutes sortes de choses que je t'ai mille et mille fois expliquées. J'ajoutais que je connaissais l'œuvre d'Ibsen et que l'on n'arriverait pas, même avec beaucoup d'adresse, à faire de moi un ennemi du peuple.

J'ai donc envoyé ma rectification au *Courrier populaire*, sous pli recommandé. Je n'ai pas reçu de réponse. Comme je suis très opiniâtre, je suis allé au journal et j'ai demandé quelqu'un de la rédaction. J'étais heureusement très sûr de ne pas voir le père Bellec qui se trouve en province pour un congrès. J'ai été reçu par un monsieur à barbe qui a cherché partout des renseignements au sujet de mon affaire et qui a fini par me dire que *le Courrier* n'accepterait sûrement pas la prose d'un collaborateur de *l'Assaut*. J'ai parlé du droit de réponse. Il a souri, sans rogne, et m'a dit en me poussant vers la porte : « Si vous voulez plaider, vous pouvez plaider. Quand tout le monde usera du droit de réponse, le journalisme deviendra tout à fait impossible. » Il avait l'air de me faire la leçon. Tous les gens que je rencontre semblent avoir une énorme envie de me faire la leçon.

Je tenais absolument à voir paraître ma réponse. Après réflexion, je suis retourné rue Montmartre, à *l'Assaut*, pour parler au type qui m'avait reçu la première fois. Il m'a traité fort civilement. Il a, d'un œil rapide, pris connaissance de ce qu'il appelait « mon papier », puis il a fait la grimace et retiré son monocle.

— Ah ! non, disait-il. Ah ! non ! Ça ne sonne pas net. Vous avez l'air de présenter des excuses. Jamais les lecteurs de *l'Assaut* n'accepteraient de lire, dans nos colonnes, un article où vous faites, bon gré, mal gré, des concessions à la gauche socialisante.

J'ai repris mon papier, sans un mot, et je suis sorti tout de suite en tirant la porte avec assez de calme. Comme il y avait un courant d'air, j'ai dû laisser l'impression que j'avais claqué la porte extrêmement fort. Et c'est quand même fâcheux.

En somme, la gauche me rejette parce qu'elle me croit à droite, et la droite me recrache parce qu'elle me juge trop à gauche. Voilà tout le problème. La France est divisée en deux blocs adverses, et ceux qui, comme moi, se trouvent entre les deux n'ont plus qu'à choir dans le vide. Avoue que c'est désiroire.

Je méditais sur cette situation inconfortable quand l'idée m'est venue de m'adresser tout bonnement à mon frère Joseph. Toi qui sais tout, peut-être sais-tu que Joseph possède un journal intitulé *le Moniteur Economique*. Il m'avait presque reproché, l'autre jour, de ne pas avoir eu la bonne pensée de lui confier ma prose. J'ai tâché de trouver Joseph ; il était en voyage. Je suis retourné voir Vuillaume, qui est décidément un type épatant. Il a lu mon petit texte et il m'a dit :

— Tu as raison de te défendre. Laisse-moi le papier, je ferai le nécessaire. Mais il faut chercher. Donne-moi le temps de chercher.

Il me restait à prendre patience. Je l'aurais sans doute fait avec succès ; malheureusement, le lendemain de ma visite à Vuillaume, Roch est venu me voir au labo. C'était pour m'apporter les deux petits échos parus dans ce sale journal de chantage, *la Grenouille rousse*, auquel tu fais allusion à la fin de ta seconde lettre. Que l'on m'appelle, moi, Laurent Pasquier, « l'Insulteur des humbles », cela devrait me faire rire. Qu'un inconnu qui se trouve presque un illettré ose écrire : « l'orgueil de ces savantasses est désormais intolérable », tout cela n'a pas grande importance. Mais quand je lis ceci : « M. Pasquier, qui traîne dans la boue ses dévoués collaborateurs, est lui-même un mauvais berger ; nous avons, en outre, sur les prétendus travaux scientifiques de M. Pasquier, des renseignements confidentiels que nous tenons à la disposition des curieux... », quand je lis des phrases de cette sorte, je dois me retenir pour ne pas hurler de fureur.

C'est qu'à Paris les choses vont très vite. Pense que, les premiers jours, après la publication de mon article, je recevais, à chacune des distributions, plusieurs lettres d'assentiment, les unes de gens inconnus, d'autres envoyées par des camarades ou des maîtres. Depuis près d'une semaine, je ne reçois plus rien. Je suis allé, non sans hésitation, à la dernière séance de la Société des Recherches. Il y avait très peu de monde. Je me trompe sans doute, mais il m'a semblé que plusieurs des assistants me regardaient un peu de travers. Comme je deviens nerveux, il est possible que j'aie tendance à voir les choses plus noires qu'elles ne le sont réellement.

Je suis nerveux, cependant je résiste, crois-le bien. Je suis allé chez Larminat pour tâcher d'avoir avec lui quelque chose comme une explication. Je ne sais pas quelle est sa part dans l'espèce de complot que l'on est en train de manigancer. J'aurais préféré tirer la chose au clair. Le directeur m'a fait dire qu'il n'était pas visible. Il ne se manifeste, en vérité, pour le moment, dans aucun des services de l'Institut.

Ce qui m'ennuie beaucoup plus que tout cela, mon cher Justin, c'est de percevoir, chez mes préparateurs, chez mes assistants, mes garçons de salle, un peu de réticence et de réserve. Oh ! ce n'est rien, pourtant cela suffit pour m'inquiéter. Je connais ces braves gens. Que l'un d'eux souffre d'un mal de tête, qu'un autre ait quelque petite querelle avec sa femme, qu'un autre encore ait lieu de m'adresser le moindre reproche et je le sens tout de suite. En général, je dis un mot et les nuages se dissipent. En ce moment, je n'ose rien dire, je ne veux rien envenimer. Il se peut qu'on cherche à leur monter la caboche. Qui donc est cet « on » ? Larminat ? Personne ici ne le voit plus, je te le répète. On ne l'entend plus. Il a même cessé de faire circuler ce qu'il appelle des « notes de service ». Larminat, pour l'instant, est réduit à l'état de mythe, de personnage fabuleux.

J'ai su, samedi, que Joseph était rentré. Comme Vuillaume ne m'avait pas encore donné signe de vie, j'ai pensé que ma « réponse » ne pouvait pas attendre indéfiniment, et que je ne courais aucun risque à jouer sur un second tableau, c'est-à-dire à voir Joseph.

En dix lignes, la semaine passée, je t'ai raconté, sous le coup de la surprise et de la douleur, l'extravagante aventure de mon père. Je ne t'ai jamais rien caché. Je n'entendais pas, cette fois-là plus que les autres, te laisser dans l'ignorance. Tu pourrais venir à Paris, passer boulevard Pasteur, poser une question malheureuse. Enfin, je t'ai tout dit, un peu brièvement. Et tu en profites pour m'accabler de sarcasmes. Comme c'est charitable ! Si les romanciers russes ont imaginé des revirements miraculeux, des agenouillements, des rédemptions, eh bien, c'est sans doute qu'ils voulaient se consoler de leurs personnages. Hélas ! j'ai tenté un effort pour me consoler de papa, de Joseph et de Ferdinand. Ces trois personnages, dont je ne suis malheureusement pas l'auteur, ne font que ce qu'ils veulent faire et me l'ont rappelé sans ménagement. Tu me dis : « Tu ne changeras donc jamais ! Et tu as trente-trois ans ! » C'est vrai : je suis toujours aussi niais. Je ne change pas, puisque je continue d'espérer que les autres changeront un jour et que je changerai peut-être aussi moi-même.

Laissons cela, je te prie. Je vais, chaque soir, boulevard Pasteur, et cette petite visite me sera comptée dans mon temps de purgatoire.

J'ai vu Joseph, samedi, comme il allait partir pour la campagne. L'auto l'attendait à la porte. Il était de méchante humeur. Il a commencé par murmurer des paroles obscures :

— Je ne veux pas que l'habitude soit la maîtresse de ma vie. Ah ! il paraît que l'habitude est d'aller au Mesnil, en cette saison de l'année. Eh bien ! je m'en bats l'œil et nous irons à Barbizon. J'ai deux maisons de campagne et j'ai bien le droit de choisir.

Ils ont, en effet, deux maisons, c'est-à-dire deux somptueuses demeures seigneuriales (sans compter leur propriété de la Côte d'Azur). Une au Mesnil-sur-Loire et une autre à Barbizon. Cette dernière fut achetée, l'année passée, après l'incendie de la Pâquellerie. Hélène m'a dit que Joseph hésite, chaque fois, pour savoir s'ils iront au Mesnil ou à Barbizon. Il prend sa résolution à la dernière minute et il a toujours le sentiment, en optant pour une des deux routes, que ce n'est pas la bonne et qu'il aurait dû se décider pour l'autre. Hélène commence à souffrir de cette perpétuelle chamaille. Joseph doit souffrir aussi d'un inassouvissement fatal. Il ne peut pas être dans tous ses domaines en même temps et, chaque fois qu'il va vers l'un, il se prive des autres. La possession des biens matériels lui réserve sans doute encore des tourments bien plus amers. Il en a soudain laissé paraître quelque chose, car il a dit :

— Toi, Laurent, tu as de la veine de ne rien posséder.

Il fait un effort surhumain pour garder la maîtrise de ses affaires. Elles sont de plus en plus étendues et commencent de lui échapper.

Je lui ai demandé s'il avait dix minutes à me donner. Il m'a répondu, en faisant la lippe :

— Mais oui, ce sera dix minutes de moins à passer dans cette sale campagne qui ne m'amuse pas du tout et où il faut aller quand même, parce qu'il faut bien aller quelque part.

Nous sommes entrés dans son cabinet de travail et je lui ai demandé, tout uniment, s'il pourrait faire passer mon petit article de réponse et de protestation dans ce journal, *le Moniteur*, dont il m'a dit être le maître. Je pensais que c'était tout simple. Joseph s'est pris à tousser. Il sa raclait la gorge et grognait :

— Pourquoi t'es-tu lancé dans une histoire aussi pénible ? J'ai réfléchi, depuis l'autre jour. Laisse-moi te dire que tu as tort. Tu n'as pas bonne presse, mon cher. J'ai l'oreille fine.

Il a continué sur ce ton plusieurs minutes. Je sentais monter la colère. Il a dû le deviner, car il a donné soudain quelque chose comme un coup de barre. Il soufflait, ponctuant chaque mot avec la pointe de l'index :

— Si tout le monde est contre toi...

— Tout le monde n'est pas contre moi.

— Laisse-moi parler. Si tout le monde est contre toi, c'est qu'il y a, dans ton cas, quelque chose de faux. Tu as été maladroit, tu as été imprudent. Si, si, c'est ce qu'on m'a dit. Tu sais que j'ai ma police. Pour *le Moniteur*, franchement, n'y compte pas. Et puis, crois-moi, ne mêle pas un journal qui est, avant tout, financier, à des affaires comme la tienne. On s'aviserait peut-être de dire que tu es payé...

— Payé, mais tu es fou !

— Ce n'est pas moi qui le dirais, ce seraient de mauvais bougres.

— Payé par qui ?

— Par les marchands de produits chimiques, par exemple.

— Les marchands de produits chimiques ! Pourquoi ?

— La concurrence ! Il y a toujours une concurrence en tout. Payé par ceux qui, je suppose, ont intérêt à torpiller les sérums. Moi, je ne sais pas. Je ne suis pas de la partie.

Ce n'était, en effet, pas très clair, mais, dans cette obscurité, j'ai quand même entrevu des abîmes : l'affreux enfer des affaires. J'y rêvais encore quand Joseph a dit :

— Et puis, attention au nom que tu portes.

— Quoi ?

— Les gens comme vous, les savants, ils devraient prendre un nom supposé. Vois papa, pour ses bêtises, il prend un nom supposé.

J'ai failli rire, ce qui m'a sauvé de la colère, et j'ai demandé :

— C'est à vous, peut-être, les gens d'affaires, qu'il faudrait laisser l'honneur de porter et d'honorer le nom de la famille ?

Il n'a même pas répondu, parce que, déjà, il pensait à autre chose. Il m'a dit, avec un sourire :

— Cécile est rentrée. Son voyage en Suède a été un triomphe.

Comme je me disposais à me sauver, il m'a suivi dans le vestibule et même dans l'escalier. Il parlait plus bas, avec un sourire qui me remplissait de honte. Il disait :

— Il paraît que Cécile est devenue un modèle de piété. Moi, je trouve cela très bien. Mon cher, la religion est encore une des choses les plus épatantes de cette époque lamentable. Si ! si ! Je ne crois pas en Dieu, bien entendu ; mais je suis plein de respect pour la religion des autres. Et puis, je suis tolérant.

J'aurais crié d'agacement. Alors, il s'est penché presque à mon oreille. Il murmurait :

— Tu penseras ce que tu voudras : de temps en temps, je donne de l'argent à Mairesse pour qu'il aille mettre un cierge. En mon nom, bien entendu.

Cela, je le savais : Mairesse-Miral me l'avait dit. J'ai même quelque raison de croire que l'excellent Mairesse-Miral sirote l'argent des cierges, car Joseph se fait voler, comme tous les gens trop rusés.

Cette fois j'allais me sauver. Joseph m'a saisi par le coude.

— Quelle est ta situation militaire ? Il faut penser à la guerre.

Il a parlé de la guerre. Non ! non ! C'est quand même trop fort ! La guerre ! Pourquoi la guerre ? Comme si nous n'avions pas tous assez de soucis avec nos affaires personnelles.

J'ai fini par me dégager et par prendre la fuite. Joseph s'est penché très fort sur la rampe de l'escalier et il a dit encore une phrase, dont j'ai failli tomber par terre :

— Ce que je peux faire de mieux, Laurent, c'est de m'arranger en sorte, s'il s'engage une sale bataille, que *le Moniteur* ne prenne pas parti contre toi. Ça, ce sera de grand cœur.

Cette phrase, qui pouvait me mettre en rage, m'a fait rêver, par la suite. Que voulait dire Joseph ? Pourquoi s'engagerait-il une sale bataille ? En fait, je sens très bien qu'une bataille est engagée. A propos, mon ancien patron, M. Rohner, m'a prié de l'aller voir dès lundi. Je t'ai parlé mille et mille fois de Rohner. C'est un homme très dur et très intelligent. Il peut me donner quelque bon conseil. Il m'a dit lui-même, l'autre jour, que je me servais de ses idées et qu'il n'y voyait pas d'inconvénient.

Ah ! si le pauvre Chalgrin, mon maître entre tous aimé, pouvait encore me comprendre ! Tu sais qu'il vit toujours. Il est toujours paralysé. C'est un cadavre qui montre un regard indéchiffrable. Chaque fois que je vais le voir, je reviens triste pour une semaine. A vrai dire, je ne vais pas souvent le voir.

Si mon cher M. Hermerel était ici ! Je t'ai peut-être dit qu'il est en Indochine. Il travaille à l'Institut Pasteur de Saïgon.

Il me serait surtout bien agréable de te parler, à toi, Justin, un peu longuement, cœur à cœur. J'en serais bien content. Je croyais que tu étais très fier de ton poste, fier de ce travail que tu avais accepté dans l'enthousiasme. Et il me semble qu'une fois encore tu es déçu, que ce journalisme ne te plaît pas et même t'épuise. Si je croyais que tu fais cela pour vivre, seulement pour vivre, je te dirais : « Viens à Paris. Nous vivrons ensemble, dignement, fièrement, comme deux célibataires résignés. Je gagne bien assez pour deux. Je ne pourrai peut-être jamais partager ce que je gagne avec la personne de mon choix... Viens donc, vieux frère ! Viens. »

J'allais terminer cette lettre sans te dire que ma petite « réponse » a fini par paraître, par les soins de Vuillaume, dans *Paris-Journal*. Elle était dans un coin et en assez petit caractère. Elle ne m'a pas fait plaisir. Je me demande s'il s'est trouvé, dans tout Paris, dans toute la France, une personne pour la lire. N'importe ! On n'aura pas ma peau. Je résiste et je résisterai.

Il est plus de minuit. Il fait beau. Ma fenêtre est ouverte et j'aperçois Paris au clair de lune. Je pourrais compter cent mille maisons. Et que font, je te le demande, les gens qui habitent ces cent mille maisons ? Ils dorment ? Ils mangent ? Ils rêvent ? Ils font l'amour ? Ils travaillent, peut-être. Non, cher Justin de mon cœur. Ils écrivent des rectifications à des journaux de polémique. Ils écrivent des lettres à des amis dont ils ne sont pas contents.

## CHAPITRE 14

M. Nicolas Rohner habitait, dans le bas de la rue de Seine, une de ces vieilles demeures patriciennes dont les cours pavées retentissaient naguère encore, sous les fers des chevaux et les roues des calèches. Le professeur occupait un appartement du premier étage, dont les pièces, hautes de plafond, mal éclairées, mal chauffées en hiver, étaient meublées avec une stricte parcimonie. M. Rohner qui, pour l'équipement de ses laboratoires, était un partisan forcené du luxe américain et de l'organisation germanique, M. Rohner, qui harcelait sans relâche les ministres pour obtenir des crédits et faire acheter les instrumentations les plus coûteuses, M. Rohner vivait en compagnie d'une servante sexagénaire et observait les principes d'une économie spartiate. Il était presque tout le jour à son laboratoire ; il venait chez lui pour le sommeil et les repas et il travaillait, le soir, dans sa bibliothèque au milieu de ses livres qui sentaient la fumée de tabac refroidie. Nul désordre, nulle fantaisie bohème dans cette silencieuse thébaïde. Pas la moindre trace de poussière sur les vitrines grillagées, sur les boiseries et les moulures des murailles. Peu ou point d'ornements, à l'exception de quelques bronzes d'art et des médailles offertes au savant par ses élèves ou ses amis, au long d'une carrière glorieuse.

Pendant qu'il attendait dans un salon plus sévère qu'une antichambre d'avoué, Laurent s'appliquait à recenser des souvenirs. « J'ai, pendant cinq ans, songeait-il, travaillé sous les ordres de M. Rohner. Je suis venu le voir ici dix ou douze fois peut-être, pour des communications urgentes. Jamais il n'invite ses élèves à dîner, et c'est sans doute préférable... En général, il me recevait rue Dutot. Pourquoi ce rendez-vous ? Il est neuf heures du matin. A cette heure-là, M. Rohner est au travail... »

Laurent en était là de cette méditation vagabonde quand la porte de la bibliothèque s'ouvrit.

Le professeur Rohner était de taille médiocre. Il s'efforçait de remédier à cette disposition naturelle en portant des talons très hauts et en se tenant parfaitement droit. Il exhibait, ce matin-là, une redingote noire, boutonnée sans défaillance. Les cheveux blancs, en brosse raide, la mouche et la moustache, le regard fixe et d'une transparence glacée, tout contribuait à donner au personnage du vieux maître ce caractère « général en civil » pour lequel il avait d'ailleurs une dilection visible.

— Entrez, Pasquier, disait-il. Je ne suis pas fâché de vous voir. J'ai d'ailleurs à vous parler d'une chose importante.

Le professeur, visiblement, s'efforçait à la cordialité, qui n'était pas sa nuance ordinaire. Au lieu d'en être réconforté, Laurent, tout de suite, en éprouva du malaise et même de l'inquiétude. Quand tout allait pour le mieux, M. Nicolas Rohner ne se donnait pas la peine d'être aimable.

Le professeur prit place dans un fauteuil canné, derrière son bureau. Laurent, sur un signe du maître, s'assit en face de lui. Comme un escrimeur pressé d'engager le fer, déjà M. Rohner frappait le sol de la semelle.

— Je ne vous ai pas caché, mon cher ami, que votre premier article m'a, somme toute, fait plaisir. Vous n'avez pas parlé de moi, ce qui n'a pas d'importance et ce qui, même, valait mieux. N'importe : vous avez dit des choses justes, un peu perdues au milieu de diverses maladresses.

— Monsieur...

— Pasquier, vous n'attendez pas de moi que je vous passe de la pommade. Ce n'est pas dans mes façons. Moi, je vous connais. J'ai pris le temps de vous juger. J'écoute ce que disent les autres et je suis bien obligé non seulement d'en tenir compte, mais encore de vous en dire deux mots, pour votre bien, mon cher, pour votre bien.

— Je comprends, Monsieur.

— Il se trouve, reprit M. Rohner en tourmentant avec l'index la touffe blanche de sa mouche, il se trouve que cet article, pourtant si simple, semble devoir déchaîner une campagne. Voilà, Pasquier, des choses que l'on ne peut ni décréter, ni retenir, ni même interrompre. L'opinion, c'est comme cela. Quand on touche les points sensibles, tout le monde commence à jaser. En d'autres circonstances, vous pourriez écrire des volumes et faire éclater des bombes sans déterminer la plus petite réaction.

Le vieil homme s'arrêta quelques instants et Laurent, avec agacement, se dit : « Où veut-il en venir ? »

— Moi, reprit M. Rohner, je ne crains pas la bataille. J'ai passé une bonne partie de mon existence à donner des coups et à en recevoir. Ce n'est donc pas moi qui vous recommanderai la circonspection.

« Bien ! Bien ! pensait Laurent. Ce sont, malgré les apparences, ce sont des rappels au calme. »

— En somme, dit Rohner, ce n'est donc pas en mon nom que je vous parle aujourd'hui. C'est au nom du conseil d'administration, au nom du conseil tout entier.

Une lueur venait de jaillir dans l'esprit du jeune homme. Il se rappela soudain que le *Journal de Biologie*, dont il était secrétaire, était administré par un conseil et que M. Rohner — comment Laurent n'y avait-il pas pensé tout de suite ? — était depuis longtemps président de ce conseil. A peine cette réflexion faite, le visiteur eut tout de suite le sentiment qu'il allait entendre quelque chose qui lui serait sûrement très désagréable.

— Les gens, reprit Rohner, les gens qui trouvent que vous avez tout à fait tort ne sont pas la majorité ; mais tout le monde s'accorde à penser que, pour mener une campagne d'opinion, vous devez être libre, vous m'entendez bien, libre de vos mouvements, de vos décisions.

— Et alors ? demanda Laurent d'une voix étranglée par la surprise.

— Et alors, il nous semble préférable de vous voir quitter le secrétariat. Je suis d'avis, comme les autres, que cela vaut beaucoup mieux. Le *Journal de Biologie* doit se tenir en dehors de toutes les querelles.

M. Rohner, une fois encore, venait de s'arrêter. Il mordillait sa moustache. Il était, à l'ordinaire, sec, froid, sans la moindre tendresse ; mais le visage de Laurent devait, à ce moment-là, l'incliner à des ménagements. Il essaya de sourire et son interlocuteur eut le temps de penser qu'on allait peut-être lui proposer un marché, lui conseiller, par exemple, d'arrêter toute espèce de campagne, moyennant quoi le secrétariat du journal ne lui serait point retiré. La pensée vole vite : Laurent se dit aussitôt qu'à part une ou deux réponses, timides et d'ailleurs mal placées, il était, dans cette campagne, la victime et non l'agresseur, la proie et non le carnassier. Il bégaya, péniblement :

— Monsieur, je réfléchirai. J'écrirai, si vous le voulez bien.

Le visage du vieux maître venait tout à coup de durcir. L'entretien traînait en longueur, à son gré.

— Non, Pasquier, vous faites erreur. Le conseil a pensé que, pour couper court à des débats bien inutiles, vous devez me remettre votre démission tout de suite, verbalement, sans histoire.

Laurent se leva, l'air perplexe et presque stupide. M. Rohner fit le tour du bureau chargé de livres. Il disait, la voix cordiale de nouveau :

— Le secrétariat de notre organe est une très lourde charge. En outre, c'est très peu payé. Cela ne fera pas une brèche trop considérable dans un budget de célibataire. Et vous allez, tout à coup, vous sentir comme délivré. Soyez beau joueur, mon cher. Et si vous éprouvez cela comme un coup, ce qui serait excessif, eh bien ! souriez et remettez-vous en garde.

— Je dois vous avouer, Monsieur, que je suis bouleversé.

— Pas de grands mots, mon cher Pasquier. Devant moi, c'est sans importance. Mais il y a bien des gens qui, s'ils vous entendaient parler de bouleversement, iraient répéter partout que vous êtes un homme à terre. On se redresse, croyez-moi, quand on a du nerf et du sang. Je me suis redressé mille fois. Je vous l'ai dit, j'aime la bataille. Que cela reste entre nous. Je crois que vous avez eu tort de recourir à la grande presse. Le monde scientifique n'aime pas cela. Encore un conseil, Pasquier. Arrangez-vous pour qu'on ne se permette pas de dire ou de publier certaines choses.

— Quelles choses, Monsieur ?

— Que vous rejetez, par exemple, sur vos collaborateurs, les fautes que vous commettez vous-même.

— Monsieur, vous ne croyez pas...

— Mon cher, je ne suis pas en cause. Moi, je vous connais.

Laurent venait, non sans malaise, de comprendre qu'il allait rougir, comme un enfant pris en faute. Il s'écria, la rage au cœur :

— Vous, Monsieur, que feriez-vous si l'on vous accusait, par calomnie, de préparer des vaccins empoisonnés, ou des sérums toxiques, ou je ne sais quoi ?

M. Rohner eut un haut-le-corps et répondit d'une voix glacée :

— On ne dira rien de tel, soyez-en sûr. C'est impossible. Toute la question est là. Vous comprenez : c'est im-pos-sible ! Personne jamais n'osera.

— Est-ce à dire, Monsieur, que, s'il s'agit de moi, vous pensez...

— Mon cher, je ne pense qu'une chose : la femme de César ne doit pas même être soupçonnée. Je vous croyais plus calme, et surtout plus raisonnable.

M. Rohner n'accompagnait jamais ses visiteurs jusque dans l'antichambre. Il s'arrêta sur le seuil et dit, tendant, d'un geste débonnaire, deux doigts de la main droite :

— Inutile d'ajouter, Pasquier, que, pour prendre cette décision, le conseil n'a cédé à aucune pression extérieure. Allons ! bonne chance, mon cher.

Laurent descendit l'escalier, lentement, marche à marche. Il songeait : « Ils ont peut-être raison. Je serai plus libre. Oui. Plus libre de quoi faire ? De recevoir des coups ? Tout cela est bien extraordinaire. Qu'est-ce qu'on me veut ? Qu'est-ce que cela signifie ? Qu'est-ce que je leur ai fait à tous ? »

Il s'arrêta sur la marche de pierre, au bas de l'escalier, étreignant la pomme de cuivre dont s'ornait le bout de la rampe. Il se répétait : « Le secrétariat du *Journal de Biologie*, ce n'est quand même pas grand-chose. Il ne faut pas s'effrayer. » Il n'en avait pas moins le sentiment d'un péril et, déjà, d'un coup très pénible. Pendant une minute entière, il eut peur, sans retenue. Puis il songea : « Ce soir, demain peut-être, je tâcherai de voir Desbarres. Il est toujours si bon pour moi. Je verrai aussi Chartrain. On n'aura pas ma peau, comme cela, sans grabuge, sans bagarre. »

Il prit un taxi pour gagner l'Institut. En route, il se fit arrêter devant une poste. Il se recueillit un grand moment pour rédiger un télégramme à Justin Weill. *Si tu peux venir d'urgence, viens, cher Justin. J'ai grand besoin de toi. Mes affaires vont mal. Affectueuses pensées.* Ton Laurent.

En remontant dans la voiture, il se sentit soulagé. « J'irai sûrement, pensait-il, voir mes vieux maîtres. Mais qui peut, mieux que Justin, me donner un conseil d'ami ? »

En toute hâte, Laurent gagna son pavillon et bientôt son laboratoire. Un grand silence y régnait dès la porte. On entendait les assistants, à l'étage inférieur, remuer des baguettes de verre. Un cobaye, dans une cage, rongeait un brin de paille. Laurent se retourna vers le fond de la pièce et, non sans étonnement, il aperçut Eugène Roch, assis sur un tabouret et parfaitement immobile.

— Ah ! te voilà ! fit Laurent.

— Oui, oui, je t'attendais.

Comme Laurent enfilait sa blouse en silence, Roch dit soudain :

— Tu as vu M. Rohner ?

— Oui, répondit Laurent, stupéfait : comment le sais-tu ?

Roch fit, du bras, un geste vague. Un long moment passa pendant lequel Roch sembla tomber dans une sorte de somnolence. Il ouvrit enfin la bouche et murmura :

— Vuillaume...

— Oui. Eh bien ?

— Je le connais mieux que toi.

— C'est possible. Et alors ?

— A ta place, je me méfierais.

— De Vuillaume ?

— Oui, de Vuillaume.

Laurent fit quelques pas. Il devait être très rouge. Il devait avoir l'air terrible, à ce moment de l'entretien.

— Roch, dit-il d'une voix enrouée, je ne te comprends pas toujours, mais il m'arrive de me demander si tu n'es pas un...

— Un quoi ? fit Roch un peu blême, en battant des paupières.

Laurent haussa les épaules.

— Rien. J'aime encore mieux ne rien ajouter. Sans cela je dirais peut-être... quoi ? Que tu me dégoûtes.

Roch se mit à trembler. Il bégayait en reculant vers la porte, l'accent réellement désespéré :

— Mais tu es fou ! Tu es fou ! C'est pour te rendre service.

## CHAPITRE 15

Réveillé bien avant l'aube du jour, Laurent se tournait et se retournait dans la chaleur du lit. Il se remémorait tous les événements de la veille. Il avait déserté son laboratoire un peu plus tôt que de coutume et il avait pris une voiture pour gagner du temps. Il s'était fait conduire chez l'excellent homme que Vuillaume appelait « le petit père Blot ». Par malheur, M. Blot venait de quitter Paris pour un long séjour en Bretagne. Les examens s'achevaient, dans les universités. Le temps des vacances allait venir. Laurent n'y avait pas songé sans stupeur. Il était alors allé chez M. Chartrain qui était *persona grata* au *Journal de Biologie* et faisait partie du Conseil. M. Chartrain l'avait reçu gentiment et un peu vite : « Je vous disais bien qu'il fallait du courage pour faire ce que vous faisiez. C'est parfait et c'est dangereux. Bah ! laissez passer les vacances. Dans trois mois, on aura tout oublié. Nous reparlerons de tout cela... » Laurent avait compris qu'il ne fallait pas songer à prolonger l'entretien. Il avait retrouvé sa voiture et s'était fait conduire chez le professeur Desbarres, le colosse à tête léonine.

Le professeur avait reçu Laurent dans le couloir, entre deux portes. Il tenait à la main sa serviette de table et l'agitait pour chasser les mouches, comme un lion ferait de sa queue. « Je vous ai dit que nous serions tous avec vous. Je ne sais pas ce que diront les autres. Vous pouvez compter sur moi. Il ne faut pas qu'on vous embête. D'ailleurs je vais voir le ministre, la semaine prochaine. Il est nouveau dans la place ; n'importe, c'est un homme intelligent. Et je lui parlerai de vous, à tout hasard, car, après tout, on vous attaque, vous répondez... Rien de bien grave... »

Laurent était sorti réconforté de cet entretien furtif. Il fermait les paupières pour solliciter le sommeil et répétait obstinément : « Rien de bien grave. Il a raison. »

Le jour parut. Laurent, soudain, sauta du lit et s'en alla fouiller d'une main tâtonnante dans un des tiroirs de la table. Il en sortit un vieil indicateur des chemins de fer et commença de le feuilleter. Il pensait : « Mon télégramme est arrivé vers midi, peut-être avant. Justin l'a trouvé après avoir déjeuné, sans doute, à son restaurant. Je suis sûr qu'il a dû s'arranger avec son directeur et ses copains. Je suis sûr qu'il a pris le train du soir. En ce cas, il doit arriver à la gare Montparnasse vers six heures trente. Ces trains-là, ça ne change guère. Alors, je vais le chercher. »

Laurent se fit la barbe et s'habilla rapidement. Il avait beau se répéter que cette supputation était fort aventureuse, il ne pouvait plus s'empêcher d'espérer et d'attendre celui qu'il aimait comme son meilleur ami, son plus ancien, son plus fidèle ami.

La course dans les rues désertes lui fut d'une fraîcheur exquise. Un moment, il s'arrêta, près de l'église Notre-Dame-des-Champs. « Je suis fou, songeait-il, si Justin avait dû prendre ce train, il m'aurait télégraphié. » Cette pensée ralentit sa marche sans le décider toutefois à revenir en arrière. Comme il arrivait sur le quai, le train de Nantes entrait en gare. Des voyageurs descendirent et, dans le premier peloton, Laurent aperçut Justin Weill. Il se dit avec orgueil : « J'en étais sûr ! »

De loin, Justin fit un signe de tête, un sourire que Laurent trouva pâle, distrait, et qui, tout à coup, lui serra le cœur. Il courut, se jeta sur le voyageur, l'embrassa, lui prit de force la petite valise de fibre, assez chétive, assez légère, qui lui ballait au bout du bras.

Il disait :

— Tu as l'air fatigué.

Justin répondit avec une grimace morose :

— Je n'ai pas dormi. J'avais, en face de moi, depuis hier soir, un de ces types impossibles qui se rongent les ongles, qui se grattent, qui remuent tout le temps, qui parlent tout haut, enfin un de ces agités que ton père n'aurait pas manqué d'apostropher et de réduire. Quelles nouvelles de ton père ?

— Il m'envoie des cartes postales, couvertes d'exclamations lyriques. Oh ! ne parlons pas de mon père, du moins pour l'instant. Nous allons déjeuner, sur notre chemin, dans un bar. Et puis, nous monterons chez moi.

Justin, de la tête, fit un signe d'assentiment, coloré de lassitude et sans chaleur. Ils entrèrent dans un petit bar, au coin de la rue Vavin, et mangèrent une paire de croissants en buvant un café-crème. De temps en temps, Laurent jetait à la dérobée un regard sur son ami. Justin, les sourcils froncés, avalait, d'un air perplexe, de larges bouchées qu'il mastiquait à peine. Il avait encore grossi, pendant les quatre ou cinq mois de son séjour en province. Ses beaux cheveux rougeoyants devenaient rares et découvraient un large front semé de taches de rousseur. Un cerne couleur de cendre entourait les yeux d'Orient, ces beaux yeux chargés de vapeurs, de nuit mouvante et de rêve. Le nez aux ailes remuantes accentuait sa lourde courbe. Tous les traits du visage exprimaient la fatigue et la mélancolie. Comme Laurent parlait de prendre une voiture, Justin secoua la tête :

— Non, ma valise n'est pas gênante. Et puis, j'ai besoin de voir Paris, de respirer librement l'air de Paris.

Ils marchèrent dix bonnes minutes sans échanger autre chose que des monosyllabes. Laurent, petit à petit, se sentait gagné par l'angoisse. Ce n'était pas son vieil ami qui cheminait à son flanc, posant ses pieds un peu trop longs non parallèlement, mais presque à angle droit. C'était l'ombre d'un ami.

Puis il y eut l'escalier et l'accueil doux-amer du petit appartement que Laurent, une heure plus tôt, avait laissé tout en désordre.

Justin jeta son chapeau sur la table, se mit debout devant la cheminée et dit, poussant un soupir :

— Et maintenant, allons-y. Explique-toi.

Laurent venait de se redresser. Il sentait qu'il allait, comme au temps de leurs querelles enfantines, crier, peut-être, à s'étrangler de colère.

— Non, dit-il. Expliquons-nous. Pourquoi es-tu venu, Justin ?

Justin leva les sourcils en signe d'étonnement.

— Tu le sais mieux que moi, mieux que personne. Tu m'as appelé. Je suis venu.

— Ah ! s'écria Laurent avec amertume, si tu as fait ce long voyage pour me montrer la tête que je te vois, mieux valait ne pas venir.

— J'aurais peut-être mieux fait de ne pas venir, en effet, répondit Justin, l'air sombre ; car je comprends que nous pourrions n'être plus d'accord. J'ai suivi de près ton affaire.

— Et tu n'es pas avec moi, pour moi, sans réserve ? Pour moi, du fond du cœur ? Alors, c'est que je suis fou, c'est que toi, Justin, tu es fou, c'est que le monde est fou à lier !

— Ne t'emballe pas, je t'en prie. A t'entendre, on pourrait croire que tu ne sais pas ce que c'est que vivre dans un « milieu ». Je vis, à Nantes, dans un « milieu », d'ailleurs parfaitement conforme à mes sentiments politiques.

— Tout de suite la politique ! C'est une persécution ! Tu sens que je suis inquiet, que je suis en danger ; tu fais quatre cents kilomètres et c'est pour prononcer, avant même le débotté, ce mot de politique dont j'ai la plus grande horreur.

Justin haussa les épaules.

— Tout revient à la politique. Nous devons en prendre notre parti. Je te répète que je vis dans un certain milieu. Les gens qui m'entourent s'inspirent, en toute chose, comme il est fréquent dans la province, du journal parisien de leur parti, du journal de Bellec. C'est dire que tous, depuis quinze jours, parlent de toi sans tendresse. On sait que je suis ton ami. Je te défends, je m'épuise à te défendre et tu fais tout pour qu'il me soit impossible de te défendre. Hier soir, avant de partir, nous avons reçu *le Courrier*...

Justin fit un geste de découragement ; mais Laurent, soudain très calme, le priait de continuer.

— Tu t'embourbes, mon pauvre Laurent. Au lieu de laisser passer l'orage en courbant un peu le dos, tu commences à trépigner, on le sent bien, et les autres s'en réjouissent. Tu commences à faire des bêtises irréparables...

— Oui, continue. Quelles bêtises ?

— Tu écris, tu oses écrire : « Il faut que les subalternes prennent enfin leur parti de n'être que des subalternes et qu'ils restent à leur place. » C'est idiot ! J'ai passé la nuit à retourner dans ma tête, pour tâcher de plaider ta cause, ce boniment dont le moins que je puisse dire est qu'il me déplaît beaucoup.

— Attends ! fit Laurent, toujours très calme, en élevant une main ouverte. Attends, Justin ! Tu es sûr, je le vois bien, que j'ai pu écrire cette vague sottise.

— Mais, mon pauvre ami, je l'ai lu, comme tout le monde.

Laurent venait d'ouvrir un tiroir et d'y prendre une feuille de journal. Il souriait, d'un air désolé :

— Tu ne sais plus lire, Justin. Et c'est à croire que personne au monde ne sait plus lire. L'auteur de cette saleté fait comme beaucoup d'autres polémistes : il me prête des propos que je n'ai jamais tenus. Regarde ! Regarde, Justin ! Il écrit : M. Laurent Pasquier ne manquera pas de répondre... Et il met, entre guillemets, cette phrase qu'il invente, cette phrase que tu me reproches et que tu aurais raison de me reprocher si je l'avais jamais écrite. Mais je ne l'ai pas écrite. Et voilà comment se fait l'opinion en France et partout, sans doute. Qui prend aujourd'hui la peine de lire correctement quoi que ce soit ? On a trop de choses à faire. La plupart des gens que je vois se composent un sentiment sur les faits et sur les hommes en écoutant parler un voisin qui lui-même sait ce qu'il sait parce qu'il le tient d'un autre qui peut-être a lu les textes et fréquenté les personnes. Tout cela n'est pas très sûr ! Ah ! Justin ! Cher Justin !

Le jeune homme s'arrêta pour, avec beaucoup de méthode, replacer le bout du journal dans un dossier du tiroir. Puis il mit les mains dans les poches de son pantalon, haussa les épaules avec désespoir et commença de tourner autour de la table en monologuant.

— J'avais tant besoin de te voir ! Tu es mon plus vieil ami, mon meilleur ami, peut-être mon seul ami. Je t'ai crié de venir. Tu es venu, fidèlement. Et maintenant que je t'ai vu, je préférerais mille fois que tu ne fusses pas venu, car je vois que je suis seul, absolument seul, et c'est triste !

Peut-être Laurent allait-il parler encore, mais il se produisit, à ce moment, une chose très surprenante. Justin venait de se précipiter sur son ami. C'était un Justin déchaîné, hurleur et renifleur. Il bourrait Laurent de coups de poings, et il criait d'une voix sanglotante :

— Ce n'est pas vrai ! Ce n'est pas vrai ! J'ai mal lu. Je n'ai rien compris. Je t'ai engueulé dans le fond de mon cœur ; mais je ne t'ai jamais trahi ! Je ne suis pas un salaud, comme les autres, comme la multitude des autres ! Et je te le prouverai ! Dis-moi que tu me pardonnes ou je t'assomme, à l'instant, pour te prouver que je t'aime.

Il était tout à fait transformé, semblable au Justin de l'adolescence, vraiment beau de lyrisme. La crasse du chemin de fer marquait ses traits comme un fard et il reprenait, d'instinct, ce ton de théâtre, cette voix de tragi-comédie qui restait, dans leur souvenir, le chant même de leur jeunesse. Il se mit à rire, longtemps, en cascade, comme les acteurs du Français, ce qu'il faisait à merveille. Puis il redevint sérieux, s'adossa de biais au mur, plissa le front et dit en regardant Laurent avec de bons yeux embués :

— S'il y a des faits nouveaux, raconte-les-moi, que je sache tout. Nous tâcherons ensuite d'examiner la situation aussi froidement que possible.

— Des faits nouveaux, répondit Laurent, ce serait quand même beaucoup dire. Mettons une foule de petites saletés. Tout ce qu'il faut pour que la vie me devienne difficile.

— Allons par ordre. J'ai lu, hier soir, le journal de Bellec. Je l'ai mal lu, j'en conviens, mais je l'ai lu quand même. Et à part cela ?

— Je te parlerai de l'histoire de Rohner quand je t'aurai dit tout le reste.

— Pourquoi ?

Laurent fit un geste évasif et reprit :

— A part cela, pour commencer, deux ou trois articles, parus ces jours derniers, et qui tous semblent avoir une origine commune. Le thème est toujours le même et il est abominable : « Je fais, avec mes vaccins et mes sérums, des expériences aventureuses, scabreuses, cyniques et j'essaye de rejeter la responsabilité des résultats sur mes plus modestes collaborateurs... » En dehors de ces articles, on imprime, chaque jour, dans une foule de petits canards que je ne connaissais même pas de nom il y a un mois et qui ne sont, à vrai dire, que des journaux de chantage et de scandale, des notes plus ou moins venimeuses, plus ou moins menaçantes...

Justin Weill hocha la tête :

— Ces petits journaux de chantage, dit-il pensivement, tout le monde les méprise, et tout le monde les lit, parce que tout le monde s'en amuse. C'est affreux, mais c'est comme ça. Quand ces vilenies nous concernent personnellement, nous sommes écœurés. Quand il s'agit des autres, nous disons : « C'est très drôle ! » Pense aux caricatures, c'est la même chose : la nôtre, nous ne voulons jamais la reconnaître. Celle des autres, en revanche, nous semble toujours très réussie.

— A propos de caricature, dit Laurent, j'ai déjà subi cette sorte de supplice : on m'a représenté, avant-hier, une seringue et un scalpel à la main, en train de piquer dans le dos un malheureux qui pousse des cris épouvantables. A vrai dire, je n'imaginais même pas ce que pouvait être une campagne de presse. Maintenant, je commence à comprendre. Et ça va très vite. Ça se propage comme le feu dans la brousse. Sois bien sûr que moi, je suis solide au poste, mais il paraît que certains malheureux, dont on a longuement usé les nerfs de cette façon, finissent par se suicider. Je trouve cela très compréhensible. Je dois t'avouer que j'ai pris un abonnement dans une agence de coupures, oui, de coupures de presse.

— Ce n'est pas ce que tu as fait de mieux.

— Il faut quand même que j'observe le phénomène. Il faut que je puisse répondre.

— Continue.

— Je reçois, depuis la semaine dernière, des lettres anonymes.

— Vraiment ? Ce Larminat est un artiste. Tu ne m'as rien dit du Birault.

— Disparu depuis deux ou trois jours. Dirigé vers une affectation mystérieuse, dans la banlieue, je pense, à la ménagerie centrale de l'Institut, par exemple.

— En somme, dit Justin, on a fait disparaître la pièce à conviction, le témoin fâcheux.

Laurent tombait dans une rêverie profonde.

— Je ne sais pas, dit-il, s'il faut donner un si grand rôle à des malheureux comme ce Birault ou à des intrigants comme l'affreux Larminat.

— Tu ne vas pas les absoudre ?

— Il y a, murmura Laurent, des affections qui partent d'un petit furoncle ou d'une écorchure. Et elles s'étendent, elles s'étendent et on oublie le petit bouton qui se trouvait à l'origine. Je ne pense plus guère à Birault. Quant à Larminat...

— Ne te hâte pas de le mettre hors de cause. Je ne le connais que par tes lettres, mais il me semble assez redoutable. Nous en reparlerons plus tard.

— Ce qui me navre, fit Laurent, comme je crois te l'avoir expliqué dans une lettre, c'est que mes collaborateurs commencent à me regarder d'une manière soupçonneuse, d'une manière inamicale. Je ne peux m'y tromper et c'est horriblement pénible. Hier, j'ai fait passer Mommajour devant moi, pour entrer dans le pavillon des sérums. C'est une disposition de ma nature : je ne peux jamais me décider à passer le premier dans une porte. Pour Mommajour, mon bon préparateur, c'était un geste de courtoisie, de gentillesse. Mais voilà, en ce moment, tout va mal entre nous. Mommajour s'est imaginé que je lui donnais un ordre. Il a grogné. Si j'avais eu plus de présence d'esprit, j'aurais marqué tout aussitôt le caractère impératif, j'aurais dit : « Dépêchez-vous ! » ou quelque chose comme cela. Je ne l'ai pas fait. J'ai eu tort. Les hommes ont besoin de recevoir des ordres.

— Et ton histoire avec Rohner ?

— Tout à l'heure... J'ai beaucoup de choses à dire. Je n'accepte point de passer, aux yeux des braves gens qui me servent, pour un ogre ou un tortionnaire. Je dirai tout haut, j'expliquerai que je suis moi-même sorti du peuple...

— Oh ! murmura Justin avec amertume, cela ne signifie rien. Les plus grands tyrans du peuple sont presque toujours sortis du peuple. Les plus acharnés des antisémites ont souvent du sang juif dans les veines. Et ce sont les métis qui parlent des nègres avec le plus cruel mépris.

— Je ne vois pas très bien...

— Excuse-moi. Je rêvais. Est-ce que tu crois que c'est facile d'être juif ? J'ai tous les soucis des autres hommes, plus un souci majeur et constant : je suis juif. Encore une fois, pardon.

Il y eut un silence pendant lequel on entendit un cornet à piston qui jouait dans le creux d'une cour. Il jouait l'air de *la Veuve Joyeuse*, l'air de la valse et, par une lugubre fantaisie, il jouait cet air en mineur et cela donnait soudain aux propos des deux amis une couleur de mélodrame et de mélancolie. Justin reprit :

— Explique-moi bien tout.

— C'est inexplicable. Deux de mes camarades, que j'ai rencontrés dans la cour de la Sorbonne, ont fait un effort sensible pour ne pas m'apercevoir. Pourquoi ? Je me le suis demandé. Pour n'avoir pas, sans doute, à me parler de cette affaire embarrassante, car, enfin, je ne suis pas un pestiféré. Et puis, il y a l'histoire Rohner.

— Oui, qu'est-ce que c'est que cette histoire Rohner ?

— Ce n'est pas une catastrophe, mais c'est très inquiétant. J'étais, depuis deux ans, secrétaire du *Journal de Biologie*. On m'a prié de donner ma démission.

— Vraiment, pourquoi ?

— Pour que je puisse, paraît-il, m'adonner plus librement à mes polémiques de presse.

— C'est énorme !

— J'ai vu plusieurs de mes patrons. Ils paraissent inquiets, hésitants. Ils ne sont pas habitués à ces chamailles de journaux. Je sens bien que la presse leur fait peur et qu'ils sont prêts à me lâcher, pour ne pas recevoir d'éclaboussures, pour avoir la paix, somme toute.

— Ta place à l'Institut est-elle solide ?

— Je suis nommé au concours. A part cela, j'ai le sentiment qu'il n'y a rien de solide, qu'on peut tout reprendre, qu'on peut surtout me contraindre à tout lâcher.

Justin baissait la tête et réfléchissait.

— Tu n'as pas de position politique ; mais ton cas peut servir de prétexte à des manœuvres politiques. On va tâcher de faire de toi un pion que l'on poussera sur d'obscurs échiquiers que tu ne connais même pas. Ce terrible Rohner dont tu m'as souvent parlé...

— Il ne fait pas de politique active. Pourtant on le considère, dans nos milieux, comme un homme d'extrême-droite. Il devrait me couvrir de fleurs et il me jette à la porte. Il a sûrement un but. Il est très intelligent.

Justin leva les bras au ciel :

— Oh ! dit-il, quand les hommes sont bêtes, c'est terrible. Mais quand ils sont intelligents, c'est bien plus grave que quand ils sont bêtes.

Justin retirait sa veste et déboutonnait son faux col.

— Si tu permets, dit-il, je vais me raser ici et me savonner un peu. Je ne sais pas encore si j'irai voir ma famille : ils m'ont vraiment renié. Ils m'ont vraiment trop fait souffrir. Je vais me mettre en campagne. Du monde scientifique, je ne connais guère que tes amis, qui sont un peu les miens, depuis le temps. J'ai beaucoup vécu dans les salles de rédaction et je vais commencer mon enquête. Je peux rester ici un jour, deux jours au plus. Je te téléphonerai pour te donner rendez-vous.

— Ce que je veux, murmurait Laurent, c'est ton avis, ton conseil. Ce dont j'avais surtout besoin, c'était de t'entendre parler. Justin, je vais te laisser. Il faut que j'aille à l'Institut. On commence à dire, là-bas, que je néglige mon service. Roch est venu m'avertir. Je l'engueule, de temps en temps, et il revient quand même.

La journée, pour Laurent, se passa dans un calme voisin de la torpeur : les potins, les rumeurs, les lettres, les articles, tout reculait au second plan, et le jeune homme faisait, pour s'arrêter, s'isoler, se recueillir, un vaillant et heureux effort. Vers le soir, il fut appelé au téléphone. « Tu ne me verras pas avant demain, disait la voix fraternelle. Je navigue, j'interroge et je commence à comprendre. Nous parlerons de tout cela demain. »

Le lendemain, vers midi, comme Laurent allait quitter le laboratoire, nouveau coup de téléphone : « Peux-tu me faire coucher, ce soir, chez toi ? Je reprendrai, dès le matin, le premier train pour Nantes. — C'est facile, répondit Laurent, on s'arrangera. — Bon. Ne m'attends pas avant dix heures du soir. J'aurai dîné. »

Cette seconde journée parut lente au jeune homme. Il reçut, au laboratoire, la visite d'un journaliste qui demandait une interview à paraître dans *l'Echo de Paris*.

— J'ai pensé, disait le journaliste, puisque la presse parisienne commence à parler de vous, que le mieux était encore de venir tout droit à la source des renseignements.

Laurent hésitait beaucoup. « C'est peut-être, songeait-il, une grosse imprudence de confier quelque chose à ce garçon qui n'est pas antipathique, mais dont je ne sais vraiment rien. Pourtant, si je ne lui dis rien, il peut m'en vouloir et — qui sait ? — écrire des horreurs. Je vais faire pour le mieux. »

Il dicta donc, mot pour mot, le texte d'une interview, plaidant, une fois de plus, sa cause avec chaleur, expliquant, en termes clairs, quelle était sa pensée sur les auxiliaires de la science et sur la discipline qu'il convenait de faire régner dans un laboratoire moderne.

Laurent songeait, en accompagnant le journaliste jusqu'aux marches de l'escalier : « Je dis toujours la même chose. Combien de fois devrai-je le dire pour qu'on finisse par me comprendre ? »

Il dîna seul, au restaurant, rentra vite rue Gay-Lussac et retira le matelas de son lit dont il fit, avec des draps propres et quelque bonne couverture, une couchette pour Justin, dans un angle de la chambre. Puis il fuma des cigarettes et fit semblant de travailler. Vers dix heures, comme la concierge passait dans l'escalier pour éteindre les becs de gaz, il entendit Justin monter les degrés en soufflant.

— Je deviens un peu poussif, soupira Justin en se laissant tomber sur une chaise. Et puis, des étages, aujourd'hui, j'en ai monté plus de cent.

— J'ai, fit observer Laurent, divisé mon lit en deux, pour que tu sois mieux à ton aise. Tu te rappelles, au Désert, la dernière nuit.

J'avais installé mon lit par terre, dans ce réduit où tu vivais. Nous avions froid, tous les deux. Tu m'as dit de me coucher à côté de toi, pour nous réchauffer un peu. Nous étions jeunes ! J'ai pensé que tu serais mieux sur le matelas, qui est bon. Comme cela, tu pourras dormir. Tu n'auras pas la surprise désagréable de rencontrer une jambe poilue sur le chemin de tes orteils.

— C'est vrai, fit Justin en bâillant. Moi, je n'ai pas eu de frères...

Laurent soupira :

— Tu ne connais pas ton bonheur... Si tu pars assez tôt, demain, j'irai te mettre à la gare.

— Je vais me coucher tout de suite. Nous parlerons en nous déshabillant.

— Où as-tu passé la nuit dernière ?

Justin fit un geste vague et retira ses chaussures.

— J'ai vu beaucoup de monde, hier et aujourd'hui, surtout dans les rédactions. On parle de toi, c'est évident. Et ça va mal, c'est non moins évident. Enfin, ça ne va pas trop bien. Tous ces gens s'occupent de toi, qui ne leur demandes rien, et, chose absurde, ils te reprochent tous ou presque tous de chercher la réclame, de faire du potin.

— C'est trop fort !

— C'est comme cela. Beaucoup t'accusent en particulier de mêler la politique à la science.

— La politique ! Moi !

— C'est comme je te le dis. Il faut comprendre ce que c'est qu'une campagne de presse. Il a dû, les premiers jours, y avoir un chef d'orchestre. Cette crapule de Larminat ou l'une de ses créatures. Et puis, maintenant, on aurait beaucoup de mal à retrouver les racines de cette plante monstrueuse qui se développe toute seule. Les hommes sont méchants, mais pas seulement par intérêt, par jeu, aussi, pour se distraire. Il y a d'abord des mots d'ordre et puis la mode s'en mêle. Quelqu'un donne le premier coup et puis tout le monde veut taper. Cette histoire de laboratoire, c'est un peu mystérieux. Il n'en faut pas plus pour exciter la curiosité du public.

— Qu'est-ce que tu sais de précis ?

— On ne sait, dans ces cas-là, presque jamais rien de précis. Il est clair que tu es et que tu seras attaqué par toute la presse de gauche. Mais la presse de droite ne te défendra pas, tu l'as très bien senti, parce que tu n'es pas un cas dont elle peut tirer parti. Alors, ils te laissent tomber. Ils te sacrifieront même, s'ils ont besoin, par exemple, de prouver à l'opinion qu'ils jugent les choses de haut, qu'ils sont des esprits indépendants. Somme toute, Laurent, tu n'es pas des leurs. Jean Jamin va faire un article.

Laurent, qui venait de s'allonger sur le sommier, sauta sur le bord du lit et leva les bras au ciel :

— Jamin ! Pourquoi ?

— C'est un homme extravagant. Il ne lit rien. Il ne vérifie rien : il fonce. Il a du talent. On m'a dit, mais je n'en suis pas sûr, qu'il ne veut pas t'écraser.

— C'est quand même bien bon de sa part.

— Il fera seulement un papier parce qu'on parle beaucoup de toi pour l'instant et qu'il est, en somme, forcé de donner son opinion. Quel gâchis ! Revenons à gauche. Le citoyen Bellec...

— Tu le connais ? Tu l'as vu ?

Justin fit « oui » de la tête.

— Oh ! il n'a pas l'intention de te faire beaucoup de mal. Mais il occupe une situation en vue dans son parti. Il est obligé de respecter les consignes.

Il y eut un moment de silence. Les mains nouées sous la nuque, Justin regardait au plafond où bourdonnait un quadrille de mouches.

— Et toi, demanda Laurent, toi, respecterais-tu les consignes ? Obéirais-tu, dans une occasion absurde ?

— Non, dit Justin, d'un air sombre.

— Alors ?

— C'est que, moi, je suis un type impossible, comme toi, d'ailleurs, comme toi. Tu devrais souffler la calebombe, à cause des mouches.

Laurent se leva et souffla dans le verre de la lampe. Une odeur de pétrole se répandit aussitôt dans l'ombre et l'on aperçut la fenêtre ouverte sur le firmament d'été.

— Toi, reprit Justin, tu n'es pas habitué, tu as le cuir tendre. Moi, je sais ce que c'est que d'être insulté, chaque jour et publiquement. Moi, d'ailleurs, je suis juif.

« Il parle toujours des Juifs, songea Laurent. Il exagère quand même un peu. C'est une obsession. »

Il poursuivit, tout haut :

— En somme, ton avis ?

— Il y aurait beaucoup à dire. On te reproche, et tu l'as senti, de négliger ton service à l'Institut. Ça, c'est encore du Larminat. Une campagne de presse, il faut sans cesse lui trouver des aliments. Il y a un type dans *la Mêlée*, qui voudrait lever un lièvre à propos de ta Légion d'honneur. La médisance, la calomnie, les insinuations, le mensonge, il y a des bougres qui vivent là-dedans comme le poisson dans l'eau. C'est leur élément naturel.

— Qu'est-ce que tu me conseilles, Justin ?

— Contrairement à mes principes, car je suis batailleur, je te conseille plutôt de laisser passer la bourrasque.

— Mais si je perds ma réputation ?

— Oh ! n'exagérons rien. Une réputation, à Paris, cela se refait.

D'une voix soudain rustique, presque rude, presque âpre, la voix des petites gens qui savent le prix du pain, Laurent dit encore :

— Mais s'ils me prennent ma place...

Il attendit quelques secondes et poursuivit plus bas :

— Les jours où je ne suis pas trop mécontent, les jours où je fais des projets, il m'arrive de penser que je pourrais fonder un foyer et, quand même, essayer de vivre. Avec le *Journal de Biologie*, je perds cinq cents francs par moi. Un tiers de mon revenu. Mais si je venais à tout perdre... S'ils m'obligeaient, par exemple, à donner ma démission...

Justin ne répondit rien. Quelques instants plus tard, il murmura, d'une voix lasse :

— Tu sais, ton ami Legrand, Victor Legrand...

— Oui. J'ai reçu de lui, il y a quelques jours, une lettre très épatante, une lettre d'approbation totale.

— Ah !

— Mais qu'est-ce que tu voulais me dire ?

— Je l'ai rencontré hier, et nous avons parlé de toi. Je me défierais, à ta place...

— De Legrand ?

— Oui, de Legrand.

Laurent fit, sur le sommier, un bond dont tous les ressorts gémirent en même temps.

— Ah ! non ! criait-il. Ça, non ! Vuillaume me dit : « Méfie-toi de Roch » et Roch murmure : « Méfie-toi de Vuillaume. » Cela devient odieux. Mais, toi Justin, toi !

— Personne, souffla Justin, personne jamais ne s'avisera de te dire : « Méfie-toi de Justin. »

Il bâilla longuement, avec des modulations qui se terminaient par une gamme chromatique et descendante.

— Ah ! murmurait Laurent. Je voudrais être moine dans un cloître. Mais non ! Mais non, hélas ! Il paraît qu'entre eux les moines se querellent aussi et qu'ils souffrent, comme tout le monde.

Laurent réfléchit encore une minute et dit avec amertume :

— Je ne demandais qu'une chose : m'élever par l'étude jusqu'aux grands problèmes de la vie. J'étais en route vers les sommets et tout conspire à me ramener sur la terre, à m'enchaîner, à me paralyser.

— Bah ! dit Justin d'une voix ensommeillée, ne te tourmente pas trop : les vacances vont jeter de la cendre sur le feu. Et puis la presse marche vite. L'affaire Caillaux va passer devant les tribunaux. Cela va te renvoyer au dernier plan de la scène. Et puis, il faut surtout penser au grand drame européen.

— Quel drame européen ? Tu parles aussi de la guerre, comme Joseph, peut-être ?

Justin ne répondit pas. Un peu plus tard, Laurent dit encore :

— A propos de Joseph... Tu sais, l'affaire de la rue d'Amsterdam, celle que Joseph se proposait d'améliorer, comme je te l'ai écrit. Eh bien, pour monter cette petite affaire, il avait fallu quand même un peu d'argent. Si je ne me trompe pas, quelqu'un qui n'est pas trop loin de moi en ce moment a prêté, l'année dernière, quatre mille francs à papa pour qu'il puisse payer son livre à l'éditeur Angibeaud. Papa, sentant qu'il avait affaire à ce qu'il appelle un flibustier, papa s'est arrangé pour ne pas payer les traites. Il disait, paraît-il — c'est Joseph qui le raconte — il disait : « Je lui laisse, en toute propriété, mon livre, un chef-d'œuvre, dont il pourra tirer des millions s'il sait s'arranger un peu. » Papa donc n'a pas payé les traites et les traites ont été protestées. Mais papa s'en moquait pas mal parce que les meubles sont à maman et qu'ils sont, papa et maman, séparés de biens. Quel micmac ! Quel micmac ! Alors, c'est le pirate Angibeaud qui, finalement, a été roulé. Si bien qu'avec les quatre mille francs, papa, plus tard, a monté l'affaire de la rue d'Amsterdam, l'institut du professeur de Nesles, dont je crois t'avoir parlé. Car, de quelque côté que je me retourne, je ne vois que des instituts... Mais tu sais, les quatre mille francs, je te les rendrai, Justin. Tu m'écoutes, Justin ?

Une respiration doucement musicale montait dans l'ombre de la chambre. Et Laurent comprit que Justin venait enfin de s'endormir.

## CHAPITRE 16

Justin s'en fut au petit matin et Laurent retomba dans la solitude. Il dormait mal, tout occupé qu'il était de répondre, en pensée, aux sophismes et même aux injures de ses adversaires. Dans la torpeur des insomnies, dans l'ombre moite et hantée où l'esprit s'égare, il s'appliquait à dénombrer ses arguments, à parfaire son plaidoyer. Il se levait, déjà recru, s'habillait avec des gestes d'automate, descendait prendre le courrier et, parfois, devait patienter sous le porche en attendant le facteur. Il lisait les lettres sur le trottoir, toujours dans l'attente de consolations qui n'arrivaient point, toujours navré de quelque nouvelle offense. Le paquet de coupures ne faisait presque jamais défaut. Laurent l'ouvrait avec des doigts tremblants de rage. Le vent lui arrachait parfois un ou deux bouts de papier et le jeune homme courait, pour les rattraper, en cherchant des excuses à cette affreuse curiosité : « Il faut quand même que je sache... »

Souvent, il éprouvait un besoin violent de répondre tout de suite, au moins pour se soulager. Il revenait sur ses pas et remontait les cinq étages. Il se jetait sur la plume et le papier, tout en s'exhortant au calme. Il retombait fatalement dans des formules dont il était las et un peu dégoûté : « Monsieur, usant de mon droit de réponse, je vous prie d'insérer la présente lettre par laquelle j'apporte un démenti formel aux allégations... »

Parfois, il s'arrêtait, la plume en l'air. Il disait : « Ce n'est pas mon métier. Je ne sais pas tourner les phrases dans le style de la polémique. Je répète sans cesse la même chose. C'est une besogne ignoble... »

Les lettres achevées, il éprouvait du soulagement. Il se hâtait de les timbrer et de les jeter à la boîte. Puis il tirait sa montre, comprenait qu'il était en retard et prenait un taxi pour se faire conduire à l'Institut. Il songeait, chemin faisant : « On me reproche de négliger un peu mon travail. On n'a pas tout à fait tort. Je ne sais plus où donner de la tête. »

Il jetait, sur son domaine, sur son cher laboratoire, un regard distrait, étonné. Qu'un de ses préparateurs vînt lui demander un renseignement ou un conseil, et il répondait au hasard, comme un homme qui tombe de la lune. Un peu plus tard, seul enfin, il tirait de sa poche les maudites coupures de journaux et il recommençait de les lire en grinçant des dents. Le ton de la presse changeait insensiblement. Laurent n'était plus, ainsi que les premiers jours, l'insulteur des humbles, il devenait, petit à petit, « cet expérimentateur sans scrupule qui traite l'humanité comme un simple cochon d'Inde et s'imagine sans doute qu'on le laissera longtemps poursuivre son impudente besogne ».

Laurent songeait : « Justin n'a peut-être pas tort. On pourrait croire qu'il y a comme un chef d'orchestre à cet infernal concert. »

Et puis, une fois de plus, le ton changea. Les attaques devinrent plus directes et plus perfides aussi. *La Grenouille rousse* qui, depuis le début de la bataille, s'était signalée par son acharnement, semblait redoubler d'astucieuse violence. C'était un petit libelle de format réduit, qui paraissait deux fois la semaine, sans aucune signature, et qui contenait, outre des pamphlets politiques, quantité de notules sur les scandales de la saison et sur les mésaventures de personnes en vue. *La Grenouille* fit soudain paraître, entre deux caricatures, un article assez bref, atroce dans l'esprit et dans les termes, où Laurent se trouvait présenté non seulement comme un praticien sadique, passionné de recherches par trop scabreuses, mais encore comme un aventurier dont le passé ne manquerait pas d'attirer quelque jour l'attention d'une police vraiment digne de la confiance publique. « Le sieur L. P., disait le rédacteur de ce texte surprenant, a fait, en 1906 ou en 1907, partie d'une association d'anarchistes qui vivaient à Bièvres et qui, pour cacher leurs agissements sous un prétexte honorable, exploitaient une maison de commerce. L'un des membres de cette association, le nommé Jean-Paul Sénac, s'est suicidé, quelques temps après la faillite de ce groupement, dans des conditions dramatiques. Il paraît que M. L. P., s'il était interrogé par des personnes résolues, pourrait donner des explications sur la mort de son camarade. » L'article s'ornait de ce titre insolent : « Un joli monsieur. » Le paragraphe terminal, non sans exclamations scandalisées, confirmait que le fameux L. P. se trouvait — par l'effet d'une tolérance inqualifiable — diriger un service important dans un laboratoire public.

Laurent tomba dans une rêverie douloureuse. Qui pouvait penser encore au pauvre Jean-Paul Sénac ? Depuis plus de cinq ans, Sénac s'enfonçait dans l'oubli. La vie, qu'il n'aimait pas, l'avait cruellement rejeté. Qui donc avait le courage d'aller chercher ce fantôme pour essayer de l'engager dans la répugnante querelle ?

Trois jours passèrent et *la Grenouille* parut encore, avec un nouvel article intitulé, celui-là : « Joli monsieur, jolie famille. » Le pamphlétaire anonyme expliquait avec humour que le fameux L. P., honte de la science moderne, chassait naturellement de race. Que son père, autre charlatan, était hors de France pour des raisons qu'il faudrait éclaircir un jour ; et qu'il y aurait peut-être lieu de s'occuper bientôt de certains autres membres de cette prestigieuse nichée...

Laurent aurait bien crié. Ce dernier trait lui faisait mal, beaucoup plus encore que les autres. Il grondait silencieusement : « Qu'est-ce qu'ils vont encore chercher ? Qu'est-ce qu'ils vont trouver maintenant ? »

Il ne songeait pas à la réaction du clan. Elle ne se fit pas attendre. Le jour même, comme Laurent était au laboratoire, Joseph téléphona. La passe fut brève et brutale :

— Tu sais, disait le frère aîné, tu sais que je ne veux pas d'histoire.

— Je suis désolé ; mais qu'est-ce que je peux faire pour arrêter cette marée de calomnies ?

— Arrange-toi comme tu voudras. Et que je ne sois pas en cause. Autrement je te désavoue.

— Eh bien, Joseph, désavoue-moi.

Le gaillard écumait, là-bas, au bout du fil. Il crachait dans l'appareil. On l'entendait taper du pied en terminant l'entretien.

Sans doute avait-il des méthodes personnelles pour intimider l'adversaire, car il ne fut plus question, dans la suite de la bagarre, que de Laurent, de Laurent seul. Toutefois, le jeune homme reçut de son frère Ferdinand, une très petite lettre, furieuse et glaciale : « Claire a beaucoup pleuré. N'oublie pas que c'est ta faute. Si mon nom se trouvait prononcé dans cette abominable histoire, je pourrais perdre ma situation et tu en serais responsable... » Dix ou quinze lignes de ce goût. Laurent en fut désespéré ; il décida pourtant de ne point répondre et s'en tint à son propos. Il avait bien assez à faire avec les soubresauts imprévus de cette bataille absurde. L'interview de *l'Echo* venait enfin de paraître. Elle était, somme toute, fidèle pour tout ce qui concernait Laurent ; mais le journaliste annonçait qu'il avait jugé raisonnable d'interroger aussi, en manière de contrepartie, un des collaborateurs du jeune savant et que, pour des raisons bien compréhensibles, ce collaborateur désirait garder l'anonymat. Suivait une demi-colonne d'un texte confus et presque incohérent où Laurent était représenté comme incapable de diriger sérieusement un service de l'Institut national.

Laurent avait sept personnes sous ses ordres. Laquelle des sept avait parlé ? Qu'avait-elle pu dire, au juste ? Laurent s'épuisait à chercher, sur ces visages familiers, un indice de félonie. Puis il pensa tout à coup que le fumeux réquisitoire était assez dans le style de l'impossible Birault, qui devait bien encore sévir en quelque endroit du monde. Cette pensée lui procura de l'allégement.

Il venait de faire paraître, dans *la Presse*, par l'entremise de Vuillaume, toujours obligeant, une sorte de mise au point qu'il avait intitulée : *Précision sur la querelle des laboratoires*. Il y disait, incidemment : *Si, par exemple, mon éminent collègue Hubert Joire, sous la direction éclairée de qui se préparent, à l'Institut National, des extraits de glandes fraîches, venait un jour à découvrir que ces manipulations délicates sont opérées par des employés qui refusent de se conformer à la stricte technique, le bon sens et la morale l'inclineraient sans retard à des sanctions. Le problème disciplinaire est d'une parfaite simplicité.*

Le résultat fut lamentable. Sans en avertir Laurent, M. Hubert Joire fit tenir à *la Presse* une sèche rectification dans laquelle il disait que M. le Dr Pasquier pouvait assurément prendre des exemples, mais qu'il avait grand tort de mettre en cause, même de manière accidentelle et allusive, un collègue dans le service de qui le moindre fait d'indiscipline était tout à fait improbable.

Laurent fut si cruellement humilié qu'il essuya cet affront sans tenter la moindre riposte. Le lendemain même on vit paraître, dans diverses gazettes, une petite note dont Laurent pensait qu'il devait rire, car elle était ridicule, mais dont pourtant il ne rit point. Elle était ainsi rédigée : *M. L. Pasquier, assureur-conseil, 18, boulevard Exelmans, croit devoir avertir sa nombreuse clientèle qu'il n'a rien de commun avec son homonyme, L. Pasquier, dont le nom est souvent prononcé dans la presse parisienne à propos d'un scandale récent.*

Le jour même, au laboratoire, Laurent reçut une visite. C'était un petit bonhomme, jaune de cuir, noir de poil. Il parlait le français de manière désinvolte, avec un terrible accent. Il dit, à peine introduit :

— Je ne suis pas journaliste.

Et, comme Laurent faisait un signe de tête, le visiteur ajouta :

— Je m'intéresse aux sciences. Je suis, comme tout le monde, la campagne que vous menez au sujet des laboratoires. On vous attaque beaucoup...

Une fois encore, Laurent esquissa, de la tête, un signe évasif.

— Ce journal, *la Grenouille rousse*, est rédigé par des gens sans scrupules. Oh ! je ne les connais pas. Mais je sais que l'on peut facilement les réduire au silence.

Le visiteur s'arrêta, ferma l'œil droit et murmura, dans un laborieux sourire :

— Il paraît que ce n'est pas énormément cher.

Laurent se mit debout, traversa la pièce, ouvrit la porte toute grande et fit un signe au petit bonhomme qui sortit sans souffler mot.

L'été rayonnait sur Paris. Laurent n'en sentait point la brûlure. Un grand souffle d'angoisse commençait à courir sur l'Europe effrayée.

Laurent n'entendait pas venir cet orage. Il ne comprenait que son mal, il n'éprouvait que sa tempête. Il se serrait parfois la tête à deux mains et gémissait, pour lui seul : « Je ne peux plus travailler. Je ne sais plus rien. Je ne serai plus jamais capable de faire quelque chose de bon. Tous ces gens finiront par me rendre complètement fou. »

Il se résolut à tenter encore une démarche pour apercevoir Larminat. « Je lui parlerai franchement. Je veux tirer la chose au clair. » Le directeur était toujours invisible. Il fit parvenir à Laurent une petite « note de service » disant « que M. Pasquier était prié de ne pas demander, sans motif urgent, des audiences au directeur général et que les notes manuscrites suffisaient pour assurer la liaison entre les différents organes de l'Institut ».

Le soir, l'étouffante journée sur le point de succomber, Laurent s'en allait passer une heure avec la vieille dame Pasquier. Elle priait la servante de mettre un couvert de plus et s'enfonçait presque aussitôt dans un silence hagard dont elle sortait parfois pour dire des choses non pas incohérentes, mais imprévues parce qu'elle ne laissait rien connaître des chemins par lesquels, de détour en détour, elle était venue jusque-là. Un soir, elle sortit de cette sombre rêverie, regarda Laurent avec une sorte d'étonnement, dit à voix basse :

— Tu es là ! C'est vrai, tu es là, Laurent !

Et, tout aussitôt, elle reprit la vieille plainte, celle qui, depuis près de vingt ans, lui remontait toujours aux lèvres :

— Il me semble que tu n'aimes plus ton père. Si c'était vrai, comme je serais triste.

Laurent tourna la tête pour cacher son irritation. Il songeait : « Encore le mensonge ! Maman elle-même commence à mentir. Je sais que c'est pour sauver, malgré tout, quelque chose qui est sa foi profonde, sa raison d'être, pour sauver sa pauvre famille. Eh bien, tant pis ! Tant pis ! Je n'accepte plus ce mensonge. »

Il dit brutalement :

— Nous savons pourtant bien à quoi nous en tenir.

C'était vague et presque grossier. Le visage de la vieille dame exprima soudain la frayeur. Elle murmura, très bas, d'une voix suppliante :

— Pourquoi me dis-tu cela ? Non, nous ne savons rien.

Laurent haussa les épaules et battit en retraite. Il songeait : « Si je continue, je fais une mauvaise action. Non, non, le mensonge est le maître. Respectons-le. »

Il se tut. Un peu plus tard, il se reprit à penser : « Qu'est-ce que c'est qu'un tel silence ? De la charité sublime ? De l'amour ? Ou, plus simplement, de l'orgueil ? Allons, voilà que je blasphème. Mais quoi ! Elle ne trouve pas à me dire un mot de mes tristesses personnelles. Peut-être qu'elle ne sait rien. Peut-être qu'elle est, en quelque sorte, anesthésiée par la douleur. »

Ce soir-là, comme il regagnait son logis, en suivant le pied des maisons qui restituaient la chaleur du jour au long crépuscule d'été, Laurent aperçut, dans la lueur d'un lampadaire, un visage qu'il connaissait. Le promeneur, homme jeune encore, au visage épanoui, fleuri, crédule, cria tout aussitôt : « Pasquier ! »

C'était un ancien camarade, perdu de vue depuis dix ans, un de ces passants de jadis que l'on tutoie volontiers et dont n'est pas très sûr de se rappeler exactement le nom.

Ils causèrent quelques minutes, puis le garçon dit, d'une voix jubilante et presque respectueuse :

— C'est merveilleux, hein ! En ce moment, tout le monde, à Paris, parle de toi.

Laurent haussa les épaules :

— Je trouve que c'est plutôt pénible, étant donné ce que l'on dit.

Le passant secouait la tête. Il avalait sa salive. Il reprit enfin, avec un soupir de regret :

— Ça ne fait rien, c'est toujours ça. Moi, je n'ai jamais réussi à faire parler de moi.

Laurent serra cette main molle et continua sa route. Etait-il possible que ce breuvage amer qu'il lui fallait avaler de gré ou de force, eût, pour d'autres palais, le goût enivrant de la gloire ? C'était parfaitement possible.

Rentré dans son logis aérien, Laurent, pour occuper les premières heures de la nuit, écrivait à Jacqueline de longues lettres désolées. La jeune fille, environ ce temps, était fort chargée de travail. Elle accourait quand même, entre deux courses, à l'improviste, dès le lendemain, trouvait Laurent au gîte, au laboratoire ou chez le traiteur, le regardait longtemps, d'un œil attentif et sagace, et lui posait sur le front deux petites mains toujours miraculeusement froides.

Laurent avait d'autres visites et, presque chaque jour, celle de Roch. L'étrange garçon, souvent rabroué, revenait toujours. Il n'avait même pas l'air de se rappeler, le soir, la querelle du matin. D'une voix égale et molle, il apportait les nouvelles. Il disait :

— N'aie pas peur pour Chartrain. Il ne quittera pas Paris avant les premiers jours d'août. Il s'occupe de ton affaire. Il a vraiment de la sympathie pour toi. D'ailleurs, il déteste Larminat. C'est tout dire. Mais...

— Mais quoi ?

— Tout ce bruit, tous ces articles, toutes ces saletés des journaux, ça l'épouvante un peu, le père Chartrain. A l'idée de voir son nom imprimé dans les gazettes, avec peut-être des insultes, tout de suite, il faiblit. C'est assez naturel. Quant à Desbarres...

Eugène Roch s'arrêtait pour allumer, à deux ou trois reprises, une cigarette pleine de bûches. Laurent le regardait d'un air exaspéré :

— Alors ? Ce que tu sais sur Desbarres ?

— Je ne sais rien. C'est-à-dire que Desbarres, c'est un brave type. En temps ordinaire, il aurait peut-être du courage. Malheureusement...

— Malheureusement, nous ne sommes pas en temps ordinaire, il paraît ?

Roch, de la tête, fit un signe négatif.

— Desbarres, dit-il, attend la rosette. Il l'aura sûrement, cette fois, dans la promotion d'été. Pour l'instant, il vaut mieux qu'il se tienne tranquille. Si toute cette affaire était arrivée en octobre, Desbarres aurait été certainement avec toi. Mais, réfléchis bien : en ce moment, se jeter dans une bagarre, ce serait pour lui terrible. Ce serait deux ou trois années de travail à peu près perdues.

— Cela n'a rien à voir avec son travail à lui.

— Si, je veux dire : deux ou trois années de travail dans les ministères, pour cette fameuse rosette.

Roch, ces propos lâchés, par bribes et par tronçons, retournait à son mégot. Laurent songeait : « Je suis seul ! Je suis seul ! Je me débats comme une mouche dans une toile d'araignée. Qui est-ce qui m'aide ? Personne. »

Un joli démenti lui vint, un beau matin, dans une lettre de Nantes. Justin avait, au prix de beaucoup de ruses et d'efforts, fait paraître, dans *l'Eveil*, un papier de sa meilleure encre. Il l'envoyait avec un mot. Il avait, expliquait-il, pour des raisons d'obédience et de discipline partisanes, laissé tomber toute une part de son texte, la plus énergique, la plus chaude. Le reste était encore bien bon, bien généreux, bien brave. Le tout s'intitulait : « *Appel à la Justice* » et le petit Weill, comme on disait dans l'entourage de Laurent, terminait ce bon morceau de courage par un mot de sa façon : « *Il faut laisser M. Pasquier, loyal serviteur de la science, poursuivre son œuvre en paix. La France ne peut pas s'offrir le luxe d'une autre Affaire.* »

Laurent lisait et relisait avec délice la prose de son cher ami. Malheureusement, personne à Paris ne devait recevoir *l'Eveil*. Cette lance allait se briser dans le vide.

Le lendemain, en première page de *la Mêlée*, parut, sous une signature inconnue, une *Lettre ouverte à Monsieur le Grand Chancelier de la Légion d'honneur.* L'auteur de cette lettre déclarait qu'il fallait en finir avec « le louchissime M. Pasquier » et lui retirer cette croix qu'il avait gagnée, d'ailleurs, dans des conditions fort obscures...

Ce jour-là, comme il sortait, vers la fin de l'après-midi, du Palais de Justice où il avait tenté de rejoindre un avocat de ses amis pour lui demander assistance, Laurent se trouva soudain sur le parvis de Notre-Dame. Il faisait une chaleur moite, une de ces chaleurs qui rendent les mouches folles d'audace et d'acharnement. Laurent avait grand soif d'ombre, grand désir de fraîcheur. D'instinct, il poussa la porte de l'église.

L'immense vaisseau semblait désert. Le soleil de la soirée jouait à travers les vitraux ; mais, dans les bas-côtés, s'accumulait une ombre vraiment paisible et reposante. Laurent s'assit sur une chaise, les mains pendantes entre les genoux, comme un pauvre. D'humbles officiers du culte allaient, d'une chapelle à l'autre, versant de l'huile dans les vases, allumant et soufflant des cires dont le parfum se mêlait à cette odeur d'urne, à cette odeur de pierre et de terre qui est l'odeur même des églises. Un grand silence entrait dans l'esprit du jeune homme. Il songea soudain, avec une sorte d'amertume et même avec ressentiment : « Il y a des gens qui viennent ici quand ils sont malheureux. Et ils s'en vont soulagés. Moi, je ne m'en irai pas soulagé. C'est injuste ! C'est injuste ! »

Un peu plus tard, il eut une pensée naïve : « Si je croyais, tout me serait peut-être plus facile, même de supporter l'humiliation, la méchanceté, la haine. Seulement, voilà, je ne crois pas. Au fond je n'ai pas de chance. » Il était, à cette minute, non pas abattu, mais humble et presque résigné.

Il resta là près d'une heure, dans un engourdissement voisin du sommeil. Puis il sortit. La chaleur, dans la rue, commençait à décroître. Laurent pensa : « Cette fraîcheur m'a fait du bien. Je me trouve mieux, beaucoup mieux. » Il sentait un pâle sourire lui détendre les traits du visage. « La prière, songeait-il, ce doit être quelque chose de cette sorte, mais plus fort. Est-ce que j'aurais prié sans le savoir ? Ce serait quand même étonnant, pour un rationaliste. »

Laurent fit encore quelques pas au hasard et, soudainement orienté, se dit : « Je vais aller voir Cécile. Oh ! pas à cause de cette pensée sur la prière, évidemment... Mais pour la voir, pour lui parler, peut-être même pour l'entendre. »

## CHAPITRE 17

Cécile, dès la fin de son procès en divorce, avait abandonné l'hôtel de la rue de Prony. Elle habitait maintenant, sur le quai de Passy, l'une des maisons qui se dressent, au bord du fleuve, comme de grandes falaises calcaires. Elle avait loué les deux étages supérieurs pour s'isoler des voisins, faire librement travailler ses élèves et maintenir autour d'elle une bonne marge de silence.

Pendant qu'il s'élevait doucement, dans un ascenseur languide, Laurent perçut un bruit de pas, sur le tapis de l'escalier. Une personne, encore invisible, descendait les degrés d'un pas vif. Et, tout à coup, dans la lumière d'une fenêtre, Laurent aperçut Richard Fauvet, l'ancien mari de Cécile. Une seconde, les deux hommes se dévisagèrent en silence. Puis, l'ascenseur continuant de s'élever, Richard disparut dans la spire de l'escalier. « C'est bien étrange, pensa Laurent. Que vient-il donc faire ici ? »

Cécile était seule, dans le salon de musique. Elle se tenait assise, tête basse, devant un grand clavecin et tournait le dos à la porte.

— Je te dérange, murmura Laurent. Peut-être allais-tu jouer ? Peut-être viens-tu de jouer ?

De la main, Cécile fit « non ». Elle ne semblait pas inquiète, mais paisible et, surtout, froide. Au bout d'un long moment, elle demanda :

— As-tu rencontré Richard ?

— Oui, je l'ai vu, dans l'escalier.

Il ajouta, presque aussitôt, avec rancune :

— Tu disais, l'an dernier, que tu ne voulais plus le voir.

Cécile répondit, la voix lointaine :

— Je ne le vois pas... C'est la deuxième fois qu'il vient depuis notre séparation. Il s'assied là. Je ne peux pas, je ne désire pas lui fermer la porte de ma maison.

— Que veut-il ? fit âprement le jeune homme. Te demander de l'argent, peut-être ?

Cécile secoua la tête avec étonnement :

— Non, ce n'est quand même pas dans son caractère.

— Alors, pourquoi vient-il te tourmenter ?

Cécile regardait au loin, par la grande baie vitrée, l'ombre s'étendre sur Paris.

— Il peut encore souffrir, comme tout le monde. Il n'est pas exempté de souffrir. Il est même encore capable de souffrir profondément.

— Sœur ! méfie-toi de la pitié.

Cécile fit un geste plein de tristesse et de fierté qui signifiait sans doute : « Ne crains rien ! Ne crains rien ! » Elle ajouta presque aussitôt :

— Il me dit des choses étranges, inattendues. Il me dit qu'il est devenu meilleur et que je dois lui pardonner le mal qu'il m'a pu faire.

— Méfie-toi de cet agenouillement.

— Oh ! reprit Cécile, à lui, j'ai tout pardonné. C'est à moi que je voudrais pardonner encore des choses. J'ai sans doute été très dure avec ce malheureux.

— Méfie-toi de ce remords.

— Non, non, tu n'as rien à craindre. Je sais merveilleusement bien ce que je dois faire, du moins pour le pauvre Richard.

Elle ajouta plus bas :

— Tu sais que je ne suis pas seule.

« C'est étonnant, pensa Laurent. Cécile, qui est croyante, vient de parler tout à fait comme Jacqueline, qui ne l'est pas. »

La jeune femme croisait et décroisait ses mains aux doigts délicats. Elle s'écria soudain :

— Si je me laisse tourmenter, c'est que j'ai mérité de l'être.

Elle n'avait plus, soudain, sa hautaine et froide assurance. Elle s'était mise debout et se promenait dans la pièce en déplaçant les objets avec des gestes soucieux. Elle dit :

— Quand as-tu vu maman ?

— Mais, hier soir encore. J'y vais presque tous les soirs.

— Tu ne sais rien ?

— A quel sujet ?

— Tu ne sais rien de papa ?

— Oh ! rien ! Je reçois des cartes postales, comme toi sans doute.

— Oui.

Cécile se tourna vers Laurent. Son beau visage, qu'avec tant de rigueur elle contraignait à l'impassibilité, venait soudain de se contracter sous l'empire de la colère.

— Le révoltant, dans tout cela, c'est que toute cette histoire, la fugue de papa, cette espèce de catastrophe, eh bien, tout cela, c'est ma faute, oui, c'est ma faute.

— Ta faute ! Mais c'est impossible.

— Ne me demande rien. Je t'expliquerai tout, plus tard. Je sais, Laurent, je sais que tu as de grands ennuis. Je ne lis jamais les journaux. Mais je sais.

— Merci, ma sœur.

— Et, si je ne te dis rien, c'est que je pense, je crois, je suis sûrement en droit de croire que tu es au-dessus de cela. Rien de cela ne peut t'atteindre dans le cœur de ceux qui t'aiment.

Laurent murmura, l'air honteux :

— Il est difficile d'assurer qu'on est au-dessus de quoi que ce soit... Pour ce que tu dis de papa, c'est quand même inexplicable.

— N'en parlons pas, je te prie, pas pour l'instant du moins. Cela me fait trop de mal. Veux-tu dîner avec moi ?

— Non, fit Laurent, je dois rentrer chez moi. J'ai mille et mille choses à faire.

Au moment d'ouvrir la porte, dans l'ombre de l'antichambre, il prit le poignet de Cécile.

— Je vais peut-être dire une sottise. N'importe ! Réponds-moi, Cécile : si Dieu est tout-puissant, pourquoi n'a-t-il pas, depuis longtemps, depuis toujours, remporté un triomphe total ?

Alors, Cécile, d'une voix irritée :

— Dieu est comme nous tous : il vit, il souffre et il espère. Et maintenant, tais-toi. Tais-toi.

Elle le poussait vers la porte.

Laurent prit un autobus et rentra chez lui très vite. Il espérait trouver une lettre de Jacqueline. La nuit tombait. Le jeune homme pensait : « Cécile devrait avoir la paix, puisqu'elle a découvert sa route. Mais non, elle souffre, comme moi, comme nous, comme tout le monde. Et puis, qu'est-ce que cela veut dire, cette mystérieuse allusion à la fuite de papa ? »

Le courrier du soir attendait, dans la loge de la concierge. Il n'y avait pas de lettre de Jacqueline, mais seulement quelques billets dont certain sur lequel, tout de suite, Laurent reconnut l'écriture de Schleiter.

Léon Schleiter avait été le préparateur de Dastre, dans les premières années du siècle, à la Faculté des sciences. Agrégé, puis docteur, il avait, de bonne heure, abandonné le laboratoire pour la politique. Il avait été longtemps chef de cabinet de Viviani. Il occupait de nouveau ce poste, depuis le ministère de juin. Naguère, pendant un interrègne, Schleiter s'était fait donner, à titre de dédommagement, le secrétariat de la présidence, au Sénat. Il avait quitté la fonction, pour suivre son chef, mais il avait gardé l'appartement, après une petite entente avec son successeur qui était jeune et célibataire. Laurent ouvrit l'enveloppe. Quatre ou cinq lignes, pas davantage, et de ce style sec où Schleiter excellait : « Venez me voir sans tarder. Si cette lettre arrive à temps, venez dès ce soir, Pasquier. J'ai quelque chose à vous dire. Je serai chez moi, pour vous, jusqu'à minuit. »

Il était neuf heures moins dix. Laurent descendit, gagna le boulevard Saint-Michel, mangea, debout, dans un bar, un sandwich de jambon, but un verre de bière et, par la rue de Médicis, gagna le palais du Sénat.

Schleiter atteignait la quarantaine. Il était toujours aussi long, aussi maigre, aussi funèbre. Mais il s'était marié. Depuis la crasseuse petite maison de la rue Saint-Jacques, il avait fait du chemin. Il habitait avec aisance des appartements somptueux.

Il reçut Laurent dans une bibliothèque pleine de lutrins, de sphères et de vitrines sous lesquelles brillaient de nobles reliures. Et, tout de suite, il prit ce ton de cordialité impérieuse qui, depuis leurs commencements, était sa marque naturelle.

— Mon petit, prononça-t-il, ça ne peut pas durer comme ça.

De son maître, M. Dastre, il avait gardé cette manière amicale d'appeler « mon petit » tous ceux qui l'approchaient et qu'il pensait dominer. Mais, à la différence de M. Dastre, il colorait le mot d'un rien de condescendance.

— Je suis bien de votre avis, Schleiter, ça ne peut pas durer.

Enfoncé dans un fauteuil, ses longues mains pendantes, l'œil au tapis, Schleiter poursuivit, de sa voix mate, sans chaleur, que tous ses amis appelaient « la voix du juge d'instruction » :

— Je ne suis pas, vous l'imaginez, dans toute cette pénible histoire, de ceux qui ne pensent qu'à vous accabler. Je ne suis pas non plus de ceux qui vous approuvent.

Laurent se redressait, comme un cheval éperonné. Schleiter fit un geste et reprit :

— Non, mon petit. Vous avez eu des torts. Vous avez posé le problème sur le terrain politique...

— Schleiter, vous vous trompez. On a voulu m'entraîner sur ce terrain ; mais je ne m'y suis pas placé. J'ignore presque tout de la politique. J'avais un mauvais employé...

— Je sais, je sais.

— Je l'ai mis à la porte. C'était un problème infime. On en fait une affaire d'Etat. On fouille dans ma vie privée. On m'accuse de crimes absurdes. On cherche à m'écraser, il n'y a pas d'autre mot. On veut m'enlever ma croix, et ce n'est sans doute pas tout.

Schleiter se mit à rire.

— Mon petit, tout est politique, en France. Descendez dans la rue et dites en parlant un peu fort : « Il fera beau demain » ; cela peut prendre un sens politique. Mettez les mains dans vos poches. C'est un geste politique. Mettez une fleur à votre boutonnière. C'est un emblème politique. Prenez une canne : c'est un insigne politique. Je vous le répète, mon petit, vous avez été imprudent ! Oui, imprudent et maladroit.

— Ah ! dit naïvement Laurent, c'est ce que tout le monde me dit.

— Si tout le monde vous le dit, c'est que c'est vrai. Vous avez eu le tort, en outre, de vous camper au point mort. La gauche vous a mitraillé, la droite n'a pas répondu.

— C'est probablement que je ne suis ni de la gauche, ni de la droite.

Schleiter leva l'index avec gravité.

— Impossible, mon petit. On est, nécessairement, de la droite ou de la gauche, il faut choisir. Ne revenons pas sur ce qui est révolu. Vous commencez de maigrir. Si, regardez-vous dans la glace et vous verrez que vous êtes malade. Et c'est bien pourquoi je dis que cela ne peut pas durer.

Comme Laurent ne répondait rien, Schleiter, après un silence, reprit avec lenteur :

— Vous avez des ennemis actifs et des amis qui le sont moins. Le premier devoir de ceux qui vous portent intérêt est de vous renseigner, de vous ouvrir les yeux et, ce faisant, de vous aider.

— Je vous remercie, Schleiter, pourtant...

— Attendez. Ce que je dois vous dire est assez grave. Vous ne connaissez pas Augagneur, le nouveau ministre de l'Instruction publique ? Non. Il ne vous veut pas de mal, mais cette histoire-là l'embête, surtout dans un moment pareil. Lisez-vous l'allemand, mon petit ?

— Difficilement, dit Laurent.

— Tenez, dit Schleiter en tendant un journal. Voyez vous-même. Vous avez les honneurs de la presse allemande. Regardez l'article du *Berliner Tageblatt* : *La science française en péril. Discorde et indiscipline dans les laboratoires. Des chefs qui ne font pas leur devoir. Des subordonnés qui entretiennent le désordre, etc., etc.*

— C'est invraisemblable, disait Laurent en secouant la tête.

— Toujours est-il que le ministre ne s'opposera pas, en principe, à ce que vous soyez traduit, dans quelques jours... Oh ! pas devant un grand aréopage... plutôt devant un conseil de discipline qui se réunirait à l'Institut national et qui resterait une formation intérieure de l'Institut. Pas de machine à grand spectacle.

Laurent s'était levé tout raide, non pas rouge comme d'ordinaire, mais vraiment pâle, vraiment blême.

— Continuez, dit-il, continuez Schleiter.

— Mon petit, c'est bientôt la fin. On vous demandera de donner votre démission.

— Ma démission de l'Institut ?

— Evidemment.

— Et alors ?

— Si je vous ai prié de venir, c'est pour vous conseiller, Pasquier, de ne pas faire de raffut.

— C'est-à-dire ?

— Eh bien, de vous incliner.

— Mais...

— Attendez. Et alors, on s'arrangera, dès la rentrée d'octobre, pour vous caser quelque part, s'il ne se passe pas, d'ici là, des choses trop graves en Europe.

— Schleiter, dit Laurent d'une voix déchirée, ou bien vous pensez que je suis coupable, ce qui est affreux... coupable ! coupable de quoi ? mais alors qu'on le prouve et qu'on me punisse ; ou je suis innocent et je le suis, je le suis ! Alors qu'on me laisse en paix. Mais si l'on me croit assez coupable pour me retirer mes fonctions, pourquoi veut-on m'en donner d'autres ?

— Ah ! dit Schleiter en souriant de son air funèbre, vous ne comprenez rien à ce que l'on pourrait appeler l'esprit du régime, l'esprit charitable du régime.

Il se leva, vint jusqu'à Laurent, lui mit sur l'épaule une de ses longues mains osseuses et murmura :

— Laissez-moi vous l'avouer, Pasquier, dans toute cette affaire, vous ressemblez... comment dire ? vous ressemblez au Petit Chose. Vous voyez ce que c'est ?

— Mais puisque l'on n'a rien à me reprocher...

Schleiter avait pris le bras de Laurent et, doucement, doucement, il l'entraînait vers la porte.

— Rien à vous reprocher, mon petit ? Si. Réfléchissez un peu. D'abord, vous avez violé la règle du jeu. Ces histoires-là ne doivent jamais aller jusqu'à la presse, jusqu'au grand public. Et puis...

— Ce n'est pas tout ?

— Non, hélas ! Ce n'est pas tout. L'autre grief est plus inquiétant. Il est tiré des Ecritures. Vous le connaissez, mon petit. Malheur à celui par qui vient le scandale. Ce n'est peut-être pas le texte exact. Oh ! vous m'entendez quand même.

## CHAPITRE 18

Des ténèbres du sommeil, une petite lueur se dégage. Comme une bulle argentée qui monte, de la profondeur, vers la surface de l'eau, l'âme sort de son abîme. Et, soudain, Laurent Pasquier recommence d'exister.

C'est une résurrection amère. Le sang bat, lourdement, la charge dans les tempes et dans la gorge. Toutes les jointures sont percluses, tous les muscles roides et douloureux. La chevelure est irritable et sèche. Il semble que les humbles glandes qui, depuis les commencements, travaillent dans l'épaisseur du cuir se soient, elles aussi, résolues à pâtir avec l'âme désemparée.

Laurent se lève, s'étire, pousse un soupir de détresse et pense : « Nous sommes loin du corps glorieux ! » Une fois de plus, l'idée lui vient qu'il aurait pu ne pas se réveiller. Les gens qui ne se réveillent pas ont vraiment beaucoup de chance.

Il s'habille. Il aperçoit son visage dans le miroir de la toilette et il détourne la tête : ce visage ne lui plaît pas. Il tire la porte de son logis, s'arrête un instant sur le palier, saisit la rampe et se pose des questions anxieuses : « Est-ce que je sais encore descendre un escalier ? Est-ce que je suis capable de signer correctement mon nom ? Est-ce qu'ils ne vont pas finir par me détraquer tout à fait ? » Laurent ferme les paupières une minute pour se recueillir et se dompter. « Ils », ce sont les fantômes qui le tourmentent et contre lesquels, depuis déjà bien des semaines, il mène un absurde combat.

Autrefois, pour gagner l'Institut, le matin, Laurent cheminait avec allégresse dans des voies claires et spacieuses, à la mesure de son contentement, peut-être même de son orgueil. Il prenait toujours les boulevards les plus animés, les avenues les plus fameuses. Aujourd'hui, ce sont les rues étroites, pleines d'obscurité, qu'il recherche et qu'il arpente en suivant le pied des maisons. Il se glisse dans l'Institut sans même saluer le concierge. Il gagne son pavillon d'un pas furtif, en se tenant soigneusement dans l'ombre des marronniers. Il a remarqué déjà que, s'il s'approchait d'un groupe — collègues, élèves, camarades — tout le monde s'arrêtait de parler. Laurent tourne la tête et ne dit plus bonjour à personne. Des gens qui ne sont pas de ses ennemis finissent par murmurer en l'apercevant : « Quel caractère pénible ! »

De chaque homme qu'il rencontre, Laurent n'attend plus que plaies ou piqûres. Il songe à l'indifférence chez les autres comme à un sentiment délicieux, mais, hélas ! exceptionnel. Il est devenu merveilleusement sensible aux moindres expressions des visages. D'une foule de gestes infimes qui, sans doute, n'ont point de sens, il tire une interprétation subtile et toujours désespérante. Il passe une partie de ses jours à se dire : « Je suis un entêté, peut-être même un imbécile... Je m'enferre de plus en plus. Si tout le monde me lâche, c'est probablement que j'ai tort... » Mais, le reste du temps, il s'écrie en serrant les mâchoires : « J'ai raison ! J'ai raison ! Moi, je ne suis pas un lâche comme tous ces pauvres types. » Quand il pense aux « pauvres types », il ne voit pas tel ou tel visage. Un pluriel horrible et confus, petit à petit, s'étend, au regard de Laurent, sur le reste de la société, sur tout ce qui n'est pas lui.

Dès qu'il entend s'ouvrir la porte, il s'imagine que c'est, enfin, la lettre, la maudite lettre, celle dont Schleiter a parlé, celle par laquelle on le priera de se présenter, un jour, devant le conseil de discipline. Qui fera partie de ce conseil ? Laurent se le demande parfois et, tout de suite, il hausse les épaules parce qu'il est résolu fermement à ne pas même se présenter devant le fameux conseil.

Laurent fait encore semblant de travailler, mais il ne travaille guère. Comment retenir cet esprit qui ne cherche qu'à s'évader ? Debout dans le petit jardin, entre les deux pavillons, il s'arrête à l'ombre vaporeuse d'un acacia. Des ouvriers couvreurs travaillent à refaire la toiture d'un bâtiment. Ils sont les uns à terre, les autres sur des échelles, d'autres encore grimpés sur les chevrons. Ils se lancent, d'un poste à l'autre, de petits paquets de tuiles. On dirait un ballet, une danse gracieuse et hardie. Les tuiles volent de main en main, sans jamais manquer l'essor et sans jamais manquer le but, jusqu'à venir s'amasser, en bon ordre, sur les lattes. Tout ce travail donne le spectacle de la force, de l'équilibre, et surtout de l'harmonie. Laurent voudrait soudain être l'ouvrier qui, là-haut, dans le radieux azur, reçoit et range les tuiles. La danse, un moment, s'arrête. Le coryphée donne des ordres. A la réflexion d'un jardinier qui besogne sur une plate-bande, le travailleur des altitudes répond avec fierté : « Dans notre métier, nous autres, nous aimons mieux suer de chaud que trembler de froid. » Et le ballet recommence. Laurent retourne à son tourment : « J'aime ces gens. Je les admire quand ils font bien leur difficile travail. Je partage vraiment leurs peines. Je m'associe à leurs espoirs. Et il se trouve des misérables pour m'appeler insulteur des humbles ! Ce serait à grincer des dents. »

Laurent sent qu'il va peut-être commencer à grincer des dents. Et il se sauve.

En remontant l'escalier du pavillon, Laurent s'arrête et, de la main, s'appuie à la muraille. Les traits des calomniateurs, il les sent dans sa chair et il voudrait les arracher.

Les adversaires de Laurent, ces gens insaisissables et presque toujours inconnus qu'il appelle confusément « eux » ou « ils », ont été rechercher Birault, que Laurent pensait déjà perdu parmi les fantômes du prélude. On dit, dans les petits journaux, que Birault avait des enfants, aujourd'hui réduits à la misère. On parle de faire une collecte. Laurent sait parfaitement bien que Birault n'avait pas d'enfants. On dit encore que Birault était un pauvre tuberculeux qui luttait avec héroïsme pour travailler malgré son mal. Tout est mensonge !

Car la campagne continue. Les journaux n'ont pas encore épuisé la moelle de cet os. On parle des milliers d'ampoules que l'Institut national aurait dû détruire en hâte par la faute de M. Pasquier, et Laurent songe qu'il est presque toujours possible de trouver, à l'origine d'une calomnie, quelque petit fait véridique. La plupart des feuilles consacrent, chaque jour, un bout de colonne à ce qu'on appelle maintenant « le scandale de l'Institut National de Biologie ». Les rédacteurs les plus sérieux demandent avec insistance qu'une enquête soit ordonnée.

Justin a fait un nouvel article, au sujet duquel il a failli se brouiller avec les gens de son journal. Il a dû se contenter d'envoyer le manuscrit à Laurent, qui l'a lu les larmes aux yeux. Il sera l'unique lecteur. N'importe, c'est une petite consolation et les consolations deviennent rares.

Un soir, chez Mme Pasquier, Laurent a rencontré son frère Joseph. Le gaillard avait la mâchoire hargneuse. Il a grogné :

— Tu remarqueras que *le Moniteur* se tient coi. C'est tout ce que je peux faire. Le crédit, c'est une marchandise. Le crédit, on le dépense ou on l'épargne. Dans la situation où tu nous as tous mis, il faut que je garde mon crédit moral. Il faut que je le garde intact.

Laurent a répondu furieusement :

— Je ne te demande rien.

Joseph a dit encore, en s'en allant :

— S'appeler Pasquier, en ce moment, à cause de toi, ce n'est pas drôle. Qu'est-ce que va penser Cécile ?

Laurent a failli prendre, sur la commode, un grand cache-pot de faïence et le lancer à la tête de Joseph. Un sourd désir de violence explosive commence, à certaines minutes, de lui tordre les entrailles.

Il a fait parvenir, à *la Gazette des laboratoires*, un grand mémoire sur les mutations des virus traités par le radium. C'est l'œuvre de deux années. *La Gazette des laboratoires*, qui publiait depuis longtemps tous les textes de Laurent, lui a retourné son mémoire, sans commentaires et presque sans excuses. Laurent songe : « Le monde est à l'envers. Est-ce que je vais manquer ma carrière, mon œuvre, ma vie, parce que j'ai eu le malheur de rencontrer un Larminat et de marcher sur un Birault ? Ah ! non ! ce serait à désespérer de tout. Le monde est à l'envers. »

Le mois de juillet est déjà beaucoup plus qu'à demi consumé. Le triste monde des hommes s'achemine, de jour en jour, vers son destin. Et pourtant, les citadins font des bagages, s'entassent dans les trains, rêvent à la mer, à la verdure, à la fraîcheur, au plaisir. Ils ne veulent même pas admettre que le repos qui leur est dû pourrait leur être refusé. Presque tous les maîtres et les amis de Laurent ont déjà quitté Paris. Ceux qui demeurent, Laurent va les voir, avec obstination, au risque de les importuner. Il songe, en montant les étages : « Je me suis toujours moqué de ceux qui font des visites pour entrer dans une académie. Je fais des visites aujourd'hui ; et c'est seulement pour ne pas perdre ce que j'ai gagné par mon travail. » Laurent n'est pas toujours reçu. Quand il l'est, c'est distraitement, par des gens étonnés qui ne savent pas très bien ce qui tourmente ce jeune homme ou qui sont bien décidés à ne se mêler de rien. En regagnant la rue, Laurent pense à l'île déserte. C'est désormais un des thèmes de sa vie. « Fuir, là-bas, fuir... »

Jacqueline, qui travaillait tant, Jacqueline, que l'on ne pouvait voir qu'une ou deux fois par semaine, Jacqueline s'est libérée, comme par miracle. Elle est soudain près de Laurent aux heures les plus noires. Elle l'observe, de son regard sérieux, comme elle doit, dans les baraques de la zone, regarder les malades auxquels elle va porter du lait et des bouteilles de gargarisme. Elle prend Laurent par le bras et les deux jeunes gens font, le long des boulevards déserts, des promenades silencieuses, brûlantes, altérées, dont ils conserveront toute leur vie le poignant souvenir. Parfois, Laurent sort de ses rêveries douloureuses. Il serre la petite main qui pèse à peine à son bras et il dit, avec un long soupir d'angoisse :

— Il ne faut pas ne pas m'aimer. Autrement, j'en viendrais à me détester moi-même.

La jeune fille ne répond rien. Mais son regard attentif ne quitte pas le front soucieux. Elle commence à connaître cette âme inquiète et souffrante qu'il faudra peut-être sauver.

## CHAPITRE 19

La lettre annoncée par Schleiter et que Laurent attendait dans la rage et l'anxiété lui fut remise un matin comme il quittait sa maison. Il la reconnut tout de suite, avant que de l'avoir ouverte, et la lut en s'en allant. Elle portait la signature laborieuse de Larminat et ne contenait que quelques lignes, d'un style d'ailleurs obscur. La conjoncture se trouvait apparemment exceptionnelle et la formule avait été, semblait-il, improvisée. M. Laurent Pasquier, chef divisionnaire à l'Institut National de Biologie, était informé qu'il aurait, deux jours plus tard, à comparaître devant un conseil de discipline pour répondre de divers manquements.

Laurent relut ce petit texte, trois fois de suite, sans hâte. Chose étrange, à le relire, il sentait toute fièvre l'abandonner. Ses doigts cessaient de trembler. Une âpre résolution recomposait tous ses traits pour lui faire un nouveau visage. Une sorte de sourire s'allumait dans les yeux bleu pâle dont le regard faisait songer tantôt à celui de Cécile et tantôt à celui de M. Pasquier, le père, de M. Pasquier l'Africain.

Quelques minutes plus tard, comme il arrivait dans son service, à l'Institut, Laurent reçut un pneumatique. Il était de M. Chartrain. « Venez me voir sans tarder », disait le vieux maître. « J'ai de bonnes nouvelles à vous annoncer. Ne tardez pas, car c'est peut-être une sottise, mais je vais quitter Paris demain, pour tâcher de prendre des vacances. »

Une minute entière, Laurent pesa, dans ses deux mains, les deux messages : celui de M. Chartrain et celui de Larminat. Une minute, il se demanda, contre toutes ses décisions, s'il n'était pas plus sage d'aller d'abord voir l'excellent homme qui, dans cette pénible épreuve, ne l'avait pas désavoué. Mais Laurent n'était plus en état de refuser assouvissement au démon qui le soulevait. Il prit donc son chapeau, traversa les jardins à petits pas et pénétra dans l'antichambre du bureau directorial. L'huissier qui l'aperçut lui déclara tout de suite que le directeur général n'était pas encore arrivé, ce qui d'ailleurs n'était pas faux. Le jeune homme répondit :

— Ça ne fait rien. Je l'attendrai.

M. Pierre-Etienne Larminat survint quelques instants plus tard. Il aperçut Laurent et réprima non sans peine un mouvement de contrariété :

— Monsieur le directeur, fit Laurent d'un ton calme et cérémonieux, je dois avoir avec vous un très bref entretien.

Le bonhomme cherchait quelque échappatoire. Il n'en découvrit point et dit en haussant les épaules :

— C'est bien, monsieur Pasquier, entrez donc avec moi.

Il pénétra dans son bureau, suivi de Laurent qui referma la double porte, soigneusement, sur leurs pas. Deux ou trois minutes plus tard, le jeune homme sortit, fit à l'huissier, qu'il connaissait de longue date, un imperceptible signe de tête, puis il quitta l'Institut, héla, dès la porte, un taxi, donna l'adresse de M. Chartrain, et se mit à fredonner la *Partita* en *ut*, de Jean-Sébastien Bach, air de grande sérénité.

M. Chartrain était chez lui, tout occupé de ses bagages. Il reçut Laurent d'une manière fort cordiale et l'entraîna dans un salon dont les meubles vénérables disparaissaient déjà sous des housses de grosse toile.

— La sagesse, murmurait le vieux maître, serait de rester ici, d'attendre les événements, de voir ce que va faire l'Allemagne.

Laurent dressa l'oreille. L'Allemagne ? Ah ! oui, M. Chartrain pensait à ce que l'on appelait la tension internationale... Laurent s'assit sur le coin d'un canapé. L'odeur de la naphtaline s'échappait, par bouffées, des tapis roulés et ficelés. Les persiennes étaient déjà closes. La poussière du remue-ménage dansait dans un fil de soleil. L'excellent M. Chartrain prit un fauteuil en face de Laurent.

— Et maintenant, parlons de vous, car c'est surtout pour cela que je vous ai fait venir. Vous savez qu'un revirement commence à se dessiner en votre faveur. Dastre, Richet, Lapicque sont résolus, comme moi-même, à demander une enquête. Que le mot ne vous effraye pas...

— Vous n'imaginez pas, Monsieur, qu'il pourrait m'effrayer désormais.

— Il ne s'agit pas d'une enquête sur vos travaux, mais bien sur les conditions dans lesquelles on veut vous amener à donner votre démission. Charles Nicolle, qui vous connaît, vient d'écrire au ministre en votre faveur et en approuvant tout ce que vous avez écrit. M. Roux, Gabriel Bertrand, d'autres encore disent à qui veut les entendre que vous êtes victime d'une injustice, que c'est une infamie et qu'il ne vous serait arrivé rien de tel dans une noble maison comme l'Institut Pasteur.

— Monsieur, j'en suis bien sûr, mais...

— Malheureusement, mon cher ami, la plupart de ceux qui vous aiment sont dispersés par les vacances ou distraits par l'inquiétude politique, ce qui est bien naturel. Alors, nous avons pensé que le mieux, pour vous, était de comparaître devant ce conseil de discipline. Il comporte au moins deux personnes qui vous seront favorables. Aux autres, nous écrirons.

— Monsieur, dit le jeune homme, je ne peux vous dire à quel point je suis touché. Mais...

— Mon ami, ne vous roidissez pas, ne cédez pas à la mauvaise humeur.

— C'est que, Monsieur, il est déjà trop tard.

— Trop tard ? Pourquoi ? Je ne comprends pas.

— Ma démission, je l'ai donnée.

— Quand ?

— Il y a un quart d'heure.

— Et comment l'avez-vous donnée ? Par écrit ? A qui ?

— Je l'ai donnée verbalement, à M. le directeur général.

— A M. Larminat ?

— A M. Larminat.

— Je n'ai pas beaucoup de sympathie pour M. Larminat, mais on peut encore arranger les choses.

— Monsieur, c'est impossible.

— Et pourquoi donc, impossible ?

Le vieil homme se frottait les mains d'un air soucieux. Il regardait avec ennui Laurent qui fit un sourire céleste et murmura dans un souffle :

— Monsieur, j'ai dit à M. Larminat qu'il était une canaille.

M. Chartrain eut un léger mouvement du buste, un léger mouvement de recul.

— Diable ! dit-il. Cela devient grave.

— Et même... reprit Laurent.

— Quoi ! Quoi ! Ce n'est pas tout ! Que lui avez-vous dit encore ?

— Je ne lui ai rien dit de plus, mais...

— Mais...

— Je lui ai craché au visage.

Le professeur leva les deux mains comme pour adjurer les anges de venir à son secours. Il bégayait :

— Ça, c'est quand même trop fort, beaucoup trop fort ! Au visage ! C'est une chose extraordinaire, une chose qui ne me serait jamais venue à l'esprit. Vous, un garçon si calme et surtout si bien élevé. Diable ! C'est tout, j'espère bien.

Laurent venait de se lever, très rouge et toujours tranquille. Il répondit, d'une voix basse, vraiment terrible :

— J'avais envie de l'étrangler. Je ne l'ai quand même pas fait. L'idée de le toucher me dégoûtait, positivement.

— Taisez-vous ! Taisez-vous, mon pauvre ami ! Vous n'avez pas votre bon sens. Tenez, voilà qu'on m'appelle. C'est encore à cause des bagages. Ne dites rien à personne de ce que vous venez de me rapporter. On vous croirait fou, mon pauvre Pasquier. Et vous êtes seulement en colère. Nous reparlerons de tout cela dans deux ou trois mois. Les esprits seront calmés. A moins que les événements ne viennent à bouleverser tout. Car, vous savez, cela va mal. Allons, au revoir, Pasquier. Et calmez-vous ! calmez-vous !

Laurent se reprit à sourire en descendant l'escalier : « Me calmer ? songeait-il. Pourquoi ? Je n'ai jamais été plus calme. »

A peine sur le trottoir, il aperçut un kiosque tout pavoisé de journaux. Il n'avait pas encore eu le temps, ce matin-là, et pour cause, de regarder les journaux. Au passage, il jeta les yeux sur les feuilles exposées puis, tout aussitôt, s'arrêta. *Le Courrier Populaire* montrait une large manchette. On pouvait lire : *Discours de Hyacinthe Bellec. L'agonie d'un régime*. Laurent eut le sentiment qu'il devait y avoir là-dedans quelque chose à son adresse, que Bellec, longtemps silencieux, avait dû se mettre en branle. Il acheta le journal et s'assit, pour le lire, sur un banc du boulevard.

Il avait deviné juste. Le leader socialiste, après avoir longuement parlé de la politique européenne, faisait un tableau de la France bourgeoise, épiloguait à loisir sur le procès de Mme Caillaux, puis en venait à ce qu'on appelait, depuis peu, dans son journal, « la défection des intellectuels ». Pour finir, il insistait sur le cas de ce jeune savant qui, saisi d'une ambition folle et peut-être criminelle, semblait oublier que la science n'est pas le privilège d'une classe, qu'elle est le patrimoine des masses.

Laurent replia le journal et l'enfonça dans sa poche. Des gouttes de sueur lui glissaient le long du nez. Il ne pouvait s'empêcher de les suivre de l'œil, en louchant. Il se dressa sur ses jambes, se tordit les mains avec embarras et dit tout haut : « Je n'ai plus qu'à rentrer chez moi. »

Il se trouvait alors sur le boulevard Saint-Germain. Cherchant les ruelles sombres, tenant à la main son chapeau dont il s'éventait à grands coups, il remonta vers le sommet de la colline Sainte-Geneviève. Puis il y eut l'escalier, puis le silence de la chambre. Alors Laurent prit un papier, trempa dans l'encrier une plume non pas tâtonnante, mais nette et fermement tenue, se recueillit une seconde et commença d'écrire :

*Chère Jacqueline, Jacqueline chérie, mon amie, mon cher amour, vous m'avez dit, un soir, à la fin du printemps, que vous admiriez beaucoup votre père et qu'il ne vous viendrait jamais à l'esprit de critiquer ses sentences. Votre père vient de se prononcer publiquement, à mon sujet, et même, après tant d'autres, de me condamner sans appel.*

*Chère Line, j'ai ce matin donné ma démission : je ne suis plus chef de service à l'Institut de Biologie. Ma carrière est brisée. Le travail que j'aimais va me devenir impossible. Je suis un homme très pauvre. Je n'ai presque plus d'amis. Mes ennemis sont innombrables. Et je ne comprends pas encore très bien les raisons de mon malheur.*

*Vingt fois, je vous ai demandé d'unir votre vie à la mienne. Hier encore, je pensais que vous finiriez par m'entendre, car, vous me l'avez dit vous-même, vous ne me détestez point. Mais aujourd'hui, Line chérie, je n'ai plus rien à vous offrir qu'un cœur très misérable et qu'un nom lourd à porter. Vous méritez beaucoup mieux, Jacqueline bien-aimée...*

Laurent posa le porte-plume sur la table et tomba dans une grande rêverie.

La matinée s'achevait et midi commençait de sonner à toutes les horloges de la colline quand le rêveur entendit des pas dans l'escalier, puis la porte de l'entrée craqua faiblement comme si quelqu'un venait de s'y appuyer de l'épaule. Ensuite il y eut un grand silence.

Sur la pointe des pieds, le cœur étreint d'une angoisse admirable, Laurent vint jusque dans la très minuscule entrée sur laquelle donnaient la chambre et le cabinet de travail. Toute la maison reposait au sein d'une paix profonde. Et, soudain, Laurent eut la certitude qu'à travers la porte il entendait non pas un souffle, mais un bruit sourd et rythmé, le battement d'un cœur.

Il tira doucement, doucement, le bouton de la serrure.

Jacqueline était là, debout, un peu pâle dans l'ombre. Et, tout de suite, elle entra. Elle retirait ses gants, avec des gestes maladroits, saccadés, elle retirait le grand chapeau de paille dorée qui lui cachait à moitié le visage. Elle baissait les yeux et parlait vite, avec ses lèvres tremblantes. Elle disait :

— Si vous voulez m'épouser, je veux bien, je veux bien ! Et même je vous le demande. Et je vous cherche partout depuis ce matin pour vous dire que je veux bien.

Laurent saisit la jeune fille à pleins bras, furieusement. Et l'orage qu'il retenait depuis des mois, à force de volonté, dans le fond de sa poitrine, éclata, soudain, avec de grands sanglots d'enfant, avec des secousses terribles, avec des gémissements infinis qui lui déchiraient la gorge. Il disait, au milieu des larmes : « Pardonnez-moi ! Pardonnez-moi ! Faut que je pleure ! Faut que je crie ! Faut que ça sorte et que ça me délivre. Après, après, tout ira bien. Non, non, ce n'est pas de la douleur. Je n'ai jamais été plus heureux, ni plus fort. »

Comme Jacqueline, avec un mouchoir mouillé, commençait à lui rafraîchir le visage, il dit :

— Line chérie, j'étais en train de vous écrire, de vous expliquer tout ce qui m'arrive...

Elle secoua la tête et sourit :

— N'expliquez rien. Je sais tout.

Puis, de nouveau sérieuse, elle ajouta :

— Il faudra seulement nous presser, oui, nous presser pour le mariage.

— Nous presser ? Sûrement. Pourquoi ?

Elle dit avec gravité :

— Parce que nous allons sans doute avoir la guerre.

Laurent relevait la tête, l'air effaré.

— La guerre ? Quelle guerre ? Ah ! oui, je crois, il me semble que l'on parle de la guerre. Pourquoi, la guerre ?

Elle s'agenouilla devant lui, prit un peigne parmi ses nattes et commença de le peigner, sagement, patiemment, comme l'on fait aux enfants qui viennent d'avoir un chagrin ou de se mettre en colère.

## CHAPITRE 20

Cher vieil ami, je suis sans nouvelles de toi depuis presque une semaine. Pas de réponse au billet dans lequel je te disais, trop brièvement je l'avoue, que j'avais tout perdu mais, en même temps, tout gagné, parce que j'allais me marier. Et j'espère, en effet, me marier dans quelques jours, si toutefois les Allemands veulent bien m'en laisser le temps.

Es-tu toujours à Nantes ? Cette lettre va-t-elle t'atteindre ? Il faut quand même que je l'écrive, ne serait-ce que pour m'épancher dans le cœur d'un ami véritable. Il faut que je te parle encore de moi. J'en ai grand honte. Nous vivons ici dans l'attente et l'exaspération. Il n'y a ni rapport, ni mesure commune entre le danger où se trouve l'Europe et mon très petit désastre personnel. Pourtant, dans mon esprit, tous les événements, les grands et les minuscules, se mêlent, se compénètrent. Toutes les plaies me brûlent en même temps. Je devrais être au comble de la détresse, car on m'a fait beaucoup de mal, on m'a fait, semble-t-il, tout le mal que l'on pouvait me faire. Il y a huit jours, je ne pensais qu'à mourir, à quitter ce monde horrible. Aujourd'hui, je veux vivre, je veux recommencer ma vie. Je ne suis que projets, décisions et programmes. Et cela, tu l'entends bien, au moment où de grands devoirs vont peut-être me demander, me retirer cette vie que je voudrais aimer encore. Jacqueline est dans les mêmes dispositions d'esprit.

L'avenir est très incertain, très noir, et nous ne parlons que de l'avenir.

Schleiter, un jour de l'hiver dernier, m'a dit, de sa voix grand-deuil : « Trente-trois ans ! Dépêchez-vous, mon cher ! Vous verrez ! C'est tout de suite fini. » Eh bien ! Schleiter se trompe. Trente-trois ans ! Rien n'est fini, puisque me voilà forcé de tout reprendre à pied d'œuvre.

Jacqueline a vu le citoyen Bellec. Il paraît que le vieux serin tombait des nues. Il n'avait rien compris, rien deviné, ce qui est un peu notre faute. Bref, il a déclaré qu'il était avant tout pour une liberté totale. Nous n'aurons pas à rédiger la sommation respectueuse. Malheureusement, si la France venait à mobiliser, comme on semble le craindre, je partirais le deuxième jour. Tout cela ne va pas favoriser mon mariage. Bah ! je me marierai quand même. Si ce n'est pas à Paris, ce sera peut-être à Remiremont, où je dois me rendre d'abord, ou bien à la fin de la guerre, qui ne pourrait pas durer longtemps. Et puis, il n'est pas encore dit que nous aurons la guerre. Beaucoup de gens n'y croient pas et, par exemple, Rohner dont je te parlerai tout à l'heure. Je vis, tu le vois bien, dans une totale incertitude. Et, cependant, je suis heureux, follement et furieusement heureux.

Figure-toi que j'ai reçu un télégramme de M. Hermerel, mon cher et bon patron, qui se trouve en Indochine. Il a lu les journaux de France avec un énorme retard. Il me dit : « Votre article est admirable. Suis avec vous de tout cœur. » Pauvre M. Hermerel ! C'est lui, tu t'en souviens, qui m'avait fait décorer, l'année du Désert de Bièvres, parce que j'avais essayé sur moi son nouveau vaccin. Je pense qu'en définitive, malgré la campagne de presse, cette malheureuse décoration ne me sera pas retirée. Ces messieurs du Conseil de l'Ordre ont d'autres chiens à fouetter.

On a dit, dans les petits journaux, que j'avais giflé Larminat, que je l'avais roué de coups. C'est très exagéré. J'ai certainement, au fort de la colère, eu grand désir de le battre, et, plus précisément, de l'étrangler. L'idée de toucher sa peau, de mettre mes mains sur sa peau m'inspirait — heureusement — une salutaire horreur, une sorte de dégoût sacré.

J'ai dû voir M. Rohner, pour lui passer des papiers intéressant le *Journal de Biologie*. Je suis allé chez lui, les dents serrées, prêt à mordre. Il m'a reçu très chiquement. J'étais venu pour l'engueuler, parce que j'étais en veine d'engueulade, encore tout chaud, tout brûlant. M. Nicolas Rohner m'a désarmé du premier coup. Il m'a dit, avec un petit rire sec : « Compliments, pour Larminat ! » Chose extraordinaire, ma scène avec Larminat s'est passée dans le plus grand secret ; je n'en ai parlé qu'à Chartrain qui a dû quitter Paris presque tout de suite ; Larminat, me semble-t-il, a mille raisons de garder le silence ; eh bien ! tout le monde, à Paris, sait qu'entre Larminat et moi, la semaine dernière, il y a eu du grabuge. Et, comme je te l'ai déjà dit, les imaginations travaillent. On m'en prête beaucoup plus que je n'en ai fait.

Donc, Rohner m'a félicité. J'ai faibli, tout aussitôt. Je n'aime pas le caractère de M. Rohner ; mais j'admire son intelligence. J'ai renoncé tout de suite à ce que le professeur Guillaume de Nesles appelait, naguère encore, « les exercices de la quatrième leçon », la scène de l'algarade.

Comme je prenais congé, M. Rohner a fait allusion à ce qu'il appelle « mon affaire ». Il a dit :

— Vous avez la réputation d'être un caractère impossible. Nous tâcherons d'arranger tout cela dès la rentrée, en novembre.

J'ai murmuré :

— Mais, si la guerre éclate...

Il a répondu froidement :

— Oh ! la guerre arrangeait tout, votre affaire comme le reste.

Il ne croit pas à la guerre. Il affirme : « Les Allemands ne sont quand même pas si bêtes. » Il a toujours admiré beaucoup les Allemands. Il m'a dit encore, de sa voix sèche :

— Tâchez de vous reposer.

Non ! je ne veux pas me reposer. J'ai formé le projet de ne plus me reposer jamais, on a trop de mal à repartir. Les grandes choses ne s'accomplissent que dans l'élan, dans le mouvement enthousiaste. Si la guerre éclate et si, par chance, elle ne me tue pas, je veux travailler, travailler, entreprendre de grandes œuvres et les mener à bien, jusqu'au seul repos possible : « *Dona eis requiem aeternam* ».

Rohner m'a dit, sans sourire : « Avez-vous vu les politiques ? » Quelle idée ! Je n'ai pas vu les politiques et je ne les verrai pas, même si la paix nous est conservée. En regardant les médecins, les chirurgiens, en regardant travailler mes maîtres, et même le terrible M. Nicolas Rohner, j'ai souvent eu le sentiment d'observer des hommes responsables, des hommes dignes de leur terrible devoir. Chaque fois qu'il m'a été donné d'approcher les politiques, les hommes du gouvernement, j'ai rencontré des hommes indécis, un peu falots, un peu ignorants, qui jouaient au gouvernement et s'en amusaient beaucoup. Entre le chirurgien qui, toutes ses facultés requises, tranche à même la chair vive, et le parlementaire éloquent qui plaide pour son programme, il n'y a que peu de rapports. Je n'ai donc pas vu les politiques et je pense qu'en ce moment ils ont d'assez grands soucis pour n'avoir aucun désir de s'intéresser à moi.

Je viens de te parler une fois encore de mes maîtres avec beaucoup de respect. Ce n'est pourtant pas qu'ils soient tous également respectables. Je t'ai dit quelque chose de M. Desbarres, le colosse à tête de lion, celui qui n'a rien fait pour moi parce qu'il attend la rosette, cette rosette qu'il n'aura pas, au train où vont les choses. J'ai revu M. Desbarres. C'était avant la scène avec Larminat. J'étais au plus bas de ma course. M. Desbarres m'a reçu dans son cabinet de travail. Il avait toujours l'air d'un lion, mais d'un lion à muselière. Il parlait en jetant des regards de côté comme pour s'assurer qu'on ne l'entendait point. Il m'a dit : « Patientez ! Retirez-vous dans une thébaïde. Travaillez dans le silence. La vie d'un homme, c'est long ! Il y a toujours de vilains moments à passer, et puis tout s'éclaire de nouveau... »

Pendant qu'il me débitait ces fadaises, j'ai entendu du bruit dans le salon voisin. M. Desbarres a commencé de s'agiter avec gêne. Il baissait la voix : « Je vais recevoir une délégation. Vous comprenez : une délégation de mes collègues. » Il s'est levé, m'a pris à l'épaule avec une familiarité factice, et m'a fait sortir par une porte différente de celle du salon. Je connais un peu l'appartement, qui est vieux et mal ordonné. J'ai compris tout à coup que M. Desbarres ne voulait pas me faire traverser le salon où l'attendaient ses collègues et qu'il essayait de me diriger vers l'escalier de service. Alors, je me suis arrêté, je l'ai regardé bien en face et j'ai dit : « Je comprends ! Non, Monsieur ! Non, Monsieur ! » Je suis retourné sur mes pas et j'ai traversé le salon, où se trouvaient au moins dix personnes dont la plupart ne m'étaient pas inconnues. J'ai traversé la pièce, tête nue, sans rien dire. Je pense que M. Desbarres était horriblement vexé de laisser voir à ses amis qu'il recevait un lépreux. M. Desbarres est sans aucun doute mon ennemi pour le restant de mes jours.

Si j'en pouvais douter, Roch ferait en sorte de me tirer d'hésitation. Roch sait tout. Il connaît les pensées des hommes avant même qu'elles n'aient pris naissance. Tu sais que j'ai déménagé. Cela signifie que je suis allé, l'autre jour, chercher à l'Institut toutes mes affaires personnelles. Je ne peux te dire avec quel serrement de cœur j'ai regardé, pour la dernière fois, ce que j'appelais mon royaume. J'ai serré la main de mes collaborateurs. Ils avaient l'air atterrés.

Roch était avec moi, pendant cette expédition. Il m'a même aidé, plus tard, à monter dans mon cinquième tous mes papiers, tous mes livres. Il parle sans arrêt. Il m'a dit, sans en avoir l'air, comme cela, par allusions, que si les petits journalistes avaient, dans leurs sales articles, parlé de la mort de Sénac et fait des insinuations, c'est que Vuillaume n'était pas discret. Je me suis rappelé que Vuillaume et Roch m'accompagnaient, quand je suis allé reconnaître, il y a déjà longtemps, le corps du pauvre Sénac. Il est en effet possible qu'une simple indiscrétion... Roch est un garçon presque incompréhensible, à mon jugement. Il n'est pas sans valeur et ses derniers travaux sont même tout à fait remarquables. Il ne m'a pas abandonné dans le plus noir de ma détresse et il ne s'en cachait point. Il m'a dit, avant-hier : « Sois bien sûr que si l'on voulait me la donner, ta place, eh bien ! je ne l'accepterais pas. » Je méditais encore sur cette phrase assez mystérieuse quand j'ai reçu — c'était hier soir — un pneumatique de Vuillaume. Je ne l'ai pas lu sans malaise. Tu sais, je crois te l'avoir dit, que j'avais été nommé, lors d'un premier recrutement du personnel pour l'Institut national, au concours. Depuis, un décret est intervenu qui autorise le directeur à désigner les chefs divisionnaires au choix. Je ne veux pas te recopier ici le pneumatique de Vuillaume, cela me serait plutôt pénible. Sache seulement qu'il me fait entendre, non sans un embarras visible, qu'on parle de lui pour me succéder dans ma fonction à l'Institut, que ce bruit ne peut manquer de venir à mes oreilles, que la chose n'est pas faite, mais que si, par hasard, elle se faisait, il n'accepterait cette place que dans le dessein de me la restituer, plus tard, à moins, d'ailleurs, que la guerre, etc., etc... Le tout avec des formules d'amitié qui m'ont brouillé le cœur.

Allons ! Ne parlons plus de Vuillaume : je serais peut-être injuste. Je l'ai souvent été, c'est évident, avec le pauvre Roch. Je ne peux douter de son amitié. Mais je la comprends à peine. Il m'importune et me blesse, même quand il entend me servir. Et pourtant, il y a eu des jours où, cherchant autour de moi quelqu'un pour me raccrocher, je n'ai trouvé que lui, que lui seul. Je ne parle pas de toi, vieux frère beaucoup trop nantais.

C'est maintenant rue Gay-Lussac, chez moi, qu'Eugène Roch vient me faire ses visites rabâcheuses. Il s'est écrié, hier, en dodelinant de la tête :

— Toute cette affaire épouvantable, eh bien ! tu peux me croire, ce sont les francs-maçons...

J'avais presque envie de rire. J'ai rencontré, l'autre jour, un copain qui m'a dit, oh ! négligemment — pardonne-moi, cher Justin, car je vais te faire sauter — que les affaires de cette sorte étaient montées par les juifs. Je n'ai même pas répondu. Nous avons l'habitude, en France, de rapporter nos misères, selon notre position politique, soit aux francs-maçons, soit aux Juifs, soit encore aux Jésuites. Ce serait drôle à penser si ce n'était lamentable.

J'ai réfléchi, ces temps derniers, pendant mes nuits sans sommeil. Si je me suis battu, ce n'est pas contre Birault, ni contre Larminat, ni contre les francs-maçons, ni contre telle ou telle coterie, je me suis battu, maladroitement, aveuglément, contre la lâcheté des hommes, contre la bêtise des hommes, contre de grandes ombres insaisissables.

Je ne veux pas terminer cette lettre sans te dire que nous sommes — nous, c'est le clan, le pauvre clan Pasquier, si divisé, si misérable — fort inquiets au sujet de papa dont nous n'avons plus de nouvelles depuis une quinzaine de jours. Maman ne mange plus, elle s'enfonce dans un silence mortel. Tu te rappelles sans doute qu'au début de son fameux roman, papa racontait l'histoire d'un nommé Poutillard qui s'était trouvé surpris dans un exil ridicule par la guerre de 1870. Si la guerre éclate demain, qu'adviendra-t-il de ce père impossible que nous aimons encore assez pour qu'il nous donne à souffrir ?

Cécile, que je vois presque chaque jour depuis ma démission, Cécile a fini par me faire un aveu. Les douze mille francs de Joseph, les douze mille francs avec lesquels notre père a pris la clef des champs et des mers, ces douze mille francs n'étaient pas à Joseph. Cécile venait de les donner à Joseph qui la tourmente sans cesse pour lui faire opérer ce qu'il appelle « des placements ». Joseph a donc demandé, voici quelques mois, à Cécile, si elle acceptait de placer cet argent dans une entreprise de papa. Cécile a donné son consentement et tu sais la suite. Depuis, Cécile se désespère à la pensée qu'elle est pour quelque chose dans la folie du personnage extravagant dont je suis le fils à jamais étonné. Pour Joseph, il pense que si papa n'avait pas fait sa fugue, il aurait fini, lui, Joseph, par s'approprier d'une façon ou d'une autre les douze mille francs de Cécile, et il est fermement persuadé que papa l'a quand même roulé.

Que te dire encore, cher vieux ? Suzanne veut s'engager comme infirmière... Elle en a déjà le costume. Mais non ! Cette guerre est impensable. Elle n'éclatera sûrement pas. Tâche de venir à Paris me dire ton avis sur cette effrayante conjoncture.

Je t'embrasse à pleins bras.

Ton Laurent.

Le 25 juillet 1914.

## CHAPITRE 21

Comme la cantine était à moitié vide. Laurent la souleva sans peine et dit :

— Je la descendrai tout seul, si Justin tarde à venir.

C'était un petit coffre noir, ourlé de tôle, sur lequel on avait peint un petit drapeau tricolore et le nom du propriétaire : *Laurent Pasquier, aide-major de 2e classe.*

— Je prendrai le reste de mon linge, tout à l'heure, chez maman.

Elle a voulu le ravauder et le vérifier elle-même, comme dans notre ancien temps.

Il rabattit le couvercle de la cantine et s'assit dessus, l'air absorbé. Puis il releva la tête et commença de regarder toutes choses autour de lui : les livres, les étagères, le piano sur lequel avait joué Cécile enfant et qui, lorsqu'on heurtait du pied certaine feuille du parquet, faisait entendre une vibration plaintive, le tableau de Brénugat, peint autrefois, à Bièvres, et qui représentait un jardin potager couvert de coquelicots en fleurs, le petit poêle à pétrole qui ronflait comme un tuyau d'orgue, pendant les nuits de travail, en hiver.

— A quoi pensez-vous ? dit Jacqueline.

— Je dis adieu.

— Non ! Non ! vous reviendrez ! J'en suis sûre. Je l'affirme.

— Je reviendrai peut-être. Mais je dis adieu quand même à tous ces témoins de ma vie sans vous. Je leur dis adieu sans regret ; et pourtant, cela déchire. Oui, cela déchire de dire adieu, même à ses douleurs.

Les deux jeunes gens se regardèrent un long moment, en silence, et Laurent murmura soudain :

— Je suis parfaitement calme et fort, très digne de vous, chère Line, il me semble. Tenez, prenez la clef de mon logis. C'est à vous que je m'adresserai si j'ai besoin d'un livre ou de quelque autre chose.

Line prit la clef, gravement. Elle dit :

— A quelle heure est votre train ?

— Je dois me présenter à la gare vers trois heures et j'aurai peut-être un train. Ah ! je crois entendre Justin.

D'un poing pressé, nerveux, Justin frappait à la porte. Il entra d'un bond. Il ne semblait pas accablé par l'événement, mais véhément et loquace. Il avait passé trente heures dans un train surchargé pour venir de Nantes à Paris. Arrivé le matin même, il avait mis, en hâte, un mot rue Gay-Lussac et prévenu Laurent qu'il repasserait vers midi.

Les deux hommes s'embrassèrent, puis Justin recula d'un pas, regarda son ami, les houseaux, la culotte garance, le dolman à boutons dorés. Il demandait :

— Quand pars-tu ?

— Cette après-midi, vers trois heures.

— Bien. J'irai te mettre à la gare. Ah ! Ah !

Il s'arrêtait soudain, bouche bée, en apercevant Jacqueline. Il recula d'un pas, fit un salut gracieux, juvénile, un peu théâtral et dit :

— Me permettrez-vous, Madame, d'accompagner mon ami ?

— Mais non, mais non, soufflait Laurent, Jacqueline n'est pas encore ma femme. Nous avons commencé de publier les bans ; et la guerre nous a gagnés de vitesse.

— Cela ne fait rien, dit la jeune fille, je serai sa femme, un jour. Accompagnez-nous, monsieur Weill, car, maintenant, il faut partir.

— Tu vas m'aider, dit Laurent, à descendre ma cantine. Nous la prendrons par les poignées. Attends que j'attache dessus la pèlerine et le sabre, et quoi donc encore ? Ah ! que je n'oublie pas le ceinturon et le brassard. Que je n'oublie pas la sacoche. Nous pourrons, je l'espère, trouver une voiture. Nous allons, tous les trois, déjeuner chez mes parents.

— Quelles nouvelles de ton père ?

— Il est rentré, dans la journée, hier.

— Tu l'as vu ?

— Comment l'aurais-je pu voir ? Je m'occupais de mon départ. Joseph est parti, ce matin. Je ne savais même pas qu'il était officier d'intendance. Il a grade de capitaine et un uniforme admirable. Il doit aller à Belfort ou dans la région de Belfort, enfin de ce côté-là.

— Et Ferdinand ?

— Il est dans le service auxiliaire à cause de sa grande myopie. Je pense qu'il est mobilisé dans la banlieue de Paris. Posons la cantine sur le trottoir, et je vais chercher une auto. Il en passe toujours, par-là, du côté de la rue Saint-Jacques, même dans ces jours de fièvre.

— C'est extraordinaire, murmura Justin, ce que Paris peut être calme.

— Oh ! cela dépend des endroits. On a pillé des boutiques dans les quartiers populaires. Dans l'ensemble, c'est tranquille. La France est triste, étonnée, résolue. Ah ! voilà un fiacre à cheval. Nous y tiendrons très bien tous les trois, avec le bagage. Vous vous mettrez, Line et toi, sur la banquette du fond. Et moi, sur le strapontin. Il faut que je vous regarde tous les deux, une bonne fois : mon amour et mon ami ! Ne discute pas, Justin, tu sais que c'est un ordre.

Ils s'installèrent dans la voiture et Justin dit aussitôt :

— Je vais m'engager, demain, pour la durée de la guerre. On m'avait exempté, autrefois, à cause de je ne sais plus quoi. Alors, je vais m'engager.

Il ajouta soudain, l'air sombre et provocant :

— Tu sais, j'étais sioniste, vers ma vingtième année. C'était après l'Affaire et j'avais bien des raisons : nous avions assez souffert, nous autres. Mais c'est fini, depuis longtemps. Ce dont j'ai besoin, maintenant, c'est de payer, même très cher, le droit d'avoir une patrie. Pour être internationaliste, il faut d'abord avoir une patrie.

Il avait retiré son chapeau. Le vent de la course faisait frémir ses cheveux rouges. Malgré la meurtrissure des ans, malgré l'empâtement des traits, malgré les deux ou trois grosses rides qui, déjà, lui fendaient le front, il retrouvait soudain la grâce un peu grandiloquente que Laurent avait tant goûtée jadis, au temps de leur enfance. Et Justin se prit à sourire :

— Pardon, pardon, disait-il. Pardon, mademoiselle Madame. Je ne parle que de moi. Je gâte les heures de séparation.

— Mais non, mais non, fit Jacqueline. Nous n'avons pas besoin de parler. Voyez : il me donne la main.

La voiture passait alors sous les ponts de l'avenue du Maine. On entendait rouler des trains chargés d'hommes qui criaient. Justin affirma :

— Je t'ai dit, depuis longtemps, que la guerre était inévitable.

— Mais non, protesta Laurent, tu ne m'as jamais rien dit de tel.

— Je te l'ai dit vingt fois, mais tu ne m'as pas entendu. Laurent, tu es un obsédé, tu ne songes qu'à tes affaires.

Les deux jeunes gens échangèrent quelques bourrades amicales, et Justin reprit, l'air capable :

— Cette guerre sera terrible. J'ai rencontré ce matin le père Lavisse, qui fut mon maître. Il dit, en outre, que cette guerre sera longue. Quand elle sera finie, alors commencera le règne de l'ordre et de l'équité.

— Je n'en sais rien, souffla Laurent. Il me semble que tu rêves. Je viens de faire une expérience décevante. Les hommes auront toujours envie de s'entre-détruire et de s'entre-dévorer.

Justin secouait la tête avec obstination :

— Mon petit Laurent, dit-il, tu ne sais rien de la sociologie. Tu es un savant de laboratoire, et tu ne comprends rien à la vie des peuples. Je t'annonce, solennellement, dans ce vieux fiacre inconfortable, je t'annonce le règne de l'ordre socialiste. Et je sais ce que je dis. Moi, je suis un technicien. Toi, tu es épatant à bien des points de vue, mais extrêmement influençable. Tous tes jugements sont faussés par tes aventures personnelles.

— Oh ! c'est trop fort, dit Laurent scandalisé. C'est ce que je dirais de toi si seulement tu me laissais parler. Ah ! nous arrivons. Il faut descendre.

— Voyez-vous, mademoiselle Madame, fit Justin en sautant sur le trottoir, voilà comment c'est, entre nous, depuis bien près de vingt ans. Apprenez à connaître votre mari.

— Line, murmurait Laurent en pénétrant dans la maison, vous avez déjà vu maman. Vous ne connaissez pas mon père. Soyez indulgente. Ah ! nous avons si peu de temps. Il est près d'une heure déjà.

Ce fut le docteur lui-même qui vint ouvrir la porte. Il portait un complet à très petits carreaux, gris clair, une cravate d'un vert brillant, d'un vert de libellule. Ses cheveux bouclés, cuivrés, qui ne pouvaient pas blanchir, flottaient dans le courant d'air chaud. Il avait un peu rogné, pour ne point se refuser à la mode, ses belles moustaches gauloises, mais par l'effet d'une vieille habitude, il continuait de les chercher à leur place ordinaire avec un geste caressant. Tout de suite, il poussa des cris.

— Lucie ! Lucie ! c'est Laurent, avec notre future bru, si je ne fais pas erreur. Laurent en uniforme ! Et voici Justin Weill. Mes enfants, que je vous embrasse !

Il était parfaitement gai, parfaitement à l'aise, élégant et spirituel.

Le départ des enfants, la guerre, le bouleversement d'un monde, c'étaient, à ses yeux, les épisodes successifs d'une très brillante comédie dont il était le protagoniste inlassable et immortel, oui, c'était son mot, immortel. Il embrassa Laurent, puis Justin, puis Jacqueline. Il criait : « Lucie ! Dépêche-toi ! Venez, mademoiselle Bellec. Venez au grand jour qu'on vous regarde et, parole ! qu'on vous admire. Viens aussi, mon petit Justin. »

La salle à manger donnait sur le boulevard. Le couvert était mis. Mme Pasquier parut. Elle portait toujours sa robe noire et son col de dentelle blanche. Sur son visage ruiné se lisaient tour à tour la lassitude, la douleur, la crainte, l'affolement, le soulagement, l'espérance et, de nouveau, l'épouvante. Elle avait, pendant plus de quarante ans, supporté cet homme étrange, ses fantaisies, ses colères, ses caprices, sa fuite et maintenant son retour. Elle avait engendré sept enfants, vu la guerre et la Commune, travaillé jour et nuit, compté les sous et les centimes, attendu mille fois, le soir, le retour des uns ou des autres, des enfants et du mari, soigné les malades, consolé ceux du clan qui souffraient et gémissaient. Et la guerre allait, de nouveau, passer sur le monde, et le mari, qu'elle avait cru perdu, venait quand même de rentrer au gîte ; mais les enfants partaient au péril, et elle n'était pas morte de tristesse, et elle se sentait encore des réserves de courage, et elle voyait bien que tout était à recommencer. Elle arrangeait les plats sur la table de famille et donnait à l'un sa timbale favorite, à l'autre l'assiette à initiales qu'il aimait. Oui, oui, c'était la guerre, mais elle avait pu, quand même, trouver chez la pâtissière le gâteau d'amandes que Laurent, jadis, avait, une fois, jugé bon.

— Asseyez-vous, disait le docteur. Vous savez que je m'engage.

Justin se prit à rire :

— Quoi ! dit-il, vous aussi !

— Oui, mes enfants, je m'engage. Les Allemands et moi, nous sommes de vieilles connaissances. J'ai servi comme garde mobile en 70. J'ai fait Buzenval et Champigny. Alors la chose est décidée, je vais prendre du service.

— Ram ! Ram ! fit Mme Pasquier, ne dis donc pas de folies et pense plutôt à Laurent qui s'en va je ne sais où, le pauvre enfant.

Le docteur prit un air grave :

— J'ai vu Joseph, hier soir, Il m'a raconté, Laurent, tes dernières aventures. D'ailleurs, j'ai lu les journaux. Ce que Joseph m'a dit et qui n'est pas dans la presse, c'est que tu avais, Dieu me pardonne ! craché au visage de ce monsieur, comment s'appelle-t-il déjà ? Minat, Minard, Louminard... Mon cher, c'est extravagant ! Moi, je n'ai jamais rien fait de pareil et je sais pourtant, mon garçon, ce que c'est qu'une belle algarade. Les timides de ton espèce deviennent facilement violents. Tu sais, le problème de la timidité, je le connais mieux que personne. Je me permets de te le répéter : méfie-toi de la colère. Lucie, où est mon couteau ? Mon couteau à découper ? Je veux mon couteau, et pas un autre. J'irai le chercher moi-même. Il suffit que je tourne le dos, que je parte en promenade, pour qu'on me perde mon couteau !

Il venait de se lever, d'un bond, comme un jeune homme. Mme Pasquier gémissait, l'air égaré, de nouveau.

— Comment le trouvez-vous, chère Line ? dit Laurent avec inquiétude.

La jeune fille essaya de sourire :

— Mais je le trouve très sympathique et même charmant, oui, charmant.

— Ram ! disait Mme Pasquier, pense que Laurent s'en va. N'oublie pas que Joseph est parti, que Ferdinand va partir, que Suzanne est partie, elle aussi, comme infirmière, enfin que c'est la guerre.

— Je ne l'oublie pas, Lucie, puisque je vais m'engager. Seulement, je veux mon couteau, le seul de la maison qui soit propre à couper la viande.

— Attends ! Attends, dit soudain Mme Pasquier. Ecoute, Ram ! Ecoutez tous. Mon Dieu ! Qu'est-ce que c'est encore ?

La fenêtre était ouverte. On entendait, dominant les bruits du boulevard, un chant fort et martelé par les pas d'une petite foule.

Laurent, Justin, le docteur et bientôt Line, puis la vieille Mme Pasquier coururent à la fenêtre. Des hommes, vêtus en civil, marchant par rangées de quatre, comme les soldats à l'exercice, sortaient de la rue Falguière et remontaient le boulevard. Ils avaient les poings serrés, les bras ballants, la voix rauque. Ils chantaient *la Marseillaise*, gravement, bien en mesure. La foule, sur leur passage, saluait en silence, chapeaux bas, La petite troupe, bientôt, disparut dans l'éloignement, vers le boulevard de Vaugirard.

Laurent, Jacqueline, puis les autres retournèrent s'asseoir à table. Un grand silence tomba.

— Quand nous reviendrons de la guerre, dit enfin M. Pasquier, je vous raconterai les souvenirs de mon voyage en Afrique. Un voyage mirobolant !

Il y eut un nouveau silence. Puis on entendit un bruit poignant, un bruit terrible, qui semblait sourdre non d'un être, mais de l'épaisseur de la terre. La vieille Mme Pasquier qui, depuis plusieurs années, ne savait même plus pleurer, laissait rouler sur sa robe noire d'affreuses larmes couleur de lait.

# SUZANNE ET LES JEUNES HOMMES

# CHAPITRE PREMIER

Comme il faisait grand froid, dans ce réduit sombre, poudreux, où tout être humain ressemblait à son propre fantôme, la reine Marie-Antoinette ne put réprimer un léger frisson. Elle se prit à tousser, puis elle bâilla, finement.

La reine était vêtue d'une robe simple et légère, telle qu'en peut porter une dame élégante par une chaude journée de juillet. Elle tendait un pied fragile, dans une chaussure de satin à laquelle une vieille servante était en train de fixer quelque boucle de pierreries. Sur cette chevelure grise, inclinée, la reine posa tout à coup une main que semblait animer une rêveuse compassion. Alors la vieille se redressa, fit un soupir, prit un pas de recul, regarda son œuvre, dans la pénombre, en plissant ses paupières flétries et disparut soudain vers un angle de ténèbres.

La reine Marie-Antoinette retomba dans une rêverie inquiète. Elle avait de beaux yeux, d'un bleu pervenche, aux longs cils alourdis par le fard. Une mouche, habilement posée à la naissance de la joue, frémissait avec le moindre mouvement des lèvres, et les lèvres se serraient, puis se gonflaient doucement pour former cette fameuse moue autrichienne que, naguère encore, à Versailles, avant les temps de l'angoisse, les uns trouvaient divine et les autres intolérable.

Soudain, une porte s'ouvrit, très vite, à deux battants. Un flot de lumière rougeoyante inonda le réduit poussiéreux, tandis qu'une voix criait, dans un très profond silence : « La Reine ! »

Elle avançait, en pleine lumière, l'air grave et vraiment majestueux, le col un peu raide et le cœur battant, sous le corset haut lacé. Un homme était debout, au milieu de l'espace éblouissant, une sorte de monstre au visage énorme, grêlé. Et, soudain, le fauve s'inclinait, se courbait jusqu'à mettre un genou en terre. Mirabeau ! Tel était donc l'affreux sauvage avec lequel il allait falloir parlementer, composer, ruser peut-être.

A ce moment, un phénomène extraordinaire se produisit. Sortie d'un abîme de nuit dans lequel brillaient deux ou trois étoiles rougeâtres, une voix s'éleva, forte, vibrante, autoritaire, une voix qui criait rudement :

— Mais non ! Mais non ! Je vous ai dit d'avoir peur. Vous avez peur de Mirabeau. Eh bien ! on ne le croirait pas.

La reine s'arrêta, fit un geste d'impatience et regarda vers ce trou d'ombre qui remplaçait étrangement un des quatre murs du salon. La voix reprenait, moins brutale :

— Il est certain que la reine a peur. C'est bien votre sentiment, mon cher maître ?

Il y eut un bref silence. Puis une allumette flamba et l'on entrevit, une seconde, un visage couvert de poils gris : barbe, moustache et sourcils en broussaille. Enfin une voix sortit de toute cette végétation buissonneuse :

— Il est certain qu'elle a peur ; mais cela ne se voit pas du tout. Elle est miraculeusement calme. Elle est, tout à coup, très grande madame, et c'est là ce qui donne à la scène son caractère étonnant.

On entendit : « Oui, oui, oui, oui ! » La voix, sans chaleur, allait décroissant. La reine Marie-Antoinette se tourna vers les ténèbres et dit, l'accent irrité :

— Alors, qu'est-ce que je dois faire ?

Le silence tomba, de nouveau, et la première des deux voix reprit, soudain détendue et maussade :

— Nous allons voir cela, Suzanne. Il est clair que ça ne marche pas du tout.

— Vous allez me faire prendre un rhume, s'écria la reine en haussant les épaules. Nous avons beau être en juillet, d'après le texte, il fait cinq degrés dans les corridors.

La première des deux voix sortit encore de l'ombre. Elle était à la fois sèche, polie et moqueuse :

— Refaites votre entrée, Suzanne, et marquez l'espèce de frisson que vous donne la présence de Mirabeau... Nous allons essayer comme cela, mon cher maître. Vous verrez vous-même que l'effet sera très grand, sans que la psychologie en souffre.

— Mais le texte, le texte, Vidame !

— Oh ! je suis, vous le pensez bien, profondément respectueux du texte. Mais, il n'y a rien dans le texte qui s'oppose à l'interprétation que nous allons essayer.

Un grognement monta des profondeurs de la nuit :

— Rien dans le texte... Mais, Vidame, je connais mon texte. C'est moi qui l'ai fait.

La reine, de nouveau, venait de passer la porte. De nouveau, Mirabeau pliait le genou. De nouveau, la reine tendait la main pour l'offrir au baiser du monstre. Et, de nouveau, la voix d'Eric Vidame jaillit de l'obscurité.

— Vous avez l'air de jouer *les Fausses Confidences* ! Mais non, Mademoiselle, vous devez exprimer la frayeur et le dégoût, mais pas la curiosité. Vous avez peur ! Vous-a-vez-peur !

La reine saisit un petit éventail qui pendait au bout d'un ruban, l'ouvrit avec une paisible insolence et dit :

— Je n'y peux rien, je n'ai pas peur.

Eric Vidame fit entendre une sorte de sifflement entrecoupé.

— Ça ne va pas non plus pour toi, Farge ! Tu as l'air ébloui, radieux, tu n'es pas épouvantable du tout.

— Mais, dit M. Chérouvier en passant une main noueuse entre les poils de sa barbe, Mirabeau est radieux, c'est bien ainsi que je l'entends... Dites-moi, mon bon ami, qui est-ce que je vois, là-bas, debout, tout au fond de la scène, à droite ?

Eric Vidame coassa distraitement :

— Quoi ? Quoi ? Quoi ? Là-bas, à droite ? C'est le dessinateur, Philippe Baudoin, le petit dessinateur.

— Pourquoi « petit » ? Il n'est pas si petit.

Vidame fit un geste vague et regarda vers les comédiens.

— Si nous continuons comme cela, nous n'en finirons jamais. Il y a des jours impossibles où le travail s'enlise et où tout est difficulté. Allons, recommencez, Suzanne. Toi, Farge, bave un peu, mon vieux, fais marcher tes orteils à l'intérieur de tes chaussures, essaye de loucher.

— Oh ! fit timidement M. Noël Chérouvier, Mirabeau ne louchait pas.

— Nulle importance, mon cher maître. Les hommes à la Mirabeau louchent toujours, sous l'empire des passions. Et puis, bon Dieu ! Qu'on en finisse ! Laissez faire, mon cher maître. C'est notre rôle, à nous autres, de tirer de votre ouvrage tout ce que vous y avez mis sans même y penser parfois.

Eric Vidame prit un temps et murmura d'une voix cajoleuse et narquoise : « Nous sommes les révélateurs du génie caché. » M. Chérouvier fit entendre un léger grondement de protestation. La répétition venait de reprendre et les acteurs, mieux lancés, sautaient par-dessus les obstacles qui, la minute précédente, semblaient encore insurmontables. Le lent travail trébuchait, rampait, somnolait ; mais, parfois, l'espace d'un éclair, le miracle, le capricieux miracle de la scène rayonnait dans cette caverne. Suzanne Pasquier venait de prononcer une parole et c'était la voix même de la reine assassinée qui sortait soudain des abîmes légendaires ; Mirabeau se redressait pour se frapper la poitrine à coups de poing et nul ne pensait plus à Farge, le gros acteur célèbre pour ses imitations et son goût du calembour. Nul ne se rappelait que Farge, blessé devant Lassigny, au début de l'année 17, avait le poignet droit ankylosé. Tout le monde apercevait l'horrible et génial Mirabeau, dans la chaleur de cette fameuse journée de juillet 90, où la reine avait fait effort pour dompter l'indomptable. La lumière ne venait plus des projecteurs à triple rotation qu'Eric Vidame avait fait construire et qu'il considérait comme un de ses titres de gloire, la lumière tombait, à travers le siècle défunt, de l'aveuglant soleil d'autrefois. Et les quelques hommes silencieux qui s'enfonçaient, immobiles, dans les fauteuils dévêtus de leur bâche de grosse toile, étaient enivrés un instant par les vapeurs de la magie et succombaient à l'hypnose.

— Suzanne est tout à fait bien, fit Emmanuel des Combes en se raclant la gorge pour cacher son émotion.

Des Combes était un ami du patron, le bon génie du théâtre des Carmes, le personnage providentiel qui toujours trouvait dix mille francs pour une fin de mois, celui qu'on envoyait discuter avec la propriétaire ou avec l'un des deux sous-locataires, l'homme de tous les dévouements, de tous les sacrifices et de toutes les corvées. Il répéta, en se mouchant sans bruit :

— Suzanne est épatante.

Comme Vidame ne disait rien, des Combes se tourna vers l'auteur et reprit, avec une conviction sincère mais timide :

— Moi, je la trouve parfaite. Et vous, Monsieur ?

Noël Chérouvier fit rouler entre son pouce et son index quelques-uns des poils de sa barbe, ce qui produisit un petit bruit crépitant.

— Elle n'est assurément pas mal, murmura-t-il, mais ce n'est pas ce que j'avais entrevu tout d'abord.

Il ajouta, parlant à la cantonade, avec une feinte indifférence :

— Connaissez-vous Rina Praga ?

— La Polonaise ?

— Oui, la Polonaise.

Emmanuel des Combes allait répondre ; il jeta d'abord sur le patron un regard interrogateur. Vidame haussa les épaules et nasonna, la voix ennuyée :

— Je vous ai dit dès le début, mon cher maître, que le principe de la maison est de ne jamais faire d'engagements spéciaux. Je travaille avec ma troupe, avec la troupe que j'ai créée, formée, tirée de l'argile élémentaire... Attendez, attendez, ce n'est pas mal du tout ce qu'elle fait là, Suzanne. C'est bien ton avis, Mano ?

Toute son attention dirigée soudain vers la scène, Emmanuel des Combes ne répondit rien. Un peu plus tard, à la pointe de l'index, il essuya une larme qui lui venait au coin de l'œil. Il avait la larme facile, mais révélatrice, et, quand le patron voulait savoir si l'effet cherché se trouvait obtenu, il demandait irrévérencieusement : « Est-ce que Mano sécrète ? Oui. Alors, ça colle. »

Mirabeau venait de se retirer, après une tirade toute retentissante d'éructations, de borborygmes et de fusées postillonnantes. Le roi Louis XVI traversait la scène en prononçant quelques paroles. Vidame lui cria, la voix sifflante :

— Pas comme Boubouroche, quand même ! C'est un roi, Hellouin ! Un roi balourd, un roi malgré tout. Et puis, mon vieux, fais quand même un effort pour ne pas prononcer les C durs comme des T. Tu dis : tarattère. C'est navrant.

Le roi Louis XVI fit face à la nuit. Tout son visage exprimait le désespoir et l'on put croire un instant qu'il allait se mettre à pleurer.

— Ah ! non ! soupirait Eric Vidame. Quelle pochetée, ce pauvre Paul !

Paul Hellouin était le souffre-douleur de M. Vidame et son plus ancien disciple. Il jouait les pères nobles, les ventrus, les rondeurs ; mais il aurait voulu jouer les philosophes, les sentencieux, les saints, les sages et même les rois tragiques, les princes dépossédés. Par malheur, à peine entrait-il en scène, il produisait de merveilleux effets comiques. Vidame lui jetait parfois, d'un air distrait : « Il faudra que je t'essaye dans les benêts et les andouilles. On ne sait pas. Faut voir. »

Hellouin, par toutes les fibres de son être, exprimait alors la plus morne affliction. Il bégayait :

— Non, patron ! Non, ce n'est pas sérieux.

Eric Vidame, déjà, volait à d'autres rêveries.

La reine Marie-Antoinette fit une révérence légère et sortit du salon magique. L'ombre des coulisses l'éblouit une minute et elle dit, tendant les mains :

— Vous êtes là, Charlemagne ?

La vieille habilleuse surgit comme par miracle. Elle était veuve et s'appelait Mme Charlemagne. Elle portait avec humilité ce patronyme extravagant.

Pour atteindre la loge de Suzanne, il fallait suivre un long couloir mal éclairé dont les murs embus laissaient, de-ci, de-là, rouler avec lenteur une larme couleur de café. Puis on pénétrait dans une pièce très petite, encombrée, étincelante de lumière.

La reine Marie-Antoinette poussa la porte et, de cette même voix hautaine et gracieuse qu'elle prenait à la cour pour parler de ses « charmants vilains sujets », elle dit avec vivacité :

— Vous ne perdez pas une minute ! Vous allez me laisser me démaquiller, quand même.

Elle avait tendu la main, une petite main toute blanche de pâtes et de poudre. L'homme qui s'inclinait pour baiser cette main n'était pas le comte Axel de Fersen. C'était un jeune homme vêtu d'un carrick d'étoffe écossaise, en même temps très vieux et très élégant. Une belle tête bouclée, portée par un col droit et blanc, sortait de ce vêtement étrange. Les traits en étaient fins et vraiment délicats. Le regard, qui ne cillait jamais, avait la parfaite limpidité que l'on admire aux yeux des enfants... Il tira de sous sa pèlerine un grand album à couverture de toile écrue et dit avec un sourire :

— Ne vous déshabillez pas tout de suite : je veux encore faire un croquis.

— Alors, montrez-moi les autres.

Le jeune homme rougit légèrement.

— Ils ne sont pas excellents. Vous aviez l'air irrité.

— Oui, oui, murmura la reine en fronçant le sourcil, ils ne savent pas ce qu'ils veulent, tous les deux, la patron et l'auteur.

— Alors, fit l'artiste, en ouvrant son album, donnez-moi dix minutes encore, Suzanne, pour l'amour de l'art.

Elle se prit à sourire.

— Dix minutes ! C'est énorme ! Je vais sûrement m'ennuyer. Philippe, vous me raconterez une histoire.

Le jeune homme fit deux ou trois pas pour prendre un peu de recul. Il boitait avec une grâce nonchalante et, cherchant son assiette, il se cala dans l'encoignure des murailles. Tout de suite, il commença de tracer, sur le vélin, des lignes légères, presque imperceptibles, qui voltigeaient, de-ci, de-là, comme des pensées à la recherche d'une vérité. Il regardait son modèle avec une telle force attentive que la reine cria soudain :

— Racontez-moi une histoire, Philippe, ou je vais m'endormir ; je sens que je vais m'endormir.

— Bon, murmura le jeune homme. Je vais vous raconter l'histoire de l'ange gardien.

Il ne cessait de dessiner, et il parlait bas, comme s'il eût entrepris d'apprivoiser une créature très inquiète. La jeune femme tourna soudain les yeux avec une expression de curiosité puérile.

— Que voulez-vous dire ? De quel ange gardien parlez-vous ?

— Attendez, je vais vous expliquer. Ce n'est pas une histoire, et c'est quand même très extraordinaire à entendre. J'ai vu mon ange gardien, une fois.

— Philippe, vous croyez aux anges gardiens ?

— Je ne vous dis pas que j'y crois, je vous dis seulement que j'ai vu mon ange gardien. C'était en 1918, au mois de juillet, après ma blessure. J'étais soigné à Châlons-sur-Marne et j'avais beaucoup de fièvre, surtout la nuit, comme presque tous les blessés. Et, une nuit, je me suis éveillé. J'étais dans le fond d'une baraque Adrian. Il n'y avait qu'une seule petite lampe, à l'autre bout de la baraque. Mais je peux vous assurer que, de mon côté, la lumière était merveilleuse. Sur le pied de mon lit, l'ange était assis, tout naturellement, comme une personne vivante. D'ailleurs c'était une personne vivante. Il jouait avec une plume neigeuse et longue, avec une plume de paon blanc. Il était très calme et très beau. Comme j'allongeais la main, j'ai tout de suite compris qu'il était excessivement sensible. Il ne pouvait pas souffrir, par exemple, de me laisser toucher aux plumes de ses ailes. Car aussitôt... Relevez un peu la tête, je vous prie.

— Oui, oui... Aussitôt, disiez-vous ?

— Aussitôt, ses ailes se prenaient à frémir et à battre. Cela faisait beaucoup de vent et de bruit, comme lorsqu'on tourmente un grand oiseau farouche. J'avais peur, à la pensée que mes camarades allaient se réveiller et que l'ange serait obligé de s'enfuir, ou plutôt de disparaître.

Il y eut un grand moment de silence et la reine frissonna légèrement :

— Je n'ai jamais vu mon ange gardien, soupira-t-elle. Peut-être que je n'ai pas d'ange gardien.

— Si, si, dit le jeune homme avec une gravité parfaite. Un jour, je ferai le portrait de votre ange gardien.

— Comment est-il ?

— Je vous le dirai avec mon crayon, un jour, quand vous viendrez à Nesles.

— J'irai à Nesles, dès dimanche.

— Mais non, vous ne le pouvez pas. Les répétitions seront finies et vous jouerez en matinée et en soirée. Vous ne pouvez pas venir à Nesles pour une visite. Il faut venir vivre avec nous, vous mêler à notre vie, sans penser à partir le lendemain matin. Oh ! j'attendrai. Nous attendrons tous. Mon père disait hier : « Vous lui montrerez le vieux jardin des Pasquier, le jardin de Charles-Bruno Pasquier, mari de Thérésine Pic. Je ne l'ai pas connu, j'étais trop petit ; mais j'ai vu, jadis, les trois enfants : Léopold, Anna et Raymond. Raymond qui revient de temps en temps par ici, et dont je reconnais la voix. » Voilà ce qu'a dit mon père. Mais laissons cela. Vous viendrez à Nesles, chez nous, pour y vivre avec nous. J'en suis certain. Votre chambre est prête et tout le monde y portera quelque chose : un dessin pour les murs, une fleur pour les vases, une bûche pour la cheminée. Tout le monde vous attend.

La reine succombait à l'enchantement de cette ferveur murmurante. Tout doucement, elle abandonnait sur son épaule sa tête chargée de boucles poudrées et de rubans. L'artiste, d'un signe imperceptible de son crayon, la rappelait aux soins de la pose. Et, déjà, la bouche ouverte, un fil de salive lucide entre ses dents éclatantes, il allait se reprendre à parler quand la porte de la loge s'ouvrit sous la poussée d'une main brutale. Eric Vidame entra.

— Vous pourriez quand même frapper, dit la reine tout de suite debout, tout de suite rétive et déjà l'éventail en main.

Le patron fit un sourire :

— Tiens, vous êtes là, mon petit, dit-il en jetant sur Philippe un regard condescendant.

Le jeune homme venait de se lever et, tout de suite, avec une fierté charmante :

— J'étais là, Monsieur ; mais c'est fini.

— Montrez-moi donc vos dessins, dit Vidame un peu radouci.

— Si vous permettez, Monsieur, je vous les montrerai demain, après les avoir revus et montés un peu proprement.

Il s'en allait, boitillant dans l'ombre du long couloir aux peintures larmoyantes. Eric Vidame referma la porte et s'assit, en soupirant, à cheval sur une vieille chaise.

## CHAPITRE 2

Dès qu'il consentait à rester immobile et silencieux, Eric Vidame ressemblait à Dante. Il avait un visage maigre, des traits longs et bien dessinés, un toupet dru qui formait promontoire entre deux golfes de front blanc. Il n'ignorait certes pas cette ressemblance et il avait suspendu, sur le mur de son cabinet, tout contre le miroir et à hauteur de regard, un fort beau portrait du poète, devant lequel il aimait de tomber en rêverie. A force de contempler ce portrait, et par un miracle de mimétisme, Eric Vidame était arrivé non seulement à en contrefaire la noble et majestueuse expression, mais encore à reproduire jusqu'aux rides et aux méplats du modèle. Il avait des sourcils bien dessinés, une bouche mince et son menton ne manquait point de charpente. Comme le nez demeurait trop bref d'une idée pour figurer parfaitement la belle trompe du Toscan, Eric Vidame, en un geste rêveur et presque inconscient, caressait et remodelait cet appendice qui semblait céder aux sollicitations de son propriétaire et gagner chaque jour en vigueur, peut-être même en impérieuse autorité.

Quand Eric Vidame commençait de parler et de gesticuler, Dante disparaissait comme par magie. Le personnage que l'on voyait surgir alors était d'ailleurs tout à fait variable. Vidame n'était pas un comédien du premier rang ; c'était pourtant un véritable homme de théâtre, riche de l'imagination particulière à ce métier. Il savait, d'un mouvement du rein ou de l'épaule, faire paraître des intentions demeurées, dans le texte des poètes, au stade embryonnaire. De cette vertu révélatrice et amplificatrice, bien précieuse chez les hommes de son état, Vidame gâtait les effets par une grande puissance de mépris, puissance dont il n'était pas le maître et qui lui faisait tourner en dérision les pièces de tous ses auteurs, comme il sera dit bientôt. A peine avait-il ouvert la bouche et mis sa musculature en mouvement, le directeur du théâtre des Carmes devenait, à l'occasion et pour une minute, une esquisse fort expressive de Titus ou de Caliban. Puis, sautant par-dessus toutes les créatures du rêve, Eric Vidame retombait enfin Eric Vidame, c'est-à-dire un homme un peu brutal, un peu narquois, bougon, négligent, maussade, rongé d'obscures nostalgies.

Il s'appelait effectivement Remi Vidame et il avait signé de cette manière les premières publications de sa jeunesse. Puis il s'était pris à détester le prénom de Remi qui lui semblait tiède. Il l'avait donc remplacé par celui d'Eric dont la sonorité scandinave, ou mieux encore ibsénienne, l'enchantait, et qui, se plaisait-il à dire, accrochait bien l'attention.

Dès l'année 1905, Vidame, encore fort jeune, avait commencé de recruter une troupe de théâtre, troupe en grande partie composée d'amateurs ou de comédiens errants.

Il préparait alors des spectacles que l'on répétait avec ferveur dans un studio glacial, au fond d'une cour sans soleil. De temps en temps, Vidal attrapait une salle, en aubaine, pendant deux, trois ou quatre jours, et il produisait son spectacle. Il avait d'abord adopté, pour ses camarades et pour lui-même, le nom de « comédiens de saint Jacques », parce que leur gîte primitif se trouvait dans une très vieille baraque sise au bas du Quartier latin, au début de la rue suivie jadis par les pèlerins de Compostelle. Cette appellation finit par prêter à des erreurs. « On nous prend pour un patronage », disait Vidame en grognant, « il faudra changer notre enseigne. » Là-dessus, c'était environ l'année 1910, il avait trouvé, au fil d'une flânerie dans le quartier Maubert, une vieille salle de spectacle assez disgracieuse d'accès parce qu'il fallait, pour l'atteindre, s'engager dans une impasse, entre des bâtisses galeuses.

Employé successivement comme salle de réunion d'une loge maçonnique, puis comme café-concert, puis comme bal-musette, le local eût découragé sans doute un homme plus rassis et moins enivré d'ardeur. La maison appartenait à une vieille femme toujours malade, toujours mourante et toujours tourmentée de passions revendicatrices. Elle intervenait parfois, dans les débats financiers et les tracasseries administratives, à la faveur de textes obscurs qu'elle-même connaissait fort mal. En outre, elle avait un locataire, flanqué lui-même d'un sous-locataire. Les deux personnages se retranchaient derrière des baux inexpugnables et surgissaient de temps à autre pour exiger de l'argent, articuler des menaces ou pousser des lamentations. Comme il n'y avait pas, dans Paris, une autre salle de spectacle alors disponible, Vidame s'y était installé, malgré tout, avec une décision rageuse, puis il avait commencé de jouer des pièces et de battre le rappel. Pendant plus de deux années, le théâtre des Carmes avait été, pour la critique parisienne, un objet d'aimable dérision et, pour la jeunesse littéraire, un lieu de recueillement, un temple de ferveur. Le succès était venu, soudainement, à l'automne de 1912. L'odeur de tendre moisissure qui régnait au fond de cette cave avait séduit tout à coup les narines les plus délicates. Les petites rues en pente de la montagne Sainte-Geneviève, avec leur remugle de latrines, avaient connu, le soir, le grouillement des voitures, les embouteillages fabuleux et les jurons irrités des messieurs de la police.

Plus tard, Eric Vidame avait passé toute la guerre dans d'obscures fonctions civiles, à ronger son frein et à distiller sa rage. La guerre ne l'intéressait en aucune manière. Elle lui semblait inventée par des puissances maléfiques pour l'empêcher, lui, Vidame, de réaliser ses desseins. Il en parlait, assez rarement d'ailleurs, non comme d'une catastrophe universelle, mais comme d'une obscure conspiration des forces imbéciles contre le théâtre des Carmes et son étonnant directeur.

Et puis la guerre avait fini par crever de vieillesse et, sans perdre une minute, Vidame s'était repris à relever le théâtre des Carmes dont les foules, tout aussitôt, avaient retrouvé le difficile chemin.

Les saints qui veulent sauver l'humanité de sa misère ne rencontrent, parmi les foules, qu'indifférence et mépris. Les prophètes qui répandent, avec leur bouche de véhémence ou de suavité, les présents de la sagesse, ils sont honnis et moqués. Les savants qui souhaitent d'introduire les hommes très misérables à la connaissance des mystères, il arrive le plus souvent qu'on les mette aux oubliettes. Eric Vidame, lui, avait rencontré, dans son entreprise, des assentiments enthousiastes et des dévotions extasiées. Des hommes distingués par le cœur et par l'esprit, tel notre Emmanuel des Combes, se pressaient dans l'ombre de Vidame avec des grâces d'enfants de chœur, pour lui tendre les burettes et lui présenter le missel. Avait-il besoin d'argent ? Une équipe de rabatteurs, professeurs, artistes, avocats et même servants politiques se mettaient, sur un mot, sur un signe de la paupière, à battre les halliers. Voulait-il un appartement ? On lui en proposait quatre, dans un moment où nul, en France, ne trouvait à se loger. Demandait-il une voiture ? Il en voyait dix à sa porte, et des plus promptes et des plus cossues. Il ne pouvait faire un pas sans marcher sur des amis, si bien qu'il ne savait plus rester seul une demi-heure, et que, privé de ses courtisans ordinaires, il s'ennuyait à périr.

Aux yeux de cette petite foule en transes, le théâtre des Carmes n'était pas ce qu'il était, c'est-à-dire une très modeste et charmante entreprise de spectacles. C'était une église mystérieuse, un des suprêmes sanctuaires de l'intelligence en péril, un des rares lieux de la régénération et de la rédemption universelles, une cellule germinative de l'humanité future.

Dès l'année 1920, Vidame aurait pu transporter ses lares sur quelque brillant tremplin de la rive droite. Il ne le souhaitait même plus. Il voulait, avec une rogne boudeuse et goguenarde, il voulait demeurer là-même, sur le champ de son premier triomphe ; il voulait, jusqu'à l'instant de quelque futur caprice, forcer encore longtemps les gens du monde à venir respirer l'haleine ammoniacale de son impasse vermoulue.

Il était pris de frénésie pour ce qu'il appelait les problèmes de la technique pure. Un importun s'avisait-il de lui parler de l'avenir du monde et des angoisses européennes, Vidame faisait la moue et fronçait le sourcil. Que lui voulait-on avec ces mirifiques sornettes ? Toute la question était de savoir si le théâtre serait sauvé par la scène en galalithe ou par la scène en cellulose pure, compressée à deux cent cinquante atmosphères. Il avait inventé le décor en liège, qui évite si merveilleusement les résonances parasites et, à ce sujet, il faisait des allusions sibyllines au fameux cabinet de Marcel Proust. Il disait : « Dans le liège, impossible de vocaliser, toutes les harmoniques sont absorbées. La pensée reste sèche et pure. Dites un texte dans le liège, et vous verrez immédiatement ce qu'il vaut, tout net. C'est un admirable système de détection et de calcination. » Il avait inventé, vers le même temps, le projecteur à triple rotation qui permettait de ces éclairages auxquels ne résistent pas les fioritures superflues et les artifices d'un art postiche. Car Eric Vidame ne s'occupait de technique théâtrale que pour mieux châtier l'esprit, son seul objet, l'esprit, sa seule étude.

La salle du théâtre des Carmes était rectangle et mal commode. On l'avait aussi, par places, tapissée de liège et enduite de papier mâché, pour des raisons d'acoustique. Pendant les travaux de restauration, on avait dû consolider l'édifice avec des poutrelles en fer qu'il semblait, à l'architecte, malaisé de dissimuler. Vidame, devançant les recherches de constructivistes russes, avait tranquillement décidé qu'il fallait que cette ferraille demeurât partout apparente, que c'était en quelque sorte une profession de foi, un acte de sincérité, si bien que le public des Carmes avait le sentiment émouvant et troublant de prendre son plaisir favori dans un chantier, dans une gare ou dans un atelier de constructions métalliques. Vidame et ses fidèles parlaient volontiers, à ce propos, de « perpétuel devenir », « d'anatomie déclarée », « d'équilibre itinérant », de « métamorphose créatrice » et autres délicates devinettes que le nom de Bergson, adroitement sollicité, illuminait, de minute en minute, comme un éclair.

Quand les collaborateurs de Vidame, pénétrés de la religion vidamienne, commençaient de la colporter par le monde à la façon d'un évangile, le maître, brusquement, donnait de déconcertants coups de freins, virait, changeait de route, jugeait ses idées de la veille, devenues les idées des autres, avec une ironie corrosive et impitoyable qui manquait rarement son effet ! N'importe ! Les amis de Vidame étaient toujours saisis, toujours vaincus, toujours prêts à recommencer, toujours rayonnants de foi et de béatitude, toujours résolus à succomber dans cette lutte inégale.

Le monde vidamien était, au demeurant, un monde clos, défini, composé de trois éléments distincts : les acteurs, les auteurs et le public ; le reste n'ayant, dans son ensemble, qu'un intérêt documentaire.

Comme beaucoup de professeurs, de savants, de chirurgiens, de médecins qui vivent au centre d'une école, y exercent leurs prestiges et perdent la juste mesure du monde, Vidame avait, petit à petit, pris des manières de tyran grognon. Il prodiguait à ses acteurs de légères tapes sur les joues, tapes qui, parfois, se risquaient jusqu'aux proportions de la gifle. Il avait une façon bien à lui de leur prendre la tête sous le bras ou de leur tirer les cheveux ou de leur donner de gracieux coups de pied au derrière. C'était fait de telle sorte que l'objet de ces cajoleries aventureuses, ne pouvant se mettre en colère, n'avait plus qu'à rougir de confusion et de contentement. En paroles, Vidame, habile dialecticien, se passait toutes les fantaisies qu'il était, malgré tout, forcé de s'interdire dans les gestes. Il avait une manière bien personnelle d'insulter ses collaborateurs, surtout les plus anciens, ceux des commencements, de leur faire, en trois mots, mesurer leur ignorance, leur insuffisance, leur maladresse, et surtout leur manque de goût, car on ne parlait, chez Vidame, que de goût, car le théâtre des Carmes était, au dire de Paris, le suprême refuge du goût, de la compétence critique.

La guerre avait rudement frappé la petite troupe du théâtre. Un des plus jeunes acteurs de Vidame était mort, en 1915, pendant les attaques de Champagne. Paul Hellouin, trois ans prisonnier chez les Turcs, avait contracté une pénible maladie des reins et de la vessie, maladie qui ne laissait pas de le tourmenter quand il restait longtemps en scène. Farge avait un poignet raide et une main toute déformée. D'autres encore avaient, ici et là, combattu, besogné, souffert. Mais on ne parlait jamais de la guerre dans la petite troupe des Carmes. Le patron n'aimait pas cela. S'il arrivait qu'Hellouin, pendant une répétition, commençât de souffrir et se dandinât sur ses jambes, Vidame disait gentiment : « Allons, sors, mon pauvre Paul » et, l'autre à peine dehors, le directeur ajoutait : « Il devient vraiment impossible ! Dommage ! Un si bon gros ! »

A toutes les femmes de sa troupe, le patron marquait une politesse railleuse, qui, d'ordinaire, susurrait pour s'élever, dans les cas graves, jusqu'à devenir sifflante. Il ne les tutoyait que pour les féliciter, ce qui donnait à la louange quelque chose de moins solennel. Il les prenait par la taille, d'un air négligent et blasé, les saisissait au vol par leur bras nu, en glissant le doigt vers l'aisselle d'une manière imperceptible. Il posait, ici et là, sur l'étoffe de leur vêtement, l'extrémité de son index, pour accentuer une observation. S'il était très content, ce qui n'arrivait guère, il leur mettait un baiser à la naissance du poignet. Il entrait dans toutes les loges sans frapper, à la cavalière. C'était son privilège, sa manière à lui de réclamer ses droits féodaux. Il s'asseyait à califourchon sur quelque chaise arthritique et il allumait une cigarette, l'air perplexe et las. Parfois, il restait là pendant des heures, à dire des riens. Quand ce semblant d'entretien avait suffisamment duré, soudain Eric Vidame commençait de ressembler à Dante, et les pensionnaires avisés comprenaient, à cette minute, que le patron, fourbu, ne pensait plus à rien du tout, pas même au marivaudage.

Il aimait de venir ainsi s'installer chez Suzanne. Comme la loge était petite, il suffisait à Vidame d'allonger le bras pour l'explorer dans tous les sens avec des gestes doucement indiscrets. Suzanne se reculait en faisant claquer ensemble les quatre pieds de sa chaise :

— Laissez-moi me déshabiller. Je n'ai pas beaucoup plus d'une heure pour dîner et prendre l'air.

Vidame se retirait, non sans arrêts et volte-face. Il n'était plus narquois, alors, mais un peu lamentable et même un peu bafouilleur. Il répétait, en forçant dans l'aigu, presque dans le mièvre, sa belle voix naturellement grave et vibrante : « Petite Suzanne, petite Suzanne... » Certaines fois, il faisait une fausse sortie, revenait au bout d'une seconde et commençait à parler de la maison, du public et surtout des auteurs. Il ne se souciait aucunement, au long de ces divaguants monologues, d'obtenir une réplique raisonnable. Mais il avait perdu le sentiment de la solitude ; il ne pouvait guère penser qu'à voix haute et devant quelqu'un.

A vrai dire, il n'avait de goût que pour une dizaine de chefs-d'œuvre qu'il se réservait de jouer, plus tard, quand sa doctrine serait complètement au point. Sa dilection particulière allait aux pièces qui ne comportent que très peu de texte obligatoire : la commedia dell' arte et, surtout, le nô japonais ! Vidame trouvait aux auteurs d'autant plus de talent qu'ils mettaient, dans leurs ouvrages, moins de ce qu'au théâtre des Carmes on appelait avec dédain la « matière oratoire ». Il lui arrivait parfois de faire le plus grand éloge d'une pièce nouvellement découverte. Si le succès de la pièce justifiait cette sentence et surtout si le succès menaçait de s'éterniser, Eric Vidame laissait alors paraître une certaine inquiétude. Il disait à ses familiers : « La pièce est bonne, sans aucun doute, puisque nous l'avons jouée. C'est bon, mais n'exagérons pas. Il faut voir comment c'est fait. Rien de plus instructif que de répéter une pièce et de la jouer cinquante fois. Rien de meilleur pour la mettre en petits morceaux. »

Il avait, depuis son jeune temps, rêvé de bâtir un théâtre pour y jouer ses propres ouvrages. Les années passaient et Vidame, avec une souffrance infinie qu'il n'avouait à personne, se demandait parfois s'il trouverait jamais, un jour, le recueillement nécessaire pour donner toute sa mesure et composer son chef-d'œuvre.

Il venait de monter le *Mirabeau* de Noël Chérouvier, pièce que le vieil écrivain conservait, momifiée, depuis trente ans, dans un tiroir. Le directeur des Carmes disait à qui voulait l'entendre : « La seule valeur de cette pièce est d'ordre révolutionnaire, j'entends le mot dans son sens politique. Pour l'art, n'en parlons même pas. »

Parfois, il s'exprimait plus amplement sur cette question délicate : « Je suis, disait-il, reconnaissant à Chérouvier de n'avoir jamais déserté les positions de l'esprit. Il est incorruptible, et c'est exceptionnel dans notre malheureuse époque. Il attaque les hypernationalistes, mais il se tient à distance respectueuse des bolcheviks et voilà ce que j'appelle une des positions de l'esprit. Chérouvier est une conscience... »

Vidame rêvait une minute et reprenait, tirant de son larynx d'admirables sonorités de contrebasson :

— Chérouvier est le seul de nos aînés à qui je dise de bon cœur « Mon cher maître ». Oh ! ce n'est pas pour son œuvre, qui est terriblement rasante ; c'est pour son attitude pendant la guerre, par exemple, c'est pour son noble détachement. Ce n'est sans doute pas un grand artiste, mais c'est une conscience, un caractère, et le caractère, c'est mille fois plus rare que le talent ; ça, je peux l'affirmer. Je sais ce que je dis.

Là-dessus, Eric Vidame se faisait apporter la feuille de location et la regardait en remuant les sourcils. Il murmurait parfois : « Je me fous du public. Notre premier devoir est de nous foutre du public. Attention ! Pas d'erreur sur les mots. Cela signifie que nous devons imposer aux multitudes notre sentiment parce qu'il est le meilleur, et notre goût parce qu'il est le seul. »

Ainsi parlait Eric Vidame. Pourtant, les soirs de répétition générale, il errait dans les coulisses, le front livide et les mains moites. Il expédiait, de cinq minutes en cinq minutes, des émissaires dans la salle et leur demandait avec angoisse : « Qu'est-ce qui se passe, là-bas, dans le fond ? Ils ont l'air d'être empaillés... Que dit Tartempion ? Que pense Barnabé ? »

Il déclarait, en temps ordinaire : « Moi, je suis au service de l'esprit et je me fous de l'argent. » Pourtant, si la feuille de location montrait par trop de pages blanches, il commençait de se morfondre et parlait de relancer les vieux alliés du théâtre des Carmes, les alliés capitalistes.

Quand la conversation sur tous ces sujets pathétiques avait suffisamment duré, Eric Vidame s'absorbait dans une sorte de torpeur. Alors, il ressemblait à Dante et ses familiers comprenaient qu'il fallait le laisser tranquille parce qu'il allait s'assoupir.

## CHAPITRE 3

— Suzanne, fit Eric Vidame, allez-vous me détester si je vous dis que vous ne serez probablement pas Cordélia ?

Suzanne Pasquier ne répondit pas tout de suite. Elle venait de passer les manches d'un ample peignoir de lin blanc. Avec l'assistance maternelle de Mme Charlemagne, elle détachait les boucles poudrées de la reine Marie-Antoinette. Soudain parut la tête, ronde, petite, et les cheveux blonds, serrés par un ruban couleur chevreuil. Les traits du visage étaient purs et déliés ; les traits du visage étaient, au regard de celui qui en voulait tenter l'analyse, tous parfaitement nets et d'un dessin gracieux ; la carnation, même sous le fard, demeurait transparente et la vie donnait à toutes ces délicates merveilles un frémissement spirituel ; mais ni la structure, ni la carnation, ni la mobilité magique de ce visage bien fait ne permettaient d'en expliquer l'heureuse et mystérieuse beauté. La jeune femme regarda furtivement Eric Vidame et se prit à sourire.

— Oh ! dit-elle à voix basse, peut-être ne savez-vous pas que nous avons aussi, nous autres, pauvres que nous sommes, notre sorte d'intelligence.

— Que signifie, Suzon, ce petit discours confus ?

— D'abord, ne m'appelez point Suzon. Je ne suis Suzon que pour mes amis les plus chers.

— Et je ne suis pas de ceux-là ?

— Vous êtes notre chef ; vous n'êtes pas toujours mon ami, pas souvent mon ami. Oui, nous avons, nous aussi, notre sorte d'intelligence et quand vous éprouvez le besoin de me dire quelque chose de finement désagréable, vous ne pouvez imaginer comme je le sens bien.

— Alors, ma pauvre amie, vous faites fausse route. Vous ne serez pas Cordélia parce que nous ne jouerons pas *le Roi Lear*, tout simplement.

Vidame baissa le ton, tendit le col et dit avec un mouvement de sa cigarette vers la cloison la plus proche :

— C'est ce vieux fou d'Hellouin qui se monte le bourrichon et qui s'imagine encore que nous allons jouer *Lear*, que je vais lui donner Lear, à lui ! Je vous demande un peu...

Le rouge et la mouche de Marie-Antoinette venaient de s'envoler soudain. Suzanne dénouait ses cheveux pour y promener un gros peigne. Elle se tourna tout d'une pièce vers celui qu'elle appelait le patron et elle ouvrit largement ses yeux d'eau pure.

— Je ne mourrai pas, dit-elle, sans avoir joué Cordélia. Quand je devrais jouer seule, pour moi seule, au fond d'une cave.

Vidame claqua deux ou trois fois ses mains l'une contre l'autre.

— Magnifique, Suzanne ! Je vais vous faire deux ou trois rideaux pour cette réplique ébouriffante.

— J'espère, grondait la jeune femme, soudain toute rose de colère, j'espère que vous ne souffrez quand même pas à la pensée que nous autres, nous, les petits, nous pouvons comprendre et aimer quelque chose.

— C'est extrêmement blessant ce que vous dites là, Madame.

— Votre ami Emmanuel des Combes m'a dit, un jour, à la fin d'une représentation : « La grandeur de votre métier, c'est de tutoyer les chefs-d'œuvre. » J'y ai pensé depuis. Oh ! la phrase n'est pas d'une générosité folle ; elle nous met juste à notre place. N'importe ! J'y pense presque chaque jour et elle me fait plaisir. Je ne suis pas, comme vous, un esprit supérieur. Mais j'aime beaucoup mon travail.

Elle sourit soudain, tourna la tête et balbutia :

— J'allais dire : j'aime beaucoup mon art. Je ne l'ai pas dit parce que vous me regardiez avec votre air ironique. Je déteste cet air ironique.

— Vous vous trompez, lady Percy, je ne songeais qu'à vous admirer.

Suzanne rougit vivement.

— Si nous devons enfin prendre *Henri IV*, après la pièce de M. Chérouvier, ayez quand même la bonté de me le dire d'avance.

— Vous êtes bien pressée, Suzanne. Vous voulez apprendre le rôle ?

— Croyez bien que je le sais. Comment vous dire sans vanité que je sais toujours par cœur Ophélie et Monime, Marguerite et Mélisande, Portia et Kitty Bell. Cinquante rôles pour le moins.

— Oui, oui, murmura Vidame. Et je me demande parfois si vous avez pris le temps d'apprendre par cœur... Suzanne. Je dis bien Suzanne Pasquier.

Comme la jeune femme, déconcertée, le regardait avec étonnement, il reprit, d'une voix enjouée :

— « Eh bien, Kate ? Il faut que je vous quitte dans deux heures. »

Suzanne venait de se lever et, tout naturellement, elle saisit la main de Vidame et repartit avec élan :

— « O mon bon seigneur, pourquoi êtes-vous seul ainsi ?... Et pour quelle offense ai-je, depuis quinze jours, été bannie du lit de mon Harry ? Dis-moi, mon doux lord, qu'est-ce qui t'ôte l'appétit, la gaîté et le sommeil doré ? »

Vidame jeta sa cigarette et remua doucement le chef :

— Eh ! eh ! soupirait-il, ce n'est pas mal, pas mal du tout, Suzanne.

La jeune femme partait à rêver. Un peu plus tard, elle murmura, dans un souffle, la belle phrase de lady Percy :

— « Si vous ne m'aimez plus, je ne m'aime plus. »

— Mais, petite Suzanne, dit légèrement Vidame, je vous aime encore.

Suzanne venait de reculer d'un mouvement brusque.

— Ne rompez pas le jeu, dit-elle, ou je vous dirai que je vous déteste.

— Il me semble, Suzon, que vous ne respectez plus votre patron.

— Je ne vous respecte plus quand vous cessez de vous respecter vous-même.

— Décidément, vous êtes obsédée par lady Percy.

— Elle me plaît. J'aime Olivia, j'aime les deux Portia, celle du *Marchand* et celle de *César*. J'aime ces femmes de Shakespeare qui sont belles et magnifiques. Il me semble que, pour jouer une fois lady Percy, je donnerais deux années de ma vie.

— Deux ans de quelle vie, Mademoiselle ? Deux ans de votre belle vie jeune, ou deux ans de la femme que vous serez dans un demi-siècle ?

— Taisez-vous ! Taisez-vous ! Je ne serai plus vivante dans un demi-siècle. Taisez-vous. Si vous parlez encore de ces affreux mystères, je vais vous prendre en horreur.

— Peut-être jouerez-vous lady Percy.

— Peut-être ? pourquoi peut-être ?

Vidame se leva et fit pirouetter sa chaise.

— Je ne vous demande pas deux ans de votre vie ; mais seulement deux petites heures, charmante Suzanne.

— Vous êtes odieux.

— Parlons sérieusement, Suzanne Pasquier. Il n'est pas du tout sûr que vous puissiez jouer lady Percy.

— Et pourquoi donc, Monseigneur ?

— C'est un très petit rôle, Kate. Si vous ne deviez pas jouer ce petit rôle — trop petit pour une personne de votre mérite, bien évidemment — j'en serais navré, pour mon compte, car, sachez-le bien, mon amie, je serai Horspur. Allons, je vais prier le ciel de m'envoyer beaucoup d'argent.

— Reconnaissez, dit Suzanne avec amertume, que vous prenez plaisir à torturer ceux qui vous servent.

Vidame haussait les épaules.

— Je vais prier le ciel pour qu'il me soit possible de vous donner à vous, chère Suzanne, le petit rôle de lady Percy. Ainsi j'aurai la chance de vous tenir quelques secondes entre mes bras. Vous savez bien, Kate, pour la scène des adieux : « Mon cheval, mon amour, mon cheval ! »

— Oh ! dit la jeune femme en laissant tomber ses épaules avec un soupir, vous savez bien, Monseigneur, que les baisers de théâtre n'engagent pas une seule fibre de la chair. Mais dites-moi, sérieusement : qu'est-ce qui pourrait m'empêcher de jouer lady Percy ? Cela ne dépend que de vous, vous êtes le maître, il me semble.

Vidame ouvrit la porte et fit mine de s'éloigner sans rien répondre. Puis il revint sur ses pas et murmura, l'air ennuyé :

— Non, non, petite Suzanne. Cela dépend de puissances obscures dont j'ai répugnance à parler ! D'ailleurs, n'y songez pas, Suzanne. Nous n'y sommes pas encore. Il faut d'abord nous délivrer de ce Mirabeau en bois dont je me demande parfois ce qu'il peut bien signifier. Adieu, lady Percy !

## CHAPITRE 4

Comme il était de taille médiocre, Hellouin portait de hauts talons et, par la cambrure des reins, par le roidissement du col, il tâchait à corriger cette disgrâce de la nature. L'index pointé vers le tapis, le bras tendu, la voix pénétrée d'un douloureux et noble ressentiment, il s'écria :

*Et s'il faut qu'à mes feux votre flamme réponde*
*Que vous doit importer tout le reste du monde ?*

Célimène demeurait silencieuse et détournait la tête. Alceste fit un pas, chercha le regard de la jeune femme et murmura d'une voix presque suppliante :

*Vos désirs avec moi ne sont-ils pas contents ?*

Célimène eut un mouvement de retraite et répondit, pesant les mots :

*La solitude effraye une âme de vingt ans...*

Il y eut alors un silence long, beaucoup trop long sans doute, car Hellouin se prit à frapper du pied :

— Allez, marchez, Suzon. Ne prenez pas un temps après ce vers-là, mon petit. Vous savez bien qu'elle parle encore de son âme. Alors, il faut enchaîner :

*Tra la la, pa ta boum... assez fière, assez forte...*

Ah ! vingt dieux ! Je ne sais plus. Je ne me rappelle plus. Vous devriez garder la brochure, Suzon. Vous allez me faire perdre mon mouvement.

Célimène venait de déployer un éventail imaginaire. Elle en donna deux ou trois coups dans le vide et dit en secouant la tête :

— Je n'ai pas besoin de votre brochure. Je connais très bien le texte. Mais je rêvais, oui, je rêvais.

— Ne rêvez pas, Suzon. Trois minutes et c'est fini. Reprenons, s'il vous plaît, vous serez un ange. Je recommence :

*Et s'il faut qu'à mes feux...*

Suzanne donna la réplique de Célimène, puis, un peu plus tard, celle d'Eliante et même celle de Philinte. Hellouin s'était échauffé dans le jeu, car il aimait son métier. Un peu d'écume brunâtre s'amassait aux commissures de sa bouche. La sueur lui coulait sur les tempes et les joues. Il dit, en fourrant la brochure dans sa poche :

— Pas un mot au patron, fillette. D'abord, parce qu'il ne veut pas que nous fassions des cachets en dehors du théâtre. Oh ! je ne dis pas qu'il a tort, puisque, chez lui, c'est un principe. Ensuite, ensuite, parce qu'il m'a défendu — oui, c'est comme ça ! — il m'a défendu de jouer Alceste. Ce n'est pas parce que je suis trop petit et trop gros. Non, pour ça, rien à dire, je suis tout à fait Alceste. Mais il croit que ce n'est pas mon emploi. Voyez-vous, Suzanne, il a presque toujours raison, je ne dis pas le contraire. Mais, pour moi, pour moi, je pense qu'il me connaît mal et qu'il se trompe. Ah ! que je vous raconte...

— Hellouin, fit Suzanne en montrant la porte, je vous ai prévenu que je disposais d'une heure, pas plus, et maintenant on va venir me chercher.

— Compris, je mets les bouts de bois. Un mot quand même, pendant que j'enfile mon paletot, un mot, fillette. Savez-vous ce qu'a fait le cher maître, l'incorruptible, vous savez, l'illustre auteur de *Mirabeau*, notre Mirabeaugène national ?

— Hellouin, décampez, mon vieux, ou ne comptez plus sur moi pour vous donner une réplique.

— Eh bien ! il s'est coupé la barbe. Oui, M. Chérouvier s'est coupé la barbe. C'est un scandale universel dans tout le V^e^ arrondissement. La barbe ! Et il va en distribuer les poils à ses fidèles. Ah ! Suzon, vous êtes une bath copine, mon petit. Je jouerai *le Misanthrope*, à Beauvais, le jour où l'on donnera, chez nous, la pièce de Potheraux dont je ne suis pas. Mardi, quoi ! Si vous ne dites rien, le patron ne saura rien. N'est-ce pas que, comme Alceste, ça se tient, enfin c'est un peu mieux que pas mal ? Oui, oui, je m'en vais.

Tout doucement, Suzanne poussait le gros garçon par les épaules. Au moment de franchir la porte, il fit encore une pause, se retint des ongles au chambranle et s'écria, le visage sérieux :

— Moi, je l'aime, Vidame. Oui, c'est comme ça. Même quand il m'oblige à pleurer du sang. Et vous, vous, Suzon, qui toujours faites le chiqué de lui parler du bout des dents...

— Allez-vous vous taire ? gronda la jeune femme d'une voix irritée.

— Vous, je vous dirai un jour ce que vous en pensez, du patron.

— Je le sais quand même mieux que vous.

Il était sur le palier et saisissait la rampe. Il hocha doucement la tête :

— Mais non, mais non, ma petite, vous ne le savez pas mieux que moi.

La fin de la phrase disparut dans une véritable détonation. Suzanne venait de refermer la porte à la volée.

Elle traversa l'antichambre, puis le petit salon dont la fenêtre donnait sur le quai, sur le fleuve, sur l'île Saint-Louis, sur la ville entière et sur le ciel parisien. Pendant quelques minutes, Suzanne demeura debout, l'air hésitant, presque désemparé. Puis elle fit encore quelques pas, entra dans sa chambre, s'assit devant la coiffeuse et jeta sur le miroir un regard anxieux, un regard avide et presque sévère. Un peu plus tard, elle se surprit à murmurer tout haut :

*La solitude effraye une âme de vingt ans.*

Elle compta rêveusement sur ses doigts : vingt et un an, vingt-deux, vingt-trois... Ainsi jusqu'à vingt-neuf. Et elle eut un léger frisson. Etait-ce possible ? Elle avait vingt-neuf ans ! Non, c'était assurément impossible. Jamais elle n'avait voulu croire qu'un jour elle aurait, qu'un jour elle finirait par avoir vingt-neuf ans. Neuf années de plus que Célimène, la jeune veuve !

Suzanne secoua la tête en signe de dénégation. Sur ces vingt-neuf ans, il y avait quatre années, presque cinq années de guerre. Les années de guerre ne pouvaient vraiment compter. Au surplus, Molière avait dû se tromper. Il avait écrit « vingt ans » pour des raisons de métrique, parce que vingt-neuf ans, c'est presque impossible à placer, comme nombre de pieds. Et puis, du temps de Molière, les femmes étaient vieilles dès la trentaine. C'était une convention de l'époque. Célimène, rien de plus clair, ne parlait pas, n'écrivait pas comme une fille de vingt ans, mais comme une femme accomplie.

Suzanne jeta vers le miroir un long regard suppliant et, petit à petit, elle se prit à sourire. Elle était belle, miraculeusement belle. D'ailleurs, ce n'était pas une opinion personnelle, une idée de gloriole et de folle vanité. La presse parisienne tout entière célébrait la radieuse beauté de Suzanne. Ces yeux bleu clair, bordés de paupières auxquelles il ne manquait pas un cil, ces yeux qui, selon l'heure et l'humeur, passaient du bleu myosotis au bleu pervenche, avec un peu plus de miroitante chaleur, ces yeux, ils étaient connus de tout Paris comme les plus grands, les plus étranges et les plus doux que l'on pût voir. Pas une ride, pas un pli sur les joues à la chair délicate et ferme. Le nez, droit, finement ailé, semblait modelé dans une matière fine, transparente, précieuse. La bouche... oui, la bouche...

Elle ouvrit la bouche et tourna légèrement la tête pour faire briller ses dents au meilleur jour de la fenêtre. L'étoffe du col était souple et douce. Non, non, ce n'était point l'encolure d'une femme de vingt-neuf ans. Il y avait, ici et là, maintes lignes délicates qui faisaient penser encore à la très jeune fille. Suzanne s'efforça de froncer les sourcils, sourit à son image d'un air boudeur, puis leva ses épaules, qui étaient rondes et mobiles, puis, pour finir, éclata d'un rire léger, furtif, allègre. Oui, oui, oui, elle était jeune et belle, plus jeune, plus belle, plus touchante, plus Suzanne que jamais.

A ce moment, la jeune femme entendit craquer le parquet derrière elle. Par-dessus son image, dans le noir du miroir, une autre image venait de se former. Elle dit sans se retourner, encore engourdie dans l'enchantement de sa contemplation :

— Comment êtes-vous entré, Philippe ?

— Mais, dit le jeune homme, j'ai frappé, votre servante est venue m'ouvrir, j'ai attendu là, pendant dix minutes au moins, devant la porte ouverte. Je ne pouvais pas ne pas vous voir. J'ai toussé, j'ai même dit votre nom, et je pensais que vous m'aviez vu, que vous aviez deviné ma présence. Je n'étais pas indiscret, puisque je suis votre peintre ordinaire, votre témoin, votre spectateur naturel.

Il rit silencieusement et dit encore :

— Vous venez de consentir à m'entrevoir. Me faut-il demander pardon ?

La jeune femme se leva, puis frissonna de la tête aux pieds. En vérité, elle semblait étourdie ; elle fit un ou deux pas de somnambule, tendant des mains tâtonnantes que le jeune homme saisit doucement.

— Vrai, dit-il d'une voix pénétrée, vous n'êtes jamais si bien avec personne qu'avec vous-même. On est un peu honteux de venir troubler l'entretien.

Il ajouta, faisant un geste vague vers les profondeurs de l'espace :

— Je suis monté tout seul. Je pense que c'est votre heure, si du moins vous allez à pied. Vous savez que je marche très bien et très longuement, en dépit de cette blessure. Je peux, chez nous, faire le tour de la forêt. Je suis infatigable.

Suzanne avait mis son chapeau, puis jeté son manteau sur ses épaules. Elle cherchait, toujours silencieuse, des gants dans un tiroir. Le jeune homme gagna la fenêtre.

— Si vous le permettez, je viendrai dessiner ou peindre, un jour, ce que mes yeux voient de vos fenêtres. C'est tout à fait admirable. Ne peindrais-je que ce vaste ciel et, là-bas, toutes ces fumées et ce long nuage étroit comme une pirogue.

— Savez-vous, dit Suzanne, que c'est l'ancien appartement de mon frère Laurent ? Il l'a quitté parce qu'il le trouvait trop petit, quand ils ont eu leur premier enfant. Mais pour moi, pour une femme seule...

— Je ne connais pas votre frère Laurent, si ce n'est par les images des journaux. J'ai rencontré votre frère Joseph, depuis qu'il est notre voisin et l'un des châtelains de Nesles, s'il vous plaît !

Suzanne s'était prise à rire.

— Il faut, dit-elle, comprendre Joseph. Il m'amuse. Il est terrible. S'il ne me faisait pas rire, il m'inspirerait de l'horreur... Je serai prête dans une demi-seconde. Une femme, elle doit toujours perdre un peu de temps avant de partir, pour être bien sûre d'oublier quelque chose. Et maintenant, ouvrez la porte. Je vous parlais de Joseph. Savez-vous ce qu'il m'a dit, l'autre jour, en me débinant Laurent ? Non, vous ne pouvez pas le savoir. Il admire quand même Laurent, mais il est plein de jalousie, plein de morgue et de vantardise. Nous autres, Laurent, Cécile, moi, il voudrait nous démontrer que nous sommes ce qu'il appelle des créatures de luxe, et que lui seul, lui, le faiseur d'argent... Mais je vois que vous voulez savoir ce qu'il m'a dit de Laurent. Il ne parlait pas de Laurent. Il parlait des savants en général, de cette « engeance » des savants. Et, tout à coup, il a crié : « Pasteur est considéré comme un bienfaiteur de l'humanité parce qu'il a sauvé beaucoup de vies humaines. Résultat, les peuples sont devenus trop nombreux et ils ont dû s'égorger pendant cinquante-deux mois pour remettre les choses en ordre et tuer quinze millions d'hommes, les quinze millions, justement, que Pasteur avait sauvés. Voilà ce que c'est que les savants. Des fléaux de l'humanité. Tandis que nous, les gens d'affaires, les faiseurs d'or et de richesses... » Oh ! il en racontait encore. Vous ne trouvez pas ça drôle ? Philippe, Philippe, c'est vous qui dormez maintenant.

— Non, non, dit le jeune homme. Non, je ne dormais pas. Je regardais cette mèche de cheveux dorés, presque roux, presque flambants, cette mèche qui ne consent jamais à rester avec les autres. Attendez, attendez, Suzanne. Je peux bien vous appeler ainsi, puisqu'il y a cent mille personnes à Paris qui disent, en parlant de vous, Suzanne, tout court, comme si vous leur apparteniez.

— Et vous êtes jaloux, peut-être.

— Non, pas jaloux. J'ai ma part. Attendez une seconde. Attendez, là, dans le jour de la fenêtre, avant d'aborder l'autre étage. Attendez que je vous dise adieu.

— Quoi ? Vous allez donc me quitter ?

— Adieu jusqu'à demain.

— Vous ne venez point avec moi jusqu'au théâtre ?

— Si, nous irons avec vous. Ne bougez pas, chère Suzanne.

— Je ne comprends plus rien... Vous dites : « Nous irons... »

— Oh ! je vous verrai cet après-midi. Et peut-être même toute la soirée. Mais je veux dire adieu à cet instant de solitude. Car « ils » nous attendent en bas.

— Qui donc nous attend en bas ?

— Je vais vous le dire tout de suite. Mais quand ils seront là, tous les trois, à vous partager avec moi, à vous admirer aussi, alors je ne serai plus seul. C'est pourquoi je veux dire adieu à toutes les gracieuses choses de vous que j'ai tant de plaisir à voir. Adieu, petite oreille que la lumière de la fenêtre ourle de givre rose ! Adieu, veinule d'azur qui traversez tout le front, du nord au sud, comme une pensée insaisissable ! Adieu, bouche de Suzanne, mieux dessinée que la bouche irréelle d'un ange, dans un tableau de Pérugin ! Adieu, dents qui semblez faites non pour manger, mais pour rire, mais pour éclairer le voyageur dans les ténèbres, dans les deux derniers étages de ce maudit escalier qui est tout de suite descendu. Allons, puisque vous êtes pressée !

Suzanne fit un mouvement, comme pour revenir sur ses pas.

— Non, dit-elle en souriant. Non, je ne suis pas pressée. Je ne déteste pas de vous entendre murmurer ainsi mille choses un peu folles, mille choses délicieuses. Et qui nous attend en bas ?

— Vous allez le savoir bientôt. N'allez quand même pas trop vite. Je n'ai pas encore tout dit de ce que je voulais vous dire aujourd'hui. Je voudrais vous peindre et vous dessiner, chaque jour, et ce serait assez pour ma gloire. Savez-vous que Rembrandt peignait sans relâche sa femme Henriette Jaghers ? Tantôt elle était Bethsabée, tantôt Suzanne au bain et tantôt une princesse. Pourtant, elle était loin d'être belle, la pauvre Henriette. Vous, je pourrais vous peindre et vous dessiner toute ma vie, même si vous n'étiez que Suzanne. Mais, hier, vous étiez Monime, demain vous serez Marie-Antoinette et après-demain Cordélia ou bien Andromaque ou Ophélie ou qui donc encore ? Bérénice ! Avouez que j'ai beaucoup de chance.

— Mais, dit Suzanne en riant, je ne suis pas votre femme.

— C'est vrai, dit le jeune homme. C'est vrai. Pourquoi me le rappeler, Suzanne ? J'étais presque sur le point de l'oublier. Ah ! nous allons sortir. Vous savez qu'ils sont là trois ?

— De qui parlez-vous ? Qui est là ?

— Deux de mes frères et l'une de mes sœurs. Trois Baudoin. En sorte que nous serons quatre pour vous faire escorte, aujourd'hui, jusqu'au théâtre, si vous le voulez ainsi.

## CHAPITRE 5

— Oh ! s'écria Suzanne, comme vous vous ressemblez tous !

Elle fit un pas, ferma les paupières à demi, puis reprit plus bas :

— Non ! C'est-à-dire que... non ! Attendez que je vous regarde un peu mieux. Vous êtes tous bien différents, quand on vous considère de près. Mais vous vous ressemblez pourtant parce que vous ne ressemblez pas du tout aux autres, aux gens des autres familles, au reste des gens. Quelle est cette demoiselle ? Allons, Philippe, allons, présentez-nous !

Trois jeunes gens étaient debout sur le trottoir, et Philippe dit laconiquement :

— Une de mes sœurs, deux de mes frères. Je vous ai déjà parlé d'eux.

— Leur nom ? Dites-moi leur nom. Rappelez-moi leur petit nom.

— Celle-ci est Thérèse. Elle vient tout de suite après moi, qui ne suis quand même pas l'aîné de tous, puisque nous avons Madeleine. Voici Thérèse Baudoin. Elle est d'un an plus jeune que moi.

Suzanne tendit la main et Thérèse fit une imperceptible révérence du genou, un mouvement plein de fierté, plein de noblesse, que Suzanne admira beaucoup, en véritable comédienne.

— Et que fait, dit la jeune femme, que fait votre sœur Thérèse dans le fameux village de Nesles ?

Thérèse répondit avec une grande simplicité :

— J'aide ma mère, je fais la cuisine, je tire l'eau du puits. Je couds, je brode. Et puis...

— Et puis ?

La jeune fille rougit, sourit doucement et dit :

— Je sais aussi faire la lecture à haute voix pour mon père, chanter, danser et jouer de l'alto.

— Vous savez danser ? s'écria Suzanne avec joie. Peut-être avez-vous suivi des cours ? Quel était votre professeur ?

La jeune fille secoua la tête d'un air effarouché :

— Mes professeurs étaient maman, et même papa, avant... avant la guerre.

— Attendez ! Attendez ! s'écria soudain l'un des deux frères, un grand garçon aux longs cheveux bouclés, à la grosse voix en même temps trop grave et puérile. Attendez, elle ne dit pas tout ce qu'elle sait faire. Elle sait saler le beurre, cuire les confitures de cassis, préparer le sirop de mûres, trouver les morilles au printemps et même soigner les abeilles. Et, pourtant, vous regarderez ses mains : elles sont très propres et très fines. Et elle a le pouce cambré comme tous les Baudoin. Et je ne dis pas tout ! Non, non, je ne dis pas tout.

— Qui est celui-ci ? demanda Suzanne en se penchant vers Philippe.

Philippe haussait les épaules. Il répondit en riant :

— C'est un fou, vous le voyez bien.

— Comment, reprit le jeune homme aux longs cheveux en secouant la tête, vrai ! vous ne nous connaissez pas ? C'est incroyable. Je vais mettre mes lunettes et vous nous reconnaîtrez mieux. Que voyez-vous donc, quand vous jouez sur la scène de votre théâtre ? Tous ces visages écarquillés qui vous regardent, la bouche ouverte et les yeux ronds, vous ne savez pas que c'est nous ? Toutes ces mains qui continuent d'applaudir quand les autres sont fatiguées ? C'est encore nous. Et vous ne nous connaissez pas ? Quelle indifférence ! Quel égoïsme !

— Hubert ! Hubert ! grondait le frère aîné.

— Et lui qui ne dit rien, comment s'appelle-t-il ? demanda Suzanne.

Le jeune homme aux cheveux flottants fut secoué d'un joyeux rire :

— Celui-là, déclama-t-il, la voix funèbre et caverneuse, celui-là, c'est notre muet, c'est le personnage silencieux de la pièce. Il s'appelle Marc, mais je l'appelle « Eau dormante », ou même « Espace infini », à cause de son silence éternel, comme dit Pascal.

— Hubert, dit le jeune homme en rougissant, je finirai par parler, si tu continues.

— Ne dis rien, cher espace, ne sors pas de ton délicieux naturel. Regardez, Madame. Non, pas Madame... Mademoiselle... Non ! Je dirai notre Suzanne, tout net et tout rond comme une prune. Regardez mon frère le muet, regardez cette aimable carpe de frère. Il y a des gens qui nient l'existence de l'âme. C'est qu'ils n'ont jamais examiné par transparence les oreilles de mon frère Marc. Elles sont très grandes, ces oreilles. Mais vous pouvez, par transparence, les voir rougir sous l'effet de la pensée, c'est-à-dire de l'âme. Et voilà ! A quoi donc croyez-vous qu'il pense, le cher garçon, pour que ses oreilles rougissent de cette manière révélatrice ? Ce n'est pas un phénomène réflexe, ô notre Suzanne ! C'est exactement une manifestation de la pensée. Et il pense peut-être à l'étoile Antarès, ou même à vous, tout simplement, comme moi et comme les autres. Je marche trop vite, peut-être ? Nous marchons trop vite, avec nos grandes jambes, peut-être ?

— Non, dit Suzanne, vous ne marchez pas trop vite, mais vous ne me laissez pas poser une seule question.

— Je réponds d'avance à toutes les questions que vous pourriez imaginer.

— Ça, dit Suzanne en riant, vous n'en savez rien.

— Il est insupportable, gronda Philippe. Il parle, il parle et il n'y a plus moyen de l'arrêter. Je vous l'ai dit, c'est un fou.

— Quel métier faites-vous, monsieur Hubert ? dit Suzanne en s'arrêtant une seconde au milieu de son escorte.

— Philippe vous l'a dit, je suis fou.

— Soit ! Mais après ?

— Je suis millionnaire.

— Millionnaire ?

— Certainement. Et pourquoi pas ? J'ai un million d'idées, un million de projets, un million de désirs. D'ailleurs, n'importe qui possède un million de quelque chose. Nous sommes tous des millionnaires méconnus. Je possède des milliards de globules rouges, des milliards de molécules, des millions de pensées extraordinaires, un million de destinées, au choix.

— Oh ! dit le silencieux Marc, ne l'écoutez pas trop. Il vaut mieux que son bavardage.

— Qu'en sais-tu, espace interplanétaire ?

— Mais, reprit Suzanne, vous ne m'avez toujours pas dit quel était votre métier ?

— Mon métier ? Je suis botaniste, pour vous servir, chère Suzanne. Moi, je n'aime vraiment que deux choses au monde : la botanique et l'amour. Oui, oui, ne protestez pas, vous autres. J'aime l'amour, comme disait saint Augustin. J'aime l'amour, mais, attention, je ne suis pas sentimental. Bon ! J'allais donner un coup de tête dans ce bec de gaz et vous êtes là quatre à me regarder faire sans qu'une main charitable... Excusez-moi, je suis myope. Oh ! je vous expliquerai plus tard que je suis myope par vocation, pour mieux voir les choses.

— Vous ne pourrez plus l'arrêter, fit en souriant Philippe. Il dit ainsi n'importe quoi.

— Je dis n'importe quoi et il arrive que ce soit quand même quelque chose. Alors, quand venez-vous à Nesles ?

— Oh ! j'irai sûrement, monsieur le millionnaire, mais il faut que j'aie la paix avec ce terrible théâtre.

— Alors, dit Thérèse, en secouant la tête, alors vous ne viendrez jamais.

— Voilà déjà longtemps, s'exclama le jeune fou d'une voix grondeuse, voilà déjà longtemps, voilà déjà plusieurs mois que Philippe nous annonce votre visite. Mais Philippe se vante et moi je finis par perdre patience. Vous avez déjà manqué les perce-neige.

— Je vous avais donc promis de venir pour les perce-neige ?

— Vous m'aviez promis, dit Philippe, de venir avant les roses de Noël. Rappelez-vous, vous me l'aviez promis au moment d'*Andromaque*.

— Ah ! s'écria Hubert d'une voix pathétique, *Andromaque* ! On peut dire que c'était pommé !

Il s'arrêta brusquement, s'agenouilla sur le trottoir, renversa la tête et se prit à déclamer en imitant Suzanne :

*Ah ! de quel souvenir viens-tu frapper mon âme !*
*Quoi ! Céphise, j'irai voir expirer encor*
*Ce fils, ma seule joie, et l'image d'Hector !*

— Bravo ! s'écria la jeune femme. Vous savez donc des vers par cœur ?

— Moi, je sais un million de vers. Je vous l'ai dit, je suis millionnaire. Et quand je ne les sais pas, les vers, je les invente et c'est presque aussi bien. N'empêche que vous avez raté les perce-neige.

— Et vous avez manqué les forsythias, poursuivit Thérèse.

— Qu'appelez-vous forsythias ?

— Une plante dorée qui fleurit en hiver, pour remplacer le soleil.

— Et ce n'est pas tout, murmura Marc...

Il rougit encore, et comme tout le monde le regardait, il balbutia d'une voix étranglée :

— Les daffodils !

— Quoi, reprit Suzanne avec enjouement, j'ai donc manqué les daffodils ? Mais qu'est-ce que les daffodils ?

— Ce sont les fleurs jaunes que les Anglais appellent ainsi parce que c'est leur façon de prononcer asphodèles ; mais ce ne sont pas des asphodèles.

— Attention, attention ! dit Hubert en levant au ciel un doigt justicier. Attention ! elle est en train de manquer les narcisses.

— Ah ! s'écria Suzanne en baissant la tête avec une feinte confusion, vous m'en direz tant que je me sentirai coupable.

— Chère Suzanne, reprit Philippe, nous nous désolons à la pensée que vous manquez tant de douces et charmantes choses qui tiennent une grande place dans notre vie de campagnards. Ne manquez pas nos orchidées, par exemple !

— Vous cultivez les orchidées ?

— Mais non, je parle des orchidées des bois, de toutes ces petites orchidées merveilleuses qui fleurissent dans les bois de Nesles et de la Tour-du-Lay. Venez. Venez et je vous raconterai l'histoire de la renanthera, telle que me l'a racontée notre botaniste.

— Si tu racontes mes histoires, maintenant !

— Et qu'est-ce que c'est que cette renanthera ? Hélas ! vous me faites comprendre que je ne sais absolument rien.

— La renanthera, dit Thérèse, n'est pas une fleur de chez nous.

— Non, poursuivit Philippe, c'est une fleur du Brésil. Elle pousse sur les arbres et s'attache aux creux dans lesquels il y a un peu de mousse ou de poussière. Quand on veut la cultiver, on la plante au pied d'un arbre, dans la terre, dans l'humus. Elle y fait des racines, puis elle s'élance dans l'arbre. Quand elle est assez forte, quand elle a poussé, dans les creux de l'arbre, ici et là, d'autres racines, alors elle quitte le sol, elle perd ses racines terrestres et elle s'envole, vous entendez, Suzanne, elle monte, elle part, comme une créature délivrée.

— Mon Dieu, murmura Suzanne, comme vous savez de belles histoires ! Merci pour renanthera. Hélas ! nous sommes arrivés déjà. Nous voici déjà devant mon théâtre.

— Oh ! dit Hubert. Nous connaissons le chemin. Je n'ai qu'à suivre mon chapeau, et il vient tout seul ici. D'ailleurs, je n'ai pas de chapeau.

— Vous ne savez pas, dit Philippe, qu'ils étaient tous trois dans la salle, hier, avec papa et maman.

— Hier, pourquoi donc hier ?

— Pour dire adieu à Monime, puisque c'était le dernier soir. Papa vient assez rarement à Paris, comme vous pouvez le penser.

— Oui, et savez-vous ce qu'il a dit, quand vous êtes entrée en scène ? Il a dit... Répète-le, toi, Philippe.

Philippe secoua la tête.

— A quoi bon ? fit-il, c'est quelque chose de nous, quelque chose d'un peu difficile et d'obscur, comme certaines choses de nous.

— Eh bien ! moi, dit Hubert, moi, je vais le répéter. Il a dit : « Elle est très belle. »

— Mais, dit Suzanne d'un air étonné, comment est-ce possible ?

— Oui, oui, reprit le jeune fou. Vous vous demandez comment il peut sentir la beauté, puisqu'il est aveugle. Mais moi, je comprends très bien. Il sent la présence de la beauté rien qu'à la respiration des gens qui l'entourent.

— Non, non, murmura Thérèse, c'est sans doute plus secret encore que cela. Pardonnez-nous, Mademoiselle ; nous sommes très contents d'avoir pu vous accompagner, en espérant votre visite à Nesles, où tout le monde vous attend.

— Oh ! j'irai, s'écria Suzanne. Il me semble qu'aller à Nesles, ce serait toucher la terre, me purifier, reprendre force et courage. Merci à toute mon escorte.

Elle commençait de s'éloigner dans l'impasse lépreuse qui conduisait au théâtre. Philippe fit trois ou quatre pas, la rejoignit au vol, une seconde, et dit tout bas :

— Je vous peindrai aussi, plus tard, dans le jour gris du matin. Et je vous peindrai au soleil, au plein soleil de juillet. Et je vous peindrai dans la nuit, quand on ne voit plus que des ombres. Et je vous peindrai mille fois, avant d'avoir tout vu et tout dit. Adieu ! Suzanne, jusqu'à ce soir !

## CHAPITRE 6

La scène du théâtre des Carmes était pourvue de ce que, dans le style propre à la maison, on appelait « divers dispositifs d'architecture fixe ». Cela signifie que deux escaliers s'élevaient du plateau pour gagner les régions supérieures du théâtre, régions d'ailleurs inaccessibles au regard des spectateurs. L'un de ces escaliers partait du fond de la scène et montait vers le cintre. L'autre commençait presque au proscenium et s'en allait vers le mur de refend qui séparait les « locaux artistiques » des quelques pièces réservées à l'administration.

Les deux escaliers, dont l'apparence évoquait assez bien le marbre, étaient en réalité composés d'une matière plastique nouvellement découverte, incombustible, insonore et qui mariait, à dire d'experts, les propriétés de la cellulose et celles du caoutchouc. Vidame insistait volontiers sur l'insonorité. « L'essentiel, disait-il, est de supprimer les bruits parasites. Le roi peut mourir au proscenium en prononçant à mi-voix des paroles sublimes et, pendant ce temps, je fais défiler sur mes escaliers toute l'armée anglaise d'un côté, toutes les troupes rebelles de l'autre. Si les escaliers étaient en sapin, il faudrait brailler, sur la scène, à cause du boucan que feraient les souliers contre les marches. Non, non, l'insonorité parfaite du matériau scénique est la condition première d'un art dramatique bien compris. »

Il arrivait qu'un critique ingénu risquât alors quelque observation sur « les dispositifs d'architecture fixe ». Il disait par exemple : « Mais, Monsieur, n'est-ce pas étrange de voir arriver l'armée anglaise par un escalier ? » Eric Vidame, depuis longtemps, ne répondait plus à des questions telles. D'un œil soudain énorme et rêveur, il considérait le malotru sans mot dire, il regardait par-dessus le malotru, à travers le malotru, vers les profondeurs infinies de l'avenir. Pourquoi répondre à des niaiseries ? Vidame avait bien assez longuement, naguère, controversé sur tous ces problèmes. Il avait d'abord proclamé : « L'escalier est un principe de dénivellation. Il permet de multiplier les plans sur lesquels se développe l'action dramatique. Au lieu d'évoluer, platement, dans deux dimensions de l'espace, notre théâtre vit dans les trois dimensions de cet espace et même, puisque le temps intervient dans tous les arts dynamiques, c'est un univers à quatre dimensions que nous animons avec notre verbe. Bien. Observez en outre que l'escalier fait, en quelque sorte, partie importante du génie humain. Il y a des escaliers dans toutes les maisons, dans tous les palais. Un bateau ! vous me direz : un bateau ! Eh bien ! en bateau, c'est encore l'escalier que l'on rencontre à tout moment. Les villes ? Les places publiques ? Il y a des escaliers monumentaux dans presque toutes les villes illustres. Non, non, croyez-moi, l'escalier n'a pas seulement une importance philosophique et symbolique, il est, le plus souvent, un article de structure, un élément de réalisme... »

Or, s'étaient présentés, plus tard, des cas assez nombreux dans lesquels, par malheur, les deux fameux escaliers de cellulo-ébonite avaient paru difficilement explicables, parce que la scène représentait, par exemple, une forêt, comme dans *Pelléas et Mélisande*, ou une plage, comme au début de *l'Echange*. Vidame s'était contenté de hausser les épaules, disant avec humeur : « Bah ! *ils* s'y habitueront. Il faudra bien qu'*ils* s'y habituent. » *Ils*, c'étaient les multitudes légendaires qui devaient s'instruire et se rédimer grâce aux miracles du théâtre moderne. Et le plus curieux est que, conformément aux prévisions, *ils* avaient fini par s'habituer aux escaliers conjugués d'Eric Vidame. Dire qu'ils avaient fini par s'habituer est d'ailleurs inexact. Les foules dociles n'avaient pas « fini » par là, c'est presque par là qu'elles avaient commencé. Tout de suite, elles avaient compris que si la scène représentait « les champs à la fin de l'hiver », comme il est indiqué au premier acte de *Tête d'Or*, deux escaliers de substance insonore et d'aspect marmoréen étaient absolument indispensables pour parfaire l'illusion optique. Les spectateurs disciplinés n'élevaient plus la moindre protestation contre la présence d'escaliers sur la bruyère de *Macbeth* ou dans la campagne familière aux paysans de *Don Juan*. Les personnages de toutes les œuvres dramatiques représentées au théâtre des Carmes avaient, grâce à la présence des deux escaliers fixes, continué de se mouvoir dans toutes les dimensions de l'espace, et le public, après avoir pris « une habitude », avait assez vite éprouvé « un besoin ». Toute pièce qui n'allait pas sans la célèbre « dénivellation psychologique et émotionnelle » était jugée, par les fervents du lieu, comme touchée d'un peu de froideur et de platitude. Eric Vidame commençait d'ailleurs d'en éprouver de l'agacement. Il disait à ses intimes : « L'escalier est fondamental, c'est entendu. Mais il ne faudrait quand même pas que le premier cornichon venu s'avisât de réclamer l'escalier quand nous avons des raisons de ne pas le faire intervenir. Nous allons dresser tous ces gaillards-là. Puisque je monte *Chatterton*, je supprime le truc de l'escalier. Kitty Bell ne dégringolera pas les marches. Elle tombera de son fauteuil, ce qui est beaucoup plus naturel. Je suis le maître, jusqu'à nouvel ordre, et je ne veux pas qu'on se foute de moi. »

Les deux escaliers demeuraient donc sur la scène rigide et invariable du théâtre des Carmes, comme un défi réversible : on les utilisait systématiquement quand il n'y avait pas lieu de grimper, ni de descendre. Et quand, en revanche, sœur Anne devait monter au sommet de la tour, elle sortait modestement par une porte de plain-pied. Ainsi l'attention des spectateurs, constamment tenue en éveil, ne pouvait s'assoupir dans les supputations par trop faciles.

Parvenus au-dessus du cintre, les deux escaliers, sur lesquels il n'a point été superflu de fournir ce bref commentaire historique, les deux escaliers fixes abordaient un balcon qui faisait le tour des combles, comme dans les patios des maisons italiennes. Vidame disait parfois, en cheminant sur cette construction gracile : « Dommage que tout cela soit invisible de la salle. C'est là-dessus qu'il serait agréable de jouer. C'est là-dessus qu'il faudrait jouer, et non seulement la *Locandiera*, mais *Hamlet*, oui *Hamlet* ! Pourquoi pas ? Songez à la scène du début... ou même *les Perses*. L'ombre de Darius monterait du trou, s'élèverait de l'abîme, comme une fumée... C'est à voir... On ne sait pas... »

La partie de ce balcon qui passait derrière le cintre était plus spacieuse que le reste. Par deux petites fenêtres dissimulées dans les boiseries et finement grillagées, on pouvait surveiller la salle et les spectateurs. Les comédiens se tenaient à cette place, parfois, en attendant leur tour d'aborder les degrés pour descendre en scène. Et c'est là que la reine Marie-Antoinette, sortant de sa loge, vint prendre position, le soir de la répétition générale, pendant que, dans la profondeur, on entendait Mirabeau haranguer un auditoire invisible. « Marius, clamait le tribun, Marius est moins grand pour avoir battu les Cimbres que pour avoir abattu dans Rome les privilèges de l'aristocratie ! »

Cette phrase éclatante chavira dans un silence mortel. Le roi Louis XVI qui, l'œil collé au grillage, observait l'horizon, fit claquer soucieusement sa langue contre son palais.

— Diable ! dit-il dans un souffle. Le patron comptait quand même un peu sur ce coup de gueule de Farge et ça vient de tomber à plat. Oh ! je déteste le public des générales. Regardez-les, Suzon : ils ont l'air d'avoir avalé une topette d'huile de ricin. Vous, Suzon, votre scène a bien marché, mon petit. Compliments, Suzon. Et ils vous ont fait quatre rideaux, ce qui n'est pas fou, quand on pense à votre talent, mais ce qui est quand même épatant quand on sent la température de la salle. Ah ! pour une tape, c'est une tape. Vous avez entendu ? Farge vient de lancer son fameux bobard au sujet duquel on a tant coupé de cheveux en quatre, ici, la semaine dernière. Vous avez entendu : « Le peuple est une force à laquelle il suffit d'être immobile pour se rendre redoutable. » Moi, je trouvais ça très épatant. Eh bien ! j'ai vu des types qui rigolaient. Tenez, zieutez Copeau, il se passe la main sur le crâne. Et pour un crâne, c'est un beau crâne ! Ah ! on ne peut pas dire qu'il a l'air de s'amuser. Tenez, il regarde au plafond. Il compte les mouches, bien sûr.

— Où voyez-vous Copeau ? fit Suzanne à voix basse.

— Quatrième rang, cinquième fauteuil en partant de la droite, répondit pensivement Paul Hellouin. Vous comprenez, Copeau s'en bat l'œil du *Mirabeau* et du petit père Chérouvier. Pour lui, c'est visible, le *Mirabeau* est un navet. Si le navet marche quand même, c'est tant mieux pour les théâtres d'avant-garde en général et Copeau approuve du crâne. Et si le navet ne marche pas, Copeau reste sur le velours parce qu'il apparaît clairement que le Vieux-Colombier enfonce le théâtre des Carmes. Ah ! non, il n'a pas l'air de s'amuser, le concurrent. Regardez-les tous, alignés comme des bocaux dans une pharmacie. Ça sent la combine, je vous dis, ma petite Suzanne, ça sent le compte d'auteur, la galette qui vient on ne sait pas d'où. Ce soir, voilà ce qu'il sent, notre cher théâtre.

— Vous êtes fou, Hellouin ! Tout le monde sait que M. Chérouvier est très pauvre. Où est-il, M. Chérouvier ?

— Dans la loge d'avant-scène, bien évidemment, mais vous ne le reconnaissez pas, à cause de sa barbe coupée.

— Vrai ? C'est lui, là, derrière le patron ? Mon Dieu ! mais comme il a une petite tête ! Et quasiment pas de menton !

— Oui, il a l'air ridicule. Et tout cela, même le faux col droit et le smoking, tout cela pour faire plaisir à la Polonaise. Vous la voyez, la Polonaise ?

— Laissez-moi tranquille, fit soudain Suzanne d'une voix altérée, je déteste les femmes de cette sorte.

— Elle est là, au milieu du troisième rang, entre Brisson et Lucien Descaves, devant le type impossible qui signe Maurice Boissard. C'est une belle fille, quand même, cette Polonaise qui n'est sans doute pas polonaise. Et vous savez que le petit père Chérouvier a déménagé. Il habitait à deux pas d'ici, place de l'Estrapade, un appartement de trois sous qui sentait la soupe au fromage, la sauce piquante et la souris blanche.

— Vous comprenez, Hellouin, que je ne peux rien entendre de la pièce. Allons, taisez-vous. Patard va vous coller une amende. Vous parlez plus fort que les acteurs en scène.

— ... Mes renseignements sont peut-être mauvais, poursuivit obstinément Louis XVI, mais le petit père Chérouvier habite maintenant, avenue du Parc-Montsouris, un appartement avec ascenseur, bow-window et tout le tralala. M. Chérouvier prend un bain chaud deux fois par semaine. C'est une conversion, et la Polonaise est une grande magicienne. Ah ! Suzon, vous m'avez pincé !

— Hellouin, grondait la jeune femme, je vous demande une fois pour toutes de ne plus me parler jamais de cette personne.

Le gros acteur fit front, dans la pénombre de la passerelle, et dit en s'efforçant de distinguer les traits de sa camarade :

— Parole, Suzon ! on dirait que vous êtes jalouse. Ce serait la première fois, à ma connaissance.

Suzanne répondit très vite :

— Je ne suis jalouse que quand il s'agit de mon métier, la seule chose que j'aime au monde.

— Oui, oui, bougonna Hellouin ! Fallait le dire. Mais, attendez, attendez les palotins viennent de marquer un effet. C'est bath !

— Ne m'empêchez pas d'écouter, fit Suzanne en haussant nerveusement les épaules. Vous aurez une amende. On doit vous entendre de la salle. Tenez, je vois le patron qui s'agite comme s'il avait des fourmis dans les bottes.

A ce moment, un léger remous se produisit de nouveau parmi les spectateurs. Des applaudissements venaient d'éclater dans une des rangées de l'orchestre. Ils se propageaient mal et, presque aussitôt, cette faible flamme d'enthousiasme retomba, puis s'évanouit.

— Peuh ! fit Hellouin en recollant sa perruque d'un index méticuleux. Peuh ! C'est Mano qui tâche de les dégourdir. C'est des Combes qui fait la claque. Ah ! celui-là, pour être fidèle, il est fidèle.

— Hellouin, vous sentez l'ail, c'est dégoûtant.

Hellouin sentait l'ail dès le matin et ce parfum allait s'exaspérant, d'un repas à l'autre, tout le long du jour, ce dont les compagnons du gros acteur ne manquaient point de lui faire grief. Il parut offensé par la remarque de Suzanne et, quittant son poste d'observation, il alla toucher la rampe et se pencha sur l'abîme de la scène comme sur un puits de mine. On apercevait, en bas, un salon éclairé par deux candélabres d'argent. Le comte de La Mark tendait à Gabriel de Mirabeau une mystérieuse cassette et le tribun rédigeait, au vol, avec une énorme plume d'oie, ses fameux conseils secrets sur l'ordonnance idéale de la monarchie constitutionnelle.

A ce moment, dans l'obscurité de la galerie supérieure, parut le marquis de La Fayette. Il avait l'air soucieux et maussade.

— Tss... Tss... fit-il en secouant la tête, ça marche encore plus mal que l'on n'avait pensé. Farge a failli se faire emboîter, tout à l'heure. Vous avez entendu ? Alors Bazzaro a perdu la boule. Vous n'écoutiez donc rien ?

— Comment puis-je écouter ? fit Suzanne. Hellouin parle tout le temps.

— Je vous assure que c'était terrible, reprit le marquis de La Fayette. Heureusement que Patard tenait la brochure. Il a pu les repêcher. Mais on a senti passer le vent de la catastrophe. Quel silence ! On entendait quelqu'un ronfler. C'était sûrement Paul Souday.

Au théâtre des Carmes, il n'y avait point de souffleur ; toutefois, Patard, le régisseur à tout faire, tenait quand même la brochure et se cachait soit derrière une porte, soit dans la galerie supérieure. Il y parut, à cet instant même, regarda les trois comédiens et se prit à bougonner :

— Qu'est-ce que vous faites là, tous ensemble ? Toi, Charruel, tu vas manquer ton entrée. Descends au galop. Ah ! pour aller mal, ça va mal. Quelle idée a eue le patron de monter ce plat de nouilles ?

Poussant devant soi le marquis de La Fayette, il s'éloignait sur le balcon incombustible et insonore, arrachant au gros tapis de molleton un léger encens de poussière.

— Voyez-vous, Suzon ? reprit Hellouin d'une voix imperceptible, quand le patron monte une panne, ce qui ne lui arrive pas souvent, c'est qu'il a toujours une idée de derrière la tête. Je ne suis pas dans le secret des dieux ; mais si vous voulez m'écouter une demi-minute, je vous dirai pourquoi Vidame est allé ressusciter ce vieux ouistiti de Chérouvier. Vous ne dites rien, Suzon ?

Suzanne restait immobile et silencieuse. Alors, le gros roi Louis XVI se mit à caresser la main de la jeune femme. Il parlait bas, d'un ton pénétré. Il disait :

— Ça m'est égal de ne pas écouter la pièce. Vous voyez bien que le patron lui-même s'en bat l'œil. Il sait ce qu'il fait. Et tous les veaux qui sont là, dans la salle, n'ont qu'à s'en aller, si ça les empoisonne. Les critiques feront quand même des articles respectueux, pour la forme. Ah ! Suzon, vous n'aimez personne, vous croyez que vous n'aimez personne...

— Qu'est-ce qui vous prend, mon pauvre Paul ? fit Suzanne en retirant sa main d'un geste vif. Est-ce que ça va recommencer ?

— Non, non, fit le gros roi en secouant sa perruque. Non, il y a bel âge que je suis guéri. Je vous ai aimée, comme tout le monde, bien sûr. Et ce n'était pas un pépin, Suzon, c'était une passion, une passion véritable. N'en parlons plus. Je commence à vous connaître. Vous ne pouvez aimer personne, c'est entendu, vous croyez du moins que vous ne pouvez aimer personne. Eh bien ! Suzon, vous vous trompez, mon amour : vous aimez Vidame, fillette, et c'est moi qui vous le dis et je m'y connais.

— Vous êtes idiot ! s'écria la jeune femme d'une voix si haute et si vibrante que, d'instinct, Hellouin fit le geste de lui fermer la bouche. Vous êtes idiot, mon pauvre Hellouin.

— Je suis peut-être idiot, mais je sais ce que je pense, fillette. Et si je devine tout, si je devine ce que vous ne comprenez pas vous-même, c'est que je l'aime, moi, le patron, m'entendez-vous ?

Il se pencha dans l'ombre, au point que la reine fit, de tout le buste, un mouvement de recul. Il se pencha très fort et poursuivit :

— Je l'aime, le patron, je l'aime d'amour. Et pas de blague, mon petit, pas d'erreur surtout. Je dis d'amour et il faut s'entendre sur les mots avec tous les petits dégoûtants qui naviguent par-ci, par-là. Je répète que je l'aime, cet homme, comme un chien peut aimer son maître. S'il me disait : « Mets-toi à plat ventre et je vais te marcher sur le dos », eh bien ! je rouspéterais, pour la forme, sans aucun doute ; mais je me mettrais à plat ventre et je lui tendrais mon dos, et même cela me ferait plaisir. Il me fichera peut-être à la porte demain, s'il en a le courage. Je rentrerai par la fenêtre ; je ne peux pas vivre sans lui. Je le trouve intelligent, beau, spirituel, plus intelligent, plus beau, plus spirituel que tous les gaillards qui sont dans la salle en train de bâiller à nous montrer leur luette, leurs amygdales, leur œsophage et tout le bazar. Alors, rien qu'à cause de cela, je comprends que vous, Suzon...

— Taisez-vous, souffla la jeune femme. Taisez-vous, Hellouin, vous me faites horreur.

— Je me tairai si vous voulez, Suzon, mais je vous annonce une grande nouvelle qui devrait vous faire plaisir : vous êtes amoureuse, mon petit, et vous ne le saviez même pas.

— Je n'aime que mon métier, fit sèchement la jeune femme.

— Justement ! Et votre métier, c'est Vidame en personne. Ah ! le « trois » est fini. Faites attention au rideau !

Le rideau commençait de glisser sur un jeu compliqué de tringles, dans un ronflement de moteurs et un grand froissement d'étoffes. La reine quitta de l'œil le judas grillagé et fit un pas en arrière. On entendait une faible rumeur d'applaudissements et cette rumeur semblait sortir d'un autre monde. Le rideau allait et venait, sans conviction, avec paresse, soulevant la poussière et les odeurs endormies. Le roi Louis XVI s'étira, bâilla bruyamment, comme un homme délivré de toute contrainte, et dit à voix haute, dans le brouhaha de l'entracte commençant :

— Si le patron monte une couillonnade, c'est qu'il a besoin d'argent et ce n'est pas moi qui lui reprocherai quoi que ce soit. Il sait ce qu'il fait, cet homme. Descendons, ma petite Suzanne. Venez écouter ces ballots de généraleux qui vont mettre toute leur imagination à ne pas dire un mot de la pièce, par pudeur, vous comprenez, par pudeur. Venez voir un peu les fleurs que vous envoie le petit père Chérouvier. J'ai comme idée que ces fleurs doivent sentir la Pologne ou quelque chose d'approchant, enfin quelque chose de slave et d'asiatique.

## CHAPITRE 7

Il y a des minutes interminables — oui, sans doute, interminables, et pourquoi donc interminables ? — des minutes délicieuses — mais pourquoi délicieuses à ce point ? Pourquoi délicieuses de telle manière que le délice touche à l'angoisse ? — des minutes pendant lesquelles il semble à la comtesse Almaviva que la voix de Chérubin lui frôle comme une caresse les joues, les lèvres et même le cœur, des minutes exquises et déchirantes pendant lesquelles, comme une épingle, — une longue, longue, une adorablement fine et longue épingle —, la voix du petit garçon, après l'avoir frôlé, transperce le cœur de la comtesse. D'ailleurs, est-ce bien un petit garçon qui chante la complainte d'amour ?

*Qui vous met à la gêne ?*
*Qui vous fait tant pleurer ?*

Voilà que, sous le regard même de la comtesse, Chérubin se métamorphose. Il grandit, il grossit. Il chante avec une voix non plus frêle, mais tonnante, avec une voix terrible. Ce n'est pas Chérubin, non, c'est le misérable Testevel qui s'en est allé, jadis, pour oublier son amour, mourir des fièvres, peut-être, mourir en Indochine, et dont on ne sait plus rien. Non, ce n'est pas Testevel, c'est ce musicien aux cheveux ondulés et à la barbe fine qui fut amoureux de la comtesse lui aussi, mais dont on est en train d'oublier même le nom.

De nouveau, l'image se met au point avec une précision parfaite et le petit page reparaît. Il s'appelle Chérubin, certes, mais il s'appelle aussi Philippe Baudoin ; il parle et il chante si suavement que son haleine fait palpiter une mèche de cheveux poudrés qui s'échappe, contre la tempe, de la coiffure compliquée dont la comtesse est si contente. D'ailleurs, il ne s'appelle plus Philippe, le petit page, il s'appelle Jean-Paul Sénac. Il s'appelle Richard Fauvet, comme l'ancien mari de Cécile Pasquier. Il s'appelle... Oh ! Seigneur ! La comtesse Almaviva, depuis déjà maintes années, n'a-t-elle pas senti monter vers elle la lamentation d'amour de tous ces jeunes hommes qui tous étaient — par quel étrange prodige ? — les amis de son frère Laurent Pasquier ?

*Madame et Souveraine,*
*(Que mon cœur, mon cœur a de peine).*

Ce qui est étrange, à dire vrai, c'est qu'à travers le petit page, à travers la translucide substance du petit page, la comtesse vient d'apercevoir un objet dont la présence là est incompréhensible et cependant familière. C'est une veilleuse de porcelaine, toute rose de sa flamme intérieure. D'une voix enjouée, mais, comme il se doit, frémissante, la comtesse murmure des paroles connues : « Ils se sont tant pressés qu'ils ont oublié d'y mettre le... d'y mettre le... d'y mettre le... » La phrase retombe sans relâche dans son ornière, comme le chant d'un phonographe enrayé. Quel est, quel peut être le mot insaisissable ? « Ils ont oublié d'y mettre le... » Pendant une éternité, la comtesse va chercher le mot perdu dans les ténèbres. Mais voici que Chérubin change, une fois encore, de visage. Il regarde fixement la comtesse avec le dur et beau visage d'Alexis Vialas. La comtesse fait de vains efforts pour réprimer un gémissement. Non ! Non ! que vient faire ce tourmenteur au milieu du deuxième acte ? Qu'on ne parle plus jamais d'Alexis Vialas ! Voilà d'ailleurs que le page se prend à parler avec la voix du gentil Hervé, qui est mort en Argonne, en 1918. C'est une voix qui serre le cœur, la voix du seul amour, peut-être. Dieu que c'est long, une vie, même la vie d'une femme encore jeune, encore si jeune ! La comtesse Almaviva pousse un long soupir et dit, avec un accent perlé, miraculeusement juste et net : « Pour mon ruban, Monsieur, comme c'est celui dont la couleur m'agrée le plus... J'étais fort en colère de l'avoir perdu. »

A ce moment précis de l'entretien, un énorme flot de lumière trouble vint envahir l'âme de la comtesse Almaviva, dissolvant tous les fantômes, balayant tous les souvenirs. Antonine ouvrait les rideaux. La lueur de la veilleuse elle-même chavirait dans un déluge de clarté corrosive. La comtesse Almaviva se tourna d'un geste indolent et paresseux vers la toile de Jouy qui tapissait la muraille et qui représentait des bergeries, des ruisseaux, des ponts, des pastourelles, des chœurs de chevriers musiciens, toutes sortes d'images gracieuses parmi lesquelles, une minute encore, la jeune femme poursuivit le rêve en déroute.

Elle rêvait ainsi, chaque nuit, depuis l'enfance, depuis la nuit des commencements. Ce n'étaient pas des rêves distincts, mais un seul et long rêve, à peine interrompu par la veille, un seul rêve sans cesse renoué qui formait, pour Suzanne, l'accompagnement de la vie, la musique souterraine de cette existence secrète, mystérieuse, de cette existence de Suzanne qui, même pour ses parents, même pour ses camarades et ses amis, semblait étrange et mal intelligible. Un long rêve parfois déchirant, parfois délectable, toujours attendu comme un festin nocturne, toujours, en outre, hanté, ravagé par ce que les savants onirologues appellent l'angoisse professionnelle, un rêve où la vie même de Suzanne se mêlait à toutes les créatures de l'art, de la poésie, d'une manière désordonnée mais exquise, en sorte qu'elle en demeurait, le long du jour, toute frissonnante et enivrée.

Suzanne fermait les yeux. Elle souhaitait, une minute encore, de sombrer dans la douce ténèbre, d'aller, une minute encore, rejoindre les figures fragiles et pourtant immortelles qui formaient, depuis si longtemps, son escorte et sa société véritable. Elle se recueillait pour sentir, un instant encore, sur son front, sur ses yeux, sur ses lèvres, sur sa belle gorge, la caresse de tous les regards, pour entendre encore certain murmure d'adoration qui lui semblait la plus désirable des voluptés. Depuis le commencement des âges n'avait-elle pas fait alliance avec les créatures du songe qui savent tout, qui disent tout en mots sonores et divins : Ophélie et Bérénice, Araminte et Doña Sol ?

A ce moment précis, manifestation toute naturelle du miracle familier, Chérubin reparut parmi les pâtres de la muraille, un Chérubin à demi dévêtu, les yeux baissés, la joue ronde et rose. Il murmurait : « Quand un ruban... a serré la tête... ou touché la peau d'une personne... » Et la comtesse Almaviva lui essuyait les paupières en souriant : « Taisez-vous, taisez-vous, enfant. Il n'y a pas un brin de raison dans tout ce que vous dites. »

L'amour, n'est-ce pas cette ravissante chanson que l'on soupire sur la scène dans la flamme des projecteurs ? L'amour, n'est-ce pas ce chaud regard que les hommes, oh ! tous les hommes, adressent, comme une pressante prière, au visage, à la chevelure, aux épaules, aux mains de Suzanne, à toute la personne de Suzanne ? L'amour, c'est la rumeur enchantée qui monte de la salle quand Olivia soulève son voile, pour se laisser entrevoir au messager du duc Orsino. L'amour, c'est la clameur brûlante qui jaillit des profondeurs quand la Périchole, étincelante comme une châsse, frappe le sol du pied et s'écrie : « Vive le taureau ! » L'amour, c'est le frémissement qui se propage dans l'ombre quand Silvia baisse les yeux et avoue d'une voix imperceptible : « Savez-vous bien que vous me charmez, Dorante ? » L'amour, ce n'est pas ce qui vit dans le cœur de Suzanne, c'est ce que les autres éprouvent à la vue de Suzanne, ce qu'ils ne se lassent pas d'offrir à Suzanne, de dédier, de consacrer à Suzanne.

A ce point de sa rêverie, la jeune femme, comme le plongeur qui veut gagner au plus creux, fit effort de tout son être pour fuir et s'enfoncer encore. Deux fois, deux fois seulement, dans toute la vie de Suzanne, deux fois l'amour avait changé de sens et de nature. A cette pensée, Suzanne sentait son cœur trébucher et lui faire mal. Sarcastique et dure, l'image d'Alexis Vialas revenait se mêler, comme une étrangère et comme une ennemie, aux bergères de la tapisserie. Puis elle revoyait, presque aussitôt, le mélancolique sourire de cet enfant, Hervé Le Bris, qui aurait peut-être changé toute la destinée de Suzanne, mais qui était mort à la guerre et auquel il valait mieux ne pas penser pour ne pas être malheureuse. Non ! Non ! Il fallait se détourner de ces souvenirs. Suzanne avait donné tout son être au théâtre qui était beaucoup plus beau, plus riche et plus surprenant que la vie, plus vrai, surtout, que cette vie décevante, toute gâtée de hasards absurdes, d'aventures fâcheuses, plus vrai que cette vie hantée de compagnons grossiers, ignorants et maussades. Non ! Non ! c'est ainsi qu'elle était heureuse, dans cette bonne chaleur de l'amour des autres, dans ce rayonnement d'hommage et d'admiration, dans ce jeu perpétuel qui se substituait à la vie, qui transfigurait la vie, qui haussait la vie jusqu'aux sphères enchantées où il n'y a plus que des héros, des déesses, le bruit des harpes et l'écho des paroles éternelles.

Suzanne avait maintenant les yeux grands ouverts. Le rêve, comme chaque matin, s'achevait en raisonnements indéfinis qui ressemblaient parfois à d'ingénus plaidoyers. Suzanne était ainsi. Elle avait maintenant donné sa vie au théâtre, à l'art du théâtre, comme son frère Laurent avait donné sa vie à la science et comme leur sœur Cécile avait, depuis l'origine des temps, dévoué la sienne à la musique. Oui, Suzanne était, elle aussi, l'un de ces enfants Pasquier dont les talents... dont l'intelligence... A sa manière de comédienne, elle avait beaucoup travaillé, surtout dans les dix années dernières ; elle avait fait un fervent effort pour tutoyer plus librement les chefs-d'œuvre, comme disait l'ami du patron, le fidèle Emmanuel des Combes, qui, lui aussi, naguère encore, avait été parmi les amoureux de Suzanne et qui n'en avait pas soufflé mot, dans la crainte d'indisposer Vidame, sans doute, et par timidité naturelle assurément.

Suzanne allongea sur les draps une main errante et sentit, comme chaque matin, le petit plateau de cuivre sur lequel Antonine venait d'apporter les lettres. Impossible maintenant de revenir en arrière. Impossible, même pour une minute, de retourner dans les ténèbres magiciennes, dans le royaume des prestiges. La journée s'ouvrait, pareille à une avenue longue et droite. Il allait falloir aborder, dans l'ordre, tous les soins et travaux que réservait cette journée.

Les lettres n'étaient pas nombreuses et le regard de Suzanne voletait d'une enveloppe à l'autre quand, soudain, la jeune femme reconnut l'écriture de Vidame. C'était un billet bref et obscur que la jeune femme lut deux fois de suite, puis, une troisième fois, lentement et d'un œil soucieux. L'écriture de Vidame était d'ailleurs lisible, d'un dessin élégant et cursif qui rappelait assez bien les écritures du XVIIIe siècle, avec toutefois des queues trop longues et des boucles un peu grêles. La pensée de l'homme restait toujours à chercher sous ces apparences séductrices. *Chère Suzanne,* disait-il, *l'échec du* Mirabeau *— échec des plus honorables, il va sans dire — est un coup sensible pour l'équilibre de notre chère maison. Il va falloir monter en hâte un autre spectacle. S'il m'arrivait de ne pouvoir vous confier, dans la pièce encore à choisir, le rôle qui, de droit, revient à votre talent, j'en serais le premier malheureux. Mais vous aimez assez le théâtre des Carmes pour tout pardonner à son directeur qui est, vous n'en pouvez douter, chère Suzanne, votre fidèle ami,* Eric V.

Suzanne remit la lettre dans l'enveloppe et réfléchit un long moment. Sans doute était-elle faite aux intrigues du théâtre, aux conspirations, aux lâchetés et aux traîtrises du théâtre. Le billet de Vidame lui semblait pourtant, dans sa concision nébuleuse, tout chargé de menaces et d'obscurs périls. Elle s'était montrée sur bien des scènes parisiennes ; elle jouissait en ce moment d'une faveur des plus flatteuses et ne se croyait pas en peine de trouver un engagement. Mais elle se sentait attachée au petit théâtre des Carmes et Vidame ne se trompait guère sur la force de cette inclination. Le théâtre des Carmes était encore une des rares scènes sur lesquelles on sentait brûler la flamme d'un art que Suzanne jugeait pur, rayonnant et libre, d'un art enfin qui lui plaisait. Comment devait-elle interpréter l'inquiétant message ? Qui pouvait-elle consulter dans une telle conjoncture ? A qui demander un conseil de sagesse ? A qui demander des clartés ?

Elle commença d'interroger des noms et des visages. Du théâtre, sa sœur et ses frères ignoraient à peu près tout. Elle n'imaginait même pas qu'il lui fût possible d'obtenir d'eux l'ombre d'un avis salutaire. Elle se tourna tout de suite, en pensée, vers ses camarades, parce qu'ils avaient été nourris dans le sérail, parce qu'ils en connaissaient les familiers et les mœurs. Hellouin était un honnête garçon ; mais pouvait-on tirer de lui un jugement sain ? Il y avait, dans son attachement pour Vidame, un servilité candide et fanatique dont il valait mieux se défier. Farge n'avait aucun crédit parmi les membres de cette communauté recluse. Il n'était pas dans les confidences du patron ; en outre, la chute de la nouvelle pièce, où il tenait le rôle principal, venait de lui porter un coup dont il demeurait pantois. Charruel ? Ah ! de Charruel, on pouvait attendre une parole non certes de réconfort, mais peut-être de bon sens et même de perspicacité.

Charruel était un garçon de bonnes manières, de caractère sceptique et sec. Il vieillissait sans éclat en jouant les raisonneurs. Il ne semblait guère propre à d'autres emplois. Il avait une voix nette et une diction soigneuse. Il déclarait manquer d'ambition ; en fait, il parlait sans cesse, avec une amère ironie, de sa carrière étouffée dans la pénombre. Il disait volontiers : « Au théâtre, la simplicité ne réussit pas, même sur une scène hors série comme celle des Carmes. Songez à mon cas. Je m'appelle Charruel. C'est nature, c'est rustique, mais sans aucun éclat, sans aucun chiqué. J'aurais pu changer de nom. Si j'avais pris un pseudonyme, si je m'étais fait appeler Guy del Montefiore, ou Isidore d'Ostromont, avec mes qualités physiques et ma connaissance du métier, je serais aujourd'hui chef d'emploi à la Comédie-Française, ou directeur de théâtre ; j'aurais la rosette et on songerait à moi pour une place de professeur au Conservatoire. Eh bien ! non ! J'ai gardé l'honorable nom de mes ancêtres. Résultat : je végète et ne trouve à jouer que des rôles de second plan auxquels je ne prends pas le moindre intérêt. Ça m'est égal. J'ai des compensations. Je suis au-dessus de tout cela... »

Suzanne s'habillait, non pas comme chaque jour avec une songeuse et voluptueuse lenteur, mais en réprimant fort mal le tremblement de ses mains impatientes. Elle se sentait inquiète, injustement humiliée, dessaisie de son fief et peut-être même de ses dons. Elle n'osait consulter son miroir, dans la crainte soudaine de se voir disgraciée, dans la crainte de se découvrir peut-être les yeux bouffis et la peau blême, ce qui n'était jamais arrivé, ce qui n'était pas imaginable. Sûrement, elle allait téléphoner à Charruel qui était froid mais intelligent et qui lui donnerait quelque avertissement subtil sur les calculs et les menées d'Eric Vidame. Ce nom, même prononcé du bout des lèvres, même évoqué dans le silence de la méditation, lui faisait monter au cœur des bouffées de colère. Elle n'aimait pas, elle n'aimerait jamais cet homme sur lequel il était insensé de faire fonds pour une collaboration confiante. Etait-il possible que Vidame eût la moindre séduction ? Il avait une trop longue tête, de trop longs traits, la peau grenue et poreuse. Suzanne cherchait des expressions blessantes. Elle fut presque étonnée de n'en trouver point. Elle avait vécu trop heureuse et n'avait jamais pratiqué l'injure. N'importe, elle voulait détester Vidame, détester ses manières de faux aristocrate dédaigneux, sa suffisance et ses railleries parfois triviales. Elle ne l'aimait pas, elle ne l'aimerait jamais ; il lui inspirait une secrète et inexplicable aversion. D'ailleurs, elle le lui dirait. Elle ordonnait déjà, dans sa tête, les mots et les phrases qu'elle saurait lui jeter, un jour, au visage.

Elle sentit qu'elle allait pleurer, sangloter même, et qu'il n'y avait pas lieu et que cela ne pouvait que lui meurtrir les yeux et lui gâter le teint. Elle se prit à marcher de sa chambre à son boudoir, puis elle se tint debout, immobile, longuement, devant la fenêtre.

L'appartement était au cinquième étage et pourvu d'un balcon d'où l'on apercevait Paris, le fleuve, les deux îles, la cathédrale, arrêtée dans le courant comme une arche magnifique, et, plus loin, des tours dorées par le soleil du printemps, la colline de Montmartre, avec ses coupoles calcaires, enfin des hauteurs plus lointaines où verdoyait l'herbe d'avril.

Charruel parut vers onze heures du matin, alors que Suzanne recommençait de s'agiter, poursuivie d'une chambre à l'autre tantôt par un chagrin puéril et tantôt par la colère. Charruel s'assit dans un fauteuil profond, croisa les jambes, se prit à jouer avec ses gants et demanda la permission d'allumer une cigarette, tout en dissertant de cette voix appliquée, un peu précieuse, qu'il « plaçait », à la ville comme à la scène, fût-ce pour commander deux œufs sur le plat à son gargotier ordinaire. Il disait :

— Le patron exige de moi, maintenant, une prononciation particulière pour les *e* muets. C'est sa lubie, c'est sa grande découverte de la saison. Il affirme qu'il existe quatre modulations différentes pour l'*e* muet et que personne en France ne sait plus parler de manière correcte. Enfin, à l'en croire, il faut que je recommence tout, au b, e, be, comme un petit enfant. C'est à devenir fou, Dites-moi, Suzanne, il ne vous a pas encore entreprise au sujet des *e* muets ?

Sans répondre, Suzanne tendit à Charruel la lettre de Vidame. Il tira de son gilet un monocle à ruban de moire, l'ajusta, lut posément le billet et partit d'un éclat de rire.

— Char, fit la jeune femme, il n'y a pas de quoi rire. Qu'est-ce que cela signifie ? Il parle d'une pièce encore à choisir. Quelles manigances ! Et de quelle pièce veut-il parler ?

— Mais, s'écria Charruel, vous êtes la seule à ne pas savoir ce qui se passe dans la maison. La pièce est choisie, Suzanne. Elle est même en répétition.

— Vous vous trompez, Char, trancha la jeune femme d'une voix altérée. J'étais au théâtre hier soir.

— Et l'on ne vous a rien dit ! Evidemment, c'est dans le style de la maison. N'empêche que l'on répète, au studio, depuis deux jours. Nous répétons, je le sais, j'en suis.

— Et que répétez-vous ? *Henri IV* peut-être ?

— Mais non, *Lear* ! Tout le monde le sait au théâtre. Vous êtes la seule, Suzanne, je vous le déclare, à vouloir ignorer les petites et grandes saletés inhérentes à cette profession impossible. Et vous ne me demandez même pas qui joue Cordélia !

Comme la jeune femme ne répondait rien, Charruel prit un temps, laissa choir son monocle et se mit à pérorer de sa voix calme et bien timbrée.

— Non, non, disait-il, le théâtre ce n'est pas ce que vous croyez, Suzanne. Le théâtre était peut-être quelque chose de grand, au temps d'Eschyle ou même au siècle de Corneille. Et encore, tout devait être, comme aujourd'hui, plus ou moins empoisonné par les questions d'argent. Vous ne savez pas que Vidame est en déficit d'une bonne centaine de mille francs. Vidame parle de l'art d'une manière admirable, en termes pénétrés, respectueux, religieux ; mais, quand il a besoin d'argent, eh bien ! il est comme les autres. Depuis deux ans, des Combes faisait la retape auprès des industriels et des commerçants que l'on tient pour les amis de la maison. Ils se sont fait tirer l'oreille. Il y en avait un qui marchait quand même, à la condition que l'on engageât une petite roulure qui ne savait ni parler ni se tenir en scène. Il y en avait un autre qui consentait à casquer ; mais à la dernière minute, il a sorti un manuscrit. Ils ont tous des manuscrits. Quel est l'homme qui n'a pas fait une pièce au moins dans sa garce de vie ? Comprenez, Suzanne, le théâtre, même le plus pur, c'est toujours, dans les conditions présentes et par la force des choses, une école de prostitution et de marchandage.

— Charruel, vous me désespérez.

— C'est comme cela, ma chère Suzanne. Si les gaillards relancés par des Combes avaient mis le prix convenable, nous aurions monté l'ours du premier bonhomme qui, je pense, est marchand de pâtes à reluire, ou de quelque chose comme ça. Mais on a chicané, on a chipoté. Le temps pressait. Alors le patron a monté *Mirabeau*. Et nous sommes un des temples de l'art, un des sanctuaires de l'esprit ! Ouf !

Il y eut un silence bref, mais savant, pendant lequel Charruel feignit d'épousseter ses guêtres à coups de gants. Comme Suzanne restait muette, le comédien poursuivit :

— Vous ne pouvez pas savoir, Suzanne, ce qu'un bonhomme comme Chérouvier représentait à nos yeux, aux yeux de ma génération. C'était notre maître, c'était notre conscience, notre oracle. Quand nous nous demandions ce qu'il fallait penser des problèmes terribles qui nous sont posés par l'époque, de la guerre par exemple, ou de la lutte des classes, ou de la liberté, ni plus ni moins, nous allions rendre visite à Chérouvier, et nous ne repartions jamais sans une parole d'humanité, sans une parole de sagesse. Et puis... et puis... vous n'avez peut-être pas lu, Suzanne, un récit de Tolstoï intitulé *le Père Serge*. Non ? Eh bien ! il faut le lire. C'est l'histoire d'un bonhomme qui s'est retiré du monde pour devenir un saint. Il devient effectivement un saint et il vieillit dans cet état de sainteté. Mais, un jour, il regarde la petite fille qui lui apporte à manger. Et il ne peut se retenir de coucher avec cette petite fille. Et il lui dit, pendant l'opération : « Es-tu le diable ? »

— En quoi, demanda Suzanne, en quoi cette histoire vous fait-elle penser à M. Chérouvier ?

— Allons, Suzanne, allons, ne poussez pas trop loin cette admirable innocence. Vous avez peut-être assez d'esprit pour comprendre que M. Chérouvier était une espèce de saint. Allons, n'en parlons plus, c'est quand même trop triste. Il n'en reste pas moins que le théâtre des Carmes va vivre quelque temps sur la galette de cette dame qui se dit polonaise et qui, pour commencer, va jouer Cordélia avec un accent qui n'est pas énorme, assurément, mais qui sent assez bien le caviar et la vodka.

Incapable de cacher son irritation, Suzanne marchait, tête basse, à travers la chambre. Charruel se leva, fit un long soupir et reprit, l'accent chagrin :

— Inutile de vous dire que Mlle Praga vient de signer un engagement en règle. Le meilleur des théâtres est encore une espèce de caverne, ma pauvre amie. Le théâtre est un art perdu. Oh ! je continue, je continuerai, sans doute, pour l'excellente raison que je ne peux pas faire autre chose. Adieu, Suzanne, et bon courage !

Demeurée seule, la jeune femme se mit à fouiller fiévreusement les armoires et les commodes. Elle fit venir une valise et commença d'y ranger du linge et des vêtements. Elle était si troublée qu'elle s'y reprit à dix fois avant de s'arrêter à quelque choix raisonnable. Puis elle mangea un œuf à la coque et but une tasse de verveine sous l'œil attentif et sévère d'une Antonine pleine de majesté. Vers deux heures, Suzanne sortit et s'en fut au théâtre des Carmes. Les femmes de charge nettoyaient la salle au milieu d'un nuage de poussière et dans une clarté de catacombe. Une rumeur scolaire venait du studio, pièce étroite, hypogée, où les acteurs commençaient probablement de débrouiller un texte. Deux mécaniciens travaillaient sur le plateau. Leur dialogue et leurs coups de marteau résonnaient, comme dans un caveau, de manière lugubre, en ce lieu pourtant renommé pour son insonorité exemplaire.

Suzanne, saisie de mélancolie, gagna sa loge et y alluma les deux lampes placées de chaque côté du miroir. Une lumière blanche et glacée remplit aussitôt la petite chambre. Mme Charlemagne, par l'effet de quelque distraction, avait laissé la loge en grand désordre. Un vêtement de soie traînait sur l'une des chaises, et l'on aurait dit la dépouille fanée de telle héroïne de rêve. Une perruque défrisée pendait sur une pomme de bois. Il y avait beaucoup de poudre et de poussière sur les tables et les objets de toilette épars. Des fleurs achevaient de se flétrir dans une flûte de porcelaine. Une tendre et poignante odeur d'alcôve abandonnée languissait dans l'éblouissante et cruelle clarté des lampes. Suzanne serra les lèvres, commença de vider les tiroirs et de disposer pêle-mêle ce qu'elle en tirait dans une petite mallette de cuir. De temps en temps, elle s'arrêtait une seconde et tombait en rêverie. Elle n'était plus irritée mais très triste et très lasse. Comme elle achevait de ranger ainsi le plus clair de ses bibelots, elle sentit que quelqu'un venait de s'arrêter derrière elle, dans l'entrebâillement de la porte. C'était Vidame. Il souriait, l'air patelin. Il commença de parler le premier.

— Quel hasard ! Je passais. J'aurais pu ne pas vous voir. Mais vous veniez sans doute à mon bureau. Vous avez reçu ma lettre, Suzon ? Peut-on vous demander ce que vous faites, avec ce bagage magnifique ?

La jeune femme se tourna tout d'une pièce et fit front, âprement.

— Non, je ne comptais pas vous voir, mais seulement vous écrire. Je m'en vais, comprenez-vous ? Je quitte cette maison et je vous quitte en même temps.

Vidame fit un sourire aigre-doux et commença de se lamenter :

— Vous pourriez m'épargner, Suzon, des scènes de cette nature, à l'heure où vous savez peut-être que j'ai les plus grands ennuis. Sur qui puis-je compter, maintenant ?

— Sur qui vous voudrez, dit Suzanne, mais certainement pas sur moi.

Le sourire de Vidame changeait de couleur. Il dit, entre haut et bas :

— Vous allez nous porter un préjudice considérable. Nous sommes un théâtre à répertoire. J'ai besoin de vous à tout instant.

— Je suis doublée dans tous mes rôles, et même, dès maintenant, remplacée.

— Ne dites pas de folies, Suzanne. Et soyez raisonnable : songez que nous avons un dédit. Les engagements sont là.

— Je me moque de votre dédit. Faites-moi donc un procès, si vous en avez le courage. Ainsi, tout Paris saura ce que je pense de vous.

Vidame esquissait une tentative pour saisir la main de Suzanne. Il disait d'une voix sucrée :

— Vous êtes une trop bonne comédienne pour vous en aller ailleurs. Que ferez-vous hors d'ici ?

— Je ne veux pas jouer ailleurs. Je vais quitter le théâtre. Ma résolution est prise.

Vidame soupira, sur un ton mélancolique :

— *Nec sine te, nec tecum.*

— Que dites-vous ?

— Je dis : « Ni avec toi, ni sans toi. » Ne quittez pas le théâtre, Suzon, pour une querelle anodine.

— Je vais quitter le théâtre. Il m'inspire une grande horreur.

Vidame fit un geste éloquent.

— Que diriez-vous, ma pauvre amie, si vous le connaissiez comme je suis, bien malgré moi, forcé de le connaître ?

Suzanne s'écria, toute roidie soudain :

— « C'est pour toi, roi opprimé, que je m'afflige. »

— Ah ! murmura Vidame, vous saviez déjà Cordélia.

— Je n'ai pas appris Cordélia. Je suis Cordélia, Monsieur.

— Soyez raisonnable, Suzanne, et laissez votre malheureux patron arranger pour le mieux ses très difficiles affaires.

— Je veux être Cordélia.

— C'est impossible, Suzanne. Et puis, je vous l'ai dit peut-être, n'en ayez pas de regrets : ce n'est jamais qu'un petit rôle.

— Il y a des rôles de dix lignes que je ne voudrais laisser à personne. Un rôle est grand, pour nous autres, et vous le savez mieux que moi, par tout ce que nous pensons et vivons pendant les entractes.

Vidame haussa les épaules. Il avait fini par s'emparer de la main de Suzanne et il la caressait, benoîtement, à petits coups.

— Vous ne croyez pas, dit enfin la jeune femme, que vous allez me retourner en une minute, comme Gloucester fait de la pauvre lady Anne. Vous avez sans doute compris que ma résolution est ferme. En attendant le nouveau spectacle, vous reprenez *les Fourberies*, dont je ne suis pas. Ainsi donc, je vous dis adieu.

Vidame fronça les sourcils.

— C'est bon, Suzanne, allez-vous-en. J'examinerai le petit problème avec les membres du conseil et l'avocat de la maison.

Comme Suzanne ne disait rien, Vidame secoua deux ou trois fois la tête d'un air mécontent et sortit en claquant la porte. Un peu plus loin, dans le couloir, il commença de grogner, puis il poussa un soupir et dit entre ses dents :

— Bah ! Bah ! je sifflerai, un jour, plus tard, quand le moment sera venu. Je sifflerai et elle viendra tout de suite. Je lui offrirai un petit rôle de rien du tout, comme un morceau de sucre, et elle viendra me lécher la main.

Il allumait une cigarette et bougonna longtemps, pour lui tout seul, dans ses joues.

Cependant Suzanne sortait du théâtre, son petit sac à la main. Elle se sentait soudain libre de manière affreuse, non pas délivrée, mais bien plutôt désertée, vide, semblable à une brebis à qui l'on a enlevé une partie de la cervelle.

Elle balança toute une longue minute à rentrer chez elle ou à se promener, au hasard, pour châtier ses nerfs, épuiser sa fureur. Puis, orientée soudain, elle gagna le bureau de poste du boulevard Saint-Germain, chercha longuement, sur son carnet, une adresse jetée au hasard dans un coin de page et, pour finir, écrivit, debout, sur une planchette maculée, le petit billet suivant :

*Mon cher Philippe, ne me cherchez plus au théâtre. J'ai rompu mon engagement et je veux quitter Paris où je ne serais plus heureuse. S'il y a vraiment une place pour une étrangère dans la douce maison de Nesles dont vous m'avez tant parlé, venez me prendre au plus vite. Mes bagages sont à moitié faits. Ne tardez pas trop, Philippe. Je suis triste, si triste que je pourrais faire quelque sottise. Sauvez-moi de cette sottise que je n'ai pas faite encore et dont je ne sais même pas ce qu'elle pourrait être. Votre amie désorientée,*

Suzanne.

## CHAPITRE 8

La voiture quittée, Philippe s'empara des valises.

— Ne cherchez pas de porteur, dit-il. Il n'y a pas de porteurs aux trains de cette sorte. Vous ne partez pas pour l'Egypte ou pour l'Italie, Suzanne. Vous n'allez pas dans quelque pays lointain pour y jouer la comédie devant des parterres de princes et de diplomates mélancoliques. Vous venez vivre dans un village de l'Ile-de-France. Et le train que nous allons prendre est, puisque vous le voulez bien, le modeste train qui, tous les soirs, s'en va vers les prés et les arbres, avec une grande charge de gens qui tous ont hâte de tourner le dos à la ville et d'apercevoir, s'il ne fait pas encore trop nuit, les fleurs du cerisier qu'ils ont planté de leurs propres mains et qui frémit de toute sa ramure, parce que le ciel est trop pur et qu'il va sans doute geler !

— Mais, dit la jeune femme, les deux valises sont bien lourdes.

— Je suis venu les mains vides, sans même le carton à dessin qui ne me quitte jamais. Et je suis venu seul, chère Suzanne, pour ne partager avec personne la joie de porter quelque chose qui soit à vous. Je voudrais vous porter vous-même, oui, je voudrais traverser une rivière rapide avec de l'eau jusqu'à la ceinture et en vous soulevant très haut dans mes bras, en vous cachant dans mes bras comme l'on cache l'enfant effrayé qui ne veut pas voir le Roi des Aulnes.

Ils avançaient, tous deux, dans le brouhaha des quais enfiévrés, et, soudain, Suzanne s'arrêta, saisit Philippe au poignet, puis dit quelques mots à voix basse de manière presque inintelligible :

— Philippe, vous êtes mon ami, Philippe, vous me plaisez beaucoup. L'idée de vivre quelques jours avec vous, au milieu des vôtres que je connais à peine ou même que je ne connais pas, cette idée me console et me fait chaud au cœur. Mais, Philippe, vous aussi, vous me connaissez mal, mon Dieu, et moi, moi...

Le jeune homme venait de poser les valises sur le béton du quai. Il regarda sérieusement Suzanne. L'étrange entretien se poursuivait à voix basse dans le bruit et le mouvement de la multitude affairée :

— ... Moi, Philippe, je commence à me connaître. Je ne suis jamais sûre de moi. L'idée que je pourrais donner quelque chose comme un gage m'inquiète et me tourmente un peu.

Elle s'arrêta, balbutiante, les cils battants, le cœur serré d'angoisse. Cependant une pensée furtive et douloureuse venait de l'attaquer en sourdine : « Je n'aurais jamais rien pensé de tel, il y a seulement cinq ans. Comme je deviens raisonnable ! Et pourtant je ne peux laisser croire à cet enfant... » Elle se surprit, l'espace d'un éclair, à murmurer, dans son cœur, les mots de la comtesse Almaviva. Mais non, Philippe n'était pas Chérubin. Il était un homme accompli, mûri dans les épreuves de la guerre. Ah ! sans doute, il lui plaisait, mais elle était bien résolue à ne pas s'engager, à se réserver pour ses rêves familiers, à se défendre contre toutes les entreprises de la réalité, celle-ci fût-elle séduisante, surprenante et imprévue.

Le jeune homme avait ressaisi les valises et cheminait dans la foule en boitillant. Il disait :

— Qui parle de gages entre nous ? Je vous considère, en toute liberté, parce que je ne saurais faire autrement, d'abord, et parce qu'ensuite j'éprouve à vous entendre et à vous voir un sentiment d'enthousiasme qui m'est déjà très cher. Mais c'est tout, c'est tout, Suzanne, et il n'y a rien là qui puisse vous alarmer. Il se trouve que le village de Nesles-la-Vallée est la patrie de vos ancêtres paternels.

— Oui, j'y suis allée deux ou trois fois, quand j'étais petite fille. Je n'en ai plus que des souvenirs indistincts.

— Tant mieux, la surprise sera plus vive. Ainsi, vous retournez au pays de vos ancêtres. Attention, Suzanne, montez d'abord dans le wagon. C'est un wagon de troisième classe. Il est entendu, Suzanne, que vous connaîtrez notre vie dans sa grande simplicité. Asseyez-vous, nous parlerons tout bas. Vous aurez l'air d'une princesse en fuite. Et même nous pourrons ne pas parler. Nous écouterons nos voisins dire toutes sortes de choses naïves, parfois touchantes et parfois aussi un peu grossières. En première classe, les gens ne disent rien. En seconde classe, les gens disent beaucoup de niaiseries, parfois. Ici, c'est la nature, et il arrive qu'elle soit encore saine et forte. Oui, vous retournez au pays de votre grand-père, Bruno Pasquier, et de ses aïeux. Et ce n'est pas chez votre frère Joseph, député de Paris et nouveau châtelain de mon village, ce n'est pas chez lui que vous descendez, par chance. Non, c'est à la Cavée des Portes, chez nous autres, les Baudoin.

— Vous m'obligez à d'incessantes questions, Philippe. Qu'est-ce que la Cavée des Portes ?

— Je vous l'ai déjà dit : c'est le nom d'une ruelle et aussi le nom de notre maison dont cette ruelle longe les murailles. Nous n'arriverons qu'à nuit close. N'avez-vous pas soif ou faim ?

Suzanne se mit à rire.

— Non, mais si j'avais soif ou faim, me proposeriez-vous, par hasard, d'aller au wagon-restaurant ?

— J'ai dans mes poches une brioche cuite par ma sœur Thérèse à votre intention et un flacon de notre vin. Voyez comme le train va vite. C'est admirable !

C'était un train composé de vieux wagons démodés et sans couloirs. Il craquait de toute sa charpente et cliquetait de toutes ses vitres. Il s'était élancé bravement dans la carrière, comme pour se débarrasser tout de suite du plus pénible de la route, pour en finir promptement avec les longues fosses creusées entre des maisons charbonneuses, avec les nids de locomotives, les ateliers et les fabriques, les fortins et les faubourgs décrépits, les canaux et les sordides masures au visage couvert de suie. Puis il avait traversé en sifflant avec orgueil d'immenses troupeaux de maisonnettes disparates, basses, éparpillées à l'aventure parmi les jardins frileux où commençaient à resplendir les bouquets des lilas. Puis il avait salué les premiers vergers en fleurs, les premiers pêchers de plein vent, illuminés de neige rose, les premières quenouilles laiteuses qui brandissaient vers le ciel une fragile espérance de poires, les premiers champs de groseilliers et de cassis dont la feuille s'éclairait comme un vitrail précieux dans les lueurs du jour finissant. Il ne s'était arrêté qu'une fois pour déposer à la hâte une part de son fardeau vivant. Et maintenant, il gravissait, en haletant un peu, une longue pente sur laquelle on voyait des champs véritables, des champs d'avoine et de luzerne, avec des venelles à ornières et des fardiers qui regagnaient les hameaux au pas des percherons paisibles. Et puis l'on aperçut un bois, tout frissonnant déjà dans sa verdure nouvelle. Enfin le train commença de rouler plus vite, de tanguer, de courir sur ses freins grinçants, et Philippe murmura :

— Voici la vallée de l'Oise ! On ne voit plus très clair. Mais vous apprendrez, plus tard, à connaître ce pays qui est le vôtre, Suzanne. Vous savez que c'est un véritable voyage et que nous allons changer de train. Dès que nous aurons passé la rivière, dès que nous serons en Transoisie, nous aborderons la vraie campagne. Il y fera plus froid et plus pur, la végétation va changer d'odeur et vous verrez dès demain qu'elle est un peu plus tardive que de ce côté de l'eau. Comme si elle échappait au chaud rayonnement de la grand-ville. Nous allons descendre. J'ai presque envie de vous dire : ne regardez plus rien, Suzanne. Laissez-vous conduire jusqu'au port. J'espère que vous êtes bien couverte, car la végétation, par sa luxuriance même, entretient dans ce pays une saisissante fraîcheur.

Un grand ciel de saphir sombre les accueillit au saut du train. Les étoiles commençaient de vaciller dans les ténèbres. Une belle planète, bleu pâle comme les yeux de Suzanne, luisait déjà dans la bande de ciel dorée, à l'horizon, vers le couchant. Ils montèrent, en riant, dans un vieux tacot arthritique. Il y avait, au milieu du wagon, un poêle de fonte que l'on n'allumait plus, car la saison était quand même trop avancée, mais que les employés n'avaient pas encore démonté. Une lanterne toute graisseuse tremblait au bout de la voiture. Les gens se connaissaient presque tous entre eux et s'interpellaient en se demandant gaîment des nouvelles non pas de leurs familles, mais de leurs potagers, de leurs semis et de leurs plantations. Là-dessus, le petit train fit entendre un long cri d'animal préhistorique, éternua, toussa, esquissa une ou deux contorsions en rampant et s'enfonça au plus épais de la verdure, telle une couleuvre dans l'herbe. La nuit, maintenant, était complète, une nuit forestière, verte, frissonnante de senteurs humides. Parfois, les jeunes frondaisons s'écartaient pour découvrir de brillants bouquets d'étoiles, un lambeau de ciel satiné, un fin croissant de lune dans le creux duquel tout le reste de l'astre apparaissait translucide, éclairé par la lumière cendrée, semblable à un gland rond dans une cupule de lumière.

— C'est admirable, fit le jeune homme, dominant avec peine, de la voix, la clameur ferraillante du véhicule, c'est admirable de penser que nous allons avoir Suzanne pour nous tout seuls.

Suzanne hocha les épaules avec mélancolie.

— Hélas ! dit-elle, Suzanne sans le théâtre, ce n'est peut-être plus Suzanne.

— N'avez-vous vraiment aucun regret ? dit encore Philippe à voix basse.

Et, comme Suzanne remuait lentement la tête pour dire quelque chose qui ressemblât à un « non », le jeune homme repartit soudain :

— Je ne vous ai rien dit de notre ami, M. Nicolas Lavoine. Nous le connaissons depuis très longtemps, depuis vingt ans peut-être. Il me semble que je l'ai toujours vu dans la maison. Je ne sais pas quel est son âge. Il n'a pas fait la guerre. Il ne devait plus être mobilisable. D'ailleurs, qui aurait pu songer à mobiliser M. Lavoine ? C'est un personnage extraordinaire. C'est lui qui nous a fait apprendre entre parenthèses, le peu de latin que nous savons, à l'exception d'Hubert, qui a fréquenté l'Université. M. Lavoine vit chez nous presque toute l'année. Parfois, il nous quitte. Il disparaît pour deux ou trois semaines, mais il revient toujours et personne, chez nous, ne lui demande où il est allé.

— Est-ce un de vos parents ?

— Non pas. C'est un très ancien ami. Il vous intéressera peut-être. Vous verrez aussi notre cousine Paule Chastel, qui est restée avec nous quand ses parents sont partis pour l'Amérique. Et je dois vous dire enfin que nous n'avons qu'une servante : Céline. Nous l'aimons beaucoup. Elle mange avec nous, et son petit garçon aussi.

— Elle est donc mariée ?

Philippe secoua la tête.

— Non, mais cela ne fait rien. Nous l'aimons ainsi, avec l'enfant. On ne parle jamais du père et Céline heureusement n'y pense presque plus. Je crois que je vous ai présenté tous les habitants ordinaires de la maison en dehors de la famille directe. Je ne parle pas des amis de passage : il y en a presque toujours. Vous n'aurez pas froid, chez nous, Suzanne. Mais tout est très simple, chez nous, et je commence à être inquiet. Ah ! nous arrivons à Nesles. Voici le passage à niveau. Il restera ouvert toute la nuit : le tacot ne circulera plus jusqu'à l'aurore. Maintenant, attention, Suzanne ! Il nous faut aller à pied jusqu'à la Cavée des Portes, qui est dans le haut du pays. Vous aurez la bonté de me donner le bras. Ce n'est pas une faveur, c'est pour vous épargner les difficultés de l'ombre. Ne vous souciez plus des bagages. Vous les trouverez dans votre chambre.

Le petit train venait de s'arrêter, dans la nuit soudain très fraîche. Les voyageurs descendaient et se dispersaient de tous côtés. Philippe siffla doucement, dès la sortie de la gare. Des ombres gesticulantes surgirent et disparurent. Il y eut des cris, des rires, puis une chanson joyeuse s'éloigna dans les ténèbres. Suzanne murmura :

— Il me semble que j'ai reconnu la voix et le rire de votre frère Hubert. Mais je ne distingue plus rien. Ne m'abandonnez pas, Philippe.

— Non, non, je prends votre bras. Le mince croissant de lune sera tout notre éclairage. Il y a, en tout et pour tout, dans le pays, quatre ou cinq lumignons que l'on cesse d'allumer à partir du 1er avril. Mais je connais toutes les pierres du chemin et je me dirigerais, s'il le fallait, aux odeurs, comme mon père sait le faire, depuis qu'il est aveugle. Tenez, en longeant ce mur, nous allons sentir les lilas. C'est une senteur délicieuse ; elle ne dure que quelques jours et, comme l'année est longue, on a le temps de l'oublier ; mais si nous pouvons la humer quand nous serons entre les morts, elle nous fera pleurer de regret. Ce que vous sentez maintenant, c'est le seringa, dont l'arôme est enivrant. Il commence à peine de fleurir. Il fait penser à l'oranger. Nous sommes si pauvres de mots pour parler des parfums ! Les animaux doivent être mille fois plus riches que nous dans leur vocabulaire secret.

— J'ai entendu remuer, là, dans la nuit, à droite.

— Nous avons frôlé un grand lierre où les oiseaux sont endormis par centaines et nous en avons sans doute réveillé quelques-uns. Ce que vous entendez maintenant, c'est le bruit des bœufs et des vaches qui ruminent de l'autre côté de ce grand mur. J'ai couché, pendant la guerre, auprès des bœufs et des vaches, comme Jésus dans la crèche. Vous ne pouvez imaginer le bruit que font ces bêtes. Elles soufflent, elles remuent, elles rêvent.

— Et cela, qu'est-ce que c'est que cela qui monte au milieu de la nuit ?

— C'est notre église, debout sur une petite prairie et gardée par des tilleuls dont les pousses de corail ont fait mon bonheur pendant toute la fin de l'hiver.

— Vous allez à l'église ?

— Mais oui. Je vous expliquerai cela plus tard, car il nous faut maintenant monter une rue en pente. Serrez-moi bien le bras, à cause des caniveaux, et n'ayez pas peur.

— Pourquoi aurais-je peur ? Je suis avec vous.

— Il y avait autrefois, sur le flanc de la colline, un château qui a été détruit pendant la Révolution. Avec les pierres du château, ici comme en beaucoup d'endroits, on a construit une bonne part des maisons de ce village. Notre demeure, à nous, est ancienne et grande. Elle devait faire partie, à l'origine, des dépendances de ce château. Je ne marche pas trop vite ? Vous n'êtes point essoufflée ?

— Non, certes. Moi, je ne parle pas.

— Voulez-vous me dire par là, chère Suzanne, que je parle trop ?

— J'aime à vous entendre parler.

— Suzanne, vous ne m'avez pas encore donné le droit de demeurer sans rien dire.

— Pas encore ? Croyez-vous donc que je finirai par vous le donner, ce droit extraordinaire ?

— Non, non, chère Suzanne. La langue m'a trahi. Je parle, entendez, je parle ! J'éprouve, à vous expliquer ce que j'aime, un bonheur que je peux comparer seulement au bonheur que doivent éprouver les arbres à montrer leurs fleurs et leurs feuilles, au bonheur que ressent une mère quand elle présente son enfant, comme la Vierge dans les tableaux des vieux maîtres. Vous savez, Suzanne, que je compte aller avec vous au musée. Je suis peintre et...

— Mon Dieu, pas trop de projets, petit garçon, vous me faites peur.

— Pourquoi « petit garçon » ?

Suzanne sourit dans l'ombre.

— Ne faites pas attention, c'est un mot qui monte de loin. Je veux dire : un mot d'un rôle que j'ai joué. Ah ! pas trop de projets, Philippe ! Vous savez que je suis craintive, quand on parle de l'avenir.

— Vous ne voulez donc pas venir au musée ?

— Je n'ai pas dit que je ne voulais pas. Mais j'éprouve, à m'engager, même pour une chose aussi simple, une sorte de serrement de cœur. Il me semble que je donne mille vies pour une seule.

— Si je veux aller au musée, c'est pour vous expliquer quelque chose.

— Que voulez-vous m'expliquer, monsieur mon professeur ?

— Vous ne me désarçonnerez pas. Je voudrais vous expliquer quelle différence il y a entre la poésie de la vie et celle de nos ouvrages, même quand ils sont admirables. Mais, attention, nous serons bientôt arrivés. Quand il fera jour, vous verrez le village et la vallée, de cette rue en terrasse. Voici le portail de chez nous. Il est vieux et en vraie pierre et non point en ciment comme tout ce qui se fait aujourd'hui. Je vous parle des choses comme si vous pouviez les voir.

— Mais il me semble que je les vois. Vous en parlez avec beaucoup de foi.

— Maintenant, nous traversons la première cour.

— Un instant ! Un instant ! fit Suzanne. J'entends quelque chose d'extraordinaire. Il me semble que l'on chante en chœur.

— Oui, oui. Venez. Vous entendrez mieux encore dans une seconde.

Le jeune homme poussait la porte. Il fit, tenant Suzanne par le bras, quelques pas dans une antichambre carrelée de faïence et faiblement éclairée. Puis une autre porte s'ouvrit et les deux jeunes gens s'avancèrent en pleine lumière.

Suzanne devait longtemps, par la suite, se rappeler, avec une poignante émotion, le spectacle qui s'offrit d'un seul coup à son regard. C'était une grande salle carrée où brûlaient plusieurs grosses lampes mais qu'éclairaient vivement, en outre, les flammes bondissantes d'un grand feu de bois. Une table était dressée, non pas au milieu de la pièce, mais bien dans la partie qui se trouvait la plus proche du vestibule. On entrevoyait des chaises rustiques, du linge blanc, des assiettes à fleurs, des cruchons de grès, de gros pains sur une planche. De l'autre côté de la salle, il y avait un piano à queue et un petit orgue ancien. Un homme se tenait devant le clavier de l'orgue et en tirait des sons comparables à ceux du hautbois. Près de lui, autour de lui, étaient groupées cinq ou six personnes, femmes, jeunes filles, jeunes hommes qui chantaient doucement, mais avec ferveur, toutes les parties d'un chœur que Suzanne ne connaissait point et qui lui parut séraphique. Quatre portes donnaient sur cette salle illuminée. Ces portes s'ouvraient à tout moment, sans bruit, et d'autres personnes, d'autres enfants se glissaient dans la chambre, en chantant comme si le chant eût été leur respiration naturelle. Suzanne avait le sentiment que, sans cesse, de nouveaux enfants chanteurs, pareils à des angelots musiciens, sortaient de sous les meubles, s'échappaient des cloisons, jaillissaient des tentures, la musique aux lèvres, la musique au cœur, et qu'ils chantaient non pas seulement depuis la porte, mais depuis le début de l'éternité. Et toutes les voix se mêlaient, se séparaient, se rejoignaient encore pour dire des paroles très simples, des paroles qui célébraient des idées très naïves : l'espoir, la confiance, la certitude obstinée du bonheur en dépit des tempêtes, le désir persévérant de la justice en dépit des méchants, l'amour et l'harmonie entre les âmes réconciliées.

Un long accord retentit enfin. Il semblait que, parties de cette cellule chaude et rayonnante, les ondes sonores s'éloignassent non pour mourir dès le seuil, mais pour gagner sans fin à travers l'étendue, pour cheminer victorieusement sur les labours et les prairies, franchir les forêts, passer les rivières, réveiller les villes, atteindre dans leur surdité tous les hommes misérables sur toute la face de la terre.

L'organiste quitta le clavier, se leva, sourit, tendit les mains en s'avançant et prononça, d'une voix très belle et pourtant basse et timide :

— Mademoiselle Pasquier, nous sommes tous heureux dans cette maison de vous... enfin... pardonnez-moi...

Il ne put en dire davantage. Tous les enfants criaient ensemble :

— Il faut l'appeler Suzanne ! Dites que vous voulez bien que l'on vous appelle Suzanne.

Suzanne se prit à rire. Il y eut un moment de chaleureuse bousculade. Philippe criait, dominant le tumulte :

— Vous ne les connaissez pas tous. Il faut que je vous les présente : voici mon père et ma mère, et notre ami M. Lavoine, dont je vous ai parlé tantôt, et le petit Alexis dont vous sentez la tête sous votre main, et voici notre Céline, et Pierre, son garçon. Et celle-ci, c'est Marie, et celle-là, Catherine. Thérèse, vous l'avez déjà vue. Enfin, regardez Madeleine, notre grande sœur à tous. Et maintenant, mettons-nous à table, car il commence à se faire tard et toutes ces personnes ont faim.

De cette première soirée à la Cavée des Portes, Suzanne devait garder un souvenir en même temps exaltant, enivrant, confus, délicieux, riche d'images vives et d'ombres dansantes, un souvenir dans lequel il y avait, toujours mêlés, des rires, des appels joyeux, un besoin de larmes heureuses, des flammes de foyer, des rougeurs de tisons, le goût d'un vin vert et brillant, une odeur de verveine chaude, des cris, des babils, des silences, une petite fille de quinze ans qui chantait, d'une voix frêle et juste, la « complainte du lépreux », d'infinies conversations, sous une lampe agonisante et dont la mèche commençait à charbonner, puis une chambre peinte à la chaux avec une grande cheminée où brûlait encore une bûche, des draps frais et bien repassés, avec, au beau milieu du lit, une brûlante cruche de grès, une odeur provinciale de plantes aromatiques et de tendre moisissure et, dernier souvenir avant la chute dans les ténèbres, la suprême lueur des braises qui respire encore au plafond et l'ombre des solives qui, de minute en minute, devient plus large et plus noire.

## CHAPITRE 9

Quand Suzanne s'éveilla, le silence de la maison était si profond, si pur que, croyant encore à la nuit, elle fut, l'espace d'une seconde, tentée de se rendormir. Mais un jaune trait de soleil se glissait entre les persiennes, une pendule inconnue laissa tomber soudain dix rondes perles de cristal, puis Suzanne entendit un oiseau dont le chant mélancolique évoquait la lime du serrurier mordant le fer, puis l'appel méditatif des poules qui cherchaient pâture. Alors, elle se leva très vite, fit toilette à la hâte, se para, se vêtit, saisie tout à coup d'un grand désir de se replonger dans la vie de cette maison, dans cette vie en même temps féerique et si naturelle.

La porte de sa chambre franchie, elle suivit un long couloir capricieux qui montait et descendait, ici et là, par quelques marches, et sur lequel donnaient maintes portes closes. Elle espérait entendre un bruit, percevoir un chant, un soupir. La maison demeurait non certes comme morte, mais plutôt comme engourdie dans un silence limpide et parfait. Suzanne eut le temps de croire qu'elle s'était peut-être trompée d'heure et que tout le monde dormait encore ; mais le soleil était déjà haut dans le ciel. Non, elle ne s'était point trompée. Seulement, dans cette demeure étrange, tout semblait fait pour la surprendre et la dérouter.

Un escalier s'offrait, un peu roide, avec, au lieu de rampe, tout le long de la muraille, une grosse corde polie. Suzanne commença de descendre les degrés, bien sûre qu'au bruit de ses pas elle allait voir paraître un de ces enfants musiciens qui l'avaient accueillie, la veille, avec leur beau chœur allègre. Mais nul enfant ne parut et Suzanne déboucha, d'un pied soudain perplexe, dans la grande salle commune où se trouvait, outre la table, outre l'orgue et le piano, un métier à tisser que Suzanne, pendant la soirée, n'avait pas même aperçu. La salle était silencieuse, comme le reste de la maison. Une bûche de châtaignier braisoyait encore dans l'âtre ; un personnage que Suzanne pensa bien reconnaître était assis près de la table et lisait un journal ou plutôt un notable fragment d'un journal jaune et déchiré. « Ah ! tant mieux, pensa Suzanne, heureuse de trouver enfin âme qui vive. Ah ! voici probablement M. Nicolas Lavoine. »

A l'approche de Suzanne, le personnage se leva vivement, fit, du buste, un salut un peu sec, mais cordial et tendit la main en disant :

— Captain Thomas Singleton. Mes hommages, Mademoiselle.

— Mais, murmura Suzanne, troublée, il me semblait, Monsieur, qu'on vous avait, hier soir, donné un tout autre nom.

— C'est bien possible, Mademoiselle. Nos amis Baudoin sont tous de grands fantaisistes et ils m'appellent à leur façon, qui n'est quand même pas la bonne. Singleton, capitaine en retraite, pour vous servir, Mademoiselle.

Il parlait avec un fort accent britannique. Il avait le teint recuit des vieux marins ; il était chauve et rasé de près. Une antique vareuse d'un bleu sombre, un peu trop ample, peut-être, l'enveloppait chaudement. Il se pencha, prit une bûche et la posa dans le foyer en disant, d'un air en même temps bourru, courtois et plaisant :

— On avait l'intention, à ce que je sais, de vous porter le déjeuner, tout à l'heure, en grande pompe, là-haut, dans votre chambre. Vous êtes descendue trop tôt. Vous avez trompé tout le monde. Vous vous demandez sans doute où ils sont ?

— C'est-à-dire... fit Suzanne, quelque peu désorientée.

— Asseyez-vous là, Mademoiselle, poursuivit le capitaine Singleton en avançant un fauteuil. Vous voyez que la table est mise et vous allez déjeuner. Je suis seul à la maison. Je vous tiendrai société de mon mieux, si la conversation d'un vieux marin ne vous est point désagréable. Ah ! oui ! je vous disais : nos hôtes... Ils sont à l'église où ils chantent tous ensemble. C'est dimanche, aujourd'hui, vous ne le saviez donc pas ?

— C'est bien possible, fit Suzanne. Je n'y avais pas pensé.

— Oh ! vous ne manquerez de rien. Voici le pain, le beurre et le fromage. Et voici la marmelade. Si vous voulez un œuf, je vais vous le faire sauter, sur ce feu-là, dans la poêle. Je suis bon cuisinier, comme tous les voyageurs. Il faut excuser nos hôtes, Ils vont à l'église, tous ensemble, comme cela, le dimanche matin, les maîtres et la servante. C'est une tradition de famille, et la maison reste vide. Ils mettent leurs beaux habits et ils s'en vont chanter, ce qui est leur façon, à eux tous, la plus naturelle de prier. Le café est-il bien chaud ?

— Mais certainement, Monsieur.

— Appelez-moi capitaine et permettez-moi, Mademoiselle, de vous poser une question. Serais-je indiscret si j'osais allumer ma pipe ? Non ? Grand merci, Mademoiselle. Maintenant, je vais vous cuire un œuf. Vous n'avez jamais mangé d'œufs de pétrel ?

— Certainement non, Monsieur.

— Eh bien ! vous allez manger un œuf de pétrel, Mademoiselle.

Avec des gestes délicats, le vieil homme venait de briser la coquille d'un œuf et en laissa tomber le contenu dans une grande poêle de fer où grésillait un peu d'huile. Il avait attisé le feu. Il offrit la poêle à la flamme et dit, d'une voix pensive :

— Ah ! rien ne vaut l'œuf de pétrel pour la délicatesse du fumet et pour la finesse du jaune. En anglais, nous appelons cet oiseau petit-Pierre, parce qu'il marche sur les eaux, comme l'apôtre. J'ai chassé le pétrel, jadis, dans les rochers et je vous garantis que ce n'est pas commode. Cet oiseau, quand on l'attaque, vous crache à la figure, littéralement, Mademoiselle. Il vous crache son déjeuner, qui sent l'huile de foie de morue. Non, rien ne vaut l'œuf de pétrel cendré, oiseau que nous appelons aussi haff-hert et qui hennit comme un cheval. Il y en a qui préfèrent les œufs de Mitchagatchi, c'est-à-dire de macareux. Pff ! cela ne se compare même pas. Quant aux œufs de pingouins, si vantés par tout le monde, il n'ont qu'un avantage, c'est de se conserver longtemps. Non, le pingouin n'est bon que très jeune, préparé en givioq, c'est-à-dire mariné à l'huile dans une peau de phoque. Vous n'avez jamais mangé de givioq, Mademoiselle ?

Comme Suzanne partait à rire, le capitaine ralluma sa pipe et poursuivit d'un air mélancolique :

— Je m'en voudrais de troubler votre repas, Mademoiselle, par une confidence... comment dites-vous ? intempestive. Mais quoi ! Vous pouvez, d'un mot, me soulager la conscience.

Le visage du vieil homme s'immobilisa quelques instants dans un rictus dramatique. Ses yeux, cependant, brillaient d'un éclat naïf et il dit, la voix très douce, très basse, presque insinuante :

— Considérez-vous qu'un homme doive être mis au ban de la société quand il a commis le crime d'anthropophagie ? Oui, n'est-ce pas ? Nous sommes d'accord. Mais s'il a commis ce crime uniquement par amitié, par fidélité, par dévouement, par respect de la parole donnée ? Alors, reconnaissez, Mademoiselle, que cela mérite non seulement l'indulgence, mais encore certains égards et même un peu d'estime. Ne vous arrêtez pas de déjeuner, Mademoiselle, nos amis Baudoin m'en feraient grief et ils auraient raison. Je ne vois pas ce qui pourrait m'empêcher, Mademoiselle, puisque j'ai la chance de vous rencontrer dans une solitude exceptionnelle, de vous exposer un cas de conscience.

Suzanne laissa tomber sa petite cuiller. Elle regardait, avec un étonnement coloré d'un peu d'inquiétude, l'extraordinaire compagnon que lui envoyait le hasard. Le capitaine Singleton fit jouer ses sourcils, qui étaient touffus et mobiles, secoua sa pipe dans l'âtre, en tendit le tuyau, comme un index, vers les poutres du plafond et se reprit à parler avec une songeuse lenteur :

— En dehors des anthropophages de carrière, qui sont tels par goût, par tradition ou par religion, il faut distinguer les anthropophages par surprise, ceux qui ont mangé le cœur de leur frère parce qu'on le leur a glissé traîtreusement dans un cassoulet toulousain ; les anthropophages par inadvertance, et nous en sommes peut-être tous les deux, Mademoiselle, je veux dire ceux qui ont mangé de la charcuterie fabriquée à Chicago le jour où un nègre a fait un faux pas et est tombé malencontreusement dans les engrenages de la machine qui broie la chair à saucisses. A cela, personne, Mademoiselle, personne ne peut rien. Enfin, je fais une catégorie à part pour les anthropophages par nécessité morale. Ne regardez pas avec trop de mépris la personne qui vous salue et qui a le triste honneur d'appartenir à ce dernier groupe.

Sur ces mots prononcés avec un accent anglais véhément, le capitaine se leva, mit la main droite sur sa poitrine et s'inclina légèrement. Puis il s'assit de nouveau, versa dans une tasse vide une larme de café et commença d'y faire fondre un morceau de sucre en y agitant rêveusement une petite cuiller.

— Je ne peux pas vous dire, poursuivit-il alors, que ça ne fait pas mal au cœur de manger, même pour lui rendre service, l'homme que l'on considère comme son meilleur ami et même comme son seul ami. C'est pourtant l'acte que m'a, en quelque sorte, obligé de commettre le pauvre Samuel Watkin. Oh ! il y a longtemps, Mademoiselle. J'avais tout au plus trente ans. Nous voyagions au nord de la Terre de Grant, à la hauteur du quatre-vingt-troisième parallèle, détachés tous les deux, Samuel et moi, de la fameuse expédition Nordenskiold, avec, pour mission particulière, de reconnaître la mer de Lincoln, tout simplement. Nous avions mangé tout le pemmican, tout le lard de phoque, le dernier biscuit, nos douze chiens groenlandais, des bêtes magnifiques, Mademoiselle, deux bœufs musqués et les trois quarts d'un ours et nous sentions venir le moment où, après avoir bu l'alcool de la lampe à alcool, il nous faudrait attendre la mort dans notre igloo, c'est ainsi que nous appelions notre hutte de neige. Nous avons, sur ces entrefaites, rencontré un narval qui voyageait à la surface de la glace, avec sa grande pique de corne, et qui tâchait de retrouver un trou d'eau. Cela s'appelle un paungulicq, un narval dans cette condition. Nous en avons vécu pendant plus d'une semaine ; seulement Watkin a, par malheur, avalé une arête de narval ou même un os, car le narval n'est pas un poisson, enfin une arête qui s'est mise en travers, dans le tube, et qui lui a percé l'estomac. Quand il a compris qu'il allait mourir, il a pleuré et il m'a dit qu'il craignait par-dessus tout de demeurer sans sépulture, par moins de quarante-deux degrés de froid. Le pauvre garçon détestait le froid et il avait une peur horrible des rhumes de cerveau, auxquels il était sujet. Je le regardais pleurer et j'éprouvais un véritable désespoir à l'idée qu'il allait me laisser seul. Là-dessus, sentant approcher sa dernière minute, le malheureux Samuel m'a prié de jurer sur les cendres de mes parents de faire ce qu'il me demanderait. J'ai juré, pour lui faire plaisir. Alors, avec des larmes qui se gelaient sur ses joues au fur et à mesure qu'elles lui sortaient de la glande lacrymale, il m'a supplié de le manger après sa mort pour qu'il ait du moins le sentiment de reposer au chaud. Ah ! Mademoiselle ! Un cri m'est sorti de la poitrine. Je voulais dire non ! Je pensais non ! Et, par un hasard lamentable, j'ai dit oui. Il y en a, Mademoiselle, qui disent toujours « droite » pour dire « gauche » et qui parlent de monter quand il s'agit de descendre. Moi, j'ai le défaut curieux de dire presque toujours « non » quand je veux dire « oui » et vice versa. Tout mon être criait « non ! », mais voilà ! j'ai dit « oui » et, là-dessus, le pauvre Sam Watkin a rendu le dernier soupir. J'étais pris. Les hommes de mon espèce n'ont qu'une parole, Mademoiselle. Je n'avais plus qu'à m'exécuter. Je l'ai fait en pleurant. Quelle douleur ! Quelle tristesse ! Le malheureux Watkin m'a duré près d'une quinzaine. Il était très maigre. Pauvre lui ! Non, qui n'a pas mangé son meilleur ami, en quinze jours, à la lueur des aurores boréales, non, Mademoiselle, celui-là ne connaît pas toutes les tristesses de la vie... Ah ! voici nos chers Baudoin ! A vous revoir, Mademoiselle.

Suzanne tourna la tête une seconde et le capitaine Singleton disparut comme par magie. La maison, si parfaitement silencieuse la minute précédente, venait de s'emplir de cris et de rires. En une seconde, Suzanne fut entourée, pressée, embrassée, soulevée de son siège et presque bousculée par la troupe des enfants et des jeunes gens.

— Quoi ! disait Philippe, vous êtes déjà levée ! Nous étions pourtant bien sûrs qu'une comédienne, accoutumée aux longues veilles, ne sortait pas de sa chambre avant midi.

— Nous avions formé le projet, s'écria Hubert, dominant le bruit, de vous faire porter le petit déjeuner au lit, dès notre retour, par toute la fraction féminine de la tribu, pendant que nous, les hommes, nous vous donnerions l'aubade derrière la porte, avec l'épinette, la viole d'amour, le quinton et les flûtes douces. Vous nous avez fait manquer notre effet. C'est pas chic !

— Nous n'avons pas même eu le temps, fit Thérèse, d'aller vous cueillir un bouquet d'iris et de pivoines odorantes.

— Et moi, souffla Madeleine, la grande sœur au visage calme, je voulais vous porter un croque-monsieur bien chaud.

Suzanne s'efforça de placer un mot.

— Je ne suis pas à jeun : le capitaine Singleton m'a donné toutes sortes de bonnes choses et même il m'a fait sauter un œuf à la poêle, un œuf de pétrel, paraît-il.

Il y eut un bref silence, tout de suite rompu par un énorme éclat de rire, suivi lui-même d'exclamations confuses :

— Le capitaine Singleton ! Vive le capitaine Singleton ! Hurrah pour le capitaine ! Un ban pour le capitaine ! Il y a presque six mois qu'il ne nous avait pas donné de ses nouvelles !

— Est-ce qu'il fume toujours des plumes de paon dans une pipe en caoutchouc ?

— Est-ce qu'il pêche encore des hannetons avec un fil de la Vierge ?

— Est-ce qu'il fait la traite des nègres avec un bateau-mouche acheté pour dix-sept francs sous le pont de Tolbiac ?

— Est-ce vrai qu'il a épousé en huitièmes noces une des filles naturelles de la reine Pomaré et du président Wilson ?

— Je ne veux pas, grondait Hubert, que l'on débine devant moi l'admirable bonhomme qu'est le président Wilson.

— Est-ce que le capitaine Single a inventé une fois de plus le traitement de la fièvre jaune par les pastilles au caramel ?

— Est-ce qu'il continue d'écrire ses mémoires à l'encre sympathique sur des tickets de métro ?

— Est-ce qu'il a fini d'inventer son scaphandre à double courant de whisky et à chauffage central ?

— Tsst, tsst, mes enfants, dit M. Baudoin, vous allez étourdir Mlle Pasquier avec toutes vos folies.

— Nous t'avons demandé, papa, d'appeler Suzanne, Suzanne.

— Eh bien ! laissez Suzanne tranquille : vous allez sûrement l'étouffer.

— Est-ce que, dit encore une voix, le vieux capitaine vous a, par hasard, sifflé l'air que sifflent les bouviers pour faire avancer les yacks sur les plateaux du Tibet ?

— Je ne sais pas, répondit Suzanne ; mais je peux affirmer qu'il m'a raconté, ce matin, une histoire épouvantable.

Il y eut un éclat de rire général et Philippe leva la main.

— Ne songez plus au capitaine, dit-il. Vous le reverrez de temps en temps, s'il ne nous néglige pas trop. Il faut d'abord que je vous montre la maison, le jardin, tout notre petit royaume. Il faut que je vous explique notre vie. Nous avons une peur affreuse à l'idée que vous pourriez vous ennuyer parmi nous. Il faut que nous tracions le programme de la journée et des journées à venir. Il faut que vous aimiez tout ce que nous aimons. La maison d'abord. Allons par ordre. Venez visiter la maison, non parce qu'elle est curieuse, mais seulement pour vous y retrouver quand nous serons tous au-dehors, comme cela vient d'arriver.

## CHAPITRE 10

Dans une composition bien connue des amateurs de musique et d'estampes, le peintre Rosenthal a représenté Jean-Sébastien Bach entouré de sa famille. Le cantor est au clavecin. Une dizaine de ses enfants sont assemblés. L'aîné joue du violon, tous les autres chantent en chœur. Mère ou servante, une femme, dans la pénombre, est en train de dresser la table. Au premier plan figure une barcelonnette de bois sculpté dont l'occupant invisible doit aussi chanter à sa manière. Une fillette, accroupie par terre, s'efforce d'attirer un chat ; encore qu'elle soit fort petite, on imagine très bien qu'elle peut, tout en jouant, mêler sa voix fragile à l'ensemble familial. Un panier plein de linge est poussé sous un guéridon. Une des armoires est entrouverte. Ce n'est certes pas le spectacle d'une austère demeure à l'ordre méticuleux ; c'est le spectacle de la vie, d'une vie toute chargée de soins et de servitudes, toute parée d'amour, de grâces et de ferveur.

Le visiteur lettré pensait toujours à cette vieille et charmante image quand il pénétrait pour la première fois dans la maison de Jérôme Baudoin, surtout aux heures du repas, car la famille alors se trouvait réunie. Le fait même de cette réunion était un problème de solution chanceuse. Les enfants et les hôtes étaient les uns au jardin, d'autres dans leur chambre, d'autres encore à l'atelier, sous les combles de la maison. On avait renoncé depuis longtemps à l'idée de sonner une cloche ou de frapper un gong. Le premier arrivé se mettait au piano et commençait de chanter. Bien vite, une seconde, puis une troisième voix venaient se joindre à la première. Avertis par cette musique d'instant en instant plus retentissante, les isolés se préparaient et ralliaient la troupe en hâte. Les derniers retardataires comprenaient, même de loin, à l'ampleur et à la richesse du chœur, qu'ils étaient inexcusables de laisser attendre les autres et ils faisaient diligence pour arriver avant le point d'orgue.

Quand le chœur était au complet et la dernière mesure chantée, tout le clan se mettait à table. Cette méthode supposait une certaine science et une certaine rigueur musicales, mais elle laissait place à beaucoup de fantaisie dans la vie domestique. Le dîner, par exemple, était pris à des moments très variables, entre sept et dix heures de relevée. Parfois deux ou trois des enfants avaient dû passer la journée à Paris. Ils rentraient par le train du soir et c'est en entendant siffler le tacot que les plus affamés commençaient de se grouper autour de l'orgue ou du piano pour déchiffrer une cantate.

Hôtes, enfants, serviteurs, tout le monde savait chanter. Le chant n'était pas, chez les Baudoin, la manifestation exceptionnelle d'un art savant, c'était un des phénomènes élémentaires de la vie. A peine sortis des limbes de l'enfance, les Baudoin ouvraient la bouche et commençaient de chanter avec une simplicité parfaite, avec une noblesse et une suavité qui ne faisaient heureusement jamais songer aux exercices de l'école. La musique, chez les Baudoin, était encore très semblable à la respiration naturelle, à l'exercice de quelque simple et douce fonction où le corps et l'âme avaient leur part fraternelle. Les enfants jouaient tous, en outre, de quelque instrument. Ils n'en jouaient certes point en virtuoses, mais avec de la liberté, de l'invention et du goût. On voyait toujours, dans la grande salle basse, un violoncelle, une flûte, un cor ou un basson posés ici et là sur les meubles. Eprouvée, mûrie par des siècles de foi studieuse, la forme de ces instruments est pour l'œil un plaisir et un présage de beauté. La matière même, bois rare, ivoire, argent ou cuivre poli, en est précieuse et respectable.

Jérôme Baudoin était musicien de vocation, mais non de carrière. Il était fils du célèbre Amédée Baudoin, indianiste insigne et l'un des patriarches de la philologie moderne. En France, les traditions dynastiques sont très exigeantes et Jérôme, pour honorer son nom, pour ne point déserter trop tôt la grande ombre que son père épandait autour de soi comme fait un chêne, Jérôme avait fréquenté l'Ecole des langues orientales. Il était ainsi devenu ce que, dans le style universitaire, on nomme un arabisant. Oh ! non point un arabisant nomade et voyageur comme l'est un Marçais, mais bien plutôt un arabisant de bibliothèque. Il s'était marié très jeune à l'une des filles du graveur Bellefont qui vivait à l'Isle-Adam, et qui, disciple de Karl Daubigny, ne s'est jamais lassé de représenter, dans ses œuvres, la vallée de l'Oise, les collines bocagères, la forêt, les prés emperlés de brouillard. Sur un conseil impératif du vieil Amédée Baudoin, Jérôme, dès le début de son mariage, avait entrepris un voyage d'étude à travers les pays d'Islam. Ainsi Madeleine, la première des enfants, avait vu le jour au Caire. Mais, sur ces entrefaites, le vieux Baudoin était mort à Nesles, à la Cavée des Portes, dans la petite propriété familiale. Jérôme avait regagné la France en hâte, abandonnant sans regret un Orient qu'il n'avait pas eu le temps d'aimer. Il allait avoir un revenu sans doute médiocre, mais qu'il n'était pas impossible d'augmenter par des travaux de linguistique ou de traduction qui n'exigeraient sûrement pas le séjour constant à Paris. Et Jérôme s'était installé à Nesles, dans la maison de son père. Il avait, pendant ces années heureuses, tenu son propos et vécu dans le pays qu'il aimait. Pour des éditeurs incertains et familiers de la faillite, il avait travaillé avec une sage indolence et soutenu ainsi, comme par miracle, le train d'une maison modeste, mais d'année en année plus chargée de vie et de soins. Antoinette Baudoin lui avait donné huit enfants, tous vivants, tous beaux et sains et qui tous, comme Suzanne l'avait remarqué dès le premier regard, montraient une ressemblance merveilleuse, en ce sens qu'ils ne ressemblaient d'abord à nul des autres tribus. Ils étaient tous de taille élégante, ils se tenaient tous bien droit. Ils avaient les traits déliés, le front haut et blanc, la chevelure soyeuse et bouclée. Tous aimaient la musique et nul n'en faisait profession. Jérôme leur avait appris à lire et à jouer de quelque instrument, car il était curieux de tous. Mme Baudoin leur avait appris à chanter. Elle avait une manière personnelle, inimitable, d'incliner la tête, d'ouvrir la bouche, de former les sons, de placer la voix, de reprendre le souffle. Elle possédait aussi un répertoire admirable de chants anciens, de noëls, de complaintes et de rondes. La musique semblait le lien paradoxal et le suprême souci, le souci aérien de cette famille surprenante. Petit à petit, les enfants s'acheminaient vers des carrières choisies. Philippe était devenu peintre. Max sculpteur sur bois, Hubert préparait une licence ès sciences, Madeleine excellait aux travaux de tapisserie fine ; mais la musique demeurait le truchement entre les âmes, le langage secret, la nourriture eucharistique.

En 1914, Jérôme était officier de réserve au 276e régiment d'infanterie. Il avait combattu sur l'Ourcq et il avait été blessé, le 4 septembre, à Villeroy, non loin de Péguy qu'il ne se consolait pas d'avoir trop peu connu, trop peu vu pendant ses quatre semaines de guerre. Il avait reçu, comme Péguy, une balle en pleine tête. Le projectile ne l'avait pas tué, mais, passant d'une tempe à l'autre, avec sectionné les deux nerfs optiques. C'est quinze jours plus tard, à Chartres, où il était en traitement, que Jérôme avait appris, du chirurgien, la nature de son infirmité et qu'elle était irrémédiable. De la prostration où l'avait plongé cette amère confidence, il sortit un jour plein de résignation et même de courage, persuadé que l'amour de sa femme, la tendresse de ses enfants et la musique enfin le sauveraient peut-être du désespoir. Et tout cela, finalement, l'avait sauvé. Il s'était offert à la musique avec passion et la musique lui avait rendu la sérénité, la confiance, la joie. Il disait : « J'ai eu quand même beaucoup de chance. J'ai à peine souffert dans ma chair. C'est une mutilation terriblement propre et simple. Quand je pense à mes camarades, à ceux que j'entendais crier près de moi, à Chartres, pendant ma guérison, oui, ma guérison, car mes plaies se sont fermées très vite ! Quand je pense à la blessure de Philippe, mon garçon, qui a suppuré pendant trois mois et qu'il a fallu opérer plusieurs fois !

Non, vraiment, j'ai eu de la chance. Et pour les crises de névralgie, je commence à m'y faire... » Deux ou trois fois l'an, une névralgie faciale le retranchait pour quelques jours du monde. Il s'enfermait alors dans sa chambre, pour ne pas affliger ses enfants, et se piétait contre la douleur dans une solitude sévère. Et puis la crise passait et Jérôme revenait au milieu des siens, souriant, paisible, marchant comme font les aveugles, non pas courbé vers le sol, mais ses yeux vides levés vers l'horizon et vers le ciel.

La maison, au rez-de-chaussée, comportait un large vestibule où toutes sortes de vêtements, de châles et de chapeaux pendaient aux patères de bois. A droite du vestibule, on pénétrait dans cette grande pièce que nous appelons salle commune, faute d'un mot plus juste, mais à laquelle les Anglo-Saxons donnent le nom de living-room pour faire entendre que s'y passe le plus clair de la vie familiale.

C'est là que les Baudoin prenaient leurs repas et faisaient leur musique. C'est là que, durant l'hiver, brûlait le principal feu de la maison. C'est là que les petits, le soir, apprenaient leurs leçons et copiaient leurs devoirs. C'est là que les filles composaient des tapisseries délicates, tricotaient, ravaudaient et tissaient la laine, car Jérôme Baudoin ne portait que des vêtements d'étoffes tissées à la veillée par les femmes de sa tribu. C'est là que, souvent, le soir, Thérèse, qui avait une belle voix bien timbrée et un peu grave, lisait, pour son père et pour toute l'assemblée, quelques pages d'un livre choisi. C'est là que l'on allumait, à nuit close, les trois grosses lampes de laiton dans la lueur desquelles se groupaient tous ceux qui devaient exercer leurs yeux et leurs doigts.

A côté de cette salle commune étaient l'office et la cuisine à laquelle on pouvait aussi accéder directement de la cour. Antoinette Baudoin et la servante Céline régnaient sur cette partie de la maison, mais elles n'y régnaient point de manière tyrannique. A tout instant, les enfants venaient lancer un coup d'œil à la cuisine pour marauder une chique de pain ou une pomme de terre frite. On les frappait aussitôt d'une légère prestation pour laquelle souvent ils s'offraient de bon cœur. Ils devaient tirer la boisson, écosser les flageolets, gratter le fond d'une écuelle, coltiner quelques bûches, emplir un broc d'eau. Mme Baudoin avait de fines mains élégantes que les travaux du ménage ne parvenaient point à gâter. Elle était toujours capable de laver ses mains en hâte, de poser la blouse blanche et d'aller s'asseoir au piano pour montrer à l'un des petits la manière la plus heureuse de venir à bout d'un trait. Certes, ainsi compris et mené, le train de la maison n'était pas des plus rigoureux. Les tâches s'accomplissaient toujours et sans grandes querelles, mais elles s'accomplissaient, eût-on dit, par l'effet d'un harmonieux hasard. Toutes choses, dans cette maison Baudoin, semblaient résolues au petit bonheur et le résultat sensible était un pur et grand bonheur.

Jérôme Baudoin, dès son retour de la guerre, s'était installé dans les pièces du rez-de-chaussée qui se trouvaient, pour qui regardait la maison en face, à gauche du vestibule. Il était encore dans la nouveauté de son épreuve ; il pensait qu'il n'oserait plus jamais bouger, qu'il lui fallait enclore sa vie dans les bornes les plus strictes. Mais, petit à petit, jour après jour, il avait fait la patiente conquête des ténèbres. Il avait commencé d'errer dans la maison, de monter à l'étage et même au grenier, de descendre à la cave, de cheminer, mains tendues, dans la longue file des chambres où logeaient les enfants et les amis de la maison. Toutes ces chambres étaient desservies par le couloir carrelé, coupé de marches, mais clair, où Suzanne avait écouté le silence dominical. Les plus âgés des enfants jouissaient tous d'une chambre privée, car la demeure était spacieuse, mais tous, pendant leur jeune temps, avaient couché dans un petit dortoir où les lits de bois étaient superposés comme les cabines d'un navire et où gîtaient encore, l'année où prend ce récit, Catherine, la petite Marie, Alexis, qui avait dix ans, et l'enfant de la servante.

A lire la description de cette maison légendaire, on pourrait croire que les menues et grandes misères de la vie lui étaient épargnées par l'effet d'une bénédiction nominale, et ce serait une erreur. Les Baudoin n'avaient pas joui de privilèges particuliers vis-à-vis de la rougeole ou de la varicelle. A la Cavée des Portes, on souffrait comme ailleurs des oreillons et des otites ; mais ce qui était remarquable c'était la discrétion avec laquelle tous ces Baudoin faisaient état de leurs ennuis. Lorsque la maladie sonnait au porche de la maison, on l'accueillait comme tous les autres visiteurs, avec la simplicité la plus grande, et la maladie, étonnée de faire si peu d'effet, d'obtenir si peu d'audience, finissait par lâcher pied et s'en allait chercher fortune ailleurs.

Toute la famille de Jérôme traitait de même, avec une aimable indifférence, les plus sourcilleuses questions d'argent. La pension de l'aveugle, une rente d'ailleurs très modeste, le fruit des travaux des uns et des autres, tout cela composait un revenu des plus médiocres, et surtout des plus variables ; mais il était d'usage, entre les gens du clan, de parler le moins possible de ce sujet ingrat et de se débrouiller au plus juste. Seul Hubert, qui était un peu fol et qui devait, pour ses études, aller souvent à Paris, demandait parfois de l'argent avec un peu trop d'éloquence. Mme Baudoin le baisait légèrement à la tempe et lui disait dans l'oreille :

— Tu sais, Hubert, qu'il nous faut vivre à l'économie.

Alors le garçon se prenait à rire et répondait tout haut :

— Mais, maman, économiser, cela veut dire épargner l'argent. Pour l'épargner, il faut d'abord en avoir. Donne-moi un peu d'argent, maman, pour que je puisse faire des économies.

Alors tout le monde riait et l'argent demandé par Hubert finissait par se trouver. Tous ces problèmes étaient d'ailleurs abordés par les membres de la tribu avec une telle délicatesse, avec une telle bonne humeur que l'étranger renonçait vite à juger cette maisonnée selon la règle commune. Nul ne pouvait, par exemple, savoir si M. Lavoine, vieil ami de la famille, était un bienfaiteur ou un aimable pique-assiette et l'idée ne serait jamais venue à personne de poser sur un sujet tel une question dangereuse. De temps en temps, on voyait s'arrêter devant la Cavée des Portes quelque fastueuse voiture : les Baudoin recevaient et traitaient à leur table de famille des amis venus de loin dont on apprenait par hasard qu'ils portaient un nom illustre, des amis qui connaissaient tous les enfants par leur petit nom, qui passaient volontiers une ou deux nuits dans une chambre de l'étage, dans une chambre aux murs blanchis à la chaux, et qui se glissaient dans le chœur ou dans la conversation comme s'ils n'avaient eu, de leur vie, que des soins de cette essence.

Il y aurait maintes choses à dire sur le régime économique de la maison Baudoin. Le temps et le travail n'y avaient pas le même prix que dans les autres familles. Quand il faisait, par exemple, une très belle et très douce soirée, Jérôme Baudoin frappait dans ses mains et disait : « Antoinette, rassemble les enfants et prépare un panier. Nous allons dîner sur l'herbe, dans les fonds de Nesles. » Aussitôt, le plus naturellement du monde, chacun abandonnait son ouvrage et se préparait au départ. Les uns roulaient dans une serviette blanche le pain et les fruits. Les autres attelaient en hâte l'âne à la petite charrette avec laquelle, le vendredi, on allait faire le marché sous les arbres de l'Isle-Adam. Un étranger de passage manifestait-il quelque étonnement de voir ainsi toute la famille quitter le travail et déserter la maison en laissant toutes portes ouvertes, l'aveugle répondait simplement : « Une soirée si tiède et si douce, on n'en a pas tous les jours. Alors, nous allons en profiter. Venez avec nous si le cœur vous en dit. Les enfants danseront sur l'herbe et nous chanterons la cantate à deux flûtes. Vous savez : *« Les moutons peuvent paître en liberté là où il y a un bon berger...* »

A d'autres moments, Mme Baudoin disait : « Nous n'avons plus rien pour faire des confitures. Les mûres des ronciers doivent être à point sur le plateau. Nous allons en cueillir. Enfants ! Enfants ! rassemblez les paniers. »

Toute la famille s'en allait sur le plateau. On travaillait une couple d'heures, parfois davantage, et l'on rapportait deux ou trois kilos de mûres que l'on faisait aussitôt bouillir dans une bassine de sirop. Il ne venait à personne l'idée de calculer le prix du kilo de mûres. L'odeur délicieuse des confitures emplissait la maison, l'odeur qui n'a pas de prix et, dès le lendemain matin, cette précieuse provision d'hiver était mangée sans plus attendre par les grands et les petits.

Quand l'état de la maison exigeait quelque réparation, Jérôme, alerté, frappait dans ses mains et rassemblait les enfants mâles. Tout le monde aussitôt devenait, dans la tribu, maçon, forgeron ou couvreur. C'est ainsi que, l'année précédente, les Baudoin avaient, eux-mêmes, et sans trop de maladresse, refait, en petite tuile plate, la toiture de la maison. C'est ainsi qu'on avait vu Philippe, artiste peintre délicat, monté sur un échafaudage, badigeonner en vieux rose toute la muraille de façade et inscrire en lettres noires la devise de son papa, devise que tout le monde acceptait dans le clan : « Plus est en vous. »

Il y avait, à droite de la cour d'entrée, trois ou quatre grandes remises dont l'une servait d'écurie au bourricot de la carriole et dont les autres contenaient toutes sortes de vieux outils, des établis, des enclumes, des cognées et des tours. On allait fouiller là-dedans quand il y avait quelque chose à faire. Ce merveilleux bric-à-brac, accumulé en grand désordre par plusieurs générations de Baudoin, contenait toujours l'objet dont on avait besoin pour venir à bout d'un ouvrage.

L'aveugle aimait à s'aventurer seul dans les resserres et les retraites de sa vieille maison de famille. Il avait bien vite repris possession du jardin, qui s'étageait sur deux terrasses, face au plateau d'Hérouville et au soleil de midi. L'eau montait jusqu'au potager par l'effet d'une grinçante machine à godets que l'ancêtre Amédée Baudoin avait installée, jadis, à l'imitation des norias orientales. Deux fois par jour, en été, les enfants tournaient ensemble la grande roue de la mécanique et remplissaient un bac dont l'eau, chauffée pendant le jour, était déversée, le soir, sur les plates-bandes altérées.

Il y avait encore, dans ce jardin qui n'était point un parc, toutes sortes de retraites, de bosquets et de gloriettes, comme dans les vieilles propriétés provinciales. Jérôme y allait méditer pendant les heures les plus tièdes. Il revenait en disant : « J'ai mis la main sur la terre. Il faut arroser les semis d'oignons, ou bien la graine est perdue... Les romaines vont monter... Le basilic est bien parti : sa première feuille est formée et commence à sentir bon... »

Du potager, il gagnait seul le bois qui contenait quelques beaux chênes et qui continuait, vers le nord, la petite propriété. Ce bois était précédé, telle une symphonie d'un prélude, par un étrange bosquet que Jérôme expliquait ainsi : « Chaque fois qu'un enfant m'est né, j'ai fait planter un arbre. Tenez, venez avec moi. Je les connais tous très bien. Voici le châtaignier de Thérèse, l'acacia de Hubert — attention aux grandes épines — le peuplier de Marc qui grandit quand même plus vite que son parrain, bien qu'il soit un peu trop au sec. Voici, sur la droite, le petit hêtre de Marie et le tilleul de Catherine et le frêne de Philippe. Pas un ne manque à l'appel. Mais l'un d'eux manquerait-il, cela ne voudrait rien dire. Nous ne sommes pas superstitieux, chez nous, et si l'un de nos arbres venait à périr, on en replanterait un autre. C'est comme ça que les forêts doivent partir, au commencement. Ce sera la forêt de nous. »

Il disait encore, en cueillant un brin d'herbe qu'il portait à ses narines : « Ma mère nous avait appris à faire des boissons de tout. Oh ! pas seulement de la frênette, mais des boissons délicieuses avec toutes sortes de plantes. Vous goûterez cela chez nous. Cela sent merveilleusement les prairies, les jardins, les sentiers creux, la forêt, les chaumes, les friches et les collines brûlées. Vous verrez comme c'est bon. Et puis nous avons notre vigne... »

Les Baudoin possédaient, en lisière du plateau, l'une des deux dernières vignes du pays. Petit à petit, le vin s'était retiré de l'Ile-de-France ; mais les Baudoin tenaient encore bon et cultivaient un clos qui leur donnait beaucoup de mal et rapportait, une saison sur trois ou quatre, assez de raisin pour faire un vin amer, un vin clairet que l'on buvait en famille et dont on était très fier.

Jérôme, enhardi de jour en jour, se promenait seul, d'un pied attentif, sur les chemins raboteux du plateau. Il descendait aussi dans le village et saluait tout le monde au passage, dès qu'il entendait une voix, le bruit d'un outil, le grincement d'une fenêtre. Il avait un sens délié de l'obstacle et du danger. Un jour, on l'avait vu, de loin, cheminer dans une ruelle en travers de laquelle un cheval était arrêté, parfaitement immobile. L'aveugle tenait sa canne à quelque distance du sol. Parti comme il était, Jérôme devait donner du front contre le flanc de la bête, entre les pattes de laquelle sa canne allait s'égarer. Les gens songeaient à crier, quand ils avaient vu, de loin, l'aveugle s'arrêter net. Avait-il perçu l'odeur, le souffle, moins encore, le chaud rayonnement de cette chair vivante ? Nul n'en pouvait rien savoir. Mais on l'avait vu s'arrêter, puis revenir sur ses pas et prendre un autre chemin.

Tel était ce petit monde Baudoin au printemps de l'année 1921, ce petit monde éprouvé, fier, heureux et rayonnant d'âme. Il arrivait à M. Lavoine d'avoir à l'expliquer, parfois, pour des visiteurs de hasard, pour des étrangers de passage. Il s'en tirait avec laconisme et par des voies détournées. Il disait : « La France est grande et on aurait vraiment tort de la juger en trois mots. Il y a cette famille Baudoin, par exemple... Ah ! si le monde pouvait savoir que la France est aussi capable de cette famille Baudoin ! »

## CHAPITRE 11

Parvenus sur les derniers degrés de l'escalier, ils s'arrêtèrent, haletants tous deux parce qu'ils avaient monté trop vite. Un jour bleu, frissonnant, tombait d'une lucarne enchâssée dans la toiture. Une petite araignée, qui pendait au bout d'un fil invisible, se prit, effrayée soudain, à regrimper vers les chevrons. Les deux jeunes gens se regardaient en souriant. Suzanne dit enfin :

— Où me conduisez-vous, maintenant ?

— Voir une partie de notre maison que nous ne montrons jamais.

— Quel honneur !

— Je vous assure que ce grenier, que nous appelons pompeusement l'atelier, n'est pas à montrer, en temps ordinaire. Il peut nous arriver, comme aujourd'hui, chère Suzanne, d'y venir avec une personne que nous aimons beaucoup et à qui nous ne voulons rien cacher de nous.

— Vraiment ? dit Suzanne. Et je suis cette personne que vous aimez beaucoup ? Comme je suis flattée, Monseigneur !

— Bien ! moquez-vous de moi ! Je l'ai peut-être mérité. J'avais pris pourtant la précaution de glisser là un pluriel artificieux. J'ai dit : « Une personne que nous aimons beaucoup. » Reconnaissez, Suzanne, que cela ne ressemble pas encore à une déclaration d'amour. C'est terriblement collectif. Ah ! une chose, Mademoiselle : les personnes que nous aimons beaucoup, que nous aimons assez pour les entraîner jusqu'ici, ne doivent pas avoir peur d'un certain désordre, ni de la poussière et ni même d'une inoffensive araignée en balade.

— Que de précautions, Sire ! Comment vous dire sans me déconsidérer que j'accepte l'araignée, mais que je ne vais pas jusqu'à la souris ?

— Ne craignez rien des souris. Je les connais, une par une, et par leur petit nom. Je les ai toutes renvoyées aujourd'hui dans la grange. Elles ne désobéiront pas. Confiance totale. Vous êtes encore essoufflée : nous avons monté trop vite.

— Oui, sans doute. Vous aviez l'air préoccupé de semer les autres, vos frères et sœurs. On aurait pu croire que vous jouiez à cache-cache.

— Allez toujours ! Taquinez le malheureux Philippe. Trouvez-vous mal que j'aie parfois besoin d'être seul avec vous pendant quelques minutes ?

— Et pourquoi souhaitez-vous cette belle solitude, Monsieur ?

— C'est pour mieux vous voir, Mademoiselle.

— Vous répondez comme le loup de la fable au petit chaperon rouge. Non, je ne suis pas essoufflée. Allons-nous demeurer longtemps dans cet escalier ? Il me semble que les escaliers jouent un rôle considérable dans nos entretiens, Philippe.

Debout sur une marche aux carreaux descellés, le dos au mur, toute rose de mouvement, la gorge soulevée par une respiration rapide, Suzanne était si charmante à voir que le jeune homme, soudain, fléchit un genou.

— Laissez, laissez, balbutiait-il. Ce n'est pas Philippe et ce n'est pas Suzanne. Un passant, un étranger vous apercevrait ainsi qu'il ne pourrait s'empêcher de courber la tête, de s'incliner très bas et de dédier une pensée, peut-être même une prière à toutes les grâces de la vie. Et maintenant, c'est fini, la prière est dite. Entrons dans l'atelier.

La porte tournait en gémissant sur ses vieilles charnières et, tout aussitôt, Suzanne eut un cri de surprise.

— Oh ! disait-elle ! Est-ce possible ? Moi, moi, moi et encore moi ! C'est trop, Philippe ! Savez-vous que ce n'est pas raisonnable ? Savez-vous que vous allez me faire rougir d'une très sincère confusion ? Je vais traverser votre atelier en fermant les yeux et en courant. Vous m'avez attirée dans un piège.

Ce qu'on appelait, chez les Baudoin, l'atelier, c'était une grande chambre lambrissée, située sous la toiture et abreuvée de lumière froide par une baie vitrée, par une ample page de ciel pommelé. On voyait là d'antiques bahuts qui regorgeaient d'estampes et d'albums, des moulages de plâtre, ombrés d'un fin duvet de poussière, des chevalets, des selles de sculpteur, des ciseaux, des maillets, de lourds billots de chêne, une palette rectangle, éclaboussée de couleurs semblables à des fientes d'oiseaux fabuleux, un poêle de faïence blanche, des commodes aux tiroirs entrouverts, un médaillier, une vitrine pleine de statuettes, des fauteuils valétudinaires, un sofa drapé dans un grand châle de cachemire et une foule d'autres objets sur lesquels il était impossible à Suzanne d'arrêter le moindre regard, tout occupée qu'elle était de contempler d'abord cent images d'elle-même, cent images brillantes, riches de verve et de mouvement, les unes esquissées au fusain, d'autres teintées d'aquarelle, d'autres encore peintes à l'huile, en pleine pâte, certaines piquées au mur, d'une épingle légère, comme des papillons éclatants, certaines aussi parfaitement achevées, vernies, enfermées dans des cadres pesants, tout le travail enfin, tout le travail enthousiaste, ardent, persévérant de deux années pour le moins. Le regard de la jeune femme voletait d'une image à l'autre et elle retrouvait partout, avec des cris d'étonnement, quelque chose de sa vie, de son métier, de son histoire.

— Ah ! dit-elle, voici Andromaque à genoux, dans ses voiles de deuil. Voilà Hélène, je la reconnais. Vous l'avez prise dans le moment même où elle fait chanter au ridicule Pandarus : « L'Amour, l'Amour, rien que l'Amour, toujours lui... » Vous rappelez-vous Pandarus, Monseigneur ? Voici la statue vivante d'Hermione. Elle va descendre de son socle et tomber dans les bras de Leontès. Vous êtes un peintre généreux, Philippe. Voici Barberine, avec son hennin pointu. Vous avez tout vu, tout saisi, vous n'avez rien oublié.

— Ne parlez pas seulement de Barberine, regardez un peu Suzanne.

— Plus tard. Barberine me plaît. Oh ! la pauvre doña Elvire ! Elle a les yeux pleins de larmes. Elle est sûrement en train de dire : « Sauvez-vous, je vous prie, ou pour l'amour de vous ou pour l'amour de moi. » Et, ici, je reconnais Roxane. Elle est offensée. Elle souffre. Elle murmure, d'une voix presque éteinte, le terrible mot : « Sortez ! »

Suzanne étendit le bras et dit, effectivement, le regard soudain fixe :

*Pour la dernière fois, perfide, tu m'as vue*
*Et tu vas rencontrer la peine qui t'est due.*

— Non, non, dit Philippe, je vous affirme que je ne mérite aucun châtiment et que je n'aime pas Atalide. Ne pensez pas trop au théâtre. Regardez aussi Suzanne : elle est partout, et bien vivante. Tenez, voilà Suzanne qui peigne non pas une perruque, mais ses beaux cheveux, ses fins cheveux vivants devant le miroir, ses cheveux dont on ne saurait dire s'ils sont dorés, cendrés, fauves, ou même flamboyants comme ceux de M. le docteur Raymond Pasquier, son papa. Voilà Suzanne qui lit, dans la chaude lueur d'une petite lampe.

— Où m'avez-vous pu voir lisant ainsi ?

— Je vous ai vue, croyez-le bien, et quand je ne vous ai pas vue, je vous ai rêvée, ce qui est aussi véridique. Tenez, regardez Suzanne qui se promène sur le quai de Montebello en contemplant la cathédrale. Voilà Suzanne qui sourit et, ici, Suzanne qui chante. Et même je vois une Suzanne en colère. Contre qui ? Ce n'est sûrement pas contre son peintre Philippe.

— Sûrement pas ! Vous êtes un peintre excellent. D'ailleurs, je ne me mets en colère que dans mes rôles, sur le théâtre.

— Vous aimez donc bien le théâtre, Mademoiselle ?

La jeune femme ferma les yeux à demi, fit un sourire et dit très bas :

— On m'a fait lire une pièce italienne que l'on voudrait jouer à Paris et où reviennent sans cesse les mots de fiction et de réalité. Comment vous expliquer, Philippe, que la réalité, je ne la sens, je ne la comprends vraiment que sur la scène ? Pourquoi me regardez-vous avec ces yeux inquiets ? Je m'explique très mal, mais je ne saurais dire autrement ce que je pense. Pourquoi ne répondez-vous rien ? Je n'aime pas ce pli mouvant qui se forme entre vos sourcils. Vous me posez une question et j'y réponds, tout naturellement.

Comme Philippe écartait les bras du corps, en un mouvement inquiet et embarrassé, la jeune femme dit soudain :

— Vous me demandez si j'aime le théâtre. Quelle question ! J'aime mieux être Andromaque sur le théâtre qu'une femme heureuse et une mère comblée dans la vie. Et nous sommes toutes ainsi, je pense. Et il y a sans doute une ou plusieurs choses que vous aimez de la même façon, vous aussi, Monseigneur. Je dis Monseigneur... Une question, Philippe. Avez-vous rencontré des princes, Philippe ?

De la tête, le jeune homme ébauchait un geste évasif. Mais Suzanne, tout aussitôt :

— Au printemps de 1913, j'ai fait une grande tournée en Europe, avec Mme Sarah Bernhardt. Nous avons joué vingt fois devant des rois et des princes. Ils nous recevaient, parfois, après la représentation, et nous disaient des balivernes. Ils avaient, pour la plupart, l'air de domestiques ou de palefreniers. Le seul qui avait l'air d'un prince, eh bien ! c'était notre camarade Jacques Degorce, notre jeune premier, et encore seulement quand il jouait. Il n'y a de princes que dans Racine ou Shakespeare. A quoi pensez-vous, Monseigneur ?

— Je pense, dit le jeune homme, que, pour finir la visite, je dois encore vous montrer la chambre de Barbe-Bleue.

— La chambre de Barbe-Bleue ?
— Oui, le cabinet où sont pendus tous les vêtements.
— Et je dois voir aussi cela ?
— Ce n'est probablement pas inutile.
— Je n'ai pas même eu le temps de regarder toutes ces belles figures de moi que vous avez rassemblées ici, pour ma confusion.
— Vous y reviendrez. Nous y reviendrons. J'y travaillerai. Je ferai votre portrait encore au moins mille fois.
— Etes-vous sûr d'aller si vite ?
— Oh ! je ne me presserai pas.
— Etes-vous sûr d'avoir le temps ?

Elle souriait, soudain ressaisie par le démon de la moquerie. Elle venait de songer, une fois, furtivement, et sans la moindre raison, au malheureux Testevel, à ce mélancolique ami de son frère Laurent, à ce grand garçon aux allures de géant qui avait adoré Suzanne pendant de longues années et qu'elle taquinait alors sans cesse. Il portait des cravates Lavallière à pois blancs. Suzanne tirait d'un coup sec sur les pointes de la cravate. Testevel refaisait le nœud. Elle recommençait cent fois. Et le géant, comme un éléphant docile qui réagit indolemment à la piqûre du cornac, était toujours prêt à se mettre à genoux, toujours prêt à remuer les oreilles et à saluer en barrissant.

Suzanne pensa : « Mon Dieu ! Comme j'étais jeune ! » Puis elle répéta, d'une voix moins convaincue, moins assurée :
— Etes-vous sûr d'avoir le temps ?

Philippe, la main sur le bouton de la porte, regardait une fois encore l'atelier tout éblouissant de son œuvre et ses yeux disaient muettement : « Est-il possible que cela ne vous touche pas le cœur ? Est-il possible, chère Suzanne, que cette flamme d'adoration ne vous échauffe pas, ne vous brûle pas, ne vous soulève pas au ciel ? »

Il secoua brusquement la tête, comme pour chasser le vol des idées, et dit, prenant Suzanne par le bras :
— Allons, maintenant ! Voici la chambre de Barbe-Bleue.
— Mais je ne vois ni sang ni cadavres.
— Je vais ouvrir les armoires et vous montrer nos trésors.

Il y avait, le long du mur, trois ou quatre grandes armoires et, tout autour de la pièce, dans l'angle de la toiture et du plancher, des bahuts, des coffres, des huches, des malles de matelot. Philippe commença d'ouvrir les portes et de soulever les couvercles. Il tirait à soi de très surprenantes défroques, des fourrures, des macfarlanes, des cojocs de paysans roumains, des vestes de gauchos, puis des robes moldaves, brodées de soie, puis des boléros soutachés d'or. Puis vinrent des robes à volants, puis des robes à panier, de vieilles redingotes à cols montants et à basques onduleuses, des habits de piqueur, des vêtements militaires dont les galons brillaient encore, furtivement, dans la pénombre, des robes de bure, une soutane de chanoine, un dolman à col de castor, une robe d'organdi, toute raide d'empois, comme on en voit aux dames de la cour impériale sur les tableaux de Winterhalter, et mille autres nippes extravagantes que Philippe sortait de leur étui, qu'il soulevait dans le jour des lucarnes et laissait choir, affaissées, sur une vieille natte de jonc qui garnissait le sol de la soupente.

— Mais, murmurait Suzanne étonnée, c'est un véritable magasin d'habillement et un réservoir de merveilles ! Philippe ! Philippe ! De la douceur, des précautions ! Philippe, regardez ce corsage de satin gris pâle. Mais c'est une chose délicieuse. Des ménagements, Monseigneur !

— Ne craignez rien. Je viendrai ramasser tout cela, ce soir, avec les grandes sœurs.

— Mais que signifie cette friperie prodigieuse et d'où tirez-vous tout cela ?

— Ma foi, nous n'en savons rien. Ce sont des biens de famille. Cela se transmet, chez nous, depuis des générations.

— Et que faites-vous de tout cela ?

— D'abord, nous les portons. En ce moment, n'avez-vous point vu ? je mets, à tout aller, le carrick écossais de mon grand-oncle Bellefont. Quand j'en serai fatigué, je prendrai, pour les soirs d'été, cette cape espagnole. Elle est doublée de rouge et peut-être un peu voyante, mais nous l'aimons beaucoup et la mettons à tour de rôle. Car il faut vous dire que tous ces vieux vêtements, nous les portons pendant trois mois, autant que le cœur nous en dit, et puis nous les reléguons dans la caverne à Barbe-Bleue. Quand nous les retrouvons, l'année suivante, ils sont à nos yeux comme neufs et ils nous font grand plaisir.

— Mais les mites ? cher Philippe. Comment vous arrangez-vous avec les mites ?

Philippe fit un sourire scandalisé.

— Les mites ! dit-il, jamais les mites ne viennent ici. Nous glissons partout des plantes odoriférantes. Vous sentez bien le thym et la sarriette et l'armoise et la tanaisie. Et puis, aux changements de saison, nous faisons brûler des herbes. Non, jamais nous n'avons eu de complications diplomatiques avec les mites. Elles n'oseraient certainement pas.

— Attendez, Philippe, je viens de voir, dans cette armoire, quelque chose qui ressemble à la vareuse du capitaine Singleton.

— C'est possible, Mademoiselle, le capitaine est de nos amis et tous nos amis peuvent puiser dans la réserve de Barbe-Bleue. Qu'avez-vous trouvé là ?

— Un costume de bergère. Et voici une robe de lin blanc ! Et un domino de taffetas. Jetez-moi ce domino sur les épaules. Ah ! je voudrais avoir un masque.

— Rien de plus simple, dit Philippe, voici un petit loup de velours noir. Et voulez-vous un éventail ? Voici l'éventail que portait mon aïeule Noémi Baudoin quand elle allait aux Tuileries. Vous pourriez mettre dix masques, je vous reconnaîtrais toujours. Vous pourriez laisser voir seulement le bout du petit doigt, seulement un cheveu de la nuque, un de ces cheveux frisés qui vivent là, sur votre col, et je vous reconnaîtrais encore. Non, non, je suis très raisonnable, et je ne parle pas d'amour.

Suzanne détacha son masque, tendit la main et dit, de cette voix légère, musicale, ailée, qu'elle prenait sur le théâtre :

— Vous ai-je vraiment défendu de parler d'amour ?

Avant même que le jeune homme fût revenu de sa surprise, elle ajouta tout aussitôt :

— Si je vous l'ai défendu, Monseigneur, j'ai certainement bien fait. Et vous n'allez pas me laisser croire que vous n'employez ces fripes délicieuses que pour travailler au jardin, aller au marché le vendredi, faire des tartes et des beignets, recevoir vos amis, ou écouter les histoires du capitaine Singleton.

— Oh ! non ! Les jours de pluie, nous nous déguisons un peu.

— Vous vous déguisez ? Et pour quoi faire ?

— Pour rien. Pour notre plaisir.

— Philippe, murmura la jeune femme, nous devrions jouer une pièce.

— Mais certainement, dit Philippe. Oh ! voilà sans doute une idée qui va réjouir tout le monde.

Il dit encore, au bout d'un moment, l'accent presque boudeur :

— Comme vous aimez le théâtre !

Suzanne ramena sur sa tête le capuchon du domino, fit un pas et déclama soudain, d'une voix pénétrée de tristesse :

— « Ne soyez point surpris, don Juan, de me voir à cette heure et dans cet équipage... »

— Ah ! répétait le jeune homme en secouant la tête, comme vous aimez le théâtre ! Pourquoi donc l'avez-vous quitté, Suzanne ?

La jeune femme venait de laisser glisser à terre le masque et le domino. Elle dit, parlant aux oiseaux :

— Est-ce que je l'ai quitté, Philippe ?

Et soudain, la voix sérieuse, elle répondit elle-même :

— Si je l'ai quitté, Monseigneur, c'est parce que je l'aimais. C'est justement parce que je l'aime.

Du bout de son éventail, elle toucha l'épaule du jeune homme et poursuivit, sans transition :

— Qu'est-ce que ce grand bruit et ces cris dans l'escalier ?

Philippe haussa les épaules.

— Vous vous en doutez, dit-il. Ils ont fini par deviner que nous étions montés ici. Alors ils vont arriver.

— N'êtes-vous pas content de voir vos frères et sœurs ? Ils me plaisent tous beaucoup et je commence à les aimer.

— Oh ! je les aime bien aussi, dit Philippe d'un ton morose. Mais je n'étais pas encore rassasié de notre solitude.

## CHAPITRE 12

De cette promenade annoncée, Hubert Baudoin ne parlait qu'avec des sous-entendus, des clignements d'yeux, des commentaires en style chiffré, des précautions mystérieuses et des signes cabalistiques. Il disait :

— Nous monterons d'abord sur la colline, pour donner à Suzanne une vue générale de nos domaines. Ensuite, nous redescendrons où vous savez, pour l'épreuve et pour la cérémonie intime. Chut ! Motus ! J'espère que tout le monde a pigé.

— Mais, murmurait une voix, as-tu les autorisations ?

— J'ai vu Pacaud, le père.

— As-tu les mots d'ordre ?

— J'ai tout au moins les clefs.

— As-tu les accessoires ?

— J'ai le voile et le bandeau. C'est Madeleine qui les a cousus.

— Et quel jour as-tu choisi ?

— Le troisième jour de la lune.

— Parfait ! Nous sommes d'accord. Alors, à demain !

D'ordinaire, il suffisait, chez les Baudoin, de prononcer le mot de promenade pour obtenir un succès immédiat et un assentiment unanime. Ce mot magique déterminait chaque fois, dans la tribu, un tumulte comparable au branle-bas de combat sur un bâtiment de guerre. La moindre sortie, la plus légère course prenait les caractères d'une véritable expédition. Il fallait discuter le programme et dénombrer les participants. Beaucoup survenaient au hasard et se déclaraient à la dernière minute. Il fallait se chercher, se trouver, s'attendre, se bousculer et se quereller à souhait :

— Tu ne voudrais quand même pas que je sorte sans me faire la barbe !

— Bah ! Tu n'as que quatre poils et tu nous obliges à perdre une heure.

— Dépêchez-vous, moi je change de souliers.

— Je serai prête avant vous, je finis de repriser mes bas.

— Mais oui, c'est moi qui vous attendrai : je n'ai plus qu'à poser la soupe sur le feu et à monter prendre un châle.

S'il faisait frais, chacun se mettait en mesure de s'habiller convenablement et si, d'aventure, il faisait chaud, chacun entreprenait de se déshabiller avec une heureuse recherche. Tout cela demandait toujours beaucoup de temps, tout cela nécessitait beaucoup de conciliabules. On commençait d'ouvrir portes et fenêtres pour s'apostropher d'un étage à l'autre :

— Qui est-ce qui a pris la canne à pomme d'agate ? Je n'aime que celle-là !

— Alexis, ce n'est pas le moment de te couper les ongles de pied.

— Oui, mais je troue toutes mes chaussettes.

— Catherine, pourquoi prends-tu toujours le madras rouge ?

— Peut-on me dire où est la ceinture d'argent ? Je parie qu'elle est encore chez Hubert. Chaque fois qu'un objet est perdu, c'est chez Hubert qu'on le retrouve.

— Paule, emportons-nous des tartines ?

— Marchez toujours devant, mais dites-nous la direction, et on vous rattrapera.

— Non, il faut partir ensemble.

— On a encore chipé le chapeau de velours noir sans prévenir personne.

— C'est moi qui avais ciré les bottes mongoles et c'est Philippe qui les a prises, je proteste !

L'adjectif possessif, dont tous les hommes font grand usage, ne jouissait pas, chez les Baudoin, d'une faveur excessive. On ne disait pas « mon bonnet de loutre », mais « le bonnet de loutre ». Cela n'était certes pas un signe de désintéressement et d'abnégation, au contraire, mais bien une manière de montrer que chacun se trouvait des droits naturels sur toutes choses de la tribu.

Pendant les préparatifs de promenade, la maison semblait en proie à des convulsions internes. On entendait passer dans les couloirs des charges de cavalerie et les escaliers grondaient sous de vivantes avalanches. Les persiennes, ici et là, claquaient. Un chant s'échappait d'une fenêtre et, tout aussitôt, des voix accordées répondaient, issues l'une de la cuisine et l'autre des profondeurs de la cave. De longues minutes passaient dans ces préliminaires et même une heure ou bien davantage. Parfois, la nuit tombait, mais elle n'arrêtait personne : on avait envisagé une promenade au soleil et cela se transformait en une randonnée nocturne. Personne ne regrettait rien. Les Baudoin étaient toujours en retard. Tout le monde le savait et ainsi nul ne leur en gardait rancune. Tous les calculs relatifs aux faits et gestes des Baudoin supposaient l'application d'un coefficient correcteur : « Ils ont dit trois heures. Alors, nous avons le temps. Inutile de les attendre avant quatre heures et demie ou cinq heures moins le quart. » L'esprit mathématique pouvait trouver exercice et délectation dans le spectacle de cet apparent désordre. Trois Baudoin n'étaient pas trois fois plus en retard qu'un seul Baudoin, mais neuf fois plus, en vertu de ce principe que le retard, dans cette famille, était proportionnel au carré du nombre des personnes engagées dans l'opération. Le retard se calculait au moins selon la progression dite géométrique. En sorte que si la famille devait se déplacer tout entière, ce qui arrivait assez souvent, elle partait à peu près à l'heure, mais le lendemain du jour fixé. Toutes les données connues, toutes les précautions prises, on était parfaitement tranquille avec les Baudoin : ils apportaient, dans l'inexactitude, une constance qui touchait à la ponctualité. M. Lavoine les haranguait parfois ainsi : « Bravo ! bravo ! mes enfants ! Vous êtes, si j'ose dire, des routiniers de la fantaisie, des virtuoses du rendez-vous manqué, des réguliers du hasard, des acharnés de la flemme, des réalistes de la rêverie. Enfin, tout ce que j'aime. Avec vous, chers messieurs-dames, il est toujours nécessaire de prévoir l'imprévisible et je ne saurais assez dire à quel point cela me plaît. »

Les promeneurs, en cas de promenade, finissaient d'ailleurs par s'assembler dans la cour ou le jardin et par se mettre en route. Ils arboraient tous, il va sans dire, des vêtements tirés de la réserve à Barbe-Bleue, mais ils les arboraient avec tant de naturel que personne, à les voir, n'éprouvait le sentiment de l'extravagance. Les rouges et les bleus se mariaient, sur les épaules des Baudoin, par un miracle de tolérance, comme sur les manteaux de la Vierge, dans les tableaux des vieux maîtres. A peine posé sur le crâne de tel enfant Baudoin, un colback du Premier Empire perdait tout aspect insolite et même tout caractère agressivement militaire et devenait tout aussitôt la coiffure la plus bénigne et la plus innocente du monde. Les Baudoin n'avaient à aucun degré cette maladroite pudeur que l'on nomme le sens du ridicule et, comme ils dédaignaient le ridicule, tout uniment, le ridicule n'osait pas même les effleurer. Jamais, dans le clan Baudoin, les femmes ne portaient de ces jupes courtes qui commençaient alors d'être fort à la mode. Elle aimaient les vêtements longs, les écharpes, les pèlerines, les souliers à talons plats ou même les sandales de bois, si bien qu'elles avaient l'apparence et la démarche des personnages peints par Poussin, par Claude Gelée ou même par Louis David dans leurs harmonieuses compositions.

Ces renseignements sommaires permettent d'imaginer toute la troupe des enfants Baudoin, comme ils partaient en promenade, le troisième jour de la lune, sous la direction d'Hubert.

Le jeune homme était nu-tête, ses boucles blondes, indociles, abandonnées à la brise. Il portait une veste de cuir brodée semblable à celles des paysans hongrois, un pantalon de velours à côtes, blanchi par d'innombrables lavages, et d'étonnantes bottines d'un beau cuir carminé.

— Attention, dit-il, je suis aujourd'hui le chef responsable de l'expédition. Alors je marche en tête et je donnerai le bras à Suzanne chaque fois que je le jugerai nécessaire. Suzanne, vous avez pris la jupe à crinoline que l'on appelle, je ne sais pourquoi, chez nous, la jupe de la marquise Pimiatan. Elle vous va vraiment à ravir. Vous n'avez qu'un doigt à lever pour devenir une Baudoin. Je dois vous faire observer que je parle de tout cela avec un sang-froid extrême. Je suis un botaniste, un homme de laboratoire. Je ne suis pas un artiste, mais un apprenti savant. Le seul de la famille qui ne soit pas un artiste ! C'est tout dire.

— Vous avez l'air de vous en vanter.

— Bien entendu ! Je suis excessivement vantard. Attention, vous autres, nous montons jusqu'aux cinq cerisiers. Ce sont des cerisiers sauvages, des merisiers. Je pense que des gens, autrefois ont mangé là, sur l'herbe. C'étaient peut-être nos parents. Ils ont jeté les noyaux des cerises autour d'eux et c'est comme cela que les beaux arbres ont poussé. Suzanne, Suzanne, attention, le chemin est très raboteux. Je crois bien que je vais vous prendre la taille.

— Et pourquoi, petit garçon ?

— Pour vous soutenir, peut-être, et pour faire enrager Philippe.

— Tenez-vous donc tant à faire enrager votre grand frère ?

— Pff ! Tout ça, c'est des sentimenteux. Tout ça ne songe qu'à l'amour sentimental. Hop ! Hop ! Ils me font rire. Moi, j'aime l'amour, mais j'ai horreur de la sentimenterie. Si j'admire Suzanne, par exemple, c'est seulement parce que j'ai le culte de la beauté. D'ailleurs, j'ai fondé, à Paris, le *Club des Indifférents*. Comme j'ai l'honneur de vous le dire. Il est rue de la Huchette. Pour l'instant, nous ne sommes que trois, mais quand nous serons vingt millions, le monde sera délivré de toute l'engeance amoureuse. Hop !

— Vous allez froisser la robe de la marquise... Comment l'appelez-vous ?

Hubert fit le geste de disperser, d'une pichenette, toutes les objections et toutes les remontrances.

— Je veux faire enrager Philippe et faire cuire Marc à petit feu. Car, vous savez, Suzanne, Marc aussi en tient. Marc aussi est un sentimenteur et même un sentimentiste. Il a déjà fait au moins cinq statues de vous, cinq statues de bois. C'est son métier, à lui. Vous ne le saviez pas ? Il ne vous les a pas montrées, ses statues ; mais il finira par vous les montrer quand même. Il est pris, il est classé. Hop ! Il est perdu !

Il parlait un peu follement, en zézayant de manière enfantine. A tout instant, il prenait Suzanne par le bras ou par la taille avec un naturel si parfait, avec une si charmante liberté que la jeune femme ne songeait pas même à se rebeller.

— Je vois, dit-elle, que vous êtes, dans cette jolie bande, le représentant de la vertu. Et cela me fait plaisir.

— Moi, pas du tout ! Le représentant de l'indifférence sublime et du désintéressement philosophique. Tandis qu'eux tous, tant que vous les voyez, tous contaminés, tous parasités, tous le ver dans la pomme. Il n'y a que moi de pur et d'affranchi. Je suis le seul, Suzanne, à vous aimer du point de vue strictement esthétique. Hop ! Le seul, je vous dis ! Ah ! vous m'avez piqué !

— Je ne vous ai pas piqué, Monsieur. Vous êtes venu vous piquer sur la robe de la marquise.

— Pourquoi portez-vous des épingles partout ? Très gênant pour ceux qui vous admirent du strict point de vue esthétique. Je voudrais pourtant pouvoir vous prendre la taille quand la nécessité se présente. Comme cela, par amitié, par enthousiasme. Hop ! Rien à craindre, Suzanne ! Pas sentimental ! Pas gémissant pour un sou. Hop ! Président du Club des Indifférencieux !

— Reconnaissez que cette épingle est très utile pour protéger la robe de la marquise, dont la couleur est bien fragile, contre les mains des maladroits. Moi, je ne me pique jamais.

— Bon ! Je vois comment je vais vous appeler à l'avenir. Vous serez la charmeuse d'épingles ! Maintenant, nous arrivons aux cerisiers. Nous allons nous asseoir et attendre le reste de la troupe. Regardez Marc. Il souffre parce que je suis seul avec vous depuis un quart d'heure. Marc est un personnage terriblement silencieux. Mais, à l'intérieur, c'est la flamme et la lave en fusion. Il ne dit jamais rien, mais il se venge sur les portes. Il se trahit avec les portes. Quand vous entendez fermer une porte avec un bruit de catastrophe, vous pouvez être sûre que c'est le silencieux Marc, Marc le muet. Il massacre toutes les portes et c'est sa manière à lui d'exprimer ses passions. Il se venge sur les portes et sur les comestibles. C'est un géant de l'appétit, un héros de la tartine, un demi-dieu de la pomme de terre frite. A part cela, il a du talent et c'est un type épatant. Hop ! Hop !

— Hop ! Pourquoi « Hop » ? Il me semble que ces jours derniers vous ne disiez pas « Hop » !

— Sûrement que je ne le disais pas ! Je ne dis jamais deux jours de suite la même chose. Je vous répète, Suzanissime, que je suis le président du Club des Indiff. Rien de plus clair. Et maintenant, asseyons-nous. Il y a une belle pierre bien propre et ce sera votre trône, dame de nos pensées.

Les uns après les autres, par couples, par groupes discuteurs, grands et petits, enfants et jeunes gens, tous les compagnons arrivaient et se laissaient tomber sur l'herbe, autour de Suzanne. Les entretiens dispersés expiraient et il y eut soudain un délicieux moment de silence pendant lequel on n'entendit que l'appel strident des sauterelles.

— Marc, dit enfin Hubert, tu fais école. Tu as des imitateurs. Cette multitude de bavards apprend à se taire. Ecoutez un peu, Suzie : Marc va exécuter un solo de mutisme, un concerto pour silencieux seul.

Marc rougit vigoureusement et dit d'une voix étranglée :

— Non ! non ! Hubert, je t'en prie...

Mais Hubert était parti et rien ne pouvait plus le retenir.

— Vous savez que quand il s'arrête de jouer du silence, cela se devine très bien. Papa lui disait, l'autre jour : « Où es-tu, mon garçon ? Je ne t'entends pas ne rien dire. »

— Allons, dit Philippe en riant, laisse-le tranquille.

— Quoi ! quoi ! je fais son éloge. Et encore, je ne raconte pas tout. Oh ! Marc ! vous l'entendrez quand même. Si vous percevez, dans un coin, une forte voix enrouée qui chante des mélodies sentimentales, eh bien ! vous saurez que c'est Marc. Bon ! Bon ! je ne dis plus rien. Regardez notre paysage.

— Où est Nesles ? demanda Suzanne.

— C'est admirable ! reprit Hubert. Vous êtes parmi nous depuis quelque temps déjà, et vous demandez où est Nesles ? Vous êtes comme toutes les femmes, vous ne savez pas vous orienter et, quand vous passez sur la place de la Concorde, je parie que vous cherchez où peut se trouver l'obélisque.

— Je ne suis pas si perdue que vous voulez bien le croire, et si l'on me priait de montrer un sot, je saurais vers qui me tourner.

— Bien répondu ! Et bien mérité, s'écria Philippe.

Mais Hubert, déchaîné, n'entendait plus rien.

— Vous êtes, reprit-il, comme Paule, notre cousine, que vous voyez ici devant vous et qui, quand il fait grand jour, me demande où est le soleil pour bien diriger son ombrelle.

— Et toi, fit la petite Catherine, tu lui réponds que tu ne le vois pas, le soleil, sous prétexte que tu es myope. Tu n'as pas honte de tourmenter Paule qui te cire tes souliers chaque fois que j'oublie de le faire ?

— Merci pour les souliers. Pardon à Paule Sauvage ! — Paule, c'est comme cela que je t'appellerai jusqu'à demain. — Et allons plus outre. Parfaitement, je suis myope, et c'est pour cela que je suis précis et soigneux. Dès que je n'ai plus de lunettes, je ne vois presque plus rien. Alors, je vais d'instinct où sont les choses, et elles doivent être à leur place. Et je garantis qu'elles y sont. Sinon... N'est-ce pas ?

— Oh ! murmura Paule Chastel. Oh ! Seigneur ! quel toupet !

Là-dessus, tout le monde partit à rire, car Hubert entretenait dans sa chambre, dans la maison et partout où il passait, un miraculeux désordre. La remarque de Paule ne parut d'ailleurs pas le démonter. Il se mit debout, renvoya ses cheveux au fil du vent d'un coup de tête juvénile, tendit le bras et se reprit à pérorer.

— Je suis myope et c'est très commode. Je ne vois que ce que je veux voir. Mais, quand je prends mes lunettes, comme je suis bien corrigé, je vois mieux que personne. Oui, oui, mieux que personne, parce que c'est, chaque fois, une découverte et un émerveillement. Je n'ai pas le temps, comme vous, de me blaser sur les détails et les nuances. Je nais chaque fois à la vérité. C'est un avantage considérable que j'ai sur vous tous. Vous demandez, Suze, où est Nesles ? Eh bien ! Nesles est à vos pieds, comme tout l'univers.

— D'ici, fit Thérèse, vous ne voyez guère que le clocher de l'église et une des tours carrées de la grande ferme où habite notre ami, le poète Emile Henriot.

— Et là-bas, poursuivit Philippe, là-bas, cette double file d'arbres, c'est la route qui part de Pontoise et passe à Vallangoujard et puis gagne la Picardie. Et de l'autre côté, cette verdure, c'est le bois de la

Tour-du-Lay où nous irons, la semaine prochaine, cueillir du muguet. Et, là-bas, au loin, vous apercevez les collines forestières qui portent toutes des noms charmants : la forêt du Lys, la forêt de Carnelle et la forêt de l'Isle-Adam. Et si nous pouvions voir au-delà, nous trouverions d'autres pays et d'autres forêts que nous n'évoquons jamais sans plaisir et sans douceur : Chantilly, Senlis, Ermenonville. C'est admirable, Suzanne, que ces pays soient si beaux et qu'ils aient tous de si doux noms. Il y a, par-là, de l'autre côté, vers l'ouest, un petit patelin de rien du tout qui s'appelle, en toutes lettres, Wy-dit-Joli-Village. N'est-ce pas délicieux ?

— Et Vauréal !

— Et Vigny ! moi j'aime encore mieux Vigny.

— Et Courdimanche !

— Et Luzarches ! Moi, je voudrais vivre à Luzarches, seulement à cause du mot.

— Et moi à Bellefontaine.

— Et toi, Marc, dit Hubert, toi, Marc, à Cramoisy, qui est tout à côté de Creil, et où l'on doit rougir à la perfection.

— Comme on est bien ici, murmura Suzanne.

— Oui, chaque fois que l'on prend la peine de monter sur le plateau, on en est récompensé, soupira la grande sœur Madeleine.

— D'abord, on voit plus de ciel.

— Et l'on voit en même temps plus de terre. Comment expliquez-vous cela ?

— Regardez cette route, là-bas, qui s'enroule à la colline comme une plante grimpante.

— Silence ! Ecoutez l'alouette.

— Où est-elle ? Je l'entends, mais je ne la vois pas.

— Une minute, que je la cherche.

— Elle est ici, dit Hubert, je l'ai déjà vue ; seulement, moi, je suis myope. Avantage énorme ! L'alouette est juste là-haut, sous le nuage en forme de couronne. On dirait l'oiseau du Saint-Esprit qui va descendre sur nos têtes.

— L'alouette ne va pas descendre sur nos têtes, mais tomber comme une pierre, d'un seul coup, dans le jeune blé. Et dire qu'il y a des pays où l'on ne trouve pas d'alouettes !

— Quelle heure est-il ?

— Il est cinq heures.

— Il faut repartir, dit Philippe.

— Pour la cérémonie ?

— Chut ! Vous autres ! grondait Hubert. Un peu de discrétion. Je suis le chef de la bande, aujourd'hui et toute la journée. Suzanne, acceptez mon bras. En route ! Il est temps. En route ! Un autre jour, je vous expliquerai les fleurs. Un autre jour, je vous montrerai l'ophris mouche et l'ophris abeille. Il y en a beaucoup, par ici, de ces petites orchidées. Un autre jour, je vous présenterai la sauge. On appuie avec une paille sur le centre de la fleur et les étamines basculent. C'est ainsi qu'elles viennent déposer sur le dos de l'insecte butineur toute leur charge de pollen. Oh ! c'est extraordinaire comme je suis heureux aujourd'hui ! Il y a, pour chaque homme, une quantité fixe de joie à dépenser chaque jour. Nous avons, sans le savoir, une carte de joie, comme pour le sucre et le pain pendant la guerre. Il y en a qui dépensent un seul ticket chaque jour. Moi, je dépense tout, d'un seul coup et, après, je serai très pauvre et tout à fait insupportable. Vous verrez cela, Suzanne.

— Où me conduisez-vous, maintenant ? demanda la jeune femme.

— C'est un secret, ma mie.

— Et qu'avez-vous emporté dans votre sac tyrolien ?

— Les accessoires, chère demoiselle.

— Les accessoires de quoi ?

— De notre cérémonie.

— De quelle cérémonie, s'il vous plaît ?

— Suzanne, vous êtes trop curieuse. Tenez, voici une plume de geai. Tous les autres, qui ne sont pas myopes, ils auraient marché dessus. Moi, je l'ai vue et je vous l'offre. Passez-la dans vos cheveux. Mais admirez, auparavant, comme les couleurs en sont fines. Franchement, Suzanne, la vie, c'est une chose épatante. Parfois, j'ouvre les yeux, je regarde au hasard et je vois... n'importe quoi... les breloques de l'érable qui se balancent dans le vent, par exemple, et j'ai envie de crier de joie.

— Pourquoi vous arrêtez-vous ?

— Parce que le moment en est venu, notre Suzanne, et que nous allons vous prier de nous laisser vous bander les yeux.

Toute la troupe des promeneurs venait de s'arrêter à l'entrée d'un chemin qui s'enfuyait entre les bosquets vers le plus creux de la vallée.

— Chère Suzanne, dit Philippe, nous vous prions, pour complaire à ces jeunes fous, d'accepter ce bandeau pendant quelques minutes. Ils vous expliqueront eux-mêmes les raisons de cette pratique. C'est une idée à eux.

— Ça ne fait rien : j'ai confiance.

— Voici un bandeau de soie bien rembourré de molleton. Il n'offensera pas vos paupières.

— Attention, dit Hubert. C'est moi qui vais le nouer. Distinguez-vous encore quelque chose, Suzanne ?

— Presque rien. Un petit caillou à mes pieds.

— Le caillou ne nous trahira pas. D'ailleurs, je vais poser, sur vos cheveux, ce voile, cette mantille de dentelle noire. Vous ne pouvez pas savoir, Suzanne, comme le noir va bien à vos cheveux dorés. Moi, je ne suis pas peintre, comme Phil, mais je vois les choses quand même. Maintenant, je reprends votre bras et nous nous mettons en route. Tous les autres marchent derrière nous, comme pour une noce de village. Soyez tranquille, je ne vous laisserai pas trébucher. Vous êtes entre mes mains comme un trésor très gracieux. Sentez-vous quelque chose ?

— Je sens beaucoup de choses et de beaucoup de manières. Que dois-je sentir ? Avec quoi dois-je sentir ce que vous voulez que je sente ?

— Avec votre nez, chère personne. Avec ces petites narines qui ressemblent à la fleur du pommier le deuxième jour de son éclosion.

— Je sens l'herbe verte et encore une autre odeur que je ne suis pas sûre de reconnaître.

— Ce sont les odeurs mêlées de la jeune armoise et de la menthe, croyez-en, sur parole, un botaniste de carrière. Et maintenant, que sentez-vous ?

— Je ne suis pas très habile à comprendre les odeurs.

— Eh bien ! c'est l'odeur de l'eau.

— L'eau ne sent rien.

— L'eau du robinet, peut-être. Mais l'eau de notre ru sent la terre, la pluie d'orage, la sainte pourriture végétale. Vous venez de passer le ru sur un petit pont de bois, Mademoiselle.

— Je m'abandonne. Je ne vous demande pas où nous allons.

— Vous le devinerez bientôt. Attendez, j'ouvre une porte que les autres refermeront, soigneusement, derrière nous. Vous m'entendez, les autres ?

— Les autres ne parlent plus. Nous ne marchons plus sur le gazon.

— Non, mais sur le gravier fin. Nous serons bientôt arrivés. Encore quelques pas, ma mie. Et maintenant, asseyez-vous.

— Sur quoi me faites-vous asseoir ?

— Sur un très confortable banc de pierre. Touchez-le donc avec vos mains. Il n'est pas froid. Le soleil l'a chauffé pendant une partie du jour. Il ne vous dit rien, Majesté ?

— Que pourrait-il me dire ?

— Respirez, notre Suzanne.

— Je respire. L'air est bon. Où sont les autres ?

— Ils sont tous autour de nous. Les entendez-vous bouger, rire et se bousculer un peu ?

— Non. J'entends un oiseau. Comment s'appelle cet oiseau ?

— Il a un nom honorablement connu. Il s'appelle le rossignol.

Suzanne secoua la tête :

— Vous vous trompez. Le rossignol chante la nuit.

— Justement, Suzanne, le rossignol s'est mis à chanter parce qu'on vous a bandé les yeux et que, pour vous, c'est la nuit. C'est une attention délicate.

— Ne l'écoutez pas, Suzanne, murmura Philippe. Le rossignol chante nuit et jour ; mais, le jour, la plupart des hommes ne l'entendent pas parce qu'ils sont trop distraits.

— Et c'est vraiment un rossignol que j'entends en ce moment ?

— Ce n'est pas un rossignol. C'est le rossignol. Les Français ne disent jamais « j'entends chanter un coucou, j'entends siffler un merle ». Ils disent « j'entends le coucou, le merle ou le rossignol », parce que c'est le même oiseau qui chante à chaque saison, pour eux, depuis le début du monde.

Il y eut un grand silence, puis Hubert dit encore, de sa grosse voix zézayante :

— Savez-vous, chère Suzanne, où vous êtes en ce moment ?

— Comment pourrais-je le savoir ?

— Vous trouvez-vous bien ici ?

— Bien. Très bien. Il fait doux. Allez-vous me laisser longtemps ce bandeau et ce voile ?

— Non. Le moment est venu de vous enlever tout cela et de vous rendre la vue. La mantille d'abord. Hop ! Et maintenant le bandeau ! Ouvrez les yeux, chère Suzanne.

Suzanne ouvrit les yeux et vit d'abord tous les jeunes gens qui, groupés autour d'elle, en cercle, la regardaient avec une sorte de curiosité anxieuse. Puis, comme tout le monde se taisait, Suzanne releva la tête. Elle était dans un jardin, dans un paisible jardin à la terre brune et cendreuse. Deux longues allées en croix s'éloignaient vers des prairies illuminées d'arbres en fleur. L'horizon était caché par des rideaux de peupliers dont la jeune feuille chantait doucement dans la brise. Le soleil du soir lançait, à travers les frondaisons, les rais d'une lumière amicale et poignante comme la lumière de nos souvenirs. Suzanne contempla, pendant de longues minutes, avec étonnement, ce paysage si simple, si humain, si bien clos. Puis elle baissa les yeux et vit les carrés de terre, avec leurs semis et leurs jeunes pousses, limités par des bordures de plantes aromatiques. Une bêche au fer luisant était plantée, toute droite, entre les mottes. On voyait encore un cordeau enroulé sur deux piquets de bois, comme la laine au fuseau des fileuses ; on voyait de gros arrosoirs et un puits dont la margelle et la chaîne étaient encore tout humides. Plus loin, des cloches de verre, des châssis couverts de paille, des touffes de pivoines en fleur, des touffes de doroniques et de myosotis, mêlées à l'oseille et à la pimprenelle, parce qu'il n'est, en France, potager sans bouquets. On apercevait encore une tonnelle de rosiers, des pommiers en cordons, un bout de mur avec ses espaliers et sa treille, un bac dans lequel tremblait une belle flaque d'azur fin.

— Où êtes-vous, chère Suzanne ? répétait Hubert, la voix de moins en moins assurée.

— Je ne sais pas, dit la jeune femme. Je ne peux pas le savoir.

— Vous êtes, dit doucement Philippe, dans le jardin de votre grand-père Bruno Pasquier. Vous y êtes sûrement venue, quand vous étiez toute petite. Et nous avions même peur que vous ne reconnaissiez le chemin avant d'être arrivée au but. Cela vous explique le bandeau et la mantille.

Suzanne secoua la tête.

— Hélas, non ! dit-elle tout bas. Je n'ai rien reconnu du tout.

— Votre frère Joseph, dit encore Philippe, désirait acheter ce clos ; mais le propriétaire actuel n'a pas voulu le vendre. Cela ne fait rien : pour tous les gens d'ici, c'est encore le jardin des Pasquier. C'est de là que vous êtes tous partis, et nous, nous ne l'oublions pas. Ces vieux poiriers que vous voyez là-bas, c'est votre aïeule Thérésine qui les a plantés jadis. Ils sont creux et vermoulus, mais ils sont encore vivants et ils font encore des fleurs. Excusez-nous, Suzanne. Hubert tenait beaucoup à vous amener ici. Peut-être a-t-il eu tort...

— Il n'a pas eu tort, dit Suzanne. Mais je n'ai rien reconnu et j'en suis tout attristée.

— Ne soyez pas triste, Suzanne. Il n'est pas impossible, si jamais vous le voulez bien, de reprendre racine dans la vieille terre de Nesles.

Suzanne hocha la tête et ne répondit rien.

## CHAPITRE 13

La nuit tombait quand Suzanne et son escorte revinrent à la maison. Au bruit qu'ils menaient dès le portail, Mme Baudoin sortit, frappa dans ses mains pour obtenir le silence et dit :

— Nous vous attendions, enfants. Le professeur Benezech est venu nous rendre visite. Il sera content de vous voir.

A ces mots répondit un murmure bien flatteur de plaisir et de curiosité. Tous les jeunes gens pénétrèrent en grande hâte dans la salle commune. Elle était faiblement éclairée par les flammes de l'âtre, sur lesquelles chantonnait une grosse marmite veloutée de suie. Jérôme Baudoin était assis près du foyer, en société d'un homme de petite stature qui se leva vivement, salua Suzanne d'un mouvement du buste, d'un geste roide et mécanique, se laissa tomber de nouveau dans un fauteuil, à contre-jour, et recommença de parler à son hôte, cependant qu'avec une discrétion soudaine et bien surprenante, les jeunes gens se disposaient en cercle sur les banquettes et les chaises.

— Le professeur, dit Jérôme, était en train de nous entretenir de certains savants arabes qu'il a pu voir à l'œuvre et qui l'ont intéressé.

— Intéressé... coupa le petit vieillard. Intéressé... le mot est faible. Dites que certains d'entre eux m'ont bouleversé, troublé jusqu'au fond de l'âme, jeté, pour le restant de mes jours, dans des abîmes d'inquiétude et de méditation.

Un brusque écroulement des braises fit jaillir une lueur du foyer et le visage du causeur en fut illuminé. C'était le visage d'un homme déjà fort avancé dans la vieillesse. Il portait des cheveux blancs en brosse dure, une moustache rognée mais épaisse et neigeuse, une courte barbe d'uléma. Une seconde, Suzanne eut le sentiment de reconnaître le profil, la forme du nez et du menton, la charpente des traits. Mais le visiteur se reprit à pérorer et la jeune femme demeura perplexe : cette voix ne lui rappelait rien ni personne. C'était la voix véhémente et légèrement bafouilleuse d'un vieillard aux dents gâtées, une voix qui devait s'échapper, toute chargée de salive, d'entre des chicots branlants, une voix qui gonflait les joues et les lèvres pour se manifester enfin à l'extérieur par des fusées sifflantes et de pathétiques suffocations. Contrairement à tout ce que l'on eût pu croire, cette éloquence postillonneuse ne déterminait pas, chez les enfants Baudoin, une réaction, qui eût été bien naturelle, d'indifférence, de bâillement et de moquerie. Tous les assistants écoutaient le bonhomme avec ardeur et délectation, et, quand le narrateur reprenait haleine, tous, par un mot, un mouvement, une expression du visage, semblaient l'applaudir, l'encourager et même l'exhorter, comme on fait dans le stade où les athlètes accomplissent quelque difficile performance.

— Pour bien donner à comprendre ce que je veux dire, reprit M. Benezech, il me faudrait au moins vous raconter l'histoire de Zarouk.

Le professeur semblait hésiter. Toute l'assistance fit entendre un murmure si pressant que le vieillard, sans se laisser prier davantage, raconta l'histoire de Zarouk.

— Elle remonte, dit-il, à bien des années. J'étais encore valide et vigoureux. Je voyageais en Afrique septentrionale pour y étudier sur place un petit mollusque nommé *bulinus contortus* et dont l'histoire est peut-être aussi extraordinaire que celle de Zarouk. Malheureusement, on ne peut pas tout dire et je vous parlerai de *bulinus contortus* une autre fois. Je venais de parcourir le pays des Matmata, qui vivent en troglodytes dans des cavernes qu'ils fouissent à même les monticules et, pendant deux ou trois semaines, j'avais répété, chaque jour, comme une chanson nostalgique, la phrase du prophète : « Pensez-vous qu'on vous laissera les biens dont vous jouissez... Et les maisons que vous taillez avec art dans les rochers ? »

— Monsieur Benezech, dit une voix d'enfant, il faudra nous raconter aussi l'histoire des Matmata.

— Un autre jour, une autre fois. Aujourd'hui, c'est Zarouk et c'est assez pour un soir. En sortant des Matmata, je résolus d'aller me reposer un jour ou deux chez mon ami, Si Mohamed Kerkour, qui vit à Debdada, qui est savant et qui m'a toujours traité, pendant mes voyages, avec une exquise bienveillance. Je pensais lui demander un guide et des conseils pour me rendre, au sortir de chez lui, dans la petite oasis de Bir Agareb qui est au fond du Nefzaoua. On m'avait signalé, à Bir Agareb, une espèce de mare qui devait, selon toute vraisemblance, héberger en abondance mon *bulinus contortus*.

Si Mohamed Kerkour était alors très vieux, du moins il semblait très vieux. Il vit dans une grande maison, hors de la palmeraie, au bord de la steppe. Je dis il vit, et non pas il vivait, par l'effet d'une conviction profonde et sur laquelle je m'expliquerai dans un moment. Si Mohamed vit seul, c'est-à-dire que je ne lui connais aucun parent. Mais il a des serviteurs et il jouit d'un beau jardin. Sa bibliothèque est célèbre. C'est un lettré à l'ancienne mode. Le visiteur qui aime les manuscrits anciens peut tirer grand profit d'un séjour à Debdada. Chose remarquable, les circonstances de mes voyages m'ont toujours empêché d'instruire au préalable Si Mohamed Kerkour de mon arrivée. Chaque fois, pourtant, j'ai trouvé une chambre préparée, de l'eau dans l'aiguière et un repas chaud sur la braise des canouns. Rien là de surnaturel : je vous dirai bientôt comment voyagent les nouvelles dans cet étrange pays.

J'arrivai à Debdada vers la chute du jour. Il tombait alors très tôt, car le mois de janvier s'achevait à peine. Si Mohamed était à la prière. Il parut quand même, me salua, comme il fait toujours, avec bonne grâce, et héla les chaouchs pour faire porter mon bagage à l'intérieur de la maison. Une demi-heure plus tard, rafraîchi, reposé, j'étais assis près de mon hôte sur un de ces divans bas, recouverts de tapis précieux, qui forment, avec une table et un coffre, tout l'ameublement de la pièce étroite et longue dans laquelle Si Mohamed traite ses visiteurs. On nous y servit le dîner, qui était copieux et délicat. Puis nous allumâmes des cigarettes et la conversation s'engagea. J'étais alors dans la fièvre de ma religion scientifique. J'avais eu la chance, jeune encore, de travailler sous Pasteur qui n'était pas tel que la légende commence de nous le représenter, mais plus vif, plus humain, c'est-à-dire moins parfait, moins solennel, moins majestueux que sur les images, enfin, un homme de chair et de sang, et non pas...

— Racontez-nous aussi des histoires de Pasteur, cher monsieur Benezech, dit une voix qui pouvait être celle d'Hubert.

— Non ! Je vous raconterai Pasteur un autre jour. Laissez-moi parler de Zarouk et vous ne le regretterez pas. J'entrepris d'expliquer à Si Mohamed le sens de mes travaux sur *bulinus contortus* et comment cet innocent animal pouvait être l'agent involontaire d'une grave maladie qui décime les populations de son pays. Si Mohamed écoutait avec cette politesse admirable qui ne se dément jamais et qui jamais non plus ne s'aventure jusqu'aux effusions de l'assentiment. Et c'est peut-être à ce moment de notre entretien que je me hasardai à prononcer l'éloge de notre science occidentale qui était — ce furent mes propres termes — en train de bouleverser la face du monde et qui ne pouvait manquer d'accomplir, dans le futur, des choses encore plus admirables et plus surprenantes encore. Il est possible qu'à cet instant de l'entretien j'aie laissé, dans mon zèle, échapper quelque parole indiscrète sur la suprématie de la science européenne, car, soudain, Si Mohamed Kerkour, sans toutefois cesser de sourire, fit une allusion furtive à la vieille science islamique. Comme je le considérais avec un étonnement sans doute coloré de scepticisme et sûrement d'un peu de vanité, mon hôte dit que la science de ses compatriotes et celle des Occidentaux ne pouvaient en aucune manière se comparer, parce qu'elles n'avaient pas le même objet, parce qu'elles ne cheminaient pas, de toute évidence, par les mêmes voies. Deux ou trois phrases furent alors prononcées par Si Mohamed, phrases que j'ai eu grand tort de ne pas fixer par écrit, mais dont j'ai quand même gardé le souvenir et qui laissaient entendre que les deux sciences ne s'intéressaient pas aux mêmes réalités et que nous avions tort, par exemple, de dédaigner certaines pratiques dont pouvait résulter une meilleure connaissance des êtres et des choses. Là-dessus, comme je ne jugeais même pas nécessaire de répondre, un long silence tomba. Je le rompis en annonçant à mon hôte que je voulais, dès le lendemain, me rendre à Bir Agareb, que je ne connaissais pas la route et que je comptais sur lui pour me procurer un guide sûr et un bon mulet. Si Mohamed réfléchit une longue minute et me dit enfin que je pouvais dormir en paix et que, dès l'aube du jour, le guide et la monture m'attendraient dans le patio de la maison. De Debdada jusqu'à l'oasis de Bir Agareb, il faut compter près de soixante kilomètres à vol d'oiseau et, certainement, une distance encore plus longue par les sentiers sinueux qui franchissent le djebel. Tous mes calculs faits, j'exprimai le désir de partir avant l'aube. Mon hôte y consentit. Il me fit ensuite escorter jusqu'à mon appartement que tiédissait un réchaud de cuivre, me souhaita bon repos et disparut sur quelques phrases de suprême courtoisie.

Le lendemain matin, mon sac rempli, mes guêtres lacées, ma chaude pèlerine bien étalée sur mes épaules, mes lunettes dans un étui à portée de mon atteinte, pour le cas où le vent de sable, que je redoutais beaucoup, viendrait à souffler, je sortis dans le patio. Il était orné en son centre d'un long dattier tout droit auquel je vis, attaché par le licol, un mulet vigoureux, pourvu d'une selle excellente et d'un harnois aux boucles argentées. Si Mohamed était déjà debout, il inspectait déjà la monture et semblait lui parler à voix basse comme à une créature humaine. Il commençait de me souhaiter un heureux voyage quand je le priai de bien vouloir me présenter mon guide. A ces mots, il siffla doucement, à deux ou trois reprises, et je vis tout à coup sortir de l'ombre un très petit enfant qui vint jusqu'à nous et saisit le mulet par la bride en se haussant sur la pointe de ses pieds nus. Comme j'attendais en regardant alternativement vers le bambin et vers les portes de la maison, Si Mohamed montra l'enfant de sa main osseuse et calme :

— Voici ton guide. Il s'appelle Zarouk.

Je crus à une plaisanterie, bien incompatible avec le caractère presque austère de mon hôte. Sans doute comprit-il ma pensée, car il sourit et murmura :

— Le docteur Benezech peut partir tranquille. Zarouk sera pour lui un guide excellent et fidèle. J'en réponds comme de moi-même. Il connaît la route et ne te laissera manquer de rien. Ce soir, à nuit close, tu verras les lumières de Bir Agareb et tu dormiras chez Merzouk, mon parent, qui prépare déjà l'agneau pour fêter dignement ta présence.

A ces mots, Zarouk leva vers moi un visage mince, mais hardi et intelligent que je vis sans déplaisir. Le bambin était coiffé d'une chéchia qui me parut un peu graisseuse, à la lueur des deux lanternes qui éclairaient le patio. Il avait les jambes maigres, les pieds nus, une chemise serrée à la taille par une ficelle et un petit burnous de grosse laine dans le capuchon duquel était placé un pain. C'était assurément un très jeune garçon qui ne pouvait, en cas de difficulté, m'être d'aucun secours ; mais il montrait un beau regard bien droit. En outre, je ne sais quelle pudeur m'empêchait de discuter les décisions de Si Mohamed. Je fis un geste fataliste des épaules et me hissai sur le mulet.

— Zarouk, dit encore Si Mohamed, marchera devant votre monture. Mais vous le prendrez en croupe de temps en temps, pour le reposer.

Là-dessus, le savant fit un signe de la main et nous nous mîmes en route.

Le mulet était une jeune bête pleine de feu. Pendant les premières minutes, il marcha d'un bon pas dans la nuit finissante. L'enfant Zarouk trottait à ma botte et il claquait sans arrêt de la langue pour exciter l'animal. Le ciel commençait de blanchir. De minute en minute, j'apercevais plus distinctement mon petit compagnon. Nous étions, autant qu'il me parut, à près d'une lieue de Debdada quand je tirai sur les rênes et dis à Zarouk de monter en croupe. Il fit un bond d'une agilité surprenante et vint se loger derrière moi. Je le priai de me tenir à la ceinture et de diriger lui-même la bête, s'il y avait lieu de quitter la piste pour prendre quelque coursière. L'enfant comprenait assez bien le sabir mêlé de français et d'arabe que j'employais depuis notre départ. Il fit encore claquer sa langue et nous repartîmes d'un bon pas, comme la dernière gerboise traversait notre route en bondissant à la manière d'un minuscule kanguroo.

Nous cheminâmes ainsi pendant une petite heure et j'eus parfois le sentiment que je m'assoupissais un peu. Le jour, cependant, était de plus en plus brillant. Le soleil commençait d'embraser les collines caillouteuses. Alors le froid devint si vif que j'éprouvai le besoin de marcher. Je fis arrêter la mule et priai Zarouk de la tenir par la bride pendant que j'allais mettre pied à terre. Tout aussitôt, j'aperçus Zarouk à la tête de ma monture et je ressentis un étonnement voisin de la stupeur. Etait-il possible que je me fusse trompé à ce point dans mon premier examen, celui de la nuit finissante, fait à la lumière des lanternes ? Zarouk n'était pas le très petit garçon que j'avais entrevu tout d'abord. C'était un gaillard d'au moins douze ans, sec mais bien formé, avec de longues jambes nerveuses. Il avait ramassé, je ne sais où, dans ce désert, un bâton de chamelier qu'il venait de placer, d'instinct, en travers de sa nuque, bien maintenu par ses deux coudes, à la manière des coureurs du bled. Il me regardait en souriant. Je vis qu'il tremblait un peu et, comme je le considérais sans dissimuler ma curiosité, il murmura simplement, avec un assez bon accent :

— Le froid, Monsieur, le froid.

Nous commençâmes de marcher. Zarouk tenait la bête et je suivais, d'un pas moins prompt, ramassant parfois un caillou, parfois une touffe d'herbe, parfois même un de ces insectes à longues pattes qui font des courses prodigieuses, dans ces solitudes amères, pour atteindre le gîte, la proie ou le point d'eau.

Et c'est à peu près à ce moment de la matinée que je commençai d'éprouver, en regardant Zarouk marcher devant moi, un sentiment d'étonnement comparable à l'angoisse. Nous cheminions dans une steppe des plus mornes. A notre droite, je devinais une dépression immense au-delà de laquelle rampait une chaîne de montagnes dont l'extrémité, par un curieux effet de mirage, se cabrait soudain en plein ciel, au-dessus d'une grande flaque azurée. A notre gauche, nous commencions de sentir les premières pentes du djebel Tebaga que nous devions suivre la plus grande partie du jour et franchir dans la soirée. Mais je ne regardais plus guère le paysage. Toute mon attention se trouvait presque fatalement ramenée sur Zarouk et je ne comprenais absolument pas ce qui se passait dans la personne de mon jeune guide. D'instant en instant, je détachais mes yeux de mon compagnon, tantôt par hasard et tantôt par une sorte de décision expérimentale, pour regarder à l'horizon, par exemple, le passage d'un cavalier sur une crête, ou pour suivre le vol d'une outarde ; presque aussitôt, je revenais à Zarouk et, chaque fois, j'avais le sentiment de l'avoir mal regardé, de le trouver, sans doute aucun, non pas très différent de ce qu'il était à la minute précédente, mais plus grand, plus vigoureux, plus fort que je ne l'avais vu la nuit, dans le patio, sous la flamme des lanternes, et même la minute précédente, au dernier détour du sentier, entre les blocs de pierraille. Un moment, nous rencontrâmes deux chameaux qui venaient on ne sait d'où, chargés de souches de palmiers. Ils étaient accompagnés de gaillards à longs membres qui dirent, au passage, dans leur langue pour moi encore assez intelligible : « Bonjour, Zarouk ! Bon voyage, Zarouk ! » Ils n'avaient pas l'air étonnés en voyant le jeune garçon. Je pensai donc que je devais être mal réveillé de ma nuit chez Si Mohamed. Je décidai de remonter sur ma bête, me trouvant assez réchauffé pour l'heure, et je priai Zarouk de me tenir l'étrier. Le garçon se plaça devant moi. Nulle erreur possible. Il me venait presque à l'épaule, et je pus le constater d'une manière indiscutable. A ce moment, Zarouk leva la tête et me regarda bien en face pendant une longue minute. Et c'est pendant cette minute que je sentis une chose étonnante, presque terrible et qui ne peut presque pas se dire parce qu'il n'y a pas de mots pour exprimer les choses de cette sorte : pendant que je regardais Zarouk, je vis distinctement des poils noirs lui sortir du menton et pousser, grandir, sous mes yeux, avec une vitesse qui me parut soudain effrayante.

Je me remis en selle, hébété de surprise, et les choses allèrent ainsi jusque vers la onzième heure. De temps en temps, je lançais à mon guide un regard furtif et même anxieux. Chaque fois, je le trouvais différent de lui-même. Chaque fois, il semblait avoir vieilli de six mois, d'un an ou plus encore. Chaque fois, quelque détail de sa personne me laissait troublé jusqu'au fond de l'âme. Je remarquais qu'il s'était mis à chanter avec une grosse voix mâle, un peu rauque. A un autre moment, il roula son burnous, et je vis que le burnous n'était plus un burnous d'enfant, mais un ample et solide vêtement d'homme fait. A un autre moment encore, il s'aperçut que la bête boitait. Il lui saisit un pied, inspecta le sabot et y découvrit une grande épine d'*acacia eburnea* dont il fit l'extraction avec l'habileté d'un homme rompu à ce genre de travaux.

Et c'est en proie à ces méditations extravagantes que, vers le milieu du jour, j'arrivai à l'enchir Souatir.

C'est, au milieu d'un paysage désolé, un cube de maçonnerie entouré d'une muraille carrée, comme un bordj, comportant une sorte d'écurie ou d'étable et des chambres ténébreuses dans lesquelles je ne m'aventurai point parce que j'ai l'horreur des puces. Au-dessus de la porte était suspendu un crâne de mouflon, avec les cornes, ce qui porte bonheur. Une odeur d'âcre friture chavirait dans les coups de vent. Zarouk me servit lui-même, dehors, sur une caisse, dans l'ombre de la baraque, un repas de pain, de beignets, d'œufs et d'olives séchées, puis je le vis qui disparaissait dans la maison avec une petite bédouine, d'ailleurs gracieuse, vêtue d'une melhafa bleue, accrochée près de l'épaule au moyen d'une volumineuse fibule d'argent. Je demeurai seul, devant l'étendue pierreuse, au milieu des ossements épars d'un immense troupeau de chèvres tuées toutes ensemble, jadis, peut-être par le froid, peut-être par quelque sortilège des démons de l'armée d'Iblis. Un rayon de soleil me chauffait la cuisse droite et j'allais certainement m'endormir quand Zarouk reparut, tirant la mule par la bride. J'étais dans un état de vague somnolence et ne m'étonnais plus de rien. Zarouk avait un fusil en bandoulière. Il était plus grand que moi. Une barbiche noire et frisée lui décorait la mâchoire. Il avait, autour de sa chéchia, fort adroitement roulé un turban de linge blanc. Il était robuste et musclé. Il fumait une cigarette.

Nous marchâmes en silence pendant au moins une heure en suivant le pied du djebel. De temps en temps, nous apercevions un cavalier, un pâtre sans troupeau, une vieille femme chargée de quelque morceau de bois comme d'une matière très précieuse : le désert est assez peuplé pour qui suit les bonnes pistes. Tous les gens que nous croisions saluaient Zarouk en l'appelant par son nom. Ils échangeaient parfois, au vol, quelques paroles que j'entendais fort bien et qui pouvaient laisser croire qu'ils avaient tous vu Zarouk la veille ou la semaine précédente. Le drame se compliquait et le monde entier semblait d'accord pour aggraver le trouble dans lequel je me trouvais. De temps en temps, on entendait un cri, un appel humain qui semblait tomber du ciel. Les petits chevriers errant sur les pentes arides du djebel s'interpellaient de très loin et se criaient des paroles mystérieuses. Je savais que c'était ainsi que se propagent les nouvelles dans ces solitudes perdues et je me sentais oppressé par une indicible inquiétude. De vieilles idées qui, jusque-là, pour moi, n'avaient été que purs concepts philosophiques, me devenaient sensibles et présentes comme la lumière, le pain, l'eau et l'air respirable. Les sentiments de l'infini, de la durée, de l'éternité, nous ne vivons pas avec eux, d'ordinaire, dans une intimité constante. Ce jour-là, j'éprouvai ces sentiments comme nous éprouvons la faim, la soif, le regret, l'espérance. Oui, je dis bien, ce n'étaient plus, pour moi, des idées pures, mais la substance et les attributs de ma personne et de ma vie.

J'en étais à me débattre au milieu de toutes ces rêveries quand je vis soudain Zarouk s'arrêter sur le chemin, se plier en deux, comme quelqu'un qui souffre de quelque vive douleur, puis s'étendre sur la terre. Je descendis en grande hâte, attachai la mule à un rocher et vins m'agenouiller auprès de mon compagnon en déployant une petite trousse médicale qui ne me quitte jamais. Zarouk me considérait avec des yeux dilatés. Son pouls était rapide et faible. Des gouttes de sueur se gonflaient sur ses tempes. Il était agité, puis il tomba presque tout de suite dans une profonde torpeur. Je cherchais quelle drogue je pouvais lui administrer quand, au moment de lui entrouvrir les mâchoires pour lui faire prendre une cuillerée d'élixir, je vis distinctement qu'il était en train de maigrir, oui, je dis bien, il fondait sous mes yeux, il pâlissait, il devenait très misérable et je compris à ce moment que Zarouk n'avait pas une crise, un accès passager, mais qu'il était en train de faire, comme disent les médecins, une longue et dangereuse maladie. Puis les couleurs reparurent sur les joues du patient. Il recommença de parler, remua les yeux et la tête, se souleva sur son séant, bref donna tous les signes de la convalescence. Au rythme normal du temps, cet incident avait peut-être duré un peu moins de dix minutes. Mais j'avais perdu la juste notion du temps. Il m'arrivait parfois de penser à la maison de Si Mohamed, à notre départ matinal et tout cela m'apparaissait comme perdu dans les ténèbres d'un très ancien passé sur lequel, déjà, l'oubli jetait ses voiles. Quand Zarouk se trouva debout et manifesta le désir de se remettre en marche et de continuer la course, je vis qu'il était voûté, qu'il avançait avec effort, que sa barbe était mêlée de poils blancs et même de véritables touffes blanches.

Nous avancions péniblement sur les flancs desséchés du djebel

Tebaga. La nuit commença de tomber comme nous arrivions au sommet. La mule avait bronché, puis trébuché vingt fois pendant l'ascension de cette assez petite montagne. Je descendis, fis un examen sommaire à la lueur du crépuscule et vis que l'animal, comme Zarouk mon compagnon, semblait maintenant perclus, très maigre, très misérable. Je lui donnai quelques morceaux de sucre, flattai de la main son encolure décharnée, fis de mon mieux pour l'exciter à poursuivre la route, mais ce fut peine perdue. Au bout de quelques minutes, la mule corna très fort, s'agenouilla, s'abattit et commença de râler. Je répugnais à lui tirer une balle dans la tête pour abréger ses souffrances. Je lui dis un mot d'adieu, saisis mon sac et fis part à Zarouk de mon intention de continuer la route à pied. Il était nuit noire et Zarouk me répondit que nous nous trouvions sur la bonne route et qu'il nous suffirait d'avancer dans la direction d'une grosse planète bleu pâle qui se levait à l'horizon. Nous marchâmes quelques instants en silence, puis mon compagnon se mit à parler. Il parlait du désert, de la vie des chameliers et des pâtres, des voyages des Beni Zid, qui ont leur terrain de parcours au nord du djebel Tebaga, des oasis misérables où les gens du Nefzaoua boivent le vin de palmier. La voix de mon compagnon était faible et trébuchante, celle des vieillards très débiles. Un moment passa, peut-être un an, un lustre, une décade ; vraiment, je ne saurais dire. Ce qui est toutefois bien sûr, c'est que la grosse planète bleue, pendant cet entretien, ne s'était pas élevée sur l'horizon de plus de quatre ou cinq degrés. Un moment passa donc et, soudain, Zarouk, d'une voix plaintive, me dit qu'il était las et qu'il craignait de ne plus pouvoir remuer ses jambes douloureuses. Il s'était assis dans la pierraille et se lamentait confusément. Je fis flamber une allumette et l'approchai de son visage. Il avait le regard égaré ; des rides profondes labouraient son visage usé. Une longue barbe blanche lui pendait au menton. L'allumette s'éteignit.

Je réfléchis un instant, puis, comprenant que Zarouk venait, avec de grands soupirs, de s'allonger sur le sol, je posai mon sac, chargeai tant bien que mal mon compagnon sur mes épaules et me remis à marcher dans la nuit, dans la direction de l'astre, presque ivre de fatigue et inconscient de mes gestes. J'avançai ainsi quelque temps encore et le moment vint où Zarouk cessa de se plaindre. Je sentais sa maigre carcasse qui oscillait sur mon dos. Elle finit par choir. Je m'assis, accablé de tristesse, auprès de ce corps lamentable et je compris bientôt que Zarouk venait d'expirer.

Alors je me remis debout et partis, tout seul dans la nuit. Quelques minutes plus tard, j'aperçus, au bas de la pente, un feu qu'on venait d'allumer. J'étais, malgré la fraîcheur de la nuit, trempé de sueur et presque égaré de lassitude. Je marchai vers la lumière, manquant vingt fois de tomber sur les blocs de pierraille. Enfin, je distinguai des figures humaines. C'étaient les gens de Bir Agareb qui se chauffaient devant leur maison en écoutant un chanteur. Tous se levèrent à ma vue, me dirent qu'ils m'attendaient et que la maison de Si Merzouk était prête pour me recevoir. Mais, ces mots à peine entendus, je sentis mes dernières forces s'en aller et je perdis connaissance.

Un sommeil miraculeux suivit cet évanouissement. Quand je m'éveillai, toute la nuit était passée. J'étais couché dans un lit dur mais propre, chez Si Merzouk el Baïd. La chambre était pauvrement meublée et blanchie à la chaux. Une tasse de café brûlant fumait non loin de moi sur un plateau de cuivre. On entendait, au-dehors, pépier des poules. Mon hôte, personnage silencieux et recueilli, m'observait du coin de l'œil. Je le priai tout aussitôt de me prêter un miroir. Il ne parut pas étonné, passa dans la pièce voisine et me rapporta l'un de ces miroirs vénitiens, encadrés de bois doré, que l'on rencontre là-bas dans les demeures bourgeoises. Je jetai sur le miroir un regard inquiet et avide. Je me vis tel que toujours ; mes traits, peut-être un peu tirés, étaient ceux du quadragénaire qui, l'avant-veille encore, avait discuté non sans passion, non sans naïveté, sur la toute-puissance de la science occidentale et sur ses futures conquêtes.

Je sautai du lit et bus la tasse de café ; puis j'exprimai le désir de retourner dans le djebel, avec deux ou trois hommes d'escorte, pour y retrouver mon guide que, dis-je à Si Merzouk, j'avais dû laisser mort, sur le chemin, dans la nuit.

Si Merzouk ne cilla même pas et me répondit que ses deux fils et son gendre seraient certainement heureux de m'accompagner dans cette recherche. Nous partîmes sans plus tarder. Le sentier qui passe la montagne est au fond d'une sorte de ravin. Il est assez difficile de s'en écarter beaucoup. Nous marchâmes près d'une heure sans apercevoir le cadavre de Zarouk. Puis nous gagnâmes la crête d'où l'on découvrait les deux versants du morne paysage. Un petit oiseau des pierres s'envola devant nos pas ; je retrouvai, non loin de là, mon sac de voyage et mon chapeau. Mais, de Zarouk et du mulet, il me fut impossible de découvrir la moindre trace. Qui mieux est, en inspectant le versant nord du djebel, j'aperçus un banc de sable que j'avais dû traverser avant la tombée du jour. On y voyait encore des pas, car le vent était presque nul. C'étaient les pas d'un homme seul. Alors je revins à Bir Agareb et, comme Si Merzouk, mon hôte, ne me posait aucune question, je renonçai soudainement à poursuivre plus longtemps ma décevante enquête.

Vous dirai-je que j'ai fait, en quittant Bir Agareb, un long détour pour regagner Médenine, où j'avais mon point d'attache, et pour éviter ainsi de repasser par Debdada ? L'idée de revoir Si Mohamed Kerkour m'inspirait un vif malaise et presque de la frayeur. Il m'a fait, quinze jours plus tard, parvenir à Médenine une petite statuette romaine que j'avais vue chez lui et que j'avais beaucoup admirée. J'ai remercié d'un mot, sans ajouter quoi que ce fût.

Il y a, de cette histoire, beaucoup plus de vingt ans. Je sais que Si Mohamed Kerkour vit encore. Je sais même qu'il n'a aucune chance de mourir, mais si je disais pourquoi j'ai formé cette opinion sur ce singulier personnage, il me faudrait recommencer une ou plusieurs autres histoires. Il me faudrait peut-être même poursuivre une longue et sourcilleuse comparaison entre la science européenne et celle des hommes d'Orient.

Le professeur Benezech s'arrêta de parler et une voix, qui était sans doute celle de Thérèse, murmura dans le silence :

— Voulez-vous nous raconter l'histoire de Si Mohamed ?

— Non, répliqua M. Benezech. Ce sera pour une autre fois. D'ailleurs, il se fait tard et j'entends remuer les casseroles.

— Antoinette, murmura l'aveugle, il est temps d'allumer les lampes : les petits ne disent plus rien.

Bientôt les lampes brillèrent, les trois grosses lampes de cuivre. Et quand la pièce fut tout entière dans leur rayonnement, Suzanne, avec surprise, vit que le professeur Benezech avait disparu soudain, sans même qu'on l'ait entendu sortir.

— Comment, lui dit Philippe, comment trouvez-vous l'histoire de Zarouk ?

— Je la trouve terrible, murmura la jeune femme.

— Pourquoi ?

— Je ne saurais vous expliquer. Cette image de la vie me fait horreur. Je voudrais retenir toutes les minutes que je sens tomber de moi, comme un arbre retient ses feuilles. Mais, dites-moi, Philippe, je n'ai pas vu M. Lavoine. Où donc est M. Lavoine ?

Philippe se prit à rire, tendit le bras pour toute réponse et montra successivement quatre ou cinq points de l'horizon.

## CHAPITRE 14

Ce garçon toujours pressé, toujours distrait, toujours occupé de quelque pensée moqueuse, de quelque désir inavoué, peut-être même ineffable, ce garçon, il faut comprendre qu'il est désormais un homme. La voix est grave et mâle ; mais, à tout instant, elle a des inflexions naïves et presque puériles. Le col est fort et musclé ; pourtant le garçon est maigre et, de chaque côté de la nuque, se creuse un tendre vallon où frisottent de jeunes cheveux blonds. La joue montre, à contre-soleil, un duvet qui retient la lumière, l'avive et la fait chanter. Matin et soir, quand Antoinette Baudoin embrasse Hubert, au vol, car le jeune homme, à peine saisi, déjà rêve et s'échappe, la mère dit en souriant : « Vraiment, tu commences à piquer ! » N'importe ! il faudra longtemps encore pour que ce gaillard remuant et si long, si déconcertant, avec ses grandes mains et ses grandes jambes, cesse, entre les bras de sa mère, d'être ce petit enfant qu'on a porté contre son cœur, ce petit enfant dont les cheveux sentaient une fine et délicate odeur que l'on ne saurait expliquer avec des mots, puisqu'elle est l'odeur même de la vie.

« Vraiment, tu commences à piquer ! » Hubert n'avait que sept poils au menton et quatre poils sous le nez. Mais il les rasait une fois par semaine, pratique persévérante qui donnait de la vigueur à cette précieuse végétation sans toutefois la déterminer à l'exubérance. Les jours choisis par Hubert pour se barbifier étaient, au regard de toute la famille, des jours d'émeute et de tempête. On en parlait depuis le petit matin. Puis le garçon partait en maraude pour chiper le rasoir de l'un et le blaireau de l'autre. Puis il s'installait dans sa chambre et préludait à l'entreprise par des discours, des chants et des apostrophes. Puis il se mettait à l'ouvrage, toutes fenêtres ouvertes, si bien que la maison, des combles à la cave, était tenue, minute par minute, au courant des progrès de l'opération. Puis on entendait des malédictions et des clameurs, parce que l'opérateur s'était coupé, ce qu'il ne manquait jamais de faire. Enfin un bruit de cataracte annonçait au monde étonné qu'Hubert Baudoin aurait bientôt achevé sa toilette et qu'il allait paraître au grand jour, le menton pur de toute prolifération superflue. Alors Jérôme Baudoin levait ses yeux morts vers les régions supérieures où se passait ce glorieux vacarme et il disait avec flegme : « Si nous en faisions tous autant, la maison aurait assez bien l'air d'un asile d'aliénés. »

Hubert, ce matin-là, parut donc à la fenêtre en étanchant, avec une serviette, le sang qui s'écoulait de deux ou trois estafilades et il cria tout aussitôt :

— Comment, Suzanne, vous êtes seule au jardin, seule au bord de la terrasse, comme la jeune Mélisande à sa fenêtre ! Je descends, parole ! Et je vous offre l'étrenne de ma barbe.

Sans même attendre une réponse, le jeune homme bondit dans la chambre, ébranlant planchers et cloisons, puis il se mit à chanter en imitant tous les instruments de l'orchestre. Une seconde plus tard, on l'entendit rouler dans l'escalier en proférant toutes sortes de clameurs. Une seconde encore et il était aux côtés de Suzanne et cheminait dans le jardin.

— L'étrenne de ma barbe, Suzanilla ?

— Non, merci, vous êtes beaucoup trop maladroit. Vous vous êtes encore coupé.

— J'ai voulu raser de trop près. C'est l'amour de la perfection.

— Eh ! la perfection consiste à passer juste.

— N'en parlons plus. Me voilà donc avec une étrenne de barbe rentrée, avec une étrenne de barbe laissée pour compte. Comme vous êtes sérieuse, Suzanne ! Que lisez-vous là, Mademoiselle ?

— Je lis *Phèdre*.

— La *Phèdre* de Racine ? Vous ne connaissez pas *Phèdre* ?

— Je connais cette pièce par cœur, Monsieur.

— Alors pourquoi la lisez-vous ?

— Vous êtes un niais. Je ne la lis pas : je la joue, comme cela, au fond de mon cœur.

— Avez-vous joué Phèdre ? Je veux dire le rôle de Phèdre.

— Eh bien ! non. Malheureusement. Je n'ai joué qu'Aricie.

Hubert s'arrêta, sortit ses lunettes de leur étui, les mit sur son nez avec un de ces gestes en même temps gracieux et un peu fous qui lui étaient si naturels, puis il regarda Suzanne.

— Pourquoi me regardez-vous ainsi ? fit la jeune femme. N'est-ce pas quelque peu indiscret ?

— Oh ! vous êtes évidemment faite pour être regardée, Suzanne. Et celui qui ne vous regarderait pas commettrait un péché mortel. Ne croyez-vous pas, Suzanne, que, pour jouer *Phèdre*, je veux dire le rôle de Phèdre, il faut... il faut...

— Expliquez-vous, moraliste extravagant.

— Il faut justement que Vénus soit tout entière à sa proie attachée. Ah ! Ah ! vous voyez que moi aussi j'ai lu *Phèdre*.

— Oui ! Et alors ?

Hubert fit un petit rire du nez et ne répondit pas tout de suite. Il prit Suzanne par la taille, avec cette liberté de mouvement qui lui dictait toutes ses attitudes et tous ses gestes, et il entraîna la jeune femme vers le fond du jardin.

Une chaude buée matinale montait de la vallée. La terre, frappée par le soleil de mai, exhalait des odeurs si tendres et si riches que le jeune homme dit, à mi-voix :

— Je suis comme les bêtes des bois. Il me semble que je trouverai ma route, dans la vie, avec le nez. Oh ! le thym ! oh ! la sarriette ! oh ! la pimprenelle ! Suzanne, Suzanne ! la mélisse ! Et cela ! Vous ne savez pas ce que c'est, vous, dame de la ville ! C'est comme un avertissement de l'automne au beau milieu du printemps. Ce sont les petits chrysanthèmes d'or qui vivent là, dans l'encoignure.

Puis, sans transition, Hubert dit, presque bas :

— J'allais vous proposer une sorte de traité secret, demoiselle qui n'aimez personne. Car il doit être bien entendu que vous n'aimez personne.

— C'est vrai, je n'aime personne, parce que j'aime tout le monde. Je pensais même à me faire inscrire au Club des Indifférents.

— On vous nommera membre d'honneur, ô la plus belle des Suzannes !

— Et quel est ce traité secret ?

Hubert s'arrêta, fit effort pour froncer ses sourcils, avança dans une moue comique ses lèvres qui étaient gonflées comme celles des enfants et il dit avec le plus grand sérieux :

— Comprenez, chère Suzanne, je suis peut-être le seul ici à ne pas vous aimer. Cela mérite considération. Je suis peut-être le seul au monde à ne pas vous aimer, car moi aussi je n'aime personne. Alors, à cause de cela, vous devez avoir pour moi quelque chose comme du respect. A cause de cela, vous pourriez même éprouver à mon égard une espèce d'amour. C'est clair ?

— Oh ! fit Suzanne sur le même ton, c'est merveilleusement clair. Mais je ne vois pas le traité.

— Voilà, Suzanouchka ! J'y arrive. Nous y arrivons. Vous n'avez absolument rien à craindre de moi, demoiselle élue de tous les autres. Alors, vous allez faire comme si vous éprouviez pour moi une faiblesse, une tendresse, un goût.

— Oui, j'entends. Et ensuite ?

— Ensuite, nous observerons le résultat de cette manœuvre expérimentale sur les autres, sur les deux autres, sur les trois autres peut-être.

— Les trois autres ? Allez-vous enrôler dans cette absurde fable votre petit frère Alexis ?

— Non, pas encore. Bientôt, peut-être. Mais je pense à M. Lavoine. Pourquoi pas M. Lavoine ? Il vous regarde, depuis quelque temps, avec une admiration non dissimulée.

— Vous êtes ridicule, Hubert !

Suzanne se tut un moment, puis, soudain, à mi-voix :

— Comment vous dire que je déteste l'histoire de Zarouk ? Qui est ce M. Benezech ?

— Nous reparlerons de Benezech un autre jour. Pourquoi n'aimez-vous pas l'histoire de Zarouk ?

— Je la trouve terrible, affligeante. Cette image de la vie me fait peur.

— Bah ! C'est une blague. Que je vous fasse une confidence.

— Oui, mais ne la criez pas si fort.

— C'est une confidence à voix haute. Je me sens incapable de vieillir. C'est absolument impossible. J'ai considéré le problème sous toutes ses faces et je n'y vois pas de solution : peux pas vieillir. Vieillirai jamais. Alors, chère Suze, nous avons tout le temps de ne pas nous aimer. Est-ce que ça tient pour le truc, je veux dire pour le traité ?

— Vous me demandez de jouer un rôle. Les rôles que je joue me sont toujours donnés par écrit.

— Voulez-vous que je vous l'écrive ?

Suzanne jeta sur le garçon un coup d'œil amusé. Puis elle ferma les yeux à demi, recula d'un pas et soupira : *Charmant, jeune, traînant tous les cœurs après soi...*

— Non, dit-elle un peu plus tard, n'écrivez rien. Nous tâcherons d'inventer, si l'occasion s'en présente.

## CHAPITRE 15

Un radieux printemps éblouit la douce vallée du Sausseron. Chaque jour, la lumière victorieuse marche sur le manteau de la nuit et la poursuit en riant jusqu'aux frontières de l'empire. Chaque jour, la fête est plus longue et la trêve des ténèbres se rétracte, à peine transie, entre la dernière étincelle et la première flambée. Tout dit que le monde est en marche et cependant, pour Suzanne, le temps semble arrêté, par l'effet de quelque enchantement. Depuis combien d'années est-elle sur la colline de Nesles, dans la maison musicienne, au milieu des chanteurs, des rêveurs et des fous ? Elle serait bien en peine de le dire. Il lui semble parfois qu'elle est arrivée la veille, guidée par Philippe, à la lueur de la grosse planète bleue. A d'autres moments, comme le compagnon de Zarouk, elle a le sentiment confus d'être dans la maison magique depuis le début de l'éternité.

Suzanne voudrait prolonger cette délicieuse torpeur qui ressemble au sommeil. Elle sent monter vers elle, comme hier et comme toujours, ce murmure de tendre ferveur, de désir balbutiant, de prière silencieuse, ce murmure, ce souffle adorant sans lequel on ne saurait vivre quand on s'appelle Suzanne. Alors, que le temps s'arrête et que toutes les pensées de regret demeurent au large, en respect ! Aussi bien, qui pourrait dire ce que l'on fait d'une journée, dans ce concert de rayons, de chansons et de senteurs ? Des plaisirs qui ne vont jamais à la satiété, de menus soins qui ne sont jamais des besognes, une merveilleuse insouciance, une allégresse discrète, Suzanne peut ouvrir les yeux et les oreilles, elle ne perçoit rien d'autre, dans cette clarté, sur la colline.

Parfois, elle songe, mais furtivement, à ce qu'était la vie, jadis, dans le clan des Pasquier. Certes, il y avait Cécile, la fée de la musique, et Laurent, le frère savant, tourmenté d'illusions, et la vieille maman transpercée de mille douleurs secrètes, et le père, pareil à un acteur superbe et obstiné qui joue sa vie comme le seul rôle à sa mesure, et Joseph, lâché dans l'univers tel un buffle dans la savane, et Ferdinand, oui, Ferdinand dont il n'y a peut-être rien à dire... Mais Suzanne a toujours vécu, au milieu de la maison maternelle, comme un oiseau des îles dans une volière du Nord. Elle a le souvenir indécis d'une existence de labeurs, de combats, de querelles infinies, de discordances dramatiques. Elle s'est détournée, presque dès le commencement, de toute cette passion du clan natal : trop de cris, trop de calculs, trop de chamailles ! Suzanne s'est envolée, dès qu'elle a trouvé la porte ouverte. Elle n'est pas une Pasquier de serre chaude, comme les autres.

Elle ne se demande même pas, elle ne veut même pas se demander combien de temps la retiendra, dans cette maison de la colline, le caprice qui l'y a conduite. Elle y est bien. Elle s'y engourdit dans la lumière et la tiédeur, à la manière de la chatte blanche qui sommeille, en équilibre, sur l'appui de la fenêtre, devant le ciel enflammé. Tous les gens de cette maison n'ont-ils pas été créés pour le plaisir et le divertissement de Suzanne ? Elle regarde avec une calme tendresse ce Philippe qui, s'il portait une épée de feu, ressemblerait assez bien à un archange. Elle se sent tout émue de sympathie quand elle voit le long garçon Marc, si timide et si rougissant, et qui, ciseau et maillet en main, fait songer à un jeune dieu des fables antiques. C'est pour elle une joie amusée d'écouter le babil zézayant d'Hubert aux cheveux volants et de jouer avec lui une comédie perpétuelle. Tous les autres Baudoin, grands et petits, lui plaisent comme les personnages d'un beau récit légendaire. Elle s'est mêlée à eux, très simplement, tout de suite. Elle chante, midi et soir, au milieu du chœur, derrière l'aveugle. Elle n'est pas très instruite des choses de la musique, mais elle est quand même la sœur de Cécile et elle se dirige assez bien dans la forêt des harmonies. Elle cueille des fleurs au jardin, compose des bouquets délicats dont tout le monde crie merveille, car elle ne saurait lever un doigt, dire un mot, faire un geste sans que les Baudoin tous ensemble célèbrent sa louange. Elle ceint parfois un tablier de soubrette et apprend de Mme Baudoin comme l'on fait un blanc-manger, un quatre-quarts ou un beignet.

Le soir, quand le ciel est pur et que la nuit tarde à noircir, Thérèse enlève ses socques et danse, devant la maison, pieds nus parmi l'herbe. Ce n'est pas une de ces danses que l'on apprend à l'école. Thérèse suit l'inspiration de sa jeune vie, de son cœur. Et, de temps en temps, par une grâce du ciel, elle trouve un geste neuf, un de ces gestes que les hommes ont peut-être fait mille et mille fois, mais qu'ils n'avaient jamais vus. Suzanne applaudit à deux mains. Elle voudrait danser aussi. Elle danse et y prend plaisir.

Quand la famille assemblée tout entière avance en rang dans le jardin en tapant sur des casseroles, des chaudrons et des bassinoires pour guider le vol d'un essaim vers une ruche désertée, Suzanne prend un pot de cuivre et tient sa partie dans l'orchestre sauvage. Elle a mis, pour la première fois de sa vie, ses petits pieds dans des sabots de bois et elle glisse adroitement sa jupe entre ses genoux pour tendre l'arrosoir à bout de bras et faire boire les jeunes plants altérés par une journée de soleil. Suzanne a parfois le sentiment de vivre non pas sur la colline de Nesles, mais parmi les bergères et les pâtres d'une certaine toile de Jouy qu'elle admirait, naguère, chaque matin, au sortir du sommeil. Le vendredi et le mardi, elle monte, avec Mme Baudoin et Madeleine, dans la charrette attelée d'un âne au tendre museau de velours gris. Elle va, dans cet équipage, au marché de l'Isle-Adam. Elle aime de se promener sous la nef de feuillage, entre les arbres majestueux, devant les monceaux de légumes, de fromages, de fruits et de viandes, devant tous les présents d'une terre généreuse.

Le soir, à la veillée, Suzanne écoute avec un calme plaisir la petite Catherine qui, d'une voix grêle et pure, chante *l'Amour de moi* ou *la Complainte de Renaud*. Parfois, on apporte à Suzanne quelque livre de poésie ou de théâtre. Elle l'ouvre et lit à voix haute. Elle joue, toute seule, une scène. Des ombres familières semblent sortir des murailles pour se mêler, sous la lampe, aux êtres de chair et de sang.

Il arrive que l'esprit du silence, pendant une minute entière, s'empare de toutes les âmes assemblées. Alors on entend chanter l'eau qui va bientôt bouillir, dans la cuisine toute proche. On entend une persienne que les démons de la nuit font trembler entre ses verrous. On entend un insecte patient qui travaille au cœur d'une solive, dans l'épaisseur des planchers. Puis Jérôme Baudoin dit soudain, avec sérénité :

— Hier encore, la vie était méprisée, humiliée, sacrifiée, et c'est peut-être pour cela qu'elle m'est si précieuse, qu'elle m'est si chère, qu'elle me semble si aimable aujourd'hui.

La voix de Jérôme Baudoin est calme, mesurée. Elle se propage sans jamais rompre les sortilèges du silence. Il dit encore, comme s'il répondait, en rêve, à la pensée de tel ou tel :

— Le monde s'imagine peut-être qu'il peut vivre sans nous, sans les gens de notre espèce ; mais je suis sûr qu'il se trompe. Si le monde nous rejette, nous n'en souffrirons pas seuls. Et si le monde nous tolère, il comprendra bien, un jour, que nous avons une mission, celle de sauver quelque chose de précieux dont nous sommes, secrètement, les artisans, les gardiens.

De nouveau le silence règne. Alors, le plus petit des enfants s'étire avec un soupir. Mme Baudoin laisse tomber son tricot dans la corbeille et elle frappe ses mains l'une contre l'autre pour réveiller les plus assoupis des assistants.

Parfois Hubert commence de s'agiter. Il se lève, remue bras et jambes, pousse deux ou trois cris, déclare ses états d'âme et ses expériences. Il dit : « Je suis malheureux aujourd'hui, j'ai le sentiment que je suis à côté de moi... » Ou bien : « Je vois mon nez. Je ne peux m'empêcher de voir mon nez, depuis ce matin, et ça me gêne... » Ou encore : « J'ai rencontré un hanneton qui s'était trompé d'année, ce n'est pas l'année des hannetons ; alors il était tout seul et tout triste. On a pleuré ensemble. »

A d'autres moments, Hubert interpelle Suzanne :

— Dites-moi, chère âme, si nous nous réveillons d'entre les morts, dans mille ans, qu'est-ce que vous demanderez à entendre, pour vous rappeler la vie ?

Suzanne, interdite, hoche les épaules sans répondre. Mais les enfants, faits aux lubies de leur frère, s'écrient aussitôt :

— Moi, le merle de chez les Valard !

— Moi, le bruit du vent dans les peupliers !

— Moi, le sifflet des trains, les jours de pluie dans la vallée de l'Oise !

— Mais, dans mille ans, il n'y aura plus de trains. On ne saura même plus ce que c'est qu'un train.

— Suzanne, reprend le fol garçon, savez-vous pourquoi le merle, qui siffle très bien, est un petit personnage à côté du rossignol ?

— Hubert, gronde Philippe, ne tourmente donc pas Suzanne.

— Je vous assure, dit alors Suzanne, qu'il ne me tourmente pas du tout. Il me fait seulement mesurer mon ignorance.

— C'est que, poursuit Hubert, les poings aux poches et donnant des coups de tête dans le vide, c'est que le merle apprend un petit air au début de la saison et qu'il le répète mille fois. Tandis que le rossignol est comme moi, Mademoiselle, il ne sait jamais ce qu'il dira la minute suivante. Il est obligé d'inventer sans relâche. Ah ! mes enfants ! le vieux pommier va mourir. C'est même pour cela que je suis triste à pleurer. Est-ce que ce serait inconvenant de dire les prières des morts pour un arbre à l'agonie ? Moi, quand un de nos arbres meurt, j'ai envie de prendre le deuil.

— Hubert, grogne Philippe, tu vas fatiguer Suzanne.

Mais Suzanne secoue la tête :

— Allons, Philippe, ne montrez pas ce regard de noyé. Votre frère ne me fatigue pas, et même il m'amuse beaucoup.

— Vous savez bien que c'est un fou.

— Je ne déteste pas cette folie.

Alors Philippe tourne la tête. Il a l'air soudain très triste. Il voudrait le cacher, mais il y réussit mal.

## CHAPITRE 16

Cette paix miraculeuse fut traversée par de petits événements.

Un jour, on vit s'arrêter, devant la Cavée des Portes, une opulente automobile de marque américaine. On apercevait, derrière la glace du pare-brise, un valet à boutons dorés, mais le volant était entre les mains gantées d'un homme à cheveux gris, à l'encolure d'athlète. Il mit pied à terre et se redressa en poussant une sorte de grondement. Il avait la mâchoire étoffée, le nez massif, une petite moustache en brosse dure, des joues non point molles, mais pareilles à la chair des bêtes frigorifiées. Il portait un complet de tweed safran, des souliers à semelles de crêpe couleur de miel, une bague de prix à l'index gauche. Il ne cachait pas qu'il était commandeur de l'ordre national. Nu-tête au grand soleil, il fit quelques pas, toisa la maison des

Baudoin de gauche à droite et de haut en bas, puis vint sonner à la grille. Il attendait sans patience, et, comprenant enfin qu'il n'y avait point de concierge et qu'il suffisait d'entrer, il souleva le loquet et poussa le vantail. A ce moment, comme les chiens donnaient de la voix, Mme Baudoin parut sur les marches du perron.

Le visiteur se nomma. Il désirait voir sa sœur dont il avait su, tout à fait par hasard, qu'elle se trouvait à Nesles, à quatre pas de son domaine à lui, M. Joseph Pasquier.

Il parlait avec cette politesse insolente des gens qui, par le choix des mots, par leurs intonations, par tous leurs mouvements, laissent entendre qu'ils sont en train de perdre leur temps mais que, par malheur, ils n'ont précisément pas une minute à perdre. Antoinette Baudoin le considérait avec un sourire si paisible et si noble que, petit à petit, Joseph Pasquier s'adoucit et finit par laisser tomber à leur position de repos ses épaules de boxeur. Une brève conversation suivit, pendant laquelle Joseph considéra la dame de céans avec cette sorte d'inquiétude bourrue que lui inspiraient toujours les êtres d'un certain rang. Puis ce malaise prit fin, car Suzanne, qu'un enfant était allé chercher, parut sur le pas de la porte. Elle avait revêtu, ce matin-là, comme par hasard, une robe à paniers, une robe d'un bleu bourrache qui réveillait délicatement le bleu pervenche de ses yeux, une de ces robes doucement extravagantes que l'on trouvait toujours dans la caverne à Barbe-Bleue et qu'avec dix épingles et quatre points de fil, une personne de goût mettait à sa convenance et à sa taille.

Joseph considéra Suzanne avec une stupeur soudaine. Il était venu pour gronder. Il n'en avait pas le courage. Il haussa les épaules et dit :

— Déguisée dès le matin ?

— Mais, dit Suzanne avec tranquillité, ce n'est pas un déguisement, c'est mon costume pour aujourd'hui.

Joseph la regardait, furtivement, en mordant le bout de son gant, puis il se tourna vers Mme Baudoin :

— Si vous permettez, Madame, puisque la matinée est belle, nous irons dans le jardin. Non, non, ne vous dérangez pas, Madame.

Il salua, prit sa sœur par le bras et n'attendit même pas d'avoir passé le coin de la maison pour proférer la petite semonce qu'il semblait tenir en réserve dans son menton de proconsul.

— Qu'est-ce que tu fais ici ? Vraiment, ce n'est pas sérieux. Qu'est-ce que signifie cette fugue ? On en parle à Paris. Mais on n'en parlera pas éternellement. Si tu as l'air d'oublier ta carrière, ta carrière va t'oublier. Au théâtre, on est ingrat, comme dans les affaires, comme partout.

Il parlait à voix sourde, puis, au fur et à mesure que leur promenade les éloignait de la maison, il éleva le ton, coupant son débit par de puissants coups de gorge, des « hum ! » brutaux comme des heurts de maillet, les « hum ! » d'un monsieur qui fume trop de cigares. Il ne laissa même pas à Suzanne le temps d'improviser une plaidoirie ; tout de suite, il recommença de la morigéner, comme il avait toujours fait depuis leur jeune temps. Il était son aîné de presque vingt ans et entendait bien continuer de la traiter en petite fille.

— Je ne dis pas de mal de ces gens. Mais, enfin, est-ce bien raisonnable de venir s'installer au milieu de ces artistes que tout le monde considère un peu comme des hurluberlus ? Es-tu seulement bien logée ? Avez-vous l'eau courante ? Même pas, je le parierais. Et le chauffage central, pour les soirs où il fait froid ? Peu ! c'est une bicoque. Tu me diras : des gens honorables...

— Mais non, mais non, fit Suzanne toute rougissante de colère. Je ne te dirai rien du tout.

— Si seulement, poursuivit Joseph, si tu m'avais fait l'honneur de descendre chez moi, à la Châtaigneraie, de l'autre côté du pays, ce n'est pas une chambre que je me serais fait un plaisir de mettre à ta disposition, c'est tout un appartement, avec une cilaméristepécialement attachée à ta personne. Voilà ce qui serait digne après tout, de la sœur de M. Joseph Pasquier. Tu ne dois jamais oublier, Suzanne, que tu es la sœur de M. Joseph Pasquier.

Comme toujours, pendant les entretiens qu'elle avait avec son aîné, Suzanne, oubliant sa colère, se prit à rire de bon cœur, un vrai rire de théâtre, musical et cristallin.

— Es-tu sûr de ne pas oublier, toi-même, que tu es le frère de Cécile, de Laurent et de Suzanne ?

Les réflexions de cette sorte exaspéraient Joseph. Le rire de Suzanne avait aussi le pouvoir de lui faire grincer les dents.

— Mon pauvre Joseph, dit-elle, je ne te demande rien. Alors pourquoi veux-tu me gronder ? Je ne cherche pas à savoir ce que tu fais de ton temps et de ta fortune.

Joseph se prit à tousser, saisit la jeune femme par le poignet et commença de parler à voix basse, bien qu'ils fussent, à ce moment, fort éloignés de la maison.

— Hum ! Hum ! faisait-il en regardant Suzanne en dessous. Si tu lis, évidemment, ce qu'écrivent en ce moment les idiots de *l'Impartial*, si tu lis toutes ces bêtises au sujet de la *Central Oil Corporation*...

— Oh ! murmura Suzanne, comment t'expliquer, Joseph, que je ne lis pas les journaux et que je ne connais même pas ce journal dont tu parles, que je ne l'ai jamais lu.

Joseph allongea le doigt pour montrer une abeille, et son visage se détendit dans une sorte de sourire :

— Tout le monde, souffla-t-il, trouve naturel de faire travailler les mouches. Et, quand elles ont bien travaillé, tout le monde trouve naturel de leur rafler leurs réserves. Vlan ! Et il n'y a personne pour protester au nom de la charité, de la justice et autres fariboles. Tout le monde trouve naturel d'engraisser les oies, les lapins, les moutons et les autres bêtes. Et, quand elles sont grasses à point, nous leur prenons leurs réserves et, en même temps, la vie, bien entendu, la vie comme le reste. Voilà ce que c'est que l'homme. Et il est terriblement hypocrite ! Moi, je prends leur argent aux hommes qui ne sont pas dignes ou pas capables de le garder. Et, avec cet argent, je monte des entreprises qui font vivre des populations entières. Moi, je me contente de prendre l'argent. Je suis meilleur que les autres qui prennent tout, même la vie, sous prétexte que les oies et les moutons ne sont pas de notre espèce. Au fond, un Japonais, un Colombien... Est-ce qu'il est de mon espèce ?

Une sorte de fureur sacrée gonflait Joseph à de tels instants. Son poil se hérissait. Il semblait soudainement doubler de volume, comme certains animaux en posture de combat. Il dit encore :

— Ils parlent tous du communisme. Eh bien ! qu'il vienne, le communisme ! Et on en sera, de leur communisme. Je voudrais bien voir ce qui pourrait m'empêcher de faire de l'argent, moi, M. Joseph Pasquier !

Et puis Suzanne put croire soudain que la crise était passée. Joseph recommença de sourire, gonfla ses joues, souffla le vent à petits coups et prit un air sentimental.

— Toi, ma petite Suzanne, tu as toujours été énormément égoïste. Ainsi, tu ne me demandes même pas ce qu'ils deviennent...

— Qui donc ?

— Les autres : papa, maman, tous ceux de la famille. Tu devrais aller les voir.

— Je leur ai écrit ces jours-ci, à maman tout au moins.

— Papa m'inquiète un peu. Il maigrit. Il déraille. Il griffonne toute la journée. Il envoie des lettres à... comment l'appelles-tu ?... Bergson ? Oui, Bergson, c'est ça, et le drôle, c'est que Bergson lui répond, très poliment. Papa se croit maintenant un des premiers philosophes des temps modernes. Et c'est peut-être bien vrai. Au fond, pourquoi pas ? Ce ne seront pas toujours les mêmes qui occuperont les mêmes places. Un philosophe, on sait ce que c'est, on sait ce que ça vaut le mètre. Allons, je vais m'en aller, maintenant que je t'ai vue. Hélène pensait te faire une visite, puisque tu ne viens pas au château. Mais Hélène est accablée de travail. Et puis, elle est vexée. On dirait que tu ne tiens pas à la voir. Il paraît qu'elle t'a croisée, un jour, avec l'auto, et que tu étais juchée sur une voiturette à âne. A-t-on idée de ça ! Ah ! voilà M. Baudoin. On ne croirait pas qu'il est aveugle. On ne sait pas. Il n'y a pas de contrôle... Moi, je me défie de tout.

Il continua de bougonner jusqu'au moment où ils furent devant la grille de la porte, où se trouvait Jérôme Baudoin. Joseph prononça quelques paroles qu'il pensait des plus aimables et qui étaient, au sentiment de Suzanne, terriblement maladroites. Jérôme Baudoin murmura, comme Joseph prenait congé :

— Vous avez une bien belle voiture, monsieur Pasquier.

Joseph s'arrêta net et jeta un coup d'œil soupçonneux, presque inquiet, à cet aveugle qui parlait si tranquillement des choses visibles. M. Baudoin, sans nul doute, sentit cette hésitation. Il dit encore :

— Oh ! je ne peux pas la voir ; mais je l'entends tourner, et puis, je sens très bien que vous la regardez vous-même avec admiration et respect.

Nul n'aurait pu dire que ce bref commentaire donnait à Joseph tout apaisement. Il souffla du nez, proféra quelque chose d'inintelligible qui était assurément une formule d'adieu, monta dans sa voiture et fit claquer la portière. Puis il disparut en effarouchant le paysage d'un énorme coup de klaxon.

Derrière ce coup de klaxon, le silence de la colline se referma comme une eau calme. La paix retomba sur la Cavée des Portes et sur la vie de Suzanne. La jeune femme, quand elle évoquait son frère, pensait à lui comme à l'un de ces êtres fabuleux qui peuplent les autres planètes.

Quelques jours plus tard, elle reçut une lettre de Paris. C'était Philippe qui, chaque matin, prenait le courrier dans la boîte et le distribuait aux personnes de la maison. Il tenait entre ses doigts, d'un air malheureux, cette lettre qui ressemblait aux autres lettres, sans nul doute, mais dont la vue lui inspirait, il n'aurait su dire pourquoi, de secrètes inquiétudes. Suzanne ouvrit l'enveloppe, lut le message et tomba dans une grande rêverie. Elle sortait parfois de cette rêverie pour jeter autour d'elle des regards étonnés. A d'autres moments, elle remuait les lèvres et prononçait à mi-voix, d'un air absent, des paroles que Philippe ne pouvait comprendre. « Oh ! regardez-moi, Monsieur. Etendez les mains sur moi pour me bénir. Non, Monsieur, il ne faut pas vous agenouiller... » Un moment plus tard, la jeune femme semblait apercevoir Philippe, faisait un sourire amical et engageait un entretien indécis qu'elle abandonnait aussitôt. Deux ou trois jours passèrent et, de nouveau, Suzanne parut ressaisie par l'harmonie de la colline. Philippe, d'heure en heure, renaissait à la joie.

Un soir, Hubert ne rentra pas à la Cavée des Portes. Il lui arrivait assez souvent de passer tout le jour à Paris, pour ses études, et, comme il lui était difficile de regagner Nesles en pleine nuit, il couchait dans un logement presque démeublé que les Baudoin avaient encore sur la montagne Sainte-Geneviève et qui, pour toute la tribu, représentait un pied-à-terre et un refuge. Hubert ne revint que le lendemain, au milieu de l'après-midi. Suzanne posait, dans le jardin, et Philippe faisait une fois de plus le portrait de la jeune femme. Hubert, avec des sautes de voix, des apartés, des parenthèses, avec de ces digressions saugrenues qui, d'ordinaire, exaspéraient Philippe et faisaient rire Suzanne, Hubert commença de raconter sa journée de Paris. Il était allé au théâtre, et même au théâtre des Carmes, « pour voir ce que faisaient les Grecs dans leur malheureuse péninsule, maintenant qu'Hélène leur avait été ravie : car telle était la situation,

Hélène était à Troie-en-Ile-de-France, au milieu de la cour de Priam... »

Ainsi parlait Hubert en zézayant avec des éclats de lyrisme. Suzanne l'écoutait, le visage tout à coup roidi, presque anxieux. Elle allait poser des questions. Elle brûlait de poser des questions. Elle y renonça, par entêtement, par fierté peut-être. D'ailleurs, les questions étaient bien superflues. D'avance, Hubert fournissait toutes les réponses. « Aux Carmes, on donnait *le Roi Lear*. Eric Vidame jouait lui-même le vieux prince. Ce n'était pas mal, mais un peu maigre, un peu trop... comme ça... fabriqué... et le rôle de Cordélia, oui, le rôle de Cordélia ! Ah ! on en pouvait parler du rôle de Cordélia ! Une bonne femme qui mangeait de la bouillie de chat et qui, dans les passages pathétiques, faisait le geste de se polir les ongles d'une main avec la paume de l'autre, une tireuse de cartes, une marchande à la toilette... Et, pour comble, un énorme accent étranger. »

Philippe, les sourcils froncés, ne pouvait dissimuler son irritation. Il vociféra quelque chose de vague et de bourru :

— Je travaille. Tu vois pourtant bien que je travaille.

Il suffisait, en général, de dire à Hubert une phrase de cette sorte pour qu'il perdît toute envie de se retirer. Ce jour-là, pourtant, il sentit qu'il avait été maladroit, peut-être même imprudent et que, si l'on souhaitait qu'Hélène fût heureuse au pays d'Asie, il ne fallait pas lui parler de Sparte. Il se prit à bégayer, puis s'en fut, bafouilleur et penaud.

Philippe continua de poser des couleurs sur sa toile ; mais il manquait de sang-froid. Il tremblait d'émotion et la palette, à son poing, amplifiait le tremblement. Suzanne dit enfin :

— « Plairait-il à Votre Majesté de marcher ? »

— Que me demandez-vous ? bredouilla Philippe.

— Pardon, c'est Cordélia qui parle par ma bouche.

Philippe secoua pensivement la tête :

— Ah ! soupira-t-il pour la centième fois, comme vous aimez le théâtre !

Suzanne quitta la pose, vint jusqu'au jeune homme, lui retira des mains la palette avec précaution et la déposa sur l'herbe en disant :

— Comme vous aimez la peinture, Monseigneur !

— Oui, oui, dit le garçon, mais...

— Mais quoi ?

— J'aime la peinture avec passion ; mais la peinture n'est pas ce que j'aime le mieux au monde.

Il y eut un grand moment de silence et Suzanne murmura :

— Comme il fait chaud !

Un peu plus tard, elle dit avec beaucoup de netteté :

— Pouvez-vous trouver extraordinaire ou absurde que j'aime la chose à laquelle j'ai donné ma vie ?

Elle s'arrêta, le temps d'un éclair, et poursuivit :

— ... à laquelle j'ai donné ma vie... jusqu'ici...

Philippe jetait vers elle un regard plein d'angoisse. Alors, comme si elle suivait le fil d'une pensée obscure, informulée, la jeune femme dit à voix basse :

— Où est la vie, mon pauvre Philippe ? Il y a des jours où je ne le sais vraiment plus. Tâchez de comprendre, Philippe : quand le jour se lève, s'il m'arrive d'être levée moi-même, je suis transie, j'ai froid, je me sens mal à l'aise et c'est tout, oui, c'est tout. Mais si je lis, dans Claudel : « Le jour se lève ! » cette phrase si simple, eh bien ! je suis saisie par une extraordinaire force de poésie et le monde me semble magnifique. Voilà, Philippe, ce que je ne pourrais pas expliquer, ce que je ne cherche même pas à expliquer. Je suis faite ainsi.

Le jeune homme saisit la main de Suzanne avec un geste plein de ferveur et de timidité. Visiblement, il cherchait des mots pour se libérer de l'inquiétude. Il n'y avait pas de mots. Il soupira :

— Etes-vous heureuse ici ? Dites-moi que vous êtes heureuse ici.

Puis, tout de suite, sans attendre la réponse et parce qu'il paraissait très effrayé d'avoir à recevoir une réponse, il reprit :

— Vous ne vous en irez jamais ! N'est-ce pas, chère Suzanne, que vous ne vous en irez jamais ?

Suzanne fit alors un de ces gestes que font les femmes et qui donnent une réponse naturelle à toutes les questions, même les plus contradictoires : elle posa la main sur la tête de Philippe. Avec l'index de cette main, elle soulevait les mèches bouclées et les repoussait doucement en arrière pour dégager le beau front blanc. Et Philippe se prit à sourire. Il allait se pâmer d'espoir.

Toute la soirée, Suzanne joua le rôle de Cordélia, par bribes de phrases et par attitudes. Et puis le calme revint une fois encore sur la colline et Philippe rêva qu'il allait construire une muraille de Chine pour enfermer sa prisonnière. La muraille passerait au large, dans la forêt de la Tour-du-Lay, filerait le long d'Hédouville, remonterait sur le plateau, redescendrait à la Naze... Il traçait, amplement, ainsi, le dessin de son domaine pour que la captive n'eût pas même la connaissance des limites et l'envie de les franchir.

Quelques jours passèrent encore. Suzanne se levait un peu plus tard que les gens de la maison. C'était une habitude de comédienne accoutumée aux longues et fatigantes veillées. Mais, un matin, réveillée par la chaleur, elle s'habilla tôt et sortit dans le couloir. Elle y avançait à pas de chat, sans faire le moindre bruit. Une fenêtre était ouverte et Suzanne s'y accouda. Elle allait regarder le ciel, les nuages, les verdures frisées sous les premiers rais de soleil ; mais elle entendit monter de la profondeur quelque chose comme un gémissement et, bientôt, comme un sanglot. Elle pencha doucement la tête.

Mme Baudoin était assise au fond d'un vieux fauteuil de jonc, dans la cour déserte, à côté de la porte. Une jeune fille se tenait à genoux devant elle et pleurait, la tête dans son coude replié. Suzanne reconnut

Paule Chastel, la petite cousine aux beaux yeux pleins de buée, celle qui, tous les jours, cirait les souliers d'Hubert avec des gestes de Cendrillon enthousiaste. Elle avait, sur les épaules, un petit châle de soie, un petit châle moldave aux beaux reflets mordorés. Elle pleurait comme un enfant qui a le nez gonflé par les larmes et qui doit loucher un peu sous l'empire de la détresse. Mme Baudoin lui caressait les épaules d'un geste maternel et navré. La jeune fille dit soudain :

— Tante, tante, vous savez pourtant bien qu'il ne me regarde même plus.

Suzanne eut le sentiment qu'elle venait d'entrevoir un de ces abîmes comme il s'en ouvre de par le monde, un de ces abîmes dont elle pensait pourtant que la colline magique était miraculeusement nette. Elle eut un mouvement de recul et regagna sa chambre, en hâte. Elle était troublée, inquiète, elle-même au bord des larmes.

La journée fut lourde et trop chaude. Le vent venait du sud, par bouffées brûlantes. Des ouvriers travaillaient dans la cuisine. Les coups de leurs marteaux ébranlaient les murailles. Vers la fin de l'après-midi, une grande nuée couleur de suie parut à la crête des collines et s'éleva dans le ciel. Mme Baudoin alla jusqu'au milieu de la cour et cria, vers la maison :

— Enfants, fermez toutes les fenêtres ! Voici l'orage.

Ce n'était pas un de ces orages comme il en éclate au fond des cœurs et que l'on peut ne pas voir, que l'on peut affecter de ne pas voir ou même dédaigner de voir. C'était un véritable orage du ciel, avec vapeurs fuligineuses, brouillards de bitume, pluies bibliques, rafales sauvages et artillerie majuscule.

On entendit, ici et là, le bruit des crémones et celui des persiennes. La maison se fermait à l'approche du monstre. Les arbres du petit bois parurent soudain saisis d'épouvante et firent entendre une longue lamentation. Un souffle froid, venu on ne sait d'où, passa comme un frisson sur la face de la nature. L'obscurité devint si profonde qu'il était impossible de lire ou de travailler, en sorte que toute la famille fut bientôt rassemblée dans la salle commune. Alors un éclair fourchu déchira le ciel et l'eau commença de tomber, verticalement, par grands blocs troubles. Hubert arrivait en courant, les cheveux collés de pluie. Il dit : « Je suis allé mettre les châssis sur les couches. » Puis il s'assit dans un coin. Tout le monde semblait consterné. Un enfant demanda : « Faut-il allumer une lampe ? On dirait la vraie nuit. » Mme Baudoin refusa d'allumer la lampe et, pendant de longues minutes, toutes les âmes se recueillirent dans les ténèbres sulfureuses. Alors un des ouvriers qui travaillaient à la cuisine entra dans la salle commune et s'assit tout simplement auprès de la cheminée. On ne pouvait distinguer son visage, tant l'obscurité était grande. Il commença de parler et Suzanne pensa que cette voix lui était en même temps étrangère et connue.

— C'est, dit-il, par un jour d'orage tout pareil à celui-ci que Pieter Maes est mort.

A ces mots, tous les assistants se groupèrent autour du bonhomme et celui-ci raconta l'histoire de Pieter Maes, pendant que la pluie tombait comme aux plus beaux temps du déluge et que l'orage étendait son ombre horrible sur la maison de la colline.

— On a dit, dans les journaux du monde entier, commença le conteur, que Pieter Maes s'était tué dans la côte de Houdan parce que l'orage l'avait aveuglé. Mais moi, je peux affirmer que si Pieter Maes est mort, ce n'est pas à cause de l'orage. Il serait mort tout aussi bien par un beau matin clair, en faisant du vingt à l'heure sur l'avenue des Champs-Elysées.

En ce temps-là, je travaillais comme mécanicien au grand garage Fogg, avenue du Roule, à Neuilly. La maison appartenait à une société anonyme, mais on ne voyait jamais les administrateurs et nous n'avions affaire qu'à M. Pelat, le directeur, qui connaissait la mécanique et savait se faire obéir. Un jour, il me dit : « Patureaud, vous allez me rendre un service : le veilleur de nuit, Lorin, a perdu sa petite fille. Il ne viendra pas ce soir. Il me faut quelqu'un de sûr ; alors, je vous prie de rester au garage. Une nuit est vite passée. Lorin reprendra son service demain. »

Il n'y avait rien à dire. C'était un ordre poli, mais c'était quand même un ordre, et je tenais beaucoup à conserver ma place. Il n'y avait rien à dire.

Le narrateur s'arrêta pour reprendre haleine. A ce moment, un éclair éblouit toute la maison et le coup de tonnerre qui suivit fut si violent que les plus petits des enfants vinrent se presser contre leur mère.

— Continuez, monsieur Patureaud, dit l'aveugle de sa voix calme.

— Il n'y avait rien à dire, mais je fus de mauvaise humeur tout le jour. Il me semblait que M. Pelat n'avait pas mis assez de formes pour m'infliger cette corvée. Nous étions au printemps et les nuits étaient encore fraîches. La consigne du veilleur était des plus rigoureuses. Il devait s'occuper, jusque vers une heure du matin, à laver les bagnoles, à bricoler, somme toute. Ensuite, il était libre de s'asseoir sur un pliant, à la condition, toutefois, d'arpenter toute la bâtisse au moins deux fois l'heure, de veiller à la porte et de répondre au téléphone si l'on venait à téléphoner. Enfin une vraie nuit blanche, une nuit à passer presque tout entière sur ses pattes. Il y avait eu, l'année précédente, un début d'incendie et, depuis, M. Pelat en personne tombait parfois sur le dos du veilleur, entre trois et quatre heures de la nuit, pour voir un peu comment la garde se passait. Donc, il n'y avait rien à dire et je ne dis assurément rien ; mais, d'y penser d'avance, la corvée m'était pénible. Je ne pouvais pas me douter que, cette nuit-là, j'allais apprendre des choses que je suis peut-être le seul à connaître, avec quelques vieux bonshommes qui ne dorment que le jour.

C'était, je me rappelle, un mercredi, c'est-à-dire un de ces jours qui n'ont aucune espèce de caractère. Et la nuit que je devais passer était la nuit du mercredi au jeudi. Exactement, si vous voulez le savoir, la nuit de la Saint-Pancrace. Je pris mon casse-croûte à peu près vers huit heures et je commençai de fureter dans le garage, sortant ici et là une voiture pour lui passer un coup d'éponge puisque, moi, mécanicien, j'avais, sans discuter, à faire tout le boulot d'un simple manœuvre.

A huit heures, en général, les trois quarts des bagnoles sont à leur place. Il ne reste plus, dehors, que les gens qui vont au théâtre ou qui dînent en ville. Ils arrivent, l'un après l'autre. On les aide à se caser. Ils sont presque tous d'une maladresse étonnante. Et puis, ils s'en vont en faisant toutes sortes de recommandations plus ridicules les unes que les autres. Il y en a qui reviennent sur leurs pas une fois, deux fois et même trois fois, parce qu'ils ont peur d'avoir oublié de rompre le contact, ou de fermer leur robinet d'essence, ou de tâter d'un coup de pied le pneu arrière droit dont la valve perd un peu. Ceux-là, ce sont les inquiets. Il y en a qui s'en vont, avec un sourire béat, en laissant tout au hasard et, dès qu'ils sont partis, on entend, dans le silence, l'eau du radiateur qui tombe en petit filet ou l'essence qui fuit, goutte à goutte, en sorte que si, par hasard, un bougre vient à jeter son allumette... Enfin tous ces gars-là sont très empoisonnants et, presque tous, ils se croient des demi-dieux, parce qu'ils se font traîner par un moteur à explosion. Bon ! Laissons ça. Ce que je veux vous dire c'est que, vers une heure du matin, le garage est à peu près plein. Alors commence le grand silence de la nuit.

Je pense que les veilleurs s'habituent à ce genre de fatigue. Moi, je n'y étais pas fait et, après avoir arpenté le garage d'un bout à l'autre au moins une vingtaine de fois, je finis par m'asseoir sur le pliant à Lorin. La grande bâtisse était éclairée, en tout et pour tout, par une seule lampe, très faible, qui se trouvait cachée derrière un pilier de ciment. J'avais une de ces petites lanternes portatives dites lanternes-tempête, et je l'avais glissée sous le pliant pour n'en être pas gêné. Je restai là, bien tranquille, assez longtemps. Je ne saurais dire combien de temps. J'écoutais le silence. Il était profond et presque terrible et c'est alors que j'entendis parler tout bas, mais d'une façon très distincte.

Un nouveau coup de tonnerre ébranla, comme un coup de massue, toute la colline de Nesles et toute la maison Baudoin. Le narrateur s'arrêta de parler un petit moment pour entendre le roulement s'éloigner dans la vallée. Puis une voix d'enfant dit tranquillement : « Ensuite, M. Patureaud ? »

— Ce que je dois vous dire, sans plus attendre, reprit le bonhomme, c'est que je ne fus pas effrayé le moins du monde. J'étais dans un état d'esprit que je n'ai point oublié, bien qu'il m'arrive assez rarement de me retrouver dans un état semblable. Peut-être l'engourdissement, le froid, ou le petit coup de cognac que je tirais de ma bouteille, ou quoi ? je ne saurais dire. Mais j'étais à l'un de ces moments où l'on ne s'étonne plus de rien. J'avais fait, vous le savez, plus de vingt fois le tour de la baraque avec une lanterne au poing et je savais pardieu bien que le garage était désert, qu'il n'y avait pas un seul voleur dissimulé dans les chignolles. Et pourtant, il me semblait assez naturel d'entendre parler, près de moi, dans l'obscurité qui sentait l'essence et le tétrachlorure de patafiolle.

— Le mien, murmurait une voix, je ne peux pas dire qu'il me déplaise, mais il me fait pitié. Si vous saviez ce qu'il peut être timide ! Et le plus grave est que ça le rend maladroit. Un jour, il fera une bêtise et nous trinquerons tous les deux.

— Le mien, dit une autre voix, le mien, c'est Ducatteau, le marchand de chocolat. Ce n'est pas un mauvais bougre, mais il n'a pas de réflexes. Il touche toujours au moins trois ou quatre boutons avant de rencontrer le bon. Des fois, ça m'agace. Alors, je grince des pignons, presque malgré moi. C'est une mauvaise méthode. Il s'énerve et perd son sang-froid. Et vous, là-bas, la grosse noire ? Qu'est-ce que vous avez à soupirer comme cela ?

Je croyais avoir l'expérience de mon métier. J'étais dans la force de l'âge. J'avais presque blanchi dans ce que M. Pelat, les jours qu'il n'était pas à la bonne, appelait la mécaniquerie. Il me restait à savoir ce que les vieux veilleurs m'ont raconté, par la suite, avec toutes sortes de sous-entendus et de précautions, c'est que, certaines nuits de l'année qui sont comme des nuits sacrées, les mécaniques causent entre elles, au plus froid de la solitude, et le plus curieux c'est qu'elles parlent toujours des hommes, de leurs maîtres.

— Moi, dit la grosse voiture noire, moi je le hais.

Elle eut un petit gargouillement interne, comme si elle se gargarisait avec son carburateur et, soudain, d'une voix pleine de morgue, elle dit :

— Le mien, c'est Pieter Maes, le grand homme d'affaires, le type des graisses consistantes. Oh ! je suis ici par hasard, pour une révision. Nous avons notre garage à nous, et je couche à la maison, d'ordinaire. Moi, je ne suis pas de chez Fogg.

Elle soufflait avec orgueil. Un murmure de considération passa dans la file des chignolles. Alors une petite camionnette aux ailes toutes rapetassées dit d'une voix trémulante :

— Pourquoi le détestez-vous ?

— Peuh ! dit la grosse noire, pour toutes sortes de raisons. D'abord, il veut conduire lui-même. Alors, on n'est pas content, Ernest-le-chauffeur et moi. Et puis, les jours qu'il a bu, ce qui n'est pas trop rare, il est extrêmement brutal. Et puis, il fait tout le temps des choses irrégulières, des choses très inconvenantes. Il débraye en pleine marche, et il rembraye au hasard. Il a, comme ça, la passion de sauter une vitesse. C'est une brute. C'est un butor. Il s'obstine à me faire reprendre quand je suis à bout de souffle, si bien que le cœur me cogne. Il me fera vieillir avant le temps. Et puis, il y a le klaxon !

— Ah ! dit une vieille limousine d'un air sombre et renfrogné, le klaxon, c'est un problème.

— Il s'amuse avec son klaxon, reprit la grosse noire. Il s'amuse comme un sauvage.

— Le mien, dit une petite conduite intérieure qui ressemblait à un blaireau, le mien, c'est quand il a réussi une bonne affaire. Alors le klaxon marche, marche, il y a de quoi devenir fou !

— Ah ! gronda la grosse noire, si seulement il ne voulait pas me faire faire toujours autre chose que ce que je veux faire. Moi j'aime la douceur, la délicatesse, les belles manières, et lui, je sens bien qu'il conduit toujours en serrant les mâchoires.

— Ah ! les hommes ! Ah là là ! les hommes ! gémit le camion qui se tenait au bout de la file, entre les deux grosses colonnes.

— Est-ce que vous entendez par là, dit une petite Renault dont le pare-brise était fêlé et les deux phares aplatis, est-ce que vous entendez par là que les femmes soient plus agréables ?

— Non, répondit le vieux monstre. Quand je dis les hommes, je ne fais pas de différence entre la jupe et la culotte. Je pense à toute l'engeance. Qu'est-ce que vous dites, la grosse noire ?

— Je dis que je me vengerai.

Il y eut un grand silence. Un silence non de révolte, mais d'étonnement et d'épouvante. Une voix répéta tout bas :

— Vous dites que...

— Que je me vengerai.

Un murmure courut dans la foule des mécaniques et une voix timorée, pensive, murmura, quelque part dans l'ombre :

— Après tout, pourquoi pas ? C'est à voir. C'est à voir.

Je ne suis pas sûr d'avoir entendu clairement la suite de l'entretien. Je venais de reprendre une bonne gorgée de cognac. Les oreilles me bourdonnaient. J'avais parfois le sentiment de faire une chose très inconvenante et même indélicate, en restant là sur mon pliant. Je voulais me secouer, lire le journal, commencer de laver par terre, mais je ne parvenais pas à sortir de la torpeur. Et puis, vraiment, je n'avais pas chaud. Enfin j'étais mal à l'aise. Pour finir, je dus m'assoupir. Et c'est ainsi que passa pour moi la nuit de la Saint-Pancrace. Le patron m'avait offert d'aller dormir deux heures, quand arriveraient les camarades. Mais je bus un bon café noir et l'envie de dormir passa dès que parut le soleil. Il était peut-être huit heures quand nous vîmes arriver au garage M. Pieter Maes en personne. C'était un gaillard massif, avec de l'or plein les mâchoires et des mains terribles, des mains comme on en imagine à M. Deibler. D'ordinaire, je ne le regardais même pas, car il m'était plutôt antipathique avec son argent et ses exigences. Mais, ce matin-là, je fis, presque malgré moi, une chose très inattendue. Je m'approchai du monsieur, retirai poliment ma casquette et m'entendis murmurer : « M. Maes ferait peut-être mieux de ne pas conduire la voiture aujourd'hui. » Il me regarda d'un œil vague, ou, plutôt, il regarda, par-dessus moi, à travers moi, l'affiche de la Standard Oil. Je ne suis pas même bien sûr qu'il avait entendu cette petite phrase ridicule que je venais de prononcer. Il haussa les épaules et dit deux ou trois mots qui étaient peut-être des insultes. Quand on parle aux cailloux du chemin, on parle à peu près ainsi que Pieter Maes me parla. Cinq minutes plus tard, il était dans sa voiture et il sortait du garage avec un boucan effroyable.

Le chauffeur de M. Maes m'a très bien raconté, plus tard, comment la chose s'est passée. Et les journalistes de Paris ont assez correctement relaté, dans leurs papiers, l'essentiel de l'histoire. Pieter Maes, qui était allé à Dreux pour y déjeuner et y faire toutes sortes de trucs comme en font les gens d'affaires, Pieter Maes a repris la route de Paris vers la fin de l'après-midi. Si la nuit avait été fraîche, pour moi, dans le garage Fogg, la journée était très lourde. L'orage a commencé comme la grosse voiture noire traversait Goussainville. C'était une bonne voiture, solide et irréprochable. Elle est arrivée, sous la pluie, jusqu'à la côte de Houdan. Là, Pieter Maes a probablement risqué une de ces choses qui ne peuvent pas se pardonner, car la voiture, tout à coup, a fait comme un bond de côté. Puis elle s'est mise à tirer des bordées d'un trottoir à l'autre, et tout cela, vertigineusement vite, pendant que le tonnerre tombait et que la pluie roulait comme elle roule aujourd'hui sur notre colline de Nesles. Et, soudain, la voiture a sauté sur une muraille, sauté comme une bête enragée. Le chauffeur ne pouvait rien dire de plus. Il a eu la cuisse cassée. Je suis allé le voir à l'hôpital, un peu plus tard. Quant à Pieter Maes, il est mort. Et ce n'est sûrement pas à cause de l'orage. Depuis, quand je suis seul avec les mécaniques, parce que, vous comprenez bien, je ne veux pas être pris pour un fou, depuis, quand je suis seul avec les mécaniques, je leur parle tout bas, tout bas. Elles ne répondent pas toujours. C'est une question de chance.

Le narrateur s'arrêta de narrer. Il y eut un très court instant de silence et il se produisit alors une chose bien étonnante : tous ceux qui étaient là se mirent à battre des mains, comme l'on fait au théâtre. Le temps, vers le sud-ouest, était en train de s'essourdre. Un rayon de lumière jaune entra par les fenêtres, éclairant toute la salle. Alors M. Patureaud se leva modestement et salua l'assemblée, la main sur la poitrine. Comme il faisait très clair, Suzanne vit que M. Patureaud était, sans erreur possible, l'honorable Nicolas Lavoine, en personne, en chair et en os.

## CHAPITRE 17

Suzanne, environ ce temps, commença de comprendre quelque chose au personnage, au rôle, à la vie de M. Lavoine. Il était, dans la maison, comme un djinn, comme un bouffon, comme un mime, comme un trouvère. Parfois silencieux, furtif, presque invisible ; parfois loquace et remuant. Il avait un nez si curieusement mol et malléable qu'il parvenait à le changer de forme en le pétrissant avec soin. Il pouvait donc, un soir, montrer à tous les yeux un pied de marmite dans le goût socratique et, dès le lendemain, exhiber l'appendice encombrant d'un prince assyrien. Il tourmentait d'ailleurs son menton, ses joues, ses sourcils, avec une fantaisie non moindre. Il était tantôt glabre, et tantôt bizarrement velu. Un jour, il parlait d'une voix sonore, déclamatoire, timbrée comme il est d'usage au Théâtre-Français. Un autre jour, il se prenait à bégayer de manière tendre et obstinée. Un autre jour passait encore et M. Lavoine chuintait, comme s'il eût perdu son dentier. Il avait peut-être, en effet, perdu son dentier.

Il avait une vue perçante et distinguait à cent pas un scarabée sur une passerose. N'empêche qu'on le voyait, de temps en temps, pourvu d'une énorme paire de besicles. Suzanne disait tout bas à Philippe :

— Je ne m'y connais pas beaucoup ; mais cela ressemble aux lunettes de mon frère Ferdinand. Ce sont des verres de myope. Comment peut-il porter de tels verres et voir quand même quoi que ce soit ?

Sur le chapitre de M. Lavoine, Philippe était fort discret. Il répondait de manière évasive :

— Oh ! quand M. Lavoine s'imagine qu'il est myope, il devient myope aussitôt.

Suzanne admirait beaucoup de si grands dons de comédien. Elle regardait M. Lavoine avec un intérêt presque respectueux. Le vieil homme tenait, sur la colline de Nesles, une foule de rôles variés. Il jouait les raisonneurs, les pédants, les personnages de composition et, en cas de besoin, les duègnes. Il tenait à merveille aussi les emplois de confidents, portait des messages, assignait des rendez-vous, nouait des intrigues. Que, dans la maison Baudoin, quelqu'un fût soucieux triste ou même souffrant, et M. Lavoine accomplissait des prodiges. Il ramenait le sourire sur les visages et dans les cœurs. Il entrait en métamorphose, inventait des créatures. Le professeur Benezech arrivait soudain avec sa redingote, sa moustache blanche et sa mouche. Il donnait volontiers une consultation. Le vieil homme s'enfermait parfois des heures dans la caverne à Barbe-Bleue. Assis comme un tailleur sur quelque coffre de matelot, il examinait les nippes, coupait, ravaudait, brodait. Que si l'on venait le surprendre, il racontait des histoires. Une lecture faite au vol, et il partait à rêver. Un mot entendu par chance, et il imaginait aussitôt des aventures, des vies, des morts, des destinées. Il était le dernier survivant de la cour de Napoléon III et il avait vu l'impératrice blêmir quand Mme de Castiglione... Il était le fidèle collaborateur du grand Pasteur et il s'était fait cruellement engueuler, avec le Dr Roux, Duclaux et les autres, le jour où l'on avait pu croire que les moutons allaient crever de l'infection charbonneuse... Il était... Quoi donc encore ? Le petit employé de chez Amieux frères qui jugeait avec effroi que Nantes est une ville de plaisir... Il avait pénétré le premier, en 1912, dans le palais maghzen, à Fez, et il avait trouvé, au fond d'un méchouar, quinze charrettes pleines de cartons à chapeaux qui venaient des Galeries Lafayette et les mulets étaient morts et momifiés, tout debout, dans les brancards...

Parfois, M. Lavoine disparaissait comme un lutin. Il restait quelques jours absent et ne donnait sur ses fugues aucune sorte d'explication. Personne, en vérité, ne lui demandait la moindre explication. Sa chambre était toujours prête à le recevoir, une chambre pleine de poussière, d'oripeaux et d'accessoires. M. Lavoine reparaissait comme il était parti, sans crier gare. On l'apercevait soudain dans le corridor où il filait, telle une ombre. Le soir même, à la veillée, pendant que les filles tissaient ou faisaient de la tapisserie, M. Lavoine semblait assailli soudain par des souvenirs ou par des songes. Il disait : « Le capitaine avait perdu sa route. Nous sommes entrés, au petit matin, dans un port pourri, moisi, couvert de champignons blancs. Quand notre navire a touché les pylônes du quai, ils sont tombés en poudre. Alors est venu de la ville, à notre rencontre, un vieil homme à grande barbe jaune. Il était tout seul et il pleurait de tristesse... »

M. Lavoine, là-dessus, bourrait sa pipe d'un tabac qui sentait le feu de varech. Il continuait de divaguer.

Il arrêtait parfois Suzanne au milieu de l'escalier et lui murmurait à l'oreille : « Je peux vous affirmer, Mademoiselle, que, malgré les récits des voyageurs, la température de l'enfer n'excède pas 60° centigrades. Je répète : centigrades... »

Suzanne regardait le vieil homme sans savoir s'il fallait rire. Il n'y avait probablement pas lieu de rire. Alors M. Lavoine clignait de l'œil et poursuivait :

— Autrefois, on chauffait trop fort. Alors, les damnés mouraient, ce qui n'était pas sérieux. Comprenez, chère mademoiselle Suzanne : pour que ce soit insupportable, il faut que ce soit supportable. Pas plus de 58 à 60°. Bien ! Maintenant, n'en parlons plus. Vous n'irez pas en enfer. Vous vivrez au paradis, sur la colline de Nesles.

Alors il se penchait avec un sourire étrange et susurrait :

— Cueillez dès aujourd'hui les roses de la vie... Je connais quelqu'un qui voudrait vous parler, un soir, à dix heures, sous le peuplier d'Italie, près de la haie d'épines. Ce n'est pas moi, Mademoiselle, malheureusement. C'est un très beau jeune homme dont le nom commence par un M et qui est prodigieusement timide. Et puis, j'en connais un autre, dont le nom commence par un P et qui serait heureux de vous rencontrer près du puits, à la tombée du jour. Chut ! Chut ! Mes excuses, Mademoiselle.

Il avait ses rôles de prédilection. Il aimait à les reprendre pour les parfaire. Il n'avait jamais fini de rêver le capitaine Singleton, de raconter l'existence du mécanicien Patureaud ou les expériences du professeur Benezech. On le trouvait souvent occupé, sur la terrasse ou dans la salle commune, à lire un livre ou un journal. Quand on venait à s'approcher, on découvrait bientôt que le bonhomme tenait son livre à l'envers, ou que le journal, tout jauni, datait du XIX$^{e}$ siècle. Si, d'aventure, on lui faisait, à ce sujet, une observation hasardeuse, il répondait aussitôt qu'il avait été typographe dans son jeune temps, puis correcteur d'imprimerie et qu'il avait gardé l'habitude, maintenant incorrigible, de lire les livres à l'envers. Pour les journaux, il estimait que les nouvelles étaient beaucoup plus intéressantes quand elles avaient, pour le moins, une cinquantaine d'années et qu'une gazette de 1872, par exemple, le renseignait admirablement, avec, en même temps, plus de précision et plus de recul, sur les événements de l'année 1921.

Il savait une foule de choses et les savait fort bien. Il ne manquait pas de vues sur les problèmes scientifiques. Il avait des lettres. Hubert disait : « C'est lui qui nous a fait apprendre à tous ce que nous possédons de latin. Et c'est du vrai latin, du latin à 95 % de Quicherat. Pas d'erreur. Papa, dans les commencements, vérifiait tous les six mois. Il avait, sans nous le dire, un peu peur. C'est que M. Lavoine serait tout à fait capable d'inventer un latin à lui, qui ne vaudrait rien pour le bac, mais qui serait très épatant quand même. »

Hubert, quand le vent l'y poussait, donnait la réplique à M. Lavoine. L'élève n'arrivait pas encore à la cheville du maître, mais il promettait déjà de faire un sérieux rival. Le temps demeurait troublé, depuis le grand orage. D'interminables pluies transformaient la vallée en un marécage luxuriant tout semblable aux palus des époques préhistoriques. La vie de tout le clan s'était retirée du jardin pour se rassembler dans les hauteurs de l'atelier. Philippe, avec dévotion, faisait des portraits de Suzanne et jamais la jeune femme ne refusait de poser. Ce que voyant, Marc hissa sur ses épaules, tout le long de l'escalier, une énorme bûche de chêne et se prit à la dégrossir, puis à sculpter une image de la jeune femme. Les coups de maillet du garçon retentissaient dans toute la charpente de la maison. La pluie, sur le toit, glissait avec un murmure d'éternité. Jérôme Baudoin montait parfois et s'asseyait sur le sofa, dans le coin de la pièce, attentif à la palpitation des âmes. Suzanne s'épanouissait, parlait, récitait des poèmes, des bribes de ses rôles. Elle semblait heureuse. Elle était heureuse. Puis Hubert arrivait, toujours trempé de pluie jusqu'à la fibre. Il grondait :

— Je suis allé dans la plaine. On ne peut guère y faire un pas sans marcher sur des limaces. Elles pâturent par troupeaux de millions et de millions. Il y a plus d'escargots que de brins d'herbe. Et tout ça s'épouse à bouche que veux-tu. Nous nageons en pleine horreur.

Alors une voix sortait de la caverne à Barbe-Bleue. M. Lavoine montrait le bout d'un nez dont on ne savait jamais trop quelle forme il allait avoir.

— Mais oui, mais oui, disait-il. Nous verrons peut-être éclore les trois œufs de dinosaure qui sont cachés sous une grosse pierre, dans une combe, par là-bas, depuis cent soixante mille ans. Encore une semaine comme celle-ci et je commence à construire l'Arche, sur le haut de la colline. Tous les plans sont dans ma chambre.

— Monsieur Lavoine, disait Hubert, vous qui savez tout, vous ne savez pas que les passereaux ont tenu, hier soir, une réunion publique dans la vigne vierge de la remise.

— J'y étais, faisait tranquillement M. Lavoine, et je peux même vous dire quel était l'ordre du jour. Une question très angoissante. Il s'agissait de trouver par quoi l'on allait, pour la construction des nids, remplacer le crin de cheval puisqu'il n'y a plus de chevaux.

Là-dessus, M. Lavoine se livrait à ses démons. « Ah ! les oiseaux, soupirait-il. Vous ne savez pas ce que c'est. J'ai fait un voyage à la Terre de Feu, jadis. Il y avait tant d'oiseaux qui volaient au-dessus de nos têtes que nous avancions sous une véritable pluie de fiente, mes enfants. A l'arrivée, nous étions tous comme des statues de guano. J'aime beaucoup les oiseaux. Une fois, j'ai acheté, en Chine, un coq de bruyère qui chantait exactement toutes les heures, même la nuit, bien entendu. Et il était mieux réglé que le meilleur des chronomètres. Dame, je l'avais payé cher. Ce sont des pays où les hommes savent encore ce que c'est que le mystère de la vie. Ils mettent parfois deux existences et demie d'homme à faire certaines œuvres d'art. Attendez, je vais vous montrer un trésor. »

Alors, avec d'infinies précautions, M. Lavoine sortait de sa poche un petit sac de peau. Dans le sac de peau, il y avait un sac de velours et, dans le sac de velours, un sac de soie et, dans le sac de soie, une petite boule d'ivoire. Elle était sculptée à jour, très délicatement. Par les guillochis, on apercevait une autre sphère, libre, mobile dans la première et sculptée elle-même à jour, sans une fissure, sans une faille. Elle contenait elle-même une autre sphère plus petite et d'un travail non moins délicat. On en pouvait compter ainsi treize, jusqu'à la sphère centrale, qui renfermait un infime rouleau de parchemin sur lequel, en chinois, était peint un poème d'amour.

L'objet merveilleux passait de main en main. M. Lavoine murmurait en clignant de la paupière :

— Je le donnerai, en dot, au premier des garçons qui se mariera.

Puis il recommençait de rêver tout haut :

— Parlez-moi de l'Asie, disait-il. Les fleuves y sont si longs, ils traversent tant de peuples qu'ils changent trente fois de nom avant d'arriver à la mer.

Nicolas Lavoine s'arrêtait de parler et restait un long moment la bouche ouverte, les yeux clos. La pluie dansait sur les tuiles où végétaient de petits macarons de mousse brune. Suzanne étirait ses beaux bras en soupirant, pour rompre l'enchantement de l'immobilité. Philippe déposait sur un bahut sa palette éclatante. L'odeur grasse de la peinture flottait dans la pièce comme un encens. Marc, dérouté par les mouvements du modèle, s'arrêtait de frapper sur le billot de chêne. Il avait l'air ivre et ses yeux luisaient, enflammés. Alors, M. Lavoine se reprenait à parler :

— Nous devrions jouer une pièce de théâtre, Mademoiselle. La pluie ne tombera pas toujours. Nous jouerons la pièce pour nous, sans spectateurs, dans le jardin, sur la terrasse, dans le bois, où il nous plaira. Oh ! moi, je ne m'y connais guère. Je suis très ignorant, Mademoiselle. Mais je ne pense pas qu'il faille jouer quelque chose de grave et de tragique. Plutôt une fantaisie, une féerie, un divertissement, avec beaucoup d'amoureux et toutes sortes de costumes. Attendez, je vais vous montrer quel sera mon costume, à moi. Car vous me donnerez un rôle, Mademoiselle. Je serai très obéissant, je répéterai aussi souvent que l'on voudra.

Il disparaissait un moment et revenait, vêtu d'une tunique de pourpre. Il avait un masque doré, des sandales, une cithare, une couronne de feuillage. Il se mettait à chanter, car il chantait assez bien, d'une vieille voix juste et plaisante :

*Quand l'amour à vos yeux offre un choix agréable,*
*Jeunes beautés, laissez-vous enflammer ;*
*Moquez-vous d'affecter cet orgueil indomptable*
*Dont on vous dit qu'il est beau de s'armer.*

Par la verrière trempée de pluie, on apercevait soudain un large lambeau d'azur. L'autan s'éloignait en grondant vers les collines forestières. Toute la société se précipitait au jardin. Suzanne était soulevée d'ardeur. Elle ébauchait, avec M. Lavoine, une mise en scène surprenante, entre l'escalier des terrasses, les pelouses et les boqueteaux où la dernière averse avait suspendu des millions de perles fines, d'émeraudes et d'étincelles.

## CHAPITRE 18

Le choix de la pièce à jouer n'alla pas sans chamailles. Chacun avait des préférences, des souvenirs, un personnage de prédilection, quelque tendresse pour un fantôme, des vers favoris qui sommeillaient au fond du cœur et repartaient à vibrer. M. Nicolas Lavoine tenait pour *la Princesse d'Elide*, parce que, disait-il, c'était moins une pièce qu'une ébauche, une œuvre à peine achevée qu'on aurait moins de scrupule à mettre au goût Baudoin, à traiter comme un canevas de la commedia dell' arte. Elle portait un sous-titre féerique : *les Plaisirs de l'Ile enchantée* ; elle offrait des rôles pour tout le monde, des chants, des danses, de la musique, toutes sortes de divertissements. Enfin, lui, M. Lavoine, avouait un pressant désir d'interpréter le rôle de Moron.

— Je voulais déjà, disait-il en clignant de l'œil, jouer le rôle en 1664 ; mais c'est Molière qui l'a gardé pour lui, ce qui peut s'admettre, au bout du compte, puisqu'il était le patron. Il pensait me faire jouer Arbate. Peuh ! Le rôle ne me plaisait qu'à demi. La Thorillière s'en est chargé. Enfin, c'est mon tour. Je vais être Moron, le « plaisant de la princesse » ! Il ne faut pas tarder, princesse, à distribuer tous les rôles, que ces jeunes gens travaillent.

Suzanne songeait à la distribution, il va sans dire ; mais elle avait mille choses à faire et ne savait, soudain, où donner de la tête. Elle avait été jusqu'ici, dans la maison de la colline, une visiteuse indolente, une étrangère adulée, Balkis chez Salomon. Elle se trouvait maintenant ressaisie du premier rang, à sa place naturelle. On la voyait, pleine de feu, de vie et de plaisir.

On avait d'abord souhaité qu'il y eût assez de rôles pour que tout le monde fût pourvu. Quand M. Lavoine finit par obtenir gain de cause, quand le choix fut arrêté sur la comédie de Molière, on vit qu'il n'y avait que trop de personnages et que, pour faire vivre la pièce, il fallait des princes, des suivants, un gouverneur, des bergers, des bergères, des satyres, des chasseurs, des valets de chiens, une Aurore. Les Baudoin appelèrent leurs cousins à la rescousse, les Bellefont de l'Isle-Adam et les Gerfaut de Butry. C'étaient de beaux jeunes gens qui, tous, garçons ou filles, montraient avec les Baudoin des ressemblances frappantes et mystérieuses : une certaine façon de tenir le col et de cambrer les reins, une certaine architecture du front, une certaine clarté du teint. Dès qu'ils étaient de loisir, ils arrivaient à bicyclette. Ils entraient de plain-pied dans le monde Baudoin, dans le jeu du monde Baudoin. Ils connaissaient les maîtres-mots de la tribu ; ils ne se trompaient jamais sur les signes de ralliement ni sur les formules secrètes. Presque tous, ils savaient chanter en chœur, danser, ou jouer de quelque instrument de musique. Ils parlaient à M. Lavoine avec respect et familiarité, comme au vieux mage de leur enfance, et les métamorphoses du bonhomme leur semblaient toutes naturelles. Tous connaissaient les arcanes de la tribu, les détours des corridors et les ténèbres des greniers. Tous étaient capables de traverser le jardin la nuit sans écraser une fraise et sans meurtrir une pâquerette. Ils allaient, d'instinct, chercher un clou, une pince ou le vilebrequin dans la grange au bric-à-brac. Ils tutoyaient le chien, le chat, l'âne, les canards et les cloportes. Ils fouillaient d'une main adroite dans la caverne à Barbe-Bleue et en sortaient des pièces rares dont ils étaient capables de réciter le pedigree et de raconter les avatars. Ils disaient « nous », comme les Baudoin, avec un tranquille orgueil. S'ils arrivaient à nuit close et s'il faisait mauvais temps, on les couchait à la Cavée des Portes, pour prolonger le travail, les entretiens et les querelles. Dans toutes les chambres, il y avait des lits, des divans ou des canapés, et des dormeurs dans tous les lits, des convives à toutes les tables. On se hélait d'une chambre à l'autre ; on se donnait la réplique à travers planchers et cloisons. On s'éveillait le matin, au son des flûtes, comme jadis Michel de Montaigne.

Thérèse avait fait un voyage à travers les bibliothèques parisiennes, pour y copier la musique de Lulli, et Jérôme Baudoin, chaque soir, rassemblant ses violons et ses chanteurs, les faisait répéter avec sollicitude. On découvrit trois vieux cors de chasse perdus sous la poussière, dans le fond d'un placard, et les garçons montaient au bois, à la tombée du jour, pour en sonner à plein vent.

Mme Baudoin, Thérèse et les jeunes filles, tous autres soins suspendus, vivaient, acharnées à des rafistolages ingénieux, parmi les chiffons, les bobines, les dentelles, les rubans, les loques bariolées. On entendait tout le jour ronronner la machine à coudre. Marc, ivre d'un muet enthousiasme, préparait des barbes de chanvre, des perruques de filasse, des masques de carton mâché.

La comédie lue à voix haute, en assemblée plénière, il fallut remettre à chacun son rôle. Il n'était pas trop malaisé de trouver un Iphitas ou un Arbate, un Lycas ou un Tircis. Mais tous les jeunes hommes, regardant la princesse d'Elide, souhaitaient secrètement d'être Euryale, l'amant comblé. En désespoir de cause, on décida que le rôle serait tiré à la courte paille et ce fut Hubert qui gagna. Il battit un entrechat, prit la princesse par la taille et lui souffla dans l'oreille :

— Quand même, c'est malheureux, Suzon, qu'on ne s'aime pas pour de vrai. On devrait s'aimer, nous deux, s'il y avait une justice, s'il y avait une logique. Qu'est-ce que vous en dites, Suzon ? Une petite expérience, Suzon ?

Comme il cherchait à l'entraîner dans une valse houleuse, la princesse lui donna d'abord une chiquenaude sur les doigts, puis elle commença de gronder :

— Il va vous falloir apprendre à prononcer correctement les *s*.

— Mais, disait-il, étonné soudain, je prononce très bien les *s*.

Suzanne éclata de rire.

— Quelle assurance admirable ! Si vous voulez jouer Euryale, vous devez cesser d'abord de parler comme un petit garçon.

— Jamais je n'aurais cru que je prononçais mal les *s*. Alors vous me donnerez des leçons. Et puis, vous m'apprendrez aussi à me grimer.

Elle le regardait, au vol, avec un amusement qui se colorait de tendresse. Du doigt, elle posa sur le visage du garçon des touches imaginaires.

— Toujours se grimer, disait-elle, comme si l'art du comédien ne tenait qu'à des crayons. D'ailleurs, nous jouons au plein jour. Oui, je vous donnerai des leçons. Il ne faudra pas grand-chose : un petit trait de bleu, ici, vers la queue du sourcil, et là, dans l'angle des paupières, une belle petite pointe de rouge, pour aviver l'éclat de l'œil. Et nous trouverons bien, dans la caverne à Barbe-Bleue, un joli cordonnet d'or pour que vos cheveux, Seigneur, consentent à se tenir tranquilles.

— Ça, dit Hubert, c'est la chose la plus difficile du monde. Attention, Madame. Ou je me trompe fort, ou Marc et Philippe vont faire une maladie, tellement ils sont jaloux.

— Jaloux ! s'écria la princesse. Comme vous êtes fanfaron ! Comme vous êtes glorieux ! Vous a-t-on donné le droit de rendre jaloux personne ? Qu'est-ce qui vous prend, Seigneur ?

— Ce qui me prend, chère dame ? Une extraordinaire envie de vous embrasser. Une envie à laquelle je ne suis vraiment pas très sûr de résister.

— Vous savez bien, petit garçon, que je suis couverte d'épingles.

— Peuh ! Ils ne sont pas jaloux d'Hubert ; mais ils sont jaloux d'Euryale. Allons, je vois qu'il n'y a rien à faire et que je vais vous embrasser.

— On ne s'embrasse pas dans cette pièce. Du calme ! Il est temps de nous mettre à répéter.

Philippe, sans mauvaise grâce, avait accepté de jouer le prince de Messène. Il ne souhaitait qu'une chose, et c'était que Suzanne fût heureuse sur la colline. Elle était heureuse, vraiment. On la voyait animée de toutes sortes de soucis, rose de plaisir et volubile. Elle courait d'un étage à l'autre et des pelouses aux terrasses et de l'atelier au jardin. Elle dictait à l'un des intonations, à l'autre une attitude. Elle montait dix fois l'heure chez les costumières bénévoles, corrigeait les plis d'une tunique, ajustait un peplum, campait un pétase, nouait une sandale, conférait interminablement avec Moron sur les artifices de la mise en scène.

Ce qu'à Nesles on appelait le temps vert était fini. Le ciel était pur et transparent. Un chaud soleil éclairait la joie de toute cette jeunesse. Les acteurs improvisés avaient pris l'habitude de se promener dans leurs légers costumes grecs dont la plupart étaient d'une fantaisie délirante. Par couples, ils s'en allaient répéter dans le jardin. Et c'est ainsi qu'un jour, au plus clair de l'après-midi, la princesse d'Elide et le prince Aristomène, songeant, récitant, devisant, montèrent jusqu'à la prairie haute, en bordure de laquelle se trouvaient plantés les jeunes arbres votifs dont M. Baudoin disait : « Ils seront la forêt de nous ! »

— Ne croyez pas, disait Philippe, ne croyez pas, chère Suzanne, que j'aie un véritable regret de ne pas jouer Euryale. Je ne suis pas Euryale. Je ne suis pas et ne peux pas être un bon comédien. Ces feux, ces flammes, ces métaphores, toute cette façon de parler...

— Ce n'est qu'un langage de rêve.

— J'ose à peine vous dire qu'il ne me touche pas. Ce que je sens est plus simple, plus vrai, plus fort. Attendez un peu, Suzanne chérie.

Il se prit à parcourir la prairie, boitant à longs pas, comme s'il faisait, en pensée, une sorte d'arpentage. Suzanne tâchait de le suivre. Il avait l'air soucieux et dit enfin :

— Si je parlais d'amour, si je pouvais parler d'amour, ce n'est pas ainsi que j'en voudrais parler.

— Et qui vous empêche, Seigneur, de parler, vous aussi, d'amour ?

— Peut-on parler d'amour à qui n'aime pas l'amour ?

— Ah ! dit-elle, récitant son rôle, l'accent soudain chantant, « ce n'est pas une raison, Seigneur ; et, sans vouloir aimer, on est toujours bien aise d'être aimée ».

Il s'était arrêté de compter ses pas dans l'herbe. Il la regardait de près, avec des yeux brillants et fiers, et ce beau regard semblait dire : « Vous le voyez, Suzanne, je suis sage et je ne veux pas vous importuner. Je ne parle pas d'amour. Mais regardez-moi, regardez-nous, de grâce, et dites-moi si jamais cette vie que nous vivons ici peut vous plaire. »

Elle fit un mouvement de côté, pour fuir, pour échapper à ce regard. Elle murmurait, détournant encore une fois l'entretien :

— Que cherchez-vous à cette place ? Pourquoi faites-vous ces grands pas et comptez-vous à mi-voix ?

— Je prends des mesures, Suzanne.

— Quelles mesures, Monseigneur ?

— Les mesures de ce terrain qui est à nous. On pourrait construire une maison dans cette prairie haute. J'ai consulté les architectes : l'eau monterait bien jusqu'ici. Regardez, chère Suzanne. Cet horizon, vous plairait-il ? On voit toute l'étroite vallée, avec ses bois, ses jardins, ses champs et ses pâturages. On voit le plateau d'Hérouville, avec les routes qui s'enfuient vers les belles provinces heureuses. On voit même l'ombre d'un nuage qui se promène lentement, comme une pensée de chagrin. Ne croyez-vous pas, Suzanne, que l'on pourrait construire une belle maison, à cette place, et y vivre une belle vie ?

Suzanne baissa la tête et demeura pensive. Puis, retrouvant la voix de la princesse d'Elide, elle murmura :

— « Seigneur, je ne sais pas encore ce que je veux. Donnez-moi le temps d'y songer, je vous prie, et m'épargnez un peu la confusion où je suis. »

— J'ai pensé, dit encore le jeune homme, que si vous deviez jamais, un jour, avoir pour moi de l'amitié, de l'affection — vous le voyez, je n'abuse pas des mots téméraires — j'ai pensé que vous deviez me voir tel que je suis et non pas seulement dans une rue de Paris, ou dans les couloirs obscurs du théâtre, de votre théâtre. J'ai pensé qu'il vous fallait, pour me juger, pour me comprendre, me voir ici, sur cette terre où j'ai vécu, où j'ai grandi, où j'aime à travailler, me voir ici, au milieu des miens, au milieu de nous.

— Ah ! s'écria la jeune femme, quand vous dites ainsi « nous », savez-vous bien, Monseigneur, que vous m'intimidez beaucoup ?

— Est-il possible ? fit-il en riant de bon cœur. Mais quoi ! je comprends votre étonnement. Quand nous disons « nous » ou même « nous autres », nous affirmons quelque chose qui est notre religion de la vie. Figurez-vous, Suzanne, que nous avons tous une petite tache brune à la racine du cou. D'autres en seraient peut-être humiliés. Nous autres, nous en sommes très fiers et nous appelons cela notre tache de famille. C'est comme un signe surnaturel.

— J'imagine, dit la princesse, j'imagine, Monseigneur, que vous ne sauriez aimer une malheureuse personne qui se trouve dépourvue de cette marque miraculeuse.

Il secouait la tête et refusait de se laisser démonter :

— Je vous dirai même autre chose. Hors notre famille, hors ceux de nous, il me semble que nous ne pouvons aimer complètement rien, ni personne, si ce n'est vous, justement vous, Suzanne chérie.

Elle remuait les sourcils avec agilité, puis souffla, tout à fait sûre de son jeu, tout à fait rieuse et coquette :

— Quel honneur, mon cher prince !

Puis elle se prit à déclamer encore quelque bribe de son rôle en faisant une révérence.

— « Les dieux ne sont pas faits comme le vulgaire, et c'est leur manquer de respect que de leur attribuer les faiblesses des hommes. »

Philippe demeurait maintenant silencieux et déconcerté, bien sûr d'en avoir trop dit, d'avoir été maladroit, d'avoir encore une fois gâté, perdu le cher instant de solitude.

Ils virent à ce moment s'avancer, avec leurs houlettes et leurs corbeilles, un groupe de bergers et de bergères qui dansaient et chantaient ensemble :

*Un cœur ne commence à vivre*
*Que du jour qu'il sait aimer.*

— Un jour, il faudra bien qu'un jour, dit le jeune homme, je vous pose une question, une seule question, Suzanne chérie. Et, ce jour-là, vous ne pourrez pas ne pas me répondre.

Elle se mit à battre des paupières, comme elle faisait toujours quand elle se sentait prise de court, et elle dit, tournant la tête :

— Attendez encore un petit moment, je vous prie. Ne sommes-nous pas bien ainsi, Monseigneur ?

Elle n'en put dire davantage. Les bergers, dansant une ronde, les entouraient et les poussaient pour les ramener à la maison.

La princesse, en cet équipage, redescendit sur la terrasse. La répétition reprit. Elle languissait un peu. Les acteurs semblaient distraits. Quand la petite Paule Chastel, qui jouait Aglante, en vint à dire : « Prenez garde, Madame, l'amour sait se venger des mépris qu'on fait de lui », elle éclata en sanglots, en vrais sanglots vivants qui n'étaient pas de théâtre. Il fallut la consoler et lui bassiner les yeux.

— Hubert, murmura la princesse d'Elide, allez dire quelque chose de doux à votre petite cousine.

— Je le ferai, dit le garçon sur le même ton, mais c'est pour l'amour de vous. Savez-vous, Princesse, que ce rôle finira par me faire abandonner toutes mes positions philosophiques ?

— Allons, taisez-vous, Monsieur. Allez consoler Aglante.

Aglante se prit à sourire et le jeu continua, plus vif, plus animé après cet étrange intermède. Des violons répétaient, en sourdine, dans la salle basse. Euryale jeta sa brochure sur la banquette de gazon, s'étendit tout de son long, face à l'azur, prit une respiration profonde et cria très fort de sa grosse voix zézayante :

— J'annonce à ceux qui m'aiment que, depuis exactement trois minutes et demie, je me sens très heureux et que, pour quatre jours au moins, j'entre dans une zone de grande allégresse. Ah ! voici messire Moron. Que demandez-vous, Moron ?

Moron venait de paraître sur les degrés de la terrasse. Il dit en s'inclinant :

— Princesse, il y a tout près d'ici un voyageur étranger qui sollicite l'honneur d'être introduit près de vous.

— Moron, fit la princesse d'Elide, cela n'est pas dans la pièce.

— C'est bien possible, Madame. Je ne saurais plus trop dire où la pièce commence et où, surtout, elle s'arrête.

— Soyez sérieux, Moron. Qui demande à me parler ?

— Un assez gros gaillard, Madame, que je n'ai pas l'honneur d'avoir, jusqu'à ce jour, aperçu dans le Péloponnèse.

La princesse leva la main pour suspendre le jeu et dit, l'air ennuyé :

— Tant pis, mon pauvre Moron, faites venir ce voyageur.

## CHAPITRE 19

Alors qu'il glisse à la dérive, au fil des songes, alors qu'il erre, ivre, haletant parmi les créatures de la fantaisie souveraine, il arrive que le dormeur étende la main, aventure un doigt tâtonnant dans l'ombre et rencontre soudain quelque objet sévère et précis qui est un témoin de la vie véritable : le bois de la table de nuit, la grosse montre claudicante, le livre ou la tasse vide. Il arrive que le dormeur ouvre l'œil et aperçoive, le temps d'un éclair, quelque chose de l'étroite vie des vivants : une fenêtre lavée d'aube, avec ses croisillons noirs, un vêtement suicidé, pendu contre le mur, un meuble brut, gorgé d'ombre, en même temps familier et incompréhensible. Alors, déçu et rassuré, le dormeur se tourne dans la moiteur et il hésite, entre deux mondes, à la frontière des ténèbres.

Ainsi la princesse d'Elide regardait le survenant. C'était un homme assez gros, en effet, comme l'avait dit Moron, un homme assez court de jambes et qui portait un vêtement brun, défraîchi. Il tenait son chapeau de feutre à la main et il s'épongeait le front parce qu'il avait dû faire une longue étape au soleil. Il avançait en souriant, la main tendue. Tout de suite, il s'écria, d'une voix forte et bien sonnante :

— Comment, Suzanne, encore le théâtre ? Mais alors, c'est la concurrence !

Il y eut un moment de silence trouble. La princesse d'Elide semblait inquiète, presque honteuse de se trouver surprise ainsi, dans cet appareil, au milieu de ces enfants et de ces jeunes gens, au milieu de ce divertissement puéril. Elle serra, sans rien dire, avec un sourire indécis, la main que lui tendait Paul Hellouin. Le complet brun du visiteur, avec la ligne de poussière qui bordait le couvre-poche, avec les taches des parements, avec les luisances des genoux et des coudes, ce complet brun faisait, au milieu des tuniques élidiennes, une ombre presque injurieuse. Ce vêtement d'homme en sueur avait le pouvoir sordide et l'odeur insoutenable de la réalité.

Le visiteur poursuivait, l'accent un peu moins assuré :

— Je tombe au milieu de la fête. Mille pardons, chère Suzanne.

La princesse d'Elide sourit d'un air gêné :

— Mais non, mais non, Hellouin. Asseyez-vous, je vous prie. Peut-on vous donner un fauteuil, Hellouin ?

— Non, dit-il rondement. Je n'aurai même pas le temps de m'asseoir. Mon train repart dans une heure et demie. Je suis à pied, et je dois repasser la côte. Il faut que je vous parle, Suzanne.

Il est des gens qui manifestent leur désir avec circonspection, avec timidité, des gens qui murmurent, par exemple : « Je serais heureux s'il vous était possible de m'accorder un moment d'entretien... Il me serait agréable d'obtenir de vous, ma chère amie, une minute d'attention... » Hellouin ne parlait pas ainsi. Hellouin, visiblement, était porteur d'un message et il déclarait avec rigueur : « Suzanne, il faut que je vous parle. » Et, chose étonnante, la princesse d'Elide ne jetait pas sur le minable ambassadeur un regard hautain et dédaigneux. Elle avait seulement l'air ébranlé, inquiet d'une personne qui se trouve réveillée en sursaut par une nouvelle non pas absolument inattendue, mais dont on pensait quand même qu'elle n'arriverait pas tout de suite. Et la princesse d'Elide, abaissant l'éventail en forme de palme ou de cœur que l'on voit aux figurines de Tanagra, répondit avec soumission :

— Montons dans le jardin, Hellouin. Je vous écoute.

Les princes et les bergers demeurèrent sur la terrasse. Ils paraissaient saisis de lassitude et de découragement. Ils considéraient leurs costumes, leurs jambes nues, leurs couronnes de roses avec embarras et confusion. Ils ressemblaient tous à des figures de rêve, au moment que le sortilège est sur le point de s'épuiser. Philippe fronçait les sourcils et, comme ses mains tremblaient, il les glissa dans sa ceinture. Un peu plus tard, il enleva sa tunique d'un mouvement brusque et la jeta dans les buissons. Puis il s'en alla passer un pantalon de toile blanche. Il faisait des gestes secs, nerveux, presque inconscients. Sans même comprendre les raisons de ce changement de régime, les jeunes gens s'étaient mis à deviser tout bas et jetaient à l'entour des regards inquiets. En prenant un peu de recul, on pouvait, de la terrasse, apercevoir l'allée centrale du jardin. La princesse d'Elide s'y promenait avec le personnage au complet brun. Il était difficile, à cause de l'éloignement, d'entendre la conversation, mais on les voyait s'agiter et l'on pouvait imaginer quelque chose de leur colloque. Hellouin parla le premier, puis il s'épongea le front et remit son feutre, comme un homme qui a rempli sa mission et dit ce qu'il avait à dire. Il fut alors bien évident que la princesse d'Elide parlait à son tour. Elle remuait parfois la tête de cette manière que l'on dit affirmative. Elle semblait intéressée. Elle semblait, en même temps, mécontente et soulevée de curiosité, peut-être de passion. De loin, la discussion avait l'allure d'une dispute. Puis, ayant sans doute le sentiment du devoir accompli, Hellouin prit une cigarette. Il tenait la cigarette entre deux doigts de la main gauche. Avec l'index droit, il se curait pensivement les narines et rien ne paraissait devoir le distraire de cette délicate opération. La princesse élevait la voix. A la faveur d'un coup de vent, on entendit une bribe de phrase : « Me prévenir ainsi, à la dernière minute ! Vous lui direz, Hellouin, que c'est d'une inconvenance odieuse... » Hellouin écarta les bras du corps comme s'il n'en pouvait mais. On l'entendit gémir : « Bah ! vous le lui direz vous-même. »

Ils déambulèrent encore quelques minutes en palabrant d'un ton plus calme. Puis le messager tira sa montre et entraîna la princesse, résolument, vers la maison. Une minute plus tard, ils débouchaient sur les degrés de la terrasse. Hellouin, déjà, prenait congé, en hâte, la face joviale. Il dit en regardant tout le monde : « Non, non, Suzanne, pas le temps de m'arrêter. Pas le temps de me rafraîchir. Laissez-moi filer au trot. Je boirai quelque chose à la gare, si j'en ai le temps. Vous étiez très bien ici. Ma parole, c'était charmant. Si le patron voyait cela, il en serait ravi. Le vrai théâtre de la nature. Allons, au revoir, Messieurs, Mesdames et Mesdemoiselles. Au revoir, monsieur Baudoin. On ne vous rencontrait plus aux Carmes. Oh ! nous vous y reverrons, plus tard. Pour la voiture, Suzanne, pas avant dix heures du matin. Des Combes viendra lui-même avec son chauffeur. Adieu, ma petite Suzanne ! »

Il avait donné quelques poignées de main distraites et, tout de suite, il était parti. Le complet brun venait d'être extirpé du paysage comme un corps étranger. La princesse d'Elide jeta tout autour d'elle un regard chargé d'étonnement. Les bergers, les satyres et les princes étaient plus muets que des personnages de tapisserie. On aurait pu les croire sans vie, décolorés, fanés. L'ombre du nuage solitaire, cette ombre qui se promenait, une heure plus tôt, parmi les bois et les pacages, comme une pensée de chagrin, était-elle donc revenue s'étendre sur la colline heureuse ? Non, certes : le ciel était radieux ; pourtant quelque chose de trouble et de souffrant semblait maintenant mêlé à la lumière et en gâtait l'éclat. Ce regard qui s'arrêtait fixement sur la princesse d'Elide, ce n'était pas le regard d'Aglante, mais bien celui, chargé de haine, de la petite Paule Chastel. Ce visage empourpré, dénaturé par un sourire d'angoisse, était-il possible que ce fût le candide visage de Marc-le-sculpteur ? Et cet archange au rictus crispé, à la bouche tourmentée par un tremblement amer, il ne ressemblait certainement plus à Philippe-Aristomène, seigneur de Messène et prince héritier de la colline musicienne. Suzanne se rappela tout à coup l'amère histoire de Zarouk. Elle eut le sentiment que tous ses gentils compagnons venaient de vieillir de dix années en une minute, et qu'elle allait peut-être, avec horreur, voir les poils leur jaillir des joues et du menton, voir des rides se creuser dans leur chair.

— Philippe, dit-elle faiblement, Philippe, nous ne pourrons pas répéter la pièce plus longtemps aujourd'hui. J'ai quelque chose à vous dire en particulier.

— Où voulez-vous aller ? balbutia le jeune homme. A l'atelier, dans la campagne ou dans le bois ?

— Allons dans le bois, fit-elle.

Tous les assistants se regardaient avec consternation. Philippe et Suzanne prirent le chemin du bois.

Ils marchèrent d'abord en silence. Le garçon avait ramassé une paille, une longue tige de graminée, déjà toute jaunie par le soleil de juin, et il la mordillait d'un air soucieux et rétif. Comme ils arrivaient sous le couvert des arbres, il s'écria brusquement :

— Quand partez-vous ?

Elle essaya de sourire, de jouer encore un peu :

— Mais qui vous a dit, Seigneur, que je dusse partir ?

Il haussa les épaules.

— Est-ce que vous croyez, Suzanne, que je ne sente pas les choses qui vous touchent comme si elles se passaient dans l'intérieur même de mon être ? Oh ! j'ai tout compris : vous partez ! C'est clair. Ce n'est que trop clair et c'est même horrible à penser. Alors je dis : quand partez-vous ?

— Qui parle de partir ? Partir ? J'irai à Paris demain.

Et, comme il ne répondait pas, elle ajouta :

— On viendra me chercher, demain matin.

— Qui « on » ? Oh ! ne prenez pas la peine de répondre. Vous êtes ressaisie par ce qui ne vous a jamais lâchée. Quels sont ces gens — je vous le demande — qui ont le pouvoir de vous arracher de moi, comme cela, d'un mot, d'un geste ?

Elle détourna les yeux, pour se dérober une seconde à ce regard si pressant. Elle soufflait d'une voix faible :

— Je reviendrai. Je ne sais pas même ce que l'on me veut.

— Vraiment, vous ne le savez pas ! dit-il. Et moi, j'ai peur de le savoir. Bien... Bien... Laissez-moi me ressaisir. Il faut que je parle avec calme. Hier encore, ce matin même, vous étiez heureuse parmi nous. Il se peut que je me trompe, mais non, vous étiez heureuse. Vous ne songiez même pas à vous cacher d'être heureuse. Suffit-il vraiment qu'il arrive, ce gros homme ? Que vous a-t-il dit ? Qu'a-t-il pu vous dire ? Vous affirmez que vous reviendrez, et vous le croyez peut-être. Mais moi, je sens, je sais que vous ne reviendrez pas.

Elle essayait de résister et parlait d'une voix plaintive :

— Je reviendrai, très vite, je vous assure. Pouvez-vous trouver étonnant que j'aille à Paris, un jour, pour m'occuper de mes affaires ? Suis-je ici comme Andromaque, prisonnière de Pyrrhus ? Etes-vous mon ami, Philippe, ou mon tyran ?

— Non, non, coupa-t-il durement. Vous ne reviendrez pas, vous ne reviendrez jamais, si vous nous quittez aujourd'hui. N'essayez pas de me tromper. N'essayez pas de vous tromper vous-même.

Et, tout à coup, parce qu'il n'était plus le maître de sa douleur, il se mit à se lamenter, à crier dans le silence des arbres :

— Toute la faute est à moi. Je me suis fait des illusions, sur vous d'abord, et sur moi, sur moi aussi. Je me suis imaginé... Mon Dieu ! j'ai cru que cette vie que j'aime, vous pourriez l'aimer aussi. Quelle sottise ! Quelle sottise ! Jamais je n'ai eu de vous un mot, un signe d'abandon. J'avance dans l'obscurité et vous n'êtes jamais où je vous cherche. Je ne suis pas un compagnon pour vous, un mari pour vous. Non, non, non ! Et ce n'est pas parce que je suis pauvre ou parce que j'ai cette blessure au pied ou parce que je suis fait de telle ou telle façon. Non pas ! Vous ne me détestez pas, je le sais bien ; mais vous ne pouvez aimer personne, vous ne savez pas aimer.

Il s'arrêta une seconde, à bout de souffle. Et puis il murmura d'un air navré :

— Vous êtes insaisissable, Suzanne chérie.

— Philippe, cria-t-elle, suffoquée d'étonnement. Vous ne pouvez pas savoir...

Non certes, il ne pouvait pas savoir que, jadis, Mme Pasquier disait parfois à sa petite fille dernière née : « Suze, tu es insaisissable. » Il ne pouvait pas savoir que, plus tard, à plusieurs reprises, des âmes douloureuses avaient retrouvé le même mot : « Insaisissable ! Vous êtes insaisissable ! » Ce mot, qu'elle comprenait à peine, rouvrait une blessure ancienne. Elle allait se débattre, se défendre, attaquer à son tour, mais le jeune homme ne lui en laissait pas le temps.

— Non, reprit-il, c'est mon jour, c'est à moi de parler. Ce que je vous dis, je ne pourrai plus vous le dire jamais. Je n'en aurai plus jamais la chance. Il faut que je me soulage. Vous ne savez que jouer des rôles. Vous ne savez pas vivre, vous n'avez pas même un profond désir de vivre. Vous êtes belle, si belle que tous les mots me semblent flétris quand j'ose parler de vous ; mais il y a, dans votre beauté, quelque chose de glacé, quelque chose dont je commence à souffrir terriblement, quelque chose qui me serre le cœur.

— Philippe, dit-elle, en comprimant sa poitrine entre ses mains, Philippe taisez-vous. Ne voyez-vous pas que vous me faites grand mal ?

Le jeune homme était maintenant tout pâle de colère et de désespoir. Il se reprit à gronder :

— Vous m'avez dit un jour une chose terrible. Vous m'avez dit que, peut-être, vous n'aviez pas d'ange gardien. Eh bien ! c'est ainsi, c'est sûrement ainsi. Derrière les êtres, il me semble toujours que je distingue les anges, et je ne vois pas le vôtre, non, je n'aperçois jamais le vôtre. Je ne ferai jamais le portrait de votre ange gardien. Je ne ferai même plus jamais votre portrait. Est-ce possible ? Est-ce possible ?

Alors, comme pour chercher un biais, une issue, elle balbutia, tout bas, une phrase qu'il entendit mal :

— Vous êtes un enfant : je suis plus âgée que vous.

— Répétez, fit-il, interdit. Non, non, ne répétez pas. J'ai compris. Et ce n'est pas vrai. Vous vous trompez, Suzanne.

A voix haute, il cria « Suzanne ! Suzanne ! » Il lançait ce nom vers la voûte des arbres, dans le silence de la futaie. Il criait comme pour appeler au secours, il criait comme un homme en péril qui va sombrer, couler à pic.

— Voilà, gémit-il, j'avais toujours pensé que je ne pourrais aimer qu'une femme de ma sorte, une femme de ma race. Et puis, vous êtes venue dans ma vie, et, maintenant, maintenant, je ne veux même pas songer à ce qui peut arriver.

Alors il se laissa tomber par terre. Il était étendu tout de son long, le visage au milieu des cailloux, des mousses, des fougères et des ronces. Il allongea les bras et saisit la jeune fille aux chevilles. Il disait, haletant un peu, des choses déraisonnables. Il murmurait, dans cette position humiliante, des supplications pleines d'orgueil :

— Si vous ne m'aimez pas, moi, c'est que vous ne pouvez aimer personne, c'est que vous êtes incapable d'amour, Suzanne chérie.

Puis il se reprit à implorer :

— Ne partez pas. Ne nous quittez pas encore. Que ferons-nous, maintenant, sans vous ? Et moi, moi, que vais-je devenir ?

Elle lui prit la tête et le releva. Elle lui essuya doucement le visage, glissant un doigt furtif parmi les cheveux bouclés. On eût pu croire qu'elle berçait un malade. Elle disait à mi-voix des choses très amicales, très tendres, et il s'abandonnait, sur le point de pleurer. Elle était, à cette minute, vraiment triste et sincère. « Pour la première fois, Philippe venait de lui causer beaucoup de peine. Elle avait promis de revenir et elle reviendrait sûrement. Elle reviendrait très vite et peut-être même dès le soir. Etait-ce raisonnable de lui faire cette scène horrible parce qu'elle allait à Paris, pour la première fois depuis qu'elle était sur la colline ? Depuis combien de mois était-elle avec les Baudoin, dans la maison de la colline ? »

Il répondit, d'une voix d'enfant grondé :

— Huit semaines dans trois jours, huit semaines seulement.

— Vraiment, soupira-t-elle, huit semaines ! Bientôt deux mois ! Et j'étais venue d'abord pour une très courte visite. Ah ! Philippe, vous n'êtes ni sage, ni juste. Je n'ai rien mérité de tel. Allons, rentrons, je vous prie. Je reviendrai, oui, je reviendrai.

Elle était tout à fait certaine, maintenant, de revenir. Elle grondait en ramenant à petits pas le jeune homme vers la maison. Elle voulait le voir sourire, mais il n'y parvenait point. Comme ils arrivaient au milieu du jardin, Philippe s'arrêta net. « Il avait besoin d'être seul, de s'en aller seul dans la campagne, d'être seul avec ses pensées, seul avec son amour, seul avec sa peine. »

Il recula d'un pas, tourna sur lui-même et s'enfuit en courant vers le bois. Il y disparut bientôt.

Suzanne redescendit toute seule sur la terrasse. Les princes, les bergers et les ægypans étaient maintenant évanouis. On apercevait, sur les rosiers, sur les lilas, sur les bancs et les pelouses, toute une jonchée de dépouilles légères : des voiles, des tuniques, des sandales, des ceintures dorées, des couronnes de carton, un éventail, un sceptre de bois peint. Le royaume d'Elide était abandonné aux grillons et aux libellules. N'importe ! tout recommencerait, la fête s'allumerait de nouveau, puisque Suzanne allait revenir. Sa résolution était prise : elle était sûre de revenir.

Elle pénétra dans la maison. Elle entendait, ici et là, des murmures, des éclats de voix, des souffles ; mais elle ne rencontra personne. Elle monta dans sa chambre et se laissa tomber sur une chaise. Par la fenêtre ouverte, elle apercevait d'abord la touffe du chèvrefeuille qui, dès la tombée du soir, exhalait une odeur plus suave que la plus suave des musiques, une odeur dont la seule pensée allait remplir Suzanne d'un poignant regret pour le reste de ses jours. Non... non... Pas de regret, puisqu'elle allait revenir, puisqu'elle sentirait encore l'ineffable parfum de la nuit. Plus loin était la terrasse, et le jardin qui flamboyait dans le soleil. Puis les rustiques machines de la noria qui montaient l'eau dans les bassins, puis les arbres en cordon, puis les pêchers de plein vent qui portaient déjà mille fruits de coton gris perle ; plus loin, la prairie suffoquée par la première chaleur, puis l'épaule de la colline, chargée d'une moisson de seigle qui commençait à blondir. Ce tableau si simple donnait un sentiment de pureté naïve, de bonheur élémentaire. Que le cœur de Suzanne pût se serrer à cette vue déjà si familière, cela n'avait point de raison, puisqu'elle allait revenir, puisqu'elle était sûre de revenir, puisqu'elle était prête maintenant à jurer qu'elle allait revenir.

Elle ouvrit les tiroirs des meubles et commença d'y prendre ses effets pour les entasser dans les valises. En vérité, c'était une besogne pour laquelle il suffisait de laisser aller ses mains. Depuis bien des années déjà, la princesse d'Elide cheminait d'hôtel en hôtel avec les troupes de comédiens. Elle avait ainsi fait, défait et refait tant de fois ses bagages, depuis le commencement du monde ! N'importe, elle les referait encore, demain, après-demain peut-être, puisqu'elle allait revenir.

Elle entendit gratter à la porte et dit tout simplement : « Entrez ! »

La porte s'entrouvrit et Moron parut. Non, ce n'était pas Moron, ce n'était pas Maître Jacques, ce n'était pas Sganarelle, c'était peut-être M. Nicolas Lavoine, c'était sûrement un vieil homme dont les traits exprimaient une sincère frayeur.

— Venez, disait-il tout bas. Ils sont là, devant la porte de l'atelier, qui se querellent comme des dogues. Si quelqu'un peut les calmer, c'est vous, sans doute. Alors, venez !

Elle suivit le bonhomme et gagna l'escalier qui montait, un peu roide et tournoyant, vers les combles. Elle entendait de grosses voix qui bataillaient dans la hauteur. Encore quelques marches et elle aperçut Marc. Il tenait à la main la petite hache à demi rouillée dont on se servait au bûcher pour débiter des cotrets. Il disait, en se penchant vers le trou de la serrure :

— Laisse-moi entrer, Hubert !

— Non, répétait la voix fraternelle. Non, je sais ce que tu veux faire et je te dis que c'est idiot.

— Laisse-moi entrer, Hubert, ou je vais fendre la porte.

Suzanne monta très vite, saisit le garçon au poignet et dit, l'accent fâché :

— Est-ce que vous devenez tous fous ? Qu'est-ce que vous voulez casser avec cet horrible outil ? Allez-vous me laisser croire que l'on se dispute, entre frères, à la Cavée des Portes ?

Le jeune homme, déconcerté, rougit avec violence. Il laissa tomber la hache et Suzanne la ramassa.

— Que voulez-vous briser ? disait-elle encore. Vous me faites beaucoup de peine. Et moi qui pensais revenir...

Il se prit à bégayer, étranglé par l'émotion :

— Vous reviendrez ? Vous reviendrez ?

— Mais oui, vilain garçon, je reviendrai, c'est certain ; mais seulement si vous êtes sage. Je vais emporter cette hache et la cacher dans ma chambre. Je n'aime pas les violents, monsieur le briseur de portes. Allons, calmez-vous tout à fait. Souriez un peu !

Elle se haussa sur la pointe des pieds, car Marc était de haute taille, et lui posa sur la joue, au vol, tout près de l'œil, un léger baiser fraternel. Le garçon n'était plus rouge. Il était maintenant très pâle. Suzanne grondait en souriant :

— Je reviendrai, c'est promis. Mais vous allez me rendre folle, comme tout le monde ici. Pauvre Marc ! Folle, comme vous tous, vilains garçons que vous êtes tous.

En redescendant les marches, un petit moment plus tard, elle répétait, pour elle-même : « Je reviendrai, je reviendrai. Mais ils me rendront folle. Cette douce maison si calme ! Pouvait-on croire ? Je reviendrai, je l'ai promis. » Elle continua de monologuer ainsi en rangeant ses robes et son linge dans les mallettes de cuir. « Elle reviendrait, dès demain. Elle prouverait aux autres, à ceux de là-bas, aux gens de Paris, qu'elle était une personne libre. Insaisissable... Que voulaient-ils dire, tous, avec ce mot extravagant ? Elle n'était pas insaisissable. Elle était la plus douce, la plus sensible et la plus dévouée des femmes. Mais on la connaissait mal. Hélas ! comme on la connaissait mal ! Comme on était injuste avec la pauvre Suzanne ! »

Elle fut saisie, pour elle-même, d'un accès de tendre et affectueuse compassion qui l'occupa jusqu'au soir.

## CHAPITRE 20

Il était à peine midi quand Emmanuel des Combes fit descendre la jeune femme à la porte du théâtre.

— Je suis heureux, disait-il, je suis heureux, Suzanne, d'avoir pu déposer ainsi tous vos bagages chez vous et de vous avoir amenée rapidement jusqu'ici. Et maintenant, je me sauve. Pardonnez-moi,

Suzanne : je suis pressé, pressé. Le patron vous dira pourquoi. Soyez sûre qu'il vous attend. A bientôt, ma chère Suzanne.

Sur ces paroles mystérieuses, Emmanuel des Combes remonta dans sa voiture, donna des ordres et disparut.

La jeune femme pénétra dans le théâtre en empruntant non pas l'étroit couloir des acteurs, mais le grand chemin du public, ainsi qu'eût pu le faire une visiteuse étrangère. La bâtisse était déserte et silencieuse. Il y régnait, même par cette radieuse journée de soleil, une fraîcheur souterraine, une moiteur de catacombes. Au vol, Suzanne aperçut le vestiaire, avec ses files de patères stupides, et le petit foyer où les foules fiévreuses s'entassaient, pendant les entractes, pour confronter l'éloge et la critique. Le fumoir était ouvert. Il exhalait une odeur de cendre morte, de tentures sauries dans la vapeur des cigarettes. Ce remugle arrêta Suzanne, une seconde : elle venait parfois, naguère encore, répéter dans ce fumoir avec tel ou telle camarade, quand la scène était occupée. Elle se remit en marche et déboucha bientôt dans la salle de spectacle. Une lampe baladeuse, accrochée au proscenium, brillait durement dans le noir. Des bâches de toile grise étaient jetées sur les files des fauteuils, comme des linceuls sur des cadavres. Les femmes de charge n'avaient sûrement pas encore fait la toilette de la salle : on apercevait, par terre, des programmes froissés, des tickets de métro, des enveloppes de bonbons, tous ces déchets, toutes ces miettes que les foules, même policées, laissent derrière elles : la litière de leur plaisir. Sous les pas de la jeune femme s'élevait une fade odeur de poussière froide, une odeur que Suzanne connaissait comme l'odeur même de la patrie et qu'elle fut étonnée de humer avec délice.

Elle s'arrêta de nouveau, fit basculer un strapontin et s'assit, pour se recueillir, pour laisser retomber et s'éteindre l'émotion qui lui gonflait le cœur. Une seconde, elle imagina, elle s'efforça d'imaginer les parfums de la nuit sur la colline de Nesles, la senteur des chèvrefeuilles, toute pareille à une âme qui ne s'éveille que dans le calme des ténèbres. Elle dilatait ses narines et respirait profondément. L'odeur qui lui remplissait la gorge et la poitrine, ce n'était pas celle, ineffable, de la campagne assoupie, mais une odeur de placard clos, de meubles défraîchis, d'appartement mal tenu, de cendre humaine, d'urne funéraire. Et cette odeur de théâtre en léthargie lui semblait l'odeur la plus délectable du monde.

La salle rectangle, disgracieuse, que, dans ses moments d'humeur, Vidame comparait à une malle de pauvre, cette salle qui somnolait sous les housses rugueuses, Suzanne l'avait vue, mille fois, brillante, brûlante, grondante, hennissante, éruptive, soulevée, bouleversée par des tempêtes de rire ou d'enthousiasme. Des profondeurs de cette salle, Suzanne avait entendu, mille fois, monter la respiration haletante d'une multitude qui, oubliant ses douleurs et ses deuils, venait là pour s'attendrir sur Iphigénie ou pour se désespérer avec la petite Hedwige Ekdal.

Suzanne se tourna vers le fond de cette caverne enténébrée. Il y avait, un peu devant les baignoires, à droite, une zone étrange d'où toujours, sur les mêmes répliques, éclataient et se propageaient les rires. De l'autre côté, le long des murailles, il y avait une région d'irritabilité vive d'où naissait l'applaudissement pour tout ce qui était délicatesse poétique. La substance humaine de la salle se renouvelait chaque soir ; mais la salle, une fois pleine, réagissait toujours de la même façon, peut-être à cause d'obscures raisons d'acoustique, peut-être parce que la mise en scène rigoureuse expédiait les mots à effet vers tel ou tel point, toujours le même, du territoire d'expérience, peut-être parce que la salle était, comme un madrépore, inégalement sensible, en toutes ses parties, aux courants, aux rayons et aux mouvements des brises. Il y avait, au deuxième rang, une place où, chaque soir, par un prodigieux hasard, venait s'asseoir un vieux monsieur en deuil. Le vieux monsieur changeait, sans nul doute, chaque soir ; mais il y avait toujours un tel vieux spectateur. Le bouquet de violettes ou d'orchidées partait toujours du même point, comme les orages viennent toujours du sud et les giboulées du ponant. Tous ceux qui s'asseyaient dans la petite loge, côté cour, devenaient fatalement amoureux de Suzanne, et tous les spectateurs du balcon qui prenaient place au-dessous du projecteur lui envoyaient des baisers et battaient des mains de manière à ne pas faire moins de cinq rideaux bien comptés. Il y avait des lois secrètes, des règles presque religieuses. La vie du théâtre était faite ainsi de fables enchevêtrées, d'énigmes et de sortilèges sur lesquels Suzanne, jamais, ne se lasserait de rêver.

Elle murmura, dans cette cave, le verset de *Tête d'or*, ce verset qu'elle avait cité, un jour, à l'archange Philippe : « Le jour se lève. Il se lève ! » C'était ainsi pour Suzanne : le jour ne se levait vraiment que si l'incantation des poètes le faisait naître soudain entre les murs de carton, dans le rayonnement des herses. C'était ainsi pour Suzanne : et tout le reste du monde n'était que malaise, mélancolie, déception, sourde inquiétude. Oui, Suzanne était ainsi et elle ne pouvait être autre. Que la voix par excellence prononçât les plus simples paroles : « Le jour se lève... Le vent se lève... J'ai tardé trop longtemps... Je m'en souviens encore... Il était sur son char... », que la voix souveraine prononçât ces humbles mots qui ne se distinguent pas en apparence de ceux que l'on prononce dans la vie quotidienne et, tout aussitôt, ces humbles mots devenaient sublimes, tout aussitôt, pour Suzanne, la vie prenait une saveur et un sens. Suzanne répétait des bribes de ses rôles, de ceux qu'elle avait joués et de ceux qu'elle avait longtemps rêvé de jouer. C'était ainsi et nul ne pouvait rien changer à la destinée de Suzanne. Elle murmura : « Ah ! que ne suis-je assise à l'ombre des forêts ! » Seigneur ! Où donc s'étendait l'ombre des forêts ? Là, dans cet antre, sur la scène ultra-moderne de galalithe comprimée, entre les portants de carton insonore et incombustible ? Oui, là, peut-être, là seulement.

Elle imagina, tout aussitôt, les futaies et les taillis de la Tour-du-Lay. Elle s'y était promenée dix fois, pendant ce beau printemps, avec Hubert, Philippe ou Marc, pour y cueillir le jeune muguet, la jacinthe ou la pulmonaire. Elle tomba dans une grande rêverie ; elle se sentait déchirée, entre deux visages du monde.

Elle finit par se lever et fut réveillée en sursaut par le claquement du strapontin. Elle monta sur le proscenium, pénétra dans les coulisses et suivit le couloir qui conduisait à sa loge. Rien n'avait changé, dans ces lieux où les saisons ne régnaient point. Les murs, au badigeon morose, laissaient toujours, de-ci, de-là, suinter une larme de café. Les portes des loges étaient entrouvertes. On apercevait une perruque sur une pomme de bois, un vêtement bordé d'hermine, une toque empanachée. Enfin, elle poussa la porte de sa loge et fut tout étonnée d'y voir de la lumière.

La petite pièce était vide et telle, parfaitement telle que Suzanne l'avait laissée, deux mois auparavant. « Comme c'est étrange ! pensa-t-elle. Pourquoi n'y a-t-on mis personne ? » Elle venait d'être saisie par le parfum de sa loge, un parfum qu'elle avait presque oublié pendant le temps passé là-bas, sur la colline enchantée. Le parfum s'était un peu fané dans la solitude et Suzanne eut le sentiment d'ouvrir un de ces vieux coffrets dans lesquels on conserve des lettres, des rubans, un petit bouquet de narcisses desséchés, une brindille de verveine. Mais pourquoi, dans cette loge abandonnée, trouvait-elle de la lumière ? Elle s'assit devant la coiffeuse et laissa ses mains errer sur les tablettes. Elle pensait avoir tout emporté de ses menus objets personnels. Elle n'avait pas tout emporté. Elle avait dû plier bagage dans un grand mouvement de colère et, maintenant, elle retrouvait maints bibelots familiers : la boîte de cristal dans laquelle étaient les épingles, les flacons de lait d'amande, les pots de crème, l'onglier, les petits ciseaux, les pinces, une flûte de porcelaine dans laquelle, avec surprise, elle aperçut une fleur fraîche, une belle rose du Bengale.

Elle ouvrit les tiroirs. Ils n'étaient pas vides. Elle y avait oublié tout un jeu de crayons et de pinceaux, et même des pattes de lapin, encore poudrées de carmin et d'ocre, et un livre, oui, un livre.

Entre les feuillets du livre, une petite plume de coq était glissée, comme un signet. Le livre s'ouvrit à cette page et Suzanne y lut ces mots : « Avez-vous mission de votre maître pour négocier avec mon visage ? » Elle connaissait bien ces paroles. C'était la voix de la comtesse Olivia, l'esprit ailé de la comtesse Olivia ! Suzanne avait toujours souhaité de jouer *la Nuit des Rois*. Etait-il possible qu'elle eût oublié cette brochure dans la fureur de son départ ? Non certes, ce n'était pas même un livre de sa bibliothèque. Quelqu'un avait posé ce livre, à dessein, dans le tiroir. Elle se pencha sur le texte, tourna les pages et lut tout haut : « Arrête, je t'en prie, dis-moi ce que tu penses de moi. »

La petite phrase caressante à peine prononcée, dans le silence de ce réduit, une voix répondit, derrière Suzanne : « ... Que vous pensez ne pas être ce que vous êtes. »

La jeune femme, interdite, se tourna, la brochure aux doigts. Portée par la force de l'habitude, elle donna la réplique : « Si je pense ainsi, je pense la même chose de vous. »

— « Alors, dit Eric Vidame, vous pensez juste, je ne suis pas ce que je suis. »

Là-dessus, Vidame referma la porte, s'assit à califourchon sur la chaise du visiteur, comme il faisait naguère, comme il ferait toujours, avec désinvolture, puisque telle était sa manière, et il dit, de sa belle voix chantante, de sa voix pareille à celle de la viole de gambe :

— Mais non, ma pauvre Suzanne, vous n'êtes pas ce que vous êtes. Mais non, ma gentille Suzanne, je ne suis pas ce que je suis. Allons, il nous faut causer, Suzanne. Je vous attendais plus tôt.

— Excusez-moi, dit la jeune femme, j'ai perdu un peu de temps à rêver sur des souvenirs.

— Nous n'aurons pas le temps de rêver avant samedi, Suzanne.

— Et pourquoi donc ? Je vous le demande.

— C'est, répondit-il d'un air calme, c'est que nous partons après-demain.

— Vous partez ! J'en suis fort aise. Bon voyage, Monseigneur !

Vidame fit claquer sa langue contre ses dents, à petits coups secs, comme l'on fait pour rappeler à l'ordre une personne qui s'égare.

— Tss, tss... Faites-moi l'amitié de croire, Suzanne, que je choisis les mots que j'emploie. Quand je dis que nous partons, j'entends bien, Madona, que vous partez aussi, que vous partez avec moi, que nous partons tous ensemble.

Il imitait maintenant Feste, le fou de la comtesse Olivia. Il regardait Suzanne d'un œil câlin et railleur. Il ajouta, sans même attendre la réponse :

— Nous partons pour un long voyage, Madona. Nous ne reverrons pas la France avant la fin de l'automne.

Elle se roidissait et se piétait de son mieux pour résister à l'attaque. Elle tourna la tête et répondit sèchement :

— Eh bien ! partez, Monsieur, partez !

— Non, Madona, non. Nous partons et vous partez avec nous, pour l'Amérique du Sud : Buenos-Aires, Montevideo, Rio, São Paulo, Pernambouc, Bahia et bien d'autres villes encore. Un long voyage, un beau voyage, et qu'il n'est pas dans notre intention d'entreprendre sans Suzanne. Que ferions-nous sans Suzanne ?

— Oh ! dit-elle avec amertume, vous venez, pendant deux mois, de vivre très bien sans Suzanne.

Il agita l'index comme l'aiguille d'une balance, en signe de dénégation :

— Allons, Madona. Soyez sérieuse et soyez sage ! Nous vous avons passé votre caprice, un caprice prolongé. Mais le caprice est fini, Madona. Il faut partir. Qui jouerait, dites-le-moi, qui jouerait Elvire et Marianne, Monime et Célimène, Lucinde et Carmosine ? car nous monterons Carmosine. Et qui serait Olivia, oui, Olivia, par exemple, si Suzanne se permettait de faire un nouveau caprice ? Répondez-moi, Madona.

Suzanne venait de se lever, avec une colère non feinte :

— Vous m'avez offensée, dit-elle, vous m'avez offensée, Vidame, pour des raisons que je comprends mal, pour des raisons un peu honteuses et probablement très choquantes, pour des raisons indignes de vous et de cette maison même, pour des raisons que je préfère ne jamais connaître tout à fait. Vous m'avez offensée, et je ne suis pas bien sûre que vous ne soyez pas en train de m'offenser encore avec votre gentillesse, votre cordialité moqueuse, vos promesses extravagantes, cette façon que vous avez de nous traiter, nous autres, comme des poupées lunatiques, avec tous ces calculs inconvenants dont nous ne savons jamais rien et qui, au bout du compte, si nous en savions quelque chose, ne pourraient que nous humilier et nous déplaire. Je ne suis pas votre serviteur bénévole, comme votre ami M. des Combes. Je ne suis pas votre esclave, comme le malheureux Hellouin. Je suis Suzanne Pasquier, et je ne partirai pas avec vous, parce que je ne peux pas partir, parce que je ne veux pas partir.

Vidame s'était mis debout en passant la jambe, négligemment, à son ordinaire, par-dessus le dossier de la chaise. Il n'avait plus l'air ironique, mais las et désabusé. Maintenant, il parlait très bas, d'une voix toujours bien posée, d'une voix chagrine et pathétique. « Vraiment, on le comprenait par trop mal et il ne pouvait compter sur personne. Etait-ce donc sa faute, à lui, Eric Vidame, si le théâtre se trouvait compromis de manière irrémédiable dans les détestables affaires d'argent ? Etait-ce donc sa faute s'il fallait, pour faire du théâtre, payer un loyer, des contributions, des décorateurs, des machinistes, des journaux, oui des journaux, et même de fiers acteurs qui grognaient derrière son dos mais qui, comme tout le monde, avaient besoin de vivre, de se vêtir et de manger ? Etait-ce donc si facile de faire aller cette maison et d'y entretenir, malgré toutes les misères, une flamme d'art pur, la vacillante flamme de l'esprit ? Assurément, il avait fait, comme tout le monde, et parce qu'il était impossible de s'en tirer autrement, des choses dont il n'était pas particulièrement satisfait, des choses que l'on pouvait, à la rigueur, appeler de petites saletés, des choses, surtout, surtout, qu'il n'était pas en son pouvoir de ne pas faire. Mais le théâtre marchait et c'était le principal. Qui donc aidait Eric Vidame ? Qui le comprenait ? Personne. Pas même Suzanne, surtout pas Suzanne, hélas ! Et Suzanne était pourtant la plus intelligente de la bande, la plus clairvoyante de tous ces enfants égoïstes et vaniteux. Alors, comme une bombe, tombait tout à coup cette mission du gouvernement, cette mission providentielle. Tous les frais couverts d'avance, et des bénéfices énormes en perspective, de quoi subsister un an au moins dans ce Paris ruineux et féroce. De quoi monter *l'Echange, Brandt, la Tempête* et peut-être *le Second Faust.* Oui, pourquoi pas *le Second Faust* ? Assez d'argent — puisqu'il était inévitable de prononcer toujours ce mot — assez d'argent pour faire ici, à Paris, les choses les plus belles et les plus difficiles, les choses les plus rares et les plus téméraires. Quatre ou cinq mois à passer de l'autre côté du monde. Le pavillon de la France intelligente à promener pendant quatre ou cinq mois parmi des nations amicales... Non, elle ne répondait rien ? Et le plus amer de tout, c'était que Suzanne était une vraie femme de théâtre, presque une enfant de la balle. Eh bien ! ce n'était pas à croire. Une femme vraiment dévouée à la cause du théâtre eût fait confiance à son patron, malgré quelques petites erreurs. Quand on savait vraiment à quelles montagnes de malentendus... Passer l'éponge sur des querelles misérables, voilà ce qu'il fallait savoir faire. Suzanne pouvait chercher : où trouverait-elle une maison qui honorât, dans le cours d'une seule et même saison, Euripide et Shakespeare, Racine, Gœthe et Calderon, sans compter les modernes et sans même compter les jeunes, qui étaient si curieusement avides, et même si désagréables, et surtout si ingrats ? »

Vidame n'avait pas élevé la voix un seul instant pour débiter ce long monologue. Il laissait parfois tomber les bras et les épaules, dans un geste bien calculé de découragement et de désillusion. Suzanne écoutait, attentive et les sourcils joints. Mais, petit à petit, la bouche de Suzanne s'entrouvrait, montrant sa denture magnifique. Petit à petit, les sourcils dorés de Suzanne se séparaient, s'assouplissaient, recommençaient de frémir. Elle avait le sentiment confus qu'il se donnait une comédie, — comme toujours dans cette maison, comme toujours au théâtre, — une comédie tortueuse à laquelle elle ne pouvait rien comprendre. Elle sentait aussi que Vidame était en train, une fois de plus, de jouer ses meilleures cartes, de jouer pour gagner. Elle sentait qu'elle pouvait résister encore, mais qu'elle ne serait pas de taille à résister victorieusement et que même elle n'avait pas une grande envie de résister victorieusement.

Comme Vidame, une fois de plus, appelait à la rescousse les héros de la poésie, les demi-dieux du théâtre, les maîtres chéris de Suzanne, la jeune femme entrevit soudain, le temps d'un éclair, l'image de la colline heureuse, l'image de la maison de Nesles. C'était une image précise, légère et translucide, une image en train de se dissoudre dans un liquide corrosif.

— Allons, tant pis, ma petite Suzanne, fit Eric Vidame en écartant les bras du corps. Nous irons en Amérique sans vous, ma pauvre Suzanne. Et pour donner à tous ces gens une juste image de la France, nous emmènerons la charmante demoiselle Praga, qui a certainement du talent, mais dont l'accent n'évoque pas plus qu'il ne faut la Touraine et la Normandie. C'est votre faute, Madona.

Alors Suzanne baissa la tête et dit très vite, d'une voix faible, faible, infiniment lâche et faible :

— S'il le faut absolument, patron, je vais faire le nécessaire. Avouez que vous me demandez une chose déraisonnable : moins de quarante-huit heures !

— Mais non, Madona, mais non ! Pour une vraie femme de théâtre comme vous, ce n'est pas un tour de force. Un jeu, tout au plus, un jeu ! Les rôles ? Nous aurons le temps de travailler sur le bateau. Pensez, presque trois semaines !

— Oh ! les rôles ! dit-elle fiévreusement, les rôles, vous savez bien que je les sais tous par cœur.

— Attendez un peu, Suzon. Il nous faut quand même régler une foule de petites choses, et voir de près, malgré tout, d'assez fâcheuses paperasses.

Il se redressait maintenant comme un chirurgien qui vient d'achever une opération non certes difficultueuse, mais qui, tout de même, exige des doigts et du coup d'œil. Il prit Suzanne par la taille, lui mit, au vol, à la naissance des cheveux, un baiser de grand seigneur, un baiser féodal, puis il l'entraîna tout de suite, car il était pressé, pressé, il avait encore à faire mille choses très embêtantes.

Dix minutes plus tard, Suzanne quittait le théâtre. Elle avait le sang au visage et elle serrait un peu les dents, comme cela, pour fortifier toutes ses résolutions. Elle n'avait pas fait vingt pas quand elle rencontra Hellouin, quand elle faillit se heurter à un Hellouin en sueur qui remontait la rue des Carmes.

— Alors ? demanda le gros homme, alors, Suzon, vous en êtes ?

Comme elle faisait, de la tête, un petit signe rébarbatif qui n'en était pas moins un petit signe d'acquiescement, le gaffeur laissa filer un long soupir de soulagement.

— Il vous a dit, sans doute, ma petite Suzon, que vous nous tiriez à tous une fameuse épine du pied. La Praga est une garce. Elle est partie, il y a trois jours, sans crier gare. Elle a plaqué Chérouvier, le théâtre, Paris et le reste. Il faut croire que sa mission spéciale devait être terminée. Elle se fout bien d'un traité. On ne la reverra jamais. Et la tournée était en panne. Oui, la petite Eva Jonquière... Bonne pour une honnête doublure. Ça ne peut quand même pas jouer toutes les jeunes premières. Imaginez, Suzon, que les places étaient retenues sur le bateau, depuis trois semaines. Heureusement que vous êtes une bonne copine, ma petite Suze. Heureusement que vous aimez le théâtre. Heureusement que les femmes comme vous...

Suzanne écoutait à peine. Que lui importaient toutes ces petites trahisons, toutes ces misères, tous ces mensonges ! Eh bien ! oui ! elle avait été retournée, trompée, séduite, oh ! en une minute, comme lady Anne par Gloucester. Mais elle n'avait été trompée que parce qu'elle le voulait ainsi. Elle ne faisait, elle ne ferait que ce qu'elle voulait. Et, précisément, elle voulait partir pour l'Amérique du Sud, elle voulait jouer la comédie, elle voulait être Olivia, être Lucinde et Célimène. Elle n'avait pas été dupée, puisqu'elle était sûre d'avance qu'il y aurait une duperie. Et quant à la maison de Nesles, quant aux chers garçons de Nesles... Ah ! oui, elle devait retourner là-bas... Elle avait dit : « Je reviendrai... »

Elle quitta brusquement Hellouin. Elle n'était pas à son aise. Elle avait les joues brûlantes et, en même temps, elle sentait, dans la poitrine, une pénible, une très pénible sensation de pesanteur et de froid.

Elle était si bien absorbée dans ses pensées qu'en arrivant sur le boulevard Saint-Germain, elle vint presque se jeter contre un misérable bonhomme qui portait une pancarte de calicot sur laquelle était peinte une inscription ridicule : « Habillez-vous comme les riches. Allez chez Boucaud ! »

Elle lisait et relisait ce conseil extravagant en balbutiant des excuses. Elle jetait autour d'elle un regard ébloui. Jamais elle n'avait éprouvé en même temps cette chaleur du visage et ce froid dans la poitrine. Mais où donc était la poste ? Où donc était le bureau de poste ?

Debout devant un pupitre moucheté de taches, elle entreprit de rédiger un télégramme. C'était, ce devait être un très long télégramme. Elle n'arrivait pas à trouver les mots convenables. Elle dut s'y reprendre à trois fois, déchirer une feuille, recommencer, déchirer encore, faire encore cracher sur le papier une plume renâclante, une plume qui n'acceptait pas d'être une complice docile.

Le télégramme enfin composé, la jeune femme ne put se décider à le porter au guichet. Elle hésita longtemps et, pour finir, le glissa dans son petit sac à main. « Elle reviendrait ; elle reviendrait mettre ce télégramme. Plus tard, un peu plus tard... »

Suzanne sortit sur le trottoir et tâcha de s'orienter. Elle avait à peu près trente-six heures pour faire ses malles, voir sa famille, régler ses affaires, prendre toutes les dispositions que l'on prend toujours quand on part pour un long voyage. Il lui fallait même déjeuner, car il était beaucoup plus d'une heure. Par chance, elle n'avait pas faim. Non, pas le moindre appétit. Seulement cette brûlure aux joues et ce froid dans la poitrine, ce vide pesant et glacé dans le milieu de la poitrine.

## CHAPITRE 21

Le télégramme ne parvint à Nesles que le lendemain, environ le milieu de la matinée. Il était adressé au maître de la maison, mais Jérôme Baudoin ne pouvait le lire et, pendant un moment, il garda le papier entre ses doigts, sans parler. Puis il étendit la main et murmura : « Philippe ! Philippe ! Lis-nous cela, je te prie, Philippe. »

Ils étaient assis, tous deux, côte à côte, sur un banc de pierre, dans la cour, à l'ombre des lilas. Il faisait chaud. De molles vapeurs s'élevaient de la terre et M. Lavoine avait annoncé que la journée ne se passerait point sans orage. Philippe lut le télégramme et, comme il ne disait rien, Jérôme lui mit, sur l'épaule, une main qui tremblait un peu. Ils demeurèrent ainsi de longues minutes sans bouger, puis M. Baudoin souffla :

— Tu as de la peine, mon Philippe.

Une voix déchirée, naïve, chancelante, une voix d'enfant malheureux répondit, un petit moment plus tard :

— Oui, papa.

Ces grands garçons qui sont devenus des hommes, il n'est vraiment pas facile de les arrêter dans leur course. Ils sont toujours fiers, toujours pressés, toujours roidis par quelque dessein secret. Leur tendresse, ils ne savent pas la montrer ; ils ne veulent même pas la montrer ; ils sont surtout pleins de vergogne à l'idée qu'ils pourraient être soupçonnés de ressentir une tendresse telle, d'éprouver une telle faiblesse. Entre le père et la mère, ils se tiennent droits, le regard ennuyé, l'air dédaigneux et distrait, tout prêts à fuir, comme ces animaux farouches qui ne souffrent même pas qu'on les flatte de la paume. Et voilà que, tout à coup, la tâtonnante main paternelle sent fondre toute résistance. Voilà qu'une phrase vient d'être prononcée à voix basse, une phrase qui n'est pas même une question : « Tu as de la peine... » Et le grand garçon répond d'une voix faible et brisée : « Oui, papa ! » C'est la voix même, puérile et mouillée, qu'il avait autrefois, quand on le promenait, brûlant de fièvre, pendant les nuits de maladie, à grands pas dorloteurs, dans la chambre bien close, en le berçant et en chantant. Oh ! ce n'est plus un petit enfant. Il a vécu l'affreuse guerre des hommes ; il a souffert dans la tranchée. Il a reçu, pour finir, cette blessure qui l'a laissé presque infirme. Et Jérôme, emportant avec soi ses ténèbres toutes nouvelles, est allé visiter Philippe, à Châlons, il y a déjà trois ans. Sur son lit d'hôpital, le jeune homme était plein d'ardeur. Il répondait en riant : « Ce n'est plus rien. Je vais tout à fait bien. » La chair seule était meurtrie. Et, maintenant, le garçon est très faible, très misérable. Il n'est pas fait à cette souffrance. Il ne se roidit même pas. Il ne tente même pas de se dérober. Il laisse aller sa joue contre la joue qui le cherche et il dit, très simplement, ces deux petits mots : « Oui, papa », ces deux petits mots qui avouent le navrement et la défaite.

Ils restèrent ainsi longtemps sur le banc de pierre, à l'ombre. Parfois, Jérôme Baudoin attirait Philippe et lui posait un timide baiser, au hasard, sur les cheveux, sur la tempe. Puis le jeune homme se leva, bien doucement, et s'en fut vers la maison.

Il monta, marche à marche, l'escalier dont les murs étaient blanchis à la chaux. La main courante en était un gros câble de marinier que des anneaux de fer retenaient de place en place. Cent fois, les doigts de Suzanne avaient glissé, comme un frisson, tout le long de ce vieux cordage. Cent fois, les pieds de Suzanne, voletant d'un étage à l'autre, avaient effleuré les traverses de chêne et les carreaux peints de rouge. Cent fois, plus de cent fois, peut-être, et cela ne laissait pas plus de trace que le passage d'un papillon dans l'air embrasé du mois de juin. Il suivit le long couloir jusqu'à la chambre de Suzanne et, au moment d'y entrer, il fit une chose absurde : il frappa, comme si l'on pouvait attendre quelque réponse d'un fantôme. La chambre était vide. L'armoire était béante et la commode montrait tous ses tiroirs entrouverts. La chambre était vide et non pas comme peut l'être une chambre inoccupée, mais comme l'est une chambre où l'on a pris quelque chose. La fenêtre bâillait derrière les persiennes closes et l'odeur même de Suzanne s'était évaporée déjà. Sur la table de toilette, il y avait un petit miroir à main, un miroir ancien que Marc avait naguère, en se jouant, orné d'un cadre de bois sculpté. Philippe saisit le miroir et le miroir lui montra le visage pâle, aux traits tirés, d'un garçon souffrant et triste. Le miroir ne conservait aucun souvenir de Suzanne. Cent fois, mille fois peut-être, la gracieuse image s'était formée dans le cadre sculpté, entre les chérubins et les roses de merisier. Il ne restait rien de cette image délicieuse. Philippe reposa le miroir sur la table. Il songeait à ces volières dans lesquelles on suspend parfois une petite glace scintillante, à côté de l'os de seiche sur lequel les oiseaux diaprés viennent s'affûter le bec.

Le miroir était vide, l'armoire était vide, la commode était vide, et vides aussi les placards, vide, mortellement vide toute la chambre de Suzanne. La jeune femme avait dit qu'elle reviendrait, qu'elle allait revenir tout de suite, et elle avait tout emporté. Est-ce ainsi que l'on agit quand on songe à revenir ? Philippe se mit à fouiller les meubles, l'un après l'autre, avec une sorte de rage. Il voulait que Suzanne eût oublié quelque chose. Il voulait, à tout prix, trouver quelque chose de Suzanne, une trace, un vestige, un souvenir indiscutable.

Il finit par découvrir une épingle de fer, une épingle noire, une longue épingle à cheveux. Il la serrait entre ses doigts déliés et il la regardait avec un tranquille désespoir, comme il eût regardé le squelette de son rêve. Une maigre épingle, et c'était donc tout ! Il se rappela, non sans un surcroît d'amertume, qu'à ses moments de fantaisie, Hubert appelait Suzanne « la charmeuse d'épingles ». Une épingle, voilà ce qui restait de moins mort dans toute la chambre !

Il en vint à se rappeler une petite phrase de Suzanne, une petite phrase murmurée dans le tumulte d'une gare : « L'idée que je pourrais donner quelque chose en gage, cette idée m'inquiète et me tourmente un peu... » Se pouvait-il que, sous son apparente légèreté, Suzanne fût si prudente et si calculatrice ? Eh bien, non ! Elle n'avait pas même à craindre de donner jamais ce qu'elle appelait « un gage ». Elle n'avait jamais rien donné, jamais rien promis de tel. Si vraiment elle s'interrogeait à la même heure, de son côté, dans le secret de sa conscience, elle n'avait point à se reprocher un mouvement de générosité. Elle n'avait aucun mal vraiment, à se retenir de donner ou de promettre. Elle était vide comme cette chambre, vide comme le petit miroir, vide comme le monde entier sous le regard de Philippe.

Il chercha son portefeuille pour y glisser l'épingle de Suzanne, entre deux papiers, comme une fleur morte. C'était le plus mort et le plus sec des souvenirs, ce petit fil de fer noir. Philippe tâchait, laborieusement, à mettre un peu d'ordre dans ses pensées douloureuses. Il n'avait pas même la chance d'être trahi, d'être trompé, puisque Suzanne, jamais, ne lui avait rien donné, rien prêté, rien promis. Il pensa que certains hommes ont, dans la souffrance, une sorte de consolation : ils sont fiers de leur souffrance. De lui, Philippe, il n'en était pas ainsi. Il se trouvait dépossédé, mais ce n'était que d'une ombre, ce n'était que d'une songerie. Il se racontait sans fin l'histoire de cet amour misérable, de cet amour insensé dont, à lui seul, il avait fait toute la dépense, et il ne trouvait presque rien à se raconter. C'était une douleur ingrate, une douleur non pas effervescente et généreuse, ainsi qu'il l'eût souhaitée, mais aride, mais stérile, sèche, comme justement cette épingle. Et pour le restant de la vie, il allait falloir loger, supporter et nourrir ce térébrant parasite.

Il poussa les persiennes et contempla le jardin. Toutes les plantes, tous les arbres végétaient à leur place exacte. Le monde était tel que toujours... Non, le monde était, lui aussi, mort et comme momifié. La maison semblait frappée de consternation. Mme Baudoin et les filles travaillaient dans la salle basse. On les entendait à peine : elles parlaient à voix couverte. La petite Paule Chastel, depuis la veille au soir, demeurait enfermée dans sa chambrette. Elle refusait d'en sortir, disant qu'elle n'avait pas faim, mais seulement grand mal de tête. De temps à autre, on l'entendait chantonner, bizarrement, comme une folle. M. Lavoine bricolait, quelque part, au fond des remises. Le bruit de son marteau s'étouffait dans le silence comme dans un univers d'étoupe et de mastic.

Philippe regarda le ciel. De gros cumulus bitumeux roulaient au loin, sur la vallée de l'Oise. Il n'était pas plus de onze heures et la chaleur était déjà pénible. Le jeune homme tomba dans une rêverie désolée. De temps en temps, il entendait un appel monter de la profondeur. L'aveugle était encore assis sous les bosquets de lilas. Il disait : « Tu es là, Philippe ? Es-tu bien là, mon garçon ? » Et Philippe répondait docilement : « Oui, papa. »

Tout à coup, sous les combles de la maison, s'élevèrent des voix courroucées. Ainsi, depuis la veille, la querelle d'Hubert et de Marc ne semblait s'éteindre que pour, soudain, reprendre flamme. Puis, ce fut un bruit terrible, le bruit de vitres qui volent en éclats, et l'on entendit quelque chose de pesant et de dur tomber sur le pavé de la cour. Puis, une galopade éperdue dans l'escalier et les couloirs. Hubert criait : « C'est idiot, ce que tu fais là ! »

Sur le pavé de la cour, au milieu des morceaux de vitres, Philippe apercevait maintenant une grosse bûche de chêne. C'était le buste de Suzanne auquel, depuis deux mois, Marc travaillait sans relâche. Du cœur de chêne ! Un beau bois ferme, au grain compact, un morceau de premier choix qui ne s'était pas même fendu en tombant de deux étages. Philippe, de la fenêtre, pouvait distinguer l'image, couchée maintenant face au ciel, parmi les débris de verre. Le visage était déjà très soigneusement taillé, très délicatement poli. Parfois, à l'atelier, Philippe caressait de la main ce tendre visage, en passant.

A ce moment, Hubert et Marc firent irruption dans la cour. Hubert criait : « Tu aurais pu tuer quelqu'un. Tu devrais avoir honte. » Marc n'écoutait rien : il avait l'air d'une bête forcenée. Il était livide, hagard, comme sont certains enfants calmes et secrets qui, une fois ou deux par an, poussent une colère écumante. Il avait retrouvé la hache et la tenait à la main. Tout de suite, il se prit à frapper, de toutes ses forces. Le fer pénétrait dans le chêne en faisant voler des copeaux. En un instant, le doux visage poli fut broyé, mutilé, fendu. Le furieux s'acharnait et soufflait comme un bûcheron. Hubert, calmé soudain, les poings tassés dans les poches, disait en haussant les épaules : « Tu aurais pu me le donner, tel qu'il était, même inachevé. Je t'assure qu'il me plaisait beaucoup, ton truc. Mais, le jeter par la fenêtre ! Et maintenant, le mettre en miettes, taper dessus comme sur une souche. Ah ! Marc, espèce de brute ! »

Marc continuait de frapper en grondant : « Non, non, il faut que je le détruise, puisque je ne peux pas l'achever. Je te dis que je ne veux même plus le voir. Il me déplaît. Il m'exaspère. Hon ! Hon ! »

Groupées à la fenêtre de la salle basse, Mme Baudoin et les filles regardaient avec consternation cette scène de carnage. M. Baudoin s'était mis debout et il étendait les mains. Il disait d'une voix tremblante : « Voyons, mes pauvres garçons ! » Philippe, de la fenêtre, écoutait toute la querelle avec, sur son visage, une expression d'étonnement et d'horreur. « Etait-il possible qu'il ne fût pas seul à souffrir ? Et il n'en avait jamais rien su ! Il n'y avait rien compris ! Se pouvait-il qu'il fût, lui aussi, aveugle et sourd ? On ne savait rien de Marc. On ne pouvait pas imaginer ce qui se passait en Marc... »

Quand la belle bûche de chêne fut réduite en éclats, Marc jeta son outil et s'épongea le front. Il semblait assouvi. Son visage recommençait de prendre couleur humaine. Il saisit Hubert à l'épaule et dit, la voix impérieuse :

— Maintenant que tout est fini, allons nous promener un peu.

— Où veux-tu aller ?

— Sur le plateau, tous les deux.

Mme Baudoin cria, du fond de la salle basse :

— Jérôme, accompagne-les, je t'en prie. Ne les laisse pas seuls.

Déjà les deux garçons s'éloignaient à grands pas dans les allées du jardin. Ils marchèrent d'abord sans parler : ils montaient la pente, ils allaient vite, ils n'avaient pas trop de tout leur souffle. Enfin, ils se trouvèrent parmi les champs de luzerne, de froment et d'avoine, sous le ciel peuplé d'alouettes.

Hubert, de temps à autre, répétait avec entêtement :

— Si tu n'en voulais plus, du truc, tu pouvais me le donner. Moi, je trouvais ça très bien.

Marc secouait la tête et continuait de marcher sans répondre en regardant les cailloux du chemin. Puis, soudain, il s'arrêta. De nouveau, il était blême. Une nouvelle onde de colère montait de la profondeur. Il avait l'air méchant et obtus, le regard dénaturé par maintes pensées qui remuaient dans son âme recluse, par toutes ces pensées torturantes qu'il ne pouvait pas exprimer. Il cria, cherchant ses mots et les proférant au hasard :

— C'est ta faute. Oui, tout cela qui arrive, c'est ta faute. Je dis ta faute à toi, Hubert. Je déteste ta manière de parler à Suzanne et je déteste cette façon que tu as de lui prendre le bras ou la taille. Et tout ce que tu lui dis... Et même ta façon de la regarder, Suzanne.

— Pauvre Marc ! Mais tu es fou, disait Hubert stupéfait.

Le forcené répétait :

— C'est ta faute ! Je te déteste.

Et tout à coup, il leva le poing et frappa Hubert à la tête. Ce n'était pas un coup lancé de pleine force. Tout de même une tache parut sur la tempe du jeune homme. Une tache et une petite goutte de sang. Hubert tira son mouchoir et recula d'un pas. Il était désespéré. Il répétait : « Tu es fou ! » Il allait se prendre à pleurer, là, tout debout, parmi les touffes d'armoise qui lui venaient à la ceinture, là, tout debout, sous la nue éblouissante.

Alors Marc se jeta par terre et commença de supplier. Il haletait :

— Pardonne-moi ! Pardonne-moi ! Oh ! ne dis rien à personne. Pardonne-moi, Hubert. Il fallait, pour me soulager, que je frappe quelqu'un, que je blesse quelqu'un. Et c'est toi que j'ai frappé, frère, parce que je t'aime, oui, parce que je t'aime plus que tous les autres. Dis-moi que tu me pardonnes, ou je vais me tuer, ou je vais m'ouvrir la gorge avec mon couteau de poche.

Hubert se mit à genoux et caressa de la main le visage de son frère.

Il disait des choses confuses et sa grosse voix zézayante était toute mouillée de larmes.

— Je ne t'en veux pas du tout. Je t'assure que je ne t'en veux pas du tout. Un coup de poing, mais oui, je comprends, ça soulage. Ça ne m'a pas fait mal. Je dirai que je suis tombé. Seulement, il faut être calme. Qu'est-ce que penserait maman ? Qu'est-ce que penserait papa ? Il faut même rentrer tout de suite. J'irai à Paris, ce soir. Je dois aller à Paris, ce soir.

Marc n'entendait rien de ces paroles fraternelles. Il demeurait allongé, la tête dans l'herbe épaisse. Et il répétait, tout bas :

— Pardonne-moi : je suis malheureux ! Tu ne peux pas savoir comme je suis malheureux. Regarde, regarde, regarde comme je suis malheureux !

## CHAPITRE 22

La nuit tombait. L'orage, qui avait longuement tournoyé dans le ciel parisien, se rassemblait maintenant, au nord, derrière la colline de Montmartre. Il ne pleuvait pas, mais de grand éclairs palpitaient parmi les nuages, ressuscitant de l'ombre une ville blafarde et lugubre.

Suzanne tira les rideaux et fit un peu de lumière. Puis elle s'assit sur une chaise et resta quelques instants immobile, presque abattue. La journée était achevée, toutes les corvées accomplies. Il n'y aurait plus qu'à prendre un tout petit sac de cuir et un manteau de voyage, puis à tourner la clef dans la serrure, à tirer la porte une bonne fois sur les souvenirs tourmenteurs. Demain matin, au point du jour, la voiture devait passer pour prendre la jeune femme. Les bagages étaient déjà partis. Suzanne avait fait mille courses, visité des consulats et scruté des magasins. Pour finir, elle était allée saluer tous ceux de sa famille qui se trouvaient à Paris.

Ce n'était pas une tâche trop compliquée, en cette fin du mois de juin 1921 : Cécile voyageait en Suède ; elle y donnait des concerts. Laurent était à Lisbonne où se tenait un congrès de biologistes. Joseph Pasquier venait de partir pour l'Egypte, et non certes dans le dessein d'y admirer les paysages pharaoniques, puisqu'il s'agissait de savoir si l'Occident européen mangerait le riz des fellahs ou celui des Annamites. Elle, Suzanne, allait s'envoler de l'autre côté du globe. Toute la famille Pasquier éclatait, comme une pièce de pyrotechnie qui lance des fusées brillantes vers tous les points de l'horizon.

Suzanne avait donc vu son frère Ferdinand et sa grosse petite belle-sœur, tous deux persécutés par une maladie imaginaire très effrayante où il était beaucoup parlé du système sympathique et de l'hypotension artérielle. Ferdinand et sa femme faisaient aussi leur voyage, un voyage tatillonnant et très inquiet jusqu'aux frontières de la santé.

Suzanne avait vu ses parents. Le Dr Raymond Pasquier divaguait avec magnificence. Il était maigre et brûlé par de nouvelles ambitions. Il écrivait un traité de philosophie. Il écrivait aussi ses mémoires et il n'avait pu s'empêcher d'en lire une page à Suzanne, oui, la visite à M. Thiers, en 71, à Versailles... Mme Lucie-Eléonore Pasquier était maintenant très vieille, presque impotente. Elle contemplait, avec une admiration toute mêlée d'effroi, l'étrange compagnon de sa vie, ce vieil enfant incorrigible. Les tentures de l'appartement étaient enfumées par l'haleine des becs Auer. Suzanne regardait, avec un sentiment d'angoisse, ces vieux visages ruinés. La barrière qui se dressait entre Suzanne et l'avenir confus, entre Suzanne et l'inconnu, entre Suzanne et quoi donc encore de plus terrible ? la mort peut-être, la barrière qui protégeait encore Suzanne lui paraissait maintenant tout à fait branlante et fragile. Encore un petit peu de temps, et les vieux Pasquier finiraient par disparaître. Les enfants Pasquier, Suzanne, sa sœur, ses trois frères, allaient se trouver soudain comme les soldats dont le tour est venu de passer en première ligne.

Entre son père et sa mère, Suzanne avait dîné, du bout des dents. Puis elle était revenue chez elle et, maintenant, elle était seule, seule au bord de cette dernière nuit, seule dans le petit salon qui sentait le fly-tox, le camphre et l'eau de lavande. La vieille servante Antonine était, depuis deux mois déjà, repartie dans sa province, comme il était de coutume pendant les tournées de Suzanne. La jeune femme était bien seule. Que lui restait-il à faire, avant de chercher le sommeil ? Elle devait écrire une lettre, la lettre, la terrible lettre qui serait adressée, sans doute, à Mme Jérôme Baudoin, puisque le télégramme se terminait par ces mots : « lettre suit ». Oui, il fallait écrire cette lettre. La soirée ne s'achèverait pas sans que cette lettre fût écrite. Mais la jeune femme y pensait avec une grande lassitude et elle remettait sans cesse à plus tard le moment de se trouver devant l'amère page blanche.

Elle s'assit à sa coiffeuse, alluma les lampes d'appliques et commença de dénouer sa chevelure. Naguère encore, ce moment était, dans la toilette du soir, celui où Suzanne goûtait le plaisir le plus doux, celui où elle s'abandonnait avec béatitude et candeur à la contemplation de soi. Les cheveux de Suzanne étaient dorés, flavescents par mèches et flamboyants par touffes, comme avaient été, jadis, et même pendant deux tiers de siècle, ceux de son illustre père. Ils étaient, en même temps, épais et vaporeux. Ils étaient mousseux et brillants. Quand Suzanne retirait les quelques épingles maîtresses, ses beaux cheveux, affranchis, lui coulaient sur les épaules et la jeune femme, à cette caresse fluide, éprouvait un plaisir étrange, voisin de la volupté.

Elle dénoua donc sa chevelure et se chercha dans le miroir, comme elle faisait soir et matin, comme elle faisait cent fois le jour, comme elle n'avait pas cessé de faire depuis le commencement du monde. Le miroir, fidèlement, lui présenta son image et Suzanne s'absorba dans le spectacle de cette image.

Il y avait toujours, dans le premier regard de Suzanne à son miroir, un sentiment de prière. Et toujours, le miroir, semblable à une idole bienveillante, répondait avec bonne grâce, avec libéralité. C'était un duo rituel et, quand il était chanté jusqu'au dernier verset, Suzanne se sentait paisible, comblée, sûre d'elle-même. Elle pouvait glisser aux délices du sommeil.

Or, par ce lourd soir de chaleur, le miroir de Suzanne lui semblait, pour la première fois, chargé d'un trouble refus. Elle croyait apercevoir, elle ne pouvait évidemment pas ne point apercevoir, sur ce visage lisse et pur, une foule de signes nouveaux, de traits, de méplats et d'empreintes. Elle doubla l'éclairage ; mais le miroir, comme une eau morte, demeurait hostile et hargneux.

De l'esprit au ridicule, de la finesse à l'obscurité, de l'exquise beauté à la laideur maussade, souvent, il n'y a que peu, il n'y a, souvent, que l'espace et la respiration imperceptible d'une nuance. Suzanne, avec malaise, contemplait son miroir et elle y découvrait soudain, oh ! non, certes, un visage de vieille femme, mais le visage sans allégresse d'une fille vieillissante et lasse. Il y avait, par exemple, au coin de l'œil, un trousseau de plis imperceptibles qu'elle ne se connaissait pas. La bouche était toujours modelée d'une substance fine et précieuse, mais deux petites incisures, descendues des narines mobiles, venaient séparer cette bouche de la chair veloutée des joues. Des sillons presque insensibles, mais ineffaçables déjà, divisaient le col de neige dans toute sa largeur. Que signifiaient ces sillons ? Suzanne, la veille encore, ne les avait pas aperçus. N'étaient-ils pas l'effet d'une illusion maligne ? Soudain, doublant et dénaturant son image, elle aperçut la vieille figure ravagée du Dr Pasquier. Alors elle se leva, ferma les yeux, s'échappa, puis elle se mit à marcher dans la chambre. Elle frissonnait, en dépit de la chaleur d'orage. Elle pensait à Zarouk, au petit berger berbère qui vieillissait à vue d'œil pour mourir au crépuscule. Elle n'osait plus regarder dans le miroir perfide. Peut-être allait-elle s'y apercevoir sans dents, sans cils, sans sourcils, sans ses beaux cheveux de soie, toute flétrie et consumée comme la vieille heaulmière.

Pour la première fois de sa vie, Suzanne sentait avec une force désespérée qu'elle était quelqu'un de mortel, quelque chose, oui, quelque chose de périssable. Le fol garçon Hubert disait parfois : « Moi, je ne vieillirai jamais ! » Suzanne pouvait-elle encore dire sans dérision une phrase telle ? Elle prit sa tête à deux mains. De sombres pensées commençaient de ramper dans cette tête délicieuse.

Elle revint à son miroir. Il le fallait, maintenant ! Par un cruel effort de volonté, par un effort de tout son être, elle s'assit de nouveau devant la glace ténébreuse. La magie devait s'épuiser. Ce qu'elle voyait dans le miroir, c'était la charmante image d'une Suzanne éternelle. Mais le cœur de la jeune femme ne s'abandonnait plus à l'ivresse adorante. Elle regardait avec amertume ses belles mains qui n'avaient jamais, comme celles de sa mère, la pauvre Lucie-Eléonore, connu les besognes pénibles. Sans tendresse, elle regardait cette belle gorge turgide qui n'avait jamais encore été gonflée par le lait. Avec une angoisse toute nouvelle, elle regardait la belle bouche de Suzanne, cette belle bouche d'or qui formait tant de paroles harmonieuses, tant de paroles qu'elle puisait dans les livres des poètes mais qui jamais ne montaient des profondeurs de la chair.

Elle ne pouvait pas se plaindre. Elle ne songeait pas à se plaindre. Elle avait librement choisi sa route et sa vie. Et voilà que cette vie n'était peut-être qu'un fantôme de la vie véritable et vivante. Tant pis ! Il était trop tard. La vie véritable et vivante, Suzanne y avait renoncé pour se tourner vers qui, vers quoi, Seigneur ? Vers les ténèbres poudreuses que l'on respirait au théâtre, pendant les heures de travail, ou vers ces foules indociles, parfois stupides, toujours ingrates qui la flattaient de leurs regards, de leurs soupirs, de leurs clameurs, et qui l'oubliaient sans doute dès qu'elles avaient tourné le dos pour courir à d'autres divertissements.

Elle avait choisi. Et qu'avait-elle choisi ? D'offrir sa vie, toute sa vie, oui, oui, toute la vie de Suzanne à des ombres, à des fumées. Vidame venait de la siffler, comme on siffle une bête obéissante, et elle était accourue, trop heureuse d'être rappelée. N'avait-elle donc point d'orgueil ? Pêcheur astucieux, Vidame avait accroché un beau rôle au bout de sa ligne, il avait pendu à l'hameçon le doux spectre d'Olivia, et Suzanne avait été pêchée, tout aussitôt, telle une étincelante ablette.

Elle avait donné sa vie à des ombres, à des fantômes. Elle avait donné sa vie à des rêves. Pourtant, où était le plus beau rêve ? Sur la scène de cellulo-galalithe du petit théâtre des Carmes, face aux cadavres de fauteuils ? Ou bien, là-bas, sur la colline de Nesles, parmi les senteurs végétales du jardin trempé de pluie ? Oui, vraiment, où était le rêve ? Mais à quoi bon se le demander, puisqu'il était déjà trop tard ?

Hier encore, elle aurait pu tendre la main, elle aurait pu ouvrir les bras. Mais non, elle avait fait la coquette, elle avait joué la comédie, une fois de plus, au milieu de tous ces garçons, comme jadis avec Richard Fauvet, avec Roch, avec Testevel, avec Larseneur, comme avec tous et comme toujours. Etait-elle donc déjà si loin sur la route de sa vie pour qu'il lui fût impossible de revenir en arrière et de tout recommencer ? Oui, certes, elle était trop loin. Il était beaucoup trop tard.

Pour la première fois, Suzanne éprouvait ce qu'elle imitait à merveille dans la lumière des projecteurs, devant la foule du théâtre :

le désespoir d'un cœur souffrant. Oui, vraiment, elle allait mal. Quelque chose de douloureux et de gros remuait lentement dans sa gorge. Elle avait, depuis la veille, les joues brûlantes et le cœur glacé.

Elle se mit debout, lentement, et fit quelques pas dans la chambre. Elle n'était pas plus réelle que les bergères de papier qui dansaient depuis longtemps sur les murailles de l'alcôve. Elle fit encore quelques pas, pour dissiper les sortilèges. Une petite plume de duvet, échappée aux coussins, voletait dans l'air orageux. Suzanne la saisit, au vol, puis lui rendit la liberté. Avait-elle plus d'existence que cet objet aérien ? Allons, un peu de courage ! Elle devait écrire une lettre, et puis, il faudrait dormir.

Elle entendit tomber sur le balcon les premières gouttes d'une grosse ondée. Comme elle était seule, ce soir ! Elle avait toujours vécu seule et n'en avait jamais souffert. La solitude, tout à coup, lui parut intolérable. Elle jetait autour d'elle des regards effrayés, chargés de supplication.

Ce fut à ce moment que retentit le timbre du vestibule.

Elle alla jusqu'à la porte. Mais elle n'osait pas ouvrir. Elle se contentait de murmurer : « Qui est là ? Qui êtes-vous ? »

Alors, de l'autre côté, dans l'escalier sonore, une grosse voix zézayante retentit, une voix zézayante qui disait : « C'est moi ! »

Elle ouvrit tout de suite et prit le garçon par la main. Elle murmurait : « Vous êtes fou ! Dehors par cette pluie d'orage ! Quittez votre trench-coat. Allons, retirez vos gants et, maintenant, suivez-moi. Que venez-vous me demander, Hubert ? »

Il se prit à bredouiller. Il était, en même temps, désolé, mais enthousiaste. Désolé de ce qu'il avait à dire et enthousiaste d'être là, chez Suzanne, avec Suzanne, pendant que la pluie tombait par grandes vagues sur la ville et que le tonnerre ébranlait la maison.

Il était maintenant debout au milieu de la chambre, debout devant Suzanne, et il ne cherchait pas à s'excuser, mais il souriait d'espoir et d'ardeur. « Elle ne pouvait pas savoir comme l'on était triste, à Nesles, à la Cavée des Portes. Tout le monde était trop triste et c'était à faire pitié. Lui comme les autres, il était triste. Il ne savait plus qu'inventer pour échapper à la tristesse. La maison était malade et frappée de stupeur. Alors, il avait pensé, lui, Hubert, sans consulter personne, que le mieux était encore de prendre le train du soir et de venir ainsi, dans la nuit, chercher Suzanne, reprendre Suzanne. Oui, il avait pensé que la seule chose à faire pour regagner Suzanne était de la supplier, et même de se mettre à genoux... »

Il se mit à genoux, comme il faisait toutes choses, avec une grâce légère qu'elle eut envie d'admirer. Il était maintenant à genoux devant elle et il continuait de parler, d'une voix ivre et chavirante :

— On m'a toujours dit que j'étais le fou de la maison. Et maintenant, Suzanne chérie, c'est à n'y pas croire, je suis le plus raisonnable. Alors, il faut revenir.

Il disait « Suzanne chérie », comme les autres, comme tous les autres. Elle le contemplait avec émerveillement et tristesse. Il était charmant, si jeune ! Il avait l'air d'une divinité sauvage, d'un génie des buissons et des bois. Il était devant elle comme l'ange de la colline enchantée. Il avait des gouttes de pluie suspendues dans ses cheveux, dans ses sourcils bien dessinés, et jusqu'à la pointe de ses longs cils soyeux. Cela ressemblait à des larmes. C'étaient peut-être des larmes. Elle tira son mouchoir et tout aussitôt se ravisa. Elle voulait essuyer ces larmes, furtivement, avec ses lèvres. Elle fit ainsi et le président du Club des Indifférents commença de trembler de tout son corps.

Il avait posé sa tête sur les genoux de Suzanne. La jeune femme apercevait, à la naissance des cheveux, une tache, une meurtrissure bleue. Elle demanda : « Que vous est-il arrivé ? » Il répondit : « Je suis tombé, Suzanne chérie. » Puis il se prit à répéter : « Revenez, Suzanne chérie ! »

Suzanne le regardait en secouant doucement la tête. Hélas ! Il était trop tard. Il était trop tard pour recommencer une vie, trop tard pour changer de route, trop tard pour tâcher d'être heureuse comme toutes les autres femmes. Mais elle pouvait, du moins, à ce grand bonheur perdu, dire un adieu solennel, dire un adieu déchirant. Elle pouvait, à ce beau mendiant, à cet enfant ébloui, faire une aumône magnifique.

Elle se leva d'abord en titubant, puis elle éteignit les lumières. Avec des gestes d'aveugle, elle le cherchait dans la nuit.

Plus tard, comme le garçon commençait à se réveiller de l'ivresse, il sentit qu'entre ses bras la jeune femme sanglotait.

Il l'étreignit de nouveau, de toutes ses forces naïves. Il balbutiait des mots d'enfant, des mots incohérents et tendres pour étancher cette douleur qu'il ne pouvait pas comprendre.

## CHAPITRE 23

— J'ai beaucoup voyagé, disait Eric Vidame, et j'ai souvent pris la mer. N'empêche que j'ai toujours un petit pincement au creux de l'estomac à ce moment précis, tenez : quand l'espace, entre le bord du navire et le quai, devient tout à coup trop large pour qu'il soit possible de faire un bond et de sauter, même à un homme très agile.

Tiré par des remorqueurs frénétiques, le grand bateau gagnait le milieu du courant. Les voyageurs continuaient de parler aux personnes qu'ils avaient laissées sur la rive, mais les voix devenaient plus grêles. Elles allaient bientôt se dissoudre dans l'espace noyé de pluie. A cause de la marée, le départ avait été retardé jusqu'à la fin de l'après-midi. Tous les comédiens, penchés sur la lice, regardaient tantôt la rive, où s'agitaient des mouchoirs, et tantôt le courant limoneux qui charriait des taches de graisse, des peaux d'oranges, des douves de tonneaux, des bouteilles, des bottes de paille dénouées, tous les déchets des navires à l'ancre devant les docks.

Puis on entendit des coups de sifflet, des sonneries, et les machines commencèrent d'ébranler à coups rythmés toute la carcasse du navire.

— Mano, fit soudain Vidame, va donc voir où est Suzanne. Pourquoi n'est-elle pas ici ? Ça fait quand même un peu de temps que je ne l'ai vue.

— Moi, je l'ai vue, dit Farge. Mais c'était dans le taxi. Depuis, ma foi, je ne sais pas trop.

— Je vais voir, répondit Emmanuel des Combes. Elle doit être dans sa cabine. Elle n'aime pas beaucoup la mer. Elle doit défaire ses bagages pendant que cela ne remue pas trop.

— Vas-y tout de suite, mon vieux. Je serai quand même plus tranquille.

Le bateau glissait maintenant au milieu du fleuve. On apercevait les maisons, les tours et les entrepôts de la ville. Des gouttes de pluie voltigeaient encore parmi les remous du norois. Des Combes revint bientôt. Il n'avait pas trouvé Suzanne. La cabine était fermée à clef. Il avait frappé très fort et personne n'avait répondu.

— Je vais la chercher de mon côté, fit Hellouin. Où voulez-vous qu'elle soit ? Je l'ai trouvée lamentable, il n'y a pas d'autre mot, dans le wagon-restaurant. Ce n'est pas du tout son genre. Elle doit avoir quelque chose qui ne va pas.

— Hellouin, il faut la trouver, grogna pensivement Vidame. Débrouille-toi, mon gros. Non, vous voyez, la sale blague ! qu'on ait oublié Suzanne ! Imaginez seulement qu'elle soit redescendue à terre. Une femme, on ne sait jamais. Une lettre à mettre à la boîte, un achat, une lubie, une course de la dernière minute. Moi, je ne peux quand même pas, surtout dans des moments pareils, faire toujours le chien de berger, le garde-chiourme, le flic.

Hellouin était déjà parti. Vidame hochait la tête avec mauvaise humeur en crachotant dans sa pipe.

Moins d'une minute plus tard, le gros garçon revint. Il avait découvert Suzanne. Elle était allée se loger, toute seule, à l'arrière du navire, sur un banc des secondes classes. Elle n'était pas souffrante, mais elle pleurait un peu. Vidame haussa les épaules.

— Tu lui diras, dit-il, qu'elle fera bien de venir à table, avec tout le monde. Nous en avons pour un moment dans le fleuve, et elle pourra dîner tranquille. Après, dame, on ne sait rien. Il y a quand même beaucoup de vent.

Suzanne était, en effet, assise toute seule, à l'écart, dans un entrepont désert, à la poupe du navire. Elle regardait avec navrement la ville et le quai de pierre sur lequel s'attardait encore une petite foule figée. Ces mouchoirs qui voltigeaient, ce n'était pas pour

Suzanne. Elle avait des camarades. Elle avait, toujours et partout, rencontré beaucoup de camarades. Elle n'avait pas d'amis. Non, elle regardait la ville, les quais et la foule à mouchoirs, parce qu'il faut bien regarder quelque chose quand on a les yeux ouverts.

Des voyageurs, par groupes loquaces, venaient de s'approcher de Suzanne. Ils étendaient le bras pour montrer, sur le rivage, des bâtiments, des entrepôts. Ils faisaient beaucoup de bruit. Alors Suzanne se leva, regagna le pont des premières et chercha son chemin dans le dédale de ce paquebot inconnu. Elle respirait avec dégoût une odeur de graisse chauffée qu'elle connaissait trop bien : l'odeur des machines en mer.

On apercevait maintenant, sous le crépuscule trempé, la campagne et les vignobles. Les comédiens, rassemblés autour de leur patron, prononçaient des noms illustres et faisaient, avec une componction gourmande, claquer leur langue contre leur palais. Vidame semblait mécontent. Il dit :

— Je vais aller choisir la table où nous serons tous ensemble. A moins que le commandant... Toi, Hellouin, va voir Suzanne. Elle doit être dans sa cabine, maintenant qu'il fait presque nuit. Dis-lui, mon gros, que, ce soir, elle ne mette pas de robe longue. C'est un dîner de départ et on ne s'habille pas.

Hellouin disparut aussitôt dans les entrailles du navire. Il revint au bout d'un moment. Suzanne était dans sa cabine, étendue sur sa couchette, la tête dans son mouchoir. Et elle pleurait beaucoup. Elle n'avait même rien répondu aux recommandations du messager.

— Suzanne a tort, dit Eric Vidame, de s'abandonner comme ça. Tu lui diras, de ma part, à la prochaine occasion, que toutes ces larmes, eh bien ! c'est absurde. Ça va lui gâter le teint. Oh ! n'y retourne pas tout de suite. Rien ne presse, au bout du compte. Nous sommes sur ce rafiot pour quelque chose comme dix-huit ou vingt jours. On a le temps de se remettre.

Suzanne était étendue dans la petite cabine où, par faveur spéciale, elle devait loger seule jusqu'au terme du voyage. Elle était allongée sur l'étroite couchette. Elle était soudain semblable à ces oiseaux étincelants qui remplissent une volière de leurs essors et de leur ramage, mais qui, touchés par le sommeil ou par la mort, ne forment plus, dans un coin, qu'une très misérable pincée de plumes, de poussière et d'écailles. Elle rêvait, douloureusement, aux voyages imaginaires que racontait M. Lavoine : « Nous sommes arrivés, au petit matin, dans un port pourri, moisi, couvert de champignons blancs, et quand notre bâtiment a touché les piliers des quais, ils sont tombés en poussière. Alors, à notre rencontre, est venu un vieil homme... »

Il lui sembla, tout à coup, que le navire, empoigné par une force souveraine, venait de se dérober sous elle et qu'elle allait choir dans l'abîme. Le rythme des machines était maintenant implacable. Et ces machines parlaient, comme elles parlent, paraît-il, dans le calme de la nuit, quand les hommes sont endormis. Et les machines répétaient sans fin, de leur voix monotone : « Su-zanne-a-per-du-sa-vie... Su-zanne-a-per-du-sa-vie... Su-zanne-a-per-du-sa-vie... »

La nuit devait, maintenant, régner sur toutes les campagnes de France, comme sur l'océan désert. Suzanne, soudain, entrevit la maison de la colline, les visages consternés, et le grand enfant Hubert qu'elle avait serré dans ses bras, et pour qui, partant à l'aube, elle avait laissé une lettre de quatre lignes, un affreux bout de papier grand comme la moitié d'une paume. Non, pas même une lettre : un cri. Un cri de désespoir et d'adieu.

Les machines, maintenant, chantaient une autre chanson. Elles disaient, elles murmuraient, dans le bercement de la mer, des paroles très mystérieuses : « Qu'il paraît-beau-le-dédain, sur-sa-lèvre-méprisante... Qu'il-paraît-beau-le-dédain, sur-sa-lèvre-méprisante... » Hélas ! hélas ! nul n'avait dédaigné Suzanne. C'était elle qui avait dédaigné de vivre la vie véritable. Elle était condamnée, maintenant, à demeurer parmi les ombres. Serait-elle Olivia, Lucinde ou Célimène ? Non, non, elle n'était, hélas ! qu'une créature sans joie, sans lumière, sans espoir ; mais non sans regrets. Non sans regrets, sûrement.

Elle tâcha d'imaginer encore la maison de la colline et le parfum du chèvrefeuille. Il faut une âme très riche pour imaginer les parfums. Elle n'était pas une âme très riche. Elle était une âme souffrante. Au fond même de sa misère, elle se sentit envahie, conquise, grandie par une réalité terrible qui la dépassait de toutes parts et qui était non pas Suzanne, mais la tristesse de Suzanne.

La porte de la cabine s'ouvrit encore une fois et le gros acteur Hellouin montra sa figure bouffie.

Il se tenait là, debout, au bord de la couchette, et il faisait de grands efforts pour lutter victorieusement contre les bonds du navire. Il n'y parvenait qu'avec peine. Il donnait, entre deux hoquets, des nouvelles un peu confuses. On allait déboucher en plein océan. On traverserait, la nuit, tout le golfe de Biscaye. On apercevait les feux de la pointe de la Courbe et ceux de la pointe de Grave. Il faisait beaucoup de vent et la mer était mauvaise. Le patron conseillait à Suzanne de rester bien tranquille, au lit, puisqu'elle était mal à son aise.

Suzanne avait pris, au départ, une pilule d'atropine, sur le conseil de Charruel. Elle avait la gorge sèche et regardait le gros acteur avec des yeux non plus bleus, mais d'un noir trouble et anxieux. Hellouin répétait encore, au moment de tirer la porte : « Tâchez seulement de dormir ! »

Suzanne fit un long soupir et ne répondit même pas. Le grand malaise de la mer lui ouvrait un affreux refuge.

# LA PASSION DE JOSEPH PASQUIER

## CHAPITRE PREMIER

C'est sur la nature et la surprenante vertu du rouge que l'œil hésitait tout d'abord. Ce n'était pas le carmin et non certes le vermillon. Ce n'était pas, ce ne pouvait être la garance ni la cochenille. Il y avait là une pointe d'ocre et un soupçon de kermès, avec quelque chose de plus vif et pourtant d'un peu mat. Alors, c'était peut-être le cinabre ? Nul doute, c'était le cinabre.

Cette première certitude établie, l'esprit s'abandonnait aux surprises d'un inventaire. On ne pouvait pas ne pas remarquer une crosse noire, avec des chevilles et des cordes : c'était la volute d'une viole ou d'un luth. Non loin de là, s'ouvrait un œil limpide et magnifique, avec ses longs cils cambrés. Il s'ouvrait dans une auréole de la couleur des nèfles mûres. Riche couleur ! Sur la prunelle de cet œil, on apercevait l'image courbe et déliée d'une fenêtre à croisillons. Puis on rencontrait deux ou trois carrés de parquet, de cette sorte dite « Versailles ». Puis une main, une main élégante, admirablement formée. Puis, non loin de la main, un fragment de journal sur lequel on pouvait lire : *La Presse, journal du soir, sixième édition*. Puis un cothurne et un peigne d'écaille. C'est au-dessus du peigne que l'observateur découvrait la patte du lion. Une patte vraiment royale, toutes griffes dehors. Ensuite, pour rencontrer le museau du crocodile et la corne de l'antilope, il fallait aller très loin, jusqu'au bord du désert de cinabre, dans un lieu sauvage où scintillaient comme des phares trois cabochons de cristal dont on ne savait pas s'ils étaient simplement collés ou rivés sur le panneau. Enchâssés dans la pâte ? Il n'en était pas question ! Nul empâtement. Tout l'ensemble était traité par des lavis ou plus justement des glacis d'une distinction, d'une légèreté, d'une transparence parfaites. Alors, parvenu tout au bord du cinabre, de l'océan de cinabre, l'œil, grisé, perdait en quelque sorte l'équilibre. Une seconde encore, il tâchait de se raccrocher à la mâchoire d'une panthère ou d'un puma, mâchoire délicatement insérée entre deux prospectus de la Société protectrice des Animaux. Mais l'œil et l'esprit, attirés, sans résistance imaginable, par les prestiges du cinabre, ne tardaient pas à sombrer dans cette étendue rougeoyante.

— Alors ? fit Joseph Pasquier d'une voix brusque, teintée de sollicitude et même de curiosité. Alors ?

— Alors, répondit M. du Thillot, je trouve que c'est très joli de mouvement, très joli de couleur ; mais, ça me dépasse un peu. Enfin, je ne comprends pas très bien, du moins je ne comprends pas tout. Oh ! le détail... le détail est impeccable. On reconnaît le pinceau d'un maître. Moi, j'en ai, des toiles de Gretchenko, du temps qu'il était seulement considéré comme un fauve. Des toiles de l'époque amarante. Mais ça, ça ! Je peux bien vous avouer que je ne vais pas si loin.

Joseph Pasquier recula d'un pas, cligna de l'œil à plusieurs reprises, remua le pouce comme s'il modelait, à même l'atmosphère, des formes voluptueuses, puis il se tourna vers M. du Thillot en haussant les épaules avec rondeur.

— Oui, oui, disait-il. Je vois ce que c'est. Vous en êtes encore à Bonnard, à Vuillard, peut-être même pas si loin : Cézanne ? Renoir ? Monet ? Oh ! il n'y a pas à en être honteux. Moi aussi, j'en ai des Cézanne. Et des Monet, donc ! Une vingtaine. Tant ici qu'à Butry. Et des Renoir, donc ! Et des Degas ! Vous, cher monsieur du Thillot, c'est la sagesse, c'est le placement sûr.

— Le placement ! Le placement ! grognait le petit vieux en hochant la tête avec dignité. J'aime sincèrement la peinture, moi ; mais je demande à comprendre l'idée générale, le sentiment général. Cézanne, ça va ; je peux vous l'affirmer. Quant à Gretchenko, enfin ce Gretchenko-là ! Cela m'intimide un peu.

Joseph Pasquier tendit la main vers la muraille. Il disait, d'une voix touchée d'irritation :

— C'est un Orphée. C'est la plus belle figure d'Orphée qu'il soit possible de trouver en trois siècles de peinture. Mon frère Laurent — vous savez : le grand savant — a fait des observations curieuses à propos de la mâchoire du puma, des dents du puma et même du crocodile. A part cela, Laurent n'y comprend rien. Pas plus que vous, cher monsieur du Thillot. Avouez-le, pas plus que vous. Allons, encore cinq minutes, puisque cela vous intéresse.

— Oui, dit le vieillard, je sais que vous êtes pressé, monsieur le Président.

— Terriblement pressé ! Plus pressé que je ne saurais dire. Mais diable ! moi aussi, j'aime la peinture. Puisque vous ne mordez pas aux Gretchenko, venez par ici, venez dans la grande galerie. Des Cézanne, vous disiez des Cézanne ? En voilà une demi-douzaine. Les baigneuses sur la montagne de la Victoire, eh bien ! oui, c'est moi qui les possède. Vous ne le saviez donc pas ? Pourtant, quand j'ai acheté le tableau, il y a eu une grande tartine dans *l'Illustration*. Et le Renoir que vous voyez là, cette femme nue qui montre en même temps son gros derrière rose et sa forte mâchoire, je ne vous dirai pas que je l'ai eu pour une bouchée de pain. Non, non. Je l'ai payé trente mille, ce Renoir-là ; mais il en vaut quatre-vingt mille aujourd'hui. Et, au train où vont les choses, l'an prochain, il dépassera peut-être cent cinquante mille. C'est une pure question de change, en ce moment. Valeur or !

Le petit vieux levait au ciel des mains effrayées. Joseph haussa les épaules et poursuivit :

— C'est lamentable, mais c'est comme cela. Je vous montrerai toute ma collection, en détail, une autre fois. C'est mon plaisir, c'est mon délassement... Pour revenir à Fourdillat, je ne suis pas, comme vous, de ses intimes. Je ne le vois qu'à la Chambre et je ne veux absolument rien lui demander d'homme à homme. En apparence, je ne veux me mêler de rien. Fourdillat est un très honorable ministre de l'Economie nationale... Oui... je pense, monsieur du Thillot, qu'il n'y a pas d'erreur et que nous sommes d'accord.

— Nous sommes parfaitement d'accord, répondit le vieil homme en élevant avec force les sourcils au-dessus de son binocle de magister, de son binocle à l'ancienne mode. Nous sommes d'accord sur l'essentiel. Vous voulez une augmentation de votre contingent. Quelque chose qui aille chercher dans les cinquante tonnes...

— Non ! coupa rudement Joseph Pasquier. Non ! nous n'y sommes pas du tout.

Il s'arrêta de marcher devant la muraille couverte de cadres. Il commençait de réfléchir. Pour accomplir cet effort dans les conditions les plus sûres, il demeurait soudain comme pétrifié, le col non pas fléchi, mais roide et le regard tendu vers l'horizon. Ses poings étaient fermés à bloc et ses jambes un peu écartées, à la manières des factionnaires sur les vieilles estampes. Joseph Pasquier n'était certes pas de haute taille ; mais il était robuste. Avec son encolure de percheron, ses membres vigoureux, sa poitrine musculeuse, son œil toujours en mouvement, il faisait songer à quelque bête puissante et intelligente. Il avait de gros traits, des rides longues et nettes ; son visage, couleur jambon de Parme, était comme sous-tendu par des câbles énergiques. Le lobule des oreilles, depuis quelques années, virait au violet, et il en était ainsi des joues et du front, quand Joseph succombait à la colère, ce qui arrivait au moins une fois et même plusieurs fois par jour. La face était complètement rasée. Les sourcils touffus et les cheveux gris, presque blancs, brillaient par contraste avec le tégument rougeâtre. Parfois, Joseph ouvrait la bouche pour rire ou parler, et l'on apercevait alors une mandibule rayonnante, dans laquelle, de-ci, de-là, s'allumaient des pépites d'or. A tout instant, il tirait, d'un étui en peau de serpent, une volumineuse paire de lunettes et il se la campait sur le nez, avec ses doigts agiles, fleuris de gros bouquets de poils. On devinait que, sous le linge fastueux, le poitrail aussi devait être velu comme celui d'un grizzli. Tout, dans ce corps massif, respirait l'équilibre et l'autorité. Un tic intermittent arrêtait toutefois l'observateur attentif : quand Joseph parlait avec trop d'animation, sa bouche se tordait de manière spasmodique et la commissure gauche, en deux ou trois secousses consécutives, semblait pénétrer dans l'épaisseur de la joue.

Il considéra le petit monsieur du Thillot avec une grimace de compassion goguenarde et cette grimace signifiait : « Non, non, n'ayez pas peur. Je ne vais pas éternuer, je ne vais pas tousser, je ne vais pas respirer trop fort. Je n'ai pas la moindre envie de vous voir tomber à la renverse. Et s'il m'arrive de vous prendre par le bras ou par l'épaule, je serai tout à fait prudent. J'ai des bibelots dans mes vitrines. Je sais ce que c'est. Rien à craindre. »

— Non, non, nous ne sommes pas d'accord, mon cher monsieur du Thillot, reprit-il d'une voix ronflante, un peu rauque. Ecoutez-moi une minute. La compagnie Cryogène, dont je suis l'administrateur délégué, importe d'Amérique des réfrigérateurs de trois types différents : des petits, des moyens et des gros. Vous avez entendu : je dis bien des petits, car notre entreprise est essentiellement démocratique et entend mettre à la portée de toutes les bourses cette merveilleuse invention moderne. Bien ! Notre contingent annuel est de trois cents tonnes. Et je me demande pourquoi nous sommes contingentés, puisqu'il n'y a pas une seule maison française capable de donner ce que nous donnons au même prix et dans la même qualité. Bien ! Nous sommes au mois de mai et le contingent est couvert. Nous n'avons pas la moindre envie d'arrêter l'importation et nos correspondants américains nous pressent de trouver une solution à ce problème ridicule. J'ai cent tonnes de cryogène actuellement bloquées à Saint-Nazaire. Je vous demande un peu ! Et il y aura, dans huit jours, cent autres tonnes de camelote qui vogueront sur l'Atlantique. Bien !

— Vous m'aviez d'abord dit cinquante tonnes, peut-être soixante, bredouillait le petit vieux.

— Je l'avais dit ? Pas possible. Eh bien ! je m'étais trompé. C'est deux cents tonnes pour août-septembre, et probablement trois cents tonnes avant la fin de l'été. C'est en été que les bougres ont besoin de faire de la glace et de conserver leurs mangeailles. Ce que je vous demande pour l'instant, cher monsieur du Thillot, c'est de flairer Fourdillat, c'est de le subodorer, c'est de me faire savoir, et assez vite, cher monsieur et ami, ce qu'il cache dans son estimable caboche d'Auvergnat, c'est de me trouver, c'est de nous trouver un truc pour nous arranger en douceur avec Fourdillat et ça de manière que tout le monde soit content. Lui, Fourdillat, d'abord. A tout seigneur, tout honneur ! Moi ensuite, et ma compagnie, et les Amricains, bien sûr — il prononçait Amricains. — Enfin, vous, monsieur du Thillot. Vous me connaissez un peu, monsieur du Thillot.

Le vieil homme éleva la main, toussa un coup et dit :

— Oh ! moi ! moi ! Je suis parfaitement tranquille. Mais n'allez pas croire, par exemple, que lui, Fourdillat, puisse accepter de l'argent. C'est un personnage parfaitement vétilleux sur le chapitre de l'argent.

Joseph frappa du pied sur le parquet sonore.

— Mais qui donc vous parle d'argent ? Je suis sûr que Fourdillat est, comme vous dites, vétilleux. C'est pourquoi il nous faut trouver, pour lui faire plaisir, un truc épatant, quelque chose qu'un personnage vétilleux puisse accepter des deux mains et les yeux fermés. L'argent ! L'argent ! C'est extraordinaire ! Tous ces gars-là, cher ami, affectent de parler de l'argent avec énormément de mépris, avec quelque chose comme du dégoût. Mais avec quoi payent-ils le *bacon and eggs* et la marmelade d'orange ? Je vous le demande. Avec quoi payent-ils les chemises de soie et la pelisse de castor ? Avec des sourires, peut-être ? Avec de bonnes paroles, peut-être ? Non ! non ! non ! Ils ont tous besoin d'argent ; ils ont tous envie d'avoir beaucoup d'argent. Ils reçoivent tous de l'argent et ils sont tous terriblement avares de leur sacré argent. Et ils pensent tous à l'argent depuis le matin jusqu'au soir et même du soir jusqu'au matin. Seulement, ils ne le disent pas, parce que ce sont tous des hypocrites. Je finis par croire que je suis le seul au monde à ne pas être hypocrite sur le chapitre de l'argent. Et quand ils ne sont pas avares pour eux, ils le sont pour leur société ou pour leur œuvre, ou pour les pauvres. Oui, pour les pauvres ! Vous n'avez pas connu Alfred Varlot ? Il dirigeait la compagnie des pâtes à papier. Il vivait comme un chien. Il recevait des millions et il se décarcassait le croupion pour faire faire à sa société une économie de cent sous. Vous n'avez pas connu l'abbé Zeller, de Sainte-Clotilde ? Non ? C'était un saint, monsieur du Thillot. C'était un modèle de pauvreté. Une soutane mitée à mort et des croquenots en dentelle de carton, noués avec de la ficelle. Il donnait tout à ses pauvres. Mais, pour pouvoir tout donner, il ne pensait plus qu'à l'argent. Il était radin comme personne. Il aurait fait des bassesses, des indélicatesses pour donner plus à ses pauvres. D'ailleurs, il en a fait, des indélicatesses. Il a même failli être coffré. S'il n'a pas été coffré, c'est parce que je m'en suis mêlé. Les prêtres, pour moi, c'est sacré. Je n'ai pas de religion, mais je ne veux pas qu'on touche aux prêtres... Oui, je vous disais : l'argent ! Ah ! Seigneur ! je pourrais tant vous en conter que je préfère m'en tenir là. Pour Fourdillat, c'est naturel, nous ménagerons sa pudeur, et c'est même pourquoi la « Cryogène » et moi nous avons recours à votre esprit d'invention, cher monsieur du Thillot, à votre délicatesse. Qu'est-ce que vous voulez, mon petit Blaise ?

Un jeune homme venait de paraître à l'extrémité de la galerie. Il était vêtu d'une longue jaquette pincée à la taille et d'un pantalon rayé. Il serrait contre son flanc un portefeuille en peau de porc. Sa joue était veloutée de poudre. Un sourire imperceptible naissait, voltigeait et mourait sur ses lèvres bien dessinées.

— Qu'est-ce que vous voulez, mon petit Blaise ? répéta Joseph Pasquier d'une voix cordiale et cavalière.

— Monsieur le Président, articula le jeune homme, c'est M. de Janville qui est à l'appareil.

— Parfaitement, parfaitement ! s'écria Joseph, soudain attentif et même empressé. Mais pourquoi ne pas l'avoir branché sur la galerie ?

Vous n'imaginez pas que je vais descendre un étage. Et si j'ai fait mettre le téléphone dans toutes les pièces, ce n'est quand même pas pour des prunes.

Sans répondre, le jeune homme se dirigeait vers un petit placard dissimulé parmi les cadres. Il l'ouvrit et, s'effaçant, murmura d'une voix neutre, presque glacée :

— La communication attend monsieur le Président, ici même.

Joseph bondit sur l'appareil. Ses gros sourcils blancs frémissaient. Sa large face exprimait un sentiment, chez lui tout à fait anormal, de jubilation obséquieuse. Il gloussait, s'efforçant de donner à son puissant organe vocal un timbre caressant et velouté :

— Comment allez-vous, cher Marquis ? Comment va Mme de Janville ?

Le petit monsieur du Thillot se tourna vers le jeune homme à la jaquette bien coupée. Il soufflait d'un air aimable, en assujettissant, avec le pouce et l'index, un binocle vertigineux :

— Je vous ai, tout à l'heure, entendu appeler M. Pasquier « monsieur le Président ». Seriez-vous membre, vous aussi, de notre société « Les amis des Arts plastiques » ?

— Non, répondit froidement le jeune homme. M. Joseph Pasquier est, à l'heure actuelle, président de dix-neuf sociétés différentes et vice-président de quatre autres. M. Pasquier n'accepte la vice-présidence que si elle est considérée comme obligatoire pour préparer au fauteuil présidentiel.

— Je ne sais comment vous remercier, murmurait cependant le président Pasquier, la tête dans le placard. L'idée que M. Pierquin et M. de Praz pourraient voter pour moi, l'idée qu'ils ont bien voulu feuilleter mes ouvrages, l'idée, surtout, que je vous devrai ces deux voix exceptionnellement intéressantes, cette idée, mon cher Marquis, me comble de confusion et de reconnaissance. Alors, je vous vois mercredi, au déjeuner des Argolides... Je ne sais comment vous remercier.

M. du Thillot cligna doucement des paupières, derrière les verres de ses binocles sur lesquels se distinguaient de grasses et précises empreintes digitales.

— Sans indiscrétion, fit-il tout bas, il me semble comprendre que M. Joseph Pasquier est en train de soigner sa candidature à l'Institut. Et, elle va bien, cette candidature ?

— Merveilleusement bien, répondit le jeune homme avec un sourire polaire. D'ailleurs, monsieur le Président n'a pas encore posé cette candidature. Rien d'officiel encore. Mais quand il la posera !

Le jeune homme remuait la tête d'avant en arrière et d'arrière en avant, sans hâte, en un mouvement qui exprimait la certitude et la confiance dévotieuse.

— Certainement, ronronnait Joseph Pasquier dans la profondeur du placard, certainement, j'y songerai. J'ai beaucoup de respect pour

M. Peuch ; mais je n'aurais pas cru qu'au point de vue de l'influence... Il a reçu mes deux livres, il va sans dire. Et avec de bons envois d'auteur, étant donné que... Enfin, je vais y songer, je vais trouver quelque chose. Déposez mes hommages, mon cher ami, aux pieds de la marquise. Et, du fond du cœur, merci !

Joseph sortit du placard et en repoussa la porte. Après le stage dans les ténèbres, il avait l'air ébloui d'un dormeur que l'on vient d'arracher à ses rêves. Il appela d'une voix courroucée :

— Blaise ! Blaise ! Où est-il passé, encore ? Il n'est jamais où je le cherche, ce petit monsieur-là !

Joseph rouvrit le placard et décrocha de nouveau l'appareil encore tiède. Il s'égosillait rageusement : « Trouvez-moi M. Delmuter. Il ne peut pas être loin. Il était dans la grande galerie il y a seulement trois minutes. Envoyez-le-moi tout de suite. »

— Ce jeune homme, murmura M. du Thillot, est sans doute votre secrétaire ?

Joseph Pasquier sortit du placard une tête congestionnée :

— C'est l'un de mes secrétaires. Et, s'il sait s'y prendre, il peut devenir, prochainement, le chef de mon secrétariat.

M. du Thillot se prit à rire d'un air aimable :

— Quelque chose, monsieur le Président, comme votre chef de cabinet.

Joseph jeta sur le vieil homme un regard soupçonneux. Il souffla du nez, tel un cheval, à deux ou trois reprises, et il répondit froidement :

— Non ! pas le chef de cabinet. Plutôt le chef du protocole. Vous savez qu'il a commencé par faire les Sciences Po. Mais il n'a pas pu continuer, faute d'argent. Toujours l'argent, je vous le répète. Il cherchait une position sociale. Et c'est alors que je l'ai ramassé presque sur le pavé. Vous m'entendez : sur le pavé ! Et il est d'une bonne famille : son père, qui est mort, avait rang de ministre plénipotentiaire ou même d'ambassadeur. Un garçon de cet âge, un garçon de vingt-cinq ans, si cela ne sent pas la main d'un patron, d'un chef, où diable cela peut-il rouler ? Il a compris ce que je faisais pour lui. Il m'est dévoué. Ça, pour être dévoué, il l'est. Il me doit tout, et, chose extraordinaire, il en a de la reconnaissance.

Soudain, baissant la voix, Joseph dit avec un sourire étrange :

— La jaquette ? Qu'est-ce que vous dites de la jaquette ? C'est une idée à moi. Je suis le seul à exiger la jaquette. Cela fait un effet bœuf. J'en ai pris l'idée voici trois ans, à la mort de Duchamp-Beaufils. J'étais allé saluer la dépouille, me recueillir, comme disait Barthou qui m'avait emmené dans sa voiture. Aux quatre coins du cercueil, il y avait un attaché d'ambassade. Et, tous les quatre, la jaquette et le pantalon rayé ! D'après ce que m'a dit Barthou, qui les tutoyait tous et qui leur tapait sur le ventre — en temps ordinaire, bien entendu ; pas dans la chambre ardente — eh bien ! rien que des ducs et des comtes. Tout cela, trié sur le volet. C'est pourquoi, chez moi, le principal secrétaire porte la jaquette. Et tous les jours ! Ça, j'y tiens. De neuf heures du matin à sept heures du soir. De la correction ! Du style !

Joseph baissa la voix, le jeune homme venait d'entrer, sa serviette sous le bras, l'air impassible et lointain.

— Pourquoi donc étiez-vous sorti, mon petit Blaise ?

— Je ne vous ai pas encore dit, monsieur le Président, qu'il y a, dans la salle d'attente, une délégation du IXe arrondissement. Ce sont les marchands fruitiers. Monsieur le Président se rappelle : l'histoire des étalages et de l'ordonnance préfectorale.

— Diable ! grondait Joseph. J'avais tout à fait oublié ces gens-là. Ce que c'est que de parler peinture ! Ecoutez-moi, mon petit Blaise : je les verrai tout à l'heure, en m'en allant. Car je partirai dès que M. Obregon sera là. Il est déjà beaucoup plus de cinq heures. Maintenant, écoutez encore, mon petit Blaise. Vous allez descendre à la dépense et voir le cuisinier. Il y a là deux paniers de fraises que j'ai apportés ce matin. Attention ! des fraises de serre. Une merveille ! Un miracle ! Il y a, sur les deux paniers, des étiquettes pour M. Laurent, mon frère. Vous commencerez par enlever les étiquettes. Dès que je serai parti, vous prendrez la petite voiture et vous irez vous-même porter l'un des paniers, avec ma carte, chez M. Pierquin, membre de l'Institut. Ecrivez bien : membre de l'Institut. Monsieur Pierquin, boulevard Raspail, vous voyez ce que je veux dire. Avec ma carte et un mot aimable que vous écrirez vous-même en imitant mon écriture. L'autre panier sera porté chez M. Peuch, rue Cassette. C'est Mairesse-Miral qui le portera. Mairesse prendra le métro, à moins que vous ne le déposiez rue du Vieux-Colombier, ce qui ferait une économie. Oui, je sais, je vois : Mairesse a de la chassie au coin des paupières et de l'œuf sur son gilet. Et même, il sent mauvais, il sent le lapin ou quelque chose de pis : le blaireau. Mais si M. Peuch le rencontre, eh bien ! ça ne fait rien. Le vieux Peuch aussi sent mauvais. J'étais à côté de lui, l'autre jour, à l'église, au bout de l'an de Boissonas. Et lui aussi, le vieux Peuch, il a tout son menu sur son gilet. Mais lui, ce n'est pas de l'œuf. Il n'en mange plus, à cause du foie. C'est de la sauce béchamel ou quelque autre saleté de cette espèce. Mais vous ferez tout cela quand je serai parti. Je vais partir tout de suite, je devrais être parti.

Le jeune homme allait disparaître. Joseph le rattrapa d'un énergique coup de gosier.

— Téléphonez tout de suite à l'assureur-conseil. Demandez Luterod et dites-lui que j'emporte à Butry, ce soir, deux Matisse — *la Femme au zèbre* et *la Naissance du printemps* — mon grand Fantin-Latour, le portrait de Pelletan et le Toulouse-Lautrec du Bal Tabarin. Je veux être couvert, à compter de six heures trente, pour exactement six cent mille. Et jusqu'à samedi matin. Sur Butry, et pour la route. Après, je ramène tout ici, avant de partir pour Londres. Et qu'il m'envoie sans faute un pneu qui arrivera ce soir même. Blaise, vous ouvrirez le pneu et vous me téléphonerez.

Après un signe de tête net et déférent, le jeune homme passait la porte. Joseph revint vers M. du Thillot à telle allure que le vieil homme fit, prestement, un adroit mouvement des reins, ce mouvement du torero qui veut éviter la corne, ce mouvement que les spécialistes appellent « quiebro ».

— Vous comprenez bien, disait Joseph en riant de toute la tripe, vous comprenez bien qu'après l'histoire de la Pâquellerie, je me défie des assureurs. Quand la Pâquellerie a brûlé, deux ans avant la guerre, au printemps de 1912, j'avais emporté là-bas, pour les vacances, pour mon plaisir, un Courbet de toute beauté, une petite toile épatante que je tenais de Lévêque, Urbain Lévêque, l'ancien vice-président de la Chambre, à qui je l'avais achetée. Une merveille, tout simplement. Elle a brûlé avec le reste. Et, pour me faire payer à part les cinquante mille que la toile représentait, j'ai dû plaider contre cette sacrée compagnie pendant plus de six ans. Tenez, monsieur du Thillot, regardez cet Odilon Redon. Je l'ai soufflé aux Hollandais, lors de la vente Debruyker. Regardez et regardez vite, car voilà que je suis pressé. Blaise ! Où est Blaise ! Il est encore parti.

Joseph Pasquier poussa deux ou trois cris dont toute la maison frémit jusque dans sa charpente. Mais le jeune homme était bien parti. Joseph haussa les épaules et se tourna vers la cimaise.

— Avouez, disait-il d'un air gourmand, avouez qu'en fait de mystère, c'est pommé : tout ce gris, tout ce noir, avec ce rayon de lumière qui tombe comme d'un soupirail et, au milieu, le coquelicot ! Pour les fleurs, Odilon Redon est incomparable ! Quel goût, monsieur du Thillot ! Ah ! il n'y a pas à tortiller. Les Odilon Redon, c'est en Hollande qu'il faut aller les chercher, maintenant. Pour moi, j'en ai déjà quatre, en attendant la suite. Et maintenant, faut que je parte ! Ici, j'oublie tout, même les choses essentielles. Pour Fourdillat, voyez-vous ? eh bien ! je vous donne huit jours. Une toute petite semaine. On en reparlera avant mon départ pour Londres, mercredi. D'ici là, monsieur du Thillot, voyez du monde, cherchez, interrogez les gens, tâchez d'avoir une inspiration. Et puis, on s'arrangera pour que tout le monde soit content. Vous comprenez ce que je veux dire. Les bonnes affaires sont celles où tout le monde est content. Qu'est-ce que vous voulez donc, Blaise ? Je ne vous trouve jamais quand j'ai quelque chose à vous dire, et je vous vois toujours quand je n'ai plus besoin de vous.

— Monsieur le Président, articulait le jeune homme, le señor Obregon vient de téléphoner qu'il arrivait dans cinq minutes. Il quitte la légation et il vient directement. Et puis, il y a les fruitiers ! Ils commencent à parler fort. Et puis, il y a vos épreuves, que l'imprimeur vient d'apporter.

— Vous les corrigerez, Blaise, mais vous m'en donnerez un jeu que je vais emporter à la campagne. Corrigez cela soigneusement.

— Et puis... reprit le jeune homme.

Joseph se tourna tout d'une pièce et fit entendre un bruit étrange un peu comparable au rouet d'un félin qui regarde fixement une proie.

— Et puis ? répéta-t-il d'une voix furieuse.

— Et puis, reprit froidement le jeune homme à la jaquette, et puis, il y a M. Sanasoff.

— Oui, oui, grondait Joseph. Il ne manquait plus que cela. Il ne manquait plus que Sanasoff. Au revoir, monsieur du Thillot. A mercredi, monsieur du Thillot, et je vous demande, sérieusement, que, mercredi, les carottes soient cuites ; je vous demande enfin de trouver un truc, une solution élégante. Et que je n'aie pas à m'en mêler ! Je ne vous accompagne pas. Je ne peux pas, vous comprenez ! Je ne peux pas : ma maison est pleine de raseurs, de fricoteurs et de resquilleurs. Je suis prisonnier chez moi à cause de tous ces emm... embêteurs. A mercredi ! Après l'escalier, c'est le vestibule, tout droit. Vous, mon petit Blaise, approchez que je vous parle.

Le vieillard venait de sortir. Joseph, sans vaine façon, poussa la porte à la volée.

— Je vais m'en aller, Blaise. Je vous recommande les épreuves, parce que, au bout du compte, je n'aurai peut-être pas le temps de les voir. Si vraiment cela ne vous fait rien, mon petit, je vous appellerai Blaise. Après six mois d'efforts sincères, je ne me fais pas à votre nom de famille. Il ne vient pas, il ne sort pas. C'est comme ça. Delmuter, oui, c'est très bien, je le sais ; mais si ça ne vous fait vraiment rien...

Joseph s'arrêtait, déjà visité de quelque autre souci.

— Permettez-moi, dit le jeune homme, permettez-moi, monsieur le Président, de dire que je le regrette !

— Bah ! vous vous y ferez ! Quel âge avez-vous, mon cher ? reprit Joseph en baissant la tête et en regardant tantôt à droite et tantôt à gauche comme quelqu'un qui ne songe pas du tout à ce qu'il dit.

— J'ai vingt-cinq ans sonnés, monsieur le Président.

— Oui, oui ! Je vous l'ai déjà demandé dix ou quinze fois. Et je vous le demanderai encore cent fois et, pendant ce temps-là, vous attraperez vingt-six ans, si bien que je ne saurai jamais. C'est ça, l'amitié. Dites-moi, il y a quelqu'un de célèbre qui s'est appelé Blaise...

— C'est Pascal, monsieur le Président.

— Oui, je crois que je vous appellerai Blaise. Je trouve que ça sonne mieux, que ça me vient mieux. Je vous dis que ce n'est pas de la familiarité : c'est de la sollicitude. Ah ! vous avez entendu la cloche de la cour. C'est sûrement Obregon. Je vais descendre tout de suite. Faites-le monter dans la voiture. Faut quand même que je me lave les mains ! Faut quand même que je pisse ! J'ai quand même le droit de pisser, comme tous les autres hommes. Je prendrai mon pardessus au vestiaire et, en passant, je dirai deux mots à la délégation des fruitiers. Ce sont des électeurs. Avant d'aller chez Pierquin, vous savez ? porter les fraises, vous téléphonerez à la galerie Paufigue, et vous direz que je le garde... C'est d'un tableau que je parle, c'est du beau petit Derain qui est actuellement dans ma chambre. Je le garde. Pas un mot de plus. Et vous téléphonerez aussi chez Virgelin et vous leur direz que j'ai goûté la mirabelle. J'en veux deux quartauts, pas moins, un quartaut pour ici et un autre pour Butry. Si M. Ravier-Gaufre téléphone d'ici demain, vous lui direz que je suis à Butry, avec M. Obregon et que nous travaillons comme des esclaves. Et maintenant, c'est fini.

— Monsieur le Président.

— Hein ? Quoi ?

— Vous oubliez M. Sanasoff. Il est devant le vestiaire. Vous ne pourrez pas ne pas le voir.

Joseph leva vers le ciel deux poings fermés, deux poings semblables à des masses de forgeron.

— Vous le recevrez, criait-il, et vous direz le mot de Cambronne, avec trois ou quatre mots de même force et de même odeur, si possible. Non, mon petit Blaise, vous ne savez pas encore ce que c'est que Serge Sanasoff ! Jamais, vous m'entendez, jamais personne n'est arrivé à se foutre de moi. Il n'y a que Sanasoff ! Je déteste les raseurs, et c'est le roi des raseurs ! Je déteste les Russes, et c'est un Russe de race pure. Je déteste les quémandeurs, les tapeurs, les baveurs, les bavasseurs, les esprits fumeux, et Sanasoff est tout cela. Chose étonnante, il arrive toujours à me coincer, il arrive toujours à me tirer quelque chose du corps ou du gousset. A cause de cela, il m'inspire une sorte de respect. J'aurais dû, depuis quatre ans, lui mettre, une fois pour toutes, mon pied au derrière. Vous allez descendre devant moi et le conduire, en parlant, au fond de la bibliothèque. Pendant ce temps-là, je filerai. Bon ! Encore le téléphone !

— C'est, murmura Blaise Delmuter, c'est que M. Sanasoff a dit qu'il vous apportait en main propre un livre de M. Saumade, membre de l'Institut, un de ses amis personnels.

— Oui, bougonnait Joseph en se jetant dans l'escalier. Je vais être obligé, quand même, de le recevoir, une minute. Il m'aura, une fois de plus ! C'est prodigieux, il finit toujours par m'avoir. Allez d'abord coller Obregon dans la voiture. Le téléphone, laissez-le sonner. Et puis, dites aux fruitiers que j'arrive. Ils me laisseront quand même le temps de faire une tite goutte d'eau. Ce n'est pas une existence. C'est une catastrophe perpétuelle. C'est le bagne ! C'est l'enfer ! Allons, filez, mon garçon.

Une seconde plus tard, Joseph Pasquier pénétrait dans la salle de bains, tel un fauve dans le toril. Il s'immobilisa, fit un long soupir et s'absorba, l'œil au mur, dans une rêverie inquiète, traversée d'un bruit liquide. Il apercevait, devant lui, sur la faïence d'un bleu pâle, un étrange tableau dont, petit à petit, il distinguait les détails. Au milieu, cette tache noire, ce n'était pas la crosse d'une viole, mais le cornet d'un téléphone. Le téléphone, son instrument à lui, Joseph. Autour de cet objet, peint avec une précision presque terrible, il apercevait des numéros de *l'Information financière*, puis un binocle, le propre binocle de M. du Thillot, avec son cordonnet de soie. Tout autour, des réfrigérateurs du type « cryogène moyen » étaient disposés en bon ordre, comme sur les affiches que la compagnie française venait de poser dans Paris. Puis Joseph Pasquier aperçut la patte d'un lion et la reconnut tout de suite : c'était, retournée, griffes en l'air, la patte d'un des lions qui gardent l'entrée de l'Institut, en face du pont des Arts. Puis Joseph aperçut un panier de fraises, curieusement surmonté par une jaquette de coupe élégante. Il entrevit aussi le gilet de M. Mairesse-Miral, un gilet de velours à fleurs sur lequel séchaient des gouttes de sauce et des larmes de jaune d'œuf. Puis la plaque de laiton que l'on voyait à la porte de Fernand Luterod, assureur-conseil. Puis, plus loin, une tache bronzée qui était sans nul doute la figure verdâtre du señor Hernando Obregon. Alors, soudain, pareille à une immensité d'azur, sans une voile, sans une fumée, la mer de faïence bleu tendre s'étendait à l'infini.

Etait-il possible de dire ce qu'était ce bleu indéfinissable ? Car ce n'était pas le franc azur. Et ce n'était pas le cobalt. C'était beaucoup plus nuancé, beaucoup plus frais, beaucoup plus délicat que le cobalt. Le lapis, alors ? Non certes et pas davantage le turquin. Cela n'avait pas l'innocence de la bourrache, ni l'ingénuité du myosotis, ni la candeur virginale de la véronique. On était quelque peu tenté de songer à la pervenche ; mais, soudain, l'esprit comprenait que ce bleu, cette mer de bleu pâlissant, c'était tout simplement le bleu Pasquier, c'était l'œil même de feu Raymond Pasquier, c'était le regard presque décoloré de la famille Pasquier aux minutes de colère, de lassitude ou de rêverie.

Joseph Pasquier ouvrit une bouche énorme et bâilla, prodigieusement. Cela faisait un bruit de vocalise chromatique et s'achevait comme une plainte.

## CHAPITRE 2

Chaque fois que Joseph montait dans sa voiture et saisissait le volant entre ses mains gantées, il éprouvait un sentiment comparable à celui du chevalier qui, tout roide en son armure, bien calé sur son palefroi, les rênes au point, la lance en arrêt, part pour la conquête du monde, sur le chemin des aventures.

Joseph avait eu sa première auto dans les toutes jeunes années du siècle. Depuis, il en avait acheté, usé, brisé, revendu plusieurs dizaines, et de toutes sortes et de toutes grosseurs. Cela ne l'empêchait pas de parler avec nostalgie des temps héroïques de l'automobile et des jours où le sportif pouvait parcourir dix lieues sur une route nationale sans croiser une seule voiture. Car Joseph, en matière de plaisirs, professait une philosophie barbare et vigoureuse. « Pour qu'un plaisir soit vraiment un plaisir, pensait-il et disait-il parfois, faut que j'en jouisse seul. Faut, du moins, que le nombre des gens qui en jouissent avec moi soit aussi réduit que possible. Ils me font rire, tous ces gaillards qui parlent des besoins de la multitude et de la démocratisation des inventions utiles ! Moi, je dis des bourdes comme ça, pour le Cryogène, par exemple, à ce vieux du Thillot, dans l'espoir qu'il les répétera à Fourdillat, qui est radical-socialiste. Mais je sais mieux que personne que c'est de la faribole. Le vrai plaisir, dans la vie, c'est d'avoir ce que les autres n'ont pas. Et je sais ce que je dis. Tous ceux qui prétendent le contraire sont des hypocrites. De quelque côté que je me tourne, je ne vois que des hypocrites. C'est dégoûtant ! »

Joseph exprimait donc volontiers des regrets à propos de l'encombrement des routes. Il grondait contre ces mazettes qui ne savent pas conduire et qui se permettent pourtant de... Il regrettait ouvertement le temps où la conduite automobile était un art, une science et un sport. « Aujourd'hui, disait-il, n'importe qui peut manier une voiture. Je ne suis pas sûr que ce soit un progrès. Je sais, les pannes deviennent rares. Tant pis ! Oui, tant pis, dans une certaine mesure ! Parce que la panne permettait de juger un conducteur. » De tels discours n'empêchaient pas Joseph de pousser des colères écumantes lorsque, par grand hasard, l'une de ses voitures s'avisait de faire un caprice.

Joseph avait un chauffeur et un valet de pied susceptible lui aussi de tenir le volant. Mais, le plus souvent, Joseph conduisait lui-même. A manier une voiture, ce levier de puissance, Joseph éprouvait une volupté dont il dissimulait mal les manifestations. Il y était adroit et brutal, comme dans les autres actions de la vie. Il ne pouvait pas le cacher quand il se tenait au volant, parce que l'automobile a l'étonnant pouvoir d'exagérer tous nos défauts et de les mettre en évidence. Joseph supportait très mal, par exemple, d'être doublé par qui que ce fût. Il disait : « J'ai une Pierlot huit cylindres et je sais ce que ça me coûte. Mais si j'ai cet instrument, c'est pour faire ce que je veux et pour qu'on me foute la paix. Oui, l'hypocrisie est partout, mais, grâce au ciel, pas sur la route ! Là, c'est la loi du chiffre et rien de plus. Les dix chevaux dépassent les cinq chevaux et ma vingt-cinq chevaux doit, nécessairement, dépasser les quinze. Né-ces-sai-re-ment ! Comme ça, la vie est simple et il n'y a pas de singeries. On en a pour son argent. »

Quand Joseph doublait une voiture puissante, quand il prenait, à la corde, dans le ruisseau, un tournant difficile, ou quand il abordait à grande allure une rampe longue et sinueuse, Joseph serrait un peu les dents et il se donnait alors toutes les illusions subjectives de l'héroïsme et de la virtuosité.

— N'ayez pas peur, dit-il ce jour-là, en appuyant sur l'accélérateur pour en éprouver la docilité. N'ayez pas peur, monsieur Obregon. Je conduis depuis vingt-deux ou vingt-cinq ans, je ne sais plus trop. Et il ne m'est jamais arrivé ce qu'on peut appeler un accident. Et puis, le chauffeur et le valet sont derrière. Et maintenant, filons. Sans cela, je ne pourrai pas m'arracher. Il y aura toujours un bougre pour me coincer, me retenir et m'empoisonner l'existence. L'avantage de l'auto, voyez-vous, monsieur Obregon ? c'est que, tant que je suis là-dedans, on ne peut plus m'atteindre. Toutes les amarres sont coupées. On m'a parlé d'un téléphone sans fil installé dans la voiture. Franchement, je n'y tiens pas. Non, non, ne craignez rien. Les freins sont bons, les pneus sont neufs. Je sais ce que je fais. J'ai l'œil clair et de bons réflexes. Jamais d'accidents, je vous le dis. Je toucherais bien du bois ; mais, dans ces voitures nouvelles, il n'y a plus un morceau de bois. C'est de l'ébénisterie en tôle. Alors, je toucherai la tôle et ça comptera comme du bois. Je ne suis pas superstitieux.

— Moi, dit le señor Obregon, je suis très superstitieux.

— Et moi, poursuivit Joseph, je ne le suis pas du tout, mais j'ai quand même une médaille de saint Christophe. C'est ma mère qui me l'a donnée. Je l'ai fait mettre là, sur le tableau de la voiture. Je ne suis pas du tout superstitieux ; mais, saint Christophe, c'est sacré ! Je vous dis encore une fois que vous n'avez rien à craindre. La mécanique est parfaite. J'use des pneus, j'use des freins, je sais ce que ça me coûte ; mais je veux la sécurité. Ce serait quand même trop bête... En général, en voiture, je ne parle pas d'affaires ; et, pourtant, je vais en parler, parce que je ne suis pas content.

— Vous n'êtes pas content, s'écria le señor Obregon de sa voix rauque. Mais, monsieur Pasquier, vraiment, je me demande pourquoi. Le pétrole, ce n'est pas comme une entreprise de filature ou comme une aciérie ou comme votre vieille affaire de barrage qui n'a aucune raison de ne pas marcher. Dans toutes les affaires de pétrole, on rencontre des... Comment dites-vous ? Ces petites choses dures que l'on trouve dans les pommes...

— Quoi ? Dans les pommes ? Des pépins ?

— Oui, on rencontre toujours des pépins. C'est cela : des pépins. Mais l'affaire est admirable. Je vous ferai remarquer, señor Pasquier, que notre gouvernement ne donnait plus aucune concession, ni même aucune autorisation de prospection. Les Américains et les Anglais étaient là, sans cesse, à tâcher d'attraper quelque chose. Notre pétrole est à nous et nous avons la ferme résolution de le garder pour nous et pour nos amis, bien entendu. Je sais bien que les Anglais et les

Américains ont les bonnes cartes du pétrole, les bons tuyaux et tout. Ils savent tout, et ils sont terriblement malins. Mais le señor Ravier-Gaufre et moi, nous avons rendu des services à Sir Oliver Ellis et il ne pouvait rien nous refuser. Voyez, señor Pasquier, le jeu des circonstances. C'est comme ça que Sir Oliver Ellis nous a mis sur l'affaire du Michoacan et seulement le dixième des bénéfices à lui servir. C'est correct, señor Pasquier.

Joseph, tout occupé de la sortie de Paris, fronçait le nez sans répondre. Le señor Hernando Obregon ouvrit son étui à cigares, en choisit un, l'offrit directement à Joseph, entre le pouce et l'index, comme font les Espagnols, et se mit en devoir d'en choisir un pour lui-même. Il avait le visage gras et fortement construit, une peau de la couleur du carry éventé, des cheveux à reflets saphir, comme les élytres de certains scarabées. Malgré la sonorité parfaitement ibérique de son patronyme, il devait avoir du sang indien dans les veines, car il ressemblait, avec son grand nez et ses lourdes oreilles, aux figures inquiétantes que l'on voit sur les reliefs de la sculpture maya. Il avait l'articulation serrée des Espagnols, et une voix basse, assez dure ; mais il s'en servait avec beaucoup d'adresse et même de séduction. Il donnait parfois à cet organe incommode une sorte d'onctueuse suavité.

— Ce n'est pas notre faute, reprit-il, si le quatrième puits, le puits Jean-Pierre n'a rien donné. Demandez à Rockefeller, demandez à Deterding et à tous les autres si on a de l'huile à tous les coups. Et qu'est-ce que c'est qu'un forage de plus ou de moins ? Le señor Alonzo Zaldumbide, votre avocat, et le señor Lopez de Quevedo sont des hommes irréprochables. Mes amis, monsieur Pasquier ! Et si le gouvernement mexicain a exigé le forage d'au moins trois puits par an, ce n'est la faute de personne. C'est comme ça que ça se fait toujours. Et c'est raisonnable. Le cinquième puits donne trois cent cinquante barils par jour. C'est bien honorable. Il faut de la patience, señor Pasquier. Ah ! Ah ! attention, señor Pasquier...

— Mais non, mais non, grondait Joseph. Je vous ai déjà dit que je sais ce que je fais. Et puis nous en avons pour quarante-cinq minutes. Vous n'aurez pas peur longtemps, monsieur Obregon.

— Je n'ai pas peur, fit le Mexicain ; mais j'ai l'habitude de ma voiture et je ne vois pas les problèmes comme vous, sur la route. Vous devriez venir au Mexique, señor Pasquier.

Joseph haussa furieusement les épaules ; mais l'homme d'affaires poursuivait, d'une voix soudain fondante, noyée d'une sorte de tendresse :

— Vous devriez venir au Mexique et voir vous-même les travaux. Qu'est-ce que c'est ? Deux mois, voyage et séjour, tout compris.

Joseph répondit, entre ses dents serrées :

— Je ne peux pas, en ce moment, quitter mes affaires deux mois.

— C'est dommage, señor Pasquier. Vous le verriez, le Michoacan, le doux, le gracieux Michoacan. Vous entendriez les paysans enveloppés dans leur serape, chanter *Lindo Michoacan !* Même s'il n'y avait pas l'huile, je vous affirme que cela vaut le voyage. Vous mangeriez des aguacates. C'est bon, c'est charmant. Cela ressemble à ce que vous appelez l'advocat ou quelque chose comme ça. Vous verriez nos villages, dans les îles, au milieu du lac de Patzcuaro. Il n'y a rien de plus beau au monde, et les barques, avec leurs filets qui sèchent en rentrant à l'île ! On croirait des... comment dites-vous ? Des demoiselles, des libellulas. Ah ! ah ! cette fois, señor Pasquier...

— Si cela ne vous fait rien, grogna Joseph, appelez-moi donc monsieur Joseph Pasquier. N'oubliez pas le prénom. J'ai des frères, comprenez-vous ? deux frères, dont l'un est même assez connu. Alors, on commence à nous confondre, dans les journaux qui ne comprennent jamais rien à rien, et vous vous imaginez ce que cela peut m'agacer.

— Vous qui êtes amateur de peinture, reprit imperturbablement le Mexicain, vous verriez les belles fresques de notre grand Diego Rivera. Il est un peu communiste ou quelque chose d'approchant. Mais ça ne fait rien. C'est un génie. Nous sommes très contents d'avoir un génie. Et je sais, señor Pasquier, je sais que vous êtes un des premiers connaisseurs pour la peinture en Europe.

Joseph se rengorgea sans rien dire. Au bout d'un moment, il murmura :

— Vous pensez bien que je n'ai pas l'intention de vous casser les reins, monsieur Obregon. J'ai pour six cent mille francs de peintures dans le coffre de la bagnole. Oui, dans le grand coffre arrière. Alors... Mais je connais la route, je connais mes nerfs, et je connais ma machine. Nous marchons à cent cinq c'est-à-dire très doucement. Voulez-vous que j'arrête sur vingt-cinq mètres, et sans bobo, sans dérapage, sans histoire, sans me mettre en travers, sans même tortiller du derrière ? Voulez-vous ?

— C'est inutile, señor Joseph, c'est inutile !

— Joseph Pasquier ! Je tiens aux deux, à mon nom et à mon prénom. Ecoutez-moi bien, monsieur Obregon. Nous travaillerons après le dîner et nous dicterons ensemble la note à l'avocat. Pour l'instant, n'en parlons plus, c'est campo. Cette affaire du Michoacan ne doit quand même pas m'empêcher de dormir. Je ne veux pas qu'une affaire quelconque m'empêche de dormir. Je vous ferai remarquer que je m'y connais et que cela commence à me tarabuster. Le puits Hélène a donné de l'eau salée. Et vous avez l'air de trouver cela naturel.

— Ce n'est la faute de personne.

— Vraiment ? fit Joseph en appuyant rageusement sur l'accélérateur, ce qui fit que la voiture se mit à ronfler. Vraiment ? Eh bien ! on en reparlera et je vous montrerai mes calculs. Nous arriverons bientôt, monsieur Obregon. C'est un très petit voyage. Il y a des gens qui s'éloignent de Paris. Moi, à cause de mes affaires, j'ai dû m'en rapprocher sans cesse. Tenez, avant de descendre la côte, regardez là-bas, au bord du plateau, sur l'autre rive de l'Oise. Vous voyez cette grande demeure au milieu des arbres, eh bien ! c'est là Montredon. C'est là que nous allons et nous y serons dans cinq minutes. J'ai une autre maison dans la région, à Nesles, à quatre kilomètres plus loin ; mais je n'y séjourne même plus et je crois que je vais la vendre. Montredon, c'est une merveille !

— Une merveille, señor Joseph Pasquier. C'est vrai que les freins sont excellents, señor.

— Excellents ! Que je vous dise encore une chose, monsieur Obregon. Regardez-moi bien, monsieur Obregon. Ecoutez-moi bien, surtout. J'ai cinquante et un ans, je suis au milieu de la vie.

— Bravo ! señor Joseph Pasquier.

— Bravo, pourquoi bravo ? J'ai cinquante et un ans, vous m'entendez ? Et j'ai réussi tout ce que j'ai entrepris dans ma vie. Tout ! Les petites affaires comme les grandes. Et je n'ai pas l'intention de changer ma ligne de conduite avec le Michoacan. Et une fois encore, pour le principe, je vais toucher du bois en fer, puisqu'il n'y en a plus d'autre, mon cher monsieur Obregon. Maintenant, nous sommes arrivés. Et on nous a vus, je vous prie de le croire. J'entends qu'on sonne la cloche.

## CHAPITRE 3

Comme ils étaient perchés sur la rampe de l'escalier aux larges et lourds degrés de marbre, les grosses larmes qui s'échappaient des yeux de Jean-Pierre tombèrent dans l'espace libre au milieu de la spire. Cela faisait, tout en bas, sur les dalles du vestibule, comme quatre ou cinq gouttes de pluie. Lucien contemplait ce phénomène avec un sourire dédaigneux.

— Si cela pouvait te consoler, souffla-t-il entre haut et bas, je te dirais bien quelque chose que tu ne sais probablement pas, que personne ici ne sait, à part maman, bien entendu.

Jean-Pierre releva le front, montrant des yeux gonflés mais beaux qui, même brouillés par les larmes, illuminaient son étroite figure d'adolescent. Lucien redescendit sans se presser deux ou trois marches et se pencha vers son frère :

— Eh bien ! s'il se fâche encore, tu pourras lui rappeler que lui, qui crie si fort, il ne l'a pas, il ne l'a jamais eu son bac.

La figure du jeune garçon exprimait la stupeur. Il balbutia :

— C'est impossible ! Il sait tout. C'est impossible ! Et puis, songe un peu... Il doit être un jour ou l'autre nommé membre de l'Institut.

Maintenant tout le monde en parle comme d'une chose sûre et certaine.

Lucien haussa les épaules.

— Aucun rapport ! Il ne l'a pas, son bac, et ça ne l'empêche d'ailleurs pas d'être un bonhomme à l'arnache. Il ne l'a pas...

— Comment sais-tu cela ?

— Je sais tout. Je le sais de maman. Mais ne dis jamais que tu le sais, toi, ou tu auras de mes nouvelles. Il ne l'a pas, son bac, pour la bonne raison qu'il n'a pas fait le secondaire et que, par conséquent, il ne s'est même pas présenté. Tu comprends, il n'a pas été refusé, comme toi : il ne s'est même pas présenté. Mais, enfin, s'il t'embête, s'il crie un peu trop fort, un jour, tu peux lui demander, en douce, comment il l'a passé, lui, le fameux bachot. Attends ! Attends ! Jeanpi... Tu peux encore lui dire quelque chose.

— Quoi ? murmura le garçon en levant de nouveau vers son aîné un visage ingénu et souffrant.

— Tu peux lui dire, par exemple, que le plus célèbre des amateurs de peinture moderne, en France, ne va quand même pas empêcher l'un de ses fils de peindre, puisque c'est le goût de ce fils-là. Tu remarqueras que papa fait toujours l'éloge de ces fameux peintres qui n'ont écouté que leur génie. Il a le chic pour attraper les boniments des spécialistes. Non ! ce qu'il peut dire sur Cézanne ou sur Van Gogh ! Il y a de quoi se tordre. A part cela, il me semble bien résolu à t'empêcher, toi, de faire de la peinture. Ça, c'est clair.

— S'il n'a pas son baccalauréat, soupirait Jean-Pierre d'un air navré, qu'est-ce que ça peut lui faire que je fasse de la peinture au lieu du droit ? Il prouve bien, par son exemple, qu'on peut arriver à tout sans ça.

— Peu ! fit Lucien de son air le plus méprisant, c'est une superstition française.

Comme il s'était un peu trop penché sur la rampe, une mèche de ses cheveux, une grosse mèche toute poissée de gomina se détacha de la masse et vint lui tomber sur le nez. Il la rejeta bien vite en arrière d'un geste mécontent et la maintint en place quelques instants avec la paume. Il était moins grand que Jean-Pierre et beaucoup moins maigre que le cadet. Son visage, aux traits réguliers, était blême et légèrement bouffi. Il le contemplait sans cesse au passage, dans les glaces et dans les vitres des fenêtres. Faute de ces témoins, il tirait à toute minute de son gousset un miroir grand comme une pistole et il posait à son image les questions les plus précises. Quoiqu'il parût étoffé, presque dodu, il était souvent malade et avait été, en conséquence, exempté du service militaire. Joseph le regardait, parfois, avec une commisération rageuse et grognait : « Ma femme est une gaillarde. Pour moi, je peux enlever un sac de cent kilos aussi correctement qu'un bonhomme de la Halle. Et nous avons trois enfants qui n'ont pas de sang dans les veines et qui n'ont même pas ce que j'appelle un fond de santé. Oui, je sais qu'il ne faut pas parler de cela, parce que Delphine est bonne à marier. Mais enfin, elle est trop grosse. Qu'est-ce qui m'a fichu des enfants comme ça, bon Dieu ! C'est à désespérer de toutes les règles de l'élevage. Oui, oui... personne ne m'entend, n'est-ce pas ? Je parle pour moi tout seul. »

Malgré sa passion de gronder, Joseph se gardait bien d'apostropher le jeune Lucien sur des questions si délicates. Car Lucien était très intelligent, à sa manière, et cette forme d'intelligence inspirait au géniteur un peu de crainte et de malaise.

— Ne restons pas ici, fit Lucien en se redressant. D'abord, il y a un affreux courant d'air. Et puis les domestiques nous écoutent — si, je t'affirme, ils écoutent toujours, et je déteste ça. — Vois-tu, Jeanpi ? tu t'y prends mal avec papa, tu ne sais pas du tout y faire.

— Tout se tourne contre moi, fit le jeune garçon en s'essuyant le nez d'un geste enfantin de l'index. C'est pas seulement la peinture, et c'est pas seulement le bachot. Mais il trouve toujours quelque chose à me reprocher. Il y a ce puits de pétrole qui n'a rien donné. Ce n'est pas ma faute si, juste, on l'avait appelé le puits Jean-Pierre. Je n'avais rien demandé, moi. Papa en a profité pour me dire des choses horribles.

Lucien se prit à rire :

— Oui ! disait-il. Et le puits Hélène a donné de l'eau salée ! Maman a déclaré qu'elle s'en moquait, mais elle était vexée quand même. Quant au puits Lucien, mon petit, il donne trois ou quatre cents barils par jour. Et ça, c'est quelque chose ! Qu'est-ce que tu écoutes ?

— Il me semblait entendre jouer de la musique.

— Tu sais bien que c'est Déo.

Les beaux yeux naïfs, un peu trop saillants, de Jean-Pierre s'étaient pris à tournoyer avec une expression d'inquiétude et de souffrance.

— Moi, disait le frère aîné, je sais m'y prendre avec papa. Moi, j'aurai ma bagnole avant quinze jours, ma bagnole à moi ! J'en ai assez de me battre avec Blaise pour attraper la Citron une heure par-ci, une heure par-là. J'en ai assez de pleurer sur la poitrine de maman pour qu'elle me prête sa Renault. Qu'est-ce que tu veux parier que j'aurai ma voiture avant la fin du mois ? Et pas un clou, je te le promets. Une Mignatti, quinze chevaux, grosse cylindrée, deux places, pas plus, et basse sur pattes, avec du râble, de la reprise et tout. Papa, tu ne sais pas le toucher aux points sensibles. Et quand il commence à groumer, tout de suite tu perds le nord et tu as l'air d'un lapin qui a reçu le coup de poing... Mais n'écoute donc pas : tu sais bien que c'est la guitare à Déo. Il a du talent, le bougre. Et maintenant — ah ! il est impayable — maintenant, si, écoute, c'est la fugue, c'est la fugue, Jeanpi. Qu'est-ce que ça peut te faire qu'il en ait fait un two-step ? Ce qu'il y a de chic, dans ton Bach, c'est qu'on peut tout y trouver : des tangos, des charlestons, des fox-trot. Seulement, faut un gars comme Déo.

— Oh ! murmura le garçon avec une sincère expression d'horreur, que dirait tante Cécile ?

— Tante Cécile ? Je suis sûr qu'elle trouverait cela très drôle.

— Non, non, ce n'est pas possible.

Ainsi parlant, Jean-Pierre penchait la tête au-dessus du puits de l'escalier, dans une attitude soucieuse et humiliée.

— Puisque Déo est là, poursuivit le frère aîné de cette voix particulière que prennent les grands inspirés, tu devrais lui demander quelque chose.

— Non, non, je ne veux rien lui demander...

— Pourquoi ? Ne fais donc pas le malin.

— Je ne fais pas le malin. Il me...

— Il te...

— Il me gêne. Oh ! il me gêne ! Il me donne envie de rougir.

— Vraiment ? Quelle nature sensible !

— Je ne veux rien lui demander. Que pourrais-je lui demander ?

— Mais tout simplement de te la faire, ta version. Il est licencié ès lettres, ou quelque chose dans ce goût, peut-être même agrégé. Enfin, il est très fort. C'est un type de grande classe, avec son air piqué.

— Non, non, pas lui. Je ne peux pas. Si toi, Lucien, tu m'aidais un peu, je serais vraiment soulagé. Vrai, ça me ferait plaisir. Mais...

— Moi, n'y compte pas, mon garçon. Je ne sais plus un mot de latin. J'ai retenu tout ça juste le temps qu'il fallait pour passer l'examen. Et après, pfuitt... en quelques jours, tout était évaporé. C'est à Déo qu'il faut demander...

— Non, soupira Jean-Pierre d'un air désespéré. Non, j'aime encore mieux avoir la sale note. Nous sommes ici pour huit jours. Elle finira par se faire, cette malheureuse version. Et dire que j'aurai bientôt dix-neuf ans ! Je sais bien que c'est honteux. Mais pourquoi ce monsieur, oui, ce monsieur Ricamus est-il encore à la maison ?

— Pour un motif excellent : il vient prendre à papa une interview. Toute une colonne dans *l'Intran*, une colonne au moins. En attendant l'arrivée du patient, Déodat fait son numéro. Un numéro irrésistible. Entrons une minute chez maman, Jeanpi, ça te changera les idées.

Sur ces mots, Lucien parut s'absorber dans une méditation profonde. Puis il fit un sourire, ferma l'œil droit, élabora une étrange grimace qui lui fronçait la peau du nez et dit encore, l'air docte :

— Ce qu'il y a d'admirable, dans le cas de Ricamus, c'est qu'il ne respecte rien. Tu comprends, tu comprends bien ? Je l'ai scruté vingt fois, dans tous les sens. C'est l'eau forte, c'est le vitriol tout pur ! Il ne respecte rien. Oui... Je te fais une révélation et tu ne m'écoutes même pas.

— Je vais travailler, bredouillait le garçon en écartant les bras d'un air découragé. Non, non, Lucien, ne me tire pas. Non, je ne veux pas y aller, non, je t'affirme qu'il me déplaît. Il me déplaît et même il me dégoûte.

— Il te dégoûte ? En voilà une façon de parler. C'est un as, Ricamus, tu n'as pas l'air de t'en douter. C'est bon. Va moisir sur ta version. Et, malgré tout, malgré tout, ne prends pas cet air de pauvre type. C'est vexant pour la famille. Pense un peu aux autres.

Le garçon remontait l'escalier en reniflant et en traînant sur les marches ses brodequins mollement lacés. Lucien tira de son gousset le petit miroir plat à monture d'or, le consulta furtivement, gratta, à la pointe d'un ongle tout luisant de vernis, deux ou trois boutons qui rosissaient sur sa joue, rajusta, d'un doigt précis, son épingle de cravate et prit une cigarette avec le geste délicat de l'artiste qui met la touche finale à quelque subtil chef-d'œuvre. Puis il se dirigea sans hâte vers le boudoir de sa mère.

C'était une petite pièce inscrite dans l'encoignure méridionale de la bâtisse, face à la vallée de l'Oise. L'architecte, à force de boiseries, avait refaçonné l'espace logeable pour lui donner, finalement, la forme d'un coffret ovale. On voyait là un piano crapaud dont Hélène Pasquier, d'ailleurs, ne jouait jamais elle-même. On voyait encore un secrétaire de citronnier, des bergères et une ottomane garnies de damas gorge-de-pigeon. La pièce était naturellement bien éclairée par deux fenêtres qui s'ouvraient l'une à l'ouest et l'autre au midi ; mais des rideaux et le crépuscule y entretenaient, ce soir-là, une pénombre discrète. Sur l'ottomane, traînait une guitare toute neuve, garnie d'une bandoulière de moire. Le piano, placé devant l'une des fenêtres, faisait, avec son pupitre couvert de partitions, une manière d'écran, en sorte que le musicien demeurait caché d'abord au regard du visiteur.

— Qui est là ? fit Hélène d'une voix fâchée.

Elle était assise sur une longue banquette à côté du pianiste et, tout de suite, elle se leva, dans un geste d'impatience.

Hélène devait alors approcher de la cinquantaine. Elle était grande, robuste, un peu grasse, mais bien prise dans un tailleur de coupe allègre et masculine. Elle était court vêtue, montrait à tout instant jusqu'au genou des jambes fermes, trop fortes, et pourtant d'un dessin élégant. Elle se tenait encore bien droite et s'efforçait, en exagérant la vivacité de ses gestes, de masquer la raideur commençante des jointures. Elle venait de faire couper court sa belle chevelure épaisse qui n'était plus d'un blond doré, comme jadis, mais d'une couleur indécise, intermédiaire à la puce et à la quetsche. Cette coiffure nouvelle, découvrant l'encolure charnue, révélait à l'observateur une partie d'elle-même qu'Hélène ne connaissait pas et n'apercevait jamais : la nuque, la nuque blanche et grasse, pareille à une pensée secrète apparue soudain au plein jour. Quand Hélène souriait, une fossette se creusait dans sa joue droite. C'était toujours la gracieuse fossette d'autrefois ; mais une foule de plis très fins s'échappaient de cette fossette et rayonnaient sur le visage. D'ailleurs Hélène ne souriait que rarement. Elle préférait de rire, de rire même à grands éclats, en montrant sa denture qui demeurait franche et claire. La belle carnation de Mme Pasquier senior, comme l'appelaient parfois, malgré qu'elle en eût, les amis de la famille, s'était doucement échauffée à la flamme des années et quand Hélène succombait à quelque mouvement d'humeur, elle devenait très rouge et ne laissait pas d'en souffrir ce qui, parfois, achevait de la défigurer.

— Qui est là ? dit-elle en s'écartant du piano avec trop de vivacité. Ah ! c'est toi, Lu, poursuivit-elle d'une voix plus calme. Ton ami est dans une verve étourdissante. Continuez, Déo, ou plutôt, recommencez. Vous savez que c'est remarquable.

L'homme à qui s'adressait un tel compliment fit entendre un bruit étrange qui était, chez lui, la manifestation unique de l'hilarité : trois coups de glotte rapprochés, jamais un de plus. Cela se passait dans le haut du registre — hé-hé hé ! — et ne semblait avoir aucun rapport avec l'épanouissement de l'être, avec la joie. Il se pencha tout aussitôt vers le clavier et prit une voix du nez, soigneuse, comme un acteur qui va faire ce qu'on appelle au théâtre « une annonce ».

— Non, criait-il. Non, Mamouchka ! Je ne vais pas recommencer. Cela me barbe. Autre chose, Mamouchka. Thème général : « j'ai envie de fumer ». Compris ? Bien entendu, j'improvise. Le thème général est goût 1925 !

Et soudain il se prit à chanter, d'une voix grêle et agréable, en s'accompagnant au piano, avec des fantaisies, des accords, des guirlandes et des arabesques :

*Sous le pont de Tolbiac*
*L'aube luit, telle une ablette.*
*J'ai ma pipe et mon tabac !*
*Tout Paris pour une allumette !*

Puis il poursuivit, sans ralentir le mouvement :

— Première variation, écoutez Mamouchka ! C'est Schubert. *La Belle Marinière*, poème de Duchnocker :

*Un frais ruisseau turquoise*
*S'enfuit vers Charenton...*
*Une allumette suédoise*
*Ferait bien mieux mes oignons.*

Et maintenant Schumann ! Versez une larme, Mamouchka. Cela me déchire la fibre :

*Je fume encore, mais j'ai le cœur brisé !*

Non, vous aimez mieux Wagner, Mamouchka ? Alors, c'est l'incantation du briquet récalcitrant :

*Loge, viens ! Viens, je le veux !*
*Jadis tu brillais ; sur ce briquet stérile,*
*Fais jaillir le torrent de tes flammes subtiles !*
*Et patati et patata.*
*Ich grolle nicht ! Mehr Licht, mehr Licht !*

Il hoquetait, tirant de son médiocre larynx des sonorités caverneuses, expédiant, comme au hasard, vers le piano, des coups de poing furieux qui frappaient miraculeusement juste et faisaient pousser à l'instrument des soupirs et des cris de douleur. Puis il vira de bord, invoquant Mélisande et Carmen, affirmant, avec des sanglots, qu'« il n'était pas heureux ici », que, « s'il était Dieu, il aurait pitié du cœur des hommes qui fument », « qu'il était temps encore de se sauver avec lui ». Puis il se lamenta, toujours chantant et grimaçant, sur l'air des adieux de Boris, pendant que les cloches du Kremlin grondaient dans la caisse de palissandre. Puis on vit flotter, sur ce torrent de bruits disparates, les strophes populaires de *J'ai du bon tabac*. Puis l'espèce de clown quitta le piano en exécutant, par-dessus la banquette, une ahurissante cabriole. Il était de petite taille, vif, avec des yeux vairons, un nez de goupil et très peu de cheveux sur son crâne bossué. Il s'empara de la guitare, poussa Mme Pasquier sur l'ottomane et, pendant qu'elle protestait en suffoquant et en pouffant, il commença de chanter, un genou en terre, quelque chose qui ressemblait en même temps à la romance de Chérubin et à la belle Hélène. Lucien riait aux larmes, affalé dans une bergère. Il était question, dans cette fantaisie échevelée, tantôt d'un « cœur qui soupirait » et tantôt d'un « roi qui s'avançait bu..., qui s'avançait bu... ». Les deux auditeurs riaient si fort que l'on n'entendait presque plus le trouvère ni sa guitare.

A ce moment la porte s'ouvrit et Joseph Pasquier entra dans la pièce, de ce pas lourd et pressé qui était son pas naturel. La démarche même qu'il aurait, plus tard, pour pénétrer, sans ralentir, dans les ombres de l'éternité.

Déodat Ricamus, après une hésitation qui n'alla certes pas au-delà de la demi-seconde, pivota sur son genou. La romance à Madame s'achevait par un compliment étourdissant de sang-froid, par un compliment que Joseph reçut en pleine figure et qui fit remuer ses gros sourcils gris.

— Eh bien ! Eh bien ! disait-il en mâchonnant les mots d'un air contrarié, c'est tout à fait charmant, n'est-ce pas, ma chère ? Tout à fait charmant.

Il se tut un instant, perplexe et comme arrêté dans son élan, dans cette course prodigieuse à travers le temps et l'espace, dans cette espèce d'envol qu'avait toujours été sa vie. Il se tut un instant et parut réfléchir. Cette scène, ce canapé, cette guitare, tout cela lui rappelait des souvenirs confus et ces souvenirs venaient le troubler au milieu de son étonnante algèbre. Cependant le musicien avait rejeté la guitare et il s'avançait, la main prudemment tendue, un sourire sinueux sur ses lèvres de jeune bête intelligente. Il disait, d'une voix très douce :

— Mon cher maître...

Joseph n'entendit malheureusement pas. Il allait prendre Hélène par la main et le hasard de la gesticulation fit qu'il la saisit un peu au-dessus, par le poignet. Il ne changea pas la prise, pour désobligeante qu'elle parût, et il dit, à mi-voix :

— Une minute, ma chère, il faut que je vous parle.

Il l'avait entraînée dans l'embrasure de la porte et il poursuivait à voix basse :

— Vous n'allez quand même pas le retenir à dîner.

— C'est ce qui vous trompe, dit tranquillement Hélène. Je ne laisserai pas repartir ce garçon, à l'heure qu'il est. Si je ne le retenais pas, Lucien, qui est son ami intime, demanderait à le garder.

— Il y a de très bons trains, murmurait Joseph d'un air rétif. Vous savez, ma chère, qu'à la rigueur, je peux le faire reconduire en auto.

Depuis trois ou quatre ans, Joseph avait proposé que le tutoiement fût abandonné dans les rapports qu'il entretenait tant avec sa femme qu'avec les trois enfants. Cette mesure surprenante et tardive avait été accueillie avec satisfaction par tout le monde, sauf par le jeune Jean-Pierre. Joseph, chose étrange, ne se pliait point sans faux pas à cette discipline qu'il avait proposée lui-même.

Il reprit donc, l'air rouge et gêné :

— Ce garçon ne me plaît pas, je dois te l'avouer, Hélène. C'est tout, je ne dis rien de plus. A Paris, ça m'est égal. La vie de Paris est telle. Mais ici, à Montredon ! Nous sommes là pour nous reposer. Et que vient-il faire au juste, si ce n'est pour te distraire ?

— Ce serait déjà quelque chose, fit Hélène avec calme. Mais il est ici, ce soir, pour une affaire qui vous concerne, justement, vous, Joseph. Il est envoyé par *l'Intransigeant* et doit vous interviewer.

— Il aurait pu le dire tout de suite, fit Joseph d'un air bourru.

Il haussait les épaules, mais son visage manifestait d'évidents symptômes d'intérêt.

— C'est bon, dit-il, je vais le prendre. Tout de suite, avant dîner. Et puis, ma foi, nous le garderons, puisque les choses sont arrangées ainsi. Après le dîner, je travaillerai avec Obregon, parce que, vous comprenez, tu comprends, ma chère, je suis ici pour me reposer. Oui, on ne le dirait pas. Obregon repartira par la voiture, environ dix heures du soir. Ricamus peut repartir avec lui. C'est ça ! Ils repartiront ensemble, cela distraira Obregon à qui je vais laver la tête.

Il se mordit la lèvre supérieure et ajouta quelque chose qu'il disait vingt fois par jour, presque sans y penser, d'une voix de maniaque bougon.

— Deux personnes de plus ! On dirait que, pour vous tous, la dépense ne compte pas.

Puis, tout de suite, il se tourna vers le jeune musicien.

— Venez, venez, Ricamus, articulait-il d'une voix soudain cordiale. Il fait beaucoup trop chaud ici. Vous brûlez encore du bois, Hélène ! Et il y a déjà des feuilles aux arbres. Prenez un manteau, monsieur Ricamus. Nous allons aller sur la terrasse. J'ai besoin de respirer. Dépêchons-nous, mon cher.

Ricamus lança, d'une voix nette et perçante qui voulait trouver une oreille :

— A vos ordres, mon cher maître.

Cette fois, le mot ingénieux parvint en bonne place et fit son effet. Le visage de Joseph se détendit d'un seul coup.

— Au fait, non, claironna-t-il. Nous n'irons pas sur la terrasse. Vous devez prendre des notes. Vous avez besoin de voir clair et il commence à faire sombre. Allons dans la bibliothèque. Il est d'abord bien entendu que vous ne soufflerez pas mot au sujet de ma candidature. Vous voyez ce que je veux dire. Nous en parlerons, mais plus tard. Pour le moment, de la discrétion, du tact. Non, pas un mot de l'Institut.

Joseph avait pris le bras du jeune homme et l'entraînant impérieusement dans l'escalier :

— Nous ne parlerons que de peinture, dit-il. Ce n'est pas d'aujourd'hui que date mon goût pour les arts plastiques en général et la peinture en particulier. Jeune encore, dans la propriété de mes parents, j'avais commencé une collection de petits maîtres. A propos, Ricamus, la prochaine fois que vous viendrez, je vous conduirai sur la tombe de Van Gogh et de son frère Théo. Ils sont enterrés tous les deux à une portée de fusil d'ici, dans le cimetière d'Auvers. Si vous n'avez pas d'encre dans votre stylo, je vais vous en faire donner. Surtout, dites bien que, sur Van Gogh, je prépare un ouvrage qui comportera des révélations sensationnelles et des renseignements scientifiques...

Hélène et Lucien se regardaient sans rien dire. Le bruit de la conversation ne tarda point à se perdre dans le silence des profondeurs.

## CHAPITRE 4

Joseph avait déclaré qu'à neuf heures et demie toutes les affaires seraient réglées, coûte que coûte, et qu'à dix heures moins le quart il serait, lui Joseph, dans son lit, avec une pipe de tabac anglais au bec, ses lunettes sur le nez et un bon magazine entre les mains — fleurs, jardinage, potager, propriétés rurales — pour s'endormir vite et faire des rêves innocents. Des « rêves géorgiques », avait ajouté Déodat Ricamus.

Par malheur, cet horaire bénin ne semblait pas devoir être respecté. Dès le commencement du repas, Joseph s'était aperçu que, dans la précipitation de son départ et pour fuir au plus vite les fâcheux, il avait oublié, chez lui, rue Taitbout, un dossier contenant des papiers sans lesquels toute discussion sérieuse allait demeurer impossible. Il avait fait apporter sur la table un appareil téléphonique relié à la muraille par un long câble souple et, tout en plongeant dans son assiette une cuiller furibonde, il avait « demandé Paris ». Il avait donc obtenu Paris et enjoint à Blaise Delmuter de prendre la petite voiture pour apporter « coûte que coûte » les papiers à Montredon. « Coûte que coûte » était une expression favorite de Joseph Pasquier. Cela ne manifestait nullement une hautaine résolution d'accepter toute dépense imaginable en vue de certain résultat. Cela signifiait que Joseph Pasquier entendait obtenir un résultat tel, quelque peine qu'il en pût coûter à ceux qui servaient sous ses ordres.

Après une brève empoignade, assez mal intelligible pour les convives de Mme Pasquier, auditeurs involontaires, Joseph avait remis l'appareil au croc et il s'était jeté sur la nourriture avec une belle voracité. Puis il avait entraîné le señor Obregon dans son cabinet de travail en ordonnant qu'on leur y servît le café.

En attendant l'arrivée de Blaise Delmuter, qui avait à sa disposition une voiture suffisante, qui ne pouvait, à cette course, mettre plus de cinquante minutes, et qui ne devait, à cette heure, trouver que des routes désertes, Joseph commença donc de gronder à propos du Michoacan.

L'orage se déroulait toujours selon le même rite et avec le même déploiement de luxe vocabulaire. « Le Michoacan n'était malheureusement pas une affaire comparable aux autres : c'était une plaie dans le flanc de Joseph Pasquier. C'était une affreuse épine dans la chair de Joseph Pasquier. C'était un boulet à sa cheville. C'était un rocher en travers de sa route. Et qu'était-ce donc encore, tonnerre de sort ! Un cauchemar qui finirait par empêcher Joseph Pasquier de dormir, de respirer, de vivre. Il en avait jusque-là ! Il en avait par-dessus la tête. Il allait, un jour ou l'autre, bazarder l'entreprise, telle quelle, toute ronde, toute montée. Ce serait une perte épouvantable ; mais ce serait aussi, d'ailleurs, une fameuse délivrance. »

Les poings aux poches, une cigarette éteinte entre ses lèvres violacées, Joseph se promenait de long en large. Le señor Obregon demeurait placide au fond d'un fauteuil de cuir. Il soupira :

— Venez au Mexique, monsieur Pasquier. Vous verrez vous-même vos chantiers. Vous verrez messieurs les ingénieurs. Vous verrez les bureaux. Vous verrez surtout votre avocat. Et vous ferez un beau voyage.

— Vous êtes formidable ! s'écria Joseph. Est-ce que vous vous imaginez, par hasard, que j'ai le temps de faire du tourisme ? Est-ce que vous croyez qu'il est absolument nécessaire d'avaler des milliers de kilomètres et d'aller, comme vous dites, sur place pour gagner son argent ? Je suis le principal actionnaire du Tasman Palace Hôtel, à Melbourne. C'est une affaire qui s'est traitée, simplement, comme toutes les affaires, dans mon bureau de la rue du Quatre-Septembre. Je n'ai jamais mis les pieds à Melbourne et je n'y mettrai jamais les pieds. Je contrôle une plantation de ficus, à Pnom-Penh, et vous pensez bien, quand même, que je n'irai pas à Pnom-Penh, pour y attraper le choléra ou quelque autre cochonnerie de ce genre. J'ai même un grand vignoble à Hammam-Lif, depuis 1922. Ça, je devrais y aller. Deux jours de voyage, ce n'est pas loin et ça me changerait un peu les idées. Mais le Mexique ! Monsieur Obregon, vous voulez rire ! Aller au Mexique ! Je n'en ai pas la moindre envie. Notre affaire est en route depuis exactement vingt-cinq mois. Ce n'est pas une affaire, monsieur Obregon, c'est une maladie. Je la porte là, dans le foie. Elle me ronge, elle m'épuise. Elle me fera, peut-être bien, crever.

Le señor Obregon semblait résigné à supporter les doléances et les accès de fureur de Joseph Pasquier. Il souriait, non sans constance. Il articula :

— Je suis bien tranquille, monsieur Pasquier. Vous ne tomberez pas malade avec le Michoacan, mais vous deviendrez très riche. Vous deviendrez fabuleusement riche. Encore un peu de patience, et vous posséderez, à vous seul — le dixième que vous avez dû concéder à Sir Oliver Ellis, vraiment, ça ne compte pas —, vous posséderez une affaire qui, dans deux ans, dans trois ans, vous fera marcher de pair avec le Mexican Eagle.

Joseph avait bu son café. Il venait de se verser, dans un verre à dégustation gros comme une citrouille, une honnête dose d'armagnac. Il buvait et, soudain, il faillit s'étrangler :

— Et le procès, monsieur Obregon ! Et le procès ! Et, chaque mois, un pépin, comme vous dites en bon français ! Et les échéances qui tombent ! Et, à l'heure actuelle — je n'ai pas encore fait le versement de mai — soixante-douze mille dollars que j'ai sortis de ma poche et qui sont peut-être fichus, Obre... monsieur Obregon !

Le Mexicain n'admettait pas d'être traité familièrement et Joseph n'avait pas laissé de le comprendre, pour distrait qu'il fût toujours par mille et mille soucis. En général, Joseph avait l'habitude, à compter du second colloque, d'appeler ses partenaires, sans précautions oratoires, par leur patronyme, tout sec, ou même par leur prénom, ou encore par un surnom. Il ne pouvait s'empêcher de revenir à cette pratique avec le señor Obregon ; mais il voyait passer une ombre sur le visage verdâtre. Alors il battait en retraite et se corrigeait aussitôt.

— Soixante-douze mille dollars, fit sereinement le Mexicain. Quatre-vingt-deux mille dollars tout à l'heure : c'est une très petite somme, monsieur Joseph Pasquier, si vous devez, dans deux ans, et vous le devez sans aucun doute, tirer du Michoacan un million de dollars par an, deux, ou même trois, ou même quatre millions de dollars par an.

A ce point de l'entretien, et comme pour mettre, à cette enchère, une fin décente, parut le jeune Blaise Delmuter. Il descendait de voiture, le col de son pardessus relevé, l'air glacial et glacé, le nez tuméfié par un rhume qu'il déclara aussitôt avoir pris dans « cette voiture » pendant « cette course nocturne ». Joseph écoutait à peine. Il s'excusa d'un mot, au vol, remercia brièvement Blaise en lui arrachant des mains la serviette pleine de paperasses et il cria, tout à trac :

— Asseyez-vous là, au bureau. Je vais vous dicter une lettre.

— J'ai froid, souffla le jeune homme.

— Vous ne voulez quand même pas, répondit le bourru, que j'allume le chauffage central à la Pentecôte. Vous ne savez pas ce que ça coûte. Vous avez votre stylo ? Bien. Buvez de l'armagnac. Une bonne dose d'armagnac, c'est excellent pour la grippe. Et maintenant, attendez.

Joseph se rua dans le dossier comme un sanglier dans une emblavure. Il avait un flair admirable pour, d'une bourrée de papiers, tirer tout de suite les deux ou trois phrases essentielles et utilisables, le chiffre révélateur. Il avait l'air de labourer le dossier avec son nez, de le retourner avec sa mâchoire. Et il poussait, de temps à autre, un grognement qui s'exhalait du plus épais de la tripe.

Le señor Obregon venait d'allumer un cigare. Il dit au jeune Delmuter, pour engager la conversation, il dit entre haut et bas :

— Il faisait froid, dans la voiture ? Vraiment ?

Comme le secrétaire ne répondait rien, le Mexicain ajouta :

— Chez nous, les businessmen ne travaillent plus après six heures de la soirée.

Joseph poussa un « hum » terrible. Tous les verres à dégustation se prirent à vibrer ensemble, sur le plateau. Un peu plus tard, et comme le señor Obregon commençait de bâiller, Joseph se mit debout et marcha dans le bureau en agitant quelques feuillets qu'il tenait dans sa main gauche. Il disait, l'air perplexe :

— Ecrivez, mon petit Blaise. C'est une lettre à l'avocat. Comment s'appelle-t-il, déjà, cet avocat ?

— Le señor Alonzo Zaldumbide, répondait le Mexicain, de sa voix en même temps rauque et suave.

— C'est trop long ! C'est trop difficile à prononcer ! Entre nous, je dirai Zaldum. Et le diable emporte le bide ! Ecrivez, mon petit Blaise. Vous me ferez taper cela en deux exemplaires, demain matin. Vous reviendrez ici avec l'un des exemplaires et vous laisserez l'autre au dossier. Ecrivez... Je signerai et cela partira tout de suite : il y a un bateau après-demain. Ecrivez... Vous regarderez ma lettre de près, mon petit Blaise. Pas une paille, hein ? Pas une faute, sinon, je fais tout recommencer. Et maintenant, écrivez, bon sang !

— Monsieur le Président, fit le jeune homme avec beaucoup de douceur, j'ai oublié de vous dire que, juste avant mon départ, il y avait eu un téléphone de M. du Thillot. En sortant de la maison, il est allé directement au ministère, voir M. Fourdillat. Et il l'a trouvé. Et même il a été reçu.

— C'est magnifique ! s'écria Joseph en s'arrêtant net au milieu de sa course véhémente. C'est magnifique ! Et alors ?

— Par malheur, le ministre ne veut rien savoir pour une augmentation de contingent. Il a tempêté. Il criait, paraît-il : « A aucun prix ! »

Joseph fit entendre une sorte de barrissement et se reprit à courir.

— « A aucun prix ! » répétait-il. Eh bien, c'est ce qu'on verra. Je vous en reparlerai plus tard. Je vous en reparlerai demain matin. Arrivez sans faute avant midi. Vous déjeunerez ici, avec nous. Vous m'entendez, mon petit Blaise ? Et maintenant, écrivez : *Au señor Alonzo Machin... Truc... Zaldumchose...* Enfin, vous voyez ce que je veux dire. Je continue :

*« Bien que le señor Alonzo... oui... soit susceptible de se transporter sur les lieux et ait actuellement en main toutes les pièces du procès, je tiens à lui exposer moi-même, par la présente, mon opinion sur le développement de l'affaire.*

*« La mauvaise volonté, d'une part, de la* Napht Oil C° *et, notamment, de son agent directeur, M. Herbert-Doyster* — c'est bien cela, monsieur Obregon ? — *d'autre part, du señor Cristobal...* — comment l'appelez-vous, celui-là ? Cienfuegos ? Vous dites Cienfuegos ? Ce sont des noms, pardonnez-moi, des noms à coucher à la porte... — *du señor Cristobal Cienfuegos agissant au nom d'une entreprise qui se dit mexicaine, mais qui est à moitié yankee, à moitié mexicaine et, en vérité, mexicaine seulement pour la forme et en raison des susceptibilités actuelles du gouvernement mexicain...* — vous arrangerez tout cela, mon petit Blaise ; que ce soit impeccable dans la forme, parfait dans le style, mais énergique, énergique, enfin, tapé aux pommes. Je reprends : — *la mauvaise volonté de ces messieurs Tel et Tel a été sensible dès avril 1923, quand nous avons commencé d'établir le chevalement pour le premier puits appelé puits Joseph. Ce puits a donné deux cents barils par jour, ce qui n'était pas phénoménal...* — Vous ne mettrez pas phénoménal. Vous chercherez quelque chose de distingué... — *Mais ce qui était quand même assez... assez... prometteur.* — Trouvez-moi un autre mot pour faire sentir qu'il y avait de l'espoir... — *Dès ce moment, les sieurs Machin et Chose...* — ils m'agacent avec leurs noms impossibles... — *ont prétendu s'opposer au transport de mon huile à travers une certaine partie de leurs concessions où je peux affirmer...* — n'est-ce pas, monsieur Obregon ? — *qu'il n'y a que de la pierraille et des plantes épineuses et, bien entendu, aucune construction ; enfin, rien.* — C'est

bien ce que vous m'avez toujours dit, monsieur Obregon ? Je continue : — *Bien que la loi mexicaine m'assure une servitude sur le terrain de la N.O.C. et sur celui de Cristo... Cristomoche Tartempion, j'ai dû engager un procès devant le tribunal de Mexico et verser une provision. La première, hélas ! Je me suis vu contraint de faire forer le second puits, dit puits Laurent, plus près de la route, beaucoup trop près sans doute. Et il n'a rien donné. Et on l'a quand même conduit jusqu'à trois cents pieds de profondeur. Et le señor ingénieur Lopez de Quevedo a parlé de pousser le puits à six cents pieds, ce qui suppose un débours imprévu de dix mille dollars.* Je pense, mon petit Blaise, que vous n'allez pas vous endormir.

— J'ai froid, répondit le jeune homme.

— Alors, vous avez de la chance. Moi, j'ai trop chaud. Ecrivez toujours. Ce n'est que le commencement. Ici, vous rappellerez en trois mots que tous les puits creusés jusqu'à ce jour ne donnent l'huile que par l'action des pompes, ce qui représente un terrible surcroît de dépense, au titre du matériel.

— Mais, dit le señor Obregon, l'accent tranquille, notre avocat sait tout cela ; en outre, tout cela ne peut en rien émouvoir le tribunal. Il s'agit de difficultés particulières à l'entreprise.

— Je vous demande pardon. C'est à mon avocat que je parle. J'ai ma façon à moi de traiter les affaires et de parler aux avocats. Vous avez froid, mon petit Blaise ? Vous vous mouchez, mon petit Blaise ? Eh bien ! reprenez une goutte d'armagnac. Pas trop, quand même. C'est vous qui allez conduire, pour vous en retourner à Paris, et M. Obregon est très inquiet, enfin, je veux dire qu'il a ses idées à lui sur la vitesse en auto. Bien, je vous disais : l'avocat ! Il doit tout connaître de ma façon de penser, l'avocat. Il doit savoir qu'à ce moment-là, c'est-à-dire janvier 1924, j'avais déjà décaissé deux redevances semestrielles, c'est-à-dire deux fois dix mille dollars, plus quinze mille dollars de premiers frais plus trois fois dix mille dollars pour le creusement des trois premiers puits, et encore deux mille dollars de provision. Ça, il le sait mieux que personne, puisque ces dollars-là, c'est lui qui les a palpés. Ne dites pas que j'exagère, tous les chiffres sont là, dans ma tête.

— Mais, dit avec flegme le señor Obregon, vous avez gagné votre procès, et tout va relativement bien.

— Comment ! gronda Joseph Pasquier. Comment ! vous dites que j'ai gagné, alors que les deux bonshommes au nom indigeste, le Mexicain et le Yankee, ont tout de suite été en appel, que nous y sommes encore, que j'ai dû reboucher le puits Laurent, que j'ai dû envoyer encore cinq mille dollars et que le quatrième puits, le puits Jean-Pierre, n'a rien donné du tout.

— Vous êtes impatient, murmura le señor Obregon. Je vous ai déjà conseillé d'interroger les spécialistes. Ils vous diront que Deterding et Rockefeller ne sont pas des hommes nerveux. Ils vous diront qu'il est tout naturel de forer des puits pour rien. Le bon puits paye pour le mauvais, et il paye au centuple. Vous savez bien que tous les renseignements sont favorables : ceux de votre consulat, ceux du ministre des Travaux publics, ceux des ingénieurs-conseils et, surtout, ceux de Sir Oliver Ellis, en qui tout le monde a confiance. D'ailleurs, le puits n° 5 a donné près de quatre cents barils par jour. Comment l'appelez-vous ?

— Le puits Lucien. Oui, mais le puits Hélène a donné de l'eau salée. Et je vais vous verser tout à l'heure une somme de dix mille dollars, ce qui fera quatre-vingt-deux mille dollars ! C'est, comme disent les Anglais, faire courir du bon argent après du mauvais argent. Est-ce que vous dormez, Blaise ?

— Non, monsieur le Président.

Joseph s'arrêta, le pied en l'air, une demi-seconde. Depuis quatre ou cinq ans, tous les gens de son entourage l'appelaient « Monsieur le Président ». Il en avait eu du plaisir pendant une bonne saison. Maintenant, il commençait de rêver à d'autres caresses verbales. Ricamus venait, le jour même, de l'appeler « mon cher maître ». Cela lui avait agréablement chatouillé le tympan. Cela lui avait paru de bon augure pour « l'histoire du quai Conti », comme il soufflait tout bas à ses familiers. Il avait une soudaine envie de dire à Blaise Delmuter : « Dorénavant, vous m'appellerez cher maître. » Il balança quelques instants à donner ou à ne point donner cet ordre étrange, résolut d'attendre une occasion plus frappante et se reprit enfin à dicter la fameuse lettre. C'était, en vérité, une lettre interminable, dans laquelle, avec d'étonnantes parenthèses, il racontait les difficultés, les déboires qu'il avait rencontrés dans l'affaire du Michoacan, une lettre au long de laquelle il accablait d'invectives lyriques ces gêneurs, ces empêcheurs de gagner en rond, tous les Herbert et les Cristobal, tous ces inconnus qui prétendaient lui dénier le droit de faire paisiblement ses petites affaires, une lettre tissue de roueries subtiles et de remarques naïves à force d'être naturelles, une lettre qui, somme toute, avec, pour fioritures, diverses menaces inventives à l'adresse de l'adversaire, était, tout prêt, tout dressé, le canevas d'un très habile et très audacieux plaidoyer.

Le señor Obregon bâillait sans retenue en fumant cigare sur cigare. Joseph s'arrêtait parfois pour mûrir une pensée. On entendait alors, à la cantonade, un friselis de guitare et des éclats de rire. Le visage de Joseph se contractait nerveusement. La commissure gauche de sa bouche lui entrait dans la joue jusqu'à la pommette et il secouait sa crinière grise comme un cheval piqué des taons. Puis la querelle reprenait flamme. Le Mexicain ne se lassait pas de répéter : « Si, pour quatre-vingt-deux mille dollars, en comptant le versement de ce jour, si vous avez une belle affaire de pétrole à vous — car Sir Oliver Ellis peut très bien vous recéder ses droits — vous me permettrez de dire, monsieur Pasquier, que ce sera quand même un succès, que ce sera une affaire scandaleusement profitable. »

— Pourquoi « scandaleusement » ? rétorquait Joseph, l'air surpris. Le scandale n'est pas que l'affaire réussisse. C'est qu'elle rate.

Et il repartait à rouler dans l'espace de la chambre comme un orage qui cherche la place où tonner et se répandre.

Un peu après onze heures et quart, la lettre étant dictée jusqu'au dernier mot, Obregon reçut le chèque de dix mille dollars, ce qui n'alla pas sans une extraordinaire comédie pendant laquelle Joseph, la voix mouillée d'une émotion dont nul n'aurait su dire si elle était feinte ou réelle, annonça qu'au prochain « pépin », comme disait si bien le señor Obregon, il prendrait la résolution de se débarrasser de l'affaire, de la revendre, même à perte, parce que c'était la première fois de sa vie que... parce que jamais il n'avait supporté que... parce qu'il n'avait, lui, Joseph Pasquier, qu'une seule superstition, celle de la guigne et que dans ces conditions...

A onze heures et demie, Obregon montait en voiture avec Déodat Ricamus. Lucien parut soudain, portant son chapeau et son pardessus. Il s'empara de la quatrième place et déclara qu'il allait coucher à Paris, mais qu'il rentrerait dès le lendemain matin.

— C'est inimaginable ! s'écria Joseph Pasquier, reprenant ainsi sans même y penser une expression de feu son père. C'est inimaginable ! On vous emmène à la campagne pour vous refaire une santé et, dès le deuxième soir, tu vas coucher à Paris ! Ça ne me plaît pas du tout.

— Papa, fit posément le jeune homme, vous oubliez que j'ai vingt-trois ans.

Il fit, sur ces mots, claquer la portière et la voiture s'ébranla. Mme Pasquier senior n'était point sur la terrasse à côté de son époux : on voyait de la lumière aux fenêtres de sa chambre. Une minute, Joseph Pasquier demeura seul dans les ténèbres. Il entendit, au bout de l'allée, la grille de fer gémir pour se refermer. Un peu plus tard, la lueur des phares apparut entre les arbres, sur le chemin en lacets qui gagne le fond du val.

Joseph ne rentra pas tout de suite au château. Il suivit une allée qui cheminait à travers les pelouses et les bouquets d'arbres. La nuit était fraîche et transparente. Tête basse, Joseph avançait, regardant le gravier du sol. Il retenait son haleine sous l'effort de ses pensées et il la libérait ensuite à grands coups de gorge, comme font les tâcherons. Puis les allées commencèrent de monter assez raide et, bientôt, Joseph se trouva sur le plateau. Alors Joseph leva la tête, vit le ciel et poussa un long soupir. Jamais il ne songeait à regarder le ciel. Joseph considéra pendant longtemps, avec ébahissement, les étoiles qui étaient nombreuses et vives. Les étoiles ! Oui, c'étaient bien là les étoiles ! Des souvenirs confus, naïfs, scolaires, se pressaient dans l'esprit de Joseph. Il revit un livre de « leçons de choses », avec le dessin de la Grande Ourse. Puis il pensa, furtivement, à une marque de pétrole, puis au drapeau américain. Les étoiles ! Joseph soupira longuement et ce soupir ne sortait pas seulement de sa poitrine, mais du plus intime de toutes ses fibres charnelles. Puis Joseph, de nouveau, regarda vers la terre. Il aperçut d'abord l'espace rectangle du tennis, entouré de rosiers grimpants dont on devinait, dans l'ombre, le feuillage printanier. Enfin, il aperçut, plus loin, la masse du château.

C'était un édifice imposant, construit à la fin du XVIIIe siècle, une demeure vraiment seigneuriale, un peu trop élevée, sans doute, puisque, outre le rez-de-chaussée où se trouvaient les pièces de réception, elle comportait deux étages de chambres et une aile à trois étages où étaient logés les enfants et les amis des enfants quand ils amenaient des amis.

C'était une belle maison. Joseph en admira la silhouette imposante, toute blanche dans la nuit de mai. Ce n'était pas un de ces biens de famille, dont on connaît chaque pierre, chaque chevron, chaque ardoise. Ce n'était pas non plus, comme les propriétés que, depuis quinze ans, Joseph possédait au Mesnil-sur-Loire, ou à Beaulieu, dans le Midi, un domaine longuement convoité, acquis à force de patience. Joseph n'en était plus au temps des longues patiences. Montredon, pour Joseph, était comparable à une proie magnifique. Il avait entrevu cette proie, au vol, il y avait maintenant un peu plus de quatre ans. Il s'était jeté sur cette proie, soudain, comme un aigle, serres ouvertes. Il est des hommes qui travaillent toute leur existence pour posséder l'objet de leur convoitise. Joseph, lui, n'aimait plus que les victoires consommées en une heure de fièvre, à la façon d'un attentat.

Cette maison noble, somptueuse, enlevée donc de haute lutte, après une chamaille terrible, chez un notaire hébété, Joseph, par la suite, se l'était quand même appropriée en y dépensant trois millions pour l'arranger à son goût. Elle lui plaisait tellement qu'il en venait à négliger ses autres domaines et qu'il se trouvait sans cesse des raisons d'y faire séjour, fût-ce contre le gré d'Hélène et des trois enfants qui préféraient toujours Paris, la montagne ou la mer et cherchaient toujours quelque prétexte pour tirer chacun dans leur sens.

Seul dans la nuit, Joseph se reput, pendant de longues minutes, de ce spectacle et de cette possession. Puis il redescendit, sans plus consulter les constellations, à travers les boqueteaux et les pelouses étagées.

La maison était, maintenant, tout à fait silencieuse. Joseph tira le lourd trousseau de clefs qui sonnaillait toujours dans sa poche et tenait à sa ceinture par une chaînette d'acier, puis il ferma les portes. Eteignant derrière soi toutes les lampes, il gagna son cabinet de travail. Une vapeur de cigares éteints, mêlée aux relents de l'alcool, attaqua son odorat purgé par l'air nocturne. Il ouvrit un moment les fenêtres. Un peu plus tard, il vint pensivement s'asseoir devant la longue table Empire dont il faisait son bureau. D'une main qui se trouvait, en même temps, distraite, lasse et nerveuse, il fouillait les tiroirs. Il finit par en sortir deux feuilles de papier à lettres. L'une portait, gravée dans l'angle supérieur gauche, l'inscription suivante : Montredon par Butry (Seine-et-Oise), Tél. 43. L'autre feuille était vierge, d'un blanc bleuté, parfaitement neutre.

Ce fut cette dernière feuille que Joseph posa devant lui, soigneusement, sur le buvard. Puis il tira de sa poche un bout de papier flétri sur lequel on apercevait quelques lignes écrites au crayon et qu'il plaça devant soi.

Avec une application d'écolier qui copie son modèle, Joseph commença d'écrire :

*Monsieur le Secrétaire perpétuel,*

*J'ai l'honneur de poser ma candidature au siège laissé vacant par le décès de M. Petit-Belair...*

Ici, minute de perplexité. Joseph se demandait s'il était plus convenable d'écrire Monsieur, en toutes lettres, ou de mettre un M et un point. « Le marquis est étonnant, songeait encore Joseph Pasquier. Moi, j'aurais écrit : « au siège laissé vacant par le décès de votre distingué et regretté confrère Monsieur Petit-Belair... » Enfin, il paraît que le mieux, c'est la simplicité totale. Marchons pour leur sacrée tradition ! » Là-dessus, hochant les épaules, Joseph continua d'écrire :

*Je vous serais reconnaissant de bien vouloir en informer les membres de la compagnie...*

Joseph s'arrêta de nouveau. Il avait d'abord pensé qu'à ce point d'un message aussi notable, il n'eût pas été déplacé ni même superflu de donner un coup de cymbales, de se livrer à une manifestation éclatante et sonore, de proclamer, par exemple, le titre de ses ouvrages de critique et de ses deux brochures consacrées à l'art pictural, d'annoncer, par exemple, en termes pudiques mais nets, qu'il était, en matière de peinture moderne, tenu pour l'un des premiers collectionneurs de l'ancien continent, et même de mentionner qu'il présidait une vingtaine de sociétés dont trois au moins se consacraient à la pure philanthropie... et encore... et même... Malheureusement, M. de Janville, en dictant la formule consacrée, avait affirmé qu'elle était tout à fait suffisante et que les effusions surérogatoires risquaient d'être mal accueillies. Avec un soupir de regret, Joseph reprit donc le stylo et écrivit encore quelques mots en secouant la tête sans bonne humeur :

*... et de me croire, Monsieur le Secrétaire perpétuel, votre respectueux et dévoué*

Joseph Pasquier.

Voilà ! C'était bien sec. Ajouter, à ce point précis du message, quelque chose de simple et d'évident, ajouter, par exemple :

« commandeur de la Légion d'honneur », était-il vraiment possible que ce fût de mauvais effet ? Eh bien ! non, il ne fallait point succomber à cette tentation : le marquis de Janville avait fait observer au candidat que le secrétaire perpétuel n'était lui-même qu'officier de l'ordre national et que, d'ailleurs, « cela ne se faisait pas ».

Joseph haussa les épaules, plia la lettre et la glissa dans une enveloppe dépourvue, comme la feuille blanche, de toute espèce d'inscription. Puis il saisit l'autre feuille, celle qui portait orgueilleusement l'adresse de Montredon, et il commença de laisser courir sa plume sans la moindre retenue.

*Mon cher Laurent*, écrivait-il, *je veux, sans plus tarder, te dire ce que je viens de faire et même te demander quelque chose comme un service. Je pose ma candidature au siège laissé vacant par la mort du sinistre Petit-Belair, que tu as peut-être rencontré, jadis, chez M. Chalgrin. Je sais, je crois savoir que tu seras élu à l'Académie des Sciences quand tu voudras t'y présenter. On l'a dit dans les journaux, ce qui ne signifie pas grand-chose ; mais je l'ai appris par certains de tes amis qui sont des gens très bien renseignés, et j'en suis tout à fait heureux pour toi. J'ignore quelles sont tes intentions à ce sujet, mais je te serais reconnaissant de ne pas te présenter avant que mon élection ne soit une chose accomplie, ce qui ne tardera peut-être pas. Je sais bien que je ne me présente pas à la même académie que toi. Je crois toutefois que, pour l'Institut, deux Pasquier d'un seul coup, ce serait un peu trop voyant et cela paraîtrait, au regard de ceux qui ne nous aiment pas, un peu glouton. Laisse-moi passer le premier, mon cher Laurent, d'abord parce que ton élection à toi, sera, quelque temps plus tard aussi bien qu'aujourd'hui, une affaire tout à fait sûre. Il n'en est pas de même pour moi et je dois saisir la chance favorable sans hésiter. N'oublie pas non plus que je suis ton aîné. Six ou sept ans, cela compte, cela donne, malgré tout, un droit de préséance. Enfin, c'est un service que je te demande. Tu me comprendras, tu ne voudras pas faire la moindre peine à ton vieux frère qui t'embrasse bien cordialement.*

Joseph.

P.-S. *Je doute si peu de tes sentiments que, par ce même courrier, je fais partir ma lettre de candidature. N'empêche que ta réponse est attendue avec une réelle impatience.*

Joseph avait écrit d'un seul mouvement cette lettre qui lui semblait beaucoup plus facile que l'autre à jeter sur le papier. Il la mit également sous enveloppe, les timbra toutes deux et les laissa bien en évidence au milieu du bureau. Puis il regarda sa montre. Il était une heure moins le quart. Alors il se leva, s'étira longuement, à plusieurs reprises, ouvrit un placard, y prit des pantoufles de feutre, les chaussa et sortit de son cabinet à pas étouffés. Un silence parfait se condensait entre les murs de la maison endormie. Joseph n'alluma point l'électricité ; mais il mit en action une petite lampe de poche dont l'ampoule répandait une lumière exténuée.

Avec les gestes lents d'un voleur aux écoutes, Joseph Pasquier descendit l'escalier qui conduisait jusque dans les entrailles de la maison. Il passa l'étage des cuisines, où tout était silencieux et immobile, puis l'étage des caves à vin. Il atteignit enfin une porte de fer et l'ouvrit au moyen d'une petite clef de forme étrange. Il poussa la porte, fit un pas dans l'ombre et referma la porte derrière soi. Alors seulement, à tâtons, il atteignit un commutateur. Une lumière éblouissante tomba tout aussitôt de trois gros plafonniers.

Ce n'était pas une cave. C'était quelque chose de comparable aux mastabas des Egyptiens : une grande chambre rectangulaire, creusée dans le rocher du plateau, une cavité saine et sèche dont les parois avaient été garnies partout d'un revêtement de brique rose. D'énormes armoires de chêne garnissaient un des côtés. Le long de la muraille opposée, s'entassaient des bahuts, des paniers, des malles de cuir, des caisses de fer. Au fond, se voyait la plaque d'un coffre-fort noyé dans le béton.

Depuis le jour où cette retraite avait été construite et aménagée par une équipe d'ouvriers italiens venue on ne savait d'où et disparue tout de suite, personne jamais n'avait pénétré dans cette chambre mystérieuse. Joseph y descendait seul et presque toujours de nuit. Comme il était très vigoureux, quand il apportait un paquet, même lourd et encombrant, il le coltinait tout seul.

Au milieu du rectangle, dans l'espace libre, il y avait un fauteuil, un fauteuil de paysan, au siège de paille, et une petite table.

Joseph commença par ouvrir les portes des armoires. Nulle odeur de moisissure : tout était net et propre. Pas un grain de poussière, pas une goutte d'humidité. Alors Joseph s'assit dans le fauteuil et regarda droit devant soi. Les armoires étaient bondées d'une multitude chaotique d'objets précieux, rangés sur les rayons selon le hasard des achats, des occasions, des affaires. Il y avait là une quantité prodigieuse d'argenterie, de porcelaines délicates, de vases, de cristaux ouvragés, d'ivoires, de bronzes. Il y avait des fioles pleines de liquides étranges, des figurines de jade, des statuettes, des lacrymatoires, des travaux chinois, des émaux, des laques, des brûle-parfums, des coupes, des éventails, des chandeliers, des pots, des aiguières de vermeil et d'or, des ciboires, des croix, des calices et des icônes caparaçonnées d'argent ou même ornées de pierres fines. Sur chaque pièce, était collée une étiquette avec une date, un chiffre, parfois une remarque écrite à la main, de la grosse écriture scolaire de Joseph Pasquier.

Il était là, dans son fauteuil, devant ses armoires béantes. Il avait envie d'aller jusqu'au coffre, d'en faire jouer la mécanique et de contempler les bijoux, les colliers, les anneaux, les perles, les pendeloques, les bracelets, les boucles, les joyaux et les barres de métal rare, les pierres nues dans de petits sachets. Il avait envie d'ouvrir les bahuts, les caisses, les huches de noyer, les cantines de fer et d'en tirer les trésors qu'il avait presque oubliés et qui, pourtant, étaient là : les broderies, les reliquaires, les écritoires d'or, les couronnes... Il avait grande envie de revoir toutes ces richesses ; mais, cette nuit-là comme les autres, chaque fois qu'il descendait dans ce réduit, il se sentait saisi d'une incompréhensible lassitude, et il partait à somnoler, un fil de salive à l'angle des lèvres, les grosses mains abandonnées, avec leurs bouquets de poils, sur les genoux engourdis.

Une à une, et non sans regret, Joseph referma les portes des armoires. Il reprit sa lampe de poche, s'assura, d'un regard pesant, que tout était bien en ordre dans ce royaume de lui seul, dans cette secrète tanière. Puis il éteignit les plafonniers et ferma la porte à clef, soigneusement, pesant chaque geste.

A peine dans l'escalier, il redescendit les marches pour s'assurer, une fois encore, que la porte était bien close et le verrou de sûreté, comme il se devait, à double tour. Il se tenait devant cette porte, pétrifié, soudain très lourd, le cœur battant rudement dans sa poitrine musculeuse.

Il finit par remonter, à pas d'ours, étage par étage, jusque dans son cabinet. Alors, saisi d'une inspiration subite, il décrocha le téléphone et sonna, pendant longtemps, en tournant une manivelle.

Une voix d'homme retentit enfin, à travers l'épaisseur de l'espace nocturne. Elle disait : « Quel est votre numéro ? Que demandez-vous ? » Joseph répondit, inquiet de percevoir, dans le silence, le bruit qui sortait de sa gorge. Il disait : « Ici, le 43, à Butry. Donnez-moi Trinité 53-79. » Des propos paresseux voltigèrent dans l'étendue. Puis ce fut une grêle sonnerie qui se répétait sans relâche, quelque part, au bout du monde. Enfin, une voix de femme, une voix ensommeillée parvint jusqu'à l'oreille velue de M. Joseph Pasquier. Cette voix disait : « Qui est là ? Que demandez-vous ? » Il répondit, domptant sa gorge tonitruante : « C'est moi ! je te dis que c'est moi. Pardonne-moi, Miotte. Je m'ennuyais un peu de toi. Alors, l'idée m'est venue de te demander quelque chose... » Il y eut un silence profond et la voix lointaine reprit : « Que veux-tu, mon pauvre Joseph ? Je dormais, pourquoi m'as-tu réveillée ? » — « Pardonne-moi, reprit l'homme, je voulais surtout t'entendre, être sûr que tu es là. » — « Où veux-tu donc que je sois ? » — « Dis-moi quelque chose, Miotte, dis-moi... que tu penses à moi. »

Il bredouillait, lamentable soudain, cherchant ses mots comme un écolier honteux. La voix lointaine dit encore : « Allons, va te coucher, mon pauvre Josi. Et laisse-moi quand même dormir. »

Au bruit qui retentit dans le creux de l'appareil, Joseph Pasquier comprit que la mystérieuse partenaire venait de rompre l'entretien. Il remit le cornet en place et se leva, titubant. Il se trouvait tout à coup debout, devant une haute horloge qui se prit à sonner. Il était deux heures du matin. Un coq chanta, dans le village, du côté de la rivière. Joseph n'avait pas encore dormi. Un nouveau jour déjà s'avançait dans l'éternité.

## CHAPITRE 5

Ce n'était pas un admirable Utrillo ; c'était un délicat et même un charmant Utrillo. Joseph posa la toile sur une chaise, en bonne lumière, et l'examina méticuleusement. Cela représentait une rue de banlieue avec, à gauche, une maison d'un blanc calcaire, à droite un bureau de tabac, puis des murs par-dessus lesquels des arbres étendaient leurs verdoyants rameaux. Sur le pavage de la rue, deux femmes cheminaient que l'on apercevait de dos ; elles étaient dessinées toutes deux de façon un peu sommaire, avec leur derrière bombé, les manches à gigot de leur corsage et leurs chapeaux à grands bords comme on en portait à Paris, environ l'année 1905...

— Tu as acheté cet Utrillo, répétait Joseph entre ses dents... Quelle idée !

— Mais, papa, fit Lucien, vous ne pouvez pas trouver drôle que je commence une collection, moi aussi.

Joseph ne répondit pas tout de suite. Il semblait surpris et rétif.

— Tu as acheté cet Utrillo, reprit-il enfin. Je me demande avec quel argent.

— Ça, fit le jeune homme en clignant imperceptiblement de l'œil, ça, c'est mon affaire. Ce n'est sûrement pas avec votre argent à vous, papa ; vous ne le laissez pas traîner.

Joseph secoua la tête :

— Alors, avec quel argent, mon cher ?

— Avouez qu'il n'est pas mal.

Joseph allongea les lèvres d'un air maussade.

— Il n'est pas mal. Il est même bien. C'est un 25 paysage. Cela vaut vingt-cinq mille francs.

— Papa, dit le garçon avec vivacité, je vous le revends pour quinze mille : attention, il est encore tout frais. Il n'est même pas signé.

Joseph secoua la tête d'un air soupçonneux.

— Non, non, grognait-il. J'achète moi-même, à mes marchands ou aux artistes. Pourquoi n'est-il pas signé ?

— Bah ! répliqua Lucien avec un sourire, nous allons le demander au peintre.

Ce disant, il quitta la pièce en courant. On perçut, à la cantonade, le bruit d'une brève querelle. Puis Lucien reparut, poussant devant lui, non sans peine, le très honteux et rougissant Jean-Pierre Pasquier.

— Lucien, disait le jeune garçon en se cramponnant à la porte, Lucien, tu m'avais promis de ne rien dire à papa.

— Qu'est-ce que tout cela signifie ? gronda Joseph, le poil soudainement hérissé, l'œil rouge, le nez de travers. Qu'est-ce que cette plaisanterie ?

— Cela signifie, papa, que voilà l'auteur du tableau.

Sans mot dire, Joseph saisit la toile et la jeta par terre, très loin, d'un geste furieux.

— Allons, papa, gloussait Lucien, la bouche en croupion de poule, soyez beau joueur. Avouez que vous avez marché.

Joseph ne répondit pas tout de suite. Il arpentait la chambre en répétant obstinément, avec sa tête, le signe de la dénégation. Il dit enfin, sans regarder personne, il dit, la voix tremblante de rage :

— Est-ce que tu espérais vraiment, Lucien, me tirer un peu d'argent avec cette espèce d'escroquerie ?

Lucien eut un rire désinvolte.

— Certainement non, papa. Je vous demanderai de l'argent bientôt, mais je m'y prendrai d'une tout autre manière.

Joseph haussa les épaules et bougonna entre ses dents :

— Mon cher, tu peux y venir, et tu trouveras à qui parler. Quant à ce petit faussaire...

— Ah ! non, papa ! Laissez Jeanpi tranquille. Il n'est pour rien dans la comédie. Faussaire ! Faussaire ! Mais la toile n'est pas signée.

— Alors, qu'est-ce que tu voulais, mon cher ? Te moquer de moi, peut-être ?

— Même pas. Je voulais seulement vous montrer que Jeanpi a du talent, à sa manière, et vous forcer à le reconnaître.

— Ah ! vraiment ! c'est ce que tu voulais ! C'est ce que vous vouliez tous deux sans doute...

Joseph était allé ramasser la toile qui, par chance, n'avait pas souffert dans la bagarre et il commençait de l'agiter à bout de bras, avec véhémence, quand la porte du cabinet de travail s'ouvrit. Blaise Delmuter parut. Il était vêtu, comme de coutume, de cette jaquette noire qu'il appelait « son uniforme ». Il dit, l'accent calme et glacé :

— Des nouvelles du Mexique, monsieur le Président. Veuillez prendre l'appareil. M. Obregon va vous parler.

Joseph posa le tableau sur une console, fit un bond jusqu'à son bureau et décrocha le récepteur du téléphone. Pendant une ou deux minutes, il écouta, l'œil fixe, le visage injecté de sang. Il disait d'instant en instant : « Oui... oui... très bien... parfait... » Il dit encore : « Je vous attends ce soir, pour les détails. » Puis il remit l'appareil en place, passa sur son front une large main velue et cria sans pouvoir refréner sa jubilation :

— Blaise, mon cher, trouvez-moi Mlle Delphine.

— Je vais, dit le jeune homme, me mettre à la recherche de Mlle Delphine. Je rappelle à monsieur le Président qu'il doit, dans une heure vingt, se présenter, avenue Hoche, chez M. Faugerolle, membre de l'Institut, qui lui a donné rendez-vous et qu'en outre monsieur le Président doit prendre aujourd'hui même connaissance du discours qu'il prononcera demain pour la cérémonie du centenaire de l'Ecole des Arts graphiques.

La fin de cette phrase fut à peine perceptible. Joseph, d'un air mécontent, poussait vers le vestibule le jeune homme à la belle jaquette. Et, tout de suite, la porte refermée, il se tourna vers ses deux fils. Il était soudain souriant et goguenard. Il parlait posément, pesant tous les mots.

— Il y a, fit-il, au Louvre, un quarteron de crève-la-faim qui sont parfaitement capables de copier Raphaël ou Léonard ou Véronèse ou n'importe quel autre et qui n'ont pas plus de génie qu'une mouche. Tu me comprends bien, Jean-Pierre ?

Jean-Pierre cacha son visage dans le pli de son coude et se prit à pleurer.

— C'est exaspérant ! disait Joseph Pasquier en haussant les épaules. J'étais tout à fait calme, tout à fait de sang-froid, et voilà les larmes ! Toujours les larmes ! Et tu sais que rien ne m'exaspère davantage que de te voir pleurer. Mais, malheureux, passe tes deux bachots, je ne te demande pas autre chose pour l'instant. Ensuite, nous parlerons peinture. Si tu as du génie, mon cher, nous finirons bien par le savoir. Pour l'instant, laisse-moi tranquille, et prépare tes examens. Tu vois, j'étais très content, pour des raisons personnelles... Enfin, j'étais très content. Et tu vas me mettre en colère. Tu vas gâcher ma journée. Ah ! c'est toi, Finette. Mais oui, j'ai à te parler. Entre une minute, Finette. Qu'est-ce que tu as à la main ?

Delphine se tenait dans l'ouverture de la porte, élevant jusqu'à ses yeux, pour les protéger, une boîte plate, nouée d'une faveur, qu'elle serrait entre les doigts de la main gauche. Elle balbutia :

— Ce n'est rien, papa, une petite chose de toilette.

Delphine avait alors vingt-deux ans. Ses traits n'étaient pas sans agrément ; mais elle était de petite taille, dodue et lourde en toutes ses parties. Elle souffrait en outre d'une grande myopie, se refusait à porter des lunettes et semblait toujours éblouie, effarouchée par la lumière.

— J'ai à te parler, Finette, reprit Joseph Pasquier d'un ton qu'il souhaitait tendre et qui était encore passablement rugueux. J'ai à te parler. Oui, je sais, tu veux que je t'appelle Delphine. Je m'y ferai. Un peu de patience. Allons, n'aie pas cet air inquiet. Ce que j'ai à te dire est plutôt une bonne nouvelle, et même une très bonne nouvelle.

Delphine regardait son père avec anxiété, comme quelqu'un qui n'ose pas même imaginer, dans le secret de son cœur, ce que pourrait être une bonne nouvelle. Alors, Joseph Pasquier dit d'une voix triomphante :

— Le puits Delphine donne de l'huile sous pression. On va me câbler les évaluations provisoires ; mais c'est sûrement quelque chose d'important.

Et comme la jeune fille ne cachait même pas une expression d'indifférence et de désappointement, il grogna, s'efforçant de sourire :

— Je pensais que cela te ferait plaisir. Et tu n'as pas même l'air de comprendre que tu es la marraine de ce puits épatant. Ah ! voilà M. Blaise qui vient peut-être nous annoncer encore quelque chose de bon.

— Je ne crois pas, monsieur le Président, fit le jeune secrétaire apparu soudainement à l'une des portes de la pièce. M. du Thillot a téléphoné. Il ne semblait pas tenir à vous parler à vous-même. Il m'a seulement prié de vous dire que M. Fourdillat avait répondu à toutes les démarches au sujet de l'augmentation du contingent, par un « non » catégorique et qu'il y aurait peut-être danger à insister pour l'instant ; qu'il jugeait, lui, M. du Thillot, plus sage de s'abstenir, au moins provisoirement, car le ministre était buté.

— S'abstenir provisoirement ! Il est extraordinaire, ce vieux rat ! s'exclama Joseph Pasquier. Et qu'est-ce qu'il pense que je vais faire des cent tonnes de bonne camelote qui attendent à Saint-Nazaire et de tout ce qui est en route. S'abstenir provisoirement ! Vous allez me rappeler du Thillot, que je lui secoue les puces ! Qu'est-ce que tu veux, Lucien ? Vous êtes encore là, vous autres !

— Avant de téléphoner à du Thillot, papa, fit Lucien, laissez-moi vous parler cinq minutes en particulier.

— Pourquoi ? Cinq minutes, c'est énorme ! Il faut que je lise, enfin que je corrige ce laïus pour demain et que j'aille voir ce vieux crocodile de Faugerolle et que je reçoive, ici ou rue du Quatre-Septembre, une dizaine de palotins qui vont faire l'impossible pour me ronger un peu de lard, pour me grignoter un orteil, pour me boulotter une fesse, pour me dévorer le foie ou les rognons. Cinq minutes ! C'est introuvable.

— Tant pis pour vous, papa. Vous regretterez peut-être de n'avoir pas trouvé ces cinq malheureuses minutes ; mais, si vous me les donnez, que, surtout, ce soit avant de téléphoner à ce vieux du Thillot, afin de n'avoir peut-être pas lieu de téléphoner à du Thillot.

— Hein ? Quoi ? gronda Joseph qui venait de s'arrêter soudain et regardait son fils aîné d'un air défiant et ombrageux. Eh bien, sortez, sortez, vous deux. Sors, Finette. Et ne prends pas cet air malheureux un jour où tu devrais allumer des lampions. Toi, Jean-Pierre, je te reverrai. Tu marcheras droit, mon bonhomme, ou nous aurons la vie dure. Blaise, vous ferez venir la voiture devant le perron. Oh ! j'ai encore une grande heure. Seulement, il ne faut pas que tout le monde m'embête. Alors, explique-toi, Lucien. Tu demandes : « en particulier ». Nous sommes en particulier. Dis-moi ce que tu as à me dire, mon garçon.

Lucien était assis dans un fauteuil de cuir, les jambes croisées, une cigarette égyptienne au bec. Il tira de son portefeuille un papier plié en quatre et l'éleva devant ses yeux comme il eût fait d'un papillon rare. Cependant, il articulait d'une voix précise et calme :

— Est-ce que vous y tenez beaucoup à cette affaire Fourdillat ?

— Quoi ? Le contingent de cryo ?

— Oui, le contingent de cryo.

— Naturellement, j'y tiens. Mais qu'est-ce que ça peut bien te faire ?

— Cela m'intéresse beaucoup. Je répète ma question. Est-ce que vous tenez beaucoup à obtenir du ministre une grosse augmentation de votre contingent ?

— Mon cher, je me demande quand même comment tu connais mes affaires. Je ne t'en parle jamais.

— C'est en quoi vous avez tort. Vous ne m'en parlez jamais, papa, mais vous en parlez aux autres. J'ai l'oreille fine.

— Marchons, mon garçon, marchons. Suppose un peu que j'y tienne, à ce surcroît de contingent...

— Exactement trois cents tonnes.

— Ah ! tu sais cela aussi. C'est tout simplement monumental. Eh bien, suppose donc, mon cher, que j'aie besoin d'obtenir ces trois cents tonnes de supplément...

— Que le ministre vous refuse.

— Ah ! tu sais cela aussi.

— Mais on vient de le dire tout haut, il y a une minute, devant moi.

— Mon ami, tu n'es pas sourd.

— Sûrement, je ne suis pas sourd. Je suis seulement étonné de vous voir utiliser comme tiers un bonhomme inutilisable, ce du Thillot, ce vieux niais, ce fantoche qui a l'air de descendre d'un cerisier.

— Mon cher, le meilleur ami du ministre...

— Bah ! si votre meilleur ami venait vous demander de faire une entorse à vos principes...

— Moi, je n'ai pas de meilleur ami. Et alors, Fourdillat ?

— Alors, répondit le jeune homme d'un ton moqueur, Fourdillat est incorruptible.

— Ça, dit Joseph, c'est une autre histoire.

Il se promenait les mains aux poches, la joue gauche fendue jusqu'à l'oreille par cette grimace convulsive qui lui tordait la bouche. Il dit, entre haut et bas :

— Des hommes incorruptibles, eh bien ! gn'y en a pas. Moi, je n'en ai jamais vu. Le tout, c'est de trouver le point des prétendus incorruptibles. Gn'y en a, c'est l'argent ; mais ça, c'est l'enfance de l'art. D'autres, c'est leur famille. D'autres, ce sont les honneurs. Des bouffis ! Des baudruches ! D'autres, c'est l'orgueil, la gloriole ! Gn'y en a, c'est drôle à dire, on les a par la vertu. On leur dit : « Vous, vous êtes incorruptible. » Ils commencent à baver et, pendant ce temps-là, on leur tire les vers du nez, ou ils donnent une signature, ou ils trahissent leurs copains, enfin, ils tournent en eau de boudin.

— Fichtre ! papa, fit le jeune homme, vous avez sur l'humanité des vues plutôt pessimistes, plutôt amères.

— Moi ? fit Joseph d'un air scandalisé, moi, pas du tout. Moi, je respecte l'humanité. Je ne lui demande qu'une chose, c'est qu'elle me foute la paix. Et alors, Fourdillat ?

— Je vous dis qu'il est incorruptible, siffla moqueusement Lucien.

— Lui, c'est peut-être les femmes, rêvassait Joseph, l'œil au lointain. Avec les femmes, on fait beaucoup, même chez de très vieux zèbres.

— Non, dit Lucien d'une voix nette, Fourdillat, ce n'est pas... les femmes.

— Comment le sais-tu, mon garçon ?

— En fait de femmes, il est garni, papa. Il a, comme tous les ministres de quelque importance, une demoiselle de la Comédie-Française. Elle absorbe jusqu'ici toutes les réserves d'énergie du personnage.

— Tiens, vraiment ? Et qui est-ce ?

— Je vous le dirai un autre jour. Papa, écoutez-moi bien. Si vous voulez obtenir le contingent exceptionnel, moi, je peux vous le faire avoir.

— Toi ! dit Joseph en regardant son fils d'un œil globuleux et fixe. Toi ! C'est inimaginable.

— C'est tout à fait imaginable. Seulement, attention, papa. Mon truc est un truc épatant, et je ne le donne pas pour rien. Papa, lisez ce petit papier.

Lucien venait de déployer, avec des gestes délicats, la feuille qu'il tenait depuis un moment entre le pouce et l'index. Il la tendit à son père.

Joseph tira ses grosses lunettes de leur fastueux étui. Puis il considéra d'un air étonné le papier sur lequel se voyaient quelques lignes d'une écriture fort nette :

*Je soussigné, Joseph Pasquier, m'engage, si mon fils Lucien Pasquier trouve une solution pratique au problème du contingentement des appareils « cryogène », à lui verser, à titre de commission, trente mille francs pour l'achat d'une voiture de son choix et qui sera réservée à son usage personnel.*

Joseph s'appliqua, sur la cuisse, une claque majuscule.

— Admirable ! criait-il, riant et suffoquant. Trente mille francs ! Ce n'est pas donné, mon petit gars. Trente mille francs, ni plus, ni moins ! Voilà trente mille francs, Lucien, que tu n'auras pas payés trop cher. Tu me dirais cinq cents francs ou mille francs, ou, à l'extrême rigueur, tu me dirais deux mille francs ! Mais trente mille francs, c'est à mourir de rire. Trente mille francs, pas un sou de moins.

— Pas un sou de moins, papa, c'est vous-même qui le dites.

— Et si je ne te donne pas ces fameux trente mille francs...

— Eh bien, fit Lucien d'une voix ronde et cordiale, eh bien, vous ne saurez rien et vous ne ferez pas l'affaire.

Joseph venait de s'arrêter au milieu de la pièce, debout sur ses jambes écartées, les mains dans les poches de son pantalon, des mains de plomb, qui semblaient, à cette heure, peser chacune un quintal. Il se prit à parler avec lenteur et sa voix chevrotait un peu, ce qui ne laissait pas de lui arriver, dans les minutes pathétiques, lorsqu'il débattait ses affaires et qu'il essayait, tour à tour, toutes les gammes de son clavier.

— Tu ne sais probablement rien, dit-il. Mais supposons un moment que tu saches quelque chose, quelque chose d'intéressant, quelque chose qui pourrait être utile à ton vieux père, à l'homme qui t'a élevé, à l'homme qui te nourrit, et tu ne m'en diras rien, si je ne donne pas... dix mille francs ?

Lucien fit un beau sourire et remua tranquillement la tête de gauche à droite et de droite à gauche.

— Mais non, mais non, papa. Je n'ouvrirai pas la bouche si vous ne me donnez pas trente mille francs. J'ai bien écrit trente mille francs. Vous faites erreur sur le chiffre.

— Tu ne sais probablement rien d'utile, fit encore Joseph en sortant les mains de ses poches.

Il éleva les bras lentement et les laissa tomber le long de son corps, d'un air découragé. Il grommelait.

— Tu te moques de moi. C'est indigne et c'est scandaleux. Tu prétends me faire te donner une somme considérable en échange d'un renseignement sans aucune valeur pratique.

— Papa, fit le jeune homme d'une voix sèche et moqueuse, papa, c'est vous qui vous moquez du monde en ce moment. Je vous propose un marché. Vous savez mieux que personne ce que c'est qu'un marché. Je vous donne mon tuyau et, alors, de deux choses l'une : ou bien l'affaire est ratée et vous ne me devez rien. Ou bien l'affaire se conclut à votre satisfaction, et vous me devez trente mille francs. Je vous ferai remarquer, papa, que l'affaire est de tout repos. Je pourrais demander une provision, exiger une provision, un gage, des arrhes...

Joseph répétait, hochant la tête d'un air abasourdi :

— Un gage ! Des arrhes ! Tu pourrais... C'est prodigieux !

— Mais non, ce n'est pas prodigieux. C'est seulement naturel. Si j'étais agent d'affaires...

— Tu n'es pas agent d'affaires. Tu es étudiant en droit.

— Aucune importance. Papa, rendez-moi ce papier.

— Mais non, laisse-moi réfléchir.

— Si vous réfléchissez trop longtemps, vous finirez par manquer le rendez-vous de Faugerolle, qui est une langue d'aspic, le plus venimeux de tous vos futurs collègues.

— Non, pas collègues... on dit confrères.

— Confrères, si vous voulez. Ça m'est bien égal. Allons, rendez-moi le papier.

— Non, mon cher, je vais le signer. Mettons-nous seulement d'accord sur un chiffre plus modeste. Quinze mille francs, par exemple.

— Non, rendez-moi le papier. Je dirai à mon agent...

— Tu as un agent, maintenant ?

— Pourquoi non ? Je sais de qui tenir, peut-être. Je dirai à mon agent de s'adresser à d'autres, à la compagnie du Frigo... à la société des Glacières électriques.

Joseph fit entendre une sorte de meuglement. Il se prit à crier :

— J'ai engendré un monstre. Je vais signer ton papier. D'ailleurs, je ne m'engage à rien.

— Si, si, vous vous engagez, mais seulement à payer en cas de succès complet.

— Voilà, mon garçon, je signe. Je signe Joseph Pasquier. Lisiblement, comme toujours.

— Attention ! Attention, papa, Le texte n'est pas tout entier de votre écriture. Ecrivez : *lu et approuvé.*

— Décidément, tu es très fort. Tu vas me donner des leçons. Et maintenant, voyons le truc. C'est sûrement une blague.

— Bien, rendez-moi le papier. Ce n'est pas une blague, comme vous dites, et je suis bien sûr d'avoir ma voiture avant la fin du mois. Fourdillat, voyez-vous, papa ? est un homme incorruptible. Rien à faire avec l'argent, rien à faire avec l'amitié, rien à faire avec les femmes. Il n'aime pas les objets d'art. Il n'est pas collectionneur...

— Oui, oui, et alors ?

— Mais, tout ministre qu'il soit présentement, il a été élu député du Cantal avec une très petite majorité. Cinquante-deux voix exactement.

— Ah ! tu sais cela. Et alors ?

— Fourdillat n'a peur de rien, c'est entendu. Mais il a une trouille noire de n'être pas réélu.

— Je vois ton truc. C'est une affaire de chantage à l'élection. Compliqué ! Scabreux ! Scabreux !

— Mais non, vous ne voyez rien du tout. Vous allez acheter des lentilles.

— Ah ! peut-être. C'est à voir. Pourquoi ?

— Patience ! Je vais vous le dire. Vous allez acheter trois cents tonnes de lentilles du Cantal.

— C'est possible. Explique-toi.

— Les agriculteurs du Cantal ont fait la culture des lentilles sur les conseils de Fourdillat qui ne savait qu'inventer, pendant la dernière législature, pour galvaniser tous ces bougres. Ils ont produit une quantité énorme de lentilles qui sont actuellement stockées par les coopératives. Fourdillat a promis d'en assurer l'écoulement. Or, c'est de la petite lentille. C'est à peu près invendable.

— Qu'est-ce que tu veux que j'en fasse ?

— Ah ! non, laissez-moi parler, papa. Vous n'êtes pas raisonnable. Vous avez une façon de traiter les affaires qui est très décourageante.

— C'est ça, donne-moi des leçons. Et qu'est-ce que je ferai des lentilles ?

— Eh bien, vous les revendrez.

— Mais puisqu'elles sont invendables.

— Si vous voulez, allons par ordre. Vous achetez, aux gens du Cantal, leurs trois cents tonnes de lentilles. En échange, Fourdillat vous fait obtenir une licence d'importation pour trois cents tonnes de cryogène, à titre de contingent exceptionnel.

— Attends un peu. Et la Chambre syndicale des Importateurs de réfrigérateurs... Oui... Non... Ça, je m'en chargerai. Je les connais, ces gars-là.

— Vous m'interrompez tout le temps. Je vous présenterai dès demain, ici, Monsieur T...

— Qu'est-ce que c'est que ce Monsieur T... ?

— C'est mon conseil.

— Ton conseil ! Mon garçon, tu me bouleverses.

— Comme vous avez dû, je pense, bouleverser, il y a trente ans, le docteur Pasquier, mon grand-père.

— Mais non, lui n'y connaissait rien.

— Si vous m'interrompez encore, vous allez manquer Faugerolle. Ah ! voici Blaise Delmuter.

Joseph se retourna d'une seule pièce et d'un seul bond.

— Qu'est-ce que vous voulez, mon petit ?

— Monsieur le Président, c'est M. Sanasoff.

— Bon ! Dites-lui qu'il me foute la paix. Je veux être un moment tranquille. C'est positivement énorme.

— Bien, monsieur le Président.

La porte se referma sur le secrétaire impeccable. Alors, aussitôt, Lucien, sautant de son fauteuil comme un pagure de sa conque :

— Monsieur T... vous dira que la lentille du Cantal n'est pas appréciée en France. Nous ne mangeons, nous autres, que la belle et grosse lentille du Chili. Vous payerez la lentille du Cantal 2 fr. 50 le kilo. Et vous la revendrez un franc le kilo. Seulement, outre la licence d'importation pour le cryogène, vous recevrez, à titre de compensation accessoire, une licence d'importation pour des lentilles du Chili. Le bénéfice réalisé par la vente de ces lentilles bouchera une partie du trou. Pour le reste...

— Ça va, ça va, j'ai compris. Qu'est-ce qui t'a montré tout ça ?

— Personne, papa, c'est de naissance. Mais vous ne nous regardez jamais, nous autres, vos enfants.

— A l'avenir, je me méfierai. C'est phénoménal ! Et tu as vingt-quatre ans !

— Non, non, seulement vingt-trois.

— Qu'est-ce que c'est que ce Monsieur T... ?

— Vous êtes bien pressé, papa.

— Qu'est-ce que ça peut te faire ? puisque j'ai signé ton papier.

— Il s'appelle Trintignan.

— Bon, dit Joseph en tirant son carnet de poche. Qu'il vienne rue du Quatre-Septembre, demain matin, à neuf heures.

— Oh ! vous me verrez avec lui !

— Si tu veux, mon cher, si tu veux. Ecoute encore, une minute. Et si je ne te les donnais pas, après tout, les trente mille francs. Tu es mon fils. Je t'entretiens. Tu me coûtes les yeux de la tête.

Joseph regardait le jeune homme, du coin de l'œil, en souriant.

— Oh ! fit le garçon en sortant son miroir de poche, vous n'êtes pas sérieux, papa. Vous me les donnerez sûrement.

— Tu en es si sûr que cela ?

— Mais oui ! Vous savez mieux que personne qu'on ne blague pas avec les gens qu'on a des chances de retrouver. Ça va pour aujourd'hui. Maintenant, il faut que je file et vous êtes pressé, vous aussi. Dites donc, papa, pourquoi perdez-vous votre temps avec ces vieux de l'Institut ? Vous pourriez être ministre. Ça, c'est du sérieux.

Joseph gonfla les joues et se redressa brusquement.

— Ministre ! Ministre ! Ne dis donc pas de bêtises. Non, mon cher, je suis député, simplement, pour avoir un pied dans la boîte, un pied solide. Mais ministre ! Est-ce que tu penses que j'ai le temps de faire des corvées du matin au soir et du soir jusqu'au matin ? Mais non, mon petit gars, les ministres, je m'en sers quand j'en ai besoin. Et puis, je les enquiquine. Tu sais, mon garçon, qu'on ne m'épate pas facilement. Eh bien ! tu viens de m'épater avec cette histoire de lentilles. Compliments ! J'attends la fin. Mais le commencement promet.

— A propos, dit encore Lucien, à l'instant de passer la porte, si vous avez besoin de tuyaux, pour votre candidature, particulièrement au sujet de Puichaud et de Pujol. Ce sont de fameuses ganaches, mais je connais leurs fils qui sont des copains à moi.

— Ah ! non ! Ah ! non ! grondait Joseph. Ne va pas te payer ma tête. Et surtout n'exagère pas. Tu sais, les trente mille balles, tu ne les as pas encore. Vingt dieux ! Il est cinq heures moins cinq ! Et l'autre coco qui m'attend. Dis au chauffeur que j'arrive.

Une minute plus tard, Joseph montait dans sa voiture conduite, en cette circonstance, par le chauffeur assisté du valet de pied. Blaise Delmuter, demeuré sur le perron, fit un salut qui consistait, les bras collés le long du corps, à fléchir modérément la colonne vertébrale dans la région lombaire, en bloquant toutes les articulations du dos qui devaient rester roides et comme plombées. Certains inférieurs saluent seulement de la tête, d'autres du col. Il en est qui mettent en mouvement toutes les jointures du tronc, depuis le crâne jusqu'au croupion. Le salut de Blaise Delmuter était un salut étudié, un salut savant qui ne ménageait pas la flexion, mais qui la plaçait très bas dans l'échelle des vertèbres.

Cet exercice exécuté non sans une certaine rigueur, Blaise fit demi-tour, pénétra dans la maison, monta rêveusement tout un étage et s'engagea dans les couloirs pour gagner son bureau particulier qui jouxtait le cabinet de M. Joseph Pasquier.

La maison, tout à coup, semblait déserte et le jeune homme, absorbé dans ses pensées, marchait les yeux au sol, quand une ombre blanche surgit de l'embrasure d'une porte et vint à sa rencontre :

— Je vous ai fait peur, balbutiait Delphine. Pardon !

— Mais non, fit le jeune homme avec flegme. Vous ne m'avez pas fait peur. Je ne suis pas peureux du tout.

— Je le sais bien, répondit la jeune fille avec élan. Je voulais seulement dire... Puis-je entrer dans votre bureau ?

— Monsieur le Président n'aime pas cela.

— Oh ! papa est sorti.

— Il est sorti ; mais il ne restera pas plus de trente minutes dehors.

— Trente minutes ! Comment pouvez-vous calculer ainsi ?

— Dix minutes pour aller avenue Hoche. Dix minutes pour en revenir. La visite de M. Faugerolle ne peut durer plus de dix minutes. Monsieur le Président sera reçu sans chaleur. Il sera donc, au retour, d'une humeur massacrante. Avis !

— Prenez ! fit la jeune fille en tendant au jeune homme, avec résolution, la petite boîte plate, nouée d'une faveur, qu'elle tenait à la main une heure plus tôt, en pénétrant chez son père. Prenez. J'ai fait cela pour vous.

— Qu'est-ce que c'est ? demanda Blaise d'une voix paisible et mesurée. Encore une cravate peut-être ? Et si elle allait ne pas me plaire ?

— Ce n'est pas une cravate, cette fois, murmura Delphine en rougissant. Ce sont des pochettes de soie. Je les ai brodées moi-même.

— Si bien que vous allez encore vous fatiguer les yeux.

— Non, non, j'ai mis mes lunettes.

— Elles ne vous vont pas du tout. Vous avez l'air d'une institutrice.

— Alors, je ne les mettrai plus.

Il y eut un silence prolongé. Delphine, à la dérobée, jetait sur le jeune homme un regard brûlant, chargé d'une tendresse qui ressemblait à la gourmandise. Elle dit tout bas :

— Vous me parlez toujours très durement.

— Mais non, mais non, petite fille, dit-il, l'air ennuyé. Vous n'êtes pas obéissante.

Il avait allongé la main, sans hâte, et la posait avec un geste de sultan sur la tête de Delphine. Elle se saisit de cette main avec avidité et se prit à la caresser gauchement. Elle disait :

— Papa m'a présenté, la semaine dernière, deux messieurs : un Belge et un garçon du Midi, un grand marchand de savon.

— Et lequel allez-vous épouser ? Prenez le marchand de savon.

— Non, je n'épouserai ni l'un ni l'autre. Si j'épouse jamais quelqu'un, vous savez qui ce sera.

Le jeune homme fit un sourire empreint de souveraine froideur.

— Je suis touché, Mademoiselle. Mais ce sont là de dangereux enfantillages, auxquels Monsieur le Président ne donnerait certainement pas le visa.

— Pourquoi donc appelez-vous papa Monsieur le Président ?

— Parce que cela lui fait plaisir.

— J'ai vingt-deux ans. Je peux me passer de l'autorisation de papa.

— Quelle témérité ! Vous ne connaissez pas Monsieur votre père.

— Oh ! mon père ! Ce que penserait mon père, ce serait quand même sans importance.

Delphine rougit, fit un mouvement de recul, serra ses deux mains l'une contre l'autre avec désolation et murmura :

— Vous ne m'aimez pas. Vous ne pouvez pas m'aimer.

— Je vous demande pardon, fit le jeune homme d'une voix sereine et majestueuse, il n'est pas impossible que je vous aime un jour.

— Je ne vous plais pas, balbutiait Delphine.

— Vous ne me déplaisez pas absolument. Vous êtes sans doute un peu trop petite et trop grosse.

— Je le sais, fit la jeune fille avec une humilité désarmante. Je le sais, papa me le dit toujours.

— Monsieur votre père est un fin connaisseur. Puis-je vous conseiller, petite fille, de ne pas pleurer, ce qui risquerait de vous fatiguer les yeux plus encore que la broderie ?

— Non, non, ne craignez rien, articula Delphine avec une étrange énergie. Vous ne m'avez jamais vue pleurer. Moi, je ne pleure jamais.

— Toutes mes félicitations, fit Blaise Delmuter en tendant de nouveau la main vers la tête de la jeune fille pour lui effleurer les cheveux d'une caresse imperceptible.

Cette scène cruelle fut interrompue par la sonnerie du téléphone. Le jeune homme, sans hâte, décrocha l'appareil et commença d'écouter. De seconde en seconde, il lâchait des mots, des bribes de phrases : « Parfaitement... Parfaitement... Dix mille dollars tout de suite... Je vais le dire à Monsieur le Président... Oui, oui, Monsieur le Président va faire sans tarder le nécessaire. Monsieur le Président se réjouira sûrement des bonnes nouvelles que je vais lui transmettre...

Blaise Delmuter, un instant plus tard, remit l'appareil au croc et se leva, rectifiant d'un geste furtif la tenue de sa belle jaquette.

— J'avais oublié, disait-il d'une voix imperturbable, de vous féliciter à propos du puits Delphine. C'est un beau succès.

— Ne me parlez pas de cela, répondit la jeune fille, l'air sombre. Qu'est-ce que vous voulez que ça me fasse ?

— Voilà un noble désintéressement que Monsieur votre père trouverait sans doute incompréhensible. Et maintenant, petite fille, il serait sage et prudent de regagner vos appartements.

— J'y vais, merci, fit l'enfant.

Et elle sortit de la pièce avec une résolution farouche, une brusquerie dans laquelle un spectateur attentif aurait peut-être retrouvé quelque chose des vertus légendaires de son honorable père, le señor Joseph Pasquier.

Celui-ci, deux minutes plus tard, descendait de voiture devant le perron de l'hôtel et, par trois ou quatre vigoureux coups de gosier, appelait aussitôt le chef de son secrétariat.

Contrairement aux prévisions, le président Pasquier n'était pas d'une humeur massacrante. Il semblait content. Le mot de content paraît même quelque peu faible et c'est le mot de guilleret que le narrateur, toute réserve abandonnée, eût été tenté d'écrire à cet instant de la chronique. Dédaignant l'ascenseur, Joseph Pasquier monta l'escalier quatre à quatre en criant :

— Où est Madame ?

— Mme Joseph Pasquier n'est pas encore de retour, fit Blaise Delmuter qui ne pouvait suivre l'allure du maître sans qu'un léger dérangement se manifestât dans l'ordonnance de son costume.

Il dit encore :

— Monsieur le Président a peut-être oublié qu'il y a une loge de six places pour l'Opéra-Comique.

— L'Opéra-Comique ? Est-ce que vous croyez que j'ai le temps de m'amuser ? Vous donnerez la loge à Madame.

— Monsieur le Président sait qu'il dîne au Cercle interallié. Le dîner de la *Quinzaine économique*. D'ailleurs, monsieur le Président a, pour ce soir même, deux autres invitations : la légation du Mexique et les Gastronomes de la rive droite.

— Diable ! Il y a de quoi perdre le nord. J'irai à la légation du Mexique. Dites que l'on prépare mon habit. Téléphonez aux Gastronomes qu'il n'y a rien de fait pour ce soir. Si j'ai le temps, je passerai vers dix heures et demie au Cercle interallié. J'arriverai pour les discours. Moi, je n'en fais pas, de discours ?

— Non, monsieur le Président, pas ce soir. Mais le dactylogramme du discours pour demain est sur le bureau de monsieur le Président, en trois exemplaires.

— Merci, mon petit Blaise. Vous savez que Faugerolle, eh bien, ça s'est très chiquement passé... Vous alliez dire quelque chose : vous avez la bouche ouverte.

— Je voulais dire que le secrétaire de M. Obregon a téléphoné de nouveau. Le puits Delphine donnera plus de huit cents barils.

Seulement, M. Lopez de Quevedo réclame d'urgence une somme de dix mille dollars.

— Ils sont extravagants, s'écria Joseph en levant les bras au ciel ! Des dollars ! Toujours des dollars ! Comme si les dollars se trouvaient sous le pas d'un cheval. Et les premières ventes du pétrole, pour en voir quelque chose, c'est une gymnastique chinoise et des comptes de boutiquier. Ah ! ils veulent que j'aille au Mexique. Eh bien ! je finirai par y aller, au Mexique, entre deux bateaux, et je leur taperai sur les doigts. Des dollars ! Des dollars ! Bien sûr, j'en ai des dollars. La dégringolade du franc est à peu près inévitable, avec tous les Fourdillat et tous les gens de cette espèce. Des dollars, j'en ai. Moi, je ne suis pas un endormi, un abruti, un imprévoyant. Mais, si ça continue comme ça, ils vont me les dévorer, mes dollars. Vous appellerez Obregon à l'appareil, tout à l'heure, dans un instant, pendant que je serai dans le bain. Je vous disais que Faugerolle avait été presque épatant... Mais je vois que vous aviez encore quelque chose à me raconter. Si, si, parlez, mon cher.

— M. Simionescault se présente à l'Institut contre monsieur le Président. La candidature est officielle.

Joseph rougit soudainement. Un jet de sang chaud qui fit paraître ses sourcils plus blancs et les lobules de ses oreilles couleur d'aubergine mûre. Il se prit à hurler :

— Simionescault ! Un métèque ! Un rasta ! Un type dont les grands-parents gardaient les moutons en Bessarabie. Naturellement, à la deuxième génération ! L'Escault n'est pour rien dans son affaire. Ces gens-là s'appelaient Simonesco en 1880. Vous savez qu'il est très malade, en plus. Un souffle de vie. Et il se présente contre moi. Eh bien, je le battrai, je le battrai. Après tout, ce sera drôle. Je vous disais que Faugerolle a été très gentil, malgré toutes les prévisions. Il faut ajouter qu'à mon arrivée, leur maison, aux Faugerolle, était sens dessus dessous. Ils avaient une fuite d'eau dans le vestibule, et pas de robinet d'arrêt. J'ai d'abord cru qu'il allait me prier de changer le rendez-vous. Il était là, lui-même, les mains sales, avec la bonne et les torchons. Leur plombier ne pouvait pas venir, la concierge était en courses. Enfin, c'était ridicule. J'ai pris leur téléphone et j'ai appelé mon plombier, mon plombier à moi, Villard. Et puis, j'ai attrapé un marteau, un bout de bois et j'ai maté la conduite. Il était épaté, Faugerolle. Il a vu ce que c'est qu'un homme, et un débrouillard ! Villard est arrivé tout de suite, en trois minutes, et j'ai donné des ordres. Le vieux ne savait comment me remercier. Je vous dis qu'il votera pour moi. Voyez-vous ? mon petit Blaise, j'ai toujours traité mes adversaires comme des bêtes à la chasse, quoi ! comme des gens qu'il fallait battre à la course, d'abord, et ensuite en combat régulier. Mais avec ces vieux de l'Institut, il faut changer toutes les méthodes. Certains jours, ça m'amuse. Le plus souvent, ça me dégoûte... Je vais d'abord me laver les mains. Mes poignets sont tout mouillés. C'est la fuite d'eau à Faugerolle... Et puis je vais prendre un bain. Ah ! vous voilà enfin, Hélène... Mon petit Blaise, demandez que l'on prépare mon bain et laissez-moi seul avec Madame.

Joseph venait de retirer son veston et ses boutons de manchette. Il relevait ses poignets de chemise, montrant des avant-bras puissants.

— Hélène, dit-il, vous allez à l'Opéra-Comique. Il y a une loge de six places. Moi, je ne peux y songer. J'ai trois dîners en ville. Je ne sais où donner de la tête. Demandez aux enfants si ça les amuse.

— Je ne le crois pas, fit Mme Pasquier senior. Finette passe la soirée chez son oncle Laurent. Lucien est sorti sans même dire où il allait. Jeanpi est seul dans sa chambre. Il faudra le montrer au médecin, Joseph. Il m'inquiète un peu. Il maigrit. Il pleure comme un enfant, à tout propos, et il n'est plus un enfant. Vous le traitez rudement, Joseph.

— Hélène, dit le président Pasquier, si je vous écoutais, je ferais de ce garçon une moule, un incapable. Je vous demande pardon, mais je dois changer de linge. Pour l'Opéra-Comique, débrouillez-vous, Hélène, si vous tenez à y aller.

— J'irai avec des amis.

Joseph fit quelques pas autour de son bureau, la tête basse et l'air gêné.

— Avec quels amis pensez-vous y aller, ma chère ?

— Je ne suis pas encore fixée. Peut-être avec Ricamus. Je vais téléphoner tout à l'heure.

— Vraiment ? Vraiment ? disait Joseph entre ses dents, le front bas, le nez plissé. Vous allez encore sortir avec ce garçon ! Il ne me plaît pas. Je pensais vous l'avoir déjà dit.

— Vous me l'avez déjà dit, mais je ne comprends pas bien. Il a publié sur vous un article remarquable, avec de belles photos de Montredon. C'est le plus intelligent des amis de Lucien. Moi, je le trouve charmant.

— Comment vous dire que cette façon qu'il a de vous appeler Mamouche ou Mamichka...

— Eh bien ?

— Ça ne vous va pas, Hélène. Vous êtes, ma chère, tout le contraire de... enfin, ça ne vous va guère et ça ne me plaît pas beaucoup. Ce sont des enfantillages. Vous pourriez me comprendre à demi-mot.

— Vous m'étonnez beaucoup, Joseph. Si vous n'étiez pas si bourru, ce garçon, qui est plein d'esprit et qui a de l'imagination, vous appellerait peut-être aussi Papichka ou Papiche.

— Qu'il s'en garde bien ! Ah ! non ! voilà des familiarités qui ne me conviennent pas du tout. Je vous ai dit, sur ce point, tout ce que j'avais à vous dire. Vous mettez toutes vos émeraudes pour une simple promenade en ville ? Quelle idée !

— Si je les ai, fit Hélène avec sang-froid, ce n'est pas pour les garder dans un coffre-fort, mais pour en jouir à mon gré.

Joseph hocha la tête d'un air rétif et mécontent. Hélène était couverte de bijoux. Elle s'était longtemps refusée à ce genre de folie. Joseph l'y avait contrainte, depuis la guerre, en lui répétant sur tous les tons : « C'est une fortune qui tient très peu de place. Et si jamais nous perdons tout, nous ne perdrons peut-être pas ça. » Enfin séduite, enfin convaincue, Hélène avait pris, des joyaux et des pierres, un goût qui devenait, de jour en jour, immodéré et même tyrannique.

Elle dit encore :

— Qui a envoyé la loge ?

— Les Marigot, répondit Joseph en haussant les épaules. Il ajouta presque aussitôt : « Ils sont assez gentils, mais ils ont l'esprit nouveau riche... Maintenant, je vous demande pardon : je vais me baigner d'abord et puis passer mon habit. »

Joseph réservait la qualification de nouveaux riches à ceux dont le succès était postérieur à la guerre. Ceux qui, comme lui, avaient eu de l'argent dès les premières années du siècle, il les considérait comme des riches de vieille souche, comme des nobles dont la noblesse remontait presque aux croisades, comme des gens, par conséquent, très honorables et très sûrs.

Hélène s'en fut en sifflant une danse américaine. Siffler est un exercice assez malaisé d'ordinaire pour les personnes du sexe féminin, un exercice dont pourtant Mme Pasquier senior se tirait avec de la virtuosité et avec beaucoup de succès.

Joseph passa dans le cabinet de toilette et fit bientôt le bruit que fait un buffle quand il entre dans un fleuve. Il poussait de grands soupirs et grognait à propos du linge, du robinet, du savon. Il n'était pas dans la baignoire depuis une minute que Blaise frappa nettement à la porte, poussa le battant et commença de parler. Il disait :

— M. Trintignan se présentera demain matin à neuf heures avec M. Lucien Pasquier. Le rendez-vous est confirmé... M. Obregon demande que les ordres pour les dix mille dollars soient donnés au plus tard avant demain matin, dix heures... Monsieur le Président de la Chambre prie M. Joseph Pasquier à déjeuner, mardi prochain, une heure, à la Tour d'Argent...

Joseph poussait des cris, donnait des ordres, envoyait des paquets d'eau dans toutes les directions et s'agitait comme un monstre aquatique. Blaise disparaissait une minute et revenait tout de suite en disant : « C'est la rue du Quatre-Septembre qui demande trois rendez-vous. C'est M. Mairesse-Miral qui voudrait voir Monsieur le Président demain matin à neuf heures, rue de Pétrograd, avec les entrepreneurs... Ce sont les wagons-lits qui téléphonent pour le *single* : jeudi soir à dix heures. J'irai retirer les billets... »

Telle était la vie de Joseph, au printemps de l'année 1925.

Il en est qui, pour gagner leur fortune, font sortir du sol d'immenses villes usinières, construisent des bâtisses gigantesques, des ateliers, des entrepôts, des tours, des voies ferrées, assemblent et gouvernent un peuple indocile d'ouvriers et vivent jour et nuit en état d'alerte sur les lieux mêmes de leur difficile succès, dans le halètement des forges, sous l'haleine empestée des fourneaux et des cokeries.

Il en est qui possèdent ou qui louent durement à bail de grandes plaines agricoles. Ils ont des fermiers sournois, une tribu de tâcherons au poil roussi par le soleil, des multitudes de ces bestiaux dont chacun est un trésor mais dont on ne sait jamais s'ils ne vont pas prendre un mal et crever comme des moustiques, des machines compliquées avec lesquelles on laboure, on emblave, on moissonne et on sépare le grain. Ceux-là vivent de soucis, entre le sec et l'humide. Ils doivent, pour ne pas s'égarer, être chimistes, astronomes, biologistes, et quoi donc encore ? économistes, sans nul doute, et devins, au bout du compte.

Il en est qui ne produisent rien par eux-mêmes, ni des sommiers métalliques, ni de la miroiterie, ni de la batterie de cuisine, et non plus du froment, des betteraves et du colza ; mais ceux-là trouvent expédient d'être les fardiers des autres, de transporter, à la surface de cette planète misérable et prodigieuse, tout ce qu'arrachent au sol, tout ce que fabriquent ingénieusement, tout ce que font pousser jour après jour les hommes obstinés. Ceux-là ont des camions innombrables, des péniches, des trains, des bateaux de fer, rangés, tels des cornichons, dans les bassins des grands ports. Ceux-là se débattent avec les tempêtes en mer et ils soutiennent toute l'année d'affreux procès contre les compagnies d'assurances.

Il en est qui se contentent de vendre ce que les autres ont produit et transporté. Ces rusés-là sont obligés parfois de faire jeter à l'eau trois ou quatre mille tonnes d'oranges que la moisissure a saisies dans les resserres, ou de bazarder à perte cinquante mille fourneaux de fonte dont le type est démodé parce qu'un modèle nouveau vient d'être lancé par une maison concurrente sur tous les marchés du monde.

Pendant longtemps, pendant deux ou trois lustres, peut-être, Joseph avait fait en sorte d'éviter, astucieusement, tous les pièges de la chance. Mais le succès a des exigences redoutables et le succès de Joseph était un très magnifique succès.

## CHAPITRE 6

LAURENT PASQUIER
À MADAME CÉCILE PASQUIER
*Pensylvania Hôtel,*
*New York.*

Chère Cécile, ta lettre nous a réjoui le cœur. Line me l'a lue à voix haute. Je devrais écrire « nous l'a lue », car Michel écoutait, bouche bée, comme lorsque tu lui joues de la musique pour lui seul, lorsque tu joues, tout bas, pour le petit Michel et sans doute aussi pour tes ombres familières.

Je suis heureux de savoir que ton quatrième voyage en Amérique te gagne de nouveaux amis, heureux de savoir que ces milliers et ces millions d'hommes qui vivent loin de nous et que nous connaissons quand même assez mal peuvent aimer ce que nous aimons et communier avec nous dans l'admiration des génies prodigieux auxquels tu as dévoué ta vie. Tu me rends évidente et sensible, sœur, une certaine forme de cet « universel humain » auquel je serais parfois tenté de ne plus croire. Grand merci pour cette œuvre de charité.

Tu veux savoir des nouvelles des « tiens ». A t'entendre parfois, chère Cécile, j'imagine que les « tiens », les véritables « tiens » s'appellent Bach et Debussy, Mozart, Haendel ou Fauré. Mais non, c'est de nous autres que tu veux savoir des nouvelles ! Et c'est justement de nous autres que je voulais te parler. Je trouve enfin, ce soir, les deux heures de loisir dont j'ai besoin pour m'abandonner un peu et reprendre notre entretien.

Je crois sentir, dans toutes tes lettres, chère Cécile, une certaine inquiétude et même un certain scrupule au sujet de maman. Que je te rassure pleinement en ce qui concerne et l'inquiétude et le scrupule. C'est moi qui ai détourné maman du dessein qu'elle avait formé de vivre seule dans leur petit appartement du boulevard Pasteur. A voir l'état où elle est maintenant, tu reconnaîtras que je n'ai pas eu tort. Tout naturellement, j'ai prié maman de venir habiter chez moi, d'abord parce que cela me plaisait ainsi, ensuite parce que je ne voyais pas fort bien qu'il pût en être autrement. Maman ne pouvait aller, au lendemain de son veuvage, que chez toi, Cécile, ou chez moi. Mais tu es toujours en voyage ! Ta maison est fermée une bonne moitié de l'année. Le petit problème était résolu sitôt que posé. Maman est donc venue chez moi. Je m'imaginais, au début, que c'était l'affaire la plus simple du monde et que cela ne soulèverait aucune complication. Ouais ! Il paraît que rien n'est simple, dans le clan Pasquier. Je m'aperçois, à mille petits signes, que Ferdinand et Claire ne sont pas contents. Tu l'as peut-être compris comme moi, chère Cécile : Ferdinand et Claire étaient farouchement résolus, depuis toujours, à ne laisser personne — même pas la pauvre maman — troubler l'intimité de leur extravagant duo. Ils ne voulaient à aucun prix accepter une responsabilité de cette sorte. L'idée qu'il se trouvait quelqu'un pour assumer joyeusement cette responsabilité aurait dû les soulager. Eh bien, pas du tout ! Je finis par croire que cette idée leur causait plus de trouble que d'allégement. Tu n'as pas été sans le remarquer, nous sommes en froid, les Ferdinand et moi. Ça les agace de me voir faire une chose qu'ils redoutaient beaucoup de se sentir obligés de faire. Je vois très peu Ferdinand, sauf quand ils changent de médecin et qu'il vient alors me demander conseil. Car, pour cela, lui et Claire me demandent encore conseil. C'est le couple parfait de malades imaginaires — un cas auquel Molière n'avait quand même pas songé. — Je suis allé, la semaine dernière, leur porter des drogues qu'ils m'avaient demandé de leur avoir à prix réduit. Je suis arrivé de bonne heure. Ils sortaient à peine du lit. Claire se lamentait, de l'autre côté de la cloison : « Oh ! là ! là ! ce que je souffre ! » Et lui, Ferdi, répondait : « Tu souffres ! Et moi, donc ! » Ils devraient se détester, à ce compte. Mais non, ils se donnent la réplique, ils s'écoutent mutuellement, ils s'épaulent quand même et finissent par se soutenir.

Pauvre maman ! Elle disait, autrefois, quand nous étions tout petits, elle disait à Mlle Bailleul : « Si Raymond va en enfer, j'aime encore mieux y aller avec lui. J'aime mieux cela que de monter dans le ciel où je serais toute seule... » Hélas, papa est mort — je ne crois d'ailleurs pas qu'il soit en enfer : il a raconté une histoire à saint Pierre et il a eu un billet de faveur, comme toujours et comme partout — papa est mort, et la vieille maman vit quand même. Nous avions toujours pensé que, sans lui, elle serait dépareillée, perdue, qu'elle ne saurait plus vivre. Eh bien, il est mort depuis trois ans, et elle, elle est là qui attend, comme quelqu'un que le bateau a laissé sur le quai. Elle change beaucoup. Elle marche très difficilement, en poussant des plaintes tantôt hennissantes et tantôt chevrotantes. Ce n'est pas trois enfants que nous avons, Line et moi, mais quatre enfants. Matin et soir, Line la peigne, la lave et la poudre, lui fait toutes sortes de petits soins et de petits pansements avec une adresse allègre, avec beaucoup d'imagination dans la gentillesse et la simplicité. Hélène, qui assistait, un jour, par hasard, à l'une de ces séances, a dit tout uniment : « On voit que vous aimez ça, ma chère ! Chez vous, c'est plus qu'une vocation, c'est une passion. » Hélène, ce jour-là, est partie tout à fait rassurée. Elle dit à qui veut l'entendre : « Les Laurent pourraient prendre une infirmière. Nous serions tous d'accord. Mais Jacqueline adore soigner les vieillards et les enfants. C'est son plaisir. D'ailleurs, elle s'y prend très bien. »

Pendant que Line manie l'éponge et la houppette, maman, si elle est bien éveillée, raconte pour la millième fois toutes les histoires de sa vie. Ce serait un tort de croire qu'elle les raconte toujours de la même façon. Elle fait, par exemple, de papa, un portrait assez surprenant : « Il était beau — ça c'est entendu — il était noble, désintéressé et... » tiens-toi bien, chère Cécile !... « il était vertueux, sérieux, fidèle... » Quand elle est seule avec Line, elle fait ainsi un sincère effort de transfiguration légendaire ; mais quand je suis présent, maman est plus réservée, plus prudente dans le choix des termes. Elle voudrait tout effacer des misères anciennes. Alors, je détourne les yeux, d'abord pour ne pas la gêner, ensuite parce que je ne suis pas encore fait à cette sublime imposture.

Le soir, quand elle est fatiguée, elle devient soudain très vieille. Elle retourne à ses commencements. A ces heures-là, si elle dit « chez nous », je comprends, chose extraordinaire, qu'elle ne parle plus de son ménage, de sa maison de femme et de mère, de cette vie bouleversée et bouleversante qui a duré plus d'un demi-siècle. Non, à ces heures-là, « chez nous », cela veut dire la maison où elle a été élevée, la maison de ses oncles Delahaie. C'est, je le répète, un signe de grande lassitude. Le reste de la journée, elle joue au mieux son rôle de reine-mère. Elle est Pasquier avec une si belle intolérance que nous autres, les héritiers du nom, nous avons l'air d'amateurs un peu tièdes.

Chaque fois que Joseph vient nous voir, ce qui, fait à noter, n'est point trop rare, il trouve à me dire quelque chose de désobligeant sur la façon dont notre mère est installée et traitée. Un jour, je lui ai répondu, froidement : « Si tu veux faire mieux, rien ne t'en empêche ; tu as la place, le personnel et l'argent ! » C'était une boutade, chère Cécile. Pour rien au monde, je ne voudrais voir la pauvre maman échouer chez Joseph. C'était donc une boutade et Joseph l'a prise très mal. Il grondait : « Pense à ce que tu dis ! Avec la vie que je mène, ce serait complètement impossible. Les affaires, les réceptions ! Le genre de monde que je reçois ! Cette pauvre maman n'est presque plus présentable, elle serait perdue au milieu de tout cela. Et puis, Hélène a bien des qualités ; mais elle n'a pas la vocation, comme ta femme. A part cela, c'est quand même notre mère à tous et j'ai quand même le droit de donner mon avis et de faire des observations, il me semble. »

Je n'ai rien répondu. Qu'aurais-je pu répondre ? Joseph est ainsi. Tous les trois mois, il vient me voir pour, comme il dit, régler les affaires de maman. Cela signifie qu'il essaye de me tirer un peu d'argent. Il dispose d'un admirable luxe de motifs et de prétextes. Il doit payer des assurances, honorer le notaire, acquitter périodiquement la note du marbrier qui a fait et qui entretient le monument de Nesles. Papa avait laissé ici et là des dettes non médiocres et qui se découvrent encore chaque jour. Joseph me passe les dossiers et grogne : « Puisque tu l'as prise en charge, fais le nécessaire. Mais n'en dis rien à maman. Elle a bien mérité le repos. De la discrétion ! Du calme ! »

A me lire, chère Cécile, tu pourrais croire que les propos de Joseph m'inspirent de l'amertume. Non, ma foi, non. Joseph m'occupe, il va sans dire. Il me fait rire parfois et il arrive qu'il me mette en colère. Mais je suis arrivé à l'exclure de ma vie intime.

Je dois pourtant parler encore de lui. C'est en songeant à lui que j'ai commencé cette lettre. Car il m'inquiète un peu, chère Cécile. Je ne veux plus souffrir de Joseph, souffrir à cause de Joseph ! Je ne saurais malgré tout l'observer froidement. Le temps est fini où une réplique de Joseph me faisait perdre l'équilibre et me donnait un véritable accès de désespoir. Mais je dois sans cesse être en garde et me défendre. Je me dis parfois que le plus simple serait de ne plus le voir, de faire même, à son endroit, un sincère effort d'oubli. C'est impossible, tant que maman sera parmi nous. Et même après... je ne sais ce qu'il me sera donné de faire. J'ai, pour les querelles de famille, une très profonde aversion. Comme je n'ai pas une horreur moindre pour la dissimulation et la lâcheté, force m'est, parfois, de relever le gant et d'accepter le combat. Et puis, il y a Hélène. C'était, il y a vingt-cinq ans, une fille intelligente et sensible. J'ai eu, pour elle, quelque chose comme de la tendresse. Le changement, vu à l'accéléré, vu en raccourci, est assez effroyable. Ce n'est pas impunément que l'on vit vingt-cinq ans de suite dans la société de Joseph. Hélène a gagné tous les défauts de Joseph et ils se sont si bien acclimatés chez Hélène qu'on se demande parfois si Joseph est seul coupable du tour que prend son existence. Hélène, aujourd'hui... Eh bien, non, je ne te parlerai pas d'Hélène. J'aurais quand même trop de choses à t'en dire. Et il faudrait aussi parler de leurs trois enfants, de Finette, qui est assez touchante, assez secrète d'ailleurs, et que nous voyons beaucoup, de Jean-Pierre qui me plaît et m'intéresse et qui doit être malheureux parmi ces forcenés, de Lucien... Non, non, laissons Lucien de côté pour ce soir.

Joseph est venu me voir, la semaine passée. Je t'ai dit, dans ma dernière lettre, qu'il m'avait écrit, il y a quatre ou cinq semaines, un billet au sujet de sa candidature à l'Institut de France. Je te parlerai plus loin de cette fameuse candidature. Reprenons l'entretien à son commencement. J'ai donc entendu sonner et j'ai tout de suite pensé : « Voilà Joseph ! » Notre sonnette est une très banale sonnette électrique. Avec la vieille sonnette à cordon, il n'était pas impossible de se faire une opinion préalable sur le visiteur. Avec le timbre, il est très difficile, sans toutefois être impossible, de savoir quelque chose au sujet du survenant. Quai de Montebello, nous avions un timbre et, malgré ce qu'il y a d'indifférent et de froidement impersonnel dans un tel appareil, je faisais parfois d'assez bons diagnostics. Place du Panthéon, notre sonnette — peut-être ne l'as-tu point remarqué, chère et distraite Cécile — est une sonnette électrique. Eh bien, j'arrive en général à m'imaginer le visage et l'âme de celui ou de celle qui se présente à ma porte. Je me dis : « C'est un timide », ou : « C'est un fantaisiste. » Parfois même : « C'est un effronté. » Ce jour-là, je n'ai pas hésité une seconde, j'ai pensé : « C'est Joseph ! » Et, naturellement, c'était Joseph.

Il m'a dit, en entrant :

— Je sais que, le jeudi, tu ne vas pas au laboratoire. Alors, je viens te chercher et je t'emmène.

J'ai commencé par refuser tout net. Quand Joseph m'aborde, je sais qu'il va me prendre quelque chose. Autrefois, c'était de l'argent. Maintenant, je me défie, pour l'argent. Alors, Joseph me prend du temps, de l'attention, de l'admiration. — Oui, il veut qu'on l'admire. — Enfin il lève toujours son impôt. J'ai donc déclaré tout de suite que j'avais beaucoup de travail et que j'entendais passer mon après-midi chez moi. Alors, Joseph :

— Non, Laurent, tu vas me suivre : nous allons au cimetière de Nesles.

Et, pour me couper toute retraite, il a dit encore :

— Il y a quand même trop longtemps que tu n'y as pas été.

J'ai haussé les épaules, non sans humeur.

— Que veux-tu, Joseph ? Moi, je n'ai pas de voiture.

Il a grondé :

— C'est parce que tu n'en veux pas. La voiture est, aujourd'hui, à la portée de toutes les bourses. Moi, comme j'ai une voiture, je suis venu te chercher. Nous en avons pour deux heures et demie, aller et retour. Et nous n'aurons fait que notre devoir.

Car Joseph parle toujours du devoir. Il ne redoute pas les grands mots. Il a dit ensuite :

— Prépare-toi, je vais embrasser maman.

J'étais tout préparé, j'ai suivi Joseph chez maman. Le protocole des visites ne change guère. Joseph entre et maman s'écrie : « Tiens, voilà Joseph ! » Il embrasse la vieille dame et s'assied en face d'elle. Il lui tapote le dos de la main, d'un air distrait et bonhomme. Il essaye d'adoucir sa grosse voix pour débiter des fadeurs cordiales, des gentillesses de gendarme. Il retrouve des plaisanteries de notre enfance. Il gronde : « Si tu ne prends pas tes médicaments, tu sais, maman, je me ferai pompier ou marin. » Maman joue encore le jeu. Elle répond d'un air épouvanté : « Non, non, mon Joseph ! Pas cela ! C'est trop dangereux. » Alors il éclate de rire : « Aie pas peur, maman. Ni pompier, ni marin, ce n'est pas assez bien payé. »

Maman regarde avec une tendre admiration son cher fils aîné, son cher petit garçon, et le petit garçon est un gaillard taillé en monstre, avec une crinière blanchissante, un teint cuit, des mains de gorille, un complet d'étoffe anglaise, d'énormes chaussures à semelles de crêpe et une rosette de la Légion d'honneur grosse comme une tomate, avec le trottoir d'argent qui caractérise son grade. Trottoir est un mot à lui.

Tu vas penser, chère Cécile, que je manque d'indulgence. Eh bien, oui, c'est qu'après cette visite à maman nous sommes montés en voiture et que Joseph a commencé de m'agacer, de m'horripiler même, enfin de me faire amèrement regretter de l'avoir suivi dans cette expédition commémorative. J'étais, au départ, à l'endroit de Joseph, dans une période de rémission et de détente. Je me sentais pénétré de tolérance. Par malheur, il est parti tout de suite sur ce qu'il appelle, sur ce qu'il ose appeler les problèmes intellectuels.

Toute sa vie, Joseph a marqué le plus insultant mépris pour les choses, les êtres, les idées auxquelles nous avons, nous autres, voué le meilleur de notre effort. Maintenant que le voici grand collectionneur d'art, auteur de trois ou quatre bouquins — tu sais que ce n'est pas le jeune Blaise Delmuter qui fait les livres de Joseph. Delmuter ne lui fait que ses discours. Pour les livres, je ne connais pas le nègre de Joseph. — Maintenant, dis-je, qu'il s'est mis en tête non seulement d'être un des hommes les plus riches de France, ce qui pourrait lui suffire, mais encore d'être un manieur d'idées, maintenant qu'il a eu la pensée non pas extravagante, mais très audacieuse et très rusée de poser sa candidature à l'Institut, — tu vois bien cela ? Joseph Pasquier, membre de l'Institut ! — Joseph parle des choses de l'intelligence, de l'art, de la science et de la philosophie de manière à nous humilier tous. Il a une manière à lui de s'emparer des mots dont il connaît à peine le sens réel et il s'en sert avec un toupet qui devrait me faire sourire et qui m'inspire une gêne insurmontable. Il dit : « Mes enfants ont été élevés dans le culte des valeurs spirituelles. » Alors, je baisse les yeux et je détourne la tête comme si j'avais honte. Et, en effet, j'ai honte.

Cependant, il conduit sa voiture avec une habileté sauvage. Je connais assez mal les choses de l'automobile et, pourtant, chaque fois que je vois un homme installé au volant de sa machine, il me semble que je découvre tout ce qu'il y a de plus secret dans les profondeurs de sa nature. Joseph, quand il conduit, montre avec éclat qu'il est très brutal, très égoïste, très habile et, malgré tout, prodigieusement naïf, comme le sont tous les artificieux, tous les roublards de carrière.

Je n'avais pas, ce jour-là, l'intention de me quereller avec Joseph. J'ai fait de sincères efforts pour détourner l'entretien, pour éteindre mes réflexes, pour m'absorber dans la torpeur. C'est une tactique ancienne, que Joseph connaît très bien et qui ne réussit parfois qu'à l'exaspérer un peu plus.

Pour aller au cimetière de Nesles, nous avons passé devant la maison des Baudoin, devant cette maison où Suzanne a fait, en 1921, ce séjour mystérieux dont elle ne parle jamais et qui l'a, pour autant que j'y comprenne quelque chose, profondément changée et attristée. Joseph a bougonné des phrases assez vagues : « Tiens ! voilà la maison de ces hurluberlus... J'ai cru que Suzanne allait épouser le fils aîné. C'est un peintre de talent, mais qui n'est pas coté... Et puis, Suzanne a sa carrière... »

Il bougonnait ainsi, entre ses dents. Mais déjà nous arrivions au cimetière. A peine devant la tombe, Joseph a mis en action ce que je pourrais appeler son nez de policier. Il disait : « Tiens, c'est bien surprenant : les Ferdinand ont passé. Si, si, ce vase-là, c'est leur vase, et cette plante-là, c'est une plante dans leur style, c'est quelque chose qui ne peut venir que d'eux. Toi, tu n'as pas amené de fleurs. Tu n'y as pas pensé. Ça, c'est ma corbeille. Des fleurs de la Châtaigneraie ou de Montredon. J'ai donné des ordres. Ça, ce pot de géranium, je ne sais pas d'où cela peut venir... Etrange, étrange... »

Je savais d'où pouvait venir le géranium, du moins j'avais de très sérieuses présomptions. Mais je n'écoutais Joseph que d'une oreille. Et même je ne l'écoutais pas du tout. J'étais en train de rêver. J'étais donc en train de penser à papa avec un profond désir de justice, avec un sincère et profond élan d'oubli, oui, d'oubli, et même avec un certain besoin de gratitude. Je déteste les mensonges et les légendes. Alors, je faisais un honnête effort pour m'arranger avec la vérité et avec mes souvenirs.

Par malheur, Joseph s'est mis à parler. Il a beaucoup de mal à s'empêcher de prononcer des discours, dans les moments solennels. Il a donc entrepris un monologue et les mots qu'il prononçait ont fini par toucher mon oreille après avoir traversé une bonne épaisseur de rêverie.

Il disait : « Regarde, Laurent ! Notre place est marquée là. Un jour, notre nom sera gravé sur cette plaque de marbre. Un jour futur, qui, je l'espère, est encore bien lointain, nous reposerons, toi et moi, Laurent, à côté de ce grand honnête homme... Je dis toi et moi ; je te mets d'abord, mais c'est par politesse. » — Tu voudras bien remarquer, chère Cécile, que Joseph, maintenant, comme la plupart de nos contemporains, jette le mot « grand » dans toutes les sauces. Quand il est bien avec un type quelconque, il dit tout de suite : « C'est un grand monsieur » ou : « C'est un grand bougre. » Pas de milieu pour Joseph : d'un côté les canailles et les mazettes, de l'autre, les « grands quelque chose ». — Il a continué, prenant sa voix d'enterrement, celle qu'il manifeste quand il va figurer aux obsèques d'un de ses futurs confrères de l'Institut : « Pense un peu, Laurent, à tout ce que nous devons, les uns et les autres, à cet homme admirable. Ah ! c'était une personnalité ! » — Car Joseph parle comme les journaux. Il appelle les personnes des personnalités. Il trouve que ça fait mieux, que c'est plus fort.

Je ne répondais rien. Ce que nous devons, les uns et les autres, à papa, je le connais fort bien, je le connais par l'intérieur, et les discours de Joseph me semblent superflus. Comme je ne répondais rien, il a recommencé de palabrer non sans jeter autour de lui un regard inquisiteur. Je n'ai pas bien démêlé s'il voulait s'assurer que le cimetière était vide, ou si, plutôt, il ne cherchait pas quelque auditoire, en un geste quasiment professionnel. Il disait : « Non, tu ne sauras jamais le mal que je me suis donné pour la lui faire avoir... » J'en étais à me demander à quoi pouvait bien se rapporter cette phrase étrange, quand Joseph a développé sa pensée : « La Légion d'honneur, Laurent, il la méritait plus que beaucoup d'autres. Il la méritait sûrement plus que toi et plus que moi... » — Joseph, quand il se livre à un exercice d'humilité, s'assure toujours de quelque compagnie. — Il continuait, parlant de plus en plus haut : « Ah ! j'en ai fait des démarches pour qu'il l'ait, son ruban ! Et pourtant, il est parti sans avoir obtenu cette juste satisfaction. La vie est amère ! N'importe ! On reconnaîtra plus tard que le docteur Raymond Pasquier a été l'un des plus grands philosophes de notre époque. J'ai lu ses mémoires, ses papiers secrets. C'est admirable ! Et quelle pureté de cœur ! Quel exemple de repentir et même de noble vertu. Maman a bien raison ! Si papa, dans sa jeunesse, a péché par un peu de légèreté, il nous a, dans la fin de sa vie, donné un magnifique exemple. Il faut y songer, Laurent. »

J'avais écouté le début de ce laïus d'une oreille vraiment distraite, sincèrement voilée. La fin a commencé de me chatouiller le cœur. Papa ! Papa ! Mais il était ce qu'il était. Avec le temps, je sens que son image, l'image de lui que je porte dans mon cœur commence à s'adoucir et même à s'amenuiser. Elle a beaucoup de chance d'être un jour aimable et peut-être charmante. Alors qu'on la laisse en paix et qu'on ne commence pas de la retoucher à force de mensonges. Chez maman, c'est naturel et je n'ai rien à objecter contre cette chimie transfiguratrice. Mais Joseph ! Quel but peut bien viser ce redoutable bavard, en s'efforçant ainsi de maquiller nos souvenirs. Comme il me prenait nommément à partie, j'ai répondu de manière assez brutale. — « Je vis, lui ai-je dit, je vis en bons termes avec l'ombre de mon père. Je trouve tout à fait inutile d'en faire une figure de vitrail dont il ne serait pas si content, s'il pouvait t'entendre, Joseph. »

Je devais, malgré moi, parler d'une voix plutôt sèche, car Joseph, sentant venir la chamaille, a dit : — « Sortons du cimetière. Si tu dois parler irrespectueusement, que ce ne soit pas ici. » Irrespectueusement ! Avoue Cécile qu'il y avait de quoi perdre la sérénité. Nous sommes sortis du cimetière et nous avons fait quelques pas sur le chemin charretier qui monte vers le plateau. Je ne pouvais plus me contenir. C'était peut-être inconvenant, mais le mensonge m'est odieux, même en présence de la mort. Nous avons fait quelques pas et j'ai dit à Joseph un certain nombre de choses qu'il doit quand même savoir, puisqu'il commence à mentir sans mesure, sinon sans raison. Je me demande même pourquoi nous avions, toi et moi, pris si grand soin de ne pas lui en souffler mot. En substance, voilà ce que je lui ai dit, il n'est pas inutile que tu le saches, s'il venait à t'en parler. « Joseph, tu étais en Egypte ou en Syrie, je ne sais plus trop, quand papa est mort. Il n'est pas mort dans son lit, boulevard Pasteur, comme tu le crois, Joseph ; mais il est mort rue du Cotentin, chez Marie Puech, la deuxième de ses maîtresses. Il avait installé Marie Puech rue du Cotentin, pour n'avoir pas à faire de trop grands trajets à pied. Il l'avait installée là, à deux pas de sa maison, au risque d'éveiller les soupçons de maman. Mais maman ne voyait plus que ce qu'elle acceptait de voir. Marie Puech, ce n'est pas celle avec laquelle il était parti en Algérie, en 1924... Non, non, Marie Puech, c'était une de ses deux maîtresses régulières... L'autre, c'était toujours Paula Lescure, car tu n'as pas absolument tort, Joseph : le pauvre père, il était fidèle à sa manière. Et ce pot de géranium que tu as vu tout à l'heure sur la tombe, eh bien ! il y a beaucoup de chances qu'il vienne de Paula Lescure. Ce que tu ne sais pas, Joseph, toi qui pourtant sais tout, c'est que nous avons été prévenus à temps, Cécile et moi, par Marie Puech elle-même. Nous sommes allés rue du Cotentin... Cécile, qui ne conduit jamais sa voiture, mais qui a son permis de conduire, est venue avec moi, la nuit. Nous avons, aidés de la concierge de la rue du Cotentin et de Marie Puech, nous avons fait une chose folle. Nous avons roulé papa, mort, dans un vieux pardessus et nous l'avons descendu dans la voiture. Cécile tremblait de tout son corps en conduisant et moi, j'étais à côté du cadavre... » Je lui ai dit tout cela, Cécile, tu me pardonnes. Ce sont des choses que, je le répète, Joseph doit quand même savoir, puisque c'est fini, puisque c'est dans le fond du passé. Il doit savoir ces choses, puisqu'il ne peut s'empêcher de bâtir des romans, des fables, des légendes.

Il écoutait, tête basse, l'air furieux. Je lui ai dit comment nous avions monté le cadavre jusque sur son lit, sur leur lit du boulevard Pasteur. La suite, il la connaissait, c'est le mensonge officiel : papa trouvé mort dans la rue, à quinze pas de sa maison.

Quand je pense que maman n'a jamais demandé par quel hasard toi, Cécile, tu te trouvais là et avec ta voiture encore ! Bref, Joseph écoutait, l'air furibond et il a tout de suite trouvé son faux-fuyant. Il s'est répandu en reproches : « Pourquoi ne m'as-tu pas dit cela, alors. Je suis l'aîné des enfants. Je dois tout savoir le premier. D'ailleurs, j'interrogerai Cécile ! » Tu es prévenue, Cécile. Tiens-toi bien. Il avait pris sa voix de juge d'instruction et j'ai vu le moment où il allait me demander des comptes.

Je ne lui en aurais pas donné. J'étais soudain très triste et très las. Je n'étais pas sûr d'avoir agi sagement en lui contant cette histoire, pas sûr de n'avoir pas cédé à la rancune et à l'amertume, pas sûr de n'avoir pas fait une chose parfaitement inutile. Car, Cécile, je te le dis encore une fois, je vis en paix avec l'ombre de mon père et même je l'aime et même je le respecte dans le souvenir. Je ne respecte pas ses défauts qui nous ont tant fait souffrir ; mais je respecte ce qui, en lui, était respectable.

Nous sommes remontés en voiture et nous avons commencé de rouler. Dans la côte, nous avons croisé la voiture du tripier. C'est une vieille Ford toute bringuebalante. Elle tanguait et roulait. Il y avait des poumons de bœufs gonflés d'air qui pendaient dans la carrosserie à claire-voie et qui se balançaient à droite et à gauche avec les cahots de la voiture. C'était macabre et comique pourtant. Joseph a fait arrêter la voiture du tripier, qui est quelque chose comme conseiller municipal, et il s'est lancé dans une conversation à n'en plus finir. Joseph souhaitait de briller dans le pays de ses ancêtres. Eh bien, il y est parvenu. Tout le monde le connaît. On voudrait le nommer maire. Il n'accepte pas encore, pour des raisons qu'il ne dit pas. Mais il ira présider la distribution des prix et il prononcera un discours. Il prononce des discours presque tous les jours. Il ne donne que peu d'argent. Peu ou pas. Mais il ne refuse pas de prononcer des discours.

Il a voulu passer par la Châtaigneraie, pour parler à ce type qu'il appelle son majordome. Nous avons perdu là encore un grand quart d'heure. Il voulait ensuite s'arrêter à Montredon et j'ai eu toutes les peines du monde à l'en empêcher. Il savait pourtant bien que j'avais hâte de rentrer et de me remettre au travail.

Dans la voiture, pendant les trois quarts d'heure que dure la route, il s'est assombri soudainement. Il me parlait de sa candidature à l'Institut. Il paraît que Simionescault, qui est un homme de valeur, se présente contre lui. Joseph le traite ouvertement de fripouille, de métèque, et... je ne comprends pas très bien... de faisan ! Il se propose de déclencher ou de faire déclencher contre son rival une campagne de presse, pas dans son journal à lui, *le Moniteur*, mais dans des feuilles où il a des intérêts. Il dit encore : « Simionescault est très malade. Il va casser sa pipe. Alors ? » Il ajoute en souriant : « Moi, quand un type me gêne, je songe tout de suite : il va mourir. Et le plus drôle, c'est que, souvent, ces gars-là meurent. J'ai toujours eu beaucoup de chance dans la vie » *(sic)*. Il ajoute : « Le type de génie, c'est celui qui me fout la paix. »

Il a parlé, sans rire, de ses livres, de ses collections. Et soudain, l'air sombre, il a crié : « Si vous croyez, vous autres, que c'est drôle d'avoir de l'argent dans un moment pareil ! » Il a laissé passer deux ou trois minutes et il a recommencé de se lamenter : « Les gens de ton espèce, parce qu'ils ont des difficultés avec les microbes, par exemple, ils s'imaginent que la vie des gens comme moi est toute rose. Eh bien, ils ne savent pas ce que c'est. » Et, soudain, bien que j'observasse un profond silence : « L'argent : tu dis l'argent ! Mais moi, je suis un saint de l'argent, un martyr de l'argent. Ne ris pas. Tu aurais le courage de rire ! Mais tu ne comprends donc pas que je n'ai jamais de bon temps, jamais de repos et que je finirai par en crever ! »

Comme je continuais à garder le silence, il a dit encore : « Autrefois, je croyais, oh ! je ne m'en cache pas, je croyais que l'argent était immortel. Mais non, mais non, l'argent n'est pas immortel. L'argent meurt, comme tout. L'argent meurt pour un rien. Et il faut toujours l'empêcher de mourir. »

Il a ajouté au bout d'un instant : « Je suis fatigué. »

« Voilà, ai-je répondu, un mot que papa n'aurait jamais prononcé. »

Il a haussé les épaules.

Un peu plus tard, il est reparti dans les jérémiades. Et puis il a éclaté de rire et m'a parlé du pétrole. Il paraît que son affaire du Mexique est en train de se développer de manière triomphale. (Le mot de triomphe est de lui.) Il m'a parlé avec lyrisme. La crise de dépression était terminée. Il entremêlait tous ses discours de formules à lui : « Je sais ce que je dis... Je sais ce que je fais... Faut vouloir ce qu'on veut... etc. » Il n'a pas pu s'empêcher de me parler de ses affaires et de ses ambitions. Il est tout à fait possible qu'il soit nommé membre de l'Institut. Ce sera du moins une affaire réglée. A part cela, il est président d'à peu près vingt sociétés. Il est député de Paris. Il traite, en son hôtel de la rue Taitbout, une multitude d'affaires toutes plus embrouillées les unes que les autres. Le plus gros du reste se passe dans les bureaux de la rue du Quatre-Septembre. Enfin, ce que tu ne sais pas, ce que Lucien m'a dit l'autre jour, c'est que Joseph possède aussi, rue de Pétrograd, une sorte d'officine assez pauvre, où trône l'inénarrable Mairesse-Miral, et où il reçoit les gens qui pourraient se trouver effarouchés par le luxe de la rue du Quatre-Septembre ou par le faste de la rue Taitbout.

Chère Cécile, il est temps d'arrêter ici cette lettre vagabonde. Joseph m'inquiète, malgré tous ses succès actuels, et c'est, au fond, la seule chose que je voulais te dire. Je me suis laissé aller, librement, comme je faisais jadis en écrivant au cher et malheureux Justin. Pense, Cécile, qu'il y aura, le mois prochain — 15 juillet — sept ans que Justin est mort, en Champagne, pendant la seconde bataille de la Marne, mort pour notre salut à tous. Mort pour la fortune et le triomphe de Joseph.

Au revoir, ma sœur. Joue pour moi, un soir, pendant un de tes concerts, le rondo en la mineur, de Mozart, celui de notre enfance. Joue-le pour moi tout seul et je t'entendrai.

Ton Laurent.

## CHAPITRE 7

A peine a-t-elle franchi la rue de la Victoire et la rue de Châteaudun, la rue Taitbout commence de sentir la colline de Montmartre et s'élance pour la gravir. Moins heureuse que ses voisines qui, d'une seule haleine, gagnent le boulevard de Clichy ou le boulevard Rochechouart, la rue Taitbout rencontre alors la petite rue d'Aumale et elle renonce aussitôt à poursuivre son aventure. Dans cette dernière partie de son parcours, la rue Taitbout oublie le tumulte de ses origines, la vie fiévreuse des Boulevards, les cyclistes audacieux qui viennent à certaines heures assiéger les bureaux du *Temps*, les boutiques et les bars, la foule hurlante des voitures. Elle devient soudainement provinciale et taciturne. Elle est bordée d'hôtels moroses, de bâtisses au front fumeux, de murailles et de jardins où verdoient des bouquets d'arbres.

Debout devant la fenêtre, Jean-Pierre apercevait d'abord la cour au pavé moite, sur lequel jouaient deux chiens, puis le portail et la rue déserte. Il vit soudain s'arrêter au bord du trottoir un taxi couleur coccinelle. Mme Pasquier senior en sortit, claqua la porte d'un geste qu'à distance on devinait nerveux, presque brutal, paya, puis congédia le chauffeur et traversa la cour d'un pas vif.

Jean-Pierre, tiré de la torpeur, jeta tout autour de soi des regards anxieux. Cette chambre spacieuse et claire, dans laquelle il se trouvait, était la chambre de sa mère. Il était venu là, au terme d'une journée exténuante, comme pour chercher un refuge, pour demander assistance et protection. Il n'avait trouvé personne et il avait attendu, toutes ses pensées dénouées, le cœur ivre de mélancolie, le front collé à la vitre où son haleine, malgré la tiédeur orageuse du soir, épandait une buée palpitante.

Hélène poussa la porte et pénétra chez elle d'un bond. Elle portait, posé un peu de travers sur ses cheveux coupés courts, un petit chapeau cloche qu'elle arracha tout de suite et qu'elle jeta sur la coiffeuse. Le visage apparut, très rouge, mal poudré, avec de fines gouttes de sueur aux ailes du nez et aux tempes. Du même geste dont elle avait enlevé son chapeau, du même geste impatient, Hélène retira la jaquette de son tailleur, cette jaquette coupée droit et croisée comme un veston d'homme. Soulevée par une respiration précipitée, la poitrine de Mme Pasquier senior était contenue dans une chemisette de soie blanche qui semblait à demi dégrafée. Hélène s'apprêtait visiblement à la dégrafer tout à fait quand elle aperçut Jean-Pierre, debout devant la porte de la salle de bains, avec son air inquiet et perplexe.

— Tiens ! dit-elle, tu es là, Jeanpi ! Qu'est-ce que tu fais ici, mon chou ?

Le ton était, à l'accoutumée, tendre et badin, mais Hélène faisait, pour retrouver le calme, un effort laborieux : elle respirait encore trop vite. Deux ou trois rides ondoyaient sur son beau front autrefois si poli, si clair. Des plaques roses naissaient et mouraient sur sa gorge. Elle eut un moment d'hésitation puis s'approcha de Jean-Pierre et lui mit un baiser sur la joue. C'était un baiser qui voulait être furtif ; mais le garçon, avec un brusque élan, saisit sa mère par le col et se prit à parler bas. Il disait :

— Vous savez que j'ai passé l'écrit.

— Tiens ! C'était donc aujourd'hui ?

— Mais oui, maman, je vous l'ai dit hier soir. Je vous l'ai dit plusieurs fois.

— Et alors, tu es content ?

Il attendit une bonne minute avant de répondre :

— Non, pas content, pas content du tout.

— Pauvre Jeanpi ! dit Hélène en haussant cordialement les épaules. Et qu'est-ce qui n'a pas marché ?

Le garçon avait tiré d'une poche un feuillet de papier tout froissé. Il bredouillait :

— C'est la version, comme toujours. J'ai montré le texte à Blaise qui s'y connaît encore assez bien. Il m'a souligné mes contresens. Il y en a beaucoup. *Senserunt hostes de profectione*. Il paraît que cela veut dire « L'ennemi s'aperçut de la retraite ». Moi, j'ai mis quelque chose de très différent. Je ne sais même plus quoi.

— Pauvre Jeanpi, répétait Mme Pasquier senior d'une voix distraite. Eh bien ! tu recommenceras en octobre. Ce ne sera jamais que la quatrième fois.

Ce disant, elle essayait, d'un geste obstiné, de dénouer l'étreinte du garçon qui la tenait encore par le cou. Ce fut lui qui, soudainement, s'écarta. Il semblait respirer sur le visage maternel une odeur inconnue et, sans trop en avoir l'air, il humait le parfum d'une narine alarmée. Il dit enfin :

— Qu'est-ce que c'est que cette odeur, maman ?

Elle s'écarta d'un geste vif et répondit, l'air détaché :

— C'est ma nouvelle poudre. Elle ne te plaît pas ?

Il remuait lentement la tête.

— Non, non ! Je ne connais pas encore cette odeur. Non, je ne l'aime pas.

— Jeanpi, fit Mme Pasquier, en prenant du champ, il faut me laisser une seconde, mon chou. Je vais changer de toilette.

Elle commençait de dénouer ses chaussures, ce qui lui mettait un flot de sang au visage. Le garçon, debout devant elle, dit d'une voix faible :

— Vous allez sortir encore ?

— Encore ? Pourquoi encore ?

Sans répondre à cette question posée dans un éclat de rire, il poursuivit :

— Vous ne dînerez pas avec moi ?

— Non, Petrouchka, je dîne en ville, je dîne chez des amis.

Il soupira :

— Ne m'appelez pas Petrouchka.

— Tiens ! Pourquoi ? C'est très joli.

— Pardon, maman. Petrouchka, Mamichka, je n'aime pas ces noms-là !

Elle se redressa, hocha la tête de manière moqueuse et tendre, puis vint vers le garçon pour le pousser à la porte. Il était maintenant inerte, sans élan, l'air désemparé et sombre. Elle eut soudain un mouvement de pitié, un mouvement maternel et lui prit le menton pour lui relever la tête. Elle sentait, sous la peau mince, les muscles agités de tremblement, et, de place en place, la boule fine et glissante d'une glande. Elle murmura :

— Nous irons chez le médecin, Jeanpi. Tu es trop maigre.

— Non, non, mère, je ne suis pas malade. Seulement...

— Seulement quoi ? Qu'est-ce que tu veux, mon chou ?

— Rien, rien, maman. Je ne sais pas.

Il dit brusquement, reprenant le tutoiement de son enfance :

— Reste avec nous, maman.

— Pour dîner ? C'est impossible.

— Non, pas pour dîner.

— Alors, que veux-tu dire ? Je ne comprends pas.

— Reste avec moi, comme autrefois, comme toujours.

Il s'efforçait de sourire et il n'y parvenait pas. Elle l'embrassa et, non sans mouvement d'humeur, finit par le mettre à la porte. Elle cria, pendant qu'il s'éloignait dans le couloir.

— Où est ton père ? Sais-tu s'il est rentré ?

— Non, fit le garçon. Le train doit avoir du retard. Au revoir, maman, je vais me coucher.

Hélène écoutait à peine. Debout devant le miroir, elle se dévêtait en hâte, sans appeler la femme de chambre. Un quart d'heure plus tard, elle sortait de l'hôtel. D'un pas allègre, elle descendit jusqu'à la rue de Châteaudun, fit arrêter un taxi, dit une adresse à mi-voix et disparut dans un remous du tourbillon parisien.

Joseph n'arriva qu'à sept heures. Il fut reçu par le fidèle Blaise Delmuter. Jeanpi s'était allé coucher. Delphine était à Montredon pour une retraite de trois jours. Elle y allait souvent ainsi, seule, pour vivre assez farouchement, dans une solitude sur laquelle la jeune fille se gardait de fournir la moindre clarté. Lucien était à son club. Joseph demanda simplement :

— Où est Madame ?

Le jeune homme à la belle jaquette répondit :

— Monsieur le Président sait pourtant bien que, le mercredi, Madame dîne toujours en ville.

Joseph avait l'air agacé. Il arrivait de Londres où il allait une fois par mois. Il avait un bureau dans la Cité et des affaires qu'il fallait surveiller attentivement. En outre, il avait passé quatre jours chez les Suckling, les magnats de la métallurgie. Il dit, en traversant le vestibule :

— Il y a une dalle de marbre qui bouge sous mon pied. Toujours la même ! Ça me porte sur les nerfs. Vous téléphonerez à Chevrel qu'il vienne la sceller, une fois encore. Quand il y a, dans une maison, un détail qui cloche et quand on le laisse clocher, toute la maison fout le camp. De l'ordre ! De la perfection ! Il n'y a qu'une chose qui compte : la per-fec-tion ! Je vais manger un morceau. Vous resterez près de moi et nous travaillerons. Ensuite vous serez libre de votre soirée. Mais j'ai encore besoin de vous pendant une heure.

Le dîner de Joseph était tout prêt et il n'avait qu'à s'asseoir. Il s'assit. On lui servit un bouillon de viande, un consommé chaud dans lequel il versa, d'emblée, une grande bolée de vin rouge. Il expliqua :

— C'était une coutume de mon père. Un champoreau, comme il disait. Il paraît que ce n'est pas élégant. Je me demande pourquoi ? Ceux qui disent de pareilles bourdes boivent des cocktails dans lesquels ils mélangent tout : le gin, le jus de tomate, le vitriol, l'élixir parégorique et cinquante autres saletés. Asseyez-vous, mon petit Blaise. Attendez ! je prends une miette de saumon, une noisette de beurre et je vous écoute.

Joseph disait volontiers : « Moi, je n'ai pas de besoins. Je vivrais, s'il le fallait, avec cinq francs par jour. Seulement, dans ma position, un homme doit avoir une bonne table, tenir un certain train de maison, enfin surveiller la façade. A part cela, je n'ai jamais faim, jamais soif. Je ne sens pas mon corps. » Ainsi parlait Joseph et, pourtant, quand, la fourchette et le couteau en mains, il attaquait la nourriture, il avait l'air de monter à l'abordage. Il étendit plusieurs tranches de saumon fumé sur de larges tartines beurrées, mit sa mâchoire en action et dit, pour la seconde fois : « Mon petit Blaise, je vous écoute. »

— Monsieur le Président, commença le jeune homme, de sa voix égale et froide, les nouvelles sont excellentes. J'ai accompagné M. Trintignan au ministère et j'ai eu l'honneur d'assister à l'entretien que M. Trintignan a obtenu de M. Fourdillat. Le ministre a été cordial et même empressé. Il a été convenu que vous achetiez les trois cents tonnes de lentilles actuellement stockées par les coopératives du Cantal. En échange de quoi, le ministre vous assure, premièrement, une licence d'importation pour trois cents tonnes de lentilles du Chili. M. Trintignan se charge, à moins que vous n'ayez d'autres vues sur cette marchandise, de revendre les lentilles du Cantal à un de ses amis qui est courtier en grains, qui habite Anvers et qui peut les écouler en Espagne.

— Attendez, attendez, fit Joseph en avalant, d'un majestueux coup de gosier, une dernière tranche de saumon. Attendez, pour le type d'Anvers. La décision n'est pas urgente. Les lentilles, ça se conserve.

— M. Trintignan accepte également, si vous ne voulez pas utiliser vous-même la licence d'importation pour les trois cents tonnes de bonnes lentilles, de la reprendre pour une maison qu'il connaît et qui verserait soixante pour cent du bénéfice à obtenir sur la vente des lentilles du Chili...

— On verra ça, fit Joseph en tirant à lui un plat sur lequel étaient disposés les membres d'une dinde froide et les larges tranches de blanc que l'on découpe dans la poitrine de la bête. On verra ça. Abandonner quarante pour cent, comme ça, sans examen ! Ce n'est pas dans mes habitudes. Trintignan est trop malin et n'ouvre pas la bouche assez grande. Mais venez-en au principal. Et mes cryo ?

— Ça, c'est le deuxièmement. Deuxièmement, donc, le ministre a fait accorder, séance tenante, une licence d'importation pour trois cents tonnes de réfrigérateurs, sans aucune précision quant au calibre des appareils. Le reste est à débattre avec la Chambre syndicale des Importateurs de réfrigérateurs.

— Ça, je m'arrangerai, je m'arrangerai. Et le papier ? Où est le papier ? Vous avez le papier ?

— Le papier, monsieur le Président, est entre les mains de M. Trintignan.

Joseph éclata de rire.

— Lucien est épatant, l'animal, il tient ses trente mille balles.

— Plaît-il ?

— Rien. C'est une réflexion comme ça. Et cette vieille noix de Du Thillot qui me répétait en pleurnichant : « Fourdillat est incorruptible ! » Imbécile ! Il fallait seulement penser aux lentilles du Cantal. En somme, l'affaire est cuite. Dites donc, vous, là-bas, vous, Arthur, approchez-moi la gelée. La dinde froide, ce n'est pas mauvais, mais c'est quand même un peu sec. Et ça ? Qu'est-ce que c'est ? De l'épaule farcie. Ça m'est égal, je n'ai pas faim. Donnez-moi de l'épaule farcie. Continuez, mon petit Blaise.

— M. Obregon s'embarquera lundi prochain, au Havre, sur le *Niagara*, de la Compagnie Transat. Il a quitté Paris, hier, parce qu'il a des affaires au Havre où il doit passer deux jours. Les nouvelles du Mexique sont tout à fait brillantes. Rien que pour le puits Delphine, on compte déjà sur mille barils. M. Obregon doit voir le señor Alonzo Zaldumbide et obtenir à tout prix la liquidation du procès. Il semblait, au départ, M. Obregon, très satisfait des résultats acquis.

— Bien ! Bien ! ronronnait Joseph. Vous, Arthur, donnez-moi de la moutarde et aussi des cornichons. Si je mange froid, du moins, qu'on me donne des cornichons. Et alors ? Continuez.

— M. Lescaroux est revenu, au sujet de l'île Mairan. Il dit qu'il faut prendre l'île tout entière : cinquante hectares, avec la petite usine qui est encore en bon état et les sept maisons des ouvriers qui connaissent la fabrication de l'iode et qui habitent sur place avec leur famille. Trente-cinq personnes en tout.

— Oui. Quand veut-il une réponse ?

— Demain.

— Je lui répondrai demain. Donnez-moi les fromages et repassez-moi le beurre. Arthur, vous savez que j'aime le livarot. Arrangez-vous pour que j'aie toujours du livarot. Je travaille assez, quand même, pour me passer un caprice. Vous me trouverez du livarot. Et ensuite, mon petit Blaise ?

— Monsieur le Président sera peut-être content de savoir que l'élection aura certainement lieu avant les vacances. M. le marquis de Janville a téléphoné samedi soir, en sortant de l'Académie.

— Ah ! vous auriez pu me dire ça tout de suite, gronda Joseph en appliquant sa large paume sur la table. C'est une très bonne nouvelle. Est-ce que l'article est paru ?

Blaise Delmuter baissa les yeux et dit, d'une voix imperceptible :

— L'article est paru, dans *le Cri*. Les amis de M. Simionescault pensent que c'est un coup très dur et qu'il ne s'en relèvera pas... Monsieur le Président n'oublie sûrement pas qu'il reçoit demain soir, à dîner, M. Pujol et M. Teyssèdre, membres de l'Institut, ainsi que plusieurs autres personnes.

— Oui... une minute. Le café est froid, Arthur ! Ce n'est pas une raison parce que je suis toujours un peu sacrifié dans ma propre maison, ce n'est pas une raison parce que je dîne d'un simple casse-croûte, ce n'est pas une raison pour que l'on me serve des pêches trop mûres et du café froid. Vous m'avez compris, Arthur ? Vous disiez, mon petit Blaise : le dîner de demain soir ? Combien serons-nous, en tout ?

— Treize, monsieur le Président. C'est très malheureux, mais cela fait exactement treize.

— Mon cher, vous prendrez un smoking et vous viendrez à table.

— Monsieur le Président, je devais dîner chez ma sœur.

— Ah ! tant pis, mon cher, tant pis ! Si quelqu'un se décommande, vous irez dîner chez votre sœur. Sinon, vous dînerez ici. Arthur, dites en bas qu'on mettra, demain, trois vins et le champagne pour finir. Des vins honorables, rien de plus. Pas mon Clos de Tart, ni la Romanée Saint-Vivant. Tous ces gens-là, qui vont venir dîner chez moi, ils ne comprennent rien au vin. Alors, pas de gaspillage. Et maintenant, Blaise, est-ce que vous avez fini ?

— Je voulais encore dire à monsieur le Président que M. Sanasoff est venu deux fois depuis samedi.

— Il faut le foutre à la porte. Maintenant, je vais m'en aller. Vous êtes libre, mon cher.

— Oh ! Monsieur le Président, ce soir, je reste ici. J'ai du travail. Je dois corriger l'article du *Moniteur.* S'il m'était absolument nécessaire d'atteindre monsieur le Président, où pourrais-je téléphoner ?

Joseph prit Blaise par le bras, sortit de la salle à manger et dit, baissant la voix :

— Si vous aviez quelque chose de très urgent à me dire, alors, ce serait... Trinité 53-79. Mais seulement si c'était quelque chose de très grave.

Blaise fit un léger signe de tête et disparut dans l'escalier. Dix minutes plus tard, Joseph sortait de chez lui, seul, à pied, un jonc dans la main droite et une gabardine sur le bras, car le temps était pluvieux. Il avait allumé un cigare et marchait paisiblement, comme un homme qui fait, le soir, sa promenade hygiénique. La nuit d'été commençait. Joseph marchait sans hâte, s'arrêtant d'un air distrait à la devanture des boutiques et regardant à tout instant derrière soi. Il semblait, en même temps, soucieux et libéré. Il remontait, par les petites rues, la pente de la colline. De temps en temps, il prenait une respiration profonde, appliquait avec vigueur de larges semelles de crêpe sur le bitume du trottoir et s'abandonnait à des pensées vagabondes, à des pensées tout doucement incohérentes et voltigeuses, à des pensées qu'il ne cherchait même pas à contrôler ou à contenir : « Ces Anglais, songeait-il, quels gaillards ! Oui, nous autres, nous pensons que nous avons les plus beaux meubles, les plus belles étoffes, les plus beaux bijoux ! Pff... nous ne sommes que des enfants. Les Suckling, quand même, ils m'ont épaté. Leur manière de recevoir ! Et leur maison des South Downs ! Tout y était impeccable. Tout était plus beau que chez moi, plus riche que chez moi, plus cossu que chez moi, même les draps de leurs sacrés lits, même le papier des water. Ça, c'est du luxe. Ah ! nous ne sommes que des apprentis... » Un peu plus loin, il dit, entre ses dents : « Suckling, le père ! Il n'a même pas l'air de faire une différence entre ce qui est à lui et ce qui n'est pas à lui. C'est peut-être ça le plus calé. C'est peut-être ça le plus difficile. »

A ce moment, Joseph aperçut son image dans le miroir d'une boulangerie, sous la lueur d'un lampadaire, et sa rêverie changea de sens. « Non, mais j'ai l'air d'un phoque ! J'ai l'air d'un éléphant de mer. Est-ce que je deviendrais trop gros, quand même ? C'est dégoûtant ! Si je penche la tête en avant, voilà le menton qui gonfle, et si je redresse la tête, alors c'est la nuque qui se plisse. Pas à sortir de là. »

Ainsi rêvassait Joseph en abordant la petite rue Ballu qui est bien l'une des plus discrètes de cette région de Paris. Il avait, pour arriver là, replié son itinéraire, à plusieurs fois, non sans regarder à chaque tournant pour s'assurer qu'il n'était pas suivi. Soudain, il se prit à rire. Il venait de se rappeler une phrase de son frère Laurent, pendant leur grande querelle à la sortie du cimetière de Nesles. « Père, avait dit Laurent, père installait toujours ses maîtresses à deux pas de sa maison, pour n'avoir pas à faire de trop longs trajets... » Joseph se prit donc à rire, en cheminant, à rire pour lui seul. « C'est drôle, songeait-il, c'est drôle ! Voilà que je fais comme papa. Oh ! ce n'est pas à cause de la fatigue. Moi, je suis en pleine vigueur. C'est parce que je suis pressé. Je ne veux pas prendre ma voiture, parce que je serais trop visible. Alors, je prends mes jambes. Et comme je n'ai jamais une minute à perdre... »

Il rit encore, à petits coups, toussa pour s'éclaircir la voix et, après avoir jeté un dernier coup d'œil autour de lui, pénétra dans une maison dont la concierge, au passage, lui fit un léger signe de tête.

Il y avait un ascenseur. Joseph ne prit pas l'ascenseur. Il sentait encore le besoin, pour assouvir sa rêverie, d'un instant de solitude. Maintenant le génie de l'argent venait de reprendre flamme et vigueur. Joseph songea : « Trois cents tonnes de cryogène tout de suite, et ce n'est que le commencement. Fourdillat l'incorruptible aura cent cinquante voix de plus aux prochaines élections. Ah ! Ah ! c'est magnifique : deux tonnes de contingent exceptionnel pour une voix de paysan producteur de lentilles. Et maintenant, les Auvergnats vont tous en faire pousser, de ces lentilles invendables ! Fourdillat est une andouille ! D'ailleurs, il ne sera plus ministre quand j'aurai, de nouveau, besoin d'un coup d'épaule. Pour son successeur, faudra trouver un autre truc. On le trouvera. Et le Michoacan, qui est en train de devenir une affaire de premier ordre ! Ça, c'est, pour l'année prochaine, une grande masse d'argent, et pour dans cinq ou dix ans, une montagne d'argent, un Himalaya d'argent, à ne pas savoir où le mettre, à ne pas savoir qu'en faire. Mais moi, je saurai toujours. L'île Mairan, je l'achète, avec la fabrique d'iode, avec les sept maisons et les trente-cinq Bretons, leurs gosses, leurs chiens et leurs chats. Avant dix ou douze mois, ils seront cent cinquante là-dessus, à cuisiner leur camelote. Et puis, je vais voir pour le 53 de la rue Machin, de la rue Chose. Ça m'est bien égal, à moi, que ce soit une maison de passe. Je touche mes loyers et je me bats l'œil du reste... »

La pensée de Joseph allait plus vite que ses jambes, car, à ce point de sa rêverie, il n'était encore parvenu qu'au palier du premier étage. Il aborda les degrés de l'étage suivant et sentit que, tout naturellement, avec l'altitude, sa méditation prenait de l'ampleur et de la noblesse : « L'élection aura lieu dans une douzaine de jours. Le marquis se trouve en quelque sorte engagé d'honneur : il ne me lâchera pas, et, s'il ne me lâche pas, j'aurai la majorité. Qu'est-ce que penserait papa, s'il pouvait, dans l'autre monde, voir enfin où son fils aîné s'élève par la force des principes et par la constance du travail ? Une très palpable fortune... hum ! motus ! et les plus grands honneurs. Monsieur Joseph Pasquier, membre de l'Institut ! On ne met pas, sur ses cartes, Joseph Pasquier, possesseur de onze immeubles à Paris, de quatre cents hectares dans le Calvados, de sept usines, de puits de pétrole, etc., etc. Mais on met très bien sur ses cartes : membre de l'Institut. Après, dame, après, il faudra trouver autre chose. La Légion d'honneur, c'est trop galvaudé. Les présidences : j'en ai jusqu'au menton. Il faudra trouver autre chose. Le monde n'est pas si petit... »

Joseph s'arrêta de nouveau, car il était au second étage. L'ascension du troisième étage fut consacrée tout entière à une rêverie glorieuse, mais confuse. Les idées et les mots du succès, de la victoire, du triomphe, retentissaient aux oreilles de Joseph comme des trompettes éclatantes, des trompettes d'argent et d'or. C'est au milieu de ce concert que le conquérant parvint au troisième étage. Alors les trompettes se turent soudainement. Joseph, après s'être essuyé les pieds sur un confortable tapis-brosse, heurta le battant de la porte. Trois coups nets et rapprochés, suivis, à quelque distance, d'un battement solitaire. Pas un de plus, pas un de moins. Un signal bien étudié.

La porte ne tarda pas à s'ouvrir et Joseph entra de plain-pied, avec une tranquille aisance, dans un univers mystérieux, assourdi, étouffé par des tapis épais comme des toisons, par des tapis feutrés comme des prairies, par de ces tapis qui rendent n'importe quelle pièce un peu trop basse de plafond. Joseph entra, d'un pas naturel mais discret, dans un monde où ne brillaient que des lampes voilées et multicolores. Joseph murmura dès l'antichambre : « Où est Madame ? » Et une voix répondit : « Madame attend Monsieur dans le studio. »

Deux heures plus tard, Joseph, drapé dans un kimono vert tendre racontait, en soupant, son voyage et son séjour chez les Suckling. Miotte avait fait monter du caviar, des asperges et du champagne nature. Joseph dévorait avec l'appétit d'un homme qui a, depuis le matin, vu deux villes immenses, parcouru deux pays, franchi la mer, aperçu des milliers de visages, traité des affaires étranges et difficiles, signé des contrats, fait percer des puits de pétrole, corrompu des hommes politiques, acheté une île avec sa population et vendu des cargaisons de marchandises sans les avoir jamais vues. Joseph mangeait avec la fringale magnifique d'un seigneur qui vient de faire, à Vénus, un sacrifice honorable et qui peut demander à la vie les faveurs les plus douces et les plus brillantes. Miotte mangeait avec un peu plus de réserve, mais avec non moins de décision. C'était une belle personne à la chevelure blonde et soignée, assez grande et bien en chair. Elle n'avait guère plus d'une trentaine d'années, mais son regard était attentif, plein d'expérience, presque rigoureux. Le regard d'une maîtresse de maison, impeccablement exigeante. Le studio présentait, dans l'ameublement, les tentures et les œuvres d'art, un admirable et délicat échantillonnage de verts, depuis le vert jade jusqu'au vert Bosphore, en passant par le vert émeraude, le vert lumière, le vert océan et le vert bouteille. De sa voix juste et bien timbrée, car elle cultivait le chant et ne désespérait pas de se manifester dans les grands concerts, Miotte disait parfois à Joseph : « Quand tu seras membre de l'Institut, tu me rendras visite, un jour, avec ton uniforme et c'est moi, c'est moi seule qui aurai choisi la nuance des broderies. » Quand elle chantait l'air du Chasseur dans *la Belle Meunière*, elle disait avec conviction : « Le vert est ma couleur. »

Joseph était, pour les principes et les décisions de Miotte, d'une tolérance admirable. Il dit, en suçant à pleines lèvres les asperges délicatement vertes comme tout ce qui l'entourait, il dit : « Il n'y a que chez toi, Miotte, que je suis bien soigné. Il n'y a qu'ici que j'ai tout ce qui me plaît. » Miotte remuait doucement la tête sans répondre. Alors Joseph but un trait de vin, regarda vers les profondeurs vertes de la chambre, vers un point de ce monde si merveilleusement vert et mystérieux et il dit encore : « On m'a fait, à mon retour de voyage, dîner d'une manière lamentable. Je travaille comme un forçat et on ne s'occupe même pas de moi. »

Miotte laissa passer et repasser le pronom impersonnel sans même le saluer au passage d'un battement de la paupière. Alors Joseph pencha la tête jusqu'à la laisser tomber sur l'épaule de Miotte et il murmura d'une voix dolente : « Moi, pour donner toute ma mesure, moi, j'ai besoin d'être aimé. »

Miotte n'eut pas lieu de répondre à cette confidence, car, à ce moment, retentit la sonnerie du téléphone. Chose inexplicable, il parut à Joseph que c'était une sonnerie verte, une sonnerie d'un vert chimique, toxique, cruel et vénéneux. Miotte saisit l'appareil avec empressement. Après avoir écouté en silence, elle dit à Joseph : « Je crois bien que c'est pour toi. Mais on entend très mal, comme si cela manquait de courant. »

Joseph prit l'appareil. Une sorte de sifflement grêle et monotone s'échappait du petit cornet d'ébonite. Ce que Cécile, la musicienne, appelait « le thème de l'éternité ». Mais Joseph avait une secrète horreur du thème de l'éternité. Il se prit à crier si fort qu'il réveilla les fantômes. Une voix surgit enfin du silence. Et Joseph commença de bégayer : « C'est idiot ! Vous êtes sûr ? Qu'est-ce que tout cela veut dire ? Lisez-moi encore le texte de la communication... Oui... Oui... Lisez encore une fois, entre les deux derniers « stop »... C'est absolument fou. Enfin... c'est abominable... Oui, bien entendu, j'y vais... »

Joseph se détacha lourdement de l'appareil et fit quatre ou cinq efforts tâtonnants avant de le raccrocher de manière correcte. Il soupira : « Il faut que je rentre. »

Il avait l'air si mécontent, si troublé, si soucieux que Miotte demanda tout de suite : « Qu'est-ce qu'on vient de t'apprendre ? »

— Bah ! il ne faut pas s'affoler, répondait le seigneur du Michoacan en quittant son kimono vert. Ce sont des affaires difficiles. Pétrole du Mexique... Un télégramme dont on me parle avec deux heures de retard ! Enfin, il faut que je rentre tout de suite pour voir ce qu'il en est, pour réfléchir et prendre au besoin des mesures... Oui, des mesures, parce que j'en ai assez... je ne suis pas superstitieux... Mais...

Joseph, en s'habillant, répéta trois ou quatre fois : « Je ne suis pas superstitieux... Non, non, pour ça, je ne suis pas superstitieux, mais... »

## CHAPITRE 8

M. Ravier-Gaufre était attendu pour neuf heures du matin. La nuit de Joseph avait été des moins reposantes. Il commença de s'agiter dès l'aurore, passa dans la salle de bains, fit couler de l'eau, prit une douche, poussa de grands soupirs en s'ébrouant sous la pluie tantôt brûlante et tantôt glacée, puis, dérivatif recommandable, il consacra plus de quinze minutes à la gymnastique suédoise. Comme il faisait très chaud et comme le président était en sueur, il s'offrit alors une nouvelle douche, s'aperçut qu'il n'était que sept heures et demie et commença de se raser en grondant et en jurant.

La chambre de Joseph et la chambre d'Hélène étaient séparées par la salle de bains. Le bruit de l'eau qui coule est un bruit très irritant. Il couvre et dénature tous les autres. Il s'introduit parmi nos pensées, tel un parasite inquiet. Hélène se leva, passa dans sa robuste chevelure un gros peigne de corne, mit un peignoir, un bonnet et vint rejoindre Joseph.

Aussitôt une légère querelle s'engagea, dont l'objet n'était point nouveau. Hélène, depuis un an, souhaitait de faire construire, à Montredon, sur le bord du plateau, un pavillon isolé, dans le style du petit Trianon. Joseph avait résisté jusqu'alors à s'engager dans ce qu'il appelait « une dépense délirante ». Il disait : « L'amour des petits appartements s'expliquait autrefois, ma chère, pour des raisons de chauffage qui n'ont plus de sens aujourd'hui, avec nos systèmes actuels. Et puis, ce goût des Trianons, croyez-moi, cela sent la fin d'un régime. Nous autres, nous ne faisons que commencer. »

La controverse reprit donc, ce matin-là ; mais Joseph, qui semblait saisi d'angoisse, ne perdit pas même une minute à chercher des arguments. Il gronda :

— Je suis au bord de la ruine et vous me parlez de construire ! Une bagatelle qui me coûtera trois cent mille francs. Ma chère, vous devenez folle.

Hélène ne parut pas autrement alarmée par ce propos pessimiste : chaque fois que Joseph perdait cent sous, il criait à la fin du monde. Elle comprit toutefois qu'il était inopportun d'entreprendre une offensive et elle battit en retraite, laissant prudemment Joseph aux prises avec ses démons.

A neuf heures moins cinq, Blaise Delmuter vint prendre son service. Il avait l'air mal réveillé. Joseph l'avait tenu sur la sellette jusque vers une heure de la nuit pour épiloguer sans fin au sujet des événements, du télégramme arrivé dans la soirée, du señor Hernando Obregon dont l'absence était inquiétante, des renseignements que l'on pouvait arracher à M. Ravier-Gaufre et des raisons pour lesquelles ce dernier avait attendu si longtemps avant de transmettre le texte d'un télégramme d'une telle importance.

M. Ravier-Gaufre était le collaborateur français et l'associé du señor Obregon. C'était aussi le conseil de Joseph en tout ce qui concernait les questions de pétrole. Il se présenta fort exactement à neuf heures, comme il l'avait annoncé. Joseph le fit pénétrer dans son cabinet et se jeta tout aussitôt sur lui comme un brochet sur le goujon.

Le goujon était de poids. M. Ravier-Gaufre était un petit homme obèse sur les lèvres de qui fleurissait un perpétuel sourire. Il fut immédiatement aspiré dans un fauteuil, cependant que Joseph tournait autour de la pièce à grands pas. Et, tout de suite, Joseph posa mille questions. M. Ravier-Gaufre connaissait le partenaire et ne se laissait pas démonter : « Il fallait s'en tenir, jusqu'à nouvel ordre, disait-il, à la lettre même du télégramme. Il n'y avait pas d'hésitation possible : le puits n° 6 avait pris feu. Une enquête était en cours. L'incendie semblait dû au sabotage. La justice mexicaine ferait son œuvre. Les puits étaient assez éloignés les uns des autres, sur cette partie de la concession, et il n'y avait, jusqu'à nouvel ordre, rien à craindre ni pour les magasins, ni pour le matériel. Les ingénieurs étudiaient les moyens de remédier à la catastrophe, etc. »

— Ta, ta, ta, disait Joseph entre ses dents. Remédier ! Je suis allé à Bucarest il y a trois ans. Il y avait un puits qui brûlait, à gauche de la voie ferrée. On apercevait, la nuit, une grande flamme et de la fumée. Je suis retourné à Bucarest, cette année, au mois de février, et le puits brûlait toujours.

M. Ravier-Gaufre leva de belles mains ecclésiastiques, en un geste de tristesse et d'impuissance. Mais, déjà, le président Pasquier, recommençait de courir et de gronder : « Le n° 6, c'était le puits Delphine, le seul qui donnât de l'huile sous pression, le seul qui, par son débit, permettait jusqu'à nouvel ordre de considérer l'affaire avec une certaine confiance. Et voilà qu'il avait pris feu, avant même d'avoir payé le quart des frais de son établissement. Dire qu'il avait pris feu, c'était une façon de parler. Il avait été incendié. Et par qui, tonnerre de sort ? »

Comme le gros homme, une fois de plus, élevait les bras avec un sourire qui voulait être navré, Joseph se laissa tomber sur une chaise et se passa la main sur le front.

— La malveillance ! La malveillance ! répétait-il. Je me demande pourquoi vraiment ! Qui peut m'en vouloir, au Mexique ? Ces gens-là ne me connaissent pas et moi, je ne les connais pas non plus. Je ne suis jamais allé là-bas. Vous qui avez fait le voyage, Ravier-Gaufre, y comprenez-vous quelque chose ? Quels sont ces gens-là, mon cher ?

— Ce sont des révolutionnaires.

— Révolutionnaires, tant que vous voudrez. Mais pourquoi font-ils leur révolution dans mon affaire ? Ça ne les regarde pas. Mon affaire est une très honnête affaire. Moi aussi, dans mon genre et dans mes procédés, je suis une espèce de révolutionnaire. Mais je ne me mêle pas des affaires des autres. Je ne m'occupe pas de ce qu'ils pensent et de ce qu'ils font, au Mexique, par exemple.

M. Ravier-Gaufre considéra Joseph Pasquier de l'air émerveillé d'un homme qui rencontre une forme tout à fait exceptionnelle de candeur originale et de sublime naïveté. Mais, sans plus s'attarder, Joseph se répandait en récriminations rancuneuses :

— C'est une affaire perdue. C'est une affaire qui m'a déjà coûté les yeux de la tête et dont il n'y a plus rien à tirer que des déboires. Et cette affaire, Ravier-Gaufre, je ne l'ai entreprise que sur vos rapports. Je vous les montrerai, mon cher ; c'étaient des rapports très favorables, des rapports enthousiastes.

— Monsieur le Président, fit le gros homme, je connais mes rapports par cœur et je suis prêt à les signer de nouveau. Je vous ai promis de l'huile, eh bien, vous avez de l'huile. Sir Oliver Ellis, M. Obregon et moi nous avons étudié l'affaire et nous sommes inattaquables. Nous vous avons donné des renseignements de premier ordre sur la valeur du gisement. Nos prospecteurs sont des as. Nous ne vous avons rien dit sur l'état moral de la population. Il y a des gens qui viennent d'un peu partout. Obregon connaît le pays beaucoup mieux que moi ; mais il ne peut pas surveiller ni garantir l'embauche.

— Obregon ! Obregon ! Où est-il ? En balade ! Et nous, nous sommes ici comme des aveugles au fond d'une cave. Je vais faire appeler Obregon au téléphone.

— C'est chanceux et même inutile. Obregon s'embarque demain et il a du travail au Havre. D'ailleurs, il ne sait rien de plus que moi.

— Il peut venir ici entre deux trains.

— Il ne vous dira rien de plus que ce que je vous dis. J'ai câblé à Quevedo. Malheureusement, Quevedo doit être au Texas, à Houston.

— Qu'est-ce qu'il fiche à Houston, au lieu d'être à son bureau ?

— Monsieur le Président, permettez-moi de vous dire que vous n'êtes pas raisonnable. Un mot encore sur la valeur de l'affaire. Sir Oliver Ellis, dont la compétence et la loyauté sont au-dessus de tout soupçon, s'est réservé, comme honoraires, un dixième des bénéfices, ce qui signifie bien qu'il est sûr de ces bénéfices. Si l'affaire était sans avenir, d'abord Sir Oliver Ellis ne l'aurait sûrement pas recommandée, mais il n'y aurait pas conservé des intérêts. Quant à M. Lopez de Quevedo, c'est un parfait gentilhomme, c'est aussi un homme très savant, c'est enfin un directeur plein d'initiative. On lui a signalé les nouvelles pompes en usage au Texas. Il a pris le train pour aller voir fonctionner les nouvelles pompes avant d'en commander de semblables. Qu'auriez-vous fait, à sa place ? Voyez-vous, monsieur le Président, il faut, pour supporter *oil-fever*, pour endurer la fièvre de l'huile, une tête solide et des nerfs à toute épreuve.

— Minute ! Minute ! mon cher. Pour les nerfs et pour la tête, je n'ai pas besoin de conseils. Ayez la bonté de le croire.

— Je le sais, monsieur le Président. Mais il est très difficile de vous aborder, parfois, je dois vous le dire quand même. Nous avons appris, il y a six mois, qu'il y avait, au Mexique, un fort mouvement nationaliste, hostile à tous les étrangers...

— Quand même pas aux Français.

— Aux Français comme aux autres. Pourquoi les Français jouiraient-ils d'un privilège particulier ? Croyez-vous qu'on nous ait pardonné, là-bas, l'histoire de Maximilien ?

— Maximilien ? Quel Maximilien ?

— L'empereur Maximilien...

— Ah oui, l'empereur... C'est bien vieux. Et alors ?

— Alors, M. Obregon vous a parlé, il y a six mois, de ces renseignements sur l'état d'esprit des populations laborieuses. Vous ne l'avez pas écouté.

— Je vais faire venir Obregon.

— Mais non. C'est tout à fait inutile, monsieur le Président, et M. Obregon sera fort mécontent d'être rappelé sans raison au moment de s'embarquer.

— Sans raison ! Vous êtes extraordinaire ! Voilà une affaire qui, depuis deux ans, me suce la moelle des os. Et cette affaire me pète dans les mains, juste au moment où elle commençait à prendre bonne tournure. Il y a de quoi devenir enragé. Cent mille dollars de foutus, sans compter le temps, les frais de toute nature et les travaux préparatoires. Deux ans que je fais courir du bon argent après du mauvais argent, comme je le disais à Obregon le mois dernier. Je vais télégraphier à Obregon de ne pas s'embarquer.

— C'est justement, pour Obregon, l'indication de s'embarquer sans perdre une minute.

— Alors, qu'est-ce que vous voulez que je fasse ? Tonnerre !

— Mais, attendre, monsieur le Président, attendre avec patience.

— Attendre en me rongeant les ongles et en jetant dix mille dollars tous les huit ou quinze jours dans le feu du puits n° 6.

— Un peu de patience, monsieur le Président.

— Pour la patience, je n'ai pas besoin de leçons : je sais ce que c'est. Je ne suis pas superstitieux, mais...

— Mais, monsieur le Président ?

— Non, rien, rien, mon cher. Ce sont des pensées qui voyagent.

Joseph se remit debout et fit deux ou trois fois le tour de son cabinet sans prononcer une parole. M. Ravier-Gaufre attendait, enchâssé dans le fauteuil de cuir. Blaise, derrière le bureau, semblait dormir, les yeux ouverts. Joseph enfin s'arrêta, ouvrit les poings, ouvrit la bouche et dit, entre haut et bas :

— Mon cher, je n'attendrai pas.

Non sans déférence, M. Ravier-Gaufre fit comprendre qu'il comptait sur une déclaration complémentaire. Elle ne vint pas tout de suite. Joseph luttait contre son tic, la joue gauche fendue jusqu'à la tempe. De longues minutes passèrent et Joseph se prit à parler, d'une voix songeuse, comme pour lui seul :

— Un jour, pendant la guerre, je suis entré, avec l'intendant général, dans une ambulance en action. Les chirurgiens regardaient les plaies et ils taillaient à même la chair pour retrancher tout ce qui était douteux. C'était terrible et net. Je suis sorti de là en pensant : « Voilà exactement ma méthode en affaires. Je l'avais trouvée tout seul. Je n'en changerai jamais. » Alors, je vais me débarrasser de l'affaire du Michoacan, m'en débarrasser, même à perte.

— Je pense, monsieur le Président, que, dans un cas semblable, on ne saurait vendre qu'à perte. Alors, vraiment, pourquoi vendre ? Attendez seulement un mois, attendez, par exemple, le retour de M. Obregon.

— Un mois de plus ! Vingt mille dollars de plus ! Beaucoup de cheveux blancs en plus ! Eh bien, non, je tranche, j'aime mieux trancher. Je suis, à ma manière, une espèce de chirurgien.

— Attendez seulement quinze jours.

— Non, je n'attendrai pas quinze jours, si je peux faire autrement. Je n'ai déjà que trop attendu.

— Veuillez noter, monsieur le Président, et vous, monsieur Delmuter, que j'ai beaucoup insisté pour vous faire prendre patience, monsieur le Président, pour vous faire attendre un peu.

— Je note, si ça peut vous faire plaisir, mais cela ne change pas mon sentiment. Reste à trouver le type qui pourrait racheter l'affaire.

— Comme l'affaire est encore fort bonne, à mon idée, il n'est pas impossible de trouver acquéreur.

— Vous connaissez quelqu'un ?

— On connaît toujours quelqu'un. Sûrement, je connais quelqu'un.

— Comment s'appelle-t-il ?

— Son nom ne vous dirait rien.

— Qu'est-ce que vous en savez ? Qui est-ce ?

— Un certain Thomas Young.

— Young ? Ce n'est pas un Anglais, au moins ?

— Il est né rue Vieille-du-Temple.

— Ça ne voudrait rien dire. Non, je ne vendrai pas à un Anglais : ils m'ont trop empoisonné, depuis le début de l'affaire.

— Ce n'est pas un Anglais, je vous en donne ma parole.

Il y eut un moment de silence. M. Ravier-Gaufre tapotait des dix doigts le cuir sonore du fauteuil. Joseph releva la tête et jeta autour de lui un coup d'œil hargneux et interrogateur. Il rencontra, le temps d'un éclair, le visage impassible de Blaise Delmuter et il eut le sentiment que le jeune homme faisait un imperceptible signe affirmatif de la paupière.

— Votre bonhomme au nom anglais, fit Joseph un instant plus tard, il va, si je lui vends mon ours, essayer de me rouler. Ce n'est quand même pas facile. Qu'il ne s'imagine pas que c'est facile.

— Monsieur le Président, articula Ravier-Gaufre, tout le monde, à Paris et ailleurs, sait que si M. Joseph Pasquier se débarrasse d'une affaire, c'est qu'elle ne vaut plus grand-chose à ses yeux.

— Plus grand-chose ! Elle est encore excellente. Vous venez de me le dire. Je vous prends au mot et je vous crois.

— Alors, si vous me croyez, monsieur le Président, gardez-vous de vendre l'affaire.

Joseph haussa les épaules et se mordit les lèvres.

— Je ne vends pas parce que l'affaire me semble absolument perdue. Je vends...

— Parce que, dit doucement le gros homme, parce que vous n'avez pas le temps de penser à une affaire incertaine et qui vous semble, à tort, par trop hasardeuse.

— Oui ! Non ! Enfin je vends parce que ça me plaît de vendre.

— Ce n'est pas un argument qui frappera beaucoup l'acheteur. Attendez-vous, monsieur le Président, à une amputation douloureuse, puisque vous parlez chirurgie.

Joseph frappa le sol du pied, deux ou trois fois, avec rage.

— Amenez-moi votre bonhomme. Et si c'est un imbécile, par hasard, eh bien, ce sera tant mieux. Pouvez-vous venir demain matin ? Et si c'est un homme intelligent, on s'entendra quand même.

— Ce n'est pas impossible. Je vais voir. Je vais tâcher d'atteindre Young. Et puis, je téléphonerai. Vous êtes bien pressé, mon cher Président.

— Quand les chirurgiens ont décidé l'amputation, ils n'attendent pas un mois pour prendre le couteau. Téléphonez-moi, ce soir. Au revoir, monsieur Ravier-Gaufre.

Le gros homme se retira non sans quelques phrases élogieuses sur la façon que Joseph avait d'entendre et de traiter les affaires. Dès qu'il fut dehors, Joseph se tourna d'un seul bloc vers le jeune homme à la jaquette.

— Vous ne dormiez pas, j'espère. Vous aviez l'air engourdi.

— Je ne dormais pas, monsieur le Président.

— Vous m'avez fait un signe de l'œil, tout à l'heure. Vous savez quelque chose ? Obregon vous a peut-être dit quelque chose, en secret, avant de partir ?

— Non, monsieur le Président.

— Ah ? je croyais. Je vais bazarder cette affaire. J'ai mes raisons. Après, je serai tranquille et je pourrai penser aux choses qui m'intéressent. Vous êtes allé, hier, à la salle des ventes, j'ai oublié de vous en parler.

— Oui, monsieur le Président.

— Il y avait dix-huit Gretchenko ! Toute la collection de cet imbécile de Boller. Comme c'est intelligent de lâcher dix-huit toiles d'un seul coup sur le marché ! Et qu'est-ce qu'elles ont fait ?

— Oh ! des sommes assez faibles. Il n'y avait pas d'amateurs. Paufigue a racheté les huit meilleures à des prix honorables. Il m'a dit que c'était un sacrifice énorme, et qu'il ne pouvait pas en ce moment, faire davantage. Il regrettait beaucoup votre absence.

— Oui, il comptait sur moi, sans doute, pour sauver le reste de la cargaison. Un marchand qui plaque un de ses poulains dans une circonstance difficile, c'est un traître et, chose beaucoup plus grave, c'est un maladroit. Et alors, les dix dernières toiles, qu'est-ce qu'elles ont fait ?

— Presque rien, monsieur le Président. Mille ou deux mille francs au plus.

— Dites donc, mais c'est une catastrophe ! Des Gretchenko, j'en ai pour deux cent cinquante mille francs, à la cote normale. Une catastrophe ! Si ça continue comme ça, je la vendrai, moi aussi, ma collection de Gretchenko. Moi, je ne suis pas le marchand, je suis seulement l'amateur. Je n'ai de responsabilité vis-à-vis de personne. Seulement, il va falloir leur faire reprendre la cote, aux Gretchenko. Pour cette affaire du Michoacan, je ne suis pas superstitieux, mais... Ah ! nous parlerons de cela un autre jour. Qu'est-ce que vous avez à me dire ?

— J'ai posé sur le bureau de monsieur le Président deux numéros d'*Aristophane*. C'est un sale petit journal de chantage. Que monsieur le Président ne s'inquiète quand même pas trop. Tout le monde lit ces journaux-là et tout le monde les méprise.

— Oui, mais tout le monde les lit quand même. Qu'est-ce qu'il dit, *Aristophane* ?

— C'est à propos de l'élection de monsieur le Président. Ils disent...

— Quoi ? Quoi ?

— Que cela fera rire tout Paris.

— C'est tout ? Déchirez les canards et collez-les au panier. Je vous rappellerai tout à l'heure. Il faut que je reste seul. Il faut que je réfléchisse.

Demeuré seul, Joseph retira sa veste et son gilet. Il ne portait pas de bretelles, mais une simple ceinture de cuir, comme les businessmen américains que l'on voit dans les pullman, en manches de chemise, l'été. Il souffla fort, par le nez, et se prit à marcher très vite, de long en large. Il faisait une température orageuse, dès le matin, et Joseph commença de transpirer profusément.

Il allait, avec le Michoacan, perdre une somme importante. Bon ! Cette somme perdue, Joseph restait à la tête d'une fortune considérable, fortune qu'il ne pouvait même plus évaluer avec précision, car elle était touffue, ramifiée, faite d'une multitude de parties dissemblables, faite d'un assemblage confus de biens, meubles et immeubles, de valeurs, d'espèces, de maisons, de châteaux, de terres, de fabriques. Et que contenait-elle encore, cette fortune ? Des tableaux, des bijoux, de l'or, des pierres, des animaux, des bateaux, des mines... Alors, le Michoacan — peut-être un million de francs en tout — qu'est-ce que ça pouvait bien faire ? Il fallait tailler dans le vif, tourner franchement le dos et se remettre à la besogne.

C'est ainsi que Joseph cherchait à se rassurer. Et il n'y parvenait point. Il n'avait jamais échoué complètement dans une entreprise. Il était toujours arrivé, par un sursaut de son génie, à inventer un stratagème de la dernière heure et à rétablir l'équilibre. L'idée d'accepter un échec, même de l'accepter franchement, lui était intolérable. Mais l'idée de temporiser, de verser encore des dollars dans ce tonneau percé, de se trouver, chaque jour, un peu plus engagé par ses précédents sacrifices, cette idée le remplissait d'une véritable angoisse.

Joseph se rappela ses promenades à travers le potager de Montredon. Le jardinier lui disait : « Monsieur, quand une citrouille cesse de grossir seulement pendant une minute, eh bien, c'est qu'elle est fichue, c'est qu'elle est bonne à pourrir ; et ça se devine tout suite. » Et Joseph se disait : « Une fortune, c'est comme une citrouille. Si elle cesse de croître seulement une minute, c'est qu'elle est malade et qu'elle va bientôt crever. »

Il répéta, entre ses dents : « Je ne suis pas superstitieux, mais... »

Alors il tira de sa poche un gros porte-monnaie de cuir. Il l'ouvrit à moitié, comme font les paysans, et y prit, avec précaution, entre ses gros doigts velus, un louis d'or, une belle pièce de vingt francs. Il murmurait : « Face, je vends, à n'importe quel prix ! Pile, je garde ! » La pièce tournoya dans l'air et tomba sur le tapis. Joseph poussa un douloureux soupir de soulagement. « Je vends ! C'est décidé. Maintenant, faut que Ravier-Gaufre trouve un type. Ce Ravier-Gaufre, il voulait m'empêcher de vendre ! Ravier-Gaufre est une canaille. Obregon est une canaille. Je ne vois que des canailles. Il n'y a que des canailles. Je sais ce que je dis. »

## CHAPITRE 9

Même quand on a les reins d'un athlète, les poings d'un bûcheron et l'encolure d'un boxeur, même quand on se vante d'avoir la tête solide, le cœur bien accroché, les nerfs à toute épreuve, même quand on possède une longue expérience de la malice et de la perfidie humaines, il est toujours désagréable de recevoir des lettres anonymes.

Joseph avait, au cours de son existence houleuse, reçu beaucoup de lettres anonymes. On ne saurait brasser des affaires complexes, participer à la vie politique d'un grand pays, briguer les honneurs, être, somme toute, un homme représentatif et un chef de file, sans méconter, n'est-ce pas ? la multitude imbécile des larves qui grouillent dans l'ombre et sans recevoir parfois une goutte de leur venin. Ces lettres honteuses, elles contenaient des injures et quelquefois des menaces grossières. Le plus souvent, elles manifestaient quelque symptôme de vésanie : tout le monde sait que les gens qui se complaisent à de telles pratiques sont des dégénérés ou des fous. Joseph avait un flair particulier pour reconnaître, dès l'enveloppe, ces messages ignominieux. Il les lisait quand même, à titre documentaire, disait-il. Puis il s'abandonnait à de brefs accès de colère, puis il jetait le tout au panier. Il arrivait qu'il se sentît féru dans quelque partie vive et saignante de son être. Il lui fallait alors deux ou trois jours pour digérer sa disgrâce, deux ou trois jours pendant lesquels le rusé lutteur ne laissait pas de chercher d'où lui pouvait venir le coup, en vue de quelque représaille.

Or, cette lettre qu'on venait de lui apporter au lit, sur un plateau, cette lettre non timbrée, mais à la suscription soigneusement écrite, Joseph l'avait décachetée sans défiance. Elle ne sentait pas du tout la lettre anonyme. C'était pourtant une lettre anonyme et de l'espèce la plus inquiétante. Joseph, après l'avoir lue une fois, d'un œil encore brouillé par les vapeurs du pesant sommeil, Joseph se hâta de la relire, puis il sonna le valet de chambre.

— D'où vient cette lettre ? dit-il. Elle n'est pas timbrée et le courrier ne passe qu'à neuf heures. Qui l'a déposée ici ?

— Je ne sais pas, Monsieur. Je vais demander au concierge.

Pendant que le valet trottait, Joseph relut encore une fois la lettre. Il avançait les deux lèvres en deux gros bourrelets accolés, ce qui, chez lui, était signe de grande préoccupation. Enfin le valet revint et dit :

— C'est un chasseur de restaurant, sans doute.

— Y avait-il quelque chose d'écrit sur la casquette ?

— Il n'y avait rien d'écrit sur la casquette.

— Bon ! Je vous remercie.

Joseph passa dans la salle de bains pour se faire la barbe. Cette opération terminée, il revint lire la lettre une fois encore et commença de s'habiller. En de telles circonstances, et quand la lettre était remarquable par son extrême cocasserie, il arrivait que Joseph la montrât à sa femme pour rire ou fulminer tout son content devant témoin. Il n'en fit rien, ce matin-là. Non, cette lettre, il n'allait pas la déchirer. Il ne la montrerait à personne jusqu'à ce que... Mais, d'abord, allait-il se rendre... N'était-il pas infiniment préférable, somme toute, de jeter cette lettre au feu, comme les autres, comme toutes les autres de cette sorte.

En pénétrant dans son bureau, Joseph ne put se retenir de tirer la lettre de sa poche et de la déployer pour en faire une nouvelle lecture. On ne voyait point là, bien évidemment, les taches, les gribouillis et même les dessins que les spécialistes du genre ont coutume de répandre autour de leur prose. Sur la feuille élégante et blanche, dix lignes d'une écriture fine, extraordinairement nette et soignée. Dix lignes et c'était tout :

*Quelqu'un qui porte un intérêt particulier à M. Joseph Pasquier lui conseille de se rendre, mercredi prochain, vers dix heures du soir, à l'angle de la rue Thouin et de la petite rue Blainville, dans le cinquième arrondissement, d'observer le numéro 7 de la rue de l'Estrapade et de surveiller soigneusement les personnes qui pourraient sortir de cette maison. Les affaires en jeu sont trop sérieuses pour que M. Joseph Pasquier charge qui que ce soit de remplir, en son lieu et place, cette mission délicate.*

Rien de plus. Aucun indice propre à jeter un peu de lumière sur cet absurde mystère. « Les affaires en jeu ! » Quelles affaires ? S'il s'agissait du Michoacan, par exemple, pourquoi ces précautions mélodramatiques ? D'ailleurs, Joseph avait son opinion sur le Michoacan et il avait arrêté sa ligne de conduite. Il se prit à songer : « Mercredi ! Encore cinq jours pleins, presque six jours avant cet étrange rendez-vous, et l'affaire du Michoacan allait être réglée le matin même. Oui, le matin même. Joseph, si l'opération ne présentait pas quelque difficulté insurmontable, était parfaitement résolu à se délivrer de cette tunique de Nessus. Le message anonyme n'avait, de toute évidence, aucun rapport avec le Michoacan. D'ailleurs Joseph irait-il, comme un niais et un jobard, se jeter dans le piège de gens qui n'étaient peut-être que d'audacieux mystificateurs ? On voulait se moquer de lui. Eh bien ! il se moquerait des moqueurs et il déchirerait la lettre. »

Il ne la déchira pas. Il la rangea soigneusement dans sa poche. Puis il fit un effort pour se préparer à la dure journée qui commençait à peine.

M. Ravier-Gaufre avait téléphoné, la veille au soir, pour annoncer qu'il viendrait, dès le début de la matinée, avec M. Thomas Young et que M. Thomas Young ne jugeait pas impossible de racheter l'affaire du Michoacan si toutefois le vendeur était disposé d'avance à des sacrifices notables.

Un peu avant dix heures, M. Ravier-Gaufre parut, avec un secrétaire qui portait des paperasses. Quelques instants plus tard, on vit arriver M. Thomas Young, accompagné lui-même d'un assistant muet qui, à ce qu'il parut bientôt, était un sténotypiste. Celui-ci tira sa machine de la boîte et, dès le début, commença d'enregistrer tout l'entretien, même les moindres répliques, même, autant qu'il y parût, les interjections, les apostrophes, les onomatopées, peut-être les soupirs. Cela ne laissa pas d'étonner et d'inquiéter Joseph qui se mit à lancer vers ce témoin actif des regards furibonds. M. Young fit observer d'un mot qu'il ne se déplaçait jamais sans son sténotypiste et que, comme M. Pasquier aurait lieu de l'observer plus tard, cela ne manquait pas d'intérêt pour tout le monde. Là-dessus, parut M. Blaise Delmuter qui vint se ranger derrière son patron et, tout aussitôt, la discussion sembla devoir s'engager.

M. Thomas Young ne ressemblait aucunement à M. Ravier-Gaufre. C'était un homme très maigre, très pâle, aux cheveux rares et ternes. On ne pouvait le regarder sans penser qu'il allait sûrement lâcher son dernier soupir, qu'il était tuberculeux ou secrètement miné par quelque tumeur cancéreuse. Joseph songea : « La vie est extravagante ! Voilà un homme qui a l'air d'une ombre, d'un fantôme, d'un squelette. Et cet homme vient ici pour acheter une affaire qui ne donnera probablement pas de bénéfices appréciables avant cinq ou six ans, si jamais elle donne des bénéfices appréciables. Et celui qui vent, celui qui veut vendre, c'est moi, qui suis à la fleur de l'âge. Cinquante et un ans ! Quoi ! c'est le milieu de la vie. Reste à savoir si ce macchabée ambulant veut d'ailleurs acheter mon ours. »

Le macchabée ambulant était très énigmatique. Il ne disait pas grand-chose. Et comme M. Ravier-Gaufre observait un silence scrupuleux, Joseph dut nécessairement faire toutes les avances et tenir le crachoir. Il commença d'expliquer qu'il possédait, depuis deux ans, une excellente affaire de pétrole dans le Mexique central, qu'il était propriétaire de l'affaire, que Sir Oliver Ellis, par l'entremise de qui la concession avait été acquise, s'était fait réserver une part du dixième sur les bénéfices présents et futurs, ce qui permettait de juger la valeur de l'affaire, étant donné la compétence de Sir Oliver Ellis, que toutefois lui, Joseph Pasquier, gardait la maîtrise totale de son affaire et que, pour des raisons personnelles qu'il eût été trop long d'expliquer, il entendait se dessaisir de cette affaire, que cette décision n'était aucunement conditionnée par l'accident survenu peu de jours auparavant à l'un des puits de l'exploitation, que cette décision était prise depuis déjà de longues semaines, qu'il était lui, Joseph Pasquier, actuellement surchargé de travail et qu'il ne pouvait contrôler cette affaire avec assez de rigueur, qu'il préférait donner ses soins à des entreprises offrant des chances d'une surveillance plus directe, qu'il avait, en M. Obregon et M. Ravier-Gaufre, des collaborateurs excellents et dévoués, que M. de Quevedo, directeur mexicain de l'exploitation, était assurément un homme admirable, mais que, pour persévérer dans l'affaire, il serait nécessaire, à l'avenir, de faire le voyage du Mexique, au moins une fois l'an et que lui, Joseph Pasquier, ne pouvait quitter ses autres affaires chaque année pendant cinq ou six semaines, peut-être davantage.

M. Thomas Young marquait chacune des phrases de Joseph par une légère secousse de sa tête décharnée. Le sténotypiste continuait de frapper sur sa machine dont le ruban se déroulait avec une implacable régularité. M. Ravier-Gaufre et son assistant étaient parfaitement muets. Alors Joseph se tut et le silence tomba.

Ce silence avait déjà duré la moitié d'une minute quand M. Thomas Young se décida pourtant à prendre la parole. Il n'avait pas, en effet, l'accent britannique. Il parlait comme un Français de Lille ou du Pas-de-Calais. En peu de mots, il fit comprendre qu'il avait déjà quelques clartés sur l'affaire et qu'il se proposait de l'étudier à fond. Que si M. Pasquier lui laissait le temps de mettre en mouvement les amis qu'il avait au Mexique, il espérait donner un prix honorable de l'entreprise ; mais que si, comme M. Ravier-Gaufre le lui avait fait entendre, M. Pasquier était pressé de conclure et de vendre, l'opération devenait beaucoup plus chanceuse et risquait d'être assez sévère pour le vendeur.

Joseph répondit avec vivacité qu'il allait partir en voyage et qu'il pensait ne se mettre en route qu'après avoir trouvé une solution raisonnable pour le Michoacan, qu'il avait toujours traité les affaires avec franchise et promptitude, que tous les comptes relatifs au Michoacan étaient entre les mains de M. Ravier-Gaufre et que M. Young pouvait les consulter à loisir.

Mille et mille fois, Joseph avait livré des batailles de cette espèce. Il en était toujours sorti victorieux et, quand il n'avait pas obtenu la victoire totale, il avait du moins tiré son épingle du jeu avec audace, avec adresse. Malheureusement, ce matin-là, tout semblait fait pour le troubler et lui faire perdre la maîtrise de son langage. Sa position n'était pas bonne. Il n'avait que trop montré, il montrait beaucoup trop encore, dans la moindre de ses paroles, son désir de liquider l'affaire à tout prix et au plus vite. Cette hâte, il ne la comprenait pas lui-même. Il ne l'avait jamais éprouvée. Elle lui faisait trembler les doigts, elle lui faisait trembler la voix. A chacune des phrases de Joseph, M. Thomas Young se tournait, en un geste de fantôme, vers le zélé sténotypiste et faisait un geste comme pour dire : « Ecrivez, notez, n'oubliez rien. Vous avez bien entendu ce que vient de dire M. Joseph Pasquier. » Le sténotypiste, avec ses gestes d'automate, indisposait de plus en plus vivement le président Pasquier. M. Thomas Young avait l'air d'une préparation anatomique, d'une figure pour danse macabre, et cela ne laissait pas d'exercer sur Joseph une influence déprimante. Il se disait, secrètement : « Je ne vais quand même pas céder à la superstition. Jamais je n'ai cédé à la superstition. Pourquoi vendre, somme toute ? Je vais donner, pour une bouchée de pain, mon affaire à ce pirate. Je vais laisser tomber dans la poche de ce flibustier au moins un million de francs. Un million ! C'est épouvantable ! J'en ferai une maladie. D'ailleurs, je suis déjà malade, sans cela je ne ferais pas cette bêtise de si bon cœur. Ce doit être le foie. Oui, c'est le foie. Je vais supprimer la mirabelle et le kirsch. Je vais supprimer une foule de choses. Laurent dit toujours que, vers la cinquantaine, le foie donne de ses nouvelles. Cette impression de vague lassitude, ce mauvais goût dans la bouche, cette langue épaisse, ce ne peut être que le foie. Mais, au fond, au fond, vais-je vendre ? Eh bien ! oui, il faut vendre. Ravier-Gaufre me laisse m'enferrer sans même venir à la rescousse. Ravier-Gaufre est une canaille. Il voulait m'empêcher de vendre ; l'indication est formelle : je vais vendre, tout de suite et à tout prix. »

Joseph en était là de ses réflexions quand M. Thomas Young demanda communication des dossiers. Il se plongea dans les paperasses et, pendant un grand quart d'heure, ce fut le silence complet. Joseph se mit debout et s'en alla jusqu'à la fenêtre. Il avait l'air de regarder dans la cour, mais il ne regardait pas dans la cour. Il songeait : « Sûrement, il y a quelque chose de nouveau dans ma carcasse. Je n'ai jamais éprouvé ce que j'éprouve aujourd'hui. Je vais surveiller ma tension. Je vais faire analyser mon urine. Je vais demander qu'on examine mon sang, oui, que l'on cherche si je n'ai pas quelque saleté dans le sang. C'est cela, je deviens idiot, comme mon pauvre Ferdinand de frère et comme son incroyable épouse. C'est une maladie de famille. Eh bien, non, je ne vendrai pas. Je vais foutre à la porte cette bande d'aigrefins avec leur machine à sténographier qui me donne sur les nerfs. »

A ce moment, le valet de chambre entra dans le cabinet de Joseph. Déjà Joseph grondait : « Voulez-vous nous laisser tranquilles ! » Mais le valet de chambre tendit un télégramme et Joseph saisit le télégramme.

Il se retira de nouveau, pour le lire, dans l'embrasure d'une fenêtre. C'était un télégramme d'Obregon. Le texte en était explicite et suffisamment développé.

*Quitte le Havre dans deux heures. Ne peux malheureusement aller à Paris et ne peux pas davantage retarder mon voyage au Mexique. Vous prie ne prendre aucune décision au sujet du Michoacan avant avoir reçu nouvelles détaillées que vous ferai parvenir en arrivant à Chipicuaro. Sentiments dévoués.* Obregon.

Joseph plia le papier et le mit dans sa poche sans souffler mot. « L'affaire est bien montée, pensa-t-il. Ravier-Gaufre, Obregon et les autres sont d'accord pour m'empêcher de vendre. Dans quinze jours, je recevrai un télégramme rassurant et, par la même occasion, on me priera d'envoyer d'urgence vingt mille dollars. J'enverrai, parce que j'aurai eu la faiblesse d'attendre quinze jours. Alors j'attendrai encore deux ou trois semaines. Pendant ce temps, leurs sacrés révolutionnaires auront mis le feu au puits Lucien et au puits Joseph, les deux seuls qui donnent quelque chose, puisque le puits Delphine est fichu. Alors, à peine de tout perdre, il faudra verser encore une quantité considérable de dollars, me porter partie civile dans l'affaire de l'incendie, commencer un procès de caractère politique dans un pays peuplé d'énergumènes, un procès qui me coûtera une fortune à lui tout seul. Eh bien, non, non et non ! Obregon et Ravier-Gaufre sont d'accord pour me gruger. Quand l'ours a la patte prise au piège, il l'arrache et il se sauve. Je vais m'arracher la patte. Elle repoussera peut-être bien. »

A ce moment, M. Thomas Young sortit des dossiers une figure cadavéreuse et dit posément :

— L'affaire semble compromise par cette histoire d'incendie ; mais elle n'est pas inachetable. Je vous ferai une proposition la semaine prochaine.

Joseph se retourna d'un bond :

— Pourquoi la semaine prochaine ? dit-il. Vous agissez en votre nom, je pense ?

— J'agis en mon nom.

— Vous avez l'intention d'acheter ou vous n'avez pas cette intention ?

— Je n'ai aucune intention. Je ne suis pas résolu.

— Et quelle est, à vue de nez, la somme que vous pensez me proposer la semaine prochaine ?

L'homme maigre remua deux ou trois fois les paupières sur ses yeux de poisson, puis il dit posément :

— Vingt-cinq mille dollars.

Joseph partit d'un éclat de rire.

— Vous savez que j'ai dépensé, à l'heure actuelle, cent mille dollars au moins. Tous les comptes sont là, en règle. Je suis M. Joseph Pasquier. Tout le monde à Paris sait que quand M. Joseph Pasquier engage cent mille dollars dans une entreprise, c'est que l'entreprise en vaut la peine.

— Si c'est ainsi, gardez-la. Je n'insiste aucunement pour vous la faire abandonner.

Joseph remua la tête comme un cheval qui sent l'éperon.

— Je vous ai dit que j'avais des raisons personnelles pour vendre l'affaire, des raisons étrangères à l'affaire.

— Les raisons qui font vendre une affaire ne sont jamais, ne peuvent jamais être étrangères à l'affaire.

— C'est sans doute ce qui vous trompe. Mais attendez, attendez ! Si je vous proposais de traiter tout de suite, oui, de signer tout de suite une promesse de vente.

— Alors, je dirais que l'affaire ne vaut plus que quinze mille dollars.

— Elle en vaudra vingt-cinq mille la semaine prochaine et elle n'en vaudrait plus que quinze mille aujourd'hui. Comprends pas.

— Monsieur Pasquier, c'est que vous ne voulez pas comprendre.

D'ici la semaine prochaine, j'aurai étudié, j'aurai tâché de saisir les raisons qui vous déterminent à vous débarrasser de l'affaire.

— Je vous dis qu'il n'y a aucune raison que vous ne sachiez.

— Mon métier est de chercher ces raisons et de les examiner d'aussi près que possible.

La querelle menaçait de s'éterniser. En fait, elle dura encore deux longues heures pendant lesquelles il parut que M. Joseph Pasquier perdait le contrôle de ses pensées, de ses paroles et même et surtout de ses actes. Il faisait de grands gestes, se tapait sur la poitrine et sur les cuisses, embrouillait les dossiers, se levait et s'asseyait sans raison. M. Ravier-Gaufre, toujours muet, considérait Joseph avec étonnement et Joseph, à ses rares instants de lucidité, se considérait lui-même avec stupeur. Il pensait : « Je n'ai jamais rien fait de pareil. Je suis en train de couver une maladie grave. Tant pis ! Tant pis ! Tant pis ! J'irai jusqu'au bout et, après, je serai tranquille. Après, j'aurai la paix. Je l'aurai payée cher, mais je l'aurai. »

A une heure moins le quart, M. Joseph Pasquier et M. Thomas Young signaient une promesse de vente selon laquelle M. Pasquier abandonnait tous ses droits sur l'affaire du Michoacan, moyennant le versement global d'une somme de vingt mille dollars, payable la semaine suivante, à la signature des actes, devant officier ministériel.

M. Thomas Young se leva comme Lazare dut jadis se lever de son tombeau, blême et roide ; il n'avait pas haussé le ton, pas prononcé un mot de trop, pas perdu une goutte de sueur. Joseph avait l'air, en même temps, ivre de soulagement et ivre de désespoir.

En accompagnant les hommes d'affaires jusqu'à la porte, Joseph mit les mains dans ses poches et il en tira deux papiers qu'il regarda non sans un peu d'égarement. L'un était le télégramme d'Obregon, l'autre — cette feuille blanche pliée en quatre — la lettre anonyme reçue le matin même et qu'il avait oubliée pendant cette aride chamaille.

Le valet de chambre vint alors avertir Joseph que la table était servie, que Madame avait commencé de déjeuner et qu'elle désirait savoir si monsieur le Président prendrait ou ne prendrait point son repas à la maison.

Joseph alla rejoindre Hélène à table et, tout de suite, il commença de parler du Michoacan. Les trois enfants étaient hors de la maison. Il était, d'ailleurs, tout à fait exceptionnel que la famille se trouvât réunie, et nul n'y prenait plus garde. Joseph, en sortant de son cabinet, avait formé la résolution de ne plus penser au Michoacan ; mais, à peine devant son assiette, il parla du Michoacan avec un acharnement de maniaque. Hélène écoutait, d'une oreille incertaine. Depuis vingt-cinq ans, elle entendait pérorer Joseph et ne portait plus, à des discours tels, qu'un intérêt conventionnel. Hélène, d'ailleurs, ne semblait pas non plus complètement maîtresse de ses pensées et de ses réactions. Elle riait à tout propos. C'était un rire nerveux, un rire artificiel qui soulevait sa gorge opulente. Elle rougissait par bouffées et sans raisons sensibles. Joseph dit :

— Vous avez des vapeurs ?

Hélène haussa les épaules d'un air offensé. « Des vapeurs ! Des vapeurs ! Elle n'avait encore jamais eu de vapeurs. Elle n'avait pas de vapeurs. Elle se portait comme un arbre. »

Joseph répondit, l'air bourru :

— Les arbres tombent malades, tout comme nous, croyez-moi.

Hélène hocha la tête avec désinvolture et elle repartit à rire. « Non, non, il n'y avait rien à craindre, l'arbre Hélène était en pleine exubérance. »

Joseph, malgré qu'il en eût, recommença de parler du Michoacan. C'était plus fort que toutes les résolutions. Le Michoacan était comme un os arrêté en travers de la gorge et qui refuse de se laisser avaler.

Hélène dit soudain :

— Jean-Pierre m'inquiète.

Joseph Pasquier fit un effort exténuant pour s'évader de ce Mexique où il n'était jamais allé, où il était résolu fermement à n'aller jamais. Il dit, tel un dormeur réveillé en sursaut :

— Jean-Pierre ? Que dites-vous de Jean-Pierre ?

— Il a fait une mauvaise épreuve écrire et il se tourmente beaucoup.

Le front de Joseph s'assombrit. Décidément, tout allait mal dans le royaume joséphique. Il demanda :

— Quand saura-t-on le résultat ?

— Dans une douzaine de jours, une quinzaine de jours, peut-être moins.

Joseph songea que l'élection — l'é-lec-tion — devait avoir lieu dans peu de jours, exactement le samedi 27. Il fit effort pour songer à l'é-lec-tion. Il pensa même que s'il avait si brutalement sacrifié le Michoacan, c'était sans doute pour songer d'un esprit plus libre à la fameuse é-lec-tion. Il allait parler de l'élection à Hélène, il allait penser tout haut à son élection devant Hélène, quand celle-ci dit tout simplement :

— Cet enfant va tomber malade. Vous devriez vous occuper un peu de lui. Vous devriez lui marquer un peu d'amitié, un peu de tendresse.

Alors Joseph, saisi de colère, appliqua son poing sur la table.

— A vous entendre, clama-t-il amèrement, on pourrait croire que je ne l'aime pas, cet enfant ; on pourrait croire que je n'ai pas d'entrailles, que je suis une brute et un bourreau. Pourtant...

Ici, Joseph s'arrêta net. Il éprouvait une sensation très étrange. Il avait les paupières chaudes et piquantes, la respiration embarrassée. Il pensa : « Non, mais, est-ce que je vais pleurer comme un imbécile ? Qu'est-ce qui me chatouille les yeux ? Ah ! Ah ! mauvais signe ! Papa pleurait, comme cela un peu, sans raison, quand il a commencé de vieillir. Mais il avait soixante-dix ans ! J'ai encore dix-neuf ans devant moi avant de me permettre d'avoir la larme à l'œil pour des blagues, pour des sottises. »

Il fallait, à tout prix, sortir de cet état maladif. Joseph se leva de table en décidant qu'il allait passer deux jours à Montredon, que, si personne de la famille ne voulait l'y accompagner, il irait seul, qu'il comptait partir le soir même, peut-être dans l'après-midi, qu'il lui fallait, au préalable, s'arrêter rue du Quatre-Septembre, puis rue de Pétrograd — et d'abord à la Bourse où pourtant il n'allait plus jamais — puis faire une apparition à la salle des ventes, où passaient quatre Matisse, puis aller voir le président de la Chambre syndicale des Importateurs de réfrigérateurs, l'estimable M. Perthuisot, puis signer toutes les paperasses relatives à l'achat de l'île Mairan. Joseph affirma que tout cela ne demanderait que deux heures, trois heures peut-être, et que, toutes ces affaires expédiées, il monterait en voiture et partirait pour Montredon. Il lui fallait Montredon, c'est-à-dire le calme, la solitude, la retraite.

Au milieu de ces beaux projets, Joseph se rappela soudain qu'il devait, dès le lendemain, prendre part au déjeuner des Argolides. C'était un déjeuner qui avait lieu tous les mois, au Cercle interallié. C'était une sorte de club comprenant des membres de l'Institut et des candidats choisis que l'on pouvait ainsi voir de près et que l'on mettait à l'épreuve. Joseph ne pouvait pas manquer le déjeuner des Argolides. Avec un grand mouvement d'humeur, il décida de ne partir à Montredon que le lendemain, samedi soir.

Hélène n'était plus là pour assister, même indolente et lointaine, à ces délibérations. Hélène venait de s'évaporer dans les profondeurs de l'espace, aspirée, reprise par le tourbillon parisien. Et, tout aussitôt, Joseph recommença de songer au Michoacan. Il avait eu, dans sa vie, des surprises, des coups durs, et même de véritables malheurs ; mais jamais il n'avait perdu huit cent mille francs d'un seul coup. Car c'était une somme de huit cent mille francs, à très peu de chose près, qu'il venait de retrancher. Huit cent mille francs ce n'était pas énorme, au regard de l'ensemble. Mais, du moment qu'il y avait, dans le bâtiment, une voie d'eau suffisante pour laisser passer huit cent mille francs, tout le reste irait avec la même vitesse et le navire tout entier risquait d'aller au fond. Joseph s'était bien promis de ne jamais perdre huit cent mille francs, et même de ne jamais rien perdre du tout. Il s'était bien promis d'être le seul à ne rien perdre. Mais, ces huit cent mille francs, à qui les reprendre, sur le dos de qui les reprendre, dans la poche de qui les trouver ? D'autre part, était-il possible de garder ce Michoacan, cette affaire dévoratrice qui pouvait, en moins d'un an, sucer toute la fortune de Joseph, toute la substance de Joseph ? Non, non, il avait agi sagement, malgré les apparences. Toutefois, pour qu'une telle opération fût salutaire et décisive, il fallait qu'elle fût calmante et Joseph n'était pas calmé. Il s'était promis de ne plus penser au Michoacan et il voyait bien qu'il lui était presque impossible de penser à autre chose.

Il se mit en devoir de prendre ses gants, son chapeau, et de sonner pour faire venir le chauffeur et la voiture. Impossible de trouver le chapeau melon qu'il cherchait. Impossible de mettre la main sur les gants. Impossible, surtout, d'appliquer son esprit à quoi que ce fût, même à des actions très simples. Il resta longtemps debout, au milieu du vestibule. Puis il cria soudain, d'une voix angoissée :

— Arthur ! Arthur ! répondez au téléphone, que cette sonnerie s'arrête !

Arthur parut et dit d'une voix ferme qu'il n'y avait aucun appel téléphonique, aucune sonnerie pour l'instant.

Joseph demeurait hébété, immobile comme la statue de l'étonnement. Pas de sonnerie ? Alors ? Alors ? C'était un bourdonnement d'oreille ? Ou quoi ? Ou quoi donc ? Le thème de la sœur Cécile peut-être ? Le thème de l'éternité ?

## CHAPITRE 10

La soirée du samedi fut, somme toute, une soirée passable. Au moment de quitter Paris, et alors qu'il montait en voiture, Joseph reçut la visite d'un journaliste de *l'Intransigeant* qui venait l'interroger au sujet de l'Institut et de la candidature. Comme son désir d'évasion était vif, Joseph Pasquier allait se dérober, mais il pensa qu'il ne fallait jamais refuser de la publicité gratuite. Dans les affaires, il n'existe pas de publicité gratuite. On n'en a jamais que pour son argent. Au contraire, dans le monde nouveau où Joseph s'était introduit depuis cinq ou six ans et qu'il appelait pompeusement : « le monde de l'intelligence et des beaux-arts », il n'y a qu'à lever le petit doigt pour obtenir une excellente publicité que l'on paye tout au plus d'un déjeuner ou d'une tasse de thé, que, le plus souvent même, on ne paye pas du tout. Joseph prit donc le journaliste par le bras et il le conduisit jusque dans la grande galerie où se trouvaient exposées les œuvres de ceux que Joseph appelait, en étalant sa voix ronflante à la manière d'une queue de paon, « les princes de la peinture moderne ». Joseph Pasquier fit monter du porto, deux verres et des biscuits. Puis il commença de monologuer : « Je ne vous dirai rien de ma candidature. La discrétion s'impose... » Après ce début, Joseph, pendant un bon quart d'heure, parla de sa candidature, de ses titres, de ses électeurs, dont il fit un éblouissant éloge, de ses concurrents qu'il dispersa d'une chiquenaude. Il dit encore quelques paroles substantielles sur la gloire et le rayonnement, hors de France, de nos grands corps constitués. L'entretien se termina par une petite promenade au pas accéléré devant les toiles des princes... Après quoi, le journaliste, qui avait un honnête visage et des répliques tout à fait intelligentes, prit congé de l'illustre amateur, de l'éminent critique d'art qu'était M. Joseph Pasquier.

Joseph monta dans sa voiture. En saisissant le volant, il se surprit à penser : « Quelle chance ! me voilà délivré du Michoacan. » Chose étrange, cette réflexion, qui semblait exprimer l'allégresse et l'allégement, cette réflexion que, depuis la veille, il avait faite à cent reprises avec des variantes négligeables, cette réflexion, une fois de plus, déterminait en Joseph une pénible sensation de constriction à l'épigastre, de malaise et même de nausée. — Sûrement, il y avait là-dessous une petite histoire de foie.

Joseph saisit donc le volant et partit à bonne allure. En abordant l'avenue de la Défense, qui monte, mais qui est large et dans laquelle Joseph doublait toujours avec intrépidité toutes les autres voitures, le président Pasquier eut le sentiment que cette misérable angoisse qu'il éprouvait pour une insignifiante affaire de pétrole, il l'avait laissée derrière lui, qu'il en était, cette fois, tout à fait débarrassé. Un peu plus loin, en arrivant au pont de Colombes, Joseph dut ralentir et même s'arrêter. Aussitôt Joseph comprit que le Michoacan venait de le rattraper. Le Michoacan était comme un chien que l'on veut perdre. Il se laissait distancer une minute, mais il avait du flair et finissait toujours par retrouver son maître. Il en fut ainsi pendant tout le voyage. A quatre reprises le Michoacan s'évanouit dans l'espace immense, avec les gaz du pot d'échappement et le ronronnement du moteur. A quatre reprises, Joseph, ayant dû ralentir, reconnut que le chien Michoacan tournait autour de lui, de nouveau, en jappant et en remuant une queue très ironique.

Malgré l'encombrement du samedi, Joseph Pasquier atteignit Montredon en moins de trois quarts d'heure. Il se réjouissait d'avance à l'idée d'y être seul, d'y rester seul pendant tout un long week-end — au moins jusqu'au lundi midi —, de jouir de ses biens, de ses projets et de son loisir.

A peine arrivé, le seigneur de Montredon entreprit de parcourir son domaine : maison, jardin, parc et cultures. On était aux plus longs jours de l'année. La lumière, orageuse, éclatait encore, riche et vivace. A fouler ce sol qui lui appartenait, à toucher ces pierres qu'il avait acquises et qui maintenant faisaient en quelque sorte partie de sa substance, partie de sa charpente, à contempler ces arbres majestueux, ces pelouses, ces fleurs, ces champs, ces récoltes, qu'il avait pouvoir de détruire ou de bouleverser à son gré, Joseph éprouvait toujours une espèce de volupté qui n'était pas sans analogie avec les mystérieuses félicités de la chair. Ce soir-là, malheureusement, le plaisir de Joseph se trouvait gâté par mille petits détails fâcheux qu'il ne pouvait pas ne point remarquer, car rien ne saurait échapper à l'œil du maître. Il manquait deux ardoises à la toiture de la tour. — Comment n'avez-vous pas vu cela ? Moi, je lève le nez et je vois cela tout de suite. — La cheminée du chauffage central, établie seulement depuis quatre ans, laissait filtrer du goudron qui tachait l'une des façades. — Je vous ai déjà dit cent fois de faire badigeonner cette muraille à chaque printemps. — Il y avait de l'herbe dans les allées, autant d'herbe que sur les pelouses. — Et les cent kilos de chlorate de soude que vous m'avez fait acheter à prix d'or, qu'est-ce que vous en faites ? De la poudre à canon, peut-être ? — Il y avait encore du lierre sur un tilleul, sur le plus beau des tilleuls, et du gui sur les peupliers. — Les peupliers, je finirai par les nettoyer moi-même. Il n'y a que ce que je fais moi-même qui se trouve correctement fait.

Joseph allait ainsi, la mâchoire grinçante, les sourcils en mouvement, les poings fermés, la joue fendue par ce rictus douloureux dont il ne songeait plus, depuis longtemps, à se corriger. Le potager lui procura quand même une minute d'allégement. Il y avait de beaux choux, de beaux choux de bronze à la feuille cireuse et intacte, sans limaces et sans pucerons. Joseph s'approcha du plus vigoureux d'entre les choux et il se pencha pour l'admirer à son aise. Tout aussitôt, Joseph se releva comme s'il avait été piqué par un serpent invisible : le Michoacan était là, posé, roulé en rond, sur la pomme du chou. La pensée du Michoacan venait de sauter au nez de Joseph, comme une bête agressive.

Joseph, renonçant à poursuivre son inspection grondeuse, rentra dans le château pour y prendre son dîner. Il était mélancolique jusqu'à l'amertume, jusqu'au dégoût. Il avait surtout le sentiment que ces choses auxquelles il avait donné sa vie, tout l'effort de sa vie, pourraient soudain cesser de lui plaire et de l'amuser. Il se rappela son jeune âge : il était ainsi déjà, non point versatile, mais assez vite ennuyé de ses jeux, toujours à flairer quelque nouvelle manière d'employer sa carcasse, son imagination, sa vigueur.

Il s'était promis qu'il trouverait, à dîner tout seul, une rare délectation. Mais la table était vraiment trop grande. On lui donnait des plats cuisinés pour six ou huit personnes au moins. Il gronda : « C'est du gaspillage ! Je vous ai fait dire que j'allais venir tout seul. »

Comme pour faire diversion aux méditations forcées du solitaire, le téléphone retentit, environ la fin du repas. C'était Blaise Delmuter, toujours fidèle au poste. Il faisait savoir à M. le Président qu'on venait d'apporter, rue Taitbout, un télégramme du señor Obregon, un radiotélégramme envoyé de la mer et que, conformément aux ordres reçus, il avait, lui, Delmuter, ouvert et lu.

— Oui, oui, bougonnait le Président, et que nous dit ce sinistre individu ?

La voix se reprit à parler dans les étendues murmurantes. Le señor Obregon disait « qu'il avait demandé, par sans-fil, des renseignements à Chipicuaro. Stop. Qu'il venait de recevoir un premier télégramme rassurant. Stop. Que l'incendie semblait devoir être conjuré. Stop. Qu'il conseillait d'attendre avec patience ».

Joseph éclata de rire. Obregon continuait à manœuvrer, le misérable ! Obregon pensait que Joseph tolérerait encore qu'on lui tirât du ventre des vingt mille et des cinquante mille dollars. Seulement, la vache à lait refusait de se laisser traire. Elle venait de décocher une sacrée ruade à cette bande de saligauds. Oh ! la mauvaise volonté de Ravier-Gaufre ! Affreux individu ! Les efforts qu'il avait multipliés, avec son air de ne pas y toucher, pour empêcher Joseph Pasquier de se débarrasser, en cinq sec, de cette affaire impossible, de cette pieuvre suceuse, de ce parasite vorace !

Joseph but du café, renvoya les domestiques et sortit de sa poche un bloc de papier. Il commença tout aussitôt de faire, à la pointe du crayon, ce qu'il faisait parfois, dans ses moments de trouble et d'angoisse, une sorte de relevé sommaire de ce qu'il lui fallait appeler « sa fortune ». C'était un travail très hasardeux. Il avait fait dresser, la veille, par le plus vieux de ses collaborateurs, par le très malodorant et dévoué Mairesse-Miral, ce qu'on appelle : une position de titres. Cela ne concernait qu'une part des valeurs car, même à Mairesse-Miral, Joseph ne confiait pas tout. Et, outre les valeurs cotées, les papiers déposés dans les banques et chez les agents de change, il y avait encore toutes sortes de choses que Joseph gardait, par-devers soi, dans ses coffres et ses armoires. Et il fallait ajouter les espèces, les comptes en banque, les dépôts à l'étranger, les intérêts dans toutes sortes d'affaires dont Joseph ne parlait jamais à personne ; et quand on avait fait au mieux pour additionner tout cela, on avait oublié sans doute un bon tiers de cette partie du trésor. Cela faisait beaucoup de millions, mais ce n'était en effet qu'une partie du trésor, ce n'était que la partie non concrète du trésor. Et ensuite, commençait l'autre chapitre du calcul : les immeubles, les terres, les collections, les cachettes, tout ce qu'il y avait dans les cachettes. — Ne pas oublier, cette nuit, de descendre dans les profondeurs. — Alors, au milieu de cette fortune considérable, imposante, trop embrouillée, trop variée pour être vraiment vulnérable, de quelle importance réelle était cette histoire du Michoacan ? Si, tous les comptes réglés, la perte allait même au million — avec les frais généraux, la part des frais généraux — qu'est-ce que ça pouvait bien faire ? Joseph était de taille à perdre un million, et avec le sourire encore !

Joseph fit donc un sourire qui se termina par une horrible grimace. Non ! l'affaire du Michoacan n'avait aucune importance, au point de vue temporel ; mais, au point de vue moral, elle demeurait effrayante. Elle prenait, d'heure en heure, une signification symbolique. Et il n'y avait pas à reculer, avec cette bande de rapaces. D'ailleurs, impossible de reculer. Les premières signatures étaient données et, dès le mercredi suivant, tout allait être terminé, réglé par-devant notaire. Et enfin, et surtout, Joseph ne cherchait pas à se ressaisir de cet horrible

Michoacan. Il voulait seulement l'oubli. Ce n'était pas facile. D'abord, il fallait dormir.

Joseph absorba coup sur coup trois verres de mirabelle des Vosges. Il s'était bien promis de ne plus boire d'alcool, à cause de ce foie qui l'inquiétait. Bah ! les privations véritables ne commenceraient que le lendemain. Avant tout, s'assurer une nuit passable. Et la mirabelle a des vertus.

La nuit ne commença pas trop mal. En trébuchant dans les premières fondrières du sommeil, Joseph se disait : « Tout va bien ! Au fond, bonne journée ! Le déjeuner des Argolides a été des plus heureux. Tous ceux qui se trouvaient là voteront pour moi. Ils s'y sont presque engagés, les uns par un mot précis, les autres par un sourire, les autres encore par un geste, un mouvement des épaules, une de ces poignées de main qui ne trompent pas. Bonne journée ! Tous nos rendez-vous bien terminés. Le courrier ? Satisfaisant. Cette interview ? Excellente. Et, ici, la solitude, le repos, la vie contemplative. Obregon me donne signe de vie pour me faire comprendre, une fois de plus, qu'il est un forban. Somme toute, je suis délivré. Fini, le Michoacan. Je ne pense plus au Michoacan. Une affaire réglée. »

Joseph, après avoir maudit le Michoacan, s'endormit en pensant qu'il ne pensait plus au Michoacan.

Il se réveilla soudainement au milieu de la nuit. Contrairement à ses habitudes, il s'était mis au lit sans avoir été rendre visite à la cave secrète, à la spélonque pleine de coffres et d'armoires. Joseph se coucha sur l'autre flanc, dans l'espoir de retrouver le sommeil. Peine perdue. Un homme de cinquante et un ans commence à connaître sa complexion. Joseph, pour être quitte, résolut donc de se lever et d'aller faire un tour aux profondeurs. Il prit une robe de chambre, des chaussons de feutre, son pantalon, sa lampe de poche et se glissa dans les couloirs. Il était à peu près deux heures de la nuit. Les domestiques avaient, tous, leur logement sous les combles. Joseph n'avait point à craindre de rencontrer qui que ce fût pendant son expédition. Il y apportait toutefois d'étonnantes précautions. Ouvrant et fermant les portes avec une extrême douceur, s'appliquant à ne pas faire crier les parquets et même retenant son souffle, il avait l'air non point du maître qui chemine dans sa propre demeure, mais du larron qui s'y introduit à la dérobée.

Quand il fut devant la porte secrète, il respira plus librement et tira de sa poche l'énorme trousseau de clefs qui ne le quittait jamais et qu'il serrait toujours, avec la main gauche, contre sa cuisse, pour empêcher toute cette ferraille de tinter indiscrètement.

La clef entrait fort mal dans la serrure. Etait-il possible que Joseph Pasquier fût encore si bien empoisonné de sommeil qu'il ne parvînt pas à faire jouer convenablement cette clef ? Et si ce n'était point engourdissement et maladresse, qu'est-ce que ce pouvait être ? Une fine rosée de sueur perla sur le front de Joseph. Non, non ! il n'était point endormi. Non, mais on avait fait, sans erreur possible, une tentative pour forcer cette serrure. Alors ? Que penser ? Alors, c'était épouvantable ! Et il n'était pas question de faire venir un serrurier, maintenant. Celui qui viendrait là, pour honnête qu'il fût, s'en irait sachant tout. Il démonterait la serrure, jetterait forcément un regard sur la chambre secrète. Et, ensuite, il y aurait, dans le monde, une personne qui... Les ouvriers italiens qui avaient, autrefois, construit cette cellule, Joseph leur avait dit qu'il entendait y faire une salle de douches, peut-être même une piscine. Et puis, eux, ils étaient loin. Mais celui qui viendrait maintenant et qui verrait les coffres, les armoires, enfin tout...

Non ! non ! il ne viendrait personne. Joseph était très habile et très fort, il se débrouillerait tout seul avec cette serrure et cette porte.

A ce moment, Joseph sentit que la clef, brusquement, tournait comme elle tournait d'ordinaire et que la porte allait s'ouvrir. Il retint un soupir de soulagement. Non, point de soulagement ! La porte s'ouvrait, c'était bien quelque chose ; mais on avait touché à la serrure et quelqu'un, probablement, avait pénétré dans la chambre secrète. Joseph alluma les plafonniers et, sous la lumière aveuglante, il examina la cellule. Nul doute : il ne laissait pas, d'ordinaire, le fauteuil tourné de ce côté-là. Quelqu'un avait dû pénétrer dans la retraite mystérieuse et c'était épouvantable ! Alors qu'avait-on volé ?

Joseph, fébrilement, commença d'ouvrir les armoires. Il songea, tout aussitôt, qu'il n'avait pas refermé la porte, comme il le faisait toujours. L'idée de la refermer et de ne plus pouvoir l'ouvrir — si la serrure jouait mal — l'idée d'être enfermé là sans aucun moyen de signaler sa présence au reste du monde, cette idée lui fit couler un ruisselet de sueur entre les deux omoplates. Il se contenta de pousser la porte et revint à ses armoires. Il y cherchait, au hasard, soit un objet, soit un autre et ne trouvait pas toujours le trésor auquel il pensait. Il avait le temps de se dire : « Voilà ! ils ont volé le ciboire aux topazes. » Mais, une minute plus tard, le ciboire apparaissait. Alors Joseph songeait : « Non, c'est la croix byzantine que je ne retrouve pas. Les misérables ! Il me faudrait ma liste. Où est ma liste ? »

La liste était à Paris. Car il existait une liste. Pourquoi Joseph ne portait-il pas toujours cette liste sur soi, dans un de ses portefeuilles ? Mais non, la liste était longue ; elle formait un assez gros cahier, d'ailleurs surchargé de ratures. Joseph ne pouvait pas vivre, aller à ses affaires, prendre le train ou l'avion, avec ce cahier sur soi, avec ses trousseaux de clefs, ses portefeuilles déjà si encombrants, ses carnets de chèques, ses livres de comptes et quoi encore ? Nom d'un chien !

Il fallait ne pas porter sur soi toutes ces choses essentielles, mais les cacher, soigneusement.

Assis sur le fauteuil, l'air las et perplexe, Joseph essaya de se rappeler une par une toutes les pièces de son trésor. Vains efforts ! Les objets auxquels il pensait, il ne les apercevait pas, et ceux qui se présentaient à son regard, il les avait presque toujours oubliés depuis longtemps.

Il resta là pendant une demi-heure, plein d'angoisse et d'hésitation. Il avait une autre cachette, moins parfaite que celle-ci, dans les sous-sols de sa belle maison du Mesnil-sur-Loire. Il lui fallait, sans tarder, passer un jour au Mesnil. Pourquoi n'allait-il plus jamais au Mesnil ? Pourquoi n'allait-il plus jamais à Beaulieu ? C'est qu'il n'avait pas le temps. Il faut beaucoup de temps pour posséder beaucoup de choses, pour étreindre beaucoup de choses.

Posséder ! C'était quand même le maître-mot. Joseph haussait les épaules quand les imbéciles — et même les gens de sa famille, mettons les imbéciles de sa famille et n'en parlons plus — le traitaient d'avare. Avare ! mais il n'était pas avare. Il était même libéral ; il était même prodigue ! Ce qu'il était, c'était — comment dire ? — possessif. Il n'y a pas d'autre mot. Ce qu'il avait, c'était l'instinct — oh ! très fort — de la propriété, de la chose personnelle. Ce qu'il aimait, c'était « saisir dans les mains », « tenir avec les mains », avec les mains du corps ou les mains de l'esprit, c'est la même chose.

Il regagna sa chambre, harcelé de pensées soucieuses. Les portes faisaient un peu de bruit en tournant sur leurs gonds. Les domestiques allaient entendre. Eh bien, tant pis ! Ils entendraient. On saurait du moins, là-haut, que le maître faisait sa ronde, au plus secret de la nuit. On saurait cela et on aurait peur.

Il se jeta dans son lit et comprit avec humeur que le Michoacan l'attendait là, bien au chaud, sous la courtepointe dorée. Pour la centième fois, il recommença de faire, mentalement, des additions titubantes. Le Michoacan n'était rien. La fortune de Joseph demeurait une belle, une considérable fortune. A la condition, toutefois, que les retraites secrètes fussent protégées des voleurs, car en ce cas, tout était perdu.

Comme il ne parvenait point à se rendormir, il entreprit de philosopher à sa manière à propos du Michoacan. Il songeait : « Tout, dans une vie comme la mienne, est affaire de conviction. Si je roule en voiture avec la certitude préalable qu'il ne doit rien m'arriver, eh bien, il ne m'arrive rien. Si, au contraire, je pense que la dynamo tourne mal et ne charge pas, elle commence à tourner mal. Il y a, rue Taitbout, au premier étage, une chasse d'eau lunatique. Si je la tire sans y penser, alors, elle ne marche pas. Si je la tire avec la conviction qu'elle doit marcher, elle se dépêche de marcher. Faut penser à ce qu'on fait. Faut vouloir ce qu'on veut. Le Michoacan, je n'y croyais pas. Et il m'a pété dans les mains. Bien fait pour moi ! »

Cette conclusion rigoureuse n'apportant pas le sommeil, Joseph prit la résolution de se mettre au régime dès le lendemain et de soigner son foie, parce que, c'est assez clair, quand un homme est ainsi souffrant, troublé, hésitant, dégoûté de tout et de tous, ce n'est pas l'âme qui est malade, c'est le foie, seulement le foie.

Il finit par s'endormir comme le monde sortait de l'ombre.

Si la soirée du samedi avait été une soirée passable, la journée du dimanche fut une journée très médiocre et même une journée pénible.

Joseph reçut, dès le matin, un coup de téléphone du marquis de Janville. C'était un coup de téléphone rassurant, optimiste, allègre comme une fanfare de trompette, ce qui s'expliquait assez bien, puisque le marquis était un ancien officier de cavalerie. Il riait, dans l'appareil, et disait : « Je ferai voter pour vous dix de mes amis et dix de mes adversaires. Cela fait vingt ! Là-dessus, il en restera bien douze. Mais vous avez Pierquin et toute sa bande, vous avez Peuch, vous avez Pujol et Teyssèdre qui votent toujours ensemble. Oh ! cela fera une très honorable majorité. Seulement... » Joseph répéta, les mains moites, la gorge serrée : « Seulement ? » — « Seulement, pas de fausses manœuvres, pas de démarches inconsidérées, pas d'erreurs, pas d'imprudences. Pas d'interviews, par exemple. Faites le mort, jusqu'au vingt-sept... » Et, là-dessus, le marquis parla de la pluie et du beau temps. Joseph serrait les mâchoires, le ventre soudain refroidi par une terreur absurde.

Pas d'interviews ! Mais oui, mais évidemment, il ne fallait pas donner d'interviews. Le marquis de Janville avait, cent fois, recommandé à Joseph de ne point donner d'interviews et M. Teyssèdre avait fait la même recommandation. C'était le bon sens, c'était l'enfance de l'art. Et lui, Joseph, avec sa hâte et son absurde avidité, voilà qu'il avait donné, justement la veille, une interview très copieuse. Eh bien, il allait l'arrêter en route. Il n'était sûrement pas trop tard.

Pendu au téléphone pendant une heure, accroché comme un noyé à cet affreux téléphone de banlieue qui marche quand ça lui chante, c'est-à-dire une fois sur dix, Joseph Pasquier fit des tentatives désespérées pour obtenir une communication directe avec *l'Intran*. Comme il n'y put parvenir, il demanda la rue Taitbout et finit par l'avoir, non sans peine. Mais Blaise Delmuter était à la messe et ne reviendrait qu'assez tard, peut-être même après midi.

Joseph trépignait de rage. « Ce petit Blaise ! Il était toujours parti quand on avait besoin de lui. On allait lui secouer les puces. »

Il tâcha de se consoler en songeant qu'il avait le temps de réparer son erreur, qu'il passerait dès le lendemain aux bureaux de *l'Intransigeant* et qu'il s'arrangerait avec le rédacteur ou même avec la direction pour faire couper l'article. Enfin rien n'était perdu.

Il déjeuna tout seul et comprit une fois de plus qu'il n'était pas un être de solitude. Il lui fallait quelqu'un devant lui pour entendre ses soupirs, pour admirer ses projets ou pour recevoir ses coups.

Dès le milieu de l'après-midi, après une heure d'un sommeil vénéneux, il décida de rentrer tout de suite à Paris pour s'occuper de cette affaire, pour étouffer cette interview. D'ailleurs, à Montredon, tout lui déplaisait, ce jour-là. Toutes ces chères choses possédées, toutes ces chères choses qu'il considérait comme la substance de sa substance, comme la chair de sa chair, tout cela ne lui inspirait plus, pour l'instant, qu'un dégoût insurmontable.

A peine dans la voiture, il comprit qu'il remportait le Michoacan à Paris. C'était absurde et pourtant c'était ainsi. Un malheureux million ! Joseph était assez fort pour supporter cette petite saignée sans dommage. Il s'en était cent fois, mille fois, administré les preuves mathématiques. Et c'était sans résultat qu'il se prodiguait de telles preuves. L'affaire du Michoacan était mélangée à son sang comme une maladie secrète.

En passant à Cormeilles-en-Parisis, il acheta *l'Intransigeant* et eut beaucoup de mal à retenir un cri de fureur : l'article remplissait un quart de la première page, avec deux photographies et un titre à tout casser : *M. Joseph Pasquier, sultan de la finance, protecteur des beaux-arts et grand favori de l'épreuve du Quai Conti, nous entretient de ses projets.*

Joseph était si troublé qu'il renversa un cycliste au carrefour de Maillot. Il n'y avait rien de grave ; mais un agent dut intervenir et dresser procès-verbal. Joseph se dévorait les lèvres en songeant : « Les réflexes, maintenant ! Il ne manquait plus que cela. J'en parlerai à Laurent. Ce n'est quand même pas naturel. Je sais bien que cet imbécile est venu se jeter sur ma voiture. Mais ce n'est pas naturel. C'est une question de réflexes. »

## CHAPITRE 11

La patience est une vertu des êtres élémentaires, des plantes, des animaux stupides. L'homme habile et courageux ne se contente pas d'attendre l'événement, il l'appelle et le provoque. Ainsi pensait Joseph qui, depuis longtemps, ne sentait plus très bien ce qui, dans l'action, distingue la hâte de la promptitude.

Le rendez-vous choisi pour la signature des actes avait été fixé au jeudi matin. Joseph Pasquier fit, du téléphone, un usage si pressant et si persuasif que M. Young et le notaire tombèrent d'accord pour signer dès le mardi. Joseph songeait : « Nous allons, d'un moment à l'autre, apprendre que le puits Lucien est incendié à son tour, ou qu'une grève générale interrompt jusqu'à nouvel ordre la percée des nouveaux puits et l'exploitation des anciens. Bien entendu, la promesse de vente a force d'acte, mais j'aurais l'air d'un coquin au moment même... où l'une des plus illustres compagnies de ce pays se prépare à m'admettre au nombre de ses membres... » C'étaient là de ces phrases toutes préparées que Joseph tenait en réserve pour Messieurs les publicistes, quand ils viendraient le voir au soir de son élection.

Le rendez-vous se trouva donc avancé de quarante-huit heures et Joseph en éprouva du soulagement. Il songeait : « Ce sera fini plus tôt. Ce sera tout à fait terminé. Je n'aurai plus qu'à panser cette petite blessure et je pourrai me consacrer tout entier, pendant la fin de la semaine, aux soucis de ma candidature, bien que le marquis m'affirme qu'il suffise maintenant de se croiser les bras et d'attendre. Attendre ! Attendre ! Ils n'ont que ce mot à la bouche ! »

Comme Joseph ne savait pas attendre, il consacra toute la journée du lundi à mille opérations, interventions et démarches. Il acheta l'île Mairan avec l'usine, les trente-cinq Bretons et les maisons des Bretons. Il présida deux conseils d'administration, dicta cinquante lettres, eut une entrevue cordiale avec M. Perthuisot au sujet de l'augmentation de contingent concédée par le ministre. Enfin Joseph eut même le temps de passer à la salle des ventes et d'y faire sensation en rachetant trois toiles de Gretchenko à des prix que ce « prince de la peinture » n'avait encore jamais atteints.

La réunion du mardi matin devait avoir lieu rue Taitbout, à la prière de Joseph. Les parties contractantes en présence, il se produisit un incident très minime et qui pourtant ne laissa pas d'étonner beaucoup Joseph.

M. Thomas Young s'était d'abord retiré dans un angle du cabinet pour conférer à voix basse avec M. Ravier-Gaufre. Celui-ci vint alors trouver Joseph qui parlait au notaire et il dit avec un sourire engageant :

— Monsieur le Président, les actes sont tout prêts et nous allons les signer. M. Thomas Young tient toutefois à vous faire savoir que, s'il restait quelque doute dans votre esprit et si vous vouliez revenir sur votre décision, il consentirait à ce que la signature n'eût pas lieu et, bien entendu, à ce que la promesse de vente fût annulée.

Comme Joseph considérait M. Ravier-Gaufre avec stupeur, le gros homme ajouta :

— M. Young pense que, pendant toute la discussion, vendredi, vous avez manifesté quelque chose comme du malaise, que vous pourriez regretter d'avoir conclu cette opération et qu'en conséquence...

Joseph rougit violemment et répondit sans douceur :

— Non, du tout ! Nous sommes ici pour signer et nous allons signer, séance tenante.

M. Thomas Young hocha la tête avec flegme et fit un geste à l'adresse de son sténotypiste qui n'avait pas laissé se perdre une seule syllabe depuis le début de cet étrange entretien. Joseph songeait : « Cette crapule de Ravier-Gaufre vient d'essayer un dernier tour de passe-passe pour m'empêcher de vendre, alors que tout est déjà réglé.

Jamais rien vu de pareil ! En voilà un que j'aurai à l'œil, si jamais je le retrouve sur mon chemin, ce qui est quand même peu probable, car il va se méfier. Sale individu ! »

Alors le notaire lut les actes. M. Young et Joseph l'interrompaient parfois dans cet exercice fastidieux pour faire modifier un mot ou rayer un article. Puis chacun des deux hommes donna signatures et paraphes. Alors Joseph se sentit soudain si parfaitement satisfait qu'il eut beaucoup de peine à réprimer une énorme envie de rire.

Le notaire, M. Young, M. Ravier-Gaufre et les acolytes de ces messieurs se retirèrent en bon ordre. Joseph demeura seul.

Avec le geste d'un enfant qui vient de bâcler ses devoirs et qui, délicieusement, retourne à son jeu favori, Joseph Pasquier tira tout aussitôt de sa poche un petit carnet et l'ouvrit à certaine page où se trouvait écrite, de sa main, une assez longue liste de noms propres. Joseph prit son stylo et commença de lire la liste, d'un œil attentif, en s'arrêtant sur certains noms pour se livrer à diverses opérations de calcul mental. Il disait à voix basse : « Janville, sûr ! Teyssèdre, sûr ! Pujol, sûr ! Pierquin, sûr ! De Praz... Ah ! De Praz, douteux... »

Devant tous les noms qui se trouvaient ainsi qualifiés « sûrs », Joseph Pasquier inscrivait une petite croix ; devant ceux qu'on devait considérer comme douteux, c'était un rond que l'étrange comptable dessinait d'une plume maussade. Quant à ceux qu'il fallait, sans chance d'erreur, considérer comme des adversaires irréductibles, ils se trouvaient stigmatisés par ce signe que les correcteurs d'imprimerie appellent *deleatur*. Restaient les noms de ceux que Joseph n'avait pu jusqu'alors atteindre, parce qu'ils étaient souffrants, ou qu'ils voyageaient au loin. La plupart de ceux-là ne devaient même pas prendre part à l'élection. Mais ils intervenaient quand même dans les calculs comme du poids mort, et Joseph, au passage, les saluait d'un grognement désapprobateur.

« Duchesnaye, sûr ! Maubec, sûr ! Lotz, douteux. Destrez... Ah ! Destrez devait être à Paris depuis la veille et Joseph allait le voir au début de l'après-midi. Visite de la dernière heure... » Somme toute, la liste, avec tous ces signes cabalistiques, était assez mal intelligible. Le mieux était de recopier tous ces noms sur trois colonnes. A gauche, les vrais amis, à droite, les ennemis déclarés, au centre, les tièdes et les indécis.

Joseph recopia les noms sur trois colonnes. Et il y avait encore un certain nombre de ces noms qui se refusaient à entrer de manière catégorique dans l'une des trois colonnes. Ceux-là, Joseph d'abord les avait pris pour des adversaires, puis il avait reçu d'eux, soudainement, un signe de sympathie, puis il avait appris qu'ils tenaient sur son compte, à lui Joseph, des propos fielleux. Alors ? ce n'étaient ni des sûrs, ni des douteux, ni des antagonistes, c'étaient des versatiles qui ne savaient pas eux-mêmes sur quelle jambe se tenir et vers quel horizon se tourner.

Joseph en était là de cette délicate supputation, quand Blaise Delmuter vint l'avertir qu'on l'appelait au téléphone. Joseph saisit l'appareil avec le geste rageur d'un joueur que l'on arrache à ses plaisirs favoris. A peine le cornet sur l'oreille, Joseph commença de grogner. « C'était une trahison, ou, plus exactement, une cochonnerie qu'on lui faisait. Comment ! M. Perthuisot, la veille encore, lui avait assuré que tout se passerait le mieux du monde et, aujourd'hui... Vraiment, la Chambre syndicale des Importateurs d'appareils à produire du froid avait tenu un comité secret ? Vraiment, ces messieurs étaient allés voir le ministre ? Qu'avait-il pu dire, le ministre ? » Ici Joseph éclata de rire et baissa quand même la voix : « Le ministre avait donné la licence. Il ne pouvait pas la reprendre et il ne la reprendrait certainement pas. Joseph avait son moyen d'exercer une pression, si par hasard... et il ne s'en priverait pas... Mais quoi ! ces messieurs de la Chambre syndicale exigeaient... Et ils exigeaient cela ! Eh bien, il y avait de quoi rire, et on verrait bien... »

Joseph se détacha de l'appareil et cria : « Ma voiture, tout de suite ! » comme jadis un roi d'Angleterre, sur le champ de bataille : « Un cheval ! Ma couronne pour un cheval ! »

Joseph sauta dans sa voiture et ne revint qu'à deux heures et quart. Il avait l'air exaspéré, mais il avait faim quand même. Hélène avait déjeuné. Les enfants étaient on ne pouvait savoir où. Les domestiques n'attendaient plus Joseph. Il se fit servir, sur un coin de table, une omelette de douze œufs et un quartier de livarot. Il but une bouteille de vin et demanda Blaise Delmuter. Impossible de savoir où était Blaise Delmuter — « Encore un, décidément, qu'il allait falloir mettre au pas. » Blaise Delmuter ne parut qu'au moment où Joseph — veston noir, pantalon à raies, gants jaunes en peau de porc — se disposait à monter de nouveau dans sa voiture pour aller — avec chauffeur et valet de pied, cette fois — faire sa visite officielle à M. Destrez, membre de l'Institut. Blaise Delmuter parut donc et Joseph lui jeta tout de suite à la figure, pêle-mêle, des renseignements, des clartés et des consignes.

« La Chambre syndicale des Importateurs d'appareils à produire le froid a vu le ministre hier soir. Le ministre est très embêté. Il ne peut pas retirer la licence qu'il a donnée pour trois cents tonnes de cryogène. Mais comme les autres, les concurrents, protestent et comme le ministre ne peut pas, quand même, donner des licences à tout le monde, il a fallu trouver une solution. La solution est absurde. La licence n'intéressera que les appareils de gros calibre. C'est idiot et désastreux, parce que tous les « cryo » qui sont à Saint-Nazaire ou qui voyagent sur la mer en ce moment sont des cryogènes de petit format, des appareils démocratiques... »

Blaise Delmuter prenait des notes, impassible devant ce patron saisi de frénésie. Joseph recommença de vociférer et de lancer des postillons.

— Nous allons câbler aux Américains. Préparez le texte d'un télégramme que je verrai tout à l'heure. Rien que des appareils n° 10, 11 et 12. Et cela, jusqu'à nouvel ordre. Pour les deux derniers envois, celui qui est en route et celui qu'il faut dépanner, je trouverai bien un truc. Sans cela, c'est la catastrophe. Quant au ministre, s'il me lâche, s'il cane, je lui fous mon billet qu'il aura de mes nouvelles. Je le tiens, à ma manière, avec ses lentilles impossibles. Je vais chez ce bonhomme, chez Destrez, et je reviens tout de suite. Une demi-heure, trois quarts d'heure. »

En montant en voiture, Joseph eut le temps de songer qu'il était tout à fait tranquille avec le Michoacan. L'abcès, du moins, était vidé. Voilà ce qu'on pouvait appeler une chirurgie radicale.

Joseph ne fut de retour que vers cinq heures du soir. Il avait dû passer au 53 de la rue Machin, de la rue Chose. — Joseph ne disait jamais ce nom trop fâcheusement connu. — A tout prendre, l'affaire lui plaisait. L'immeuble était bien construit. Assurément, il n'était pas souhaitable d'avoir comme locataire cette vieille catin que l'on appelait Madame de Pompadouille, dans une certaine société. Mais si l'affaire était avantageuse, c'était précisément à cause du bail que détenait Madame de Pompadouille. Il n'y avait pas à hésiter, bien que, pour des raisons personnelles, Joseph Pasquier fût décidé à ne traiter cette affaire-là que dans une dizaine de jours.

Joseph était sorti radieux de chez M. Destrez. L'honorable critique, en accompagnant Joseph jusque dans l'antichambre d'un appartement désert et abandonné aux mites, avait dit, textuellement : « J'ai lu vos deux ouvrages, monsieur Pasquier. Ils m'ont intéressé. Notre compagnie a besoin d'hommes tels que vous. » Ça, c'était une promesse. On ne pouvait s'y tromper.

En pénétrant chez lui d'un pas vif, Joseph frottait l'une contre l'autre ses mains dévêtues, pour cet exercice, de leur cuirasse en peau de porc. « Une candidature ! Il avait été dix fois déjà candidat à des places très différentes. Il avait même été candidat aux élections législatives, et il avait merveilleusement bien réussi. A vrai dire, c'était facile. Ce n'était qu'une question de toupet et d'argent — et l'argent, grâce au ciel, Joseph l'avait fait verser par un comité politique. — Non, il ne se rappelait pas avoir éprouvé de grandes émotions pour enlever son mandat. L'Institut, c'était autre chose ! Diable ! c'était vraiment de la besogne épineuse. Mais bah ! il réussirait. Il montrerait aux autres, à Laurent, à Cécile, à Suzanne, par exemple, qu'il était, lui aussi, à sa manière, un maître de l'intelligence moderne. Pour commencer, il allait inscrire le nom de M. Destrez dans la colonne des « sûrs ».

Il ouvrit son calepin et inscrivit, à gauche, d'une pointe ferme : Destrez.

Il allait, pour la dixième fois peut-être, compter et recompter les noms marqués dans chacune des colonnes, quand il vit se dresser devant lui le jeune Blaise Delmuter. Sur le visage glacial du secrétaire en jaquette, on ne pouvait pas ne pas voir le reflet d'une émotion inaccoutumée.

— Monsieur le Président, fit Blaise, M. Trintignan est là. Il veut vous voir tout de suite.

— Bien, bien, qu'il attende un peu.

— Il dit, monsieur le Président, que c'est tout à fait urgent. L'acheteur d'Anvers est en train...

— En train de quoi ?

— Monsieur le Président m'excusera si je reprends les propres termes de M. Trintignan : en train de se dégonfler.

— Bien. Je vais le voir tout de suite.

— Il est dans le petit salon. Il n'est peut-être pas inutile de faire savoir à monsieur le Président qu'il vient de paraître, dans la première édition de *l'Impartial*...

— Quoi ? encore une petite saleté.

— Malheureusement non, pas une petite : une grosse, une très grosse...

— Et c'est ce journal que vous tenez à la main ?

— C'est ce journal, monsieur le Président.

— Donnez ! Allons, donnez !

Debout dans le vestibule, Joseph déplia les feuilles de *l'Impartial*. On y lisait, en caractères gros comme des pièces de vingt sous : *Un scandale que l'on peut encore éviter*. L'article commençait ainsi : *Voici parvenu sur les marches de l'Institut un homme qui, depuis vingt ans, a joué dans la vie économique, politique et morale de notre pays un rôle que nous devons juger inquiétant et néfaste*.

L'article, d'au moins deux colonnes, était tout entier de cette encre. Joseph lisait, le visage injecté de sang, les yeux hors de la tête. Il gronda :

— Je les poursuivrai. Qu'on téléphone à Tonnelier, à Me Tonnelier. Un procès à tout casser.

Il relut attentivement le début de l'article, toujours debout à la même place et il dit :

— Ces gens-là, on les achète. Ne téléphonez pas à Tonnelier tout de suite. Il me faut un rendez-vous avec le directeur du journal. Non, non. Tâchez de savoir qui s'occupe de la publicité, à *l'Impartial*, et faites-le venir ici, demain matin. Vous m'entendez ?

— Oui, monsieur le Président. Je me permettrai de faire observer à monsieur le Président que M. Trintignan attend et insiste pour être reçu tout de suite.

— Bon ! je vais prendre Trintignan.

Pendant une longue heure d'horloge, M. le Président Pasquier eut une scène orageuse avec le sieur Trintignan. Les nouvelles étaient déconcertantes. Le marchand d'Anvers se refusait à prendre, au prix prévu, les trois cents tonnes de lentilles du Cantal pour lesquelles il ne trouvait acheteur ni en Espagne et ni même en Italie. D'autre part, les lentilles du Chili, qui sont de bonne vente, risquaient aussi de rester pour compte, car le marché français était pour l'instant saturé et on ne mangeait plus de légumes secs à ce moment de l'année. Trintignan semblait déçu et même désespéré. Joseph prenait rendez-vous pour le lendemain matin et demandait, les dents serrées, des propositions nouvelles, quand on vint le prévenir que le marquis de Janville l'appelait à l'appareil. Joseph, aussitôt, lâcha Trintignan pour courir au téléphone.

Le marquis de Janville venait de lire l'article de *l'Impartial* et il était très affligé : « C'est du chantage, disait-il, ce n'est que du chantage. Mais vous avez eu grand tort de donner cette interview. Je vous avais pourtant mis en garde. »

Joseph s'excusait, bredouillait comme un écolier pris en faute. Le marquis dit encore : « On vous reproche, ici et là, d'avoir fait attaquer calomnieusement votre rival, M. Simionescault. On dit qu'il est visé dans tous les journaux où vous avez des intérêts, en sorte que les éreintements sont en quelque sorte signés. On dit même que les petites notes du *Cri* ne peuvent venir que de vous, qu'elles sont sûrement de vous. Faites bien attention, mon cher. A part cela, pas de souci. Nos affaires marchent très bien. Pour moi, le succès est sûr. »

Joseph, l'entretien terminé, se prit à se gratter la tête. L'article du *Cri* ! Il n'y avait que lui et Blaise qui fussent au courant de la cuisine. Alors qui donc avait pu commettre une indiscrétion ? Il dit tout haut :

— L'article du *Cri* ? Nous sommes pourtant, vous et moi, mon petit Blaise, les seuls à savoir quelque chose. Vous n'auriez pas fait la sottise d'en parler à des amis ?

— Monsieur le Président oublie sans doute, répondit Blaise d'une voix calme, qu'il en a parlé lui-même, la semaine dernière, pendant le dîner qu'il donnait ici en l'honneur de M. Pujol et de M. Teyssèdre.

Joseph rassembla toutes les rides de son visage en faisceau, pour une amère méditation : « Ainsi, lui, Joseph, il avait eu le tort de parler de ses petites affaires à ces deux vieux zèbres, à ces deux imbéciles, à ces deux bavards qui s'étaient empressés de colporter la chose aussitôt dans tout Paris. Infect ! Infect ! »

Joseph prit son chapeau et un pardessus léger. Il allait dîner en ville et après... Oui, après, eh bien, il savait que faire. Joseph se disposait donc à sortir quand on vint l'aviser que M. Sanasoff était dans le grand salon et demandait à le voir. Il répondit tout net :

— Dites-lui qu'il me foute la paix. Allez-y vous-même, mon petit Blaise.

Le petit Blaise disparut et revint presque aussitôt pour murmurer dans l'oreille de M. le Président :

— C'est à propos de cet article de *l'Impartial*. Il dit qu'il connaît quelqu'un.

— Bon, dit Joseph en haussant les épaules. Je vais le recevoir moi-même. Cinq minutes, pas plus. Et il m'aura eu encore une fois.

En fait, Joseph demeura pendant plus d'une demi-heure à prendre des dispositions avec M. Sanasoff. Cette demi-heure consommée, Joseph sortit de sa demeure. Il ne se dirigeait point vers les hauteurs bucoliques de la petite rue Ballu, mais vers le centre de Paris. Et il marchait à pied, comme un homme désireux de rompre toutes les amarres et de brouiller les pistes.

Il tira de sa poche le numéro de *l'Impartial* et relut l'article mot à mot, avec le plus grand soin. Il pensait : « Qu'est-ce que tout cela veut dire ? Je suis, pour les affaires, un homme impeccable. La correction en personne. Je suis un député esclave de ses électeurs. Comme patron, un bon patron : j'ai fait organiser des bains-douches à Montredon et à Paris pour tout mon personnel. Je suis bon père, ça ! Je suis même un père un peu faible. Je suis bon époux, malgré tout. Parce qu'il y a, quand même, de la faute à nous deux. J'aurais lieu aussi de me plaindre. Et puis, ça ne les regarde pas. Ça, c'est ma vie privée. Alors, qu'est-ce qu'ils me veulent ? »

Joseph remit le journal dans sa poche gauche, puis il sortit de sa poche droite certain petit carnet où plusieurs dizaines de noms se trouvaient rangés, soigneusement, sur trois colonnes. Joseph, à la pointe du crayon, comptait, non sans s'y reprendre à deux fois. Et il disait, entre ses dents : « Il y aura trente-quatre votants. Majorité : dix-sept voix. J'aurai, au second tour, vingt-deux voix. Si Lépagnol est arrivé, j'aurai vingt-trois voix. Voilà. »

Il remit le carnet dans sa poche, fit encore quelques pas et murmura : « Je vais coincer Fourdillat, boucler Trintignan, acheter le type de *l'Impartial*. Pour le Michoacan, délivrance parfaite ! Les autres, je les enquiquine. Compris ? Je les en-qui-quine ! »

## CHAPITRE 12

Si c'était une mystification, eh bien, il suffisait qu'elle devînt apparente, et les mystificateurs trouveraient à qui parler. Si la mystification menaçait de tourner à l'aigre, il serait toujours possible de ramener les choses dans l'ordre. Joseph, de la main gauche, palpait sa poche fessière. Elle contenait un revolver de petit calibre, mais excellent, dont l'acier faisait songer à l'élytre des coléoptères bruns et bleus qui bourdonnent, à la chute du jour, dans les bosquets de Montredon. De la main droite, Joseph étreignait la pomme d'or de son jonc favori qui était gros comme une trique et souple comme une cravache.

Joseph avait cinquante et un ans, quelques rides bien gravées, des cheveux et des sourcils gris qu'il ne songeait pas à teindre ; il était robuste comme un éléphant charpentier, mais il était merveilleusement adroit de ses membres. A Montredon, au Mesnil ou dans sa ferme, en Normandie, quand les tâcherons rechignaient à l'effort, M. Joseph Pasquier retirait sa veste, retroussait les manches de sa chemise et payait d'exemple, non sans sarcasmes, non sans invectives, non sans imprécations. Il était encore capable de manier avec aisance un muid de cidre, de porter sur ses épaules un sac de deux quintaux, de désembourber un char en poussant à la roue, d'abattre seul, à coups de cognée, un fayard gros comme une tour, et — parlons un peu des dents — de boire en saisissant entre ses mâchoires le bord d'un seau à demi plein d'eau qu'il faut soulever, d'abord, puis incliner à point avec une puissante douceur. Tel était l'homme, et les plaisantins pouvaient se le tenir pour dit.

S'il ne s'agissait point d'une mystification, il ne restait plus qu'à voir ce que ce pouvait bien être. Les affaires de Joseph étaient sans doute comparables à une jungle confuse, avec des ravins, des cavernes, des précipices, des épines, des lianes, des futaies ténébreuses, des déserts, des eaux dormantes. On s'y battait, on s'y trompait, on s'y dévorait à belles dents. C'était le jeu. Un jeu qui ne pouvait aller, on l'entend bien, sans trahisons, sans duperies, sans machinations, stratagèmes et ruses de guerre. Tout cela pouvait amener Joseph à faire beaucoup de pas, à voir beaucoup de gens, à prononcer beaucoup de mots, à imaginer beaucoup de ruses ; cela ne l'obligeait pas, d'ordinaire, à se tenir immobile, au coin d'une rue trop calme, par une soirée orageuse, le bord de son chapeau baissé jusque sur le nez. Non, cette attente à la nuit tombante, cela ne ressemblait pas à ce que Joseph appelait « ses affaires ». Alors, la politique ? Ce n'était pas impossible. Avec la politique, on ne sait jamais. Et si ce n'était pas la politique, à quoi fallait-il songer ? A cette candidature ? Certes, il y fallait songer. Depuis huit ou dix semaines, Joseph se trouvait, non sans une secrète appréhension, transporté dans un climat nouveau dont les hideux petits journaux de calomnie et de chantage lui donnaient, chaque jour, la température exacte. Enfin, si ce n'était point la politique et si ce n'étaient point non plus les intrigues nouées autour de cette fameuse candidature, alors, il fallait songer... oui, il fallait regarder les choses en face et songer à Miotte.

Ce nom de Miotte était charmant. Il était venu d'Hermine par de mystérieux détours. Joseph aimait beaucoup ce petit nom, tout en reconnaissant qu'il s'appliquait assez mal au caractère de la personne. Miotte ! C'était badin, c'était puéril ! Même aux instants d'effusion, cela ne ressemblait point à cette femme raisonnable, à cette femme intelligente. Car Miotte était la raison même. Un peu trop sérieuse et calculatrice ; mais Joseph ne détestait pas cela. Elle avait beaucoup d'ordre et tenait à la perfection l'appartement de la rue Ballu. Nul ne savait mieux qu'elle parler aux domestiques et les diriger dans leur travail. Elle donnait à Joseph un sentiment de sécurité qu'un homme, accablé de soins, est heureux de rencontrer, surtout dans le plaisir. Mais quoi ! elle avait trente ans ! N'importe ! Joseph entendait à tout prix conserver Miotte. Quand il pensait à Miotte, il sentait s'éveiller au fond de son être ce lyrisme étrange qui, naguère encore, animait, soulevait, exaltait le défunt chef de la tribu, l'illustre docteur Pasquier. Dans cette vie de combats, d'entreprises et d'aventures qu'était la vie de Joseph, Miotte représentait la récompense fleurie, le port confortable et cossu, la couronne du vainqueur. Joseph avait vingt ans de plus que Miotte. Et puis après ? La belle affaire ! Joseph était de taille à défendre son bien. Il attendait, de pied ferme.

Comme le long crépuscule expirait enfin sous des nuées orageuses, tous les lampadaires de la rue s'allumèrent d'un seul coup. Joseph dut changer de trottoir pour trouver une zone d'ombre. La soirée était chaude. Joseph transpirait dans sa gabardine grise. Il ne quittait pas de l'œil la porte du n° 7. Contre le vantail, le concierge, un vieil homme, était venu s'adosser pour fumer une pipe. Sa femme l'y rejoignit, traînant une petite chaise basse. Les minutes passaient. La façade de l'immeuble, avec ses fenêtres presque toutes sombres encore, était indéchiffrable. Joseph sentait parfois monter, des profondeurs, quelque chaude bouffée de colère. Puis il repartait en confuses rêveries : « Ceux qui s'imaginaient qu'il était facile d'entortiller Joseph Pasquier pourraient bien s'en mordre les doigts. Il savait ce qu'il faisait. Il savait ce qu'il voulait. Il avait lâché le Michoacan par l'effet d'une inspiration irrésistible, mais réfléchie. Il lui fallait jeter du lest, demeurer alerte et net, dans sa course prodigieuse. Pour le reste, il avait les dents serrées et les poings durs. Et puis, il aimait la vie, aujourd'hui plus que jamais, malgré certaines lassitudes qui sont le résultat naturel d'une longue expérience... Ah ! Ah ! »

Dans l'encadrement de la porte, une silhouette de femme venait de se dessiner, une silhouette haute et bien campée. Puis, tout de suite, à côté d'elle, une autre ombre, plus grêle, celle d'un homme. Tout cela n'avait duré qu'un instant et, déjà, les deux fantômes s'éloignaient et s'allaient dissoudre parmi les ténèbres de la nuit parisienne. Tout cela n'avait duré qu'un instant, mais Joseph avait très bien vu ce qu'il devait voir, sans la moindre chance d'erreur.

Se lancer dans une poursuite ? Non, il y avait mieux à faire. Il convenait d'abord de se ressaisir. Il fallait torcher d'un coup de mouchoir ce surprenant flot de sueur qui lui coulait sur les joues, puis allonger les doigts, oui, oui, dénouer ces deux poings pareils à des paquets de racines, et puis calmer un peu ce tremblement du mollet, ce tremblement qui menaçait de gagner toute la carcasse. Et puis — que fallait-il donc faire encore ? — Eh bien, aviser, aviser, en se disant toutefois qu'avant la moindre décision, des preuves étaient nécessaires. Des preuves !

A ce moment, la pluie se prit à tomber et Joseph-le-glorieux comprit que s'il attendait quelques minutes de plus, il allait bientôt prendre très piteuse figure, qu'il risquait, dans la suite des opérations, de perdre tout prestige, toute assurance et peut-être même le plus élémentaire sang-froid.

Pour aborder les fantoches, le concierge et sa femelle, deux méthodes étaient possibles, quitte à choisir, au dernier moment, celle qui semblerait la meilleure. Joseph ouvrit son portefeuille. Il prit, dans sa main gauche, un billet de cent francs — c'était assurément beaucoup, mais qui ne risque rien n'a rien — dans la main droite, une carte de police, une espèce de coupe-file dont il se servait parfois pour effrayer les naïfs. Alors seulement, il se mit en devoir de sortir de la zone d'ombre et d'aller prendre contact.

L'homme qui, un quart d'heure plus tard, traversait la place du Panthéon, sous une pluie équatoriale, était tout occupé de dresser des plans de bataille.

La carte de police avait produit le plus grand effet et le président Pasquier savait tout ce qu'il pouvait savoir. Il n'était sûrement pas ivre. Il avait dîné de bonne heure, au moins deux heures plus tôt et d'une manière très sobre, dans un grill de la rive droite. Pourtant il ne marchait pas droit et quand, la place traversée, il atteignit les murailles de la Bibliothèque Sainte-Geneviève, il étendit une main trempée d'eau pour chercher sinon un appui, du moins le témoignage d'un monde résistant et ferme.

Au pas de course, il se lança dans la rue Saint-Jacques transformée en torrent. Il grondait confusément des choses folles, des menaces, des injures : « C'était donc ainsi ! Lui qui s'était tué de travail, il n'était environné que de traîtres. On voulait qu'il fût terrible, eh bien, il serait terrible ! Il allait prendre la hache et tailler à même sa vie, tailler tout autour de lui, trancher tous les liens, briser toutes les chaînes. Non, non, il n'avait mérité rien de tel. Il nourrissait une foule de parasites gloutons qui ne se moqueraient pas de lui pendant toute l'éternité. »

Il pénétra, non loin du musée de Cluny, dans un bar qu'il connaissait. Il se jucha, ruisselant de pluie, sur le haut d'un tabouret et demanda du cognac. Au garçon qui lui présentait un petit verre, il fit signe, avec la main, qu'il voulait un vase plus ample. On lui versa l'eau-de-vie dans un verre à bordeaux. Il but, comme font les enfants avides, comme font les buveurs rustiques, avec un grand bruit du gosier.

Il ne sortait presque jamais sans l'une de ses voitures. Il se sentait soudainement perdu, perclus, à demi paralysé. Il n'en décida pas moins de rentrer chez lui à pied, pour épuiser sa fureur et mettre, à la faveur de la course, un semblant d'ordre dans ses pensées en désarroi.

Il était plus de onze heures et demie quand il parvint rue Taitbout.

Il lui parut que de la lumière filtrait derrière les persiennes closes aux fenêtres du premier étage. Bah ! il avait tout le temps. S'asseoir d'abord, une minute, et tâcher de réfléchir.

Il laissa, dans l'antichambre, sa gabardine gorgée d'eau, son feutre déformé, ses gants, son jonc à pomme d'or. Puis il gagna son cabinet de travail. La maison semblait endormie. Il fit de la lumière et vint en titubant s'asseoir dans son fauteuil de bureau. Sous un presse-papier de bronze, mais bien en évidence, on apercevait la feuille d'un télégramme. Le presse-papier empêchait de lire la plus grande part du texte. On pouvait voir, toutefois, les derniers mots et la signature : Obregon. « Ah ! non ! Ah ! non ! soupirait Joseph. Le Michoacan, c'est fini ! Voilà maintenant un nouveau drame dans lequel, grâce au ciel, le Michoacan n'est pour rien. Je ne demande qu'une chose à cette canaille d'Obregon, c'est de me foutre la paix. La paix ! Une fois pour toutes ! »

En dépit de cette déclaration, il écarta le presse-papier et lut le télégramme. C'était un marconigramme. Il était daté de la mer et long de huit ou dix lignes. Joseph, qui le considérait d'abord d'un œil indifférent, le serra soudain si fort qu'il faillit le déchirer.

*Suis heureux*, disait le Mexicain, *annoncer nouvelles excellentes reçues de Chipicuaro. Stop. Incendie limité au magasin numéro six. Stop. Puits numéro six en plein rendement douze cents barils. Stop. Puits numéro sept donne huile sous pression à deux cents pieds. Stop. Procès gagné en appel. Stop. Ecrirai prochainement.*

Obregon.

Ce message lu et bien lu, Joseph laissa tomber son menton contre sa poitrine. Il avait envie de pousser un hurlement, mais il était trop recru pour trouver, dans sa poitrine, l'haleine d'un hurlement. Ainsi donc on l'avait dupé, lui, Joseph, le maître de toutes les astuces ! On l'avait joué, manœuvré et il venait, pour la seconde fois, de perdre cette étrange partie. Il avait vendu, comme un benêt, comme un idiot, un affaire qui, dès demain, serait la perle des affaires. On l'avait trompé ? Mais non, et c'était bien là le plus grave. Personne ne l'avait trompé. Ravier-Gaufre l'avait dissuadé de vendre. Young, lui-même, l'acheteur, l'avait dissuadé de vendre. Obregon ? Ah ! le cas Obregon était encore plus inquiétant, dans son apparente simplicité. Depuis le début, Joseph s'était défié d'Obregon. D'instinct, depuis le premier jour, Joseph, en Obregon, avait reniflé la canaille. Et voilà que cette canaille s'avisait d'être un honnête homme. Quand un gaillard que l'on estime une canaille se comporte comme un honnête homme, c'est la pire des canailleries, c'est surtout la moins pardonnable de toutes les canailleries, parce qu'il n'y a plus moyen de s'y reconnaître. Et cette disgrâce effrayante tombait sur lui, Joseph, dans le moment le plus douloureux, le plus dramatique de sa houleuse existence. Il se croyait délivré du Michoacan, amputé de cette tumeur, et il sentait bien qu'il allait falloir en souffrir, pendant les jours à venir, plus qu'il n'en avait souffert jusqu'à la minute présente. Il était tout à fait possible, il était même certain que l'affaire du Michoacan ne resterait pas secrète entre les cinq ou six personnes qui s'y étaient trouvées mêlées. Elle allait, dès le lendemain, circuler de bouche en bouche. On en ferait des gorges chaudes. Il deviendrait, lui, Joseph, la fable et la risée de Paris. Alors, il était perdu ; alors, il était à terre. Il ne lui restait plus qu'à s'en aller planter des raves dans une de ses propriétés, car rien de plus vorace que tous ces biens que l'on croit posséder et qui, en réalité, vous possèdent et pour lesquels on travaille comme un cheval de trait, comme un forçat, comme un esclave. Et tout cela survenait dans la vie de Joseph à quel moment, juste ciel ! Au moment même où il allait lui falloir engager une chamaille atroce et tailler partout dans le vif, mordre dans la chair saignante.

Ce n'était pas une opération à entreprendre trop précipitamment. Joseph était vigoureux, certes ; mais, cette nuit, il tenait à peine debout sur ses jambes.

Il se leva pour constater qu'il était las et flageolant d'une manière fort anormale — cette crampe du mollet droit, en particulier, ce n'était pas le foie, non certes. Il croyait bien avoir entendu dire que c'était plutôt le rein. Cela voulait dire albumine. Il finirait par crever d'hydropisie, seul, dans un coin. Car il crèverait tout seul, comme un vieux loup malade.

Il pénétra dans sa chambre sur la pointe de l'orteil et, à peine dévêtu, il se jeta dans son lit sans même faire toilette. Aller dans la salle de bains, y ouvrir les robinets, y faire couler de l'eau, c'était risquer d'attirer l'attention d'Hélène, si toutefois Hélène était rentrée. Il alluma furtivement la lampe de chevet pour lire l'heure à sa montre. Il était une heure du matin. Il avait dû rester longtemps dans son bureau à méditer devant le télégramme du détestable Obregon.

La bouche ouverte, tous les muscles relâchés pour obtenir un silence aussi complet que possible, car les muscles des mâchoires bourdonnent en se contractant, il écoutait les rumeurs qui pouvaient lui parvenir de la chambre voisine, à travers la salle de bains. Il lui sembla percevoir, à plusieurs reprises, le bruit si particulier que fait un lecteur en tournant les feuillets d'un livre. Il écoutait, brûlé par toutes les flammes de la colère. Il n'avait qu'à descendre, chercher la canne de jonc, et il allait bondir, frapper, faire justice. L'idée de cette scène absurde, la vision de cette fureur justicière en pyjama lui faisait hausser les épaules. Non, non, il serait très froid, très mesuré dans les termes, tel un magistrat impassible, tel un exécuteur des hautes œuvres.

Un peu avant l'aube, il descendit quand même, pieds nus, à tâtons, jusque dans son cabinet. Ce n'était pas pour chercher la canne de jonc, mais pour décrocher le téléphone. D'un index indécis, il forma le numéro de son frère Laurent et il attendit longtemps, avant d'avoir une réponse. Une voix inquiète finit par sortir de l'abîme : « Qui est là ? Que voulez-vous ? » Il répondit : « C'est moi, Joseph ! » Alors la voix fraternelle reprit : « Qu'y a-t-il ? Tu es malade ? » — « Non ! je ne suis pas malade. » — « Alors ? » — « Alors, je ne sais pas. » Il y eut un moment de silence et la voix lointaine dit encore : « Tu n'es pas malade. Alors, qu'est-ce que tu veux ? Tu es malheureux, peut-être ? » — « Malheureux ? non. Je ne sais pas. Laurent, je ne peux pas dormir. » Il répétait avec angoisse : « Fais-moi dormir, Laurent ! »

Alors Laurent commença de prononcer des paroles apaisantes. Ce n'était pas la première fois que Joseph le réveillait ainsi, au plus noir de la nuit, parce qu'il ne pouvait pas dormir. Joseph, dès le lendemain, ne s'en souvenait guère et s'en excusait à peine. Il disait : « Tu es médecin, malgré tout. Tu es un médecin de laboratoire. Mais ça ne fait rien. Tu es quand même, par devoir, au service de l'humanité. »

Laurent prononça donc des paroles de calme et donna plusieurs bons conseils. Après quoi, Joseph remonta dans son lit en songeant à ce qu'il devrait dire et faire quand le nouveau jour allait surgir sur l'autre versant du monde.

Il fit de longues inspirations et compta sérieusement jusqu'à mille ainsi que le lui avait recommandé Laurent. Petit à petit, un sifflement monotone, venu du fond des âges, s'introduisait dans son être, dispersant toutes les pensées de colère et de vengeance. Petit à petit, le thème de l'éternité reprenait possession de cette âme ravagée. Si bien que, vers le petit jour, Joseph sombra tout à fait dans un sommeil affreux, dans un sommeil épais, noir et gluant comme est, paraît-il, le pétrole natif dans les entrailles du sol.

## CHAPITRE 13

L'homme fut sur pied dès huit heures et s'alla planter devant le miroir. Il était parfaitement dru, prêt à foncer, prêt à mordre. Il était Joseph en long et en large, comme devant et comme toujours.

Il entra dans la salle de bains, s'y enferma, prit une douche froide, se rasa le cuir au plus près, puis il repassa dans sa chambre et se vêtit tranquillement. On venait de lui monter du chocolat et des brioches. Il mangea toute sa ration qui n'était pas médiocre. La dernière bouchée engloutie, il cria, très fort :

— Hélène !

Une voix ensommeillée répondit, venue de loin :

— Oui ! Que voulez-vous ?

Ainsi donc, elle dormait ! Elle pouvait dormir ! Elle s'abandonnait sans honte aux douceurs du sommeil ! Il cria :

— J'ai besoin de vous parler, Hélène.

— Vraiment ? Eh bien, attendez un peu que je passe un peignoir. Après quoi, je vous recevrai.

— Non, habillez-vous.

— Pourquoi ?

— Je vous l'expliquerai bientôt.

— Vous savez que j'en ai pour une heure.

— Eh bien, prenez une heure.

Il poussait la voix, pour se faire entendre, mais il résistait à la colère. Il voulait, le plus longtemps possible, demeurer maître de soi. La colère, il la sortirait peut-être, le moment venu, comme une épée fulgurante. En attendant, du calme ! En attendant, le plus grand calme !

Il dit encore :

— Je vais travailler, je reviendrai dans une heure.

Il descendit à l'étage inférieur et retrouva, sur son bureau, le télégramme d'Obregon. Cette malheureuse affaire du Michoacan, comme il l'avait mal vue, la veille ! Devenir, lui, Joseph, la fable de Paris pour cette histoire absurde ! Il n'y avait rien à craindre. Il avait jugé que le Michoacan était une mauvaise affaire. Eh bien, ce serait, coûte que coûte, une affaire détestable. Joseph avait assez de relations, assez de tours dans son sac pour la leur torpiller, leur affaire de fripouilles. Le puits n'avait pas pris feu, mais il pouvait encore prendre feu. Il fallait que le dernier mot demeurât, comme toujours, à Joseph.

Il fut sur le point d'appeler Blaise Delmuter qui devait être dans sa chambre ou quelque part à déjeuner. Il jugea toutefois préférable de se taire, de rester seul à méditer ses griefs et à préparer son réquisitoire. Comme le temps lui durait, il monta dans la galerie de peinture et se prit à l'arpenter à grand pas. Il répétait, machinalement, des noms illustres et familiers : « Cézanne, Renoir, Toulouse-Lautrec, Odilon Redon... » Puis il s'arrêta net devant une toile de Gretchenko. « Tous ces gaillards-là, quand même, n'allaient pas se moquer de lui, avec leur manière prétentieuse de coller de la couleur sur de la toile. De la faribole, voilà ! C'était de la faribole. Il allait tout bazarder. Après, il n'y aurait plus qu'à rire. »

Il éprouvait une énorme envie d'envoyer un grand coup de pied dans le portrait d'Orphée, de viser particulièrement la mâchoire du crocodile, qui lui semblait stupide. Mais la toile était trop haut et d'ailleurs il pensait bien la vendre. Le plaisir d'un coup de pied ne vaut pas quarante mille francs. Il consulta sa montre et regagna sa chambre.

Il y régnait une odeur de tanière, car il avait, la veille au soir, oublié d'ouvrir les fenêtres. Cela ne lui déplut pas. Il dit tout haut :

— Etes-vous prête, Hélène ?

Elle répondit :

— Encore cinq minutes.

Elle répondit cela et elle se prit à siffler. Elle sifflait d'ailleurs fort bien. Elle osait siffler ! C'était évidemment le comble de l'inconscience. N'importe ! il attendrait.

Cinq minutes passèrent et Mme Pasquier senior dit paisiblement :

— Entrez.

Il entra tout aussitôt. Hélène était habillée, comme il l'avait demandé. Elle portait un costume de ville, un de ces tailleurs masculins pour lesquels elle marquait une vive prédilection. Elle se tenait vraiment bien droite et elle était belle encore, malgré ses quarante-huit ans, avec sa carnation fraîche, sa bouche saine et bien garnie, sa bouche ferme et mobile, avec ses jambes au galbe élégant qu'elle montrait volontiers. Joseph eut le temps d'apercevoir tout cela, mais il était pressé par le ressentiment, il attaqua tout de suite. Il dit, pesant bien ses mots :

— Je suis allé, à dix heures, hier soir, là-bas, dans cette petite rue, près du Panthéon. Vous ! c'était donc vous !

Il avait préparé cette phrase qui lui semblait directe, mais non mélodramatique. Il était sûr de voir Hélène chanceler, changer de visage, tomber dans un fauteuil. Elle s'assit dans un fauteuil, en effet, elle s'assit et ne tomba pas. Après quoi, elle répondit, d'une voix nette :

— Naturellement, c'était moi. Par hasard, aviez-vous peur d'en apercevoir une autre ?

Il reçut cette réplique sur la joue gauche comme un coup de poing et il faillit chanceler. L'affaire s'engageait mal. Il fallait trouver autre chose. Il cria :

— Est-ce que tu n'as pas honte ?

Il avait donné de la voix sans toutefois s'emporter. Hélène secoua la tête et répondit posément :

— Depuis plus de quatre ans, Joseph, j'ai pris sur moi de vous épargner les scènes de jalousie. Vous n'avez, à ce sujet, aucun reproche à me faire. Je m'attendais, de votre part, à un traitement réciproque, puisqu'il paraît que nous ne sommes ni l'un ni l'autre aveugles, mon pauvre ami.

« Un traitement réciproque !... Aucun reproche à lui faire ! » Joseph, en louchant un peu, aperçut le bout de son nez qui commençait à blanchir. La querelle s'engageait mal. Alors, il allait battre Hélène. Il allait la battre, la battre avec les poings et les pieds. — Quel soulagement ce serait ! — Et, comme elle ne se laisserait pas battre sans rendre les coups, la gaillarde, cela ne pouvait manquer de devenir abominable. N'importe, il fallait la battre. Il fallait briser quelque chose, renverser les meubles, renverser les murs. La maison allait s'écrouler sur eux, sur leur colère. La maison allait ensevelir les convulsions de leur vie. « Ah ! Qu'elle s'écroule ! Qu'elle s'écroule ! Que le monde entier s'écroule ! »

Il devait être à cette minute assez inquiétant à voir, car Hélène se mit debout et prit un pas de recul. Alors il saisit à pleins bras la grande psyché de citronnier et il vint la camper, toute droite, devant la femme immobile. Il vociférait :

— Mais regarde-toi ! Regarde-toi donc !

Elle fit, de la main, un geste calme et résigné :

— Oh ! dit-elle, je me connais.

— Regarde, malheureuse !

Elle haussa les épaules et soupira :

— Je sais ce qu'on voit là-dedans. Allons, laissez-moi tranquille.

Il resta désarçonné. Comme elle était intelligente ! Il était allé la chercher, au temps jadis, dans cette Sorbonne qu'il exécrait d'instinct. Lui qui, de si bonne heure, s'était détourné des choses de la culture, il était allé prendre sa femme dans le temple même de cette maudite culture. Elle l'intimidait toujours quand elle le regardait ainsi, avec ce regard attentif. Elle l'intimidait malgré tout. Il ne pourrait pas la battre. Il avait d'abord souhaité de lui voir verser des larmes. Mais non, elle ne pleurerait pas. Elle ne pleurerait même pas. La querelle devenait très misérable, très vague, elle risquait de s'égarer sans aboutir à une solution franche. Il fallait trouver un biais. Ce fut Hélène qui, soudain, recommença de parler. Elle disait :

— Je ferai ce que vous voudrez. Tout m'est parfaitement égal.

— Avez-vous l'intention de vous poser en victime ?

— Oh ! soupira-t-elle, nous sommes tous, en ce moment, de pitoyables victimes.

— Des victimes de qui, de quoi ?

— De quelque chose d'affreux, de quelque chose de très amer qui est en vous, mon pauvre Joseph, et que l'on ne peut pas expliquer, mais dont on souffre quand même.

Alors il leva les bras et se prit à larmoyer. Il avait trouvé sa veine, il allait enfin se plaindre et se soulager ainsi. Il avait, depuis un quart de siècle, fait un effort surhumain. Il s'était tué de travail. Et pour aboutir à quoi ? A cette espèce de naufrage ! Vraiment, c'était injuste ! Il avait trois enfants pour l'avenir desquels il besognait comme un bœuf et ces trois enfants, aujourd'hui, ne le regardaient même pas, ne le comprenaient pas, ne l'aimaient pas. C'était injuste, trop injuste ! Il avait fait, pour sa femme, pour le bonheur de sa femme, tout ce qu'un homme peut faire et voilà qu'elle avait attendu d'être au seuil de la vieillesse — mais oui, au seuil de la vieillesse — pour essayer de le bafouer, de le rendre ridicule. Vraiment, c'était le comble de l'injustice ! Mais, du moins, depuis hier, la chose était tirée au clair. Hélène avait tout risqué. Il allait lui falloir tout perdre.

Hélène écoutait cette longue lamentation menaçante en secouant parfois la tête en signe de dénégation. A la faveur d'un silence, elle dit, entre haut et bas :

— Vous m'avez, depuis vingt ans, fait perdre, petit à petit, ce que je possédais de plus précieux.

— Quoi donc ?

Elle hochait doucement la tête.

— Peut-être le sens de la vie.

Ils demeurèrent face à face, en silence. Joseph était interdit de nouveau. Rien, dans cette scène, ne se passait selon ses prévisions. Il avait entrevu d'abord une dispute de grand style, quelque chose de magnifique avec éclats de voix, tirades, agenouillements et sanctions. Il avait préparé des mots cinglants, des mots vengeurs. Il voulait dire « épouse indigne ». Il voulait même parler de « caprices déshonorants », de « goûts pervers », de « greluchon ». Et voilà que tous ces mots lui restaient au fond de la gorge. Voilà que tous les effets tournaient en avortements. Il avait prévu bien des choses, mais il ne pouvait pas s'attendre à rencontrer cette femme rétive, insolente et calme, oh ! désespérément calme. Ce fut elle qui reprit, à ce moment, le gouvernail en main. Elle dit, l'accent incisif :

— Vous avez réfléchi, je pense, aux conditions du divorce.

Le mot le fit se redresser. Si l'on parlait du divorce, c'était une espèce d'affaire. Il était dans son domaine. Il répondit aussitôt :

— Parfaitement, j'ai tout prévu.

— Vous avez bien de la chance.

Il ne parut pas même goûter l'ironique hommage que contenait cette parole. Il articula, précis :

— Quand quittez-vous la maison ?

— Oh ! dans cinq minutes au plus tard.

— Oui ? Et vous savez où aller ?

— Je sais où aller.

Comme un sourire pénible fendait la joue gauche de l'homme, elle ajouta tout aussitôt :

— Oh ! ce n'est pas ce que vous pensez. Non, vous verrez, c'est bien simple. Je vous ferai savoir, tantôt, où j'aurai élu domicile, puisque c'est ainsi que l'on dit et puisqu'il va falloir nous faire à ce langage.

Il reprit, sans désemparer :

— Les enfants restent ici, comme il est naturel.

— Ne vous hâtez pas de le croire. Deux des enfants sont majeurs et feront ce qu'ils voudront. Je vais prier Delphine de me suivre ou plutôt de me rejoindre, peut-être ce soir. Nul ne peut l'en empêcher. Elle a vingt-deux ans.

— Jean-Pierre étant mineur va rester sous mon toit.

— Vous parlez comme si la loi devait vous donner gain de cause.

— Je n'en doute pas un instant. Vous savez que j'ai des témoins.

— Vous n'avez pas l'air de comprendre que je pourrais en avoir aussi. Vous n'avez pas l'air de savoir que, si je suis fautive, vous n'êtes pas irréprochable et que je suis bien renseignée.

— En ce cas, nous obtiendrons le divorce aux torts réciproques. Et comme nous sommes unis sous le régime de la communauté réduite aux acquêts...

— Tout cela m'est, comment vous dire ? incroyablement égal.

— Vous n'aviez aucune dot, quand nous nous sommes mariés, mais vous avez, il y a quinze ans, touché deux cent mille francs de votre oncle Strohl de Nancy ; vous retrouverez la somme, et même avec les intérêts.

— Je croyais vous avoir dit que cela m'était égal.

— Ne le dites pas trop haut. On a toujours besoin d'argent.

— J'ai surtout besoin de ne plus entendre parler d'argent.

— Puis-je vous faire conduire où vous voulez aller ? Je mettrai l'une des voitures à votre disposition.

— Non, merci. Je vais partir à pied, et les mains vides. Je ferai venir du linge cet après-midi, par Delphine, et aussi quelques vêtements.

— Qu'allez-vous dire à cette petite fille ? Quelle sorte d'explication pensez-vous lui donner ?

Hélène serra ses mains l'une contre l'autre, baissa la tête et répondit pensivement :

— Je ferai de mon mieux pour ne pas mentir. J'apprendrai à m'humilier. Il se présentera peut-être quelque chose qui m'aidera.

Elle ouvrit une armoire et y prit un chapeau ; puis elle choisit une paire de gants, l'air indifférent et lointain.

Joseph se promenait, les mains enfoncées dans les poches. Il dit, la voix chavirante :

— Vous pouvez fort bien rester vingt-quatre heures de plus ici.

Hélène haussa les épaules :

— Vous n'y pensez pas, mon ami.

Et, tout de suite, en trois grands pas, son sac de cuir sous l'aisselle, Hélène sortit de la chambre.

Elle était partie depuis beaucoup plus d'une minute quand Joseph, réveillé du cauchemar, s'écria :

— Hélène !

C'était le cri d'un noyé, le cri d'un homme qui nage seul, sur les grandes vagues, en haute mer.

Et, le cri à peine lâché, Joseph se redressa : « Les événements allaient comme il souhaitait de les voir aller. »

Il s'était juré de travailler de la hache, de tailler dans la chair vive, d'amputer ce qui était mort ou périssable. C'était bien ainsi qu'il faisait. Et maintenant, il allait se relancer au travail.

Il sortit dans le couloir et tout aussitôt cria :

— Blaise ! Où est Blaise ! Qu'on cherche M. Delmuter. Je l'attends dans mon bureau.

## CHAPITRE 14

Blaise Delmuter n'était point au secrétariat, pièce austère dans laquelle une demoiselle dactylographe, qui gouvernait aussi le standard téléphonique, s'évertuait tout le jour. Blaise n'était pas dans la bibliothèque et il n'était pas, non plus, dans la grande galerie de tableaux. Il n'était pas dans sa chambre qui se trouvait tout en haut de la maison, entre la chambre de Jean-Pierre et celles des domestiques. Restait à demander, par fil, si le chef du secrétariat était, pour quelque affaire, aux bureaux de la rue du Quatre-Septembre. On ne l'avait point vu rue du Quatre-Septembre. Alors, auprès de M. Mairesse-Miral, au cabinet de la rue de Petrograd ? M. Mairesse-Miral n'avait pas eu l'honneur d'apercevoir M. Delmuter. Alors, le damné jeune seigneur était chez son dentiste ou chez qui, nom d'une chique ? Il aurait dû prévenir son patron. Il aurait sur les doigts.

Ici, Joseph s'arrêtait, tout debout dans l'ouverture d'une porte et il songeait, une seconde. « Une révolution dans la vie ! Et quelle révolution ! Il avait tranché, comme toujours, à coups de hache. Et cela s'était passé de façon miraculeusement simple. Il ne sentait même pas l'espèce de malaise que lui donnait toujours une colère rentrée. Voilà ce qui pouvait s'appeler le caractère. »

La demoiselle du secrétariat vint informer M. le Président qu'on l'appelait au téléphone.

— Qui ? demanda-t-il laconiquement.

— Un Monsieur Passèdre ou Proussèdre, je n'ai pas très bien compris.

— Connais pas. Laissez-moi tranquille. Répondez que je ne suis pas là.

La demoiselle s'éloignait. Joseph la rattrapa d'un mot :

— Attendez ! On ne sait jamais. Cela me dit quelque chose. Passez la communication chez moi.

Il fut dans son cabinet et saisit l'appareil. Il n'avait pas le front d'un homme qui va se laisser importuner. Et, soudain, ce front hargneux se déplissa, comme par magie, pour se replisser d'autre manière. Joseph disait, la voix flûtée :

— Comment allez-vous, mon cher maître et ami. Comment va Mme Teyssèdre ? La secrétaire, qui ne comprend jamais rien, avait estropié votre nom qui est pourtant si frappant et si connu... Vous dites... Mon Dieu ! c'est impossible ? Oui, ce n'est pas absolument sûr ? Une petite attaque ! Mais rien de grave ? Peut-on téléphoner à Mme de Janville ? Ce ne serait pas indiscret ? Enfin, je vous remercie beaucoup. Je vais me renseigner tout de suite. Je suis touché, touché, plus que je ne saurais dire. »

Joseph, d'un geste indécis, remettait l'appareil en place. Il fit deux ou trois fois le tour de son cabinet en marchant avec application sur tel dessin du tapis, ce qui marquait chez lui le comble de la perplexité. « Vrai ! il ne manquait plus que ça ! Le vieux marquis de Janville s'avisait de faire une attaque. A deux jours de l'élection ! On le savait, depuis la veille, et tout le monde en parlait au Volney, le cercle du marquis. On en parlait depuis la veille et, pendant ce temps, lui, Joseph, il devait porter dans sa maison la hache de la justice, ni plus ni moins. D'abord, il fallait être sûr. Avant de se mettre martel en tête, il fallait une certitude. Avec ces bruits qui courent à Paris, sait-on jamais ? »

Il reprit le téléphone et demanda lui-même l'hôtel de Janville. Le poste n'était pas libre. Il attendit cinq minutes et fit un nouvel appel. Le poste était encore pris. Cela ne voulait rien dire, mais ce n'était pas bon signe. On ne téléphonait pas tellement, d'ordinaire, chez les Janville. A la troisième sonnerie, il eut enfin une réponse : « Mme la Marquise ne pouvait pas, elle-même, venir à l'appareil. Quant à M. le Marquis, il était souffrant, oui, souffrant, oh ! une simple grippe intestinale, un petit empoisonnement. Le marquis s'excusait. C'était l'affaire, au dire des médecins, d'une semaine ou deux, rien de plus. »

Une semaine ou deux ! C'était encore beaucoup trop long ! Une grippe intestinale ! Cela ne pouvait pas empêcher un homme sérieux de se lever au moins une heure pour aller à l'Institut. Car le marquis de Janville, dans cette histoire confuse, était comparable au chef d'orchestre : s'il venait à manquer, la partie était compromise. Elle risquait, tout au moins, de se présenter sous un jour moins favorable.

Joseph pensa que le mieux était de rappeler Teyssèdre. Il l'obtint presque tout de suite : « Je viens de téléphoner avenue Hoche, dit-il. C'est plutôt rassurant. La personne qui m'a répondu parlait de grippe intestinale. C'est une affaire assez bénigne. Le marquis est très robuste. Il est l'homme à se lever après-demain pour venir à l'Institut. Qu'en pensez-vous, cher maître et ami ? »

La voix de M. Teyssèdre se fit entendre avec un peu de retard : « Vous m'étonnez beaucoup. J'ai vu le Dr Rohner, qui est un ami du marquis. Il m'a dit textuellement que c'était une hémiplégie droite, avec troubles de la parole. Oui, je répète : hémiplégie droite. C'est assurément très pénible. Le marquis est un excellent confrère. Mais enfin, rien n'est perdu. Votre position me semble encore excellente. Bon courage et à bientôt ! »

A peine rompue la communication, Joseph eut un accès de rage. Cet imbécile de Janville allait donc tout faire manquer avec cette bête d'attaque. Il était inimaginable qu'il n'y eût rien à faire en une circonstance telle. Il allait rappeler Teyssèdre.

Il rappela Teyssèdre. L'estimable personnage était fait depuis longtemps aux angoisses des candidats. Il en avait vu beaucoup déjà patienter dans son sage petit salon aux grêles fauteuils Louis XVI. A mesurer leur insistance, il n'éprouvait plus d'étonnement, mais une mélancolie teintée de compassion. Il fit un sincère effort pour écouter Joseph et ce que disait Joseph était pourtant extraordinaire. « Si le marquis de Janville est malade, puis-je compter sur vous, mon cher maître et ami, pour faire remettre l'élection à quinzaine, par exemple ? »

La voix de M. Teyssèdre arriva, scandalisée, du fond de l'espace cotonneux. « Remettre une élection parce qu'un des membres est malade ! Mais, mon cher Monsieur, c'est inconcevable. Cela ne s'est jamais fait. » — « Pourtant, bredouillait Joseph avec obstination, la compétition se trouve tout à fait faussée. Pour une affaire de maladie, je perds mon meilleur électeur. » — « Oh ! reprit l'académicien d'un air vexé, vous en avez d'autres quand même... Remettre à quinzaine ! mais cher Monsieur, si la chose était possible, et je vous répète qu'elle est impossible, dans quinze jours, à Paris, il n'y aura plus personne. Et ce n'est pas alors une voix que vous risqueriez de perdre, mais peut-être une dizaine de voix. Je vous répète : bon courage ! »

Joseph se prit la tignasse à pleines mains. Il venait de faire une gaffe et même deux gaffes. D'abord en insistant avec cette sauvagerie. Ensuite en parlant de son meilleur électeur devant un autre électeur. Et comment rattraper cela ? Décidément, rien n'était simple, avec ces vieux de l'Institut. Joseph se sentait mieux à l'aise quand il s'agissait de saquer un homme d'affaires, ou même... eh bien, oui, ou même de tailler à coups de hache dans sa vie, de se séparer de sa femme, par exemple. Car il allait divorcer, lui, Joseph ! Di-vor-cer. Et c'était très bien ainsi.

Pour difficiles qu'ils fussent à manier, ses futurs confrères n'étaient pourtant pas tous inabordables. Il allait appeler Pujol.

Et il appela Pujol. Le célèbre architecte était au nombre de ceux qui avaient dit à Joseph : « Je serai au bout du fil quand vous aurez besoin de moi. » Ce n'était pas une licence qu'on obtenait de tous les autres. A part huit ou dix personnes que Joseph était en droit de considérer comme des amis à toute épreuve, aux autres, il fallait écrire. Il convenait de respecter un certain cérémonial.

Pujol était, ce matin-là, optimiste et même jovial. Il ne laissa pas Joseph plaider longuement son procès. Il riait dans l'appareil : « Une attaque ! Mon pauvre ami ! C'est la chose la plus naturelle du monde. Janville s'en sortira très bien. Voyez Peuch, voyez de Praz ! Ils s'en sont bien sortis. Quant à vous, aucune inquiétude ! Je vous dis que le tour est joué. Vous deviez avoir vingt-trois voix, eh bien, vous en aurez vingt-deux. Ce sera encore très beau. Moi, en 1905, j'ai passé, au troisième tour, avec dix-sept voix seulement. Alors ? voyez vos amis quand même. »

Joseph était réduit mais non point rassuré. Il avait encore deux jours pour prendre les suprêmes rendez-vous. Ah ! tout cela tombait très mal. Il était au moins midi et demie et Hélène n'avait pas encore donné de ses nouvelles. Hélène était partie, comme cela, son petit sac sous le bras. C'était une nature secrète et capable de vengeance. Se venger de qui, de quoi, d'abord ? Du mal qu'elle lui avait fait à lui, le malheureux Joseph ?

Il fallait trouver l'introuvable Blaise. Joseph se mit lui-même à la recherche du secrétaire et, pour finir, la maison explorée, la rue du Quatre-Septembre et la rue de Petrograd interrogées tour à tour et pour la seconde fois, Joseph jugea expédient d'aller explorer la chambre du jeune homme.

La clef était sur la porte. Joseph entra, sans frapper. C'était une chambre petite et très soigneusement rangée. L'œil pouvait l'explorer tout à fait en une seconde. Les meubles étaient à leur place ; mais l'armoire était ouverte et vide. On voyait encore, dans un angle, sur le sol, une assez grande malle, fermée et pourvue d'une étiquette. Enfin, sur la table, exposée en bonne lumière, Joseph aperçut une lettre : *A monsieur Joseph Pasquier.*

L'enveloppe était fermée. Joseph s'en empara, l'ouvrit avec agacement. Il commença de lire en descendant l'escalier.

*Paris, le 24 juin 1925.*

*Monsieur le Président,*

*Il est dix heures du soir. Selon toute vraisemblance, vous êtes, en ce moment, à l'angle de la rue Thouin et de la petite rue Blainville, dans le cinquième arrondissement. Je donne ce détail précis pour bien vous faire comprendre que celui que vous appelez cordialement « le petit Blaise » n'écrit pas de lettres anonymes. Il peut lui arriver de se trouver dans la nécessité d'écrire des lettres à signature différée. Ayez la bonté d'apprécier la nuance.*

*J'ai la soirée devant moi pour écrire ma lettre, une lettre à laquelle je rêve depuis deux ans déjà, c'est-à-dire depuis le moment où j'ai commencé de servir sous vos ordres. Vous serez ici vers onze heures, s'il ne se passe point de drames, là-bas, dans le cinquième arrondissement. Mais il ne se passera point de drames. J'ai confiance, monsieur le Président, dans un bon sens dont vous m'avez maintes fois donné des preuves et qui doit être encore solide, malgré certaines défaillances dont j'aurai plaisir à vous entretenir, ce soir, si vous voulez bien me prêter une part de votre attention.*

*J'ai donc toute la soirée devant moi. Une soirée libre où je ne risque point de m'entendre appeler vingt fois « : Blaise ! Où est Blaise ? Que fait Blaise ? » Une soirée pendant laquelle je suis bien résolu à laisser le téléphone sonner tant qu'il voudra sans même quitter ma chaise. Une soirée pendant laquelle je vais me préparer pieusement aux joies de la délivrance.*

*Vous m'avez, pendant ces deux années de collaboration intime, vous m'avez fait beaucoup de mal et vous m'avez fait un peu de bien. C'est en souvenir de ce bien que je veux vous ouvrir mon cœur, au moment de vous quitter. Car je vais vous quitter, monsieur le Président, et, pour couper court aux effusions du départ, pour éviter tout aussi bien les vaines récriminations et les attendrissements superflus, je m'en irai demain, au petit jour, sans vous avoir aperçu, sans même vous avoir entendu crier une fois de plus dans les couloirs : « Où est Blaise ! Qu'on me trouve Blaise à l'instant même ! »*

*Ce qui me décide à précipiter cette rupture, que je méditais depuis quelque temps déjà, ce n'est pas, monsieur le Président, votre caractère terrible. En écrivant ces deux mots, je sais que je vais vous faire plaisir. J'ai remarqué, monsieur le Président, que vous aimez à jouer les ogres, à jouer les bêtes sauvages, toutes les fois, bien entendu, que vous ne pleurnichez pas, car il y a, chez vous, un mélange de brutalité et de pleurnicherie que je regrette de ne pouvoir étudier plus longtemps. Non, ce qui me décide à vous quitter, c'est le sentiment, en moi chaque jour plus ferme, que je ne peux plus rien attendre de vos leçons, que vous êtes en train de devenir un mauvais maître, que vous perdez — beaucoup trop tôt, à mon humble avis — les qualités essentielles qui font un homme de proie. Pour qui vous connaît ou croit vous connaître, le problème est bien troublant. Une telle évolution ne s'explique à mon sens que par l'apparition, dans votre vie, d'ambitions extravagantes et qui sont, principalement, de l'ordre intellectuel. Inquiétant, monsieur le Président, très inquiétant !*

*Vous m'avez, pendant deux ans, contraint à l'admiration. Ce magnifique mépris de toutes les règles sociales, morales, humaines et divines, ce besoin carnassier de mettre les dents partout, d'enfoncer toujours le nez dans la chair chaude et fumante, vraiment, il y avait là, pour un jeune homme de ma sorte, une espèce de grandeur. Et puis les fautes ont commencé, des fautes non pas inexplicables, mais à coup sûr inexpiables. J'ai cessé de vous admirer, monsieur le Président. Et j'ai songé qu'en restant plus longtemps auprès de vous, je risquais de compromettre ma carrière et d'émousser un talent qui est à peine formé.*

*Je n'ai qu'une façon de vous marquer ma réelle gratitude — car vous m'avez ramassé sur le pavé ; tout le monde le sait maintenant dans la société parisienne où vous vous manifestez — je n'ai qu'une façon de m'acquitter de ma dette envers vous, c'est en vous donnant certaines clartés sur les affaires et les personnes qui vous intéressent en ce moment de façon particulière. Ainsi donc, je commence.*

*M. Trintignan est un agent personnel de M. Fourdillat, le ministre. Si vous parvenez à vous débarrasser des trois cents tonnes de lentilles du Cantal et des trois cents tonnes de lentilles du Chili, vous subirez, dans les conditions présentes du marché, une perte que la vente du contingent supplémentaire de Cryogène, en admettant qu'elle soit normale et rapide, ne couvrira que dans la proportion de 75 %, au dire des malins. Pour les renseignements précis sur M. Trintignan, vous pouviez avoir recours à l'agence P.R.P., ce que vous faisiez si volontiers autrefois et ce que vous avez négligé de faire depuis cinq ou six mois. Incompréhensible ! Incompréhensible !*

*Votre fils aîné, M. Lucien Pasquier, sort avec une très bonne note de cette petite épreuve. D'après ses calculs, il n'avait pas beaucoup plus de vingt chances pour cent de vous voir avaler le Trintignan les yeux fermés. Inconcevable ! Inconcevable ! Vous n'avez pas à craindre de voir M. Lucien jouer à la roulette ou signer des chèques sans provision. C'est un jeune homme de sang-froid et de beaucoup d'avenir. A votre place, monsieur le Président, je tâcherais de m'en faire un ami et peut-être un associé.*

*Vous avez reçu, il y a trois mois, une lettre d'un inconnu qui vous donnait, sur Sir Oliver Ellis, des renseignements confidentiels. Vous avez jeté la lettre au panier. Surprenant ! Plus surprenant que je ne saurais dire ! — C'était au commencement de votre histoire de l'Institut. — J'ai repris la lettre dans le panier et vous pourrez la retrouver : classeur n° 4, septième tiroir en partant du bas. Si vous la lisez attentivement, vous y verrez que Sir Oliver Ellis a déjà, quatre fois de suite, racheté pour une bouchée de pain des affaires dont tous les premiers frais avaient été faits par des personnes confiantes, mettons par des imbéciles. Quelle humiliation, monsieur le Président ! Le señor Obregon, dans toute cette aventure, a été traité par vous avec une grande injustice et presque de l'incorrection. Il est innocent comme l'enfant qui vient de naître. Je n'oserais en dire autant de M. Ravier-Gaufre, mais je m'abstiens d'insister sur cette question délicate. J'ai beaucoup admiré le stratagème employé hier matin au début de l'entretien... Je veux parler de cette proposition qui vous a été faite d'annuler la promesse de vente, proposition que vous avez, naturellement, refusée. Bien que je sois encore un apprenti, cela me paraît comme un raffinement exceptionnel. Voilà une méthode neuve et qui me semble introduire dans les affaires un élément psychologique avec lequel il faudra nécessairement compter. Les prochaines victimes de Sir Oliver Ellis n'ont qu'à bien se tenir.*

*Je me permets d'ajouter un petit renseignement qui sort de ma compétence ordinaire, mais qui, je le pense, vous sera de quelque prix. Si vous désirez des clartés sur la façon dont Mme Hermine Mauser, la dame de la rue Ballu, emploie ses loisirs forcés, notamment pendant vos voyages en Angleterre ou vos séjours à Montredon, demandez des explications — non sans une certaine prudence — à M. Félix Le Bilhec, sans profession, 23, rue des Martyrs.*

*Ces clartés, que je me hâte de vous fournir avant notre séparation, j'aurais peut-être dû, monsieur le Président, vous les donner plus tôt et directement, d'homme à homme. Je n'en ai pas eu le courage et vous me comprendrez. Vous parlez trop fort, monsieur le Président, vous criez trop fort et vous avez des réflexes qu'on ne peut pas toujours prévoir.*

*Je viens de vous entendre rentrer à la maison. Il pleut. Vous n'avez pas votre voiture. Vous devez être trempé. J'ai mis le télégramme d'Obregon en évidence sur votre bureau. Quelle surprise, monsieur le Président, et quelle curieuse expérience !*

*Veuillez croire à mes sentiments toujours dévoués et, somme toute, encore admiratifs.*

Blaise Delmuter.

P.S. — *Contrairement aux traditions, je ne quitte pas la maison en enlevant Mlle Delphine. C'est une personne très douce et je crois, très malheureuse. Mais elle ne me plaît pas, physiquement : elle est trop petite et trop grosse.*

2e P.S. — *Je renonce à la jaquette pour des raisons personnelles sur lesquelles je vous laisse à vos méditations. J'enverrai prendre ma malle par la servante de ma sœur. Pour mon traitement du mois de juin, je vous ferai connaître bientôt l'adresse où vous aurez la bonté de me le faire parvenir. Avec mes remerciements anticipés, encore une fois, veuillez croire...*

Joseph avait achevé la lecture de cette longue lettre sur le seuil de son bureau. Il s'aperçut alors que la sonnerie du téléphone retentissait sans relâche aux trois étages de la maison. Il cria :

— Mademoiselle !

Comme personne ne répondait, il courut au secrétariat. Il était une heure moins le quart. La demoiselle dactylographe était partie déjeuner. Alors il prit l'appareil pour, du moins, arrêter ce bruit. Il décrocha l'appareil et pensa qu'il valait mieux écouter, une minute, savoir ce qu'on lui voulait.

C'était la voix de Laurent. Une voix triste et fâchée. Et cette voix disait : « C'est toi, Joseph ? C'est bien toi ! Tu sais qu'Hélène est ici, chez nous, avec nous. Elle va demeurer chez nous. Mais il faut que je te parle, Joseph. » — « Je ne peux pas te voir aujourd'hui. D'ailleurs, cela ne changerait rien à l'affaire. Toutes mes décisions sont prises. » — « Il faut quand même que je te voie. » — « Eh bien, téléphone ce soir. Ou mieux, demain matin. Aujourd'hui, je ne suis pas libre. »

Et il remit l'appareil au croc, brutalement, sans plus attendre. Puis il sortit dans le vestibule en criant : « Quelqu'un ! Quelqu'un ! Est-ce qu'il y a quelqu'un ici ? »

Le silence restait profond et Joseph commença de parcourir la maison. Les chambres étaient vides. Où étaient Lucien et Delphine ? Où était Jean-Pierre qui, depuis quelques jours, promenait d'étage en étage une figure lamentable ? Où étaient les domestiques, dans cette maudite maison ? Joseph descendit au sous-sol. Les domestiques, réunis, étaient en train de déjeuner. Joseph s'arrêta sur le pas de la porte et bredouilla des phrases vagues : « Alors, moi, je ne compte pas ? Alors, moi, le patron, je ne mange pas, peut-être ? »

Le maître d'hôtel se leva, comme un automate, et enfila sa veste blanche en disant d'une voix plate : « Le couvert de monsieur le Président est mis dans la salle à manger. »

Joseph revint au rez-de-chaussée, juste comme le téléphone recommençait de sonner. « Et il n'y aurait donc personne pour arrêter une bonne fois cet appareil de torture ? » Il porta, malgré tout, l'appareil à sa tempe. C'était M. Trintignan. Il gloussait, la voix juteuse : « Bonne nouvelle, monsieur le Président. Nous avons un preneur sûr pour nos lentilles du Chili. »

Joseph sentit sa bouche qui se tordait et se serrait. Il cria dans le cornet : « Vous, vous êtes une fripouille ! Alors, foutez-moi la paix. Nous réglerons nos comptes plus tôt que vous ne pensez. »

Là-dessus, il coupa net. La sonnerie implacable recommença de tinter. Si c'était encore Trintignan, alors, gare à l'engueulade ! Elle ne faisait que débuter. Il reprit donc l'appareil. C'était M. Sanasoff. Il murmurait, au bout du fil, avec son accent moscovite : « Allô ! Allô ! Savez-vous, cher Monsieur, que le marquis de Janville a une grippe intestinale ? Mais il va déjà beaucoup mieux. Il se lèvera samedi et il ira voter pour vous. Il me l'a formellement promis. »

Joseph se prit à trépigner et à cracher dans l'appareil. Il disait : « Mais taisez-vous ! Puisque je vous dis de vous taire. Etes-vous un menteur ou seulement un idiot ? »

## CHAPITRE 15

LAURENT PASQUIER
À MADAME CÉCILE PASQUIER

*Hôtel Pontchartrain,*
*New Orléans, Louisiana (U.S.A.).*

Samedi, 27 juin 1925.

Je voulais t'écrire dès jeudi soir, chère Cécile, et c'est Jacqueline qui l'a fait, assez brièvement, me dit-elle. On m'assure, à la Transat, que les bateaux sont nombreux, en ce moment de l'année, et je veux croire que la lettre de Jacqueline te sera parvenue avant celle-ci. Je vais, ce soir, reprendre toute l'histoire et t'en raconter la suite. Je dis bien la suite et non pas le dénouement. Il n'y a pas de dénouement ; il n'y a jamais de dénouement. La vie continue, avec ses misères infinies. Il n'y a de dénouement que sur les planètes glacées.

Comme Jacqueline te l'a dit, notre belle-sœur Hélène est donc arrivée ici, chez nous, jeudi matin, à la fin de la matinée. Elle était à pied. Elle avait, je crois, pris l'autobus Place Clichy-Gobelins, qui s'arrête à l'angle de la rue Soufflot. Te faire voir quelle était l'expression de son visage, c'est difficile. Depuis un an, deux ans peut-être, elle m'inquiétait beaucoup et je pense qu'elle a dû t'inquiéter de même. Cette affectation de frivolité, de légèreté, d'insolence ! Tout cela ne lui allait guère. Mais, jeudi matin, nous avons eu le sentiment, Jacqueline et moi, de voir entrer chez nous une femme toute différente, vieillie de dix ans et pourtant froide, placide, mortellement placide.

Il était près de midi. Jacqueline a dit tout de suite : « Venez-vous déjeuner avec nous, Hélène ? » Elle a secoué la tête de manière imperceptible et elle a répondu : « Non, je viens vous demander asile, pour un temps indéterminé. » Comme nous la regardions avec stupeur, tous deux, elle a dit encore : « Pardonnez-moi. Je ne sais où aller. Je n'ai même pas d'argent. Nous allons divorcer. Comprenez-vous, Laurent ? Nous nous séparons, Joseph et moi. Joseph m'a ordonné de quitter la maison. Je n'avais d'ailleurs pas l'intention de rester plus longtemps... là-bas. »

Nous savions bien, nous sentions bien qu'il y avait des plaies secrètes dans l'existence des Joseph ; mais nous nous sommes trouvés si déconcertés que nous n'avons rien répondu pendant plusieurs minutes. C'est terrible à voir, un être chassé de son lieu naturel, une femme qui, la veille encore, était adulée, fêtée, traitée partout comme une reine et qui arrive ainsi, à pied, son petit sac sous le bras, qui s'assied posément sur une chaise et qui dit : « Me voici. C'est fini. Je ne sais pas où aller. »

Je la regardais donc et je restais muet d'étonnement et même de pitié. Alors Line a fait une chose toute naturelle, toute simple. Elle a pris Hélène par le col et l'a baisée à la tempe, comme cela, très légèrement, sans insistance. Puis elle a dit aussitôt :

— Je vais vous donner la chambre du tout petit. C'est une très bonne chambre avec cabinet de toilette, et le divan est excellent.

— Pardonnez-moi, a dit Hélène d'une voix basse mais non tremblante, pardonnez-moi, Jacqueline, je vais vous demander s'il vous est possible de coucher aussi Finette. Elle doit me rejoindre cet après-midi, avec des valises. Oh ! quelque chose de très peu encombrant. Tout cela est provisoire, Jacqueline ; mais je ne veux pas aller à l'hôtel...

— Ne vous inquiétez pas, disait Line ; on va porter, dans la chambre, le divan du salon et Delphine couchera près de vous. Venez avec moi, Hélène. Tout sera prêt dans un quart d'heure.

Comme les deux femmes se levaient pour sortir, Jacqueline a murmuré :

— Il faut penser à maman, que vous allez voir à déjeuner. Que voulez-vous qu'on lui dise ?

Pour la première fois depuis le début de l'entretien, le visage d'Hélène s'est assombri. Elle a répondu, très vite :

— Rien, s'il vous plaît, rien, jusqu'à nouvel ordre. Et si maman demande des explications quand même, alors nous dirons que Joseph est en voyage et que nous avons un travail à faire ensemble. Il faut gagner du temps.

Hélène et Jacqueline sont sorties là-dessus. Je commençais à me remettre de ma première émotion et à méditer sur l'événement. Depuis la mort des Strohl de Nancy, Hélène n'a plus de famille et je comprends assez bien son désir de ne point aller à l'hôtel. Mon sentiment était surtout qu'il fallait, d'abord, laisser retomber les colères et que, le plus tôt possible, on allait parlementer, négocier, comme dit volontiers Joseph dans son jargon, tâcher d'arranger les choses. Je crois que ces crises de la cinquantaine sont extrêmement dangereuses. Mais enfin, il y a les enfants !

Chose étonnante, au déjeuner, maman n'a presque rien dit. Elle est assurément très vieille. Elle est, elle semble, plutôt, très loin de nous, à certaines heures. Elle a, toutefois, pour le malheur, des antennes encore bien délicates. Elle devine tout, elle comprend tout. Et, quand elle ne dit rien, c'est qu'avec sa longue expérience de la souffrance, elle juge, obscurément, qu'il est préférable d'avoir l'air de ne rien comprendre.

Finette est arrivée au début de l'après-midi. Elle apportait, dans un taxi, deux valises. Quelle fille extraordinaire ! Quelle nature secrète et sombre ! En deux jours, elle n'a pas ouvert la bouche plus de trois fois. Elle a demandé seulement à Jacqueline, qui me l'a rapporté, s'il était nécessaire d'avoir une dot pour entrer en religion et de quelle importance devait être cette dot.

Hélène a dit, incidemment, un mot de Lucien, leur aîné, qui vient d'acheter une auto et qui est actuellement en voyage dans le centre de la France.

A peine ses valises reçues, Hélène a commencé de tricoter avec beaucoup de flegme. Je m'attendais à la voir sortir pour aller, par exemple, chez un avocat. Elle n'avait pas même l'air d'y songer. A la regarder ainsi, on imaginait une âme morte, une créature déshabitée. Est-il possible que ce soit là l'œuvre de Joseph !

Un peu après le déjeuner, j'ai pris sur moi de téléphoner à Joseph. Il m'a répondu, lui-même, d'une voix très irritée, qu'il ne pouvait pas me recevoir tout de suite et qu'il me demandait de lui téléphoner de nouveau dans la soirée.

Je suis allé, comme chaque jour, au Collège de France et j'y ai travaillé tout l'après-midi. Quand je suis revenu, le soir, il n'y avait rien de nouveau. Hélène tricotait encore. De temps en temps, elle s'arrêtait pour jouer avec nos petits. Elle avait l'air d'être non pas au-dessus des événements, mais à côté des événements, en dehors des événements. Delphine lisait dans un coin. Un peu plus tard, elle a aidé à mettre le couvert. Elles semblaient avoir apporté, toutes deux, dans la maison, un silence contagieux, un silence effrayant et les enfants eux-mêmes ne disaient rien, ils s'amusaient dans un coin, sans bruit. Au moment de se mettre à table, pour le repas du soir, Hélène a dit, très simplement : « Jean-Pierre n'est pas venu. C'est bien extraordinaire. » Rien de plus pour ce soir-là.

Chère Cécile, je vais aller tout de suite à l'essentiel. Pendant la journée d'hier, la journée de vendredi, j'ai fait des efforts répétés pour atteindre Joseph au téléphone. Chaque fois, la secrétaire me répondait que M. Pasquier n'était pas chez lui. J'espérais obtenir des renseignements de Delmuter. La demoiselle du téléphone m'a dit, à plusieurs reprises, que M. Delmuter était absent, sans doute en vacances, et qu'il serait donc impossible de l'avoir à l'appareil ou même de le rencontrer rue Taitbout. J'en étais à me demander si je n'allais pas forcer les consignes et tâcher de voir Joseph coûte que coûte, quand il m'a téléphoné. C'était hier, à la fin du jour. Il m'a dit, sans façon : « Viens demain, vers deux heures de l'après-midi. Je t'attendrai chez moi. » Je voulais, songeant à Hélène, lui demander des nouvelles du garçon, je veux dire de Jean-Pierre, mais il avait l'air à cran. Il a coupé la communication avec sa désinvolture ordinaire.

Pendant ce temps, chez nous, place du Panthéon, régnait toujours un surprenant silence. Delphine lisait un gros livre. Hélène tricotait un pull-over. Elle ne parlait pas du tout de consulter un avocat et je me demandais parfois si elle songeait sérieusement à ce que représente un divorce, ou si elle se contentait d'arrondir les épaules pour laisser passer la tempête, pour laisser choir la justice orageuse des faits. Je ne te dis rien de Jacqueline : elle sait toujours ce qu'il faut faire et dire en des circonstances semblables.

Je suis donc allé rue Taitbout au début de l'après-midi. Je suis arrivé, si grande était ma hâte, un bon quart d'heure avant le rendez-vous et j'ai trouvé Joseph dans la galerie de peinture, au premier étage de leur maison. Il n'avait pas une figure plaisante à voir. Il était assis ou plutôt affalé dans un fauteuil, les bras pendants, les jambes mortes. J'ai cru comprendre, en interrogeant plus tard la demoiselle du secrétariat, qu'il avait passé toute la journée du vendredi à faire — tiens-toi bien, chère Cécile — des courses, des démarches, des visites à propos de sa candidature à l'Institut.

Il m'a prié de m'asseoir, sans lui-même changer de place. Le valet de chambre était debout devant lui, comme quelqu'un qui vient de faire un rapport et qui attend une réponse. Joseph tardait à répondre. Il a fini par gronder : « Vous pouvez vous retirer. Je monterai moi-même, dans un instant. »

Le valet de chambre sorti, Joseph s'est tourné vers moi. Il m'a dit : « Veux-tu un cigare ? » — « Non, merci, je ne fume pas. » — « Tu as tort. D'ailleurs, c'est ton affaire. »

Il s'est mis à fumer. Je me suis armé de courage et j'ai commencé mon discours : « Joseph, ta femme est chez nous depuis deux jours et j'ai pensé que le mieux... » Il n'écoutait même pas. Il a coupé tout net : « Quelle heure est-il ? Deux heures : seulement deux heures ! » Et, soudain, il s'est levé, il avait l'air las, pesant, l'air d'un mastodonte malade, d'un monstre lent et perclus. Il prononçait, d'une voix pâteuse, des paroles peu compréhensibles. Il disait : « Deux heures ! On ne saura rien avant deux heures et quart. J'ai le temps de monter là-haut. Si tu veux venir avec moi, ça m'est parfaitement égal. Tu pourras même constater que je ne suis pas une brute. Je veux seulement qu'on m'obéisse. Je suis le maître chez moi. Je veux seulement faire ouvrir cette porte. »

Il s'est mis en marche, pesamment, et je l'ai suivi sans rien dire, puisqu'en somme il m'en priait. Nous n'avons pas pris l'ascenseur, mais l'escalier, et nous sommes montés, l'un derrière l'autre, jusqu'au troisième étage. Alors, Joseph s'est retourné vers moi. Il disait, baissant la voix : « Cet imbécile de Jean-Pierre est enfermé dans sa chambre depuis quarante-huit heures. Il n'a rien mangé depuis quarante-huit heures. Il a l'eau courante, chez lui, et c'est tout. Je me demande même comment il s'y prend pour aller au petit endroit, puisqu'il n'est pas sorti. Cela fait dix fois que je monte. Il me répond chaque fois qu'il veut sa mère, qu'il ne sortira que si sa mère revient à la maison. Eh bien, c'est ce qu'on va voir. »

Joseph s'est avancé dans le couloir de l'étage. Je le suivais, en proie à un malaise horrible, celui que nous pourrions éprouver si nous nous trouvions soudain en présence d'un être d'un autre monde, ou d'un animal monstrueux et malade. Il s'est arrêté devant une porte ; il a donné un coup de poing sur le panneau. Et il a crié : « Jean-Pierre ! Veux-tu ouvrir la porte et descendre ? » Une voix très faible a répondu, de l'autre côté : « Non, papa ! je ne sortirai que si maman vient me chercher. » Alors, Joseph : « C'est bien, je vais remonter tout à l'heure, mon garçon, avec une hache, et je vais enfoncer ta porte à coups de hache. Ce n'est quand même pas toi qui auras le dernier mot. »

Joseph a tourné les talons et nous sommes redescendus. J'attendais une occasion d'aborder le possédé, de le regarder en face, de lui parler humainement. Il semblait au-delà de toute raison. Comme je faisais mine de gagner le rez-de-chaussée, il a dit : « Non, restons dans la galerie. En bas, c'est plein d'espions. Je ne suis entouré que d'espions et de traîtres. Retournons dans la galerie. D'ailleurs, c'est bientôt l'heure. » Sur cette parole étrange, il s'est mis à rire, parfaitement, à rire ! Pas d'autre mot. C'était la grimace et le bruit du rire.

Nous sommes revenus dans la galerie et il s'est enfoncé de nouveau dans son fauteuil. J'ai jugé que le moment était bon pour lui parler de ce qui m'amenait. Il ne m'a pas laissé dire trois mots. Tout de suite, il a levé la main : « Dans un moment, si ça ne te fait rien. Tu vois bien que j'attends quelque chose. Fais-moi l'amitié, Laurent, de me laisser tranquille quelques minutes encore. »

Nous avons donc attendu et c'est une façon de parler, car je n'imaginais même pas ce que nous pouvions attendre. Il était peut-être deux heures et demie quand la sonnerie du téléphone a retenti, en même temps, aux trois étages de la maison. Joseph s'est jeté sur l'appareil qui est, à cet endroit, caché dans un placard. Il disait, d'une voix anxieuse : « C'est bien vous, Mairesse-Miral ? » Presque tout de suite, il est devenu très rouge et il s'est pris à crier : « Encore Sanasoff ! Voulez-vous me foutre la paix ? Puisque vous ne savez rien. Je vous défends, vous m'entendez, je vous défends de me téléphoner encore sans raison sérieuse. » Il a remis l'appareil en place. Il frappait le sol du pied et il envoyait des ruades, comme un cheval tourmenté par les taons. Alors, il a tiré sa montre et il a dit : « Deux heures trente-cinq. C'est à n'y rien comprendre. Veux-tu attendre ici, Laurent ? Si l'on appelle au téléphone, dis que j'arrive tout de suite. Mais ne réponds pas toi-même. Tu comprends : ne réponds pas. Dis seulement que j'arrive. »

Il y avait, dans tout cela, quelque chose de démentiel, si bien que, par crainte d'un éclat, j'ai fait signe de la tête, pour lui donner à entendre que j'étais d'accord avec lui. Il est revenu au bout de deux ou trois minutes. Il grondait : « Deux heures quarante ! C'est à devenir enragé. Mairesse-Miral est bon à tuer. Quelle foutue bête ! »

Il était peut-être trois heures moins le quart quand Joseph est sorti de nouveau en disant : « Veux-tu rester ici, Laurent ? Je vais parler au garçon. Si l'on appelle au téléphone, alors, viens vite me chercher. Tu vois, je n'ai personne, personne à qui me confier. Tu penses peut-être à Blaise, au citoyen Delmuter ? C'est un petit saligaud. Faut que je fasse tout moi-même... »

A ce moment, le téléphone a sonné, une fois encore. Et de nouveau, Joseph a bondi. Il aboyait, dans l'appareil : « Ici, M. Joseph Pasquier. Alors, c'est vous, Mairesse... Ah ! vous êtes sûr ! Vous êtes sûr ! Répétez, Mairesse. Mais, mais... c'est impossible. Allez vérifier... Non, non, inutile. Et puis, venez tout de suite ici. Je m'en fous. Oui ! je m'en fous ! »

Lui qui ne pâlit jamais, il était soudain devenu d'une pâleur effrayante et j'ai cru qu'il allait tomber. Pendant deux ou trois minutes, il est resté debout devant le placard du téléphone. Oui, j'ai cru qu'il allait tomber et je m'approchais déjà. Alors il a fait un sourire, un affreux sourire verdâtre. Il est allé en trébuchant jusqu'à son fauteuil et il a murmuré : « C'est l'affaire de l'Institut qui vient de me claquer dans les mains. Une tape, mon pauvre Laurent ! Pas autre chose qu'une tape ! »

Il restait ainsi, vautré dans le fauteuil et il soufflait des bulles d'air entre ses lèvres relâchées. Il fredonnait, de temps en temps, d'un air maussade et dégoûté : « Oui, oui, oui, oui ! C'est comme ça ! » Et il essayait de rire.

J'ai su — je le dis tout de suite pour n'y plus revenir — j'ai su par Mairesse-Miral, que j'ai vu dans la soirée, et j'ai lu d'ailleurs dans les journaux que la « tape » en question était une tape des plus humiliantes. Il y avait vingt-sept votants. M. Simionescault a été élu au premier tour par dix-huit voix contre deux, oui, deux exactement à Joseph. Il y a eu sept bulletins blancs. Je ne t'en dis pas plus. C'est vraiment très misérable.

Alors, Joseph s'est levé et il a commencé de marcher dans la galerie. Je le suivais, de l'œil, en silence. Je connais assez mal la peinture moderne. Il y avait là, sur les murs, des couleurs éclatantes et même des formes gracieuses ; pourtant le désordre était grand, oui le désordre était terrible pour le profane que je suis et j'avais le sentiment que ce désordre reflétait assez bien, de manière assez frappante, le désordre qui régnait, qui règne, hélas, toujours dans l'esprit de Joseph, et même dans le monde entier, oui, dans notre monde très malheureux.

C'est alors que s'est fait entendre de nouveau la sonnerie du téléphone. Joseph m'a dit : « Tu vois, je suis seul ici. La demoiselle du secrétariat s'offre la semaine anglaise. Le petit Delmuter est un ingrat et un saligaud, rien de plus. Les domestiques se moquent de moi. Je ne sais pas où sont mes enfants. Pour Hélène... Ah ! pour Hélène... Tu sais, la question est claire. D'abord, pas un sou de pension. Et puis, j'irai jusqu'au bout. Je la traînerai par les cheveux. Je la déshonorerai. J'aurai ma vengeance. Ils nous embêtent avec cette sonnerie. Fais-moi l'amitié de répondre. J'en ai par-dessus la tête. » Là-dessus, il est sorti.

Dans tout ce qui va venir maintenant, j'ai le sentiment d'avoir joué un rôle assez peu compréhensible. Il en est toujours ainsi dès qu'on approche de Joseph. Sœur, sois indulgente, je te prie. J'étais très troublé, très malheureux, sûr qu'il était impossible de parler raison à un fou. Ce drame affreux restera, pour moi, mêlé de sonneries téléphoniques et de voix sorties de l'abîme pour débiter des absurdités.

J'ai décroché l'appareil, puisqu'il n'y avait plus personne. Jacqueline savait d'ailleurs que j'étais chez Joseph et elle pouvait avoir à me parler. J'ai donc pris le récepteur. C'était une voix de femme, une belle voix de contralto. Elle disait : « M. Bradignan — ça ou quelque chose comme ça — comprend très bien que M. Joseph Pasquier a dû faire erreur ou même qu'il était souffrant et qu'il ne surveille pas ses propos. La personne qui se présente pour les lentilles du Chili est une personne très estimable qui exige seulement une réponse avant ce soir, dernier délai. M. Bradignan insiste beaucoup auprès de M. Joseph Pasquier... » Voilà ce que j'ai cru comprendre. Il s'agissait d'une affaire très compliquée, comme le sont, je pense, toutes les affaires de Joseph. J'ai cherché Joseph du regard. Il n'était pas revenu. Alors, j'ai raccroché l'appareil. La sonnerie a retenti, de nouveau, une fois encore, et, comme personne ne semblait devoir répondre, j'ai, en désespoir de cause, repris la communication. Ce que je pouvais entendre ne m'était pas compréhensible : « Allô, allô ! Ici, le cabinet Ravier-Gaufre. Voulez-vous faire savoir à M. Pasquier... » A ce moment, j'ai entendu frapper des coups violents, dans les hauteurs de la maison, des coups qui semblaient se propager dans toute la charpente. Et puis, presque aussitôt, une ombre rapide a passé devant le soleil, quelque chose d'inexplicable, tel un oiseau en plein vol. La voix reprenait, dans le téléphone : « M. Ravier-Gaufre est en voyage à l'étranger. Il ne sera pas de retour à Paris avant le mois de septembre. Veuillez le noter par écrit. »

En entendant ce bruit dans la maison, j'ai pensé à la hache. La hache ! Te rappelles-tu papa poursuivant son propriétaire avec une hachette à bois et finissant par couper une conduite d'eau pour inonder la maison. La hache ! C'est vraiment une destinée dans l'histoire de la famille.

Je me suis mis à courir et, comme j'abordais l'escalier, j'ai entendu un cri tout à fait horrible, un cri qui n'a pas fini de retentir dans mes oreilles. Un cri qui n'a pas fini de voyager par le monde. Un cri que tu as peut-être perçu, toi aussi, là-bas dans l'autre hémisphère. Parvenu sur le palier du second étage, j'ai rencontré Joseph qui descendait l'escalier en hurlant. Il n'y avait rien à en tirer. Il ne voyait plus rien, n'entendait plus rien. Je l'ai suivi. J'ai couru moi-même, saisi, aspiré par ce tourbillon de folie. Nous sommes arrivés, tous deux courant ainsi, jusque dans la cour de l'hôtel.

Le petit Jean-Pierre était là, étendu sur le pavé, couvert de poussière. Il saignait beaucoup du nez. Il avait l'air d'un animal qui a reçu le coup de maillet. Terrible à dire, il a fait un effort pour se redresser sur le coude. Et le sang lui coulait du nez, comme une petite fontaine.

Joseph a sauté sur l'enfant et l'a pris dans ses bras. Dix-neuf ans ! Presque un homme. Jean-Pierre n'est pas un géant, mais il est assez long et c'était affreux à voir, ce grand adolescent maigre, avec ses jambes grêles et ses bras qui pendaient. Joseph est parti, comme un homme privé de raison. Il a remonté l'escalier en courant et en criant. Le sang de l'enfant tombait sur les dalles, sur les tapis, sur les parquets. Il rejaillissait sur les meubles et les murailles. Joseph courait toujours et moi je le suivais et je crois bien que je criais aussi. Mais quoi ? Je ne sais plus quoi.

Joseph s'est arrêté enfin dans la chambre du garçon. J'ai vu, à ce moment-là, que la fenêtre était béante et que la porte avait été fendue dans le milieu, ouverte à coups de hache. Trop tard évidemment. L'enfant venait de se précipiter.

Joseph a posé le garçon sur le lit et il s'est tourné vers moi. Il disait : « Tu es médecin ! Eh bien ! fais ton devoir. Sauve-le, ou je me tue. Sauve-le. C'est ton métier. Allons, fais quelque chose. »

J'ai commencé d'examiner Jean-Pierre et de le déshabiller. J'ai dit à Joseph : « Sonne les domestiques. Apporte-moi de l'alcool. Qu'on fasse bouillir de l'eau. Et trouve quand même quelqu'un pour téléphoner à Chabot. Littré 27-22. Et puis, et puis, sois calme. On ne peut rien dire encore. »

Le garçon ne parlait plus. Il ne se plaignait même pas. Il me regardait seulement avec de grands yeux dilatés, pleins d'une affreuse lassitude.

Un peu plus tard, pendant que je lavais le visage du blessé, Joseph est revenu avec le valet de chambre et le cuisinier. J'ai donné des ordres et demandé ce qui m'était nécessaire. Joseph est resté près de moi. Il n'était pas silencieux. Il disait, de temps en temps : « Sauve-le, et je ferai quelque chose... Je ne sais pas ce que je ferai ; mais je ferai quelque chose. J'ai besoin de faire quelque chose. J'étouffe ! J'étouffe ! Je vais crever. Non, ne t'occupe pas de moi. Je dis ça, mais je suis solide. »

J'étais tout à ma besogne et je l'écoutais à peine. Alors, il est venu près de moi et il a grondé tout bas : « Toi, Laurent, je te connais. Tu penses que je suis puni. Ne dis pas le contraire. Je connais tes idées. Puni de quoi ? Explique-le donc. »

Il s'est arrêté sur ces mots. A le regarder furtivement, je comprenais d'ailleurs fort bien la suite de ses pensées : « Puni de quoi ? De quoi ? D'être fait comme je suis ? C'est comme si tu reprochais au lion d'avoir des griffes ou au cobra de sécréter du venin. »

Il s'est repris à gémir : « Ce n'est pas grave. Promets-moi que tu vas le sauver. » Et, tout aussitôt, râlant et reniflant : « Je ne peux pas continuer à vivre comme ça. Non ! Non ! Non ! Le malheur est que je suis incapable de vivre autrement. Je me connais ! Je me connais ! Eh ! là ! Ne lui fais pas de mal. Il ne dit rien. Toi non plus, tu ne dis rien. Vous êtes terribles, vous autres, vous ne dites jamais rien... »

Chabot est arrivé, très vite. On avait pu l'atteindre chez lui pendant sa consultation. Le garçon a une fracture du bassin. La fracture du crâne est encore douteuse. La première ponction lombaire n'a pas ramené de sang. Il semble bien que l'hémorragie nasale soit due à une fracture des os propres du nez. Trois étages, c'est une chute terrible. Enfin Chabot pense que l'état du garçon n'est pas désespéré, mais qu'il faut s'attendre à tout.

J'ai passé l'après-midi près du blessé. Puis Chabot a envoyé son interne, pour le début de la nuit. Au moment où j'allais sortir de la chambre, j'ai regardé Joseph bien en face, et je dois avouer que cela ne m'arrive pas souvent. Il a détourné les yeux, et il s'est mis à bégayer, la voix perdue, chavirée. Il disait :

— Tu retournes chez toi ? Alors, va chercher Hélène. Mais oui, va chercher Hélène. Tu ne diras pas le contraire.

Hélène est auprès de son enfant. Je t'écrirai après-demain et te raconterai la suite. Rien n'est jamais fini dans notre monde misérable. Il n'y a de repos, dit Goethe, que sur les cimes glacées. Hélas ! ce n'est même pas vrai. Il n'y a de rémission que sur les planètes mortes, quand toute vie est abolie depuis des millions de siècles et que les souvenirs mêmes sont endormis pour toujours.

Sœur, je te baise les mains

Ton Laurent.

# Table des chapitres

## LE NOTAIRE DU HAVRE

## LE JARDIN DES BÊTES SAUVAGES

## VUE DE LA TERRE PROMISE

## LA NUIT DE LA SAINT-JEAN

## LE DÉSERT DE BIÈVRES

## LES MAÎTRES

## CÉCILE PARMI NOUS

## LE COMBAT CONTRE LES OMBRES

## SUZANNE ET LES JEUNES HOMMES

## LA PASSION DE JOSEPH PASQUIER

# Les Pasquier :
# repères chronologiques

**1846** Naissance d'Etienne Raymond Pasquier, dit Ram.

**1847** Naissance de Lucie-Eléonore Delahaie, fille de Mathurin Delahaie.

**1848** Mathurin Delahaie part pour le Pérou avec ses deux filles aînées, Aurélie et Mathilde. Il confie à son frère Prosper la cadette, Lucie-Eléonore.

**1867** Mariage, au Pérou, d'Aurélie et de Mathilde, sœurs de Lucie-Eléonore.

**1868** Mort d'Aurélie, dont le décès ne sera confirmé qu'en 1891.

**1869** Disparition de Mathilde, lors d'un tremblement de terre à Cusco. La loi impose d'attendre trente ans pour conclure à sa mort.

**1871** Mort de Mathurin.

**...** Mariage de Lucie Delahaie et de Raymond Pasquier.

**1875** Naissance de Joseph Pasquier à Nesles.

**1878** Naissance de Ferdinand Pasquier à Paris.

**1881** Naissance de Laurent Pasquier à Honfleur.

**1884** Naissance de Cécile Pasquier à Rouen.

**...** Mort de Prosper Delahaie.

**Le Notaire du Havre**

**1889** Mort de la tante Alphonsine Delahaie, épouse de Prosper. Les enfants de Lucie héritent la moitié du capital laissé par Prosper, soit cinquante mille francs, en titres dont l'usufruit est donné à Lucie. L'autre moitié est léguée en partie à la tante Coralie, en partie aux deux sœurs du Pérou dont le décès n'a pas été confirmé.

Les Pasquier emménagent rue Vandamme dans le quartier Montparnasse. Ram entreprend des études de médecine.

Le notaire du Havre enquête sur le sort des deux sœurs du Pérou.

**1890** Premiers succès de Ram dans ses études.

**1891** Nouveaux succès de Ram.

Laurent est reçu à son certificat d'études.

Suicide de Désiré Wasselin.

Joseph renonce à faire des études, il entre en apprentissage dans une « maison de commission »

**Octobre 1891** Les Pasquier emménagent rue Guy-de-la-Brosse dans le Ve arrondissement.

**...** Mort de tante Coralie.

**1892** Naissance de Suzanne Pasquier à Paris.

**Le Jardin des bêtes sauvages**

**1895** Liaison de Ram et de Solange Meesemacker. Ram courtise aussi Thérèse Segrédat.

Joseph fait son service militaire à Toul.

Ferdinand prépare des examens pour entrer dans l'administration. Il accomplit un stage chez un avoué de la place Vendôme.

Laurent fréquente le lycée Henri-IV.

Cécile étudie le piano avec M. Dietrich et Valdemar Henningsen.

Menace de saisie chez les Pasquier. Lucie doit « lâcher » l'héritage de la tante Coralie.

Premier concert de Cécile.

**1897** Cécile donne des concerts en Belgique.

**1898** Ram obtient son diplôme de docteur en médecine. Ferdinand se fiance à Claire Baraduc.

Laurent commence des études de biologie ; il noue amitié avec Schleiter et Hélère Strohl.

**1899** Les Pasquier s'installent à Créteil où le Dr Pasquier exerce la médecine.

**Vue de la Terre promise**

**1900** Les Pasquier touchent l'héritage de Mathilde.

Ram achète un terrain à Créteil (on ne saura jamais s'il a pu le revendre).

Paula Lescure est enceinte de Ram ; son enfant ne vivra pas.

Joseph réussit ses premières spéculations.

Laurent, élève de Dastre en Sorbonne.

Valdemar se suicide après avoir tenté de tuer sa mère.

Laurent et Cécile quittent la famille. Laurent s'installe 31 rue du Sommerard, Cécile rue de Prony.

**...** Joseph épouse Hélène Strohl et s'installe rive droite.

Ferdinand épouse Claire Baraduc.

**...** Ram, Mme Pasquier et Suzanne quittent Créteil et s'installent rue d'Alésia.

**Février 1904** Joseph réussit de brillantes spéculations (La Bahia).

**Automne 1904** Cécile donne son premier concert au Châtelet. Joseph achète une propriété : Les Aubiers, que Justin baptisa La Pâquellerie.

**La Nuit de la Saint-Jean**

**Juin 1905** Les Pasquier quittent la rue d'Alésia ; ils s'installent rue du Faubourg-Saint-Antoine.

Laurent, élève de Renaud Censier.

**23-27 juin 1905** Les Pasquier séjournent à La Pâquellerie.

**1906** Les Pasquier quittent la rue du Faubourg-Saint-Antoine ; ils s'installent quai d'Austerlitz.

Ram rédige ses mémoires.
Renaud Censier meurt en Corée.
Cécile fait des tournées en Amérique.
Suzanne, élève de Sarah Bernhardt.

**Le Désert de Bièvres**

**Janvier 1907** Les Solitaires s'installent à Bièvres ; ils donneront une grande fête le 8 juillet.

Laurent reçoit la Légion d'honneur pour s'être inoculé le vaccin antipneumococcique découvert par son patron Hermerel.

Les Solitaires quittent peu à peu le Désert.

**Novembre 1907** Les derniers à partir, Laurent et Justin, quittent Bièvres définitivement.

**1908** Les Pasquier quittent le quai d'Austerlitz ; ils s'installent Boulevard Pasteur.

**Les Maîtres**

**Septembre 1908** Joseph annonce qu'il est ruiné.

Laurent prépare son doctorat ès sciences avec Chalgrin au Collège de France, et son doctorat de médecine avec Rohner à l'Institut Pasteur.

Justin est ouvrier dans une filature de Roubaix.

**Avril 1909** Suicide de Sénac. Solange Meesemacker rend visite à Laurent. Chalgrin est atteint de paralysie.

**1910** Cécile épouse Richard Fauvet, le camarade de laboratoire de Laurent.

**1911** Naissance d'Alexandre, le fils de Cécile.
Laurent présente avec succès ses deux thèses de doctorat.

**1912** Incendie de La Pâquellerie.

**Cécile parmi nous**

**1913** Affaire des balles explosives pendant la guerre bulgaro-turque.
Ram publie son roman *le Vent dans les voiles*.
Laurent collaborateur de Blot ; il est chef de service à l'Institut National de Biologie ; il habite toujours rue du Sommerard.
Richard Fauvet courtise Suzanne.
Justin provoque Richard Fauvet en duel.
Maladie et mort d'Alexandre. Cécile et Richard se séparent.

**Le Combat contre les ombres**

**1914** Laurent habite rue Gay-Lussac. Il est chef divisionnaire à l'Institut National de Biologie.
Justin est à Nantes, rédacteur en chef de *l'Eveil de l'Ouest*.
Les Pasquier habitent Boulevard Pasteur. Ram, rue d'Amsterdam, enseigne « le secret du prestige personnel » sous le nom de « Professeur Guillaume de Nesles ».
Il voyage avec sa secrétaire en Algérie.
Laurent et Jacqueline Bellec se fiancent.

Joseph, Ferdinand et Laurent sont mobilisés ; Ram et Justin engagés volontaires.

**1916** Laurent écrit sur son carnet la phrase suivante : « Miracle n'est pas œuvre ».

**1918** Justin meurt des suites d'une blessure.

**...** Laurent et Jacqueline ont un enfant.
Joseph acquiert le château de Nesles, La Châtaigneraie.

**Suzanne et les jeunes hommes**

**Printemps 1921** Suzanne, membre de la troupe du théâtre des Carmes, part s'installer à Nesles, dans la maison du peintre Philippe Baudouin. En juin, elle s'embarque pour une tournée en Amérique du Sud.

Joseph voyage en Egypte pour ses affaires, Cécile est en Suède, Laurent à Lisbonne.

**1922** Joseph a acquis une propriété à Butry, à quatre kilomètres de Nesles : Montredon. Il a acquis aussi une concession de pétrole au Mexique.

Ram meurt, chez sa maîtresse. Mme Pasquier quitte le boulevard Pasteur pour habiter chez Laurent, place du Panthéon.

**La Passion de Joseph Pasquier**

**1925** Quatrième tournée de Cécile en Amérique.

Laurent et Jacqueline ont trois enfants.

Joseph est écrasé par le poids de ses affaires. Hélène et lui se séparent ; leur fils Jean-Pierre se suicide.

**1927** Laurent, en promenade à Créteil, revoit la maison qu'ils habitaient en 1900.

**1928** Laurent occupe la chaire de biologie au Collège de France.

**1930** Mort de Mme Pasquier. Laurent fait une nouvelle promenade à Créteil et constate que leur maison a disparu.

**1931** Laurent reçoit un prix de l'Académie du Massachussetts pour ses travaux sur les mutations expérimentales chez les animaux supérieurs.

**14 mars 1931** Laurent commence à rédiger l'histoire des Pasquier.

Références : Chantal Fouché, *Clés pour une Chronique,* SEDES, 1985.

Georges Duhamel
(1884-1966)

**1884** Naissance de Georges Duhamel, 4, rue Coypel, Paris, 13e (30 juin). Ses parents, Pierre-Emile Duhamel (1849-1928) et Emma Pionnier (1854-1939) ont eu quatre enfants : Rose (1878), Louise (1881), Georges et Victor (1886).

**1886-1889** La famille s'établit au Havre, où son père est correspondant du *Figaro*.

**1889-1895** Retour à Paris avec toutefois un intermède à Septeuil, berceau de la famille paternelle. — Obtient son certificat d'études.

**1895-1898** Cours complémentaire 19, rue Blomet. Sous l'influence de deux de ses maîtres, G. Duhamel s'éveille à la poésie et aux sciences. Sa vocation pour la médecine s'affirme. Son père vient, d'ailleurs, de conquérir ses diplômes de médecin.

**1898-1899** En sixième au lycée Buffon.

**1899-1900** La famille Duhamel s'installe à Fours (Nièvre). — G. Duhamel est admis en quatrième au lycée de Nevers.

**1900-1902** Retour à Paris. Il rattrape son retard scolaire à l'Institution Roger-Momenheim. En juin 1901, il passe avec succès la première partie du baccalauréat (lettres-sciences). Dès l'automne 1901, il loue, avec deux amis, une chambre, d'abord rue des Carmes, puis rue Saint-Jacques. Le 8 juillet 1902, il est bachelier. — Premier séjour en Auvergne dans la famille de son ami Alexandre Gastal. — Fait la connaissance de Charles Vildrac, qui épousera sa sœur Rose.

**1902-1903** Préparation du P.C.N. (Certificat d'études de sciences physiques, chimiques et naturelles). — Vacances en Auvergne chez A. Gastal.

**1903-1904** Première année de médecine. Stage à l'hôpital Saint-Antoine (consultation de chirurgie). — Vacances chez son condisciple Gabriel Adain, à Belfort, puis voyage à pied dans les Alpes, en Suisse et en Italie.

**1904-1905** Deuxième année de médecine. — S'installe 5, rue Vauquelin. — Nommé externe des hôpitaux. Il s'inscrit à la Faculté des sciences. — Prend son service à l'hôpital Saint-Antoine, en chirurgie. — Se lie, avec Vildrac, à un groupe de jeunes écrivains et artistes, les poètes René Arcos, Alexandre Mercereau,

Paul Castiaux et les peintres Albert Gleizes, Henri Doucet, Berthold Mahn.

**1905-1906** Troisième année de médecine. — Service à l'hôpital Saint-Antoine (chirurgie). — Préparatifs de la fondation de la future « Abbaye de Créteil ». — Rédaction du « Manifeste de la Ligue des Arts indépendants ». — Certificat de physiologie en Sorbonne. — Publication de son premier livre, un recueil de poèmes : *Des légendes, des batailles*. — Voyage à pied, avec G. Adain, en Suisse, en Allemagne et en Autriche.

**1906-1907** Quatrième année de médecine. — Stage à la maternité de l'hôpital Saint-Louis. — Installation de l'Abbaye de Créteil, au bord de la Marne. Le groupe des « abbés » comprend René Arcos, Georges Duhamel, Albert Gleizes, Henri-Martin Barzun, Alexandre Mercereau et Charles Vildrac, puis Albert Doyen. D'autres écrivains ou artistes fréquentent l'Abbaye, sans en faire partie, comme Jules Romains et Berthold Mahn. — Certificat d'études histologiques. — Premiers remplacements de médecins. — Fête de l'Abbaye : G. Duhamel y rencontre une jeune actrice, Blanche Albane (21 juillet). — Voyage en Allemagne avec Victor Michel : Forêt-Noire, Nuremberg, Bamberg, Berlin.

**1907-1908** Cinquième année de médecine. — Externat à l'hôpital Saint-Louis (dermatologie, puis phtisiologie). — Dissensions au sein du groupe : fin de l'expérience phalanstérienne de l'Abbaye (fin décembre 1907). — Licencié ès sciences après avoir été reçu au certificat de chimie biologique. — Voyage en Savoie, puis en Suisse et en Italie.

**1908-1909** Sixième année de médecine. — Rencontre de Georges Chennevière et de Luc Durtain. — Découverte de Claudel. — Publie à ses frais *L'Homme en tête*, poème. — Soutient sa thèse de doctorat en médecine (25 novembre). — Mariage avec Blanche Albane (2 décembre). Le couple s'installe 66, rue Gay-Lussac.

**1910** Entre aux Laboratoires Clin, où il travaillera jusqu'à la guerre, puis encore en 1919. Il y poursuit des recherches sur les propriétés des métaux à l'état colloïdal. — *Selon ma loi*, recueil de poèmes. — Articles de critique littéraire dans la revue de Paul Fort *Vers et prose* (jusqu'en 1912). — *Notes sur la technique poétique*, écrit en collaboration avec Charles Vildrac.

**1911** Fait représenter sa première pièce en quatre actes, *La Lumière*, au théâtre de l'Odéon (8 avril). Blanche Albane y tient le rôle de l'héroïne, Blanche. — Séjour à Bièvres. — Articles de critique littéraire dans la revue de Paul Castiaux *Les Bandeaux d'or* (jusqu'en 1912).

**1912** Alfred Vallette, directeur du *Mercure de France*, lui confie la rubrique « Les Poètes ». — *Propos critiques*, recueil d'articles parus dans diverses revues depuis 1910 (13 mars). — *Compagnons*, poèmes. — *Dans l'ombre des statues*, pièce en trois actes, représentée à l'Odéon (26 octobre). — G. Duhamel et sa femme s'installent 28, rue Vauquelin, où ils demeureront jusqu'en 1932.

**1913** *Paul Claudel, le philosophe, le poète, l'écrivain, le dramaturge*, premier ouvrage important du critique. — *Le Combat*, pièce en cinq actes, représentée au Théâtre des Arts (14 mars). — *Les Poètes et la poésie*, recueil de chroniques publiées au *Mercure de France* depuis 1912. — Ecrit le premier chapitre d'un roman qui, repris après la guerre en 1920, deviendra *Confession de minuit*. Blanche Albane entre dans la troupe du Vieux-Colombier que vient de fonder Jacques Copeau.

**1914** Voyage en Grande-Bretagne, avec R. Martin du Gard, pour accompagner une tournée de la troupe du Vieux-Colombier (mars-avril). — Séjour à Villeneuve-lès-Avignon, chez Henri Doucet (juillet). — Déclaration de guerre (3 août). — Georges Duhamel se fait volontairement verser dans le service armé en qualité de chirurgien. — Affecté à l'hôpital Bégin, il soigne des blessés de la première bataille de la Marne. — Envoyé en novembre en Artois, avec une ambulance chirurgicale.

**1915** Retour à l'hôpital Bégin (janvier-mi-avril). — Affecté à l'ambulance chirurgicale 9/3 du Ier Corps d'armée, près de Reims (mai 1915-15 février 1916). C'est là que G. Duhamel apprend à jouer de la flûte et commence à écrire les récits qui constitueront *Vie des martyrs* et *Civilisation*.

**1916** Envoyé avec son ambulance chirurgicale sous Verdun (mars-avril). — Repli en Champagne (mai-juillet). — Sur la Somme, près de Corbie, à Somme-Brionne (juillet-octobre). — Affecté à l'hôpital Corbineau de Châlons-sur-Marne (novembre-décembre). Il y écrit une petite comédie intitulée *Le Cafard*.

**1917** Retour auprès de son ambulance (1er janvier). — Citation à l'ordre du Ier Corps d'armée. — Nommé chef d'équipe chirurgicale à l'autochir 16, dirigée par le docteur Viannay. — A Ressons-sur-Matz, près de Compiègne (février-avril). — Parution de *Vie des martyrs* (25 mars). — Affecté à l'hôpital de Soissons (2 mai-mi-juillet). — Naissance de son premier fils, Bernard (11 mai.) — Envoyé sous Verdun, à Souilly (mi-juillet-début septembre). — Retour à Soissons.

**1918** De nouveau en Champagne, près de Reims (mars-avril). — Puis sur l'Oise, à Ognon. — Publication de *Civilisation* (5 avril). — Evacué au Val-de-Grâce pour une opération. — Chronique hebdomadaire à *L'Eclair* (mai 1918-juillet 1919). — Retour au front, près de Clermont-en-Beauvaisis (18 mai), puis à Mesgrigny (juin-début janvier 1919). Le prix Goncourt lui est attribué pour *Civilisation* (11 décembre).

**1919** Appelé à l'hôpital Bellevue de Saint-Etienne par le docteur Viannay (début janvier-fin mars). — *La Possession du monde* (15 janvier). — Affecté au Val-de-Grâce, service des mutilés de la face, où il retrouve Henri Mondor. — Démobilisé (mi-avril). — Location, à Valmondois, près de L'Isle-Adam, de « la Maison-Blanche », où, jusqu'en 1924, il passera la plupart de ses étés. — Adhère au groupe « Clarté » de Henri Barbusse. — Voyage de conférences en Suisse : Genève (avec Jules Romains), Neuchâtel, Zurich, Lausanne. — Naissance de son deuxième fils, Jean (3 septembre). — *Entretiens dans le tumulte*, recueil de chroniques publiées dans *L'Eclair* (6 octobre). — Avec l'approbation de Vallette, il abandonne les Laboratoires Clin pour la littérature.

**1920** Quitte le groupe « Clarté », Henri Barbusse ayant utilisé sa signature au bas d'un manifeste, sans son accord. — Premier voyage en Belgique, avec Berthold Mahn. Rencontre Henri Pirenne, Louis Piérard, Paul Colin... — *L'Œuvre des athlètes*, comédie en quatre actes, représentée au Théâtre du Vieux-Colombier (10 avril). — *Elégies*, poèmes. — Voyage à pied avec sa femme, en Auvergne. — Participe aux Fêtes du Peuple, organisées par son ami, le musicien Albert Doyen. — *Confession de minuit*, roman (Salavin, t. 1).

**1921** *Quand vous voudrez*, comédie en un acte, représentée au Théâtre des Arts par la Compagnie Pitoëff

(5 février). — Voyages en Grande-Bretagne ; à Prague, avec Charles Vildrac, où ils donnent des conférences ; en Allemagne, avec la troupe du Vieux-Colombier. — *La Musique libératrice*, conférence faite à la Bourse du Travail, à Paris, dans le cadre des Fêtes du Peuple (8 octobre). — *Les Hommes abandonnés*, recueil de nouvelles.

**1922** *Les Plaisirs et les jeux, mémoires du Cuib et du Tioup*. — Participe à la reprise des Entretiens de Pontigny après la guerre. — Premier séjour en Hollande.

**1923** Premier voyage en Tunisie, à l'invitation de Charles Nicolle, en compagnie de René Arcos. — Voyage en Belgique. — Voyage en Grèce en compagnie de Charles Nicolle. — *La Journée des aveux*, comédie en trois actes, représentée à la Comédie des Champs-Elysées par la Compagnie Pitoëff (24 octobre). — *Anthologie de la poésie lyrique française*. — Second voyage en Tunisie.

**1924** *Deux Hommes* (Salavin, t. 2). — Voyage en Hollande. — *Le Prince Jaffar*, récit ayant pour cadre la Tunisie.

**1925** *Voix du Vieux Monde*, derniers poèmes de Georges Duhamel, mis en musique par Albert Doyen. — Achat de « la Nouvelle Maison », à Valmondois. — Voyage en Finlande avec Luc Durtain. — *Essai sur le roman* (24 juin). — Séjour à Westende avec ses fils. — Naissance d'Antoine, son troisième fils (30 juillet). — Voyage en Espagne.

**1926** *La Pierre d'Horeb*, roman. — Voyages en Algérie avec Berthold Mahn. — *Lettres au Patagon*. — Rencontre Rabindranath Tagore à Villeneuve (Suisse), chez Romain Rolland. — Voyage en Pologne, en compagnie de Georges Chennevière. — *Essai sur une renaissance dramatique*.

**1927** *Journal de Salavin* (Salavin, t. 3). — Voyages au Maroc ; en Russie, avec Luc Durtain. — *Maurice de Vlaminck*. — *Le Voyage de Moscou*.

**1928** *La Nuit d'orage*, roman. — Mort de son père (11 juin). — Voyage en famille à travers la France. — *Les Sept Dernières Plaies*. — Voyage aux Etats-Unis.

**1929** Voyage en Egypte. — En Bretagne. — *Le Club des Lyonnais* (Salavin, t. 4.). — Chez E.R. Curtius à Heidelberg.

**1930** Troisième voyage en Tunisie. — Première audition aux Fêtes du Peuple de *Voix du Vieux Monde* (avril).

— *Scènes de la vie future* récompensé par un prix exceptionnel de l'Académie française. — Voyages en Alsace avec Berthold Mahn ; au Danemark (octobre).

**1931** *Géographie cordiale de l'Europe*. — Voyage en Hollande. — *Les Jumeaux de Vallangoujard*, roman pour la jeunesse.

**1932** *Querelles de famille*, recueil de chroniques parues dans *Candide*, de mai à décembre 1931. — Conférences en France, Belgique, Espagne et Suisse. — *Tel qu'en lui-même* (Salavin, t. 5).

**1933** *Le Notaire du Havre* (Pasquier, t. 1). — Intervention en faveur de Victor Serge (avec J. Giraudoux, J. Guehenno, Ch. Vildrac, L. Durtain et L. Werth). — *L'Humaniste et l'automate*. — *Remarques sur les mémoires imaginaires*.

**1934** *Le Jardin des bêtes sauvages* (Pasquier, t. 2). — Voyages en Belgique, Hollande, Afrique du Nord, Egypte. — *Vue de la Terre promise* (Pasquier, t. 3). — *Discours aux nuages*, recueil d'articles.

**1935** Voyage en Algérie. — Début de ses chroniques régulières au *Figaro*. — Voyage au Portugal avec Fr. Mauriac, J. Romains... — Mort d'Alfred Vallette : G. Duhamel prend la direction du *Mercure de France*, qu'il conservera deux ans. — *La Nuit de la Saint-Jean* (Pasquier, t. 4). — Election à l'Académie française (21 novembre).

**1936** *Fables de mon jardin*. — Conférences en Grande-Bretagne. — Réception à l'Académie française (25 juin) : G. Duhamel prononce l'éloge de René Bazin et de Georges Lenôtre. — Voyage en Argentine pour le Congrès des P.E.N. clubs. — *Thrène pour mon ami Albert Doyen*.

**1937** *Le Désert de Bièvres* (Pasquier, t. 5). — *Défense des Lettres*. — Elu membre de l'Académie de médecine (4 mai). — Succède à Joseph Bédier à la présidence d'honneur de l'Alliance française, qu'il conservera jusqu'en 1949. — Signe l'appel adressé au gouvernement espagnol en faveur des condamnés politiques, avec A. Gide, R. Martin du Gard, Fr. Mauriac. — *Les Maîtres* (Pasquier, t. 6).

**1938** *Esquisse pour un portrait du chirurgien moderne*. — *Au chevet de la civilisation*. — *Cécile parmi nous* (Pasquier, t. 7).

**1939** *Mémorial de la guerre blanche*, recueil d'articles. — Mort de sa mère (octobre). — *Le Combat contre* *les ombres* (Pasquier, t. 8). — Président de l'Alliance du Livre.

**1940** *Positions françaises*, recueil d'articles dénonçant l'hitlérisme, sera saisi et détruit par l'occupant. — Reprend du service à l'hôpital de Rennes. — *Lieu d'asile*, récit de son expérience vécue de Rennes, est saisi et détruit par les Allemands. — Elu membre de l'Académie de chirurgie.

**1941** *Les Confessions sans pénitence*, recueil de conférences. — *Suzanne et les jeunes hommes* (Pasquier, t. 9). — Son œuvre étant frappée d'interdit par les autorités allemandes, *La Passion de Joseph Pasquier* (Pasquier, t. 10) paraît à Montréal.

**1942** Elu secrétaire perpétuel de l'Académie française.

**1944** *Paroles de médecin*. — *La Passion de Joseph Pasquier* est publié au *Mercure de France*. — Elu membre de l'Académie des sciences morales et politiques. — *Inventaire de l'abîme* (Lumières sur ma vie, t. 1). — *Chronique des saisons amères*. — *Biographie de mes fantômes* (Lumières sur ma vie, t. 2). — *La Musique consolatrice*. — *Civilisation française*. — *Images de notre délivrance*.

**1945** Voyages en Hollande, Belgique et Suisse, aux Etats-Unis, au Canada.

**1946** Se démet de ses fonctions de secrétaire perpétuel de l'Académie française). — *Souvenirs de la vie du Paradis*. — *Visages*. — *Paroles de médecin*, édition augmentée.

**1947** Voyages au Liban, en Egypte, Afrique du Nord, A.O.F. ; en Amérique du Sud, en Indochine. — *Consultation aux pays d'Islam*. — *Le Temps de la recherche* (Lumières sur ma vie, t. 3). — *Chronique des Pasquier*, première édition collective, en 5 volumes). — *Semailles au vent*, recueil d'articles. — *Tribulations de l'espérance*, recueil d'articles.

**1948** Voyages à l'île Maurice, à Madagascar, en Afrique du Sud ; au Congo, au Cameroun ; en Algérie et Tunisie. — Séjour en Bretagne. — *Vie et aventures de Salavin*, première édition collective, en 2 volumes. — *Le Bestiaire et l'herbier*, recueil de fables en prose.

**1949** *Récits des temps de guerre*, première édition collective en 2 volumes. — *La Pesée des âmes* (Lumières sur ma vie, t. 4). — *Hollande*.

**1950** *Les Livres du bonheur*, première édition collective en 1 volume. — *Le Voyage de Patrice Périot*.

**1951** *Chronique de Paris au temps des Pasquier.* — Voyage au Brésil. — *Cri des profondeurs*, roman.

**1952** *Manuel du protestataire*, recueil d'articles. — Voyage au Japon.

**1953** *Les Espoirs et les Epreuves* (Lumières sur ma vie, t. 5). — *Le Japon entre la tradition et l'avenir.* — *Les Voyageurs de « L'Espérance », récit de l'âge atomique*, roman pour la jeunesse.

**1954** Voyage en Turquie. — *La Turquie, nouvelle puissance d'Occident.* — *Refuges de la lecture.*

**1955** *L'Archange de l'aventure.* — *Croisade contre le cancer.*

**1956** *Pages de mon journal intime.* — *Les Compagnons de l'Apocalypse.* — *Mozart raconté aux enfants* (en collaboration avec Antoine Duhamel, et la voix de Gérard Philipe).

**1957** Voyage en Israël. — *Israël, clef de l'Orient.* — *Problèmes de l'heure.*

**1958** Voyage au Pérou. — *Le Complexe de Théophile.*

**1959** *Travail, ô mon seul repos.*

**1960** Présidence de l'Académie de médecine. — *Nouvelles du sombre empire.*

**1961** *Problèmes de civilisation*, recueil d'articles. — Grand-croix de la Légion d'honneur.

**1966** Mort de Georges Duhamel, dans sa maison de Valmondois (13 avril).

Références : *Catalogue de l'exposition* consacrée à Georges Duhamel sous l'égide des Amis de l'Abbaye de Créteil, Mantes-la-Jolie, Paris, 1985. *Georges Duhamel et l'idée de civilisation*, les Colloques de la Bibliothèque nationale, Paris, 1994 (Chronologie de Pierre Janin).